新 1 宋

·大结局珍藏版·

关于宋朝的大百科全书式小说

阿 越 著

河北人民出版社
石家庄

图书在版编目（CIP）数据

新宋. 1 / 阿越著. -- 石家庄 : 河北人民出版社，2019.7

（新宋·大结局 : 珍藏版）

ISBN 978-7-202-13945-5

Ⅰ. ①新… Ⅱ. ①阿… Ⅲ. ①长篇历史小说－中国－当代 Ⅳ. ① I247.5

中国版本图书馆 CIP 数据核字 (2019) 第 102502 号

书　　名	**新宋·大结局珍藏版（1—4）**	
著　　者	阿　越	

责任编辑	王云弟　刘大伟
美术编辑	于艳红

出版发行	河北人民出版社（石家庄市友谊北大街 330 号）
印　　刷	天津丰富彩艺印刷有限公司
开　　本	787 毫米 ×1092 毫米　1/16
印　　张	84.5
字　　数	1 700 000
版　　次	2019 年 7 月第 1 版　2019 年 7 月第 1 次印刷
书　　号	ISBN 978-7-202-13945-5
定　　价	180.00 元（1—4）

inn earth®

地球旅馆

目录

新宋·1

第一章 声名鹊起 003
第二章 终南捷径 037
第三章 牛刀小试 070
第四章 兵铁之事 103
第五章 宣德叩阙 136
第六章 执拗相公 169
第七章 离间之计 201
第八章 汴京新闻 234
第九章 吕氏复出 269
附录 南北有别 302

新宋·2

第十章 天下才俊 315
第十一章 再度交锋 347
第十二章 婚姻大事 383
第十三章 匪斧不克 427
第十四章 牧守杭州 455
第十五章 祸不单行 509
第十六章 身世之谜 553

新宋·3

第十七章　砥砺前行　655
第十八章　典制北门　695
第十九章　驻节归义　731
第二十章　御帐惊变　759
第二十一章　贤烈二祠　779
第二十二章　励精图治　819
第二十三章　江头风怒　863
第二十四章　社稷之臣　929
第二十五章　山雨欲来　957

新宋·4

第二十六章　安抚陕西　995
第二十七章　叛番突袭　1020
第二十八章　风雨前夕　1048
第二十九章　石门烽烟　1076
第三十章　春秋之义　1105
第三十一章　哲夫成城　1144
第三十二章　海水群飞　1187
第三十三章　意气丹心　1240
第三十四章　环州之战　1271
第三十五章　绥德逆袭　1304

本卷目录

第一章 声名鹊起 003
第二章 终南捷径 037
第三章 牛刀小试 070
第四章 兵铁之事 103
第五章 宣德叩阙 136
第六章 执拗相公 169
第七章 离间之计 201
第八章 汴京新闻 234
第九章 吕氏复出 269
附录 南北有别 302

○○ 楔子

八百二十九份殿试试卷堆成高高的一堆，放在崇政殿的御案上。赵顼坐在御椅上，手执朱笔，亲自检阅试卷，这是他登基以来第一次主持殿试。宋朝的第六代皇帝，此时不过二十二岁，身上还有着年轻人特有的朝气与稚嫩。

殿试的考官们屏声侍立在殿中。

“陛下,殿试的第一名,臣等商议,取的是上官均,第二名,是叶祖洽……原来的省元陆佃，取在第五……”殿试编排官苏轼欠身禀道。

皇帝“嗯”了一声，随手抽出几份试卷，信口问道：“石越呢？他有没有参加这一科的考试？”

“回禀陛下，臣等没有看到石越的名字。”

“是吗？”皇帝的眼中，流露出失望的神色。

“但是《论语正义》的其他几位作者，大部分都参加了这次会试，并且都取得了殿试资格。”似乎是觉察到了皇帝的失望，苏轼又接着说道。

“唐棣、李敦敏、柴贵友、柴贵谊……”机灵的内侍早已经从试卷中替皇帝翻出这些人的试卷，恭恭敬敬地摆在皇帝面前。

“怎么只有四份？”赵顼一面翻阅，一面问道，“还有一个桑充国呢？”

“桑充国也没有参加大比。”参知政事王安石硬生生地回道。他并非不了解皇帝的心情，整个汴京城都在抢购一本由六个二十来岁的年轻人合著的新书——《论语正义》，书中的才学与见识，让饱学之士王安石也为之惊讶、赞叹，更何况是求才若渴、一心求治的年轻皇帝？但是现在毕竟是殿试！八百多名精英士子都在京师翘首等待皇帝宣布最后的名次，整个天下都在注视这个荣耀的时刻，即便是皇帝，也没有任性的理由。

赵顼觉察到了自己这位丞相的不悦。和他的祖先一样，他早就习惯了士大夫的矜持。年轻的皇帝朝王安石微微颔首，摆出一本正经的神态，向编排官苏轼问道："这几个人，排在几甲？"

"陛下，都在五甲。"

"那么，全部升入四甲，赐进士出身吧。"皇帝说完，目视同平章事陈升之，笑道，"给朕读读叶祖洽的策论。"

"是。"陈升之小心地捧起一份试卷，用带着福建口音的官话高声读道："祖宗多因循苟且之政，陛下即位，革而新之……"

赵顼静静倾听，待陈升之抑扬顿挫地读完，忍不住夸赞道："这个人很有见识，文章花团锦簇。最难得的是能够体会朕变法图强的用心，这个叶祖洽的见识，朕以为在上官均之上，朕决定取他为状元。"

"陛下！"皇帝话音方落，编排官苏轼已是高声反对，"臣以为不可，叶祖洽诋毁祖宗，怎么可以做状元？"

没有料到苏轼会如此激烈地反对，赵顼一怔之下，下意识地将目光转向王安石。

王安石用眼角的余光有些不屑地瞥了苏轼一眼，方才缓缓出列，从容说道："陛下，叶祖洽为状元并无不妥。苏轼虽然才高，但是所学不正，且不得志，才会如此愤世嫉俗，其言实不可听。"

苏轼万万料不到王安石当面说出这样的重话，几乎气结，脸立刻涨得通红，但他正待措辞辩驳，却听赵顼已经说道："朕意已决，便定叶祖洽为状元！"

"陛下英明！"顿时，顺从的祝颂声淹没了苏轼的难堪。考官吕惠卿不动声色地望了苏轼、李大临一眼，心中得意道："识时务者为俊杰，皇上既然锐意革新，取的状元又岂能是抱残守缺之人？我将叶祖洽选在第一，你们偏偏要改成第二，活该受此羞辱。"

赵顼却完全没有意识到，自从他任用王安石为参知政事，主持变法以来，席卷朝野的新旧两党的斗争，已经蔓延到了这次的殿试中。

"等到集英殿唱名赐第的时候，朕定要亲眼看看《论语正义》的作者究竟有多年轻？"赵顼话毕，离开了崇政殿。皇帝的心思，已转到了与殿试完全无关的事情上。

第一章

声名鹊起

历史有无数种可能，因此人类的生活才变得充满意义。

——佚名

1

时间倒溯五个月。熙宁二年十月，如果用公元纪年的话，这一年是1069年，距离第一次十字军东征还有二十六年。

这是一个大雪纷飞的冬天，飘飘茫茫的大雪给古老的开封城裹上了银装，来往于汴京城的人都无一例外地戴着斗笠，穿着蓑衣，在深达一尺的雪中艰难跋涉。曾经人来人往的官道上，马车也已经不可通行了。号称“人口上百万，富丽甲天下”的汴京，因为这严酷的天气，缺少了往日的热闹与喧嚣。

因为行人稀少，守护开封外城的士兵们也变得非常懈怠，他们把兵器斜靠在城门的洞壁之上，不停搓着双手，来回走动，咒骂这倒霉的天气。偶尔有几个卖柴卖炭的农夫挑着柴炭经过，兵丁们也懒得去检查，随他们通过。大宋建国一百多年，东京城从未发生过什么乱子，在这承平的年代，更加没有什么好担心的了！守城的士卒们只盼着能回去喝一口热酒，躲在火坑边美美地休息。

但是，此时在汴京南城墙最西边的戴楼门下，士兵们却不得不勉强拿起冰冷的兵器，警惕地望着眼前这个装束奇特的男子。这男子一身白色光滑的奇异衣服，浅浅的平头，头上却没有戒疤，身材高大，皮肤白皙，真是个非僧非俗的怪人。

穿着白色羽绒大衣的石越，望着这些目光中充满警惕的士兵，也开始不安起来。戴楼门前的行人不过稀稀数人，怎么看他们也像是针对自己来的。两天之前，石越莫名其妙地出现在距离开封六十里的一个小村庄边上时，那些村民看着他的表情，与这些兵丁们一模一样。

他使劲晃了一下头，“这里不是公元2004年，这里是公元11世纪！”石越在心里默默重复着，强迫自己接受一个不可思议的事实——自己现在所处的时代，如果不是做梦的话，的的确确是公元11世纪！作为一个历史系毕业的学生，对于熙宁二年，他有深刻的印象。这一年，王安石开始变法！这两天以来，石越一直在强迫自己接受这个事实。如果这是个梦的话就好了，但是梦里为什么会有冷饿疼痛呢？

石越控制着自己零乱的思绪，抬头打量眼前的开封古城。一眼望不到边的高墙被刻意砌得弯弯曲曲的，像一条白脊背的巨龙，伸向远远的烟霭里；宽达十余丈的护城河边种满了杨柳，树上挂满了臃肿的“银条”。真是雄伟的城市！即便在这样的时刻，石越也忍不住在心里发出一声赞叹。

若不是身处如此吊诡的境地，能够目睹开封古城，这会是多么让人陶醉的事情呀！但在这个时候，石越却只盼着这个游戏快点结束。“我真的快要疯了，爱因斯坦！

耶稣基督！真主安拉！如来佛祖！玉皇大帝！”石越低声嘶吼着，抑制不住地蹲下身子，抓起一大把雪，使劲抹在自己脸上。刺骨的冰凉让石越慢慢地又冷静下来。

“问题没有解决之前，总得先活下去。”正是抱着这个信念，石越才决定冒着严寒大雪来到开封。“我不会垮在开封城外的。”他站起身来，拍去身上的落雪，抬头望了一眼这座千年后只存现于典籍中的伟大都市的城楼，从容地迎着那些守城士卒走了过去。

士兵们正在交头接耳，猜测着石越刚才举动的意义。见怪人朝城门走来，一个小头目径直走到石越跟前，缺少中气地喝道：“你是什么人？有路引[1]没有？”

宋代的官话发音与普通话很不相同，懂得许多方言的石越也只能勉强听懂。他停下脚步，傲慢地回道：“我从华山来，我家世代隐居华山，不知道什么路引。”这是早就想好的托词，但是发音却颇显怪异，倒似带有浓重地方口音的开封官话。

小头目细细打量着石越。怪人虽然装饰奇特，但是那件衣服看起来却不是一般人穿得起的；他态度傲慢，想来必有所恃；此人又自称是来自华山的隐士，但凡隐士，与朝中的大官们十之八九都有牵扯不清的联系——最起码，也是读书人，这年头最难料的就是读书人了，自己可不好得罪，混口饭吃也不容易。而且这个怪人眉清目秀，肤色白得像个女人，更不可能是党项人、契丹人。

想通这些要紧处，小头目立即做了决定——请示上官。有什么不对的，由上官负责去，谁叫他们每个月的薪俸拿得比自己多呢，这责任也得由他们负吧。当下便客气地对石越说道：“这位公子，你先这边请，我得请上官拿主意，不敢私自放行，你体谅则个[2]。”

说完也不管石越答不答应，便把他请到了城边，早有一个士卒去最近的一个战棚[3]里请示正在烤火的长官。

石越默默地站在一边，竟然背着手欣赏起这千年以后难得一见的大雪来——难道这个世界上还会有什么更坏的状况吗？石越不觉自嘲地冷笑着。这个表情落在小头目眼中，更让他觉得这个怪人高深莫测。

一片片犹如鹅毛的大雪从天空慢慢飘落，伴着西风在半空中翻滚、跳动，然后静静无声地落在大地上，把刚刚被行人踩出的脚印覆盖。

石越突然想起了小时候，父亲抱着他坐在膝上看雪，教他读诗，彼情彼景，竟如同

[1]　古代政府部门发行的一种类似介绍信、通行证之类的公文。

[2]　语气助词，源自宋元时期，相当于现代汉语中的“一下”。

[3]　《东京梦华录》记载，汴京新城（即外城）每百步设马面战棚。《梦溪笔谈》记载，其作用是城防，可以防止敌人攻到城下。

昨日发生的一般，只是自己如今的处境，与父母双亲竟是隔绝两世，重逢的机会极其渺茫，不由让他黯然神伤。他在心中默默念了几遍那首在父亲膝上学来的诗，一时间积郁难当，竟忍不住低声吟了出来："一片一片又一片，飞入泥潭皆不见；前消后继不断飞……"

刚刚想把最后一句吟出来的石越猛然觉悟，几乎吓出一身冷汗。他吟的是一首革命诗，在古代，便是"反诗"。这首诗的最后一句是"终叫河山颜色变"，这样的诗句，自己当着这些士卒的面吟出来，不是等于自杀吗？

小头目饶有兴趣地听着石越吟诗，心里暗暗称赞自己刚才的决定英明果断。这毕竟是一个读书人受到过分尊重的时代，在下层百姓的心中，有才华的读书人就意味着前途无量。不过小头目的自得只保留了短暂的时间，当他见石越久久不能吟出最后一句来时，自得之情立刻转化成了对蹩脚书生的嘲笑。虽然他自己是绝不会作诗的，不过这一点也不妨碍他嘲笑人家作不出诗来。

石越怔怔地站在那儿，完全没有去想如何把最后一句吟完，这句"终叫河山颜色变"让他的心脏剧烈地跳动。这个时代！这段历史！也许，也许……在那一瞬间，一种被称为"野心"的东西，悄悄地浮了出来，自己曾经读过多少改变历史的故事，也许……

但也就是一瞬间，他就冷静了下来，这几天连吃饭也是靠那些善良的老百姓周济，没有饿死就算不错了，居然还去胡思乱想。石越摇摇头，自嘲地一笑。小头目却不免会错了意，歪着嘴朝一个同伴挤挤眉毛，心道："原来果真是个三句诗书生！"

就在这时，去请示的士卒已经回来了，不过长官却没有跟他一起来，这么冷的天气，长官连动都懒得动一下，反而把这个来请示的士兵给臭骂了一顿。小头目在心里咒骂了一句，毕竟不愿意得罪一个读书人，想了一会儿，无可奈何，只得挥手放行。放一个奸细入汴京城，不见得就一定能追究到自己的责任；而得罪一个可能有前途的读书人，自己就肯定惨了。这点利害他还是想得明白的。

2

即便是过了五个月后，石越还清楚地记得，自己是从戴楼门顺着笔直的道路，一直往北，经过新门进入内城的，之后又走了一段时间，在赫赫有名的开封府外面稍作停留，便顺着一条东西走向、宽二百余步、用砖石砌得整整齐齐的御街往东走。途中他经过一座叫"州桥"的石桥，又穿过一个叫"土市子"的所在，走了没多久，一座大寺庙赫然入目。

石越见寺墙之外遍种柳树，虽然天降大雪，可是香客依然进进出出，车马不绝于道，而庙外更有无数店铺依然开张营业。一路所见，竟以此地最为繁华，想象平时天气晴朗时，这里真不知是如何个热闹法。他哪里知道这个地方本是当时世界上最繁华的所在，心中不免要暗暗称奇，连忙抬起头来，往寺门望去。这一望之下，石越心里便不由得“啊”了一声，“原来这就是鲁智深拔柳树的大相国寺呀！” 好奇心起，石越抬腿便往寺中走去。

这大相国寺本是战国时信陵君住宅，到宋朝时，便成了皇室礼佛之所。庙中尽是些富贵和尚，他们的方丈唤作“智缘禅师”，是当朝宰相王安石的方外之交。有了皇室这样的大靠山，这一座寺庙竟是修得无比辉煌瑰丽。其中楼台殿阁，朱栏玉户，画栋雕梁，与宫殿无二；正中间的白石甬路，两边皆是苍松翠柏，此时尽皆被白雪所覆，玉树琼枝后的殿内隐隐传出钟磬的悠扬之音。

信步走进大雄宝殿，这样的大雪天，依然有十数个和尚在那里念经诵佛，还有一些善男信女在虔诚地祷告着。释迦牟尼微笑着注视着芸芸众生，似乎能够看透这人世间的一切苦难。一向抱持“敬鬼神而远之”的信念的石越，在袅袅香烟、喃喃梵音中，也情不自禁地跪了下来，恭恭敬敬地叩了三个头，低声祷告：“佛祖，你要帮帮我，我从哪里来，你老人家大发慈悲，便把我送回哪里去吧……”

几个香客好奇地看了石越一眼，不知道这个打扮奇特的怪人在说些什么。石越完全没有在意他们的眼光，只是诚恳地望着大雄宝殿中央的释迦牟尼金像，佛祖依然和蔼地微笑，似乎是在嘲笑着石越平时不烧香，临时抱佛脚，又似乎是在鼓励石越什么。他正犹疑着要不要继续对佛祖说些什么，忽然听到肚子“咕咕”一声，这才想起，自己已经在雪中走了整整一个上午了。

石越下意识地摸了摸自己的口袋，口袋里只有几百块人民币，除此以外再无他物。想起那些带着无数设备回到古代的众多穿越小说主人公，对比自己一无所有的窘态，他只得苦笑着叹了口气，又朝释迦牟尼叩了几个头，静静地退出了大雄宝殿。无论如何，饿死不是一种体面的死法，在祈祷中饿死，更加不体面。

石越强忍着饥饿，在大相国寺内信步走着，一面思考着自己日后的谋生之道。大相国寺占地五百多亩，有六十多座禅院，规模极其宏大。石越一面走一面想，穿墙过院，信步而行，早已不知身在何处，那谋生之法却是一个也没有想出来。

如此又走了五六十步，曲径数转，忽然一阵酒香扑鼻而来，诱得石越饥火大盛。他抬起头来，眺目而望，却见前面有一个水池，池边种着稀稀疏疏十数树梅花，此时大雪压枝下，雪白的梅花在枝头迎着严寒怒放，让人望之精神一振。又见四五个人围成一圈，坐在雪中饮酒，身上的斗笠蓑衣上都积满了厚厚的一层雪，若不是见这些人偶尔动一动，远远望去，便以为是几个雪人。那酒香便是从那里传来！

石越也是第一回见到有人有这样的雅兴，心中半是好奇，半是为酒香所诱，双脚不自觉地就朝着那边走了过去。他故意放重脚步，在雪里踩出“咔嚓”“咔嚓”的声音，走得近了，果然那几个人便循声望了过来。石越这才看清楚，那些全是年轻的儒生，一共五人。他学着电视里看到的情形，抱拳朗声说道：“有扰各位的雅兴。”那些人也连忙站起身来，还礼道：“无妨。”五人见石越虽然容貌清秀，似是读书之人，但是装束却如此奇特，心中也不禁十分好奇。

其中一人似是极为豪爽，当下便出言相邀：“相逢就是有缘，兄台若无他事，何不一起饮酒赏花，也好不辜负了这美景？”

石越心中虽然求之不得，却也不愿被人小看了去，他生性本是沉稳之人，脸上便丝毫不动声色，只淡淡说道：“如此多有打扰。”

那五人见他对答之间，气度不凡，心中更是暗暗称奇，便给石越让出位置，又有不知从哪里钻出来的小童给他把酒添上。石越走了半天路，腹中饥寒，也不客气，接过酒来一口喝了，只觉得酒味极淡，他知道古时候的酒就是如此，也不品评，不过腹里终是有了一点暖气上来。那几人见他豪爽，便又给他满上一杯。

石越这一杯却不就饮。他心里暗暗思忖：所谓“出门靠朋友”，如今自己的处境，若不交几个朋友，断然难以立足。当下一面心中计议，一面游目四顾，忽地瞥见十数步远的地方放有一个小壶，众人身前的小案上各有一把好像短箭的竹棍，一个书童手里拿着笔砚，另一个书童手里捧着一叠纸，纸上还有笔迹。他心中一动，立时想起古人的一种游戏来——投壶。那是几个人轮流将那些竹棍投入壶中，若是不中，或者罚酒，或是罚诗的游戏。此时之事，更不用说，便是在罚诗无疑了。石越眼珠一转，立时计上心来。他指着那叠诗稿，操着口音怪异的开封官话，淡淡笑道：“诸位仁兄是在咏雪，还是咏梅？”

五人相顾一笑，先前相邀的那个书生开口答道：“见笑了，我们是在咏梅。”

石越微微颔首，站起身来，稍一沉吟，指着一树梅花，朗声吟道：“冰雪林中著此身，不同桃李混芳尘。忽然一夜清香发，散作乾坤万里春。”

这首诗本是元末著名诗人王冕之作，本是咏梅的名篇。石越记忆力颇佳，这些诗词一向记得甚熟，突然拿出来卖弄，顿时语惊四座。

那五人都是来京参加省试（礼部试）的“得解举人”。宋代科举考试分为三级，各路州府主持的，叫解试，解试合格，礼部主持省试，省试合格，则皇帝主持殿试。这五人已通过解试，在宋朝的读书人之中，虽然称不上是第一流的，却也都是一府一州的英杰之士。邀石越喝酒的书生叫唐棣，字毅夫，是成都府的举人；给石越让座的书生相貌清瘦，眸子里透着灵动，名叫李敦敏，字修文，是江宁举人；坐在石越对面，显得非常矜持的书生，叫陈元凤，字履善，是福建的举人；另外两人是亲生兄弟，憨厚的是哥哥，叫柴贵友，字景初；机灵的是弟弟，叫柴贵谊，字景中。五人今日在此会诗，一是为了赏雪赏梅，二是图个吉利——考中进士后，所有的进士都会在大相国寺题名。不料竟然因此邂逅石越。

唐棣等人初见石越，也不过是出于好奇之心，不料此人出口成诗，格调高远，无不大惊失色。唐棣连忙起身，拜道：“冰雪林中著此身，不同桃李混芳尘！足下胸襟，让人钦佩。在下唐棣，草字毅夫，请问高姓大名？”

五人之中，石越最是喜欢这个浓眉大眼的男子，见唐棣相问，心里暗叫一声“惭愧”，一面笑道：“过奖了。在下石越，草字子明。”他随口想了一个字，却不知道古人“名”与“字”大部分都是互相呼应的。好在众人被他窃来的王冕诗作所震服，心中虽然觉得怪异，却都怕他引出个什么自己不知道的典故，反显得自己无知，竟也不敢多说什么，一个个只是站起身来，恭谨地自我介绍。

年轻人相聚，又无阶级之分，彼此就很容易熟络。加上双方都有意结纳，没过多久，竟仿佛是多年不见的好友一般了。

众人边喝边谈，酒过数巡，都是酒意微醺。唐棣笑道：“子明方才的一首《咏梅诗》，拿去拜会欧阳公，也是座上之客。”

李敦敏也应和道：“便是去见大苏，也见得了。”

陈元凤却摇摇头，笑道：“学而优则仕，现在王相公执政，求贤若渴，进用新人，与其去见欧阳公、大苏，不如去见王相公。”

石越自是知道他们说的“欧阳公”“大苏”“王相公”，指的是欧阳修、苏轼、王安石，都是唐宋八大家中声名赫赫的人物。古人拿着诗作去见前辈，以求提携，是再自然不过的事情，却哪里知道石越不过是剽窃“后人”诗作为己用。虽然说王冕还要数百年后才能出生，但石越心中却也不能没有不安——怎么敢在唐宋八大家门前去欺世盗名？这时候听他们七嘴八舌地介绍，几乎吓出一身冷汗。

众人不知道他的心思，因争持不下，李敦敏便向他笑道：“如何？子明，你可决定好去见谁了吗？”

好在石越颇有急智，脑中灵光一现，想起陆游的名篇，暗道：“王冕的也用了，再借借陆游的也无所谓了。”他计议一定，便微微笑道：“数岁之前，在下也曾填过一阙《咏梅》，调寄《卜算子》……”一面说，一面起身，折下一枝白梅来，回转席中，轻击酒案，低声吟道，“驿外断桥边，寂寞开无主。已是黄昏独自愁，更著风和雨。”他念到此句，忽然想起自己的遭遇，语气不免更加悲沉，顿了一下，方继续吟道，“无意苦争春，一任群芳妒。零落成泥碾作尘，只有香如故。”

“无意苦争春。”唐棣重复了一句，叹道，“以子明的才华，我辈如萤虫望月，不料却恬退如此，无意功名，安于寂寞。可敬！可叹！”

陈元凤却颇觉不以为然，昂然说道：“大丈夫立于世间，当博取功名，名标青史。

生不得五鼎食，死亦要五鼎烹。子明才高如此，何苦效腐儒酸状，欲迎还拒？”

李敦敏见陈元凤言辞之间已近于无礼，生怕石越见怪，连忙笑道：“人各有志，不可强求。孔子主张进取，但也一样称赞隐士的高洁。我们来考进士，报效朝廷，是圣人认可的；子明洁身自爱，也是圣人所称赞的。”

石越本来也不甚介意，见李敦敏如此，不免笑道：“几位都是考进士的吗？”

“正是。”陈元凤语气中颇有自傲之意。

石越读过史书，知道当时进士一科最为荣耀，他们参加解试时，在有些地方是五六十人争夺一个解额[1]，能得到此资格的，自然都有骄傲的本钱。但这些东西对于石越来说，却毫无意义——他到此时，对未来依然是一片迷惘。当下也只是淡淡一笑置之。

众人一旦开始了有关于进士考试的话题，却是人人关心、个个在意。柴贵谊便说道：“国朝进士科，惯例一直是试诗赋为主的。可是今年五月朝议要罢诗赋、明经诸科，专以经义、论、策来考试进士，议论纷纷未定，我曾听说是被苏直史阻止了。今岁秋试[2]，明经诸科未罢，而诗赋依然是进士科考试的内容，但废除诗赋的流言一直没有平息。我平日里思虑这事，却终是拿不定主意，不知道诸位的意见如何？”

他说到此事，众人便七嘴八舌地讨论起来，或说不会废，或说拿不准，一时间又开始争论不休。石越在旁静静听他们讨论，才知道柴贵谊说的“苏直史”就是苏轼。王安石变法本是中国历史上的大事，石越也曾留意研究，这时候便细细回想，忽地想起《宋史》上苏轼那篇直斥王安石改革科举是“多事”的奏章来，接下来要发生的事情，顿时清清楚楚地摆在了他面前。忽然之间，石越竟有了一种“上帝”的感觉。

李敦敏对石越十分钦佩，因此便时时留意石越的神态，这时忽见他露出智珠在握的笑容，心中一动，向石越笑道：“子明，依你的看法，究竟是会变，还是不会变？”众人见问到石越，立时也都安静下来，静静等待石越的判断。

石越却犹疑起来。他完全不知道如果贸然说破历史的玄机会有什么样的后果。众人见石越既不说知道，也不说不知道，只是望着手中的梅枝出神，更觉高深难测，竟一个个屏气凝神，不敢打扰他的思绪。一直迟疑了十来分钟，石越手中的梅枝轻轻敲在了案上，“妈的，既然老天爷开我这么大一个玩笑，我还管什么后果不后果？”石越心里竟泛出一丝报复的快感，“除死无大事，我现在和死也没什么太大的区别，老子偏要扰乱这段历史玩玩！”

[1] 参加省试的名额。

[2] 宋代解试一般在七月、八月、九月三个月举行，故称秋试。省试一般在元月至三月举行，称为春闱。殿试一般在三月举行。

他既然拿定了这玩世不恭的主意，便收敛心神，淡淡地朝众人一笑，缓缓说道：“这件事我虽然知道，却不敢乱说。”

陈元凤大是不信，笑道：“朝廷尚未有决断，子明便说知道。便是周濂溪、邵尧夫[1]也未必有这般本事罢。”

石越见他质疑，便微笑不语。

唐棣却诚恳地向石越说道：“子明，我相信你的确知道。若是方便说，便说；不方便，不说也无妨。”

李敦敏也点点头，笑道：“我也信得过你。”

柴氏兄弟却是将信将疑，不置可否。

石越本意不过是故弄玄虚，却不料唐棣与李敦敏如此信任，心下也不禁感动。他朝二人微微点头答谢，望着陈元凤笑道：“对于天道的体悟，各人有各人的方法。我不敢和周、邵二位先生相提并论，但是我却可以清楚地知道，明年春闱，一如旧法，然而殿试却要废诗赋，只试策论。”

石越如此断然的判断，顿时让众人都面面相觑。

陈元凤心中不信，略带嘲讽地笑道：“朝议已定，子明却口出惊人之谈！王相公执政，久欲改革科举，若说最终变革，也是平常，但是焉有省试如旧，反倒只变殿试之理？我观子明诗词，可比大苏；不料又精通河洛之学，真是能者无所不能，想必家学渊源，敢问子明是何方人士？”

提起这个“何方人士”，石越就不禁起了自伤之心，黯然良久，才半真半假地说道：“我两天之前突然出现在汴京城南六十里的一块农田，自己的出身来历、父母妻儿竟是全不记得了……”

众人听到这样奇异之事，无不瞠目结舌。陈元凤根本就不相信，只以为石越要故意隐瞒自己的身世。便连李敦敏、柴氏兄弟，也觉得匪夷所思。唯有唐棣同情地走到石越身边，递过一杯酒去，恳切地劝慰道：“子明不必伤怀，你的装束天下少有，凭着这身装束，未必不能打听到你的家乡与高堂，况且你才学非凡，令府上毕竟不能是无名之辈。来，喝了此杯，大丈夫不可灰心丧气。”

石越见唐棣如此，心里更觉感动。只是自己的来历，既说不得，说出来人家也不信，不得不装糊涂。想到父母朋友，伤心之处，便有借酒浇愁之意，他将杯中之酒一饮而尽，说道：“我方才所说之事，信与不信，任凭诸位。只是我泄露天机，罪过非浅，还盼诸君不要外泄，否则于你们也是祸非福。”

“我等理会得。”李敦敏郑重点头，温声说道，“子明，我相信你。”

[1] 即周敦颐、邵雍。二人都是宋代名儒，道学家，精通太极、易经之说。

一股暖意从石越的胸中升起。所谓“白首如新，倾盖如故”，他与这唐棣、李敦敏也不过萍水相逢，自己来历不明，言语间不尽不实，对方未必全然不知，但却如此信任体谅，仿若多年的故交，人与人之间的缘分，的确是奇妙难言。但是，想着这些真挚的信任与友谊，想起再也无望回到亲人身边，想起自己飘零在另一个时空的孤寂，心中却更是五味杂陈、欲哭无泪。借着几分酒意，石越拿起手中的梅枝，轻击酒瓮，呛声吟道：“玉楼十二春寒侧，楼角何人吹玉笛。天津桥上旧曾听，三十六宫秋草碧。昭华人去无消息，江上青山空晚色。一声落尽短亭花，无数行人归未得。”

这词虽然不是应景之作，但是石越自怀身世，别有怀抱，自他吟来，则尽是悲怆之意，特别是念到“无数行人归未得”这一句之时，更是反复长吟，让人闻之心伤。

唐棣等人虽然从未听过这首《玉楼春》，而且石越往往是吟词而非唱词，颇显奇异，但是听石越吟到伤心之处，却也一样为之动容。便是连陈元凤，也几乎怀疑自己是不是真的错怪石越了……

3

这一年的冬天，是石越永生也不能忘记的。多少年没有见过这么大的雪、这么冷的天气！没有温室效应、自然环境没有被破坏的古代，对于一个现代人来说，可能觉得不习惯。

那日在相国寺结识唐棣等人，石越醉醺醺地被众人扶回客栈休息。众人见他才华出众，心里都以为此人将来必成大器，此时落难，不免纷纷想要解囊相助，却被唐棣全部拒绝了。唐家是蜀中豪商，祖上曾是交子的发起人之一，唐棣更是家中的长房长孙。因为宋代科举并不歧视商人[1]，唐家便让唐棣着意进取，博取功名。他来京参加省试，他父亲唐甘楚早已下令唐家在京商号银钱任他支取，若非他喜欢住在参加省试的读书人多、方便呼朋唤友的客栈，早就在京师买下房子了。此时要资助一个石越，自是不劳他人费心。石越心里感激，嘴上却无半句感谢的话，唐棣固然不以为意，便是那陈元凤等人，也以为是石越对钱财之物看得甚轻，因此并不特别在意。

之后八九天里，石越平日里便随着唐棣等人一起游学。他们探讨经义的时候，他

[1] 唐代工商不得入仕。至宋代，宋太宗淳化三年诏书：“工商杂类”不得应举，另一方面又说“如工商杂类人内有奇才异行、卓然不群者，亦许解送。”于是此禁实际上废除。终宋一朝，并不歧视工商参加科考。如本书重要人物冯京就是商人之子，他参加科举连中三元（解元、省元、状元），官至参知政事、枢密使。

便在旁边静听，偶尔忽有惊人之论，便引得众人佩服不已，但众人若要和他探讨，他却只笑不答，过不久众人都知道了他的习惯，以为他生性不爱多言，便不再纠缠。却不知道石越虽然国学功底不错，却终是怕言多必失，因此格外慎重；更何况石越也自知古今发音有别，在别人看来，自己发音怪异，更不愿意启人疑窦。因此凡事皆以谨慎为先，只是加意了解、学习当时的风俗习惯，特别是学习开封官话。总算皇天不负苦心人，不用多久，他说出来的开封官话也就有模有样了。

这天连日大雪之后金乌初现，汴京城里行人增多，更觉繁华。因为唐棣约了去会客，石越便赶大早起来，换上了一身黑色的圆领窄袖葛衣；因为没有长发，便只戴了个方巾帽。北宋的衣装以简约自然为尚，并不太合石越的审美眼光。若依他之意，这些衣服全需改良，不过此时自己都是寄人篱下，哪里能够挑三拣四呢？石越哑然失笑，暗自摇摇头甩开那些乱七八糟的想法，快步走了出去。

唐棣和李敦敏、柴氏兄弟早就在客栈大堂里等候，见他出来，唐棣立即大声笑道："子明，今日难得天公作美，我带你去个好去处。"

石越见柴氏兄弟在旁微笑摇头，也不知唐棣闹什么玄虚，正待回答，早被唐棣一把拉住，带到客栈外面的马车上，听车夫"驾"的一声，马车绝尘而去。

唐棣似乎心情很好，在马车里不停打着节拍，摇头晃脑地哼着坊间流行的词曲，柴氏兄弟与李敦敏有一搭没有一搭地说着话，石越问起去什么地方，众人却只是微笑不答。跑得一阵，石越嫌气闷，就掀开车帘往外看去。这地方却是前几天来过的，原来是到了潘楼街附近。马车在潘楼街一带的巷子里穿行，几乎和逛迷宫差不多。石越估摸着跑了四十分钟，马车终于在一座宅子前停住。未及停稳，唐棣就拉着石越跳下马车，也不通传，便径自闯了进去，李敦敏与柴氏兄弟也跟了进来。

进得大门，才知道是好大的一座宅院。整个院子地域宽敞，占地四亩有余，院子里几棵高槐古柳，更有森森古柏掩映，各种各样的花木点缀其中，枝头上尚挂着层层积雪，愈发显得是银装素裹。院子是四合院、三进房，全宅房间共计三十三间，合"三十三天"之数。后花园非常幽雅，一个半亩的池塘，护岸有桃树，池塘中有水榭，一道拱桥搭在水榭与池岸之间，桥下种满了荷花。此时虽然是冬天，荷叶早已枯败，但其规模可见。

石越此时虽不能尽知这座宅院的妙处，但仅从前院的森森古柏中，亦能知道这院子的规模与历史了。这样一座位于京城繁华的商业区潘楼街附近的院子，虽然并未逾制，但如非十分富裕的家庭，也绝对不可能置得起。看着唐棣旁若无人的样子，进进出出的家人不仅无人出来阻止，反而一个个眼角带笑，石越已知道此家主人和唐棣渊源不浅。果然，才进中门，就听见唐棣大呼小叫："贵客来了，主人家快来迎接。"

话音刚落，院中就有人笑道："唐毅夫又是什么贵客了？"声音清朗洪亮，一听便知是个少年公子。又有一小女孩又清又脆地笑道："表哥也太狡猾，这房子置了一个多月，他就不管不问，现在倒想来做'贵客'了……"

便在说话间，唐棣带着石越走进了中进的客厅里。客厅上首坐着两个中年人，一个二十岁左右的青年男子和一个十三四岁的小女孩站在下首相陪——明显就是刚才说话的两位，两旁还侍立着一群家人奴婢。小女孩不料有生人进来，轻轻啐了一声"好个唐棣！"，赶忙避入内堂。石越愕然不解："大户人家的女孩，怎么这样没有礼貌。"待见李敦敏与柴氏兄弟慌忙赔罪，这才醒悟过来，原来古时候女孩子是不能随便见外人的，想通此节，自己也不由觉得好笑。

两个中年人见有外人进来，也连忙站起身来，抱拳道："不知有贵客光临，有失远迎，伏乞见谅。"

众人赶忙抱拳还礼，答道："来得孟浪，晚辈们还要请长者见谅才是。"

青年男子却在旁边笑道："若果是孟浪，也是唐毅夫的罪过，与他人无干。"一番话说得大家都笑了。

石越游目四顾，却见那个青年男子生得剑眉星目，甚是俊朗；两个中年人一个是刀削脸，一双眸子精光四溢，留着短短的胡子；一个长得甚胖，脸上带着弥勒佛式的笑容，小小的眼睛里一不小心便会流露出狡狯的目光。石越与他四目相交，立时便移了开来，转过头去寻唐棣。

唐棣此时早已跪倒在地，又惊又喜地朝两个中年人叩头，口里说道："给舅舅、二叔请安。"又向那个胖子说道："二叔，你怎么来汴京了？"

胖子眯着眼睛笑道："快起来吧。还不是为了你这个无法无天的飞天狐狸。你来汴京，家里上上下下都放心不下，正好有一批货发到汴京来卖，你爹就让我亲自来了。"

唐棣笑着起了身，回道："二叔想来汴京城这繁华之地，倒扯上我了。我这么大人了还不会照顾自己吗？况且有舅舅他们在，哪有什么放心不下呀？"

青年男子不住地打量石越等人，见唐棣先拉起家常来，便取笑道："这就是你的待客之道？唐毅夫也太过失礼了，竟把客人冷落在一边。"一面请石越等人落座，招呼家人上茶。

唐棣侧过头笑道："偏你桑充国想得周全。"随即敛容向两个中年人说道："这四位是孩儿新结识的朋友。石越石子明、李敦敏李修文……这两位是柴氏昆仲，舅舅是见过的。"

李敦敏与柴氏兄弟连忙起身行礼，石越也亦步亦趋，学着和他们一起行礼拜见。那两个中年人知道这些人都是读书的士子，也不敢怠慢，客客气气地还了一礼。倒是青年男子见石越等人尽皆年纪相仿，显得非常高兴。

原来这家主人叫桑俞楚，便是那个刀削脸，他是唐棣的亲舅舅。这桑俞楚已过不惑，膝下仅有一儿一女，哥哥叫桑充国，字长卿，今年二十；妹妹叫桑梓儿，不过十三岁，生得冰雪聪明，最得长辈宠爱。桑家祖籍便是汴京，五代时契丹入侵，开封沦陷，避战乱迁到蜀中，数代经营，靠经商起家，颇蓄家底，只是数代单传，人丁不旺。因桑充国弃商学文，桑家以为汴京人文荟萃，于桑充国发展有利，遂举家从成都迁回汴京，这也就是一个月前的事情。唐棣这次带石越来此，是想把石越介绍给表弟桑充国，不料却碰上他二叔唐甘南来京。唐家人丁众多，唐棣之父唐甘楚虽然是族长，但是掌握唐家大部分生意的，却是人称“笑面狐狸”的唐甘南。

双方再次叙了宾主之位，唐棣与桑充国因有长辈在场，却只能站立侍候。桑俞楚与唐甘南都是商人出身，与石越等人寒暄几句，便不再说话，由着桑充国与唐棣陪四人谈天说地，二人只是静听。

唐棣想起来意，对桑充国笑道：“长卿，我这次来，便是特意为把子明介绍给你。你常说想拜在大苏门下，依我看来，若能拜在子明门下，也未必逊过大苏多少。”唐棣大夸石越诗词文章如何出色，学问如何优异，李敦敏与柴氏兄弟对石越本就佩服，也在旁齐声夸赞，把石越闹了个措手不及，慌得连说“不敢”。桑充国等人眼中也多有怀疑之色。

要知道在当时，不仅仅是在大宋，北至契丹，西至西夏，南至大理，东至高丽，天下都公认苏轼文章第一。苏轼的文章在大宋写出来，不出一个月，契丹的贵人手中就有了抄本。而因为苏轼是蜀人，不要说桑充国，便是桑俞楚与唐甘南也都是常常以苏轼为荣的，唐棣竟然说眼前的年轻人才华堪比大苏，众人自然不会相信。只不过桑俞楚与唐甘南都是世故的生意人，心里纵然不信，却不会表露丝毫，桑充国却是年轻气盛，听到唐棣如此夸誉，心中不服，便有些跃跃欲试。

他有心要考较石越一番，便想找个由头，眼珠子转得几转，计上心来，笑道：“今天贵客盈门，仓促间没什么好助兴的，前几日我在碧月轩听到一个歌妓唤作云儿的，曲子唱得极好，尤其柳三变的长短句，自她唱来，尽得其妙。莫若去将她请来，也好助兴。”

众人不知他心思，都齐声笑道：“此议甚妙。”

桑充国见众人答应，便笑嘻嘻地叫过管家来福，在他耳边吩咐数句。原来那个叫“云儿”的歌妓全名却是“楚云儿”。因为“楚”字于桑俞楚犯讳，却不便说出来，只得委婉再向管家说明。

石越对这些声色犬马之事却并无多大兴趣，他十分好奇宋朝富室的家居陈设装饰，便细细打量这客厅的布置。举目所及，跃入眼帘的却是一幅人物工笔画，画的是一个女孩子在梅花前弄笛。他一向只知宋代山水画比仕女画更加流行，这时候见到一幅工笔仕女图，不免更加好奇，也不懂得要告罪，就慢慢走到那幅画之前欣赏起来。

李敦敏与柴氏兄弟对于石越的“失礼”，已是见惯不怪，只是相顾苦笑。桑充国微微摇头，用嘲讽的眼神望着唐棣。唐棣连忙轻声介绍石越的来历，桑充国见他说得如此离奇，也不由生出几分好奇之心，便走到石越身后，笑道：“石兄想必精于丹青，却不知这幅画如何？可能入得法眼？”

石越正在心里摹画这幅花下弄笛图，忽然间听到有人在自己耳边说话，几乎吓了一跳，当下不假思索地回道：“这幅画画得不错，不过是女子手笔。”

桑充国微微点头，这幅画本就是他妹妹桑梓儿所画。桑梓儿小孩脾气，硬要挂在客厅，又吩咐在外面侍候的奴婢记住往来之人的评价，转告于她。这件事情，府上知道的人也不太多，石越能说破来历，虽然不足为奇，但也足见有高明之处。他正待再问，又听石越说道：“这幅画可以配一首词的。”

“子明是说在画上题词吗？”李敦敏兴趣盎然地凑了上来——当时却是还没有在画上题诗的习惯的。

石越习惯性地耸耸肩，笑道：“在不在画上题，并不重要，重要的是诗画相得。”

桑充国眉毛一挑，似笑不笑地说道：“便请石兄赐词一阕如何？”他存心要借机试试石越的本事。

石越摇摇头，苦笑道：“我的字写得太差，不敢毁了这幅好画。”

桑充国笑道：“石兄何必过谦。若不愿意赐墨宝，何妨口占一首？”

这时除了桑俞楚与唐甘南还在那里喝茶，众人都围了上来。石越心中哭笑不得，他从小背诗词古文，记下的诗词起码有数千首，本来在现代是无用之学，不料在此时派上了用场——欺世盗名，百试不爽，可他却也无意故意卖弄，此时迫于无奈，只得略略沉吟，想起李清照悼念亡夫的《孤雁儿》，便占为已有，开口吟道：“藤床纸帐朝眠起，说不尽，无佳思。沈香烟断玉炉寒，伴我情怀如水。笛里三弄，梅心惊破，多少春情意。小风疏雨萧萧地，又催下，千行泪。吹箫人去玉楼空，肠断与谁同倚。一枝折得，人间天上，没个人堪寄。”

众人听他吟来，词中点点滴滴相思之意真让人肝肠寸断，与这画中之景也颇为契合，不由得齐声赞叹。桑充国也大为叹服，赞道：“男子能把女儿心思写得这般细致入微，便是柳三变亦有所不能，果然是佳作。难得又有如此快才！便是二苏填词，也是要修改的，石兄之词，细细想来，竟不能改一字。”他是个性情中人，此时既觉折服，便已忘了刚才想要考较石越一番的心思，又诚恳地说道，“以石兄之才，取功名如探囊取物，可惜却错过了今科。”

石越心中苦笑，他并不愿意盗用“后人”诗词，但这种事情，真是一回生，二回熟，做得多了，却是越来越顺手。心里面虽然难免有一种罪恶感，可是想到这也是自己在这个时代立足最好的办法，也就半推半就地继续做下去了。当下半真半假地叹了口气，悠悠说道："其实这诗赋之学，于国于家并无半点用处，做得再好，也不算学问。况且过了今科，进士科就要罢诗赋、帖经、墨义。从这科开始，殿试更要专试策论。这诗赋之学，渐渐不再为国家取才之绳了。"

柴氏兄弟心里一直记挂着此事，只是无由相问，这时石越忽然主动提起，柴贵谊便先忍不住，道："自从今年二月以王安石相公为参知政事，创办置制三司条例司[1]，议行新法起，六月御史中丞罢，七月立淮、浙、江、湖六路均输法[2]，八月御史台十数名御史皆以论新法被罢。现在正是国家改革变法之时，石兄又说进士科将罢诗赋，想来这也是新法的一部分？只是我听说庆历年间也曾罢过诗赋，不久却又恢复了旧制，这罢诗赋，真不知于国家究竟是有利还是有害？"

柴氏兄弟是土生土长的蜀人，其时蜀中学术，多有倾向佛老宿命之说，因此他们也更容易相信石越的神秘主义论调。他们此时想进一步了解的，倒不是废不废除考试诗赋，而是罢诗赋的利弊以及与时局的关联，了解了这些，有利于他们把握政治脉搏，在省试时交一份让执政大臣满意的答卷。

石越见他把一年朝廷发生的大事说得丝毫不爽，不由笑道："我一介布衣，不敢妄言朝政得失。不过，此处都是自己人，罢诗赋之事，不久便要公布，故此，才敢妄言一二，不过也只是希望诸兄能早做准备。至于别的，却非我所当言了。"

他不愿多提，但柴贵谊话中提到均输法，却是顿时勾起了唐甘南的满腹牢骚，早在一旁接过话来，讥道："均输均输，官府来做生意，我们这些做生意的老百姓可就惨了。我们西南的还好一点，东南那边最倒霉。"唐棣没想到唐甘南竟然敢指责朝政，想是怨气实深，连忙笑道："咱家以后少囤些货物居奇便是了。这均输法是官家[3]增加收入的良方，不见得是坏法。"唐甘南顿时醒悟，连忙打了个哈哈，笑道："不错，不错，反正生意还得做。"

石越心中一动，走了过来，向唐甘南问道："不知二叔做的是什么生意？"

唐甘南怔了一怔，他不知道石越因为和唐棣平辈论交，按现代人的习惯，便跟着唐棣叫他二叔。见石越叫得如此亲热，不由得一怔。不过转过念来，也觉亲热，便笑道："无非是些蜀锦、陶瓷、丝绸、木材之类。有时候也卖点美酒茶叶，不过

[1] 宋代主持变法的临时官署名。北宋熙宁二年（1069年）设置。掌筹划国家经济、改变旧法、制定并颁布新法，由参知政事王安石、知枢密院事陈升之主持，次年，并归中书省。

[2] 王安石新法之一。改革实物征敛制度，根据年景收成变化，舍远求近，用购买手段获得上供物资。目的是协调供需关系，提高财政收支的效率，节约购买、运输等开支，减轻农民负担。后因用人不当，执行时颇有弊端，甚受朝野攻击。

[3] 对皇帝的尊称。

那却是朝廷管得严的。”

石越又问道：“可曾贩卖棉布？”唐甘南奇道：“棉布？棉布产量不大，做工烦琐，利润又少，远不如丝绸绢缎。贤侄却为何会对此物感兴趣？”

石越摇摇头，没有回答，静静思忖了一会儿，又问道：“二叔可知道棉布织成的工艺？”唐棣等人见石越居然和唐甘南谈起什么棉布来，无不莫名其妙，倒是桑俞楚觉得有意思，方才众人说些诗词歌赋、朝政科举的话题，他也就是听个热闹，完全插不上话，这时忍不住插口说道：“这岂有不知之理，我姐夫没做过棉布生意，我却是做过。我曾亲眼见那些织户做过这些事情：凡要织成一匹棉布，首先得脱棉籽，但棉籽生于棉桃内部，极不好剥，或用手，或用铁筋碾去。然无论用哪种方法，织户辛苦一天，收获却甚有限。大量的棉花堆积，要花费无数的人力来脱棉籽，故此这棉布之成，最先一件事就要花这许多的人力。其后无论是弹棉花，还是纺成棉纱，都是极为耗时耗力。而棉布的利润又远远比不上丝绢，故此我大宋境内，做棉布的织户甚少，也就是福建、岭南、崖州有人靠此谋生。” 石越见他说得明白，不由连连点头。唐棣等人却恍如在听天方夜谭。

“如果有人能够使得棉纺的过程变得简单，并且可以大批地生产，以桑伯父和唐二叔看来，这棉布的利润又能当几何呢？”石越似乎是随口问道。二人眼睛一亮，异口同声道：“真能如此，利润不可限量。” 说完，桑俞楚叹了口气，道：“这又谈何容易？”唐甘南却是若有所思地望了石越一眼，含笑问道：“莫非贤侄有办法？”

石越正要回答，桑充国却已不耐烦了，本来他以为石越不过是喜欢博物，谈些民间纺织之事，当作趣谈显示自己的渊博，不料看这光景，竟然真的在讨论起生意来了，便忍不住出言讽刺道：“君子言义不言利，以石兄之才，却不知道为什么要对这孔方兄[1]如此看重？”他这一句话虽然有点儿无礼，却也说出了唐棣等人的心里话，众人默不作声，都想看石越如何辩解。

石越看了桑充国一眼，淡淡地说道：“桑兄只怕读书有些地方没有读到，我和令尊及唐二叔言利，却正是受孔子之教。”

这话却是惊世骇俗，桑充国一怔之下，不由冷笑道：“那倒要请教了，石兄莫非是想要发千古之覆？”

石越也不生气，淡然道：“那倒不敢。桑兄遍读经典，若在下说孔子一生追求的其实就是个‘仁’字，想必你不会反对吧？”

柴贵谊忍不住答道：“石兄所言极是，不过以在下之见，还有一个‘礼’字。”众人都点头称是。

[1] 亦称孔方，即钱。中国旧时铜钱外圆内孔方形，此称孔方兄带有鄙视意味，谐称。

“这个‘礼’字，其实不过是孔子为了达成仁道而采取的方法，以孔子本意而言，倒不会死守着‘礼’字不放。否则的话，当时周天子尚在，孔子何故却要去游说各国？而公羊又为何会有经权之说？经，即是守礼；权，即是变礼。而什么样的情况下允许有权变呢？关键就在于是不是合乎仁道。”

一席话说得众人都点头称是。桑充国也是脸色稍霁，但犹不服气，追问道：“石兄说得虽是，但这仁道和言利，又有何关系？”

石越淡淡一笑，侃侃言道：“桑兄，什么是仁道？仁者爱人。所以爱人者为仁。如果有一个人，他行事能给百姓带来福祉，让百姓安居乐业，生活变得富足，这就是仁道了。桑兄说君子不言利，可忘了还有一句话：公利可言！周公之后，孔圣最看重管子。可管子是言利的，管子经商而使齐国富强，让华夏的百姓免受夷狄之困。这个功绩，已经让他接近于仁道了。所以对于言利，孔子是不反对的。孔子反对的，不过是那些于国于民无用的追求利益的行为！”说到此处，石越顾视桑充国一眼，又慷慨说道，“在下与令尊、唐二叔所言的棉纱之术，便是于国计民生大有益处的。百姓生活，最基本的两件事情，一为食，一为衣。倘若棉纱棉布能大行于世，那么一来百姓可以穿得更好，温饱足方可言礼义，二来棉布行销天下，国家可从中厘税，可以补充国用，三来许多百姓可以赖此养家糊口，四来自己也能挣一大笔钱，从而有能力为百姓做更有益的事情。难道这样的事情孔子也会反对吗？”

这一席话说得冠冕堂皇，让众人哑口无言。桑俞楚更是目瞪口呆，他第一次发现自己经商挣钱居然还有这么美妙的理由！只有唐甘南却是有些复杂地看了石越一眼，隐隐感觉到了石越身上的不同之处。身为唐家生意的实际掌门人，他可不是那么容易轻信别人的嘴巴的，石越说的那些大道理，他全然不信，但是，他却比其余几人更加明白一件事——什么事情都能用大道理来掩饰的人，是绝对不可轻视的。尤其是在这个文人地位极高的年代，对方还是一个颇有才学的文士。

石越似乎意犹未尽，又挥动双手，朗声说道：“在下虽然不才，却不敢忘孔圣之教，一生的信念，就是希望天下的百姓能够耕者有其田、居者有其屋，普天之下，没有人因为没有饭吃而饿死，没有人因为没有衣穿而冻死，生病的人可以得到医治，年老孤寡和年幼无依的人可以得到照顾，所有的小孩子都可以进学校读书学礼仪，即便是蛮夷，也可以受到孔孟之道的教化。我以为只有这样，才是一个真正的仁者所追求的目标。”

“若能如此，要周礼何用？尧舜之世也有所不及。只是要实现起来谈何容易？”唐棣感叹道。众人都点头称是。石越的几句话所勾勒的社会，实在是孟子以来多少儒生心中的理想社会。

唐甘南虽然完全不相信石越会有什么诚心去追求三皇五帝之治，却也绝对不会去质疑石越。他并不在乎石越的话是真心还是假意，反正，他能把他们做生意的说得这么高尚，总是件好事，而且，纵然他不相信，却不代表他不喜欢听。

石越本来只是想找个理由对付一下桑充国，连自己也不料居然会说得这么冠冕堂皇，说到最后，竟然似乎连自己也开始相信那就是自己的理想了。这时候听到唐棣说“谈何容易”，便准备对他说一番“世上事有难易乎”之类的大道理，却听身后一个娇美的声音说道：“这位公子有如此大志，奴家不才，也要替天下的苦命人谢谢这位公子。”

众人齐齐吃了一惊，循声望去，只见一个怀抱琵琶的女子站在门口深深一福，身后站着两个丫鬟打扮的女孩子，也跟着在施礼。以石越的眼光看来，这个女孩甚是漂亮，双十年华，穿着棕黄色貂皮大衣，深绛色的缎面窄脚裤，身材婀娜多姿；清秀的脸蛋上，眉如细黛，眼似晶珠，神韵清雅如水，显然是来自江南水乡。

这个女子就是楚云儿。碧月轩就在潘楼街，离桑宅倒不太远，所以用不了多久就到了。她来之时众人正谈得起劲，便不敢打扰，只好在门檐下候着，直到听了石越那番高论，心有所感，才忍不住说了那些话。

大宋立国百余年，虽然号称“无事”，但实际上河灾、旱灾、地震，从来没有断过，一方面是天灾，一方面是豪强兼并，小民苦不堪言，卖儿卖女的事情时有发生。楚云儿本就是小时候因为地方豪强的兼并，家里不得已把她卖了，辗转流入青楼的。因老鸨见她天资聪颖，便打小在她身上下了功夫，请人教她琴棋书画、诗赋文章，到了十六岁，便出来卖艺，几年来艳名播于汴京。虽然谈不上汴京几大名妓之一，却也是有不少的词人才子来捧场，称得上碧月轩的台柱子之一。她在风尘中数年，见过无数的读书人，有些人还是朝廷的大臣，但是等而上者，就谈些诗赋文章，等而下者，便是声色犬马，哪怕是嘴面上，也从没有如石越这般能念念以百姓为重的。虽然阅历甚多，让她知道看人重要的是看他做什么而不是说什么，但是对于这种愿为自己从未听说过的理想世界而努力的人，也是很让她感动的。

这时候她见众人打量她，又是盈盈一拜，莺声说道：“奴家云儿，给各位员外、官人请安。方才失礼，还请见谅则个。”众人听得心神都忍不住一荡，饶是桑俞楚生性严厉，脸上也忍不住泛出一丝微笑，温声说道：“不必多礼。”他生平从未对歌妓客气说过话，这时说来，语气颇显别扭。

桑充国叫人给楚云儿看了座，楚云儿刚刚谢了罪坐下，柴贵谊便笑道：“久闻碧月轩的云姑娘琴棋书画无所不精，更兼有三绝：琵琶、柳词、书法，不料今日有缘得见。”

楚云儿朝柴贵谊遥施一礼，却悄悄望了石越一眼，才说道：“这位公子谬赞了。雕虫小技，不登大雅之堂。奴家就弹一曲《清平乐》，给诸位助助兴，祝主人家身体安康，财源广进；祝各位公子科场得意，平步青云。”她是久经风尘的人了，一眼就看出这里主人和这些年轻人的身份，故此祝愿得十分得体。

唐棣本不太喜欢声色犬马的事情，此时见楚云儿说话十分得体，长得又很可人，也不由凑着兴说道：“可是那‘繁花锦烂’的《清平乐》？”

楚云儿笑了笑，抿着小嘴说道：“是‘金风细细’的《清平乐》……”

李敦敏奇道：“都说云姑娘最喜欢柳永，柳词唱得也最好，为何不唱柳词反唱晏相的长短句？”这“繁花锦烂”是柳永填的，而“金风细细”却是晏殊填的，都是当时出了名的曲子，所以唐棣和李敦敏有此一问。

楚云儿浅笑道：“柳屯田的词多了些忧郁与悲伤，不合此情此景，所以奴家不敢唱。晏相公的词自有一种富贵典雅之态，正合乎主人家的身份与各位公子的气质，奴家擅作主张，欲选这一曲。”她拿桑家和晏殊这个太平宰相相比，自然也是有夸饰之意的。

众人见她这样说，心里都暗赞这个女子心思玲珑，便一起哄然叫好。

楚云儿轻调琴弦，曼声唱道：“金风细细，叶叶梧桐坠。绿酒初尝人易醉，一枕小窗浓睡……”随楚云儿来的两个侍女亦各自拿着乐器伴奏和声，一时间整个屋子都荡漾着楚云儿动人的歌声，这个屋子里的人们，几乎心神俱醉。这也是石越有生以来一次享受古代士族富家的莺歌燕舞。

4

自石越那一日去桑府之后，汴京城便没有再下雪，天气一天比一天温暖。虽然这一年的冬天才开始，但是挂在屋檐上的冰凌已慢慢消融，只有在屋脊两旁的瓦缝里和墙角树根之下还能看到积雪的痕迹。汴京城也慢慢恢复了平日的热闹。

石越和唐棣一道被唐甘南和桑俞楚留在了桑宅。久经世故的桑俞楚也敏锐地觉察到石越的不同寻常，对石越刻意百般笼络。在唐甘南的建议下，在各处里甲、衙门上下打点一番之后，石越以桑家远房亲戚的名义，把户口落在了桑家。

平日里，石越便和唐棣、桑充国住在一起，互相学习，谈些诗词文章、经义史论之类。石越的国学功底在这时候发挥了作用，他与二人交谈会文，信手拈来前人卓见。对于唐棣、桑充国而言，就是发前人所未发的真知灼见，二人对于石越的学问也就愈发地佩服了。便是李敦敏、柴氏兄弟，也颇愿意来桑府亲近石越。

不过唐棣的本性却是喜欢游玩，石越虽然沉稳好静，但交了唐棣这个朋友，也免不了要和他出去游玩会友，只有桑充国一门心思闭门苦读，平日里除了和石越谈学问之外，便不太爱出门交游，有时甚至连书房都不太肯离开。这种古代儒生的典型学习方法，让石越看得目瞪口呆，又不免要摇头叹息，不太明白这些人是用什么材料做成的。不过桑充国生性聪颖，石越讲什么，他总是比唐棣更易于领会，且颇能举一反三，石越也非常喜欢和他交谈。

如此日复一日，石越的生活终于慢慢稳定下来。开始的时候，石越还会天天在梦中回忆现代世界，但是随着时间的推移，这样的梦也渐渐稀少了，他生活着的世界，却是一日比一日真实。石越也曾和唐棣一起去过他出现的地方探访究竟，但是往返数次，却终是一无所获，慢慢地石越也就死心，不再去想自己是为什么回到了古代，有什么办法可以回去这样的问题了。

这个时候，石越在心里面却有了另一种别扭的感觉——他无法接受长时间寄人篱下的生活。虽然桑家大大小小都把他当成自己家里人一样，甚至连月例银钱都是照桑充国的标准给的，而唐甘南更是对他特别亲切，但是作为一个受独立精神影响的现代人，他心里总是有一种希望能够早日自立，真正在这个世界站稳脚跟的想法。远在和唐甘南、桑俞楚谈论棉布的那一天，他心中就有过这种念头。

石越读过王祯的《农书》、宋应星的《天工开物》，什么花机、腰机，什么赶、弹、纺，黄道婆以来的纺纱机他至今犹有深刻的印象；此外，他对英国的珍妮纺纱机也颇有研究。如果他能将样图摹画出来，再有能工巧匠试制，也许珍妮纺纱机尚有难度，但是中国元代以后的纺纱技术提前问世，绝不会有什么不可逾越的障碍。

这些技术的问世，应当可以给他带来可观的收入，但是石越一直迟疑不决。桑家、唐家在他最困难的时候帮助了他，在这个士大夫重义轻利的时代，要求用技术参股的方式与两家合作，会不会为人所不齿？石越完全没有把握，毕竟这个时代的价值观和公元 21 世纪并不相同。

他既然不说，桑俞楚与唐甘南更是绝口不提当日之事。唐棣就更不会花心思去记这些事情了。

5

参加进士考试的举人们在考前与考后的一段时间内四处交游，结交同年参加考试的朋友，是非常重要的，这是他们将来政治人脉的基础。因此唐棣有数不清的聚会要参加，而他总是喜欢拉上石越一起去，和李敦敏等人一起吹嘘自己有一个多么优秀的朋友。

石越总是勉为其难地参加这种聚会，每次聚会他都要有几首新诗、新词问世。虽然席间的歌妓因为这个原因，对他格外青睐；而且随着聚会的增多，他的“才名”也越来越大，但是他依然不太喜欢这些聚会。

“又是一次无聊的聚会。王安石的青苗法[1]也应当颁行了吧？”石越扶着烂醉如泥的唐棣爬上马车的时候，望着天上那轮皎洁的月亮，暗暗叹了一口气，随后不停地笑着和从身边走过的半醉的举子们说着“告辞”。

“见识了这么多的举子……刚才那个叶祖洽，文章骈四俪六花团锦簇，可是人品却……他连王安石都不认识，却把王安石吹捧成了孔子再生，这倒也罢了，最过分的竟是把吕惠卿说成是颜回……”想起这些，石越不禁有点儿作呕。这些聚会让石越感到无比失望，历史书中都说宋代是培养了士大夫气节的时代，先天下之忧而忧的范仲淹，出淤泥而不染的周敦颐，以天下为己任的程颢……“这些人都在哪里？为什么我看到的全是一幅文恬武嬉的景象？”石越看了一眼在身边酣睡的唐棣，轻声对马车夫吩咐道：“慢点走。”

“有人甚至说唐宋八大家的古文运动是中国古代的文艺复兴，现在王安石、苏轼、欧阳修都在人世，可是他们影响下的士子却是纵情于声色犬马，有谁曾想过燕云沦于敌手，朝廷要以兄事契丹？有谁曾想过黄河改道决堤，洪水肆虐下的黎民百姓？这些寄托着这个时代希望的读书人，关心的却是诗词小调、歌妓舞女，求的是一个美好的前程！”石越越想越愤怒。宋代是一个美好的时代，有唐棣与桑家对他无私的帮助，有楚云儿那动听的宋词，有毫无污染的天空，然而来自千年之后的石越，对于这个世界的走向有着宿命般的了解——这一切都将毁于蛮族的洗劫！为时不远。“是这些人把这个可爱的世界与文明推向了她的末日！”石越不明白自己的情绪为什么如此激动。“在汉代的时候，仅仅因为汉高祖被匈奴围困在白登，人们就可以用几十年的时间来忍辱负重，最后终于打败了自己的敌人，赢得了历史对他们的挑战。但是这个时代的人们，是不可能赢得新一轮的挑战了！”

马车缓缓地在汴京的街道上跑过，市井中喧哗的声音不断传入车中，这个时代已经有了繁华的夜市。石越向车外扫了一眼，路边一株大树根下的积雪赫然入目，他想起了自己来到这个世界时的那个大雪天，暗暗叹了口气。忽然，脑中一个画面一闪而过，那是自己在戴楼门下吟诗的情景，那一句“终叫河山颜色变！”终叫河山颜色变？自己能有这个能力吗？

石越自失地摇了摇头，“我不过是一个被错误投放到这个时空的过客罢了。凭一

[1]　王安石变法措施之一，亦称常平给敛法、常平敛散法。宋朝初期，在各地设有常平、惠民等仓库，当百姓粮食歉收时调剂粮食赈济百姓。1068 年，各地仓库积存钱谷一千五百余石。王安石执政后，于熙宁二年（1069 年）实行青苗法，规定凡州县各等民户，在每年夏秋两收前，可到当地官府从常平仓中借贷现钱或粮谷，以补助耕作。借户贫富搭配，十人为保，互相检查。贷款数额依各户资产分五等，一等户每次可借十五贯，末等户可借一贯。当年借款随夏秋两税归还，每期取息两分，实际有重达三四分的。初期在河北、京东、淮南三路实行，后其他诸路也推行开来。其弊病非止一端，小说后有详叙。

个人的力量，岂能转动巨大的历史转轮？这个时代人杰辈出，王安石、司马光、苏轼，哪一个又是泛泛之辈？就算是吕惠卿，也是无比聪明的人。想要改变这个时代的命运，自己就不得不去与这些人交手，这算不算是自不量力？”石越自嘲地反问道。

“也许我不过就是一个旁观者，上天让我来到这个世界，为的就是冷眼旁观她的灭亡。”石越自言自语。唐棣在梦中喃喃说道：“请……请君……暂上凌烟阁；若……若个书生万……万户侯。”显是还在梦中和别人谈诗。石越微微笑道：“是啊，凌烟阁上又有几个书生呢？自己归根到底，不过也只是一个书生罢了。”石越忽地又想起大相国寺大雄宝殿释迦牟尼那亘古不变的微笑。不知道佛祖能不能给我答案。

正在暗自想着心事，突然听到外面有人高声叫喊：“算命，祖传神算，铁嘴判富贵，一课十文钱，不准不要钱……”石越掀开帘子，向车外觑去，一个算命先生举着幡子从对面走来，一副仙风道骨的模样。

石越触动心事，连忙对车夫说道：“且停一下。”跳下车来，快步走到算命先生跟前，笑道：“先生，请帮我算一课。”

算命先生立即满脸堆笑，更无半点神仙风范，笑道：“公子是看手相还是测字，定是想算明春的春闱吧？”他看石越的打扮，便道是个书生，要算命决疑，这个时节，多半是为了功名，他这推算本也不算错，可惜碰上石越却差得太远。

石越见他神色，听他言语，心里头已是凉了半截，便不肯再让他算，只道：“我不测字也不看相，你这里有签抽没有？我抽个签，卦金照给。”心道：“我诚心向上天问卦，免得为你所误要紧。”

算命先生忙不迭地点头，道：“有的，有的。”然后恭恭敬敬地从行头里捧出一个竹筒来。石越要了一炷香，向天拜了几拜，心里暗祷：“石越今日诚心向上天诸神祷告，我平素不信神不信命，你们把我放到这个世界来，我也不敢怪你们，倘若你们有灵，那么就给我一个指示，告诉我究竟是想让我做什么，若是没灵，就随便给个不着边际的答案好了。”他也不管这祷词是不是有点儿不伦不类，说完了，望空拜了几拜，接过竹筒摇了几下，就有一支签掉到地上。

石越捡起来一看，却是两句诗：“亦予心之所善兮，虽九死其犹未悔。”他识得这是屈原《离骚》中的名句，反复轻诵，暗暗思忖道：“这真的是上天给我的暗示吗？”决疑决疑，似乎越决越疑。一时间竟然痴在那里了。

算命先生却以为石越抽了支坏签，连忙涎笑着在旁边劝解道：“天命者可以因人事而改，上天不过是给我们凡人一个警示而已，易经易经，易就是变换，若能尽事功，虽然起初是不好的，也可能变好；若不尽事功，便是上上之签，最终也可能不成……”絮絮叨叨说个没完没了。

石越没理会，见他在旁边多嘴，倒也好笑，说道：“多谢你了。”摸了十文钱给他，也不理他在后面千恩万谢的，转身便向马车走去。刚迈开步子，便觉一阵疾风扑面而来。只听到“吁”的一声，一辆马车堪堪停在他前面，险些把他撞倒。石越惊得直愣愣地站在当地，几乎吓出一身冷汗。

他正想看看到底是谁家的马车这么没规矩，那辆马车上绿布车帘早已掀开，一张熟悉的面孔跃入眼帘，竟是碧月轩的歌妓楚云儿。

楚云儿见是石越，也不由怔住了，半晌方回过神来，在车上施了一礼，盈盈说道：“石公子别来无恙，奴家有礼了。方才多有得罪，伏乞勿怪。”

石越纵有万千火气，碰上这么一个娇滴滴的美人也发不出来，何况又是故识，也只得改颜笑道：“无妨。不料今日邂逅姑娘。”

楚云儿显得对石越颇有好感，却又不敢正眼看他，低着头轻声说道：“这里不是谈话之所，不知石公子是否可以赏脸光临碧月轩？”

石越看了自己的马车一眼，他既不愿意放开唐棣不管，又因心事重重，不想马上回桑府，便笑道：“今日在下有所不便，如果姑娘不嫌弃的话，这旁边就是酒楼，就由在下做东，请姑娘一叙。”

楚云儿心里怦怦直跳，生怕被他拒绝，想自己在风尘中这么多年，从来没想过有人会拒绝自己，也从来不在乎有人拒绝自己，也不知道今天是怎么了。此时听见石越相邀，脸立时红了，轻声说道：“不敢，公子请。”

二人就在路边的酒楼上要了间雅座——其实便是用屏风隔开的一个单间，正好临街而坐。从楼上望下来，可以看到潘楼街的夜景，虽然比不上现代都市的不夜城，但也是灯火通明，另有一种味道。

石越自上楼来，一直有郁郁之色，此刻虽有美人在畔、醇酿在手，然而终究是不能快乐。又想起那签上的两句诗，不禁喃喃自语道：“亦予心之所善兮，虽九死其犹未悔。”对着楚云儿，竟是视而不见，只是一举手一仰脖，便将一杯酒一饮而尽。

楚云儿是见惯世情的人儿，见这光景，岂有不知眼前这位翩翩公子其实有着满腹的心事。她心里也不知道是个什么味儿，脸上却装出淡然之色，笑道：“屈大夫这句诗，是说只要是我们认为是对的事情，就应当九死无悔地去追求，这是屈子的一种志士情怀。为这句诗，的确可以浮一大白[1]的。”当下也举起酒杯，一饮而尽。

石越凝视她半晌，突然击掌笑道：“好，好！想不到楚姑娘竟是女中豪杰。有你这句话，就可做得我石越的朋友。”

“朋友？”楚云儿一阵愕然。这世界上的男人把她当什么的都有，但是绝没有一个男人把她当朋友。别说是她，这时候天下的任何一个女子都不会有过男人当她是

[1] 原指罚饮一大杯酒，后指满饮一大杯酒。

朋友的。“这个石公子行事，也未免太出人意表了。”楚云儿心里道。

石越缓缓点头，认真地说道：“就是朋友。男子女子，皆是父母所生、天地所养，为什么就做不得朋友？”

楚云儿却有点儿不能接受，轻声问道：“自古以来，男子为乾，女子为坤，男子为阳，女子为阴，这五伦之中，朋友一伦却从未听说可以男女并列的。”

石越笑道：“楚姑娘说说何为五伦？”

“君臣、父子、夫妇、兄弟、朋友，是为五伦。”楚云儿抿着嘴回道。

石越笑道：“君为乾、臣为坤，父为乾、子为坤，夫为乾、妻为坤，兄为乾、弟为坤，若推而及之，那么为什么朋友不可以有阴阳之配呢？”

楚云儿听到他这番谬论，不禁瞠目结舌，只好苦笑着摇摇头。因见他心情似乎好了一点，便说道：“这几日坊间多流传着公子的长短句，汴京城的姐妹们莫不以争唱石词为荣。不知石公子可否赐一首词给奴家，奴家以后也可以在姐妹面前夸耀。”

石越见楚云儿向他索词，不由勾起了胸中不快，他摇摇头，长叹道：“商女不知亡国恨，隔江犹唱后庭花。”

他没有注意楚云儿的身份，随口感叹，竟把楚云儿羞得无地自容。她自然不知道石越最近最烦的就是诗词歌赋，因为石越在这短短的时间里，就有二十多首“词作”流传于汴京，而且每首都可以传之千古。由于他的词风格各异，更让人啧啧称奇，那些书生歌女都称他“石九变”，可以说词名传遍汴京。所以楚云儿向他索词，本也是平常之举，甚至可以说是一种恭维。不料竟然就被讥成“不知亡国恨”了。

若是他人，楚云儿早就出言回讽。偏偏这个石越，她却开不了这个口，只低着头默不作声，心里只觉得委屈，泪珠涌到眼眶里，却又要死死忍住，不让它落下来。这么多年来风尘里承欢作笑，要哭也只是暗里哭，她也是第一次忍不住在人前表露自己的情绪。

石越话一出口，猛地醒悟过来，心里其实就已经后悔了。这时见楚云儿这副模样，心里更是没了谱，他没什么对付女孩的经验，只好红着脸，一脸歉意地说道：“楚姑娘，我不是故意的，我是有感而发……”

他不说还好，这一说，楚云儿更想哭了，可又觉得自己和这个石越也不过两面之缘，因此硬生生强忍住泪水，幽幽说道：“这不干石公子的事，是奴家失礼。”

石越见她这样子，不由得更加过意不去，口不择言地说道：“不是，不是，是我不好，我本来是骂那帮书生的，我实在是无心之失，不过总之是我不好……”

楚云儿听他说什么“是骂那帮书生的”，却不知是什么意思，依然只低着头含泪不语。石越愈发着急，红着脸，也不知道想些什么话来安慰她，结果他干脆也就红着脸坐着，两个人真是“相对无言”了。

两个人一个低着头不停地弄着衣角，一个歪着脖子看着窗外。上来伺候的小二不知道发生什么事了，只觉得好笑。这么坐了十来分钟，楚云儿已知道石越脸薄，可自己又实在难以开口。眼前这个人，比不得别人，自己没来由地就要腼腆几分。正胡思乱想间，见石越从怀里拿出一本小册子，轻轻放在她前面的桌子上，温言说道：“楚姑娘，方才我实在是无心之失。这本小册子是我平日没事写的词，也有三四十首，算是我给你赔罪吧。今晚我还有朋友醉了酒在车中要照料，就此告辞，改日我再来碧月轩给楚姑娘赔罪。”说完便“噔噔”地逃也似的跑下楼去。

楚云儿怔怔地待石越走了好久，才轻轻拿起那本小册子，小心翼翼地翻开，见上面的毛笔字写得难看无比，勉强也就像个字，不由得扑哧一笑，她哪里想得到石越才高如此，字迹却如蒙童，又想起石越方才的窘态，自己的委屈，双手捧着那本小册子宝贝似的放入怀里，仿佛要连同一片女孩儿的心事一起收好一般。

楚云儿不知道，从这个晚上之后，她再也没有机会看到石越填词；而石越当时也不知道，从这个晚上之后，楚云儿最常唱的词变成了“石词”。他虽然不再填词，也不再借用“古人”的词作，但是他“石九变”的外号随着歌女的歌声从汴京流传到杭州，从青楼传入了皇宫，便是连年轻的皇帝赵顼，也能唱几句“男儿心似铁，纵死亦千钧”。

6

辞了楚云儿，扶着唐棣回到桑宅之后，石越在黑暗中想了整整一个晚上。

如果没有这样的变故，耐得住寂寞的他本来应当可以成为一个优秀的历史学家——他在历史方面的才华毋庸置疑，但是现在一切都已经改变，他来到了近千年以前的时空。如果说他还有人生的话，他也决定重新选择。

现在的他，生存已不是问题，问题是如何生存。

“也许我没有本事凭一个人的力量去扭转历史的转轮，没有本事凭一个人的力量去拯救这个世界、这个文明，但是既然我来了，我就一定要在这个世界上留下我的印记！”石越决心要接受一种挑战。上天既然让我来到这个世界，我就一定要还给上天一个惊喜！

“反正自己是死过一次的人，再死一次也无所谓。”石越对自己说，“别说是再死一次，就算应了那个签，死九次我也不后悔！无论在哪个时空，我都要做自己想做的事情！”

但是石越并没有意识到，他“想做的事情”，也许是根本不可能完成的。

天色微白的时候，石越已经有了一个初步的计划。

做大事业的人，绝不应当求田问舍。

7

第二天一大早，众人聚在一起准备吃饭的时候，石越对唐甘南、桑俞楚说道："二叔、伯父，晚辈有一件事想与二位商量。"

唐甘南眯着小眼睛笑道："贤侄且说无妨。"

石越沉吟一会儿，微笑道："前些天曾与二位长辈说过木棉与棉布，侄儿不才，于这些事情略有涉及。如果二叔和伯父有意的话，我或者可以让制棉布的工艺变得相当简单易行。"

唐甘南嬉笑道："我素来相信贤侄的本事。不过民以食为天，先吃饭，吃过饭再谈不迟。"

桑俞楚也笑道："贤侄连这些方面都有涉猎，真是奇才。你二叔说得不错，吃过饭我们再详谈此事。"

唐棣却耐不住好奇，急道："饭是天天吃的，不如先说了再吃饭也不迟。"桑充国也点头称是。桑梓儿却睁着大眼睛，好奇地看着石越。桑家并不把石越当外人看待，因此桑夫人与桑梓儿都不回避。桑梓儿更是整日"大哥、大哥"地叫个不停。

石越淡淡一笑，道："还是二叔和伯父说的是，这事且不急，棉花谷雨下种，大暑立秋摘实，也不是立办之事，先吃饭吧。"

唐甘南一本正经地说道："毅夫你知道什么，子明侄儿不是池中之物，他知道的东西多着呢，若是听他说事却不去吃饭，只怕你饿死了他的本事也没有露出一半来。"一句话把众人说得都笑了。

但是毕竟心里有事，一顿饭众人三口做两口吃完，早有仆人把茶端上来。众人都不约而同地望着石越。

石越要了文房四宝，方说道："这木棉本来不是中土之物，今日种植，主要也是在崖州及岭南、松江一带，中原很少见。而且一般也不用来纺纱织布，不过主要用来放在被子、衣服里面，为保暖之效。但是依侄儿的看法，这棉花的用处，主要还在于纺纱织布。其比之桑蚕，无采养之劳，有必收之效；比之苎麻，免缉绩之工，得御寒之益，可谓不麻而布，不茧而絮……"

接着石越便将王祯《农书》中记载的木棉的种植方法，以及黄道婆的搅车、椎弓、三锭脚踏纺车等物，和《天工开物》中记载的花机、腰机等等细细讲来，说不明白的，他就随手折断一根筷子，沾了墨水在纸上画出形状。虽然画工粗糙，却也能略具其形。这样足足说了有半个时辰，那唐棣等人倒还罢了，桑俞楚和唐甘南却是深明其中关键的行家，此时听石越一一说来，两人听得又惊又喜，知道一宗大大的财富送到了自己手上。

说完之后，石越生怕自己记忆有误，又说道："这些东西有些小侄也是凭空想象而来，因此还须找一些有经验的纺户、木匠，让他们依着这图纸试制，反复试验，方能成功。若仅依我这图纸而做，怕只是纸上谈兵，误了大事。"

桑俞楚捋着胡须，乐呵呵地笑道："贤侄不必过于谦逊。凭贤侄这个想法，已是巧夺天工了，便有一点点不当，也能解决。你方才说的确实是老成之言，这个冬季我们就可以找人试制你所说的机械，明年开春，我们再安排人往松江一带收购棉花，招收纺户。"

石越见他这样安排还算妥当，又说道："据说这些法子，崖洲夷人女子早就会了，如果有什么差池，可以着人去那里花重金买几个夷人女子来，两相补益，可保万无一失。"

"我们这就安排人去办。"桑俞楚立刻道。

石越点点头，又笑道："小侄另外还想到一种机械，但只是粗具模型，改日我画成图纸来，二位伯父可以找人去试制一下。只是……不知道能不能成。"他说的却是珍妮纺纱机。

唐甘南和桑俞楚对他的能耐已是十分相信，当下连忙点头答应。

石越喝了一口茶，见梓儿托着腮出神地望着他，不由冲她微微一笑。他似乎是在下棋一般，待深思熟虑之后，终于决定了如何布局，便可以落子如飞了。与唐甘南、桑俞楚说了织布机的事情后，他转过身来，又对唐棣和桑充国说道："毅夫、长卿，你们可先去书房，等下我还有事情希望你们帮我。"

二人一向敬服他，见他吩咐，答应一声，便起身而去。梓儿忽然仰着头问道："石大哥，我有什么能帮你吗？"石越笑道："当然能。这样吧，你也先去你哥哥书房等我，好吗？"梓儿脆脆地应了一声，兴高采烈地走了出去。

唐甘南是老狐狸了，此时见他支开三人，明白了他的用意，便眯着眼睛笑道："贤侄可是还有什么话要说？"

"其实也没什么大事。"石越淡淡说道，"不过我听说君不密失其国，臣不密失其身。二叔和伯父要做这些东西，所请的人，一定要能保密才好，否则流传出去，钱就赚不到了。"

唐甘南和桑俞楚相顾一笑，说道："那是自然，贤侄所虑甚是。"

石越见他们早已想到这件事，便不再说什么，起身告退。走到大门口，忽听唐甘南唤道："贤侄且慢走。"

石越停止脚步，回转身来，问道："二叔还有何吩咐？"

唐甘南注视了他一会儿，忽然一笑，道："贤侄不是池中之物，蒙你不弃叫我们一声二叔、伯父，如果有什么事用得着我们两家的，只管开口。"桑俞楚也在旁微笑着点了点头。

石越闻言一怔，也笑道："二叔、伯父，尽管放心，你们不把我当外人，我也断不至于把你们当外人。"说罢长揖到地，便往桑充国的书房走去。桑、唐二人自在那里商议怎么样请纺户、工匠，怎么安排作坊等事。

8

石越到了书房，见桑充国、唐棣、桑梓儿都坐在那里等候。他微微一笑，径直走到桑充国书桌旁边，找出一本《论语》，随手翻了几页，嘴角露出一丝笑意。三人都不知道他葫芦里卖的什么药，只好静静等待。

好一会儿，石越忽然笑道："真是天助我也。"

桑梓儿柔声问道："石大哥，什么天助你也呀？"

石越拿起那本《论语》，朝着三人亮了一亮，笑道："自本朝赵普赵相公号称以半部《论语》治天下以来，《论语》便深受士子的重视，现在流传的注释却是汉代何晏的《集解》，网罗的是汉儒旧义，只怕离孔子之道相差甚远，而皇侃《义疏》更有太多谬误。在下不才，对《论语》却颇有涉猎，自以为理解颇近于孔圣的本意，我想写一本《论语正义》刊行于世，岂非美事一桩？"

这一番话说出来，桑梓儿不知道厉害倒也罢了，桑充国与唐棣却是面面相觑。二人都是读书人，知道读通一经，至少需要五年，但若要精通一经，却可能要一辈子。想要著书立作，写《论语正义》，没有几十年的经学功底，广泛涉猎经史子集，是根本不可能做到的。他们见石越不过二十多岁，居然说出这种大话，怎能不惊？诗词写得好，那只是才气，可是写《论语正义》需要的就是学问了。

石越看二人神态，便已知他们心中所想。他也不多说，只继续说道："只是我的书法毅夫、长卿都知道的，所以我需要你们帮助。一来，这字还得你们来写，我以口授为主；二来，字句有不够雅训处，或者我记忆有误的地方，还要二位帮我纠正过来才好。却不知道毅夫、长卿肯不肯帮我这个忙？"

二人虽然心中将信将疑，却也认为石越高深莫测，既然他开口求助，自是满口答应。唐棣知道这件事工程浩大，想了一会儿，又说道："仅凭我们二人，人手可能不够，我把陈元凤、李敦敏和柴氏兄弟请来帮忙，集六人之力，可能更加容易一点儿，子明以为如何？"

石越思忖了一会儿，笑道："是个好主意。我的这部《论语正义》，体例和前人略有不同，而且可能要写上一二十万言，我又想一个月内完成底稿，多几个人也好办事些。只是他们若不愿意来，毅夫你也不要强求。”

唐棣和桑充国听他说“一二十万言”，几乎吓了一跳，又听他说要在一个月内完成底稿，更觉匪夷所思。桑充国叹道：“愚弟本来不信有生而知之者，今见子明兄，才相信古人不曾骗我。”

石越脸上微微一红，心里暗叫一声“惭愧”，想到自己无所顾忌地欺世盗名，实在谈不上什么正人君子，而且还要欺骗这些相信自己的人，更是过意不去。然而自己要做的事情过于艰巨，不能不借助自己千年之后所学到的知识，这也是无可奈何的事情。

正失神间，却听桑梓儿撒着娇说道：“石大哥，那我帮你做些什么呀？”

石越本来没有想过给这位大小姐什么差使，但是既然已经答应她了，也不好反悔，灵机一动，笑道：“有件大事要妹子帮我做。”

梓儿一听有大事要她做，高兴地问道：“是什么事？快说，我一定帮你。”惹得唐棣和桑充国都不禁莞尔。

石越笑道：“你帮我想一个《论语正义》的封皮出来，要古朴典雅，合乎这本书的身份，如何？”

桑梓儿见不过要她设计个封皮，心里老大不乐意，嘟着嘴说道：“这是什么大事呀。”

石越连哄带骗地笑道：“妹子可别小看这封皮，要做到别出心裁又不失典雅古朴，是很难的事情，你再自己想想，看是不是这个理儿。而且这一本书的封皮，就如同书的脸面和衣着，也是很重要的。”

桑梓儿低着头想了想，似乎觉得石越说的有理，这才破颜笑道：“也是。石大哥你放心，我做的这个封皮一定不会让你失望。”

计议已定，众人便开始分头行事。唐棣去请诸人，除陈元凤推脱自己学术不精，要安心读书备考外，李敦敏和柴氏兄弟都欣然前来。桑充国便禀告了父亲，收拾了几间厢房，把李敦敏和柴氏兄弟安置在自己家里住了。

9

从十月二十六日开始，一直到十一月二十六日，整整一个月的时间，由石越口述为主，唐棣、李敦敏、桑充国分班纂录，最后统由柴氏兄弟撰写定稿。六人忙了个马不停蹄，终于在计划的时间里将一部《论语正义》的初稿写了出来。石越因为过分耗费心智，整个人都瘦了一大圈。

这部《论语正义》是以后世钱穆《论语新解》、程树德《论语集释》为基础，由石越回忆写出的。整部书虽然以杂取二家释义为主，却也有一些石越自己的理解与解释，同时石越对钱穆的许多现代思想也做了更委婉的处置，因此公平地说，这部书也是石越本人智慧的体现。当时朱熹尚未出生，这部《论语正义》因为以钱、程二家学说为本，所以自然也网罗了朱熹以后许多学者的卓见，在当时来说，完全称得上是极具创见的学术著作。

这部书在写前面一半时，唐棣等人还偶尔会问难辩疑，到了后半部，石越越说越熟，五人几乎已经把他当成生而知之的圣人转世了。

石版《论语正义》全篇洋洋二十余万言，是以类似于朱子语录的白话所写，体例仿照钱书，先是集解释义，然后阐述论语大义。其书最为独特之处，就是石越在这部书里采用了一整套标点符号。

石越又与桑充国一起撰写了两个前言，一篇介绍全书的体例与作者的用心，一篇则是倡议采用标点符号，并且详细解释各种标点符号的用法。虽然古代的“者也”之类的语气助词实际上有标点符号的作用，而且也有简单的标点符号，但是应用并不广泛，甚至还受到一些读书人的抵制，所以断句不一引发的歧义始终存在。便是这部《论语正义》里，石越对某些话的断句在其后甚至引发了士林大辩论，较著名的例子便是“民可使由之不可使知之”。历代断句，都是“民可使由之，不可使知之”，而石越用钱穆的断法，读成“民可使，由之；不可使，知之”，整句话的意义顿时截然相反！凭借着《论语正义》巨大的学术声誉，以及类似辩论带来的震撼性影响，标点符号后来很快得到了官方的认可并风行于世。

这部书还有一个小小的附带作用，那就是石越完全确立了自己在唐棣等五人心目中的地位。

对于这部书，还有一个戏剧性的说法。

在《论语正义》尚未正式定稿的时候，这部书的名声就已经悄悄传开了。唐棣等人突然消失在举子们的应酬聚会中，引得举子们打听相问，唯一知道内情的陈元凤用揶揄的口气回答道：“唐毅夫等人在桑府帮助石越撰写《论语正义》，欲取代何氏《集解》为天下士子必读之书。”

这个传闻于是便在京师悄悄地流传开了。众举子对于这几人如此“不务正业”都表示不解，虽然知道石越的才气，但是听说他二十多岁就想著书立说，还是要忍不住嘲笑一番他不自量力。六人闭门写《论语正义》成为熙宁二年十一月份时举子们酒席间的一个笑话，几乎所有人都在等待这部“大作”的刊行，以期看到一个更大的笑话，只有极少数人谨慎地相信石越或者真有过人的才华。

这件事的真伪已不可知，因为事后没有人承认他们曾经嘲笑过《论语正义》。

当时唐棣等人完全沉迷于编撰之中，他们知道自己凭借着参加了这本书的创作，就已经足够名留青史了——这种荣誉对于当时的读书人来说，是一种莫大的奖赏。桑俞楚和唐甘南一方面筹备着棉纺设备的制作，一方面干脆斥资购下一间雕版印刷作坊，只等全书定稿，就立刻刊印发行。

但在底稿草就之后，石越却迟迟不肯定稿。

在这部《论语正义》里，借着对孔子及其门人语录的解释，不仅仅第一次清晰地提出了“民本主义”的概念，而且还提出了“实事求是”“格物致知”的思想，并且石越还强调了“逻辑学”[1]的意义。此外，通过对儒家政治思想的阐叙与发挥，石越无比清楚地提出了“权力制衡”以及“天子以下人人平等”的思想；借助对管子的议论，更提出了文化沙文主义，指出“仁”最大的目标便是让四夷同沐德化，接受华夏的思想与文化；并且数次强调国家的作用和士大夫的抱负，应当是让所有民众过上平等而富实的生活！他在书中强调孔子认为民众有受教育的权利与义务，认为让所有人平等地接受教育、懂得礼义，这是孔子毕生追求的目标之一……

可以说，虽然格于《论语》这本书的内容，石越表达得有限，但是对于现代的政治思想，他几乎都有或含蓄或清楚的表达，甚至还暗示了天子的设立是用来为天下万民服务的，而不是用来统治天下万民的。

这部书的内容，一方面迎合了当时士大夫以天下为己任，与皇帝共治天下，强调个人的道德气节修养，强调华夷之辨这样的主流学术思想；但是另一方面，却也提出了许多新的概念，并且格外重视民众的地位与作用。虽然这是孟子早就提到过的，而当时自王安石以下，特别是以王安石为代表的“经术派”对孟子非常崇敬，王安石更是以孟子自喻，但是毕竟石越的提法更加清晰，因此也格外显眼。而对于某些礼法制度，例如三年之丧，石越更是提出“贵在心哀，而不在于形式”这样的思想，只怕更是要引起大的讨论。

凭着谨慎的个性，石越在他不能准确判断形势之前，并不敢轻易抛出这部书来。他需要用这部书给自己带来巨大的声誉，而不是巨大的争议。新的思想只能慢慢提出来，首先必须要让士大夫中的杰出之辈能够接受，这是石越的一个宗旨。

在十二月初，石越请了十几个老先生来专门审查这部书中是否有犯忌触讳之处，找出后自己就和唐棣等人反复讨论，希望可以把握一下当时的人对一些事情能够接受的感情底线，最后终于还是做了一次修改，如将“三年之丧”之类内容中关于批判的部分删掉。

[1] 这是石越故意使用的西方名词，目的是为了减少“名家”这个学派带来的不利影响。当时主流意识形态并不认可名家，甚至鄙薄名家。

唐棣等人对石越如此持重几乎是不能理解的，因为他们生活在一个比较宽松的环境下。宋仁宗以来对士大夫格外优容，而王安石变法引发的政治斗争才刚刚开始，并没有波及他们这些尚未入仕的儒生，所以他们无法理解为什么需要这么小心。

李敦敏夸张地说："此书一出，从此天下学《论语》者案上必置一本《论语正义》，而天下凡识字者必读《论语》，故天下凡识字者必读《论语正义》。"他们看到的，只是他们将要享有的巨大声望。虽然这部书是石越的作品，但是他们也很自豪自己能为这部书的出版付出过艰辛的努力。

只有唐甘南和桑俞楚暗暗叹服石越的老成稳重，二人对石越也因此更加信任。凭借着他们二人半生的阅历，他们绝对相信这个石越能够把他们唐、桑两家带到一个从所未有的高度。商人的本质是投资与回报，在初步排除他们有可能陷入谋反的阴谋中这一可能之后，他们已经决定做一次政治投资，从此让他们两家摆脱贾人的名声，从他们的下一代开始，桑、唐两家将成为名宦之族、书香世家。唐甘南给唐棣父亲的信中写道："我们唐家现在有一个百年难遇的机遇，借助这个人，不仅仅毅夫侄儿可以轻易当大官，便是我们二人，得个朝廷的封赐也是很容易的事情。这笔生意，断无不做之理……"

基于这种判断，桑、唐两家对石越的支持不遗余力。当时的工商业相当繁荣，身家亿万的商人也并不罕见，桑、唐两家在商人之中只能算是中等，但是其财力也已相当可观。

熙宁二年十二月中旬，全套的棉纺技术设备基本上已经试制成功，同时，石越开始对《论语正义》定稿。每议定一卷，雕版工人立即开工雕刻。桑俞楚和唐甘南为了让这套书有最好的印刷效果，完全不计工本，除了原有雕版印刷坊内的工人外，还特意请来了汴京最好的数十名工人，刻板、纸张所用之料都是上上之选。但是尽管如此，要刻出二十余万字的书版来，也非易事。一个字不小心刻错，整版就要重来，一时间书版堆满了印书坊的十多间房子。上百个工人夜以继日地工作，到十二月结束的时候，一部《论语正义》不过才刻完了四分之一。

石越对于这种进度十分困惑。他向工人们询问道："我听说有一个叫毕昇的人发明了活字印刷术，无论成本还是排版的速度都要比雕版要来得好，为什么你们还用雕版呢？"

工人们却茫然不知毕昇为何人。只告诉他，现在的确有人用泥活字印刷术，但是主要在杭州一带，并不普遍，汴京较少采用。因为活字印刷质量不如雕版，泥活字又不能使用太多次，于效率上的改善也并不显著，成本降低也很少。

石越默默听着。他当然知道此时肯定有活字印刷术存在于世，记载这件事的沈括此时应当正当壮年，如果他没有看到，也不至于乱写，何况这也不是乱写可以写出来的。他寻思着："活字印刷术肯定要比雕版印刷术强，至少适用于大规模生产时如此。但是古登堡印刷机和铸字机却不是一下子就可以造出来的，况且用于金属活字的油脂性油墨的开发也是个难题。眼下可行的是用王祯发明的木活字印刷术，采用转轮排字架，再加以现代化的生产管理流程，效率一定可以提高很多倍，以后再慢慢向铅锡合金活字发展也不迟。"

因为这些日子唐甘南把主要精力放在了那些棉纺机械上，石越便去找桑俞楚商议，让他收购一家活字印刷坊，用于改进印刷术。桑俞楚立时便答应了，他虽然知道活字印书坊的利润并不高（活字印刷在硬件成本上低于雕版印刷，但是在软件成本上，因为雕版工人不需要识字，而活字工人却需要识字，活字印刷的成本就要高得多），但这件事已经不能纯粹从生意的角度来看，因为是石越看中的事情，也许利润超出想象也说不定。

桑俞楚是做事有效率的人，在除夕之前，他用五百贯钱买下了一家活字印刷坊，改了个招牌叫"桑氏印书坊"。

10

虽然石越很希望能够在春节里和印刷工人们探讨一下木活字印刷技术以及新式的生产流程细节的可行性，但是他毕竟无法阻止人们希望过一个轻松愉快的新年这样朴实的愿望，而他自己，也很希望领略一下 11 世纪宋代春节的气氛。可是石越同时也无法掩饰自己心中的紧迫感，相对于他想要做的事情来说，他的生命实在是太短暂了。

从这个角度来看，虽然石越来到了这个时代，但是他依然和这个时代不太相融，因为这个时代的人们生活从容而优雅，而他则显得急促了一些，这是无可奈何的矛盾。

除夕那天，石越惊讶地发现当时鞭炮的工艺水平并不逊于自己的时代。他倚门望着那"噼里啪啦"作响的鞭炮，突然有点儿讽刺地想道："这个东西也许是这个时代里我最熟悉的事物了……1069 年算是结束了，短短三个月不到的时间里，我似乎已经慢慢融入了这个时代，看来我的适应能力还真是惊人呀。如果换了意志脆弱的人，只怕早就自杀了吧？"石越一边想着心事，一边嘴角不自觉地露出了自嘲式的冷笑。

他并不知道此时有一个人在远远地望着他，看着他那寂寥的神态，那倔强的冷笑，那掩抑不住光芒却又似乎无比倦怠的眼神……桑梓儿知道以她的身份是不可以和男性走得太近的，虽然自己家里并没有那种清规，但是有一种约束是无形的。即便是和桑充国这个亲哥哥在一起，她也应当恪守着一定的礼仪规范，更何况是眼底里这个自己称为"石大哥"的人了。

这个石越哥哥为什么显得那么寂寥，那么倦怠，神态却有几分不屈的感觉，似乎他在和一种她所不能理解的事物战斗一样，不知道有几分胜算，却倔强地战斗不止。桑梓儿知道自己始终不过是一个大门不出二门不迈的女孩子，那些东西是她理解不了的，但是这并不妨碍她体恤这个石越哥哥。

在大厅里，桑家的男人们和唐棣、柴氏兄弟、李敦敏一起忙碌着，那些祭祀祖先的供品自然是不能让外人碰的，不是姓桑的人很有分寸地把这件事交给别人去做。大宅里忙碌的人们浑身透着喜悦的心情，感染了整座桑宅。

似乎觉察到自己的心情与眼前的气氛不太相符，石越回过神来，也开始去帮忙。要把整座宅院清洁一新，还真不是几个佣人就可以做到的，但是员外公子们其实也并不真的动手，他们只是发号施令。石越却并没有意识到这种特权，他竟然笨手笨脚地去帮助佣人做事，结果惹出一堆笑话。一方面唐棣等人目瞪口呆地看着这个居然不介意做体力活和脏活的读书人；一方面那些佣人也根本无法理解身为公子的石越居然要帮他们干活，以至于被他的行为给惊呆了。而石越又显然不像是个做惯了家务活的人，仆人一个人背着一张大的八仙桌毫无困难，而石越背着一张桌子在原地团团乱转，分不清东南西北，引得唐棣等人笑得打跌。桑梓儿也忍不住扑哧一笑，那点不开心的情绪随着这一笑飞到了九霄云外。

也许是因为石越的这种行为让大家觉得很开心，唐棣首先忍不住捋起袖子加入进来，接着桑充国、李敦敏、柴氏兄弟也跟着干了起来，不过这几位始终有点儿拘谨，顶多只帮着搬搬花瓶之类的小玩意儿，实在比不上唐棣和石越，什么重活都抢着做。

熙宁二年的除夕最终在桑府诸人的劳动中度过，石越尽情享受着劳动的快乐，完全忘记了自己来自一个千年之后的世界，也完全忘记了自己想要向这个世界的命运挑战，改变历史的进程，这一天他的目标就是把桑府打扫得干干净净，为过一个快快乐乐的新年做好准备。

第二章

终南捷径

翩然一只云中鹤，飞来飞去宰相衙。

——清·蒋士铨《临川梦·隐奸》

1

公元11世纪70年代的第一个春节，身处世界上最繁华的都市之中，石越如同刘姥姥进了大观园。

虽然天气有点儿冷，但是从初三开始，街上就变得非常热闹，出来拜年的人们络绎不绝，酒楼店铺都开始营业了，小商小贩们也挑着担子上街吆喝，各种各样的小吃散发出诱人的香味。最吸引石越眼球的，还是那些卖艺的杂耍，有人吞吐火球，有人掌碎石块，有几个人搭台唱戏，有几个人舞剑生风，还有说评书的、弹唱的，真是让人目不暇接。

石越和唐棣一行六人闭门造书一个多月，已经把唐棣闷得不行了，趁着这举国同庆的节日，几人便忍不住成群结队地出来透气。众人走到土市子[1]附近时，唐棣见大家都有点儿累了，便提议道：“我们且上陈州楼吃杯酒再走吧。”

石越抬头看，果然有一座酒楼在街对面，好大的一面酒幡迎风飘扬，一个大大的“酒”字下面用楷体绣着“陈州酒楼”四个大字，旁边还有一面只有三色条幅的布幡，那是官府允许卖酒的标志。众人走进去后，才发现里面早已人满为患。店小二艰难地挤到这一行人身边，唐棣大声问道：“小二，雅座还有没有？”

“有，有，楼上，六位官人，上等雅座一间伺候……”小二拖长了音大声吆喝。马上便钻出人来，将他们请上楼去。

上得楼来，石越才发现楼上楼下竟是两个世界。楼下拥挤不堪，楼上却还有几张桌子能空出来，那一个个用屏风隔出来的雅座也并没有坐满，石越等人竟然还能有一个靠窗的位置。“做有钱人真好啊。”石越在心里感叹道，想起以前和同学开玩笑的事情，不由童心大起，张着嗓子大声唤道：“好酒好菜尽管端上来！”他在21世纪念书的时候每每为点什么菜而烦恼，当时最盼望有朝一日，可以冲店家大喊一声：“好酒好菜尽管端上来！”想不到这个搞笑的愿望居然在今天实现了。

这等事情在唐棣这样的富家子弟看来却十分平常，几人不以为意地坐下，话题便离不开科考与《论语正义》了。李敦敏笑道：“子明真是神人！昨日我去给同乡的举子们拜年，听他们说道省试已经定了，果然不变，唯殿试将只试策论，一如子明所料。”

石越虽然知道这件事本是必然，心里却也有几分得意，笑道：“几位要取功名，其实也不难。考试之时，把握一个主旨便是。”

[1] 宋代汴京市街名，位于内城，人烟稠密，商业繁荣。

柴贵谊吐吐舌，问道："以子明所见，当以何为主旨？"

"朝廷求变求新，欲一洗百年积弊，诸位的策论若违了这个大旨，考官只怕不能相容。"石越笑道。

桑充国听得这话，心中不禁有几分不舒服，便问道："朝廷当以才华取士，奈何迎合执政？"他满脑子的正义，看不起阿谀媚世。

石越淡淡地笑道："道理上长卿自然说得不错，只是事实如此，也无可奈何。"

桑充国正色说道："国有道，不变塞焉，强哉矫。国无道，至死不变，强哉矫。功名可以向直中取，岂可从曲中求？子明兄写《论语正义》，学际若天人，怎么可以随波逐流呢？"说到后来，是有点儿责备的意味了。

石越也不生气，反倒喜欢他的性格，微笑道："长卿说得不错，不过事有经、有权，不通权变，不可谓是知王者之道。试问，若权柄为小人所掌握，以直道求功名必不可得，那么用曲道求功名然后伺机匡扶朝政，救济天下百姓，较之因此而不闻不问，只求独善其身，哪一种做法更加值得尊敬呢？"

桑充国顿时怔住了，这是他从未想过的问题，默不作声好久，才说道："天下事不如意者十之八九，子明兄说的两种方法，我以为都无可厚非。说到小人当权，真真可叹，为何三皇五帝之时，就没有小人当道呢？"

"三皇五帝之时，并非没有小人当道，而是小人当道，马上就会被发现。故此小人不能居高位甚久。"石越笑道，仿佛他亲眼见过三皇五帝之时一般。

"不错，以三皇五帝之圣明，小人难居其位久矣。"柴贵友悠悠说道，其心不胜向往之。

"景中此言差矣，世人皆为此事所误。以我所见，三皇五帝之明，并非便强过当今圣上。"石越语不惊人死不休，"自古皆知三皇五帝，以为古之圣人，然而却没有人想过，三皇五帝之时，为何圣人辈出？而此下数千年，最贤不过唐太宗？同是华夏九州，水土未变，神灵未变，何以古今有异？"

"那是民风已变。"柴贵友思索片刻道。

"圣人是生而知之者，与民风变不变有何关系？"石越反问道，"不过说民风已变，也不算说错。须知当三皇五帝之时，民无阶级之别，普通的百姓可以直接和天子说话，若有小人为恶，则百姓一可以在华表上书，曝其罪恶，二可以直接告诉天子。天子耳张目明，如何不圣？天下人都可以直言朝政得失，小人便是欺得一时、欺得一人，如何可以长久欺瞒天下人之耳目？故此三皇五帝之时，朝中便有小人也不能立足，天子由是成其圣人。"石越说到激动处，已是站起身来，手舞足蹈。

"其后阶级之分遂起，民意与天子隔绝。今世虽有登闻鼓院[1]，然而以民告官，

[1]　宋朝信访机构。凡有关朝廷政事、军事机密、公私利害等事，或请求恩赏、申述冤枉等，如不能依常规上达皇帝，可到登闻鼓院呈递事状。

便是坐实，民亦须受罚，故虽有小人在朝，天下百姓知之，亦不敢告之天子。诸君试看那登闻鼓院，百姓若不是走投无路，又有谁敢去敲那个鼓？这等设置，原本是百官中的奸诈之人，欲借以欺君而想出来的隔绝天子与庶民的办法，后世却因之不疑，反而在那里妄求什么三代之治，岂非缘木求鱼？天下之奸弊事情都是欺上不瞒下的，若天子能通达民意，小人便不能安居于朝，三代之治可垂拱而得。”

这一番话说得众人悚然动容，一时座中鸦雀无声，所有人都在心中细细思忖这闻所未闻的宏论，却听到隔壁有人鼓掌笑道：“好一番议论！真是闻所未闻，却又深明事理。不知是哪一位贤者在此？”说话之间，便有人掀开门帘走了过来。

众人一齐望去，却是个三十多岁的男子，一张国字脸，神情俊朗，旷野中带着几分飘逸。石越连忙站起身来，深施一礼，说道：“小子放肆，不知深浅，不料惊扰足下。”

来人见石越等人都甚是年轻，眼中略现惊奇之色，一面抱拳爽朗地笑道：“哪里，哪里。在下苏轼，冒昧打扰贤者，还望恕罪。”

石越听他自报名号，顿时大吃一惊，张大了嘴半天说不出话来，众人也全都站起身来。桑充国激动地问道：“足下果真是苏直史子瞻公？”

“如假包换。”苏轼笑呵呵地说道，一面环视众人，目光停到石越身上，问道：“苏某没有猜错的话，方才说的子明，定是这位吧？不知可就是最近词名蜚声京师的石九变石子明？”

其时苏轼文名满天下，众人亲眼见到苏轼，尽皆激动不已，其中又以几个蜀人为甚。石越却呆呆地望着苏轼，心中寻思道：“苏大胡子怎么没有胡子？”他却不知道苏轼的胡子是到四十余岁才留的。

唐棣见石越发愣，忙在他身后轻轻捅了一下。石越心头一个激灵，这才回过神来，抱拳道：“不敢，在下便是石越。久仰苏公之名。”众人也连忙一一上前见礼，让了上座与苏轼。

苏轼也不客气，径直坐了，便细细打量石越，竟似有几分不相信方才那番话出自一个二十余岁的青年之口。石越也愣愣地看着苏轼，一时间竟忘了说话。半晌，方听苏轼笑道：“刚才听石公子一席话，真是发千古之覆。苏某不才，想请问石公子。孔子说，未好犯上，而好作乱者，未之有也。所以君子务本，如果放任庶民百姓无所顾忌地告发官长，岂非伦常大乱？这和武则天之世又有何区别？”石越说应当让百姓都可以批评朝政，他就举出武则天让天下人告密的例子来驳难。桑充国等人尽皆屏气凝神，要看石越如何答辩。

石越见苏轼问难，笑道：“五伦之中，闻有君臣之义，却不当有官民之别。三代之时，天子置百官，本是用来帮助百姓，使百姓各得其所、安居乐业的。因为世有恶人，才不得不假百官以威仪，故此官民之间，民重于官。后世则谓士大夫高高在上，离古之圣人之意远矣。至于武则天之法，未足称上古之遗意。一则武氏得天下不正，以女主临朝，使百姓告发长官勿问，不过是为了钳制士大夫之口，其本意如此，岂可因此而有大治？再则三代之时，民少官少，政简事易，后人若欲复先王良法，当先求其意，而不当拘泥其形。上古之时，王不过百里之地，今则天子囊括四海，岂可一概而论？”

“却要如何法先王之意？”桑充国迫不及待地问道。苏轼则微笑不语，石越这个论调虽然高明，却和王安石相距不远，王安石也是打着“法先王之意”的旗帜变法的。因此苏轼便耐心地等待石越的下文。

石越朝桑充国微一颔首，注视苏轼，缓缓道：“在下虽有良法，但愚意以为，今世欲求大治，须缓缓图之。病重者不可用急药，治大国如烹小鲜。”

这句话正中苏轼心坎。苏轼击掌笑道：“本当如此！”

石越笑道：“若从长远来看，想达到三代之治的境界，就应当在各县聚士绅乡老，设置议会，专事讨论县官施政得失、为人贤愚不肖，而不受县官刑责。其有建议之处，则可以请县官依法施行，县官若有失职处，亦可随时弹劾，请朝廷另委贤能。士绅乡老于县中利弊深知，则县官不敢任意妄为。如此，一县可得大治。再依此法，由县之议会推举名士组成州之议会，监察各州施政得失，又由州之议会荐人于各路，监察一路政治之得失，由各路之议会荐人于朝廷，监察一国之政治好坏，则皇上自可以垂拱而得三代之治！在这个制度之下，皇上耳目遍及于天下，奸人断难久居于位，更不用说犯上作乱。在议会层层监督之下，纵有才智过人之辈，亦无法瞒尽天下人耳目……”

石越话未说完，众人都已悚然动容。苏轼学问再渊博，也不曾听说过议会制度，连连叹道：“奇才！奇才！”

“不敢。”石越略一欠身，又继续说道，“议会制度还有一个好处，就是可以不让制度更张太大。各县置办议会，只需朝廷一纸诏书，保证士绅乡老议论之权力。更不需要增加半个官员，也无须发给士绅们月俸，便可以多出千百万计的监察御史；士绅们也可以借此维护乡里的利益，提高自己的地位。如此士绅与皇上联为一体，举国上下同心协力，国家焉能不大治？”

饶是苏轼聪明过人，此时也已完全被石越的主张所震撼。半晌，才问道：“石公子说，这是长远之法？”

“正是。”

“为何说是长远之法？”

石越笑道：“此法虽然好，但是如果天下人不明白它的本意，执行起来，必然走样。只怕画虎不成反类犬。”

“所虑甚是，所虑甚是。”苏轼猛然发觉，眼前这个年轻人虽然想法新奇，较之王安石也有过之而无不及，但是他对于政见的谨慎，却非常合自己脾胃。

“那要如何一步一步实现它？”桑充国也是头一次听到石越谈起议会制度。

“要让天下人都知道这种制度的好处与坏处；要有更多的读书人；要百姓更加富庶；要有谨慎的推行措施……”

“这似乎不难。”桑充国张口说道。

唐棣横了他一眼，取笑道：“怎会不难？每一样都是难上加难的事情。”

苏轼却没有注意这些，他笑意盈盈地望着石越，问道：“石公子方才说，要让天下人都知道这种制度的好处与坏处？”

“正是！任何一种制度，有好处必有坏处，只有清醒地知道这种制度存在的坏处，才能真正执行好这种制度。”

苏轼点点头，忽然端起酒来，笑道：“石公子，为这句话，苏某当敬你一杯！”说罢一饮而尽。石越连忙端起酒来，口称不敢，却也是一口干了。二人望着手中的空酒杯，相顾大笑。

此时苏轼对石越已是惺惺相惜，二人交杯畅饮，无所不谈。李敦敏等人又说起《论语正义》的事情，更让苏轼咋舌不已。几个时辰之后，苏轼已经完全不顾自己的身份，竟与石越称兄道弟起来。

第二天一大早，桑充国就将睡眼蒙眬的石越给闹了起来。

“子明，给我们说说议会吧？”石越勉强睁开双眼，迷迷糊糊见到眼前有几个人影，头一歪，又睡着了。

桑充国等人哭笑不得。昨日苏轼与石越对饮，二人仗着酒量好，说话投机，竟然旁若无人，喝得酩酊大醉，今日是无论如何也爬不起床来。偏偏桑充国对议会非常好奇，昨晚已是心痒难耐，想了一个晚上，今天却是非要石越解说一遍不可。

桑充国正一筹莫展时，唐棣已经吩咐书童端了一盆冷水过来。他摆摆手让桑充国让开，自己掬起一捧水来，猛地洒在石越脸上。此时尚是冬天，冰冷无比的水落在石越脸上，便见石越“啊”的一声大叫，一个激灵弹了起来。

众人哈哈大笑，书童连忙递过毛巾，给石越擦了脸。桑充国便问起议会的各种问题，石越只得无可奈何地一一解释着。不料众人知道得越多，疑问反而越多。

桑充国首先问道：“子明，以我看来，议会虽然是个好办法，但是如果议会成员全部是地方乡绅，他们未必便不会和官府一起上下其手，鱼肉乡里。”

“不错，士绅和官府狼狈为奸的事情实在太多了。”唐棣也有疑虑的地方。

李敦敏也忍不住插嘴道：“我也觉得议会虽然看起来有种种好处，但要靠它解决所有的问题，心中总觉得有很大的漏洞。”

石越的头立时又疼起来了，这次却不是因为酒醉。

他自觉从三代之治发挥到民主议会制度，堪称天才的猜想，心里自有几分洋洋得意，却不料连这些最好的朋友也无法说服。将醒未醒之间，不由随口说道："你们的疑惑不能说没有道理，但也不是不可以解决的。可以用三级会议的形式嘛……况且，还有报纸的舆论监督呢。"

"三级会议？那是什么？"

"什么是报纸？"

石越顿时冒出了冷汗，整个人也清醒过来。瞧瞧自己说了些什么呀？此时只得小心翼翼地说道："三级会议，就是议会组成由普通的农户、地方士绅名流、各行业代表等等，各按一定的比例组成，这样就可以避免劣绅和官府一手遮天了。"

"三级会议也难称尽善尽美。农民虽是国家之本，但是大字不识，在议会上肯定说不过读过书的乡绅，而且乡绅大部分是族长族老，谁又敢和族长冲撞？"柴贵谊的见识又让石越吃了一惊。让一个农民和他的族长族老在议会上对立，那的确是不可思议的事情。

他正待回答，却听李敦敏说道："景中兄是尽往坏的一面去想了。我们在《论语正义》中说过，孔子所谓的礼，其要义便是一个'和'字。依我看，议会的要义，也是一个'和'字。如子明所说，议会的作用是监督地方官横行不法，欺下瞒上；督促地方官在政绩上有所作为，防止庸碌之辈窃居高位，这就是一个扩大了的御史台。就算仅仅是士绅组成议会，只要能保证议会不被打击报复，还怕一县之士绅个个良心丧尽吗？即便某处坏人居多，好人也可以向上一级议会和官府申诉……"

众人细细思忖，无不点头称是。在主张人性本善的孟子最受重视的时代，人们是不可能相信一个县中的士绅都是坏蛋的。石越虽然不以为然，却也不愿意继续"布道"下去了。毕竟民主议会制度不是单独放在任何地方都可以行得通的。

他微微笑道："修文说得不错。何况还有报纸，只要报纸敢说真话，便没有谁能一手遮天。"于是细细地把报纸的作用说了一遍，众人无不拍手称赞。

桑充国兴趣尤大，笑道："我倒觉得这报纸比议会更有用处。如此看来，子明买下这印书坊，竟是另有深意的。"

2

石越很快就忘记了关于议会的讨论，春节尚未过完，木活字印刷技术的研发已经占据了他的全部精力。让他有点儿意外的，桑充国竟然会主动来帮他的忙。

从泥活字发展到木活字，技术困难并不大。在石越的指导下，能够大大提高排版效率的转轮排字架也很快设计了出来。全部仅仅用了二十天左右，石越所设想的木活字印刷机全套设备都已制成样品。

桑充国第一次参与到一件新技术的发明之中，显得非常热心。不到一个月的时间里，印书坊的人都知道自己的少东家能干、和气，这些设备能这么快制造出来，和桑充国调动起来的劳动积极性也是分不开的。

但在石越看来，木活字印刷仍然是一种简陋的技术。既然技术上暂时无法有飞跃式的提高，那就应当通过更先进的管理手段来提高生产效率。石越设想了一个几百人规模的大型印书坊，有些人专门制造活字，有些人专门排版，有些人专门校字，有些人专门印刷，有些人专门装订成册，不同的人有不同的工资，完全按流水线作业。如果规模足够大的话，二十万字的书二十天内就可以印刷出品。

按照石越的建议，桑氏印书坊制定了木活字标准尺寸，然后送到其他的雕版印书坊，向他们订货，每家各订木活字若干，桑氏印书坊则只需要请几个师傅以备不虞。由此，不仅制造木活字的问题迎刃而解，整个印书坊的成本也大幅下降。这种方法很快就被印书坊行会所普遍接受，仅仅一年之后，活字标准尺寸就不再由桑家制定，而是由行会统一制定。

“这么说来，石越的《论语正义》，便是由木活字印刷的？”王安石望着手中印刷装帧精美的《论语正义》，惊讶地问道。

曾布摇摇头，笑道：“相公，据我打听石越的出身来历，竟是一个全才。但让木活字印刷得如雕版一样精美，他却还没有这个本事。”他一面说，一面从怀中掏出一本《论语正义》，笑道，“相公请看，这本才是木活字印刷的。相公手中的，是第一版，是雕版印刷。”

王安石接过书来，比照半晌，叹道：“也相差不太远了。”感叹一阵，沉吟道，“这部《论语正义》署名是六人合著，但据我看来，这石越出现之前，桑充国默默无名，唐棣、李敦敏、柴贵友、柴贵谊不过一举子，岂能有这般见识学问？必是石越一人所著无疑。”

“听说苏轼与石越相交甚厚，或者他知道端详。”

“苏轼？”王安石皱起了眉头。他因为苏轼老爱和他唱反调，故意把苏轼调到开封府做推官，想用琐碎的公务困住他，不料苏轼处理公务精干明了，反而声名更盛，惹得王安石甚是不快。

“爹爹，区区一个石越，何必如此费心？依我看，也是浪得虚名之辈。”曾布不用看也知道说话的必是王安石的爱子王雱。

王安石悖然作色，怒道：“浪得虚名之辈？限你两天之内读完这本《论语正义》，再说人家是不是浪得虚名！”

王雱嘴角微翘，冷笑道：“我早已看完，‘莫问湘江桥下水，此生羞作无情死’，石九变也不过尔尔。”他引的却是石越流传坊间的词句。

曾布早知王安石此子从小聪明过人，号称“神童”。王雱十三岁时听陕西士卒谈起洮河一带的形势，便说出了“此地大宋不抚而有之，若沦于敌手，则敌强不可制矣”，这样的论述，还未行成人礼，就写了洋洋数万言的策论，甚至王安石变法，也多是他从中策划。这样的人，年轻气盛，又怎肯轻易服人？

“天下讲《论语》的，无人能出其右，你敢说不过尔尔？你二叔生平未尝赞许别人，独独夸赞这个石越，你便敢说不过尔尔？欧阳修、司马光、孙觉、程颢、苏轼赞不绝口，你竟敢说不过尔尔？”王安石瞪着王雱，怒斥不已，“且去将《论语正义》抄三遍，看你还敢不敢胡言乱语！”

王雱从未见王安石和他发过这么大的脾气，立时不再说话了，只是叉手静待一旁。

一直默不作声的吕惠卿却知道王安石这顿脾气并非专为王雱而发。自从推行新法以来，可以说事事难以尽如人意，朝野中反对之声浪潮汹涌。起先反对的，还只是吕诲这样顽固不化的老头，自均输法和青苗法推行之后，朝中一贯温和的大员，如苏轼、苏辙兄弟，以及原本支持新法的程颢都开始表示反对，渐而发展到连韩琦这样的三朝元老也上书批评青苗法。皇帝因此召王安石，质问为何原本在农村发放的青苗钱居然连城镇居民也要强行认购，王安石竟然强词夺理说：“如果他们愿意借青苗钱，也没什么不可以的。”一时间元老大臣纷纷支持韩琦，被称为“拗相公”的王安石则称病不出，逼迫皇帝做出选择。皇帝让司马光写诏书催王安石复职，与王安石交好数十年的司马光在诏书中皮里阳秋，指责王安石惹得“士夫沸腾，黎民骚动”，结果王安石更是怒上加怒，抗章自辩。皇帝不得已亲自写手诏解释，这还是吕惠卿亲自来宣读的诏书。这么几经波折，王安石才重新上朝视事。

身为王安石最亲信的人之一，吕惠卿自然知道司马光的不合作对王安石打击有多大。皇帝想重用司马光为枢密副使，九次下诏，司马光九次辞还，一心一意要求皇帝罢制置三司条例司、青苗法、助役法[1]。王安石与他书信辩论数次，意见却终不能合。于是，王安石执政仅一年左右，不仅没有得到一个有名望的大臣的支持，反而招来了诸大员的一致反对。吕惠卿知道，王安石有多么渴望得到别人的支持。

[1]　王安石新法“募役法”之组成部分，吕惠卿所倡导。要求原来享有免役特权的品官之家，以及女户、僧道户、未成丁户等贫困免役之家也要依照户等交纳役钱，称为“助役钱”。此法不仅触犯了特权阶层的利益，也给贫穷人家带来了沉重的负担。

皇帝在崇政殿表露出来的关切再一次浮上了吕惠卿的脑海。“王介甫[1]也想招揽这些年轻人，特别是那个石越！”一个念头飞快地闪过脑中。吕惠卿轻轻咳了一声，笑道：“相公，自从《论语正义》问世以来，不过月余的时间，京师中举子争购，士林交口称赞，一时竟然洛阳纸贵，便是皇上，也甚是赞许，学生忝为崇政殿说书[2]，便有数次听皇上亲口问起《论语正义》的事情。以学生浅见，这样的人才如果能够支持新法，岂非相公一大臂助？”

吕惠卿话音刚落，便听到王雱冷冷地“哼”了一声。他知道王雱一向不喜欢自己，也不介意，只微笑着注意王安石的反应。

王安石瞪了王雱一眼，沉吟道：“吉甫说得有理。我想先奏明皇上，由朝廷下令推行标点符号，至少可以使公文更加清晰明了。哪位替我走一趟，去看看这个石子明？”一面说一面将目光投入王雱，王雱却赌气似的将头撇向一边。曾布连忙站出来，笑道：“我很想认识一下这位石九变，便由我去一趟吧。”

王安石在心里重重叹了口气，知子莫若父，王雱聪明绝代，不过心胸太小了些。他朝曾布勉强挤出个笑脸，道：“如此有劳子宣。《论语正义》一书，依我看来，虽然言必称三代古圣，却是托先王之名行立法之实。这样的人才，应当好好争取。”

自从《论语正义》刊行之后，第一版三千册很快被一抢而空。除了桑氏印书坊全力复印，应付从京师到各地源源不断的订货，各个印书坊也毫不客气地印起了“盗版”。一夜之间，石越六人的名声传遍了大河南北。

但是石越反而越发地深居简出起来。但凡慕名来访的人，大抵都由桑充国、唐棣等人去接待，他自己则全心全意构思着另一部更加惊世骇俗的著作。《论语正义》的成功给了他极大的鼓舞，改变一个世界的关键，在于改变其思想；改变其思想的关键，在于占据道德制高点。《论语正义》如此顺利地取得了成功，已经悄悄将石越推到了一个道德高度之上，但是，这还远远不够！

没有人的时候，石越喜欢静悄悄地一个人坐在桑府后花园的水池边，望着水面漂浮不定的浮萍。他觉得自己很像它们，没有根的稳固，却也无惧于任何风雨的吹打。每当石越泛起思乡之情时，他便会来看浮萍。他用一根竹竿轻轻地挑拨它们，把它们打向远方，这个时候，一身绿衣的梓儿便会托着香腮，静静地坐在旁边观察他。

有时候，她也会问上一句：“石大哥，你为什么喜欢它们？”

“嗯？”

[1] 王安石字介甫。

[2] 给皇帝讲课的官员。

“我是说，浮萍。”

石越便会微微叹气，自嘲似的笑道：“因为它们没有野心，不会做自不量力的事情。它们听天由命，安乐于天地之间……”

梓儿的眼中充满了迷惘：“可是我听我哥哥说，男子汉是应当在天地间做一番大事业的。”

“是啊……”石越的回答总是不那么确定。

3

朝局依然如石越所知，历史依然按照它原本的轨迹前进。王安石复出视事之后，立即劝皇帝中止了对司马光的任命，九次辞还的诏书终于没有再一次发下去。王安石对皇帝说：“司马光一向反对新法，让他做枢密副使，是为朝中反对新法者立旗帜，使他们全都聚于此旗之下。”他似乎没有想过，司马光这面旗帜是为什么而存在的。新党与旧党的矛盾越发激化，张方平出外、韩琦削职、范镇罢官、司马光请辞……石越静静观察着这一切：“与我的记忆完全相符。”

但是历史也一定出现了小小的偏差。《论语正义》的发行；在石越的点拨下，唐棣等人顺利通过了省试；唐甘南带着大批工具远赴杭州，开始创办真正意义上的棉纺工业……

“子明。”桑充国匆匆的脚步打乱了石越的思绪。

石越站起身来，将竹竿丢到一边，笑道：“长卿，有事吗？”

“有个大人物要见你。”桑充国嬉笑道。

“哦？”石越淡淡地应了一声。

桑充国重重拍了一下石越的肩膀，笑道：“你不想知道是谁吗？大前天是苏辙，前天是王相公的弟弟王安礼，昨天居然是侍御史陈襄，今天，猜猜看是谁？”

“啊？我们家以前来个知县都是了不得的大事呀……”梓儿在旁边讶声道。

石越被梓儿天真的惊叹逗得一笑，在身上胡乱擦了一下手，无可奈何地说道：“凭他是谁，总是不能不见，是吧？”

桑充国笑道：“只怕确是如此，看曾布的神态，竟是非见你不可。”

“啊？”石越霍地盯着桑充国，问道，“你是说曾布曾子宣？”

桑充国倒被石越的神态吓了一跳：“正是曾布。”

“王安石最坚定的追随者、新党的核心成员……”石越的心中闪过几个名词。“我去见见他！”

历史上的王安石变法最终以失败告终，这是它的历史宿命，但是我来了，历史就还有机会！石越不会错过任何一次亲身了解王安石的机会。从曾布身上，可以折射出一个王安石；正如从王安礼身上，也可以折射出一个王安石。

“《论语正义》在下已经拜读，十分钦佩。请恕在下冒昧，不知足下以为如今国事如何？” 桑府后花园水榭之上，石越和略显瘦小的曾布把酒论政，桑充国等人则在一旁作陪。酒过三巡之后，曾布开始投石问路。

“诚如王相公《本朝百年无事札子》所说，现今大宋，隐患重重，若励精图治，则是贤臣良佐大有为之日，非守成之时也。”石越不假思索地回道，措辞却十分谨慎。

“那么以石公子之见，若要励精图治，当以何事为急务？”

石越微微一笑，此时他已知曾布来意，当下笑道：“本朝之冗兵、冗官、冗费，有识之士，无不知之，自当以此三者为急。除此之外，还有一个吏治，亦未可轻易。”说完凝眸注视曾布的反应。

曾布果然摇了摇头，不以为然地说道：“公子的话虽然有理，却还没有找到真正的关键所在，若依在下之见，则其关键只在理财。”——这分明便是王安石的论调，“国家不可以无兵无官，若有善于理财之人，那么充足的财政收入足以解决这些问题。”

石越不过是抱着试探的目的，自然不去与他争论。不置可否地一笑，反问道：“曾公，难道吏治的问题也可以用理财来解决吗？”

“吏治之事，省官益俸养廉，祖宗之法甚佳，只须依法而行，并无大碍。”曾布轻描淡写地回答道。

“在下却听说，治国需得贤臣，如若地方守吏与各部监官员不贤，虽有良法亦不能行。” 石越继续试探道。

“不错，不过这个问题王相公却早已解决。”曾布面有得色。

石越怔道：“恕在下孤陋寡闻，还请曾公明示。”

“王相公派遣四十多个提举官察行天下，地方官岂敢执行不力？”曾布洋洋得意地说道。

石越心中不自禁地苦笑，心里道：“靠四十多个人就可以解决执行中可能遇到的问题吗？”只是自古以来，良药苦口，忠言逆耳，他与曾布相交未深，便不敢以肺腑相托，只淡淡一笑，道：“原来如此。”

唐棣性格耿直，却忍不住冷言问道：“曾公，这四十余人若是有一二奸邪之人，与地方奸吏上下其手，那么一路百姓，岂不要遭殃了吗？况且学生在江湖市井之中，也听闻地方官吏专以苛刻为急务，只怕有违王相公本意……”

“毅夫，如何可以以偏概全？”石越不料唐棣如此直言不讳，怕他因言惹祸，连忙出言制止。

曾布摆摆手笑道："无妨，唐公子说的也是不错的。奸人自古皆有，不过以王相公之明，他用的人，断不会有奸邪之辈。况且朝廷还有监察御史……"

"子明，王相公的才学，实可与孟子相侔，当今皇上又是英明之主，与王相公君臣相得，千古以来，唯刘先主之遇孔明可以相比。"曾布说得兴起，竟直呼了石越的表字，倒似相熟朋友一般，一面又向众人说起王安石的学识。王安石治《老子》《孟子》，本是当时有名的大儒，学问自然非比寻常，因此曾布说到精妙之处，颇让众人赞叹不已，只有石越这个现代人，对这些却天生免疫。

自此之后，曾布竟频繁来往于桑府，石越也回访过几次，二人私交日见亲密。曾布对石越的才华、见识十分佩服，石越却是刻意要从曾布、王安礼等人身上了解王安石的为人与政见。但是每次长谈，都只能带来更多的失望。

石越小心翼翼地试探着提出关于新法的种种建议，曾布却似乎认为王安石的措施已经相当完美，虽然对石越表示赞赏，实际上却毫不重视。石越装作不经意地说起变法必然牵涉到多方利益，须审时度势，有时用猛，有时用宽，宽猛相济才是上策，不料曾布丝毫没意识到石越是委婉地说他们推行新法过于"猛"了，而改言其他。石越又说起如何调和与旧党的关系，让新法顺利推行，曾布却认为只要用"征诛"之术，学习商鞅的果断与坚持，新法就一定能大行于世，又以为王安石和皇帝君臣相知，根本没有妥协的必要……

石越的心在一点一点往下沉。

新法的支持者们似乎普遍有一种神经质的反应——若有人提醒他们要小心奸人，他们马上就怀疑有人意图诬蔑他们，要找借口攻击新法；若有人说老百姓认为新法不便，他们就说这是"流俗"，不必在意，只要坚持下去，就一定能胜利；若有人说士大夫反对新法，他们就说这是"顽固、迂腐、不读书"……总之天下的道理一定是新党正确。

石越谨慎地判断着——他知道政治上的选择至关重要。

一次选择错误，终身皆有污点。若是轻易投入王安石阵营，将来想反出新党，不仅旧党认为他反覆，新党也会认为他是叛徒，打击起来必然更加不遗余力。

石越小心翼翼地伸出自己的触角，猛然发现自己碰上的东西很危险，立刻就机敏地缩了回来。一个曾布已经如此固执于新法的正确，号称"拗相公"的王安石又当如何呢？

也许曾布们不过是因为反对的声音太偏激而产生了强烈的逆反心。旧党往往针对一些小事情就极力以偏概全，借此攻击到新法的全部，而新党由此也变得格外护短，几乎任何来自新党之外的意见都听不进去。

“如果自己进入新党之中，或许说话就更容易被接受了。”石越心里思量着。

他不敢冒这个险，将一切寄托在王安石是否采纳自己的意见这种未知之上，不是石越的性格。不过石越也清楚地知道，他现在没有任何对抗王安石的资本。短期之内，任何激怒王安石的行为都属于政治自杀。保持中立，回到自己的计划之上，慢慢积累自己的政治资本。石越在心里不断提醒自己。

与王安礼的交往更加坚定了石越的决心。王安礼对于王安石的许多举措亦颇有保留，石越与其谈论古今大事，很是相得。王安礼与王安石有兄弟之亲，他做不到的事情，自己又有什么把握做得到？人家毕竟是兄弟！石越又记起司马光写给王安石的信，信中司马光直言，“一旦失势，必有卖公以自售者”，明显针对吕惠卿，可是王安石却置若罔闻。几十年相交的好友都做不到的事情，自己又凭什么能做到？

他绝不敢拿自己的野心去赌王安石的性格。

石越从此刻意做出一种淡然的样子。他知道在古代中国，伦理被强调到了一个过分的高度，在这样的社会，崇高的道德声誉能给人们带来意想不到的利益，而淡泊功名则无疑被认为是一种非常崇高的道德素质。石越深深地明白，道德上的声誉比出色的才学更能够保护自己，并为自己积累足够的政治资本——这一点，甚至许多古人都不明白。但就在之前三十年以内的时间，便有过一个成功的例子。现在执政的王安石就是依靠道德声誉与才学声誉，二者互相作用，使他积累了足够的政治资本，才得到当今皇帝的一再提拔。

石越也许已经决定，他将向王安石学习一下成名之道。以他表现出来的才华——虽然依赖的是后世近千年的知识积累，但在当下却已经足够支持他赢得更多的声誉了。

“我需要比王安石做得更出色，因为我不能学他等上三十年。”石越心里暗暗道。

此时的石越根本不知道自己的名声已经传到了皇帝的耳中。他的确不需要学王安石等上三十年，三月份殿试的集英殿唱名完全超出他的想象。

4

三月壬子，集英殿。

赵顼坐在高高的龙椅上。殿试官、省试官以及两府[1]、馆阁[2]等一众大臣入殿侍

[1] 宋代为了加强对内控制，以掌管军事的枢密院（西府）和掌管政务的中书门下（政事堂、东府）共同行使行政领导权，并称为“二府”，为当时最高国务机关。

[2] 宋代掌管图书、编修国史之官署。

立，八百二十九名正奏名[1]举人则在殿门之外静候着。

唱名仪式庄严、隆重，也有条不紊。

编排官们早已将殿试的试卷按名次排列在御座的西面。他们将试卷拆封，传送给中书侍郎，中书侍郎与宰相一起对展进呈皇帝。

赵顼亲口宣读了叶祖洽等前三名举子的姓名，站立在阶下的军头司便紧接着一重一重地传唱出去。被唱名的举人高声应答，进殿谢恩，然后赵顼亲自询问他们的乡贯生平，给敕赐第，并赐予青袍、笏[2]，表示他们从此正式成为大宋的官员。然后，从四甲起，便转由宰相唱名，举子们也不再进殿谢恩了。

赵顼机械地听着宰相陈升之念着一个个陌生的名字，他挺厌烦这种形式，但是他也知道这种形式必不可少。读书人需要的，就是这一瞬间的荣耀。

忽然，年轻的皇帝眼中闪过一丝兴奋之色。“四甲第八十一名，成都府唐棣——”

“四甲第八十一名，成都府唐棣——”军头司高声喊道，一重一重传出殿外。

唐棣连忙跪倒，高声应道：“臣，唐棣！”

名次排在前面的陈元凤充满优越感地望了唐棣一眼。忽然，殿中传来了出人意料的声音：“宣唐棣、李敦敏、柴贵友、柴贵谊入殿觐见！”

数千道艳羡的目光一齐聚集在这四个二十多岁的年轻人身上，每个人都在心里想着：“这些人就是《论语正义》的作者吗？”

唐棣等人也想不到皇帝会亲自问起，巨大的荣耀竟让四人慌得手足无措，好不容易才勉强控制住激动的情绪，在万众瞩目中走入集英殿内，叩首跪安。四人此时绝不知道，如果嫉妒的目光可以杀人，他们只怕早已被陈元凤的眼神杀死。

赵顼细细打量着四人，温声问了乡贯简历，方笑道：“《论语正义》可是诸卿所著？”

唐棣连忙答道：“回陛下，臣等不敢欺瞒，《论语正义》其实是石越一人所著，臣不过编排之功，具名书页，心中实感惭愧。”

“啊？”殿中响起细微的惊讶之声。《论语正义》由这几个年轻人合著，已经让人不可思议了，此时说是一人所写，更是惊世骇俗。除了王安石、苏轼以外，殿中众人无不吃惊。赵顼连忙追问其中原委。

四人之中，李敦敏答对最为机敏，于是便由他把前事说明。一时间，所有人似乎都忘记了这是在举行着殿试传胪大典，集英殿中一片寂静，只听得见李敦敏娓娓而叙。

[1]　省试合格奏名举人为正奏名。这一年宋朝进士科 295 人，明经、诸科共 534 人，为正奏名；另有特奏名 474 人。

[2]　又称手板、玉板、朝笏或朝板。是古代臣下上殿面君时的工具。古时候文武大臣朝见君王时，双手执笏以记录君命或旨意，亦可以将要对君王上奏的话记在笏板上，以防止遗忘。

石越如何出现，如何在大相国寺与四人相识，如何改进棉纺机、木活字印刷术，如何写《论语正义》……直把赵顼与众大臣听了个目瞪口呆。

赵顼在御椅上嘴唇微动，喃喃说着什么，只有靠得最近的内侍才听得清皇帝念叨的是“奇才”二字。

第二天，王安石去见皇帝时，便在袖子里悄悄放好了一份奏章，他准备推荐石越参加茂材制科考试[1]。王安石从《论语正义》表露出来的思想、曾布和王安礼对石越的评价，以及唐棣等人的省试、殿试策论分析，认为石越是支持变法的。虽然曾布说石越对于新法一直不置可否，但是王安石很相信自己的判断力。

赵顼的心情似乎不错。王安石一来，他就递过几封奏章给他看，却都是推荐石越试茂材科，请朝廷特开制科的。王安石心中不由泛起几分不悦，这几份奏章分别是陈襄、欧阳修、司马光、苏轼所进。

赵顼兴冲冲地说道：“这个石越不过二十多岁，就有这般才学，实在是罕见。苏轼说他身世可悯，可是见识与气度，皆为人所不能及。既然依例石越不能参加科举（石越来历不明，按例无法参加科举考试），那就为他开个特科吧。卿以为如何？”

王安石心中有一种被人拔了先筹的不痛快，不过既然自己本意也是想举荐的，那也没有必要刻意反对，只是他骄傲的个性让他耻居人后，当下淡淡说道：“臣无异议。”袖子里那份折子自然不用再提。

此时君臣二人还有要事要谈，三月份在科举考试中，新党和旧党的明争暗斗并不是偶然的，也不是孤立的事件，而是真实地反映了汴京朝政的现实。自推行新法之后，王安石昔日的好友与支持者一个接一个地走到他的对立面，同时以王安石亲自推荐的御史中丞吕公著为首，监察御史里行程颢、张戬，右正言李常、孙觉等一大批台谏[2]官员屡屡上书，指责新法的过失，其中言辞激烈的人，更是将新法贬得一无是处，罪大恶极，对于王安石与枢密副使韩绛一起领导的新法核心机构制置三司条例司也是深恶痛绝。只是台谏官员批评宰相，就算是当面弹劾，宰相也只能谢罪而已，这是宋朝的传统，因此王安石也无可奈何，只能交给皇帝处理。

去年王安石曾经用“征诛”之术，把一批敢为仗马之鸣的官员给贬出朝廷，没想到一波方平，一波又起，看来如果不把御史台彻底控制住，终究是不行，但是御史的

[1] 即“天圣九科”中的“茂材异等”科，富弼即是此科及第。两宋制举一共御试二十二次，入等者不过四十人，选拔了不少著名人才。

[2] 官名。唐时，台官与谏官分立。唐、宋侍御史、殿中侍御史与监察御史掌纠弹，通称为台官；谏议大夫、拾遗、补阙、正言掌规谏，通称谏官，合称台谏。

任命权，却在皇帝手中……想到这些烦心事，王安石已经没有什么时间去想石越了。

宣诏的使者来到桑府的时候，桑家上上下下都吃惊不浅。虽然苏轼事先知会了石越，但是石越似乎根本没往心里去。此时使者真的临门，商家富户不比品官之家，也只能草草在院子里设了香案，跪听接旨。

诏书是一篇骈四俪六的大文章，石越若非事先听苏轼说过，几乎要听不懂这诏书是让自己去试茂材制科的。使者摇头晃脑念完之后，便静等着石越领旨谢恩，然后自己好讨喜钱。不料等了半晌，石越一点动静都没有，他这才把一直盯着天空的目光移向地上看去，石越竟然不见了！

使者暗呼道："糟糕！"上个月司马光拒不接诏，害得给他宣诏的仁兄跑了九次，现在这一位看样子又是不打算接诏了。使者无可奈何地左右顾盼，见到桑俞楚年纪最大，便对他说道："这位，快去叫石公子出来领旨吧，咱家好回去交差。"

桑俞楚也不知道石越打的是什么主意，去也不是，不去也不是，心里计较半天，朝管家桑来福使了个眼色，桑来福连忙拿了一贯钱过来，悄悄塞到使者手里。使者拿手一掂，知道有一贯左右，说话便客气了几分："就盼石公子别让咱家为难。"

他知道若是石越不奉诏，他也奈何不得。

不料没多久石越又出来了，他将一封折纸递给使者，一面跪倒，哽咽道："草民石越，劫后余生，无父无母，不祥之身，实在无意于功名，还请使者转告皇上，请皇上恕臣不恭之罪。"

使者也不敢为难，只好说道："如此咱家便回去复旨，只是以石公子的大才，只怕还会有恩旨下来的。"说罢便告辞而去。

唐棣将使者送出大门，折转回来，劈头就道："子明，茂材制科呀！多少人求之不得，若举此科，便直接入馆阁，为何竟要拒绝呢？"当时的人，对于本官[1]升得快慢并不很在乎，而凡是能登台阁、升禁从的，官场上便引以为荣。这是北宋一代的政治现实。一般试制科的，如贤良方正、茂材之类，一旦通过，就肯定有馆阁的美差加身。这些职位只领薪水，不太要做事情，而且经常可以见到皇帝，参赞机要，如果外放，至少也是一郡太守，称得上是前途无量，可石越竟然一口拒绝，难怪便是唐棣也有点儿想不通。

石越却只淡淡叹了口气，道："功名余事，富贵等闲，我竟是把这些事都看淡了。"

李敦敏本以为石越不过是效法古人，欲迎还拒，故意推辞，但是这时见石越说话

[1] 亦称正官、寄禄官。如某部尚书、某部侍郎，在北宋前期，此官只用于确定官员的品位、俸禄，并非实际担任此官，因此不受重视。

神情间有一种淡淡的落拓与伤心，心里不由暗叫一声“惭愧”，寻思道：“怎生想个法子替子明开解开解，让他振作起来？”

5

过得两日，眼见天气渐渐回暖，地上的小草开始变绿，树枝抽出新芽，鸟类也一天天多了起来，春天的气息一日浓似一日，已经到了文人墨客呼朋唤友，携妓踏青，聚酒高会的好季节。唐棣几人一起商议，便决定去城东北的五丈河边踏青。石越因一直忙碌不停，所以也想出去走走。六人便租了三辆马车，带了几个书童和几坛酒菜，从东边新曹门出城去了。

出得城来，石越迫不及待地跳下马车，畅快地呼吸了一口清新空气，才开始打量周围的情景。这条通往曹州的官道上，从汴京城里出来踏青的人们倒似乎比那来往于曹州与开封的人还要多一些，大抵上富裕的人家都坐马车，不过此时都下得车来，在马车前面慢慢步行；也有倜傥的少年骑着白马按辔谈笑而过。普通的人家，则有坐牛车的，也有骑驴读书附庸风雅的酸儒。看着那摇头晃脑的样子，石越不禁好笑，不明白在驴背上怎么能看得进书。人群之中，自然以没有任何交通工具，全靠步行的占多数。这些人都是成群结队，其中也有穷书生一边谈论诗文，赋一些“春暖花开”的句子从身边呼啸而过；也有市井小民谈些里巷笑闻、奇闻逸事，其乐盈盈的；即使一向待在家里不能出门的女孩子，这个时候也可以趁机出游。当然，倒有一大半是借着烧香敬佛的名义来享受这春天的惬意。富家女子坐着小车，也有少数坐轿子的——当时的风俗，男性一般不坐轿子，只有女性才坐。这些女孩子都偷偷掀开窗帘的一角，打量着外面的春天，若被人无意中看见，便连忙羞涩地放下帘子，自己躲在轿子里满脸通红；反而是普通人家的女子没有这许多顾忌，虽然她们一般并不和陌生男子说话，却是可以肆无忌惮地走在春风之中。

在这个世界上，只有一种女孩子既可以坐在轿子里缓缓而行，又可以毫不在意地掀开轿子的帘子，大胆享受轻轻拂面的春风，这些女孩子便是歌妓。她们有些是自己去烧香礼佛，希望有一个更平等的来生；有些则是和年轻的男子一起出来约会。

当石越看到歌妓之时，突然想起了那天晚上在酒楼里泪眼盈盈的楚云儿，真是有许久不见了。不知道为什么，石越有点儿牵挂那个温柔解人、脸上永远挂着浅浅笑容的女子。想到这里，石越不禁微微叹息了一下。

李敦敏听到这声叹息，却以为石越在感怀身世，连忙笑道：“子明，四季轮回变换，草木乃无情之物，尚不为严冬所折，只待春日一到，便重焕生机，况兄之大才，岂不明白顺天知命之理？若为身世而自弃，郁郁不欢，窃以为非智者所为。”

柴贵友也笑着劝慰道：“修文说得甚是，大丈夫生于天地之间，有经天纬地之才，不可以轻易自弃也。凡事皆须往达观上想。”

石越见自己一句叹息就引来这许多话语，起先不免觉得有些啼笑皆非。可后来见众人神情关切，却也不禁感动，心里又有几分惭愧，觉得自己是在欺骗这些关心自己的人。口中嚅嚅，一时说不出话来。

见石越不语，众人不免更加误会。柴贵谊连忙转移话题，无非是品评一路上所见的人物，又和桑充国由路上看到的美女谈到历史上的美女，天南地北地闲聊，不多久便到了五丈河边。

石越等人吃惊地发现河边亭榭楼阁，重重叠叠，不知几何。众人都不知就里，找人打听，才明白那些庄园都是朝廷的勋贵、宦官的别墅，连绵一二十里，尽全被这些人给占了。

桑充国摇头叹道：“富者广厦千万，贫者无立锥之地，只能寄人篱下，世间不公若此。”

“长卿不必感怀，子明曾经说，理想世界当是居者有其屋，我辈若能同心协力，辅佐圣王贤相，三代之治未必不可以复现。”唐棣这一番话，一面是科举得意，未免意气风发，一面还是有勉励石越之意。

此时众人可以说都是春风得意之时，听到唐棣这番话，不禁都点头称是。当下找了一个风景秀丽的亭子，一面煮酒，一面纵论天下大事、古今风流人物。大家有意无意地都找些慷慨激昂的事情来说，盼着能让石越回头转意，进入朝廷，一展平生抱负。

石越心里惭愧不已，几次想把自己的真实想法说出来，却又怕被他们当成伪君子看待，只好暗自苦笑——无论如何，得把这个谎圆下去。

不料关心他的人竟然不在少数。

当晚回到桑府，桑俞楚便递给他一封信，说是苏轼所写。信中写道：“轼启，孟春犹寒，不审起居何似。前日闻君以自伤身世，遂无意于功名，而拒赴茂材之试，唯愿终老于泉林，窃不以为然。古之隐者，有君无道而隐，有执政无道而隐，有居乱世而隐，有处太平之世而隐。当此名为太平无事，实则隐患深种之际，圣主在上，日夜欲求贤士大夫共治天下，以足下之才，正当报效君王，匡扶社稷，何由而隐？凡伦常之理，君臣重于父母，大义重于私情，岂可因一时身世之伤而自弃于天下？且，若论身世之悲凉，孔子十七而双亲皆亡，足下双亲则未必不在人世矣，孔子不敢自弃，足下何故而敢自弃？所谓自古雄才多磨难，孟子亦谓天将降大任于斯人，必先苦其心志。足下之遇，良可伤也，然亦不可以自弃也……”

信中拳拳之意，也是来劝石越不可以自弃的。

石越默默把信收好，对桑俞楚说道：“伯父不用担心，我自有计较。”

桑俞楚冷峻的刀削脸上看不出什么神色来，他只淡淡地说道：“子明，你做事，我放得心。不当官也没要紧，富家翁少不了你的。”

这平平淡淡的几句话，让石越心头不禁一热。自从回到古代，人与人之间善良的一面他体会到许多。在现代，除了自己的亲人与极好的朋友，谁会来关心你想的是什么？大家考虑算计得更多的是自己的利益。桑俞楚的话让石越的心中有了一种温暖的感觉，他抬起头来，打量桑宅，仿佛间竟有了一种家的感觉。

他一面想着这些让人心里充满温情的事情，一面往自己的书房兼卧室走去。进到内宅之时，突然听到有人叫他：“石大哥。”听这声音，便知道是桑梓儿。

“梓儿？找我有事吗？”石越对桑梓儿一向特别关心，完全当成自己妹妹一样宠着。

“我想问你一件事？”桑梓儿斜靠在一根柱子上，垂着眼帘问道。

“你说便是。”石越微笑着。

“我听他们都在说你不想当官，是吗？”

“差不多吧。”

“可是我觉得石大哥胸中很有抱负，是唐毅夫和我哥都比不上的。如果不当官，怎么一展抱负呢？”

“……”

石越一时无言以对，便笑道：“小女孩不要管太多。”

“人家已经不小了。我今年就十四岁了。”

“是，是……大女孩也不要管这么多，好好回去学画，春研墨、秋调琴，现在正是学画的好季节。”

“我正好画了一幅画送给你。”桑梓儿狡黠地笑着，从身后拿出一卷画来，石越这才注意到她一直把双手背在身后。

他接过画来，展开细看，画的却是一个书生在月下舞剑，那个身影依稀便是自己，旁边用清秀的小楷题着一句诗：“欲吐草茅忧国志，谁能唤起赞皇公”——这是石越以前在她面前吟过的一句诗，不料她就用在此处，把石越比作是被称为“万古之良相”“一代之高士”的晚唐名相李德裕，也是一番勉励之意。

有时候许多人的关心对当事人会造成一种压力。石越用自己的身世做借口拒绝参加茂材科征召的事情很快就传遍了大街小巷，成为士子们议论的话题。有人赞赏他无意功名的高风亮节，有人不以为然地认为他在沽名钓誉——当然，这种想法只能在心里想想，若有哪个冒失鬼说出来，不免要遭旁人白眼；另有一些人则替他惋惜，认为他有这样的才华不为朝廷效力实在可惜；却也有一些人暗暗高兴，恨不得他再傻一点……

继苏轼来信责以大义之后，王安礼、曾布也写了内容差不多的信，劝他节哀顺变，不要回避为国家效力。

对于那些不是真正关心自己的人的想法，石越倒并不在意，他有固定的计划，不会为此而感到惭愧。但是对于欺骗了那些真正关心自己的人，石越心里的确感到非常内疚。虽然马基雅维利“曾经”说过，如果你想骗人，就一定能找到心甘情愿的受骗者，但是如果这些受骗者中有一些人是真正关心你的长辈、朋友，对于石越来说，他还是觉得非常不好受。只是事情到了这个地步，如果不把这场戏坚持演下去，对于自己声誉的打击将是致命的。

“如果诚实会严重损害到一个君主的利益的话，那么君主就应当毫不犹豫地撒谎。”石越不断用马基雅维利的名言来给自己打气，以求度过这道德上非常艰难的一段时期。毕竟石越并不是把谎言当饭吃的现代人。

“我快要变成一个政客了！”有时，石越忍不住要在心里谴责自己。自从回到了古代，自己就一直在谎言中生活，从头到尾都是谎言，诗词是在抄别人的，文章也是抄别人的，自己的来历明明很清楚，却要骗所有人说不清楚……自己以前怎么从来不曾觉得自己是这么会撒谎呢？

但是，要说出真相吗？想想那后果吧，疯子、伪君子、大骗子、怪物……可能疯子是自己最好的结局。

“也许自从我来到这个世界的那一天起，就注定我要当一个骗子吧？”石越无奈地在心里道。

受到自己道德心困扰的石越第一次讽刺性地发现，原来一直以为自己生长在一个道德缺失的时代，应当没有多少道德上的拘束，但是当自己回到一个更讲道德感与真情的世界之时，却突然觉悟到，一个生活在一群善良人们之间的骗子，要承受多大的道德压力……石越有时候几乎有点儿渴望生活在一个小人遍地的地方，这样自己至少不会这么困扰。

不过这毕竟也只是想想而已，对于人类而言，不管产生感情最初的原因是什么，只要一旦彼此之间有了真挚的感情，那就很难割舍了。对于真挚的感情，每个人都有一份与生俱来的眷恋。

困扰中的石越几乎是无意识地叫了马车去碧月轩。

找到楚云儿之后，他一句话也不说，只是坐在楚云儿对面，静静地喝着酒，心情在这里慢慢地恢复了平静。

楚云儿这段日子听说过无数关于石越的流言，当他进来的时候，她心里高兴得怦怦乱跳，却又不敢表现在脸上。当石越进来静静地坐在她对面，一言不发地喝着酒时，她不知道为什么，心里有一种针刺般疼的感觉。她轻轻地走到琴边，默默调好琴弦，轻抚一曲，陪着石越喝酒。

两人就这么坐着，一个喝酒，一个抚琴，没有说一句话。可是两个人的心里，一个极度的宁静，温柔的宁静；一个却是快乐的，从心灵到指尖都有幸福的感觉……一直到天全黑了，石越才起身，轻轻说了一声："谢谢你，楚姑娘。"也不待楚云儿回答，便转身离去，留下楚云儿一个人痴痴地发着呆。

6

从楚云儿那里回来之后，石越紧接着就引起了四月份的一场风暴。因为唐棣等人还没来得及接到朝廷的任命，这也让他们在这场风暴中依旧担任着助手的角色。

熙宁三年的四月，本来应当是一个春暖花开的季节，但是这个季节却也是个多事的季节。在朝廷中，王安石开始了对御史台异议分子的大清洗，自御史中丞以下，一大批台谏官员被皇帝赶出了朝廷。而在民间，刚刚出版了《论语正义》，拒绝赴茂材制科考试的石越，再次刊发了惊世之作——《疑古文尚书伪作论》。

这本书的内容，是石越凭着出色的记忆，综合了阎若璩《古文尚书疏证》和惠栋《古文尚书考》的考据，来证明东晋梅本《古文尚书》是晋人伪作。不仅如此，在书中，石越更是直接攻击《今文尚书》除了《西周书》之外，也全部是后人伪作。《尚书》作为儒家最重要的经典之一，在学术层面受到了石越最猛烈的挑战！

这就是石越和唐棣等人自《论语正义》之后一直在做的事情之一。

本来在北宋时代，今古文《尚书》并没有分开，一直合在一起出版，要到朱熹时才开始慢慢怀疑到今古文《尚书》，把今古文《尚书》分开来讲。此时石越直接攻击《古文尚书》是一部伪作，而《今文尚书》则大部分是战国时人写的伪书，如何可以不引起轩然大波？士林顿时一片哗然。

石越费尽心思写出这本书并公开刊发的目的，除了是要进一步确立自己在学术上的地位之外，就是想要颠覆当时人们对上古三代的认知。关于三代最原始的资料出自于《尚书》，一旦《尚书》的真实性被质疑，那么其权威必然大大下降，而石越便可以借机重新解释经典，构建一个新的上古三代；而且，宋代的学者们已经开始对传统的经典不再盲目信任，并且提出了种种质疑，石越的这部著作，无疑会极大地鼓舞这业已出现萌芽的思潮——既然《尚书》都有问题，还有什么不能被怀疑？

如果说《论语正义》刊印之后，是赞扬远远多过批评的话，那么《疑古文尚书伪作论》一问世，首先便是让许多人目瞪口呆，舆论几乎是短暂性失声，而等到最初的惊愕过后，留给众人的，便是一种复杂的心情。

石越考证之细致精确，让《古文尚书》之伪几乎成为一种无法辩驳的事实，士林也只能平静地接受，但是对《今文尚书》的质疑，却未免有证据不足之嫌。一时间批评的声音都是针对《今文尚书》部分而来，其中攻击得最卖力的，便是陈元凤。只不过他的反驳完全是对石越人品的责难，在学术上实在没有太多意义。而石越对《今文尚书》某些部分是否为伪作本来就未给出定论，这些反对的声音没有引来石越的辩护，反而引来了不少著名学者的辩护。

《疑古文尚书伪作论》的刊印，真正引发了一次学术大讨论，其直接结果就是朝廷明示天下，从此考试不再考《古文尚书》！至于今文经与古文经的战火由此重新点燃，这却是石越所始料未及的。

四月的风暴并非仅此而已。

四月下旬，石越第一部真正意义上自己创作的作品《三代之治》出版。

这本书全文不到五万字，是一部乌托邦式的著作，以复兴上古三代（尧、舜、禹）的名义，讲述了一个理想化的世界，包括社会、文化、政治、制度等方面的内容。石越与苏轼所谈的民主议会的思想，便反映在这本书中。其中心思想无非是天子是受命于民，而非受命于天，得民意者方能治天下，又指出天子最可倚重的，不是士大夫，而是老百姓……

“石越通过攻击《尚书》的真实性，先空洞化对三代的记载，然后对上古三代进行自己的解释，借三代的名义抢占对儒家经典的制高点，再辅以对儒家经典的重新解释，完成对儒家学说内部的改革”——这是后世对石越种种行为的解释。

当时的宋代，在文化上和汉武帝时代的情形非常相像，经学经过两晋之变，在唐代复兴，却又慢慢让位于诗赋，五代士风沦丧，可以说在宋代迟早要有一种新的学说来占领思想界的王座，这是一种社会的客观需要。所以先有所谓的“古文运动”，然后有王安石的《三经新义》，最后有朱熹集大成的理学……群雄逐鹿，最后理学捷足高登，主导中国数百年的思想史。此时石越的作为，不过是趁古文运动已到最后的辉煌，正准备完成它对晚唐以来艳丽文风的最后一击，而“王学”尚未问世，理学影响未大之际，乘虚而入，以一系列的新说，加入到这场争夺思想界王座的竞争之中。

在《三代之治》的序言之中，石越提出来“复古、朴实、求是”三原则，继承古文运动的精神。他公开说三代无书，汉人之文风最合三代的精神，文章应当学西汉；而做人或为文，都应当讲究朴实无华，不应当追求浮华的东西。文景之世，皇帝诏书如同白话，最值赞赏；三代尧舜禹，汉代文景，没有皇帝给自己加尊号，他们的令名照样传之于后，石越因此大胆地在文中呼吁皇帝不要给自己加那种长而无实的尊号——这一点石越其实是谋定而后动，因为他知道赵顼对于加尊号的确是没有什么兴趣，终其一生，没给自己加过什么尊号；石越又提出来做事要讲证据、重事实……

《三代之治》一经出版，几天之内就被抢购一空，汴京城的读书人睁大了眼睛想看看石越的新作，桑氏印书馆几乎没有停工的时候。而之后引起的议论，更加超过了《疑古文尚书伪作论》，毕竟后者是一部考证的学术书，真正能从中间找出问题来辩难的，都是比较高明的学问家；而《三代之治》则主要是一部空想理想社会的书，但凡空想，只要是人，便可品评一下得失。

“自古以来，君为天、臣为地，君为乾、臣为坤，子明所谓议会，以士绅百姓议论官府，以黎庶与九五为一体，似有混乱阴阳乾坤之嫌？”王安礼谨慎地问道。

石越随手画了一幅太极图，交给王安礼，微笑不答。王安礼看了一会儿，突然开怀大笑：“原来如此，妙，妙。”

唐棣等人面面相觑，不知道他们闹什么玄虚。柴贵谊忍不住，悄悄问桑充国。众人之中，以桑充国与石越相处时日最多，对石越的学说了解最深。桑充国微笑道：“阴阳一体，方为宇宙。世间至道，极阴便是阳，极阳便是阴。九五之尊为极阳，黎庶百姓则为极阴，二者表面看来相距悬殊，实则一体。”

“子明在《三代之治》中倡议天下普设学校，立图书馆，欲使天下人皆得读书识字。然则自古士农工商，各有所事，此天命也，子明欲使人人皆为士，可得乎？”苏轼虽然是杰出之辈，脑子里却未免还是有那些等级观念。

“在下闻孔子曰：有教无类。未闻孔子以士农工商而有教与不教之别矣。且士者，本出于农也，故有耕读之家。工、商之间，亦未必无贤者，陶朱贾人也，傅说工人也，二者非为不贤。君以为工商不得读书乎？以为读书不可以为工商乎？”石越悠然答道。

《三代之治》自问世之后，其中称赞者固然不少，但是众人多多少少都有一些不以为然之处，所以问难辩论便成了家常便饭。其中对《三代之治》持最激烈意见的人，竟认为这本书是无稽之谈，荒诞不经，不过是《淮南子》之类的杂家之言，不能登大雅之堂。但是毕竟大部分读书人却多多少少对书中提出的理想社会很有兴趣，其中提出的“耕者有其田，居者有其屋”之类的理想，更是被大部分儒生认为这正是儒家经典所说的“大同之世”。普遍的质疑，还是集中在某些具体措施之上。

皇帝赵顼曾经很认真地问王安石：“石越《三代之治》，可以施之于世否？”

王安石正色答道：“此非臣所能知也。唯其中议论，颇有迂阔之处，其谓耕者有其田，自井田崩坏以来，历代无人能复之，如何能得耕者有其田？又谓广立学校，臣以为州县立学，已属不易，全国遍立，所费几何？此石越所未深思之故。然其意甚善，亦未必无可采之处。”

王安石这还是持平之论。有大臣在赵顼问到议会制时，愤愤不平道：“这是石越欲要离间君王与士大夫，其心实可诛！”弄得年轻的皇帝一脸愕然，说道：“不过论是非而已，何至于此？”

《三代之治》出版之后，新党们看到的，是一个包含着改革思想的年轻人慢慢崛起，虽然他已经通过曾布向王安石表明了中立的态度，但是王安石并未十分介意，毕竟中立不是反对，他还是乐见这个难得一见的奇才诞生的，虽然反对派诸大臣对石越的举荐依然让他很不快。

而在旧党一面，司马光等人欣赏石越的才学，赞赏他不愿当官的人品；苏轼则和石越有不错的私交；另一些元老大臣看重的，却是石越虽然身世不明，却一向以北方人自居。这些大臣们普遍相信，北方人比南方人要值得信任，况且石越又得到司马光等人的举荐，大家对他更无恶感。

所以无论新党旧党，并没有人想去阻挠皇帝新一轮的征召，虽然对于石越写在书中的某些观点，很多人是不以为然甚至极度反对的。当然，这种情况也许不过是因为大家的精力都放到了朝廷中关于变法引发的政治斗争上去了，没有人愿意花时间来对付一个无足轻重的人物，以致莫名其妙地树敌。况且石越表现出的才学，也足够构成朝廷征召他的理由了。

7

熙宁三年五月，皇帝的使者再一次来到桑府，重演了三月的一幕。虽然皇帝的诏书比上一次更加恳切，对石越的评价也更高，但是石越依然用老的理由拒绝了。最夸张的是，使者走之前说的话都和上次那位说的一模一样，当然，他口袋里也多了同样的一贯铜钱。

苏轼和王安礼不约而同地来到桑府，劝石越出山，结果发现石越的态度非常坚定，二人虽然无可奈何，却始终不肯死心，只是与石越有一搭没一搭地闲聊。不胜其烦的石越为了对付这两个说客，不得已拿出了正在写的几部书的草稿，请二人指教。

果然，这几部书立即就把二人的注意力给吸引了过去。

略略看过之后，王安礼问道：“子明，这些奇技淫巧之说，虽然颇得精妙，然于世道人心何用？”苏轼也注视着石越，显见二人有同样的疑惑。

石越笑着背了一段经典：“伏羲造琴瑟，芒作纲，芒氏作罗，女娲作笙簧……”这是《作篇》里面的内容，讲述的是上古圣贤发明创造的事迹。背完之后，石越说道：“奇技淫巧若为无用，则伏羲、女娲、黄帝、舜、禹等古之圣人，为何皆有发明？这是圣人之事，哪里是奇技淫巧？《周礼》之中，唯《冬官》不存，故当今之人以为此等事不过小人之学，君子对之甚为轻视，我以为，这正是今之不如古的原因。”

虽然觉得石越的说法未免有点儿强词夺理，但是《世本》中的确有这一篇是讲古之圣人发明创造的故事，若依石越的说法，也不是没有道理。二人虽然都是辩才无碍的人，但是对于石越的这种观点，倒也一时想不到哪里有什么不妥。

王安礼温厚地一笑，说道：“子明真是语不惊人死不休，不过也真让人难以驳难。只是把工人之事当成圣人之事，只怕士子们不太服气。且这些东西，甚至不是工人之事，而是杂学。”

苏轼爽声笑道：“杂学便杂学，古之君子，于经典之外，骑射博物、天文算术之学，无所不通。身兼数家之学的，今日也未必没有，只是如子明这般博学，似乎天文地理无所不通，又如此年轻，真是所谓生而知之者。”

当时的许多儒生对于天文、地理、算术、植物，以及占卜算卦都是颇为精通的，只是他们受“君子不器”的影响，大部分人不愿意以全部的精力去钻研这些，只是当成一种业余的修养，这一点上和石越的立意大有不同。一经石越点破，苏轼眼前便豁然开朗。

石越给王安礼、苏轼看的书稿，被后世称为“石学”之始，也被一些人称为“杂学”。这几本书分别是《算术初步》《几何初步》《地理初步》《逻辑初步》，这四本书加上其后的《物理初步》《化学初步》《生物初步》，并称“石学七书”，陆续在熙宁三年的六月份出版。这几部书的内容可以说相当浅显。它们的可贵之处是提出了一些理论要点，并且是中国历史上第一次对科学技术进行理论性的总结与归纳。

当时宋代的技术积累已经达到了相当的高度，各种技术发明让现代人都瞠目结舌。例如，在宋代的兵器谱上，火药兵器数以千百计，其他种种发明创造，更几乎让人怀疑那是一个现代社会，但是独独缺少的，是科学理论的出现。这可以说是中华文明的天生性缺陷，也可以说是历史没有给中华文明这个机会。但是不管怎么样，如果说中华文明和现代科学之间隔着一扇门的话，那门的钥匙就是“科学理论”。那么此时石越无疑是告诉了中国人那扇门的存在，告诉了他们打开门之后所会发现的世界，告诉了他们制造这把“钥匙”的关键。接下来的，就是中国人凭自己的聪明才智，去制造出那把“钥匙”，推开那扇门了。

这就是“石学七书”的意义所在！

从此以后，中国的科学家们不再用全部精力致力于解决一个个的技术问题，而是开始去总结发现科学理论，再以理论来指导技术的创新——这是一条完全不同的道路。

学习过“石学七书”，对于一个普通人来说，只是知道了一些杂学，看起来并无用处，但是对于那些已经在科学领域达到一定高度的人来说，无疑会让他们眼前豁然开朗。

但是石越在21世纪毕竟只是一个文科生。七部书中，《算术初步》略好一点，也不过是初中水准；而《几何初步》就实在太简单了，号称为“书”，可全书不过一万字，只讲了一些简单的公式；《物理初步》也不过是初中物理的部分理论；最糟的是《化学初步》，完全就是一本理论书，石越根本记不住那些分子式，只好在书中罗列各种化学现象数十条，提出各种问题近百个，篇幅不过两万多字，普通人根本不可能看懂；《地理初步》最为引人注目的是提出了地圆说，这在中国倒不会导致迫害。其实远至汉代，对此就有不少假说，只是人们相不相信却要另当别论。《地理初步》的确也经常被人们当成第二本《山海经》来读；在《生物初步》中，为了避免太大的麻烦，石越没有说物种起源，只是介绍了化石的作用，又讲了一些人体构造之类的知识，其实这是最难写的一部书，顾忌之处实在太多了；最好写的一部书则是《逻辑初步》，这是一本纯粹的哲学书。

石越在“石学七书”中，毫不客气地使用了大食数字[1]与字母文字。这两者堂而皇之地出现在大宋的出版物里，为此石越不得不特别写了一个“凡例”，对此做出详细的解释。这个凡例的字数竟比一部书的内容还要长。虽然用字母文字表达不是没有办法可以替代，但是石越毕竟是受过现代教育的，让他改成另一种东西来解释一些公式，他本来就不太明白的文科头脑肯定会更糊涂，何况引进一些符号文字，并不是一件坏事。只不过后来大食数字和字母文字的命运迥异，前者很快就被广泛采用，后者一直只有一些精英阶层做学问时才会用到。

在六月夏日出版的“石学七书”并没有引起很大的轰动，部分原因是人们已经慢慢习惯了石越带来的一个个惊奇了。关于他的种种谣言开始流传在市井之间，最好的说法说他是“文曲星转世”，所以这么年轻就有如此好的学问，连皇帝都两次征召他；而最坏的说法说他是一个大骗子，他骗了一个垂死学者的文稿，然后刊发于世，骗取名声，所以皇帝征召他不敢应诏，是怕露了马脚……

不过“石学七书”依然在比较小的圈子里引起了注意，大部分的赞扬之声都是从这些小圈子流传出来的。也有不少读书人明明看不太懂，也要买几本回去充充门面。当然，《地理初步》《生物初步》和《逻辑初步》例外。不出石越所料，《地理初步》只有少数人识货，大部分人当成海外奇谈来看，甚至看成是宋代版《山海经》。至于《生物初步》，引发的结果则是惊奇，人的心只是供应血液的？我们是用大脑思考？这实在有点儿让当世的人觉得不可思议。《逻辑初步》在有学问的人眼里，被认为是“虽则不无道理，然亦名家之言矣，略胜古人，非正道之学”。这三部书正是导致“石学七书”又被称为“杂学”的主要原因。

[1] 即阿拉伯数字，当时中国称阿拉伯地区为“大食”。实则阿拉伯数字是由印度人发明，石越亦是以讹传讹。

但不管怎么样，朝廷在六月下旬明诏天下，以后公文、考试必须采用标点符号，允许使用大食数字记数，都是对石越某些倡议的认可。而紧接着对石越的第三次征召，也不能说完全与“石学七书”的刊行无关。石越却依然毫无新意地用一个老理由拒绝了这又一次的征召，完全不理会诏书中皇帝对他这个已经用了两次的理由进行了委婉的批评。

“这个石越真的不想做官？”年轻的皇帝未免觉得有点儿奇怪，才二十多岁就不想做官，实在少见，不过朝廷也极少征召过二十多岁的“茂材”。

“陛下，臣不敢妄说，只是石越断非无意功名之人，否则不会在半年之内，刊发著作十本。”王安石其实很理解石越，想做隐士的话你出什么书呀？

“那为何又不愿接诏？”赵顼更加奇怪了。

“依臣妄自揣测，或者是对茂材制科不以为然。”王安石不负责任地说道。

“何以见得？”赵顼有点儿不快了，茂材制科都不来应试，你石越又不是身有功名的人，难道想要我直接给你官职？

“臣也只是揣测……”

8

石越三拒朝廷制科的征召，半年内十部书的刊行于世，终于让他名噪天下。

石越对于自己成为大宋的名人显得宠辱不惊。

“石学七书”出版之后，他的日子就渐渐悠闲了。唐棣等人陆续放了外任，一个个到地方上任去了，他除了和桑充国谈谈学问，问一问印书坊的情况，便是与苏轼、王安礼、曾布等人把酒言欢，纵论古今，又或者在家里陪着桑梓儿品评诗词丹青。总之，熙宁三年的七月，除了天气热一点之外，实在是石越过得最惬意的一段时光。

桑俞楚也非常高兴，因为家里出了进士，又住着一个石越，他如今的身份地位早已不同往日。有几个商人家中能接待过两三次钦使？虽然他讲究喜怒不形于色，但是心中却也不免暗暗得意。不久他又接到唐甘南来信，说他在杭州一切顺利，那边的地方官也知道他唐家出了一个进士。唐棣和石越关系非同一般，石越又是皇帝屡诏不起的人，若有一天大用，那肯定是显宦，因此谁也不愿意得罪唐家，加上唐甘南颇知上下打点之道，隔三岔五各个官员都有礼物送到，自然更是对一切大开方便之门。唐甘南又在信中询问桑氏印书馆的情形，问他是否有意在杭州开设分店。不过这事还是要先听听石越的意见，无形中众人都开始唯石越马首是瞻了。

把唐甘南的信给石越看了之后，桑俞楚问道：“贤侄之意如何？”

石越略一思忖，说道：“江南读书风气日炽，印书坊也特别多，竞争定然激烈，这事还是给二叔自己处置吧。只需告诉二叔，若要印书，就可不拘一格，经史子集到佛道典藏，诗词曲艺到评话杂谈，只需有人买，便可以印。另外，我听说江南杭州颇多能工巧匠，二叔可以试试彩色套印，若能成功，定然受欢迎。”说着又介绍了什么是彩色套印。

桑俞楚连忙点头称是：“这是好主意。”

石越又笑道：“我们这边用的流水生产方式，也可以和二叔说说，便是做棉纺，未必不可以用这些方法。做生意，自然是成本越低越好的。”

“那是自然。”这一点桑俞楚深有同感。

说完这些，石越沉吟了一会儿，抬头注视桑俞楚，说道：“小侄也有一事正想和伯父商议。”

桑俞楚见石越如此郑重的样子，便知道一定是有什么大事，他习惯性地摸了摸短须，微笑道：“贤侄请说。”

“我想创办一座书院讲学，此事还须伯父周全。”石越语调虽然温和，态度却是异常的坚定。

桑俞楚不由一怔，不去当官却想去教书，而且要办书院，这个石越的想法倒真是奇怪。他想了一会儿，才说道：“各地办书院，或有地方官支持，或有士绅合力资助，才能够维持一所书院日常的开销。士子们大抵并不富裕，多是平时耕种，闲时念书，半耕半读，方能勉强生活。当然，以贤侄今日的声誉，创办一所书院倒并不困难，只是……”

石越起先并没有想到这许多，他也在心里计议了一会儿，说道：“官府的支持且不去说它，开封府虽然会支持，但先不必计算在内。如今之计，先选一处好地方，置办学舍。附近的乡老对于在本地办学当无反对之理，再拜会附近的士绅，请他们一起出资赞助。如此当无太大障碍。”不管多大困难，创办书院，他是志在必行。

桑俞楚知他误会，摇头笑道：“置办学舍等等，不必找别人，贤侄要做的事，我断无旁观之理，这笔钱不必劳动别人。这中间最大的困难是书院士子们的生活如何保障，以贤侄如今的名声，想来读书的士子人数必然不少，要长期养活这许多人，并非一件容易的事情。”

石越不料他担心的却是这件事，不禁哑然失笑：“我这书院与平常的书院有所不同。当日孔子给三千弟子讲学，难不成还要养活这三千弟子？各地书院半耕半读，那是因为其弟子都是附近乡党子弟，那都是有几分义学之意。朝廷办学校，那是为国家养才，所以要给这士子们发薪俸。我这书院，却另有规模。凡是来此学习的士子，每年交学费一贯，食宿、书本笔墨自理，须连学三年，方得卒业……”当下和桑俞楚细细说来，直把桑俞楚听得目瞪口呆——这样的书院也会有人来读？

虽然半信半疑，但是桑俞楚依然决定支持石越。便由石越和桑充国在开封城西南十里处一个叫“白水潭”的地方选了院址。那本是一处白姓家族的公地，几个小土丘上种着一片果树林子，附近有一个水潭，颇见清幽，而且离官道也不太远，石越与桑充国一眼就看中了这地方。

白家的族老听说石越要在这里办书院，非常高兴。族里几个读过书的秀才都听说过石越的大名，和族长们一说起，那更无不答应的道理。他们愿意用半价出售那块地，条件就是在书院中顺便办一所义学，让白家的子弟免费上学，白家则付给先生的食宿与礼金。这个要求也是很寻常，石越寻思着自己虽然本意并不想办一所蒙学，但是也断没有拒绝的道理，便一口答应下来。

地址定下来之后，便开始建学舍。石越一心想着要早点建好，桑俞楚便也不计成本，青砖、石灰石、木材，全部购买下来。

看着那一堆堆的石灰石，石越不由有点儿纳闷："这时候人们就兴用石灰粉刷房子了？"找了工匠询问，才知道这石灰石不单是用来做黏剂，也是用来整齐地面的。用石灰石和黄土夯筑的地面，光滑无尘，几十年都如镜子一样平整，只是因此要花的人力物力，也不是一般人家能承受得起的。

石越自小在农村长大，小时候家里烧红砖、盖房子、粉刷墙壁、用水泥砌地面，可以说他这一代人，只要是在农村长大的就无人不曾经历过，而且这些事多半是要自己动手帮忙的。挖黄土，用砖模做砖，他小时候不知道做过多少次，所以土法烧水泥石越也相当熟悉，此时正好用得上。用石灰石混合百分之二十的黏土烧出来，便成为水泥，用水泥做黏合剂，或者粉刷地面，比起宋代人用石灰石与黄土砌地来，效率高出太多了。

他因为这点小发明被那些工匠惊为天人，几个秀才本来以为石越不过是关心校舍的建筑才整天泡在这里，他们不肯放过这个和名人交流的机会，时常过来请教，此时见到石越还有这种手段，无不佩服万分，一个个大呼"能者无所不能"。

如此在白水潭忙忙碌碌，用了两个月的时间，这院舍才一切妥当。

在这段时间里，石越、桑充国和白水潭的村民们也变得非常熟悉了。因为族长要求族里的男子轮班去给学院义务帮忙，而村民们来做事，也是完全当成给自己家里做事一样，尽心尽力，石越许久没有见过这种淳朴的场面了。

所谓"投之以桃，报之以李"，他见当时便是中等人家，也是用土砖盖的房子。这土砖盖的房子自有其好处，但是最大的坏处是不太通光。白水潭毕竟是郊区，比不得汴京城里家家都烧炭，房子经柴火一熏，更显得阴暗。石越便教给他们烧红砖的方法，虽然成本比土砖要高，毕竟要用到煤，但是比起青砖来，却要便宜许多。

兼之石越平时说话非常和气，谁家实在太穷，他也会忍不住动恻隐之心，随时送点钱物，一时间整个白水潭的村民对他都非常喜欢，连方圆十里的人都知道白水潭来了一个很和气的大人物。一时间，传闻四起，"这个大人物不仅仅学问让村里的秀才们佩服，据说李家的李秀才平日读的书就是他写的"，"盖房子烧砖这样的事情，竟连老师傅也比不上他”……但凡传闻，必有夸大，村民们暗地里早就开始传说这个石公子其实是某某星宿下凡，专为扶助赵宋官家建太平盛世而来的。

以石越的本意，其实从来没有在乎过诸如水泥、红砖这样的东西。之前的棉纺、印刷，以及几部著作的发行，那都是他有意为之的，他也相信这些东西是他扭转历史之轮所必需的助力。凭借着他对历史的了解，自然明白棉纱业是英国工业革命的重要组成部分，而“古登堡印刷术”开启了欧洲的理性时代；几部著作的发行，不仅仅是为自己博得一个地位，也是为了慢慢地影响人们的思想——这些都是他为了实现自己的抱负而有意为之的东西。但是水泥、红砖能改变什么，石越却是连想都没有想过。只不过当他亲眼看到自己“发明”的东西能够派上用场的时候，心里的那种成就感和写成一部书之后的感觉并无二致。

9

熙宁三年九月，整个人沉浸在一种“终于建好了”的喜悦中的石越，高兴地和白水潭的村民们一起庆祝着。他到这个时候才告诉苏轼、王安礼、曾布等人，他打算在白水潭办书院，本月就要开始招生，希望他们到时候能来书院讲学，并请他们推荐一些知名的学者。

石越并不知道，在白水潭筹办书院的两个月里，汴京朝廷内的新党旧党之争更加激烈了。司马光希望能够尽最后的努力劝说王安石谨慎行事推行新法，然而却被王安石大义凛然地驳回。司马光在经筵上给年轻的皇帝读他正在写的《资治通鉴》时，借题发挥，指着和尚骂秃驴，直说吕惠卿是巧言令色以惑国君的奸诈小人，把吕惠卿气得在心里头咬牙切齿。

与司马光冰炭不相容的吕惠卿屡次在皇帝和王安石面前借机挑拨，想除掉司马光，报一箭之仇，而司马光却毫不动摇地继续请求皇帝罢均输、青苗、助役三法，由此终于重重得罪了新党。本来因为司马光名声太大，连辽国人也知道他的名声，所以皇帝一直能够优容于他，但他屡次进谏，终于让求治心切的赵顼认定了他是新法最大的绊脚石，是王安石所说的“异党之赤帜”，也就是反对党的旗帜。差不多同时，司马光也终于认定自己和执政大臣道不同不相为谋，皇帝已经不可能接纳自己的主张，便决心离开朝廷，于是主动向皇帝请求出外[1]。而此时正逢宋夏战事重燃，五月份双方在庆州一带交战，八月西夏更是全国动员，合兵三十万之众进攻环庆，虽未占到大

[1] 朝臣到地方上任，称为“出外”。

便宜，但宋朝却也不敢等闲视之。新任参知政事韩绛刚刚被任命为陕西宣抚使，前去主持大局，新党遂趁机托言司马光是当世名臣，闻名于辽夏，建议让司马光出知永兴军，协助韩绛一道应付西北局面。这亦是一石双鸟之计，一则国难当头，司马光无法推脱，正好借机将司马光赶出权力中心；一则司马光到底不过是一介文臣，并不知兵，到了陕西，正好给人看笑话。

和司马光同样遭遇到大麻烦的还有苏轼，有人突然诬告他贩卖私盐。这种莫须有的罪名，明显就是一种政治陷害，而阴谋的主角，正是新党。当年苏轼穷困之时，三朝元老韩琦赠银三百两给苏轼，他也没有接受，此时居然被指控走私食盐求利，简直让人哭笑不得。而他不接受韩琦的赠银，也被说成是沽名钓誉之举。皇帝赵顼甚至当着司马光的面说过："苏轼不是好人"。

遇到这种百口难辩的事情，苏轼也束手无策。他到底不过是个三十多岁的年轻官吏，虽然有文名，却比不上司马光声名远播。这时的苏轼心灰意懒，也只好听天由命，偶尔写点诗文发发牢骚。

毫不知情的石越把自己的门帖递给苏府的管家时，才发现苏家上上下下，眉间都带着愁容。石越和苏轼交情已是不浅，见了苏轼之后，便直问缘由。苏轼把前因后果略略一说，因为怕让石越更加不愿入仕，反而强笑着安慰石越道："我不过庸人自扰而已，便是君实[1]，也未必有事。王驸马和我说，已有人找太皇太后和太后说去了，皇上不过一时受人蒙蔽，子明切不可因此而灰心，失了上进之意。当此之时，忠臣义士，更应当挺身而出。"他口中的王驸马是宋代著名画家王诜，和苏轼私交甚好。

石越心里暗暗叹道："历史果然还是走到了这一步，唉……"一时嘴快，竟然脱口说道："司马光权知永兴军，不久罢判西京御史台，改不了的命运。"

苏轼瞪大了眼睛望着石越，奇道："君实判西京御史台？"

石越自知失言，连忙掩饰道："旁门左道，子瞻兄幸勿外泄。"

苏轼受佛教影响甚深，对这些事情一直半信半疑，此时心里对自己的前途忐忑不安，便想求一个安慰，他又素信石越之才学断非江湖术士可比，便笑道："子明有这种异能，可否为愚兄卜上一卦？"

石越暗暗叫苦，苏轼的命运他自然是知道的，但是自己做了这许多的事情，谁知道历史有没有改变？只得干笑几声，道："智者不必知命，尽人事而已。孔门弟子，不宜信奇门之说。"

苏轼见他如此说，倒也不以为意，纵声笑道："正是，正当如此。倒是愚兄俗气了……"

[1] 司马光，字君实。

二人又说起石越这两个月筹办白水潭书院等事宜，苏轼正容说道："讲学于山野，为国家育才，也是正道，此孔子当年所为。然而国家如今正是多事之秋，子明之才，在庙堂而不在江湖，君当三思之。"

石越连忙欠身笑道："小弟谨记了。"

从苏府告辞后，石越也不回家，叫了马车直奔碧月轩楚云儿那里，细细思考下一步的对策。

楚云儿见他满怀心事，也不敢打扰，只在旁边静静相陪。

石越拿了几根筷子，并排摆在桌子上，那是朝廷中欣赏自己的有分量的大臣——司马光，罢职了；苏轼，朝不保夕；欧阳修，早就到地方去了；陈襄，也被罢了……想来旧党中的其他人，此时也一个个不免兔死狐悲，心萌退意吧？真正能在皇帝面前给自己说话的，倒只有王安礼和曾布了。

"没办法，人算不如天算，学院的事情只能靠后一点了。"石越暗暗叹了口气。迟早是要入仕的，难不成在白水潭讲学就可以改变这个世界的转轮吗？没有一定的权力，或者说不能有效影响到权力决策层，靠一点一滴的积累，不知道要花上几百年的时间，自己并没有这种耐心。"

"楚姑娘，给我唱《离骚》吧，我要听那一句，'亦予心之所善兮，虽九死其犹未悔'。"石越停止了计算，对楚云儿笑道。

楚云儿听到石越和自己说话，本来也颇为高兴，可突然想到这两句的意思，脸不知怎的，吓得煞白，好一会儿才轻声说道："石公子，这《离骚》太不吉利了，换一曲柳三变的《定风波》吧？"

"也罢，也罢。"石越无可无不可地笑道。"本想来点悲壮慷慨的给自己壮壮行。"

"壮行？石公子要远行吗？"楚云儿不解地问道。

石越爽声笑道："不错，正是要远行。这一步踏出，便再无回头之路，亦不知何处是个尽头……"

却听楚云儿已曼声唱开："……无那，恨薄情一去，音书无个……早知恁么，悔当初，不把雕鞍锁……"

"悔当初，不把雕鞍锁……"石越亦跟着轻声哼道，心里却暗暗问道："我能把雕鞍锁吗？我能把雕鞍锁吗？那长安道上，可再没有回头客……"

人，也跟着醉了。

第三章

牛刀小试

选拔大臣是君主的一桩大事。

——马基雅维利

1

迩英殿，顾名思义，迩者，近也；英者，人中之杰也。这里历代都是大宋的皇帝们和儒生们讲道学习之所，朝廷许多重要的决策也在这里做出。

九月深秋，天气渐渐转冷，一心想着要励精图治的赵顼此时正在这里会见群臣，并一起听曾布讲学。年轻的皇帝身体似乎不是太好，脸面略显苍白。

"……文景二帝体恤民力，藏富于民，故文景之世，国不富而民富，民先富而后国自富，其后武帝赖以征伐四夷……"曾布一边高声读着手中的新书，一边偷偷看皇帝的眼色。

自从五月王安石迫于众议，同意罢制置三司条例司后，崇政殿说书吕惠卿便兼判司农寺[1]，负责众多新法事务。不料九月吕惠卿父亲逝世，丁忧去职，王安石希望皇帝身边能够有新党的自己人，因此力荐曾布代替吕惠卿任崇政殿说书兼判司农寺，代替吕惠卿的位置。

"国不富而民富，民先富而后国自富。说得好！"皇帝击掌赞道。王安石微微皱了皱眉毛，这个石越，这句话似乎和新党方针不合呀。

曾布待皇帝夸赞完毕，微微一躬身，说道："陛下，石越的确颇有见识，而且奇在年纪不过二十多岁，实是百年难遇的奇才。"

"王参政常与朕说人才缺少，可惜这等人才却不能为朝廷所用。"皇帝把热切的目光投向王安石。

王安石苦笑道："陛下求贤若渴，只是那石越似乎真的是意在山林，我听说他在城外白水潭建了一座学院，准备收徒讲学，似乎果真无意于功名。"

"陛下，微臣以为，石越既出书，又讲学，绝非隐世之人。臣以为，必是诏书中有什么是他不愿意做的事情，故此才一再拒诏。"宰相陈升之眯着眼说道。他原本和王安石一起主持新法，但是王安石越来越跋扈，两人逐渐心生离间。比受皇帝的宠信、口才，陈升之都不及王安石，便一直想在朝廷中给王安石多立一点竞争对手，好牵制王安石。

"哦？朕听说曾子宣与石越私交甚笃，曾卿以为呢？"

"陛下，这个……这个臣亦不知，王安礼或者知道。"曾布迟疑道。他与石越私交虽洽，但听王安石的口气似乎无意重用石越，便不敢举荐，可曾布也不想对不起石越，便将王安礼拉了出来——怎么样也是王家的人，他若要推荐，却与他曾布无关。

[1] 古代官名，北齐始建，历代沿置，掌粮食积储、仓廪管理及京朝官之禄米供应等事务。

赵顼略有几分不悦，转目注视王安礼，道：“卿以为如何？”

王安礼连忙出列，答道：“臣以为，石越若做隐士，是国家的损失。微臣大胆揣测，石越定是不愿赴制科。”

“不愿赴制科，为何？”不仅皇帝不明白，连王安石等人也奇怪起来。

“臣以为，石越似有管、乐、诸葛之志。有这等志向的人，定然不愿意参加任何考试。陛下不如召他一见，若君臣相得，臣以为石越定以国士相报陛下知遇之恩；若不相得，彼必然弃官而去，断不肯在朝为官的。”王安礼侃侃而谈。

“这样做只怕不合体例。”有人反对道。

“似石越这等人才，若想事事合体例，只怕他永远不会为朝廷效力。刘先主三顾诸葛，又何曾合体例？然后世以为美谈。”王安礼厉声反驳道。

“卿言有理。待会儿叫范镇[1]来见朕书诏，召布衣石越崇政殿相见。”年轻的皇帝对于自己能够效仿一下古代的英主，内心竟有几分兴奋。

“陛下圣德！”众大臣齐声拜贺。

“曾卿，继续。”

“是。”曾布把书打开，继续读道：“自汉武之世……”

2

“自汉武之世……”桑充国抑扬顿挫地读着石越的新著《历代政治得失》，突然笑道：“子明这本书，以汉代论述最为精彩得当。难怪连大苏都要赞不绝口！”

桑梓儿托腮坐在旁边，忽然抬起头来，嫣然笑道：“哥，你可知道天下谁最喜欢石大哥？”

“谁啊？”桑充国愕然道。

“当然是印书坊的掌柜桑致财。石大哥的书一本一本出个不停，他笑得嘴都合不拢呀，见到石大哥时便像见到财神爷一般恭敬。”桑梓儿抿嘴笑道。

几句话顿时引得哄堂大笑。桑俞楚正在喝茶，一口水喷在他夫人身上，笑了个前俯后仰。

忽然，“员外，圣……圣旨……”便在一家老小笑成一团的时候，家人的禀报将众人吓了一跳。众人连忙打开大门，布置香案。好在桑家接圣旨已经熟门熟路，瞬间便一切妥当。大家都以为这次不过又是例行公事，桑来福更是把钱都准备好了。

[1] 宋代诏书一般由翰林学士或知制诰书写，时范镇为翰林学士。

“敕布衣石越：卿博闻今古，周探治体，藏用而弗矜，养恬而为乐，有德君子，譬如麟凤。朕统御群方，寤寐多士，思得俊良，卿当勉赴阙庭，无恋云壑，翘待之意，当宁增深。今遣供奉官[1]李向安持诏召卿赴崇政殿觐见。”

“臣布衣石越接旨，皇上万岁、万岁，万万岁。”在众人惊讶的目光中，石越接过了圣旨。

“恭喜石公子。”中使见石越接旨，竟是松了一口气。他接过桑家的喜钱，一面便笑道：“石公子，请准备一下，就和咱家走吧，车马已在门外恭候。”

“李供奉稍候。”石越从诏书中已知道他叫李向安。

“不敢。”李向安一点也不敢怠慢石越。

桑俞楚久于世故，见石越朝自己使眼色，已知他有笼络之心，连忙叫人拿出一张面值一百贯的交子，悄悄塞给李向安。李向安无故受此大礼，说话更是客气三分。恭恭敬敬请石越上了马车，一路上对于进宫的种种礼节，无不和石越讲说分明。

享受着专用马车待遇的石越对于车外御街的奢华景致视而不见，一面和李向安应酬，一面也隐隐担忧，如果和皇帝能够谈得投机，自然一切都好，但是万一皇帝让自己失望，或者自己让皇帝失望，自己的理想就不知道要多走多少弯路了。“赵顼啊……”石越心中忐忑不安地回想着历史上关于赵顼的种种记载。

正在他患得患失之际，突然听李向安说道：“石公子，皇城已然到了，请下车，从这边走。”

石越下了马车，举目望去，发现自己仍然在御街之上，大内离此还远。这段御街的右侧便是尚书省等中央机构，一座座衙门庄严肃穆地座立于路旁。那一对对张牙舞爪的石狮，瞪大了眼睛向天下宣布这里便是大宋王朝的核心所在。若在此处还坐着车，就颇有点儿招摇之意了。李向安是成全之心，所以叫他在此下车。

石越一面随着李向安前行，一面打量着路边的建筑。几乎每座衙门之前都有一堆的官员聚集，等待着官长的接见。这些官员三三两两围在一起，闲聊攀谈，打发这等待的时间。虽然已是深秋，路边两旁树上的叶子都黄了，但是地上却没有多少落叶，显然是常常有人打扫。

一路上偶尔也会有人和李向安打招呼，那些官员都有点儿诧异地打量着李向安身后的石越，不知道这个年轻人是哪家勋贵的公子。偶尔有一两个知道内情的，便躲在旁边窃窃私语，向石越投来或羡慕或嫉妒的目光；也有些伶俐的，便用目光向石越示好，只是很难让人分清那目光里的笑意是真诚的善意还是虚伪的谀笑。

从宣德楼的一个侧门入了大内，石越也不敢东张西望，生怕失了礼数，让人看轻。

[1] 内东西头供奉官之略称，宦官官阶。

只跟着李向安亦步亦趋，走了二三十分钟，才见李向安停住。石越抬眼望去，前面便是一座雕栏玉柱的宫殿，上面一块竖匾上写着“崇政殿”三个大字，心知是到了。

他不知道一众官员都以为他是“当世大儒”“经学大师”，认为区区宫廷礼节他不可能不懂，兼之他刚进御街，皇帝便已知道，赵顼急着想见这个名噪京师、屡召不起的年轻人，一面急匆匆地叫人去政事堂宣王安石等人，一面自己带了一干侍从前往崇政殿，所以竟是没有人向他解说见驾的种种礼节，总不能让皇帝在崇政殿等候石越吧？

到了崇政殿前，李向安别过石越，便自去交旨。不多时，一个穿着绯色官服、头戴三梁冠、腰佩银鱼袋的年轻人从殿中走了出来——三梁冠是七品服饰，而绯鱼袋则是加恩特赐的五品服饰，石越一看就知道此人必是个侍讲、侍读什么的。只听他高声喊道：“宣布衣石越觐见——”

石越连忙整了整衣服，拾级而上，入得殿去，再拜叩首：“草民石越，拜见陛下。”行礼完毕，方敢抬起头来，却见大殿正前方一个穿着淡黄衫袍的年轻人坐在龙椅上，微笑着对他说道：“石卿免礼平身。”

石越又谢了恩，这才起身，偷眼打量着年轻的皇帝——二十多岁的赵顼脸色略显苍白，双目深陷，整个人显得很清瘦，不过精神看起来还不错，英气勃勃。

赵顼也打量了一会儿石越，一面笑道：“石卿何来之迟也？”

“山野之人，实无益于陛下，故不敢应茂材之征。”石越朗声答道。

“朕在宫中，亦久闻卿的大名。”

“不敢，只恐盛名之下，难副其实，让陛下失望。”

“《论语正义》《历代政治得失》，岂是凭空能写出来的？石卿不必过谦。朕观石卿颇有经纬之才，朕正欲励精图治，富国强兵，石卿当有所教朕？”赵顼的眼光有几分热切，也还有几分怀疑。

“臣何人，岂敢为帝师？臣闻贤主求治，必委之士大夫。陛下欲为明主，励精图治，振兴大宋，亲贤臣，远小人，臣以为陛下当以此为第一急务。”

“这也不过是些平常的话语。”赵顼心道，口中却笑道：“此言甚善。”

“天下事知易行难，亲贤臣远小人，历代君主无论贤愚不肖，莫有不知，然而世有贤如唐太宗者，亦有不肖如隋炀帝者，可知知易行难。”石越侃侃而谈，“今陛下方图变法，欲除弊政，立万世之基。当此之时，用人之成败，实关系变法之成败，亦关系大宋之成败。此虽‘大有为之时’，然若无贤臣，臣恐画虎不成反类犬。”

赵顼听到此处，暗暗点了点头。不料却有人不答应了，出列质问道：“以石君之意，则现今朝中谁是奸臣，谁是贤人？”

石越转头打量这质问自己的人，见他五十多岁，头发微白，从帽子下看来略显凌乱，身着紫袍玉带，腰佩金鱼袋，目光炯炯，透着精明强干，而细看之下，那紫袍之上，竟有一块不太显眼的油渍。他立时想起一个人来，却假装不识，笑道：“足下此言差矣，朝中贤愚不肖，可问宰相；宰相贤愚不肖，可问御史。奈何问我一山野闲人？”

那个出来质问石越的人，就是王安石，他听石越话中似乎暗有讥刺，便忍不住出来驳斥，不料又被石越不冷不淡地顶了回来。

赵顼见王安石老脸通红，想是正准备和石越辩论一番，心知自己这位重臣脾气执拗，万一被石越说得下不了台，真不知又会闹出什么事来，连忙笑道：“石卿所言确是至理。”他这样一说，王安石就不好再说什么了。

石越朝王安石谢了罪，又说道：“陛下虽有爱民之心，求治之诏，然奉行仍赖良吏，唯地方官吏之贤者，方可行其志。而良吏不易得，此陛下当深戒者。”

“甚是！”赵顼笑道。

石越微微一笑，又道：“陛下若能以人为本，则富强可得，太平可致。此大宋之福，亦天下臣民之福。”

“以人为本？”赵顼沉吟道。

“不错，以人为本！陛下欲行良法，必先得良吏，纵不能所有官吏皆为良吏，亦须让所有官吏不敢为奸邪，否则，便有良法，反为小人兴事取利之机。陛下有爱民之意，而民自困苦，虽有三代之法，不得行于今日矣。”石越话中含沙射影。不过王安石对此却不以为意，他并没有认为自己的属下是什么奸邪，只觉得石越过分强调吏治，见识未免差了一层。

“那么，如何才可让天下官吏不得为奸邪？”年轻的皇帝有几分急切地问道。

石越微笑不答。

赵顼沉吟半晌，悟道：“《三代之治》所说诸法，石卿以为可以行之当世？”

“暂时不可以。”石越断然否定。

“那么……”赵顼没想到石越会公然否定自己的观点。

“天时、地利、人和，三者不全。臣《三代之治》所言之法虽善，亦不可尽行于世，若强行之，反乱朝政。”石越不会幼稚到第一次见皇帝，就推出自己那些比王安石变法还要理想主义得多的主张。

“那么石卿的方法究竟又是什么？”赵顼不解地问道。

“其要在宰相与御史，若宰相与御史皆贤，何忧小人？”空话无比正确，却又不得罪人。

崇政殿的召见进行了两三个时辰。皇帝不停地发问，石越对答如流，大臣们偶有驳斥，石越也毫不客气地驳回。宦官几次来请皇帝用膳，都被皇帝不耐烦地赶跑了。一直到王安石劝他先吃饭，赵顼才不好驳王安石的面子，准备结束这次召见。

“朕以为布衣石越才学见识，皆非凡品，拟赐石越进士及第，特除翰林侍读学士、著作佐郎、承奉郎、武骑尉，赐紫金鱼袋。参政以为如何？”赵顼随口说出一大串官名来，在场大臣无不变色。翰林侍读学士一职，品秩虽然不高，但随时陪侍皇帝，参赞机要。当时自宋真宗以后，一般授人，只称翰林侍读，而不加学士，这时赵顼为石越特复古称，已见恩宠。而一入仕，便径授著作佐郎，更是比状元的待遇更高。即便是状元及第，通常也只授大理评事，而后才能迁为著作佐郎。这两个官职，都已经属于“殊外之恩”了，但这两者相比“赐紫金鱼袋”来说，便不值一提了。赐紫金鱼袋，是让石越在礼仪上享受三品待遇！宋朝从开国到灭亡，一入仕便赐紫金鱼袋者，仅石越一人而已！

众大臣见此情形，便知道石越要得宠了。大部分人自是不愿意扫皇帝的兴头，当面得罪石越这个未来的宠臣，却也有一些人立时变色，已准备出列谏阻——别的倒也罢了，唯有赐紫金鱼袋过于骇人听闻！

不料石越不待他们开口，竟是一口拒绝道：“陛下，草民山野之人，并不愿为官。”

众人全怔住了，不知道石越打的什么主意。虽说皇帝赐官，然后虚伪地推辞一番，本是题中应有之义，但是石越却又不相同，众人知道他拒赴茂材制科许多次，现在好不容易来了，应当是打定主意出仕了，刚才君臣之间相谈也很投机，怎么突然又要拒绝呢？除非是嫌官小，否则绝无是理。可这官职品秩虽然低，但是恩宠已经很过分了，穿紫袍佩金鱼袋，二府三司以下，谁敢怠慢？

赵顼不悦地问道：“石卿为何不愿意为朝廷效力？”

石越沉默半晌，黯然道：“臣是不祥之人，所以臣在江湖市井中，或反能为朝廷效力，若是居庙堂之上，他日必遭小人之讥。”

“此话怎讲？”赵顼奇道。

“臣来历身份，皆属不明，陛下虽然不怪，然居朝堂久了，必有人因此生事，到时臣虽想退出江湖，恐怕亦不可得。”

赵顼见他担心此事，不由松了口气，笑道：“石卿何必在乎此事。普天之下，莫非王土，无论卿来自哪里，都是朕的臣民。”他还在藩邸时，就以复兴为己任，常恨身边人才太少，登基后见王安石所问第一件事，就是如何招致人才。此时自是百般劝说。

可石越只是坚执不肯答应。赵顼终于无可奈何，皱着眉头想了半天，不甘心地问道：“石卿若实在不愿意在朝，那么卿想去哪里？大隐于市吗？”

“微臣想在西南城外白水潭建学院，讲学授徒，为陛下培养人才，以谢陛下知遇之恩。”石越哽咽着答道。

赵顼见他就在汴京附近，又早知道他要办学院，心中略略宽解，因说道：“如此，朕依然赐卿进士及第，著作佐郎、承奉郎，武骑尉，赐紫金鱼袋，改翰林侍读学士为秘阁校理[1]，另除白水潭学院祭酒[2]，又赏白银三千两，绢十匹，白水潭学院附近良田四十亩，朱雀门附近宅院一座，另特许出入禁中侍读，每逢朔日朝请。”

石越未及说话，早有官员按捺不住了，出列说道：“陛下，这白水潭学院祭酒当为几品官？出入禁中侍读又是何官职？此皆无例可循！甫一入仕即赐紫，只恐开奔竞之风。请陛下三思！”

王安石见赵顼将目光移向他，微一沉吟，说道：“臣以为祭酒这个名字不妥，国子监祭酒是从四品，莫若以石越为白水潭学院山长，赐正七品薪俸，不必列为官职。出入禁中侍读，也不必为官职，只当恩宠便是。至于赐紫的殊恩，臣以为虽然恩宠过甚，然以石越之经术学问，天下少有，非常之人，有非常之遇，亦无不可。”

“便依王参政所奏。石卿，卿若推辞，便以抗旨论。”赵顼断然而决。

石越见皇帝说到这份上，知道自己不可不识好歹，而自己的目的基本达到了，也就不再推辞，叩首谢恩。

带着“赐进士及第”“秘阁校理”“著作佐郎”“承奉郎”“武骑尉”“白水潭学院山长”“特许出入禁中侍读”“赐紫金鱼袋”这样长长一串头衔回来的石越受到了桑府的热烈欢迎，同时，顷刻之间，给他提亲的人也踏破了桑家的门槛。

但是石越对此却毫无兴趣。他四处奔波着，一面遍邀大儒名士到白水潭学院做老师，一面又请身有官职、学问才华出众的官员去学院做“客座教授”。以石越的赫赫声名，加上皇帝的另眼相待，从苏轼、王安礼这些名臣，到叶祖洽这样的“龙飞榜”状元，都不愿意拂了他的面子。白水潭学院尚未开学，其“客座教授”阵营之强大，已让天下为之侧目，便是太学，也远远不如。

九月二十日，唐氏棉纺行在杭州正式营业；九月二十一日，白水潭学院正式开学。

白水潭学院是一所三年一贯制的现代大学，第一年为预科，学生修《论语》《春秋》《诗经》《算术》《物理》《地理》《生物》《逻辑》《化学》九门科目；测试及格，升入第二年级，学生自选专业，分“儒学”“算术”“格物”“博物”“律学”“子学”六系。其中格物系包括物理与化学，博物系则学习生物、地理、诗经、小雅、医术等，律学系讲法令与经义，子学系讲逻辑与诸子百家之学。第二年级学有小成，可升入第三年级，这一年专做论文、设计与辩论。

这是石越和桑充国二人绞尽脑汁想出来的体例。虽然“客座教授”众多，但是老

[1] 是古代官名，负责执掌校勘整理宫廷藏书。崇文院中堂建阁，称秘阁，收藏三馆书籍真本及宫廷古画墨迹等。

[2] 祭酒是古代主管国子监或太学的教育行政长官。

师依然缺少，毕竟这些人只能在公务之余暇抽空来讲课。此外，第一年的课程，除开《春秋》与《诗经》之外，几乎都必须由石越亲自主讲，桑充国担任助教。这也是石越不愿意做常参官的主要原因，在他看来，播下火种比自己做官更加重要。

3

十月初一在宋代是一个重要的日子，这天皇帝会赐给百官棉袄。到了十月初四，无论官员百姓，都会在这一天去给祖先上坟。然后就是立冬，各家各户采办过冬的物品，特别是准备蔬菜，开封的冬天特别寒冷，蔬菜都得从外地运来。

石越在车上听新买的书童侍剑介绍着这些当时的风俗。自学院开学后，石越便在桑家住几天，在赐邸住几天——主要是因为学院太忙，有时候他甚至住在学院不回来。桑夫人因不放心石越的起居无人照顾，特意买了许多奴仆送给石越，其中也不乏有见石越显达，而主动投身以求荣身之人，但石越仅仅留下一对看起来颇忠厚的石安夫妇帮他管理赐邸，又收了一个十二三岁的孤儿做书童。石越见他聪明伶俐却身世可悯，动了恻隐之心，因此收在身边，取名“侍剑”。

其实以他的本意，却是不喜欢自己被人服侍的。人性本是好逸恶劳的，石越既然希望有一个更平等的世界出现，如果自己被服侍惯了，只怕慢慢地自己就会对不平等的现象感到麻木，毕竟自己现在已经是“利益既得者”中的一员了。在成功改变这个世界之前，石越清醒地知道，自己也可能被这个世界所改变。

马车颠簸着到了西华门外。

“侍剑，待会儿我去面圣，你就在这儿等我，不要乱跑。有人问起，你就说自己是白水潭学院山长石越家的书童。”石越仔细对侍剑叮嘱着。在石越眼中，侍剑并不是服侍自己的人，而只是一个需要自己照顾的小孩。

“是，公子放心。”侍剑伶俐地回答。

石越摸了摸他的脑袋，又向车夫叮嘱了几句，这才下了马车，向大内走去，心里一面纳闷着皇帝找自己做什么。

进到西华门，李向安早在那里等候。他一面在前面带路，一面笑道：“石秘校[1]，官家对您真是另眼相看，今日赐给您的棉袄，例份都等同三品以上。咱家跟官家从藩邸到宫中，从未见官家对谁这么好过。”

石越原不知这些规矩，听李向安说了，连忙笑道：“皇上的知遇之恩，臣粉身碎

[1] 秘阁校理的简称。

骨也不能报答。这次我本家二叔从杭州托人带回几匹棉布，做工却还看得过去，赶明儿叫人送到贵府，供奉可得笑纳。”

李向安谦逊几句，眉开眼笑地领着石越到了崇政殿旁的偏殿，尖着嗓子道：“官家，石越见驾。”

“快宣他进来。”

石越连忙走进殿中，向皇帝参拜。赵顼待他见礼完毕，笑着问道：“卿的学院办得如何了？”

“蒙陛下恩赐御宝，短短十余日，收了八百学生，现在微臣和臣友桑充国分班授课。只恨先生太少，幸好有苏轼、王安礼、曾布、叶祖洽等人替臣分别讲《春秋》《诗经》《论语》三门。”石越详细地回答道。皇帝亲手为他题了“白水潭学院”院名，加上他自己与众多“客座教授”的声名，第一期居然招了八百名学生，远远超过他的预期。

这些学生大多数是富家子弟，因为种种原因进不了国子监，闻得石越的大名，便进到白水潭来。但也有少数人是因为不喜欢诗书礼义，专喜欢杂学，这才进白水潭读书，不过这些却不是石越所能尽知了。

赵顼显然早知道他收了这么多学生，并不吃惊，只是颇有兴趣地问道：“听说卿的学院体制与历来学院颇有不同之处。”

“回陛下，所有体制，都是臣一手草创。”石越拱手答道，又把学院各课程一一说明。

赵顼听他说完，问道：“卿开设这许多课程，又有何用处？”

“臣以为，国家需要各种各样不同的人才，故分门别类，学生学经义之外，各有专门之学，将来凭此一技之长，也能报效朝廷。此前不久，朝廷以为提点刑狱不宜用武臣，专用文臣，以武臣不通律法，故有此令。臣之意，略同于此。”

“原来如此。”赵顼并不以为意，他也只是觉得新奇，故有此问，又随口说道：“卿所虑甚善。他日若律学科要老师，自可问朕要。”

“谢陛下。”石越顿时大喜，连忙谢恩，想了想，又小心说道，“其实臣心里一直想问陛下要一个人……”

赵顼不由一怔，问道：“卿想要谁？”

“沈括沈存中。”石越微笑说道，“臣只要陛下让沈公每十天来上三天课即可，臣自当奉上相应的薪酬。”

“沈括？”赵顼脸上露出疑惑之色。这位后世大名鼎鼎的人物，此时虽然已经渐受王安石的赏识，但却还没有真正进入皇帝的视线。赵顼只是依稀觉得自己在某处听说过这个名字。

石越猜到赵顼大约是还不太清楚沈括，忙又说道：“沈括现今在昭文馆编校书籍，臣听说他颇精于算学……”

“原来如此。”听说只是个精通杂学的官员，赵顼便完全没有放在心上，笑道：“朕准奏了。且不说这个，子明学问极好，朕想问问你，卿以为叶祖洽的学问如何？”

“状元的学问自然是好的。”

“那卿再看看这几篇策论。”赵顼随手递给石越几篇策论。

石越连忙接过来细看。这几篇文章言词甚佳，颇有汉风，但语气激切，都是些鼓吹变法，呼吁采取强硬政策推行新法的话语。他也不知道是何人所作，只好委婉地说道：“这几篇文章写得极好，不过作者似乎年纪尚轻。”

“写这些策论的也是个进士出身，是王介甫的爱子。”赵顼笑道，“卿以为如此文章，比之叶祖洽又如何？”

“王雱王元泽？”石越吃惊地问道。

“原来石卿也知道王元泽？”

“臣的确听说过王元泽的一些传闻。”石越笑道。赵顼的口气，摆明是要重用这个王雱了，他也无意得罪王安石，心里立时便有了主意。

“噢，有什么传闻？”赵顼好奇地问道。这时候石越才可以看到皇帝始终也是个年轻人。

“听说王雱小的时候，有个客人把一只鹿和一只獐关在笼子里送给王公，恰好王雱也在旁边，客人因问道，哪一只是鹿，哪一只是獐？”

“那王雱如何回答？”皇帝对这些小故事很有兴趣。

“王雱回答，鹿旁边的是獐，獐旁边的是鹿。”石越笑道。

“哈哈哈……这个王雱，倒真有几分聪明才情。”赵顼听他回答得如此狡狯，不禁开怀大笑。

“臣听闻王雱自小便有神童之名，一生不肯做小官。皇上若要用他，只怕还须宠以馆阁之职。”石越这是顺水人情。

4

戴楼门旁边张八家园宅正店，是汴京里数得着的七十二家酒楼之一。门外依例是彩楼欢门，此时天色已晚，灯烛荧煌，然而客人依然不少。张八家的掌柜张有福乐呵呵地站在柜台前招呼着客人，茶博士[1]和酒博士穿梭往来，忙得不可开交。

[1] 指专精某种技艺的人。

张有福眼见一个穿着锦袍、身材高大的青年官人走进店来，身后跟着一个十二三岁，穿着一件黑色袍子，眼睛透着灵光的小书童。他见惯了各种世面，一眼就看出这主仆二人气度不凡，连忙亲自迎了出来，招呼道：“这位官人，可是第一回来小店？小二，楼上上等雅座一间侍候——”

小书童眨了眨眼睛，稚嫩地笑问：“掌柜的，你怎么知道我们要的是雅座？”

“哟，你看看，小兄弟，你家官人这气度，小的还能认错吗？”张有福笑呵呵地说道，眼光往青年的腰间无意瞟了一眼，几乎吓了一跳——金鱼袋！

戴楼门边不比景灵宫边的长庆楼，也不比州桥、土市子、潘楼街的酒楼，那些地方官宦云集，别说金鱼袋，就是亲王侯爵、宰执大臣，也有光顾的。张八家地处开封城西南，位置略偏了一点，来个金鱼袋就是个大官了，而这个官人竟如此年轻，不过二十来岁，定是哪家亲王勋贵子弟无疑，否则不能有这个恩宠。当下张有福巴结得更加殷勤起来。

书童一边走一边笑道：“掌柜的，你这回却猜错了，我家公子喜欢热闹，不要雅座。”

张有福也不敢怠慢，应了一声，亲自引着上楼给收拾了一张桌子，茶博士马上泡一壶上好的茶奉上。却听青年官人对书童说道：“侍剑，去把桑五给叫上来，一起吃吧。”这主仆二人正是石越与侍剑。

“公子，桑五叔无论如何不肯来的，您让他在大堂里吃就行了，这上下有别嘛。”侍剑轻声解释。

“我不爱立这么多规矩，让你去叫你就去叫，什么上下有别，大家都是人，桑五赶车比我们坐车不辛苦？”石越微皱着眉头说道。

“是。”侍剑连忙答应着跑下楼去，不一会儿便拉着桑五上得楼来，在一张桌上坐下了。

张有福看得目瞪口呆，瞅着这三人一桌而坐，实在不伦不类。他几时见过这样的官？便是读书人，也不乐意和一个车夫一起吃饭，可眼前这个公子倒丝毫不介意，反倒是那个车夫坐立不安。

石越要了一盘葱泼兔，一碟西京笋，又要了一壶老酒、两盘紫苏鱼、签鸡，以及各色水果，便招呼着桑五和侍剑一起吃起来。桑五开始有点儿拘谨，慢慢地便也放松了，一面吃一面和石越聊些家常，又听侍剑说些老家河北的乡土人情，石越竟觉得这桌饭吃起来比在皇宫里吃要自在得多。

张有福从没见过这种怪事，虽告了罪回到楼下，过一会儿就忍不住借故往上跑一趟，一心想瞧这个稀罕。不料刚上得楼，就听人招呼他道：“大掌柜的，请过来一下，打听个事儿。”他连忙循声望去，却是几个年轻的儒生，想了一下，才记得是从潭州来京的读书人。他也不敢怠慢，赶忙上前问道：“几位公子有何吩咐？”

便听一个儒生说道：“我们几个是潭州的举子，出来游学，听说京师西南有座白水潭学院，是石公子明亲自讲学，便想请问一声，这白水潭学院该怎么走？离此处又有多远？”

张有福笑道：“几位公子，这可不巧了，那石秘校是大宋少有的人物，听说他老人家要开堂授课，十多天便招齐八百学生，白水潭学院便在九月二十一日已经开学了。”

“这倒不妨，我辈兼程赶来，想那石山长也不能拒我们于千里之外。”

“只听说学院的校舍已满，几位公子若能在白水潭村民家租间房子住，亦是可以随班就读的。不过小的听说因学生太多，那石秘校已是忙不过来了，他们肯不肯再收人，非小的所能知。”张有福倒是一番好意。

一个茶博士过来笑道：“小人可听说白水潭学院山规森严，学生不读满三年，不能卒业。”

那几个读书人显是头一回听说这规矩，有人便笑问：“茶博士是否弄错？这个规矩却从未听说过。”

茶博士见他们不信，便摇头晃脑地卖弄道：“几位公子想是外地人，不知道石秘校多大的名声。那是圣上屡召不起的人，崇政殿对答，赐进士及第、紫金鱼袋，可以随时出入禁中侍读，这‘白水潭学院’五个大字，亦是当今圣上亲手所书，规矩自然不是别处可以相比的。”

张有福听他说到“紫金鱼袋”，心中一动，不禁向石越望了一眼，回头又听茶博士说道：“便是白水潭学院的考试方法，亦是别处不能比的。”

那几个读书人见他所说与传言相合，不禁信了几分，便有人问道：“不知考试方法又有何不同之处？”

茶博士勾起他们兴趣来了，却又支支吾吾顾左右而言他，不肯就说。那几个读书人出外游历久了，自然知道他的意思，便有人拿了几文钱塞到他手里。茶博士把钱一捏，笑着道了谢，方继续说道：“小的有一个表亲正巧也在白水潭学院读书，故于他们的山规也略知一二。听说学院里边，先生不称先生，称作教授。每学年结束，由教授出问题二十道，答对十五道方能通过。”

“这也平常。”一个书生不以为然地笑道。

“这还没完呢。这二十道只是普通的问答，通过之后，教授便会出五道更难的题目，当面对答，答对三道，称为‘及格’，这算是第二关过了。第三关则是由同窗出题，考试之前，每个学生都必须出三道题，由教授核准。若是某人出的题目太容易，则罚他劳作一周，责令重出。几位想想，都是心高气傲的读书公子，哪个能丢得起这个脸？因此出的题目必是难的。而后便于这些题目中，每个人随便挑出二十道作答，答对十五道，便算通过第三关。”那茶博士口沫横飞，引得一众客人都倾耳相听。石越见他说得如此明白，心里也觉得挺有意思。

旁边不免有人搭话："茶博士，你说得也太烦琐了吧？听说过三道考试，无非是诗赋文章，哪有这样的？"

茶博士不屑地看了那人一眼，说道："这不难能显出白水潭的高明来？这并非小的胡说，他们山规上写得明白的。若是不信，可自己去看。"

"依我的看法，这是石山长故意如此。众位想想，他学院考试方法如此困难，那些能够卒业的学生，能有多大的声誉呀？便是比太学，也要强许多。"

"那不能比，太学的那是直接可以做官的。"

"你知道个甚，太学做官好还是考进士做官好？这白水潭学院出来的学生，考个进士还不容易？"

"非也……"

……

一众旁观的食客开始七嘴八舌地议论起来。侍剑是小孩脾气，几乎想去搭话，石越赶忙给挡住了。桑五只是一边听着一边憨笑。三个人正埋头喝酒吃饭，忽听有人在旁边说道："这位公子请了。"石越愕然抬头，却见一个人正抱拳朝自己说话。此人三十来岁，中等身材，白衣长袍，面容清癯，只是眼帘低垂，好似没有睡醒的样子。

"这位兄台是叫我吗？"

"正是。"那人嘴角流露出一丝淡淡的笑容。不知道怎的，石越一看这笑容，心里就下意识地想到一个词——"奸笑"，手不自觉地摸了摸钱包，一面笑道："不知有何赐教？"

"在下潘照临，草字潜光，真定府人。因见公子气度不凡，故此冒昧打扰。"

"原来是潘先生，在下便是开封府人，石越，草字子明。"石越连忙起身抱拳还礼。

潘照临似乎并不太意外，眼角有意无意地瞟了石越的金鱼袋一眼，笑道："原来是名动天下的石公子，在下真是失礼了。我从杭州游历至此，本想明日去白水潭拜会，不料今晚在此邂逅。"

"不敢。"石越连忙谦道。其时士大夫邂逅相交，倾盖如故，本是平常之事，便如当日石越大相国寺与唐棣等人相交，一见便如莫逆。

侍剑极会察言观色，早已让人给潘照临置了座，请他坐下。因听到潘照临刚从杭州过来，石越便笑道："上有天堂，下有苏杭，杭州的风物想是极好的。"他却没注意当时尚无这句民谚。

"三秋桂子，十里荷花，美人柔荑，才士风流，如此而已。" 潘照临似乎永远是没有睡醒的模样。

"哦，如此而已？那么不知天下何处可当先生一赞呢？这汴京城如何？"石越看他神色，颇觉有趣，一面亲自给他满了一杯酒，一面笑道。

"汴京城外表一片繁华，却是一只大蛀虫，举国税入，全聚于此，就为了'繁华似锦’四字。燕云已为敌有，所幸者，契丹无雄主，大宋无大灾，但一朝有变，此地必为他人所有。” 潘照临冷笑一声，把杯子里的酒一饮而尽。

这一番话却让石越听得暗暗惊心，对这个潘照临也顿时刮目相看，只不知这个人是何来历，有何用意。便试探着问道：“若真如此，以先生之见，可有何良策？”

潘照临见石越并不反驳自己，心中暗暗点头，口里叹道：“自古书生空议论，食肉良臣少奇谋。便有御敌之策，又能如何？”

“当今明主在上，布衣上书，一朝便可为天子近臣，何忧报国无门？”石越越发不知道他的来意了，二人相交未深，此人说话却句句带着禁忌，让石越摸不着头脑。“如今朝廷方与西夏交战，韩丞相亲赴陕西，皇上亦亲自主持武举，此国家用人之际，足下大有为之时也。”

“潘某非有韩信之才，在下所学，是张良、陈平一路，不遇其人，终是无用。”潘照临听石越劝他赴军前效力，不由哑然失笑。

“那……”

潘照临略一迟疑，他见石越言语之中小心谨慎，也知道此时二人交浅言深，多有不便，便说道：“此处非说话之处，潘某今夜就此告辞，改日必当登门拜访，再谈今日之事。”说罢长揖到地，告辞而去。

潘照临数语之中，就说出大宋几处关键的弱点，几乎道出了宋朝的未来，给石越留下了深刻的印象，因此石越内心也非常盼望与他再次相会。不料此后几天，潘照临却似乎就此消失。

就这样日子一天天过去，很快就到了立冬。石越回到宋代，也有足足一年了。这段时间里，白水潭学院又多了沈括、范镇等几个老师。沈括对于石越的“石学”早有研习，与石越相见甚为投机，兼之又是奉旨讲学，且白水潭学院客座教授的薪酬颇为丰厚，因此对于到白水潭学院讲学非常积极。石越有了这个好助手，压力顿时大减。所谓“物以类聚，人以群分”，短短几天之内，沈括又向石越推荐了如苏颂[1]等一大批科学素养非常深的人前来兼课，白水潭学院已渐渐称得上人才荟萃了。

5

这一日因为皇帝下诏要大宴群臣，因此石越一大早就赶到尚书省，在宰相的带领下，和文官们一起给太皇太后、皇太后、皇帝上寿，然后一起去大相国寺祈福。石越

[1] 苏颂，著名科学家。与宋敏求、李大临并称“熙宁三舍人”，熙宁三年四月曾因反对王安石的人事任命不按程序进行，而四次封还诏书，被罢知制诰之职。

对这些礼仪繁多的活动毫无兴趣，只是循规蹈矩地跟着众人一起参加而已。

此时朝中局势风云变幻。九月十三日推荐王安石的宰相曾公亮辞职，十月份另一位宰相陈升之因母亲病逝而丁忧。眼见宰相职位全部空缺，一方面是王安石踌躇满志地等待着升任同中书门下平章事，成为真正的宰相，名正言顺地推行政策主张；一方面却是朝中大臣对王安石的专权越发不满，许多原来支持王安石的大臣一步步走向新党的对立面，紧张气氛与日俱增。在这样的情况下，石越非常不愿意参加朝廷的任何活动，生怕不小心被卷入新旧党的政治斗争之中。

从大相国寺回来后，石越正准备去尚书省都厅赴宴，不料立时便有中使来传，说皇帝召见。疲惫不堪的石越也只得强打精神去见皇帝。

他跟着宦官从右掖门进宫，不料刚走到右长庆门，便遇上王安石和曾布，此外还有一个四十多岁的官员，和王安石边说边笑，看样子也是去见驾的。石越心里暗叫一声“倒霉”，却也只好恭恭敬敬地向王安石行礼参拜。宋朝宰执[1]地位崇高，号称“礼绝百僚”，石越也不敢不敬。但王安石对他却格外客气，热情地把他扶起来，笑道：“子明不必多礼，是皇上召见吧？”

“下官正是奉诏见驾。”石越勉强挤出一丝笑容答道。

那个四十多岁的官员看见石越年轻，又见王安石对石越甚是礼遇，正暗暗惊讶，却听到王安石提到石越表字，也连忙近前拱手笑道：“原来这位就是名满天下的石子明石秘校，在下邓绾，现为宁州通判，幸会，幸会。”

石越一时也想不起来邓绾是谁，但对方如此热情，他也只得随声应酬道：“原来是邓通州[2]，幸会。”

曾布知道石越多半不知道邓绾此人，便在旁边笑着介绍：“邓通州言时政十多条，极受皇上嘉纳。”

却不防旁边杀出一个程咬金来，冷笑着讥道：“不知是皇上嘉纳，还是参政嘉纳？”

石越不料有人竟敢当面讽刺王安石，循声望去，认得是开封府知府刘庠，他与王安石一向不和。在刘庠后面，还跟着苏轼等几个开封府官员。

王安石青着脸向他望去，刘庠随随便便地给王安石行了一礼，说道：“今日佳节，参政不必如此作态，刘某比不得邓通州，一心只想做馆阁，下官大不了不当官，有话却是要直说的。”

[1] 宰相与执政的简称。宋先后以同平章事、尚书左右仆射、左右丞相为宰相，以参知政事、门下侍郎、中书侍郎、尚书左右丞、枢密使、知枢密院事、同知枢密院事、枢密副使为执政，合称宰执。

[2] 某州通判的简称。

“刘希道，你辱人太甚了。”被人几次三番当面羞辱，邓绾脸上也挂不住了，禁不住发作道。

“是吗？我有什么辱人的吗？邓通州不是说‘笑骂随人，好官我当’吗？在下不过笑骂而已，不会妨碍邓通州做好官的。”刘庠夹枪带棍地骂了回去。

邓绾脸上一阵红一阵白，身子气得发抖。王安石勃然大怒道：“刘庠，你面辱大臣，太放肆了，我要参劾你！”

刘庠满不在乎地一笑，昂首抱拳道：“悉听尊便。”说罢便扬长而去。

石越第一次亲身体会这些大臣水火不容的感觉，心里不由得有些佩服刘庠这份胆识，但表面却只能不动声色，他故意保持着一定距离，跟着怒气冲冲的王安石向集英殿走去。

进到集英殿中，只见皇帝坐在龙椅之上，正笑呵呵地和几位大臣说话。石越用目光寻找刘庠，却发现他一脸从容地站在文官行列之中。

众人给皇帝行礼完毕，王安石便厉声奏道：“启禀陛下，臣有事启奏。”

赵顼见他脸色不豫，不由怔道：“参政有何事？”

“陛下，臣要弹劾权知开封府刘庠无礼，面辱大臣。”王安石声色俱厉。

赵顼未及答话，刘庠已是主动出列，亢声说道：“陛下，臣也有事上奏，臣要弹劾宁州通判邓绾谀事执政，参知政事王安石青苗法扰民不便！”声气高亢，毫不退让。

眼见一个欢欢喜喜的宴会，就要变成大臣相互攻伐的廷辩，年轻的皇帝心里不痛快到了极点。他沉下脸说道：“刘庠，你不是御史，邓绾是不是谀事执政，不必你来说。”转过来又对王安石说道：“参政先说，刘庠怎么个无礼法？”

王安石便将右长庆门之事说了，邓绾早已出列跪倒，哭道：“请皇上为臣做主。”

刘庠冷眼看着他哭闹，重重“哼”了一声，骂道：“小人！”

“刘庠，你说什么！”赵顼不敢相信地看着刘庠。

“臣说邓绾是小人。”刘庠昂然答道。

“看来王安石说你面辱大臣，没有冤枉你呀！”赵顼气得站了起来，厉声问道。

“回陛下，若是邓绾这种人也配称大臣，臣羞与之为伍！”刘庠硬生生顶了回去，让许多人为他暗暗捏了一把冷汗。

“好啊，他不配称大臣，你配是吧？你倒说说看，他怎么个不配法，你又怎么个配法！”赵顼怒极反笑，他已认定邓绾是支持新法的能臣，这件事不过是反对派借故生事，所以格外生气。

“陛下，邓绾上书言事，说什么王安石是伊尹，已是可耻。庆州之役，朝廷重边事，他上书本是言边事，因王安石不在，宰相陈升之、参政冯京拟让他去边疆，才有所用。邓绾不乐，有人问他想当什么官，他自谓当为馆阁，甚至于想做谏官，因此媚事王安石。臣闻参政王安石轮值，立刻改授其集贤校理、检正中书孔目房公事，过两日就会宣布。其乡人笑骂，邓绾竟笑说，笑骂由你，好官我自为之。此无耻之尤也。”

石越此时才知道事情的原委，心中也觉得邓绾实在有点儿无耻。正想着这事要如何收场，却见翰林学士范镇出列奏道：“陛下，邓绾其人如此无耻，宜贬斥之，不可使列于朝廷。前者，邓绾上书，云青苗法在宁州实行以来，百姓欢欣鼓舞，他说以一州观之，知一路皆然，以一路观之，知全国皆然。实则青苗法扰民不便，天下咸知，邓绾其人，所言实不可信。请陛下明察，早废青苗法，则国家幸甚。”

他话一说完，殿中哗啦啦跪倒十多人，一起请皇帝废除青苗法。

石越在心里暗暗叹息，这些人不懂权谋至此，全不知道步步为营。如果全力攻击邓绾，想办法撕开一道口子，只要证据齐全，不怕扳不倒邓绾。打赢这一仗后，再趁着撕开的口子慢慢攻击不迟。此时若把事情扩大到对青苗法的攻击，王安石肯定死保邓绾，这是把向一个大臣的攻击，扩大到对皇帝亲自确立的“变法”这个大方针的攻击，无论是皇帝还是王安石，肯定不会退让，一退让就前功尽弃了。这邓绾的前途，算是也因此保住了。

他在那里感叹，却没注意十多人跪下之后，他站着特别扎眼。这是表明立场的时候，苏轼等人都直勾勾地看着他，恨不得起身来拉他跪下。王安石和曾布脸上却有赞赏之意。

王安石扫视一眼跪下来的诸人，厉声说道：“刘庠所言，皆子虚乌有之事！邓绾上书，陛下亲口嘉奖，除集贤校理、检正中书孔目房公事，是臣与宰相、参政商议的结果，其意在为朝廷爱惜人才。刘庠不是御史，仅凭流言，就敢面辱大臣，无礼骄横，请陛下令有司治其罪。青苗法执行以来，虽小有不便，然而国库收入增加，农民得其资助不误农时，亦是不争之事实，诸臣工[1]奈何听信流俗之言？况此事纵有不便，亦当在朝堂上辩论，今日议论此事，亦属失礼。翰林学士范镇沮议新法，臣亦请陛下治其罪。”

他说完之后，出乎石越的意料，却没有跪倒一片，而是一些大臣分别出列，各自陈辞，围绕王安石的中心思想，对范镇、刘庠大加攻伐。石越想了想，才明白新党比起反对派跪倒一片的做法，实在聪明许多——至少“朋党”的印象就没那么明显，倒似乎他们是“君子群而不党”一样。

只是集英殿里的大臣并不太多，此时石越一不跪倒、二不发言，那更是加倍碍眼了。王安石见他默不作声，冷笑道：“石秘校，你可有何高见？”顿时，整个集英殿几十人的目光全集中在石越身上。石越心里暗暗叫苦：自己居然这么倒霉，参加一个皇家宴会，也会被卷进政治旋涡之中。

[1] 指群臣百官。

赵顼也正在为难之中，范镇一向声名极佳，先皇对他颇为优容，刘庠素有直名，他也不愿意轻易贬斥。但如果不处置他们，将来新法推行起来，未免千难万难。正没主意的时候，听王安石问石越，心里不由一动，也问道："石卿，卿有何意见？"

被皇帝与宰执逼问，顿时，殿中所有人的目光都集中到了石越身上。这时石越却是不得不表态了，只得字斟句酌地缓缓说道："陛下，微臣对于青苗法的利弊知之甚少，此事不敢妄议。然臣以为，本朝自太祖皇帝以来，未曾以言罪人，陛下乃不世之英主，自然当优容之，以免阻塞言路。翰林学士范镇，一向忠直，其建议废除青苗法，姑不论是非对错，其心则是至诚至公，陛下不宜以此加罪，王参政亦当有宰相之度量。如此则天下皆知陛下是纳谏之主，执政有宽容之度。至于刘庠辱骂通判宁州邓绾一事，臣以为刘庠或是听信流言，亦未可知，但此事不必深究。若深究起来，民间必有种种传闻，无论有此事无此事，于邓通州脸面上皆不好看，也失了朝廷的体统。但是刘庠扰乱宴会，其罪难免，当付有司定其罪。"

他话中帮着范镇、刘庠脱罪，这殿中全是久经宦海之人，哪有不知之理。王安石铁青着脸正要驳斥他，不料石越又说道："陛下，臣于青苗法，并无成见，不过今日说到此事，有几句话不吐不快，若陛下肯恕臣妄言之罪，臣当条陈于陛下面前。"

石越自知对于礼仪、法令，绝对没有王安石熟悉，王安石如果引经据典，定要穷治范镇、刘庠之罪，一来他不愿意和王安石当庭辩论，重重得罪新党，二来肯定也辩他不过，所以故意抢在王安石开口之前转移话题，引到王安石最关心的新法上去。果然，他一提到青苗法，殿中之人尽皆关心，都想听听这个名满天下的石越的意见。曾布听他的口气，以为他要说青苗法的坏话，急得不断地抛眼色，几乎直想跺脚，石越却只作没看见。

赵顼也是怔了一下，才笑道："卿但说无妨。"

石越环视众人一眼，说道："陛下，以臣之资历，在此殿上，是最浅的一个，况且臣本来也无意于功名，朝政得失，也不是我应当说的。但是臣感激陛下知遇之恩，痛心于朝臣纷扰，故有一肺腑之言，敢陈于陛下之前。青苗法得失利弊，臣未曾亲自去各州县调查，没有事实之根据，没有统计之数字，臣不敢妄言其好坏。然而臣读过青苗法的条例，从条例观之，王参政与司农寺诸人，全是为国为民之心，其立法之意，一则解民之困，再则增加国库收入，平心而论，青苗法，良法也。"王安石听到这话，面色稍霁，赵顼也点了点头，以示赞许，曾布更是长舒一口气，而那些跪倒的官员，脸色就不好看起来。

不料石越的话并没有说完："然而，纵是良法，执行还需要良吏。王参政虽然才学高识，人所不及，却终非古之圣人，一部青苗法，由几个大臣坐在一间小屋之内，闭门造车，难免不能够尽善尽美。虽然此法过去曾经在一路施行过，但是各路与各路民情风俗、官吏贤良皆各不同，在此路为良法，在彼路则未必不扰民；在彼路扰民，在此路则未必不为良法。法虽相同，然后果不同，故天下有人说青苗法好，有人说青苗法坏，此并非有人想欺瞒陛下，沮议新法，实是所见未广故也。”

赵顼点了点头，又听石越继续说道：“臣闻古时有盲人摸象，摸大象之腿者，以为大象类柱子；摸大象之身者，以为大象类城墙；摸大象之鼻者，以为大象类蛇。今人之言新法，正是所谓盲人摸象。因此以臣之见，则陛下既不可以因为某大臣言青苗法不便，便仓促废除青苗法；亦不可以因某大臣言青苗法善，便加罪反对青苗法之人。青苗法虽是王参政所倡，亦当做如此想，否则的话，臣恐怕唐代党争殷鉴不远矣。”

石越这些话表面上各打五十大板，做持平之论，但是内里却实在是偏向旧党的。然而这些深意，朝臣中能体会的也并不太多，因此未免把新党旧党多多少少都给得罪了。只是他的话却不易驳斥，王安石听得满不是滋味，直恨吕惠卿这时候偏偏不在，否则以吕惠卿的辩才，当可和石越辩上一辩。他正准备亲自反驳，突然听见有人厉声说道：“陛下，臣以为不然！”王安石顿时大喜。

说话之人名叫唐坰，只听他声色俱厉地说道：“若依石越所言，则朝廷威信尽失。青苗法名虽不废，其实则废矣。石越既然也以为青苗法为善法，此法至今不得践行天下州县，朝廷正当诛一二异议者，岂可鼓励异议者反对新法？”

石越知道此人以父荫[1]得官，上书言事受皇帝赏识，主张以强硬政策推行青苗法，很受王安石的欣赏，因此被推荐给皇帝，赐同进士出身，为崇文殿校书，是新党中的青年才俊。少年得志，行事便不免有些偏激。他却不愿意与唐坰争论，只向赵顼说道：“陛下，臣言尽于此，陛下英明，自有决断。”说完便退到一边，不再说话。唐坰不料遭石越如此轻蔑，气得满脸通红却又无可奈何。

赵顼沉着脸想了好久，忽然叹了口气，默默起身离去。一场欢欢喜喜的大宴会，竟就此弄得不欢而散。

6

石越满腹心事地回到赐邸，刚下了马车，就听石安来报：“公子，有一个姓潘的客人来拜访，他说一定要等您回来，小人已让他在客厅等候。”一面递上一张名帖。侍剑接了过来，递给石越，却见上面赫然写着：“真定府潘照临字潜光”。

[1] 指因父辈之官爵而得官职。

石越心里一动，连忙往客厅赶去，见潘照临端坐在那里，慢慢品着茶。他快步入厅，一面拱手笑道：“潘先生，久等了。”

潘照临起身微微笑道：“尚书省赐宴，不应当结束这么早，石公子莫非是偷着跑回来了？”

石越一句脏话几乎冲口而出：“赴的什么鸟宴。”话到嘴边突然警觉，便只微笑摇头，一面招呼潘照临入座。

潘照临察言观色，知道多半有什么事情，却不方便开口。因正容说道：“石公子，明人面前不说暗话，我潘某人这次是诚心投靠你而来的。”

“投靠我？”石越吃了一惊。

“不错。”潘照临斩钉截铁地回答，眼中突然间精光四溢。

“可我无权无势，一个白水潭山长而已，而观潘兄之才，绝非凡品。潘兄可是想我将你荐于皇上面前？”石越觉得这个潘照临行事未免太出人意表了，就算他自己，也不会自恋地以为这时候以自己的权位，值得什么人来投靠自己。

“非也，某若想要功名，易如反掌。我自束发起遍览诸子百家，三年之后学纵横之术，五年小成，其后游历天下，已近十年。那富贵于我，全不足道。吾一生抱负，就是想成就一番大功名大事业，然而苦无贤主得辅。”

“先生这话太大胆了吧？当今皇上，便是明主。”石越作色道。他听潘照临出言犯忌，心中不免有所忌惮。

潘照临却毫不在乎，继续说道：“今上自然是英主，能简拔王安石，那是有励精图治之心。然而一部青苗法，便弄得天下纷纷扰扰，均输、助役诸法，更是弊病百出，较古之明君，颇有不如。观其用人，则老成稳重之辈不得用，所重用王安石、吕惠卿，或志大才疏，偏狭专任，或口蜜腹剑，其心可诛，故此皇上虽有求治之心，却终不能致太平之世。”

“你如此非议重臣，何不自己一纸对策，叩阙进言，匡扶社稷？拿这些话在我面前说什么？”石越半讽刺半质疑地问道。

“石公子有见疑之意，还是真的糊涂？” 潘照临毫不客气地反讽回来，“王安石被重用，是他负天下大名三十年，兼有韩、吕世家之助的结果，我潘照临便是入朝，最多不过一馆阁，怎么可能和王安石争短长？方今之世，可以和王安石争衡的，除开石公子，又能有何人？可以引大宋开创万世之基者，除石公子，又有何人？”

“先生未免太高看我了，我不过一个学院的山长而已。”石越听得更是惊心，掩饰地喝了口茶，干笑道，一面暗暗观察着潘照临的神色。

“潘某游历天下近十年，岂会随便找个人托付一生抱负？我在杭州就读到石公子的大作，见识高绝，非常人所及，故有意来京一晤。当时还只以为石公子不过是个有见识的读书人，但其后我在潘楼街辗转打听，石公子每本书刊发的时间，在何种情况下刊发，我都查得一清二楚。唐甘南去江南办棉纺行，桑俞楚在京师办印书馆，石公子亲办白水潭学院，其中种种发明，令人拍案叫绝。而这每一本书出书的时间，其中都有深意焉。”潘照临似笑非笑地望着石越。

石越脸上的笑容更加僵硬，轻轻呷了一口茶，道：“我能有什么深意？”

潘照临笑道：“心照不宣而已。”停了一会儿，又说道，“石公子，高手布局，自与旁人不同，而花如此多的心血与精力，其志绝非做一个学院的山长吧？皇上对石公子宠信方隆，借用王安石的一句话，此大有为之时也。”

石越心中暗暗嘀咕：这个时候，自己应当不值得谁花这么大的力气来陷害自己。而且这潘照临的见识，自己也是感觉得到的，用这样的人来陷害自己，未免太大材小用了。想通这一节，怀疑之心渐去，心里拿了主意，便笑道：“且不说这些，在下也多问一句，敢问潘先生的抱负又是什么？”

“内革弊政，外逐强敌，有机会一展胸中所学。”潘照临淡淡地说完，又恢复了那睡眼蒙眬的样子。

石越淡淡一笑，问道：“却不知大宋国内有何弊政，对外又要如何驱除强敌？天下大势，还请先生为在下言之。”

潘照临用手指蘸了点水，在桌子上一边画一边说道：“今日国家之害，有旧害，有新害。旧害者有三，冗兵、冗官、财赋聚于京师。新害者，新法也……”当下侃侃而谈，纵论形势，石越不住点头称是，暗叹这等人才，竟然史册无名，可见各朝各代，不知有多少贤才被埋没掉。

二人都是寂寞已久，潘照临一腔才学，却没有人识货；石越明明知道历史的走向，却恨不能警醒世人，这时候两人相遇，彼此都有知己之感。从此潘照临便入了石越幕府中。

名分既定，石越便将白日在集英殿发生的事情说给潘照临听，叹道：“圣意难料，我在朝中根基不稳，贸然介入朝政，虽是事非得已，仍颇觉后悔。”

潘照临略一沉吟，却是笑道：“无妨，公子今日所言，虽然表面看来是新党旧党都得罪了，其实却不然。公子要立身朝廷，此时不宜得罪王安石，然而又不能不偏向旧党，否则孤立无援，日后无以制衡王安石。今日所说的本是至理，如旧党中司马光、范镇、苏轼等领袖，都能知道公子深意，传到韩琦、富弼、陈襄耳中，肯定也会表示赞赏的。王安石虽然喜欢逆我者亡顺我者昌，但公子与王安礼、曾布交好，兼之圣眷正隆，公子亦无公开反对新法之意，王安石断无就此便与公子势不两立之理。而最重要的，是我断定，公子这番话，肯定能打动皇上。只是，要想真正巩固在朝廷和皇上心目中的地位，仅仅以一个经学大师的身份却是不够的。皇上为何要倚重王安石？王安石每见有与自己意见不合之人，必欲除之而后快，皇上若不答应，他便以辞相要挟，皇上最后不得不听他的。究其原因，是皇上以为当世只有王安石可以帮他完成自己的抱负。皇上一心一意想做千古贤主，想要让大宋威加四海，而他想要完成这个抱负，现在来说，只有王安石一个选择。公子所要做的，便是让陛下在王安石之外，有第二个选择，而且还是更好的选择……”

潘照临如抽茧剥丝般，为石越分析着朝中主要力量的心态。石越本来觉得事情漫无头绪，不知从何做起，此时听潘照临一说，眼前顿时豁然开朗，想了一想，却又觉得还有不妥之处，因说道：“潜光兄的意思，莫非是让我另树旗帜，和王安石争夺变法的主导权？这似乎过急了。”

潘照临似笑非笑地说道：“非也，非也，王安石施行新法，搞得天下沸腾，公子此时就要从中救火，让皇上了解你的才干，慢慢树立公子在皇上心中牢不可破的地位。这般做的好处，是可以不必和王安石公开对抗，不需要逼迫皇上提前在公子和王安石之间做抉择。再者，王安石搞得天怒人怨的事情，公子若可以从中周旋，把坏事变好事，则朝野上下，无不归德于公子，王安石反而没什么功劳可言。此外，旧党要攻击新法，这笔账也会算到王安石头上，对公子只有赞赏的份。可以说如此行事，则怨归于王安石，恩归于公子，实乃上上之策。”

石越见潘照临笑谈之间，就把王安石这样了不起的人物玩弄于股掌之中，真是佩服之至。只是目光看到他嘴角的笑容时，却不免又一次想起“奸笑”这个词来。他又把这个策略想了一想，觉得自己也想不出比这更好的方针了，便颔首道：“潘兄所言，确是上策。不过若是总是为王安石补漏子，也是不够，我也必须做出一些自己的政绩。”

“此时自己立旗帜，若是变法，则会引起旧党的反对与攻击；若不变法，有王安石在，实在难有什么成绩可言。公子还要三思。”

“你放心，我自有主意。”石越胸有成竹地笑道，“我们现在要计议的，是如何帮王安石补漏子，此亦非易事。”

石越和潘照临在算计王安石，王安石亦在自己的书房，与儿子王雱一道算计着石越。

“这个石越，实非易与之辈。”回想集英殿上的一幕，王安石不由蹙眉摇头。

“爹爹，不如请皇上调他去做地方官，美其名曰为朝廷培养将来的宰相，免得让他在朝中碍手碍脚的。”此时天气已转冷，王雱手里却轻轻摇着一把高丽传来的折扇。

“你难道不知道石越自命清高，连官都不肯做吗？你怎么放他外任？”王安石不满地看了王雱一眼。他这个儿子聪明过人，就是有些自以为是。

“他既不肯正儿八经地出仕，却又可以对朝廷大事指手画脚，天下的好事都让他占尽了。” 王雱愤愤不平地说道。

王安石摇了摇头："并非如此。若依古制来说，石越其实是所谓的'中朝官'，是皇上的参谋，他的立场现在还是很难说。前几日张若水从宫中传出讯来，道他在皇上面前推荐你，要皇上宠你馆阁之任，而且这一次在朝堂之上，对新法似乎也并没有很恶意的攻击，目前来看，石越并不算是一个大的障碍。"

王雱合起扇子，潇洒地在空中划过一道弧线，在手里轻轻敲打着："可他的所谓'持平之论'，颇能动摇皇上之心。这次若不是他，在集英殿上，皇上定会处分刘庠、范镇。曾布资历不足以服大臣，辩才不足以动皇上，现在皇上身边，正需要一个可以随时向皇上解说新法的人，此时石越推荐我入馆阁，正好是个机会。不管他石越的态度如何，有我在皇上身边朝夕参赞，应当可以坚定皇上变法的意志。"

王安石叹道："话虽如此，但你始终是宰相之子，理当回避。我正准备推出任子法，限制朝中大臣以恩荫为子孙谋官职，更不可给人口实，让人说我任用私人。虽然前次用你的计策，将策论刊发，皇上也很赏识，但你能不能进馆阁，终究要看皇上的主意。我是不能为你讨官的。"

王雱却是不以为然，很自信地笑了笑，道："爹爹，以我的才华，还怕皇上不赏识我吗？我料定皇上诏我入馆阁是迟早之事。现在要留意的，倒是刘庠、范镇断不能留在朝中，否则反对者会群起而效尤，新法之威信更无法树立了。"

赵顼在崇政殿里踱来踱去，烦闷异常。几个内侍小心翼翼地侍候在旁边，生怕皇帝天威震怒，拿自己当了替罪羊。

"盲人摸象，盲人摸象！"赵顼抓起案上的一本书狠狠砸在地上，突然想起一事，厉声喝道："传张若水、蓝震元。"张若水和蓝震元是赵顼悄悄派出去了解民情的宦官，恰巧这两个人和王安石交情很好，赵顼因为听了他们的话，才对青苗法深信不疑。

不一会儿，张若水和蓝震元就战战兢兢地走了进来。

"你们两个上次出去察访民情，可有虚瞒之处？"赵顼厉声喝问。

张若水和蓝震元早就知道集英殿发生的事情，二人商议妥当，知道这个主子的性格，如果自己从实说来，必是死路一条，因此只得硬着头皮说道："老奴绝不敢欺君，民间对青苗法欢喜得紧。"

赵顼恶狠狠地盯着二人，咬牙道："若是查得你们两个欺君，朕定斩了你们。"

"老奴断然不敢。"张、蓝二人叩首如捣蒜，尖着嗓子回道。

"既然你们不敢，为何有这么多大臣上书说青苗法扰民？难道是他们全都敢欺君？"赵顼的目光似乎想扒了张、蓝二人的皮。

张若水灵机一动，连忙辩解道："奴才奉旨，了解的是开封府的民情，各路或有不同，亦不可知。奴才天大胆子，也不敢欺君的。"

赵顼听了这句话，又想起石越在集英殿所说的，心里暗暗叹了一口气。脸上却少了君主的威严，厉声喝道："退下去。"

张、蓝二人慌忙退下。赵顼无力地坐在那张宽大的御座之上，心里竟不知道是什么滋味。他一心想做个中兴明主，以为王安石便是自己的诸葛亮、魏征，可是朝中却竟然因为这个变法闹得大臣水火不容。"难道王安石会骗朕吗？不会的，不会的，王安石忠贞体国，绝对是个忠臣。"年轻的皇帝把这种念头从脑袋里晃开，心里却是感觉到一阵疲惫，"也许真如石越所说，盲人摸象，盲人摸象！"

"陛下，陛下……"一个内侍轻声在旁边打断了年轻皇帝的思绪。

"什么事？"皇帝不耐烦地问道。

"应当去给太皇太后和太后请安了。"内侍小心地说道，大气都不敢出。

7

这一年的冬至，在普通老百姓眼中与往年并没有什么不同，照旧是买回过冬的蔬菜储藏，照旧是开封府四面各条大路上车水马龙地运过冬物品进城，但是对于大宋朝廷的文武百官来说，因为集英殿的风波，这个冬至就不那么简单了。

大家心里都暗暗揣测着，难道皇上真的听了石越的进言，打算不了了之吗？

"不可能，王相公绝不可能善罢甘休！"

"想想那个石越，多得宠呀，也不是不可能。"

"石越得宠，能有王安石得宠？"

"老子就看不惯邓绾那厮，还有老刘这次着实冤。"

……

各种各样的耳语在同乡同年的私交聚会上悄悄流传着，倒是当事者刘庠反而淡然若无事发生。他自己淡然，别人却免不了要关心他。苏轼和刘庠有同僚之谊，政见又相近，他不顾自己现在一身是麻烦，三番几次去找石越，希望石越能够在皇帝面前帮刘庠开脱几句。大家都是聪明人，全明白这次最倒霉的人，多半就是刘庠了，而最能在皇帝面上说上话的，也许就只有石越了。

但是几天后的处分，却是出乎所有人意料的严厉。邓绾依然是集贤校理，刘庠重贬为郴州县丞，范镇致仕[1]！所有人都知道这是王安石逼出来的。

王安石数次上表要求严厉处分刘庠、范镇，以树立新法的威信。皇帝留中，

[1] 指交还官职，即退休。

引得王安石不惜亲自面圣相争。偏偏这个时候，范镇还上表抗辩，宣称“陛下有纳谏之资，大臣进拒谏之计；陛下有爱民之性，大臣用残民之术。”气得王安石亲自逐条批驳范镇。矛盾激化至此，赵顼迫于无奈，只好听从王安石的处置意见，结果刘庠远远发配到郴州，范镇本来就有致仕之意，也就顺水推舟让他以户部侍郎的名义退休了，但所有官员退休应有的赏赐，却一件也不给他。

这件事情并没有就此结束。处分公布之后，以苏轼为首，许多同情旧党或厌恶新法的官员、士大夫，还有一些书呆子，纷纷前往范镇家致贺，借此向王安石表示抗议。苏轼更是公开给范镇贺喜，说他虽然被迫退休，可名声却更加响亮了。这话没有几天就传到了王安石耳中，于是苏轼通判杭州，去了江南繁华之地，做了前参知政事赵抃的同僚。

一个月之内，加上司马光，四个旧党名臣，三个被赶出朝廷，一个被迫致仕。

在此之前，石越和潘照临甚至认为刘庠顶多就是训诫罚俸了事的。他们低估了王安石对皇帝的影响力，也低估了那些名臣对自己原则的坚执。

“才几天时间，朝中唯一能制衡王安石的，便只有一个参知政事冯京了。王安石升任同中书门下平章事，也是指日可待之事了。”本以为历史会因为自己的到来而有所改变，结果虽然的确有一些改变，但是大的趋势却依然故旧，石越不由不生出几分沮丧。

“我们的策略始终是不与王安石争锋，这件事虽然出乎意料，但于大局并无决定性影响，一定要耐心等待时机。况且范镇致仕，正可以让他来学院做教授，他闲着无事，必不推辞。”潘照临却是依然很淡定。

“我不是担心大局，我是觉得皇上此时如此集中处分一批官员，或者是另有深意。”

潘照临摇着头：“这绝非皇上的主意。王安石急欲排除异己，希望朝中能为一言堂，好顺利推行新法，却不知新法的弊病始终存在，不会因为罢退几个官员而消失，他如何能让天下人噤口？”顿了顿，又略有些不甘心地说道，“只是王安石和皇上的相知，可能还是出乎我们的预料……”

二人正谈论着这几天的朝局，突然听到外面侍剑高声笑道：“桑公子，我家公子和潘先生正在书房里，我马上去通报。”

“你个小鬼头，要你通报什么？我自己去见。”话音方落，桑充国已兴冲冲地闯了进来，手里还拿着一本书。

石越和潘照临相顾一笑，二人连忙起身。石越笑道：“长卿，这么高兴，有什么好事？”

“当然是好事，你看看这是什么？”桑充国一面将手中的书递给石越。石越笑着接过来，定睛一看，竟是一个字也不认识，全是些鬼画符，当下笑问：“这是哪国的文字？”

潘照临眼角往封皮上瞥了一眼，笑道：“这是契丹字，书名便是《三代之治》。”

石越想不到辽国这么快就有《三代之治》的盗版，大吃一惊，半晌说不出话来。

桑充国笑道：“子明这是名扬外国了。这是一个和我家交好的行商带回来的，他说现在契丹有三本书卖得最好，《论语正义》《三代之治》，还有一本是《算术初步》，那边的王公贵人颇以读此三书为荣。”

潘照临冷笑道：“辽狗一直羡慕我中华文物，本来翻译中国文献，也并不奇怪，只是他们这次翻译如此快法，可见对于中国的一举一动，他们也是了解得一清二楚的。”

石越见他对辽人如此提防，忍不住宽慰道：“潜光兄大可放心，契丹不足为惧，其无能为也。”

“未必，契丹可是我大宋第一强敌。”桑充国立即反对。

石越笑道：“现在契丹是耶律洪基在位，信任耶律乙辛，主昏臣奸，对我大宋实无威胁可言。只是我大宋现在国库空虚，兵卒不精，也没有进攻契丹的实力。”

潘照临叹道：“公子所说不错，自己国内的事情若不解决好，敌人就算给我们再多的机会，亦只能望而兴叹。契丹的事情，现在也无力顾及。”

8

此后数日，朝中局势维持了一段虚假的平静。石越也将精力投入到白水潭学院的校务当中。在桑充国与沈括的帮助下，白水潭学院的教学渐渐走向成熟，学生人数也不断增加。只是传闻中沈括似乎越来越受到王安石的欣赏，也不知道他还能帮石越多久。

时间很快进入十一月，一股反对青苗法的潮流从地方袭向京师，短暂的平静立时便被打破了。

受石越“盲人摸象”比喻的启发，被贬到地方去的旧党，异口同声上表说自己所在的地方不适合推行青苗法；而朝中的一些保守派大臣，则推波助澜，趁机要求全面废除青苗法。派出去监督新法执行情况的四十多个提举官，则因为地方官吏不肯积极执行青苗法，和地方官员互相攻讦，打官司的文书在政事堂堆积如山。政事堂名义上虽有一相三参，但实际上陈升之丁忧，韩绛在陕西军中，所有朝政由两个参知政事主持。心里反对新法的冯京乐得看笑话，天天只是闷头写节略报给皇帝，也不提处置意见，直把正踌躇着准备废除更戍法[1]，推行置将法[2]、保甲法[3]，全面改革宋朝军事体制的王安石累得喘不过气来。

面对这种情况，赵顼为了表明态度，断然遣使者往陕西军中拜韩绛为同中书门下平章事、昭文馆大学士（首相）；拜王安石为礼部侍郎、同中书门下平章事、监修国史（次相）；同时以翰林学士王珪为参知政事[4]。不久又以王雱为天章阁侍讲，借着对王家的恩宠，向天下显示他坚持推行新法的决心。

然而表面上的决心，与赵顼内心深处的想法并不是全然相同。年轻的皇帝在内心中对青苗法，实在有着太多的怀疑——从韩琦上书说青苗法竟然在城市中推行，到无数大臣不断上书反对，再到集英殿风波，还有石越那盲人摸象的比喻……如此种种，他无法不怀疑青苗法的效果是否真有那么好。

但是他也能看到，青苗法让国库每年增加收入达数百万贯，这巨大的利益他不能不注意到。他是一国之君，他的理想是重现汉唐的雄风，但是想对外用兵，就要打仗，打仗就要花钱，而国库现在连每年的收支都不相抵。他不想做一个增加百姓负担、损害百姓利益的暴君，只有王安石能给他“不加税而国用足”的许诺。如果青苗法并没有扰民，只是伤害了一些富室的利益，让一些人放不了高利贷了，那么他要是听信谗言而废除了青苗法，岂不是要成为后世的笑柄？

“到底朕要怎么做才好呢？”赵顼心里实在没有底，“太皇太后和母后只知道说‘妇人不懂国事，唯愿官家凡事多问韩琦、富弼、司马光等人’，但这三人早被自己贬出朝廷了，而且要听他们的话，自己是什么也不能做，就守着这祖宗的基业，做一个庸庸碌碌的君主，眼睁睁看着国家一天天衰败下去——这是朕无论如何也不能甘心的！”

“官家，石越来了。” 李向安打断了沉思中的皇帝。

赵顼霍然抬头，道：“快传他进来。”

[1] 北宋军事政策，又称出戍法。北宋初年，宋太祖采纳宰相赵普的建议，以禁军分驻京师与外郡，内外轮换，定期回驻京师，但将领不随之调动，使“兵无常帅，帅无常师”。此举对防止将领专权有利，却削弱了军队战力。宋神宗时，罢废更戍法。

[2] 北宋王安石变法中军事改革的措施。是将各路的驻军分为若干单位，由固定的将官加以训练，以提高军队素质。

[3] 熙宁三年颁行。各地农村住户，不论主户或客户，每十家（后改为五家）组成一保，五保为一大保，十大保为一都保。凡家有两丁以上的，出一人为保丁。农闲时集合保丁，进行军训，夜间轮差巡查，维持治安。保甲法既可以使各地壮丁接受军训，与正规军相参为用，以节省国家军费，又可以把各地人民按照保甲编制起来，以便稳定封建秩序。

[4] 此次任命历史上本在十二月发生，历史在此发生改变。

石越没料到皇帝会突然召见他，亦不知皇帝有何急事。这时悄悄打量赵顼，竟感觉皇帝越发憔悴了。

“石卿，上回在集英殿议青苗法，卿说朝中大臣都是盲人摸象，究竟是揣测之辞，还是实有其事？”赵顼对石越说话总是显得很平和，可能这也是一种缘分。

“回皇上，臣之所言，即非揣测之辞，亦非实有其事。”石越实事求是地回道，他知道大话是说不得的，就算骗得了皇帝，将来在王安石面前一样过不了关。

赵顼有几分不解，皱眉问道：“此话怎讲？”

“臣说并非揣测之辞，是因为那个结论是臣依据各种情况推论出来的，并非妄言空谈；臣说并非实有其事，是因为臣终究不是地方官吏，而且于天下各地方之事，所知始终有限，所以也难说是实事。”

赵顼点了点头，又说道：“朕反复思量，也是以为卿言有理。然而王安石忠贞能干，必不欺朕，且青苗法于国颇有利，岁入能增四五百万贯，有人轻易要废青苗法，难保不是出于偏见？朕终不能因为一些没来由的理由而废除青苗法。”

“皇上说的是，王介甫的确是个忠臣，此事天下皆知。”石越对这一点倒没有异议，实际上皇帝说的也全部在理。

但赵顼依然忧形于色：“然而如卿所说的，若真是盲人摸象，那究竟有多少地方百姓受青苗法之扰？又有多少奸猾之吏从中生事侵扰百姓？朕为天子，亦不能不问。唐太宗所谓民为水，君为舟，民意民心，实在不可轻视的。”

“皇上英明，民心即是国本，得罪百姓，就是动摇国本。”

“是啊，百姓不可得罪，民心不可失。然而又有什么办法能够让朕能明察千里之外呢？”皇帝似乎在自言自语，又似乎在问石越。

“所谓兼听则明，偏听则暗。只要皇上广开言路，何忧不能明察秋毫之微、万里之远？”

“这亦是所谓知易行难者。”

“其实以臣之拙见，青苗法立法之本意甚善，然失之于方法不当，若加改良，未必不能称其为良法。”

“卿有何善策？”赵顼眼睛一亮，石越这显然是胸有成竹了。

果然，便听石越又说道：“臣以为青苗法之失，主要是强迫百姓认购。有些官吏为了多征青苗钱作为自己的政绩，便不惜扰民。中产之家原不需要青苗钱，他们也强迫百姓借贷，甚至让城市里的百姓认购青苗钱，让百姓背上了利息的负担。而反对的官吏，见识不广，不知青苗法实行得当对百姓的好处，却又故意什么也不做，导致新法不能很好地推行。青苗法的用意，由此全然毁掉。其次一等的弊病，则是由于百姓愚昧无知。有些人迫于贫穷，家里无米，就算借了青苗钱，亦没有用于生产，而是用来度眼前之急，结果到了还钱之时，休说利息，便是本金也还不出来。官吏急着要收回本钱向朝廷交差，便强迫百姓还钱，结果搞得贫穷之人家破人亡。再次一等的弊病，则是奸吏借故鱼肉乡民。明明朝廷定二分利，他们收三分甚至六分，自己从中贪污谋利。又有一等弊病，则是官吏生怕在限期内收不回青苗钱。他们不等农民到收获的季节，便催令农民还钱，此时农民如何有钱还？官吏如狼似虎，又不敢不还，只好典当家产，青苗法由便民反而变成害民。以上青苗法实行过程中的种种弊病，皆为执政所讳言，而反对者则因这些弊病，全盘否定青苗法，不知只要平心论政，对症下药，青苗法亦可以转而为良法。”

赵顼听到石越侃侃而谈，一条条罗列青苗法的弊病，不由惨然变容，叹道：“若青苗法真是如此，实是扰民之法矣。便由朕想来，种种奸诈之事，实不能免。卿有何良策可以除弊留利？”

石越和潘照临早就把有关青苗法种种商议停当，当下石越便以商议好的方法答对道：“臣以为，青苗法的种种弊病，全与官府有关，若是不由官府主持其事，则弊病自除。”

“不由官府主持其事？”赵顼听到这匪夷所思的建议，眼睛都瞪出来了。

“正是。如今青苗法以国家常平仓为本钱，若某地一旦有大灾，常平仓却空无粮储，则国家危矣。许多元老大臣反对青苗法，正是由此。臣所献之策，常平仓竟可以不动，朝廷不用花一文钱，而百姓可以坐收青苗法之利，而无受青苗法之害。朝廷收入虽然可能较原来的方法要少，但也可以岁入上百万贯。”

年轻的皇帝听到石越开口说出这样的话来，不由目瞪口呆，他无论如何也想不出石越会有什么办法，难道他会凭空变钱？

石越自是知道赵顼不易理解，又笑着解释：“其实方法很简单，只需由朝廷颁布诏令，招募商家在各地建立钱庄，农民可以向钱庄用田产为抵押借青苗钱，立字为据，利息限为二分，钱庄一分，朝廷一分。如此朝廷可以不动常平仓，免征收执行之劳，坐收其利，而商家自有利润可得，亦乐于去做，百姓则不受强征之苦。此三者皆有利之事。地方官府没有政绩的压力，由坐庄放债的债主变成了监督者，可以在钱庄和百姓发生纠纷时从中裁断，百姓也不至于上告无门。况且纵有奸邪之事，百姓亦当归咎于商人，不会归咎于朝廷。可谓恩归于朝廷，利亦朝廷得享，而怨则归于商人。同时，又可以依新法循例，以数十提举分行天下，监督诸钱庄不得提高利息，专门处置钱庄与百姓之间的纠纷。为防诸提举从中侵害百姓，可仿汉武帝时刺史七条问事之例，由朝廷制定《提举青苗法条例》，提举司只可以依法问事，若所问超出职权所管，或者借机侵削乡里，地方官竟可就地锁拿，报朝廷以闻。如此，则青苗法之害可无，而青苗法之利可存。此谓之借鸡生蛋之计。”

赵顼听石越说完，不禁击掌叫绝。

石越微一欠身，笑道：“其实此法非臣所创，朝廷早已用过。”

“有这等事？朕如何不知？”赵顼大惊。

“皇上忘记了昔日朝廷给边境守军运粮的事了吗？”石越微笑道。

赵顼闻言一怔，旋即恍然大悟：“原来如此！”

原来当时有人曾经想出一个办法以解决边防军的粮草问题，就是让天下的商人自己买粮食运到边境，边防军的主管给他们开张收条，把粮草和运费的价格写在条子上。商人们再拿着条子去盐场，盐场就卖给他们那个钱数的盐。如此商人们有利可图，朝廷不用劳师动众，搞得百姓怨声载道，而边境粮草自足。这个方法商人是反对的，因为商人要因此花掉许多的精力和时间，不如直接用钱买盐好，所以在商人的抵制下，这个法子并没有坚持多久，有时施行有时废除。石越深受市场经济的影响，和潘照临谈论时又受此事启发，便由此想出来一个方法，来解决青苗法的问题。为了防止商人们不肯合作，他更建言，可以强令天下钱庄，若想合法经营，就必须接受借出青苗钱的业务。其实根本不需要强迫，凡有利可图之事，商人没有不做的。

赵顼郁郁许久，突然之间听到这样的良策，顿时笑逐颜开，赞道：“卿真是经世奇才也！”

石越谦逊数句，方又说道：“皇上，其实这个方法也有些要注意的地方，尚要他法补足。”

“哦？”

“其一，商人言利，他们借给农民青苗钱，肯定千方百计要瞒过朝廷，因为朝廷要抽利润，他们一定是借了也说没有借。故此朝廷应当让有司规范票据。凡票据都应有一定的格式，每张票据都有自己的号码，以方便日后查账。若不用规范票据，则农民借了可以不用还钱。不过如此，则各地官府中查账的小吏就比较多事了。其二，商人重利，那些极其贫苦的百姓因为没有财产抵押，钱庄必然不会借青苗钱给他们，如此则朝廷应当别有他策，帮助这些小民。”

“卿于此可有良策？”赵顼问道。

“臣有一得之愚，曰‘农业互济合作社’，或可有所助益。”石越一步一步推出自己的主张。这些建议一旦被采纳，会产生多大影响，是他自己都计算不到的。

“何谓农业互济合作社？”赵顼对此大感兴趣。

“此法古之良吏曾经推行过，然而未能普遍施行。是以一村一乡一里为单位，由农民自愿加入，互相帮助生产的方法。例如某村，有二十户加入合作社，则此二十户在做完自己家的事情之后，凡于大家都有利的公益事业，如修路、挖渠等等，皆当一起去做。如此则平时一家一户难以做到的事情都能做成，二十户人家一齐得利。又各家各户，有人有牛，有人无牛，则有牛者助无牛者耕田，无牛者则以相应劳力补偿有牛者，如此则不误农时。又，凡贫苦之家，不能得青苗钱之济，则合作社其他社员一齐出资帮助他，待到他家境好转，再还清这笔钱。”

“此真良法也！”赵顼叹道，“然恐愚夫愚妇不能行，须地方长吏督导之。”

“乡有乡老，族有族长，可为头领。此事共济乡里，若有循吏为导，则未必不能行。”石越也知道合作社实行起来不如想象中那么容易，但是他和潘照临推演许久，认为只要不让地方官吏参与进去太多，则纵使无利，也不至于有害。毕竟地方官吏能从中谋利的机会实在不太多。

“卿言甚善，卿可将此事写成札子呈上，朕当下中书议行此二法。”赵顼真是难得的振奋。这个石越，的确不是凡品！

9

《熙宁年间诸事纪事本末》卷第十二：

熙宁三年冬十一月，赐紫金鱼袋、秘阁校理、著作佐郎、白水潭山长石越入对，言青苗法利弊与改良之议，上善之。退而作《青苗法改良条例及请行农夫互济合作社札子》，上读之赞叹良久，谓之“天下奇才”。下中书、枢密院、三司、翰林学士、御史台议行。时安石为同中书门下平章事，冯京为参知政事，议事十日，众议纷纷而不能决。安礼力劝安石许之，曰“此亦变法，朝廷有利而无害，又可杜旧党之口”云云，安石久不能决，盖自谓此法于彼所立之法颇有更张，而心实善之。曾布又劝其行之，吕惠卿时守丧，书至，力劝安石沮之。

乙卯，上御崇政殿，以众议久不能决，怒。安石、冯京免冠谢。初，开封府判官、祠部郎中赵瞻因出使契丹而得入见，上问以青苗法事，赵瞻言青苗法之弊颇与越合，故上信之。安石亦终谓不能以私心而坏国事，遂主石越之议。既决，中书议曰：“石越诸法皆可行，其青苗法改良之议，可先于京东路、两浙路、河北路试行，其余各路，青苗法息减为一分，禁强行抑配，听民自愿。三年有成，推行全国。农夫互济合作社颁行天下，着各州县长官执行。”其以三路试行者，用安石子天章阁侍讲王雱之谋也。王雱私谓安石云，大名府、应天府、杭州皆旧党名臣所领，其执行新法多不力，以之行石法，若无利，则二虎相争，皇上可知彼辈不足恃；若得利，吾辈老成谋国之功。况亦于国有利，于新法无害。盖安石一党，虽与旧党、石越相攻伐，然其心亦无私，颇以国事为念，故石越之法得行。

其时韩琦在大名，苏轼在杭州[1]，二者皆善石越。韩琦颇许石越，虽未谋面，读其书而叹曰“少年之雄者”。青苗法改良条例颇赖二人之力，其余石越之友，如唐棣、李敦敏、柴贵友、柴贵谊辈，多在此三路为县官，亦全力襄助。故石越之议，终得大行。

其后中书又制《提举青苗法问事条例》《钱庄法》，皆石越所倡议也。此亦后世所谓“民法”之始。其时石越以一秘阁校理、出入禁中侍读，以皇帝特诏出入中书省与诸相参议，世以为荣。而事毕之后，即辞爵赏，退于白水潭旦夕讲学，举世尤高之。其于中书之时，凡安石等人厉声争辩，久决不下，或事有不协者，越皆能从容言之，从无恶言高声，仅以理论事，不及其他。冯京退而谓私人云，越有宰相之度也，惜其字甚丑，颇为诸大臣所笑。

然其诸法推行之时，亦颇有人攻讦不已，唯多迂怪之论。安石既主其议，亦颇维护之。亦此时吕惠卿不在，石越与安石亦颇能相济也。

……

石法行于世仅二年，三路皆言甚便，遂逐次行之全国。天下钱庄之盛，始于此。十年之后，凡县城皆有钱庄，农民颇得其利。其后逐次亦有商贾借钱生利，钱庄储蓄不足。商人为逐利，熙宁十年间，成都、杭州唐氏钱庄及京师桑记钱庄遂向于钱庄存钱者发放利息，其后诸钱庄纷纷效尤，遂为成例，而今之学者反不知熙宁十年之前，凡于钱庄存钱者皆无利息，更需另付保管金也。此亦熙宁年间事之要者，兹附记于斯。而国子监及诸学院为此开会计之科，财务审计、统计报表之风，究其源，亦起于石越之改良青苗法矣。

据桑充国遗稿《白水潭纪闻》，其时石越幕府中有潘照临者，亦颇预其事。中书久议未决之时，潘照临劝石越速见王安礼与曾布，说二子为助，又劝以书报安石，言安石实有公忠之心，可以言辞动之。越拜会安礼与布，而终未以书报安石。桑氏与沈括协助石越主持白水潭学院事，凡石越之谋，颇预之。彼言非虚也。故后世颇疑石越于此时已与安石不合也。

……

[1] 历史上苏轼直到熙宁四年二月依然未赴任上，历史在此发生改变。此后事例，不再说明。

第四章

兵铁之事

暴力或许可以摧毁问题，但是永远也不能解决问题。

——《白水潭纪闻》扉页题词

1

开封城外西南，比往年不同的是，这里多了一条平整的大道连通着南面的戴楼门和西面的新郑门之前的官道。这条平整的大道，其宽可以容纳两辆马车平行，是大宋第一条水泥大道。虽然不及御街那样由一块块的青砖铺成，几乎光可鉴人，也不及官道平整，但是花费的人力物力都要少得太多，而且下雨天没有官道难免有的一些泥泞。

这一天风雪交加，正是熙宁三年的十二月，一年中最冷的日子。一个浓眉大眼的年轻人，蓑衣斗笠之下身着白色长袍，腰佩一柄大理弯刀，骑着白马，正缓缓在这条水泥道上行走。

从这里前去不多远，便是闻名天下的白水潭学院了。在应天书院读书时，就听说这条大道人来人往，十分热闹，同窗们说起此处，无不眉飞色舞，悠然神往。自己十六岁离开家乡洪州游历天下，二十岁到了应天府，在应天书院读了整整六年书，但考上举人后，运气就开始变坏，或者省试不中，或者如去年一般，干脆大病一场，连赴京的机会都没有。虽然一身武艺，却终不甘心去考武举。本朝名将狄青，还不是因为少了一个进士出身而备受歧视？此时离下一次省试还早，正好到白水潭来长长学问。只是京师物价太贵，但愿白水潭这个地方可不要像开封城里一样贵才好，否则自己终究是住不起的。

年轻人一边想着心事，一边按辔前行。忽然听到身后有马车压过积雪的声音，他心里纳闷，这种天气还有人像自己一样去白水潭？忍不住回头望去。

跃入眼帘的是一前一后两辆马车，从马车的布置和车夫的动作来看，应当是在车行租来的。看着马车朝自己急驰过来，白袍青年拉了一下缰绳，把自己的马让到一边。那两驾马车却在他身边停了下来，前面的马车内有人掀开厚厚的车帘，温声问道："小哥，你可知道白水潭学院还有多远吗？"此人四十来岁的样子，穿着绿色长袍，很是平易亲切。

白袍青年朗声笑道："这位先生请了，在下也是第一次去白水潭。"

"哦？如此天寒地冻，何不下马上车，一同前往？"中年人温言相邀。

"多谢先生美意，不过在下习惯了这种天气。"白袍青年抱拳谢道。

"如此白水潭学院再见。小哥，请了。"

"先生恕罪，在下先行一步。"白袍青年挥鞭驱马，踏雪而去。

两炷香的工夫，就可以看到前面有几座果林茂密的土丘，因下着大雪，琼枝玉树，颇见清雅。于林丘之间，依稀可以看到一个其碧如玉的水潭，虽是严冬，亦未结冰，可见水潭之深。大片大片的雪花落于潭水之上，稍触即化。就在果林与水潭之间，有几条碎石小路蜿蜒而入，不知道通向什么所在。举目眺望，在林木之后，可以看到一层层建筑的屋顶。

“多半到了吧。”白袍青年暗自忖道，“真是有若世外桃源。”为了表示尊敬之意，他翻身下了马，牵着马缓缓而行，一路欣赏沿途的景致。绕过几座丘林之后，读书的声音隐约传来，他侧耳听去，却是“……子曰：克己复礼为仁。一日克己复礼，天下归仁焉……”那是《论语》里的句子，只是这声音稚嫩，却让人颇为不解。

循声而往，白水潭的全景渐渐跃入眼帘。声音是从一排红色砖房中传出，此时走得近了，听得越发清楚，这明明是十二三岁的稚童读书的声音。白袍青年心里纳闷，“莫非，我走错地方了？”

他小心地牵着马走了过去，却见红色砖房前立着一块石碑，上书：“白水潭学院附属小学校[1]”几个大字，这才恍然大悟。从这排砖房顺着白水潭边转过一个弯，便看到第一道横门，横门之上，是当今熙宁皇帝亲笔手书“白水潭学院”。他瞻仰了一会儿，才去看左右立柱上的对联，右边是“风声、雨声、读书声，声声入耳”，左边是“家事、国事、天下事，事事关心”[2]，却是石越所作、苏轼的书法。

白袍青年默读良久，自言自语地叹道：“好一个事事关心！”牵着马顺着水泥小路继续前进，这条路的两旁都种了竹子，慢慢离开白水潭，渐行渐远，往更深处去了。那竹林之下，不多远就有一个石椅，显是给学子们平时小憩所用。有时可以看到分出一两条小路通往林中，路之尽头，隐约是一些亭子。

他也不能一一观赏，只顺着水泥碎石小道一路前行，走不多久，终于人渐渐多了起来，不少学子在雪中漫步，有些三五成群地在一起吟诗唱和，有些人则在屋檐下倚栏杆唱着小曲儿，有些人坐在教室里埋头苦读……凡是老师走过时，学生们都会自觉地让到一边，躬身问好。

见他牵着马进来，便有几个打杂的人过来，帮他把马牵到马厩，问道：“这位公子，是来求学还是访友？”

白袍青年笑道：“自然是求学。”

“那就不太巧了，学院每年九月份方招收新的学员。此时来的，可以随班就读。学院虽然只收很少的学费，但也不发讲义，不提供住宿。若是求学，只能住到附近村民家了。”

[1] 小学校是宋时初级学校，招收八岁至十二岁学童。始见仁宗至和元年，元丰年间汴京国子监始设小学。宋徽宗大观三年，曾颁布《大观重修小学敕令格式》，当时国子监小学曾有学生上千人。

[2] 这本是明代东林党首领顾宪成撰写的对联，被石越引用了。

有人笑着说道，一面又热情地介绍道，“不过公子不用担心，书本讲义西边的白老二书店就有的买，和东京城价格一样，住宿若是能找到一处村民家，一个月只要三百五十文，很便宜的。若是想清静一点，住东头的白氏客栈和北头的群英客栈，一个月也只要三贯钱，比东京城便宜多了。像我们这里的马厩，草料钱只要东京城的一成。”

白袍青年几时见过这样的学院，店铺和学院浑然一体，虽然觉得挺方便，不过也是听得目瞪口呆。

原来白水潭学院的学生一天比一天多，教室和管理倒还好办，但是学生住宿与生活问题就很难解决了。石越不想把这些学生拒之门外，就和白水潭的族长们商议，想出了这么个办法，让白水潭的村民到学院里开书店、客栈、酒楼、成衣店、洗衣店、车马行、马厩等等服务设施。白水潭学院几个月来已经猛增到两千多学生，因为凡是游学京师的学子，无不知道白水潭这里生活成本低，而且学术气氛好，便是原本不想来这里读书的人，也愿意交了一年的学费，住到这学院附近来，天天能听到不同的大儒讲学，又省了不少钱，何乐而不为？而且要去京城也很方便，到车马行租辆马车，不多久就到了，价格也比开封城里便宜得多。

白袍青年虽然曾经在应天书院读过书，但是那里的规模和气度又怎么能和白水潭学院相比？而且这里虽然有着极为齐全的商业服务，却和这个学院的气氛显得极为和谐，一点也没有市侩气，倒似乎是理所当然的一样。他好奇地和马厩的人闲聊着，忽见又有人牵着马走了过来，那人操着洛阳口声说道：“老板，给我的马喂好一点。我们是西京沈记车马行的。”

白袍青年斜眼望去，却正是自己路上所遇到的马车车夫，此时车夫解了马套，正牵着马进马厩。远处有几个人往学院内走去，其中走在前面的一个，正是在路上和自己搭话的中年人。和他并排行走的，也是一个年纪相仿的中年人，不过却显得不苟言笑。两人身后都跟着一群青年士子，和自己说过话的中年人身后的书生们表情轻松，显得开朗活泼；而那个严肃的中年人身后的几个士子却和他保持着一定距离，神情严肃，倒似庙里出来的菩萨。两群人形成鲜明的对比。

他正在揣测二人的身份，学院突然钟鼓齐鸣，便见两个年轻人领着一大群教授、助教迎了出来，学生们自动排成两列欢迎。两个年轻人微笑着说着什么，看表情似乎是赔罪欢迎之类。

马厩的伙计低声咂舌道：“这两人是什么来头？石山长和桑公子带着所有教授亲自出来迎接，这么大的排场。”

那洛阳车夫此时满脸的骄傲，有些炫耀地笑道：“这是俺们伊洛的两位程先生来了，石山长名声虽响，却也要敬他们三分。”

伊洛的两位程先生？白袍青年不由得吃了一惊。若他没有弄错的话，当今天下的学术宗师，自己刚一到白水潭便见到了！他对那车夫抱了抱拳，低声问道："那两位先生果真就是伊洛学派的程颢和程颐两位先生吗？"

那车夫也认出白袍青年来了，还了一礼，笑道："除他们两位老人家，还能有谁？方才在路上和公子打招呼的，就是大程先生，另一位是小程先生。"

"程颢不是被王安石贬到地方做县官去了吗？"白袍青年自言自语地低声说道。

正如那车夫所说的，这两个中年人就是程颢和程颐，后世无人不知无人不晓。他们是程朱理学的创始人，曾经配享孔庙，曾经成为天下士子的宗师，也曾经被骂得一无是处，把天下的罪过都栽到了他们两人的头上。但是历史上的伟人，无一不是这样的，那些崇拜他们的人，未必真的了解他们；那些辱骂他们的人，也根本不曾读过他们的半句著作。所以有先贤曾说，如果孔子、释迦摩尼起于地下而复生，他们就不能再成为伟人了，他们最先要受的，倒是他们信徒的迫害。人类最常做的事情，就是曲解先贤，无论是崇拜或是诬蔑，皆是如此。

不去管后世如何看待程朱理学，在熙宁三年的时代，二程在读书人之中享有崇高的声誉，却是不争的事实。当此之时，号称天下学者，各以为是，互不相让，虽然不及春秋战国之"百家争鸣"时代，但若称之为"小百家争鸣"时代，却亦并非夸饰。而天下的学问，以其影响较大者而言，大概可以分为石越的石学、王安石的新学，以及理学的周敦颐派、邵雍派、二程的伊洛学派、张载的关学，另外还有苏轼为代表的蜀派、司马光为代表的史学派等等。

这是以理学为代表的儒、释、道三教经典互相解释的时代，也是以石学、新学为代表的对儒家经典重新解释的时代，同样，也是石学提出许多有高度创见的哲学理论，创立建立在自然科学基础上的哲学思想的时代。

达成这一切，石越功不可没。早在熙宁三年四月，监察御史里行[1]程颢、张戬等人因反对新法被贬往地方。程颢与张戬之兄张载因见石越创办白水潭学院退而讲学，一夕顿悟，于是程颢在地方上任未久，便辞官返乡，与其弟程颐一起收授门徒。张载与石越一夜深谈后，也自请辞职，回陕西老家创办横渠书院。十二月，石越趁着青苗改良法被皇帝采用，赵顼对他信任有加的时候，谢绝了皇帝对他的赏赐，而是请求皇帝将居家的程颢、在西京讲学的程颐，和因弹劾王安石被贬、治《春秋三传》连王安石也自愧不如的孙觉，以及自王安石为相后待在洛阳足不出户的邵雍等一大批学问名家全部召到白水潭学院，授白水潭学院教授之职。张载要主持横渠书院，自己不能来，也派了几个弟子来讲学。一时间，白水潭学院竟成为 11 世纪人类学术的中心。

[1] 官名，北宋以授官卑而任监察御史者。

白袍青年并不知道，他此时所看到的，是在人类历史上可以大书特书的一件事情。他甚至没来得及看清楚名震天下的石越的长相，石、桑二人就携着二程走进学院内部的尊师居了。

尊师居是一个院落群，就在文庙附近，教授和助教都是一样的三间房——卧室、书房、客厅。石越又让人在白水潭附近建造四合院，准备将来给带着家眷的教授与助教居住。但是此时，室内的布置却是相当的简陋，除一个书架、几张桌子，再加上床被和取暖的炉子之外，再无他物。二程是自己挑的房子，程颢挑了一间比较靠外的房子，而程颐似乎更喜欢清静，挑了一间僻静的房间。二人对房内布置的简陋显然并不在意，颇能随遇而安。只是程颐没有注意到，他的邻居是邵雍。

安置完二程，桑充国便笑着对石越说道："今天是去张八家还是去八仙楼？这鬼天气，实在太冷。"

石越笑着摇摇头，道："罢了，长卿，今晚还要给二程接风洗尘。"

提到二程，桑充国不觉笑了起来，顽笑道："龙生九子，子子不同。程颢可亲可敬，程颐却真是让人敬而远之。不如我给程颢接风，子明给程颐接风罢。"

"嘘……这种话你还是少说，万一传出去，麻烦就大了。程颐最开不起玩笑的。"石越半开玩笑半认真地说道。

桑充国奇道："你很了解程颐吗？"

石越不小心又说漏了嘴，心中苦笑，耸耸肩道："你看他外表就知道了。"

"也是。"桑充国颇以为然，正点头同意，忽然间又想到一事，惊道，"糟了！他方才选住处，却是和邵雍住在一起，邵尧夫可是最爱开玩笑的……"

石越深深看了桑充国一眼，悠悠说道："他们理学家内部的矛盾，他们自己解决吧。"

桑充国大笑，捧腹道："子明，你和潘照临待久了，真是近墨者黑也。"

"唉，你冤枉我了，难道我能跑过去对邵雍说，程颐是开不得玩笑的，您老多节制，千万避其锋芒吗？"石越满脸委屈道。

"也罢，也罢，反正邵雍精通周易，他肯定能未卜先知，我们不用替他担心。"桑充国笑道，也许是因为受蜀派影响，对于程颐，桑充国也是天然地感觉亲近不起来。

"说到算命，沈括请的算学老师来了吗？"石越问道。这段时间他为了请老师的事情伤透了脑筋。

"算学倒不用担心，你的《算术初步》和《几何初步》，对沈存中请来的这些人来说，只是略有启发，但是内容实在太简单了。我和沈存中商议好，准备印刊新的教材，沈存中说苏颂、贾宪、刘益、蒋周和卫朴都答应帮忙了。这卫朴虽是盲人，但算术上的造诣连沈存中都自叹不如，邵雍也是很佩服。新教本可能要到明年三月才能出来，但最迟到上元佳节一过，《周髀》《孙子》《五曹》《缉古》《海岛》《九章》《夏侯阳》《张丘建》等十几种算经就会陆续刊印。”桑充国如数家珍地说完，马上又抱怨道：“算学不是问题，格物和博物就大有问题了。博物还好说，国子监就能找到先生来兼课，格物却只能靠着沈括和你了。现在虽然有一些算术先生对格物学很有兴趣，但远水解不了近渴。”

“不用急，到明年九月份才有二年级，到时候问题早就解决了。”石越觉得桑充国是杞人忧天，他从来都不怕中国没有人才的。

“罢了，你记得回家一趟，唐二叔来信，把你又赞了一回，说今年他的棉纺行赚大了。还有，我妹子带了几张画给你，等一会儿我送到你那里去。”

2

冬去春来，天气依然寒冷。

熙宁四年最初的几个月并不平静，但对于年轻的皇帝来说，这半年多的日子却比以前要有意思得多。“天章阁侍讲王雱是个很有才华的人，言辞答对，机变无双，不过在事务与时务方面，却要逊于石越。而且，除了经济之学外，石越更是杂学庞博。自己身体一直不是太好，石越便劝自己多活动，还教了一套‘太极拳’，每日早晚一次锻炼，数月之后，果然颇见神效。想想二人都是年轻人，真是天佑大宋，竟送这等人才到自己手里。”

赵顼一直坚信，刘备无诸葛亮，不能创其基业，唐太宗无魏征，不能成其圣主。虽然在这个问题上，王安石的意见正好相反，但是他还是更相信自己。“朕能得到王安石、吕惠卿这样的奇才，又有石越、王雱这样的年轻俊杰，看来做一番大事业并不是难事。不过石越也有其想当然的地方，他老劝自己把早朝改到太阳升起之时进行，说是这样对身体更好，完全不想想这么一改，会有多少人反对。习俗的力量，有时候是不可以违背的。”

一想到朝政，赵顼就头痛，觉得身上这担子实在太重了！“与西夏的战争，先胜后败，陷入僵持阶段；三月份连续罢了韩绛的相位，处罚了种谔；渝州又有夷人造反，好不容易平息，庆州又兵变，又要讨平……国库好不容易积累一点钱帛，一要用兵，便如流水一样外流；枢密使文彦博和参知政事冯京反对新法，趁机要求废除免役法、保甲法、屯田法；文彦博以前和王安石关系极好，举荐王安石时他最积极，现在连他都开始反对王安石；还有司马光，自到永兴军后，几次上书，终于改判西京御史台，至他到洛阳的那一日起，便缄口不言朝政，只闭门编撰《资治通鉴》，分明是用沉默抗议……唉！如这免役法，朕自己也曾着人查访附近民情，明明百姓都很拥护的。”

“真想哪一天朕自己微服出宫去亲眼看看……”

皇帝有皇帝的烦恼，普通人有普通人的烦恼。朝廷争论不休的是新法与祖宗之法，白水潭学院却又另有争论……

群英客栈旁边的群英楼现在是白水潭学院最大的酒楼。

学院的许多学生最喜欢在酒楼上边喝酒边谈古论今，有时候争得不可开交，甚至会在酒楼上大打出手，桑充国为此伤透脑筋。这种事情，碰上不同的教授，会有截然不同的处理结果。最倒霉的是碰上程颐，严厉的体罚都已经算是走运；最幸运的是碰上叶祖洽，这个状元爷脾气非常好，从不轻易开罪人，哪怕是学生。不过叶状元是兼职教授，程颐是全职教授，如果不是程颐轻易不喜欢上酒楼，白水潭年轻气盛的学生们就要倒霉了。

群英楼隔几天就要上演一次的动作片，其实应当归咎于石越。是他把伊洛学派和蜀派这种在本质上冰炭不相容的学说请到了一个学校里。而且这个学校不仅学圣人之道，连“炼丹道士的把戏”（这是某些学生讽刺化学的话）也要学，要不引起矛盾，那才是奇怪呢。

白袍青年到白水潭已经几个月，他第一次踏足群英楼，便听到一阵喧嚣之声。

“我们先生说，邵（邵雍）教授想传数学给他们兄弟，可我们先生没这个工夫学。”说话的显然是信服二程的学生，他口中的数学，是指河洛易理之学。

“嘿嘿，你只怕忘记你们老师后面一句话了吧？他还说要学至少要二十年工夫呢。邵教授的高明之处，二程还要学二十年。”有人阴阳怪气地讽刺道。

“说得不错，当日程正叔（程颐）先生见邵先生，指着桌子问，这桌子是放在地上的，那么这天地又放在何处呢？邵先生为其指点迷津，直至六合之外。程正叔先生叹道，平生只见过周茂叔论及至此。可见程正叔先生虽然所见不若邵先生，可邵先生在正叔先生眼里却是不如濂溪先生的。”这说话的人显然是周敦颐的信徒，他口中的“周茂叔”和“濂溪先生”，正是周敦颐。

白袍青年微笑着找了张桌子坐下。又听一个学生摇头晃脑地说道：“若依在下所见，则张横渠方得正理。”此时太极图说分为三派，周派、邵派、张（载）派，这日群英楼上，三派的信徒算是都到齐了。

“嘿嘿……周氏也罢，邵氏也罢，张氏也罢，说的不过是无稽之谈，什么六合之外？石山长《地理初步》说得着实清楚。宇宙无穷，地者与星星无异，不过是一个圆球。这个世界也不是由什么气构成的，而是由原子构成的。”一个学生站起来大声驳斥，此人显然是石越的门生。

“石山长之说，也未得实证。这地是圆的，谁能证明之？这原子谁能看得着？”

“地是圆的，沈存中（沈括）教授和卫（朴）教授就很赞叹，二位先生精通天文，可由历法而推算，以为石山长所言确是至理。至于原子之说，虽然现在不能证明，但是你那元气之说，又如何能证明？”

“卫瞎子的话岂能相信？便是卫瞎子，也是学周易的，他的数学又怎么能及邵教授十分之一？”有人嘲笑道。

“你狗嘴里吐不出象牙来！凭什么你就敢出言不逊骂卫教授？”

“你怎么敢骂我？我身上是有功名的，卫朴他有功名吗？依我说学院留着卫朴这种人，是鱼龙混杂。”

“你有功名我没有？你这种欺文败类，我怎的不敢骂你？要说鱼龙混杂，我看你才是鱼！”

“说得对，这种人举止轻佻，是学院的害群之马，就该骂！”

……

转眼之间，争辩就变成了互相谩骂，忽然，也不知谁先动的手，于是，由辩论而争执，由争执而谩骂，由谩骂而动手，便听咣咣当当的，几个学生扭打成一团，顿时茶水、酒菜被泼得到处都是。白袍青年目瞪口呆地看着这些完全丧失了君子之风的人，此时才知道传言不虚。

只见几个信服二程的学生小心地躲在一边观战，一面不停摇头叹息，感叹着世风日下。冷不防一杯酒水泼到他们身上，便听到：“哎哟，哎哟，怎么泼我身上来了，君子动口不动手，这样成何体统？”又有人骂道：“什么体统，你们想在旁边看热闹，没门儿！”这些人却是蜀学一派的，唯恐天下不乱。

白袍青年这时真是哭笑不得，想不到闻名天下的白水潭学院还有这样的一面。他们在学院里温文尔雅，一进群英楼，就变成这样了。正在那里叹息，忽看到店小二、茶博士、酒博士，都兴高采烈地躲在旁边看热闹。楼上打得惊天动地，楼下掌柜的竟然不闻不问，客人也照样吃饭，似乎什么也没有发生一样。他心里纳闷，便拉了一个茶博士过来，指指那边打架的学生。茶博士不待他开口，便撇撇嘴笑道：“习惯啦，反正打坏了他们会赔，价钱很公道的，他们也怕我们到石山长、桑公子、沈先生那里去告状呀。打完了架会主动来赔钱的，不怕，打吧，不打不热闹。”

店小二也凑过来说道：“是啊，这位公子是新来的吧？以后你就会习惯了，隔几天就有一次。”

酒博士摇头晃脑地笑道：“秀才造反，十年不成。书生打架，伤不了人。”

白袍青年听到这些话，几乎以为自己是到了九州之外、荒蛮之地。正在张大了嘴吃惊，一个酒杯偏离轨道，朝他飞了过去。他本能地一抄手，把酒杯稳稳接住，放在桌上。

“好身手！”身后有人赞道。

他转身看去，是一个三十多岁的中年人。那人眼帘低垂，嘴角不易觉察地带着一丝冷笑，正是石越的幕僚潘照临。

白袍青年也不知潘照临是何许人，因听他夸赞，便向他微微一笑。

潘照临看了一眼他腰间的弯刀，抱拳笑道："这位公子文武全才，实在难得。在下真定潘照临，草字潜光。不敢请教尊称大名？"

白袍青年连忙抱拳答道："不敢，原来是潘兄。在下段子介，草字誉之，是江西人。"

"原来是段兄，相逢即是有缘，不如在下做东，找个清静之所，请兄弟喝上一杯，不知肯否赏脸？"

段子介见那些学生们打斗正酣，无可奈何地摇了摇头，微笑道："如此多有打扰。"

3

中书省都堂，刚刚从辽国出使回来的赵瞻正在向几个宰相汇报出使的情况，并且等待皇帝的接见。他一面汇报，一面偷眼打量这几个大宋最重要的官员。王珪永远面带微笑，这个老头完全是因为资历而被皇帝照顾性地升为参知政事。冯京则正襟危坐，他和王安石面和心不和，轻易不会开口。此时真正主持政事的，是那个皮肤微黑、头发凌乱、目光凌厉、衣服上还有一些污渍的王安石王介甫，可惜此人与自己政见不合。

赵瞻抑制住心中的别扭，好不容易才挨到皇帝的召见。因为出使辽国是大事，几个宰相都要一同前往，枢密院也要存档。

见到皇帝后，王安石先把赵瞻出使的情况详细奏上。赵顼又亲自问了一些细节，便例行公事地问道："赵卿在辽国可曾在意其风土人情，北朝对大宋的看法如何？"当时资讯不发达，了解敌人对自己的看法，多数是靠使者的观察。

赵瞻连忙欠身答道："辽人知我圣天子在位，并不敢觊视我皇宋。臣到契丹之时，契丹魏王耶律乙辛曾问及石越，说我大宋有此等人，为何不能用？"

"哦？"赵顼感兴趣地挪了挪身子，问道，"卿如何回答？"

赵瞻从容答道："臣说我大宋比石越聪明之人何止千百，故其仍需加以磨砺，方能大用。吾皇正用其为参赞咨议，是锻炼人才之意，谈不上不用。"

"嗯，卿答得很得体。卿可知契丹人是如何知道石越的？"赵顼略表嘉奖。

"臣听说石越的《论语正义》等书已传至契丹、高丽，北朝贵人颇读其书。这是夷狄心向汉化之故使然。"赵瞻老实答道，他与石越并无私交。

但马上就有人想到利用这句话。冯京一向反对新法，可现在王安石在政事堂可以说是为所欲为，王珪与他的作用不过是画押签名而已。曾布为检正中书五房公事，负责新法事宜，凡事只问王安石，完全不理会王珪、冯京的意见，这更让冯京不满。冯京久于世故，自知不足以对抗王安石，只得隐忍。自青苗法改良后，冯京早想拉石越进入朝廷，借石越之力对抗王安石，这时连忙说道：“陛下，石越之才，颇堪大用，又闻名于外国，臣以为皇上应召其至朝，委以要职，一来使野无遗贤，二来告诉契丹人皇上知人善用，使其不敢轻我大宋。”

“陛下，能招石越，当然是好事，但是只怕他本人不愿意。现在白水潭学院办得有声有色，石越似乎也是如鱼得水。”王安石虽然也觉得石越才华出众而且并不死板，颇能推陈出新，很对自己胃口，但却又觉得石越有点儿隐隐约约和新法过不去的意思，兼之他很受保守派大臣的器重，因此对其一直心存警惕。

冯京见王安石有抵制之意，连忙委婉说道：“陛下，把这样一个人才放到江湖之上，总是可惜。”

王安石不悦地说道：“石越现在怎么算是在江湖之上呢？臣也觉得石越之才便是做个翰林学士也绰绰有余，但是如果他自己不愿意，又有什么办法？”

王珪见二人争执，他揣摸王安石之意，自是不愿意引石越入朝，便插话笑道：“石越之才，做个翰林学士的确绰绰有余，只是字写得不太工整。”

他一提到石越的书法，众人尽皆莞尔，连赵顼都忍不住笑了。冯京也有点儿尴尬，石越那一笔臭字东京城大小官员都知道，就算是普通读书人，也多半引为谈资，毕竟石越是个很吸引士子们注意的人物。想想一个翰林学士有石越那样一笔臭字，也实在是……

冯京讷讷说道：“这个……白璧微瑕。”

赵顼忍住笑说道：“字差一点没关系，朕也让石越学过字，不过看起来他什么都聪明，就是这个方面长进不大。”

王安石也笑道：“这的确是小节。”他不屑用这个打压石越。

赵顼点点头，又笑道：“说起石越，昨天还有御史弹劾他。”

冯京闻言吃了一惊，看到皇帝语调轻松，这才放心。又见王安石和王珪都不动声色，心里暗叫一声“惭愧”。只听赵顼笑道：“说他的白水潭学院教的课程太杂，学生有的支持程颢，有的支持邵雍，因此三天两头在一个酒楼上打架。整个东京城传为笑谈，御史说他治校不严，有失体统。”

赵瞻见说到这些，心中好奇，却也不敢作声。只见旁人脸上都无吃惊之色，显是此事众所周知，更觉不可思议。

王安石摇头道：“治校不严，倒也不能怪石越，中书青苗法改良，他经常奉诏来制议法令，分身乏术。”

冯京听出王安石话中意有所指，不由皱了皱眉头。他心里虽怪御史多事，却也觉得石越毕竟年轻，让人抓住了这样的把柄，幸好皇帝并不怪罪，因说道：“臣以为这件事还须责令石越整改才行。白水潭的学员有不少是有功名的，公然打架，有失体统。”

王珪之前因为说了石越的字不好，他不想开罪石越，此时便捋须笑道：“吹皱一池春水，干卿何事？学生年轻气盛，也怪不得石越的，御史是多事了。”

赵顼本不过是想说说趣闻，不料一相二参居然认真起来，这才醒悟过来，自己始终是皇帝，随便说不得话。幸好这几人还不算太呆板，没给自己讲大道理。想到这些，未免有点儿扫兴，便对赵瞻说道：“赵卿先回去吧。卿不辱使命，明日中书会有嘉奖的。几位丞相留下来，说说西北的边防如何了。”

赵瞻连忙谢恩告退。赵顼见他走远，才敛容说道：“种谔先胜后败，抚宁诸堡全部沦陷，但是绥州还在大宋手中。夏人兵疲，已欲遣使者前来求和，朝廷当早做打算。朕想知诸卿意见如何？”依宋之惯例，边事皇帝一般是和枢密院讨论决议，但是赵顼即位后，信任王安石，也多和中书诸相商议。

听皇帝问及边事，王安石早有准备，从容答道：“西夏不可遂图，和议可许，绥州却不可割让。以臣之愚见，则国内先变法，富国强兵，西北遣王韶开洮河，徐谋进取之策。”

冯京却是冷笑，道：“臣以西夏不过是小疾，季孙之忧，在萧墙之内。河北、陕西皆是前线，数年之间，既淤田，又助役，又保甲，百姓苦不堪言。庆州兵哗变，并非无由。皇上，便是助役、保甲暂时不能废，这淤田于国无补，颇劳民力，还请皇上先下旨废除这一件。”

……

石越并不知道皇帝和中书的宰相们居然在很正式的场合讨论着他那糟糕至极的毛笔字和白水潭隔几日就会发生一次的群架事件。但是对于自己的毛笔字，他也不是全然没有下过功夫的。

这日难得空暇，他就跑到桑府，坐在书房里一本正经地练毛笔字。只是这书法的习成，实在非一朝一夕之功，他吃力地提着笔，写一划下来，稍不留神就歪了。

梓儿在旁边看得吃吃直笑，道：“石大哥，你不用这么用力的，写字靠的是腕力，用的是一股巧劲。你看我的。”

她从石越手中夺过毛笔，轻轻蘸点墨水，在字笺上写了一个娟秀的“越”字。石越看看桑梓儿的字，再看看自己的字，一个劲摇头。

梓儿轻笑道：“这样吧，石大哥，改天我用朱笔写一本字帖给你描，好过你这样乱写。堂堂白水潭学院的山长，皇上亲自赞叹的‘天下奇才’，字也不能写得太难看了。”

石越红着脸听她取笑，没有半点脾气，谁叫自己字写得太差呢？不过也只有这个办法了。虽然他认识的名人很多，无论哪一个都有一笔好书法，但是让他开口向他们求一本字帖练字，实在过于艰难了一点。

他刚点了点头说“多谢……”，就听侍剑进来说道：“公子，潘先生来了，在外面等候。”

石越连忙搁下笔，对桑梓儿讨好地笑道：“妹子，字帖就麻烦你了。”一面匆匆往外面走去。

到了客厅，便看到潘照临在那里喝茶，桑俞楚不在家，只有桑来福坐在下首相陪。见石越出来，二人连忙起身相迎。桑来福知道他们有事要说，便告了个罪出去。

潘照临似笑非笑地说道：“公子，这白水潭很热闹呀。”

石越一怔，不知道他想说什么。

“难道公子不知道白水潭学院的学生隔三岔五在群英楼打架吗？”潘照临奇怪地问道。

石越愕然道：“不可能吧？”

“现在群英楼的伙计和掌柜都习以为常了。”潘照临把所见所闻说了一遍。

石越不禁哈哈大笑：“这帮家伙，居然能做出这种事来。”

潘照临自己也不禁莞尔，不过他毕竟是比较理性的人：“这些学生这样子，实在有失体统。如果传了出去，给人口实就不好了。”

石越心里虽然觉得潘照临有点儿小题大做，却还是点了点头，随口问道：“潜光兄有何良策？”

“这件事，还须告诉桑长卿，让他严肃山规。”

石越摇摇头，心里却已是有了主意，笑道：“这不是上策，堵不如疏。这样吧，我们在文庙附近再建两座大堂，一座大堂做讲演堂，专门请当世名流不能在学院兼课者讲演；一座大堂做辩论堂，专门让学生们自由辩论，免得他们去群英楼打架。每隔五日即有一日为讲演日，一日为辩论日，这两日皆不上课。你说如何？”

潘照临想了一想，笑道：“这是好主意。只不过讲演日就比较麻烦，要去请名流，学院又要多一笔开销。”

石越不负责任地笑道：“这件事让长卿去头痛吧。辩论堂没有建好之前，先找两间教室做辩论堂，让他们去吵架。每次吵架也不能白吵，找专人记录下来每个人的发言，公布在学校大栏上，给全校的人看看，另拿一份存档。”

这件事说妥，潘照临又问道：“我在白水潭西北看到有人大兴土木，公子可是想扩张学院？”

石越颔首笑道：“白水潭现在慢慢变成小镇了，我先给学院的老师们准备好一些房子，另外学院照这个趋势，规模难免会扩大，因此还要建一些教舍。还有，到了二年级，学生就要分系了，我准备为儒学之类建一座明理院，为算术物理类建一座格物院。”

潘照临说道：“算术之书称为算经，比之儒家五经，的确可以为格物院之首。我听说有人上书朝廷，想把历代有名算术家配享孔庙，不知道有没有这事？”

石越摇了摇头：“我也不清楚，不过算术孔子也学的，朝廷有此议再说吧。现在是多事之秋，多一事不如少一事，我就不参与了。”

4

就在这种多一事不如少一事的心理下，春去夏来，夏尽秋来，熙宁四年的秋天，在纷纷落叶中，也不知不觉将要过完了。偶尔和苏轼、唐棣等人书信往来，谈谈所谓的“石法”在地方推行的情况，听听他们对免役法和保甲法的抱怨。毕竟事不关己，石越也没有那种切肤之痛，他完全是以一种政客的眼光看待这件事。毕竟此时不宜和王安石对抗。不过，因为改良青苗法推行顺利，石越在皇帝面前也越来越受重视；另一方面，则是白水潭学院渐上轨道，第二学年的学生报名达到三千人，规模超过太学。为此，学院不得不举行入学考试，控制每学年的学生在两千人左右。可以说唯一不太称心如意的，是石越的毛笔字始终不见起色。

这一天石越和往常一样，一大早起来便往白水潭学院赶。很快就是重阳佳节，加上连日大雨，好不容易放晴，东京城里到处是菊花。通往白水潭学院的水泥路边上此时已植了稀稀疏疏的树，走到附属小学的教舍附近，就可以看到学院布置的菊花，虽然品种一般，不过对石越这种不懂得赏花的人来说，还是挺漂亮的。

到了桑充国的公厅[1]，石越忽然童心大作，放轻脚步，蹑手蹑脚地走了进去，却见桑充国皱着眉头，坐在椅子上发呆，手里还拿着一张写满了密密麻麻小楷字的大纸。

“咳！”石越咳了一声，问道，“长卿，秋高气爽，你在发什么呆？”

桑充国见他来了，苦笑一声：“子明，你来看这个。”

石越疑惑地从他手里接过那张纸来，原来上面写的全是些学生的名字。桑充国在旁边说道：“这是一年级考二年级的名单，其中考上明理院的约一千五百人，一千一百九十三人儒学，二百余人律学，八十人子学；考上格物院的学生约五百人，是明理院的零头，三分之一，算术九十人，格物和博物都是二百余人。”

“这有什么好奇怪的？”石越倒是奇怪了，虽然算术人少一点他很奇怪，但是想来格物和博学都要修算术，专修算术的少，也很正常。格物院能有五百人这样“了不起”的成绩，已经很出乎他的意料了。

“我不是奇怪，我是担心。”桑充国解释道。

[1] 即办公室。

“担心？”

“是啊，明理院的规模太大了，容不下这么多人呀，而格物院又空出许多地方来。”桑充国担心的是实际问题，长期以来都是他主持具体事务。“还有，现在我们学院修格物的学生倒像是谦谦君子，虽然有争议，但是都是细声细气解决；反倒是这些考上明理的学生，在辩论堂辩论时，几乎恨不得把对方给吃了。”桑充国想想辩论堂里的情景，就有点儿受不了。“二程和孙觉、邵雍等人自从去过一次辩论堂后，就再也不去那地方了。他们几个虽然各有观点主张，但是也不至于争得面红耳赤。这些学生却可以为了捍卫一句经义，和人家吵上整整一天。”

石越听桑充国抱怨这些，不禁好笑：“长卿也太杞人忧天了，明理院的人太多，就把他们的课分开，不用排那么满。况且明理院二年级了，教授只上大课，小课比较少，怕什么？至于辩论，对他们将来有好处。”

“不错，他们经常辩论，能于经义中发现新义，也是好事。日后我们白水潭学院的学生参加科考，一定会很出色。子明在明理院前刻下‘文以载道、学以致用’八个大字，很合吾心。”孙觉一边摸着胡须一边从外面走了进来。一起进来的二程也点头称是。理学家对于学以致用，是绝不反对的。虽然后世有人往往将科举与理学混为一谈，但实际上当时有不少人却是因为觉得科考于世无益，而改学理学的。

石越连忙转过身来，一面行礼一面笑道：“原来是莘老，伯淳先生[1]、正叔先生。”桑充国也赶忙起身见礼。

孙觉和程颢微笑回礼，程颐也淡淡地回了一礼。

程颢笑道：“子明，我们是来找长卿商议一件事情的。”

桑充国请众人坐了，一面向石越解释道：“复明公、伯淳先生、正叔先生，还有邵先生等人都说学生们在辩论堂辩论，有不少言论颇有可采之处，希望能整理了刊印，而不仅仅是贴在学院之内。”

石越笑道：“这是好主意。”

桑充国皱了皱眉头，不满地看了石越一眼：“只是这些言辞，颇有不驯之处，刊出去，有很多观点会让人笑掉大牙的。”

程颐点了点头：“长卿所言不错。”

石越笑了笑，说道：“这事无妨的，其实竟可办一本《白水潭学刊》，每月一期，让学生们把自己的心得写成文章投稿，由诸位先生组成编审会，专门审议文章能否在《学刊》上发表，这样就可以保证质量了。而无论学生和先生，只要文章在学刊上发表，皆给一定的润笔，谓之稿酬。这样可好？”

[1] 孙觉，字莘老；程颢，字伯淳。

程颢想了一会儿，笑道："这又是个新奇的好办法。"孙觉也觉得甚好。程颐却问道："若是编审会意见不同，那又如何？"

石越笑道："这又不是科考，虽不能太宽，也不必太严。依在下看，倘意见不一，只要编审会有两人同意，不管他人同不同意，都可刊印。"

桑充国主持校务近一年，已是精干许多，想了想，道："诸位先生太忙，若真要创办这个学刊，学生中优秀俊逸者，可以选一二人来帮助处理琐杂事宜。另外既是《白水潭学刊》，则明理院和格物院不可有偏颇，三分之二明理院的文章，三分之一格物院的文章，这样方见公允。明理院的文章由明理院的先生们审议，格物院亦由其自己选。如此可好？"

众人又议了一会儿，觉得他说得不错，便算是议定了。石越待二程等人一走，便拉着桑充国往门外走去，笑道："这样秋高气爽的好日子，把校务先放一下，到白水潭附近逛一逛去。"

二人也不坐马车，各自牵了一匹马，沿着白水潭学院的小路慢慢往外走去。整洁的水泥小路，良好的植被，树丛中隐约出现的古典风味的建筑，挽辔徐行的石越忽然有一种"梦里不知身是客"的感觉。参与白水潭学院后期规划的人，都是胸中大有丘壑的人物，从美学上来讲，白水潭学院的确是很有欣赏价值的。想到实际上是自己缔造了这一切，石越心中又有了一种骄傲的感觉。只可惜这一份成就感，没有人能够和自己分享，他毕竟是有太多秘密的人。

和桑充国一边品评路边的菊花，一边享受凉爽的秋风，不知不觉便走到了白水潭之外的村落里。桑充国笑道："子明，我有点儿渴了，找户人家讨口水喝吧。"

他一提起，石越也觉得自己有点儿渴了，便笑道："好啊。"上马看了一下远处，扬鞭指道，"去那里吧，那里有户人家。"

二人催马来到一处农户房前，这是一栋白水潭附近很普遍的红砖平房。一个八九岁的小男孩和一个七八岁的小女孩在门前玩耍，见有生人过来，毕竟是白水潭学院旁边的小孩，倒并不是很害怕。男孩略带羞涩地问道："你们找谁？"

石越弯下腰，笑着摸了摸小男孩的脸蛋，道："我们来讨口水喝，你怎么不去上学？"白水潭村民的子女都可以免费进蒙学就读的。

"哦，二妹，去倒两碗水来。"小男孩转过身招呼她妹妹。看着小女孩清脆地答应一声，跑进屋里。桑充国也笑着摸了摸小男孩的头，问道："家里大人呢？你为什么不上去学呀？"

"爷爷、奶奶和娘去地里干活了，爹去做保甲了。家里要人看家，还要给爷爷奶奶做饭，没时间去上学。"小男孩说话很有条理。

石越愣了一愣，和桑充国对望了一眼，不再作声。秋天是忙碌的季节，居然还要参加保甲？这保甲法也太不像样了，逼得老弱妇孺去从事生产。

小女孩端着两碗水出来，怯生生地递给石越和桑充国。石越微笑着谢过，站起来喝水，碗在嘴边，却停住了。桑充国看出他的异样，问道："怎么了？子明。"

"你看，前面的地里有青壮年在干活。"石越一边说一边指给桑充国看。

桑充国顺着石越指的方向看去，果然有青壮年在地里做事。他疑惑地看了小孩一眼，也不知道是怎么回事了。

石越蹲到小男孩面前，笑着问道："你知道为什么别人家有叔叔伯伯在地里做事吗？"

"因为他们家有钱，我们家没钱。"小男孩的回答倒是精辟。

石越和桑充国对望了一眼，无言地叹息了一声。两个人都是聪明人，一听就知道其中的关键了。小吏不顾农时，强迫丁夫参加保甲训练，为了不误农时，农民只好交点钱行个方便，没有钱的，就只好让妇孺去劳动，真正的劳动力却在那里参加军事训练。

看着这一切，二人的游兴顿时消失得无影无踪。谢过两个小孩，便从另一条路慢慢往回走。

桑充国叹道："前一段日子，为了免役法，乡民冲击开封府、王安石私邸、御史台，几乎酿成大乱。幸好皇上是仁君，没有说他们叛乱。这样沸沸扬扬的事情，让王安石轻易压了下来。"

"免役法本来是好事，但是曾布和邓绾想事情不够周详。"石越叹道。

"好事？"桑充国不解地望着石越。

"不错，其实吕惠卿行助役法，倒还不会有这么大的麻烦，但是吕惠卿丁忧，曾布一心想树立自己的政绩，所以轻率推出免役法和保甲法。邓绾是什么人你不是不知道，他哪会为百姓想得周详。王安石的毛病，是有几分见财眼开，只要能不加税而又可以给国库增加收入的计策，他没有不赞成的……"

两人一边走一边说着新法的利弊得失，突然听到前面几栋民房前有吵闹的声音。

只听到有人大声喝道："这件事你家公子爷管定了，别说开封府，就算是王丞相那里，我又何惧？"

"难道竟碰上什么侠客了？"石越好奇心起，连忙催马过去。走得近了，才看清是一个腰佩弯刀的白衣青年冲几个开封府的差人在发作，他身边两个妇人在低声哭泣，几个小孩躲在门后，悄悄伸出半个头来，一个中年人畏缩缩地站在白衣青年身后，一根手指上缠着纱布。

石越的侠客梦很快被追上来的桑充国打破了。桑充国看到那个白衣青年，脸色一沉，喝道："段子介，你在那里做什么？"白水潭学院的学生倒是桑充国认识得多一点。

段子介见是石越和桑充国，正要过来行礼，却听一个官差喝道："你当真阻差办公？兄弟们，给我拿下。"

段子介停住身，冷笑一声，道："谁敢？我是有功名在身的举子，看哪个敢拿我。"

"既是举子，就要知道王法。我们也不为难你，回去开封府说话便是。"听到段子介是举子，差人便也不敢太过分。

桑充国气得脸都白了，冲段子介喝道："段子介，你好威风！"

石越看那些差人正要动粗，连忙上前喝道："且慢，这是怎么一回事？"

那些差人看到石越和桑充国都是布衣打扮，也不管那么多，喝了一声"拿下"，便如狼似虎地冲向段子介和那个中年人。

段子介"唰"的一声，拔出刀来，寒光一闪，厉声喝道："既要动武，就让你们知道公子爷的刀快！"

桑充国是读圣贤书长大的，虽然喜欢任侠，但真正和官府动刀子对着干的事情他想都没有想过。见段子介竟敢如此大胆，又气又急，冲到段子介面前，瞪眼喝道："快把刀给收起来！"

段子介心里一万个不服气，但是桑充国怎么说也是他的师长，实在不敢不听，咬咬牙，狠狠地把刀插进鞘里。

石越见段子介被桑充国压了下来，也走了过去，冷冷地对几个差人说道："你们不必动粗，既是开封府的，那么我们随你们一起走一趟便是，我倒要看看韩维能把我怎么样。"

这几个差人却是有些不长眼。有人听石越说到韩维的名号，也不细想，便喝道："大胆！你是什么人，韩大尹的名讳是你乱叫的？"

石越心里也隐隐有气了，回宋代这么久，没有人和他大呼小叫过，他是颇有城府的人，也不发作，只淡淡说道："到了开封府，你就知道我叫得叫不得了。"其实他心里也很纳闷，韩维这个人，官声不坏的。

当下石越等人便跟着这一干差役去了开封府。路上段子介一五一十把事情的原委说给石越和桑充国听。原来这家人是段子介寄居的房东，因为白水潭学院给这家的主人找了份活计做，钱虽然多挣了不少，但本来是下户的人家却也因此被官府算成了中户，被逼着交免役钱。这还罢了，一年在白水潭学院挣的钱，包括段子介的房钱，把青苗钱、免役钱，还有税粮交了，勉强够，可又要轮到去参加保甲了。因为他老娘身体不好，家里实在没有劳力，可是又交不起钱贿赂小吏，只好一狠心，把自己的手指给切下一截来，这样就可以不用参加保甲了。结果官府得知，说他是奸民，要定他的罪，便差了人来抓他。段子介回家取书，恰好碰上，便忍不住打抱这个不平。

桑充国听罢，便对那个汉子说道："这自残身体，那也不应当。"他是书生见识。

那个汉子低声说道："小人也是没有办法，误了农时，明年就没有吃的。这个主意也是别的县有人做过，我才一时想岔了。"他自是认识桑充国和石越，说话间特别恭敬。

石越听他所说，却吃了一惊："你说别的县也有？"

那个汉子点了点头，道："我们是托石秘校的福，一年能在白水潭挣点钱，别处交免役钱、青苗钱，别说断根手指，便是卖儿卖女的，也是有的。原来下户没有差役的，所以还过得去，现在官府连下户也要收免役钱了，下户越发愁苦。我们白水潭实在是托了石秘校的福呀。"他一边说一边感激涕零。

有个差人听他说话，忍不住在前面冷笑道："这些话劝你还是不要说，朝廷的事是你议论得的？"

段子介冷笑道："有什么说不得的？要不是你们这些污吏想发黑心财，收什么保甲钱，他家也不致这么惨。"

那差人不干了，回头说道："这位公子，你说话要凭良心，别说我们没收什么保甲钱，就算收了，也不是黑心财。依我看，收点保甲钱，反而是给乡亲们方便。否则依朝廷的规矩，那是到了年纪，人人都要练乡兵的，他们地里的活儿一样是干不了。"

一番话似是而非，段子介待要辩驳，却也觉得他们说得有理，当下气鼓鼓地不再作声。

另一个差人又说道："乡里乡亲，谁愿意太过分？不过千里求官只为财，公子想要人人清如水，只怕是一厢情愿了。我们做差的，一边捞点外快，一边也算方便乡亲，不算过分。况且我们也有我们的难处。"

石越听到这些话，几乎惊呆了。开封府知府韩维他是认得的，是皇帝赵顼做太子时的东宫旧人，在赵顼登基之前一直是记室参军，是本朝著名世家韩家的子弟。他本来和王安石关系不错，王安石能够受到皇帝赏识，其中便多亏了他经常在皇帝耳边美言。但是最近几个月，他对免役法和保甲法非常不满，写过不少奏章请朝廷废除二法。这些奏章石越还读过。就这么一个人治下，近在天子脚边的开封府，免役法和保甲法就有这么多流弊了，他无法想象各路那些想树立政绩取悦上司的官员治下会是什么样子。

不多时一行人便到了开封府，这群人各色混杂，不伦不类，马上有人来相问。有一些在苏轼做开封府推官时见过石越的，见到石越来了，连忙过来献殷勤："哎哟，石秘校，您老是来会韩大尹的吧？您稍等，马上给您通传。"石越淡淡一笑，他和桑充国从怀里各拿出一张名帖，交给一个衙役递了进去。到了这时，那几个差人都吓呆了，不知道石越是什么来头，连忙颠过来赔罪。

石越也懒得和他们计较，不多时韩维便亲自出来把他们迎了进去。石越见院中有些家人在收拾东西，不由奇道："持国兄要搬家？可是要去御史台？如此实为国家之幸也。"原来赵顼因为韩维是东宫旧人，一直想让他去做御史中丞，但是韩维却因为他哥哥韩绛是宰相，引嫌回避，一直力辞。现在韩绛受了处分，他也就没有理由了，所以石越以为韩维可能要做御史中丞了。

韩维苦笑道："子明贤弟，实不相瞒，我是请郡[1]了。"

石越大吃一惊："这是为何？持国兄圣眷正隆，又是潜邸旧臣，岂可轻言外任？"

"子明不是外人，我也不必隐瞒。我的政见和介甫多有不合，我不是贪图富贵之辈，既然言不能用，就不想待在朝廷里面了，眼不见心不烦吧。"韩维有点儿心灰意懒，"文公请辞枢密使，陛下有意让我做枢密副使，但是要靠昔日东宫旧恩而富贵，我韩维实在不愿意。"

石越早已知道这些古人的脾气，越是君子的人越有原则，因此也不相劝，只问道："持国兄外任何处？"

"京西路，襄州……子明来此，一定有事吧？"韩维不愿多说。

石越便把缘由说了一回，韩维眉头微皱，道："不瞒子明，这事情却不是我做的，开封府的庶事，大抵是开封府推官做，而推官上面，还有新法提举司、司农寺天天压着，多半是有人想讨好宰相。"

石越诚恳地说道："我再愚昧，也知这不是持国兄的意思。邵雍先生对他的门人学生们曾说，新法虽然有不妥之处，但是也不必不做县官，自己在县官任上，能宽得一分，老百姓便受一分利。我来找你，便是这个意思。"

韩维笑道："我明白你的意思。今日能听到这句话，韩某终身受益。我离开开封府之前，会亲自把这些事情都处理好，不过那个农夫，依例我还得问一下。"

这件事在石越看来只是小事，他知道王安石新法敛财的本质也是被逼出来的，从一个侧面正可以反映当时的国家面临多大的财政危机！王安石甚至穷得把天下的渡口都承包出去增加国库收入，可见大宋朝实际上有多么穷了。但桑充国和段子介想不了这么远，他们是标准的儒生，从小就受"仁政"的教育，所以凡是老百姓吃亏的事情，他们就会反对。新法的弊病以前只是在传闻中听说，没有切肤之痛，这一次却是就发生在自己生活的附近，就发生在白水潭周边的人身上，这种感觉是完全不一样的。特别是桑充国，一想到那个农夫为了避开保甲法，生生截断自己一根手指，就气愤填膺。

但这种种弊端却不是那么容易解决的。王安石变法从国家财政的角度来说，此时已经初见成效，基本上改变了大宋朝入不敷出的财政困局，尤其考虑到这是在西北连年用兵、水旱灾害不断的情况下完成的，这就更坚定了王安石本人对变法的信念，客观上也堵住了一些人的嘴巴。因此石越并没有打算在此时动摇原本的方针。

[1] 指古代京官请求外放。

5

当石越疲惫地回到家里时，潘照临正急得团团转，见他回来，连忙说道："中使来了四次，皇上急召公子进宫。"

石越锁眉问道："出什么事了？"

"大河要决口了！"潘照临急道。

石越一听，知道真是出大事了，赶紧叫了马往皇城赶去。到了资政殿，赵顼正和大臣们焦急地商议。王安石在安抚着赵顼："只要曹村之堤不决，京师不至于有险，皇上不必担忧。"

文彦博也说道："请陛下先回宫安抚两宫太后，这种事情，做臣子的宁死也不会让开封城有危险的。"

石越听说曹村之堤还没有决口，心里稍稍放心。入秋以来，先是永济一带决堤，大水淹了几个县，然后是两浙水灾，好在朝廷一向重视水利，王安石也有农田水利法，因此灾情还能在控制之中。此时的曹村，是澶州沿河的一处大堤所在，澶州可以说是开封府的前线，如果不保，水只怕真的会淹到开封城下，那时后果就不堪设想了。

却听冯京说道："曹村急报，是前天的事情，镇宁佥判在小吴村护堤，相去百里，只怕不能亲自主持大局了。报急文书是州帅刘涣发出来的，他说他已经不顾禁令，亲自带着厢兵去堵堤了，并且自请处分。"

王安石挥挥手，沉声道："这时候管不了什么处分不处分，事急从权。当务之急，一方面急遣禁兵去抗洪，一方面派探马流星传报，万一事有危急，则请皇上和两宫太后登龙舟以避大水，我辈和开封军民上城墙，誓保京师安全。"

这时候众人也不再和王安石扯皮，齐声称是。石越突然脸色铁青，咬着嘴唇说道："皇上，臣愿亲赴曹村。"

"卿懂得治水？"赵顼大喜。

"臣不知治水，但于防洪却略知一二，且程颢原是镇宁佥判，沈括精通水利，有二人相助，事必可为。"

赵顼正要答应，王雱却道："陛下，石秘校其心可嘉，但臣以为没有这个必要。禁军已经紧急调动，若曹村之堤不决，则禁军足以抵御；若万一不幸，则石秘校白白送死。臣愿陛下为天下爱惜人才。"石越知道他说得好听，其实只是不愿意自己去立功，心里不禁苦笑。王雱哪里知道，自己请缨去曹村，完全是出于内疚的心理。对程颢生平还算熟悉的石越，一听到"曹村""小吴村""镇宁佥判"这些名词，原本印象很淡的事情马上清晰起来——历史上熙宁四年的这场大水，完全是因为程颢之力才转危为安的。当时程颢听到曹村之危，轻骑一夜从小吴村赶到曹村主持大局，而且不顾禁令，和刘涣一起擅自调动厢军，自己身先士卒，亲自护堤，这才保住了曹村之堤。此时石越早已把程颢调到白水潭，亲手打破了历史的轨迹。如果在这个地方出个差错，开封城保不保得住还在其次，淹死那许多百姓，石越一辈子就难以心安。他此时也没有心情和王雱计较，只是眼巴巴地看着皇帝。

赵顼想了想，终于还是觉得王雱说得在理，道："卿不必去了，这几日就陪朕侍读吧。"

石越想了想，也无可奈何，只好请求道："陛下，沈括对水利颇精通，可否让他协助主持开封府的防洪？"

"准奏。"

"另外，请诸公切记不可以泄露曹村告急之事，所有官府，一律照常办公。如果人心浮动，那就不好办了。"石越提醒道。

王安石和冯京难得地一齐向石越投过赞赏的目光。王安石环视殿内，厉声喝道："官员敢让自己的家眷收拾物品避难的，以投敌论处；散布谣言者，无论官职大小，按叛逆论。"

开封府韩维也早已到场，这时也朗声说道："请皇上放心，臣可保开封府一切如常。"他一回家，马上就命令家人把物品重新摆置好。

从这天一入夜开始，好不容易晴了一天的天气，又开始下雨了，且越下越急，越发让人担心。几天来中书省通宵达旦，都有宰相执勤，皇帝一夜三惊，开封府也增加了逻卒，来往的信使不绝于道。石越算是亲身体会了古代人对于发大水的感受了，特别是郓州决堤的消息传到京师时，更让人心惊肉跳。

不过颇为讽刺的是，也就是这几天，大宋的官员们才难得地齐心协力起来。

洪水终于还是没冲垮曹村的堤防，大宋的君臣们都长舒了一口气，但是石越一直到九月份的平静生活，随着这场洪水，亦彻底消失了。

6

紫宸殿。

"宣夏国使者觐见——"

因为西夏国的国力并不能和大宋长期作战，双方交战，经济来往被切断，吃亏的始终是西夏，所以西夏国长期以来的战略都是以打促谈，用局部战役的胜利，争取谈判桌上的实质性利益。也因此，伴随着熙宁四年春季的大胜，西夏国的使者又一次来到了汴京，"乞求"和平。

"大宋皇帝陛下万岁、万岁、万万岁！"使者长得很黑，穿着锦袍。石越看过他的资料，知道他的汉名叫李泰臣。

烦琐的礼仪之后，李泰臣很恭敬地递上国书。这国书中书省早就看过了，今日不过是一个正式的答复而已。

西夏国的要求，是请宋朝“归还”绥州城，恢复通商，西夏照样对大宋称臣。

皇帝正式回答的诏书很简单，也很不耐烦——“前已降诏，更不令交塞门、安远二砦，绥州亦不给还，今复何议！俟定界毕别进誓表日，颁誓诏，恩赐如旧。”

诏书直接告诉西夏国，绥州不给，少废话。

“王安石内阁”的外交策略，是对辽国采守势，对西夏取攻势，刚刚任命王韶主持西北军务，力图进取。西夏想要和谈倒也罢了，但提出领土要求，那是大宋君臣绝不容忍的。

这个回答李泰臣早就知道，这次正式的诏见，他不过是想做最后的游说。“陛下，臣闻中国是仁者之邦，王丞相素习《老子》，当知唯仁者能以大事小，还请陛下以仁者之心对我小邦。”

王雱冷笑道：“使者知唯仁者能以大事小，可知唯智者能以小事大？”话里含着威胁之意。

石越心里暗暗摇头，自己的军队被人家打得大败，怎么威胁人家以小事大？

果然，李泰臣不置可否地一笑，顾左右而它道：“陛下，臣这次进贡的物品中，颇有一些奇珍异宝，可否让臣一一给陛下解说，以显示敝邦君臣的诚心？”

众人不知李泰臣葫芦里卖的什么药，他刻意要求见皇帝，难道是为了来解说贡品的？

赵顼想了想，终不能过分小气，失了大国的风度，便点了点头，道：“那便呈上来吧。”

李泰臣从袖中取出一张礼单，状似恭敬地念道：“敝国夏国王敬呈大宋皇帝贡品：黄金五十斤，白银五十斤，西域美女五十名，千里良驹十匹，宝刀十把……”石越与王雱不约而同地仔细听他念着长长的礼单，一面猜测李泰臣的用意，可直到他念完，二人也没发现什么特别之处。

李泰臣念完之后，打量了大宋君臣一眼，缓缓说道：“这些礼品，大宋大部分都是有的，唯有几样，却是大宋所无，敝国特产。”

赵顼用疑惑的眼神看了王安石一眼，他也不知道这些礼品中哪些是大宋没有的。

王安石冷笑道：“我中国华夏之地，哪有什么没有的东西。倒要请教使者，哪几样东西是我中华没有的？”

李泰臣笑道：“便是那千里良驹和宝刀。”

满殿臣子除了石越和王雱，无不哄堂大笑。石越和王雱却难得地默契，互相对望一眼，心里尽是警惕。

“这等物什，我大宋应有尽有。”

李泰臣故作惊讶地问道：“哦？敝国所献良驹和宝刀，只怕和中土之物不同。”

“有何不同？倒要请教。”

“敝国所献良驹，日行千里，夜行八百，带甲作战，锐不可当。敝国虽小，亦有带甲骑士数万人，人人皆有此良驹，臣在敝国，不曾闻中土有之！敝国所献宝刀，削铁如泥，锋利无匹。敝国虽小，亦有持刀之士数十万，人人皆有此刀，臣在敝国，不曾闻中土有之！”李泰臣侃侃而谈，形似恭敬，眼里却尽是骄傲与不屑。

这些话背后摆明了是威胁，大宋君臣岂有听不出来的道理。王雱再也按捺不住，冷冷说道：“使者孤陋少闻，谓中国无良马宝驹，真是夜郎自大。”

李泰臣看了王雱一眼，略带调侃地笑道：“这位一定是王丞相公子，年未及冠，就欲抚洮河而有之，志向之大，臣在夏国，早有听闻。不过臣所言，却断非虚辞，宝刀良驹皆在，尽可一试。”

他既有挑战之意，大宋君臣们也不好示弱，便有御前带刀侍卫取了西夏进贡的宝刀过来，又有人取出一副盔甲。一个使者在侍卫的监督下接过刀，对着盔甲就是一刀，只见刀锋掠过，竟然把盔甲给砍成两半。

顿时，殿中大宋君臣鸦雀无声，李泰臣洋洋得意。那些带刀侍卫哪里肯服气，有人便拔出刀来，照着盔甲也是一刀，把盔甲也砍成了两半。这一刀下来，形势立即逆转，李泰臣目瞪口呆，大宋君臣面有得色。

李泰臣如何能服气，走到那个侍卫面前，问道：“可否借刀一观？”

那侍卫望了皇帝一眼，赵顼心里高兴，笑道：“给他看一下无妨。”侍卫这才把刀递给李泰臣。

李泰臣接过刀来一看，不禁大笑。

王安石恼他无礼，厉声喝道：“放肆！”

李泰臣轻轻把刀还给侍卫，向皇帝长揖到地，笑道：“臣刚才失态，还请皇上见谅。只是臣有一事不明，这侍卫所配宝刀，是中国所产呢？还是大理进贡？”原来殿前侍卫的刀全是从大理进贡来的宝刀。

王雱见李泰臣夸口，他一向长于辩论，当下微微冷笑，道：“使者休要狂妄，我中华仁义之邦，以礼义为先，不比尔等小国，在乎这些奇技淫巧之物。中国兵甲精足与否，足下若想知道，沙场上自会给你答案。回去告诉你家国主，他若真心想臣服，我大宋一如既往对他，若想要绥州城，尽可派兵来取，不必再逞口舌之利！”这番话既是当时大宋的国策，也是王雱一生所持的强硬主张。

李泰臣嘴唇微嚅，还想要说什么，王安石怕他又说出什么打击大宋君臣信心的话来，朝赞礼官使了个眼色，匆匆结束了这次接见。

7

接见结束之后，皇帝留下石越和王雱谈经论典。石越见赵顼眉角之间隐有一丝忧色，知道他在为刚才的事情担心，便问道：“陛下可是为刚才之事介怀？”

赵顼叹了口气，道：“范纯仁[1]在朝之时，朕曾问他西北边事如何，他说兵甲粗备，城防粗修。朕问他为什么说是‘粗’，他当时说‘粗者，不精也’，现在想来，言犹在耳。”

王雱听赵顼说到范纯仁，顿生警觉，轻描淡写地说道：“李泰臣也多有夸张，臣于西北兵事亦颇留心，说西兵人人有那种宝刀，绝无可能。这次朝廷派王韶去主持西北兵事，必定成功，陛下不必忧虑。”

自然，说西夏人人有那种宝刀，这种事情石越也知道是不可能的。但是西夏兵强悍过于宋军，重装骑军铁林军名震天下，也是不争的事实。因道：“陛下，前一段时间曹村大水，若非刘涣当机立断，大事去矣，然而水退之后，刘涣仅能功过相抵，此诚让天下奋不顾身的忠义之士心寒。范纯仁忠直，对西北兵事说的不会是假话。臣不似王元泽这么乐观，臣以为大宋兵制，也需要变一变了。”

王雱轻笑道：“石子明说得不错，中书久欲行置将法，此事真是刻不容缓。”

石越知道王雱天性聪颖，对自己又颇有防范之意，见他将话题顺势引向置将法，也只得暗暗苦笑，道：“置将法确是良法，不过臣以为须中书、枢密商议停当方好。”

赵顼因为改良青苗法推行的三路，政府由大债主变成监督者后，官吏们对付百姓的手段少了许多，朝野非议也大大减少，因此对石越颇为信任。这时便笑道：“正是要二府商议。”

石越迟疑一阵，又说道：“置将法有朝中诸位大臣商议，陛下英明，自可择善而从。臣受陛下知遇之恩，无以为报，想向陛下讨一件差使做。”

赵顼和王雱都是吃了一惊，众所周知，石越平时不太愿意担任差使，这时竟主动讨要差使。赵顼吃惊之后，不由大喜，笑道：“卿想做什么？朕无有不应。”王雱听到这句话，脸色不由一沉。

石越连忙谢恩，笑道：“臣想让陛下给臣一个差使，半年之内可以监管京师官营的冶铁坊和兵器作坊。”

赵顼怔道：“卿有何计较？这似乎有点儿大材小用。”

王雱虽不知道石越想做什么，却打定主意，绝不让石越如意，也说道：“正是，况且本朝也没有这个体制。”

---

[1]　范纯仁，北宋名臣。名相范仲淹之后，为人正直不阿，既批评旧党也批评新党，是个直言不讳而颇有见识的人物，也被王安石赶出了朝廷。

石越本是想亲自了解当时的冶炼工艺和兵器制造水平，希望有机会做一番改进，但他生性谨慎，不会想当然地以为自己可以随便搞出什么发明来提高当时的工艺水平，所以也不敢许下诺言，怕万一失败，会大大损害自己在皇帝心中的印象。他沉吟一会儿，想了个借口，道："陛下方留意边事，做臣子的想为陛下分忧，是理所应当的事情，臣是想有机会了解一下兵器制造各方面的情弊，将来或能有一得之愚。"

赵顼因答应了他"无所不应"，便笑道："此事有点儿麻烦，冶铁归虞部管，军器归三司[1]胄案管，卿就做提举兵铁事吧，中书议过即可领差办事。此事涉及三司，也需先知会他们。"

王雱连忙说道："陛下，臣以为'提举兵铁事'这个名分不太妥当，不如叫'权判军器冶铁事'。"他说的这个名目有讲究，大大限制了石越的权力。

赵顼想了想，笑道："这个名目却太小气了，不如叫'权提举虞部胄案公事'。"

石越连忙谢恩，他知道皇帝其实也是个聪明人，给他这样的身份，可以兼管虞部与胄案，他办起事来，自然更加方便。

对于石越的新任命，在中书省并没有什么阻力，只要别人不和新法为难，王安石也就不太会去玩政治手腕。况且他也不觉得石越去管隶属工部的虞部和隶属三司盐铁司的胄案会有什么不妥之处，当时人说"宁登瀛，不为卿；宁抱椠，不为监"，这个官职，说白了也不过是一个寺监之职。王安石反倒是欣赏石越找了个这样的差使来做。他哪里知道石越根本没听说过这些口号。

得偿所愿的石越堂而皇之地出现在官营的冶铁坊和兵器坊，不过一心一意想让历史大吃一惊的石越，却被历史给惊呆了。日产一吨铁的高炉，以及当时最先进的灌钢法，给想要改进大宋钢铁工艺的石越泼了一头冷水；而管军器制造的胄案更让他吃惊，"广备攻城作坊"属下，有专门制造火药、猛火油的作坊，而其技术更是严格保密，连自己要求阅读，都要经过层层手续审批。激动不已的石越连忙去看火器成品，发现除了火箭之外，还有毒药火球、火炮，甚至还有叫作"霹雳炮"的东西——和手雷差不太多。胄案的官吏都知道新来的上司是皇帝的宠臣，自是尽力巴结。见石越对火器充满兴趣，于是一个个都知无不言、言无不尽，深恐这位石提举不知道他们各个作坊在火药制造方面的成绩。

石越看看这个，拿拿那个，突然看到一件奇怪的东西——一把长枪上，绑着一个纸筒。他拿起来打量，怎么想也想不出来这是什么东西，于是疑惑地望着一个官吏。陪同的官吏连忙说道："提举，此物叫作火枪。"

[1] 唐、宋以盐铁、度支、户部为三司，主理财赋。

“火枪？”石越吃惊地反问道，声音大得将众人都吓了一跳。火枪是这样的吗？他还真不知道世界上第一把火枪，居然只是一把长枪上绑一个纸筒。

看到石越充满疑问的眼神，作坊的官吏们连忙解释：“作战之时，点燃纸筒，就可以喷出火，烧伤敌军。然后士兵依然可以用这把长枪作战。”

“还真是有创意！”石越心道，“不过我能告诉你们更有创意的东西！”

潘照临不动声色地听完石越对这些火器的描述，不以为然地说道：“公子，战争的胜负不是由兵器决定的。”

对于至理名言，石越从不反驳，不过他也有他的看法，淡淡道：“武器好一点总比武器差一点强。”

潘照临又泼来一盆足以浇灭石越第一天上任全部兴致的冷水：“打仗其实就是花钱。火药兵器价格不低，作用有限，毫无意义。大宋没有能力大规模生产火药兵器，也没有钱大规模装备火药兵器。况且，我没有听说过依靠火药兵器就可以取胜的事例。”

石越的心顿时沉了下去，打仗就是花钱，这是真理，特别是在古代，想要以战养战，几乎不可能。他搓着手在花园里走来走去，拧紧了眉头。

侍剑见他这样，笑道：“公子，不用太担心了。难不成非得要用火器才能打胜仗吗？”

“小孩子家懂什么？”石越朝他挥了挥手，侍剑嘟着嘴站到一边不敢作声。

潘照临也不知道石越为什么这么重视火器，又说道：“打仗重要的是将领的谋略和士兵平时的训练，本朝的兵甲，无论较之夏国还是契丹，并不逊色。”他对于辽国，始终不太愿意直呼国号。

“关键是我们没有骑兵，养不起骑兵！”石越皱着眉头说道。

“火器能对抗骑兵？”潘照临感到不可思议。当时的火器，还只是战场上的辅助兵器。

“现在当然不行，不过我可以改良。”石越支支吾吾地说道。

潘照临几乎感到有点儿不可思议，把火器改良就可以用来对付骑兵？他不禁来了兴趣：“请问公子，该如何改良法？”

“这……”石越被问住了，他可不懂枪械设计。

石越又在冶铁坊和制造军器的东、西作坊待了一个月，几乎什么事都没有做。除了亲自看着工人们开工，就是和官吏、工人们聊天。一个月的时间里，石越差不多和几百个人说过话。对于他拿着大好前程去这些地方无所事事，冯京颇有点儿不满，特意写信劝石越，然而石越只是一笑了之。

十月下旬的时候，几乎接近从白水潭消失的石越突然出现在桑充国的面前。

“石子明，你真是了不起，学院开学忙得一塌糊涂，你就躲到虞部去偷闲，现在一切刚刚安排妥当，你就出现了，这实在太过分了吧？”累得人仰马翻的桑充国见到石越就气不打一处来。

“有长卿在，我自然可以放心。” 石越讨好地笑道，“我也是有差遣在身，身不由己，身不由己。”

“少来这一套，今天晚上，要旧宋门外仁和酒家的好酒，碧月轩的女孩子，张八家雅座……”桑充国决定好好敲一顿竹杠。

“行，行。”石越哪里敢说半个不字，“现在先让我见见沈括，还有学格物的学生，行不行？”

桑充国狐疑地看了石越一眼：“你见他们做什么？又打什么主意？”

“嘿嘿……”石越不自觉地露出了潘照临式的笑容。

8

当天晚上，石府灯火通明，大摆宴席。石越从产业越做越大的桑家借了许多的仆人，省掉了去张八家包场的开销，又直接从张八家、长庆楼借来了厨子；酒则是京师最好的酒家仁和的美酒；跳舞的女孩子，都是从有名的碧月轩请来，一个个国色天香，让人心醉神迷。

格物系二百多学生都是第一次来到石府，虽然这宅子看起来简朴，但是门口“御赐石府”四个字，就足以让他们激动半天了。被自己所敬仰的石越请到家里，如此隆重地招待，真是做梦都想不到。

微微有点儿发福的沈括坐在石越身旁，眯着小眼睛暗暗猜测石越的用意。所谓“礼下于人，必有所求”，沈括对于这个道理还是懂的。不过自从进入白水潭学院第一天起，沈括就已经打定主意把自己的前途系在石越身上了。实际上他也是不得不如此，进了白水潭，往往就会被人认为是“石越派”的。他毕竟比不上叶祖洽可以八面玲珑，到处讨好，王安石把他当自己人，石越和他关系也不错。他与石越的关系越深，在王安石那边，就隐隐感觉到越受排斥。不过沈括并不后悔这个决定，石越前途无量，跟着他必有前途；而最重要的，却是他平时所喜欢的算术、物理之类的东西，在白水潭能真正得到认可，这一点是除了石越别人谁都不能给的。

石越微笑着不停地敬酒，潘照临用一贯的笑容和蒋周[1]说着话，侍剑被安排专门服侍卫朴这个盲人，桑充国则招待别的教授……

[1] 蒋周，北宋著名数学家。

宴会进行到一半，酒酣耳热之际，石越突然轻轻击掌，歌妓们闻声全部退下，便是连仆人也走了个一干二净，侍剑离开筵席，带着几个桑家过来的家丁去外面巡视。

众人尽皆愕然，石越站起身来，沉声说道："皇上手诏……"

没有人想到这个时候石越来传什么皇上手诏，顿时二百多人全部跪倒，屏声听石越说道："诏秘阁校理、著作佐郎石越权提举虞部胄案公事，凡虞部、三司胄案、国子监、白水潭学院吏民学员，皆听调拨，无须请旨。"

众人还没有回过神来，就听石越笑道："大家请起。"

"在下奉皇命，提举虞部、胄案事，正好给了各位一个为国效力的机会……"

"山长尽管吩咐，我等敢不从命？"众人纷纷道。

"诸位都是国家栋梁之材，皇上亲口答应我，如果诸位能够完成此事，将不吝爵赏，封妻荫子也罢，恩及先人也罢，并不是难事。"想起自己和皇帝的促膝密谈，石越嘴角不禁流露出狡猾的微笑。

沈括有些不解地问道："不知秘校是要我们做什么事？"他这一句话说出了众人的心声。

"很简单，帮助我和虞部、胄案的铁匠、军器匠一起，提高钢的产量与质量，降低生产钢的成本；研究威力更大的火药，实现火药大规模生产，研究改良火器。"石越说的事情其实并不简单。

"此事并不强迫大家参加，但是凡是参加了研究的，若是泄露机密，特别是火药配方，那就是死罪。大家都要想清楚了。"石越严厉地说道。

这二百多学生，倒足足有二百人不知道火器有什么用处，下面立时交头接耳起来。

潘照临知道石越并不很明白这些人的心理，便补充道："改良的火器若研究成功，契丹指日可破，诸位便都是国家的功臣。"其实这话他自己也不太相信。

对宋代的士子来说，击败契丹，收复燕云，是许多人都做过的梦，他这句话的作用，比起爵赏来，却要有用得多。因为进入格物院的学生，大部分都是有钱人家的子弟，出于兴趣来学这些，对于爵赏不是说不在乎，但也不会是很在乎。因此，听到潘照临的话，马上就有不少学生高声答应。

但是依然有不少人有疑惑，而赴席的老师当中，却是卫朴率先站了出来，淡然说道："兵者凶器也，我不愿意研究杀人之术。"

石越见他公开反对，也不生气，如果科学家变成统治者的工具，那才是他要感到悲哀的。当下诚恳地说道："人各有志，在下早就说过，此事绝不强求。"

沈括看看卫朴，又看看石越，也跟着站了起来，道："我是皇上的臣子，自然要为皇上分忧，此事我定然参加。"对于战争器械，沈括一直有着非常大的兴趣，而且，直觉地，他感觉到自己眼前有一个巨大的机会，让他无法拒绝。

随着二人的表态，所有的学生与老师都一个个表态，最终，同意参加的有百余人。

桑充国一直默默旁观着，忍了半天，终于还是忍不住说道：“子明，你把格物系的学生和老师一下子带走一大半，我以后怎么开课？”他是实际上的“常务校长”，白水潭学院也是他心血所系，他不能不为学校的利益考虑。

这一点石越却是早有考虑，笑道：“无妨，离白水潭学院五里处，将新建一处建筑，叫‘白水潭兵器研究院’，这些参加的学生和老师依然在学院上课，不过没有课的时间则要去研究院，那里有保密资料，会有禁军步兵守卫，旁人不得进入。所有进入研究院的人，领八品到七品俸禄。以后想进入研究院的学生，就要经过严格的考试才行了。”

桑充国稍稍放心，他知道石越故意搞得这么戏剧化，这件事情肯定会添油加醋地传扬出去，只怕将来格物院毕业的学生，首选就是想方设法进他那个什么兵器研究院。桑充国瞧石越是越来越像唐甘南了。

对于自己天才般的主意，石越表面上不动声色，心里却是洋洋得意。说服皇帝创办兵器研究院，从白水潭学院招揽精英，再加上有沈括这样站在当时科学顶端的人协助、聚集了大宋最优良的铁匠与兵器工匠、皇帝亲口答应的奖赏的激励、随时可以调用的虞部与胄案的资源，还有皇家图书馆的资料，再加上自己这个来自未来的人在大的技术发展方向上的提示，虽然自己对炼铁和造火器一无所知，但是帮助他们少走弯路还是可以的。如果在这种状态下，这些人还研究不出成绩来，石越也无可奈何了，总之自己尽力了。

9

潘照临却没有石越那样的乐观。宴会结束后，他与石越独处时，便忍不住向石越泼冷水，他对石越没有和自己商议亦是有些不满：“公子，你有没有想过，如果兵器研究院在一年之内没有成绩，最多一年，便会成为别人攻击你的把柄。这个研究院是要花掉国库不少钱的，还要平白送出一堆官职，肯定有人盯着这里。”

但石越却是不以为意：“潜光兄所言虽是，但这是对国家大有好处的事情，我亦不能太计较个人的得失。”

潘照临不禁摇头：“智者先保身后为国，公子是大有为之人，有朝一日宣麻拜相，再做这些事也不迟。如今之计，也只有尽量在一年内做出成绩来，这样坏事就会变成好事，兵器研究院亦能成为公子的重要政绩。”

石越点了点头，却没有多说什么。他心里面对于即将成立的兵器研究院的信心，是潘照临所想象不到的。潘照临虽然聪明多智，但也不是什么事都懂。

瞧见石越的神色，潘照临知道自己是白操心了，但仍是忍不住叹道：“公子倒是厉害，说实话，我是想不到公子竟然能说服王安石从国库拿钱出来支持兵器院的研究。”

其实王安石对国库的开销并不小气，他的财政政策的特点就是开源而不节流，但是毕竟石越和王安石是隐隐的对手，特别是王雱对石越颇有戒心，能够说服兵器研究院的拨款，潘照临还是挺吃惊的。

说到这个，石越却是有些得意地笑了起来：“潜光兄可是高看我了，要从国库拿钱出来，虽然不是那么难，也不是那么容易的。如果王安石想为难我，两府三司讨论十几天，朝议又十几天，搞得沸沸扬扬，几个月后我也拿不到一文钱。这次的钱，却是皇上的内库里出的。”

“啊？”

石越笑道：“皇上也和我一样，以为多一事不如少一事。我说研究经费可以由我自己想办法筹集，皇上说那太不成体统，结果他出了这笔钱。国库出的不过是研究院的俸禄。虽说靠内库的钱不是长久之计，迟早还是要另想办法……”

潘照临却是突然高兴起来，笑道：“看来皇上倒是对公子不错，否则的话这种事情断难如意。”他总算是放下这桩心事，又想起一件事情，又问道：“公子，第一期《白水潭学刊》付印了，你可读过了？”

“哦，终于出来了？”石越也是有些惊讶，这倒是一个惊喜，笑道，“这些天我差不多都是在兵器作坊。潜光兄是觉得有何不妥吗？”

“我放了一本在公子书房，公子得空可看一下，我略略觉得某些地方似乎不妥。”

“当然要看，等下叫侍剑送到我卧室。”

潘照临告辞后，石越又处理了一些琐事，眼见已近深夜，方才准备就寝。到了卧室，便见侍剑已将一本崭新的《白水潭学刊》放在了床头。他信手拿起，靠在床上翻看着这大宋的第一本学术期刊。这第一期的《白水潭学刊》，《明理卷》主要是对经义的解释与阐述，有很大一部分的文章是桑充国等人所著，引经据典证明《三代之治》是怎么样符合圣人经义，如何用《论语正义》的思想来解释其他儒家经典，让他看得哑然失笑，除此之外主要谈论“性理”“义利”“王霸”以及历史事件得失；而《格物卷》则多半是一些数学题，也有一些尝试对石越提出的数学理论进行讨论与证明的文章，另外则是一些物理实验与地理地形的分析……他一目十行地随手翻过，看着看着，眼皮开始打架，终于撑不过去，头一歪就睡着了，手中的学刊掉到了地上。一直在外面侍候的侍剑轻轻走进来，帮他把被子掖好，捡起地上的学刊，只见翻开的一页赫然印着几个大字：“圣世宜讲求先王之法，不当取疑文虚说以图治”，那是议论王莽改制的一篇文章。他也不以为意，随手把书收好，吹灭蜡烛，轻轻掩上门回房了。

第二天一早起来，忙碌的石越几乎把《白水潭学刊》的事情忘得一干二净。提举虞部胄案事并不是一个清闲的职位。三司使、盐铁使等官员因为石越是皇帝的宠臣，也是当今的名臣，因此干脆就把胄案之事交给石越处置，他们不想为了这些得罪石越。工部本来就是个空架子，自石越来了之后，虞部的事情他们根本就不敢管。胄案和虞部的判官、长史们，也是事事都要请示石越，让石越几乎一刻不得闲暇。两个部门中，虞部管的事包括了几乎整个大宋的采矿业和许多手工业，而胄案是三司盐铁司的下属机构，管理全国军器事宜。石越不想被人看了笑话，只好打点精神，好好办差，好在潘照临处置公务也颇为出色，帮他分担了不少事情。

筹建兵器研究院也在同时进行。因为研究院还没有盖好，石越就要求沈括将要进研究院的学生组成几批，轮流到冶铁坊和军器作坊观摩实习。格物院的教室本来就不少，专门腾出一些房子给他们讨论学习，然后再到冶铁坊和军器作坊试验。

让石越略感沮丧的是，刚开始学生懂的东西比工匠少得多。石越费了点心思，将关于平炉、鼓风、与中国龙骨水车不同的西式水车、车床，以及他能了解的火药配方，甚至硝化甘油和火棉等等东西的介绍写成了一本小册子，取名叫《新作篇》[1]。他把这本小册子交给沈括，只待研究院稳定运作，便会分发给所有的人一起研究。此后，石越唯一能做的，就是定下赏格，以上任何发明，只要能得到他的认可，发明一项，即赏钱三千贯，赐勋阶一级。

此时的石越绝没有想到，熙宁四年的冬天竟是一个多事的冬天。

胄案办公厅内的火炉很暖和，石越叫了几个同僚一起围着火炉取暖，一面说着朝廷里的趣谈轶事。有个叫沈归田的小吏很是健谈，摇头晃脑地把大宋朝的趣闻从太祖开国起一直讲到本朝为止，逗得石越等人捧腹大笑。

“老沈，说什么呢，这么开心？”一个叫赵规的小吏从外面走进来，笑着问道。突然发现石越也在，连忙叉手行礼。

石越挥手笑道：“今日不理那些虚文，老赵，过来坐，外面太冷了。”

沈归田也笑着问：“老赵，你到三司六部逛了一圈，可听到什么新闻没？”

“还真有新闻，国子监出事了。”赵规笑道。

石越听得一怔，国子监能出什么事？

那些小吏都是喜欢听热闹的，闻言赶紧把赵规拉了过来坐下。有人忙着问道：“老赵，说说，国子监出什么事了？不是说前几天皇上还加了他们的钱吗？一年三千两呢。”

赵规把手伸到火炉上烤了烤，慢条斯理地说道：“我也是方才听说的，国子监出

[1] 《作篇》是记录上古圣人发明创造的一篇作品。

了一道题目，策问王莽、后周变法的事情，苏颂的儿子苏嘉说了一堆不是，得了个优等。有个叫苏液的向曾布告密，说他们诽谤时政。护法曾布把国子监张琥臭骂了一顿，又告诉了王相公。”

石越脸色凝重起来，问道：“王相公怎生处置的？”

“拗相公还能怎生处置？国子监所有的学官全部罢免，李定、常秩连夜入国子监判监事，陆佃、黎宗孟、叶涛、曾肇、沈季长这些人当了国子监学官。”小吏们对公卿的敬意向来有限。

沈归田笑骂道：“以后王家开会，可以搬到国子监开了。”

有人不解地问道：“此话怎讲？”石越也是一怔。

沈归田笑道：“你看看这些人，陆佃是王相公的学生，沈季长是王相公的妹婿，叶涛是王相公的侄婿，曾肇是曾布的弟弟……”

众人听得哄堂大笑，眼见他还要说下去，石越连忙咳了一声，说道：“老沈，这些话不是咱们应当说的。”

沈归田满不在乎地一笑，道：“石秘校，俺知道你身处嫌疑之地，不过您也别怕，说拗相公疯话的人是我不是你，这里的同僚，都不是长舌之妇，要是肯拍马屁，我们也不至于在三司里面混了这么久，还是待在胄案做小吏。不瞒您说，我也是个同进士出身的，并非是选人[1]，中同进士那一年是八品，现在还是个八品，若是肯管管这嘴巴，不至于如此。”

石越被他抢白，不觉有些尴尬，想想自己也是好意，不过这世界上尽有软硬不吃的人，只好笑道：“既如此，我也不多说什么了，我去看看作坊的学生们。”说罢便起身走了出去。他可图不得快意，若传扬出去，说什么石越和胄案小吏一起讥刺宰相，却是个麻烦。

刚出得大门，便见凛冽的寒风中，一只乌鸦落在路旁一棵孤零零的树上，张开翅膀，在树枝上摇晃了一下，凄凉地叫了两声。他心头一紧，想起刚才赵规所说国子监发生的事情，长叹了一口气。王安石如此容不得异议，这件事怕只是一个借口，不过是想趁此机会控制国子监，让国子监的学员们都接受他变法的思想，为他的新法培养出一大堆官员来罢了。

石越上了马，一面走一面顺着这个思路想下去，忽然想起一事，脸色顿时惨白，扬起马鞭，狠狠抽了一鞭：“驾！”

---

[1] 候补、候选的官员。

第五章

宣德叩阙

小不忍则乱大谋。

——《论语》

1

到了白水潭，石越也顾不得什么风度，快步闯进桑充国的办公室，黑着脸说道：“长卿，《白水潭学刊》出了几期了，拿来给我看看，快！”

桑充国见他神色慌张，也不知出了什么事，连忙从书架上取出两本杂志，交到石越手里，一面问道：“怎么了？子明。”

石越摇摇头，一声不吭，找张椅子坐下，就开始读起杂志来。桑充国丈二和尚摸不着头脑，只看到石越时而神色轻松，时而稍稍皱眉，时而摇头长叹，时而微笑颔首……

历史有时极度讽刺。

石越在白水潭看《学刊》的时候，王安石也在书房里拿了一本在读。《白水潭学刊》仅出了两期，便已是汴京读书人必读之刊物。

王安石读书极快，他一面读一面指着一篇文章对两个儿子王雱和王旁笑道：“看看这篇文章，写得甚好。《经世济用，学以致用》，世俗之见，多以为学经术的人是迂腐之人，却不知学经术正是为了有用于国家百姓。想不到白水潭有此人才！”

王旁笑道：“爹爹，白水潭的确是人才济济。诗社好多社友都说准备去白水潭读书。东京读书人中有句口号，便叫‘不上白水潭，枉做读书人’。”

王雱不以为然地“哼”了一声：“弟弟，你怎的也有那些流俗之见，国子监亦不过如此，白水潭又能如何？”

王旁不知王雱心思，笑道：“大哥有所不知，国子监的学生都是因为父辈在朝中为官，才有资格入读，而白水潭却是有教无类。父亲也常说，贤才多在野，国子监其实反比不上白水潭的。”

王雱还要说话，王安石摆了摆手，说道：“这件事你弟弟说的对。”说罢又继续读下去。忽然，王安石的目光停住了，半晌方皱眉道：“这篇文章怎的和孙觉一个调子？真是食古不化！”

王雱兄弟连忙凑上去看，只见标题赫然是《圣世宜讲求先王之法，不当取疑文虚说以图治》，整篇文章讥刺王莽新政，妄改六经，分明是借古人之口讽刺王安石变法。王雱冷笑道：“这个题目都是孙觉奏章里的原话。管得了国子监，管不了白水潭吗？这些家伙也真是死性不改！”

王旁望了王雱一眼，有点儿不满地说道：“这是第一期，还在国子监之前，说不上屡教不改吧？”

王雱白了他一眼，斥道:“你知道什么？那说不定是苏嘉受了这篇文章的影响呢。”

王安石瞪了他们兄弟一眼，继续翻阅，见到那些数学物理论文，脸色稍霁。他一向希望多一点“秀才”，少一点书呆子。这些杂学，王安石也是看重的。看完之后，他拿起第二期《学刊》读起来。不料才看得几篇，王安石便忍不住勃然大怒，把书一把摔到地上，拍案高呼：“岂有此理！岂有此理！”

王雱捡起地上的《白水潭学刊》，一篇文章的题目跳入眼帘——《免役保甲二法不合经义刍议》，标题用老大的隶书印出，分外刺眼。他一目十行地翻过，后面的一篇竟是《变法为名，聚敛为实——王莽改制与本朝变法之比较》；再翻一篇，却是《王者以民为本——古今变法小议》；再翻下去，《老子，家人之言》，这是讥刺《老子》的，天下人人皆知王安石父子推崇老子……整部《明理卷》，居然有接近三分之一的文章在借着历史与经义批评新法与王安石！

石越的手一直在发抖，一个个触目惊心的题目，让他心里似砸翻了五味瓶，不知道是什么滋味。拼命抑制住心中的怒气与怨怪，石越颤声说道：“长卿，把这些文章的作者全都叫来。是谁允许发表的，也给我请过来。”

桑充国不知出了什么事，他从未见过石越如此神态，连忙吩咐几个学生去叫人，然后把闲杂人等全部请了出去。这才问道：“子明，怎么了？”

石越静静注视着桑充国，想要责怪他，又不忍心出口，可是眼见两三年的心血，可能就因为这些文章而毁掉，石越心里竟有一种绞痛。他努力克制住情绪，轻声问道:“这些文章究竟是怎么发出去的？”

桑充国拿起《学刊》看了一眼，微笑道：“有几篇是孙觉和程颐要求发的，按学院的章程，有他们两个同意，按例就可以刊发。本来邵先生和程颢都是反对的，不过他们说的道理我们也无法反驳。我们白水潭学院门口的对联，就是‘家事国事天下事，事事关心’，这句话也是我们的校训，明理院的精神又是‘文以载道，学以致用’，我见他们说得有理，也没有反对。”

石越想起这个“两人同意即可发表”的规矩是自己亲手定下的，所有校训院训，也是自己亲手所定，一时间再也说不出话来——言论自由在时代的局限下终要付出代价！

没多久，孙觉、程颐、邵雍、程颢，还有十余个发表文章的学生便被请来了。石越尽量平静地把国子监发生的事情说了一遍。这些人都是人中之杰，闻弦歌而知雅意，孙觉望了一眼石越手中的《学刊》，笑道：“子明不必担心，我一把老骨头，没什么好怕的。王介甫要清理白水潭，还要顾忌天下的公论和皇上呢，白水潭可是皇上亲笔题写校名的。”皇家的认可，在当时人的心中，始终是一种巨大的荣耀。

邵雍默默想了一会儿，问道：“子明、长卿，王介甫准备清洗白水潭了吗？”

有几个学生一听这话，立时激动地说道：“他凭什么？防民之口，甚于防川，他敢清洗学院，我们就去登闻鼓院击鼓上书。”

程颐脸色从容，真正的理学家都看重气节名誉，赴死也不过等闲之事，更何况其他。程颢却忍不住担心，他一度曾经是王安石亲近的属下，对王安石的性格颇为了解，所以当时他就非常反对发表这些文章。

石越瞪了这些学生一眼，厉声说道：“你们不知道诋毁朝政是有罪的吗？还在这里胡说八道。”

一个学生冷笑道：“石山长，一人做事一人当，你放心，我们不会连累学院的。”

石越见他如此不识大体，气得真想打他一顿，桑充国连忙喝道：“李治平，你太放肆了！”

石越知道自己这时候一定要冷静，他深深呼吸一下，平稳住心情，方平静地说道：“既然都是白水潭学院的人，就当祸福与共，说不上什么连累不连累。况且因言获罪，也算是一种荣耀。只是我料定王相公必然会看到这些文章，就算他不看，开封府看《白水潭学刊》的人数以千计，自有小人告诉他。”说到这里，他停了一下，环视众人一眼，方继续说道，“因此，逃是逃不过的，只有早做打算。我今晚就回去写奏章，向皇上解释这件事情。莘老和正叔先生，你们名气太大，此时又不是官身，谅王介甫也不能拿你们如何。需要顾虑的是这十来个学生，我们当为国家朝廷保护这些年轻人。”

程颢点头赞许，这中间就有他不少学生，他也断难坐视不管：“子明说的不错，我们这些人没什么好怕的，这些学生却很危险。”

李治平面有愧色，低声说道：“山长，学生惭愧，无地自容。不过一人做事一人当，我们不愿意因此连累师长。”那些学生也一齐哄然称是。

石越摆摆手：“不必多言，逞血气之勇，没什么好处。长卿，你去把这些学生的档案销毁。我估计对这些学生的处分，有功名的会革去功名，不许再参加考试；没有功名的杖刑、甚至于刺配都有可能，以后如果再想挣个前途，可就难了。这里没有外人，我就直说吧，各位可以回家隐姓埋名，等风头过了，或者天下大赦之后，再出来为国效力。如果不愿意回家，我给你们安排地方，总之，我不能看着我的学生把前途给毁了。”

桑充国一生未经波浪，听见事情居然如此严重，实在感到不可思议。因说道：“不过是几篇文章而已，至于如此吗？”有宋一代，优容士大夫，平常骂骂宰相，实在不是什么大罪。

程颢苦笑道：“长卿，子明所虑甚是，就照子明的吩咐去做吧。王介甫对国子监的处置刚才你也听说了，所有老师全部换掉，写文章的苏嘉也被赶出国子监。我们白水潭学院在地位上是比不上国子监的。”

石越又说道：“不必搞得人心惶惶，大家心里有数，都不要声张。今晚大家都来我家里一趟。”说完，他便告辞离去，回府和潘照临商议怎么安置这些学生，怎么写奏章。

2

王雱看着这些文章，冷冷地说道：“这是石越主使的。”

王安石也冷笑道：“若无石越给他们撑腰，他们断没有这个胆子。这个石越，仗着皇上的宠信，就敢这样公开非议朝政，阻碍新法，此时只怕全开封城的读书人都知道白水潭对新法的诋毁了。”

“依孩儿之计，干脆查封白水潭，凡是写文章的作者，全部交开封府治罪，再将《白水潭学刊》列为禁书，集中销毁。” 王雱咬牙道。

“万万不可！爹爹！哥哥！此事万万不可。查封白水潭学院，会导致天下士子群起而攻之的。《白水潭学刊》虽然只出两期，但很多读书人对它评价甚高，如果列为禁书，只怕失去天下士大夫之心呀。”王旁没有他哥哥那种骄傲与不能容人的性格，虽然很崇敬父亲与哥哥，但是经常与读书人交往的他，对白水潭的印象却是很好的。

王安石也知道如果查封白水潭学院，石越从此肯定会和自己势不两立。以石越在士林的声誉和他在皇帝面前所受的宠信，自己除非一举扳倒石越，否则以后新法的推行，必然会更加困难。因说道：“先不管这些，我要先弹劾石越。雱儿，你去找几个御史，问问他们为什么坐视石越指使白水潭妖言惑众而不管。”

王雱急道：“爹爹，若不同时严惩白水潭那些书呆子，就难以立威信呀，无威信则法令不行，法令不行新法如何能成功？”

王安石听了这话，又迟疑起来，半晌，方说道：“递札子给开封府，把《白水潭学刊》的编者与作者抓起来按律审问，这一期的《白水潭学刊》禁止坊间发行。”

王雱得意地看了王旁一眼，领命而去。他刚刚走到后院，突然听到有人唤道：“哥哥，且慢行。”他循声望去，只见在假山之畔，站着一人，却是自己最小的妹妹王昉，因笑道：“妹子，有事吗？”

“刚才哥哥和爹爹在书房说的话，我恰巧全部听到了。”王昉忧形于色。

“哦？”王雱素知自己这个妹妹颇有政治才华，诸子百家无所不览，连父亲也常常叹惜她是个女儿身，否则可以和自己相提并论，便停下来听她分说。

王昉低头沉吟，似在迟疑，半晌，终于鼓足勇气说道：“哥哥，我觉得如此行事有些不妥。”

“有何不妥？”

“哥哥不怕人家说这是党锢之祸吗？读书人因言获罪，靠抓靠杀是镇压不了的，他们反而会把这当成一种荣誉。哥哥熟读史书，岂不知东汉党锢之祸？”王昉说完之后，脸色紧张得发白。

王雱脸色一变，哼道：“谁敢乱说话！妹子，男人的事情你不懂，不要管了。”

王昉急道：“哥哥，我是担心咱们家因此得罪天下的读书人呀。”

王雱不以为然地笑道：“哪有变法的人不招人厌的，贵在坚持己见罢了。你放心，我们得罪的，不会是天下的读书人，只会是天下的书呆子。”说罢拔腿就走，留下王昉一个人在那里跺脚叹惜。

第二日，王安石写了奏章上朝，他怒气冲冲地把奏章交到皇帝手里。赵顼沉着脸看完后递给冯京，冯京接过奏章看完又递给王珪，资政殿内静得听不见一点声音。

赵顼阴沉着脸，踱了几步，走到御案边上，亲自拿了几本奏章递给他的宰相们，说道：“这是御史弹劾石越的表章。”又抓起两本书扬了扬，道，“这便是《白水潭学刊》，想必几位丞相都看过了。”赵顼冷着脸放下，又拿起一本奏章，道：“这是石越谢罪和自辩的折子。”

王安石吃了一惊，他想不到石越自辩的折子这么快就递到了皇帝手中，看来石越的确不可小视。

冯京不动声色地把这些东西都慢慢看完，心里直呼痛快，脸上却异常严肃：“陛下，从石越自辩的折子来看，这段时间他一直奉圣命主持虞部和三司胄案的事情。这两处事务烦琐，众所周知，对白水潭一时失察，失于管束，也是情有可原。他又说本朝太祖太宗皇帝以来，未尝以言罪人，这是千古未有之德政。学生们年轻气盛，年少无知，偶有出格，也是少年人应有的锋芒，学生们绝非恶意，不过是出于善意而用了错误的方法，希望陛下允许他对这些学生严加训诫，以治病救人之心相待，而不要因为他们一时的错误加罪。臣以为这一点颇有仁者之心，合乎圣人之意。石越又说，若朝廷不能原谅，他身为白水潭的山长，愿意承担所有的罪名。这一点臣虽然佩服他的担当，但是却不同意他的做法，朝廷也不应当把别人的罪责加在他身上。”冯京刻意不提王安石的指控，只从石越的奏章中为他开脱，维护之意十分明显。

赵顼不置可否地“嗯”了一声，看了王珪一眼，道：“王卿，你以为呢？”

王珪听冯京明显偏袒石越，而王安石的奏章中却有彻底扳倒石越的意思，想了想，便说道：“陛下是圣明之主，自有裁决，臣本不敢置喙。蒙圣上询问，臣以为王相公说白水潭学院士子非议时政，的确有罪，而冯参政说石越断不知道此事，亦有其道理。

臣想石越是少年老成之人，不会做此轻狂之举。”

王安石知他是明哲保身，两不得罪，“哼”了一声，冷笑道：“这些人在书中非议朝政，断不能训诫了事，否则以后朝廷有何威信可言？既然石越不知道这件事，那么不妨让他和韩维、曾布一起主审此案，看看他是否公道就可以知道了。”

冯京面无表情地说道：“相公此言差矣，石越身处嫌疑之地，按例自当回避，岂可以把国法当儿戏？况且置人于不义之地，也非圣主所为。”

王安石厉声道：“冯参政现在知道不能把国法当儿戏，刚才怎么又同意石越训诫之说呢？”

冯京一向辩不过王安石，索性自动认输，向皇帝叩首道：“臣盼陛下以圣王之道待臣下，不要以权术待臣下，以免让天下士子寒心。”

赵顼点点头，说道：“卿放心，此事不关石越的事，朕是知道的。这件案子，由开封府韩维、知谏院邓绾，以及中书检正官曾布一同审理。”

冯京听到邓绾的名字，心里暗暗叫苦，他知道邓绾现在是王安石在台谏系统的重要臂助。那弹劾石越的奏折，便是他引荐的监察御史里行蔡确等人的杰作，由他担任审判官，岂有好事？不过，冯京忽然想到曾布与石越似乎私交不错，再加上还有韩维在其中，便也不再反对。他在心里暗呼庆幸，幸好石越前几个月力劝皇帝把韩维留在了开封府……

3

韩维坐在厅堂里慢慢喝着茶，掩饰着心中的焦虑。中书的命令接二连三，要开封府去白水潭抓人，他把这些事给压了下来。心腹的家丁早就到石府去报讯了，石越希望他拖一时算一时。然而终于拖不多久，听到门外急促的脚步声，他就知道中书省又有人来了。

但韩维没有料到来的人竟然会是当今除了王安石和石越之外，在天子面前最红的两个人——邓绾和曾布。二人也是神情迥异——邓绾满脸得意，志得意满；曾布却是犹犹豫豫，心不在焉。韩维脸上不易觉察地露出了一丝冷笑。韩家是名门望族，曾布倒罢了，他哥哥曾巩颇有名望，而邓绾却是个十足的暴发户、无耻小人。韩维自是很看不起邓绾，但表面上，他却显得非常热情，道：“子宣、文约，来我这小小开封府，不知有何贵干？”

邓绾嬉笑道：“持国兄，我二人奉圣旨，来协助你一起办理白水潭的案子。”

曾布却只拱了拱手，苦笑一声。

韩维心中雪亮，他知道二人虽然都是新党骨干，但邓绾急于讨好王安石，而曾布却是与石越私交甚笃，两面难做人。他一面在心中暗暗计议，脸上却是堆满笑容，道："幸甚，幸甚，能得二位相助，在下必能轻松不少。"

邓绾抱拳，笑道："持国兄客气了，这是皇上关心的案子，做臣子的敢不尽心尽力？却不知人犯可曾提到？"

韩维见他如此急不可待，心里暗骂，脸上却笑道："文约也太着急了，先喝盏茶再谈公事不迟。"

邓绾却不上他的当，他早就听说韩维与石越有些交情，此时一听，便猜到传闻多半不假，便半开玩笑半认真地说道："这等事却是耽搁不得，若是走了人犯，我等却是没法向皇上交差。"

韩维做出不以为然的模样，笑道："文约也太小心了，不过几个酸秀才，能跑到哪里去？"

曾布这时也听出了韩维的心思，意味深长地望了韩维一眼，也笑道："文约，持国兄说得有理，几个秀才而已，咱们先喝杯茶，商量一下章程。"

曾布竟然也站在韩维一边，邓绾颇觉有些意外。他虽然行事有些无耻，却怎么说也是省元出身，脑子是极聪明的，马上就猜到曾布多半也与石越有些交情，故此才存心袒护。不过他不但不气恼，反而更加高兴。虽然他与曾布都是新党，但新党之间，也是存在竞争的，尤其是吕惠卿丁忧后，王安石便重用曾布，但在新党内部，曾布却没那么能服众。这件案子他早揣测过王安石的心思，既然曾布不识好歹，那他若能一力将这个案子办漂亮了，他在王安石心中的分量定能更重几分，甚至有可能得到皇帝的赏识。他现在是台谏官，而前任御史中丞杨绘得罪王安石被罢，职位出缺，到时候，坐上御史中丞的位置也不是不可以想象的。若真能拜中丞，那他在新党中的地位便足可以压过曾布一头了，将来拜相也不是不可能了。

不过，邓绾也不想过于得罪韩维，毕竟对方是潜邸随龙之臣，韩家势力又根深蒂固，非比寻常，虽说他并不畏惧，可这样的人，能不得罪还是不得罪为妙。他眼珠转了一转，想出一个主意，笑道："二位说得也是，只不过我天生是忙碌跑腿的命，不如子宣和持国兄先商量章程，苦差事便交给我去做，由我点了兵丁，先去抓回人犯，也不必劳动二位。"

韩维和曾布四目相交，都是有些不理解邓绾为何如此热衷，莫非是记恨当日石越曾替刘庠说过话？但如此这般，却显得有些做人不留后路。不说白水潭集天下人望，单单石越，又岂是好惹的吗？但邓绾既然将话说到这个份上，二人也只能无可奈何地跟着他一起点了人马往白水潭开去。再怎么说也不能让他一个人去抓人，否则这事将来可有些说不清。

邓绾骑在一匹高头大马上，一路上不时和韩维、曾布点评白水潭周边的风光。和韩维、曾布不同，他还是第一次来白水潭，这里的水泥碎石路、红砖瓦房，都是他平生第一次见着，不免有不少的惊叹。韩维对他颇有不满，便故意不去理他，只和曾布说话，却把他晾在一边。好在邓绾此人脸皮颇厚，对此毫不在意，厚颜无耻地没话找话，和韩维套着近乎。

不多久，便到了山门之前。邓绾骑在马上，目光扫过石坊上的对联，冷笑一声，颐指气使地说道："口气倒是不小！不过，什么事事关心，却有些不通。不在其位，不谋其政，亏石越还是治《论语》的，却如此不识大体！"

韩维听他大言，不由得冷言相讥："失敬，失敬。却不知原来文约也精通《论语》。"

邓绾自然明白韩维话中讥讽之意，故意矜持道："精通不敢，但圣人微言大义，在下还是略知一二的。"

韩维见他如此，更是不客气，嘿嘿哂道："子曰：其言之不怍，则为之也难。不知何解？文约想必有以教我。"

这话却有些难听了，韩维这是在引《论语》里的话骂邓绾大言不惭。邓绾脸皮再厚，也有些受不住，他心中大恨，却不敢在此刻与韩维翻脸，只是在心中咒誓："只要我邓某人有一日能做到御史中丞，纠绳百官，必与你韩持国算今日之账！"面上却强自忍耐，竟假装没有听见，嬉笑自若，顾左右而言他。

曾布在一旁听韩维奚落邓绾，心里也委实痛快，但他和邓绾始终都是新党一派的人，不好表露得太明显。便忍住笑驱马上前，言他道："这是皇上亲笔手书的院名，我们骑着马进去不太恭敬，不如下了马吧。"这也是隐晦地提醒邓绾，白水潭学院是有来头的。韩维和邓绾连忙答应，下了马来，九转十三弯地往白水潭学院走去。

这么一帮人大摇大摆地往白水潭走来，桑充国自是早已知道，早早带了一些师生到明理院前相迎。见众人走近，桑充国连忙驱前一步，抱拳道："韩大尹、曾殿讲[1]远来，在下未能远迎，伏乞恕罪。"他不认识邓绾，便没有打招呼。

韩维勉强笑道："桑公子，本官奉皇命公干，请著《白水潭学刊》李治平等十三名作者及编者随本官去一趟开封府。这位是知谏院邓大谏[2]，和曾检正一起协助本官办理此案。"

桑充国听说过邓绾的名声，心中鄙夷，看了一眼邓绾，略有些轻慢地拱了拱手，敷衍道："原来是邓大谏，学生有礼了。"

[1] 崇政殿说书的别称，下文"检正"为检正中书五房公事之简称，都是曾布此时的官职。

[2] 本为左右谏议大夫的别称，此处借以指代知谏院。

邓绾见他如此，脸色微微一沉，心里暗恨："区区一介布衣，竟敢如此轻慢本官，本官必让你知道我的厉害，休以为石越我便不敢得罪！"嘴上冷冷地"哼"了一声，说道："桑公子，不必多礼，把这一众人等都给某请出来吧。若让衙役进去抓人，弄得鸡飞狗跳，于石秘校脸上须不好看。"

桑充国干笑一声，道："邓大谏吩咐，敢不照办。"接过韩维手中的名单，喊道："段子介，来，去把这些同学给找来。"段子介应声而至，却听邓绾打着官腔说道："慢，让几个衙役跟着这人一起去，免得一人忙不过来。"

桑充国心里暗骂，口里却答应道："邓大谏所虑甚是。外边风大，诸公何不先入室喝杯茶？"说完便去看韩维、曾布。

但不待二人开口，邓绾便已冷言拒绝："罢了，我们还是在这里等着吧。"韩维、曾布亦是无奈，只好随他一道等待。

等了约莫一盏茶的工夫，段子介就带着几个衙役一脸纳闷地回来了，隔老远就说道："桑教授，这些学生不知为何，竟一个都不曾在学校。"

"什么？竟有此事？他们跑哪儿去了？"桑充国装作大吃一惊。

"听说前天晚上他们就收拾行装，说要回家探亲，昨日就突然都不见了。"段子介与桑充国一唱一和，他演起戏来竟是挺有天赋的。

韩维和曾布闻言，都是悄悄松了一口气，心情放松不少。邓绾却是脸色一变，他早有所料，事情不会如此顺利，当即冷笑道："跑了和尚跑不了庙。既然如此，桑公子，本官可要得罪了。来人啊，给我搜校。"

一干衙役连忙哄然答应，却听韩维厉声喝道："慢！"

邓绾斜过脸来，干笑问道："持国兄，还有什么吩咐？"

韩维却不理他，冷笑着对那些衙役说道："白水潭是皇上亲口嘉许的学校，聚集的是大宋的读书种子，多少人都是有功名在身的，哪个家伙要是瞎了狗眼，敢鲁莽从事，把学院搞得一塌糊涂，本府定然饶不了他。"

那些衙役顿时全都怔住了。在衙门当差，头一样本事就是要会察言观色，韩维话中的意思，他们自然是听得明白，立时又一齐答应了，方去搜校，却也不过是草草了事，人人生怕被自己搜到了，将来韩大尹给自己穿小鞋。便是如此，也终于把全校的师生都给惊动了，数千学生开始交头接耳互相询问起来。

邓绾听到韩维的话，便知今日断然抓不到那些学生了，他耐心等待衙役回报，果然一无所获。但他却也不肯善罢甘休，只是紧盯着桑充国，寒声说道："桑公子，既然找不到学生，就辛苦你把学生的档案交给我吧。"

桑充国摇摇头，苦笑道："邓大谏有所不知，这些学生多是半途插班上学的，学院当时事务太忙，根本没有时间给他们编档案。"

邓绾顿时大怒，喝道："分明是狡辩！桑充国，你要知道袒护犯人，与犯者同罪！"

桑充国冷笑道："邓大谏言重了，无凭无据，还望大谏不要血口喷人，学生却是担待不起。"

邓绾见桑充国竟然敢出言顶撞，真是怒从心头起，恶向胆边生，当下厉声喝道："来呀，既然学生跑了，把列在名单的编者给抓回去，还有这个桑充国，他是主编，便是主谋，断然脱不了干系，给我抓起来！"

韩维与曾布都料不到邓绾竟然如此蛮干，完全不怕和石越破脸——须知这样做，是往死里得罪了石越。二人心思转动，竟是一齐默不作声，只冷眼看着邓绾行事。

桑充国却也十分硬气，冷笑一声，淡淡地说道："要抓要绑，悉听尊便。"竟是看都不看邓绾一眼。

但段子介与一干学生却如何肯答应？段子介见邓绾居然敢抓桑充国，刷地拔刀出鞘，厉声喝道："鼠辈尔敢！"其他围观的学生虽不知道原因，但眼见数句不合，邓绾就要抓桑充国，尽皆动了义愤，起了敌忾之心，纷纷咒骂，有人就上来要和邓绾讲理。

邓绾知道今日之事，一不做，二不休，若不把案子办成铁案，顺势扳倒石越，将来定然后患无穷。他也没什么好怕的，石越再得宠，也不是宰相，他只要办好了这桩案子，王安石自然会保自己升官，石越什么的也不在话下。主意打定，咬咬牙，狞笑道："果真是目无王法，居然敢持刀拒捕，来呀，一起拿下，若敢抵抗，就地格杀！"

韩维和曾布不曾想到居然有学生敢持刀拒捕，二人生怕事情闹得不可收拾，自己也不好交代，连忙喝道："快把刀放下，本官自会主持公道。"

桑充国也被段子介吓了一跳，敢忙瞪眼喝道："段子介，把刀放下！"

段子介虽知自己是一时冲动，但心里郁气不散，真恨不得一刀砍了邓绾的脑袋，但桑充国的话，他也不敢不听，恨恨地把刀摔到地上，却依然怒目瞪着邓绾。那些衙役见他把刀放下，便一起冲了过去，把桑充国和段子介绑了起来。

邓绾脸色越发狰狞，又说道："明理卷的编者还有不少，都给抓起来，一个也别放过。"

程颐等人听到风声过来，正好听到邓绾这句话。程颐快步走到邓绾面前，冷笑道："那些文章都是我编审，不关旁人之事。程某在此，足下不必费心去找。"程颐当时不过一介布衣，邓绾自是不认得他，见他送上门来，狞笑一声，道："好，识时务就好。绑了！"

孙觉见邓绾如此猖狂，气得浑身发抖，也走上前来，冷笑道："邓文约好大的官威！这件事孙某人也有份，劳动大谏一并绑起来。"

孙觉是当时治《春秋》第一大家，多年在朝为官，门生弟子，遍布朝野，非同小可，邓绾再孤陋寡闻也听说过他的大名，但此时势成骑虎，也顾不得太多，只拱拱手，道：

“莘老，得罪了！给孙公一匹马，也请回开封府。”

程颢、邵雍等人正要出来一起赴难，二人忽觉有人在拉自己袖子，回头一看，却是潘照临。潘照临低声说道：“石公子在胄案听到消息，马上就过来。我先来通知几位先生，千万不要冲动，有石公子在，桑公子他们不会有事的。白水潭现在正要几位先生主持大局，如果全去了，群龙无首，后果不堪。”二人都是深识大体的人，心中顿时一凛，便悄悄收回伸出的脚来，静观其变。

韩维和曾布见邓绾竟然连孙觉也敢抓，真是丧心病狂了一般。再看白水潭的学生，已是越聚越多，群情激愤，再这样下去，眼见就要激起大变，连忙驱前几步，“哼”了一声，道：“邓大谏，抓够了吧？抓够了咱们可以打道回府了。”语气已经很不客气。

韩维毕竟是主审官，邓绾也不好驳他的面子，心有不甘地说道：“那便依韩大尹。跑掉的十三名书生，终究要落到桑充国头上找出来的。先回府！”

然而要走却没有那么容易了。

桑充国一向替石越主持校务，同时兼任明理、格物两院的教授，讲授“石学”。他年纪与学生相当，学问上也不过是石越的喉舌，但是为人豪爽重义，处事公正，体贴人心，不仅深得学生爱戴，连众教授也喜欢他，在白水潭的威望断不在石越之下；程颐、孙觉是有名的学问宗师，更得学生敬重，兼之门生众多，这时三人被邓绾抓走，在白水潭学院是捅了马蜂窝。数千名学生互相传递消息，蜂拥而至。素有打架传统的明理院学生还拿了如弹弓之类的简便武器，将明理院到校门围了个里三层外三层。连白水潭的乡民也闻讯赶来。乡民朴实，桑充国平日对他们非常和气，他们生活的改善也是因为石越和桑充国，老百姓最是知恩图报，这时候桑充国被人“冤枉”，在他们看来，这是肯定的，哪有不来帮忙的道理？

数千人大声叫喊、质问：“为什么要抓桑教授？”“放了桑公子！”“不许冤枉好人！”“凭什么抓孙教授和程教授？”还有人则大声怒骂：“邓文约你个卑鄙无耻的小人，快点放了桑公子。”一时间喧嚣震天。

邓绾几曾见过这样的阵势？心中已是先慌了，又气又怕，色厉内荏地大喊：“反了，反了，还有没有王法了？”连韩维和曾布也没想到会有这种情景，但说要就此放了桑充国等人，官府的脸面却又下不来。除非邓绾要放，否则二人绝不会开这个口，要不然回去被邓绾参上一本，二人都要吃不了兜着走。韩维心里暗骂：“你邓文约惹出来的事你自己收场，我就等着回家写弹章弹劾你了。”曾布也是一脸木然，心道：“反正矛头又不是对着我，你邓文约刚才多威风？现在且看你继续威风！”

但邓绾能被王安石赏识，亦非无能之辈。他知道韩维和曾布都在等着看自己笑话，便驱马走到桑充国面前，厉声道：“桑充国，你是想指使这些学生谋反吗？”

桑充国冷冷地看了邓绾一眼，突然笑道：“本来只听说邓大谏喜欢当好官，无耻少廉，没想到血口喷人也是一把好手。”

邓绾勃然作色，心中恨极，但此时却不愿意把矛盾激化到无法挽回的地步，也只有强忍怒火，道：“桑充国，白水潭学生聚众袭击朝廷命官，不是想造反是想做什么？你现在将他们给弹压住便罢，否则休怪本官无情！到时候你们桑家满门，都难逃一死。”

他说的也不全是恐吓之语，如果双方发生流血冲突，那么白水潭学生造反的罪名是无论如何也逃不掉的，只不过他邓绾处置失当，激起民变，就算不死，也跑不了罢官流放的命运。当然，如果事情真到了最坏的状况，估计他也等不到罢官流放的那一天，十之八九就会当场命丧白水潭，他邓绾大好前程，自是不愿意在这里挂了账。

桑充国也不愿意因为自己，把这些大宋的未来精英推向万劫不复的地步。当下冷笑道：“邓大谏，你让我这个样子去说服学生，只怕适得其反。”

邓绾把手一挥，道：“给他松绑！”

几个衙役上来给桑充国松了绑，桑充国轻蔑地看了邓绾一眼，走到学生面前，高声说道：“当今圣天子在上，几个奸小陷害不了我们。大家全部回去！照常上课。这样围成一堆，成何体统？”

但是学生们却都不愿意动，有一个学生吼道：“不放桑教授，我们不回去！”

桑充国循声望去，怒声喝道：“袁景文，你好大的胆子，你想造反不成？白水潭还有没有校规了？连师长的话也敢不听？大家全部给我回去，你们想要天下人说白水潭是一群无法无天的乌合之众吗？”

那个叫袁景文的学生立即噤声，众人见桑充国发怒，也没有人敢再出声，但也没有人肯挪动一下脚步。桑充国知道这些学生大都是十七八岁到二十多岁的年纪，正是热血重义之时，一时难以劝散，便转身对邓绾说道：“邓大谏，我们走吧，你押着我走在前面，没有人敢阻拦的。”

邓绾冷笑道：“但愿如此，走！”

当下邓绾押着桑充国缓缓离开白水潭。桑充国所到之处，那些学生果然也不敢阻挡，勉强让开一条路来，但是队伍后面却有数千人紧紧跟着不放。韩维感慨地和曾布对望一眼，想到自己莫名其妙在这里扮演了不光彩的角色，心里更是恨上了邓绾。待队伍走到白水潭山门的时候，几个感情脆弱一点的学生忍不住失声大哭，悲愤的情绪突然爆发，许多人顿时一齐纵声大哭，一面指着邓绾破口大骂。

程颐听得这些哭声，心里很不耐烦，忍不住厉声喝道：“哭什么哭，七尺男儿，怎能像个女人似的。”

桑充国心中抑愤难当，停下脚步，向学生们高声说道：“男儿可流血，不可流泪。当年东汉太学生为奸人所害，或杀或逐，你们听说谁哭过吗？范滂之事，是荣非辱，大家不可丢我们白水潭学院的脸。”

有几个学生听到程颐和桑充国的训斥，便止住了泪，哽咽着高声说道："诸位，两位先生说的对，大家都不要哭。难道大宋会没有王法吗？有什么好哭的？"众人这才慢慢止住哭声。

桑充国走出一步，对程颢说道："程先生，子明和存中都不在，白水潭就请先生主持。"顿了一顿，又提高声音说道："今日凡我白水潭学生敢踏出山门一步，就请程先生将其开除，以后永远也不得进白水潭学院之山门。"

程颢挤出一丝笑答，高声说道："长卿放心便是！你此去开封府，可比东汉范滂。从今日起长卿名动天下，可惜我竟没有资格去坐开封府的大牢。"

4

邓绾等人押着桑充国等人回到开封府之时，远远便看见开封府府衙之外，一骑紫衣白马在那里徘徊，马蹄微扬，不时发出不耐烦的叫声。韩维与曾布远远望见身影，便知道是石越到了，顿时满脸尴尬，邓绾脸色也立时铁青。

石越见众人走近，看见被绑的四人，见桑充国与段子介也被绑了，微微一怔，脸色一沉，举起手来，厉声说道："韩大尹、曾检正、邓大谏，久违了。"

韩维与曾布见他如此称呼，更加尴尬；邓绾却微微抬手，干笑道："石秘校，久违了。"

石越阴沉着脸，狠狠地盯着邓绾，脸色有些狰狞，他怒极反笑，道："邓大谏，好手段！"

邓绾微微一惊，却假意不解，笑道："石秘校的话，在下却是听不懂。"

石越冷笑一声，道："不知道我兄弟桑充国犯了什么罪？我这个学生段子介又犯了哪一条？程先生和孙先生又干碍了什么王法？大谏要把他们抓到开封府来？"

"兄弟？"邓绾奇道，"我听说石秘校身世离奇，怎生又有一个兄弟？"语带讥讽。

"这等情谊，你原也不懂。"石越重重"哼"了一声。

邓绾满脸委屈，辞色却不肯相让半分："石秘校，本官也是奉旨办事。白水潭学院跑了十三名要犯，下官怀疑桑充国便是主谋。段子介持兵器拒捕，辱骂朝廷命官，也不是轻罪。石秘校体谅则个。"

石越本不知道白水潭发生了什么，他阴着脸看了邓绾半晌，忽然哈哈大笑。

邓绾正有些莫名其妙，还以为石越疯症了，却听石越说道："邓大谏，你一定搞错了！这白水潭的山长是我石某人，不是他桑充国。要抓主谋，我石某人便在此处，怎么不来抓我？"

“石秘校说笑了，皇上亲口说此事不关石秘校的事，本官纵有一千个胆子，也绝不敢怀疑皇上的话。但这桑充国却是《白水潭学刊》的主编，平日也是桑充国替石秘校主持校务，他是逃不了主谋之罪的。”

石越倒不料邓绾有好口才，他知道再纠缠下去于事无补，便冷冷说道：“邓大谏，看来下官和你平日是少了亲近。下官祝你官运亨通，早至公侯。你我同殿为臣，定有再会之日。告辞了！”这番话说得怨毒甚深，竟让人平白打了个寒战。

韩维和曾布见石越说完之后，拍马便走，再无多一句话，心中都知道邓绾这次是把石越往死里给得罪了，二人不知为何，竟不约而同怜悯地看了邓绾一眼。

离开开封府后，石越心事重重地赶回白水潭。满腔的雄心壮志一瞬间已消逝得无影无踪。一路之上，石越竟然有了一种惶惑，自己轻薄地想要改变历史的进程，许多人的命运也的确因为自己的决定而改变，但是，这种改变是好是坏，难道真的是自己能判断出来的吗？那些跟随自己的人，因此又要付出什么样的代价？石越突然发现，自己肩膀上要承载的东西太多，却不知道自己是不是承载得起！

刚到学院门口，几个白水潭的乡民一看到他，便围了上来，跪倒在地，恳求道：“石秘校，桑公子可是个好人，你一定要救他呀。”

“我会的，你们放心吧。”石越一面无力地承诺着，一面却是逃也似的离开他们，进了白水潭学院。学院里的道路、草坪上静悄悄的，竟是一个人都没有。石越只觉得头一晕，几乎要跌下马来，心中无论如何也不敢去想那个答案——不会是树倒猢狲散了吧？

他勉强挺直了身子，驱马到了明理院前面，平素熙熙攘攘的明理院，此时竟只是孤零零站了潘照临一个人。“完了！”石越在心里叹息了一声，闭上了眼睛。

“公子，学生们都聚集在讲演堂……”潘照临轻声说道。

石越霍地睁开眼睛，仿佛一个走到悬崖边上的人，突然看到了无限希望。“还没有完！还没有完！”石越的精神在一瞬间振作起来，朗声说道，“走，我们去看看。”

潘照临见石越处乱不惊，心中亦是一宽，自觉所托得人。他一面向石越说明事情的经过，一面陪着他走向讲演堂。

讲演堂本是一座规模宏大的建筑，二人到时，这里已经聚集了白水潭全部的学生。让石越欣慰的是，在这最艰难的时候，几乎所有的教授都没有离开白水潭，连沈括也闻讯赶来，与程颢、邵雍等人一起，约束着情绪激动的学生。“我不会辜负你们的！这里是承载思想的源头，无论如何，我一定会保护白水潭不受伤害！”石越轻咬双唇，暗暗发誓。

这时学生们都已经大概知道了事情的原委。一个青衫青年站在讲演台上，挥着拳头高声说道："诸位，诸位，桑教授何罪？程教授何罪？孙教授何罪？段子介何罪？十三位同学何罪？我们不过是探讨经义，讲了一些真话，奸党小人就要从中构陷！这是不是逆行倒施？秦政无道，偶语诗书者弃市；东汉阉乱，太学生议政有罪！古之暴政，竟然复见于今日！党锢之祸，太学生以赴死为荣，皇甫规身为将军，以不被祸为耻，上书自请下狱。我辈不可让古人专美于前。假若议政有罪，我张淳愿效古人之风，与诸师长、同窗同罪。哪位愿与我同往，去开封府投案？"

"张淳兄，我当与你同往。"

"张淳，我也与你一起去！"

……

台下呼应者不绝于耳。

又有一个人跳到台上，厉声说道："张淳之说，虽然重义轻生，但今世不比东汉，皇上圣明，非昏庸之君可比。我袁景文，愿去登闻鼓院击鼓上书，为桑教授击鼓鸣冤！哪位同学愿与我联署同往？"

"袁景文说得有理，我等愿往。"

"不错，我便不信这世界上有人能一手遮天。"

……

还有一些稳重的学生则聚集在一起，商议道："师有事，弟子服其劳。一日为师，终身为父。现在师长有难，我们应当上书阙下，请把师长的罪过让我们来替代，请皇上成全我们的孝心，这才是正理。至于是非黑白，上有圣明天子，下有石山长，我们不可以贸然行事，陷桑教授诸师长于不忠不义之中。"

"不错，这才是正理。"

"我们一起去起草吧。"

……

也有一少部分人则默不作声，这些人有些生性懦弱，有些则是对沈括、程颢等人十分信赖，只盼着石越回来主持大局……

石越与潘照临在一个角落上默默听着各种议论，见袁景文纠集了一帮人走下台来，准备去登闻鼓院击鼓上书，石越这才现身，向讲演台走去。众人见到石越，立时高声喊道："石山长回来了，石山长回来了。"沈括和程颢等人见到石越，也是长长吁了口气。

石越默默走到袁景文等人面前，停下脚步，沉声问道："你们准备去哪里？"

袁景文是格物院的学生，实是石越的信徒，见石越相问，连忙答道："学生准备去登闻鼓院上书，为桑教授鸣冤。"一面说一面注视石越，眼神中满含期待。

"桑教授不过是被开封府抓去，尚未审判定案，有何冤可诉？"石越冷冷地问道。

这一盆凉水浇下来，袁景文等人顿时讷讷不言。好一会儿，袁景文才鼓起勇气说道："邓绾那种小人，定会构谄成罪。我们去登闻鼓院，也好让天下人知道清议如何。"

"是清议还是朋党？"石越厉声喝道，"你们还要授人以口实吗？我们白水潭的学生去上书，正好给奸人机会诬陷。"

"石山长，君子无朋，小人才有朋！"有人不服气地顶撞。

石越环视众人，苦笑道："小人若要构陷你，要的只是一个口实，他管你君子有没有朋？"顿了顿，目光转向张淳，说道："张淳，你有什么想法？"

张淳上前一步，昂然说道："回山长，学生想去开封府投案。"

"效法皇甫规？"

"正是，学生愿与诸师长、同窗同罪。"

"同罪？诸师长和同学有何罪可言？"

"正因为他们无罪而受罪责，学生才想投案领罪。读书人因为议论时政与经义而得罪权势奸党，乃是最大的荣耀。学生要去宣德门前叩阙，上书朝廷，朝廷若认为我师长同窗无罪，便当释放；若认为他们有罪，那么学生愿意与之同罪。"张淳也是明理院出名的硬骨头，这时说来，更是语气慷慨。

石越心里虽然十分欣赏张淳的血性，但是站在他的立场，却必须阻拦。他高声问道："你这是学东汉人之风骨吧？"

"正是。"

"那么东汉党锢之祸，如你这样做之后，被关押的人有没有放出来？"石越忽然质问道。

"这……"

"因为党锢之祸，东汉终于元气大伤，终至于亡国。这种逞一时之意气的做法，为什么还要学？你们这样做，只能给小人以借口，在皇上面前构陷我们是朋党，最终损害的，是大宋的元气。"

……

"桑教授说过，今天敢踏出白水潭山门一步的学生，以后就永远也不是白水潭学院的学生了。你们若真是桑教授的好学生好弟子，就回去正常上课。这件事情，你们放心，我自然会有应对之策的。"石越又是训斥，又是劝解，努力弹压着白水潭的学生。

5

邓绾用尽心机，想要桑充国招出那十三个学生的下落，并且承认那些文章是有意攻击王安石的。他从文章中寻找蛛丝马迹，断章取义，横加指责；但是桑充国和程颐、孙觉的学问、辩才，都不在邓绾之下，反倒常常把邓绾驳得哑口无言。韩维与曾布审问时异常消极，对三人礼数周详，还在公堂上给孙觉安排了座位，开封府的大堂竟成了白水潭的辩论堂。邓绾几度想对桑充国用刑，也都被二人拦住，气得邓绾几乎忍不住要发作。

而在公堂之外，则有雪片般的奏章递进了中书、大内。孙觉、程颢的亲友门生，白水潭学生的亲朋好友，保守派诸君子，纷纷上书保奏三人；而新党的官员也不甘示弱，不断上疏要求从严处置。政事堂内，冯京和王安石各执一词，赵顼一时也不知道如何是好，干脆将所有关于此事的奏章全部留中。

石越在短短三天之内，连续写了十二封奏折从通进银台司递进大内，却没有一点回音。

“桑充国与臣有兄弟之义，今其无罪入狱，臣实惶惧。臣乞陛下念惜君臣之情，释桑充国之狱，臣当奉还所有封赐，从此不敢再言时政，退归田里，老此一生。若必要加罪，白水潭之事，皆由臣起，臣当一身当之，亦与桑充国无干……”石越又读了一遍刚写的奏折，小心封好。一面走出书房，一面招呼道：“侍剑，备马。”

不多时，侍剑牵了马过来，担心地说道：“公子，还是坐车的好，您这几天都没有睡好。”

“不必了。”石越的眼睛里全是血丝，这几天他根本无法入睡，他不曾想邓绾竟然存心要办成大狱，结果将桑充国也牵连入狱。“要是当时自己在场就好了。”石越常常会冒出这样的念头，如果他本人在场，邓绾断不敢抓桑充国。

骑到马上，石越就想起自己去桑府时的情形。桑夫人当场晕倒，梓儿含着泪水求自己救桑充国。在这个世界，桑家老老小小都把自己当成亲人看待，此时却是自己间接害得桑充国入狱。他亲口答应桑俞楚说：“我绝不会让长卿有事的。”但是自己的承诺，究竟能不能兑现呢？石越现在最害怕的，就是每天去桑家面对桑氏夫妇和梓儿那充满期盼的眼神，看到那眼神黯淡下去，他心里就会有一种犯罪的感觉……

石越知道这两天连皇帝也躲着自己。李向安悄悄传话，说皇帝这几天心神不宁，连王安石都不愿意接见，退了朝就急急忙忙回宫。石越从这些线索中揣度着赵顼的心思，心道：“如果是这样的话，那么事情应当还是有可为的吧？”

这么一路思量，到了东华门，石越递了牌子，便走到一棵槐树下等候宣召。过了一会儿，一个身穿常服的年轻人在门前下了马，径直往宫中走去。石越见此人气度高贵，心中便觉奇怪。大宋的年轻官员中，除了自己和王雱，应当再没有第三个人可以随便出入禁中。此人身材不似王雱，看他的身份，竟是比自己还要高一些……不过此时，石越却也没有太多心思去猜测此人的身份了。

又过了好一会儿，石越渐渐失望，以为赵顼又不肯见自己，正觉心烦意乱，却见李向安屁颠屁颠跑了过来，笑道："石秘校，皇上召见。"

石越当真是喜出望外，连忙向李向安谢道："老李，这次多亏你了。"

李向安连连摇手，笑道："小的可不敢居功，这次却是多亏了昌王千岁。"

"昌王？"石越奇道。他知道昌王赵颢，与赵顼是一母所生，平日最爱读书，赵顼只要看到新奇的图书和物品，必定马上告诉赵颢。在诸王之中，昌王最为得宠。但是赵颢从不结交外官，为人谨慎，自己从来没有见过他，他怎么会给自己讲好话呢？

"是啊，就是昌王千岁他老人家。"李向安一边走一边说，"王安国从西京国子监回来，带了几本书献给皇上，皇上便召昌王来看。昌王刚一进门，就对皇上说：'刚才看到有个佩金鱼袋的年轻人在外面，想是闻名天下的石越，皇兄怎的不见他？'又在皇上面前说了不少好话，皇上这才答应召见。"

石越这才知道刚才进去的就是昌王赵颢，想到二人素不相识，昌王居然帮自己说话，心里颇为感动，一面又向李向安说道："老李，难为你告诉我这么多。"

李向安笑道："石秘校哪里话，小人也是知道是非好歹的。"

好不容易见到赵顼，石越"扑通"一声就跪下了，他叩了个头，哽咽道："陛下……"

赵顼见他这样子，心中顿觉几分不忍，亲自把石越扶了起来，笑道："石卿，先不要说他事，朕给你介绍，这位是御弟昌王，这是王丞相的弟弟王安国，和你一样，是赐进士及第的。"

石越再大的委屈，也只能先忍了，向昌王赵颢和王安国见礼。赵颢笑道："石九变之名，闻名久矣，大宋青年才俊，唯君而已。"

赵顼笑道："皇弟有所不知，王丞相之子王雱虽然较石卿尚有不如，但也是难得的才士。"

赵颢笑笑，王雱之名，他自然是知道，但他也不敢争辩，只欠身贺道："臣弟要恭喜皇兄，这是我大宋之福。"

王安国却正色说道："陛下，我那个侄儿，较之石秘校，只怕不及万一。"众人都吃了一惊，想不到王安国会帮外人说话，就算自谦，也不至于如此贬低自己的侄子。王安国又说道，"我那个侄子，人虽聪明，但眼高于顶，无容人之量，气度狭小，若是做个谏官御史，或是人尽其才，而石秘校胸襟气度，学识才华，有宰相之具。二人不可同日而语。"

赵顼意味深长地看了王安国一眼，不置可否，随口换个话题笑道："王卿此来，路上有何见闻？"

王安国忽然肃容顿首说道："臣此来，知大宋有亡国之危。"

赵顼脸色顿时有些僵硬，正容问道："卿何出此言？"

"以史知之。"

"哦？"

"东汉桓灵之事，党锢之祸，复见于今日，不是亡国之兆又是什么？"

赵顼顿时沉下脸来，问道："何谓党锢之祸？朕岂东汉昏庸之主？"

"臣观邓绾治狱，故知有此。白水潭十三子议政，纵有不妥，亦非大罪，训诫足矣。现在邓绾竟然逮捕桑充国、程颐、孙觉及举人段子介入狱，臣不知四人有何罪。程颐、孙觉门人学生数百，聚集在开封府衙之外，乞以身代，这不是东汉末年之事吗？臣听说白水潭学生本来也想叩阙，却受阻于石秘校……"他说到这里，顿了一顿，若有所思地看了石越一眼，方继续说道："本朝太祖太宗皇帝以来，从来未有因为议政而加罪于大臣之事，学校的学生实是未来之大臣，他们议论时政，可以培养他们以天下为己任的怀抱，如今竟然横加罪责，想借此塞天下人之口。臣以为这种事情，正是东汉亡国之始。"

赵顼心里也觉得王安国说得有理，但是他也骑虎难下，便说道："卿说得虽然不错，但是没有定案，现在下结论，似乎早了一点。"其实赵顼本人无可无不可，他本想给王安石一个交代，不想邓绾一味蛮干，结果却没有办法给石越一个交代了。如果没有定案就虎头蛇尾收场，不说王安石肯不肯答应，就是让天下人笑话，也太不成体统。他一心想要变法图强，而变法若要成功，朝廷的威信至关重要。

王安国见赵顼动摇，又道："陛下何不先下旨放了孙觉？孙觉是朝廷大臣，无罪被关在开封府，实在不成体统。另外，亦请陛下命令韩维限期结案，派人温言遣散聚集在开封府外的孙、程弟子。"

石越也说道："臣身处嫌疑，本不合多说什么，臣只求皇上许臣致仕。"

赵颢是外藩，皇帝不问，对于朝政他就不能发表意见，此时听石越想"退休"，未免感到有点儿不伦不类，不禁望了皇帝一眼。

赵顼摆摆手，说道："王卿所说的，照准。石卿说什么致仕，自然不许。卿能阻止白水潭学生叩阙，颇识大体。现在是大有为之时，朕还要卿辅佐朕成为一代明君，岂可因为一点小事就弃官而去？先办好胄案虞部的差使。"

石越哽咽道："兄弟骨肉下狱，臣方寸已乱，如何能够视事？"

王安国闻言，温声劝道："石秘校所言差矣，大丈夫处事，当公私分明。若以私心而坏国事，亦非人臣之道。"他这话半为劝石越，半为向皇帝表明心迹。他和王安石兄弟之情甚厚，但是政见不合，以致远避洛阳，纵情声色，不肯和新党同流合污。

赵颢若有所思地看了石、王二人一眼，默默点头。

6

石越终于看到事情有向良性发展的可能，从宫中出来后，连忙直接去桑府报讯，他实在太想给桑夫人和梓儿一个好消息了。

桑夫人听石越把事情说完，她是妇道人家，却听不太明白弦外之音，心中依然疑惑，问道："限期定案是什么意思？如果长卿定了罪怎么办呀？"桑梓儿显然也不明白其中的玄机，瞪大眼睛望着石越。

石越微笑道："皇上下令释放孙觉，连孙觉都已不问，长卿更谈不上有什么罪责可言了。况且韩维不会胡乱定案，长卿定会获释的。"

桑夫人还是有点儿担心，双手合十默祷，叹道："要是包公还在开封府就好了，有包公在，我们也不用担心长卿会被冤枉。"其时包拯死去不过十余年，百姓对包拯都非常怀念，连夷人归附，皇帝赐姓，夷人都希望皇帝能赐他们姓包。

桑俞楚强笑道："夫人又瞎说什么，子明都说没事了，肯定就不用担心了，我们就安心等着长卿回来。"

桑夫人啐了桑俞楚一口，埋怨道："你儿子入狱，你一点都不担心，没见过这样做爹的。我就这么一个儿子，他一天不回家，我一天不能放心。明天我要去大相国寺去求佛祖保佑。梓儿，你明天陪娘一起去。"

石越知道宗教有助于让人的心情得到平静，便笑道："伯母说得不错，明天妹子就陪伯母去大相国寺一趟。我还要去一趟冯参政府和王参政[1]府，韩维那里我要避嫌，不能亲去，还要托二位相公帮我说几句话。"说罢便告辞而去。

他没有时间在桑家待太久。兵器研究院的事情暂时交给潘照临和沈括一起主持。潘照临一面要负责兵器研究院的建设，一面要帮助他处理胄案、虞部的事务，件件都要写好节略，以便他次日按节略处置，同时还要出谋划策，想办法营救桑充国出狱，便是个铁人，也得累趴下。沈括除主持兵器研究院之外，还要协助程颢处理校务，劝说学生，自己还有繁重的公务。好在程颢颇有人格魅力，在白水潭素具威信，处置事情也井井有条。但饶是如此，石越还是感到身边人才缺乏，遇上一点风波，立时就把所有的人忙得几乎首尾不能相顾。突然间，他特别想念唐棣等人，只是在一个资讯落后的时代，他们现在还不会知道桑充国下狱的消息。

大相国寺号称"皇家寺"，皇家祈福，进士题名，多在此举行。这里又是开封最繁华的商业区所在，人来人往，热闹非凡。

---

[1] 这里指王珪。

桑梓儿陪着桑夫人在大相国寺外下了马车，三步一叩头地向天王殿慢慢走去。五间三门，飞檐挑角，黄瓦盖顶的天王殿，供奉的是释迦牟尼二亿四千年后的接班人，号称“未来佛”的弥勒佛，另有四大天王侍立其间。

桑梓儿并不信佛，比起要二亿四千年后方能降生于人间的弥勒佛，她更愿意相信石越能帮她哥哥早日脱离牢狱之灾。但是在这天王殿里面，偷眼看着那位慈眉善目、笑容可掬、端坐于莲花座上的弥勒佛，她心里亦不敢存半丝不敬之意，恭恭敬敬地上了一炷香，闭上眼睛在心里默祷：“佛祖保佑我哥哥早日平安无事……”

桑梓儿祷告完毕，忽听到旁边有一个女子在低声祈福，断断续续听到一些“……石公子……平安无事”之类的话。她忍不住向那边望去，却是一个容貌秀丽的女子，正微闭双目，在那里低声祈福，旁边还跪着一个丫鬟。

这个女子就是楚云儿，虽然曾经到过桑家，但是桑梓儿和桑夫人却并不相识。楚云儿祷告毕了，睁开眼来，却发现一个十五六岁的女孩子在偷偷看自己，不禁莞尔一笑。桑梓儿被人发觉，脸立时羞红，也微微报以一笑。

两个女孩儿正用微笑打招呼，忽听到外面一阵忙乱，两人都有点儿好奇心性，便向弥勒佛告了退，出了殿来。原来却是有人去大雄宝殿进香，显然是权门势家，惊得大相国寺的和尚倾巢出动，故此惊惹了外面的香客。

桑梓儿见识有限，不过是想瞧个热闹，偷眼瞧楚云儿之时，却发现楚云儿眉头微蹙，她忍不住问道：“这位姐姐，这些进香的是什么人呀？”

楚云儿见她相问，连忙展颜笑道：“不敢当姐姐二字。他们是王相公的家眷。”

桑梓儿听到“王相公”三个字，便有点儿上心，问道：“是王介甫相公吗？”

楚云儿的丫头嘴快，脱口答道：“便是那个拗相公。”

桑梓儿知道哥哥下狱和王安石有扯不清的关系，听到是王安石的家眷，心里不乐，便见形色，勉强笑道：“姐姐认识的人真多。”

楚云儿微微一笑，道：“我哪里有福能认识王丞相，不过刚才王丞相家的两位公子过去，我略有点儿眼熟，所以才知道。”

旁边有几个进香的女子听楚云儿说起王家公子，已是叽叽喳喳说起来：“听说王家二位衙内可都是世间少有的才俊。”

“是啊，我听说王家大公子在圣上面前也是说得上话的。”

“王家大公子便是好，又能如何？人家早就娶了庞家小娘子，才子佳人……”

一个女子瞅了桑梓儿与楚云儿一眼，掩嘴笑道：“两位姑娘都是天生丽质，唉，可惜呀。”

桑梓儿终究是小孩子，听人家说可惜，便忍不住问道：“可惜什么？”

一句话惹得那些女子笑成一团，有人便答道：“可惜不能嫁进王家呀。”顿时把桑梓儿羞得满脸通红，一时间恼羞成怒，忍不住冷笑道："你们这些人没见过什么世面，王家又算得了什么？我便是嫁人，也断不会嫁进什么王丞相家。"

有人见她天真可爱，不通世故，更觉得有趣，取笑道："王丞相家的公子还不行？看来姑娘是想入宫侍候皇上吧？"

楚云儿见桑梓儿小脸臊得通红，心中竟然生出一种想要保护她的感情。她啐了那些人一口，冷笑道："你们自己削尖了脑袋想嫁进丞相府，却来取笑这位小妹妹，真是好没由来。须知这世上的人物，未必便只有王家的两位公子。"

"小娘子别说大话，若王家公子你都看不上，还有哪位能比得上呢？家世人品相貌事业，王家公子哪一样不是上上之选？"

楚云儿冷笑一声，不再理会。她的丫鬟却无所顾忌，叉着腰嘲笑道："真是井底之蛙，白水潭山长，皇上亲赐进士及第的石秘校如何？比不上吗？便是白水潭学院的桑公子，也未必比不上王家公子。"

桑梓儿听到一怔，见这丫鬟如此看重石越和桑充国，忍不住对楚云儿主仆更平添了几分好感。

但这丫鬟说话太冲，一句"井底之蛙"，未免把人给得罪了。有人便冷笑道："小姑娘，我劝你死了这条心吧，石秘校是皇上面前的红人，谅你也高攀不上。桑公子虽然不错，此刻却在开封府的大牢中，你此刻若来个美人救英雄，劫狱私奔，倒也是说书人的一段佳话，只是要说桑公子和王家公子比，未免是一个地下一个天上……"白水潭的事情在开封府已是无人不知无人不晓。

桑梓儿听她们说到自己哥哥，急道："桑公子肯定会出狱的。"

"这位姑娘，看你急成这样子。其实桑公子能不能出狱，还不在王丞相一句话吗？"

"你胡说八道，石大哥说他有办法的！"桑梓儿一急，忍不住连"石大哥"都说了出来。

楚云儿心里一惊，连忙过去拉了桑梓儿的手往殿里走去，一面安慰道："妹妹，别听她们胡说八道，这些三姑六婆知道个什么……"

7

虽然桑梓儿对石越抱有极大的信心，而石越亦确有乐观的理由，但是事情却并非总能尽如人意。

韩维接到皇帝限期结案的手诏之后，和曾布面面相觑。几次过堂，孙觉、桑充国谈笑自若，程颐辞色俱厉，现在唯一能定案的，只有段子介阻差办公。邓绾却依然大言不惭："二公何必担心，若让邓某用刑，还怕桑充国不招？数日之间，便能有结果。"

韩维冷笑道：“屈打成招，那是冤狱，不是定谳[1]。”

曾布也说道：“桑充国一介书生，若抵刑不过，死于堂上，我们三人都脱不了干系，当务之急，是搜捕那十三名学生。”

邓绾冷笑道：“桑充国什么也不招，天下之大，怎么去搜捕那些人？”

争论不休之下，结果三人干脆各自上表。

韩维上的结论是：

“孙觉、程颐为《白水潭学刊》编审，其纵容之情属实。然臣以为书生议政，并非有罪，宰相当宽宏以待，以免阻塞言路。桑充国实不预此事，此邓绾无事生非，当无罪释放。段子介阻差办公，杖责二十。臣另有表弹劾邓绾……”

曾布则上表称：

“孙觉、程颐纵容之情自是属实，难逃其罪。桑充国实不预此事。段子介阻差办公，当杖责释放。”

邓绾又自有不同：

“查白水潭之案，桑充国实为主谋。其素代石越主持校务，凡诸事未经其手，焉得施行？然臣沮于韩维、曾布，多有掣肘，遂不得定其罪实。孙觉、程颐二人，或有官命在身，或当世之所谓大儒者，却肆意纵容门生，诋议朝政，攻击大臣，下狱之日，又阴使门生故吏喧哗于市井当中，其心实不可测，若不严惩，难戒来者。段子介一举子，腰怀白刃，公然胁迫朝廷命官，目中全无王法，名为圣学弟子，实则亡命之徒，或桑充国所阴蓄之死士乎？臣以为当革去功名，禁其再入科考，其中内情，更须穷治。又十三主犯逃逸不知所踪，当行文各路通缉。石越管教失当，白水潭所致，竟皆为亡命无法之辈，平日已于酒楼拳脚相向，一朝有事，或逃逸王法，或持刃抗命，臣实忧之。奏请整顿白水潭学院，勿使鱼龙混杂，否则后患无穷。臣另有表弹劾石越无礼法、治邪说等十事，弹劾韩维与石越为朋党沮丧断案等七事……”

三人表章同时奏上，立时引来轩然大波。

赵顼本来想从轻处置这件案子，快快结束。不料三个法官意见各有不同，甚至于互相攻讦，而段子介竟然以白刃拒捕，也让他觉得不可理喻。王安石认为公开诋毁朝政，有损朝廷变法之威信，自当严惩；从段子介的事来看，白水潭的确鱼龙混杂，需要整顿；对于桑充国，他倒没什么意见。王安石要的，是给天下人做个样子，告诉他们朝廷推行新法的决心容不得别人说三道四，他无意于针对具体的某个人。

冯京不敢和王安石正面交锋，就攻击邓绾心术不正，判案不公。以为白水潭学院纵有轻狂之士，亦与石越无关，与白水潭学院无关，因为没有人可以保证几千人里没

[1] 指定案。

有一两个轻狂之人。

王珪谁也不想得罪，干脆称病，躲得远远的。

皇帝的心意一日三变，一方面觉得王安国等人说的对，读书人议论时政，并非坏事，甚至是好事；一方面又觉得王安石说得有理，让这些人妄议朝政，对变法所需要的威信是个极大的打击，自己尤其需要保护这些坚持变法的臣子。对于白水潭学院，一面他又偏向石越，以为石越所学，实在谈不上什么邪说，白水潭学院自有可取之处；另一方面，他又不能接受石越的百家争鸣政策，更不能接受段子介拿着弯刀拒捕这样的事情。

赵顼的心意如此摇摆不定，臣子借机互相攻讦，那就在所难免了。更何况，朝廷的大臣本来就因为政见不同而面和心不和。

韩维和石越受到邓绾的弹劾之后，不得不暂时避让，等待皇帝做最后的裁决，因为邓绾是谏官，他是有此特权的。韩维本不愿意管这宗差使，正好得偿所愿，只是心中恨极邓绾，连续上表弹劾邓绾，直骂邓绾人品不堪，是王安石的奴才。

然而邓绾步步紧逼，王安石又似乎想要插手白水潭，石越却已经没有丝毫退路了。

本来石越希望这件事能够不了了之，和王安石有一个妥协，但是白水潭学院是石越心血所系，是他辛苦经营的成就，是他心中影响历史转轮的能量之源。任何人想要“整顿”白水潭，都是石越无法容忍的。潘照临虽然不知道石越心中所想，但是他的看法也与石越一样。白水潭学院是石越名望所系，将来从这个学校走出来的，毫无疑问都是石越系的精英。从长远的眼光来看，石越的政治根基必然以白水潭为主。如今王安石想要插手白水潭，无论对石越的现在还是未来，都构成了严重的威胁。

在石越对皇帝的影响力减到相当微弱的境况下，石府纸窗红烛之下，一个阴谋开始发酵。

8

不久后，开封府的酒楼里。

“你知道吗？皇上本来有意释放孙觉的，结果邓绾进谗言阻止了。”

“早听说了，韩大尹和石秘校听说都官位不保呢……”

“你们都不知道吧？王相公要整顿白水潭学院了。凡是和新法不合的，全部要赶出白水潭学院。”

“是啊，白水潭十三子可能被通缉呢。”

“你们知道什么呀？其实这件事不是主要原因，主要原因是石秘校献青苗法改良，断了一些人的财路，他们在王相公面前构陷，所以石秘校和白水潭才倒霉的。”

“谁说不是呢。”

“桑公子挺好的一个人，就这么被关着，出不来了。”

“是啊，段子介还要被革了功名呢。”

“石秘校连胄案虞部的差使都不管了，称病在家，看样子真是出事了。”

“这还假得了吗？先是国子监，再是白水潭。听说丞相府已经在商议，派开封府的逻卒上街，敢说新法坏话的，立即抓进大牢。”

……

各种各样的耳语像插了翅膀一样传遍了开封府的大街小巷。关于孙觉和程颐会被编管流放的小道消息，关于石越、韩维会被罢免的谣言，关于王安石要把白水潭非议新法的学生全部赶走的传闻，都被人们说得有鼻子有眼。

事情的发展似乎也在渐渐证实这些传闻非虚。先是王安国再次上书，质问皇帝为何不遵守诺言，导致案子拖延不决，人心浮动。然后又从胄案、虞部得到证实，石越的确是称病不起，而且已经向皇帝请求致仕。接下来韩维再次请郡的消息也传来了……

所有的人都能感觉到一场政治风暴正在袭来。

终于，一切都在熙宁四年十二月初十爆发。

在案件久拖不决的情况下，王安石坚持让邓绾主审此案。结果邓绾第一次开堂，就对桑充国用了刑。桑充国被打得遍体鳞伤的消息被狱卒悄悄传了出来，在白水潭与国子监无疑是点燃了火药桶。

学生们的情绪再次被煽动起来。程颢等人当天正巧被石越请去府中商议对策，没有人安抚的学生在张淳、袁景文等人的率领下，整个学院有几乎三分之二的学生，差不多四千人，一起写了状词，前往登闻鼓院击鼓上书。国子监受了一肚子气的学生也有三四百人过来声援。

主管登闻鼓院的官员见了这个声势，哪里敢出来接状纸，只是闭门不纳。学生们鼓噪良久，一气之下把登闻鼓院的鼓给砸了，然后前往御史台。御史台借口御史中丞出缺，大部分御史都和王安石不太相合，竟只派了个小吏出来，告诉学生们：“这件事你们应当去找王丞相，或者去开封府。”连吃两道闭门羹的学生们情绪越发愤怒，又浩浩荡荡来到开封府。因韩维已不管事，邓绾也已回去，开封府推官下令紧闭大门，也不想出来惹事。

此时学生们已是围着开封城绕了一圈，不料各处衙门都是互相推诿，连个主事的官员都不曾见着，一个个怒火中烧，连本来想要持重的学生也变得恼火起来，众人便准备去王安石府上。国子监的学生对于宰相值日的情况了如指掌，便道：“王安石今日在中书省值日，去他府上没有用。”

一个叫李旭的国子监学生高声说道："诸位，我们一不做，二不休，不如叩阙[1]上书。诸位以为如何？"

张淳、袁景文早有此意，就是不知道国子监的学生之意，这时候见他们主动倡议，自然立即同意。众学生群情激愤，也顾不了许多。于是众人推举出几个文采较好的，和张淳、袁景文、李旭一起，共是十七人，作为领袖，起草奏章。洋洋洒洒万言之书，骈四俪六，倚马可待，写完后当众宣读，乃是请求皇帝释放桑充国等四人，赦免白水潭十三子，罢邓绾，废免役、保甲二法等等。众人尽皆叫好，于是便浩浩荡荡向皇城行进。

不多时，便到了宣德门外的御街之上，数千人一齐跪倒，黑压压的一片。然后由张淳带头，三呼万岁，便即放声痛哭，一时间哭声震天，连内宫都听得到。

这是北宋开国以来从未有过的大事，一干官员手足无措，不知道如何应付，禁军卫士虎视眈眈，却也不敢轻举妄动。

赵顼正在崇政殿批阅奏章，忽然听到外面哭声震天，连忙叫李向安去打听，又命人宣王安石等大臣火速见驾。

不多时，李向安和王安石等人几乎同时回报。众人站在一旁，听李向安跪奏道："官家，是白水潭与国子监的学生叩阙上书，讼桑充国之狱，有五六千人之众。"反正是估计，他也不怕多说几千人。

赵顼再也不曾料到，又惊又怒，道："这般胡来，成何体统？"

王安石在学生们游行各衙门时便已得到消息，正欲派人去驱散，不料学生们竟然闹到宣德门前来了。这时见皇帝发怒，连忙说道："陛下，请让臣出去将他们劝散。"

冯京心中一动，也说道："臣请与王丞相同往。"

枢密使文彦博也道："臣亦请同往。"

赵顼微微点头，道："既如此，劳烦诸卿。"但忧虑之情，却形于颜色。

9

三人在侍卫的拥簇下到了宣德门外，只见御街上跪倒的人长达数百米。王安石略觉意外，定定心神，走上前去，大声道："你们来此叩阙，所为何事？"

众学生中有见过王安石者，看见王安石，顿时气不打一处来。张淳傲然说道："学生为白水潭冤狱而来，为王相公欲清洗白水潭而来，为免役、保甲二法害民而来！"

文彦博见他说话无礼，厉声喝道："放肆，竟敢如此无礼。"

[1] 指官吏、百姓受到冤屈时，直接在皇宫外叩击宫门，以图向朝廷申诉的行为。

张淳冷笑道："当此礼崩乐坏之世，学生已不知礼为何物。似邓绾这种无耻小人亦可以为知谏院，似桑长卿公子、孙莘老先生、程正叔先生这样的正人君子却要受牢狱之灾，被无妄之刑，学生敢问诸位相公，礼法公义何在？"

袁景文也高声说道："学生引经典，议论时政，实在不知何罪之有？历史上有此罪之时，是周厉王时，是秦始皇时，是东汉十常侍乱国之时。颜子、子思、曾子、孟子，谁不曾为布衣？当他们为布衣之时，议论时政，可曾有错？配享孔庙的圣人们曾经做过的事情，为什么就要禁止我们做？学生听说王安石之子雅善法家申商之学，难道法家之'偶语律[1]'反而是礼法吗？"

王安石冷笑道："你们倒会强词夺理，既然自称圣人门徒，难道'不在其位，不谋其政'都没有听说过吗？"

张淳傲声道："王相公常常讥人不读书，难道石山长的《论语正义》王相公也没有读过？孔子说'不在其位，不谋其政'，没有说不在其位，不能议其政。观孔子一生，不在其位而议论其政之事，举不胜举。王相公难道连这也不知道？"

王安石"哼"了一声，厉声说道："强词夺理！尽是巧言令色之徒。你们若要上书，可去登闻鼓院，可去开封府，来这里做什么？惊了圣驾，其罪不小，速速散去！"

李旭冷笑道："登闻鼓院大门紧闭，开封府闭门不纳，我们上告无门，只有告这个御状。我们一心为国，并无私心，哪怕什么罪名？"

袁景文也说道："请王相公接我们万言书，给我们一个答复吧。"说着便把万言书递给王安石。

王安石接过万言书一看，顿觉万念俱灰，那是一种发自内心的无力感。他一心一意，锐意变革，扪心自问，毫无自私自利之意，完全是为了国家的昌兴，百姓能过上好日子，可是却被这众多的学子视为仇敌。他虽然知道废除免役法和保甲法，并非是学生聚集宣德门前请愿的原因，王安石心中也以为什么桑充国，什么邓绾，都不过是一个借口，学生们的目的仍然是针对新法而来的，所以他才更加的失望。没有一个人是不渴望被理解的，特别是有着高尚的目的之时，但是，他却要被数以千计的学子误会到这种地步！

王安石惨然变色，连声叹道："罢，罢。"递给冯京，转身便往宫中走去。冯京和文彦博粗粗一看，也是相顾变色，他们知道这万言书所说若是采纳，等于是逼王安石辞相。二人也不再多说什么，连忙跟着王安石去见皇帝。

赵顼听冯京汇报了出去面见学生的经过，草草看了一遍学生们的请愿书，沉着脸说道："诸卿，此事当如何处置？"

虽然赵顼心中很反感学生们公然挑战朝廷权威的极端行为，但是他也明白，此事

[1]　指秦始皇时代法家的暴政，两人以上在一起谈论诗书，便犯"弃市"之死罪。

如果处置不当，史笔无情，他定会被后人讥刺。他顶住层层压力推行新法，锐意求治，就是希望留下万世之美名，否则以帝王之尊，他何须自苦如此？如果将来史书之上，记下他赵顼镇压学生，岂非要和东汉恒灵二帝并列？

王安石叩首道："陛下，臣为相无能，致有此变，虽自问本心无愧于天地神明，然而却终不能见容于世俗。因为臣的无能，让陛下陷入今天这样的困境，臣实在有负陛下厚望。臣自问也没有能力再处相位上，请陛下允许为臣归老，了此残生，亦可以谢天下。"说到最后，心有所伤，不禁老泪纵横。

一生心血，满腔抱负，竟然要如此收场，情何以堪？

但是宣德门前数千热血沸腾的学子，是无法理解王安石的心情的。几千人静静地跪在御街上，默默等待皇帝的回答。宣德门前的气氛，也是一种深深的悲情与愤慨。

满脸病容的石越在离学生们几十米的地方下了马车，在侍剑的搀扶下缓缓走向队伍前列。学生们很快发现了石越，顿时"石山长""石山长来了"的声音响成一片。

看不出石越眼里有什么感情，在病容的掩饰下，石越看起来非常疲惫，现在可以知道石越"告病"并不是做假，至少不完全是一种政治姿态。

然而看到这几千个与自己年龄相若的学子，石越心里却有一种罪恶感，是自己和潘照临一起商议，定下计策，暗中在酒楼茶馆散布流言，有意无意引导一些与自己关系亲密的学生在白水潭学院挑拨起学生们本已渐渐平稳的情绪，又买通狱卒放出桑充国被用刑的惨状，把程颢等人在关键时刻调开白水潭……所有的一切，自己都有份。

为了缓解政治上的困境，不惜把这些大宋的精英玩弄于股掌之中，将他们推向危险的境界。如果皇帝决定镇压，那么自己就会是千古罪人，因为大宋的元气经此一次，没有五十年无法恢复。石越想起潘照临对自己信誓旦旦地保证："以皇上的性格，虽然刚毅果敢，但绝非无道之主，断不至于如此的！"但是这种没有根据的保证，真的是自己可以如此布置阴谋的原因吗？"为了达到一个最高尚的目的，可以使用最卑鄙的手段。"想不到自己倒真有马基雅维利主义者的潜质。在书房密谋之时，自己可不曾有过半点心软，但是看到这一双双真挚的眼睛，石越却无法做到那么坦然。

但是，戏还要继续演下去！

"如果任由他们步步紧逼，那么公子的政治威信会荡然无存！将来的前途，顶多是皇上的一个词臣，一个司马相如、东方朔一流的角色。公子，这样的前途，你能甘心？"

"利用白水潭数千学子的力量，是我们手中能把握的最重要的筹码，只有依靠这个力量，我们才可能和王安石下完这盘棋。但是这个力量使用出去，虽然能致邓绾于死地，能重伤王安石，却一样也会严重伤害到我们自己。无论是白水潭还是公子，将来的处境都会变得更加微妙……"

"然而我们没有选择了，两害相权取其轻！"

“为了尽量消除对公子的负面影响，还有更多的事情要做。皇上对公子的信任，同样也是公子能一展胸中抱负的关键因素。”

……

潘照临的诸多分析的确有他的道理，况且石越也绝对无法忍受王安石把手伸进白水潭。

也许一切真的是迫不得已！

石越慢慢调整自己的情绪。终于，到了请愿学生队伍的最前列。

宣德门外，静悄悄的，所有人的目光都注视在石越身上。

石越环视十七个学生领袖，其中白水潭学子占了十二个。石越心里忽然感到一阵骄傲，自己对白水潭士风的培养并没有白费。

犀利的目光在十七人脸上扫过一遍，石越发现自己能叫得上名字来的，只有张淳、袁景文，还有一个叫吴晟的学生，三人而已。白水潭虽然贯彻了自己的一些精神，但在某种意义上，却是桑充国的学校，这一点石越也不能不承认。

好半晌，石越厉声说道：“你们这样做，欲置君父于何地？”

袁景文师事石越，顿时不敢作声。张淳却抬起头来，朗声答道：“皇上本是明君，我们这样做，并不会损害皇上的英明。皇上若然纳谏，必能流美名于千古！学生不明白石山长所说的是什么意思？”

石越在心里赞了一声好，口中却毫不松软：“那么你们前来，又是想做什么？”

张淳正容说道：“已上万言书，请释桑教授四人之狱，赦免十三同学，罢邓绾，废免役、保甲法。”

石越高声冷笑道：“这是想挟众意胁迫朝廷！你们如此行事，要天下如何看朝廷？要后人如何看今世？”

“我们不过进谏言，伸正义，朝廷能嘉纳。天下之人，当知本朝君明臣贤，后世之人，亦当赞美皇帝与宰相胸怀宽阔，以仁爱治国。”张淳辩才极佳。

“既然已进万言书，为什么还跪在这里？理当速速回校，等待皇上与朝廷的处置，跪在这里不走，又是为何？”石越高声质问，不待张淳反驳，又说道：“大家立即回校，皇上圣明，当自有处置，如果跪在这里非要一个结果，这和胁迫朝廷又有什么区别？”

石越和张淳的这番对白，数千学子听得清清楚楚。有些人怨愤更甚，以为石越不站在他们一边，心中的悲情意识更浓，反而更加坚定；有些人见自己崇拜的偶像竟然站在自己的对立面，置自己的兄弟桑充国于不顾，难免失望；有些人则心生犹豫，以为石越说得有理，但没有人带头，众人便都不愿意动。没有人希望自己被看成孬种，以后一辈子抬不起头来。

但是，无论是谁，对于这些心中并没有反对朝廷意识的学生们来说，石越最后的质问，都是难于回答的。

10

石越正要乘胜追击，李向安却突然出现了，并高声宣旨：“宣石越觐见。”

“无可奈何”的石越只好去见皇帝。他的这一番表现，早有人报给赵顼和诸宰相。

赵顼看着病容憔悴的石越，还没有说话，石越就开始请罪：“臣治校无方，出此大乱，实在无颜见皇上。臣请皇上治臣之罪。”

赵顼摆了摆手，道：“治你的罪又能如何？虽然你脱不了干系，但是这件事情也不是你能料到的。你的处分，以后再议。”

石越知道出了这样的大事，御史台不弹劾自己是绝不可能的。处分是难免的，但是处分并不重要，重要的是皇帝对自己的信任。

赵顼对石越的偏爱甚至超出石越自己的预料。

冯京说道：“石子明之处分，臣以为是免不了的，但当务之急，是把这些学生赶走，这样实在太不成体统。”

文彦博本来和王安石私交不错，只是因为政见不合而渐渐疏远，这时候看到王安石这样的状况，却也不愿落井下石，只淡淡说道：“冯丞相说得不错。”

众人商议了好一会儿，尽皆态度微妙，大家对王安石请辞都不置可否，既不想落井下石，却也不愿意挽留。赵顼并不想让王安石辞职，这时候让王安石去职，无疑是宣布新法夭折，何况他也很倚重王安石。所以他更希望有臣子来挽留王安石，他再顺水推舟允许，不料竟然无人提起。

石越却不知道这些，他看到王安石心不在焉，不置一词，心里有点儿奇怪。因多看了几眼，王安石见他如此，勉强笑道：“在下已经请求归老了。”

石越吃了一惊，连忙说道：“此事万万不可。”

此话一出，王安石、冯京、文彦博都吃惊地望着石越，他们都没有想到石越会这么鲜明地反对王安石辞职。只有赵顼笑道：“此事朕亦以为不可。”他本来想先用缓兵之计，过了几天，自然会有臣子来反对王安石辞职，没想到石越竟然不计前嫌。

石越心里打着自己的算盘：“王安石一旦辞职，吕惠卿不在，曾布和自己资历远远不够，上台的肯定是个保守派，最好的状况也就是个唯皇帝之命是从的家伙。政治风气万一转为保守，自己说不定就会成为众矢之的。这怎么行呢？”嘴上却道：“臣以为学生叩阙于宣德门外，是非未断，而朝廷罢宰相，必为天下所笑。况且这些学生也并非针对王丞相与新法而来。臣虽然不能完全赞成丞相的政见，但是也不敢以私心而坏国事。宰相如果有罪，当罪其罪。今日之事，激起大乱的是邓绾，与王丞相无关。”

这番话说得赵顼点头称是，冯京和文彦博在心里暗怪石越迂腐，王安石却是百感交集。但是事情发展到这个地步，无论从哪个方面来考虑，他王安石也要表明辞职的态度，如果这时候还在相位上安之若素，那么他的政治威信可真要荡然无存了，更何况他的确有些心灰意懒。

他长叹了一口气，说道：“臣无颜面对皇上，去意甚坚，还望皇上成全。”

石越正色说道：“陛下，现在最重要的事情，不是王丞相辞职之事，这件事可以以后再议。臣以为，现在最重要的，是把学生们劝散回校。”

赵顼颔首问道：“石卿之意，当何处置？”

石越沉吟道：“臣以为就一个字——拖。”

冯京问道：“怎么拖？学生聚集于御街不散，如何拖法？”

石越道：“学生请愿，原是为桑充国之狱，若以臣之私心，则希望陛下能释放桑充国，这样学生自散，而兄弟之义可全，然而此非为国家谋。学生既以此狱为冤狱，陛下可以下诏告诉他们，罢免邓绾，另责贤能官吏主审此案，必还学生一个公道。若果违国法，则虽万人叩阙，亦不能赦免；若真是冤狱，皇上圣明，亦不会冤枉忠良。学生既是为此狱而来，则皇上罢免主审官，重新择人审问，学生也当无话可说。”

冯京点头赞道：“这个办法甚好，一来保存国家体面，二来显示陛下公允之心，三来让学生无话可说。”

文彦博也道：“若是因为学生叩阙，便尽从其议，臣是绝不敢苟同的，以后小人若学了这个样，朝廷就毫无威信可言了。这个方法不错，臣也赞成。但是煽动学生来叩阙的主谋，事过之后，亦当惩戒。而且要追究是否受人指使，此事若然不明，只怕石秘校也有几分不方便。”他的言外之意甚明，文彦博对石越也免不了有几分怀疑。

冯京也道：“不错，随从的学生可以不问，以示朝廷宽大之议，而主谋的学生，无论桑充国之案结论如何，都应当严惩。至于幕后主谋之人，或有或无，以后再说。臣敢保石子明断然与此事无涉的。”

石越听到他们要秋后算账，本待反对，但是文彦博所说，竟是连自己也扯上了干系，为避嫌疑，话到嘴边，只好收回，道：“臣也以为正当如此。”一面在心里暗骂自己无耻。

赵顼想了想，说道：“诸卿说得不错，只是什么幕后主谋，那是子虚乌有之事，这件事就不必追究了，否则人心不稳，不知道要牵连多少人，只惩戒一下带头的学生便是。”他知道“构陷”二字最是容易写，这种事情的主谋如何追究？根本无从查起。何况如果真的有，牵连的必是朝廷重臣，更加不得了，还不如故意示天下以宽仁。

诏谕请愿学子的诏书写得滴水不漏，一面严厉责怪学生们行事冲动，非礼逾制，一面又安抚学生，说他们其心可嘉，皇上能够理解。对于学生们的要求，则指出朝廷自有法度，皇帝应当依着礼法律令行事，处事应当示天下以公，因此白水潭之狱，要审明后方能处置，还请学生们放心，承诺必有一个公正的结果。诏书中还说邓绾处置失当，朝廷当另委官员审查，而对学生们要求废免役、保甲法，则提出严厉的质问，认为这件事情应当由朝廷大臣来决定。

“……（桑充国）彼若有罪，虽万人叩阙，朕不能赦其罪；彼若无罪，便众口钳之，朕亦不能治其罪。朕为天子，当示天下以公……”冯京一边朗声念着这道诏书，一边看着这些学生的反应。

学生们果然开始动摇，虽然有几个人似乎还想争取一点明确的许诺，但是在皇帝责以大义的诏书面前，在大部分学生感动于有这样一个体恤下情的皇帝的情况下，诏书一读完，有几千人就开始高呼“吾皇万岁”了。

张淳与袁景文等人对望一眼，无奈地发现，连十七个领袖当中，也有一大半对这个成果表示满意而高呼“万岁”，他们也只能表示接受，并由几个人商议写一道谢表和请罪的表章，交给冯京。

大宋历史上第一次大规模的学生请愿，结果差强人意。学生提了一堆要求，朝廷给出的实际让步只是撤换邓绾。虽然有少数学生不满意这个结果，但是面对高举着大义旗帜的朝廷，他们也只能屈服。毕竟请愿如果缺乏强有力的正义性，是绝对无法成功的。

躲在这件事情背后微微冷笑的，是一个叫潘照临的男人。整件事情在他的算计下，从头到尾没有真正失控过，石越总算以最小的代价，打赢了他政治生涯中的第一仗。

但是这个所谓“最小的代价”，对于石越来说，也是相当困扰的——罚俸一年，免去白水潭山长的职务。这些都无关痛痒，但是接下来如何避免朝廷借此机会通过任免白水潭山长而加强对白水潭学院的管制？如何消除白水潭学院给皇帝的负面印象？这些都是让他头疼的问题。特别是学院给皇帝的负面印象，会直接影响到许多有官阶在身的人不愿意来白水潭任教。虽然从另一面来说，很多人也会因此更加向往白水潭。但是如果给朝廷和皇帝一种“白水潭是麻烦的根源”这样的印象，绝对不是好事。

另外，白水潭之狱并未结案，桑充国仍在狱中，白水潭十三子依旧是有罪之身，而那十七个学生领袖又面临新的危机，如此等等，皆是石越要谋划的事情。

与此同时，伴随着这次请愿活动，还有一件事情需要石越和潘照临一起关注，那就是如何说服王安石回到中书做他的宰相。无论是石越还是潘照临，都承认这个时候如果王安石去职，对石越有害无利。

一方面要制约王安石，一方面却不能让王安石离开权力的中心，这件事情石越想起来就觉得讽刺。

第六章

执拗相公

世间所谓的“伟大”，其本质不过是“执着”，但“执着”的另一面，却是“顽固”。

——某个自诩为“智者”的人

1

从熙宁四年的冬天开始，开封城的天气就一直是阴沉沉的。沉闷的天气，和大宋权力中心的气氛一样，让人感到压抑与难受，使许多人都喘不过气来。

冯京捧着一大堆公文如往常一样走进中书省那简单的厅堂里，王安石请辞，王珪请了病假，现在掌印的宰执就只有他一个人了。冯京吩咐了各部曹的官员把公文按轻重缓急分类整理好交过来，自己便坐在案前埋头开始办公。少了王安石的政事堂，气氛也显得格外沉闷。

冯京顺手翻了一下公文，瞄了外面的天气一眼，自顾自地说道："看这天气，说不定有大雪要下。要知会一下开封府，大雪天可不要冻死人才好。"

一个堂吏听到冯京说话，便应道："大参[1]，这事曾都检正已吩咐下去办了，开封府推官断不敢怠慢的，您尽管放心。"

冯京心里不由闪过一丝不悦，曾布这个"检正中书五房公事"出了名的眼里只有王安石。就拿这件事来说，这件事本是好事，但是连自己这个当值的宰执都不知会一声，就径自施行，让人心里真不舒服。

但他毕竟是久经宦海之人，心里虽然不快，脸上却不动声色地笑道："他倒想得周到。"又问道："今年各地青苗法与京东、两浙、河北三路试行青苗法的报告交上来了吗？"

"前天就交上来了，曾都检正和诸房提点、检正合计，这件事要等丞相回来了再处置方为妥当，压在那里呢。"

冯京听见这话，心里更加不快，但又不好发作，倘是发作，倒是好像自己盼着王安石永远不能回这中书省一样了。他暗自苦笑一下，打量一下中书省的官员，觉得他十之八九是王安石一手提拔起来的青年俊杰。这些人办事颇有干劲，议起政来也头头是道，自己在中书省的作用，原来也不过是签字画押而已。便是王安石请辞，但是他那巨大的阴影依然笼罩着中书省。中书省的大小官员们，小事自己下令施行，大事留待王安石回来，冯京都有点儿不明白自己待在这里有什么意义了。

把目光漫无目的地投向窗外，冯京突然感觉到王安石像极了院子里的那棵巨大的古槐树，无时无刻不用自己的枝叶罩着中书省的院子。一股心烦意乱的感觉冒了上来，冯京突然有种无力感，觉悟到自己根本没有办法取代王安石。他挥了挥手，无力地说了一声："知道了。"便开始继续办公。

[1] 参知政事的尊称。

2

王雱一面取下披风，一面走向屋子里。屋子里的几个人见他进来，都起身相迎。王雱忽然感到胸中气血翻滚，咳了几声，方勉强笑道："我来晚了。"

"元泽，你已经说服丞相了吗？"一个五十来岁的男子急切地问道。此人姓谢，名景温，字师直，现官侍御史知杂事，也就是所谓的"知杂御史"，为御史台的副长官，在此时朝中新党中也是地位显赫的几人之一。谢景温前半辈子都在地方上做官，是因为与王安石相善，才能调到朝廷，担任要职，因此心里极是感激王安石的知遇之恩，对王安石唯命是从；再加上他妹妹嫁给了王安石的弟弟王安礼，他与王家另有一层亲戚关系，因此也得到了王雱的信任。此前构陷苏轼，谢景温便是主力。

王雱看了一眼谢景温，不由叹了口气，摇了摇了头，道："我父亲不是那么容易被说服的，我已托人送信给吕惠卿了。"

谢景温大吃一惊，道："元泽，你不是说吕惠卿狼子野心，不可不防吗？"

王雱苦笑道："事急且从权，眼下只有吕惠卿能说服我父亲。如果办这件案子的是吕惠卿而不是邓绾的话，石越也演不出这出双簧。"

谢景温恨声说道："邓绾行事也是太孟浪了，如今害得我们这般被动。"

王雱冷笑道："事后怨人，于事何益？石越这一招，我们谁又能料到？本来以为邓绾也是个聪明人，做事会有分寸，才让他去办这件事。我看他是想当御史中丞想疯了，居然这样小看石越。"

他正埋怨着邓绾，却听有人笑道："现在说这些也晚了。曾布当时首尾两端，也是石越能得逞的原因。曾布虽然支持新法，但是和石越私交不错，我们也是失算了。"

王雱循声望去，说话的却是新上任的监察御史里行蔡确，也是对御史中丞一职极有野心的人物。虽然此人是邓绾举荐的，但对于邓绾的落马，他心里只怕是在暗暗高兴。

王雱有心要刺一下他，淡淡说道："邓绾罢知永州，并没什么要紧的，他始终是礼部试第一名的进士，迟早有一天能回到开封府。"顿了顿，见蔡确神色如常，心中不由暗暗诧异，又道，"这里都是自己人，大家开诚布公。当务之急有两件事，第一件是说服我父亲不要辞相，否则新法前功尽弃；再就是白水潭案的主审官，一定要争取是我们的人，否则他们气焰一旦嚣张，以后就很难压服下去了。"

谢景温点了点头，道："元泽所言甚是。"

王雱又道："冯京向皇上推荐的人选是范纯仁，若真要是他来做主审官，那白水潭案肯定全部是无罪释放。"

谢景温不由皱起了眉："吕惠卿丁忧，曾布虽然精通律法，但是他已经指望不上，我们如今还能找谁呢？"

王雱沉吟道："开封府出缺，我以为皇上之意，白水潭之案的主审官肯定就是新任的权知开封府……或者，竟交由御史台来审理？"

几个人的目光立即热切起来，若是下御史台，那就是所谓的"诏狱[1]"了。现在御史台御史中丞出缺，便是谢景温做主。虽说御史台内部并没有严格的上下级关系，但他们也还有蔡确等人呼应，桑充国只需进了御史台，就不要再想出去。

但是，这个道理他们知道，那对手肯定也知道。而且这案子的"主犯"桑充国又不是官员，不该御史台当管。几人马上意识到这是不太可能的事，王雱有些失望地摇了摇头，说道："可惜……开封府知府要待制以上官……"他沉吟着，目光突然投向谢景温，说道："师直公，若我们找机会向皇上推荐你如何？"

顿时，几道羡慕的目光投向谢景温，尤其蔡确的眼神，几乎是炽热得可以杀人。谢景温也是激动得胡子直抖，一时竟是说不出话来。

王雱满意地点点头，又说道："就这么说定，我会找机会向皇上推荐，设法让师直知开封府。不过如今我父亲不在中书，我们说话的分量在皇上那边却有些不够，所以也不一定能够成功。因此，各位也要配合我，双管齐下，多搜集些白水潭不法乱制之事，各位正好顺便做功课。"有宋一代，御史谏官每个月必须有弹劾的表章交上去，所以王雱称之为"做功课"。

众人皆是默契地一笑。谢景温更是感激涕零。

丞相府。

王安石一家人坐在一起吃饭。比起宋代官员生活的奢华来说，王安石这个背负着"敛财"之名的宰相，生活却过得十分俭朴。宋代官员俸禄颇丰，一般官宦人家平均每人可以请三个以上的奴仆服侍起居，但是王安石一家十多口人，请的仆人不过七八人。虽然被人讥讽"做宰相只吃鱼羹饭，得受用底不受用"，但王安石依然我行我素，并不怎么把这些闲言闲语放到心上。

自从王安石为相之后，这样一家人聚在一起吃饭的时间就越来越少。虽然这次王安石在仕途上遭遇挫折，但是对于王夫人来说，国家大事不是她能关心的，自己的丈夫儿女能团聚在一起，才是最重要的，因此每一顿饭她都竭力营造一个快乐的气氛出来。

王昉一边吃着饭一边偷眼看自己的爹爹，朝局之事，她并不陌生，但是作为女孩子，却是不可以随便说这些的。王安石似乎显得有点儿衰老，但依然强打着精神，装出一

[1] 指高级官员有罪，需皇帝下诏书始能系狱的案子。

副笑脸来。桌上摆了七八个简单的菜，王夫人知道自己丈夫的习惯，把最好吃的菜摆在王安石面前。因为王安石吃菜从来没有什么挑剔，他只吃桌子上离自己最近的一碗菜。

王昉见王安石心不在焉地夹着同一个菜，便一面撒娇一面给王安石碗里夹菜，娇声道："爹爹，尝尝这个……还有这个……"

王安石看着自己这个宝贝女儿，温言笑道："好，好。"

王雱回到家里，进了饭厅，正好看到这一幕，便笑道："还是妹子有办法。"又恭恭敬敬地叫了一声："爹爹、母亲。"

王安石看了他一眼，问道："去哪里了？快一起来吃饭吧。"听公公说了话，王雱的妻子连忙起身帮王雱盛好饭。

王雱应了一声，坐下来，说道："方才皇上召见我。"

"哦。"王安石淡淡应了一声，不再说话。

王雱迟疑了一下，说道："皇上要我劝说父亲回中书省主持政务。"他倒不是假传圣旨。

王安石不置可否地应了一声，筷子停在碗里。

王旁笑道："哥，看你，一回来就说公事，先不说这些吧，我倒觉得爹爹早点学张良归隐，并不是坏事。一家人开开心心，也挺好。"

王雱半开玩笑地说道："你什么时候长进过，尽出些臭主意。父亲身负经邦济国之术，不把它施展出来难道要收死在胸中吗？况且皇上是明主，难得君臣相知，若不能有所作为，岂不为后世所笑？张良归隐，那是他帮刘邦打下了数百年的基业，功成身退。现在新法变到一半，小遇挫折便说归隐，真要被后人笑话的。"

王旁一向说王雱不过，便不再说话，只小声嘟哝道："何苦为了一个不见得正确的理想，把天下的怨恨都揽到我们王家身上。"

他说话声音虽然小，坐在他旁边的王雱却是听得清清楚楚，顿时勃然大怒，厉声问道："弟弟，什么叫不见得正确的理想？"

他这么高声一说，顿时全家人都听清了，王安石脸色也变得难看起来。

王旁从小就有点儿害怕自己这个哥哥，他没有王雱聪明、有出息，在过分杰出的父亲和兄长的阴影下，王旁的性格与父兄截然不同。这时听王雱厉声喝他，便不再说话，只是闷声吃菜。

王雱却气犹未尽，他身体一日不如一日，这时生起气来，胸中气血翻腾，竟是想要吐血一样。他好强地生生吞住那口气血，说道："我们是不见得正确的理想，难道那些庸庸碌碌之辈反倒是正确的？坐视着国家一日一日被那些满口仁义道德、一肚子男盗女娼的伪君子们掏空而无力挽救，反倒是正确的？"

王旁有点儿不服气地低声说道："我可没有这么说。"

王雱不听这句话还好，一听气又上来了，他狠狠地盯着王旁，突然冷笑道："好啊，那你说说，我们怎么样不见得正确了，什么样又是正确的了？"

王旁偷偷看了一眼王安石的脸色，见他一直沉着脸，原来就挺黑的皮肤，更显得黑得可怕。他哪里敢惹父亲生气，就打定主意退一步算了，当下低着头不再说话。

王雱见他不再说话，便转过头，继续劝说王安石。王夫人虽然感觉气氛不对，但是这毕竟是男人的事情，她不好进言，便笑着对王雱说道："雱儿，辛苦一天了，吃饭吧，来，尝尝这个兔子肉味道怎么样。"

王雱勉强一笑，应道："娘，知道了。"一边继续对王安石说道："爹爹，你不是常告诉我们做事贵在坚持的吗？任何一件事情都有困难，只有坚持下去，才会有最后的成功。现在的新法，就需要你的坚持呀！"

王旁在旁边听得心里很不舒服，但是他生性不愿意和父兄争执，只好默默吃饭，狠狠咀嚼着口里的青菜。王安石淡淡看了他一眼，没有作声。

吃过饭后，王昉把王安石送到书房。这段时间王安石难得有空，作为经学大师的他便开始读石越的《论语正义》《三代之治》，并开始动手写《孟子注》。王雱也跟了进来，帮他整理资料。

王昉见父兄开始忙碌起来，连忙告退回自己的闺房。穿过几道走廊，一道郁郁的笛声从后花园传来，笛声中似有说不清的烦闷与担心。王昉循着笛声走去，到了后花园的池边，果然是二哥王旁在那里吹笛。

"二哥，你有心事？"王昉找了块平整的石头坐下，轻声问道。

"妹子。"王旁叹了口气。

"是不是因为爹爹的事情？"王昉问道。

"二叔和三叔都和我说过，现在爹爹变法，把天下的怨恨都归到咱们王家身上了，对咱们王家很不利。"王旁也只有在自己这个妹妹面前敢肆无忌惮地说话。

"可是爹爹也是为了天下的苍生呀。如果能让百姓过上好日子，国家变得富强，就算咱们王家受一点委屈，又有什么了不起呢？我虽是女流，却也知道如果有利于国家与百姓，即便是对自己有害的事情，我们也不应当回避的。"王昉一手理了一下刘海，娇声说道。

王旁看了一眼自己的妹妹，忍不住笑道："想不到妹妹你也有这种见识，如果你是男儿身，爹爹一定喜欢你更甚于大哥。"旋又叹道，"但是我没有这种远大的理想与抱负，我更希望爹爹与哥哥平安。你也看到了，哥哥的身体一日不如一日，还要这样争强好胜，天天算计。这并非好事。"

王昉幽幽说道："二哥，你也不必自谦，你的学问、才华，又何曾差了？你担心爹爹，爹爹也是知道的，但是你知道爹爹和大哥的脾气，天生的热血心肠。虽然这一次爹爹实在有点儿心灰意懒，但依我看，他迟早要复出的。”

王旁急道：“妹子，你也希望爹爹复出吗？”

王昉有点儿茫然地答道：“我也不知道，我是个女孩，终究不明白天下大事的。”

王旁叹了口气，道：“是呀，你是个女孩子，不明白，但是爹爹和大哥却都是人中之杰，可是他们也自处于错误之中而不自觉呢。只怪我没用，不能说服他们。”

王昉有点儿奇怪地看了王旁一眼，问道：“二哥，你怎么可以断定爹爹与大哥身处错误之中呢？”

王旁苦笑了一下，说道：“现在天下的士子都知道这件事情。爹爹主持变法，青苗法上上下下议论了许久，又是试行又是设提举官，结果搞得天下怨声载道，叫好的人没有抱怨的人多。但是石越略一改良，现在三路试行石法，成绩斐然。前几天听浙江的士子说，单是两浙路，官府没有掏出一文钱，尽收入二十万贯。虽然水害不断，但是两浙路因为改良青苗法施行得当，再加上农业合作社的施行，农时没有耽误，也没有饿死一个百姓，出现一个流民，大家都能尽心尽力在自己的家乡恢复生产。两浙的百姓上书朝廷，希望允许他们给石越立长生牌位。这种事情，是爹爹的新法能做到的吗？”

王昉还是第一次听到这样的事情，瞪大了眼睛望着王旁，她是不太相信这个世界上还有比她父亲更能干的人。

王旁看了王昉一眼，自嘲地笑了笑，道：“你不相信是吧？我也不相信，但是事实如此，我不能不信。现在被爹爹贬到杭州的苏轼在那边大兴水利。曾布说两浙今天治绩如此之好，新法之功不可没，但那是自欺欺人！无人不知道那是石越的功劳。现在朝廷可能要派大员去那里专责兴修水利，把农田水利法贯彻好，以期标本兼治。这也是爹爹的新法唯一不引起非议的法令。到坊间去转转，百姓都在传说石越是文曲星下凡、左辅星转世，是帮赵宋官家兴万世太平的，便是士林的读书人也有许多人对此深信不疑。就算不信这些星相之说的，也都承认石越胸中实有一篇治国的大文章，改良青苗法不过是牛刀小试。还有那个关在开封府狱中的桑充国，两年之前，尚且籍籍无名，现在替石越主管白水潭校务，同时讲授《三代之治》《化学》《物理》等数科课目，声望竟然不在石越之下，隐约可与程颢等人比肩，再过几年，竟又是一个石越了……”

王旁又和她说起石越创建的白水潭学院的气度与景象，关于石越与桑充国的种种轶事，还有白水潭学院的人物风采。他不似王雱，白水潭学院王旁是亲身去过的，别的书院他也观摩过，两番比较，在王旁口中说出来，更显见白水潭学院的出类拔萃之处。一席长谈，直听得王昉悠然神往，恨不得自己能亲自去白水潭学院看看。

3

几天来，赵顼一直都心神不宁。熙宁五年的春节转瞬即过，粉饰出来的太平景象随着上元灯节的结束也被打回了原形。一个宰相请辞，一个参政告病，冯京独木难支。中书要处理的公文堆满了几案，而有许多重要的事情，如曾布这样的大臣则坚持要等王安石回来再做处置，结果便是政务一天天堆积，帝国运转的效率降到了最低。

除开日常的政务被荒怠之外，朝中与地方的官员个个都心存观望，无心理政。他们更关心的反倒是王安石的去留，也许是因为这件事和他们的前途关系更紧密吧。赵顼身为大宋朝的皇帝，面对这样的臣子，他也无可奈何。新党与旧党交章上表，或者希望皇帝挽留王安石，或者敦促皇帝早日批准王安石去职，任命新的宰相，政局愈发动荡不安。

赵顼坐在龙椅上，想起昨天和石越的对话。

“陛下，王丞相去留，不可不早下决断，否则政务荒怠，为祸不浅。”

“朕也是这样想，但是王丞相执意请辞，如之奈何？”

“臣有一言，不知当讲不当讲？”

“朕与你君臣相知，有话但说无妨。”

“那么，恕臣直言，臣敢问陛下，究竟仅仅是王丞相执意请辞，不肯从命，还是陛下心里也有点儿犹豫呢？”

……

“白水潭之案，与臣休戚相关，但臣不敢以私心坏国事。今日之事，陛下不早定白水潭之案，王丞相就不可能复职，王丞相不复职，陛下锐意求变之心，由谁来实现？”

……

“即便是陛下真的不想用王丞相了，也应当早点下决断。臣以为中书的权威较之新法的权威更重要，中书省诸事不决，地方便有轻朝廷之心，上行下效，地方官吏便会怠于政务，国家之坏，正始于此，陛下三思。”

……正在出神，李向安轻轻走了过来，奏道：“官家，太皇太后和太后要见您。”

太皇太后曹氏是个了不起的女人，庆历八年卫卒作乱，她临危不乱，亲率宫女宦侍死战，坚持到天亮，平定叛乱，实在不愧是将门之女。她的祖父曹彬，也是中国历史上值得尊敬的将军。秉承祖父的那种举重若轻的气质，曹氏在仁宗死后，立赵顼的父亲英宗为帝，并且曾经垂帘听政，对英宗一朝的政局稳定起了非常重要的作用。赵顼一即位，立即尊她为太皇太后。这个女子在大宋朝野享有崇高的威望，虽然她不是赵顼的亲祖母，但是赵顼历来都很尊重她的意见。曹氏并不是那种对权力有着变态渴望的女人，虽然她与赵顼二人之间因为种种原因，有着不可避免的隔阂，但是彼此的聪明与互相尊重，让这种隔阂变得极不显眼。

皇太后高氏是曹太后的亲侄女，也就是曹太后亲姐姐的女儿，也是赵顼的亲生母亲，这也是个很谨慎的皇太后。赵顼屡次想为舅舅家盖座好房子，都被高太后阻止了。最后为高家盖房子的银子，都是高太后从自己的月俸里省出来的，没有用过朝廷一文钱。

这两个女人在不同的时代受到过不同的评价，但是仅仅在当时而言，她们却有极好的声誉。毕竟当时的人们不会因为后世的观念而改变他们的看法。

“叩见娘娘、母后。”娘娘是皇帝对曹太后的称呼。

“官家起来吧。”曹太后笑着扶起年轻的赵顼。在皇宫里，她们都管皇帝叫“官家”。

赵顼站了起来，也笑道：“不知娘娘和母后找朕有什么事？”

曹太后正容说道：“我听说外间王安石请辞，中书百事俱废，心中忧虑。我是快要去见仁宗的人了，万一有天去了，仁宗问起来今日的朝局，我也不知道如何回答，因此请官家来问问，看官家是何打算？”

赵顼连忙笑道：“娘娘身康体健，一定长命百岁。外间并无它事，朕会处理好的，娘娘尽可放心。”

曹太后温言说道：“官家，你也不用宽慰我，我五十多岁了，早就应当随仁宗而去。我并不是要干预朝政，昔日仁宗在时，民间若有疾苦传到我耳里，我一定会告知仁宗，请他下旨解救。现在我也是一样的。”

赵顼笑道：“这个朕深知的，只是当今民间却没什么怨言。”

曹太后缓缓看了赵顼一眼，说道：“官家，民间对于青苗、免役二法甚多抱怨，我也听说了。石越改良的青苗法效果不错，如果不能罢青苗法，就当于全国推行改良青苗法，何苦让他处百姓受苦？王安石虽有才学，前段却闹得数千学子叩阙，这种事情我死后若告诉仁宗，列祖列宗九泉之下如何安心？他既然请辞，不如便把他罢免了。如果官家想保全他，就放他到地方，他必定是一个出色的太守。况且中书不能长时间无相，如果政事荒怠，官家更应当早做决定。”

赵顼连忙说道：“娘娘教诲，孙儿不敢不听。石越青苗法改良和农业合作社，当预备推行全国。然而王安石也是极有才能的大臣，现在除他之外，仓促无人可用。”

高太后听他这么说，在旁边说道：“官家，何谓无人可用？韩琦、富弼老臣、司马光、文彦博老成之辈，苏轼兄弟是仁宗亲口说的宰相之才，便是石越，依我看，也只欠了一些资历。”

赵顼苦笑道：“韩琦老了，加上边防缺一帅才，非韩琦不能镇守；富弼病体缠身；

文彦博已是枢密使，枢府亦不能无人；司马光太过保守；苏轼兄弟是轻佻之辈，行为不检，在地方历练或有所成；石越的确是个人才，但是他年纪太轻，资历太浅，用来参赞机务辄可，如果遽然重用，肯定不能服众。儿子亦有儿子的苦衷，国家之势，非变不可，不变法不足以富国强兵，不用王安石，儿子无人可用。况且王安石也有他的长处，不仅仅学问见识皆是人中之杰，而且敢任事不避嫌怨，不怕把天下的怨恨聚于己身，一心想着国家百姓，这种人是难得的忠臣。”

曹太后默然良久，方温言说道：“官家自有官家的见识，只要官家记得，做皇帝关系天下的兴亡，行事一定要老成谨慎，时时刻刻把百姓的疾苦放在心里，小心行事，就能做一个好皇帝。现在朝局乱成这样，稳定朝局才是关键，不管官家用不用王安石，都要早下决断，中书不可久无宰相。有了宰相，朝中官员才不会首尾两端，一心想着谋自己的利益，他们才能安心办事。这一点官家一定要记住。”

赵顼笑道：“娘娘的教训，孙儿牢记在心。”

4

虽然赵顼决心召回王安石，但是催王安石视事的诏书却全部被王安石给退了回来。

王安石不仅仅是因为他心里还在犹疑不断，也是因为这个时候的政治气氛不适合他回到相位上。白水潭之案未决，请皇帝罢免王安石的奏章没有被批驳下去，就证明皇帝的态度依然不够明朗，王安石是断然不会返回中书省的。

月底，司天监灵台郎亢瑛上书：“天久阴，乃大狱久拖未决之象；星失度，主中书无相，朝政紊乱，请陛下早下决断。”

这道奏章立即成了朝野关注的焦点。利用天象来敦促皇帝早日解决当时乱得一塌糊涂的朝局，正是各方面都盼望的，这两件事久拖不决，不符合任何一方的利益。赵顼把这道奏章发到中书省和枢密院的当天，冯京和文彦博就各自拜章，以为白水潭之案，不宜久拖，二人一齐推荐范纯仁权知开封府，审理此案，而曾布、王雱等人则推荐知杂御史谢景温。

虽然双方都希望通过自己的人得到一个有利于自己的判决，但是最后的任命却不是双方推荐的任何一人，而是以陈绎权知开封府，审理白水潭之案。

这道任命传来的时候，石越正和潘照临下棋，结果一着子落下，紧了自己一口气。

潘照临见状，将石越落下的棋子拣起，淡淡笑道：“公子，不必如此担心，陈绎主审此案，正足以表明皇上的心迹。”

石越一怔："何以见得？"

"陈绎虽然一向被人认为是新党，和王安石关系密切，但是实际上却既不是王衙内派，也不是吕惠卿派。陈绎一向以能平冤案、断大案出名，是皇上亲口赞叹'断案不避权贵'的强项令。这次被任命为权知开封府，可以说既在意料之外，又在意料之中。皇上是想借他的令名来堵住众人之嘴，一劳永逸地解决问题。"潘照临侃侃而谈，他说的"王衙内派"即是指新党内的王雱派。

石越却是苦笑："我们好不容易通过沈括，说服郎亢瑛，得到这次机会。本以为中书枢密一齐推荐范纯仁，皇上绝无可能驳回。现在陈绎上任，又不知道要增加多少变数了。"

"范纯仁得罪王安石不浅，他名望虽高，可皇帝现在心里还舍不得王安石，所以他终是难以复用，只是一时却又找不出更好的人选来推荐，所以也只好推荐他，毕竟权知开封府，是需要待制以上的资历才行。陈绎虽然是新党，不过平时行事，在公事上让人挑不出毛病来，而且资历与威望都是恰到好处。公子不必太担心，我以为陈绎断案，我们虽然不会有最好的结果，也不会太差。至少桑公子我敢担保无事。"潘照临胸有成竹道。

"也只好如是想了，总比谢景温要好。"石越自我安慰道，"潜光兄，你说是谁举荐的陈绎？如果只是圣心独断，皇上决不能同时驳了中书和枢密的面子。"

"还能是谁？只有王珪这个老狐狸。他揣摸上意，既不敢得罪王安石，又不敢得罪公子，便出了这么个主意。"潘照临笑道，"不过也好，公子可以去安慰桑家，长卿不久就可以出狱了。"

"我这就过去，桑夫人急得人都快垮了，这次总算有个准信了。杭州那件事情办得怎么样了？"石越一面吩咐侍剑备马。

"唐甘南来信，说一切妥当，苏轼也报了平安。公子尽管放心。"

"海外船行的事情呢？"

"唐甘南说正在办，今年桑家和唐家的棉布生意赚了一大笔钱，再加上在两浙等三路办钱庄的收入，现在两家在全国都称得上是巨富之家了。海外贸易本来利润就高得惊人，现在他们财力足够，自然也会宽出手来支持。"潘照临微微停顿，迟疑了一会儿，忽然说道，"公子，有件事你还得留意。"

石越漫不经心地问道："什么事？"

"桑唐两家现在财力越来越大，虽然说两家和公子荣辱相关，但是我担心总有一天他们会脱出我们的掌握，特别是将来公子难免要他们花大钱做一些无利可图的事情。所以我以为应当早做打算。"潘照临压低声音说道。

石越愕然望着潘照临："算计桑唐两家？"

潘照临平静地点了点头，好像他说的是去隔壁酒家打壶酒一样："我们应当在桑唐两家中安插一些人手，以便于控制。另外，桑家小娘子快到出阁[1]的年纪了，她和公子情投意合，不如我去帮公子说亲，桑家断无不允之理。"

"你说什么？你要我娶梓儿拉拢桑家？" 石越压低了嗓子吼道，狠狠地盯着潘照临。现在他终于知道这个世界上真有奥贝斯坦类型的人物存在了。

潘照临直视石越的目光，淡然道："行大事者不拘小节，何况公子和桑姑娘非常相配，用婚姻来巩固彼此的关系，有何不可？我以为桑家也是非常希望的。"

"你闭嘴！我才不要因为这样恶心的原因结婚！"石越翻身上马，狠狠道。

潘照临似笑非笑地看了石越一眼，不再说这个话题，言道："沈括说后天兵器研究院第一次试验新的炼钢法，公子要不要去看？"

"等我回来再说吧。"石越抽了一下马，带着侍剑扬长而去。

5

正如潘照临所说，陈绎在新党中属于"实干派"。这些人支持新法，勇于实干，一方面固然是因为新法给了他们展现才华的机会，能够更快地得到提升，实行自己的政治抱负，一方面也是因为他们对新法本身亦有着相当的政治认同。他们虽然有自私的一面，却有着极为出众的政治才华。可惜的是，这样的人在新党中只是少数，而且对决策的影响甚微。新党的决策者和执行者，把大部分的精力放到了和旧党的争吵上，甚至极端地走向"旧党反对的，我们就支持"这样的困境。

看着开封府的大门，陈绎颇有几分感触。自己终于可以走进这扇大门，坐在公案之后决断冤狱了。被皇帝亲口嘉奖"断案不避权贵"的自己，能不能和已经成为传奇被百姓们传唱的包拯一样，在开封府立下自己千世的令名呢？陈绎的手心全是热乎乎的汗水。天下瞩目的白水潭之案对自己来说，既是一个挑战，也是一个机会，千载难得的机会。陈绎心里非常明白，史官一定会记录这件事的全过程。

心潮澎湃的陈绎忽听到自己的家人轻声说道："王丞相家公子来访。"

陈绎微微冷笑了一下，他自然知道王雱所为何来，一面对家人说道："请王公子到客厅，我马上过去。"

一直以来，王雱都有点儿看不起陈绎，因为陈绎"闺门不肃"，士林清议对此颇多指责，但是王安石一向认为"才俊之士，未必有行，择其材而用之可也"，所以大

[1] 汉族民间对女子出嫁、成婚的一个称谓。

胆地重用陈绎等一批官员。但王雱却没有父亲的胸襟与气度，这次要登门拜访陈绎，实在是情非得已。

在客厅等了好久，陈绎才从内室出来，见到王雱，连忙抱拳道："元泽久等了，恕罪，恕罪。"

王雱挤出一丝笑容，揶揄道："哪里的话，和叔[1]现在贵人事忙嘛。在下还没有恭喜和叔坐了开封府呢。"

陈绎笑了一下，道："取笑了。元泽此来，不知有何指教？你是无事不登三宝殿的。"

王雱喝了一口茶，看了陈绎一眼，慢条斯理地说道："和叔说得不错，在下此来，的确是有点儿事情。"

"还请明示？"

"和叔，不知你对白水潭之案有何看法？"王雱投石问路。

"圣上命我主审此案，其中案情我却还没来得及弄清楚，现在说有什么看法，实在是言之过早。"陈绎一本正经道。

王雱笑道："哦，若依在下看，这案情却是很明白的。"

陈绎若有所思地望了王雱一眼，微微笑道："愿闻其详。"

"桑充国与程颐、孙觉，借《白水潭学刊》指使、纵容李治平等十三名学生诋毁、诬蔑朝政，事后段子介又携刃拒捕，张淳、袁景文以及国子监李旭等十七人鼓动学生叩阙，要挟朝廷，以求侥幸脱罪。案情可谓清晰无比。"王雱高声说道。

陈绎哑然失笑，道："若是如元泽所说，那邓文约就不会被皇上罢官了，皇上何必要我来知开封府，这样清晰的案情，韩维怎么会断不了？"

王雱脸色一变，沉声问道："那么和叔的高见是……"

陈绎笑道："现在案情未明，我身为主审官，不能妄下结论。待我查明案情，自然会秉公处理。"

王雱冷笑一声，从袖子拿出来两份奏章，轻轻递给陈绎。

陈绎疑惑地接了过来，不动声色地看完，轻轻掩上，又递还给王雱。

这两份奏章一份是弹劾陈绎徇私希合上意，放纵有罪之人，一份则是说陈绎文学出色，明达吏事，办案公允，大力荐举陈绎。显然，这两封内容完全相反的奏章在不同的情况，只有一封会呈到皇帝面前。

王雱轻轻把奏折接了过来，收好了，似乎漫不经心地说道："我刚才拜访了几个御史，看到他们在写奏折，便凭记忆默写了复本，这次来，也顺便给和叔提个醒。"

陈绎淡淡一笑，道："如此，多谢元泽了。"

[1] 陈绎，字和叔。

这么幼稚的手段，还威胁不了他。

陈绎的确不愧是以能断冤案著称的能吏。仅仅用了十天时间，就走马灯似的提审了白水潭学生、印刷坊老板伙计、白水潭村民、国子监学员等近三百名人证的口供，记录了厚达数千页的案卷，终于审定了白水潭之案。

“……虽涉案白水潭十三名学员在逃，不能到案，然由诸人口供，臣可知桑充国实为无罪。《白水潭学刊》刊录文章规则，是秘阁校理石越所定，桑氏亦无可如何；且其人为人敦敏，性情温厚，轻财仗义，兼之学问出众，勤于校务，在白水潭学院颇受爱戴，邓绾轻率欲入其之罪，且轻用刑具，故激起大变。臣以为按律桑充国当无罪释放。其余孙觉、程颐，虽有失察纵容之情，然大宋律法并无条例可按，臣以为罚铜即可。段子介本非大罪，杖责即可。白水潭学院李治平以下十三学员，诋毁执政大臣，妄议朝政，事后又潜逃，藐视王法，按律可革去功名，交原籍编管。又白水潭学员张淳、袁景文，以及国子监李旭等十七人，聚众叩阙，要挟朝廷，大不敬，虽情有可原，然国法所系，不能不问，臣以为皆可革过功名，交原籍编管……”

赵顼一边看着陈绎的奏折，一边对文彦博问道：“相公以为陈绎判得如何？”

文彦博沉声道：“陛下，臣以为陈绎判得太轻了。”

“哦？”

“聚众叩阙这件事情，臣以为当刺配三千里，以惩来者。”文彦博对于这些人没有好感。

赵顼低头沉吟了一会儿，对一旁的冯京问道：“参政以为呢？”

冯京微笑道：“微臣以为是判得太重。”

“哦？”

“白水潭十三人并非每个人的文章都是诋毁执政的，其中有一些人不过是议论古代政治得失而已，陈绎不能一一详按，固是太重。何况就此革去功名，是不给这些儒生自新之路，亦是重了一点。至于叩阙十七人，臣以为既是情有可原，陈绎判得便是适当。革去功名，于儒生来讲，已是很重的处罚了。”

“叶状元，卿在白水潭学院执过教鞭的，卿以为如何？”赵顼又笑着向因事入见的叶祖洽问道。

叶祖洽自然不希望白水潭被整得太惨，否则自己不好做人，但是他生性玲珑，这时偷偷看见皇帝脸色甚是轻松，便小心地选择着词汇，说道：“臣以为陈绎如此断案，亦是为朝廷存些体面。臣闻陛下累旨召王丞相视事，若欲王丞相复出，则白水潭案处置不可过重，亦不能过轻。处置过重，则失天下士子之望，士子因此敌视新法，反为不美；处置过轻，则王丞相威信全无，朝廷之令亦为人所轻。故一方面，当示天下以宽宏，一方面，当示天下以威重。陈绎所议，颇为恰当，其余细节，似不必深究。此案早一日审结，是朝廷之幸，天下之幸。”

赵顼被叶祖洽说中心思，不禁哈哈大笑：“叶状元所说不错，就依陈绎所议吧。”赵顼又拣起一份奏章，递给冯京，道：“卿等看看。”

冯京连连恭恭敬敬地接下，小心打开，只见上面写道：

臣御史某顿首言：……《兑命》曰：“念始终，典于学。”《书》曰：“学古入官，议事以制。”故国有太学，郡有庠序，以备教育，诸公卿大夫百执事无不选之其门，可见学之大盛，系俊才选优，官僚择贤之根本也。官学而外，尚有私学之立，少则家塾，长则门院，亦备补适士官之途也。然私学之束，少于监导，致常有以洁掩垢，以惷覆奸者，而寻私解愤，枉议国纲，更不类枚举。臣闻京师郊外有私学白水潭书院，乃本朝之秘书校理、著作佐郎、提举虞部胄案事石越所创。原官绅立学，本广开学风，阐弘治道，使天下人皆慕学向善，化民成俗矣。然越者，挟其官家之身，隐经去理，偏司淫巧，尽毁圣人师道也。夫古者师道，义理为重，经术次之，皆儒学根本，若熟习蹈器，经世为用，国之幸哉。嗟夫淫巧之技，何利于民生，何利于社稷！又越于书院内设一堂，谓之辩所，臣尝听之，大骇！原以为论之孔孟、研之诗书，然实诟陷国策，谗毁宰家，则治策之诏未行必先非其是，权司之职待议然尽谤其身，于之新法，持之尤力。陛下锐意进取，行富国之政，然于院中儒生目尔，竟是掠民之举，甚者，径走于外，导他生员之盲从，蜚流市井，目新法为洪兽，致圣上威信荡然，臣深患之。此之一概，皆越知之而不止，罪也。此，臣固请陛下力加废禁，诸私学有为效者，或废或改，皆应严厉，而官宦大夫有庇护者，申饬再三而不改，亦当罪之……

御史的名字已被朱笔涂掉，显然是皇帝故意保护御史的所为。冯京越读越心惊，读完之后，小心递给文彦博。文彦博却一边读一边点头，显然是颇以为然。传到叶祖洽时，叶祖洽脸色沉重，默默不敢出声。三人心里都雪亮，这是弹劾石越创立私学，不讲孔孟之道而讲奇技淫巧之说，又设辩论堂非议朝政，真是一波未平，一波又起。

良久，冯京才说道：“陛下，臣以为这份奏折所议有失偏颇。石越是治《论语》的名家，若以白水潭学院而论，程颢、程颐、孙觉，甚至叶状元，哪一个不讲经典，习诵圣人之术的？至于辩论堂议论新法之事，此臣所不知。若确有其事，当召石越训诫，令其纠正。”

文彦博却道：“虽是有失偏颇，然臣以为说得却是正理。格物院根本可以废除，学生不治经义，成何体统？若礼义廉耻全然不知，此等人于国何用？”

叶祖洽在心里把这奏章咀嚼了半天，突然脑中灵光一现，明白过来，不禁笑道：“臣以为写这份奏章的人不过是个迂腐君子。”

赵顼奇道：“状元公何出此言？”

“石越七书行世，本就有格物之说，士大夫皆不以为怪也。盖上古之时，此等事皆可立于王官之学，并非贱役也，便是孔子，亦倡六艺之说。王丞相亦尝著文，言学者贵全经，即是以为学者当无所不知，无所不学。臣在白水潭执教，尝闻石越言，儒学者，内则修身养性，外则经邦治国；格物者，达者格物致知，可通六合，次之者亦可有利于民生，经世济用，非无用之学也。儒学可为之体，格物可为之用，有识之士，二者不可以或缺。此等见识，实有与王丞相不谋而合者。诵读经书，不知世务，只可谓之学究，这种人于国家朝廷何用？古之学者，天文地理、诸子百家，虽极微极远之事，亦莫不求知，今之小儒，气象不及于此也。”

叶祖洽强调石越和王安石许多的共同点，虽然说得赵顼点头称是，却未免百密一疏，不自觉把文彦博给得罪了。这不是当着面骂文彦博是“小儒”吗？猛然觉悟的叶祖洽不由懊恼不已，却也只得硬着头皮继续说道：“至于辩论堂之设，臣以为并无不妥。石越曾说‘真理越辩越明’，按诸史册，汉代亦有盐铁会议、石渠阁会议，这都是后世所赞许的事情。学校者，本是为国家储存人才的地方，学生关心天下大事，以天下为己任，这样的学生才能成为国家未来的栋梁。他们于国家大事有所见解，于经义或有不同的理解，齐集一处，辩明得失，这是培养人才的好办法。皇上与王丞相都希望学校培养出来的人才是秀才而不是学究，如果让学生们两耳不闻窗外之事，皓首穷经，这样的人想不做学究也难。至于说他们故意谤毁新法，臣却没有听说过，臣以为石越所为对于新法多有补益才是真的。”

赵顼听叶祖洽侃侃说完，忍不住哈哈笑道：“真是近朱者赤，近墨者黑，叶状元和石越处久了，观点和语气真是像极了石越，开口便是‘石越曾言’，闭口就是‘石越曾说’。”

叶祖洽忙不迭地说道：“臣愚昧，臣愚昧。”心里却在细细咀嚼皇帝的这句话，揣摸着皇帝是想赞他“近朱者赤”，还是在骂他“近墨者黑”。

赵顼挥了挥手，又好气又好笑，道：“卿是龙飞榜状元，有什么愚昧的？朕不是周厉王，不会禁人说话的，但是事涉朝廷法令和大臣的事情，以后就要明令禁止刊登在《白水潭学刊》上，否则人心不一，有损朝廷威信。”

6

皇帝最终认可陈绎的判决后，桑充国等人终于被当堂释放了。几个月的牢狱之灾让桑充国面无血色，身体也虚弱得很，连行走都有点儿困难，所幸的是身上的伤倒是慢慢痊愈了。而程颐不愧是开创理学的宗师，除了因为不见阳光而脸色有些苍白之外，与才进去时相差不大，修身养性的功课竟是做到了开封府的大牢里了，让石越暗暗佩服。孙觉是享受特别待遇的，气色反逊于程颐。

前来迎接的石越向走下大堂的陈绎抱了抱拳，诚恳地感谢道：“这次多亏陈大尹秉公决断。”

陈绎回了一礼，苦笑道：“我一口气革了三十名士子的功名，不被人骂就知足了。”

“陈大尹的苦衷，石某是知道的，我想也没有人会怪陈大尹。”

“但愿如此。”陈绎又想起王雱手里的两份奏章，心道不知王雱现在正如何咬牙切齿，他心不在焉地和石越客套两句，便告辞而去。

待陈绎一走，桑充国便问道：“那三十名学生现在如何了？”

石越微微一笑，道：“这时节，先顾你自己的身体吧，伯父和伯母在家里等呢，先回家再说。程先生和孙先生也一起去桑府吧，大家都在那里等着呢，我准备好了酒宴，给诸位去去晦气。”

桑充国见石越脸色轻松，略觉放心，便点了点头，回头对段子介说道：“誉之，你也一起去吧。”

石越看了他一眼，板着脸说道：“你先写信给家里报个平安再去。”

段子介早知自己行事冲动，也不敢说什么，连忙闷声答应，惹得众人哈哈大笑。

陈州酒楼。

“陈绎！好个陈绎！”王雱气得一拳砸在桌子上，碗碟汤酒被震得洒了一地。

“我的奏折也被冯京和叶祖洽所沮，这次石越完完全全赢了。”蔡确在一旁苦笑道。他不说皇帝本来就没有处罚石越的意思，却把责任推给冯京和叶祖洽。

“好呀，连叶祖洽也和我们作对了！”王雱不住地冷笑。

忽然嘴里咸咸的，一口鲜血涌了上来。王雱生性好强，咬着牙，竟是想生生把这口血吞回肚子。但是身体虚弱，岂可以勉强？只觉得两眼一黑，便什么也不知道了。

几个时辰之后，王安石府。

“大夫，我儿子的病怎么样？”王夫人焦急地问道。

“相公，夫人，衙内的病还须好生静养，若能心平气和，调养得当，或者还有希望。”大夫虽不敢明言，但用词已是相当严重。

王安石站在儿子病榻前，脑子里不住地回想着大夫说的话。“心平气和？”自己这个儿子生性争强好胜，何况身处朝局之中，哪里能做到什么“心平气和”？他突然想起好友大相国寺方丈智缘曾说过的话：“此子登科取制有余，斯年长寿无享。”王安石自青年时代起就志存高远，锐意复兴儒家，本来不信佛，智缘虽然是有道高僧，以医术占卜著称于世，但是王安石却一直没有把他这句话放在心上，但此时此刻，智缘这句话却雷鸣般在脑海中响起。王安石脑子一晕，站在那里晃了两下，方才倚着门槛站住了。

“难道真的是天妒英才吗？”王安石喃喃自言道。

“爹爹，你不要自乱了阵脚。哥哥是操心朝廷之事太多，气急攻心，方才如此，加以调养，一定会康复的。”王昉扶着王安石坐好，小声宽慰着。其实她心中也非常焦急，毕竟手足之情，况且在这时刻，王家不可再有人倒下了。

王雱的病重让王安石更加坚定了退隐的心意，在给皇帝的谢表中，他直言“方寸已乱”，希望能够远离喧嚣之地，过一种平静的生活。但是赵顼却并不答应，一时间给王雱看病的太医和宣召王安石视事的中使穿梭于丞相府……

三天之后，王雱终于醒来。

“爹爹、母亲，孩儿不孝，害你们担心。”王雱有气无力地道。

“雱儿，你醒来就好。你爹爹已经决定辞相请郡，等你身体好一点，我们就去江宁，离开这个地方，把你的身子调养好。”王夫人微笑道。

王雱大吃一惊，双手紧紧抓住被子，看着王安石，问道：“爹爹，此事当真？”

王安石也笑道：“不错。你安心养病，不要再操心那些朝中大事。我们学陶渊明，采菊东篱下，悠然见南山。”

王雱急得身子一晃，道：“此事万万不可。”差点又晕了过去。

他妻子庞氏连忙把他扶好，轻轻给他抚平胸口，劝慰道：“现在不要谈国事了，先好好将养身体吧。”

王雱却不去理她，对王安石继续说道：“爹爹，您常教导我说，好男儿应当以天下为己任，是不是？”

王安石默然不语。

王雱又问道：“您也常教我说，凡事如果不能坚持到最后，就很难取得最后的成功，是不是？”

王安石勉强笑道：“现在更有贤者为之，我们可以逍遥的。”

“贤者？当今之世，谁能比您更有资格称为贤者？谁能比您更有见识？”

“爹爹，当初决意行新法来富国强兵，一振百年颓风之时，您就预见到了新法必定被许多人所不理解，但是您也曾说过，古今变法，能坚持不易者必能克成其功。现在万事刚刚起步，您怎么可以轻言放弃呢？”

庞氏见王雱说话太激动了，在旁边轻声说道：“夫君，先歇息一会儿吧，身体要紧。”

王雱粗暴地摆了摆手，厉声道:“身体有什么要紧的？爹爹，你说过大宋若不变革，不过百年，必然亡国，五胡乱华的历史肯定重现，是不是？你说过好男儿应当先公后私的，是不是？为国者无暇谋身，如果能够看到我中国北伐燕云，收复故土，把胡人驱逐到长城之外的一天，孩儿就算是死了，也无怨无悔！如若放弃理想，就算长命百岁，又有什么滋味可言？”

王夫人嗔怪道：“什么死呀活的，多不吉利。一醒来就谈国事，就算要谈国事，也不急在今天。雱儿，你先好好休息。”

王安石也叹了一口气，说道：“你这身体，就是凡事太急惹来的病根。此事再从长计议吧。”又吩咐了几句，王安石便走了出去。方到客厅，就听家人说道：“相公，吕惠卿官人有信到了。”

王安石眼皮一跳，接过信来，拆去火漆，默念道：

“……前者邓文约行事失之于孟浪，实误丞相，学子叩阙，是邓文约激起之祸，其意不过是求桑充国之释放，与新法无涉。不过黄口小子，听信一二人之谗，于万言书中谤毁新法，如此而已。此何足道哉？学生闻丞相因此而有归隐之意，实不解也……新法变革弊政，利在千秋万代，一时为人所不理解，学生以为亦当勇往直前，待到诸法施行，绩效显然，则天下之误会一朝可散矣……石越者，世所称道，士林颇嘉许，旧党元老重臣视之为‘老成少年’者是也。学生闻此人虽于新法多有阻挠不满之处，然而其亦刻意于御前请留丞相。可见当今之世，略有见识之辈，皆知非丞相不能挽此衰弱之局，否则学生不知石越出于何种目的竭力请求皇帝慰留丞相。彼之所善者，冯京、司马光、苏轼辈也，此辈论资历名望未必不可以为相，然石越如此在意丞相之去留，是石越亦知是非轻重也……丞相若不复出视事，新法废矣，新法废大宋必亡，丞相何忍见此！”

吕惠卿真不愧是个了不起的人物，于千里之外把石越的用心解释得“一清二楚”，合情合理，由此将一副大义的重担压到了王安石肩上。爱子在病榻之上的苦劝，吕惠卿悄悄地解去他的心结，皇帝的知遇之恩，少年时代以来三四十年的理想，国家的前途与命运……这一切的一切，都在悄悄点燃王安石心中本已熄灭的雄心。

7

琼林苑是大宋的皇家花园，占地数百顷。皇帝在那里或休闲射猎，或召见近臣，本是常事。但是赵顼自登基以来，勤于国事，励精图治，一年之中反倒难得去几次。所以石越接到皇帝在琼林苑召见他的旨意，委实有点儿意外。

琼林苑离白水潭学院不远。石越进苑之后，一路行来，只见溪水纵横，小路如织，溪边槐柳，路旁松柏，交错成荫，此时已是初春，翠色点缀，让人望而心怡。又可见苑之东南西北，各有花阵，东边是杏林成阵，南面是桃花相映，西角是大片石榴林，北方是梅枝交织。顺着一条清澈的小溪走去，一路听到铮铮的琴声隐约传来。琴声略显促乱，不自觉地流露出操琴者心中烦乱的情绪。

石越今天的心情非常不错。就在今晨，大宋最优良的工匠们聚集在一起做了铸钢改进试验，虽然第一炉铁效果并不理想，但是却研制出了更先进的鼓风机。石越虽然是外行，却也知道炉中的温度与鼓风机是密切相关的。

没有多久，石越就在内侍的指引下走到一座亭子边。放眼望去，只见亭上写着“惜时亭”三个字的草书。想到自己终于能认识草书了，他脸上就不由自主地泛出一丝微笑。

坐在惜时亭操琴的，正是当今的皇帝赵顼，时年二十三岁。他身着一袭白绸长袍，袍上隐隐显出龙纹绣饰，也没有带朝冠，只将头发用一条明黄的丝带盘扎着，显得颇为清爽。石越对大宋服饰最看不惯的，就是那个帽子，怎么看怎么觉得难看，此时赵顼不戴帽子，在石越眼中，立即气色为之一变。

因见皇帝在弹琴，石越便不敢打扰，只好远远候着，等内侍的通报。不料赵顼根本心不在焉，远远看到石越过来，便把琴一推，笑道：“石卿，过来说话。”

石越连忙过去见礼：“臣石越叩见吾皇万岁。”

赵顼摆了摆手，笑道：“今日君臣之间不讲这些，随便些说话。”

石越也不知道赵顼打的什么主意，欠身道：“臣不敢。”

赵顼指着满园春色，笑道：“久闻石九变之名，今日可否填词一首，叫乐坊唱来。”

石越微笑道：“陛下，臣有一年多不曾填词，因为臣曾经对天明誓，终身不再填词作诗。”

赵顼愕然道：“这又是为何？”

“臣生性本好填词作曲，然而自到京师后，才发觉士大夫歌舞楼台，文多质少，臣遂决意不再作词，以此自励，虽不足以警醒世人，却至少可以让自己不去沉迷在诗词歌赋之中。”

赵顼拊掌笑道：“都说石子明少年老成，想不到也有些偏激之举。但朕亦不夺你之志。”

石越躬身说道：“谢陛下体谅。”

赵顼倚栏指着满园的景物，道：“石卿看这满园春色，生机勃勃，但过不了几个月，却要花落残红。朕读过卿的词，有一句叫‘惜春常怕花开早’，正是说到了人们的心坎上。”

石越却知道赵顼特意召他到琼林苑相见，绝非是为了悲春伤秋，这不过是故意东拉西扯找一个引子罢了。现今能让皇帝操心的事情，只有两件，一是西北的兵事，一是王安石辞相。因笑道：“陛下，臣前几日在坊间倒听到王丞相的旧词，意境恰与臣之拙作相反。”

“哦？”

石越微微一笑，低声唱道："留春且住，自有天庭语，涤荡落红去锦污，应谢及时风雨。最是知趣琵琶，欢欣漫及天涯。岂止宫墙朱户，何处不正飞花。"

这一曲词欢快激越，让人听了心情为之一振。

赵顼笑道："这是什么调子，朕怎么没有听说过？"

"本是《清平乐》的调子，臣微微改了一下节奏与音调。"石越脸一红，他不记得《清平乐》的调子，便配着一段越剧的调子唱了出来，竟然也别有风味。

赵顼哈哈大笑，道："这可不是微微改一下吧？这词朕也听过，是两年前王安石唱和其弟的词作吧？过了两年，如今的心境肯定大不一样了。朕竟是无论如何下诏，也不能劝他回都堂视事。"

石越笑道："陛下不用担心，臣以为王丞相必定能复出视事的。"

"何以见得？"

"有词为证。王丞相有一首《浪淘沙令》云：'伊吕两衰翁，历遍穷通。一为钓叟一耕佣。若使当时身不遇，老了英雄。汤武偶相逢，风虎云龙。兴王只在谈笑中。直至如今千载后，谁与争功！'臣由此词，知王丞相之胸襟抱负，知其与陛下君臣相得之情，故知其必会重出视事。"

赵顼默默念道："汤武偶相逢，风虎云龙。嘿嘿，嘿嘿……"半晌，忽然笑道，"卿的青苗法改良颇为成功，但是合作社的实行在各地却颇不相同，能够实行的地方效果都还不错，但全国有三分之二以上的地方都没能实行下去。朕意置提举官专门督促此事，卿意如何？"

石越见皇帝忽然转到这个话题，虽觉奇怪，却也不敢怠慢，想了半晌方道："陛下，臣以为还是不要置提举官为好。"

"为何？"赵顼奇道。

"为政之道，务在简要，不扰民。各地本来就有地方官，皇上就应当信任他们的能力。如果他们能力不行，可以撤换，不必由朝廷再另行派人时时督促，这样更容易滋生弊端。合作社本是自愿性的组织，百姓若见有利，假以时日，必能风行。若是无利，何必强求一个形式？"

赵顼思忖一会儿，点头道："卿说得也有理。朕欲以改良青苗法今年之内在全国推行，只待王丞相回中书便议行。这件事卿之功在社稷，到时有司自当明文褒奖，但是你的白水潭学院，却是惹了不少麻烦。"

石越知道皇帝有意回护自己，把一些话放到这里来说。连忙说道："臣管教不严，实在有罪。不过白水潭学院下一任的山长，臣希望能够组织一个教授联席会议，山长由教授联席会议选出，希望皇上能够恩准。"当下便向皇帝解释什么是教授联席会议，怎么样选举。他希望用这个方法，一方面，保证学院的山长首先是本校的教授，使今后学院的管理权、领导权不落在官僚手里，避免政治力量对学院干涉过多；另一方面，则是在大宋的高级知识分子中间推行民主的决策体制。只是凡事有一利必有一弊，以后石越想要保持对白水潭学院的个人影响力，在无形中也多了许多障碍。不过在短时间内这不是一个问题，毕竟作为学院的创始人，这种影响力本身就是非常深远的。

赵顼听他说着这些新奇的管理方式，笑道："这些与卿所著《三代之治》中的某些东西颇有相合之处。朕便许了你，今后白水潭学院山长，那个什么教授联席会议选举之后，朕都要亲自任命，以为定制。"

石越连忙兴高采烈地叩谢圣恩，心里却暗暗叫苦。也许在赵顼看来，这是一种无与伦比的褒宠，但石越并不希望白水潭学院沦为官办大学，他更希望学院能保持相对的独立性，但在现实面前，他也不得不妥协。

赵顼又问起兵器研究院的情况。石越红着脸向皇帝支支吾吾地解释着鼓风机的"伟大意义"，引得赵顼莞尔笑道："卿不必紧张，朕给卿两年时间，不必急。"他以为两年时间已经是很宽裕了，哪里知道石越现在要搞的发明便是几十年搞不出来，也不见得稀奇。好在石越也不是太懂，听到"两年时间"，不禁长长地出了一口气。

赵顼似乎只是顺便提提兵器研究院的事情，也没有继续再问什么，忽然又换了话题，道："朕现在最担心的，是王韶在西北究竟能不能成功。国库本不宽裕，打一仗要花的钱，都是百姓的血汗。"

石越嘴唇一动，却终于生生忍住了。他倒是知道王韶在熙宁五年会有一次胜利，只是说出来似乎多有不便。他正在犹疑，忽然，赵顼又说道："方才卿说王丞相必然会出来视事，现在西北要打仗，朝廷中书无人主持大局，政事乱成一团。朕素知卿之能，这次就由卿去颁旨，促王丞相回政事堂视事。卿可愿为朕分忧？"

石越顿时目瞪口呆，赵顼和他漫无边际地东拉西扯，原来竟是想让他去游说王安石复出视事！他也不知道皇帝是不是急病乱投医，但是他却知道自己几乎想要跳河。让他去说服王安石，实在……但是无论如何，石越也不可能当面拒绝，他总不能告诉皇帝，我和王安石面和心不和，不要让我去的好。因此，他也只有乖乖接旨，硬着头皮说道："臣领旨，臣一定尽力说服王丞相回中书省视事。"

也许在石越的内心深处，其实也很想去一趟董太师巷的王丞相府。

8

王安石接到石越的名帖时，心中竟是惊疑不定——这是石越第一次单独上门拜访，以前虽然来过王府，却都是和别人一起同来的。对于石越，王安石心里有说不出来的别扭。此人似敌似友、非敌非友，让人捉摸不透，偏偏又是当今炙手可热的人物，学问声名动于九州，恩宠不在自己之下。在眼下这种非常微妙的时刻，他来拜见自己究竟是有什么事呢？王安石一面寻思一面降阶相迎。

石越见到王安石之后，立即恭恭敬敬地行了参拜之礼，才和王安石一面寒暄一面入客厅分宾主坐下。

落座之后，石越笑道："相公，在下此来，并非是为私事，却是为公事。"

王安石不动声色地应了一声："哦，不知石秘校有何指教？"

石越正色说道："在下是希望相公能以国家为重，早日回中书视事。"他和王安石私交一般，干脆开门见山，王安石反而会更容易接受一些。

王安石低头喝了口茶，不置可否。

石越察言观色，便知王安石显然已经不如之前那么坚定，便说道："在下曾读相公《本朝百年无事札子》，不仅知'大有为之时，正在今日'，也由此知道相公应是大有为之人，奈何此刻大功未遂，百废待举，相公就欲求去？这是石某当初无知人之明吗？"

王安石眉毛一跳，淡淡一笑，道："石秘校不必用激将之法。石秘校既然读过敝人的札子，可记得其中有一句话'君子非不见贵，然小人亦得厕其间'？王某求去，不过就是为了这一句话罢了。"他这句话的意思却连着石越都一起骂为小人了。

石越没有想到他会这样不留情面，略一沉吟，就知道对王安石这种人，如果自己委曲求全，反而会被他看不起，何况传出去，自己在政治上也无法立足。因此干脆拿定主意，要和王安石好好辩论一番，当下哈哈大笑。

王安石愠道："你笑什么？"

石越笑道："我是笑相公刚才这句话。三代之事不去提它，在下敢问相公，自有史书记载以来，历朝历代，哪一代不是君子小人同列于朝？恕在下读书不多，却未曾听说某一朝之臣尽是君子的。况且若君子小人同列于朝，则大丈夫当激昂正气，以匡正朝纲为己任，没听说可以袖手而去的。"

"那也未必然。多少隐士退而独善其身，史不绝书。"

石越冷笑数声，说道："隐士不是儒者，儒者当知其不可而为之，是不应当回避危险的。况且当今天子是圣明之君，与相公有知遇之恩，更不可以常理论之。"

王安石一时语塞，愤愤地"哼"了一声。

石越却不去理他，继续说道："何况以在下之见，那些和相公意见不合的人，未必便是小人；那些表面上和相公观点一致的人，也未必就是君子。"

王安石终于按捺不住，冷笑道："想不到石子明见识亦不过如此。但顾一己之私利，不知国家大局之重要，以私害公，沮丧朝廷法令的人，不是小人是什么？"

石越注视王安石，问道："敢问相公，司马君实与相公意见不合，他可曾是个小人？相公又能保证支持新法的人中没有人是因为自己的私利而支持的？政见不同，本是常事，圣人亦说君子和而不同，可知君子也可以有不同的意见。以在下的见识，则认为只要有利于国家与百姓的，就是君子，心中本意是为国家和百姓着想的，就是君子。若以为除自己之外，别人都是错误的，都是小人，在下不觉得这种想法是正确的。"

王安石听石越侃侃而谈，几乎被他说动，旋即冷笑道："石子明真是能言善辩，难道新法便是不利于国家与百姓吗？难道王某心中的本意便不是为了国家与百姓着想吗？"

石越淡淡一笑，诚恳地说道："在下却是相信相公是为了国家与百姓着想的。所以在下看来，相公自然是君子。"

王安石听到这话，面色稍霁。

石越又说道："但是，这并不是说因为相公是为了国家与百姓着想，所以凡是与相公意见不合的人便不是为了国家与百姓着想。所以在下也认为司马君实、范纯仁一样是君子。"

王安石心里自然也知道这二人是君子。

"同样，新法是不是利于国家与百姓，在下以为应当具体事情具体分析，不可以简单地下结论。纵然新法的本意是好的，在执行之中却未必不会有弊病出现，由此而面对别人的批评，在下以为正确的态度是有则改之，无则加勉。不断地修改与完善，才能让新法做到真正地有利于国家与百姓。"

"书生之见！"王安石毫不客气地斥道。

石越也不生气，笑道："不错，在下的确只是一介书生，见识不如相公广博。但是在下敢问相公，新法在历史上，可有过现存的例子可以学习？"

王安石警惕地看了石越一眼，显然担心这是个圈套，小心回道："虽然无具体的事例，但是却合乎圣人与祖宗法制的精神。"

石越意味深长地一笑，知道王安石担心什么，也不说破。他见王安石如此在乎新法的法理正义，就更加确定王安石已无去意。当下说道："既无具体的事例，相公如何可以保证新法的每一条都是完美无缺的？"

王安石辩道："小的不足无损于法令本身。何况所颁行的新法，大都是试行于一县一军一州一府，卓有成效，又在中书经过仔细的讨论，且有提举官监督执行。整个过程相当周详细致，便有弊端，也可以及时发现。"

"真是不可救药的鸵鸟主义！"石越在心里叹道，"明明新法有许多弊端，却偏偏不肯承认。"口里却说道："相公，当新法在一州一府卓有成效之时，也许只是因为那一州一府的地方官非常出色的原因呢？仅仅凭一些没有多少实际政务经验的提举官，又如何可以保证天下的州府地方官都能执行得好呢？何况执行中的弊端，岂是在中书讨论便能发现的？新法在执行过程中产生了弊端，而受到批评与指责，难道不是正常的吗？毕竟批评者没有义务要全面了解新法的内容，他们只需要看到弊端就足够了。如何正确面对这些批评，难道不是相公您的责任吗？”

王安石不屑地道：“又是盲人摸象这种老调重弹。”

石越知道再辩论下去已是多余，便把话收住，说道：“在下说了这许多话，是想告诉相公，批评新法的人未必就是反对新法，和相公政见不同的人未必就不是为国家着想，而批评者偶尔做出一些激烈的举动，执政能够有宽容的态度来接受与对待，会有一个更好的结果。如果双方都负气而为，那么石某担心总有一天朝廷会陷入唐代牛李党争那样的局面，相公与在下，都会是大宋的千古罪人。”

王安石见石越神色颇为诚恳，心中也不由一动。他知道石越是在暗示他并不反对新法，白水潭的学生也未必就是反对新法，只不过后面的话却显得有点儿危言耸听了。王安石并非没有想过团结所有的力量推行变法，在他入中枢之初，也曾经表现过宽容的一面，但是那些反对新法的却以为他是软弱可欺，并不在乎他的善意，有人不顾一切地全盘否定新法，有人甚至公然在都堂与他辩论，挑战他的权威。这也让王安石意识到，新法若要成功，最重要的，还是要统一人心，做到令行禁止。因此，石越的说法在他看来，不过是些迂腐之词罢了。你想讲道理，你的政敌会愿意和你讲道理么？石越到底还是有些天真。如果纵容反对者的存在，朝廷怎么可能顺利推行新法？就算批评者中偶有几个的确是抱着善意的，但也不能为了他们而过于宽容，因为若这样做，结果只不过是放纵了那些别有用心的反对者，助长顽固者的嚣张气焰，落入政敌的诡计中而已。

不过，心里虽然不以为然，但他也不便拒绝石越的善意，便拱手道：“王某受教了。”

石越也知道自己不可能真正说服王安石，但还是非常恳切地说道：“不敢。在下是衷心希望相公能早日回中书视事。政务乱成一团，非国家之福，况且西北又在用兵，相公如果久不视事，后果不堪设想。”

王安石显然也知道其中的利害关系，默然良久，忽然叹了口气，注视着石越的眼睛，问道：“石秘校，王某想知道你为什么希望我回中书视事？”

石越坦然正视王安石，平静道：“因为在下认为相公是个真正为国家着想的人。”

王安石看了半晌，终究是不能明白石越说的是真话还是假话。

石越静静地注视王安石，认为时机已到，忽然站起来，走到南面，高声说道：“有圣旨！”

9

石越志得意满地从王府走了出来，一面上马一面小声哼起了在当时人听来怪声怪调的流行歌曲。他绝对不敢大声哼唱，所谓“音乐”这种东西，并非是如某些音乐爱好者以为的那样，是超越时间与空间的。实际上，在他听来相当不错的旋律，当他试着唱给桑充国、桑梓儿听后，二人马上就皱起了眉毛，问道：“哪里学来这么难听的曲子？”反倒是越剧和黄梅戏的调子，他们似乎更能接受一些，不过那种东西，石越所知实在有限。

名满天下的石子明骑着马刚出董太师巷，就被一个人迎面拦住了。那人猛地冲出来，差点把石越从受惊的马背上摔下来。石越半滚着下了马，正要发作，待定睛看清对方的模样，却忽然就没有了脾气。

这明显是个女扮男装的女孩子。虽然宋代的男人有不少长得比较秀气，而且有一些年轻人喜欢做涂粉化妆这种事情（由此让宋代的女孩扮男人也更加容易），但是对石越这样经常和女孩子打交道的现代人来说，女扮男装这种事情对于他来说是无效的。不过看到这种小说中的情节出现在自己面前，而且自己还身处宋代这样的时空，石越不能不产生几分戏剧感。

“这位小哥有什么事吗？”石越忍住笑问道。这个女孩子谈不上漂亮，不过倒很难得的有几分豪气。

自己的身份没有被石越认出来，显然给了女孩极大的信心。她粗着嗓子说道：“实在是失礼，我家公子想请公子上楼一叙。”说着指了指旁边的醉仙楼。

石越不由一怔，他身份日渐尊荣，一句话就让他去找别人的事情是越来越少见了。不过看着眼前这个女扮男装的女孩，石越不由得对她家公子产生了相当的好奇心。当时的风气，女孩子虽然不如后世压制得那么严，但是毕竟也不是可以随便抛头露面的，像桑梓儿就基本上是大门不出二门不迈。当下微笑着点了点头：“那就有劳小哥带路。”

女孩子腼腆地把石越引到醉仙楼楼上的一个雅座，里面早就坐了一个白袍年轻人。见石越进来，那人连忙站起来，恭身施了一礼，道：“冒昧邀请公子，还望恕罪。”声音清脆悦耳，显然也是个女子。

石越肚子里暗笑，打量着对面这个女子，见她十五六岁年纪，皮肤略黑，但是五官却长得挺精致，柳眉轻画，一双乌溜溜的眼睛有着这个时代难得一见的神采。石越来到宋朝这么久，认识的女子却不多。楚云儿是朵温柔似水的解语花，桑梓儿则天真纯良，似雪莲花，但对面这个女孩，在那略显调皮大胆的眼神之外，更有几分咄咄逼人的气势。虽然以容貌而论，在这个时代她不仅比不上楚云儿、桑梓儿，甚至可能连美女都称不上，但那种神态中流露出来的自信，却远非楚云儿和桑梓儿可比。石越现在早已知道北宋女子缠脚之风不盛，只有一些歌妓和大户人家的千金为了赶时髦而缠脚，从这个女孩的站姿来看，显然是一双天足，当下更平添几分好感。

那个女子见石越盯着自己上上下下打量半天，不由略带讥讽地笑道："怎么，这位公子，我有什么不对的地方吗？"

石越努努嘴笑道："一时没见过男子长得这么秀丽的，连带着的书童都是十二分的清秀，故此走神，失礼了。敢问公子尊姓大名，请在下来有何指教？"

那女子知道石越有点儿怀疑自己了，脸上微微一红，也不知道自己是哪里露出马脚了，只好装糊涂，抱拳说道："在下王方，草字正之，刚才在楼上见公子神貌不凡，故冒昧相邀，还望恕罪。不敢请教公子尊姓大名？"

石越笑道："原来是王兄，在下石越，草字子明。"

王方似乎吃了一惊，问道："可是写《论语正义》，草创白水潭学院，今上亲赐进士及第的石子明石秘校？"

石越淡淡一笑，对方吃惊的神色明显是装出来的，这可瞒不过他。和朝中的政客们打了一两年的交道，家里还有潘照临这样的谋士天天见面，他察言观色的本事可是突飞猛进。

"不敢，正是区区。"

王方喜道："久欲一晤，不料在此邂逅。"

石越随口答道："那真是有缘。"

他不曾想和女子说话，"有缘"两个字是不能随便用的。王方脸色微窘，好半会儿才强作平静，一面请石越落座，一面说道："石秘校既精通《论语》，又通达史事，《三代之治》流传天下，石学七书惊世骇俗，又有佳词数十首脍炙京师，真是千年一遇的奇才。在下不才，有一事想要请教秘校，不知肯否赐教？"说罢一双溜溜的眼睛盯着石越。

石越坐了下来，微微笑道："请说，在下自当知无不言，言无不尽。"

王方莞尔一笑，侃侃说道："石秘校在《地理初步》中提到地球是圆形，北有北极，南有南极，地球竟是个磁场，而引力又能让万物生于地球上不被掉出去。在下听说这种说法能很好地解释指南针的问题，但有一事不解，石秘校当初又是如何得知的呢？我观石秘校年纪不大，依《地理初步》所言，地球之大，让人咂舌，且如石秘校所说，扶桑倭国以东，更有大洲，称为蓬莱洲，其中风土人情，石秘校竟能一一言之，而西域千里之外，又有欧罗巴洲，石秘校亦能一一言之，难道石秘校竟能亲身到过这些地方吗？这可真是匪夷所思了。"

石越听到王方如此相问，精神为之一振。对石越提出类似质疑的人不是没有过，但是出自一个女子之口，却是很难得。

《地理初步》问世以来，除开中国地理和当时人所见的范围之内，关于南极北极、被石越改成蓬莱洲的美洲——当初他是想借着神仙的魅力吸引一些人去探险，等等皆被人视为海外奇谈，当成《山海经》之流对待。便是白水潭学院讲课，师生们对于地圆说、地图绘制等的兴趣也远远大于蓬莱洲的兴趣。不知道为什么，白水潭学院格物院的学风从一开始就走向了偏向实用与严谨的道路，他们对于能够解决实际问题的理论更有兴趣去证明和阐发，甚至连明理院，在哲学思想上都有着严重的偏向实用主义倾向……

王方见石越似乎在出神，不由不满地轻轻咳了一声。

石越一惊，连忙收敛心神，认真答道："这些有些是假说，有些是道听途说，究竟是不是真的，我也无法证明。"

王方听到这样的回答，不禁愕然道："这岂不是太不负责任了吗？把未经证实的东西写在书上宣扬？"

石越笑道："在下幼年之事，多半是不记得了，为什么脑中有这些想法，我也不知道所以。它们是对是错，自然有待观察与证明。但是一般都认为《地理初步》中关于我们所知道的部分，基本上是可信的，而其中提出的假说，也能解释我们观察到的许多问题。因此其中的内容，我想也不算是完全不负责任吧？"

王方摇了摇头，不以为然地说道："恕在下直言，石秘校这种想法，就是不负责任。把证明的问题交给别人去做，简直如同儿戏。"

石越也摇了摇头，辩道："我不这么看。如果我说的全然没有道理，别人根本不会来证明，既然来证明，无论是真是假，都有其价值。"

王方听到石越这样"狡辩"，简直有点儿愤怒了，质问道："难道石秘校不知道有些人相信你说的话，根本就是因为你的名气吗？他们来证明这些是真是假，不一定是这些问题本身有什么价值可言，也许仅仅是因为这些问题是石秘校你提出来的吧？你这样做，是欺骗。"

听到这么严重的指控，石越简直哭笑不得，连忙分辩道："《白水潭学刊》已经刊发四五期，一直没有停断，其中关于《地理初步》的论证与阐发的文章就有近十篇之多。虽然有少数文章指出某些地方值得怀疑，但是大部分都是进一步证实了《地理初步》的说法是正确的。既然我说的是正确的，怎么能算是欺骗？"

"诡辩！"王方显得愤愤不平。

石越苦笑不已，心里感叹也不知道谁生出了这么个女儿。

"你的《化学初步》提到数十种元素的存在，《物理初步》又说万物是由原子构成的，这两种观点，真不知道那些主张元气说的人怎么没有批驳你？”

石越现在终于明白这个女孩是来找碴儿的了。一般人见到自己，无不要说许多仰慕的话。从自己最出色的《论语正义》《三代之治》等书说起，偶有质疑，也是相当客气，这种现象越往后越明显。只有白水潭学院的学生才敢大胆质疑自己所说的话，为此进行激烈的辩论，但也经常是支持的占多数。像这样一开始就寻找自己的弱点进行批驳的事情，可以说是许久以来没有遇到过了。本来石越还有几分沾沾自喜的绮想，以为这个女孩可能是看上自己了，现在才明白，应该是自己不知道什么时候得罪了这个大小姐，搞得人家女扮男装来找自己晦气，想把自己驳得灰头土脸。不过石越怎么想，也不明白自己哪里曾经得罪过这个王方。

他心道：“如果传出去说石越被一个女孩子驳得哑口无言，那可真要英名扫地了。”当下打点精神，说道：“怎么没有批驳？《白水潭学刊》每期至少有五六篇文章谈到这个问题，每到辩论日时，辩论堂里辩论这件事的学生数以百计。王公子有空，亲自去看看就知道了。说起来，还是我的原子说占上风。”

王方却并不感冒，不屑道：“都是些不能证明的东西。”

石越只得苦笑。

接着王方又指出了他石学七书中十多处值得质疑的地方——当然，这些大部分是当时的科技不能证明的。然后，王方又在《历代政治得失》中给他找出一处硬伤——其实只是笔误，但也够石越灰头土脸了。

但是他没有想到还有让他更目瞪口呆的事情。这位王方“小娘子”，抄下了他几十首词中的十多首，那娟秀的笔迹固然很漂亮，可惜的是其中用朱笔圈出许多圈圈，旁附批注，或者说用字不协音律，或是说某字用错了韵……

果然是有备而来！

倘若对方是个男子，石越还可以振振有词地反驳，告诉他写词更重要的是什么，还可以告诉他自己现在根本就不填词了。但是对方明明是个女子，他的这些解释，人家可以简单扼要地归结为两个字——“狡辩。”

石越低声嘀咕道：“唯女子与小人难养也，孔子说的真没有错。”

他的声音虽然很小，王方的耳朵却也挺尖，顿时明白了石越知道她是女孩子了。她恼羞成怒，又不好意思继续争辩，啐了一口，骂着：“哼，真是见面不如闻名！”说完，便拱拱手说道，“石秘校，后会有期。”竟是扬长而去，得胜回朝，把石越晾在楼上。

石越半晌才反应过来，无可奈何地下了楼，正要去牵自己的马，结果却被小二拦住：“这位官人，您还没有结账呢。”

“结账？”石越瞪大眼睛，不可置信地问道。

小二很认真地点了点头。

石越无可奈何地一边掏腰包，一边暗暗发誓，以后有女扮男装的人邀请自己，绝对不再理会。他倒没有想到王方其实只是根本没有意识到在酒楼吃饭还需要付账。他更不可能知道，这个“王方”，就是王安石的幼女王昉。王昉因听二哥王旁说到石越，见他来家里，便存心想要见识一下石越的学问，于是女扮男装出了家门，让丫头半路相邀，不料见面之后，竟觉得石越颇有让人不服气的地方……

10

时间很快到了熙宁五年的三月底。

随着桑充国的康复，白水潭学院教授联席会议成立。在石越与程颢等人的支持下，教授联席会议以简单多数选举桑充国为白水潭学院山长，程颢为明理院院长，沈括为格物院院长，又制定了一系列的院规，白水潭学院从此更加正规化。而石越的角色也变成了学院的兼职教授。

因为白水潭之狱、学子叩阙等事件的影响，《白水潭学刊》的发行量越来越大，白水潭学院的影响力真正开始辐射全国。所以白水潭学院的山长虽然没有任何品秩，却成了接受皇帝任命、享有很高威望的职务。而桑充国以布衣的身份担任此职，位在程颢、沈括之上，加上他在白水潭之狱中扮演的关键性角色，都让他成为自石越以后，大宋天空中升起的又一颗闪亮的星星。

而差不多与此同时，在南方的杭州，西湖之畔，有一座学院不太引人注意地开学了，这所学院的名字叫“西湖学院”。

同是在三月底，回到中书的王安石打点精神，再次驾驶变法的马车前行。

“《青苗法改良条例》颁行全国，以下官看来，现在的确可行。”曾布向王安石说道。吕惠卿不在，曾布就是新党实际上的第二号人物。

王安石的目光投向座中的新党干将们，果然，便见他的学生陆佃率先站了出来，表示反对：“当初是说三年有成，方推行全国的。是不是应当稳一点？”

但另一名新党干将李定却是支持曾布，说道：“只怕时不我待。”

身体还未完全康复的王雱也说道：“不错，既是良法，早一点推行无妨。”

众人都有些意外地看着他，王雱却是抿嘴不语，他心里面另有打算。现在除开三路实行被称为“石法”的《青苗法改良条例》之外，全国都实行原来的青苗法，二者对比，格外显出石越的出色，索性把石法推行全国，于国于私，都有好处。何况就算推行急了一点，有什么弊端，也是石越的责任。但这些心思却不足为外人道，更不能让王安石知道。

王安石叹道："石越也当真是奇才，改良条例完全抛开官府，让民间自主交易，官府只需要立法监督，坐收其利，执行中的弊端果真就少了许多。既然是于国于民有利的事情，也不必等够三年，早点推行全国吧。"

新党核心们在内部会议上一致同意提前在全国实行石越的《青苗改良条例》，一方面固然是顺应朝中大臣与地方守吏的呼吁，另一方面也证明了《青苗法改良条例》在三路试行取得的成功。王雱可以说是所有与会人员中最无奈的一个，他明显感觉到石越作为一股新的政治力量已经崛起，而石越对新法的态度让人捉摸不透。对于想把一切把握在手中、用强力推行新法的王雱来说，石越的存在实在是让他非常的困扰。

他强打着精神听着曾布关于保马法的建议。

"下官以为，可以废除此前在大名、沙苑、安阳等地的牧马监，把原占牧地还给民户，在开封府界与京东、京西、河东、河北、陕西五路推行民户代养官马的方法。五路义勇保甲愿养马的，每户一匹，家境富裕的，可养两匹。马用原来的监马配给，或由官府给钱，让农户自己买马。凡是养马户，每年可以免去折变钱、沿纳钱。马如果病死，三等户以上，照价赔偿，三等户以下的，赔一半。这样的方法，朝廷可以节约开支，而国家也有能力组建骑兵，与辽夏抗衡……"

王雱听得有点儿不耐烦，本来凡是关于强兵的政策，他都是很关心的，但不知道为什么，这一次曾布提出的保马法，让他感到很不耐烦。也许是因为曾布在白水潭之案中的暧昧态度，也许是因为这个所谓的保马法，似乎和石越的《改良青苗法条例》有几分相像。"不要画虎不成反类犬！"王雱略带恶意地想道。

接下来有人对王韶在边境推行市易法做了介绍，王雱一句也没有听进去。

沉浸在对变法的美好幻想中的诸人，没有谁注意到王雱的神情恍惚。大家都在计算保马法能为国家节省多少开支，有些人的眼前，似乎出现了一幅大宋境内遍地良马、骑兵纵横的美景。如汉代那样一次出动数十万匹马进行大规模作战，是多么辉煌的事情呀！而有些人则在计算市易法能为国家财政增加多少收入，自己从中又可以安排什么样的职位给某人……高尚与卑鄙的幻想，分别在不同的人脑海中浮现。

王安石仔细想了想这两条法令的细节，似乎也有些受到鼓舞。他笑着说道："昨天吕吉甫来信，提议设立军器监，统管东西广备作和各州的都作院[1]，取代原来三司辖下的胄案，以期提高兵器衣甲的质量与产量……"侃侃而谈的王安石忽然发现众人的脸色都有点儿不自然，而他没有发现的，则是王雱的眼睛忽然亮了起来。吕惠卿的用心，王雱瞬间就猜到了。

[1] 宋代制造军械的地方，隶属工部军器所。

和一直没有把石越当成主要对手的王安石不同，新党的核心成员们都有点儿顾忌石越的存在。曾布首先犹豫地说道："相公，胄案现在是石越管，皇上内批。另外他创造了白水潭兵器研究院，用的更是皇上内库的钱。军器监的设立，要怎么样处理兵器研究院？"

听到曾布质疑，不待王安石开口，王雱立即说道："我认为石越不会说什么。设立军器监，可以把胄案的事情单独出来，独立运作，效率会大大提高。现在胄案的任何一件事，要经过盐铁司、三司使等层层批文，效率之低实在无以复加。而制造的军器衣服质量也相当差，现在成立军器监，可以更好地管理，这也符合石越一贯的想法。兵器研究院虽然以白水潭人员为主，却毕竟是朝廷属下的一个机构，到时候自然划归军器监管辖，以期研究出更好的武器。再说，让皇上出大内的钱，也终究不是长久之计，正好改过来，由朝廷出钱。"

曾布意味深长地看了王雱一眼，心里叹道："瑜亮之争。" 王雱说的都是很明显的借口。石越做得好好的，却要去创建什么军器监，如果让石越管军器监的话，自然也没什么好说的，但是这可能吗？曾布只能暗暗摇摇头。和石越进行权力斗争，并不是一件让人很愉快的事情。

但是以王雱的特殊身份与要强的性格，没有人敢与他争辩，更何况这还是吕惠卿特意提出来的建议。

一直以来，王安石就不能算是一个成熟的政治家。他环视众人，见没有反对意见，便说道："石越的问题，不需要考虑太多，他议行青苗法改良有功，于朝政多有补益，皇上已经打算让他做直秘阁，特旨转著作郎，检正中书刑房、兵礼房、工房三房公事。提举胄案虞部的差使，有了新的官职，就不必要存在了。石越的新任命在中书是肯定会通过的，只看他接不接旨了。"

王安石这话一出口，除曾布等少数事先知情的人之外，众人眼中无不流露出羡慕的目光。有人说道："检正三房公事，这合体例吗？"

王安石道："兼任三房，学习公务，谈不上不合体例。此外，子宣将升任三司使。"

第七章

离间之计

当你选择了最卑鄙的职业之时，你还能指望自己圣洁无瑕吗？

——忏悔者语录

1

在新党们聚集在丞相府商议国事的几天后，白水潭外的一个小山坡上，石越和刚刚出任白水潭山长不久的桑充国坐在草地上交谈着。两匹肥大的白马则悠然自得地在山坡上吃草，一点也不关心自己主人正在说些什么。

“子明，还记得我们才相识的日子吗？”桑充国似乎有几分沧海桑田之感。

“怎么会不记得？一晃就快两年半了，时间真是弹指即逝。”石越悠悠道。

“是啊，两年多的时间。两年多前，你刚刚经历大劫，出现在东京，现在却已经是天下闻名的一代学宗，皇上身边最得宠的大臣；两年多前，我还是一个什么都不懂的酸秀才，只知道死读书，现在却也成为白水潭学院的山长。人生际遇如此，真是让人感叹。”桑充国慨然感叹。

“长卿，这次你能大难不死，必有后福。名动天下，不过是一个开始罢了，我们还能创造更伟大的功业。”石越不自觉地流露出胸中的雄心。

“更伟大的功业……”桑充国和石越相视一笑，“不错，我们定能创造一番更伟大的功业！”

石越站起身来，指着山下的风光，豪情万丈地说道：“三年前，这里只是一个穷村庄，现在却是大宋瞩目的焦点，一个前途无量的学院城。给我足够的时间，我能把白水潭的经历在整个大宋重演。”

桑充国似乎也受到石越情绪的感染，跟着站起身来，眺目山下的白水潭学院，良久，方悠悠道：“子明，你还记得以前你和我说过的理想与抱负吗？还记得写《三代之治》时你对我描述过的理想社会吗？”

“怎么会不记得？”石越悠然道，“我们正在为实现这个理想而努力。”

“子明，我会永远站在你身边，帮助你完成这个伟大的理想。”桑充国直视着石越，平淡却又坚定地说道。

石越望了桑充国一眼，没有说话。这时候也不需要任何语言。

良久，桑充国说道：“这次入狱，我想了许多东西。”

石越静静地听桑充国叙说。

“如果真要实现你在《三代之治》中描述的理想社会，那么最重要的一点，就是要有言论自由。人们不会因言获罪，才能通过清议影响政府。”桑充国嘴角露出一丝坚毅。

石越有点儿吃惊地看着自己这个最亲密的朋友，心里却不一定完全同意这句话。在石越看来，他需要的是立体式的改革，自上而下的权力，慢慢觉悟的工商阶层与拥有民权意识的公民，还要有一个广泛拥护的知识阶层，如果三者有一样火候不到，改革就只是一场赌博，而付出的代价也许就是自己所不能承受的。言论自由虽然重要，但那不是绝对的。

桑充国却不知道石越的想法，继续说道："如果想要让大家都能接受言论自由的观点，就要靠办报纸、建学校。子明，我有一个想法，我要利用我家和汴京那些大商贾的关系，让商人们捐资在东京办三百所小学，在白水潭和汴京各建一所图书馆，十年之内，我要让京师超过七成的人都能读懂报纸！"

桑充国紧紧咬着嘴唇，为自己这个伟大的想法而激动不已。他不知道以他桑家现在的财力，做这点事情，根本不需要别人帮助。这几年来，桑唐两家除了开棉纺业、印刷出版业、钱庄之外，别的相关产业也是跟着水涨船高，两家的资产，在大宋不能说数一数二，也是名列前茅了，只不过唐甘南和桑俞楚听从石越的劝告，不事张扬罢了。

石越没有想到桑充国竟会想要创办报纸！《白水潭学刊》的事情让石越对报纸产生了极大的警惕心理，如果引导学生一再与朝廷对抗，这可不是石越希望看到的，对石越大目标的实现，也一定会有负面的影响。他委婉地说道："长卿，学校与图书馆，的确是个不错的想法。让商人们出钱来资助学校，也有助于他们给社会留下一个好印象。这是一举多得之事。但是创办报纸的事情，我以为应当谨慎。"

桑充国悠悠地望了石越一眼，忽然问道："子明，你在害怕吗？难道因为一点挫折你就想放弃？"

石越凭空挥了一下马鞭，勉强笑道："我不是想要放弃，我是觉得时机不成熟。等到我身居大位之时，再来实行不迟。"他不惜第一次在桑充国面前表露自己对权力的想法。

桑充国正色说道："子明，你不知道时间的可贵吗？等到你身居高位，最早也在数年之后，而有这数年的时间，我已经可以让人们接受报纸的存在了。"

石越望了桑充国一眼，道："长卿，我不想让你再次入狱。"

桑充国略有些感动，但马上哈哈大笑："从被你描绘的理想世界折服的那一天起，我最想做的事情，就是创办报纸。如果我是为了我的志向而入狱，我不会害怕。"

"你不害怕，可是伯父、伯母、梓儿会担心。"

桑充国沉默了一会儿，说道："他们会支持我的！"

"为什么不先办好《白水潭学刊》再说，你身为白水潭学院的山长，事务也够多的了。"石越始终不赞同这时候来创办报纸，但是桑充国只是他的朋友，不是他的下属，只能靠说服。

"《学刊》的确要办好，但是有白水潭的教授们就足够了。白水潭学院现在明理与格物两院各有院长，我要操心的事情也少了。我设想中的报纸，会在学生中选择人才来编辑。《学刊》是给学富五车的大儒们看的，报纸却也可以给那些识几个字、学问有限的人看。报纸上不仅仅有你所说的新闻，还会有故事，还有对明理与格物各种学科的介绍，还会有你所说的广告，在报社做过事的学生，会更加出色。”桑充国完全沉浸在他的理想当中。

石越摇头苦笑，想要做一番事业真的很难。不仅仅是自己的对手，有时候也很难掌握自己朋友的想法。

回到赐邸，潘照临一见面就说道：“公子，桑俞楚最近连连拜访许多官员，还有宫中的内侍，你知道这件事吗？”

石越怔了一下，他立即知道潘照临肯定瞒着他在桑家收买了卧底，这一次，他不知怎的，并没有责怪潘照临，只随口说道：“桑长卿想办报纸，桑府那边是未雨绸缪吧。”当下把自己和桑充国说的话向潘照临大致说了一遍。

潘照临叹道：“原来如此。看样子，这会是重新布局的开始。”

石越疑惑地望了潘照临一眼：“重新布局？”

“不错。”潘照临脸色阴郁地说道，“现在旧党方面，富弼致仕前往西京，元老耆宿齐聚洛阳，却出人意料地一个个闭口不谈国事，以沉默来表达对朝政的不满。他们这样做，势必影响到在朝廷中大大小小的或同情或支持旧党的官吏，这些官吏可能改变斗争策略，以沉默和不合作与新党相对抗。这可能是旧党意识到王安石的力量出乎意料的强大后采取的新方针。”

“这样的话，对我们不利。”

“不错，只有矛盾越表面化，公子才越容易树立自己的政治权威，而又不必把反对新法的帽子戴在头上，引发皇上的猜忌。但也不必太担心，旧党们不会甘于寂寞太久，只要有机会，他们肯定会跳出来攻击王安石。这次李肃之[1]出知地方，就在皇上面前公开说助役法扰乱州郡，可见让他们完全缄口是不可能的。”

石越点了点头。

潘照临继续说道：“在新党方面，王安石回到中书，重掌大权，公开讨论推行保马、市易二法，设立军器监，在全国推行《青苗法改良条例》。这是想要有大作为的表示，而且有相当一部分，直指公子你。以我的估计，王韶必定在西北会加紧军事行动，以期赢得一个大胜仗来重建王安石的政治威信。”

石越知道潘照临所说不错，他的历史记忆告诉他，王韶在今年内必有大胜传来。虽然历史已经有很大的不同了，不过不会影响到王韶的大捷吧？但即便如此，他也并不担心，淡淡地说道：“打军器监的主意，嘿嘿……”

[1] 名相李迪之侄。

“公子不可掉以轻心。”潘照临提醒道，“内廷已经传来消息，在四月十日同天节[1]之前，公子会授著作郎、直秘阁，检正中书兵礼房、刑房、工房三房公事，这是皇上想大用公子的一个信号，这才让公子去中书省学习政务。这自然是一个好消息，但是随之而来的，则是公子提举虞部胄案事的职务就不能保留了，虽然公子新的官职事涉兵礼刑工四部之事，但是与新法关系最密切却是司农寺，王安石宁可搞个不伦不类的三房检正官出来，也不肯让公子做五房检正官，可见是担心公子掣肘新法。而且军器监的设立，又是独立的，新党一定会想控制兵器研究院，减少公子建立功劳的机会。我以为现在的上策，是推出判军器监的人选，和新党争夺军器监的控制权。”

石越沉吟一会儿，点头道：“幸好他们操之过急，若吕惠卿此刻复出，他想要判军器监的话，我们就真要束手无策了。谁也抢不过他。”

“不错，若他们略微忍几个月，我们就真的难办了。不过，想来他们也怕夜长梦多，万一兵器研究院有什么了不起的发明，公子的地位就更加巩固了。”说完，顿了顿，潘照临忽然正色说道：“公子，恕我直言，我们面临的最大问题，还不在新党，而是在桑家。”

石越沉默不语。

“桑充国既为白水潭山长，在学生中威信甚高，现在又想创办报纸，凭借桑唐两家的财力，加上桑家不遗余力的活动，桑充国已经隐隐约约成为公子之外的另一股力量。想要收归旗下，现在已是千难万难。等到他报纸创办成功，兴建学校、图书馆，又可以得到巨大的名誉，加上收了桑家好处的官员与内侍帮他说好话。那时候老虎的翅膀已经长大，再也不可以轻易制伏。即便是现在，桑充国也已经由公子的半个属下，变成了平等的盟友。”潘照临脸色很郑重。

石越轻轻叹了口气，说道：“盟友便盟友，无妨。”

“公子，防人之心不可无。如果是平等盟友的话，他们帮助公子做了多少事情，公子就要给他们多少回报，否则联盟的关系是难以长久的。他们固然可以把注压在公子身上，但是同样可以把注压在别人身上。”潘照临对于“盟友”是绝不能放心的。

“现在也没有什么好办法。” 石越不负责任地说道，他实在不愿意去算计桑家。

“有。”潘照临斩钉截铁地道，“与桑梓儿结婚，可以让桑家对公子死心塌地。把唐棣想办法调来京师，施加影响，可以让唐家对公子感激涕零。只要等到公子宣麻拜相，他们想有二心也来不及了。”

石越一听到要把桑梓儿扯入肮脏的事情当中，心里就极不乐意。他并不是抗拒娶桑梓儿过门，但却绝不希望那是因为一个肮脏的理由。他下意识地拒绝着这样的事情，“婚姻大事，岂可儿戏？唐毅夫在地方上政绩不错，倒是可以想办法把他调来京师，

[1] 皇帝赵顼的生日。

或者升他的官，让他在地方多历练历练。”

潘照临却并不满意这样的答复。“如今公子在白水潭受到敬重不假，可桑充国却是得到爱戴。仅仅只是在教授联席会议上，公子还略胜于桑长卿。但是假以时日，只怕亦会逆转。等到老虎真的生了双翼，公子只怕想联姻也来不及了。何况桑姑娘与公子郎才女貌，正好相配……”

“这件事不用再说了。”石越不耐烦地挥挥手。

料不到石越如此抗拒，潘照临只能无可奈何地摇摇头，道：“那么除开唐毅夫外，李修文、柴景初、柴景中兄弟，也想办法加以提拔吧。这些人未来或会是公子的助力。”

石越点了点头，他不愿意继续这些关于阴谋与权术的谈话，便对潘照临说道：“潜光，我们先分析一下市易法与保马法的得失，到了中书，总是要表明意见的。”

2

官场的事情果然是没有秘密可言。

四月初一，石越巡视兵器研究院时，沈括陪同视察。趁着没有人，沈括便担心地问道：“子明，听说朝廷要设立军器监，兵器研究院将划归军器监管辖，传闻沸沸扬扬，却不知是真是假？”

见石越不作声，沈括又说道：“设立军器监，对兵器研究院来说，原是有利有弊，要紧的还是由谁来判军器监。恕在下直言，若是王介甫派人来的话，兵器研究院只怕人心涣散。子明要早做打算。”

石越只能笑着安慰道：“存中兄尽可放心，我会想办法的。”

沈括却不能放心，继续道：“子明出任直秘阁、检正中书三房公事，已是公开的秘密了。恕在下鲁莽，实在不知道子明可以推举谁来判军器监事。”

石越也只能默然，他走过一个正在抄写火药配方的研究员身边，停下来饶有兴趣地看了看，忽然问道：“存中兄，火器的研制情况如何？”

沈括见石越突然转换话题，心里叹了口气，一面回道：“我们试验了一种震天雷，威力还算不错，但是火药的配方大家都认为还有待改进。”

“震天雷？”石越对此很有兴趣。

“不错，威力相当强大，不过我以为还有改进的余地，而且还达不到大量生产，降低成本的要求。”沈括解释道。

便在这谈话之间，石越突然灵光一闪，注视沈括，笑道：“存中兄，你有没有兴趣做判军器监事？”

沈括有点儿跟不上石越的跳跃性思维，怔道：“我现在担任的职务已经有点儿太多了。”以资历来说，沈括做判军器监完全够，但是他现在同时在司天监、白水潭学院、兵器研究院担任职务，领取三份俸禄，事务已经相当多了。

石越望着沈括，微笑道：“若存中兄愿意的话，军器监就会牢牢掌握在我们手里，至于兵器研究院，到时候兼领就是了。”

判军器监虽然是九寺五监中品秩最低的一个，但毕竟是一个部门的总管，掌管大宋军器制造一切事务，是一个大大的肥差。加上现在皇帝锐意边事，军器监更是大有立功机会的地方。石越的这个建议，让沈括怦然心动，沉吟半晌，迟疑道：“我觉得这件事只怕没有这么容易。”

石越知道他是默许了，笑道：“事在人为。我们去看看震天雷罢，现在研究院有多少试验品？”

沈括一边走一边说道：“试制了五十枚，成本太高，一枚震天雷要一千五百文，相当于一张弩的价格。但胄案的人认为，震天雷尚不及猛火油实用。”

石越不禁皱了皱眉头。他知道“猛火油”实际上就是一种燃烧弹，用陶器装上石油，制成投掷弹，攻城广备作坊有专门制造这种武器的机构，但是它成本也不低。不料震天雷的评价尚不及猛火油。

沈括没有注意石越的脸色，继续说道：“不过依我看，震天雷比猛火油要有用。猛火油制造储存不及震天雷方便，且震天雷可以发出巨大的声响吓唬敌人，也有直接的杀伤力。我们现在制造了两种震天雷，各二十五枚，一种是用投掷车发射的，威力较大，一种是用手投掷的，威力较小。”

石越奇道：“为何要制造那种用投掷车发射的？”他明明记得《新作篇》里面是有炮弹和火枪的设想的。

沈括笑道：“是几个学生和火器匠想出来的，他们认为手掷弹太重，威力却小，便设计了一种威力更大、用投掷车发射的重型震天雷。”

石越很快就明白了刚才沈括所说的“太重”是什么意思。所谓的“震天雷”原来是个黑不溜的铁球，引出一根引线来，和他所想的手榴弹相差实在太远了，而且无论体积、重量，都有点儿离谱。用来守城堆在城墙上还差不多，要带着行军，那就太难为人了。现在他可以很深刻地理解为什么要造用投掷器发射的震天雷了。

但是研究院的学生，甚至包括沈括都很有成就感，看到震天雷时，表情都十分兴奋。到了试验场，除了负责发射的士卒之外，一个个都夸张得捂着耳朵。

石越莫名其妙地看了这些人一眼，沈括好心提醒道：“子明，声音太大……”

石越摆了摆手：“没关系，开始吧。”他也想看看震天雷的威力。

首先试验的是投掷用的震天雷。两个士卒小心翼翼地将一颗两个篮球大小的震天雷放到发射位置上，小心地点燃引线，然后用力拉动投掷器。“呼”的一声，震天雷在空中划过一道抛物线，落在几十丈远的靶场，紧接着就是一声惊天动地的巨响，靶场里冒出一阵浓烟。研究院顿时响起一阵欢呼声。

石越差点没被这“震天雷”给震晕了，他构思中的手榴弹，竟然变成了原始炮弹，实在让他始料未及。等到烟雾散去，他走近靶场查看，只见钉在那里的木板人被炸得四分五裂，残骸上到处深嵌着铁珠、铁片，密密麻麻的。看来总算他们还知道在震天雷里面放了些铁珠和碎铁片。

虽然不尽如人意，但石越知道这已经是那个年代了不起的发明了。毕竟当时用的是黑火药，而且火药的配方也相当原始，单是这火药的配方，提高硝酸的纯度与含量，就肯定让这些人花了不少工夫，所以石越还是表示了赞许。

然而接下来手掷的震天雷却让他哭笑不得。

一个士卒小心翼翼地点燃引线，双手抓住一个木柄，高高举起，然后狠狠往坡下砸去。石越也随之发出一声哀叹——原来他们果然是设计着守城用的。欲哭无泪的感觉让石越根本没有心思去看爆炸后的效果。他觉得自己有必要和他们讨论一下以后兵器设计的思路了。

沈括却十分得意地捋着胡子，夸耀道：“等到我们找到大规模安全生产火药的方法，把成本降低到五百文左右，大宋的城池就真是固若金汤了。”

一直到第二天，石越接到正式的诏书，除授直秘阁、特旨转著作郎、检正中书门下三房（兵礼房、刑房、工房）公事之时，他还在想着兵器研究院的事情。

在书房帮石越润色谢表的潘照临奇怪地看着他，忍不住问道：“公子，你有心事？”

石越长吁短叹着把前一天的事说了一回。

潘照临却兴奋地放下笔来，奇道：“造出这种利器来，是大宋之福，也是公子的大功，为何反要忧虑？”

石越自嘲地苦笑道：“知我者谓我心忧，不知我者谓我何求。我本来是想要一种进可攻、退可守的火器，老是守城，有什么用？难道守城就可以收复燕云、兼并契丹吗？”

潘照临一怔，这才明白石越在感叹什么，不由笑道：“公子，本朝自立国以来，最大的目标就是收复燕云，从来没有人想过可以兼并契丹。大家何曾有过这种进取开拓之心？设计武器之时，先想着防守，再想着进攻，也是情有可原的。凡事不可操之过急，你不需要太在意。”

石越无可奈何地笑笑：“也只有如此了。”

潘照临也不去理他，继续埋头看他的谢表。石越一个人静静发呆，突然大叫一声：

“有了！”潘照临却连头都不抬，站在一边的侍剑见石越没趣，便笑道：“公子，什么有了？”

石越笑道：“我想了一个办法，以后兵器研究院有事做了。”

潘照临摇了摇头，轻声叹道：“可怜。”

石越笑道：“潜光兄，你可知道我想出什么办法了？”

潘照临一哂，轻描淡写道：“无非是给他们安排一些具体的东西去研究罢了。”

石越吃了一惊，问道：“你怎么知道的？”他的确就是想在兵器研究院成立一些攻关小组，先指定几个课题让他们集中精力优先解决，在这种攻关中慢慢积累经验。

潘照临不屑地撇了撇嘴：“猜到的。不过我劝公子不要这样做，这是拔苗助长。”

“我何尝不知道这有点儿急功近利？但现在人家对军器监虎视眈眈，我们不搞点成绩出来，只怕皮将不存。”

“有了一个震天雷还不够吗？”潘照临似笑非笑地看了看石越。

“那物什太差了。”石越顺口道，说完才猛然醒悟，惊问，“什么叫有了一个震天雷还不够？”

潘照临笑道：“心照不宣。嘿嘿……”

石越暗暗佩服潘照临果然机智，也忍不住哈哈大笑。

3

四月初五。

中书开始讨论保马、市易法和设置军器监三项新的变法，结果只有设立军器监一事迅速通过。接下来，赵顼把三项变法交给朝臣进行讨论。

所有的人都知道，设置军器监是大势所趋。人人都知道这是王安石对“新贵”石越的一次将军，但是出人意料的是，石越竟然比王安石更坚定地支持设军器监。擅长于揣测官场动态的官员们立即就知道了石越和王安石决定胜负的战场，是在判军器监的人选上。如果是“石党”，那么王安石是为他人做了嫁衣裳；如果是新党，那自然是石越赔了夫人又折兵。

至于保马法和市易法，枢密使文彦博与参知政事冯京都公开表示反对，石越的态度暧昧，至今没有明确表态。不论个人的观点与喜恶如何，每个人都知道，这是比判军器监的人选更加复杂的政治博弈。

但是，从四月初六起，离皇帝的生日只有四天的时间了，即便是王安石，也不愿意在这个时候引起大的争论，惹皇帝不高兴。这是赵顼登基以来，第二次正儿八经地过生日，大宋朝廷一片喜气洋洋，人人都在准备给皇帝的贺礼。州郡守令们送贺礼比较勤快，早在十天之前，就已经送到了汴京。

四月初十。

一大早，诸亲王、枢密使、管军、驸马、诸司使副为一班，算作内臣；宰臣、百官、大国使节一班，算作外臣；一同前往紫宸殿上寿。公主、命妇则赴禁中见太皇太后、皇太后、皇后祝寿。一切礼仪在四月初八便已定下。赵顼将亲自驾御紫宸殿，赐酒三巡，然后便是一整天的庆祝。

石越见王安石以下，朝臣们都穿着非常正式的朝服，手执笏板，手舞足蹈，心里不禁暗暗好笑，但这是礼仪所定，自己也不得不在班列中跟着跳舞，又有点儿让人哭笑不得。忽然，从山楼那边传来百鸟齐鸣的声音，惹得众人都倾耳相听，果然是半空和鸣，鸾凤翔集。石越暗暗奇怪，四处张望，却找不到半只鸟的影子，只好在心中纳闷。他却不知这只是教坊的乐伎在那里演奏。

不多时，在赞礼官的口号中，宰执、禁从、亲王、宗室、观察使，以及大辽、高丽、夏国使副，鱼贯而入，坐于殿上，职阶较低的百官与诸国使臣则分坐两廊，各人面前自有各色水果点心。石越留心观察，却见契丹使者面前，较旁人要多一点牛羊肉之类。他知道这是大宋对辽国视为“敌国”[1]之故，也不以为异。

接着，待众人山呼万岁，赵顼便开始赐宴，教坊也搭起台子表演助兴。

这文武百官开始之时，倒还一个个循规蹈矩，不敢放肆，但越到后来，气氛就渐渐变热闹起来。赵顼也不愿意过于拘束了，任凭这些臣子们嬉笑谈论，各逞风流。

来大宋上寿的契丹使节，正使叫萧佑丹，副使叫耶律金贵，二人一个是后族，一个是皇族，都刚刚到大宋不久，故此加意留神观察大宋君臣。两人因见石越举止气度别异常人，又不时朝他们瞄一两眼，心里便有几分留意。

萧佑丹懂汉语，颇读诗书，本是辽国杰出之士。石越的一举一动都落在他眼中，他也只是看在心里，并不作声。耶律金贵却是个武人，因懂得几句汉语，加上辽国执政的魏王耶律乙辛不放心一向亲附太子耶律濬的萧佑丹，这才派他来做副使，兼有监视之意。耶律金贵见石越老是看他们，忍不住问萧佑丹道：“那家伙是个什么东西，老是偷看我们？”

“我也不知道。”萧佑丹摇了摇头。

[1] 这里的“敌国”，是指足以分庭抗礼、地位平等的国家，并非是敌对的国家。当时只有宋辽之间互相享有此等待遇，其余如西夏、高丽，无论在宋朝还是辽国眼里，都是藩属之国。西夏不断和宋、辽进行战争，重要目的之一就是争取这一“敌国”的外交待遇，但从未成功。

“那我去问他。”耶律金贵一向不太把宋人放在眼里，站起身来，端着酒杯就朝石越走了过去。

石越见辽国副使忽然朝自己走了过来，心中奇怪，却只是不动声色。所谓居移体养移气，他本来就生性沉稳，加上几年来身份尊贵，更是有了一种自然而然的傲人气质，凛然不可侵犯。耶律金贵走到他面前，见他年纪轻轻，却身着紫袍，知道是南朝高官，他凭常理推度，以为多半是勋贵子弟，心中便有几分轻视。但是石越端坐在那里，看似温和如玉，一双眸子却宛如寒潭，深不见底，竟让耶律金贵心中生出一种怯意。耶律金贵不自觉地退了两步，终不敢过于放肆，只是撇着嘴问道：“小白脸，你干吗老看我们？”

他声音洪亮，顿时把满殿的目光都吸引了过来。萧佑丹不动声色地把玩着手中的酒杯，心里骂了一声 ：“蠢牛！”却也不去劝阻，只是静观其变。

石越对辽人本没什么仇恨可言，颇能以平常心相待。但耶律金贵一声“小白脸”，却惹得他心头火起。他抬起头来，目光逼视耶律金贵，却又立即收敛，冷冷道：“在下刚刚看到一只狗熊和一个人在讲话，未免好奇，多看了两眼。怎么，足下有何指教？”耶律金贵长得又黑又壮，身上体毛又浓，的确像是狗熊。闻得此言，宋朝馆阁中的年轻好事之辈和一些勋贵子弟便忍不住哈哈大笑。

耶律金贵怒道：“小白脸，你怎么骂人？”

石越一脸茫然，道：“我几时骂过人？”

“你骂我是狗熊，怎么不是骂人？”

石越奇道：“我怎么骂了你是狗熊了？我不过是看到一只狗熊罢了。”

耶律金贵火气更大：“你还敢说没骂我？南蛮子就是狡猾可恶。有本事和爷爷打一架去，逞嘴皮子的是王八蛋！”

石越冷笑道：“畜生才只知道打架，你见过人和畜生对咬的吗？”

耶律金贵在大宴上失礼，王安石等大臣脸色都非常难看，因见石越一直占上风，才没有立即喝止。不过王安石心里已在摇头，他没想到石越也会有这种意气之争。赵顼却觉得非常解气，石越的话虽然不够文雅，但是听在心里，很是受用。所谓的夷狄之辈，在当时的中原人看来，和畜生的确是相差无几的。这时赵顼听到耶律金贵要找石越打架，他知道石越只是一介书生，生怕他吃亏，便朝殿中带御器械侍卫一努嘴，两个侍卫便如狼似虎地扑了过去，两把刀闪电般出鞘，架在耶律金贵的脖子上。赵顼亦随之沉下脸来，重重地“哼”了一声。殿中顿时一片肃然，气氛陡然紧张起来。

到了这时候，萧佑丹才缓缓起身，他亦不惊慌，只向赵顼欠欠身，从容说道：“陛下，敝国副使酒后失礼，还请陛下宽宏大量，恕其之罪，以免因为一些小事而影响两国交好。”这句话半是请求半是威胁。

耶律金贵却不服气，大声嚷道："萧佑丹，你怕个鸟？这些南蛮子没胆，趁老子没刀时，竟拿刀来对付我，要在战场上，我见一个杀一个，见两个杀一双。"

萧佑丹皱了皱眉，厉声喝道："住嘴！"心里暗骂耶律乙辛派了只猪做他的副使。现在大辽又有什么实力和大宋开战？不过也是借着祖宗的余威吓人罢了。一面又向赵顼说道："此一介武夫，不通礼仪，让陛下见笑了。"

赵顼沉着脸，沉吟不语，显然犹豫不决，不知如何处置此事，石越忽然心里一动，暗道："千载难逢。"当下起身注视耶律金贵，说道："若真到了战场上，辽国也不会是大宋的对手。你不必大呼小叫。"

他这句话却没人敢当真。萧佑丹更是不能答应，笑道："请问足下尊姓大名，现居何职？方才这句话，未免过于托大了吧？"

石越淡淡地回道："在下直秘阁石越。"

萧佑丹吃了一惊，问道："足下可是《论语正义》诸书的作者石越石子明？"

"正是在下。"

耶律金贵也大吃一惊，瞪大眼睛问道："是那个写了什么石学七书、推行青苗法改良条例的石越？"

石越倒没有想到他也知道自己的名头，不禁淡淡一笑，道："正是在下。"

耶律金贵大叫一声，说道："啊，原来是你！我家魏王没少提到你。你官怎么这么小？"

顿时，满殿窃窃私语，众文武才知道连辽国最位高权重的魏王耶律乙辛也知道石越的名头，只怕对他还颇为忌惮呢。

石越却不去理他，只是静静地看着萧佑丹。不知怎的，他凭直觉意识到这个萧佑丹不是个简单的人物。

萧佑丹暗骂耶律金贵愚蠢，契丹朝廷高层平时议论，最担心的就是石越柄政，他们不论自己在朝中是如何钩心斗角、誓不两立，却一致认为南朝这个新冒出来的年轻人深不可测。萧佑丹自己也读过石越的全部著作。似这样的人物，耶律金贵这样大惊小怪地喊出来，不是给石越在大宋皇帝心中加分吗？他瞪了耶律金贵一眼，这才转身对石越笑道："石秘阁之大名如雷贯耳，只不过方才的话，未免让人不可思议。"他却不直接说大宋武力不行。

石越摇了摇头，说道："尊使只知其一，不知其二。我大宋现今国富民强，君明臣贤，士卒精练，本来有意北伐燕云，收复故土，为辽主在汴京建的房子都已经开工。但是我主仁慈，以为两国数十年来交好，从无战事，不忍心见战端一开，使千万黎庶受苦，所以才愿意以大事小。不料北朝使者全不知世事变化，公然在佳节中如此猖狂，实在是不知好歹。"

萧佑丹听得哈哈大笑："久闻石子明之贤名，不料竟是个大言不惭之辈，真是见面不如闻名。”

便是大宋诸人，见石越吹这么大的牛皮，也不禁暗暗摇头。满殿中倒只有赵顼知道石越一向谨慎，如此说话，必有所恃。

石越目光转动，看了皇帝一眼，见赵顼朝他微微点了点头，心中大喜，笑道：“如此说来，贵使是不相信了？”

耶律金贵忍不住插口道：“你胡吹大气，谁能相信？”

萧佑丹也点了点头，微笑道：“石秘阁，我等在大辽之时，也时常商议为大宋皇帝在中京盖好府邸，只因看到两国数十年交好，所以不忍让百姓受苦，才愿意与大宋睦邻相处。”他把石越的话学了一遍，言外之意就是吹牛大家都会。

石越笑道：“这须怪不得贵使，所谓眼见为实，耳听为虚。”说罢走到赵顼面前，顿首道：“陛下，辽国使者不信微臣之言，有轻慢大宋之意。臣请赴校场，让各国使者看看我大宋的神兵利器，以证臣所言不虚，大宋对各国确有不伐之恩。”

赵顼一怔，暗道：“我大宋又有什么神兵利器？”口里却道：“既如此，卿可任意施为。略施小技足矣，不必太骇人听闻。”

“臣遵旨。”

王安石等人见这出戏越唱越离谱，不禁面面相觑。赵顼立即下旨摆驾校场，石越却走到沈括面前，低声吩咐着什么。

石越要在契丹使者面前耀武的消息，长了翅膀似的传了出去，不仅文武百官、禁军军校，连一些看热闹的百姓都知道了。用不了一时三刻，校场便被围了个水泄不通。

看到这阵势，冯京等人都为石越捏了一把汗——这要是出了丑，皇帝的面子往哪搁？

石越却自顾自地忙开了，不断低声布置，不多时，便见一些人在远处钉木人之类，一些禁军将附近的百姓远远赶开。众人皆不知石越在弄什么玄虚，只见石越笑嘻嘻地把萧佑丹和耶律金贵请了过去，一一敲打那些木人，然后又将各国使者都请过去看了一回。

王安石悄悄走到石越身边，皱眉问道：“石秘校，你在弄什么玄虚，这事可玩笑不得？有辱国体可是大事。”石越微微一笑，道：“相公不必担心。包管从此后，契丹人见了我们大宋官民，说话都要客气三分。”王安石不再多说什么，又悄悄走了回去，和两个参知政事无言地对望了一眼。

过了一盏茶的工夫，便见校场的一头，沈括指挥着一队兵器研究院的士卒走了出来，他们还推着一共三十辆掷石器，分两排摆好。士兵们在每一辆掷石器上各摆了一枚巨大的黑球——震天雷！

这差不多便已是石越的全部家当了。那天他离开兵器研究院后，就吩咐沈括多多赶制。兵器研究院用了八九天时间，又制成了十多枚，不想在今日派上用场。

石越见一切停当，这才走到赵顼面前，奏道：“陛下，震天雷布置完毕，请陛下下旨演武！”

赵顼点了点头，他虽然不知“震天雷”是什么东西，却觉得非常刺激、兴奋，站起身来，朗声道：“准奏！”

石越凑上去一点，小声道：“请陛下与诸公把耳朵捂上。”他存心不告诉各国使节。

那些聪明的大臣早就从“震天雷”这个名字里听出了一点玄机，这时听石越这么神秘的吩咐，连忙把耳朵捂上。石越见赵顼和王安石、冯京等人都用丝绸把耳朵塞好了，这才走到投掷器队伍中，举手发令：“点火！”

站在前面十五架掷石器后的士兵闻令一齐点燃引线，石越把手一挥，喝道：“发射！”十五枚震天雷在天空划出十五道青色的抛物线，狠狠砸向靶场，仿若凭空十五道惊雷一齐落下，就听惊天动地的数声巨响，一阵浓烟在靶场冒起。

十五枚震天雷同时发射，声势浩大。就是捂了耳朵的官员，也被震得脸色发白，暗暗咂舌：“打雷也没有这般响法！”那些没有捂耳朵的外国使节与大宋军民，更是耳朵里嗡嗡直响，有的使者几乎被吓软在地。石越看到萧佑丹脸色惨白，耶律金贵竟然被惊得跳了起来，不禁暗暗偷笑。

众人还没有反应过来，第二轮发射又开始了，又是几声惊天动地的巨响。萧佑丹总算是反应机敏，下意识地死死捂住了耳朵，耶律金贵却被震软在地上。

石越看了二人一眼，冷笑一声，很得意于震天雷的心理震撼效果。这种兵器杀伤力不如现代兵器，但是如果集中发射，发出的巨响，产生的浓烟，还有刺鼻的硝石味，在物理杀伤外，完全可以造成巨大的心理杀伤力。

首先从巨大的震撼中反应过来的是昌王赵颢，他忍不住叹道：“这个石子明，真是厉害。”

赵顼也喜形于色。他并不知道震天雷是什么，以他外行的观点看来，有了这个东西，他开疆拓土的夙愿就可以实现了。若他得知设计者设计这东西是用来守城的，那就真不知会是什么表情了。

待到浓烟渐散，石越走到萧佑丹等人面前，对惊魂未定的各国使者笑道：“请诸位使者看看震天雷的杀伤力。”

萧佑丹咬着嘴唇，耶律金贵也铁青着脸，跟着石越走向靶场，只见那些木人都被炸得四分五裂，散得到处都是，原来靶场平整的地面也被炸得坑坑洼洼。石越往这里扔了三十枚震天雷，还会有炸不烂的吗？

所有的使者都目瞪口呆，大为震惊。几个奉旨来看靶场情况的官员连忙跑回去，兴奋不已地大声向皇帝报告靶场的破坏程度，听得赵顼龙颜大悦，赵颢也是咂舌不已。王安石、文彦博、冯京、王珪率领文武百官一齐拜贺，校场军民也齐呼万岁，欢呼声响彻云霄。

4

第二天，迩英殿。

石越志得意满。“接下来趁机推荐沈括出任判军监器，把兵器研究院牢牢掌握在自己手中，并进一步影响到整个大宋军队的装备供应……”沉浸在梦想中的石越没有想到，一个他意想不到、却十分“熟悉”的人——蔡确，狠狠地给他泼了一盆冷水。

蔡确已经不是第一次弹劾石越了。这次他弹劾石越逞一时之快，泄露军国机密，让外邦使者知道了大宋的秘密武器震天雷；同时还指责石越专断独行，操纵皇帝，没有事先和皇帝、宰臣商议就自作主张，炫耀震天雷，嚣张跋扈，其心不可问！

石越看着皇帝丢给他的这份骈四俪六，工整无比，却句句是想置他于死地的奏折，竟是打了一个激灵。他心里又怒又恨，但是他却也知道有时候皇帝对于御史们的保护是无所不至的，因为他们是皇帝用来制衡大权在握的大臣们的重要工具。而且，蔡确现在不论在王安石还是皇帝跟前，都颇为得意，尤其是他刚刚办完一桩大案——正在西北用兵的王韶与当地率臣、将领矛盾不断，不断因各种原因被参劾，皇帝几次派使者前去调查，所得结论都被王安石认为有疑点。蔡确抓住了这次机会，自告奋勇前往陕西，迅速“厘清”了此案。边境将领们的纷争，谁是谁非，这其中的内情石越并不清楚，但有两件事他是明白的，一是皇帝与王安石都十分满意蔡确的调查结果，所以他才能由监察御史里行被超擢为侍御史；再就是蔡确的好运还没有到头，因为他的调查结论完全有利于王韶，帮助王韶扫清了一切掣肘，而石越记得史书上记载王韶很快将有一场大胜。

所以，尽管对从陕西回来没几天就急不可耐地和自己做对的蔡确恨得牙痒痒，石越也只能先忍耐。他一面心有不甘地顿首谢罪，一面分辩道：“臣行事孟浪，致有此失，还请陛下治臣之罪。只是，臣尚有下情，望陛下容臣细禀。”

他却不知道，其实皇帝并没有怪罪他的意思，这只不过是一种御下的权术罢了。

“卿有何情状？”果然，赵顼见石越惶恐，心中便十分满意，也无意深责。

“昨日行事，臣的确失之孟浪，因一时激愤，欲为大宋挣几分国威，立威外国，而一时不及请旨，此是臣之罪，臣断不敢否认。但臣万死不敢目无君上，此陛下所深知。至于柱史[1]以为臣泄露军机，那不过是只知其一，不知其二，实实是冤枉了微臣。”

赵顼却是有些意外，问道：“什么是只知其一，不知其二？”

[1]　侍御史的雅称。

石越回道："震天雷的杀伤力有限，重量过大，携带不便，且运输非常不安全，兼之不能大规模生产，实际上并不能依赖这种武器提高军队的战斗力。故此臣才虚张声势，扬威于使者面前，收不战而屈人之兵之效。朝廷在西北用兵，契丹屡次牵制，欲与西夏为犄角。我若用兵，则两面受敌，力有不足；若不用兵，则彼咄咄逼人，终无了局。此次扬威，使者回国告之执政，彼国必有所惮，则大宋可以安心于西北。而西夏亦知我有此器，自会处处防备，士气自沮。"

"原来如此……石卿真是谋略深远。"赵顼叹道。石越听出皇帝语气中颇有不甘之意，知道他是对震天雷有许多缺点感到耿耿。他顿了顿，觉得不便再说什么，便道："只是臣仓促间不能请旨……"

"这倒无妨。"赵顼本来就并不在意，"机会难于把握，朕知卿忠心为国，并不怪卿。但卿也不可怪蔡确，他亦是职责所在。"

石越连忙答道："臣不敢。"

"可惜，震天雷原来有这许多的限制。"一直默不作声的王安石忽然叹道。毕竟如果震天雷有想象中的强大，大宋开疆就事半功倍了。

赵顼却是很快便想开了，笑道："虽然如此，却也是神兵利器了，朕当嘉奖！兵器研究院还要尽量使震天雷能大规模生产，将成本降低一半，于国家便是大功一件。"

石越连忙顺着皇帝的话头，大夸了一番沈括等人的功劳。赵顼听得兴致高昂，连连说道："果然不负朕之所望。"兵器研究院是他亲自投资，如今有了成绩，也显得他有先见之明，脸上自然也更加光彩。

石越又说道："臣以为若假以时日，他们必能研究出更好的火器，威力更大，更便于携带，成本也更低，震天雷不过是牛刀小试。只不过，现在震天雷的缺点，是绝不可泄露出去的。"

赵顼点头称是："不错，兵器研究院也应当加强保密。"

石越道："王丞相提议设立军器监，臣以为果然是一个良法。臣虽然检正三房公事，兵礼房、工房是臣所当管，却终究不能干涉军器监的事情太多。沈括之能，陛下所深知，他管理兵器研究院，成绩斐然。臣推荐此人判军器监，一来他资望能力，皆绰绰有余，二来他可以继续在兵器研究院研究与开发新兵器。而如果换上别人出任军器监，难免与兵器研究院互相掣肘。"

王安石对于军器监什么的并无私心，见石越推荐沈括，也说道："臣以为石越所说有理，只是沈括现在担任的职务已然太多。臣以为不如让他停止担任白水潭学院格物院院长一职，然后再找个人和他同判军器监。沈括负责兵器研究院和火器诸作坊，另一人则负责军器的供应等等日常事务，如此才不会误了公事，也可以让沈括有更多的精力和时间去管兵器研究院的事情。"

石越闻言不由得暗骂："老狐狸。"他却不知王安石全是出于公心，只觉得王安石几句话，轻轻易易就把沈括和白水潭学院拉开了距离，顺便抢走白水潭学院一个院长，又派了一个人来和沈括同知军器监，互相监视。抢掉一半权力，还把话说得几乎无懈可击，自是心中不忿。

果然，赵顼略一思忖，便点头道："还是丞相想得周详。此事下中书、枢密，议可后便可照办。"顿了顿，又道，"让沈括尽早上任，今年之内，要把第一批震天雷装备到军中去。要尽快把成本降下来，实现大规模制造。"这样的利器，碰上赵顼这样想有所作为的君主，怎么会舍得放过？

石越只好暗自叹气，幸好要头痛的人是沈括。

汴京城的百姓都还沉浸在兴奋与喜悦之中，石越的形象开始被市民们神化了——那哪是普通的兵器呀？雷公的雷槌也不过如此吧？若不是神仙下凡，如何造得出来？

与此同时，辽使萧佑丹却有另一番心情。他本是辽国太子耶律濬身边的重要谋士，一直以来，他都以为大宋与他的国家一样，也是一个垂垂老矣的国家。觉得自己到汴京来，无非是上寿、游玩一番，领略一下汴京城的繁华，然后就回国报告——一次简单得不能再简单的旅程。但是现在，一切都改变了。校场上震天雷的威力给了他强烈的危机感！

萧佑丹并非头脑简单之辈，一旦冷静下来，他很快就发现了这震天雷的几个缺点：体积太大，重量估计也不太轻，运输起来就不太方便，而且还需要投掷器发射，机动性明显不够，所以震天雷并不是不可对付的。但是，如果如此强大的火器用来守城的话，那就是让善于守城的宋兵如虎添翼，几乎立于不败之地了。

"一定要弄清楚南朝现在有多少这样的火器，布置在哪些地方，生产能力如何，还有没有更厉害的火器……"萧佑丹暗暗计算着，他最担心的，是大宋手里究竟还有多少张牌没有打出来。"这一定是南朝赵官家和石越的双簧，以石越的能力，不可能一下子把老底全部露出来……"

萧佑丹不由得一个激灵，如果还有更厉害的……他已经不敢想象后果了。现在辽国皇帝整日游玩嬉戏，不理朝政，信任群小，魏王专权，太子虽然英明，却权位不稳；而南朝，王安石整军经武，改革财政，石越从旁补益纠正，再加上这些威力奇大的火器……一消一长之间，大辽有亡国之虞！

萧佑丹一拳狠狠砸在桌上，咬牙自语道："石越，我不会让你那么得意！"

一个国家的上层，承平日久之后，总是会出现不同的派别的，何况大宋现在正是处在改革动荡之中。萧佑丹相信，他绝对不是没有机会的。

5

碧月轩。

楚云儿看着姐妹们忽然乱成一团，奇怪地向丫头问道：“出什么事了？”

“回姑娘话，外面来了一个契丹人，说是什么使者，又粗鲁又难看，姑娘们不想去陪他，正想办法跑开呢。”丫头事不关己地说道。她知道以楚云儿的地位，老鸨断然不会让她去陪契丹人的，所以并不担心。

楚云儿在京已久，自是知道来京的各国使者的德行，以契丹人最不得人心，但是官府对他们却一向优容。他们作威作福惯了，往往便更加猖狂。为避免麻烦，她也连忙放下帘子，不再弹琴，只静静地拣点琴书词稿。

她从箱底拿出石越所赠的词稿，微红着脸轻轻叹了口气。自从桑充国入狱之后，便很少看到石越了，她只能从客人的口中听到关于石越的一些消息。石越非常有名，有关他的消息一天没有十件也有八件，只是不知道哪样是真哪样是假罢了。她又想起上次在大相国寺见到的那个桑家小姑娘，真是一个又天真又可爱的女孩子。她们之间虽然才说了短短几句话，但以她的阅历却是不难看出那个女孩子对石越的绵绵情意，而他们两人，看起来似乎也很般配。她不禁又想起那些关于石越的传言，其中就有关于这位桑家小妹妹的。据说她就是教石越书法的老师，石越习字的描红本就是她写的；又想着石越来到汴京后便一直住在桑府，一定与这个女孩子来往得十分亲密。石越这样温文的君子，对这样可爱的女孩子，还不知道是如何疼惜呢……想到这里，楚云儿心里不由一痛，对那个女孩子，竟不觉多出一份自己也说不清是羡慕还是妒忌的感情来。

楚云儿正在胡思乱想，暗自伤怀，忽听到外面传来大呼小叫的争吵声。她皱皱眉，悄悄走到门口，将帘掀开一个角来，朝外看去，见一个似黑熊般的契丹人和一伙侍从在那里向一个腰佩弯刀的年轻人大呼小叫。她心中不快，正要走到后院去，却听丫头低声说道：“那个年轻人听说是白水潭学院的……”楚云儿心中一动，迟疑一下，终于又往外看去。

那个年轻人便是段子介。契丹人，却正是耶律金贵。

耶律金贵没有什么忧国忧民之心，虽然一时惊骇，但是毕竟宋辽之间已有七十年太平，双方警惕性早已下降，宋朝官员既然依旧礼数周详，他便也乐得享受。何况，既然来到了中原这个花花世界，若不能好好享受一番，岂非白来一趟？当然是哪里繁华去哪里，哪里的姑娘漂亮去哪里。宋朝负责陪同的官员也睁一眼闭一眼，只是陪着正使萧佑丹，不敢渎职，却并不去管他们这些人。

不料到了碧月轩，这里的姑娘见他竟似见了瘟神一般，那一两个出来陪他喝酒的，也是勉强得好像吃了一只苍蝇。耶律金贵在辽国也是养尊处优惯了的，自然心中不快。喝了几杯酒，就开始骂骂咧咧：“汉人……都……不是……好东西！石越……不是好东西……连这勾栏[1]也不……不是好东西，拿这……这几个姑娘来糊弄老子，以为老子没钱给是不是？老子……老子有的是钱！”说着从怀里掏出一锭金子，砸在桌上。

段子介正好被几个同窗拉来碧月轩听曲子，因几个同窗各自和相好的姑娘洞房花烛去了，他无意此道，便一个人一面听曲子一面喝着闷酒。见耶律金贵等人进来，心里已是加倍留意，哪知耶律金贵出言不逊，辱骂石越，他顿时无名火起，把酒杯一顿，大声说道：“天下最不是好东西的，便是那些辽狗！”

他声音极大，耶律金贵听到耳里，立时变了脸色，嚯地站起来骂道：“宋猪，你敢骂你爷爷？”

段子介手按刀柄，也站了起来，冷冷道：“爷爷骂的就是你这只辽狗。”

二人怒目相视，却吓坏了老鸨。她连忙跑到两人面前，连连作揖道：“二位官人，二位官人，有话好说，有话好话。”

耶律金贵和段子介却不去理她。耶律金贵瞪眼喝道：“宋猪，敢和你爷爷打一架吗？”

“爷爷正想玩玩辽狗。”

耶律金贵脸色更黑，忽然大吼一声，挥拳冲向段子介。二人立时打成一团。耶律金贵身材高大，力气凶猛，段子介却是闪动灵活，招数多样，二人拳来脚往，竟是打了个不分胜负。

耶律金贵的从人见主人讨不了好，一声吆喝，各拔兵器，围了上来。

段子介使个虚招，跳出战圈，寒光一闪，也把刀拔了出来，刀锋指着耶律金贵，冷笑道：“辽狗，想倚多为胜吗？来吧。”

耶律金贵呸了一声，道：“龟儿子宋猪才喜欢倚多为胜。”他接过一把大朴刀，喝道：“你们站一边去，看爷爷教训这宋猪。”

二人虎视对峙，便要一决胜负。忽然，有人用契丹话大声喝了一声什么，便见耶律金贵的从人让开一条道来，一个穿着契丹衣服的人走了进来。段子介见此人神态温文可亲，唯有眼中流露出一丝精明的光芒，倒不由吃了一惊。再看他身后，还紧紧跟着一个大宋官员。

来人便是契丹正使萧佑丹。他本是借游玩为名，想从汴京市民的闲谈中多了解一些信息，正好路过碧月轩，看到耶律金贵一行的马车停在外面，又听到里面有打斗之声，心知肯定是耶律金贵闯祸了。萧佑丹不希望多生事端，连忙进来制止。

[1] 古时指一些大城市固定的娱乐场所，也是宋元戏曲在城市中的主要表演场所，相当于现在的戏院。

萧佑丹踱到二人面前，轻蔑地瞄了耶律金贵一眼，暗骂道："不知大局的蠢才。"见耶律金贵依然持刀在手，当下厉声喝道："还不把刀子给我收起来。"那个宋朝官员也喝令段子介收起武器。

耶律金贵看到萧佑丹那高高在上的眼神，心里便有几分不服，但终究明白这是在国外，自己是人家的属下，当下愤然把刀扔给从人，气呼呼地走回位置坐下。

段子介也心不甘情不愿地收起兵器。

萧佑丹瞪了耶律金贵一眼，用契丹话问道："这是怎么回事？"

便有从人回道："耶律副使并没有惹他，是这宋猪先来惹事的。"

萧佑丹哪里肯信，冷笑道："你且将事情经过原原本本说出来。我自有道理。"

那人也不敢隐瞒，一五一十说了。萧佑丹听完，脸一沉，又问道："你说耶律副使骂了石越？"

那人点了点头，欲要说什么，萧佑丹挥了挥手，示意他不要说话，自己走到段子介面前，抱了一拳，说道："这位公子请了，我这伙伴生性鲁莽，多有得罪，还望见谅。"他的汉话说得甚是流畅。

段子介见他和那些契丹人叽里咕噜半天，那些人对他毕恭毕敬，就知道他身份很高。此时见他如此有礼，不由一怔，抱拳答道："他若能像你这般，也不至于此。"

萧佑丹哈哈一笑，问道："我见公子气度非凡，敢问高姓大名？"

所谓"好汉不打笑脸人"，萧佑丹如此客气，虽然是个契丹人，段子介也不好意思失了礼数，连忙答道："不敢，在下段子介，是白水潭学院明理院的学生。"这却是当时人的习惯，往往把自己现在做什么，一齐说出来。

萧佑丹眼中不易觉察地闪过一丝冷笑，暗道："果然是白水潭学院的人。"嘴里却笑道："原来是白水潭学院的学子，我在大辽就久仰南朝白水潭的盛名，今日能见到就读于其中的学子，真是幸会，幸会。"

段子介见契丹人也知道白水潭学院的盛名，心里顿时生出几分自豪。

又听萧佑丹说道："如果段公子不嫌弃在下是夷狄之人，不若在下做东，一起喝杯水酒如何？在下也想趁此机会领教一下中华的风物，听公子说说白水潭的盛事。"

他语意诚恳，竟让人无法拒绝。段子介是个直性子，当下说道："想不到辽国有你这等人物，还要请教尊姓大名。"

耶律金贵在那厢中听到萧佑丹竟然和段子介如此客气，真是气不打一处来，站起来正要发作。不料他刚一起身，就听萧佑丹用契丹话说道："耶律副使要回去了，好生送他回驿馆，若惹了什么事，回来我拿你们是问！"

耶律金贵几欲发狂，转身狠狠地抓起一个酒杯，一把摔得粉碎，头也不回地往外面走去。

萧佑丹毫不理会，只对段子介笑道："让段公子笑话了，这种粗莽之人，只会扫人兴致。在下萧佑丹，在大辽也是个读书之人。"又对老鸨道："你收拾一下，叫几个姑娘来弹琴，损失我来赔偿。"

段子介见他如此讲道理，好感顿时油然而生，敌意愈发减少了，笑道："就是不知道能不能听到楚云儿姑娘雅奏？萧兄从北方苦寒之地而来，若能听上这么一曲，一定会终生难忘的。"

萧佑丹挑了挑眉毛，心里暗笑。须知当时天下琴技第一，首推辽国皇后萧观音，她便是太子耶律濬的生母。萧佑丹时常出入宫禁，虽然不说时时能听到，也却曾经有幸听过一两次。段子介对契丹人抱有偏见，以为契丹人便是野蛮民族，哪里知道其实契丹贵族深受汉化。萧佑丹却也不说明，只笑道："如此却一定要见上一见了。"

段子介笑道："楚姑娘可不是想见就能见的，你以为是我们石山长呀？"楚云儿与石越雅善，京城士林传为美谈，段子介来京日久，自然也是知道的。

萧佑丹一听涉及石越，更是暗暗留意，掏了一锭银子放到老鸨手里，笑道："还请在楚姑娘面前美言几句，在下只想听听中原佳丽的仙乐，并无他想。"

老鸨哪里见过这样的契丹人，当时通用铜钱，银价颇贵，这一锭银子，价格不菲，出手如此阔绰，简直让人惊讶。她望了陪同的宋朝官员一眼，见他微微点头，连忙接过银子，一扭一扭地去找楚云儿了。

耶律金贵回到驿馆，憋了一肚子气，直等到天色全黑，萧佑丹才回来。他正要找萧佑丹说个清楚，不料却被拦在房外，倒是萧佑丹的几个去别处"游玩"的亲随走进房中，和萧佑丹谈了一个多时辰。直待所有人都说完了，萧佑丹才吩咐人把他放进来。

耶律金贵一进屋就怒气冲冲地说道："姓萧的，你不要欺人太甚！就为了个石越，你怕宋猪怕成这样？把老子赶回来，你自己在那里和宋猪称兄道弟喝花酒！"

萧佑丹一手背在身后，一手拿着一本书，坐在灯下，连正眼都没看他一眼，淡淡道："我是正使，你就得听我的，若敢抗命，我可以先斩了你。你有什么不服，回去尽管弹劾我。"

耶律金贵恨声道："这个不劳你提醒，回国之后，我自然会弹劾你出使辱国！"

萧佑丹冷笑一声，说道："悉听尊便。不过明天你还得陪我去石越府上，给他赔礼道歉，礼物我已经着人准备好了。"

耶律金贵瞪眼怒道："你休想！我才不会给宋猪道什么歉！你胆小如鼠，是你的事情。"

萧佑丹冷冷道："你若不去，也随你。明天一大早我不见你准备马车和我一起去石府，我就以抗命不遵的罪名先斩了你。"

耶律金贵脸色铁青，重重“哼”了一声，气呼呼地转身就走。

萧佑丹望着他的背影，不屑地冷笑了一声，朗声读道：“信义行于君子，而刑戮施于小人……”

6

第二天一大早，石安打开大门时，不禁吃了一惊。

门外停着四辆漂亮的马车，一些契丹人正从马车上往下搬东西，显然这些都是礼品，一担一担的，把石府门前的大院都摆满了。两个衣着光鲜的契丹人站在车旁等候，一个长得很温文，一个满脸横肉，像只狗熊。

来石府拜访的官员多了去了，现在石府也添了几个老妈、家丁，石安自然而然变成了石府的管家。虽然石府的排场远不能和一般官员的排场比，但是石安却也知道自己的主人是很了不起的人物，连说书的也有说石公子是左辅星下凡的，所以对来拜访石越的人，无论多大排场，石安都见怪不怪了。只是契丹人带着礼物来，却是挺稀罕的。

石安连忙走了过去，问道：“你们这是……”

萧佑丹见石府出来一个人，连忙从怀里掏出一张名帖，说道：“大辽使者萧佑丹、耶律金贵特地前来拜访石秘阁，还烦请通告。”

石安接过帖子，心里猜测道：“多半是前些天被我家公子的震天雷吓得没魂了，这些辽狗才来这么低声下气求我们家公子。”一边却也不敢怠慢，坏了石府的规矩，忙说道：“稍等。”便拿着名帖进去通报。

石越和潘照临正在喝茶，听到石安通报，竟几乎被呛住，忙问：“有没有陪同的本朝官员？”

“没有。”

石越皱眉道：“这怎么可能？只怕不能相见。”他却不知道萧佑丹故意一大早出门，以甩开陪同的官员。

潘照临道：“若是不见，显得小气了。”

“若是见了，必惹闲话。”石越为难地想了一会儿，才对石安说道：“你带几个人去把人请进来，礼物拦在外面。如果他们硬要拿礼物进来，就连人一起拦了。”顿了一下，又说道，“将府上的家人全部叫出来，在客厅侍候。”

石安答应去了，石越向潘照临问道：“潜光兄，你要不要见上一见？”

潘照临摇摇头：“不了，我在屏风后面听便是。”

石越点头道：“如此我先出去，降阶相迎。”他如果出门相迎，说不定第二天就有御史弹劾他交结外国，如果坐在客厅不出来，又显得太倨傲，只好折衷行事。他整了整衣冠，才走到正厅外的台阶上，就见萧佑丹和耶律金贵一行人走了进来，礼物终究是被拦在了大门之外。

石越这才放心了一点，抱拳朗声说道：“贵使远来，石某未及相迎，还望恕罪。”

萧佑丹笑道：“哪里，哪里，我们却是来负荆请罪的。石秘阁不怪罪我们，已是幸甚。”

石越怔道：“负荆请罪？贵使言重了。”

萧佑丹笑道：“我这个伙伴在同天节多有得罪，今日我特意带他来给石秘阁赔罪。”说完望了耶律金贵一眼。

耶律金贵满肚子不乐意，脸憋得通红，好久才抱拳道：“石秘阁，我是个粗人，那天要是知道是你，肯定不敢无礼的，还请你见谅则个。”

虽然那天的确是耶律金贵无礼在先，但是让辽使给大宋官员赔罪，却只怕是大宋开国以来头一遭。虽然萧佑丹另有所谋，但耶律金贵却并不知情，心里早把石越和萧佑丹祖宗十八代都问候了一遍。

石越淡淡回了一礼，微笑道：“贵使太过客气了。还请先进屋叙话。”

萧佑丹望了望门外，见大门敞开，那些礼物全部摆在外面，因道：“石秘阁，那些东西是一些敝国特产，并不值几个钱，只是略表心意，还请秘阁笑纳。”

他这时说得万分诚恳，但只待石越收下这些东西，自然有谣言散布出来，别有用心者肯定会毁谤石越的名节。石越虽不能料得他这般用心险恶，但是在官场这么久，岂有不知小心谨慎之理？当下笑道：“贵使饱读诗书，当知君子爱人以德。二位前来，石某自当尽地主之谊，这些礼物，却还烦请诸位带回。这也是贵使成全石某了。”他话说得委婉，语气却很坚决。

萧佑丹见他如此，也不再勉强，暗叫一声可惜，笑道：“如此在下就只好带回了。秘阁，请！”

当下二人进屋，与石越分宾主坐下。

萧佑丹见石府仆人只有几个家丁，客厅中侍立的连一个婢女都没有，心里不由奇怪。毕竟石越是当朝少有的宠臣，可这排场，却连个县令都不如。他喝了一口茶，笑道：“虽早闻石秘阁崖岸深峻，不料清介至此，其实买几个侍女侍候起居，亦无伤大雅。有些事，婢女比家丁做得要体贴。”

石越笑道：“家中无女眷，我自己是不习惯别人侍候的，这倒谈不上清介。”

萧佑丹笑道：“石秘阁过谦了。”

石越对辽国也有好奇，因问道：“贵使这次是从中京来，还是从燕京来？”当时辽国分设五京，又有五京道。上京本是辽国首都，为临潢府；燕京是最靠近大宋的，在辽国叫南京析津府，又有南京道。除此二京外，另外还有中京大定府、东京辽阳府、西京大同府。那南京道与西京道便是大宋一直想要恢复的幽蓟故地了。辽人也畏极北苦寒，有意南迁，遂于辽圣宗时迁都于中京，于石越时已有六十多年的历史。但是终辽之世，直到完颜阿骨打兴起，辽军面对金兵屡战屡败，契丹才被迫短暂地将都城南迁到燕京，但那时候辽国也快灭亡了。

萧佑丹笑答："自是从中京来。"

石越因问道："久闻中京繁华，不逊于中原。未知中京风物如何？"

"虽不如汴京，但亦差相仿佛，天下物产，应有尽有。我来之日，坊间最为流行的，倒是秘阁的曲子词。"萧佑丹笑道。

"哦？竟有此事。石某想一睹中京风貌久矣，贵使这样说来，更让人向往。"

萧佑丹笑道："只恐秘阁盛名远播，大宋皇帝不肯让秘阁出使我大辽，否则尽有机会。"

石越微笑不答，他想去中京，却是想观兵于中京城下，不过这话却不好明说。

萧佑丹自然想不到这些，但耶律金贵却对石越颇有敌意，这时听他们没有营养的扯淡，忍不住冷笑道："自古北人不耐热，南人不耐寒，石秘阁若想去中京，只怕也不能久居。"他还想再说，却被萧佑丹瞪了一眼，便不再作声，只是不住冷笑。

石越想不到这个蛮子一般的人能说出这样的话来，忍不住笑道："昔日汉武帝设乐浪郡时，倒没听说过南人不耐寒。"

萧佑丹听了这句话，眼皮不禁一跳，旋即镇静如常，笑道："秘阁不必理会他。在下久闻秘阁有石九变之名，既然来到汴京，有幸相晤，不知可否请秘阁赐墨宝一副，在下回到中京，也好向同僚炫耀一番。"

他不知道石越的字写得丑是出了名的，竟然问石越要墨宝，在石越听来，竟像是出言讽刺一般。石越脸略红了一红，看了一下萧佑丹，却见他神色诚恳，并不是在讽刺自己。他想要直说，又觉得丢脸；想要拒绝，又显小气。可是要给的话，他的字实在是不怎么地道。练了这么久，虽然对现代人来说，已经勉强看得过去了，但在宋代，那依然是见不得人的东西，特别是以他如此显赫的名声来说，更加显得可笑。

萧佑丹见他犹疑，忍不住出言相激："秘阁可是嫌在下是蛮夷，不肯见赐吗？"

石越无可奈何，只得照实说道："不敢，只是在下的字恐怕登不得大雅之堂。"

萧佑丹哪里肯信，他见厅中墙上便挂着几幅字画，便信步走了过去，慢慢观赏。只见那些字笔走龙蛇，一看就知道出自名家之手，仔细看印章，不是苏轼的，就是范镇的。他虽然知道石越就算字写得再好，也不会把自己的墨宝挂在客厅，但心中还是忍不住有几分失望。当下干笑几声，说道："石秘阁结交的都是当今名士，在下相求，原是冒昧，不过还请秘阁能够见赐。实不相瞒，大辽皇帝陛下也久闻石秘阁之名，在下是想求得墨宝，将来皇上相问，在下也可以有样东西证明我所言不虚。”

石越在宋代这么久，还从来没有人如此坚执地要求自己送字的，毕竟汴京城里都知道石越的字写得差，唯有萧佑丹却以为石越是故意推辞，竟是费尽心机想要得到。迫于无奈，石越只好勉强答应，找了一幅自认为写得比较好的字，送给萧佑丹。

石越自然不知道萧佑丹在中京也是书法名家。在石府的时候，他拼命忍住没有笑出来，一上马车，萧佑丹却是终于按捺不住，禁不住捧腹大笑。石越的字在萧佑丹看来，实在是幼稚得不可想象，他终于明白为什么石越支支吾吾不肯送字给自己。原本他还以为那是谨慎，看来还是自己多虑了。

一路上，萧佑丹细细观摩石越的那幅书法，心里冷笑道：“还想设置乐浪郡！野心真是不小，只怕不能如意。”

7

在萧佑丹拜访石越后，过了两天，宋朝中书省终于正式通过了判军器监的人选，以孙固、沈括同判军器监。

这个任命大出石越的意料。孙固是当今皇帝龙潜颍邸时的旧人，皇帝一即位，他就做到工部郎中、天章阁侍讲、知通进银台司，主管着奏章的上传下达。此人略有干才，但是和王安石政见并不相合，反倒与文彦博关系密切。但是另一方面来看，这个任命亦在情理之中，一来，孙固虽是进士出身，却也参加过军事行动，兼与枢密使关系亲密，这个任命表达了枢密院方面亦有兴趣主导军器监的发展；二来，由于这个人选是皇帝亲自提名的，显然表达了皇帝对军器监的关切，他派自己的旧人来同知军器监，象征意义非常明显。然而这个任命明显牺牲了新党的利益，是新党提出的设置军器监，结果同判军器监的人选一个都轮不到自己，反而都是自己的政敌，这种打击可想而知。

石越在中书省会议时，见到王安石丝毫不以为意，冯京微露喜色，王珪眨着死鱼眼不动声色，而新上任的检正中书吏房公事李定等人则显得非常失望。不过在表态时，却没有一个人出来表示反对。

当然，最受这道任命打击的，自然还是另一个天章阁侍讲王雱。

“这个孙固，一腐儒而已，让他同判军器监，能成什么大事！”王雱狠狠地把折扇摔在地上。

谢景温小心地把折扇捡起来，交到王雱手里。这种折扇汴京虽然有的卖，但是用的人并不多，只有王雱这样自许风流又特立独行的人才喜欢经常拿在手里。“元泽不必生气，孙固同判军器监，未必不会生出许多事来。”

王雱不解，问道："此话怎讲？"

谢景温笑着分析道："孙固此人，我亦略有所知，他一向自命甚高，听说他九岁读《论语》，就说《论语》说的，他能做到。他本是颍邸旧人，虽然说和沈括各有司掌，但是肯定会有摩擦。加上孙固一向讨厌宦官，最反对内侍参与朝廷的事情，而军器监岂能不和宦官打交道？"

王雱微睨他一眼，冷冷地说道："我也讨厌那些阉人多管外事。孙固若有胆把宦官逐出军器监，那么他上任我也可以接受。就怕他没有这个能耐！"

谢景温讨了个没趣，但他倒也不怨恨王雱。这段时间，他出乎意料地陷入了一个大麻烦中。王安石很赏识的李定因为未为庶母仇氏行服[1]的问题，被御史抓住把柄攻击不休。谢景温开始时替李定辩护，后来却又畏于众议而改口，结果不但王安石对他不满，他自己也受到攻击，被斥为前后不一、首鼠两端。他这个知杂御史已是做得很不稳当，若非王雱帮他说话，只怕早已被迫解职离开御史台了，因此他对王雱更加感激。这时也只是讷讷道："元泽所说甚是。不过军器监颇多流弊，孙固、沈括都不是清廉的人，自古宦官都爱钱，我们只需安插几个小吏进去，若能逮到把柄，也算为国除害。"

王雱点了点头。军器监是个肥得流油的地方，价格上随便报点虚数，贪污的钱就是成千上万，再加上各都作院的孝敬，当真是个大大的美差。孙固、沈括都不以清廉而闻名，自是难以洁身自爱。他正想着，一个家人小心地在门外说道："公子，有人送了一封信给您。"

王雱随口问道："是谁送来的？"

"不知道，那人把信交到小的手里，就走了。信封上也没有写名字。"

王雱顿觉奇怪，走出书房，把信接了过来，撕开火漆，扯出一张雪白的信纸来，刚看了一眼，就大叫一声："好！"一把将信撕烂，狠狠摔在地上，眼睛里几乎要喷出火来。

谢景温也不知道上面写了什么，连忙走过去，捡起已撕成几片的碎纸，拼在一起，只见上面写着两句唐诗："苦恨年年压金线，为他人作嫁衣裳！"这两句诗自然是在嘲笑王雱倡议设军器监，结果好处全被别人捞走了。

谢景温拿着纸片，不禁怔住了。好半晌，他才抬起头来，望着王雱，悠悠问道："元泽，你说是谁写了这字？"

王雱这时才稍稍冷静下来，恨声道："是谁写了这字！"

官场本无秘密，何况王雱倡议设军器监的事情也有许多人知道，问题是谁要这么

[1] 谓穿孝服居丧。

和王雱过不去，借着唐诗来嘲笑他？

两人的脑海里同时闪过一个名字。不过王雱立即就摇了摇头，道："不可能，这不合石越的性格。"

谢景温却不置可否，阴着脸说道："终能查出来是谁。"

数日之后，王雱便在自家后花园办了一期诗社，宰相家的衙内[1]办事，自然有众多的京师名流前来捧场。众人吟风弄月，渐入高潮之际，谢景温忽然变戏法似的取出了几十幅写着唐诗的书法来。众人细细观赏，才发现每幅书法笔迹各不相同，竟是摹写了大宋许多名人的笔迹。

王雱便笑着提议，要考较一下众人的眼光，让大家猜一幅书法摹的是谁的笔迹。分给状元公叶祖洽的一幅，上面便写着一句唐诗名句："苦恨年年压金线，为他人作嫁衣裳"。笔迹颇为稚嫩，和其他各名家风韵的书法完全不同。

叶祖洽端详了一会儿，脱口道："这字中的笔韵，倒有几分像石子明。"

哪知王雱听到这句话，脸色立时就变了，还与谢景温互相使了个眼色。叶祖洽何等伶俐，这细微的举动，全部落入了他的眼中。他心中一咯噔，便觉得有什么不对劲的地方，不免暗生悔意。

旁人却只听到叶祖洽说是像石越的字，不免相顾莞尔，许多人便凑上前来，一面笑道："让我也来看看石九变的字……"石越字写得差，京师士林颇引为笑谈，但平时没有人敢公然嘲笑，只是当成趣闻来说，但这里的人多半知道王雱和石越并不相契，未免就要故意取笑石越，以讨好王雱。

叶祖洽懒得理会这些人，心中暗骂道："衙内钻！"当时讨好"太子党"的人，往往被人们讥讽为"衙内钻"。叶祖洽虽然不愿意说石越的坏话，却也不敢得罪王雱，便悄悄让到一边去，随这些人放肆地说着石越流传在士林、坊间的糗事——其实这些事大都是被人们当成风流韵事来说的，只是到了这些人口里，却不免沾上几分恶意。

有人用暧昧的口气说道："诸位可知道石九变是怎么练字的？"

便有人凑趣答道："无非是磨墨写字临帖，还能有什么办法？"

那人摇头晃脑、故作神秘道："石九变自是风流才子，和我们绝不一样，他临的字帖，乃是桑家小娘子亲笔描红，非寻常可比。"

马上便有人问道："哪个桑家小娘子，你又从何知道？"

……

叶祖洽远远听见，低声骂道："村牛。"这些事情虽然不是胡说，但是这样胡乱

[1] 宋元时对官家子弟的称呼。

说好人家的女孩子，总是有失厚道。他不想听到这些话，便信步走到一边的池塘旁边去欣赏风景。刚刚站了一会儿，便听有人在身后说道："状元公好兴致。"

他回过头，见是谢景温，连忙笑道："原来是谢知杂，在下生性好静，那边人多，竟是不习惯。"

谢景温略带讽刺道："状元公在白水潭可还习惯？那边人可不少。"

叶祖洽心思一转，笑道："取笑了。我在白水潭教书，是圣上的意思，做臣子的守自己的本分罢了。"他知道谢景温与王雱的关系，这句话却是在向王雱撇清。

谢景温听他这么说，便摇头笑道："状元公是丞相亲自保荐的，当初苏轼还想从中作梗，说起来大家都是自己人。"

他挑拨之意甚明。叶祖洽对苏轼的确恨之入骨，当年状元的荣耀差点就被他剥夺了。但即便如此，表面上他轻易也不愿意得罪苏轼，更何况叶祖洽认定了石越前途不可限量，行事更是加倍小心。当下只微微一笑，道："我对这些恩恩怨怨，也不敢计较，只是尽力做好本分，效忠皇上罢了。"

谢景温听了这不咸不淡的话，打了个哈哈，笑道："状元公的胸襟在下自愧不如。"说罢，似有意、似无意地说道："听说石九变至今尚未娶妻？"

叶祖洽不知道他问这个是什么意思，愕然道："此事尽人皆知。"

谢景温半开玩笑地说道："以石子明的受宠，说不定要尚主[1]……至少也是皇上指配哪家大臣的千金，真是奇怪没有人去石府说媒。"

说起这些闲事，叶祖洽便也放松了警惕，也笑道："哪里会没有？不过人人都觉得子明不是一般女子配得上的，一般也不敢上门说媒罢了。偏偏执政大臣的女儿们不是早已婚嫁，就是尚未及笄[2]，也是他红鸾星[3]未动吧。"

谢景温点了点头，笑道："或是如此。"

叶祖洽被勾起了谈兴，又说道："以我看，子明是不会尚主的，皇上必然是想要大用他，本朝可没有驸马都尉得到大用的先例。"

谢景温一怔，他却从未想过这一点，不由笑道："这么说倒不错。我本以为是石子明和桑家小娘子已有白首之盟了呢。"

叶祖洽正色道："这话可不好乱说，毕竟桑家小娘子是好人家的女孩子，他们情同兄妹，就惹出这些闲话，未免过分了。"

谢景温眼中闪过一丝不以为然，口里却笑道："这话是不错的，这么说，桑家小

---

[1] 封建社会，男子与公主结婚叫"尚主"。

[2] 指已到了结婚的年龄。

[3] 中国神话中的吉星，主婚配等喜事。

娘子给石子明写字帖的事情，竟是真的了？”

叶祖洽听他绕着弯子又问到这事上来，心中一凛，一种不安的感觉浮上心头，勉强点了点头，道：“这倒是真的，不过这也没什么不妥。”

“是，是没什么不妥。”

……

“元泽，现在差不多可以确定是石越所为了。”

王雱依然有点儿怀疑：“仅凭叶祖洽的一句话……”

“你看看这是什么！”谢景温从怀里掏出一册案卷来。

王雱接过一看，竟然是中书省的案宗，不禁大吃一惊，道：“这可是大罪！你从哪里拿来的？还不快送回去。”

谢景温满不在乎地笑道：“不要紧，明天就可以送回去。李资深[1]自会做得滴水不漏。元泽你先看这上面的笔迹。”

王雱依言看去，前面文书一眼跳过，只看后面的批注，上面写着几行小字：“……此事立意甚好，然亦有几分不妥处……”这笔迹和那两句诗的笔迹，略有相似。

王雱脸一沉，道：“这是工房案宗批文，难道……”

“正是石越的亲笔批文。”谢景温一面说，一面又从袖中抽出几页纸，交给王雱。

王雱见这几页纸上，全是描红，每页都有几个字写乱了，看起来是女子的笔迹，纸张又有点儿皱，倒像是某人用朱笔写描红字帖没写好作废扔掉的。他疑惑地望了谢景温一眼，不知道什么意思。

谢景温冷笑道：“这几页纸是我吩咐得力的家人从桑家下人那里买来的，是桑家小娘子给石越描红时写废的。”

王雱连忙又细细看去，见其中某些笔意，和石越的字果然有几分相似，心中越发疑惑起来。

谢景温又将那两句诗取出来，三种笔迹摆在一起，道：“这两句诗的字，表面上看来，和石越的字迹并不是很像，但是其中的笔意却是掩饰不得其法，欲盖弥彰。明明是石越刻意掩饰自己的笔迹后写的。”

王雱沉着脸端详了许久，默不作声。半晌，突然问道：“我和石越本无仇怨，不过政见不合，他何必要如此羞辱我？而且他手下并非无人，又何必亲笔手书，留下证据？”

谢景温也怔住了，想了一会儿，摇摇头，道：“这个我也不知道。不过我知道石越一向是个伪君子，无论是故意不奉诏出仕，博取士林声誉，还是在宣德门前和那些

[1] 李定，字资深。

学生演双簧，其人实是深不可测。当今世上，年轻人中能和他并驾齐驱的，也只有元泽你了。也许他是故意如此打击你吧？若真是如此，这等事他做出来也并不奇怪，而且他也不便让自己的手下知道，以免影响自己的声誉……”他的分析本来甚为勉强，只不过王雱口中虽然说得冷静，实则已是气得发抖，他本来性格激烈、眼高于顶，眼见石越竟然如此辱他，如何能不激动？此时不过是强忍着心中的怒气罢了，这时再听到谢景温的话，顿时气血上涌，一拳狠狠砸在桌面上，冷笑道：“他石越如此阴险奸诈，也不要怪我用权术！”

8

石越此时正在府中闷闷不乐，因为桑充国终于没有听他的劝阻，还是依托白水潭学院创办了大宋历史上第一份报纸——《汴京新闻》。而最让石越心中不快的是，《汴京新闻》报馆的编辑与主事者，并非只有一些只会冲动的年轻学生，还有程颢这样的学术宗师，以及欧阳修的长子，欧阳发这样的名流。

虽然石越对《汴京新闻》的创刊乐观其成，但是对于桑充国不考虑他的意见，打乱他的战略部署，石越心中却不能没有一丝怨意，特别是桑充国竟然还能得到一些出色的人来支持——这不是变相证明自己未必正确吗？

潘照临看着脸色不豫的石越，却并没有出言安慰。他知道石越心中并不是滋味，但也许这能坚定石越以后把桑唐两家牢牢控制在手中的决心，如果是那样的话，这并非坏事。

石越紧紧握着手中第一期《汴京新闻》的样刊，无可奈何地叹了口气，道：“四月廿五日，明天会是一个被历史记住的日子吧！大宋第一份报纸问世……”

“肯定会被记住。”潘照临不带感情地说道。

“潜光兄，这个‘师韩子’是谁？”石越指着报纸上的一个名字问道。

潘照临摇摇头，道：“我也不知道。这些名字用的是笔名，桑长卿说这样可以保护作者，算是吸取《白水潭学刊》的教训吧。”

石越不禁莞尔，“笔名”这个概念还是他告诉桑充国的，自己却一时迷糊，竟反应不过来了。看来自己真是过分融入古代了，许多现代的东西，反倒变得不那么清晰了。

《汴京新闻》共八页，第一版上印着创刊词，文章写得很漂亮，一看就是大家手笔，署名的作者就叫“师韩子”，毫无疑问，这是以韩愈为老师的意思。石越迅速读了一遍，粗粗明白创刊词提出了六大主张——复兴儒家、教化民众、天下唯公、奖励气节、华夷大防、言者无罪。这篇创刊词提出的倡议，让石越心中最后一丝希望亦告破灭。这是明白地向天下宣告，《汴京新闻》就是要议论时政，砥砺士风！

“让他们‘莫谈国事’，只怕自己会成为被攻击的头号对象吧？”石越无奈地想道，一面苦笑道：“长卿真是出手不凡，日后只怕麻烦不断。”

潘照临不负责任地说道：“公子何必担心，这六点主张，其实王安石也不见得会反对。”

石越摇了摇头，道：“复兴儒家，王安石也想复兴儒家，司马光也想复兴儒家，欧阳修也想复兴儒家，程颢程颐也想复兴儒家，算上一些支持我的观点的，这新儒家至少就有五家之多，谁是正宗？必然引起大混战。况且复兴儒家，是尊三代，还是尊周公，还是尊孔子？是尊孟子，还是尊荀子？大家各有所好。战火必将由《白水潭学刊》烧到《汴京新闻》。”

潘照临却幸灾乐祸地笑道：“那不更好？公子不是说过想让大家的思想更加活跃吗？”

石越却到底不能如潘照临一般轻松。虽然他知道便是晚清那般黑暗，报纸一样可以议论时政，宋朝之开明，为历史所仅见，大环境其实相当不错。但是，如果桑充国一再摸王安石新法的老虎屁股，会有什么样的后果，他是不敢去想的。何况这“天下唯公”的说法，其中暗含的意义，只怕不仅仅是公羊家的“天子一爵”这个说法那么简单……

四月二十五日，傍晚，土市子闹市。

在中书省议了一天的事，市易法和保马法的条例改了又改，“冯京和石越提的意见还真是多！”王安石坐在马车上闭目养神，一面回想白天的事情。

反对保马法最厉害的，其实倒不是冯京和石越，而是枢密使文彦博和吴充。为了在廷议之时减少枢密院的阻力，在政事堂商议停当，是有必要的。

“卖报，卖报——《汴京新闻》今日创刊！白水潭山长桑充国公子要建三百所义学！卖报，卖报，十文一份，一报在手，尽知汴京风物……”清脆的童声沿街吆喝，远远传来。王安石这才想起自己没有用仪仗，也没有清街，所以才能听到这些声音。他心中奇怪，敲了敲车门，向从人问道：“什么是‘报’”？

从人呆了半晌，红着脸不好意思地答道：“这……相公，小的也不知道。”

“那便去给本相买一份来，看看就知道了。”王安石吩咐道。

“是。”从人答应一声，连忙停下马车，用最快的速度买了一份报纸回来，恭恭敬敬地递给王安石。

十文钱一份的报纸，相当于一个低等厢军[1]一天的薪水。如果在乡下，没有几个

[1] 厢军属宋朝地方军，受州府和某些中央机关统管。

人买得起，但是在汴京就不相同，十文钱也就是客栈里一盘小菜，或者进浴堂洗一次澡的价钱。而以白水潭、桑充国的名气与号召力，第一期报纸又是新鲜事物，五千份报纸上午面世，到了傍晚，就已被抢购一空。王安石能买到，完全是因为运气好。

这些王安石自是不知，他接过还散发着墨香味的报纸，见报头印着四字草书——“汴京新闻”，下面就是日期；第一版是整版的创刊词，介绍报纸的功用，提出六大主张；第二版叫时政版，介绍朝廷变法的时局，各条法令的意义，哪个衙门是主官，后面附有一个署名“山野散人”的点评；第三版、第四版叫经义版，各个学派在这里写短文发表自己的观点，甚至互相攻讦；第五版、第六版叫市井版，介绍发生在东京和全国各地的各种新闻；第七版叫文学版，是一些才子词人的诗词歌赋；第八版便是底页，叫焦点版，这一期竟是介绍发生在开封府的一起奇案的侦破过程，并专门有人点评开封府断案引用律令是否合法、公允。

王安石坐在马车上，一边一页一页翻下去，一边点头称是，便是看到时政版，他也暗自点了点头。这一期没有说他的坏话，只是详细讲述了《青苗法改良条例》的各种细则在各地的执行情况，评论中还说了他几句好话。至于经义版的争执，他却是已经见怪不怪了。一直翻到最后一页，王安石的脸色却终于变了。这一版公然点评官府的案卷，完完全全是以民议官。官员的好坏，自有上司和监察御史监督，岂能容这什么“报纸”来说三道四？这样下去，桑充国岂不是成了在野的御史中丞？

想到这里，王安石抬起头来，喝道：“停！掉转马车，本相要面圣。”

王安石不知道此时皇帝也正和石越讨论着《汴京新闻》。

赵顼一面饶有兴趣地看着手里的报纸，一面笑道：“这个桑充国倒有点儿意思，这个‘报纸’，不就是卿的《三代之治》里的东西吗？”

石越笑道：“正是，陛下。不过这第八版以民议官，只怕会惹来朝中大臣的不满。”

这一点，赵顼自然是心知肚明——多一个地方监督他们，朝中大臣肯定会不满。他想了想，既觉得这样做可以有人监督那些官员，未必不是好事，但又觉得朝廷的威信似乎颇受影响，而且万一这些报纸诽谤朝政的话，影响更坏……一时竟是拿不定主意。他看了石越一眼，道：“卿有什么好建议，与朕说来。”

石越欠身笑道：“陛下圣明。桑充国与臣其实有兄弟之情，但是他这次创办《汴京新闻》，臣并不以为然……”

赵顼打断了石越，奇道：“这是为何？朕以为这报纸很好。朕在宫中，出去不易，难知民间疾苦。这报纸能将民间之事一一写来，还有这些叫什么‘广告’的，有酒的价格、粮食的价格等等，朕读了这些，便知道民间是什么情形。这报纸还可以向百姓介绍朝廷政令，虽然略有僭越之嫌，然而也是教化百姓之意……”

石越见赵顼滔滔不绝说来，倒似比自己更维护这报纸，心里不禁好笑。不过这报纸现在制约的是朝中的权臣，皇帝又很年轻，对新鲜事物抱有好感，倒也不是很奇怪的事情。他却并没有真正意识到，其实在君主制下，只要不至于动摇皇权，皇帝对于报纸这类东西，与官僚体制下的官员们看法是完全不同的。

他好不容易等皇帝说完，才回道："陛下真是圣明。报纸这个物什，说白了一方面是为百姓说话的，另一方面则是为朝廷说话的。它的主要作用，是使下情上传，上情下达，如此奸吏不能从中欺上瞒下，再不能一手掩尽天下人耳目。报纸便是民间之耳目。只是……凡事有一利必有一弊……"

赵顼点了点头，说道："卿说得有理。且说说这弊又在何处？"

"这报纸的弊端，其一，是免不了议论朝政，有时就免不了要损害朝廷的威信；其二，这报纸说的话，未必就一定可信，难免没有激愤之词，不实之语；其三，报纸未必不会被奸人所利用。况且报纸流传极广极快，有这些弊端，就是隐患。"

赵顼这时又觉得石越所说有理，不由问道："可有良法绝其弊、兴其利？"

石越不觉笑了笑，顺着皇帝的话头说道："臣有几个方法，不知道是否可行，请陛下圣裁。"

"子明且说。"

"臣以为，要除其弊，则不可断然取缔报纸，否则难免为后世所讥。报纸虽近古以来没有听说过，但说到底，也是民意，是清议，防民之口，终非明君智者所为。所以陛下欲除其弊而兴其利，实是英明。而要除其弊，其要点莫过于预防。而预防之策，其一，是立法。臣以为可以制定《出版管制条例》，什么事情不可以说，什么事情不可乱说，都要规定得一清二楚，违者则有各种惩罚。而其要点，则是既不过于烦苛，又不可以过于简略，养成民间士风气节，这才是最要紧的。其二，报纸不能只有一家。若只有一家，则容易被人控制、受人利用，难免有人挟清议来要挟朝廷，也不可不防。所以不如朝廷以开明之姿态，鼓励天下士民兴办报馆。一方面可以借报纸教化天下百姓，一方面使报纸互相制衡。"石越这些主意表面上很保守，又要管制报纸，又要制衡报纸，其实却不过是以退为进之计。若依了这个计划，则天下报纸丛生，风气养成，结果谁能预料？

赵顼哪里知道石越背后的用心，听了这话，不由笑道："石卿眼光长远，如此这般，确是良策。"

正在夸奖间，有内侍匆匆来报："陛下，王丞相求见。"

第八章

汴京新闻

如果我们有立场的话，我们的立场就是中立。

——《汴京新闻》评论员

1

王安石给皇帝见过礼后，抬头看见放在御案上的报纸，又看了石越一眼，便知道皇帝和石越肯定是在谈论《汴京新闻》的事情。

石越给王安石行过礼，站到一边。赵顼便笑问：“丞相此来，却有何事？”

“陛下，臣是为了这《汴京新闻》而来。”

赵顼笑道：“这倒巧了，朕刚刚就和石卿在说这事。石卿将刚才的事向丞相说一遍吧。”

石越应了一声“是”，便又将之前讨论的事情和王安石细细说了一遍。

王安石听完，皱眉道：“陛下，臣以为定下条法管制，倒也不失为一个办法。只是任由他们这么非议朝政，只怕终有一天，朝廷大事，要受流俗影响。圣人说，不在其位，不谋其政。这些人公然点评朝政得失，虽目下看来无大不妥，但长久看来，终会有隐患。若要议订条法，就应当在条法中严厉禁止此等情事。”

石越到底还是想维护言论自由的，见王安石这么说，不由急了，连忙说道：“陛下，臣以为丞相所虑，虽不无道理。但治国之道，当刚柔相济，徒以刚强，必将自折。况且士民与天子，若连为一体，则国家昌盛，若互相猜忌，则亡国可待。故民者水也，当因势利导。物有利弊，当取其利而防其弊，不必因噎废食。自古奸猾之吏，欺上瞒下，御史之设，不能尽察，有报纸从中监督，只需事先用法令约束，使其言必有据，不敢造谣诽谤，则未必不可得其利。若一意禁止，则是使上下相隔，非上策也。且孔子虽说不在其位，不谋其政，然孔子教弟子三千，未必不言政事，孟子在稷下，亦未必不言政事，此皆圣人权变之道，后之学者，也不必徒守经文。”

王安石听石越说到“徒以刚强，必将自折”，心里不由一紧，倒似觉得在讽刺自己一般，但细揣石越语气，又不像如此。他想起宣德门前之事，不由暗暗叹了口气。自己若一意执着，倒似自己有什么欺上瞒下之事怕让皇帝知道一般。当下不再争执，说道：“石越所说也不无道理。臣以为可着两府、学士院等共议，制《皇宋出版敕令》，再下廷议，颁布执行。”说完这些话，王安石竟觉得自己变了许多。

石越见王安石退步，也见好就收，道：“臣以为丞相所言有理。”

石越只要《皇宋出版敕令》颁布就好。不管其中管制了什么，最起码的，是官方用这样的形式认可了报纸的存在，这一点便意义非凡。至于其中的限制，不仅可以辩论，以后也是可以修改的。

而出乎石越意料的是，桑充国与《汴京新闻》也似乎明白这一点，在朝廷有意制定《皇宋出版敕令》的消息传出之后，《汴京新闻》的社论立即给予了正面的评价。

至于新党，虽然也有人怀疑《汴京新闻》会在以后借民意攻击新法，为新法的执行增添麻烦，但所有人都知道王安石自白水潭之狱后，政治威信大受打击，这时候在“无关紧要”的《汴京新闻》上再次激化与石越、桑充国的矛盾，是相当不智的。何况石越等人动辄以“言者无罪”“防民之口甚于防川”为借口，而皇帝本人对此也倾向支持，再去争辩，实在不见得能讨得好去。这一点便是王安石心里也明白。而且，除此之外，还有许多读过书却没有机会做官，或者官职卑微，不能对朝政发表意见，心里却念念要“以天下为己任”的士大夫，此时突然发现报纸这个东西可以让他们说出心中想说的话来。这些潜在支持者的力量，也不可小视。

在这种情况下，新党将全部精力都投入到《保马法》《市易法》的制定之中。王安石此时并不知道，王韶已经在西北取得军事上的大胜利，否则他只要稍稍牵制一下《皇宋出版敕令》，情况就会完全不同。但是，此时报捷的使者依然还在路上。

五月一日，虽然冯京与石越等人极力反对，《保马法》与《市易法》依然写出草案，上呈皇帝御览，皇帝当天即御批二府三司学士院诸寺监[1]共同讨论。

五月二日，崇政殿。

石越上《论保马、市易二法情弊札子》，预言保马、市易二法推行后可能出现的弊端，而文彦博、吴充分别上《官不与民争利札子》《保马法事繁弊多札子》，明确表示反对。

赵顼对于石越反对二法，显得相当不满。他坐在御椅上，听石越读完札子，沉着脸说道：“石卿，诸事未行，卿岂能未卜先知？莫须有之事，怎么可以用来反对朝廷大事？”

石越已料到皇帝会不高兴，因此也并不怎么着急，只缓缓答道：“陛下，臣并不是反对保马法。”

他话一出口，满朝哗然。刚才读的札子反对之意非常明显，转口就说自己不是反对保马法，未免过分反复。冯京等人侧目而视，连王安石都惊诧莫名。马上有御史蠢蠢欲动，想要弹劾石越举止失度，言辞矛盾，失大臣体。

赵顼也不悦地问道：“卿这不是反对，又是什么？”

石越欠身答道：“谋国如对弈，未虑胜先虑败。若保马法之利，臣虽愚亦知，然其可能出现的弊端，亦不可不察。臣非反对保马法，而是希望能谨慎从事。臣列举可能出现的弊病，是希望执政能够三思，想想施行二法后，可能出现的这些弊端会造成

[1] 古时太常寺、光禄寺、将作监、都水监等寺、监两级官署的并称。

什么样的后果，和取得利益相比，孰轻孰重。万一弊病尽现，而利不能收，又当如何。臣虽然不能未卜先知，但知道用兵与谋国，都要先庙算廷议，趋利避害。庙算之时，害与利等，亦不当实行。现在廷议二法，丞相言其利，微臣言其弊，陛下与诸大臣可以权衡利弊。臣拾遗补阙而已，非敢决断机务也。至于市易法，臣以为有百害而无一利，实不足道。”他说来说去，其实还是反对，不过是说得委婉一点，表明自己并无成见，不过是就事论事而已。

石越虽然刻意表明一个委婉的态度，但文彦博、吴充却没有这么多顾忌，各自出列，断然说道：“臣等反对保马、市易二法之意甚明。”二人这一句话中，竟是对石越的委婉也颇有不满。

接下来便是王安石与文彦博等人唇枪舌剑。新党大谈二法之利国利民，可以为国家省多少开支，可以如何方便百姓；旧党则无非说君子不言利，为政在清要，二法事繁弊多，说不扰民，是自欺欺人，说到利国，则未见其利、先见其害之类。双方争执不下，一直辩到中午，也没有议出个结果来。石越只袖手旁观，不发一言。

赵顼听来听去，难下判断，只好宣布改日再议。

众人退出崇政殿后，因为轮到冯京轮值，石越便与冯京一起往中书省走去。忽然听到背后有人呼唤，石越回头一看，却是文彦博。当下连忙施了一礼，问道：“文相公有何指教？”

却见文彦博走近来，冷笑道：“石秘阁，指教不敢。只是石秘阁虽然有经济治国之才，风骨却不让人佩服。为人臣子的，若明知某事不妥，当以死谏，岂可以柔媚行之？”

石越见他语气不善，心里却也有几分气恼，暗道：“你凭什么来教训我？”脸上却只不动声色地说道：“文相公所言虽然有理，但是凡事过刚易折，刚柔相济，比起一勇之夫，更显难能可贵。何况若以保马法而论，保马法之弊虽然让在下顾虑良多，然而保马法之利，亦让人不能不心动。是非对错，我也并无把握。如果仅仅因为看到弊端，就断然否定，不敢有所作为，这种行为，似勇实怯，我也不能苟同。”他说的义正词严，顿时让文彦博哑口无言，连许多旁听的官员也暗暗点头。

冯京打圆场地笑道：“老夫刚才差点也误会子明了。想不到子明有此等胸襟。”他这话虽是夸石越，却也是给文彦博一个台阶，意思是你看走了眼并不奇怪，我也一样。

文彦博岂有不知之理，但石越话中讥他“不敢有所作为”“似勇实怯”，让人听起来却很不舒服，当下只勉强抱拳道：“恕老夫孟浪了。”

石越微微一笑，答了一礼，说道：“哪里，文相公的风骨，也是在下所敬佩的。”

这番对答很快不翼而飞，传遍官场。赵顼免不得要感叹石越是个一心为国的臣子，而王雱却加深了石越是“伪君子”的印象。

2

五月三日，清晨。

一骑快马从万胜门飞驰而入，清脆的马蹄声踏破了汴京清晨的宁静，也给王安石送来了雪中之炭。

中书省今日正当王安石轮值，王安石一边默读着保马法和市易法条例，一边想着石越指出的那些可能出现的弊端。虽然口里不说，但是王安石对于文彦博说什么“君子不言利”是不屑一顾的，但是对于石越提出的一条条仿佛亲眼看见过一般的弊病，心里却不能不引起警觉。在中书省讨论时，石越就多少提到过一些，但是远不如他在给皇帝的札子中说得那么详细，这让王安石对石越颇为不满。但不满归不满，那一条条的弊病，总让他心里不能踏实。想到这里，王安石不由看了一眼正在自己阁房阅读文书的石越。石越虽然低着头，可是白皙的脸上，和三年前初见相比，又多了几分坚毅与自信。王安石暗暗叹了一口气，心里道：“这个年轻人是一个真正的人才！可惜和自己不能同心协力。”

正在出神之间，忽然有人匆匆进来，高声禀道：“相公，西北王韶有使者来了。”

他声音太大，顿时连石越这些在自己房中办公的人都听到了，无不抬起头来聆听。兵者，国之大事也。王韶来的消息，无论好坏，都是大事。

王安石心里一惊，问道：“快召进来，难道西边……”他最害怕的还是西北军事失利，哪怕是小小的失利，也是略显文弱的大宋不能承受之重。

石越放下文书走了出来，笑道：“丞相不必担心，必是好消息无疑。”

众人都疑惑地望了石越一眼，不知道他为什么敢下此断语。王安石也问道：“子明又如何知道？”

石越笑道：“若是坏消息，沿路的州郡一路传一路，他们的消息肯定在王韶的使者之先，岂能等到王韶的使者都到了京师，各州郡却一点消息都没有？”

王安石听他的话也有几分道理，点了点头，略定心神，说道：“等使者进来就知道了。”

未多时，使者便被引了进来。他给王安石请个安，说道：“奉王总管令，递交奏表与相公。”说罢从怀里掏出一份奏折来，双手递上。

王安石接过奏折，一面观察使者神色，见他眉宇间有喜色，心里更加放心，说道：“你远来辛苦，先回驿馆休息，到时候自有人给你回文，不过你也别出驿馆，若有事要问，会有人来找你。”

使者答应一声，告退而去。

王安石这才回到案前，拆开奏状，见上面写着：“……臣已拓地一千二百余里，招附三十余万口。方整饬军事，引兵而西，破蒙罗角、抹耳水巴诸羌，指日可待，诸夷既破，瞎征可平……”

分明是一个大胜仗！

王安石喜不自禁，笑道：“果然不出子明所料，我要立即面圣！”

不过几个时辰的工夫，王韶在西北取得的功绩就传遍了汴京。

石越看着高兴得走来走去、喜形于色的赵顼，心里暗暗感叹，王韶的所谓功劳，不过是说服了一个部落投降，并无半点武功可言。当年汉朝强大之时，司马相如以一词臣，持节招附蛮人部落数以十计，亦不过平常之功，相比古人，实在不足道。但是放在此时，却已经是大宋数十年来第一次“进取之功”了。

赵顼完全沉浸在喜悦之中，虽然这个好消息不过是西北恢复河、湟，进而图取西夏的第一步而已。好半晌，年轻的皇帝兴奋地道：“以王韶为秦凤路沿边安抚使，下诏褒奖。归顺的青唐大首领赐封西头供奉官，他们想姓包，就依他们，赐姓包氏。至于如何安置，中书与枢密共议。”

“遵旨。”王安石的心情也极好。

赵顼笑道：“看来人才不可闲置，王韶这样的人才，若是闲置，怎么会知道他有这等胆略。这也是丞相有识人之明，推荐有功。丞相力主其事，若论首功，当归丞相。”

众人都哄然称是，连文彦博也不好说什么。他有满肚子的气，却发作不得——王韶捷报，不送枢密院，直送中书，摆明了根本不把他放在眼里。

王安石连忙谦道：“臣不敢居功，这是皇上用人得当，方能使臣子人尽其才。”

赵顼笑道：“古往今来，能用人者，方为英主。汉武帝、唐太宗，都是能用人，才能成其功业。”他从小最仰慕的，就是这两个皇帝的功业，总希望有一天自己能更胜过此二人。

王安石恭维道：“唐太宗不论，汉武帝的见识，臣以为是很低下的，他所用之人，不过是卫青、霍去病，以文景之基业，让天下户口减半，也不能灭匈奴，皇上当远胜之。”

赵顼却瞄了石越一眼。石越在几本著作中，论西汉功绩甚详，他想起石越以前说过的话，顺口说道：“这只能怪汉武帝自己喜欢夸饰奢侈，他对外拓边的功绩不可以抹杀。”

王安石和赵顼，非止君臣，更似师友，说话向来没什么顾忌，当下不服气地说道：“多欲不能害政，齐桓公也很奢侈，可是方略得当，齐国治理得很好。”说来说去，又说到他王安石治国的中心思想上去了——开源而不节流。

赵顼摇摇头，道：“汉武帝不能和齐桓公比。汉武帝多欲，不仅在内政上，他攻击匈奴是对的，但是因为一马之故，远征大宛，劳师万里，死者数以万计，视人命如草芥，这才使天下户口减半。朕不取他这一点。为政者，当以仁者为先，以爱民为务。”

他这一番话，众臣都知道是石越在《历代政治得失》中所鼓吹的。文彦博虽然对石越仍有芥蒂，但是一来这番话他听得顺耳，二来皇帝在这点上和王安石观点不合，让他觉得很出气。当下带头说道：“陛下英明，能以爱民为务，此大宋之福，天下之幸。”

这一恭维，众臣子哪里敢落后，一声声“皇上英明”“天下幸甚”，歌功颂德之声顿时淹没了整个宫殿。王安石心中不以为然，却也不好多说什么。

只有石越不易觉察地皱了一下眉。由王韶的捷报，能扯到汉武帝远征大宛，这种“坐而论道”的功夫，石越实在不以为然。难道这满朝臣子，竟不知道这和皇帝召集大家前来的目的已经是离题万里了吗？

还有一个人保持着清醒的头脑，便是王安石。他等这颂扬之声一落，立即说道：“陛下，王韶在西北取得一个好的开端，征服瞎木征、恢复河湟，指日可待。臣以为保马之法与市易之法刻不容缓，当立即施行。只等河湟归附，就当准备彻底解决河西李氏[1]，到时候，要用到的马匹绝非小数目。而且大宋也要有一支真正能作战的骑兵才行。臣做过群牧司，知道现在官府养马的弊病，因此保马之法，即便在细节上还是有些不周全处，也当立即推行。而市易之法，既能平低物价，又能为国库增加收入，将来军费开支，必然为数巨大，用兵之后，善后也需要用钱，故二法必须早日推行。又，置将之法也请陛下准许在北方各路推行。如此，才可能为大宋最终恢复河西故地打下一个好的基础。”

石越听了这番话，不由自主地闭上眼睛，微微摇了摇头，心里知道一切都完了。

王安石的时机挑得太好了，现在三法的推行，完全是为西北军事服务了，如果谁来阻挡，将来军费不够、马匹不够、士卒不练，这等罪名只怕都会推到这些人头上，谁又承受得起？更何况皇帝正在兴头上，王安石的政治威信随着这份捷报，无形中已经摆脱了白水潭之狱的影响，正在急速恢复，甚至升高，这时候反对，结果一定是徒劳无功。

石越能想到的，别人也能想到。冯京默不作声，王珪立即表态支持，只有枢密院的文彦博和吴充依然徒劳地反对。但是在满朝的支持声中，这两个人的反对又能成什么事？

石越和冯京悄悄对望了一眼，向赵顼一欠身，无奈地说道：“陛下，置将法的确是良法，臣也赞成丞相之议。以臣之愚，保马法之利害得失，臣不敢妄下断语，此事又关系西北军事，既如此，臣以为让中书再参详参详，尽量去弊求利，再予颁行，嘱咐各地长吏，不可以粗暴行事，以免苦了百姓，这也是彰显陛下爱民之德。至于市易

[1] 指西夏。

法，王韶在边境或能得其利，但是施之中原与东南，臣实在不知道利在何处。如果一定要推行，也盼陛下能谨慎行事，不如先在开封府暂行一年，一年之内，若无弊端，再推行全国。还请陛下恩准。”

他说完，本以为新党必要反驳，不料王安石心里却也有几分不安，先已说道：“陛下，石越所说，臣以为可行。”此言一出，顿时满殿皆惊，连皇帝都有点儿奇怪，这太不符合王安石的性格了，若在以前，他一定会说：“王韶已得全功，此事早一日推行早得一分利，何必束手束脚？”

赵顼心里也觉得石越说的的确有几分道理，只要不是片面的反对，小心谨慎一点，总是不会错的，便点了点头，道：“就如丞相、石卿所议吧。”

文彦博愈发不满地看了石越一眼，不明白他为什么要妥协。冯京则苦笑着摇了摇头，他知道石越能让王安石退到这一步，已经是很意外的收获了。新党的气势，自白水潭之狱后大受打击，军器监一无所获，《皇宋出版敕令》顺利颁行，几个月来一直处于低潮，所以旧党才有机会极力抵制保马法和市易法。不料仅仅一天的工夫，就凭着一道小小的捷报，二法就基本上通过了，王安石宠信更隆。

冯京想到这些，又看了石越一眼，心里道：“也许，希望只在这个年轻人身上。”

这个时候他绝对想不到，石越马上就要面临什么样的困境。

3

《保马法》与《市易法》通过之后的两个月，大宋的朝廷忽然变得非常平静。王安石和他的支持者们尽心尽力地推行新法，石越来往于中书和白水潭学院之间，忙于公务与教学，偶尔也抽空去陪桑梓儿画画，去碧月轩听楚云儿弹琴，这种久违的平静日子，几乎让石越有点儿不知今夕何夕了。如果说有什么风波，也只有《汴京新闻》上面一些读书人对他的论战吧。

但是凡事都是物极必反，在波涛汹涌的时代，短暂的平静之后，必然是更大的风浪。

风浪在熙宁五年七月到来的时候来临。

七月二日，军器监一个叫曾守一的管财务的小吏上书御史台与丞相府，揭露判军器监沈括、孙固玩忽职守，使军器监账目不清、卷宗不明，疑有情弊。王安石震怒，当天就请旨彻查。对军器监一直寄予厚望的皇帝对此也相当重视，当即下令刚刚由侍御史再度超擢为知杂御史、权管勾御史台事的蔡确，会同中书检正兵礼、工、刑房事石越、检正吏房事李定彻查此事。

七月三日，蔡确、石越、李定，带着一队官兵将刚刚成立不过两个月的军器监彻底封查。沈括和孙固当天就接到中书省的敕令，要求他们暂时休假回避。二人立即自递请罪折子，请求辞职。

七月五日，御史台特地从三司使借来的查账高手们发现，军器监的账目不仅混乱，而且有几宗大笔买进卖出的款项还有涂改的痕迹，某些物品的价格明显过高。当日下午，胄案改设军器监时被石越调到自己手下当差的沈归田吃惊地发现，军器监关于震天雷火药配方的存档不翼而飞。沈归田立即将此事向石越单独禀报。石越听到这个消息，惊得脸都白了！

沈归田知道这件事情非同小可，小声问道："秘阁，现在该怎么办？"

石越心里边暗暗思忖："这么大的事情，未必只有沈归田一个人知道。即便是沈归田，也未必可靠！瞒是瞒不住了，沈括和孙固的命运，现在只能看他们自己的造化了。"他立时拿定主意，吩咐道："立即知会蔡司宪[1]与李检正，这件事非同小可。"

沈归田顿了一下，欲言而止。

石越见他神色不对，知道他有话要说，便问道："老沈，有什么事，尽可直说。"

沈归田看了一下左右无人，这才说道："下官是觉得这件事不对劲。"

石越一怔，问道："有什么不对？"

沈归田道："沈同判是个精细之人，孙大监[2]官声也不错的。设军器监不过两个月的工夫，就算有贪渎，怎么就至于这样呢？而且这账目造得如此混乱，若是贪渎，以沈同判的能力，应当掩饰得很好才对。还有，震天雷的火药配方是当今天子最看重的事情，军器监守卫森严，这又是机密中的机密，怎么会失踪？若是孙大监与沈同判想要卖掉，抄个副本就可以了，何必拿走。下官总觉得这件事非常不对，其中必有蹊跷。"

石越本来是个聪明人，不过事出突然，看到军器监的账目居然乱成这样，对沈括实在有点儿恨铁不成钢，又听到震天雷火药配方失踪，如果流传到敌国……想到这些，一下子被惊住了，这时听沈归田点醒，立即就明白过来了。

这其中肯定有不对！

他慢慢踱了几步，整理自己的思绪，但一时间其乱如麻，千头万绪。他知此时无暇细想，便对沈归田说道："老沈，此事你多留个心眼，但也不要乱说。如果这中间有阴谋，那么震天雷火药配方失踪，我更应当说清楚。若我存了个袒护的心，只怕接下来，就不是军器监这么简单了……"说到这里，他不由打了个寒战——开始他未必没有想过要袒护沈括、孙固，如果这件事情只是沈归田一人知道的话……

石越冷汗都下来了，这是个阴谋！而且竟是把自己也算计进去了！

[1] 御史中丞的别称。权管勾御史台事，实际上行御史中丞之职，故石越有此称。

[2] 孙固实任判军器监事，故称"大监"，沈括为同判军器监事，故简称"同判"。

石越深深呼吸了一下，稳定住自己的情绪，带着沈归田走到外间，见蔡确和李定正指挥一些小吏清查账簿。忽然，他冒出一个念头来：“为什么单让我带人去查档案卷宗？难道真是因为那是机密中的机密，我又是检正兵礼、工、刑三房事的原因吗？”

这个念头一跳进脑海，石越更加感觉这件事从头到尾就是一个阴谋。

他脑中越发的空明，快步走了过去，对蔡确和李定抱了抱拳，低沉地说道：“蔡司宪、李检正，震天雷火药配方资料不翼而飞。”

他声音虽低，却不啻于平地惊雷！账目不清，说到底不过是寻常事，但是这震天雷……想起震天雷的威力，蔡、李二人就有点儿发抖，何况这还是皇帝最看重的东西。

蔡确和李定一时震惊得连手里的案卷都掉到了地上。

石越也不知道他们二人是真的不知情，还是只是演戏。他心里不住冷笑——既然知道多半是阴谋，那么震天雷的火药配方就未必会流落到外国，这就让他放心多了。石越继续说道：“这是发现震天雷火药配方失踪的沈归田，我们先过去看看吧。”

蔡确回过神来，点了点头，对李定说道：“资深兄，先去看看现场。”

三人在沈归田的带领下，来到军器监保管最机密技术资料的一个院子。只见院子外面还有禁军在巡逻，院子中五步一哨、十步一岗，允许进来检查的官员并不多，不过五六个人，每个人身边都有两个士兵随时跟着，这里甚至不许带笔与纸进来，每间房子外面也都有岗哨。

李定看到这种情形，不禁皱了一下眉头，说道：“这样严密的防卫，怎么可能失窃？”

蔡确冷笑道：“如果身份够高，就无妨。若是我们三个进来，他们敢跟着我们吗？”

石越不动声色。

没多久，沈归田将三人领到了放震天雷火药卷宗的柜子前，只见上面果然空空如也，而且柜子门和锁都完好无损。蔡确又巡视了一下房屋，只见窗户甚小，人根本钻不进来，而且窗纸也完好无损，心中更是猜疑。

三人默不作声地看了一会儿，又默不作声地走了出去。

出了院子，李定率先说道：“蔡司宪、石检正，此事非同小可，必须立即报告皇上与丞相。”

石越点了点头。

蔡确冷笑道：“报告是要报告的，但是这奏状怎么写？二位还要给出个章程来才行。”

石越铁着脸说道：“实话实说就是，不增不减就好。”

蔡确睨视石越一眼，冷笑道：“石检正说的倒是不错，但是敢问石检正，奏状递上去，皇上要问，你们对这案子怎么看？这里防守这么严，是怎么丢的？案犯又是谁？我们该怎么答？做臣子的，皇上问起来总不能一问三不知吧？”

石越越发不动声色，从容问道：“那么，依蔡司宪看来，又当如何？”

蔡确咬了咬牙，道：“这件事情，事关重大，我们三个都担不起责任，沈括与孙固身上只怕有洗不脱的干系。”

石越“哦”了一声，又问道：“蔡司宪的意思，莫非是……”他却不继续说下去了。

李定听了二人对答，他也是非常聪明的人，瞬间便惊觉。沈括是身上打着“石”字印记的人，难道这个石越这时候反而想置沈括于死地？那他也未免太狠了一点。却又听蔡确不冷不淡地答道：“我也没什么意思。不过从案情来看，能够取走火药配方的，军器监中可能只有两人而已。”

石越淡淡地问道：“那么蔡司宪以为是谁呢？这等事，断不至于两个人一起做的？”

但蔡确也不是傻子，打了个哈哈，道：“石检正，这等事情，查无实证，不好乱说。做臣子的把事实禀告皇上，再把自己心里的想法老老实实说出来，对事不对人，也就是了。石检正，你说是不是？”

他一面说，一面留神观察着石越的神色。此时，蔡确已经从最初的震惊中彻底反应过来了，他已经意识到，这件事对他来说，并不是一件坏事，而是一个大大的机会。这两年蔡确的官运之亨通，便连他自己都想不到，他的升迁之速，完全可以说是一个奇迹。不久之前，他还只是新党的新锐，而现在，却已是新党中仅次于曾布等寥寥数人的重要人物。这背后，除了皇帝与王安石的赏识外，最重要的，正是因为他解决了一次又一次的重要案件。而且，他能感觉到，他最近运气实在好得无法形容，好像上天在特意照顾他一般。就在他要升迁的时候，谢景温终于抵挡不住朝廷中的强大压力，主动辞去了知杂御史一职，让他毫无阻碍地成为新党在御史台的领袖，甚至还被授以管勾台事的名号。那接下来就应该是权御史中丞事，真御史中丞，原本还遥不可及的位置，现在已经近在眼前。他感觉自己已经有些急不可耐了。

而现在，眼前又是一个千载难逢的机会。朝廷中有谁不知道军器监是石越的势力范围，谁不知道沈括是石越的人，若能将沈括和旧臣孙固一起扳倒，替新党夺回军器监，那么不但自己的地位会更加稳固，在朝廷中、在新党中的威望也会进一步提高，而且自己很有可能借着此案更进一步。即使拜中丞不敢指望，权御史中丞事却也绝非奢望。

此时，他望着石越，便如同一只鲨鱼望着自己的猎物一般。

石越仿佛完全不知道蔡确在想什么，也打着哈哈笑道：“蔡司宪说得不错。”

4

“什么！震天雷火药配方失踪？”震怒之下的赵顼第一个念头就是——如果火药配方流落到夏辽两国的话，大宋要付出的代价简直不堪设想！

石越此时却在想王安石知道这件事时的反应。当时正在写批文的王安石手中的笔“啪”的一声掉在了地上，墨汁洒在王安石的衣服上。他直觉地感到，王安石没有参与这起阴谋。想到这儿，石越不由又有点儿紧张，如果不是阴谋……如果不是阴谋……他也不敢想下去了。

至于皇帝的吃惊与震怒，是在意料之中的。

赵顼恨恨道：“好个沈括，好个孙固，深负朕望，深负朕望！”

王安石这时却早已冷静下来，劝道：“陛下，整件事情尚待调查，与沈括、孙固未必有关系。臣以为，二人应不至于卖国。”

石越也道：“不错，若是沈括要卖国，根本无须盗卷案，震天雷的资料他一清二楚，自己写出来就是了。而孙和父更是陛下旧臣，陛下当深知其为人方正。这等事，臣是可担保的。”

赵顼怒道：“朕不是怀疑他二人卖国！但即便不是他们做的，军器监看管不严，账目混乱，他们二人玩忽职守，罪责难逃！拟旨——沈括、孙固，罢守本官。蔡卿，火药配方失踪之事，你去找开封府陈绎，调集得力人手，加快破案。”

蔡确却不领旨，而是顿首说道：“陛下，火药配方失踪，自当破案。若是流传外国，必经关卡，当下当令各地关卡严查，严防挟带出关，同时派人盯紧在京的各国使者，如此方是上策。另外，臣身处霜台[1]，职责所在，还要弹劾石越荐人不明，致有此失，陛下当论石越之罪。”

石越见蔡确当面弹劾自己，连忙跪下来，顿首谢罪：“臣荐人不当，请陛下降罪。但是臣敢担保沈括无叛国之心，其人人才难得，还请陛下许其戴罪权知兵器研究院。震天雷有失，正当责令兵器研究院加紧研制改善新火器。”

赵顼顾视石、蔡二人，沉吟良久，才冷冷道：“石越荐人不当，罚俸一年。沈括也别想去领什么兵器研究院了，案情没有查清，让他到白水潭教书。石卿你先兼领兵器研究院事，吕惠卿守丧期满，已经在返京的路上了，等他回来，让他判军器监，知兵器研究院的人选到时候再议不迟。”

被后世称为“军器监奇案”的事件，是熙宁年间一件值得关注的重大历史事件，其带来的一系列直接间接的后果，影响相当深远。但在当时而言，最让人震撼的，是之前在政治斗争中一直占据着主动，并且从未有过真正大挫折的石越，这一次却遭遇了真正的惨败。因为石越曾任提举胄案、虞部事，而兵器研究院又完全是石越一手创建的，因此在朝廷中，几乎所有人都知道军器监几乎完全是置于石越影响之下的。除

[1] 御史台的别称。

军器监之外，钦天监与白水潭学院也有牵扯不断的关系，钦天监的几乎所有官员都曾在白水潭学院兼过课，而且绝大部分和石越关系良好，沈括更是朝中少数被视为“石党”的人物。而这一次沈括被彻底整垮，圣意要让吕惠卿出任判军器监事，显而易见，以吕惠卿的能力，石越对军器监的影响力会被减至最低。而钦天监虽然不至于如军器监那么惨，但是沈括的罢官，也足以对他们构成一大打击。只不过钦天监在注重“事功”的时代，不如军器监那么引人注目罢了。

石府。

石越和潘照临详细说完事情的经过，潘照临便立即断定：“公子，这件事必是阴谋无疑。”

石越点了点头，沉着脸说道：“肯定是阴谋，但是不知道是谁设下这个阴谋，差点把我也给算计进去了。当时若是一念之差，我现在怕是连回白水潭教书也难了。”

“公子可找沈括谈过？”

“皇上处分一下，我就去了白水潭，让人把他请了过去。整件事沈括说自己全然不知情。军器监那边，账目略有不清、各种账目混乱堆放是有的，毕竟这是一个新的机构，移交起来自然有一堆的麻烦，但是涂改大额账目，而且还有几笔大款项的卷宗不翼而飞，无论是他还是孙固都觉得莫名其妙。两人都会写谢罪表自辩。”

潘照临冷笑道：“这是题中应有之义。其实账目不清，是个引子，目的只是引起注意，找个借口去检查震天雷火药档案。”

石越一怔，这一节他却没有想到。

“公子可以想想，账目不清，无论沈括和孙固都不服气，肯定会上表自辩。只需让陛下查一下军器监这两个月从国库支取了多少钱，又有多少地方要用到钱，这些事有司各有档案，必有痕迹可寻。沈括和孙固即便是贪渎，也不至于胆子大到这个份上。两个月能成什么事？一查事情就清楚了。所以这个阴谋的撒手锏，还是震天雷火药配方的失踪。这件东西一丢，无论沈括与孙固找什么借口，都难辞其咎。而且陛下震怒之下，也不会听他们自辩，二人在这件事上也无法辩解。丢了就是丢了，无论是怎么丢的，身为主官，都脱不了干系。”

石越咬了咬牙，道：“究竟是谁设的阴谋？查出此人！”

潘照临似笑非笑地看了石越一眼，石越身上慢慢出现的这种霸气，正是他期待的。他悠悠说道：“当今朝廷，想与公子为敌，而且有能力与公子为敌，设下这么大圈套的，又有几人？”

石越听了这话，“啊”了一声，惊道：“王安石？”然后立即摇了摇头，说道，“不可能。”

“的确不一定是王安石。但是从公子所说的情况来看，军器监肯定有人参与了这个阴谋，至少那个曾守一，就绝对没有本事单独偷出震天雷火药配方。而且要算计到公子，那么蔡确也逃不了干系。能做出这样的大手笔，既能收买军器监的人为己用，又能影响到在朝中已然是举足轻重的权管勾御史台事蔡确，这样的人，当朝除了王安石，只有两个人。”

石越想了想，摇头道：“我想不出除了王安石还有谁，而王安石断做不出这种事来。他作伪要作得这么好，可真是千古之奸了。”

潘照临悠悠道：“公子不要忘了，王家还有个衙内，新党还有个护法[1]。”

石越吃了一惊：“王雱和吕惠卿？”

“吕惠卿是这件事最大的受益者，而王雱则是除王安石之外唯一有能力策划这件事的人。”

历史上王雱喜欢玩闹阴谋与权术的印象无比清晰地浮上石越的脑海，只是他怎么也想不通为什么王雱要下这么大的圈套来对付他，似乎是要置他于死地。他对于新法，就算是绊脚石，比起旧党的顽固却差远了。难道为了吕惠卿？可吕惠卿和王雱的关系并不好。

正在沉思之际，忽听潘照临叹了口气，说道：“计的确是好计，但是以王雱的聪明，如果存心想对付公子的话，我想一定还有后招。军器监的事情，越是查不出真相来，就越是对他有利，这样沈括和孙固就有洗不脱的罪名。这件事情我们已经落了后手，也只能以静待动了。唯一可以放心的是，既然是王雱设的阴谋，震天雷的火药配方是断不至于流传出去的。”

到了这时节，石越也已看开了，他淡淡一笑，道：“投之以桃，报之以李，投之以木瓜，报之以琼瑶，君胡不知焉？”

潘照临闻言一怔，立时哈哈大笑。

5

便在潘照临担心着“后招”的时候，《汴京新闻》编撰部里来了一个年轻人。

这个人叫王子韶，字圣美，太原人氏，是汴京有名的“十钻”之一，外号“衙内钻”，专门结交达官贵人子弟以求进。因为他在太学读过书，文字学的学问极好，所以桑充国等人也听说过他。桑充国心里对这类人是非常的鄙夷，寒暄过后，便淡淡地问道：

[1] 吕惠卿被人称为新法的“护法善神”。

“王运判[1]来鄙报，不知有何贵干？”

此时欧阳发因接到父亲欧阳修病重的消息，正在收拾东西，准备回乡，见王子韶进来，也不由一怔。他也认识王子韶，知道此人做过监察御史里行，和程颢原是同僚，后来贬知上元县，又做到湖南转运判官，只不知道这时候怎么又出现在京师，并且来到了《汴京新闻》。他担心桑充国不知此人底细，连忙走了过去，与王子韶见礼。

他却不知道王子韶这次来京师公干，拜会王雱，顺便就讨到一件好差使，只需此事办妥，司农寺就会调他去做提举两浙常平，给他一个大大的优差。不过对于王子韶来说，最重要的却是到时候有机会再次面圣，只要在皇帝面前表现表现，不愁捞不到一个馆职。与欧阳发见过礼，王子韶又打量桑充国一眼，笑道：“久闻桑长卿大名。在下在湖南时，就听说《汴京新闻》之名，这次来京师，拜读过贵报，对于贵报的风骨，很是景仰。”

桑充国客套道：“哪里，王运判过奖了。”

王子韶满脸堆笑，道：“桑公子不必过谦。我这次来，一来是想见识一下名满天下的桑公子，再则，却是一时手痒，写了份报道，不知道能不能入桑公子法眼？”

桑充国与欧阳发都是一怔，《汴京新闻》创刊至今，写文章的人不少，而且多是名流大家，但是写报道依靠的都不过是十几个“探事”，除此之外，只有白水潭学院和国子监的学生中，偶尔会有几人写一写。像王子韶这样主动写了报道送过来的人，还是第一个。

桑充国连忙说道：“岂敢，王运判进士出身，文章必是好的。”他还疑心王子韶送来的不过是自己的文稿。

王子韶不置可否地一笑，从袖中掏出一卷书稿，交到桑充国手中。

桑充国接了过来，打开一看，当场就怔住了——漂亮的楷书毛笔字写着几个大字标题：《军监器奇案》，下有一行小标题：“震天雷配方失窃，天子震怒；石秘阁荐人不当，罚俸一年”；署名则是“太原散人”。

王子韶一面观察桑充国神色，一面笑道：“《汴京新闻》的风骨，素所景仰，不过这篇报道，只怕牵涉太多，贵报发表也罢，不发表也罢，在下亦不敢勉强。”

欧阳发也看见了手稿上的标题，见桑充国一时失神，他处世经验丰富许多，当即便回道：“王运判，大宋自有《皇宋出版敕令》，新闻报道不可虚妄，本报一向要求新闻报道作者文责自负。王运判必须先在稿子上签名，盖上印章，证明此稿是王运判所写，我们才会考虑刊发。另外，本报编辑还要审查文章是否泄露朝廷机密，其中内容是否与《皇宋出版敕令》冲突等等。因此这篇报道发表不发表，不能立即决定。”

[1] 转运判官的简称。

王子韶一怔，他并不知道还有这许多规矩，当下笑道："那以欧阳公子之意，何时能给在下准确的答复呢？"

欧阳发略一沉吟，笑道："王运判不妨先回，留下稿子和住址，让我们编辑讨论一下。如果发表，我们会奉上稿酬，如果不能发表，像这样重大的题材，我们也会把稿子奉还王运判。不知王运判意下如何？至于时间，我想快则一天、慢则两三天吧。"

王子韶笑了笑，抱拳道："既如此，在下先把名字和在京师的住址写在稿子后面，回去静候佳音。"

王子韶的这篇报道，在《汴京新闻》内部，无异于在平静的湖面丢下了一块大石头。按规矩，桑充国召来了全部编辑开会决定。

众人仔细传阅过王子韶的报道之后，几乎所有人都反对发表这篇报道。这些人都是白水潭学院的，很多都是景仰石越的人，甚至是石越的学生，而且沈括也曾经是白水潭学院的格物院院长，现在又回到了白水潭学院教书。这份香火之情，让这些编辑无论如何也不愿意发表这样一份看似"中立"的报道。

一个编辑站起来，激动地说道："全是不实之词！官府都没有定案，如果我们发表，会让很多市民误以为沈院长的确贪污了。"

赞同的声音响起一片。

桑充国已经冷静许多，他平静地问道："你说是不实之词，这篇报道中的语气表达得相当巧妙，他也没有说官府定案了，只是很客观地说明有这么一桩案件，你能指出报道中哪几句话不实吗？"

那人顿时语塞。众人再次无声地传阅着这份报道，发现的确是写得无懈可击。只怕连他们都写不出这样"完美"的报道——用百分之百的真话、进行百分之百的误导。

程颢叹道："这报道不会是王圣美写的，他没有这本事。这篇报道之中，竟然没有一个地方违反了《皇宋出版敕令》。这样敏感的题材，便是老手，也不容易做到。"

桑充国和欧阳发立即明白了程颢的言外之意。

桑充国忽然想起自己几个月前，在白水潭对石越说过的话："子明，我会永远站在你身边，帮助你完成这个伟大的理想。"言犹在耳，那是自己对石越有过的承诺！石越现在的困境，桑充国并非全然不知，这个时候再刊发一份报道，不管出于什么原因，如何措辞，总之难免会严重打击石越在士林与民间的声誉，而且沈括和孙固身上的冤屈只怕更加洗不清了。至少，也是将事情变得更加复杂了。

"这篇报道不能发。"在桑充国的心中和耳边，同时响起这句话。

"这篇报道不能发。"程颢坚定地重复了一遍，"《汴京新闻》不应当沦为官场互相倾轧的工具！哪怕有再大的压力，我们也应当有这个原则。"

欧阳发却不易觉察地皱了一下眉头，他随着父亲宦海沉浮，什么样的黑暗都见过，所以身为当时最负盛名的学术宗师的长子，他却不愿意参加科举，博取功名，而是去学习天文地理各方面的知识，只想着做学问来终老此身。白水潭学院创办不久，他仰慕石越的学问到了白水潭学院，既是学生，也是助讲，身兼明理、格院两院之课。现在又被桑充国的理想所感动，毅然帮助他来创办《汴京新闻》。这时候，他又以他的嗅觉，敏锐地感觉到了这件事背后存在的危险，所以才暂缓回家，留下来帮助桑充国做完这个决断。

“程先生，长卿，诸位，我以为无论我们找什么理由，这篇报道，我们都不能不发！”欧阳发知道这是自己担当责任的时候了。

众人的目光都聚集到了他身上，“我们创办《汴京新闻》的初衷，是为了公正地报道每一件事情，如石山长在《三代之治》中描述的那样，用报纸来使贪官污吏惧，使乱臣贼子惧，我们代表的是民意，是公理，是清流，我们站在民间来制衡政府，来影响政府，正义是我们唯一的依靠，无论什么时候，无论什么原因，我们不能失去这个原则，否则终有一天，《汴京新闻》就会变质，与它初创的理念最终背道而驰……”

这个道理，在座的人都知之甚详，《三代之治》中多有阐述，桑充国也经常鼓吹，甚至可以说，这些一起创办大宋第一份报纸的人，都是因为被这个理想所吸引，才走到了一起。

众人无言地点点头，听欧阳发继续说道：“石山长曾经在一次讲演中说过，报纸都是有立场的。我们《汴京新闻》也是有立场的，但是我们有立场，并不是说我们是石山长的私人工具，我们不是任何人的私人工具。我们的立场，是我们坚持的理念。这个理念，便是报道真相。如果因为是对石山长或者是与我们关系密切的人不利的新闻，我们就不报道了，那么我们就背叛了这个理念。《汴京新闻》现在面临着真正的考验，我们选择公还是私，选择坚持理想还是袒护私人，都在今天决定。我认为，如果我们有立场，我们的立场就是中立！我们办报的根基，便是不偏、不私、不党！”

说到这里，欧阳发停了一下，他看到许多的编辑都已经动摇了，甚至连桑充国的眼神中，都有了犹疑。

“还有一个原因，这一个原因，让我们别无选择。这是现实的原因。王子韶为什么把这篇报道交给我们？为什么还特意强调可发不可发？很简单，我们不幸卷入进了一起政治倾轧当中，而有人把我们《汴京新闻》也算计进去了。如果我们发表这篇报道，他们就会挑起石山长、沈院长与我们的矛盾，甚至白水潭学院的同窗们也会对我们不理解；而如果我们不发表，我敢肯定，明天，汴京的大街小巷都会流传我们拒绝报道对石山长不利消息的谣言，御史台某些早有准备的御史，肯定会攻击我们与石山长结党营私，说我们是石山长的私人工具，到时候取缔《汴京新闻》的声浪必然一浪高过一浪，而那些因为相信报纸是公正的才支持我们的人，也会怀疑我们。一旦民众不能同情我们，士林的清议不支持我们，我们就失去了自己真正的根基，到时候进退失据，百口莫辩。而且还会害了石山长，结党的罪名一旦坐实，石山长也承担不起。”

欧阳发的话引起了所有人的震动，便是桑充国，也没有想过这么深的阴谋。众人低声私语，讨论着欧阳发的话。桑充国也陷入极度的矛盾中，理智上，他明白欧阳发说得有理，无论是出于维护《汴京新闻》的信念，还是出于让《汴京新闻》生存下去的原因，都必须刊登这篇报道。但是如果刊登，如果刊登……

“子明，我会永远站在你身边，帮助你完成这个伟大的理想。”在白水潭说过的话，再一次在桑充国的心中响起。“石越可以说既是我的老师，又是我的挚友，这样做，是不是背叛？”他在心里拷问着自己。

并不止桑充国一个人有这样的矛盾，有人站起来说道：“虽然欧阳先生说得有理，但是我仍然反对刊登。在最困难的时候，屈从于压力，对自己最尊敬的人落井下石，我反对。”

但是他的话没有得到响应，能够进入《汴京新闻》编撰部的，都是有理想、有独立判断能力的精英，他们懂得如何冷静地取舍。

欧阳发盯着那人的眼睛，平静地反驳：“你说错了，这不是背叛！石山长教给我们理念，我们尊敬他最正确的方法，是坚持他教给我们的理念，而不是效忠于他个人。石山长对我们说过：吾爱吾师，吾更爱真理！这句话刻在辩论堂的石墙之上，是石山长亲自叫人刻上去的，这就表明了他的态度。以石山长的胸襟，一定会理解我们这样做是因为出于对大道的坚持。如果我们不刊登，反而才是真正的背叛。我说了三点原因，但其中最重要的，是前面的两点，而不是第三点。第三点不过是帮助我们下判断罢了。要在政治斗争中洁身自爱，最首要的因素是永远保持中立。何况，如果我们不刊登，反而是害了石山长。这一点大家都应当明白。”

其实欧阳发的心里也不敢肯定，“石山长真的会不计较吗？换上谁都无法接受最信任的挚友和亲手培养的学生的背叛吧？虽然明知道那是最理智的选择。”想到这里，他有点儿担心地看了桑充国一眼。

一面是对理想与自己信奉的“正义”的坚持，以及对自己倾注了最大心血的事业前途的考虑；一面却是对自己最尊敬的亦师亦友的人实际上的背叛。桑充国在自己的承诺与欧阳发的提醒中，激烈地交战着，这也许是他一生中最艰难的决定之一。

希望石越能理解与原谅吗？桑充国很清楚，朋友之间一旦有了裂痕，裂痕将永远存在，很难消失。即便石越能够理解，但在感情上，他也很难指望石越可以接受，因为换位而言，他自己便无法接受。这个时候，说自己是“落井下石”也不算过分。

但是，最终还是要决定的。《汴京新闻》的前途就在自己手中！不仅是物质上，还有精神上的。如果刊登，《汴京新闻》的前途就此决定——独立于任何政治势力之外，中立而公正地报道。《汴京新闻》将会开一个好头，而士林的清议会更加尊重这份报纸，民众也会更加信任《汴京新闻》。只是这一切，是建立在让石越声名受损、处境雪上加霜的基础上的。而如果不刊登，即便勉强存活下来，《汴京新闻》也会沦为石越的跟班，自己所相信过的一切理念，都不过成为极可笑的讽刺！

所有人的目光都集中在桑充国身上。桑充国知道自己可以投票决定，这样的话，自己也许可以多一点借口。但是，“我要这借口做什么？”桑充国在心里苦笑道，“如果需要选择，就由我来承担一切！”

终于，他拿定主意，站起身来，沉声说道：“明天在焦点版刊登这篇报道。按程序，有三人反对，可以提起表决。若有反对者，请举手。”

桑充国环视会场，良久……只有一个人，缓缓举起了他的右手。

“通过。”桑充国的嘴里艰难地吐出了这两个字。

程颢等桑充国说完，起身补充道：“编者按由我来写。我会尽量说明这件事与石山长关系不大，案情并未查明，以及这份报道不代表本报的观点。”

欧阳发嘴唇嚅动了一下，也说道：“我写完明天的社论再回去，社论的题目就叫《我们的立场》，争取得到石山长、沈院长，以及白水潭师生的谅解。”

桑充国点点头，脸上露出坚毅之色，“有劳二位，大家继续工作。”说完这句话，他全身的力气似乎突然消失，一下子软在了座位上，“在理想与友谊之间，我选择了理想……”

桑充国一点都不知道，这样的选择，究竟是对还是错。

程颢见桑充国取下挂在衣挂上的披风，准备出门，迟疑了一下，也跟着走了出去。二人一起到了马房牵了马，默默地向白水潭学院的尊师居走去。二人也不骑马，只是慢慢牵马徐行。走了许久，见前面有一座建筑，二人于白水潭的一草一木早已熟悉，自然知道那就是辩论堂。桑充国心中一动，牵了马就往辩论堂中走去，程颢连忙紧紧跟上。

因为不是辩论日，这里并没有人。桑充国找到刻在墙上的那行著名的字，看了良久，叹息道：“吾爱吾师，吾更爱真理！”

程颢十分理解他此时的心情，却也无计可施，只得温言说道：“长卿，你要不要先知会子明一声，这样可以减少误会。”

桑充国迟疑了一下，不知道为什么，这时候他心里很害怕见着石越，更不知道要如何开口说这件事情。沉默良久，桑充国叹道：“程先生，知我者信我，知我者谅我，何须多言？新学年马上就要开学了，期末考试、准备招生，有多少事要忙呢，明年的白水潭人数会更加多吧！”他明明是在给自己寻找逃避的借口，心里却不愿意直面这个问题，反而将这个本意藏到了更深的谎言之下。

程颢不知道桑充国心中的想法，他沉默了一阵，叹道：“是啊！白水潭学院之盛，孔子以来未尝有也。石子明真是千年难得一遇的人才，你放心，他能够理解的。”

桑充国感激地看了程颢一眼，挤出一丝笑容，道：“都说听程先生讲课，如沐春风。白水潭学院有今天，程先生也功不可没。”

6

唐棣带着从人进了新曹门。离开京师已经快两年了，本来他还没资格回京述职，但是不久前吏部下文，让他任“权发遣判三司度支司常平案公事”，可以说是罕见的提拔，据说是因为唐棣在地方推行青苗法、农田水利法有力，中书门下直接堂除的。虽然不是馆职，但是对于自己的文采学问颇有自知之明的唐棣，倒是并不介意。

想着终于可以见到分别许久的石越和桑充国，唐棣脸上不由露出了一丝笑容。

“官人，今晚是住到舅爷家，还是住驿馆？”身边几个从人有些是第一次来繁华的京师，也显得格外兴奋。

唐棣挥鞭笑道：“当然是住驿馆，先去吏部交了文书，到三司报到，再回家不迟，免得惹人闲话。”

正在安排，忽然听到有小孩子拿着一叠报纸从身边经过，大声吆喝：“卖报，卖报，《汴京新闻》报道京师第一案，震天雷火药配方竟然失窃，焦点版详细报道，天子震怒，石秘阁被罚俸一年……卖报，卖报……”

瞬时间，小孩身边就围了一堆人，纷纷抢购，这可是震惊天下的大新闻啊！

唐棣心里一紧，也顾不得许多，连忙挤了过去，买得一份报纸出来，急匆匆翻到焦点版，看到上面几个大字标题，几乎惊呆了。

旁边有人买了报纸的，有些紧锁着眉头边走边看；有些则炫耀自己识字，摇头晃脑地大声读着新闻，身边聚集着一堆围着听报的市民。唐棣等人不知厉害倒也罢了，对于开封府的百姓来说，震天雷的威力不仅是很多人亲眼看见的，而且还被吹得神乎其神，所以得知震天雷火药配方失踪，无论贤愚不肖，都知道配方只要流落到敌国手中，会有什么样的后果。

有人恨恨地说道：“撤得好，皇上圣明，沈括和孙固这两个官，真是饭桶，这么重要的东西也能丢了！杀头都不为过。”

有人忧心忡忡：“别是辽狗偷去了，那就惨了。”

“辽狗怎么偷得去？防得那么严，多半是有内贼。”

“那也不一定，你没读过书呀？薛红线和聂隐娘的故事听过吧？”

……

有人则惋惜地说道：“可惜连累了石秘阁。”

有人不屑地反驳道：“这是赏罚分明，石秘阁荐错了人，当然要罚。皇上是明君呀。”

有人沮丧无比地道：“看来石秘阁也有看走眼的时候，这个沈括到底是什么人？”

也有人为石越开脱道：“人非圣贤，孰能无过？这还是石秘阁亲手查出来的呢。可见石秘阁还是有本事的，没本事能这么快查出来？”

“可……不是说石秘阁是左辅星下凡吗？”

有人在旁边自我安慰道：“以石秘阁的能耐，断不会看错人。听过三国的评书吗？那别是石秘阁一计吧？”

免不了有人白他一眼：“一计？一计搞得报纸上来，闹得沸沸扬扬的？没脑子。”

“你说谁没脑子？你才是猪脑子！石秘阁左辅星下凡，他的计你猜得出来？你才是没脑子。”

……

唐棣一路走到驿馆，听到的都是这些议论的声音。似乎整个开封城，因为报纸的出现，瞬时间就可以让全城关注同一个话题了。而这些市井小民根本不会在乎报纸上的其他细节，没有什么比震天雷更能吸引他们的注意力了。虽然有很多人依然相信石越，但是却也有很大一部分人因此怀疑石越并没有那么神乎其神。至于沈括与孙固的名誉，在民间简直是低得不能再低了，现在只要有人提到沈括、孙固，老百姓就会破口大骂！

而唐棣更担心的，却是桑充国与石越的关系。《汴京新闻》是桑充国创办的，他怎么可以攻击石越呢？唐棣实在不能理解。忽然，他改变了主意，决定先不去驿馆，而是先去白水潭问问桑充国是怎么回事。

相比市井百姓众口一词的愤怒与担心，士林的反应就要复杂得多。

“《汴京新闻》的胆子真是够大的，这么大的案子，他们也敢报道！”

“这个太原散人是什么人？”

“桑充国和石越怎么了？”

“看样子《汴京新闻》果然有几分风骨，和石越关系这么好，也毫不留情地捅一刀！”

“这才叫养虎自噬呢！”

“石越这次心里滋味不好受吧！”这是幸灾乐祸的。

“都说白水潭是石越系，上次宣德门我还以为是演双簧，这次看来，倒也不见得。往好里说，石越也算是个君子，没有结党。”

“这也太傻了一点吧？这样报道出来，石越的声誉是要大受影响的。”

“那也不一定，短时间来看，自然受点影响，长远来看，还很难说。何况如果桑充国不是石越一党的话，《汴京新闻》这一次声名大震，是肯定的了。”

“石越在皇上面前费尽心机维护《汴京新闻》，《皇宋出版敕令》他差不多一个字一个字地争，结果没有想到学了商鞅，作茧自缚，《汴京新闻》反倒拿他开刀立威，真是讽刺！”

“其实桑充国也没什么不对，春秋大义说要大义灭亲，《汴京新闻》标榜天下唯公，他们算是守住自己的承诺了，这也是君子所为。”

……

“唉，震天雷如果流传外国，只怕大宋有难。”

“这样子说起来，石越的确是难辞其咎的。成也萧何，败也萧何。”

……

“你说这孙固官声不坏的，怎么账目就能乱成那样？沈括也不是无能之辈呀？”

“这里面有阴谋，你不知道吧……”

……

丞相府中。

王雱望着手里的《汴京新闻》笑道：“石子明，这回让你知道某的手段。”他已经好久没有这么舒心的感觉了。王雱懒洋洋地向王子韶说道：“圣美，你做得很好，过两天中书会直接调你去两浙，你有机会面圣，好好把握机会。”

王子韶闻言大喜，连忙拍马屁道：“元泽果然是妙计。石越这次不仅仅声誉受损，只怕从此会变得不敢相信人了，他绝对料不到连桑充国都能落井下石。”

谢景温也笑道：“如果以后桑充国和石越互相争斗，这《汴京新闻》用来对付石越，这也叫‘以子之矛，攻子之盾’了。二虎相争，我们正好从中得利，彻底扳倒石越，就不是难事。”

王雱轻轻敲着手中的折扇，对王子韶说道：“圣美，以你之见，桑充国有没有可能收归己用？若能得之，是一大助力。以后新法推行，事半功倍。”

王子韶摇了摇头，道：“只怕不可能。桑充国声名日盛，几乎让人以为是另一个石越。所幸的是他因白水潭之狱，朝中大臣对他多有嫌隙，是没有机会进入朝廷了。否则的话，我还要担心这是养虎为患。”

王雱惋惜地说道：“真是可惜了，听说他和程颢、欧阳发走得近，是不是？”

王子韶点了点头，说道："应当是如此。欧阳发和他交情非浅。"

谢景温也说道："若能收服桑充国，自然是一大好事。白水潭学院中他的威信不在石越之下，而白水潭的学生将来做官，推行新法，比起现在朝廷中的老朽，要好得多。只不过这件事终究是太难。"

王雱叹道："既然如此，就算了吧。我还有点儿想法，等吕吉甫回京再商议不迟。"

谢景温疑惑地看着王雱，说道："元泽，你和吕吉甫……"

王雱笑道："我自然知道防他，但他也是人才难得。现在变法前途维艰，仅靠王子纯[1]在前线的大胜是不够的。现在我和吕吉甫自当同心协力。这一点他也是明白的。"

谢景温点了点头，不再说话。王子韶见王雱说这些话时，丝毫不回避自己，显是把自己当成心腹了，更是高兴得手足无措。

7

潘照临的目光一直停留在书桌上的《汴京新闻》上，默不作声。

石越沉着脸，心里不知道是什么滋味。桑充国连通知都不通知一声，就来这么一手！他却不知道那个太原散人是王雱派去的。

"公子，当断不断，反受其乱。这次桑长卿拿我们立威，几乎是要置沈括于绝地，公子声名也颇受损害。《汴京新闻》羽翼已成，桑充国依托白水潭学院，隐隐成为在野的清流派首领。我们再不小心，只怕将来不知道会发生什么事情。"对于石越不把《汴京新闻》控制在自己手中，潘照临是很不以为然的。

石越沉默半晌，苦笑道："当务之急，是安慰一下沈括，他才是最惨的，只怕在白水潭教书，见面都会难看。孙固也会把长卿恨到骨子里吧？只不过这件事说起来，长卿倒也没做错什么。"他的话有点儿言不由衷。

潘照临注视着石越，嘲笑似的问道："公子真的以为桑充国没做错什么？"

石越又沉默了好一会儿，说道："这是我一直主张的理念。总不能因为事情临到我头上，我就说不对了吧？"

"是吗？那可要恭喜公子了，《汴京新闻》还真是公子的好学生啊。"潘照临讥道，他与石越交流一向没有遮掩。

石越心里又烦又乱，这时的平静，是几年来磨炼出来的功夫。他不由自主地看了

[1] 王韶，字子纯。

《汴京新闻》一眼，只觉得那份报纸烫得刺目，连忙将目光移开，问道：“潜光兄，这些事多说无益，商量一下对策吧。”

“凡事皆是有利有弊。如果从大势上来说，公子的局面并不差。虽然桑充国以白水潭学院和《汴京新闻》成为在野清流派的领袖，这件事已经一步步下来，不可避免了。但是，这次的事件，对于公子来，不过是声名受点损失，却可以消除皇上对公子仅有的一丝顾虑，让皇上知道公子全无私心，尽忠为国，而且还堵住了御史们想要弹劾公子结党的嘴。所以这件事，实际上还是得失参半，得多于失。另一方面，公子在白水潭的影响力不是轻易可以消除的，和桑充国依然可以争一日之短长。桑充国和公子各得半个白水潭，公子得实利，而无虚名引人注目，更可以大展手脚。只不过沈括经此一事，只怕会请求外任，公子一定要打消他的想法。只要他挺过这件事，无论在白水潭还是在兵器研究院，他都是一大助力，毕竟他在格物院的影响力仅次于公子。”

石越点了点头，这件事情他是明白的，现在无论是技术上还是管理上，很多事情，他都需要沈括帮助，而且沈括与钦天监的关系更是他必须倚重的。在这个时代，钦天监有时候能起到意料不到的作用。

潘照临显然和石越想到一块儿去了，又说道：“只要把沈括留在京师，利用他和邵雍的人脉，公子就可以好好笼络钦天监的诸人。王安石在私下里说什么‘天变不足畏’，很是得罪了钦天监，公子正好借此机会使之为我所用。”

石越点点头，道：“王安石也不是没有想过要控制钦天监，不过力有不逮而已。”

“但他做不到的事情，公子却可以做到。一来因为白水潭学院的关系，钦天监和公子有良好的合作，二来政见上，钦天监的诸公都很厌恶王安石，而欣赏公子。因势利导，便事半功倍。”见石越点头表示同意，潘照临又道，“现在王安石一派气势正焰，正是不可与之争锋之时，公子这一段时间要韬光养晦，免役法也好，市易法也好，保马法也好，公子在庙堂上不必做出头之鸟，自有文彦博他们去力争。公子利用这段时间，留意人才，将来要用人之处甚多，如果尽用白水潭之人，必然招人议论，何况白水潭的学生未必都能成大器。”

石越默不作声，他知道潘照临所说有理，但是说起来容易做起来难。识人之明，不是那么容易的事情，以诸葛之智，也有马谡之失。

潘照临却没有想他那么多，顺着自己的思路继续道：“现在大家都想做好官，邓绾其实不是最无耻的，他不过是太坦白，敢大胆说出来，别人却只敢在心里想。所以，如今各部寺的差使，甚至地方知县，略有背景和野心的人，都不愿做。但公子既然想做大事，却和他们正要相反。公子选中的人才，要能够有干才，让他们在部寺地方做事，将来才能于国有益。便往小处来说，倘若军器监的属官都是偏向公子的，吕惠卿就算能做判军器监又如何？公子想让军器监一无是处，便一无是处，他还得灰溜溜地走。至于往馆阁台谏安插人，一来公子现在实力不够，二来引人注目，三来这些人不容易受控制，这种事情，便让王安石去做好了。”

石越苦笑道：“潜光，方法是好方法，我现在检正三房公事，安排几个人也不成问题，可是你以为人才真的那么好找吗？”

潘照临抿了抿嘴，道：“十步之内，必有芳草。只要留意，怎么会没有人才？又不是要张良萧何之才，不过是一些能臣干吏而已。被埋没的人多的是，公子多留意就是，我们也不是指望着一晚上就成功。将这些不被重视的人简拔于底层，更能让他们感恩戴德。所谓士为知己者死……”

石越知道他说的有道理，便不再说什么。

潘照临又道：“朝廷的事情，先只能做这么多，而且不是急务。如今表面上风浪虽大，实际上公子并不危险，但是桑长卿的事情，却是可能要动摇公子根本的。这种事，我以为可一不可二，若再出一个桑长卿，那就真要无法控制了。唐家，一定要牢牢控制在手中。”

石越皱眉道：“长卿的事情，并不表示桑家脱离控制了吧？”

“这当然不能证明桑家和公子交恶，毕竟桑唐二家和公子实际上是休戚与共的，但是公子也不能太安心，因为他们随时可以抛弃公子的，大不了前途差一点而已，也不失为一个富家翁。桑俞楚是个聪明人，他肯定不敢得罪公子，但是桑长卿实力一日强过一日，终有一日不再是池中之物，到时候桑唐两家是支持公子，还是支持桑长卿呢？”

石越默然不答。

潘照临又道：“现在公子流水似的送礼物给内侍，白水潭的财力虽然独立了，但是还要给钦天监的官员礼物和‘津贴’，这些都是桑唐两家的钱，更不要说杭州的西湖学院，几乎完全是唐家在支持，多少事情，都离不开桑唐两家财力上的支持。如果有朝一日桑长卿的力量足以保护桑唐两家了，只怕他们不会乐意出这些钱。”

石越无可奈何地叹了口气。对于某些人来说，“好感”这种东西，背后的实质很可能就是你送给他的钱的多少。内侍在宋代虽然大部分时间不能为恶，但是他们的影响力也是不可以低估的，以赵顼这样的英主，也免不了让宦官领兵，所以和这些内侍们保持良好的关系，只要不涉及原则问题，也是政治生存的策略。只是若仅凭石越的薪水，送礼给内侍们，只怕自己天天喝粥也送不起。石越现在每个月的薪水不过三十贯，加上七石粟——如果比起后世来，的确是了不起的高薪，更不用说还有“增给”“茶酒厨料”“公用钱”，等等名目繁多的津贴，再加上皇帝时不时也有赏赐。但是如果说到送礼，靠薪水的话，就实在是不可能了。一个稳定的财力支持，对现阶段的石越来说是相当重要的。

想到这些，石越也不能不面对现实了，但是心里却始终有点儿不坚定，他沉吟道：

“潜光兄，是不是说得太危言耸听了？”

潘照临冷笑道：“也许是我杞人忧天，但问题是，我们现在输不起。桑家我自有安排，但是唐家却是鞭长莫及。唐甘南这几年把生意从川峡顺着长江一直做到杭州，在最富庶的两淮和两浙，唐家的生意几乎无处不在，钱庄、棉纺、印刷、造纸、陶瓷、丝绸、刺绣、造船、车马、酒楼。每年唐家让人到岭南去收购荔枝，走海路运往高丽与日本，一年仅此一项，利润高达十万贯，这还根本不是唐家的大头。有公子的支持，唐家与各地官员结交更加顺利，每年用在送礼上的开支达二十万贯之巨，连韩琦也收过唐家的歌妓，只不过唐甘南行事低调，懂得分寸罢了。但是这样庞大的势力，如果不能掌握在手中，唐甘南可是比桑俞楚更多地参与了公子的事情，万一反噬，后果不堪设想！”

潘照临说的，有些是石越早就知道的，有些却是石越不曾想过的。他不动声色地听完，忽然似笑非笑地望着潘照临，道：“唐家那里，潜光兄也未必就是鞭长莫及吧？”潘照临方才说的有些事情，如果不是在唐家安插了人，是绝不可能知道的，而且他安插的人在唐家的身份只怕还不会太低。

潘照临微微一笑，算是默认，又继续说道：“唐家有八兄弟，唐棣之父唐甘楚是长子族长，而唐甘南最精明。唐甘楚只有一子，唐棣将来是会在仕途上发展了，所以以后唐家的生意，多半会交给唐甘南打点。唐甘南有三子一女，三个儿子中，老大唐羽一直在蜀中帮着打理生意，老二唐康有意于功名，唐甘南有意让他去西湖学院读书，老三唐夏拜在了苏轼门下，幼女年纪尚小。现在唐棣已经调来京师，估计也快到了。我的想法是，唐夏在苏轼门下，就不必说了，但是唐康，我们不如把他接到白水潭学院来。现在西湖学院都是一些小毛头，免得误了这孩子的学业。另外公子就认他做义弟，以后朝廷有什么推恩荫赏，他就可以荫袭功名……”

石越看了潘照临一眼，这是恩威并用，一方面是栽培唐康，一方面却也是个人质，偏偏他能说得这么好听。

潘照临却不理石越，继续说道：“这是其一，其二，唐甘南的高堂尚在，唐甘楚和唐甘南都是孝子，将来有机会公子给他母亲申请一个朝廷的表彰，一来可报唐棣与公子相交之情，二来唐家必定对公子感恩戴德。其三，公子既然有意观兵燕云，就不可不早做打算，不如与唐甘南商量一下，派人去契丹各城开商店，或者就与本地人合伙亦可，我们可以趁此机会把细作[1]分散到契丹诸地，到时候契丹内情，再也瞒不过我大宋。”

石越听到这里，才赞赏地点了点头，说道：“这的确是个好主意。现在他们过去，

[1]　指暗探、间谍。

只要开妓院、酒楼、茶馆就可以了。收集的消息，也不过是一些商品的价格，哪个官员得宠之类，必然不会太引人注目。等到十余年后，这些人都变成了当地的土著，届时就有大用。这是长远的好计。”

潘照临笑了笑，并不多做解释。只要给他个机会和唐甘南商量这件事，有机会涉及人事安排，他就不怕不能把更多的唐家人变成自己的细作。却听石越又说道：“其实唐家并不难制，做太多事情反而会让人寒心。你行事要谨慎一点。”

潘照临心中一凛，不由望了石越一眼，却见石越脸上并无半分异色，当下便点了点头，答道：“公子放心，我自会小心。”

石越微微点头，端起桌上的茶喝了一口，看似漫不经意地说道：“潜光兄，我想借唐家的财力，在京师再办一份报纸，你以为如何？”

潘照临一怔，果然石越表面上说得大方，可是心里却是介意到了骨子里。他也不说破，只是老老实实答道：“公子，万万不可。”

石越疑惑地望了潘照临一眼，问道：“为何？”

潘照临站了起来，踱了几步，缓缓道：“此事有四不可。其一，公子让唐家办报纸，是把自己卷入风浪之中，让御史们多一个地方盯着你，让皇上怀疑公子；其二，这样做，是示人以小气，而且白水潭学院到时候就会有分裂之虞，学生们不得不在桑长卿与公子之间选边，说到底这是内斗，会大大损害公子的声望；其三，桑长卿这件事做得大公无私，公子若是让人觉得你很计较此事，并且和桑长卿因此而不合，士林一定会鄙薄公子。因此公子反而要显得光明磊落，如果有机会，要公开赞扬桑长卿与《汴京新闻》的风骨。我建议公子去白水潭学院发表一场演讲，公开支持《汴京新闻》的行为，避免白水潭的分裂；其四，这样子是把桑家逼到对立面，桑家即便变成盟友，也好过变成敌人，若公开显示公子的不信任态度，是非常不智的。”

石越摇了摇头，不再说话。他其实只是心里有点儿不舒服，说到很怨恨桑充国，那是谈不上的。这件事从理智上来说，桑充国也不见得错了，只是没有先和自己商量一下，让他心里总是觉得有根刺。他知道潘照临误会他的意思了，他提出办一份报纸，只是想有一个自己可以控制的舆论平台罢了。但这也没有必要解释，有时候作为一个首领，是没有必要让属下知道自己的真实想法的。潘照临让他处处防着桑唐两家，在他看来，虽然未必不对，但是让自己控制的各种力量保持一个平衡，才是他首先应当考虑的。他不可能事必躬亲，一个不信任自己属下的人，是不能成大事的，而且有些见不得光的事情，他也不宜亲自过问，但是如果因此让自己的某一个属下势力过大，他也不愿意看见。

想到这些，石越似有意似无意地看了潘照临一眼，说道：“方略差不多定好了。唐家的事情，拜托潜光兄去安排。另外，把沈归田调到兵器研究院去，军器监从这件事看来，人员相当复杂，沈归田到兵器研究院去会比较有用。另外，我会抽空去白水潭学院做一次讲演。”

潘照临微微一笑，点头答应。

石越站起身来，喊道：“侍剑，备马。”

沈括的情绪相当低落。石越走进沈府的客厅时，发现一张桌子上还放着一份《汴京新闻》，报纸的一角有被狠狠捏过的痕迹，皱巴巴的。

“多谢你来看我，子明。”沈括看到石越后，勉强笑了笑，情绪依然低沉。

石越挤出一丝笑容，说道：“存中兄，不必如此沮丧。”

沈括嘴角抽搐了一下，目光却不由自主地落到了那张报纸上。他重重地叹了口气，说道：“子明，多谢你看重我。这次我行事不慎，也是咎由自取，无话可说。方才孙和父来过了，他想请外郡，如果皇上不肯恩准，就此致仕也罢了。我也想去延州军前效力，离开这是非之地。”

石越向沈括深深一揖，敛容道：“存中兄，是我连累了你。”

沈括摇了摇头，苦笑道：“不要这么说，子明，你前途无量，多多保重。我不能帮你做一番事业，反而牵累于你，心里已是过意不去。”

石越叹了口气：“存中兄，以兄之才，去外郡终是屈就。是非黑白，自有水落石出的一天，何不暂时牺身白水潭，等待这一天的到来？”

“本来我也是这么想的，但是这报道一出来，我无颜面对我的学生。”

“你又没做错什么！”

“人言可畏，子明，人言可畏呀！”

石越沉默半晌，才说道：“存中兄，西北不是能展现兄台才华的地方，我希望你能留在京师，助我一臂之力。”

沈括似乎有点儿意外：“我还能帮你什么吗？子明。”

石越用力地点了点头：“不仅是帮我，也是你帮你自己。兵器研究院的诸多项目都需要存中兄来主持，另外，皇上既有旨意让你回白水潭，你就依然是格物院的院长。只要在兵器研究院能取得成绩，那么皇上必然会重新重用你的。你只要留在京师，一切的阴谋与流言，慢慢也会烟消云散。毕竟所有事情都查无实据。”

沈括本是名利中人，石越所说的确有理，他也不由不动心。但是转念想想要去白水潭面对学生的怀疑，还有和桑充国见面时的尴尬，以及难免被百姓痛骂，留任的想法就立即烟消云散了。他迟疑地说道：“子明，只怕我不能帮你。”

石越知道他在顾忌什么，毕竟有些时候，面子问题比什么都重要。他诚挚地说道：“存中兄，我知道你顾忌什么。这样，我在白水潭给你建一间专门的研究所，你可以挑自己最得意的学生帮助你。你依然是格物院的院长，什么时候你愿意上课，就去上课，短时间内，你可以专心做你的学问与研究，再给兵器研究院一些指导就可以了。兵器研究院的诸位与你共事这么久，他们是深知这件事的内幕的。”

沈括开始有点儿动摇，石越继续说道：“到时候若有所成绩，亦是为国立一大功，皇命必有嘉奖，今日之事，自然一笔勾销。这也是帮了我一个大忙。”

沈括望着石越诚恳的眼睛，不由有几分感动，道：“子明，承你如此看重，士为知己者死，愚兄岂敢再推辞。只是不瞒你说，你所说的研究院的钢铁高炉、平炉炼法试验过数十次了，从焦炭到鼓风机的改进，都一步步积累着，虽然什么时候成功还很难说，但是成功已是必然之事。震天雷的改进、火药颗粒化的试验，还有你说的硝化甘油、火枪这些设想，没有我，那些学生们一样有能力试验，他们需要的是时间，不断的试验，总结经验，定会成功，我能帮的忙实在有限。”

石越见他已经答应，心放了下来，笑道：“存中兄不必过谦，能有今日之成绩，你功不可没。这是别人抹杀不了的。兵器研究院的事情，你只需做做指导就可以了，我想请你做另几个课题的试验。”

沈括疑惑地望了石越一眼。

石越微微一笑，走到屋角的一个沙漏边，只见细沙从微小口子中慢慢漏下，外面则是表示时辰的刻度。他凝视良久，回头望着一脸不解的沈括，笑着从袖子里掏了一个东西来。

这是一个穿了一根绳子的圆球。石越把绳子的一端拴在一个架子上，轻轻拨动圆球，圆球开始做左右摆动。沈括迷惑地看着左右摆动的圆球，脑子里一个念头一闪而过，他似乎发现了什么，却又把握不住，不明白是什么。圆球渐渐停止摆动，静止地垂了下来。石越走了过去，再次轻轻拨了一下，圆球又开始左右摆动……

“存中兄，注意看这个圆球左右摆动的时间与幅度。”石越轻声提醒道。

沈括集中精力观察着圆球的左右摆动，发现左右摆动的幅度和时间几乎是一样的。

“左右摆动的时间与幅度，几乎相等。”沈括喃喃道。

“不错，是相等的，但不是每一次都一样。”石越肯定了沈括的判断。

石越又从袖子里抽出一张雪白的纸来，打开放到沈括面前。纸上画了一个擒纵器，这个沈括并不陌生，当时钦天监已经掌握了这种东西，并且用来制造天文钟。擒纵器上是两块掣片连着一根主轴，主轴做九十度弯转，就是一根绳子吊着的摆捶了，绳子上方是摆线夹板。这实际上是一张老式摆钟的原理图，石越在21世纪的家里就曾有一架摆钟，他对这个东西很感兴趣，因此记得相当清楚。在图的上方，是一个刻度图，以及摆钟的外形图。

沈括捧着图看了半天，不敢置信地问道：“子明，这是什么？”

“这是我设计的摆钟原理图。”石越淡淡地说道。

“摆钟原理图？你是说利用这个摆动的原理，来制造计时的仪器吗？”沈括那天才般的悟性正是石越如此看重他的原因。

“我以为相当可行，但是需要你制作仪器的经验。”石越微笑着点了点头道，“你看这儿，单摆在短弧线上摆动比长弧线上更快，用这个摆线夹板可以解决这个问题。当摆线摆动，被这个东西挡住，它就不再走弧线，而走摆线了……”

沈括看着这张图纸，听着石越解说，眼睛都直了。

“我能造出来这东西！”沈括捏着拳头说道。被军器监一案打击的锐气，突然又回到了身上。

石越抓住沈括的肩膀，说道：“我不仅仅需要你造出来，以存中你制造天文仪器的经验，有足够的支持，制成这个摆钟自然不成问题。但是我要你从白水潭学院格物院三年级的学生中，挑出优秀者来，共同制作这个摆钟。要把时钟做得精密，就要做大量的观察与测量。你带着这些学生，让他们也学会实验与观察，学会记录与制作，我希望白水潭格物院的学生是真正的英才！”

“子明，你放心，我必不负你所托。”

8

在石越在沈府做钟摆试验的同时，集英殿里，文彦博和王安石几乎是针锋相对。

文彦博恨声说道：“陛下，桑充国实在是小人。之前因他而有学生聚众叩阙，无视皇法，现在竟然敢以下议上，根本不把朝廷放在眼里！臣以为应当封了这种无上下尊卑之分的报馆。”孙固和他私交甚洽，而且政见相合，是志同道合的同志，这次文彦博把桑充国恨到了骨子里。

王安石却不紧不慢地说道：“陛下，桑充国不过公正地报道事情，虽然在私谊上，有不义之嫌，但是在公义上，却也没什么不对。《皇宋出版敕令》既在，朝廷行事，还当依法而行。”

文彦博高声争道：“介甫，难道凡事都要依法吗？圣人有为尊者讳、为贤者讳、为亲者讳之说，难道圣人的教诲比不上那个所谓的法吗？”

王安石冷笑道：“圣人之义，还有大义灭亲呢。陛下，臣与桑充国并不认识，亦无交情，不过臣知道朝廷法度不轻立，既然立下，就要遵守。桑充国这次被文宽夫[1]指责，难道真是因为桑充国议论了尊者吗？之前《汴京新闻》议论的朝廷官员多的是，怎么没见伊叟有半句指摘呢？”

刚刚来到京师的张商英站在一旁，见王安石说话如此不留情面，心里也暗自感叹。他是因为新党骨干章惇经抚地方，所过之处，不可一世，于是被几个地方官员推了出来。结果他一席话折服章惇，竟被章惇推荐给了皇帝，刚来面圣，就碰上这样火爆的场面。

文彦博说不过王安石，便跪了下来，顿首说道：“陛下，臣的确没什么才学见识，一把老骨头，不合时宜，就请陛下放臣外郡。”

赵顼皱眉道：“文公，现在西北用兵，枢府岂可无人。桑充国之事是小事，不可逞意气。你是国家重臣，岂可轻易弃朕而去？”

文彦博朗声说道：“老臣留在朝中，也没什么用处，而且不合时宜。朝廷说变法、变法，可以不顾祖宗家法；朝廷说立法、立法，却连圣人的教诲都可以不听。上下失常，阴阳失度，这是礼崩乐坏之际。老臣不忍见此，陛下念着老臣忠心为国，就请放臣外郡吧。”

赵顼见他这个样子，也只好温言安慰道：“文公，枢府非卿不可，卿当勉为其难。朝廷委卿之任，不可谓不重。卿欲请外，朕是不准的。这样，今日就议到这里，卿等都先告退吧，丞相和张商英留下。”

待一众大臣都退下后，赵顼打量了张商英一眼，这个二十七八岁的年轻人长得甚是俊逸，星目如点，炯炯有神。赵顼不由生出几分好感，说道：“张卿，章惇很是称赞卿的学问。”

“不敢，那是章察访[2]谬赞。”张商英谦虚道。

“章子厚岂是喜欢说别人好话的人？”赵顼笑道，“张卿对于朝廷行新法是什么看法？”

“新法本是良法，如果得其人，缓缓行之，则有利于国，如果非其人，急功近利，则有害于国。”张商英看都不看王安石，直率地说道。

“哦。”赵顼不置可否，继续问道：“那么对于《汴京新闻》，卿又有什么看法？”

张商英略想了想，答道：“陛下，微臣以为《汴京新闻》于国是有益的。”

“何以见得？”

“臣听说《汴京新闻》的主事者是桑充国、程颢、欧阳发这三个人。桑充国先是得罪了邓绾，这次连石越、沈括、孙固都一起得罪，由此可见此人是个极有风骨的人；

[1] 文彦博，字宽夫，号伊叟。

[2] 章惇时任荆湖南、北路察访使，故有此称谓。

程颢、欧阳发，久负盛名，世人都称为君子。这样的人主事，《汴京新闻》就不至于对国家有害。何况报纸一物，一则可以启发民智，教化百姓；二则可以让贪官污吏惧怕，不能欺上瞒下；三则似臣这等外地来京之人，只要买几期报纸一读，就知道京师最近情况如何，甚是方便。由此可知，朝廷大臣若每天读读报纸，必不至于与下情相隔。因此臣以为《汴京新闻》于国有益。”

赵顼点了点头，对王安石笑道：“丞相，这个张商英见识不错。不过说到桑充国，不过是今之郦生，其为人，朕不取他。”

王安石见皇帝竟然用到“郦生卖友”的典故，不禁吃了一惊。不过他和桑充国说起来还有过节，王安石毕竟不是圣人，自是没有意愿刻意为桑充国说好话。

赵顼又继续说道：“不过郦生卖友，却也有利于刘氏江山，因此不能以此加罪。若从公义来讲，朕还得说他是对的。最值得欣慰的是石越没有结党，所有谣言不攻自破，正是日久见人心啊。”

王安石也只好说道：“石越行事，是很谨慎的，乱法的事情，大概他也不敢乱来。”

张商英在旁边却不敢插口，只好老老实实听着。

赵顼看了他一眼，笑道：“张卿有才识、敢说话，就去御史台做监察御史里行吧。”监察御史里行，虽然官职不高，却很受人尊敬，听到这个任命，张商英也是意外之喜，连忙叩头谢恩。

9

桑充国并不知道皇帝在接见张商英的时候说他“卖友”，但是他此时也在受到相同的指责。他的表哥唐棣在白水潭学院找到他后，一把将他拉到房子里，门一栓上，就大骂他没有义气。

“长卿，你忘记了我们当年的抱负了吗？我们不是说好要帮助子明，一起实现他描绘的理想世界的吗？你这是为了什么？为了出名吗？你坐牢那会儿，我们远在外地，子明在皇上面前是怎么保你的，你不知道吗？你怎么能落井下石？”

唐棣的指摘句句诛心，桑充国心里一阵揪心的疼痛。他直视唐棣，倔强地咬着嘴唇，朗声说道：“我什么也没有忘记！我这样做，正是为了实现子明描绘的理想世界！”

“是吗？为了实现我们的理想，你在子明最困难的时候，用焦点版报道一篇毫无实据的丑闻来损害他的名声？”唐棣冷笑道。

“报纸的理念，就应当是公正与中立。这也是子明所主张的。”

“什么公正与中立？没有证据地说人家坏话，就是公正与中立？”

桑充国第一次发现，自己和唐棣的思想已经相差得太远，这些在白水潭很好理解的思想，到了唐棣身上，就变得无法解释。他尽量平静地说道：“毅夫，你读过《三代之治》和最近的《白水潭学刊》吗？公正与中立的报纸，是子明经常提到的。我们这样做，是为了尊重我们的理想。”

“是吗？”唐棣冷笑道，“长卿，就你读过书。白水潭学院的山长，名动天下的桑公子，你的名气的确可以和子明当年相提并论了。我不懂你那些伟论，《三代之治》我读过，没有读出你的那句话来。我只知道，子明能够带领我们实现一个伟大的理想，我们要做的，就是帮助他。”

“就是帮助他？做石子明的奴才吗？”桑充国微微动气，冷笑道，“毅夫，你明不明白，我们要实现的，是子明所提到的理想，我们要尊重的，是那个理想以及相关的理念，而不是石子明本人。”

“这有什么区别吗？”唐棣冷冷道。过了一会儿，他似乎恍然大悟，指着桑充国尖锐地冷笑道：“我明白了，我明白了。我以为实现那个理想，就必须跟着子明，帮助子明；而你以为，别人也可以带我们实现那个理想。原来你想做那个人，是不是？”

“你竟然这样想我？毅夫，你以为我是那样的人吗？”桑充国气得浑身发抖。

“我本来以为你不是那样的人，但是我发现，人是会变的！”唐棣冷笑数声，打开门扬长而去。

几缕阳光照进屋中，桑充国咬紧嘴唇，几道血丝顺着嘴角流下。

“哥哥。”桑梓儿敲开桑充国书房的门。桑充国已经好久没有时间回家了，脸色非常苍白。

“梓儿，有事吗？”

“毅夫表哥回京了，刚刚来家里，见了爹爹和石大哥。”桑梓儿端了一碗参汤，轻轻放到桑充国面前，欲言又止。

桑充国立时明白她想要说什么了，他怜爱地看了妹妹一眼，说道：“妹子，你也在怪我，是吗？”

桑梓儿垂下头，低声说道：“我也不知道你们谁对谁错，我只想大家可以平平安安地在一起，开开心心就好。”

桑充国轻轻摸了摸梓儿的秀发，叹惜道：“妹子，哥哥知道你肯定很为难，不过哥哥也有哥哥的苦衷。”

“我知道。方才爹爹和毅夫表哥都很生气，爹说要停止帮你办义学[1]，不让印书

[1] 也称“义塾”。中国旧时靠官款、地方公款或地租设立的蒙学。对象多为贫寒子弟，免费上学。

坊印你的报纸，是石大哥劝阻的。石大哥说哥哥没有做错什么，石大哥还说哥哥很有风骨，他说他会亲自去白水潭演讲，让学生们都明白你的苦衷。”桑梓儿抿着嘴，带着几分骄傲地说道。

“是吗？子明他真的不介意吗？”桑充国愕然道。他一直不敢去面对石越。

桑梓儿抬头望了桑充国一眼，桑充国连忙把头偏开，他不想让妹妹看到自己眼中的泪水。

只听桑梓儿轻声说道：“石大哥也未必不介意，我能感觉他心里有几分勉强，不过他也是知道哥哥做的是对的，所以虽然不高兴，但是还是帮着哥哥说话。哥哥，你不要怪石大哥好吗？到他那份上，要是完全不在乎，也挺难的。”

桑充国听到梓儿这话里竟是对石越的情根深种，心里不由一惊。“妹子，我不会怪他的，他不怪我就很好了，我怎么会怪他呢？”桑充国温言答道。

“妹子，你是不是喜欢子明？”迟疑了好一会儿，桑充国终于问了出来。

桑梓儿根本没有想到桑充国会问这个问题，呆了一下，脸立即红到脖子根了。她站了起来，低着头说道：“哥哥，我出去陪娘一会儿，你等一下也过来给娘请安呀。”说完也不等桑充国回答，就逃也似地跑了出去。

10

熙宁五年七月份的军器监事件并没有查出满意的结果。火药配方离奇失踪，开封府束手无策，虽然暗流在地下悄悄涌动，各个政治势力重新开始审视面前的棋局，但若从表面上看来，则似乎这个虎头蛇尾的事件完全是为了等待吕惠卿在闰七月到来的时候可以顺利入主军器监。

但是就在吕惠卿抵京之前数天，发生了一件可以在历史上大书一笔的事情，但在当时却没有几个人知道。

白水潭学院一个叫赵岩的学生，也是兵器研究院的研究员，先以百分之七十五的硝用水溶解，然后装百分之十的硫黄放入其中搅拌，最后再用百分之十五的炭投入，吸干后把炭取来碾压成粉，然后晒干，再用牛皮胶溶液与酒精混合，喷洒在药粉上，滚成颗粒，成功试制出最佳配方的黑火药粒子，使火药的生产、保存、运输过程的危险性大大降低。

报告递交上去的当天，新配方就被石越锁进了档案柜最深的那一层里面。赵岩受到表彰，但是这件事却被下达了禁口令。

“赵岩，你这个成绩是天才般的成绩，我为我们白水潭学院有你这样的学生而骄傲……但是，这个成绩将作为机密被保存起来，你可以继续进行这方面的研究与试验，沈归田会给你提供协助。但是，你不要向任何人泄露你的研究内容与成绩。”石越一脸严肃地叮嘱。

“石山长，您放心。”赵岩处于极度兴奋之中，丝毫没有问为什么。

“今后你的研究进程可以向沈归田报告，他会直接向我反映的。不管兵研院换了谁来主事，这个章程不能乱。这件事你能理解吗？”

“我明白，山长。”沈括的去职让兵研院的人心里都非常不平，可以说凡是进了兵研院的学生，都对石越非常崇拜，对沈括相当尊敬。他们虽然不愿意参与政治，可是《汴京新闻》还是会读的。

赵岩不知道，同样的要求，通过不同的人的口，传给了兵研院白水潭系的所有研究组的核心人物。不过他出色的成绩，让他有了与众不同的待遇——石越亲口向他提出了这个要求。

二人伫立在兵器研究院外面的山坡上，这是一个明媚清新的早晨，细小的云片在浅蓝明净的天空中泛起了小小的白浪，晶莹的露珠一滴一滴地撒在草茎和树叶上，远远望见白水潭的水面，静静地在太阳下闪耀着，这是一个如此美丽的世界。石越望着沉浸在这一片美景中的赵岩，这个年轻的学生根本没有意识到，他带给这个世界的，将是什么样的改变！但石越其实同样也不知道，自己带给这个世界的改变，究竟有多大！

他不知道，一个璀璨的星系，已经在空中渐渐升起！

第九章

吕氏复出

事情总有其两面性。

——石越

1

熙宁五年闰七月。

数十个人押着浩浩荡荡十数辆马车，行走在通往汴京南薰门的官道上，让人觉得不同寻常的是，这么多人行进，除了车马之声外，却听不到半丝喧嚣之声。一个身着白色长袍、头戴乌纱幞头、四十岁左右的中年男子骑着一匹大白马走在车队的最前面。他消瘦白皙的脸庞上，一双细细的眼睛炯炯有神，留着三绺美须的嘴角略带微笑，顾盼之间，神采流转，实是个俊逸的美男子。同样骑着一匹白马紧跟着这人的，是一个二十多岁的年轻人。路人们从这一行人的规模与气势来看，就知道肯定是官宦人家举家进京。

中年人打量着南薰门外官道两边，只见屋宇鳞次栉比，有茶坊、酒肆、脚店、肉铺、书店……商店门楼悬挂市招旗帜，招揽生意，各色行人，摩肩接踵，川流不息，和汴京内城的繁华比起来，亦是毫不逊色。他脸上不觉露出惊讶的神色，勒马叹道：“履善，我等不过离开京师三年，这里的变化竟然翻天覆地，真让人吃惊。”

他叫的那个人，正是熙宁三年与唐棣、柴氏兄弟等人同榜进士，外放晋江判官的陈元凤，这次推行新法有功，治所内赋税与户口都有增加，回京述职，眼见就有提升。而和他说话的中年人，就是居丧三年期满的吕惠卿，外号“护法善神”，深受王安石器重，被皇帝称为“今之贤人”。吕惠卿是晋江人，居丧期间和陈元凤相交甚欢，这次正好顺路，就相伴返京。二人离开京师，都差不多有三年了。

陈元凤勒住马头，也感叹道：“恩师说得不错，京师的确是日新月异。”因为吕惠卿是他中进士那一年的考官，私下里他便称吕惠卿为恩师。

二人却不知道，这南城的南薰门外到西城的万胜门外之所以短短两年多就变得堪与汴京内城一般繁华，完全是因为在这一段的中心，有一个规模空前庞大的白水潭学院，以及一个白水潭兵器研究院和负责警戒的一千名禁军，而且《汴京新闻》报馆、桑氏印书馆的白水潭分店亦在此间。仅以白水潭学院为例，在校学生已近万人，大部分学生都有书童，以平均每个学生一个书童来计算，就有近两万人口，再加上数百名教师以及家眷，还有许多赴京赶考或来京游历的学子为了贪图方便、节省用度，也尽量住在白水潭附近，白水潭的人口单这一项，就已经有三万之多。如果再加上其他种种，人口已在十万有奇。虽然白水潭村依然固执地保持着自己的农业化，但是在中心区的一片田园之外，却不可避免地兴建起大量的服务性店铺。白水潭学院区的房价慢慢上涨，这些店铺就在经济规律的趋势下自觉地向外扩张，竟然一直延伸到了南薰门和万胜门附近。现在朝廷已经在讨论开封的城墙是不是要向外扩建，将这一片繁华区纳入保护之下。相信如果不是因为朝廷在西北用兵导致财政紧张，只怕早就开始建新城墙了。

从南薰门和万胜门开始，有几条水泥马路在城外联结戴楼门和新郑门，一直通往白水潭学院。沿路两边，在还显得瘦小的树木之后，各种店铺如雨后春笋般竖立两旁。这些房子与汴京城的不同之处是，大部分都是红砖水泥结构。白水潭学院在九月份即将迎来第三届学生，估计可能高达一万人。而桑充国在开封城的百所义学计划中，在白水潭区就兴建了十所总计三千人规模的义学，分散在从南薰门到万胜门的九十度角区域。一片市铺的叫卖声中，传出儿童清脆的读书声，也是所谓“白水潭坊”独特的景致。

虽然不知道这些前因后果，但是以吕惠卿的聪明，很快就猜到了这一切与那个叫石越的年轻人密切相关。他向陈元凤笑道：“石子明名不虚传。履善，现在天色还早，我们不如在前面的酒楼歇会儿。”

陈元凤迟疑了一下，提醒道：“恩师，你这次返京，肯定有同僚在城门前迎接的。”

吕惠卿挥了挥手，笑道：“他们不知道我的行程，相公不喜欢这些虚文，我们也不必搞那些繁文缛节。等进了城安顿好，明日就可以面圣了。”

二人说话间，就到了一家叫“蔡水居”的酒楼前，几个店小二看到主顾上门，立即迎了出来，殷勤地招呼着，当下便把家眷们请到了楼上的雅座，家人们却在楼下用餐。

吕惠卿执鞭上楼，和陈元凤凭窗而坐，一边谈论些佛老要义、各地风物，一边看官道上人来人往，也别有一种味道。二人正把酒交谈，忽听到雅座之外有抑扬顿挫之声。二人不由侧耳相听，却不是说书人，而似乎是有人在读着什么文章。吕惠卿好奇心起，便吩咐家人撤去屏风。只见一个五十多岁的老酸儒手里拿着一张印满了字的纸，坐在一个小桌子旁，摇头晃脑地读着：“……故曰，治者国当以民为本，民为重……”而一干客人或自顾自吃着饭，轻声谈笑，视若无睹，或倾耳相听，细细思考，还有人则交头接耳，轻声评论着什么。有鲁莽的便高声问道：“报博士，你刚才说的那句话是什么意思，给洒家解说解说……”那读书的应了一声，便开始细细解说。

吕惠卿和陈元凤面面相觑，不知道这又是什么新行当，想不到离开京师不到三年，今日回来，竟然有诸般事物都不知道了。陈元凤忙叫过酒博士，问道：“何谓报博士？”

酒博士忙打了个躬，笑道：“回官人话，那个读报的，便是报博士了。”

“你这不是废话吗？”陈元凤皱眉道。

酒博士本意是想要些好处，不过他也知道这两个官人来头大，倒也不敢轻慢了，见陈元凤生气，连忙答道：“官人想是离京久了。报博士就是专门给客人读报纸的人，各家酒楼都有，一般都是酒楼出钱请的，客人都喜欢这个，哪家酒楼没有这个，生意就不好。他们就在酒楼里、茶馆里给客人读当天的报纸，客人不明白的，他就要详加解说，客人走的时候，也会赏几个钱给他。这些人收入比说书的还高呢。”说到这里，酒博士已是满脸的羡慕，显然这些读报人的收入比他要高。

“报纸？”吕惠卿在旁边听明白了，笑道，“是桑充国的《汴京新闻》吧？你们这样做，不是没有人买他的报纸了吗？”

酒博士笑道：“哪里会，读书人、官老爷，只要有钱的，都是自己买。听说每天能卖五六万张，上次军器监案，印了十万张，桑家印书坊有时都印不过来，还要请别的印书坊帮忙，晚上那一块灯火通明地加班加点。我们这酒楼里，不过是些不认字的，或者没空读书的，听着玩玩。现在连相国寺说书的张十三，都是上午读报，下午说书。”他说的张十三，吕惠卿倒也知道，说一部隋唐出名，在东京颇有点儿名气。

吕惠卿点了点头，朝书童使了个眼色，那书童便拿出一把铜钱塞给酒博士。吕惠卿笑道：“麻烦你去帮我买几张近几日的报纸，多出来的算是赏你的。”

赵顼对于吕惠卿返京非常高兴。接见的当日就授天章阁侍讲、同判司农寺，兼知军器监事。且留他赐宴，询问他对朝廷政事的看法，谈了地方民情，一直到天色作晚，才放他出宫。如此恩宠，当世罕有。

第二日，吕惠卿又拜会了王安石等诸宰执，然后就正式走马上任了。与此同时，赵顼认为石越应当主要在中书省学习公务，便解了他权知兵器研究院事的差使，改由吕惠卿推荐的陈元凤权知兵器研究院。这样，不过两天的时间，吕惠卿在形式上便把军器监牢牢地掌握在自己手中。

因为兵器研究院无疑是军器监的重点部门，而那里又是石越白水潭系的老巢，最初几日，吕惠卿只要有空就会亲自去兵器研究院视察，帮助陈元凤了解各个部门研究的课题以及意义，一方面试图尽快淡化石越的影响，一方面也希望能够做出一点成绩来。

认真看过石越和沈括定下的兵器研究院管理规则与奖惩条例之后，吕惠卿望着陈元凤，温声问道：“履善对此有何看法？”

陈元凤一怔，随即答道：“学生以为不过如此。”

“嗯？”吕惠卿脸色一沉，“履善，听说你和石越也是旧识？”

陈元凤点点头，道：“虽是如此，不过学生与石越却谈不上什么交情。”

“嗯，你和石越之间有什么恩怨我不管，但是做大事的人，要明白事理，懂得敌我的优劣，这样才会有成功的希望。”吕惠卿不紧不慢地道，“我看石越此人，计虑深远，处事谨慎，你若想有一天能压倒他，就要承认他的优点，做出成绩来，让皇上承认你的能力。当今皇上，勇于有为，没有政绩，是不能打动圣心的。”

陈元凤低着头道：“恩师教诲的是，学生记住了。”

吕惠卿点点头，继续说道："石越在兵器研究院制定的种种条例，都是相当精细，可以说面面俱到，他有沈括等人帮忙，自己在虞部和胄案积累了大量经验，加上才华出众，所以才能制定出这些细则来。我们奉圣命来接掌此处，凡是好的，都要因袭，所以石氏成规就不要轻易改动，否则闹出笑话，反会被人看轻，让御史知道，必有话说。"

陈元凤佩服地点了点头。又听吕惠卿继续说道："兵器研究院的人，都是白水潭出身，对石越必有好感，若要得到他们的支持，你平时不可以对白水潭学院表现轻慢之意，对桑充国与石越，也要有一份尊敬的样子，这样才不至于激起反感，石越留下的计划，就要全力支持，这样是告诉大家你的胸襟宽广，来这里也不是和石越为敌。这样才能使兵器研究院为我所用。这个道理你明白？"

"学生明白。"

"你能明白就好。"吕惠卿笑了笑，又说道，"不过这样消极的因势利导，也只是一个方面，你平时要多观察，尽量提拔一些不是白水潭出身的人来主持新的研究。军器监能工巧匠甚多，市井中多有奇人，你能加以提拔，他们必定感激你的知遇之恩，竭心尽力为你做事。你再用这些人在兵器研究院树立威信，这才是上策。"

陈元凤听得频频点头，对吕惠卿佩服得五体投地。

吕惠卿轻轻拍了拍他肩膀，温声道："履善，记住，小不忍则乱大谋，军器监和兵器研究院是最容易建立功劳的地方，你不会因此而得罪人，却可以立下极大的功劳。震天雷就是一个极好的例子。若不是沈括等人行事不谨，让人有机可乘，现在我们哪里有这个机会？你好自为之。桑充国和石越也有矛盾，桑充国在野，不足为惧，所以白水潭出身的研究员，你也可以多加交往，凡是倾向桑充国的，不妨加以引导，许以重用，把他们争取过来。"

"学生明白，恩师放心，我一定在这里做出点成绩来。"陈元凤认真道。

"好，好，年轻人就要有这个气度。"吕惠卿哈哈笑道，"听说四大学院在白水潭讲演，我准备顺路去听听，你要不要一起去？"

陈元凤迟疑了一下，说道："学生就不去了，我再多了解一下兵器研究院吧。"他心里却是不愿意去看桑充国名满天下春风得意的样子。

吕惠卿也不勉强，从小厮手里接过马鞭，纵身上马，直奔白水潭学院而去。

2

白水潭学院这几天出奇的安静又出奇的混乱，军器监案在这里并没有引起太大的风波，因为升学考试相当困难，大部分学生都要全身心投入进去，这些在自己家乡看起来不可一世的年轻人都不想自己成为不名誉的留级生。而另一方面，为了赶上九月的开学，各地学子从七月开始就陆续来白水潭报到，他们中大部分是读一年级，也有少部分是申请参加一年级的升学考试，希望可以直接读二年级。这些人的到来，让白水潭在安静中多出了几分混乱。另外，从关西横渠书院和嵩阳书院各来了十五名学生，将在讲演堂做一次为期十五天的讲演活动，白水潭和太学也将各派十五名学子，参加这次学术交流。这就是吕惠卿口中所谓的“四大学院在白水潭讲演”了。

隐隐已经是执天下学术牛耳的白水潭学院自然不愿意在这次交流中丢脸，所有参与的人员都由桑充国、程颢，以及新任格物院代院长贾宪三人亲自选定。虽然许多出色的学生已经进了兵器研究院和《汴京新闻》报社，加上“白水潭十三子”等人南奔杭州，但是以明理院常州人佘中为代表的白水潭二年级生中，依然人才辈出。但让桑充国困扰的是，格物院这次却只派了三人来参加讲演，本来他希望格物院多派人出来，趁机影响横渠书院和嵩阳书院，让这两个书院也能开格物课。然而石越亲自介入格物院二年级的升学考试，提前公布格物院毕业设计的题目，这让所有格物院的学生一方面受宠若惊，一方面却不免担心自己毕不了业，对于分心去参加讲演活动，大多数人都望而却步。

算术系的日子相对最好过，毕竟所有毕业论文课题都是自选，而且讨论的不过是如何系统化地解决三次元方程以及一些关于三角形计算之类的题目；而博物系的学生就比较痛苦了，他们被告知在第三年他们将分成四个小组，分别向四个方向出发，沿途绘制地图，考察地形与物产，提交论文。有一个小组的题目竟然是沿河而西，考察黄河，其中重要的一问竟然是“黄河是否可以变清”；而最难的是格物系的毕业论文题目——“试论温度测量的可行性”“对热与力关系的理解”“质量守恒假设是否成立”“试论两个铁球为何同时落地”“磁铁性质”“空气是否燃烧之要素”……虽然学生也可以自己申报论文的题目，但想想石山长与那些教授的神态，就知道想随便申请一个题目过关是不可能的。相比之下，博物系可以得到大笔津贴出去“游山玩水”，真让人羡慕不已。据说这个事实直接导致当年报博物系的人数激增。

吕惠卿和王安石、王雱等人不同，石越对他来说，无疑是一个可怕的政敌，一个竞争对手，却并非仇敌。王安石因为叩阙事件之后身份尴尬，又有宰相之职，所以他不可能亲自来白水潭学院，而王雱却是纯粹的意气用事，他似乎根本就不能接受“白水潭学院非常成功”这样的事实，于是在书房里将手一挥、眉毛一扬，不屑一顾。但号称“护法善神”的吕惠卿，自从回京的那一刻起，就对白水潭学院充满了兴趣，他很有兴趣了解石越为何能迅速崛起。

寄好马匹，悄悄走到讲演堂，发现有三千座位的讲演堂被挤了个水泄不通。吕惠卿饶有兴趣地打量着这座内部就有两丈多高的建筑。三千个座位呈一道弧线排列，在弧线上每三百个座位形成一块，按梯状由低而高从里向外排列，共有十块，而纵向则由八条过道分成整齐的九块，它们共同的中心点，则是一座高台，讲演者便在那高台上讲演。高台的背景是一幅一丈多高、四丈多宽的画，画的是孔子给三千弟子讲学的故事，这三千座位，估计就有孔门弟子三千的意思。不过此时的讲演堂内绝不止三千人听讲，所有的过道都站得满满的，传说中精力过剩以至于在酒楼打架的白水潭学生，此时却显得秩序良好，没有人交头接耳，整个讲演堂内，只听得到讲演者的声音。

吕惠卿在后排细听，原来是横渠学院的学生在演讲。他听了一会儿，觉得学问平平，索然无味，便走了出来，信步走到旁边的辩论堂。辩论堂的布置和讲演堂不同，辩论堂的座位是分成三块的，形成三足鼎立之势。他略略能猜到为什么辩论堂会这样布置，无非是让立论者、反对者、中立者，各坐一方。而进门就可以看到的背景，也是一幅大型人物画，以吕惠卿的渊博，一眼就知道那是孟子稷下学宫辩论的故事。两边的墙上刻着一些字，“吾爱吾师，吾更爱真理”“真理越辩越明”诸如此类。他想来讲演堂两边的墙壁上也有刻字吧，不过人太多了，没有看到。

正在遐想之际，忽然听人唤道：“吕公，你怎么会在这里？”

吕惠卿回头望去，却是穿着青袍和白袍的两个年轻人，叫自己的就是穿青袍的叶祖洽，当下笑道：“原来是状元郎。”

叶祖洽取中状元，吕惠卿功不可没，因此叶祖洽对吕惠卿颇为感激，不过他却不敢公然称吕惠卿“恩师”，因为朝廷明令禁止，他又是状元的身份，自然要注意一些。他笑着对白袍青年说道：“长卿，这位就是今上称为‘今之贤人’的天章侍讲吕吉甫吕公。”

桑充国连忙拱手行礼：“在下桑充国，见过吕侍讲，不知侍讲前来，多有失礼。”

吕惠卿也是久闻桑充国之名，一边打量着桑充国，一边笑着答礼：“桑公子名闻天下，在下也是久仰了。”他的态度谦和，让人顿生好感。

桑充国笑道：“吕公微服来此，是敝院之幸，今日四学院讲演，不知侍讲有无兴趣下听？也好给后学们一些指教。”

吕惠卿淡淡一笑，道：“我刚才已经领教了，呵呵……”他却不愿意指摘横渠书院，树无谓之敌。

桑充国和叶祖洽都是聪明人，自然知道他的意思。叶祖洽便婉言解释道：“四学院十五日讲演，共讲十个题目，上午是太学和嵩阳书院，下午是横渠书院与敝院，今日讲的题目是《佛经要义》，横渠书院不擅于此，多半是不入吕公法眼的。”

吕惠卿好奇地问道：“这十个题目又是哪十个？”

叶祖洽笑答道：“孔子要义、孟子要义、荀子要义、墨家要义、法家要义、老子要义、佛经要义、六合本原、王霸之辩、利义之辩，十个题目。中间五日，我们白水潭学院还会派人讲演白水潭各种学说的浅议。吕公若有兴趣，其实是值得一听的。王丞相常说，全经为上，学者贵全经，这次讲演会和王丞相的想法是一脉相承的。”

吕惠卿笑道：“若是如此说，我倒一定要来听一听，看一看四大书院的精英们是怎么样解说诸家要义的。”

桑充国笑道：“欢迎之至，我们前排专门有贵宾座，我吩咐人给侍讲预留。其实来听讲演的公卿大臣也颇有几位，冯当世参政[1]也来听过，连昌王殿下也亲临了。”

“啊？昌王殿下？”吕惠卿倒是吃了一惊。宋朝对宗室结交外臣防范非常之严。昌王赵颢因为很受高太后的宠爱，赵顼又有“友爱”之名，所以才拥有其他宗室没有的特权。但公然到白水潭来听讲，也不怕御史弹劾，也实在是出乎他的意料了。他不知道这件事是大宋百年来的盛事，赵颢费尽心机，才得到皇帝的许可。其实连皇帝都有点儿动心，不过九五之尊，不能随便跑就是了。

叶祖洽点头笑道：“正是，这次讲演会未必不能和石渠阁会议[2]相提并论。”

吕惠卿心中一动，立时明白了白水潭学院的用心——他们是想利用这次盛会，在士大夫中树立一个正面形象，改变宣德门叩阙留下的负面影响，同时可以很好地宣传自己。十五天的时间，有五天是宣传自己的各种观点，还有十天时间和三家学院正面交锋，用心良苦呀！他心里闪过这些念头，只是一瞬之间，口中依然是笑着回答道：“那是自然。如此盛会，我岂能错过？”

桑充国笑道：“吕侍讲客气了，像吕侍讲这样的贵宾，我们求之不得。趁现在休息，吕侍讲何不和我们一起走走，也好向吕侍讲介绍一下敝院的情况。等一会儿就是敝院的学生上台讲演了。”

“如此有劳桑公子，我方才从兵器研究院过来，看到有一处地方正在大兴土木，却不知道那是什么场所？”吕惠卿一边和桑充国二人向外走，一边问道。

“那多半是体育场。”叶祖洽笑道。

“体育场？”吕惠卿不解。

“那是给学生们练习马术、剑术、格斗、射箭，还有蹴鞠、毽子之类的场所……”叶祖洽解释道。

“这马术、剑术不论，蹴鞠、毽子不有点儿玩物丧志吗？”吕惠卿忍不住问道。

“这是石子明的主意，他说服了教授联席会议。”叶祖洽笑道，他也是教授联席会议的成员，想起那天石越异常严肃地旁征博引，就是为了说服大家同意让学生们踢蹴鞠，组织蹴鞠比赛，他就不禁莞尔。石越和程颐为此还辩论了一上午，程颐主张养

[1] 这里说的是冯京。

[2] 石渠阁会议是汉代的一次经学盛会。

“浩然正气”，以静坐为要，和石越的主张截然相反。

“石子明真是让人捉摸不透，这次讲演会也是他的主意吧？”吕惠卿不动声色地探问。

“非也，此乃桑山长和程颢先生之意。”

3

“吉甫，听说这十多天里，你一直在白水潭学院听讲演？”王安石喝了口茶，随口问道。

“正是，我自觉获益良多。”吕惠卿笑道。

“唔？”王安石点了点头，若有所思。

吕惠卿看王安石的表情，笑道：“难道相公也去过？”

“虽然未曾去得，然报纸有专栏介绍。据说昌王也去了，是确有其事吗？”

“是，不过昌王身边禁卫森严，每次都是开场即到，听完即走，从不停留，亦不曾与外臣说话。”吕惠卿笑道，他知道王安石在问什么。

“嗯。桑充国这一招很聪明，连皇上也夸了数次，道是大宋建国百年之盛事。他们又在报纸上宣称是秉承我‘学者贵全经’之精神，给我送了一顶好大的高帽。”王安石淡淡地说道，连吕惠卿也不知道他是高兴还是反对。当下转过话题说道：“在白水潭待了十余日之后，我现在更坚定地支持丞相以前提出来的编撰《三经新义》的想法了。”

“哦？”王安石不置可否。

“相公，变法之要，在于得人。朝中官员老朽，皆不可恃，故此我们应当把目光投向年轻士子。石越已经走在前面，当我们还在讨论《三经新义》之时，《石学七书》已大行于世；当我们还在议论着经义局、三舍法之时，白水潭学院已隐然执天下学术牛耳。然亡羊补牢，为时未晚。只要能尽快置立经义局，推出《三经新义》，培养出一批支持新法的青年，新法就不会有人亡政息的一天。而若能用《三经新义》取士，更会不断地给我们补充了解丞相思想的新官员，对新法的执行，非常有利。就是对丞相本人来说，也几乎是可以和孔子相提并论的伟绩。”吕惠卿把他心中的想法和盘托出。

王安石点了点头，道：“知我者，吉甫也。我个人荣辱不足道，不让新法人亡政息，才是要务。”

吕惠卿见王安石支持他的主张，便顺着思路继续说道：“创办经义局，非但是培养人才，更可争夺士子之心，可以让天下人明白，相公之主张，才是儒家正统，才符合先王之道。我以为可仿效白水潭学院，创办《经义局月刊》，每月刊发我们的见解，以争取士林的认可与支持。此外，更可以太学为依托，让国子监创办《国子监月刊》，解说新法与新学要义，此皆争取士林支持之良策。”

王安石之前从来没有想过这种可能性，当时便听得呆住了，好一会儿才回过神，叹道：“吉甫，真奇才也！我以前竟没有想过，石越可以做的东西，原来我们也可做得。”

“相公谬赞了，您公务繁多，虑不及此也是难免。我从家乡抵京，倒是有点儿旁观者清了。”吕惠卿笑着谦虚了几句。

“既然如此，除了《月刊》之外，我们也可以办一份报纸。难道只有桑充国能办报纸吗？”思路一旦打开，王安石立即就往更深一步想了。

这也正是吕惠卿想要说的，他笑道：“《月刊》是阳春白雪，用来争取士林之道德支持，报纸则是用来影响清议、解释新法之用。各地执行新法得力的情况、取得的成绩，我们都可以通过报纸报道出来，让百姓知道我们的成绩，让他们理解新法，让反对者无话可说。”

“善，甚善！”王安石不禁站起身来，踱至窗前，想了一会儿，说道：“报纸的名字便叫《皇宋新义报》！这件事可着陆佃去办。”

“《皇宋新义报》，好，好名字。”吕惠卿拊掌笑道，“不过此事还有为难之处。”

“有何为难之处？”

“《月刊》还可由朝廷出钱，然报纸由朝廷出钱，只怕会有争论。”

“官办报纸，有何不可？没有人规定报纸只能民办。”王安石不以为然。

吕惠卿担心的却不是这个，“若是官办，自然是翰林学士院主办，断没有国子监主办的道理，若是学士院主办，只怕麻烦更多。”他的言外之意很明显，学士们未必都听话。

王安石笑道：“吉甫，谁说我让国子监主办了？中书门下省主办，学士院也无话可说。”

吕惠卿这下倒真是佩服王安石了，中书省要办报纸，虽然没有先例，但是别人的确也不好去抢。

石越当真没有想到王安石多了个吕惠卿，气象就完全不同了。创办经义局、《经义局月刊》《国子监月刊》，让人根本提不出半分反对的理由。王安石亲自指定的一班人，从此天天开始聚集经义局，编修《三经新义》，希望有一天让这本书成为“全国公务员考试的唯一指定教材”。石越从心里面就反感这种指定唯一教材的做法，明清八股取士，其实八股文的形式并不足以为害千古，真正为害千古的，是所有经文的解释都必须来自于朱熹的理解，这样才会严重束缚读书人的思想。本来程朱理学作为一种哲学思想，历经近二百年的曲折，能够在有宋一朝的各种思想、学说中胜出，自然是有其出类拔萃之处的，朱熹也不愧为儒家的一代宗师。但是当他的哲学思想由明清的科举异化成官方的意识形态之后，一切便走样了，这一点石越很清楚，王安石的《三经新义》取士，正算得上是其始作俑者。只是，石越虽然反对，但是想要正面辩论，以王安石、吕惠卿对经义的了解程度，他却根本不是对手，他也就不会自取其辱。至于和皇帝谈论统一思想的害处，那实在是对皇帝要求太高了。赵顼绝对不会反对统一思想，实际上自有人类以来，几乎所有的人类都希望别人能接受自己的思想。

好在《三经新义》不是一两天可以编成的，所以石越还有时间去想对策，何况这也不是最出乎石越意料的事情。最让石越吃惊的事情，是王安石提请皇帝，中书门下省要创办机关报《新义报》！

中国历史上第一份官方报纸在自己的眼皮底下诞生，石越不太明白自己心里是什么滋味，是为了自己对这个时代产生了巨大的影响而有了一丝成就感，还是因为政敌越来越聪明而产生了忧虑感，抑或是二者兼而有之，这件事他说不清。石越唯一可以确定的是，王安石要创办《新义报》，其目的绝非为了促进言论自由与新闻监督，而是明显地要利用巨大的行政资源来影响舆论，攻击反对者，以求顺利推行新法。《新义报》从一开始就注定是一份全国性报纸，其影响绝对不会比《汴京新闻》低。

“丞相，石越对于办报纸一定很在行，既然中书省想办《新义报》，朕以为就让石越主编如何？”赵顼对于办《新义报》倒并不反对，但是他的建议却未免让王安石哭笑不得。

“臣以为石越在中书省检正三房公事，事务繁忙，又要顾及白水潭学院诸事，恐无暇脱身。臣推荐许将、彭汝砺、许安世三人为编辑，陆佃为主编，必然不负陛下所托。”王安石从容答道。他举荐的三个编辑全是状元，其中许将更是文采出众，深受赵顼器重，曾经免试为知制诰[1]，三日三迁；而彭汝砺也是深受王安石器重，做过国子直讲，为人正直敢言；许安世则是陆佃的学生，陆佃又是王安石的学生。

如此阵营，赵顼自然照准。而《新义报》单单是三个状元做编辑，就已让人炫目，当时的状元，便是和天上的文曲星相比，在老百姓眼中实际上也没什么太大的区别。

熙宁五年闰七月二十五日，晴，《新义报》创刊，首发十万份，其中由驿亭送往全国各路府州军县官员的占两万份，汴京卖掉八万份，超过《汴京新闻》，成为大宋第一大报。

作为官方报纸的《新义报》，影响力远远超过《汴京新闻》，虽然模仿《汴京新闻》

[1] 负责起草诏令的官员。

的体例，但是这份报纸的特殊身份，无疑使它具有了朝廷喉舌的意义。因此对这份报纸的控制权，同样会牵动许多人敏感的神经。

在《新义报》创刊三天之后，已经身为经义局编撰的王雱被任命为《新义报》副主编，成为《新义报》的太上编辑。因为《新义报》完全是一个新生机构，而且不涉及具体的政务，因此王雱并无回避的必要。虽然冯京提出宰相子侄最好回避，但实在没什么说服力。

石越则被突如其来的事务给忙疯了。王韶不断要钱要粮要兵器要衣服，冬天就要到来，将士们没有寒衣怎么行？一方面要和文彦博这个老头子沟通，一方面要小心处理和王安石的关系，还要去军器监这个名义上的下属机构和吕惠卿打交道。石越一天差不多有半天时间是在马车上。幸好曾布和自己关系不错，和三司那边的沟通还算比较顺畅，而吕惠卿办起事来也很痛快，且对人和气，让石越竟不由得有点儿欣赏他。很多时候，石越几乎要怀疑《宋史》把这个男子名列《奸臣传》是不是出于成见。

“眼见一天天入冬，从各地调集寒衣，时间上只怕来不及。将士们受冻，影响战局，不是小事。”

“京师的绢、布、棉花也不能全部征购完了。十月一到，就有例行的赏赐，数十万禁军，上万官员，还有数十万户百姓，都需要这些东西过冬，毕竟京师是根本之地，若到时候再去征调，说什么都有点儿来不及。军器监我才上任，之前准备不充分，我亦觉为难。”吕惠卿向石越摊摊手。石越却不去看他，调集不到应有的寒衣自然不是他的责任，吕惠卿如果想向石越诉苦，只怕是找错了对象。石越把目光转向文彦博，果然，文彦博急道：“兵者，国之大事。从陕西调集一些，川峡来的全部运往前线，再加京师的储备，应当够了吧？”

吕惠卿摇了摇头：“军器监的储备不到两万。可是因为胄案改军器监，又接连出了事情，没有人理会到这件事情，当时正是盛夏，谁会去想冬衣呢。”

王安石望了望政事堂外的那棵大树，沉着脸说道：“无论如何，前线将士的供给一定要保证。”王韶的每一次胜利，都是给皇帝和新党的一剂强心剂。

吕惠卿听王安石定了基调，忙改口笑道：“虽然困难重重，但未必没有办法。”

“吉甫，你有何良策？”王安石问道。

“京师唐家棉纺行的棉花和棉布有十万之巨，朝廷可先全部买下来，再募集民户、成衣店连夜开工，再加上军器监的工匠一起，二十万冬衣，半月可就。然后再叫薛向从江淮诸路调集棉布过来售卖，那么就可以先应这个急了。”吕惠卿笑道。薛向是六路均输使，总管新法中六路均输法的实施。

文彦博皱眉道：“十万匹棉布，要多少钱？再说马上入八月，薛向就是有三头六臂，现在才征调，十月之前这些布进京也是不可能了。再说唐家棉纺行的棉布没有了，老百姓怎么办？到时布价定然飞涨。”

吕惠卿笑道：“我就不信薛向没有一点储备，唐家在江淮积囤的棉布棉花也决不会少。若朝廷再敦促唐家租用官私船只向京师调运棉布，或者让薛向先向唐家借一点先供给京师，当可解此困。”

王安石不经意地看了石越一眼，问道：“子明，你以为如何？”石越和唐家的关系众所周知。

石越琢磨着吕惠卿的话，不知道他打什么主意。除了让薛向向唐家“借”棉布这个主意不利于唐家之外，别的似乎都对唐家有利，这吕惠卿就这么好？见王安石相问，石越连忙答道：“这也未必不是一个好办法。不过如果仅向唐家一家买，只怕招惹物议，不如多向几家买比较好。”

王安石点点头，道：“也好。不过‘借’就不必了，薛向如果不够，向唐家买便可，免得招惹物议。朝廷连这点事都办不好，要我辈有何用？”

4

会议结束之后，石越婉拒了冯京的邀请，急急回到赐邸。他实在不明白吕惠卿是什么意思，有一个自己捉摸不透的对手，让他感到很不舒服，所以非得弄明白不可。

刚进家门，才吩咐了侍剑去请唐棣，就见潘照临迎了出来，一面笑道：“公子，你看看谁来了。”

一个笑嘻嘻的声音传了过来：“子明贤侄，别来无恙。”

他抬头一看，不由愣住了：“唐二叔，你怎么来了？”站在他前面的，正是胖弥陀一样的唐甘南，此时正笑嘻嘻地向自己打着招呼，身后站着两个人，一个是唐棣，另一个是十六七岁的男孩，身着一袭雪白的丝绸长袍，腰间扎着黑色绸带，显得英气勃勃，长相不像唐甘南，倒有几分像唐棣。

见石越打量着这少年，唐甘南冲那个少年笑道：“康儿，还不见过子明兄长。”原来这个孩子就是唐甘南的次子唐康，表字康时。

唐康上前几步，揖礼道：“唐康见过兄长。”少年眼睛不安分地打量着石越，石越在他的心目中，就是一个传奇。

石越连忙牵起他的手，笑道：“一家人，不用拘礼。来，进屋谈。”

众人进屋坐好，石越问了唐康几句话，见唐康答对落落大方，心里便有几分喜欢这个孩子，因笑道：“二叔，康儿他日必成大器。”

唐甘南眯着眼睛笑道："他能不能成大器，就看贤侄你的了，我把他送到白水潭，就算偷了这个懒，这孩子就交给贤侄和长卿调教了。"

石越笑了笑："二叔放心，少不了还一个少年进士给你。"

众人哈哈大笑。

唐棣因笑道："说到少年进士，倒真有一个出色的。"

石越好奇心起，端了茶先不喝，停在手中问道："毅夫说的又是何方英杰？"

唐棣笑道："此人与我同榜进士，姓蔡名卞，听说是王安石的学生，十二岁中进士，比他同时中进士的族兄蔡京要年轻十多岁，现为江阴县主簿，今年亦不过十四岁，任上推行改良青苗法、合作社，兴修水利，端的是个奇才，当地百姓都把他和甘罗[1]相比。"

石越自然知道蔡京和蔡卞，一个是千古奸相，对北宋的灭亡负有重要责任，一个是王安石的"爱婿"，不过现在还不是。王安石幼女待字闺中，他倒是知道的，只不过他不知道那个女孩已经见过他了。然而此时听到蔡卞不过十四岁，仍不由咂舌惊叹。

唐甘南笑道："这个蔡卞我也知道。江阴县的几个钱庄，我们都是和本地的士绅联合建的，有一家钱庄利息高了点，被他当天就给封了，罚了三千贯，真是雷厉风行的人物。他堂兄蔡京在钱塘，和夷人打交道，虽然有几分才干，不过贪财爱色，没什么风评可言，我们就送了不少钱给他。此人吃东西最是挑剔，说起来子明你的排场比起他，就远远不如了。"

"蔡京，呵呵……" 石越摇了摇头，心里有几分好笑。

唐甘南因说道："其实子明你也不必如此简陋，买几个女孩回来侍候，家里的家丁也要添几个，多少要有几分天子重臣的气派才好。你看冯当世，那种排扬才是宰相应有的。"

石越也不去解释，只笑道："冯当世的月俸不是我可以比的，我的月俸只有他一个零头。王安石便很简朴。我若摆那种排场，御史就会说我收受贿赂。"

"御史就喜欢欺软怕硬，没事找事。朝中大臣收受贿赂的多了。吕惠卿什么品秩，能有多少俸禄？还不是靠收贿赂？薛向做六路均输，最大的肥差，每年都有无数商人孝敬他财礼；曾布看起来一本正经，一样收钱买地，大家图的就是这两人在王安石面前能说上话。吕惠卿就是做得聪明一点罢了，他自己管的那块倒是清介，让人无话可说。他收钱也不是自己收，他有两个弟弟帮他收，这次我们唐家棉行就送给他弟弟吕和卿五千贯，外加大相国寺附近的一座宅子。"唐甘南眯着眼睛，似唠家常一样说道。

[1] 战国时著名少年政治家，从小聪明过人。甘罗小小年纪拜入秦相吕不韦门下，做其才客。后为秦立功，十二岁被秦王拜为上卿。

石越听到此处，心里一动，叫过侍剑，说道："侍剑，你带康少爷去白水潭玩玩。"他怕唐康是少年心性，听到这些说出去，就是无穷的祸患。

唐甘南知道他的意思，等两个少年出去后，笑道："康儿不是读死书的人，知道什么该说什么不该说，贤侄可放心的。"

石越因问道："你们贿赂吕和卿是什么原因？"政事堂的事他却不敢乱说，就算是唐甘南，也怕他不小心传出去，追究起来，便是泄露军国机密。

"还不是因吕惠卿管着军器监，我们打听到西北将士的寒衣未好，就先往京师多积了十万匹棉布，我们不过让吕惠卿买我们的布罢了，打点打点，就可以卖个好价钱。"唐甘南笑道，嘴巴向潘照临努努，道："潘先生也知道的。"

石越恍然大悟。吕惠卿真是绝了，一方面收了唐家的钱替唐家说话，又明知道自己和唐家的关系，绝不会反对，一方面又给薛向找了个借口，可以征购棉布棉花。无论是"借"还是"征购"，说到底，都是强行贱价购买，不过是个程度问题，薛向又可以从中牟利。唐家要怪也不能怪到他头上，只能怪薛向。世间的好处他全得了，最后还是为国分忧！不过他不明白潘照临为什么要赞成唐家这么做，而不是通过自己去办这件事情。想到此处，石越便不由自主地把目光投向潘照临。

潘照临仿佛知道他要问什么，淡淡地说了句："公子是要办大事的，和吕惠卿比什么排场呀。依我看，现在这样挺好。"这话又似是回答唐甘南，又似是回答石越。

唐甘南七巧玲珑心，立时明白，忙笑道："对，贤侄是要有大作为的。"他和潘照临倒是相交甚欢。

唐棣虽然在地方历练了两年，逢迎送往，收受卖放，看过不少，可是心里却是一直看不惯，这时听到朝中这么多重臣收受贿赂，心里很不舒服，朗声道："我们何不抓住这个证据，扳倒吕惠卿？"

此话一出，石越三人愕然相对，好半晌才回过神来。石越苦笑着解释道："收受贿赂的是吕和卿，不是吕惠卿。再说若是首告，人家多半以为是设圈套陷害，没有铁证，如何扳得倒吕惠卿？难道吕和卿收了钱还会写收条给你？"

唐棣哑口无言，却是愤愤不已。

潘照临笑道："毅夫不必如此。指望天下官员都清如水，那绝无可能。虽然公子说过权力制衡是一剂良方，可真说要完全杜绝贪贿，也是甚难。王韶在前线打仗，还不是拼命要钱？市易法也好，通熙河也好，都是向朝廷要钱，朝廷明明知道他账目不清、虚报数字，可也没有治他，为何？总好过他去抢掠百姓。你个个都要除之而后快，只怕朝中最后也没几个人了。真要澄清吏治，造福天下，还得徐徐努力，第一还要公子站稳脚跟，手握大权才成。"

唐棣心里也知道潘照临说得有理，可是心里总有块垒，因对石越说道："子明，希望你以后不要忘记自己最初的抱负！”

石越站起来，认真答道：“你放心。”

唐棣凝视石越半晌，忽然开怀笑道：“子明，我相信你。”说罢抱拳道：“二叔、潘先生，我听多了这些事情，心里不痛快，先去白水潭看看康儿他们。”也不等三人回答，转身便走。

潘照临看着唐棣的背影，微微叹了口气，半晌才转身对唐甘南说道：“唐兄，现在我们可以说说在契丹设分店的事情了……”

5

嵩阳书院、横渠书院的学子对于汴京的人文风气羡慕不已，《白水潭学刊》自不用说，那设计得颇有气象的讲演堂与辩论堂，一栋栋藏在树林与花丛中的教学楼，还有闻所未闻的实验室，田野与花园，校园与市井，完美地结合在一起，连贩夫走卒说起话来都比别处的要文雅几分。他们这些人去了白水潭，简直自惭形秽。

特别让他们印象深刻的，便是白水潭的学生们活跃的思想。这里的许多观点让他们闻所未闻，比如在“佛经要义”的讲演中，三大学院都是说禅宗与儒学的互证，而白水潭则有一个学生讲的却是他们闻所未闻的“因明学”和逻辑学、名家的关系。而在诸子百家、王霸利义之辩这两场演讲中，白水潭的学生也表现得相当抢眼。中间五天白水潭对自己的宣传，甚至让一些学子有留在白水潭不愿意回去的冲动。

与此相配的，则是《汴京新闻》。这种叫“报纸”的东西，给了他们巨大的冲击。人们可以借它议论官府的得失、探讨学问、了解民情。最让人炫目的，是那种凡是被报纸报道的人和事，都是被千万人同时注目的那种感觉……

他们的心都被打动了。

横渠书院的人在返回关中途经西京洛阳之时，更震撼的事情发生了——朝廷的《新义报》问世了！横渠学子感慨万千，一时间，我们要办自己的学刊、我们要办自己的报纸、我们要做到和白水潭一样——这样的想法在他们的心中浮现。虽然关中在经济实力与技术实力上无法与白水潭相比，但是仅仅一年之后，《横渠学刊》也终于问世了。虽然当时的大宋，各大书院几乎都有自己的学刊了，但是以横渠学院的经济实力，能做到这一点，已是付出了巨大的努力。

而嵩阳书院比起横渠书院来条件要好得多。嵩阳书院始建于北魏太和八年，已有六百多年的历史，后唐时就有人在此讲学，便是从后周正式变成书院时算起，在大宋各大学院中，亦称得上历史悠久。他们书院的名称是仁宗皇帝御笔亲题，书院的气象规模，较之白水潭更多了几分古朴之气。一代名臣范仲淹也曾在此讲学，便是现在白水潭的程颐，也在此讲过学。嵩阳书院和西京国子监关系密切，常常互相往来交流。如今亲眼看到白水潭学院的兴盛，除了羡慕与赞叹之外，嵩阳书院的士子们是无论如何也不愿意低下高傲的头的。回到嵩阳书院的第二个月，继白水潭与国子监之后，嵩阳书院创办了自己的《嵩阳学刊》，并且毫不犹豫地成立了格物院，学校分科完全效仿白水潭。他们还数次派人到白水潭学院，希望白水潭学院能选派优秀的学生甚至教授过来讲学，帮助他们建立全面的教育体系。

而仅仅是在《新义报》发行一个月之后，几乎与《嵩阳学刊》同时，在西京洛阳，退居西京的富弼等致仕的元老大臣依托西京国子监与附近的嵩阳书院，在洛阳创办了大宋的第三份报纸——《西京评论》。此后数百年，《西京评论》牢牢占据着大宋五大报之一的位置，以立场保守稳健而著称于世。从此，大宋的保守派终于在被王安石逐出御史台之后，找到了一个说话的平台。这是吕惠卿建议创办《新义报》时绝没有想到的，看来旧党们并不是在每一件事上都守旧不变。作为旧党精神领袖的司马光虽然依然缄默不语，埋头撰写《资治通鉴》，以不谈政治这样的态度来抗议新法，但对《西京评论》的问世，他依然表达了他独特的支持——把《资治通鉴考异》的内容陆续送给了《西京评论》报，默默表达着他的态度。

6

刚刚从欧阳修的家乡江西吉州兼程回到京师不久的石越一边吃饭一边读着手边的三份报纸。《汴京新闻》与《新义报》是当天的，《西京评论》则是昨天的。说起来《西京评论》在汴京卖得很不错，据说每天的销量在东京都有两万份以上，可见旧党的势力依然很强大。

欧阳修在八月初逝世，虽然晚景并不见得多好，但死后却是备极哀荣。太常议论谥号之时，竟比之韩愈，欲谥一个“文”字。据石越所知，整个宋代，人臣单谥一个“文”字的，也就王安石一人而已，这是文臣最高的尊荣了——连范仲淹都是“文正”，虽然是双谥中最好的谥号之一，但是比起单谥来，还是要差那么一点。不过这件事因为判太常寺常秩和欧阳修不和，从中作梗，明褒实贬，最后还是谥号“文忠”，终于没能享受那么高的待遇。但不管怎么说，身为文臣，谥号有一个“文”字，就很了不起了，毕竟连包拯都没有“文”字的谥号。朝廷赐钱一万贯，给他办丧事，家乡与京师同时举祭，远在杭州的苏轼也亲往吊丧。天子以下，昌王赵颢同中书门下平章事王安石等在京师遥祭。本来朝廷想派常秩和一个翰林学士去欧阳修家乡吊拜，但因为石越很景仰欧阳修提携后进不遗余力的种种事迹，因此他特意请求皇帝让他去欧阳修家乡参加祭礼。离京既久，回来第一件事，自然是看报纸了解京师的变化。

“唔……潜光兄，范祖禹不是在帮司马光写《资治通鉴》吗？他怎么跑到《西京评论》上发表文章了？”石越看到手边《西京评论》头版文章的作者名，吃了一惊，一口饭没有吞下去，差点噎着。

潘照临见他这样子，不由暗暗摇了摇头，心里道：“在自己家里还好，传出去又是一大笑话——石越吃饭没个吃相。如果说严重一点，这在许多人眼里，甚至算得上是举止轻佻了。”他正色回道：“公子去江西给文忠公吊丧，不知道京师这边已经打起来了。”

“打起来了？”石越讶然，“却是为何事？”

潘照临指着报纸笑道：“公子请看，这是范祖禹的，这是范纯仁的，这是富弼的，这是刘攽的。表面上都是悼念欧阳修，称赞他堪称韩愈以后第一人，对于太常定谥文忠表达不满，又宣称要继承欧阳修的遗志，坚持古文运动，复兴儒家。范纯仁和欧阳修是世交，欧阳修私修《五代史》，他多半是先读过，又大赞《五代史》立意深远，春秋笔法褒贬得当，重义尚节，同时回顾庆历新政等等，含沙射影地攻击新法和王安石。”

说着又翻出一张《汴京新闻》，“公子再看这一篇，这是呼吁复兴儒家与古文运动的，但这一篇却是有些受公子影响，宣扬利亦可为义，经权并重……”

又抽出一张《新义报》，笑道：“《新义报》便没有这般客气了，这篇竟是暗中讥讽欧阳修私德有亏，谥为文忠已是溢美。这篇则与范纯仁针锋相对，也是回顾庆历新政和欧阳修生平，不过却是说应当以史为鉴，现在的新法正是汲取了前人经验的良法，又讥讽有些人看不到新法的成绩，不为社稷百姓着想，只想着自己的私利，因为受新法一时之损失，故步自封，是腐儒和小人儒……”

石越目瞪口呆地看着潘照临变魔术似的抽出一张又一张的报纸，一边听他讥讽点评，一边一目十行地浏览，才发现这场口水仗打得竟甚是厉害，若不是顾及欧阳修刚死，只怕各方就要破口对骂了。他看着报纸，不禁摇头苦笑道：“这点事也能吵得不可开交，还是三国混战。你看这儿，《西京评论》这一段是在讽刺《汴京新闻》吧……”

潘照临已是见怪不怪，又笑道：“这些尚是小事，还有大事。”

“大事？”

潘照临又翻出一张报纸递给石越：“公子请看这篇，《西京评论》为军器监案做了一个专刊，名义上是向洛阳的百姓介绍这个案子的来龙去脉，实际上却是表达对这案子拖到现在没有结果的不满，并且提出了不少疑点，认为案情蹊跷，孙固与沈括可能有冤情。虽然没有明言，却隐隐约约将矛头指向王安石了。当然，表面上是抨击开封府陈绎和权管勾御史台事蔡确办案不力，称火药配方失窃关系重大，这个配方‘生要见人，死当见尸’，不可以不了了之。”

潘照临幸灾乐祸地笑着，显然于军器监一案，有许多人并不甘心，譬如孙固的亲友门生便难免要抱不平。不过，石越却有些怀疑潘照临是不是也参与了这个专题的报道。他一面看着报道，一面狐疑地看了潘照临一眼，潘照临却视而不见，继续幸灾乐祸道：“不过这次长卿有麻烦了。针对这篇报道，《新义报》立即刊登了一个专题，表面上呼应《西京评论》，实际上却是指责《汴京新闻》为了出名与报纸销量，不考虑军器监的情况特殊，轻率报道，不但给大臣的名誉造成极坏影响，还让敌国知道火药配方失窃，很可能引发觊觎之心。声称如若最后火药配方落到敌国手上，《汴京新闻》也负有不可推卸的责任。”

时移势变，昔日的当事人，现在反而变成旁观者，如今军器监案闹得越大，对石越就越是有利。《汴京新闻》的麻烦，他潘照临自是懒得操心，因此说得兴高采烈。

石越却是暗暗叹了口气，《新义报》的手法是如此的似曾相识，不由在心里感叹：“王元泽也算得上是才智之士了，转移视线这种千年以后的政客常用手法，他现在就用得如此纯熟。”

不过，对石越来说，桑家其实并不仅仅是潘照临心里的“盟友”那么简单，在心底里，石越一直觉得桑家是他在这个时代的家，所以当潘照临把桑家放到算盘上来算计之时，他才会那样的反感与抗拒。因此，对于桑充国，他虽然有点儿不舒服，但是他并不希望桑充国遇上什么麻烦。只是，他也不愿意让别人知道他的真实感情。他沉默了一小会儿，刻意淡淡地问道：“那长卿他们是什么反应？”

“长卿倒是命好，他命中便带贵人相助，虽然欧阳发不在，但他又结识了贵人，再加上还有程颢相助。”

石越心中不由一宽，有些好奇地问道：“长卿又认得了什么贵人？”

潘照临嘿嘿笑了两声，拖长了声音说道：“长卿结识的，是晏相公的公子，晏几道。长卿与晏几道，还有一个叫郑侠的，三人最近交往甚密。那郑侠倒没什么，听说是晏几道的朋友，不过只是个城门小吏，但晏几道……嘿嘿，长卿已经将他请到了白水潭做助教，在明理院专门讲诗词文章。”

“原来是小山呀。”石越有些勉强地干笑了一声，掩饰着他听到另一个名字时心中的震动。郑侠，终于出现在视野之内了吗？任何学历史的人都不可能不知道郑侠，一个小吏，却掀起了惊天巨浪，但石越的演技已经很到家，连潘照临也没有觉察到他的异样。潘照临继续道：“小晏虽然为人清高，流连风月，不思进取，但毕竟是相门之后，王元泽那点手段，小晏怎么会看不出？何况还有程颢在。被《新义报》指名道姓后，《汴京新闻》便接连刊文，把自己做的事情说成了上合天理下合人情，《三代之治》与《论语正义》几乎被引遍了，什么言论、清议、制衡，说得天花乱坠，又反唇相讥，讥讽《新义报》是朝廷的报纸，说军器监的案子查不清楚不去怪有司，反倒将罪责推给无权无势的他们。以前倒不知道，小晏写起这类文章竟也极妙，颇有东方朔之风，冷嘲热讽，我料得王元泽读过，八成气个半死。”

石越放下心来，却听潘照临又道：“不过《西京评论》那边对《汴京新闻》报道军器监案也颇为不满，他们一边敦促朝廷要让案子水落石出，却也没忘记责怪《汴京新闻》行事轻率。如今长卿算是腹背受敌，口水仗没那么容易消停了。”

“朝中没有动静吗？三家报纸把事情又炒了起来，蔡确和陈绎又有何反应？”相比起文字仗，石越更加关心朝中的公卿们的动态。

潘照临道：“军器监在名义上也归枢密院管，文彦博便与《西京评论》朝野呼应，朝廷中自然不可能没动静。王安石现在心里应当是悔得肠子都青了，突然冒出来一个《西京评论》和他处处作对，他费了九牛二虎之力，好不容易才勉强控制御史台，现在居然出现一个声音更大的对头，他还无可奈何，毕竟民间的《汴京新闻》有了，朝廷的《新义报》也办了，没理由不让人家办《西京评论》。还有，河北的韩琦也不甘寂寞，上书朝廷要求彻查此案，不过现在日子最不好过的，应该还是陈绎和蔡确……”

7

的确，陈绎堪称大宋有史以来最倒霉的权知开封府。在这个多事之秋担任“首都市长”，地位虽然显赫，令人羡慕，可是麻烦也出乎意料的多。

白水潭案他解决得还算利索，本来以为不会再摊上太复杂的政治案件，结果又冒出来一个军器监案，明显牵涉到新党、旧党、石越三方利益。陈绎是办案的行家，一眼就看出这中间有猫腻，可是知道归知道，他却不敢查。做开封府，是个极微妙的差使，在什么时候必须要敢于得罪人，在什么时候绝对不能多管闲事，都是有讲究的，否则的话，一步行差踏错，后果就不堪设想。更何况，陈绎便是真想查，他也不可能查得清。因为还有一个权管勾御史台事蔡确从中掣肘。这桩案子说到底，还是以御史台为主，开封府与皇城司[1]都只是配合。

所以，打一开始，陈绎就抱着个不了了之的想法，慢慢时间长了，大家就忘记了。但他想不到，《西京评论》“旧事”重提，还把他这个权知开封府也推到了风口浪尖。

皇帝和两府严词切责，要他加紧破案，以安中外之心，但这个案子明明是不能破

[1] 宋代官署名，负责掌宫城出入、周庐宿卫、宫门启闭。其时皇城司具有反谍、探事的权责。

的。陈绎几次想告病或者干脆请求外放，可是又无法压制自己对功名的渴望，毕竟开封府再进一步，就有可能是政事堂，这种诱惑，陈绎无法抗拒，所以才勉强坚持。

“田捕头，可有线索？”陈绎端坐在椅子上，纯粹是例行公事地问着眼前这个新上任不久的捕头田烈武。此人长得五大三粗，除了公门常用的棒子、朴刀、铁链外，长枪和箭法都相当不错，为人还算精细。平时办案此人倒是一个好帮手，可是这个案子，陈绎在没真正摸清朝廷各方的意图之前，不过就是做做样子，算是给外界一个交代——陈某人还是在尽力督促属下办案的。

田烈武低着头。他出身捕快世家，爷爷是捕快，父亲是捕快，自己还是捕快。他虽然读过几年私塾，但家里对他也没什么期望，只想他继承家业——开封府的总捕头，就是家人对他最大的期待了。其实他本人更喜欢带兵打仗，平时也会读读兵书，虽然不太读得懂。他经常一边读兵书，一边自己琢磨其中精妙。不过，这种事情他是不敢在家里说的，一说肯定会被老头子骂：“兵书兵书，当兵能有什么出息？狄相公知道不？就算做到他那份儿上，还是被人看不起。你有本事，就去考文进士，光宗耀祖。当兵还不如当捕头，有能耐做到开封府的总捕头，那风光，那体面，岂是当兵能比？想当年包龙图坐开封府的时候，我……”然后便是可以说上三天三夜的吹嘘。其实田烈武也知道，他老爸当年在包公手下不过是个平常的捕快罢了，站在堂上喊喊“威武”，自己好歹还是个小捕头了。

捕头不是官，严格来说，甚至连吏都不能算，只能算是“公人”，但是，田烈武还是很珍惜他的这份工作，即便他的梦想是投身行伍。但是，这几个月来，因为接了这宗案子，田烈武算是被折腾得够呛。

他自然不知道这案子有什么内幕，只是恪守本分、实心实意地去查案。但这个案子，却根本不是他查得了的。不说别的，单说出事的地方军器监，就不是那么好进的。这是失窃案，可失窃的现场，军器监的档案库，总共只让他进去过一次，还是跟在陈绎屁股后面进的，时间也不过一炷香，整个过程，军器监的人寸步不离，防贼一般被人盯着。但他还是没有放弃，另寻他法，努力查探。他在汴京的酒馆茶楼勾栏商行四处打探消息，却一点线索都没有。而最让他想不明白的是，这么重要的案子，陈大尹提审军器监相关人等时，不但没用过刑，连审问也是草草问过了事，似乎压根就没想问个明白。

过了许久，他终于意识到，陈绎可能压根就没有想破这案子。不想，他才打算要放下这案子，陈绎却又叫他来过问了，把田烈武搞得满头雾水。

但此刻他也只能老老实实回答：“回大尹，实是没有什么消息。小人估计这样查也不会有消息，京师的契丹人、党项人一点动静也没有。军器监的人我们也盯了梢，半分破绽都没有找到。依小人看，还得去军器监勘探一回，或许……”说到这里，他大着胆子说道，“或许，再问一次口供……”

“嗯？”陈绎鼻孔里“哼”了一声，田烈武赶忙闭上嘴巴，心里不由有些忐忑，刚才的话实在有些僭越了，好在陈绎并没有过多责怪的意思。陈绎态度和气地道：“田捕头，你只管做好自己的本分，继续抓紧追查，时间一长，或许有人就守不住口，不小心露出点马脚来。你先下去吧。至于别的事情，就不用你操心了。这个案子，你继续盯紧了就是。”

田烈武连忙答应了，告了退，刚走到门口，就听有人进去禀道：“御史台蔡司宪求见。”

“快请。”

离开陈绎的住处时，就在公廨的门口，田烈武看见几个人簇拥着蔡确走了过来，他连忙让到一边。蔡确看都没看他一眼，便大摇大摆地朝公廨里边走去。

对于这个长得仪表堂堂的蔡司宪，田烈武心里是有点儿看不惯的，以一个捕役的直觉，他觉得此人有些阴险，不过，人家是朝廷重臣，和他的地位有天壤之别，他也不敢表露出来。御史台司宪有时候连宰相也得让三分，他又算什么？不过他也只是担心陈绎，因为他知道这个案子是御史台管的，他不希望陈绎吃蔡确的亏。陈绎也许不及他父亲经常挂在嘴边的包公，但田烈武觉得这个陈大尹其实也算是个好官。田烈武只是一个小小的捕头，既不明白朝廷中复杂诡谲的形势，也分不清错综复杂的派系，他和大部分老百姓一样，只知道能让老百姓过安定日子的，就是好官，搞得鸡犬不宁的，就是坏官。田烈武有这样简单的判断——陈绎坐开封府以来，开封府的衙役们很是规矩。虽然他们田家代有祖训，不许欺压良善，但田烈武也知道，因为衙役们的薪俸不高，上下其手做各种坏事的多的是。但是公吏们也是最善于察言观色、见风使舵的，若遇到能干的好官时，他们就会收敛一些。因此，陈大尹能令他的同僚们规规矩矩，自然就是好官。

出了开封府，田烈武回头看了一眼那对瞪圆了眼睛的石狮子，又想起自己经办的这个军器监火药配方失窃案，心里面感觉到说不出来的窝囊。他很想甩挑子不干了，但想想家里新婚宴尔的婆娘还要养活，老头子脾气来了，拿起棒子就打的狠劲儿，终究是不敢乱来。田烈武很羡慕自己的族叔田琼，他是王韶手下的一员大将，现在正在熙河边上一刀一枪地和那些夷崽子们拼前程。前一段时间听说王总管招降了包顺一伙，现在应当开始大战了吧？

想到那金戈铁马、鼓角峥嵘，田烈武身上的血液都热乎起来，真是羡慕。可是，当兵还要像囚犯一样黥字[1]，挣再大的军功也照样被人看不起，再说，自己根本不可能说服老头子……想到这些，他又不由有点儿意兴阑珊，倒不如叫几个人去大相国寺

[1] 宋朝实行“黥兵”制度。为了方便对军人的管理，对入伍士兵黥字。被刺字之后的士兵，可以明确地分出属于哪个军队。

边的酒楼喝两盅，听听那说评书的讲讲三国隋唐过瘾。怎么关公那时候，当兵就没这么多事呢？只要当上将军就能万人景仰，和现在全然不同。

以田烈武的薪俸，自然是买不起马的。现在汴京的马价，一匹普通的马也要九千文左右，加上四百余文的税钱，总计要花到近十贯，这对田烈武来说，是一笔巨款，如果是战马，差不多要三十到五十贯，更非他所能问津。因此，他平时骑马，都是骑公家的过过瘾。这时候便先步行回了家，换了便装，揣了一块腰牌，出门叫了几个伙计，一道往大相国寺走去。好的酒楼他们也去不起，只能随便找个热闹一点的店铺，叫几个下酒的小菜，一边喝点老酒，一边天南海北地扯淡。

一个叫贾胡子的捕快见田烈武闷闷不乐，满腹心事，知道他在烦什么，便开解道：“田头，有什么好烦的？那破案子，破得了就破，破不了就算，有什么要紧，你还看不透？”

不说还好，说出更是心烦，田烈武端起酒碗，猛地喝了一口酒，恨声道：“一点头绪都没有，砸了我们开封府的招牌。”

见他如此烦躁，旁边一个叫吕大顺的捕快也笑了起来，道：“我说田头，用得着那么较真儿吗？你没看出来陈大尹根本没有想破案的意思吗？”

田烈武瞪了他一眼：“这种话可不能乱说。”

贾胡子哂道：“田头，也就你认真。说真的，这有什么？你去过酒楼吗？只要去酒楼听那报博士读读这两天的报纸，也就知道是怎么回事了。其实这案子，本来算是不了了之了，不想西京有家什么报纸又捅出来了，所以赵官家和王相公面子上挂不住了，才又着了急，一级压一级，于是陈大尹又来催你。可依我看，陈大尹依旧是想拖一日算一日。”

田烈武瞪大了眼睛，摆明了不信，嗤之以鼻。他平素不看报纸，原因很简单，穷！做捕头要不挣昧心钱，手头的钱就得算计着花。他既买不起报纸，也难得进一次有报博士的酒楼，因此，他根本就不信贾胡子的话。

吕大顺知他不信，也笑道：“田头，贾胡子这次却没乱说。你和嫂子也偶尔去去酒楼，长长见识。如今要不知道报纸上写了啥可真不行，出门和人说话都搭不上话。贾胡子说的，我也听我家三哥[1]说过……”

“你家三哥？”

“没错，三哥现在可是长进了。”吕大顺毫不掩饰地炫耀着，“田头听说过白水潭的桑公子说服了东京一百家商号掌柜，一起出钱办了一百所义学的事吧？这事陈大尹是请了皇命嘉奖的。我家三哥就进了桑公子办的义学，如今也和田头你一样，认得字了。他学里边有报纸，回来便和我讲，嘿嘿……那上面什么都有，听听，长见识。”

[1]　指排列第三的儿子或侄子。

贾胡子也笑道："巧了，我也是我家那小子从义学回来胡吹，才想起去见识见识。桑公子真是好人，要不然我可从来没想过要送我家那小子上学。龙生龙凤生凤，我儿子没有中进士的命，但识几个字总是好的，不至于做睁眼瞎。"

田烈武二十四岁，他老子生他就生得晚，他结婚又晚了一点，才一年多，老婆肚子还没动静，自是不太关心义学的事。这时听了这些事情，心里既有些惊讶，也为他们高兴。他倒丝毫不介意二人的炫耀，反顺着贾胡子的话笑道："那可不一定，家境贫寒能中进士的人也不少。你家大哥儿我看就挺有出息的，将来若是中了进士，可就是光耀门楣了，比我们这些舞刀弄枪的不知强到哪里去了。"

贾胡子嘿嘿笑道："这个……田头又有所不知了，桑公子办的义学，和寻常的私塾不一样，小哥们除了读书识字，还教算术格物，还要习弓马、学剑术之类，逢双日就要骑马练箭，说要文武双全才是英雄。中进士什么的，我是断不敢想的，只盼他能和田头你一样，文武双全，就是我家的造化了。"

田烈武听他说义学有这些名堂，正在惊讶，没想到贾胡子居然说自己"文武双全"，一口酒下去差点给呛着，笑骂道："你真是没出息，我就识几个字，会写几封信，也叫文武双全？让人听见笑掉人大牙。"

贾胡子嘿嘿傻笑，也不辩解。他自己大字不识几个，便是"开封府"三字，连在一起他就认识那叫"开封府"，要是拆开了，他一个都不认识。田烈武能写信，还读过书，在他看来，的确是"文武双全"了。

三人跑题闲扯了一阵，但田烈武心里到底还放不下案子，喝了阵酒，又不禁自言自语道："究竟是哪个龟儿子偷了配方呢？"

吕大顺是个老捕快了，见田烈武纠结，不禁冷笑道："田头，你真是聪明一世，糊涂一时。你家世代捕快，回家去问问你家老爷子，看他可曾见过什么飞仙剑侠没？我做捕快二十多年了，什么案子没见过？像军器监那样的地方，什么外贼能有这个本事？你真当契丹人、党项人能上天入地不成？"

田烈武心里一震，"可若是内鬼，偷这个火药配方有什么用？"

"是啊，偷这个火药配方有什么用呢？按理说，偷了配方，也只能卖给那些胡狗子了，可是各国使者我们都盯得死死的，皇城司那边也没有消息，谁也没见过可疑的人和他们接触……这才是这个案子最蹊跷之处。"吕大顺对此也是无法理解。

几人正在苦思不解，忽然，却听到一个陌生的声音说道："要是有人偷了配方，根本不是想卖给敌国，只是偷偷烧掉，你们就算把胡人盯得再紧，也没有用吧？"

"谁？"田烈武腾地站了起来，目光锁定一个白袍儒服的男子。那男子坐在靠墙的一张桌边上，自顾自喝着酒，虽然是在这种市井嘈杂之地，可他身上散发的那种气质也能让人觉得超凡脱俗。那男子旁若无人地喝了几盅酒，理都不理田烈武一行人，就向外走去，似乎这个世界上根本没有他们存在一样。

吕大顺见他如此猖狂，正要发作，却被田烈武一把拉住："不要冲动。"田烈武若有所思地望着那个年轻人渐渐远去的背影，轻轻说道。

见过蔡确之后，陈绎总算是大体明白了朝中各方的心思。

对于新党的这位新贵管勾御史台事蔡确，陈绎还是有过一些了解的。此君可谓深得霜台之精髓，最擅长的就是揣摩上意，希旨办案，而且该狠的时候够狠，敢于兴大狱，该装糊涂的时候，更是擅于装糊涂。但更让陈绎警惕的是，蔡确的每次升迁，都是踩着与他办同一案件的同僚爬上去的。到目前为止，除了这桩悬而未决的军器监案，蔡确经办的所有大案，与他经办同一案件的同僚，不论官高官低，无一例外，全都倒了大霉。而这也更加突显了蔡司宪卓越的能力，案件最后的定谳不但彰显了蔡确的英明，更重要的是，它还总是"暴露"出其他办案官员的无能昏庸甚至是奸诈——因此他才升迁得如此之快。

陈绎可没有兴趣延续蔡确的这一记录，让自己步那些倒霉的家伙的后尘。

蔡确向他暗示，朝野压力极大，皇帝与王安石都想尽快厘清真相，应该不惜代价把这个案子办成铁案。他暗示很可能是军器监中有人想将配方出售给辽人牟利，而冒险偷取原件，应当是为了取信于辽人，而能够有此能力的人，必定是与孙固、沈括关系密切的亲信、心腹。因此，他们应该从二人身边的亲信入手进行突破。

不得不说，蔡确所指的方向的确是可能性最高的，但是陈绎是断案的行家，在这方面，蔡确在他面前只能算是班门弄斧。他不是田烈武这样的小捕头，他有丰富的政治经验，只是凭直觉他就知道，案情不可能像蔡确暗示的那样简单。他甚至觉得，蔡确很有可能知道这一点，甚至是已经知道了真相，他在故意误导自己，如果他根据蔡确所指的方向去办案，十有八九要掉进蔡确早已挖好的坑里。

就案情本身来说，孙固、沈括都不是白痴，军器监两个月能让账目烂成这样，固然一方面是因为军器监刚刚创建，但是很明显，肯定有一只巨大的黑手在后面操纵。他无法想象军器监中有多少人参与了这件事。火药配方失窃，陈绎做过现场勘查，外贼作案的可能性为零，此案绝对是监守自盗！以陈绎丰富的经验，要破此案不难，甚至很是简单——只要能兴大狱，让他放手逮捕疑犯，严刑拷问，他就有九成把握把案件弄个水落石出。但是，这却是不可能的。陈绎甚至有一种直觉，在他真的抓住犯人之前，他的乌纱帽会先保不住。

当然，让陈绎不敢轻举妄动的，并不是直觉，而是蔡确。陈绎对自己拷问犯人的手段颇为自信，但是他更加清楚，在这方面他如果和蔡确相比，同样是班门弄斧。况且这是涉及朝廷官员的案件，御史台更是有得天独厚的优势。此案如果可以这样办，蔡确没理由把功劳推给自己，他有充分的理由吃独食，他才不相信蔡确会看在同是新党的份上，会分一份功劳给自己。要知道，蔡确有一样让陈绎都望尘莫及的本事，他能够从嫌犯口里拷问出任何他想要的口供，而且，在他用过刑后，嫌犯在任何情况下都绝不敢翻供。

小心驶得万年船。陈绎觉得这个案子他不求有功、但求无过，蔡确不去做的事，他也绝不去抢功。况且，除此以外，陈绎从蔡确身上也并没有真正感觉到紧张与压力。如果真要有压力的话，按理说，身为御史台的代台长，蔡确的压力应该比自己大才对，这也是让陈绎感到奇怪的地方。

所以，他既不敢追查真相，更不敢制造真相。这个案子不好结，只要结案，就要上报大理寺复审，然后还有审刑院[1]、中书省。石越检正三房公事，就带着一个刑房公事，那一关没那么好过。

陈绎也听说，皇帝在召见吕惠卿时问到过此案。据说吕惠卿的回答是，“内紧外松，欲速不达”，以这八字为破案之要。“护法善神”就是比别人会说话，这“内紧外松，欲速不达”，说白了，其实就是个“拖”字，而这个办法也正是他陈绎想要的，能拖一日算一日，拖到他卸任开封府，那就是别人的烦恼了。

但是，吕惠卿为什么要这样回答呢？“护法善神”和他陈绎只是泛泛之交，他不会无缘无故帮他，那么，他又是在帮谁呢……不管吕惠卿是在帮谁，还是另有打算，陈绎觉得，这位“护法善神”一定也是知道真相的。

所以，真相究竟是什么，陈绎是完全不想知道。现在他感到最奇怪的，倒是文彦博对这个案子耿耿于怀，而受害人石越却如同没事人一样，一点动静也没有。

他不知道对于石越来说，在这件事上，已是不可能更坏了，所以才干脆“以静制动”，无论什么样的结果，最多是没有改善而已。他如果自己主动出击，反倒会把自己推到风尖浪口上，毫无必要。更何况，石越也知道，这个案子破不得，如果破了，必然会对朝局产生极大的影响。而政治，首先要考虑的不是公理，而是利益，他必须站在一个更全面的战略高度来考虑整局棋的下法。

“所有的人都想拖，除了文彦博。”陈绎不禁自言自语地说了出来，嘴角露出一丝微笑，“那么，就如诸位所愿吧。”

报纸叫得再响，始终只是报纸。文彦博不识好歹，只怕在朝中愈发待不下去了，他的日子指日可待。陈绎在心里冷笑。

[1] 宋官署名。宋太宗淳化二年（991 年）置。掌覆查大理寺所断案件，由知院官与详议官提出意见后，报告中书，奏请皇帝决断。

8

计算着军器监案的陈绎，自然不会知道从江西回来后的几天，石越在做些什么。

把欧阳修的《五代史》遗稿交给朝廷之后，石越向皇帝提出了一个请求——把三阁之内的皇家图书馆藏书按一定的手续分批分时段借给白水潭学院抄录副本，帮助白水潭学院建立一个图书馆。其中有价值的版本，在申请朝廷同意后，用来出版，利润白水潭学院与朝廷五五分成。至于欧阳修的《五代史》，自然是第一批之列。

赵顼没怎么想就答应了。这是一件好事，而且他最近对白水潭学院的印象渐渐变得好起来了。

这件事说妥之后，石越就开始回中书省上班。不过连王安石也看出来了，这几天石越下班比较积极，而且一下班就走得没影，谁也不知道他上哪去了。要不是石越最近处理公务越来越熟练，估计王安石就想找个借口训他一顿了。

石越这几天的确处于兴奋之中。

在汴河边某处，一座隶属于三司盐铁司铁案的作坊内，建起了四五座高炉。工匠们按着设计好的图纸用耐火砖仔细盖好这一对对的高达两丈有余的高炉，高炉两侧各开一个口，一个是水力鼓风机的风口，一个是出铁口。在高炉之旁，则是一米多高、形状低平、横截面近似扇形的平炉。相比高炉而言，这个建筑更加奇怪，先不去说用耐火砖建造的一格格的蓄热室，就是这设计形状，工人们就根本没有见过。当时高炉炼铁技术已有相当的积累，所以对于研究者来说，高炉技术并不困难，无非是选焦炭与对耐火砖做一些试验罢了，最重要的是鼓风机的改良。另外就是高炉的容积太小，所以研究者们设计了双高炉。但是平炉炼钢技术和没有被最后采用的转炉炼钢技术就让研究者们吃过无数苦头，最典型的是用固态燃料试验时，有时候炉渣会阻塞蓄热室。总之，从设计到改良平炉的构造，研究者们付出了艰辛的努力。

在高炉与平炉之外，铁矿石、焦炭、鼓风机、水车，还有骡子，物资准备一应俱全。半个月前就被调集到此处的工人们并不知道他们要做的是什么，偶尔有一些陌生的人来指指点点，观察施工的进度。工人们虽然猜到是要炼什么东西，但也没什么好奇的，谁知道官老爷们要搞些什么事呢？

而到了最近几天，附近的士兵突然多了起来，一个白白净净、身材高大的年轻官人和一个身材瘦小的黄脸中年人经常过来观察。工匠们眼中平时觉得很大的官员，见了这两个人都毕恭毕敬的，有耳尖的就听到他们叫这两人什么“史（石）秘阁”“曾计相”。跟着这两个官人的，是几个在官坊中很出名的铁匠，还有几个清清秀秀的年轻人，倒似读书人的样子。

这些工匠们只能从这些表面现象知道他们做的事情很重要，但是重要到什么程度，他们并不知道。

但石越却很清楚地知道。

可以说他曾经一直在盼望着这一天的到来。但是，当沈归田秘密报告他，兵器研究院终于掌握了高炉炼铁和平炉炼钢技术之时，他却几乎有点儿不敢相信。

从他担任提举虞部胄案事开始就已经在为此努力了，大宋最优秀的铁匠和科学家们投入了无数的时间和金钱，石越所知道的试验就有三十多次，虽然每次都不是全无所得，但是为了增加高炉高度，导致高炉轰然倒塌的事故也不是没有碰到过。石越知道有很多事情不可以强求，但是他终是有点儿灰心了，一年的时间过去了，他已经渐渐地对此不抱什么希望了。

然而讽刺的是，偏偏就在吕惠卿入主军器监不久，这样伟大的成就却终于被那些夜以继日工作、试验的研究者们发明了。石越有点儿嫉妒吕惠卿的“好运”，幸运的是，陈元凤也好，吕惠卿也好，都把目光投向了火药——他们被震天雷迷惑了双眼。陈元凤死死盯着几个火器研究组，几乎是尽可能地满足他们的一切要求，希望能够有所成就，结果却忽视了这些不起眼的铁匠们。铁匠们的试验所在是白水潭附近的河边，和兵器研究院有一定距离。

而这些研究者也表明了他们的立场。详细的资料首先到了石越手中，这当然也得益于潘照临事先的策划，以及事先发给这些研究者一笔不菲的“津贴”；另一份详细资料则作为平常的数据封入了兵器研究院的资料库之中。

无论如何，石越都不甘心把这样的成绩拱手让给吕惠卿，但是他同样也不愿意让这样具有巨大意义的发明被封存起来，毕竟这项发明在很大程度上会降低钢铁器的成本，促进整个社会对钢铁器的使用。石越始终不能把自己完全变成一个政客，他依然有自己执着的东西。

慎重考虑后，石越选择了曾布。曾布虽然是新党的核心成员，却和自己一向交情不错；而且，曾布和吕惠卿的关系相当紧张；最重要的是，曾布还是三司使——除了吕惠卿和自己之外，官方现在唯一与铁器有关系的盐铁司就归他管。检正工房公事石越在几乎是个空架子的工部本来就具有相当的影响力，再联手眼睁睁看着吕惠卿步步得势而心怀不满的曾布，新的炼钢技术在军器监之外问世，就不那么困难了。

“子明，你真的觉得这些东西有用？”一身便服的曾布对新技术的意义并不是很理解，如果不是相信石越的眼光与能力，以及抱着“反正也是公家的钱，能打击吕惠卿一下也不错”的消极想法，他甚至未必会参与这件事情。

石越却是满腔的喜悦，他丝毫没有在乎曾布的疑虑，笑道：“子宣兄，如果成功了，仅仅是大宋的兵器甲仗，成本就会降低许多，每年为国库节省的钱数以百万计，单这一项，就是极大的成绩了。”

这些理由曾布自然是早已听石越说过，但是对于炼钢一事，他实在是一无所知。当然，石越所知的，实际也并不比他多多少。“能成功吗？”曾布依然有点儿不放心，虽然是国家的银钱他自己不心疼，但是如果失败了，让御史知道，不大不小也是个罪名。

若不是心情极好，石越简直要有点儿不耐烦了，他指了指正在忙碌的那几个特意想办法从兵器研究院带出来的研究骨干，笑道：“能不能成功，得问他们。”

曾布自然不会去问他们，他矜持地看了他们一眼，过了一会儿，才似有所感地说道：“说起来，子明和介甫相公倒是很像。这等奇技淫巧之物，愚兄是全然不知道有何用处，而子明偏偏就能看出来有益于国计民生，这般见识，除子明之外，当世唯有介甫相公了。”

石越心里不以为然道：“未必，至少吕惠卿肯定明白。”但他当然不会当着曾布的面夸吕惠卿，只是笑道：“我哪敢和介甫相公比，不过生性喜欢这些事情罢了。不过子宣兄现在可是‘计相’，为国家省钱挣钱都是你的分内事了，你也终不能省这个心。”

曾布自嘲地笑道：“计相，嘿嘿，在那些自称‘正人君子’的人嘴里，我不过是个言利之臣罢了。”

这话石越却不方便回答，只好干笑几声，说道：“言利也好，言义也好，只须为国为民，就是道理所在。管别人说什么呢。走，子宣兄，我们过去看看……”

其实从兵器研究院的报告中，石越已经知道高炉炼铁以六天为周期，每炉出铁一般是四到五吨。石越对这个概念并不清楚，让他吃惊的是高炉与平炉的不成比例。报告中宣称，平炉以一天为一周期，但一次却可以炼高达百吨的钢水，并且质量稳定——这才是最关键的。即便石越再怎么外行，他也知道研究员们在平炉技术上取得的突破堪称伟大。但是对于高炉与平炉的产量为什么不成比例，石越却一无所知了。也许原本就应当是这样的吧，石越当时就是这样的想法。

政治家的责任是鼓励科学家们去发明创造，让科学家们的成绩可以变成效益，为新的发明储备基础知识与人才，而不是对发明者指手画脚，这是石越一早就有的觉悟。政治家如果把手伸进自己不懂的领域，就一定会成为那个领域最大的危害。

石越很早就开始怀疑地问自己：“是不是在科学上我说的太多了？”在科学上，他知道自己远远不是一个合格的启蒙者，如果一不小心说错了什么，以他如今的身份地位，就会让这些研究者，甚至是未来的研究者们走无数的弯路。所以最终他选择了一个明智的做法——闭嘴。“我应当相信专业人士，我只需鼓励他们继续研究与改良就是了。我的责任，就是把图纸与试验变成工业。”这才是石越的觉悟。

七天之后，当曾布目瞪口呆地看到一炉流出的数十吨钢水之后，石越知道现在是尽他的责任的时候了。

对于曾布碰上什么高兴的事情总要写一两首诗的习惯，石越感到十分无奈。他实在不喜欢写诗，而且他也觉得曾布写的诗并不怎么好，但是那是曾布的自由，他也没有办法阻止，正如他没有办法阻止曾布要先向中书报告此事一样。

石越无可奈何地意识到许多事情，比如，曾布始终是王安石的信徒；又比如，新的钢铁技术在当时虽然很有用，而且王安石也很重视新技术的发明，但是始终是不登大雅之堂的，用不着立即惊动皇帝；再比如，王安石是宰相，向他先报告才是正道。

非常巧的是，同时被任命为同判司农寺、主持新法大部分事务的吕惠卿也在中书。

听到曾布眉飞色舞地形容新的炼钢技术，王安石喜出望外，一缕胡子高兴得直颤。他心里可能正在计算着大宋国库为此要节约多少钱——特别在这个时候，王韶正在西北用兵，军器供应对于朝廷的财政支出是个大问题。吕惠卿则表情奇怪地望了石越几眼，嘴角动了一下，终于没有说话。

“子宣、子明，这件事的确是很了不起。”王安石称赞道，他有时候也会叫石越的字，比如现在，心情好的时候。

石越心里还是很佩服王安石的眼光的，身居高位者能看出来这件事了不起，已经很不容易了。当下说道：“此事陛下曾垂询下官，圣意亦颇留意于此，只需铁矿跟得上，对大宋而言，就不仅仅是省钱而已。”

在座的自然都知道石越曾经宣称汉代强盛的一个原因就是铁器大行于世，但这个时候也没有人和他讨论这个观点的是非对错。当下冯京便说道：“那快把这个好消息禀告皇上。”

王安石笑道：“不急。明日早朝时再说不迟，到时圣上自有许多事要问起，我们也要先商量商量。”其实要在朝会上郑重其事地说这件事，已是说明王安石很重视这件事情了。

石越却是别有主意，他对冯京使了个眼色，笑道：“丞相所言甚是，明日早朝再说不迟。”

待到众人散了，吕惠卿借故来到石越的厢房，笑道：“子明真是奇才，昔日诸葛孔明能造木牛流马，真是能者无所不能。”

石越一面请吕惠卿坐下，一面笑道：“吉甫兄说笑了，这是子宣的功劳，与我何干。”

吕惠卿哈哈笑道：“子宣亦说是子明的功劳，两位倒真是谦虚得紧。”

石越装着糊涂道：“是吗？总之是于国有利，也不用管是谁的功劳了，大家同殿为臣，都是为皇上效忠，为国家尽力，算这么清楚做什么？”

吕惠卿听他这么说，连连点头，笑道：“子明真是高风亮节，我自愧不如。”

虽然在都堂的时候没有流露出丝毫的异样，但是吕惠卿心里却已直觉地怀疑自己被石越撬了墙角，他回去后立即就叫陈元凤去彻查，结果发现河边的冶炼研究还在继续，根本没有成功。既然找不到证据，那也只好作罢。其实，如果是吕惠卿亲自去看一眼，定然可以看出问题来，两处的平炉结构竟是出奇的相似。

9

第二天早朝，在王安石禀报了新技术的发明之后。赵顼不由微微怔了一下，如果是石越或者吕惠卿做出来的，他都不奇怪，但是扯上曾布，那就在意料之外了。待听王安石将新技术的意义说完，赵顼这才想起这些事情原来石越和自己提到过，便笑道：“这件事二卿功劳不小。”

石越和曾布连忙出列，齐声说道：“此陛下之福，非臣等之功。”

赵顼笑了笑，他倒不会当真以为那是自己的功劳，“此事既然有益于国，可推行天下。有司详议曾、石二卿及相关人等之功劳赏赐，再报上来给朕看。”

王安石正要答应，却听石越上前说道：“陛下，凡事推行天下，必有方略，若无方略，虽有良法而不能为其善。臣有《论钢铁利弊札子》，恭请陛下御览。”

赵顼早就知道石越一向都是谋定而后动，也不奇怪，只笑道：“呈上来。”

内侍赶紧接过石越的札子，恭恭敬敬地递给皇帝。赵顼打开细读，却是好大一篇文章，除了把新技术推行全国之外，还有技术管制，钢铁专营专卖，扩大生产，降低价格，让农民用得起钢铁，提高生产效率等等措施；提出建立“采矿、冶炼、生产、专卖”四级体系的目标，四者间既合作又独立，并在“冶炼”一环之外的其余三环引进民间资本……最显眼的是石越请求将三司盐铁司铁案独立出来，成立钢铁监，专门管理全国与钢铁有关的问题，并提出让各冶铁坊独立经营、独立财务核算的建议。

这些事情对赵顼来说，都是闻所未闻的，未免有几分疑虑，尤其是让民间富室进入钢铁业一项他疑虑最多。因为当时采矿的主要是囚犯，人聚集多了本就容易出问题，何况还是挖铁矿。官府自己管理都要严密防范，让民间参与进来这种事情，赵顼一时间很难同意。倒是在生产与专卖上有限度地引进官民合营，似乎可以接受。

他看完后，便把札子递给王安石，说道：“石越所献之策，亦有可采之处。中书商议得失，再报与朕知道。”

结果，这一“商议”就是旷日持久。王安石虽然对这种种想法表示欣赏，但是他没有看出来这样做有何必要。虽然王安石勇于有为，但如果现有的东西能运行良好，他也不会觉得有必要去改变。一贯支持石越的冯京也没看出来这种实质上是对钢铁业进行公司化改造的行为有什么优点可言，而石越又根本无法说服他们。最后，为了照顾石越的面子，技术管制、专营专卖、扩大生产、降低价格等等建议还是被采用了。但其实如技术管制、专营专卖，这些本来就在实行，所以实际上石越的主张根本没有被采用。好在不管怎么样，新技术很快就推行下去了，因为西北的战争迫切需要更多的兵器。

石越从这件事中得到的唯一好处，是皇帝为了奖励他，或者说是安慰他，让他升官了。他现在有一串长长的官名——赐紫金鱼袋、礼部郎中、直秘阁、朝请大夫、检正中书三房公事、骑都尉。他的本官与散阶[1]都是皇帝特旨，这是本朝少有的殊荣，但实际上除了工资高了那么一点点之外，完全没有实际作用。宋代本官经常不任职，因此礼部郎中对于石越来说，不过挂个名罢了。

也就在石越在中书省试图说服王安石与诸位宰执接受他的钢铁业公司化改造的主张之时，远在西北的王韶开始了他一连串的胜利。

面对着王韶驻扎在渭源堡的大军，羌人部落各自倚险自守，不敢出战，企图拖垮宋军。王韶率军从抹邦山过竹牛岭，仰攻羌人，取得第一场大胜。其后又在竹牛岭虚张声势，让羌人以为他还在竹牛岭，王韶却亲率大军偷偷抵达武胜，半路邀击羌人援军，大败羌人。王韶遂在武胜建城堡而守，然后又乘胜攻击，在巩令城大败羌族瞎木征，招降其部落两万余人。自此王韶威震洮河，兵锋所向，羌族无不战栗。瞎木征惶惶不可终日，覆亡只是时间问题。

另一方面，不甘寂寞的章惇也在湖南开始招降苗族，修建城镇，把雪峰山脉大梅山上的数万苗族纳入朝廷的管制当中。

王安石支持的军事行动接连取得大捷的消息很快就传到京师，《新义报》《汴京新闻》对这些胜利的歌颂让王安石在京师百姓中的形象也变得高大起来。大宋的子民们太渴望一场胜利来鼓舞他们的士气民心了。所以无论是实际上被新党所控制的《新义报》，还是标榜着中立的《汴京新闻》，都没有吝啬自己的赞美之辞。相比之下，石越钢铁新技术的成就，在当时人们的眼里简直就不值一提了。如果不是市易法在时时提醒着开封的市民们新法有多少弊端的话，王安石定会成为最受汴京市民拥戴的宰相，只是，现实却是，现在连上街卖水果，都要交一笔所谓的“免行钱”了，这让汴京的百姓实在无法做到没有怨言。对此，《汴京新闻》曾经进行过猛烈的抨击，结果却被《新义报》的三个状元公模糊了焦点。双方进行了激烈的辩论，不分胜负，而那些靠做些小生意糊口的小商贩们的“免行钱”仍旧照交不误，直接的结果就是东京城

[1] 指无固定职事的官员品阶。

的物价再次上扬。

相比《新义报》与《汴京新闻》高调赞美王韶的胜利，《西京评论》就要酸溜溜得多，他们居然在这个时候不识好歹地对在武胜筑城等事宜要花掉国库多少钱进行了讨论与质疑，暗讽王韶花钱太多。这和枢密使文彦博简直一模一样的口吻，导致《西京评论》当天在汴京的销量跌了三成，而文彦博则被王安石驳了个狗血淋头，连皇帝也在心里认为他不识大体。

被石越形容为“往坏里说叫不太识得好歹，往好里说叫有风骨”的文彦博，的确也没有让石越“失望”，眼见着昔日的好友今日的政敌一日日得势，除了经过石越改良的青苗法之外，别的新法他一样比一样看不顺眼，而军器监案明明是个糊涂案还就是破不了……文彦博已经一日也不想在朝廷中待下去了。有了被赶出朝廷的觉悟后，他更加无所忌惮，愈发坚定地攻击起市易法与保马法来。

在几次和皇帝谈论朝政后，石越明显感觉到赵顼对文彦博有了不耐烦的情绪。当他隐晦地告诉冯京，希望冯京劝一劝这位文相公注意一下策略之时，冯京却是摇了摇头苦笑道：“没有用的，他早就想走了。”

到了九月初，御史张商英的一次弹劾终于导致了文彦博的提前罢官。张商英弹劾枢密院诸使包庇亲戚、纵容院吏犯法等十二条罪名，直接导致枢密使文彦博，副使吴充、蔡挺同时请辞。赵顼无可奈何，只好把张商英罢了。这个才到京师没几个月的御史，虽然才识卓绝，却完全不懂得政治之真义，只好被贬去两浙路监税。因为皇帝无论如何也不希望他的枢密院突然间连一个枢密使都没有。

但是这件事却也使得赵顼对文彦博的印象恶劣起来。大宋皇帝在用人的时候，最讲究平衡之术，所以赵顼用王安石为相，却故意把与他政见不合，又是富弼女婿的冯京放在中书，同时枢密院的文彦博和吴充也都与王安石不和，这就是明里暗里地防了这个表面上大权在握的宰相一手。因此，赵顼其实并不希望文彦博去职，因为无论是枢密副使吴充，还是参知政事冯京，在声望上都不足以与王安石相提并论。但是文彦博一再“不可理喻”地挑战新法的行为，终于让赵顼很不耐烦。而王韶的胜利也给皇帝吃了一颗定心丸，现在已经不是那么需要文彦博在枢密院主持大局了。于是，张商英去两浙路没有多久，文彦博便罢枢密使，守司徒兼侍中、河东节度使、判阳河。同时，以吴充为枢密使。

（第一卷完）

南北有别

有些历史学者在观察中国历史时，常常会犯“老外式错误”。

有的历史学者，只会流连于北京与上海，眼睛里只看得到一个时代最好的数据——他们眼睛所见的，是那个时代最文明的一面，最先进的各种技术，最具文明的政治精神，最高的亩产量，最出色的法律实践……于是，一个时代突然间就变得无比美好。在经济史上，有两个专有名词用来形容这种历史观察法——“选精法”“集萃法”。

有的历史学者，却走上了另一个极端。他们眼里只看得见中国古代最腐败、最黑暗、最落后的角落，他们只知流连于我们这个社会最贫穷的角落，即使偶尔提到北京、上海这样的繁华大都市，他们所见的也只是那里的黑暗、腐败的东西。

不过，幸运的是，近十年来，已经有历史学者开始反思。当观察者的眼睛，超越了两个极端，我们就会接近历史的真相；当观察者的野心，不再执着于得出宏观的结论，我们就可以看到空间的区别。

在接下来的篇幅里，阿越会尝试着用这样的精神，向大家介绍《新宋》中的时代的风俗人情。

提到《新宋》所描绘的那个时代的风俗，即使对北宋历史不太熟悉的人，也会张口说出《东京梦华录》与《清明上河图》。这一书一图，描绘了北宋汴京的绝代风华。

当我们通过《东京梦华录》与《清明上河图》来看宋朝时，我们要知道，那仅仅是大宋朝的东京开封府；我们心里要明白，那里仅仅只是一个时代中最繁华的所在。所以，大家千万别误把汴京人的生活方式、生活水平，当作大宋人的生活方式、生活水平！

在《新宋》的时代，汴京也许可以作为全国性的代表，但绝不能作为全国性的典型。而且，我们必须知道：不仅汴京不能，而且也没有哪一个城市、哪一个县、哪一个州、哪一个府、哪一个路可以作为全国性的典型。

在《新宋》的时代中，所谓的“南方”与“北方”之间，有着巨大、显而易见的区别。这种巨大的区别，甚至不止于风俗的不同，还体现在社会、政治、文化、经济等各个方面。

所以，当我们去了解北宋的风俗时，第一眼看去，看到的一定是——“南北有别”。

1. 宋代的南北

哪里是南方，哪里又算是北方？

依咱们在初中地理课本上所学到的知识：秦岭淮河一线以北为北方地区，反之是南方地区。但我们要清楚，那是按大局而言，实际上南北一直是一个相对的概念。比如有的湖南人，有时候会以长江划界，长江以北，便算是北方，长江以南，就是南方。但在一些信阳人看来，这个标准却是不成立的，因为他们觉得，黄河以北才是北方，而信阳应当属于南方；可在广州人心中，估计韶关以北的地区都算是北方了。

所以，我们来了解一下，宋人心里的“南方”与“北方”，究竟是指哪些地区？

其实无论是“南方”“北方”也好，“东方”“西方”也罢，倘若认真追究起来，都并不简单，因为它本身就代表着一种价值观。所谓的方位与人们心中的“中心观”有着很大的关系，比如今天我们谈“远东”，聊“中东”，这就是一种欧洲的中心观，实际上也是一种文化霸权的表现。如果用一种历史的眼光来看待这些地区，所谓的“中东”，实际并不在东边，它应当是人类文明发展中较为中心的区域；而“远东”，其实也不远。换到19世纪以前的中国，当时的中国人绝对难以想象并愿意接受欧洲人所说的“中东”“远东”这类称呼，更不可能像今天的中国人一样对此毫无怀疑。因为，按当时中国人的中心观，所谓的“远东”，倒是天下的中心，而“中东”，却分明在西边。

读过《新宋》，大家都会对当时的行政区域有所了解。在书中，大家也会经常看到“西北”“两北”“河北”“东南”……这样的名词。细心的读者也许早已经深究过这些名词的真正含义——没错，所有的这类名词，都是特指的，而且还有特定的文化意义。

在《新宋》的时代，人们就是以汴京以及京西路（主要包括今天的河南以及湖北北部）为中心，向四周辐射的。因此，才有所谓的“西北”“东北”“东南”“西南”。所以，当时的“东北”所指的地区，就与今天的“东北”绝不相同。

宋人所说的“西北”，指的是陕西、河东、河北三路，所以有时也称为“西北三路”；“东北”，指的是京东路，也就是今天的山东地区；“西北”与“东北”，又合称为

“两北”。而“西北”这个词，有时候会被用来泛指北方，不仅是两北地区，连汴京、京西路也包括在内。换句话说，两北地区与汴京、京西等地区，构成了宋代的北方。

“东南”指的是淮南、两浙、江东、江西、福建、湖北、湖南等路，但严格意义上的“东南”，则只指所谓的江、湖、淮、浙与“东南六路”；“西南”则包括成都府、利州、梓州、夔州、广东、广西等路。这“东南”与“西南”，便构成了宋代的南方。

以上，便是宋人心中的北方与南方，实际上，也是一种以开封为天下中心的价值观。

在弄清楚了宋人心目中的北方与南方后，我们就可以来看一看，宋代的北方与南方，究竟有着什么差异。

既然是谈风俗，当然便要从衣食住行说起。

2. 南北有别之衣食住行

南方与北方，因为气候、地理的差异，在衣食住行上的差别，直到今天都还顽固地存在着。其实，于宋代而言，南北方在衣食住行方面的差别，其实并不算特别的大。

不过，话虽如此，但还是有所不同。

在宋代，曾发生有南方人因为对北人穿毛褐衣服深恶痛绝，宁肯冻死也要穿绢绸衣服的事情，而他最后果真因为受冻而病死了。此君姓徐名铉，宋太祖的那句名言“卧榻之侧，岂容他人酣睡”，就是对他说的。当然，这只是一个极端的例子。谁知道这是不是因为徐某人受了宋太祖的刺激，对北方人产生强烈的逆反心理所致？

实际上，衣着乃是宋代南北的差异中最小的一项。宋人在这一点上出奇的一致，不管南人还是北人，都会追求时髦、追求奇装异服，但凡经济条件许可，便会尽量让自己穿好一点。司马光在教育他儿子时，留下了一句非常著名的话，“走卒类士服，农夫蹑丝履”。这句话在今日被人们广泛引用，被视为宋代人民生活水平的象征。但其实这句话，亦可以视为对当时人们衣着风俗的一个形容。当时的民众十分追求时尚，司马光、程颐，都是广为人知的服装设计爱好者，而苏轼设计的“东坡帽”，更是成为一时时尚。说到这里，有些事情要顺带提一下，在《新宋》的时代，士大夫中间还不流行头巾，头巾依然是普通百姓的流行品，一直到过了几十年后，公卿们才开始向百姓看齐了。喜欢留意宋人画像的朋友会注意到，岳武穆[1]头上裹着的就是头巾。这也是宋代服饰的另一个特点，以往在服饰上体现的森严的等级制度，在这个时代，已经支离破碎了。

宋代南北方在饮食方面的差异，体现得要更明显一些。而且这种差异，还相当有趣。

从口味上来说，宋人南北口味的差别，与今日是完全不同，甚至截然相反的。因为，

[1] 岳飞，字鹏举。在宋孝宗时期，宋孝宗为岳飞平反，诏复其官爵，禄其子孙，谥武穆，所以史称岳武穆。而到了宁宗时追封岳飞为鄂王，改谥忠武。

有可靠记载表明，在宋代，南方人的口味以咸为主，而北方人却以甜、酸为主。

除口味之外，南方的饮食，也比北方讲究、精美。在宋人曾慥所编的《类说》中，记载了一句俗语："不到长安辜负眼，不到两浙辜负口。"阿越想了很久，都没有想清楚前一句的意思，究竟是长安山水美？还是长安美女多？总之这句俗语是说，不去长安就对不起你的眼睛，至于怎么样才算对不起你的眼睛，真要留待诸君去自由发挥。但后一句话的意思，却是很明白的，不到两浙地区，是对不起你的嘴。可见在当时，两浙就已经是美食之乡。据说蔡京吃一次鹌鹑羹，就要杀数百只鹌鹑；请一次客，单蟹黄馒头一样就要花费一千三百多贯，不知道是不是在杭州当官时养下的坏毛病？

当然，所谓饮食的精美、讲究，自然只能归属于有钱阶层的享受。就普通民众而言，吃得最多的，当是泡饭、川饭、衢州饭。泡饭到了今天，在杭州一带还能吃到。而对于南方人来说，在分茶店卖的川饭，就是最主要的主食了。据说，在汴京的许多店子里，生怕南方人不习惯北方人的口味，就专门有"川饭"卖给南方人吃——只是不知道，这川饭，是不是今日遍布全国的川菜馆的老祖宗？

衢州饭则是一种快食饭，实际上就是焖饭。在当时，"尊贵人"是不吃衢州饭的，对于不挑拣的普通民众来说，工作之后，找一家衢州饭店，填饱肚子继续干活，是他们最常见的生活方式。

说到饮这方面，有许多人是知道的——宋代的三大饮料，依次是酒、茶、汤。在《新宋》中，我们也经常见到点汤送客的习俗。北宋的汤和我们今天的汤其实是有差别的，当时的汤，大多数都是药汤，其中会配有甘草等药材。除去这三大饮料外，牛奶与果汁，也能排进前五位。北方人常常喝牛奶、马奶、驴奶、羊奶，南方人虽然没有这么好的天然条件，但据说两浙路的民众，也很喜欢牛奶。

衣食以外，于民众生活来说，最重要的便是住了。一般来说，宋代普通的百姓，条件较好的可以住上瓦房，条件较差的，则还是只能住草房。除了南方一些地区有住竹楼或者以船为家外，这一点南北并无多大差异。

其实南北方关于"住"的最大的差异，表现在对住宅的装饰上面。

宋人很重视装饰家居，李师师的卧室里，就到处挂着山水画，而有些人家，则是挂肖像画。但这种程度的装饰，只是很普通的，与杭州人对家居装饰的狂热相比，真是不足挂齿。翻开《宋朝事实类苑》，我们就会看到如此记载——杭州人如果家里有一百贯财产，一定会用超过五十贯以上的钱财来装饰门窗。这可绝对不是孤证，因为欧阳修也用诗句记录下来了这个风俗——"越俗僭宫室，倾赀事雕墙"。

在"行"这方面，金庸最爱说的是"北人骑马南人乘船"。不过，在宋人的实际生活中，骑马和乘船，在“行”来说，所占比例到底还是少数，多数人多数时间，不管南人还是北人，都是在走路的。

而南北方“行”的最大差别，就表现在街道上。

照例除去汴京，北方的街道，是以泥土路为主；而南方的街道令人惊讶，竟然多是砖街！我们甚至能够经常在史料中发现这样的记载，某南方官员将驿路改建成石子路甚至是石板路！

坦白地说，阿越认为很难用南方雨水多道路容易泥泞来解释这一现象，南方地方政府敢于在公共支出上做如此奢侈的事情，与宋代南方的富足应当是分不开的。

而即使人们不再走路，骑马也不是北人的第一选择。准确地说，坐车才是北人的第一选择。车的种类很多，舒适条件也大不相同。但对于在路边看着来来往往的车经过的人们来说，车只有两种，一种是男人坐的，掀起滚滚黄尘，必须赶紧侧过身去，伸出袖子捂住口鼻；另一种则是美女坐的车，据说这种车经过时，“香云如烟，数里不绝，尘土皆香”。

在《新宋》所描绘的时代过去几十年后，历史上的北宋末年，轿子兴起了——这是个被王安石、司马光等人深恶痛绝的东西。随着北宋的风气变得更加奢侈、更加孱弱，轿子终于盛行，同时亦预示了北宋即将灭亡。

骑马则是北人的第二选择，原因无他，北宋的马并不是很多，不是人人都骑得起马的。车可以用牛来拉，但是骑牛的风气，在唐代以后，就不怎么流行了。如果骑不起马，就只好骑骡、驴。在《新宋》的时代，宋人还不如后世那么柔弱，就连妓女也会骑驴、骑马。

相对来说，南人坐车的机会，一般会比北人要少些。所以，准确地说，在宋代应当是“南船北车”。

3. 南北有别之人情礼法

我们都知道，宋朝人是非常有内涵的。因此，宋朝南北方之间的差异，并非主要表现在衣食住行这些外在的方面，而是体现在人情礼法之间。如果我们能如石越一样到北宋去，从衣着、饮食、住房、出行的习惯上，我们可能未必能够准确地分辨出此人是南人还是北人，但只要能够和对方一起生活上几天，哪怕他们说的都是一口标准的开封官话，我们也能很快分辨出他的家乡在南方还是北方。

下面我们就来说说，怎么样进一步分辨你的宋朝朋友是南人还是北人。

首先从第一印象来感觉。

第一印象是非常重要的！如果你的这位宋朝朋友看起来忠厚老实、质朴直爽，那么就可以给他在北人的卡片上加一颗星星。反之，如果你的朋友看起来比较聪慧狡黠，有很强的好奇心和进取心，但处事却比较轻浮，甚至很有点儿心机，那么，请给他在南人的卡片上，加一颗星星。

好吧，我知道你想说偏见害人。的确，这件事情不能一概而论，但是，请注意，这个偏见几乎成了一种公论。翻开《宋史·地理志》，看看里面对各路人民的简单评价，里面显而易见地反映了这种偏见。我知道看史书是一件很烦人的事，那么我就举一个例子——我们熟悉的韩琦，我们来看看宋人对他有什么样的评价！

我们已经知道韩琦是北方人，河北相州人，宋人对韩琦的评价是“有厚重之德”“为人亦微任术数”，就是说，当时的人们认为这位大宋朝的名臣为人厚重、值得信任，但是，他也颇懂一点权术，喜欢耍点手腕——有这样的评价，当然不足为奇，奇妙的是，韩琦籍贯在河北，但出生地却是在福建泉州。所以，当时人们将他的“厚重”，归结于他是北人；而将他“微任术数”，则归罪于他有“闽士之风”。

所以，现实是，偏见的确是客观存在的。

在当时的人们看来，北人忠直的最极端的代表，就是河东路人，也就是今天的山西。因为河东路在宋朝全国的GDP排名中，绝对是比较靠后的，大约也就是比贵州、广西这两个最不发达地区强点。但是，河东人的忠义观念非常强，不仅饿死不做贼，到了国难关头，河东深明大义、舍身报国的人也特别多——在历史上，神宗末年，王安石父子一手搞出来的保甲法，彻底走向它本意的反面，许多地方都有保甲暴乱，只河东路平安无事。接下来我们还会谈到北人的民风与法律意识，若联系到这两点，我们就可以知道河东人民的忠直有多么可贵。

作为南方慧黠的代表，福建路可比河东路更加有代表性。河东路是北方诸路中，最贫穷、最欠发达的一路；而福建路在南方，却是当时先进的代表。当时的南方诸路，大概可以这样划分，江西、两浙、两淮，是各方面都还比较稳定的地区；而福建路，在北宋中朝，却是一个名副其实的爆发区。这有点儿类似于18世纪中期以后的湖南，以前几乎不怎么出彩的地方，突然间就人才集中爆发了。福建路在北宋中期就是如此。当时福建有“三多”——进士多，状元多，名臣多。形成这样的福建的历史原因是多方面的，阿越以为，最根本的原因在于教育。因为在五代十国时期，福建有幸出了一个著名的教育家，到了神宗在位的时候，福建路人民的识字率在全国都居于领先地位。而两浙路在神宗的时代，还是教育不太发达的地区，属于它的时代是从北宋末年才开始的。至于两湖两广，在当时，湖北处于没落阶段，而湖南与两广，还只能算刚刚萌芽，真正属于它们的时代，还要等一千年后。

所以，我们就可以理解为何福建人要承受这么多的偏见——长期把控着最高权力中心的北方人，经过了几十年时间，突然发现自己身边到处都是福建人，不免产生些地域歧视，这也是可以理解的。其实这种地域歧视，不只是存在北方人之中。当时四川与福建风气相近，北方人认为“闽蜀同风”。但蜀人与闽人观感相近，在蜀人看来是对自己的一种侮辱。其实，当时北方人对福建人与四川人，除了讨厌之外，心理上还是有一种害怕的。不说其他，这两地的人捉弄起人来，就够忠厚老实的北方人受得了。

而除了用忠直与慧黠来得出你的第一印象以外，我们也还可以用一些辅助的方法，比如北方人比较勇敢彪悍，南方人相对柔弱。不过，这个标准就相当的不可靠。通常来说，北方人身体强壮一点，是因为宋朝边防，但是河北禁军是窝里横，连河东禁军也有不堪战之名，这些也是历史事实。反而，南方却出了不少著名的儒将。不过宋朝的军事重心南北不平衡得非常厉害，倒也是客观事实，所以当兵的南人要少于北人，也是一时的历史现象。

第二个能对南人与北人进行有效区分的办法，就是观察你的宋朝朋友，究竟是比较勤劳节俭，还是存在享乐主义。当然，必须附上说明——这个办法不适用于多数有钱人。有钱人过奢侈的生活，那是生活的本分；而有钱人过节俭的生活，那是一种生活的习惯。不管怎么样移风易俗，叫多数的有钱人过日子节俭，估计是天真的行为。比较现实的办法就是征很高很高的“奢侈税”。同样，此法亦不能用于很穷很穷的人，一个人穷到一定的程度，就算再有享乐主义的觉悟，也难有实现的办法。

阿越闲话少说，提到的这个办法只能适用于你的朋友是普通人——他要恰好既不太穷，也不太富。若他勤劳节俭，请在北人的卡片上，再加一颗星；而如若他享乐主义思想严重，请在南人的卡片上，加上一颗星。

这一次，北人的代表，依然是勤劳勇敢的河东人民。

请原谅我些许的“地域偏见”。山西人民的节俭，是很有历史的。宋朝的河东人，不仅在家乡河东路就有勤劳节俭的美名，就是移民到了别的地方，发家致富后，也依然没有丢弃这个优良传统。倘若你的宋朝朋友住在汴京附近的州县，他家的房子看起来只能遮挡风雨、他的衣食住行全部都是够用就好。请你千万别妄下判断，不要认为他家里真的过得很拮据。因为，如果他是河东移民的话，他家里十有八九，是很有点儿积蓄的。

相比河东路蝉联北方两项冠军，南方享乐主义的先进地区称号，这次要颁给两浙路与成都府路。

两浙路在饮食、住宅上面的种种表现，前文已经介绍过，这里不再多说。而体现享乐主义的另一种表现，就是对游山玩水的热爱。在两浙路，人们非常重视生活的质量，即使家里比较穷，哪怕典当点东西，也要时不时地带着老婆孩子出去游玩一番，来个不醉不归。而在成都府，东坡有诗云：“蜀人衣食常苦艰，蜀人游乐不知还。”

第三个区分南人与北人的方法，亦是最有效的方法，则是留心观察他们的礼法意识。

什么是礼法？礼是礼制，法就是法律。

先说法律，如果你发现，你的宋朝朋友熟悉法律，遇到纠纷，就一纸诉状告进衙门，即便不识字，也喜欢通过法律手段解决问题，那么你的朋友有八成概率是南方人。如果他的文化程度并不算很高，仅仅只是识字，又没当过政府公务员，却热爱一切免费的法律讲座，而且他对法律精通的程度能让人赞不绝口、令为官者折服，那么你的这位朋友，很可能来自欧阳修、王安石的故乡——江西！

反之，如果贵友热衷于家族调解，若调解不通后，宁愿通过暴力手段来解决问题也不去衙门，哪怕读了很多书，对法律也略有所知，贵友则有八成可能是北方人。

对中国法律史比较了解的人士，应当都知道宋代在中国法律史上是一个关键时期，其中一件标志性的事件就是专业性诉师与诉师团体的出现。而这个事件，很可能最早就出现在北宋的江西。而北宋的南方，也在中国民事诉讼史上占有重要地位。

当然，这些与我们的主题无关，我们现在只是在用种种办法来区分你的宋朝朋友是南方人还是北方人而已。

所以，接下来我们还是继续说礼制。

请仔细观察贵友，倘若贵友对礼制非常看重，一举一动都合乎礼制的要求，那么请相信我，即使他不是土生土长的北方人，也一定在北方度过了他人生中最重要的时期。反之，若他做事总有些不合礼制的地方，那么，在南人的卡片上，又可以添上一颗星星了。

现代人可能有些不太熟悉礼制，所以，我来说一些具体事例吧。

比如，我们可以看看，新娘子出嫁的时候是不是抛头露面？因为北人是绝不会抛头露面的。还有，南人碰到家里有丧事，甚至是国丧，是会请乐队来吹吹打打的——这个习俗，直到今天还是如此，这也是阿越自小以来，对家乡风俗，最感到迷惑的地方。

不过，婚丧嫁娶，也不是那么容易碰到的。那就换一个角度观察，看看你的宋朝朋友的家，是数世同堂，还是分财析居？一般来说，北人喜欢数世同堂，南人就喜欢分家过小日子。还有，留心一下，如果儿子孙子敢直呼老爹和他爷爷的名字，或者他家女婿来了，大伙管他叫“驸马”——请不要吃惊，贵友并不是大宋朝的皇帝，他只是个南方人而已。

这里要特别提出来一点，有的学者认为女子在外面工作，是南方的一种风俗。这一点阿越是不能苟同的，因为在开封街头巷尾工作的女性，可不是少数。

除了这些以外，还可以看看贵友对于钱财的态度。宋朝的南方，有着浓厚的商业意识，从北宋开始，就出现了不少思想家鼓吹商业的正当性，甚至连赶考的士子，也会顺便做些生意——用装经书的箱子贩卖私茶，从事走私事业。我们知道，连著名的苏轼都曾经被卷入一起涉嫌走私案件当中，虽然查无实据，疑为政敌陷害，但他的政敌给他编出这样一桩罪名来，本身就显得耐人寻味。所以，如果贵友是个读书人，却毫不掩饰他对熙宁重宝[1]的喜爱，那贵友多半就是个南方人。

宋朝南北风俗的区别，我们就简单地讲这么多了。若足下还是弄不清你的宋朝朋友是南人还是北人，阿越也可以告诉你一个简单的办法——请你去捉一只乌鸦或者喜鹊来，让它在你朋友的门口叫。如果你朋友听到乌鸦的声音高兴，听到喜鹊的声音感到讨厌，那他就是北人；反之，就是南人。

什么？你不会爬树？那么，用绝招吧——直接问你的宋朝朋友吧！

[1] 北宋的铜钱，宋神宗时期铸造。

我们的《新宋·南北有别》到此结束了，有兴趣进一步了解宋朝南北不同的朋友，可以去读读程民生先生的《宋代地域文化》一书，这是一本很有意思的学术著作，阿越在这篇《南北有别》中也大量参考了此书的结论，所以在此特别提出来，一则不敢掠人之美，二则表示谢意。

inn earth 地球旅馆 出品

捧读文化 触及身心的阅读 全国总经销

出 品 人 张进步

策划监制 程 碧

特约编辑 朱 莹 孟令堃

封面设计 林雨 | QQ 450611716

内文设计 八月松子 August pine nut

新浪微博

微信公众号

发 行 肖 遥 谭 婧

法律顾问 天津益清（北京）律师事务所 王彦玲

出版投稿、合作交流，请发邮件至：innearth@foxmail.com

了解新书，图书邮购、团购、采购等，请联系发行电话：010-65772362

inn earth®

地球旅馆

新宋 2

·大结局珍藏版·

关于宋朝的大百科全书式小说

阿越 著

河北人民出版社
石家庄

图书在版编目（CIP）数据

新宋. 2 / 阿越著. -- 石家庄 : 河北人民出版社,
2019.7
（新宋·大结局 : 珍藏版）
ISBN 978-7-202-13945-5

Ⅰ. ①新… Ⅱ. ①阿… Ⅲ. ①长篇历史小说－中国－当代 Ⅳ. ①I247.5

中国版本图书馆 CIP 数据核字（2019）第 102499 号

本卷目录

第十章 天下才俊 315
第十一章 再度交锋 347
第十二章 婚姻大事 383
第十三章 匪斧不克 427
第十四章 牧守杭州 455
第十五章 祸不单行 509
第十六章 身世之谜 553

第十章

天下才俊

定理之一：每个时代都会有不被发现的才学之士。

——佚名《论人材》

1

虽然文彦博的去职是在意料之中，而且他和石越关系并不好，但是他的罢相无疑使所有新党的反对者们都感到遗憾。连潘照临也不免感叹朝廷中少了一个制衡王安石的重要力量。但也有高兴的人，权知开封府陈绎就是其中之一，少了文彦博，朝中就没有人会追究军器监案，而王韶的大捷又让诸报纸把注意力全部转移了，他迎来了难得的平静日子。于是便连小捕头田烈武也因为陈大尹不再关心军器监案而变得轻松起来。

总是幻想着去西北建功立业的田烈武这几日天天都要在一家叫会仙楼的酒楼听报博士读报，以了解前线是不是又有了什么新的消息。当然，对家里老头子的解释是，“也顺便知道一下我叔的情况”。

三份报纸中，《西京评论》文绉绉的，田烈武听不大懂，就连报博士解说的时候也不一定说得清楚，而《新义报》很多话明显是放屁——新法有那么好吗？田烈武深感怀疑，当然他不敢说出来，只是心里不信罢了。不过他还是很爱听《新义报》，因为他和很多人的想法一样，《新义报》是朝廷办的，状元爷主笔！当然他最喜欢的还是《汴京新闻》。《汴京新闻》什么鸡毛蒜皮的小事都有，而且还有“广告”，报博士有时是连着广告也一起读出来的。会仙楼旁边的“李家老字号”就在《汴京新闻》上打了广告，连着那些伙计都非常神气，整日拿着报纸对客人夸耀：“我们这是报纸上登了的……”不过对于《汴京新闻》上的什么“以民为本，民为贵君为轻”之类的话，田烈武寻思道：“我一个小捕头，怎么可能比赵官家要‘贵’？这不是胡扯吗？”听了好久以后，田烈武才想明白，这是因为桑公子是个读书人，又是个大好人，他这是在帮老百姓说话。

这日约了吕大顺和往常一样踏进会仙楼，田烈武忽然感觉不太对劲——会仙楼客人比平日多了许多，而且看打扮全是些读书人。田烈武很是纳闷，一边上楼一边向吕大顺问道：“大顺，怎生多出这些人来？”

吕大顺笑道：“瞧你糊涂的，省试就要开始了。各地贡生都来考试，连贡生带书童，得有多少人呀？再加上白水潭学院新年级开学，我们这边还好点，你去白水潭看看，那才是人山人海。”

田烈武拍了一下脑袋，恍然大悟。噔噔噔三步两步挤到楼上，找了个位置坐好，要了一盘豆角，一盘小炒獐子肉，一壶老酒，和吕大顺一边对饮一边听报博士读报。这报博士读的报纸却是《汴京新闻》，他先读了一段关于礼部试的报道。《汴京新闻》

是三大报中最灵活的一份报纸，桑充国特意组织人手去采访了礼部官员，还采访了以前参加过科举的成功人士，让他们给考生介绍经验，提醒大家考试的注意事项，专门做了个“省试专题”。相比之下《新义报》就死板得多，连三位状元主笔的优势都不会利用，让桑充国等人很不理解。那些考试的注意事项和经验很受参加省试的贡生们欢迎，让《汴京新闻》的销量一路攀升。但是对于田烈武来说，却未免有点儿索然无味。

好不容易把这些东西全部读完，报博士清了清嗓子，拣出一段新闻，摇头晃脑地读道：“本报最新消息，白水潭学院第一届技艺大赛定于九月十日在新建体育场开幕，为期十五日……比赛项目分马术、剑术、格斗、射箭、蹴鞠、毽子……单人团体共三十六项，第一名可得金质奖牌与缗钱三十贯之奖励……以上云云。”

这段新闻立即引起了许多人的好奇，吕大顺喝了一口酒，高声问道：“报博士，这比赛是怎么个比法？报纸可有说及？”

报博士朝这边作了个揖，笑道：“这位官人，这个我也不知道。不过报纸上说欢迎参观……”

吕大顺不以为然地说道：“读书公子踢踢毽子，玩玩蹴鞠也就罢了，怎么会去比剑术、格斗呀？”他这句话立即引起很多人的共鸣，连不少读书人也在交头接耳，议论着白水潭搞的这个什么“技艺大赛”是不是有辱斯文。

却听酒楼西边有一个年轻人站了起来，朗声说道：“列位不曾读书吗？孔圣人也会剑术的。大丈夫出则将，入则相，须当文武全才。国朝读书之人久不习剑术技击，桑山长的见识，在下很是佩服，届时在下一定要去看看的。”自然没有几个人知道那是石越的主意。

田烈武抬头打量此人，只见他二十二三岁，剑眉星目，脸色略显苍白，身材清瘦，身穿一袭白色棉布长袍，虽然显得很旧，却洗得干干净净，腰间系着一条黑色布带，扎了一个漂亮的结，腰带上插着一根绿色的竹箫，虽然一看就知道不是富家子弟，但是整个人神采飞扬，顾盼生辉，气质清雅得紧。

这个年轻人见田烈武在打量他，便朝这边点头一笑，田烈武也不禁点头微笑致意。又听他说道：“白水潭学院乃是天下学院之宗，在下今科若不得中，还要投入白水潭学院读书呢。诸位存有此想者，亦不在少数吧？”

当下很多人轰然称是。除了一些老书生，指望着连试三科不中，朝廷恩赐同出身的之外，只怕十个有九个想到白水潭就近读书。

田烈武见这个书生气度不凡，心中顿生结交之意，但是自己终究只是一个小捕头，粗人一个，和读书人结交，未免有点儿高攀的感觉，因此心中迟疑，却见一个身穿白色丝袍的书童走到那个年轻人面前，行了一礼，问道：“这位公子，我家主人有请，不知可否赏光？”

那个年轻人怔了一下，问道：“不知贤主人是？”他见这个书童竟能身着丝袍，其主人非富即贵，自己是个穷书生，父亲早死，由寡母辛苦带大，自然不会是故交旧识。

书童微微一笑，用手指了一间雅座，笑道：“我家主人就在里面，公子见了便知。”

当时读书人入京考试，无不想结交名流以抬高声誉，大部分都是欲求一个引路人而不可得，有这种机会送上门来，这个年轻人即使是清高，亦不能不心动，当下拱手道：“如此，有劳带路。”

田烈武自幼习武，听力胜过常人，这一番对答虽然远了一点，却听得清清楚楚。他目送着书童把那个书生带入东边的一间雅座，不禁好奇起书童的主人，正在想着要怎么样去偷听一下，忽然吕大顺捅了他一下：“田头，你看……”

田烈武忙循声望去，原来竟是那日在小酒铺插话的年轻人走了上来，今天他一袭白色丝袍，更见飘逸，跟在他身后的，还有四个黑袍儒服的人，两个年纪稍轻，约二十四五岁，两个年纪略大，约三十四五岁。这一行五人走到东边，寻了一张桌子坐下。那个年轻人经过田烈武身边时，嘴角不易觉察地露出一丝微笑。

2

会仙楼东边的某个雅座之内，一身便服的石越向侍剑引进来的年轻人拱手说道：“适才见公子气度不凡，大为心折，故冒昧相邀，还望公子恕罪。在下石越，不敢请教公子尊姓大名。”

那个年轻人已然想到这里面的人物必定非富即贵，但是走了进来，还是吃了一惊。雅座内一共七人，除去三个站立侍候的书童，余下四人中，竟有三个佩着金鱼袋！另有一个布衣，虽然神情憨怠，但是一双眸子精光内敛，亦可见其绝非凡品。这时石越自报名号，只有那个布衣跟着站起，另外两个端坐不动，虽然都是常服，但是身份之尊贵由此可见。而以石越之身份，亦已是万千人所仰慕。石越石子明，桑充国桑长卿，是大宋年轻人眼中的双璧，尤其是石越，在年轻人眼中，完全与一串褒义词连在一起。现在这个传说中的人物如此平易地出现在自己面前，年轻人不由一阵激动，他暗暗深吸了一口气，缓和一下紧张的情绪，这才长揖答道：“在下高邮举子秦观，草字少游，见过石秘阁。”

石越吃了一惊：“这人就是秦观？写过‘两情若是久长时，又岂在朝朝暮暮’的秦少游？”心中的历史记忆飞快地闪过脑海，苏门四学士之一的秦观此时肯定还没有拜到苏轼门下。石越依稀记得他是元丰年间的进士，眼下才是熙宁五年，离元丰年间最少也有五六年时间，他这么年轻就考上举子了？历史上的秦观给石越的印象不过是一个词人骚客，但是刚刚却明明听到他谈吐不凡……难道此人不是那个秦观？石越并不知道秦少游年轻时的喜好与抱负，心中不由浮上一丝疑惑，一面笑道："原来是秦公子。我给你介绍一下，这位是冯当世大参，这位是郑州牧刘希道使君，[1]这位是潘照临潘潜光先生。"

原来这却是石越和冯京在此为刘庠接风洗尘。刘庠虽然被贬，但他于当今皇帝有拥立之功，邓绾一倒台，石越和冯京就为他求情，终于让他改任权知郑州军州事。目下王安石如日中天，刘庠也不愿意声张，低调绕道回汴京一趟，打算悄悄见几个故旧就要赴郑州任上。

秦观连忙一一见礼，他知道冯京是大宋少有的几个三元及第[2]的人物之一，又是参知政事，富弼的女婿，朝中旧党硕果仅存的旗帜，也是一个传奇式的人物，对于考前能见到此人，秦观不由大感幸运。

石越等他们答礼完毕，便请秦观坐了，问道："秦公子一向做何学问？"

秦观见石越相问，忙敛容答道："学生所习，无非六经，亦读《论语》《孟子》，此外石秘阁的《三代之治》《论语正义》《七书》亦略有涉猎。"虽然秦观年岁只比石越小几岁，但是当时坊间流传四句口号："通达六经王介甫，天下文章苏子瞻，若谓二人皆不足，孔孟之后有子明。"这口号虽然对石越颇有抬高，但在大宋士人[3]的心中，石越的地位尚在王安石与苏轼之上，却是不争的事实。面对这样的"大人物"，秦观自然得执晚辈之礼。

石越点点头，笑道："秦公子年岁尚轻，能尽通六经，亦很了不起。"

秦观苍白的脸上闪过一丝红晕，忙道："绝不敢谓尽通六经，学生资质平庸，仅于《诗经》略有所得。"

刘庠性格刻薄，否则也不至于当年面辱邓绾，他见秦观拘谨，忍不住在旁边笑道："那亦不错，唐人谓三十老明经[4]，秦公子虽然二十多岁仅能通一经，却还不算太老。秦公子若考明经科，能通《诗经》，足矣。"

秦观听他取笑，不亢不卑地答道："回刘使君，目下省试进士亦要考五经，不考诗赋，明经一科亦已取消，学生已无机会做老明经，不过学生生性愚钝，也比不得使

[1] 郑州牧是郑州知州的雅称。使君亦为知州的雅称。刘庠字希道。

[2] 所谓三元，就是解元、省元、状元。三场考试，场场第一，谓之"三元及第"。

[3] 士人，古时指读书人，亦是中国古代知识分子的统称。

[4] 明经科是古代科举科目，内容较浅，所以说三十岁才考中明经，实在是太老了。

君当年‘少进士’的风采。”

刘庠虽然少有文名，八岁能诗，但中进士却比较晚，当年因为岳父遗奏补将作监主簿[1]，入仕之后才参加进士考试，虽然终于进士及第，但的确不是少年得志之人。他取笑秦观二十三四岁才通一经，读书不够用功，差一点点就变成“老明经”了，秦观便以牙还牙，骂他中进士太晚。所谓“三十老明经，五十少进士”，秦观这里说他是“少进士”，是语带讥讽。

这等话在座的谁听不出来，冯京皱了皱眉，心里暗道秦观轻佻；石越虽然早知秦观必有书生狷介之性，但也有点儿担心刘庠生气；潘照临似笑非笑地看着秦观和刘庠，摆明了看热闹。

不料刘庠却并不生气，只是嘿然一笑，道：“秦公子伶牙俐齿，只怕自己未必不做‘少进士’。”

秦观淡然一笑，道：“能不能中进士，那自有命数。学生今科不中，便当往白水潭读三年书，三年后卷土重来亦未可知。”他这时少年意气，自然说话间挥斥方遒，总觉世间一切事皆是容易。

冯京心里虽不以为然，但他不喜欢秦观的性子，便自矜身份，不去搭话。石越和刘庠却喜欢他这份少年锐气。刘庠笑道：“若能在白水潭学得三年，出来亦不失为一真书生，养好这份书生之气，将来便不能为能臣，也是个好御史。”

石越本来和刘庠并不是太熟，不过出于政治上的考虑，他要为刘庠说好话，以博得旧党的好感，这时听他对秦观的鼓励，不由大起好感。

秦观也有几分感动，起身长揖一礼，朗声道：“多谢刘使君教诲，学生自当铭记。”

石越温言笑道：“汴京居住太贵，秦公子何不到白水潭附近去住，写点文章给几份报纸投稿，一可扬名，二有稿酬，或者在义学兼份教职，亦可养活自己。男儿大丈夫，不怕出身贫贱，就怕没有志向……”

他的话虽然琐碎了点，却是说得诚恳，秦观更加感动。他此番来京，的确盘缠不多，都是同窗接济，以石越今日之身份，和他说这些话，显见石越的关心。他却不知石越心中本有意让他住在自己府上，但是早有消息石越是钦点的考官之一，他不得不避这个嫌——御史台蔡确蔡司宪正在虎视眈眈地盯着他。

众人又说了些寒暖冷热，石越等人便开始谈古论今。刘庠颇知古今史事，和石越相谈甚欢，而潘照临之广博机敏，冯京之典训雅正，秦观之清新机智，碰在一起便是经常引起众人欢快的笑声。除了石越外，众人对秦观的诗才敏捷，都非常惊讶。

[1] 将作监主簿，宋前期为寄禄官，从七品下。无任何实际职掌，只代表官员的品级与俸禄。

3

而就在这间雅座的屏风之外，白袍书生和四个黑袍儒生围成一桌，一齐举杯痛饮。

“允叔，你真的决意去高丽？”一个三十多岁年纪的黑袍人问道。

那个叫允叔的人是一个二十多岁的黑袍人，他微微笑道：“已经说好了，我们曹家本来就是商人，我对经书没什么兴趣，诗辞歌赋更加不愿意读。在功名上多半是无望了，不如做个富家翁也罢。”

“总是可惜了，以你的聪明，今年虽然没有考上贡生，但三年后却肯定有希望的。”那个黑袍人遗憾地说道。

叫曹允叔的年轻人豪迈地笑道：“子云，你真是个痴人。你考了几科了？连试两科不中，今年再不中，你真指着朝廷赐你个同进士出身？当官当官，还不是为了钱财？我家在钱塘有商行，一船丝绸运到高丽，回国之后，利润有数万贯，你当官若不贪污，得多少年才挣得来？”

“我是痴人不假，可是海上风浪巨大，又有海盗，你一介书生，利润虽巨，风险亦大，怎比得读书挣功名，可以光宗耀祖，报效国家。”那叫子云的中年人显见是和曹允叔极熟。

“就是啊，就算真的无意功名，想做陶朱公[1]，亦不必去远涉风浪，开钱庄、办印书坊、织棉布，怎样不行？就是开家水泥坊，利润亦不在少数，何须自苦如此？”另一个黑袍年轻人也对曹允叔一定要去海外不以为然。

“仲麟兄，你也这么看吗？”曹允叔对那个黑袍年轻人笑道，又转头向另一个黑袍中年人问道：“子柔兄，你的意见呢？”

叫子柔的中年人笑道：“允叔既然决定了，我有什么好说的？我看你志向虽然不在功名，只怕也未必在高丽的数万贯利润。”

曹允叔拊掌笑道：“还是陈子柔知我。”

白袍书生见他如此，忍不住微笑道：“你曹友闻曹允叔的志向，谁又不知道呢？读了石九变的书，想看看大海之外的世界，做梦都在说这个，还真以为是什么秘密呀？”

曹友闻笑道：“这有何不可？大丈夫当持三尺剑横行天下，埋首书丛，皓首穷

[1] 指范蠡，春秋末期著名政治家、军事家和实业家，后人尊称“商圣”。

经，我可不屑为之。何况出海一次，利润数以万贯计，陶朱之富，不逊于公孙之封。我在白水潭格物院读了一年书，眼界顿开，很多想不明白的事情，现在都无比清晰了。”

众人见他竟然说陶朱公比白衣拜相的公孙弘还要好，不由好笑。叫仲麟的年轻人笑问：“既是如此，为何不和同窗一道去周游九州，勘测地形物产，却要出什么海？等到毕业再出海不好吗？”

曹友闻听他如此相问，不由指着他笑道：“仲麟，不想你也是痴人。我连功名都不在乎，我要白水潭一纸毕业证书何用？我感兴趣的，是石九变所说的大海之外的世界，大洲大洋，风物百态，而不是在神州大地上勘测地图物产。更何况利之所在，我是个大俗人，不能不动心。”

众人摇了摇头，陈子柔举杯说道：“允叔既然决定，我们多说无益，不过海上风高浪险，兼有海盗为虐，一切务必小心。今日在此饯行，明日就不去东门外相送了，免得效小儿女模样，惹人笑话。”

曹友闻举杯答礼，笑道：“这样便好，大丈夫相交，贵在知心。我们几个情同手足，何必多言。诸位金榜题名之后，若得闲暇，再来钱塘会我便可。”

众人见他豪气干云，纷纷举杯，一饮而尽。

那曹友闻本来脸色较黑，喝了一杯酒，竟是黑中泛红，只一双眼睛却更是炯炯有神，他放下酒樽，笑道：“子云、仲麟这科省试之后，必跃龙门，身价自不相同。子柔和纯父不知有何打算？”

那个陈子柔名陈良，子柔是他的表字，已是三十五六岁的中年人，几科不中，今年更是连贡生都没有考上，早就心灰意懒，绝望功名，因此对曹友闻想出海并不如另外两个人反对得厉害。此时见他相问，便笑道：“我虽然没有去白水潭读书，但是石秘阁的书也都读过，以前白首为功名，考不到一个进士出身，总不能心甘。不过我家耕读传家，若说我要去经商，非被赶出家门不可。”

众人听他这么说，相顾一笑，可想到这中间的苦涩，又有点儿笑不出来了。

陈良见众人为他尴尬，连忙转换话题，笑着对白衣书生说道：“纯父，你的打算呢？我和允叔都算是功名无望，方存他念。你文章经学、诗词策论，皆是上上之选，若要博取功名，不说状元及第，取个进士出身，那是探囊取物，为何却一直不存此想？大丈夫取功名报效国家，毕竟这才是正道。”

白衣书生微微一笑，轻轻唱道：“黄金榜上，偶失龙头望……幸有意中人，堪寻访……”

这两句词虽是一首，却并非连在一起的，他此时故意连在一起唱，调子便显得有几分怪异，引得众人哈哈大笑。柳永的这曲《鹤冲天》，北宋的读书人无有不知，特别是落榜书生，更喜欢到勾栏听这曲子，解闷自嘲。白衣书生志向高远，这是四人所深知的，此时用这曲子来回答，不过是书生伎俩罢了。

那个叫仲麟的年轻书生笑道：“司马梦求，就你有这么多古怪。黄金榜你不屑一顾，哪有什么龙头望可言？若真要唱这首曲子，我们几个都是不够格的，张淳、李旭辈才真要唱这曲子呢。”

张淳、李旭是宣德门前叩阙的风云人物，这些人自然是知道的。司马梦求听他说到这两人，便笑道：“张淳现在变换姓名，在西湖边上教书，我刚从钱塘游历过来，还去看过他们的西湖学院，一切皆是仿效白水潭学院，不过规模尤大，显见其志不在小。你说他偶失龙头望，可他也不见得要去依红偎翠呢，假以时日，不失为江南桑充国，比你考一个进士，放一个从七品主簿，要强得多。”

曹友闻听他说起张淳，连忙竖起手指，摇了摇，放低声音说道：“纯父，别在这里说，让人听见，害人不浅。”他和张淳有同学之谊，自然存了维护之意。

司马梦求笑道：“允叔倒是稳重人，不过他们在杭州，被人认出也并不掩饰，要不我从何得知？”

叫子云的中年人忍不住插话道：“在京师还是小心一点好，朝局波云诡谲，纯父应当知道吧？惹上中间的事情，总是不妙。”

司马梦求见众人如此紧张，便点了点头，笑道：“以后小心便是。”

陈良却忍不住感叹：“真是人各有命，张淳文章学问，气节操守，皆是上上之选，不料有此大变。不过说来却也不是大不幸，朝局风高浪险，便是我们这些布衣也感觉得到，石秘阁却硬是把白水潭的学生全给护住了，李旭在国子监读书，出身官宦，本是前途无量，结果反不如白水潭的学生。”

这五人里面，只有曹友闻是白水潭学院出身的，听到这些感叹，不由有几分得意，当下取笑道：“纯父一向在外游历，自然不必说，你陈子柔我当年可是极力邀你一起去白水潭的，你当时却说什么在哪里读书不是读，在家里读书就可，不必去学院。子云兄当时有大孝在身，也不必说，可你范翔范仲麟却未免好笑了一点，自己明明是陈桥人，却要跑到嵩阳书院去读书，现在羡慕来不及了。”

范翔笑道：“我可没有什么后悔的，白水潭是不错，要不然我们嵩阳书院也不会全力学白水潭，可是哪里没有英才？若是学问要在学院读书才好，我看我们几人中间，倒数你曹允叔学问最坏，司马纯父没进过学院，公认他学问最好。子柔兄只是说石秘阁对学生好，偏你就能得意成这样？”

四人见他说得曹友闻黑脸再次转红，不由一起哈哈大笑。他们在此闲聊，自以为没有人注意，却不知道这番对话全部落到了田烈武的耳中。田烈武对白袍书生司马梦求是十二分的留意，在秦观被石越请进雅座后，他就竖起了耳朵听司马梦求等人的对话。幸好他不是告密小人，否则西湖学院难免麻烦缠身。

田烈武暗暗揣测着司马梦求的身份，那日在酒铺，他一语惊醒梦中人。田烈武一直以为这个公子哥肯定和军器监案关系密切，不料这时听他们对答，这个司马梦求倒像是个游历天下的读书人，回汴京城还没有多久，而且听他们说的，似乎身上连个功名都没有，如何就能一口说出军器监案的关键？田烈武是习武之人，更是一眼就看出这个司马梦求步伐稳健，眸子精溢，这个人才是真正的“文武双全”，对于这样的人，他更不敢掉以轻心。

忽然，外面一声炸雷，下起大雨来，把陷入沉思的田烈武给吓了一跳。吕大顺一向知道自己这个“田头”，为人虽然极好，办事也算精干，但就是喜欢胡思乱想，因此见怪不怪，一边喝酒吃菜一边听报博士读报，一个人把酒菜吃了个七八分。这时田烈武突然被炸雷惊得回过神，吕大顺未免有点儿不好意思，连忙笑着搭讪：“田头，这真是下雨天留客天，想走也走不了。”

田烈武却没有去注意这些，看了下外面突然黑下来的天空，雨是越下越大，再看看司马梦求那桌人，还在谈些什么，似乎根本没有在乎外面的大雨。他一时觉得自己有点儿好笑，军器监的案子连陈大尹都不想破，关自己何事？却一直操着这些空心。

还在胡思乱想之际，忽又听到有人带着几分醉意呼道：“好雨，好雨，实是一扫心中荫翳之雨！”

他这般大呼小叫，未免让全楼人都为之侧目。田烈武循声望去，却是坐在西头角落的一个人发出来的。此人穿着灰色长袍，因为是脸朝窗外背对着自己，所以看不清长相，不过显是一个人独斟，一个简单的包裹放在桌子上，包裹上还放着一把长剑。田烈武在开封做捕头，各地乡音都听过一二,一听口音就知道此人是福建人。

众人看了他一眼，听他酸不溜秋地叫唤着，就知道是个不得意之人，这样的人开封街头甚多。虽然开封府算是人情高谊，不比千年后大家只爱自扫门前雪，老百姓都乐于助人，但是像他这样的，愿意管的也不多。何况酒楼之上，多是行人旅客，大家看了他一眼，便继续喝自己的酒，吃自己的饭。

田烈武却是天生的好奇心，忍不住要多看他几眼，只听此人忽然举杯高声吟道：“迎朔风而爰迈兮，雨微微而逮行，悼朝阳之隐曜兮，怨北辰之潜精。车结辙以盘桓兮，马踯躅以悲鸣，攀扶桑而仰观兮，假九日於天皇，瞻沉云之泱漭兮，哀吾愿之不将……”声音甚是悲怆，让人闻之动容。

田烈武不知为何，下意识地看了司马梦求一眼，果然见司马梦求已起身走到那个灰衣人面前，抱拳道：“这位兄台请了。”

那人头也不回，仰头喝了一杯酒，冷冷地说道：“有何指教。”

司马梦求走南闯北多年，见他如此，也不生气，反而微微笑道：“指教不敢，方才听兄台吟曹子建之《愁霖赋》，似有伤感之意。在下多事，来请兄台一起喝一杯，所谓四海之内皆兄弟，多个朋友，离愁寂寥之意或许就会冲淡许多。”

按理说他这般折节下交，别人纵使不领情，也不能恶言相向，可那人竟然冷笑道：“无事献殷勤，非奸即盗。在下便有不妥，亦不劳足下相问。”

司马梦求不由一怔，这世界上竟然有这样的人，他也真是无话可说。不过他也无意挑起纠纷，当下板着脸，抱拳道：“如此多有得罪，是在下多事了。”说完便走了回去，和曹友闻等人说起，众人都觉得此人不可理喻，就连田烈武也觉得这人毛病不小。

差不多就在此时，石越等人从雅座走了出来。石越、冯京、刘庠各自披了披风，把腰间的金鱼袋给遮住了，别人自是不知道他们身份，可是曹友闻却是认得石越的，见到石越，习惯性地站了起来，行弟子礼，把石越给吓了一跳。幸好曹友闻还算机敏，没把“石山长”三个字给喊出来，否则石越等人难免要被当成珍稀动物围观了。

石越在白水潭的学生成千上万，他哪能一一认识，当下朝曹友闻微微点头答礼，目光在几个人身上转了一圈，落在司马梦求身上，忍不住夸了一句：“真是气度不凡。”他身份日尊，说起话来自然有了点居高临下的气势。

司马梦求目送着石越等人离去，嘴角亦微露笑意，这是他第一次这么近距离观察石越。

4

熙宁五年九月十日的汴京，晴空万里。

白水潭学院第一届技艺大赛吸引了无数在京学子的目光。体育馆是一座当时的人们从未见过的环形露天建筑，完全免费对外开放。

开幕式虽然简单，但在当时的人们看来，亦是汴京城的一大盛事。权知开封府陈绎、直秘阁石越、白水潭山长桑充国分致简短开幕词。石越和桑充国的配合相当默契，几乎看不出二人之间有什么裂痕可言。然后便是从乐坊请来的五百乐人上演大型剑舞。五百支宝剑在太阳的照耀下发出夺目的光芒，整齐的舞蹈，激昂的节奏，那种宽宏的气势让在场的学子们回味良久。最后便是公布比赛项目与选手名单。小型项目，白水潭学院的学生按年级与系为单位组队排列比赛轮次，大型项目则是自由组队，比如在汴京很流行的蹴鞠，总共就只有四支队伍参赛，全部是自由组合的。

第一天的比赛项目主要是一些单人比赛的预赛。田烈武一大早被吕大顺拖过来看热闹，倒也觉得不虚此行，要知道从他家到白水潭，走路过来可是很有一段距离。

吕大顺是个喜欢看热闹的，一个人跑去看马术、剑术了。田烈武的兴趣却在射箭与枪法上，这时便一个人寻到射箭比赛的场地。

射箭比赛分弓手与弩手两组。有宋一代，弓弩手都是宋军的主力兵种，也是宋军对抗骑兵的主要依靠。而射技亦是六艺之一，古代贵族生子，要朝天地四方各射一箭，以示男儿之雄心，到了宋代，这种风俗早不流传，但是读书人中能挽弓者虽然比率上不多，可绝对人数上并不少。所以在白水潭学院第一届技艺大赛中，参加射箭比赛的人相对要多得多。

田烈武走到射箭场边时，已轮到第二小组十人的比赛了。十个箭靶皆在五十步开外，古制一步约合现在一点三米弱，算起来就有六十多米的射程。射手们手中的弓是典型的中国双曲反弯复合弓。这时十个射手站自己的位置上，左手持弓，搭上箭，用右手戴着指环的拇指拉开弓弦，食指和中指压住拇指，瞄准自己的靶心。

田烈武自己很喜欢射箭，他一向认为射箭之要在于心念专一，身形和步法反在其次。这时看这些学生，有些臂力甚大，弓都挽满，手指拉弓处与弓弦形成一个锐角；有些拉开不过一半，便是射到靶心，只怕亦不过是强弩之末。至于能够心念专一者，他却是一个也没有看见，当时不由轻轻摇了摇头。只见裁判令旗一挥，大喝一声“射”，有七支箭离弦而去，直接钉在靶上，顿时整个射箭场鸦雀无声！田烈武更是张大了嘴合不拢来——因为十个人的比赛，只有七支箭射了出去，还有三张弓竟然给拉崩了，一个射手被弓打在脸上，鲜血直流。如此戏剧性的变故，让第一次主持这样比赛的裁判都目瞪口呆，不知道如何处理。

一个穿着丝袍的年轻人从田烈武身后快步走了过去，捡起残弓看了半晌，上面分明刻着一行隶书：“军器监弓弩院督造。”他默然半晌，长叹一口气，对裁判说道：“计算前面七人的成绩，这三人换弓重新比试，第一名进入复赛即可。”本来每组只许第一名进入，这一组因为这次偶然的变故，不得不让两个人进入复赛。

田烈武听到那个裁判用尊敬的语调对那个年轻人说道：“是，石山长。”这才知道眼前这个人，竟然是名动天下的石越石子明。他不由多看了石越一眼，正巧石越抬起头，目光交集，唬得田烈武连忙低头。

不料石越已走到他身边，微笑问道：“这位兄台请了。”

田烈武没想到石越会和自己打招呼，不由吃了一惊，好在他是经常见官的，忙作了一揖，说道：“见过石秘阁。”

石越点头答了一礼，笑道：“不用拘礼。刚才我见你在摇头，你可是能从他们挽弓中看出来这些弓要坏了吗？”

田烈武这才知道石越来了好久，自己的举动都被他看见了，只是却误会了自己的意思。他脸色微红，答道：“回石秘阁话，小的方才摇头，是觉得这些官人射箭不得其要，并非能看出这些弓是坏的。”

“原来如此。”石越对于射箭是超级外行，此时碰上行家，不由饶有兴趣地问道，“却要请教，不知他们射箭如何不得要领？”

田烈武见石越如此平易近人，不由胆子更大了几分，朗声道：“射术之要，不在身形与手法，而在心念要专一，我见这些官人虽然姿势正确，但总是嫌不够投入，所以觉得其箭法称不上很高的境界。”

石越听他说得有点儿道理，好奇地问道：“你的箭术如何？”

田烈武朗声答道：“小的自幼好武，能挽一石五斗之弓，五十步之内，百发百中。”石越吃了一惊，宋代弓弩每石的斗力约九十二宋斤半，约相当于现代的一百一十七斤，一石五斗便是约一百七十六斤，称得上是臂力惊人了，后世岳飞、韩世忠是名将，能挽三百斤不奇怪，可眼前这个人，绝不是什么著名人物，在自己面前自称“小人”，更显见地位卑微。他到宋代已近三年，传说中的武林高手他还真是一个都没有看到过，段子介会武功，但是好是坏石越并不清楚。那些御前带器械侍卫的功夫，石越也没有亲眼见识过，不知端详。这时听田烈武自称能拉一石五斗之弓，自然而然便起了好奇之心，笑道：“马上两组比试完毕，会有一段空暇时间，可否试射给我看看？”

田烈武并不傻，像石越这样的高官，便是知开封府陈绎也要给几分面子，那是平素他想巴结都巴结不来的。虽然他心里并没有想过要刻意巴结权贵，但是机会到了面前，凡俗之人，哪能不动心？当下连忙点头答应。

一炷香的工夫，接下来两组射手便比试完了。这些人眼见前车之鉴，一个个小心翼翼，生怕自己被这些“劣弓”给伤了，拉起弓也不敢尽全力，惹得一些懂行的人大皱眉头。潘照临走到石越旁边，更是长长地叹了一口气。

待裁判宣布了获胜的名单，石越叫过裁判，打了声招呼，便让田烈武上去挑弓箭。旁边围观的人听说有人要在石秘阁面前表演箭术，无不好奇，还有几个好胜的，一时技痒，便向裁判说了，要求和田烈武一起比试。连侍剑都忍不住小孩心性，对石越说道：“公子，让我也去试试吧？”

石越教过侍剑写字读书，也教过他骑马，潘照临有时候闲着无聊，也会教他下棋、丹青之类，倒从来没有见他射过箭，因此不由有点儿奇怪，问道：“你会射箭？”

侍剑望了潘照临一眼，点点头。石越见他这样子，知道也是潘照临所教，不免好笑，说道：“那你去吧。”

侍剑和他虽然不是形影不离，但是大部分时候都是待在自己身边的，便是会箭术，也好不到哪里去。不过石越知道他小孩子心性，自然也不会阻拦。说起来同是少年，侍剑跟在石越身边，表面上看来稳重细致，实际上内心却是好玩好动，好奇心特别强；而唐康却正好相反，表面上看来活泼大方，也经常和朋友出去游玩，谈吐风趣，可是内心却是相当持重稳健，心思缜密，和一般少年根本不一样。

侍剑见石越答允，便上前挑了一张弓，他臂力不够，只能挽到一半，可是准头却好，扣箭射出，直中红心。众人见他小小年纪，有这样的准头，不由喝了一声彩。石越也微露赞赏之意。

田烈武等人见侍剑射出，练武之人哪能自甘人后，所谓“武无第二”，争强好胜之心对于武人来说概莫能免。田烈武从箭筒中抽出一支箭来，搭在弓上，“嗖”地一箭射出，正中红心，入木三寸，把箭靶打得直晃。他有意卖弄，连珠价般抽出来三支箭，也不间歇，连续发出，箭箭皆在靶心，顿时喝彩声一片。

另外几个人都是上京参加省试的士子，平时自负文武全才，因此有意想在名闻天下的石子明面前卖弄卖弄，不想碰上田烈武这样的神射手。既然他们敢上来，自然五十步内能命中红心，但是如田烈武那样连珠发箭，却是功力不够。而仅仅是射中红心，又有什么好自夸的，连那个小书童也能射中红心呢。

石越见他们垂头丧气，不由一笑。他自然明白这些士子在想什么，当下各自温言勉慰几句，方对田烈武说道：“真是神射手！不敢请教尊姓大名？”

田烈武心里颇是得意，见石越问询，却也不敢失了礼数，躬身答道：“回石秘阁话，小的叫田烈武，是开封府的捕头。”

石越笑道：“原来是陈大尹的人，这就好办了。我想请你来替我教两个孩子箭术，不知田捕头意下如何？”

“这……”田烈武不由有点儿迟疑，虽然是难得的好机会，但是他最想的还是有机会去前线杀敌，并非做高官的护宅教头。

石越见他迟疑，以为他担心的是开封府的差事，便笑道：“开封府的捕头你继续做，陈大尹那里我会打招呼，每日抽空过来教教孩子就是，他们也不能全天跟着你学箭。每个月我给你三贯钱补贴家用，可好？”

每月三贯钱绝不算少，最要紧的是巴结上石越，前途自然大不相同。便是没钱，田烈武也会做，当下再不迟疑，立即答应。

5

离开射箭场后，潘照临忽然低声问道：“公子，圣上旨意下来了吗？”

“还没有，不过基本上已经定了。常秩、吕惠卿都是考官，主考官皇上钦点冯京、陈绎。”石越淡淡地回答道。

“两个主考官不成匹配吧，陈绎无论哪方面都不足以和冯京相抗。”潘照临皱眉揣摸赵顼如此任命人事的用意。

石越笑道：“潜光兄，你不用多想。皇上变法之心一直没有动摇过，因此开科取士，无非还是要为新法简拨官吏，但是皇上英明得很，绝不可能让王安石一人专权，我和冯京插进去，为的就是此事。别的十多个考官，可全是新党干将。”

“不知白水潭能中多少？”潘照临对此十分关心。这也是在情理之中，白水潭学院出去的学生，都有一种强烈的自豪感，他们根本不需要刻意拉帮结派，自然而然就会形成白水潭系。对学院的创始人石越来说，进入仕途的弟子越多，自然越有利。

“这就难说了。长卿前一阵子做过统计，白水潭学院取得贡生资格，能参加礼部试的，有一千一百多人。另外皇上恩旨，礼部在白水潭组织考试，院试前五十名可以参加礼部试，称为院贡生，加起来一共有一千二百人左右。至于有多少能中，谁也不知道。”

赵顼算是很给石越面子，但为了以示公允，天下书院都因此得益，嵩阳、横渠、应天等规模在三百人以上的书院，皆恩赐五名院贡生名额，由各路学官组织考试。这项措施极大地促进了各地私办学院的发展，其实这也很接近王安石的理想，王安石一直希望所有参加州郡试的学生，都必须在州郡学校入学三年才能获得资格，但是每每遭到朝野的反对。反倒是这种恩赐院贡名额的做法，后来逐渐发展，在二十多年后，终于变成全国百分之九十以上的省试考生皆出自各大学院的毕业生，不过那个时候，无论是王安石还是赵顼，都已作古。

“今年省试取中名额是三百以上，六百以下，可全国参加考试的士子高达一万多人，考上的一跃龙门，自然身价百倍，但是没有考上的却是大多数，这些人只能等待三年后的机会。年复一年，可多数人到底是一辈子都考不中进士，白白蹉跎一生。”潘照临忍不住感叹道。

“这便是有如千军万马挤独木桥了。考进士做官，也几乎是读书人眼中唯一的正途。世人观念如此，又能如之奈何？白水潭明年的毕业生，除去中进士的，进入兵器研究院的，继续读初等研究院的，被各个学院聘去当老师的，进报馆、印书社的，长卿和程颢先生进行了估算，还有一百多人没什么着落可言。第一届的学生人数不多，还好办。第二届学生毕业，问题就会更明显。”石越面对这个古代的人才闲置问题，也伤透了脑筋。

这些人并不存在失业的问题，一般回家后可以当少爷，最不济的，也可以耕读传家，继续等待下一次科考的机会。但是在石越看来，宋朝受教育的人口并不多，在工业与商业部门，其实需要相当多的受过教育的人才。特别是白水潭学院的学生，头脑灵活，又有算术格物功底，做琐事亦能胜任，即使是普通书院的学生，接受过教育的也比没接受过教育的强得多。但问题的关键在于，这些学生，即使是白水潭学院明理院毕业的，也有着极其强烈的优越感与对工商业的固有歧视。他们宁可回家一边种田一边读书，也不愿意为工为商，更不用说做商人的下属。

提倡士农工商平等吗？口号是喊了，但是当时虽然没有“万般皆下品，唯有读书高”的说法，却已经有了这样的观念。石越看起来理所当然的事情，对于当时的读书人来说，就可能是奇耻大辱。

一方面是人才缺乏，一方面却是人才得不到利用，石越自问不是什么神仙，他也不是那种一呼百应的鼓动家，面对这种问题，他束手无策。等着他们慢慢觉悟，或者有一天，当全国的读书人达到百分之三十甚至百分之五十之时，读书人就不会觉得进入工商业是一种自贬身份的行为了。在现在这个时刻，也只能看到一少部分人去经商或者从事手工业。

潘照临是属于对科举严重缺少兴趣的人物，但他同样不会了解石越的烦恼，觉得工商业要什么读书人？顶多识几个字，会算术记数就行了，因此他也无法理解石越的担忧。只有这种时刻，石越才能体会到和历史车轮作战的无奈。

这个世界上，真正能和石越谈论这些新奇思想，并且理解这些新奇思想的人屈指可数，王安石可以算一个，可却是石越最大的政敌；桑充国算一个，可是自从报道军器监案事件之后，两人虽然依然亲热，却都在刻意回避那件事，都小心翼翼地不去提它；还有一个欧阳发，石越只见过几次，那个年轻人真是相当出色，可惜现在远在家乡居丧。

石越很喜欢去桑充国办的义学，有时候还会即兴给小孩子讲故事。以前他不知道原因，后来他才意识到，也许真正的改变，还得从那些小孩子开始，白水潭的学生们离他的理想虽然更接近，但是真正说起来，还差得远。

“公子，你看。”潘照临打断了石越的感怀。

石越抬起头，这才发现自己和潘照临已经走进了体育馆的击剑馆，此时正在进行剑术组的预赛。比赛用剑是特制的无刃剑，一般不会出现伤亡。但是潘照临显然不是让石越看正在比赛的两个学生，而是看在旁边观战的几个人。那正是前几天在会仙楼见到的司马梦求等人。

曹友闻等不及这次盛会，早就前往钱塘，现在和司马梦求在一起的，是另外三人——吴从龙，字子云；范翔，字仲麟；陈良，字子柔。今天四人都穿着白色丝袍，站在一边观赏比赛，时不时指指点点。这四人站在一起，司马梦求卓然不群，给人一种浊世佳公子的感觉；吴从龙年纪稍大，读书时也稍用功些，眼睛略有近视，而为人端正，倒像极了白水潭程颐的学生；范翔年纪最轻，长得很是清瘦，他是嵩阳书院的学生，骨子中自有一股书卷气；陈良也有三十多岁，他和吴从龙一样，大儿子都有十岁了，自然颇多稳重，不过许是因为绝望功名的缘故，神态中多了一点落拓之气。

石越虽然不认识这几个人，但是对于司马梦求却颇留意。气质与这个男子相类的人，石越也见过，眼高于顶的王雱，不过身上多了暴戾之狂态；晏殊之子晏几道，富贵书生气略重了些；还有欧阳修的长子欧阳发，可惜身体不太好，而且也没有眼前这个人身上的沧桑感。眼前这个男子一眼望去，就知道他去过很多地方，经历过很多事情。

石越正要过去叙话，却见一个穿着青袍的武官带着一个人走到自己面前，行了一礼，道："石秘阁，下官有礼了。"

这个武官石越却是认识的，叫康大同，是熙宁三年的武状元，现官左侍禁[1]，八品小使臣。石越本来就架子不大，加上康大同是武状元出身，又是正儿八经的御林军，更是加倍客气，拱手还礼，笑道："状元公不必多礼，怎么有兴致来白水潭？"

康大同不好意思地笑了笑，道："下官表弟来京赴考，带他来白水潭见识见识。下官那边都是些粗人，待久了于他学问有害。"

石越打量着他身边之人，只见那人一身灰布长袍，虽然也算是生得眉清目秀，但是脸上却冷淡得一丝笑容都没有，嘴角微往上翘，明知道眼前是名闻天下的石子明，却根本是爱理不理的样子。看他的神情，根本是那种把天下人都要拒之千里之外的样子，康大同想让他结交文友，只怕是打错了主意。

石越却不知道这个人前几天就和自己在一座酒楼上，还把司马梦求给呛了个半死，当下朝康大同笑道："这位就是令表弟？"

"正是。镇卿，这位就是名闻天下的石秘阁。"他这个表弟姓吴，叫吴安国，字镇卿。

吴安国看了石越一眼，微微一礼，连嘴皮都没有动，这算是无礼之极了。

石越见他如此，回头看了潘照临一眼，二人相视一笑。石越笑着对尴尬的康大同说道："年轻人性子高傲一点没有关系，你带令表弟到处转转吧。"说完，便辞了康大同，朝司马梦求一行走去。

司马梦求早就注意到石越过来了。他对吴安国印象深刻，眼见石越身居高位，竟然毫不在意这人的无礼，不由暗暗称奇。

"昔日邂逅却未及深谈，足下风姿，常萦眼前，不料今日竟有缘再见。"石越走到司马梦求跟前，拱手笑道。

"不敢，学生何德，竟敢劳石秘阁记挂。"司马梦求不亢不卑地还了一礼。当下按一般礼节，和吴从龙、范翔、陈良一并向石越自报家门。如吴安国那样的人始终

[1] 武官阶官，八品，属于三班小使臣。

是极少数，吴从龙等人免不了要说一番仰慕的话。石越又一一还礼。他此时也是个五品官员，又是甚得皇帝宠信，兼之名闻天下，俨然一代宗师，甚至民间有人把他放到孔孟之后来提，但是他却是一点官架子都没有，反差如此剧烈，更让人有如沐春风之感。

司马梦求无意科举，却并非无意功名。中国的“士”，讲究的是得其人而辅，若找不到那个明主，便宁可躬耕乡野，苟全性命，终身做个隐士，这是“士”之一阶层人格上独立的一面。他游历天下，遍览形胜，结交三教，十年有奇，所见所闻，文官只知道贪财好色，巴结上司，钻营升迁；武官们醉生梦死，兵甲不练，坐吃空饷。倒似大宋这棵大树上布满了蛀虫一般，大家都拼了命要吸干这大树的树汁。

好不容易盼来享负天下大名三十余年的王安石，结果他的三大干将，韩绛是世家子弟，眼光看不到一等户以下；吕惠卿三兄弟在乡里就巧取豪夺，变法的结果是国库的钱财大幅上升的同时，他们吕家的田产与钱财也跟着上升；曾布的亲戚们在县里连知县都不放在眼里，欺压良善之事屡屡不绝。其上如此，其下可知。王安石纵使自己清廉，同样也要引荐亲戚，甚至是任人唯亲。他所用之人，如曾布之妹是其弟王安国之妻，谢景温之妹是其弟王安礼之妻，如此种种，不胜枚举。而对于吏治，他根本不敢动一根手指。只知道拼了命地喊“开源”，实则历代苛捐杂税，本朝无一不有，这种情况下还要开源，老百姓也只能苦不堪言。而所谓的旧党名臣，更让司马梦求不知要做何感想，不知道这些人是不是被庆历新政的失败给锉掉了全部的锐气，只知反对不知建树，便是傻子也知道，大宋的情况，不变不行了，但这些君子们却似乎不知。

在《汴京新闻》之前，大宋本来就有朝廷的邸报[1]流传于市坊，虽然不是正式的报纸，但对于关心时政的读书人来说，却是必看之物。因此王安石的一举一动，朝野变化的情况，司马梦求虽在外省，亦了然于胸，但是越了然，越失望。他几乎以为大宋是变亦亡、不变亦亡的危局了，差点想要剃度出家，不再问尘世之事。直到在成都读到《三代之治》《历代政治得失》，读到关于青苗法改良的邸报，他这才又被勾起一丝希望。

司马梦求知道“与其许之空言，不如见之行事”，于是他马不停蹄地出剑阁，顺长江而下，直奔江淮两浙，亲自了解改良青苗法的推行情况，和钱庄借济的利弊得失。在那里待了一年有多，种种利弊，他无不知晓。他在松江边上，看到了机户之家成千上万，官府为了调节棉花的种植和水稻的种植而大伤脑筋，二者的矛盾至今没法解决。他在杭州，看到苏轼浚清西湖，亲手规划杭州市区图，教附近的百姓使用煤

[1] 一种主要报道中央大政方针与官员人事变动的早期报纸。最早出现于西汉，至宋朝时，发行时间已趋固定，但北宋时期大多仍是手抄传播。

矿。最让他印象深刻的，是一个叫蔡卞的小官，不过十几岁的年纪，就将一方治理得井井有条，他在治区要求百姓种植棉花和水稻三七分，而新开垦的田地则可以棉花、水稻六四分，把松江边上官员们解决不了的问题轻易解决了。他严打富家私放高利贷，监视钱庄的利率情况，对于一些官府不愿意解决的贫困户的问题，他下令这些五等户中的贫困者可以由县府调查清楚后押结作保，让他们去钱庄借钱买种。司马梦求所过诸县，便是《论语正义》的署名作者唐棣、柴氏兄弟等人所在的县，都没有人能比这个蔡卞做得更好。

这一年多的所见所闻，把司马梦求的希望慢慢点燃。所以他又回到京师，就是想看看这个似乎是突然冒出来的石越石子明究竟是个什么样的人物。

而石越对司马梦求也是印象深刻，颇生招揽之心，寒暄之后，便笑道："想不到今日能见着许多英杰之士。司马公子，今日不便长谈，如蒙不弃，改日可否和你的这些朋友一起到敝府一叙？"

司马梦求也知此处交谈不便，他看了吴从龙等人一眼，见除了陈良之外，吴从龙与范翔眼中都流露出热切的目光，当下也不矫情，爽快答应下来："改日定当拜访。"

潘照临马上又约道："不如约好就在后天如何？"

石越一怔，不知潘照临为何要定好日期，不过马上就转过念头，知道潘照临心思缜密，是担心司马梦求等人或许是贡生，如果石越是考官的旨意下来，再来拜访，就会惹人闲话。当下便微笑着等待司马梦求的回答。

司马梦求淡淡一笑，点点头，抱拳答应："如此便是后日。"

"那么一言为定。"

6

"公子想把那个司马梦求招入幕府？"辞了众人之后，潘照临笑问道。

石越点点头，笑道："我见他人才难得。他不说司马梦求这个名字倒也罢了，说起来，李敦敏和柴贵友都写过信推荐他。"当下便把这人在江淮的事情略略说了。

"看来倒是个有心人。"潘照临笑道。

"我去信给子瞻先生，问了两个人，一个是这个司马梦求，一个是蔡卞。子瞻先生也认识此人，他和灵隐寺一个和尚很熟。后日再看看他的干材器量，就知端详。贡生名单里没有他的名字，当是无意科举。"石越轻轻拨开小路边上的柳枝，此时离开体育馆已很远，白水潭学院里显得很安静。

潘照临沉思了一会儿，方说道："要慎重，如果不是其人，不要轻易招揽。"

石越不置可否，他知道潘照临是怕御史说闲话。不过他自小就听闻曾国藩幕府人才的事情，难道曾国藩幕府中的人就全能一一交心？为政之道，有阴谋，有阳谋，关键是要有能力，如果自己明知是人才而不敢用，又能成什么大事？口里说道："我见司马梦求一不求科举出身，二没有结交权门，仅这两点，就显见其志向器量。"

潘照临知道石越主意已定，便不再多说，笑道："常言道，物以类聚，人以群分。司马梦求的朋友，应当也不是凡品。"

"但愿如此。不过吴从龙与范翔目光热切，他日的助力，亦在朝堂之上，而不在我幕府之中。"石越笑了笑，那种眼光，他看得实在是太多了。

潘照临不以为然地撇撇嘴："一个八品进士，搞不好还是个九品，如果不是进士及第的话，到外县从主簿、县尉做起，按部升迁，何年何月才能有机会进入朝廷？新法招致不满的一个原因，就是王安石只要人家说新法好，就加重用，简拨了太多的投机侥幸之人。这两人要想有机会进入朝堂，还早得很。"

其实当时朝廷重臣推荐一两个人，根本就是平常风气。王安石以外，冯京、文彦博、吕惠卿、曾布，甚至石越，谁没有做过？吕惠卿两兄弟布列朝廷，又将陈元凤带到兵器研究院，石越也提拔了一个唐棣。而且说起来，进身最快的，当数石越，三年时间，就是五品，历史上不能说没有，宋代还有三日三迁的，但是终究是很罕见的了。

石越微微笑道："你说得虽然有理，但是多一些人才，于国家还是有利的。何况如果他们真的有才华，未必就一定要放外任，到太常寺做个奉礼郎以下的官，我就办不到吗？"

7

白水潭学院的第一届技艺大赛，在第一天结束之后，所有的人都知道这肯定是一次成功的活动。

当时汴京的居民们，文艺生活虽然不能和后世相比，但也不能说不丰富，相国寺的"万姓大会"就是经常有的，但是竞技体育那独特的魅力，和"万姓大会"是完全不同的。当着数以千计、万计的人击败对手，那种成就感让年轻人们感受到不逊于黄金榜上题名的快意。

无论是马术比赛中从马背上摔下来，还是射箭比赛中弓被拉崩，抑或是二十五里（不足一万米）长跑中差不多有一半以上的选手没能坚持下来，都成了汴京街头巷尾津津乐道的话题。最让桑充国意想不到的是，当天下午有许多赴京考试的士子请求参赛，和白水潭的学生一决高下。无论在哪个场合，能够在名动天下的白水潭学院里夺魁，对于这些年轻的士子们来说，都不失为一种乐趣。

桑充国对于这个实际上由“白水潭校运会”转变成的“大学生运动会”，并没有特别的奇怪，当时石越提出的宗旨，就是希望借此吸引更多人的注意，让读书人在读书之余，不忘强身健体。不过石越自始至终也没有说服程颐，伊川先生认为养生之道在于打坐，这个观点也不能说错误，不过按石越的说法，则是两个正确的观点同时存在是可能的。伊川先生当然可以继续打坐，不过让白水潭不愿意打坐的学生练练剑术、跑跑步，也没什么不好。

第一届技艺大会正好赶在省试之前，桑充国并没有刻意如此安排，但石越有没有想过这一点，别人就不得而知了。反正能提高白水潭学院的声誉总是不错的，这一点桑充国也好，程颢也好，程颐也好，邵雍、孙觉也好，大家观点一致。前阵子“四大学院白水潭讲演”被誉为大宋开国以来第一盛事，所以对于和别的学院进行交流，白水潭学院的领导者们都是很开明的。桑充国当天召开的教授联席会议很容易就通过了决议，在接下来三天内，允许白水潭以外的士子组队或者单独报名参加比赛。这个决议只是苦了那些负责组织这次比赛的学生们，如果不把赛程变得具有相当的灵活性，根本不可能适应这份新的决议。

于是比赛从第二天起，也因此变得更有对抗性，更加精彩。连汴京的市民也分成了两派，一派支持本土本乡的白水潭学院，一派支持外来的士子。有两家酒楼公开博彩，赌三十六项的冠军人选，差点被开封府给查封了。

最让石越哭笑不得的是，有个御史居然因此弹劾石越，说他纵容指使白水潭学院办技艺大赛，让天下士子不安心读书备考，玩物丧志，是破坏国家抡才大典的行为云云。此事后来成为熙宁五年第一笑谈，忍俊不禁的皇帝赵顼在弹章上御笔钦批：“吹皱一池春水[1]，干石越何事？”

8

但是，在熙宁五年九月中旬，最值得注意的事情，也许是九月十二日司马梦求等人如约拜访石越。

接到司马梦求等人名帖的石越亲自迎到大门外，把四人直接引到花园设宴接待，这让吴从龙和范翔受宠若惊，连陈良都为之动容。毕竟如今石越的名声如日中天，完全可以和王安石、苏轼相提并论，地位也已算是尊贵，寻常士人上府求见，未必能见

[1]　该句原形容风吹皱水面，波浪涟漪，后作为与你有何相干或多管闲事的歇后语。

到一面，所以，如此礼贤下士，实属异数。

石越赐邸的花园，此时和之前又有不同，因为石安夫妇忙不过来，他又请了几个家丁和花仆帮忙。家丁是唐甘南亲自帮他选的，花仆却是冯京推荐的，有足够的人手与专业人士打理，石府也渐渐有了些豪门大户的气象。花园虽然不大，却也是静中有韵。一股引来的活水，从石眼中涓涓冒出，兼之绿草茸茸，石苔斑斑，竟是颇有山野之妙。横塘曲桥之畔，一座翠亭，亭中自有桌椅酒菜。石越请众人坐下，自己这才坐了主位，潘照临则坐在他的旁边相陪。

石越端起酒来，笑道："越闻司马公子之名久矣，久欲请教，今日终于得偿所愿，吴公子、范公子、陈公子亦皆是大宋英杰之士，今日有幸识荆，真快事也，石某不才，在此先敬诸君一杯。"

众人连称不敢，举杯回敬。

待一杯酒尽，司马梦求方问道："学生一向默默无名，但方才石秘阁所言，却是早已知道学生一般，这中间缘故，学生愚昧，还请石秘阁解此迷津。"

石越笑道："良材美质，断难自弃。君在两淮江浙往来一年，不知道有多少人称赞公子呢。"他故意点到为止，却并不说明，又笑道，"以司马公子之能，必能有所教我，还盼不吝赐教。"

司马梦求不想石越如此开门见山，谦道："学生见识愚钝，只怕让秘阁失望。"

石越却并不和他虚辞委蛇，直言道："身在高位者之患，是不知百姓之疾苦。像我们这些人，整日里穿的是绫罗绸缎，吃的是山珍海味，高坐庙堂之上，坐谈议论，百姓之疾苦，谁能感同身受？上行下效，便是小县知县，真能深入民间者，亦寥寥可数，而敢于据实上报者，更是难有。《汴京新闻》号称能反映民间疾苦，可实则亦不过限于开封一府罢了。朝廷法令行于四方，纵有良吏执行，各地风俗人情不一，守令为求考功升迁，无不讳疾忌医，这是人之常情，而最后吃亏的，是百姓与国家。我虽有亲近百姓，了解法令真正的执行情况之心，但是身在朝廷，往往也脱不开身。司马公子是有心之人，还望能够直言无忌。"

他这一番话说得众人无不动容。司马梦求起身行了一礼，正色说道："石秘阁如此见识，实乃朝廷百姓之福。如此学生便斗胆放肆直言，有不是之处，还请秘阁见谅。"

石越伸手说道："但说无妨。"

司马梦求也不作态，娓娓说道："自熙宁二年，皇帝召王相公入朝主持变法，至今已近四年。所谓变法，其要者有六路均输法、农田水利法、青苗法、免役法、保甲法、保马法、市易法、免行法及置将法等。其他细法，不计其数。而其中青苗法，本是争议极大，秘阁改良之后，又多出三法——青苗改良法、钱庄法、合作社法。不到四年时间，相继推出如此之多的法令，一法争议未休，一法又出，本来就嫌苛急，而地方官吏奉行，多有变样，更易招致反对。但平心而论，新法亦有可取者。譬如免役法，朝野之中反对一片，但学生这几年往来南北，终于发现其中之奥妙。原来免役一法，北方人反对得厉害，南方人却不甚反对。”

石越和潘照临听到这话，不由愕然，三年以来还从来没有人对石越说过有这样的事情，他却不明白为什么南方人反对不厉害，而北方人反对得厉害，便问道：“这又是为何？”

司马梦求解释道：“因为南方与北方，风俗不同。大抵南方百姓，较北方百姓要富庶，而南方百姓的徭役，亦比北方要重。实行免役法，一般的南方百姓，多能承受，而因此免掉徭役，只要朝廷不是庸外加庸[1]，百姓反而觉得方便。而北方就不同，百姓穷苦，本来就出不起免役钱，而免役法又分五等户征收，原本不要服役的客户与四等户、五等户、单丁户、女户，都要交一半的助役钱和十分之二的免役宽剩钱[2]，这便形同对穷人增税，使贫者更贫，雪上加霜，而国库竟因此富裕。所以北方最穷的百姓，很受免役法之害。特别是十分之二的免役宽剩钱，说是为荒年灾年备灾的，实际上年年征收，几乎变成常赋，有些地方甚至增加到十分之四、十分之五，深害百姓。南方还好，北方百姓则实有不堪忍受之苦，而偏偏北方官户、客户及四、五等户尤多，故此天下沸腾。新法实施以来，北方有些百姓甚至不愿意种桑养牛，因为家里有桑树、有牛，就被视为富户，免役钱就要多出，一岁所得，反不如税钱多。但在北方而论，比贫困之家反对更强烈的，是一等户和官户。很多官户，本来免役，现在同样要交免役钱，自然不愿意；而一等户反对，则是因为他们出钱最多。朝中大臣以北方人居多，利益纠葛，自然颇惑人心，真要说为贫困百姓吁请的，倒不见得有几个，否则也不必全盘攻击免役法，只需改良助役法便可。平心而论，对于南方人而言，则免役法就算没什么好处，但至少也不是什么坏法，而对北方而言，如果能取消或者减少四、五等户和客户的助役钱和免役宽剩钱，那么它纵有弊端，也可以接受。”

石越听到此言，想到自己之前在心里一直单纯地认为免役法扰民，甚至想过要联合旧党狙击此法，心里不由一阵惭愧。司马梦求这一番话，让他想起苏轼本来反对免役法，可是到了杭州后就慢慢没有听到他反对的声音了，而韩琦在河北，则对免役法恨之入骨，其中缘由，他终于算是完全明白，不由长叹道：“非纯父，他人不能为

[1] 指征庸调制中的庸，即力役。宋代实行的是两税制，并非征庸调制，此处是以庸代指役。意思是只要不是征了免役钱后，又找借口让百姓还要服力役，百姓便觉得方便。

[2] 王安石推行免役法，规定：凡应纳免役钱人户，在交足雇役钱之后，还需再加收百分之二十，以便灾荒年免征役钱时，朝廷仍有钱雇役。这笔钱称为免役宽剩钱。

我言此。”

而潘照临听到这里，见司马梦求如此通达上下情弊，也有点儿自叹不如。

司马梦求继续说道：“又如保甲、保马二法，推行皆在黄河以北，黄河以南，对此二法闻所未闻，更无害可言。而青苗法推行得当之处，百姓颇得其利。南方百姓所苦的，反倒是农田水利法。”

这话说出来，众人皆是大吃一惊。陈良等人以前也未曾听他说过这些，忍不住问道：“这怎么可能？”毕竟农田水利法可是新法中公认的善法。

“怎么不可能？地方官吏为了邀功，乱开沟渠，胡修乱造，虚报数字，还逼迫百姓向朝廷借钱，虽然利息甚低，却始终是要还的。何况江浙两淮，要修水利，就应当统一规划才能见其利，各县乱修一气，又有何用处？”

陈良等人闻言，尽皆默然。石越点了点头，说道：“这些情弊，朝廷却是已经知道了，已打算派使者去江淮督修水利。”

却听司马梦求又说道：“至于秘阁所改良青苗法，虽然是善法，情弊减少许多，但也并非全无弊端。一则若非大县，一县只有一座钱庄，而钱庄春季借出，秋季收回，若非富户豪室，断无这许多本金。而富户豪室也有不良之人，宁可钱庄开不成，自己方好偷偷放高利贷。要抑制这种情况，一要靠地方守吏能干，能打击高利贷，让县中富户联合出资办钱庄；二要由外地请来大商大贩兴办钱庄，让本地的富户无利可图。故此，秘阁之法，在富裕之州县往往施行得好，在穷困之州县，却全看地方官的能力。毕竟，仅仅靠着青苗钱收息那一点微利，如何能打动富商去外地办钱庄？何况越是穷的地方，借钱出去风险越高。此外，对于那些极度贫困的农民，钱庄往往并不愿意借钱给他们，官府亦不能强迫钱庄借钱出去。而合作社的推广，也只能说是差强人意，于是最穷的人还只能去借高利贷。所以改良青苗法，如果摊上一个好的地方官，则可称良法，若是地方官平庸，那么只能说聊胜于无，只不过是不扰民罢了。”

石越默然良久，才说道：“南方已是如此，北方只怕更加复杂。”

不料司马梦求却笑道：“那却未必。”

“为何？北方可是比南方更穷。”

“北方虽穷，但北方也有有利之处。一是北方人情淳朴，欠钱不还之事要少，借贷风险便小得多；一是青苗钱利息低，北方三等户以下，都愿意借，甚至客户也愿意借。北方借的人比南方要多，钱庄所得利润反比南方高。因为钱庄收息多少，始终是考核地方官政绩的重要一条，地方守吏往往都会很主动地把富户召集起来合伙开钱庄。而地方官为了从钱庄中多收息当成自己的政绩，又会鼓励这些钱庄借钱给商人牟利，从中抽取税金当作青苗税钱交纳。这是李代桃僵之法，却意外促进了北方商业的发展，所以，北方实际上并不比南方执行困难。钱庄自开办以来，借钱给商人做本经商谋利，不分南北，各处都有，甚至已渐成钱庄之主业。这当然也是有利有弊，有利处是钱庄利润变大，商人愿意开办，有利于青苗法之推广；其弊则是钱庄本金有限，借给商人后，反而没有钱借出做青苗钱。这种事情也是屡见不鲜了，而地方官员为了自己的政绩，对此睁一只眼闭一只眼，钱庄更是只要有利可图便可，如此下去，青苗法不免名存实亡，生产需要资金的农民最终还是不得不去借高利贷……改良青苗法之所以朝野一片平静，玄机便在于此。”

“那么……纯父可有何良策，存其利，除其弊？”石越虽然觉得资本追求最大利润根本是正常现象，但是也觉得青苗法积极的一面如果断送，也未必是什么好事。让太多农民破产，而以现在的社会工业化程度又无法吸收这么多劳动力，最后的结果只能是引发社会动乱，从这个意义上讲，石越还是希望青苗法能够切切实实解决农民的一些问题的。但是让民间资本有效地流入农业生产当中，这个难题也不是那么容易解决的。

司马梦求摇了摇头，苦笑道：“学生不过是眼高手低，又能有何良策可言？越是穷县越是需要青苗钱，结果却越是穷县钱庄越是不愿意借出青苗钱。人情如此，如之奈何？虽说也不是不能解决，但却要靠地方官吏的良心与能力。或者，可在钱庄法增加一条，农民满足贷款条件而钱庄不放贷者，可以向官府申诉求助。不过依学生来看，这些都是小节，实则王相公变法的路子，整个就走错了，这完全是一个死连环。王相公变法便真能成功，财政岁入真能大增，亦不足以解决大宋的问题。”

他这话实在是惊世骇俗之论。就算是石越，也不曾对王安石变法全盘否定。

石越忍不住问道：“纯父何出此言，介甫之新法有不合人情而难以成功处不假，但若是能够成功的话，岂得谓无益？”

司马梦求却是不以为然，慨然道：“大宋之弊，在于冗官冗兵。要解决二者，首先就要澄清吏治，不澄清吏治，消除冗官，就不足以宽养民力，不能宽养民力，就不能厚培国本，不能厚培国本，就不足以显耀武功。王相公变法，背道而驰，焉能成功？”

这个道理，石越、潘照临，甚至苏轼、范纯仁都懂，也不算稀奇，但石越却是不置可否，说道：“若说冗官冗兵，王相公亦非不曾着意，似不能谓其见不及此，更不足以言背道而驰。”

“王相公的确也在裁撤禁军，然而西北军费所需，数以亿万计，此处裁撤省得一二，彼处所增军费却十倍不止，又有何用？而冗官之多，四年以来，更是愈演愈烈。如嘉祐年间，推恩者不过数十人，治平间增至三百人，而如今则更增至四五百人矣。官员们一个个求田问舍，为子孙谋，谁来谋国？又如王相公立置将法，每将下面各有部队将、训练官一二十人，诸州又自有总管、钤辖、都监、监押，设官重复，平增冗官又是数以百计。为推行新法，诸路增置提举官凡四十余人，各自开府设衙，费用又增。又，国初供奉三班不过三百人，天禧间也不过四千二百多，现在则有一万一千多。景德年间大夫之官不过三十九人，如今达二百三十，增加七倍。朝奉郎以上景德年间不过一百六十五人，现在是六百九十五，五倍于彼时。承议郎一百二十七人增至三百六十九人，奉议郎一百四十八人增至四百三十一人。冗官之势，有增无减！而朝廷厚待士大夫，各项赏赐，曾无止境！王相公只管理财，想方设法替朝廷开利源，但冗官越来越多，便是王相公再能理财，所得亦不足以偿所出，终不过是白辛苦一场……”

司马梦求把这些数字一一说来，如数家珍，显是平时非常留心。吴从龙等人不知道端详，倒也罢了，石越和潘照临却听来惊心。宋代一个官员能享受什么样的待遇，石越是亲身体会的。俸银之外，还有春衣、绫、绵、冬绢，还有粟，还有随身仆人的衣粮，还有薪、炭、盐、纸，还有所谓的“增给”“赡家钱”“马钱”“茶酒厨料”……名目繁多，连石越自己都记不过来。每逢郊天[1]，皇帝、太皇太后、太后、皇后生日，更是各有恩赐。国家从百姓那里聚敛来的钱财，就这么被所谓的“百官”们分走了很大一部分。当然不能说这些冗官是王安石的过错，但是王安石变法完全没有抑制冗官的增长，却也是事实。

司马梦求继续道：“本朝苛税，七倍于唐，百姓之苦，谁人知之？天下之财输于京师，而地方不能自留钱财用于建设。朝廷养兵养官之费，占岁入十分之九。不除冗官冗兵，又谈什么宽养民力，谈什么厚培国本？如今国家之事，乱无头绪，便即仓促用兵，更是急功近利之极。”

听到这里，石越算是明白了司马梦求的大概思路，此人虽然算是才华出众，对国事有着深刻的见解，但同样是那个时代的人物，他的见识，依然是以范仲淹的见解为基础的。

石越和潘照临对望一眼，从对方的眼神中，知道对方和自己想的一样。有些事情，不是司马梦求想得那么简单的。除冗官，冗官是那么好除的吗？王安石未必是见不及此，反倒很可能是范仲淹的失败给了他深刻的教训，他是不愿意以一人之力挑战整个官僚阶层罢了。冗官也好，冗兵也好，归根到底，核心问题是冗费。这是一个先有鸡还是先有蛋的问题。王安石选择的解决思路是增加收入，只要国库的钱足够多，那么开支再多也不是问题。而司马梦求则认为，不解决开支的问题，再怎么样增加收入，也赶不上开支的增加……石越不认为王安石的策略能够成功，因为历史已经证

[1] 指祭天仪式。

明过一次了，但是，他却也承认，王安石的策略的确能够避开许多的阻力。可话又说回来，真是想要解决宋朝的问题，三冗的顽疾，迟早都得面对！只不过，王安石甚至还没能走到真正面对这个顽疾的那一步，便已经折戟。所以，虽然石越迟早也避不开这个问题，但他现在还不用太着急。

他笑着结束了这个话题，委婉地说道："纯父所言的确一针见血，不过事有轻重缓急，很多事情，虽然按理要那么做，可是真正实行起来，很多时候却需要多走一点弯路才能达到最后的目的。"

司马梦求本来还有不少的话想说，石越的话却让他怔了一下。他细细地咀嚼着这句话，不由觉得石越的话意味深长。

一旁的范翔突然插道："秘阁的意思，学生大概明白了。"

石越笑着看了他一眼。

"我们要去一个地方，面前有巨石挡道，仓促间不能踢开。这时候花点时间去准备工具，召集人手，一起来搬开巨石，比起用莽夫之勇，一味蛮干，要有用得多。"范翔打了一个比喻。

这个比喻可谓十分生动贴切，石越点了点头，赞道："仲麟说得极好。"

司马梦求也是豁然明白，抱拳说道："学生受教了。"

一直认真旁听着的陈良亦是眼睛一亮，补充道："如果在准备工具的同时，行有余力，还可造一驾马车，这样在搬开巨石之后，便可以加快上路，把时间补回来。"

石越笑道："正是如此。"又对司马梦求道："冗官冗兵冗费，这的确是国朝的痼疾，但仓促间难以解决。所以，不妨先多做些有益于国的事情，待到时机成熟，再去动它们不迟。只要能耐下心来，静待时机，必有成功之时。当今天子圣明，英杰之士，正是大有为之时。"

司马梦求连连点头。

9

严肃的话题既然说得差不多了，众人也就慢慢放开。司马梦求喜欢说些他游历各地时所见的风俗习惯、地方民情、官吏贤愚之类，和潘照临倒是颇有共同话题。吴从龙等人显然去过的地方不多，但他对秦汉晋唐以来的官制礼仪非常熟悉，常能引经据典，说上一番，不过他为人方正拘礼，和范翔恰好性情相反。范翔思维灵活，什么事情都是一点就通，上至朝廷官员，下至市井百姓，各种趣闻轶事，他信口拈来，倒如同自己家后院的事情一般清楚。而陈良此人，竟然是精通刑名钱粮诸般庶政，实在出乎石越意料。

众人交谈颇为相得，而吴从龙和范翔又是刻意巴结，卖弄学问，席间气氛活跃，笑声不断，直到天色渐暗，这才发现时间流逝之快。石越与宋人交游，见过的名士才子，不知凡几，但当时读书人，无不书生气甚重，谈得几句话，往往就是往琴棋诗画引，其中高材之士，也不过谈谈历史上的典故经文，以证其博，石越心里对这些实在有一种厌烦之心，因此他平时倒更喜欢和沈归田这样的小吏说话。今日碰上司马梦求几人，说的当时当世之事，便是说历史得失，品评也是适可而止，绝不肯夸张虚饰。石越本就有招致之意，此时更觉不舍，便吩咐侍剑，让人点起蜡烛，挂上“气死风[1]”，做彻夜之谈。

众人从上午至晚上，边喝边谈，本来各有醉意，石越又说到给侍剑和唐康找了个箭术教练，称君子当文武全才方为上乘。范翔乘着酒意，指着司马梦求笑道：“石秘阁，若论文武全才，司马纯父可是上马能杀敌，下马能作赋。其箭法之精妙，非开封府一个捕头可比。”

司马梦求笑道：“仲麟不要胡言乱语。”

潘照临却似笑非笑地说道：“纯父何必过谦，仲麟岂是乱说话之人？”

范翔也一本正经地说道：“潘先生说得是，我范仲麟什么时候会乱说话？纯父兄何必谦虚，干脆表演一下，也给秘阁看看你的本领。”

众人哄然称是，侍剑少年心性，更是想看热闹，也忍不住露出期盼之色。潘照临却依然是似笑非笑的神色，道：“纯父兄表演两手，我们以此下酒，岂不也是雅事一桩？”

司马梦求早就看出来潘照临实是石越身边的谋主，对自己的态度相当微妙。他其实早就对石越颇为钦服，而石越言语中也已微露招致之意，心想干脆就一展生平所学，也好给石越一个好印象，同时让潘照临知道他司马梦求的本事。当下并不回答，只是迟疑地看了石越一眼。

石越对于所谓武功，心里本来就很好奇，毕竟他是看着武侠小说长大的，加之大家都在兴头上，便也笑道：“纯父何不就露一手给大家开开眼界？”

司马梦求见石越发话，站起身来，抱拳笑道：“如此恭敬不如从命。”

侍剑见他答应，顿时喜笑颜开，连忙说道：“公子，我去取弓箭刀剑来给司马公子。”

石越心中一动，叫过侍剑，在他耳边轻声吩咐了几句，侍剑似乎吃了一惊，略一迟疑方才答应着，去拿诸般兵器。不多时，侍剑便带着一个家丁取了弓箭和一个大

[1] 即风灯，因有护罩，风吹不熄而得名。

盒子过来。

石越先接过弓箭，双手交到司马梦求手中。这是一张犀角弓，石越提举胄案虞部之时，胄案经常会造些好兵器出来送给王公贵人，石越做了那份差使，下面的人要巴结他，自然忘不了给他留一份，他也并不拒绝，只是按价付钱，以免授人以柄。这些兵器放在家里，他也没什么用处，一直是当摆设用。

司马梦求接过此弓，不由赞了一声："好弓！"

弓是好弓，箭自然不会是坏箭，金箭筒内二十支箭，全是雕翎箭。

司马梦求也不说话，走出亭来，就在曲桥之上搭箭上弦，嗖嗖三箭，只听弓弦响过，池塘那边的三枝柳条应声而落，掉在水池之中，而箭势并不稍减，一直钉到花园的围墙之上。众人一齐起身，凭栏而立，齐声喝彩，侍剑更是兴奋得小脸通红。

司马梦求微微一笑，手中却不停留，接连二十箭发出，二十枝雕翎箭在雪白的围墙上，竟是钉出一个隶书"石"字来。这手箭法，连潘照临也望而失色。

石越击掌笑道："司马纯父果然神技！"

司马梦求拱手谦道："雕虫小技，让秘阁见笑了。"说着就要把弓还给石越。

石越摆了摆手，却不去接："所谓红粉送佳人，宝剑赠英雄。这张弓放到我这里，白白蒙尘，不如就送给纯父，明天我再让人去在箭上刻上纯父的名字，纯父不要推辞才好。"

司马梦求心里也很喜欢这张弓，而且他也是豪爽之人，当下恭身笑道："如此学生愧领了。"

石越微微一笑，走到侍剑身边，接过他手中的檀木盒，递到司马梦求前面，笑道："这里有件东西，还要请纯父鉴赏。"

众人见石越如此慎重地取出一样东西，知道必非凡物，不由一道围了上来。司马梦求却抽空偷偷瞄了潘照临一眼，见他眼睛眯成一条缝，嘴角微露笑容，显是早知道里面是什么东西了。当下接过这个三尺长半尺宽的檀木盒，右手轻轻一扣，把盖子打开。

众人一齐把头凑过去，只见里面静静地躺着一把古剑，剑鞘和剑柄皆是黑色，上面刻有简单的花纹，在剑鞘之上，刻有隶书诗句："肝胆一古剑，波涛两浮萍。"宋人文章独推韩愈，司马梦求等人自然知道这是韩愈的名句，用来形容朋友之间的赤诚相待。石越这时候拿出这么一把剑来，背后深意不言可知。

司马梦求拿起剑来，只觉触手生寒，便知这确是一把宝剑。他把盒子交给一个家丁，右手握剑，左手抓鞘，"唰"的一声，将剑拔出半截，便见寒光四溢。他观摩良久，自问见识并不浅薄，却不知道此剑之名，因问道："学生孤陋寡闻，竟不知此剑来历。"

潘照临笑道："这柄宝剑，是有人高价从杭州购得，送与公子。苏子瞻、公子与在下，皆是不识。剑上并无题款，唯鞘上有韩文公诗一句而已。"

范翔伸着脖子看了一回，他本是个儒生，自然也不能识其来历，不过他生性机敏，眼珠一转，高声笑道："何言中路遭弃捐，零落飘沦古狱边？虽复尘埋无所用，犹能夜夜气冲天！这柄剑虽由昆吾之铁炼成，却必是零落飘沦已久，竟至于埋没无名，要待秘阁方能识它，可见也是机缘巧合。此剑之前辗转于俗人之手，自然无名，然宝剑入英雄手，日后必当显名于世。学生以为不如就由秘阁给此剑起个名字，也好别让它埋没了。"

他一番话语带双关，以宝剑暗喻司马梦求，还轻轻拍了石越的马屁一下，便连潘照临也暗赞他的机敏。石越虽然不喜欢别人拍马屁，但是如范翔这般恰到好处，只怕是圣人再世亦不能拒，何况石越一凡人，因笑道："仲麟道这宝剑蒙尘已久，只怕也是事实，否则以苏子瞻那般高才，岂能有不识出处之理？方才仲麟用了郭震的诗句，我就从这诗来名之，称这柄剑为'昆吾剑'，如何？"

石越都把名字说了出来，除非是吴安国，别人又怎么会说不好？自然是哄然称赞。

石越见众人都说不错，又笑道："仲麟方才说宝剑入英雄手，方能显名于世。此话深得我心，在座并无习武之人，文武全才，当数纯父，我便将这昆吾剑赠予纯父，料纯父定不会让它埋没。"

他这话一说出来，除了潘照临，众人都是吃了一惊。这柄宝剑，虽然无名，却必是名贵之物，竟然就此相赠。不过众人都是聪明之人，石越之意，已经非常明显。

司马梦求轻抚昆吾剑，慨然说道："大丈夫在世，能得一知己足矣。学生定然不负秘阁之望，绝不让此剑蒙羞。"

说罢拔剑出鞘，白衣晃动，剑光闪闪，竟是在曲桥之上舞起剑来。只见他出剑之时，有如雷霆之怒，收剑之时，却似江海澄光，白衣寒光，滚滚翻动，看得众人都痴了。舞得兴起处，突然将宝剑掷上云霄，高达数十丈，而司马梦求手执剑鞘，准确地把电闪一样的宝剑接入鞘中。

潘照临看着此景，不知怎的，心中忽有慷慨高歌之意，情不自禁地拍栏歌道："昔闻班家子，笔砚忽然投。一朝抚长剑，万里入荒陬……"

这本是唐人的一首长诗中的几句，潘照临心有所感，此时唱来，慷慨豪迈之意，动人心魄。众人对这首诗都不陌生，此时亦克制不住心中的情绪，一齐跟着拍子，慨然歌道："……岂不服艰险，只思清国雠。山川去何岁，霜露几逢秋。玉塞已遐廓，铁关方阻修……"

当读完"卒使功名建，长封万里侯"之时，便是连似懂非懂的侍剑也心情澎湃不已。众人都在想象着自己就如那把昆吾剑，此时虽然默默无名，但日后建功立业，虽有艰难险阻，而必定终于能显名当世，流芳青史……

也是自此夜之后，司马梦求与陈良一起进入石越的幕府，而吴从龙与范翔日后亦成为“石党”的中坚。

第十一章

再度交锋

人贵知过，是因人之不能知过。

——《论语正义》

1

白水潭学院第一届技艺大赛成功结束后不久，石越成为礼部试考官之一的任命终于正式下达，忙碌的日子再次开始了。田烈武虽然是唐康与侍剑的教练，经常出入石越赐邸，也很难见到他几面。让他吃惊的是司马梦求竟然是石越府上的门客。军器监案让他越来越觉得糊涂，直到他最终决定不去想这件事情。但除此之外，唐康与侍剑都聪明伶俐，而石府上上下下，完全没有大官家的架子，这一切，让田烈武感到很舒服。

而且在石府还有一个好处，石府的书很多，无论是潘照临，还是司马梦求，或者陈良，都很愿意借书给他看。田烈武粗识文字，他并不想看那些精深的古文，而是喜欢读兵书。石越是直秘阁，宫廷藏书他多能见到，而白水潭学院又正在进行一个图书馆工程，潘照临便经常去白水潭借书，这个习惯很快又传给了司马梦求与陈良。当时大宋因为大兴武学，正在编撰一套兵书集作为武学的教科书，叫作《武经七书》，虽然尚未成书刊印，但是七部兵书却是早已存在的。田烈武一日见司马梦求借来，他辗转借到，自此爱不释卷。这种书是管制书籍，坊间是买不到的，田烈武也不敢私自给别人观看，竟是用了极大的毅力，一页一页地抄录。若有不懂的地方，碰上潘照临或司马梦求闲暇，还会给他讲解一二。可惜的是，另一部更加有名的《武经总要》他却看不到。这部书是大宋军事百科全书，不是当官的，绝对不可能读到，当然，潘照临和司马梦求自是特例。

不过对于田烈武来说，他已经很满足了，因为有一次石越说过，明年六月的武举，如果他愿意参加，石越愿意找个大官一起保荐他，这是田烈武以前不敢想象的。大宋的武举，需要两个高官保荐才能有参加考试的资格，如田烈武这样的人，以前哪里敢奢望？就是为了武举，田烈武也决定要努力读兵书，这是考试项目之一。

这日下午，田烈武带着唐康在院子里练了一会儿箭术，忽见石越回府。只见石越铁青着脸穿过院子，走回书房，不久就听到书房里传出瓷器砸坏的声音。田烈武的听力实在是太好了一点。

“公子，何事如此？”潘照临也从未见过石越如此生气。

“吕惠卿太过分了，这次我断不会善罢甘休！”石越气愤地说道。

潘照临和司马梦求、陈良都是满头雾水。

侍剑小心地端过一杯茶，石越从离开礼部上马车开始，就没有好脸色，还有一个同样脸色难看的，是参知政事冯京。

石越接过来，喝了一口茶，稍稍平息了一下怒气，方说道：“成绩已经出来，是糊名改的。皇上恩旨，这次进士、明经共取士五百九十六人。本来按议定，拟定的进士及第三人中，省元是白水潭院贡生佘中，而另两人虽然不是院贡生，但有一个也是白水潭的学生。此外进士出身的白水潭学院学生共六十五名，其中院贡生三十人，同进士出身白水潭学生共四十三名，其中院贡生十二人，另外明经科还有二十一人。白水潭学院的学生这次一共考中进士科的有一百一十名，明经科二十一人，占了总人数的六分之一有余。”

潘照临叹道：“这可是大喜事。”

“确是喜事，但是，谁也料不到，吕惠卿、常秩竟然敢冒天下之大不韪，在拆封之后，更改省试名次！”石越一掌击在案上，怒声道。

众人都是一惊，陈良愕然道：“这怎么可能？本朝百年以来，未闻有此等事。”

潘照临却是沉吟道：“既然吕惠卿、常秩敢行此非常之事，必有非常之理由。”

“理由？理由便是犯忌讳！”石越怒道，“按理说，杂犯[1]举人若要黜落，也应当在揭名之前。吕惠卿、常秩却强词夺理，道杂犯举人便是殿试，亦要黜落。佘中本来是定为省元第一，吕惠卿、常秩红口白牙硬是从中找毛病，子虚乌有说其中有文字犯忌，引喻失当，降至一百一十二名，六十五名原本在进士出身名次下的，都被找出毛病来往下面降，有三十人掉到了同出身。此外，更有二十余人竟遭黜落！”

潘照临顿时愣住了。

石越越说越生气，寒声道：“揭名之后竟然还能调动名次，那糊名又有何用？犯忌触讳之事，行文一不小心就会碰到，谁也难免，何况如佘中等三十余人，根本不曾触犯历代皇帝名讳！只不过写了一些同音字而已。我和冯参政已经封了原来的判词与名次。明日我们各自拜表向皇上陈说，弹劾吕惠卿、常秩。”

潘照临却是很冷静，说道：“公子，若真有犯忌，吕惠卿也不是没有依据。”

司马梦求却道：“但无论如何，此事秘阁断无坐视不管之理。御前官司打得赢打不赢，秘阁都要打。摆明了被黜落的都是白水潭的学生，皇上自有分辨。”

石越苦笑道：“吕惠卿岂会落下如此把柄？白水潭的学生固然占多数，不过他同时也动了其他二十多个考生，以掩人耳目。偏偏这是朝廷机密，一点也不能外泄，否则他吕惠卿难免千夫所指。”

潘照临皱眉道：“如此，这份弹章可就难写了。”

石越恨恨说道：“也没什么难写的，所有被调动学生的名次，理由，被黜落的学生的卷子，取代他们的卷子，我一一记了下来。我讨不回这个公道，枉为白水潭山

[1] 指犯皇帝名讳等。

长！”他这次对吕惠卿可以说是恨得咬牙切齿，白水潭学院的学生一步步进入仕途，本是大势所趋，而其逐渐积累而产生的影响，必然慢慢浮现。白水潭学院建校后的第一次大比，就面临这样的黑手，石越岂能善罢甘休？

“潜光兄、纯父、子柔，准备一下，共同议定一份奏章出来。写完之后，我要拜访王安石，我倒要看看拗相公是何说法！”石越嘴角露出一丝冰冷的笑容。

2

石越坐着标有自己官职的马车来到董太师巷的王丞相府时，天色已经完全黑了下来。但是董太师巷各大宅院住的都是朝廷重臣和亲王贵戚，各府邸大门之外都高挑着大红的灯笼，倒似一排排路灯，把董太师巷照得灯火通明。

石越在相府门外四五米处下了马车，便有丞相府看门的门子过来询问：“这位官人可是来拜会我家丞相的？”

石越微微点头，抽出一张名帖，递给门子，说道：“下官直秘阁、中书检正官、同知贡举石越有事拜见大丞相，烦劳通告。”

门子听了这一串官职，他知道石越的名头，不敢怠慢，说声：“请石秘阁稍等。”连忙跑了进去通报。

石越在外面等不多时，一身青袍的王雱便迎了出来，挽着手把石越请进府中。

王雱暗暗奇怪石越怎会在晚上来拜访他父亲，看着这个一路高升、仕途得意的石越，他心里不太是滋味，觉得自己因为是宰相之子，所以升迁受制约，到现在都没有机会从事实际政务，一直做皇帝的侍讲，并在经义局修撰、在《新义报》做编辑。对于很盼望能有真正的“事功”的王雱来说，有时候他真是很羡慕石越。“如果我有机会的话，一定能比石越做得更好！”王雱打心里这么认为。不过自从前一次耍手段把石越整得七荤八素之后，王雱算是狠狠出了一口闷气：“居然敢嘲笑我，嘿嘿……”想到这里，王雱不由斜着眼看了石越一眼，只见石越脸上挂着一丝不变的微笑。就这么看来，不知情的人会以为这两个年轻人是莫逆之交。“虚伪！”王雱在心里骂了一声，他完全没有意识到自己也是同样虚伪。

王安石已经在客厅等候多时了，他也不知道石越为什么会这么晚来拜会他，因为石越实在很少来相府，此时前来，必有要事。他还不知道吕惠卿和常秩在礼部搞的名堂。

石越进来后向王安石行过礼，分宾主坐下。他和王安石打交道久了，知道王安石的脾气，当下也不客套，开门见山地说道：“丞相，下官无事不登三宝殿。这么晚来打搅，是为着省试的事情，非得来和丞相分说不可，望丞相能主持公道。不过明日弹劾的奏章，下官却是一定要上的。”

王安石听到石越这前不着村、后不着店的几句话，真是丈二和尚摸不着头脑，因道：“子明少安毋躁，礼部试究竟发生了何事？”

石越便把前因后果说了一遍，然后道：“眷录的卷子上的判词，全部由封印官封印了，下官就是不明白，为何揭名之前是‘文理俱通’，揭名之后就变成了‘文理中平’‘文理疏浅’？若是杂犯，为何有些便黜落，而有些却只是降低名次？到底糊名眷录有用无用？国家抡才大典，是否儿戏？”

当时宋代进士科判词，分为五等，其中第一等为“学识优长，词理精纯”，第二等为“文理周率”，这头二等便是进士及第；第三等是“文理俱通”，这是进士出身；第四等是“文理中平”，第五等是“文理疏浅”，这算是同进士出身。考官在试卷之上写的判词便是这些，然后再在此基础上议定名次。

王安石听石越说完，就已清楚了事情的原委。虽然石越并没有提受害者是白水潭学院的学生，但是其中玄机，王安石一猜就中。一定是吕惠卿、常秩等人借机来阻止白水潭学院在政治上进一步扩大影响，而这无疑就踩中了石越的痛处。

的确如此，对于石越来说，在新法上的所有事情他都可以妥协，但在白水潭学院的事情上，哪怕是一件很小的事情，都会让他紧张。白水潭学院就是他用来撬动地球的支点，他利用白水潭学院来影响大宋的士大夫阶层，影响汴京的市民阶层，让自己的理念缓慢而坚定地浸透人心。不仅如此，当白水潭学院的学生三年一度地进入仕途之后，在北宋的政府当中，石越就等于拥有了独立于新党与旧党之外的力量。这些学生中的绝大部分都不会和自己年轻时代的偶像为敌，哪怕为了证明他们的正确，证明他们在白水潭所受的教育是最优秀的教育，他们也需要一个正确的石越。单是这一点，就足以让他们中大多数人站在石越这一边，更不用说还有个人所受教育的影响、师生的感情等因素。

对于这一点，无论是王安石还是吕惠卿都看得相当清楚，可唯有皇帝不相信。赵顼在经历过宣德门叩阙、《汴京新闻》批评石越之后，压根就不再相信白水潭学院会是所谓的“石党”。不过，王安石也并不赞成用卑劣的手段来阻止这一切，在他看来，虽然白水潭学院的学生并不是自己的支持者，但是这些学生思维活跃，比起保守的大臣们，更容易支持新法。何况对于用错误的手法来推行正确的主张，王安石比起他的长子王雱来，有更多的道德自律。

“据子明所言，吉甫等人黜落的人数相当多，名次前后调动甚至黜落的考生有七八十人，以此来看，至少吉甫等人并非以权谋私，否则断无必要如此惊天动地地动手脚，揭名后大举变动名次，实犯忌讳，吉甫等人不会不知。”王安石不紧不慢地说道，轻易地揭掉了吕惠卿等人动机不纯的帽子。

石越心里一紧，他马上明白了这中间的关键——王安石这么说，就是料定自己不敢公开指出吕惠卿等人在针对白水潭学院的学生，如果他这么说了，吕惠卿有没有这个想法还没有定下来，他自己心中有一个“白水潭系”的事就已经不打自招地坐实了。那么皇帝对于被石越亲口证实存在的“白水潭系”会有什么样的态度，御史们会借机做什么样的文章，都会很难预料，情况立即就会复杂起来。

吕惠卿敢于这么大动手脚，也是看出了这一点。虽然吕惠卿也不会说“白水潭系”，一说就证明他们在党同伐异，但他们同样也料到石越开不了这个口。

如同电闪雷鸣一般，石越的大脑一瞬间变得无比清晰。“吕惠卿果然厉害！”石越一边在心里暗骂，一边不动声色地回答道：“丞相，此事的要点不在于吕吉甫有何动机。他有何动机，下官实在不宜妄加揣测。但是在揭名之后如此大规模地调动考生名次，完全不合规矩。国家抡才大典的公正性，也会因此受到质疑。朝廷亦由此而失信于千万士子，也失信于天下百姓。下官在拙作《三代之治》《论语正义》《历史政治得失》中，都曾提出过‘程序正义’之说，此事便是在公然破坏程序正义！”

王安石却不置可否，只是笑道：“子明不必激动，此事本相明日自会询问，他们若无理由，朝廷法度俱在，容不得他们乱来。”

石越正色说道：“丞相，下官此来，是把情况告知丞相，望丞相能主持公道。至于明日，下官是肯定要拜表弹劾吕惠卿、常秩的。是非曲直，今上圣明，自有明断。”

一直旁听的王雱见石越语带威胁，忍不住冷笑道：“既然如此，子明今夜来此，又是为何？”这件事情他完全是事不关己，吕惠卿是死是活，他王雱并不关心，和石越斗个两败俱伤，新法路上正好少了两个麻烦。

石越却不理他话中的讥讽，义正词严地说道：“下官来拜会丞相，本来是想知道丞相对此有何章程。按例中书门下有权干预此事，丞相如果愿意主持公道，我们就不必先烦扰圣躬。臣子们做事，是要为皇上分忧，而不是把麻烦全部推给皇上。”

他其实和冯京早已有了默契，此时如果打御前官司，先不管输赢，这么大的事情，必有一方要引咎辞职。皇帝正倚重新党，单是吕惠卿等人还好，但万一王安石突然插进来要扛起所有责任，皇帝最后多半还会和以前一样偏向王安石，那他和冯京就骑虎难下了。这种御前官司，很多时候并不是谁对谁就赢，而是皇帝更需要谁，谁就赢。政治上的事情，一向如此，石越早已看得清清楚楚。比如前一段张商英出外，若论是非曲直，就连赵顼也明白张商英是对的，但是结果张商英输。原因很简单，比起一个监察御史，皇帝更需要枢密使们。

所以石越才连夜来拜访王安石，他知道王安石肯定也不愿意去打御前官司。毕竟揭名后这样调动名次，再多理由也说不过去的。王安石虽然与此事无关，但若吕惠卿、常秩等人被赶出朝廷的话，他的日子也不会好过。而另一方面，王安石即使真的硬扛进来，皇帝会不会因此就把石越、冯京赶出朝廷，也不一定。皇帝虽然年轻，却很懂御下之术，他一直在朝廷中留下能制衡王安石的人，就是最好的明证，这一点石越相信王安石也明白。冯京和石越全部走了，朝局就会变成王安石无人可制，年轻的皇帝能不能放心，这一点谁也不能保证。

果然，王安石听了这番话，站起身来，背对着石越踱了几步，好一会儿才说道："子明说的亦有道理。做臣子的不能各司其职，亦非为人臣之理。何况按章程，礼部定下名次之后，中书门下复核也是有前例可循的。再说，冯当世本就是知贡举……明日本相就会同冯参政、王参政，一齐到礼部，将八十余名涉及名次变换的考生的卷子取出来，重新评定。当然，此事依然是以当世为首，若再有争议，将名次报上去后，再分别向皇上陈说，就不至于有骇物听了。"

石越听王安石说完，就知道这已经是最大的妥协，便说道："若有丞相来主持公道，下官亦无话说。冯参政为人温和，常为奸小所轻慢。一切事情，明日之后再说。"此话一出，白水潭那些名次调乱的学生的命运，就只能靠他和冯京去据理力争了。

第二天在礼部的复议，激烈异常，但结果却是极好。

吕惠卿和常秩虽然精通典故礼仪，但冯京也是三元及第，而石越的撒手锏，则是对比判词，因为每一份卷子的上面都有好几个考官的签名，而有些考官明明在一份卷子后写着是第三等，到了揭名之后就指出某处犯忌须当降等，自是难免要被石越大加讽刺。如此一份份卷子的力争，最后终于判定，白水潭学院的学生进士科共取中一百零六人，只有四人最后还是被黜落了——他们在写"曙"字时字迹潦草，被硬指为没有缺笔，犯了宋英宗的名讳。对此，石越与冯京也无可奈何，毕竟严格来说，这个字甚至是同音字，这些学生都不该用的。而进士出身减少到五十八人，有七人掉了一等，同进士出身四十六人。佘中的卷子给王安石看了后，提到了省试第三名。王安石暗骂力主把这篇卷子黜落的常秩糊涂，如此文章，有石越和冯京推荐，到了殿试，皇帝照样可能提到前三名，到时候不是自己打自己耳光吗？

到此为止，石越可以说基本上打赢了这一仗。虽然这一仗根本是吕惠卿等人无中生有搞出来的，但不管怎么说，最后的结果总算还是可以接受，特别是院贡生四十三人都保住了，毕竟这都是自己的学生，而白水潭学院也势必因此而声名更加显赫。

只是这中间也有遗憾，比如糊名时是进士出身的段子介竟然被黜落，成为四个不幸者中间的一个。对于这个白水潭之狱的重要人物，甚至连冯京都不愿意替他多说好话。而康大同的表弟吴安国也遭受池鱼之殃，被吕惠卿、常秩误伤了，本来是第三等进士出身，被降到第五等同进士出身。此外秦观秦少游，竟是榜上无名，连被误伤的机会都没有，这也让石越感到有点儿哭笑不得。自己那个时代著名的才子词子，此时却被自己和吕惠卿、常秩、冯京四人一致同意没有资格中进士，这中间绝无半点政治斗争的成分，不能不说有点儿讽刺。好消息则是范翔礼部试排在第三十四名，进士出身；吴从龙排在第二百九十一名，同进士出身。没有人知道他们和石越的关系，所以安然无恙。

3

礼部试张榜的那一天，和王韶红旗捷报，再克瞎木征并擒其妻子儿女押解京师的好消息刚好是同一天。

白水潭学院在那一日再次震惊天下——院贡生五十名，竟然有四十三名取中！虽然殿试还未举行，但本朝已经十多年殿试不再黜落“过省举人”，顶多在名次上有所起伏罢了。但是在白水潭学院全校欢庆之中，免不了也有许多失意之人，其中最沮丧的就是段子介。他自觉几场策论文章做得花团锦簇，而经义对答也颇为精妙，最不济也是同进士出身，怎么可能名落孙山？似乎永远是一袭白袍的段子介，一个人默默地走出白水潭，他不愿意让自己的情绪妨碍到别人欢庆的心情。

此时已是熙宁六年二月，春寒料峭之时，寒风似刀一样地刮在脸上、身上，钻入脖子里。离开白水潭后，段子介顺着白水潭那条著名的水泥路，往南薰门边走去。路上的行人依然不少，可这不关他段子介什么事，也不知道在这寒风中走了多久，迷迷糊糊中他听到有人对他说道：“客官，外面天寒地冻的，进来喝一杯暖暖身子吧。”

失魂落魄的段子介就这么走了进去，要了一壶酒，自饮自斟，喝了起来。从来酒入愁肠，更断人肠。段子介想起自己单骑赴京，立志要学有所成，报效君王，做一番轰轰烈烈的事业。在白水潭学院两年多，终日与名师交游，自己也觉得学问突飞猛进，以为今年中进士是手到擒来之事，不料竟然会被黜落……双亲年事已高，白水潭之狱时为自己担心，千里迢迢来到京师，回家之前殷勤致意，只盼着自己能金榜题目，光宗耀祖，早点回去迎娶自小定亲的未婚妻。自己眼见二十有九，一事无成，思来想去，真有万念俱灰之感。

他正在借酒浇愁，醉意微醺之际，忽听一阵琴声传来，一个青年男子和着琴声唱道：“黄金榜上，偶失龙头望。明代暂遗贤，如何向。未遂风云便，争不恣狂荡。何须论得丧。才子词人，自是白衣卿相……”正是柳七的《鹤冲天》，那男子唱来，意兴萧条，自暴自弃之意更是牵动段子介心事。

段子介听到这声音是从一间雅座传来，他这时也不怕冒昧，竟然径直闯了进去，却见雅座之内坐了一男一女，女子抚琴，男子唱曲。女子一身艳装，显然是勾栏的歌妓，而男子一身灰袍，脸色沉俊，便如暗夜中冰冷的繁星，虽然一副拒人于千里之外的神态，却也自有其骄傲之资本。此时他显然喝了不少酒，坐得已不是太端正，一只手拿着筷子，和着琴声敲打，一边高歌。

这个男子就是武状元康大同的表弟吴安国吴镇卿。吴安国向来自视甚高，自以为就算不是进士及第，那也是进士出身的前几名之内，不料榜文一出，竟然忝陪末座。虽然还有殿试那个万一的希望，皇帝也许能从几百人中看出自己的才华，给自己应得的评价，但是这种可能性便是骄傲如吴安国也知道毕竟太低。但吴安国高傲的性子又怎么可能心甘情愿做个与“如夫人[1]”相对的“同进士”？

段子介这么闯进来，把吴安国和那个歌女都吓了一跳。段子介平时虽然冲动，却不太会做失礼的事情，但这时候他却根本不在乎这些，居然拉了张椅子，一屁股坐下，盯着吴安国上下打量。吴安国莫名其妙地被他看了半晌，正要开口呵斥，却听段子介说道：“你是何人？在这里唱柳七的曲子，扰人心绪。”

吴安国一向被人说成是不讲理的人，倒也没想到还有段子介这样更不讲理。他打量段子介半天，冷眼说道：“你又是何人？我爱唱曲子，关你甚事？”

段子介傲然说道：“我是段子介，你要唱曲子，回家唱去，为何在酒楼上唱？”

“段子介？”吴安国本欲发作，却隐隐觉得这个名字有些耳熟，似乎在哪里听过，好半晌才想起，“你可是那个洪州段子介？在邓绾面前拔刀子的段子介？我是吴安国，你敢在邓绾面前拔刀，胆量不小，不知道武艺如何？”

段子介想不到这人知道自己的名字，不由一怔，又听吴安国冷笑道：“我在这里唱曲子，碍你段子介何事？触了你的伤疤，自己没本事，休去怪别人。”此人出口若不伤人，就觉得少做了一件事情。

段子介听他讥讽，不由恼羞成怒，反唇相讥道：“你吴安国在这里喝闷酒，唱曲子，只怕也好不到哪里去。”

吴安国心里本不痛快，虽然自己在榜上还有名字，但他也羞于提起。站起来看了段子介半晌，最后目光停在段子介腰间的弯刀上，不由哈哈笑道：“你段子介想要我不唱歌也容易，和我打一架，你赢了我，我自然听你的，你赢不了我，你就坐在这里，听你家公子唱一天的曲子！”其实以吴安国平日不爱理人的性子，能和段子介吵一架已经是异数了。

段子介见他挑战，哪会退缩？何况他自恃武艺出众，眼见对方不过一介书生，

[1] 古代女子称谓，一般用来代指妾。

就算会点三脚猫的功夫，又怎能经得自己几下打？当下傲然道："那就一言为定，我们到街上去打如何？"也不等吴安国答应，就要拂衣下楼。

吴安国冷笑一声："要打架还挑什么地方？"话音未落，一双筷子甩手而去，直袭段子介后脑。虽然被打上了最多也就是疼一下，但是段子介怎么能出这个丑，听到身后风声，连忙闪身，不料喝了点酒，步法不似平时灵活，竟把一面屏风撞倒。

他恼怒吴安国偷袭，纵身上前，手臂如使，攻向吴安国，用的是当时流传甚广的太祖长拳。吴安国本来身法不错，但是此时也过量了，只好用一套军中平常操练的散手应敌。两个喝多了酒的人哪里管什么跳跃避闪，连走路都不见得太稳当，无非是你一拳我一拳，打得酒楼上碗筷齐飞，身上青白一色。二人由散打变成摔跤，由摔跤变成柔道，最后竟然抱成一团，全无体统，在酒楼里滚来滚去。一时段子介压在吴安国身上，大呼："你服不服？"一时吴安国反下为上，把段子介压在身下，冷笑道："你服不服？"

酒楼老板早听到动静，但听说有个客人还带了刀子，哪里敢上楼去？正要出门呼救，刚好看到开封府的捕头田烈武和一个青年公子边说边笑走了过来。他如见救星，大声呼道："田捕头，田捕头……"一路小跑，把田烈武给拉了进来，请到楼上。

田烈武见着二人模样，不由哈哈大笑。他不认识段子介，却见过吴安国。想着这么冷傲的人，居然会和人这么狼狈地打架，实在可笑之极。他正想方设法把二人分开，那个"青年公子"秦观却已经从歌女口中知道了事情的原委。秦观对于名落孙山倒也没什么太多的失望，他早有思想准备，考不上就进白水潭读书。而且石越对他很看重，还能经常出入石府，向名闻天下的石越石子明时时请教，秦观早就心满意足。这日榜一出来，心里只是略有点儿不舒服的秦观在街上散心，正好碰上田烈武。二人在石府见过几面，田烈武因此就向秦观请教兵书中不懂的句子，不料在这里却遇见段子介和吴安国打架。

既已知道原委，秦观笑嘻嘻地走到被田烈武费了九牛二虎之力才分开的段子介、吴安国前面，大义凛然地数落道："两位真是见识浅薄，所谓胜败乃兵家常事，又所谓不以物喜，不以己悲，你二人的作为，实在有辱斯文……"

段子介和吴安国听到这个酸儒居然在这里和他们讲大道理，又好气又好笑，同声"呸"了一声，说道："关你何事？在此聒噪。"

秦观本来就有捉弄之意，他也不生气，笑道："不料二位还这般有默契。不过依我说，二位武功这么好，考不上文进士，何不去考武进士，用得着又是喝酒又是唱曲子又是打架吗？"

段子介和吴安国冷冷地"哼"了一声。当时文人不愿意从事武职，否则段子介早就想考武举了，可是狄青之遇，让人心冷。这两人都自负才学，怎么可能愿意去考武举。就算康大同那样武状元及第，又有何用？

秦观本不过是想取笑一下他们，此时见他们这等反应，心中更觉得好笑，更加一本正经地说道："想不到你们都是庸俗之辈，国家外患不断，若是想报效国家，文进士武进士，又有何区别？何必在意俗人看法？难道卫霍之功反倒不如公孙弘？我是不会武功，否则我才不会固执于文武。石子明石秘阁的著作你们都没有看过？一点道理都不明白，读再多书有何用？我看你们也不用考甚进士了，回家去种田比较好，否则就算中了进士，也是于国无用之辈。"

秦少游不过是逞舌辩之快，田烈武却是正中心事，不由心悦诚服地点头称是。段子介和吴安国哑口无言，干脆不去理秦观，反对田烈武说道："你老按着我们做甚？打烂的东西我们赔，放我们起来！"

田烈武知道二人都是举子，也不能太为难，当下把老板招呼过来，算了损失，先赔后放。

段子介和吴安国好不容易脱了田烈武的掌握后，互相狠狠地瞪了一眼，不服气地扬长而去。

4

京师里举子们为了自己的前途或悲或喜，而大宋安静没多久的朝廷也突然间再次动荡不安起来。

这又是一个多事的春天。

王韶带来的，不仅仅是捷报，还有死难将士的名单。田烈武此时还不知道，他的叔叔田琼已经战死在熙河。朝廷要追封有功的将士，抚恤他们的家人，还要请和尚去熙河边给战死者做法事，超度亡灵。有司[1]为此忙得马不停蹄，各项开支，都是要钱的。

另一方面，王安石在大宋财政收入变好、王韶接连大捷、新党政治声誉上扬的情况下，终于在中书省提出了他构思的新法中最终极的一项法令——方田均税法。

"以东西南北若干步为一方，量地，验其肥瘠，定其色号，分五等定税数……"王安石在都堂眉飞色舞地说着他的想法。这个梦想，是宋代开国以来，多少有识之士梦寐以求的理想，从郭咨到孙琳，从欧阳修到王洙，多少人想过，多少人面对其困难而终于放弃，而他王安石，在今日将要正面挑战这个难题。只要方田均税法能够成

[1] 指主管某部门的官吏。古代设官分职，各有专司，故称有司。

功，那么新法就能克竟其功了。无论前面的种种法令有多少不是，在方田均税法的历史意义面前，都会变得微不足道。“此法以二十年时间推行，厘清天下土地税收，从此国富兵强，指日可待！”

“国朝以来，官户富室，兼并土地，却故意虚报土地，逃避税收，而小民田产已无，税收却依然存在，结果农民破产，豪强得利。行方田均税之法，以每年九月丈量土地，次年三月造册，按此纳税。则被豪强隐瞒的耕地，可以纳入国家的税收之中，而无地的小民，不至于受税收之苦……”同判司农寺的吕惠卿侃侃而谈，讲述着方田均税在道义上的正确性。

如此利国利民之法令，连冯京都有点儿动摇，他疑惑地看了石越一眼，不知道这是对还是错。

“子明，你的意见如何？”王安石主动询问石越的意见。礼部试事件后，他对吕惠卿等人也略有不满。

数道目光投到石越身上，石越想了想，还是决定照实直说。如果现在不说，到朝议上再向皇帝说，王安石就有理由指责自己是两面三刀的小人了。“丞相，方田均税法，立意极善。但下官有三点疑问，请丞相为我释疑。”

王安石笑道：“子明，你说来听听。”

石越看了王安石一眼，目光扫过冯京、吕惠卿等人，方继续说道：“下官的第一点疑问，是想请问丞相，国朝大小官员上万，其亲戚家属十倍于此。这些人除去职田之外，各有多少田产，又有多少是隐瞒未报的？而其家属亲戚之田产，又有多少？在座的诸位，所谓官户富豪之家，各位自己又算不算？”

王安石怔了一下，很多人立即不自在起来。就算冯京，虽然家道本不殷实，但他三元及第，又娶了富弼的女儿，现在田产也绝对不在少数。再如吕惠卿，他们三兄弟加上亲戚朋友，田产更远在富弼之上。真正没有什么田产的，只有王安石和石越。

石越又说道：“丞相，上行下效，其上不正，其下如何能正？我并非怀疑诸位，也不是怀疑国朝数万官员。但是在下以为，若要方田，那么不如要分几步走。第一步，就是丈量评定国朝官员及其亲戚之田产，先清三品以上，再清五品以上，再清九品以上。”

王安石若有所思地看着石越，只听石越继续道：“下官的第二点疑问，是方田均税法由谁来执行？各地方田均税，无不由大小甲头与小吏来丈量，大小甲头又无不来自一等户，以兼并富豪之家来丈量兼并富豪之家的土地，虽然有官吏监督执行，但这些兼并之家，哪个不是手眼通天？这方田均税之法，如何保证可以落到实处？”

王安石从未想过这个问题，他似乎过分相信了官员们的能力与操守，这时听石越娓娓说来，连冯京都知道方田均税法可能出现的问题之所在了。

“下官的第三个疑问，是当年九月丈量，次年三月就要立册交税，全国土地数百万顷，而官吏有限。下官请问丞相，究竟有何良法，可以在短短六个月内完成丈量到交税这一过程？”

听完石越的三点疑问，吕惠卿笑道：“子明所说虽然有理，但是方田均税，亦有必须推行的理由。”

“哦？”王安石看着吕惠卿，想听听自己这个学生的高见。

吕惠卿说道：“去年对全国土地初步清查，豪门隐没的土地就达到数百万亩之多。一方面国家收入不足，一方面大笔税金进入那些富室的口袋中，而许多贫穷的百姓却在卖掉田地之后，还要交纳税金，致使百姓困苦不堪。而且兼并之风至今愈演愈烈，如果放任发展下去，下官恐怕有一天，国家能收税的土地越来越少，而没有土地却要交税的百姓越来越多。唐太宗所谓民者水也，不可不慎。所以下官以为，方田均税法虽然有种种困难，也必须推行。”

吕惠卿所说的原因，王安石早就明白，否则他也不会一定要推行方田均税法。而石越所说的三点疑问，第一点他并不在乎。他的观点是：如果清查，本来有十家隐瞒不报，现在查出了三家，还有七家继续隐瞒，那仍然是对国家有利，总比不清查要好。而专门清查朝廷官员和他们的亲戚，政治压力太大，他王安石也不是不知世务之人。而第三点他也不在乎，因为他自认有一系列良好的手段，可以保证任务能够完成。让他担心的，倒是第二点，要不要派出专门的监察官？

王安石根本没有意识到，很多问题不是监察官可以解决的。小吏们从中作假的方法太多了，不仅仅是田地的大小，还有田地的等级，把给了贿赂的人家的一等田变成下等田，把没给贿赂的人家的差田变成好田，单是这一种手法，就足以让方田均税法把大宋搞得鸡飞狗跳。而这一点，只怕短时间内连石越也没有办法解决。

“吉甫所言的确有理，但子明之虑，也值得慎重考虑。方田均税法既然有其必行之道理，那中间的问题，我们可以再详定条例，加以解决，但是法令的推行，却是不能停止的。我们不能因为困难而不敢有所作为。”王安石坚定的眼神让石越决定停止无谓的劝说，而且，石越的确也找不到很好的理由来说服王安石。

不过此时，无论是正在春风得意的王安石、吕惠卿，抑或是保守派硕果仅存的冯京，或者是石越，都不知道广泛意义上的旧党已经开始了对王安石的逆风攻击。

5

事情的起因是几个月前发生在少华山的一次山崩。

在21世纪来说，一次山崩实在无足轻重，但是在11世纪下半叶，山崩并不仅仅是山崩，还意味着上天对人们的示警。

《西京评论》几个月来锲而不舍地就此事发表评论，虽然在当时因为王韶的胜利让人们对此不以为然。王安石也毫不客气地反唇相讥，说那的确是上天在警示某些小人，不过那些小人却是攻击新法的人。王雱为此还写过一篇尖酸的社评，讽刺《西京评论》自以为是奉天行道，其实不过是些食古不化的腐儒。

但到了二月份，《西京评论》终于找到了一个突破口。最初倡议市易法的魏泽宗面对着吕嘉问提举市易司的种种盘剥刻敛，愤然感叹自己的主张完全变样了，因向王安石陈说不果，一怒之下，他向《西京评论》和《汴京新闻》同时投稿，愤怒谴责市易法盘剥行商，官府控制货源后，自己取代大商家成为兼并之源，使上下皆受其困，不但汴京城的商贩因此少了三成以上，市易司强买强卖，更是令百姓怨声载道。《汴京新闻》便在汴京，早就关注过这个话题，得到机会，立即做成一个专题，批评市易法的种种弊端。而《西京评论》更是由市易法而谈到保马法、保甲法、免役法，对新法大加攻挞。

事情很快被每天读报的赵顼注意，他立即命令李向安等内侍去访察民情，又密诏曾布调查吕嘉问。曾布得到密诏，不敢告知王安石，只是详加查访，和李向安证明种种情况属实，并且在回报皇帝的奏章中写道："今日市易法之弊，历历皆如石越当日所言。"明确建议废除市易法！赵顼翻出石越当年的奏章，一一对比，让他觉得不可思议的是，市易法之弊端真似石越能未卜先知一般，全如石越所言。老百姓买东西果然是"买梳朴即梳朴贵，买脂麻即脂麻贵"。

虽然惊叹于石越的见识，但想挽回一点面子的皇帝还是发了一道内批给王安石，要求他督促吕嘉问一切按魏泽宗当初谋划而行。

王安石正准备和皇帝讨论方田均税法，接到内批后便连忙进宫。

见到赵顼，他也不客气，竟直接问道："陛下，内批中有'市易买卖极苛细，市人籍籍怨谤，以为官司浸淫尽收天下之货，自作经营'之语，陛下如此说，必有事实，还请陛下明示。"

赵顼见王安石不先反省，反而语带质问，心中已是不喜，让李向安递给王安石两份报纸，嗔道："市易司种种事迹，上皆明列，丞相如何不知？朕又听说市易司竟然立赏钱，抓捕不去市易司进货的商人。这种事情也做得出来，未免离市易法的本意相差太大。"

王安石却只是用眼角扫了一下两份报纸，便亢声说道："若果真如此，则臣便是聚敛之臣，有负陛下。陛下深知臣的为人，怎会做出这等事来？"

赵顼不料王安石竟联系到了对他的信任之上，更觉无可奈何。他凝视王安石良久，叹道："丞相，朕并非疑丞相，朕是怕丞相所用之人未能体会朝廷之深意，只知敛财。”他只差点吕嘉问的名了。

王安石听到皇帝这么说，知道他怀疑已深，这才说道：“此事请容臣详查。若真有此事，必定严加约束。”

但是王安石只是口中答应，却并没有真正详查，他不知道曾布这个三司使已经调查出市易法推行不过一年，居然导致有两万多户商家至少欠市易司共二十余万贯的本钱，而吕嘉问很可能就在其中上下其手。所以曾布才认为市易法非废不可，一年已经如此，还只是在开封府一府，如果在全国推行，说不定全国财政就被市易法给拖崩了。王安石更不知道，以此为契机，北方各路州府要求废除免役法、保甲法、保马法的奏折，再一次数以十计地飞到皇帝的御几之上。韩琦几封奏折痛陈新法之弊，几乎到了声泪俱下的地步。而王安石的亲家、枢密使吴充，更是向皇帝说过几次保马法的弊端，几乎也和石越当初料定的一模一样。

6

琼林苑。赵顼与石越席地而坐，正在手谈[1]。

宋代的皇帝，特别是北宋的皇帝，因为自小和士大夫一起长大，大部分都受过良好的教育，琴棋书画，大抵精通，后世宋徽宗那样的才子皇帝出现，并非偶然。赵顼虽然并不以文学上的才华闻名于世，但是诗词歌赋、丹青书法，却也是无一不通，尤其喜好对弈。石越很幸运，下得一手臭棋。即使他拼命和赵顼对攻，使尽全力，也是败多胜少，这种刚好差一点的水平，让赵顼非常喜欢找石越作对手。不幸的是，这个千疮百孔的国家，给这个想要有所作为的青年君主留下的可以用来下棋的时间并不是太多。

“陛下，臣又输了。”石越把手中的黑子投进棋盒中，再次认输。

“不对，卿没有输，这次是朕输了。”赵顼叹了口气，也把手中的白子掷进棋盒。

石越一怔，再次看棋盘上的棋势，的确是自己输了，不由地抬头看了皇帝一眼。赵顼今天穿着一件雪白的丝袍，上面绣着九条黑龙，张牙舞爪，象征着人间的威权，不过他似乎有点儿心不在焉。

“石卿，市易法与保马法之弊，竟然完全如卿所言，当初未听卿言，唉……”听到赵顼口中的叹息，石越倒真的吃一惊。赵顼这个皇帝，是很少会露出这样的后悔之意的。

[1]　围棋对局的别称。

石越知道后世之人出于种种目的，为了给王安石辩护，总是说赵顼并没有坚定地推行新法，并且将此当成王安石变法失败的重要原因。这种本末倒置的说法实际对赵顼很不公平，因为即使是王安石罢相之后，赵顼依然坚定地推行着新法，直到他死去。若反过来想想，王安石新法给这个年轻皇帝带来了巨大的压力，他能如此坚持，实在是相当可贵。赵顼真正的缺点，也是最致命的缺点，是他缺少如李世民那样的雄主的才华，而并非他的意志不够坚定。

此时面对赵顼的感叹，石越答也不是，不答也不是。

“石卿，今日再无旁人，朕希望卿可以无所忌讳地说说新法的利弊得失，变法已有四年多，到如今朝廷中依然吵吵闹闹，难道变法真的错了吗？”赵顼的确很烦恼。

石越突然有点儿同情面前的这个同龄人，即使他是皇帝。他知道皇帝对自己的信任感再一次加强了，这是他和潘照临当初想好的策略。但是不知为何，他并没有什么很高兴的感觉，此时，他不过按着和潘照临早就制定好的策略，一步步加深皇帝对自己的信任。

“陛下，变法本身没有错。以免役法为例，在王丞相变法之前，韩琦、司马光这两个反对免役法的人，都曾经上过折子，力陈役法之弊。司马光的《衙前札子》连臣也拜读过。可见原来的役法，实在是到了非变不可的地步。”

“那又为何韩琦和司马光要如此激烈地反对免役法？若说执行的官吏不好，导致新法走样，以他二人的才干，如果各自掌管一个州郡的话，应当能将那些弊端克服。若多一点能臣干吏来执行，所谓执行走样的弊端，不是可以减到最小吗？”赵顼说出了憋在心中好久的话。

石越想了一下，终于还是把司马梦求关于南北方对免役法的看法，与免役法的利弊仔仔细细说了一遍。赵顼专注地听着，似乎非常震惊。除了石越，不会有人和他讲这些。

“原来是这样。但石卿为何不在朝会说这些？若有这许多的弊病，其实是可以修改的。宽剩钱可以不征，而助役钱对四、五等户可以减免。”赵顼总以为一道诏书可以解决许多问题。

石越苦笑了一下，道：“陛下，不是臣顾忌什么，而是这些事情，臣身处京师，也没什么证据，不过从民间听来。若无证据，如何说服王丞相。更何况，免役钱现在是西北军费的主要来源，而宽剩钱和助役钱更是免役钱中的重要部分。陛下想想，北方有多少四、五等户和客户，这些人交的钱虽然少，但积少成多，实际上比起一等户交的钱还要多。”

听到石越提到西北军费，赵顼不由怔住了。

知道皇帝会很难取舍的石越并没有继续这个话题，他转移话题，向赵顼继续说起新法的利弊。他细细地列出王安石的种种法令，告诉赵顼农田水利法虽然暂时烦琐，却是善政，终有一天国家要从此得利，但也必须禁止胡乱修筑水利设施。置将法、削减禁军人数，也是值得肯定的。保马法和保甲法利弊难知，不过施行的地方有限，只要谨慎，不至于成为大害。市易法却是没有半点好处，祸害无穷，完全应当废除……他做中书检正官已有年头，许多数据说来相当详细，赵顼一边问，他一边答，君臣二人细细推敲，竟然完全忘了时间之流逝。

“朕让王安石详查吕嘉问市易司之事，到现在亦无下文。市易法苦民，朕已深知，此法定要废除。”赵顼轻咬碎牙，抿嘴说道。

石越却知道事情不可能如此简单，从容说道：“陛下，市易法是必须废，但又不能废。”

赵顼不由一怔，这说法也太自相矛盾了：“怎生是必须废，又不能废？”

“市易法扰民又无益于国家，自然要废除。但是微臣请问陛下，如果废除市易法，王丞相会有什么反应？”

“这……”赵顼确实被问住了，王安石十有八九，是要闹辞职的。

石越知道赵顼没办法把话说出来，便继续说道：“王丞相变法，把令行禁止看得很重要，他很在意新法的威信。如果市易法被废除了，就会给反对变法者以鼓励，他们会更加努力地攻击其余法令。这就是王丞相最大的心病。他明知道市易法种种弊病，却也没有办法回头，因为他怕一个口子缺了，洪水会冲垮整座大堤。而陛下若废止市易法，更会让人错误地认为陛下不再信任王丞相，王丞相到时候，只怕不安其位。”

赵顼听他侃侃而谈，便知道石越定有应对之策，他倾了倾身子，问道：“石卿可有两全之策？”

石越笑道：“臣倒有一个方法。”

“快快说来。”

“陛下可以罢免吕嘉问，将市易司划归三司或者开封府，然后不派官员主持，或者由三司派个小官，密令曾布市易司的任务是在两年内收回借出的本钱，不再进货卖货，如此市易法不废而废。等过两年，此事不再敏感之时，再彻底废掉市易司，为时也不算晚。”石越笑道。

赵顼沉吟了一会儿，点头赞道：“好一个不废而废！的确是两全之策。”

颁行一年的市易法就这样死在了琼林苑的围棋案前。但石越的目的并不仅仅是给皇帝心中已经判了死刑的市易法最后一击，而是想趁着这个机会，开始了向吕惠卿的反攻。

“除了市易法之外，军器监亦有相当大的弊端。”

“哦，卿可一一说来。”对于军器，皇帝一向很关心。

石越谨慎地措辞：“去年白水潭学院的技艺大赛，陛下可曾听说？”

赵顼不明白石越怎么会突然扯到技艺大赛，不过皇帝倒还真的相当了解，笑道：“朕也听说了，三十六项比赛，听说有九项冠军被外地的士子夺走，蹴鞠的冠军是国子监的飞骑队。”国子监后来组织了四个队参加蹴鞠比赛，以骁骑、飞骑、云骑、武骑这四个勋号命名，竟然把白水潭打了个落花流水，这件事被很多人津津乐道。

石越笑了笑，说道：“正是。微臣亲眼看了那场比赛，飞骑队的确马术精纯。除此之外，臣最喜欢看的，便是射箭。”

“哦，结果如何？是谁技压群雄？”赵顼也挺喜欢这些轻松的话题。

石越摇了摇头，苦笑道：“臣没有看最后的比赛，因为在分组赛中，有件事让臣忧心忡忡。射箭比赛用的弓弩，全部是从军器监租来的，比赛过程中，拉坏的弓有十张，弩有七张。有一场比赛，居然三张弓同时被拉坏，这种事如果在战场上出现，后果不堪设想。别的姑且不论，对军心士气的打击，便不可等闲视之。”

赵顼默然无语，这种事他也是有过亲身体验的。有一次他去军器监即兴抽查，三张弩竟然全部不合格。

“此痼疾朕亦知情，然苦无对策。石卿可有良策？”他突然明白过来，石越提起此事，多半便有办法。

“微臣以为，军器监有必要彻底改革。此事微臣思虑已久，若用臣之法，必可改变军器监所制劣品甚多之弊，以后供给士卒的每一件兵器，都会是合格的。”石越朗声说道。

“哦？卿试为朕言之。”赵顼大感兴趣。

“臣做过提举胄案虞部事，又是兵礼房、工房检正官，对于军器监的弊端，臣思考过很久，终于有一得之愚，还请陛下裁断是否合理。”谦逊几句，石越开始描述他策划已久的军器监改革草案。“现在军器监的情况，是军器监之下有各作坊，而各地又有都作监。但是从原料购买，到制造生产，到军器的检验，再到发放军中，几乎一切权力都集中在军器监手中。军器监既是政府的监管机构，又是生产机构。臣以为，所有的弊端皆因此而生……”

赵顼有点儿不解地看着石越，和石越不同，他觉得这是理所当然的事情。

石越知道皇帝一时间不能理解，当下说道：“敢问陛下，如果御史中丞归宰相管，三司使也归宰相管，结果会如何？”

“权相为害，君不能保其位。”赵顼毫不犹豫地说道。

“那么敢问陛下，如果没有谏官，没有驳议，宰相对皇上亦唯唯诺诺，天下大权皆集于陛下一人之手，陛下认为结果又会如何？”石越毫不客气地继续追问。

“贤明之主，仅保其身；中主以下，必致昏暴。”和后世想象的不同，古时中才以上的皇帝，对于权力制衡的必要性都有既清醒又模糊的认识。

“陛下圣明，故臣以为权力过分集中，反会为害。为政之道，在于使各部门互相制衡。古人说宰相之职，在于调和阴阳，可谓深得其要。调和阴阳者，使阴不能凌驾于阳之上，亦不使阳凌驾于阴之上，二者互相制约，成其大道。”

“唐太宗分中书、门下，便是深得其要。”赵顼一生最佩服的就是唐太宗。

“正是如此。天下之事，事有大小，理则同一。故军器监之事，臣以为可如此处分：凡各作坊，全部独立，采制原料、生产等，皆独立核算。虽然在军器监备案待查，但不归军器监管辖，反归工部管辖。军器监的作用是管理兵器研究院，协同各作坊研制新的武器装备，同时派人进驻各作坊，监督生产，验收军器，制订标准化数据……”

“标准化？”赵顼有点儿不懂了。

“臣以为各种军器配件，皆可由军器监制订相应的尺寸规格，全国作坊必须严格按此规格生产，如此，兵器若其中一个部件损坏，则随时可以互换修理。同时亦可以提高作坊生产军器的质量。如某些大型的武器，若用标准化生产，可以让生产能力加强。因为各部件按标准化由不同的作坊生产出来，并不需要多年的熟练工人才能完成，而那些经验丰富的熟练工者，只需要负责最后的装配和一些难度较高的部件的生产，这样自然可以将效率大为提高。民间印刷业、棉纺业等，都是用这样的方法，效果相当显著。”商人是接受能力最强的一个阶层，桑、唐两家的成功经验，很快就推广到整个行业。所以石越对于标准化生产，很有信心。

“这的确是好办法。”赵顼点了点头。

石越继续说道：“同时军器监还要负责研判朝廷军队需要的各种兵器的数量，再根据需求量，向各作坊事先订购。而各作坊则根据要求去采购原料，生产兵器。如此生产者与监督者分开，生产者想要偷工减料，军器监也不会答应。而最重要的，则是各兵器之上，都要刻上作坊的生产者、监工，以及军器监的验收人员三者的名字，如果出现问题，三者皆要受罚。这样数管齐下，大宋的军器断不至于出现什么问题了。”

赵顼听得频频点头，展眉笑道：“好办法，好办法。”

石越心中不禁有些得意，这一次他是一举多得，一方面分了吕惠卿一大半的权，一方面又改革了兵器生产制度，如果成功，将来还能把这个经验用到钢铁行业。可他表面上却不动声色，只是说道：“臣的想法尚不止于此，军器监现在的生产能力有限，臣以为很多基本的原料，以及实现标准化后一些不关键的配件，还有诸如寒衣这样的军用品，日后都可以制定规格要求后，或由自己生产，或由军器监向民间采购。可以让民间作坊公开竞争，择其物美价廉者。如此计算成本，比朝廷自己生产要节约得多，还可与民间均分其利，而朝廷又可从中抽取商税。”

赵顼听石越说完，思忖良久，点头赞道：“石卿所言甚有见地，但是军器监改革涉及军器监、工部、各作坊，若无人主持其事，只怕未见其功，先见其害。”

皇帝的担心早在石越的预料之中，石越马上顺着皇帝的话说道：“陛下，真要做一件事，其中总是困难重重的。但只要谨慎从事，纵有害处，也不用太担心，总有办法解决。而且，臣举荐几个人主持此事，必能克建其功。”

赵顼听了石越的语气，不禁开玩笑地说道：“此语听来颇似王丞相所言。”

石越也不由得笑了起来：“这可不敢。不过，臣认为若能用苏辙、蔡卞、唐棣负责在工部组建兵器作坊的管理，起用沈括、苏颂，在军器监协同兵器研究院陈元凤与各作坊的官员共同制订标准化规格，加上吕惠卿继续主持军器监之事，只要详定条例，谨慎行事，两年之内可建全功。而且改革之事，亦可以一步一步来，不必急于求成。毕竟兵者，国之大事。可先将问题最严重的弓箭坊分出来试行，等到有了一定的经验，再一个个慢慢分离，到最后，军器监的作坊便可以全部独立出来。如此纵有不妥，影响亦不会太大。”

“这却是老成谋国之言。若一下子全部改革，朕确有不放心之处。然卿所说蔡卞、唐棣又是何人？起用沈括，亦颇有为难处。”

石越这才知道自己糊涂了，皇帝又哪里能知道蔡卞、唐棣？当下又在皇帝跟前大赞这两人的能力，对于沈括，更是赞不绝口道：“臣以为沈括在这方面的才华无人可及，若是不用，实是国家的损失……”

7

吕惠卿得到皇帝在琼林苑召见石越的密报之后，心里就隐隐不安。由魏泽宗掀开的口子，王安石虽然没有太放在心上，但吕惠卿却觉得这件事不会那么安稳度过。这种感觉，也许从省试事件开始，就一直存在于吕惠卿心中了。

吕惠卿对于新法并没有很大的执着，但是他已经走上了维护新法的战车，现在下车也来不及了，何况正是新法与王安石，才给了他今天的地位与声望。更何况，年轻的皇帝是想要变法的。而这一点，正是吕惠卿坚持变法的重要原因。

在书房里，吕惠卿提起毛笔，沾满墨汁，在一张雪白的宣纸上写了四个名字：王安石、石越、蔡确、曾布。吕惠卿眯着眼睛审视着这四个名字，沉思不语……

“哥。”喜欢穿名贵的刺绣丝袍，身材矮小的吕升卿有点儿畏缩地叫道。对于自己的大哥，他有着天然的敬畏。

“何事？”吕惠卿没有抬头，只是温和地问道。

“蓝震元悄悄告诉我，皇上和石越在琼林苑谈了整整一天，所有的内侍都被赶得远远的，多半是在说什么机密要事。”蓝震元、王安石、吕惠卿都保持着“良好”的私人交往。

“知道了。”吕惠卿不动声色地应道。

“哥……”吕升卿欲言又止。

仿佛知道自己弟弟要说什么，吕惠卿淡淡地说道：“你不用担心，皇上见石越，必定是问市易法的事情，大约也会问问新法好坏，不关我们的事。”

吕升卿这才放下心来，准备出去。

“你有空记得多读点书，别老让人笑话你，少去逛勾栏。”吕惠卿忽然严厉地说道。对于自己两个不成材的弟弟，他实在是伤脑筋，可毕竟是自己的弟弟。

吕升卿小心应了一声，退了出去。

吕惠卿重新把目光投到那张宣纸上，自言自语地低声说道：“石越，这次你又有什么应手呢？”

冷笑数声，他终于再次提起笔来，把四个名字涂成一团，扔进废纸篓中。

“哥。”刚走没多久的吕升卿又折了回来。

“又有何事？”吕惠卿有些不耐烦了。

“陈元凤求见。”吕升卿对于陈元凤无好感也无恶感，但是他知道自己这个大哥很看重此人。

“快请他进来。”吕惠卿转过身来，吩咐道。

吕升卿稍稍撇嘴，连忙出去把陈元凤请了进来。

陈元凤脸上的红潮还没有褪尽，显然是刚从兴奋中舒缓过来不久。

吕惠卿笑问：“履善，有何事急着要见我。”

陈元凤刚刚坐下，又不由自主地站了起来，略带兴奋地说道：“恩师，成功了！”

“什么成功了？”吕惠卿虽然看起来无动于衷，但身子却依然情不自禁地向前倾了倾。

陈元凤满脸喜色：“是震天雷！我们制造了一种新式的震天雷，体积比石越的小一半还不止，在里面加了铁珠，还有胡椒粉，威力很大，还能发出刺鼻的味道……”陈元凤一边说一边手舞足蹈地比画着。

石越根本没有料到，虽然他隐瞒了最新的火药配方和火药颗粒化制法，但是兵器研究院火药研究组的天才却不止一个。在陈元凤的督促下，对硝、硫、炭进行精制之后，再分别试验其配方，有人试着增加了硝的比例，结果让震天雷的威力大增。而陈元凤又别出心裁地在这种缩小的“震天雷”身上加了木柄，只要点燃引线，就可以让士兵握着木柄投掷。石越断然想不到，就这样，原始手榴弹居然被陈元凤发明了！

吕惠卿听完陈元凤的描述，也站起来，微笑着拍了拍陈元凤的肩膀，赞道：“履善，你做得不错。”忽然，一个念头闪过脑海，“但是，这个新式武器，不能叫震天雷！”

陈元凤一时愕然，道：“为何？”

吕惠卿微微一笑，道：“你试想，若叫震天雷的话，其中就有石越的功劳。天下人皆知震天雷是石越之功。这种武器和震天雷并不相同，据你所说，形状都不相似。故应当重新命名，如此，才是你陈履善发明的，和石越无关。”

陈元凤恍然大悟，暗骂自己愚笨。“恩师所言甚是，就请恩师为它命名如何？”

吕惠卿想了想，笑道：“这个名字须和震天雷一样响亮，且不能太雅，倒不好取。”

陈元凤拍马屁道：“所以才要烦劳恩师来想名字。”

吕惠卿哈哈大笑，道：“便叫霹雳投弹如何？”

“好名字！霹雳投弹……果然是好名字！”陈元凤自然同意。

吕惠卿又笑道：“震天雷到现在为止，除了侍卫步军装备了三百枚车掷弹、五百枚手掷弹之外，未曾用于实战。因为投石车在西北王韶那里根本用不上，而手掷弹又太重了，只能用于守城，现在你解决了这个问题。明日我就向皇上奏请成立霹雳投弹院，调集资金人手，专门生产这种武器。”

“不过，这霹雳投弹生产的周期比较长，学生估算，就算尽可能抽调人手，每个月最多制造一千枚左右……”陈元凤头脑还算清醒。

“不要紧，只要尽快用于实战就好，霹雳投弹能在战场上杀伤敌人，你的功劳才能真正显现出来。”吕惠卿毫不在意地说道。他知道“霹雳投弹”怎样使用才能给他带来最大的政治利益。

8

事情总是不尽如人意。

石越向皇帝建议改革军器监，一方面固然是为了一步步实现自己的理想，另一方面也是希望分吕惠卿之权，夺回对军器监的一部分影响力。但是他却无法预料到，陈元凤就在这个关键的时刻改良震天雷，发明了霹雳投弹，而吕惠卿又当机立断，写了一封《建霹雳投弹院札子》，竟然是以宋朝罕见的高效率，要求把这种武器投入生产，并装备军队。因为新式火药要精研细制，加上生产效率所限，霹雳投弹每枚的造价高达两千余文，大约相当于一张弓加十支箭或者一张弩的价格，而弓弩可以使用很久，霹雳投弹却是一次性武器，扔出去就没有了，所以相当昂贵。如果再考虑到运往前线的运输成本，霹雳投弹完全称得上是大宋军队最昂贵的武器。

但是吕惠卿就有这个“魄力”。也许他根本不在乎要花多少钱，反正钱不是他的；也许他就是希望多花一点钱，这样他才有机会从中渔利。但不管是何原因，总之，他一手促成了霹雳投弹院的诞生，并且敢于把这种武器送往战场，让王韶的军队使用。石越完全不敢想象，在没有任何的训练与技术指导的前提下，吕惠卿仅仅是写了一封信给王韶，告诉他这种武器应当如何用，霹雳投弹就算初步列装军队了。

但站在吕惠卿的角度去想，他也不曾预料到石越会突然提出改革军器监的主张。石越的《军器监改良诸事札子》，用一项项颇具说服力的主张，向世人展现了他对于军器监的影响力。与石越想的不同，吕惠卿并不在乎军器监的权力被分掉，虽然在军器监他的确也吃了不少回扣，但他却做得相当隐蔽，也不怕在改革的过程中被暴露出来。吕惠卿真正在意的，是石越用他那出色的创意，削弱了发明霹雳投弹所应有的荣耀。对军器监进行改良，无疑就是说军器监之前并不成功，一个运行良好的机构又怎么会需要改良？这中间暗藏着对自己的批评。另外，吕惠卿也很明白，石越每一项成功的建议，都会加重这个年轻人在皇帝心中的分量，在将来争夺一人之下、万人之上的那个位置的战争中，石越的砝码会越来越重。

他知道自己这次是输了一城。当皇帝宣布市易司改归三司管辖，罢免吕嘉问的时候，吕惠卿就已感觉不妙，他注意到王安石对此并没有太大的反应，只是微微地叹了一口气。所有的人都心照不宣，市易法已经名存实亡了。而接下来石越改革军器监的建议很快就获到原则上的通过，只余下实施的细则，以及具体负责官员的人选还需要中书门下仔细讨论了。

9

与此同时，石越的幕僚们对于事情的某些变化也是相当困惑。

“王安石对于市易法的重大变化竟然一点反应都没有，实在有些不可思议。”

“的确，虽然我们提出不废而废的方法，早已预料到可以减少来自王安石的阻力，但是他几乎把市易法当成不是自己提出的新法一样抛弃，却未免太过于诡异了。”

司马梦求和潘照临都绞尽脑汁地揣摩着王安石的想法。对于“拗相公”来说，这实在太反常了。而这两人，却都坚信“事有反常必为妖”。

“王介甫究竟葫芦里卖的什么药呢？”

倒是陈良觉得奇怪，忍不住问道：“为何王介甫就非得要有何反应不可？”

“因为王安石的性格……”潘照临脱口答道，但他只说了一半，就闭上了嘴巴，一刹那间，他感觉有什么东西在脑海中一闪而过，却又匆匆溜走。

石越却是比潘照临与司马梦求想得开，他笑道：“王安石的性格……也许就是王安石的性格让他不再反对也说不定。皇上说他没有调查吕嘉问，我却以为，他也许是调查了，却又不甘心自打耳光……借着这个机会，让市易法终止，也许同样是王安石的想法。”

陈良的心思要简单得多，笑着点头，道：“秘阁说得有理。其实，以学生之见，王安石怎么想并不重要。重要的是，市易法终于废除了，开封府的老百姓也可以松一口气了。”

潘照临闻言不禁自失地一笑，道：“竟是子柔说得有理，不过开封府的老百姓可以松一口气，我们却不可以松这口气。王安石的方田均税法，公子须得有一个章程应对。”他心里还有一句话没有说出来——吕惠卿和陈元凤对军器监以及兵器研究院的影响力看样子也在加深。

石越听到“方田均税法”五字，便眉头微皱，说道：“只怕不易说服王安石，唉，明年……明年……”石越心里知道一个惊天的大秘密，但是他能说出来吗？唐棣等人相信神秘主义，可潘照临和司马梦求，却是彻头彻底的无神论者。

陈良见石越欲言又止，便好奇地问道：“明年，明年会发生什么事吗？”

潘照临和司马梦求的目光同时汇聚到石越身上，显然他们对此也有好奇心。不过对石越，他们有着相当自觉的主臣观念，不会主动问这种失礼的问题。

史书记载过：“熙宁七年，自春及夏，淮南路、京东路、陕西路、河东路、河北路久旱；九月，除以上诸路外，新收复的洮河亦旱……”祸不单行的是，就在熙宁七年，开封府和河北路还遭遇了大蝗灾！换句话说，河南东部、安徽、山东、河北、山西、陕西，宋朝的北方六省全部受灾！石越在心里想着这些很快就要发生的事情。虽然对历史的细节不是太清楚，但是熙宁七年与熙宁九年，造成王安石两次罢相的重要自然因素，却是任何一个学历史的学生都耳熟能详的。实际上从熙宁七年开始，一直到元丰二年，大宋北方国土就是旱灾与蝗灾不断。而偏偏正是因为新法的许多法令，让大宋北方的大部分居民不堪重负，只能勉强生活下去。于是天灾一到，他们根本没有半分自救的能力。也许自己的到来，让这些百姓的情况稍微好了一点，至少青苗法得到了一定程度的改良，而原本几个月前就应当实施的方田均税法，现在依然还在政事堂悬而未决。石越在心里计算着时间，如果九月实行，搞得鸡飞狗跳，紧接着就是三月备案征税，随后，便是整个北方的天灾。

到现在为止，石越并没有见过真正的流民。他生活在11世纪全球最富庶的城市，每天交往的不是皇帝高官，就是士子清流，就算桑、唐两家，也都是富商大贾。石越对难民的印象，是来到宋朝之前在电视里看到的那些饿得皮包骨头的非洲难民……那种悲惨，让任何良知未泯的人都要心中愀然。

我一定要阻止这种情况出现！石越抿紧了嘴唇，暗暗发誓。

潘照临等人看着石越突然陷入了沉思，都不敢打扰，互相交换着眼神，暗自猜测明年会有什么事情，但即使他们再聪明，也不可能提前知道下一年的灾情。

突然，石越抬起头来，似乎下定了什么决心，紧绷着脸，一字一句地说道："我担心明年整个北方都会面临旱灾与蝗灾。现在北方的情况，纯父你应当很清楚，如果风调雨顺，那么底层的百姓还能够支持，一遇上灾害，非有朝廷救济不可。可是朝廷把钱粮大部分都集于京师，一旦北方大面积受灾，那么便是有三头六臂，只怕也顾及不过来，何况在这个时候，还要加上一个方田均税法！那是雪上加霜！"

潘照临、司马梦求、陈良顿时面面相觑，他们见石越如此慎重地说一件事情，可整件事情却是建立在假设明年北方全面受灾的情况之上，这实在让他们觉得匪夷所思。

"公子，你说明年北方会全面遭受旱灾和蝗灾？"潘照临小心地重复了一遍。

"不错，如果我没有弄错的话，到今年冬天就可以看出端详了。整个冬天都不会下雨，而蝗灾先起于契丹境内，然后飞向河北，直达开封府。"石越肯定地说道，他需要把这些资讯告诉他的幕僚。

石越如此言之凿凿，更让潘照临等人感到不可思议。

"公子，你是如何知道的？"潘照临问出了三人心中的疑惑。他不是怀疑石越，而是此事令人难以置信，而做任何决断之前，都必须先判断情报是否可信。

石越想了半晌，看了三人一眼，缓缓说道："你们不必管我是如何知道的，我有时候会有一些常人没有的能力。总之，你们只要相信我，此事十之八九会发生。"

他身为主上，将话说到这个份儿上，潘照临等人自然不好再说什么。司马梦求和潘照临迅速对望了一眼，虽然心中依然怀疑，但是从最差的状况来设想行动计划，虽然有可能浪费一些机会，但毕竟不会导致最差的结果，这是二人可以接受的。

"秘阁想要全力阻止方田均税法的通过吗？"司马梦求问道。

石越点了点头。

"我反对，这不是上策。"潘照临毫不客气地提出反对意见。

"这不是上策与下策的问题，这是千万条人命的问题！"石越冷冷地说道。

潘照临略带讽刺地说道："可就算公子阻止了方田均税法，也不能挽救千万条人命。方田均税法不过是雪上加霜罢了。除非公子能说服皇上，从今年开始，免征整个北方的赋税钱粮，同时从南方调粮前往北方，发动军民严阵以待，以图自救。否则的话，做什么都是徒劳！大宋现在的能力，根本无法应对遍及半个国家的灾害。”

石越虽然知道潘照临说的是实话，但是却觉得过于冷血，实在是无法接受。他略有些激动地说道：“我会试着说服皇上的。”可这句话说出来，连他自己都不相信。皇帝凭什么要相信他对明年灾害的预言，并且做出如此巨大的调整？王安石与中书诸相、枢相、三司，以及整个朝廷，谁又会相信他的预言？

潘照临脸上又露出那种微微讽刺的笑容，他有意无意地看了司马梦求一眼。

司马梦求也平静地说道：“秘阁，学生也反对您阻止方田均税法。”

陈良却是急了，道：“为何？就算起的作用有限，但也不能见死不救呀！”

潘照临冷笑道：“既然救与不救结果一样，就应当用这种结果为自己争取最大的利益，这样才能避免以后少死人，这才是真正的仁慈。那种妇人之仁，不要也罢。如果公子所说属实，那么到时候新党肯定和旧党互相攻讦，王安石会面临巨大的压力，而公子正好利用这次机会，收取士林[1]与民间的声望。我们应当想一个全面的救灾措施，在流民到达京师，造成惊骇之后，送呈皇上。”

“不错，虽然全面救灾实际上不可能。但是如果秘阁呈上的措施能够成功缓解一两路的灾情，再加上尽力解决开封府的灾情与流民，那么秘阁的政治声望将达到一个新的高峰。王韶在西北打多少胜仗，都比不过秘阁的力挽狂澜。”司马梦求平静地补充道。

陈良似乎有点儿不认识地看着这两个人：“放任北方百姓于不顾，解决一两路加上开封府的情况，这就是你们所谓的仁慈？”

“子柔，事有经权。”司马梦求看了陈良一眼，解释道，“救整个北方是不可能的，何必徒劳。但是提出一两路的解决方案，只要我们尽早准备的话，却还是有可能的。而最要紧的是，开封府不能不救，救了开封府，才能让皇上和百官看到秘阁的能力，才能让开封府的士林与百姓们更加支持秘阁。何况以我们现在的能力，能够解决一两路的问题，已经是尽力了。”司马梦求的说辞比起潘照临来要好听得多，但是其本质却一般无二。

心里极度不以为然，可是却无法说过司马梦求和潘照临的陈良，无奈地把目光投向石越。

石越站起来，冷冷地说道：“我不需要利用灾民的生命换取什么政治声望。我们可以想一两个解决一两路灾情的好办法，同时我也会试着向皇帝提出建议，争取说服皇上能够及早做好准备。另外从现在起到秋收，隔两个月送封信给韩琦，提醒他早做

[1] 指文人、士大夫阶层、知识界。

准备。”

潘照临冷笑一声，道：“没有用的，公子。没有朝廷的命令，韩琦身处嫌疑之地，他如果屯聚粮草，被御史一参，说他想谋反，韩琦也受不了这一本。而且以韩琦为人谨慎来看，他根本不会那么做。既然公子这么肯定明年有灾害，那么方田均税法就算通过，灾情一起，也会暂停。又何必在这个时候和王安石为敌？等到明年伺机而动，不是要好得多吗？”

司马梦求也说道：“王安石对方田均税法志在必得。极力反对的自有其人，秘阁也没有必要把和王安石的矛盾加大。王安石已经放弃了市易法，步步紧逼，又有何益？”

无论是潘照临和司马梦求，都有一句潜台词没有说出来——石越的最大利益，并不是把王安石赶下台。在石越的政治声望达到可以出任宰相之前，王安石在相位的利益，远远大于换上别人在相位的利益。因此，此时根本不应当与王安石做鱼死网破之搏。

这一点石越并非不明白，但是很多事情，并非你明白就会那么去做的。

10

二月春风似剪刀。

石越和侍剑打着伞走在白水潭的一条小路上，听到雨水从刚刚被春风剪裁过的绿叶尖头滴下来的声音，闻着清新的泥土味，不禁感觉到这大自然的生机扑面而来，让人无比惬意。

想起前几天还和潘照临等人说起大宋北方将要有的大旱，石越不禁有点儿怀疑——从现在的天气看来，和旱灾实在相差太远了一点。这几日他都在中书详议军器监改革的条例，在苏辙被任命为同判工部事后，又和苏辙、唐棣解释改革的意图以及具体执行的方法，忙得不可开交。如果王安石这时候提出方田均税法，石越简直要怀疑自己有没有精力去反对了。

今天抽空来白水潭，也不是因为很闲，而是想和沈括好好谈一谈关于兵器制造标准化的问题。

“天街小雨润如酥，草色遥看近却无。公子，今天我才明白这句诗的妙处。”侍剑心里没有石越那么多心事，这些天他跟着司马梦求学韩愈的诗，居然也能背得几首。

石越笑道：“韩文公的诗很不错，不过如果说到咏春雨的诗，只怕比不上‘小楼一夜听春雨’。”

“小楼一夜听春雨，那是谁的诗？”侍剑奇道。

“那是陆……”石越立即就知道坏了，此时陆游的爷爷陆佃还是风华正茂的年纪，正在《新义报》做主编，他一时顺口就把陆游的诗吟了出来，当下连忙含糊道，“一时却记不得了。”

侍剑年纪尚小，其实对于诗词的好坏所知有限，听石越这么说，也不怀疑，只是笑道：“前几日我去桑府，见到桑姑娘写了一首咏春的诗，桑公子很是夸赞。虽然不是咏春雨的，但是依我看来，也是极好的。”在石越的鼓励与要求下，若无其他人在一旁，他们主仆之间说话都很随便。

石越见他如此夸赞，微感好笑，不过听说是梓儿所写，这才想起来实在有一段日子不见她了，便笑着问道：“是什么诗，可还记得吗？”

侍剑其实早知道石越必然要听，就刻意背诵下来，当下摇头晃脑地吟道：“道边残雪护颓墙，城外柔丝弄浅黄。春色虽微已堪惜，轻寒休近柳梢旁……[1]”

石越不曾想到梓儿的诗竟然进步至此，左手擎伞，低着头正细细品着“轻寒休近柳梢旁”中那种倔强之意，忽听有人唤道：“子明。”石越不用抬头就知道是桑充国，此时和桑充国在一起的，还有程颢。

“伯淳先生、长卿。”石越连忙揖礼道。对于程颢，石越一直很尊敬。程颢最是平易近人，温尔可亲，和石越关系也是极洽，忙还礼笑道：“子明，开封府地面真的邪，刚刚和长卿在说你，不料就此碰上。”

石越听他这么一说，不禁和侍剑对望一眼，莞尔笑道：“伯淳先生，说到在下，可是有何事吗？”

程颢笑道：“自是有事，不过却是一桩美事。”

“美事？”石越愕然道，不知自己有何“美事”可言。

桑充国微笑不语，程颢温声笑道：“子明一直未曾婚娶，长卿是央我做月老，来牵这一桩红线的。”

石越对于自己的婚事并不着急。现代社会晚婚是平常之事，石越的年纪根本还不到谈婚论嫁的时候。更何况到了宋代之后，名人倒是见过不少，女子却是认识得不多，来往于朝堂之上，更是谈不上有什么时间谈恋爱。此时程颢突然给自己提亲，石越不由狐疑地看了桑充国一眼，半开玩笑地说道：“不知是哪家的千金，只怕我一个大俗人，有点儿配不上。长卿你自己不早点结婚，给伯父添个孙子，怎么倒操起我的心了。”

[1] 原作者为刘因。

程颢笑道：“这却是真的过谦了。子明和长卿这般人物便是朝廷许个公主，也配得上。事情一桩一桩地来，子明你比长卿大，自然先给你提亲。”

桑充国忽然说道：“程先生，在这里提亲，似乎儿戏了点。不如改天到石府再说吧。”

程颢笑道：“子明不是俗人，必定不会在乎这些。不过改日再说也好，子明，你就等着我这个冰人上门吧。”

石越并非愚钝之辈，见二人这般神态，心中不由一动，几乎已经猜到这是为梓儿提亲了，否则桑充国何必要请别人代劳？他顿时不由得心里惴惴起来，这些日子以来，潘照临不止一次地向他提及过此事，他虽然嘴上一直不肯松口，但心中还是会念及此事。梓儿的性格俏皮中不失温柔，天真中不失体贴，很容易让与她接近相处的人亲近她、喜欢她，尤其是自己，更是几乎看着她一天天从稚气未除的小女孩长成娇羞妩媚的少女。对于这样一个与自己过往亲密的女孩子，要说从没动过心，自然是不可能的，但若说这就是男女之情，他也觉得难以置信，毕竟现在的梓儿也不过是一个十六七岁的少女。虽说这样的年纪相对于早婚的宋代女子而言已不算小，但对他而言，却还是个未成年的少女。所以他自己也分不清楚，对梓儿的那份疼惜照顾，究竟是男女之情，还是兄妹之情。因此若要答应，未免有几分犹豫；若要拒绝，却又有几分不甘与不舍。见桑充国提议改日，不由得如释重负，连忙抱拳笑道：“我还要找沈存中有事相商，改天请伯淳先生和长卿一起过来喝一杯，我们好久没有相聚了。”

“如此一言为定。”

11

专门提供给沈括的研究院在白水潭学院深处的一条流向金明池的小溪旁。整个研究院一共有四座院子，数百间房屋。一百多名格物院学生跟着沈括在做研究，他们现在的课题之一，是制造一架精密化程度相当高的座钟。

当石越怀着一种矛盾的心情走进沈括的研究院时，他真的吃了一惊！大厅之中，摆满了各式各样的零件，一些学生拿着炭笔与尺子在仔细地测量，一些学生拿着笔墨记录着什么，而在大厅之一角，摆好了三个看样子已经做好的木质座钟，中间一座差不多比自己的身高还要高，石越估算着高两米有余。计时的指针现在已经走过了“巳时”（上午九点）。让石越大吃一惊的是，从这个座钟的指时来看，它走一圈是从丑时开始，到子时结束，整整二十四小时，也就是说，它的秒针两分钟才能走上一圈。

看着这座典型中国特色的时钟，石越不由得有点儿哭笑不得。虽然说不出有什么不好，不过看到一座二十四小时一圈的钟表，他心里总感觉有些别扭与怪异。

在这座座钟旁边，有两座小一点的座钟，其中一座为了方便，在刻度上只标了从一到十二的大食数字，而把时辰标在了相对应的木制框架上。

石越正打量着这几座时钟，感觉着秒针那“嗒嗒”的声音伴随着自己心脏的跳动，忽然听人唤道：“子明，你怎的来了？”石越转过身去，见沈括站在自己身后，正微笑着和自己打招呼。他手里拿着一个青铜式样的东西，看起来倒像是手枪。

“存中兄，看来你的进展不错。”石越一边拱手笑道，眼睛却好奇地盯着那个青铜制品。

沈括见他注意自己手中的物件，便把它递给石越，笑道：“一个铁匠从长平古战场那边捡来的东西，我正在琢磨着是做什么用的，子明看看识不识得。”

石越接过来，放在手中，看了一眼，不禁失声叫道：“青铜弩机[1]！”

沈括惊讶地望了石越一眼，他本想考考石越，却不料他立即就能认出来——此物之上望山、牙、悬刀、钩心、键一应俱全，保存得相当完整，沈括岂有不识之理？他哪里知道石越在博物馆中曾经见过这种青铜弩机，对于其意义更是了解深刻。此时石越强抑住心中的狂喜，故作平静地问道：“存中兄，能不能把它复制出来？改用钢铁制品的也行。”

沈括微微笑道：“易如反掌。”

青铜弩机之妙，在于设计巧妙，并不在于工艺复杂，其失传的原因已不可知，但其在后世虽然偶有发现，却未被重视，因为很少有人能意识到这种东西对于弩的重要意义。当然，另一个原因自然是因为成本。在弩上装备青铜弩机，在手工业时代需要的成本是惊人的，并非每个政府都装备得起。毕竟对于中原的步兵来说，弩在军队的配置甚至超过了人手一张。

石越自然是知道这些道理的。“那么，若要求每个工匠制造的弩机都是一模一样，这张弩上的弩机可以换装到另一张弩之上，存中兄觉得有多难？”

沈括没想到石越会问出这样的问题，不禁愕然，想了一想，才叹道：“难如登天！”

石越笑道：“我这次来，就是请存中兄做这件难如登天的事情！”当下和沈括走进内室，把改革军器监的事情详细说了一遍。

沈括听到标准化的主张，不由苦笑道：“子明，此事说起来容易做起来难。比如这弩机，要让它能互换契合，各个部件需要毫厘不差，如此，首先就要重申度量衡之

[1] 青铜弩机在宋代早已失传，但史料有载，沈括的确曾经见过青铜弩机，而历史上在他任判军器监时，对弓弩做过改良，不知是否受此影响。

标准，确定精度，才有可能。为了验收，更需要有精确之量具，否则如何检验？这些都是大事，牵涉甚广，非关军器监一监之务。”当时一般能用到的最小长度单位是分，十分为一寸，十寸为一尺。沈括在制造钟表之时，就已经感觉很需要更小的计量单位了。当然，最困惑的问题是没有精度很小的计量工具。

石越知道沈括所虑也不是没有道理，想了一想，笑道：“没有精确的量具，可以想办法制造出来，我相信这难不倒你们。至于度量衡推行全国，影响太大，但可以在军器监和各作坊内部先颁行一部《军器制造法式》，规定好度量衡之类，这就不成问题了，一切事情存中兄放手去做，这是不世之功，必能留名千古。”

沈括想了一下，觉得只限于军器监各作坊的话，还是可行的，便点头答应，一边笑道：“子明觉得那些座钟如何？”

石越笑道：“甚妙，就是有一个缺点。”

“愿闻其详。”

“现在以地支计时，一天是十二个时辰，我觉得粗略了一些，不如在十二时辰之内，再做一细分，分成二十四小时，每一个时辰以初、正为分。以丑时为例，丑时为丑初，而丑寅之间，另有丑正之时。而钟表一圈可以改为六个时辰，这样时辰以下的时刻可以显得更加清晰。”石越为了自己的方便，开始假公济私。

沈括奇道：“这又有何必要？”对于宋人来说，如此大费周章，的确有点儿画蛇添足。

石越却另有高论，笑道：“我不过是想让大家珍惜时间而已。子在川上曰，逝者如斯夫。存中兄的座钟发明之后，人们不必临川，看着时钟指针移动，就可以感觉到时间的流逝。而时间细分，更让人们有清晰的时间感，有更紧迫的感觉，会更加爱惜光阴。”

沈括想了一会儿，也没有感觉到细分小时和时刻能让人更加惜时。不过分得越细，对人们总是越方便，沈括想到这一节，也就笑道：“那就改一改试试，反正现在没有成型，就当给学生们一些机会吧。正好趁此机会，考虑制造一些精密的量具。”

12

汴京外城西墙正中间的一道门叫作万胜门。从白水潭学院顺着白水潭西街往北，蜿蜒可到外城西墙的新郑门外通往郑州的官道。白水潭西街比不上通往南薰门的白水潭东街繁华，但是它却穿过官道，一直通往万胜门官道南头的皇家园林琼林苑，而在琼林苑的对面，隔着一条官道，就是很出名的金明池了。

金明池是一座人工湖，到此时有将近一百年的历史了。当年宋太宗开凿此湖，是为了训练水军，大宋的水军就在此湖中进行对抗演习。但到了宋神宗之时，讲习水军的初意早已荡然无存，金明池也就变成了皇家水上公园。每年的三月初一到四月初八，金明池更是向天下百姓开放。百姓们观看的当然不是水军的军事对抗，而是水军的艺术表演，一切都是为了好看，没有半分实战的价值。但是对于北方的居民们来说，金明池的开放，却不失为游乐的好去处，所以每到三月一日开池，金明池立即人山人海，热闹非凡。

熙宁六年三月一日，为了军器监改革等事情忙得不可开交的石越，竟然也出现在金明池的人群中。这说起来肯定让吕惠卿十分羡慕，他为了军器监改革和霹雳投弹院已忙得恨不得自己有个分身才好。不过石越倒也不是无缘无故来金明池的，他身边除了潘照临和司马梦求之外，还跟着唐甘南。

再次来到京师的唐甘南，向石越介绍了他在杭州与泉州的造船厂的情况。潘照临便告诉他，金明池正在挖“大澳”，建藏船之室，也就是船坞，目的是修理一条二十余丈长的大龙舟，实际就是楼船。这条船是宋初吴越王钱俶所献，龙头龙尾，中间有楼台殿阁数重，很受大宋官民的喜爱。此时到神宗年间已有百年，难免老坏，为了修好它，在一名叫黄怀信的宦官的主持下，建造了这座当时世界上最先进的干船坞。

石越对于技术推广一向颇为热心，黄怀信设计的这座干船坞，不仅设计上十分巧妙，而且还采用了诸如起重绞车、悬门等先进技术，便大力鼓动唐甘南将这些技术应用到他的船厂中去。为此他竟然忙里偷闲，陪着唐甘南来看金明池的船坞。虽然这是因为没有石越陪同的话，想要看到黄怀信的船坞并不容易，但其实也是石越找的一个借口，毕竟天天这么忙，他也感到有点儿累了。

船坞在金明池北岸，此时因为大修水利，同时还有一项导洛通汴工程，要将伊、洛清水引入汴河，所以借此机会，赵顼下令开筑一条水渠，从北面引汴水入金明池，为金明池增加新的水源。而这金明池的北岸，也因此游客稀少。人们此时都聚集在南岸，观看水军进行精彩的表演。

看完船坞的整体设计后，唐甘南忍不住赞叹道：“真是巧夺天工，如此船就可以直接在江河湖海中建造，得省去多少人力物力。”

石越笑道：“方才已给二叔介绍了黄怀信，二叔只管向他贿赂，肯定能买来设计图。”这并非什么军事机密，有人出钱买他的东西，黄怀信断无拒绝之理。

唐甘南眯着眼睛笑道：“这是自然。但还有一件事，也想要子明成全。”

石越笑道：“二叔请说。”

“我听说沈存中先生设计了一种叫座钟的东西……”唐甘南捏了捏鼻子，笑道。

石越不想他的消息如此灵通，而且竟然敏锐地觉察到了座钟的商机。于是装着糊涂，不着边际地说道："二叔消息倒是灵通，那个物什的确有趣。"

唐甘南笑道："子明，自家人不说两家话。把那个座钟给我来生产如何？"

石越没有答应，反笑问道："二叔打算一座座钟卖多少钱？"

唐甘南想了想，说道："我想卖一百贯应当没问题。"

潘照临和司马梦求倒吸一口凉气，心里面竟是同时说了声"奸商"。两人也见过那座钟，成本最多三十贯。

石越却是摇了摇头。

唐甘南以为他嫌贵，忙道："子明，太便宜了不好。"

不料石越笑道："一百贯，的确太便宜了。"

唐甘南一怔，半晌才明白过来，不由心里一寒，他一向知道石越精明，没想到居然比自己还黑，当下问道："那子明的意思？"

石越笑道："座钟这种东西，若要拿去卖，便不要将它当成计时的沙漏去卖，而是要当成奢侈品去卖。同是座钟，可以造出许多种类，可以给座钟镀金，可以嵌满各种宝石珍珠，摆在堂上，便显得富丽堂皇……至于定价，几万贯也好，十几万贯也好，几十万贯也好，二叔一定比我内行。"

唐甘南眼睛都亮了，笑道："子明果然是能者无所不能。若如此卖，不只是大宋，辽国、高丽、日本，甚至大食的胡人，恐怕都要趋之若鹜。"

石越笑道："那就要看二叔的了。总之不妨将座钟造成几等，分别定价，贵者价值连城，普通的则几百贯便可。"

唐甘南顿时大生知己之感，笑道："子明说的是。虽然里面的东西是一样的，但是外面的架子却是可以变化的，而价格自然随着外面的架子而变化。"

"不错。"石越点了点头，笑道，"反正就算一百贯，一般的百姓也是买不起的，那最差的那一种干脆就卖三百贯好了，大宋的有钱人实在多的是。不过，要卖座钟的话，恐怕二叔还得弄一批人来修理，毕竟这座钟是不可能永远不坏的。"

听着这二人的对答，司马梦求姑且不论，潘照临却是感慨万千——他终于见识到了石越腹黑的一面。

而唐甘南听石越话中之意已是答应了，甚是高兴，笑道："那是自然的，既然子明答应了，我这就去和沈括说。"

石越见他如此着急，不由摇头笑道："二叔莫急。座钟制造并不容易，你便现在去找沈存中，也是无用的。先不说这个，二叔可想过大概有多少人会买这座钟？"

唐甘南怔住了，他知道有很多人会买，但是具体的人数他如何能知道？连潘照临和司马梦求都想不出来。当下便坦白回答："买的人应当不少，但究竟有多少，却很难说。”

石越却肯定地说道：“只要运输没有问题，我以为不会少于十万。换句话说，最差也有两千七百万贯的利润，当然事实上肯定不止此数。”

听到两千七百万贯[1]这个数字，别说潘照临与司马梦求，连唐甘南都吓了一跳。

“我绝不是红口白牙乱说大话，二叔只要略微算一算便知。大宋约有三千万户人家，能买得起座钟的一等户和官户中的富豪之家，少说也有五六十万户，只要其中五分之一购买，就有十万之数。这还没有算上辽国、大理、高丽、南洋诸国。故此，我说十万之数，已是保守，而且很多人家未必只买那种三百贯的。”

唐甘南连连点头，实际上他觉得石越认为宋朝有购买力的家庭只有五六十万户已是大大低估。这方面，石越是根据中书门下的官方统计数字估算的结论，但唐甘南却更加明白实际的情形如何——民间的富室远比朝廷以为的要多，只不过为了逃避赋税，很多人家都不惜想方设法贿赂官吏，刻意低报户等。想到这巨大的市场与惊人的利润，唐甘南嘴都有些合不拢了。须知当时大宋一年岁入，上缴中央者总数亦不过约六千万贯。

石越接着说道：“但二叔也莫要高兴得太早。虽然有超过十万户的市场，但这座钟全靠手工制造，工艺要求又是极高，想造出来并不容易。就算现在开始加紧招收学徒工匠，平均每年能制造一千座，只怕也是很不容易了。”

唐甘南不由点了点头。虽然一千座就是三十万贯的收入，而且他肯定会制造一些豪华座钟，若能卖掉一座十几万贯的，仅一座利润就相当惊人了。想想大宋与各国的王公贵人们，是肯定能卖掉的。但是，石越刚刚才向他描绘了一座巨大的金山，这是几十万贯与两三千万贯之间的差距。不过，他也知道，石越不会无缘无故地说这些，因此只是耐心地听着。

果然，石越又说道：“所以，能否收获这座钟所带来的利润的关键，是要想方设法提高生产的能力。要想做到这一点，只靠过去的方式，绝难办到。因此，我建议二叔办一所技术学校。”

“技术学校？”

“不错，这种学校，专门招收培训学徒，让学徒学一点基本的文化基础，然后就

[1] 北宋的三百贯，相当于王安石一个月的工资（不包括奖金、福利、津贴），或一个知县十个月的工资（不包括他七顷以上职田的收入），或一个低等厢军约九年的薪水，所以这个时代，座钟是一种奢侈品。但是普通的座钟对于工资收入丰厚的官员与地主、富商来说完全可以购买。沈括所买的著名的梦溪园圃，花了三百贯。当时的士大夫阶层，苏轼时常穷困，但是也有余力用五百贯来购买宅第。所以对于座钟，上层阶级有足够的购买力。

专门学习如何做机械，比如纺纱机、印刷机等，当然也包括座钟。我可以帮忙，让白水潭派一些学生去讲课，二叔也可以让作坊里的熟练工去讲课。那些学徒在学校学一两年，就可以到作坊去做事。通过这样的方式，就能够以最快的速度培训出尽可能多的学徒。”

唐甘南认真想了一下，说道：“这的确是好主意。不过有个坏处，这样各种技术很容易泄露。”

石越笑道：“有一利必有一弊，也是难免的。不过，这也有办法对付。每个学徒招进学校，你管吃管住，给他们签十年以上的契约，毕业后十年内，专门在你的作坊做事。至于十年后，留不留得住人，我想二叔应当不会太担心。”

唐甘南赞道：“这个主意妙极。如此，便依子明的。”

石越笑道：“其实十几年后，座钟也好，纺纱机也好，可能都会有改进了。我听说二叔杭州的印书坊把活字改成了铜活字，却不知效果如何？”

“还好，还好。”唐甘南打着哈哈回道，他其实根本不知道这回事，他的生意这么大，哪里处处顾得过来。

石越也猜到他只是在敷衍，笑了笑，又说道：“还有一件事要与二叔商议。新的钟表行，包括建学校，都需要白水潭花不少力气。而白水潭以后搞研究、扩建，都需要花钱。因此我想，这个钟表行，就叫作白水潭联合钟表商行，由白水潭学院占三成的股份，他们负责提供技术，帮你建学校，二叔你也占三成的股份，另外沈存中和一起做研究的学生，一共占一成的股份。经营上的事情，由二叔你负责，白水潭学院和沈存中他们只管按利润分红，并提供技术上的帮助。”

唐甘南对此倒没什么不愿意的，三成也不算少了，何况还管着经营。便说道：“这是应当的，余下三成，便归子明了。”

石越摇了摇头，笑道：“余下三成，一成给桑伯父，另有二成，可用来招募各地的富商大贾一起合作。”

唐甘南眯着眼睛想了一会儿，道：“子明，给桑家我没有意见，但是不需要别家加入了，开始的本钱全由我来解决，那二成不如你自己留着。”这是稳赚的生意，唐甘南自然是不愿意别人来分一杯羹，更不愿意别人来指手画脚干涉他经营。他能占到三成股份，每年利润最低也有九万贯，而且肯定大大高于此数，否则他这辈子算是白活了。因此，即使前期投入大一点，但是只要经营得好，两三年就可以收回全部成本，根本没有合资的必要。最重要的是，给石越股份，不但是理所应当的，而且能将他和石越更紧密地捆在一起。

石越笑了笑，二成股权并不是小数目，每年的分红最少都是六万贯。但是对于他来说，金钱的意义不大，唐家和桑家在金钱上对他从不吝啬，桑充国的意外事件，直到现在也并没有让桑俞楚生出什么异心，所以他觉得没必要去沾这个锅。何况宋朝优待百官，石越现在的薪俸赏赐颇为丰厚，养上几十个门客都不成问题。他正要开口拒绝，潘照临却突然说道："若直接划到公子名下，却不太方便，到时候必遭御史弹劾。"他这样说，实际上倒是替石越答应了。

石越诧异地看了潘照临一眼，却见司马梦求朝自己使了个眼色。他知道他们必有原因，便不再说话。

唐甘南笑道："此事我会安排，这个潘先生不用担心。"他一生中做过无数的决策，最正确的一项决策，就是决定永远站在石越这边。

白水潭联合钟表商行在金明池北岸的船坞里敲定，这件事影响最深远之处，莫过于其后在大宋各路州兴办起了技术学校。第一批技术学校遍布于南方的五十个城市，其后渐渐遍及整个国境。技术学校的出现，渐渐改变了中国传统的技术传承方法，称得上是革命性的转变。虽然其最初的意义，不过帮助唐家等商家控制的作坊迅速培养出一批批出色的工人而已。

另一个怎么样夸大也不为过的重要内容，就是石越分给白水潭学院的百分之三十的股份。这笔不菲的固定收入立即让白水潭学院成为宋朝最有钱的学校，其后白水潭学院各种研究院陆续出现，其经费之保障，全赖于此。

石越主动提出来把白水潭联合钟表商行的总部设在杭州，又提出先期五十所技术学院全部设在南方，连汴京都不开设。唐甘南想也不想就全部答应了，他明白这种做法的用意，也明白这样做对自己的好处是不言而喻的。此时他最大的希望就是快点去和潘照临、沈括等人谈好细节。

金明池的春光，突然间格外美好。

第十二章

婚姻大事

与政治无关。

——《政治学》

1

似乎是为了配合唐甘南愉快的心情，忽然，一阵丝弦管乐之声从湖面传来。众人此时心情都是极好，不由静心来细听歌词，却是从未听过的调子，歌词依稀是："珠泪纷纷湿绮罗，少年公子负恩多。当初姐妹分明道，莫把真心过与他……"歌声也非常侬软。

石越等人谈妥大事，好奇心起，纷纷走出船坞观望。原来金明池北岸正中是依水而建的宫殿，从宫殿正中伸出一座桥来，正好搭在湖心的小岛上面。这座桥叫"仙桥"，每年金明池开放，便有歌女一排排站在仙桥上演唱，给湖中表演的水军和游人助兴。若是游人从南岸或东、西两岸远远望去，只见衣袂飘扬，云发高耸，倒真似仙女下凡一般，让人浑然忘记身处何境。

此时石越他们所处之地就在宫殿之旁，比起一般游人，倒要看得清楚一些。几排数百个歌女，倚栏而立，都穿着彩衣。古代女子盛装之时，往往云发高耸，而身上又系有一根彩带，此时随风飘舞，的确让人观之而心醉神怡。这许多女子各携乐器，一起合奏，或同时轻启朱唇，曼声歌唱，曲子随风送至，中间那温柔婉转之意，又有道不尽的缠绵。

石越、潘照临、司马梦求，都是通晓音律之辈，而唐甘南虽然是不懂音乐之人，在杭州待久了，却也很喜欢这种温柔的曲调，禁不住随着节奏而摇动胖胖的身体。

忽然，这靡靡之音中，闻得几声铁筝之音划过，音调高昂激越，若放在别处去听，自是另有风味，但是在此时，却好比是柔情蜜意之中，有野狼悲吼，不仅大煞风景，而且是让人生厌了。岸边游人，此时已忍不住叫骂，便连石越也微皱起眉头。但那弹筝之人，却似乎毫不在意，音调越发悲壮慷慨，引得那些歌女手中的乐器都不时走调。

石越细听筝声的来源，却是从湖心的小岛上传来。他与潘照临、司马梦求对望一眼，只见对方目光中都有惊讶之意。须知岛上亦有宫殿，虽然金明池对士民开放，那岛上也是不许人去的。

司马梦求轻声赞叹道："此曲慷慨激昂，抚琴之人，必是清高不群之辈。"石越和潘照临听他称赞，也点头同意。不过自古阳春白雪，和者寥寥，那游湖的百姓哪里管得了你清高不群，只觉得这筝声说不出来的刺耳难听，许多人便纷纷叫骂，声音越来越大。

潘照临忍不住笑道："此人筝虽然弹得好，却不看场合，未免自讨没趣。"

“那倒未必，金明池本是演习水军之所，歌女奏郑乐才是不合时宜，而此人不过拨乱反正而已。先生是怪错人了。”一个清脆的声音从四人身后传来。

众人吓了一跳，转身望去，原来是两个青年公子，一个是王安石次子王旁，一个是石越曾经见过的“王方”——王昉此时依然女扮男装，也不知道这两人是何时来的。

石越等人忙与王旁见礼，却见王昉俏脸微扬，而王旁满脸尴尬。众人不免暗暗好笑。此间都是见多识广之辈，王昉一开口就知道她是女子，不过便连着石越在内，因为她与王旁一起出现，却都以为她是王旁的红颜知己。只是石越心里不免暗暗纳罕，当日醉仙楼上的相见，他记忆犹新，此时更是奇怪。这女子若是王旁的红颜知己，却为何要找他麻烦？若她是王雱的红颜知己，倒还容易理解。只是这第二次又见到这个女子，却让他不期然地想起梓儿来，正是因为这个王昉女扮男装给他的启发，让他与梓儿拥有了一个共同的秘密——经不住梓儿的再三恳求，他曾将梓儿女扮男装带出家门玩过一次。这自然是瞒着所有人的，只有侍剑约略知道经过，却守口如瓶。

当时的风气其实远不如后世人所想象的保守，但一个大户人家的女孩子，还是难得随便出门的，就算出门，也有马车丫鬟跟着，于汴京种种风物，不过浮光掠影而过。当时汴京虽然也有许多妇女游玩的场所，但大多都是相熟的妇女成群结伴地去，桑俞楚一家从蜀中迁来，在京师的故友亲朋并不多，所以梓儿也没有女伴可以一起出去参加当时大多数贵族妇女可以参加的娱会。加上桑充国也是个闭门不爱出外的人，所以比石越还先到汴京的梓儿，其实对于汴京的种种繁盛与风物，所知还远远不如石越。每次她听石越提起时，不免充满了羡慕与向望，但她这样年纪的女孩子，却是不适宜由一个青年男子单独带出去游乐的。石越对她的处境实在是充满了同情，因此，在醉仙楼见到王昉之后，他心里就生出了另外的念头，然后大胆地将这个计划付诸实施。

他现在都还能清楚记得，那天他们一齐去了潘楼街看那些珍奇玩物，又去州桥乳酪张家吃了东西，然后游玩了相国寺，听了艺人们说书唱曲，才沿着熙熙攘攘的汴河回桑宅，而同样清楚记得的，还有临别时梓儿依依不舍的神情与挂在眼眶中强忍着不肯落下的泪珠。在那一刻，他心里充满了对梓儿的同情与怜惜。如果可以的话，他真想一直能带着她出来享受这样正该在青春年华时享受的快乐时光。但他越来越忙，事务越来越多，那个少女的愿望便渐渐被抛在了脑后，直到这一刻，他看到了王昉，那一天的惬意时光竟在瞬间全回到了他的心里，哪怕是对于他而言，那也是来到汴京后过得最轻松快乐的一天了吧？不再为什么事烦心，只是单纯陪着一个自己所爱护的女孩子欣赏这个令人着迷的城市中的种种精彩之处，简单中却有简单的快乐。他略有些自嘲地想到自己身在名利场中，竟连这些也无暇回味了。

而潘照临因被女人抢白，心里惊讶一个女子有这种见识，自觉不好意思，因此并不反驳，只向王旁问道："王公子，你知道弹筝者是何人吗？"

王旁笑道："京城之中，并无弹筝的好手。在下也不知是什么人在此。"

王昉见无人理她，顿觉无味，忍不住冷言说道："若想知道，过去瞧瞧便是，何必在此猜来猜去。"

她一开口，众人尽皆莞尔。王旁苦笑着努努嘴，说道："那岛上怎生过得去？桥上站满了歌女，难不成我们几个大男人从百花丛中挤过去？"

石越心里也觉得有趣，好不容易忍住笑，正色说道："若能够凌波微步，踏水乘风，也不必去挤那百花丛。"

"都说石子明多谋善断，看来亦不过尔尔。你看那里，不就有人一叶扁舟，欲飘然登岛吗？"王昉冷笑讥道，一面用手指着湖对岸。

众人顺着她纤纤玉指望去，不由哄然大笑。原来那根本不是什么扁舟，而是一只龙舟。龙舟之上，坐着四个云发高耸、身着素裙、腰缠彩带的女子，各抱一把琵琶，这依然是表演的一部分，她们可不是想要"飘然登岛"的。其中一位和石越更是交游甚密，正是碧月轩的楚云儿姑娘。

这四个女子纤手轻拨珠弦，琵琶之声，便似珠落玉盘，却是一曲"玉楼春"的调子，四人一齐曼声唱道："东城渐觉风光好，縠皱波纹迎客棹。绿杨烟外晓寒轻，红杏枝头春意闹……"竟是堪堪将那铁筝之声给压了下去。

岸边的游客一齐叫好。那桥上的歌女得到支持，一齐重调音弦，齐声和唱："浮生长恨欢娱少，肯爱千金轻一笑。为君持酒劝斜阳，且向花间留晚照……"

石越与楚云儿交好，可以说天下皆知，王旁因此笑道："楚姑娘的琵琶果真是京师绝技，难得又很仰慕石兄，才子佳人，堪称佳话，石兄何不为她赎身，收为侍妾，朝夕抚琴为乐，亦是人生一大乐事。"

王昉因为刚才出了个不大不小的洋相，微觉羞耻，将脸偏向一边，装作听楚云儿她们的演唱，此时听到王旁说石越与楚云儿关系暧昧，心中不由大起轻蔑之意。她自小就很崇拜她父亲王安石，而王安石便是坚持不收侍婢的一个人，更不用说和一个歌女关系暧昧了。

石越听到王旁劝他收楚云儿做侍婢，忽地就想起来桑充国和程颢那天在白水潭和自己说的话来。结婚？侍婢？石越苦笑了一下，他有时难免自嘲地想：自己是不是运气不够好，来到另外一个时空，也没有碰见那种让自己一见倾心的女子，那些在他那个时代所盛行的轰烈炙热、率性随意的爱情，与这个时空是如此格格不入。他以前就怀疑过这世上是否真有爱情这种东西，如今更是觉得这东西与自己无缘，只是要让他如同这个时代的大多数男人一样轻贱女人，却又不为他的道德观所允许。加上心里怀抱着远大的梦想，更是很少会想到结婚这件事，直到现在他才发觉，结婚这件本于他似乎并无迫切需要的事，此时却似是迫在眉睫了。这说来倒也不奇怪，毕竟在这个时代，自己这么大的年纪，迟迟不婚也是说不过去的，连唐棣等人也全都成婚了，潘照临这样的榜样，自己却是学不了的。

正在胡思乱想之际，筝声突然高亢，竟似要和这柔软的歌声争斗一般。这筝声与楚云儿等歌女的歌声在这金明池上，便如苍鹰与百鹂，鸣唱争胜，虽然苍鹰一时能压制百鹂，但所谓“柔不可守，刚不可久”，楚云儿等四女领唱下的柔声却始终没有被打乱节奏。

王昉听了一会儿，心里也不禁佩服楚云儿的确精于音律，不过转念一想到宫殿里的几个人，却又有点儿莫名其妙地担心。王旁不知道宫殿里有什么人，她却是知道的。人之一物，最是奇怪，有时候想什么来什么。王昉正想此事，就听筝声久不能胜之下，兀然而止，不久岛中宫殿里就走出来一个八品服饰的侍卫，对一条大军船上的人说了几句什么，军船马上就划到楚云儿等人坐的小舟边上，将她们引去岛上。

潘照临追随石越已久，朝中亲贵，多有相识，远远看到那个武官，似有几分眼熟。这时见石越眼神中露出担心的神色，当下在石越耳边轻轻说道：“公子何不借一叶小舟，登岛求见，这是风雅事，无妨。”

石越本来并不想生事，但是楚云儿也算是他红粉之中的知交，每有心情郁闷之意，总是去听楚云儿弹琴，便是他的琴艺，也是楚云儿所教。这时候眼见她很可能是得罪了什么亲贵，自己岂能不管？

唐甘南是知情识趣之人，察言观色，早知道石越想要做什么，他嘻嘻笑道：“子明，我和潘先生、司马公子先回去，商量好事情的细节，你去拜会一下弹筝的高人吧。”以他和潘照临、司马梦求的身份，自然是不能同去岛上的。

王旁与其兄长不同，他可说是胸无大志，便也没有妒忌之心，因此心中颇亲近石越。此时也知道石越必定担心楚云儿，便笑道：“正好我想去瞧瞧弹筝之人，便一齐登岛如何？”

石越朝他微微点头，笑道：“如此正好。”

“一厢情愿，便是上得岛去，人家不一定肯见你们。”说风凉话的人，自然是王昉。

众人也不去理他，当下石越与王旁同一个军士说了。一个是皇帝宠臣，一个是宰相公子，那些军士哪敢得罪，自是立即派船过来送他们登岛。而唐甘南三人也先行告辞回去。

2

石越、王旁、王昉到了岛上，只见岛上遍种柳树，此时柳叶新裁，煞是娇嫩。湖中微风轻轻拂来，柳条迎风轻展，清凉味道，触息可闻。

金明池是皇家讲兵之所，而赵顼在位，皇亲国戚并不敢胡作非为，似楚云儿这等，就算是触忤人意，本也不至于有什么危险。只是石越知道楚云儿外表柔顺，内里其实刚烈高傲，如果言语之中冒犯，她不过是一个歌女，纵然不至于有生命危险，但是皮肉之苦却也难免，而且歌女地位卑下，纵然受责，也无处申冤。念及此处，这风景再好，他也没什么心思去欣赏。

急匆匆走到宫殿之前，见上书三个大字——“凌波殿”，殿门自有门戟排场，外面站着四个八品武官。石越不由愣住了，因为这些武官的服饰，摆明了都是禁中侍卫。而八品武官看门，只有两个可能，一是内里是皇后公主之类，武官是男子，不便入内，所以看门；二就是里面的人，至少是个郡王国公之类。

这些武官职位低微，石越自然不认识。可是王旁却是认识的，他拉住石越，瞅了他妹子一眼，低声问道：“是濮国公还是他家的清河郡主在此？”若非石越在旁边，还有半句话他几乎也要说出来了，“怪不得硬拉我到金明池来。”

石越听他发问，心里又吃了一惊。原来当今皇帝赵顼之父宋英宗赵曙，本不是仁宗皇帝亲生，而是濮王之后，仁宗无子，所以过继宫中承绪大统。因此濮阳王诸子，虽然当时最大不过一个濮国公，但是论及亲贵，则无人能比。而濮国公赵宗朴更是非比寻常，他是濮王次子，和英宗最为亲善，当年就是他亲自去劝说英宗入居庆宁宫的。因此他不但是当今皇叔，而且是迟早要袭封濮阳郡王，继承濮王香火的，所以说起来比赵顼的两个亲弟弟还要亲一点。毕竟赵顼与赵颢诸弟虽说友善，但是皇帝之家，始终有忌讳，倒是他这个皇叔，可以百无禁忌。而濮国公却也一向谦退随和，甚少谈政事。他表面上虽然对石越也是很亲热的，但是却从不和任何官员深交。

不过若是赵宗朴在此，倒还好说，毕竟濮国公不是嚣张无行之辈，可是听王旁的口气，如果真是清河郡主赵云萝，那只怕石越也只能束手无策了。清河郡主是赵顼的堂妹，在所有姐妹辈中排行十一，唤作“十一娘”。本来宋随唐制，皇太子之女方能封郡主，诸王之女方能封县主，但是清河以宗朴之爱女，英宗即位后就晋封郡主，实际上却是当公主看的。这个女孩是所有公主、郡主、县主中最漂亮的，也是最受宠爱的一个。内廷中太皇太后、皇太后、皇后、蜀国公主，直至两代皇帝，没有不宠她的，她的身份比起寻常的公主来都要金贵许多，而且因为是个郡主，反倒少了许多拘束。若说她跑到这凌波殿来了，石越一点也不奇怪。本来单单这样一个清河郡主倒也罢了，然而对宫廷亲贵之事并不陌生的石越，自然知道清河郡主的身边永远也少不了柔嘉县主赵云鸾。他实不能不倒吸一口冷气。

果然，便听王昉笑道："自然是清河郡主和柔嘉县主在此，难道似濮国公那样的人也会来这里学弹筝吗？"

石越心中暗暗叫苦。

王旁很同情地看了石越一眼，对王昉说道："不如你和石兄进去，我忽然有点儿事情。"

王昉忍住笑，抿着嘴说道："此事我却管不着，我先进去给你们通传。"说着竟然背着手，大摇大摆地走了进去。那几个侍卫看了她一眼，竟然不闻不问，石越立时明白这两个"主"和王昉必是闺中好友。那么王昉是什么身份呢？石越突然意识到这个问题。王旁的妻子、宠妾，都不可能和清河郡主交情深到这个地步。

王旁见王昉进去了，对石越抱了抱拳，转身便待溜走。石越忙一把拉住，说道："既来之，则安之。"

王旁苦笑道："你岂非害人吗？清河郡主自然是人人都想见，可是十九娘是我们惹得起的吗？"柔嘉县主在姐妹中排行十九，是濮王幼子赵宗汉四个女儿中最小的一个，年方十二，宫里都唤她十九娘。小小年纪，威名远播，勋贵子弟，无不闻之而色变。郇国公赵宗汉是英宗最喜欢的弟弟，因此赵云鸾小小年纪，便封为县主。

石越不怀好意地笑道："刚才那位姑娘肯定会帮你的，你不用怕。"

王旁苦笑不已。濮王二十八子，孙子孙女辈数以十计，十九娘赵云鸾最为出名之事，就是曾经把几个堂兄骗得当马骑，让几个堂兄数月不敢出门见人。有一年冬至，还将大才子晏几道骗到金水河里洗了个澡，让晏几道感冒一个月才好，从此晏几道听到"柔嘉县主"四个字，都忍不住要打个喷嚏。其余自韩琦、富弼、冯京以下，这些勋贵之子，只要碰上了柔嘉县主，难免要上她一个恶当。偏偏她深得赵顼宠爱，连赵宗汉都管不了。太皇太后和皇太后几次管教，最后也是不了了之。就在三个月前，赵云鸾还骗得驸马都尉王诜把醋当酒喝，一口喷在一幅画了几个月的画卷上，欲哭无泪。

这些事迹石越多少也有所耳闻。他和晏几道、王诜不同，他是朝廷重臣，身份体面最重要。那些勋贵子弟出了丑，大家当成笑话趣闻，以助谈资就可以了，但是这种事若出在他石越身上，必定让他为人所轻视，被人当成弄臣不说，他的政治威信也会在瞬间荡然无存。因此站在宫门之外，他多少也有点儿紧张，毕竟石越也不能和十二岁的女孩子计较。

二人各有各的担心，各想各的心事，没多久就听到一阵脚步声，一个婢女走了出来，施了一礼，道："二位是石秘阁和王公子吧？郡主有请。"

石越与王旁忙抱拳说道："不敢，有劳姑娘带路。"

这凌波殿不过一离宫[1]，可也是凤楼龙阙，颇具规模。石越和王旁跟着那个女孩穿过几道门，九曲八弯，眼前忽然开朗，却是一个布置得很精致的院子，院中有一个栽满荷花的水池，池上建了一座水榭。此时已挂上轻纱，里面绰约几个人影。而楚云儿和另外三位歌女，都抱着琵琶站在水榭边，见石越过来，楚云儿俏脸微赫，用目光向石越致意。

石越微微点点头，方朝着水榭和王旁一道行礼，朗声说道："臣石越、王旁见过清河郡主、柔嘉县主。"实则以他的身份，区区一个郡主，是当不起他的大礼的，只不过清河、柔嘉的身份不同，所以另当别论罢了。

赵云萝和赵云鸾果然也不敢受这个全礼，在轻纱后还了个半礼，清声说道："久闻石秘阁、王公子之名，果然是人中俊杰。给二位公子看座，上茶。"

二人躬身答道："不敢。"一面接过婢女送来的茶，轻轻喝了一口。石越顿时一阵恶寒，这茶根本不是茶，而是放了茶叶的盐水，又咸又苦——在这个时代，因为没有牙膏，石越每天都是用盐水漱口，这自然不是寻常人家能享受得起的奢侈，不过对于现代人来说，如不漱口，实在也难受了一点。此时的盐水比石越平常漱口用的盐水更要苦咸十倍，他知道已经上了柔嘉的当，却不敢失态被人嘲笑，皱着眉毛勉强吞下。再看王旁，早就"哇"的一声，一口水全部吐在地上。

石越见旁边的人一个个嘴角带笑，他心中一转，早有主意，竟装作什么也没有发生，笑道："多谢县主赐茶。"

只听有个略显稚嫩的女声问道："你怎的只谢我，不谢我姐姐？"

石越微微一笑，风度翩翩地说道："清河郡主断不会赐这种风味独特的茶水，这自然是柔嘉县主的匠心了。"

柔嘉笑道："原来石秘阁这么会说话，难怪皇帝哥哥经常夸你。"

石越笑道："县主谬赞了。"

赵云萝毕竟年长，她知道石越和一般勋贵子弟大不相同，不是可以随便捉弄的，因对柔嘉说道："十九娘，不要胡闹了。石秘阁久有词名，想必是精于音律的，今日机缘巧合，还要请石秘阁不吝赐教。"后半句却是对石越说的。

"方才弹筝之人，胸中颇有清奇之处，若论音律之妙，此人与这位楚云儿姑娘，都远胜在下，石越怎敢班门弄斧。"

"楚云儿？"赵云萝奇道，以她郡主的尊贵身份，方才召楚云儿等人进来，因知是歌女，竟是连名字都没有问。

只见王昉在赵云萝耳边轻轻说了几句，赵云萝抿了嘴笑道："原来如此。原来石

[1] 古代帝王在都城之外的宫殿。

秘阁和这位楚姑娘是故识。我也是见这位楚姑娘精于音律，故此才召来相见，并无他意，石秘阁不必担心。”赵云萝虽然号称“解语花”，可毕竟不是老于世故的人，她想什么便说什么，倒把石越和楚云儿的关系说得暧昧了，连王旁都忍不住窃笑，更不用说别人了。那三个歌女用眼睛瞅瞅石越，又瞅瞅楚云儿，要不是这地方不容放肆，早要笑开了，楚云儿更是面红过耳，低头直盯着琵琶。

石越脸上微微一红，顾左右而言他：“请问郡主，可否让臣下见识一下方才弹筝的高人？”

赵云萝见众人表情，已知道自己失言，她并无意让石越难堪，便顺着石越的话柔声笑道：“哪里是什么高人，不过是我家买的一个奴婢罢了。”

“啊？”石越和王旁一齐吃了一惊。

柔嘉年纪小，没有许多顾忌，忍不住走出水榭来，大模大样地说道：“有何可怪的？阿旺，你也出来，给他们看一下。”

“是。”那个叫阿旺的女子说话甚是生涩。

石越和王旁看着走出来的女子原来竟是个二十多岁的阿拉伯女奴。以石越这个现代人的眼光来看，也算得上是个美人，加上穿着汉族女子的服装，更是别有风韵。当时有一些阿拉伯女奴流入中土，倒并不奇怪，毕竟当时开封还有犹太人聚居区。石越专程去看过，那些犹太人汉化得相当严重，相信用不了几十年，根本就和中国人一般无二了。但是一个女奴，能把筝弹到高昂激越，倒似一个久历杀场的壮士一样，却不能不让人吃惊。他不知道这种女奴是一些商人从小培训长大的，小时候教她们学会诸般技艺，长大了再高价卖出，因此这个阿旺甚至还粗通汉语。

石越打量阿旺半晌，见这个女孩虽是奴仆，却有一种寂寞孤高的气质，不由在心里称奇，问道：“阿旺，你还会说家乡话吗？”

“会。”阿旺不料这个公子竟然问这样的问题，不由暗暗称奇。她刚才从众人的语气中听到石越的身份不同寻常，但是却并不知道石越的大名。

“能看懂家乡的文字吗？”

“奴婢读过几年书。”阿旺低声答道。

石越点点头。

3

三月初四，垂拱殿朝会。

赵顼坐在高高的龙椅上，听王安石一条一条地读着《方田均税法十八条》，这是王安石最终议定的改良版本。石越在班列中心不在焉地听着。

将唐甘南送走后，钟表行和技术学校很快就要开始运作，再过几天沈括又将回到军器监协助改革。他将一把西晋制造的古琴送给清河郡主，又送了一面上好的铜镜给柔嘉，再用一幅卫夫人的真迹，才从濮国公手里买回阿旺。用唐甘南的话说，这阿旺堪称天下最贵的女奴了。正在胡思乱想之际，却见吴充、冯京等人已经开始慷慨陈词，认为方田均税法“事烦扰民”。王安石、吕惠卿则条条反驳，金碧辉煌的垂拱殿里，顿时只能听见大臣们高昂的辩论之声。不知道为什么，石越忽然心中生出厌烦之意。

争名于朝，争利于市，天下熙来熙往，孰不为名为利？这几年来，他要风得风，要雨得雨，虽然略有风波，却也算得上是青云得意，不到三十岁就官居要津，而且也算是在为一个伟大的理想而努力。但是似这样每日忙忙碌碌，在朝堂上钩心斗角，真的有什么意义吗？自己固然是自认为想把中国引入一个正确的方向，但是王安石又何尝不是如此？自己知道王安石是错了，可是真的敢那么肯定自己做的就一定是正确的吗？面对这个早已改变的世界，也许自己的眼光能透视千年之后，却未必可以正确引导这个文明走过眼下的一百年！如果度不过这一百年，千年之后的事情自己知道又有什么用呢？

石越并没有意识到，政治家永远不可能把民众带到最正确的道路上，次差的道路就是一条好道路了。

很多时候，石越都在希望有一段时间出去走走，可到目前为止，他最远只去过一次江西。他记得千年之后有一位政治家说过，“我的影响力甚至还达不到北京全市”。石越其实也知道，自己真正意义上的影响力，也许不过只是白水潭学院的一部分。三年多的时间，自己做的，可能已经是能力的极限了。

石越再次把目光投向黑黑瘦瘦的王安石，相比之下，冯京与吴充就要显得富态许多。“五十多岁的老人还能有着如此坚定的理想主义信念，想起来实在是不可思议。”石越在心里想。

“公子，方田均税法已经不是重点，如果真有公子所说的天灾，我相信王安石撑不过这一次天灾，我们要早点准备王安石罢相之后的策略……”

“对付灾情已经有了一个大致的方案，我们还应当有一个万全的方案，把这件事告诉皇帝，他无论信与不信，事后都会对秘阁更加信任与倚重……”

“理想的方案，在五年之内王安石继续留在相位，对公子的事业更有利，但是未来的事情总是不断变化的。”

……

潘照临和司马梦求的话依然还在脑海之中，自己的幕僚不希望自己坚决反对方田均税法，石越知道这中间还有别的原因，因为方田均税法是宋代有识之士百年来的梦想，并非王安石一人的冲动。潘照临和司马梦求虽然从理智上意识到这个法令会有巨大的弊端，但出于侥幸的思想，他们也希望王安石来做一次试验，反正失败了，自己正好从中博取政治利益。

即使是很关心民众利益的司马梦求，在必要的时候，也会毫不犹豫地让民众去承受苦难。石越在这两个人面前，有时候真会觉得自己好天真，好幼稚！不过在另一方面来讲，也幸好他还有一点天真与幼稚。为了达到高尚的目的而不择手段，最后很可能会使人性扭曲，让执行者忘记了高尚的目的本身，反而会陶醉在不择手段所带来的一个个胜利中，最后迷失自己。权力对人的诱惑，环境对人的同化，对于意志不够坚定的人来说，是很容易迷失自己的。就算是石越，现在也慢慢变得理所当然地接受别人对自己的尊敬，有时候也会很想用“最简单的手段”打击不合自己心意的人。

石越一直到此时，依然自觉还有一份高尚，其实这种高尚，站在另一个立场不过是对千载流芳、万世景仰的绝世功业的追求罢了。实际上如果是自觉选择研究历史的人，一百个中没有一个能逃出对后世之令名的追求。

“石卿，卿意如何？”赵顼略显嘶哑的声音打断了石越的思绪。

“陛下，俗语有云：小心驶得万年船。方田均税法的利弊，不实行很难体现出来，不如就先在福建路、江南西路试行。”石越此言一出，朝堂当中立即有许多人暗骂他“小狐狸”。江南西路是王安石的老家，福建路是吕惠卿的老家，支持新法的人多半也是这两路出身的官员。你们不是要方田均税吗？先拿你们的老巢开刀。

冯京和吴充意味深长地对望了一眼，眼中微微流露出一丝笑意。

这个方案，吕惠卿岂能接受？若是全国一体实行，他吕家的事情就可以神不知鬼不觉地摆平，一句话下去，哪个县令敢得罪自己？但是如果单单在这两路实行，到时候全国官员、御史谏官甚至过路官员，只怕都会把目光牢牢盯着这两路，吕家强买巧夺来的数千顷良田、庄园，岂不是要暴露在光天化日之下？就在一个月前，自己的弟弟吕升卿还让家里买了几百顷良田。

不止吕惠卿一人如此，王安石自己清廉，可是他的亲属未必就干净。曾布的妻弟魏泰，在县里为非作歹，这些吕惠卿知道得一清二楚。新党如此，旧党亦不干净，只不过这两路旧党较少罢了，所以他们更会盯死。若是新党真的厘清田地，只怕两路田地厘清之日，就是新党身败名裂之时。

石越之前说先厘清官员及戚属之家的土地，吕惠卿心里也知道的确说到关键上了，就算是王安石，也是知道这件事执行起来有多大的阻力。

念及种种，吕惠卿义无反顾地站出来，朗声说道：“陛下，臣以为石越所言不妥。”

“吕侍讲，却不知下官所言有何不妥？难不成福建路有何问题？”石越语带讥刺地问道。

吕惠卿冷笑道："恰恰相反，福建路问题不大，黄河以北诸路问题却大得很，所以吕某才说不妥！"

石越略带讽刺地笑道："吕侍讲高见，想必有所依据，下官愿闻其详。"

吕惠卿脸上闪过一丝夹杂着讥讽和恼怒的笑容，他毕竟城府过人，立时冷静下来，从容说道："陛下，臣以为，行大事者，当不避艰难。方田均税之法，其要是在防止豪门大户逃脱税役，使地多的人多纳税，地少的人少纳税，让穷苦小民得以休息。石越所说先在福建、江南西路实行，已经大违方田均税法之本意。因为这两路豪强兼并，是天下各路中比较轻的。真正兼并严重，隐瞒不报风行的，是黄河以北诸路直到开封府。"

赵顼点了点头，这一点他从石越的口中已经知道。

石越见皇帝点头，心知不妙，当下朗声问道："治国如治病，病情严重之处，猛然下药，只怕会医死病人。现在从情况稍好的诸路试行，积累经验，岂不强过骤然在黄河以北推行？"

吕惠卿干笑几声，诘问道："石秘阁此言差矣。所谓头痛医头，脚痛医脚。现在黄河以外兼并逃税严重，而方田均税法本是对症之药，岂有不在此处实施，反而去千里之外的福建、江南西路积累经验之理？各地情况不同，江南的经验又如何可以搬到河北来？"

这番话说得赵顼频频点头，冯京等人暗呼不妙。须知吕惠卿舌辩之能，朝廷之上，只怕无人能及，司马光、苏轼都吃过苦头的。这一节冯京等人想到了，石越也想到了。他知道这样辩论下去，只怕要被吕惠卿说得哑口无言，念头一转，改变策略，向吕惠卿问道："吕侍讲既然如此说，那么不知吕侍讲以为天下兼并隐瞒最重的地方是哪里？开封？河北？永兴军？"

吕惠卿占到上风，心中得意，见石越发问，不急细想，脱口说道："开封、河南最厉害，其次是河北。"这本是新党的共识，公开的秘密，但是共识归共识，公然说出来就是另一回事。朝堂之中，果然如石越所料，顿时一片哗然。石越所举三个地方，这垂拱殿中倒有一半以上来自于此。

石越心中冷笑，继续问道："既是开封、河南为甚，那么敢问吕侍讲，开封、河南兼并土地、隐瞒不报的情况，大致若何？"

吕惠卿背上已经发凉，虽然春风得意，不可一世，但是一句话把满朝文武得罪一半，顺便把皇亲勋贵、内侍外戚全部得罪，他心里也不得不掂量掂量了。

"这等事，当问开封府、京西路、京东路的官员。"王雱虽然暗暗幸灾乐祸，但此时却也不能不出来一致对外。

枢密使吴充厉声道："此言差矣，吕惠卿判司农寺，这等事情都不知道，方田均税之法，岂非儿戏？”

吕惠卿悄悄地瞪了石越一眼，心中已是咬牙切齿。不过吕惠卿终不愧是吕惠卿，他揣测皇帝之意，一狠心，便欲将河南河北兼并事实全说出来，干脆做一把名臣。这样一来固然得罪的人不少，但是在新党中的地位和在皇帝心中的印象都会更加改观，得失之际，其实难说，总好过畏畏缩缩，被皇帝和王安石所轻。吕惠卿很明白，他的一切，都是皇帝和王安石给的，归根结底则是皇帝给的。只要能讨好皇帝，得罪天下人都不怕。他主意打定，正欲开口，不料王安石已经高声说道：“陛下，河南河北，兼并之事，多是勋贵官员之家，而隐瞒不报之田地，数以千万计。若要厘清田地，按地征税，则河南河北，将是最困难的地方。吕惠卿、石越所说，大抵便是此事。”王安石不怕得罪人，不过见吕惠卿不能果断地表态，心中忍不住有一点失望。王雱见他父亲如此，暗暗气得直跺脚。

赵顼本是聪明之主，加上石越给他点透了许多东西，内中情况，一眼即明，当下下定决心，朗声说道：“朕要做励精图治之主，就不能畏事不敢作为。河南河北诸路，不论谁家，田地一律要厘清。丞相与诸臣工勉力而为。方田均税之法，朕意仓促间不可全国推行，先在河南河北陕西诸地试行。”

吴充和冯京对望一眼，暗暗叫苦，正要反对，突然一个内侍急匆匆走到皇帝身边，高声拜贺道：“恭喜官家，王贵妃娘娘诞下一个公主！”

其时赵顼生的儿女差不多有四五个，结果四个男婴全部没能活下来，两个女婴也只有向皇后生的延禧公主存活，子嗣来得如此艰难，便是生个公主，也让人高兴了。王安石立即率群臣拜贺，吴充和冯京纵有再多的话，也只能憋在肚子里。

4

石越回到府上，便连忙准备贺礼，让人送进宫去。他知道古往今来，许多名臣就是栽在一些小人手上，因此这些细节之处，一点也不敢怠慢了。

果然赵顼对这个女儿特别看重，破例在她出生第二天就赐封号“淑寿公主”，特意加上一个“寿”字，为的就是这个女儿能够平平安安长大。借着这个喜事，朝廷百官各有赏赐，而石越和吕惠卿竟然同时博到了最大的彩头——皇帝竟然拜石越为翰林学士，而吕惠卿也加天章阁学士。

自有宋以来，升官少有石越这么快的。翰林学士号称“内相”，他这一入学士院，不知道羡煞多少人。人人都以为石越将延续王安石的升迁之路，做到参知政事是早晚的事。这么一来，到石府来道贺的人竟不知道有多少，几乎把门槛都踩烂了。石府门前两棵大树间牵了一根绳子，为的是平时有人来拜访，就把马系在那绳子上。这一两天间，那绳子上都系满了马。他赐邸这边比不得王安石府所在的董太师巷宽敞气派，因此停的马车竟从石府门口排到巷外。石越对这些应酬不胜其烦，一回府就干脆躲在书房里装病，有客人来全由潘照临和司马梦求接待。

其实石越也在暗暗纳闷，他也不知道皇帝到底是什么想法。因为在拜翰林学士的同时，他被免掉了检正三房公事的差遣，改任权同判工部事兼同知军器监事，负责军器监的改革，而吕惠卿则依然顶着知军器监事的名头。皇帝的意思却是让他把精力放到司农寺那边，还同时担任了中书的都检正官，以便于他全力协助王安石推行方田均税等新法。因此，石越这个翰林学士，其实不掌内制，不属两制官[1]，并且也不进学士院轮值。实际上，他这属于以翰林学士兼领他职，权同判工部事兼同知军器监事才是他的正经差遣。

石越就是对此有些困惑，不仅是他，连潘照临和司马梦求也一样猜不透皇帝的想法。因为皇帝这样安排，虽然的确有前例可循，但却不免有骇物听。皇帝若只是想加个学士衔以示恩宠，随便加个馆阁学士都是特别之恩了，毕竟石越此前只是直秘阁，连诸阁待制都不是，不必径拜翰林学士这样显赫的官职。除非皇帝是想循王安石的例，让石越先做翰林学士，然后就进中书做参知政事。可是这时机却有点儿不对，而且石越资历也太浅。

不过，不论赵顼究竟是怎么想的，石越不是司马光，对于大步升官，他没有拒绝的理由。而更让他感到有些意外的，是皇帝的这个任命，竟然几乎没有遇到太多的反对。这也让潘照临与司马梦求又惊又喜，因为这个事实，意味着通过几年的经营，石越在朝廷中，已经不知不觉地积累了相当的威望。否则的话，像石越这样一步登天的超授翰林学士，就算是旧党现在很希望石越能够出任更重要的职务以制衡新党，也不可能压得住朝中的反对之声，甚至很可能直接被知制诰封还诏书。

而现在，对于石越拜翰林学士，新旧两党竟然基本上都默默接受了，除了同样越转数阶的权御史中丞蔡确蔡司宪。尽管自己升官的速度比之石越毫不逊色，甚至犹有过之，但蔡确便似盯上了石越一般，毫不在乎地上书表示反对，批评石越升迁过速。不过皇帝并没有理会他，将他的奏章留中[2]，结果也就不了了之。

又过了几日，道贺的人终于少了一点，石府好不容易清静下来，石越便在花园里和潘照临等人讨论他和苏辙、沈括商议的军器监改革等事，闲谈中随口抱怨了几句

[1] 翰林学士带知制诰，专掌制命，即替皇帝拟诏书等，称为内制。以他职带知制诰，则称外制。合称两制官。

[2] 指将臣子上的奏章留置宫禁之中，不交办。

这些天的应酬，不料潘照临却似笑非笑地说道："公子高升，满朝文武没有不来道贺的，就是王安石，也让王雱过来道了贺，可独独缺了三个人。"

司马梦求也笑道："我只知道两个人，还有一人是谁？"

"那个人纯父不知道，倒不足为怪。"潘照临笑着回道，目光却望向石越。

石越心里一动，似这种应酬，若论本心，他心里也很讨厌，但是事情就是这样的，如果大家都这么做了，偏偏有一两个人没做，那么其中的意思就比较明显了。他本是个明白人，听这两人一说，稍一回想，就立刻知道是谁了，便当下摇头不语。陈良却有点儿好奇，忍不住问道："却是哪三个人？"

潘照临有意无意地又看了石越一眼，缓缓道："权御史中丞蔡确、知兵器研究院事陈元凤、白水潭山长桑充国。"

司马梦求不知道陈元凤的底细，因为陈此时官职卑微，又不出名，因此漏算了。但他知道潘照临颇有心计，竟然把这个叫陈元凤的人算了进来，必有缘故，所以便加意留神听下文。石越心里也已经知道定是这三人。蔡确没来，那是不用说的；陈元凤不来，那意思就很明白了——石越现在同知军器监，是他顶头上司，在军器监低头不见抬头见，并且二人还是故交，此时却不出现，石越不用琢磨也能知道怎么回事；但是桑充国也没有来，他心里却不免有几分不舒服。本来不来也没什么，毕竟桑俞楚是最早来贺喜的人，只是军器监案的报道桑充国一直没有向石越解释，两人到现在在心里还有芥蒂，这时候桑充国若来了，什么都可以烟消云散，毕竟桑充国不是别人可比，但是眼下却是连道贺也没有。因此潘照临一提到桑充国，花园里就沉默了。石越沉着脸不说话，潘照临似嘲似讽，司马梦求默默无语，陈良紧闭双唇。

石越却不知道，桑充国本来是想来给石越贺喜，然后趁这个机会好好解释一下以前的事情。但是接连的事情却让他把这件事给忙得忘记了——先是殿试在即，白水潭学院为了扩大影响，把学院出身的准进士们聚集起来举办了一次文会；同时因为这些人中了进士后就要出去做官，便还要在殿试前提前给他们举行毕业考试，只有通过毕业考试的，才能发毕业证。这可是白水潭学院第一批毕业证，他说什么也要做得尽善尽美。然后就是石越和唐甘南搞的联合钟表行，涉及许多学生的问题，事关重要，他也要亲自过问。联合钟表行还打算在白水潭学院建一座大型座钟楼，选址、造型，他都要亲自协调……再加上烦琐的校务和《汴京新闻》的馆务，平心而论，桑充国的确是忙得不可开交，但石府后花园的几位是不可能设身处地地体谅他的。众人沉默了一会儿，司马梦求正想说点什么打破这尴尬，便见石安进来禀道："学士，程颢先生来访。"

石越一愣，连忙说道："快请。"整整衣冠，便和潘照临等人前往客厅迎接。

程颢却是先到了客厅，见石越等人出来，忙起身拱手笑道："恭喜子明了，三十岁不到为翰林学士，国朝前无古人，大概也是后无来者。”

石越忙笑道：“不敢。”一边再次请程颢入座。

程颢坐定后，端起茶来轻啜一口，笑容满面地说道：“程某此次前来，除了给子明贺喜外，还要向子明提一件喜事。”

陈良插嘴道：“提一件喜事？”

“正是，我是受桑员外与长卿所托，来给子明说媒的。”程颢笑呵呵地说道。

潘照临和司马梦求顾视一笑，竟一齐笑道：“这个媒说得好，官居三品却未成亲，也有点儿说不过去。桑姑娘才貌俱佳，和公子正是天生一对。”他们心里同时认为这是拉拢桑家的好机会。

石越却是立时脸红了，迟疑道：“这……”

程颢笑道：“我们都不是俗人，难道还要请媒婆？”

“这倒不是……”

“不是就好，难道子明你不愿意吗？”程颢倒是说媒的好手。

“这也不是……”

“既然不是，那么我算是男家的媒人。”石越话未说完，就听有人大声说着，从外面走了进来。众人一齐望去，原来是苏辙。他本来是有事和石越商量，一路闯进来，见大门二门都无人招呼——石安等人正偷偷赖在客厅，想知道自家主人的终身大事结果如何。所以苏辙在门口居然听到这件事情，当下一口抢着要做男家的大媒。

程颢拊掌笑道：“子由来得正是时候。”他和弟弟程颐不同，对苏家兄弟并没太多的成见。

石越心里其实还有颇多顾虑和想法，无论是反对还是答应，心里总觉有些地方没有想清楚。不料这两位就这么着强点鸳鸯谱了。众人却以为他答应了，正要道喜，不料便在此时，又闯进来几个人，却是李向安带着两个内侍进来，往正北一站，高声说道：“宣翰林学士石越即刻进宫见驾……”

石越如逢大赦，连忙准备好马匹，跟着李向安进宫。

5

“官家真的打算将清河下嫁石越？”向皇后感觉皇帝实在有点儿戏了，仅仅因为柔嘉的几句话，就打这个主意，那柔嘉是出名的淘气鬼，她说的话岂能相信？

“皇后，你听说过本朝有没有妻室的翰林学士吗？朕见到淑寿，给石越写诏书的时候，就想到这件事了。朕都有两个女儿了，石越年纪和朕相差无几，居然没有成婚，这成何体统？朝中的大臣应当给天下百姓做表率的，臣民们都学他那样，那还了得？”赵顼笑道，“何况石越不是朕的宰相，就是朕儿子的宰相。”

“那你也得看清河愿不愿意？十一娘的性子，外柔内刚，她要是不愿意，那也不成。”

“天下还有比石越更好的男子吗？她怎么可能不愿意？嫁过去连婆婆都没有，朕是体惜这个妹子。柔嘉昨天也说了，清河在金明池见过石越。”赵顼觉得皇后未免有点儿杞人忧天了。“何况太皇太后和皇太后也很乐意这门亲事。”

“单是我们乐意还不成，官家问过濮国公的意思了吗？”太皇太后曹氏问道，她心里倒是乐意这门婚事。

赵顼笑道：“娘娘[1]多虑了，皇叔怎么会不答应呢？这个不用问了。这种事情夜长梦多，朕虽然是皇帝，可是石越若是答应了别家女儿，清河也不能强嫁过去的。”

“可清河年纪小了一点，本朝按例要十七岁才出嫁的。”向皇后比较细心。

“这倒是。”赵顼和太皇太后、皇太后全愣住了。赵顼念头一转，笑道：“不要紧，先定亲。朕和石越约好就是了，反正只等一两年。”

“那不行，传出去会被臣民笑话的。石越虽然好，可清河又不是嫁不出去，何况清河上面，还有七娘、八娘、九娘，都正好到了年纪。官家是皇帝，对弟弟妹妹就得一视同仁。”皇太后高氏可不愿任着自己这个儿子乱来。

“那朕召清河来问问，她若是愿意嫁给石越，还依儿臣的说法。若不愿意，朕另找一家大臣的女儿许给石越。七娘、八娘、九娘就算了，石越的性子朕也知道一二，那几位县主，他受不了的。”

不多时，清河郡主便被召来，没想到柔嘉竟然也死皮赖脸地跟了过来，不过众人倒也见惯不怪了。向皇后一把将清河拉到身边，笑着问道：“十一娘，官家想让你下嫁石越，你愿是不愿？”

“啊？”赵云萝全没想到这事，竟羞得脸红到脖子根了，哪里还敢说话。

“姐姐定然是愿意了。”柔嘉在旁边笑道。

“胡说。”赵云萝真有点儿生气了。

“那你是不愿意了？”向皇后笑道。

“王丞相家的小娘子似乎很喜欢石越。”清河垂着头低声说道，她不知道此话一出，太皇太后和皇太后立时都变了脸色。赵顼却非常高兴，石越和王安石、吕惠卿，是现在他最倚重也最信任的三个臣子，因为石越和王安石不和，他心里还有几分遗憾。虽然赵顼也看得出守旧的名臣们对石越很欣赏，因此石越在很大程度上可以用来

[1] 赵顼对曹太后的称呼。

调和新旧两党之间的关系，但是对于石越和王安石之间那微妙的芥蒂，赵顼心里还是有几分遗憾的。若不是因为先许了自己这个堂妹，他早就要改变主意将王安石的幼女赐婚于石越了。此时他主意打定，对两宫太后的脸色就假装没有看见，笑道："想不到十一娘颇有侠义之风。"

皇太后高氏却不去理赵顼，追问道："十一娘，你如何知道王丞相家二娘子的事情？"

若是平时，赵云萝肯定知道有几分不对劲，但此时她羞得不敢抬头见人，自是不知众人脸色如何，当下一五一十把王昉和自己交游，女扮男装为难石越的事情全说了。

太皇太后和皇太后脸色愈发难看："王安石家竟是这种家教！"

赵顼却笑道："这倒是桩风雅事，朕有主意了。"

6

石越一进宫，赵顼就沉着脸，劈头问道："石卿，三月初一，卿做了何事？"

石越吃了一惊，不知道出了什么事，当下一五一十，将三月初一游金明池的事情大略和皇帝说了一遍。

"钟表？技术学校？"赵顼不料问出这些事情来了，他不置可否地一笑，也没怎么太在意。"卿现在是石学士了，至今尚未婚配，朕以为不太妥当。朕想加清河郡主公主封号，下嫁卿家……"

石越闻听此言，不由好笑，暗道："难不成今日真是我姻缘星动，在家里有说媒的，皇帝召见，还是说媒。"口里却说道："陛下，微臣何德何能，怎么配得上清河郡主？臣不敢奉诏。"

赵顼将脸一沉："那卿如何送琴给清河？琴瑟琴瑟，卿是读书之人，这点道理都不明白吗？"他今日心情很好，故意捉弄石越。

石越暗暗叫苦，忙道："陛下，这是误会，误会！请陛下明察。"

"朕知道得很清楚，还要明察什么？清河有什么配不上你吗？"

"陛下，清河郡主德识兼备，才貌双全，怎么会配不上微臣。是微臣高攀不上罢了。"

"一派胡言，莫非卿心中另有佳人？"赵顼一面说一面在肚子里窃笑，他以为石越定是喜欢王安石的女儿，所以才不愿意配郡主。

"这……"石越略一迟疑，就听赵顼哈哈笑道："那便如卿所愿，朕将王丞相家的小娘子赐婚于卿，如何？”

石越顿时大吃一惊，不由呆了一下，他偷眼看看赵顼，实在猜想不透皇帝怎么会突然生出这样的奇想？只是皇帝一脸的兴致勃勃，显然没留意到自己老大的不情愿。他连见过面的清河都不愿意娶，何况见都没有见过的王安石家的小娘子，更不会想到那就是他已经见过两次的王昉。

“在金明池卿不是与她一道去见过清河的吗？”赵顼自以为得计，笑嘻嘻地取笑石越。

石越脑中电光一闪，这才明白那个王方便是王安石的小女儿，心里暗道：“我要娶了她回家，那真是前世修来的，不知道要有多少架吵。”心急之下，连忙澄清道：“臣并不知那是王丞相府上的千金，而且王姑娘是跟王家二公子一起出游，和臣毫无关系。”

赵顼却以为他在假撇清，笑着挥挥手，说道：“行了，不管你们认不认识。总之朕的翰林学士不能没有成家，清河还是王家娘子，卿必须给朕选一个。”

事既至此，石越也只有暗暗叫苦的份儿，正不知道该如何回绝，忽然记起家里还有个程颢在提亲。虽然至今还未能确定自己对桑梓儿的感情究竟算什么，但两个人在一起的时候还是称得上非常愉快的，一些日子不见，也总会想念，而梓儿眼下虽然年纪还小，自己却可以耐心等她长大，总比娶一个高高在上的郡主回来要好。若娶了清河，每日请安服侍自不必说，还要忍受那个无法无天的柔嘉县主天天来串门。自己是有大抱负的人，这样不知道会有多不方便。而那位王家姑娘就更不用提了，单想想那个性格，就足够令自己心生畏惧，而她的父亲，更是那个自己无时无刻不在算计的王安石……而且，为梓儿提亲的程颢还等在自己家里，想必梓儿也正忐忑不安地在家里等消息，若等到的是自己答应了另外的婚事，那她又情何以堪？他想到此处，再不犹豫，对赵顼说道：“陛下，不敢相瞒，臣已有婚姻之约了。”

“啊？”赵顼怔住了。

石越知道皇帝不肯相信，当下细细说道：“其实就是今天上午定的，臣不敢欺君，男家的媒人是苏辙，女家的媒人是程颢，说的是桑俞楚之女，桑充国之妹。”这是箭在弦上，不能不发，也再容不得他思前想后，否则遗恨的就不止他一个人了。

“桑充国之妹？桑俞楚？不是个商人吗？”赵顼这次脸真的沉下来了，“不行，桑家是商人之家，如何配得上卿家？今天早上说定的，那就一定还不曾下文定[1]。卿还得在清河和王家娘子之间选。”

“陛下，桑家对臣，实有救济之恩。若说起来，臣在世间并无亲属，桑家倒是臣之亲人一般，臣焉敢嫌弃门户，做此负义之事？”石越开始抬出大道理来了。

[1] 古语，代称订婚。

“便是那贫素之家，也要讲个门当户对，何况卿是朝廷大臣。桑家若对卿有恩，自有报答之法，朕可以赐桑家祖上三代官职。若说卿的妻室，还得娶名门望族之女。”赵顼对桑充国的好感有限得很，加上一意想把王安石的女儿嫁给石越，因此竟是竭力反对。

石越却马上笑道：“谢陛下恩典。陛下赐桑家祖上三代官职，桑俞楚自然没有市籍[1]了，臣与桑家的婚姻，也不算门不当户不对了。”

赵顼一怔，忍不住哈哈大笑：“好你个石越，算计到朕头上来了。朕小气这功名爵赏呢。这么着，此事先不要定下来，等殿试完了之后，国家要赏赐熙河有功将士臣工，两件事一完，再定卿家的婚事。卿回去好好想想，看样子朕要找个好媒人才成了，总之桑家门不当户不对，那绝对不行。”

石越在此之前，是做梦也料想不到自己官居三品，娶个老婆竟会如此麻烦，更料想不到的是皇帝做媒的执拗态度，心里免不得懊恼。其实若平心而论，三女中固然是桑梓儿最亲近，但是清河也罢，王昉也罢，却也未必就不是良配，只不过人的决心一下，难免会对决心以外的选择加以排斥，尤其这两人。他对清河深怀戒意，对王昉又因为王安石的缘故多有偏见，因此竟是越想越觉得不如意。但皇帝又说得坚决，只能满脸郁闷地回到府中。程颢、苏辙等人正在吃茶等候，听石越把面圣的事情一说，不由全都怔住了。

程颢心里对皇帝颇不以为然，只是不便直说，唯有摇头苦笑道：“好在要殿试之后，还可慢慢计议，不过子明，你的章程是什么？”

潘照临和司马梦求对望一眼，不待石越回答，抢先说道：“程先生放心，此事先容咱们慢慢计议，再寻个妥当的法子出来。”

苏辙也道：“正是这个主意，仓促间也不可以定计。子明的主意，自然是想和桑家结亲的，否则何必烦恼？”他是忠厚君子，因此没听出潘照临话里含混的推脱之意，还只道他们也是真心想要设法成全此事。

程颢想了一会儿，也无可奈何，只好告辞而去。苏辙自从在置制三司条例司时被吕惠卿向王安石进谗言，被赶出中枢，就一直不太得意。这次因为石越的推荐，同判工部事主持军器监改革，虽然不是再入中枢，却也是再次被皇帝重视了，他心里便存着一点感激，对军器监改革事无不尽心尽力，因为蔡卞还未到京，他就日日和唐棣计议。其他工部的郎官，如虞部郎范子渊，是个专门敲顺风锣的家伙，当年便对石越

[1] 商贾的户籍。秦汉时施行“重农抑商”政策，凡在籍的商贾及其子孙，与罪吏、亡命等同样看待，都要服役。汉时又规定凡有市籍的商贾不得坐车和穿丝绸衣服，其子孙不得做官。隋唐以后，对商贾的政策与秦汉时有所不同，但仍沿用“市籍”这一名称。

百般奉承，这时也不免跟着苏辙摇旗呐喊。苏辙这次来，本是和石越有事商量，这时见不是时候，也就随着程颢告辞而去。

二人一走，潘照临就问道："公子却是何主意？"

石越摇头苦笑，还未说话，司马梦求已笑道："其实撇开王家女不论，若娶的是清河郡主，将来必得一贤内助。"说着，便意味深长地看着石越，显然剩下的话，他不便直说出来——娶了清河郡主，石越便等于与濮王一系建立了最亲密的关系。皇帝对濮国公赵宗朴的礼敬与信任自不必说，清河更是自幼曾养于宫中，极得两宫太后、皇后的宠爱，若石越能得她为妻，日后宫里任何风吹草动只怕都能提前知道。

潘照临心里也是这个想法，对王安石之女，作为把一切放到天秤上来衡量的他，是毫不感冒的。但是清河郡主却是一个比桑梓儿更为诱惑的存在。在他看来，娶了清河郡主，石越的地位就更加巩固了，而又因为清河不是公主，石越还要少了很多顾忌。此时见司马梦求先说出来，便立即点头表示同意。

陈良见这二位碰到任何事情都不忘把政治利益的考量放在首位，心里未免有点儿不舒服。对潘照临倒还罢了，但是司马梦求与他算是交情深厚的，以前一直觉得此人颇具正义感，不料自从投奔石越之后，竟然变成了一个自己几乎都不认识的人。司马梦求和潘照临的言外之意他如何听不出来，此时忍不住略带讥讽地说道："早知道要娶清河郡主，倒不必急着把阿旺买回来了，到时当成嫁妆一并过来，岂不省很多？"

他这番牢骚自是对司马梦求发的，石越却是心有戚戚焉，忍不住拍了拍陈良的肩膀，以示赞同。石越是打心眼里反对把自己的婚姻政治化的，他内心还是希望有一个自己真正爱的人成为自己的妻子，两个人能够始终彼此信任、彼此理解，只是这样的愿望，实在难以实现。在这个时代，他既没有时间也没有条件谈恋爱，但退而求其次，他觉得起码他与自己的妻子，还是要能够彼此了解，彼此喜欢的。但就是这么点要求，竟然也是难以做到。

他其实不是不知道很多事情并不以他的意念为转移，但那种彻底将个人生活牺牲掉取得的政治上的成功，并不是他所追求的。虽然到了他这个身份，想要一场完全与政治无关的婚姻也有点儿自欺欺人，但这超出底线的一步，他也无法再退让，竟忍不住冷笑道："清河的确不错，而且若娶了清河，还有另外的一个附赠品过来，嘿嘿……"

"附赠品？"司马梦求一怔，又是个新名词。不过他也听出陈良和石越的讽刺之意，忍不住摇了摇头，把目光转向潘照临。

潘照临却是听明白了石越的言外之意，那附赠品指的自是柔嘉，不禁苦笑了一下。石越自然不会喜欢柔嘉那样的性情，但从政治上来考虑，柔嘉同样是一位幼时被养于宫中，深得两宫欢心的县主，据说皇帝更是尤其喜爱这个小妹子，这才放纵得她无法无天。她父亲郧国公赵宗汉是濮王幼子，虽然上面还有许多个哥哥，但了然赵宋皇室的人都知道，赵宗汉是英宗赵曙同母幼弟，幼时一直受到英宗的抚育教导，英宗与他几乎是亦兄亦父的，所以他的地位即使是在濮王一系之中也很特殊，当今皇帝更是自幼便与这位小叔叔过往亲密，若能通过柔嘉与他交好，肯定也会大有助益。只是柔嘉那脾气，确实让人头大，今后若是有她在，想要这么安静地商量事情，只怕难如登天。不过瑕不掩瑜，潘照临依然觉得能娶清河真是上上之选。

“虽说这柔嘉县主是难缠了些，但夫妻间闺阁的事，也不是她能时时插足的。而且宗室女十七岁出阁，女儿家嫁人后脾性总会改改，听说郧国公最钟爱这个女儿，嗯，一定……”

他的话还没有说完，石越的脸色已经是越变越难看了。眼看着潘照临竟又开始接着算计通过柔嘉结交郧国公赵宗汉的好处来，他再也忍耐不住，道：“无论如何，我不想天天见到柔嘉县主，你没听说王驸马一听到她的名字就摇头叹息吗？”他所说的王驸马就是王诜，蜀国公主的夫君，这位驸马天性风流不羁，偏偏蜀国公主又是历朝历代公主中最贤惠的一位，竟将这位风流夫君的出格之事一一容忍。倒是柔嘉年纪虽小，却大为不忿，三天两头地找上门去将这位驸马捉弄一次，以至王诜有一次向苏轼大倒苦水，连说了三遍“不堪忍受！不堪忍受！不堪忍受！”

潘照临还想再说，司马梦求却是看出石越脸色不对，便先问了一句：“学士的心意，难道竟是心属桑姑娘？”

石越被他一口道破心意，不禁有些脸红，嗫嚅道：“若在这两人中选，我情愿娶梓儿。”

潘照临看了他几眼，终于不再坚持己见，果断地决定改变观点：“呃，纯父，和桑家联姻，也是不错的选择……既然桑姑娘和公子情投意合的话。可是桑家的门户的确是个问题……”

但石越听到他改口，却已经满面笑容地恭维道：“以潜光兄之智，必不难解决这个问题！”

7

桑梓儿其实早就知道哥哥要给自己去提亲了。

因为报道军器监案和父亲桑俞楚闹别扭的桑充国，罕见地和父亲商量了半天，桑俞楚当然不会反对。大户人家的仆人偷听主人的墙角，说主人的闲话，这种事情古今中外概莫能免，据说连中书门下省外面都有小吏偷听，以致机密泄露，何况桑家。

所以，自然很快就有丫头来给梓儿道喜。但是，梓儿却一直都没有听到确切的音信，对于未知的忧虑煎熬着她，可她还得努力掩饰着。

终于有一天，她无意中听到桑充国满脸不服气地告诉桑俞楚，皇帝居然干涉石越的婚事……

在那一刻，她的心里实在是很绝望的。没有人会知道，她有多想跟那个石大哥在一起。就算石越自己都不会知道，她曾经多少次偷偷地望着他的身影，然后在静寂无人的夜晚，慢慢地回味他的一言一行。她的心里，总是会不由自主地记挂着他说过的话，很多时候，她都觉得自己离石大哥是很近很近的，近得看得到他的神采飞扬，近得看得到他难言的焦虑与复杂的心事，于是，就很想做那个跟他分担这一切的人。这样的心思，她不能跟哥哥说，也不能跟母亲说，只是自己默默地想，一想起来就脸红。她悄悄地做着努力和准备，她更加用心地学习大家闺秀应该具备的一切，她仔细地阅读石越写的每一篇文章，每天都看《汴京新闻》，甚至她还会认真地听哥哥谈论朝廷中的种种事，然后牢牢记在心里。虽然她对此从不感兴趣，但她还是努力去做了这一切，因为她知道这一切都是石大哥所关注的，那么自然而然的，也就是她所关注的。她觉得自己所要做的，就是努力提高自己，让自己可以离石大哥更近一些。

所以当她知道哥哥去给自己提亲的时候，心里十分高兴，以为心底那个最隐秘最期待的愿望就要成真了，却不料，听到了这样的消息。对于皇帝，她竟生出一种莫名的嗔怪，他身为天子，怎么连这样的事都要管呢？而更让她感到悲哀无助的，是她仿佛这才第一次真正认识清楚自己的身份。一个是金枝玉叶的郡主，一个是丞相家的千金，她们中任何一个的身份都不是她这样一个商人之女可以望其项背的。

唯一让她还留存着一丝隐约希望的，是石越并没有答应郡主与王丞相家的千金，她不知道这究竟意味着什么，却只能以此来安慰自己。而那个决定着她幸福的人，那个本来常常都来看她的人，却在这个她最想见他的时候突然消失不见了，让她更是摸不着头脑，整日里患得患失。

丫鬟们都知道她的心事，却没办法开解。她不知道殿试在即，身为考官之一的石越的确很忙，何况他还要和苏辙忙着军器监改革。这种事情纸面上说来容易，可是做起来千头万绪，事务烦琐。加上石越也有点儿不太好意思见她，自然是消失得无影无踪。

这日梓儿铺了画纸，一面发呆一面磨墨，却见一个丫头慌慌张张地闯进来，气喘吁吁地说道："姑娘，石学士送了个夷人女婢给你。"

"啊？石大哥来了吗？"梓儿眼睛一亮。

"石学士没来，是他送了个夷人女婢过来。"

"哦……"桑梓儿没听见似的，继续磨墨。

几个丫头面面相觑，哭笑不得，一起看着桑梓儿毫无意义地浪费着从黄山张处厚那里买来的上等好墨。

“奴婢阿旺，见过桑姑娘。”不多时，操着并不太流利的汉语的阿旺，被丫鬟领着，来到了桑梓儿的闺房。

对于这个桑家小娘子，她充满好奇。那日跟随清河郡主回去后，就听柔嘉和清河、王昉说了许多石越的故事。虽然从王家小娘子嘴里说出来，多有不屑之意，便连白水潭学院也说成了多半是桑充国的功劳……但听清河的语气，她也知道石越不是寻常之辈。然后不几天，她就被石越用几件稀世之珍换了过去。在石府待了几天，才发现石府是她平生见过的最穷的府邸。显然石越不是没钱，只不过没等她品味清楚，和石越也不过早晚见过几面，略略说过一些家乡“传说”中的风土人情，她这个可能是有史以来身价最高的奴婢，又被送到了桑府。

石越花大价钱买了自己，便是为了送给一个小女孩，她自然会对这个女子产生好奇。阿旺请过安后，好久没有听到回应，只好自己抬起头，却见几个丫头在对自己挤眉弄眼。一个穿着淡绿丝袍、一头乌黑的秀发随意披洒在肩上的女孩，正趴在好大一张书桌上无精打采地磨墨，显然此人便是自己的新主人，桑家的小娘子了。

阿旺迷惑得不知道要做什么才好。一个丫鬟走到她面前，对她轻声地说了几句，她这才知道这位桑姑娘此时心情欠佳，多半是没有听见她说话。她也不敢介意，便自顾自地打量着房间的布置，却也颇见素雅。目光所及，墙上挂着一幅画，从背影看依稀便是石越。心思一转，立即想起在石府听到有关提亲的点滴，她心领神会，马上知道这位桑姑娘为什么事这么郁郁不乐了。

此时正好有丫鬟搬着她的行李从院中经过，阿旺便招手拦住，轻轻走出去，从行李中取出一把半梨形、短颈、附五弦、上端向外弯曲的木制乐器和一根羽管，倚栏而立，在画廊之上弹奏起来。只见素手拨动，悠扬而淳厚的琴声在空气中飘扬。阿旺弹奏的这种乐器，音量变化幅度相当大，时而如怨如诉，时而欢欣喜悦，倒正像极了桑梓儿此刻的心情。

果然梓儿听到琴声，抬起头来，托着腮子听了一会儿，忽然问道：“这便是传说中的曲颈琵琶吗？”曲颈琵琶流行于中国南北朝之时，此时早已少有人弹奏，梓儿一眼能叫出名字，若是苏轼在此，必然赞她博学。

阿旺终于听到这个新主人相问，微微一笑，回道：“姑娘，这叫乌德。”

“哦？”梓儿听说自己弄错了，不由有几分奇怪，便起身走过去，细细端详。只见这把“乌德”琴面板上有镂花音孔，且用芦荟木制成，果然不是书上记载的曲颈琵琶。这二人都不知道，其实中国南北朝的曲颈琵琶正是这种阿拉伯乐器乌德的中国变种，它的欧洲变种就是所谓的诗琴。

乌德琴在阿拉伯号称“乐器之王”，在古典吉他流行之前，它的欧洲变种曾经风靡整个文艺复兴时期，而乌德琴直到千年之后，也是阿拉伯地区的重要乐器。这种乐器无论音色音拍，都与中国传统的音乐大异其趣，因此桑梓儿对它好奇也不奇怪。当下两个女孩子一边比画一边弹琴，梓儿也把那些烦心事抛到了九霄云外。

这时候梓儿才意识到阿旺是石越送来的，便免不了问起情由，阿旺便把前因后果说了。梓儿听到阿旺竟做过清河郡主的琴师，也见过王丞相家的小娘子，免不了又要勾起心事，忍不住便细细地询问起这两位姑娘的点滴，从容貌打扮到性情言谈，样样好奇。阿旺本不过是一个女奴，辗转被卖，各种各样的主子见得多了，也从未见过如梓儿这般毫无心机，待人诚挚的主人。投桃报李，她知道梓儿的心事，便免不了有意无意地开解，暗示她在石越府上住过几日，知道石越对她颇有情意。实则她根本不知道这码事，不过既然她刚刚在石府待过几天，说出来的话自然颇有权威，倒引得桑梓儿心里十分高兴，二人竟是说不出来的投缘。

梓儿听说阿旺也曾读书识字，便拉着她去看自家的藏书。桑家本是富豪之家，而且还是大宋最大的印书坊的业主，加上石越曾做过直秘阁，而桑充国又是大宋第一大学院的山长，她家的藏书之多，自不是寻常人家能比。桑家在后花园中专门修了一座三层的藏书楼，因为在楼前有一座亭子，亭中放了一把铁琴，大才子晏几道题写的楼名便叫“铁琴楼”。

阿旺虽然出入王府豪门，对钟鸣鼎食之家的排场也算是习以为常，可毕竟身份卑贱，又是女子，哪里有机会见识人家的藏书楼，此时见到铁琴楼的规模，真是吃了一惊，叹道：“世间竟有如此多的书吗？”

梓儿长得这么大，平时没什么闺中朋友，似父亲桑俞楚交往的朋友家的姑娘，能识几个字的便已不多，说到喜欢读书且有几分见识的，那是一个也没有。至于丹青音律，更是无人懂得欣赏。号称贤淑的，不过会针线女红，一般的便只会颐指气使，喜欢听听戏看看热闹罢了。因此见到似阿旺这么妙通音律，且又颇解人意，她便迫不及待地想看看阿旺在读书方面的见识了。

她拉着阿旺，径直上了二楼，走到一个房门前，只见门上刻了一个大大的“乐”字，她伸手推开，和阿旺一齐走了进去。

阿旺进门第一眼，便看到两个书架上堆满了书卷，她忍不住走近前去，拾起一本翻开一看，原来是一本琴谱，放下来拿起另一本，却是一部词集，这才明白这个屋里放的全是与音乐有关的书籍。

“阿旺，你来看，这是陇西公的《念家山》曲谱，当时号称‘未及两月，传满江南’的名曲……”梓儿自然是捡最好的东西来说。陇西公便是南唐后主李煜，“陇西公”是他降宋后的爵位，《念家山》乃是他在南唐时所写词曲，百年之前，曾经非常流行。

没想到，却听到阿旺一声惊呼：“《音乐之精华》[1]！《论音乐》[2]！”

桑梓儿奇怪地向阿旺望去，只见她手里拿着两本书，封皮上写着弯弯曲曲的文字。她这才意识到阿旺原来是个夷人，因好奇地问道：“阿旺，这是你们夷人的书吗？”

她心下也有点儿奇怪家里为何会有夷人的书，却不知道这本书本是和大食胡人有过交往的白水潭学院学生袁景文送给桑充国的。袁景文粗通阿拉伯语，却是只会说不认字，勉强知道题目的意思是什么，便送给桑充国，桑充国更是不知所云，随手便丢到藏书楼中。此时却被阿旺找到，自然相当吃惊。在异国他乡，看到用自己家乡的文字写的东西，那种感觉可以让人窒息。阿旺紧紧抱着手中的书册，泪已盈眶。

梓儿忙轻声安慰道：“阿旺，别伤心了。先坐会儿。”

阿旺倚着室中一张椅子坐下，轻声说道：“奴婢本是黑衣大食[3]人，这两部书中，《音乐之精华》本是我族四五十年前一位贤者所著，这部《论音乐》据扉页上所介绍，其实不是我族人所写，而是很早以前的庾那[4]人欧几里得所著，在一两百年前，这本书被译成我族文字出版。奴婢见此家乡之物，不免触景生情。”

阿旺虽然幼小被卖，却也因此受过良好的教育，对于阿拉伯历史也能略知一二。她口中所说的《论音乐》被译成阿拉伯文一事，便是世界历史上著名的“百年翻译运动”，阿拉伯人用了超过一百年的时间，把古希腊作品转译成阿拉伯文字，这件事对欧洲影响至深。

梓儿这时听阿旺叙说，心中其实不知所云。当时中国人对西域以西完全没有清晰的概念。石越的《地理初步》也不曾叙及当时各国的状况，不过是略言其要。因此在桑梓儿这样的宋人心中，所谓的大食夷人，只怕和契丹人、党项人并无多大分别，反正不是汉人便是了。不过她天性善良，为了安慰阿旺，便指着《论音乐》，说道：“阿旺，你翻译几页这本书给我听吧？”

阿旺微微点头，翻开书页。一边翻看一边轻声用汉语读出，不料欧几里得的

[1] 《音乐之精华》，即《音乐的精华》，为阿拉伯著名音乐论文，里面有一部分是专门论述各种音乐曲调和艺术风格的，被后人认为是最集中、最深刻地总结和阐述了当时音乐精华的一篇音乐研究论文。作者伊本·西纳，又名阿维森纳（980—1037）。伊本·西纳从外国引入了很多利于改革阿拉伯音乐曲调的新论点，他按照新观点试作了大批乐曲，推动了阿拉伯音乐的发展。

[2] 此书今已失传。

[3] 黑衣大食即阿跋斯哈里发王朝。

[4] 古波斯称希腊为Yunan，佛经中译为“庾那”。

《论音乐》竟和数学也关系密切，虽已译成阿拉伯文，可真要转译成汉语，对阿旺来说还是十分困难的，她拗口晦涩地译着，梓儿不知其味地听着，竟然慢慢趴在她身上睡着了。

8

数日之后。

赵顼一面浏览手中的卷子，一面对吕惠卿笑道："吕卿，这个佘中，几篇策论做得花团锦簇，倒真是个状元之才。"赵顼抱着一股年轻的锐气想要励精图治，对于人才的选择颇为留意。

吕惠卿听皇帝提到佘中，眼角不由一跳，幸好冯京、石越等人不在，否则的话，冯京和石越不趁机落井下石才叫怪事。他心里转了几个念头，试探着说道："佘中是白水潭学院有名的才子，桑充国的高足。"

"桑充国……"笑容突然僵在了赵顼的脸上。

这个年轻的皇帝对桑充国虽然恶感已经消除不少，但是说好感却远远谈不上。虽然迫于石越的请求钦赐他为白水潭学院的山长，却始终不肯赐一个功名给他。而桑充国虽然名满天下，但是朝中大臣也没有人愿意推荐他。这件事固然是政治现实使然，但还是显得相当吊诡。对于赵顼来说，这次他反对石越和桑梓儿的婚姻，也未必全然是因为他希望石越和王安石联姻。

吕惠卿察言观色，知道"桑充国"这三个字让皇帝听起来心里不舒服，便趁势说道："此次白水潭学院考中的进士有一百多名，五十名院贡生竟然考中四十二名，若说培育人才，白水潭学院的确是天下无出其右。"

已经做到内西头供奉官的李向安偷偷瞄了吕惠卿一眼，且不说他和石越交好，入内内侍省自李宪以下能说上几句话的那十来个宦官，哪个没有收过桑俞楚的礼物？吕惠卿这句话，明里是夸白水潭，实际上还是想把皇帝向"朋党"两个字引。李向安心里雪亮，不由得暗骂吕惠卿阴险狠毒。

吕惠卿见皇帝沉吟不语，又继续说道："陛下，臣以为这件事情，有喜有忧……"

赵顼眉头一皱，摇了摇手，说道："卿过虑了。桑充国一介书生，能有多少作为？白水潭多出人才，是国家之幸事。"

"陛下不见宣德门叩阙之事？书生未必不能没有作为。"吕惠卿这是存心把桑充国往灭门的方向引，他心知真要捣了白水潭学院，石越便不足为惧。

不料赵顼脸一沉，厉声说道："肯在宣德门前叩阙，说到底还是忠臣所为。依朕看来，白水潭的学生见事明白，颇有才俊之士，此是国家之幸事。朝廷若老是怀疑他们，以后如何劝天下人读书？那只会让士子寒心。”

优待读书人，那是宋室的祖训，加上赵顼自知若在这件事上松一点口风，朝堂之上，只怕不知道要乱成什么样子，石越也难以善处。总算他处理这件事还算果断，打消了吕惠卿的想头。一边的李向安也暗暗松了口气。

吕惠卿见皇帝作色，心里叹了口气，装模作样地叩头谢罪。他认为这完全是因为皇帝对石越的宠信一时间无法动摇。吕惠卿并没有想到，京师的官员在白水潭做兼职做教授的有一百多人，而且个个都是名流。因此白水潭就算没有石越，皇帝也不会轻易去动。

赵顼见吕惠卿谢罪，便把语气缓和下来，道：“吕卿须知朝廷要励精图治，便要天下读书人齐心协力，这一层见识，你比不上石越，朕决定就让佘中做今科状元，并且要好好奖励白水潭学院。”

吕惠卿万万料不到偷鸡不成蚀把米，他心里悻悻，脸上却是一副认为皇帝无比英明的样子，高声说道：“陛下圣明。”

赵顼笑着点点头，又道：“说到石越，倒让朕想起一桩事来。朕想把王丞相家小娘子赐婚给石越，石越却说苏辙、程颢为媒，先说了桑充国的妹妹。这本鸳鸯谱竟是还没有写好。”

吕惠卿大吃一惊。他自知石越如果和王安石和好，以后还有自己的立足之地吗？好不容易稳定情绪下来，吕惠卿在心里寻思了一会儿，不禁哑然失笑，暗道：“我这却是杞人忧天了。石越和王安石，到了今天这个地步，岂是一桩婚姻可以和好的？他们双方谁又肯让步？王安石和吴充还是亲家呢……况且一门两相，是本朝的忌讳，只要王安石在位，石越身为他的女婿，找几个御史闹起来，只怕他连个正式的职务都不能再担任。而且石越若真成为王安石的女婿，那就得拒绝桑充国的妹妹，正好离间二人关系。旧党一向欣赏石越，若石越变成王安石的女婿，他们对石越只怕平白便要多了一层疑虑……”

他心思转得极快，主意拿定，便笑道：“臣以为王家小娘子才貌淑德，无一不备，王丞相与石越又都是朝中重臣，二人门当户对，实在是天造地设之合。臣听说桑充国之父是一个商人，而桑充国虽然名满天下，毕竟也没有功名，与石越门户不对，并非石越的佳偶。”

赵顼笑道：“卿家所见，正合朕意。奈何石越这个人重情重义，桑家当初对他有收留之恩，他就念念不忘，一直把桑充国当成兄弟看待。现在桑家提婚在先，只怕很难说服他改变主意。朕的意思便是想让卿给朕推荐一个好的媒人。”

“媒人？”吕惠卿怔住了，想了好一会儿才说道，“陛下，王丞相同意了吗？丞相的脾气……”

“朕已经提过了，以石越这样的佳婿，王丞相自然不会反对。”赵顼说话全然不顾事实。其实王安石也相当矛盾，站在父亲的角度，他当然希望自己的爱女有一个好的归宿，石越前途无量，堪称本朝现在第一金龟婿，他也提不出反对的理由来，而且他心里也未必不希望石越能成为自己的一个臂助。但是另一方面，从政治现实来说，如果石越和自己一直是政敌，那么嫁到吴充家的大女儿就是前车之鉴，那样子完全是害了自己的女儿。这样的情况，王安石怎么可能不犹豫？不料皇帝竟然一厢情愿地认为王安石那一点点迟疑完全可以忽略不计。

吕惠卿并不知道这些情况，想了半天，终于说道：“有两个人去做媒，或者有用。”

“哦，快快说来。”赵顼有点儿急不可耐了。

“一个是曾布，他和石越交好，而且口才亦不错；一个是苏轼，他去说媒，比他弟弟苏子由要强，就是远了一点。”吕惠卿倒颇有知人之明。

赵顼本是希望吕惠卿毛遂自荐，不过想想终不可能，便笑道：“便让曾布去吧。为此事把苏轼调回来，也太过分了，到时御史又有的说了。殿试一完，便让曾布领了这桩差使。”

熙宁六年的殿试，在历经风波之后，最终以白水潭学院的高才生佘中高中状元，皇帝亲赐白水潭学院“英才荟萃”牌坊，另赐白水潭学院良田二十顷，所有教授每人绢三匹这样的欢喜结局结束。可以说这次殿试正式巩固了白水潭学院在宋朝的地位，随着白水潭学院的学生一批批成为大宋的精英，学院对宋朝的影响只会随着时间的推移而加深。

在殿试之后，宋廷也正式公布了对熙河阵亡以及有功将士的褒赏，田烈武因为族父田琼战死被追赠为礼宾使，朝廷录其子侄四名，他也沾光受封为从九品的殿侍、陪戎副卫，成为大宋朝最低一阶的武官。虽然官职低微，每个月的工资只有区区四贯，外加每年春冬绢六匹、钱四贯的年终奖，但对田烈武而言，总算朝着自己的目标迈出了可怜的第一步。

然而抛开这些不说，这一年三月春风之中的殿试与奖赏，却似乎都带着一点桃花的色彩。那些头上戴着金花红花的进士们，私下里议论纷纷的，是各种各样关于石越婚事的传言。新科进士们出于种种原因，大部分在内心都倾向于希望石越娶桑充国的妹妹为妻，但也有不少人坚定地认为，皇帝指定的婚姻，对于大宋的前途更有利。

实际上这件事自从传开之后，上到文武百官，下到市民百姓，都对“石学士”的婚姻大事充满了兴趣。官员们各有各的打算，有些人悄悄地揣测皇帝让石越与王家结亲的目的，有些人暗地里评估着这件事情的后果，虽然传说中石越婉拒了这桩婚事，但是大部分都认为石越最终并不会为了一个女子抗拒皇命。

9

碧月轩。

秦观和段子介这两个莫名其妙凑到一起的人一边喝酒，一边听女孩子唱着曲子。这两个人，秦观基本上是个穷人，段子介家里有钱一点，却也不是喜欢乱花钱的人，何况二人身份也低微得很，自然是请不动楚云儿那样的当家姑娘。不过话说回来，没钱的秦观在碧月轩比有钱的段子介更受欢迎。

“漠漠轻寒上小楼，晓阴无奈似穷秋，淡烟流水画屏幽……少游，这是你的大作吧？”段子介一边学着一个歌女的曲子哼唱，一边笑着对秦观说道。

秦观轻轻斟了一杯酒，端起来在嘴边啜了一口，笑道：“段兄见笑了。”

“似少游这样的才气，愚兄自叹不如，假以时日，必成大器。”段子介脖子一扬，自顾自地干了一杯，这几日看到人家进士及第游街赐宴的风光，他心里更是不好受。

秦观自然知道他的心事，笑道：“段兄不必灰心。小弟倒觉得考不上进士，也没甚关系，在白水潭学院做个教书先生，每个月的薪水比七品官要高，还能受人敬重。以段兄的才能，这一点完全不成问题。若一心想建功立业，依小弟看，当今官家锐意进取，颇有光复汉唐故土之志，加上有石学士佐辅，必能成功。段兄文武全才，考个武举，如同探囊取物，到时建功立业，强过一腐儒。若二者皆不愿意，再等三年，亦非大事。”

段子介把杯子一放，长叹了口气，道：“少游，你可知横渠书院山长张载张先生的故事？”

“我是东方人，却不曾听过。”

“张先生年轻时喜欢读兵书、练剑术，后来见到范仲淹范文正公，范文正自己文武全才，为国家守边，颇立功劳，却劝说张先生弃武学文，所以张先生才有今日之令名。可见文重于武，不仅仅是朝廷的意见，连范文正那样的人物也是这般看法。”段子介对这些故事知之甚详。

不料秦观冷笑道：“小弟不才，也喜欢读兵书。汉人投笔从戎，遂有西域，今人弃武从文，昔日关中腹地，今日竟成边塞，孰是孰非，不是一眼即明吗？因此小弟觉得，这文武之道，不可偏废。”

段子介想不到秦观能说出这番话来，倒是吃了一惊，道：“少游见识不凡！”

秦观笑道：“这倒称不上见识不凡。不过小弟之所以喜欢石学士府上的那个田烈武，实在就是喜欢他这一点。他可是一心想读兵书，考武举，将来边疆立功的。”

段子介叹道：“想不到我的见识还比不上一个捕快。”

“今日之事，段兄可曾看清，朝廷四处用兵，那是因为中国对胡夷低声下气太久了，堂堂上国，怎能一直受这种屈辱。石学士让义学的孩子学弓箭、马术，又是为何？技艺大赛，又是为何？段兄在白水潭学院待了这么久，还看不清这些事情吗？其实我倒是很羡慕段兄文武全才，我若有段兄这样的身手，早就考武进士去了。”秦观娓娓说道。

“或许我真的应当去考武举，在沙场上搏个功名。”段子介被秦观说得怦然心动。

“非止是你，那个和你打架的吴安国，同进士出身的功名都不要了，听说已经让他表哥找人保举他去考武举，想夺武状元哩。”

段子介冷笑一声：“是吗？这个状元只怕轮不到他。”他被秦观说得下定决心了。

“段兄有意去考武进士了吗？”秦观故意问道。

段子介笑道：“我不是去考武进士，我是去夺武状元。”

“那得去找石学士，请他具保[1]推荐才有资格。”秦观看来果真对武举很有兴趣，竟然把这些事打听得一清二楚。

“那倒不必，在学院里找两个有资格保荐的老师帮忙不是难事。听说石山长要成亲了，这种事情，不好去麻烦他。”段子介笑道。他内心是希望石越娶桑梓儿的，不过无论结果怎么样，他倒并不是很在乎。白水潭学院的学生对于他们的前任山长，大宋现在最有名的钻石王老五终于传出来要结婚的消息，都有长出一口气之感。毕竟以石越的身份，老不结婚，在他的学生们看来也不像个样子。估计等石越正式成亲之后，他们的担心就会全部转移到桑充国身上。

“听说是皇上赐婚，王丞相家的小娘子？”秦观风流人物，对于这种轶闻一向很有兴趣，他没注意说到这个话题时，那个在旁边弹曲子的歌女也不易觉察地竖起了耳朵。

段子介却是第一次听到这个消息，很是惊讶：“啊？是王丞相家的小娘子？”

秦观见他全无所知，便详细说道：“据说太皇太后也想给石学士赐婚哩！濮国公家的清河郡主！但我还听到有人传说，皇太后认为郡主家尚有长姐未嫁，郡主也不到出阁之龄，所以作罢，但太皇太后还让人传谕濮国公，让他自己找媒人去石府提亲。”

段子介这才知道事情错综复杂，自己竟然毫无听闻，便向秦观详细询问起来。秦观听到无数的流言闲语，此时正好卖弄，笑道：“我还听说皇上要将王家小娘子嫁给石学士的心意很坚决，已经指了曾布为媒！”

[1] 指签署文书，负责担保。

“啊！”段子介却是对王安石不满的，听说自己敬仰的石山长竟然要娶他的女儿，竟颇有几分不乐意，“那也只有娶王家小娘子了！”

“可这也不一定，我听说石学士府上的教习说，石学士心仪的是桑山长的妹妹，桑家小娘子。他不愿娶郡主，也不愿娶王丞相家的小娘子。”这事秦观其实是听田烈武说的，田烈武因为教唐康、侍剑射箭的缘故，常得以出入石府，竟掌握了不少第一手的消息。“不过，不管是谁，有件事情可以肯定。”

“却是何事？”段子介问道。

秦观笑道：“那便是石学士要成亲了，这总错不了。”

段子介拊掌笑道：“这果然是错不了的。为了这件事，可以浮一大白。”说着举起酒来和秦观碰杯。

秦观也微笑着举起酒来，以示庆祝。这酒尚未入口，就听到那边厢琵琶的声音“铮”地划过一道破音，显然是弹琴者心神不宁，一不小心跑了调。秦少游是何等人物，音律上一丁点事情都逃不过他的耳朵，何况这么明显的错误。他奇怪地看了那个歌女一眼，问道：“莺儿姑娘，可是有心事？”

那个叫莺儿的歌女见秦观相问，连忙敛身道歉，低声说道：“奴婢该死，请二位公子恕罪。”

秦观笑道：“恕罪无妨，不过总得有个缘故。我和段兄听得在理，自然不会怪你。”

“这……”莺儿迟疑地看了两人一眼，不敢作声。

段子介笑道：“莺儿姑娘的琴技，也是碧月轩有名的，今日显然是有心事，有什么事情不妨说出来，说不定我们也能帮到你。”

莺儿叹了口气，回道：“只怕这桩心事，二位公子也帮不了。”

秦观和段子介对望一眼，更加好奇。秦观心思灵转，想了一下，半开玩笑半认真地取笑道：“难不成我们在说石学士的婚事，姑娘心有所感吗？”

他这句话说得莺儿哑然失笑：“奴家哪里敢存那个痴心妄想。二位公子相问，倒也不敢相瞒，奴家这桩心事，是为一个要好的姐妹操的。”

“要好的姐妹？”

莺儿苦笑一声，叹道：“本来似我们这样的风尘女子，是应当少一点痴心的。不过我这个姐姐，生来高傲，平素便是王孙公子，也未必愿意多瞧几眼，可真要喜欢上了一个人，也就傻得什么都不顾了。也不去论对方身份高贵，并非平常之人，真真如飞蛾扑火一般，到头来只让我们看得心疼。”

秦观和段子介对望一眼，她这番话虽然没头没脑，但二人却也立时便知道她说的正是楚云儿了。京师无人不知碧月轩的楚云姑娘是石越的红粉知己。石越的婚事传出来，桑梓儿还是小女孩的心思，而且还未必没有希望，家里又是千人哄万人疼，更兼有一个石越送去的阿旺专门陪她开解，挂着的心事终究有限。楚云儿却是明知没有希望，但心中却也没办法不去在乎，愁肠百转，整个人都消瘦了一圈。她平时和碧月轩的女孩子相处极好，在姐妹中人缘很好，因此这些女孩子看到她这个样子，心里也不是滋味。

段子介对歌女们的心思不太了解，虽然他不曾刻意歧视这些女孩子，但是在他心里，根本就没有想过这些歌女们也有自己的爱憎，这也是那时候许多男子最常见的心态，因此听莺儿说来，一来理解不了，二来也没觉得是个事情。

秦观却是心思细腻的人，对女孩子的心事知道得多一点，听到莺儿忍不住在这里打抱不平，他就更能够想得到楚云儿的苦楚了，因此不由有点儿尴尬。须知方才他还在这里和段子介举酒庆祝，哪里又知道几家欢乐几家愁，有人却要为此事痛不欲生。当下也只能勉强挤出一丝笑容，道："这等事情，皆是命里定数，也没有办法强求。姑娘回头好好安慰一下你那位姐姐吧。"

莺儿听他这么说，又敛身一礼，柔声道："多谢公子关心。"回到座位上，重新调了一下琴弦，起了个调，娇声唱道："……春风十里柔情，怎奈何、欢娱渐随流水。素弦声断，翠绡香减，那堪片片飞花弄晚。蒙蒙残雨笼晴，正销凝，黄鹂又啼数声……"

这本是秦观的一首新词，当时写来，秦观本来也没什么感情，然而此时此刻，见那位莺儿姑娘柳眉微锁，眼中晶莹，却又是另一种感觉了。

10

有人为不能嫁给石越而伤心，有人为石越要结婚了而举杯，也有更多的人为此交头接耳，议论纷纷。但谁也不曾想过，这件事在王家引起了轩然大波。

不同于王安石的犹豫，王雱对这桩婚事却是强烈地反对。而王旁以及两位叔父王安礼、王安国，却是表示支持。可悲的是，王昉虽然受到宠爱，但在这种场合，却几乎没有她说话的份儿——尽管这涉及她的终身幸福。而王夫人则是一个标准的家庭主妇，她完全支持丈夫的决定，不愿意在这些事情上让夫君为难。

王旁因为在家里受的宠爱远不如哥哥王雱，而自己才学也不及王雱，所以一向不敢顶撞王雱，只能默默地听王雱厉声质问着王安石："父亲，这种事情，如何做得？你想让妹妹重蹈姐姐的覆辙吗？"

王安石沉吟不语，用手指不断地敲击桌面，显然心里犹豫得厉害。没有一个父亲不希望自己的女儿幸福，特别王安石这样非常护犊的人。

王旁小心翼翼地轻声说道："大哥，石越真有那么差吗？"

王雱冷笑道："你以为他有多好？我知道你们都是贪图他以后的前途无量，妹子有个好依靠。可你们想过没有？石越现在就推三阻四，显得很不乐意，妹子过去，能有好日子过吗？再说石越对新法是何态度，父亲难道你看不见吗？你让妹子过去何以自处？"

王旁嘟哝道："这是皇上钦赐婚事，要推辞也难。况且依我看，妹子和石越才学相当，门当户对，如果两家联姻，石越能够帮助父亲，齐心协力，也是一桩美事。"

"原来你们打的这个主意？"王雱勃然大怒，"咳……咳……"他一时气急攻心，连忙用手绢捂住嘴巴，停了好一会儿，待气息平静才继续说道，"我看你们打错主意了，吴充不曾改变主意，石越如何能改变主意？父亲决意变法，便肯定会招到天下人的责难，只有坚持下去，等到云开雾散，事成功竟，才会得到理解。怎可如此天真？"

"依我看，父亲和石越的分歧没有想象的那么大。我读过石越的书，父亲说要法先王之意，不能拘泥于先王之形，如此才要变法图强，石越实际也是如此说的。只不过提法不同，父亲说是'新法''变法'，石越说是'复兴''法古'，表面上不同，实际上说的是一回事。父亲说，只要增加民财，那么不增赋而财用足是可以的，石越在给皇上的奏章中也说过类似的话。父亲说，言利只要便民，便合乎仁者之义，这一点石越也是大加鼓吹的，他说孔子的'仁'的核心，便是爱民利民……况且对于新法，石越也不见得就是一味地反对、要求罢废，而只是要改良。石越和那些旧党并不相同。"王旁说完之后，.脸上微红，长出一口气。显然这是憋在心中好久而一直不敢说出来的话。

王安石和王雱惊讶地看着王旁，显然没有想到他能有这般有条理地分析事情的能力，而且一字一句，都未尝没有道理。

王雱皱了皱眉头，语气温和几分，叹道："你说的话虽然未必没有道理，但是有些事情，你还是不懂。现在父亲与旧党，都是箭在弦上，不能不发。我们若退步，最后的结果便是前功尽弃。石越就算和旧党不同，但是冯京在朝，司马光在野，是旧党的两面旗帜，石越与冯京、司马光、韩琦遥相呼应，掣肘新法，他也不可能退步了。他如果退步，那是拿自己的功名前程开玩笑。人心如此，你懂得太少了。"

在王雱心中，虽然同意石越和旧党确有不同之处，但是他却从未想过反省新法的缺点。他的态度，还是希望石越能够"反省"，投到他们这边来。如果不能，就觉得没有可能妥协。王雱如此，王安石又何尝不是如此？他们坚信变法是不能退步的，退步便会导致前功尽弃。

王旁对于政治斗争懂得的确比较少，他怯怯地问道："为何不试一下呢？依石越的为人，我觉得妹子嫁过去，绝不会受什么委屈。何况石家也没有公婆，没有许多亲戚。妹子嫁给石越，就是有了一丝机会吧？若有石越相助，对于新法而言，不是要好得多吗？”

王安石沉默不语，王雱却又气又急，厉声喝道：“你到底是不是被鬼迷了心窍，告诉你那根本不可能！最后不过是妹子白白受苦，误了妹子的终身。更何况如果石越拒婚，我们王家颜面何在？父亲，这桩婚事，你万万不可以答应。”

11

王安石与王雱并不知道，在他们还在为这件事情困扰的时候，钦命说婚的三司使曾布已经领了旨意，跨出东华门，预备去石府正式提亲。

对于自己接到的这桩差使，曾布倒没有什么不满。这个世界上真心希望石越成为王安石女婿的人当中，曾布无论如何要算一个，更何况这是皇帝钦命的差使。

自从传来消息说石越婉拒了濮国公的媒人，而程颢也没有再去过石府之后，朝廷中有一定身份地位的官员虽然态度不同，但是似乎都相信石越成为王安石的女婿只是迟早的事情。有些性急的家伙甚至开始准备贺礼。毕竟无论王安石还是石越，都是当今炙手可热的人物。

曾布坐上刻有自己官衔的马车，对随从挥了挥手，道：“走吧。”

“省主[1]，是回府吗？”随从恭恭敬敬地问道。

“去石学士府。”

“是！”

马车夫吆喝了一声，长鞭一挥，载着皇帝提亲使者的马车，向南城驰去。车尘后面，李向安一路小跑出来，看到的却只是曾布车驾的背影，他一面跺脚，一面尖着嗓子喝道：“备马，备马！”

一个小内侍连忙牵了马过来，李向安跃身上马，催马追去。

可气的是这位大宋三司使的马车夫不知吃错了什么药，跑得这么快，而李向安比不得他的前辈（现任嘉州防御使李宪），他本不是一个善于骑马的宦官，也不敢跑得太快，兼之汴京的街坊道路，十横九纵，顷刻之间，曾布的马车竟然踪影全无。

“没办法了，这个曾布，害我要骑着马跑到石府。”李向安怨声骂道，只好自认命苦，一路颠簸，到石越府前去守株待兔。

[1] 对三司使的尊称。

石越赐府所在的小巷，现在汴京的百姓一般称为“石学士巷”，做了翰林学士之后，赵顼特别赐了十二门戟的排场——这是很了不得的尊荣。十二把门戟分成两列，一边六把，摆在新建的三间五架门屋正门的两侧，任何人来到此处，都会知道此家主人的身份尊贵，更不用说大门正上方有当今熙宁天子亲笔赐书的“学士府”竖匾。当然，这是仿制品，真品是要供起来的。两边内檐下各挑着两个灯笼，上面用浓墨写着两个大大的“石”字。这几样东西，加上学士府的旁边原本就有的几株参天大树，虽然府邸还是那座府邸，在外表看来，却已经全然不同往日的寒素模样。

石安现在做了石府的大管家，同样也与以往天天守门的模样不同，除了他婆娘还要负责全府的伙食之外，他已经不需要亲自做事了。本来自从司马梦求等人入府之后，配置的童仆就相应增加不少。再加上唐康除了一半时间住在白水潭学院外，也有一半时间住在石府，也需要有侍奉的下人。石学士府上，现在连上童仆，一起住了三十多人，虽然和真正的钟鸣鼎食之家比起来还相差甚远，但也开始慢慢气派起来。

对于这种变化，如果是三年之前，石越或者会很不习惯，甚至会很不能接受，但是对于熙宁六年的石越来说，这种事情他甚至懒得过问。来往于王侯卿相之府，对于这样的排场，他并不觉得有什么奢侈的。在石越内心深处，一直认为自己还是相当节俭，依然保持着自己不同于一般宋代官僚的本色。

春风满面的曾布和身着一身白色湖州丝袍的石越分宾主坐下之后，曾布端起手中汝窑出产的茶杯，轻啜一口，这才笑容满脸地说道：“子明，你可知我的来意？”

石越心里本就在揣测着曾布的来意，实不知曾布能有什么事这么高兴，这时见他相问，突然脑中灵光一闪，莫不是钢铁冶炼那边有什么好消息？想到这里，石越心里不由有几分紧张与兴奋，建立一个初具规模的钢铁业，是他一直十分在意的事。

曾布是老于宦海之人，别人表情的丝毫变化，他都能立即捕捉到。这时见石越神色，心里暗暗好笑，心道：“都说石子明少年老成，但终只不过是个少年人。”对于说成这桩婚事的信心，不由又增了几分。

石越也在打量曾布的神色，见他面带笑容，微微点头，心中不由大喜，脱口问道：“子宣兄，莫不是……”

曾布见他如此性急，再也忍耐不住，拊掌笑道：“正是子明的大喜事到了！”

“大喜事？”石越与在一边相陪的潘照临相顾愕然。

曾布笑嘻嘻地说道：“不错，天子赐婚，子明与王相公家小娘子堪称佳偶天成！我却是来说媒的。”

“啊？”石越大吃一惊，目光不由自主地投向潘照临，二人心中都暗暗叫苦。

曾布见二人如此表情，奇道：“子明不知道此事吗？”

石越只得苦笑着又把前因后果说了一遍，又故作慷慨地说道："子宣兄，让我做负恩无义之人，实不可能。可否替我向皇上说几句情？"

曾布本不知道这种种情由，心下不由得十分为难。"子明，此事你和桑家毕竟没有婚姻之约，我知道你志向远大，为了一个女子而抗旨，皇上心里会怎么看你，你可要想清楚。且桑家小娘子固然好，但王姑娘亦是才貌双全，未必不是子明的良配。"

他所说的这些，石越心中早就想过了，且不是没有反复计算过利害得失。公然抗婚，不仅皇帝无法下台阶，而且也是摆明了和王安石划清界限，在政治上绝非一个好选择；而委婉拒绝，眼见皇帝兴高采烈，硬要牵这根红线，说什么他也听不进去的，仅仅用桑家先来提婚这一个理由，也很难具有说服力。想到这里，他忍不住又望了潘照临一眼，潘照临很无辜地回望一眼，也很无奈。

但要让他接受一桩毫无感情的婚姻，他究竟还是做不到的。虽然石越对王昉也没有什么恶感，甚至潜意识里未必没有一点好感，但是仅仅见过两面，而且自己和她的父亲、兄长又处在一个非常微妙的关系之中。想到这里，石越毫不犹豫就在心里否定了这种可能。

但另一方面，石越同样很难理解自己对桑梓儿的感情。到底是不是真的爱桑梓儿，他也不是很清楚。婚姻在很多人眼里，可能是一种无趣的东西，其实不仅仅对于古代的男人如此，石越出生的那个时代的男人，同样只需要一个借口就可以把号称伟大的爱情出卖。人与人之间的区别，也许仅仅便是卖价的高低贵贱不同而已。人类最爱做的事情，就是一边歌颂着某件事物，一边出卖它。只不过相应的，每群人中都有另类，每个人都有自己坚守的东西。对于石越而言，也许称不上什么高尚，但如果他能够确定地知道自己在爱一个女孩子，那背叛就不会是他的选择。所谓的理想在某些人的心目中，未必就一定比很多人认为幼稚的爱情更值得坚守。他很可能宁肯背叛自己的理想，也不愿意背叛自己的爱情。

让石越为难的是，他与桑梓儿之间到底有没有称为"爱情"的东西？他不能肯定。或许有，或许没有，所以选择起来更加艰难。但无论如何，那种大哥哥保护小妹妹的怜爱，肯定是存在的。做一件让梓儿伤心的事情，不管出于什么原因，石越在心里肯定会抱憾。

曾布和潘照临看着紧皱双眉的石越，知道他现在的确是很难拿定主意。这两个人对于感情这种东西都是相当陌生。曾布为了追求功名，曾经把新婚妻子扔在老家几十年不闻不问；而在潘照临心中，只有一个所谓的"抱负"，除此之外别无其他。因此，他们也无法理解石越心中的困扰。

曾布轻轻咳了一声，说道："子明，此事无须如此踌躇不决。若你真的喜欢桑姑娘，纳她为妾，也未尝不可。”

这话不说犹可，石越闻言眉头微皱，心中已是老大不满，但又不便训斥。他其实也有几分执拗的性格，不过和王安石不同。王安石剑拔弩张，从外到内，无一处不是拗脾气；石越则是外表温和谦逊，内里才有一种让人不易觉察的拗劲，否则他也不可能高官厚禄三四年，依然坚持着一些莫名其妙的道德。须知人一处高位，若缺少制衡，逆亡顺昌的心理就会不由自主地慢慢滋养。多少暴虐妄为之人，并非全是性格天生如此。

曾布却不知道石越的想法，在他看来，以石越的身份地位，桑家不过一个商人之家，纳妾也没什么不可以的。他见石越不答，以为他已心动，便继续劝说道：“我平素也知道相公很是欣赏子明，若有半子之实，翁婿同心，往大里说，可以报效皇上知遇之恩，中兴大宋朝；往小里说，日后子明封侯拜相，不过等闲事。子明一定要三思而行……”他哪里知道石越之志，王安石亦不过是在他计算之中。

“我一个大男人，连自己的婚事都不能做主，还谈什么扭转乾坤？何况现在事情做到这个份儿上，我若中途变卦，梓儿的性格，虽然口里不说，心里难免伤心欲绝。我石越如果连一个小女孩儿都保护不了，还要靠女人去封侯拜相，又有什么面目再谈雄心壮志？”一念及此，石越几乎忍不住要反唇相驳，总算心中的理智尚存，硬生生把这些话吞在肚子里，便有几分忍不住要在心里责怪司马梦求，“去了这么久了，你也太慢了吧！”

曾布哪能知道石越差点和自己说重话？他兀自在那里口若悬河，委婉劝说石越不要因为一时任性而抗旨不遵，毁了自己的前途，所谓“女人如衣裳”，那样大大不值。谁知道石越竟然变成了闷声葫芦，一声不吭。

说了半晌，曾布见石越只是不说话，也不由有点儿生气，涨红了脸厉声说道：“子明，我见你平日行事干练，今日怎的这般婆婆妈妈？不就是一个女人吗？大丈夫行事，一言而决。”

石越闻言一愣，心中也不由有气，暗道：“我不娶那个女的，你能把我怎么样？我还真不信皇帝就这样不用我了！”抬起头来，正要不顾一切地断然拒绝，便听到有人尖着嗓子在外面喊道：“曾省主，咱家可赶上你了……”李向安喘着气，一步一摇地闯了进来。

潘照临看见李向安进来，眼睛不由一亮，朝石越微微一笑。石越心里也长出了一口气，暗道：“总算来了！”

果然，李向安进了客厅，径直往北边一站，尖声说道：“皇上口谕，曾布接旨。”

曾布狐疑地看了李向安一眼，见石越和潘照临等人已经跪下，连忙上前跪倒，朗声说道：“臣曾布恭聆圣谕。”

“着曾布即刻回宫交旨，不必再去石府。钦此！”李向安原原本本地背着皇帝的口谕，这句话其实就是说曾布不必做这个媒人了。

石越和潘照临顿时长出了一口气，高声谢恩。曾布却傻眼了，不甘不愿地谢了恩，站起来抱拳问道：“李供奉，这又是为何？”

李向安回了一礼，笑道：“曾省主，可把我一阵好赶，总算没有误了差使。你前脚刚走，后脚韩侍中的表章就递了进来，道是请皇上做主，将他新收的义女许给石越。一面又有太皇太后和皇太后的懿旨，你说韩侍中三朝元老，皇上能不答应吗？连忙叫我过来通知你，要不然就闹笑话了。”

他口中的韩侍中就是三朝元老、策立两朝的韩琦。对英宗与赵顼父子，韩琦都有策立之功。虽然赵顼现在变法用不着他了，但他的声望在本朝大臣中无人能及，而且又是赵顼也心知肚明的忠臣。他提这么点要求，皇帝便冲着“老臣”两个字，也没有驳回的理。更何况还有两宫太后的旨意。

曾布更加莫名其妙了，韩琦什么时候收了个义女？怎么半道杀出来也要嫁给石越？不过他也无可奈何，抱了抱拳，悻悻地说道：“既这样，有劳供奉了。”又对石越挤出一丝笑容来，道：“子明，你可以不用为难了，不过韩家的女儿未必好过王家的女儿。”

李向安笑道：“曾省主有所不知，这个韩家的女儿，便是桑家的女儿，韩侍中在表章中写得明白。”

曾布能做三司使，是新党中除了王安石、吕惠卿之外最重要的人物，自然也不是等闲之辈，心中一转念，事情也能猜出三四分。他的目光在潘照临身上停留了一会儿，笑道：“果然是妙计！”

12

无论是吕惠卿这样心怀叵测的人，还是曾布这样虽然有点儿私心，但毕竟还算是真心诚意想让石王结亲的人，之前都绝对没有料到潘照临会有这么一手。

既然石越决定了要娶梓儿，潘照临也只好按他的意愿来做。为了能让婚事得谐，绕开商人之女这块大石头，潘照临就写了一封书信，让司马梦求领着桑家的人，一路护送着桑梓儿往河北大名府去了。这封信是代桑俞楚写的，信中希望韩琦收桑梓儿为义女，好让有情人终成眷属云云，随行的是满满一车队的礼物。而与此同时，有使者带着冯京说明情况的信件到了韩琦那里。

韩琦本来就不喜欢王安石，又极欣赏石越。他在官场上滚打多年，若论到对政治的理解，王安石其实远不如他。他知道年轻的皇帝一心想做番事业，信任王安石，变法图强，对他这样的老臣多有疏远，他反对新法亦是无用。所以他的心思，不过是表明自己的立场，做点明知不可为而为之的事情，聊尽人事。但自从石越突然冒起，迅速成为大宋朝廷中的新贵之后，韩琦就有了新的打算。他想借着石越的受宠，在朝中制衡王安石，以求把大宋引向他心目中的正轨。所以平时便经常和石越书信往来，在地方上也常常呼应石越。如今碰上石越有求于己，这等顺水人情，他怎么可能不卖给石越？毕竟让石王结亲，旧党之中可没有一个愿意的。再加上有司马梦求巧妙周旋，桑梓儿的确也很可爱，又有一车的礼物往韩家这么一送，韩府中竟是没有一个人不为桑梓儿说话的。

韩琦于是一口应承下来，又是正儿八经地让桑梓儿拜了韩家的家庙祖宗，又是宴请大名府的大小官员。没两天，整个大名府都知道韩琦收了一个义女，桑梓儿也就这么变成了韩梓儿。这个时候，汴京城里还没有开始殿试。

但韩琦也很明白，如果这件事情办得不漂亮，是有可能弄巧成拙，惹恼皇帝的。因为韩梓儿就是桑梓儿这件事情，瞒一时半会儿不成问题，但时间一长，自然有人知道。到时候皇帝以为他和石越这是在瞒天过海的欺君，这样的政治风险，韩琦亦不愿承担。所以他一边张罗，一边写了请安的折子，分别递给太皇太后、皇太后和皇帝，说他在京师之时，曾经认识桑俞楚，觉得他这个人急公好义，颇为欣赏，本来打算把他的女儿收为义女，但是因为种种原因，当时便耽误下来了。现在桑俞楚因为自己的门户配不上石越，连累到女儿的婚事，便想起当日之事。因此把女儿送到大名府，希望自己能够替她做主。他因为曾经确实有过承诺，所以也不能拒绝，故而只有厚着老脸请两宫太后和皇帝做主赐婚，了结这桩婚事。他装作对清河郡主与王昉的事情毫不知情，对此一字不提，只强调桑俞楚是因为门不当户不对才来求他，而他也认为应当撮合有情人。

以韩琦的身份，就算皇帝本来想嫁公主，也要考虑一下。赵顼一看到这个表章，就知道自己绝没有理由反对，何况自己不答应，两宫太后也一定会给自己施压，便马上派了李向安去追曾布……

13

大宋朝翰林学士石越的婚事，终于以这样的方法遂了当事人的心愿。赵顼见到石越后，把他笑骂一顿，也并没有太放在心上。但是石越、韩琦都是品官之家，石越与韩梓儿的婚礼便自有一番讲究。龟筮[1]之后，皇帝亲择佳期，就选中五月初一，下旨赐婚。所以诸如纳采、问名、纳吉、纳成、请期，诸般礼数倒也简化了。但饶是如此，也是相当烦琐。韩琦作为女方的父亲，就有特旨回京，为的不过是站在台阶上，穿好吉服，对韩梓儿说一句："往之汝家，以顺为正，无忘肃恭。"

石越也不记得走了多少道程序，才用花轿把韩梓儿迎回石府，拜堂成亲。此时石府已是宾客盈门，苏辙、程颢做媒人，自当上座，这已不消多说。宗室外戚，除英宗的兄弟们只派了使者之外，至昌王赵颢、乐安郡王赵頵以下，朝中大臣，自王安石、冯京、王珪以下，无不亲临到贺。唐甘南早已从杭州赶来，帮忙打点一切。便是唐棣之父唐甘楚，早知消息，也从蜀中兼程赶来，专门道贺。此外白水潭学院的学生，或三三两两，略致薄仪，或数十百同窗，共办贺礼。这场婚礼堪称轰动汴京，开封府的百姓无人不知，无人不晓。

以石越之受宠，韩琦之望重，天下势利之徒，有谁不想攀结？因此，虽然石越本意不想铺张太过，但直到吉礼已成，迎宾使还在门口高声唱名。石越穿红戴花，笑容满面，周旋于宾客之中。他虽然平素里不太喜欢这种交际应酬的场面，但人逢喜事，又另当别论。

就在一片喧嚣喜庆之中，忽然听到迎宾使高声唱道："柔……"之后，便没有声音了。众人正在奇怪，忽听到有个稚嫩的女声高声说道："你到底念不念完？你若不念我自己进去了啊！"

石越听到这个声音，头立时就大了……

赵颢和赵頵嘴边露出古怪的笑容，王雱、晏几道这些知道底细的，无不幸灾乐祸地望着石越。大家都知道来者必是柔嘉县主！果然，可怜的迎宾使结结巴巴地喊道："柔、柔嘉县主驾到……"

石越哪里敢得罪这个小姑奶奶，连忙快步迎出，见柔嘉背着双手，一步三摇，左顾右盼地走过来，心里也不由好笑，嘴上还得说道："柔嘉县主驾到，有失远迎，得罪得罪……"

柔嘉见石越迎了出来，也装模作样地抱抱拳，努努嘴说道："石学士，恭喜你和韩家小娘子夫妻恩爱，百年好合。我今日来，只为看看新娘子的模样，你不会反对吧？"原来柔嘉心里气不过石越为何不娶清河，也不娶王昉，偏要娶个什么桑梓儿。她小孩心性，便以为定是桑梓儿貌若天仙，否则为何如此美貌的郡主不娶，如此聪敏的丞相千金不要。好奇心起，便想来看看桑梓儿长得什么样，到底怎么个好法？于是找了个借口溜出府，跑这儿看新娘子来了。

[1]　指占卦。

但这等事情，石越如何可以答应？结婚这一天，新娘子岂是可以随便看的？但是对方是一个十一二岁的小女孩，去和她计较，未免有点儿说不过去。石越赔着笑说道："那自是没有问题，待下官给县主安排雅室，晚上行礼之时，便让贱内给县主请安。"他说的"行礼"，是指揭盖头一事。

柔嘉心思一转，笑道："新郎官，你这明明是哄我。"

石越笑道："岂敢，县主言重了。"二人一边说着话，一边进了礼堂。

"既不是哄我，那为何要等到晚上？我又如何能待到晚上才回去？"

"这……既然县主不能久留，那么改日石某必和贱内一同去郧国公府拜访，到时候贱内一定很高兴认识县主的。"石越口里说得客气，心里却是实在巴望着她能快走。

"你又何必如此小气？我不过是看她一眼，有何要紧？"柔嘉却老大不愿意。

这时候众人已经知道柔嘉此来是为何事了，满座的王公大臣，官职低微者，自然不敢开口，而位高权重者，有些存心想看石越的笑话，有些却是顾忌到柔嘉的性子，若被小孩子没大没小地抢白几句，自己以后难免传为官场笑柄。所谓"各人自扫门前雪，莫管他人瓦上霜"，既然是石越结婚，就让石越操心好了。

石越此时哭笑不得。他自是不能让梓儿受这种难堪，结婚的红盖头，不是由丈夫来揭，却由一个不相干的女孩来揭？日后定当传为笑柄。到了这份儿上，他也没有办法，只得沉了脸道："县主，这恐怕于礼不合，恕下官难以从命。"

柔嘉本无恶意，只是心中不服气。石越有点儿作色，她却是毫不放在心上，反问道："何必这般小气？新娘子有甚看不得的吗？我今日偏要看一看，最多你让官家把我关几天。"

昌王和乐安郡王相顾苦笑，无可奈何地叹了口气。这两人和石越关系虽然都算不错，但毕竟亲王与大臣不得擅交，反倒还不如与桑充国、晏几道情谊深厚。二人轻易也不愿意得罪这个堂妹，若惹恼了她，谁敢保证她以后不会把自己的王府搞得鸡犬不宁呢？

石越见柔嘉这般胡搅蛮缠，一时也束手无策。新娘子自然不能让她见，但也不能对她用强，讲道理又说不通，难道眼睁睁看着她把自己的喜事搅了？真是左右为难。那在场与石越关系交好之人，亦不免替他着急，却一个个苦无良策。

潘照临正在一筹莫展之际，忽然看见田烈武从旁边经过，不由大喜，一把拉住，在田烈武耳边嘀咕几句。田烈武的身份既低，又是个武人，自不足以在这里相陪贵宾，不过是帮着石府打理一下杂事，偶然从此经过，对这礼堂中间的事情并不知情。潘照临故意不说柔嘉身份，只说有个小女孩不懂世故，想要强揭盖头，石越不好和她计较，让他出去解围。

田烈武向来感激石越对自己的赏识，此时未遑多想，便挺身而出，走到柔嘉面前，道："你是哪家的小娘子？如何这般不懂规矩？新娘子的盖头向来都是由新郎官揭的，你要看新娘子，不在此时。"

柔嘉不料半路杀出个程咬金，抬头一看，却见一个浓眉大眼的家伙在和自己说话，语气还颇为不逊，当下叉着腰喝道："你是何人？怎敢和我这般说话？"

田烈武见这个小女孩这般刁横，不由有点儿生气，却又不便太凶，便弯腰道："想看新娘子，日后你嫁人时照镜子就行了，别在这里捣乱。来，跟大叔走，大叔给你买点心吃。"说到后面，已是哄人的语气。众人听到此人居然自称柔嘉的大叔，便连石越都忍俊不禁。

柔嘉鼻子都气歪了，厉声喝道："我是柔嘉县主，你是哪来的野人，敢这般无礼！"

"什么县主乡主的？"田烈武一时不及多想，也不管三七二十一，一把夹起柔嘉，就往外走去。柔嘉何曾见过这般大胆之人，一面拼命挣扎，一口狠狠地咬在田烈武手臂上，痛得田烈武几乎叫出声来。

就这么一折腾，便听到大门那里高唱："蜀国公主、驸马都尉王公讳诜亲临到贺……"

石越顿时松了口气，忙向田烈武说道："快放下县主。"救兵终于来了，那个温柔贤淑的蜀国公主是少数几个能管住柔嘉的人。

……

把所有的宾客全部送走之后，天色已经完全黑下来了。

两只大红烛映在贴满一对对红色鲤鱼的窗纸上，一跃一跃的烛光让洞房里充满了暖意。服侍的丫头婆子全部识趣地退出，整个房间只留下一对新人。

石越望着低垂螓首、一脸娇羞的梓儿，雪白的肌肤上，分不清哪里是烛光的映耀，哪里是羞红。此情此景，便是毫无感情的人，也会怦然心动。梓儿心愿得偿，能够嫁给自己喜欢的郎君，自是满心欢喜，虽然不敢明言，却是明明写在脸上了。此时她又是紧张又是欢喜，一双小手不停地搓弄着红色的衣襟，连大气也不敢喘一口。

二人默默对视，沉浸在这种无声的喜悦之中，远处隐隐约约传来一曲悠扬婉转的琴声。两人静心听着这首曲子，只觉曲中有祝福，有欢喜，有哀怨，有难过，有自怜，似乎弹琴之人一面哀怨地自怜身世，一面在向人表达着祝福之意，听了之后，让人顿生怅然……

梓儿低声说道："石大哥，这个弹琴的人很可怜。"

石越轻轻握住她的小手，默默点头。他自然知道是谁在弹琴，那琴中的哀伤让他忍不住一阵心疼，把一个视为知交好友的女孩儿伤得如此之深，绝非他所愿意。

"是她喜欢的人抛弃了她吗？她又在祝福谁呢？"梓儿也是颇通音律的。

石越把她的手握得更紧了，答非所问地说道："我一辈子都会好好保护你的。"似乎是对自己说，似乎又是对梓儿的承诺，声音温柔而又坚定。

沉浸在幸福当中的韩梓儿，娇嫩的脸上，更加红润。

石学士巷的一座酒楼之上，穿着鹅黄色丝衣的楚云儿轻抚着手中的瑶琴。站在旁边的一个丫鬟轻轻把一件披风搭在她肩上，低声劝道："姑娘，我们回去吧。"

楚云儿整个人已消瘦了一圈，她轻轻摇了摇头，一滴晶莹的眼泪顺着脸颊流下来，滴在衣带上，纤手一抖，一根琴弦断了。

楚云儿轻轻拈起琴弦，幽幽叹了一口气，对丫鬟说道："我们走吧……"

她今夜来此，不过是用琴声祝福石越终于娶了一个好女孩儿，因为以她的身份，甚至不能登堂拜贺！

再也无心奉承别的男人的楚云儿，自己向碧月轩的妈妈赎了身，带着两个丫鬟，抱着一把瑶琴，一把琵琶，次日一大早，便租了一只船，飘然东去。她在杭州买了一座小庄园，打算在江南故乡度过余生。

第十三章

匪斧不克

伐柯如何，匪斧不克。

——《诗经·豳风·伐柯》

1

大内翠芳亭。

石越夫妇成婚之后，进宫谢恩。韩梓儿说话进退，很讨曹太后、高太后和向皇后的喜欢，被破例留在那边陪这三个号称“母仪天下”的女人说话，石越却被皇帝叫到了翠芳亭闲聊。

君臣谈笑一回，赵顼站起身来，指着亭北三棵合抱大的鸭脚子树，说道：“石卿，你看这三棵大树，每岁可以摘的果子有数斛之多，可是那个地方却十分荫翳，没可以临玩的所在。而在太清楼之东，同样有一棵鸭脚子树，却是地方显阔，非常适合赏玩，然而却不曾结过一个果子。这个世界上的事情，总是不能尽如人意呀！”

石越听神宗没头没脑地说了这番话，心里不由十分奇怪，只好笑道：“世上之事，总难两全。”

赵顼叹了口气，说道：“正是如此，就如石卿你，若论才治，无一不是宰相之材，却偏偏年纪太轻，资历太浅，终是难以服众。”皇帝一边说一边从袖子拿出一本弹章，递给石越。

石越连忙接过来，翻开细读，只见上面写着：

臣御史确稽首言：近闻内议翰林学士石越将受参知政事职。事不下于宰辅，内制已成，外以宣言曰：“内上意”也。臣闻成周选士，先以论辩，然后使任，举察良久，方得除职，循范规矩，是予民择贤。及春秋公室衰微，卿门遴择由己，时士只知有其主而不知有其国，谋事但为其邑而不为众庶，移国事家，败矣。自秦汉以降，重简材任人，四百石以上，莫不委议朝堂，论辩公卿。爰乎魏晋而今，铨选举于吏部，悉任酌之宰执，刀笔量才，簿书察行，早有故事。今陛下授意随侍，有此举动，无异端废纲纪，置有司法纪何从秉直哉！臣惶恐，伏请依例行事。

夫石越者，先所授逮乎馆职，原以不妥。是故国朝自淳化以来，未尝不试而授此者，况乎石越本非科道荣身，其经艺见识，博鄙未知；文学考究，精疏待定。而饱学举子，翘首引颈，斟选一再，既而授职，例知杂事，几经课考，方得转升，石越凭幸入馆，已属觊逾，俄而又擢，非之经术之显，非之义理之彰，且无功创之劳，何以从任，而越安敢任此，愧无自知，必是沽名慕流充名士之徒尔。故诏达阁院，下议纷纷。今陛下又欲私予权职，更废典制，臣惶恐慎言，陛下三思！

臣闻荐越者，参知政事冯京也，表有“性行端醇，通诗赋，晓音律，似唐季，五代之风存”语。察其诗文之说，则馆阁偶言一二；观其音律之学，则阁闾时有流传。然道学性理之属，未见论及，醇正与否，尚待斟考。陛下恩幸其人，欲之大用，付之政事堂以常备，臣窃以为忧！是石越者，未劳之部寺，持之州县也，忽而莅揆，何所详能。若之选备，亦当先使州县，烦之以务，以观其能；监之以利，以察其廉。如是数年，政绩之有，方评议中央，可嘱社稷否。此方行例，至是精审人才，甄叙良士，隆重社稷也。臣伏请陛下明辨！

……

最爱和石越过不去的权御史中丞蔡确蔡中丞在这封弹章里，极度反对石越进入政事堂做参知政事，甚至指出他当年做到直秘阁都是违背制度的举动。弹章中说了不少大道理，对石越大加鞭挞，更是义正词严地给石越指出一条明路——想当参知政事，先到地方州县去历练几年。

不过石越奇怪的不是蔡确会上弹章，反对皇帝任自己做参知政事，他也知道自己资历不足以服众。他奇怪的是，冯京推荐他为参知政事的事情，他竟然一点风声都不知道。如果事先知道，他肯定会说服冯京不要做这种徒劳的推荐。

石越揣测着皇帝给他看这封弹章的用意，道："蔡中丞所说的确不错，臣也认为自己资历甚浅，做翰林学士以备咨议，已经是颇有不足了，参知政事是副相之职，非臣敢奢望。"

赵顼微微一笑，说道："卿之才干，朕所深知。只不过一则年纪太轻，二则本朝自有体例，为相者未尝不历州县。朕已请教过太皇太后，慈后和朕的想法一样，决定让卿到州县历练一番，若能有所建树，以后就没有人可以在这个问题上反对卿了。"

石越心里一沉，眼见马上就要有"历史上"记载的大灾到来，这个时候让他出外，肯定会打乱他的全盘计划。但是如果断然拒绝，却和自己一向清高恬退的政治形象反差太大，让人以为自己迷恋权力中心，目光不及长远。

事起突然，石越心知犹疑无用，无可奈何之下，只得叩头谢恩。

赵顼微笑着看着石越谢了恩，对一个内侍招了一下手，便有一个内侍恭恭敬敬地递上一本书来。石越斜着眼偷偷瞅去，却是一本崭新的《白水潭学刊》。他心里立时一跳，心道："不会又出什么事了吧？"好在皇帝脸色温和，这才略略放心。

只见皇帝翻开《白水潭学刊》，从中拉出一张长长的折页来，上面弯弯曲曲画满了东西，石越仔细看去，原来是一幅地图。石越平时公务繁忙，《白水潭学刊》倒有好几期没有读过了，不料那些学生竟然在杂志中画出了大宋的地图。他却不知道，这幅简图，是博物系学生的杰作。虽然不尽完美，但不久之后，待出去考察的学生陆续返回，编撰全新体例的《大宋地理志》，便将成为白水潭学院一项长达二十年的工程。

此时赵顼饶有兴趣地在地图上移动着视线，估计是想帮石越找一处外放的地方。

石越的目光却忍不住随着那道“几”字形的黄河移动，想到次年的灾难，不禁忧形于色。看得起劲的赵顼不经意一抬眼，便发现石越紧锁双眉，他以为石越不愿出外，心里不由有几分不悦。

“石卿何故忧形于色？”

石越一时出神，没有听到，目光却死死盯着地图上的黄河。

赵顼不由有点儿奇怪，提高了声音问道：“石卿？”

“臣在。”石越猛地一个激灵，回过神来，高声应道。几个内侍忍不住要发笑，赵顼狠狠瞪了他们一眼，吓得他们赶紧把头低下。

石越这才发现自己失态，连忙谢罪道：“臣该死。”

赵顼半开玩笑半认真地问道：“石卿可是不想出外吗？”

“不敢。臣受陛下知遇之恩，早已立誓以身许国，效忠陛下，岂敢计较于身在朝廷或地方？臣一时失神，实是忧心于另一件大事。”石越听到皇帝半带认真的质问，连忙解释。

赵顼听了这番话，心里舒服很多，道：“那卿家方才忧心的，究竟是何大事？”

石越本不知要从何说起，但是皇帝逼问之下，又不能不答。他心中灵光一闪，忽然想起一策，此时也无暇考虑周详，将心一横，决意不顾后果一搏。于是故作迟疑地说道：“臣死罪，陛下不恕臣之罪，臣断不敢妄言。”

赵顼听他说得如此郑重，不由奇道：“究竟何事？朕恕卿无罪，但说无妨。”

石越郑重其事地又叩了一个头，这才说道：“微臣前天晚上，梦见了太祖皇帝与太宗皇帝……”

“啊？”赵顼不由站了起来。

“太祖皇帝和太宗皇帝晓谕微臣，道是明岁起大河以北，各路皆有旱灾、蝗灾，虽开封府亦不能免。因知臣谨慎忠诚，故特此托梦予臣。又道若不早做打算，天灾必会大伤大宋元气，祸及子民……”石越撒了这个弥天大谎，虽是面不改色，心中却也惴惴不安。

虽然当时之人，多数都很迷信，特别相信祖宗有灵，但是赵顼听到此事，不免也要匪夷所思，何况太祖皇帝和太宗皇帝不托梦给他本人，却托梦给石越，未免太不知道亲疏了。让他公然不信祖宗有灵，这种话是说不出来的，特别是万一明年真有灾害，那么自己真要无颜见列祖列宗于九泉之下了。何况石越在赵顼心里也绝非信口开河之人。可若是贸然信了石越，万一那不过是石越胡乱做梦，后世史官之讥，他和石越都要成为万世笑柄，而且真到了那个地步，不杀石越，只怕要无以谢天下了。

赵顼是绝不相信石越在胡扯的，因为在他看来，此事对石越只有杀头的风险，却没有一丝眼前的好处。若不是石越“忠心”，一般人做了这样的梦，也断然不敢说出来。但是要就这么相信了……这件事情如果石越在朝堂上公开提出来，那就是要在大庆殿进行讨论的大事，甚至是要拜谒太庙的！

“臣知道此事关系重大，但是断不敢隐瞒陛下，有负太祖皇帝、太宗皇帝之重托。只因此事有骇物听，才不敢贸然说出。方才见到地图上大河以北的江山，不由触动心事，这才忧形于色……”

赵顼挥挥手打断石越，冷冷地对一旁的内侍说道：“今日之事，谁敢泄露只言半语，你们全部不用活了。”吓得那些内侍一齐跪倒，口称不敢。赵顼这才细细问了石越梦中太祖皇帝、太宗皇帝的穿着。石越到宋代已有三年，三年一大郊，一年一小郊，他岂有不知之理？何况读书的时候，还看过历代帝王图呢，自然说得似模似样。而赵顼却未免更加难以决断，计议良久，这才说道：“卿与朕一同去见慈后。”这等事情，他不能不跟曹太后和高太后商量。

2

一路之上，石越见赵顼忧形于色，心里不由有几分抱歉。但是想来想去，不借助于鬼神，自己眼见就要离京，那黄河以北千万百姓的生命却也不能不顾。

借着这机会固然能打击王安石，但是同样的，会大伤大宋的元气。石越自认为自己绝非一个政客，断然不会做这种事情。何况他心里还在计议：假托宋太祖兄弟托梦，短时间内，肯定会招致御史的攻击，说他故意惊骇物听，造谣生事。但是只要明年大灾真的到来，他的政治地位更加巩固不说，还会加上一层神秘的光环——太祖、太宗皇帝选中的臣子！到了那时候，他石越身上任何缺点与不足，都会被这道光环给掩盖。

君臣二人各想各的心事，默默不言，一路来到太皇太后曹氏所住的庆寿殿。还没到门口，便听到里面莺莺燕燕的笑声。皇帝和石越自然是不知道那是蜀国公主在讲柔嘉的调皮，顺便取笑一下初为人妇的韩梓儿。曹氏和高氏都出于勋族名门，自小受的教育相当严格，但也并不是严肃枯燥之人。曹太后是名将曹彬之后，在仁宗朝便亲身指挥宫女内侍抵抗叛乱，英宗即位初期曾经垂帘听政，政治才能相当出色。而高太后在石越的时空中，被称为“女中尧舜”，也绝非是没有原因的溢美之词。难得的是，这两个女人都没有过分的政治野心。这时候两位太后听到柔嘉的种种，也不由好笑，不过反应却各不相同。曹太后一边笑一边对韩梓儿说道：“这可真难为你夫君了。”高太后却毫不客气地训斥柔嘉：“这成何体统。十九娘，以后你不要随便出门。”

韩梓儿连连谦逊，她自然不会知道，曹太后之所以不训斥柔嘉，不过是因为柔嘉是英宗亲兄弟的女儿，对于濮王一脉的皇族，曹太后虽然是大宋地位最高的女人，却从不会厉声训斥。这件事情，通常由高太后来做。

赵顼听到里面的声音，对石越勉强挤出一丝笑容，说道："卿先等一会儿，朕先进去。"说完也不等石越回话，便快步走了进去。

石越知道他是外臣，自然不可能随皇帝一起进入，只好老老实实站在外面候着。不一会儿，听到里面一阵响声，然后便是蜀国公主、清河郡主、柔嘉县主，还有自己的夫人韩梓儿从庆寿殿的偏门退了出来。石越见韩梓儿投向自己的目光中流露出关切之意，心中不由一暖，对她微微一笑，示意没什么事情。不过这场景下，两人也只能用眼神远远地打个招呼罢了，便连柔嘉也不敢放肆。

又过了好一会儿，才有内侍走出来，尖声唱道："宣翰林学士石越觐见。"

石越连忙整了整衣冠，随着内侍走了进去。这时候曹太后、高太后已坐在珠帘之后，皇帝却站在珠帘之外。待到石越见礼完毕，曹太后温声问道："石学士，卿家说太祖皇帝、太宗皇帝托梦与卿，个中详细，可否为我再说一次？"

石越知道这个太皇太后是个精明的角色，丝毫不敢怠慢，当下依言重叙一遍。

曹氏听石越说完，思虑良久，才开口说道："如此说来，真是祖宗庇佑。官家，依我看来，祖宗托梦给石学士，应当是可信之事。"她这话说出来，众人都不免大吃一惊，石越也想不到太皇太后如此支持自己。他却不知道这正是曹氏的聪明之处。

高太后看了自己小姨一眼，她一向信服自己小姨的才干，既然曹氏表了态，她也说道："官家，宁可信其有，不可信其无。敬祖宗白做事，也不失为孝。若因不信祖宗有灵，而误了天下苍生，这个罪过就大了。"

听到这番话，石越顿时一个激灵。高太后故意强调"敬祖宗"与"不信祖宗"，只怕不单单指眼下这件事情。他突然间有一个预感：这件事情，只怕不会这么简单解决！他当然知道自己这样做的风险，因为他不知道在蝴蝶效应的影响下，熙宁七年的旱灾会不会如期而至，若是不来，在掀起轩然大波的情况下，他的政治生命就不用说了，哪怕宋廷有"不杀士大夫"的祖宗之法，只怕也保不住他的命。

3

非常讽刺的是，石越关于不好事情的预感往往很准。

虽然鬼神的说法在宋代的中国有着巨大的市场，但真正受到儒家纯正教育的士大夫往往是不信鬼神之说的。因为孔子曾经说"天道远"，又曾经说"敬鬼神而远之"，又有一种说法，说孔子"不语怪力乱神"。从哲学意义上来说，儒家是典型的不可知论者，他们认为人类的渺小，不足以解释鬼神这么复杂的事情，于是心甘情愿地表示回避，而期望人类能把精力转向于“人事”。然而矛盾的是，同样是儒家，他们也承认鬼神对政治生活的重要。所以他们拜祖宗，敬天地，视之为政治生活与伦理生活中最重要的事情之一。解释他们的动机可能相当复杂，但是肯定包括这样的理由：他们想借着鬼神之力来压制高高在上的君主，不要胡作非为。所以当王安石、吕惠卿向年轻的赵顼灌输无神论思想之时，不止一位士大夫急了。虽然他们本人并不相信鬼神，但是他们却希望皇帝对鬼神有着应有的敬畏。

石越曾经对这种事情啼笑皆非。但是这一次，他却希望大家都能相信一下“祖宗有灵”这种荒唐的事情，毕竟这关系到千万无辜百姓的生命。垂拱殿上，三品以上的官员，石越可以感觉到没有一个人真正相信“祖宗有灵”，更不用说相信祖宗会托梦给他了。但是这种话却没有人敢说出来。说宋太祖和宋太宗是没有灵的吗？石越心里几乎是带着恶意在想，看看谁有这个胆子！

吕惠卿本质上是个不折不扣的无神论者，他心里是不可能相信宋太祖、宋太宗会托梦给石越的。可他却非常疑惑，石越从这件事情得不到任何好处，却有着显而易见的风险。石越是烧糊涂了？现在又不是昏君当政的时代。可石越不是白痴，难道……真的“祖宗有灵”？

同样的问题在王安石、冯京、王珪、蔡确、曾布、王雱，以及许多大臣的心中徘徊，一时间，整个垂拱殿竟然静得可以听见银针落地的声音。

过了好久，王雱苍白的脸上露出一丝讽刺的笑容，他相信石越已经疯了。王珪和蔡确则认为，石越肯定能预知到明年的大旱与蝗灾！他们自己没有疯，自然也不会认为石越会疯。

石越能有这种能力？王安石和吕惠卿的这种想法在心中一闪而过。他们是饱学之士，定然不会相信鬼神。两人同时得出一个可怕的结论——石越或者略通星象之说，又或者是身边有此能人，他这是在依靠那些虚无的东西进行一场政治赌博！虽然他们并不知道有什么星相家能预知下一年的灾害。

王安石不由皱起了眉头。石越这次赌博的代价，是让大宋整个财政政策向救灾转移，而方田均税法更是不可避免地要暂停，免役法也肯定要调整！吕惠卿心里已经在暗笑，他和王雱、王珪、蔡确的分析结果虽然不同，但是结论却是一样的——让石越去疯狂，自己走向坟墓！连冯京和曾布这个时候也不敢开口，任何支持石越的言论，一旦预言失败，自己肯定会遭到空前的政治攻击，这个后果他们很清楚。

如果王安石是一个政客，此时他会主张把这件事交给钦天监以及太清寺的道士和相国寺的和尚们来负责。然后和吕惠卿所想的一样，他更愿意放任石越去自掘坟墓。他打破了垂拱殿的沉默，用略带江西口音的官话高声说道：“陛下，臣有一事不明。上有陛下和两宫慈后，下有元老大臣，为何太祖皇帝、太宗皇帝单单托梦给石越？”他这句话其实说出了许多人的困惑。

石越自然知道这是问他的，便非常诚恳地说道：“陛下，此事臣亦不知。”若真有宋太祖、宋太宗的鬼魂，谁又知道他们怎么想的？

王安石正要继续追问，却见一个人横里出列，亢声说道：“陛下，臣以为这是石越在妖言惑众，妄图扰乱新法，侥幸求进！”

满朝文武大吃一惊，顿时一个个侧目而视，原来却是同知谏院唐坰。此人一直想做御史中丞，奈何半路杀出个程咬金，竟然被蔡确捷足先登，而且皇帝与王安石还对蔡确信任有加，他心里既怨恨又羡慕。这时见到王安石反对石越，他便强行出头，希望讨好王安石，给他留下一个好印象。

石越见是他，不由冷笑道：“唐谏官，你道我妖言惑众，有何证据？”掌管纠察殿中礼仪的御史也立时出列，弹劾唐坰失仪。

不料唐坰昂然不惧，反而厉声说道：“陛下，臣要当庭弹劾石越诸罪！”正义凛然地指着石越，喝道：“石越还不跪下听劾！”

这下事起突然，连王安石都措手不及，冯京、王珪、曾布目瞪口呆，吕惠卿、蔡确、王雱微微冷笑，诸大臣都不知道如何是好，只是心中都暗道唐坰强横。

赵顼自登基以来也没有碰上过这种事，他驭下温和，一时竟也不知道如何处置。石越心中倒是明白，唐坰不过借此求名。他是谏官，再大不了的罪过，也不过是贬官而去，而这么一闹，立时名满天下，是非曲直先放到一边，都得赞他一声“不畏权贵”。想到自己竟然变成了“权贵”，石越心里也不由好笑，一念及此，他不由微微一笑，不置一语。

不料唐坰竟把这当成一种蔑视，更加怒气上冲，当下厉声说道：“石越假托祖宗之名，妖言惑众，意图扰乱变法，冀求非分之福，不敬祖宗，欺君瞒上，其罪当诛！其平时在朝，外示清高，内则首鼠两端，执政有过不能面争，故意言于陛下之前以邀宠，此犹小人之心也。又以学校之名，聚朋结党，心怀叵测，使士子聚议朝政，石越实为幕后之主使！又以朝廷重臣而下节[1]结交商人，贿赂内侍，其心尤不可问！入仕三年，于国无尺寸之功，年不及而立，却官至三品，古今无有，此亦石越狡黠深谋所致。陛下不宜受此奸人所惑，应即刻将其逐出朝廷，永不叙用，遣御史穷治其罪，发其奸谋，以绝天下侥幸之路！”

他这番话说出来，赵顼不由愕然道：“卿未免言过其实。”

唐坰听到皇帝这句评语，不免心中一冷。他本来是行事冲动之人，未及深思，

[1] 原意指节操低下，此处意为放下节操、不顾礼法。

做出这等事来，这时候更是干脆把心一横，一不做二不休，昂然质问皇帝："事到今日，陛下还受石越蒙蔽，臣只怕他日白水潭的学生布满朝廷之日，便是这垂拱殿易主之时！"

他把这等话说出来，立时满殿皆惊。这分明和石越势不两立了。石越立时拜倒，摘下帽子、玉带、鱼袋，把紫色官服脱了，自请处分。冯京、曾布、苏辙以及平时一干和石越交好的人，也全都跪下，力保石越的忠心。冯京本是讲究宰相风度的人，平时行事，绝不激动，这时也不由有些动容，厉声说道："臣敢以身家性命保石越对陛下与朝廷的忠心！唐坰狂妄无礼，构谄大臣，分明是想借机求名，此人留在柏台[1]，是柏台之污，请陛下明察！"

王安石和吕惠卿也不想唐坰居然把话题引到石越要谋反上面去了，吕惠卿心里暗骂唐坰笨蛋，他和蔡确有意无意地对望一眼，两人默不作声。倒是王安石也出列说道："唐坰此言太诬，石越不失为忠臣。"

赵顼本来不信唐坰之言，只不过他说得厉害，历来君王，最忌讳的是朋党满朝，若石越真有作曹操之心，他心中也不能不惮。这时见王安石、冯京一齐都说石越是忠臣，那一点点疑虑倒也烟消云散。他是很知道谏官为求一个"死谏"之名，经常会故意夸大其词的，这本也是他们赵家的家传秘法，用谏官爱虚名的心理，来制衡执政大臣，保持朝内的政治平衡。若是谏官做得过火，便把谏官或罢或贬，安抚大臣。此时赵顼不免故伎重施，厉声喝道："唐坰，回去听候处分。"竟是把他当庭逐出垂拱殿。

唐坰冷笑半晌，指着王安石叹道："王公，王公，不料你亦为竖子[2]所误！他日竖子必取公而代之，那时一生事业，付之东流，只怕悔之晚矣。"说完朝皇帝叩了三个响头，缓缓退出垂拱殿，回家自听处分去了。他这么一闹，后来也果真名动天下，不几日自有旨意下来，罢官为民。他却不甘寂寞，典卖家产，又纠集了几个人，在汴京自创《谏闻报》，一份报纸，四处树敌，被人讥为"反对报"，专门以反对石越和王安石、冯京为己任，不料也不是全无市场。

垂拱殿上，经唐坰这么一闹，赵顼少不得又要温言安抚石越几句，然后便宣布退朝，却单单留下王安石、冯京、王珪、吴充、曾布，以及石越。吕惠卿见皇帝没有留他，心里满不是滋味，但他也乐得不去沾这件事的锅，用复杂的眼神看了石越一眼，随班退出。石越却装作没有看见，重新穿上衣冠，静听赵顼说什么。

这时候垂拱殿上的七个人，便堪称大宋最高权力中心的七人了。

赵顼目光一一扫过这几个臣子，说道："诸卿，石越为人，朕所深知，非胡言乱

[1] 御史台的别称。

[2] 童仆、小子。古时对人的蔑称。

语，侥幸取宠之辈，此事诸卿有何看法，不妨一一直言。”

王安石见皇帝目光停在自己身上，当下揖了一礼，朗声说道：“陛下，以臣之见，天道远，人道近，国家大事，岂可寄托在一个梦之上？若是无稽之事，岂不贻笑天下？”

他这番话说得众人深表赞同，便连冯京、吴充，也不太愿意在这件事上站在石越一边。

赵顼又看了这几个人一眼，说道：“诸卿之意，皆如丞相所言？冯卿，卿的看法呢？”他点名问道。

冯京迟疑半晌，勉强说道：“陛下，臣也以为单凭一梦而决国事，失于草率，后世之讥，不可不虑。”他在这件事上，很难和石越取得一致。

赵顼不动声色地点点头，把目光移到王珪身上：“王卿，卿意如何？”

王珪小眼睛眨了眨，义正词严地说道：“臣之意，则以为以一梦而决国事，失于草率；但若然置之不理，万一真是祖宗托梦，则上则愧对祖宗，下则害死千万百姓。此事当持重而行。”

赵顼不由一愣，半晌才明白他原来竟是什么也没说，心里不由哭笑不得。他又一一问过吴充、曾布，二人都主张不能因为一个梦就决定什么。

石越心知冯京和吴充不站在自己这一边，完全是因为在政治上风险太大，不敢冒险，否则以他们的精明，如何不知道这个“梦”是可以阻挠新法的。不过到了这时候，他才知道想凭着一个梦来左右国家决策是何等不切实际。他几年辛苦建立的政治形象，亦不过勉勉强强保护他不会被治一个“妖言惑众”之罪罢了。碰上这样的情况，石越也不知道自己是应当高兴还是应当烦恼……

“陛下……”石越想起日前两宫太后的支持，还打算尽力争取一下。

不料赵顼挥手止住了他，叹道：“石卿先不必说，容朕三思之。”又对王安石说道：“朕欲召回韩绛、孙固，以韩绛为同中书门下平章事，集贤殿大学士，孙固为翰林学士、知制诰，丞相以为如何？”

这两人都是戴罪之身。韩绛有兵败之辱，孙固有军器监之案，但却都是赵顼藩邸旧人，如今碰上难事，赵顼便想起他们来了。趁着这个机会，要把他们召入朝中。

石越听王安石点头答应，而众人皆不反对，心中一时没有反应过来，还颇觉奇怪。因为韩绛本是支持新法的，王安石能为相，大半是他的功劳，平时为相，也和王安石互为表里。他回来冯京和吴充多半不会太舒服，但孙固却是明确反对王安石的，他回来做知制诰，按理王安石应当不会高兴的……他心思转了几转，忽地明白，原来皇帝还是在玩弄平衡之术，这垂拱殿上站立的众人，看来对此都心知肚明。

4

接下来几日，石越颇为清闲。他这个翰林学士并无职掌，虽然主持军器监改革之事，具体事务，却自有苏辙、沈括等人操心，二人都是深具干才之辈，他的日子自然省心，倒是吕惠卿创办的霹雳投弹院进展迅速。石越暂时取回军器监的主导权后，便开始下令推广被封在资料库里的火药颗粒化制法，使得霹雳投弹的生产更加迅速，这种新式的火器，终于开始向前线运输。按吕惠卿当初的规划，是以“西七北三”的分配方法，每生产十枚霹雳投弹，则往河北、河东两路运送三枚储备，向王韶军中运送七枚使用。石越本来有意在河北以及长安各建一处霹雳投弹的作坊，以降低运输成本，不料这件事被赵顼亲自否决。原因倒很简单，主要是因为熟练的工匠不够，在京师禁军不能大规模装备的情况，皇帝绝对不会允许边防军在拥有一种先进武器的同时，又拥有这种武器的制造能力。这种对武人根深蒂固的防范思想，主宰着大宋每一位皇帝的大脑，让石越亦无可奈何。

这一日一大早起来，石越见梓儿还在熟睡，便不忍惊动，轻轻披了衣服出来，用盐漱了口，信步走到前院，却见唐康穿了一身蓝色劲装，正和侍剑在那里练习击剑，潘照临和司马梦求两人都是一身黑袍，在旁边微笑指点，陈良和秦观却在一边轻声谈论什么。

众人见他出来，正要打招呼，石越轻轻竖起手指，摇了摇，不让惊动两个练剑的少年。不料二人早已看到，一齐过来给石越请安。

石越笑道：“你们好好练剑，不须管我。”

唐康因为认了石越为兄，便笑道：“今日学院没课，难得大哥也休息，就带我们一起去外面玩玩吧。”

石越想了一下，点头笑道：“也好，那你们等一会儿。”说着便跑入内院，不多时候便出来两个人，跟着石越后面的那个年轻男子，长得甚为清秀，众人却非常面生，不由大奇。

好半晌，唐康吃惊地指着那个男子，结结巴巴地说道：“你……你是……”

那人微微一笑，并不作声，石越笑着拍了一下唐康，说道：“小子，别多嘴。”

这时候潘照临和司马梦求早已看出来，那个“男子”，乃是石夫人假扮的，二人大吃一惊。司马梦求慌忙回避，潘照临却和石越打交道久一点，知道他脾气，这时也不顾尊卑之礼，不由分说把他拉到一边，低声说道：“公子，此事万万不可。”

石越奇道：“有什么不可？”

潘照临也奇了，挑起眉毛问道：“公子真不知假不知？让御史知道，弹劾一个闺门不肃，公子成为天下士人的笑柄还是小事，于前途也颇有妨碍的。”

他这一说让石越也呆住了，他听说唐康想出去玩，心里便不免想到可以带梓儿一道去逛逛街，如今结了婚，自然是夫唱妇随，名正言顺了，因此便又给梓儿换了男装，没料到竟会吓了潘照临和司马梦求一跳。司马梦求不好直说，潘照临却是毫不避讳，警告他“闺门不肃”的弹词很可能就由此种下。

石越本是没有想到这么复杂，这时虽然知道，却是已经把韩梓儿拉了出来，看她兴高采烈的样子，要这么扫了她的兴致，那是无论如何都不愿意。

秦观冷眼旁观，早知端的。他瞧见石越神色，便猜了个八九，便也凑过来，低声笑道：“潘先生何须紧张，这不过是小事。”

潘照临脸上作色，冷笑道：“似秦公子这般模样，自是小事，风流倜傥，少年俊彦呢。若是公子，却是大事，轻易授人以柄，还嫌麻烦不多吗？”

秦观虽恼他说话无礼，却也知潘照临在石府的身份只有司马梦求勉强可比，不同寻常门客，当下强忍这口气，只半带讥笑地说道：“都说潘先生足智多谋，难道不知道给夫人备上马车吗？这样携眷出游，难不成还有哪家御史来弹劾？总好过扫人雅兴。”

石越听他如此说，虽然和自己本意差得太远，却也好过扫韩梓儿的兴头。他正是疼爱娇妻的当儿，听到这个本是平常的主意，也不由大喜，拍拍秦观的肩膀，笑道：“少游果然是个解人。既如此，干脆把阿旺也带上，让人越发没话说了。”

5

石府自梓儿嫁过来后，内宅外院，渐渐森严，僮仆奴婢也增多不少。别说桑俞楚没有慢待爱女佳婿之理，便是唐家结上石越这门远亲，心里也是乐意万分，何况还有韩琦也不肯低了勋族的排场，石越想要不奢华，都有点儿身不由己。

这时既是夫人出游，虽号称是轻车简装，却也非一般人家可比。石夫人韩梓儿的马车是石越前几日亲自吩咐制造的，假公济私，托大宋最好的工匠特制了四辆四轮马车，除了自己老婆外，另外三辆是分赠蜀国公主、王安石夫人、冯京夫人的，而他自己不想太招摇，也就没有自留。这辆崭新的马车，朱壁绿顶，光彩照人，外表就煞是漂亮，内里布置更是堂皇。石越亲自挽着韩梓儿的手把她送到车上，看着几个服侍的奴婢也上了车，又见唐康、侍剑、秦观也各上了马，潘照临和司马梦求、陈良却是不愿意去。石越上了马，按辔缓行，一行人浩浩荡荡出了学士巷。

众人本是没有什么目的可言，无非哪里热闹去哪里。唐康和侍剑到底年纪不大，一路兴高采烈，秦观也乐得陪他们说说话，指指点点。他为人也算风趣，读书也不少，引经据典，引得唐康和侍剑十分钦佩。石越却是紧紧跟在马车之旁，偶尔低头和娇妻说几句话，生怕她坐在车中无趣。

一行人这么边说边笑，缓缓而行，也不觉时间流逝。石越和梓儿说得开心，更是连东南西北也没有注意，忽然就听车夫“吁”的一声，把马车停了。石越吃了一惊，猛地抬头，原来是到了一个所在。

梓儿在车里问道：“大哥，这是到了何处？”他们夫妻平素叫惯了，梓儿却并不叫他“官人”或“郎君”。

石越应了一声，挥鞭笑道：“似有点儿眼熟，就是一时想不起地名来。”正说着，唐康、秦观等人拍马过来，正好听见。唐康笑道：“大哥真是贵人事忙，武成王庙就在前面哩。”

石越虽然在军器监做过官，也做过三房检正官，按理说见识应当不少了。可偏偏却不知道武成王庙里供的是哪路神仙。他心道：“《封神演义》是明朝的，此时还没问世，莫非真有黄飞虎不成？”只是心里纳闷，却不敢说出来，怕惹人笑话，说名满天下的石郎石子明连个武成王都不知道是谁，因只说道：“走，过去看看。”

秦观笑道：“学士，本朝武学就一向建在武成王庙，王相公欲重兴武学，现在那里住的都是武学的学员。带着夫人，只怕多有不便。”

石越这才恍然大悟，心道：“这武学建在武成王庙应该是听说过的，多半是忘记了。”秦观一提到武学，倒勾起石越一桩心事，不由坐在马上开始出神。

秦观和唐康见他蹙了双眉，不知道在思虑什么事情，不敢打扰，便静静立在周围。半晌，忽听到有人大叫：“秦公子，是你吗？”

听到这大呼小叫的声音，秦观便知道是田烈武。循声望去，果然不错，不过却不是田烈武一人，数着人影，一共是五人。不多时这几人便到了近前。此时石越早已回过神来，和秦观相视一笑，下了马迎上前去。连唐康和侍剑也下了马。

田烈武不料石越也在，而且又亲自迎了前来，倒吃了一惊，虽然知道石越最是礼贤下士的，却依然一半受宠若惊，一半心里不安，躬身行了一礼，口称：“拜见石学士。”

石越知道他的性情，受了这一礼，才笑道：“不必拘礼。”一边打量边上四人，那四人中有三人早已拜倒，口称“拜见”，有一人却只微微欠身。那个不曾拜倒的，石越倒是认识，正是康大同的表弟吴镇卿。他早知此人心高气傲，听说只因考进士名次靠后，便弃官不做，决意改考武举。石越平时和潘照临、司马梦求谈起，还赞此人气度不凡，只不过脾气太傲，只怕难以容于世俗中。石越一早就有意抬举他，对他这点脾气倒并不介意，便也只微微一笑答礼。

拜倒的三人中，有一人石越也是认识的，便是白水潭的学生段子介，算起来是桑充国的好门生。他见到石越，依旧是称“山长”，并不称官职。另两个人石越却不认识，听他们自报家门，一个叫文焕，一个叫薛奕。文焕倒也罢了，薛奕却是世家子弟，他曾祖薛峦、叔父薛利和都曾在朝廷为官，薛利和还做过屯田员外郎，现今依旧在工部当差，和石越也曾打过交道。石越知道这薛家和大宋朝有名的种家一样，都是以武传家的世家，只不过门第声名比不上种家罢了。这两人也是武学的生员。

石越心中虽然奇怪这五人如何能凑到一块，面子上却不免着意结交。他一向知道北宋一代，武人中没什么名将，便是一个狄青也多是演义小说夸饰。他曾见过狄青的二子狄谘和三子狄咏，但仓促不及深交，只是觉得三郎狄咏长得非常帅气，是他平生所见第一美男子。传闻也就只有王韶有个儿子在西北军中，还有点儿父风。石越既是有意做大事业的人，对武人之中的杰出之士不由加意留神。此时一边打量这几人，一边和他们交谈，只见文、薛二人谈吐气度，颇为不凡，特别是薛奕，生得猿臂蜂腰，高大威猛，说话条理清晰，清简不烦，更让石越喜欢，不免几个人多谈了几句。

文焕也是个有眼色的人，他斜着眼睛看见一辆四个轮子的马车纹风不动地停在那里，几个石府的家人恭恭敬敬地围在马车周围，就猜到这是石越携眷出游。武成王庙本也是开封城里一个热闹的所在，想来石越夫妇是来看看热闹的，因笑道：“石学士的风采，晚生平素久仰得很了，便是众同窗提起石学士来，也仰慕得不得了。今日难得到此，武成王庙就在左近[1]，石学士虽是文官，可晚生读学士的大作，一向是说文武不可偏废的。平日见惯了孔圣人，今日何妨见见姜太公，也可让武学的同窗们一睹学士的风采。”

石越这才知道原来武成王竟然是姜子牙。他本来就有意去见识见识，又见文焕说得十分得体，更不好拂他面子，笑着点了点头，道：“诸位可愿一齐去瞻仰一下武成王？”

田烈武读书少，此时早已不敢多说，吴镇卿却是不乐搭理人的，也不说话，只余下段、文、薛三人抱拳道：“只怕扰了学士的雅兴。”

石越笑着告了罪，一面回去上了马，隔着窗帘和梓儿说了。韩梓儿只要陪在石越身边，便是再脏再臭的地方，只怕她也能当成人间乐土，哪里会有什么不乐意？何况又知道丈夫只怕还另有图谋，自是满口答应。于是一行人竟是直奔武成王庙而去。

石越在马上一面和文焕、薛奕交谈，一面打量众人的行当。田烈武自恩荫了官职，石越便送了一匹马给他，因此胯下的马倒是极好的一匹，不过鞍就未免差了一点，想是田家一向持家谨严，小户人家，奢侈不起使然。虽然如此，但此人心眼实

[1] 古语，意思是附近、邻近。

诚，又不乏精细，且上进好学，长得也是高大修长，武艺又好，倒似一块天然璞玉，这个人只需略加恩威，便是自己彀中之物。段子介依旧是一身素袍，腰佩弯刀。较之几年之前，脸上更见沧桑之色，就是胯下的那匹马似乎消减不少。石越知道这是他虽然满腹之才，却命运坎坷，不能大用，故此销神。他以前脾气冲动，路见不平就欲拔刀而向，现在稳重不少，也算是可造之才，只不过要让段子介成为自己缓急可用之人，却是难了一点。此人对桑充国的忠诚要高于对自己的忠诚，不过他可能更忠于自己的主见也说不定。至于眼角向天的吴镇卿，穿着灰色的袍子，五花马上挂着一张雕弓，一把弩机，一副爱理不理的脾气，连向自己这边看都不看一眼。但此人虽然驯服不易，只要驭之以术，倒不怕不为己用，毕竟他这样的脾气，只恐当世也只有自己愿意用他。文、薛二人衣着光鲜，浑身上下都透着活力，刀、剑、弓、弩，全是新的，似乎文焕也是大户人家的子弟。二人谈吐之间虽然不亢不卑，却处处现着名利之心，更是不难笼络，只不过要看看他们有多少真才实学罢了。

不多时便到了武成王庙。文、薛二人说声“怠慢”，便先进去通知回避出迎，被石越一把拦住，笑道：“不必兴师动众。平日里我去白水潭，亦没有多少排场。似白水潭学院，那是供着孔圣人的地方，我便觉得凭你多大官威，到了学院，就得敬孔圣人几分，安心做个平常的学子模样。因此便是昌王那样的凤子龙孙去了，也并不讲阶级之分的。武学虽然不供着孔子，却供着武圣，也是一样的道理。”

薛奕和文焕相视一笑，薛奕便笑道：“说起来，晚生倒也算是白水潭的半个学生，晚生平素是在博物系听课的。只因现在博物系的许多学生都出京游历了，沈存中先生又办了研究院，又要去工部军器监帮办公务，晚生最近才去得少了。不说晚生，似文兄、武学里的学生十个里倒有五个去过的，余下没有去听课的，也去玩过的。要不然晚生也不能认识段兄这样的人物。因此，学士的规矩，晚生们倒也知道一点，只是这是学士第一次来武学，再者，夫人来游玩让众人回避一下，也算是我们知礼。”

石越想了一下，笑着点了点头，说道：“也不必多事声张，让众人回避一下便可。有劳二位。”

薛奕和文焕答应着进去，通知众人回避了。石越这才让阿旺扶着梓儿下来，只让唐康、侍剑跟了进去武成王庙参谒。只见正庙供的姜子牙一身戎服，一手按剑，一手捧着一本书，倒也栩栩如生。韩梓儿读杂书甚多，拜谒完毕，因笑道：“大哥，你可知道古来大将成千上万，为何偏选着吕太公做武圣？”

石越心道：“这我怎么知道呀？我们那时的武圣可是关羽，哪里轮到了姜子牙。”嘴上却笑道：“惭愧，正要向妹子请教。”

唐康忍不住捂着嘴偷笑，说道：“大哥博古通今，岂有不知之理？明摆着哄嫂子开心，倒真个是相敬如宾。”他和石越熟了之后，知道石越平素脾气比自己老子还好，因此便敢开玩笑。

梓儿啐了他一口，笑骂道："没上没下的。小心回去罚你抄《仪礼》一百遍。"

唐康朝侍剑伸伸舌头，立时做出垂首低眉可怜兮兮的模样，说道："嫂子，再也不敢了。"

连石越都忍不住笑了，韩梓儿笑道："认错了还不行，你说说为何把吕太公奉为武圣？说得出道理来，自然饶你这次，不然，加倍罚你。"

唐康笑道："这却容易，孙子云，将有五德，智、信、仁、勇、严也，凡为将者，以智为先。吕公辅佐文王、武王平定天下，创周天下八百年之基业，入则相，出则将，又有《六韬》六十篇传世，以智而论，后世无出其右者，单是这一点，便足以为武圣。而且他五德皆备，不负文王之托，辅武王成大业，堪称'信'；以有道伐无道，救民于水火，堪称'仁'；亲率六军，冒敌矢石，自可当'勇'；至于'严'字，《尚书》有《牧誓》篇，虽是武王之口，然当时军令，皆出于吕太公，亦不能瞒了他的功劳。五德俱备，称为武圣，自是天经地义。"

石越夫妇见他小小年纪，有这般见识，自是欢喜。石越赞道："康儿的书倒没有白读。"韩梓儿见夫君夸她表弟，也是非常高兴。

唐康少年心性，见石越夫妇夸他，便忍不住卖弄道："当年文王问治道于太公，太公回道'王者之国，使人民富裕；霸者之国，使士人富裕；仅存之国，使大夫富裕；无道之国，国库富裕，这就是所谓的上溢而下漏'。我观太公的见识，倒和大哥平日说的一般无二。若似本朝人物，变法之前，不过是仅存之国，充其量不过是霸者之国；若王相公所行之法，倒似是无道之国了。太公到了齐国后，精简礼仪，重视工商，以利字言仁义，似乎也与大哥平日说的不谋而合，这个武圣人，他自是当得的。"

石越夫妇万料不得他说出这番话来。韩梓儿女孩子家倒还罢了，石越却真是吃了一惊，左右看时，幸好没有外人，因沉了脸问道："这番话你哪里听来的？"

唐康不料石越作色，也不敢隐瞒，说道："前半段话，平日在学院，多听到一些同窗这么言语。后半段话，是我自己这么想的。"

石越脸色稍霁，心里赞叹："难为他有这般见识。"嘴上却正色说道："以后这些话，你不可以乱说。别人说得，你是我兄弟，却说不得。否则传到御史耳中，必有是非。就算是别人说，你也要走得远远的。这些道理，你以后自然能理会。"

唐康点了点头，答应道："我理会得。平时并不敢乱说的。"

韩梓儿看着这一大一小两个人的模样，忍不住笑道："看看康弟这样，倒不像大哥的义弟，倒是亲兄弟一样。"她自是说唐康是个小大人，惹得石越和唐康都笑了。四人又看了一会儿陪祠的武将，无非是韩信以下诸朝名将，石越和韩梓儿一边瞻仰，一边和唐康、侍剑讲这些人的事迹。石越是学历史的，韩梓儿读书又博，倒也说得津津有味。好一阵子，梓儿才笑着对石越说道："大哥，你不可让那些人等太久了。我和阿旺去车上等着，有阿旺陪我聊天便可，你们慢慢谈正事要紧。若是要谈得久了，打发侍剑出来说一声，家丁自会送我们回去。"

石越心里知道这是梓儿体谅自己，笑着轻轻握了娇妻小手一下，答应着把她送了出来，又亲自扶她上了车，这才带了唐康、侍剑，折回武成王庙。那文焕、薛奕远远见到石夫人出去，便一齐迎了出来。石越见到吴镇卿老大不耐的样子，心里知道怎么回事，倒不在意。他却不知道若非段子介的面子，他早就走了。段子介和吴镇卿不打不相识，莫名其妙成了朋友，这中间种种，连段子介本人也觉得奇哉怪也。

此时文、薛二人把石越请了进去，早有武学的教授出来迎接，陪着石越参观武学。当时武学的规模并不大，不到百人，所有学生都是世家子弟，似田烈武这样的出身都没有资格入学。教的课程除了兵法阵图弓马之外，还有五经。石越一边听教授介绍，心中暗道："这武学多有可改革之处。"不过转念想到现在自己身上的麻烦，心知一时也是有心无力。自己出守外郡，是迟早间的事情，现在朝政说得不好听一点，那是一地鸡毛，眼见明年更有大灾，千万百姓不知道如何救助，又哪有心思有机会来改革武学？

在石越看来，这武学之中可以改革的地方多不胜数。在田烈武看来，这里却是羡煞人的地方，只是自己没有这个福气进来。因此，一边看一边将羡慕之情全都写到了脸上，惹得秦观在旁边偷笑。文、薛二人却只顾看石越的反应，见他脸上并无嘉许之意，心里不由有点儿失望。两人对望一眼，互相使了个眼色。文焕趋前几步，抢先说道："学士不妨到这边来看看。"一边说一边把石越引到一个房子里。

进到屋中，石越顿觉眼前一亮，让眼前的东西给吓了一跳。他揉揉眼睛，几乎怀疑自己看错了——出现在自己眼前的，是摆在五米长桌子上的沙盘，上面山脉、河流、城堡，一应俱全。

石越吃惊地望了文、薛二人一眼，见二人脸上带有得意之色，便猜到可能是这二人的手笔。果然，文焕介绍道："这是薛兄的杰作，乃是西北边防地形图，如此制成，一目了然，于用兵行军，颇有助益。"

石越对薛奕不由要刮目相看，赞道："果真了不起。薛世兄是如何想到这样做地图的？"他一个现代人，在电视里见惯了沙盘，若能想到，倒不以为意。只是古代，石越却似乎没有听说过有这样的东西，其实他不知道，实际上沈括的确有过这样天才般的设计。

薛奕有点儿不好意思地笑道："这并非晚生想到的，沈存中先生在讲博物学时，曾经用木屑、面糊、熔蜡做成地形图，讲解各地地形。晚生受此启发，便用此创意，做了这个西北边防地形图。平时演兵之时，同窗也好更加方便。这地图也非晚生一人之功劳，若无白水潭的同窗，以及文兄、段兄，晚生便有此心，也无此力做成。”

石越这才知道端倪，他点了点头，赞道：“薛世兄不必过谦。似这个想法，没有过人的才智，断难想到。我有意向陛下举荐世兄，不知世兄之意如何？日后无论大内、枢密院，甚至都堂，都需要有这样的地图，以方便执政者决策。”

薛奕笑了笑，婉言谢绝：“晚生之志是想去疆场挣功名。多谢石学士厚爱，晚生愧不敢受。”

文焕在旁边解释道：“薛兄已经打算参加下个月的武举，他素日也是心气高的，还请学士见谅。”

石越哪里会见怪，心里更加喜欢薛奕，连连赞道：“薛家子弟果然名不虚传，他日必能成就一番功名事业。”又转头问旁边的人：“诸位也有意参加武举吗？”

有几个人便答应了。文焕笑道：“非止这几人，便是吴兄、段兄、田兄，还有晚生，都有此意。不过不知道下月武举录取人数有多少。”

石越见他提到段子介和田烈武，便用目光去寻这二人，却见段子介倒是倾心在听自己说话，而田烈武显然是第一次见到这样的沙盘，正在那里感叹不已，心驰神移。

石越虽然心里知道皇帝决定本次武举录取人数不能超过三十名，甚至连直舍人院、集贤校理刘攽与馆阁校勘黄履主持考文墨，龙图阁直学士张焘与权枢密副都承旨张诚以及吕惠卿三人主持考武艺的事情都早已知道，不过此时自然不能乱说，只温言勉励几句，又想起左宗棠的名言，便借着“前人”的牙慧说道：“中国强盛之时，无不掩有西域。今河西李家叛逆已久，实是本朝武人之辱。诸君皆当勉之，今上是大有作为之君，良材美质，不可自弃，国家若有缓急，便是诸君出鞘之时！”

众人听了这话，无不凛然答应，连吴镇卿也不禁眼角一跳，回想起当日秦观和自己说过的话，这才知道国家果然有意用兵进取。王韶今日之事，不过是大战略的第一步而已。

石越又和众人说了几句闲话，无非是些勉励之词，眼见天色已晚，便告辞而去。那些武学生员，若论年纪，倒没有比石越小的，不过地位悬殊，倒是石越老气横秋地说话，那些人也只能自称“晚生”。不过众人皆不以为意，以石越今时今日之声望，在一般士人眼中，自然当得起“前辈”二字。

6

一行人在外面转了一天，回到府中，石越把梓儿送到内院，才出来和潘照临、司马梦求、陈良打招呼，却见秦观早在眉飞色舞和三人讲述今日所闻。他因今天出去，结识了几个出色之人，便趁着这机会羞惭一下潘照临，以报白日言语不逊之辱。不料潘照临见石越出来，不冷不热半讥半讽地说道："虽是如此，只怕秦公子却不知道，得之东隅，失之桑榆。"

石越知道他的脾气，笑着望向司马梦求。果然司马梦求老老实实地说道："今日学士出门，有几个故交来访不遇，说是去了桑府。"

陈良早翻出拜帖，石越拿在手里翻看，不由吃了一惊，原来是柴贵友、柴贵谊、李敦敏等人三年任满，回京述职。他一面翻看，发现有份名帖上，赫然写着蔡京的名字。石越心里奇怪："这个奸臣怎么和他们三人到一块了。"因一边细问。

司马梦求笑道："是桑充国、唐棣、蔡卞陪着来的，那个蔡京，听说是去见王介甫，却被拗相公羞惭了，因和蔡卞是兄弟，便一道来此，多半是盼着学士提携。众人因见学士不在，都去桑府了。"

潘照临冷笑道："长安路上，来来往往，孰不为名，孰不为利？我看这蔡京谈吐之间，倒是又有干才又有文章的。"

石越心道："若蔡京没本事，徽宗那样的才子皇帝能看中他？"不过这番话却不便说出来，只笑道："改日看看他的情况再说。三年一任，回来若不能试馆职[1]，不过由县尉而主簿罢了。倒是如今李敦敏和柴氏兄弟，须得好好想个法子。"

司马梦求听到这话，正色道："学士，这不是正理。让他们进馆阁，有害无益。便留在京师，得个美职，又何益于事？学士岂可和那些庸官一样？"说话间已有责难之色。

石越见陈良也点了点头，便笑道："纯父不要误会。我和潜光兄早就计议过，他们安置在朝中，并不能为国家百姓做点什么，于他们倒也没有好处，反倒我石越真变成结党营私的小人。君子爱人以德，况且李敦敏和柴氏兄弟也是深明事理之辈，我不过是想着给他们谋一个大县知县、主簿罢了。"

潘照临却知道石越向来意志坚定，当日既然定策，让王安石争馆阁，他们自己则争取在地方做点实事，并不会轻易改变。因此这一科的白水潭学员，还有范翔等人，若留几个人在京师，本不困难，石越却终是一个也没有留，全是派到地方上做县尉、主簿去了，只有状元公佘中按例是试大理评事[2]。这时见石越一边说，一边起身吩咐侍剑备马，便知道他是想连夜去会旧友了，忙说道："公子且别忙，今日刚得消息，韩绛和孙固都见过皇上了。明年灾荒之事，只怕明日皇上就会诏见，且先议定个章程。"

他话音未落，石越已到了前门之外，口里说道："那事不急于一天两天。"一边

[1] 指参加选任馆阁官职的考试。

[2] 大理评事，为从八品下阶官，无实际职掌。北宋制度，佘中以状元入仕，直接就是从八品下，但带个"试"字，表示还只是预备官员，需要再进行一次遴选，实际只是形式而已。

上了马，扬长而去。

似李敦敏、柴氏兄弟、唐棣、桑充国，本来是他初到这个世界结识的几个朋友，感情不同一般，何况大家还算志同道合。现在桑充国虽然说是自己的大舅子，却是不可避免的一日比一日疏远，不过看在梓儿的面子上，桑充国这段时间来往石府才多了一点。唐棣倒没话可说，可他是直性人，毕竟不惯于钩心斗角，很多话也不好多说，只任他在苏辙手下做事，实实在在做点事业，他反而心里踏实。因此若论石越的内心，倒颇有点儿想念李敦敏和柴氏兄弟。特别是李敦敏，当年就十分仰慕自己，心眼又灵活，又能死心塌地地支持自己，石越本是有意把他留在京师的。只要他向皇帝推荐，应个馆阁试，得个清职，自是易如反掌，不料被司马梦求一说，他也知“自在不成人，成人不自在”，自古以来，纵性妄为能成大事的人，那是绝没有先例的，他只好收拾这心思，好在想想自己说不定马上出外了，倒也不是十分耿耿。

一边想着，一边轻骑到了桑府。他刚跃身下马，桑府的门人早已看见，连忙过来接过马去，口称“姑爷”，就要着人进去通报。

石越忙笑着止住，径直走了进去。只见里面灯火通明，大堂之中，觥筹交错，依稀便有李敦敏和柴氏兄弟的声音。石越大步进去，高声喊道：“若是喝酒，怎少得了我？”

里面早有人笑道：“我说石子明岂是朱门早达笑弹冠[1]之人？他知我们在此，今晚必来，怎样？”听声音便是李敦敏。说话间，众人都迎了出来。

石越见桑、唐、李、二柴、蔡卞之外，另有一人，长得修长挺拔，皮肤白净，非常英俊，心里便知道那是蔡京了。当下一一见礼，和众人一起重新进了大堂，论了座次坐定。

蔡京见石越一口就能叫出自己的表字，真是又惊又喜，几乎高兴得坐定不安。他是功名心极重之人，有机会巴结上石越这样的人物，岂能不殚心竭智？

李敦敏等人和石越一别三年，这时石越已非吴下阿蒙，虽然平日书信往来，都是平辈论交，但毕竟心里还是担心石越在他们面前摆长官的架子。想想一个是官居三品，参议军国重事的翰林学士，天子近前的红人，自己几个人不过是七品不到的小县主簿、县尉，有种种顾虑，更是难免。这时见石越连夜赶来，竟无一点拿腔作势，几人不仅脸上自觉有光，心里也甚是舒畅。

李敦敏是三人中最坚信石越不会变的人，这时更觉得自己果然没看错人，不由

[1] 出自王维诗句“白首相知犹按剑，朱门先达笑弹冠”，弹冠出自《汉书·王吉传》“王阳在位，贡公弹冠”，指汉代王子阳作了高官，贡禹掸去帽上尘土，等着好友提拔，是“弹冠相庆”的意思。此诗反用其意，指世态炎凉，人情淡薄，有些人一旦先显达了，就笑侮后来弹冠（出仕）者，轻薄排挤，乃至落井下石。

取笑道："子明今日倒是风雅得紧。"柴贵谊也笑道："才子佳人，自然比不得市井庸人。快说，今天到过哪里，做了何事？可又有佳作？"

石越老实笑道："佳作一点也无，倒是去了武成王庙。"说着便把在武学的见闻说了一遍，惹得众人感叹一番，李敦敏半开玩笑地说道："想不到有此人物。不过此事长卿可不能在《汴京新闻》上登了去。现在《汴京新闻》卖得好红火，别说江浙，听说契丹河西都有的卖。让夷人知道了，岂不让他们学了这个乖？"他本是无心调侃之语，不料竟不小心碰上桑充国和石越的心病。桑充国勉强干笑道："那是自然不敢的。"石越装作没觉察，自和柴贵谊说些没要紧的话。

蔡京是个伶俐之人，这些微小举动，自逃不出他的眼睛，察言观色，想起种种传言，便知道是怎么回事，于是配合石越岔开话题，笑道："说到报纸，我倒听到一个笑话，说是唐坰正在变卖家产，打算办一份报纸，真是不自量力。"他知道唐坰得罪石越，趁机便来贬损几句。

不料桑充国冷笑道："也未必是不自量力，若依我的本心，却是希望办报纸的人越多越好。"

石越看了桑充国一眼，淡然一笑，道："长卿说得是。"桑充国不料他如此，倒不好意思起来。

蔡京却是脸皮极厚的，丝毫不以为意，笑道："那自是学生见识浅了。"

李敦敏见气氛有点儿尴尬，知是自己说错了话，暗暗后悔，此时便有意想把话说开了，又不便太露痕迹，便顺着这个话题说道："子明，我看邸报，说是唐某人当庭弹劾你，所幸天子圣明，没有受此小人所惑。这究竟是怎么一回事？"石越做的梦虽然在垂拱殿上说了，却是不许公开报道的，怕的是人心动荡，因此连邸报上也语焉不详。不过官场没有秘密，李敦敏等人虽然官职低微，又是初到京师，也已略略听到风声。

石越却也不便多说，只说唐坰因事弹劾自己，把那弹词挑着说了一遍。休说李敦敏等人，连蔡卞这样觉得事不干己的人，也以为唐坰这样是想置人死地，未免过分了。

李敦敏叹道："子明和白水潭学院是一根绳上的两只蚱蜢，便是没事，人家也要把你们往一块儿想。"说完意味深长地看了桑充国一眼。

桑充国想想这句话，倒真是百感交集，又想自己没做错什么，的确有点儿对不住石越。他一边想，一边酒尽杯干，竟是存心把自己灌醉。石越见桑充国如此，心里也似打翻了五味瓶，一时觉得桑充国其实没错，觉得是自己小气；一时又觉得桑充国的确有不够意思的地方。虽然在和李敦敏、柴氏兄弟、蔡京说些外地的风光人情，京师的逸闻趣事，边说边笑，却也是酒尽杯干，存心一醉。

这三年多时间，自从入仕之后，石越竟是一次也没有醉过，做什么事都小心谨慎，虽然说一半是性格使然，一半也是环境所迫。这一晚上，酒遇故交，又夹不住几分心事，满桌人都喝得大醉。

7

次日一大早，天就下起蒙蒙小雨。侍剑急匆匆跑到桑府，不由分说，吩咐丫头用冷水把石越弄醒了，整好衣冠，便催着他进宫，原来真不出潘照临所料，皇帝要召见石越。

石越被冷水一淋，倒是清醒过来了，知道众人都尚未醒，自己却要急急忙忙去见皇帝，不由自嘲道："果然是富贵闲人最难得。"

侍剑一边服侍他换上官服，一边冷笑道："公子也别抱怨富贵闲人，昨日岂不是闲人了？结果醉成这样，夫人一晚上让丫头出来问了不下十次，我们也不敢说。"

石越听他数落，不由笑骂道："臭小子胆子就大成这样了。"

入了宫来，才知道皇帝是在集英殿召见，石越连忙跑了过去。进殿一看，连同韩绛在内，二相三参，外带其他几个翰林学士，加上枢密使、三司使、御史中丞，以及吕惠卿都在场，石越知道那多半是特旨，都来了。他告了罪，便听吕惠卿笑道："陛下，依臣之见，应当给石越赐一座离大内近一点的宅子才好。"

冯京知他这是讽刺石越来得晚了，不待石越分辩，也笑道："吕学士说的也是正理。石越的赐宅离大内太远，因为是陛下所赐，所以他也不敢置办新宅。何况平日清廉，京城房价贵，也不见得就能说买便买。碰上今日这样不该他当值，但有急旨要商议军国大事的日子，便难得及时赶到。"

吕惠卿见冯京强出头，干笑道："冯执政对石学士的事情倒是了如指掌，只怕比韩侍中还知道得多些。"他这话说得厉害了，分明是说冯京与石越结党。冯京勃然变色，枢密使吴充已先说道："为人臣者，要有人臣的体统。"

这三人在皇帝面前夹枪带棒，王安石不以为然，蔡确却幸灾乐祸。在他看来，这无非是"狗咬狗"，曾布虽是新党，心里只怕也是盼着吕惠卿吃亏要多些。韩绛和孙固却是木人一样，不动声色。

赵顼心里明白，可也无可奈何，只好装作糊涂，笑道："这些事现在不必议。先说正事，石卿不久就要出京替朕牧守一方，京师的宅子，等他回京后再赐不迟。"这话说出来，王安石、蔡确、石越不为所动，显是早已知道。此外众人却无不吃了一惊。冯京、吴充眼见着韩绛回来，以后中书的事情更加难办，还盼着借石越为助力，因此冯京才不顾成例，力荐石越为参知政事，哪知道荐章上去没几天，反倒说让石越出外了。

赵顼却不去管他们想什么，只向韩绛、孙固问道："韩丞相，孙卿，对太祖皇帝、太宗皇帝托梦之事，二卿有何意见？"

韩绛和孙固对望一眼，心中暗道："果然问及此事。"他二人在进宫之前，早已猜到皇帝必问此事，二人互相探过对方口风，只是两人的嘴都非常严实，不知道对方想的是什么。韩、孙虽然同是戴罪之身，但一日召回，便各居显职。韩绛为次相，孙固做的翰林学士、知制诰亦是最为机要之官，国家军机，无不与闻。但是韩家是北宋官品世家，可以说是冠带满朝，在宠信上孙固也不能和韩绛相比，且韩绛又是次相，这时自然是韩绛首先开口："臣以为若以此事做决断大事的根据，必为后世所讥。请陛下三思。"

对于韩绛的态度，众人倒并不奇怪，韩绛外号"持法罗汉"，要他和王安石生分，只怕难了一点。殿中众臣，都把目光投在孙固身上。

石越心中此时也忐忑不安。他知道孙固的态度极为重要，此时连冯京都不能对自己有坚定的支持，孙固是皇帝特意召回的，若能得到他的赞成，那么说不定有希望说服皇帝早做一点准备，但是如果连他也反对，那么大事去矣。他心中实在无法不顾那千万百姓之生死，这时几乎要忍不住抢先说服孙固，好让他在皇帝面前赞成自己。

孙固并不理会众人的反应，趋前一步，亢身说道："陛下，臣以为此事，全由石越年轻孟浪而起，实不足以在朝堂之上讨论！"此言一出，众人顿时相顾愕然。"年轻孟浪"四个字，对于资历不深、骤然窜起的石越来说，堪称政治上最忌讳的评语。孙固与石越并无公怨私仇，竟然如此不留情面，不由得众人不吃惊。

石越因为是说到自己，不好反驳，冯京却忍不住说道："石越一向谨慎老成，孙学士似乎用词太苛了。"

孙固斜着眼睛看了冯京一眼，厉声说道："执政此言差矣！今日所议之事，无论是与不是，都不足为后世之法。若石越所做之梦为虚妄，明年并无旱灾，那么于石越是欺君大罪尚还是小事，辱及列祖列宗之灵，才是大事。石越身为朝廷重臣，便真有其事，也不可妄言，他应当知道万一不中，太祖、太宗皇帝于九泉之下，何以心安？到那时候，石越纵是万死，亦不能偿其罪。"

冯京心中十分不服气，但他一向拙于言辞，不知如何应对，只好诺诺退下。

石越万料不到孙固不仅不支持自己，反而倒戈一击，此时已知事情不能挽回。他自恃皇帝的宠信，倒不太害怕皇帝的处分，只是心中对孙固已十分不满，暗暗骂道："忽起忽落，想在皇帝面前表现自己不偏不党吗？"其实此事孙固并无不是，但精神紧张之下突然觉悟自己的挫败，石越自己的心态，已很难保持公正。

吕惠卿与蔡确对望一眼，心中无不大喜。他们万万料不到孙固会攻击石越，如此天赐良机，岂能放过？

“孙固所言有理，石越此事，确属轻狂，且累及祖宗，宜交有司论处。请陛下明断。”蔡确迫不及待地发难。

吕惠卿却是大义凛然地说道：“石越之肺腑，实不可问。今日他假天下百姓之名，道祖宗托梦报灾，其所言不中，于祖宗大不敬；万一不幸而言中，他日他说祖宗托梦于他，要石越行伊尹之事，陛下信是不信？”这话从吕惠卿口中说出来，连皇帝都悚然动容。殿中群臣，更是惊心动魄！伊尹是什么人？伊尹表面是古之圣相，实际上却是可以废立帝王的权相！吕惠卿是要置石越于死地了。冯京和吴充对望一眼，心知不妙，正要说话，蔡确已抢在前面，道：“石越所言，确已近乎妖言，有辱斯文，重失大臣之体。”

石越听到这两个人交相攻击之词，脸色也不由变得非常难看起来。吕惠卿所指之事，虽无任何证据，却是诛心之罪，句句惊心动魄。他一瞬间就想起太平天国杨秀清降神之事，那后果，便是东王府最后在政治斗争中被杀得干干净净！宋代虽然号称不杀士大夫，但若论及谋反大逆之事，却同样是毫不手软的。一念及此，他已不能不辩，不免以手指心，声色俱厉地说道：“吕惠卿，欲用谗言杀人吗？石某对大宋、皇上，忠心可鉴日月！”

坐在龙椅上的赵顼，听到殿中这句句要置石越于死地的话，心里镜子似的明白。他知道若自己再不说话，惯于附风而动的臣子们就会一个个跟上来，狠狠往石越身上砸石头了，到时候不怕列不出“十大罪状”。

年轻的皇帝对于石越，还有着甚多的期望，绝不愿意就这样把他牺牲掉。他无意识地看了王安石一眼，见他欲言又止的样子，生怕他说出对石越更不利的话来，连忙摆了摆手，温言说道：“石越一向忠贞体国，断不会有那等事情，众卿不必过虑。”

听到皇帝这么说，蔡确犹豫了一下，便立即乖觉地闭上了嘴巴，不再说话，便如从没有发生过这件事情一样。

蔡确能够在几年之内，由一小官而蹿升至权御史中丞这个全国最高监察长官之职，自然有他的心得，这可不是只靠着如疯狗一样咬人便能做到的。他的秘诀，一是揣测皇帝与王安石的心思，一是在皇帝面前树立孤臣的形象，甚至和王安石也维持一种微妙的距离。况且他心里是欲置石越于死地——他与石越的恩怨太多，从邓绾被贬逐开始就结下了，既已得罪了对方，他便不去指望再修好，只一心想彻底搞垮石越。而且，他也是极有野心的人，石越无疑是他将来位极人臣的障碍，更何况他隐隐觉得，皇帝对于他不断攻击弹劾石越，恐怕也抱着一种微妙的心理，所以，无论出于哪方面考虑，蔡确都有理由将石越当成他最大的政敌。但即使如此，一觉察到皇帝有意保全石越，他便绝不肯轻易做让皇帝生厌的事。

吕惠卿见蔡确这样子，心里暗骂道："真小人也，此时不把石越彻底击倒，若让他缓过劲，有朝一日，邓绾就是我辈的前车。这蔡持正真是无见识之辈，不可与之谋大事！"他心念既定，便不依不饶，用手指着石越，厉声说道："陛下，王莽、曹操，初仕之时，未必不是忠臣！此时若不防微杜渐，他日必开侥幸妖言之门。"他明知现在集英殿上二相三参都有点儿不耐烦，一个个缄默不语，但所谓箭在弦上，不得不发，一时之间，也顾不上许多。

石越环视殿中，孙固已经不可能帮自己直言了，冯京、吴充，一时间也指望不上，曾布断不肯做王安石反对之事，其余诸人，只要不落井下石，已是谢天谢地。此刻他已不得不自辩了，当下凄然说道："陛下，臣自知有罪，不敢再辩。只是罪臣之荣辱不足道，所念者，万一罪臣所言为真，望陛下与诸公顾念千万百姓之生死，略做准备，如此上不致有负祖宗之托，下则显陛下爱惜元元[1]之心。"

吕惠卿心中暗骂："以退为进，转移话题，真是虚伪小人！"但是眼见皇帝、王安石都为之动容，心里已知道要彻底击垮石越，不说皇帝那一关依然难以撼动，便是王安石，可能也并不想置石越于死地，心中不免又是嫉恨，又是害怕。和石越既然脸皮撕破，那就是势同水火了，不能扳倒石越，总有一天，他会转过手来对付自己。

他正欲措辞把话题拉回到攻击石越上，便听皇帝温言说道："今日不必议论石越所做之事的是非对错，朕以为，万一他说的是真的，实在不可不防。因此朕欲暂免河北诸路免役宽剩钱，而且略略酌情削减赋税，再下令各地提举常平使检视仓储，以备万一。同时凡往河北贩卖粮食者，一律免税。外示无事，内为之备。丞相与众卿之意如何？"

石越听到这些话，就知道皇帝有意保护自己，加上皇帝提出的方法无疑可以大大减轻灾情的危害，不禁大喜过望，立时拜倒，高声说道："陛下圣明。"

冯京、吴充对于这件事，本来已经没什么主张可言，但眼见对石越有利，又是皇帝亲口提出来的，不用怎么样权衡，也就立即随声附和。

王安石和韩绛却不免蹙起眉头。方才之事，韩绛深知皇帝的脾气喜恶，因此他倒并不想太得罪石越了，做人要给自己留条退路，不宜赶尽杀绝，这是他一向深信的持身之道。王安石心里也觉得若要置石越于死地，未免过分了，因此二人倒都有意替石越求情，不过二人都想等皇帝迫不得已要处分石越之时再出头做个好人，示恩于石越。虽然二人是宰相，但是若能让石越受自己的恩惠，对于这个前途无量的年轻人进行一

[1] 指平民百姓。

点感情投资，就算是王安石，也不会拒绝的。不料说了半天，皇帝竟然是十分明显地眷顾石越，如此处分，实际上根本是相信石越的判断了。二人在心里计算了一下，正要表明自己的意见，就听到今日自从石越踏进集英殿之后，就一直攻击石越的吕惠卿竟出乎所有人的意料，朗声说道："陛下如此处分，不失为万全之策。"王安石对于自己这个学生顿时大跌眼镜，他第一次发现，自己根本不知道吕惠卿在想些什么。

孙固厌恶地看了吕惠卿一眼，心里骂道："小人！"但是他毕竟不是言官，皇帝没有问到，不能随便攻击大臣，因此并不作声。蔡确心里一面冷笑，一面暗暗把这件事记下，留着以后对付吕惠卿时翻老账，好说他希合上意，左右摇摆。蔡确现在却也并不说话，到了这个时候，他要等着听王安石说什么再判断自己怎么做了。

只有韩绛悄悄打量吕惠卿几眼，暗赞一声"精明"。他用眼角偷觑皇帝，果然赵顼在轻轻点头，显然心里赞赏吕惠卿果然不愧"贤人"之称。攻击石越，自是为了赵家的江山，而赞成早做准备，同样也是从公义的角度来考量……

知道皇帝心思的韩绛正在考虑是立即附议，还是等王安石表态之后再说话，却听到一直沉默不语的三司使曾布酸溜溜地说道："陛下，如果不征收免役宽剩钱，国库要少一大笔收入，西北军费日费千万，若不从内库借点钱，入不敷出，只怕难免。"他公开叫苦，完了还不忘揶揄一下吕惠卿，"吕学士同知司农寺，居然一力赞成，看来司农寺以后不必向内库借钱了。"

吕惠卿暗骂曾布，却只管做出充耳不闻之状。石越心里暗暗叫苦，不管出于什么样的原因，曾布这时候在操作层面叫苦，必然再次打击自己提前救灾的主张，引出来的连锁反应现在已经难以预料了。他自然知道曾布这个三司使做得相当拮据，因为国家本来收不抵支，加上宋代财政有一个非常吊诡的事情——皇帝另有一个内库，和三司使、司农寺同管天下财政收入。虽然宋代的皇帝并不乱用钱，这个金库的钱主要是用来做军费，而且国库用度不足时可以向皇帝"借钱"，但是在账目上，号称"计相"的最高财政官曾布却是不知道国家到底有多少钱的。因此他计算起国家的收入之时，未免更显得少了。有点儿心痛银钱的曾布一方面顾及皇帝的态度和石越的私交，不愿意鲜明地反对，一方面却不能不表明态度。但客观上，这对石越却是非常不利。

王安石暗暗点了头，心里十分赞许曾布说了很实在的问题，但同时他不免也有点儿伤脑筋，理财，理财，帮国家理好财是他一生最大的政治抱负。用一个子虚乌有的东西，打乱既有税收政策，直接影响国家大笔的财政收入，对于王安石来说的确难以接受，但是皇帝的态度也不能不考虑。沉默良久之后，王安石终于开口说话："陛下，臣以为此事影响太大，要么相信石越，暗中准备救灾，要么就不要相信，不要打乱变法的进程，拿定一个主意，方好办事。臣是不信怪力乱神之语的，太祖、太宗皇帝，没有托梦给一个臣子的道理。"

王安石话音刚落，蔡确也立即跟进，说道："陛下，臣也以为此事亦有欠周详。若依陛下所言行事，那么无疑是说石越所讲都是真的。万一不中，史官之笔，后世之讥，不可不惧！"

孙固也断然说道："若真如此，臣不敢草诏！"

石越眼见又是一片反对之声，终于按捺不住，对着蔡确愤然说道："中丞奈何只惧后世之讥，而不顾百姓生死？"

蔡确冷笑道："我非是不顾百姓生死，只是不愿因为妖言而动扰朝政。"

"万一明年真有旱灾，不知道中丞对遭灾的百姓心里会不会有愧！"石越的这些话明着是对蔡确说，实际上却是说给王安石听的。他看着比自己矮了一个头的王安石，心里很清楚，无论多少人反对或支持，关键还在王安石。只要拗相公点点头，万事自然通行无阻。

但王安石却默然不语。石越不由有些急了，也不再去理蔡确，直视王安石，说道："相公，国家之财，取之于民，用之于民，岂能不顾百姓之生死，只管做守财奴？"

王安石淡淡地看了石越一眼，对皇帝说道："臣岂是守财奴？臣只是幼守圣人之训，不敢语及怪力乱神。若能确知明年有旱，便是暂停新法，也在所不惜。"

孙固不待石越相问，也朗声说道："守道而死，好过无道而活！"

石越冷笑一声："好个守道而死！可惜若真的要死，死的也是无辜的百姓！"他说话也越来越加辞色，惹得孙固脖子都红了。

冯京眼见事情刚有挽回的余地，不料曾布一开口，事情又是急转直下，心里也不知做何想法。他小心地说道："现在要断定真假，实在不可能。臣以为陛下所言，外示以宽，内为之备，最是英明。这种种措施，假各种名义颁布便可。财政之拮据，朝廷节省用度，未必不能支持。"

"执政此言，是没有是非曲直的说法。臣以为石越上此言语，不能不处分。而这虚无缥缈之事，也不必去信。检视仓储，以备非常，是有司之责，亦不必特意申明。实则臣以为，石越所料如果真的中了，本朝祸乱，才只是开始！"孙固冷冷地反驳。

这句箴言背面的含义，让石越都打了冷战。

集英殿外，雨越下越大，哗哗的雨声传入殿中，所谓"大旱"的说法，愈发显得遥不可及。赵顼用目光巡视自王安石以下诸臣，眼见本朝最高权力中心的臣子们大部分都是反对石越的主张，仅有的几个支持者也是信心不足的样子。那真的不过是石越的噩梦吗？赵顼不知道自己不知不觉已经习惯了"石越总是对的"的思维，这时候让他做出一个和石越的主张完全相反的决策，竟不由得要犹豫不已。然而此时集英殿内，无声地回响着孙固那固执的声音："臣不敢奉诏……"

第十四章

牧守杭州

欲求非常之功，则无务为自全之计。

——苏轼《晁错论》

1

学士府。

早上的蒙蒙细雨到了下午，一直不肯下大。天气显得极为阴沉，学士府中，气氛十分压抑。自从昨日在集英殿石越的主张受挫之后，要处分石越的谣言就悄悄传开了。石越那一片金光灿烂的仕途，顿时阴云密集。已经有御史闻风上书，弹劾石越。但是究竟是为了什么事情，却是不能知道的。《新义报》的编辑们虽然知道真相，却不敢报道。《汴京新闻》一向消息灵通，这次也只报道了石越受弹劾的事情，但是什么原因，却是既不知道也不敢说。普通的人们对这种弹劾早已习以为常，以为凭石越所受的信任，是绝不会有什么事情的。

“我已和冯参政说过，修文兄调杭州仁和县知县，景初兄为福州签书判官厅公事，景中兄为潭州安化县知县。”石越的语气非常平静。

李敦敏与柴贵友、柴贵谊兄弟都有点儿兴奋。宋代县分八等，仁和县和安化县都是三等县，一等县和二等县分布在京师周围。所以在外地来说，这些县实际上就是最好的县了，一般都有四千多户，比起他们自己以前所在的县来说，不知道大了多少。

“仁和是个大县，自不必说，修文兄正好可以大展拳脚，在地方上历练经年，下次回来，就可以试馆阁了。”

李敦敏点点头，道：“我更愿意做地方官，为百姓干点实事。县官虽然是小官，却是亲民官，对国家、朝廷，实是很重要的。”

“这话说得对，修文有这番见识，已出于众人之上。”石越微笑着点头赞许，一边又对柴贵友说道：“福州知州和通判，都是冯参政门生，应当还好相处。景初兄去福州，留神看看青苗法和钱庄在那边的情况，若有闲暇，写封信给我。”

柴贵友微笑着点头答应。

“景中兄去的安化县，是刚刚置县的地方，收服蛮夷，聚集人民，开垦土地，都是要务。章惇现在经略[1]荆湖，此人面善心狠，景中自己多加小心。也望勿以地方荒远，而不肯安心为政。”

“断不敢误了国事。弟心所想，与修文兄是一样的。”柴贵谊欠身回道。

石越一边和三人叮嘱，一边不时用眼神向外瞟，仿佛在等什么。司马梦求和陈

[1] 筹划治理之意。

良虽然一起陪客，也不时会往门外看上一眼，只有潘照临安之若素，细细品着贡茶。李敦敏最是细心，立时知道石越虽然看似平静，但心里依然悬着担心。他本来想替蔡京问问前途，这时也不好开口了。

2

内东门小殿。

“韩丞相以为当如何处置？”赵顼背着手，踱来踱去。外面的细雨真是不太合时宜，颇扰人心绪。

韩绛叉手侍立一侧，见皇帝发问，连忙说道：“陛下欲保全石越之意，臣心里知道，陛下对臣下如此仁厚爱重，臣下焉有不感恩戴德的？”

站在韩绛下首的一个人不易觉察地冷笑了一下，此人是遥领嘉州防御使的李宪，当朝真能带兵的宦官。虽然谈不上名将之材，但比起听到西夏兵一到，就进退失措的韩绛来，实不知强了多少倍。因此，他心里不是很看得起韩绛这个世家子弟。这时听到他口出谀辞，虽然自己也是靠拍马屁讨皇帝喜欢起家的，但是丝毫不会妨碍他嘲笑韩绛。

心里明明知道韩绛说的是奉承话，但是赵顼苍白的脸上，也不由泛起一丝笑容。“朕想让石越在京师附近，择一善地，出守大郡，也好时时咨议。卿意如何？”

韩绛迟疑了一下，小心说道：“陛下圣明，不过如此只恐不能让孙固辈心服。臣以为孙固必然不肯奉诏草制。”

赵顼听他说得委婉，不由问道：“卿的意思是……”

“臣有一点想法，要么陛下对石越降职、罚俸，留在京师，委一个部寺之责，也算是惩处了。要么就远放外郡，一来锻炼石越，看看他在州郡任上治民的能力，将来若进中书，也能让人心服；二来也是告诉群臣，已经惩处了石越；而且还看看石越的肚量，是心存怨望还是处变不惊。如此处置，比起置于京师附近要好得多。陛下英明，必有决断。”

赵顼想了想，点头道：“卿说得有理。不过石子明非百里才，既是翰林学士出外，须得稍存体面，又不使掣制太多才好。”

“臣以为，不若暂且罢翰林学士……”

“也好。苏卿，便由卿来草制。”赵顼对站在一边的知制诰苏颂笑道。

韩绛心里暗暗好笑，皇帝不叫孙固来，单叫苏颂，这意思简直是路人皆知。

一旁的内侍不待吩咐，立即摆好文房四宝，赵顼想了想，道：“写两道制文，第一道，授石越宝文阁直学士，晋朝奉大夫。”

苏颂应声提笔，写道：

翰林学士礼部郎中石越可宝文阁直学士制

敕：祖宗之设阁院，则奉先崇敬，以训承资后嗣；则优选贤良，以备佐翊政纲。翰林学士、朝请大夫、礼部郎中、骑都尉、新化县开国男、食邑五百户、食实封二百户、赐紫金鱼袋石某，顷以经艺入侍，量储顾问之职，建议表疏，多有助裨；应和文章，谙合义理，内外相闻领，无不赞盈。朕嘉才猷，庸劳阁院，故特授宝文阁直学士，晋朝奉大夫，依前翰林学士、礼部郎中，勋封赐如故。

然后轻轻吹干墨迹，双手呈奉皇帝御览。

赵顼看了一眼，点了点头，以示认可。他知道苏颂在白水潭学院兼课，和石越私交良好，果然一篇制文里，找不到石越半句坏话。

韩绛却有点儿莫名其妙，忍不住问道：“陛下，怎么给石越授宝文阁直学士？他是翰林学士，正三品，宝文阁直学士是从三品。这个任命……”

赵顼看了韩绛一眼，笑了笑，没说话，又对苏颂说道：“第二道制文，除石越两浙路转运副使兼提举常平使兼知杭州军州事，罢翰林学士。”

苏颂答应一声，铺开黄绫，提笔立就。韩绛略带惊讶地凑过去，轻声读道：

除宝文阁直学士礼部郎中石越充两浙路转运副使兼提举常平使兼知杭州军州事并罢翰林学士制

敕：漕司之效，厘乎使副；仓司之烦，劳于监佐。夫一路钱粮之政，最系紧要。而之慎选不能率尔。又昔古之都国，今之州县也。临民亲近，朝夕不绝；法令闻转，上下凭祥。盖治乎始于此，乱乎视于此，谓之固重，朕最攸紧。而之选任，未不慎重。学问疏达，干力遒举，皆之度虑。具官某，行之有典刑，学之素师法。庶务推明则称于实；文章论议必造于理，斡旋内外，蔚然得体。《书》曰“建官唯贤，位事唯能”，朕深知之。畴若三任，我图兼才，则以问谙试习之效，故去荐付使委之烦。朕赖于贤臣，牧巡一方，纳宣忠力，授之两浙路转运副使兼提举常平使兼知杭州军州事。依前仍宝文阁直学士礼部郎中。卿钦服予命，益厉乃诚。可。

韩绛这才明白皇帝的意思。

3

“一日之内，连降两道制文，似升似降，看来皇上为了处置公子，也是煞费苦心。”潘照临笑道。

司马梦求这时也长出了一口气，笑道："至少圣眷未衰，不过谢表就一定要写得感恩戴德才好。"

陈良却还有点儿不明白，问道："为何先加宝文阁直学士，后罢翰林学士？"

"皇上是想对学士略加薄惩，又怕直接罢翰林学士惹人误会，引起百官弹劾学士，因此又特意加授学士宝文阁直学士。那些希合上意的御史，看了就明白是什么意思了。"司马梦求笑着解释。

"原来如此。"陈良算是又上了一课。

"不过这封谢表用词一定要恭顺，万不可流露出半分怨望。不仅对皇上不能有，对别的大臣也不能有。"潘照临一面说一面看着司马梦求道，"纯父，这就由你来动笔吧。"

"这个我理会得。幸好学士不再填词写诗，否则文句一定小心。日后不在朝廷，奸人构隙的机会就更多了。吕惠卿、孙固在朝堂上说的话，皇上恩宠正浓之时，自然不以为意，但是若有人天天进谗言，禁不住日销月损，有朝一日，必成大患。今日既已受命出外，这等事不能不事先预防。"

说到这里，陈良也严肃起来，道："不错，历史上多少备受宠信的大臣，一朝出外，就渐渐疏远了。学士在朝中政敌不少，吕惠卿、蔡确辈更是深受重视。有这二人朝夕进言，实在可怕。"

石越点点头，思忖一会儿，笑着望了望潘照临。

潘照临会意地一笑，轻轻说道："吕惠卿、蔡确吗？"

"学士，夫人想见你。"一个叫牵儿的丫头站在门外禀道。

司马梦求和潘照临、陈良相视一笑，三人便告了退，去商量写谢表以及离京之前善后处置之事。

石越想到马上要离京，的确也应当告诉梓儿一声，立即随着牵儿走进后院，却见梓儿和阿旺正坐在亭子里边说着话。

石越接过一把伞，踏着青石路悄悄走了过去，笑道："妹子，找我有什么事吗？"

梓儿把他迎进亭子，接过伞来顺手递给阿旺，一面笑道："只是听说外面有圣使到来，有点儿担心。"

"没什么事情，不过有件事要告诉你，我加授宝文阁直学士，进朝奉大夫，准备出知杭州了。"石越怕老婆担心，轻描淡写专拣好事说。

"大哥要去杭州吗？听说苏子瞻也在杭州。那个地方，风景很好吧？"

"上有天堂，下有苏杭。怎能不好？"石越笑道，"我估计过不了几天就要出发，这之前，你回去和父母、哥哥道个别。我只怕不能陪你回家了，要陛辞[1]，还有同僚的饯行，还要去一次白水潭学院……”说到这里，石越忽然怔住了。

“怎么了？”

“妹子，我要先去见一下你哥哥，有事晚上回来再说。”石越轻轻握了一下桑梓儿的小手，也不顾外面正在下雨，快步走了出去，叫了马车，直奔白水潭学院。

桑充国万料不到石越会冒着大雨来找自己，更料不到石越不动声色把旁人都支开，显然是要和自己密谈。

“长卿，已有旨意，我要出知杭州。”石越凝视着更显清瘦的桑充国，轻声说道。

桑充国一时没有反应过来，不知道是应当道贺还是应当如何，更不知道石越来找自己究竟是为了什么事情。

“西湖学院在杭州，格物方面一直没有名师，进展缓慢……”

“你的意思，想从格物院调一些先生过去？”桑充国立时明白石越的意思了。

“不错。”

“为何？我不太能理解。白水潭学院本身格物院的力量就不足，等到学生们正式毕业，再请几个人过去，那倒不成问题。”桑充国不解地问道。

“你还记得叩阙之事吗？”石越盯着桑充国问道。

“当然记得。”

“我有我的担心。白水潭学院现在虽然根基渐渐牢固，但是我离开京师后，不知道京师会发生什么事情，我怕有个万一……所以我要把格物院的一些先生请到杭州去，不仅仅是想增加西湖学院的力量，也是想要分散风险。”

“分散风险？”听到石越这些可托肺腑的话，桑充国心里不由一热，嘴上却说得非常平淡。

“不错，把鸡蛋放在两个篮子里，虽然打了一个，可另一个篮子里还有，若是放在一个篮子里，打碎了就全没有了。”

桑充国低着头踌躇良久，才说道：“按照山规，须由教授联席会议决定。同时去的人员要由他们自愿。”

石越点了点头，半晌，又说道：“长卿你的意见是赞成还是反对？”

桑充国迎上石越的目光，抿着嘴唇说道：“我会投赞成票。”

[1] 指朝官离开朝廷，上殿辞别皇帝。

4

白水潭学院教授联席会议很顺利地通过了帮助西湖学院建立格物院的决议，这一点也不奇怪，因为两所学院实际上血脉相连，联席会议的许多教授都心知肚明——西湖学院有自己以前的爱徒高足。这件事情在《汴京新闻》上占据了一小块版面，报道说："卫朴先生、袁景文等三十名师生自愿前往……前山长宝文阁直学士礼部郎中石公官讳越缺席会议云云。"

"此地无银三百两！"丞相府王雱的住所内，谢景温冷笑着放下手中的报纸，望着王雱，脸上肌肉不住地颤动。

王雱却似乎心情不错，笑道："这是石子明学乖了，特意声明此事和他无关，免得被蔡确说他结党，那才是一波未平一波又起。"

"不过说起来，石越也不过如此。正所谓自作孽不可逭，他竟然糊涂到这种地步，如此自寻死路，若非皇上宽容，他早掉脑袋了，哪里还能去杭州……"一边的王子韶却是有些不以为然，他一面嘲笑着石越，只是目光中却掩饰不住羡慕的神情。

看到王子韶这副样子，王雱心里有点儿不屑，不由得感到一阵没来由的烦躁。有些事情，他虽然不太愿意承认，但心里还是隐隐有所感觉的。

他知道，无论他再怎么样聪明能干，可因为他父亲王安石是当朝的宰相，为了避嫌，他就很难担任真正显要的职务。如此一来，即使他在皇帝与王安石面前都有举足轻重的影响力，但毕竟是名不正言不顺。朝廷中真正有分量的大臣，或者对自己真正有信心的青年才俊，甚至是一般比较自矜名望的士大夫，都会和他刻意保持一定的距离。更有一些人，比如现在炙手可热的权御史中丞蔡确，在未显达之前与他过往甚密，可一旦权位渐重，便会有意无意地慢慢疏远他。聪敏如王雱，心里面当然知道，这是蔡中丞在顾虑他的名望。但是他性情高傲，却也不屑于放低身段去屈就蔡确。而且，只要蔡确还是新党，还是忠于他父亲，那他也懒得去与他计较许多……

可也因为这样，虽然巴结他的人很多，但他真正能够引为心腹的人，却屈指可数。每当他真的想做点什么事情时，朝廷中缓急可用的人更是少之又少。眼前的谢景温能算一个，他是王雱现在最信任的人。他既是王家的姻亲，又支持新法，并且很有吏材，在朝廷中也已有了一定的资望。本来能够成为王雱难得的臂膀，但是，谢景温却因为李定的案子闹得灰头土脸，里外不是人，在新党内部也受到一些人的排挤。再加上其他的一些矛盾，罢知杂御史之后，谢景温竟是已经有点儿心灰意冷的意思，多次流露出想要出外的想法，远离汴京的是非。王雱好不容易才勉强劝服他打消这个想法，又在王安石面前说了不少好话，才让王安石举荐他改任直史馆[1]兼侍读。那可是正儿八经的华选清途[2]，是无数官员梦寐以求的。侍读能够经常随侍皇帝左右，备皇帝顾问经史诗赋，既超然于朝局，又能对皇帝产生潜移默化、不容低估的影响，而且还可与身为天章阁侍讲的王雱互相呼应，对谢景温以后的前途也很有利。王雱觉得这是一个非常理想的安排，然而，让他意外的是，谢景温却对新的官职毫无热情，还经常在他面前表达经史文学非己所长，不愿意任此职的想法，这让王雱非常困惑。

王雱并不知道谢景温心里的想法。谢景温对自己的长处与短处都非常清楚，他之前对于知开封府一职非常热衷，不仅是因为知开封府地位显赫，更是因为他知道自己在那个位置绝对能干得很漂亮，进而赢得皇帝的赏识，将来就有入中书的机会。而现在开封府已经没有希望，其余能做实事展现他吏材的位置，三司有曾布占据，部寺中重要的部门如司农寺有吕惠卿占据，他也基本没有机会。甚至于退而求其次进中书做都检正官、检正官的可能性如今也几乎为零——那些职位基本被受王安石赏识的新党成员占据，因为李定之事，不少人都与他有矛盾，而且王安石又不看重他，不可能将他置于中书。他谢景温也没有石越那样的能力，能让皇帝亲自将他安插进去……所以，在谢景温看来，中枢他已经没有机会了，倒不如去地方上做出点政绩来，等待时机。知杂御史罢不罢，他都不太想继续在汴京待着了。他现在还留在汴京，完全是出于王雱的挽留。他对王雱还是颇为感激的，也知道王雱的处境有些尴尬，不忍就此弃之而去。而王雱也的确对他不错，只是在旁人眼里的华选清途，对谢景温来说却一文不值。他知道自己虽是进士出身，经史文章也不算差，但担任此类职位的大多是些天才般的人物。以他的能力，勉强厕身其列都比较吃力，一不小心就可能出乖现丑，对自己以后的前途是利是弊还很难说。就算他每天小心谨慎，维持住在皇帝心中的形象，可每天那种沉重的压力，也是他不愿意承受的。

但谢景温再怎么样也不可能和王雱直说自己的想法，而王雱这样天生聪慧的人也根本无法理解谢景温的压力。谢景温虽说过经史文学非己所长，但王雱却只当是推辞，在他看来这有何难呢？一个中过进士的人，说自己不懂经史文学？这说出去谁会相信？

值得信任的谢景温不安于位，但好歹现在他还留在汴京继续帮自己。更无奈的是，除了谢景温外，王雱身边的可用之人就只有王子韶这样的人了。与一心想出外的谢景温正好相反，王子韶却是一心想要留在开封。他之前谋求提举两浙常平的职位，不过是想谋得一次皇帝单独召见的机会。他果然也在召对时使出浑身解数，只是最终

[1] 熙宁朝直史馆非史官，而是馆职。

[2] 宋人以两制、经筵、制科出身为华选清途。

的结果有些讽刺——皇帝的确将他留在了开封府，只不过是因为皇帝对他的字学很是赏识，留他在京修订《说文》。毫无疑问，这绝对不是王子韶的初衷。

王子韶留在汴京后，与王雱的交往倒是更加频繁了。他凡事都唯王雱马首是瞻，替他打听各种事情，事无巨细地禀报，也算是帮了一些忙。只是，让王雱有些瞧不惯的，是自打留京之后，王子韶对所有获得皇帝赏识的人，都是一副愤世嫉俗酸溜溜的口气。王雱以前愿意结交王子韶，是因为他觉得王子韶还是有些才学的。没有才学的人，就算是再怎么样拍马屁，王雱也是瞧不上的，但现在王子韶这个样子……

不过他也不愿意因此影响到自己良好的心情，不去理会王子韶的语气与表情，只是笑道："只要石越离开汴京就好，吕惠卿和蔡确一定会想方设法寻找他的不是的。只要他离开京师，谗毁之言就会堆积成山，石越的前途，嘿嘿……"

谢景温却似乎没有听到二人的话，沉吟了一会儿，低声说道："元泽，桑充国与石越交恶的传闻已传了许久，此次《汴京新闻》替他掩饰，难道二人和好了？"

王雱倒没想到这一节，不由一怔。"二人和好了吗？也未必没有可能。"想到这个可能，又不由得剑眉深锁。

王子韶忍不住笑道："元泽何必如此过虑？区区一桑充国，就算和石越和好，又能如何？再说桑充国已是石越的大舅子，二人和好是迟早之事。若是吕惠卿能在皇上面前扳倒石越，到时候便可顺便将桑充国一起除去，不知省却多少麻烦，免得他那份报纸天天在那里说这不好那不好的。"

王雱摇了摇头，鄙视地看了王子韶一眼，忍不住讥道："除去桑充国？然后呢，是不是还要除去有富弼背后支持的《西京评论》？连唐坰这种人都开始办报纸了，除掉一桑充国能有何用？桑充国这种人，可以利用，不可以硬来，否则偷鸡不成蚀把米。"

谢景温根本不想理会王子韶，目光只是放在报纸上，又不解地问道："奇怪，石越为何要将卫朴这三十余人送到杭州去？"

王雱对此却并不担心，略想了一会儿，便展颜笑道："管他为何，石越尚且自身难保，皮之不存，毛将焉附？且看吕惠卿和蔡确如何演戏便好了。少去石越在京师碍手碍脚，我们就可以好好做一番事业，方田均税法的推行也会更加顺利。"

"正是。"见王雱心情甚好，王子韶忙顺着他的话，涎着脸道，"元泽，军器监改革现在是由苏辙在主持，此人是石越的羽翼。元泽可否向丞相说说，让在下去工部或军器监兼个差使？顺便也能监视苏辙。"

谢景温闻言，顿时心中冷笑，他知道军器监改革实际上是个大大的肥差。多少利益关系牵涉其中，经手的物件、银钱，随便捞一点，都骇人听闻。苏辙持身尚正，那还好说，若这个王子韶进去，那就不知道要做些什么了。不过这等事情他却不会说出来，千里求官只为财，他没必要阻别人的财路。

王雱却没去想这一节，他只是觉得王子韶说得也不无道理，正待满口答应，却突然想起一事，忙改口道："家父很看重蔡卞的能力，此人能够同时得到家父和石越的器重，实非常人。工部与军器监那边，只怕不太方便安插人进去了。"

王子韶不由有点儿失望，略带酸味地说道："蔡卞那个黄毛小子吗？"蔡卞十二岁中进士，此时年不过十五，居然同时得到石越的举荐和王安石的认可，在当时的确是个不大不小的奇迹。王安石对蔡卞如同对吕惠卿一样，当成自己的弟子看待。而石越不知为何，也对他青眼[1]有加，因此不知惹来多少人的嫉妒。

谢景温有点儿同情地看了王子韶一眼，笑道："蔡氏兄弟同年中进士，和唐棣、李敦敏、柴贵友、柴贵谊是同榜，透过这层关系，让石越青眼有加，也不是难事。听说他兄长蔡京，最近也常在石越门下行走。"

"那又何用？只需石越敢荐他们试馆阁，蔡确和吕惠卿定会找出毛病来。"王雱不屑地说道，"那个蔡京，一看就两面三刀，不是好人。"

"元泽，你看是否要在《新义报》上轻描淡写地写上几笔？石越年纪轻轻，做到宝文阁直学士，已经是异数，怎么还敢援引党羽？"王子韶酸溜溜地说道。

听到"宝文阁直学士"这六个字，带着"天章阁待制兼侍讲""《三经新义》编撰""《新义报》主编"……这么一长串官衔的王雱，心里就觉得有些不舒服，不过石越总算去掉"翰林学士"了，否则他一听到这个官衔，真就如同有根刺插在心头一般。似乎是为了消去这种不快，王雱故作洒脱地挥了挥手，道："石越现在已是在外侍从官[2]，荐士举官是他的权责，我们不用去理会了，现在就让吕惠卿和蔡确闹吧。"

谢景温也点了点头，有些不怀好意地笑道："元泽说得是，嘿嘿……明日石越叩阙之后，众官会去城外相送，我也颇想看看吕惠卿和蔡确与石越相别之景。这时候，我们何苦去惹这个麻烦？"

5

夏季并非一个辞别的好季节。

雨停之后，已经连续几日烈阳高照，因为集英殿中放着几块大冰，因此较之外

[1] 青眼指对人喜爱或器重的意思，与白眼相对。

[2] 宋制，带诸阁学士、直学士、待制者，称在外侍从官，有权举荐台谏、馆职、监司、郡守。

面，自是凉爽得多。一出来，石越几乎有了从空调房出到街道外的错觉，一时间几乎忘记自己身处 11 世纪末叶的中国。

细细回味刚才的召见，年轻的皇帝眼中似乎流露出一丝不舍之意。帝王的权威与尊严，纵然让他把这丝真情压抑住，却也免不了在言辞之中流露出关爱之情。石越并不太担心自己的命运，因为吕惠卿眸子中不经意流露出的欲望，与他平时温文尔雅、机智善辩的形象相差太远，自己现在未必会是吕惠卿的主要对手吧？石越有点儿讽刺地想道。不过这时候他也没有精神思考太多问题了，因为天气实在是太热了。他忍不住有点儿担心娇弱的妻子能不能在这种酷热中远行，也许把她留在开封更明智，只是梓儿有时候实在比他想象得要固执……

一边用手绢擦着汗一边胡思乱想的石越，这时候深深体会到统治阶层的好处。他只盼着快点离开禁中[1]，回到马车上喝一口酸梅汤。不过事情总是不能遂人愿，眼见快到东华门了，天知道为什么竟然会在第二道横门前碰上那个黑黑瘦瘦的老头——王安石没事上东华门这边来做什么？

心里暗叫倒霉的石越，迫不得已也只好上前行礼，强打精神说道："石越拜见丞相。"

王安石似乎也没有想到会碰上石越，不过一转念就知道定是来陛辞的。欠身把石越扶起，王安石好久以来第一次细细打量石越——头上并没有如一般的官员一样戴着乌纱幞头，也没有戴官帽，而是如古人一样插了一根玉簪把头发束起来，显得格外英气。他忍不住将石越与他儿子王雱比较，石越的这种装束习惯和他儿子完全相反，王雱也不喜欢戴头巾幞头，但他却喜欢把头发披散，而石越却总是把头发梳理得整整齐齐；肤色已没有三年前那么白净，浓眉之下，一双眼睛炯炯有神却是光芒内敛，并无那种慑人的气势；嘴唇轻抿，并没有留胡须，这个爱好也挺像自己的儿子，到底是年轻人；身上穿着一袭紫色丝袍，腰束玉带，右腰侧挂着金鱼袋；石越的衣服并不如一般的宋人一样，以宽松简约为尚，反倒略裁剪得紧身，更显英武。

王安石平时既不太注意自己的仪容，也不太关心别人的穿着，这时候才猛然发现，石越浑身上下和普通人的穿着打扮乍看起来并没什么特别的不同，可略一仔细端详，竟是没有一处地方和常人相同。他心里一动，似乎觉察到什么，却一瞬即逝，这时候也不便多想，口里很客气地应承着："子明不必多礼。"

"方才下官去政事堂告辞，恰逢丞相不在，只向韩相公他们告辞了，不料在此碰上丞相。"石越虚伪地笑道。

王安石点点头，问道："这是陛辞出来吧？"

[1] 指皇帝、后妃等居住的地方。这也是宋朝对皇宫的特指。

“是。正欲往东门外，有同僚在那里设席饯行。”石越这是不欲与王安石多说。

但王安石却似乎没有注意到这一点，依然很和气地问道：“子明此次是初次出守地方，皇上交代了不少事情吧？”

石越怔了一下，不知道王安石吃错了什么药，他心念一动，说道：“皇上并没有说什么，倒是下官依然深以明岁旱灾为念，又有一些国事，向陛下进了三策，希望能于国家有所裨益。”

王安石也略怔了一下，似乎没有想到石越如此固执，但他今日心情却似乎格外平和，竟然只是淡淡一笑，道：“子明倒真是固执，你我同殿为臣三年，很可惜从来没有过深谈。此次子明出守外镇，再会不知何期！”

“下官岂敢和丞相谈学问？丞相的大作，下官大抵都拜读过，非下官所能及。”石越半真半假地说道。

“哈哈……若子明不配和我谈学问，天下似乎没有人可以和我谈学问了。子明的佳作，我也是全部拜读过的。可惜三年之间，竟白白错过，可叹，可叹。”

石越越听越觉得奇怪，不由打量王安石几眼，暗道：“这是当我永别给我送行呢，还是拗相公吃错药了？”嘴里却不过诺诺而已。

王安石表情颇为奇特，似乎是犹豫半晌，终于下定决心，略带严肃地说道：“子明，某家有一事不解，不知子明是否可以坦诚相告？”

石越心里暗暗称奇，忙欠身拱手，道：“丞相但有所问，敢不尽言。”

王安石点了点头，神情却有些不置可否：“其实，我是很想知道子明为何坚信明年必有旱灾？按理说，梦中之事，真假难料，而子明如此坚持，必有原因吧？”

石越没料到王安石会问这个，不由惊讶地抬头看了他一眼，心中这才知道王安石是真的精明。不过他在此时相问，未免又透着政治上的幼稚，石越别说不能说，便是能说，亦不会对自己的政敌坦诚相告，当下敷衍道：“此事谁又能肯定，不过防患于未然罢了。”

王安石倒是坦率得出奇，不信地笑道：“此事风险如此之大，岂能是防患未然就可以轻率开口的？子明既不肯相告，我也不便勉强。不瞒子明，此事若放到另一个人身上，我便要怀疑他是故意阻碍新法。”

“丞相明鉴，下官绝无此心。”

“这我自然知道，子明和那些徒知祖宗之法不可变的流俗之人毕竟不同。三年前读君之著述，我就明了，否则三年之前，便不能容子明厕身朝堂之列。”王安石言语之中，带着几分傲然。

石越再也料不到王安石和自己说出这种话来，看看王安石的神色，绝不似作伪，他不禁说道：“以丞相之明，自能知下官之心与丞相无二，都是为了天下百姓与大宋的社稷，但是下官所不解者，似司马君实、范纯仁之辈，何尝不是为了百姓社稷，丞相奈何不肯相容？”

王安石苦笑了一声，道：“彼辈便是存了好心，奈何学问迂腐。司马光精通各朝典故史事，却不知变通；范纯仁不及乃父多矣，他们又如何可以与子明并论？若是他们如子明般，虽然不是全然同意新法，却能拾阙补遗，于新法多有补益，某何至不能相容？子明今日虽然出外，他日却必定会坐上今天我的位置，到那时候，子明才会真正知道某的苦衷。他们今日不能助我，他日亦不能助子明。”

石越心里虽然不能尽然同意，却也只有默默不语。

“子明少年得意，锦衣玉食，民间利弊困苦，难以尽知。此次出外，一定要四处走动，不必以官场逢迎为意，把时间花费在交游之中。皇上以漕司、仓司、知州三职付于子明，便是希望子明可以不必把时间用在逢迎往送之中，可以四处巡视，胸中抱负，也只管在杭州大胆施行，积累经验之后，他日方可行之于天下。我今日为国家理财，施行新法，皆是在地方官时所得，若是一直做京朝官，也不过一俗吏罢了。”王安石语气谨慎，倒似长辈在叮嘱一个大有希望的晚辈一般。

石越这时候才知道王安石和自己说的是肺腑之言。想到自己一开始就利用王安石，慢慢巩固培植自己的政治力量，而王安石对自己却一直没有太大的恶意，心里又有点儿惭愧和感动。又想到二人只要同殿为臣，“相逢一笑泯恩仇”，终究是个幼稚而且风险极大的想法，又不禁有点儿遗憾。

“多谢丞相教诲。”石越恭恭敬敬行了一礼。

“后生可畏，我又岂能于子明有什么教诲！少年俊杰之中，唯子明、桑充国及犬子三人而已。”

“丞相……”王安石如此大反常情，真情流露，石越心中实在不能不感动，他终于忍不住说道，“明年灾害之事，朝议已定，绝不可违。孙固固执难辩，吕惠卿、蔡确于下官多有成见，朝议纷纷，下官几乎为天下之罪人，此时再说，已是徒劳。不过下官向皇上已献数策，他日万一不幸而言中，盼丞相能以天下苍生为念，体惜无辜元元，助皇上通过救灾诸法，则下官受恩实多。”

王安石正色道：“此是何语？若真有灾荒，我岂敢不顾百姓之生死？子明尽可放心。”

“另有二事，下官亦曾与皇上言及，但恐到时朝议反对者太多，皇上不能采用，丞相若能嘉纳，亦是大宋之福，百姓之幸。”

“哦？却是何事？”

“下官陛辞，向皇上上三策。其一为救灾，其二则是下官料定王韶此后必有大胜！王韶统军严明，深知羌人之情，又有勇气，本是不可多得的良将。有他在西边，诸夷心服，不敢妄动。但是本朝成例，一旦王韶大胜，羌人略平，必有大臣向皇上进言，召回王韶，酬以高官，这是防范边臣之意。下官以为此时王韶一旦回京，边事必有反复，在荡平瞎木征、彻底平定熙河之前，万万不可召回王韶。”

王安石叹道：“子明所说虽然有理，但是只怕……”

石越心知宋人防范边臣，几乎草木皆兵，当下也只是默然，半晌方继续说道：“第三事，是下官听说交趾[1]不稳。现在朝廷正在四处用兵，上有所好，下必甚焉。边境知州以为交趾小国可欺，为求边功，必定有人进言求对交趾用兵。今日国家之患，在西北与东北，交趾小国，胜之不足以偿所失，败则颜面无存。何况国家财政本来紧张，同时与两国开战，更是大忌！下官已向皇上进言，交趾现在可抚不可攻，待李家归服，幽燕光复，再徐图之不迟。”

王安石点点头，悠然叹道：“之前以犬子与子明相提并论，今日方知，犬子不及子明多矣。子明但可放心，交趾必不至于再兴边事。”

石越见王安石点头答应，心中不由大喜。他知道大宋之事，只要拗相公和皇帝都答应了，基本上就定了，这时连忙拜谢。

王安石忍不住取笑道：“公家之事，有何可谢之处？难道就你石子明一心为国的吗？”

石越这时几桩心事勉强放下，似乎天气都没有这么热了，笑着拱手告辞道：“丞相，下官先告退了，不便让臣僚久等。”

王安石微微点头，也拱手说道：“我就不去相送了，子明多加珍重。”

给石越饯行的酒会就在东城汴河之外的一个山坡上举行。石越将从汴河坐船，东下扬州，再转道杭州。石越本来想低调出京，所以才让白水潭的师生先一日出发，但是盛情难却，此时也只好让司马梦求等人护着夫人先行登船，自己带着侍剑前去赴会。而潘照临按着事先的商议，留在京师“照顾”石越的义弟唐康。

当石越赶到之时，不仅韩绛、吴充、冯京、王珪、曾布、苏辙等人都来了，王雱、吕惠卿、孙觉也赫然在列，比较显眼的是，权御史中丞蔡确没有来。

所谓的饯行，无非是赋诗壮行，叮嘱道别之意。韩绛和石越平时交往不多，这时甫登相位，石越就要出外，官场之人，就算心里恨得要死，脸上也是嬉笑如故，何况他一向深知赵顼的心意，知道石越前途无量，哪里愿意和石越结怨？所以才不惜以次相之尊亲来送行，更是请来几个歌女，唱着石越的曲子词，以为助兴。

“荆吴相接水为乡，君去春江正渺茫。日暮征帆何处泊？天涯一望断人肠。”

[1] 指统治范围为今越南北部的李朝，其曾受宋朝册封为交趾郡王。

王雱手持金樽，走到石越跟前，假惺惺地叹道："子明此去，可惜汴京城中再无知音。"

石越不怀好意地笑道："元泽何出此言？似吕吉甫，非君知音乎？一向听说元泽兄有横戈荡平诸夷之志，奈何今日竟然效小儿女状？"

王雱干笑几声，道："子明责备的是，飞蓬各自远，且尽手中杯，那就先饮此杯，为君饯行。"说罢一饮而尽。

此时吕惠卿也微笑着走近来，笑道："我无德无能，哪能敢充元泽的知音？天下也唯有子明能配。不过以子明的才华，声闻宇内，倒真说得上是莫愁前路无知己，天下谁人不识君。子明此去，多多珍重才是。"说到后来，虽然脸上还勉强带笑，声音却已哽咽。

他如此神态，看得侍剑暗暗纳闷："都说吕惠卿欲置我家公子于死地，怎么竟如此舍不得我家公子，似是多年知交好友一般？"

石越心里暗骂，却不能不佩服吕惠卿这份拿得起放得下，装什么像什么的本事。昨日白水潭三十余师生东行，吕惠卿亲自骑马在岸边送出十里，待这些师生船只走远后，又派人快马沿岸追上，赠上三十多把雨伞，道南方多雨，恐众人未备，特意送上，倒比石越更透着几分关心，惹得白水潭那些送行的学生回校后，纷纷都说吕惠卿爱惜人才，不愧"贤人"之称。

石越虽然知道吕惠卿虚伪，却也半分发作不得，否则倒显得自己气量不足了。因此尽管知道对面这个家伙心里恨不能置自己于死地，却也不得不笑着应酬，道："多谢吉甫关心。"

"子明此是第一次去江南之地，一定要为皇上爱惜身体。路途不可太赶，以免过于劳累，便是子明受得住，夫人也受不住，因此不妨缓缓行之。三个月到任，时间尽是来得及的。"吕惠卿强忍着眼泪，拉着石越的手叮嘱道。他这么一做作，便是连韩绛也不能不佩服他了。那些官品稍低，不知内情者，更是以为石吕二人关系不同寻常。

石越见众人都点头附和，也只好随声答道："不劳吉甫与诸公牵挂，在下理会得。"

吕惠卿又道："这几天天气酷热，坐在船中，更是闷气。我知子明必无远行的经验，因此着人准备了一些避暑与旅途必备之物，已让人送到船上去了，或有用得着之处。"

饶是石越在官场之中混了三年，也没有碰上过吕惠卿这样的人物，他几乎是苦笑着道谢："多谢吉甫如此关心。"

吕惠卿点点头，长叹了一口气，道："虽然说子明此去是为天子牧守一方，又能造福一方百姓，三年任满，皇上必有大用。但是毕竟自此之后，有很长时间再不能听到子明的清音，以后又有谁能在朝堂之上为介甫丞相拾遗补阙？为朋友则是诤友，为天子则是诤臣！唉，子明一去，再也听不到新奇的议论了。于私心，我的确是希望车轮四角，多留一留子明，然而子明之身，竟已是皇上的、朝廷的了，为了公心，我却是希望子明在杭州能有一番作为，造福一方百姓！”

“吕天章说的是，我辈见识不及此处呀。”除了少数官位较高者，许多职阶较低的官员，都不禁要点头附和，私声窃语，以示赞成。

王雱和谢景温见此情景，实是大出意料，对视一眼，谢景温轻轻用手在王雱手心写下“可惧”二字。王雱脸色已是微变。去了一个石越，新法的路上，说不定这个吕惠卿才是最可怕的敌人！

这时只听吕惠卿带着几分慷慨说道：“君将远游，子明非常人，惠卿不敢以常礼相送。为君引歌一曲，以为壮行！”说罢击掌数声，便有仆人送上一把古筝。吕惠卿轻引筝弦，便闻吭吭之声。

“卧病人事绝，嗟君万里行。河桥不相送，江树远含情。别路追孙楚，维舟吊屈平。可惜龙泉剑，流落在丰城……”他的声音清朗而略显低沉，一首唐诗之中的惋惜与赞赏之意让他演绎得淋漓尽致，连石越都不禁要为他叫好。若不是还保持着几分清醒，也许石越自己都要怀疑吕惠卿竟不是自己的政敌，而是惺惺相惜的故交知己！

吕惠卿一曲奏罢，划弦而断，长叹道：“此曲不复弹矣。”这酷暑炎热之中，平添几分萧索之意。

石越同众人再次道别珍重，带着侍剑翻身上马，又回顾众人一眼，抱拳道：“诸公，后会有期！下官就此告辞了。”说罢也不回头，驱马往码头而去。

6

当时在位的辽国皇帝叫耶律洪基，在另一个时空的历史中被称为辽道宗，是辽国历史上倒数第二位皇帝。作为一个君主来说，他绝对称不上一个明君，但是同样，他也并非无能之辈。这一年他三十九岁，即位已经十五年，在这十五年当中，耶律洪基最大的爱好便是打猎。他甫一即位，便信任皇太叔耶律重元，加封其为天下兵马大元帅，后来耶律重元谋反，耶律乙辛平叛有功，即加封魏王，事无大小，皆得专决。而身为皇帝的耶律洪基本人，则把自己的大部分精力用于从一座山到另一座山的围猎。这位皇帝，将辽国的“四时捺钵[1]”制度发扬得“淋漓尽致”。

[1] 辽帝保持着先人在游牧生活中养成的习惯，居处无常，四时转徙。因此，皇帝四时各有行在之所，谓之“捺钵”，又称“四时捺钵”。

七月，辽国大熊山，萧佑丹有几分无奈地看着骑在名为“飞电”的骏马之上，兴高采烈地射杀一只只野兽的皇帝。自从出使南朝归来之后，他心里一直就有深深的忧虑。身为皇后萧观音的远亲，他心里非常明白太子耶律濬现在的处境。太子今年十六岁，再过两年才能成人，正式出掌大权。到那时候，耶律乙辛的权势真不知会是什么样了。现在国内大小事情几乎都由耶律乙辛一人说了算，有时候连皇帝都不需要通知。唯一能与之对抗的，也就是后族萧氏几百年来的势力，但是皇帝对耶律乙辛非常信任，根本听不进任何话语。

他忍不住把目光投向那个十六岁的少年。耶律濬长得非常清秀英俊，可能是更像他母亲的缘故。他母亲萧观音是辽国所有皇后中的异数，她诗词歌赋无所不通，一手琵琶绝技号称天下第一。辽国自从诞生在这个世界上以来，就从没有过这样的皇后。太子耶律濬兼得父亲的英武与母亲的清秀，是很多魏王反对者心中的寄托，包括萧佑丹在内，都知道皇帝是不能劝说了，只有等待耶律濬快点成人。

从南朝回来后，萧佑丹每次看到耶律濬，都会想起南朝那对年轻的君臣。他经常在梦中惊醒，被震天雷那种巨大的声响和石越那冷酷的笑容所惊醒！大辽朝野上下都以为宋廷依然是真宗那种软弱无能的皇帝在位，都以为可以每岁安享岁贡，时不时再恐吓一下宋朝君臣，就能让契丹人永远在北方称王。自从澶渊之盟以来，大辽君臣早已把宋人对燕云十六州的企图当成了一个笑话。现在朝廷中，只有自己和太子知道这件事不再是一个笑话。也许魏王耶律乙辛也是知道的，不过他现在心里想的，恐怕是怎么样登上九五之尊的大位吧？

辽国宫廷的斗争远比宋朝要残酷血腥，夺位、叛逆，自从契丹建国以来，就从来没有停止过。胜利者能够主宰天下，失败者满门皆死——这是血的法则！所以这个太子非常明白，自己的地位一直有无数人在觑视，而值得信任的臣子中，萧佑丹算是一个。他从宋朝一回来，耶律濬立即和他谈论宋朝的种种。辽国贵族们都对石越充满好奇，当他从萧佑丹嘴中听到石越对燕云、辽东的野心之时，耶律濬几乎是立即意识到，自己在国内与国外，都已经有了强劲的敌人！

虽然他意识到遥远的汴京中那对年轻的君臣可能是自己最危险的敌人，但是现在来说，自身难保的情况下，他首先是要保住自己的太子之位不被动摇。

“濬儿，射那只獐子！”耶律洪基大声喊道。

萧佑丹和耶律濬这才发现一只獐子慌不着路，窜到了离自己几十米远的地方，他也不及多想，摘弓搭箭，羽箭如闪电般射出，正中獐子大脑。几个武士见太子射中，欢呼一声，跑过去捡了猎物，抬到耶律洪基面前，禀道：“陛下，太子勇力惊人，一箭竟然将獐脑射穿！”这些武士也非常吃惊，毕竟耶律濬只有十六岁。

“果然是朕的好儿子！”耶律洪基跳下马来，拍了拍耶律濬的肩膀，以示赞赏。

“儿子这是遵父皇的教诲，契丹的男人，一定要成为能够上马打仗的男子！”

“说得不错！我就是怕你被你母后带坏了，所以才把你带出来。若是你去学着作诗画画，日后和那些南人一样，必然坏我契丹大事。”耶律洪基笑道。

萧佑丹听到这父子的对白，却不免又喜又忧。喜的是太子尚还得宠，忧的是皇后似乎不太讨皇帝欢心。自古以来，皇后若不受宠，太子能安其位的，虽然不能说没有，却总是不多。

正在患得患失之际，远远一人身披重甲而入，高声喊道：“报——”

萧佑丹移目注视，他知道此人叫萧忽古，本是原西北路招讨使耶律萨沙部将，能够披重甲跃驼峰而上，耶律洪基特意招他为护卫，宠信有加。这时只听萧忽古说道：“陛下，南院大王耶律哈哩济遣使来报，道南朝王韶军前月攻克河州后，降羌忽然叛变，王韶不得不回师平叛，现在不知所踪，细作有言其全军覆没者。”

“好！”耶律洪基听到这个“喜讯”，不由喜动颜色，“让那些羌人给南人一些苦头吃吃，他们必能安分许多。”

耶律濬和萧佑丹对望一眼，两人心里都不由流露出一丝苦笑，心知天下事哪能这般如意，这不过是没有证实的消息。不过这时节，却也不敢扫耶律洪基的兴致。

萧忽古也不置可否，只继续报告：“敢问陛下要不要接见使者？”

“不必了，赏了他让他回去就是。”耶律洪基挥挥手，就准备继续上马打猎。

萧忽古却似没看见一样，又道：“又，陈国公、参知政事张孝杰遣使来报。”

耶律洪基不耐烦地说道：“又有何事？”

耶律濬和萧佑丹心里却不由紧张起来，张孝杰是兴宗年间的状元，辽国汉人最得耶律洪基宠信者，和魏王走得很近。他又有什么事来报告？

“有两件事，一是乌库德哷勒统军上报，道部人杀节度使叛乱！”

“这是什么大事！让魏王分兵进讨！另一件呢？”耶律洪基根本不以为意。

“遵旨。另一件是南京来报。之前南京连续数月不雨，蝗虫四起，近日得报，道归义、涞水两县蝗虫已飞入宋境。”萧忽古报告事情永远是公事公办的语气，若换上别的臣子，必然大赞一番耶律洪基的圣德，张孝杰言事的札子上便有十分之九的话在干这件事情。

耶律洪基听到这个消息，哈哈大笑，喜道：“妙极，妙极！”

辽之所谓“南京”，便是北平。若说那里的蝗虫曾经让耶律洪基困扰过，只怕没有人会真正相信。但是蝗虫能飞入宋境，让宋人也苦恼苦恼，耶律洪基却是免不了要龙颜大悦的。他见耶律濬脸上没有高兴之色，忍不住笑问道：“太子可知此事妙在何处？”

“让祸水南流，自是妙事。”

耶律洪基大笑摇头，道：“你只知其一，不知其二。蝗虫南飞，朕料定南人明年必然大灾，到时候南朝灾民聚集，朕再集师二十万于边境，遣一使者至开封，让宋人割地赔钱。宋人内忧外患，必然不敢不从。本朝不费吹灰之力，又得土地又得钱粮，正好补上今岁蝗灾的损失。真是天助大辽！”耶律洪基越说越得意。

耶律濬和萧佑丹却已是忧形于色，又不敢直言，只能顺着耶律洪基的意思赞道：

“父皇英明！”

“陛下英明！”

7

七月份辽国蝗虫入境的事情却并没有及时反馈到大宋朝廷。

地方官员不知道朝中曾经发生过一场重大的讨论。蝗虫这几年几乎年年都有，只要为祸不大，便没有人上报。官场的常态一向是报喜不报忧。

七月份的宋廷，赵顼忧心的是突然失去一切消息的王韶军。当然，也许现在有消息了，只不过传到京师来，必有延时。此外，自石越走后，近一个月的时间里京师滴雨不降，也已是铁一般的事实。这样下去，石越预言极可能成真！而这一季的收成，算是没有了。赵顼对此充满了担心，王安石和几个宰相的脸色也一天比一天难看。老天爷似乎已经在验证石越的话，但是每个人心里都存着一分侥幸——也许明天会下雨。现在的情况虽然对生产会有影响，但并不致命。没有人愿意去想，可等到“致命”的时候，是不是有点儿迟了？

潘照临心里亦不禁苦笑，六月份的时候，时不时下着小雨，在雨中讨论旱灾，的确缺少说服力。没想到一个月过去，天象就表露得如此明显！如果改成这个时候说旱灾，很多人心里只怕就会相信了。不过说什么都迟了，石越此时已经快到杭州了。

自从石越离开汴京之后，新党们一时间变得非常活跃，又是吕惠卿提请在各路增设钱监，多铸铜钱，又是王雱提出重划行政区域，又是详论方田均税法……整个朝廷似乎在自欺欺人地忙碌着。

潘照临留在京师本来负有重要的使命，但现在看来，他自己都有点儿怀疑这个使命有无必要。

现在京师的气氛的确有点儿怪异。就连一向充满活力的白水潭学院，这时候也因为接近毕业考试与期末考试，加上悼念大学者周敦颐逝世，变得非常安静。秦观有一次甚至开玩笑说：“现在白水潭学院唯一的声音，就是建造钟楼的声音。”

潘照临一边想着这些事情，一边跨进一间酒楼。酒楼外有一面旗子，绣着“唐记迎宾楼”五个大字。

店小二看到潘照临进来，轻车熟路地把他引进一间雅座，这显然是熟客了。

“先生，今次要点什么？”

“还是老样子。”潘照临眯着眼睛答道，眼角向隔壁的雅座一瞥。

“那位官人已经来了。”店小二压低了声音说道。

潘照临点点头。店小二不再说话，悄悄退出。潘照临拿起一份《汴京新闻》，慢慢看起来。

和潘照临隔了一个雅座的包厢之内，有两人用不大不小的声音在交谈。

“供奉，听说朝廷最近在诸路增设钱监。家兄想谋个差使，想请供奉指条明路。”一人谄笑着说道。

“哎哟，鲁二，你这不是害洒家吗？若是现在得宠的李中尉、李向安、张若水他们，或者还能偶尔向外面的诸公说个情，我若是干请，官家非斩了我不可。”一个声音尖声说道，显然是个内侍，他口中的李中尉便是李宪。

“瞧您说的，小人哪敢乱了国法呀？不过都说现在朝廷之中，有王衙内、吕学士、曾计相、蔡中丞四人说话最有用，供奉这么疼小的，若能告诉小人和哪个求告最好使，小人便感恩不尽了。”

“嘿嘿，你都打听清楚了，来问洒家做甚？你老哥是想找谁说呢？”

“别人我们也巴结不上，王衙内那里，小人可以找人说说。吕学士的两个兄弟，隔上几转找个故交同年说说，也是能的。”这人说话倒是老实。

“这不结了，这两家答应了，哪有事不成的？你问我做甚呢？”

“供奉见笑了。嘿嘿……这两家也不是轻易孝敬得起的，所以小人才想问问供奉一个准信……”

“依我说，哪家都成。左右小小一个钱监，哪用得着惊动他们两位。”

“供奉明鉴。”那人赔着笑说道。

“洒家知道你家老兄的算盘，想傍上一棵大树了，以后就一直顺着往上爬。是不是这个主意？”

“嘿嘿……有什么事能瞒过供奉呀。”

“依我看，趁早不用打这个主意。”

“怎么说呢？”

“俗语说，花无百日红，人无百日好。现在风高浪急，不知道哪天谁翻船。”

“还盼供奉明示。”

“和你说说也无妨，当初我进宫，还是托了你家老爷子，否则这话我不敢乱说，传出去就是杀头的罪。”

“供奉尽管放心，小人定不敢乱传。”

“依洒家说，王衙内也好，吕学士也好，你家老兄现在只好赌命。这二虎相斗，必有一伤，至于谁胜谁负，洒家也不能未卜先知。”

“这……”那人显然有点儿不相信，“一个是丞相公子，自不消说，吕学士和王相公不也是号称孔颜孔颜[1]的吗？”

“孔颜孔颜……你可知道伯鱼和子路联手害颜子的故事？”

“啊？这个……小的读书少……”

“嘿嘿……这个典嘛……”

两人声音越来越小，几不可闻。

潘照临把手中最后一份报纸放下，这是新办的《谏闻报》。

“已经走了？”

“全走了，先生。”回话的是店小二。

“赏那两个伶人，把他们送到南方去，不可让人知道他们二人和我或者唐家有什么关系。”潘照临嘴角露出一丝冷笑。

“小的理会得。”

8

吕府。

“哥，你可知道伯鱼是谁？”吕升卿回到家里时，吕惠卿正在和陈元凤闲聊。他和陈元凤随手打个招呼，就迫不及待地向吕惠卿问道。

吕惠卿皱了一下眉头，又好气又好笑，自己这个弟弟真正的不学无术，还不怕丢脸，哼了一声，也不去理他。倒是陈元凤笑道：“伯鱼是孔子的儿子，子思的父亲。”

“啊？”吕升卿一下愣住了，“那么伯鱼和子路联手害颜子的典故，又出自哪里？”

这一下陈元凤怔住了：“伯鱼和子路联手害颜子？这个学生倒没有听说过。惭愧。”

吕惠卿却是素知自己这个弟弟的，便问道：“你是在何处听来的村言野语？”

[1]　孔子与其弟子颜渊的并称。

“我刚刚在酒楼里听隔壁的人讲话听到的。”

吕惠卿和陈元凤相顾一笑，不由来了兴趣，笑道：“他们都说了什么？”

吕升卿瞥了陈元凤一眼，不肯便说，吕惠卿早知他意，笑道：“履善是自己人，不妨事。”

“既是如此，我便说了。”吕升卿也不隐瞒，把他在酒楼听到的对白一五一十全部学了一遍。话未说完，陈元凤和吕惠卿脸色已然变了。吕惠卿对王安石执弟子礼，好事者说王安石是孔子，吕惠卿是颜子，也不是一天两天了。伯鱼自然就是王雱，子路就是曾布，那个内侍说的什么，简直呼之欲出了。

“他们真的这么急不可耐了吗？”吕惠卿苦笑着对陈元凤说道，“新法大业未成，相煎何太急！相煎何太急！”

陈元凤道：“恩师，这位伯鱼兄一向心胸狭窄，不能容人。只怕不可不防。”

吕升卿似懂非懂，一肚子的莫名其妙。

“只怕是他人设计离间，亦未可知。”吕惠卿皱着眉，依然保持冷静。

陈元凤冷笑道：“恩师只管仁义待人，哪知他人阴险呢。请看这个……”一边说一边从袖子中抽出一封信来，递给吕惠卿。

吕惠卿接过来，略略扫了一眼，脸色越发难看。

“这是晋江知县给学生的一封信，他说最近有人在那边打听恩师的家产田地之类的琐碎事，有认得的说此人也在‘伯鱼’门下行走过。”陈元凤缓缓说道，“学生此来，本就是想给恩师提个醒的。”

“我行得正，坐得直，不怕别人用这鬼蜮手段。”吕惠卿冷笑道，“只不过现在朝中老朽之辈守旧迂腐，能助相公者没有几人，凡事总得以公事为重。”

陈元凤却是知道吕惠卿绝对没有他说的那么行得正，宋代官员都有限田，吕家田地数千亩，早已远远超过规定的数目，而且其中还有许多田地是强买来的。吕升卿、吕和卿受贿之后，便寄往老家广置田地家产，在吕惠卿的特意关照下，一族人都从中受益。做过晋江判官的陈元凤自然是知道这些陈年故事要被翻出来，对吕惠卿的影响多大，因笑道：“虽说如此，但是贵族中人多事烦，若有一二人做事不够周详，被别有用心的人放大，亦不可不防。”

“石越前脚刚走，他们便后门操刀。竖子真不足与谋！”吕惠卿长叹了一口气。

陈元凤又说道：“福建路提点刑狱检法赵元琼前日离京，与‘伯鱼’通宵达旦欢聚，外人均不知他们说了什么，这种种事情联系起来……”

吕惠卿摆了摆手，面有难色，沉吟良久，才轻声叹道：“投鼠忌器。”

“人为刀俎，我为鱼肉。这时节还能管什么器不器的？那政事堂之位，难道是有种的吗？”陈元凤轻咬碎牙，狞笑道，“不如先下手为强！夫子虽贤，难道‘伯鱼’

便清如水吗？”

吕惠卿心如明镜，他知道陈元凤自然是盼着自己早登相位，他作为自己的心腹，便可水涨船高，好出一口一直被桑充国、唐棣等人盖过的恶气。宰相之位，自然是他吕惠卿梦寐以求的，但是此时……

“履善，做事不可冲动，一定要耐得住性子。”吕惠卿抬起头来，跃入眼帘的是一幅自己的手书——小不忍则乱大谋！

9

石越从汴河坐船，直抵扬州。一路上淮南东路的官员士子们早已得讯，想要沿途邀请，会一会儿名满天下的石子明。但是低调而行的石越，自离开汴京后，就没有摆官船的架子，一路静悄悄地顺流而下，顺利到了扬州。然后石越便不肯继续坐船，改行陆路，想要过一番微察私访的瘾。

直到此刻，石越才深深明白自己是中了武侠小说的剧毒。在汴京、扬州这样的大城市倒还不觉得，客栈酒楼遍地都是，但是一出了这些大城市，要找一家客栈，那就纯粹要碰运气。石越这才知道，原来古代的庙宇竟然还有旅店的功能，一路上除了住沿着官道的驿站之外，多半是住在庙宇里。

“大哥，为何过了太湖之后，你似乎心事一日重过一日？”韩梓儿终于忍不住相问，石越的眉头紧锁也不只一天了，连司马梦求和陈良也心事重重，一点儿也不似在扬州之前谈笑风生的样子。

石越驱马近前，勉强挤出一丝笑容，说道：“也许我只是杞人忧天，妹子不用担心。”

“学士，只怕不是杞人忧天。”司马梦求适时泼了一盆冷水。

“子瞻应当不至于瞒报灾情，我读过之前的奏章公文，都说两浙路旱灾已经得到控制，本路无一个流民。”石越也不知道是在替谁宽心。

“没有一个流民并不难，两浙路本是产粮之区，自钱氏起，这里太平之世便远长于别处，百姓家家都有余粮，一岁之灾，再加上官府赈济，断不至于有流民的。”

“子柔说得不错，何况子瞻只管杭州，这里还不到杭州境内。只是自过太湖以来，田地里庄稼稀零，许多的田地干枯，那么灾情就算得到控制，情况也绝不乐观。”

“不错，学士，你看那边，若在彼处蓄水，自可以灌溉这一片田地。如此放任，自是百姓已无余力，而官府却殆于组织之故。”陈良一边说一边叹气，若非在马上，几乎要跺脚了。

“大哥，天子既将这一方托付给你，你须得救这一方的百姓。”梓儿一向深信石越无所不能。

“放心吧。不过眼下也只能到了杭州再做打算。”石越不知道是安慰自己还是在安慰韩梓儿。

其时杭州户口约二十万。石越早先查阅典册，知道全国户口千余万，成年男丁三千余万，平均每户男丁将近四人，而杭州虽然有户二十万，男丁却不到三十万，平均每户不到两人。因此知道此处风俗与中原北方不同，百姓往往以小家小户立业，又民间风俗趋利，富庶虽然不及扬州，却也往往过于北方。石越本以为苏轼在杭州为官几载，据说浚清西湖，兴修水利，简政宽民，颇有治声，唐家在淮浙一带也是经营数年，自己上任之后，便可有一个好的基础，真正有一番作为，不料人还没有进杭州，眼底所收，已不容乐观。

众人一路行来，杭州城北门终于渐入眼底，官路上行人也渐渐熙攘。司马梦求知道一行人既带着女眷，似石夫人这样的身体，断然耐不得紧赶的，因挥鞭指着前方一酒旗飘扬之处，笑道：“学士，我们不妨在那边歇歇马。”

石越点点头，道：“也好，只不过不要惊扰了百姓。”

“我们理会得。”一边约束了家人，一行人便往那个路边的小店赶去。

到了酒旗之下，石越这才发现杭州毕竟不能和汴京比。汴京城外，特别白水潭学院一边，酒楼林立，繁华不逊城区，而这里距杭州城不过数里，却不过简单地搭了一座草屋，沽些酒水给行人解乏罢了。如石越这么一行浩浩荡荡的，别说不惊扰，就算把别的客人都赶跑了，也是坐不下的。

那店主却是一对年轻的夫妇，江南人氏，虽然是市井小民，长得也清清秀秀。二人见到四五辆马车，外带十数匹人马停在店前，连那些仆役打扮的人都衣着光鲜，自然知道非富即贵。店主连忙小跑过来，对跑在最前面的侍剑作了个揖，说道：“官人可是要歇马吗？”

侍剑闻言一怔，杭州官话与汴京官话大不相同，他半晌才明白过来，原来这个店主把自己当成了主人，不由笑道：“我可不是什么官人，我是书童，来你们这儿自然是要歇息的，不过……”见惯了动则占地数亩，楼上楼下内房外房这样的大酒楼的侍剑，看到这个店子，不由直皱眉。

店家虽也听不懂侍剑的话，但察言观色，便知道自己弄错了，憨憨一笑，不住搓手，看看这一群人，又看看店里坐的客人，脸上也有难色。

这时石越已驱马过来，看了一眼店子，笑道：“贤主人贵姓？”

店主愣愣地看着石越，不知道他说什么。

司马梦求知道他不懂，笑着用杭州话说道：“我家主人问你叫什么名字？”

“小的叫苏阿二，官人叫我阿二就是。”

“阿二，你不必为难，只需找一两张干净点的桌子，给我家主人坐下就是，坐不下的，你打了酒送到他们手里，倚着马休息一会儿就好，我们坐一会儿便要进城的。”

石越听到二人的对白，笑道：“纯父的越语说得不错呀。”

“见笑了，此前亦曾游历至此。这边的百姓，若非士子官吏，十之八九是不会说官话的，便是听也听不太懂。”

二人说笑之间，苏阿二已经收拾了一张桌子，把石越一行人引到桌边坐了。司马梦求点了几个菜，石越随便吃了几口，便把苏阿二叫了过来。

“这位官人，可是饭菜不合口味？”苏阿二怯道。

石越看了司马梦求一眼，司马梦求微微一笑，道：“饭菜甚好。叫你来只是想问你几件事，你尽管直说，只要不撒谎，完了便赏你。”

“官人要问什么只管问便是，小的无有不说的。”

“那就好，我问你，今年田地收成如何？”

苏阿二顿时脸色一黯，答道：“哪里有什么收成呢，过节以来几个月没有下过雨，除了沟渠边上的地，六成以上地方的稻苗都干死了。后来下了一点雨，苏知州从淮南买回来‘百日熟’叫我们补种，还是死了一半以上。大伙全指着剩下的那点收成，还不知明年一年要怎么过日子。”

“明年？我说店家，你用不着担心。你看这份报纸上说的什么……”旁边一个客商显然是听到二人的对话了，忍不住插嘴说道。

“怎么能不担心呢？报纸上说什么也不能变成粮食。”苏阿二叹了口气，他倒是见过报纸，倒也并不觉得稀奇。

石越和司马梦求相顾一笑，司马梦求对那个插嘴的人笑道：“这位仁兄，你那是什么报纸？”

“我这个是中书省政事堂亲办的《皇宋新义报》，你看这里，说苏公即将调任岳州知州……”那人洋洋得意地卖弄着。

“啊？”旁边不少人听到这个消息都有点儿坐不住了，“苏知州可是好官，调走了明年的日子只怕更加艰难，你居然还说不用担心！”

“瞎……你们知道什么，你们知道新任知州是哪位吗？”

“是谁？”

“小石学士！”

“怎么可能，造谣！”

“就是，小石学士是天子身边的红人，怎么可能来杭州？”

“分明是乱说！”

不信任的声音此起彼伏。

那人涨红了脸，冷笑道："你们知道什么，乡野村夫！这是《皇宋新义报》的消息，白纸黑字，三个状元公主笔，还会是假的？"一面对石越和司马梦求、陈良远远行了个礼，说道："这三位官人一看就是读书公子，你们做个证，说我说的是假的不？"

石越和司马梦求、陈良三人相顾莞尔，这些人只顾高声争辩，石府的家人、随从、女眷，老成的尚能端正，忍不住的早已笑成一团。

陈良忍住笑，说道："真假且不论，只是为何说小石学士来了，就不用担心了呢？"

没等此人回答，早有旁人说道："这位先生可就问差了，若真的是小石学士来了，自然不用担心。小石学士是左辅星下界，要风便有风，要雨就有雨，区区小旱，算得了什么？怕的就是官家怎么肯放小石学士来这东南边远之地。"

石越等人闻言，不禁绝倒。

不料苏阿二也正色说道："几位官人莫要不信，二十多岁做到学士，就是文曲星也没这般厉害的。"

"不错，不但文章学问好，而且还能做震天雷。我听说在汴京演武，当场炸死几百个契丹人，辽主吓得要写降表！"这人一边说一边咂舌，以示惊讶佩服。

石越见到此人形态，再也忍俊不禁，一口酒全部喷了出来，司马梦求和陈良还能端庄，侍剑却早已笑得打滚。那些家人彼此传话，这里面说的话早已传了出去，店外官道之旁，已是笑成了一团。

最先发问的那个人见到这个情景，心知古怪，又听众人说话口音明明是汴京口音，因试探着问道："几位官人都是从汴京来的吧？难道这说的是假的吗？"

司马梦求笑道："我们可不知道真假。只不过震天雷并不曾炸死几百个契丹人便是……"正说话间，忽然听到外面马声嘶鸣，又有人叫道："还不回避？彭使君驾到，闲杂人等让开！"

石越讶然望了陈良一眼。使君是宋人对知州的别称，这是在杭州境内，前任知州是苏轼，现任是他自己，又哪来一个彭使君？

却听陈良低声笑道："这多半是有人过称官职。学士有所不知，其实本朝官员过称官职也是常事，只不过此前朝廷曾经严令禁止过一次，所以在东京官员们还比较收敛，不过地方上，却依旧是屡见不鲜的。有些是下人谀称，有些干脆是官员自己要求如此，这种事也不算少，所以即使是上官听到，也不以为怪。这'彭使君'的话，新任杭州通判倒是姓彭，叫彭简，仁宗朝翰林学士彭乘之族弟。"

司马梦求哑然笑道："可是'当侯萧萧之候'的彭乘？"

陈良点头笑道："正是。"

石越不知道二人说的是仁宗朝的一个典故，彭乘做翰林学士时，有边臣希望回朝见见皇帝，仁宗答他等到秋凉就可以动身了，彭乘代皇帝草诏批答："当倏萧萧之候，爰堪靡靡之行。"故作酸文，一时之间哄笑士林，被天下人传为笑柄。似司马梦求等人对这种事情自然知之甚详，石越却未免要不知所云了。

司马梦求知道石越对这些不太熟悉，笑道："公子和彭乘相交泛泛，自是不知。若是说到彭几彭渊材，想必是知道的，这三彭正是一族，彭渊材似是族叔。"

"彭渊材，可是剃眉之彭渊材？"石越忍不住扑哧一笑。

原来彭渊材以布衣游历京师，最有意思的一个人，他和曾布颇有交游，石越自是知道此人。这位仁兄在庐山太平观看到狄青像，大起仰慕之心，竟然吩咐家人把自己的眉毛剃成狄青一模一样，为人最是滑稽迂阔。曾布因为他通晓诸国音语，向石越、桑充国推荐，让他在白水潭学院讲博物，他却常常喜欢谈兵事，讲大话。一次和人说："行军驻营，每每担心没有水，近日我听到一个开井之法，非常有效。"当时他住在太清宫，人家就逼他一试，结果无可奈何之下，这位仁兄便在太清宫四周挖井，挖了无数个洞，一滴水也没有出来，让太清宫的道士们哭笑不得。又有一次去某人家里，自夸有咒语驱蛇之法，不料话音未落，就出来一条大蛇，某人便让他驱蛇，他流了半天的汗，被蛇追得到处跑，末了不忘告诉人家："这是你们家的宅神，驱不得。"于是白水潭学院的学生每每嘲笑他说："先生虽然是布衣，却有经纶之志，谈兵晓乐，文章都不过余事罢了，只是挖井、驱蛇这两件事，实非先生所长。"彭几怒目相向，道："司马迁以郦生事事奇，独说高祖封六国事不对，竟不在其本传里记载，而在子房传中记载，这是隐人之恶，扬人之美。有这样的好样你们不学，反来说人挖井、驱蛇之事！"如此种种笑谈，传遍京师。当日范翔在石越门下行走之时，经常拿来做笑柄，所以石越一听到彭渊材之名，便忍不住好笑。

这种种事情，司马梦求等人自然也是知道的，一齐笑道："正是此君。"

石越心里不禁起了好奇之心，一来想知道这彭简是不是和他族中二彭一样有趣，二来杭州通判在此一郡，实是要职，任何公文，若无他的副署，都不能生效，实际上是和自己这个知州互不隶属的并列行政首长，因此他也有意打好关系，正欲起身相迎，不料外面竟然传来吵嚷之声，其中还有几个人的哭声。

石越不禁脸色一沉，对侍剑说道："去看看怎么回事。"

司马梦求怕侍剑少年生性，反滋事端，连忙站起身来，道："让我去看看便是。"整整衣冠，便往店外走去。

待他出得店来，大吃一惊。石府所有家人一个个脸有怒色，张弓搭箭，瞄准一个穿绯色官服的中年男子，那边的官兵也已执刀在手，虎视眈眈。

"石梁，怎么回事？"跟随石越来杭州的家人，为首的叫石梁。

石梁走过来，行了一礼，兀自满脸怒容，道："先生，这个官儿不讲道理，竟敢要我们回避，险些冲了夫人的车驾。那些百姓回避迟了，便挨了鞭子，连我们的人也挨了两下。这是官道上，哪能容这么横冲直撞的！"

司马梦求听到冲撞到石夫人，不由吃了一惊，连忙问道："夫人没事吧？"

"没事，小的们护住了。"

"那就好。"司马梦求放下心来，冷冷地喝道："让我们的人把兵刃放下，光天化日，成何体统，又不是贼匪，怎么敢和官兵动兵刃！"

石梁虽然心有不甘，却也不敢顶撞，策马过去，高声喝道："收起兵器。"

石越府上一向由潘照临管治，御下颇严，这时既然传下令来，众人心里虽然愤恨，却也不敢说什么，只得依言收起兵器。

那边那个官员却以为这边毕竟是怕了官府，不禁脸上又有得意之色。不料司马梦求却不理他，只冷冷对石梁说道："石梁，府上的规矩，你懂是不懂？"

石梁这时才醒悟自己做的事犯了规矩，跃下马来，跪倒在地，道："请先生恕罪。"

"你保护夫人，本没有错。不过事情既然过去了，就应进来通报，居然敢和官兵对阵，你好大的胆子！家有家规，要么你自己认罚，要么把你开革了，你所作所为，与石府无关，你自己选吧！"

"小的甘愿认罚。"

"那好，来人啊，先把石梁给我绑了。"司马梦求喝道，便有两个家人过来，把石梁给捆结实了，拖到一边。

那个官员看到这边做作，摇头晃脑地笑道："你倒是个明白人，既然你如此知情识趣，只要把这个没法没天的小子交给本官，本官看在你是个读书人的分儿上，也不为难你。"

司马梦求抱了抱拳，笑道："不敢请教席下[1]名讳。"

"大胆，我们家使君的名讳也是你问的？你眼睛瞎了，看不见吗？还是不识字？"

司马梦求冷笑一声，找到仪仗中写有官职的牌子，果然是"通判杭州……"

"原来是彭监州，失敬了。"

监州是对某州通判的简称，听到对方如此称呼，彭简心中不悦，用鼻孔"哼"了一声，骑在马上，眼睛望天，微微抬了抬手，以示还礼。

司马梦求也不管他，又彬彬有礼地说道："彭监州冲撞本府车驾，想来我家主人

[1] 宋时下位者对上位者的常用尊称。

不会见怪，只是如果一直骑在马上，不肯下马，只怕多有不妥。”

“冲撞你们的车驾？”彭简想不到司马梦求说出这样的话来，脑子里电光火石般闪过两个字，眼睛往那边马车望了一眼——四轮！汴京来的，姓石，彭简几乎吓得从马上跌了下来。他慌忙翻身滚下马来，问道：“可是石学士尊驾在此？”虽然说通判可以与知州抗礼，但是像石越这样的知州，只怕不在其中。

司马梦求依然客气地笑道：“不敢，我家学士在里间小憩，不知道席下官甫……”刚刚问话被人驳回，这时候他明明知道，却又依然客客气气再问了一次。

彭简焉能不知其意，满脸通红，臊道：“适才多有得罪，下官通判杭州彭简，拜见石学士，烦请这位先生通报一声。”说着抽出一张名刺，恭恭敬敬地递给司马梦求。

“好说。”司马梦求接过名刺，走进店中，不多时候便折了出来，把名刺还给彭简，笑道：“我家学士说，今日在此相会，多有不便，明日到官邸再会不迟。”

彭简讷讷收起名刺，抱拳道：“还盼先生代为转致，今日实是无心之过，下官改日必当登门谢罪。”

“彭监州不必介怀，区区小事，一笑便可。只是我家学士有一句话要转告彭监州。”

“请说。”

“亲民官若不亲民，有负此称。为官者不可使百姓惧之如蛇蝎。”

彭简满脸通红，说声“受教了”，便率众悻悻离去。

这时候，小酒店里已是静得能听下一根针落下的声音。传说中的左辅星突然出现在自己面前，这件事足以成为许多人一生的谈资。苏阿二慌得手足无措，倒是有个客人提醒道：“店主，石学士来你这店子吃酒，这是你几世修来福缘，还不快求一幅墨宝？”

有客商立时说道：“我这里便有文房四宝！”

石越这时候想溜，实在是来不及了，这些市井小民殷切的眼神，实在让人无法拒绝，但是自己这“墨宝”若真的留下来，不免又要成为杭州士林取笑的对象。思前想后，知道逃不过这一劫，也只能咬咬牙，勉强提起笔来，留下了他在杭州的第一个印记——“仁者爱民”。

而石学士已至杭州的消息，也随之传开了。

十日之后。杭州所辖州县大大小小的官员们齐聚“九思厅”，一个个交头接耳，等待传闻已久的新任知州石子明到来。

这个石九变自到杭州后，即刻颁下命令，九天之内，不见任何官吏，第十日在“九思厅”召见所有官员。这九天之中，除了苏轼为他接风和替苏轼送行的两次宴会中能见到他的身影外，别的时候根本不知道他身在何处。但各官员所送“薄礼”，他却一并“笑纳”了。想到这里，彭简安心不少，毕竟得罪石越这样的人物，绝非他愿意的。为了挽回双方的关系，彭简一咬牙，赠出价值五千两白银的礼物，特别是一大堆给石夫人“压惊”的东西，更是费尽心思。不过记得那个司马梦求收礼的时候，连眼皮都没有抬一下，彭简未免又有点儿放心不下。

通判如此，其他各个官员大抵差不多，谁也不知道这个负天下盛名的石学士是什么样的脾性，巴结好了，以后自然鸡犬升天，若是给他留下不好的印象，只怕以后仕途也会加倍艰难吧？俗话都说“新官上任三把火”，就是不知道石知州要向哪里烧了。

巳时钟声响过之后，身穿紫袍、腰悬金鱼袋的石越，笑容满面地走进大厅。众人连忙参拜，石越笑着一一见礼，自彭简以下，张口便能叫出每个人的官职表字。寒暄半晌，众人这才落座。石越又特意走到一个二三十岁的官员面前，抱拳笑道：“张监盐，别来无恙，不料在此相遇。”此人正是监两浙路盐税的前御史张商英，他和石越交情泛泛而已。张商英不料石越竟然特意和自己打招呼，几乎有点儿受宠若惊，也抱拳说道：“石学士，别来无恙。”

石越点点头，走到厅首位置上，朗声说道：“在下奉圣命，牧守杭州，日后还盼能与诸位同僚同心协力，治理好这一方土地人民，上不负皇上重托，下不负百姓之望。今日便在此略备薄酒，邀诸公前来，一来是大家见个面，略表在下思慕之情；二来却是有一件大事，要与诸公商议。”

“不知是何等大事？”彭简心里有点儿不舒服了，心道：“虽然你是知州，但若有大事，怎可不和我商议？”

石越转过身，朝彭简微微笑道：“彭监州不必着急，稍候便知。我们先上酒菜，吃完之后，再谈正事不迟。”说罢击掌三声，便有仆人把酒菜端了上来。自石越以下，每人桌上各有糙米饭一碗，无盐无油的青菜一碟，再加一大碗水。

众人面面相觑，不知道石越闹何玄虚。石越却不答言，只说声“请”，便坐了下来，端起糙米饭便大口大口地吃起来。吃一口饭，又把青菜往那碗水里一浸，原来那却是一碗溶了一点盐的水，青菜这么一沾，才算是略带滋味。石越自己吃完，往众人看时，却只有张商英、李敦敏、蔡京全部吃完了。他之前听闻蔡京吃东西最是讲究，不料吃这种难以下咽的东西，居然也甘之如饴。李敦敏默不作声，张商英脸上却略带冷笑。此外诸人，或者略略动了动，或者根本没有去碰。

石越把脸一沉，寒声说道：“诸位是觉得本官请客太过于寒碜吗？”

“不敢……”

“既是不敢，为何不吃？谁知盘中餐，粒粒皆辛苦！浪费粮食，死后要下阿鼻地狱的。”石越冷笑道。

“这……”富阳知县刘非林壮着胆子说道，“石学士，这实在有点儿难以下咽。”

“嘿嘿！”石越脸色已沉得如九九寒冬之冰，“皇上是九五之尊，九重之内，若知道百姓受苦，便会忧形于色，经常吃不下饭。”

“圣天子天生仁爱，此天下百姓之福。”众人齐声颂道。

“以皇上九五之尊，尚能为元元罢膳。诸位吃一吃各位治所之下的百姓平日所吃的东西，焉有难以下咽之理？咱们杭州的百姓，还有许多未必能有这么一顿吃呢。”石越一边说，一边把目光投向彭简。

彭简自生下来何曾吃过这种东西？但他不愿意公开得罪石越，这时候也只好咬咬牙，拼命把这一碗糙米饭给吞了，心里已是把石越的祖宗十八代骂了个遍。众人看到彭简也吃完了，心知眼前摆的便是砒霜也得吃了，一个个心里骂娘，苦着脸硬生生吃下这顿饭。

石越待众人全部吃完，这才笑道：“诸公，味道如何？”

“还好，还好。”刘非林习惯性地随口答道。

石越冷笑道：“既然还好，那么只需我们杭州治下，还有百姓吃这种东西，那么每月十五，本官便请诸位来这九思厅，领略一下百姓们的家常饭菜。”

众人不禁叫苦不迭，有人心里已是暗骂富阳知县：“刘非林，多嘴的猪！”

不料刘非林却丝毫没有自觉自己多嘴，道：“石学士，若是我富阳县没有百姓吃这种东西了，总不能也叫我来吃吧？”

“那当然，若是你治下的百姓能不用吃这种东西了，那么刘知县来时，你桌上摆的应会可口得多。”

张商英笑道：“如此倒是公平，这个饭，应当有个名目，便叫‘亲民饭’如何？”

彭简心中虽不乐意，不过此时饭也吃了，乐得做个好，也笑道：“石学士这个主意果然不错，这也是与民同苦的意思，各位心里万不可怨怪的。”

“岂敢，岂敢！”众人言不由衷地应和着。

“既然诸公都深明大义，那就再好不过了。”石越正色道，“本官在汴京之时，以为杭州是富庶之区。虽然春夏有旱灾上报，公文邸报，却都说已经控制了。不料到杭州之后，才发现远不是这么一回事。诸位，今日汴京之安危，全仰仗于东南之漕运，朝廷的粮食，全指望着淮浙蜀三地供给，两浙路大旱，是能动摇国家根本的大事！”

“回学士，旱灾其实已经过了，现在也已下雨，应当不至于有大事。”刘非林倒是个老实人，心里想什么说什么。

“是吗？这几日我调阅了各县案卷，又遣人分往各县查访，各县补种‘百日熟’，能够成熟的不到一半。请问各位，到明年收成时为止，百姓的口粮要如何保证？明年的种粮，又要如何保证？灾害之年，只靠青苗法又如何能解决问题？”

“这……”杭州的大小官吏们，一时被问得说不出话来。

石越却是知道这些官员们各有各的想法。有些人是接了前任的烂摊子，有些人却是自以为自己马上就要三年任满，以后的事情不关己事，有些人则是得过且过，只需百姓不造反，自己并不算有罪过……

石越的目光一一扫过在座的官员，众人都把眼皮垂下，不与他对视。当他目光落到富阳县刘非林身上之时，刘非林却满不在乎地笑道：“石学士，别的县我不知道，富阳县只需学士一纸公文，许我开常平仓，这些都不是难事！”他话音一落，立即有不少人随声附和，点头称是。

石越一边打量着众人，却见座中不过彭简、张商英、李敦敏、蔡京四人不动声色。蔡京脸上更是微露讽刺，石越心里不由对这个“历史上”著名的奸臣刮目相看了。本来他以为蔡京不过是以书法文才得到宋徽宗的宠幸，加上勾结童贯，所以才能擅权，因此心里虽然不愿意因为目前还不存在的历史就把他打入另册，但是说到重视，蔡京在他心里根本不能和蔡卞相比，但这时开始，他却不能不加倍留意起此人来。

“自古大奸大恶之人，必有大智大勇。”石越一边心思转动，“岳不群的这句话，自有他的道理……”一边却是离席走到刘非林面前，冷笑道：“刘知县，你们富阳县常平仓现在实有余粮三百石，你想靠这三百石余粮去救济百姓？本官就给你这一纸公文，你可有办法？”

“三百石，怎……怎么可能？”

“你是富阳县知县，不知道常平仓里有多少余粮？”石越一边说，一边从陈良手中接过一本账册，扔到刘非林桌上，“还要请刘知县过目！”

刘非林和众官员哪里知道，这十日之内，石越以常平使的身份在杭州建府悄悄调了一些平素得到苏轼认可的小吏，加上从唐家临时借来几十个账房先生，从杭州开始，重新清查两浙路常平仓的账目，结果发现仅仅账目上的存粮，就已经少得让人不敢相信了。其中因为以前青苗法借出去没有收回的，“依法”挪作他用的，救灾用的，这几项几乎便把现在统计出来的几个州的常平仓储粮耗光了，余下的那点粮，别说救灾，连给老鼠吃都不够。石越又派人去悄悄检视，发现有不少州县，更是有官员把常平仓的储粮借出获利，实际储粮又不及账目的一半！可笑杭州至两浙路大小官员，自以为天高皇帝远，又以为这里素是产粮之区，一个个想当然地认为粮仓的粮食必然不少。这时候石越把统计出来的各县账簿一一分发到各县知县的手中，而给了彭简一份总册，立时众人脸色都变得难看起来。

特别是册中详列账目储粮几何，实际储粮几何，在座官员没有私借常平仓牟利的，十无一二，这时哪里还能坐得住？若石越是一般的官员，只怕众人早已打好回去写弹章、构陷长官的主意了，偏偏石越又是天下都知道的大红人，这个事实，总算压住了不少人心中的蠢动。

九思厅内，此时静得只听见翻动账册的沙沙声。

杭州通判彭简脸上红一阵白一阵，这常平仓账目与实际的亏空，他只怕要占一大部分。若以常理而论，他并不受知州节制，但是石越在账册上用的印，却是提举两浙路常平副使的大印，这个印，却算是他的上司了。

“本官本来想的主意，却是平常，不过是‘以工代赈’四个字，用常平仓之余粮，雇用受灾百姓，修水利，建驿道，恢复生产。不料这常平仓所余之粮却未免过于触目惊心了，因此不得不召诸公前来，一起想个主意，总得把这个难关过了。”石越回到座位上，徐徐说道。

“除去常平仓，州县还有备三年用度之钱吧？”刘非林飞快地瞥了石越一眼，小声说道。

宋朝财政上也是行强干末枝之策，各州县钱粮，都是计算好只留三年用度，甚至一年用度，多余的全部转往京师。杭州毕竟也算富庶之地，特别是唐家等大商家在此设商行之后，棉布行销天下四海，单单是商税已经很是可观，因此三年用度之钱，的确也不算太少。

但是他不说还好，一说更有不少愤恨的目光投来，常平仓的粮食都能借出，政府的储钱，贪污、挪用、拿去放高利贷的，更不知道有多少，而且钱上面的账目更好做手脚。

“嘿嘿……”石越干笑几声，目光逼视着刘非林，厉声说道，“备三年用度之钱，你富阳县有吗？”

不料刘非林这时却并不示弱，朗声道：“三年之钱是没有，朝廷诏令救灾、修水利，已用过不少。苏使君在时，浚清西湖，重修六井，虽然是惠民之举，也是要用钱的。州府也因此问各县借调过一些，借据尚在，学士可以查证的。”

石越见他如此，倒不由一怔。他本意并不是想打贪官，现在首要之任务还是恢复生产。天下承平已久，清廉的官员不能说没有，但官员们绝对是鱼龙混杂。贪污腐败是很难一时彻底解决的问题，他就算用自己的威权压得属下暂时清廉，但是只要他前脚一走，后脚必然死灰复燃，这种人治下的清廉，意义相当有限。至少以轻重缓急而论，现在的确不是追究这些的时候。他不过想借此一面威慑群僚，让他们对自己有所畏惧，一面引出自己的办法来，以减少反对之意见。

他见刘非林倒还磊落，微微一笑，借势转换话题，道：“本官自然是信得过刘知县和众位的。”

众人心里暗骂："只怕未必，要不然如何派人偷偷查常平仓？"可是听到石越这么一说，知道他至少暂时无意追查，心里也可以把心放下一会儿，算是略略出了一口气。

这口气刚刚出完，却又听石越朗声说道："不过本官也希望诸位信得过石某才好。在下给诸位十天的时间，各位把本县钱粮，受灾情况，恢复生产状况一一如实报来，若有良策，亦可附上，只需不加隐瞒，有什么事情，本官都替大家一一承担了。不过若是有人有所隐瞒，他日被本官知道，那便是祸福有命，还请自求多福。"

10

"此次多亏了二叔帮忙。"石越笑着亲自给唐甘南敬上一杯茶，一边温言说道。

唐甘南连忙站起来，忙不迭地说道："不敢当，不敢当。"一面小眼珠溜溜地打量着石越知州府内的客厅——很宽敞的大厅，陈设得很雅致，完全是苏轼之前的布置，没有改动分毫。十天前，当石越差陈良问他要人的时候，他二话不说，便把最好的账房给派了出去，要说普天下最高兴石越来杭州的人，绝对要数唐甘南。

"此次请二叔来，一来叙叙旧，二来是有事想请教二叔。"石越自己回座坐了，笑着望了司马梦求和陈良一眼。

司马梦求笑着点点头，对唐甘南说道："学士本来想用州县储钱去外路买粮，再以粮食为工钱，招募百姓兴水利，修驿道，恢复生产。托杭州大小官员所送礼金的福，去两准福建路买早熟稻种的队伍已经出发了，但是买粮食的事情，却不免有种种顾虑。一来财力不足，算上运粮路上消耗，回来后也不过杯水车薪；二来以两浙路产粮之区，学士一上任就出境买粮，只怕会有种种议论，也不可不防。"

唐甘南听他说完，立时笑道："其实不必出境买粮。两浙路并非无粮，各地士绅大族藏粮之多，只怕大宋无出其右者。不过是他们不肯出卖，有些人就是想坐待高价罢了。"

"这个我也有所听闻，二叔可有良策？"

"子明，此事我也没有办法。士绅豪族的势力根脉联结，上可通天，下可入地。他们既然不肯贱卖，谁又有办法让他们卖？除非出他们想要的高价，可那样一来，和往外地买粮，花费上也就相差无几了。"

"哼！"石越把茶杯往桌上一顿，冷笑道，"国家还有和买之律，我倒要看看他们怎么个上天入地之法。"所谓"和买"，就是政府以强制性的价格购买百姓的物品。

"万万不可，学士。"司马梦求和陈良几乎是同时出声劝阻。

“有何不可？理在我这里，怕他们何来？还是杭州两浙有什么了不起的皇亲国戚？”

“学士，天下士绅皆是一家，兔死狐悲，狐伤同类。学士方上任地方，如果强买士绅的粮食，必然让天下人侧目。万一激起大变，悔之无及。如今羽翼未成，就算是得不到士绅的支持，也断不可招致他们的反感。那样做是因小失大。”

“纯父说得不错，学士是为了百姓，百姓还不领情呢。山野草民之是非，便是当地德高望重的士绅所讲之是非。和买之令出自朝廷则可，出自学士则万万不可。”

连唐甘南也说道：“司马先生和陈先生所言不错，此事还当慎重。实在不行，子明还可以往各地钱庄借点钱，明年大熟，就可以还钱了。为这件事并不值得大动干戈。”

石越闻言不禁莞尔，果然无商不奸，唐甘南明知自己断不能赖唐家的钱，这时放心借钱给官府生息，还能卖个人情给自己。他正待说话，抬眼却瞅见一个门房拿着帖子站在外面，便招手说道：“进来吧。”

那门房连忙应了，快步走进客厅，递过帖子，说道：“钱塘尉蔡京求见，说有要事禀报。”

石越皱了皱眉毛，说道：“请他进来吧。”

身着青色官袍[1]的蔡京走进客厅，给石越见过礼后，又和司马梦求等人一一见礼完毕，这才侧着身坐在下首宾客之位。

石越打量着蔡京的仪态，见他身材修长，须发梳理得整整齐齐，一身青袍并不太新，却是洗得极干净，往那里一坐，倒真是个美男子。虽然明明知道这是个著名的奸臣，心里却也不禁起了几分好感，因见他嘴唇微动，欲言又止，便笑道：“元长此来，必有教我之事。”

蔡京连忙抱拳说道：“不敢。不过下官确有一点想法，想向学士讨教，不知道是否可行。学士名闻天下，能谋善断，下官也好从中有所长进。”

石越明知道这等话不过是乖巧的谀辞，却也颇觉顺耳，笑道：“元长不必谦虚，请说无妨。”

蔡京又抱拳行礼，方说道：“那就恕下官放肆了。那日在九思厅，学士摆亲民宴后，下官大胆揣测，料得如今州县府库银钱必然所余无几。学士心存爱民之念，上欲报效皇上，下欲体惜元元，既然牧守一方，如今万事，以下官之浅见，必是要从恢复生产开始。唯百姓安居乐业，温饱无虞，方可兴礼义教化。”

石越见他侃侃而谈，所谈尽中心事，不禁点头赞许。

---

[1]　宋朝前期，八九品官员穿青袍。

蔡京得到鼓舞，精神更振，继续说道："而要恢复生产，如今却先有两难，一是钱粮不足，二是境内无粮。下官见识不及学士万分之一，自然知道这种解决之法，学士必然早就胸有成竹。不过下官回去后仔细思索，却也有一得之愚，特不揣冒昧，来向学士请教，不知是否可行……"

石越此时已略知蔡京实非无能之辈，因此也知道他既然敢来陈说，必是有良策，否则自暴其丑，他必不肯为。所谓向自己请教云云，却是不敢居功之意。他正为此事而苦恼，不料立即有人来献策，不免喜出望外，因说道："元长有何良策，但请说来。若是有用，便是大功一件。"

"下官以为，杭州境内，并非无粮，而是士绅有粮不肯出卖，要坐沽高价。如若是要买粮，若出境买粮，一来财力不支，二来恐有无知之辈议论。无知者只说学士治理地方无方尚不足道，就怕有居心不良之人，说杭州本是产粮之区，而学士往外路买粮，广蓄粮草，是有非常之心。虽然圣上圣明，却也不可不防。"

他这番话说得众人悚然动容，石越几人，却也没有想到还有这种可能。

"那么依蔡少府[1]之见，是不能出境买粮了？"陈良忍不住问道。

蔡京微微一笑，说道："不是不能，是不能买得太多，而且事先须向皇上奏明。"

陈良疑道："若是不多，又济得何事？"

"下官有一策，不仅府库缺钱粮之事可以高枕无忧，连出境买粮一事，也可省了。"

"哦？愿闻其详。"石越对蔡京的认识不禁又有改观，自己和司马梦求、陈良研究了几天没有结果，连唐甘南这样的老狐狸也束手无措，他竟然可以轻易解决。

蔡京站起身来，走到唐甘南面前，笑着问道："请问唐员外，两浙路的商家认为利润最大的行业是什么？"

唐甘南略略想了一会儿，说道："这却不少。出海贸易、棉布、丝绸、瓷器、香料是比较大的。"他却少漏说了一样，刚刚兴起的钟表行，无疑也是利润很大的行业。

"哦？没有了吗？"

"恕我孤陋少闻了。"

"茶、盐，这两样在唐员外眼里，竟然不算是利润最大的行业吗？"蔡京不禁有点儿奇怪。

唐甘南笑道："茶、盐一向是官府专卖……"他说到这里，不由一顿，已经知道蔡京想要做什么了，便是石越、司马梦求、陈良心中也差不多明白了。

"不错，茶、盐一向是官府专卖，而行商购买茶、盐也受到严格的控制。若是学士下令，三个月之内，出售今后三年杭州茶场、盐场的茶、盐之全部配额，若想购买

[1] 对县尉一职的雅称。

者，只能用粮食平价来抵换，单是昌化县紫溪盐场一处所得粮食，便已相当可观。如此外地行商，自然会乖乖押着粮食入杭换得茶引、盐引，而杭州之士绅、商人，哪里又肯让这个机会被外地人独占？”

唐甘南笑道：“若真是如此，只怕我也想来分一杯羹。”就算他这种豪富巨商，对于茶、盐的利润也会垂涎。

“不仅可以如此，学士甚至可以下令，允许百姓用粮食购买三年煮盐权，只需限制盐产量。这样一来，下官敢保证杭州境内，没有一个士绅能不动心。而三年之后，开发好的盐场又可收归官府，此官民两便之事。”

石越此时已是频频颔首，心知若行此策，区区赈灾恢复生产的钱粮决然不在话下。连唐甘南也兴高采烈，如果石越采纳此策，他们唐家就不会稀罕那盐引茶引之配额了，非得竞标开发一个盐场不可。

陈良却没有这般高兴，道：“新开盐场倒勉强还可以请中书三司同意，但卖掉诸盐场、茶场三年配额，这是相当于预支三年的盐税、茶税，如今一次用尽，日后欠缴朝廷的税款如何偿还？别说御史们不会放过，便是三司使也会追问，丁吃卯粮，须三思而行。”

蔡京不料被陈良浇了一盆冷水，不禁有几分没趣。他偷看石越的神色，却见石越沉吟一会儿，说道：“此亦不可不虑，纯父你的看法呢？”

“学生以为可行。至于盐税、茶税，日后再想办法便是。非常之时，不能事事尽求善美，子柔说出来了，咱们以后记得想办法，便不怕了。”

石越笑道：“我的意思也是如此。日后之盐税、茶税，我自有办法。”一面又向蔡京笑道，“元长果然是干练之材，日后前途无量！本官亦会向皇上推荐。”

“多谢学士栽培。”蔡京得到石越一言，忍不住喜动颜色。

虽然知道这件事最后的通过不免还要得到彭简和张商英等人的同意，但是石越以宝文阁直学士的身份，身兼漕司、仓司之职，再加上他现在牧守杭州，虽然在中书政事堂并不那么顺畅，但是到了地方上，却是用十足的威势压人。地方官吏若没有铁硬的后台，谁又敢和石越争短长？

果然不几日之内，不单张商英毫不迟疑地同意，连彭简也爽快地答应副署，他哪里敢得罪石越半句。虽然对石越如此专断独行心里颇为不快，但是毕竟“识时务者为俊杰”，和自己的乌纱帽过不去，委实没有必要。

让司马梦求看过之后，石越便吩咐侍剑用火漆封好写好的奏章，抬起头来，这才发现天已微亮，几只蜡烛都快燃到了尽头。司马梦求告了退，回房小憩，石越吩咐完侍剑盖好印信，安排差人送往京师，自己这才起身，走到走廊之中，享受拂晓的清风。

一面向皇帝说明情况，一面在杭州大小州县的照壁[1]上贴满告示。如果一切顺利，那么至少目前的难题可以解决了，接来要思考的问题是什么呢？把这些钱粮用到哪些工程中才是最好呢？水利也是一门学问，沈括远在京师，自己看来只能依赖地方上的人物。也许把那些老农叫来，一起商议一个对策，也不失为一个办法。而这之后呢？这之后我在杭州又应当做些什么？石越又沉浸在对未来的思索中……

“大哥。”梓儿轻轻把一面披风搭在石越肩上，一面轻声说道，“外面风大，还是进屋吧。小心感了风寒。”

“妹子，你还没有睡？”石越吃惊地望着妻子。

“我昨晚看这本书，太深奥难懂了，结果睡着了，是方才突然醒来的。”梓儿略带娇羞地掩饰着。

石越用披风把她裹入怀里，接过她手中的那本书一看，竟是欧几里得的《论音乐》。

“这本书是哪里来的？”石越吃惊地问道，“是阿旺带来的吗？”

“不是，是我哥放在铁琴楼里的，我见阿旺喜欢，就送给她了。她说见到了，可以多少联想到家乡，一面又译成中华文字给我看。你看，这里是她译的。”韩梓儿仰起小脸，轻声答道。她眼中能看到石越脸上惊喜的神色，她委实是不能明白，一本根本看不懂的小书，为什么会值得石越这么兴奋。

“没错，就是这样！百年翻译运动！我可以翻译！加速交流！”石越兴奋得有点儿语无伦次，他紧紧抱着韩梓儿，使劲地在她小脸上亲着，一面大声说些韩梓儿根本听不懂的话语。

“我石越能带来的东西有多少？如果我提前把希腊、罗马、阿拉伯的文化引入中国，让异国文化在中国交流碰撞，中国不乏智慧之人，这岂不比我在那里写什么‘石学七书’要好得多！”石越心里早已经沸腾开了！

“妹子，你真是我的福星。”石越又狠狠地亲了梓儿一口，抬起头来，对着东边太阳将升时炫红的天空，高声说道：“这才是最有意义的事情，我要亲手开始中国的百年翻译运动！这件事情一旦开始，历史前进的方向就会彻底改变。我接下来的使命，就是保护她渡过最脆弱的萌芽状态！”

韩梓儿依偎在石越怀中，如石越那么伟大的理想，实非她所能理解，但是她却比世界上任何一个人都更清楚地感受到自己依偎的这个男子那颗心脏跳动的声音。

---

[1] 照壁是中国古代传统建筑特有的部分，即所谓的“萧墙”，具有挡风、遮蔽视线的作用。位于大门内的，称为内照壁；位于大门外的，称为外照壁。

11

曹友闻挤在一面照壁前，仔细读着官府发布的告示、抄录的朝廷邸报以及《皇宋新义报》。这类地方一向是大宋各地方的“新闻发布中心”，还有专门的差人和好事者在旁边大声诵读。

曹友闻到了杭州后，本来是想去高丽的，不料父亲突然得了急病，不得已只能在家静养，而一切事务便交给了曹友闻打理。他并不知道司马梦求和陈良已经入了石越的幕府，只是在白水潭学院养成的习惯，让他每天必然看报纸，并且到照壁这里了解当天的新闻。

“宝文阁直学士礼部郎中权知杭州军州事石越谕杭州军民……”

一道告示跃入曹友闻的眼帘，“为了募款赈济灾民，恢复生产，石学士决定预售杭州所辖盐场、茶场三年产盐、产茶，并公开竞标拍卖盐场开发权，只是所有款项，一律要用粮食或者粮八钱二的比例支付。”

“石山长果然名不虚传。”曹友闻在心里感叹道。

“公开竞标拍卖却是何物？”旁边一个穿着湖丝袍子的胖子高声问道。

“你不会自己看吗？这下面有解释。”旁边人没好气地说道。

“我……我……”那胖子涨红了脸。

曹友闻知道他肯定不识字，忍不住笑道：“所谓公开竞标拍卖，这石学士告示上说得明白，是所有想买盐场开发权的官民都先缴纳三百贯定金，然后聚集一堂，对盐场进行叫价，价高者得，如果叫了价最后不想买，三百贯定金罚没，并另有处罚，如果没有购买，那么三百贯定金依然退回。”

“这样倒是公平合理。”那个胖子感激地望了曹友闻一眼。

“石学士是左辅星下凡，哪里能不公道？何况这样做，也全是为了杭州的百姓。”有人以先知先觉的口气很不屑地对胖子说道。

曹友闻不禁莞尔一笑，对胖子抱拳说道：“这位仁兄不必介意，石学士这样做，正是要示人以公正。这是告诉某些奸商，你们没有必要行贿官府了，也不必请托关系，就凭价格来竞标便是。”

“正是，正是。”胖子忙不迭地点头，“若是天下官府都这么清廉公平就好了。”

“那只怕难了点。石学士可是五百年一出的人物。老兄若是有意，不如回去打点打点，竞标可是要用粮食的，若没有粮食的话，还不知道那些地主怎样哄抬粮价呢，而竞标的粮食却只能是平价。”曹友闻笑着对胖子说，他自己倒不用担心，曹家有满满几仓粮食，只需粮八钱二，他相信区区一个盐场不在话下。

那个胖子一怔，说道：“若是如此，在竞标之前，粮价岂不是反而会居高不下？谁都知道盐场之利呀。”

曹友闻笑道：“老兄，你不会去外路运粮进来吗？粮价再高，也不过是外地粮价加上运费了。从两淮沿运河运粮，从福建走海路运粮，都不算太麻烦吧？何况如果价格涨得太高，石学士不会坐视的。”

“就是呀，到时候借几个人头来示威，也未必没有可能。”旁边有人半开玩笑地说道。

胖子点点头，抱拳对曹友闻说道：“在下姓甫，大号甫富贵。这位官人仪表不凡，想来不是一般人物。”

曹友闻抱拳回礼，笑道：“我和甫兄一样，也是做点小生意。小姓曹，曹友闻，表字允叔。”

“原来是曹兄，在下来杭州之前，听闻杭州有三大船行最有名，曹、唐、文，特别曹家有位公子，就是石学士做过山长的白水潭学院的学生，不知曹兄可否相识？”其实曹家本来是排名最后，根本不可能和唐家相提并论，唐家单是机户织棉一项，便可以抵曹家全部收益。船厂、贸易行遍布杭州、明州、泉州、广州等口岸，真正是富可敌国，岂是曹家可比。这胖子不过是故意抬高曹家罢了。

曹友闻自是知他有意结纳，也笑道：“不敢，正是区区。”

“原来真是曹公子，失敬、失敬。”

旁边有人听他们对白，若说曹家，倒也平常，但是“白水潭学院的学生”，却也不能不让人高看一眼。众人立时围了上来，七嘴八舌地向曹友闻打听石越的相貌行止，曹友闻措手不及，几乎被吓得拔脚欲跑。幸好此时有个差人拿来一张告示，贴上照壁，然后提着铜锣用力一敲，“铛”的一声，大声吆喝道：“石学士有令，凡懂治水利、知农桑者，可以揭榜拜见，若是建议采纳，赏钱三十千。”曹友闻见众人注意力又被吸引过去，顿时松了一口气，哪里敢再停留，连忙溜之大吉。

刚刚走出两条街，忽听有人在背后喊道：“允叔。”曹友闻回头望时，不禁大吃一惊：“子柔兄？”

“你如何来了杭州？纯父他们还好？”

“此事说来话长，先找家酒楼坐下慢慢说。纯父几次想去找你，不过以为你已去高丽，加之事务太忙，总不得机会。不料竟在此巧遇。”陈良一边说，一边和曹友闻走进路边一家酒楼。

两人刚一落座，曹友闻又忍不住相问。陈良也不隐瞒，便把分别后发生的事情详详细细说了一遍，末了笑道："如今子云、仲麟已经释褐[1]，前途不可限量。我和纯父便在石学士幕府参赞，允叔若是有意，我相信石学士一定会折节下交的。"

曹友闻笑道："众位都能有机会成就一番事业，我也替你们高兴，不过男儿不可中道而改其志。"

"如此也不敢勉强，不过我相信允叔非一般商人可比，他日石学士若有事相托，还望不要推辞才好。"

"石山长高居朝堂，有何要用我的地方呢，子柔说笑了。不过若有那么一天，小弟断然不敢推辞便是。"曹友闻笑道。

"如此便好。"

"那个公开竞标的方法，可是纯父的主意？"曹友闻对这件事颇有兴趣，既然碰上石越幕府中人，哪里能忍住不问。

"这是石学士的意思。学士远离庙阙，行事不能不慎，这是示天下人以公正的方法。"陈良笑着解释。其实他也有所隐瞒，石越根本是害怕有御史弹劾他假公济私，种种措施不过是为了收受贿赂，或者帮助唐家谋利，为了堵住京师里政敌的嘴，石越才想到了公开竞标的办法。但是这些话，却是不可能和曹友闻说了。

"真是别出心裁，这两天尽是听说石山长设亲民宴等事迹，杭州百姓都传为佳话。"

陈良微微一笑，颇有几分自豪地说道："日后必然有更多的佳话流传。石学士数日后将接见所有大食商人，以及与大食商人有往来的中华商人。想来曹兄也在受邀之列。"

"这却是为了何事？"

"你再也料不到是为了什么事情……"

12

石越接见所有在杭州的大食商人与外贸商行的地方，是在西子湖畔的西湖学院大讲堂。

西湖学院单从建筑物的规模构建上来看，比起白水潭学院占地更宽，建筑更加不惜工本。学院正前，跨湖架桥，桥旁荷叶，清风袭人，更有大小几座凉亭点缀其中，让人置身其中，脱然忘俗。大讲堂也是傍桥而筑的一座建筑，宽长皆是三百步左

[1] 古语，意思是脱去平民的衣服，始任官职。

右。朱墙之外，左右竟是荷叶的海洋。石越一见之下，不禁连连感叹江南人之匠心果然与中原不同。那些商人到此，竟有自惭形秽者。

在几年经营之后，西湖学院已经毫无疑问成为两浙路最大的学院，学院的《西湖学刊》也颇具声望。这次石越守杭，卫朴等人追随而来，随着执天下学问之牛耳的白水潭学院第一线的主力教学力量加入，更让西湖学院实力大增。此时白水潭十三子依然在斯，学院既由这些激进的学生所主持，而协助的苏轼也是最洒脱不羁之人，因此西湖学院的风气竟是比白水潭学院还要开放。石越要借他们的大讲堂接见商人，若在白水潭，只怕教授联席会议会一点面子也不给就否定了，而西湖学院却满口答应，丝毫不以为异事。

不过更觉得奇怪的是那些装束奇异的大食商人。杭州并不是大宋最主要的对外贸易港口，因此，杭州的阿拉伯商人远远不及泉州与广州，主要的夷商不过七十余人。这些人自入中国以来，官员们态度各异，或者满脸不屑，不耻与言，视他们为禽兽一般的野蛮人；或者笑容可掬，却明摆着是想要收受贿赂，他们的笑容，是为了银钱而发。像石越这样，一次齐聚所有商人，在一所著名的学府接待，那是谁也没有听说过的事情。他们听说这位石学士是中国皇帝面前的红人，是中国最有权势、最有学问的年轻人，他的召见究竟会有什么事呢？众人都不免心怀惴惴。

曹友闻也是非常好奇。出乎他意料的是，那个甫富贵居然也在被邀之列，而且就坐在自己旁边。他记得杭州与夷人通商的著名商行中，似乎并没有姓甫的一家。甫富贵见到曹友闻，却是非常兴奋，不住地嘘寒问暖。

石越与一般官员的作风不同，他并没有让众人久等。所有人刚刚坐定，立即就有人清着嗓子大声喊道：“石学士驾到——”话音落下，又有一个人用夷语喊了一句什么。曹友闻却识得那个学生，是在白水潭学院风头甚健的袁景文。他连忙中止了和甫富贵的寒暄，随着众人一齐站起，迎接石越的到来。

石越在彭简、蔡京、司马梦求、李治平等官员、幕僚和西湖学院山长、教授的陪同下，走进大讲堂，在上首居中坐了。众人之中，李治平等学院教授习惯于此，倒不以为意，彭简却未免有几分不自在，忍不住忸怩不安，而蔡京以区区钱塘尉的身份与会，也让人觉得奇怪。

“诸君请坐。”石越环视全场，朗声说道，“今日本官召诸位前来，实是有要事相商。”

自古以来，官为虎，商为羊，老虎与羊又有什么好商量的？听到石越说出“要事相商”，下面的商人便有一大半不安地扭动身子。

“本官久闻黑衣大食是西域之大国，物产文明，相侔于中华，不知在座的，谁是黑衣大食的臣民呢？”

这些阿拉伯商人有些来华日久，本已略通汉语，又有袁景文翻译，听到石越竟然夸赞黑衣大食可以与中华相提并论，不免大吃一惊。一向以来，华夏文明都是高高在上，哪里肯平等待人？而彭简等官员与一些西湖学院的教授、学生心里却都不免要不以为然了。

当时阿拉伯世界一分为三，在伊比利亚半岛者为白衣大食（后倭马亚王朝），在北非者为绿衣大食，在中东者为黑衣大食。以地域远近而论，自是黑衣大食与中国更近，因此在座的阿拉伯人，十之八九是黑衣大食之人，此时便又纷纷站起，举手示意。另有少数夷人，或者是绿衣大食人，或是久居中华的犹太人，脸上不免就有不平之色。

石越却不可能顾及这些人的感受，见在场的人大部分是阿巴斯王朝的阿拉伯人，心里更加高兴。他轻轻击掌，便有一些差人出来，给每个商人分发数张写满了字的纸。曹友闻接过手中的几张纸一看，只见上面竟然密密麻麻全是书目，他略略一看，有《形而上学》《理想国》《天文大集》《动物志》《金色格言》《逻辑学》《地理学》《几何原理》《解剖学》《定律》《波斯列王记》《卡里莱和迪极》……所有闻所未闻之书目，达百余部之多。而在书目之旁，另有弯弯曲曲之夷文所标书目，似乎便是这些书目之夷名。他自是不知道这是石越绞尽脑汁回忆起来的古希腊、波斯著作，包括医学、星象学、天文学、哲学、数学、物理学、文学等各个领域，从亚里士多德、柏拉图、托勒密这样的著名人物到玻菲利、阿波罗尼罗斯这样相对不那么出名的人物，几乎要把阿拉伯百年翻译运动译成阿拉伯文字的各种著作一网打尽了。只是阿旺毕竟不过是一歌女，她从中文译回阿拉伯文字，未免水平略逊，很多书名和原书之阿拉伯名相距甚远，害得不少大食商人要极尽猜谜之能事。

“本官自幼好学，喜欢博览群书，曾听一西域回鹘商人言道，黑衣大食曾有数位哈里发极崇文教之功，自极西庾那诸国译介诸贤之书为大食文字书稿，前后历有百年，这百年所译之书，大抵便是这几张纸上的书目了。本官当时便立下心愿，要将这几位贤王所译之书延至中国，再译成中华文字，供我大宋皇帝御览……”

听石越说到这里，彭简不由恍然大悟：“怪不得你石子明这么费心尽力，原来是想讨好皇上。嘿嘿，这种大事，我彭简也不敢后人的。”彭简立时精神大振，认真听石越继续说道：“恰好天子遣本官牧守杭州，而杭州又有众位黑衣大食之臣民，这是上天叫本官了此心愿。因此烦劳诸君在此相会，助本官一臂之力。书单上所列诸书，各位若能罗致，送交西湖学院，只要裁定为真本，每本书本官赠予白银五十两，一人若能献上八十本，两年之内，杭州市舶司不收他分文关税！”

石越此言一出，底下立时一片哗然。当时阿拉伯帝国黄金五百年虽然已过去，但是文明之花并未遭到太大的破坏。虽说印刷术不及中华发达，而大宋也严禁印刷器械、工人出境，但是手抄本之流传，毕竟也不在少数。搜罗八十本书并不容易，但是也不会太难，却可以免除两年关税，那些拥有几条船的商人，此时心里已经盘算如何去买那些书了。

有一个夷人立时站起来，学着中国人的样子向石越长揖为礼，用生涩的官话说道："石学士，我不是黑衣大食人，如果可以献上八十本书，也能一样免税吗？"

"当然可以！并且本官将在西湖学院建西夷译经楼，在各处发布榜文，凡是通达华文、大食文字者，可揭榜入译经楼译书，每月俸银十千钱，一切食住由学院供给。待书译成之后，本官进献皇上，别有封赏，而其后由印书坊颁行天下，译书者皆可署名其上，随书而流传千古！"

曹友闻听石越所说诸事，隐约感觉似乎背后皆有深意，而目光更是长远。但是他毕竟限于所见，哪里又能知道自己所参与的这次会见对中华文明有什么样的影响？他只是觉得石越所说之事，其实与自己这些中华商人无关，不知道把他们也一同召来，又有何事。而见识更差一层的，不免觉得石越爱书成癖，白白便宜了那些夷人许多关税钱。只不过便是彭简也知道，御史们绝对不会拿这个弹劾石越，因为就算弹劾，也不过徒为石越增添一个佳话，皇帝与中书最多也不过是一笑置之。

然而接下来石越所说的话，却如平地惊雷一般，让彭简与曹友闻心惊肉跳。

"此外，本官在此公布一事，本官已向朝廷荐钱塘尉蔡京为提举杭州市舶司，一年之内，将造三十艘战船，组成船队，保护商船通往南洋诸国之安全，凡本埠欲与海外贸易之商行，皆可交纳一定之保护费用，跟随船队前往。船队之建成经费，亦有赖于在座诸君之资助……"

"万万不可！石学士，万万不可！"石越话未说完，彭简已经吓得脸色苍白，惨无人色，连声制止。

石越转过头了，望着彭简，从容问道："彭监州，有何不可之处？"

"私建军队，形同谋反，守臣掌军，大违祖制，这是灭门之罪！石学士万万三思。"彭简激动得手舞足蹈，似乎想拼命制止。毕竟这件事情，如果他不表明态度，一定会牵连到他身上。

"私建军队？"石越一脸疑惑，半晌才恍然大悟，笑道，"彭监州不要误会，这三十艘战船，其实是商船，本官不过是下令市舶司不仅仅要征收关税，管理贸易，同时也要主动去贸易。蔡县尉已经算过，快的话，一年往南洋往返两次，利润可达百万贯，慢的话往返一次，亦可得数十万贯。有这些收入，茶盐税引之缺，便可补上，同时亦可顺便招致夷商，说明本官奖励贸易之意。"

彭简惊魂稍定，颤颤地问道："那为何要建战船贻人口实？"

"彭监州有所不知，海上盗贼甚多，既是官府之船，就要有一定之武力加以威慑，因此这支船队还需亦军亦商；且官船去往南洋诸国，就要扬我大宋之国威，示皇帝陛下威加四海之武功，若非战船，不免为夷人所轻。”蔡京向彭简揖了一礼，代石越答道。

其实造成战船，根本还是为了找个借口让外贸商人们出钱，毕竟现在府库根本没有本钱去建大船。建三十艘大船，加上召集水手，平时供养，那笔开销是相当惊人的，不让商人们出点血，怎么能尽快挣回就要预支掉的三年盐茶之税？不过这些话，当着众商人的面是说不出口的。

“这……这……总是不妥，石学士，千万要三思。”彭简心里是绝对无法安心的。

石越笑道：“彭监州不必担心，本官必会请旨。若有干系，本官一人承担，绝不连累彭监州就是了。”

他口头说得轻松，心里却也是惴惴不安，不知道皇帝和朝廷会怎么样处置这件事。其实司马梦求已经谏过这件事情了，当时石越倒是慷慨得很，回道：“事有可惧者，有不可惧者，若事事皆惧，则一事无成。”而司马梦求也实在想不出上哪儿找一笔钱来补上三年的盐茶之税，只好勉强同意。就为此事，石越写了几封奏章信件，分别递呈皇帝、王安石、冯京等决策人物，盼望能得到支持。

蔡京心里，却也充满着紧张、兴奋之情。他明明知道这件事风险极大，弄不好，他和石越一起就会被弹劾得永世不能翻身，却依然顺着石越的思路帮他想点子，因为他知道一旦成功，他必然能成为石越的心腹，又为国家打开巨大的财政来源，循此之蔓，一路上爬，前途真不可限量！在他眼里，那支船队实在是一条从杭州钱塘尉通往汴京禁中政事堂的金光大道！

13

汴京城，大内。

赵顼身着明黄的龙袍，坐在偏殿中小憩。

刚刚在崇政殿亲试武举，一口气点了文焕、薛奕、吴镇卿、段子介等七人武进士及第，亲授左侍禁。田烈武以下二十余人武进士出身，依例都授右侍禁之职。这是赵顼登基以来的第二次亲试武举。熙宁三年，他曾经亲取康大同为武状元，那时并无半点疑虑，但是今年的武举，却让几个主考官十分伤神，众人意见不一。原来文焕、薛奕、吴镇卿、段子介、田烈武五人，若论武艺弓马，兵法阵图，竟是相差无几，根本分不出高下来，权枢密副都承旨张诚和龙图阁直学士张焘虽然均说这五人都是良将之材，但对于谁高谁下，却各执一词，互不相让。

试文辞之时，田烈武文理稍拙，自然难以进士及第，其他四人，竟又是相差无几。吴镇卿本是文进士，段子介是白水潭的学生，文焕、薛奕是武学学生，四人的策论各有所长，让主持文试的刘攽、黄屡等人又争执不下。最后不得已，只好把这四人并列一纸，请赵顼亲自裁断。

这四人本来就难断高下，不料到了崇政殿殿试，王安石又为田烈武打抱不平，说道："武进士要文辞何为？能武艺、通兵法、晓阵图足矣。田烈武是功臣之后，当赐武进士及第，以示朝廷奖励死节之意。"

此言一出，立时引来枢密院官员群起反对。张诚立即反驳："丞相所言诚为至理，然不在武举之前定下制度，考试之后再为此言，如何示天下以公正？"

赵顼当然不可能知道张诚不惜得罪王安石，实是因为张家与文家世代交好，而他亲自主持武试，自然心里明白，若论武艺，这些人中倒是田烈武最高，这时若用王安石之策，那么田烈武只怕就不是"进士及第"，而是"进士及第第一名"了。赵顼觉得张诚说得在理，最终还是没有采纳王安石的意见，只不过为了照顾王安石的面子，便把田烈武放在进士出身第一名，又亲自下令，编入殿前司捧日军[1]，而以文焕为第一名进士及第。

这么着一天下来，年轻的皇帝身子已略觉疲惫了。他毕竟是个太平天子，整日养尊处优，哪里比得上马背上的皇帝身体好？他父亲宋英宗的身体就不太好，留给赵顼的朝廷，又有处理不完的国事，加上一直无子，不免又要格外努力。即位不过六年，年纪不过二十有四，身体却比不得在藩邸之时了。

但是隐患重重的国家社稷之托，是不能让赵顼一直休息的。这偏殿里亦分门别类，堆满了奏折。苏颂、孙固、刘攽三个知制诰恭敬地坐在下首，根据引黄[2]整理着奏折，把中书的急务和一些认为皇帝会比较关心的，先递到皇帝跟前，若皇帝要批答，则把意思说明，由知制诰执笔书写，谓之"内批"。

"陛下，这是石越五天来的第三封奏章。"刘攽轻轻把一封黄绫封面的奏章递给皇帝，他知道这几天赵顼读石越的奏章读得津津有味。从到杭州开始的第一封谢表起，石越递上来的奏章，根本就不像是奏章，倒像是一篇篇游记。他在奏章中历叙出京开始沿途所见所闻、在杭州的施政要略、心中构思，又有对官员的观感，事无巨细，都写在奏折中，又胜在文辞情理，颇能引人入胜，种种有趣滑稽之处，连孙固那样正经的人读了也不禁要忍俊不禁，经常逗得皇帝哈哈大笑。

刘攽很难理解石越这么老成的人会在皇帝面前如此自在洒脱，一般人写奏折，

[1] 捧日军为宋朝组建的一支军队，是宋初上四军之一，主要由具装骑兵组成。

[2] 指奏章前面所附的摘要，因多用黄纸书写，故称引黄。

都是“顿首[1]”“死罪”“诚惶诚恐”，其中歌颂皇帝之圣明，表明自己之渺小的内容充斥全篇，伴君如伴虎，生怕一个不小心得罪了皇帝。像石越这样一篇奏章，洋洋洒洒数万字，每次都是厚厚一本，几乎是到了不厌其烦的地步，放在别人身上，是不敢想象的，而皇帝却偏能看得开心，丝毫不以为意。对此刘攽只能理解成“天授”，是他们君臣相得的缘分，换成他自己有朝一日出外，是绝不敢如此的。

“这个石越，真是胆大包天。”赵顼一边看奏折，一边笑骂，“等一会儿丞相过来必要说他。”

刘攽、苏颂、孙固都停止了手中的工作，望着皇帝，一面好奇石越又在奏章中写了什么。前天的奏章说预支三年盐茶之税，拍卖盐场，种种出人意料之举，皇帝和王安石都已经同意，批复的公文都到了路上，今天所说，不知又是什么惊世骇俗之事。

赵顼笑着把奏章递给刘攽，道：“刘卿，你们自己看吧。真是恃宠而骄，竟然要造战船，还说不用花朝廷一文钱，每岁可多收数十万贯。让朕准他试行，若是成功，将来广州、泉州也可以造船队出海。”

刘攽接过奏章，细细读完，又递给孙固，一面笑着对赵顼说道：“陛下，石越现在倒不像个儒臣，倒像个商人了。”因为王安石执政，刘攽虽然对石越牧守一方，不讲文治教化，却专门追逐利益之行不以为然，却也不便明说。

孙固看完之后，却没有那么客气，道：“前次石越还是劝农桑，循的是圣人之道，这次却是本末倒置了。他大谈通商之利，通商有何利可言？只会败坏风俗道德。何况私造战船，实在大胆，臣以为应当严加训斥。”

苏颂不动声色地看完，把奏章递还皇帝，这才从容说道：“孙公此言差矣。孰为义，孰为利，石越在《论语正义》中说得清楚。臣以为是深得孔孟之要义，为国逐利，是大义！为民逐利，是大仁！通商海外，如石越奏折中所说，以中国泥土烧制之陶器，棉花织成之棉布等无穷无尽之物，换得海外之特产、金、银、铜，甚至粮食，岂不远胜于加赋于百姓？何况船队又不花朝廷一文钱，以兵养兵，若其成功，朝廷坐享其利；若其不成，于国家无丝毫损害。这等事情，何乐而不为？”

刘攽想了一会儿，也点头说道：“苏颂所说也颇为有理。若能以兵养兵，建成水师，他日国家若有意于燕云，进可联络高丽，夹击契丹，退可巡逡于辽东沿海，使辽人首尾受敌，此亦一利。不过朝廷自有祖训，船队既有水师之实，石越所荐蔡京固然可用，前日里预支盐茶之策，石越也说是他所出，想来是个人才。但是为防微杜渐，朝廷需派一使臣持节节制。”

---

[1]　顿首即叩首，九拜之一。古人写表章、奏折、信件等时，常用于结尾，表示致敬。

赵顼笑道："这个蔡京确是个人才，不知道是哪里人，家世如何？"

"据说是蔡襄族人，熙宁三年与其弟蔡卞同中进士，当时传为佳话。不过那一科人才辈出，似唐棣、李敦敏、陈元凤辈都是一时俊彦。蔡卞现在工部，协助军器监改革诸事。蔡京的升迁倒是比较迟滞的，一直是做钱塘尉。"刘攽随口答道，身为皇帝身边的机要秘书，对于种种事情必须要广博多闻。

"原来是蔡卞的兄长，那么就依石越所奏，让蔡京提举市舶司。只是船队之事，须得先问问丞相、枢使的意见。便是可行，节制的使臣，也需使一得力之人才行。"赵顼脸带微笑，目光忍不住又投向石越那本厚厚的奏章，"李向安，去传王丞相，吴枢使。"

"遵旨——"侍立在一旁的李向安柔声应道，面朝皇帝，缓缓退出殿中。不料刚到门口，未及转身，竟撞在一人身上。他定睛一看，赫然竟是丞相王安石和枢密使吴充。二人联袂而来，正欲通传。王安石性急，走快了两步，结果被退出来的李向安一屁股撞上，吓得李向安连忙跪倒，口称："死罪！"

不料王安石竟是依然满脸春风，毫不介意，只是整整衣冠，就和吴充一起拜倒，大声说道："臣王安石、吴充求见。"再看吴充，也是掩饰不住的喜色。

"传。"

王安石、吴充皆身着紫色官袍，喜气洋洋地大步入室，一齐拜倒，高声贺道："臣王安石、吴充拜见吾皇万岁！吾皇大喜！"

赵顼与刘攽三人见到这个情形，心中都不由一动。赵顼强抑住冲动，问道："丞相、枢使，有何喜事？"

"启奏陛下，岷州首领摩琳沁以其城降，叠、洮二州诸羌尽皆俯首。王韶部行军五十四日，涉地千八百里，平定五州，斩首数千级，获牛、羊、马以万计！瞎木征主力尽皆击溃，灭亡已是迟早之事！"王安石激动地报告着西北传来的大喜讯。

刘攽、苏颂、孙固乍闻此讯，也忍不住喜形于色。王韶军失去音讯非止一日，有谣传说已经全军尽没，汴京君臣为了此事五内惧忧，非止一日，这时猛然听到大捷的喜讯，如何能够不高兴？

"报捷文书何在？"赵顼握紧了拳头，声音都有些轻颤起来。

王安石从袖中取出一本红绫奏折，双手递上。

赵顼打开奏章："……臣已复河州，不意降羌复叛，瞎木征趁机占据河州，臣遂引兵攻诃诺木藏城，托陛下洪福，一战而破。遂穿露骨山，南入洮州境，道路狭隘，军士释马徒行，遂失音讯。瞎木征以其党守河州，自率军尾随臣军，军士苦战数日，复平河州，再攻宕州，拔之，洮州路遂通……"其后正是盖着王韶将印。

"好！好个王韶！果然未曾辜负朕望！"赵顼连连赞道。

“此皆是陛下英明，祖宗庇佑，至有此胜！”王安石率诸臣贺道。

赵顼喜动颜色，笑道：“这也是前线将士奋战之功，才有此本朝数十年未有之大捷。朕意，进王韶左谏议大夫、端明殿学士，以赏其功！”

14

坐落在董太师巷的丞相府车水马龙、冠盖如云。从丞相府往北走约五百步，就是吕惠卿的府邸，相形之下，却要冷清许多。

吕惠卿一大早起来，抬头看了看天，感觉阴得很，一阵阵风吹得街上的树叶哗哗响。这样的天气有几天了，但是雨却是一丁点也不曾下过。吕惠卿身兼司农寺，自然知道黄河以北诸道到如今一直没有下过雨，石越的预言不知怎么的，不时会在吕惠卿耳边响起，让他难以安心。最近不顺心的事情特别多，王雱派人刺探自己私产的事现在还没有结论，而他在朝堂上，已经几次阻挠自己的建议，看来空穴来风，必有其因。如今王韶大捷，除了前线的将士之外，争功争得最厉害的，倒是朝中的文官。王安石不去说他，吕惠卿自知拗相公圣眷尚在，皇帝说他有立策之功，他也不敢去比，可是王雱又是什么东西？吕惠卿想起这几天的议论，冷笑一声道：“黄毛小子，居然拟授龙图阁直学士！还假惺惺地拒绝。”他脱口而出，立时自觉失言，左右一看，所幸无人，不由一笑，大声喝道：“备车。”

“学士！”背后猛地传来小厮的声音，吓了吕惠卿一跳，他回头一看，原来是自己的家人吕华。吕惠卿眼中刀子般的冰冷一闪而过，脸上堆起温和的笑容，和蔼地问道：“你来多久了？怎么没声没息地站在这里？”

吕华打了个躬，回道：“小人刚来，听到学士喊备车，不过小的进来，却是通报学士，兵器研究院陈知事在前厅求见，一同来的还有一个叫邓绾的官人。”

“邓绾？”吕惠卿一怔，一面向客厅走去一面寻思，“他来做什么？”

来到前厅，见陈元凤和邓绾正在那里正襟危坐，他哈哈笑了几声，大步过去，笑道：“是哪阵风吹来了邓文约？”

邓绾不意吕惠卿如此亲切，连忙起身行礼，口称：“惭愧。”

陈元凤待他二人寒暄过了，轻咳一声，说道：“恩师，你可知道王元泽授龙图阁直学士的事情？”

吕惠卿目光流动，看了邓绾一眼，笑道：“我当然知道，元泽已经推辞了。元泽身为丞相之子，倒是颇知谦退之道。”

陈元凤冷笑道：“他假惺惺推辞一次，皇上自然要再授一次，然后他勉为其难，就成为龙图阁直学士，这可是大宋朝开国以来最年轻的龙图阁直学士！”

“履善不可胡说！”吕惠卿脸一沉，厉声喝止。

邓绾瞅这模样，便知道吕惠卿有不信任之意，他淡然一笑，道：“吉甫朝不保夕，却不肯信任我吗？”

吕惠卿嘿嘿一笑，说道：“文约何出此言？”

“王元泽遣人往福建，在朝堂上屡沮吉甫之议，你且看看这是何物。”邓绾一面说一面从袖中抽出一张《皇宋新义报》，递给吕惠卿，“连续七期，都说的一件事，限制官员名田，重新清量土地。项庄之意，吉甫当真不知？”

吕惠卿看也不看，把报纸丢到一边，冷笑道：“此事也是区区的主张。”

“那么这件事呢？”邓绾又抽出一张纸，递给吕惠卿，“这上面写着令弟明甫[1]收受贿赂、强买民田、陷人死罪等十三事。”

吕惠卿接过纸来，略略一看，铁青着脸，勃然怒道：“全是血口喷人！”

“虽然是无稽之谈，却也未必不能蛊惑人心。何况这是区区在谏院某位故旧家不小心看到的底稿。”邓绾缓缓说道。

吕惠卿站起身来，背着手看了看外头，沉吟半晌，说道：“大丈夫做事，只求心之所安。何况今上圣明，必不至于受小人蒙骗。”

陈元凤急地站起来，红着脸说道：“恩师，真的要我为鱼肉吗？人家已经步步紧逼了！如今王韶大捷，朝廷论功行赏，王元泽不可一世，一旦父为宰相子为学士，盛极之时，便是他下手之日了。如今却有一个机会摆在面前……”

吕惠卿的瞳孔骤然缩小，却一直背着手望着外头，并没有回头。

陈元凤继续说道：“前几日我无意中听智缘和尚说，他曾给王元泽诊脉，说王丞相此子风骨竦秀，是非常之人，可惜却有心疾。学生去相国寺听说书的说《三分》，有说书的讲到孔明三气周瑜，虽是村言野语，学生却寻思，王元泽或者竟是和周郎一个毛病，因此天不假年……”

邓绾也笑道：“因此履善和我，便想出一个主意来……”

吕惠卿听他二人陈说，不禁冷笑道：“文约如此热心，想必绝非无因吧？”

“吉甫果然通达，犬子释褐已久，仕途艰难，若得吉甫提携，授一大郡，于愿足矣。”

与此同时，崇政殿内。

石越组建船队的想法，并没有受到政事堂和枢密院太大的阻力，争议的焦点倒

[1] 吕升卿，字明甫。

是派谁去节制那只船队。一方面，石越既然说要经商，那么任谁都知道利益极大，是一个肥差；另一方面，这只船队肯定要出海，那远离中华，渡过凶险的海浪，和蛮夷之人打交道，在大部分官员看来，简直便是比被贬到崖州还要惨。权衡利害，倒是害更甚一些，这个节制使臣，反倒成了烫手的山芋。但是若说不派人去节制，让石越放手施为，却没有人敢开这个例。最后冯京想出来一个万全之策，就是从今年武举进士及第七人中，挑一个自愿前往的，提升一级，加西头供奉官，持节节制船队。

解决掉这件事情后，韩绛上前欠身说道："陛下，王韶既已取得大胜，朝廷又加其左谏议大夫、端明殿学士，就当召其回朝，参加庆功大典。其军可由总管高遵裕、河州知州景思立节制。"

他话音刚落，吴充等人纷纷附议道："本朝之法，不可使将领久统大军，五代之鉴未远，韩相公所言极是。"

王安石心中虽然不愿意，但是他本是荐王韶之人，此时独存异议，岂不要让人怀疑他有异心？当下也只得勉强附议。

群臣纷纷要求召回王韶，恰巧王雱、吕惠卿都不在殿中，而王安石却要避嫌疑，赵顼此时早已把石越临走之前"瞎木征未擒，不可召回王韶"的诫言扔到了九霄云外。而王安石心中，也不自禁地苦笑，想起石越临去前和自己说的话，也只有摇头暗道"惭愧"而已。

第二天吕惠卿刚刚入朝，便得知朝廷已下旨意召回王韶，他立时大惊失色，连声跺脚直呼："失策！真是失策！"

赵顼却不以为然地笑道："瞎木征已不足虑，召回领军大将，是祖宗制将之法，卿何谓失策？"

"陛下，臣料瞎木征虽败，然高遵裕、景思立皆非其敌手，王韶召回，李宪又在朝中，只恐王韶未到京师，西北败讯已经先到。"吕惠卿虽然知道高遵裕是高太后家人，此时却私毫不留情面。

"卿不必多虑，石越数月之前已有此虑，不过朕与诸位丞相，都以为无事。"赵顼依然没有放在心上，笑道，"且说说封赏之事，朕欲加王雱龙图阁直学士，王雱却道不敢奉诏。卿意如何？"

皇帝如此，吕惠卿亦无可奈何，在心里叹了口气，转过心思，从容说道："臣以为加龙图阁直学士，是恩宠太过了。王元泽受丞相家教，深知谦退恭让之道，断然不敢接受，莫若就拜龙图阁待制。"

赵顼诧异地望了吕惠卿一眼，说道："王元泽于西北军事，是最先立策者，又有参赞之功，自古以来，军功最重，龙图阁直学士，朕以为并不为过。"

吕惠卿淡然一笑，欠身答道："陛下所言极是，不过一来以丞相家教，臣料元泽不敢拜受，二来元泽毕竟未曾亲历军功，若以功劳而论，元泽于国家建树似乎不及石越，石越为宝文阁直学士，等而下之，元泽为龙图阁待制，也是名至实归。"

"卿所言亦有理。如此，便改授王雱龙图阁待制。"赵顼想了一想，终于也觉得王雱之功的确比不上石越。

赵顼和吕惠卿都料不到，当天的对答，被侍立在一旁的李向安不动声色地透露给张若水，张若水又一句不改地告诉了王雱。

可怜这几日一直卧病在床的王雱，本以为自己终于超过了石越，拔到先筹，结果吕惠卿一席话，由龙图阁直学士连降三级，变成了龙图阁待制。更可恨的是，授龙图阁待制的理由，是他的功劳不及石越。

"福建子，真是可恶！"王雱恨声骂道，一时又气又恨，血气上涌，几乎晕去。

谢景温也忍不住在旁边恨声骂道："福建子，真是小人！早知就当趁早除去，今日如此忘恩负义，他有今天，也不想想是靠了谁！"

二人正在切齿大骂，王雱冷眼看到外面人影晃动，厉声喝道："何人在外面？"

一个家人探进头来，恭声说道："公子，邕州知州萧注来给公子探病。"

"是萧注呀。"王雱略为松弛了一点，"请他进来吧。"

萧注与王雱一向交好，此时因为来京述职，也常在王雱门下走动。这几日他在京师，见到王韶开拓熙河，立下好大功劳，王韶自己晋封端明殿大学士，几个儿子都受封赏，当真是备极荣耀，回京之后，只怕是做枢密使如拾芥，萧注在心里头已经是羡慕得几个晚上睡不着觉了。

这时见了王雱，略略问了几句病情，便忍不住滔滔不绝地说起交趾之事："交趾自黎桓篡国，丁氏一脉便绝了，朝廷不遑[1]讨罪，只封黎桓为交趾郡王以为安抚之意。黎桓死后，交趾国内几度夺位，李公蕴又夺黎氏之位，传到今日，是李乾德在位，今上封为南平郡王，却不知交趾虽奉朝贡，实包祸心久矣。当日侬智高[2]之叛，便曾连结交趾，是前鉴不久。不久前交趾为占城所败，其军队已不满万人，数日之内，便可平定。若今日不取，必为后忧，悔之无及！"

谢景温见他滔滔不绝，丝毫不顾王雱的病情，心中颇不耐烦，正欲用言语堵住他的话头，不料王雱却丝毫不以为意，反而颇有兴趣地问道："当年狄青狄武襄平定

[1] 指没有时间，来不及。

[2] 侬智高（1025—1055）是北宋中期广西广源州（今靖西、田东一带）的少数民族首领，侬智高起事的发动者。

依智高之乱，岩夫[1]颇立功劳，又久在南边，想来是颇知情弊的。交趾之众，果真不满万人？”

萧注见王雱有了兴趣，他知道王韶平定熙河，王雱正是主要的倡议者，立时情绪高昂，慨然道：“那是自然，谍报皆如此说。南交趾，跳梁小丑而已，宋朝大军一出，弹指可平。”

王雱听萧注如此有把握，虽是病体，却也不由精神一振，转过脸来对谢景温一笑，咬牙说道：“若是再平了南交趾，看福建子还能说我功劳不及石越否！”

[1] 萧注，字岩夫。

第十五章

祸不单行

命运处于变化之中时，人们不得固守一法。

——马基雅维利《君主论》

1

冬天的运河两岸显得格外萧索，几只寒鸦飞过天空，哇哇的叫声划破冰冷的空气，让人越发觉得天气寒冷。

离开汴京，一路都是取水道往杭州，坐船已坐得让人腻味了。不过自己的未来，大部分时间是笃定要在船上度过了吧？薛奕自嘲地想道，现在他已经开始奇怪自己为什么会要求来杭州担任这个西头供奉官、节制杭州市舶司水军事了，也许是因为这支军队与那个叫石越的年轻人有关吧。总之薛奕成了七名武进士及第中唯一一个愿意来指挥这支陌生水军的人。

那支水军现在应当还不存在，不过既然与石越有关，一定会很有意思就是了。薛奕一路以来，都在胡思乱想着关于那支甚至不能称为“水师”的船队。他并不知道，自己的这个决定完全改变了他生命的轨迹。如果按照石越所来的那个时空的历史，他应当是熙宁九年的武状元，几年后英勇地战死在与西夏交锋的战场，但是现在，他的生命已经向另一个方向走去。

“公子，马上快要到余杭了。”书童薛戟轻声提醒着，他的脸已经被朔风吹得通红。

“嗯？”薛奕随口应道，不解地望了薛戟一眼。

“船家说，刚刚泊岸时，听一条余杭来的船上人讲，昨天在余杭看到石学士的仪仗。”

“哦？”薛奕点点头，想了一下，高声向船家喊道：“船家，你过来一下，我有事问你。”

船家是个四十来岁的中年人，听到薛奕叫唤，连忙答应了过来，道：“官人，不知有何吩咐？”

“你说石学士在余杭？你可知石学士在余杭做什么？”

船家憨厚地一笑，回道：“那怎能不知道呢？石学士来杭州后，为了咱们一州的百姓，卖掉了盐引、茶引，还有几个盐场，当时全杭州的老爷、员外全去了……”石越拍卖盐场的事情，薛奕在汴京早已知道，这时听到船家答非所问，又翻出来讲一遍，不由又好气又好笑，笑骂道：“我问你石学士在余杭做何事，你扯这么远做甚？”

“官人有所不知，这原是一件事。”船家嘿嘿一笑，不急不慢地回道。

薛奕苦笑一阵，摇摇头，说道：“那你就继续说吧。”

“是，官人。石学士卖掉这些东西后，便说是有了粮食和钱，于是一面在各地分发稻种，一面开沟渠。今年冬天前好不容易有一熟，全是石学士的功劳，要不然我们百姓可就苦了……”薛奕原料不到这个船家啰唆到这个地步，这时又不好发作，只好勉强听他叙说石越的政绩。“后来石学士又下了令，说靠那一熟的收成，百姓就是吃个半饱，也等不到明年收获。于是石学士叫来各地耕种三十年以上的老农，还有几个懂治水的和尚商量办法。最后说要是疏通了盐桥河和茅山河，再从浙江上游石门开一道二十多里的运河连通钱塘江，就能让我们杭州从此没有水害，只有水利。这件事对百姓有好处，迟早要做，不如现在做，让百姓去那里做工，管饭，还能发点粮食回去给老婆孩子吃。”

薛奕听他事情倒是说得明白，就是答非所问，不得要领，又忍不住好笑，说道：“船家，那钱塘江在南边，关余杭何事？”

“官人莫急，且听我说完。那富阳、钱塘一带的人，都可以做这件事，现在还在忙乎。此外几县的人，石学士便让各县的父母官召一批人去圩田，又召一批人去修路，州内各县官道重修一下，该建桥的建桥，往北连到湖州，往南连到明州。还有一些人，就许去盐场帮工煮盐。”

薛奕笑道：“这倒是德政，强过一味赈灾。不过要组织如此多人做事不出乱子，却也极难。”

“旁人自然难，石学士是星宿下凡，那便不难了。”船家一副理所当然的神气。

薛奕知道这些事和他也分扯不清，便也不分辩，只笑道：“依船家你的意思，是说石学士在余杭巡视修官道、圩田这些事？”

“官人猜得不错。不过听说昨日在余杭，今日便不一定了。我听往来的人说，石学士这几个月来，每个月只在初一、十五各在杭州住五天，处理公事，别的时候都在各县巡视。”

薛奕掐指一算，回首对薛戟笑道：“既是初一、十五各有五天在杭州，那就好办。只需到时候赶到杭州便可。我看余杭也不必停，一路顺流而下，在杭州守候便好。”

2

那船家说的果然不假，薛奕十三日到杭州之时，石越并不在杭州。他对政治民生并无兴趣，虽然出身世家，却也不太喜欢交际应酬，于是也不住驿馆，反倒是自己找了家客栈和薛戟一起住下，心里算计：石越既要造战船，想来此时船尚在船坞中，尚未完工，不如自己先去看看。主意打定，竟是连薛戟也不带，自己一人一路打听着杭州知名的船坞寻去。不料这些船坞都在钱塘境内濒杭州湾的地方，好在钱塘离杭州并不远，租了一匹马，用不多久便到。

到了钱塘，薛奕问明所在，便牵马寻去，不想离船坞尚有约莫一里路远，便被差人拦住。任他如何分说，也不准接近，远远看去，里面也无人出来。一日之内，一连换了几个船坞，皆是如此。最后惹得他心头火起，向拦截的差人怒道："本官是钦命节制杭州市舶司水军事，难道看不得吗？造个战船，又有何秘密？"

不料那差人冷笑道："凭你是谁，小的只是钱塘尉蔡少府的手下。若要进去，须得蔡少府手谕，否则上头责怪下来，小的担当不起。官人若真是圣上派来的，何不去市舶司找蔡少府要个手谕？"

薛奕听了这话，当真是无名火起，也不答话，只问了市舶司所在，勒马便冲了去。他是西头供奉官，论品秩比蔡京要高，又是钦命的节制使臣，居然报明身份还进不了一个船坞，少年新贵，如何不气？何况大宋金明池内造船，也不曾防范得如此严密，真不知蔡京在搞什么鬼了。凭了他薛奕的性子，今天非得弄明白不可。

一路纵马急驰，没多久便到了市舶司开府所在，定睛望去，原来便在一个港口旁边。薛奕在府前跃身下马，连马也不拴，只把金牌往守门的差人眼前一亮，牵着马就闯了进去。那守门的半晌才晃过劲儿，跟在后面喊道："不得乱闯！"

薛奕进了大门，才发现市舶司与一般官府建筑不同，大门之内，是好大一个院子，院子里有七八十人正拿着刀枪在操练。这些人听到外面有人叫唤，又见薛奕竟然是牵着马闯了进来，立时一阵大喊，把薛奕团团围住。

薛奕一手牵马，一手按着腰中佩刀，冷笑不止。那群人见薛奕神态高傲，一身黑色湖丝长袍，剪裁合体，做工极其精细，腰间悬着绿色佩玉，佩刀刀鞘竟然还镀着金，只要不是瞎子，便能知道此人非富即贵。因此倒也不敢乱来，只有一个教头模样的人出来问道："你是何人，为何擅闯市舶司衙门？"

"西头供奉官、钦命节制杭州市舶司水军事薛奕，求见提举杭州市舶司蔡提举！"薛奕仰着脸，冷冰冰地说道。

那帮人听到薛奕自报家门，倒是吓了一跳，心道："原来是顶头上司来了！"有人咂咂舌，立时便去通传。这些人原来是蔡京从越人中招募的水手。虽然越人大都精通水性，但是农民、渔民和军人毕竟不同，因此蔡京趁着两浙路被灾还没有恢复元气，百姓乐意从军混口饭吃之际，提前招募了不少精壮的汉子，分别编成数队，在市舶司内外训练。本来市舶司一向是知州兼任，并没有单独的衙门，为了安置这些亦兵亦民之人，又特意盖了这座与众不同的衙门，一半倒是充作水手营用。

薛奕见这些人听到自己通名之后，便有一人进去通报，另有两三人陪着自己，半是监视半是作陪，其他人等便自觉回去继续操练，一切颇有章程，心里倒也佩服蔡京颇有御众之能。他是世家子弟，官场中的许多轶事听得多了，曾听说吕惠卿驾驭家人，数百人之众大白天经过一座城市，能够不发出一点声音，今日蔡京的手段，倒也可以和吕惠卿相比了。转念又想起那些守护船坞的差人，丝毫不敢违拗一个小小的钱塘尉的命令，也真是要一些手段才行。一念及此，便不由渐渐把心头的火气变成了对蔡京此人的好奇。

约莫半炷香的工夫，远远听到有人亲热地笑道："薛将军，下官可把你等到了，未曾远迎，还望恕罪则个。"一边说着，一边走出一个二三十岁的年轻人。此人身材修长，面容极是英俊，让人一见之下顿生好感。薛奕暗赞一声："好个倜傥人物！"也迎了上去，说道："是下官来得唐突了。"一面从怀中抽出枢密院的敕令，递给蔡京。

蔡京双手接了，满脸堆笑，细细看过，又还给薛奕，一面笑问："薛将军可见过石学士了？"一面便要把薛奕往里面请。

"听说石学士要十五日才回杭州，在下有点儿等不及，便先来这边看看。"薛奕淡淡地回道，身子却一动不动，"蔡提举，在下有个不情之请。"

"但请吩咐便是。"蔡京倒是答得爽快。

"我想先去看看我们的战船。"薛奕一边漫不经心地说道，一边留心观察蔡京的神色。

果然蔡京眼中掠过一丝惊诧之色，又看了看薛奕，笑道："薛将军果然了不起，才到杭州，竟然知道下官已经造成十艘战船了。下官本还预备再赶出五艘来，元春佳节时给石学士和薛将军一个惊喜。"

薛奕不由吃了一惊，诧道："十艘战船？前后不及半年……"

蔡京见他神色，奇道："薛将军不知道吗？那刚才所问……"

这时候薛奕早已把船坞之事抛到九霄云外，目光炯炯望着蔡京，道："且烦劳蔡提举带我去看看十艘战船！"

蔡京上下又打量了薛奕一眼，不料这个新任薛节制竟是有几分痴气的，忍不住扑哧一笑，把手一抬，笑道："那就这边请了！"

十艘大船似海怪般静静地潜伏在杭州湾内。船上人来人往，却悄无声息，有人挥动着旗帜指挥一切。薛奕这才知道蔡京招募的水手基本上已经齐备，心里不由更加赞叹此人的才干，一面认真观察自己未来的船队。

十艘大船中八艘是普通的"福船"，长达二十六米左右，宽亦有十米许，船尾有当时世界上最先进的平衡舵设计，并且是大小二舵，可随水之深浅不同而更换使用——中国是世界上最早发明舵的国家，欧洲最早见到此物，已是12、13世纪的事情了。这种船的船底是尖的，便于破浪，船首高翘，帆桅三座，帆四面，中部上层建筑四重，舵楼三重，旁设护板，可载人达三百之众。似这种普通的福船往来于大宋东南沿海绝不在少数，薛奕往日游历之时，倒也见过，真正让他大吃一惊的，是另外两艘“怪物”——那是长达五百尺的超大型船只，设计与福船相似，不过尾舵是采用绞盘的升降舵，桅杆高达十丈，头樯高八尺，论体型，几乎是普通福船的三倍之大！

蔡京察见薛奕颜色，不禁面有得意之色，指着两艘大船笑道：“这种大船，风正之时，可张布帆五十幅，风偏则用利篷，左右张翼以利用风势，樯之巅更加小帆十幅，谓之野狐帆，风息时用之，设计之妙，可谓巧夺天工。”

薛奕注目良久，叹道：“这种大船，真是蔚为壮观，只是舟底不平，若是遇上潮落，只怕大事去矣。”

蔡京满不在乎地笑道：“世事难两全，既要运货多，吃风浪，又要能在浅水中行，哪有这便宜事？各船既要装矢石、火器、粮食、淡水，若不造大一点，三年盐茶税挣不回来，石学士一定怪我办事不力。”

薛奕这才想起来，自己这只船队，主要是经商的，想到蔡京为了多载货，竟造出如此大船来，也不禁莞尔。

蔡京又笑道：“待到明年开春，还有几艘船可以下水，船队便先行扬帆出海，现在只怕要辛苦薛将军多多操练水手了。下官已从各地募来有经验的舟师近百人，反正不急着打仗，只要水手可用，便无大事。将来船队建成，算有大船十艘，小船二十艘，水手数千众，薛将军纵横海疆，扬威异域，为期不远了。”

“使李将军，遇高皇帝！使李将军，遇高皇帝……”薛奕轻轻地念着“石越的诗句”，目光远远地投向大海深处，右手紧握佩刀，心里激动不已。不管怎么说，他知道他找到了自己的舞台！

3

第二天，杭州知州府衙。

“胡闹！他眼里还有没有王法！”提前回来的石越铁青着脸，端着茶杯的手气得发抖。

“这其实是平常事。”司马梦求沉吟道，“不过手段的确是过于激烈了。”

“平常事？只是平常事？把十多家船厂团团围住，不给一文钱就强行要求开工，人家先预订的船，强行就抢了过来，这简直形同强盗！”石越怒道，“我听说他半年不到，便造出十艘大船，心里就知道不对，果然不出所料！”

“既要办大事，偶尔就要用点非常手段，若依常规，一年之后，船才造好，再训练水手，又要半年，时间上如何来得及？”司马梦求低着嗓子反驳，“蔡元长只是手段不够柔软罢了。”

“不够柔软，我看是不想柔软吧！”陈良冷笑道，“我问过钱塘县令周邠，蔡京勒令钱塘县内的船厂加紧开工，凡是预制的大船，先行征用改造，有不服的厂主，立时锁拿杖责。为了防止告状，一面又威逼百姓，一面把船厂附近严加看守。两浙路提点刑狱晁美叔的衙门就在杭州，他胆子也真是够大的。”

“唐家不是也有船厂吗？唐甘南能受这个气？”石越突然想起一事，这些情弊，唐甘南不可能不知道。

司马梦求冷笑道：“蔡京前途不可限量，在学士面前也是受宠的，唐甘南没事断不敢得罪他，何况蔡京这样处置，也不是没有原因的。经费既然不足，钱塘县外的船厂他管不着，只能先行交一部分银钱，唐家的船厂半在余杭，半在萧山，更不曾吃半分亏。蔡京要在学士面前显示自己的能力，倒霉的自然就只有钱塘的船厂了。”

“经费如何会不够？各个商家不是都有捐纳吗？”石越在这件事上一直做甩手掌柜。

“同时造三十艘大船，又要备火器弓矢，还要招募数以千计的水手，那点钱哪够用的？”司马梦求细细说道，“子柔想必不明白我为何为蔡京说话，其实我不是为蔡京说话，我只是站在他那个立场想罢了。既要讨上司喜欢，做出成绩来，用点子非常手段，也是平常得紧。一个人功名利禄心重了，眼里只有上司没有百姓，是再平常不过的事，天下官吏，大抵如此。看他这个样子，明春就可以扬帆出海了，府库可没有为此出一文钱。”

石越默然良久，叹了口气，一心想做个好官，到头来，还是免不了有如同明抢一样的事情发生。

陈良也无可奈何地摇摇头，他知道司马梦求说的毕竟是事实，发生这种事情，固然可以说是蔡京不体民情，急功近利，为达目的，不择手段，但何尝又不是因为石越意图在短短的时间内做太多的事情而引起的呢？如果要说急功近利，应当是石越急功近利才是。上有所好，下必甚焉！

“而且，学士实际上也不能处罚蔡京的。蔡京是学士亲自推荐的人，若不几个月便有过错，御史趁机说他贪酷虐民，学士荐人不当，这是自己打自己的脸。如今之计，也不必责怪蔡京，只需想个办法帮他善后便是。”

石越苦笑半晌，说道：“纯父你亲自去办一下这件事，和那些船厂重立债券，约定一年后还钱，息钱高于钱庄青苗钱一倍，同时免掉船厂三年之税。”他府库里现在粮钱都等着要用，无可奈何之下，也只能先打打白条了。

司马梦求答应一声，正要退出，就听家人进来通报：“有自称西头供奉官、钦命节制杭州市舶司水军事薛奕求见。”

薛奕在武成王庙见到石越之后不久，石越便奉旨出外，不料没几个月，二人又在杭州相会。薛奕见了石越，立即拜倒，口称“山长”。

石越知道薛奕算是沈括的学生，因此也算是白水潭的编外学生，因这层关系，才对他执弟子礼，当下起身一把搀起，笑道：“薛世兄别来无恙。”

薛奕站起身来，又躬身笑道：“山长叫学生世显便是。”

石越上下打量着薛奕，见他较上次相见更加神采奕奕，一边让他坐了，一边笑问：“世显来杭州有几日了？我今日方回府，想来不会这么凑巧的。”

“也是昨日才到。”薛奕欠了欠身，答道，“前几日在船上之时，已听到山长的德政，昨日到杭州后来府上拜问，因山长不在，便先去了市舶司。蔡元长果然好本事，十艘大船半年即成，水手也招募齐全，训练亦颇得法。以前在白水潭听山长说起南海诸国，大洋之外诸洲种种故事，或许不久便可亲往异域。”

石越回首与陈良对望一眼，不自禁苦笑一声，不过这种事情，却也不便在薛奕面前表露，只是勉励道：“他日世显便是我大宋的博望侯[1]。”

“若得如此，亦全是山长之功。现今的确是大丈夫建功立业之良机，此次朝廷决意对交趾用兵，学生此来，也是想和恩师讨教一下方略。”薛奕说起这话时，目光中飞快地闪过兴奋之色。

石越愕然道：“世显说朝廷决意对交趾用兵了？”

“山长不知吗？”

“之前只接到京师的消息，说王元泽举荐萧注，萧注上书言事，请皇上对交趾用兵，说交趾旦夕可平，这是约一个月前才到的消息。”石越当时接到潘照临的书信，还不以为意，想来自己切切叮嘱王安石，又再三向皇帝谏言，应当不会有事。

薛奕却兴奋地说道：“原来如此，毕竟京师与杭州隔得远了，讯息迟滞。那萧注其实却不足道，虽然当年狄武襄时也是颇有勇略之人，现在却是老了。他上书言交趾可击，可是皇上召他问方略，却说不出个所以然来。最后倒是度支判官沈起主动请缨，现在皇上任命沈起做了桂州知州，眼见明年就要大举用兵。”

“那么世显要问我方略又是何事？”石越已隐约猜出何事。

薛奕环视厅内，见只有陈良在侧，其他家人都站得远远的，他知道陈良是石越心腹之人，便不忌讳，压低了声音说道：“若沈起在桂州进攻交趾，学生再以水师自

[1] 博望侯是西汉著名外交家张骞的封爵。

交趾海岸登陆，突袭其国，神兵天降，交趾不足平！如此便是奇功一件。这里有学生搜罗到的交趾地图，原以为派不上用场，但是不料蔡元长如此能干……”

石越知道王韶平定熙河之后，赵顼亲往紫辰殿受贺，王韶进端明殿学士、左谏议大夫不提，从军中的长子，到家里几岁的小儿子，都受世职之封，又追封祖宗三代，真的是天下为之侧目，多少人想立军功想红了眼。薛奕年纪轻轻，有些想法亦是正常。只不过这只船队他是用来挣钱的，却不是用来打仗的，至少暂时不是用来打仗的。

他装作沉吟良久，长长叹了一口气。

果然薛奕紧张地问道：“山长，有何不妥吗？”

“此事有三不可。”

“三不可？”薛奕反问道。

“李乾德一向修朝贡，事我朝甚恭，兴无名之师，诛无罪之人，纵是得利，李乾德只需退兵防守，遣一使臣至汴京，向皇上哭诉，只道沈起擅兴边事，到时候只恐满朝大臣都要无言以对，那时也只好罢沈起以为搪塞之言。我料定沈起此人，不懂得栽赃嫁祸，寻找开战的借口。我宋朝是礼仪之邦，能架得住对方责以大义？若是蛮不讲理，以后不免为众藩国所轻，此其不可者一。”

“昔日太祖皇帝时，南唐乞缓兵，太祖皇帝说‘卧榻之侧岂容他人酣睡’，遂平江南。这不是理由吗？”薛奕对答。

“交趾非卧榻之侧，而是南方偏远之邦。”

薛奕默然不语。石越知他心中不服，又继续说道：“便不论这些，只说一旦与南交征战，若用土人为兵，则绝难取胜，最多破城掠夺，想全其国，绝不可能。若用中原禁军，则不免转运千里，难以持久。加之中国之人，不习水土，南蛮瘴疠之地，未及交兵，十之二三，已死于疾病。因此攻伐交趾，仓促之间，难竟其功。此时非唐宗汉武，国力极盛之时，中原对彼处，只能鞭长莫及。此其不可者二。”

薛奕沉思良久，点头叹道：“山长所说有理，可叹满朝大臣，智不及此。”

“那倒未必，似吕吉甫，心中必是知道的，不过别有怀抱；蔡确蔡中丞，也是知道的，不过又不敢说；冯参政、吴枢密，也未必不知。”石越冷笑，“尚有不可三，便是船队刚刚组建，未占天时地利人和，不宜轻启战端，便是作战，也要尽量海战，避免步战。否则不免全军覆没，画虎不成反类犬。”

薛奕连连点头，叹道：“若非来问山长，几乎坏了大事。”

石越笑道：“年轻人心怀壮志，不是坏事。只是行事当谨慎，须知世间无后悔药。明春出海，往来南洋诸国，一面贸易牟利，一面留心各地地理、风土、人情、物产，将来未必没有从海上进攻的一天。早有谋划，积累经验，日后便事半功倍。”

薛奕听石越口气，不禁大喜，连忙点头答应："学生理会得。"

"不过……"石越又沉着脸，肃然道，"这一两年之内，世显若是不听忠言，擅兴战端，便是有陈汤斩郅支[1]之功，你上岸之日，我亦要斩你之首，以明国法！"

薛奕站起身来，抱拳为礼，朗声答道："学生断不敢擅动干戈！"

4

熙宁七年，春暖花开时节。

杭州刚入春天就已经下过几场雨了，各地的官员大都松了一口气，他们"亲民宴"上的伙食也终于慢慢变好了。这几天大家谈论的话题，变成了即将扬帆出海的船队。

这是大宋历史上规模最大的一次海上航行。市舶司所属战船十五艘，其中三艘被称为"神舟"的超级大船，十二艘"福船"，水手便多达两千余名；另外还有随船队同行的各个商行的船只八十余艘。所有船只上都装满了瓷器、丝绸、蜀锦、棉布、座钟等中国的特产，只不过他们首航的目的地，并不是南洋，而是高丽与日本。

表面上看来，这并没有什么特别的原因，只不过因为第一次进行这样大规模的航行，便是船队的补给，也会成为沿岸巨大的麻烦，因此决定选一条航线较短的商路进行首航。但实际上，却有更深层的原因，当然这些原因，也不过石越和他的幕僚们知道罢了。

曹友闻站在自家福船的甲板上，暗暗感叹自己的理想以这样的方式开始。他远远望着隔了几艘大船的旗舰，身着轻铠，肩披黑色披风，腰间别着大理宝刀的薛奕站在船首甲板上，威武非凡。而让他意外的是，站在薛奕身边，负责官船贸易事务的，竟然是自己结识的那个胖子甫富贵！

当薛奕挥出手臂，指向前方的大海之后，所有的船只都同时打出了"出发"的旗语。曹友闻不禁喃喃自语道："这是第一步！"

此时站在港口送行的石越，也轻轻说道："这是第一步！"

同一天，大宋的船队在杭州起航；同一天，回到汴京不过几个月的王韶，又骑上了战马，只不过这次同行的，多了一个李宪。

果然不出石越、吕惠卿所料，王韶回到京师不久，瞎木征就死灰复燃，扰攻河

[1] 汉西域都护骑都尉甘延寿、副校尉陈汤击灭郅支单于于康居。

州。河州知州景思立轻兵出击，在踏白城被瞎木征部将青宜结、果庄伏击，兵败自杀。瞎木征复围河州，为防岷州总管高遵裕相救，瞎木征又佯攻岷州，高遵裕遣包顺出击，瞎木征一触即撤，高遵裕却也不敢追击，坐视河州之围而不敢相救，只是把报急文书像雪片一样发到汴京。

王韶心里不住地苦笑，他想起皇帝连夜召见自己时，一个劲跌脚后悔道："悔不听石越、吕惠卿之言，悔不听石越、吕惠卿之言……"其实他来之前，他儿子、军中将领都劝过自己，让他请表留下，剿平瞎木征再回京不迟，但是可能吗？别说被人诬成谋反，便是"跋扈"二字，他便已担当不起。高遵裕做岷州总管，是做什么用的？那是监视自己的！临走之前，千叮万嘱，要景思立不要出战，善修守备，不料还是战败身死！

"卿此次去河州，不彻底剿灭瞎木征，绝不班师！"尽管皇帝如此信誓旦旦，但是王韶吃一堑长一智，为了避免皇帝不放心，他主动要求李宪跟自己同行。李宪是皇帝信得过的宦官，又真会打仗，比起什么也不懂乱指挥的监军要好得多，这样也好让皇帝少一点疑心。

熙河不可丢！有了熙河，不仅断掉西夏一臂，宋军也可与效忠宋朝的青唐吐蕃连成一体，互相呼应，直接威胁兰州乃至凉州、灵州，而且每年还可从熙河地区得战马二万匹，这都是将来恢复河西的资本。可惜自己年纪已越来越大，不知道还能征战多少年，不知道能不能亲眼看到平定西夏的那一天。

"端明[1]，你又何苦非得把我拉上呢？"李宪苦笑着打断了王韶的思索，"你就不能让我在汴京享几天清福？"

"有了李中尉，活捉瞎木征不难。"王韶半开玩笑半认真地回道。

"罢！明人面前不说暗话，平定熙河，最重要的就是得吐蕃部落之心。端明能孤身冒险，武艺超绝，兼之胆色过人，吐蕃各部落又敬又畏，所以往往愿听驱使，瞎木征既失人和，便绝不是端明对手。我去又有何用？不过守守城罢了。"

王韶语带双关地笑道："有中尉坐镇，在下方无后顾之忧。"

李宪听出话中之意，不由得哈哈大笑，旋又忧形于色，说道："不知河州现在如何了？"

"回京前我生怕河州有失，把军器监送的震天雷、霹雳投弹一半都留在了河州城，贼子想攻破河州城，也不是那么容易的！"王韶咬着牙冷笑道。

李宪也不由略觉宽心："你把震天雷留在河州了？这就好，这就好。不知河州现是何人守城？"

[1] 端明殿学士的简称。

“河州守将倒也罢了，倒是大相国主持智缘大师也在河州。大师颇有谋略，河州至今不失，我料定是他的功劳。”李宪也知道这个智缘和尚是佛门中了不起的人物，与王安石、王韶交好。王韶平熙河，便是智缘以讲佛法为名，在前面探路，带着金银，贿赂各部落首领，因此王韶才能入熙河如入无人之境。这时听说有他在河州主持大局，倒也放心得下。

又听王韶冷笑道：“中尉也不必过于担心，瞎木征敢围河州，无非是自恃有西夏为外援罢了，此次去救河州，可从熙州调守兵二万，往定羌城，攻破西蕃、结河川族，断了瞎木征与夏国的通路，再进临宁河，遣偏将入南山，断他回老家的后路。瞎木征那狗贼，别说围河州，我让他有来无回。”

“果然是妙计！”李宪不由感叹万分，心中暗道：“王韶真名将也！”

然而，当王韶、李宪一路急驰熙州，调齐熙州全部二万守军，正欲依计行事，兵发定羌城之际，京师的使者就持着使节后脚赶到，口称敕令：“诫王韶持重用兵！”

顿时诸将面面相觑。王韶冷着脸，沉吟半晌，寒声说道：“将在外，君令有所不受！诸将依令行事！”

使者尚欲多言，王韶按剑怒视，冷笑道：“军中自有军法，使者勿乱我军心，否则休怪本帅用使者来试军法！”

使者吓得面如土色，望着李宪，嚅嚅说道：“中尉……”

“军中自有军法，细柳营的事情，你不曾听说吗？且回去吧，不必多言，皇上不会怪罪的。”李宪温声说道，把使者赶出了军营。

不料大军刚到定羌城，竟又有使者持节赶到，依然是一模一样的敕令——“诫王韶持重用兵！”

气得王韶钢牙一咬，怒目圆睁，沉着脸怒道：“将在外，君令有所不受！使者请回，但听捷报便可！”不由分说便着人把使者哄出军营。

数日之内，使者两至，李宪忧形于色，道：“端明，京师必然有事，否则皇上不会万里之外，遥下诫令。两位使者全是金字牌急脚递[1]，日行五百里加急，大宋输不起这场战争了！”

王韶冷笑道：“中尉，正是因为知道京师必然有事，大宋输不起这场战争，我才要按计行事！若是兵败，我王韶绝不生出熙河！”

[1] 宋代创制的一种传送公文的驿传。

5

几乎在一夜之间，大宋就变得输不起一场战争了！

不久之前，赵顼与王安石还沉浸在开拓熙河的喜讯之中，好消息一个个传来，梓夔察访司熊本以民兵讨平泸夷，去掉大宋西南地区百年之患；章惇完成对南江蛮的最后一击，克日便可回朝；石越奏两浙路元气渐复，杭州市舶司船队首航，这更是可比之张骞通西域的大事！

志得意满的赵顼整日在御案之间，探讨形势，布置方略。只待沈起攻破交趾，收复此汉唐古郡，然后挟四面告捷之余威，大力推行方田均税之法，彻底改革唐德宗两税法以来几百年间积累的税法沉弊，为大宋奠下万世之基。如此将养数年，一面使百姓休养生息，一面积蓄国家财力，勤修将兵、保甲之法，修缮战备，只待夏国有可乘之机，便数路大出，恢复河西；西夏平定，挟得胜之势，再攻燕州……赵顼几乎已经可以看到自己将来在历史上的评价，会比唐太宗还要伟大！每次想起这些，他苍白的脸上便不自禁地泛上一丝红晕，呼吸也变得微微急促起来。“若真能如此，朕一切辛苦费心，皆是不枉！”这是赵顼每次看到内库的封椿钱和挂在寝宫的天下郡县图时，都会不由自主泛出来的想法。

然而自从河州被围，瞎木征死灰复燃的消息传来之后，当真祸不单行，更大的噩耗从北面传来。

王安石这日自起床之后，右眼皮就跳个不停，一大早刚刚走进禁中政事堂的院子，冯京就焦急地迎了出来，道：“介甫，河北西路诸州公文，道该路各州自去年入秋以来，滴雨未降，不料又有蝗虫成灾，常平仓无粮可济，道路上已经开始出现流民！”

王安石脸色立时惨白，他阴着脸看了冯京一眼，冯京已是手足无措，而政事堂的官员，无论大小，一时都变得异常沉默。

旱灾不算什么，几个月来，无论是汴京的天气，还是各地的报告，都在说明旱灾很可能会发生——问题是石越！托梦竟然是真的？！所有人心里都不由自主地泛起这个念头，但是没有人敢说出来。而更让人心惊胆战的，是蝗虫！一般人会认为，蝗虫是上天对朝廷不修德政的惩戒！几个检正官心里已经在嘀咕：“老天爷真不给人好日子过，没省心几天，又送来了攻击新法的借口。”按惯例，拗相公要请求辞职以应天象。

王安石还没来得及说话，又有人拿着文书闯进院子，禀道：“河东路蝗灾！”

冯京身子不由一颤，虽然他和王安石政见不合，灾情严重的确是攻击王安石很好的机会，但是这种延及数路的大灾，万一处理不当，激起民变，是足以动摇大宋国本的！河北流民要逃灾，一路南下，自然而然是汇集开封，而开封也好几个月没有下雨了。如果流民要在京师闹起事来……冯京想到这个后果，就不寒而栗。

河北诸路，绝无赈灾的能力！

然而事实无比残酷，接连半个月内，黄河以北地区，报告灾情的文书如雪片一样飞入汴京。每份文书上，都无比清楚地告诉政事堂的大臣们，本州已经有百姓开始逃灾，流民们的目的地，十之八九，都是汴京！

政事堂取消了轮值的制度，所有宰执每天都必须到齐。而赵顼现在接到的文书，凡是黄河以北来的奏章，几乎毫无例外是报告灾情的严重性。官员们的语气诚惶诚恐，但是却也无比清晰地告诉赵顼与王安石——“我们无力赈灾，也无力阻止流民的出现！”

“丞相，如今要如何处置方是？”赵顼这个时候，已经没有心情去后悔了，他并不是昏君，深知此时的情况，只要处理不当，必然动摇国本。因此他才断然拒绝了王安石的辞呈。

“方今之计，只有仰赖东南漕运和开封的积蓄了。”王安石也没有什么良方，“还有一个月，东南种两季稻的地区，早稻可熟，加上各州的存粮，应当可以渡过这个难关。”

“陛下，臣有一言！”知制诰苏颂略有迟疑地望了王安石一眼，咬咬牙，终于出列说道。

“苏卿有何建议？”赵顼用期望的眼神望着苏颂，似乎是希望他嘴里能蹦出一个奇迹来。

“臣以为事属非常，当诫王韶持重用兵。行军打仗，最难预料后果，万一前线有失利的消息传来，被流民中别有用心的贼子利用，祸事非小！臣以为河州便是舍弃了，也是枝叶之地，不得已之下，两害相权当取其轻！”他话一说完，不少人立时点头称是，连韩绛也说道：“此言有理，河州之地，就算暂时舍弃了也不要紧，朝廷此时须冒险不得。”

吕惠卿鄙夷地看了韩绛一眼，心道：“舍弃河州？被围的军民，就这样被丢弃了！这些君子们……”他心里只是不住地冷笑，却不置一言。此时他脑中想得最多的，是石越为何能料中这次大规模的旱灾，以及皇帝对王安石的态度。“应该把握好每一个机会，哪怕那看起来是个坏消息。”吕惠卿似乎敏感地嗅到了什么，静静地退到一边，故意默不作声。

王安石却无法保持沉默，他无法同意舍弃河州的议论，急道：“陛下，河州绝不可弃。”

苏颂却毫不相让，冷笑道：“陛下，万一王韶战败，这个后果谁来承担？”

王珪是老于政治之人，苏颂一开口，他便知道苏颂为何要坚持放弃河州。开拓熙河是王安石最重要的军事主张，一旦放弃熙河，等于向全国宣告“西进政策”完全失败，不管是什么原因，都等同于王安石的政治自杀。苏颂此时借机发难，无非是要报儿子在太学被逐之仇。

对于朝中这些所谓“君子”“名臣”们在冠冕堂皇的语言背后的想法，王珪心里比谁都清楚。他想了一下，欠身说道：“陛下，河州若放弃，是朝廷置被围的河州军民于不顾，这会让天下人失望，更是示人以弱。不若只遣使节诫王韶持重用兵，只需不打败仗，便可无碍。”

曾布也趁机说道：“若贸然放弃河州，也相当于一个败仗，只怕也会让人心不稳。”

“朕知道了，此事枢密院派使者便是。”赵顼心烦意乱地挥挥手，“众卿且退下，尽快想一个安置流民、赈灾的法子。”

众人正要退下，突然听到赵顼迟疑了一下，又补充道：“同时也派使者告诉沈起，不得轻启边衅。”他这时候突然想起石越反对对交趾用兵的事情，虽然心有迟疑，还是下达了诫令。在场的大臣，别人只道皇帝是由苏颂之谏举一反三，只有王安石在心里微微叹了口气，他知道，皇帝此时心中是在后悔。

6

这是桑充国在马车上第五十次掀开帘子了。

从河北四路逃荒的灾民，流入京师的，他粗略估计了一下，至少有二十万之多！“死于道路，困死乡里的，不知道又有多少！”桑充国摇头叹息不止，白水潭学院因为本来就有官赐田产，再加上钟表业带来的分成、校营印书业等产业，在经济上颇能自立，仓库储粮可供学生们三年之用，因此倒没有受到太大的影响。

“可恨那些粮商，虽然官府三令五申，依然要抬高粮价。这些灾民衣不蔽体，哪里又有钱去买粮？”郑侠愤怒地指责着，全然不顾桑充国的父亲也是一个大粮商。

桑充国叹道：“我已经劝家父不许提高粮价了，不过一家之力，也济不得甚事。这二十万灾民流入京师，根本无处安置，现在大相国寺以下，各寺院、道观、庙宇都挤满了灾民，可是大部分依然只能露宿街头，幸好现在是夏天，否则真不堪设想！”

“饿——娘亲，我饿——”一个孩子的哭声传入马车，桑充国再也按捺不住，大声喊道：“停车！”

车夫也不知何事，连忙停下马车，只见桑充国掀开帘子，跳了下去。一同坐车前往学院的郑侠和晏几道，不得已也只得跟着他跳下马车。

桑充国循着刚才听到的声音找去，却看不到那个孩子在哪里。只见坐在沿街墙角下，有无数衣衫褴褛的母亲，有无数瘦骨伶仃的孩子，一个个都睁着无助的双眼，伸出又黑又瘦的双手，向街上的行人乞讨。

一种强烈的无力感顿时涌上心头。“我能帮得了谁？”桑充国站在街边，第一次觉得自己的力量真的微不足道。

几个灾民可能是看到了桑充国的同情心，立时一拥而上，把桑充国三人团团围住，一个妇人把一个面黄肌瘦的小丫头推到桑充国面前，用半生不熟的官话乞求道：“公子，求你行行好，买下这个女孩吧！她再跟我们，就要饿死了。”话未说完，已是泪流满面。立时众人都把孩子推到他面前，跪下苦苦哀求。

桑充国一生都没有见过这么凄惨的景象，他手足无策地望着这些灾民，只要目光一触碰到那些瞪大双眼，跪在地上，虽然默不作声，却已在眼中写满了哀求的孩子，他的心便如被刀割一下，连忙把目光移开。晏几道是前朝丞相之子，虽然平时任侠纵性，挥金如土，却从来没有碰到过这样的场景，一时竟是被惊呆了。只有郑侠出身较低，他一面默默地把身上带的钱全部掏了出来，散给灾民，一面摇头叹息。桑充国这时才反应过来，他俯下身子，轻轻地摸了摸那个小丫头的脸，学着郑侠的样子，把身上的钱全部掏了出来，散给灾民，又从腰间取下一块玉佩，塞到小丫头手里。那个小丫头显然是惊呆了，竟是忘记了叩头道谢。晏几道也连忙依样散尽了身上所有的铜钱。然而纵是三人把全部的钱都散尽，又能济得几何？反倒是吸引了愈来愈多的灾民。车夫拼命挤进来，一把拉住桑充国，苦笑道：“公子，你这样济得甚么事？这种事，还是要靠官府。”

“天下兴亡，匹夫有责！怎么能只靠官府？”桑充国满腔的郁闷，倒被这车夫一句话激发出来了，不由激动地大声说道。这是石越以前常说的。

晏几道和郑侠是第一次听到“天下兴亡，匹夫有责”这句话，郑侠击掌赞道：“说得好，天下兴亡，匹夫有责！”晏几道却带着几分无奈地摇摇头，叹道：“肉食者鄙，人微言轻，终是管不了的。”

桑充国再也控制不住自己的情绪，握紧双拳，抿着嘴无比坚定地说道：“这件事情，我非管不可！”

回到马车上，郑侠一拳砸在车厢侧壁之上，怒声道：“朝廷的大臣们都在做什么？！数日以来，所见惨景让人心悸。单将军庙[1]附近，每天都有数十饿死的百姓被拉去火化，公卿们真的不管吗？”

“介夫，有些事情你不知道。如今庙堂之上的公卿们，已经吵得不可开交了。”

[1] 纪念单雄信的庙。

晏几道摇摇头，无可奈何地说道。

“吵？吵什么？”桑充国无法理解这种事情。

“还能吵什么，旧党趁机攻击新党，无非是说天降大灾，是新法触怒上天，才使得上天降罪。又说正是因为新法，使各地常平仓空虚，才让流民聚集京师。要求皇上罢免王安石，尽废新法的奏章，比报告灾情的奏章还要多！”晏几道毕竟对这些事情知道得比较多，“我还听说皇上去太庙谢过罪。”

桑充国冷笑道：“此时首要的是赈灾，大臣们吵一团，又有何用？罢了拗相公，废了新法，老天爷就会下雨？何况就算下了雨，也不能立即长出粮食！”

“长卿，你毕竟不懂朝堂之上的事情，若是子明在此，必有良法。”晏几道仰着脸冷笑着，“赈灾是河南府、开封府的事情，关三公九卿们何事？且罢了新法，一出胸中恶气，管灾民们死活？这可是千载难逢的机会呀。”

7

“大哥。”王昉轻轻扶起王雱，这个往昔风流倜傥，聪明过人的大哥，已经被病魔折磨得不成样子了，现在整日都是用药来支持着。偏偏王雱又闻不得药味，只好在四角都点起檀香。

“二弟呢？”王雱勉强坐起，强打精神问道。

王昉抿着嘴，默不作声从桌子上端了药过来。

王雱立时便感觉不对，又厉声问道：“二弟他去哪里了？”

“他出去了。”王昉心虚地回道。

“出去了？外面饥民遍地，他出去哪里？如今老天爷不长眼，让石越那厮蒙中，我料到朝中那些满口仁义的小人必然借机攻讦父亲，他此时还出去游玩，也不怕给父亲招致物议吗？”王雱心中气恼，越说语气越是严厉，只是身子不由己意，声音却也不免越来越微弱。

“你别说这许多话。先歇会儿，二哥并非出去游玩。”王昉一边说一边把药送到王雱手中。

“不是去游玩你如何不敢说？”王雱却是不信。

王昉垂首想了一会儿，抬起头，强笑道：“你先喝了这药，我便和你说吧。”

王雱皱着眉头，微微摇了摇头，道：“我不喝这劳什子药，喝了再多的药，也不得好。生死有命，只可惜大事未成，父亲少有助力，二弟终不成气候，你又是女子。”说到后来，语气已是凄恻。

王昉心里一酸，眼泪顿时涌了上来，连忙低下头去擦了，勉强笑道："你别胡思乱想，吃了药，病好之后，父亲还要你帮忙呢，你现在可是龙图阁待制了。"

王雱心里叹气，龙图阁待制本来也不错，不过既有了石越的宝文阁直学士在前面，又有何可稀罕的？不过此时他不愿意多说，接过药来，勉强喝了，苦笑道："不知道这药还得喝多久。"

"很快便会好了。"王昉接过碗来，放到一边，微笑着岔开话题，"其实二哥是去白水潭学院了。"

"他去那里何事？"王雱不易觉察地皱了一下眉。

王昉却没有发现他这细微的动作，用带着一点兴奋的语气说道："因为桑充国公子组织白水潭学生赈济灾民，二哥也过去帮忙。听说桑公子把家里的粮食全部捐了出来，大设粥场，又让白水潭的学生暂时腾出一部分校舍，把一些身体弱的灾民都移到校舍里和体育馆居住，学生们上午上课，下午就去帮着救济灾民。"

"沽名钓誉！"王雱冷笑道，"桑长卿这次可想错了主意，要是有小人在朝中说他收揽人心，有非常之志，只怕画虎不成反类犬。"

"我瞧桑公子是赤诚之心，大丈夫若要做有利于百姓的事情，哪能怕小人陷害就不去做了？自古以来可没有这个理的。"王昉噘着嘴，不以为然地说道。

王雱摇摇头，道："妹子，朝堂之上的险恶，你毕竟不懂。"

"大哥，此事你却是想岔了，我敢打赌，断没有人会去害桑公子。"王昉星眸流转，开玩笑似的说道。

"哦，愿闻其详。"

"其实原因很简单，现今朝廷之上，旧党正想尽全力攻击父亲，而支持变法的大臣们，则不免都想保住父亲的相位，在这个时候，没有人会愿意节外生枝，去攻击桑公子，平白无故地把桑公子背后的石越推到敌人那一边去；且如今二十万灾民聚集京师，桑公子救济灾民，让灾民们感恩戴德，若攻击桑公子，必然招致众怒，朝廷为了稳定民心，只怕就要拿此人之头来安抚百姓。大哥小看了白水潭背后的力量，当今朝廷的公卿，有几个人家里没有子弟在白水潭上学？有几个人没有去白水潭讲过课？陷害桑公子，不吝于同时得罪天下所有的读书人。如今白水潭可以说是羽翼渐成，无论是谁，都应当知道白水潭只可倚之为援而不可图。"王昉娓娓说道。

王雱听到这番议论，惊讶地张开了嘴，半晌才叹道："妹子，可惜你不是男儿之身，否则你定能胜过石越。"

王昉见自己这个哥哥时时刻刻都忘不了石越，心里也不由叹惜，道："石越或许了不起，不过未必是真英雄。我虽在闺阁之中，也听说过他不少行事，总觉得他少了那种虽万千人吾往矣的决然。"

王雱听到这话极是顺耳，不禁笑道："若说那种义无反顾的决然气概，当今天下，也便父亲一个人有。纵然天下人都不能理解，但父亲却是从没有退缩妥协的。"

王昉略带自豪地点了点头，不过她的心中，却还有个念头："有这种决然气概的男子，未必只有爹爹。"

王旁并不知道此时他哥哥和妹妹在谈论着什么，在王家众兄弟姐妹之中，他是属于较简单的一个人。

此时开封府，除了官府设的粥场之外，影响最大的，就是设在白水潭学院和大相国寺的粥场了。而一般的灾民更愿意去白水潭学院。因为伴随着灾荒而来的，不仅仅只有饥饿，还有疾病。在白水潭，学生们会相对比较认真地照顾病人，毕竟很多师生都同时粗通医术。因此白水潭一地聚集的灾民几乎有两万多人，占到汴京灾民的十分之一，学生们大都忙忙碌碌，白水潭附近的居民也往往主动前来帮忙。不过除了学生之外，像王旁这样愿意来帮忙的官宦子弟却并不是太多。

王旁并不在乎别人怎么看他，他觉得在这里帮助那些灾民很有满足感，但也不是没有委屈的时候。有一次，几个灾民知道他是王安石的公子后，竟然扑通跪下，哭着求他："公子，您回去求求丞相，不要变法了！不变法，老天爷就不会怪罪了！"他当时就满脸通红，不知道怎么办才好，幸好晏几道过来，把那些灾民拉开。以后他再也不敢轻易让人知道他是王安石的幼子了——这是他第一次要刻意隐瞒自己的身份，他一直以来，都为自己的父亲感到自豪。

不仅仅是灾民，有些学生，甚至连那个郑侠，都会用异样的眼睛看他。这些读书人自然不会像那样灾民一样跪下来哭着哀求，但是他们会用眼神和神态来表示他们的意见，这更让王旁受不了。

"天下兴亡，匹夫有责！"这是桑充国与程颢提出来的口号，他能够清楚地记得那一天，桑充国满含着眼泪，要求白水潭的学生们有一颗仁者之心，去主动帮助那些受灾的百姓。"我们不应当把责任推给朝廷，不必去问官府做了什么，而要先问我们自己做了什么！我们有自己的责任！天下兴亡，匹夫有责！读圣人之书，要有圣人之心，我们白水潭的学生，要对自己的良知负责！"在那一刻，王旁觉得桑充国真的很了不起，难怪有人把他和石越并称之为"双璧"。他曾经听到过程颢对桑充国的评价——"勇于有为！"

"小心点儿，老丈。"王旁把一碗粥递给一个老人，暂时收回自己的胡思乱想。

老人挣扎着想要起来给他叩头。"折福呀，折福呀，让这些天上的文曲星来送东西给自己吃。"旁边有人喃喃说道。王旁又觉好笑，又觉可叹，一面拦住老人，轻声道："老丈，不用起身，坐下喝吧。等会儿我过来拿碗。"说完便连忙走开。凭经验知道，如果他不走开，这个老人是非要叩完头才敢吃的。对读书人的敬畏，在老百姓心中根深蒂固得超出人的想象。

因为桑充国要求所有的碗筷都要用沸水煮过才可以再用，他便准备去另一个地方收碗筷，不料刚刚走了几步，便见桑充国和晏几道联袂而来，身后跟着一个面黄肌瘦、怯生生的小女孩，一步不离桑充国左右。桑充国显然是几天没有睡了，眼窝深陷。

“长卿、小山，有礼。”

“二郎，有礼。”桑充国笑道。

“你们这是去何处？”王旁随口问道。

桑充国和晏几道对望一眼，苦笑着摇摇头，晏几道从袖子中抽出三份报纸，递给王旁。

王旁每天都过来帮忙照看灾民，已经几天没有看报纸了，这时候伸手欲接，却发现手上沾满了米浆，不由不好意思地笑着伸出手掌，在二人面前晃了晃。桑充国和晏几道不由哈哈大笑，二人也学他的样子，伸出手掌来晃了晃。这些公子们平日里白净如玉的手掌，竟也沾满了米浆之类的东西。王旁再看二人的袍子，更全是汤水的渍迹，也不禁大笑，心里更不顾忌，用沾满米浆的手打开报纸，原来是《新义报》《西京评论》《谏闻报》各一份。他略略一看，便知道又是那些互相攻讦的把戏，只不过此次是《西京评论》和《谏闻报》细数王安石执政以来的天灾异象，把这次天灾的责任全部推到王安石身上，似乎只需罢王安石、废新法，那么一些问题便迎刃而解。《谏闻报》更是强烈呼吁召韩琦、富弼、文彦博、司马光回朝。而《新义报》又免不了对此冷嘲热讽一番，嘴仗打得不亦乐乎。

王旁撇撇嘴，不屑地说道：“满篇骂来骂去，没有半句提到如何救灾。”

桑充国苦笑道：“灾民每天都在增加，朝廷再不想办法，迟早会出大事。”

“这也无法可施，长卿你也已经尽力了。”王旁安慰道，站在他的立场，的确认为桑充国做到这个份儿上，已经很了不起了。

“长卿和程院长商议了一下，《汴京新闻》也要表个态。我和长卿现在回报馆写评论。”晏几道解释道。他其实更无主张，不过以他的性格，桑充国既然是他的朋友，做的事情又是对的，他也就没什么选择了。

8

赵顼无力地坐在龙椅上，失神地望着门外的天空。

今天早上给太皇太后、皇太后请安时，两宫太后突然哭了起来，原来是两宫太后已经知道现在京师流民聚集，黄河以北地区的灾情愈来愈严重了。

“官家，当初祖宗托梦，没有采信，已是大错。自古以来，上天降灾，必是政事有不对的地方，如今之事，除了新法，还有何事？何况百姓流离失所，一半也有新法刻薄百姓的原因！官家，你就废了新法吧！”

“官家，新法已经使天怒人怨。如今灾民聚集京师，百姓们都认为是新法的过错，万一有人挑唆，以清君侧为名，激起大变，那该如何是好？不若先罢了王安石，给他一个大郡做地方官，安抚百姓要紧！”

“官家，为了列祖列宗的江山社稷……”

“官家……”

“废掉新法，罢掉王安石就能没有天灾吗？”赵顼喃喃自语，他心中充满了迷惘。“朕也是为了江山社稷呀！”在太庙祷告时，他曾经很坚定地相信太祖、太宗皇帝是支持变法的，否则二圣为何会托梦给石越提醒灾害的到来呢？他只恨没有听石越的话，没有做到有备无患。

但是现在他又有点儿觉得新法可能的确错了，如果真是如王安石所说，新法尽是利民的，那么百姓们的储存应当增多，即使是灾荒，哪里又会有这么许多的流民出现？攻击王安石的奏折堆满了御案，《谏闻报》公开请求召回司马光等人，罢免王安石；《西京评论》列举了王安石执政以来的种种天象示警，似乎也不是空口白牙——新法真的惹得天怒人怨了吗？

“朕，错了吗？”赵顼的信心堤防，已经渐渐松动。

“官家！”李向安蹑手蹑脚地走过来，打断了皇帝的思绪。

赵顼心里一个激灵，立时恢得了皇帝的威严，冷冷问道：“有何事禀报？”

“王丞相、韩丞相求见，还有，今天的报纸……”李向安一面说一面把一叠报纸双手递到御案之上。

赵顼微微颔首，道：“宣两位丞相进来吧。”说完顺手拿起一张报纸浏览，李向安因为和石越交好，又经常得到桑俞楚的孝敬，因此每次送上一叠报纸，总是会刻意把《汴京新闻》放到上面。果然皇帝每次顺手拿起的，首先总是《汴京新闻》。

赵顼本来不过是想随便浏览一下，他深知自己知道民间之情才不会受大臣蒙蔽。不料几篇文字跃入眼帘，立时吸引了他的注意力。

“……有徒知议论而不知事有轻重缓急者，《西京评论》《谏闻报》诸君子也。诸君子陈义甚高，不意董子春秋繁露之学，光大于今日，而不知国事艰难，百姓旦夕不保，社稷可危矣！今之要务是何事？今日之急务，非罢丞相、废新法也！二十万流民聚集京师之地，若官府不加体恤，万一有陈胜、吴广之徒，追悔何及？……丞相是否有过、新法是否当废，待灾情控制，百姓安顿，朝堂之上，再议论未迟。今日之大宋，须当官民一心，共体时艰；朝野共弃前嫌，赈济灾民！而非互相攻讦，推卸责任也……”

这段话可谓深中赵顼之心，他心里微微赞叹：“这才是识大体的话。”又继续移开视线，去看另一篇文字，全然没有注意王安石、韩绛已经进来，躬身站立在下首，只是不敢打扰皇帝的兴致。

“……充国布衣也，尚知天下兴亡，匹夫有责。其位虽卑，其心不敢忘国忧。诸大臣皆食朝廷俸禄，深受皇恩，岂可不知此意？诸大臣之荣耀，皇上所赐也；诸大臣之衣食，百姓所供也。唯此国家艰难之际，百姓流离失所、朝不保夕，皇上心念黎民之疾，睡不安寝、食不知味，诸大臣若不知体惜圣心，同心合力，赈灾救民，不知于心何安……”

赵顼一口气读完，不由暗暗叹道：“事急见忠臣，桑充国如此痛责朝廷大臣，是为国而无暇谋身了！可惜满朝大臣，却没有几个识得大体的。”他抬起头来，发现王安石和韩绛已经进来，当下便把报纸递给二人。

二人读完之后，王安石却不便说话，只韩绛道：“桑充国确是至诚之人，他捐出家中全部存粮数万石，在白水潭学院开设粥场，救济灾民。又亲自带着一干学生去游说开封府的富豪贵人，要求有钱人捐粮捐钱，齐心合力救济灾民。有小人竟然在臣面前说他有非常之志，被臣痛声驳斥……”他知道赵顼此时对桑充国颇有好感，便顺着皇帝的意思，夸赞起桑充国来。

“非常之志？”赵顼不由一怔，冷笑道，“别说桑充国一介书生，单论白水潭数万学生，便没有谋反的理。自古以来，一群书生忠君爱国是有的，一群书生谋反？那是闻所未闻之事！只有恒、灵那种昏君，才相信那样的事情。”

韩绛对皇帝的这种历史观心里颇不以为然，嘴上却道：“陛下所说，自是正理。似这种为朝廷分忧之事，少不得便会有小人看不过眼。”

赵顼点点头，转过头问王安石道：“二位丞相一起来见朕，想是有事？”

王安石正要答话，忽见一个宦官走进来，叩首禀道：“陛下，银台司急奏！”

“呈上来。”

那个宦官连忙把一份奏章和一个卷轴高高捧起，恭恭敬敬递上。

赵顼让李向安接过来一看，却是监安上门郑侠所写。他心中奇怪，不知道银台司急急忙忙递上一个小吏的奏章是何用意。当下将前后文略去，只挑着紧要的句子看：“……去年以来，秋冬亢旱，兼以蝗灾，麦苗焦槁，五种不入，群情俱死……灾患之来，莫之或御。乞陛下开仓廪、赈贫乏，取有司掊克不道之政，一切罢去……臣仅以逐日所见，绘成一图，但经眼目，已可涕泣，而况有甚至此者乎？如陛下行臣之言，十日不雨，即乞斩臣宣德门外，以正欺君之罪……”原来却是道灾情、要求救灾的奏折，所谓“取有司掊克不道之政，一切罢去”，乃是要求废除新法的委婉说法。赵顼本来看这样的奏折已经看得烦了，心下倒也不以为意，不过这次上书之人，却颇有胆色，说什么“行臣之言，十日不雨，即乞斩臣宣德门外”！而且区区一个监安上门，更让赵顼有点儿另眼相待。

他不自禁用眼角看了王安石一眼，拿起卷轴，打开一看，却是一幅数米长的图画，图上画了许多灾民，尽是衣衫褴褛，形容枯槁。这些灾民，有些在吃树皮，有些趴在地上哀号，有些在卖儿卖女，有些惨死路边……画家工笔极为传神，每幅图画之旁，都有小楷注释，图画之右，赫然写着《流民图》三个字的行书。

赵顼才看到一半，就已经感觉惨不忍睹，再也看不下去了。他强抑着情绪，看到三分之二，终于控制不住，将图一把抓起，丢给王安石、韩绛，颤声问道：“此图的内容，可是真的？”说完之后，眼睛死死地盯着王安石。

王安石默默打开《流民图》，注视了几秒钟，便把《流民图》递到韩绛手中，韩绛才看了一眼，冷汗就冒了出来。他正欲设辞分辩，不料王安石已经跪下，惨然说道：“陛下，此图所绘，的确就是外间百姓的惨状。”

韩绛绝对没有想到王安石会一口承认，大吃一惊。天子在九重之内，外面是个什么样子，还不是大臣们说了算？现在虽然有报纸了，但是巧言设辞，也并非难事，他实是不知道王安石为何竟要一口承认。若是石越在此，必然也要吃惊的。因为他所学过的历史书，是说新党百般抵赖的。

赵顼见王安石承认，又惊又怒，道：“丞相，你，你……”皇帝用手指着王安石，却说不出一句话来。

王安石微微叹了口气，沉声说道：“陛下，臣深负圣恩，万死不能赎其罪。现在既知事事属实，断无欺君之理！”

韩绛听到赵顼和王安石的对话，心里却也乱成一团，完全失去了分析后果的能力。

赵顼瞪视王安石良久，又是失望又是焦虑，最后终于把手放下，一屁股坐在龙椅上，闭着眼睛，一字一句地说道：“既是属实，这幅《流民图》，就挂在内殿中。也好让朕天天记得，朕的子民们现在是什么样子！”

王安石心中的灰心其实比皇帝远甚，负天下之望三十余年，一旦执政，数年之内，先是士大夫沸腾，议论纷纷，自己平素所看重的人，似司马光、范纯仁辈，根本不愿意与自己合作；好不容易国家财政渐上轨道，各处军事上也接连取得胜利，却来了一场大宋开国百余年没有的大灾！

“陛下，王丞相执政之前，曾经上《本朝百年无事札子》，内中言道一旦有事，百姓必然不堪。今日之事，实非新法与丞相之错，而是替百年之沉苛还债！还望陛下明察。”韩绛终于理清了思绪，战战兢兢地说道。

王安石望了韩绛一眼，他不知道新法到现在为止，已经造就了一大批既得利益者，无论他自己怎么样想，这一批人却是肯定要一直打着新法的旗帜，来在政治上争取主动，维护自己的利益。一旦王安石罢相，万一皇帝变卦，不再变法，这一群人的政治权益就会立时失去，从这些人的角度来说，是无论如何都要尽力保住他的。王安石却只道韩绛是因为他们几十年的交情，竭力为他掩饰，心里不由也颇是感动。

“子华……”王安石叫了一声韩绛的表字，沉默半晌，方对皇帝说道：“陛下，臣并非是为推行新法而向陛下谢罪。大宋国势，不变法不行，这是陛下也深知的。臣向陛下谢罪，是因为六年来，陛下对臣的知遇之恩旷古绝今，信臣用臣，而臣的新法，却没有办法应付一场大灾，致使百姓流离失所！”赵顼见王安石眼中已经满含泪水，心里也不由动容。又听王安石说道：“方才看到桑充国的文章，臣才知道臣身为宰相，器量竟不如桑充国一介布衣，心下惭愧万分。但是臣的本心，可鉴日月，绝对是对大宋、对皇上的赤胆忠心，绝对没有想过要盘剥百姓来敛财邀宠！”

赵顼微微点头，这一点上，他绝对相信王安石。

“虽然如此，但是错了毕竟是错了，为相五年，却是今日这样的局面，臣非但外惭物议，内亦有愧于神明。石子明离阙之时，嘱臣数事，备灾荒、缓召王韶、不向交趾用兵，臣没有一件事做到了。石越回京之日，臣若还在相位，实在羞见石郎！因此臣请陛下许臣致仕！”

“致仕？”赵顼和韩绛不由大吃一惊。

“万万不可，陛下，介甫，此事万万不可！”韩绛这个号称“传法沙门”的韩相公几乎有点儿语无伦次了，“陛下，新法不可半途而废，否则必然前功尽弃！王丞相若罢，新法必然更加艰难！”

9

桑充国的呼吁、郑侠上《流民图》、王安石自请致仕，汴京的政局却并没有因此而变得清晰。想要旧党放弃这千载难逢的机会，实在是有点儿一厢情愿，局势反而更加复杂化了。

朝廷与地方的旧党，平素与王安石不合的大臣，借着《流民图》的机会，一波一波地要求皇帝罢王安石、废新法；连一向不干预朝政的两宫太后，也天天向赵顼哭诉。赵顼被这件事情搞得晕头转向，偏偏蔡确这时候却做出了一件更加激化矛盾的事情来，他带着御史台所属兵士，一纸行文，将郑侠捉住，关进了御史台的牢狱之中。此事立时在朝堂上掀起轩然大波。

"陛下，臣以为此事或有不妥。"连吕惠卿也对蔡确的做法不予认可。

苏颂更是直接质问道："蔡中丞，不知郑侠所犯何罪？"

蔡确冷冷地望了二人一眼，根本不屑于回答，只是冷笑道："二位不会连大宋的律令都不知道吧？"

赵顼此时实在是伤透脑筋，蔡确也不请旨，直接将郑侠系狱，结果当日营救的疏章就达到二十多份。他下旨让蔡确释放郑侠，蔡确毫不客气地顶了回来："祖宗自有法度，陛下须做不得快意事！"

"郑侠到底是犯了何事入狱？"赵顼不得不亲自开口询问。

蔡确见皇帝发问，这才躬身回答："回陛下，是擅发马递[1]之罪！"

"哦？"赵顼没有明白过来。

"臣听陛下说，陛下接银台司急奏，却是郑侠所上《流民图》，不知确否？"

"正是。"

"臣当时便想，郑侠一个监安上门，上《流民图》，如何能得银台司急奏？"蔡确这么一说，赵顼才想起来，自己当时的确也奇怪过。

苏颂等人听到此处，也已经略略猜到事情的原委了。原来皇帝所阅奏章有缓急之别，其中最急者，便是密报，直接由银台司递进，且绝不敢延迟，而递交密报，就需要发马递。想是郑侠急欲皇帝知道，便不顾后果，兵行险着，利用监安上门的权力，竟然假托密急，骗过银台司把《流民图》递了进去，不料却被蔡确一眼就瞧出破绽来。

果然蔡确把原委一一道来，这是证据确凿之事，不仅众臣，连皇帝也哑口无言。宋代的君权本来就没有后世的霸道，大臣把皇帝驳得气结于胸，无可奈何的事情，史不绝书。此时既然被蔡确抓住了把柄，赵顼虽存着息事宁人之心，却也不能不好言相劝，道："念在郑侠是一片忠心，此事不如罢了。"

蔡确冷笑道："此次若是放过，下次人人都会发密急，谁又不是忠心？陛下要为郑侠说情，先请罢了臣这个权御史中丞。否则臣既然掌纠绳[2]百官，区区一个监安上门，还不必劳动天子说情。"

赵顼不料碰了好大一个钉子，却也只能摇头苦笑。

吕惠卿心里奇怪，他远比他人了解蔡确，知道蔡确虽然时不时刻意在皇帝面前

[1]　宋代驿传三种传递方式（步递、马递、急脚递）之一，由驿站派马递送官府文书。

[2]　指督察纠正。

表现得甚有风骨，但凡是重大事情，其实倒多半是希迎皇帝、王安石之意的，此时为了一个郑侠而如此大动干戈，难道是王安石的意思？吕惠卿摇摇头，否定了自己的想法，他可以明显感觉出王安石最近心情颇异于往常，而且对郑侠并没有特别怀恨。

“这个蔡持正，究竟是何主意？”吕惠卿心里嘀咕着。

然而大部分的新党，便没有吕惠卿这么多心肠，韩绛、曾布、李定等人，心中直呼痛快！“丞相对郑侠不薄，把他从光州司法参军调到京师，本来欲加重用，不料他却对新法全盘反对，不得已安置他为监安上门，谁知此时却来反噬！”这本是新党许多人心中的想法，蔡确一定要治郑侠的罪，不由让这些人也对蔡确多了一份亲近感来。

相比韩绛等人眼中的赞赏，冯京眼中却不免多出许多疑虑。“那么蔡中丞打算如何发落郑侠？”平素温和的他，此时却是用明显的讽刺语气发问。

蔡确丝毫不以为意，只向赵顼说道：“臣以为郑侠当落职，安置一个小县，交地方看管，以使后来者知戒。”

“这……”赵顼面有难色，如此处置，朝中必有大臣不服。

果然，他话音未落，冯京就愤然说道：“蔡持正未免处置过重了！”

连王安礼也反对道：“若郑侠上《流民图》而遭黜，是朝廷无公理！请陛下三思！”

刘攽、苏颂、孙固等人，更是同声反对，而似曾布、李定等人，却不免又要一致支持，只有韩绛知道皇帝心意，便默不作声。

吕惠卿见到这种情形，立时恍然大悟，原来蔡确竟然是想趁机树立自己在新党中的领袖地位！他心里道：“蔡持正未免操之过急了！”当下再不迟疑，朗声说道：“陛下，臣以为郑侠擅发马递，自然是有罪，但是他一片忠心，而且便是几位丞相都能体谅，并没以为郑侠是在妄言。因此臣以为，有罪虽不可不治，但法理亦不外乎人情。郑侠本来是光州司法参军，王丞相曾称赞其能，不若再放回光州，依然任司法参军，同时记过。一来以示惩戒之意，二来示天下朝廷之宽仁美德。”

他这番话，却是两面顾到，打太平拳的意思，旧党的感受，吕惠卿本来并不太在乎，但他知道皇帝心中此时必然抱着多一事不如少一事的想法，只不过若是完全不给郑侠一点颜色看，只怕新党中人也要视自己为异类了，当下才说出这么一个办法。

果然赵顼听完，立即点头同意：“吕卿所言有理，便依如此处置便可。”而韩绛、冯京、曾布等人觉得这个方案也可以接受，也就不再出声反对。

蔡确知道这个方案提出，别人既无异议，自己便也不便再过分坚持。他万万料不到自己一腔心血竟被吕惠卿卖了个乖，低下头狠狠瞪了吕惠卿一眼，无可奈何地说道：“臣遵旨！”

10

桑充国既料不到郑侠会不和自己与晏几道商量，就假托密报上《流民图》，也料不到朝廷的公卿们此时没有去想怎样救济灾民、恢复生产，反而在争论着如何处置郑侠的事情。不过他也没有心思去多想，官府虽然也设了粥场，但是却严格控制府库的存粮，根本无法满足这么多灾民的生活之需。白水潭粥场吸引的灾民越来越多，而仓库中的存粮却一日比一日少了，桑充国虽然有心买粮，可在汴京城，上哪里能一次买到这么多粮食？

在众多的灾民之中穿行，望着那一双双充满了期望与信任的眼神，桑充国实在不敢去想象彻底无粮的那一天。他下意识地想避开那些眼神，忙抬起头来，却发现王旁正陪着一个老人在灾民间穿行。桑充国连忙信步走过去，招呼道："王兄。"

王旁见桑充国走过来，低声对老者说了几句什么，这才笑着回道："长卿，现在情况如何？"

桑充国皱眉道："情况实在很糟，得病的灾民越来越多，人手不足，粮食也快没有了，朝廷再不想办法，我不知道还能支持几天。程先生和邵先生几位，已经想办法去了。"一边朝那位老者行了一礼，招呼道："老丈，这里礼数不周，还望恕罪。"

那个老者微笑着点点头，说道："不必多礼。"却是公然受了桑充国这一礼。

桑充国不由一怔，须知他毕竟也是名满天下的人物，一般人便是长者，也不至于见到他连一句客套话都没有。王旁知他心思，连忙低声解释道："这是家父。"

桑充国随口应道："原来是令尊……"说到这里，不由一顿，这才反应过来，王旁的父亲，不是王安石吗？

"您……您是王相公？"桑充国有点儿失礼地问道。

好在王安石却是个不太拘礼法的人，当下微微点头，笑道："正是某家，久仰桑公子大名，不料今日才得相见。"

"不敢，不知相公驾到，学生实在失礼了。"桑充国一面说着，一面就要下拜。

王安石连忙止住，道："今日野服相见，桑公子不必多礼。"王旁也笑道："长卿不要太声张，家父是想来看看白水潭是如何救济灾民的。"

听到王旁提到灾民，桑充国看了王安石一眼，叹道："不瞒相公，如若朝廷再不设法，我们也要无可奈何了。相公是饱学鸿儒，岂不知绿林、赤眉，皆是饥民吗？"他说的虽然委婉，却隐隐有责难之意。

王安石见他初次见面便如此坦然，不由暗暗称奇。他自是不知道白水潭学院一向颇为自矜，平时便是昌王来此，也并不拘礼。因此，白水潭学院的人对于公卿，实在是看得太平常不过，而对所谓的尊卑之分，除了君臣父子师生这些之外，比起别处的人来，倒要淡了几分。

“某岂有不知之理，不过谈到救灾之法，却是苦无良策。”王安石摇了摇头，回道。

桑充国毫不客气地说道：“相公如此说，学生不敢苟同。岂能用‘苦无良策’四个字来推卸责任？若绿林、赤眉贼起，饥民们可不会听‘苦无良策’四字。”

王安石不由有几分尴尬，王雱有点儿担心地望着父亲，若是往常，只怕王安石早已发怒，今日不知为何，脾气却格外好，只是苦笑道：“那么桑公子可有救灾之策？”

桑充国说完之后，其实也自觉颇有过分，只是这几日急火攻心，猛然碰到王安石出现在自己面前，却不自觉地要嘲讽几句解气。这时候见王安石竟是丝毫不以为意，心里也不由奇怪，暗道：“王安石人称拗相公，说是脾气易躁的，难道传闻有误不成？”嘴上却回道：“学生不过一介布衣，才疏学浅，又知道什么国家大事？不过这救灾之策，自古以来无非是开仓放粮，使百姓不必流离失所。”

王安石不禁哑然失笑。他虽然并不指望桑充国有石越一般的政治才能，但也没料到桑充国原来竟是书生气这么重的人。他苦笑道：“若是如此简单，那便好了。似如此大规模的灾情，本州本府，再如何开仓放粮，也不敷所用。何况重要州府的军粮，更是一点都不能动。故而一切只能靠外郡运粮救济，而运粮所费，更是惊人。因此似这种大灾，除非百姓本来殷实，或者早有准备，否则无法杜绝流民出现。”说到后面，王安石眼神不由一黯，本来大宋朝是有机会早点准备的。

桑充国其实并非不明白这些道理，道：“相公说的自是实情，但如此放任流民聚集京师，终究不是办法。”

“可又能如何？若阻止流民来京师，立即就会官逼民反。自古以来，百姓没有心甘情愿背井离乡的，迫于无奈之下，也只有让灾民去他们想去的地方了。”王安石无可奈何地说道，“桑公子莫以为朝廷坐视不理，从各地调粮往京师、受灾州郡的文书，催粮的官员早就出发了。不过这种事情，归根到底，却只能等待老天爷下雨。”

桑充国摇了摇头，道：“相公，学生虽无良策，但是却相信肯定有一个办法存在，只不过学生想不到罢了。”他立时想到了石越，也许石越应当有办法吧？

王安石悠悠道：“若石子明在，不知道是否有良方？”二人默默望着东方许久，好一阵子，王安石才说道：“桑公子，我会通知开封府给白水潭五千石粮食，或者可以多支持几天。”

桑充国万万没想到王安石会送粮食给白水潭，虽然五千石粮食的确不够几天用的，但是却总是聊胜于无，连忙谢道：“充国替灾民们谢谢相公。”

王安石微微苦笑：“灾民们便是骂我，也没什么。”

11

杭州。

一场大雨过后，西子湖显得更加妩媚。沿岸的游人，把伞拿在手上，尽情地享受着雨后湿润的空气。一年之前，两浙路大旱，就在此时，大宋黄河以北的地区也是赤地千里。想想这些，这大雨就不知道有多么珍贵了。因为远离灾区，加上丰收的喜悦，杭州的老百姓今年走路都会显得特别精神。

开春前往高丽的船队在前不久顺利返航。这支史无前例的巨大船队的到访，轰动了整个高丽，近百只船的货物，一时间充斥着高丽那尚未开发的市场。大宋商人用瓷器、丝绸、棉布、座钟等换购药材、白银甚至粮食等高丽商品，在返航时，更是带上了高丽随行使者，以及几艘相形之下小得可怜的船。因为高丽市场一时间根本接纳不了如此规模船队的货物，为了保证利益，薛奕与甫富贵并没有直接回国，而是在高丽使者的向导下，转道去了日本。把余下的货物以及一部分在高丽买来的商品全部倾销在日本的市场，又换回大量的日本特产以及黄金。此次贸易的总利润，因为一些奢侈品全部脱手的关系，竟然高达一百多万贯，而官船的收入，占到将近三十万贯。当时大宋各市舶司每年总关税亦不过六十多万贯，这还没有算要上缴朝廷的市舶司关税，什一[1]之税便有七万贯。如此，把欠船厂的钱全部还清后，还能余下二十来万贯。

一次如此大规模的航海，只有一艘商船在途中不幸触礁沉没，还不是市舶务的官船，而利润却如此之高，石越笑得嘴都合不拢。可惜接下来是台风季节，出海远航风险太大，否则一年之内，便能把三年茶盐之税全数挣回了。

除了船队的开门红之外，石越主修各项水利工程都已竣工或者接近竣工，包括新开发的数万顷圩田在内，在灾年过去之后，竟然有了一次大丰收。石越亲自巡视各县，几乎带着强制性地推行合作社制度，让农民互相帮助，以充分利用牛力，保证土地的肥力，又派人去淮南、福建选种，贷给百姓，花费偌大的精力，终于保证了这次丰收。虽然到目前为止，杭州府库所存钱、粮，实在只能勉强度支，但是以民间而论，杭州却是一派繁荣景象。

表现最为明显的，就是商业的繁华。邻近州县的商人，已经开始渐渐把杭州当成一个地区性的商业中心了。由于石越下令把用官价强行征购民间商船的高利润商品

[1]　古代赋税制度，十分税一，称“什一”。

的比例下调到百分之二十，而余下百分之八十允许商人在杭州就地出售，立时大大刺激了商人们的神经。于是最典型的交易行为是，外地商人把本地货物运往杭州，卖给杭州的外贸商人，又从杭州买回高丽、日本的特产，以及杭州本地的一些物品，贩运回乡，牟取利益。托赖杭州的交通发达，各官道修葺一新，沿途皆有驿站，出入杭州又只要交纳一次关税，石越又严禁小吏勒索商人，这里简直就成了商人的天堂。

当潘照临进入杭州府界之时，就被驿道上往来的商贾吓了一跳。而进入杭州城后，更是被市面的繁华所震惊。他以前来过杭州，那时候的杭州，虽然也是大城，但若论繁华，不用说与汴京比，就是比之扬州，也相差甚远，而眼见所见之景，倒俨然是个“小汴京”了。不过汴京此时却是饥民遍地，而杭州虽然一样也有乞丐，却保持在一个正常的范围之内。

漂荡在西子湖上的一艘画艇之中，潘照临眼睛迷离地望着远处翠碧荷叶之上点点晶莹的水珠，忽然赞叹道：“公子真是非常之人，一年之间，便能使大灾过后的杭州有如此景象，只怕古之管仲，亦不过如此。”

司马梦求笑道：“难得潜光兄开口赞人，不过比起管仲来，却还是差得远哩。打开杭州的府库，什么底都露了。现在通判彭使君，心里可从来没有安稳过，整天拐弯抹角来找石学士，说来说去，都是一句话——快收税吧！”

一句话说得众人哈哈大笑。

石越轻轻把玩酒杯，望了潘照临一会儿，悠悠问道：“潜光兄快马急驰，兼程而来，想必不是为了来夸赞我在杭州的治绩的。”

司马梦求和陈良、李敦敏立时都止住笑容，望着潘照临。侍剑默不作声地走出船舱，到外面监视。潘照临亲自赶来，众人都知道这是有大事要相议了。

潘照临笑眯眯地说道：“公子说得不错，眼下有了千载难逢的机会！”

石越默不作声，只是望着潘照临，等他的下文。他们都知道河北诸路大旱，流民聚集京师，只是不知何故，石越临行前向皇帝所献诸策，赵顼却至今没有采用。虽然知道种种措施只怕有骇物议，但石越也认为的确是行得通的办法，虽然不可能完全救灾。

“王安石已经不安其位了。”潘照临淡淡地继续说道，“郑侠上《流民图》，王安石已经有灰心之意，现在勉强继续视事，却不过只在政事堂处理公文罢了，隔不几天就托病一次。有人看到他经常微服在灾民中行走，我看拗相公良心发现，自己已经坐不下去了。而各地攻击新法的奏章没有一日停止过，最致命的是，两宫太后不断地请皇帝罢王安石、废新法，这个消息居然被人传了出来，更增加旧党的气焰。王安石能不能撑过这次旱灾，完全在于皇上的心意……”

陈良不禁问道：“如果此时王安石去位，学士远在杭州，又怎么称得上是机会？”

“正为了远在杭州，才是机会。若在京师，反有许多麻烦了。”潘照临斜着眼睛看了陈良一眼，又继续说道："最有意思的是桑长卿……"

"长卿，他怎么了？"石越奇道，不明白这些事情怎么和桑充国又扯上关系了。

"嘿嘿，'当日爱王相公亦切，今日责王相公亦过'，任谁也料不到，《汴京新闻》与桑充国这个时候替拗相公打抱不平起来了。"潘照临讽刺地说道，一面把几份《汴京新闻》发到众人手里。

众人接来，略略一看，石越和李敦敏默默摇头，司马梦求叹道："长卿真是天真了。"陈良心里却觉得桑充国也没什么不对。

"其实长卿这样也是示天下以公正，对《汴京新闻》的威望颇有好处，听说范纯仁就很欣赏桑充国。"潘照临冷笑道，"而且这样做，对公子也有好处。"

石越"噢"的一声，有点儿摸不着头脑，连司马梦求都奇道："对学士又有何好处可言？"

"新党都知《汴京新闻》与学士关系密切，如今桑充国替王安石说话，免不得缓和的关系，有一半要算在公子身上；旧党这面，自冯京以下，却是知道这件事与学士没甚关系，以学士的声望地位，他们不愿意视之为敌，自然若有怨望，也全记到桑长卿身上了。"

石越苦笑着摇摇头，想不到潘照临连这都要算计。他说自冯京以下，都知道这事与石越无关，背后的文章，就不知道有多少了。

"可笑的是桑长卿，这时候还妄想让众朝臣捐弃前嫌，真是缘木求鱼。现在朝廷之中，连新党也知道王安石必然不安其位，韩绛、吕惠卿、蔡确、曾布，个个都想取代王安石的地位，再也安分不起来了。"

"啊？"司马梦求听到这句话，不由猛地站了起来，问道，"此事当真？"

"岂有假的？"潘照临脸上也慢慢泛起了红晕，瞳仁中闪过晶莹的光芒，不过一瞬而过，立时便又黯淡下来，继续说道："韩绛不足为虑，虽然他现在地位最高，但是吕、蔡、曾三人，说起来他一个也斗不过。因此他是希望王安石留下的，这样他就安心做他的相爷，位居王安石之后，也可以心安理得。"

司马梦求点点头，冷笑道："韩家是本朝巨族，三兄弟这次各有立场，总之无论哪派得志，庙堂上都少不了韩家的人，真不知道是巧合还是故意。"石越心里对此也是雪亮，如果旧党当权，韩缜就肯定要上台；如果自己或者中间派执政，韩维也一定会官居显职，否则河北士绅绝对不会善罢甘休。韩家这样的布局，有时候不能不让人怀疑是老谋深算的结果。

"此次河北受旱，韩家只怕又要得不少便宜。灾民背井离乡，韩家焉有不趁机占据田地的。到时候灾民能平安回来的，也只有一部分，略略还一点，做个样子就可以了。河北地主士绅的心里，是盼着流民出现的，这样他们才有利可图。"陈良愤慨地说道。

潘照临轻轻摇了摇头，把话题转回来：“吕惠卿这次走的是温和路线，有意无意地与王安石保持距离，向旧党示好。此人颇能揣测上心、迎合圣意，虽与王安石保持距离，但所作所为，却还能让王安石放心，真是不可小视。蔡确过于急躁，一心想领导新党，吕惠卿在，他机会不大。但是韩绛这只老狐狸心里明白得很，他宁可与蔡确、曾布合作，也不会愿意和吕惠卿合作，因此也未必没有机会。曾布羽翼未成，因此退而观战，此人与公子交好，除了王安石之外，我相信他最愿意追随的人，就是公子。此人既然与吕惠卿、蔡确关系都不好，必然不愿意见他们得意，可以成为公子他日之助力。”

司马梦求听他说完，沉思一会儿，突然问道：“王元泽呢？他坐视不理吗？”

“嘿嘿……”潘照临禁不住冷笑，“王衙内重病缠身，否则有他在，必然能坚定拗相公的意志，哪里轮得上韩吕蔡曾辈来登场？王衙内太过于争强好胜，我看他性命早晚要断送在交趾一事之上！”

“交趾？皇上不是下诏不得擅开边衅了吗？”石越吃惊地望着潘照临。

“所以我才说他的性命早晚间断送在此事之上。”潘照临冷笑道，“王元泽来往桂州的书信使者，达到五六次，虽然不知所谋为何，但是我料他必是不死心。”

石越腾地站起，道：“南交之战，绝不可开，这件事情，得想个办法阻止！”

“阻止？公子如何阻止？写信给沈起还是王衙内！”潘照临嘲讽地望了石越一眼，停了一会儿，又缓了语气说道，“何况我们根本不知道他们信里写的是何内容，不过推测而已。”

石越心里知道潘照临所说有理，怅然良久，无可奈何地坐下，叹道：“但愿王元泽不要发疯，否则倒霉的是国家。”

李敦敏眼见石越伤神，便笑着岔开话题，向潘照临笑道：“潘先生刚才说了许多，道是千载难逢的机会，在下却只看到对朝局的分析，实在不知道机会究竟是什么。”

司马梦求笑道：“自然是机会。王安石去位，如果新党诸大臣能够一心一意拥立一两个继承者，分配权力，那么学士暂时就没有机会进入政事堂，只好继续在地方积经验，攒资历。但若是他们居然内讧，那么不仅可以得到旧党的声援，连他们内部的矛盾也可以善加利用，到时候反对的声音就会很小了。”

“不错，比如蔡确与吕惠卿不和，那么若吕惠卿进入政事堂，蔡确就会害怕吕惠卿趁机报复，如此蔡确虽然平素与公子不和，可照样也会希望公子进入政事堂，制衡吕惠卿，让他无法为所欲为。而他以御史中丞的身份，无论是公子和吕惠卿，都会希望他能成为自己的助力，他的地位在二虎相争之中，就可以得到巩固了。”潘照临举杯饮了一小口，微笑着解释，“不过，想要这个机会能够被利用好，还要做许多事情！”

12

汴京的天气一日热过一日。

自从太皇太后、皇太后哭诉于皇帝面前，要求废新法、斥王安石的消息传出来之后，王安石更加知道自己已处在风雨飘摇之中，但是对于这些，他已经完全看淡。只是让人瞒着王雱，怕这个消息让儿子病情加重，吴夫人以要安心静养为借口，更是连报纸都不让王雱看了，每天不过读些诗词解闷。王安石一面不断地上请求辞相的奏章，一面却照常视事，他此时根本不在乎别人说他矫情恋栈，只希望能够尽自己的力量，略微缓解灾情。

到了六月二十日，赵顼终于召见政事堂诸大臣，下罪己诏，又诏令暂罢方田均税法、免役法、保马法、保甲法等新法，令黄河以北受灾诸路开常平仓赈饥民，沿途官吏戒饥民不得入京，又诏川峡诸路府、东南诸路，就近运粮至受灾诸路赈灾，不必再转往京师。六月二十一日，赵顼再次下诏，令受灾诸路长吏从饥民中挑选强壮者募为厢军，赐军号为威边军，驻扎各路州训练。王安石自然知道这是皇佑年间富弼曾经用过的办法，把灾民中的强者壮者召入军中作为安抚。这样受阻不能离乡的饥民，即使心有不满，却也无力暴动。六月二十二日，赵顼令枢密使吴充亲自主持，从在京灾民中募强壮者两万人，组成四十指挥，赐军号忠锐，兵士待遇虽然同厢军，但是训练、差使却一切依禁军之例。

三日之内，犹豫不决的皇帝连下数诏，王安石知道赵顼是打算吞下苦果，以求尽快渡过眼前的难关了。

这三天之内所下的诏令，的确取得了一定的效果。至少前往汴京的流民已经不再增加了，各地灾民，在官府三分劝导七分威逼之下，不得已苦苦地死守乡土，等待官府的救济。人类的生命力愈是卑贱便愈是顽强，黄河以北众多的灾民们，每天仅仅靠着一碗粥度日，顽强地延续着自己的生命。

而在汴京，桑充国终于可以略略松一口气了，组建忠锐军的消息公布之后，各个募兵处排起了长队，每个招募入伍的士兵都会在额头刺上“忠锐”二字，与此同时，也意味着他们可以用教阅厢军[1]那每月三百到五百文的俸禄，勉强养活家人。

然而这并不能从根本上解决问题，消除掉饥民暴动的隐患，不过是使政府今后

[1] 宋制，厢兵有两种，一种形同杂役，为不教阅厢军；一种如禁军一样接受训练，名为教阅厢军。教阅厢军俸银较一般厢兵要高，但待遇不及禁军。

背负更沉重的财政负担而已。饥民始终存在，不过存在的是一群失去了有组织性暴动能力的饥民。

13

大宋熙宁七年六月二十五日，崇政殿。

王安石、韩绛、冯京、王珪、吴充、曾布、蔡确、吕惠卿，以及诸翰林学士、知制诰，默默地传阅着一份奏章。赵顼眼窝深陷，用忧郁的目光望着他的臣子们。等到最后一个人看完，赵顼才开口问道："丞相以为石越所奏诸事，是否可行？"

众人的目光都集中在王安石身上，所有的人都知道，五天前皇帝几乎是罢尽新法，王安石的政治生命在那时候，便已经结束了。皇帝顶住巨大的压力，把王安石留到现在，也许不过是念及君臣相知之情罢了。

但是皇帝的态度也颇值玩味，无论是韩绛、吕惠卿、曾布、蔡确等人连篇累牍分析说明新法与这次灾情无关，请求赵顼坚定意志，继续推行新法，还是一些旧党大臣乘胜追击请求皇帝罢免王安石，斥吕惠卿、蔡确，召回文彦博、司马光、范纯仁等人，赵顼都不置可否，只用朱批写上"已阅"二字，照样发回。也许王安石还有翻盘的机会？这也是不少人心中的疑惑。

"陛下，石越条奏诸事，事事牵涉过多，臣实在不知道后果会是好还是坏。"王安石坦然答道，顿了一会儿，又补充道，"不过臣认为，或者可以一试。"

赵顼沉默良久，转过脸来，对众人问道："众卿的意见呢？"

韩绛想了一会儿，道："陛下，石越所说救灾诸法，第一条是他在杭州的故技，用茶、盐、酒以及香料等奢华之物的专卖权为饵，引诱南方商人运粮入黄河以北诸路，平价卖给官府常平仓。这样做本来也并无不妥，朝廷以前为了充实西北军粮，也用过这个法子。但是这次受灾面积太广，商人运粮往灾区，只怕都会挑近的地方运，结果可能不尽如人意。"

韩绛话音刚落，苏颂便朗声说道："陛下，韩丞相所虑虽是，却并非没有办法解决，只需按就近之原则，规定某路商人只能运往某路，便可解决了。何况往灾区运粮，石越也说始终必须以朝廷为主，商人私人运粮，不过是弥补官府运粮能力之不足。微臣以为，这一条实是可行的，朝廷过去又实行过，颇有成效，一切驾轻就熟，事情亦不烦苛。"

赵顼想了一会儿，点头赞许道："苏卿说得不错，这一条朕亦以为可行。"

韩绛见皇帝表态，便不争论，心里对苏颂虽然不满，却不便公然发作，只得隐忍不发。蔡确见韩绛不再作声，便接过话头说道："第一条犹可，第二条，诏令灾区各路州县，若百姓受灾逃亡，其田地暂由官府看管，若灾后归乡，则赐还田地，若再无音讯，则充为公田。此条虽然在理，但是只怕事情烦苛，流弊转多，小吏乘机敲诈牟利，本为爱民，反而害民。"他这话说出来，别人犹可，吕惠卿心里立时就暗骂蔡确无耻。蔡确对石越这一条提出异议，摆明了是讨好家在河北的大臣，特别是韩绛，不过吕惠卿同样不愿意在这时得罪韩绛，便紧闭双唇，不表意见。

他不说话，却自有人说话，又是苏颂出来质疑道："陛下，蔡中丞此言差矣，乡土自有册簿，各家产业记载甚详，此等事有何烦苛可言？何况纵有小吏乘机敲诈百姓，也好过那土地全部被豪门大族兼并了。"

吕惠卿实在不明白苏颂为何如此活跃，竟是不惜得罪韩绛、蔡确。他哪里知道苏颂的心思。苏颂既然知道自己得罪王安石，新党迟早要对付自己，此时不趁机倒向石越，结援自固，更待何时？得罪王安石也是得罪，加上一个韩绛、蔡确，又有什么了不起？

石越与潘照临商议之后用快马密急送达赵顼御几之前的这份奏章，一方面是说高丽使者抵达杭州，请皇帝决定何时让他入京；更重要的一方面是再次陈述救灾之策十余条。这十余条对策，包括开放矿山，由政府出卖许可证，让富民招募灾民入山挖铁、锡、煤矿等矿产；凡商民献粟一万石以上给灾区州县，即由太常寺颁授"仁爱功臣勋章"，佩此勋章者，见三品以下官员，可以不必参拜，子孙参加科举考试，视同官宦出身等充满了争议的措施。

这种种措施，若在平时提出来，立时就能掀起轩然大波，而皇帝也绝对不可能加以考虑。因此石越临去杭州之前，虽然献有救灾数策，但一来不够系统周详，二来便是因为种种手段，实在让赵顼难以放心，所以赵顼一直压住不提。但是事情的发展，却渐渐迫使赵顼不能不考虑一些可能存在风险隐患的手段了。此时石越与幕僚们商议的救灾之策送到赵顼手中，正是恰到好处，赵顼也没有多做犹豫就召见高级官员廷议。

然而石越的许多主张，却不可避免地要触犯到一些人的利益。每个有资格来议论这份奏章的人，心里都有自己的算盘。

吕惠卿在心里盘算许久，皇帝的意思已经渐渐明了，那是倾向于接受石越的方法了。王安石虽然不再能让皇帝言听计从，但是他的态度依然颇为重要，只要王安石还在汴京一日，吕惠卿就会充分考虑王安石的态度。而从王安石短短几句话之中，吕惠卿也可以感觉到王安石实际上也是倾向于接受的……"我应当表明意见了！"吕惠卿立即做了决定。

"陛下！臣观石越之策，其实是从几个方面入手来救灾。其一，保持运输的通畅，使粮食能够源源不断地运往灾区。围绕这个方面，除了朝廷的转运之外，石越的方法一是鼓励商民运粮进入灾区，以减轻朝廷沉重的运输负担，为此朝廷要付出的代价，是所谓的'勋章'，这便相当于古时的入粟买爵，历代以来，都是行之有效的办法。观石越所说，勋章一物，与朝廷之功臣号相似，更似一种荣誉。臣以为虽然古今所无，却也是可行的……"吕惠卿说到此处，顿了一顿，见赵顼微微点头，方继续说道，"……以上是诱之以名，二则是用盐、茶、香料等物的专卖权为饵。此是诱之以利。如此数管齐下，只要能够保证有足够的粮食进入灾区，粮价就能保持平稳，民心便可安定，确是救灾之良策。"

赵顼和王安石听得频频点头，众人心中都知道吕惠卿与石越常有不和，此时见吕惠卿说来，竟然是极力支持石越的主张，而条条阐述，倒似说得比石越的奏章还要简单明晰，不由尽皆诧异。

"石越救灾之策，其二是引诱、迫使受灾诸路豪强主动拿出家中的藏粮。臣敢断言，受灾诸路，绝非没有粮食，而是许多富家大族家中有粮，却不愿卖出，他们是想趁机大发国难财！"吕惠卿此言一出，许多河北出身的官员脸色立时变黑，便连皇帝的脸色也难看起来，只有王安石、蔡确等人微微点头。吕惠卿却毫不在意，继续朗声说道："石越的办法，一是保护灾民的田地免遭兼并，尽量让一些富豪之族无利可图，而朝廷、南方商人的粮食又源源不断地运进灾区，打击他们高价卖粮的企图。此时朝廷再开放矿山之利，自古以来，矿山之利最厚，朝廷许可富民用钱粮购买矿山五年或十年的开发权，各地富民，岂能有不心动之理？如此一来朝廷不但立时可以得到一笔巨款与粮食，而一些灾民更可以借此谋食，避免私自聚啸山林。若用此策，想来那些富豪之家，也是乐意的。"吕惠卿说到这里，心中不由一凛。他这才发觉，石越的建议表面上充满了争议，但在利益上，却几乎谁也没有得罪！河北的大地主大富豪们从这矿山之利中不知道能得多少好处，难怪没有人反对这一条。

赵顼听吕惠卿说完，不由站起身来，背着手走了几步，问道："矿山一事，朕以为颇为可虑，一是怕奸民私铸钱币，二是防日后有人借此机会聚集流民，图谋不轨，此不可不防。"

吕惠卿上前一步，道："陛下，人不可因噎废食。黄巢可不曾开得矿山，照样谋反。要使四海晏平，还是要使百姓安居乐业。何况五年、十年之后，若国家无事，再收回也不迟，一时权宜之策，不必立为永久之制。"

……

崇政殿廷议五天之后，赵顼再次颁布诏令救灾，石越的主张几乎被全部采纳，大宋终于开始真正动员起庞大的国家机器来对付这场建国以来最大的自然灾害。然而讽刺的是，就在这一天下午，诏令刚刚发出不到一个时辰，从开封以北，大宋境内各路州府几乎都下起了倾盆大雨。

在汴京城西南的白水潭学院，数万名师生不由自主地扑进雨中，欢呼雀跃。桑充国、程颢、晏几道、王雱，甚至于邵雍、程颐，都忍不住随着学生们走进雨中，张开手掌，捧着珍珠般的雨水，激动得热泪满眶。那些还没有离开的灾民们默默地仰起脸，任雨水打在干枯的脸上，水沟纵横，分不清是泪水还是雨水。这场该死的旱灾，终于要过去了！

类似的场景，从南薰门到新封丘门，从万胜门到新宋门，从开封到河北，无数的人们在苦苦挣扎数月乃至于一年之后，终于看到了希望。

然而在禁中政事堂，中书的官员们却一个个面面相觑。他们根本不知道自己是应当喜悦还是要诅咒——人人都盼望着下雨，但是这场雨却不应当是在今天到来。

王安石走到院中，院中的大槐树被雨水打得沙沙作响，他把给自己打伞的下人推开，任凭雨水淋在自己身上，良久才苦笑道："天意！真是天意！"

吕惠卿轻轻跟了过来，心里忍不住一阵窃喜，脸上却有不以为然的神色，咬牙道："天命不足畏！巧合罢了，何曾有甚天意！丞相不必介意。"

王安石转过脸来，犀利的目光在吕惠卿脸上停留良久，见吕惠卿眼中闪烁的尽是真诚与信任的光芒，王安石的眼神终于黯淡下去，伸出手来轻轻拍了拍吕惠卿的肩膀，温声说道："吉甫当自勉之！"

与此同时，赵顼站在集英殿的正门外，喃喃说道："真的是天意吗？"

侍立身后的韩绛、冯京、王珪面面相觑，不敢作声，孙固微微冷笑，接过话茬说道："也许真的是天意！"

赵顼转过头来冷冷地望了孙固一眼，孙固却昂然不惧，直视皇帝的目光。良久，赵顼叹了口气，道："十日不雨，斩臣于宣德门外。十日不雨，斩臣于宣德门外……"

苏颂轻声说道："自六月二十日诏罢新法至今日，整整十日！"他的话音虽轻，却是轻轻地捅破了那层窗户纸。韩绛狠狠地瞪了他一眼，再看冯京与王珪，二人竟是装得一脸的木然，他在心底叹了口气，知道王安石的相位已经被老天爷推了最后一把。

14

河州踏白城。

天降大雨。

王韶披着铠甲，骑在一匹白马上，铁青着脸望着雨中的踏白城。数日前，在成功切断瞎木征的退路之后，果然不出王韶所料，在攻河州城时被震天雷、霹雳投弹炸得损失惨重的瞎木征军，知道自己的退路被切断之后，立即撤了河州之围，退守踏白城。不料王韶已料到瞎木征必然退保踏白城，早就率军绕到城后，出其不意，突击瞎木征大营，焚帐八十，斩首七千余级，把羌人杀得胆战心惊。瞎木征无可奈何之下，只得率领残军龟缩进踏白城中。王韶与李宪亲率两万宋军，会同赶来的河州守军把小小的踏白城围了个水泄不通。

“几个月前，景使君就是战死在踏白城！”骑马跟在王韶身后的河州尉悲愤地说道。

“阿弥陀佛！”骑在一匹白马之上，身披袈裟的智缘禅师低声念道。

王韶转过脸来，与他对视一眼，默默无言。那些普通的将领是不会明白他心中的想法的。“这一战的胜利，能与以前一样帮得了王丞相吗？”王韶用目光询问智缘。

仿佛看懂了王韶眼中询问的内容，智缘微微点头，沉声说道：“无论如何，这是熙河地区的最后一战。”

王韶收回目光，环视左右，见手下将领尽皆跃跃欲试，李宪却勒马停一边，目光远远地望着踏白城，他心中一凛，拔出宝剑，厉声喝道：“攻城！”

“攻城——”

“攻城——”

号角齐鸣，响震天地。数十架抛石器把石块铺天盖地地砸进本就低矮的踏白城，冲车与云梯已运到阵前，作势欲发。便在此时，一面白旗从城墙中竖起……

“投降了！”

“瞎木征投降了！”

……

士兵们传出阵阵欢呼。

王韶与李宪对视一眼，虽然瞎木征的覆亡已经注定，但二人都没有想到最后的胜利竟然来得如此轻松，兵不血刃便彻底平定了瞎木征之乱。王韶远远望着缓缓打开的踏白城城门，见到几十个穿戴白衣白帽的人从城中走出，终于不易觉察地吁了口气。智缘轻轻念了一声佛号，目光若有所思地投向东方……

15

汴京大内。

赵顼的目光在巨大的天下郡县图上停留良久，沙着嗓子说道：“丞相，当朕还在藩邸之时，便时常听说你的大名。那个时候我常想，你就是朕的魏征、诸葛亮，得丞相相助，朕终有一天能成就唐太宗也比不了的事业。”他的目光从河套地区移到了幽燕，热切的光芒一闪而熄。

王安石静静侍立一旁，低声道：“臣有负……”

赵顼挥了挥手，苦笑道：“丞相不必有自责之语。桑充国说得有理，当日爱丞相亦切，今日责丞相亦过。朕即位已经七年，国家的财政较之仁宗时、先帝时，都要好得多了，无论如何，这是不争的事实。这，是丞相的功劳！”

“陛下！”

“丞相一意求去，朕慰留不得。只是丞相虽去，但变法却绝不能中道而废。继丞相之位的人选，不知丞相以为何人最当？”赵顼终于委婉地接受了王安石的辞呈，他们两人这时候并不知道王韶的胜利，但是即使知道了，事情也未必会有改变。

王安石如释重负地舒了一口气，拜谢道：“谢陛下隆恩。”

赵顼走到王安石跟前，竟是亲自弯腰扶起，温声说道：“丞相快快平身。”

王安石站起身来，沉吟良久，方说道：“韩绛、吕惠卿，当可不负陛下之望。”

赵顼低头思忖一会儿，道：“韩、吕二人，的确可以不变新法之意。吕惠卿既有才干，又识大体，不记私怨，事事以国事为先，尤是难得的人才。只是得罪的人太多，且资历终是浅了，只恐有骇物议。”

王安石略有不解地望了赵顼一眼，说道：“当初陛下用臣之时，臣之资历，亦远不及韩琦、富弼、文彦博。”

赵顼背着手，微踱两步，又说道：“丞相所言是，那么蔡确此人如何？”

“蔡确亦是人才，只是略嫌急躁了，且不如吕惠卿能容人。”

赵顼点点头，又问：“曾布呢？”

“才有不足。”

赵顼转过身来，冷不防问道：“那……石越呢？”

王安石不由一怔，这才明白原来皇帝竟然是想要石越入政事堂。他想了一会儿，终是摇了摇头，说道：“陛下，石越的才华，只和吕惠卿相差仿佛，但是若论远见卓识，臣也自愧不如。说是宰相之才，的确当之无愧，只是毕竟年纪太轻，资历太浅。这个人，陛下不如给子孙留着用吧。”

“朕以为石越年纪虽然轻，但是颇为老成，似乎可以补此不足。”

王安石默然良久，缓缓说道：“陛下若一定想用，臣也不会坚持己见。不过若以臣之愚见，则以为让石越在地方做六年地方官，再回朝廷择一部寺做三年主官，然后再做两年翰林学士，十一年之后，此人便是宰相的不二人选。少年骤贵，升迁太速，有时候并非好事。”

赵顼微微点头，良久，才说道：“容朕三思。”

熙宁七年七月，为相五年的王安石终于被皇帝批准了辞呈。但是皇帝也并没有许可他致仕，而是让他以观文殿大学士、行吏部尚书、位特进、上柱国、太原郡开国公的身份，权知江宁府事。

虽然王安石的罢相是旧党们孜孜以求的，但是这件事情却不值得他们多么高兴，因为仅仅在一日之后，皇帝即任命韩绛为同中书门下平章事、昭文馆大学士、监修国史，以吕惠卿为翰林学士，几天之后，又进为参知政事，以此向他的臣民们宣告，他变法的决心并没有改变。

然而赵顼与王安石都没有意识到，三司使曾布与御史中丞蔡确是不可能承认吕惠卿的权威的，而旧党中人，痛恨吕惠卿更甚于痛恨王安石，这项任命对于汴京复杂的政治局势而言，毫无缓和之用。

16

“你说什么？”王雱不知从哪里来的力气，猛地从床上坐了起来，死死地抓住谢景温，厉声说道，“父亲找苏子由替妹子向桑家提亲？”

谢景温被王雱吓了一跳，王安石罢相的消息也不过让王雱稍微咳了两下，淡淡地说了一句：“退一边看看，也未必是坏事。”不料他妹妹的亲事竟然把他紧张成这样。谢景温连忙温声说道：“元泽，你先不要激动。”一边轻轻掰开王雱的双手，扶他慢慢躺下，这才继续说道，“平心而论，这是一桩好婚事。”

“好婚事？”王雱冷笑道，“不行！桑家是商人之家，桑充国的父亲还是个商人，女儿嫁给石越，那已经是石越不长眼，儿子还想娶宰相之女？”

谢景温笑道：“元泽，你想偏了。桑充国也是个读书人，还是白水潭学院的山长，《汴京新闻》的社长，眼下大宋也就是他能配得上令妹了，相公的眼光，你我皆不及呀。”

“父亲那是鬼迷心窍，要不然不会推荐福建子进政事堂。”王雱却一点也不买账。

谢景温微微摇头，笑道：“元泽，此次福建子进政事堂，可以说是得意忘形。他两个兄弟神气得如同村牛，摇头摆尾，不可一世。那个陈元凤也人模狗样的，嘿嘿……若依我的浅见，福建子是一屁股坐上了火坑而不自知。”

王雱轻咳几声，不解地望着谢景温，道：“如今父亲罢相，政事堂韩、冯、王三人，论舌辩机智，引经据典，皆不及福建子，加上皇上信任，如何说是坐上了火坑？”

“元泽，你是没有见到曾布和蔡确的神态。”谢景温冷笑道，“如今一相三参，韩、冯、王哪个心里会服福建子？相公在位之时，这几位对相公还有几分敬畏。韩绛与相爷交好，冯京与相公是同年进士，王珪靠的就是资历老，也毕竟要服膺于相公的盛名，可福建子又凭何事让他们服气？”

王雱垂首想了一下，也不禁点头道：“倒是有理。福建子这一进政事堂，等于是把天下的怨望聚于一身，我倒要看看他怎么去长袖善舞。”

谢景温干笑几声，又道：“所以说，相公虽然罢相，但未必没有复出的机会，只要元泽你养好身体，帮助相公振作起精神来便可。元泽你没有看报纸，不知端详，此次桑充国可是为相公说了公道话。反倒是《新义报》的人，自你病后，便尸位素餐[1]，不知所谓。相公马上要去金陵，吕惠卿必然在《新义报》安插心腹，日后是很难指望得上了。”

王雱已猜到谢景温要说什么了，他心中不喜，便皱了眉，冷冷地问道：“你的意思是……”

谢景温说得得意，全然没有注意王雱的神态，见他相问，立刻不假思索地说道：“现在笼络住桑充国，日后必是一大助力！”

王雱脸色越来越难看，他盯着谢景温，冷冰冰地说道：“你的意思，是把我妹子当工具？”

谢景温这才发觉王雱语气不对，忙不迭地解释：“元泽，你不要误会，我并无此意。”

王雱狠狠地盯了谢景温几眼，寒声说道：“我们王家，不需要女人做工具！我父亲也不会有那种想法。”

“是，是。”谢景温赔着笑脸答应着，心里却不怎么相信。不过，这些也与他无关了，随着王安石罢相，谢景温的去意也更加坚定。他已经下定决心要离开汴京了，奏章都已经写好，只待王雱身体稍稍好转，就马上递上去。

与谢景温一样认为王家打算通过婚姻笼络桑充国的不在少数。

吕府的夜晚，灯火通明，笙歌不绝。吕惠卿身穿上好的湖丝道袍，与邓绾、陈元凤等几个亲信围坐在后院水上凉亭中，每人面前，都放着一只口大底深、黑色润泽的兔毫盏。吕惠卿将御赐的龙凤茶团轻轻碾成细末，然后取一点香料，一道放入盏中。这龙凤茶团，在茶芽采回后，要先浸泡水中，挑选匀整芽叶进行蒸青，蒸后又用冷水清洗，然后小榨去水，大榨去茶汁，去汁后放在瓦盆内兑水研细，再放入龙凤模压饼后烘干。前后经六道工艺方能制成，乃是皇家珍品，非巨宦显贵之家绝对用不起。因此陈元凤等人都是瞪大了双眼来欣赏吕惠卿的茶艺。

[1]　比喻空占着职位而不做事。尸位，指空占职位，不尽职守；素餐，指白吃饭。

吕惠卿略一伸手，旁边侍立的侍女连忙将一个小小的铜壶递过来。吕惠卿接过铜壶，微挽长袖，站起身来，向盏内倒入少量沸水，将茶末与香料调匀。一阵浓烈的茶香顿时扑鼻而来，陈元凤与邓绾都不禁闭目深吸一口，陶醉地点了点头。这才睁开眼睛，欣赏分茶艺术的最高潮。只见吕惠卿左手执壶，右手拿着一个似小勺的茶筅，一边量茶注水，一边用茶筅击拂，茶叶的泡沫随之出现各种各样的颜色和起伏。吕惠卿一面变动手法，那汤纹水脉时而如花草，时而如飞禽，时而似走兽，时而类游鱼……所有幻象须臾即灭，却又层出不穷，当真是如梦如幻，如诗如画。

陈元凤等人不禁大声击掌叫好。当时人们上至天子，下至贩夫走卒，无不喜欢斗茶——也就是分茶。吕惠卿本就是其中的高手，但是因为皇帝赵顼对这种犬马声色之事总是刻意避而远之，因此吕惠卿也极少在人前卖弄。今日之事，可以说难得一见。

吕惠卿见众人叫好，微微一笑，淡淡地说道："天下之事，理归于一。人生与斗茶也是一样的，当真是如梦如幻。一个繁华去了，另一个繁华来了，替代无穷，大家所斗的，所争的，便是那片刻繁华时间的长短。"

陈元凤与邓绾不由一怔，不料吕惠卿在此志得意满之时，竟然发出如此感叹。

吕惠卿一面轻轻击拂茶水，一面又叹道："你看这幻象，若以这茶比作人事，那么它们当以为是久了。可在我们看来，却不过一瞬之间，停得再久，也是一瞬，停得再短，也不过一瞬。以茶及人，真感觉一切争斗毫无意义。"

陈元凤笑道："恩师志节清高，非我等俗人能及。"

吕惠卿微微摇头，对陈元凤说道："听说王相公想把幼女许给桑充国？"

"应当不会错了，是苏子由亲自说媒。"陈元凤笑道。

"苏子由是蜀人，桑家也是蜀中迁来的，苏氏兄弟在蜀人中威望极高，王相公倒会选人。"吕惠卿漫不经意地笑道，"桑家答应了没有？"

陈元凤嫉妒地说道："桑家不过一个商人之家，宰相家下嫁，焉有拒绝之理？桑俞楚满口答应了，双方已经订下婚约了。"

"哦？"吕惠卿手下一点也不停顿，一边击拂一边思量，过了一会儿，笑道，"如此说来，桑充国也并非仅仅是一个书生这么简单呀。"

陈元凤冷笑道："桑充国无可无不可，是程颢极力劝说他答应的。何况他父亲既已应允，婚姻大事，双亲尚在，又岂容自己做主？"

吕惠卿微微抬头，望了陈元凤一眼，应道："原来如此，程颢这个老狐狸。"顿了一会儿，又笑道："如此说来，桑家不经意间，竟成为大宋最显赫的家族之一了。我的恩师可不简单呀。"

陈元凤眼皮一跳，小心翼翼地问道："恩师是说，王安石是结桑充国为援？"

“白水潭学院、《汴京新闻》、魏国公韩琦的义女、姑爷石越、桑家的财力，再加上王相公的女婿，桑家的力量在不知不觉间，几乎可以与河北韩家比肩了。韩家为本朝巨族，靠的是什么？一是人才辈出，二是门生故吏，桑家迟早会走到这一步的。”吕惠卿放下茶笼，背着双手，轻踱到凉亭边上，冷笑道：“我的恩师是害怕罢相之后有何不测，预先埋下一队伏兵呀。”

邓绾凑上来，笑道：“我看，不足为惧。”

吕惠卿不屑地看了他一眼，转过身，对陈元凤说道：“我也需要一些人才了。《新义报》一定要由自己人控制，履善你也要到地方上去，再积累点资历。”

“多谢恩师栽培！”陈元凤喜出望外。

吕惠卿轻轻拍了拍陈元凤的肩膀，语重心长地说道：“记住，做官要清正，有了官声，回来便可以进御史台。”

“学生谨记恩师教诲。”

吕惠卿望了热切的邓绾一眼，心里冷笑一声，脸上却温和地笑道：“邓公子亦可以趁此机会在地方谋一优差。”

“多谢相公。”邓绾谄笑道。

一声“相公”把吕惠卿捧得身心飘然，浑身舒泰无比，为了这一声称呼，他奋斗了几十年。他温言道：“如今河北各路救灾，一切有条不紊，正是建立政绩的好时机，所以履善与邓公子都会派到河北去。我会挑两个有矿山的州县。”

他看似不经意地说了这句话，陈元凤还不知道深浅，邓绾却不禁大喜。如今朝廷出卖矿山开发权，在有矿山的地方做守令官长，不动声色之中，发财致富如探囊取物。他却不知道，吕惠卿自己也想买一个矿山，下面有几个亲信，自然方便得多。

17

在给女儿定下这桩出乎许多人意料的婚事之后，王安石立即替王雱告了病，一家人乘船静悄悄地离开生活了五年的汴京，前往江宁任上。至于为什么王安石要把女儿许给桑充国，尽管外人有许多的议论，但是王安石心中的想法却已经没有人知道。两个当事人平静地接受了这场父母之命，媒妁之言的典型中国古代婚姻，甚至连相亲这一道程序都省掉了。

就在王安石离开汴京三天之后，也就是熙宁七年八月十九日，李宪押解瞎木征回到汴京城，枢密使吴充奉诏迎出西城外十里。赵顼喜出望外，御殿受俘，封瞎木征为营州团练使，赐姓名为赵思忠，授王韶观文殿学士兼礼部侍郎，进枢密副使。王安石开拓熙河的政策终于取得了最后胜利，然而此时王安石却已经不在相位。

在这个时候，眼看着熙河靖平、天已降雨，受灾地区救灾有条不紊地进行，运粮的商人们络绎不绝地来往于大河南北，多数的流民们也陆续返乡。几乎所有的人都相信，大宋的局势在经历了最艰难的时期之后，应当有一个缓和与上升了。大宋国也该否极泰来了。

至少到熙宁七年十月三日之前，这一切亦完全如人们所料。这一天晚上，潘照临在汴京石府，提笔写信给石越：

“公子动止万福。某观京师之事，暂不可为，公子安心于杭州开拓，立下政绩，一切功勋，自有人报与上知。 某以为政局之平稳，最多半年，迟则明春，必有机会。吕惠卿辈，不过为王前驱者……”

写到此处，突听到一阵急匆匆的脚步声靠了过来。他连忙把信压好，抬起头定睛望去，却是秦观闯了进来，也不待他相问，秦观便上气不接下气地说道：“先生……出……出事了！”

潘照临轻轻做了个请坐的手势，说道：“少游，不要急，慢慢说，出何事了？”

秦观深呼了一口气，走到潘照临面前，端起茶杯，也不管是谁的，全无风度地一口喝了，这才说道：“方才听苏子由的消息，辽人陈兵十万于边境，要求重订边界，增加岁币！还道十日之内，我大宋使者不到代州境上会议，便要兴兵进犯！”

“啊！”潘照临不由站起身来，他脸上的神情却让人分不清是高兴还是愤怒。

此时屋外的世界，月光如洗，星辰寥落，光芒隔着窗子，洒落在潘照临与秦观的身上，但是却无法照见他们的内心。同样的，从这皎洁的月光中，也没有人能看见大宋的前途究竟是什么样子。

第十六章

身世之谜

不打无准备之仗，方能立于不败之地。

——民间谚语

1

代州是宋朝河东路重要的边防州郡。在雁门山古长城一线以北，它与辽国西京道辖下的朔州、应州、蔚州三州接壤。在民间传说中，代州是“杨家将”抗辽的主要场所，杨五郎出家的五台山，也就在代州境内。所谓的“杨家将”虽然多属传说附会，但代州于大宋边防之重要性却并非虚构。代州失守，则太原可危；太原失守，则关中、洛阳震动，大宋形胜之地，都将沦为战场。

因为代州如此重要，所以宋朝沿代州边境由东向西修筑了瓶形寨、天石寨、雁门寨、西径寨、阳武寨、楼板寨等数以十计的军事据点。而在其辖境内的禁军、厢兵、乡兵，亦是数以万计。各种忠烈社、弓箭社，更是遍布各乡各村，民风之剽悍，殊不可轻侮。

自从王安石执政以后，除了置将法、保甲法之外，更是在代州边境修缮要塞，增建军事据点，以巩固边防。辽人对于此事实是隐忍多时，但因当时河北诸州守臣皆是宋朝一时的名臣，而辽国的实力也支撑不起一场与宋朝举国相争的战争，因此一直只能静待机会。

到了熙宁七年十月，也就是辽国耶律洪基在位的咸雍十年之时，眼见宋朝大灾之后元气大伤，兼之王安石罢相，政局不稳，辽主耶律洪基与魏王、枢密使耶律乙辛相议，要趁火打劫一番，遂下令枢密副使萧素坐镇西京大同府，遣林牙萧禧往代州，诬赖宋人修城寨侵入朔、应、蔚三州境内，意图不善，要求宋国停止修筑城寨、重议辽宋边界，并赔偿白银二十万两、钱二百万贯、绢二十万匹，且扬言已屯兵十万于边境三州，若宋人不予，则是自坏和议，辽军当自己来取。

这是宋朝二十六岁的皇帝赵顼第一次面对强大北邻的军事威胁。虽然自小心怀大志，锐意收复幽蓟，但当敌人在一个不是由自己选择的时机发出恐吓之时，赵顼却显得有点儿色厉内荏。连羌人那种小小的反抗都会让这个皇帝寝食难安，何况是自五代以来就让中原谈之色变的契丹人。偏偏在此之时，他的政事堂与枢密院的主要成员们，没有一人有过与契丹人打交道的经验。

这一次，是赵顼很无奈地前往庆寿宫。太皇太后曹氏的智慧，很多时候是赵顼所必须倚重的。

“辽人如此蛮横无理，实在可恶！”赵顼向曹太后介绍完事件的大概之后，犹自显得愤愤不已。

曹太后却只是平静地望着赵顼。皇帝的生气，在多大程度上只是为了维护天子的尊严，又有多少是为了掩饰自己心中的恐惧？她把一切都收到眼底，只是用安静祥和的目光凝视着自己这个贵为天子的孙儿。宫女乖巧地将从江西上贡来的金橘用玉盘盛着，小心地放到赵顼伸手可及的地方。赵顼此刻哪有心思吃东西，不耐烦地挥了挥手，吓得那宫女脸色苍白，大气都不敢喘一口，连忙退到一边。

高太后忍不住轻轻皱眉，用略带责怪的口吻道："官家亦是已为人父了，遇事须要沉得住气。"赵顼在熙宁六年两子夭折后，终于得第三子，取名赵俊，就在熙宁七年二月，赐封永国公。

赵顼听到高太后斥责，忙红着脸起身恭聆。

曹太后用眼色止住高太后，又叫赵顼坐了，道："官家既知契丹索求无厌，又有何计议？"

"这等要求，实是答应不得，但若不从，不免兵祸连结，因此不若继太祖、太宗皇帝遗志，挥师北伐，先发制人。"赵顼说得非常豪迈，却始终有点儿底气不足。

曹太后不置可否，只问道："既如此，那么官家，而今国家储蓄赐予，可曾备足？士卒甲仗，又是否精利？"

赵顼被问得一怔，寻思这话中深意，只觉得便似一盆冷水迎头浇下来，呆了一会儿，方勉强答道："这些事，现在筹办也不迟。"

曹太后在心中微微叹息了一声，委婉地说道："官家，先圣有言，吉凶悔吝生乎动。一旦兴事，结果是好是坏，将来是否感到后悔，会否遭受耻辱，都难以预料。便以用兵而言，若北伐得胜，官家不过是南面受贺，而万一挫败，所伤实多。我想那辽国若容易打败，那太祖、太宗之时，应当早已收复，何必等到今日？幽蓟之事，不若缓缓图之。"

当此国家元气大伤之时，赵顼心中又何曾真有战意？只不过种种不甘、屈辱、冲动，在心中交织，又碍于皇帝的脸面，一时犹豫难决而已。他虽然贵为皇帝，但此时的心态其实与那些怀着雄心壮志却又缺少实力的普普通通的年轻人无异，不过是自己无力面对这一切，所以需要得到可以信赖的长辈的帮助，仿佛这样做了后，那巨大的责任就不再由他一个人来承担了。

曹太后又道："而今两府诸公，都难问北事。我不过一妇人，见不及长。官家何不召魏国公韩琦问策？其余富弼、文彦博、曾公亮等一干老臣，亦可备询。古训有云，兼听则明……"

河北大名府。府衙。

白色的布缦结满府前，进出之人皆披麻戴孝，在街上都能隐隐约约听见自内宅传来的哭声。

潘照临日夜兼行，当他在大名府府衙前滚身下马之时，已是筋疲力尽，然而没有什么比眼前的景象更让他心惊胆战的了。

“韩琦，你可不能死！”潘照临在心中不停地祈祷，疾步走向门房，递过名帖，道：“学生潘照临，求见侍中，劳烦通报。”

不料那个门房接过名帖，便放声大哭：“侍中……侍中他仙游了！”

“啊？”眼前之情形，虽让潘照临早有不好的预感，但他还怀着万一的侥幸，可事实却是如此残酷。任谁也没有想到，历事三朝的元老重臣，魏国公、侍中韩琦竟然在这关键时刻死了。

“人算不如天算呀。”潘照临心里泛起苦涩的感觉，“看来，只有去洛阳了。”

代州城，寒风萧索，落叶纷飞。

太常少卿[1]刘忱与代州知州吕大忠坐在同一辆马车上，闭目养神。他一闭上眼睛，就不由自主地想起崇政殿中皇帝召见的情形。

那天是在崇政殿，皇帝对他说道：“朕已命秘书丞吕大忠知代州事，大忠正逢父丧，朕不得已方夺情起复，卿往代州，当与大忠齐心协力，断不可轻启边衅，有负朕望。”

他还记得自己当时答道：“臣既受命，便往枢府考核文据，未见本朝侵辽人一寸之地。臣既为使者，必当据理力争，若辱使命，臣当死在代地，以报圣上。”

然而就在启程前，皇帝内降指挥，给他的手诏上写着：“辽理屈则忿，卿姑如所欲与之。”

一个使节，临行前居然收到一份如此让人灰心的手诏，刘忱百感交集。到代州后，他一直把手诏深藏，绝口不提。这几天揣见吕大忠为人，倒也是志节慷慨之辈，但知人知面难知心，他依然犹豫着要不要和吕大忠说明情况。今日是辽国枢密副使萧素亲自前来，自己和萧素的第一次交锋，若告诉吕大忠，万一挫了锐气，反为不妙。他咬咬牙，暗道：“罢了，不奉诏的罪名，我一人担了便是！”

不多时，马车便到了驿馆。二人下了马车，便见辽使萧禧早已在门口迎接。见着二人下车，萧禧忙拱手相揖，笑道：“刘少卿、吕使君，请。”二人亦自揖逊回礼。这是宋辽之间通用的外交礼节，这简单的揖逊之礼，亦表示两国是平等的外交关系。刘忱因见萧禧一身戎装，不由得轻轻冷笑一声。吕大忠却是神色自若，竟似是浑然不觉。

入了大门，辽国枢密副使萧素已率众随从在中门相候。刘忱远远打量，见那萧

[1] 文臣寄禄官，正四品上，无职掌。

素约是四十来岁，方额浓眉，双眸精光内敛，一看就知道是个厉害人物。站在他身后的却是一个身披镀银铁甲、腰佩长剑、相貌英俊的年轻人，曾经出使过大宋的萧佑丹，竟然还站在少年之后。刘忱心里一惊，不由得多留意了几眼，再看吕大忠，却见他也有诧异之色。

当下双方又行过揖逊之礼。萧素拱手笑道："刘少卿、吕使君，远来辛苦。"吕大忠亦拱手回礼，淡淡回道："萧枢副说错了，此是宋境，是萧枢副辛苦。"

萧素哈哈一笑，抬手道了声"请"，将刘忱、吕大忠等人迎入厅中。

刘忱等人走进大厅，却见厅中早已布好酒宴。萧素往主位上一站，高声吩咐："奏乐，请刘少卿、吕使君入座。"有侍者立即走了上来，把二人往客位上引。

刘忱与吕大忠对视一眼，却都不肯动身，刘忱凝视萧素，道："萧枢副，你又弄错了！"

萧素一脸愕然，问道："萧某哪里弄错了？"

刘忱缓步走到萧素面前，昂然道："此处乃大宋国境，驿馆亦是大宋欢迎邻国使节的驿馆，于情于礼，应当请萧枢副坐客位。"

萧禧在一旁听到这话，不由勃然大怒："岂有此理！既是我大辽设宴，焉有反坐客位之理？刘少卿莫非是有意轻慢？"

刘忱却不看他，只盯着萧素，从容道："若是私宴，自然能坐主位，不过萧枢副代表大辽皇帝，在下代表大宋皇帝，这是两国之宴，既然在宋境，自是宋使坐主位。"

萧禧却不答应："刘少卿莫要逞苏秦之辩，天下之事，理为同一，我等设宴，自然是我等坐主位。"

刘忱知道这第一次交锋，事关双方锐气，如何肯退让半步，当下冷笑道："大宋的国土，大宋的驿馆，若要设宴，自然由它的主人来设，这宴会所费几何，不必由贵国出。"

萧禧趋前几步，声色俱厉，道："刘少卿这等小节都一步不让，如此不近情理，可是没有诚意谈判吗？"

"本使千里迢迢持节而来，如何说没有诚意？想辽国亦是大国，岂能不顾礼义，为天下所笑？天下万事万物，都抬不过一个理字。鹊巢鸠占，反宾为主，到底是本使缺少诚意，还是贵国缺少诚意？"

刘忱舌辩滔滔，萧禧一时竟被他驳得说不出话来。那银铠青年多看了刘忱几眼，刘忱回视之时，却见他眼神中竟有赞赏之色，不由得一怔，却听萧素笑道："既是二位定要争这个主位，我看两国七十余年交好，亦不必为些些小事伤了和气。只不过本使设宴，客位也是断然不坐的。素性明日在雁门山古长城以北重新设宴，再请二位与会。未知意下如何？"

刘忱与吕大忠对望一眼，道："如此，明日必准时赴约。"

次日，辽国朔州马邑边境。

刘忱骑在一匹黑马上回头眺望，险峻的雁门山已被远远地抛在身后，跟着自己的只有几个幕僚与三十名军士。为防不测，吕大忠并没有随行，而是在雁门山以南的西径寨接应。刘忱不禁又一次想起身上肩负的使命，既要维护国家的利益，又要不至于引起战端，而面对咄咄逼人的辽国，自己身后的国家与皇帝，都显得孱弱了一点。

刘忱乃是进士出身。此时连朱熹都未出生，科举的内容更没有限制于四书五经之内。宋朝建国一百年来，能考中进士的，都称得上是一时一地之人杰，对于华夏族之典章故事，自然都是非常清楚的。这马邑之地，纵是昔日匈奴强盛之时，也一直在汉朝的疆域之内，当年汉武帝曾经在此伏兵三十万，以待匈奴。此时身临其境，而境遇不同如此，刘忱环视四野，不由怀古慨今，抚绺长叹："未知要何时，我大宋方能有三十万雄兵，再临此地，以邀单于！"

他话音刚落，便听得一阵号角长鸣，北方的原野上扬起一阵灰尘，轰隆的马蹄之声由远及近而来。刘忱心知这是迎接他的辽人来了，忙挥令属下军士勒马列队，向前迎进。果然，不多时，远方便出现了百余骑辽人。辽人占据幽蓟之后，虽渐染汉化，但毕竟是马背上的民族，素重骑术，非宋人能比。这百余骑是从萧素的亲兵卫队中挑出来的佼佼者，其军容气势，更是令人见之夺魄。

刘忱心知这是萧素在炫耀军威，隐隐含有威胁之意。他回头见属下军士，都有畏怯之意，不禁眉头一皱。他素有智略，此时便佯为不经意，勒马停步，扬鞭指着辽军，嘲笑道："契丹素称善战，然亦中衰矣。某看这些骑兵，较我大宋捧日军差得远了！"

这些军士何曾知道上四军之一的捧日军是何等军容？只是人人都知道上四军的兵都是禁军中千挑万选的。这位刘少卿从京师来，既然说捧日军强悍，心里不免就信了七分。虽说捧日军再强，也远在千里之外，所谓远水难解近渴，但众人却感觉有了依靠一般，士气竟为之一振。

刘忱见计策奏效，立时寒下脸来，扫视众人，厉声道："诸君随某出使敌国，国体便系于诸君，若畏惧怯敌，非止是君一人之耻？亦是堕了我大宋国威，祖上宗族亦要蒙羞！刘某来此之前，便听说自古代地多慷慨之士，诸君能让契丹胡虏笑我大宋无人吗？"

这些军士见刘忱不过一介书生，却如此慷慨激越，胸中无不热血沸腾。一个士兵忍不住高声回道："刘少卿放心，代州军队也没有孬种！绝不敢有堕国威！"

其余众人也紧跟着高声答道："绝不敢有堕国威！"

刘忱满意地看着众人，高声道："果然都是好男儿！待见到辽人，不论文武，若有胆怯畏惧者，回代州之后，某必以军法处置！若不辱使命，某亦将给诸位请功！"说完勒转马头，厉声喝道："列队前进！"

也不过几瞬的工夫，辽人便已到面前，刘忱定睛望去，领头的人却是萧禧。萧禧见着刘忱，远远便哈哈笑道："刘少卿，一路辛苦！"

刘忱便在马上回了一礼，道："有劳贵使远迎。"

萧禧看了一眼刘忱身后，见随从军士都精神抖擞，士气高昂，不由得对刘忱又高看了几分。又看他身旁，见吕大忠不在，当下故作惊讶地问道："吕使君如何没来？"

"吕使君乃代州知州，守土有责，不可轻出辖区。本使是大宋皇帝钦命的谈判使者，出国会议，本使一人持节便可。若在代州境内，则由吕使君会同谈判。"刘忱不亢不卑地答道。

萧禧已知此人词锋甚健，再说下去自己也讨不了好，只怕还会自取其辱，便哈哈一笑，不再纠缠此事，引了刘忱向北而行。

然而没走多久，萧禧便按捺不住，自矜地看了身边的精骑一眼，又问道："刘少卿见我大辽的军容如何？"

刘忱笑道："契丹骑兵，天下闻名，然亦不过与我代州之军相差仿佛。若较之诸班直、上四军，只怕要大辽皇帝的御帐亲军方得比拟。至于震天雷、霹雳投弹之神威，则是古今所无，只恐贵国无器可比。"

萧禧也曾听说过震天雷、霹雳投弹之名，这两种武器若真论威力，倒也不至于能左右胜败，只是当时之人，却不免要骇于物听，为传闻所误。加上河州之围，瞎木征在震天雷、霹雳投弹之下大吃苦头，更被人传得神乎其神。吕惠卿正是以此为借口，给陈元凤述功。萧禧因只是闻名，不知虚实，却不愿堕了自家威风，只好强梁着说道："似震天雷、霹雳投弹之类，只怕多有夸大。"

刘忱微微一笑，道："贵使哪日出使汴京，问问瞎木征便知虚实。"

萧禧被他说得脸上一红，连忙纵声大笑，掩饰自己的窘状："刘少卿词锋之利，真是不亚苏秦。在下以前只听说南朝石子明、司马君实、苏子瞻的大名，不料刘少卿之才，似不在此三位之下。"

刘忱哈哈大笑不止，却不作答。

萧禧明知若是相问可能会被他讥笑，却又忍不住好奇，脱口问道："刘少卿为何发笑？"

刘忱摇头笑道："某笑贵使不知我大宋之能人贤士。似石子明、司马君实、苏子瞻，那是天纵之才，刘某岂能望其项背？石、马、苏之辈，在大宋也就只有三人而已，若以刘某之才，大宋以车载，以斗量，不可胜数。”

萧禧心知他故作夸大之语，不由得嘲笑道：“石子明、司马君实、苏子瞻，确是天纵之才，不过一在杭州、一在洛阳、一在岳州，却不知大宋朝廷为何如此处置天纵之才？若是三人在大辽，必然官居二府。”

刘忱脸上微红，嘴上却毫不示弱：“古来贤君用人，必先试之州郡，再劳之部寺，进退以观其志，三人各居州郡，又何足为怪？”

萧禧明明占理，却被他说得哑口无言，心里也不得不佩服。二人便这么一路唇枪舌剑，边谈边行，没多久，登上一道小坡后，萧禧执鞭指着前方，笑道：“大营便在那里了。”

刘忱闻言，连忙眺目远望，这一看，不禁大吃一惊。只见眼前契丹的营帐，竟是连营数里，旌旗密布。他曾与吕大忠商议，以为辽国十万大军之说，不过是虚张声势，但眼前此景，单在马邑，便至少有五六万的大军。

他脸上依旧素然自若，与萧禧一路谈笑，心里却暗暗思忖：“辽人如此劳师动众，怎么可能是为了争这数百万贯的钱财，数百里的疆域？难道他们竟另有所谋？吕大忠道细作全然不知辽人十万大军在何处，却又为何突然出现数万之众于距雁门寨不过百十里的马邑边境？”他左思右想，却总是不得要领，只觉种种不合情理之处令人生疑。自古以来，都是知己知彼，百战不殆。谈判之先，能多知道对方一些底细，至关重要。此时突然见到这连营数里的大军，刘忱不得不三思。

但辽人却不肯给他细细思考的时间。萧禧不断和他东拉西扯，大营越走越近，没多久，数百号角齐鸣，声彻原野。只见营门大开，两列甲士荷戈而出，森严立于营门两侧，萧素一身戎装，率领帐下之官员，迎至营门。刘忱只得收回思绪，翻身下马，整整衣冠，迎上前去。

萧素如逢故交般地将刘忱等人迎入帐内，分宾主坐下。刘忱打量辽国众人，却还是萧素为首，那个银铠青年为次，其次方是萧佑丹与萧禧等人，心里不禁暗暗称奇。他与吕大忠猜测了许久，一直没有弄清楚那个青年的身份。

简单的寒暄过后，萧素突然便收起一直挂在脸上的笑容，劈头道：“贵使奉大宋皇帝之命前来，想是已答应敝国的要求了。却不知何时交接银钱，何时划定边界？”

刘忱愣了一下，随即知道这是萧素先声夺人之计，当下微微一笑，缓缓说道：“某奉大宋皇帝之命而来，乃是不忍两国七十年之邦谊毁于一旦。凡北朝先前一切指责，皆属无中生有，索赔银钱之事，尤为无理！愿北朝皇帝陛下毋受兴事之臣所弊，听信谗言，启无穷之祸。”

萧素登时把脸一沉，寒声道：“南朝在边境修缮城寨，侵占我疆地，还说什么两国七十年邦谊？我主本欲兴兵讨伐，念及先帝之盟，又以为南朝皇帝会念在两国交好，停止挑衅之举，才遣使交涉，不料贵使之意，竟是全不认账！既是如此，又有甚好说的！”说罢，作势便要翻脸。

刘忱却毫无惧意，从容道：“枢副不必动怒，大宋若不重视两国邦谊，何必遣某前来？只是北朝所求，绝无道理。北朝说大宋修缮城寨便是挑衅，天下实无此理。各国修缮城寨，以备盗贼，不过平常之事，百年以来，宋辽两国都未曾间断。以北朝所言之事，雄州外罗城已修了十三年，昔日既无一言及之，今日如何便成挑衅？北朝既然不欲，吾主念及邦谊，已下诏停止修筑，白沟馆驿之箭楼城堡，亦已拆毁，屯兵亦已撤回。北朝何至咄咄逼人？”

萧素一时语塞，不好再说此事，只厉声问道：“那贵国侵入我大辽疆界，又要如何说？”

刘忱冷笑道：“宋辽两国，向来以古长城为界，如何说侵入大辽疆界？大宋未曾占北朝一寸之地。”

萧素却是知疆土之事最可以混赖不清，当下道：“公莫要混赖，辽宋之界，一向以各山分水岭土垄为界，未曾听说以古长城为界。若以古长城为界，我武州岂不归南朝所有了？”

刘忱看了萧素一眼，回头对随从道：“取地图来！”左右连忙取出地图打开，刘忱指着代地边界，对萧素道：“枢副请看，此乃仁宗之时的地图，当时两国疆界如此。”

萧素哂然一笑，看都不看一眼，也喝道：“取地图！”

不多时辽人也摊开一幅地图，萧素道：“刘公请看，此乃本朝十年前地图，当时两国疆界如此！”

刘忱凑上前一看，辽人竟是在地图上将代州与朔州交界的西部边境，前推到了黄嵬山，与旧地相距数百里！这黄嵬山正当要冲，在代州境内西边一条官道附近，可以据此俯视阳武寨和楼板寨，直接威胁宋朝之原平乃至忻州。辽人之居心实不可言。

刘忱见这地图纸张甚新，显然是新作，自是辽人故意混赖。他本欲断然拒绝，可转念一想到这数里连营，却只得强自忍耐，道：“这图只怕不是十年前之物。但既是疆界有争议，倒不难解决，枢副只消遣一胥吏来代州，会同代州守吏一同勘察疆界，便知是非。”

萧素见刘忱语气放缓，得势更不饶人，道：“如此可是缓兵之计吗？我大辽十万大军，每日空耗粮饷，哪里经得起慢慢勘界？”

刘忱正要说话，却见身后一个士兵动了动嘴唇，欲言又止。他心上一动，走到那个士兵跟前，问道：“你可是有什么要说的吗？”

那士兵上前一步，躬身答道：“少卿，小人是代州土著，代州北部诸山，多数有分水岭而无土垄，黄嵬山更是没有土垄的。”

这士兵声音虽然不大，却也是满帐皆可听见。萧素等人只顾漫天要价，想当然地以为凡山皆有土垄，却不料黄嵬山偏偏没有，这时被人揭破，好不尴尬。好在萧素颇有急智，他不待刘忱说话，便抢先说道：“咳！我方才一时口误，黄嵬山的确没有土垄，而是以分水岭为界。”

刘忱岂能相让：“只怕黄嵬山本不是北朝土地，历来分界，毕竟是古长城为准，若不然，为何又怕勘界？”

萧素恼羞成怒，拍案高声道：“足下一步不让，竟是为何？勘界亦是分水岭为界，不勘界亦是分水岭为界！”

刘忱昂然冷笑：“有理不在声高，足下又岂能指黑为白？”

双方谈到此处，皆不愿意相让，眼见就要谈不下去了。

雁门山以南，西径寨。

夕阳西斜，似火烧的云霞挂在雁门山的那一头，吕大忠不安地在寨中走来走去，探马报告马邑一夜之间出现数里连营之后，吕大忠已经下令代州各寨加强戒备。西径寨中更是如临大敌，士兵们手中的弩，都已装满了箭矢，全神贯注地盯着北方。这里扼住了雁门山通往代州的大道，如若有警，必然是西径寨最先燃起烽火。

“那数万大军，究竟是从哪里冒出来的？究竟是疑兵之计，还是实有这支军队存在？”这个问题不断地折磨着吕大忠。刘忱去了一天了，还没有回来。虽然吕大忠相信不会有太大的意外，但肩负守土之责，却不能不防万一。

“再派一拨人马去五十里外接应刘少卿！”吕大忠向西径寨寨主吩咐道。

“末将即刻派人前往。”

话音刚落，瞭望的士兵便大声呼喊起来：“刘少卿回来了！刘少卿回来了！”

吕大忠快步登上瞭望台，远远望见果然是刘忱一行人。他忙不迭地吩咐道：“快，开寨门，迎接刘少卿！”

宋辽在马邑的第一次谈判没有取得任何成果，双方不欢而散，只好约定择日再谈。但为此感到困扰的，却绝不仅仅是刘忱和吕大忠。

当晚，马邑城。

萧素对银铠青年恭敬地说道：“殿下，这个刘忱实在难缠。”

他口中的“殿下”便是太子耶律濬，便听耶律濬笑道：“此人胜在颇有胆气。这本是父皇投石问路之策，试一试南朝皇帝究竟是何等人物，所得多少，倒不必在意。”

萧素却心知并非如此简单。朝中耶律乙辛原本是希望借机挑起战端，以便他进一步掌握兵权的，不过辽主耶律洪基却否定了轻率用兵的建议，定了一个投石问路之计。这个计策虽然未必是太子耶律濬献的，但多半与耶律濬身后的萧佑丹有关。

萧禧却不知道这中间种种的钩心斗角，只笑道："可惜了布的那个疑阵，数里空帐，佑丹兄的妙策却没有吓倒刘忱。"

萧素笑道："那倒未必无效，南朝一向畏惧我朝，便明知是疑兵之计，心里却总怕是真的。有了这番做作，刘忱虽然强梁，别人未必能如他强梁。"

萧佑丹背着双手，心里苦笑。这投石问路之策，无非是虚张声势，大声恐吓，趁火打劫捞些好处，又可看看南朝君臣有何等的胆色器局，最主要的则是防止耶律乙辛借机加深他对军队的控制，称得上是一石数鸟之策。以萧佑丹对宋廷的了解，他也知道好戏才刚刚敲锣，但不知道为何，他心里总有隐隐的担忧，却又不能明确知道自己在担忧着什么……

与此同时，汴京皇城。

当赵顼看到韩琦的儿子、户部判官韩忠彦一身孝衣走到自己面前之后，终于不得不接受魏国公、侍中韩琦已经死了的事实。国失社稷臣啊！仿佛一根顶梁的柱子就这么轰然倒掉了。赵顼在这个时候，才真正感觉到韩琦对于宋朝是何等重要。他心里回顾着韩琦的一生，仁宗朝抵御西夏，主持庆历新政，力保先帝承嗣；先帝英宗朝时，更是忠心耿耿，不惜得罪曹太后，强迫曹太后归政；虽然在自己继位后，他反对新法，自己不得不加以贬斥，但韩琦对大宋朝，对赵家社稷，对濮王一系，都是有大功劳的。

尤其在大宋朝遇到危机之时，如韩琦这样才能与忠诚都无可挑剔的老臣，便是他赵顼可以信赖的对象。太皇太后还说让他咨询韩琦，但诏书尚在路上，斯人却已西归。赵顼极为伤感，既是为韩琦，也是为了他自己，为了他苦苦支撑却依然孱弱的大宋朝。

韩忠彦低泣着递上韩琦的遗表，道："先父临终之前，知道北面胡虏挑衅，陛下或会下问，留下遗表令臣代呈，盼能于国事有所裨益。先父遗言：不能再为陛下分忧，有负陛下之恩，请陛下善自珍重。"

赵顼戚然动容，接过韩琦的遗表，恸声道："韩琦三朝老臣，他的死是朝廷失一梁柱，社稷失一忠臣，朕失一肱股！"

"陛下！"韩忠彦又是悲痛，又是感动，竟已是泣不成声。

赵顼默然提笔，沉吟了一会儿，写下"两朝顾命定策元勋之碑"，十字篆文，令人赐给韩忠彦，沉声道："国难思良臣，唯韩琦当得起这十个字。"又对侍立一旁的韩绛、吕惠卿等人道："追赠故司徒兼侍中、太师、魏国公韩琦尚书令，配享英宗皇帝庙，发丧之日，朝廷为之辍朝一日，以示哀悼！韩琦的丧典、谥号，交有司详议，要备及哀荣。”

韩、吕诸人连忙躬身道：“遵旨。”韩忠彦更是哭泣着拜倒在地，呼道：“谢主隆恩！”

待韩忠彦退下之后，赵顼这才翻开韩琦的遗表，细细览读。韩绛在一边窥见皇帝脸色，却是眉毛时皱时缓，脸色似喜似忧，也不知道韩琦在表中说了什么。差不多一炷香的时间，赵顼才放下韩琦的遗表，顾视众人，道：“故韩侍中在遗表中说，北虏不足为虑，朝廷只需不亢不卑，既不示弱，也不逞强，从容以对。又荐石越、司马光、范纯仁等数人。辽人素重司马光之名，遣之使辽，必能不辱使命；又荐范纯仁志虑忠纯，可为御史中丞、知制诰；石越稍加磨砺，可为……”赵顼说到这里，想起韩琦在表中是说石越“可为宰相之备”，这时说出来却多有不妥，忙改口道：“……可当大任！”

赵顼从容说来，韩绛倒还无事，吕惠卿的脸色却顿时微微变了一下。韩琦的遗表，分明是要把旧党与石越结成更紧密的同盟。司马光如若出使辽国，解决了当前的边界纠纷，那么以他的名声，皇帝再把他召入朝中，委以重任，就是顺理成章的事。而石越到目前为止，仕途之上几乎是一帆风顺。在新法遭受重大挫折之际，这两人若同时入朝，皇帝会不会因此变心，那真的难说了。更何况司马光与他是冰炭不相容。一念及此，吕惠卿立即出列，委婉道：“陛下，臣以为方今刘忱、吕大忠正与辽人会议，临阵换将，实是兵家大忌，请陛下三思。”

他话音方落，便见吴充已出列道：“陛下，臣闻‘人之将死，其言也善’。故韩侍中遗表所言，愿陛下听之信之。司马光便不为使者，亦不可闲置西京。”

吕惠卿正要驳斥，却见蔡确已出列，亢声道：“陛下若欲变法，召回司马光亦不会受命。况未闻司马光有通晓北事之名，朝廷何至于无人？”吕惠卿正奇怪蔡确为何替自己抢着出头做这招人忌恨之事，却听蔡确又道：“至于石越，素为朝野称誉。陛下使居州郡，是试其之能，察其之志，而今一届之期未满，便召回京师，恐遭物议，臣以为亦非石越之福。陛下何妨一纸诏书，问他对策？若有良策，再召未迟。”

众人都吃了一惊。蔡确一向和石越不对眼，忽然委婉同意召回石越，其心思实让人捉摸不透。唯有吕惠卿知道他的想法，世上没有永远的朋友，也没有永远的敌人，蔡确这是欲借石越来抗衡自己。

冯京却知机会难得，也出列附和道：“石越之能，为陛下所深知。愿陛下三思。”

韩绛低着头，张嘴欲言，却终未说话，王珪也默默不语。吴充从眼角瞅见二人神态，知道韩绛是顾念王安石的面子，他与吕惠卿同是新党，吕惠卿入政事堂不久，二人还没有大的矛盾，因此不愿意表态；王珪却是明哲保身，不愿意卷入吕、石两个新贵的冲突之中。他心里颇为不屑，正要发表自己的意见，赵顼却已先开口了：“前者石越于救灾诸事上，颇有功绩，有功不可不赏。朕意先加石越龙图阁直学士，超转左谏议大夫，晋爵开国子[1]，食邑五百户，实封一百二十户，再遣一使者，咨以北事。众卿以为如何？”

赵顼这番话淡淡说出，许多人的眼睛都红了。按宋代之制，龙图、天章、宝文三阁，龙图最居前，由宝文阁改龙图阁已是恩宠；而石越本是礼部郎中，礼部郎中待制以上职当转右谏议大夫，而右谏议大夫中资历浅者，再转左谏议大夫。石越的所有官秩，几乎是数级数级地跳，但是他既有这样大的功绩，杭州考绩又皆在优等，兼之还有圣眷，谁又能阻挡？蔡确若在平日，或还会加以阻挠，但是此时却不欲与石越为敌，因此竟缄口不言。吕惠卿心里虽然不乐，但是此时情势，他也不愿与石越结下深怨。

反倒是吴充道：“臣以为石越晋升太速，于国于身，皆非幸事。”

“国家名器，朕亦爱惜。但若是有功之臣，朕又何惜爵赏？赏功罚过，要在公正。有功而强抑之，何以激励后进？于国家朝廷，所得者少，所失者大……”赵顼的辩护冠冕堂皇，但他的臣子们却早已心不在此。皇帝突然找借口给石越加官晋爵，究竟是什么意思？左谏议大夫是四品官，按惯例，参知政事的本官最低一般是右谏议大夫，也就是说，经过皇帝这道看似不经意的任命，石越担任参政，在资历上已经不存在任何障碍了，这真是偶然吗？

西京洛阳。

韩国公富弼的府邸，是洛阳人人皆知的所在。在富府的后花园，有凌霄花攀延所成的大树，亭亭玉立，纵在大街上都可望见。这棵大树也成为富府身份地位的象征。但富弼在洛阳，有的绝不仅仅只是尊重与荣华。从潘照临留意的消息而知，河南府知府李中师与富弼有着极深的宿怨。当年富弼在皇帝面前揭穿李中师结交宦官，导致李中师一直无法升迁。不料怨家聚首，富弼致仕定居洛阳，李中师再次为河南府知府，趁着王安石变法的机会，要报那一箭之仇。免役法颁行后，他便要求富府与普通官户一样按例份缴纳免役钱。无论是李中师还是富弼，都不会把这点钱放在眼里，富弼每年资助《西京评论》的钱，是这笔钱的百倍不止，可要紧的是面子难堪。偏偏富弼还不可能为这等小事向皇帝诉苦。堂堂的韩国公，真是憋了一肚子的恶气。潘照临时常带着恶意地猜想，富弼如此激烈地反对免役法，也许不过是想为自己挣回这个面

[1]　爵名，晋代始置。

子而已。

一面想着这些有关富弼的故事轶闻，一面牵着马穿过洛阳的大街，感受着这座与汴京完全不同的城市。“卖报！卖报！韩侍中病逝，谥号忠献，备极哀荣……石学士救灾、治杭有功，加官晋爵……最新的《西京评论》……”一个男子背着个大竹篓，放满了报纸，沿街叫卖。

潘照临数日来都在马上度过，忙叫他过来，要了一份《西京评论》，又道：“《新义报》和《汴京新闻》我也各要一份。”

卖报的竟是愣了一下，半晌才笑道：“这位官人，俺这里是西京，官人要买《嵩阳学刊》，小的这里倒是有几本，《新义报》和《汴京新闻》不去驿馆事先订购，却是没的卖。”

潘照临不由怔住了，洛阳与汴京相距并不远，不料《西京评论》在汴京可以沿街叫卖，而《汴京新闻》在洛阳却是这般光景。他无奈地笑了笑，打开手中的报纸，当街浏览起来。只见整整一期报纸，有一半是在追悼韩琦。由《新义报》转载来的韩琦遗表节略，更是在极显著的位置。潘照临匆忙读过，见韩琦推荐司马光、范纯仁、石越三人，不禁心中暗喜，笑道：“天助我也！”又找到石越加官晋爵的报道，一眼扫过，微一沉吟，不由大喜，心道：“此事已成了五分。”本是疲惫已极的人，精神一振，脚步都变得轻快起来。

不多时便到了富府之前。富弼府宅之大，让潘照临都不觉慨叹——整整一条街道，便只住了富弼一户人家。粉壁朱墙，高高耸立，大门之前，门戟森严，共有八个家丁穿着一色衣服，守在门口。见潘照临牵马过来，一个看门的家丁立时喝令一个小厮去给潘照临牵马，自己整整帽子，迎了上来。

“久闻富弼善治产业，有良田数千顷，看来所言不虚。”潘照临暗暗思忖，一面递过自己的名帖，对家丁道：“在下真定潘照临，奉龙图阁直学士、杭州知州石公之命，求见韩国公，烦劳通报。”

那家丁听到“龙图阁直学士”几个字，不敢怠慢，只欠身回道：“这位潘先生来得不巧了。我家相公抱恙在身，不便见客。相公早有吩咐，凡来的官人，皆要小的说明原委，得罪之处，还乞恕罪则个。”却不敢去接名帖。

潘照临早知富弼致仕后罕见外客，未必便会接见自己。这时连忙取了一小锭碎银，悄悄塞进家丁手中，笑道：“原是不当打扰，但念我远道而来，还要劳烦通报一声。韩国公断不至于见怪的，若是韩国公果真不愿见了，我亦不敢打扰……”

当时通用铜钱，银价甚贵。那家丁接过银子，不由喜笑颜开，这才接过名帖，笑道：“但我家相公见与不见，我却是做不得主的……”

潘照临笑道：“只要劳烦通报一声，便感激不尽了。”

那家丁听他这么说，方欠身笑道："如此请潘先生稍候。"说罢从偏门急急进去通报。

潘照临便在门前静候，不多时，便见那家丁一路小跑出来，对潘照临笑道："先生请，我家相公有请。"一面又打量潘照临，咋舌笑道，"先生定不是常人，我家相公素不见客的，今日竟是为先生例外了。"

潘照临方才松了口气。他知道这个家人并非虚言，富弼交接宾客，无论贵贱，一律一视同仁。致仕以后精力不济，不能尽数接待宾客，又不愿厚此薄彼，竟是干脆闭门谢客。自己这次来，若非赶在一个极为敏感的时刻，只怕也只能吃闭门羹。他随着家人从偏门进去，豪门大宅，不比寻常，走了百余步，方到中门。一个三十来岁的中年人在中门相候，见潘照临过来，抱拳彬彬有礼地说道："绍庭久仰潘先生之名，不料今日有幸得见。家父腿脚不便，不能出迎，还望见谅则个。"

潘照临已知他是富弼之子富绍庭，连忙还礼，道："不敢，有劳德先兄。"

富绍庭又客套了几句，便将潘照临引至后院内室。方进了厅门，潘照临便闻到一股浓烈的檀香味，富弼须发皆白，一身道袍，坐在主位，见潘照临进门，勉强站起身来迎接。

潘照临连忙拜倒参见："晚生潘照临，拜见司空[1]。"富弼是仁宗朝的名臣，三朝辅臣。年轻之时才量俱佳，他的许多举措，一出台就成为宋廷的典范。虽与王安石政见不合，但致仕退居洛阳之后，赵顼也经常遣使者问起居，有时还会召往京师相见；而富家更是《西京评论》的最大后台，对大宋的政局依然保持着巨大的影响力。潘照临心高气傲，但对富弼却是十分服气。

富弼微微抬手，笑道："不必多礼，早就听说过潘潜光的大名，后生可畏，后生可畏。"

潘照临笑着起身落座，又问富弼起居。富弼叹道："韩稚圭[2]已经去了，接下来，轮也当轮到老夫了。"

潘照临笑道："朝廷正当多事之秋，司空是天子素所敬重的重臣，当为朝廷保重身体。"一面说一面打量四周，室内最显眼的，便是一幅旌旗鹤雁降庭图。他心里不由微微一笑，这幅图是说富弼出生之日，其母梦见旌旗鹤雁降到自家庭院之中，其后富弼果然贵达。

富弼老眼迷蒙，笑道："不在其位，不谋其政。老夫自归故里，也就天天念佛诵经，或炼丹求仙而已，朝廷之事，哪里是老夫应当管的。"

[1]　宋代三公之一，无职掌，不预政事，仅示优宠。

[2]　韩琦，字稚圭。

“果然是老狐狸。”潘照临心道，口里却笑道：“司空过谦了，便是司空有南山之志，皇上、朝廷毕竟是不许的。”

“朝中有韩绛、吕惠卿、蔡确，又有石子明这等奇才，哪里还用得着老夫。老夫老矣，只愿悠游林下，不问世事。”富弼笑眯眯地说道。他知潘照临前来，必是石越有求于己，他便耐心等着对方先开口。

潘照临望着富弼，半晌，忽笑道：“我家学士论及本朝人物，以为故韩侍中、司空皆为本朝第一流人物，但却都还不及范文正公，嗟夫！予尝求古仁人之心，或异二者之为。何哉？不以物喜，不以己悲。居庙堂之高，则忧其民；处江湖之远，则忧其君。是进亦忧，退亦忧。然则何时而乐耶？其必曰：先天下之忧而忧，后天下之乐而乐……”

范仲淹《岳阳楼记》中的这一段话，道出了当时多少士大夫的抱负。而范仲淹于富弼，更是有过知遇之恩、同志之义的。当年范仲淹便曾亲笔誊写《岳阳楼记》一篇，勉励富弼。此时潘照临慷慨吟来，富弼隐藏于心中至老不死的理想抱负，那些历经宦海生涯而不得不深埋于内心深处的书生意气，都不由得翻腾起来。他回想自己的一生，因范仲淹之推荐而试茂材科及第入仕，而后昭雪刘平之冤，以一书生游说辽主却十万雄兵，与范仲淹共同推行庆历新政……

“唉！当年之事……范文正公的确是本朝人物第一。”富弼几乎微不可闻地叹了口气，却被敏锐的潘照临捕捉到了。他凝视富弼，正色责怪道：“范文正公以天下之己任，故进亦忧，退亦忧。司空岂得以不在其位、不谋其政而推卸肩上之责任？学生随石学士游，常听学士言：天下兴亡，匹夫有责！况司空三朝元辅，为天下士大夫所寄望者？”说罢，顿了顿，又慨声道，“司空当年以一书生游说北朝狼主，却十万雄兵；与文正公辅佐昭陵[1]，推行新政，慨然欲澄清天下……‘富韩’，‘富韩’，侍中临死尚不忘国事，遗表无一言及于私。司空如此，却是富不及韩矣。”

富弼久经宦海，人老成精，早已看出潘照临是在用激将之法。他眯着眼睛，叹道：“人老万事空，什么雄心壮志，数十年岁月，都足以消磨得一点踪迹也不见。争强斗胜的心，也早没有了。烦潘先生转告石学士，好好辅佐圣主，江山社稷，毕竟要靠年轻人。”

他倚老卖老，打了个太极，竟是滴水不进。潘照临不由得在心里叹了口气，知道富弼非言语所能动者。但他绝不相信富弼是死心塌地地不问世事。他资助《西京评论》，接见自己，还有那旌旗鹤雁降庭图，这些都证明富弼的心还热着呢。他心中一转念，既不能动之情，便只得诱之以利。当下心一横，开门见山地说道：“司空虽如

[1] 指宋仁宗，其陵名为永昭陵。

此说，但姜毕竟是老的辣。如今便有一桩大事，非得请教司空不可。”

富弼知道潘照临终于忍不住了，捋须笑道：“潘先生言重了。”

潘照临道：“司空可知辽人提兵十万于边境，要求割地赠款？”

“略有耳闻。”

“昭陵时，司空主持北事，深知契丹虚实。恕晚生冒昧，敢问司空，而今朝中有何人可当北事？”对于辽国，的确是“富”胜于“韩”，只不过富弼反对新法，却让他很难成为皇帝心目中真正值得信赖的对象。

“朝中可当北事者……”富弼微微摇头。

“今日北边之事其实不及庆历时严重。庆历时，辽主屯兵边境，索取关南，当时又有元昊为祸，朝廷汹汹不知所为。司空以一书生，主动请缨出使北朝，辞折辽主……学生遥想当年之事，心折不已。便我家公子也以为，若能请司空复出……”潘照临毫不吝惜地加高帽子。

“一个七老八十的人复出，岂不让辽人笑我大宋无人？”富弼摇头，“辽国所谓十万之兵，依老夫看来，多半是虚张声势。辽主虽昏庸，却非无能之辈，彼亦自知并无实力与我大宋进行举国之战。契丹一向自许大国，节制着众多属国部落，若蛮不讲理地开战，会失信于天下，所得不足以偿所失。况契丹内部，岂能没有矛盾？当年契丹要的是关南之地，要的是增加岁币，而今却不过争边境之地，赔款数百万贯，更可见他们底气不足。只要朝廷稳住阵脚，一面暗加戒备，一面遣一硬气能言的使者向辽主说以利害，最多给一二十万贯钱，为辽主留点面子，便可解决。”

“可侍中遗表却是说……”

富弼摆摆手，道：“韩稚圭还是存了一个怕的念头。对契丹人，不能怕。他们也害怕和我们打仗。一要讲理，以礼义折服之，契丹非不讲礼义的胡狄可比；一要气壮，气壮则人不敢欺。若非朝廷元气大伤，无力北伐，否则竟是可寸步不让。”

“朝廷今以刘忱、吕大忠为使，司空以为如何？”

富弼说了这么久的话，气力已有点儿不继。富绍庭忙递过一碗参汤，富弼轻轻啜了一口，笑道：“这高丽参还是你家石学士托人千里迢迢从杭州送来的，可生受了。”其实当时并无吃参的习惯，便连以人参为补，也是石越告诉富弼的。“刘忱、吕大忠，若两府胆小怕事，使者又有何用？”富弼一针见血地说道。

“执政如此，使者再佳，亦是白费力气。”潘照临附和道，又试探道，“侍中荐司马君实为使，司空以为？”

富弼的眼睛眯成一条线，他自然知道，潘照临名义上是问司马光，实际上却是在问石越。

“韩稚圭举荐的人，自然是不错的。”富弼模棱两可地答道。

潘照临微微一笑，道："学生也觉得侍中为国远谋，不可谓不深远。不过司马君实在朝中得罪的小人太多，只怕终难如愿。我家公子常说，范家三杰，皆是朝廷栋梁，只是范尧夫持身清高，皇上亦不能屈其志，可惜了。"说完，意味深长地望了富弼一眼。富范两家交情非比寻常，范仲淹四子，长子最佳，可惜早死，其余三子，各有才具，以范纯仁最为出名。

富弼是何等人物，闻弦歌而知雅意，潘照临是石越府中的重要人物，他刚刚看到皇帝对石越加官晋爵的报道，潘照临就来求见，虽然言语谨慎，但是绕了无数个弯之后的本意，富弼又岂能不知？石越是韩琦名义上的女婿，虽然石韩关系并不是十分紧密，但怎么说也要略胜于旁人，外人更不可能知道内中虚实。富弼再精明，也想当然把韩琦上表推荐石越这些事情都联系起来了——石子明这是要向庆历老臣示好！

"范家三子，皆有乃父之风，老夫并不替他们担心。似老夫到了这把年纪，深受国恩，若说还有担心的，便是盼皇上不要受奸人所骗，乱了国事。"

富弼开始还说"不在其位，不谋其政"，一下子又变成了担忧皇帝为奸人所骗了。潘照临笑道："我家学士也常说，当今是大有为之主。凡有雄才大略的君主，若只知谏止，这也不成，那也不行，反为不美。君子不能见容，小人自然乘虚而入，国事就这样坏了。似比干死谏自是忠臣，但进谏应有许多种，死谏直谏之外，还当有智谏。如今的朝局，不变法已是不可能之事，但是这个法，如何变，由谁来主持变，变的是什么，不变的又是什么，却是大有文章之事。国事的兴废，便全在其中了。"

富绍庭听到这番话，不禁插嘴赞道："这却是高论！"

富弼瞪了他一眼，笑道："石子明之志，果然了不起。"

"司空过奖了。我家学士还说，司空平生所虑之事，其实也可以解决，且正在解决。"

富弼诧道："老夫有何平生所虑之事？"

"我家学士说，司空平生所虑者，是人君权力太大，唯有用天命才可以制约。但有些人却鼓惑圣主不惧天命，司空最担心将来人主为所欲为，无所约束，害了国事。所以《西京评论》常常说天命，并非无因。"

富弼真正吃了一惊，这的确是富弼最重要的政治主张之一——以强调天命来制约皇权。虽然他在奏疏中常常直言不讳，却一向没有引起别人的重视，想不到被石越注意到了。"石子明倒是老夫的知己。"富弼忍不住叹道，"不知又有何良方可以解决？"

"清议、报纸、礼制、法律。"潘照临吐出四个词。

"这些有用？"富弼怀疑地问道。他的政治智慧让他敏感地注意到了报纸的作用，于是断然出资创办《西京评论》，但是说要用来制约皇权，却从来没有想过。

“天命虚无缥缈，难为人主相信。清议与报纸，代表的是民意，明君要尊重民意是天经地义的；而礼制与法律，代表的是习惯、经验，与圣哲的主张，也应当为明君所尊重。若能让国家形成一种习惯，无论是皇帝或者宰相，都尊重民意、习惯、经验与圣哲，岂非远胜于天命？”潘照临说这些的时候，感觉自己像桑充国。

但富弼却不是那些容易接受新主张的学生，他不置可否地一笑，道：“老夫宁可希望皇帝畏惧天命。不过石子明能想到这些，那他便不是一个一味逢迎人主的人。潘先生请回去替老夫问候石学士，便说老夫对本朝贤士的看法，与韩稚圭完全相同。”

代州边境的谈判经过几次拉锯之后，陷入僵局。

耶律濬的金帐中生着一盆巨大的炭火。耶律濬一身戎装，与萧佑丹、萧素、萧禧等人围坐火边，商议对策。这些天来，虽然谈判没有取得进展，但耶律濬却颇有收获。他对人和蔼，体恤士民，朔州守军将士对这位太子都非常爱戴，甚至连萧素，对他的好感也与日俱增。若他一直身处耶律洪基身边，或者在孤立无援的朝廷上，是绝对得不到这些人心的。

“刘忱一直不肯让步，诸公以为应当如何是好？再拖下去，这虚张声势的疑兵之计，就要被揭穿了。”耶律濬望着萧佑丹与萧素，问道。

“殿下说的是，十万人马空耗粮饷却无所作为，宋人也不是傻子。”萧禧笑道。

萧素道：“但也不能真的杀过去，刘忱风骨这么硬，实是棘手。”

“与南朝开战，是两败俱伤之局，只能让夏国得利，万万不可。前几日有公文，道效忠朝廷的生女直部节度使阿库纳重病，万一死掉，而朝廷又与南朝开战，好不容易镇压下来的生女直，只怕又要有反复。其他各部落也是蠢蠢欲动，反叛此起彼伏，这几年都没有停过。而且……”萧佑丹这么顿了一顿，众人都知道他想说当权的魏王耶律乙辛，不过此时却不能明言。萧佑丹又道：“南朝王安石方罢，又经大灾，刘忱不过书生意气，不肯相让，但其两府中，首相韩绛是最胆小的，枢密使吴充亦无过人之才，吕惠卿、冯京、王珪据说颇有矛盾。既然主上本意是投石问路，问的也是南朝皇帝和他两府大臣的路，不若我等干脆避开这个刘忱，借口谈判僵持不下，派使者入汴京，试试南朝皇帝的胆色器局。”

萧素听他说完，赞道：“好计！我也让三千兵马盛布旗帜，每日东出西入，西出东入，在马邑大布疑兵之计，让南朝更摸不清虚实。”

耶律濬也笑道：“既是十万大军久驻边关，要价太低，未免让人小瞧。让使者见机行事，再增加岁币十万贯、绢十万匹！”

“殿下英明！”萧佑丹赞许地看了耶律濬一眼。这段日子以来，耶律濬处事的才干明显有所增长，决断事务也更加果断。更可贵的是，太子以前虽然勇武，但是处事却颇有书生的温文，而现今却多了几分武人的豪气。

“那……派谁去汴京呢？”萧素笑问。

萧禧对耶律濬笑道：“殿下，这个差使便给我吧。”

“好！”耶律濬点点，拿来一皮袋酒来，递给萧禧，道，“便以此酒为君饯行！”

萧禧接过酒来，喝了一大口，还给耶律濬，耶律濬也喝了一大口，二人相视，哈哈大笑。

刘忱与吕大忠坐在马车上，相视无言。久议不决之下，辽人突然要求进京觐见皇帝，刘忱只好急报朝廷。朝廷立时答应了，且让他与吕大忠一同回京。吕大忠本想在代州监视辽人，但接到诏命，也只好安排防务，与刘忱一同返京。二人想着各自的心事，刘忱抗诏谈判，早将荣辱置之度外，但想到有可能前功尽弃，心里也不禁颇为沮丧。吕大忠却是担心着代州的防务。

耶律濬派来的使者是萧佑丹与萧禧，名义上萧禧为正，萧佑丹为副。此时，萧佑丹也在想着自己的心事……

那天晚上众人散去之后，萧素留下耶律濬和萧佑丹，跪在耶律濬面前，以刀刺臂，发誓效忠。萧佑丹知道，萧素是在赌博，他把自己的前程压在了耶律濬能战胜魏王耶律乙辛，顺利登基之上。只要耶律濬顺利登上大辽皇帝的宝座，他萧素的前程也不可限量，但若失败，必是族诛之罪。这个选择，辽国的重臣们都要做，迟早要做。在这个时候，能够有萧素这样的重臣投入自己的旗下，可以说是耶律濬的一大胜利。考虑到耶律乙辛绝无可能在这个时候生变，为了显示对萧素的信任，萧佑丹干脆决定离开一段时间，再次前往大宋的京城。

萧素与耶律乙辛的关系并不好，他投入太子这一边，应当是可以相信的……

萧佑丹一面担心着国内的局势，太子的地位，一面随着摇摇晃晃的马车，经过陈桥驿驰入了汴京城。

2

杭州。知州府九思厅。

石越、彭简、薛奕、张商英、蔡京……杭州的重要官员，几乎都到齐了。

蔡京向石越汇报着市舶务的情况。“……台风季节过后，新船加入船队，下官与薛世显商议后，分成两支，又走了高丽、日本国两趟。托赖学士洪福，一切顺利，收益颇为可观。虽然途中撞礁折损一只大船，损失了一百单三名水手，但除去抚恤之后，盈余亦将近七十万贯。两国对大宋的物产非常渴慕，只是……”

“只是什么？”居移体，养移气。石越在汴京之时，可以说只有上司，没有下属，而到了杭州后，却是只有下属，没有上司。近两年的时间，高高在上，言谈举止中便多了几分威严，少了几分谨慎。

蔡京笑道：“只是朝廷有严令，儒教经典、重要的政令史书典籍不可卖给夷人。便是契丹求书，或靠走私，或求恩赐，法令上是不准卖的。而民船之中，因为两国对大宋物产的渴慕，其贵人往往以数百金之高价求书，私自贩书者因此屡禁不绝……”

石越怔住了，他只知道千年后各国恨不得把自己的文化推销给别国，还称之为“软力量”，哪里还记得中国古代曾经有这种禁令？ 他想了想，笑道：“高丽使者金德寿曾屡次求书，今竟在西湖学院乐不思蜀了。朝廷对高丽一向另眼相待，想来卖给高丽《九经》、子、史等书，必会恩准。市舶司事繁任重，元长似不必为此小事伤神。”

蔡京揣摸石越所言，倒似颇有放纵之意，连忙答应。彭简也咀嚼着这番对话，不由得看了石越一眼。通判一职，本有监视知州之意，实际上宋朝州郡政务，究竟是由知州做主还是通判做主，完全是因人而异，他彭简不过是倒霉，碰上了一个位高权重，还勤于政务的知州，所以才于杭州政务几乎等同于看客一般。但若是石越公然违背朝廷法令……彭简不由想起家里吕惠卿那封充满暗示的书信。不过，对于高层的权力斗争，彭简还是有点儿投鼠忌器，他并非傻瓜，亦不愿被人当枪使。

石越却根本没有理会彭简，对众人笑道：“七十万贯，除去本钱之外，补足盐茶之税，绰绰有余了。某已向朝廷给蔡元长、薛世显请功，皇上特旨，蔡、薛二人本官各两转，赐绯，以为奖励。”

众人立时啧啧称羡。所谓“两转”，就是本官升两级。连升两级已让人羡慕，而皇帝特旨、赐绯，则更是极为难得的恩宠。蔡京、薛奕都不由得喜出望外，连忙拜谢。

石越又道：“于有功之臣，朝廷向来不吝爵赏。众位当自勉之。”座中顿时一片附和之声。他偏过头，对薛奕道：“世显，明春出海，你有何建议？”

薛奕正感恩戴德之时，忙道：“夏、冬二季在港操练水手，春、秋二季出海经商，正是以兵养兵之道。下官以为，往高丽、日本国的航线，往返数次之后，已算是熟门熟路，自不能放弃。然而末将以为，这两国国穷民贫，贸易之量有限，若还似今年这般，则是涸泽而渔，非长久之道。然而节流不若开源，明春之后，下官请自领一队，前往学士著作中所说的南洋诸国，开拓新的航线。但高丽、日本国这边苦于无得力之人主持，水手若无人节制，难免上岸滋事。甫富贵虽晓夷语，能经商，却少威严，且无朝廷之令，亦不能让其领军。”

石越疑道：“船队中的船长竟无一个可用之才？”

“彼辈领一只船尚可，若要率领船队，代表朝廷与海夷交涉，却是不成。”

“此事再议吧。”石越心里也明白，人才的确是可遇而不可求。

薛奕又道：“此外官船水手挟带私货屡禁不绝。下官与蔡元长商议，以为既然禁之不绝，不如干脆允许水手携带定量私货，亦得提高水手士气。还要请学士示下。”

石越道：“这等小事，你们两个决定便可。”他说完，正要继续处理公务，便见管家急匆匆地跑了进来，禀道：“学士，有圣旨！”

众人不由一怔，忙一齐站起，石越整整衣冠，大声喝道：“开中门接旨！”

赵顼一脸愠色。吕惠卿低着头，装作没有看见赵顼的脸色，继续转述接见刘忱、吕大忠的情形。韩绛满脸尴尬，怨恨地望着吕惠卿。

刘忱、吕大忠回到汴京，席不暇暖，便被召至两府问事。

二人先至枢府，见了枢使吴充、副枢使蔡挺等人，汇报过情况后，吴、蔡等人亦不问二人意见，便点汤送客。二人又到了中书，结果中书诸相问了出使谈判经过后，韩绛、王珪、冯京都口口声声“不宜轻启战端”，唯有吕惠卿一人闭口不肯表态。

刘忱据理力争，以为黄嵬山以北至古长城的土地，代州都有档案，枢府亦有存档，本是宋朝土地，绝无割让之理。结果反被一心想做太平宰相的韩绛训斥，还说“将欲取之，必先予之”。中书诸相一味地怕事求和，听得吕大忠与刘忱怒不可遏，二人在中书省当场发作。吕大忠对着韩绛冷笑，道：“相公好一个‘将欲取之，必先予之’！辽人派个使者来我汴京，便可索我五百里之地，数百万贯赔款；若是魏王耶律乙辛亲来，岂非要给他关南之地！”刘忱更是尖刻，道：“将欲取之，必先予之，反正关南之地，乃周世宗所恢复，给辽人又有何妨！只不过下官既为使者，纵死不敢奉诏！诸位相公先请皇上收我使节，再去欲取先予吧！”

二人将中书诸相骂了个狗血淋头，然后竟扬长而去。韩绛等人可以说是颜面扫地。

听到吕惠卿转述刘忱那可以说是极为无礼的话，赵顼苍白的脸孔瞬间变成通红，好不容易才没有立时发作，只问道：“辽使那厢如何？”

因为这是枢府的事情，吴充忙回道：“辽使甚是无礼，萧禧甚至说，若无结论，他便不回辽国，是战是和，全由我朝决定。”任凭韩绛、冯京等人拼命使着眼色，吴充也自低着头，权当没有看见。

“混账！”赵顼的怒气终于不抑制地暴发了，“那便告诉他，他们要战，朕便和他们打一仗！朕受够了！朕要亲征北伐！”

崇政殿中，顿时死寂般沉默，只有赵顼的咆哮声在殿中回荡。

“刘忱、吕大忠便是慷慨的大丈夫？他们这是讥刺朕甚至比不上周世宗！契丹人咄咄逼人，是可忍，孰不可忍！传诏，召回王韶！召回王韶！”

“哗”的一声，崇政殿中跪倒了黑压压的一片。韩绛连声道：“陛下息怒！陛下息怒！北伐之举，万万不可！便是辽使不恭，陛下决意断交，也只需诏大臣议边防，亲征北伐，不可不慎！请陛下先息雷霆之怒，三思而后行！”

“请陛下息怒，三思而后行！”众人也跟着一齐劝道。

赵顼望着跪拜在地上的大臣们，心里忽然生出一种极度抑郁的感觉。他突然想起石越、王安石，若这两人在，又会怎样呢？北伐，北伐，那只是一时气愤之言罢了。良久，赵顼无可奈何地叹了一口气。“敕枢府议边防战守之策！王韶为枢密副使，即日回京，熙河军事暂由高遵裕代理。以韩维为翰林学士，章惇为知制诰兼判军器监。”

皇帝一口气连下数诏。韩维是韩绛的弟弟，按例韩绛本当拒绝，但他抬头看到皇帝的脸色，竟是不敢说半个“不”字。嘴唇张了半天，终于吐出一句话来：“遵旨！”

赵顼面无表情地抛下他的两府大臣们，朝着殿外走去。“起驾——”内侍又尖又长的声音在崇政殿中响起。在踏出崇政殿的那一刻，赵顼忽然咬了咬牙，沉声道：“遣使者问富弼、王安石、石越、文彦博、曾公亮、司马光、范纯仁边防之策！”

朱雀门附近的夜市，人声鼎沸，灯火通明。

“南朝繁华，真令人称羡。”萧禧感慨道。

为了防止辽使刺探国情，刘忱与萧禧、萧佑丹一直寸步不离。他听萧禧感叹，笑着指着前面一家酒楼，道：“那家店子的沙糖冰雪冷丸子味道最佳，二位可要尝尝？”

萧禧望了萧佑丹一眼，见他点头，便笑道：“那真是大有口福了。”

刘忱笑着引二人进了店，除沙糖冰雪冷丸子外，又顺手点了旋炙猪皮肉、野鸭肉、滴酥水晶鲙、野狐肉等几样下酒之菜，要了几壶黄酒，三人竟是在夜市上对酌起来。

萧禧待菜上来，便迫不及待地夹了一粒沙糖冰雪冷丸子，放入嘴中，闭着眼睛细细咀嚼品味，半晌，方赞道：“果然美味。”

刘忱劝了二人一杯酒，又给自己满了一杯，举杯一饮而尽，叹道：“今日能与二位在此饮酒，全赖两朝通好七十余年，至今未绝，他日一旦断交，便为寇仇，那是誓不两立之局了。”

萧禧与萧佑丹不禁一怔，不料刘忱突然说起这些话来。二人这些日子与刘忱朝夕相对，都很佩服刘忱的风骨才学，虽是各为其国，亦有点儿惺惺相惜。萧佑丹是契丹第一智士，此情此景，顿时让他想起庆历时富弼使辽，辽国接待他的使者竟然对富弼惺惺相惜，帮助他促使辽国退兵的故事，心中暗暗警惕。

萧禧却没这多心机，只问道："南朝真要为区区数十里之地，自绝两国欢好？"

刘忱正要说话，忽听到街中有人吆喝："卖报，卖报，《新义报》最新报道，枢密副使王大将军奉诏回京！朝廷诏准高丽使者来京进贡！《汴京新闻》专题报道，通商高丽百利无害……"

萧佑丹脸色一沉——难道南朝皇帝真的不惜一战？高丽为何在此时遣使入贡？

偏偏便在此时，又听旁边有人隐隐约约说道："故韩侍中临终前荐司马君实、范尧夫、石子明三公……"

萧佑丹心中一凛，假意向刘忱问道："听闻故韩侍中故世之前，荐司马、范、石三位，不知在刘少卿看来，三人之中，以谁最贤？"

"这三位之学问品行，非在下所能评判。"刘忱不假思索地答道。

萧佑丹见刘忱没有否认韩琦推荐三人，心里不安的感觉越来越强烈了。"石越！石越……"萧佑丹在心里暗暗计算着。

不仅萧佑丹不希望石越进入宋朝决策层，在宋廷中，抱这种想法的人也大有人在。

"听说皇上下诏问元老重臣边防之计，富弼自韩琦之后，又向皇上推荐石越，相公不可不防！"邓绾似只哈巴狗似的跟在吕惠卿身后。吕惠卿不置可否地"嗯"了一声，自顾自地逗着笼中的鹦鹉。邓绾继续道："石越此人，阴险狡诈，虚伪矫情，真是个活王莽。当今皇上最信任的人是谁？是相公吗？恕在下直言，皇上对相公的信任，还不及皇上对王安石的信任，而皇上对王安石的信任，绝对不会高过对石越的信任。"邓绾提到石越的名字时，便不由自主地咬着牙，仿佛要把那两字咬碎一般。

吕惠卿的手忽然停了一下，他想起冬至郊祭之时，为了试探皇帝心意，他故意援引郊祀赦例，荐王安石为节度使，不料立时被皇帝训斥："王安石并非因罪去职，何故用赦复官？"可见在皇帝心中，对王安石依然有很深的感情。这个邓绾，说得倒并没有错。

邓绾知道吕惠卿已被说动，又道："为相公计，要固宠，一是要斥王安石、石越于朝廷之外，时日一久，什么样的恩信都会淡忘；一是要在皇上身边有人，能影响皇上，当年王介甫用的就是此策。"

吕惠卿缓缓转过身来，看了邓绾两眼，忽然笑道："邓文约，你以为我和你一样吗？皇上是英明之主，王介甫与我有师徒之谊，石越是朝廷栋梁，为了争宠固权，你就劝我去陷害自己的老师，朝廷大臣，欺骗皇上？你看错人了。”

邓绾料不到吕惠卿大义凛然地说出这番话来，一时竟不知道说什么。“相公，我，我……”

“你回去吧，以后做人做事，持心要正。”吕惠卿沉下脸来，训斥道。

邓绾还想再说什么，吕惠卿已背转身去，不再理他，他只得垂头丧气地告辞而去。邓绾才出门，吕升卿便从屏风后面闪了出来，笑道：“大哥，为何要把邓文约给赶走？”

吕惠卿头也不回，逗弄着鹦鹉，不去理他。

吕升卿道：“一只哑巴鹦鹉，有什么好玩的？”

“但哑巴鹦鹉绝不会出卖你。如邓文约那种小人，若引之为心腹，将来只需有个好价钱，他便能毫不犹豫地卖了你。”

吕升卿似懂非懂地望着吕惠卿。

“可惜我不该把陈履善派到地方上去，否则……”吕惠卿叹了口气，又问道：“和你交情最好，学问也最好的朋友，是谁？”

吕升卿愣了一下，回道：“是沈季长。”

“沈季长？王安石的妹婿？”吕惠卿皱了皱眉。

“对，就是他。”

吕惠卿道：“既如此，我就向皇上推荐沈季长与你为崇政殿说书。皇上聪明好学，你的学问应付不了，两个一起，若有疑难，或可由沈季长替你回答，遮掩一二。”当年王安石为相，就是把他安排在崇政殿说书的位置上，来代替王安石影响皇帝，但是如今他的周围，除了陈元凤外，已找不出一个像样的人才安排在那个位置上了。

“太好了！”吕升卿不禁喜上眉梢，崇政殿说书是一个极受人尊敬的位置。

“好什么好？多少人在那个位置上被皇帝问得汗流浃背，你以为那是个好待的位置吗？”吕惠卿训斥道。

吕升卿不敢回嘴，忙转换话题，道：“大哥，朝廷对辽国的战和，究竟是个什么章程？”

吕惠卿横了他一眼，冷冷道：“你关心这个做什么？”

“大哥，你忘了，石越向皇上提出那个什么法子后，我家在河北买了一座矿山，亲戚中在那边或合股，或自己出钱买矿山的都不少，万一打起仗来，岂不什么都完了？”吕升卿讪讪笑道。

“求田问舍，胸无大志！”吕惠卿忍不住骂道，顿了一会儿，才道，“朝廷元老上书，或主战或主和，纷纷不决。蔡挺、王韶、富弼和石越主张对辽人强硬，一面修战备一面谈判。司马光、王安石之辈，皆支持和议……”

“那太好了！司马光和王安石都主和，那定是打不起来了。依我说那几百里无主之地，有什么好争的。”吕升卿笑道，心中放下一块大石头。

“你知道什么？见识还不如邓绾。”吕惠卿对这个弟弟真是失望之极。若两府没有一个有分量的人主张强硬立场，那朝野之中那些主张强硬的“清流”们，必会自觉不自觉地去寻找一个有分量的代言人，当今天下，这个代言人除了石越还会是谁？到时石越进中书，可真的要成众望所归了。

“我不会让这种局面出现的。”吕惠卿轻轻地对那只哑巴鹦鹉说道。

好不容易被激起了一丝豪气的赵顼，在王安石、司马光、范纯仁异口同声地反对开战的奏疏前，彻底动摇了。王安石与司马光无论在朝在野，在那个世代的大臣中，是赵顼心中最信服的臣子，这一点，也许连赵顼自己都没有意识到。

“除了武臣之外，没几个人支持打仗。”赵顼似乎在喃喃自语。

新任的知制诰兼判军器监章惇低着头，答非所问地说道：“陛下，苏辙、唐棣、陈元凤、蔡卞以及沈括等人之前一直负责着军器监改革，今已初见成效。标准化生产逐步推行，改良弩机也试制成功，若要说到军器的准备，现在唯一缺少的就是钱。弓、弩、箭、震天雷、霹雳投弹等军器成本高昂，是一笔不菲的开销。陛下若给臣足够的钱，臣与苏辙合作，两年之内，臣便能让禁军装备精良！”

“两年？那也还要两年！”赵顼立时就听出了章惇的言外之意，这是在委婉地劝他，不要急于开战，再等一等。

“武臣想建功立业，自然不怕打仗。国家战和之策，臣妄言，似不应当以武臣的意见为主。其实富弼、石越，也并没有主张与辽国开战，他们不过是认定辽人是虚张声势，不敢开战，所以才主张强硬。”章惇又说道。

“但王安石与司马光都以为不必激怒辽人，辽人生性蛮不讲理，万一恼羞成怒，反坏国事。文彦博、曾公亮等人也说要争取谈判解决争端为上策。”赵顼犹疑道。

章惇眼中闪过一丝不以为然的神色，欠身笑道：“陛下是觉得王安石、司马光、文彦博、曾公亮懂辽务，还是富弼、石越通辽务？”

“这……”

“石越姑且不论，富弼在昭陵时主持北面防务，出使北朝，此老的意见，微臣以为陛下应当重视。石越自侍奉陛下以来几乎是算无遗策，臣的愚见，石越的建议，陛下不可以等闲视之。”

一直站在旁边侍候的李向安猛地听见章惇竟然偏向石越，不由暗暗称奇。章惇奉旨招抚荆湖，可以算是王安石新党中的重要人物，王安石倒台之后，章惇不助吕惠卿、蔡确、曾布等人也就罢了，居然倾向于石越。李向安虽然见惯了权诈之术，也觉得匪夷所思。不过以李向安的见识，自然也无法理解章惇这种人的心理，更不会懂得何谓政治投机。在新党排位战中靠后的章惇，自有他自己的考虑。

赵顼听章惇的话，觉得颇有道理，正要说话，一个内侍走了过来，叩首禀道："陛下，吕惠卿求见。"

"宣。"

内侍答应着退去，不一会儿，吕惠卿便在内侍的指引下走了过来。参拜之后，赵顼便道："朕方才与章惇论及北事，卿以为要当如何应付？"

吕惠卿用眼角瞥了一眼章惇，笑道："臣以为，天下之物，什么都割让得，就是国土割让不得！"

他小心看了看赵顼的神色，又正色道："昔日匈奴有冒顿单于，为强邻所迫，强邻索以美女财货，冒顿皆如其所欲，而当其索要荒土之时，冒顿竟斩许割地之臣，断然拒绝，引兵开战，终成霸业。冒顿，不过一胡虏，尚知土地人民为国之根本，虽荒野之地尺寸之微，仍不可与人，陛下不可不察。"

赵顼沉吟道："此事朕已知之。不过勾践亦曾有卧薪尝胆之日，大臣们多以国力不足、战备未修，反对开战。"

吕惠卿笑道："陛下可知箭在弦上不能不发之理？当年景帝平七国之乱，何曾准备充分？澶渊之役时，又何曾准备充分了？况且臣之主张，也不是要立即绝关市，拒使者，伐幽蓟，臣是主张断然拒绝辽使的无理要求，同时内修战备，以防万一。"

自契丹启衅以来，赵顼几乎每日都要接见两府大臣，商议对策。吕惠卿之意见，他原也问过，当时吕惠卿亦是说过国土不可割让的话，只是他那时回答得极为委婉，远不如今日之坚定明快。赵顼用吕惠卿，看重的原只是他在内政上的才能，于外事上并无寄望，因此也不曾放在心上。其后政事堂以首相韩绛为首，屡次奏对，在此事上亦无分歧，无非是让他学勾践。这番吕惠卿的对答，实是大出赵顼意料。

吕惠卿又道："得陇望蜀，人心苦不知足。今日若轻易许了契丹，日后索求无厌，中国更无宁日。还望陛下三思。"

赵顼默然不语。吕惠卿与章惇的回答，并不能帮助他下定决心，反让他更加犹豫。朝野当中，畏惧怯敌主张顺契丹所请的，慷慨激昂主张强硬拒绝的，叫嚣着北伐决一死战的，都是大有人在。如韩绛之流，一味畏敌怯战，只想多一事不如少一事，赵顼觉得面子上过不去，且如吕惠卿所言，担心契丹人得寸进尺，开了头没法收场；至于兴兵北伐，那更是所谓的"孤注一掷"，拿社稷存亡开玩笑，赵顼自然不会采纳，他容忍这些声音的存在，不过觉得这股士气民心甚为难得；但果真如富弼、石越、吕惠卿等人所请，拒绝契丹所请，后发以制人，赵顼也觉得底气不足。章惇就说得明白，至少两年之内，宋朝没有与契丹一战的本钱。而如韩绛等所言，万一真的激怒契丹兴兵入侵，河北、河东都沦为战场，即使最终能击退契丹，也是两败俱伤之局。宋朝的损失，也不是现在契丹所要求的这点东西所能比的，而且这会让西夏坐得渔翁之利，王韶在熙河的经营，甚至赵顼先西后北的策略，都可能毁于一旦。

皇帝不说话，吕惠卿与章惇也不便说话，二人便叉手侍立，各自想着心事。

两天前，章惇便听说有御史弹劾韩绛，指责他之所以怯敌避战，是因为韩家产业都在河北，害怕一旦发生战争，其家产玉石俱焚。虽然这份奏章被皇帝压了下来，但是韩绛在陕西遭败仗，居相位又碌碌无为，现今又传出这种诛心之论，韩绛的圣眷显然是要到头了。章惇甚至还听到一些小道消息，说弹劾韩绛的御史是得到了吕惠卿的暗示。他又联想刚刚吕惠卿的对答，心里瞬时明白——只要皇帝最终没有采纳韩绛那一味畏惧求和的主张，那么依照宋朝的惯例，韩绛就要主动辞职。如果他恋栈，皇帝只要将那些被压下来的奏章发给他看看……章惇心中犹豫，他现在所做的一切，岂非正好是在帮吕惠卿的忙？他用眼角瞥了吕惠卿一眼，不料吕惠卿也在偷偷看他。四目相交，一闪而过，章惇一咬牙，便打定了主意——便是被吕惠卿利用了，也只能一条道走到黑。他正琢磨着要怎么样向皇帝开口，却听赵顼忽然说道："昨日朕召见韩维，他却是个糊涂人，没甚么主张。朕在东宫时，韩维是记室参军，无论诗文时务，他都没甚主张，凡事必引王安石之见，这点毛病七八年了都不曾改过。如今朕问他北事，他便只知道向朕推荐石越……"

章惇心中一动，忙笑道："臣以为这正是韩维之长处，懂得藏拙，不妒贤嫉能，单这两条，便甚为难得。臣还是那点愚见，石越非百里才，不宜久居外郡。朝廷日前已准高丽使者金德寿入京，陛下何不下诏，令石越将郡务暂时移交杭州通判处理，陪同金德寿一共赴京。待事毕之后，是留之于京师，还是回杭州，陛下尽可从长计议。"

吕惠卿心中一凛，正要择言阻挠，却听赵顼已说道："韩维也是这么个主意，朕昨日已令人传旨了。"

章惇忙颂道："陛下圣明。"

吕惠卿竟似嚼了一口黄连，张了张嘴，终是什么也没有说。他却不知道，此时高丽使团早到了应天府，距汴京不过数日之程。是冯京暗中让应天府留住高丽使团，等待石越来"陪同"进京的。

3

熙宁八年正月。汴京城万家同喜，举城欢庆。在普通的老百姓看来，大旱过去，灾民留在汴京的已经非常少了，物价也渐渐平稳，一切又回到了太平盛世的模样。至于宋辽边境纷争，因为宋廷对谈判的进程严格保密，禁止报纸报道，普通的老百姓只知道辽国的贺正旦使照旧来到汴京，大多数人都相信战争还是一件很遥远的事情，但事实却是大战在即。

先是契丹副使萧佑丹不知什么原因忽然提前回国，然后自代州传来消息，辽主对萧素十分不满，已经将其召回，令另一个枢密副使杨遵勖来主持谈判。随后，萧禧便向宋朝下达了最后通牒，要求宋朝在两个月内做出最后的决定。

与耶律乙辛关系密切的杨遵勖，对于挑起一场战争没有任何顾虑。耶律乙辛利用辽主对萧素久而无功的不满，进言换上杨遵勖，其目的就是要将“投石问路”之策演变成双方都骑虎难下的局面，最后挑起一场宋辽之间的战争。若非耶律濬的制约，这最后通牒的时间绝不会有两个月那么长。

但宋朝君臣并不清楚辽国内部的权力斗争。便如萧佑丹所嘲笑的，在契丹大军未打到黄河之前，宋朝君臣都很难下定任何决心。而更难以料到的是，一场针对石越的阴谋，正在悄悄地发酵中……

吕惠卿闭目养神着。他并不介意是战是和，那不会动摇到大宋的根本。与石越不同，当时的精英们国土观念并不强烈。不论是韩绛们，还是富弼们，他们从来都没有国土神圣不可侵犯的观念。他们的分歧，在于种族荣誉感的强弱不同，对形势判断的不同，以及各自的政治利益不同。不过吕惠卿也清楚，史官会赞美种族荣誉感更强的人，但他也无暇为此感到高兴——石越即将抵达汴京。皇帝日前突然问起王安石的幼弟王安上，若皇帝重用王安上，那无疑就是皇帝想重新起用王安石的信号，形势会更加复杂。

一阵急匆匆的脚步声从外边传来，吕惠卿睁开眼睛，见吕升卿已经到了门外，手里捧着一叠东西，一脸兴奋。“进来吧，又有什么事？”

吕升卿应了一声，掀开珠帘，快步走了进来，笑道：“大喜之事！大哥看看这个。”一面说着，一面将手中的东西放到吕惠卿身边的案上。

“这是何物？”吕惠卿瞥眼望去，却是一张揭帖，还有几本小册子。小册子有一半旧得发黄，另有一半却是新印的，封面上都写着“石氏家谱”四字隶书。他心中一凛，打开揭帖，细细看去，不由大吃一惊：“这是哪来的？”

“汴京大街小巷，随处可见。这新的《石氏家谱》也到处都是，倒是这份旧家谱是我费了点心思才从一个姓石的手里买回，为的是和这些新的对证一下前面的，看看是不是伪造……”吕升卿面有得色地笑道。

“这竟是想置石越于死地！”吕惠卿悚然道，“这会是谁做的？”

“管它是谁做的，这揭帖是说石越是石敬瑭之后，一份族谱造得滴水不漏，在这节骨眼上，真是天赠大礼！”

“石敬瑭之后并没什么了不起的。五代十国之后，不见得是天生的罪过，反而让石越的身份更加尊贵。”吕惠卿指着揭帖，叹道，“最狠最毒的乃是这一段，说石越来大宋之前，先拜会过辽国贵臣，密约复国，为辽人所拒，才来大宋；又说石越之志非止是光复祖宗帝业，而是想建立一个括有汉唐疆土的强国，辽人识破其志，才会拒绝，不料大宋竟为所欺……奇才！真乃奇才！石越为大宋尽心尽力，若说他私通外国，皇上如何肯信？他所作所为，哪一样不是为了大宋好？这写揭帖的看到了这关键，反说他要做曹操、王莽，如此一来，石越的尽心尽力，反倒成了他的罪证了。此人才华，不在我之下，究竟会是谁？”

吕升卿笑道：“既如此，那明天我便上呈皇上，再找人参石越几本，石越定然熬不过这一关。”

吕惠卿听到这话，霍然一惊，盯着吕升卿，见他兀自洋洋得意，不由叹了口气，道：“万万不可！”

吕升卿愕然道：“为何？”

“此人竟是将我也算计在内了。我若出头攻击石越，人家定怀疑是我在陷害石越，他诚心让我们二虎相争。”

“难道，难道是王……”吕升卿跳了起来。

吕惠卿点点头：“十之八九便是王元泽。除了他，还有谁有这种能耐，有这种毒辣？还有谁同时忌恨我与石越？又知道我素来忌惮石越？想不到他大病之中，竟还能……仅凭这无凭无据的揭帖，皇上未必会杀石越，可纵然不杀，将来用起石越来亦难免会心存疑虑，不敢大用，如此便是绝了石越的晋升之路。同时又给我下了一个饵，我若上钩，借机对付石越，是使天下人疑我。以石越之能，临死前反咬我一口，只怕我也就从此完了。”他以己度人，越想越觉得是王雱所为，不禁恨得咬牙切齿。

“那我们就这样放过石越？”吕升卿有几分不甘心。

吕惠卿思忖一会儿，忽问道：“你说这种揭帖遍布汴京？”

“单相国寺就发现数十张，其余各地，到处都有，开封府几乎全部出动了，正在收缴。韩维刚刚回任开封府，便碰上这档事……”吕升卿幸灾乐祸地笑道。

“抓到人没？”

“一无所获。”

吕惠卿笑道：“那就不用担心。事情闹得这么大，怎可能不传到皇上耳中？这件事情，你切记不可以出面。只要辗转托人去找邓绾或唐坰，把这些东西交到他们手中。这两人自会找自己相熟的御史去对付石越。”吕惠卿轻轻啜了一口茶，闭着眼睛，悠悠道：“这次我不仅不攻击石越，还会不痛不痒地保他一本。”

唐康和秦观几乎是一路闯进桑府的，进到客厅，却发现厅中除了桑充国外，还坐着几个人，都是平素认识的。东边第一个座位坐的是明理院院长程颢，旁边坐着的是守孝完毕刚回汴京的欧阳发，西面坐着格物院的正副院长沈括与蒋周。五人正谈笑风生，似乎在聊什么高兴事，见二人不请而来，众人都不由怔了一下。因有师徒名分，唐康二人也不敢怠慢，忙先给五人行礼完毕，唐康便道："表哥，揭帖你可曾见到？"

他没头没脑这么一句话，众人都是一怔，桑充国愕然道："什么揭帖？"

唐康与秦观对视一眼，知桑充国等人还不知此事。秦观便从袖中抽出一张纸来，递给桑充国。桑充国连忙接过，只看了一眼，不由倒吸一口凉气，又递给在座众人，传阅一圈。众人都知此事非同小可，皆沉默不语，只有程颢道："这是陷害！"

唐康点点头，他年纪虽小，但行事已非常果决。此时只是目不转睛地望着桑充国，等桑充国说话。桑充国知道唐康是石越义弟，对石越非常敬服，这般作为，是对自己有见疑之意。他心里也不禁苦笑，他妹子嫁给石越，若石越要谋反，族诛之罪，他这"妻族"岂能逃脱？但唐康却有不放心的理由——谁知道桑充国会做出什么事来？表兄弟俩默默对视着，室中的气氛顿时变得异样起来。沈括与秦观都是所谓的"石党"，此事牵涉身家性命，自然关心。便是程颢、欧阳发、蒋周，都是聪明剔透之人，立时便明白了这依然是此前的心病所致。这时一句话不对，唐康这等年轻气盛的人，真不知道能干出什么事来。

欧阳发轻咳一声，打着圆场笑道："这不过是奸人陷害子明，《汴京新闻》断不会是非不分的。长卿，你明日要去接新娘，报馆之事，有程先生与我在，尽可放心。"

桑充国摇摇头，苦笑道："我的事不要紧，王旁会护送妹妹来京，我让家里再多派人去便是了，这次我一定留在汴京，为子明辩污。只可惜，我没有个好弟弟，否则倒可替我跑这一趟。"

唐康听到这酸溜溜的话，总算是放下心来，笑道："弟弟替哥哥迎亲，于礼不合，这程先生是知道的。小弟还有要事，就此告辞了。"说罢团团一礼，扬起衣袂，与秦观转身离去。

桑充国望着二人的背影，长长叹了口气。欧阳发知道他的心事，轻声道："但凡坚持理想者，难免被人误会。"

"我明白。"桑充国摇摇头，"我只是担心子明。"

"但愿他能挺过这一关。"

"一定能的！"桑充国对石越的信心，可能比石越自己还大。

陈留附近的汴河之上，几艘官船逆水而行。岸边行人远远望去，官船的仪仗上，隐隐约约写着“龙图阁直学士石……”“高丽国……”这样的字迹。

再有一天，便可以到汴京了。石越陪着金德寿站在船头，无限感慨：“我又回来了，汴京！”

金德寿是高丽国中受汉化较深之人。高丽国自五代时建国，便依着传统请求中原王朝敕封，其遣使者来往宋朝，自建隆二年起便开始了。而大宋皇帝也不断赐高丽国王国书、文物。此时的高丽国王叫王徽，赵顼在给王徽的诏书之中，称其为“权知高丽国王事王徽”，视同藩属，而王徽也居之不疑。可以说四夷之中，宋朝对高丽格外另眼相看，而高丽也是最心慕中华的。但饶是如此，高丽使者在宋朝境内逗留之久，也要以金德寿为最。他在杭州与官员唱和，在西湖学院与学生一起听课，穿汉服，讲汉话，俨然便是一个汉族士大夫。而对于石越这个不到三十岁的龙图阁直学士、杭州郡守，金德寿更是非常钦服。能够与中原王朝声名鼎盛的人物同船，对于区区一高丽使者来说，本身就是一种荣幸了。而大宋皇帝特意让石越陪他入京，不知内情的金德寿，更是受宠若惊。

“大宋山河的壮丽，真是让人赞叹！真不愧是中土上国。”金德寿站在石越身旁，指点两岸风光，大发感叹。

石越微微颔首，想起千年以后韩国与中国，不由平兴感慨，便向金德寿询问高丽国的风俗、历史、政事，石越或有所问，金德寿几乎是知无不言，言无不尽。交谈正欢之时，忽听到岸边有人呼喊道：“那是龙图……学……石……送高……者……船……吗？”声音略显稚嫩，随江风传来，隐约听不太真切，但又似乎颇为熟悉。石越连忙走到舷边，循声望去，却见岸边有二三骑随着船前进。

石越忙叫过护送的指挥使，指着岸边，问道：“你听得清岸边那人在喊什么吗？”

那指挥使连忙侧耳静听，半晌，方说道：“听得在问是不是学士的船。”

“问问他们是谁。”

那指挥使忙叫过几个士兵，一齐喊道：“这是石学士的官船，你们是谁？”一连喊了几遍，才停下来，听岸上的人喊道：“我……康……”

石越吃一惊：“唐康，是唐康！快，把船停下来，划个小舟过去，把他们接过来。”

那指挥使答应一声，连忙派人去办。石越却在心中暗暗疑惑，不知道唐康来此做什么。

过了一会儿，小舟把唐康等人接上船来，石越定睛一看，是唐康、秦观，还有几个仆人。唐康一见到他便道：“大哥，借一步说话。”

石越心中一惊，却依旧从容不迫地等秦观等人参拜完毕，这才向金德寿告了罪，将唐康与秦观叫进船舱，问道：“康儿，出什么事了？”

秦观从袖中取出揭帖，递给石越，道：“此事非同小可。”

石越见秦观都说得慎重，心中更是惊疑，接过揭帖，细细读了，背上不觉冒出冷汗。“这是要置我于死地！这是自何处得来？”

唐康道：“昨晚一夜之间，此物遍布汴京城。大哥，此事当如何是好？皇上若有疑心，今日不死，迟早也是灭族的大罪。”

对于后果，石越知道得比唐康更清楚。自古以来，皇帝最忌讳的就是曹操、王莽，虽然赵顼断不会为了这无凭无据的揭帖而杀自己，但是想想自己在朝中政敌林立，若有人再构陷其中，后果便不堪设想。石越背着手踱了几步，一个念头浮上脑海：若此时折转船头，或投高丽，或者干脆夺薛奕之印，或往冲绳，或往台湾，击破土人自立为王，毫不困难——这念头一闪而过，竟是把石越自己给吓了一跳。“我两世为人，有什么可怕的？我若这样一走，谋反之名坐实，一切心血立时就要全毁了，还不如一死，成全一个好名声……可是我死了不要紧，梓儿呢，她岂不也要……未必会有那么严重吧，宋朝有不杀士大夫的祖训……”一时之间，各种念头纷至沓来，他不知道如何是好。

石越知道在此时是一点也犹豫不得的。其实宋朝的祖训只是不杀言事者，但因宋朝的确甚少诛杀士大夫，所以这当儿石越竟是记混了。他想来想去，赵顼毕竟也不是昏君，他最多也就是罢官流放的罪，既是这样，真到了海南岛再另做打算也不迟。当下道：“皇上自会还我清白。如今之计，是以不变应万变。康儿，你怕不怕死？”

唐康与秦观哪里知道石越一瞬间转过如此多的念头，见石越顷刻之间便从容如此，心中更是佩服。唐康握了握腰间剑柄，笑道：“兄长不怕，我也不怕。”

“少游，你呢？”石越把目光转向秦观。

秦观笑道：“我也是读圣贤书长大的，成仁取义，当能从容应之。”

石越走到二人跟前，笑道：“你们都是好男儿，日后必是我大宋的栋梁。放心，绝不会有事的，你们就随我一道回去，平日如何，日后依然如何，就当这件事没有发生。”

石越抵达汴京之后，刚刚将金德寿送至驿馆，甚至没有来得及回府，就接到旨意，宣他立即晋见。

在东华门前下马，便碰上不少官员。若是往常，这些官员必然亲切地招呼，但碰上这等时候，人人对他避之唯恐不及。官员中间较好的，也只是淡淡地打个招呼，便匆匆走开。他虽然知道世态人情本就如此，实不足深怪，但一直少年得意，几曾有过如此光景？心中亦不免有郁郁之意，只是强打精神，装出笑容，不肯让人小觑了自己。他刚刚要进东华门，一个人满脸笑容，朝他走来。他定睛一看，原来是吕惠卿。

吕惠卿远远便拱手揖礼，亲热地说道：“子明，你终于又回来了。”

此时石越纵明知他虚伪，却也生不出半点排斥之意，只是答礼道："吉甫参政，久违了。"

吕惠卿走近来，在石越耳边放低声音，笑道："奸人陷害，子明不必介意。今上是英明之主，断不会受人挑拨。某已在皇上面前力保子明忠心。"

石越大出意料，亦不觉感动，连忙道谢，又道："皇上召见，不便久留，请恕罪。"

如此入了东华门，直趋崇政殿。所谓"千条弱柳垂青琐，百啭流莺绕建章"，琼玉的台阶，镏金的檐壁，石越在内侍此起彼伏的"宣石越入见——"的声音之中，万分感慨地拾阶而上，进了崇政殿。

"罪臣石越，叩见吾皇万岁。"

"爱卿免礼平身。"熟悉的声音中，似乎有一点情绪的波动。

"谢陛下。"例行公事的参拜之后，石越终于站起身来，打量皇帝。赵顼今年已经二十有七，脸色依然苍白，毫无血色。赵顼也在打量着石越，石越的脸上，有三分憔悴，七分成熟……

"子明，你在杭州做得不错，朕很欣慰。"赵顼突然叫着石越的表字，夸奖道。

"全赖陛下之洪福。"

"朕知道外面有人陷害你，你不必放在心上，朕已着韩维缉拿歹人。"

石越连忙拜倒："臣粉身碎骨，亦不能报此知遇之恩。"

"谁是忠臣，谁是奸臣，朕心中清楚，别人想离间，也离间不了。"赵顼亲手挽起石越，温声笑道，"卿在杭州，朕听说市舶司官船通商高丽、日本国，获利倍于盐茶之税。高丽使者前来，除入贡之外，卿可知他还有何事？"

石越忙答道："国朝与高丽交通、海道已经熟悉，据海商所说，从四明或杭州，若得顺风，二三日入洋，五日抵达墨山入高丽境，自墨山过岛屿，七日至礼成江，又三日抵岸，再四十余里，便至其国都。往返一次，约四五十余日。而日本国，向来倭人至我大宋者有之，而大宋至其国者少，海道风险略高。但高丽国所产，是人参、水银、石決明、茯苓、鼠毛笔等物，获利远不及日本国。日本国有丁八十八万三千余众，多金矿，生丝、糖贩至彼国，获利近十倍。故杭州市舶司官船往往分走高丽、日本国两处，往返一次，获利超过杭州府一年茶盐之税。杭州市舶司行此事之后，臣思逐年减少百姓科赋，使两税法名副其实。至于高丽使者来华，除了朝贡之外，主要是求皇上赐书。"

"赐书？"

"高丽国一向心慕汉化，臣以为不妨许其国使者买《九经》、子、史类书，而陛下可以要求高丽国贡马，或许可让大宋官民从高丽买马。"石越答道。

“高丽也有马？”赵顼奇道。

“高丽国产马，日本国产水牛……”

石越回到府邸之时，天色已经全黑。

君臣二人相谈如此之久，在外人来看，那也许是证明石越恩宠未衰，但石越自己却非常明白，赵顼已经有猜忌自己之意。几个时辰的交谈，全是说石越在杭州的政绩，与外国交通的利弊，没有一个字涉及与辽国的边境纠纷，更没有对石越的任何任命，皇帝召他回来，难道是在乎他在杭州的政绩吗？

下了马车，管家石安早已率领家人在门口恭候。侍剑见着石安，便问道：“安叔，房间收拾好了吗？”

“已经收拾好了。”石安笑着迎石越进府，一面说道：“最近桑府又送来了一个厨娘，竟是张八家的庶支，端的好手艺，小的已叫她准备了晚餐……”一面走着，两旁的家人纷纷请安，丫鬟婆子等女眷则在中门以内给他请安。石越心里不甚喜欢这些排扬，进了中门，也没有注意看，就随口说道：“不用多礼，都散去吧。”

不料回答他的，竟是一阵莺声燕语：“谢学士。”

石越愕然抬头，这才发现跪在他面前的，除了几个熟悉的丫鬟婆子外，更多了一群红绫绿衣的歌姬，一个个都长得美艳动人。当时官宦之家，便是个县官，蓄养歌姬也不过平常之事，但是石越府中却从来没有养过这些人。石越的脸顿时沉了下来，指着那些歌姬，冷冷地对石安的老婆问道：“安大娘，这是怎么回事？”

石安家的见到石越动气，忙道：“学士，这些婢女是石安叫养在内院，等学士回来再处置的。奴家便拨给她们一座院子，平时并不许她们随便走动的。”

石越见她说得不明不白，更加恼怒：“这事潘先生可知道？”

“这是潘先生出门之后的事……”

“二公子呢？”石越说的二公子，是府内对唐康的称呼。

“二公子一向不进内院的。”石安家的见石越生气，声音越来越小。

石越冷笑道：“好本事，潘先生不在倒也算了，二公子就在汴京，为什么不问过他？你去叫石安来见我。”说罢也不理会，便往厅中走去。石安家的从来没有见过石越发这么大的脾气，连忙跑出去叫石安。

不多时，石安便急匆匆走了进来，侍剑知道石越动气，忙抢先道：“安叔，那些歌姬是怎么回事？内院怎么可以养来历不明的人？”

石安看见石越脸色阴沉，也吓了一跳，忙赔笑解释道：“非是小的敢乱招人进来。学士的家规，小人是明白的，平时便有人送礼都是一概拒绝。便有人丢下礼品，小人也一定会找到府上，给他送回去，绝不敢乱收人家东西。”

侍剑见他说得明白，道："既然如此，那些歌姬又是怎么一回事？瞅着这些歌姬，至少也要几千贯钱，难道是自己跑进咱家的？"

石安笑道："倒也不是自己跑进咱家的。她们也是一位官人送的，送来还没有几天。那位官人留下名帖，还有一封信。只是小人坚拒不受，送的人却不闻不问，丢下便走。小人按名帖上留的姓名打听，却说不是京官，只好养在府内，等学士回来定夺。"一面说一面递上一份名帖与信函。

侍剑接了过来递给石越。石越听他这么说，脸色稍霁。当时官员之间，互相赠予歌姬是十分平常之事，甚至不被人当成贿赂，他自己也是经常要给一些重臣们送礼，只是一向以来，却并不怎么收礼。当下随手打开名帖，看见上面的名字，却不由一皱眉："彭简？"石越万万料不到，这批歌姬竟然是彭简送来的。他也不知道彭简葫芦里卖的什么药，连忙把信拆开，细细读去。侍剑在一边瞅见他的神色，却是一边看一边不住地冷笑，待看完之后，石越随手把信揉成一团，往地上一丢，低声咒骂道："狗拿耗子！"

"公子，我在杭州时，和彭家的书童说过话，知道彭简有个表亲在京师，开了一间大酒楼……"侍剑随石越多年，主仆之间颇有默契，早知石越心意，便轻轻笑道。

石越不待他说完，便举起手，略带嘲讽地说道："明天你们寻着那家酒楼，把这些歌姬给我送回去。告诉彭简那个什么表亲，让他转告彭简，这等粗陋的女孩，还入不得我的眼！以后别往我府里乱塞。"

侍剑和石安都不由一怔，不料石越居然说出这种不给人台阶下的话来——须知石越平日对人，都是非常懂得留余地的。彭简与他在杭州同僚这么久，表面上并无矛盾，不过送几个歌姬给他，也是一番好意，如何便说出这种重话来？

侍剑迟疑道："公子，这……这话似乎不宜说得太过……"

石越瞪了他一眼，沉了脸，喝道："照我的话去办便是，有什么过不过的？"

侍剑与石安见他发作，也不敢再说，连忙应道："是。明日就去办。"

石越这才不再说什么，吩咐道："等一会儿让人把最近的报纸送到我卧房，侍剑，你也累了一天了，早点休息。"说完，转身便往卧室走去。他也自知心绪太乱，需要好好休息一下，才能更好地迎接这次的挑战。

石安连忙答应，出去吩咐人进去服侍石越睡觉。待人手安排妥当，这才又回到厅中，却见侍剑站在那里，拿着石越揉烂的信在看。他便凑了过去，问道："侍剑，你说姓彭的究竟怎么惹我们家学士了？生这么大脾气，以前也不是没有收过歌姬的，都是客客气气地送回去……"

"安叔，有些事你不知道，也别问。公子最近心情不好……"

石安又试探着问道："是不是外面传的那码事？"

侍剑眉毛一挑，问道：“外面传的什么事？”

“说学士是石敬瑭之后……”

“安叔，你乱说什么！”侍剑厉声斥道。石安虽然是管家，但是在仆人之间，到底只有侍剑是石越最亲信的人。

石安笑道：“侍剑，这不是我乱说，外面满大街在传，有些人更是说得天花乱坠。信的人也有，不信的人也有……”

“这种谣言，也有人相信？真是无知！长了眼的人都知道有人在陷害公子！成百上千的揭帖，攻讦朝廷大臣，他们以为皇上会相信吗？”侍剑愤愤说道。

“皇上信不信倒也难说。”一个声音从厅外传来。侍剑与石安转身一看，原来是唐康与秦观，二人连忙行礼：“二公子、秦公子。”

“我大哥呢？”

“公子已经休息了。”

唐康与秦观对望一眼，笑道：“大哥倒真有几分谢安的风度。”秦观也笑着点头。他们没有看到石越方才恼怒的样子，倒以为石越根本没把这么大的事放在心上。只是石安却茫然不知所谓，而侍剑虽然也读过一些书，却同样不知道谢安是什么人物，二人也不敢多问。

侍剑想起方才唐康所说之话，便笑问：“二公子，为何说皇上信不信也难说呢？我听说皇上是英明之主，这种事情，皇上能相信吗？”

唐康年纪虽小，但是他的师长朋友，都是石越、程颢、苏辙、桑充国、晏几道、秦观这样天下一等一的人物，加上生性聪明，论到见识，远非一般人能比，平时行事果决，有时候竟让人觉得便是石越也颇有不如。这时候见侍剑追问，不由叹了一口气，说道：“隋文帝杨坚何尝不是英主？不过因为一句童谣，一个梦，就诛杀了多少姓李之人？身居高位者，对能干的下属，有几人能没有猜忌之心？”

隋文帝的典故，侍剑与石安倒是都知道，坊间评书常讲那一段。石安不由就紧张起来，小心翼翼地问道：“那……那学士会不会……”

唐康望了他一眼，心中一动，嘻嘻笑道：“安叔不用担心，我大哥圣眷未衰呢。我方才看到那边院子里有十来个歌姬，若是咱们家有事，别人避之唯恐不及，能有人来送礼吗？”

他提起那些歌姬，石安与侍剑不由相对苦笑。唐康见二人神态甚是古怪，不由笑问：“这又是如何？那些女孩子有什么古怪吗？”

石安便笑着把经过说了一遍，唐康听完，便问道：“侍剑，信中写了什么？”侍剑脸色尴尬，却不说话，只把信递给唐康。

原来彭简以为石越入京必然会被皇帝加以大用，他便想趁机巴结石越。自来少年新贵没有几个不好色的，而且韩梓儿与石越成婚经年，却一直没有生育。若在杭州，碍着韩梓儿的面，还不好贸然送歌姬。此时他们夫妻相别两地，石越枕边寂寞，他便让京师的表亲买了十几个色艺双全的女孩子，抢在石越回京之前送到他府上，料想必能投其所好。但是他却不太懂得含蓄之道，石越与韩梓儿结婚两年多，虽然谈不上如漆似胶，却也是恩爱非常，他在信中隐约暗示韩梓儿没有生育，对梓儿已是颇有不敬之意。平日对梓儿百般维护的石越看到这些话自然非常生气，所以才说出那等话来，意思是告诉彭简："那些女孩子没有我老婆好。"

侍剑看到这些，本来就非常尴尬了，事涉他的主母，哪怕是转叙别人的话，说出来也是不敬，何况韩梓儿平素对下人非常和气，在仆人中也颇得好感；而站在他面前的唐康，更是韩梓儿的嫡亲表弟，唐康平素与梓儿感情最深，是石府众所皆知的事情。

果然，唐康接过信来，略略读了一遍，不由怒从心生，恨声道："大哥骂他已是客气了，真是小人。明日便照样告诉他就是了。"

秦观凑过身子，看了信一两眼，便已知端倪。他却毕竟是旁观者清，笑道："贤弟，石学士此时似乎不宜过多树敌，把这些女孩子好言好语送回便可以了。"

唐康毕竟年纪还小，心里虽然知道秦观说得有理，却依旧气鼓鼓地说道："就这样送回，实在难消我心头之恨！"

"二公子，俗语说，宁得罪君子，莫得罪小人。"石安虽然不知道详情，但也是不主张做得太过分的，只是石越有令，他却不敢违拗，便盼着唐康出来做主。

秦观见唐康还有不平之意，当下微微一笑，走到茶几边上，用手指蘸了剩茶，在几上写了几个字，笑道："明日便把这几个字交给彭简便是。"

三人上前一看，秦观写的却是"燕婉之求，蘧篨不殄"八个字。

唐康熟读《诗经》，看到这句话，不由一怔，转念一想，才明白秦观的意思，不由莞尔，击掌笑道："妙哉！如此才算出了我胸中的恶气。"侍剑与石安却是莫名其妙。他们自是不明白，秦观引了《诗经·新台》中的这句诗，也是在嘲笑彭简——"你给我送枕边人，鸡胸驼背之人我可不喜欢。"

杭州，早春。

留连戏蝶时时舞，自在娇莺恰恰啼。

彭简一身便服，带着两个小厮走在杭州南郊的田间小道之中。江南的田野风光让彭简亦忍不住赞道："真是好所在！"

两个小厮却是一脸茫然："这又是什么好所在了？杭州十里八郊哪里不是这样的地方？"

彭简笑骂道："你们又懂什么，风雅之地，有风雅之人。龙必潜于深渊，兰必生于幽谷。我们可是来找一个兰心蕙质的美人儿。"

"什么美人？还用得着使君您亲自来寻？"

彭简笑道："你们不知我费尽辛苦才找到她隐居之所，若非我亲自来，必然请不动她。"

一个小厮咋舌道："难不成是什么公主娘娘，哪有这么大的驾子？官府相请，也敢不来？"

彭简显得心情极好，笑道："倒也并非什么尊贵之人，不过却是子明学士的红颜知己，以前也是京师有名的歌姬。我听说她脱籍回了杭州，便让人查阅户薄，终于找到。"

"那怎么竟住在这种地方？难道是什么屋藏什么？"那小厮奇道，另一个小厮啐骂道："那叫'金屋藏娇'。"

"可我听石府的下人说，石夫人最是好脾气的一个人，怎么还用……"

"你懂什么？石夫人这么久都没有一儿半女的，将来若一直不生育，便难免犯了七出；要是石学士收了小妾，后来先有了儿子，难免有一天她的诰命不保呢……便是不被休出，恩情转薄，妇人哪有不妒的？"

两个小厮竟是你一句我一句地说起石府的家事来。彭简的心思却早已转到了别处，他托表亲送歌姬巴结石越，那边托驿馆送来急信，说石越把歌姬送还，还有"燕婉之求，蘧篨不殄"八字回复。彭简也是读书之人，马上便想到石越毕竟是有名的才子，寻常女子入不得他的法眼。恰好有门客提起石越在京师结识名妓楚云儿，而这个女子也听说已经脱籍回了杭州。彭简巴结上司倒有一种锲而不舍之心，非要把楚云儿寻出来，好从中给他们做一个冰人。由此不仅一举博得石越的好感，更可以让楚云儿一生都感谢自己，留下一个大大的内援。只是他那表亲却忘记在信中告诉他，京师有关石越的流言……

彭简一行出了田间小路，又穿过一个村庄，便见眼前出现好一片翠绿竹林，郁郁葱葱，一条石径小道，直通幽微之处，彭简已知这便是楚云儿隐居之所。他知楚云儿艳名冠于一时，既然能自赎其身，想来积蓄不少，购下这片竹林田产倒也并不稀奇。只是一般女子谁不愿得嫁有情郎？此次前来，只要动之情，必有希望。

他令小厮在林外等候，自己整整衣冠，沿着林间小道，一路逶迤前行。这片竹林甚大，走到深处，已是非常幽静，只隐约听到有泉水流动的声音，伴着自己踩着竹叶发出来的沙沙声，真是雅致之极。若不是知道楚云儿是石越旧人，彭简几乎便想将此处夺为己有。

走了数百步之后，便到了竹林的尽头，眼前豁然开朗，一座好大的院落，便座立在离竹林约百步的地方，一条小溪绕着院子流向远方。院子后面是一望无垠的田地，此时未到农忙，田地里并无农人的身影。彭简朝院子走了几步，见一个十五六岁的少年正在井边吃力地打水，忙走过去，抱拳问道："敢问小哥，这里便是杨家院吗？"

那少年扭过头来，瞥了他一眼，反问道："你是外地来的？找亲还是访友？"语气虽然生硬，声音却极是娇软。

彭简吃了一惊，细细打量，不觉好笑，原来这少年竟是个小女孩，长相清秀，一双漆黑的眼珠咕溜直转，透着几分江南人特有的灵气。他既不知这女孩和楚云儿有什么渊源，此时为博得楚云儿的好感，便加倍客气，笑道："原来是位姑娘，多有得罪。在下前来，是想访一位芳名楚云儿的姑娘……"

那女孩听到"楚云儿"三个字，却将水桶放下，转过身来，对彭简笑道："这位官人，我看你是找错地方了，这里是杨家院，哪有什么楚云楚雨的？"

彭简笑道："姑娘莫要诳我，我若非打听清楚了，怎敢贸然来访？实是特地来告诉楚姑娘一位故人的消息，且有重要事情相商。若是姑娘与楚姑娘有什么渊源，还劳烦通报才是。"他说完，见小女孩依然在狐疑，又笑道："楚姑娘改了姓，现时叫杨云，不过杭州户薄上，两个名字都标着，断然错不了的。"

那女孩显得有点儿吃惊，上下打量了彭简一番，狐疑道："你又是什么人？官府的户薄你怎么知道？"

彭简嘻嘻一笑，捋须道："在下彭简，现任杭州通判。"

这女孩叫阿沅，原是楚云儿在杭州旱灾时收养的孤儿。楚云儿回杭州后，已寻不着亲人，便用积蓄购置了一些产业在此安身。待听说石越来杭做知州后，她便让人去户薄上改了名字，怕的是石越检视户薄时看到自己的名字。她却不知凡是改名的都会留下档案，若是石越细查户薄，焉能不知？那改名之事，实是多此一举。因此彭简轻易便能从户薄中寻出她下落。楚云儿在京之事偶尔也和阿沅说起过，兼因阿沅聪慧可爱，楚云儿也教她些文字歌赋之类。平时楚云儿总要让人去杭州购买或抄录邸报，凡与石越有关的报纸、书籍，必要珍重收藏。阿沅视楚云儿为亲姐姐一般，便常常主动替她关注这些，因此这杭州通判彭简的名字，她倒并不陌生，只是却不知道这么大官前来找自家姑娘，所为何事？难道是石越托他前来？

想到此处，阿沅心中一动，脸上却假装迷糊，道："杭州通判是什么呀？"

彭简却以为她是乡村的小女孩，不知官职，笑道："便是杭州的父母官，和杭州的知州一起，管理杭州百姓的官。"

阿沅装得吃了一惊："原来你就是官呀？"

彭简见她如此不知礼数，几乎要笑出声来，笑道："对，我就是官。可肯替我通报？”

阿沅却摇着头，道：“你要告诉我有什么事才可以通报的。我家姑娘说，她从来不认识什么官的。”

彭简见她言语中已承认是楚云儿的家人，心里暗喜，笑道：“我的事必须和你家姑娘当面说。你说你家姑娘不认识官，那可未必，石学士和你家姑娘便是旧识……”

“什么石学士木学士呀？我家姑娘哪里便认识这么大官，我看官人是找错人了。”阿沅依旧摇头，转身作势欲走，连水桶都不管了。

彭简忙道：“断不会找错人的，你快去告诉你家姑娘，以免误了大事。”

“我们乡村之人，哪有什么大事可误？这样，官人，我帮你说一声，你在这儿等着，找没找错人，得问我家姑娘才知道，对不？”

彭简是有求于人，忙点头道：“正是，正是。姑娘通报时，切记转告你家姑娘，此事与石学士有关。”

“知道了，你等着便是。”阿沅笑着答应了，也不再多言，转身往院中走去。

彭简背着手，在井边等了好一阵，阿沅却一直没有出来。他正心急间，却见一个男仆模样的人走了过来，对他揖了一礼，道：“我家姑娘有请彭使君，不便亲迎，还望使君恕罪。”

彭简见楚云儿没有亲自出来迎接，心中微觉不快，却又不便发作，只好略端着架子，道：“无妨。”

“那使君这边请。”

随着男仆进到院落之中后，彭简才发现这个院子并非普通的农家院落。院子的西北角盖满了一座座类似于作坊的房子，时时能听到牛骡驴等牲畜拉磨的声音，而作坊中，堆满了甘蔗与甘蔗渣。彭简这才知道楚云儿还经营制糖业。制糖业在当时本就是高利润行业，自从石越通商日本国之后，因日本国不产糖却需求极大，糖更一跃成为可以与丝绸相提并论的暴利产业。当时台湾被称为琉球，并未正式纳入大宋行政版图，大陆种植甘蔗，首推广东、福建、成都三路，唐家更是在老家蜀中大力发展制糖业，只是当时生产效率低下，产量远远不能满足需求。两浙地区的甘蔗种植虽然比不上三地，所制之蔗糖质量亦显低下，但是因为节省运输费用，卖到高丽、日本国，其利润也相当可观，因此民间颇有百姓以此为业。彭简料不到楚云儿竟然颇善经营，已是吃惊，而杨家院外示清幽，内实热闹，更出乎他的意料。他哪里知道，楚云儿一颗痴心寄托在一个不可能的人身上，再也没有办法接受别的男子，若是隐居山林，不与人来往，整日无所事事，胡思乱想，便不早夭，亦是生不如死，她实是刻意寻一个避世而又热闹的所在，给自己找点事情做，来打发难捱的光阴。因相思而寂寞的时候，最怕一个人独处。对于楚云儿来说，若能看着旁人的热闹，虽然不能减相思分毫，却至少可以让自己感觉到世界的生气。

那仆人见彭简打量院子，忙解释道："西北角是作坊，做的蔗糖产量并不太大，不过略略可以让村里补贴家用。我家姑娘却是住在东南角竹泉旁。"

彭简"唔"了一声，拿腔道："某也料到你家姑娘本是清洁高雅之人，毕竟不与群芳相同，怪不得石学士与她相善。"

那仆人见他说话文绉绉的，便有几分听不懂，只是猜到是夸奖的话，因笑道："使君过奖了。"他却也不敢再说话，默默地把彭简引到院中东南角溪边一处宅前，道："便是这里了。"

彭简定睛打量这座宅子，却见粉墙柳树，虽然不大，却也非常幽致。不由暗暗点头，见那仆人不进去，不由奇道："你不进去吗？"

那仆人笑道："我们是不住在府里的。"

彭简若有所思地点点头，却见大门"吱"的一声开了，阿沅换了一身光鲜的男装，走了出来，对他笑道："彭使君，我家姑娘有请。"

"有劳。"

彭简随着阿沅走进客厅坐下，打量客厅，却见西面墙上挂着一幅字帖。他不由站起身来，细细欣赏，只见虽然是龙飞凤舞的狂草，但是字迹中却自有妩媚娟秀之意，显是女子所书。上面写的是一首词，彭简不由轻声读道："梦绕神州路。怅秋风、连营画角，故宫离黍。底事昆仑倾砥柱。九地黄流乱注。聚万落、千村狐兔。天意从来高难问，况人情，老易悲如许。更南浦，送君去。凉生岸柳催残暑。耿斜河、疏星淡月，断云微度。万里江山知何处。回首对床夜语。雁不到，书成谁与。目尽青天怀今古，肯儿曹，恩怨相尔汝。举大白，听金缕。"

再读落款，却是"调寄《贺新郎》，某日楚云儿醉书石词"。彭简不由心中暗喜，石词流传甚广，这阕词外间却从来没有人听说过，可见石越果然与楚云儿交情匪浅，而楚云儿对石越，也绝未忘情。

正在想入非非之际，却听身后有人柔声道："彭使君远来，多有怠慢，还请恕罪。"

彭简忙转过身去，见一个眉目如画的美丽女子正朝着他盈盈下拜，他已知是楚云儿到了，连忙还礼，笑道："冒昧打扰贤主人，还望见谅。"

楚云儿又还了礼，请彭简坐了，方才问道："贱妾何人，敢劳使君枉驾，不敢问使君屈尊，有何赐教？"

彭简却不回答，只指着那幅字帖，笑道："方才读到一首好词，敢问姑娘是何人所作？下官竟是从未听过。"

楚云儿瞥了那幅字一眼，淡淡地回道："彭使君见笑了，那不过是一个故人所作，不足为外人道也。”一面对侍立一旁的阿沅道：“阿沅，把那幅字收起来。”

彭简看着阿沅去取那幅字，一面笑道：“这字倒是可以收起来，可心里的人，又如何能收得起来？”

楚云儿身子一震，旋即笑道：“贱妾听不懂使君在说什么？使君若是没什么事情，奴家一个妇道人家，不便留客……”

彭简却端坐不动，笑道：“楚姑娘不必急着下逐客令，下官这次前来，全是为了姑娘好，你就真的不想和写那首词的人再见上一面吗？下官不妨直说，若是姑娘答应，在下愿意做个冰人……”

“彭使君。”楚云儿背转身去，打断了彭简的话，“若是没有别的事情，恕贱妾不敢留客。”

彭简不料她不问情由便如此断然拒绝，不禁愕然，道：“下官可是一片好意，错过这个机会，只怕姑娘后悔。”

“奴家后悔不后悔，不敢劳彭使君费心。”

彭简只道马到功成，却不料碰了个钉子，不禁有点儿恼羞成怒，正要发作，转念又想到她与石越的关系，总算硬生生地忍住，又道：“姑娘三思，只要你应允，某保你们有情人终成眷属，胜过两地相思，整日守着空闺……”

“彭使君美意，我心领了。阿沅，替我送客。”楚云儿竟是不容他多说，说完便往内房走去。

彭简一脸尴尬，发作也不是，不发作也不是，也不待阿沅相送，站起身来，哼了一声，甩袖而去。

阿沅也顾不得彭简，连忙往内室走去，却见楚云儿坐在铜镜前发呆，她轻手轻脚地走过去，搂着楚云儿的肩膀，笑道：“姑娘，我看那个姓彭的也是好意，为何……”

楚云儿勉强一笑，淡淡道：“阿沅，你还小，不懂人间的险恶。若是他果然于我有意，他知道我的性子，自会亲自前来，便不能亲自前来，也会有一纸手书，何必去托别人？姓彭的不过是看他青云得意，想拿我做工具罢了，我又岂能在他面前自甘下贱，为他所轻？”

“姑娘，他真有那么好吗？不就是官大吗？既然他这么无情无义，不如另找个人嫁掉便是。天下未必没有好男人。”

楚云儿听她说得轻松，不禁苦笑：“有些事情，不碰上是不会懂的。我也不必嫁人，现在这样，一样挺好，不是吗？”

阿沅嘟着嘴，摇了摇头：“我看你心里苦得很，有什么好的？我听说石夫人一直无子，或许……或许有一天，他会念着旧情吧？”

楚云儿微微摇了摇头："傻孩子……你不明白他的心有多大。比起他的理想来，就算他喜欢我，也不会娶我，何况他对我，不过是朋友的感情罢了。况且，我也不能和桑家小妹妹去争……"楚云儿淡淡地说道，嘴角竟还挤出一丝微笑来，似乎在说别人的事情一般，但便是阿沅这样的小姑娘，也知道她的心，此时是碎的。

在痛苦的时候强颜欢笑，其实是一件最容易不过的事情。

彭简郁郁回到府中，一肚子的闷气无处发泄。似他这种人，若是吃了上官的脸色，还能若无其事，但若是吃了下位者的脸色，却不免要百般的烦闷与气恼。

气冲冲地走进中堂，管家小心翼翼地凑上前来，禀道："使君，有京师的来信。"

"什么京师的来信？别来烦我。"彭简没好气地喝道，寻又对管家喝道，"把家里的那些歌姬，每人打十板子。"

管家完全不知道那些歌姬怎么就惹着彭简了，只是当时家养的歌姬地位低下，被主人打骂，实在是寻常不过的事情。管家也不敢触彭简的霉头，连忙答应："是。"弯着腰便要退出去。刚刚走到大厅门口，却又听彭简喝道："回来。"他连忙又跑了回去，听彭简训道："你跑什么跑？"

管家一面暗叫倒霉，一面给自己打了几个耳光，低声下气地说道："小人知错。"

彭简皱眉看了他几眼，不耐烦地挥了挥手："罢罢，方才你说京师的信，什么信？"

"是京师表舅爷的信。"管家连忙把信递上。

彭简接过信来，拆开细读，才读到一半，脸上已是由阴转晴。"原来姓石的竟然也有倒霉的一天。哈哈……"彭简几乎畅快地笑出声来，"石敬瑭之后，有异志……"突然，他脑中闪过一个念头，他连忙冲到书房，铺开一张白纸，也来不及磨墨，便用墨笔蘸点唾液，将在楚云儿家看到的那首石词默了出来。写完之后，彭简又细细读了一遍，他的脸上不由露出了一丝惊喜之色。"好你个石越，难不成真是石敬瑭之后，居然敢写反词！"一面又取出一支朱笔，在石越盗用的张元幹的那阙《贺新郎》上圈点。

"故宫离黍？谁的故宫？这兴亡之叹，从何而来……昆仑倾砥柱？我大宋还好好的，石越到底在感叹什么？什么又叫天意从来高难问……什么又是万里江山知何处？"

彭简越圈越惊，越点越喜，惊的是石越写出如此词来，只怕当真是什么石敬瑭之后，喜的是这么一宗大富贵，竟然落到了自己手上。

喜不自禁的彭简一面叫来心腹手下暗暗监视石越家眷和楚云儿住所，一面赶忙写了一份弹劾石越的奏章，用加急密报，连夜差人送往京师。

4

汴京大内。

赵顼受到的压力越来越大。诚如《汴京新闻》所说，这次的事件，肯定就是有人在陷害石越。但是是谁在陷害石越是一回事，陷害的内容有没有可能是真的，是另一回事。若石越真的是石敬瑭之后，即使他本人没有野心，但是这种谣言出来之后，若是石越权势日重，就难免有一天某些贪图富贵之辈，给石越也来一次黄袍加身。这种谣言只要存在，总会有人想让它变成真的。但是赵顼也不愿意就这样杀了石越或者不再重用石越，他可不希望遭到后世的讥笑。况且君臣之情，人才难得。思前想后，无尽的思绪都让赵顼不愿意贸然做出任何决定。

这些天他几乎每日都要召见石越，君臣纵论古今四海，了解石越对一些政务的想法，更让赵顼越发珍惜石越这个人才。但是关于辽事，他却不愿意问石越的意见。战争是野心家的机会，赵顼不希望石越在这件事上，加重自己的疑惑。

“国家现在的状况，臣自出知杭州后，感受实深。朝廷养兵百万，却常患无兵可用；赋税多如牛毛，却常患国用不足；官吏十倍于古，却常患无官可用；百姓便遇丰年，也往往今日不知明日的死活……”

“卿有无良策以救此弊？趁着还来得及，咱们君臣合力，还可以改，可以变……”

赵顼闭着眼睛，回想着和石越的对话，眉头锁得更紧了。忽然，听到内侍报道：“启禀官家，韩丞相与三位参政求见。”

“宣。”赵顼霍然睁开双眼。

未多时，韩绛与吕惠卿、冯京、王珪联袂走了进来，叩拜见礼。

“丞相，有何要紧事要禀奏吗？”赵顼看着他们的表情，便知道出了大事。

“陛下，这里有杭州通判彭简的急奏……”韩绛双手把一份奏疏托过头顶，恭恭敬敬地递上。

赵顼接过内侍递来的奏折，奇道：“彭简？什么事值得惊动卿等四人一起前来？”

韩绛苦笑道：“这件事，臣等有争议，故此要请陛下圣裁。”

“唔？”赵顼一面打开奏折，才看了几眼，脸就沉了下去，奏折中所叙，正是弹劾石越写反词，而且说石越通商高丽、日本国，是欲结外援以自固；训练水军，其心更属难测。字字诛心，直欲置石越于死地。

“臣认为，本朝一向恩遇士大夫，例无以言罪人之事，似彭简折中所说，一来并无实据，二来多属附会，实在不足以惊动圣听，本欲对彭简严加训斥，但是吕参政却颇有异议……”韩绛一面说，一面把目光投向吕惠卿。

赵顼“嗯”了一声，望向吕惠卿。

吕惠卿连忙出列，朗声道：“陛下，若在平常时候，这等折子上来，的确不必深究。才子词人，自写自的兴亡之叹，本也平常……但这个时候，臣虽然相信石越是个忠臣，只是众口铄金，臣以为还是应当问明石越，或使御史查明此案，使清浊自分……”

“问明石越？”赵顼意味深长地问了吕惠卿一眼，反问道。

“正是。”吕惠卿一时竟拿不定皇帝打的什么主意。

赵顼冷笑一声，把奏章丢到一边，对韩绛厉声道：“丞相可去告诉彭简，人家自写自己的词，干他甚事？石越通商与练水军，是朕知道的。水军提辖，是朕亲派的，那些捕风捉影的话，不是他彭简身为朝廷大臣所应当乱说的！”

吕惠卿听到皇帝声色俱厉、几近于训斥的话，已知皇帝对石越还有保全之意，但是如此千载难逢的良机，他怎肯放过，连忙跨出一步，说道：“陛下——”

“吕卿还有什么要说的？怀古之词，实在不必大惊小怪。”

“陛下圣明，但臣也有疑惑的地方。依彭简所说，这首词是在石越交好的歌妓楚氏处寻着，而偏偏此词，坊间流传的几种《石学士词钞》，皆无收录；教坊歌女，亦从无传唱者。若是平常之作，为何又秘而不宣？陛下可以细读这首词，实在是不可多得的佳作。”

冯京忍不住说道：“一首小词，未流传于坊间，也是平常。”

“若是我与冯参政的词，不能流传，倒并不奇怪，但这是石九变的。”

赵顼细细思量吕惠卿说的话，不由也有几分疑惑起来。冯京见皇帝犹疑，急道：“陛下，本朝祖宗以来，未尝以言罪人，况且石越一介书生，若说有反意，他又凭什么造反？”

吕惠卿看了冯京一眼，徐徐道：“现在不能，不代表将来也不能。臣也以为石越人才难得，因此要尽量保全。但他牵涉这么多事情，若不辩明，就难以大用，用之也不能服众。陛下或者就此一切不问，让他去太学做教授、白水潭做山长，或者给一散官闲置，不使他掌大权；或者就要让他辩明一切，使清浊分明……”

韩绛本来并没有想为石越分辩的意愿，但他十分恼怒吕惠卿风头太健，这时候忍不住道：“陛下，臣看彭简亦不过是在一个歌女家看到这首词，是不是石越写的，都还难说。许是彭简与石越在任上有隙，怀恨构陷，也未尝没有可能。若就这样捕风捉影让石越自辩，形同污辱，不如先遣人去审那个歌女，看是否真有其事，再问石越不迟。”

赵顼想了一想，点头道：“丞相说得有理。”

吕惠卿见皇帝认可，不敢继续争辩，忙道："陛下圣明，臣以为可让彭简去查明证据，也可稳妥。"

冯京冷笑道："让彭简去查，又如何能公正？不如由两浙路提点刑狱公事晁端彦去查。"

吕惠卿却故意迟疑了一下，摇头道："臣听说石越在两浙路官员中威望甚高……"

王珪见二人争执，韩绛又朝自己打眼色，知道自己终究是不可能置身事外了，只得出来折中道："陛下，臣以为可着晁端彦将那个歌女提来京师，令韩维审理，再钦点两个御史去旁听。如此该回避的人都回避了，若有人想污蔑石越，石越就在京师，也可以对质……"

赵顼心里苦笑："弄清楚了又怎么样？若真的是石越所写？朕还能杀了他？这些东西，又算得了什么真凭实据？徒乱人意罢了。"但他此时已听出几个宰执之间的争执，想想这也是折中之计，也不再多问，点头道："就依此言。这件事情，要快点弄清楚。"

杭州钱塘，市舶司。

"你说什么？"蔡京腾地站起来，犀利的目光逼视着他的家人蔡喜。几个歌姬被吓坏了，一下子都停止了弹唱，不知所措地望着蔡京。

蔡喜望了那几个歌姬一眼，又望了望蔡京。

蔡京把袖子一挥，对那些歌姬喝道："都退下去吧。"

蔡喜望着那些歌姬都退了下去，这才低声说道："提举，断不会错的，小人在迎春楼与彭简家的两个家人喝酒，听他们说的……"

"彭简敢派人监视石学士家眷？"蔡京站起身来，背着手思忖。

"不只是石学士家眷，还有杨家院的，一个叫楚什么的女子。"

"楚……楚云儿？"蔡京突然想起楚云儿的名字，追问道。

蔡喜忙不迭地点点头："正是，正是楚云儿。"

"姓彭的想干什么？"蔡京凭直觉就知道彭简敢这样做，一定有大问题。

蔡喜却以为蔡京在问他，小心答道："依小人之见，一定是不利于石学士。"

"难道朝中有什么不对？"蔡京心道，但他马上就打定了主意：大丈夫不能五鼎食，便当五鼎烹。他被石越举荐的那一刻起，就已经是石党了，这时再犹疑，也来不及了。他走到蔡喜跟前，压低了嗓子，沉声说道："我亲自去石府和陈先生商议，你立即安排心腹差人，多带人手，赶去杨家院，说楚云儿涉及市舶司一桩走私案，将那个地方看管起来，把彭简的人全部赶走。我见过陈先生，再去那里计议。"

"是，小的立即去办。"蔡喜连忙答应。

蔡京点点头，寒声道："你知道我的规矩，不要怕什么，把彭简的人全部赶走，不许他们带走杨家院的任何东西，有什么事情，我来担着。"

"提举放心，小人是办惯事的人，岂能不知道轻重？"蔡喜答应着，作了个揖，便匆匆退了出去。

蔡京目送着他离开背影，忍不住冷笑道："彭简这个蠢货！既然要对石学士不利，却又如此束手束脚、瞻前顾后，不管你有什么打算，蔡某也能让人证物证一齐消失！"一面高声喝道："备马，去石学士府！"

蔡京刚刚在石府前下了马，未及让差役通传，忽然听到北边一阵急促的马蹄声由远及近而来，转瞬的工夫，一白两黑三骑呼啸而至，"吁——"的一声，勒马停在石府大门前十步左右的地方。马上的三个骑客熟练地翻身下马，箭步直奔石府大门而来。

"侍剑？"蔡京望着为首的那个少年，不禁失声唤道。这时候遇上石越的心腹书童，真的是又惊又喜了。

侍剑听到有人叫他，向这边转过脸来，见是蔡京，急忙走近，笑着行了一礼："蔡提举。"

蔡京却不敢受他的礼，不待他拜下，便已经扶起，问道："你怎么回来了？不是随学士去京师了吗？"

侍剑笑道："我是特意回来报平安的。"一面高声向另外两个家人说道："你们先进去，告诉夫人和陈先生，我回来了。等会儿就去参见。"

这会儿工夫，蔡京的心思已转了几转——石越特意让亲信的书童回来报平安，可见京师里一定发生了什么不平安的事情，否则的话，石府多的是人差遣，怎么可能让侍剑受这来回奔波之苦？

他看了一下四下无人，不由低声问道："京师里一定发生大事了，是不是？"

侍剑淡淡一笑，道："蔡提举不用担心，没什么大事。若有大事，我还报什么平安？"

蔡京见他如此神态，不由也放了几分心，他知道侍剑做事老成，多问无益，便不再追问，转过话题，说道："没什么事便好。杭州却是出了几件怪事，我来此，正是要找陈先生商议。"

侍剑眉毛一挑，道："怪事？"

蔡京点点头，却不再多说，道："此处不是说话之所，先进府再说吧。"

"也好，我去叫了陈先生，到他的书房说话。那里很幽静。"侍剑听蔡京的语气，知道必是有秘事相商。

石越入京后，杭州石府的事务，一向便由陈良负责打理。这时候见侍剑与蔡京竟联袂而来，陈良心中便已有了不祥的预感。待听蔡京说完蔡喜报告的事情，侍剑毕竟年岁还小，对于事情所见未深；而陈良又不太懂得权谋机变。二人听说彭简如此大胆，竟是一时都呆住了。

蔡京一向自视甚高，对二人如此反应，倒也不以为怪，他只望着侍剑，再次追问道："侍剑，你在京师，果真没有听到一点风声？"

侍剑这时知道已不能隐瞒，思忖一会儿，方道："京师的确有谣言，但是皇上极信任我家公子，几乎每日都会特意召见，这样的恩宠，天下少有。"说着，便把京师发生的事，简略地说了一下，不过他出发时，彭简的奏折还没到汴京，他也不知道更多。

蔡京低着头想了好一会儿，才抬起头来，道："依在下之见，必然是彭简也听到了一些风声，在搞什么古怪。而这个古怪，又必然与楚姑娘有关……"

"可是他又能玩出什么花样来呢？"陈良疑惑地问道。

蔡京微微一笑，道："他能玩出什么花样来，我们在这里想是想不出来的。但不管他玩什么花样，我们都要抢得先手。彭简心怀忌惮，所以不敢乱来，这就给了我们机会。我已经嘱人，说楚姑娘涉及市舶司一桩走私蔗糖案，去杨家院将彭简的人赶走，把杨家院控制起来。等一会儿，我再自己去一趟，看看能不能从楚姑娘口中探听出点什么来。"

侍剑与陈良见蔡京如此胆大妄为，又是吃了一惊，但此时他们却也没什么更好的办法，只得依他行事。侍剑知道石越与楚云儿交情非比寻常，生怕蔡京乱来。想了一想，说道："蔡提举，楚姑娘与我家公子交情非同寻常，提举若是探不出什么话来，便让小的去一次，或者更容易让楚姑娘相信些。"

蔡京岂能不明白他的意思，虽不以为然，却亦笑道："如此甚好。"

"那，这些在本府周围的人，又要如何处置才好？"陈良问道。

"很简单。"蔡京望了屋外一眼，冷笑道，"胆敢监视朝廷重臣，他们是御史台还是皇城司？统统抓起来，严刑拷问，拿到证据，凭此一条，日后便能让彭简吃不了兜着走。"

陈良与侍剑听到他的话，都不禁心中一寒，蔡京却若无其事地继续说道："杭州的情况，要修书急送京师，报与石学士知道。我们三个，都在石学士的船上，有些事情，石学士不方便做的，我们要替他做了。似彭简这样的蠢货，本来就不配做石学士的对手……"

侍剑低着头，想了半晌，抬头望了陈良一眼，咬咬牙，道："陈先生，这件事情，就照蔡提举的主意办了，我看这样处置，再差也不可能给公子惹麻烦的。"

陈良沉默良久，终于也点了点头，表示同意。这两件事情，的确都有冠冕堂皇的理由。

蔡京见二人答应得勉强，不由暗暗冷笑，心里便有几分看不起陈良，当下略带嘲讽地说道：“若是陈先生觉得下不了手，其实倒有更好的办法。陈先生只需将这些人抓起来，送给晁美叔，然后自己亲自去看晁美叔审案——自然有人替我们用大刑的，到时候，还有一个人证在那里，看彭简如何脱身。”

侍剑却没有听出来蔡京嘲讽的语气，拍手笑道：“这个计策好！既然说定，我们就分头行事，先辛苦蔡提举去一次杨家院；陈先生去安排官兵抓人；小的还得先去见夫人，想来夫人已经等得不耐烦了。”

侍剑刚出了西花园，就被一个丫头一把拉住，嗔怪道：“侍剑，你跑哪去了？让我好找，夫人等你好久了。”

侍剑连忙赔礼，笑道：“姐姐容我去换件衣服。”

“哪还顾得了这么多呀？先去见夫人吧。”丫头也不容分说，拉着他便入内院走去。

侍剑心里暗暗苦笑，不管他在外面怎么样，到了屋里，却始终是个书童。被丫头连拉带扯，到了后园，也来不及整整衣冠，就听那个丫头高声叫道：“夫人，侍剑来了。”

“让他进来吧。”却是梓儿的声音。

侍剑连忙随便拍了一下衣服，快步走进后堂，见梓儿坐在厅中右侧上首的椅子上，手里拿着针线和一只未绣好的香囊，却是一直没有下针。侍剑叩了个头，道：“给夫人请安。”

“嗯，你起来吧，一路辛苦了。”梓儿柔声道。

“谢夫人。”侍剑站起来，拆开随身带着的包裹，取出两封信来，递给梓儿身边的丫头，笑道，“公子让小人回来，给夫人报个平安，京师一切安好，请夫人毋念。这里有公子和舅爷的家信，另外老夫人给夫人带了一些东西，不知道已经送进内堂没有？”

梓儿从丫头手中接过信来，笑道：“已经送进来了，我让他们两个去休息了，你再辛苦一会儿，我还有话问你。给侍剑看个座。”她后一句，却是对丫鬟说的。

“不敢，夫人吩咐便是，小人站着侍候就行了。”

梓儿一颗心思早已飞到石越身边去了，哪里还听得见他在说什么？先拆开石越的家书，默默反复读了几遍。石越却是尽拣好的说，无非是一切平安，好得不能再好，让梓儿在杭州好好照顾自己，不用挂念之意，除此之外，便是些夫妻之间的相思情话。梓儿读完之后，张嘴欲问侍剑，想想不妥，将石越的书信珍重折好，交给丫头，又拆开桑充国的家书，细细读来：

“……近日朝野间虽有不利于子明之谣言，但以愚兄之见，则子明圣眷未衰，不足挂心。且奸人陷害之意甚明，皇上圣明，当不会为宵小所欺，贤妹大可放心。开封府已经通缉奸人，愚兄与《汴京新闻》亦全力为子明辩污，便是《西京》报，亦难得深明大义。愚兄相信不久一切将水落石出，子明必受大用，贤妹在杭，须得保重身体，勿为流言所扰……”

桑充国对自家妹子的了解，根本不及石越十分之一。虽然他信中是关切之意，却全然没有想到，梓儿远在杭州，高门大院，虽然自有丫鬟婆子多嘴，可也不可能这么快听得见什么流言。反倒是他这封家书，让梓儿的心一下子就悬起来了。

“侍剑，公子在京师，究竟怎么样？”梓儿一面把桑充国的信收起来，一面装作漫不经心地问道。

侍剑瞅见梓儿读信的神色，心里早已惴惴不安，这时也只得硬着头皮道：“一切都好。”

“你是大哥用惯了的人，若是一切都好，为何让你千里迢迢跑回来？”梓儿一下子就发现了其中的破绽，她心里一急，张口便把“大哥”给叫出来了，脸上不由一红。

侍剑赔着笑回道：“夫人想想，若是有什么事，公子怎么会让小人回来呢？那边不更需要人吗？让小人回来，是公子顾念夫人之意。”

“那京师朝野的谣言，又是怎么一回事？”

“这……”侍剑知道瞒不过了，他立时想到必是桑充国在信里说了什么，心里一面暗暗怨怪桑充国，一面避重就轻地说道，“那是小事，公子说怕夫人担心……夫人尽可放心，小人回来之前，皇上几乎一日一见，君臣之间相谈甚欢，绝不会有什么事的。”一面又略说起揭贴的事情，梓儿听得胆战心惊，直到知道皇帝并没有降罪之意，这才稍稍放心，但心里却忍不住感到一阵难受。她知道石越关心自己，不愿意让自己担心，所以瞒着自己，那不过是一种体惜之意。可她终究是不能为他分忧，不免觉得自己竟是多余，甚至是石越的累赘。心思百转，不免平添自怨自艾之意。

梓儿性子温柔，遇上不开心的事情，也断不肯迁怒别人，却又没什么闺中密友能够倾诉，又要顾着在众人面前不要失态，眼泪涌上眶来，也只得生生忍住，低声对侍剑道：“你休息几天，还是辛苦一下，赶回京师。京师气候比南方要冷，我缝了件貂袍，你替我带过去。替我告诉公子，我只要他平平安安便好。”

侍剑连连点头答应，欲要宽慰她几句，却有身份之隔，正要告退，一个女子掀开珠帘，闯了进来，看见侍剑，劈头就问：“侍剑，你回来了？”

侍剑抬头见是阿旺，忙笑着答应，一面打着招呼。

阿旺走到梓儿身边，将手里一堆东西交给一个丫头，笑道："夫人，这是给您买的颜料与笔、纸，还有琴弦。"

侍剑吐吐舌头，笑道："这些东西还要你亲自去买？"大户人家，丫头侍女亦有大小之别。

"别人买的不合适。"阿旺却是转过头，向侍剑问道："刚刚进府的时候，看到府中的官兵在外面抓人，听说竟是胆敢觑视咱们府上的，不料天下竟有这么傻的贼——太岁头上动土！你知道是怎么回事吗？"

侍剑不由暗暗叫苦，支支吾吾说道："我，我也不知道怎么回事。"

梓儿见他这神态，一颗心又提了上去，问道："侍剑，你老实告诉我吧。"

侍剑见梓儿问得虽然温柔，但是神色却甚是坚定，他知道这个夫人颇有点儿外柔内刚，不能相瞒，只好说道："夫人，这件事情……"说着往左右看了一眼。

梓儿见他如此，心中更是担心，往左右看了一眼，对丫鬟婆子们说道："你们都下去吧，阿旺，你去外面看着点。"

待众人一一退下，侍剑这才把事情详详细细说了一遍，末了，又叮嘱道："这件事本不当告诉夫人，但小的又怕夫心担心，想得太多。只是此事，便是再亲密的丫鬟婆子，亲戚朋友，都不可以说的，否则公子就麻烦了。"

梓儿这时却早已听呆了——她还是第一次知道有楚云儿这个人的存在。"我理会的。"梓儿勉强一笑，说道，"你说那个楚云儿姑娘，现在在杭州？"

"是啊，在杭州杨家院，我们也不知道彭简要搞什么鬼。"

梓儿想了一想，终于下定决心似的，说道："我想去见见她。"

"夫人？"侍剑吃了一惊，他哪里能明白女人的心事？

梓儿柔声说道："你放心，我没有别的意思。只是依你所讲，以前大哥烦恼的时候，也常去她那里，我猜大哥没有娶她，也不过是因为身份地位不相配。既是她能明白大哥的心思，替大哥宽心解闷，我又有什么舍不得把她收进府中呢？"梓儿说到此处，心中一痛，脸上却依然装出极其勉强的笑容。

"这，这……小的以为公子绝对没有这种意思才对。"侍剑碰上这种事情，不由有点儿语无伦次了。

梓儿强笑着看了他一眼，把头转过一边，道："你说我是那种只会妒忌，不识大体的女子吗？"

侍剑慌得连连摆手："不、不是，夫人温柔贤淑，上上下下无不知道的。"

"那就行了。我帮不上大哥什么忙，反累得让他替我操心……"梓儿说到此处，神情黯然，转又强笑道，"你不知道，但凡一个女子，都是唯愿她喜欢的人好的。我去见见她，有些事情你们男人说不通，也许我就能说通了。"

侍剑知道梓儿真要主意拿定，再也阻挡不住，只好说道："那夫人容我去安排一下。这件事，要隐秘一点好，也不能带太多的人，到时候，只说去拜佛。"

"你去安排吧。"梓儿微微点头，柔声答道。侍剑是什么时候离开的，那些丫鬟们是什么时候进来的，她都没有注意。她坐在那儿，望着绣包上的鸳鸯发着呆。凭着直觉，梓儿知道石越遇上了大麻烦，她其实是个很聪明的女子，岂能看不透事情？只是一直被呵护着，没什么太多的世事经验罢了。她担心着石越的安危，责怪自己不能够为他分忧，特别是当她想起那个叫楚云儿的女子之时，心中更是一阵阵的刺痛。没有人愿意和别人分享自己喜欢的人，但是如果自己的丈夫真正喜欢的，竟是那个叫楚云儿的女子呢？一直以来，石越有什么烦恼，从来不会向自己倾诉，自己只是如一个小妹妹一样被呵护，连称呼也是"大哥""妹子"……

如果真是那样，也许自己能做的，是悄悄地躲在一边吧？梓儿终于控制不住自己的眼泪……

杨家院。

蔡京赶到之时，杨家院之外方圆三里的地方，都已在市舶司的控制之下。

蔡喜给他牵了马，笑道："彭简的人都是饭桶，一直在旁边转悠，根本不敢光明正大地出现，一来就被我赶跑了。"

蔡京冷笑道："人家没犯什么事，他就敢光明正大地围村？不怕官逼民反？楚云儿呢？怎么样？"

"小人没敢惊动。"

"你引我去见见她，我们终不能一直围着这个地方，久了必生事端。"蔡京一面走，一面说道。

楚云儿早就意识到不对。

自从彭简来过之后，十几个陌生人便在杨家院附近鬼鬼祟祟地出没。杭州现在虽然也是人来人往，商贾云集的地方，但在杨家院这样的乡下，若有陌生人出现而不立时被乡民们知道，那才真是奇怪之极的事情。到了今天，事情更是越发闹大了，杭州市舶司的差役，也不说缘由，如狼似虎地把杨家院围住，说是要办什么案子——她却不知道那些鬼鬼祟祟的陌生人也被这些差役给赶走了。整个杨家院的百姓都惴惴不安，奇怪的是，那些差役却并没有入院子里骚扰。

"姑娘，有个官儿在外面求见，自称是提举杭州市舶司公事蔡京。"阿沅走到她身边，轻声说道。

楚云儿望了阿沅一眼，见她脸上有担忧之色，便轻轻拍了拍阿沅的小脸，微微笑道："别担心，他们不敢乱来的。去请他进来吧。"她言语之间，竟隐隐有一种傲然之气，几乎让人不敢相信，这个女子以前竟是一个歌妓。

阿沅强压住心中的忧虑，笑道："我有什么好担心的？"不知为什么，她心里有一种不好的预感。

"去吧。我在大厅里等他。"说罢，楚云儿随手往肩上搭了一件披风，往客厅走去。

没多久，便见阿沅领着一个俊雅的年轻官员走进客厅，楚云儿早早站起身来，敛身说道："奴家不便远迎，还请蔡提举恕罪。"

蔡京抱拳还了一礼，淡淡地说道："是蔡某打扰。"

二人说了几句客套话，分宾主坐下，蔡京却不说话，只是静静打量厅中陈设。却见客厅布置，虽然精雅别致，却也没什么特别出奇的地方。

楚云儿对石越这两年在杭州的事情了若指掌，自然听说过蔡京是石越跟前的红人，只是她见惯了各色各样的人，却绝不会对人轻易相信。见蔡京如此，便试探着问道："不知蔡提举枉驾前来，所为何事？奴家听说，市舶司的官差已将敝府团团围住，却不知又是为了哪桩？"

蔡京见她语气温柔，词锋却是犀利，不由一笑，道："蔡某前来，便是为了解释这件事情。"

"解释？不敢当。"楚云儿的话中，已略带讽刺之意。

蔡京是何等聪明之人，哪里听不出她话中之意？这时却只装作听不懂，他不敢贸然相信楚云儿，也不肯以实言相告，抱拳笑道："有人举报说，杨家院涉嫌走私蔗糖……"

楚云儿不由一怔，再也想不到竟有这个罪名，不由反问道："走私蔗糖？"

"正是。"

阿沅见蔡京说得郑重，不由在一边冷笑道："蔡提举，可有证据？"

蔡京也不看阿沅，只盯着楚云儿，淡淡笑道："下官正是来取证了。"

"那蔡提举是取到了，还是没有取到？"楚云儿向阿沅使了个眼色，制止她再说话，淡淡问道。

"差人还在外面做事。"蔡京随口答道，顿了一顿，突然笑道："我特意来此，其实是想问问楚姑娘，外面那些鬼鬼祟祟的家伙，是怎么回事？"

楚云儿奇道："蔡提举，贱妾还以为他们也是市舶司的呢。"

蔡京眉头微皱，追问道："楚姑娘真的不知道？"

"不知道。"

“那彭简彭使君，楚姑娘你总知道吧？”言色之中，蔡京对楚云儿已有疑忌之意。

楚云儿微微点头：“他前一阵子来过一次。”

“敢问楚姑娘，他来此与你说了什么？”蔡京紧紧盯着楚云儿，追问道。

楚云儿不由微觉愠恼，那天彭简和她说的话，她怎么可能向蔡京转述？“蔡提举，这些与走私案有关吗？”

“有没有关系，要说了才知道。而且这件事多半与另一个人有关。”

“与谁有关？”楚云儿冷笑道。

“楚姑娘冰雪聪明，心里自然明白。心照不宣吧。”

楚云儿站起身来，冷冷地说道：“蔡提举，民女没有做过作奸犯科之事，要如何处置，悉听蔡提举之便。若想问彭使君的话，何不自己去找彭使君？”

蔡京见她发作，也不生气，只站起身来，抱拳说道：“楚姑娘实在不肯说，也罢了，想来我自有办法知道……下官告辞，这几天便请姑娘留在府中，不要到处乱跑，以免下人不识，多有得罪。”说罢竟是扬长而去。

楚云儿哪里知道，蔡京在这一瞬间便已定了一个釜底抽薪之计。若是万一不行，便要将她构以重罪，用刑伤于大堂，再让她死在狱中，报一个染病而死，也是事属平常。然后将她家产充没，让彭简无论是玩什么花样，都死无对证。

一个歌女的生命，在蔡京眼里，根本不值几文。

5

汴京，石府。

田烈武加入禁军上军之后，俸禄已经比较优厚。禁军诸军将校，分为二十三等，最高的每月俸禄为三十贯，最低者与士兵一样，只有三百文，相差一百倍。田烈武现在的身份不高不低，做了一个小小的指挥，管着四百骑兵。他是忠臣之后，皇帝钦点，又是武进士，而且又是石府二公子的武术教头，晋升起来，自然比旁人快一些。

石越的谣言传开之后，《汴京新闻》与《西京评论》在客观上帮了石越的倒忙——虽然这两份报纸竭力为石越辩污，但反而吸引了东西两京的人们来关注这件事情。相对而言，老百姓更愿意相信石敬瑭之后这样有传奇色彩的传说。人类有时候，是不喜欢讲证据的。

因此当田烈武去石府给唐康教骑射的时候，总有同僚好心地劝他：“你是上军的指挥，避避嫌对你和石学士都有好处。”田烈武却总是置之一笑，照常来往于石府。

他也不懂怎么样辩驳，像他这样的人，只会做自己认为是对的事情。

不过田烈武也能看到一些人情世故：来往于石府的官员急骤减少，石府前人来人往的，大部分倒是白水潭的学生。而另一方面，石越也很少出去拜客，除了进宫见皇帝外，连白水潭也不去讲课，只是在家里与唐康、秦观谈古论今，有时候田烈武也会坐在旁边静听。

田烈武对石越有一种发自内心的钦慕。有一次，石越看到他在那里招呼人削马掌，便立即叫来一个铁匠，仿着马蹄打制了一块铁块，将铁块烙在马掌之上——铁块比马掌谁更耐磨，是显而易见的。田烈武回营后，立即命令本营军马，全部烙上铁马掌。没几天工夫，京师的禁军，甚至民间，都知道了这个方法。

而当石越和他们讲海外的奇谈之时，讲薛奕带回来的高丽、日本国见闻之时，不仅仅唐康、秦观，便是田烈武，都有点儿羡慕起薛奕那小子起来。虽然他更喜欢的，还是骑在马上奔驰的感觉。

这一天，田烈武便和秦观、唐康一起坐在院子中，听石越讲异国的奇闻物产。

"……猫儿睛这种宝石，一般都是如同拇指大小，莹洁明透，像猫儿的眼睛，所以叫猫儿睛，它的产地，主要是南毗、锡兰等国……"

"学士，南毗、锡兰又在哪里？"田烈武这是第一次听说这两个国名。

唐康从袖子中掏出一张老大的地图来，铺到桌面上。一面对地图指指点点，一面对田烈武说道："田教头，你来看，这里便是我们大宋中土，这下面，这，便是锡兰，那便是南毗……"

田烈武望着那张地图，不由大吃一惊："我们大宋西边还有这么大的地方？"

秦观笑道："这是石学士在杭州时，汇集了大食商人的海图，加以自己的见闻画的。你看，东边这两块大陆，还有南边这个大岛，是大食人也不知道的。"

田烈武不可思议地摇着头，感叹道："可惜隔这么大的海，要不然就不愁穷人没有田耕了。"

众人听他说得天真，不由莞尔，正要说话，却见石安急匆匆地走了进来，笑着向石越禀道："学士，潘先生回来了。"

石越霍地站了起来，与秦观、唐康对望一眼，三个人的心中，竟是闪过同一个念头："他终于回来了！"

石越的书房布置得非常简洁。北面靠墙，是一个很大的檀木书柜，上面摆着各种各样的书籍、文卷、笔墨纸砚；书柜前面是一张黑色的书桌。东北角斜放着一个架子柜，上面摆着各式各样的玉器。在玉器架旁的东面墙上，挂着一把宝剑。东墙正下方，摆着两张椅子和一只茶几，坐在椅子上，可以看到西边墙上，挂着苏轼手书的

“君子自强不息”六字草书条幅。

石越坐在书桌后面，无意识地看了那幅草书一眼，叹道：“潜光兄，世事变化无穷，真是不可逆料呀。”

潘照临微微一笑，又看了门外一眼，秦观与田烈武早已经相约去喝酒了，唐康在书房外二十步远的亭中读书，实际上是为了防止下人打扰。潘照临确认无人靠近，这才说道：“公子，不必过于忧心，这个世界上，岂有解不开的结？”

石越这些天来，一直装作若无其事，其实心中根本没有底。他见潘照临一副胸有成竹的样子，这才稍稍放心，道：“京师揭贴的事情，想必先生是知道了。彭简上书一事，先生还未知吧？”

潘照临苦笑道：“《汴京新闻》与《西京评论》连篇累牍，我岂能不知？用不多久，必然传遍大宋。不过彭简上书，却又是何事？”

石越将事情详细地说了一遍，道：“现在京师知道此事的，不过皇上与宰执而已。这还是李向安悄悄传出来的消息，我也不好上章自辩。”说罢，又苦笑道，“那首词的确是我送给楚姑娘的，不知为何竟为彭简所知。其实倒没有必要去提楚姑娘来京，实是多此一举。”

“公子自然不能上章自辩，这种事情，说不清楚的，有罪没罪，全在于皇上。皇上不直接降诏问公子，而是千里迢迢去提楚姑娘，那是不相信彭简，至少是不愿意相信彭简。”潘照临沉吟了一会儿，问道，“现在给晁美叔下诏的使者出发了没？”

“三天前出发的。”石越对这件事，只能淡然处之。

潘照临又思忖了好一会儿，才说道：“此事说大不大，说小不小。其根本，还是因为有公子身世的谣言，这首词才会成为问题。我既然不能抽身去处理这件事情，侍剑又已经走了，如今只有辛苦二公子了。”

石越奇道：“辛苦他做什么？”

潘照临微微笑道：“当然是让他去杭州。一来和陈良、侍剑说一下京师的情况，再则让他抢在晁美叔之前，见一次楚姑娘。如果可能，让楚姑娘销毁证物，来个死不认账。到时候，我们就可以反攀彭简诬告，至少可以加重皇上对彭简的怀疑。”

“这……”石越不由有点儿迟疑，“若是死不认账，只怕会受刑，她一个弱女子……”

潘照临望了石越一眼，知道石越顾念旧情，便笑道：“公子不必担心，只需销毁证物，没有物证，韩维自会给公子几分薄面，不至于让楚姑娘受苦的。”

石越心里依然犹疑，道：“可是……”

“公子，这件事情，我们也不过是尽尽人事罢了，若能够从源头上击败彭简，我们的胜算就多一分；反过来，若是唐康去时，一切都已经晚了，那么到时候公子就直承其事，把一切交给皇上来处置。至于皇上到时候是信公子，还是不信公子，就看皇上圣明与否了。”

“只是……只是……如果皇上在楚姑娘来京之前，突然问我呢？”

“那也简单，公子就承认是自己写的。到时候即使楚姑娘说不是公子写的，皇上也只当是一件风流佳话。楚姑娘有情有义，不肯连累公子，所以矢口否认，想来皇上也未必会责怪。”

石越站起身来，走到玉器架前，信手拿了一件玉器把玩，定睛一看，却是一只玉玦。他心中一震，终于点头，道：“如此，我便修书一封与楚姑娘……”

“不行。”潘照临立时制止，“公子想想，彭简如何知道楚姑娘那里有公子的词？没有了解真相之前，便是楚姑娘也不能相信，焉知她不会由爱生恨？公子只让唐康带一件信物去便可，绝不可再授人以柄。”

“她应当不会……”石越虽不相信，却也收起了写信的念头。

潘照临也不愿再去纠缠这件事情，轻轻啜了一口茶，正色说道：“公子，此事就这样处置了，等会我和二公子说明关键，他聪明果决，自然会处理好。我们现在应当想想如何应付那铺天盖地的谣言。”

石越沉默良久，摇头道：“我已经想了很久，终无良策。也许只能用时间来解决这个问题了，等到尘埃落定，一切自会水落石出。”

“那不是好办法。”潘照临抬起眼皮，断然否定，道，“我们等不起，再者问题始终存在，并没根本解决。”

石越无可奈何地说道：“那又能如何？”

潘照临抿着嘴，右手紧紧握着茶杯，沉声道：“公子，你真的不记得自己的身世了？”

石越脸上泛起一丝苦笑，转过头来，看着潘照临，道：“不记得了。”脑海中，却如电影一般闪过现代生活的种种画面，父母、亲人、女友、师友……每个人的面孔竟是特别清晰，他又怎么能真的不记得了？

潘照临眯着眼睛望着石越，也默不作声。

二人相对无言，沉默了许久，潘照临突然咳了一声，用极低的声音，一字一句地说道：“既然如此，我们就行一险计！”

“险计？”石越眉毛一挑，冒险实在不是他的性格。

“不错，若是成功，公子的身世日后不仅不再是阻碍，反而将成为一大助力；若是失败，就是欺君之罪，公子最好的下场，就是发配边州看管。”潘照临脸上的表情有着从未有过的郑重与严肃。

“到底是什么计策？”石越紧紧地握着玉玦，手心里沁满了汗。

潘照临凑到石越耳边，用极低微的声音细细说着。石越一面听，一面已是目瞪口呆。

“这……”

“此计成功的关键，全在于富弼。若是富弼肯合作，那么便是弥天大谎，我们也能圆了它！而这件事，从头到尾，也可以只有我们三人知道。”潘照临仿佛没有看见石越吃惊的表情，说完之后，竟从容地品起茶来。

石越又望了一眼手中的玉玦，问道：“富弼凭什么要帮我？”

潘照临点点头：“不错，也许富弼的确不会帮我们。”

“那么……”

“但是富弼也有要帮我们的理由。”潘照临不待石越说完，继续不紧不慢地说道。

“他有什么理由？”石越奇道。他完全想象不出来，有什么样的利益和大义，值得富弼去平白冒这么大的险。

“公子可知道富弼这个人的生平？”潘照临突然问道。

“富弼是本朝名臣，我当然知道。”

“我在洛阳，和富弼前后见过三次面。”潘照临缓缓地说道，“此公给我的感觉，是四个字。”

“哦？哪四个字？”

潘照临嘴角一动，微微笑道：“不甘寂寞。”

“我所听到的传闻中，富弼是个忠直的人，他曾经当着仁宗的面，直斥自己的岳父晏殊为奸臣。”

“我还没见过完美无缺的圣人，公子。”潘照临恢复了他似笑非笑的表情，“富弼从小家贫，因为范文正公举荐，试茂材制科出身，其后在危急之时，出使辽国，脱颖而出，从此出将入相，为国家栋梁。若观他一生的所作所为，称得上是才华出众，胆色非常。”

“但是从另一方面来说，富弼少年时代依附范文正公，后来又娶晏殊的女儿，听说他少年做举子时，王冀公以使相的身份镇守洛阳，他去围观王冀公车驾，曾感叹，王公也是个举子呀。我这次去他家里，他家中还挂着旌旗鹤雁降庭图，可见富弼一生，都是名利中人。”潘照临口中的王冀公，是指宋朝名臣王钦若。

石越也点头笑道：“我送给富弼的礼物，他从没拒绝过。”

潘照临莞尔一笑，道：“我观富弼一生之中，有两件事可以说是纠缠他一生。其一是边事。他以边事而发迹，但若别人说他是因为出使辽国而发迹，他却会引以为耻。虽然他暗暗得意于出使辽国，折服辽主的壮举，可心里又对于达成增加岁币的和约深以为耻，所以他曾劝朝廷斩元昊的使者，对西夏采取强硬的政策。他劝皇上二十年不言兵事，绝非是因为他不想一雪朝廷的耻辱，只不过是想学勾践之事罢了。富弼一辈子都没有真正看得起辽国过，若是有人能够替他达这个心愿，富弼未必不会对此人另眼相看……”

石越把玉玦放回玉器架上，摇摇头，道：“富弼绝不可能为了这个理由而冒此大险。”

潘照临点头道：“不错。若只有这一个理由，富弼毕竟不再是侠气的少年，断不可能为此冒大险。但还有另一件事……”

石越信手拿起另一件玉器，细细观赏。

“富弼位列两府，三朝元老，与韩魏公同时在朝，二人又是数十年的交情，可是为什么韩魏公死后，富弼既不遣人吊祭，也不在洛阳遥祭？又者，富弼与欧阳修，交非泛泛，为何欧阳修死后，他也不去吊祭？”

“他的理由，是老病吧。”石越放下手中的绿玉老虎，淡淡地答道。

“那不过是向世人的交代。富弼不去吊祭这两个人，是因为刻骨铭心的怨恨，若公子是韩魏公的亲女婿，只怕他会连公子一并恨上。这中间，涉及仁宗、英宗及至本朝三朝的宫廷政治，富弼毕竟不过是一个贫家子弟出身，在这些政治角力中，他根本比不上世家子弟的韩琦，若非资历才望超过欧阳修，甚至可以说他连欧阳修都比不上……”

“若论治民的能力，治军的能力，出将入相的本事，韩魏公不如富弼。但是若论说到政治角力，富弼因为仁宗朝废后之事，替范文正公说话，而间接得罪如今的太皇太后；至和年间，仁宗病危，立英宗为储，本来也有富弼参与，富弼召韩魏公入枢府，本想共谋其事，不料富弼丁忧[1]，韩魏公早早议立英宗为皇子，独享其功；其后英宗朝，英宗得病，当今的太皇太后垂帘，英宗待内侍甚严，内侍怀恨构隙，富弼竟然谏英宗，说‘伊尹之事，臣能为之’，英宗不得已忍气吞声，而韩魏公因此对富弼颇有疑惑，一日趁英宗病愈，当着百官之面，用智迫使太皇太后撤帘归政，而身为枢使的富弼事先竟不得商量，他以为韩魏公欲置他于族灭，由此对韩魏公恨之入骨。其后又有濮议[2]，欧阳修首议追尊濮安懿王，富弼竟断然反对……”

潘照临如数家珍一般，向石越讲述着富弼在仁宗、英宗两朝废立大事中的立场与结果。石越以前虽然听说富弼的事迹，又如何能明白这许多的内情？不由叹道：“难怪皇上对韩家与对富家，有两种截然不同的态度。”

[1] 丁忧是指官员遭遇父母去世或祖父母去世时，必须解官行服，五服之内其余亲属遭丧时，需请丧假奔丧。北宋时期文武官员的父母丧假规定是不一样的：文官遭遇父母丧，普遍都要求解官行服，服丧二十七个月；武官的实际服丧期为一百天。

[2] 宋仁宗无嗣，死后以濮安懿王赵允让之子赵曙继位，是为宋英宗，当时朝中围绕着如何尊礼生父濮安懿王赵允让，引发朝臣的对立与冲突，成为当时一个重大政治事件。此事被称为“濮议”。

“不错。英宗策立、亲政，韩魏公居功至伟。而当今皇帝之立，也有韩魏公的功劳。两代策立之功，岂同寻常？所以皇上无论如何，也要和韩家约为婚姻，而韩琦再怎么样反对新法，皇上也不会将他真正罢黜。所以夫人一旦成为韩魏公的义女，便是郡主，也要退让三分……所以皇上才会给韩魏公亲写碑词，所以富弼，虽然与韩魏公一样的资历，却只能提前致仕，退居洛阳。若再对比一下富弼之子富绍庭与韩忠彦如今的身份地位——以富弼对功名的垂意，他心中若不介意，岂非咄咄怪事？”

“都说‘富韩’‘富韩’，不料富韩竟然相差如此之远！”石越感叹道，“可是，这与我们计议的事情，又有什么关系？”

“大有关系！”潘照临脸上泛起一丝冷笑，“富弼若不介意，便罢了。若是介意，那么他想要儿子辈孙子辈，都能使富家赶上韩家的话，现在就是一个机会。”

“机会？”石越转过身来，望着潘照临。

“不错，就是机会。”潘照临冷冷地说道，“这件事情，富弼若是做了，即使事情败露，毕竟不是谋反，最多不过是流放安置，他富弼反正也没有几年好活了；若是成功，谁都知道公子前途无量，公子又岂会亏待他的儿孙？何况这件事情，只有我们要担心他富弼出卖我们，他富弼根本不用担心我们会出卖他……风险对富弼而言，如此之低，而却可以为子孙保几十年的平安富贵，我想不出他富弼有什么理由去拒绝。”

石越想了一会儿，突然笑道：“富弼难道不担心我们有一天对付他的儿子，杀人灭口吗？或者等他死后，我不再照顾他的儿孙？”

“这些事情，就取决于富弼对公子的印象了。不过富弼也应当知道，我只要去找他开了这个口，那么他与公子，就只有两条路了，非友即敌，富弼若是聪明人，自然就会懂得怎么选。”潘照临将茶杯端起，笑道，“天下哪有什么绝对会成功的事情？公子你也需要早下决定。”

石越垂下头，反复思忖，许久，终于抬起头来，说道：“我只希望富弼能将这个秘密带进棺材之中。”

潘照临嘴角似乎隐隐露出一丝笑容：“我想他会的，除非他认为他儿子的智慧，能够用好这个秘密。”

“我记得富弼自己也曾经被流言所攻击，历史真是讽刺。”石越走到东墙边上，取下宝剑，拔出剑来，顿时寒光四溢。“天下的确没有绝对能成功的事情，这次若是失败，也许就真的用得着你了……”石越望着手中锋利的宝剑，暗暗想道。

杭州杨家院。

楚府的男仆们一大早起来，便看到一个身着白素羽衣、盘着一头乌黑的秀发，约二十来岁的少妇站在楚云儿的幽居之前。这个女子身后还跟着四个丫头，全是一身白衣；另有一个身材高挑，身着白衣，丫头打扮的女子，在大门之前，轻轻地叩响门环。这些仆人们虽然看不见那个少妇正面的模样，但在众人环簇当中，都能感觉到那少妇有一种别样的气度。若是他们知道世间有雪莲花这一样花儿，必定感叹，那个少妇便如同雪山上的雪莲花一样，冰清玉洁，让人见之而生怜爱，看似柔不禁风，实则坚韧非凡。若他们能从正面再看得一眼，一定能从她闪烁的星眸中，读出一种聪明狡黠的可爱处。这个少妇，与他们的主人楚云儿，是两种完全不同类型的女子。

这些男仆们正踌躇着，未及前去询问她们的来意——便听“吱”的一声，大门开了。阿沅睡眼矇眬地把头探出门缝，柔媚地嘟噜道：“是谁呀？这么早——”

她这副神态，不由惹得那四个女子都掩袖偷笑，白衣少妇也不禁肩头微耸，显然也是忍俊不禁。敲门的女子更是放肆地笑出声来，柔声道：“姑娘，我家主人特意前来，求见楚姑娘。”

阿沅听她说的一口汴京官话，不由一愣，睡意也消了半分。她勉强睁开眼睛，上上下下打量了敲门的女子一眼，又望了一眼那边站立的五个女子，不自禁打了个小小的哈欠，才问道：“你们又是谁呀？”言语之中，依然带着几分将醒未醒的样子。

来访的女子，几曾见过这样天真烂漫、毫不掩饰的女孩，她们自小秉承的教训，都有诸如“笑不露齿”等维持淑女风范的礼仪教条，那个少妇虽然少女时代，也是个调皮淘气的女孩子，可毕竟也不会如阿沅这般，毫不介意地在客人面前打着哈欠。众人不由都忘了自己的来意，轻轻笑了起来。

“不知这位姑娘怎么称呼？”白衣少妇的声音，非常清澈。

“我叫阿沅。”阿沅丝毫没有意识到她们在笑什么，随口答道。

“原来是阿沅姑娘，可否劳烦你通报一声，就说石夫人求见楚姑娘，盼她能赐一见。”

“哦，石夫人——”阿沅心中一个激灵，睡意顿时全消，她张大了嘴，看着眼前这个不施粉黛、温柔可亲的女子，呆道，“你就是石夫人？石学士夫人？”

“正是妾身。”梓儿微微颔首，笑道。她正在孝中，所以一府皆白，不施粉黛。这次前来，也不敢太过张扬，只带了阿旺和四个心腹的丫头。侍剑等人则远远地在村外等候。

不料阿沅知道是石夫人之后，反倒将脸一沉，冷冷道：“你们能不能给人过一天安稳的日子？不见。”说罢，也不多说，将门一合，又关上了。

梓儿料不到这个阿沅会如此讨厌自己，心道：“若是我石大哥前来，只怕便不会如此了……”心里不由又有几分莫名的刺痛。

她见阿旺脸上有不忿之色，抓紧门环还要敲门，连忙止住，道：“阿旺，你过来。”

阿旺心不甘情不愿地走过来，愤愤道：“那个小丫头太无礼，便是蜀国公主，对夫人也是礼敬有加的。”

“说这些做什么？”梓儿淡淡地说道。转过头，对一个丫头吩咐道：“去将阿旺的筝取来。”

那个丫鬟答应着，走到十数步远的马车之前，从车上抱出一把十三弦的秦筝，交给阿旺。

“阿旺，你替我在此奏一曲吧。我记得你曾编过一曲《望月怀远》……”

阿旺点点头，找了块青石，席地而坐。将云筝架在身边，又在琴边燃了一个香炉——这是宋代大户女子出行必备之物。这才俯首轻调琴弦，素手翻转，鸣筝弄响，兹弦一弹，筝声含着一种哀怨相思的婉转，一种无可奈何的期待，所谓“弦凝指咽声停处，别有深情一万重”，所有的人，竟都要被这筝声中洋溢出来的情绪所感染。梓儿默默地站在阿旺身边，听着筝声，不由想起远在汴京的石越，不知祸福，心头亦不禁相思百转，又不知道自己深爱的人，爱的究竟是自己还是在眼前这宅子中的人？心中抑抑郁郁，竟似要把心都想碎一般。她不欲多想，便在心里默默念道：“海上生明月，天涯共此时。情人怨遥夜，竟夕起相思。灭烛怜光满，披衣觉露滋……”

阿旺一曲终了，楚宅内外竟显得格外寂静，仿佛所有的人都还沉浸于这筝声之中。过了好一会儿，宅中忽然传出一阵清澈的琴声。琴声清韵如风，让人们心中刚才的郁郁，顿时消散，而那表面的淡然恬静之中，更有一种落拓的骄傲。梓儿与阿旺细听一阵，不由相视一眼，见双方眼中，都有诧异之色。阿旺精通音律，梓儿悟性本就极高，与阿旺相处几年，于音律也颇有领悟。这时听到这琴声，二人竟都有似曾相识之感。

“这是由王相公的《暗香》改编的曲子，我曾经在京师听人弹奏过，但是没有人能在这位楚姑娘之上。”阿旺轻轻地赞许道。其实她和楚云儿倒是见过的，只不过一时没有想起来罢了。

但梓儿心中却是另有所思：“新婚之夜的琴声，原来便是她所奏。”梓儿在心里摇摇头，悲伤地想道，“大哥，你明明知道，为何却要瞒着我？”

然而这曲《暗香》，楚云儿终是没有弹完。阿旺的话音刚落，便听到“铮”的一声，琴声截然而止，显是琴弦断了。

“心境若不能融入琴境之中，琴弦难免折断。”阿旺惋惜地叹道。

“有些事情，阿旺你是不明白的……这个楚姑娘，一定是个倔强的女子。”梓儿淡淡地说道。她话音未落，“吱”的一声，楚府的大门终于打开了。一个身着淡黄色丝袍的女子，亭亭走到门口，敛身说道：“石夫人，多有怠慢。”

“是你？”梓儿望着亲自出门来迎接的楚云儿，惊讶得说不出话来。

“不错，是我，数年之前，大相国寺，我们曾有一面之缘。”楚云儿微微笑道。

梓儿摇了摇头，自嘲地笑道：“原来大家都知道，就我一个人不知道。”难道幸福真的是建立在谎言之上的吗？梓儿已经不愿意去想这个问题了。

“知道了未必是好事，不知道未必是坏事。”楚云儿幽幽叹道。

梓儿默默地摇了摇头，良久，才对楚云儿笑道：“可以让我进去吗？”

“请进来吧。”楚云儿微微笑道。不知为何，她心里面对梓儿，竟没有一点的怨恨。迎着梓儿进厅中落了座，楚云儿问道：“石夫人来找贱妾，是有什么事吗？难道……”虽然明明知道会惹起梓儿不快，可是语气中，毕竟有掩饰不住的关心。

梓儿微微点头，柔声道：“我来找楚姑娘，的确是有事情。不知可否屏退左右，我们单独说说话？”

“有什么话是见不得人的吗？你们只知道欺负我家姑娘。”阿沅不知为何，心中突然泛起一种强烈的不祥之感，她爱护楚云儿心切，竟是不顾礼貌，出言相斥。

她这话说出来，梓儿倒还罢了，阿旺和几个丫头，脸上就难看了。只是石府平素家规甚严，在外人面前，颇知进退礼数，也不敢随便口出恶语。

梓儿望了阿沅一眼，苦笑着摇了摇头，又转过头去望着楚云儿，脸上尽是殷切的期望。

楚云儿对着梓儿微微点了点头，对阿沅道：“阿沅，不可无礼。你出去招待一下这几位姐姐，我与石夫人说会话。”

“姑娘……”

楚云儿把脸一沉，喝道：“快去。”

阿沅无可奈何，只得退下。阿旺等人在梓儿示意下也一一退下。楚云儿见众人走了，方又问道：“石夫人……”

“楚姑娘，我想先问你一件事？”

“请说。”

“你平素怎么称呼我大哥，我大哥又怎么称呼你？”梓儿望着楚云儿，很认真地问道。

楚云儿不由一怔，待要拒绝回答，望见梓儿那双清澈剔透的眼睛，心中又着实不忍，迟疑好久，才叹道：“我也叫他石公子、石大哥；他有时候叫我楚姑娘，有时候叫我云儿……”

“他叫你云儿吗？”梓儿又似问楚云儿，又似自语，不由痴了。

“石夫人，你别误会，他的心里，只不过当我是个朋友一般。”楚云儿黯然道。

“朋友？”梓儿不由一怔，终是不愿意多想，因为每想一次，都是让自己的心痛一次。她也不愿意在楚云儿面前显出自己的软弱来，便勉强笑道：“楚姑娘，你……

你喜欢他吗？”

楚云儿万料不到梓儿会这么直接地问自己这样难堪的问题。若说喜欢，是当着人家夫人的面，何况她始终是个女子，如何说得出口？若说不喜欢，不免又是自欺欺人。

好在梓儿并没有一定要她回答的意思，又继续道：“我是想问楚姑娘，若我想把接你进府，侍候他，你愿不愿意？”

这次却是轮到楚云儿愣住了，她望着梓儿，见她脸上虽然勉强笑着，可在眉尖，在眼中，都有一种说不出来的痛楚。楚云儿岂能不明白那种难受的感觉。她缓缓走到梓儿身边，柔声道：“石夫人，我可不可以冒昧，叫你一声妹子？”

梓儿点点头，道：“你比我大，我叫你一声姐姐，也是应当的。”

“妹子，你真是个好人。”楚云儿搂着她的肩膀，轻轻说道。

梓儿咬着嘴唇，直是摇头，黯然道：“我也不知道我是不是好人，我不过是想，你若在他身边，或者他烦恼的时候，可以有人让他开心一点。”她的眼泪，几次涌到眶中，几次生生地抑住。

“傻妹子，他娶了你，最能让他开心的人，是你呀。”楚云儿柔声道，“我不会答应你的。”

梓儿未料到她会拒绝，愕然道：“为什么？你不喜欢他？”

楚云儿摇了摇头，默不作声。

“我是真心的。”梓儿又说道。

“我知道。”

“那为什么？”

“因为我不想成为任何人的工具，包括成为你讨好你丈夫的工具！”楚云儿在心里说道，“若是他喜欢我，他会自己和我说。我不愿意看到他眼中，有一丝一毫对我的嫌恶！”但这些话，她是不愿说出来的，只是淡淡道：“我在这里住惯了，已经不想嫁人，去奉迎别人。”

“可是，这样子你太苦了……”

楚云儿淡淡一笑：“妹子，什么是苦，什么是乐，很难说的。这件事情，就不要再提。这些天不断有人来找我，妹子，你可不可以告诉我究竟发生了什么事？”

梓儿迟疑一会儿，终于没有隐瞒，道：“大哥在京师遇上了一些风波，我们怀疑彭简想要陷害大哥，但究竟是为什么，一直没有弄明白。因为他来过你这儿，所以我们怀疑，与你有关……”

“与我有关？”楚云儿冷笑道。

“你别误会，我相信你……”

楚云儿摇摇头，似笑非笑地问道："妹子你来，也有一半是为了这件事吧？"

"嗯……"

"那你放心，便是让我死了，我也不会做半分害他的事情的。"楚云儿淡定地说道。

钱塘市舶司。

蔡京的书房，正墙上挂着一幅并不精确的海图，桌子上放着几本崭新的线装书，书名是《动物志》。西湖学院首批翻译的两套书，分别是《几何原理》与《动物志》，第一批印出来的书，除了卖给太学、白水潭学院、嵩阳书院、横渠书院、应天书院等书院以及赠送给皇家藏书外，只有少量流传到市面。蔡京因为是市舶司的重要官员，与译书关系密切，所以才得赠送一套。只不过蔡京拿到手后，那部《几何原理》他随手翻了几页便丢在书架上，永不再看了，倒是这部《动物志》，他还勉强有兴趣读读。

此时蔡京背着手，正在看从杭州通往南洋的航线。"若能将泉州、广州全部置于管辖之内，那么利润不知还可翻几番。"蔡京在心里感叹道。历史上从未有政府组织进行的大规模贸易活动，一旦得逞，不免让人食髓知味。当年石崇靠抢劫海商，富可敌国，蔡京在提举市舶司的职位上，又是大宋现在最有活力的市舶司，他都不用怎么伸手，一年下来，几十年的俸禄也早已经入了腰包。无论从公从私，蔡京都真心希望海外贸易能更加繁荣。半晌，蔡京才意识到蔡喜在他身后，便漫不经心地问道："有什么事吗？"

"今天早上，石夫人去看那个楚云儿。是侍剑陪着去的。"

"哦？"蔡京转过身来，问道，"知道她们说了什么吗？"

"不知道。"蔡喜答道，"不过石夫人出来的时候，是楚云儿亲自送到门口，二人神情，似乎颇为亲密。"

"颇为亲密？"蔡京冷笑道，"妇人之事，不必理会。只是暂时不要孟浪行事。"

"小的明白。"

"彭简那边可有动静？"

"彭简几次行文给我们，但他一个杭州通判，毕竟管不着我们，也拿我们无可奈何。不过他似乎已经生疑，从他家人那里，打听不到什么东西。"

蔡京笑道："石府抓了他的人，他不生疑才怪。晁美叔那里，彭简又岂能要到人？"

"提举料事如神。"蔡喜也笑道，"我看彭简的日子也不会好过了。明天晁美叔就正式审问那几个家伙，只要一用刑，彭简就等着挨参吧。陈先生也够狠的，听说他把杭州知州衙门，以及两浙路在杭州开府的大大小小的官员，包括彭简，都请去听堂了。”

“我也想去看看彭简的丑态。”蔡京嘲讽地笑道，“可惜市舶司的事务的确太多了。”

6

晁端彦的审判没有任何波澜。晁端彦才威胁要用大刑，堂上的犯人便全部招了，一齐指证是受彭简指使。彭简虽然想否认，可这些人都是他彭家的家人，实在不是可以脱赖得开的。晁端彦虽然没有权力立即剥夺彭简的官职，却可以将供状案卷随着一纸弹文，送往京师……不过彭简倒并没有惊慌失措，他一面写折子谢罪自辩，一面还在等待着朝廷对石越的处分——只要那份弹章能够扳倒石越，那他一定会是笑到最后的。

就在此数日之后，唐康与朝廷的使者，竟在同一天抵达杭州。差不多就在使者进入杭州北门，前往提点刑狱衙门宣旨的同时，唐康在石府门前翻身下马，和出门送侍剑返京的陈良、蔡京等人，撞个正着。

“二公子！”众人看见风尘仆仆的唐康，心中都是一惊。难道京师又出什么事了？

唐康让随行的两个伴当[1]牵了马，先进府中。一面对众人见礼，抬眼见侍剑一身行装，知道这是要返京了，又笑道：“侍剑，你且慢行一步。”

侍剑见唐康突然出现在杭州，早已知道走不成了。众人簇着唐康又转回石府，唐康低声对侍剑道：“只叫靠得住的人，去后厅相谈。”他一向在京师，并不知道杭州的人有谁是信得过的，因想去找楚云儿必然也是大费周章之事，又不能不劳师动众。他却不知道这边的人，早将楚云儿握在手心了。向侍剑低声说罢，唐康便停步朝众人团团一揖，笑道：“请恕在下失礼，我须得先去拜见嫂子。”说罢又是一揖，竟径往后面去了。

侍剑见唐康走远，方转过头来，对陈良道：“陈先生，请随我去一下后厅，小的有点儿事情请教。”又环视众人一眼，目光停在蔡京脸上，又望了陈良一眼，见他微微点头，心中迟疑了一下，终于道：“蔡提举，不知可否劳动尊驾，去一下后厅？”

蔡京早将二人这细微的表情收入眼底，他知侍剑这么一迟疑，便是已经认可他能算是石越的心腹之人了，心中不由暗喜。只是他城府颇深，脸上却不动声色，矜持

[1]　随从的差役或仆人。

地点点头，道："不敢。"

三人在后厅等了一盏茶的工夫，唐康才走了进来，抱拳说道："恕罪，久候了。"目光却停在蔡京身上。

陈良知道唐康不认得蔡京，忙道："这位是提举市舶司蔡元长蔡提举。"又对蔡京笑道："蔡提举，这位是石学士的义弟唐康时。"康时乃是唐康的表字。

唐康早听说过蔡京之名，知道是石越举荐之人，又见陈良与侍剑引为亲信，便抱了拳，笑道："久仰，蔡公提举杭州市舶司，早已名动京师，今日得见，果然风采过人。"蔡京连忙谦逊。二人客套了几句，唐康笑道："事情紧急，这里都是自己人，我便开门见山，诸位可知楚云儿姑娘隐居杭州？"

他张口说出"楚云儿"三字，三人不由相顾一笑。唐康心知有异，不待他们回答，便又问道："想必是知道了？莫非此间又有什么变故？"

侍剑忙从头到尾把事情的经过说了一遍，唐康这才知杭州之事，竟已不足为虑。待侍剑说完，他也将京师的情况拣着能说的，简略地说了一下，众人至此方知彭简竟然如此包藏祸心。但唐康生性谨慎，那首词究竟是不是石越所写，他却语焉不详，众人也不敢追问。

蔡京心里知道那首词多半就是石越所作，却也不敢说破，只皱眉道："眼下奇怪的，是彭简如何便攀上了楚姑娘？这件事情，只怕非问本人不能知端详。"

唐康望了蔡京一眼，笑道："我来杭州，便是为了此事。就怕彭简污蔑楚姑娘，打听清楚中间的隐情，日后也好为楚姑娘周旋，免得官府偏听一面之词。"他把话说得如此冠冕堂皇，顿时让蔡京刮目相看，随即笑道："如此，就由下官领路，带公子去见见楚姑娘。下官想，我衙门杨家宅的走私案，看来也是查无实据，现在可以销案了。"

唐康微微一笑，点头道："如此有劳了。"

自从那日梓儿来过之后，楚云儿府上便难得清静了数日。这日阿沅领着一个男仆到院子外面来打水浇花，竟发现那些将杨家院围得密不透风的官差全都不见了。"阿弥陀佛。"阿沅不由念了一声佛号，长出一口气，说道，"这些个瘟神，可都走了。"

男仆也笑道："这定是亏了石夫人。"

阿沅听到这话，脸顿时沉了下来，嘴角一撇，冷笑道："你就知道是亏了什么石夫人木夫人？我看她不是好人。"这些男仆素来不敢和她争辩，也不敢再接话，只默默去提水。阿沅心中兀自不快，愤愤道："也不知道石学士看上她哪一点？听说她也不过是个商人之女。"直到二人各挑了一担水往回走，阿沅还是心有余忿，但想着和一个男仆说这些又没什么意思，满腔的愤愤郁结于心不能发泄，当真是难受得要死。眼见着那男仆挑着满满两大桶水都健步如飞，她挑了两小桶水竟被远远抛在后面，心里更是莫名地感觉到不痛快。一不留神间，忽然脚底一滑，“哎哟”一声，她整个人竟摔在了路边水沟当中，两桶水全洒在了身上，一股泥臭更是扑鼻而来。

阿沅虽爱男子装束，可到底也是个容貌颇佳的女孩，眼见身上又脏又臭，心里又气又急，忍不住要哭了出来，再看那男仆，早已走出视线之外了。她生怕别人看见自己糗样，遭人取笑，只好硬着头皮爬起来，左顾右盼地往回走，好不容易到了家门口，见没人看见，方松了口气，伸手正欲去推侧门，忽听到一阵脚步声从背后传来。一个男子的声音说道：“二公子，这里便是楚姑娘府上。”

阿沅暗暗叫苦，也不敢回头，却听另一个男子“哦”了一声，突然用惊讶无比的声音问道：“这位是……”阿沅听他声音中有惊奇之意，好奇心起，一时不及多想，回头望去，却见数步之外，有一个十八九岁的男子，正朝自己抱拳相问。她顿时满脸通红，恨不能找个地缝钻了进去。

这两个男子，正是蔡京与唐康。唐康见到阿沅满身是泥，黑一块白一块的，几乎忍俊不禁，只是初次见面，对方又似是楚府的人，倒也不好嘲笑，只得生生忍住，勉强正色说道：“敢问这位兄台……”

阿沅见唐康一脸正经，可是眼中却有掩饰不住的笑意，不知为何，她心里“砰”地一跳，竟莫名地便恼羞成怒。她也不管是否冒昧，怒道：“我知道我的样子很好笑，你要笑便笑，何苦想笑又不敢笑，没半分男子气概，哼！”说完使劲一推门，便跑了进去。

唐康一时竟是目瞪口呆。他听她声音柔软，骂人亦似唱歌一般，明明便是江南少女。女孩子穿着男装在唐康看来倒不稀奇，有几次他便看到他表姐穿过，但这么弄得浑身是泥的，他却是头回见着。他平生所见女子，多半是大家闺秀，行止节制，讲的是淑女风范；便是丫鬟使唤，也是自有家法戒律；只有歌妓妓女，才有故作放肆之态，以示与众不同的，可那种女子，再也不能和刚才那个女孩那种天真烂漫相提并论。半晌，唐康这才回过神来，向蔡京摇头苦笑。

便是蔡京也不禁失笑道：“好个野丫头。我若没记错的话，方才那位是楚姑娘的贴身侍女阿沅。”

“阿沅？”唐康轻轻念道，又问道，“她没有姓的吗？”

蔡京一愣，摇摇头，笑道：“是人都有姓，只是下官却不知道她姓什么。”

唐康也不觉一笑，道：“咱们还是办正事要紧，有劳蔡提举相送。”

“一家人不说两家话。下官在竹林之外等候二公子，一同返城。若是晁美叔的人来了，自会有人来通知二公子。”蔡京微笑答道，告辞而去。

唐康待蔡京走远，方走到大门之前轻叩门环。不多时，便有一个丫头把门打开一条缝，探出头来，见叩门的竟是个风度翩翩的青年男子，脸不由自主地便红了，低声问道："请问公子找谁？"

唐康从怀中取出一个木匣，递给那个丫头，笑道："烦劳姐姐将这个送给你家主人楚姑娘，就说京师故人托人来访，还盼赐见。"

那个丫鬟红着脸伸出手来接过匣子，道："请公子稍候。"说完又把门关上了。

唐康背着手，一面打量周边景色，一面等候。他生于四川，其后随父亲又到杭州待了两年，熙宁五年到汴京，屈指一算，如今也已有两年多了。这次回杭州，虽然明知道父亲在杭州，却也没空相见，更不用说细细品味这杭州的风景了。这时候见此处环境幽雅，让人心旷神怡，不由得竟生出几分喜爱。他正想走远几步，门"吱"的又开了，先前那个丫鬟走了出来，敛身说道："公子，我家姑娘有请。"

唐康微微颔首，笑道："有劳姐姐带路。"便跟着那个丫鬟，进了楚府。那个丫鬟带他透迤而行，过了几道门，尚不见客厅。唐康心里暗暗纳闷，不知道这个楚府竟有多大。正在揣测，便听那个丫鬟笑道："公子，这便到了。我家姑娘在厅内相候。"

唐康抬头打量，这才明白，原来那个丫鬟竟是带自己直往内厅相见。他知道这是楚云儿另眼相待，连忙整了整衣冠，走进厅中。

"不知公子如何称呼？"

唐康循声望去，一个肤如凝脂的女子站在主位前，正向自己敛身行礼。他知此人便是楚云儿，连忙还礼道："在下唐康，是石大哥的义弟。"眼角却瞥见楚云儿葱指上，正挑着一小串念珠。他带来的盒子，打开放在桌子上面。想来里面装的，竟是一小串的念珠。唐康自是不知道这串念珠是楚云儿从大相国寺求给石越的，上面更有楚云儿亲手所刻"寿考维祺，君子万年"八字。因此楚云儿一见便知是石越遣他来的，自然要另眼相待。

"他还好吗？"楚云儿一面请唐康坐了，抿着嘴唇，轻声问道。她心里怦怦跳得厉害，前几天桑梓儿刚走，石越便遣他义弟千里迢迢而来，却不知所为何事。

唐康坐下来，轻叹了口气，苦笑道："只怕称不得一个好字。"

"怎么？"楚云儿的语气虽然淡淡的，可是紧紧抓住念珠的手指却出卖了她的感情。

这些细小的动作怎么能逃过唐康的眼睛，他低下头，沉声道："前一阵子，皇上召大哥回去，本是预备大用。我甚至在大哥的书房里，还看到过一篇关于本朝役法的文章——大哥显是想有一番作为的；不料一夜之间，京师间谣言四起，说大哥是石敬瑭之后，有不臣之心，如今皇上虽不至于要杀大哥，却也明显心存疑虑。雪上加霜的是……”

楚云儿听到“不臣之心”四个字，心立时就紧紧揪起来了，这时见唐康欲言又止，忙追问道：“是什么？”

“是有人上了一封弹章给皇上，里面附了一首据说是大哥写的词，说这首词不仅能证明大哥是石敬瑭之后，更能证明大哥心存不测之志！”

“啊？”楚云儿脸色惨白，急问道，“那皇上……”

“楚姑娘不用担心，皇上现在还不确定这首词究竟是不是大哥所写。”

楚云儿脸色稍霁：“这就好，这就好……”

唐康一直留神观察楚云儿神色，见她关心石越，不似作伪，心中不由有几分不忍。只是事关重大，他却断不敢轻信任何人，便又问道：“楚姑娘不想问我的来意吗？”

楚云儿听唐康问得奇怪突兀，不由怔道：“公子的来意是？”

“有一桩祸事，便要临门。我大哥特意让我来知会楚姑娘，早做准备。”

“祸事？”楚云儿淡淡一笑，神情中似有点儿失望，“生死贵贱，平常之事。我与世无争，又能有什么祸事？”

唐康苦笑道：“姑娘可知树欲静而风不止？”

楚云儿微微摇头，不欲争辩，道：“那公子说的祸事，又是什么事？”

“楚姑娘，你可知那个小人给皇上的词是哪一首？”唐康喟然长叹，不待楚云儿相问，便自己回道，“梦绕神州路。怅秋风、连营画角，故宫离黍……”

楚云儿听到此处，身子不禁摇了一下，苍白的脸上没有一丝血色，她低下头，看了手中的佛珠一眼，挤出一丝笑容来，问道：“那个小人，便是彭简？”唐康轻轻点了点头，抿着嘴，听楚云儿继续说道，“我已经知道公子的来意了。可是想问我为何这首词会流传出去？”

唐康摇了摇头，苦笑道：“姑娘不要误会，这首词会被彭简所知，我大哥深知绝非姑娘本意，而且这件事情，倒也不必深究。只是我们听到消息说皇上亲自下诏，要求晁提刑晁公将姑娘带回汴京作证。我大哥担心姑娘的安危，但是他此时的立场，出来说话，只能更加坏事，所以……”

楚云儿突然微微一笑，平静地说道：“看来事情还有转机，皇上宁可千里迢迢提我这个民女入京，也不肯去问石大哥……唐公子，若我一口咬定那首词并非石大哥所写……”

“只不知道那首词有多少人见过？若是见的人多了，迟早会泄露。”

楚云儿蹙眉道：“我一向少见外客，大哥手稿珍不视人，也是因为一时不察才让彭某见着一幅字帖，那是醉后草书，我身边的女孩子，便是识得几个字，也断不认得草书的。”

唐康这才略略明白端详，他见楚云儿主动愿意合作，心中不由一宽，道：“主审此案的是开封府韩维韩大尹，还有两个御史陪审。韩大尹倒也罢了，断不会为难姑娘，只怕那两个御史……若是作证，倒也罢了，若是否认有这件事情，只怕彭简那厮反咬一口，到时候姑娘就会受苦了。”

楚云儿倦倦地一笑：“唐公子不必担心。”

唐康迟疑了一会儿，担心地望了楚云儿一眼，心里不住地权衡风险，这么娇柔的一个女子，真不知……楚云儿抿着嘴，并不说话。唐康又看了她一眼，似乎是下定了决心，道：“楚姑娘，既然如此，就请将原稿和字帖等一干字迹毁去，再找一幅别的字帖来顶替。官府来人的时候，自然会将物证一块要走的，府中人多，难保没有人卖主，这可抵赖不得。”

楚云儿心中突然似刀绞一般剧烈地疼痛，脸上却笑道：“如此，请公子随我来。”

望着楚云儿打开那幅字帖，痴痴地看着，目光中似有千种柔情、万般相思，唐康心中忽然非常惭愧，在眼前这个女子面前，自己似乎是一个无耻的小人了。

自两年前跟随石越之后，唐康忽然发现，自己似乎来到了一个完全不同的世界。在白水潭学院目睹过各种不同思想的交锋碰撞，他还很清楚地记得第一次在辩论堂听人辩论的震撼，在技艺馆第一次参加比赛时的兴奋与激情；跟随在石越这个义兄、表姐夫的身边，感染着他不经意间流露出来的理想与抱负，听他讲一些新鲜的思想与故事，想象着自己所经历的一切，竟是他一手创造出来的。唐康早就不知不觉地成为石越的信徒，他很愿意跟随着石越，去一起创建《三代之治》所描述的理想世界。

而从现实的一面来说，自己曾经因为石越的缘故，几乎要推恩受封勋号，因为石越坚持拒绝，才最终作罢，但是便连皇上也知道石越有自己这么一个义弟。唐康明白，自己的前途，自己家族的前途，与石越是紧紧地绑在一起了。

因此唐康在为石越谋划之时，从未有半分的犹豫与迟疑。他看过石越书房中的《役法劄子》，那是比王安石免役法、助役法的用心远要纯正的役法改革方案，若他的改革能够实现，那么千万百姓都要从中受益。自己站在义兄一边，于公于私，都是正确的。

但这一次，望着楚云儿的神态，唐康感觉到自己是在亲手剥夺一个人的幸福。望着楚云儿的手一松，那幅字帖滑落到火盆之中，唐康竟不由自主地打了一个冷战。

楚云儿低不可闻地叹了一口气，目光落到石越亲自赠给她的手稿上。

五年前，五年前……那座酒楼上，那个手足无措的男子……她的眼睛已经泛起晶莹。楚云儿轻轻地抚摸着那本手稿，目光近似哀求地望了唐康一眼，可不待他回答，眼睛一闭，手一松，那本手稿便向火盆中滑去……两行清泪，再也无法抑制，从紧闭的双眼中夺眶而出。

“楚姑娘。”唐康抱愧地唤道。

“公子，请回吧。我会另找一幅字出来代替的。”楚云儿闭着眼睛，不敢睁开。

“这本手稿……”

“手稿已经烧掉了，就不要再提了。”

“手稿没有烧掉。”唐康望着自己一时冲动伸手夺回的手稿，心里也不知道自己这样做是对还是错。

“什么？”楚云儿霍地睁开双眼，见唐康手中果然拿着那本手稿，她一把抓过，紧紧地抱在怀里，低声哭了起来。

唐康叹了口气：“姑娘情深义重，让在下汗颜。我把手稿中有那首词的那一页撕了，别的就请姑娘好好保存吧。”

汴京大内，天章阁之东，群玉、蕊珠殿之北。宝文阁。

宝文阁内供奉了宋仁宗、宋英宗两代皇帝的御书、御集，赵顼此时坐在阁中，面前放着一堆的御书，所有的御书，全部与一个人有关——武襄公狄青。

“国难思良将。”赵顼推开桌上的书卷，喟然长叹，“有狄武襄的画像吗？”

“有。”李向安小心地应道，将一幅狄青的画像打开。赵顼端详良久，目光凝视在狄青额上的刺字之上，叹道：“真英雄也！”

“小人听说外头传说，都讲狄武襄公是真武神转世。”李向安顺着皇帝的语气笑道。

“是啊。可惜当年狄青麾下能用之人，只剩下一个张玉张铁简了。”张玉军中外号“张铁简”，勇力过人，当年是狄青帐下猛将，现为宣州观察使，副都总管，亦在熙河地区。

随同的知制诰苏颂笑道：“陛下，臣听说狄青有六个儿子，次子狄谘与三郎狄咏，武艺颇佳，有乃父之风。自古以来，天下未尝无人，但观人主能否简拨于草野之中罢了。”

李向安也赔着笑，小心地说道：“官家常说仁宗朝人才鼎盛，可是老奴也听说，本朝的人才，竟一点也不逊于仁宗朝呢。”

“哦？”

苏颂笑道：“最近汴京的书坊，报童，都在卖两种画，一种是仁庙名臣像，一种便是本朝名臣像。也不知道是哪个画工，妙手画得，竟是唯妙唯肖，亏他认得这么多大臣。”

赵顼不由来了兴趣，笑道：“卿说说看，都有谁？朕也想知道，百姓心中的名臣都是什么人？”

“官家，那画前天老奴便让人买了回来，是否就取出来御览？”李向安感觉自己得了个好彩头。

“快呈上来。”赵顼一面吩咐，一面对苏颂道，“卿说狄青有六子，都在做什么？”

“回陛下，狄青长子狄谅袭爵，现在汾州西河老家耕读。次子狄谘与三郎狄咏，均为阁门使，狄谘在禁军当中任职，狄咏在王韶军中，此次颇有军功。四郎狄惠与五郎狄说弃武从文，幼子狄谏，现在白水潭学院格物院读书。”

赵顼沉吟道：“将狄咏调入禁军，赐带御器械[1]。”

“遵旨。”

苏颂话音方落，李向安就捧着两幅卷轴走了进来。四个内侍不待吩咐，连忙上前，一人拉着一边，将画卷展开，供皇帝观赏。赵顼走近观看，却见两幅画上，各画了一二十人，每个人像的左上角，皆用小楷注明人物的官职名讳。他顺着看去，见仁宗朝的，无非是范仲淹、韩琦、富弼、包拯、狄青等人。

苏颂在旁笑道：“世传仁宗朝有‘四真’——富弼为真宰相、包拯为真御史、欧阳修为真学士、胡暖为真先生。陛下你看，这个就是胡暖……”

赵顼把目光移过去，点点头，笑道：“听说当年礼部取士，十之四五，皆是这个‘真先生’的门生，他旁边的徂徕先生石介，可是那个写《太历圣德诗》的石介？”

“正是此人。”

“听说仁宗不敢让他做谏官，怕他玉碎石阶，可见定是个性子孤介的人。”赵顼与石介虽然是两个时代的人，倒也听说过一些仁宗朝的掌故[2]，他一面说一面心里暗暗奇怪：“这个石介眉目之间，似乎隐隐有点儿熟悉。”赵顼慢慢看完仁宗朝的名臣像，这才走到《熙宁名臣像》之前，第一个便是王安石，第二是司马光，第三个是石越。赵顼站在石越像前，突然停住了，仔细端详画像一会儿，忽然向苏颂道：“苏卿，卿来看石越的画像。”

苏颂连忙过来细看，但细细看了半晌，却不知道皇帝的用意，只得笑道：“这画工画得很像。”

“的确很像。”赵顼点点头，又走到石介的画像前，看了一会儿，指着画像，问道：“卿看看，这两人眉角之间，是否有点儿相似？”

[1] 即通常所说的“御前带刀侍卫”，身佩弓箭袋、御剑，为皇帝扈从侍卫，以防不测。

[2] 原指旧制、旧例，后来指关于历史人物、典章制度等的逸闻轶事。

苏颂看看石介的像，又看看石越的像，果然竟觉有几分相似，他不由点点头，道："倒的确有几分像。不过石介看起来，就显得孤傲；而石越，则温和许多，二人不可同日而语。"

"这倒是。"赵顼莞尔一笑，不自觉地摇摇头，继续去欣赏其他的画像。

银白的月光洒在地上，满地树影重重，杳无人声，石府的花园中甚是寂静。石越挂了一件披风，从纱窗望了出去，天空如洗，没有一丝云雾，只见到满天的星斗密密麻麻。

"公子还没有睡？"

"潜光兄？你怎么这么晚来花园？"石越转过头，见是潘照临，不觉有点儿奇怪。

"刚刚整理了一下本朝官制，到这里来看看。"潘照临脸上似乎也有一丝的倦容，"公子在担心什么？"

"侍剑刚刚回来，说楚姑娘大约明天到京。"

"公子不必担心，晁美叔弹劾彭简私自派人监视公子官邸，皇上勃然大怒。两府、翰院、霜台都指责彭简胆大妄为，本朝头一次有这样的丑闻。皇上既然驳回了彭简自辩的折子，那么这件事应当告一段落了。"潘照临的语气，让人觉得似乎一切都在掌握之中。

"我担心的是吕惠卿。他一有机会，就一定不会善罢甘休。现在彭简已经被提回京师，若能在开封府证实那首词是我定的，他未必赢不得同情。本朝自太祖立国以来，就恪守'道理最大'的祖训，便是皇上，也不能因为讨厌彭简而拿他怎么样。杭州事务由晁美叔代理，也不知道会怎么样。"

"公子何必杞人忧天？"潘照临笑道，"康时信中说楚姑娘外柔内刚，坚韧节烈，他年纪虽轻，但是看人向来很准。"

"过刚则易折。"石越喟然长叹，"我却是怕她太过刚烈。开封府的衙役，已经托人打点妥当了吗？"

"已经妥当。是以秦观的名义出面，不会授人以柄。田烈武也去和他的弟兄们说了，万一要用刑，他们自有分寸。"

石越这才稍稍放心，但是心中的愧疚之意，却不曾减得分毫。

"公子，若皇上果然要大用，改革之事，你以为当从哪里开始？"潘照临不经意地把话题岔开。

果然，说到此事，石越精神便为之一振。"我这些天反复考虑，以为本朝之事，千头万绪，而改革须以三事为根本。一则改革官制，使名实相符；一则创立学校，以培养人才；一则完善选举，可使朝廷得人。"

潘照临击掌笑道："这三件事，头两件在朝中断无阻力，本朝官制名实不符，早已被众人所深恶痛疾，新党旧党，尽皆盼着厘清。若能趁着改革官制的机会，为以后的改革埋好伏笔，那定能事半功倍。创立学校，自白水潭以来，有近五年之功，并非难事。只是选举之法，关系朝野利益甚巨，须当慎重。"

石越点点头，道："我若要改革，既不能使旧党认为我要步王安石后尘，而只能举庆历新政之旗号，循序渐进；又不能使皇上等不及，心里不耐烦……"说到此处，石越忽然自失地一笑，自嘲道："现在麻烦不断，居然奢谈这些。"

"大丈夫便在最困难的时候，亦不可忘其志。皇上已经看到了名臣画像。富弼前天上书，请求皇上录忠良之后。皇上下诏录赵普、狄青、包拯三人之后各一人为官，几天之后，富弼会再次上书，请求录石介、欧阳修之后。计划到现在，进行得非常顺利，公子的志向，必有一日能够大展。"

石越忽地想起一事："我怎么可能和石介长得像？"

"嘿嘿。"潘照临悠悠笑道，"不是公子长得和石介像，而是石介长得和公子像。"

"啊？"

"石介死去二十余年，他死的时候，正好得罪夏竦，很多文稿都被烧毁，他的画像更是一幅也没有留传。事隔二十余年，我听富弼介绍石介的模样，在画石介像的时候，略略在眉目上改了几笔，也不过举手之劳。这画像连富弼都觉得甚像，别人又如何去分辨真假？"潘照临似笑非笑地低声说道，显是极为得意。

石越不由暗呼侥幸："幸好中国画不同于油画。"

潘照临抬眼仰望着夜空中的繁星，道："这些事情迟早会过去。真正让我担心的，是皇上最终顶不住压力，向契丹人示弱。司马梦求怎的还不回来？"

翌日，崇政殿。

"昨晚刘忱与萧禧争论到深夜，萧禧始终不肯让步……"韩绛小心翼翼地说道，他低着头，不敢看皇帝的眼色。

"今日两府三司学士院御史台都在这里，一定要有最后的结论。"赵顼冷冷地说道。"辽人既不肯让步，朝廷是准备边防，还是要忍气吞声？诸公都是朝廷大臣，事到临头，岂可噤若寒蝉？"

皇帝的话，却是说得很重了。韩绛连忙出列，首先说道："与辽国轻启边衅，臣以为是下下之策。"他话未说完，吕惠卿已然厉声反对："臣以为要断然拒绝辽人无理之求。"冯京、王珪对望一眼，齐声说道："臣以为不可轻启战事。"吴充迟疑了一会儿，也道："臣亦以为不可轻开边衅。"

他三人一表态，枢密副使蔡挺、王韶不由相顾色变，二人上前一步，厉声道：

“臣等以为辽人索求无厌，不可遂其愿！”

赵顼不置可否地点点头，把目光投向曾布。曾布连忙出列，道：“臣还是以为要持重。”

蔡确略一踌躇，也出列道：“臣请陛下下旨备战。”

殿中的大臣们一一表态，吵成一团，但主张议和的力量，终是远远超过主张出战的大臣。赵顼紧紧咬着自己的嘴唇，半晌，终于无力地说道：“姑从其所欲。”

“陛下圣明！”歌功颂德的声音立时在崇政殿中响起，赵顼听到耳中，却有种说不出来的刺耳。

王珪又禀道：“刘忱、吕大忠持议甚坚，朝廷若主和议，只恐不能夺其志。”

“那就换人吧，让刘忱归本职，让吕大忠回家终制[1]。”赵顼无可无不可地说道。

“臣以为可遣天章阁待制韩缜为使者……”王珪又继续说道，吕惠卿、蔡确默不作声地冷笑着。

“准奏。”赵顼挥挥手，便欲退朝，忽然一个大臣“嘭”的一声，倒在殿中。“蔡枢副，蔡枢副！”崇政殿中，顿时乱成一团。赵顼走下御座，才看清原来是枢密副使蔡挺当殿晕倒！他心里一惊，连忙高声呼道：“御医，快传御医！”

站在崇政殿内的史官，注视着殿中略显混乱的情景，默默地观察着每个人的动作。回到史馆之后，他在一张纸上写道：“熙宁八年二月某日……帝使韩缜如河北议界……枢密副使蔡挺议事崇政殿，疾作而仆……”

数日之后，史官又提笔写道：“……枢密副使蔡挺以疾罢为资政殿学士，判南京留司御史台……”

史官所不知道的是，蔡挺在病中，曾经大呼：“奇耻大辱！奇耻大辱！”而就在蔡挺罢枢密副使的当天，富弼的表章抵达京师；石越词案，在开封府秘密开审……

吕惠卿的目光停在政事堂北面墙角的一台座钟之上，钟的式样是青铜制的孔子雕像站在一条蜿蜒九曲的河边，河旁有一棵铜树，从树枝上伸出一根纤细的钟摆，钟摆上是一只黄铜打制的小鸟，小鸟就在这河边的树下，来回不停地摆动着。钟面是瓷质的，嵌在树枝中间，标明了十二个时辰。在树干上，刻着“逝者如斯夫”五字篆文。

“咯当咯当”的响声，是安静的政事堂里唯一的声音。

这架座钟，是作为贡品进贡给朝廷的。它在东京的售价，是五百贯；在辽国与大理的售价，是三千贯；在高丽与日本国的售价，是五千贯。

[1]　指父母去世服满三年之丧。

“当”——金钟铜磬一般的一声巨响，几乎将吕惠卿吓了一跳。他不易觉察地皱了皱眉，到现在为止，他还是不太习惯座钟每个时辰一次的报时。他又瞅了一眼王珪，后者果然在每到整点报时后，必然起身往院子中走一圈。

“禹玉兄，听说富公又请皇上录石介、欧阳修之后了。”吕惠卿在王珪散完步，回到政事堂后，笑着问道。

“这是等闲事。”王珪微微一笑，漠不关心。

“果然是个‘三旨相公’！”吕惠卿心里鄙夷，不再相问，埋头继续批阅公文。王珪在相位，被朝中喜欢开玩笑的大臣们讥刺为“三旨相公”，讲他上殿进呈，说一声“取圣旨”；皇上决定后，说一声“领圣旨”；退殿后吩咐禀事之人，说一句“已得圣旨”。他凡事皆以皇帝之是非为是非，既无创见，也无主见，徒然文章写得好而已。在中书诸相之中，王珪也是最没有威胁的人。

“三旨相公”见吕惠卿不再相问，正待回位去整理公务，却见一个中使急匆匆走来。“王参政，吕参政，有旨意——”

“臣——”王珪与吕惠卿连忙拜倒接旨。

“圣谕，召王珪、吕惠卿迩英殿见驾。”

“遵旨。”

当王珪与吕惠卿赶到迩英殿偏殿的时候，发现殿中还有几位知制诰和翰林学士元绛等人。甚至连崇政殿说书吕升卿、沈季长也在场。待二人参拜完毕，皇帝将目光投向元绛，道：“元卿，你继续说吧。”

“是。”元绛欠了欠身，继续说道，“……石介本是兖州奉符人，进士及第……入为国子监直讲，学者从之甚众，太学因此益盛……因杜衍、韩琦推荐，为太子中允、直集贤院。曾著《唐鉴》以戒奸臣、宦官、宫女，指切当时，无所讳忌。庆历年间，章得象、晏殊、贾昌朝、范仲淹、富弼及韩琦同时执政，欧阳修、余靖、王素、蔡襄并为谏官，石介喜朝廷得人，作《庆历圣德诗》，诗中暗斥夏竦为奸臣。”

王珪与吕惠卿这才知道原来皇帝在听元绛讲本朝典故，却不知把他们二人召来又是什么意思，心下纳闷，然而皇帝不问，也只好叉手侍立。吕惠卿偷眼瞧见吕升卿满脸通红，心里早料到必是皇帝有问，他回答不出，才劳动翰林学士元绛亲自讲故事，心里亦不免有几分羞恼。

“……不久石介病死，正逢狂人孔直温谋反，官府搜其家，得石介书信。夏竦怀疑石介诈死，北走契丹，请发棺以验……”

赵顼皱眉道：“这未免有点儿过分，想是夏竦挟怨报复？”当时的人们，对入土为安是非常重视的。

王珪与吕惠卿等人自是知道这件事的，夏竦非但是因为石介称颂庆历诸君子，骂自己是奸人而怀恨在心，而且更是想借机中伤杜衍、富弼等人——当时杜衍便在兖州，所以才冒天下之大不韪，如此行事。但是他们哪里肯说破这些事情。便是元绛，也只是淡淡应道："陛下圣明。"又继续说道："于是朝廷下诏，要求地方查清石介之存亡真相，兖州掌书记龚鼎臣愿以阖族性命保介必死，杜衍与提点刑狱吕居简，以及地方民众数百人，也保其必死。由是方免于斫棺之辱。石介死后，族中子弟羁管他州，其家本来贫苦，妻儿几乎饿死，是富弼、韩琦一起买田赡养。"

虽然元绛故意用平淡的语气，尽量简略地介绍石介的生平，但便是赵顼也知道，这后面实有一段惊心动魄的政治斗争，实际上也是庆历新政中"君子"与"小人"斗法的一部分。而石介便是庆历新政诸君子中，最有名的激进分子，他的遭遇曾经得到诸君子的广泛同情，他当年讲学时的学生，此时也有不少人在朝中为臣。

"难怪富弼特意上书，想为石介之子石起谋个封赏。"赵顼暗暗想道。富弼在表中说到石介的事迹，与元绛所说，大体相合。且说石介之妻已经亡故，仅有一子名石起，在家耕读。

"众卿，还有一件事，不知众卿可有耳闻？富弼说石介病故之年，有一侍婢有三月之孕，因有破家之祸，害怕株连，逃亡他处，不知所踪。"赵顼迟疑了一下，终于问出口来。

元绛想了一会儿，目光望向王珪，王珪摇了摇头，道："陛下，这等近三十年前的石家私事，臣等不甚了了。石介妻儿向来由富弼照顾，富弼如此说，想来不假。"

"朕颇怜其身世。"赵顼叹道，"富弼说石介之妻为防夏竦报复，想为石家留一脉骨肉，才遣其逃亡。仅有半片和田绿玉独角兽，与石起所有半片，合为一对，以为他日信物。此事便是富弼先前亦不知情，其妻死前，方托嘱富弼查访。"

"既是富弼先前亦不知情，臣等更无由得知。"吕惠卿笑道，"只是如今要查访此人，只怕也是海底捞针一般。"

赵顼点点头："朕找王卿、吕卿来，便是想问此事，可否由朝廷下榜寻访？若能找到这个遗孤，亦是一桩美事。"

吕惠卿笑道："陛下仁德，只是石介病故于庆历五年，至今日已近三十年。其子便是庆历六年出生，现在也有二十八九岁了，其母更不知是否还在人世。若由朝廷下榜，只恐寻不来真人，反倒引出不少妄人来冒充。"

元绛也知道这终究是一件难事，道："朝廷顾念忠臣，本是一桩美事。陛下何不从富弼之议，召欧阳发、石起一见，若其才华可用，则授以官职，也好报效朝廷；若资质平庸，则赠以金帛。如此也足以鼓励天下世道人心了。至于石介的遗孤，上天眷顾，必能找到，臣之愚见，以为不必大费周章。"

赵顼想了一会儿，点头充道："如此，便遣使者诏欧阳发、石起来集英殿，朕要亲自见上一见。听说那个欧阳发，也是个出了名的才子。”

午时过后。

开封府。

韩维望了一眼外面的天空，浮云满布，淡一块、浓一块，坐在开封府衙之内，也能感觉空气的潮热湿闷。韩维不自觉地摇了摇头，心道：“真不是一个好天气。”他侧身望见前来听审的御史蔡承禧与监察御史里行安惇，二人正在窃窃私语。蔡承禧倒也罢了，安惇却不过是太学上舍及第，上书言学校之事，得皇帝赏识，又为吕惠卿所荐，遂居美职，也是个平步青云的小人。韩维在心里叹了口气，抓起惊堂木，重重一拍，喝道：“开堂！”

衙役立时拖长声音喊道：“威——武——”

蔡承禧与安惇也连忙整整衣冠，正襟危坐。

“带人证楚氏上堂——”韩维高声喝道，故意加强了“人证”二字的语调。蔡承禧不置可否地眯着眼，安惇脸上却不免微微变色。

不多时，楚云儿便由衙役领上堂来。

“堂下可就是楚氏？”

“民女楚氏，拜见大尹。”

“民女？你不是歌妓吗？楚氏。”安惇语带讥刺地问道。

楚云儿低着头，冷若冰霜地答道：“回这位官人，民女早已脱籍。”

安惇讨了个没趣，讪讪不言。韩维接过话来，例行公事地核实了楚云儿的身份。这才问道：“楚氏，本府奉旨将你从杭州召来，你可知为了何事？”

“民女不知。”

韩维“啪”的一声，拍了一下惊堂木，厉声喝道：“你真的不知？”

“回大尹，民女的确不知犯了什么罪？还请大尹明示。”楚云儿的话柔中带刺。

韩维放缓语气，道：“若是犯了罪，岂无枷锁？是让你来做人证。此事干系重大，你须得从实说出。若说实话，是有功无过；若有虚言，这个罪责你担当不起！你可知道？”

“回大尹话，民女不敢欺瞒。”楚云儿心中冷笑不已。当真官命似泰山，民命如鸿毛，不过是做个证，又没有犯事，便不由分说，让她千里迢迢入京。

“知道就好。”韩维使了个眼色，班头立时跑了过来，拿过一张写满字的白纸，递给楚云儿。“楚氏，你可见过这首词？”

楚云儿接过纸来，见上面写的便是“梦绕神州路。怅秋风、连营画角，故宫离黍……”，她虽然早有心理准备，亦不由一震，当下伪装不识，细细读完，将纸还给班头，迷惘地摇了摇头，道："民女从未见过这首词。"

她这句话说出来，韩维心中一喜，暗暗松了口气，又肃然问道："你再细细想一下，果真没有见过？"

楚云儿假意思索了一阵，依然摇摇头，道："民女的确没有见过。"

安惇忽然冷冷地说道："楚氏，你可知道欺瞒官府，是什么罪过吗？"

"民女不敢欺瞒。"

"既是不敢欺瞒，为何有人在你家厅中见过这首词的字帖，你却说不曾见过？"安惇沉着脸，厉声喝问。

"回官人话，既是在民女家中见过，想必有物证。两浙路提点刑狱衙门，将民女家中翻箱倒柜地抄查，想来官人已有证据，何不取来与民女一观，也好让人心服。若是无凭无据，民女却也不敢担这罪责。"

两浙路呈上来的物证，倒有几十幅字画，可其中并无一幅有那首《贺新郎》。安惇被楚云儿反驳，脸面羞得通红，怒道："好你个泼妇，长舌倒是厉害。你将物证毁去，谁能查出？"

楚云儿反问道："既无物证，官人说有人亲见，想来必有人证，何不让他来对质？"

安惇望了韩维与蔡承禧一眼，韩维不置可否，心中已是怒他多事；蔡承禧却假装没有看见，让他平时附风弹劾石越倒有可能，遇上这种大事，蔡承禧早已打定主意，绝不做出头鸟。邓绾前车之鉴，明明皇帝有维护石越之心，他身为御史，怎敢逆圣意行事？御史御史，便是皇帝制衡百官的工具，对于这一点，蔡承禧比谁都清楚。"你安惇恃着有吕惠卿这座靠山，你就去闹吧。"蔡承禧暗道。

安惇见二人都不表态，心中不免也有几分犹豫。脑海中一瞬间又想起吕和卿的暗示，一瞬间又是石越的权势……他权衡一阵，终于咬咬牙，狞笑道："楚氏，你可是以为本官没有人证和你对质吗？"

楚云儿微微抬起头，轻蔑地看了他一眼，道："民女既无欺瞒，亦不怕对质。官人若有人证，便带他上堂当面对质；若无人证，亦不必虚言恐吓。民女也想知道是谁在污蔑我！"

韩维见楚云儿神色坚毅，眼中颇有决绝之色，心中一动。他又看安惇，眼中已有狂怒之态，他担心楚云儿不知轻重，越发激怒安惇，忙接过话来，道："既是如此——"他顿了顿，提高了声音，"请彭通州上堂。"

楚云儿不料彭简竟然与自己差不多同时到京，心中真是吃惊不浅。她转过头去，见彭简一步三摇走进大堂，望见她跪在堂中，"哼"了一声，抬着头从她身边走过，向韩维等人揖礼参拜："下官见过韩大尹、蔡察院、安御史。"他接到降罪责问、召他入京的圣旨后，一路昼夜兼行，赶到汴京，一方面是为了提前打点，一方面便是等待今日能翻盘。

韩维与蔡、安二人抱拳还礼，道："给彭通州看座。"待彭简在堂中坐了，韩维方转过头来，向楚云儿问道："楚氏，你可识得彭通州？"

"民女认得。"

"如何认得？"

"数月之前，彭通州来过民女府上，说是与民女商议一件事情。"楚云儿语带讽刺地说道。

彭简见韩维问到此事，脸上早就一阵红一阵白，尴尬万分。韩维却装作没看见，继续问道："商议的是什么事情？"

楚云儿冷笑道："彭通州是来为民女作伐[1]，想将民女嫁给石子明学士为妾。"

韩维脸上不由泛出一丝蔑笑，瞥了彭简一眼，彭简早已忸怩不安了。蔡承禧淡淡地问道："彭公，她说的可是真的？"

"这……"

"彭通州，你回去等着弹劾吧。"替一个歌妓出身的人做伐，本来就很失大臣体面了；而且还是为了讨好上官，那就更加不堪。蔡承禧若是知道了还不弹劾，只怕用不了多久，就有人因此来弹劾他了。

安惇也有几分不屑地望了彭简一眼，轻轻咳了一声，道："还请韩大尹继续问案。"

韩维点点头，转向楚云儿，问道："那么，彭通州是来过你的府上了？"

"是。"

"彭通州说，那天在你府上，便曾见过这一首《贺新郎》。"韩维厉声质问道。又转头问彭简道："彭公，是这样吧？"

彭简连忙应道："正是如此。"

楚云儿讥道："回大尹，只怕是彭通州记错了，民女府上那天挂的，的确有一首词，不过民女记得清楚，是一首《菩萨蛮》。民女从来没有见过这首《贺新郎》，我一个女子，亦不能挂这种怀故国之思的词于厅中。"

"胡说八道。明明便是《贺新郎》，当时我看得一眼，你便让你的丫鬟收起。"彭简高声斥道，"韩大尹，可宣她的丫头来对质便知。"

韩维点点头，拍了一下惊堂木，发下一支签来，喝道："宣楚氏府上丫鬟下人十名上堂。"

早有衙役将阿沅等十名丫鬟下人引入堂中，一齐跪下。韩维又向楚云儿问道：

[1] 古语，指做媒。

“那天有哪个丫鬟在场？”

“是阿沅。”楚云儿答道。

“哪个是阿沅，可上前来听问。”

阿沅应了一声，走上前来，韩维打量她一眼，问彭简道：“彭公，可是此女？”

彭简对她印象本深，点头道：“正是她。”

“阿沅，你可曾认得这位彭通州？”

“认得。他那日来过我们府上。”阿沅却不那么通礼数，径直回道。

“嗯，那日你主母可曾让你收过一幅字？”

“让收过。”

“你可识得那上面写的是什么？”

“我不认得草书。”

韩维点点头，问彭简道：“那字可是草书？”

“正是。”

韩维沉下脸来，“啪”的一声，喝道：“楚氏，你又怎么说？”

“回大尹，民女并未说谎，民女当日让阿沅收起的，正是一首《菩萨蛮》。”楚云儿从容答道。

安惇在旁边冷笑道：“是什么《菩萨蛮》，这般见不得人？”

楚云儿淡淡答道：“回官人，是陇西公的‘花明月暗飞轻雾’，似乎不太方便让男子看。”

韩维等人都是饱学之士，自然知道李煜的那首词，是描写一个女孩与情人幽会的情事，若说不便让彭简看到，倒也讲得通。而且楚云儿本是著名的歌妓，她府上有这样的艳词，倒似乎不足为怪。在韩维等人心中，这种词只怕更符合楚云儿“应有的”品位。

安惇一时语塞，他屡屡被楚云儿言辞所攻，又一心想迎合吕惠卿，不由恼羞成怒，道：“我看你分明是设辞狡辩，若不用刑，量你不会说真话！来人啊——”

韩维与蔡承禧不由一惊，阻止道：“安御史，岂能对证人用刑？”

“若以彭通州为原告，那么楚氏非止是人证，也是被告。”安惇冷冷地答道，继续喝道，“给我杖责二十，看她说是不说！”

楚云儿早将一切看淡，见安惇如此，只是淡淡一笑，神色中尽是蔑视。

安惇更是暴怒，红着眼睛喝道：“给我重重地打。”

阿沅跪在旁边，听明白竟是要对楚云儿用刑，心中大急，站起身来，指着安惇质问道：“你这个官人，好不讲道理。我家姑娘犯了什么事？凭什么用刑？”吓得众人目瞪口呆。

“好大的胆子！果然主仆皆是刁民！竟敢扰乱公堂，指责官府，给我掌嘴，撵了出去。”

那些衙役多数受过打点，这时迟疑了一下，见韩维没有发话，连忙拥上，抓住阿沅，狠狠地抽了四个嘴巴，将她撵出大堂。一干衙役将楚云儿按倒在地，只见手起板落，楚云儿背上已被打得血肉模糊，昏死过去。虽然有过打点，没有伤及筋肉，但是皮肉之苦，她那么娇弱的人，又如何受得了？

安惇早已豁出去，又让人将楚云儿用冷水弄醒，狞声问道：“你到底说不说实话？”

“我……说……的……就……是……实……话……”

“你若要倔强，本官自然奉陪到底？”安惇重重地“哼”了一声。

楚云儿勉强睁开双眼，轻蔑地望着安惇，却没有力气说话。

韩维与蔡承禧对望一眼，二人不易觉察地点了点头。韩维向安惇意味深长地说道：“安御史，适可而止吧。”

蔡承禧也沉了脸，道：“便是她在大刑之下又翻供了，又要如何服石越之心？何况似她这样的柔弱女子，若是再用大刑，只怕抵不过先死了，反而生出事来。”

安惇见二人都反对再用刑讯逼供，知道强拗不过，只得心有不甘地点点头。他冷冷地扫视了楚府丫鬟一眼，喝道：“你们谁敢不说实话，小心有大刑伺候。”然而那些丫鬟，又能知道些什么？总之关键之处，终是不得要领。韩维待他全部问完，便让这些丫鬟退出大堂，盯着彭简，冷冷地问道：“彭公，你可还有别的证据？”

彭简见韩维与蔡承禧都似已经信了楚云儿的话，想起这个后果，额上不由冷汗直冒，他站起身来，高声说道：“我身为朝廷命官，岂会骗人？韩大尹，切不可被歌女所骗，她们是串供的！”

韩维把脸一沉，喝道：“彭公，话不可乱说！”

连蔡承禧与安惇，也不由变色，道：“此事朝中上下知道详情的人屈指可数，谅她楚氏一个歌妓，焉能事先知晓而串供？”承认楚云儿串供，岂不是自承有人泄露机密？到时候谁也脱不了干系，韩维等人，岂能不知道这中间的轻重？

韩维又逼问道：“彭公，那首词，到底是怎么来的？”

彭简指着楚云儿，嘶声道：“便是她那里来的。”

“可你也再无证据，是不是？”韩维的脸，越来越阴沉。

“这……”

“焉知不是你伪造的，彭公！”韩维加重语气，冷冷地问道，“若果真如此，你可知道国法无情？”

彭简脸色越来越惨白，几乎是歇斯底里地喊道：“韩大尹、蔡察院、安御史，你们要给我一个公道！这个贱婢算计我！”

韩维冷冷地问道：“本官要如何给你一个公道？”

“她们是串供，用刑，用刑，她不能不招！”彭简指着楚云儿，恶狠狠地吼道。

“还要用刑？屈打成招？”韩维冷笑道。

安惇脸上的肌肉却不禁一跳，他望了韩维与蔡承禧一眼，突然朗声说道：“依下官看，今日审案，可以告一段落了。至于彭通州那首词是如何来的，想来皇上必会下令御史台穷治其罪，到时候，彭通州必能告诉我们真相吧？”

韩维与蔡承禧都不料安惇的立场变得如此之快，二人点点头，韩维将惊堂木一拍，喝道：“退堂！”

一场审讯，竟是如此草草收场。只有彭简似丧魂落魄一般，呆立堂中。

7

二月十五日。

这一天的汴京，与往常一模一样。络绎不绝的行人从各个城门进进出出。

在汴京南薰门前，唐康骑着一匹白马，一身窄袖素袍，乌黑的长发披散肩头，头上发束用一块白色丝绸包着，俨然便似个浊世佳公子。他的身后，跟着几辆马车，却是他的表姐、义嫂梓儿的车驾。一行人从杭州缓缓而行，终于回到了汴京。

“二公子，你看那个人是谁？”家人指着一个身着黑色布袍，脸容憔悴消瘦，一副失魂落魄神情的中年人惊道。

“是彭简！”另一个家人诧异地喊道。

唐康定睛望去，嘴角泛起一丝轻蔑的笑容：“彭简？”他的身后，还有大大小小一行，似乎在哭泣送别。四个官差不耐烦地等在一边。

“真是彭简，怎么沦落到这个地步？”说话的家人在杭州已久，看惯了彭简的风光得意，哪里能料到世间沉浮，竟如此之快。

“不自量力，便是如此结果。”唐康冷笑一声。

他此时尚不知道，自那一日的审讯之后，韩维等人又连续经过三场审讯，楚云儿始终不改一词，三人终于结案上报。赵顼认定彭简诬陷石越，竟下诏狱，令蔡确查明真相。蔡确“轻易”地就让彭简服罪，认定那首词是自己所写，动机是因为他在杭州与石越不和，贿赂不成，怕石越报复，所以怀恨陷害。赵顼拿到供词，勃然大怒，下诏夺彭简官命告身，贬为庶民，发往琼州编管。这场从头到尾都是静悄悄的“石词案”，就这样结束了。而他所看到的，正是这个案子最后的尾声。

唐康又冷冷地遥望了彭简一眼，夹了一马腹，跑到梓儿车前，低声说道："姐姐，汴京到了。"

梓儿伸出纤手，掀开帘子，望了一眼南薰门外熟悉的风光，一路旅途劳累的脸上，也露出一丝浅笑。"终于到了。"

梓儿的车队与彭简在南薰门前擦肩而过。唐康甚至没有用正眼去瞧彭简一下，在他看来，彭简从头到尾，都称不上是石越真正的敌人。

沿着东京整齐的街道前行，梓儿的马车不久便停在了石府大门之前。

阿旺扶着梓儿走下马车，石安早已下令家里的男丁回避，一众丫鬟婆子，簇着梓儿，走入内堂。阿旺跟随梓儿已久，见她的脸色，由下马车的期盼、兴奋，渐渐变成失望，心知这是因为石越没有在家的缘故。当下一面问石安家的："安大娘，学士呢？上朝去了吗？"

石安家的迟疑了一下，笑道："是吧，老奴也不知道。"

她这细微的迟疑，早已落在梓儿眼中。梓儿心里一震，竟是平添了几分郁郁。待到了内堂，众人见礼请安完毕，一一散去，梓儿叫住一个丫头："明眸，我有话问你。"

明眸连忙停住脚步，转过来敛身道："夫人？"

梓儿端起茶，轻轻啜了一口，突然问道："学士到底去哪里了？你是我桑家陪嫁过来的丫头，须得和我说实话。"

明眸迟疑了一下，低着头不肯作声。

梓儿心中更是怀疑，柔声问道："是学士不让你们说吗？若是，你就不要说了。"

"没有，没有。"明眸慌得连连摆手否认。

"既然没有，为何又不肯说？"

"婢子怕惹夫人不高兴，学士他……学士他……"明眸显是犹豫不决。

梓儿柔声道："不要紧的。你但说便是。"

明眸垂着头，低声说道："婢子听说，学士是去看一个叫楚云儿的姑娘去了。"

时间似乎停止了流动，梓儿呆呆地坐在那里，心仿佛被针刺中。

楚云儿在京师临时住的院子，在白水潭学院以南的郊外，叫作"沈家园"。院子不大，很清雅，篱笆上挂满了绿油油的叶子，沐浴在温煦的阳光下，给人一种幽美、恬静的感觉。一缕炊烟，从屋顶轻袅地飘起，更让这处小院多出一种温馨的感觉。东京的住宅很贵，楚云儿既不愿意接受石越的资助，一行人将近二十余口，每日的花销也不在少数。而她自从受刑之后，又感染风寒。虽然每日有医生开方精心调理，却不免于沉苛日积，缠绵于病榻之上，竟是起身不得。但对于楚云儿来说，这几日，却是平生最幸福的日子。

石越轻轻从阿沅手里端过熬好的草药，轻轻吹了吹，亲口尝过，才用勺子喂给楚云儿。阿沅斜着身子，靠着门槛上，痴痴地望着这一幕，楚云儿就似个小孩子一样，被石越照顾着，眼中尽是幸福的光芒。

只是她的脸色，却是越来越苍白了。

石越在阿沅的心中，曾经有无数种形象，民间的传说，楚云儿的回忆，自己的想象，每种形象，都不一样——到这几日，她才亲眼看到，原来竟是这样一个温柔敦厚的男子。已经快三十岁的石越，并没有和当时的人一样留着胡子，他的衣服裁式，以紧身为主，与那个叫唐康的小子有点儿像，显得非常精神。他不说话的时候，沉默得如一座石雕，让人不敢打搅；他开口的时候，威严中带着温和亲切。

不知道为什么，阿沅很喜欢看着石越给楚云儿喂药的样子。她在熬药的时候，想到这副情景，也会不自觉地微笑。自己是在为姑娘高兴吧？阿沅痴痴地想着，一滴眼泪从眼角滴落，她连忙悄悄地抹掉，不让别人看见。

“石大哥。”楚云儿轻轻咳了几声，不再喝药。

“怎么啦？云儿。”石越停下勺子。

“我有事情想对你说。”楚云儿挣扎着想坐起来。

石越连忙把碗放下，轻轻扶她起来，笑道：“有什么事等病好了再说。”

楚云儿摇了摇头，对阿沅说道：“阿沅，你先出去一会儿。”

阿沅点点头，走到院子中间，望着篱笆发呆，一面胡思乱想地猜测楚云儿与石越要说什么。

“石大哥，我想问你一件事？”楚云儿温柔地望着石越。

“你问吧。”

“如果我好了，你会娶我吗？”楚云儿大着胆子说出这句话来，苍白的脸上，也增添了几分红晕。她低着头，不敢再看石越。

石越没有回答，他不知道要怎么样回答。

等了很久，楚云儿微微叹了口气，柔声说道：“石大哥，你连骗我都不会吗？我是好不了了。”

“你别乱说。”石越温柔地训斥道。

“我的身体，我心里很清楚。”楚云儿突然笑了笑，伸手想拂开额前的一缕头发，稍稍一动，就是剧烈的疼痛。

石越连忙按住她的手，帮她把头发拂开，勉强笑道：“病都是慢慢好的，不要心急。安心静养，哪有不好的病呀？”

楚云儿也不分辩，望着石越，又问道：“石大哥，你很喜欢桑家妹子吧？”

石越点了点头，笑道："她是我在这个世界上，真正的亲人。"

"我也知道，她是个好女孩。"楚云儿真诚地笑道，"可惜，我的命没有她好。"

"你不要胡思乱想。"石越又似有点儿手足无措了。

"我没有胡思乱想。"楚云儿轻轻抓住石越的手，柔声道，"我很知道知命惜福的道理，能够让你为了我担心，我已经心满意足了。"

这种情意深重的话语，实在是石越不能承受之重。他心中感动，却又说不出话来。

"石大哥，我只想求你一件事。"楚云儿幽幽地望着石越，眼中晶莹闪烁。

"你说，不管你有什么事，我一定帮你做到。"石越毫不犹豫地答应。

"你见着阿沅了？"

"嗯。"

"她是我收养的一个小女孩，孤苦伶仃，和我小时候一样，也是灾荒，我没有她命好……每次我看到她，就想起自己小时候……"楚云儿眼光有点儿迷离，陷入了回忆之中。好一阵子，才回过神来，继续说道："我若死了，就把阿沅托付给大哥了。她还有个表姐，叫王朝云，现在已经不知所踪。若有可能，也请大哥替她访到，免得她像我一样，想找个亲人也找不到，没个依靠。"

"傻妹子。"石越强抑住泪水，伸手抹去楚云儿眼角的泪珠，强笑道："你不会有事的。你也不是没有亲人，我就是你的大哥。"

"我可不想你是我大哥。"楚云儿望着石越，心里说道。

"我是说我万一死了……"楚云儿一句话没有说完，石越已经轻轻捂住她的嘴，忙不迭地说道："我答应你，我收她做我的干妹妹，当她亲妹妹一样对待。你再不要胡思乱想……"

当天，集英殿。

欧阳发与石起站在赵顼面前，形成鲜明的对比。欧阳发风度翩翩，谈吐优雅，条理清晰，每每让赵顼称赞不已。石起却显得有几分紧张、拘束不安。他的皮肤被太阳晒得黝黑，虽然不到四十岁，却已颇显老态，显是寄人篱下的生活，过得并不十分如意。赵顼每每问话，石起回答起来总不免结结巴巴，完全没有"三先生"之一石介之后的风范。赵顼抱着一种怜惜的态度，问了问他一些学问上的事情，见答对并不如意，便转过话题，问道："朕听说你尚有一个同父异母的弟弟，不知所踪？"

石起紧张地回道："草民先前也不知情。不过先母去世之先，的确曾拜托韩国公一事，后来韩国公与草民说过，说寻访良久，一直没有消息。草民才知道还有骨肉兄弟。"他是老实之人，想起失散的兄弟，不免便有几分戚容。

赵顼微微点头，道："这便是了。朕听说有半边绿玉独角兽为信物？"

"这半边绿玉独角兽，本是家父遗物。"

"卿可曾带来？"赵顼饶有兴趣地问道。

"回陛下，草民随身携带。"

"可呈上来，给朕看看。"

"遵旨。"石起连忙从佩带中解出一片三个手指并拢大小的绿玉独角兽，恭恭敬敬递给来取的李向安。

殿中众人，都将目光聚在这半片玉上，想要看个稀奇。便听到有两人，同时"啊"了一声。

赵顼诧异地望着失声的三司使曾布与不久前刚调入秘书省的著作佐郎叶祖洽，皱了皱眉头。曾布与叶祖洽这才注意到自己失态，连忙拜倒谢罪："臣死罪。"

若只是叶祖洽失态，倒也罢了，三司使曾布也如此失态，却未免让赵顼颇有点儿不以为然，他又看了曾布一眼，问道："曾卿，何事惊讶？"

曾布伏着身子，与叶祖洽对望了一眼，又见到几个大臣眼中，似有嘲笑之色，便不觉红了脸，回道："陛下，臣见到那个绿玉独角兽，非常眼熟，故此失态，请陛下恕罪。"

"哦？"赵顼不置可否地应了一声，转过头，望着叶祖洽，说道："叶卿，你又是因何惊讶？"

叶祖洽红着脸回道："微臣也是看到那个绿玉独角兽，竟似……竟似……"

赵顼见他这副窘样，又是好气又是好笑，道："竟似什么？卿是朕的状元，如何这般拘谨？"

"是，陛下死罪……不不……臣死罪，臣死罪……"叶祖洽被皇帝说了两句，不由得更加紧张起来，语无伦次地说道："臣是见那个绿玉独角兽，似乎石子明学士家里也有同样的半片……"

赵顼见叶祖洽这副样子，本来心头颇有不快，待听到他最后一句话，却是什么都忘了，探起身来，问道："卿说什么？"

"回禀陛下，微臣说那个绿玉独角兽，似乎石子明学士也有。"

曾布也趴低了身子，道："陛下，臣也在石越书房里见过，石越喜好玉石，颇集精品，这个玉独角兽因为是半只，故此臣印象十分深刻。"

这二人说出此事来，殿中赵顼以下，众君臣都面面相觑，石起也似惊呆了一般，张大了嘴合不拢来。他自是无论如何也料不到有这种变故的。富弼将这个石介的"遗物"交给他的时候，只告诉他这是他父亲不多的遗物之一，他母亲珍重保存，死前交给富弼，让他替石家寻访石起同父异母的弟弟，此时转交给他，要他一定随身携带，好好保存。他对富弼一向敬服，自是谨遵，哪里便知道一日入京，皇帝亲口问起，又有大臣说名动天下的石越石子明也有此物。

赵顼从李向安手中接过半片绿玉独角兽，仔细端详了一会儿，突然死死地望着曾布与叶祖洽，指着手中的独角兽，问道："二卿可曾看得真切，果真是此物？"

曾布与叶祖洽又悄悄对望一眼，却绝不敢接口。万一说错，便是欺君之罪，这么远远地看一眼，又岂敢保证？曾布迟疑道："这个……这个……"眼睛不断望着赵顼手中的玉独角兽上瞟，几乎要急出冷汗来。

赵顼立时明白曾布的意思了，将手中的玉独角兽递给李向安，道："且拿去看详细了。"

"遵旨。"二人连连顿首，接过李向安送来的玉独角兽，仔细端详起来了。

众人紧张地望着二人的表情，曾布看完之后，不置一词，递给叶祖洽，叶祖洽拿在手中看了半晌，脸上惊异之色却是越发明显。

"如何？"赵顼忍不住又问道。

曾布连忙小心翼翼地说道："臣……臣以为，这片玉与石越所有的半片玉，很可能是一对。"

叶祖洽也答道："微臣也以为，的确很像是一对。"

二人话一出口，殿中众人，无不瞠目结舌。赵顼不由站起身来，追问道："二卿可看仔细了？难道？难道？"赵顼不可思议地摇了摇头。

殿中诸大臣，以王安礼最是心思缜密，他立时出列，欠身道："陛下，微臣以为，陛下可遣一中使，往石越家取来此物，看是否相合，并问石越家中玉片的由来。如此，事情便可知其大概。"

赵顼点点头，道："卿说得不错。李向安，你立即快马去石府。"

"遵旨。"

赵顼又是猜疑又是兴奋。石越若真是石介之后……赵顼突然又想起那日在宝文阁看名臣像的事情，难道真是如此？

石府。

梓儿自那日回府之后，因旅途劳顿，又听到石越去见楚云儿，气郁于胸，加上杭州、汴京气候不同，一时不慎，便感染了风寒，竟然也一病不起。御医沈厚给梓儿诊过脉之后，在丫头的指引下，轻轻退出梓儿的闺房。石越连忙走过去，低声问道："沈太医[1]，拙荆的病情要不要紧？"

---

[1] 宋代对翰林医官院医官、医职、医工等的泛称。

沈厚蹙眉摇头，叹道："学士，夫人本只是劳累之下，偶感风寒，兼气郁不散，因此得病，本来也无大碍，用几味药，调理调理，也就好了。只是，只是……"

"只是什么？"石越紧张地问道。

"只是据脉象来看，夫人已有数月的身孕……"他一句话没说完，石越听到"身孕"二字，已是喜上眉梢，可转念想到沈厚的"只是"，心里又是惊怕，堂堂的龙图阁直学士，竟是有点儿手足无措了。却听沈厚继续说道："……这本是喜脉，只是此时得病，若稍有不慎，后果不堪设想。"

"啊？"石越听到此语，不由从喜到惊，从惊到怕，急道，"沈太医，你一定要想办法，保她们母子平安！"

"下官自当尽力。"沈厚欠身答道。

"康儿，你去陪沈太医开方抓药，封五两白金[1]给沈太医吃茶。"石越叫过唐康，低声吩咐道，一面朝沈厚说道："沈太医，在下就先失陪，一切全拜托太医多多用心。"说完，便转身往桑梓儿房中走去。

梓儿的卧室，是三间屋子打通而成，东侧放着一张大理石案子，案上堆着各种名人字帖、墨砚、笔筒；西面则放着堆成山似的画卷；正里间，用珠帘隔开，放着一张古琴，琴边设着大鼎，时时都焚着几枝檀香。在琴之西，有屏风隔开的里间，才是梓儿真正的卧室所在。

石越轻轻走进去时，阿旺正在给梓儿盖被子，她见石越进来，连忙起身行礼，柔声道："奴婢给学士请安。"

石越朝她微微一笑，轻轻摆了摆手，走到梓儿床前，替她把被子轻轻盖好，坐在床边，望着自己的妻子。

梓儿睁着大眼睛，从被子中伸出手来，握住石越的大手，轻声唤道："大哥。"

"妹子，你有了身孕，怎么不告诉我？"石越轻轻握住梓儿的手，微微笑着嗔怪。梓儿小脸羞红，闭上眼睛，不敢作声。半晌，才偷偷睁开一只眼睛，见石越还在温柔地看着她，连忙又把眼睛闭上。"是多久的事了？"石越温柔地问道。

"三个多月了，我也是回京之前，才确认的。"梓儿紧闭双眼，低不可闻地答道。她毕竟也是没什么经验的女孩子，到石越离开杭州后，虽然隐隐猜到自己是怀孕了，却到第三个月上，才敢确认。

"真是个傻孩子。"石越笑着轻轻骂道，俯下身去，轻轻吻了梓儿的脸一下。

梓儿的脸立时变得滚烫滚烫的，轻声说道："阿旺她们还在这里。"

石越一时忘情，根本没在意还有下人在场，这时不由尴尬地打量房中，见阿旺

[1] 指白银。

与两个丫头明眸、珠辉，正在捂着嘴偷笑。见石越看她们，阿旺连忙笑着对明眸与珠辉轻声喝道："待在这里做什么，快出去做事。"

"是。阿旺姐姐，你可不也要出去？"珠辉捂着嘴取笑道。

"叫你多嘴。"阿旺装作张牙舞爪扑过去。

三人一面走一面笑，往外面走去，不时还回过头来，悄悄看石越与梓儿一眼。石越倒还无事，梓儿却是羞得满脸通红。夫妻亲热自是平常事，但在古代却也不便当着别人的面做。

阿旺三人刚刚走到门口，便见一个人急匆匆走了进来，差点与阿旺撞个满怀。阿旺正要啐骂，定睛一看，却是唐康，连忙改口道："二公子。"

唐康朝她微微点头答礼，急步走到石越跟前，唤道："大哥、嫂子。"

石越见他跑到后室来，心中奇怪，道："康儿，沈太医走了吗？"

"走了。我已经吩咐下人去买药了，有几味药只有大内有，已让侍剑随沈太医去取了。"唐康欠身道。

"嗯。"石越点了点头，道，"那还有什么事吗？"

"有……"唐康望了床上的梓儿一眼，欲言又止。

石越虽然知道唐康要说的话，可能不方便梓儿听到，但是此时却是不愿意离开梓儿，见他这个神态，不由笑道："是国事还是家事？若是家事，你便在这里说吧。"

"是家事。"唐康不好意思地笑笑，道，"方才送沈太医出门，见到石安家的领着两个女孩子进来，却说是舅舅家送来的，为侍候大哥用的。石安家的也不知道能不能收，又不敢擅自进来打扰，所以让我来问一声……"唐康说起这件事来，神态中总有几分勉强。

"荒唐……"石越皱了眉毛，正要斥骂，却突然想起是自己岳家送来的，又不好开口了，只得硬生生忍住，心里却奇怪桑楚俞送两个女孩子给自己做什么？不料梓儿突然低声说道："大哥，康儿，那两个女孩子是我让买来的，你让石安家的收进来便是。"

石越与唐康都吃了一惊，石越转过身，望着梓儿，温声说道："妹子，既然是你买的，便收了留在你房中侍候吧。"

梓儿睁开眼睛，长长的睫毛不停地颤动，她望着石越，挤出一丝笑容，似乎是带着几分歉意地低声说道："大哥，我这是给你买的。我房中的女孩子够用了。"

"你知道我不习惯别人伺候的。"石越微笑着摸了摸梓儿的脸蛋，低声说道。他也没有多想太多。

"不是这样，朝中的大臣们哪个家里没有几房姬妾的，大哥没有，没得惹人笑话，我……"

石越笑着摇了摇头："傻瓜，没的做什么胡思乱想。王安石、司马光都没有姬妾，谁又敢笑他们？我有你也就够了。"他这么旁若无人地说情话，倒惹得唐康尴尬万分。

"可是，我又没有孩子……"

"你不是已经有了吗？"石越用半带取笑的语气说道，转过头，吩咐唐康道："康儿，既然是自己家买的，也不好退，便给潘先生与司马先生房中各置一个吧。"

唐康迟疑道："陈先生那里，似乎不好厚此薄彼。"

石越沉吟了一会儿，笑道："说得也是，便再去买一个，到时候再一起各送一个。"

"是。"唐康答应着，迫不及待地退了出去。

石越见唐康走了，方又转过身来，却见梓儿眼角挂着几滴泪珠。他伸手轻轻抹掉，低声哄道："傻妹子，你哭什么？"

"我没哭。"

"还说没哭？"石越伸出手指，想轻轻刮一下梓儿的鼻子，却忽然发现梓儿的神态与往常全不相同，手指伸到半空便怔住了。半晌，才轻轻地放下，爱怜地抚摸着梓儿的脸，柔声道："妹子，你是不是有心事？"

梓儿痴痴地望着石越，摇摇头，低声说道："大哥，我什么也帮不了你，我明明知道你喜欢楚姑娘……"

石越料不到梓儿会说出这话来，怔道："你一定是误会了，你怎么知道楚姑娘？"

"我有什么不知道的呢？"梓儿心中，肝肠寸断。"我还听说当年，你并不是因为喜欢我才娶我的。"只是心里的这句话，梓儿却不敢说出来，只是在心中不住地徘徊，不住地折磨自己；她很怕一旦说出来，什么都似梦幻一样的，立时什么都没有了。"便是你不是真的喜欢我，可是如果能天天看着你，我也是愿意的。"她心中转过这样的念头。

石越哪里知道梓儿心中的想法，他一转念，便猜到是自己去看楚云儿的事情让梓儿知道，这才引得她胡思乱想，便笑着解释道："妹子，你一定是误会我了。我去看她，是因为这次我欠她的实在太多。"

梓儿点点头，石越心中一宽，却听梓儿低声说道："我去找楚姑娘，让她来服侍你，可是她却不肯。我想我从来不会为大哥宽解心事，才托人去寻了两个善解人意的女孩子回来，大哥你又不喜欢……我知道，我总是这么笨，一点也帮不了大哥。"

石越望着自己的妻子，听她说着这些事情，又是显得情深义重，又是让自己头痛不堪，真的是又气又爱，又怜又恨，作声不得，半晌，方柔声说道："你再不要胡思乱想了，我真的不要别人来宽解什么，我只要你就够了……"

石越正待继续开解，忽听门外唐康高声唤道："大哥，有旨意。"

石越苦笑着摇摇头，轻轻握了一下梓儿的小手，把它放进被中，柔声说道："你好好将养，不要胡思乱想，我去去就来。"说罢，连忙起身出去迎接圣旨。

二人一路紧走，方到中门，潘照临手里捧着一卷书，站在那儿，见石越与唐康过来，他走近几步，到石越跟前，低声说道："公子，成败在此一举。"

石越心中一凛，知道那件事已经进行到关键时刻了，他朝潘照临微微点头，收敛心神，快步走进客厅。

李向安见石越出来，咳了一声，往北面站了，尖声道："有口谕，石越接旨。"

"臣石越恭聆圣谕。"石越见李向安表情又是严肃，又是兴奋，已知潘照临猜得不错了，连忙拜倒。

"卿家是否有半片绿玉独角兽？"李向安尖着嗓子问道。

石越装作一怔，诧异地回道："臣家确有此物。"

"此玉是如何得来？卿可如实回奏。"

"此玉是臣熙宁二年遇变之时，随身所带之物，臣实不知来历。"

"啊！"李向安忍不住低声呼了一句，见石越诧异地望着他，连忙用严肃的表情继续说道，"卿可将此玉交给李向安带予朕一观。"

石越假装诧异地望着李向安，半晌，方恢复恭谨之态，道："请圣使稍候，臣马上去取。"

不多时，石越便去书房中取出半片绿玉独角兽，用绸布小心包好，交给李向安。又佯装不知，低声问道："李供奉，皇上要这个东西做什么？"

李向安故作神秘地摇摇头，笑道："许是石学士大喜，说不定咱家还要来跑一次的。"

石越知道戏已经演得差不多了，便不再多问，恭恭敬敬地将李向安送出大门之外，望着他骑上马飞驰而去，不由长长地叹了口气。

"公子不用担心，在家静候佳音便是。"潘照临不知什么时候出现在石越身后，悠悠说道。

石越点点头，回到客厅，突然对潘照临笑道："潜光兄，我们来手谈一局如何？"

潘照临点点头，笑道："公子是想学谢东山吗？"

"哪里又比得上先贤，谢东山是期待淝水之前破敌的消息，我等的又是什么呢？"石越自嘲地笑了笑，在棋盘之前坐下，拈起一粒白子，轻轻地放在天元之上。

集英殿上。

赵顼静静地听李向安把到石府的经过叙述了一遍，当听到石越的玉是熙宁二年遭遇变故时随身携带之物时，眉头不由跳了一下。他打开绸布，将石越的半片玉独角兽放在手中，细细端详一会儿，又向曾布、叶祖洽问道："二卿所见，可是此物？"说完将玉独角兽递给李向安。

李向安捧着玉独角兽，走到二人面前。曾布拿起玉来，不过看了一眼，便斩钉截铁地答道："陛下，正是此玉。"叶祖洽却拿在手中，仔细地看了一会儿，才回道："回禀陛下，便是此玉。"

赵顼点点头，又吩咐李向安把玉呈上来，把玩了一会儿，怎么也看不出这块玉独角兽与平常所见的有什么区别，便又问道："二卿何以能确知便是此玉？它有何奇特之处？"

曾布欠身道："陛下可以看那半边独角兽的角上，刻有极细的一个'安'字。听说石府的管家叫石安，便是从这个字而来。"

叶祖洽也道："臣能识得此玉，亦是同样的缘故。"

赵顼闻言，将玉捧起，向玉独角兽的角上仔细望去，果然有一个极小的"安"字，他这才全无怀疑，又拿起石起的半片玉独角兽，"啪"的一声，合在一起。

殿中顿时鸦雀无声，所有的目光，都集中在皇帝的手上——赵顼的手上捧着一只完整的绿玉独角兽。

赵顼细细观察，竟是丝丝契合，他又往石起那半片独角兽的角上看去，竟发现一个相同字体的"平"字，合起来，便是"平安"二字。

"竟然真是一对。"赵顼脱口说道。

石起被这不可思议的事情给惊呆了，他再迟钝也意识到了——突然之间，名动天下的石越，竟然成了自己的亲生弟弟，"那，那石学士……石学士……"

赵顼点点头，微笑道："石越很可能就是你失散的弟弟。"

曾布与叶祖洽见皇帝亲口说出众人都在心中猜测的事情，慌忙一齐拜倒，贺道："这是陛下洪福齐天，恩德所致，才使石家骨肉重逢！皇上万岁！万万岁！"

二人一旦开头，在场众大臣，便是号称忠直之辈，亦不免要拍几句赵顼的马屁，将石家"骨肉重逢"这一佳事，归功于赵顼的圣德与英明，而石起突然之间有了石越这样的一个弟弟，早已高兴得手足无措，亦不免要笨拙地感激着皇帝的恩德。只有欧阳发冷冷地望着这一切，他虽然不知道这件事只不过是一个阴谋的产物，却是十分讨厌那种无耻的谀辞。突然之间，他十分想念白水潭学院与《汴京新闻》报馆，在那里，人与人的关系要纯洁许多，至少，他欧阳发可以不用拍任何人的马屁。

石府。

石越在中腹落下一子，笑道："潜光兄，中原这块，我赢了。"

潘照临似笑非笑地在西北角上落下一子，淡淡地说道："中原虽然是公子暂时得了先手，东北角上这一块，却终是丢了。"

石越闻言一怔，细看棋局，果然如潘照临所言，他纠缠于中腹的缠斗，却无暇顾及全局，东北角一块，白棋能不能活，都已成了大问题。石越长长地叹了口气，摇摇头，道："顾头不顾尾，可笑，可笑。"

潘照临微微笑道："不过也要恭喜公子，终于暂时可以摆脱了中原的纠缠，这个先手，难得之极。"

石越自嘲地冷笑道："金角银边草肚皮，中腹的暂时先手，又有什么用处？"

"公子之言差矣，自古以来，对弈之胜负，十之八九都取决于中原的胜负。更何况，先手始终是先手，总比后手要好。"

"也只能做如是想了。"石越微微摇头，在中原西北方向，落下一颗白子。

代州。

杨遵勖洋洋得意，前来谈判的宋使韩缜毫无辩才，他逼一步，韩缜便退一步，不过几天的谈判，宋朝丧地七百里，最关键的是，虽然黄嵬山留在宋朝的版图之内，但沿界之山，尽都以分水岭为界，雁门天险，实际上已归辽宋共同所有。

杨遵勖望着韩缜在边界文书中签字盖印，忍不住心情大佳，借空便问起宋朝的人物故事，笑道："韩天制[1]，我在北朝，听说南朝有王马石苏四杰，其中以石越石子明年纪最轻，却不知是何等人物？"

韩缜虽然受了"从其所欲"的圣旨来谈判，却也知道清议可惧，自己亲手割让七百里之地，回京之后是怎么样的情况，真是不可预料，因此心情不免有几分低落，忍不住出言反讽道："不是说北朝看不上石子明，他才来大宋的吗？"

杨遵勖与萧佑丹本就没什么交情，也不是太子一党的人物，更不曾知道大宋汴京还有闹得沸沸扬扬的谣言，不由一怔，笑道："石子明何曾来过我们大辽？若是来过，我大辽皇帝陛下又岂能舍得这种人才归你大宋所有。"

韩缜心中顿时一个激灵，试探着问道："杨枢副，若有才华绝世之人，欲借大辽之力灭宋，事后再取大辽而代之，我可不信辽国皇帝便敢用这样的人物。"

"哈哈……"杨遵勖不由哈哈大笑，傲然道，"以我北朝主上的才华，又岂会害怕一二野心之辈利用？若有这样的人物，我主上必然乐于借其才华混一宇内，至于取大辽而代之，却绝无可能。"

"世间尽有才智之士……"韩缜一副不以为然的神色。

[1] 天章阁待制简称天制。

杨遵勖笑道：“我北朝与南朝不同，宗室后族，或手握兵权，或各有私兵，出则将，入则相，纵有才智之士，阴谋亦不可得逞。若是以堂堂之师对阵，最多便是其人得到南朝之后，做一个南朝皇帝，又能奈我大辽何？”

“那，石敬瑭……”

杨遵勖击掌笑道：“韩天制说得不错，石敬瑭便是例子。石敬瑭非英雄乎？亦不过我大辽一走狗尔。我跟随主上数十年，可从来没有遇到过韩天制所说的狂悖之辈。”

韩缜心中暗暗松了口气，他自以为自己终于找到了一件事，可以来转移皇帝对于丧地七百里的羞辱感了。

三春时节，杂花生树，飞鸟穿林。

“贼子作案十分隐秘，到现在为止，只找到九个人证看到了当晚散布揭帖的人，可是都只是看到背影。”韩维一边拨开御苑中横生的树枝，紧紧跟着皇帝的步伐，一边报告着“揭帖案”的进展。

赵顼“嗯”了一声，在一株桃树前停下脚步，冷冷地说道：“现在已经可以证明石越应当就是石介当年的遗腹子，那必然有人恶意陷害朕的大臣，离间朕与石越的关系，是谁干的，一定给朕查出来！”

“臣定当竭力而为。从臣的私下揣测来看，臣以为是辽人所用的离间计。”韩维从容答道。

“若是辽人所为，那么杨遵勖就不应当在韩缜面前说那些话。”赵顼质疑道。

韩维思忖一会儿，说道：“辽人国内有分歧，也是可能的。或者辽国朝廷并不知情，不过是一些见识长远之人，设下此计……”

赵顼点点头，说道：“卿说也不无道理，不过终是查无实据吧？”

“的确没什么证据。揭帖的纸张，是河北所产，但是这种纸张大宋有，与辽国互市时也有流传，极其普遍。想从雕版上查更不可能，唯一可以肯定的是，这些物什不是在汴京印刷的。而若从动机上查……”

“如何？”赵顼转过身来，望着韩维，追问道。

韩维又岂是会胡乱说话的人？他不紧不慢地说道：“若是从动机上查，臣以为只有辽人有可能了。”

赵顼摆摆手：“这件事情，卿不要放松就是了。”

“臣不敢。”

“嗯。”赵顼随口应了一声，换过话题，说道，“欧阳发是个人才，朕欲赐他进士出身，不料他却拒绝了。卿说他果真无意功名吗？”

韩维笑道：“欧阳发若要考进士，不过是探囊取物。臣看他是不愿意为五斗米折腰，在白水潭学院为陛下培育人才，在《汴京新闻》做陛下的布衣御史，也是报效之意，臣以为陛下不如就全其之志。”

“也罢。”赵顼点点头，又笑道，“龙生九子，九子不同。石起与石越一父所生，何至于竟有天壤之别？”

韩维望了赵顼一眼，欲言又止。

赵顼早已看在眼中，笑道：“卿有什么要说的，但说无妨。”

韩维肃容说道：“臣要说的话，原是不知轻重，不该臣说的，所以臣不敢说。”

“朕与卿君臣之知已非一日，卿当知无不言，言无不尽方是。”

“那就恕臣放肆。”韩维欠身说道，“臣以为石越之才，是天授，非人所能及。故此石起不能与石越相比，并非是因为石起太差，而是因为石越太好。此子前事尽忘，而少年能著《论语正义》，又蒙太祖、太宗皇帝见爱，或者他是太祖、太宗皇帝替陛下选中的臣子，亦未可知。自古以来，有贤主生，必有良臣生。故汤有伊尹，文王有太公，汉高祖有三杰，唐太宗有魏征……”

赵顼不置可否地望了韩维一眼，说道：“卿不必多说，朕知道了。”

“陛下圣明。”

“朕会下旨给石越认祖归宗，赐石起勋云骑尉，给田十顷，让他好生耕读传家。至于石越要如何用，还要容朕三思。”

辽国马邑。

耶律濬刚刚抄完一部《金刚经》，见四下无人，偷偷伸了伸懒腰，忽然听到房外隐隐约约有读书之声，不由循声走出房外，四下张望，原来却是萧佑丹在院中读书。

萧佑丹见耶律濬走近，连忙放下书卷，欠身行礼道：“殿下。”

“佑丹好雅兴。”耶律濬盯着萧佑丹手中的书，笑道。

萧佑丹把书合上，递给耶律濬，却是一本《老子》。萧佑丹悠悠说道：“《老子》一书，全篇讲的都是权谋机变之术，眼下殿下正用得着。”

“我？如何说我用得着？”

萧佑丹见四下无人，压低声音道：“如今皇上四处巡游，朝政越发紊乱了。前一段到大鱼泺，鹰坊使耶律阳陆不过博得头鹅，竟然加工部尚书，又崇信佛事，因殿下在军中，竟让殿下抄写佛经。殿下可知，如今我大辽也是处处灾荒！偏偏我还听说，知三司使事韩操说今岁的钱谷还会增加，看来韩操授三司使指日可待，可是这些钱谷又从何而来？只是让百姓更加离心离德而已。”

耶律濬摇摇头，说道：“这种事情，非止一日，又何足怪？”

“可是南朝石越，听说竟是石介之后，眼见便有大用。彼长此消，如何受得？皇上既然四处巡游，而朝中又是奸臣当道，殿下内忧外患，臣恐怕殿下即使他日顺利登基，亦不过一亡国之君！”萧佑丹面有忧色，正容说道。

“那佑丹以为我当如何处置？”

“殿下，眼下还须先求自全之策，臣这里有上中下三策。任殿下选取。”

耶律濬道：“请说。”

“上策，此间事情既然了结，就跟随皇上左右，以为固宠之道，同时阴蓄死士，万一有变，挟天子以令诸侯；中策，太子妃已有九月之孕，皇太孙即将出生，殿下以此为借口，速回中京，陛下自会让殿下总领朝政，如此慢慢谋划，若时间足够，自能培植自己的势力，其弊是会打草惊蛇，只恐耶律乙辛那老家伙不能相容；下策，学重耳之策，在边郡领兵自安。”萧佑丹显然思虑已久。

耶律濬思忖一会儿，断然说道：“我当取中策。”

萧佑丹脸色凝重地点点头，道：“既是如此，殿下就可写表请求回京了。”

熙宁八年四月一日。大宋汴京大内。

赵顼涨红了脸，愤怒地将一份表章撕得粉碎，碎纸片片飘落，洒得御书房中满地都是。“无耻！无耻！”

石越平静地望着突然发怒的皇帝，一言不发。

赵顼指着满地的碎纸，冷笑着问道：“石卿，卿可知道这说的是什么？”

“臣不知。”石越欠身答道。

“是韩绛率领众大臣，请求给朕加尊号的表章，绍天宪古文武仁孝皇帝。嘿嘿……”赵顼不住地冷笑，讽刺地说道，“而加尊号的理由，竟然是因为朕终于与辽人达成了和议，外抚四夷！”

“陛下，韩丞相此举，倒并不是因为不知道大宋的羞辱，反倒是因为知道这种羞辱，所以想用这种办法来遮掩。”

“是啊，遮掩。”赵顼狠狠地踩过地上的碎纸，冷笑道，“石卿的看法呢？”

“臣以为，知耻近乎勇。自欺欺人，似无必要。”

赵顼似乎没有料到石越会当着他的面说这样的话，望了石越半晌，突然笑道：“好，好，卿没有让朕失望。知耻近乎勇，说得好，朕当记住这句话。”赵顼高声说道，似乎要宣泄自己压抑的情绪，“朕若加尊号，是欺人乎？是欺天乎？石卿，卿在这里，可记住朕今天说的话，宰臣们给朕上过四次尊号了，都被朕所拒绝。朕一生中，绝不会给自己加任何尊号！”

“陛下圣明。”

赵顼似乎怒气稍遏，定下心神，对石越笑道：“卿可知道朕今天召卿来，是为了何事？”

“臣不知。”

“朕以为，改革还要继续，国家不变，则无以富强，不富强，则屈辱还要继续！因此，国事虽艰，却非变不可！”石越静静地听赵顼继续说道，“朕让你来，是让你给朕推荐一个杭州知州与杭州通判的人选。”

“这……”须知此时，石越依然还是“权知杭州军州事”，皇帝却让他推荐杭州知州人选，言外之意，不道自明。

赵顼无比果断地说道：“卿不必犹疑，朕已决定留卿在身边。杭州的事业，朕知道有卿的心血，所以特许让卿来推荐继任人选。”

石越顿首道：“陛下，臣以为杭州知州或可以由张商英担任，通判一职却不应当由臣来推荐，否则有失朝廷设官之本意。”赵顼赞许地点点头，却听石越继续说道：“陛下，臣只恐暂时不能报陛下之恩，臣既知生父、大母都已逝世，而生母却不知所踪，不孝之人，当先为父母守孝三年，以尽人伦。”

赵顼不料石越竟然提出来要丁忧，不由怔道：“卿父去世已有近三十年，大母去逝也已经超过三年，礼制亦不至于要求卿为此丁忧。卿孝心可嘉，只是朕却不能允许的。”

“陛下！”石越哽咽道，他的演技，已是越来越逼真了。

“除卿翰林学士的制文，就在朕的袖中。朕不会许你回家的。”赵顼断然说道。

（第二卷完）

inn earth®
地球旅馆
出品

捧读文化
触及身心的阅读
全国总经销

出品人 张进步
策划监制 程 碧

特约编辑 朱 莹 孟令堃
封面设计 朴而 QQ 450611716
内文设计 八月松子 August pine nut

新浪微博 微信公众号

发 行 肖 遥 谭 婧
法律顾问 天津益清（北京）律师事务所 王彦玲
出版投稿、合作交流，请发邮件至：innearth@foxmail.com
了解新书，图书邮购、团购、采购等，请联系发行电话：010-65772362

inn
earth®

地球旅馆

新宋 3

·大结局珍藏版·

关于宋朝的大百科全书式小说

阿越 著

河北人民出版社
石家庄

图书在版编目（CIP）数据

新宋．3 / 阿越著．-- 石家庄 ： 河北人民出版社，
2019.7
（新宋·大结局 ： 珍藏版）
ISBN 978-7-202-13945-5

Ⅰ．①新… Ⅱ．①阿… Ⅲ．①长篇历史小说－中国－
当代 Ⅳ．①I247.5

中国版本图书馆 CIP 数据核字（2019）第 102501 号

本卷目录

第十七章　砥砺前行　655
第十八章　典制北门　695
第十九章　驻节归义　731
第二十章　御帐惊变　759
第二十一章　贤烈二祠　779
第二十二章　励精图治　819
第二十三章　江头风怒　863
第二十四章　社稷之臣　929
第二十五章　山雨欲来　957

第十七章

砥砺前行

为之，则难者亦易矣；不为，则易者亦难矣。

——《为学》

1

虽然石越与桑梓儿成婚后不久便即出知杭州，京中的赐第只余唐康这半个主人，但桑楚俞却是坚信爱婿必要重回京师大用的，一直都请人替他经营府宅。桑家财力雄厚，又不会在爱女爱婿身上吝啬钱财，三年来银钱如流水似的使出，早已令得石府焕然一新，颇具泉石花木之胜。尤其后花园中，叠垒山石，凿池引水，林木蓊郁，花竹清绮，加之院外古树参差，蔚然深秀，春秋佳日，月夕花晨，四时四季之情竟是全然不同。

此时是四月初夏，春虽已去，但万物生机不减。临窗的那架葡萄，已近花时，红紫芳馥，繁英密蕊，霏霏满几榻。石越扶着病体稍愈的梓儿在葡萄架下的藤榻上斜靠着，自己则坐在她的身边。“大哥，你真的决定要守孝三年吗？”自从感觉到梓儿的怨怜之后，石越隐约意识到了缘由，便渐渐有意识地跟她讲一些自己在朝中的事情。

石越见阿旺等人都在远处采花，轻声笑道：“那只是策略。”

“策略？”梓儿睁着大眼睛，有些迷茫地问道。

“是啊，如此一来，既可封世人之口，不至于让政敌说我是不孝之人；再则亦可让皇上做一个表态——看看他会在多大程度上支持我。我要做的事情，若得不到皇上有力的支持，下场只怕不会太好。”石越耐心地解释道。

梓儿怔了一怔，随即摇了摇头，轻轻说道：“我是不懂这些的。不过不管大哥做什么，我都愿意陪在大哥身边，富贵贫贱，那也没什么可怕的。”

石越一手握着她的手，一边仰首轻轻笑道：“这些事情，不懂也好。但大哥只要你相信大哥所做的事，都是有利于天下百姓的，便足够了。”

“我相信。”梓儿抬起目光注视着石越，柔声而肯定地回答，在她清澈的眸中，是无比的坚定与温柔。

石越微微一笑，郑重其事地点了点头。

“大哥……”

“嗯？”

“我想去看看楚姐姐……”梓儿迟疑着，但终于还是说了出来。楚云儿因何受刑，眼前情形如何，她已经知道了大概。

石越没料到她会说出这句话来，不由怔了一下，旋即笑道：“那也得等到你身体康复以后呀！现在可不方便出门。”石越开玩笑地说着，一边伸手摸了摸梓儿的腹部。

梓儿红着脸，低声道：“你欺负我！”

“我哪里敢？”石越朗声笑着，此时朝中大事已宁，梓儿又怀了身孕，他的心情极为欢畅。

“楚姐姐的病情怎么样了？我想如果你答应的话……”梓儿垂着头，似乎不敢看石越的眼睛，声音却似下了极大的勇气，“若大哥答应的话，就把她接进府中来疗养吧？”

石越愕然望向梓儿，却意外看见她清澈的眸中似有泪光。她低垂着头，那泪雾似乎挂在她长长的睫毛之上，在隐约的泪光之下的，是一种说不出的哀伤与压抑。他不由得心中一震，疼爱怜惜一时间尽数涌上心头，当下蹲下身去，紧紧握住她的双手，轻声但又诚挚地说道：“妹子，你再不要胡思乱想，若将她接入府中，名不正言不顺，必然多有嫌隙，给人口实；况且她自己也不会愿意……”说到最后一句，声音似乎顿了一顿，因为他自己也不能确定，楚云儿是不是会不愿意，但是在桑梓儿心中，他知道那必然是不会愿意的。

“我、我愿意给她名分！”梓儿认真诚恳地说道，却依然不敢抬起眼睛去看石越，在她的心中，其实也不知道自己这样说究竟是对是错。她甚至有一些茫然，似乎自己也不确定自己在做什么。

石越缓缓地摇了摇头，其实一直以来，他都不太能辨出自己内心真实的情绪——楚云儿为他做的事，他不是没有感动过，楚云儿的心意，他不是毫无觉察了解，只是一种更为重要的东西似乎早已经在很久很久的以前牵系住了他的心，让他的感情始终控制在一个尺度之内。但此刻梓儿眼中的泪水却突然教他明白了许多事。“我对云儿……”他的声音顿了一顿，有些自嘲地笑了笑，然后轻轻说道，“我对她，有尊重、有同情、有感激、有愧疚……但是这些，和真正的喜欢是两回事。一个能够安慰自己的人，并不一定就是自己真正喜欢的人。而且那也是很久很久以前的事了，妹子，你真的不用想太多了。”他还有想说的话，可是看着梓儿，那些话，他又觉得一时间似乎又说不出来，只得温柔地看着妻子。

“可是……”梓儿长长的睫毛微微颤动着，一时间说不出话来，因为她还是不知道是自己是不是已经相信了石越的话，还是真的能放得下对楚云儿的同情？

“不许再想这些了。”石越站起身来，半开玩笑半认真地笑道，“若你身子还不快些康复，你哥哥和王家小姐十天后的婚事，我可是不许你去的！”

“我……我可只有一个哥哥……”

石越一边笑吟吟地看着梓儿着急的样子，一边道：“傻妹子，你须得好好将养，若是在婚宴之上被别人家眷看着你这般病骨俜停的模样，还不要让别人笑了我石子明养不起妻子吗？而且，你此刻腹中可是我的孩子呢……”他话未说完，梓儿的脸已经羞红到脖子根上了。石越看得心动，正要继续调笑，却见明眸红着脸站在十步之外的地方，显是有事禀报，因见他夫妻说话，便不敢打扰。

明眸见石越看到自己，连忙敛身道："学士，蜀国长公主派人求见夫人。"

石越笑道："快让她进来吧。"一面转头对梓儿说道："不知是长公主有什么事情？"

梓儿想了想，笑道："我也不知道，长公主对笔砚书画颇为精识，或者是问我要什么东西，或者是送什么东西给我罢。"

不多时，一个中年妇人随着明眸走了进来，见石越也在，连忙行礼请安："学士，夫人万安。"

"苏大娘不用多礼。"梓儿在石越的搀扶之下坐了起来，微笑道，"长公主一向可好？妾身回京后一直没有去拜访，反劳公主记挂，心里甚是不安。"

"长公主一切都好。长公主让奴婢给夫人带来一些东西，并要我告诉夫人，夫人是头胎，又染了风寒，一定要好生将养，若要什么东西，虽然府上不缺，但若是大内才有的东西，便尽管开口，不要见外。身子骨最是要紧的。"苏大娘伶俐地说道。

"有劳长公主惦记，妾身实不敢当。"

苏大娘又笑道："长公主说，上次夫人从杭州捎给她的琉璃跳子棋，柔嘉县主看了要过去，若是夫人还有，便请让奴婢带去。改日再来致谢。"

石越不禁莞尔，那琉璃跳子棋，不过是他在杭州时让人制成，给梓儿在闺中聊解寂寞的玩具，当时只制了四副，一副送给向皇后，一副送给蜀国公主，一副梓儿千里迢迢地托人送给自己未来的嫂子王昉，自己也就留了一副。不料蜀国公主的竟被柔嘉夺爱，这时竟又特意派人来要。但既是长公主要的东西，却也没有小气的道理，何况梓儿本来就甚是大方，果便听她笑道："可巧我这里还有一副，便劳烦大娘带回去。"

"如此甚是多谢了。"

梓儿笑道："一点小东西，值得谢什么？"她见阿旺早已过来，便吩咐道："阿旺，快去把那副跳子棋取了来，另外我房中还有两把高丽扇，扇页上风物甚是有趣，也一并请苏大娘带去，当是我一点小小的心意；再取三瓶大食国的蔷薇露[1]，两瓶给公主，一瓶便送给苏大娘了。"

这些东西，在当时都是奢侈之物——须知当时的蔷薇露，都是用琉璃瓶盛装，一个瓶子便价值不菲了。宋朝的公主们少有骄奢之人，蜀国公主更是一向节俭，是以

[1] 蔷薇露，又叫蔷薇水，波斯语名 gulab，阿拉伯语名 mawarol。宋时已流入中国，是一种香水。凡本卷所叙高丽、日本国、大食等海外之事物风俗，大抵取自中华书局版《中外交通史籍丛刊》诸书，其中又以《诸蕃志校释》为宋人所著，所取尤多。

连带她们这些下人，也难得有几样好东西。苏大娘见平白得了一瓶蔷薇露，实在是喜出望外，却不能不笑着谦逊道："这如何敢当？"

梓儿见阿旺答应着去了，又微微一笑，道："这值不得什么，妾身劳烦长公主记挂，才是十分的不安。烦劳苏大娘转告长公主，待妾身身子好一些儿，便去给公主请安。"

苏大娘连忙答应，又说了些闲话，待阿旺取来东西，便告辞而去。

石越见梓儿处置这些事时，言辞对答均甚为得体，气度俨然，哪里还似自己初见之时那个娇蛮可爱的小女孩？但自己还清清楚楚地记得她当时指着唐棣娇声说话的神气，直待目光看见自己，才脸红羞怯地退回房中……他回想起往事，心中忽然全是暖意，不由得笑赞道："我夫人可能干得很呢！"

"那也是大哥才想得出这些东西来。司马相公[1]作七国象棋，着法复杂，闺中竟是没有几个人会玩，到现在我都找不到七个女伴来凑齐下棋的人。这个跳子棋就不同，两人可以玩，六人也可以玩，又简单又有趣，在杭州时，在各衙门的女眷中早已风行一时，许多人家都争相仿制。若不是琉璃珠太贵了，就说是风行天下，也不奇怪。"梓儿此时却不知道，其实琉璃跳子棋在大宋禁中的嫔妃宫女、朝中大臣的家眷之中，也早已风行了，它又有个诨名，便叫"石子棋"。禁中要仿制几副棋，自然是极容易的事，皇后妃子们正好拿来赏赐众人，柔嘉正是因为没有讨到这个彩头，才从蜀国公主那里巧取豪夺，蜀国公主不便向皇后开口，只得来问她讨要。

这些曲折，石越自然也不知道，这时听梓儿这样说，不由笑道："这下可害得你也没得玩了，我这便托人再去定制几副，免得还有人问你讨要。"心里却突然想道："若是能把玻璃镜子做出来，还不知道你会有多高兴呢！"

大内，瑶津亭。

曹太后与高太后一面下着跳子棋，一面说着闲话。向皇后与几个妃子则站在一边陪侍。"圣人，官家最近寝食可好？"曹太后虽然已经五十九岁，但思维依然清晰敏锐。

"回娘娘，这几日官家依然是忙于国事居多，每日早上的点心，都只是草草吃过便罢。"向皇后回道。

"这样也不行，龙体要紧。"

"臣妾也劝过，只是听说吕惠卿、曾布、蔡确等人，日夜上疏请官家再行新法，

[1] 其时一般非宰执不得称相公，但也有例外者，如司马光未登相位之前，民间称呼其为"相公"已久。

官家忙着议定此事……”

曹太后默默听着，她心里虽然不以为然，却并不轻易开口说话，只道：“国事再忙，亦当注重身子骨才好。”

“官家现在何处？”高太后随口问道。

“是在崇政殿召见石越吧，石越三次上表请求丁忧守孝，都被官家驳回了。臣妾听官家的语气，是一定要重用石越了。”

“不料石介能生出一个这样的儿子。”曹太后感叹地说道，“这个石越，除了年纪轻一点、资历浅一点外，竟是个完人。依哀家看来，朝中一定有大臣劝官家‘成全’石越的孝道，以奖励风俗吧？”

“正如娘娘所料，而且人数不少。大抵都夸石越毕竟懂得礼法，官家不当夺其志……”

曹太后点点头，将手中的珠子连续几跳，送入高太后一方，淡淡地说道：“官家已经做了八年的皇帝，这些事情，他看得透了。”

内东门小殿。

偌大的殿中，只有赵顼与石越两人，所有的内侍都远远地站在殿外。

“陛下，臣斗胆，自熙宁二年开始变法图强，陛下于变法，可有什么领悟？”石越平和地注视着赵顼，从容问道。

赵顼沉吟一会儿，道：“唯有‘艰难’二字！”

“自古以来，要变法，没有不艰难的！而克服这艰难，就各有各的办法：商鞅变法能够成功，是他依着秦王的坚毅，用严刑峻法来推行法令；汉武能够成功，是他重用当时尚不得重视的士人，来对抗功臣勋贵们；北魏孝文帝能够成功，除了他本身的雄才大略之外，汉族士大夫们的支持也殊不可少……”

赵顼悟道：“卿的意思，朕变法要想成功，也要有所依托？”

“陛下英明。陛下不唯要自己意志坚定，更要清楚地明白，变法要达到什么目的，要采用什么手段，会得罪什么人，陛下能依托的，又是什么人？”

赵顼沉默良久，突然长长地叹了一口气，道：“朕也不知道能依托的是什么人。朕是天下百姓的君父，所作所为，自然是为了江山社稷、天下百姓……”

“当日王莽，岂是故意把国事弄坏的？”石越毫不客气地反问道。

赵顼哂然道：“朕岂和王莽同？”

“陛下是圣明之君，自然非王莽能比。臣只是希望陛下明白，想法再好，若方法不对，一样会为害百姓；倘若以为心意是好的，就不去管手段的好坏，王莽亡国，就是前车之鉴。”

赵顼细细咀嚼石越这句话，半晌方叹道："朕当深思。"

"臣愿赠陛下十二个字，为陛下鉴。"

"卿试为朕道来。"

"凡变法之要，在于'因势利导、循序渐进、不畏艰阻'十二字而已，陛下若能体悟这十二字，施行天下，何愁变法不成功、国家不富强！"

"因势利导、循序渐进、不畏艰阻。"赵顼不断地低声咀嚼着这十二个字。忽然抬起头，注视石越，郑重说道："卿当助朕。"

"臣不孝之人，岂可重用，且资浅德薄，难以服众。"石越推辞道。

赵顼走下御座，快步走到石越身前，诚恳地说道："君臣相交，贵在知心。卿岂可弃朕而去？"他此时完全忘记，自己也有疑忌石越之时。

石越拜倒在地，哽咽道："陛下知遇之恩，微臣粉身碎骨，难报万一。只是人言可畏，臣岂敢损陛下知人之明？"

赵顼俯身亲自扶起石越，道："卿不是常说'苟以利国家，岂因生死避'吗？朕不惧人言，卿有何惧？今日即夺情除卿翰林学士，三日之后，即拜参政。卿之主张，朕当施行！"

石越再次拜倒，亢声道："陛下若果真要用臣，则请陛下收回成命，内翰臣不敢辞，参政断不敢受。"

"这是为何？"

"臣资历依然太浅，为内翰[1]为陛下出谋划策，拾遗补阙，则无不可；若为参政，绝难服众，反增侥幸之风。"

赵顼沉吟一阵，终于点头道："既如此，先不拜参政亦可。卿可将变法之主张，条陈以闻。"

"臣当尽心竭力，以报陛下！"

2

公元 1075 年，当时是宋朝第六位皇帝赵顼在位的熙宁八年。这一年有两个四月，在第一个四月的月圆之日，当时的白水潭学院山长、《汴京新闻》报馆长桑充国与前丞相王安石之次女王昉举行了隆重的婚礼。这场婚礼的盛况，不亚于公主出降[2]，朝

[1]　翰林学士的简称。

[2]　读音为"chū jiàng"，指帝王之女出嫁。

野凡有名望的人物，几乎都亲自出席或者送去了贺礼，其中身份最显赫的人物，便是皇弟昌王赵颢。而引人注目的是，翰林学士石越，并没有出现在当天的婚礼中。这件事情引起了许多人无端的猜测，但是其实背后并没有什么特别的原因。只不过因为不久前由郯郡君改封为鲁郡君的石夫人韩梓儿因为在父丧中，只是非常低调地前往祝贺，不免更加引起人们对石越与桑充国关系的猜疑。实际上这一天石越之所以没有出现在婚礼中，是因为皇帝赵顼将他留在宫中讨论国政，直到深夜。

大内所用的蜡烛由河阳县专造，用龙涎香等香料灌入烛心，本来是同时点燃一百二十枝，赵顼节省宫中开支，减为二十四枝，虽不及平时明亮，恍若白昼，却也幽香袭人，宫殿中华丽的陈设，在烛光闪烁下，璀璨生辉。

但是无论赵顼还是石越，都没有心思去欣赏烛中美景。将近十万字的《变法图强札子》，是作为机密奏折上呈的。石越细细解释，赵顼不断发问，君臣二人在这里讨论构建的，是一个憧憬中的强大国家。为了防止全部变法主张颁布后过于惊世骇俗，在石越的强烈要求下，这份折子只有赵顼、石越、韩维三人知道。

"陛下，具体执行之时，遇上什么问题，现在都不可预料。整体的大构架固然不可泄露出去，但是每一个具体的改革要颁行之前，却依然应当按例进行讨论，以集思广益。若是发现有误，亦当不惮于改正。臣非圣人，不能无错。"待全部解释完毕，石越又特意申明道。

韩维满脸兴奋之色，附和道："臣以为子明所说的是正理。"韩维是石越千挑万选，才选中的结盟对象，王安石依靠韩维才登上相位，而石越也要依靠韩维，来缓解将来皇帝对于一个臣子过于专权的猜忌。

赵顼此时已经被石越所描述的构想完全说服，他站起身来，英俊的面容在烛光的照耀下，闪闪发光："朕决意施行！"

石越与韩维一齐拜倒，朗声道："陛下圣明！"

"二卿平身。"赵顼又走到案前，再看了《变法图强札子》一眼，说道，"那么第一步便是改官制、兴学校，韩卿，可为朕拟诏。"韩维依然兼着翰林学士。

"是。"韩维一面答应，快步走到案前，铺开一张宣纸，提笔蘸墨，写道："改官制诏……"

石越见他运笔如飞，数百言诏书，不假思索，顷刻可就，不由十分佩服。他接过韩维写好的诏书，朗声念道："朕嘉成周以事建官，以爵制禄，大小详要，莫不有叙，分职率属，万事条理。监于二代，为备且隆，逮于末流，道与时降……唯是宇文造周，旁资硕辅，准古创制……今将推本制作董正之原……便台省寺监之官，实典职事，领空名者一切罢去……中书门下、学士院可条具闻奏，兹诏示。想宜知悉。"

这诏书之意，乃是声明要向南北朝时宇文氏之周朝学习，改革官制，赵顼亦不觉点头嘉许，道：“明日即以此诏交付中书、学士院。”

韩维又铺开一张纸，提笔写道：“兴学校诏：学校崇则德义著，德义著则风俗醇。故教养人才，为治世之急务。仍诏宰府立法，更制革弊，增建学校，条具闻奏。议可，颁付礼部施行。”

赵顼接过看了，笑道：“只恐中书门下立法，不能尽如人意。”

韩维也笑道：“自古以来，都是乡有乡学、县有县学、州有州学、国有太学。由乡学而县学，由县学而州学，由州学而太学，中书门下立法，臣料其不能出于此，无非是裁定名额费用而已。”

“很难说古制不好。”石越笑道，“但臣主张的兴学校之法，是要结合州县乡学之古制，为陛下建立一个完整的学校教育体系。”

“教育体系？”赵顼揣摩着这个名词，笑道，“卿当为朕言之。”

“臣以为，完整的教育体系，包括普通教育、军事教育、专门教育。所谓普通教育，便是以太学、州学、县学、乡学为核心的学校体系；军事教育，则是以武学为核心的学校体系；专门教育，所谓医、画、农、工，皆在此列。陛下变法图强，不仅仅是要振百年之沉苛，而且应当立千世之基业，故此，臣以为，着眼之处，须当长远……”当下石越以案中玉器陈设为筹，一面说一面摆弄，向赵顼解释他设计的学校教育体系——那是一种以官办为主体，结合私办学校、书院；以自费教育为主体，结合奖学金制度；以高等教育为主，鼓励推行基础教育的教育制度。石越拿起一本书，放在案上，道：“此为蒙学和乡学，国家有主客户一千四百余万，便以两户才有一个男孩需要教育，亦有七百万之巨，因此要使每个人都受到教育，非数百年不能为之；要使每个人都可以受免费的教育，今日之财政，便是倾举国之力，亦有所不能。陛下虽然仁泽天下，但亦只能等行有余力之时，再作此想。故此，臣以为，蒙学与乡学，陛下可责成各县官员，鼓励民间兴办或官民合办，甚至可以列为政绩考核之条件；而民间办蒙学与乡学者，可以赠匾嘉奖，免役抵税——只需学校达到一定之规模，其办学所费之资，皆可从应缴税款中抵去；民间本有向学之风，只要再加鼓励提倡，虽然不可能人人入学，但是亦能有一个良好的基础。至于国家财政，暂时无力及此。”

赵顼与韩维点点头，二人心中自然明白，所谓使人人得免费入学，不过是石越在《三代之治》中的空想，也只有桑充国那样的人物，才会在开封府广泛实践。开封府富甲天下，已是非常困难，想要推行全国，那可真是要难于登天了。

石越又拿起一本书，放在上一本书之上，道：“这是县学。全国有县千二百有余，日后便加裁并，亦不在少数。若用白水潭式学校教育，每县便只设五名学官，亦有六千名，而按例，县学生员，朝廷当供给禀食，以每县三十人计，又是三万人要仰赖国家赋税。因此，若要大兴学校，以往日之方法，则难免使朝廷财政雪上加霜。这些人，待之薄则下有怨言；待之厚则朝廷不足；然育人为治世之急务，朝廷亦不可因噎废食。”

赵顼点头道：“本朝学校之法，一直不能贯彻，其根本原因，便在于此。只是学校例不收费，若加变革，只怕群议汹汹……”

庆历新政提倡大兴学校，结果终是不能彻底贯彻实行，县学以下，时办时废，其根本的原因，就是因为国家财政支持不起这巨大的花费——虽然当时仅中央政府岁入，折缗钱就超过六千万贯，但是支出比之却更多，财政得不到缓解，分出钱来办学校，客观上就不太可能。当时认为官办学校，本为国家培育人才，而且贫家子弟，以上学为最佳之出路，若要收费，则使下层无进身之望，导致社会分裂，因此在当时人看来，绝无收费之理。这一点赵顼与宋朝的有识之士都早已意识到，但他们吝于历史之成规，无法放开手脚去想办法来改变折中。

石越自然也是明白这一点，才想出这个对策。见赵顼指出问题的症结，便笑道：“陛下毋忧，白水潭学院五年来收费育人，天下早已习惯。各地书院，生员或者出钱米，或者边读边耕作，臣也只见书院如雨后春笋，不见其有衰败之势。可见收费未必不可行。当年孔子收徒，亦不是免费的。若官立县学，其中每年二成考绩优异者，依然由朝廷为其出学费、供食宿；其余八成，则由生员自负学费，朝廷加恩，免其役使。那么计其花费，朝廷所出之钱，甚是有限。而这些生员纵有怨恨，也有限得紧，谁让他成绩不好，学问不佳呢？朝廷毕竟不能养无用之人。”

韩维思忖一下，却笑道：“虽然如此确会少了许多怨言，且亦非不可行。然我以为亦有不妥之处，一则学生得免役，其弊必生，或有寄名者，或有赖着不毕业者；再者便以每县学五名先生而计，有没有这么多先生，也是个问题；且各县情况不一，县小者，生员不足，县大者，先生不足。”

这原是石越所没想到的，他忙点头道：“持国所言甚是。若是寄名，实难防范，只有严申制度，多派官员巡查，若有违犯者，加以重惩，且凡入县学者，必经考试，考试由县令、知县与县学学官会同主持，或者可以防范一二；若是赖着不毕业，则不妨定下规条，最多五年，必须结业。县大县小的问题，或者可以如此，凡万户以上的县，方立县学。万户以下的县，或者就近在附近大县上学，或者几县合立一县学。”

赵顼也笑道：“朕以为可行。”

石越见皇帝认可，便继续说道：“凡县学所学科目，除五经、论语、算术、射术、博物、物理为必学科目之外，由各学校自定。务必使学生文武双全，不可偏废。”

韩维问道：“射术、博物，或者还可以理解，物理又何必加上，似乎于经国济世无用；而且偏远之郡，闻所未闻，亦无师者可教。”

石越笑道：“所谓君子不器，县学生员，当不求其精，务求其博。先生的问题，并非不能解决，白水潭、嵩阳、应天诸书院，都有物理学之课，何愁无人？”

赵顼知道“物理”本是石学中的重要科目，石越为自己的学术主张张目，改革时夹带点私货，也是人之常情——这事王安石也干过，便只是微微一笑，却不反对。他正要重要此人，于小节处自然不妨纵容。

石越见韩维不再反对，又将一本书放上，道：“县学之上，便是书院、学院。各州皆立学院，除四京之学院外，只许生员在本州学院入学，各军、监，皆不立学院，只命其就近入学。凡各县学毕业生员，可升入学院，亦可由考试进入学院就读。各官立学院，成绩优异者前一百名，且不得超过学院生员总数之二成，由朝廷供给学费，免其食宿；凡学院，皆依白水潭学院之制。礼部可三年一次，裁定各书院等级，赐给院贡生名额，使其优异者，可得直接参加礼部试；此外，凡是书院毕业，便可直接参加各路之取解试；愿为武官者，由兵部试合格，待官制改定后，可授从九品武官。”

赵顼沉吟了一会儿，问道：“卿可算过，如此国库每岁所费为几何？”

“各学院、县学仅二成生员及学官需国家供给，以八成生员之学费，供其所费，纵有不足，亦属于有限。以全国计，臣以为便有十万之士子需入学院，国家需供给者，最多一万人，各地物价不一，平均每人每岁供给十二贯钱，如此每岁十二万贯足矣。纵有二十万人入县学、州学，朝廷所费，亦不过二十四万贯——十年之内，能有此规模，便是千古未有之盛事。朝廷岂能吝啬那区区二十余万贯？”

赵顼仔细想了想，确定对财政不会造成太大的负担，心里不由暗暗松了口气，却又突然想起一事，连忙问道：“那似白水潭、嵩阳、横渠这些书院，又当如何？”

“凡私立学院、书院、县学，须得有司批准，学生名单送有司备案，按年考核其资格，否则，可取消其学生免役之特权，甚至勒令停办。朝廷毕竟不可能同时在二百余州兴办学院，臣以为当用三年时间，逐步创办，以缓解对财政、人员的压力。因此朝廷应当鼓励士绅、商贾出资创办私立县学、学院，三年之内，私立学校若能保证一定的生员数量，学生成绩考核能达到一定的标准，朝廷可以仿照乡学蒙学的办法进行嘉奖、免役、抵税。”

韩维笑道：“创办学校便能抵税，又能挣得名誉，相信很多人都乐于办学。不过若有人借此多抵税的话……”

赵顼摇摇头，笑道：“韩卿过虑了，朝廷不怕他们多抵税，这点钱，朕舍得出！只需叫有司严格审批，不要让什么人都可随便办学院，以免误人子弟，便可以了。”

“陛下圣明。”石越真心诚意说道，赵顼能有这种见识的确也是颇为难得的。

赵顼脸上略有得意之色，正要夸奖石越几句，忽见石越手里还拿着一本书，奇道："难道这学院之上，还有什么学校吗？"

韩维欠身笑道："陛下忘了太学了吗？"

"太学？"

石越点头道："正是。"把那本书放到了最上面，"国家最高官立学院，是太学。"

"为了尽可能减少反对的声音，太学依然维持上、中、下三舍法名号不变。但是三舍法却可改成等同于白水潭式的一、二、三年级。太学生员来源有三：其一，五品以上官员，许子弟一人入学，三品以上官员，许子弟两人入学；其二，各学院、书院推荐毕业的学生；其三，公开考试。太学总人数不得高于三千，免费入学，供给食宿。上舍毕业，前十名赐进士出身，可直接释褐为官。其余人等，许参加礼部试，由进士谋出身；不愿参加礼部试者或参加礼部试落第者，许参加吏部试，合格者为九品以下官。愿为武官者，参加兵部试，合格者授从九品上武官，优异者，可径授正九品。太学生员，在太学所习，为五经、论语、算术、射术、地理、律学、史学等科目。"

赵顼听完，却不去问石越，反望了韩维一眼，道："韩卿之意如何？"

韩维意味深长地答道："或有深意焉。"

赵顼拿起那本代替太学的书，反复看了两眼，笑道："如此一来，太学的学生，只要不太笨，将来都会当官吧？"

"差不多如此。"石越沉声说道，"陛下，恩荫补官、任子太滥，是本朝一大弊政，范文正公、王介甫，无不想革除之，臣亦不外如是。但若直接革除，不免将天下士大夫一股脑儿地得罪了。臣以为不如折中，先将五品以上官员子弟送往太学，待日后彻底纠正此弊之时，至少五品以上官员，便不会过分反对了。"

赵顼与韩维这才知道石越着眼果然长远，赵顼把手中的书放回那堆书上，笑道："石子明果然名不虚传。"

3

吕惠卿穿着深紫色湖丝长袍，拿着一根玉签逗弄着鹦鹉，从背影来看，委实称得上倜傥风流、儒雅端庄。

"皇上与石越几次彻夜长谈，颁布《改官制诏》与《兴学校诏》给中书门下的前一天晚上，宫里的人说，皇上与石越、韩维一直说到三更。"吕升卿低声道。骤风吹过，直吹得吕惠卿的衣袂高高扬起，就连壁间字画也簌簌作响，悬挂着的金丝笼也不由得东摇西晃。"山雨欲来风满楼。"吕惠卿叹了口气，说道，"翰林学士这个位置，进可攻，退可守，我就是做翰林学士的时间太短了。"

“想不到石越竟然是石介之后……”吕升卿心中依然耿耿。

“石介之后？”吕惠卿冷笑道，却不再多说，转过话题，道，“韩家兄弟一唱一和，现在朝中时兴的，都是如何改官制，如何兴学校……”

“最可恨的是蔡确，以前恨不能置石越于死地，现在两人仿佛没有过矛盾。听说他的儿子蔡渭和冯京的女儿定了亲事……”

吕惠卿皱着眉瞪了吕升卿一眼，诉道：“怨恨别人有什么用？胜负乃兵家常事，输了只能怪自己本事差，不必找别的原因。”他望了望天空，见天色阴沉，转身走回房中，突然沉声说道，“石越手段高明，我十分佩服。”

“如今我们该怎么办？”吕升卿问道。

“只有静观其变。”吕惠卿沉吟良久，才道，“现在只有等石越犯错，不管怎么说，我依然是参知政事，皇上依然还信任我。我便暂且把风头让给石越！”

“那么大哥的意思是，你不准备就改官制与兴学校表明意见？”

“当然要表明意见，我就附议韩绛的意见便是。”吕惠卿冷笑道，“若一言不发，皇上要么以为你无能，要么以为你怨恨，那都是愚人所为。”

吕升卿正要说话，忽听到一声霹雳般的巨响，倾盆大雨从变黑了的天空中倾泻下来。淅沥的雨声落在地上，顿时汇成一条条的小溪流，向低处倾泻而去……他不由得怔了一下，说道：“下雨了。”

“下雨了，姑娘。”阿沅一面把门关上，走到楚云儿床前，轻轻说道。楚云儿脸色苍白消瘦，高烧之下，已经昏迷几天了。虽然沈家园的条件并不是很差，而且也有不少下人服侍，石越请来的医生也是京师名医，但她的病情却始终不见好转——棒伤虽愈，但感染风寒惹下的病根，却一日比一日严重。阿沅心里又急又痛，也不过是在勉强支持，细心服侍着。

从楚云儿昏迷之前的两天起，石越就一直没有来过，阿沅哪里能知道这几天他在翰林学士院与众学士一起，商议细节条例，务求说服几个翰林学士，共同拿出一份完美的官制、学校方案来，以和中书门下的方案抗衡，让皇帝能够更理直气壮地选择。这些翰林学士，都是饱学之士，自然是意见百般。要调和众人的观点，说服、妥协，都在所难免。因此石越便是每日回家，也不过草草用餐，便躲进书房与潘照临商议细节。有时甚至还得去白水潭学院，找程颢等人咨询。但凡改革，若用古制支持，便可更有说服力，只是不免要多知道典故方能让人无法反对；而若是凭空创革，那用来说服他人的理由就更加要切合情理。这中间要耗费的智慧、心力，实非外人所能了解。好在这几日梓儿心情不错，家中照顾之人不少，而他上一次看到楚云儿之前，楚云儿病情已略有好转，因此倒也能放得下心来。

但是身处阿沅的立场，却不可能知道石越这些苦衷。她一个小女孩，自然想当然地认为朝中大事都是一言而决，只看得见表面上的风光无限。在她心中，像石越这样的“大官”都是说一不二，每日都是极悠闲的，兼之刚开始时石越几乎天天来探望，更加深了她这种印象。因此，此时对于石越，她心中实是颇有怨怪之意。石越一日不来，她竟似没有主心骨一样，做什么都不知如何是好。

“砰！砰！”

“砰！砰！”

院子中依稀传来敲门的声音。

阿沅全然没有料到这样的大雨天还有人来敲门。她把手中的药碗放在桌上，小心帮楚云儿盖好被子，走到窗前，向外看去。却见一个男仆打着伞，在大门之前和人说着什么。她招手叫过一个小丫头，吩咐道：“去吩咐一声，若是来避雨的，就让人家进来避避雨，只要不吵到姑娘就行了。”

小丫头答应着，抓了把伞跑出去，和男仆低声说了几句什么，又一路小跑回来，向阿沅回道：“不是避雨的。是石府的人来看我家姑娘。”

“石学士府的？那还不快让他们进来。”阿沅仿佛看到救星了一样，急忙说道。

小丫头迟疑了一下，支吾道：“是……是石夫人和他们府上的二公子。”在楚云儿的这些丫鬟仆役眼中，石越与自家主人之间是有着说不清的暧昧的，这时候来的却是石夫人……阿沅脸色也沉下来了，冷冷地说道：“她来做什么？姑娘现在这个样子，她想来看笑话吗？”她话音未落，却听到门“吱呀”一声，已经被打开了。守门的男仆叉着双手，不知所措地望着唐康打着伞走进院中。阿沅轻咬着嘴唇，幽怨地望着唐康的身影。

唐康远远已望见阿沅，他记性甚佳，已看出便是当日满身是泥的女孩子，不由朝阿沅微微点头一笑，方去看院中情形，见地上颇有积水，因皱了皱眉，向外面招招手，一个家丁模样的人走到他跟前，听他低声说了几句什么，又走了出去。

阿沅正不知他在玩什么把戏，唐康已经走到廊前，抱拳笑道：“阿沅姑娘，实在是失礼了。楚姑娘可还好吗？”他对楚云儿是颇有几分敬意的。

阿沅心里恼怒他不请自进，隔着窗子讥道：“石府二公子又有什么失礼的，小民可不敢当。”

唐康却不与她分辩，只笑道：“恕罪则个，待会儿再当面向主人赔罪。”

阿沅听到这话，眼睛一红，道：“若是姑娘此时能听到你赔罪，你便再放肆我也不来怪你。”语气却是软了。

唐康心中一惊，正要再问，见几个家丁抱着不知道哪里找来的草席进入院中，张罗着用草席在院中铺出一条路来，他便不再多问，告了一声罪，走出院去，迎梓儿进来。他们出门之时本还没有下雨，只是去进香，转道回来之时，梓儿因问道沈家园就在附近，便坚持要来看看楚云儿，唐康拗她不过，只好带她前来，哪知道竟下起这等大雨来。因梓儿有孕在身，唐康是细心之人，便让人去找点东西铺在地上，在富贵人家，这也是平常之事。仓促之间，只是垫点草席，只能算是“草就”了。但阿沅却没见过这样的排场，她见众人在院中铺草席，便隐约猜到是做何用处了，心中不由又气又恨，以为这是故意来显摆，冷笑数声，把窗子一关，背过身去，走到床前，怔怔地望着楚云儿，泪水不知不觉就涌了上来。

她一个人发了一会儿呆，便听到外面哗哗的大雨声中，有女子说话的声音依稀传来，阿沅知道这是梓儿来了，她想了一回，咬咬牙，用袖子揩去眼泪，整理一下衣服，打开门，走了出去。这时梓儿已被人簇着到了廊前。见到阿沅出来，梓儿忙柔声问道：“阿沅姑娘，楚姐姐怎么样了？”

阿沅随便敛衣行了一礼，冷笑道：“倒是有劳石夫人挂怀了，我家姑娘福大命大，只怕还不会如夫人所愿。”

梓儿听她语气不善，怨念实深，竟不由一怔。旋又挂念着楚云儿的病情，也不便和她解释，勉强笑道：“阿沅姑娘，你多有误会。我也盼着楚姐姐能好起来……”

“是吗？那可真让我们这些草民折福了。”阿沅冷冷地望着梓儿，语气生硬。她这般旁若无人，梓儿还能体谅，但是石府的下人，却早已怒目相视了。一直待在那里不知所措的小丫头见气氛变僵，连忙走到阿沅身边，低声说道：“阿沅姐姐，我看石夫人也是好意。”

阿沅瞪了她一眼，骂道：“你倒会吃里爬外，是不是以为姑娘不行了，想投个好主子呀？”

“你……你……”小丫头不料脾气素来极好的阿沅竟说出这样的重话，脸霎时就涨得通红，眼眶一红，跺了跺脚，终于一句话没说完，转身往自己的房间跑去。阿沅说出这种口没遮拦的话语，心里也是后悔，却毕竟不愿意在梓儿面前服软，依然倔强地站着，竟是望也不望她一眼。

唐康已略略知道阿沅的性子，见她阻住梓儿，虑及外面风雨交加，梓儿病体初愈，若是又有点儿什么不妥，可不是闹着玩的。连忙走上前来，笑道：“阿沅姑娘，我们本是善意，你这样做，若是楚姑娘知道，怕会不高兴。”

“我家姑娘就是心软，才来见你们这些紫衣黑心的人。”

唐康温声道：“我们是什么人，日后你便知道，但此刻这样，我相信却是有拂你家姑娘之意的。我们看看楚姑娘的病情，或许还能想出什么办法来。”

“谁知道你们安的什么心？”阿沅咬着牙说道。

她这么冷嘲热讽，梓儿与唐康倒还不在意，石府的下人却都已怒形于色。阿旺忍不住便出言训道："你一个丫头，便这般没个尊卑大小之分，若是让我家夫人受寒，你担待得起吗？"

本来似梓儿与唐康步步忍让，阿沅或者还会搁不住心软，但阿旺这么一说，反倒激起她性子来了，她冷笑几声，道："你这种夷狄之人，便知道尊卑大小？我又有什么担待不起的？最多把我抓到衙门去，也打几十板子。反正你们这等官府之家，草菅人命也惯了。"

梓儿见阿旺还要说话，忙喝止阿旺，一面笑道："阿沅姑娘，原是我们冒昧打扰。我们并无他意，只需看得楚姐姐一眼便走，还请让我们一见。"

"少在我面前唱双簧。若真安着好心，只需不要来打扰我家姑娘就好了。"阿沅对梓儿的偏见，不知为何，竟是根深蒂固。

唐康揣度情势，知道梓儿不见着楚云儿，断不肯走；而阿沅却也不会轻易让步。这样纠缠，终不是办法，他眉头一皱，忽然望着阿沅身后，惊声叫道："楚姑娘，你怎么了？"众人闻言，都是一惊，阿沅更是关心则乱，慌忙转身望去，却是什么也没有，不禁呆了一呆，唐康趁势快步抢上前去，把门推开，走进房中。阿沅这才知道上当，但阿旺早已扶着梓儿走进房中，她却是无论如何也不敢在楚云儿房中吵闹的。只得紧走几步，跟着进了房中，狠狠地瞪了唐康一眼。唐康少年心性，见阿沅瞪他，反朝她吐舌一笑，直把阿沅气得脸都青了。

梓儿走到床前，见楚云儿这般憔悴，心中一酸，眼泪簌簌地流了出来，轻声唤道："楚姐姐……"

阿沅走到床前，"哼"了一声，低声骂道："猫哭耗子，假慈悲。"

梓儿被她冷言冷语对待，心中郁闷至极，却又不好争辩，只好装作没有听见，向唐康问道："康儿，你说这该怎么办？"

唐康走到阿沅跟前，低声道："阿沅姑娘，方才多有得罪。在下也是迫于无奈。"

阿沅"哼"了一声，不去理他。

唐康又赔笑道："你千万不要见怪。楚姑娘最近的情形怎样？大夫可和你说过没？说出来，大家商量一下，也好想个对策。这都是为了楚姑娘好的。"

阿沅本不愿理他，可又怕误了楚云儿的病情，心中又是委屈，又是难受，眼泪终是忍不住，又流了出来，一面泣道："你们来又济得甚事，偏偏学士又不来。若是学士来了，亲自喂药，姑娘或者还能喝得进一点，我每次喂药，都是吃一半吐一半的……"

梓儿听到阿沅说什么"偏偏学士又不来""亲自喂药"，心中顿时打翻五味瓶，竟是不知道是什么滋味在心间。呆呆地痴立在那儿，说不出一句话来。

阿沅本是无心之语，见梓儿如此模样，心中竟似有一种快意，正要添油加醋再说几句，却见唐康寒着脸，冷冷地瞪着她，她心头突然一怯，终于把那些话吞回肚子里。

良久，梓儿望了楚云儿一眼，苦笑道：“康儿，再给楚姐姐找几个好大夫来诊诊脉，不知道大哥能不能来……”

“石卿，上次卿和朕说，学校之法，有三个体系……”赵顼望着宫殿外的倾盆大雨，哗啦啦的似乎把人心中阴霾也一并冲走了。

“是。不过微臣以为，凡事不可性急。须得一步一步来，世上可做的事情很多，但该做的事情很少，陛下当做该做的事情。”石越的眼睛里尽是血丝，脸色憔悴。

“卿所谓普通教育之法，中书门下并无特别的反对意见，只是冯京向朕言道，有些军下辖数县，主客户七八万，若不设学校，于理不合。朕以为所言极是，已着政事堂商议，凡户数超过两万户的军，可以设县学或者学院。”赵顼慢条斯理地说道，“卿意如何？”

“臣无异议。”石越欠身道，“韩相和王参政的奏疏，臣已拜读，学士院拟的条例，也早已送到中书。初步的意见，是学校推行之法，分五年逐路实行。第一年，只在四京、京畿路、京东东路、京西南北路、两浙路、淮南东西路、江南东西路、成都府路执行。以后按年逐次推行，终及全国。”

“五年时间，似乎太长了一点。”赵顼皱眉道。

“臣以为并不长，这些事情千头万绪。另外，翰林学士元绛的奏疏中，言道宗学、番学，不可偏废；又如此大规模众建学校，应当设立专门的机构来总领其事……”

“卿以为如何？”

“臣以为陛下既已决意改革官制，不妨等到改官制时，或是在礼部设一个院，或以国子监来专责管理学校事宜便可。至于宗学是隶太常还是隶礼部或国子监，须陛下圣裁，下臣不敢妄言。而在京师设番学，使各部落酋长贵人子弟入学，习汉文，知汉礼，行汉俗，为朝廷培养一些心向汉化、忠心不二的臣子，这是谋国之言。”

赵顼思忖了一会儿，道：“既如此，可让国子监管理学校之事，宗学亦隶属国子监。至于番学，朕亦以为可行。”

“陛下圣明。”石越习惯性地恭维了一句，又道，“专门教育，似画、律、乐等，是为朝廷培养人才，则可以纳入太学之中，不过单列一门罢了。这个只要议定条例，便可推行。至于培养各种工匠的学校，若由朝廷出资，或会引起士大夫不满，倒不如让那些商人去办，朝廷反倒省事。”说到这里，石越顿了顿，又道：“臣奉旨到政事堂与宰臣们商议，诸公都不同意由朝廷出资兴办，以为有那些余财，倒不如花在县学、官立学院上，诸公认为这种事情朝廷不加禁止便是了，没有必要去提倡。但臣以为，士农工商，国所不可或缺……”

赵顼摇摇头，笑道：“石卿自己也说，可以做的事情很多，应该做的事情很少。这些东西，无须太在意。数千年来，毕竟没有听说过工者亦要读书的。朝廷上下，只怕都不会同意。”

石越坚执道：“陛下，这就是应该做的事情，千百年后，后人会夸赞陛下的远见卓识！”

赵顼见他如此坚持，又是奇怪又是好笑，笑道：“这又是什么远见？石卿，朕以为没有必要为这等小事，惹得朝议沸沸扬扬。”

“是以臣想出另外一个办法，请陛下定夺。”

赵顼无可无不可地望着石越，听他继续说道：“朝廷可下诏，凡钟表、印刷、造船等行会所有民营作坊、商号，每年必须到有司登记发证，方可开业，发证之要求，除了出具业主之身份证明、作坊地点、规模大小之外，同时要求三年之后，若无一定比例的雇工是在有司登记、朝廷认可的技术学校毕业的学徒，则将课以高额罚金，甚至不许经营。这样那些作坊主、商人，就会主动去开办技术学校。为了保证商人们不瞒天过海，有司可以对技术学校进行抽查考试，若达不到要求，则课以罚金、勒令停办。如此，朝廷不必为技术学校出一文钱，反倒可以坐收一笔登记费。”石越一面说一面在心里叹气，他明明知道这样做利弊参半，却也别无选择。因为整个朝廷中没有一个人支持朝廷出钱办技术学校，理由也很简单——朝廷有这个钱，不如去办乡学县学。迫于无奈，石越只得向商人、作坊主们开刀，用律令逼他们办学校。好在唐家的技术学校，已有一定的规模，石越这样做，不仅没有得罪唐家，反而无形中又为唐家拔一个头筹。

赵顼想不到石越要求朝廷办技术学校不成，不惜加重各作坊的成本也要逼他们办技术学校，心里颇是不解，问道：“卿说的这个技术学校，真的有这样重要吗？”

石越此时也不知道自己这个主意的利弊究竟如何，但他非常遗憾中国有许多技术的失传，如果采用这种方法，那么好的技术可能更容易由学校层面进行推广——虽然石越这个时候心里也并没有底，但说什么也得试一试。因道：“陛下，以臣之浅视，认为技术学校的普及非常重要。”

赵顼心里难以理解，但他已知石越势在必行，不由玩笑道：“拗相公之外，又有一个拗学士。既是卿坚持，朕也准了。每年国库能多收一点登记费，朕不会反对的。”

石越见皇帝取笑，也笑道：“反正收的是有钱人的钱，微臣也不会于心不安的。”

君臣二人对视一眼，不由齐声哈哈大笑。

4

四月份的这场大雨，整整下了三天之后，天气终于开始放晴。

新婚的王昉比她的姐姐要幸福得多，桑家对于能够得到前宰相的垂爱，完全是受宠若惊，上上下下对王昉都非常的客气。而桑充国也称得上是个如意郎君。若说还有什么缺点的话，就是少了一个诰命。但是王昉对这个并不是很看重。

给公公、公婆请过安之后，王昉无所事事地在院中和丫头们踢绣球玩耍。忽见桑充国取了披风，似是准备出门，她连忙丢了绣球，迎了过去，笑道："桑郎，是要去学院吗？"

桑充国点点头，心不在焉地答道："嗯。"

"出什么事了吗？"王昉立时便注意到桑充国神色的不正常。

桑充国苦笑着摇摇头，说道："刚刚欧阳公子来过，告诉我朝廷今天正式颁布《诸州县兴学校敕》，并且把内容抄给我看了。"

王昉从桑充国手中取过披风，亲自给他披上，一面笑道："这是好事呀。范文正公、我父亲，都是想要兴学校的。无论由谁来完成，我父亲一定都会很高兴，这不也是桑郎的愿望吗？"

桑充国奇道："你怎么说便是我的愿望？"

"桑郎若不愿意大兴学校，何苦在京师费尽心思办义学？"王昉调皮地眨眨眼，笑道。

桑充国微微点头，笑道："这倒是。"但立时又皱了眉，叹道，"不过你不知道这《兴学校敕》的内容，政事堂的相公们……"说罢，又摇了摇头。

王昉见他大不以为然，心中一动，笑道："桑郎，可以给我看看那份敕令吗？"

"那又有什么不可以的？"桑充国一面从袖子中取出一卷密密麻麻写满字的纸来，递给王昉；一面挽着她，到院中藤椅上坐了。

王昉垂首细细读了一遍，她记性甚好，生性聪明，虽然比不上父兄可以一目十行，却也不遑多让。读完后，蹙眉想了一会儿，忽道："桑郎，你是准备反对这份敕令吗？"

"反对倒谈不上，根据《出版条例》，似这样的敕令，不涉及军机大事，朝廷未曾明令禁止议论，《汴京新闻》可以提出自己的看法，至少可以帮助朝廷拾疑补阙。"

"那桑郎的意思，还是要管了？"王昉认真地问道。

"是。有些话不能不说。"桑充国慨然道，"若按这个敕令执行，从此穷人读不起书。或者说，若穷人的成绩在一百人中不能成为前二十名，不仅仅生活无着落，还要缴纳学费，这实在让人无法接受。"

王昉微微点头，道："桑郎说的很有道理。贫穷之户，若要读到县学，往往需要举家举族之力供给，待入了县学，这才由朝廷供给，从此可以不需要家人族里负担。若按这个条例，那家贫而资质仅是中等之人，需要由家人族里负担到学院毕业，的确不太公平。而且朝廷舍不得出钱办蒙学，政事堂诸公，见识远不及桑郎。"

"难得娘子有这等见识。"桑充国不由大起知己之感。

王昉抿嘴一笑，道："但是，桑郎，你可知这个敕是谁写出来的？"

"谁写的？"桑充国接过敕令，看了一会儿，摇头道，"欧阳公子说是中书门下颁的诏书。"

王昉微微摇头，笑道："若是妾身没有看错的话，这是石子明的政见。"

"何以见得？"桑充国心里倒并不意外，只是他不知道王昉何以如此肯定。

"从敕令的详细程度，执行方法，以及技术学校等等，无一不可看出石子明的印记。妾读过石子明的全部著作，还有一些奏疏，家父也常常提起他。相信妾身不会看错。"王昉笑道。

桑充国不由佩服地叹道："欧阳公子也这般说，娘子若是男子，必是国家栋梁。"

王昉被丈夫夸奖，俏脸微红，垂首不语。桑充国见她娇羞不可方物，心中不由一荡，将她拥入怀中，笑道："可惜今日不能多待，学院报馆琐事太多。"

王昉轻声问道："桑郎，你明知是石子明的政见，还要公开质疑吗？"

桑充国沉吟了一会儿，道："子明在《三代之治》中说要让人人都可免费入学，要让贫家子弟能凭自己的能力博一个出身，可是他高居庙堂之后，却似乎把《三代之治》中说的种种理想，忘得一干二净。真是让人失望。"

"这或是他性格沉稳，顾虑过多使然。家父曾经说，石子明前途不可限量，现在他虽然只是翰林学士，却是他实际上第一次正式推行自己的政策主张，尚未执行，便被你质疑，只恐将来结下难解之怨恨，使得兄弟不睦。"王昉注视着桑充国，眼中尽是担忧之色。桑充国苦笑数声，竟不知如何回答。"桑郎不如先去见见石子明，当面问问他究竟是何主意。若是有理，便由《汴京新闻》替他向天下解释——料来天下不能理解的士大夫，并不在少数。若是无理，再委婉批评。这样既不伤兄弟之情，又顾全了公义……"王昉柔声劝说道，以她的见识，实在不愿意桑充国得罪眼见正在得势的石越。

桑充国却只是默不作声，似乎在思考什么。

"桑郎，石子明第一次主持这么大的政策，他急需博得皇上、朝中大臣、清议的支持，若此时唱反调，纵然他明知你有理，也会变成政敌的。三份大报中，《西京评论》背后是富弼撑腰，就算他们再反对，妾身肯定这一次他们一定三缄其口；《新义报》的编辑，都是支持新法的，他们是朝廷的喉舌，肯定也会支持。若《汴京新闻》

不支持，那就是成了《谏议报》之流了。”王昉继续劝说道。

桑充国注视着王昉，叹道：“这些我以前从来没有想过，我只知道道理最大。”

“这些本不是什么光明磊落的东西。”王昉笑道，“我知道你定不能说违心之话，那么便去见见石子明，看看他如何说？若真的兄弟反目，桑、唐两家都要表明立场，便是令妹，也难以自处。”

“好吧。”桑充国终于点点头，站起身来，笑道，“我便去见见子明。”

“嗯。”王昉也笑着站起来，帮他整整衣冠，轻声叮嘱道，“千万不要动意气。”

与此同时，石府，石越正在艰难地游说着王韶。

“军事教育体系的设想，是在京师创办讲武学堂，将军中指挥使、都头一级的将校分批召回培训一年，第一批受训将领，选其精干者组成教导军，然后将都头以下的小校们，分批抽调，进行训练。一年之后，这些受训的军吏，搭配讲武学堂结业的军官，从禁军中抽调士卒，整编成满员的指挥，进行严格训练……”石越一面说，一面注意观察枢密副使王韶的表情。王韶又矮又胖，肤色黝黑，若走到大街上，很难引起人的注意，只是一双眸子精光四溢，显出他并非常人。王韶受王安石知遇之恩，本来也不愿意再俯首事人，况且以他今日的地位也高于石越，虽然石越炙手可热，可他王韶也未必放在眼里。他这次来石府，是因为石越几度拜访，他却不过面子，只得回拜一次。

“在下记得王丞相曾经提出过将兵法，朝廷一直没有全面正式推行，依在下愚见，法令越繁杂，便越难推行，只要推行将兵法便足矣。”王韶并不肯留情面。

“将兵法之弊，还是易使将领拥兵自重，似有违祖宗成制。”石越虽依然笑容可掬，但言语中却绵里藏针。

王韶丝毫不理会石越话中的暗示，淡淡道：“恕在下愚昧，看不出此法比将兵法强在何处。那些军校，只要将领得力，在军中一样也能练得好。”

“若是将领不得力呢？”石越笑着反问道。

“若将领不得力，再好的兵也是送死的。”王韶眉毛都没动一下，让人看不出他心里的想法。

“诚然。”石越一心想得到他的支持，强耐着性子，笑道，“但是在下的方法，纵然将领不得力，也能使军队战斗力大幅提高，不知大学士以为然否？”

“我是个直人，石学士莫怪。石学士的意思我明白，但这种朝廷大事，朝中议定如何，便是如何。我只要奉行圣旨便是。”王韶这已是当面声明拒绝支持石越了。

石越看王韶神态，知道已无法挽回，也只得作罢，勉强笑道：“这也是做臣子的本分，在下理会得。来，莫谈国事，请喝酒。”

王韶站起身来，把杯中之酒一饮而尽，抱拳道："宅中还有些事，便先告辞了。"

石越又留了一回，但终是话不投机，只得送他出府，望着王韶上马远去，不由长叹了一口气，恹恹走回府中。

"我也没有料到王韶竟会拒绝。"潘照临早已在厅中等候。

"军事教育体系、兵制改革、裁军，我本预备步步为营，不动声色地进行。皇上也同意了，但若不能得到军中名将的支持，只怕阻力重重。"石越心有不甘。

潘照临也点头道："本朝能带兵的将领，只剩下王韶、郭逵、刘昌祚、种谔数人而已，如张玉之辈，一勇之夫而已；李宪终是宦官，唐代之鉴不远。可恨狄武襄早死。"

"英雄也要时势，也未必当真无人，也许是没有机会，声名未显之故。"石越叹道。

"现在这些将领，王韶是唯一在京的，但他位高权重，又受王安石知遇之恩，公子难以笼络。倒是郭逵因与韩绛不和，一直不得志，在太原做知州，与王安石也未必没有嫌隙，他当年名声，仅次于狄武襄，若然公子在皇上面前推荐他，他必然感激——不过此人眼高于顶，若不能让他心折，他反要来轻视你，且用他就不免得罪韩绛。此外种谔时运不济，也是被贬在外，他和韩绛关系也好，公子若要用他，只要皇上答应，他必然乐意听从。"

石越想了想，说道："兵者国之大事，不可不慎。先写封信，试探一下郭逵，若是意见不同，终不能勉强。"

"也好。军事改革要单独进行，我们先设法让朝廷接受公子的官制改革方案。"

二人正讨论着，却见侍剑快步过来，禀道："公子，舅爷求见。"

"长卿？"

"长卿？"

石越与潘照临对望一眼，暗道："他来做什么？"

大雨过后，树叶比平时更加新绿。石越与桑充国在南郊外的一片树林中并辔而行，带着雨水珠的树叶，在微风中摇晃，一不小心，水珠就像骤雨似的落在二人的头上。但二人都似有无限的心事，竟然丝毫没有觉察一般。

"长卿找我出来，定有要事？"石越觑见桑充国神色，已知他定是有话想对自己说。

"嗯……的确有事。"桑充国故意不去看石越，自顾自地说道，"我刚看到朝廷颁布的《诸州县兴学校诏》……"

"唔？"

“我、我听说这是子明你的政见？”桑充国突然勒马，转头望着石越。

“不错。”石越淡然笑道。

“我有点儿不明白，这份敕令和子明你在《三代之治》中说的，完全不同。”桑充国注视着石越，质问道。

“的确不同。”石越已经猜到了桑充国的来意，笑道，“长卿，《三代之治》中，有些构想，是要几百年的时间去实现的，我所做的，是第一步。”

“可我认为这一步太不公平。”

“此话怎讲？”石越奇道。

桑充国道：“你可知道贫穷的人家，都以读书上进为唯一的出身之道？他们往往是一家一族，支持最有希望的几个人去读书，十年寒窗，能中进士的，是其中极少的部分，大部分，便止于县学。这些人的资质不过中等，也许并不能得到奖学金，对于这样的人，你要他们如何选择？继续读书，家里族中供不起了；若不读书，十数年的功夫，尽皆付诸东流……”

“这我知道。我听说有些人甚至只能喝粥度日。但是，长卿，我问你，在此之前，全国究竟又有多少地方有县学？范文正公读书，要断齑画粥，像这样的杰出之士，若依我的法子，便可以有一份保障，使他们不至于因为生活所迫，而不能发挥自己的才能！”

“杰出之士，始终只是少数。还有中人之资的人呢？他们也需要有一个希望。”

“纵是中人之资，若按绝对人数算，这个法子施行之后，也会比前受益的人多。”

“未必，你可没有限制那二成人中有钱人的数量，若有什么情弊，谁又能料到？难道你便能说可以杜绝情弊？”

“一项政策的推行，不能只去考虑最坏的状况，否则天下再也没有可做的事情。天下州县以千百计，纵然有些地方有情弊，但是从总量来说，依然是有更多人受益。那二成人中，纵有人以权谋私，也不可能把所有的名额全占了。”石越轻描淡写地说道。

桑充国愣了一会儿，突然道：“子明，你不觉得你的话似曾相识吗？”

石越也怔住了，他这才意识到，自己辩护的言辞，竟然和王安石为新法辩护的言辞，如此相似。他夹了夹马腹，向前紧走几步，苦笑道：“长卿，我也是有不得已的苦衷，若是用以前的政策，朝廷根本出不起这笔钱。”

桑充国骑了马追上，听到石越诉苦，反问道：“朝廷官员个个锦衣玉食，恩宠不断；军队数目庞大，空费粮饷。只需裁汰几万军队，略减官员的恩赐，哪里便会有没有钱的道理？”

石越见他说得这么简单，笑道：“世事哪能如此轻易？我可不想出师未捷身先死。”

"为之，则难者亦易；不为，则易者亦难。"桑充国慨声道。这是石越的"名言"，也是桑充国的座右铭。

石越望了桑充国一眼，百感交集，竟是说不出什么话来。

二人默默地前行，各自想着心事。走出树林的那一霎，石越突然把马勒住，对桑充国说道："长卿，你容我三思。"

桑充国默默地点了点头，突然叹了口气，道："不管怎么样，我们的目的，是一样的。"

5

与桑充国在白水潭附近告辞之后，石越牵马沿着一条田间小道往回走。他反复考虑着自己倡导的学校政策，类似桑充国的质疑，绝对不止桑充国一人有，只不过现在只有桑充国一人有机会提出来罢了。但是，桑充国式的解决办法却是绝对不可行的。在威信未著之前，悍然触犯官僚阶层的利益，而且同时涉足军队改革，根本就是树立强敌的同时，还要授人以柄，那在政治上是取死之道。

"石山长。"一个清朗的声音打破了石越的思考。

石越循声望去，叫他的是一个十七八岁的青年，瘦瘦高高，肤色略黑，一身破旧的灰布长袍，虽然打着不起眼的补丁，却非常的干净整洁。石越见他虽然穷困，神态间却有一种清逸淡泊，站在自己面前，虽然略显羞涩，却也是不卑不亢，颇为得体，不由暗暗称奇，连忙微笑着回礼道："你是白水潭学院的学生吗？"

那个青年略带腼腆地一笑，点头道："学生包绶，草字慎文，是白水潭学院明理院二年级学生。"

"包绶？"石越觉得这个名字非常耳熟，却不记得在哪里听说过。

包绶微微一笑，脸色似乎有些发红，道："久慕山长大名，寒舍就在附近，不知山长是否有暇去小憩片刻？"

石越不知为何，对这个年轻人竟是颇有好感，颔首笑道："如此多有打扰。"

包绶见石越答应，忙引着石越前行。二人绕过几片小树林，前面隐隐便露出一带黄泥墙，墙上用稻草麦秆掩护。慢慢走进，便见墙内是数楹茅屋，外面种了桑、榆各种树木，院外有一土井，旁边有辘轳之类。石越看这样子，便已知包绶家境贫寒。

包绶引石越进到院中，便见数个大木盆里，堆满了衣服，一个四十来岁的女子坐在旁边搓洗，见包绶带了石越进来，连忙站起来，敛衽道："不知有贵客光临，多有失礼。"

石越连忙还礼："不敢。"心中暗暗称奇，他本以为包绶不过平常的农家子弟，可这女子落落大方，谈吐文雅，显然又不是一般人家的女子。

包绶略带兴奋地对那个女子说道："嫂子，这位便是石学士。"

那个女子诧异地抬眼打量石越一眼，又行了一礼，道："原来是石学士，请屋中坐。"

石越连忙谦逊还礼，随包绶走进屋中。见屋中虽然昏暗，家具多是破旧，却也十分整洁。石越告了座，笑道："慎文，令尊令堂不在家吗？"

包绶黯然道："学生不幸，五岁丧父，家兄早夭，全由寡嫂抚养长大，家中便只有寡嫂与学生、义侄包永年以及一个老仆四人。"

石越不料他身世竟如此可悯，怔道："家中可有产业？"

"学生祖籍是庐洲合肥人，虽在开封出生，却一向是在合肥长大。因慕白水潭之名，便变卖了一些产业，来到开封，买下这处房子，以方便就学。"包绶解释道。他一家四口的生活来源，不过靠寡嫂崔氏替人家洗衣服、缝补，再加上他在义学上课挣点薪水，过得甚是清苦，只不过他却不愿意向外人诉苦，因此语气之间，倒像很平常一般。

石越点点头，鼓励道："自古英才出贫家，将来必有集英殿戴花的一日。"

崔氏端了茶进来，听到此语，微笑道："若有那一日，慎文不可忘了老家堂屋东壁的祖训。"

包绶肃然道："绝不敢违。"

石越心中好奇，向崔氏问道："贵府的祖训，可否让在下一观？"

崔氏笑道："祖训却在老家。慎文，你可背给学士听听。"

"是。"包绶站起身来，朗声念道："后世子孙仕宦，有犯赃滥者，不得放归本家；亡殁之后，不得葬于大茔之中。不从吾志，非吾子孙。"

"后世子孙仕宦，有犯赃滥者，不得放归本家……"石越默默念了一遍，喃喃道，"包绶……合肥……"心中灵光忽现，脱口说道："你是包孝肃之后？"

包绶点头道："正是先父。"

石越知道包拯官至枢密副使，不料身殁之后，家中竟然如此清贫，他举目打量屋中陈设，叹道："孝肃公果然让人敬佩。前不久富韩公向皇上举荐你，你为何不愿意受官职？"

包绶淡然笑道："我不愿意以父荫受官，宁可参加考试。"

石越见崔氏包容地望着包绶，显是也很支持他的决定，不由肃然起敬。清贫至此，却能放弃禄养，宁可守着贫寒，一定要从直中去取功名，石越扪心自问，自己便不能做到。

“慎文有此节操，日后当能不堕令尊之名。”

石越又问了问包绶的学业，取来包绶平日所写的文章策论细读，虽然及不上秦观的文章倜傥清丽，却另有一种中规中矩的坚持，其中于时政的见识，更在秦观之上，倒和唐康在伯仲之间。他不由更是喜爱。他存心想考考包绶，看看他的见识究竟有多高，便笑道：“今日所颁《诸州县兴学校诏》，慎文可曾见到？”

“早上在白水潭已经看了。”

“你觉得如何？这是良策，还是恶政？”石越故意问道。

“自然是良策，只是……”包绶迟疑道。

“只是什么？但说无妨。”石越笑着鼓励道。

“学生以为宰府颁行此诏，是朝廷财政不支的权宜之计，但仅以二成优异者由朝廷供给，只恐难防情弊请托。况且富家子弟得此奖学金，不过锦上添花；贫家子弟失此，却有饥馁之忧。学生以为颁行此法，不能止下之怨言。”

包绶这些话，却是说中了石越的心病。石越见包绶也有这样担忧，不由苦笑道：“但此法比起以前，却是能让更多的贫家子弟入学。”

“或者可以。”包绶没有注意石越的语气，继续说道，“但百姓只会看到形式上的不公平。”

石越叹了口气，道：“却不知道有什么更好的办法？难不成真要全面免费？可是朝廷哪里又有这样的财力。”他此时，已经不再是在考较包绶，而是变成了抒发心中的烦恼。

“或者……或者也不是没有办法。”包绶大着胆子说道。

“哦？”石越精神一振，问道，“慎文有何良策？”

“学生也不知是否可行……”

“无妨，先说出来，是否可行，可以再加参斟。”

“是。”包绶道，“学生以为，朝廷可以再下一诏，凡那二成成绩优异、当得奖学金者，若自愿放弃奖学金，朝廷可追赠其死去的祖先一个官职——如此，许多富家子弟而祖上无官职者，必然会放弃奖学金要求封赠。这样省下来的名额，便可由贫家子弟递补。”

石越思忖了一会儿，笑道：“读书便可以得封赠？”

包绶不好意思地笑道：“学生原也是异想天开。”

“不，慎文，这是好办法。不过需要有更详细的条例……”石越得到包绶的提醒，实有柳暗花明之感，他笑道，“我们的确可以想办法，让那些奖学金名额，尽可能地分给贫家子弟。”

“把奖学金的名额，尽可能地分给贫家子弟？”赵顼笑道。

“不错。”石越回道，“凡五品以上官员，已有子弟在太学入学，且官员受朝廷禄养，可令其在州县入学之子弟，不得享受奖学金。若成绩在优等者，由朝廷赐金花嘉奖；凡祖上无官，家有三顷之田以上者，若成绩优等可得奖学金，若肯让奖学金三年，朝廷封赠其先人一人七品散官；若肯让出五年奖学金，朝廷封赠其先人二人七品散官。如此，既可奖励孝道，淳化风俗；又可让出名额给贫家子弟，名为助学金。为鼓励上进，又可规定，凡成绩连续两年不能在前一半名次以内者，不得享受助学金……”

“这倒是个好主意。”赵顼一面翻阅石越的条陈，一面笑道，“亏得卿想得出来。”

石越见赵顼应允，笑道：“陛下，这却不是臣想出来的。”

“哦？那又是谁的主意？”赵顼听石越的语气，便知他要举荐人了，笑着把条陈合上。

“是包孝肃之后包绶的主意。”石越笑道，便将在南郊邂逅包绶的事情说了一遍。

赵顼听得连连感慨，赞道：“崔氏抚养包绶长大，且为包家长房收养义子包永年，是使包拯一家有后的功臣；而且难得又能安贫向道，恪守祖训。这样的女子，朕不能不奖励！”

石越本意想推荐包绶，不料赵顼却对崔氏大加赞赏，石越也只得随声应和道：“这个女子的确让人敬佩。”

“朕要让礼部议格，封赐她一个诰命，以奖率风俗！”

“陛下英明。”

赵顼又提起笔来，蘸蘸墨，在屏风上写下“包绶”二字，一面笑道：“闰四月初一，在文德殿，讨论改官制，卿可准备妥当了？”

“已有草稿……”石越正要详说，便见一个内侍走了进来，尖声道：“官家，枢密使吴充、参知政事吕惠卿、枢密副使王韶求见。”

赵顼疑惑地望了石越一眼，问道：“石卿，今日政事堂哪位当值？”

“是吕惠卿。”

“参政与枢院同时求见？”赵顼脸色一下子凝重起来，“快宣。”

石越心中也不住地敲鼓，他反反复复地想着熙宁八年“历史上”曾经发生过的事情，却终是什么都想不起来。君臣正在惊愕之间，吴充、吕惠卿、王韶已经走了进来，叩首行礼。石越见三人神色，在似忧似喜之间，心中更是奇怪。

吕惠卿偷眼见石越也在场，眼中闪过一丝嫉恨，不过立时便将眼皮垂下，将一本奏折递上，神色从容地说道：“陛下，交趾李乾德奉表陈诉，状告知桂州沈起在融州强置城寨，杀交人千数。”

赵顼刚打开奏章，听到此言，不禁愕然道：“朕不是已经严令沈起，不得擅起边衅了吗？”

“确有此诏。”吴充道，“不过沈起入桂之后，立即遣使入溪峒募集土丁，编为保伍，派设指挥二十员，出屯广南……”

赵顼拍案大怒，厉声道：“他便敢如此？视朕和朝廷为无物吗？”

“陛下息怒，国家克河州、平泸夷、收峒蛮，边臣艳羡，本是上有所好，下必甚焉……”吴充不冷不热地说道。

“什么上有所好，下必甚焉？”吕惠卿看了吴充一眼，道，“沈起欲邀功，抗诏不遵，怎么便是上有所好，下必甚焉？”

王韶亦不免误伤同类，也道：“沈起擅兴边衅，当自严责，但吴枢密的话，却是不敬。陛下不过意图恢复，并非穷兵黩武。”

吴充斜着眼望了二人一眼，淡然道：“陛下，臣并无他意。”

赵顼摆摆手，道：“朕知道。眼下之事，是决定如何处置此事。乾德上表，朕不能不答；沈起抗诏，朝廷不能不管。”

吴充欠身道：“陛下圣明，只是此事曲在中国，当今之计，只有将沈起罢职，好生安慰乾德，以弥边衅。”

吕惠卿知道那沈起也是一向亲附王雱的，既无维护之心，便也道：“臣也同意如此处置。同时可遣使者质问沈起，为何竟敢大胆抗诏，是否别有隐情？”

“陛下，臣以为不可。”王韶见吴充、吕惠卿都主张靖绥，连忙出声反对。“若如此处置，是向交趾示弱，只能更增其气焰，只怕南交从此无宁日。”王韶望着赵顼，急道，“但凡小国夷狄，不通教化，是禽兽之属，畏威而不怀德。示之以威，则其心敬服，凛然不敢犯；若怀之以德，彼则以为软弱可欺，得寸进尺，欲求无止。沈起开边衅是一错，但若此时罢沈起而慰交趾，则是再错。一错已甚，岂可再乎？”

吴充摇头道：“此言差矣，天子德被四方，岂有不能以德服众之理？既然说沈起有错，有错焉能不改？”

吕惠卿心中认定沈起是王雱党羽，沈起不罢，他却没有办法将王雱牵扯进来，见有吴充支持，也是不依不饶，道：“若不处置沈起，只怕从此边臣不知朝廷为何物。只需善择守臣，李氏割据安南边鄙之地，又岂敢捋中国虎须？”

赵顼一时觉得王韶有理，一时又觉得吴充、吕惠卿说得不错，心中摇摆，便拿不定主意，见石越一直沉默不语，便问道：“石卿以为当如何处置？”

“陛下。”石越欠身道，“如今实在不宜在南交开战，但若示交趾以弱，毕竟不妥。臣以为，不如遣一使者召回沈起，让他说明为何竟敢不顾朝廷严令，擅启边衅。同时择一善守出知桂州，只需不断绝与交人互市，不遮断其通使之路，内修守备，外加安抚，料来不至有事。再遣一使者往交趾，宣示朝廷怀德之意，则交趾一郡之地，断不敢与中国为敌的。”他一心一意要改革朝政，自然也是希望在无关的事情上，一动不如一静。

赵顼思忖了一会儿，心中却又有不甘之意，一面他恼怒沈起抗诏，一面却又觉得沈起轻易击杀交人千数，交趾似乎软弱可欺，因此沉吟不决。

石越揣见赵顼心意，又道：“陛下，南交是瘴疠之地，中国兵士前往，未及交战，十停已损一停，便得胜回朝，十分之三，又已死于疫疾。得不偿失，正是言此。如今国内千头万绪，去年灾害，元气至今未复，此时不是开战之时。”

赵顼想起国库的窘状，这才不太甘心地颔首道：“便依卿所言。只是桂州知州，诸卿以为谁人可任？”

吕惠卿见赵顼对石越言听计从，心中大是不忿，但他生性隐忍，面上却不动声色，笑道：“臣以为知处州刘彝可以代任。”

吴充却知道刘彝也是好大喜功的人，此人知桂州，南交必无宁日，忙道：“臣以为知邕州苏缄可以代任；刘彝代任，只恐招惹事端。”

枢密使这么公开反对宰执区区一个边远知州的人选，若是韩绛，只怕脸上早已挂不住了，但吕惠卿业已打定暂时退让的主意，竟是毫不在意，反笑道：“臣无异议。只是派往交趾的使者，须得慎重。”

石越心中想起一事，连忙说道：“臣以为沈括可当此任。”

赵顼皱眉不语，他没料到石越会举荐沈括，虽然沈括现在参与军器监改革诸事宜，但赵顼对此人印象，始终不佳。

石越却知道此时出使交趾并非美差，那种瘴疠之地，中原人士谈虎色变，无人愿往，何况两国关系正在紧张之时，虽然交趾绝不敢杀害大宋使者，但毕竟有风险。石越推荐沈括前往，正是想让他立功，以改变皇帝对他的印象。他见吕惠卿等人不置可否，心中便知已成功一半，又道：“臣以为沈括定能不辱使命。另外，臣以为可同时命令薛奕的船队顺途往交趾港口耀武，以震慑交人。”

赵顼终于点头答道：“便以沈括为宝文阁待制，出使交趾。”

6

辽国中京大定府，是汉朝之新安平县，唐太宗伐高丽，便曾驻跸于此，其后曾置饶乐都督府。耶律阿保机建国后，平奚族，括有此地。其后辽圣宗使人望气，有楼阁之状，遂议在此建都，实则是为了镇压奚族。皇城之中，除祖庙宫殿外，有大同驿以接待宋使，朝天馆招待高丽使节，来宾馆招待夏使。在当时是辽国的一个政治中心。

这一日，在从辽国南京析津府通往中京大定府驿道上的松亭岭，与往常一样，又来了一支毫不起眼的商队。这只商队的成员大部分都是南京道的汉人，谁也想不到，如今已算是宋室重臣的石越的幕僚司马梦求，就混迹在这商队之中。

司马梦求是从杭州直接乘海船北上，潜入辽国的。当石越在杭州得到辽国大军压境的消息时，司马梦求便对情报的可靠性产生了怀疑。他说服了石越，主动前来辽国以探听虚实。但是，结果却并不如尽如人意——在他离开辽国南京之时，宋辽和议已成。他此行没有起到太大的作用，反而在石越面临重大危机的时刻，未能在石越身边出谋划策。不过，这些是司马梦求此时所不知道的，也是他不可能未卜先知的。

虽然自知自己的使命已经没有意义，但司马梦求却没有沮丧，而是临时决定趁此机会打探一下辽国的形势。因听说辽国太子已回中京，他便决定前往中京去打探消息。离开南京已经非止一日，这日行至松亭岭，他见地势险峻非常，便停下马来，细心观察形势。跟随司马梦求的，是一家析津府商号去中京贩卖药材皮货的商队，这个商号名义上是辽国汉人的产业，实际上却是唐家的资金。商队的领队叫韩先国，他见司马梦求对此处颇有兴趣，便招呼着商队到一处酒铺停下来歇脚，自己陪着司马梦求四处闲逛。

其时辽国承平日久，松亭岭虽有驻军，却是稀稀垮垮的，更无半点警惕之心。司马梦求看了半晌，心中便生鄙夷之意，挥鞭指着那些辽军问道："韩兄，辽兵尽是这般模样吗？"

韩先国笑道："辽国最精锐的军队，是宫卫骑军、御帐亲军，共六十万骑，非五京乡丁可比。"

司马梦求点点头，又问道："我听说辽国军队，百姓年十五以上，五十以下，皆隶兵籍。每正军一名，有马三匹，打草谷家丁、守营铺家丁各一人。人备铁甲，马备皮甲，弓有四张，箭四百，别有长短枪等物，装备精良。平日遣打草谷骑四出抄掠以供养军队——所不解者，这承平之时，如何能靠抄掠来供养六十万骑兵？"

韩先国本是落第的秀才，为唐家所笼络，并非毫无见识之辈，他见司马梦求说起辽军制度，分毫不差，心中也不禁佩服。一直以来，他都在揣测着司马梦求的身份——潘照临与唐家在辽国所建的间谍网络，为防泄露，都非常隐秘，因此发展也极其缓慢，骨干之人至今不过二十余名，大部分相互都不认识，所有的人都只知道自己向宋廷效忠，除此之外，便所知有限。当自称"马林水"的司马梦求拿着玉制鱼符与接头暗号前来时，韩先国便已经在暗暗揣测他的身份了。这是几年以来，第一个拿着玉鱼符来找他的人。

韩先国笑道："马先生所说不错，不过所谓打草谷供养军队，也只是片面之词。

辽国的军队一样要耗费国家的粮饷。”

司马梦求却是不由慨叹道：“六十万骑兵！若大宋有六十万骑兵，天下不足平。”一面却是细心地目测着驻扎在松亭岭的辽兵人数，以便晚间绘图记下来。

韩先国摇摇头，背着手笑道：“宋与辽不同，辽国养得起，是因为马不要本钱，大宋可做不到。其实只要士卒精练，将帅得力，政治清明，骑兵又有什么用？幽蓟之地，是城寨攻防，又不是大漠追逐。”

这番话却很难说是对是错，但二人其实也只是闲聊，司马梦求自也不会辩驳，只点点头，说道：“我这次北来，听说辽国各属国、部落，对辽国朝廷，都多有不满，韩兄久居燕地，可有耳闻？”

“那不足为奇。”韩先国笑道，“这些部落、属国，当契丹强盛时，便唯唯诺诺，不敢不听；但若其虚弱，自然会先为自己考虑。似幽蓟的汉人，虽然未必心怀故国，但也未必会为辽人卖命。”他见司马梦求有愕然之色，又满不在乎地笑道：“我听说南朝有人以为析津府的汉人一定心怀大宋，这其实不过是一厢情愿而已。老百姓只需平安生活，才不在乎什么宋国辽国，他们早已经习惯了契丹人的统治。”

这些话却是让司马梦求着实讶然，不禁问道：“既是如此，那么韩兄为何……”

韩先国知道他想问什么，自嘲地笑笑，坦然道：“马先生以为我是心怀故国吗？嘿嘿……我不过是因为累试不第，没什么出身之路。有人出钱帮我创业，让我能有机会做点事业，自然死心塌地地为大宋卖命。辽国像我这样的汉人倒是不少，若有人加以笼络，却是多少有点儿用处的。”

他说得十分坦然，司马梦求也不是寻常之人，心中的讶然早已变成淡然，这时只是点点头，傲然道：“不管是出于什么理由，但韩兄的选择却是十分明智。大宋才是前途无量的国家！朝廷日后绝不会忘记韩兄的功勋，封妻荫子，等闲之事。”

韩先国却只是不置可否地笑笑，显然并不太当真。司马梦求笑道：“我知道你不信，若在几年之前，我也不信。但是现在，一切都已经改变！”

韩先国见司马梦求说得认真，心下竟也不由信了几分，他思忖一会儿，终是不明白为什么说“现在一切都已经改变”，便试探着问道：“马先生，朝廷养着我们这些人，自然是有意幽蓟，那究竟什么时候才会有用？”

司马梦求望了韩先国一眼，笑道：“不要急，此事非一朝一夕之功。慢慢地，你就会明白我的信心从何而来了，不用太久，所有的人，都会有这样的信心的。”说完，挥鞭抽了一下马背，驰回酒铺。他倒不是不信任韩先国，对方既然是潘照临说了可以信任的人，司马梦求自然是信任潘照临的识人之明。但是，有些事情，现在口说无凭，也没有什么说服力，倒不如保留一点神秘感，日后自然有事实来说服对方。

韩先国怔了一下，来不及细细咀嚼司马梦求的话，也连忙拍马跟上。二人一前一后，才靠近酒铺，便觉得一股森冷之气迎面而来。只见酒铺前，不知何时来了一队黑甲卫士，军容肃穆，凛然生威，见二人走近，四个卫士立时围了上来，用契丹话喝道："什么人？"

韩先国见他们的打扮旗号，已知这些人竟是宫卫骑军，心中不由一凛，一霎时就换过脸来，满脸堆笑，用流利的契丹话说道："小的们是商队的头头。"两个在酒铺歇脚的商队伙计也连忙跑过来，一面作揖，一面解释。那几个卫士又上上下下打量了二人一眼，这才释去疑心，任二人进入酒铺。

司马梦求与韩先国暗暗称奇，看这个样子，酒铺中必有大人物，但是为何却不驱逐众人呢？司马梦求本来也难得见识一下辽国的贵人，更是暗暗留心。

二人走进酒铺，便见两个契丹人占了一张好桌子，在那里饮酒，旁边站着八个剽悍的卫士。其中一个神态儒雅的中年人见到司马梦求，似乎微微一怔，用契丹话问道："那位先生，请过来一下。"用词虽然客气，但神态语气，却非常傲慢。

韩先国知道司马梦求不会说契丹话，连忙拉着司马梦求走了过去，赔着笑问道："不知贵人有何吩咐？"

那人却不去理他，望着司马梦求微微一笑，在另一个人耳边低语数句，忽然用流利的汉语说道："这位先生是南朝人吧？"

司马梦求心中一震，他知既已被人识破，毕竟不能再掩藏，否则只能启人疑窦，便装出讶异之色，抱拳答道："学生的确是南朝人。却不知先生如何知道？"

那人笑道："我去过南朝许多次，两朝人物，略有些不同处，倒也分得出来。"

"足下果然慧眼。"司马梦求笑着恭维道。

"哪里，却不知先生台甫如何称呼？来北朝何事？"那人看似漫不经心地问道。

"不敢，在下马林水，草字纯父。因为生性喜欢游历，来北朝，无非是想看看北地的风光。"

"哦？"旁边那个契丹人突然开口说道，"先生倒是个雅人，不过这样做，似乎触犯了大辽的律法。"他的汉语，竟然也甚是流利。

司马梦求连忙谢罪道："在下实是不知，还望恕罪。"他却不知道那两人，一个便是辽国太子身边最重要的谋主萧佑丹，另一个，是辽主刚刚任命辅导太子的太子少傅、客省使耶律寅吉。萧佑丹往来宋朝，颇能识人，竟一眼认出司马梦求是宋朝人，不过他却也没什么疑心，毕竟自澶渊之盟后，宋辽之间大体也和平了几十年，这几十年间，宋朝几乎从未有往辽国派遣间谍的事发生。事实上，以萧佑丹所知，宋朝根本就没有这样的机构存在，只有边境守臣偶然会遣间谍潜入，但活动范围也大体限于南京道边境，深入松亭岭这样的腹地，既无必要，也十分不智。因为宋辽之间，现在还是辽强宋弱，派遣间谍一旦被辽国发现，无疑是白送辽国一个把柄，不但宋朝可能会为此付出昂贵的代价，更关键的是，派遣间谍的官员，一定会被辽国要求追究责任，以宋廷面对辽国的弱势，多半也会牺牲掉那官员以平息辽国的怒火。甚至，即使间谍未被辽国发现，打探了情报回国，上禀宋廷，宋朝两府的宰执们是会奖赏还是会处罚那位“多事”的官员，也都是很难说的事……因此，这卖力不讨好的事，根本就不会有边境的官员去做。饶是萧佑丹再聪明，也绝对想不到远在杭州的石越竟然会“多管闲事”到这个地步，这实在已是一个异数。

反而，萧佑丹是知道，虽然宋辽两国之间有着严格的关防，但是私自越境的事却是屡见不鲜，这其中大部分自然是从事走私贸易的，其次则是一些许下大愿的僧侣，而偶尔，也会有一些读书人，虽不多见，却也不至于让见多识广的萧佑丹骇怪。而这些敢于越境游历的读书人，通常也不是寻常的儒生，要么是性情怪僻，要么是在本国科场失意，要么就是胸中颇有丘壑，或者是几样兼而有之……

萧佑丹与耶律寅吉本来是有要事要赶回中京，因辽主很快就要任命太子耶律濬总领政事，他二人须得在中京替太子谋划，特别是耶律寅吉，在辽朝威望甚高，颇为魏王所忌，太子身边，有他无他，相差甚大。因此二人在此短暂歇脚，不愿意扰民，也没有把旁人赶走，不料竟然邂逅司马梦求。一个人的气度是经历养成，毕竟遮掩不住。萧佑丹于相人之术也有一些心得，此时见司马梦求神态之间，颇出常人，心中一动，竟隐隐生了招纳之意，因笑问道：“马先生想必也是读书人吧？”

司马梦求却不知道对方什么打算，忙作出愧色，道：“惭愧，累试不中，最终无意功名，只愿留意山水。”

“非也。”萧佑丹笑道，“我观先生非腐儒可比，必是文武兼修之人。”说罢站起身来，用契丹话大声喝道：“来人。”

一个黑甲卫士跑上前来，高声应道：“在。”

“取弓箭，我要与马先生试试骑射。”萧佑丹喝道，一面拉着司马梦求的手，走出酒铺。早有卫士取来弓箭，交给二人。萧佑丹取了两个卫士的头盔，指着远处的一棵树，令他们将头盔挂在树枝上，一面用汉语向司马梦求笑道：“马先生，我们来试试骑射，你若能胜我，私来我朝之罪，一切不问，我待以上宾之礼；若胜不得我，便要得罪先生，送予官府治罪。”

司马梦求不由暗暗叫苦，此时耶律寅吉也已出来观看，眼见四周卫士环绕，终是脱身不得，而且也不能置韩先国等人于不顾，这时骑虎难下，只得硬着头皮应允。

萧佑丹见他答应，大笑上马，左手引弓，一箭正中头盔。

司马梦求也只得咬牙上马，他要胜得萧佑丹，竟驱马向后奔驰，在马上返身挽弓，便听弓弦响动，飕的一箭，正中头盔。

这一手施展出来，不要说萧佑丹，便是耶律寅吉与那些铁甲卫士，也不禁齐声叫好。

萧佑丹见逼出来司马梦求的本事，不由微微一笑，拈弓搭箭，三箭连发，二箭射中头盔，一箭擦着头盔而过，正中树枝。这却也已经是不错的本事了。司马梦求见众人叫好，心中已是暗悔卖弄，但骑虎难下，这时也只得依样学葫芦，连发三箭，却是箭箭中的。

萧佑丹不料司马梦求弓马如此了得，不由高声赞道："好本事！南朝有此人而不能用，可谓无人。"

司马梦求只得欠身答道："侥幸而已。"

萧佑丹下了马来，亲自扶着司马梦求下马，一道走到耶律寅吉跟前，笑道："少傅，如何？这是天赐此人予大辽。"

耶律寅吉颔首笑道："这样的人才，定然深知大宋人情虚实，他日石越得志，我们亦不至于束手无策。"

司马梦求与韩先国听到二人对答，不由面面相觑，心中又是好笑又是着急。萧佑丹又转身向司马梦求说道："马先生，实不相瞒，这一位，是当今太子之师耶律少傅，在下萧佑丹，是太子属下。以先生之才，南朝朝廷竟然不能用，若弃之山野，岂不可惜？我大辽太子英睿天授，爱贤如渴，才华远在元昊辈之上，先生如若不弃，定能不负胸中所学。"

耶律寅吉也走过来，道："良臣择主而仕，若先生不弃，太子当待以张元、吴昊之礼；先生名标青史，富贵荣身，皆不过等闲之事。"张元、吴昊，是当年不得志而投奔元昊的汉人。元昊扰乱华夏，得此二人之力甚多，而元昊亦不惜以师礼待之。

司马梦求万料不到竟然有这样的事情发生，当真是目瞪口呆，不过他却立即意识到这是千载难得的机会，一面诚惶诚恐地拱手行礼："原来是耶律少傅与萧公，失敬失敬，在下有眼不识泰山，还望恕罪则个。"一面又假意推辞道，"学生何幸，敢蒙二公错爱？只是学生乃是山野陋人，实无意功名富贵……"

"哎，先生何必过谦。"萧佑丹却是笑着打断了他，说道，"我已问过下人，你们商队也是要去中京，如此便一道前往，待先生见过太子，便知太子实是可辅之主，所谓楚才晋用，本是平常之事，先生断不可辜负了胸中的才学。"

司马梦求见萧佑丹此人精明强干，辩才滔滔，心中也不由暗暗警惕。他当然知道似萧佑丹这样的人物，虽说眼下热情的招揽自己，但却断然不可能随便信任自己，更不可能会轻易委以腹心。但是，若能有机会进辽国太子府，哪怕只是一个普通的门客侍从，萧佑丹能否从自己口中探得宋朝的虚实自然不问可知，但是于自己了解辽国虚实，却是天赐良机。当下半推半就，又客套谦逊了几句，竟然应允了萧佑丹一道前去中京，拜见太子。

萧佑丹与耶律寅吉见司马梦求答应，也甚是高兴。他二人都知道太子地位并不巩固，多一人之助，便多得一人之力，因此萧佑丹才会如此格外留意人才，求贤若渴。司马梦求哪怕其他方面再无所长，但只需他不是魏王的爪牙，以他的武艺，至少也是为太子增了一得力侍卫，在这个时候，也是难得的。一路之上，萧佑丹又不动声色地询问、试探司马梦求的底细来历，这些司马梦求自是早就编好，对答如流，滴水不漏。萧佑丹与耶律寅吉更是放心，二人都觉得此番前往中京，竟然能偶遇到司马梦求这样的人才，实在是一个极好的兆头。

但萧佑丹毕竟是谨慎之士，不出司马梦求所料，一路之上，凡有司马梦求在的场所，他便绝不会说什么重要之事，反倒不断向司马梦求询问宋朝风物人情。司马梦求这时也有意卖弄，议论宋朝各地风土人物，点评士夫政事，竟与萧佑丹谈得甚是投机。

如此众人快马前行，走了几日，过石子岭出山，又走了一百七十里，辽国中京大定府，便在眼前。

不要说和开封府那样的巨城相比，即使是比起城方三十六里，城墙高三丈，厚一丈五尺的析津府来，中京大定府，都称得上是城垣卑小。当时辽国人口约有四百万，户数在百万左右，丁数约二百万左右，而且，因为辽主耶律洪基以及之前的几任皇帝大抵昏乱，因此民间隐户、逃户甚多，真正登入户薄的人口，实际不过十之六七而已。但是，相比人口，辽国的国土面积却更加广阔，即使是统治的核心区域，也是地广人稀。因此中京大定府的居民人数，是远远不及宋朝的普通大城。

司马梦求在朱夏门前勒马观望这座辽国的行政首都，以常理而论，南京道是辽国最富庶、最发达的地区，其次便是渤海国故地。朱夏门是大定府南门，从南京道往来的商贾人群，无不要从此经过，只需观看此门之繁华与否，便可知辽国之治乱盛衰。此时正是上午，司马梦求见来往行人，虽然也是络绎不绝，但是人数却并不太多，比起大宋，不要说东京之南熏门，便是比杭州也难望项背。“如此小的国家，却扼住大宋咽喉近百年，真是可叹！”司马梦求一念及此，不由微微摇了摇头。

这细微的动作，早已落入身后的萧佑丹眼中，他驱马过来，笑道：“马先生看中京而摇头，却不知何故？”

司马梦求见萧佑丹如此观察入微，心中暗暗警惕：“此君真人杰也。”口里却笑道：“实不相瞒，我看到中京之繁华，尚不及宋之中城，而辽国却能蔚然为上国，不免心生感慨。”

萧佑丹与耶律寅吉相视一眼，哈哈笑道：“我大辽能有今日，除开先祖努力之外，也是天授，天神地祇佑护，方有今日之局面。”

司马梦求曾经听说过，天神与地祇，是辽人所信之二神，天神为一骑白马的男子，地祇为一驾青牛小车的妇人。他甚少接触契丹的杰出人物，对他们的见解也颇为好奇，便笑着问道："辽国能有今日，当是百战之功，为何说是天授？"

萧佑丹笑道："马先生是南朝高士，当能博古通今，先生可知我契丹盛于何时？"

司马梦求知道这是萧佑丹考较自己的学问，当下微微笑道："我听说契丹源出鲜卑，本是宇文别部的一支。又有说契丹是南匈奴贵族之后。至北魏年间，已是北方强国。但若论强盛，当始于五代。"

萧佑丹点头笑道："马先生说得不错，但北魏之时，契丹力不如人，常受欺凌，真正强大的机会，是唐太宗贞观二年，我契丹归附唐朝与突厥作战。其后虽然偶有边将侵侮，但终唐一世，我契丹都因得到了唐朝的支持，所以才能有机会击败强敌，蒸蒸日上。到五代中国大乱，契丹趁时而起，得幽蓟之地，方能成今日之大国。倘若中国得人，又岂有今日之契丹？所以说我大辽之兴，半是天授。"

司马梦求见萧佑丹如此夸耀这所谓的"天授"，心中不由十分感叹，他也知道五代之时的种种故事，似辽国能够灭亡后晋，全是因后晋用人不当，否则辽太宗耶律德光难逃全军覆灭的命运。当下干笑道："闻公高论，胜读十年之书。在下本以为北朝之士，必轻南朝。"

耶律寅吉摇了摇头，道："本朝太宗皇帝攻克开封后，本欲占据中原，但终不能立足，临出开封之前，太宗皇帝道：'我不知中国之人难制如此！'自此之后，本朝再无问鼎中原之意，只求世世与南朝为兄弟之国。似本朝制度，也多半取自中华，于南朝之士，又岂敢轻焉？"

"不错，当年太祖皇帝为八部所迫，赖以兴国者，汉人也；先朝韩德让等人也是汉人，官至封王。我大辽以南面官治汉人事，以北面官治契丹事，于番汉一视同仁；且历代皇帝，都崇信儒教，未曾有不亲自拜祭孔子者；而朝中大臣贵戚，不通汉语，不习汉字者，百中无一，谁人又曾敢轻视中国之士？皇太子殿下，不仅弓马纯熟，而且诗画琴棋，也无一不通，如南朝石越、苏轼的文章，太子殿下曾亲览而赞叹也。以先生之高才，若能悉心佐辅太子殿下，必能大展胸中抱负。"萧佑丹这番话，虽然语多夸饰，无非是要进一步游说司马梦求为辽太子效力，但是其中所说，大体却也近于实情。契丹是半牧半耕之民族，汉化程度相当高。

司马梦求正要答话，忽见朱夏门城门大开，数百黑甲骑兵排着整齐的队伍，整肃而出，黑压压的旌旗蔽日，一时之间，整个城外便只听见整齐的马蹄之声。司马梦求见到这个阵仗，不由吃了一惊，正要转过头来询问萧佑丹，却见那些黑甲骑兵从怀中一齐取出号角，"呜呜呜"地吹了起来。他回头觑见耶律寅吉，脸上却是颇有惊喜之色。

司马梦求见萧佑丹朝他微微努嘴，心中一动，已知是怎么一回事了。连忙回转马头，肃然观望，便见两面绣有日月的大旗，拥着一个身着金铠的年轻人，从城中飞驰而出。那些黑甲骑士都齐声呐喊道：“千岁、千岁、千千岁！”

萧佑丹过到司马梦求身边，低声笑道：“马先生，这是太子殿下的亲兵。太子殿下出城，亲迎耶律少傅回京来了。”说罢，萧佑丹与耶律寅吉早已翻身下马，迎了上去。

司马梦求却是依然在队伍中，并未跟上。韩先国趁着这时，催马过来，低声道：“马先生，若是有事，在下在大同酒楼等您。”说完，也不等司马梦求答应，便又连忙闪回后面的商队之中。

司马梦求见辽太子与萧佑丹、耶律寅吉笑着说了几句什么，又见耶律寅吉朝太子拜倒，显是心情甚是激动，辽国太子又亲自搀起，心知这是辽国太子御下之道，不由微微冷笑。只是细心打量辽国太子的亲兵卫队。不料耶律濬扶起耶律寅吉之后，竟然与萧佑丹、耶律寅吉一齐驱马，直奔他而来。司马梦求只在一怔之间，耶律濬等人已到眼前。他连忙翻身下马，拜道：“草民拜见太子千岁。”他游目四顾，便见兵士早已来齐，此时个个躬身，以刀撑地。

耶律濬笑着跳下马来，一把扶起，朗声道：“马先生是南朝高士，不必多礼。快快请起。”

司马梦求不料耶律濬如此随和，心中亦不由有几分感动，口中连连谦道：“山野草民，岂敢，岂敢。”

耶律濬笑道：“此处非待贤之所，还请入城说话。”说罢左手一挥，队伍立即奏起鼓乐，欢迎嘉宾。耶律濬左手搀着耶律寅吉，右手搀着司马梦求，一齐上马，在众军士的拥簇之下，一道入城而去。

进入东宫之后，酒宴却是早已备好的。耶律濬一面笑道：“少傅，马先生，在此先设家宴，替二位接风洗尘，简陋处勿怪为是。”一面竟是要请耶律寅吉与司马梦求上坐。

二人却是无论如何也不敢坐那个位置，司马梦求见辽国太子如此礼贤下士，心中又是惊讶，又是警惧。他自是不知道耶律濬因为外公萧惠、舅舅萧慈氏奴尽皆早死，只余一个舅舅叫萧兀古匿，却是才智平庸之辈——舅家无人，而皇帝耶律洪基日渐一日的昏庸，不仅仅信任耶律乙辛、张孝杰这样的奸臣，前几日居然还传出用掷骰子的方法来任命朝廷官员这样荒唐的事情——这对于有意重振朝纲，大展作为的耶律濬来说，不能不产生莫大的危机感。更何况南朝石越如今已经开始被重用，更让耶律濬要迫不及待地聚集人才，以求在朝中与耶律乙辛、张孝杰抗衡。耶律寅吉素以忠直见称，得他支持，颇能笼络一些朝官；而耶律濬又在心中视石越为大敌，迫切想知道宋朝虚实，因此对二人，耶律濬竟是格外的礼遇。耶律寅吉对此却是心知肚明。他虽然感于太子的礼遇，却也是知道分寸的人，终不敢去坐那个上首。最终一番辞让，还是太子坐了上首，耶律寅吉、司马梦求次之，萧佑丹在下首相陪。

酒过三巡之后，耶律濬笑着对萧佑丹说道："佑丹，父皇已经答应我的请求，你改任皇太子惕隐。"

司马梦求知道所谓的"皇太子惕隐"，是管理皇太子宫帐之事的官员，相当于皇太子的大管家、侍卫总管，是皇太子的心腹之人。耶律濬得萧佑丹为谋主，司马梦求不由微微皱了皱眉，但忽地想起萧佑丹的厉害，立时警觉，连忙低头饮酒掩饰，一面偷眼觑视萧佑丹。好在萧佑丹却并没有注意他，他望了耶律濬一眼，心不在焉地说道："多谢殿下。"

耶律濬见他神情中似有忧色，不由一怔。正要相问，耶律寅吉轻轻咳了一声，说道："殿下，您总领北、南枢密使事，有励精图治之意，臣早有听闻。本朝能得太子如此，是国家社稷之福。"

耶律濬连忙谦笑道："少傅谬赞了。"

耶律寅吉却脸色沉重地摇摇头，继续说道："殿下胸怀大志，上任几日，便任命了一批低层官员，将原来那些靠阿谀奉迎得官的腐虫罢免，又推荐素有忠直之名的马群太保萧乌克邻为契丹行宫都部署，使一些忠直之士能有机会为报效朝廷，大有澄清天下之志，臣等非常钦佩，百姓们都交口称赞殿下英明果决。"

耶律濬迷惑不解地望着耶律寅吉，他口中说的尽是赞美的话，但是脸色非常的严肃，似乎在说着什么严重的事情一样。

耶律寅吉似乎没有看见耶律濬的眼神一般，只是回头望了望左右。一直沉默不语的萧佑丹使了个眼色，那些侍奉的宫婢们连忙一一退下。一个青衣卫士走了过来，躬身行礼。耶律濬举起左手，沉声道："撒拨，你带人四处巡视，任何人不许靠近。"

"是。"撒拨简短地答了一声，转身离去。

司马梦求知道这是要谈论机密之事，连忙站起身来，笑道："殿下，草民亦有点儿乏了，先行告退。"

耶律寅吉微微一笑，道："马先生不必走，殿下托先生以腹心，先生国士，又岂得置身事外？"

萧佑丹素知耶律寅吉是有分寸之人，既然他不介意留下这个马林水，就是说他要讲的话可以让他知道，当下朝耶律濬使了个眼色。耶律濬立时笑道："马先生不可见外，快快请坐。待会还盼不吝赐教。"

司马梦求却知道这不过是笼络之计，当下也不推辞，抱拳道："不敢。"他也正想趁机多知道一些辽朝的虚实。

耶律寅吉见司马梦求坐下了，这才接着说道："殿下，当今朝中，耶律乙辛与张孝杰惑乱皇上，殿下如此行事，不是正犯二人之忌吗？殿下罢斥的人，正是二人的党羽，如此操之过急，是臣所不解者。"

萧佑丹也苦笑着摇头，他本来已经劝谕耶律濬不要打草惊蛇，但是事有两难，若是不去罢斥奸小，那么一切雄心壮志，都不过是空中楼阁。皇太子和耶律乙辛、张孝杰的对立，几乎是无法回避的。他也知道以皇太子的性格，是绝对无法身居重位却隐忍不作为的。因此他一路上听说的种种作为，既让他高兴皇太子是个明君，却也让他无比的担心，害怕太子斗不过耶律乙辛与张孝杰。这时候耶律寅吉当面指出来，却正是说出了他的心事。果然，耶律濬只是微微一怔，便笑道："少傅，所谓冰炭不同炉，我若想有所作为，便不能太束手束脚了。那些奸小，怕他们何来？何况父皇终究只有我一个儿子。"

耶律寅吉这才知道耶律濬有恃无恐的原因，不由叹道："不可恃，殿下，此事不可恃。皇上正富春秋，未必会担心日后无子，何况，恕臣直言，皇上便是没有了儿子，也还有孙子！"

耶律濬怔道："孙子？"

"正是，皇长孙已经出生。"

"少傅是说我儿子阿果[1]？"耶律濬问道。

耶律寅吉点点头，道："正是。"

"这怎么可能？"耶律濬几乎不敢置信。

"若有人在皇帝面前进谗言，中伤殿下，当皇上不相信殿下之时，未必不能选择皇长孙为嗣。殿下锋芒不可太露，锋芒太露，上则让皇上不安，皇上亦担心唐太宗之事复见于今日；下则让奸臣侧目，树敌于朝。"耶律寅吉冷冷地说道。

"这……"耶律濬仰身靠在椅背上，似乎是问话，又似乎是喃喃自语，"可是……这可能吗？……南朝石越已经被重用，我朝现在四处叛乱，百姓怨声载道，若再不振作，只怕社稷不保……"

司马梦求不料石越竟然给耶律濬如此大的压力，心中竟不免有一丝骄傲，又有一丝惭愧，他身为石越的幕僚，在此之前，竟然不知道北朝辽国，有一些杰出之士正把石越当成巨大的威胁。

耶律寅吉也没有料到太子如此迫不及待，竟然也是迫于石越的压力，他沉默良

[1] 即耶律延禧，小名阿果。

久，目光转向司马梦求，问道：“马先生，你以为如何？”

司马梦求见众人的目光都聚到自己身上，沉吟一会儿，道：“石子明的确是百年难遇之人，只是宋朝朝廷上的纷争，便是诸葛亮复生，也必然会束手束脚，暂时似乎不必太担心。”

耶律寅吉与萧佑丹相顾点头，又问道：“先生说得是。”

司马梦求又道：“攘外须先安内。安内之术，草民赠太子殿下八个字——”他略略一顿，轻声说道，“豺狼当道，安问狐狸？”

“豺狼当道，安问狐狸？”耶律濬等人重复着司马梦求的话，各自思考着，一时之间，厅中变得无比的寂静。

过了好一阵子，忽然听到撒拨在门口沉声说道：“殿下，有书信。”

耶律濬朝众人点头示意，起身走到门口，从撒拨手中接过一个火漆木匣，回来放在桌上，从腰间取出一把小刀，刮去火漆，从匣中取出一卷白纸，打开来细细看了，脸上明显有欣喜之色。他看完之后，将纸卷成一团，一个护卫立时捧着火炉走了过来。耶律濬将纸条连木匣丢入火中，望着高高蹿起的火苗，笑盈盈地说道：“一头豺狼已经被赶出大道了。”

“哦？”耶律寅吉与萧佑丹都形动颜色，紧紧望着耶律濬。

耶律濬笑道：“萧素与萧岩寿弹劾耶律乙辛那厮，父皇已经下诏，罢耶律乙辛北枢密使，他现在的官职，是中京留守。此贼既去，张孝杰不足为虑。”

第十八章

典制北门

今天大宋要做的事情，是天地间一大变局。

——石越

1

闰四月初一。

大宋，文德殿。

大臣们按着班次站在自己的位置上，皇帝赵顼头戴皂纱折上巾，身着浅黄袍衫，腰间系着玉装红束带，脚穿六合靴，端坐在御椅上。今天的朝会，虽然不是一年三次的大朝会，但所有的人都知道，今天是第一次在朝堂上辩论两个版本的官制改革方案。在如此较大规模的朝会之上，翰林学士石越的班次，是相当靠后的。至少如韩绛、吕惠卿、蔡确、曾布等，都远远地站在他前面。他能看到的背影，也就是同为翰林学士的韩维罢了，他的背后，站着翰林学士元绛、张璪。

但是文德殿之上，每个人都心知肚明，今天的主角之一，就是站在人群中的石越与韩维。

“诸卿，改官制诏颁下之后，中书门下与学士院皆呈上了改官制的条例，众卿都已看过，今日朝会，便是要廷议以何者为优？是否可以互相取长补短？章程拿定，便好颁行天下。”皇帝环视众人，朗声说道。他说完，顿了顿，望着王珪说道：“王珪，你先来说中书门下的条例。”

“遵旨。”王珪出列，欠身道：“陛下颁改官制诏，诏中书与翰林院各自详定官制，是欲使名实相符，以正名合古制，此本朝百年之盛事。国初承唐制，三省无专职，台、省、寺、监无定员，类以他员主判。于是三省长官不预朝政，六曹不厘本务，给舍不领本职，谏议无言责，起居不记注，司谏正言，非特旨供职，亦不任谏诤。凡官人授受之别，有官、职、差遣。仕者尽以登台阁、升禁从为显宦；而不以官之迟速为荣滞。于是陛下慊然欲更其制，下诏议行，臣等愚昧，以为宋承唐制，官制之变革，其要者，无非是使一切领空名者，尽皆罢去，而以阶寄禄。故中书门下所上官制，有三省六部，有职事官、散官、勋爵诸等……”

王珪口若悬河，说了大半个时辰，介绍中书门下的改官制方案，石越等人早已读过，中书门下的方案，完全以《唐六典》为基础，再辅以宋制，是一个中规中矩的方案，三省事无大小，以中书取旨，门下审覆，尚书执行，分班奏事。这个方案，既没有任何创举，也原封不动地保留了枢密院等机构设置，并没有要求增加相权。较大的改革，是撤销了三司使，使其权归于户部。

等王珪说完，赵顼微微颔首，目光投向石越，道：“翰林学士石越。”

“臣在。”

“卿说说学士院的条例。”

“遵旨。”石越应声出列，朗声道：“陛下下诏厘定官制，诏臣与翰林学士韩维、元绛、张璪，以及枢密院承旨张诚一领其事。臣等以为，改官制之要义，除名实相符之外，需要使权力互相制衡、增加效率，去除冗官与重复设官，故此臣等所定官制，是以唐制与国朝旧制为基础，权衡古今利弊得失而设……”

吕惠卿早已读过石越等人草拟的方案，这个方案颇有出人意料的设想，他也能感觉其中的智慧与见识，但他一眼就可以看出，这个方案其实并不完全，例如军事方面，枢密院等一切，完全因袭旧制，毫无更改，因此他一直在揣测着石越的用心。吕惠卿一面听着石越侃侃而谈，一面低着头偷觑韩维等人神色，只见韩维脸色沉稳如常，元绛从容自若，唯有张璪面有得色，他心中略一思忖，便已知石越必有一个更详尽的方案，只是暂时没有公布。想通此节，吕惠卿连忙细心听石越向皇帝阐述其要旨。

“究其实，臣等所拟之方案，与中书所拟方案，大同而小异。”石越说了一句照顾中书面子的话，便接着说道，“臣等以为，凡一国之官制，无非是由朝廷与地方组成。而中央朝廷，又可细分为数部分，三省与枢密院、门下后省等，可称为中枢；各部、寺、监等，可称为辅枢；学士院、翰林院、秘书监等，可称为附枢；御史台为监察；诸殿阁学士修撰等，可统称为贴职；另外又有宫廷官、东宫官、王府官。除此之外，枢密院以下，可以细列为军事系统；大理寺等又可细列为司法系统。如此划分，则朝廷官员烦要职掌，便可以一目了然。此外又别有崇官、散阶、勋、爵等，臣等统称为勋爵体系……

“而其中最要者自是中枢。臣等细考古今，究其得失，定中枢制度：中枢以尚书省掌全国大小政事，以枢密院掌军事，以门下后省掌上下封驳之权，以中书省掌外制宣敕，谏诤人君；以门下省掌谏议……”

虽然石越等人所拟的官制，众人早已知详，但是他在朝堂上公开宣读，依然引来了众官的侧目，若非有皇帝在，有殿中侍御史虎视，只怕早就一片哗然了——石越所定的制度，虽然是三省之名，实际上却又是一次千古未有的大变局。韩维与元绛见到众人表情，不由相顾点头，嘴角微微泛出冷笑，张璪却是愈发连下巴都扬了起来。

“尚书省，有决策、行政之权。设尚书令之位，虚位以待储君监国、学习政务之用，为使上下得所，储君非监国，不掌印不决策；非储君，纵亲王亦不得为尚书令。于尚书省设政事堂，掌大小事务决策，以尚书左右仆射为宰相，领政事堂；另设参知政事为副宰相，列政事堂议事，然参知政事不单授，可使辅枢各部尚书、寺卿之贤能者，加参知政事衔，以为副相。参知政事除六部尚书例加外，各寺卿、知监事中择三四人兼任，如此，宰相虽只两人，副相却有六至十人。尚书省位权虽重，而有参知政事相制衡，则臣下不能擅权。另设尚书左右丞，列席政事堂，分监辅枢各部寺监之行政，以为行政监督之职……”

“臣有事启奏！”班列中，忽然有人大声打断了石越的禀奏。

赵顼不由皱了皱眉。文德殿上，所有的大臣，都不由自主地把目光往说话的方向聚集过去，所有人都想知道究竟是谁这么不给炙手可热的新贵石越面子，居然当殿打断他说话。殿中侍御史们早已蠢蠢欲动，有人已经在筹算着趁此机会送石越人情了。却见一个脸色金黄的中年人走出班列，昂声道：“臣宝文阁待制孙览有事启奏。”

见到此人出列，众人都吃了一惊。吕惠卿眯着眼睛，脸上不由露出一丝讥笑——原来这个宝文阁待制孙览，是最近新除的。此人一向转任地方，颇有治迹，但说起来，却是更偏向于旧党一面，因石越得势，才能够再入中央为宝文阁待制。他的哥哥，便是在白水潭学院威望甚高的孙觉！没有人料到，竟然会是一个被隐隐打着石党标记的人，出来向石越发难！

赵顼见是孙览，脸色稍稍缓和，他对孙览有点儿印象，数年之前便是赵顼亲自调他入中央做司农寺主簿的，后来被判寺事舒亶弹劾才又离开中央。此人是个虽有才干，却经常与执政者意见不合的人物。赵顼耐着性子问道：“卿有何事？”

“臣以为翰林学士院所拟官制甚为不妥。”孙览亢声说道，总算他对石越还有一些情分，并没有去点他的名。

“哦？有何不妥？”赵顼的脸色开始变得难看，张璪也开始不自在起来。石越与韩维、元绛六目相交，亦只有苦笑。

“自唐以来，向是以中书为决策，以尚书为行政，以门下驳议，此千古之典范。翰林学士都是饱学之士，平白就让尚书省身兼决策、行政之权，破坏三省平衡，未见其利，先见其弊，再用增加参知政事之法来制衡相权，更是画蛇添足，多此一举。臣不以为然。”

张璪早已忍耐不住，跨出一步，向赵顼躬身道：“陛下。”他侧着身子觑了孙览一眼，高声说道，“臣等以为，改官制是为了增效去冗。使各部尚书、寺卿兼参政，决策之时，诸相便能深知各部寺内情，凡有大事，各部尚书、寺卿同时站在本部寺之立场表达意见，而左右仆射则协调融和，无论大小政事，政事堂皆能尽知其情弊。这样的制度，好过中书、尚书互不相闻，虽有制衡，却互不了解。且各部尚书、寺卿既然兼参知政事，隐然便可以与左右仆射分庭抗礼，左右仆射虽然官高位重，却也无法擅权。如何又可以说是画蛇添足？”

这种种制度，虽然多出自石越的想法，比如尚书兼参政，就类似于20世纪之内阁，虽然难说尽善尽美，但较之三省分权，却还是有其优势的。张璪校对《唐六典》，精通故事典章，在这份方案中出力甚多，他知道只要这份方案最终采用，凭借种种创制，他张璪便可以借此名扬万世，因此倒成了为官制辩护的急先锋。

孙览虽觉得他说的也有道理，但心中却尚不服气，又问道："如此，将置中书省于何地？"

张璪见孙览有退让之意，得意地扬起下巴，高声说道："以中书省掌外制宣敕，谏诤人君，有何不可？"

"这，这不合祖制。"

"三代以来，何曾有中书省，何曾有门下省？秦汉之际，中书省又在何处？制度因循变化，本是天道之常。况且国朝以来，官制混乱，太祖、太宗征战四方，真宗、仁宗、英宗皇帝休养生息，无暇厘正。逮至本朝，皇帝英明，遂有此盛事，此祖宗留给皇上做的事情，如何说是不合祖制？臣以为，皇上如此，正是要给后代，立千秋万代之规模。上及三代，下至汉唐，其制度规模，善者可循，恶者可改，合时者可用，不合时者可去，这才是道之所在。"张璪舌辩滔滔，说得孙览哑口无言，他这才知道，所谓的"翰林学士"，并非浪得虚名。

赵顼也连连点头，笑道："孙卿可还有意见？"

"臣孟浪，请陛下恕罪。"孙览本是直率之人，见说人家不过，人家也不是强词夺理，便干脆伏首谢罪。

赵顼含笑摇了摇头，道："卿无罪。今日朝议，本就是要讨论官制，若有不妥，诸卿尽管直言。孙卿之失，不合太心急，且待石子明读完再说不迟。"

"陛下圣明。"

一片拍马屁的拜贺声落下之后，吕惠卿忽然道："陛下，臣有个问题，想问石学士。"

赵顼微微颔首，目光转向石越，石越连忙道："参政请说。"

吕惠卿笑道："依学士院之条例，政事堂除左右仆射之外，另有参政十人左右。便是说，朝廷多则有十二位以上的宰相，少则有八位以上，政事堂决策之人如此之多，难免众议纷纷不能决，若意见分歧，无法全堂画诺，又当如何是好？难道事无巨细，都要陛下亲断吗？若如此，则宰相之体何在？皇上设宰相又有何用？"

"参政问得好。"石越笑道，"左右仆射轮流值日，诸参政亦轮流值日，小事由左右仆射与诸参政决断备案；大事召政事堂会议，若不能全堂画诺，亦由左右仆射决断，但若决策失误，左右仆射便当为此负责。若左右仆射之间亦有分歧不能决，或者参知政事之间意见纷争，则可由左右丞交皇上裁决。如此，左右仆射亦不敢逆多数参政之意见而轻率决策。"

吕惠卿略一思忖，笑道："如此甚好。"

石越又继续说道："何况无论大小事务，尚书省皆不直接草诏敕，大事由学士院草拟，小事由中书省舍人院草拟。翰林学士与中书舍人若以为不妥，可以拒绝拟诏。此外更有门下后省给事中，上可封还诏书，下可驳正百官章奏，诸诏敕无给事中画押，不得颁行，此唐制之善者也。给事中者，位卑而权重，由人主择清介出众之士任之。凡诏敕，给事中认为不合理者，说明理由封还之。执政再思，修改之后再至门下后省，给事中画诺则可。若否，则不得颁行。若一份诏书封还三次，则当付诸廷议。廷议许给事中，则执政当辞职；廷议许执政，则给事中当辞职。如此，臣等以为，朝廷之诏令，必然都是经过深思熟虑的决策……”

殿中诸人都知道给事中历来便有封驳之权。但石越提出三次封驳，便有一方要为此付出乌纱帽的代价，却是无形中加重了给事中的权威。众人自然不知道石越是因为看见后世的给事中，因为不要负责任，就滥用职权，所以想出此策来防患于未然，同时也迫使执政们正视给事中的权威。皇帝自然乐于看到臣子们互相制衡，且以宋代之皇权，赵顼也根本不介意给事中有权力封还他的诏书——皇帝被臣子扫面子的事情，实在太多了。

众大臣一面听着石越滔滔不绝地介绍着他的官制改革方案，便是连韩绛、冯京、吕惠卿、王珪，都知道皇帝是打定主意要采纳这个方案了。这其中的修改最多是细节性的。此时众人心中想的倒是自己究竟能分到哪个职位。与其纠缠于官制改革这种无“实际意义”的东西，倒不如花点心思去想想之后的实利。毫无疑问，除左右仆射之外，兵部尚书兼参知政事、吏部尚书兼参知政事，应当是最让人眼热的职位了。

而另一方面，枢密院系统的大臣们则个个都无动于衷，石越刻意回避了军事体系的改革，枢密院、三衙等原封不动的保留，武职系统也丝毫没有触动，这一点出乎很多人的意料。只有枢密使吴充与枢密副使王韶，心里才非常明白，军事体系的改革，是势在必行的。吴充突然想起来自内廷的小道消息，说他将出任兵部尚书兼参知政事，而将有一位中书的宰执对调过来担任枢密使。他嘴角不由抽搐了一下。后面石越说的什么，竟完全没有在意了。

这个世界上，不把禄位放在心上的人，毕竟是少数。

当天的讨论一直到未时的钟声响起才告结束。整个过程并没有激烈的辩论，但也没有最终的结论。因为所谓的官僚体系毕竟非常庞大，其中可以争议的地方实在太多了。

从文德殿出来后，蔡确觑见左右无人，快步走到王珪身后，低声道：“禹玉公请留步。”

王珪忙停下步来，笑道：“蔡中丞，有何指教？”

“禹玉公，有句话，不知当讲不当讲？”蔡确眼珠转动，微微笑道。

王珪见蔡确说得奇怪，他也是老于世故的人，不由笑道：“中丞有话但请直说。”

“今日之朝议，禹玉公应当明白圣意何在了。”

王珪笑道：“人君择善而从也是平常之事。学士院的方案好，便用学士院的，不仅在下，便是政事堂其他诸位，我也可以担保他们并不介意。”

“诸相公宰相之量，自当如此。”蔡确打着哈哈笑道，“不过……”

“中丞有话但请直讲。”

蔡确游目四顾，见无人在侧，压低声音道：“在下听到传闻，说圣上曾对韩维、石越说，若新官制推行，朝中大臣，陛下想要新旧参用。”

王珪一怔，道：“这亦是常事，比如石越，自然要趁着机会大用。只是不知他会做左右仆射还是吏部尚书兼参政，这也是别人争不来的。”王珪心里也有自己的小九九，他自知资历、根基不及韩绛，宠信才智比不上石越、吕惠卿，朝廷之中，谣言数日之前便已传出，韩绛、吕惠卿、冯京、吴充、石越这五人，免不得要分了左右仆射外加兵部、吏部尚书，以及一个枢密使的职位。他王珪的本分，应当是守着六部尚书中的一个职位了。

蔡确见王珪神色中并不担心，心中冷笑，脸上却笑道：“大参可知御史大夫一职，圣上有意由何人担任？”

“这……中丞说笑了吧？石越也说御史大夫不轻授，本朝亦没有先例。”

蔡确故意轻描淡写地笑道：“在下却听说并非如此，本朝有一人一直简在帝心，圣上在韩维与石越面前，曾指着御史大夫的官职，说御史大夫非此人不可。”

“啊？”王珪眉毛一挑，问道，“那是何人？”

蔡确压着嗓子，一字一顿地说道：“司马光。”

“司马君实？”王珪愕然道。

“正是。”

“司马君实不是曾经拒绝御史中丞的任命吗？这，这……御史大夫，或者谣传罢？”

蔡确听话知音，便知目的已经达到了一半，笑道：“此一时彼一时，如今介甫已罢相，新法大部分暂时中断，若说司马光回朝也不奇怪。说不定司马君实在洛阳待久了，正在后悔呢。”

王珪心中却已在计算起来——石越心里未必希望司马光回朝，只是石越虽然内里依然是用变法来博皇帝信任，但又焉知他不会向司马光、范纯仁辈卖弄人情？司马光若为御史大夫，他王珪固然要寝食难安，甚至相位堪危；但是他蔡持正只怕也要无处安身，便是吕吉甫也万万容不得司马光回朝中的……

蔡确瞅见王珪脸色阴晴不定，只是垂首踌躇，不免又有点儿心急——司马光做御史大夫，首当其冲的就是他蔡中丞，堂堂柏台首领，不仅从此要屈居人后，而且只怕司马光上任第一本就是弹劾自己。到时候别说御史中丞，便是要留在汴京这个花花世界也不可得。但他心中虽急，却要外示平静，笑道："禹玉公，你可知要阻司马光入朝，最好的办法是什么？"

王珪虽知蔡确必然有所主张，天塌下来有高个子顶着，但事关自己的富贵前途，却也不能不关心，连忙问道："持正有何良策？"语气间又变得亲热了几分。

蔡确笑道："皇上早有意要收复灵武，这次官制改革，凡是涉及武事的官职，都暂原样保留，禹玉公可知其中玄虚？"

王珪思忖了一会儿，道："兵者大事也，或是为了慎重。"

"这么说，禹玉公也不认为皇上会不整顿武事，石越、韩维会不改革武官了？"

"那是自然，兵制是迟早会动的。依某看，也许是皇上现在没有得力的枢密使人选，所以才不急于改革兵制。"

蔡确从容道："禹玉公既然知道这个道理，何不送给石、韩一个人情，也替皇上分忧？我可听说最近石越的家人几次来往于太原……"

"太原？"王珪不由一怔，半晌，才失声笑道，"持正果然智珠在握，如此简单的方法，我居然没有想到。"

石府，石越书房。

"公子又把司马君实搬出来，是一手妙棋，但也是一着险棋。"潘照临听石越说到皇帝有意司马光，石越在旁边大加撺掇之时，不由笑道。

石越轻轻啜了口茶，笑道："司马君实也是个固执的人，兼之声望太隆，若他入朝，牵制实多，皇上未必没有借他来保持朝中平衡之意，但是现在却不会太着急，中书门下本来就四分五裂，各有主意，皇上又用我和持国等人借学士院推行政策……"

潘照临轻轻摇头，道："今上登基八年有余，朝野之事，已大有进步。他数度遣使问王介甫平安，又加赐王安上官爵，为的便是防着中书门下的相公们有朝一日得意忘形，便可一道诏旨往金陵诏回王介甫，这么着中书门下就没有谁能真正弄权。留下司马君实在洛阳，从今年正旦开始，不过几个月时间，已有两次遣使赏赐，一次是赐龙凤团茶，一次是赐座钟与笔墨，还不是怕有一日新党坐大，就可以召回司马光，从中制衡。王安石与司马光，始终是两个大伏笔。"他顿了顿，又继续抽丝剥茧地分析道："但皇上突然要召回司马光，揣其原因，或是今上毕竟年轻，还是沉不住气，或是他现在就觉得朝中力量的均势已被打破。中书四相，没有两个人是同心的，枢密使、三司使、御史中丞亦无强援，唯一略显齐心的，只有学士院……"

说到此处，石越不由望了潘照临一眼，心中一震。"我在朝中并无根基可言，若说现在就来防我……"

潘照临沉声道："若是改官制后，皇上有意让公子做到吏部尚书兼参政，甚至是左右仆射，而韩维、冯京隐隐与公子一体，翰林院元绛、张璪，甚至连蔡确也有倒向公子的意思，皇上这时候想要召回司马君实，也未必不合情理。"

"这……"

"我想这着棋，或是庆寿宫那位老太太下的也不一定。"潘照临苦笑道。

石越不想自己搬起石头砸了自己的脚，他本以为皇帝并没有什么强烈的意愿要召回司马光，所以一点也不反对皇帝将司马光推出来，吸引那些争权夺利者的目光，顺便也卖给旧党一个人情，如此来分担自己将要遇到的阻力——这本是"暗度陈仓"之计。但若司马光真的来做宋朝的第一个正儿八经的"御史大夫"，位列三公，掌握着监督百官之权，又兼着司马光巨大的名望，从此真不知道会有多少掣肘了。

"真要和司马光打交道了吗？"石越不禁喃喃道。

"司马光最终会不会入朝，取决于皇上的态度——王安石不在，没有几个大臣敢直接反对这项任命，旧党势力犹在，司马君实声望又这么高。但公子可以将官制改革，特别是兵制改革的大局尽早定下来，若朝廷做出一副有意整兵经武的样子，司马光愿不愿意复出，还是未知之数。"

"不错。"石越击掌笑道，"司马光一向反对朝廷用兵，若与皇上政见不合，未必会复出。新官职任命之时，我会向皇上力拒左右仆射或者吏部尚书之职。"

"不做左右仆射或者还好，但不做吏部尚书……"

石越笑吟吟站起身来，走到书案前，提笔蘸墨，写下几个字来，递给潘照临，笑道："我就求皇上让我做这个官吧。"

潘照临凝视半晌，拊掌笑道："极妙！"

二人计议方定，便听到唐康在门外低声说道："大哥，有太原的书信与陈桥镇传书。"

"快送进来吧。"

唐康推开门走了进来，朝二人欠欠身，一面从袖中取出一封书信并一个密封的小铜筒，递给石越。石越先拿起小铜筒，见上面有数道火漆印，他检视正常后，方剔开火漆，从筒中取出一个小纸卷，打开看时，却见上面写着莫名其妙的字体，便递给潘照临，问道："潜光兄，这又是什么字？"

潘照临接过来看了一眼，笑道："这是西夏字和契丹小字糅合在一起的密语，这是析津传来的消息，第一站传到大名府，在大名府再换鸽子，传到陈桥镇，陈桥镇飞马报到京师。这还是第一次由析津正式传来的消息——说纯父准备去契丹中京探听虚实。"

唐康听到"契丹中京"四个字，脸上不由露出羡慕的神态，笑道："什么时候我也能去去便好。”

石越望了唐康一眼，淡淡道：“你和潘先生学好这些密语，平素好好学兵法、武艺，将来未必没有机会做个儒将。有朝一日，统十万之旅，观兵中京，才是好男儿。”

唐康忙敛容答道：“我记得了。”

石越点点头，这才拆开郭逵的书信，只见上面用刚劲的字体写道：“某启。孟春犹寒，伏惟学士阁下动止万福。前急足自府还，伏蒙赐书为报，因得备问起居之节、进退之宜，私心喜甚，何可甚道……”

石越看完，顺手递给潘照临，笑道：“是平常书信，郭公殷勤致意矣。”

牡丹花开时节。

西都洛阳的大街小巷人来人往。

与富弼府第的张扬相反，司马光的府邸，藏在洛阳巷陌深处，若非陈襄事先知道，绝难寻到。作为皇帝身边重要的史官，起居注修撰者，陈襄对司马光府有一种别样的感情——《资治通鉴》书局便在司马光府中。他把马车停在司马光府外几十步的地方，仔细打量着这个不起眼的巷子。离司马光府约五百步的地方，有一座外表极其简陋的宅院，宅院的大门横匾上，不起眼的题着“西京评论”四个魏碑大字——这里便是闻名天下的《西京评论》报馆所在地。这座宅子里面，不仅有数以十计的房间、会客厅，还有一个藏书数万卷的藏书楼，以及一个占地十余亩的大花园。每当报纸定稿之后，便有快马从这里将报纸清稿分送洛水边上三个印书坊，连夜排版，第二日上午，便能把刚刚印好的报纸，发送到各个卖报人、书坊。据陈襄所知，三大报中，《皇宋新义报》是一日一刊，除正旦、五月初一、冬至三天外，从不间断；《汴京新闻》是每月二十九刊，月末休息一日——有时候甚至连月末也照常刊印；《西京评论》则是一月三休，逢初十、二十及月底便休刊。除三大报之外，似《谏闻报》及其他新创办的小报，则往往是三日一刊甚至五日一刊。

已经五十八岁的陈襄，身体依然康健，他一面打量着入眼的景物，一面朝司马光府上走去。“这个司马君实，自从贬退洛阳之后，一直闭口不谈朝政，只是专心编撰《资治通鉴》……”陈襄想起自己身负的使命，以及关于司马光的种种传言，目光不由自主地又瞥了一眼五百步外《西京评论》报馆——《西京评论》的现任主编范祖禹同时也是《资治通鉴》书局重要成员，司马光的主要助手；而《西京评论》最重要的核心成员，除了有嵩阳书院的师生、洛阳名宿之外，还有一个人，便是司马光之子司马康；同样，负责《西京评论》的销售发行等事宜的，传说便是富弼之子富绍庭……

“司马君实真的不关心朝政吗？”陈襄无论如何也不会相信这种说法。思量间，陈襄已经走到了司马光府前。

早有仆人看见陈襄，连忙迎上前来请安迎接。陈襄问道："你家司马学士[1]在家吗？烦劳通传一声，便说故人陈述古求见。"说罢从袖中掏出一个名帖递给仆人。

那仆人却不接他的名帖，只问道："陈先生可是从京师来吗？"

"正是。"

那仆人顿时满脸堆笑，欠身道："我家学士等待多时了。陈先生，便请进吧。"一面说一面引着陈襄往屋中走去。

陈襄奇道："你家学士知道我要来？"

"前几日，有个智缘大师来过，小的正在旁边侍候，他说不多日陈先生要来，我家学士便嘱咐小的，若有从京师来的陈先生，便可直接请进去，万不敢让您等候。那个智缘大师不愧是得道高僧，果真能掐会算……"仆人说起此事，不由叹服不已。

"智缘？"陈襄怔了一下，大相国寺方丈智缘大师颇有名气，是王安石的方外密友，如何会来拜会甚少和释道交游的司马光了？而且还能料到自己的到来？正在猜疑间，忽听到一人唤道："古灵公[2]，小侄有礼了。"

陈襄抬眼便见司马光之子司马康正给自己行礼，连忙搀起，笑道："贤侄不必多礼。令尊可在？"

司马康笑道："家父正在书房，不知古灵公远来，请往客厅奉茶，容小侄去通报一声。"

陈襄上下打量着司马康，见他手中拿着黑黑白白的一根根小棒，不由笑道："贤侄莫急，你手中拿的却是什么物事？"

司马康忙笑道："这是嵩阳书院格物院一个学生发明的玩意，黑色的叫炭笔，白色的叫石笔。"

"这是笔？"

"正是。"司马康笑道，"这炭笔倒也寻常，这石笔却是将石膏加热至一定程度之后，再将热石膏加水搅拌成糊状，灌入模型凝固而成，甚是巧妙。用这种石笔，再配上黑色的木板，写完可以擦去，擦掉可以重写。于书院讲课，颇为便当。"

"哦？"陈襄将信将疑地接过一支"石笔"，端详一会儿，赞道，"若能如此，果然便当。"

司马康笑道："我已问过家父与那个学生，便要将此物的制作方法公布于《西京评论》与《嵩阳学刊》之上，使它可以造福天下。"

[1] 司马光时为资政殿学士。

[2] 陈襄，号古灵先生。

陈襄连连赞叹，夸道：“君子重义轻利，原当如此。”

司马康一笑，谦逊几句，将陈襄请进客厅。陈襄见客厅中陈设精雅，诸物尽皆一丝不苟，心里暗暗点头。司马康待陈襄坐了，亲手从仆人手中接过茶来奉上，这才转身对仆人说道：“快去知会老爷，便说京师古灵先生光临。”仆人应声退出门外。司马康又站在陈襄下首，笑道：“听说最近京师伯淳先生与正叔先生各出了一部新书，伯淳先生说天理自在宇宙洪荒之间，若要明天理，非得穷究万物之理，得其本原真相，而格物之道，虽得不少体悟，却还得从实物中去寻；正叔先生则说天理本在人心之中，格物之道，是穷致其理，凡物之理，精妙无穷处，需得从人心中去寻。昔日二程先生在洛，愚侄也曾听过教诲，似乎主张相近，不料数年之后，竟有殊途之虑。古灵公是饱学名儒，却不知公以为二程之说孰是孰非？”

陈襄不料司马康张口便问起学问上的分歧，而且是近来在儒林惹得纷纷扰扰的二程兄弟分途之事，不由笑道：“殊途无妨，若能体悟天道与圣人的仁心，从实物中寻也罢，从人心中寻也罢，只要能寻到，便是正道。依老朽之见，程伯淳颇受石子明所倡之逻辑学影响，凡事皆欲寻其道理是如何来，却不知道道理之得，有时候便是羚羊挂角，无迹可寻的；而程正叔则太重体悟，虽然也常说吾日三省吾身，却怕有一日落入玄想之中。”

“述古兄见识不凡。”一个沉稳的声音从门外传来。陈襄知是司马光到了，忙站起身来迎接。司马光笑着走进厅中，与陈襄对揖一礼，寒暄数语，再次分宾主坐了，道：“方才说到二程。述古兄可知二程之分途，原因究竟何在？”

陈襄微微一笑，道：“无非是石子明。”

司马光摇摇头，徐徐说道：“从表面上看来，自然是石子明。但究其实，则无非是内圣与外王孰轻孰重的分歧。二程之说本来是欲从内圣中求外王之道，从人心中求天理，桑长卿在《白水潭学刊》中著文说，这种主张之实际就是要让士大夫皆成圣贤，再来感化贩夫走卒，皆成圣贤，若其有一样不能成圣贤，那么由内圣而求外王，终不可得，这却是见识敏锐之语。而自石子明大张杂学、重《论语》以来，其赤帜却是直接由外王而外王，他将一切过往视为奇技淫巧之事，都用一个‘仁’字包了，他说那些奢侈之物卖给有钱人，国家从中多征一分税，则可以让百姓少出一分税；他说商人若能使一个地方物价平稳，则商人之仁与圣人之仁无异……如此等等，则石子明竟不止是想由外王而外王，竟是想由外王之术，而入内圣之道。白水潭有学子鼓吹：时时有坏心，却不得不做好事，要好过时时存着善心，却全然不做好事；吃斋念佛诵经一世，不若耕田一岁功德大……”

陈襄仔细揣摩着司马光的话语，他知道司马光与自己其实差不多，是两汉以来经生的门徒，他们相信从五经之中，能找到经世济用的方法，能找到致天下太平的方法。因此他们的本质上，相信外王之道更甚于相信内圣之道，虽然他们也认为外王内圣才是最理想的人生。从司马光的这番话中，陈襄努力想读出一丝褒贬来，却终是一无所获。

“那君实是以为程伯淳这是回归外王之道了？”陈襄试探着问道。

司马光点点头：“程伯淳是有志于事功的人，他是白水潭学院的首领之一，日日受到石学影响，若还一成不变，那便是咄咄怪事。”

“那君实以为这是好是坏？”陈襄决定单刀直入。

司马光沉吟一会儿，方道：“学风归于朴实，自然也是好事。由杂学而入经学，未必不能找到一条新路——程伯淳的转变，无论如何，我以为都是一桩大事。但石子明之学说，过分相信外王便可以治天下，甚至以为外王可以及于内圣，未必没有隐忧。只是这是百年之后的事情，以光之才，不能预料。”

陈襄不由笑道：“如今天下之学，十分之七，都归于外王了。除石学外，王介甫之新学，虽宗《周礼》，实际却是公羊家之遗意，不脱于外王之学，若真有隐忧，那程正叔的学说，未必没有他存在的道理。也许百年后纠正浮弊，便要靠程正叔了。可见世间之上，有阴必得有阳，有阳必得有阴。”

司马光听陈襄言辞当中，意味深长，竟似别有他意，不由一怔，想起受王安石嘱托来见自己的智缘说的话来：“学士与相公，虽都不在朝中，却无一日不在皇上心中。相公的宰相做得与常人不同，怨谤虽多，威信亦大，不到万不得已，皇上不会再下旨往江宁，但给学士的诏旨，依小僧看，迟则一年，快则半年，必然下来。相公之意，是盼着学士莫要推辞，朝中那位学士，志向本事皆是难得，但少年得志，或有孟浪处，上上下下，多有不放心的、忌恨的，若有学士在朝中，则朝野都能安得住心，便于那个学士也是有好处的……又有一事，学士的风骨，九重之内也知道的，诏旨断不会轻易下，毕竟会有一个人先来——依小僧看，或者便是陈述古……”

陈襄自是不知道司马光在想什么，见司马光默不作声，又继续说道：“我在京师曾听说——太皇太后言道：当今朝廷，甚少老成之人，若老成之士，外臣中自以司马君实为楷模。最近朝中改官制，皇上也说想要新旧参用，圣上手指御史大夫一职说，此非司马光不可。石子明亦深以为然，听说他向皇上进言，道司马君实志虑忠纯，若为御史大夫，朝中可无邪党……”他一面说，一面偷偷看司马光的脸色。司马光却只是淡淡一笑，反问道：“述古兄此来，是奉了圣意呢？还是私下来拜访。”

陈襄笑道：“我却是奉了圣意私下来拜访。”

司马光微微颔首，道：“那么，只怕述古兄回朝之后，便没有这道旨意了也未可知。”

陈襄愕然道：“这怎可能？”

“岂不知世事难料？”

“那若还有这道旨意呢？”

“为人臣子的，又岂能不想报效朝廷？”司马光淡淡地答道。

2

“殿下。”萧佑丹轻声唤道。

耶律濬今夜穿着契丹番服，紫窄袍、水晶饰带，紫皂幅巾，腰中别着一把弯刀。他轻轻梳理着爱马的毛皮，一面问道：“佑丹，有事吗？”

“殿下真的决定大事改革？”

“时不我待。”

“但耶律乙辛始终是心腹之患。”萧佑丹皱眉道。

“找个机会除掉他便是。”耶律濬不以为意地说道，“朝中不少大臣，也是支持我的。”

“只怕那是镜中花，水中月。面对皇上数十年的积威，还有数十万皮室军，这些支持都只是虚影罢了。”萧佑丹不客气地说道。

耶律濬停下了动作，转过身来盯着萧佑丹，半晌，深吁了一口气，问道：“难道要我什么也不做？”

萧佑丹放缓语气，温声劝道：“殿下的动作太快了。你三天之内罢免任命了一百三十名官员！现在朝廷中，群小怨谤载道。”

耶律濬“哼”了一声，没有回答。

“你又下令允许民间印刷书籍，开办学校，请求皇上让契丹人参加科举考试——这些事情，皇上能高兴吗？皇上一向以为本朝是以武立国的。”

“契丹人实际已经在读书，我不过是承认事实罢了。何况文武不可偏废，科举可以给契丹人进身之道，培育契丹的人才，有何不可？父皇会答应的。”

萧佑丹苦笑道：“这些倒也罢了，可是你减免了中京、上京道今年一半的赋税，又请求减免南京道、西京道三成赋税，这皇上能答应吗？你要让一半的乡丁归乡，要检视皮室军的数目，要求对叛乱部落剿抚并用，这皇上能答应吗？”

“我知道肯定没这么容易答应，但我必须试一试！”耶律濬压着嗓子道，“契丹人是立国的根本，现在契丹人都民不聊生——我必须让契丹人有时间去放牧、去打猎、去耕田，让他们的牛羊繁殖，让女人生孩子，只有如此，我大辽的根基才会稳固！我还要让汉人和那些蛮夷部落不至于心生怨恨，要让他们对大辽既敬且畏，这样大辽才会强大！”

萧佑丹沉默良久，低声道：“殿下不能太心急。万一皇上翻脸……”

耶律濬游目四顾，见并无他人，沉吟了一下，忽低声道：“萧素扈从圣驾，萧忽古深得宠信，二人皆已向我效忠。”

萧佑丹心中不由凛然，萧素倒也罢了，萧忽古何时向耶律濬效忠，他竟全不知情，这个太子殿下的本事，看来比他想象得更加了得。

“萧忽古之父本是我外公旧部，我外公在世，颇为照料……”耶律濬低声解释了一句，又继续说道，“现在若有可虑者，便是耶律乙辛那厮为中京留守，中京的兵权，我不及他。且那些将领我又动不得。只需找个借口除去此贼，皇上仅我一子，万事不足虑。”

萧佑丹思忖良久，沉声道：“既然如此，干脆求一刺客，杀耶律乙辛于市中。”

“就怕事情暴露，反为不美。”耶律濬摇摇头。

萧佑丹微微叹了口气，不再多说，转过话题道：“若论厘清朝政诸事，本朝之法，虽不可照学南朝。但南朝事多有可取处，马林水与臣几次交谈，臣以为确是个人才，殿下可以常常咨询他。”

耶律濬望着夜空，轻声叹道：“毕竟不知道此人底细，若用起来，还要慎重。上次之事，我想来也有一点后悔，似乎有些轻易了。”

辽国犊山。辽帝耶律洪基行宫。

耶律洪基穿着一身宽大的红袍，手握金樽，开怀畅饮。不久前赐姓耶律的北府宰相张孝杰与北面林牙耶律燕哥坐在下首陪饮。侍卫萧忽古与萧十三侍立两旁。几个侍从官员则趴在下首掷骰子，凡胜者得锦缎一匹，负者杖责一十，因此不时有人被拉下去打屁股，哇哇的叫声从帐外远远传来，引得耶律洪基哈哈大笑。

耶律燕哥见耶律洪基心情甚是欢畅，连忙凑着兴笑道：“陛下，下臣最近得了几件宝物，不知陛下可否替臣下鉴赏一下。”

“哦？”耶律洪基醉眼迷蒙地笑道，“是何宝物，快呈上来，让朕一观。”

“是。”耶律燕哥谄笑着退出帐外，朝自己的家奴做了个手势，家奴连忙递过一个镶金盘子。耶律燕哥双手接过，小心地吹了吹，双手捧着走进帐中，轻轻放在耶律洪基的案上。

耶律洪基掀开盖着的红绸，笑道：“这又是什么物事？”话音未落，眼睛却已直了——放在盘中的，是一套黑色犀牛皮甲，皮甲上缀着一般大小数百颗东珠，光芒夺目，晃得整个金帐之内都觉耀眼。在犀甲之旁，是一柄精铁小刀，单是看到刀柄，便已知价值万金——那是用极其名贵的白犀角刻成的刀柄！

耶律燕哥笑道："陛下，白色犀角，便在天竺也是甚稀罕之物，传说只有独角兽之王，方能有之。普天之下，也只有陛下配得上此物。"

耶律洪基哈哈大笑，拿着小刀，拔刀出鞘，在空中比画几下，斜着眼望了耶律燕哥一眼，笑道："说吧，燕哥你送这么名贵的宝物给朕，想要朕赐你什么？"

耶律燕哥谄笑道："陛下说笑了。陛下富有四海，做臣子的只愿陛下万寿无疆，哪里还用得着别的什么？这些东西，其实是魏王耶律乙辛所贡，魏王说这些东西非人臣所应当有，只有陛下才配得上，因此特意托臣贡上。"

"好、好！"耶律洪基笑道，"难得他有这份心思。"

耶律孝杰趁机道："魏王对陛下的忠心路人皆知。当年重元作乱[1]，魏王披甲执刃与逆贼格斗，已可证其忠节。这次罢为中京留守，魏王亦毫无怨言，只说恨为小人构隙，使君臣有间。魏王起于贫贱，富贵全赖陛下赐予，又何曾敢有二心？"

"孝杰说得有理。"耶律洪基叹道，"乙辛的忠心，朕是知道的。明日便让他复任北枢密使罢。叫他暂时留在中京，好好辅佐太子。"

"陛下圣明。"耶律孝杰与耶律燕哥顿时喜笑颜开，齐声拜贺。萧忽古恶狠狠地瞪了对面笑眯眯的萧十三一眼，悄悄退出帐外。

萧忽古出来后，围着金帐巡视一圈，见左右无人，纵身闪入一个帐篷中。帐中两个侍卫正在喝酒，见有人闯进来，吓了一跳，慌忙抢过坑上的兵刃戒备。萧忽古皱皱眉，大步走了过去，笑道："阿萨、刺葛，有酒没？"

二人这才看清楚是萧忽古，连忙放下兵刃，笑道："原来是萧将军，正有几袋美酒。"

萧忽古走到近前，借抓起一袋酒的时机，低声道："皇上要让魏王复职，留守中京辅佐太子。"说完便喝了两口酒，高声笑道："果然好酒，可惜还要值日，我先走了。"

阿萨与刺葛会意地点点头，一起将萧忽古送出帐外，躬身道："送萧将军。"

萧忽古出得帐来，正待返回金帐，忽地瞥见帐角微微抖动，再望夜空，却无一丝风意，他心中一动，朝阿萨、刺葛努努嘴，二人立时会意，忽地往两面窜出，直抄帐后。二人方动，便见一个身影从帐后逃出，萧忽古冷冷望了身影一眼，忽然拔出兵刃，大吼一声，掷向黑影。但听"噗"的一声，黑影倒在地上。萧忽古快步上前，翻过黑影的身体，见他一息尚存，连忙弯了腰，厉声问道："是谁派你来的？"

那人却瞪着萧忽古，并不答话。萧忽古正待再问，便听阿萨在身后低声道："萧

[1] 耶律重元之乱，发生在辽国清宁九年秋七月，宋仁宗嘉祐八年。当时耶律洪基在太子山，皇太叔重元与儿子楚王等人作乱，犯行宫。当时耶律乙辛为赵王，与叛军战有力。后因功晋魏王。

将军，有人来了。”萧忽古脸一沉，抓起刀柄，猛地拔出，反手一刀，便把此人的头砍了下来。也不管血溅得满身都是，一手持刀，一手提着头颅，大步往金帐走去。阿萨与刺葛连忙紧紧跟在他身后，一道往金帐而去，任由那些闻声而来的侍卫去处理尸体。

守在金帐的萧十三见萧忽古如此模样走近，心中一惊，正要拦他，却见他手中人头形状，不由惊唤道：“这是蒲哥！”

萧忽古一怔，问道：“你认得此人？”

“他也是护卫，最近方调进来的。”

“原来如此。”萧忽古点点头，冷冷道，“他在金帐后觑视，我到阿萨、刺葛帐中讨酒喝，正好看见，追他不住，被我掷刀砍了。”

萧十三愕然道：“他怎会做出如此行径？”

萧忽古双目瞪圆，悖然作色，厉声道：“怎么？你以为我撒谎？”

萧十三知道萧忽古勇猛过人，怒则杀人，心中先怯了，哪敢再和他争辩，连忙放下脸来，笑道：“谁不知阿斯怜是我们契丹人中的英雄？小弟绝无此意，绝无此意。”阿斯怜是萧忽古的契丹小名。

萧忽古脸色稍霁，将刀和头颅递给阿萨，进帐禀报。

耶律洪基正在喝得开心，见萧忽古满身是血走了进来，心中一惊，以为哪里造反了，顿时连酒也醒了几分，坐稳身子，厉声问道：“阿斯怜，怎么回事？”萧忽古躬身禀道：“护卫蒲哥觑探金帐，意图不轨，被臣给杀了。”

耶律洪基听说不过是一个侍卫不轨，立时放下心来，笑道：“这等小事，杀了便杀了。”

“陛下，臣以为但凡谋反行刺，必有同谋……”

耶律洪基摆摆手，不以为然地笑道：“区区一个护卫又怎敢来行刺朕？无非是来刺探点隐秘罢了。杀了便是，不必深究。朝中有多少人想知道朕说了什么，是怎么想的？朕可杀不完。”说罢，有意无意望了耶律孝杰、耶律燕哥一眼。

萧忽古心中一凛，这才意识到，这个皇帝虽然纵情酒色渔猎，不太把百姓朝政当回事，却是个不折不扣的聪明人。他不敢再说，连忙答道：“遵旨。”

耶律洪基笑着倒了一杯酒，放到案上，笑道：“阿斯怜，你忠心耿耿，便赐你御酒一杯。这个金樽，也赏了你罢。”

“谢陛下。”萧忽古大步上前，接过酒来，一饮而尽，将金樽揣在怀中，退出帐来。一阵夜风刚好袭过，他竟不禁打了个冷战。他的父亲，本来是太子耶律濬的亲外公枢密使萧惠的旧部，当年辽帝亲征元昊，他父亲触犯军法，是萧惠念在他是随自己征回鹘阿萨兰的旧部的情分上救下。其后萧忽古跟随招讨使耶律赵三，因为勇猛过人而名闻三军，耶律赵三将爱女嫁给他，皇帝又手诏擢为护卫，宠信无比——当时萧忽古绝对想不到，自己会如此之深地卷入到宫廷的政治斗争中。但无论如何，自己的岳父耶律赵三已向皇太子效忠，自己的父亲又受萧惠之恩，兼之自己几年的护卫生涯中，随眼可见皇帝的昏庸、太子的贤明——最重要的是，萧忽古认为，帮助太子，不等于背叛皇帝，而是对皇帝的另一种忠心。因此萧忽古在岳父的劝说下，很自然地在皇太子与魏王中，选择了皇太子。

但今天晚上，萧忽古突然觉得，自己的皇帝，也许并不是那么好糊弄的！

3

江宁。

小舟泊在岸边，一个渔夫端坐垂钓。一个壮实的和尚骑着黑驴慢慢走近，到离渔夫垂钓处数十步远的地方，便下得驴来，轻轻走近，也不作声，只盘腿坐在地上，嘴唇微动，双手不停地拨动着佛珠。那渔夫钓得一阵，也不见浮标动静，心中似乎极烦闷，“啪”的一声，提起线来，往另一处甩去。那和尚见到此景，不由微微一笑，高宣佛号，笑道：“阿弥陀佛，相公怎么还是这般沉不住气？”

渔夫听到后面有人说话，似乎唬了一跳，放下竿子，转过身来——见着和尚，立时面露喜色，笑道：“智缘大师，你终于回来了。”

“贫僧回来了，却不知相公回来未？”智缘笑道，他面前的渔夫，正是大宋的前任宰相王安石。

王安石摇摇头，叹了口气，道：“我却是回不来了。”

“不忙，终有回来一日。”智缘笑道，又问，“公子病情可有好转？”

王安石苦笑道：“时重时轻，终日目视南方，却不知有何心事。”

“贵人自有天佑，相公亦不必太忧心。”

“我就怕这孩子自小太聪明，易遭天妒。”

“贫僧却怕公子是胸襟未广之故。”

王安石摇摇头，默然良久，方问道：“大师，此行顺利否？”

智缘淡然道：“略尽人事而已。相公忠君之心，也可报得了。”

“或是我多虑。”王安石苦笑道，“退出朝中，许多事情，反倒看得清楚。石子明之才，若用之于正道，自是朝廷之福；若万一有莽操之心，他三十便已得志，此后若数十年执政，真不可料。”

“贫僧此去京师，特意见过王子纯。子纯说，石越在游说他，似有意整军经武，贫僧看石子明之规模气度，不在相公之下。他由改革官制入手，颇见高明。如此之人，不用则可惜，不防则可惧。”

王安石听说石越拉拢王韶，倒也不是太意外，道：“军制是本朝忌讳，我创议将兵法已是困难重重，他石子明又有何良策？”

智缘低宣佛号，缓缓说道：“其中具体之策，便是枢密使吴充，亦不得与闻。所知者无非皇上、石越、韩维数人而已。现下所知的，不过是练兵之法，恕贫僧直言，此法已不在相公将兵法之下。”说罢便将当日石越所说练兵之法复述了一遍，且说了王韶拒绝之意。

王安石静静听完，沉思一会儿，笑道：“石子明之意，不止于此。”

智缘微笑点头：“相公也看出来了。石子明用讲武学堂与教导军，一面是整编军队，培训将校，训练士卒；一面也是要趁机裁汰冗兵！贫僧之见，他是想先把禁军中的冗兵裁汰到厢军，待到禁军事了，再来整顿厢军，步步为营，不动声色解决困扰本朝数十年的大弊政。自古以来，人心只要有退步，就不会铤而走险。禁军裁到厢军，军吏虽然薪俸减少，待遇变差，却也是技不如人，且毕竟还有薪俸可拿，每个指挥中被淘汰的又是少数，纵有怨言，也闹不出事来——只是不知石子明究竟想把禁军控制在何种规模，若是裁的人太多，终究还需要别的手段。”

王安石沉吟道：“只要皇上有决心，有耐心，这样裁军，总能成功。我所担心的，却是讲武学堂的山长与教导军的指挥使由谁来担任？此人若威信太高，皇上断不能放心；若威信不高，又如何服众？石子明迟迟不肯下决心推行，定然是在犹疑这个人选。”

智缘怔道：“相公是说石子明找子纯，是想让他做讲武学堂的山长？”

“也许吧。”王安石收拾起钓具，轻叹口气，不再说这个话题，笑问道，“君实那边又如何？”

“司马君实不是出世之人，但他与石越毕竟不同，会不会回京师，也很难说。”

“哦？”

智缘笑道：“方今天下，除去那些顽固无识之人，真能有主张的，不过三人而已。相公主张的是富国强兵，司马君实主张的是富国安民，至于石子明，却似乎是什么都想做，也有司马君实的富国安民，也有相公的富国强兵。相公说开源，司马君实说不能开源、只能节流；而石子明却似是说，既要开源，又要节流。司马君实能不能与他共处，贫僧也料不到。”

这番话说得王安石也笑了：“那便且听石越去做吧，我们回去手谈一局如何？”

智缘一面接过王安石的钓具，绑在驴背上，笑道：“甚好，贫僧正好手痒。”

二人相顾大笑，离了江边，向城中走去。才走近城外官道边，便听到一个背着书篓的人大声唤道："《海事商报》，第一份《海事商报》，杭州最近创刊，江南十八家大商号联合发行，有海外奇闻，有各地商情——江东第一报，不可不看。"

王安石饶有兴趣地停下脚步，与智缘对望一眼，叫过卖报人，笑道："报家，这又是什么报纸？"

那卖报人连忙应了一声，笑道："哎、这位官人，这《海事商报》是江南十八家大商号合伙创刊，前天才在杭州发行的，快马送到江宁府，您看这报纸，厚厚一叠，不过五文钱。这也是咱们江南第一份报纸……"

王安石瞅了一眼，果然是厚厚一叠，不由奇道："这岂不要亏本吗？"

卖报人笑道："人家有的是钱，旁人也管不着。官人要不要来一份？有京师十天前的物价，是急足快马昼夜兼程从京师将物价抄送到杭州的，还有海外日本国、高丽国的奇闻。这儿，有扬州、杭州物产价格——若要做个营生什么的，这《海事商报》最有用。"

智缘和尚拿起一张报纸，读得几句，忽然扑哧一笑，笑着读道："《李家纺织机最好》《买船出海，当到唐家船坊》……"

王安石接过来看了一眼，也笑道："这便是所谓的'广告'了。难怪厚厚一叠，竟全是广告，果然是'商报'。"一面掏出五文钱，递给卖报人。

《海事商报》其实也并非只是些商业信息，其中也有皮公弼的奏章，讲的是交子之法与铸钱之事；还有一篇《高丽游记》，不过内容却不敢恭维，无非是一个落泊子如何去高丽经商，复兴家业，且博得美人归的粗俗故事……

王安石一面看一面笑道："这份报纸还好是在江南发行，若在江北，定然为千夫所指，被人骂成败坏世道人心的罪魁祸首。"

智缘却似没有听到王安石的话，出神地望着报纸，忽然道："相公，你说这份报纸真的是商家自发创办的？"

王安石怔道："大师何出此言？"

"相公，你看这个——这是给技术学校招收学员的广告，这是招老师的广告……"

王安石看了一眼，不以为然地说道："这不过是平常之事，大师何必大惊小怪？"

"相公，我所惊怪的，不是这两则广告，而是这几篇报道。这一篇是为朝廷的兴学校唱颂歌的；这一篇是讲江南这些商号如何和朝廷合作创办学校的；再看这一篇对新成立的'江南联合技术学校'的介绍，那些学生在此，甚至可以学到座钟制造技术——其中还有几个科目，竟是与军器监合作的，学生毕业后将往军器监各作坊做事……"

王安石连忙细细读下去，果然便如智缘所说，他思忖一会儿，似自言自语地问道："唐家为何愿意放出座钟制造的技术？为何会扯上军器监？"

智缘笑道："只有一个解释。"

王安石哂然叹道："的确，也只有一个解释。"

"石越在杭州两年治绩，很博得商人好感。如今杭州蔚然成为江东大镇，夷商往往宁可多历风浪，也愿意在杭州靠岸，市舶务的岁入更成为主要财政收入。石越是唐家的保护人，也是众所周知的——贫僧以为，这《海事商报》是与石越进行呼应的，石越推行的第一项政策，三大报虽都是正面评价，但如《汴京新闻》，总是少不了左一个建议，右一个建议，若千里之外，能得到来自'民间'的认可与全力支持，无疑会增加石越的威信。这样，在改官制后，只要石越愿意，他也能够有更多的理由占据一个更高的位置……"

王安石正要答话，忽然背后一个声音笑道："大师说的，只怕却是错了。"

二人齐齐吃了一惊，转过身来望去，却见一个二三十岁的男子，站在身后七八步远的地方，笑吟吟地望着二人。王安石倒也罢了，智缘却是文武兼修的和尚，听觉一向敏锐，有人站在自己身后如此之近，他居然不知，这一惊却是非同小可。

那人见到王安石，立时拜倒，爽声道："晚辈程栩，拜见王相公。"

王安石诧怪道："你是何人？怎么认得我？"

程栩笑道："晚辈是孙少述先生的弟子，西湖学院延请孙先生往学院讲学，故一向在杭州读书，是以相公不识。"他口中的孙少述，名叫孙侔，当年与王安石、曾巩交好，名倾一时。年轻时也求过功名，不料累举不第，后来母亲死后，自誓终身不仕，隐居在江、淮间，名声极大。王安石却没有想到他被请进了西湖学院，听说程栩是孙侔的学生，不免笑道："令师一向可好？"

"家师身体甚好。因晚辈家在金陵，此次回乡探亲，家师记念相公，特托晚辈带书信问候相公万福。本欲亲自送往尊府，却不料在此处邂逅。"程栩一面说一面递过一封信来。王安石接过来草草看了，却无非是问候平安之意。

智缘打量程栩一眼，道："施主如何认得这便是王相公？"

程栩笑道："晚辈岂止知道王相公，还知道大士是大相国寺方丈智缘大师。"他生性敏悟，自幼兼习文武，机缘凑巧听到王安石与智缘的对话，兼之平素也听说过二人的事迹，又岂能猜不出来？这时候却不过是故弄玄虚而已。

王安石于小节处却不甚注意，伸手扶起程栩，笑道："想是尊师和你说过我的相貌，也不足为奇。贤侄说家在金陵，敢问令尊是？"

程栩忙欠身答道："晚辈草字近谦，排列第三，相公唤晚辈三郎便是。家父名讳程望，本是庆历间进士，现已致仕，便住在城东。"

王安石也是庆历间的进士，却不认得程望此人，想来不过寂寂无闻之辈，当下也不再多问，笑道："贤侄方才说大师猜错了，却是为何？"

程栩笑道："晚辈放肆了，不过据晚辈所知，这《海事商报》其实与石学士无干，乃是提举市舶务蔡京蔡元长，与敝院山长李先生，召集了十八家大商号，一同商议决策的。"王安石与智缘对望一眼，心中不约而同地想道："蔡京不就是石越的爱将吗？"他们哪里便肯相信，这件事情石越的确没有参与。

程栩显得甚是豪爽健谈，又笑道："自兴学校诏颁布以来，仅以两浙路而言，学校如雨后春笋般冒出，富民以为建学校既可博名又可抵税，无不乐从。此官民两便之事，石学士此举，颇得民心，又何必画蛇添足？不过蔡提举之所以要创办《海事商报》，传说其中倒是另有隐情。"王安石与智缘见他如此交浅言深，不免心中好笑，一面却又忍不住好奇之心，不由问道："又有何隐情？"

程栩却不过是说些市井传闻之意，更不以为意，他生性洒脱，也不在乎王安石对自己的观感，因此肆无忌惮地笑道："相公自是知道朝廷明颁诏令要改革官制。杭州便有传言，说新官制其实已定，而六部九寺中，太府寺将负责商税与市舶等事务，蔡提举猜到朝廷以后必定会重视吏才，他这时干出治绩来，无非是想入太府寺，以为升迁之道而已。两浙路上则呼应朝廷新政，下则吸引商贾拓展税收，一时之间朝野称誉，号称大治，这中间又岂能少得了蔡提举的功劳？"

王安石见程栩语气中颇有嘲讽之意，顿时大是不以为然。心道："蔡京持什么心迹姑且不论，但他若真有本事报效朝廷，自当论功行赏，按能授职。若人家有本事做点事出来，便嘲笑人家是追名逐利之辈，那天下事又由谁去做？"只不过程栩虽是孙伴的学生，但毕竟相交不深，兼之王安石心中并不喜欢蔡京，更不愿意帮他辩解，当下哂然一笑，道："市井传闻，姑妄听之。明年又是大比之年，贤侄此次回乡，可是想整点行囊往京师赴考？"

程栩摇了摇头，笑道："晚辈已经无意功名，倒是想学薛提辖。"

饶是王安石颇为开明，此时也不由吃了一惊，诧道："你想考武举，去水军？"

"薛提辖是机缘凑巧，以后很难有这般机会了。"程栩无比艳羡地说道，"石学士组织船队通商，给朝廷带来巨大的收益。昔大食夷商至广州、泉州，一船之货，多者可卖数十万贯，而除去税收与成本，利润少说也有两三万贯，多者十万贯。而今朝廷组织规模庞大之船队，常年来往于东、南两方航线，将大宋的物产运往各国，将各国的特产运回大宋，据晚辈估算，朝廷每年由此，最少可以净入两百万贯。利之所在，食髓知味，朝廷又岂会轻易放弃？晚辈在杭州时已听到传言，说朝廷将在沿海设十个港口五支官船队，又听说有官员向朝廷建言，若有二十万贯财产以及十户具名联保，每年一次性向朝廷缴纳五万贯以上的税款，朝廷可许其组织五只船、八百人以下的半武装船队，来往固定的线路经商……"

纵然是王安石，也万万料不到一个儒家弟子、官宦之后，会公然和他说这些满口利益的事情，他与智缘相顾苦笑，心中真是百感交集。王安石虽然言利，却依然是儒家的传统——“公利可言”，就是说虽然提倡重义轻利，但是“公利”还是可以说的。这同时也是石越的理论据点，不过石越在这一点上，做得比王安石虚伪得多，也成功得多，他大大倡导了“公利可言”的风气，但即使如此，象程栩这样的人也是很少的。程栩注意到了王安石的表情，却丝毫不以为然，反倒有点儿无礼地笑道：“久闻相公不是名教礼法中人，如何也如此作态？我此番回金陵，便是要说服家人，只待朝廷下诏，我便要组建船队出海，将来有朝一日，我还要去石学士所描述的那些大陆，我要亲自证明看看我们生活的大地，是不是真的是圆的！”

遇上这样狂妄的年轻人，倒真把王安石给弄得有几分尴尬，他有几分欣赏这个年轻人的豪气，却又有点儿哭笑不得，只得勉强点点头，问道：“贤侄既有这样的志向，为何不去报效朝廷，参加朝廷的水军？”

程栩脸色奇异地望了王安石一眼，笑了笑，没作声。

王安石被他这副神态弄得莫名其妙，不由望了智缘一眼。智缘低宣佛号，他知道王安石一生，最大的缺点，就是不知道下面的情弊有多少，只得轻声解释道：“相公，这事容易明白。薛奕的船队有多大的利润，现在朝廷的武官们没有不知道的，若不是石越，薛奕早就被撤换。若真要建船队，要么就是朝廷精挑细选，要么便是朝中重臣贵戚的亲戚——若说有人想用大笔贿赂换一个提举水军事来做，贫僧是不会奇怪的。无论怎样，一个新人，休说是如薛奕一样指挥船队，便是做个船长，也不可能。这位程施主是心高气傲的人，又岂能屈居人下？”

“让民间建立武装商船队，此事枢密院未必会同意。”赵顼一把抱起才两岁的淑寿公主，放在自己的膝上，微笑着逗弄着，一面和石越谈论国家大事。

石越站在一旁微笑着，他很喜欢这个场景，这样的赵顼，显得更加亲切。不过认为皇帝是“亲切”的，始终是一个危险的想法。若不是这里是南郊御苑，若不是这里没有别的大臣，赵顼断然不会如此显露他父爱的天性。别的臣子，要么就会规劝皇帝守着礼法；要么就会谄媚他的“仁爱”，只有石越才会微笑着，很平常地看待这种事情。

赵顼的心里，也很渴望这种平常的看待。

“杭州市舶司的成功证明了一件事，大宋完全可以主动参与海外贸易获得更大的利益，而不仅仅是被动地抽税。”石越轻声说着，生怕惊扰了才两岁多两个月的淑寿公主。小女孩睁着黑溜溜的眼睛，好奇地看着石越，时不时还会抽空伸出胖嘟嘟的小手，去扯赵顼的胡须，嘴里不停地嘟囔着奇怪的音节。看得石越几乎忍俊不禁，却不敢偷笑，只能强忍着继续陈说：“从主动海外贸易中，我们可以得到很多好处。朝廷每年从中至少可以获到相当于免税法收入的净入。同时还有别的收获，读诗书谈礼乐的蛮夷，不容易成为大宋的威胁，他们会乐于接受陛下天子的地位，向大宋朝贡，向往大宋的教化与繁荣。因此，在对外贸易的同时，应当有专门的人向各国提供九经，如果他们的贵族子弟愿意来中土学习，我们也要提供方便。”

赵顼出神地听着石越说话，一时间竟没有注意膝上的小女孩，已经悄悄爬了下来，而且顺便把他桌子上的东西，撒得满地都是。石越依然沉浸在他的描述当中：“陛下是天子，是代理上天治理天下万民的人，因此，教化百姓，让普天下所有的人都接受礼乐诗书的教化，本来就是上天赋予陛下的职责。大宋周围的国度，没有不仰慕我们中华文明的，我们有责任帮助他们。当然我们也应当记住魏征的话，不可为了蛮夷而削弱中华，中华才是根本。但行有余力，则不当放弃。所有的船队，不仅要为朝廷带回财政的收入，也要向四夷散播天子的恩泽！”

“船队还有很多好处。”石越压抑着自己的兴奋，首先，要让传统的政府慢慢地喜欢上海外贸易带来的利益，只要时间够久，这种收入就会变成一种习惯，那时候，很多事情都会自然而然的发生。“长期来看，大宋应有三到五只船队，在杭州的船队，可以有一支到两支，分驻杭州与明州，主要负责对高丽与日本国的贸易……杭州以北，考虑到气候的原因，只设港口，不必再设船队。在泉州可以设一支，广州设一支，在雷州或者琼州设一支——这三支船队，将主要负责南海的贸易。”广州以南的海域在白水潭最新的教本中，被称为南海。“但泉州船队，在时间适合时，可以将琉球括入大宋的版图，雷州或琼州的船队，在日后要惩罚交趾时，也大有用处。”

赵顼皱了眉毛，道：“雷州是瘴疠之地，绝对无法供养一支船队。夷商也不会愿意在那里靠岸。”

“陛下圣明。雷州的船队规模不必太大，主要来往于交趾与广州之间贸易，熟悉水路，了解交趾情况，同时也以军养军。”石越一面说着，突然弯腰抱起摇摇晃晃走到他脚下，拼命扯他衣襟的淑寿公主，想起自己马上要出生的孩子，几乎有忍不住要亲一口的冲动，好在五年多的时间，总算让他立时想起自己身处的时代，连忙抑制住自己的本能反应，将她轻轻还给皇帝。

“只怕交趾不肯上当。”赵顼接过淑寿，轻轻捏了一下她的小脸，笑道。淑寿却丝毫也没有理会皇帝的威权，张着双手，拼命地想往桌子上扑，待发现企图不成，立时转换了策略，伸出手来指着石越，奶声奶气地喊道：“抱、抱……”石越从来没有和小孩打交道的经验，顿时便傻了眼，心里虽然也想抱一下，却没有胆子开那个口，半晌才缓过神来，说道：“那就看沈括的本事了，交趾也是乐于与中国互市的。”

赵顼微笑着点点头，立即又几乎有点儿嫉妒地望了石越一眼，似乎不明白自己的女儿怎么会这么亲他，一面问道：“那些民间武装船队，又有什么用处？这不是与朝廷争利吗？”

“贸易只会越做越繁荣。这些船队，是朝廷的补充，十家望族联保，数十万贯资产抵押，所有船只、水手登记在册——岸上无家属的水手，不得受雇于私人船队，如此朝廷就不必担心他们敢不顾法令，这些人可以让贸易更加活跃，万一有事，又可征召他们为朝廷所用，这是寓兵于民的古义，是‘海上屯田’之策。朝廷还可以从中得到一大笔税收。”

赵顼笑着点头道：“这些船队归谁管？”

“殿前司。水军将统称为虎翼军，这个旗号不再授予马步军。杭州水军将改名为殿前司虎翼军第一军，当然，为了减少诸夷的戒心，对外只称杭州市舶司贸易船队。至于贸易，则由太府寺直辖各市舶司，由市舶局直接派人负责。”

赵顼沉吟了一会儿，笑道：“此事朕以为可行。待五月初一新官制改定后，再下诏颁行。各主官人选，须得千万慎重，朕要一一亲自召见。”

石越正待说话，忽见李向安急急忙忙走过来，叩首禀道：“官家，三司衙门失火，火势蔓延不止。”

赵顼与石越齐齐大吃一惊，三司号称“计省”，是主管国家财政的要害之地，此地失火，档案卷宗的任何损失，都会造成极大的混乱！这让赵顼与石越如何不惊？赵顼也顾不得许多，抱起淑寿公主，急声道：“快，摆驾回宫。”

三司是一个庞大的衙门，大小房屋有数千间。一旦失火，里面尽是些积年的档案文卷，更是不可以抑止。偏偏此时还刮起风来，一时风助火势，火借风势，大火瞬间便烧掉了千百间房子。当赵顼与石越赶到之时，正是火势最炽的时候，石越生怕赵顼有失，骑马趋前，将赵顼远远拦住，厉声道：“陛下与公主便可在此指挥，待臣去一看究竟。”

赵顼颔首点头，高声呼道：“狄詠何在？”

“臣在。”扈从中立时闪出一位面如冠玉的年轻人，身着铠甲，腰佩弯刀，俊逸非常。

“卿可随石学士去看看究竟，护卫学士安全。”

“臣领旨。”

石越连忙谢了恩，带着狄詠往火灾现场驰去。赵顼望着二人远去的背影，却见远远有二人正驱使兵丁救火，忙向左右问道：“那二人是谁？”李向安最是眼尖，凑前尖着眼望了一阵，跑回来禀道：“回官家，似乎是吕参政与知军器监章惇。”赵顼点点头，忽地想起一事，立时厉声问道：“曾布呢？他人在何处？”李向安见皇帝勃然变色，吓得连气都不敢喘大了，只敢轻声答道：“这个，老奴不知道。”

石越却不知皇帝在那里生气，他与狄詠走到现场时，便见吕惠卿与章惇亲自上阵，各据一角，指挥着救火的工作。二人脸上都被火熏得黑一块紫一块的，身上更飘满了烟灰。石越下了马，快步走到吕惠卿近前，高声问道："吉甫，情势如何？"

吕惠卿回头见是石越，不由摇头苦笑，道："已经把隔火带清理出来了，可三司算是彻底完了。"

石越望着那火势，此时便是白痴也知道三司肯定是彻底烧光了。他正要大举改革，撤三司，权归枢密、户部、太府，不料突如其来一场大火，把三司烧了个干干净净！接下来的户部，可真要白手起家了。他抱着万一的希望问道："三司的档案卷宗，有没有抢救出来一些？"

"哪里还有卷宗？竟是烧了个四大皆空。"石越循声望去，章惇不知什么时候到了身后，他脸上泛着青白的光，竟是抑制不住的气愤。

"曾子宣呢？"

听到这话，吕惠卿袖着手，不发一言；章惇却忍不住冷笑："嘿嘿……三司失火，倒是我这个知军器监最先发现救火。我来之时，三司的官吏兵丁们，乱成一团，若不是吕参政弹压，只怕火势会蔓延，不知道还要烧掉多少地方。"

石越的脸立时也青了，他抱了抱拳，道："吉甫，子厚，皇上就在那边看着。有劳二位再调集人手，先把火灭了。善后之事，稍后再议。在下还要先去回禀皇上。"

"这是自然。子明你请便。"二人抱拳送走石越。章惇望着石越的背影，偷觑吕惠卿神色，正要说话，却发现吕惠卿眼中闪过稍纵即逝的冷笑，他心中也忽地一动，把要说的话全部收回了肚子中。

这场大火，整整烧了五个时辰，最后几乎把三司衙门全部烧光，一切卷宗案牍，损失殆尽。而三司使曾布，竟然到大火将灭时，才匆匆忙忙赶到现场。

当天晚上，崇政殿，烛火通明。

"究竟是何原因起火？是无意失火，还是故意纵火？"赵顼铁青着脸，恶狠狠地盯着曾布，厉声问道。

曾布腿都吓软了，这天降祸事，他又如何料得到？还想着趁着春天将逝的时光，去城外垂钓，不料发生这样塌天的事故。这时他根本无法面对皇帝的质问，嚅嚅答道："陛下，臣有罪、臣有罪……"

"朕知道你有罪！"赵顼愤怒地站起身来，指着曾布，高声吼道，"朕要问的，是怎么起火的？"

"臣、臣不知。"曾布的声音更加小了。

"好、好！既然你不知道，那你也不必知道了！"赵顼怒不可遏，"三司烧光了，你也不要再做三司使！你去广州做知州吧。”贬到广州，在宋代来说，已是非常严重的重贬，但是曾布的确有过错，而皇帝又在怒气中，众人竟是皆不敢出声。

“陛下。”石越眼睁睁看着自己可以引为助力的未来的户部尚书变成了广州知州，心中尽是失望与无奈。但这个时候，他还是必须出来说话。

赵顼见是石越，怒气稍抑，问道：“卿有何事？”

“臣以为曾布的确有失职之辈，但是远逐广州，似乎处罚太重。请陛下三思。”

赵顼听石越竟然敢为曾布说情，顿时悖然作色，怒道：“比起三司的损失来，这算什么重？卿不必再说，谁敢为曾布说情，谁便随他一道去广州！”

石越微微苦笑，望了曾布一眼，见他面如死灰，只不停地顿首谢罪，当下只得在心里叹了口气，道：“陛下，当务之急是立即善后，三司事务，牵涉全国，为防人趁机为奸，臣请陛下立即下诏，令各路州县军监立刻封缄熙宁五年以来账目。同时提前将三司之事转交户部处理，以尽可能挽回损失。”

他的建议立时调动了所有人的神经——如若采纳，则石越的官制草案等于事实通过，而户部尚书兼参知政事的位置，更是炙手可热。吕惠卿与章惇、韩维不约而同地望了石越一眼，心里都非常佩服石越利用灾祸的本事。他们自然不知道，“对任何事情的后悔不应当超过十秒钟”这是石越的信条。

赵顼虽余怒未息，但提及这件大事，他依然竭力让自己冷静下来，把目光投向几个丞相。韩绛以降，宰执们这时也没有更好的办法，兼之他们早知皇帝已圣心默许，这时纷纷表示赞同。

“那谁来做户部尚书？”赵顼马上问道。

韩绛心里飞速地运转着，老奸巨滑的他，立时决定给石越一个顺水人情，当下假意思忖一会儿，道：“臣以为，石越可当此任。”冯京、王珪、蔡确等人更无反对的意思，纷纷同意。连吕惠卿也表示赞成。韩维与元绛等人心中却是明镜似的，若让石越做户部尚书，这些相公们，根本就是松了一口气。

“不行。石越另有他任。”赵顼未及多想，便脱口否决。他完全没有意识到他这句话会给臣子们多少联想，把目光投向石越，问道：“石卿以为谁可任户部尚书？”

石越却是知道这些相公们的小算盘，若不加解释，让人误会自己图谋更高的职位，只怕自己会成为众矢之的，忙顿首道：“陛下，以臣的资历，做户部尚书只会开倖进之门，臣自是万万不敢，臣以为有一个人，可以当此重任。”

吕惠卿目光霍地一跳，立时垂下眼睑，他心中不住地想着石越说的话：“本以为他是嫌户部尚书官小，怎么的说出资历不足的话？石越究竟打的什么主意。”他游目四顾，却见韩绛等人皆似若有所思，便知人同此心，心同此想，当下更加留神听石越说话。“臣以为，司马光可当户部尚书兼参知政事一职！若其在位不称职，臣甘与同罪。”

“啊？”

惊讶的声音在崇政殿内响起，不仅仅是皇帝，连吕惠卿这样城府极深之辈，也掩饰不住内心的惊异。冯京等倾向于保守派的大臣脸上，露出了难得的笑容。蔡确与王珪面面相觑，竟不知道是喜是忧！

“司马光？”赵顼下意识反问了一句。

“是。”此刻，没有人可以猜透石越的心思，“以司马光为户部尚书，臣敢保证，国库不会有一文钱被滥用。”

“你打的是什么主意？石越。”吕惠卿低着头，他与司马光是不折不扣的政敌，但是他并不惧怕司马光，“想让司马光被户部烦琐的事务绑住手脚？或者竟然是想将司马光玩弄于股掌？”吕惠卿绝对不相信石越与司马光是一党的。

“陛下。”冯京激动地出列，高声说道，“臣也愿同保司马光可当此任。”

王珪小心地审度着情势：“两害相权取其轻！”他心中飞快地思考着利弊得失，“户部尚书总好过御史大夫。”终于主意拿定，王珪朗声说道：“陛下，臣以为司马光之才，做户部尚书绰绰有余。”

赵顼从来没有怀疑过司马光的能力，但是手中的御史大夫，突然变成了户部尚书，不免让他生出几分哭笑不得的感觉。他犹疑着，想起陈襄的回奏：“司马光这次十之八九会答应复出。”但是石越的推荐，也不无道理——司马光的确是户部尚书的上上之选。“反正石越已经拒绝了左右仆射的任命，他要担任的官职并不需要一个御史大夫来制衡，或许是朕多心了……”反复思忖良久，赵顼终于点头，道：“便召回司马光，授户部尚书兼参知政事。下诏各路封缄熙宁五年以来账目，着蔡确彻查三司失火原因……”

曾布完全不知道自己是怎么样离开崇政殿的。打击太过于突然与巨大，让他在朝会散了之后，都没有回过神来。“知广州军州事”并不可怕，可怕的是皇帝那恨之入骨的神态。但谁又能想到，三司重地，会发生如此可怕的火灾呢？在仆人的搀扶下，曾布木然上了马，穿行在灯火通明的汴京街道上。京师的能工巧匠们，在州桥附近建成了一座比白水潭规模更加宏大的钟楼，巨大的钟摆撞击着，发出清脆的响声，告诉人们，现在已经是凌晨的寅时了！曾布意识中还记得，这座钟楼的拨款，还是他亲手画的押。但是现在这一切都已经没有意义了。州桥旁边，有艺人在表演着奇能异术，有人在口吞铁剑，有人在玩着药法傀儡，有人口吐五色水……穿着各式各样衣服的男男女女，穿梭于热闹的街市中，享受这一天的乐趣，完全没有受到三司大火的影响。而他，之前还是被称为“计相”、掌握着这个庞大帝国的财政大权的三司使，却被一场大火逼得不得不离开权力的中心，这个世界上唯一的不夜城！

真不甘心。

“子宣，子宣。”

曾布隐隐约约听到有人在唤自己，他勒住马，欲要回头，却忽然嘲笑起自己来：“必定是幻觉罢，这个时节，人人避之唯恐不及，又岂会有人叫我？”他摇了摇头，催马欲行，不料追者早已到了身后。“子宣，可叫我好赶。土市子旁边新开一间仙人酒楼，且去喝几盅杜康如何？”石越一把拉住曾布的马辔，笑道。

曾布不料石越会这个时候来追自己，他看了一眼石越，又看了一眼自己身上，微笑着摇了摇头，道：“还穿着朝服，不必张扬为好。”

石越看他强作笑容，知道曾布也是要强之人，也不好勉强，他望着曾布，诚恳地说道：“子宣，塞翁失马，焉知非福？广州虽远，却是大有为之地。若能有一番治迹，弟在朝中为兄进言，重返汴京，并非难事。他日当更加风光。万不可灰心丧气。”

曾布以为石越不过是安慰之辞，他心中虽然感激石越念旧，口里却言不由衷地说道：“不以物喜，不以己悲。愚兄知道的。子明在朝中，多多努力。”

石越见他神态，已知是必不相信的。他也不便解释，只好说道：“子宣，你到了广州就知道端详。天下之事，变化万端，不可逆料。若你自己放弃，那么也没什么办法，只可惜了你的才学。若能不自弃，那么皇上也不会放弃你的。”

曾布细细咀嚼着石越的话语，在眼前的一片迷茫中，似乎隐隐感觉到了一丝希望，却又不知道希望是什么……

三司大火的原因，很久以后都有人怀疑其中存在着巨大的阴谋，成为熙宁年间有名的疑案之一。它如此明显地变动了政治版图，司马光痛快地接受了任命，数日之后便带着《资治通鉴》书局离开洛阳，进驻户部，保守派因此开始了重返权力中心的进程，石越的政治策略也开始变得更加积极。但是在当时，御史中丞蔡确在开始调查后的第二天，就有一个低级官员来投案，证实是因为自己煮药不慎失火，引发了这场损失巨大的大火。而且很快，蔡确就发现“事实”果真如此——这完全是一起偶然的事故。皇帝由此罢免了三司使曾布以下数名官员，那位煮药不慎失火的官员，按着宋律，也不过是罢官而已。

在司马光返京后的第三天，闰四月二十日晚上，司马光的府邸，来了一个客人。

司马光的精神极好，但是眼睛明显肿大，而眼角也泛着疲态——石越端详着这个赫赫有名的老人，知道户部的事情把他累得不轻。三司烧光后，重建一个户数超过一千四百万、口数超过三千万的庞大帝国的主要财政管理系统，石越自然明白司马光面临多大的压力。御史台现在依然由蔡确领导，这位蔡中丞正等着司马光犯错，然后身败名裂地被赶出朝廷——各路的官员们，想趁机谋利的，不知道会有多少，至少石越自己就不敢接手这个工作。

也许这件事情，还真的只能够由司马光来做。

石越掩饰性地啜了一口茶。他比谁都明白，虽然在他一手倡导的新官制中，财经大权有相当一部分被划给了六部九寺中排名最后的太府寺，又将传统的少府剥离出辅枢系统，但在财政上，最主要的机构，依然是户部。原因十分简单——没有哪种税收比得上农业与人头税！那是国家财政的主要来源，是牵涉国家根本的关键性税收。

“君实相公。”石越终于打破了寒暄之后短暂沉默，直截了当地说明来意，道，“我这次来，是想请教一下相公对青苗法、免役法、方田均税法的看法。”

司马光也一直在揣测着石越的来意，这时他沉吟了一会儿，方说道：“子明，从新官制来看，钱庄归太府寺的市易局管理，青苗法一直运行良好，自然可以保留。免役法扰民不当，老夫以为当废了。方田均税，更不可行。”

他的回答早在石越意料当中，“相公以为废掉免役法，复行差役法，就可以不扰民吗？”石越悠悠问道。

司马光一怔，沉吟良久，道：“两害相权取其轻。”

石越淡淡一笑，道：“在下却有不同的想法。”

“哦？愿闻高论。”

“我以为差役法绝不可复行，但免役法与募役法也要改革。改良役法，首先要改革五等户分等，将五等户正式改成城乡三等。一等户为上户，二等户为中户，三等以下统称下户。下户免役，自然也不必交纳免役钱；中户与上户所纳免役钱，均由户部裁定，中户一年所纳，不得超过两贯，上户按口算，每口不得超过一贯，二十年内不得增加。如此，百姓不会再受差役的困扰。相公按理户部，可以严令地方，不得税外加役，以免重蹈覆辙。”

“若依子明所说，于百姓便，于官府却不便。如此征税，免税钱起码要减少三成到五成，到时候连募役的钱都出不起，政府便无法运转。且官府很多事情，良民不愿意做，顽劣之辈则借此把官家的财产卖掉，然后逃之夭夭。这是募役法的一大弊端。”

石越沉默了一会儿，注视着司马光，徐徐说道：“若不行募役法呢？”

“啊？”司马光匪夷所思地望着石越，吃惊得嘴都合不拢。

石越似乎完全没有注意司马光吃惊的样子，继续说道：“本朝弊政，以役法最为害民。多少百姓因此家破人亡——不仅免役法害民，差役法一样害民。要彻底革除这一弊政，非要有一大变局不可！”

“但百姓服役是天经地义的。自古以来便是如此。”

“没什么天经地义的。本朝徭役多重，相公岂能不知？能便百姓、利国家的事才是天经地义。若有一位君主，愿意节俭开销，让百姓免服徭役，难道相公认为这是不应该吗？”

“那自是仁政。不过事情总要可行才好。”司马光捋须道。

“必定可行。”石越的眼中露出热切的光芒，“但会损害到胥吏的利益，也许会让其怨声载道！”

司马光不屑地说道：“不必理会他们。子明，且说说你的办法。”

“本朝养了百万之兵，禁军要打仗，不得不养。教阅厢军是禁军的补充，也未尝无用。但是那些不教阅厢军，又有何用？这些不教阅厢军，形同杂役，当中有些人还是虚占名额不干活，只吃空饷。但是这些厢军，却是资历老于官府差遣的人，他们深知下层情弊，没有小吏能欺负到他们。我的想法，就是把一部分差役，固定交给不教阅厢军去做，他们力有不及的，再去募役。”

司马光静静听完，思忖良久，几乎是同情地望了石越一眼，道：“这近于空想。”

宛如一盆冷水泼头而来，石越万万料不到司马光给自己的设想如此评价。他愕然道：“为何说是空想？”

“下层之事，千头百绪，不是几十万厢军做得完的，纵然做得了，也不可能把这些厢军分配到各县去，否则厢军就不再是厢军了。还有一些事情，比如催税，又如何能够让厢军去做？若依老夫之见，为政务在简要。子明果真有意惠民，不如想办法说服皇上，将一些不必要的役税科目废除，何苦如此烦琐？”

石越默然良久，忽然问道：“相公的《资治通鉴》，已经修到魏晋了吧？”

“正是。”司马光狐疑地望了石越一眼，不知道他怎么突然问到这个上面。

“各朝各代，科役减了又加，加了又减，由此导致的治乱循环，不知道相公如何看待？”石越的语气尖锐起来，“相公是要归之于天命吗？”

司马光略略迟疑，道：“正是。治乱循环，本是天理。我辈再怎么努力，也只能让治世长久一点，乱世减少一点，却不能阻止乱世的到来。”

“那么为何远古之世，太平有千百年，近古却不过二三百年？”

“因为后世德化不淳。”

“那么有何良策？后世的人就一定要接受二三百年一乱的命运吗？”

“孔圣之学，可以救之。”

“孔子以后，多不过四百年，短不过数十年，必有一乱。又是何故？”

“因为后世未能复古。”

“给相公宰相之位，五十年的时间，相公能复古吗？”

司马光一怔，迟疑了好久，终于还是摇摇头，道：“不能。”

“一百年时间，能吗？”

司马光又沉吟了一会儿，终于诚实地说道：“不能。”

石越又追问道：“使诸葛亮、魏征复生，能否？”

司马光颓然摇头，道：“凭一人之力，便是孔子复生，也在能与不能之间。”

石越点点头，道：“既然如此，那么又谈什么为万世开太平？”

“若众人齐心，尚有可能。”司马光忽然抓住一根稻草。

“相公修史，以古可知鉴今，可曾见过有所有的读书人一条心的时候？”石越毫不客气地驳斥道。

“这……”

“今天大宋要做的事情，是天地间一大变局。不仅仅事关大宋的祸福兴亡，也关系到华夏能否脱离这一治一乱的宿命。”石越情不自禁地站起来，双手挥动着，“凭借德化不能完成的事情，我们要用更出色的制度来达成。我不惮烦琐，要用厢军来解决役法的事情，就是想一劳永逸地解决役法的弊端。”

“制度？”司马光完全不相信这套说辞。

“不错，为后世立下可以效法的规模制度，最重要的，是要让后世不能随意地破坏这个制度。”

“今日我们可以败坏祖宗法制，后世为什么不可能败坏我们立的制度？”司马光语带讥讽地说道。

“我们的制度若不合时宜，也会被淘汰。但是它本身要有足够的力量，去制约一些不必要的破坏。”石越没有理会司马光的语气。

司马光摇摇头，板着脸说道：“老夫不相信有这样的东西存在。人若死了，一切作为，皆由后人做主，又岂是你我所能左右的？秦始皇欲传万世，二世而亡，为万世笑柄，子明不要步他的后尘才好。”

石越终于知道自己要说的东西，毕竟缺少说服力。他已经明白对司马光，只能够退而求其次，得到他的有限支持便是成功。至少司马光是赞成减免役税的。“那就由我来开源，由你来节流吧。裁并州县的事情，你总不会反对吧？”石越望着司马光，无可奈何地在心里安慰着自己。

4

司马光果然没有反对裁并州县的计划，不仅如此，他在给皇帝的第一份奏疏中，提出了包括正式废除免役法、募役法，恢复差役法，减免数项差役，将八等县[1]改成三等，裁并户数不足三千户的县，废并所辖不足三县的州，节省朝廷财政开支等十条建议。《司马十策》在递给皇帝几天后，就被中书门下几位宰相或真心，或别有用心地下令在《皇宋新义报》中刊登，各报纷纷转载，朝野中的目光，一时间全被吸引。舆论或赞成或质疑，吵得不可开交。

“想不到司马君实竟然会提出如此全面的财政主张。”连潘照临都掩饰不住自己的吃惊。

石越心情极是畅快。“司马光实在是替我背去了一件大麻烦。”他笑着亲手换了根蜡烛，这一段时间，白天他基本上没有任何空暇可言，“按他的建议，全国的县可以合并到八百到九百，州也可以减少一二十个。由此全国至少可以有近十万百姓可以不要再服差役，而官员也要裁减一千以上。”

“这事本来司马光不做，公子也要做。现在司马光做了，名声上司马光会更受敬仰，但那些裁汰官员的怨恨，也一并归到司马光身上了。”在潘照临看来，这是捡了个大便宜。

“阿弥陀佛，我可不要什么名声。我只要少一点麻烦便好了。”石越双手合十，笑道。

陈良也笑道：“司马君实表面上谨慎温和，实则与王介甫是一样的人。要求皇上宫廷用度裁减二成，以为天下表率——皇帝是非答应不可了。”

石越摇头笑道：“皇上和我说了，除恢复差役法之外，其余主张，都会答应司马光。这大部分事情也都是户部该管的。若司马光做好了，国库省下的这笔钱，百姓减轻的负担，都值得大大地记上一功。”潘照临与陈良都无言地点点头，不管对司马光的观感如何，那些措施若是成功，对于整个改革计划来说，都是好事。“此外，为了适应户部的计划，皇上已经决定，中枢、辅枢、附枢、监察、贴职诸系统的改革，将提前推动。”石越故作平淡地说道，“尚书左仆射是……”

“尚书左仆射是韩绛；右仆射是吕惠卿……”赵顼的脸在烛光中映得红通通的。

“韩绛还说得过去，吕惠卿——罢，罢，官家既然想用，便用吧。”曹太后不易觉察地皱了皱眉。她最近身体欠安，时不时竟然会梦见仁宗皇帝，“哎，真是老了。”她暗暗叹了口气，温声说道，“我本以为左右仆射中官家会给石越留一个职位的。”

赵顼笑道：“朕本来是想让石越做右仆射，但石越坚决辞了。”

曹太后霍地睁了一下眼睛，随即叹道：“那么留给石越的，是吏部尚书？”

[1]　宋制县分赤、畿、望、紧、上、中、中下、下八等。

“吏部尚书，暂时定的是韩维。”赵顼有些犹疑地说。

“一门两相？”曹太后怔道。

“的确有碍物议。”赵顼坦白地承认，“但韩维是朕信得过的人选。”

曹太后摇摇头，语重深长地说道：“官家，韩维人是不错，但若要用他，不如便让韩绛出外。巨堤溃于蚁穴，忠臣与奸臣，只有后世才能分得清楚。”

“娘娘说得甚是。”

“官家英纵神武，有太宗皇帝之风，我是妇人，本不当多话。但于制度上，却不可不慎。”

“娘娘说哪里话来，朕是以为韩绛与吕惠卿分立，是目下不二良策。王珪、冯京，皆不足与吕惠卿相抗。”赵顼心里从不把这个奶奶当寻常老妇人看待。

“依我看，依旧让韩维做翰林学士的好。”

“朕理会得了。”

曹太后说了这一会儿话，忽觉气紧，猛地咳了数声，赵顼连忙上前给她轻轻捶背。好一阵子，曹太后才气息渐平，轻声道：“官家，石越此人，是忠是奸，委实难料。若从现在来看，他是古今少有的大忠臣，难得又年轻又稳重，又有才干，简直便似上天送给官家的。那太祖、太宗托梦之事，更是让人难测高深。此人若是用得好，自然是官家之福、大宋之福。但我常想，大奸似忠，这石越拒右仆射，连吏部尚书也不做，这谦退之道，已近于权谋了。这样的人，实在不可不防。”

这一席话让人听得悚然动容。赵顼左右四顾，见无人在侧，这才放心，低声道：“朕还有时间去了解石越，娘娘但请放心。”

曹太后点点头，注视着赵顼，道：“官家，我是要见仁宗的人了，也没什么好顾忌的。我们曹家世代忠臣，也没有人在朝中任要职，更不会有什么外戚乱政的事情。我为的都是赵家的江山——不论石越是忠是奸，司马光、范纯仁，甚至王安石，这几个人都必定不会牵入乱谋之中。无论何时，官家都要让这几人有一个人在朝中……”

赵顼微微颔首，道：“朕明白。”顿了一会儿，又说道，“石越向朕推荐的吏部尚书人选，是冯京，以范纯仁为吏部侍郎。”

曹太后怔了一下，摇摇头，叹道：“看不透，真看不透。”

“朕明天便改诏令，以吴充为兵部尚书，以冯京为吏部尚书，范纯仁为吏部侍郎，户部尚书是司马光，刑部尚书为陈绎，礼部尚书王珪，工部尚书苏辙……”

“石越竟然不在六部尚书之中？”

“不在。但是九卿之中，也有加参知政事衔的。石越位在九卿。”

“九卿？”曹太后略一沉吟，问道，“司农寺还是太府寺？”

赵顼笑道："娘娘果然料事如神，朕让石越做太府寺卿加参知政事。九卿当中，眼下只有司农寺、大理寺、太府寺三寺卿能加参知政事。"

"如此官家竟有了十一位宰相。"曹太后静静想了一会儿，道，"我不知道这是好是坏，但官家要做中兴大宋的皇帝，总是一件好事。祖宗家法，要善待读书人。我常听说民为国本，官家若能守住祖宗家法，善待读书人，同时也善待百姓，便能是一位受后世称颂的仁君了。"

"娘娘放心，朕会牢记在心。"

汴京城的天边开始发白的时候，数骑快马冲出了四墙的城门。黎明前的晓风好似在卷动天边剩下的那重黑幕，赵顼挂着披风，站在大内西角楼的高楼上，眺望远空，他知道，不久之后，粉红色的云朵，将如火花似的向四边奔放，太阳——将发出四射的光芒。

他不知道的是，此时汴京城中的一座府邸中，也有人在静静地望着东方的天空。

"尚书右仆射……尚书右仆射……嘿嘿……"吕惠卿不停地把玩着自己手中的玉箫，忽然，猛地往一块大石头上一击，一声脆响，玉萧断成两截。不知道为什么，当知道自己很快就要真正站到权力的高峰之时，吕惠卿的心中，并没有半点高兴，反而是说不出来的烦躁。走掉了曾布，新党的骨干并没有如想象中的那样集中到吕惠卿的身边；朝中来了一个自己极度讨厌的司马光，却并没有和石越闹得不可开交——所有的事情皆不如意。吕惠卿觉得自己就像一个丧失了先手的棋手，对手的每一步，都在侵削自己的利益，而自己却只能够步步隐忍。

"还是要忍。也许，机会，就在不远处。"吕惠卿紧紧握住半截玉萧。

"大哥。"吕升卿远远站在十步开外，怯声唤道。

"什么事？"吕惠卿没有回头。

"桂州来信……"

"什么？"吕惠卿霍地转身，"信在哪里？"

吕升卿连忙走近，将信递上。吕惠卿留心看了一下封皮，见无异样，这才拆封取出信来，细细阅读。吕升卿站在一旁，抑制不住好奇，悄悄打量着吕惠卿的脸色，却见他平淡如常，心中不由失望，下意识地缩了一下头，便即告退。吕惠卿漫不经心地点点头，待到吕升卿从自己的视线中完全消失，他脸上才露出不自觉的微笑，仰首望天，用几乎细不可闻的声音自言自语道："天助我也！"

第十九章

驻节归义

昔贤多使气，忧国不谋身。

——刘禹锡《学阮公体三首》

1

“薛提辖，沈待制的使团已经到达交趾。”

“知道了。”薛奕站在甲板上，注视着远处的天际线，心中突然有莫名的澎湃。他这次麾下远航的船队，整整有二十五艘庞大的战船，跟在战船后面的，是数十艘民间的商船。这些船上面，装满了大宋的各种商品，座钟、瓷器、丝绸、棉布、蔗糖、书籍……不可胜数。除此之外，还有数以千计的装备精良，曾经有远渡高丽、日本国经验的士兵。皇帝在下诏的同时，为了壮大声威，还让军器监带来了三百枚霹雳投弹——石学士更是在私信中表示，若这次能不辱使命，皇上很可能准许在杭州设霹雳投弹院，他的水军，从此可以装备这种强大的武器。而这次返航之后，杭州水军的旗帜上，将绣上“殿前司虎翼军第一军”九个金灿灿的大字，他薛奕将顺理成章成为第一军都指挥使，升迁之快，为大宋百年来所罕见。想到这些，薛奕觉得连那带着腥味的海风，都格外的让人舒服。

“薛提辖，我们这次应当在哪里登陆？”胖乎乎的甫富贵不知道何时踱到了薛奕身后。这个甫富贵城府极深、精于计算，薛奕与他打一年多的交道，早知此人不可小觑。有一次他听人说这个姓甫的，竟是河北韩家的什么亲戚……从此薛奕对他，更是另眼相待。见他询问，薛奕忙笑道：“甫先生，船队刚刚在琼州做过休整，就是为了直接在河内附近登陆。”

“河内？”甫富贵惘然反问道。

薛奕微微一笑，道：“就是李乾德建牙的升龙府，不知道什么缘故，白水潭与西湖学院最新出版的海外全图都在后面标了‘河内’二字——听说是石学士取的名字，却不知道真假。”

“他小小交趾，原也当不起‘升龙府’这三个字。”甫富贵嘻嘻一笑，见薛奕招招手，有两个文士打扮的人过来，在他们面前，摊开一张最新的海图。甫富贵知道每次出海，都会有几个“书记”记录各种情况，然后交给西湖学院、白水潭学院甚至枢密院备档，由这些机构再画出全新的海图，其中便以西湖学院近水楼台，地图最为精准。但是在对各夷国、岛屿的命名上，习惯却以白水潭学院为主。

薛奕俯身望着海图，手指在上面不停地移动着。这张地图是西湖学院所绘，但包括交趾等国被称为“南海”这一带的海图，多出自传闻与采风，并不精确——若是杭州、高丽、日本国三国之间被统称为“大宋海”（白水潭学院的地图将其分称“东海”“黄海”“渤海”，但是杭州人一直固执地称之为“大宋海”）的庞大海域，他倒是可以相信一下海图。在这里，薛奕能依赖的，只能是那些有经验的商人与廉州、钦州、雷州、琼州派来的向导船。

“这里有个岛吗？”薛奕向他的书记问道。书记并不仅仅是记录资料，抄发文书这么简单，现在船队的规模并不正规，他们还要负责整理各种情报交给薛奕。

“这个小岛叫吉婆岛，离河内甚近，吉婆岛的对面，有一个深水海港，可以停泊我们的大船。”说话的书记叫钱平，非常的精干。薛奕一直都在怀疑此人有不同寻常的背景。另一个书记叫苏子秀，根本就是市舶司派来的“奸细”。“不管你们是什么人，我薛奕行得正，立得直，也不必怕你们。只要有本事，我就能容你们待在这个位置上。”薛奕心里的主意打得清楚，自己统军在外，若说身边没有“奸细”，那才是匪夷所思。

“钱先生，你可能确定？”薛奕瞪着双眼，望着钱平沉声问道。

“这是向导船上的水手提供的消息，我不能确定。”钱平谨慎地回道。

“我们离吉婆岛有多远？”

“不到两更。”——当时航海，六十里称为一更。

薛奕沉吟一会儿，忽然站直身来，拍拍手，笑道：“传令，船队驶向吉婆岛。”

“遵令。”传令兵大声应道，正要去发旗语，忽见一个传令兵快步跑了过来，大声喊道：“报——”

薛奕立时收起笑容来，把脸一沉，厉声喝道：“什么事？”

“启禀提辖，西南方船只发现交趾人的船队，至少有四十余艘！”

甲板上的气氛立时紧张起来——这是船队第一次遇上大规模的敌人，从数量上看，敌船的数目还在己方之上，加之大宋的船队是劳师远征，对敌人完全不了解，地形也不如敌人熟悉，这一切，都更让人心中加倍的不安。

“传令——神舟与商船退后回避，战船列长蛇阵准备迎敌！”薛奕站上船头，厉声喝道。

震天的战鼓在平静的海面响起，瞭望塔上的士兵不停地挥动着手中的旗帜，透过鼓声与旗语，宋船之间互相交换确认着一道道的命令。数艘神舟级大船与商船一面放下联络用的小艇，开始转舵，缓缓后退；战舰则依次驶入自己的位置，将自己的撞角，对准了西南方向。二十五艘福船级战舰上，到处都是军官驱使士兵的吼叫声。每艘船的甲板上，士兵们飞快地披挂纸甲，准备弓箭与朴刀；炮手们疯狂地奔跑着，将数以十计小型弩炮推到战斗位置，副手则将成坛成坛的火油弹搬到弩炮旁边；操纵着巨型床子弩的战士则拼命地拉着弓弦，一张张床子弩张弦待发，虎视眈眈地望着远处的黑点……

鼓声三响之后，海面一片静寂，只有斗大的飞虎旗在海风中猎猎作响。薛奕早已披挂整齐，站在旗舰的甲板上，望着交趾的战舰驶近。他斜着眼看了一下大旗飘动的方向，嘴角露出一丝微笑："我们在上风。"

"我们要先礼后兵。"薛奕没有回头看身后的属下，厉声喝问道，"谁愿去问问他们的来意？"

"学生愿往。"率先请令的竟是长相秀气的苏子秀。

"便烦劳苏先生一行。"薛奕赞许地望了苏子秀一眼，一挥手，早有士兵放下小船，吊下苏子秀，往交趾的船队划去。

"敌舰四十五艘，斗舰十五艘，走舸三十艘！"忽然，瞭望的士兵大声喊道。

"有走舸？"薛奕皱起了眉毛。

"提辖，我军全是大型帆船，若让敌人走舸靠近冲撞，十分不利。"

"我知道了。"薛奕举起手来，厉声喝道："命令各船，听我号令，便即进攻！"

"薛提辖！"钱平沉声道，"苏先生已经……"众人望了一眼海中，苏子秀的小船，在一起一伏的海浪中，已经到了双方船队的中间位置。薛奕寒着脸望了钱平一眼，别过脸去，注视着交趾的船队，冷冷地说道："大宋的使者，有他自己的使命！"

交趾人显然已经发现了出现在眼前的巨无霸舰队，他们停在了视线的最远处，似乎在犹豫什么。如此庞大的舰队，在当时的海上，是绝无仅有的！没有人敢于贸然行事。"也许他们又要放弃了。"人们心中都泛起了这样的念头。然而，在短暂的停顿之后，交趾人开始变换队形，三十艘走舸突前，排成横队，十五艘斗舰居后，列纵队。

"交趾人想用走舸突前冲撞，护卫斗舰进攻。"一个幕僚说道，话音刚落，交趾的船队又开始了逼近。

"来意不善。"钱平在心里抽了一口凉气，正待说话，便听有人说道："提辖，交趾人还在逼近，要不要召回苏先生？"

"来不及了。"薛奕他抬眼望了苏子秀的小船一眼，寒声道，"便是李乾德，也没有胆子敢杀大宋的使者！"

与此同时，"大越国"升龙府。

与沈括谈判的大将军李常杰是个极为精悍的老头。熙宁五年之时，年仅七岁的李乾德即位，大权落到了辅政的太师李道成手中，但没过多久，宦官出身的李常杰就大得宠幸，几年时间，就掌握了交趾的军政大权。此时李乾德不过是个十岁出头的小孩，一切军国事宜，实际上都是由李常杰说了算。李常杰出身武将家庭，自幼读诗书、习兵法，精通权谋之道。交趾自李公蕴得位以来，便颇有开疆拓土的野心，与周边诸国战争不断，但对于宋朝，还是颇有畏惧之心的。当沈起在桂州修寨练兵之时，李常杰便已经感觉到空气中的杀意。沈起刚刚兴兵，极通权变的李常杰立刻就做出可怜的样子，派使者昼夜兼程向中原汴京的皇帝谢罪喊冤。中原文化区内的外交关系，“礼义”是重要的主题，甚至连北方强大的辽国也非常注意“礼义”之说，李常杰心里非常明白：宋朝断不敢冒天下之大不韪，公然破坏外交准则，招致辽人的嘲笑与轻视。毕竟，只有唯一的强者或者得到唯一强者的支持，才可能破坏准则而不招致惩罚。宋朝并非唯一的强者。

但尽管如此，中原王朝对交趾李朝来说，仍然是绝对的强者。所以在南交一人之下，万人之上的李常杰，面对大宋的使者沈括，依然不得不装出一副笑脸来，细心地奉迎。

沈起已经就地罢职，继任的苏缄一面开放互市，一面继续训练土丁，修缮守备，让人摸不着头脑，不知道宋朝打的什么主意。李常杰还听来往的商人报告说宋朝有一只巨大的船队，从广州到交趾来了——这是大宋的缓兵之计吗？不敢掉以轻心的李常杰立即倾全国之力，组织了一支精锐的水军，日夜在红河三角洲海岸线附近巡逻。一面又亲自去见沈括，拐弯抹角地质问：“下藩世代为大宋守卫南疆，实不敢有半点叛心，每岁进贡也从不敢怠慢，不知为何，却总是为边臣侵凌……”

“沈起擅自兴事，非朝廷本意。朝廷已下旨将沈起罢职。”沈括早知他想说什么，不待他说完，便软硬兼施地说道，“但将军也万不可因此生怨望之心，否则不是朝廷的不幸，而是交趾的不幸。”

“下藩万万不敢。”李常杰谦声道，一面又申诉道，“只是在下听说新上任的苏知州，依然在训练兵丁，大修战备……”

“这个将军不用担心。”沈括打着官腔，拖长了音调说道，“各地守备是为了防范盗贼，那是平常之事。朝廷知道郡王忠心耿耿，这才派我不远万里而来，晋封郡王为南平王——这是前所未有的恩典。将军可转告郡王，只要不生二心，朝廷更可赐丹书铁券。”

当时但凡交趾嗣子继位，请命之后，宋朝就会赐封交趾郡王，几年之后，再次请命，才会晋封南平王，而且，宋朝从来不肯封交趾郡王为“国王”——这个待遇，远远不及高丽，甚至连占城都不如。原因当然是因为自秦汉五代以来，交趾一直是中国郡县，在宋朝看来，交趾与幽蓟、灵夏无异，不过是个分裂政权而已。想西夏为了得到个“国王”的封号，和宋朝不知道打了多少仗，交趾实力远远不如西夏，宋朝只是因为曾经出兵恢复受挫，战略重心又在西北，无暇南顾，才勉强容忍它割据。这已经是心中抱憾，怎么还可能轻易给“国王”的封号？

但这般待遇，对于交趾君臣来说，却也是十分不满的。虽然宋使亲自来升龙府晋封李乾德为“南平王”，也是莫大的面子。但到底也不过是个姿态而已。而所谓的

“丹书铁券”，从历史的经验来看，与其说是免死金牌，倒不如说是催命符。凡得过“丹书铁券”的，几乎都没有好下场。

李常杰心中暗骂，脸上却笑道：“皇上隆恩，下藩君臣，莫不感激！”

沈括这才笑道：“朝廷知道交趾物产匮乏，已下令沿边各州，不得阻碍互市。并将派遣市易船队前来交趾各沿海口岸，与南交互市。这是千古未有之恩典，于南交来说，也是求之不得的好事。因此朝廷希望交趾为船队提供靠岸的港口，进行补给与市易。中国地大物博，尽是繁华之地，本来也无求于交趾。朝廷这一番好意，想来将军不至于拒绝吧？”

“这……”李常杰倒吸了一口凉气！交趾一向不许宋朝船只来贸易，偶有船只，也要进行种种限制，就是怕让宋人知道国内虚实，同时也避免宋朝的影响向各个部落渗透，这时沈括打着互市的名义，要求从海岸进行互市，李常杰不免又惊又疑。

“沈待制，这历代以来，都是从陆地进行互市……”

“大宋自有大宋的规模制度。陆地海上，都是一样的。这些船队不仅仅要在交趾停留，还要向更南的诸国宣播大宋皇帝的恩泽，将军难道连朝廷一番好意，也不愿接受？”

“绝无此意，绝此无意。只是尚有诸多不便，还要一一上传……”

“提辖，苏先生已经上了交趾人的大船，交趾船队还没有停下来。”

薛奕黑着脸，望着交趾人的船队，双唇紧闭如铁。交趾船队越来越近、越来越清晰了……

“提辖，交趾船队进入弩机射程！”

“交趾船队进入弩炮射程！”

薛奕双瞳忽然缩小，狠狠地盯着眼前的船队，猛地拔出刀来，喝道：“满帆，弯月阵，弩炮攻击！”

如同雷霆响起，进攻的鼓声打破了海面的寂静，数以百计的弩炮忽然同时发射，如同漫天冰雹散落，成百上千的火油瓶铺天盖地的散落交趾船队，炮雨方落，一次可以发射数十枝火箭的床子弩发出“嘭嘭”的声音，上千枝火箭如蝗雨射向交趾船队，高速飞行的弓箭与空气摩擦，立时便燃，一波攻击过后，交趾的走舸舰上，霎时到处都燃起了熊熊大火。

交趾水军完全没有料到在自己理解的射程之外，会遭到宋军的突然攻击。在这波猛烈的攻击之下，数十艘走舸顿时乱成一团，有一艘走舸战舰慌忙转舵，却不小心与友军撞在一起，结果两艘战舰一同漏水，尚未交战，便做了海底亡魂。有些战舰想用海水来浇灭大火，不料以水烧上，大火反而越燃越大。只见海面上烈火熊熊，将海水映得通红，交趾战舰上不断传来哀号声，许多的士兵纷纷弃船跳海逃生。

但在这一片混乱当中，也还有二十来艘走舸冲了出来，其中还有数艘真是悍不惧死，船上一面燃着大火，一面以惊人的速度，冲向宋军战舰。

“弓箭手！”薛奕没有时间庆祝第一轮攻击的成功，果断地下达了第二道命令。

宋军的弩炮手们飞速地计算着投射距离，甲板上的战士们则已排成了方阵，拉弓引箭，轮次向逆风冲击的交趾走舸攻击。一时间，南海的海面上，鼓声雷动，箭如雨下，炮若蝗飞，又有几艘走舸终于支持不住，缓缓沉入海中。

但双方战舰的距离也终于不断地靠近。一艘奇迹般逃过宋军几轮打击的走舸竟冲到了一艘宋军战舰之前，尖锐地船角狠狠地撞进了这艘宋舰的船身上，宋舰立时裂出一道大口子，海水哗地涌了进去。

交趾战舰上顿时传来一阵巨大的欢呼声——但这欢呼声很快便变成了惊愕——受创的宋舰并没有沉没，反而趁着交趾走舸那一瞬间的失神，宋舰将几块乌鸦嘴木板搭在了走舸之上，一队队的宋军蜂拥而入，斫杀着猝不及防的交趾水军。

这一刻发生的事情，显然严重打击了尚不知“水密隔仓”为何物的交趾水军的士气。超远射程的弩炮、弩机；用水浇不灭的大火；走舸撞不沉的战舰……一向称霸南方的交趾水军，仿佛面对着一支由怪物组成的舰队，不知所措。

而且他们还处在下风。

但宋军没有给他们缓过气来的机会，接近宋舰的走舸，受到更密集的火箭攻击，宋军的炮手开始用手向交趾走舸投掷火油弹，只见走舸一艘接一艘地沉没，侥幸撞上宋舰的走舸，也难逃覆辙。小小的走舸，根本没有与福船级的战舰进行接舷战的能力。尽管这些走舸上的交趾水军依然用他们仅有的火箭顽强地攻击着强大的宋军舰队，在甲板、船舱与宋军进行着白刃战，但是战争似乎已经没有了悬念。

走舸后面的交趾斗舰也已经失去了与宋军进行接舷战的勇气，交趾主将的座舰，率先开始转舵。十几艘斗舰，也纷纷开始调转船头。

“留下一半战船收拾这些走舸，其余战船升起所有的船帆，随我追击！”薛奕并不满足于这点战绩，他要全歼这只交趾舰队。

但便在此时，左翼忽地传来“轰”的一声巨响——一艘宋舰为了避开一艘冲向自己的燃烧着的走舸，在转舵时正好碰上冲过来的友舰，将友舰的船头撞掉了一大块，灾难并没有就此结束，另一艘燃着熊熊大火的走舸，疯了似的撞到了受伤的宋舰上，几块着火的木板正好打到了装满火油弹的坛子里，宋舰的甲板上，立时燃起滔天大火。

“继续追击！”薛奕铁青着脸，重复了一遍命令。

薛奕的座舰上，所有的风帆全部张开，不依不饶地朝着交趾斗舰逃跑的方向追去。

交趾水军更加熟悉海洋的情况，而宋军战舰却有更快的速度，这场南海上的追逐战，持续了三个多时辰之后，交趾水军的主将，才不得不面对必须一战的现实。而当双方再次交战之时，除去在追逐的过程中触礁沉没以及落队的战舰，交趾水军只余下十艘战舰，而薛奕的身后，也只有六艘战舰。

交趾水军仿佛又看到了胜利的希望。在数量上，他们再次占据着绝对优势。对宋军的远程打击能力心怀忌惮的交趾水军，将胜利的希望寄托在接舷战上。不顾宋军的箭雨，交趾主将命令自己的舰队一面用弓箭回射，一面不顾一切地靠近宋舰。

但当交趾的斗舰快要靠近宋舰之时，怪事发生了——宋舰竟然纷纷主动靠了过来，率先用乌鸦嘴搭上了交趾的斗舰。交趾的水军将领们甚至没有时间嘲笑宋军的“有勇无谋”——准备接舷战的士兵都聚集在甲板上预备着厮杀，这时候，从宋舰上扔过来十几个黑黝黝的东西，上面还有一根线在飞速地燃烧着——紧接着，轰，轰，巨大的爆炸声在一艘艘交趾战舰上响起，许多人还没弄明白是怎么回事，便被气浪冲到海里，甲板上到处都是血肉横飞……交趾舰队的主将和他的十余个僚属被当场炸死，交趾士兵还未来得及从霹雳投弹的爆炸中回过神来，宋军士兵已经踏着乌鸦嘴冲杀过来……

2

“此战得胜，交趾人见识到薛奕的舰队，便能知道大宋随时能向红河出海口运送数以万计的精兵，并且可以水陆夹击河内。这样的情势下，李常杰断不敢拒绝朝廷的任何‘美意’。”枢密副使王韶向皇帝介绍薛奕海战胜利的经过时，声音亦抑制不住激动。海上的功业也是了不起的成就。薛奕的官职低微，没有资格直接递送奏章——但这一次胜利之后，他的身份、地位都必然会有所不同。

石越也笑道：“是以大宋水军在吉婆岛驻扎数日之后，李常杰最终答应了朝廷的所有要求，沈括与薛奕一道和李乾德签订了盟约后，已准备启程回国。”

“这是《升龙府盟约》的大概内容，还要请皇帝钦准——”韩绛也显得甚是高兴，“交趾永为大宋藩属，交趾嗣子继位，须经大宋皇帝册封。交趾不得对他国称臣。大宋皇帝恩许大宋臣民与交趾互市，大宋船队可在交趾沿海指定的十三个城镇与交趾互市，关税不得超过二十分之一，前十年之关税由大宋征收，用以补偿大宋军费。交趾须为大宋船队提供有偿补给与帮助。吉婆岛与对岸之归义城[1]为大宋国土。交趾须协助大宋修筑归义城。交趾须协助大宋各学院学生在交趾进行博物考察。交趾明定儒家为国本，用儒家经典进行科举考试选拔官员，大宋有偿协助交趾创办学校。大宋许可交趾臣民赴大宋参加科举考试，中第者可以回交趾担任官职。交趾嗣子必须在汴京番学受三年之教育。交趾每年朝贡之物为……”

王珪首先皱起了眉来，笑道：“臣怎么听着这个盟约似乎给朝廷带来了一堆麻烦。除了得到一个海外小岛和一个城池外，什么也没有。筑城、守城，都是一大笔开支。”

石越见皇帝也有疑惑之意，连忙笑道：“归义城与吉婆岛，不过是监视李乾德之意。只需派数百人驻扎便可，只要我们有随时夺回来的能力，这种海外之土，就不用劳民伤财地去驻守。陛下可以下德音，将要处死的刑犯全部流放到那两处去编管。这份盟约真正的目的，是为陛下子孙得到了交趾一国的臣民。”

“此话怎讲？”

“自秦汉以来，交趾便为中国郡县。但自唐代以后，交趾便割据分裂，沦为蛮夷。陛下若徒以武力兼并，只能得其地，不能得其民。且南交偏远瘴疠之地，国家耗费军费驻扎，所得不足以偿所失，使陛下虽然得扩地之虚名，却以四夷害中国，非策之善者。而今之策，乃是让交趾国用自己的财赋教养臣民，而其臣民学习的是儒家典籍，他们的老师也是大宋人。时日浸久，交趾的百姓由夷返夏，自不待言。他们自会从心里认可大宋的皇帝才是这个世界上理所当然的共主！如此所费有限，而陛下虽不得其地，却能得其民。”石越努力地向赵顼推销他的文化殖民主义，“依着这份盟约，将来交趾的官员都是大宋培育，官员中必然大部分都亲宋。这岂不远远好过直接占领交趾。所谓‘上兵伐谋，其次伐交，其下攻城’，此之谓也。这其实是不战而屈人之兵。”

他这番话倒是引起了一些人的共鸣。赵顼也笑道：“这话倒是不错。这回薛奕将俘虏的船全部送回国，朕打算将这些船放在金明池，给百姓们也看看。他与沈括的功赏，两府可以商议了报上来。另外，便是派谁去驻节归义城，给个什么官职为好？”

“臣以为官职不可过高，以正七品左右为佳。”一直没怎么开口的吕惠卿忽然说道，“至于官员，选派武官最好。”

石越若所有思地瞥了吕惠卿一眼，笑道：“臣亦赞同吕相处置，日后陛下的海外国土定然会越来越多，至于官名，臣以为不如便叫权持节都督海外归义城军政事。”

“那便准奏。”

[1] 海防城市。

吕惠卿见一切都说得差不多了，因从袖中取出一份奏折，道："陛下，前往桂州召沈起的使者已经回京。昨日政事堂臣当值，有一份章奏要递呈皇上。"

"哦？"内侍从吕惠卿手中接过奏章递给赵顼，赵顼接过细读，表情忽然凝重起来。韩绛、石越等人都是莫名其妙，不知道吕惠卿闹的什么玄虚。赵顼看完之后，将奏章轻轻放好，游视众人，最后将目光落在石越身上，笑问："石卿现在有多少田院地宅？"

众人越发不解，石越也是一怔，答道："臣蒙陛下圣恩，所赐田宅，现在已有近百顷，具体数额，臣却不清楚，这等事还要问臣的管家才知道。"

"想不到石越倒是小事上糊涂。"赵顼笑道，"朕听说卿分了五十顷地给卿的兄长？卿的田产，都在什么地方？"

石越见皇帝问得稀奇，心中不免不安起来，忙回道："臣的产业，都在汴京与老家两处。"

"只有这两处吗？"

"臣除此以外，的确已再无产业。"石越斩钉截铁地答道。

"那么是谁在桂州等数州兼并良田数百顷？"赵顼神色中已有责怪之态。

石越完全是丈二和尚摸不着头脑，愕然道："陛下，臣在桂州，绝无产业。"

"子明，兼并良田已是不对，还要巧取豪夺，逼得数十家走投无路，又让地方官镇压，却未免太过于心狠。"吕惠卿在旁冷冷地说道。

"什么？"不要说石越，便连韩绛、王韶、冯京等人，全都怔住了。

"陛下！"石越惊讶之后便是生气，继而又觉荒唐，竟忘了礼数，亢声道，"臣绝不敢做这等欺君害民之事！请陛下明察。"

赵顼看了看手中的奏折，又看了一眼石越，微微摇头，道："卿远在京师，自然不会去做这等事情。但难保卿的亲戚朋友门客，没有借着卿的名义为所欲为。""这……"皇帝这么说后，不仅石越，旁边的众人也都迟疑起来——说石越兼并，的确让人感觉匪夷所思，但是说到他的亲戚朋友门客，那又有谁敢保证？就算是石越，也不敢打下这包票。赵顼又道："这件事朕一定要查个水落石出。使者去桂州罢免沈起——居然引出数十户百姓联名告状，告的竟然是朕的弘股重臣，翰林学士！"皇帝的语气很平静，但越是如此，就越让人觉得心惊。

石越近乎无礼地直视皇帝良久，忽然缓缓跪下，沉声道："陛下，若臣果真做了这样的事情，甘愿受罚！"

其实当时位高权重的大臣，在各地兼并田产、广置物业，都是再平常不过的事情。似王安石、司马光这样清介的是极为少见的。其余之人若说有什么区别，不过就是做得漂亮不漂亮罢了。韩绛、冯京见皇帝如此"小题大做"，早就不以为然。韩绛存心要卖个面子给石越，当下出列说道："陛下，石越人才难得，岂可因小过而……"

"韩相公。"韩绛的话没有说完，便被石越打断了。石越板着脸，昂然道："多谢相公为在下说情。不过若我果真做出这样的事情，则是愧对陛下知遇之恩，又有何面目位列朝堂？臣再无他想，只请陛下遣一能臣查明真相，还臣清白！"

赵顼见石越如此理直气壮，神色稍霁，温言道："朕与卿君臣相知，不比他人。他人若是这种过错，自有国法绳之，用不着朕来生气。但若是卿发生这样的事情，朕须容不得卿去欺压百姓，欺君瞒上。同样——"赵顼又看了一眼奏章，冷冷地说道："朕一样也容不得有人来诬陷朕的重臣！"

"臣谢陛下隆恩！"石越顿首道。

"这件案子，御史中丞蔡确，监察御史蔡承禧去审理，朕要亲自看全部供词。"

3

"石子明暗中派人在广南西路诸州县兼并田地？"一辆漂亮的四轮马车内，王昉瞪大了眼睛，不可思议地望着清河郡主。

清河郡主抿了抿嘴，轻轻道："我也是入宫时听太皇太后与太后、皇后聊天时说起的，"她顿了一顿，又补充了一句，"但究竟真相如何，眼下还不得而知。"说完了这一句，她又有些后悔，怕被王昉看出她对这件事情的过分了解与关切，毕竟她与石越也是曾有过许婚之说的。

但王昉摇了摇头，却显然没有留意到她的心思，"我不相信，"王昉沉吟道，"石越这个人虽然不怎么样，可也不是目光短浅之辈。他要兼并，不去杭州兼并，反去广西那路偏远之地兼并，实是不合情理。只怕是他家的什么人在外面为非作歹吧！"

清河郡主见王昉神情郑重，忽地捂嘴轻笑起来。

"你笑什么？"王昉奇道。

清河揶揄地浅笑，轻轻道："石越的家人不就是你们家吗？他兄长听说是个老实人呢。"

"我们家哪会有人在外面惹是生非呀！"王昉一本正经地说道。

"是啊，是啊，是我胡说了——我们家又哪会有人在外面惹是生非呀？"清河郡主拖长声调，学着王昉的语气说道。王昉这才省得清河是在取笑她，呵呵双手，就去咯吱清河。清河郡主一面伸出手来挡，一面取笑道："你们家的人可了得呢，便是连太皇太后也说桑……"

“太皇太后？太皇太后说桑郎什么了？”

清河郡主眼波流转，嫣然道：“太皇太后说了什么呀？……嗯，你先告诉我今天去白水潭学院究竟是做什么？”

王昉笑道：“郡主到了那里，自然就知道了。”

清河郡主撇了撇嘴，笑道：“那桑夫人也自己去问太皇太后好了！”她有意将“桑夫人”三个字咬得极重，语调更是拖得极长，语气中全是戏谑之意。

王昉侧着头，望着清河郡主，笑道：“你告诉我，我也告诉你。如何？”

“遵命，桑夫人。”清河郡主在外人面前端庄娴雅，直似庙里的菩萨，唯有和王昉在一起，才显露出一个妙龄少女活泼的天性，肆意地打闹嬉笑，因此二人闺中之谊，实是非比一般。当下忍住笑说道：“前几日我进宫给太皇太后、皇太后、皇后请安，因听皇后说，淑寿公主很喜欢石学士，皇太后便笑道：‘可惜石越没有孩子。’皇后笑说：‘石夫人韩氏已经有喜了。’皇太后说：‘韩氏聪明剔透，说话行事都得体，我倒是很喜欢她。只是听说她本家有个哥哥，却是个硬骨头，办报纸得罪过不少势家，连石越都骂过的，却不知一母同胎，怎的竟生得如此不同？反倒是妹妹好过哥哥。’太皇太后拿着玉如意敲了敲，笑道：‘你却是不知道，她哥哥现在长进不少。结婚之后，一日比一日的稳重。待到明年会试，白水潭学院再考上几十上百的进士，将来这个人可了不得。’——姐姐，你说，太皇太后可不是在夸你的桑郎吗？”

王昉出身宰相门第，于普通功名利禄，未必看得太重，但对于皇室的评价，却不能不十分重视，因此也常常会透过清河郡主，以及一些熟交的夫人小姐，侧面了解内廷与朝廷的意见，然后小心地提醒桑充国注意。是以婚后，王昉俨然竟成了《汴京新闻》的“幕后总编”，而《汴京新闻》的风格也变得更加稳重成熟。外人皆以为桑充国更加历练成熟，却不知道竟是一个女子的功劳。但这时候她听到太皇太后那不冷不热的评语，竟是怔住了。直到清河郡主唤她，才猛然回过神来，心不在焉地笑道：“太皇太后也是说笑而已。”

清河郡主望了王昉一眼，忽然悠悠叹了口气，轻声道：“女子嫁了人，果然便一心一意都为着夫君了。”

这一声感慨说得王昉俏脸通红，不由低声啐道：“你也会嫁人的，皇太后亲自为你择婿，你当我不知道呀？”

清河郡主顿时脸如霞染，一直红到耳根，半晌才低声啐道：“你不要胡说八道。”

“我何曾有胡说八道？都说你那未来夫婿是再世潘安呢！”王昉笑道，“狄武襄的三公子狄詠——我说也唯有这样的人物，方配得上你。”但清河郡主的笑容，却似慢慢地僵住了，过了良久，她才苦笑着摇了摇头，却欲言又止。王昉看在眼里，不由关心地问道：“郡主，怎么了？难道竟是不喜欢……”清河郡主却紧闭着双唇，默不作声。王昉猜测道："狄三公子人品出众，难不成郡主竟会是嫌他是个武夫？"半晌，清河郡主方轻轻摇头，神情中竟带着些苦涩，过了良久方低声说道："你可知道蜀国公主的事？"

"蜀国公主？"

"本朝的公主之中，论相貌、才华、品行，谁能在蜀国公主之上？但千挑万选，还是……王驸马……王驸马对她……原来竟是这般……以前也有过王驸马风流不羁的传言，听说现在越是变本加厉，竟容小妾轻辱公主。但公主却生怕驸马被降罪，一直隐忍着不说，所以竟连太皇太后、皇太后、皇后都被瞒得死死的，丝毫也不知情。若非柔嘉那日撞破几个侍奉公主的宫女私下哭泣议论，便连我，也不知道竟还有这样的事！"

"怎么会这样？"王昉听清河郡主说得含糊，便也聪明地不敢追问。有些事情，女孩子本就不好开口，何况事涉宫闱，更是不便议论。

"听说是因为王驸马觉得自己才华出众，却因娶了公主，阻了他的前程——本朝之法，你也不是不知，蜀国公主是何等尊贵清洁的人物？又哪里会去学那些下贱的女子般去做些无耻之事，讨他欢心？"

王昉一时无语，蜀国公主与驸马王诜之间的事，她也不是全然没听过传言：蜀国公主温柔娴雅，一贯为人称颂，但王诜也是开国功臣之后，文采风流，也是有心做一番大事业的，却因尚主而前程受限，心中颇有不平郁郁，于是纵情声色，冷落了公主，但公主对他却是一心一意，所以一直瞒着此事，不敢叫皇太后知道。想到这里，她随即便悟到清河郡主为什么会黯然了，于是轻声问道："郡主是怕狄三郎……"

清河郡主幽幽说道："本朝的例典，尚宗室之女，便再不可领兵。这为的是严防外戚之乱。狄武襄公之后，只怕也不是甘愿默默无闻的人。我却是实在不愿他日受辱。"

"似王诜那般的人，终是少数。郡主也无需太过介怀，缔姻皇室，是多少人盼也盼不来的荣耀！"

清河郡主涩然道："是啊，多少人盼也盼不来，所以我倒宁愿嫁个庸碌之人，那么至少还能有郡主的尊荣。"

王昉握起清河郡主的纤手，柔声道："你是堂堂郡主，有什么好担心的？何况狄詠未必是这样的人，我请桑郎托人帮你询查他的人品德行好了！"一面却岔开话题笑道，"今天我带你去，却是看一位了不起的姑娘。"

"什么了不起的姑娘？"

"她是大程先生的女儿，据说河洛一带的名门望族、少年英杰，为了想娶这个姑娘，把程家的门槛都踏破了，却终是没有一人让程家看得上眼的。"

“啊？”清河郡主轻笑道，“那是个什么样的人儿呀？”

“你见了定会喜欢的，”王昉笑道，“我第一次见到她时，看着她那动静举止，竟要以为自己是个乡下人了……听说她自搬到白水潭后，虽然深居简出，可却是把白水潭图书馆的书看了个十之七八。若是说起经义道理来，就连二程也难她不住，有时候甚至要向她请教呢！前不久做了一篇《问道》，拿着几位大家的著作，提出来十八个问题，石子明听了也连连夸赞，只道是五年以来，除了我爹爹，没有人见识及得上这位小姐。”

“啊，那岂不是个女博士？素来女子无才便是德，只怕太过聪明……”清河郡主说到此处，方觉失言，连忙止住。王昉却丝毫没有在意，自顾自地说道：“我向来以为自己是女子中的聪慧者，却不知天外有天，人外有人。这位姑娘不仅学问道德出众，便是相貌，也是说不出来的可亲可爱。以前我老笑郡主是菩萨，见这位程姑娘，方知郡主是假菩萨，她才是真菩萨。皮肤便如定窑的瓷器一般白润，五官不是五官，竟似是玉雕成的。你见了她，虽不觉得是倾国倾城，却自然而然地觉得可亲可敬，想要和她亲近说话。我虽然是一个女子，也会对她生出喜爱之心哩！”

“若这般说来，这个女子不是天人也似？她闺名唤作什么？”

“程琉，小字唤做‘璃璃’的。郡主见了，便知道了。”

二人一路说着程琉的种种事迹，马车从西面的旧郑门拐了个弯，直奔西南面的戴楼门而去。在将出戴楼门的那一刹，风动车帘，缝隙中王昉竟见两个熟悉的身影从眼前一闪而过。“他们怎么到京师来了？”她不由得心中纳罕，不明白大哥王雱的书童，怎么竟到京师来了？

此时，开封城外北郊的一座小山林中。潘照临、陈良、唐康、秦观等人率一众家丁簇拥着一身紫衫、骑白马、挟弯弓的石越在林中穿行，众人一面走一面说着闲话。“潜光兄，去桂州调查的人，安排好了吗？”

“公子放心，已经安排好了。我也想明白究竟是谁这么大的胆子，居然敢陷害公子。”潘照临仿佛感觉自己被人家打了一巴掌。

“去宣诏的王忝，不过是个中书舍人，我打听了他的底细，他断没有胆子来陷害我。他是迫不得已接了数十个百姓的状纸，又被人暗示，不得已才上报中书门下的。此事背后一定有人弄鬼。唐二叔那边来信了吗？”石越平静的声音中透着一股寒气。

“还没有。”唐康接过话来，答道，“我回家也想了一回，若按那些状纸所说，是有一个叫石珍的人拿着大哥的书信，还有一枚大约是伪造的印章，往来诸州县，强买田地。我家中诸位叔伯堂兄，纵有不肖，也不至于如此大胆。”

“嗯。”石越漫应一句，举起马鞭顿了顿，忽道，“若是别人陷害，我也不怕。若果真是跟我的人胆敢如此，我却断不能容他。”

“我们理会得。”众人赶忙齐声答道。

“此事不过三种可能，要么是我自己做的；要么是我家中门下果真有人胆大妄为；要么便是有人陷害我。那个石珍干下这么大的勾当，背后没人撑腰，我却不信。”

潘照临苦笑道：“我看咱们府上也没有人有这种本事。虽然亲戚繁多，门人家丁，也不在少数，难免有不肖之徒，所谓宰相门前七品官，出去便能为恶。但家中的家规森严，我谅也没有人敢犯，何况又是这样的大手笔。根据现在的线索，那个石珍不是等闲之辈，熙宁七年他运过粮去灾区，得过太常寺颁发的奖章，他配着奖章，拿着莫分真假的印信，也难怪能得志一时。桂州偏远小郡，那些地方的县官，谁又敢来问公子真假？”

“沈起也不敢吗？”石越反问道，一片栖鸟被他的话惊起，乱糟糟飞上空中，“沈起不是怕事的人，他是敢惹事的人！”

潘照临沉思半晌，道：“此事还得从桂州调查起，最要紧的是抓住石珍。只要抓住人，不怕他不说真话。只是这若是个阴谋，也未免太简单了。即使石珍跑了，那些印信核对一下，就能分出真假了，抓住石珍，不过是可以揪出幕后指使的人而已。谁会这么傻？”

“大哥，我倒有点儿明白了——”唐康沉吟道，“此事会给大哥带来什么损害？皇上对大哥一向信任恩宠，为何这次却又大发雷霆？”

石越和潘照临听到这两个问题，顿觉心中似乎有什么东西一闪，二人连忙勒住坐骑，沉吟思忖。片刻之后，二人同时轻轻“啊”了一声，石越叹了口气，说道：“原来如此！”潘照临赞赏地看了唐康一眼，笑道：“吕吉甫真是了不得。”

“虽然知道了，可一时也难有良策。”石越拿着鞭子，不停地在手中轻轻敲打，苦苦思索。潘照临也默默不语，似乎在想着对策。

秦观与陈良却是茫然不解，秦观悄悄走到唐康身边，低声问道：“康时？”唐康知道他想问什么，笑道：“少游兄试着反过来问问，便知端倪，我问你，皇上为何会大发雷霆？”

“这样的事情，皇上岂能不怒？”秦观一脸愕然。

唐康摇了摇头，叹道：“少游兄，皇上正要锐意进取，一切改革措施都有赖于家兄，以皇上的脾性，是绝不可能为了一点小过而责罚家兄的。除非这件事情对变法有很坏的影响。”

秦观依旧没有明白。

“我想那个石珍，可能确是有人想陷害大哥。也许还有其他厉害的手段还没使出来，或者来不及使出。但那人未必是吕吉甫。但吕吉甫却是看到了这后面的机会，善加利用。此人真是善于把握时机！”唐康感叹道。

秦观依然想不清其中的曲折，不好意思地笑道：“这又有什么机会？只要调查清楚真相，不就一切大白了吗？”

“那时候就晚了。”唐康冷笑道，“这才是吕吉甫的厉害之处。皇上马上就要正式公布官制改革，左右仆射六部尚书九寺卿一切重要职务，都要公布人选。家兄本来定为太府寺卿，改革后的太府寺卿是仅次于户部尚书的财政大臣——但若这时候，家兄正陷在一起严重影响声誉的案件中，你要让皇上如何服众？到时吕吉甫就可趁机提出他的人选，将家兄排斥于尚书省之外。皇上即使再加宠眷，也不过是继续做学士——以改革后尚书省的权力来说，一个翰林学士又岂能主导变法的进程？他吕吉甫自然顺理成章可以唱回主角。待这案件澄清之日，尚书省众相早已各安其位，若无大过，岂好轻易罢免？要任用家兄，起码也要两三年之后……到时众多的预备措施，说不定吕吉甫稍加改变就会加以施行，将名望与功绩全部揽到自己身上，若有成效，两三年后他已地位巩固，牢不可破；若无成效，自然于大哥身上也没什么光彩。”

秦观听到唐康娓娓而谈，背脊上冷飕飕的寒气直往上蹿。他万万想不到，一桩看起来愚不可及、简单明了的陷害案，能够被人发挥到可能影响到朝局的地步……“这些钩心斗角……”秦观游顾四周诸人，心中冒出一股凉意，“吕惠卿的聪明才智，用来争权夺利，已是如此可怕；幸好石越和这些人还有着为国为民之心……”他完全不敢想象下去了。

唐康却没有去在意秦观，只喃喃道：“皇上大怒，是因为皇上已经意识到了这一点。皇上既说了要提前改革官制，话不能收回；可偏偏出了这样的事情……”

“如今之计，是要赶快澄清这件事情纯粹是诬陷。只要澄清此事，镇压交趾，学士有建策之功，到时候大加宣扬《升龙府盟约》的文治武功，朝廷便可以借此声势，将官制改革顺顺利利地推行下去。并且可以借此机会，逐步开始进行军事改革！”潘照临笑道。

一直默不作声的陈良早已听到惊心动魄，这时听潘照临如此说，不由精神一振，笑道：“这只是大坎之前的小坎？”

“这是许多大坎前面的小坎。”石越看了他一眼，淡淡笑道。

但这个小坎也不是那么好过的。按先前确定的方针，皇帝将在四月廿五日公布官制改革中的大部分内容；五月一日大朝会，公布中央政府三品以上官员的任命，同时下令增建“海船水军”，建设港口，增设市舶司，并诏令新任太府寺卿厘定新的“市舶务敕令”草稿。不出意外，皇帝还会在这一天正式宣布对交趾的武功，嘉奖有功人员！五月一日那一天，石越究竟是太府寺卿兼参知政事，还是依然做翰林学士，很大程度上便取决于短短七天之内，石越有没有可能澄清自己。

正如石越等人所料，变法并没有因为“石珍案”而停住脚步。

四月廿四日，赵顼在崇政殿召见两府、学士院、御史台的大臣，最后一次确立官制之细节。讨论从早晨持续到晚上。每个部门每个职位都进行再一次审核。

次日朝会，赵顼向天下颁布《熙宁八年新官制第一敕》，烦琐复杂的官制改革，正式开始。“朕要在今岁之内，结束官制改革之过渡期！”皇帝以威严的语气，向庞大的官僚机构展现他的决心。这是对一个庞大官僚体系进行的外科手术。

赵顼首先做的，是稳定人心，满朝的臣子都在关心着新官制推行后自己的官位。禁中右掖门东面，原本是中书门下省在东面，枢密院在西面，两府遥遥相对，称为“东西二府”。赵顼以非常的效率与果断，将中书门下的官衙改称“尚书省”，迅速任命了尚书左右丞以下的官员，让几位宰相暂时保留原有的职务与官名，搭起尚书省的架子。然后将中书、门下二省迁到尚书省北面紧挨着文德殿的几个院子中；将枢密院北面的院子，划归门下后省，任命了门下后省的官员。在大宋少有的雷厉风行的作风之下，不过两天时间，中枢机构就可以基本上维持运作了。

几乎同时，赵顼又诏令以冯京为权吏部尚书，简拔刚回京的范纯仁为权吏部左侍郎，以翰林学士韩维为权吏部右侍郎。令三人以原中书门下堂官、审官院等机构官员为基础，选择在京官吏，经尚书省、门下后省同意后，即颁布任命，在宣德门外御街东侧的官衙中建立起吏部。

仅仅三天时间，官制改革的核心机构，便已全部粗具规模。

然后，尚书省与吏部在赵顼的督促下，颁布了“以阶易官”的转换表，废除原有文散官，将所有文官旧的寄禄官一律按规定改换成新的散官。并同时向天下官员颁布诏令，宣布此次改革，暂时只涉及文官；勋爵、祠禄官、贴职等暂不涉及；地方官员差遣亦暂时不变；中央机构职事官未接到新任命之前，照常处理事务，直到接受新任命或与新委任官员办好移交为止。为了严防作弊请托，皇帝更是断然下令，在此期间，所有批文往来必须有清楚的记录，否则罢官夺告身，永不叙用。尚书省、门下后省、吏部，包括拟诏的学士院、舍人院所有官员一律住进官衙，由皇城司派兵吏锁院，禁止无诏外出。尚书省、吏部召见新任官员，皆须有第三人在场。

在如此严厉的措施之下，身为翰林学士的石越，与身为参知政事的吕惠卿，全部都困在了禁中。石越万万想不到，当初自己给皇帝的建议，竟成了捆住自己的一根绳子，眼前的困境，也只能指望外头的幕僚们了。

皇帝是如此重视这次改革，凡五品以上的职事官，也就是诸部各司郎中以上官员的任命，皇帝都要亲自过目，并一一接见。在此期间，石越一直陪在皇帝身边，向皇帝介绍这些官员的能力与声誉，向皇帝提供自己的意见。这是一个让无数人羡慕的美差。但在迩英殿一天站上九个时辰，中间连吃饭都不敢放肆，无论什么样的美差，同时也必然变成一种苦差。

所以，当子时的钟声响起，石越拖着沉重的双腿回到学士院后，一向习惯自己照顾自己的石越，也没能抵制住眼前的诱惑——他听之任之地让皇帝特意分配来照顾自己的内侍脱掉了自己的靴子，伸进温热的清水中——让一个宦官给自己洗脚，的确是一种奇特的体验！石越没有忘记在心里讽刺着自己。他看了那个内侍一眼，见他年纪轻轻，长得白净高大，竟有几分英俊，却不知为何来做这种贱役，当下竟忍不住问道："你叫什么名字？"

那个内侍连忙尖着嗓子答道："回学士，小人叫童贯。"

石越早已疲惫得迷迷糊糊，一时也没有听清，反问道："童贯？这个名字好熟，我以前见过你吗？"

童贯谄笑道："小人进宫不久，还是第一次有幸见到学士。"

"哦。"石越正要闭目养神，忽的灵光一闪，双脚一个哆嗦，腿一伸，竟把水盆蹬得老远，热水流了一地，"童贯？"他倦意全无，瞪大了眼睛，上下打量着这个年轻人，不可思议地问道："你就是童贯？"童贯被他问得莫名其妙，还以为什么地方没有服侍周到，忙不迭道："学士息怒，学士息怒。"

但饶是石越如今已是"见多识广"，王安石、司马光、苏轼、蔡京……什么各式各样的人都见过了，但一个直接造成北宋亡国的大奸宦，忽然出现在自己身边，替自己洗脚，自己还浑浑噩噩地没有反应过来——这实在不能不说是一件极其吊诡的事情。看着眼前的这个家伙，想着他的种种"劣迹"，石越竟是呆住了。半晌，他才哑然失笑："管他是不是童贯，现在他又能有什么本事为恶？"但心里却毕竟有着一种偏见，当下只冷冷说道："方才水太凉了，去换盆水吧。"

"小人立即去换。"童贯连忙答应着，谄笑着捡起盆子，轻轻退了出去。

石越望着童贯轻轻走出门去，方无可奈何地叹了一口气，来到这个世界上，总要和各种人打交道的。和童贯相遇，既是偶然，也是一种必然吧？"只是，不知道这时碰见这个阉人，究竟是凶是吉？"石越心中自嘲地想着，"碰上这种东西，估计不会是什么吉事。"

石越这边困在禁中出不来，为了避免给人口实，也不敢递消息。外面潘照临等一干人也忙得四脚朝天。七天的时间，无论能不能找到石珍，都已经来不及了。所以潘照临定下的策略第一就是"撇清"。只要能证明石越与这案子无关，案子什么时候破都不重要。好在石越亲戚并不多，家人门客也有限。这些人的名籍田产，很容易厘清，排除掉这桩嫌疑之后，石越的嫌疑就洗去了一半。

另外就是要设法找到石珍伪造的印信，只要证实是伪造的，那案子虽然未破，但石越亦可以立时由嫌疑人变成受害者——至少皇帝在心理上，会倾向于相信石越。从政治上来说，这就完全足够了。这些印信流落在各州县的官员手中，但都远在广西，调过来核对已来不及了，而蔡确又指望不上——蔡确接过这桩案子后，只是简单地询问过沈起、王泰之后，就发文给桂州苏缄，“耐心”地等待那边移来石珍和涉案文书档案。他的心思也许是放到了官制改革之上，也许是另有隐情。总之他有充分的理由暂时不去搭理此案，别人也拿他无可奈何

但却也并不是完全没有办法——潘照临就坚信，不管这个构陷是怎么来的，沈起手中于情于理，都会保留着这些伪造的印信，除非他傻得愿意自己去扛全部的责任。他通过田烈武寻来东京最负盛名的几个小偷，于是沈起被软禁的驿馆，多了几个梁上君子进进出出。

4

四月廿八日的清晨，沈起看着空空如也的箱子，面如死灰。钱财只是身外之物，丢了就丢了，他虽然此时正值晦气之时，也未曾将之放在心上。但那封信的丢失，却让他意识到出大事了！寻常盗贼，是决不会偷他书信的。

“沈使君！”

沈起被吓了一跳，霍地转过身来，却见是两个清秀少年，他认得这是王雱的书童王芃、王兰。连忙收敛心神，努力镇静下来，勉强笑道：“是你们啊！”

王芃、王兰给沈起见了礼，方说道：“沈使君，可是出什么事了吗？”

沈起故作轻松地笑道：“不过被小贼偷了一点银子。怎么样？二位见过蔡中丞了吗？”

王芃、王兰相顾一眼，王兰立时走到屋外，王芃又游视了房中一眼，见再无旁人，这才说道：“已经见过了。”

沈起稍稍放下心来，笑道：“来，咱们坐下说话。”

王芃也不推辞，与沈起相对坐了，道：“蔡中丞说皇上正在恼怒当中，此事甚是难办。”

沈起“哑”了一声，冷笑道：“还不是索要贿赂？皇上怎么看这件事，还不是公卿一张嘴说死说活？往坏里说，我这是抗旨兴事；往好里说，就是为国者无暇谋身。春秋经义里，还找不到替我辩护的话吗？”

王芃微微一笑：“正是。不过我家公子早有妙策——他知道蔡中丞现在也是骑虎

难下，进退维谷。”

“怎么说？”沈起不觉向前倾了倾身子，专心听王雱的书童给他分析朝中大势。他深知王雱热心权术，虽身在江宁，但是于汴京朝局洞若观火，加之王安石虽已罢相，但新党之中，未必没有依附传话之人，王芃虽只是个书童，可在这样的主人身边，知道的事未必会少了。

“沈使君治民打仗，都是个人才。但若论到对朝中大臣的了解，却不及我家公子。如今我家相公退居金陵，朝中主张变法的大臣，以吕参政、蔡中丞、曾计相三人为首。我来京师之后，曾计相也去了广州，那么此刻，朝中自然只余下其余两人。”王芃娓娓道来，神情竟似教授弟子一般。

沈起心中冷笑了一声，脸上却做出虚心受教之态，点头道：“正是如此。”

王芃见他如此，更加矜持，昂然说道：“既以二人为首，那其他支持变法的臣子，便只有四种选择——或支持吕；或倾附蔡；或观望；或者干脆投奔正得势的石越！而石越此人外似忠厚，内怀奸诈，是十足的伪君子，但凡此类人，久必败露，众叛亲离。所以吕参政与蔡中丞心中所想的，必是由谁能继承我家相公之位，得到皇上的信任、众大臣的支持，来主导变法。这却是瑜亮之争。”沈起自然知道王芃对石越的评价殊不可信，不过对于吕惠卿与蔡确的心理分析，他倒是深以为然。“所以沈使君也无须太过担心。吕参政如今在朝中支持者寥寥，那些亲附他的多是些无知无学的小人，不过想借此幸进。下无有力大臣的支持，上也无皇上的信任——皇上此时的信任，还是全在石越身上。故吕参政对我家相公，还会装成尊重之态，否则只怕内外交攻，立时便要被逐出朝廷。蔡中丞身在御史台，身份超然，可让他坐享清誉，他既交好冯京，又向石越示好，与旧党、石党若即若离，这是他的优势，但也是他的弱点——若他无所顾忌打击支持变法的大臣，甚至涉及我家相公，沈使君试想一下，支持变法的大臣将如何看待他？若果真如此，他就只有彻底转向，依附石越——但是他之前弹劾算计石越不少，他又如何肯信得过石越？雷州、崖州，说不定便是他的终老之地。”

沈起听了这番话，细细思忖，似乎觉得颇有道理，但又隐隐觉得其中似乎还少了点什么，可一时间竟想不出来。迟疑半晌，问道：“既如此说，那为何蔡中丞说难办？”

王芃笑道：“沈使君还不明白吗？蔡中丞当然难办，因为吕参政正拿着您做棋子，逼着蔡中丞落子呢。蔡中丞若放过您，皇上那边如何交差？石越那里如何交代？若是严惩您，我家公子那面，他又当如何处置？他想干干净净，却偏生不能，岂不为难？这中间最痛快的，就是吕参政了！”

沈起心一沉：“这么说来？我的事情岂不是……”

“沈使君自己也说了，春秋经义中，一定也有帮您开脱的那一条。所以您不用着急，蔡中丞一定会拖，拖得皇上火气渐小，拖到他可以从宽处置。这样他才能把事情做得圆满。如今朝中局势瞬息万变，一切都有可能发生。只要待我家公子病体稍愈，沈使君即使是这次稍受委屈了，我家公子也能帮您把这委屈加倍地补还过来。”

沈起望着口若悬河的王芃，心中忽然泛起一阵莫名其妙的心烦意乱，还有一丝后悔。他又想起了丢失的那封信，心中竟有一种快意：丢就丢吧，丢得好！我沈起未必便是你们的棋子！

次日上午，石越陪着皇帝接见了几十个官员后，趁着中间有段时间小憩，赵顼忽然笑道：“昨天晚上，通进银台司递进来开封府的一份奏疏……”说到这里，他忽然顿了一下，看见石越一脸茫然，不由一笑，又道，“原来却是开封府推官破获了一起盗窃案——不，甚至没有破获！不过是缴获了一批赃物。”石越听出赵顼的语气带着嘲讽之意，更是莫测高深，不知道一件这么小的案子，究竟什么原因，竟会惊动到皇帝御前。赵顼嘲弄地笑道：“卿可知道这些失窃的物什是哪位官人的东西吗？”“臣……”但不待石越说完，赵顼已经先说了出来：“朕本来也觉得奇怪，心道是什么人的东西值得开封府这么巴巴地递给朕？又是什么盗窃案值得直达九重之内！谁知原来竟然是朕的前桂州知州沈起沈使君！”

“啊！”石越根本不知道外头发生的事情，此时乍闻，也完全是大吃一惊。

“开封府没能抓到盗贼，却捡到了他留下的赃物。这些赃物里面，别的东西倒也平常，唯只有一封书信，却是非同寻常。便是沈起沈使君，也还一般，更不得了的，居然还牵涉到本朝一位青年俊杰！哼哼……”赵顼越说脸色越是难看。石越听到“青年俊杰”四字，心里便是一阵咯噔，但随即又想到，皇帝既然这般说起，那么此事与自己必然无关，这才心中稍安。只见赵顼脸上的表情说不清楚是失望还是愤怒，他从袖中抽出一封信来，递给石越，咬牙说道：“卿可以自己看看，当可知道人心如何险恶法！”

石越赶忙恭恭敬敬地接过信来，略一浏览，背上已是冷汗直冒！原来这竟是王雱写给沈起的书信，那桂州田宅，自是王雱帮忙购置——但让石越想不到的是，这还只是这一桩大阴谋中的小小的一个佐证罢了！王雱之计，是让沈起派人深入交趾，买通交人将领，伪造与石越的书信。石越保证在朝中帮助李乾德，利用海船水军帮交趾攻下占城。而交趾的报答是，和大宋和平共处，在石越有朝一日不顺之时，为石越和海船水军提供据点，到时候从交趾反攻桂州，让石越割据两广为王！购置田产，不过是石越在桂州设置据点的一个伏笔罢了。王雱在信中叮嘱沈起小心行事，耐心等待时机，只待朝局有变，就抛出此计，可置石越于死地！

但是王雱却没有料到沈起罢职、交趾屈服，令得田产一案提前泄露……这桩阴谋，还没有发动就败露了。

“陛下……”石越身上冷汗涔涔，他完全没有想到，他和王雱根本就没有什么深仇大恨，如今勉强也还算是亲戚，王雱竟然如此狠毒要致自己于死地，一时间竟是说不出话来。

赵顼默默望着石越，忽然叹了口气，道：“依他之罪，便是赐死也不为过！”

石越静静地望着赵顼，见他脸上虽然大有愤怒之色，却又有犹疑之状，他已知皇帝此时兀自还在顾及与王安石的情分。若以他的本心，此刻实在恨不能置王雱于死地方能后快，但是此时的石越，已深深明白凡做大事的人，却多半做不得快意事。他控制着自己的情绪，淡淡道：“陛下，于王元泽，臣已无话可说。是可忍，孰不可忍！但是于王相公，还望陛下稍存些体面才是。陛下与相公君臣相知，臣也唯愿陛下能全始全终！”

赵顼赞赏地望了石越一眼，轻声道：“朕会派人将这封信还给王元泽。”

君臣又说了一会儿话，听到午时的钟声响起，石越方告退出了迩英殿。刚刚走下了白玉阶，便见童贯鬼鬼祟祟走了过来，低声唤道：“学士万安。”

“有什么事吗？”石越对童贯，始终有点儿偏见。

却听童贯压低了声音，说道：“刚刚学士府的书童侍剑带话进来，说府上有要事。”

“什么要紧事？”石越心不在焉地问道，“石珍案”如此顺利的了结之后，他的仕途现在看起来是可以一帆风顺了。下午皇帝将要召见准备拜兵部侍郎的郭逵，顺便讨论一下军事改革的事宜，事关重大，他甚至没有时间去高兴自己前面的一块障碍已经被扫除了，中午吃饭的时间，还要好好理一下思路才行。“小人也不知道！”童贯对石越却格外的巴结，这让石越完全不能理解——他是中官，没有必要来巴结一个外官的。“但是听说侍剑的样子非常着急。”

“嗯？”石越怔住了，是什么事让侍剑冒着禁令来见他？正思忖间，一个宦官急匆匆地走了过来，石越隐约认得这是太皇太后身边的小宦官，还不及他细想，那小宦官已经看到石越，也不待站稳，便尖声叫道：“接太皇太后懿旨！”

石越心中惊疑不定，连忙拜倒接旨。

“太皇太后口谕，让石越立即回府！”

石越不由怔住了，他谢了恩站起身来，一时间心乱如麻，不知道家里究竟发生了什么不得了的事情，居然会劳动到太皇太后下旨。慌慌忙忙出了西华门，却见侍剑早已在门外等候，旁边还有一个长相清秀的少年，相貌似曾相识，但此时他已经无心细想了，他已经看见侍剑脸上的惶急与大汗。侍剑见他出来，立即牵着马迎了过来，急道："公子，快快回府吧！夫人要生了……"

"什么？"石越的头仿佛被什么东西重重地敲了一下，一下子就懵了。梓儿此时怀孕尚不足六个月，这个时候早产，凭谁都知道凶多吉少。尤其当时卫生条件低下，即使是正常生产，为此丧命的孕妇也为数不少，何况梓儿这是毫无预兆地早产？他也顾不得许多，甚至不敢去多想，跳上马去，狠命抽了一鞭，驱马往家里跑去。侍剑与那个少年见他如此，连忙上马跟上。

一路之上，石越的脑海中一片空白，只知道拼命挥鞭往家中狂赶，什么也不敢想，生怕此时一想那些种种可怕的念头就会浮上来将他吞噬掉。此时正值正午，街上行人众多，熙熙攘攘，而从西华门到石府，还要经过许多条热闹的大街，他既没有带仪仗，更无人清道，这般纵马狂奔顿时冲得街上行人七零八落。惹得皇城司和开封府的兵丁一路叫喊追赶。

好不容易奔到府前，石越翻身跳下马来，连马也顾不得了，便径直冲进府去。紧随而来的皇城使和开封府的兵丁没料到犯事者进了石府，一个个不知深浅，在府前面面相觑，一时也没有人敢说要入府搜查。正没奈何处，又听两骑从后面冲来，两个少年下了马，一个书童打扮的人翻下马来，便也径直冲进府中。另一个少年却勒马望了这些兵丁一眼，冷笑道："你们快快散去，这是你们待的地方吗？回去上司若要交代，便说是柔嘉县主做的。"

那些兵丁听他这么一说，得了交差的办法，哪里还敢停留？顿时散去。那少年得意扬扬地下了马，便往石府走去。石府中的下人正乱得热锅上的蚂蚁也似，也无人留心他，他一路穿堂入室，直到了内堂。却见蜀国公主、清河郡主、王昉、程琉都坐在那儿发呆，阿旺等丫鬟侍婢走来走去，似那无头的苍蝇一般，石越却不在堂中，便高声问道："石越呢？去哪了？"顿时引得众人睹目。蜀国公主抬眼望见是她，叹了口气，说道："他进产房去了，怎么劝也劝不住！"当时的风俗，男子是不能进产房的，否则便会有血光之灾，但此刻的石越又怎会理会这些忌讳？

那少年笑道："啊！我现在看他可顺眼多了。鲁郡君怎么样了？"

蜀国公主摇了摇头，黯然说道："还在半昏迷当中。"

"孩子呢？"

"自是保不住了。"蜀国公主一面说着，一面双手合十，轻声祷告。少年的脸色立时黯淡下来，也不多说，转身便往产房走去。慌得众人急叫："十九娘，你去不得。"但柔嘉却早已闯进产房之中。

这个少年正是柔嘉县主，她今日正好陪着蜀国公主等人来看访梓儿。不料竟然赶上梓儿早产，家中虽有男子，除了唐康外，却都不敢踏入内房。而众女中有生产经验的，也唯有蜀国公主一人，情急之下，只得由蜀国公主来主持大局，但不料竟遇上梓儿难产，性命堪危，当下一面找稳婆来引产，一面便急急忙忙带了柔嘉进宫。因为怀胎六月早产，后果实在难以预料，蜀国公主念在相交之情，无论如何也要求太皇太后下旨让石越回府不可；同时也好带来御医。好在蜀国公主见了太皇太后，说起此事，立时得到应允。蜀国公主这便带着御医先行回到石府，柔嘉却孩子脾气，偏要到西华门外等候石越。她此时年纪渐长，略解人事，一边见到的是王诜对蜀国公主的薄情与冷淡，便想看看这不纳妾的石越对待妻子是何等模样。却不料见石越如此情急担心梓儿安危，不由得大生好感，竟替他揽下冲乱街市的罪状来。

此时她蹑手蹑脚地走进产房。却见石越坐在床头，将梓儿轻轻抱在怀中，身子微微颤抖。梓儿躺在他的怀中，脸色苍白如纸，半睁着眼睛，声音几乎细不可闻，却又隐隐地带着一丝哭腔："大哥，我对不起你。"

石越伸出手来，轻轻擦去她眼边的泪水，柔声安慰道："傻瓜，是我害得你受苦，是我对不起你才对，是我对不起你……"他喃喃地说着，声音却不由自主地发颤。

梓儿轻轻闭起眼睛，泪水却依然从她紧闭的眼中溢出。她微微摇了摇头，哽咽道："我们的孩子没有了……"石越心如刀绞，却勉强挤出一丝笑容来，柔声道："没有关系，没有关系。大哥只要你平安就好了，你平安就好了。"他反复念叨着，眼中犹有惊悸，似乎这句并不单只是安慰梓儿，还是在安慰他自己。

"可是，我真的很想要那个孩子。"梓儿的声音中，似乎有无限凄伤，令得石越的心，似乎也要在这一刻粉碎了。他俯下身去，轻轻吻去那些泪水，温柔地劝慰道："我们以后还会有孩子的，以后还会有的，很多个孩子……"他顿了一顿，忽然轻轻说道："天可怜见，你却会平安无事！"

柔嘉见他真情流露，忽然间觉得心里酸酸的，泪水也似要流出来了，她咬着嘴唇，轻轻退出房外，痴痴地想着，痴痴地想着，竟似呆了一般。她似乎很难明白，为什么这个世界上，既有王诜那样的坏蛋，又有石越这样的好人。

但石越究竟是不是"好人"，委实也很难说。

冥冥中似乎果真会有一只手在推动命运的走势。正在同一天，楚云儿昏晕过去两三次，只余得心头口中一丝微气尚未断绝了。阿沅哭得死去活来，到得最后，连眼泪都流不出来了。打发去石府报讯的人，又被石府管事的人全部打发了回来——石越还在宫中，又逢梓儿早产，谁会有心思去理会一个外人的死活？潘照临安排了个大夫，又随便派了几个人过来侍候，这些人早就听说过阿沅的盛气，这时一个个消极怠工。大夫看完之后，只轻轻说了句："准备后事吧。"便匆匆离去。

如此耗到下午，楚云儿却又缓过神来了，能睁开眼睛，似乎竟可以吃点东西了。阿沅哪里知道这是回光返照，赶忙擦干眼泪，就要去熬药熬汤，不料却被楚云儿一把抓住，轻声道："阿沅，你不要去了，陪我一会儿吧。"说着，闭了眼睛，仿佛是在积攒精神。

阿沅强作笑颜，柔声道："姑娘，我去煎药，你定会好起来的。"

楚云儿摇摇头，低声道："我是不行了。阿沅，你不要难过。我这是解脱……"

"不会的，不会的。"阿沅说着又哭了起来。

楚云儿却只是闭着眼睛，又不说话了。半晌，才说道："阿沅，我已经把你托给石大哥照料……他是个好人，他做的是大事业，你万万不可怪他……"阿沅哽咽着，又听楚云儿说道："你也不可以怪石夫人，她也是个好人……我自己命苦，不愿意你也命苦，你要记得，不可因我的事去怪旁人……"

阿沅趴在床边，泣道："我哪里也不去，我谁也不怨，我只要姑娘好好的，我情愿跟姑娘一辈子。"

"傻孩子。"楚云儿伸出消瘦的手，温柔地摸了摸阿沅的脸蛋，说道，"扶我起来，我想弹曲琴。"

"姑娘……"

楚云儿竟然微微一笑，道："谁知道阴间能不能抚琴呢？便顺我这回意吧。"

阿沅迟疑着退出房间，走一步回头看一眼，走一步回头看一眼。出了门，便快步走到放琴的房间取了琴一路小跑回来。刚刚进门，望那床上时，不由得心头一凉，手一松，琴"当"的一声掉到地上。

楚云儿的手僵硬地垂着，却已经断绝了呼吸。在她的脸上，似乎还含着淡淡的微笑。

5

五月一日的大朝会如期举行。皇帝与文武百官都穿上了正式的朝服，在大内的正殿——大庆殿举行一年三次的大朝会。仪仗是最为奢华壮观的黄麾大仗，整个仪仗队用到数以百计的旗帜，以及五千余名精壮的禁军。四象旗、五岳五星旗、五龙五凤旗、红门神旗在风中猎猎飘扬；禁军们的铠甲在阳光下闪着耀眼的光芒！

赵顼高高坐在大庆殿的御座之上，俯视着向他山呼万岁的臣子们。在今天，他要向天下宣布，他的帝国，将开始全面而深刻的变革！

礼官们有条不紊地引导着仪式的进行，石越却知道这一切不过是个仪式。所有的一切都安排妥当，公布官制改革，各主要官员的任职，公布《升龙府盟约》，宣布归义城都督，然后就是献捷仪式……

这个帝国，正慢慢地开始按照他所希望的方式来运转。

但是石越感到非常的疲惫，非常疲惫。

梓儿终于保住了性命，但是他的孩子却死掉了。年近三十的石越，其实非常希望能有一个孩子。结果在他从一桩陷害案中脱身的那一刻，在他顺利成为太府寺卿、参知政事之前的那一刻，他的孩子却死了！梓儿的身子依然虚弱，至少要一个月才能复原，更让他忧虑的，是她心中的创伤。这个孩子是她的第一个孩子，寄托了她几乎所有的期待与梦想，却在瞬间倾覆了，此刻没有人能够安慰她的悲伤，就连石越都不能，他甚至不敢在梓儿面前露出他的悲伤。他只能寄希望于时间，那漫长的时间会冲淡她的悲伤，会给她带来另一个孩子。

楚云儿也死了。自己感觉亏欠最多的就是楚云儿，她竟然与自己的孩子在同一天死去。他不知道这是否是命运的残酷安排，他最终没有能够去看她最后一眼，这让他不能不感到歉疚。每当他闭上眼睛，就会想起熙宁二年的那个冬天，那个双十年华、穿着棕黄色貂皮大衣、深绛色的缎面窄脚裤，身材婀娜多姿的女子；那个容貌清丽，眉如细黛，眼似晶珠，神韵清雅如水的女子；那个和自己在酒楼尴尬对坐的女孩子；那个默默给自己弹琴的女孩子，用那样的信赖仰慕的目光望着自己……

宣读诏令的官员大声地念着："翰林学士石越除[1]参知政事、太府寺卿……"

石越默默地听着，思绪却似在这一刻飞到了不知名的地方。不知为什么，他很想哭一场……但是他不敢。

对于升朝官来说，高潮是宣布官员的任命，还有皇上照例的恩赐。对于百姓来说，高潮却是归义城都督的任命与献捷仪式——此后，皇帝还会开放金明池，许可百姓参观被俘的交趾战舰！

"第一任归义城都督，百姓们的热情……"只有朝中的重臣，才知道这个归义城都督并非是一个美差，朝中没有什么大臣愿意去比桂州、雷州更远的南方，中原之人，谈瘴疠而色变，谁愿意死在那个遥远的异乡呢？

"以狄谘权持节都督海外归义城军政事……"

诏令从大庆殿一重一重传出宣德门，很快，京师的百姓们都会沸腾起来，报纸也会关注"归义城都督"的身份来历——为了这个，石越与尚书省诸相伤透脑筋，

[1] "除授"的简称，本义为除去旧官、授予新官。晋代以后，"除授"变成同义，简称"除"或"授"。

一个近乎贬斥的地方，要派一个让百姓觉得重要的官员，这是多么为难的事情！狄谘是天造地设的人选。他是狄武襄公狄青的次子！这一点就足够刺激百姓们的神经了。因为狄谘本是正六品武官，不得已，朝廷最终决定从权，将归义城都督的品秩定为武职正六品。

“但愿狄谘不要堕了他父亲的威名。”石越模糊地想着。

在这整整一天，他的心神都无法集中。

七七四十九天后。

汴京城南六十里的小村庄。楚云儿的冢边，青烟兀自袅袅不散，纸钱漫天飞舞，亦如花般慢慢委与泥土。

石越扶着病体初愈的梓儿，站在墓前。夕阳也似要渐渐入土了，残阳的光芒照着新坟，显出一种凄凉的红黄色。远处搭了间茅屋，那是给楚云儿守墓的仆人居住的。远远地站在他们身后，阿沅铁青着脸望着石越与梓儿的背影。

石越默不作声，这个地方，是他记忆最深的地方。他当年初到宋朝便是出现在这里。往事前尘，已如一场遥远的旧梦，现在开始的新梦是什么呢？他突然感觉到一种说不出的荒唐。

现在此处的田地已经全在他的名下。不过却不是兼并，因为他是以田易田，而且还加付相当于田产价值五成的补偿。但不论怎么样，此地现在已叫“石家村”。他将楚云儿安葬此处，究竟是为了什么，连他自己也说不清楚。

梓儿从丫鬟手里要了一炷香，给楚云儿插上，轻声道：“楚姐姐，愿你在……泉下的日子，会比这人世间更多些快乐满足。”她的声音中似有微微的哽咽，似乎是在感叹，又似是在祈祷什么，她的心绪似乎也在这一刻飘到了那遥远的地方去。

石越凝视墓碑，听了她的话，不禁微微叹了口气，柔声道：“妹子，眼下暑气未散，我们回去吧。”

梓儿点点头，却向阿沅走去，石越连忙快步跟上。

“阿沅，楚姑娘曾经对石大哥说过，要他照顾你，你这便和我们一起回府吧。这里我会安排人手照料的。”梓儿柔声说道。

阿沅身子轻颤，瞪着她冷冷地说道：“我不用你惺惺作态。我……我是不会去你们石府的！”

石越见她说话无礼，不由沉了脸，喝道：“没点规矩吗？”

阿沅嘴一撇，又狠狠瞪了石越一眼，哽咽道：“我就是不懂你们的规矩，更不会假惺惺。我在这里陪我们姑娘，不用你们装好人来多管闲事。”说罢，已经掩面跑到楚云儿坟前低声哭泣起来。先前被阿沅训斥过的那个小丫头也忽然走了过来，低声道："我们陪着我家姑娘便好，就求你们成全罢！"说罢竟跪了下来。

石越不料她如此，倒是怔住了，正要伸手相扶，阿沅已经跑了过来，一把拉起那个小丫头，狠狠地骂道："没出息的东西，谁让你给他们下跪了？他们是大官，我们是百姓，他们蛮横，我们便让他们打死就是了。有什么好怕的？"

石越见她说话越来越放肆无礼，心中更加不悦。他心中记得楚云儿的托付，已以阿沅的保护人自居，更不在乎她生什么嫌隙，当下提高声音喝道："真是没有管教了。你家姑娘若见你这个样子，只怕也要泉下不安！来人，把这个丫头给我绑了，带回府上。找个婆子好好管束她。"他话音未落，已经有几个妇人跑了过来。她们原是出来祭拜的，哪里会有什么捆人的索子，但几个妇人七手八脚的，早把阿沅架到了马车旁。梓儿不料石越如此，忙劝道："大哥，她这样也是情有可原……"阿沅挣扎不得，大声哭道："我让姑娘不安心，你便让姑娘安心了吗？"

石越被她一语击中心事，身子不由一颤，咬着唇，铁青着脸喝道："带回去。"那些妇人早已将阿沅丢进马车里挥鞭而去。石越这才转过身来，见梓儿脸上兀自有担心忧虑之色，忙柔声说道："我知道她情有可原。不过放她在这里，只怕性子要一日比一日激烈。不若带回府上，好好的宽解教养。日子长了，自然能领会到咱们的苦心。"一面扶着梓儿上了马车。转头又吩咐道："其余的丫鬟仆人，若愿意守灵，便让他们在这里守着。若想进府上，也由他们。总之他们爱去哪便去哪，每月给他们发钱粮便是。"

早有管事的人连忙答应了。石越踏上马车，侧身远远望见墓碑上"楚氏云儿之墓"六个大字，虽然是新立的墓碑，光鲜明洁，但在夕阳之下竟是显得说不出的凄清孤寂。不禁长长地叹了一口气，他默默注视一会儿，终于低头钻进马车。

当石越一行回到石府时，天色已然全黑。但石府内外却是灯火通明，石越先将梓儿送回内院，未及更衣，便见唐康急匆匆走了进来。石越见他脸上颇有惊喜之色，知道是有事禀告，便笑道："康儿，有什么事情吗？"　唐康点头笑道："大哥，司马先生回来了。"　"什么？"石越竟是吃了一惊。"是司马纯父先生回来了。"唐康又重复了一遍。

第二十章

御帐惊变

如奸臣难制，誓以死清君侧。

——《新唐书·仇士良传》

1

司马梦求见到石越的第一句话便是："辽国大乱了！"石越与潘照临面面相觑，当下便听他细说辽国的究竟。

自从耶律乙辛复任北枢密使，留守中都之后，辽朝局势就充满了火药味。太子耶律濬展现的决心，让整个辽朝的统治层都担心不已——亲信者，担心他的前途多艰；反对者，担心被他澄清朝政的动作波及；甚至就连耶律洪基，心里也未必真的希望自己的太子如此能干。

但是耶律濬似乎完全没有顾忌到这些。

那一日风和日丽，司马梦求原想出门了解些当地的民情。谁知方一踏出门，却见耶律濬的侍卫撒拨向自己走了过来。司马梦求对此人一向非常忌惮，他知道撒拨虽然寡言少语，却极为精明，而且武艺过人，曾以一人之力搏杀猛虎，兼之对耶律濬忠心耿耿，若是被他发现什么破绽，只怕自己立时便要死无葬身之地，是以见他朝自己走来，不由得有些惊讶又有些意外。却见撒拨走到司马梦求近前，躬身抱拳，冷冷道："马先生，太子有请。"见司马梦求点头，他便转身带路，除此之外，再也没有多一句话。

司马梦求自从入太子幕府以来，除了第一次听到一些大事以外，一直便被耶律濬恭恭敬敬地供着，却再也没有机会参与过什么重要的事务。而他怕别人起疑心，也装得淡然自若，只是整日借四处闲逛，了解中京风俗民情，四周地理形势，兵防布置。他有太子府的腰牌，任何去处都是畅通无阻。隔一段时间，司马梦求也会去见一次韩先国，传递一些信息。不过，最多每隔一日，耶律濬总要见上他一面，无非是问些宋朝的情况。耶律濬听司马梦求说起三大报、白水潭学院的种种趣闻，总是听得津津有味。有一次，耶律濬竟然找出来白水潭学院的全套最新教材给司马梦求确认，令得司马梦求大吃一惊——须知白水潭学院的教材在大宋国内自然可以畅通销售，但却是严禁私带出国的。

这时司马梦求一面想着心事，一面揣测着耶律濬找他的原因。不多时便见着一大队战士簇拥着一身金色软袍的耶律濬、萧佑丹等人策马而来。见司马梦求过来，耶律濬笑道："马先生，快快上马，今日天气甚好，正好出去打猎。"

司马梦求知道契丹人生性便喜欢打猎，便是太子号称"英明"，也不能例外，这一点与大宋尚文之风全然不同。他也不以为意，笑着答应了，见有人牵马过来，脚尖微一点地，便纵身跃马而上。当下一行人扬鞭催马，浩浩荡荡，便出了城去。

但这次狩猎却与往常略有不同。以往耶律濬狩猎，不过在中京周围的大定县、长兴县等处，这次却不停留，倒似行军一般，沿河而上，直达归化县境内，方开始打猎。耶律濬在打猎之时，一向以军法勒束部属，加上这次带的又都是侍卫中的精锐之士，不消一两个时辰，便已硕果累累。

萧佑丹抬头打量天色，见天已渐晚，便轻声向耶律濬低语数声。耶律濬立时勒转马头，鸣金收兵。一面向司马梦求笑道："马先生，今晚且委屈一些，我们要住在归化县了。"

司马梦求笑着答应了，他此时已看出耶律濬似另有所谋，他留神观察萧佑丹，却见他虽然神色如常，却隐隐约约似有忧色，当下心里更加疑惑，索性不动声色地等着看戏。

一行近二百人悄无声息地在山林间行走了半个时辰左右。便听到一个侍卫回来报告离归化县城还有七里左右，众人皆以为耶律濬会下令加速前进，不料他竟忽然下令扎营做起饭来。耶律濬军令甚严，部下无人敢多说什么，只见命令一声声传下去，近二百名侍卫便有条不紊地忙碌起来。司马梦求却是暗暗心惊：这么近却不去归化县吃饭，分明是想保持侍卫的体力，这位太子爷究竟葫芦里卖的什么药？

众人悄无声息地埋锅做饭，虽然火光点点，归化县却也没有人前来干涉。耶律濬不时张望归化县城，嘴角不经意地流出丝丝冷笑。吃过饭后，侍卫们便就地休息，耶律濬却与萧佑丹、司马梦求围坐在一起，低声说着闲话。眼见天色全黑，耶律濬依然谈笑风生，没有半点动身的意思。司马梦求虽然心中好奇，却也只得忍住，陪着这位太子爷聊天。

估摸着到了亥时，萧佑丹才忽然打断了谈话，对耶律濬笑道："殿下，天色已晚，我们该动身了。"

耶律濬笑着起身，轻轻握了一下刀柄，对司马梦求笑道："马先生，今晚我们还要去归化县过夜，真是辛苦先生了。"

司马梦求连忙欠身道："不敢。"

耶律濬一行人举着火把来到城墙下时，整个归化县城都在一片寂静之中。守城的士卒早已歪歪斜斜的躺在粗陋的城墙上睡着了。

"开门，快开城门！"几个侍卫扯着嗓子大声喊道。

过了半晌，方有人举了火把从城头往下张望，"什么人呀？这么晚了。"声音依然带着迷糊以及明显的不耐烦。

"瞎了你的狗眼，太子殿下的旗号都不识得吗？快开城门！"侍卫不耐烦地厉声喝骂。

那人睁大眼睛看了半晌，黑夜之间又哪能看得清楚，只是见城下之人穿着都十分华美，也知必是贵人无疑，立时慌慌张张叫了人起来放下吊桥，开了城门。

“吱”的一声，城门才开了一半，卫队的侍卫早已迫不及待地拥着耶律濬冲进城去。前面稍有人阻拦，便有几个侍卫骑马冲上，没头没脑一顿鞭子打得鬼哭狼嚎也似。

“去县衙！”耶律濬冷冷地下令，于是队伍便似群狼般扑向归化县衙。

司马梦求冷眼旁观着这次行动，耶律濬如此行事，明显是针对归化县令而去。但一个小小的南面县官，怎么又值得当朝太子如此兴师动众？正疑惑间，队伍前锋已到归化县衙，归化县令似乎已经得到消息，率领一大群僚属在县衙之前跪迎。

耶律濬似乎吃了一惊，但立即就恢复平常之态，向萧佑丹递了个眼色。萧佑丹微一点头，策马上前，冷冷地问道：“谁是归化县令？”

一个四十来岁的官员赶紧向前爬出几步，媚声道：“下官便是归化县令。”

“你叫什么？”萧佑丹骑在马上，竟没有看他一眼。

“回君侯[1]，下官张思平，不知太子殿下远来，有失远迎，还请殿下与君侯恕罪。”张思平的神态中有着掩饰不了的惊讶，但更多的，是像一只急欲讨好献媚的哈巴狗。

萧佑丹“哼”了一声，讥道：“你的罪过只怕不止于此。”

张思平呆了呆，似乎这才发现萧佑丹来意不善，慌得接连叩头求饶：“殿下恕罪，殿下恕罪。”

萧佑丹鄙夷地望了他一眼，忽然笑了起来，温和地问道：“这么说，你知罪了？”

“是，是，下官知罪。”张思平几乎是条件反射般回答道。

这本也只是一句惯常对长官说的话，谁知萧佑丹脸一沉，却厉声喝道：“既然知罪，那么来人啊，先给我绑了！”

“是！”几个王府卫士早已经如狼似虎地冲了过来，将张思平捆了个结结实实。张思平惊骇之极，眼看耶律濬不是玩笑，但任他挖空心思也想不出自己如何惹恼了太子以致降罪，只一面挣扎一面大呼：“下官冤枉，下官冤枉！”归化县县丞嘴唇微微动了动，似是想说什么，却终于不敢说话。

萧佑丹冷笑几声，望着张思平，叹了口气，说道：“你都已经知罪了，怎么又冤枉起来？”

“我，下官的确冤枉。殿下明察，殿下明察！”

“你竟然敢说殿下冤枉你？”萧佑丹厉声喝道，“来人啊，给他打上二十军棍，

[1] 汉以后对达官贵人的一种尊称。

看他还冤不冤枉！”

到这个时候，任谁都能看出来萧佑丹根本是故意在找碴，但却没人敢做仗马之鸣。跪着的每个人都恨不得把身子伏低到土里，大气不敢喘上一口，只在心里暗暗猜测张思平不知道怎么便得罪了太子，竟惹来这场祸事。张思平也已吓得魂飞魄散，口不择言地乞求道：“殿下，殿下，看在小人族叔的份上，饶了小人一回吧。看在小人族叔的份上……”

萧佑丹脸上讥笑之意更浓，他策马走到张思平身边，跳下马来，用只有二人能听见的声音恶狠狠地说道：“殿下这次来，就是想要你的狗命，岂不知道你的族叔是谁？你若有种，就纠集县中官兵，与我们打上一仗，反正你们人多，我们人少，杀人灭口，也是个办法。若是没种，不如便等死罢！”

“我，我……”张思平听到这话，尿都吓出来了，一屁股瘫在地上，神不守舍地哭道，“我，我可从来没有得罪过殿下呀。”

萧佑丹一只手抓起张思平，轻声笑道：“怎么会没有得罪过？殿下要宽赋养民，偏偏你归化县年年税收为中京道第一，殿下没有办法因你收税收得多治你的罪，难道就找不到别的办法吗？你死于军棍之后，我还不信在你官衙中找不出你贪污受贿的证据来。”

张思平万万料想不到，竟然是因为自己收税收得最多而招来杀身之祸，一时之间根本就说不出话来。远处的耶律濬早已等得厌烦，和司马梦求说起闲话来，显见全然没有将张思平的生死放在心上。萧佑丹将他一把丢到地上，俯身又道：“太子殿下最喜欢勇士，你若敢纠集兵丁和我一决高下，说不定殿下还能饶过了你。”

张思平眼睛一亮，随即又立时黯淡下去。他心头一片空明，似乎一瞬间全都明白了过来，惨笑道：“你也不必骗我了。我不反抗，是我一个人死；我若反抗，便是我一族死。我有今天的下场，也不全是因为我收税收得多吧？”

萧佑丹料不到张思平竟有这份心思，居然顷刻间都明白了，倒也微感意外，他也不否认，反而笑道：“想不到你也不是笨蛋。这样好了，你替我写封信，我便求太子殿下放过你。”

“什么信？”听了这话，张思平又似抓住了一根稻草。

萧佑丹压低了声音，对他耳语道：“写给耶律乙辛的信件。”

张思平呆滞了一会儿，然后苦笑一声，竟也不问信件的内容，无力地说道：“这位上官，我虽然怕死，可不是傻子。我若写了这封信，只怕死得更快。到头来我家人也难免受连累。罢了罢了，你就给我个痛快吧。”

“想不到我倒小看你了。”萧佑丹当下不再废话，站起身来，冷冷地说道，“拖下去，帮张县令弄清楚他有什么罪。”

归化县杖毙张思平之后，耶律濬又从张思平官衙搜出数万贯铜钱以及几千两黄金白银，轻轻松松地便安了一个贪赃的罪名给张思平。紧接着，他又寻出中京道收税最多的十来个官员的罪过，重加贬斥；又将两个收税少的县令提拔做州官——到这个时候，中京道的官员便都是傻子，也已经知道皇太子完全是因为没有办法要求皇帝对中京道减赋，便来了一招釜底抽薪，将怨气撒在那些税民多的苛吏身上。但凡还长着脑子的，碰上这样为减税不惜以杀人来威慑人心的皇太子，于催税收税上，都不免要收敛很多。

但在司马梦求看来，耶律濬这样做，未免过于激烈，是有勇无谋。张思平苛剥百姓，死不足惜，但是他口中的“族叔”，毕竟是正受辽主宠信的耶律孝杰。二人虽然血脉疏远，但是打狗伤主人，这已摆明了是向耶律孝杰示威。在与耶律乙辛为敌的同时，再去激化与耶律孝杰的矛盾，习惯石越作风的司马梦求，心里对此肯定是要不以为然的。在他看来，哪怕耶律濬再怎么轻视耶律孝杰，耶律濬在策略上也是错误的。也许萧佑丹明白这一点，但便是连司马梦求也已看出来了，耶律濬的行事极端自主自负。这有时是优点，有时却会是致命的缺点。

当然，这一切与司马梦求无关。对于他来说，辽国内部的矛盾，越激烈越好。

张思平的死的确刺痛了耶律孝杰。但耶律孝杰状元及第，身为汉人却能居辽国北府宰相的高位，深受耶律洪基的宠信，却也绝非只会拍马屁、揣摩主人心意这点本事。他看透了耶律濬的“用心”，不仅没有为自己这个远房侄子的死向耶律洪基诉冤，反倒一面向耶律洪基自请罪责，一面又亲自向耶律濬写信，表达自己疏于管教、诚惶诚恐的心情。

刚刚吩咐家人将信送往中京，耶律孝杰便听到管家来报：“魏王王子耶律绥也求见。”“快请。”不多时，管家便将一华服少年引至。那少年见到耶律孝杰，连忙拜倒在地，口中称道：“小侄拜见丞相。”

耶律孝杰忙上前一步，亲自将耶律绥也扶起，笑道：“王子不必多礼，快快请起。”耶律绥也顺势起身，注视耶律孝杰，沉声道：“丞相，大祸临头，犹不自知吗？”耶律孝杰笑道：“又能有何祸事？王子莫要危言耸听。”耶律绥也环顾左右，见有仆人在侧，便默然不语。耶律孝杰哈哈一笑，朝左右挥挥手，道：“你们都退下吧。”数以十计的仆人不一会儿便走得干干净净，只留下耶律孝杰与耶律绥也二人。耶律孝杰笑着拉耶律绥也坐了，这才笑道：“王子请说。”

耶律绥也望着耶律孝杰，道：“丞相是真不知道？还是假不知道？”

“还盼明示。”耶律孝杰目光闪动。

“老狐狸！”耶律绥也在心里骂了一声，叹道，“太子柄国，倒行逆施。日前无故杖杀张世兄，污以他罪，让忠臣元老为之寒心。狡兔未死，走狗先烹。只怕不待他登基，丞相与家父，都不会有好下场。”

耶律孝杰不以为然地笑道：“他毕竟是太子。”

“太子又如何？大辽的事，可不是由太子做主。”耶律绥也赤裸裸地说道。

“这可是族诛之罪！”

耶律绥也“哼”了一声，笑道：“若丞相肯周全，古今被废的太子还少吗？”

耶律孝杰没料想耶律绥也竟如此放肆，倒不由吃了一惊。他一向的名言是“无百万两黄金，不足为宰相家”，一贯贪污受贿、厚颜无耻。耶律濬在柄政之后，大大阻了他的财路，早被他恨之入骨。更何况还杖杀他侄儿——张思平血脉上自然不亲，可是每年的孝敬却从来没有少过。此时耶律乙辛主动要求联手，他岂有拒绝之理？只是他生性谨慎，若非万全之策，也断然不会轻易下水。当下笑道：“废立大事，若无万全之策，不可轻言。”

耶律绥也显然早已摸透耶律孝杰的性情了，笑道：“自古以来，欲谋废太子，必先废其母。而且宫闱床笫之事，向来最易构事，当今又善妒，从此下手，绝无不成者。”

耶律孝杰却不置可否，沉吟道：“皇后一贯甚受宠爱……”耶律濬的生母皇后萧观音，是辽国有名的美女才女，一向得到宠爱，耶律孝杰不能不有所忌惮。

耶律绥也笑道：“丞相有所不知——当年耶律重元谋反，有奴婢名单登，精擅筝与琵琶，号为国手，后重元事败被没为宫婢。皇后素来精通音乐，宫中有伶人赵惟一最为得宠，单登每与赵惟一争胜，总是因皇后偏袒而不能胜，早有不满之心。其后皇上召单登弹筝，又为皇后所阻，不得入内宫。单登因此深怨皇后，偏偏世事极巧，单登的妹夫教坊朱顶鹤，颇得我父王喜爱。若定计让单登与朱顶鹤揭发皇后与赵惟一的私情，皇上必然大怒……”

“此事若无证据，皇上如何肯信？”耶律孝杰皱眉道。

耶律绥也从袖中取出一页纸来，笑道：“丞相请看——”

耶律孝杰接过来一看，见上面写着一首《怀古诗》：“宫中只数赵家妆，败雨残云误汉王。惟有知情一片月，曾窥飞燕入昭阳。”当下微微一笑，道：“仅凭这片纸，只怕动不了圣听。除非是皇后手书……”

“正想诳得皇后手书。”耶律绥也笑道。

“这首诗里藏了赵惟一的名字，皇后也是聪明人，岂能不知？若用此计，只怕坏事！”耶律孝杰沉吟半晌，忽然走到书案边，铺纸蘸墨，提笔书道：“青丝七尺长，挽作内家装。不知眠枕上，倍觉绿云香。”写完之后，又看了看，颇觉满意，又继续写道：“红绡一幅强，轻阑白玉光。试开胸探取，尤比颤酥香……”他是状元之才，写这些艳词自不在话下，当下笔不加点，连写十首，总名之曰《十香词》。

耶律绥也早已离座，探头看耶律孝杰的词稿，一面摇头晃脑地低声吟哦着，当读到“解带色已战，触手心愈忙。哪识罗裙内，销魂别有香”之句，不由伸出舌头舔了舔嘴唇，笑道：“丞相果真是才高八斗，倚马书成，只怕曹子建也有所不及。”

耶律孝杰笑道：“皇后最喜欢这些诗词曲赋，只需让宫人哄得她手书《十香词》，再呈给皇上，皇上大怒之下，再背一下《怀古诗》——若说皇上会不穷治其事，那便是神仙也不肯相信。”

“正是，正是。”耶律绥也喜笑颜开，道，“只要皇上穷治……如是我父王上奏此事，必由丞相治狱。到时候……”

耶律孝杰冷笑一声，道：“只要赵惟一落到我手中，我让他写什么供词，还怕他会写不出来吗？”

2

正当耶律濬志得意满地准备对朝政进行进一步的整顿之时。从萧忽古那里传来的信息却让他彻底地懵了。

原来耶律乙辛密奏皇帝，说单登与朱顶鹤举报皇后萧观音与伶官赵惟一有私情，奏折之中，将通奸过程讲得绘声绘色，当晚皇后所穿衣裙等细节都有描绘，并且还拿出皇后赐给赵惟一的手书《十香词》为证，更另有一首藏名的《怀古诗》。耶律洪基闻后果然大怒，立即下令耶律乙辛与耶律孝杰穷治此事。二人遂立即逮捕赵惟一，用酷刑使其诬服。为了使此事更加可信，又将教坊高长命也牵连进来，屈打成招。枢密副使萧素与萧惟信前去讲理，耶律孝杰冷然不听。当日即将供词交给耶律洪基。因见耶律洪基尚有犹豫之色，耶律孝杰唯恐有变，立时再审，锻炼证实。于是耶律洪基终于勃然大怒，便即日下令，族诛赵惟一，斩高长命，并赐皇后萧观音自尽。

于是事涉当朝皇后的大案，从案发到案结，前后竟然不过两日！而耶律濬远在中京，猝不及防。公主在行宫中乞代母死，也被耶律洪基拒绝。

当日萧观音便赋绝命诗自缢而死。

耶律濬自接到信的一刻起，脸色便由铁青转为苍白，浑身颤抖，最后整个人都跪到了地上，紧紧咬住嘴唇，鲜血竟从嘴角溢出。

“殿下！”萧佑丹见状大惊，慌忙扶起耶律濬。耶律濬木然半晌，才将手中的信递给萧佑丹，萧佑丹略扫一眼，脸色立时大变。好半晌，才颤声说道：“殿下节哀！”

司马梦求听到此语，也是大吃一惊，不过他还以为是耶律洪基驾崩了，于此时也顾不上收敛形迹，忙上前问道："萧兄，发生什么事了？"

萧佑丹微一迟疑，便将手中的信递给司马梦求，司马梦求匆匆扫了一眼信件，也是被这突如其来的事情震惊了。他正要说话，便听耶律濬低声抽泣起来。司马梦求心中一动，上前一步，冷冷道："殿下，此时非悲伤之时！母仇不共戴天！"

耶律濬闻言先是一怔，随即咬牙恨声道："不错，杀吾母者，耶律乙辛也！"说话间，突然一把拔出腰刀，狠狠地劈在地上，厉声高呼道："不杀耶律乙辛、耶律孝杰二贼，誓不为人！"

司马梦求是局外之人，一惊之下，心中便已有计议。当下一心想挑起辽国贵族内讧，好让他们无力南顾，于是更是刻意火上浇油，挑拨道："自古以来，母后惨死，太子能久居其位者，十中无一，殿下不可不防！今日之事，若不早作决断，莫说报仇，只怕他日死无葬身之地！"

耶律濬如被冷水浇身，霍地站起身来，狠狠盯着司马梦求，狞声道："马先生有何良策教我？"

"当日耶律重元如何谋反？"司马梦求知此时不能有丝毫迟疑，直视他目光，毫不退缩地逼问道。

"以四百余人诱胁弩手攻击帷宫！"

"为何失败？"

"其军心不稳，临战动摇。"

"若不动摇，又当如何？"

"胜负难知！"耶律濬此时已经知他话中之意，不由栗然一惊，已经动摇起来。

"今太子若亲率二百亲卫，以奔母丧之名，直取行宫。萧惕隐率亲军占据中京，随后而至。举清君侧之名，纵不能一举而成大事，然诛耶律乙辛、耶律孝杰不在话下。好过坐而待毙百倍！"司马梦求声色俱厉。

耶律濬不由得悚然动容，但兹事体大，心中却不免迟疑，道："然一切皆无准备。"

司马梦求听出他的犹豫，森然道："正是没有准备，才能事起突然。殿下与臣白衣而行，若能成功，则大事可定，效唐太宗故事，遵皇上为太上皇即可。若不成功，萧惕隐还控制着中京，中京、西京、南京三道百姓皆知殿下之明、皇后之冤，民心岂不可用？"司马梦求到了这个时候，也已没有退路。

萧佑丹一直冷眼旁观，揣摩司马梦求的用心。他虽不能深信司马梦求，但知此刻决断当速，否则必有后祸，细想司马梦求之言，似乎眼前形势也的确可以一搏，否则若容耶律乙辛返回中京，只怕便再也没有任何机会。当下说道："殿下现在总北南枢密院事，一道令书，臣可以控制中京，先将耶律乙辛等贼子家人诛杀殆尽。然后遣亲信大臣矫诏前往上京，二京在手，则朝中贵幸之家属尽在掌握之中。届时再下诏大赦，免税，以清君侧之名行大事，向天下白二贼之奸、皇后之冤，即使正面对决，也未必没有机会。只是奇袭行宫……”

“欲得奇功者，不可不冒奇险。何况当年耶律重元一击不中，尚可远走大漠。臣拼一己之力报殿下知遇之恩，敢以性命保殿下平安返回中京！”司马梦求慨声说道，他现在只求挑起辽国内乱，对耶律濬的生命安全，却是毫不在意。

耶律濬微一沉吟，随即紧握刀柄，断然说道：“事已如此，便冒一回险——或者为人上人，或者死无葬身之所！”

耶律洪基行宫所在有近三万大军，附近的州县尚有两万马军驻扎，随时策应。自重元之乱后，若有人再想谋反，已是千难万难。耶律濬精挑细选了两百名卫士，外着缟衣，内着软甲。距行宫二十里左右时，耶律濬下令留下了一百五十名卫士策应，自己只率着撒拨、司马梦求等五十名身怀短刃的卫士前往行宫。一路之上，想起无辜惨死的母后，耶律濬忍不住泪流满面，整只队伍都不停地低声哭泣着。

整个行宫的人都知道太子为何而来！

看着这些人人数不多，又没带兵器，没有任何人不识相地出来阻拦。这时候激怒太子，和自杀又有什么区别？

自然早有人报给大帐内的耶律洪基：“太子前来奔丧。”

“让他去看一眼他母后便是，朕就不见他了。”耶律洪基心中也有几分黯然。他与萧观音，也有几十年的夫妻情分，年轻的时候，那个如观音般美貌的女子曾经也得到过他全心全意的宠爱。

但耶律濬一行却向着耶律洪基的金帐而来。在距耶律洪基的金帐不过两里的地方，耶律孝杰与萧十三等一批侍卫将耶律濬拦住了。“太子殿下，陛下说不想见你。”耶律孝杰恭谨的语气中带着一丝嘲弄。

“我要见陛下！我要替我母后申冤！”耶律濬高声呼号道。

耶律孝杰沉下脸来，厉声喝道：“太子殿下，皇后是你的母亲，可是皇上是你的父亲！你难道要违抗圣旨不成？”

耶律濬红着眼睛望着耶律孝杰，厉声道：“你们这些奸人，难道要阻止我和父皇相见不成？我是皇上的儿子，为什么不可以见皇上？”

耶律孝杰的目光中似乎有无比同情，却只能无奈地望着耶律濬，假惺惺地劝慰道：“殿下，你应当冷静一点。你以后要是继大统的，须注意自己的言行举止为万民表率！”

耶律濬怒视耶律孝杰，忽然扬声吼道：“阿斯怜，你在哪里？你出来替我禀报！”

萧十三上前一步，笑道：“殿下，阿斯怜不在这里。”

“谁说的！”一个沉厚的声音从耶律孝杰等人的身后传来，萧忽古身披重甲，大步走上前来。耶律孝杰与萧十三都是一怔，回头望去。便在此时，司马梦求忽然飞身上马，拔出短刃，从耶律孝杰身边掠过，只见刀锋一闪，一道鲜血喷洒而出，耶律孝杰当场毙命。司马梦求突起发难，便是耶律濬也始料未及。好在撒拨反应十分神速，见司马梦求动手，便也斜冲上前，抢了萧十三的腰刀，一刀便将他斩成两段。耶律濬再也没有犹豫的机会，长啸一声，纵身上马，率着众侍卫向金帐冲去。

萧忽古事先也毫不知情，夺过一匹马来，追上耶律濬，厉声问道：“殿下，这是怎么回事？”

“清君侧！替我母后报仇！”耶律濬侧首怒视萧忽古，低声吼道，“阿斯怜，你去替我杀了耶律乙辛。”

当侍卫惊慌失措地闯进帐中时，耶律洪基知道自己又一次面临一场叛乱——此时外面的喧嚣与马蹄声，只有叛乱才可以解释。“太子谋反！请陛下先离开此处。”侍卫们牵了马过来，慌乱地说道。耶律洪基被这消息惊呆了：“太子谋反？自己的儿子什么时候养成了谋反的胆子！”“阿斯怜，萧十三！”耶律洪基怒吼道。

“陛下，萧忽古与太子是同谋，萧十三已经殉国了。”侍卫们焦急万分。太子打着“清君侧”的名义一路攻来，侍卫们军心极不稳固，他们不过出于本能在抵抗。只有一部分最忠心的侍卫组成一道防线在距金帐不到五十米的地方守卫——他们甚至不知道究竟有多少人攻来了。

“朕要去见见那个逆子！”耶律洪基并没有迟疑，就站起身来，大步走出帐外。对付叛乱，他早有丰富的经验。果然，众侍卫见到皇帝威风凛凛地出帐，立时响起一片“万岁”之声！耶律洪基跃身上马，上前几步，厉声喝道：“耶律濬，出来见朕！”

耶律濬的卫队此时距他不过百米之遥，耶律洪基的声音清晰地传入每一个人耳中，长期积威之下，耶律濬身子都震了一下，几乎便要下马认错。

司马梦求早已经驱马近前，沉声道：“殿下，回答他，切不可散了军心！”耶律濬哪里知道司马梦求打的如意算盘？哪里知道他正是想要让辽国长期两方内战？还道他感激自己的知遇，所以忠心耿耿，他感激地望了司马梦求一眼，收敛心神，高声回应道：“父皇，儿臣在此！”

“你还敢叫朕父皇吗？快让你的人住手！你可知这是在谋逆！”

“儿臣并非谋逆，儿臣是清君侧！待陛下身边的奸臣死尽，儿臣自会向陛下自缚谢罪！”耶律濬毫不示弱，抗声说道。

“你……”耶律洪基的话没有说完，一支羽箭已经准确地射中这位辽国皇帝的额心。

耶律洪基魁伟的身躯在马上一晃，倒下马去。

“弑君！”“弑父！”——相同的念头泛上不同人的心中，耶律濬脸色立时苍白，几乎要与耶律洪基一起倒下马去。便在此时，南面有人厉声喝道：“皇上被魏王耶律乙辛刺客所弑！儿郎们，快护卫太子，诛杀刺客！”紧接着数十个士兵高声呐喊道：“皇上被魏王刺客所弑！快护卫太子，诛杀刺客！”耶律濬回头望去，却是萧素领兵到了。

萧素是老于谋略之人，他远远望见耶律濬与耶律洪基正在说话，不料不知从哪里飞来一枝长箭，正中耶律洪基——萧素立时想到嫁祸江东之计，这数十儿郎喊将出去，不知底细的人自然要信以为真。至于事后是否经得起推敲，却并非此时要考虑的了。

司马梦求眼见耶律洪基刚刚被弑，萧素就带着数千精骑，风卷而至，将金帐团团围住，若让太子耶律濬稳定了辽国局势，只怕为他人作嫁衣裳，心中暗暗焦急。

身披重甲的萧素铁青着脸环视兀自持刃挟弓的金帐侍卫，厉声喝道：“太子殿下在此，还不速速放下兵刃，尔等想谋反不成？”众金帐侍卫面面相觑，眼见大势已去，抵抗无益。但是放下武器，又焉知下场如何？数百侍卫在萧素部的威逼下，下意识地护着耶律洪基的遗体缓缓后退。

“再不投降，就地诛杀，满门处死！”萧素脸上青气更盛。

“当”的一声，终于，一个侍卫抛下了武器。便如多米诺骨牌倒下，众侍卫纷纷抛下武器，有些忠心者更是抱头痛哭。萧素立即驱使兵卒将众侍卫与耶律洪基的遗体分开。耶律濬早已翻身下马，扑了上去，放声大哭。萧素这时候却没有时间假哭，他一面部署亲信侍卫护卫耶律濬，一面派人去召集文武百官，一面又让撒拨领人去找玉玺。

司马梦求见他处理事情有条不紊，更是暗暗叫苦。

待萧素将诸事处分完毕，此时耶律洪基遗体早已移到金帐之内，他走进帐中，向耶律濬低声道：“殿下节哀，此时奸臣未除，人心未稳，殿下当墨缞[1]治事。先帝侍卫无能，导致先帝被弑，臣请殿下赐众侍卫自尽，以慰先帝在天之灵！”

司马梦求心中一凛，暗叫一声：“毒辣！”

耶律濬也知道这是杀人灭口之策，射杀耶律洪基之人，眼下虽然不及、不便追查，但自己总是难逃干系。既然要嫁祸耶律乙辛，那众多金帐侍卫自然非死不可！他停止哭泣，面无表情地挥了挥手，道：“赐其自尽，陪葬先帝，厚恤其家人。”

萧素漠然点头，无声地朝身边的侍卫打了个手势，侍卫略一欠身，默默退出金

[1] 黑色丧服。

帐。片刻之后，就听见马蹄奔驰、弓箭掠空的声响，一声声惨叫传入帐中。萧素便在这惨叫声中扶起耶律濬，说道："耶律乙辛党羽众多，殿下不可掉以轻心。眼下之事，一面要安抚人心；一面要趁势擒杀耶律乙辛；同时上京、南京、西京、东京的守臣也必须安抚，禁止南京、西京行人出关，以防南朝趁火打劫……"他话音未落，便见撒拨闯入帐中，萧素连忙问道："玉玺呢？找到没有？"

撒拨单膝跪倒，面有愧色，道："臣无能，没有找到！"

"啊？"耶律濬站起身来，与萧素四目相交，心又紧张起来。

撒拨伏着身子，有点儿僵硬地说道："刚才臣翻查尸首，没有发现近侍直长撒把的尸体……"

"撒把？"

"臣问过宿卫官敌里剌等人，皆说撒把平素与耶律乙辛往来甚密。"

"啊！"耶律濬脸上再无悲伤之色，厉声喝道，"萧素，命你为权知北枢密使事兼契丹行宫都部署，整顿军马，擒拿耶律乙辛，夺回玉玺。"

"臣遵旨！"

"撒拨，命你为侍卫太保兼近侍直长，掌领一切御帐亲卫之事。以敌里剌为总知宿卫事，统领宿卫之事。以萧禧为北面林牙兼总领左右护卫，往军中拜萧惟信为同知北院枢密使事，遣人速召萧岩寿……"

"殿下！"一个侍卫急匆匆闯了进来，禀道，"五里之外，出现一支骑军！好像是耶律乙辛的旗号！"

"狗贼来得正好！"耶律濬双眼立时红了，怒冲冲走到帐外，跃身上马，厉声喝道："布阵，准备迎敌！"萧素等人连忙紧紧跟上，司马梦求骑在马上，双手轻轻抚摸着从金帐中顺手取出的弓箭，意味深长地望了耶律濬一眼。

耶律乙辛万万想不到太子耶律濬敢于谋反。耶律孝杰、萧十三横死，耶律濬进攻御帐的消息一传到耶律乙辛耳中，他立即前往亲信部将控制的营帐，同时四处下令，准备再一次亲自率军"勤王"。但是这一回的叛乱，却非比寻常——各营帐将领都有自己的效忠对象，有些奔赴耶律乙辛帐下，有些听从萧素的调动，有些则是萧惟信的部属，还有些意持观望……反应最快的是萧素，他不仅亲自率军前往御帐，而且还分出兵力将那些忠于耶律洪基本人的部队拦在御帐数里之外——仅仅凭此一点，耶律乙辛也可以断定萧素的立场了。整个行宫一片混乱，耶律乙辛费了九牛二虎之力，才调集了近九千骑军，气势汹汹地向御帐扑去。

"只要能趁机杀了太子……最好趁乱把皇帝也杀了……"耶律乙辛已经感觉到前途巨大的透惑，那座万万人之上的黄金宝座，在向自己招手！

御帐之前两军遥遥对峙，唯有马蹄微扬之声，竟听不见半句人言。辽军与敌人作战，向来四面布阵，每面五到七万人左右，每逢攻击，先以五到七百人为一队，试探进攻，若得利，则诸队齐进；若不利则退回，由第二队攻击，如此轮番骚扰，敌阵不动，则一直死耗，敌阵若动，则趁机进攻……所谓“成列不战”，本是辽军治军格言。

此时双方兵力，耶律乙辛有九千骑兵，而耶律濬属下却不过五千余人。双方结阵列队，皆不下马，弓弦绷紧，只待鼓声三响，便即进攻——狭路相逢勇者胜，一切战法都只好抛到九霄云外。

耶律乙辛见耶律濬军营整肃，心中暗骂萧素。他知道萧惟信一部心怀叵测，若久拖于己不利。眺望耶律濬阵中，却不见耶律洪基身影——他心中又惊又疑，咬牙拨出长刀，高声大呼：“前锋出击，左军、右军包抄，冲啊！”顿时中军鼓声擂起，数十面皮鼓“咚咚”大响。顿时五六千骑兵喊声震天，冲了过来。萧素眼见敌军冲近，夺过令旗，将军令旗向下一挥，厉声喝道：“放箭！”中军鼓声三响，数千支羽箭同时射了出去，只见铺天盖地的箭雨后，敌军前锋纷纷倒地。但这进攻的亦是辽国精锐之师，兵将们尽是悍不畏死，前仆后继，蜂拥而上。萧素钢牙一咬，拔出弯刀，大声喝道：“儿郎们，冲啊！”数千辽兵立即一齐拔刃，冲了上去。耶律濬双目瞪圆，抢过一面鼓来，亲自击鼓，数十面大鼓一齐响起，中军将士齐声呐喊，众将士见太子如此，士气立时大振，锐不可当。

司马梦求见霎时之间，羽箭长枪在空中飞舞来去，杀声震天，血肉横飞，想到这死的尽是辽军精锐之士，不由大感快意。但眼见耶律濬一方虽然士气高昂，但毕竟人数太少，却又不免担心——耶律濬的死活他自然不在意，但自己的生命却不愿就此消逝。

司马梦求能看出来的战场形势，萧素自然早已看出来。己方在敌军人数优势下已是左支右绌，战阵左翼尤其危险，他几次忍不住要投入中军，终是硬生生咬牙忍住。司马梦求走到萧素身边，低声耳语数句，萧素立时大喜，立时叫过传令官，叮嘱数句，传令官连忙领令下去。

片刻之后，就听见萧素中军数百名士卒齐声高喊道：“皇上有旨：耶律乙辛谋反，行刺皇上，众将士不得附逆，以免连累中京家属！皇上有旨：众将士不得附逆，阵前反戈，助朕平叛，加官晋爵，更有重赏！耶律乙辛全家已经伏诛，众将士不得附逆！”

这一声声呐喊传过战场，耶律乙辛部下顿时军心动摇——这御帐亲军比不得别的军队，家属全在中京、上京为质，听到这些喊话，便是耶律乙辛中军的士兵脸上都露出了迟疑之色。萧素瞅准机会，厉声传令："中军第一队、第二队冲击左翼！"又有千余骑军朝左翼呐喊冲去。耶律乙辛的右军早无斗志，竟是一触即溃。

萧素见机会难得，挥刀大喊："敌军败了！全军追击！"身先士卒，率中军冲向敌军。

耶律乙辛此时也只得孤注一掷，仗着自己生力军人数远远占优，举刀高呼："儿郎们不要听叛军造谣，救出皇上，人人都有重赏！冲啊！"鼓声大作，中军只留下千余卫队，此外尽皆倾巢而出。

这时双方都已倾尽全力。司马梦求一心盼着耶律乙辛耗尽精兵后得胜，自己再与撒拨护着耶律濬逃回京师，从此耶律濬占据上京、中京、东京三道，耶律乙辛则占据西京、南京两道，让辽国陷入内战之中，宋朝则好乘机恢复燕云故地。眼见战场上耶律乙辛渐渐有利，司马梦求的如意算盘就要打响，不料便在此时，远处黄土飞扬，一大队骑兵向战场卷进！

耶律濬与萧素、司马梦求顿时又紧张起来——若来者是敌，则三人只怕连逃都逃不掉了！若是友，则形势立即逆转，要逃命的变成了耶律乙辛。三人六目相视，竟是谁也说不出话来。

3

金明池，百年前吴越王进贡的楼船被翻修一新，赵顼很随意地坐在甲板上，饶有兴趣地听着石越的叙述。

"究竟是谁来了？"

"是萧惟信的军队。"

"啊……"赵顼遗憾地摇了摇头。

石越笑道："耶律乙辛也不是傻瓜，他远远望见萧惟信的旗号，就带着千余亲兵逃之夭夭了。臣听说辽国上京留守萧挞得与他一党，西京留守杨遵勖与太子不和，耶律乙辛党羽遍布辽国军中朝中，若能得到玉玺，别立宗室，矫诏讨伐太子，辽国内乱，没那么容易消停。"

"那玉玺究竟落在何处了？"

"臣亦不知。玉玺究竟有没有被找到，待耶律濬登基，遣使来告哀，自然便知道了。"

赵顼笑道："朕想那耶律濬也非蠢人，怎的不追杀耶律乙辛？偏要留下这个后患。他虽是王储，但若有弑父之疑，又无玉玺，兼之耶律乙辛作乱，辽主的位置只怕坐得不甚便当。”

“耶律濬与耶律乙辛有杀母之仇，怎会不追杀？”石越笑道，“只是他身受重伤，这件事情，终是不得不耽搁了！”

“啊？卿说耶律濬身受重伤？”

萧佑丹狠狠地一拳砸在桌上，目光中闪着愤怒、羞辱的火焰：“是我误了皇上！是我误了皇上！”

“萧公，现在自责无益。谁知道那马林水如此包藏祸心！”耶律寅吉劝慰道。

萧素苦笑道：“当时贼子鼠窜，皇上执意要亲自追杀，我只得亲自点了一支精兵随皇上一道追击。果然追出二十余里，便见皇上先前埋伏的百余侍卫正与贼军力战，此时侍卫虽已伤亡殆尽，但那老贼眼见也难逃一死。这时马林水忽然持弓突前，我等皆以为他是想射杀老贼求功，谁料他反手一箭，竟然是想弑君！皇上猝不及防，胸口中箭。我只得护着皇上返回中京……”

萧岩寿望了自己的缞衣一眼，沉声说道：“众位，这些事情，待日后慢慢细究不迟。所幸太医说皇上的伤势并不致命，眼下之事，是要尽快给先帝举丧，请皇上登基。安抚属国、部族，向宋朝告哀；将五京道稳稳地控制好，再追捕耶律乙辛老贼——这几件事情，却是拖不得的。”

萧惟信也道：“如今玉玺不知所踪，天下疑惑，必须要尽快给天下人一个交代，宣布耶律乙辛的罪状。南京道与东京道已向皇上效忠，但是西京道杨遵勖却没有消息回来，上京留守萧挞得一向党附耶律乙辛，不可不防。”

“上京是我大辽根本之地，各帐与各部族大王、节度使不会追随耶律乙辛叛乱。可虑者，是耶律乙辛拥立宗室，胁迫引诱女直等部落与我为敌。如此上京与东京虽在吾手，上京道与东京道却永无安宁。杨遵勖若为耶律乙辛所惑，亦是大患——西京道临宋、夏两国，焉知狗急跳墙，贼子不会引狼入室？”萧素也有自己的担心。

耶律寅吉苦笑道：“皇上的伤势，没有三个月无法养好，至少要半个月到一个月才能起床行动，这登基大典，又要如何举行？”

“一定要尽快举行！”萧惟信沉声道，“耶律乙辛的罪状好定，便说马林水是耶律乙辛的奸细，受其指使弑杀先帝，后来又行刺皇上。下令全国悬赏捉拿耶律乙辛。”他说到此处，一直默不作声的撒拨与萧佑丹迅速对望了一眼，又立即分开视线。

萧岩寿自告奋勇道：“我来草拟诏书。”

“此外，就是要派大军前往上京临潢府与西京大同府……”

一瞬间，所有的人都沉默了——没有人愿意在这个时候离开中京。萧惟信领兵来得太迟了，萧素既不愿意让他一个人留在中京，也不愿意让他领大军出外；而萧佑丹也不敢在此时冒险，若让萧素领军出外，成功了，是不赏之功；失败了，是覆国之祸！

兵权在这个时候，必须牢牢由耶律濬掌握；耶律濬的生命越是脆弱，这一点就越重要。

“我看还是应当先取守势。”耶律寅吉看懂了萧佑丹给他的眼色，“先派使者安抚杨遵勖与萧挞得……一切等皇上龙体康愈再说。”

萧忽古只带了阿萨和刺葛两个人去寻找耶律乙辛。

但很快他就发现，行刺耶律乙辛已经成为不可能完成的任务——在近万大军中取上将首级，萧忽古可不认为自己有这样的能力。他看着耶律乙辛进攻御帐，看着萧素抵抗，看着萧惟信的大军赶到，看着耶律乙辛逃窜……只有他发现了，耶律乙辛在逃跑时并没有惊慌，他自己带着大部队向上京方向逃跑，而另有一支二百余人的队伍却是向西京方向逃跑！

如果是萧佑丹，会马上明白逃往西京的队伍的意义。但萧忽古只是个战士。他让阿萨和刺葛去跟踪小队，自己则从另一条路去包抄耶律乙辛。结果他亲眼看到了那一幕——耶律濬的身边策马飞驰出一个白袍男子，弓弦一响，耶律乙辛身边的一个侍卫便应声倒地，他还没来得及叫好，弓弦二响，却是反手后射，一箭正中耶律濬的胸口！所有人都惊呆了，白袍男子却没有丝毫停留，伏在马上，催鞭向上京方向逃去。耶律乙辛也趁此机会，催马狂奔。

萧忽古顾不上看太子的伤势，愤怒充斥他的脑海，他疯了似的，赶着马向白袍男子追去。他一定要亲手杀了这个奸细！

司马梦求很快就发现身后有人追踪，来人马术精湛，竟然边追赶边在马上解甲！他瞅准空档，“嗖嗖嗖”连发三箭，不料那厮反应敏捷，一翻身将身子挂在马腹边，三箭全部落空。司马梦求连忙俯身驱马狂奔，跑得数十步，就听身后风响，他慌忙低头，一支羽箭擦着头皮飞过。

这么一次交手，双方皆知遇上了劲敌。几乎便在同一瞬间，双方又互射了一箭，司马梦求的羽箭正中萧忽古马首，萧忽古的一箭，射中了司马梦求的马臀！狂奔中的坐骑忽然倒下，饶是萧忽古武艺精绝，也被摔出老远；司马梦求的马一阵吃痛，发起性来，竟也几乎将司马梦求摔下马来。

但司马梦求也总算将萧忽古甩开了。他跑不多远，便转道向南，往南京析津府逃去。只是坐骑奔跑已久，又兼受伤，跑出数里之地便轰然倒毙。司马梦求也只得徒步而行，翻山越岭。好在他还有辽国东宫的腰牌，到了一处关隘，便要了几匹马，昼夜兼行，直奔燕京。如此非止一日，好不容易出山到了檀州。但城门口的一道告示，却几乎让司马梦求绝望！萧忽古竟然追踪而至，并且先他一步到了檀州！而且不知辽人用了什么方法，从中京传来命令，燕京已经闭关，大索“马林水”，当初和自己一起去中京的商号，也被查封，所有人员一律下狱，估计难逃一死，唯有韩先国生死不明！檀州离燕京尚有一百二十里，纵使侥幸到了燕京，没有当地人的帮助，又岂能那么轻易出关？

4

虽然石越有所隐瞒，比如并没有说到商号的遭遇与韩先国等人，但对于赵顼来说，这也是他一生都没有听过的精彩故事。他明明知道司马梦求已经“顺利”逃了回来，却依然忍不住紧张地问道：“那司马梦求究竟是如何逃出辽国的？”

石越叹道：“换上为臣，也不知道要如何是好！偏偏司马梦求却想出了办法。”

“是何妙策？”

“这个办法过于骇人听闻……”石越皱了皱眉，脸上有几分不忍之色，道，“司马梦求寻了一个身材，脸的轮廓和自己相近的辽人杀了。换上自己的衣服，又将脸孔剁烂，抓了几只野狗，将尸体咬烂，丢在檀州出山口附近……”

“这……”赵顼也被吓了一跳。

“然后司马梦求又射杀了几个辽人，打扮成强盗模样，将尸体一路布置在山中。引来野狗咬烂。再给扮成自己的辽人尸体上砍上刀痕，却将所有钱物一律带走。”

“杀一人却也够了，如何杀这许多人？”赵顼露出不忍之色。

“陛下，萧忽古与司马梦求交过手，知道一两人根本不是他的对手。为释其之疑，只好扮成被强盗围攻突袭而死的样子，而司马梦求死前，也必然会杀了不少人。”石越细心解释道，“为防万一，司马梦求杀的辽人，都是贩卖山药的行商，这些人失踪也是常事，不至于引人注意。待到辽人注意力被吸引，他便装成行商招摇出关。到燕京后，也不再进城，只是翻山越岭地绕道而行，一路艰辛，非臣所能尽道。”

“唉……不管怎么说，司马梦求毕竟是有功于国。”

石越知道赵顼长于深宫，听到这种为求脱身滥杀无辜之事，心中自然也是难以接受。他自己却知道当时户籍严密，一百二十里人烟稠密之地，若不用此策，断难脱身。当下委婉说道：“两国交兵，虽然多杀不仁，但毕竟不能苛责于司马梦求。司马梦求当初入辽，是愤于臣被人陷害，想单骑查明真相，不料却机缘凑巧，立下这番奇功。虽然有功不能不赏，但是司马梦求之功，却不能公开赏赐，否则辽国无法下台，必然兵戈又起。”

赵顼犹疑道：“毕竟是奇功！”

“此事再不能让他人知道！”石越断然摇头，又趁机进言道，“陛下，军制改革，此前商议，枢密院设职方馆，兵部设职方司，对外的名义皆是测绘地图，记录地理风物，便于通商、水利、采矿诸事，实际上则为间谍机构。职方馆负责搜集辽国、夏国、大理，甚至吐蕃、交趾、高丽、日本国等国的情报，在各国安插间谍；兵部职方司则负责国内安全，与各部门协调，调查潜入国内的奸细，搜集国内各土藩的情报，供朝廷决策等。臣以为这两个机构，每年虽然要花掉国库一笔开支，却终究对国家有利……”

“孙子兵法所谓‘知己知彼，百战不殆’，朕是知道的。这笔钱不怕花。”

石越大喜，连忙说道：“陛下圣明。”又道，“臣以为，司马梦求深知辽国情弊，陛下若要奖功，不若让他去枢密院，试知职方馆事，组建职方馆，以他的才能，必能胜任。”他心里已经决定要将之前私自建立的间谍组织纳入国家机器中，但这种事情，自是绝对不能让皇帝知道，只有由司马梦求经手，他才能放心。

“爵以赏功，职以任能。官职不能用来赏功，不过既是卿举荐，朕便给他一个机会。职方馆知事是正六品上，司马梦求布衣入仕，便是称‘试’，也远远不够，朕想，便以司马梦求为试同知职方馆事，为从六品上，如此方能不骇物议。”

“陛下圣明。”

“那便让司马梦求去向朕证明他的才能吧！”赵顼意气风发地站起身来，走到甲板边上，半晌，却忽然叹道，“石卿，朕想知道海风与河风，究竟有何不同……”石越默然不语，他只能苦笑，甚至无法安慰皇帝——除了创业之君、亡国之主，历史上守成之主能亲身享受海风的，绝无仅有。

赵顼似乎也明白自己想的只是一种奢望。他深深地呼吸了一口金明池上清新的空气，问道：“狄谘应当到了吧？”

“应当到了。这次朝廷特赦一千名死囚和数千名重刑要犯，随狄谘前往归义城，臣心里也惴惴不安。招募前往归义城的官员，也大部分都是在中土走投无路，或者唯利是图之辈，所有的一切，都有赖于狄谘的能力。”

“朕倒不担心。交趾外虽示弱，心里却未必归服，这些人大部分都是悍不畏死之辈，以毒攻毒，可得奇效。狄谘临行前，崇政殿面辞，朕已叮嘱他，治理这些犯人的第一要务，是要让他们在当地成家立业。只要他们不想着返回中土，就不会和李常杰勾结威胁中原，朕可安枕无忧。”

“服与不服，李常杰都不敢轻易造反。”石越淡淡地说道。

“南面事了，石卿，北面之事又当如何？”赵顼突然转过身来，热切地望着石越。石越这才知道方才皇帝提起狄谘，不过是想整理一下心中的思绪，他的心里，无时无刻没有忘记北面的辽国。

“若耶律乙辛真有能力站稳脚跟，反扑耶律濬，朕以为机不可失，何不准备一支大军，趁机收复幽蓟？”赵顼握紧了拳头。

“陛下！”石越跪了下去。

赵顼的脸沉了下去。

“士卒未练，兵甲未精，驱羊逐狼，岂能成功？”

“这……”

“陛下，国内万事待举，众多变法刚刚开始，河北灾情方过，各地报告似乎明年又有旱灾，这样的情况下，朝廷又有什么本钱北伐？”

“难道就这样眼睁睁看着机会从眼前流走？”赵顼心有不甘。

“机会只给准备好了的人。”石越沉声说道。

“朕不甘心！”赵顼无名火起，怒声吼道。

“不甘心也要甘心。”石越硬生生顶了回去，他可不想看着五路伐夏的悲剧提前上演。

赵顼怒气冲冲地盯着石越。石越只是板着脸不作声。

君臣二人对峙良久，忽然，赵顼叹了口气，道：“罢！罢！”

“陛下，朝廷应当静待形势。一面抓紧推进变法，防范灾情，一面整军经武，静候时机，切不可操之过急。机会日后一定还有。”石越放缓了声音安慰道，“若这次辽国内乱，朝廷虽然无力发兵趁机恢复燕云，却也并非无利可图。”

“怎么说？”赵顼悻悻地问道。

“一旦辽国正式内战。若是南京道与西京道分别被双方割据，则于我大宋利益最大，可以遣使者分赴双方，要求他们卖战马与耕牛与我，我则用棉布、钟表、茶叶交换，谁敢不从，便威胁他们与另一方结盟攻击之。臣谅耶律乙辛与耶律濬都不敢不从。若二道为一方占据，朝廷依然可以要他卖战马与耕牛，他若同意，我则承认其正朔；他若反对，我便以用兵相威胁……”

赵顼脸色稍霁，又问道：“岁币呢？难不成朕还要给他们岁币？”

“战争未打完之前，自然不给。打完之后，给与不给，其权在我。”

“如此则差强人意。军事改革，朕以为刻不容缓！”

第二十一章

贤烈二祠

彼苍者天，歼我良人！如可赎兮，人百其身！

——《诗经·国风·秦风·黄鸟》

1

“整个军事系统将由六个机构领导：枢密院、兵部、三衙、卫尉寺、军器监、太仆寺，受御史台与门下后省监督。其各有职掌——枢府掌军国机务，兵防、边备、戎马之政令；同时亦是皇帝陛下之最高军事参议机构。兵部的职掌，包括六品及以下武官品级的补选和升调转迁；征募兵员、士兵的迁补，退役；驿传，后勤军资等。殿前都指挥使司、侍卫亲军马军都指挥使司、侍卫亲军步军都指挥使司三衙掌全国之禁军，平时主要职责是督导各军训练、建议奖惩官兵、提出装备建议。卫尉寺掌监军、军法诸事宜，它可以监视、调查军中一切叛乱、违法行为，审理军事案件。军器监掌研究、生产军器。太仆寺专掌马政……”

王韶坐在藤椅上，听长子王厚介绍着军事改革的内容，忽然冷笑道：“这次郭逵要受重用了吧？”身为枢密副使，却只能做军事改革的看客，王韶心里十分不满。但是皇帝的决心如此之大……

“郭逵任兵部侍郎兼讲武学堂山长。”王厚淡淡地说道，“儿子以为讲武学堂非常紧要，这次军事改革，首要的事情就是整编禁军。按计划，将首先在京师创办讲武学堂，从禁军中选调从九品下至八品上的武官进入讲武学堂培训，训练阵法、纪律、号令、武艺等，然后再由这些武官为基础，从各禁军中选调副都兵使至什长等，组成骁胜军与宣武军第一军、神卫营第一营……”

“慢着！”王韶忽然坐直了身子，问道，“什么叫副都兵使？”

“这次变动非常之大。副都兵使，大约便是原来的副都头吧。”王厚笑道，“武官也废除了寄禄官，以散官品秩决定服色、俸禄、资历等。从骠骑大将军至陪戎副尉共是二十九阶三十一个名目，大抵名称还是本朝旧制。而从九品外，又有准备使唤至守阙毅士十资。似爹爹，散阶便将定为镇国大将军。”

“镇国大将军？”

“是。天下武臣阶级，都全部改成新官名。从一品为骠骑大将军，正二品为辅国大将军，从二品为镇国大将军。爹爹便是镇国大将军！”王厚一面说着，一面递过一张写满了字的纸给王韶。王韶接过来一看，见上面写着：

熙宁八年钦定武臣散阶

从一品　骠骑大将军

正二品　辅国大将军　　　　从二品　镇国大将军

正三品　冠军大将军（怀化大将军）	从三品　云麾将军（归德将军）
正四品上　忠武将军	正四品下　壮武将军
从四品上　宣威将军	从四品下　明威将军
正五品上　定远将军	正五品下　宁远将军
从五品上　游骑将军	从五品下　游击将军
正六品上　昭武校尉	正六品下　昭武副尉
从六品上　振威校尉	从六品下　振威副尉
正七品上　致果校尉	正七品下　致果副尉
从七品上　翊麾校尉	从七品下　翊麾副尉
正八品上　宣节校尉	正八品下　宣节副尉
从八品上　御武校尉	从八品下　御武副尉
正九品上　仁勇校尉	正九品下　仁勇副尉
从九品上　陪戎校尉	从九品下　陪戎副尉

未入流共十资：

准备使唤　守阙准备使唤　听候差使　守阙听候差使　听候使唤
守阙听候使唤　效士　守阙效士　毅士　守阙毅士

王厚见父亲看得认真，又笑道：“这其实是旧瓶装新酒。散阶的名称没有任何变化，怀化大将军与归德将军依然只授给归顺诸番首领……”

“这未入流十资又是怎么一回事？”王韶指着纸问道。

“从守阙毅士到准备使唤，一共十资，士兵入伍第一年，就是守阙毅士。又特别规定，士兵入伍后，只需训练合格，不犯军纪军法，一年一迁。若有功劳，或考绩优等，还会按功绩加以晋级。每级薪俸各不相同。这本来也是军中旧法，用来鼓励士兵上进之心，不过这次却是规定得更加具体了。”王厚也是久在军中之人，于旧制本熟，因此说起军制改革来，也历历如数家珍。

“这么说，士兵的役期是十年？”王韶眯起眼睛，反问道。

“是，十年役满，若还不能升到陪戎副尉，就要退役。兵部将另外颁布禁军士兵退役法例，或使其转入厢军、地方巡检部队，或者就直接发钱遣散回籍。另外，此次兵制改革，将暂时保持募兵法不变。禁军以后会采用两种招募方法，一是从厢军中挑选，一是直接向天下招募。士兵入伍后一年，所属部队若发现条件不合要求，将遣回原籍，处罚招募官员。看来这次皇上是打定了主意，要让禁军的士兵永远由三十岁以下的精壮青年组成。”

“说来容易。”王韶不以为然地笑道，又将身子舒服地靠在椅背上，闭上眼睛，嘴里开始哼起不知名的小曲。

王厚微微欠身，道：“其实这兵制改革的谋主还是石越。是他建议皇上将卫尉寺变成一个监军、军法系统，军法官配到了大什一级，依孩儿之见，若真能够成功，军中许多改革必然能够实现。卫尉寺成了完全独立的系统，若有人招募不合格禁兵，他便要同时让军中武官与军法官都与他同流合污才能如意——这代价未免就太高了。”

“这么说，你是相信郭逵能成功？”王韶的眼睛却没有睁开，只是淡淡地问。

“不。”王厚咬着嘴唇，缓缓说道，“孩儿是相信石越能成功。”

“你又要劝我和石越合作？”王韶懒懒地问道。

“爹爹，石越一样可以让您成就功勋！”

“是吗？”王韶冷笑道，“我可不相信几个新机构就能解决问题。”

“若有清晰明确的奖惩制度，又能公正地执行，孩儿却认为是可能的。”王厚声音很轻，似乎怕因此冒犯了父亲，但眼神中却极有信心。

“谈何容易？”王韶依然没有睁开眼睛。

“总要去做！”王厚的声音终于渐渐大了进来，“皇上亲自接见儿子，以我为骁胜军第一营都指挥使。讲武学堂第一期将召集禁军中副都兵使以上，指挥使以下军官约一千人进行训练，半年之后，组织比武与演兵，淘汰近四百人，胜出的六百多人，将分别编入骁胜军、宣武军第一军，神卫军第一营为军官，组成教导军……”

“抽调一千名小使臣进讲武学堂训练，真是大手笔啊！”文焕笑道，“还要淘汰四百人，更是出手不凡。”

“现在不叫小使臣了。”段子介笑着纠正，问道，“文兄被抽中了吗？”

“不幸被抽中。”文焕的语气中却没有半点“不幸”的意思。却听到田烈武瓮声瓮气地叹了口气，文焕于是回身笑道：“田兄，你叹什么气？”

“一千人淘汰四百人，你居然觉得好笑？”田烈武摇了摇头，“万一被淘汰，薪俸减半，留在讲武学堂继续培训一期，如果两期都被淘汰，四十五岁以上罢职为民，四十五岁以下降两级调入厢军——这是好玩的吗？”

“纵要倒霉，也是别人倒霉，田兄你怕什么？这次过关的将全部进骁胜军、宣武第一军、神卫军第一营，品秩虽不变，却拿高一阶的薪俸，也是美事一桩啊。”文焕不以为然地笑道。

“莫要想得太乐观了。”田烈武继续摇着头，显然对于文焕轻松的神情不以为然。“你想想，全国有多少禁军，再怎么裁减，指挥使以下的武官起码有一万多人，凭你田兄的本事，还不能立足吗？这次整编，不过是对付那些吃闲饭的。不过朝廷这次整编倒是动真格的。我听说朝廷准备用五年时间，以每年整编七到八个军的速度，对禁军重新进行编制。指挥使以下的武官由讲武学堂训练，从第二期起，人员还会逐渐增多，一期培训两到三千名武官。而什长以上未入流的武官，就由骁胜军、宣武第一军、神卫军第一营进行训练，每次也要淘汰三成到四成人。”文焕压低声音，说着听来的小道消息。

“这真的是整编吗？”段子介若有所思地问道。

“何出此言？”文焕与田烈武都怔住了。

段子介沉思了一会儿，方轻声道：“五年时间，每年整编七到八个军，算来全部禁军加起来也不过只有三十五到四十个军左右，每军一万五千人左右——这不是裁军吗？”

“啪啪啪……”段子介话音方落，便听隔壁桌上传来击掌之声，有人高声赞道：“好见识！”段子介不料自己压低声音说的话还被人听见，忙回过头去，却见一个三十余岁的中年人走了过来。文焕见着此人，吃了一惊，连忙起身抱拳道：“章大卿[1]。”他识得此人是新任卫尉寺卿章惇，只没有想到会在此处偶遇。

章惇也不料有人识得自己，吃了一惊，拿眼打量文焕，却不认识，不由奇道：“你怎的认识我？”

文焕微微一笑，却不解释，只道：“下官文焕，这厢有礼。”段子介与田烈武也连忙起身行礼。章惇笑道：“不必多礼。”一面大大咧咧拉了张椅子坐下，又打量三人一回，才笑道：“本想出来散散心，不料倒有这番奇遇，竟遇见几位青年俊杰。”

三人连忙谦逊道：“不敢。”

章惇又看了段子介一眼，笑道：“这位段公子，颇能见微知著，一语中的，某十分佩服。不知却是在哪里高就？”

“惭愧，下官不过一区区宣节副尉。”

“咦？”章惇真是吃了一惊，说道，“我看段公子是读书人，怎的换了武职？”

段子介被他问到痛处，当下摇头不语。章惇微微一笑，随即道：“班定远当年也是投笔从戎的。”旋又道，“方才听到几位谈论，这位文公子和田公子，都入了讲武学堂。不知段公子？”

“下官却是没有抽中。”段子介淡淡笑道，声音中却听不出是高兴还是沮丧。

章惇顿时面有喜色，笑道：“我还道郭逵要将武官中杰出之辈一网打尽，却不料终有漏网之鱼。”

[1] 对九寺正卿的尊称。

文焕不由笑道："章大卿，这又是怎生说的？下官听说这次抽选的武官，也都是在京师附近禁军中抽调，驻边禁军，轻易不敢动的。"

"那也已经了不得了。"章惇笑道，"我现今要在禁军中找些识文断字的人来做军法官，实在如大海捞针一般难。段公子若是有意，不如便进卫尉寺如何？"

"卫尉寺？"段子介怔了一会儿，立刻摇头婉拒道，"多谢大卿厚爱，但是下官志不在此。还望大卿恕罪。"章惇盯着段子介看了一会儿，见段子介神色很坚定，知道不能相强，微微叹了口气，道："我又岂敢相强？既如此，我便有一言相劝，方才段公子所猜测之事，千万不可泄露，否则于国于身，皆有大害。"

段子介猛然醒悟，正要道谢，忽然便听到远处传来"轰隆"数声巨响，隐隐似从西南面传来。他正感愕然，章惇已经快步起身，走到窗边向外张望，只见是西南城外浓烟直冒，似要蔽住天日。他顿时脸色大变，也来不及和三人告辞，匆匆便即下楼而去。

待章惇下楼，段子介三人也立时好奇地走到窗边察看——眼前之景，顿时也让三人全都怔住了，文焕脱口说道："白水潭……"段子介脸色煞白，转身就向楼下奔去。

三人一路策马狂奔。到了白水潭学院，却发现白水潭虽然学生三五成群凑在一起议论，神情中惊疑不定，但学院却安然无恙。段子介下马一打听，才知道原来出事的地方，竟是兵器研究院！兵器研究院的研究员这几年也陆续有招募别处人员，但是骨干力量始终是白水潭格物院的师生，可以说与白水潭学院同气连枝，这时发生爆炸，学院的学生自然非常担心。但是段子介等人打听半晌，却没有人知道究竟是发生什么事情。

段子介三人便又驱马向兵器研究院行去，不料在两三里之外，就被士兵挡住。三人虽皆是禁军军官，却也不敢擅闯，只得悻悻在外围远眺，却发现附近一棵树下，桑充国、程颢、蒋周等人也站在那儿焦急地等待。三人连忙过去，下马行礼后，段子介便迫不及待地问道："桑山长，究竟是出什么事情了？"

桑充国忧形于色，摇头道："只听到数声爆炸巨响，本来我们以为是在试验震天雷什么的，但后来才发现响声巨大得多，而且更引发了大火，这才知道是出了事故。我们几个担心，来探问情况，谁知却都被拦住了。"

蒋周低声道："一定是研究什么新兵器出事了，我听说……"却听桑充国突然高声唤道："子明！"众人连忙循声望去，见远处一群人驱马而至，中间一人，依稀便是石越。

石越听见这边呼唤，连忙拨转马头过来，下马问道："长卿，程先生，蒋先生，你们怎么在这里？"虽然眼前之事甚急，他却还是从容不迫一一唤出名字来。段子介等人见着石越，也连忙上前参见。桑充国急得直摆手，道："子明，这时节就不用管虚文礼节了。兵器研究院究竟出什么事了？"

"我也是刚刚赶到。"石越也不知道究竟是什么事情，"你们且随我进去看看便知。只是兵研院里规矩甚多，你们不要到处走动。"说着便招呼众人，一道进了兵器研究院。

待进入兵器研究院的警戒圈内，石越才发现竟然所有的卫哨都已经动员。从三里之外开始，便三步一岗，五步一哨，所有的士兵都脸色严峻，如临大敌。石越看到这个场面，心也开始一点一点往下沉。众人在兵器研究院一个官员的指引下，无声地向出事地点走去。

约莫走了两盏茶的时间，出事地点才终于出现在众人视线之内。众人都被眼前所见惊呆了——大地的某一块似乎已经被烤焦了，地面被烧得黑乎乎的，大火虽然扑灭了，却不时还有地方在冒烟；到处是被炸飞的物什，巨大的铁块东一块西一块，满地都是，其中还夹杂着一些血肉模糊的残肢！连流动的空气中，都夹杂着刺鼻的焦味与血腥味……

石越不由颤抖起来，心中立刻明白："大爆炸！这是大爆炸！究竟是在试验什么兵器！"他的心里转过一个个的念头，难道……

桑充国难以置信地看着眼前的一切，声音颤抖得几乎不能成声："死……死了多少人？"

"二十五名研究员、八名工匠、三十名卫兵当场殉国！还有四十余人受重伤，已经转移。"章惇不知道什么时候也已经到了。听到这个可怕的消息，桑充国已经颓然跌坐到地上，没有听到章惇刻意加重了"殉国"这个词的语气。

"医官到了吗？"石越的声音也有一点呆滞。

"已经到了。正在医治，只是……"章惇垂着头，叹了口气。他在任判军器监的时间里，就一直亲自兼任兵器研究院知事，这里所有的人，他基本都认识，并且这个研究项目，也是他亲自批准的……

"二十五名研究员，八名工匠，三十名卫兵，一共六十三人殉国。"石越身子颤抖，喃喃地道，"究竟是什么试验？究竟是什么试验？"他的声音逐渐由低到高，说到最后一字，几乎已经变为咆哮。

"山长，我们在研究一种远程攻城火器，研究院命名为火炮。"章惇身后的一个研究员轻声道，被浓烟熏黑的脸上纵横着一道道泪痕。

"火炮？难道是……难道是炸膛？"石越颤声问着，只觉脑中一阵晕眩。

"我们以前试验过几次，威力很大，于大哥说，再多加点火药，不知道效果会怎么样，结果、结果……"那个研究员早已经泣不成声，他口中的"于大哥"，显然也是研究员。

“该死！”石越喃喃咒骂着，他眼前仿佛能看见几十个研究员和工匠，正围在黑黝黝的火炮旁边，记录着火药的配比，计算火炮的仰角，检查着火药与火炮是否符合规定，然后，引信点燃，每个人都捂上耳朵，紧张地观察着，没有人想到这么大的铁管也会有被炸飞的危险。人人只关心火炮发射时的威力是不是达到要求，炮弹是否会按着设想的抛物线飞出去，然后，“轰”的一声……

“该死，是我的错！我明知道可能有这样的结果，可我忘记提醒……”自责、痛惜……诸般感情啮咬着他的内心，一种前所未有的愧疚几乎要把他一口吞没掉，令他几乎说不出话来。过了好一会儿，他才勉强轻声地问道：“遗体已经清理了吗？”

“有几个人的遗体根本无法找全了……”

“一定要找全！”石越铁青着脸，几乎是声嘶力竭地吼道，“一定要找全！”

桑充国此时已在程颢的搀扶下站起身来，缓缓走到章惇身边，颤声说道：“章大卿，我想去看看我学生的遗体，不知可不可以？”

“请——”章惇叹了口气，却不知道该说些什么，只是做了个手势，一个研究员便引着桑充国走向一栋平房。

石越呆呆地站着，还是无法接受这个事实——“他的”研究院，竟然因为一次炸膛，导致了六十余人的死亡！其中还包括二十五名最优秀的火器研究专家，这已是全部兵器研究院火器专家的一半！六十多条生命，他的头脑之中一片混乱，无数的面孔在他的心中交递着闪过，他的心中忽然隐隐地浮现出一个想法：“如果不是我，他们都不会死吧？”这种可怕的想法才一出现，便立刻像附骨之疽般缠绕住他。

“这是可以避免的。如果我事先……”他喃喃说道，不敢正视心中那个可怕的想法，可是却又无法逃避，只要他睁着眼睛，就能够看到眼前的悲剧，这是六十多条人命呀！

“子明，总要付出代价的。人之一死，有轻如鸿毛，有重于泰山……”

“天杀的！这是可以避免的！”石越再也忍耐不住，高声向章惇吼了起来。在这一瞬间，泪水迅速涌上了他的眼眶，他喃喃地说道：“六十多条人命呀！”

章惇并不知道“天杀的”是什么意思，但却能明白他的心情，于是将安慰的话咽回了口中，静静等待石越的平静。

2

这一天，是熙宁八年的七月初七，乞巧节。传说中的这天晚上，牛郎与织女将在鹊桥相会。但是在人间的汴京，却因为一场意外的变故，令得六十多人再也见不着他们的情人了。并且，死亡的人数在三天后上升到八十二人。

火炮研究是保密内容，不能公开报道，无论是《新义报》还是《汴京新闻》，都只是约略提到："七月初七日兵器研究院发生意外事故，造成爆炸云云"，但是八十余人死亡的大事，却无法瞒过和死去的研究员们朝夕相处的白水潭学院的师生。

整个学院第一次陷入了全面的悲痛当中。曾经朝夕相处的伙伴，在一声巨响之后，就再也回不到你的身边——第一天时，这种感觉是一种不敢相信的迟钝，到了第二天、第三天，就变成了一种抓不住东西的惶然。只觉得身边的东西，一件件失去，至关重要，却无可挽回。这种失去的东西，无法描述，却能感觉得到，就像自己的一部分也被带走了。

几天来，桑充国每天晚上都会坐到兵器研究院的山下，燃起香烛，静静地哀悼。

那些死去的人中，有他的得意门生，他清楚地记得熙宁三年他们来报名的情景；他清楚地记得，有一个叫赵铭仁的学生，为了撰写的论文能在《白水潭学刊》上发表，是怎么样深夜来敲他的门，求他把论文给蒋周看看的；他也还记得他在开封府狱中的时候，这些死去的学生，就曾经悄悄买通狱卒来看他……他曾经亲手发给他们毕业证，曾经和他们一起参加技艺大赛，曾经知道他们的喜怒哀乐……

这些人，都是白水潭的精英，是他的学生，也是他的朋友，是他整个生命的一部分……

但现在，却全都失去了。

为了一个理想，他们被炸得四分五裂，尸体不全。

第一天，他还会低声哭泣，到了现在，他已经哭不出来了。他只能静静地坐在那里，远远望着这些学生工作的地方，死去的地方。当他专注的时候，他的眼前就会出现幻觉，仿佛他们还活着，还在那里研究着火药的配方，试验着各种各样的兵器，为了一张设计图纸而争吵不休，那声音都似还在他的耳边……

"长卿。"程颢和蒋周一人点着一枝香烛，默默地坐在桑充国的旁边。想劝慰，却不知道从何说起。

"他们是为了自己的理想而死，死得其所。长卿要节哀。"程颢低声说道。

"他们还年轻。"桑充国却只会反复说着，"他们还年轻……"

程颢与蒋周对望一眼，无言地叹息一声，坐在旁边。没过多久，欧阳发、晏小山也捧着香烛静静地走来，坐在旁边。然后便是白水潭的其他师生，一个一个，有些点着香，有些捧着香烛，密密麻麻……在兵器研究院外，便见数千只烛光摇曳闪烁，还夹杂着低低的抽噎之声——那是平素相好的同窗，抑制不住悲痛之情。

忽然有人悲声作歌唱道："薤上露，何易晞！露晞明朝更复落，人死一去何时归？”起先还只是一个声音，慢慢地，许多声音便都加入进去，悲歌渐转低沉，最后变成数千学生齐声合唱，他们低声地，反复地和唱：“薤上露，何易晞。露晞明朝更复落，人死一去何时归。薤上露，何易晞。露晞明朝更复落，人死一去……”

悲凉凄婉的歌声，在旷野中久久地回荡着。众人一边唱和着，一边已是泣不成声。便是程颐那样淡然生死的人物，也不禁惨然动容。

在这样一首无可挽回的哀歌声中，桑充国再也压抑不住内心的哀恸，他奋然站起身来，张开双手，仰望星空，厉声呼道：“彼苍者天，歼我良人！如可赎兮，人百其身！彼苍者天，歼我良人！如可赎兮，人百其身！”他凄厉尖锐的声音似乎要将天地裂破，直穿入九霄黄泉。

“如可赎兮，人百其身！”

“如可赎兮，人百其身！”

众人一齐怆然合应。

桑充国却忽然转过身来，注视烛光点点下泪流满面的师生们，呛声道：“我们不会忘记，死去的同窗是为何而死！他们是为了汴京永远不会再有异族的铁骑而死！他们是为了探寻未知而死！我们永远都不会忘记……”

远处。

田烈武、段子介、文焕、秦观四人默然站立，静静望着这一幕。田烈武低声问道：“少游，方才他们唱的歌，是什么意思？”

秦观显然也被这情绪所感染，眼中隐有泪光，轻声道：“《薤露》是汉朝的挽歌，意思是说人生就像薤上的露水一样，容易消逝。但是露水干掉了，明天早晨还会再有，但人死去了，却不知道什么时候才能回来。”

田烈武本不是多愁善感的人，但此时细细思忖秦观话中之意，想到果然露水易逝还能复结，人死却不知魂归何处，又想起失去亲人朋友，一时竟是痴住了。竟没听到秦观又说道：“后面桑山长念的诗，是《诗经》中《黄鸟》里面的句子，那是指责上天为什么要夺去国家的栋梁，如果可以挽回的话，就是自己死上一百次也愿意。那本是秦人悼念三良的诗……”

他们都没有看见，在不远处的树下，还站了一个人，树下的阴影似乎已经将他包裹了起来，令得他整个人都像是处在黑暗之中。他静默地站立着，在他的心里，正反反复复想着：“如可赎兮，人百其身……消逝的生命不会再回来，我的过错，要多少人来赎呢？赎得回来吗？”

3

兵器研究院的惨剧，白水潭学院的哀伤，到了朝廷中，却变成了怀疑。

虽然官制改革与兵制改革依然有条不紊地推行着，宋朝中央政府转换成尚书省与枢密院对掌大权，御史台、门下后省监督的架构。在兵部尚书吴充与兵部侍郎郭逵的支持下，兵制改革也开始了它的第一步……但是，对于开发火药武器，朝中却开始出现质疑之声。甚至还连累到石越，有言官指责是他破坏了天地的平衡，使阴阳失调，于是降下天怒。

“已经不止一个官员上书说，兵器研究院研究的事情不祥，要求朕下诏禁止。”赵顼的眼中，也似有了疑惑，“卿说是不是兵器研究院欲夺天地之造化，所以招此大祸？此是上天之警示？”

石越沉声道：“陛下！自古以来，凡欲求真证道，无不经历千难万险。便如陛下改革，也是一步一步走来，不知中间有过多少曲折艰辛。兵器研究院之事，至为不幸，然而却不可因噎废食，半途而废，更使死者枉送性命。”

赵顼沉默良久，方说道：“人心疑惑，又当如何？”

“若表彰死者之功，使天下皆知他们的死重于泰山，且能得到朝廷的认可，则敬意可以取代疑惑。”章惇从容答道。

石越见他如此敏锐，也不禁感到惊讶。此人运气极好，方除卫尉寺卿不久，兵器研究院就出事，于是责任就完全与他无关，反倒显出他的能干——在章惇任期内，大规模生产霹雳投弹和震天雷，没有出过任何差错；而标准化改革，也推行得非常顺利，已经初见成效。

赵顼目光移向石越，问道：“石卿之意如何？”

石越连忙敛神答道：“章大卿所说极是。若天下人皆以为国而死为荣，那么国家强大之日也就不远了。”

“朕会给他们追赠官爵，厚加抚恤。”

“追赠官爵的荣誉，不足以震撼天下人的耳目！”石越决心要给死难者争取更大荣誉。

赵顼不由面露难色，问道：“那卿以为当如何？”

“臣请陛下，在汴京建先贤祠与忠烈祠。先贤祠专门供奉本朝有名的学者、于国有功的研究者的牌位，不分儒学杂学，只要才学有益后世，皆得入祠供奉；忠烈祠则供奉为国战死的将士牌位，凡为国尽忠者，都要查明其姓名籍贯，将牌位供于祠中。

每年春秋二季，由朝廷举行祭奠，宰相以下行跪拜礼……”

赵顼与章惇听到石越这番话，都不禁吃了一惊，赵顼不禁迟疑道：“这只怕于礼不合。”

“陛下，虽是古礼所无，但是儒家弟子，亦可配享孔庙，国家功臣则可以配享宗庙，二者之意义相近。若能让人知道死去有意义，则人人勇于效死，远胜于追赠官爵。这也是奖励忠义智勇之意。”石越竭力地游说着。

章惇看看石越，又偷眼打量一下皇帝，道：“臣以为此议可行。”

赵顼苦笑几声，道：“知都给事中事是前御史中丞杨绘，这还是石卿举荐的。朕愿和石越打个赌，纵然尚书省同意，门下后省也非得驳回去不可。”

同一日，开封城南朱仙镇，皇宋讲武学堂。

一千零八十二名指挥使以下，副都兵使以上的禁军军官，分成马、步、器械三列整整齐齐地站在校场上。他们都是来自于汴京周围的禁军军官。将台上，站着三四十名教官，其中不少教官一脸杀气，一看就知道是久经战阵的悍将；还有一些则文质彬彬，倒似读书先生，这自然是原来武学的教授。

枢密副使王韶、兵部尚书吴充、兵部侍郎郭逵都出席了这次“开学典礼”。开学典礼后，所有禁军军官分成了十个都。其中九个都一百零五人，包括三个骑军都，六个步军都，另有一个神卫军都则是一百三十七人。田烈武和文焕分在同一个都，他们很惊喜地发现，在自己这个都中，还有一位老熟人——吴镇卿！

但他们没有什么机会叙旧，传令官刚刚分配完毕，一个可能不到三十岁的年轻军官就走了过来，厉声喝道：“从此时起，你们归本官统辖，谁敢不听号令，军法无情！”

文焕低声在田烈武身后说道：“这人是王韶的长子……”一句没有说完，就听王厚厉声喝道：“文焕！”

“末将在。”文焕吓了一跳。

“还有你，田烈武！”

“末将在！”

“文焕，你可知罪？”王厚不去看田烈武，只向文焕冷冷地喝道。

“末将、末将……”

“本官知道你是武状元，武状元又如何？”王厚冷笑道，“田烈武，你执杖重责文焕十五军棍！”

田烈武一怔，早有亲兵到小校场边拿来一根大棍，递到他手里。田烈武无可奈何，只得应道：“得令！”走到被两个亲兵按倒的文焕身边，“啪！”一棍打下去，便听一声清脆的响声，文焕应声“啊”地大叫。他把棍子举得高高的，一连打了十五棍，文焕痛得哇哇直叫，王厚却只是不住地冷笑。待他打完十五棍，王厚却忽然走了过来，目光逼视着田烈武，沉声问道：“听说你是田琼的侄子？”

“是。”田烈武不曾想王厚对他们每个人都如此熟悉。

“田琼当年和我有袍泽之谊，他常说他有个侄子武艺出众，可惜在开封府当差，那人是你不是？”

“是。”田烈武的冷汗已经冒出来了。

“衙门里打犯人的把戏，你玩得挺熟是不是？”王厚这时才提高了声音吼道。

“……”

“是不是？回答我！”王厚的目光犀利得仿佛要撕开田烈武的皮肤，直刺入他的内心。

田烈武硬着头皮高声答道：“是！”

“很好。”王厚大步走到队伍之前，厉声喝道：“来人，给文焕重打二十军棍，田烈武三十军棍！”

“得令！”他的亲兵厉声应道，按下两人，棍如雨下，顿时打得二人皮开肉绽。但这次二人却是咬紧了牙连哼都不哼一声。

王厚环视众人，厉声道：“今日就教你们第一课，我不管你们在禁军里面是什么老爷，是上四军还是什么军的，进了讲武学堂，就要明白一件事，军中纪律第一！”他轻轻一击掌，一个亲兵送上数张写满字的白纸。王厚指着纸说道：“这是讲武学堂纪律，也是军中纪律，我让亲兵念读十遍，今日你们就站在这里给我背熟了，记熟了，到讲武台来找我的亲兵背完再回去休息，背不会，站在这里背会为止！”说罢竟是头也不回地走了。可怜这些禁军军官，平日里薪俸优厚，最少也管着百来号人马，这时却被几个小兵虎视眈眈地盯着，一遍一遍地听着军纪。稍有动弹，几个亲兵就冲上来，扑头盖脸就是一顿鞭子。

讲武学堂的教官自然并非全如王厚一般严厉，但其中却也还有更加残酷的，比如军中号称“枭勇”的两大名将张玉和林广，竟然要求受训的步军军官站在箭雨面前纹丝不动，保持队列的整齐，若是稍露出些许怯意，就会受到极其严厉的体罚。于是讲武学堂开学第一天，和田烈武、文焕一样被打得几乎站不起来的学员，竟多达数十名，至于挨过鞭子的学员，则数以百计。

当天晚上，田烈武与文焕从医官那里要了药，挣扎着相互搽了，趴在简陋的铺盖上睡了。谁知迷迷糊糊睡了两个时辰不到，但听得一阵刺耳的号角声打破了夜空的寂静，回荡在整个学堂之中，随即使听到有人声嘶力竭地大声喊道：“劫营！劫营！”

文焕连眼睛都没有睁开，只含含糊糊地嘟哝道："太平盛世，劫的鬼营？"话音未落，头一歪竟然又睡着了。田烈武本也是强睁睡眼，但看到他这神情，却不禁又是好笑又是好气，伸手重重拍了一下文焕屁股上的伤口，痛得文焕"哎哟"一声大叫，几乎跳了进来，正要埋怨，却见田烈武已开始披挂，一边道："快起来，要不然小阎王饶不了你。"——不过一天工夫，王厚便已在学员中得了"小阎王"这样的诨名。文焕这才醒悟过来，慌慌忙忙披挂。便在这时，校场结阵点兵的号角声已经响了起来。吃过苦头的学员们也顾不得身上的盔甲是不是穿齐整了，急急忙忙便往校场跑去。

到了校场，就发现各都教官都已经到齐，所有教官、亲兵都穿得整整齐齐，手执长鞭，肃然站立。王厚冷冷地望着麾下的学员，见他们一个个披挂不整，有些人甚至连武器都没有拿，眉间早已经锁成了"井"字。

"明日每人去领一本《诸军训练条例》，自己看看若敌军劫营，应当如何应对。"王厚忽然举起鞭子，指着一座不知什么时候搬来校场的座钟，厉声斥道，"从吹号到集合，竟花费整整三十分钟！若真是契丹、党项的骑兵，你们早就去奈何桥报到了！"

文焕心中大是不服，暗道："你不安排哨探，是你主将无能。"但不服归不服，这样的话，哪里敢说将出来？

王厚凌厉的目光环视众人，高声道："我知道你们不服！但两个人配合披甲，快则五分钟，最多十分钟！从明天开始，连续十天，每天一个时辰练习解甲披甲。今晚凡拿了兵器的，回营睡觉。没拿兵器的，换班守夜！"

众人如蒙大赦，顿时散去。那些没有拿兵器的学员虽然愁眉苦脸，却也不敢让"小阎王"听见了。王厚待所有人全部走了，才吩咐亲兵道："待会给挨过打的人，悄悄送点伤药过去。"亲兵连忙应着去了。却听一人笑道："恩威并施，处道将门之子，果然深明治军之道。"

王厚循声望去，却见是讲武学堂大祭酒章粢，连忙欠身行礼，道："末将见过大祭酒。"原来讲武学堂之设，除了五年整编期内半年一期速训军官外，以后每个军官升迁，都要到讲武学堂速训半年。其长期的目标，更是直接向各州学、县学招收士子，培养科班武官。担负这样的重任，兵部侍郎事务繁多，是不可能奔波于开封与朱仙镇两地来管理校务的。因此，讲武学堂在山长之外，设有"大祭酒"一职，负责处理日常校务。第一任大祭酒章粢，是礼部试第一名，省元出身，畅晓军事，文才武略，皆是大宋少有的人物。因此石越特意向皇帝推荐，以章粢为讲武学堂大祭酒兼武经阁侍讲。

章粢这一日来四处巡视，检查各都教官训练之法。他与卫尉寺卿章惇同宗，又得石越青眼，自是知道不少内情——为了防止某一派系军官对讲武学堂影响太大，皇帝与吴充、石越、韩维四人精心挑选了数十名教官，名义上的山长郭逵与他这个大祭酒，并没有影响第一批教官任命的能力。这些被精心挑选出来的教官，有些来自武学、王韶军、蔡挺军中，还有些则是以前狄青的旧部。所有的教官都有过战功，武艺好，通文墨，懂兵法，可以说放在任何一处，都是军中翘楚。皇帝与石越，就指望着以这些人来打造一个精干的军官阶层。因此章粢丝毫不敢怠慢，他知道这些教官虽然都是军中英杰，但是各军风格不同，作风自然不一。似王韶旧部，如王厚便深受乃父影响，虽然讲究恩威并施，却是为人严肃；而张玉、林广，训练虽然严酷，但是一旦解散，就和部下喝酒赌钱，无所不为；还有些教官，则多恩少威，或者有威无恩……虽然颁布了《诸军训练条例》，明确提出了各种训练指标与操练规程，但是要打造一只真正强大的军队，还需要有真正精干的军官与公正的奖惩监督。这些东西的养成，绝非一部《条例》的颁布就可以解决的。所以，章粢知道自己的责任，就是约束好这些教官们。

但是章粢这次来找王厚，却是为了别的事情。他走到王厚身边，笑道："处道，刚刚接到兵部行文，卫尉寺想派一批军法官来讲武学堂，一同参加训练。"王厚不明其意，便不接口，只是默默地看着章粢，知道他必然会继续解说明白。果然章粢顿了顿，又道："但学堂教官人手略嫌不够，而且……"

王厚心中顿时雪亮，笑道："而且没有人敢接收军法官，这些人将来是要配备军中，负责执行军法，监督将领的，而我们这些第一批教官，却没有几个人会在讲武学堂待一辈子，迟早要编入禁军之中，到时候难免不碰上这些冤家。此时训练起来，轻不得，重不得……"

章粢苦笑着点了点头，道："正是如此。"他倒不料得王厚如此坦率。

王厚嘴角忽然露出一丝嘲讽的笑容，他掂了掂手中的软鞭，淡淡道："既然他们想来，就让他们归我管好了。我倒要先看看，这些所谓的随军军法官，究竟有多少本事？"

章粢见王厚一口答应，不由松了口气，一面笑道："这些人也只来受训半年，然后还要回卫尉寺受训半年，主要是成为卫尉寺军法官的教官，派到军中的概率也是很小的……"

王厚注视章粢，脸上肌肉一跳，笑道："大祭酒太小看我了！我王厚对朝廷忠心耿耿，怕什么军法官！"

章粢哂然，道："那就好。我还要去看看神卫营的教官，兵器研究院的惨案对他们的打击太大了。"

王厚连忙欠身抱拳，道："末将恭送大祭酒。"

尚书省，政事堂。

政事堂会议。

左仆射韩绛、右仆射吕惠卿并排坐在上首。六部尚书中，吏部尚书冯京、户部尚书司马光、礼部尚书王珪在左，兵部尚书吴充、刑部尚书陈绎、工部尚书苏辙在右；六部尚书之次，则是大理寺卿张景宪、司农寺卿安焘、太府寺卿石越；压班的两个座位，左面坐着尚书左丞王安礼，右面坐着尚书右丞吕大防。此外，太常寺卿常秩与新任军器监兼知兵器研究院苏颂则坐在了最下首，他们二人均不带参知政事衔，是奉命前来旁听并作证的。按旧制，太常寺卿为九卿之首，如今却事权多削，反而远远比不上九卿之末的太府寺，看着正襟危坐的张景宪、安焘、石越，常秩不由感到一阵别扭，不安地扭了扭身子。这一切都落在了吕惠卿眼中。他淡淡一笑，旋即正容，缓缓说道："子明关于建忠烈祠与先贤祠供奉殉国将士与逝世贤者的建议，门下后省通过了忠烈祠，却驳回了先贤祠，理由是凡国之贤者，或可入孔庙陪祠，或可入宗庙配享，设先贤祠多此一举，虚耗国帑。"他说到这里，有意无意地望了石越一眼，见石越面色沉静如水，竟是看不出深浅，心中一凛，继续说道："今日要讨论的第一件事，便是政事堂是否决定坚持设立先贤祠？"

韩绛轻轻咳了一声，望着石越，道："子明是倡议者，你以为如何？"

石越的目光依次扫了众人一眼，才缓缓说道："我依然认为有必要设立先贤祠，因为孔庙、宗庙非常人所能配享。"

"贤者自然不是常人。"吕惠卿笑道，"某以为给事中们担心的，是先贤祠供奉的人是什么人，是不是要把杨朱[1]墨翟[2]之流，全部请进去供奉？谁有资格入先贤祠又当由谁来决定？若这些不说清楚，只怕还会被驳……"

"虽不必杨朱墨翟皆入祠，但是如算学名家入祠，却是可以的。此前以算学家配享孔庙，争议甚大，若设先贤祠，便可无争议。"石越的声音微微抬高了些，似乎要以此表明他的决定，他心里也知道以这样的理由是很难说服众人的。先贤祠对在座的人来说，除了苏颂以外，没有任何吸引力可言。这些人死后，即使是进不了孔庙，也是有机会宗庙配享的。

果然，王珪息事宁人地说道："子明，这个先贤祠若专为祭祠算学家似无必要。

[1] 杨朱，字子居，战国时期诸子百家中杨朱学派创始人。杨朱学派在战国时期的影响很大，曾与墨家并称于世，因主张"贵己""重生""人人不损一毫，人人不利天下"，而受到传统儒家学者的批评。

[2] 墨子，战国时期墨家学派创始人。因墨家主张"兼爱"，与儒家主张"爱有差等"大相径庭，被荀、孟以来的儒家学者所批评。此处将之与杨朱并称，是带有极大的贬义。

这次兵器研究院不幸死难的人可以进忠烈祠祭奠，那也是罕见的殊荣了。为何非要偏执于一个先贤祠？”

“诸公，”石越抱拳环顾，慨声道，“设立先贤祠是功在千秋之事，它可以鼓励一代一代的人去追求真知，了解天地间的奥秘，甚至于不惜为此献身，因为他们会知道，自己死后，英灵能得到祭奠，自己的努力会得到天下的认可！当然，先贤祠也是慰藉军器监事件中死去的二十五名研究员和八名工匠的地方，他们不仅是为国捐躯，也是为追求真理而死！在一个个教训中吸取经验，是前进所必须付出的代价！他们必须被我们用一种特殊的形式来纪念！”

但是没有人听得懂他的话。司马光蹙眉道：“死去的人诚然值得悼念，但是有忠烈祠足矣。我总以为，若创立先贤祠，不利于淳化风气，且会破坏董仲舒以来儒术独尊的地位……”

石越愕然道：“君实相公何出此言？”

“朝廷为钻研奇技淫巧的人如此郑重的大开先例，必会影响天下风气。若只是入祠忠烈祠，倒还算合情合理。”

“君实，这是偏见！”

“偏见？儒学自是正统。”

“儒学不仅仅只有九经！天地之间，存在大道，要了解道是什么，就需要我们格物致知。仅凭九经，是不能了解天地的真理，圣人的本意的！”

吕惠卿心里其实是非常同意石越的意见的，但同时他也十分怀疑石越是不是别有用心。在他看来，石越的七书已经开了奇技淫巧之例，这先贤祠不过石越欲借朝廷威信来巩固他的学术地位而已。不过吕惠卿更明白这件事背后有着什么样的含义——白水潭学院集体悼念死者英灵的事情，他早已听说，《汴京新闻》《新义报》甚至《谏闻报》都有详尽的报道，他一点也不想得罪白水潭学院上万师生，所以倒是乐得看石越和司马光打擂台。

与吕惠卿相反的是，冯京虽然心里支持司马光，但却不愿意看到二人发生矛盾，这时见二人争执，便连忙出来说道：“我以为不必争执这些细节，政事堂本是支持动议的，还是想想怎么样说服都给事中杨绘和礼科给事中吕希哲？要紧的是不要出现三驳。”

吕惠卿目光转向韩绛，笑道：“韩相以为如何？”

韩绛本来就在为难，若不支持石越，不免得罪了这个红人，若是支持，就要承担三驳的政治风险。杨绘的性格他是非常明白的，虽然到时是谁辞职尚且难说，但事情走到那一步，本身就已经是失败了。他沉吟良久，才含糊道：“若一点不改，那是断然不行的。不过这次设立忠烈祠与先贤祠，本来就是以政事堂的名义颁敕，若这么被驳回了，似亦有失体面……”

吕惠卿不由笑道：“韩相的意思是要杨绘能接受，政事堂也不失了体面？”

“正是。”

吕惠卿环顾众人，道：“依我之见，不如一面且由石参政去草拟方案，最好能先说服杨绘与吕希哲；一面可由常大卿先准备祭祀之礼，到时纵然给事中们不肯通过先贤祠，我们也可以给死者风光大葬，迎入忠烈祠，以示朝廷之恩。”

韩绛也点头赞道：“此议甚佳。诸公可还有意见？”

这算是进可攻退可守之法了，当下众人纷纷赞同。石越也无可奈何，只得点头答应。

吕惠卿见众人都无意见，又笑道：“此事便算暂时议妥。且说第二件事，也与兵器研究院有关。是一个叫赵岩的研究员改进火药，制成火药颗粒的事情。赵岩的嘉奖令已由吏部颁发，我们要议的是军器监苏大监上表，要求扩大震天雷与霹雳投弹的生产，给永兴军诸路以及河北诸路诸军配备霹雳投弹。皇上下诏，询问尚书省与枢密院、学士院的意见。”

苏颂忙欠身道：“下官乞政事堂下敕，在河北、陕西、两浙、广南东路各增建一座火器作坊，河北、陕西两路，以日产五百枚至一千枚为额，两浙路与广南东路以日产百枚为额。加上京师作坊，最终使每天可以制造两千到三千枚霹雳投弹……”

“且慢。”司马光问道，“一枚霹雳投弹的成本是多少？”

“现在已经可以降到三百文左右。”

“一个普通厢军一月的薪水？”

“相对来说……”

“每日以生产两千枚计算，是六百贯，每月是一万八千贯，每年约二十一万六千贯。若再计上运费……”

“君实相公，三百文已极便宜，一枚霹雳投弹也就是七八枝箭的价格，却比七八枝箭有用得多。”

“但这是额外支出的，难道军器监准备减少弓箭产量？”

苏颂顿时语结。

王珪插话道：“但是皇上一定是支持的……”

司马光不客气地说道：“大臣不是专为迎合皇上的意思而设的。大臣要为天下着想！”

王珪面红耳赤，心中暗恨。吕惠卿却讥道：“司马公说得不错，然某以为，正因大臣要为天下着想，才不当吝啬区区二十余万贯的开支。须知若打一次败仗，国家的损失远不止二十万贯。”

司马光反唇相讥道："吕相公莫不是以为有了霹雳投弹就可战无不胜？我却以为有了霹雳投弹，不过是多了把双刃剑而已。若是自觉可以战无不胜，只怕穷兵黩武，国家的灭亡，也指日可待！"

"司马公又何必危言耸听？每年军费单俸禄支出就有近千万贯之巨，区区二十余万贯算得了什么？裁掉两千厢军就省出来了。某以为这个规模还要扩大。"吕惠卿慢条斯理地说道，存心激怒司马光。

石越立即明白了吕惠卿的用心：皇帝询问两府和学士院，不过是问怎么样执行，了解一下利弊，至于增建霹雳投弹院，进行大规模生产，那是势在必行。若司马光在这个问题上再次逆鳞犯颜，保不准皇帝就要把他赶出政事堂。因此吕惠卿才这么咄咄逼人，不断刺激意欲节省财政开支的司马光。石越心里也恼怒司马光在先贤祠的问题上和他纠缠，导致他在政事堂陷入被动，吕惠卿从而可以轻易地把包袱丢给他。但让司马光在政治上陷入困境却并不符合他的利益——户部进行的一系列改革，完全有赖于司马光个人的政治威信。石越无法想象换一个人来推行并县省州这一政策的结果，那必然是铺天盖地的反对声。唯有司马光一人有本事让这么大的改革安安静静地进行。

所以石越还是要拉司马光一把。他趁着司马光一时辞拙，插话道："君实相公也是为朝廷着想。朝廷增加开支，哪怕再小，都要慎之又慎。因为增起来容易，减起来就千难万难。冗兵冗官冗费，不是一夜之间出现，而是日积月累，不知不觉形成的；百姓的负担加重，也并非出自一夜之间，同样是这里加一点，那里加一点，积少成多。故为政者对每一项开支进度都要慎重。今日加二十万贯，明日再加二十万贯，那国家财政，就再也没有好的一天。"

这一番话说出，司马光大感知己，吕惠卿却笑道："子明的意思是反对增设霹雳投弹院？"

"非也，非也。"石越连连摇头，笑道，"霹雳投弹是军中利器，自然不能吝啬。但在增建霹雳投弹院的同时，我们要寻一处地方，减掉开支，使整体支出不增加，这才是谋国之道。"

"子明所言确是正理。"众人尽皆点头称是。连吕惠卿也笑道："如能这般，自是最好不过。"说罢，话锋一转，立即问道，"那子明以为，当从何处削减这超过二十一万贯的开支？"

"重新厘定短刃刀、斩马刀、弓弩生产数量，略加节省，便可以省出。"石越胸有成竹地说道。

苏颂迟疑道："斩马刀是皇上亲赐式样，只怕……"

"皇上是明君，必不以为嫌！"宋军制式兵器花样过多，石越早就想解决了。

政事堂会议结束后，石越便想去找杨绘、吕希哲游说先贤祠的事情。不料前脚才踏出尚书省，就被李向安给叫住了。“石参政，皇上召见。”石越只得随着他去见赵顼。不料这次皇帝召见，既不在崇政殿、资政殿，也不在内东门小殿，反倒是在一座小水榭上。赵顼见了石越，便笑道：“是淑寿想见卿。”

石越这才发现赵顼的脚边，还有一个小人儿在爬，旁边的宦官宫女都睁大了眼睛紧张地望着她，生怕发生半点意外。那小小的人儿见到石越，早已经半仰起身子，伸出胖乎乎的双手，含糊不清地叫道：“抱，抱。”

石越方遭丧子之痛未久，对小孩子真是喜爱之极，此刻见一个冰雪可爱的孩子对自己流露出亲切信赖之意，心中一动，竟忘了她的公主身份，不由掀起衣襟，蹲了下去，将她一把抱了起来。那孩子被他抱起，不由得咯咯大笑。石越见她一双小眼睛黑得宝石也似，脸上肌肤娇嫩似吹弹可破，可爱之极，一时间忘情，竟在淑寿脸上使劲亲了一口——他这“无礼”的举动，教水榭之上的众人都惊呆了，一时间竟是鸦雀无声，便连赵顼也目瞪口呆地望着石越。

石越这才意识到自己举动出格，不由尴尬地望着赵顼，欲要解释，却一时半会儿也说不清楚。偏偏在他怀中的淑寿公主不肯安静，伸出白嫩的小手一把抓住他耳边垂下的两绺头发，使劲地拉扯着，害得他只能歪着脑袋望着皇帝。

赵顼见他这模样，终于忍俊不禁，“扑哧”一声笑了出来。一面却充满醋意地从石越怀里一把抢过淑寿，也在淑寿脸上狠狠亲了一口。

石越这才讷讷地说道：“臣死罪，臣死罪。”

赵顼摆摆手，半开玩笑地说道：“石起不是有两个儿子吗？卿过继一个过来吧。”

石越不料赵顼对他的家事知道得这么清楚，倒是吃了一惊，只是他却不愿意过继石起的儿子，便委婉拒绝道：“臣想过一段时间再说……”

赵顼笑道：“卿若现在过继过来，朕便将淑寿许给你儿子，结个亲家。若是晚了，你还有几个小舅子，王韶家还有个聪明的十三郎，只怕要被人抢走了。”

石越知道皇帝说的是韩琦的幼子和王韶的十三子王寀，不由恋恋不舍地望了淑寿一眼，也半开玩笑地笑道：“陛下何不再等几年？臣还想自己的亲生儿子来娶公主进门呢。”

赵顼哈哈大笑，抱着淑寿使劲亲了两口，自嘲地笑道：“朕这个公主，总算是不愁嫁了。”

石越跟着笑了一回。赵顼忽然问道：“卿有个义弟叫唐康，是吧？”

“是。臣弟现在白水潭读书。”

“朕想给他做个媒。”赵顼笑道。

石越一怔，笑道：“唐康何德何能，岂敢劳动天子？”

“朕想冲冲晦气。清河郡主不日将下嫁狄詠，听说卿也在给程家小姐做媒，是嫁给包拯之后吧？朕来凑个热闹，替卿的义弟定下文彦博之孙女，这门婚事，还算是门当户对吧？”

石越忙笑道：“只怕是臣高攀了。”

“你一下子比文彦博矮了两辈，有什么好高攀的。”赵顼开着玩笑道，“朕准备不日召文彦博还京，再拜枢密使，正好让他带着孙女进京，两家好订婚下聘。”

石越这才知道皇帝的意思，他需要一个信得过的人来掌领枢密院。而且此人必须资历极高，可以统领枢府以制衡现在风头正劲的兵部，达到枢府和尚书省的平衡。文彦博毫无疑问是最佳人选。“陛下，臣以为让文彦博掌枢密院甚当。只是若臣与文家结亲，只怕还需要避嫌……”

“那倒不必，有王安石与吴充的先例在。”赵顼摇摇头。文彦博与石越关系并不太好，稍稍拉近一点距离，是有必要的。

这几日桑充国一直忙着筹办在兵器研究院事故中身亡的二十五名研究员的丧事。对于其他之事，都无心关注。这日他疲惫不堪地回到家中，忽然发现书案上放着一份报纸，他顺手拿起来，却见是当天的《新义报》。桑充国习惯性地去看头条，目光便立即被吸引住了——只见那头版头条用粗黑的隶书印着一行标题：“逝者已矣”，而标题下面，竟赫然署着石越的名字！

他立刻仔细读起来。原来竟是石越在《新义报》上倡议建立忠烈祠与先贤祠以分别迎奉兵器研究院死难者牌位，并公开呼吁朝中大臣予以支持。桑充国做梦也没料到石越竟然有这样的决心，更付以此非常之法，一时竟陷入沉思中，恍恍惚惚地想道：“难道以前那个子明又回来了？”

“桑郎。”桑充国猛然一惊，回过神来，却见是王昉盈盈站在自己面前。她显然已经猜出桑充国在想些什么，只瞟了一眼报纸，便即浅笑道：“听说石越好不容易说服皇上与政事堂，要下敕建忠烈祠与先贤祠，却被门下后省驳回先贤祠之议。昨日政事堂会议，石越又受阻于司马光，没有得到政事堂的支持。晚上就听说他夜访吕希哲与杨绘郁郁而归。谁料今日一早，《新义报》就刊登了石越的署名文章，摆明了就是想借士林清议的力量来迫使杨绘与吕希哲屈服。数年以来，倒是头一回见到石子明如此毅然决然。”

王昉素来能对朝中大臣的动向了如指掌，这样的能耐，他也早就习以为常了。只是此刻，他望着自己的妻子，忽然无比懊恼地摇摇头，道：“昉儿，你不了解子明。”王昉诧异地望着他，但她聪明地没有说话，只是静静地等待着桑充国解释。果然桑充国叹了口气，又道：“这个世界上，真还有比石越更决然的人吗？他不过有时候藏得极深罢了。"

"我一直觉得他缺少直面困难的勇气。有些困难，总是需要人面对面地去战而胜之。"出于某种不可言传的偏见，王昉对石越的评价始终有限。

"这不公平。"桑充国轻轻道，"也许，他只是比我们多了面对困难的智慧而已。"

王昉默然良久，忽然柔声道："桑郎，你很尊重他？"

桑充国郑重地点了点头，道："我一直都尊重他。他是我见过的最有智慧的人，虽然有时候，我理解不了他。"

"也许吧。但我觉得你比他要坚毅勇敢。"王昉温柔地笑了，非常诚恳。

桑充国站起身来，缓缓踱到门口，望着蔚蓝的天空，悠悠道："我曾经答应过他，会永远站在他的一边。但是，我似乎没有做到。"

"我的夫君无论什么时候，都应当站在道义一边。"王昉的唇边流露出一丝执拗，"桑充国不应当向任何人效忠。"

桑充国却没有转过身来看自己的妻子："但这一次，道义就在石越一边。"

王昉撇了撇嘴，摇着头，柔声道："桑郎，你还不明白？石越不像你，他永远没有你的纯粹。他做任何事情都带着功利。他表面上温文尔雅，其实心机深不可测……你以为这次，他只是纯粹想慰藉死难者的英灵吗？"

"难道还有别的目的？"桑充国愕然回过头，惊讶地看着妻子。

王昉犹豫了一下，不由在心里叹了口气，她的神情依然似水般温柔，但声音中却隐隐有刀锋般的锐利："他不过是想借此机会，设立先贤祠，破坏儒家的独尊地位，树立自己的万世声名罢了！"

"这……"桑充国不自觉地瞪大了眼睛。

王昉细声道："桑郎，你且想想，石学问世以来，风行于世。那些所谓的杂学，除了不能参加科举之外，学习者已经完全可以借此谋生，甚至也有做官的机会。如今朝廷再这么大张旗鼓地进行褒扬，死后甚至可以享有千秋万世祭奠——这已是董仲舒以来从未有过的新局面！虽然不可能彻底撼动儒家的地位，但是儒学独尊，必然受到实质上的挑战……天下杰出之士，有多少人能不被万世之名所诱惑？石学一派的贤者，本来有许多是终身无望入孔庙的，但如今他们却终于可以进先贤祠享受祭祀——我看石越的野心，根本不是在孔庙里陪祀，而竟是想与孔子并驾齐驱！"她侃侃而说，若此刻石越能听到她的这番评论，也许都会感叹王昉才是他真正的知己。

"不管如何，这都是好事。"桑充国依然不太相信，石学地位的提高，也是他所乐于见到的。

"不管是不是好事，我都觉得石越城府太深了，连他这次亲自在《新义报》撰写署名文章，我也觉得有他的用意……"

桑充国摆了摆手，咬着嘴唇说道："昉儿，你不必对子明太过苛责。这次我一定会站在他的一边的！"

次日起，《汴京新闻》刊登了一个系列报道——《汴京新闻》替二十五名死者各做了一个专题，讲述他们的生平事迹，和亲人朋友对他们的悼念。报道感人至深，几乎博得了整个汴京的同情。而《新义报》则默契地刊登着一系列的评论，不断呼吁朝廷的"有关官员"不要让死者不能瞑目，令生者耿耿于怀。在两大舆论力量的引导下，汴京士林普遍相信，石越的要求完全是出于一种对死者的尊重。也有不少人知道自己配享孔庙终身无望，却幻想能进入先贤祠享受千年之令名，因此极为支持石越的主张。甚至连《谏闻报》也一反常态，站在了石越一边——很多人都怀疑唐坰是因为盼望自己死后能入先贤祠，才有这样异乎寻常的举动。

这是历史上头一次，尚书省操纵舆论，来对门下后省的官员施加压力。

4

崇政殿中气氛有点儿紧张。赵顼亲自在这里召见吕惠卿、石越和门下后省的杨绘与吕希哲。

"陛下，古往今来，从未有这样的事情——臣身为都给事中，是慎政官员，需要公允地判断每件政事是否恰当，石参政居然用这样的手腕，实在让臣大失所望……"杨绘一脸愤然。

"陛下明察，臣只不过在《新义报》发表了一篇文章，寻求士林理解，实在不明白杨公的'手腕'是什么意思？"

"《汴京新闻》与《新义报》的一唱一和，臣的家门槛几乎被来劝说的士大夫踏平，每日都有十数人来劝臣，臣迫于无奈，已经不敢见客。"杨绘想起这几天的情况，就气不打一处来。上门游说的，写信劝说的，从亲朋好友到故交旧识，甚至还有素不相识的人，络绎不绝，给他造成极大的心理压力。吕希哲这时也是苦笑不已。他是吕公著之子，不过二十来岁，颇有令名，这才被皇帝擢为礼科给事中。他与白水潭学院本来关系甚密，此时受到的压力更在杨绘之上。故朋好友的冷嘲热讽和声色俱厉的指责都已是家常便饭，甚至还有人威胁要与他割袍断交。杨、吕二人万万料不到会面临这么强大的压力，吕希哲已经动摇，但是杨绘却拒绝让步，反而要求面圣，当面弹劾石越。这才有了这次崇政殿的召见。

石越愕然望着杨绘，半晌，方转向赵顼，激动地说道："陛下，《新义报》是吕相公当管，臣在政事堂忝居末席，何曾能施加影响？《汴京新闻》臣更没有本事去影响，此是陛下所深知者。杨公不晓其中原委，怎生便如此妄下结论？”

赵顼的目光转向吕惠卿，问道：“《新义报》还是陆佃在管罢？”

“是，陛下。陆佃原兼着《三经新义》与《新义报》两边的差遣，如今《三经新义》已经停了，他便专责做《新义报》的主编。”

“陛下，陆农师[1]是王介甫的门生，与臣无半点交情。臣岂能影响到陆农师？”石越慨声道。又转过脸怒视杨绘，道：“杨公，你以为我石越是个弄权的小人吗？”

“这……”杨绘竟是被弄糊涂了，但他始终不相信《汴京新闻》与石越无关。

石越得势不饶人，又厉声道：“杨公，在下以为，做给事中，需要的是一颗公心！舆论清议怎么样，并不重要。择其善者而从之，其不善者而改之便可。譬如此次设置先贤祠，天下皆谓可，杨公若持公心，便不当坚持一己之偏见，否则给事中之职，徒然变成慎政官员与尚书省意气之争的工具，那不免大违本意。若杨公坚持以为不可，则可以再度封驳，三封之后，自有规矩，是非曲直，天下咸知。又何必以清议为嫌？”杨绘默默不言，脸立时红了。“给事中之大忌，在于沽名钓誉。诸科给事中，官卑位重，本来就是希望给事中们不要在乎自己的官职，敢于用自己的官职来博得名誉。但是过犹不及，若故意反对政事堂来获取‘不阿’‘刚直’之名，却也是以私心坏国事。杨公如此介意清议，难道是因为反对此议，除了最终不免要丢官弃职，还会得不到士林的同情，所以心怀耿耿？”石越句句诛心。

杨绘涨红了脸，便要辩驳，却忽然发现自己辩无可辩，怎么说都是越描越黑。当下叹了口气，不再说话。吕希哲却是初生牛犊，上前亢声说道：“臣反对建先贤祠，却不是为了什么沽名钓誉。臣以为，入祠先贤祠礼制过隆，近于僭越。唐太宗贞观二十一年，首次将左丘明、公羊高、穀梁赤、孔安国等二十二位为《春秋》《诗》《书》《礼》《易》等作过注的学者，作为传播儒学的功臣配享太学孔庙，以表彰其传注之功，亦只称为‘先儒’。而所谓‘先贤’，则专指孔门七十二贤。似兵器研究院诸人，虽为国尽忠，其情可悯，但是道德学问，岂能比之先贤？何况数十人一朝入祀，更是唐太宗以来前所未有之事。国之大典，不可轻下于人。”

赵顼思忖一会儿，问道：“先贤祠不附于孔庙，仪制贬损一等，卿以为如何？”

“犹是大典。”

“各州县皆立孔庙祭祀，先贤祠只立于京师，孔庙四时祭奠，先贤祠只春秋两季祭奠，如此则所费有限，卿以为如何？”

吕希哲眼见皇帝步步退让，但言语中偏袒石越之意甚明，心中不禁灰心。欲待坚执不可，心中一转念想起众多的亲友劝说，士林议论，不免觉得意兴阑珊。口气一

[1] 陆佃，字农师。

软，偷偷望了杨绘一眼，说道：“臣不敢再持异议。”

赵顼又顾视吕惠卿、石越、杨绘，笑道：“三位以为如何？”

“陛下英明。”三人一起欠身回道，只是神情心思，却各不相同。

赵顼嘴唇微动，正要说话，忽见一个内侍急匆匆走进大殿，尖声禀道：“陛下，礼部尚书王珪求见。”赵顼一怔，却不知道发生什么事情，忙道，“宣。”“遵旨。”内侍一面高声应道，一面爬起来退出大殿，亮起嗓子唤道：“宣礼部尚书王珪觐见。”

吕惠卿与石越顾视一眼，肃容站立，远远望着略显臃胖的王珪走进殿中，近得前来，跪下叩首道：“臣王珪拜见吾皇万岁。”

“平身。”

“谢主隆恩。”王珪站了起来，便即一脸兴奋地说道：“陛下，辽国遣使报哀，辽主耶律洪基宾天，太子耶律濬在中京即位。”

“啊？”耶律洪基春秋正盛而去世，吕惠卿都不由大吃一惊。赵顼与石越四目相交，心中暗道：“终于来了。”

“可有辽主的国书？”赵顼连忙问道。

王珪点点头，道：“有。”

“上面用玺……”

“此正是所怪者，玉玺似是伪造，但使者却是北朝名臣耶律寅吉。”王珪心中显然也大惑不解。

赵顼激动得站起身来，急道：“快去调阅以往档案，核实玉玺是不是伪造的。”

“遵旨。”

“礼部派遣谁作陪？”

“臣选定主客司郎中富绍庭相陪。”

“富绍庭？富弼之子？此人城府谋略如何？”赵顼皱眉问道。

“富绍庭老成稳重，但是不及乃父多矣。”

石越自是知道赵顼心中打的什么主意，但富绍庭本是他大力推荐，自是不便亲口否决，连忙笑道：“陛下，耶律寅吉是北朝名臣，轻易也套不出什么话，让富绍庭陪同似无不妥。至于能不能套出话来，或者另遣大臣试探，或者就看职方馆的本事了。”

“也罢。”赵顼点点头。

吕惠卿心思何等伶俐，一听赵顼与石越之话，便知道二人早就知道了耶律洪基驾崩之事，内中自然会有许多的隐情。但他耻于相问，只是心中计较。

5

耶律洪基突然驾崩，太子耶律濬即位，南京道、西京道戒严……种种消息很快就传开了，因为不是本国事务，除了《新义报》较为谨慎外，《汴京新闻》《西京评论》《谏闻报》都饶有兴趣地讨论着北面强敌的种种变故。各种猜测漫天飞舞。司马梦求看着手中的报纸，哭笑不得。虽然朝廷装模作样地罢朝一日，表示深切哀悼，但是民间对于辽国皇帝，却没有任何敬意可言。七月廿日，《谏闻报》首先怀疑耶律洪基是死于纵欲过度。次日，《汴京新闻》对此冷嘲热讽，认为耶律洪基死去数日之前的皇后萧观音被赐死，与耶律洪基之死，二者必有因果。第三日，《谏闻报》相信有可能是鬼神勾魂报应，并写了一篇有声有色的传奇故事。第四日，《西京评论》认为耶律洪基很可能是打猎时被狗熊所伤致死……大宋的市民阶层，对于种种推测分析，都充满了兴趣。《谏闻报》因为作风大胆，敢于迎合大众的口味，销量几日之内扶摇直上。

但是司马梦求感兴趣的，却不是几大报纸的猜测与销量，他关心的是辽国的形势究竟发展到了哪一步？耶律乙辛究竟值不值得期望？可惜的是，燕京几家商号被辽人捣毁，如今又全面戒严，消息根本传不出来。韩先国也不知道是死是活……他现在事务繁多。一面，他要培训细作，从大理、西夏、辽，甚至高丽招募汉番人等，长期潜伏各国，收买高官，传递情报。石越私下提出来的要求非常严格——收集的情报内容，从粮食的价格到驻军的分布，官员的贤愚，私人的矛盾，都被包括在内。真正的骨干细作，要精通各种语言，了解种种风俗——从细作的培养，到间谍网的建立，都不是一朝一夕之功。石越给的时间是五年，但司马梦求认为起码要十年。另一面，虽然耶律寅吉的驿馆布满了枢密院职方馆的细作，但是职方馆缺少情报分析人员，细作们汇报耶律寅吉的一举一动，职方馆的官吏事无巨细地记录下来，整理成文件，司马梦求则要阅读全部的文件，以求从中发现有用的线索。最可恼的是，他与耶律寅吉认识，只好成天躲在职方馆，不敢亲自去试探究竟。

“司马同知，这是最近几期的《海事商报》。”一个文吏捧着一大沓报纸走进司马梦求的阁间。

“放下吧。”司马梦求随口说道，一面拿起一份报纸浏览起来。文吏连忙轻轻退了出去。忽然，司马梦求的目光停住了，一行不起眼的小字跃入眼帘：“传闻七月初高丽国东部粮价、铁价皆有上涨，价格不详……”司马梦求盯着这短短一句话，翻来覆去看了许久，忽然站起身来，朝门外喝道：“备车，去石参政府。”

短短几个月之间，石越的府邸已经大变模样。“学士”变成“参政”那是题中应有之义，而最显眼的，则是规模气势扩大许多。显示官府威严的门戟，紧闭的朱红大门，衣着光鲜的奴仆，普通的百姓尚未进门，已经先畏惧三分了。司马梦求下了马车，递进名帖，等待召见。府上的奴仆大都认识他，虽然以往出入便如自家之门，但是今时不比往日，很多忌讳却也是必须讲的。因此司马梦求便安静地站在门外等候。未过多时，便见陈良从偏门迎了出来，远远便是一辑，笑道：“纯父，久违了。”

司马梦求也连忙回了一礼，笑道：“子柔，久违了。”一面问道，“参政在府上吗？”“参政特意叫我来迎你。若是亲迎，未免太过于招摇。”陈良低声道，一面与司马梦求携手并肩，走进府去。司马梦求见陈良一路前去，却是直奔石越的书房，不由问道：“参政在书房？”

“是潘先生在书房。参政在客厅会客，包孝肃之子包绶来访……”

“参政亲自接见？这个年轻人看来非同寻常。”司马梦求诧异道。

“若非如此，岂能劳动参政给他做媒？程颢的女儿，不是人人有资格娶的。”陈良笑道。

司马梦求也笑道：“二公子是天子指婚，何时下聘？”

陈良苦笑着摇摇头，道：“二公子似是不愿意娶文家的女儿，眼下正求公子让他去广州。”

“这是为何？”司马梦求不由一怔。

“二公子想去虎翼第二军。”按枢府新设的沿海制置使司的规划，杭州市舶司海船水军待返航后，就进行整编，一分为二，虎翼军第一军负责高丽、日本国、琉球等航线；虎翼第二军驻扎广州，负责南海航线。登州海船水军则是虎翼第三军，负责与高丽之间的航线，威胁燕云，保护登杭二州之间海运航线。

“早不说去晚不说去，这当口却要去，分明是缓兵之计，还不如说考不上进士，不愿意成婚呢。”司马梦求笑道，“难不成文家的孙女有什么不妥当处？”

“这倒没有听说。”

二人边走边聊，须臾便到了石越的书房。跨进房门，司马梦求便见潘照临手里拿着厚厚一叠报纸在看，赫然便是《海事商报》！见司马梦求与陈良进来，潘照临连忙放下报纸，起身笑道：“纯父、子柔。”

司马梦求也不客套，注视潘照临，笑道：“潘先生，在下此来，特意向先生请教辽事。不知先生以为耶律乙辛……”

潘照临笑道：“纯父真不知耶？假不知耶？辽国五京道，耶律濬在中京即位，耶律寅吉自南京而来，若东京道为耶律乙辛所制，必然遣使联络高丽，然而似乎并无异动。如此，中、南、东三京道为耶律濬所控制，自无疑问。眼下不知者，只有上京道与西京道。上京道深入东北，是辽人内腹之地，虚实固然难知。但是西京道却邻西夏与本朝，自是容易知道……”

“辽人戒严，用间不易。”

“间者，千变万化之物。若西京道为耶律乙辛控制，则必然遣使本朝。其使未至，则可知西京道尚未为其控制；但是否为耶律濬控制则还不能轻易断言。只需如此这般，便可以探出虚实。”潘照临低声细说方略。

司马梦求听得连连点头，笑道：“此计甚妙！”

潘照临又笑道：“纯父再看这《海事商报》，高丽国东部铁价、粮价皆有上涨，虽是传闻，却也是蛛丝马迹。似是辽国境内局势紧张所波及。”

“高丽向来向宋、辽皆称臣，只恐难以利用。”

潘照临微微摇头，缓缓道：“虽然如此，但是纯父须知自杭州市舶务水军建立以来，高丽与本朝联系越发紧密，本朝大量丝绸、钟表、瓷器、书籍、棉布卖往高丽，深受高丽人喜爱。若辽国不乱，或还无计可施，若辽国内乱，则可趁机施加影响。须知辽国之乱，高丽必然害怕波及，挟宋自保，本是必然之选择。本朝若能遣一精干使者，前往高丽，收买贵人，游说高丽国王，趁火打劫……”

“妙哉！一旦高丽卷入辽国内战，势必与辽国结仇，则更加依赖于本朝。”

“高丽国王未必不觊觎辽东，唯辽国强大，自保不暇，自不敢做非分之想。一朝有变，未必不可游说。纵不得志，亦于本朝无损。”

“如此，何人可以出使高丽？”石越爽朗的声音从门外传来。身后跟着二人，却是唐康与秦观。众人连忙行礼，潘照临却注视石越，笑道：“可令蔡京为使，二公子为副。”

“康儿不过一布衣。”石越迟疑道。唐康却面有喜色。

“加恩未难，副使有九品官足矣。”潘照临笑道。

“学生也愿同行。”秦观面有羡慕之色。

“马上就是大比，少游若去高丽，又要蹉跎三年岁月……”

“科场功名，岂比得上立功边疆？”秦观慨声道。

石越微睨秦观一眼，笑道：“少游果真不后悔？”

“绝不后悔。”

“那我便遂你心愿。”石越又道，“蔡京诚然是个人才，若使之高丽，则杭州事属谁？”

“杭州之事，规模具在，张商英、李敦敏皆可代之。况且蔡京此人，若一直不得升迁，则必有异志。令他去高丽立功，其必不推辞。”

“只恐羽翼渐丰，势大难制。”石越皱眉道。于蔡京此人，他一直有深深的戒意。

潘照临见无旁人，竟是肆无忌惮，淡淡说道："非汉高不能用韩信、陈平。"

石越赫然变色，却见众人一脸淡然，连秦观也无异色，他怕越描越黑，当下便只轻描淡写地笑道："此喻不类。唯蔡京此人，不用可惜，用之可惧。"

"魏王不能用商鞅，亦不肯诛之，遂为万世之患。"潘照临眼中闪过一丝寒光。石越却微微摇头，笑道："潜光兄越说越不靠谱了，岂可诛无罪之人。"

次日，驿馆。耶律寅吉一早起来，便被访客的身份给吓了一跳。宋参知政事、太府寺卿石越与卫尉寺卿章惇奉旨前来慰问。履行了种种礼仪，说过种种套话，耶律寅吉正暗暗揣测石越与章惇的来意，却听章惇笑道："下官闻贵使自南京道来？"

"正是。"耶律寅吉笑道，却暗生警惕。

"听说贵国边境戒严，不知是真是假？"章惇又笑问道。

"确是实情，因有盗贼作乱，故下令边将严防。"这却是早已想好的托词。

章惇却似毫不怀疑，只叹了口气，道："原来贵国也是如此。也好，如此贵使当能体谅……"耶律寅吉莫名其妙地看着章惇，却听石越笑道："贵使有所不知，我二人奉旨前来，便是想告知贵使，毗邻贵国南京道诸州县，忽发盗贼，悍不可制，官兵正在围剿。本朝问哀的使者、贺新皇登基的使者，只得取道太原，由贵国西京道往中京，为了贵使的安全，也请贵使从贵国西京道返回上京……"

耶律寅吉顿时呆住了。他想不到宋朝给他来这一手。他来之时，耶律乙辛在上京举兵，手执玉玺，挟持各部落贵人家属，自称天下兵马大元帅、总北南枢密院事，要为耶律洪基报仇。而耶律濬是自奉正朔，指耶律乙辛为逆贼。辽国境内，本来各少数部族一向反抗不断，此时更是蠢蠢欲动，不少部族就不再纳贡，反而屯粮备战；西京道杨遵勖一日之内诛杀异己将官四十余名，家属上千，将西京道牢牢控制在自己手中，摆出拥兵自重的架势。这时若使者从西京道过，后果真的是不堪设想。

"石参政，章大卿，在下以为还是从南京道走比较稳当。"耶律寅吉只怔了一下，连忙说道。

石越与章惇相视一眼，旋即从容问道："这又是为何？"

耶律寅吉笑道："区区几个盗贼，当不至于遮断使路。否则两朝的体面何在？"

"还是安全要紧。万一有失，体面更是无存。"

章惇却狐疑道："莫非西京道？"

二人如此一唱一和，耶律寅吉何等人物，这时岂能还看不出来？他虽然不知道是哪里露出了破绽，但宋朝君臣既然起了疑心，却终是隐瞒不下去的。若是真的逼着自己从西京道走，那就大事去矣。当下苦笑数声，道："明人面前不说暗话。敝国西京道盗贼更加猖狂，故此还是走南京道妥当。"

“原来如此。”石越恍然大悟，顺口道，“昨日贵国魏王遣使……”

“砰！”饶是耶律寅吉再镇定，这时候也不由大吃一惊，茶碗自手中跌落，砸了个粉碎。

“贵使……”

“没事，没事。一时失神，见笑。”耶律寅吉连忙掩饰道，一面正色说道，“耶律乙辛叛逆弑主，无父无君，理当为天下之共敌，还请南朝不要接纳，将其使者遣返中京。”

“叛逆弑主？”石越与章惇都惊得站了起来。

“本朝正欲讨伐此叛贼。”耶律寅吉惨然道。

“这，这……”石越一脸地震惊。章惇却干笑道：“北朝的家务事，本来不容我们置喙，但是玉玺，似乎……”

“那是逆贼弑主夺玺。正朔何在，天下皆知，区区一玺，又有何用？想来南朝是礼仪之邦，必不至于不顾大义，助纣为虐。”耶律寅吉逼视石越、章惇，慨声道。

“本朝自不会帮助无父无君之人。”石越断然说道。耶律寅吉稍稍放心，却听石越又道：“只是眼下局势不明，真假难辨。虽然本朝相信贵国新君才是辽国帝室正统，但不能不谨慎。眼下之势，却不知贵国能否迅速控制局势？为防万一逆贼势大不可制，殃及池鱼，敝国欲修缮边境城寨，还望贵国谅解。”

眼下之势，宋朝自要修边防，辽国也无可奈何。耶律寅吉一念及此，干脆便示以大方，道：“那是贵国之事，自修边防，也是平常。不过区区逆贼，本朝必然克日擒杀，南朝也不必过于紧张。”

石越暗骂道：“此前怎么就不是平常事？”一面又笑道：“若果真如此，自是幸事。万一有变，还请禀告北朝皇帝陛下，大宋与辽国世为兄弟之邦，愿意帮助大辽皇帝陛下平叛。北朝用兵，必缺兵器、粮草，本朝愿意用弓矢、粮食等物换取贵国的马、牛等物，以互取所需。”

耶律寅吉心中一凛，这摆明了是趁火打劫，当下推脱道：“此事在下却做不得主，须得皇帝同意。”

“那是自然。不过本朝弓矢，为天下劲兵，下官私心揣测，贵国皇帝必然不会拒绝这份好意。最近本朝改革官制，财库紧张，一时之间，也无法履行澶渊之盟，每年岁赐，也只能折进这弓矢之中，本朝自当降低价格，以为补偿。还盼贵国能够谅解才是。”

耶律寅吉心中暗恨，但是形势比人强，却也无可奈何。他却不知道，所谓耶律乙辛的使者，自然是杜撰，但是宋朝的使者，除了一路等着与他同行去见耶律濬，另有两路，却早已分头出发，一路往西京道，一路却是直奔杭州。赵顼给真定府、河间府、太原府等沿边府州守令的密诏，也陆续发出。催文彦博上任的使者，更是不绝于道。

这等天赐良机，若不趁火打劫，简直便无天理！

6

石越一回到太府寺，便命令属下的互市局准备与辽国进行大规模互市的计划，太府寺的官员，低级官员中有不少是白水潭学院毕业的学生，但是七品以上，却几乎全是同情和支持新党的官员，用起来倒还顺手。刚安排妥当，便有人进来禀道："参政，有个叫程栩的人求见。"

"程栩？"

那人显然是收了好处，又道："这个程栩是市舶局介绍的，是江宁二十家商号联合作保，想组建武装商船队出海的。"说完，见石越还在沉吟，连忙又补充一句，道："听说是西湖学院的学生。"

"哦？"石越顿时来了兴趣，笑道，"那便见他一见。"不多时，一个年轻人被领了进来。那青年见着石越，赶忙趋前一步，拜道："学生拜见石参政。"

"不必多礼。"石越打量着程栩，笑道，"你是西湖学院的学生？"

"是。学生懂大食语，曾译过夷书。"程栩爽声答道。

"哦？这可极难得。为何想要组建武装船队？怎的不去考取功名？"石越笑道。

程栩笑道："千里求官只为财，通商海外，功名利禄，不逊于东华门戴花。况且，学生总想亲眼见识一下，世界是不是圆的。"石越见他如此坦诚，顿生好感，笑道："你的船队想去哪里？"

"学生要比薛世显走得更远。去天竺，去大食，甚至更远。"

"本朝极少坐海船去天竺者。"

"正因为少，才有大利润。"

"你知道海上的风险吗？航路不熟，却是大忌。"

"在杭州、泉州便能雇到大食人。"

石越见程栩对答，辞气慷慨，却又不故作夸饰，心中暗暗称赞。又笑道："为何非要组建武装船队？"

"一是防海盗，且若去了异乡，非我族类，其心必异。若无武器，只恐被人欺生。"

"那你来见我，却是为何？市舶局不准你建船队吗？"

“学生已是第三只武装船队，市舶局岂能为难学生？不过是学生仰慕参政令名，所以冒昧求见。同时，学生也有一个不情之请。”

“哦？”

程栩迟疑了一下，终于鼓起勇气说道：“若有朝一日，学生在证明世界是圆的的航行中遇难，请参政许诺学生，死后能入祀先贤祠。”

“先贤祠尚未建立。”石越注视程栩，淡然道。

程栩平静地望着石越，道：“学生以为必会建立。”

“纵然建立，能否入祀，非私人说了算。取决于公议。”

“那么学生敢问参政，参政以为若学生因此而死，公议当不当许我入祀？”

“理所应当入祀！”石越毫不迟疑地答道。

“如此足矣。”程栩深深一揖，告辞而去。

石越望着他远去的背影，不知为何，心中竟是生出了一丝妒忌。

程栩的信心果然得到了验证，兵器研究院爆炸事件四十九天后，忠烈祠与先贤祠终于在此之前建成。在爆炸中死难的士兵自然是进入忠烈祠，忠烈祠还一并请入了宋朝开国以来历次战争死难者的总牌位加以供奉。研究员则被隆重地请入了先贤祠。但是那几个工匠，在几次争论后，终于没有能够入祀先贤祠，而是进入了忠烈祠。这种身份歧视，短时间内依然难以改变。甚至连白水潭学院的学生，都不认为死去的工匠可以和他们死去的校友相提并论。入祀先贤祠，在某种程度上，依然是读书人的专利。不过，超乎规格的葬礼——皇帝亲自下诏书表示哀悼，丞相吕惠卿、副丞相王珪，以及石越等人亲往拜祭，白水潭学院以及汴京市民上万人送葬，数以千计的人写诗哀悼，还有迎入忠烈、先贤二祠的殊荣，都让整个天下为之震动。连《海事商报》这样的报纸，都大加报道，言辞之间，有掩饰不住的羡慕。

这绝对是一次观念上的大冲击。

然而石越对于自己的杰作，却不过得意了一天的时间。因为第二天，就发生了一件让他哭笑不得的事情——王雱死了。石珍案早已查清，在皇帝的授意下，司法公正毫无疑问地被破坏了，石珍被流放到归义城，王雱却没有承担任何罪名。对此现实，石越没有任何办法。王雱的死讯传到京师之后，蔡确、李定、常秩等人当天就上表，认为王雱完全有资格入祀先贤祠！

“故天章阁待制王雱，为建议新法，多有贡献。其文章策论，有数十万言，更非常人能及。其于《老子》《孟子》二书，更有独到的见解……总之，王雱无论学问功业文章，皆有资格入祀先贤祠。”石越用嘲笑的语气说道。

潘照临都忍不住苦笑:“虽然王元泽才华过人，但是若这样就可以入祀，只怕晏几道这样的才子词人，将来也会有资格进先贤祠。”

“但我似乎还不能反对。”石越有一种吃了苍蝇的感觉，“旁人倒也罢了，蔡确并非不知道内情，怎的也上表，他不怕惹皇上生气吗？”

“蔡确在御史中丞的位置上坐太久了，很快就会换人，他有什么好怕的？皇帝最多说他太念旧情。这都是给王安石面子。”

“让王雱入祀先贤祠……”石越喃喃自语道，他实在无法接受这种事实。

潘照临完全可以体谅石越的心情，但是体谅不等于支持:“不管能不能接受，都没有理由反对。硬要反对的话，代价太高。”石越心烦意乱地站起身来，踱来踱去。“公子，太常寺卿是常秩，韩绛以降，朝中半数以上是王安石的旧人，《新义报》的陆佃是王安石的学生，连《汴京新闻》的桑充国也是王安石的女婿、王雱的妹夫——左右是在先贤祠加个牌位，不如就认了吧。”潘照临无可奈何地劝道。

“皇上呢？皇上的意思呢？”

“皇上与公子只怕是一样的，有些事情既然不便声张，到头来也只好装傻。”

石越摇摇头，道:“好不容易争来先贤祠，却要便宜王雱，太让人憋气。”

“世事大抵如此。”

“罢，罢。我去散散心。”

石越骑了马离开府邸，一路随意而行，亦不知过了多久，竟然不知不觉又走到了先贤祠前。这是一座标准的中国宫殿式建筑群，大门正上方高悬一匾，写着“大宋先贤祠”五个大字，是当今皇帝赵顼亲笔手书。石越在门口无声地叹了口气，方走进祠中正殿，在一个蒲团上跪了下来，正要低声祷告，却发现旁边有一个人在那里低着头，无声的哭泣。他定睛望去，原来却是赵岩。石越轻轻叹息一声，低声道:“死者已矣，还须节哀为是。”

赵岩听到石越说话，吃了一惊，抬头道:“石山长……”

石越沉着脸，闭上眼睛，低声祈祷。赵岩不敢打扰，只默默望着石越。良久，石越忽然说道:“赵岩，你为何来这里？”“我……”赵岩咬着嘴唇，不肯回答。石越却没有等他的回答，低声道:“你是因为自己发明了黑火药的最佳配方，所以感到内疚吗？”“我……”虽然石越一直闭着眼睛，但是赵岩也没有勇气抬起头来看他。“你是觉得如果不是你，就不会死这么多人，是吗？”石越的脸上，有一种说不出来的忧伤。

“是。”赵岩低声说道，话音中带着一丝颤抖，“我很恨，为何死的人不是我？”

“哈哈……”石越睁开眼睛，转过头来望着赵岩，低声苦笑道，他的眼中，有深邃的悲伤，“你都这么自责，我呢？你可知道，其实是我害死他们的！”

“啊？”赵岩瞪大了双眼，“山长？”

“你还记得那年吗？我把你们叫到我的府上——这些人，大部分都是那一年，在我的劝说下进入兵器研究院的……”

赵岩叹了口气，道：“这怪不得山长。我们都有一个理想……”

“是啊，一个理想。赵岩，你知道吗？火药的确很重要，以后，也许要很久以后，但它一定会主宰战场。”石越似乎在和赵岩说话，也似乎是和先贤祠的英灵们解释，“我想得到它，我想利用它的力量。纵然我不能成功，我也要让我们汉人比别人先一步了解它，重视它，使用它！我这么急功近利，所以我想要造出来火炮、火枪，我想用强大火器武装起大宋的军队，保卫我们的文明。”赵岩忽然觉得眼前的石越，非常的脆弱。似乎不再是以前那个光彩照人，温文尔雅的石子明了。他静静地听着。“我想要收复灵武，我想要夺回河套，这样我们才可以打通西域；我想要北伐燕云，我想至少要控制辽东。如果我们能够拥有绝对优势，我们就可以裁军，然后大宋才有可能实现历史上第一次全国性的减税减役！那个时候，我才有足够的资金，在全国广建学校与图书馆！辽国和西夏，就像两根绳子拴在我们脖子上，让人不敢大声喘气。所以，任何有可能帮助我们打败他们的东西，我都想拼命地抓住……”

“你没有错，山长。我愿意为了这个理想而奋斗。为此牺牲，也是值得的。”赵岩感觉到石越话中的诚恳，他再次被感动了。

“也许目标没有错，但不代表手段没有错。”石越苦笑道，他使劲地摇头，似乎这样可以让自己舒服一点。“站在我这样的地位，若我选择的道路错了，就会这样——”石越用手指着先贤祠的牌位，惨容道，“许多生命白白死去。如果更严重一点，甚至会万死不赎！凭什么我石越就认为自己能有资格做引路人？如果我引导的道路，走向的是一个深渊，那又会如何？我有什么资格，去决定别人的生死？”

赵岩觉得石越身上，有一种孤独的气息，但是他无法理解石越说的意思。

“所有人的道路，都是自己选择的。你没有决定别人的生死，是我们决定了自己的选择。”一个声音从门外传来。赵岩诧地转过身去，看清来人，怔了一下，唤道：“桑山长。”

桑充国微微颔首，一面走进殿中，跪在石越身后，低声祷告完毕，才沉声道：“子明，你又何须自责？”

“你不知道，这完全是我拔苗助长所致！火器研究一直一帆风顺，大家才因此忘记了最基本的安全常识，没有人想到，火药会炸膛，而且会把那么厚的铁管都炸掉！长卿，你不会明白，这完全是报应——畸形发展，最后必然付出惨重的代价！我们积累的太少，却走得太快！这是我的过错。”石越低着头，充满自责。

但是他说的，无论是桑充国，还是赵岩，都只能似懂非懂。

“他们很出色，才几年时间，就已经想到可以制造火炮了。而且还懂得制造实心的炮弹和布置碎片的炮弹，他们真的很出色。”石越喃喃道，“可是，不管如何出色，却终究是为了一个错误而死了。他们也是我的学生！也是我的学生！”

桑充国与赵岩都沉默了，他们不能理解石越。桑充国在这个时候，终于发现自己和石越的差距，原来远比自己想象的要大。他默默地听石越说道：“……我知道了错误，却不知道如何去纠正。我知道要循序渐进，但我不知道如何在急功近利与循序渐进中，找一个平衡点。我不知道那个平衡点在哪里？若想待它自己出现，又不知道要付出多少不能承受的代价？”石越抬起头来，望着殿中一个个牌位，一个个熟悉与不熟悉的名字，竟是无比的愧疚与迷惘。但是有些东西，是没有人可以给他答案的。

沉默良久，赵岩忽然道：“山长，我不知道你的平衡点是什么，但若是这次的悲剧，我虽然很内疚，但是我认为对同学们最好的安慰，便是成功造出火炮来。把他们想做的事情做完……”

石越爆发的情绪已渐渐平复，他望着赵岩，很久，才说道：“这件事情，等幸存的研究员们精神平复再说吧。”

“我可以试试。”赵岩抿着嘴道，“之前我一直在试图配制出山长所说的硝化甘油这种东西，试过很多配方，却一直没有明白它的成分是什么。我想暂时中断这个研究，来制造火炮。兵器研究院的试验，有完整的档案记录，我只需要一些精通铸造的研究员配合，再到格物院招募几个新人，在这样的基础上，成功并不会太难。”

石越知道赵岩非常的出色，他最擅长的事情，便是进行各种试验，从中选出最优的方案。本来配制硝化甘油也是很重要的工作，但是此时的石越，对于这种可以说是超越时代的进步，已是变得非常的没有信心。他不能知道，没有各方面的齐头并进，没有扎实的底子，而拼命地进行功利性极强的研究，究竟是福是祸？再次沉默良久，石越终于说道：“我会去找苏大监说说，让你来负责火炮研制。”

“多谢山长！”赵岩深深揖了一礼。他那种恭敬的态度，竟让桑充国生了一分嫉妒，明明自己才是“山长”，可是两个人在一起时，赵岩口中的“山长”却是指石越，叫自己，却叫“桑山长”！

石越注视赵岩清秀的脸庞，忽然轻声说道：“不要太勉强。我不想再看到牺牲。”

赵岩的眼睛红了，他望了一眼香烟缭绕中的牌位，提高了声音，说道：“不会了，不会再有牺牲了！我保证！”说罢又朝桑充国躬身行了一礼，头也不回地转身离去。

石越伫立殿中，望着他远去的背影，良久，忽然说道：“他比我要伟大。”

先贤祠与忠烈祠隶属于太常寺，因此负责日常祭祀的人员，非僧非道，而是穿着礼服的官员。但是这些官员中有一部分，是从死者的遗族中挑选出来的，所有二祠官员与吃政府俸禄的医官相似，别有品秩升迁，与一般官员区别了开来。因为朝廷的重视，兼之不断有白水潭的学生、汴京市民、外地赴京的人来上香祭拜，且负责者又有死者遗族，因此照看非常殷勤。未多久，便有人来殿中察看香油是否足够……那人方进殿中，见着石越与桑充国，不免吓了一跳。须知这二人对于先贤祠的祭官来说，并不陌生。见那个祭官正要上来拜见请安，石越连忙避开，道："死者为尊。你在这里供奉诸贤英灵，除天子外，不必向任何人参拜。你可见过僧人在释迦牟尼面前向官员叩头的吗？"

祭官一时却反应不过来，为难地说道："这……"

"你是替天子与天下的百姓祭祀英灵，纵然是太子亲至，宰相拜祭，也不能要你拜见。特别在此殿上，更加不可。"

桑充国也道："石参政说的是至理。所以朝廷为你们另立品秩，为的就是让你们超然俗品之外，以示对先贤与忠烈的敬崇。"

"下官明白了。"祭官非常不自在地欠身答道，然后转身去添香油。

石越望着他的背影，微微叹了口气。

"子明，为何叹息？"

石越默然不语，只是摇头。

"很多观念一时之间总是难以改变的。只有慢慢培养。若能坚持四五十年，则人们便会习以为常。"桑充国安慰道。

石越默然良久，走出殿中，仰望天空。一只大鸟从空中掠过，发出一声响彻云霄的清鸣。石越忽然道："自从云儿死后，我常常会感叹很多事情自己力有未逮。我经常会对自己的能力感到迷茫。"

"如果子明你都不能够做到的事情，只怕没有人能做到了。"桑充国诚恳地说道。

"其实并非如此。令岳、司马君实，甚至苏子瞻、范尧夫，都比我要聪明。"

"但是普天之下，没有人能比得上你目光长远。而且我知道，你一心想废除本朝的一些苛政，你是以天下为己任，而非为一己之私利，你始终是个好官。"

石越忽然在先贤祠的台阶上坐了下来，拍了拍身边的台阶，向桑充国说道："来，坐。"桑充国目瞪口呆地望着石越，小心翼翼地坐在石越身边，只觉得屁股上一阵上冰凉。石越笑道："好久没有这样放肆过了。"

"你的压力很大。"桑充国温声说道。

"是啊。我就像在下一盘棋，我小心翼翼地布局，却发现后面千变万化，未必会完全按照我的心意走。我很怕出错，我输不起这盘棋。"微风吹动石越垂在耳边的一绺头发，石越伸出手轻轻理了一下，又道，“我写了《三代之治》，但我自己都没有指望在有生之年能看到那个世界实现。也许永远也不能实现。我的目标很简单，第一步，我要解决本朝冗官、冗兵、冗费三大难题；第二步，我要为华夏日后的良性发展，打下最好的基础……”

“你已经在做了。”

“是啊。我已经在做了。在五年之内，我要全面开始官制、军事、财政、交通、教育、司法、农业、工业八个方面的改革，并且要初见成效，这样才能说服皇上坚持下去。将来的大宋，一定要让最多的百姓都能安居乐业，轻徭薄税，要让文化高度发达，要让国家兵精粮足，充满活力。这里是世界贸易的起点，也是世界贸易的终点，我们制造各种产品，运往天下的每一个角落，赚取利润，并且将那里的特产带回国内销售。由繁荣的贸易刺激工业的发展，再由工业的发展来支持贸易的繁荣。一旦国家财政得到初步改善，就可能减轻务农者的税役……”

“贸易真的这么重要？”

“贸易的作用，是激发各个层面的活力。我要解决冗官问题，第一步，就是重定官制。先中央，后地方；先职官，后勋爵；一步一步来。先借用司马光的威信，裁并州县，节省开支，也可以减轻百姓的负担。接下来我就要改变官员的考试、考核制度，慢慢废除荫官。本朝因为荫官太多，所以进士科就歧视其他出身的官员，因为进士科是凭自己的才智考取为官的，所以朝廷也特别重视。但是在官员的磨堪考课中，这种优势太明显了，结果才华取代了政绩，进士科的出身掩盖了一切，我要改变这个弊政，以后大宋官员的升迁惩罚，将主要以政绩决定。本朝还有一大弊政——就是不杀士大夫！”

“啊？”桑充国吃了一惊，望着石越，眼睛都不再眨动。

“你不要吃惊，这就是弊政！不杀言事者，才是德政。不杀士大夫，却是十足的弊政。言者无罪的传统要坚持，但是不能扩大。百姓贩卖私盐二十斤就要处死，重罪法适用全国，但是凭什么官员贪污腐败就不判死刑？各级官员贪污得不到有效的制裁，只能依靠自律。本朝一个状元赴任，在途中骗得同年数以十计的金器，士林不以为耻，反引为美谈。朝廷优待士大夫，薪俸优厚，的确使许多人可以廉节自爱，但是人心苦不知足，只抚不剿，想要吏治澄清，终是空谈。柴贵友是你我旧识，号称清廉，但他在家乡置地千亩，以为我不知道吗？李敦敏清介，杭州官场却骂他是傻子。我如今立足未稳，不便大动，但迟早有一日，我会严厉惩罚那些贪官，纵然不杀士大夫，也要将他们流放到归义城，虽赦不得归。”

桑充国听石越说起这些内情，不禁耸然动容，道：“只怕镇压解决不了问题。”

“我自然知道。只不过到时候，压力也一定非常大！所以我现在，根本不敢动，不能动。”

“到时候我一定站在你这边，便是落得家破人亡，也在所不惜。”桑充国淡淡地说道。

“令岳也曾经想过要解决这个问题，但是连他那样的人，也没有勇气来直面这个挑战。他担心低层官吏薪俸太低，克剥百姓，所以想办法提高他们的薪俸，但这一点也不妨碍那些人继续克剥百姓。令岳也无可奈何。因为如果一动，就是犯了众怒。”石越没有正面回应桑充国的话。

“那也顾不得，义之所在，虽万千人，吾往矣。”桑充国坚定地说道。

“我现在羽翼未成，未可轻飞。”石越一拳砸在石阶上，一丝鲜血从手上流了出来，他却浑然不觉，注视桑充国，说道，“你知道我今天为何来先贤祠吗？”桑充国嘴唇动了动，终是没有说出来。“你以为我是来忏悔的吗？不是。我不过是因为王元泽要入祀先贤祠，心中不平，信步至此而已。进来之后，也不过是触景生情。我不曾想我也会有如此脆弱的时候。”石越苦笑了几声，又道，“但是平心而论，王元泽虽然对我过于心狠，但他其实不是个太坏的人。他只是很可悲。”

“他做了什么？”桑充国愕然问道。

石越却没有回答他的话，自顾自地说道：“为了一个高尚的目的，可以采用最卑鄙的手段。王元泽的目的如果是对的，如果他能走向成功，那么一定有很多人会赞美他。他毕竟从来没有贪污过，他不择手段打击政敌，主张采用最激烈的方法进行改革，最终的目的并非是为了私利，至少他比那些只知道克剥民脂民膏的人要强。令岳的几兄弟，除了令岳一家，王安礼、王安国、王安上，都谈不上清廉，难怪王元泽对他们谈不上多尊敬。”石越做了这么多年的官，官场上的内情，早已非常的清楚。

桑充国的脑海中，却一直在想着一个问题：他的大舅子王元泽究竟用了什么“最卑鄙的手段”？

石越与桑充国在先贤祠交谈的同时，石府却乱成了一团——阿沅不见了！

自从那日石越将阿沅带回府后，阿沅的情绪就一直不稳定。整个府上，她只愿意见石越与唐康两个人，但每次见面，和石越基本上都是冷言冷语。石府所有的丫鬟婢子，家丁奴仆，都不喜欢阿沅。梓儿再怎么样三令五申，下人们只觉得梓儿宽大，却越发觉得阿沅可恶。更何况，阿沅本身不过一个丫头，忽然间被当成了小主人，更让很多人心里不服气。阿沅在石府，虽然锦衣玉食，却也谈不上快乐。石越每日下朝，都会花点时间去陪她，但是几个月来，二人的关系却从不见好转。只有唐康似乎慢慢成了阿沅的朋友，经常会陪她去拜祭楚云儿。可自从唐康与秦观一同前往杭州，成为蔡京的副使，准备出使高丽之后，石府上上下下，除了石越和梓儿，基本就没有人记得还有阿沅这个人的存在了。丫头们见着她，行礼都会主动退到十步之后，她偶尔走出房门，无论走到哪里，哪里的欢声笑语就立时中顿，所有的人都会用无比冷漠的神态待她。无论是阿沅自己，还是石府的下人们，都觉得她完全是硬生生地挤入了一个不属于她的世界。

于是，阿沅终于从石府中消失了。丫头们心里几乎是幸灾乐祸地向梓儿报告这件事情，梓儿立时吩咐家人寻找。众人在梓儿的催促下，心不甘情不愿地翻遍了府上的每个角落，终是没有找到阿沅。石安派人去楚云儿的墓地打听，也是不得消息。似汴京这么大的城市，若她真有心不让人找到，那还不是轻而易举的事情？一时之间，竟连潘照临也束手无策。

众人抱着各异的心情，一直瞎忙到石越回府，这才七嘴八舌地向石越禀报阿沅失踪的事情。石越顿时也慌了神，但是凭他有多大本事，除非全城大索，否则要找到阿沅，完全没有可能。石越一时想起楚云儿对他的嘱托，一时又想起阿沅一个女孩子家，万一有什么差错……竟是欲哭无泪。当下也只能去开封府报官，又派出家人，去杭州打探消息。

第二十二章

励精图治

前车之覆轨，后车之明鉴。

——《晋书·载记第十四·苻坚下》

1

数日之后，东海万里碧波之上。海面蓝得像最美丽的矢车菊花瓣，清得像最明亮的玻璃。唐康与秦观都是第一次出海，站在神舟海船上，看着眼前的大海，伟丽而宁静，碧蓝无边，像光滑的大理石一般，二人都不禁从心底发出一声赞叹。唐康深深地呼吸了一口新鲜的海风，笑道："少游兄，果真是不虚此行啊。"

秦观正要点头同意，却听身后有人笑道："那是二位公子没有见过风高浪险之凶险。"

二人知是蔡京，连忙转身，抱拳道："蔡公。"

蔡京知二人身份与众不同，丝毫不敢怠慢，回了一礼，笑道："我比二位痴长几岁，如蒙不弃，叫我一声元长兄便可。大家不必过于拘谨。"

"岂敢。"

"康时、少游，可是嫌我是个俗人？"蔡京笑道。

"蔡公书法名动天下，京师有人以百金相求，少游的词则连大苏都称赞，若说我是俗人，那还差不多。"唐康笑道。

"康时何必过谦？白水潭谁不知康时的大名？明理院与格物院两院的才子，整个白水潭也就君一人而已。"蔡京恭维道。

唐康倒想不到蔡京竟然连这些也知道，他虽然为人沉稳，但毕竟年轻，还真道自己的声名竟然传到了杭州，心里不由暗自得意，口里却谦道："几年来格物院越发受重视，明理院学生兼格物院功课的，在白水潭也有五六百人。我却也算不得什么。蔡公……"

"康时真的要如此见外？"蔡京不悦地说道。

唐康与秦观见他如此，对望一眼，改口说道："元长兄。"

"这便对了。"蔡京顿时喜笑颜开，笑道，"这次我们奉旨出使高丽，正要齐心协力，大伙儿都是为了皇上，为了大宋，也是给石参政争口气，千万不可生疏了。"

"正是。"秦观笑道，"元长兄以前去过高丽吗？"

蔡京笑道："我虽然提举市舶务，却是连出海也没有过几次。哪里便去过高丽。不过二位放心。高丽贵族学汉文，讲汉话，虽然和普通百姓之间言语不通，和高丽国官人，却是没有任何障碍的。何况我使团之后，还跟着许多商船，精通高丽语的人多的是，我已经让人召集一些对高丽风俗民情非常了解的人，来船上以备咨询。这叫有备无患。"蔡京微微笑道，显是胸有成竹。

“难怪家兄时常夸赞元长兄颇有才干。”唐康对蔡京也是很佩服，但他久在石越身边，自是知道石越对蔡京颇有疑忌之意。

蔡京微觉得意，又笑道：“每次使节、商队出海，都有专人进行详细的记录，这些记录我早让人抄录了一份，带在船上。康时与少游若有空，不妨也看看。孙子兵法说，知己知彼，百战不殆。我们此去，要说服王徽出兵辽东，并非易事。”

唐康点头道：“还是元长兄想得周到。”

秦观却道：“高丽国国王王徽即位以来，高丽一直弱小，面对辽国，自保不暇，要游说他攻辽，又无大宋策应，的确是太难了。”

“凡人必有欲望。世人最难戒者唯一‘贪’字。若能诱之以利，使其利欲熏心，则无论什么傻事都做得出来，虽然斧钺加身，也不能使其后退半步。少游千万不要以为天下人都能够懂得取舍进退。”蔡京走到一个文吏跟前，取来两张报纸，递给唐康与秦观，笑道，“我查了不少关于高丽的记录，二位看《海事商报》的这篇游记，说高丽国王心慕汉化，在开京建了白水潭学院与西湖学院各一座，规模制度，甚至名称，完全仿照本朝，不过只能让贵族子弟入学罢了。高丽贵族对本朝丝绸、瓷器、钟表、书籍的喜爱，比日本国平安京[1]的贵人更深，单单那种价值高达一万贯的座钟，在小小的高丽国竟然卖掉了三十八座之多！”

“这能说明什么？”秦观不解地问道。

“这说明高丽贵族生活极其腐化。”唐康收起手中的报纸，道，“他们极想要过一种更好的生活，希望自己的一切，不要比中原的贵人差。”

“正是。”蔡京笑道。他一向知道唐康不可轻视，这时更加深了这种印象。“所以我们可以知道一点，高丽国王和他的贵人们绝非无懈可击。接下来，我们要弄明白的，是他们的勇气有多大，他们敢不敢为了更好的生活去冒险？”

“不管他们有没有冒险的勇气，我们的任务，就是一步步引导他们去冒险。当然，他们或将在这场冒险中，付出极其惨重的代价。”唐康笑道。

秦观震惊地望着唐康与蔡京，一时竟说不出话来。

蔡京轻松地笑道：“少游，不必如此。为了大宋的利益，让高丽人去送死，是一种仁慈，至少是对大宋百姓的仁慈。我们如果成功，将来就要少死许多大宋的百姓，国库就要少花许多百姓的血汗。”

唐康知道秦观喜欢的，是以堂堂之师击皇皇之阵的战争。他注视秦观，良久，忽然从怀中掏出一本书来，递给秦观，笑道：“少游，走之前，家兄让我把这本书转赠给你。”

[1] 日本的京都。

秦观疑惑地接过书来，只见封皮上写着三字草书：《战国策》。

“家兄曾经说道，西夏、契丹、南交，本属中国，高丽亦中国之后院，岂可落他人之手？我辈当勉之。”

秦观正在细细品味着这句话，忽然，瞭望塔上的水手吹响了号角，一时间旗号挥动，原本松散的水手迅速紧张起来，纷纷拿起武器。随船的水军武官楼玉匆匆走了过来，欠身说道：“蔡正使，唐副使，秦公子，有海盗。”

“海盗？”蔡京吃了一惊，道，“什么海盗敢来打劫我们？”

“回正使——最近因为薛提辖率海船水军南下，东海[1]海盗便猖獗起来，不过，敢挑衅杭州市舶司水军的海盗，下官却还是第一次听说，以往他们连大规模的商船队都不敢招惹的。”楼玉脸上露出不可思议的笑容，居然有人敢在东海水域公开挑战大宋海船水军的权威。

蔡京见他如此轻松，也放松下来，笑道：“便看楼将军破敌。”楼玉官职低微，本不配称“将军”，他听到蔡京如此称呼，心中亦不由得意，笑道：“海上稍成气候的海盗，多是契丹人、女直人与高丽人组成，据说数十年前，曾经有这样的海盗攻入日本国，日本国用尽全力，才将他们击败。但若说要在我大宋的海船水军面前，未免就有点儿过于不堪一击了。”

“将军莫要轻敌。”蔡京提醒道。

楼玉笑道：“就算是最为凶猛的女直海盗，也不可能与我大宋水军相比。”话音刚落，便听到号角声变，连蔡京也听出来了，这是敌人远窜的信号。显然那支海盗完全是看花了眼，待到看清，自然要逃之夭夭。

唐康听二人对答，忽然心中一动，脱口说道：“女直人！楼将军，能不能派船追上那些海盗，我要见见女直人。”

蔡京笑道：“康时，多一事不……”忽然间，他也明白过来，转身向楼玉命令道：“不管用什么办法，我要几个女直活口！”

楼玉虽然莫名其妙，却知道唐康的身份，兼有蔡京下令，自是不敢违抗，连忙敛容答道：“遵令。”一面冲身边的传令兵大声喝道：“传令，张帆，追击海盗！”

东海海面上正上演着一场毫无悬念的追逐游戏；而在汴京城中，白水潭学院格物院博物系的学生们，却在兴致盎然地听一个学生讲述他的构想：“以汴京为中心，构建庞大的水陆交通网，可以加强朝廷对南方的控制，进一步开发南方——根据这几年的全国考察结果，经过初步分析，我们一致认为北方已经出现人多地少，许多人

[1] 古代东海包括东海、黄海、日本海，而太平洋则称东大洋。

力闲置，垦田也不容易。而南方，虽然大宋建国以来，赋税仰仗东南，但是南方远被真正地开发！特别是荆湖北路与荆湖南路、江南西路，可以成为天下的粮仓！我们估计，若这三路真正开发了，其粮食产量能占整个大宋的三成到四成。所以开发南方绝不是痴人说梦……”

坐在最后排的程颢低声对桑充国说道：“王介甫一定很喜欢这个构想。”

桑充国苦笑着摇了摇头，用只有程颢一个人听得见的声音说道：“这也是子明的构想。博物系与子明的观点，不谋而合。”

“啊？”程颢大吃一惊，道，“这只是一种构想。构想未必可以付诸实现——当年隋炀帝修运河，前车之覆，后车之鉴……”

“子明应当有别的办法，他总能想到一些更好的办法。”连桑充国也知道这样的工程有多么浩大。

“司马君实一定会反对。”程颢自我安慰道。

“司马君实自然不会轻易同意。便是苏辙，也未必会同意。子明若要开始这个计划，就一定会先说服苏辙。”桑充国的声音压得更低。

台上的学生继续慷慨激昂地演说：“……从汴京到江陵府，到潭州，到广州，所有主要城市，用陆路与水路联结起来，在军事上，可以加强朝廷对南方的控制，使更多的蛮夷归化，成为编户齐民；在财政上，便于漕运的畅通。更重要的是可以有计划地向南方移民，将中原的耕种技术传播到南方，十年之内，可以初见成效；五十之内，可以克建小功；一百年之后，国家坐享其利……”

程颢摇头叹道：“这些学生难道真的只见其利，不见其害吗？隋炀帝之事，不可不惧！不可不惧！”

石府。

苏辙吃惊地望着石越。蔡卞也觉得不可思议，道：“仅仅是修葺、拓宽从汴京到广州这一条官道，以通常之造价计算，每修整一里官道，需费缗钱数贯至数十贯不等，汴京至广州约四千七百里，纵以平均每里十贯计算，就是近五万贯。此外还要修葺甚至更造桥梁，新建一座石桥所费在五百贯至数千贯不等，若是大桥，甚至需上万贯，修葺虽略省，然总不下数十贯，便以百座桥梁来计算，下官以为亦至少需预备五万贯。如此则总计需要十万贯之巨。而参政若急于求成，则所需将十倍于此，因为和雇民夫十分费钱，和雇一个民夫每日至少需一百文，有些地方甚至需要二百或三百文一天，方能雇到民夫，低于此价，则容易逼迫地方官强行征发民夫，变成扰民。哪怕只以每日一百文计算，若和雇十万民夫，每天光工钱就需一万贯！如此浩大之工程，再快亦需数月，则所费工钱便不下百万贯……这还仅仅只是一条官道，若要完成参政的构想，下官认为那笔开销，实在有些骇人听闻……”[1]

唐棣几乎怀疑石越是不是因为阿沅的失踪而导致精神恍惚，在国家财政并不是十分乐观的情况下，提出如此庞大的计划——构建一个几乎遍布整个南方地区，以及部分北方地区的水陆交通传驿网——虽然说是“长期”的计划，也已是耸人听闻。他也委婉地说道：“子明，我们可以等上几年……”

“子由、元度、毅夫，你们先听我说完。”石越向陈良打了个眼色，陈良立时转身，取出一幅“天下郡县图”来，铺在桌子上。石越走到桌前，苏辙、蔡卞、唐棣等人也围了上来。石越拿起一根玉如意，在地图上依次点了几个城市，道：“汴京为中心，沿汴河至楚州，再沿运河到扬州，不仅沟通长江、大河两大水系，也堪称整个大宋的生命线。汴京的生存，严重依赖汴河的漕运。为了解决漕运问题，朝廷可以在泉州、福州、杭州、扬州建立四个大的港口，利用海运，解决福建路、两浙路与京师的运输问题。但是京东东路、淮南东路、淮南西路、江南东路、两浙路、福建路，以及江南西路，这八路是朝廷赋税的主要来源，而所有的运输，最终全部要依赖于汴河，但汴河漕运已经快不堪重负。倘若能利用长江，使汴京与沿长江的城市——江宁、鄂州、江陵，甚至庐州、光州、襄州，用水运、官道连接起来，便可缓解汴河压力。而长江以南诸路若也能用水、陆两种渠道连接，则整个南方的流通将更为顺畅。将来朝廷开发荆湖南、北两路也可受益——这两路与京师的联系，绝对无法指望汴河。”

“开发荆湖南、北路？”众人越发震惊起来。

“不错。”石越用玉如意在二路的位置上画了个圈，道，“构建水陆交通网，促进南北流通以及南方内部的流通，最终是为了开发南方。大宋的富强，只可能建立在南方全面繁荣的基础上。同时……”玉如意指向了蜀中，“也能顺便解决川峡的漕运。”

“计划越大，开支越惊人。不知参政想要如何开发南方？”蔡卞注视石越，实在无法想象石越这样谨慎的人，怎么会提出这样大胆的计划。

石越在黄河以北诸路画了个大大的圈，道：“北方兼并日甚一日，大量的农夫无地可种，盗贼不断。重罪法诸位都知道，这是盗贼猖獗使然。民本不乐为贼，迫于无奈，不得不为贼。而南方许多地方稀无人烟，有待开垦。白水潭的学生写了报告，认为仅两湖路、江南西路就可再吸纳一百万户人口。我想从兼并严重的北方，招募五等户以及客户、流民，往两湖甚至远至广南东、西路垦荒。除了几条主干道外，垦荒的人走到哪里，道路就修到哪里。”

“即是说除了主要官道、河道的修缮开通，其他道路的开通，包括在移民费用中？”蔡卞立即反应过来了。

[1] 以上数据皆据相关史料得出，并非杜撰。

“正是。”石越赞赏地一笑，道，“朝廷对五等户与客户本来就不征收役税。将这些人吸引到南方，每丁授地八十亩，桑麻田二十亩，宅地三亩；五年之内免税。凡移民之户，朝廷每丁发给安家费三十贯，足够一年之开销。凡盖房、种子、农具，皆可贷给，用劳役的形式分年归还。”

苏辙望了石越半晌，叹道：“子明，你可知道这要花多少钱？假设你能吸引五十万丁，安家费就是一千五百万贯，还有盖房、种子、农具，亦不下一千五百万贯。朝廷哪有那么多钱？何况你还有个修路的计划。”

蔡卞苦笑道：“实际上绝不止三千万贯。而且农夫能领到手里的钱，也不可能有三十贯，我看最多有十五贯。”

唐棣也道：“中间若不经剥刻，实无可能。”

“我当设严刑峻法以待之！”石越寒着脸说道，“刻剥之事，自然难免，但只要查出一个，便抄没家产，发配往归义城。更何况，便是十五贯，以荆湖、广南四路的物价，也勉强够用了，一个低等厢军，每年的薪俸是四贯左右，也可以拮据维生。”

苏辙却毫不客气地泼着冷水：“严刑峻法只能惹来议论，未必有什么用。再者，厢军虽然薪俸少，但每月都有米、盐等物发放，否则只靠区区四贯薪俸，岂能谋生？不论在何处，每人每日没有二十文，绝难活下去。而且，这事也没这般容易，荆湖南北路又不是无人之所，哪些地是有主的，哪些地是无主的，弄清这桩事，便不容易。”

被人当面指出这样的硬伤，石越亦不禁脸色微红，但还是坚持说道：“子由，纵以每日二十文计算，五口之家，每日百文，十五贯亦足支五个月之开销，寻常百姓总不至于那样坐吃山空，这笔费用，便不足以支用一年，亦够一家一户渡过最初的难关了。至于厘清有主无主之地，亦有办法——除已经开垦之熟田之外，一切山林河泽，皆是官产！移民之前，可命令湖广四路编户自报财产，他报多少，朝廷信多少。以后便按这个收税。等到移民之时，朝廷就按所报之数，计算其地产。若到时有人忽然又多出了许多田产，一百亩之内，朝廷就既往不咎。若超过一百亩，那便怪不得朝廷了。”

“如此，只怕会引得湖广四路骚动……”

“这个子由与参政倒不必担心。”蔡卞突然说道，“湖广四路在朝廷没有重臣贵戚，流民少了，对北方来说是件好事，许多官员也多了中饱私囊的机会，朝堂中的这一方面的阻力倒不用担心。下官担心的是朝廷的财政，能不能支持这个计划？”蔡卞早就在心里从另一个角度分析过为什么石越的计划中没有川峡与江南西路——前者属于大宋朝的敏感地区，后者则是很多朝廷官员的老家，此时便直言不讳地说了出来。不过，他心里还有一句话没有说出来：“石子明与王介甫的区别，就是石子明拼命花钱，王介甫拼命挣钱，若再加上司马君实拼命省钱，实在可以并称‘三绝’。”

“财政的问题可以再谈。”石越笑道，“我们先达成一个共识，不考虑财政的因素，移民开发湖广四路是完全可行的。若执行得好，四五年之后就能见大利。诸位是否同意？”他的目光扫过众人，苏辙与唐棣点了点头，蔡卞却迟疑了一下。石越注视蔡卞，笑道：“元度还有何意见？”

蔡卞笑道：“下官以为，庙算者，未算胜，先算败。还要看看若然失败，会有什么后果？”

石越一愣，旋即赞道：“说得好。”他转向陈良，道：“子柔，不如你来说吧。”

陈良应了一声，微一欠身，道：“最坏的状况是国库六千万贯白白花掉，财政彻底败坏，移民与官员，移民与本地百姓冲突不断，甚至引发小股叛乱，同时，各蛮夷部族因移民开发起兵叛乱。朝廷在财政瘫痪的情况下，不得不增加税收，组织军队平叛，整个大宋因此万劫不复……”他说到此处，见苏辙与唐棣脸色都为之一变，不由笑道：“不过我们认为这种可能性很小。我们不是一次性的大规模移民，也不是无序的移民，移民开发是有组织的，比如分几年来达成这个目的，每次移民的规模，移民的目的地，都会谨慎规划。我们事先要对一些州县进行调查，分析每个州县大约最多可以接纳多少移民，并且只移民最大可接纳数的六成，尽可能缓解移民与本地居民的冲突。再善择官吏，加强监督，减少移民与官员的矛盾……”

“那么与蛮夷呢？”唐棣忍不住问道。

“让山中蛮夷下山成为编户，番汉杂居，本就是开发的一部分。我们尽量避免冲突，若诸夷接受教化，朝廷也一视同仁，以华夏待之。实在不可避免的冲突，则自有军队进剿。同时可以在水源上游，湖泽周围，划定一些山林，禁止开垦。诸夷愿意迁徙，朝廷当优容之。只要他们不袭击移民，朝廷会一如既往地优待他们。”唐棣听到陈良这冠冕堂皇的话语，心中一凛，移视石越，却见石越竟似一尊雕塑一般。他知道一旦移民，的确也会有汉番取长补短，互相交好的事情发生，但是只怕更多的还是血腥的冲突。越往南这种冲突必然越明显。因为很多耕地的开垦，一定会侵犯到蛮夷的传统领地。唐棣犹豫了一下，终于说了出来，道：“子明，多杀伤仁，不可不慎。”

石越避重就轻地笑道：“朝廷自会慎重，尽量用抚不用剿。兵者凶器，不得已而用之。”

陈良又道：“最可惧者，还是虽多有挫折，但移民总算进行，而南方也得到开发，但是移民却给朝廷背上了巨大的财政包袱，朝廷不断追加费用，财政十年之内，都处于极度困难中。万一有何天灾人祸，或者朝廷支持不下去，半途而废，就导致前功尽弃。”

蔡卞点头道：“这亦是我最担心的。”

“所以移民一定要有计划。第一年移民的数量要少，移民限制在某几个州县，发现问题，可以及时解决。若真有大问题，朝廷也可以及时抽身。一年之后，第一批移民基本可以站稳脚跟，下一年可以适当增加数量。如此进行，朝廷在前五年内虽然要花上一大笔钱，但是分开支付，却并非不能承受……”

蔡卞道：“话虽如此，但再怎样裁减，移民与修路浚河的费用，都是目前朝廷的财政无法支持的。朝廷要冒风险花一大笔钱，可单靠移民们能给朝廷增加的税收，见效太慢。”

石越笑道：“元度，账不是这么算的。若移民成功，首先大宋粮食产量便能显著增加，百姓日子也能好过些。南方适宜耕种，把中原的技术带过去，垦田开发，有朝一日，便能湖广熟，天下足。其次可以缓解北方兼并严重带来的矛盾。现在工业与商业吸纳的人口有限，下户、客户、流民太多，移民是唯一的解决办法。朝廷与其等到灾害来临之时，将人召入厢军，白白浪费粮食供养，还不如来支持移民，这才是治本之策。如此，移民也是为了解决冗兵的弊政，减少不必要的厢军供给，多出了向国家纳税的主户，一进一出之间，利弊自现。”

苏辙等人显然都没有想到这个层面，须知当时厢军有四五十万之巨，是一个巨大的财政负担，若能够彻底解决这个问题，将节省下来的军费，去供给移民生产开发之用，这一进一出之间，的确是个巨大的诱惑，而且，将来裁军时，许多的厢军安置计划也可以放进移民计划中统一解决——将裁汰的厢军以军屯的名义，进驻羁縻州，那是一举数得的事。这样算起来，虽然整个计划的总开支高达数千万贯，但真能成功的话，却是值得的。

石越见众人神色，知道已经打动他们，当下趁热打铁，又道：“朝廷还可将部分厢军按编制开进羁縻州，实行军屯。南方不缺粮食，厢军可种植甘蔗等作物，生产蔗糖；还可以烧制陶器，酿酒，甚至制药——如此，军屯不仅不会成为朝廷的财政负担，反而会成为一个财源。蔗糖、酒、药材，不仅可以满足国内的需要，也能通过海外贸易带来高额的利润。”

苏辙、蔡卞、唐棣终于被打动了，他们都知道蔗糖在海外贸易中的惊人利润，而酒与药材，也是可以带来巨大收益的。只要有办法保证厢军能心甘情愿的进驻湖广四路的偏远之地，削减厢军进行军屯时稍稍谨慎一点，那么石越所画出来的大饼，绝对是可能实现的！石越与陈良相顾一笑，又重新说起南方水陆交通网的构建与步骤，终于赢得了苏辙等人的首肯。

“一旦计划推行，我将向陛下推荐元度为工部屯田司郎中，毅夫为屯田司员外郎，负责移民开发事务。民屯军屯，一应总之。元度精细谨慎，毅夫沉稳至公，必能为大宋日后的盛世，奠下坚实的基础。”石越目光中充满了期望。

蔡卞与唐棣心中也甚是激动。尤其是蔡卞不过二十岁出头，一旦升了屯田司郎中，就是正五品下的朝廷大臣，服绯佩银，其任命也将由政事堂发布，而不再归吏部管辖——许多人在官场上沉浮一生，也未必能跨过五品这道坎，当真称得上青云直上了。唐棣对于蔡卞居于其上，倒也并不介意。他与蔡卞同年进士，蔡卞名次便在他上，后来一同协助军器监改革，蔡卞的能力他也是亲眼看见，的确远在他之上。因此石越不推荐关系更亲密的自己，而是推荐蔡卞为屯田司郎中，寄以重望，唐棣反倒觉得石越有识人之明。当下二人齐声道："必当竭尽所能。"

苏辙目光在《天下郡县图》上停留良久，道："子明，我自当全力助你。但是此事要通过朝议，非一朝一夕之功。尚书省韩、吕二相，冯、司马二参政不首肯，众给事中不同意，皇上不下定决心，终究只能是纸上谈兵。"

"子由说得甚是。"

"一定要说服司马君实，只要司马君实肯花这笔钱，冯当世也会同意。吕吉甫是乐于生事的，不会太反对。韩子华不过拱手而已——如此，至少能取得尚书省的同意。"

石越笑着点点头，胸有成竹地说道："要说服司马君实与朝廷诸公，须得如此如此……"说罢，将早已想好的计划全盘托出。苏辙开始听得目瞪口呆，其后便徐徐点头，最后不由笑道："子明真野狐精也。"

2

熙宁八年重阳佳节。此时大宋朝野所关注的焦点，毫无疑问是辽国已经渐渐明朗的内战与即将开始的省试。

辽主耶律濬控制了中京道、东京道、南京道等辽国最富庶的地区，以大义之名，举兵十五万，准备进攻占据上京的耶律乙辛。为了防备宋朝趁火打劫，监视态度暧昧的西京留守杨遵勖，耶律濬不得不分兵十万，保护自己的后方。耶律乙辛则在上京道纠集了约八万契丹军、十二万各部族军队，指责耶律濬弑父，另立了一个叫耶律阿剌的三岁宗室为君，自称总北、南枢密院事兼天下兵马大元帅，与耶律濬对抗。从某种程度上来说，双方势均力敌，耶律濬控制的三京道内，有不少耶律乙辛的死党，以及怀疑耶律濬弑父而心怀两端的人；他还要担心着宋朝与杨遵勖的进攻、东京道诸蛮族的叛乱。而耶律乙辛部下，则有许多部族是被胁迫引诱而来，斗志不高，也有许多的契丹贵族心向耶律濬，只是不得已而臣服于耶律乙辛。因此，双方都不敢贸然接战——耶律濬担心一旦远离中京，杨遵勖就趁机进攻，腹背受敌；而耶律乙辛却也不敢远离上京，他担心自己一离开，上京立即就被同情耶律濬的人控制，到时候只怕二十万部下会作鸟兽散。双方都希望杨遵勖能够明确站在自己一边。杨遵勖已经被耶律乙辛封为楚王、北枢密使；被耶律濬封为宋王、北枢密使——他的向背，可以说举足轻重。与此同时，从西夏到宋朝，都不断有使者来往于西京大同府，游说杨遵勖归附，西夏梁太后开出的价码是代王、中书令、都统军；而赵顼的许诺则是泰宁节度使、中书令、世袭卫国公。但是无论怎么样，杨遵勖就是不肯表态，只是操练士卒，征集粮草，勤修武备。若非觉得过于不可思议，简直让人怀疑他自己想做辽国皇帝。

在大宋国内，三年一度的大比也拉开了序幕，成千上万的士子聚集陆续聚集京师。赵顼一面下令边境修缮守备，监视辽国的动向，督促诸作坊大量生产霹雳投弹，让军器监全面推行标准化生产；一面不得不暂时转移一部分精力，来关注省试的公平进行。

然而，便在此时，苏辙与石越一起上了一道奏章，不仅吸引了皇帝的注意，而且还引起了轩然大波。这是一个超出所有人想象的规模庞大的计划，共由三个部分组成。其一，从黄河以北诸路移民五十万户至荆湖北、南路，广南东、西路。计划分五年进行：第一年移民五万户至湖北路南部地区；次年移民十万户至两湖路；第三年移民十万户至两湖路、广东路；第四年移民十二万户至两湖、两广路；第五年移民十三万户至两湖、广西路（包括崖州）。其中，第一年的移民投入是三百万贯；接下两年则是六百万贯；第四年是七百二十万贯；第五年是七百八十万贯。此外还有军屯的计划，五年内调拨十五万被裁汰的厢军，进驻四路。其二，交通网计划。首先修葺沟通南方各主要城市间的官道、水道，特别是从汴京到广州的官道；建设海运港口；然后再从衡州修葺一条通往桂州、邕州的官道，从潭州修一条通往洪州的官道，并修葺京南西路的官道，加强汴京与川陕路的联系等等。整个计划中较大的官道、水道、港口的修建，就有三十余项，总费用高达数千万贯！凡小城市、小水道的建设沟通更多——全部计划执行完毕需一百余年，平均每年的投入，不低于五十万贯！其三，改革驿传体系……

赵顼几乎是被吓住了——每年投入至少数百万贯，多则上千万贯，而且要持续五年，其后每年还要投入至少五十万贯！赵顼存下钱来，是为了开疆拓土的！移民计划如果成功，税收当然会增加，但他没有耐心，而且他担心在他收到成果之前，国家便先破产了。除非强行征发民夫，那国库倒的确不要花多少钱——但赵顼不想成为亡国之君！整个计划唯一让他心动的，就是让厢军去军屯。按此计划，十五万厢军的军屯，每年至少为国库增收一二百万贯，而且还能省掉对这部分厢军的开支……赵顼的确很赞赏这个想法。

但是对于这个计划，石越似乎另有一套理论。

赵顼想起了那天石越与司马光在他面前的辩论……

“陛下，这是亡国之策！”司马光毫不留情。

“臣却以为这是大宋真正繁荣必须付出的投资。”石越虽然针锋相对，但是语气却很平和。他似乎不愿意激怒司马光。

司马光却并不买账，讥讽道：“隋炀帝倒是为大唐的繁荣打下了基础。所谓‘为王前驱’，便指今日之事。国库每年的收入，折算成缗钱约合六千万到七千万贯，但开支惊人，尽管陛下即位以来开源节流，总算每年收支相抵后还略有盈余，但每年节余不过几百万贯。万一边防告警、旱涝灾害，这点钱根本不够用。若按此议，所有节余全部花掉尚且不足。若只是一年，还可以勉强支撑，但这短则五年，长则一百年，国库如何承担得起？休说祖训不得加税，就算想加税，百姓负担已经很重，也实是不能再加了。且修路开河，是强征劳役，还是雇役？强征劳役有官逼民反之虞，陈胜吴广之事，指日可待！若是雇役，国库又从哪里去找钱？朝廷处处要用钱，臣以为这等事情，不如留待后世去做。”

但石越却有他的一套说法：“臣以为并非如此。譬如第一年投入五百万贯，其中三百万贯的移民费用虽暂时没有回报，却也没有白白花掉。不过是朝廷将取自百姓的三百万贯，又还给了百姓。这笔钱迟早能收回。而修路的二百万贯，臣以为绝不可以强征民夫，而应当雇役——如此多则可有十万农夫从中获益，若整个工程只在农闲时进行的话，便有十万人增加了一笔额外收入；此外还有供给原料的许多作坊，也会从中获益。可以说朝廷是用这种形式，将二百万贯税收还给了百姓，而且还修葺了一条从汴京至广州的官道——百姓多了余钱，可以用来从事生产，或者购买货物，间接又可以提高朝廷的税收。而官道的修葺可以节省许多的运输开支，加强京师与湖广的联系，不仅朝廷，包括百姓，都可以从中获利……所以，臣以为不可一概而论，克剥百姓自然会导致亡国，但若朝廷采用一种温和而宽厚的方法来进行这个工程，结果绝不相同……”

石越的这种经济思想，无论是赵顼与司马光，都是闻所未闻的。但赵顼却觉得他说的并非全然没有道理，沉思良久，才问道：“那应当如何去计算这笔钱投入进去之后，间接又能给朝廷带来多少收益呢？”

这么不经意地一问，却把石越问倒了。石越显然没有料到皇帝会问这个问题，想了半晌，还是老实的摇头道：“预测这笔投入带来的效应，给国库的税收带来多少增长，臣暂时还无力做到。可能需要进行许多的统计、分析、计算，才可能做一些大概的预测。但它能带来一系列好处，却是肯定的。”

这显然不能够说服人，赵顼沉默良久，终是摇头道：“此事关系太大，还是要慎重。”

“陛下英明。”不知道是因为石越并不是想要强征民夫修路，还是石越的经济新思维对司马光也有一些触动，语气之中，司马光已经明显带了几分善意，“臣以为这样的大事，还是应当权衡利弊。最重要的，还是量力而为。”

石越默然无语，他心里依然相信，要从根本上解决宋朝一系列社会问题，就要凭借发达的工商业吸纳大量的贫民与客户，创造更多的社会财富进行分配；但在没有近代工业之前，只能一面鼓励传统工商业发展，一面寻找新的土地进行农业开垦来多管齐下。若没有新的土地去吸收大量的劳动力，创造更多的财富，任何变革，都只能是治标不治本。除非他要徒劳无功地去学王安石方田均税，向整个社会的既得利益挑战；或者去美洲找回高产作物种子，在有限的土地上创造更多的财富。湖广地区本是历史留给宋朝最好的礼物。在耐寒高产作物出现之前，这里几乎是当时中国唯一的处女地。最妙的是，在这里，大宋朝廷的高官们既没有什么重大的利益，而四路的居民对朝廷的决策也明显缺少影响力，所以移民过程中可以预见的主要矛盾，不过就是汉番矛盾。但这样巨大的工程，是需要很多钱来支持的。而且湖广特别两广被视为“瘴疠之地”，足以让许多的北方人视为畏途，因此移民的过程，既要诱之以利，也要有官府进行组织……一笔庞大的开销实在不可避免。而最大的矛盾则是，宋朝每年的财政盈余，却也的确少得可怜——实际上，也这是赵顼坚持要变法的重要原因之一。在王安石变法之前，有很长一段时间，朝廷几乎每年都是入不敷出的。无论司马光怎么样反对王安石，他也不得不承认，王安石的新法，的确是一举扭转了这数十年来财政上的尴尬局面。虽然在他心里，自然是认为那并非是正途的，他是始终坚信，只有通过节省不必要的开支，削减财政支出，才是改善国家财政的王道。

所以，石越也没有指望他的计划能够获得通过。这不过是策略的一部分而已。皇帝与司马光的质疑与反对，是在预料之中的。

对于这个计划，赵顼心里面是同意司马光的，但他又觉得不能太驳石越的面子，便又笑道：“朕以为军屯一事，还是颇为可取。”

“谢陛下。”

“卿亦不必灰心，待日后国家行有余力，未必不可以再实行这个计划。或者将修路开河与移民分开来……”

“是。”石越沮丧地应道，但他心里等皇帝这句话，却是等了很久了。

石越的庞大计划，甚至没有被付之政事堂讨论，就被赵顼强行压住了。也没有人知道一向以谨慎闻名的石越，为何会提出这样激进的主张……但很快，事情出人意料地迅速地滑出赵顼与石越的掌握之中。

九月十二日，发生了一件让人不可思议的事件。

午膳之后，赵顼按习惯开始浏览当日的报纸，当他拿起《新义报》与《汴京新闻》后，忽然发现竟然有一份《谏闻报》放在下面。赵顼素知《谏闻报》是小报，双日是绝不发行的，不由奇道："今日怎会有《谏闻报》？"

侍立一旁的李向安连忙回道："回官家，或是增刊也未可知。辽人内乱、京城省试，百姓也很关心。《谏闻报》偶尔也会有增刊。"

"那朕倒要看看唐坰又找到什么独家新闻了。"赵顼一面开着玩笑，一面拿起《谏闻报》，却发现比平日厚了一倍，足有十六页厚！赵顼垂首欲读，才看了一眼，笑容便立即凝固在脸上。李向安察言观色，知道不对，顿时大气都不敢出一口。

殿中沉默了一会儿，便听赵顼一掌击在案上，怒声喝道："唐坰好大的胆子！好大的胆子！"

龙颜大怒，顿时满殿的内侍宫女全都跪了下来。李向安趴在地上，偷偷向上望去，却见一叠报纸飘摇落下，掉在他面前的那页报纸上，赫然印着一行字——"开发湖广裁汰厢军"，后面还跟着一条大号标题——"独家报道《苏石奏折》详情"！

李向安正待再看，却听皇帝厉声吼道："速召张景宪、蹇周辅！"

李向安慌忙应道："遵旨。"一面急急退出殿中，取马往大理寺宣旨。他匆匆忙忙走到明堂附近，却见童贯在那里做事，瞅见四下无人，李向安连忙朝他招招手。童贯赶忙跑了过来，请安谄笑道："小的见过押班。"——此时李向安也已然高升为入内内侍省押班，成为入内内侍省的长官之一，童贯对他自是格外巴结。

李向安看了他一眼，问道："你可知道太府寺怎么走？"

"回大官[1]，小人去过几次。"

"嗯，怪不得石参政说你办事伶俐。你现下悄悄去趟太府寺，叫参政看今天的《谏闻报》。"李向安不动声色地低声吩咐道。

"小的一定办妥。"童贯低声应道。

李向安见他竟不多问半句，心中大喜，笑道："你果然聪明。快去。"说完也不停留，便直奔大理寺而去。

童贯匆忙收拾一下，转了个弯，也从东华门溜了出去。他知是李向安与石越的差使，也不敢怠慢，一路紧赶，到了太府寺。见着石越，便将李向安的话转叙一遍。

石越一头雾水，问道："押班也没有和你说别的？"

"却是不曾说得其他事。"

"嗯。"石越沉吟道，"如此有劳你了。"一面吩咐侍剑道："给童内侍封点茶水钱。"

童贯连忙欠身道："不敢。参政，小的不便久离，便告辞了。盼参政小心为要。"

[1] 宋时对高级宦官的尊称。

竟是连钱都不要，转身便走。侍剑从未见过不要钱的宦官，望着童贯的背影，不由怔道："公子，这……"

石越笑道："有违人情者，必然为伪。不过他能做到这个份上，也是难为他了，便领他这个情。"一面走到案边，翻出当日的《谏闻报》来，才看了一眼，整个人也呆在当场。

"这，这是军国机密！是谁敢外泄？"石越颤声问道，一面急速地翻阅《谏闻报》，却见整份报纸，不仅详详细细地刊登了石越与苏辙联名奏折的全面内容，还刊登了白水潭的几场讲演，以及《谏闻报》对此事的评论。

侍剑也不知道是什么事情，凑过来了一看，顿时也吃了一惊，忽想起一事，恍然大悟道："刚才出去，听说《谏闻报》增刊大卖，市井纷纷抢购，我以为又是辽国的谣言……"

石越苦笑道："必是皇上也见了，李向安才着人来知会我。唐坰要倒霉了，这份奏折事关裁撤厢军等等机密大事，出了两府几乎没人知道，唐坰怎么如此不知好歹，《皇宋出版条例》规定泄露军国机要，最轻都要杖责二十，罚铜二百斤……"

"公子，只怕皇上要追查是谁泄密的。皇上最恨的便是有人泄露朝中讨论的大事，这件事情只怕公子与苏大参都脱不了嫌疑。"侍剑担心地说道。

石越不以为然地摆摆手，道："我怎么会泄露这些机要，荒谬。"

崇政殿。

大理寺卿张景宪与少卿蹇周辅跪在殿中，听赵顼怒气冲冲地说道："朕要你们即日查封《谏闻报》，将唐坰抓起来，找出泄密之人。"

"陛下。"张景宪已经知道事情的大概，他缓缓说道，"臣以为按例此事当由开封府管。"

"大理寺管不得吗？大理寺不管天下刑狱吗？"赵顼怒道。

"这等小事若也要大理寺亲自过问，大理寺就有管不完的事。"张景宪毫不退让，顶了回去。

"这是小事？"赵顼恶狠狠地问道。他气极欲狂，几乎想要走下御椅狠狠踢张景宪一脚。

"臣以为就是小事。一桩普通的泄密案，大理寺不当管。"蹇周辅也不给皇帝面子，"而且，若开封府要查封《谏闻报》，臣必当驳回。"

"朕为何查封不得？"赵顼怒睁双目，霍地从龙椅上站了起来。

"有法令在。"张景宪简简单单地回答道。

"陛下。"蹇周辅道，"按《皇宋出版条例》，报纸泄露朝廷机要，可以杖责当事的编辑、撰稿者，可以追查泄密人，可以对报馆罚铜，却不可以查封报馆。”

“若朕定要查封呢？”赵顼冷笑道。

“立法不守，不如无法，臣等不敢奉诏！”张景宪与蹇周辅一齐顿首道。

“你们可知道《谏闻报》所泄机密，关系重大？”

“若情节严重，最重可以杖责四十，罚铜千斤。足以让唐坰刻骨铭心。”张景宪道。

蹇周辅却道：“陛下若大动干戈，世人本来还怀疑《谏闻报》者，反不能不信了。臣以为上策是宣布绝无此事，以伪造朝廷奏折，报道不实的罪名处罚《谏闻报》。如此时日渐久，自然无人相信。”

“臣亦以为《谏闻报》所登之所谓‘奏折’，荒谬不经，倒似纸上谈兵，便是泄密，亦多有夸饰，世间凡明事理之人，皆知断非苏、石所为，此案之罪断，似乎诬蔑造谣多于泄密。”张景宪粗略看过《谏闻报》上刊登的奏折，心里非常不以为然。

赵顼不料他如此说，愕然道：“卿何出此言？《谏闻报》所登，却是千真万确之奏折。”

“啊？”张景宪与蹇周辅齐齐吃了一惊，二人讶然对视，半晌，忽然一起顿首。

赵顼奇道：“这是为何？”

张景宪慨然道：“陛下，泄密事小，奏折所议事大。苏、石向来谨慎，不知何故献此下策。隋亡故事，陛下不可不戒！臣身为大臣，此事亦不可不谏。”

蹇周辅亦道：“臣不敢信此为苏、石所为，便是周文王再世，朝廷财政亦将败坏不可救。若有天灾兵祸，陛下将如之何？万望陛下三思。”

赵顼摆摆手，道：“苏辙、石越不过建议而已，韩绛、吕惠卿、司马君实皆以为不可，故此事外间不知。《谏闻报》竟刊登其事，朕必欲知此事是何人泄密，若不查出，日后朝廷岂有机密可言？”

张景宪、蹇周辅这才稍稍放心，齐声道：“陛下英明。”张景宪又道：“既确是泄密，臣请陛下令开封府立案。”

“罢，罢。权且让开封府去查这件事罢。”赵顼不耐烦地挥挥手，懒得再和这两个固执的臣子计议。

《谏闻报》的报道在汴京城迅速掀起了轩然大波。既有旗帜鲜明的支持者，也有立场坚定的反对者，但绝大多数的人，则是觉得不可思议——如此庞大的计划，几乎是当时人闻所未闻的。支持者以白水潭的一部分学生为主，反对者则多是老成稳重之辈，而觉得不可思议的，却多是朝中的大臣——很多人的第一反应就是不屑地丢下报纸，笑道：“造谣！”这些人中间，就包括在当天抵达京师的枢密使文彦博。

“若说是吕惠卿提出这样的主张，或者还可以相信。苏辙和石越？”文彦博摇了摇头，在来迎接他的冯京面前骂道，“这些报纸越来越放肆了，居然连朝廷大臣的谣也敢造。如此军国大事，连老夫都未曾与闻，又怎能让唐坰知道？”

冯京一脸的尴尬，半晌没有作声。文彦博瞧出蹊跷，心中一惊，问道：“当世，难道此事是真的？”冯京支吾一声，道：“今日傍晚，开封府已经将《谏闻报》有关的编辑全部抓了起来，罪名未定。不过我听说，皇上曾召见大理寺卿张景宪与少卿蹇周辅……”

“哦？”

“究竟圣上和他们说了什么，别人也不知道。现在皇上龙颜大怒，宫中也没有人敢乱传话。张景宪与蹇周辅，什么话进了他们的耳里，那便和进了棺材没甚区别……只是我颇疑心，此事或许是真的……”冯京也无意隐瞒文彦博。

“为何？苏辙、石越，皆是稳重之人。”文彦博奇道。

“十几日前，我曾听说苏辙、蔡卞、唐棣等人频繁来往石府，虽说几人素来交好，但现在各部正是事繁之际，总有点儿不同寻常。其后石越又拜访过韩维。尔后皇上一日之内，先是召司马君实、石子明、苏子由密谈，其后又相继召见韩、吕二相。尔后又闻通进银台司曾递交苏、石之奏折……种种事情，总觉可疑。”冯京身为吏部尚书，自然是知道很多内幕。

文彦博皱眉道：“既是奏折言事，如何这般遮遮掩掩？你是吏部尚书、参知政事，竟不得与闻？”

冯京笑道：“若果然是真的，亦不难理解。如此庞大之计划，以石子明之性格，必然先得到皇上的同意、司马君实的支持，方愿示人。一旦皇上与司马君实认可，自然就会交朝廷讨论；既是秘而不宣，想必是皇上与司马君实没有答应。”

文彦博又瞄了一眼手中的《谏闻报》，冷笑道：“司马君实除非疯癫了，否则焉能同意这种事？数千万贯——朝廷哪来这么多钱？何况移民又岂是小事？一次移民五万户，折算人口，就是二十万人，那还不搞得鸡飞狗跳？朝廷莫非钱多了没处花？石子明一向谨慎，不料倒成了王介甫第二。”

冯京苦笑着摇了摇头，道：“相公此言太过，石子明此事虽然失算，好在为人不固执。知错能改，善莫大焉。且我看其中也并非一无是处。譬如移民，未尝不是好事，北方盗贼不断，朝廷岂不知原因？然无可奈何尔。移民便是良方。只是性急不得，还要慢慢来，若五年之期，改成十五年，先遣人分赴南北，将要移民的地方与要移民的人都算清楚了，第一年竟只移民一万户，且这些人必是北方无业之民，或为乞丐，或为招安之盗贼。如此缓缓图之，朝廷付出有限，而长远来看，确有大利。且湖广之利，未必全在于移民，应于北方征募老农，前往湖广为农师，劝农教农，如此持之以恒，二十年后，必收全功。”

文彦博却毫不客气的反问道：“当世说得轻巧，当政者岂能做到十五年坚持不懈，图二十年后之利？这是容易之事吗？石越年轻，急于求成，既是孟浪，然亦是本朝风气使然。依我说，朝廷能安静劝农，少收两税，便是上策。”

“诚然。石子明其实亦并非不知缓缓图谋之理，他道路修建之法，便是长达百年，却不知为何，移民之事，便要急于求成，非要五年之内见功。”冯京又想了想，终是不能明白，只得无奈地摇摇头。

文彦博冷笑道：“百年之规划，真是痴人。一朝天子一朝臣，谁能管得住二十年之后事？全篇奏折，最愚不可及者，便是道路修建，朝廷有此数千万贯，早已北伐燕云。此时辽国内乱，本是大好机会，朝廷不敢动手，还不是缺钱？本来石子明建议皇上整编禁军，训练将校士卒，老夫亦觉得他知世务，远胜王介甫。若从此事来看，却叫人失望。”

冯京知道文彦博对石越素来观感一般，虽然皇帝给两家订下亲事，但是文彦博三朝元老，说话之间，也未必会给谁留面子。当下不再讨论这个话题，只笑道：“此事竟不知何人泄密？想来惹怒龙颜者，或是此事。”

“管他谁人泄密，到头来还是报纸泄密。”文彦博对于报纸，始终没什么好印象。

但即使是文彦博如此不屑一顾的计划，也并非没有支持者。次日，《汴京新闻》便针对《苏石奏折》刊登了一系列的评论，其中既有白水潭博物系学生的支持，也有士林的担忧与怀疑。而随着当天开封府正式以泄密罪提审唐坰等一干编辑，从侧面证明了《苏石奏折》之真实性后，关于此事的讨论，立刻变成众所关注的焦点。支持者与反对者纷纷在《汴京新闻》与《西京评论》上发表自己的观点，提出各种各样的建议与指责。与此同时，商人与百姓们谨慎地评估着移民与修路的可能性，厢军与其家属有些则担忧着是否会遭到裁汰的命运，有些却期盼着被裁汰……朝中的大臣更是纷纷上书，未雨绸缪地劝告皇帝不要推行这个计划。而最让人担心的则是北方百姓和湖广四路汉番居民听到传言后可能产生的惊慌与不安——这些地方的百姓在不久之后听到的“新闻”，必然大大走样。

所以，石越此时已经明白，短期内，自己这个计划已经彻底夭折！尽管他从未指望这个计划会获得通过，但以这样的方式夭折，却也并非他所愿——这份奏折留给清议的，绝不会是一个好印象。要命的是，这时候京城里正聚集了成千上万的举子。

果然，到了九月十五日，民间对此事的关注几乎已经超过了省试与辽国内战，众多在京参加省试的举子议论纷纷，有传言说他们准备云集白水潭辩论此事。终于，到了九月十六日，宋廷再也无法坐视了，为了安抚已经动摇和将要动摇的军心、民心，在石越的请求下，皇帝亲自拟写了《安民诏》，向天下臣民宣布，《苏石奏折》所叙内容只是朝廷的一种讨论，朝廷并无实施之意图，而裁军云云，更是无稽之谈。这份《安民诏》由各大报开出头版整版转载，总算是暂时起到了安抚人心的作用。

而另一方面，石越则在《皇宋新义报》发表了一篇著名的错误百出却影响巨大的署名文章——《货币乘数效应》，指出货币只有进行流通，才能创造更多的财富，由此提出了一种全新的货殖思想。因为石越学术宗师的地位，这篇文章一面世，就引起了各大学院、书院的关注，各《学刊》纷纷讨论石越的基本观点：政府投放或收回一单位基础货币，即能取得倍数之效果，故政府支出能带动整体的经济活动，导致社会财富的增加。石越的这一理论非常的粗糙，他毕竟没有受过经济学之专门教育，当时的钱庄也无后日商业银行之影响。但饶是如此，对于当时的精英来说，也已是巨大的冲击。不过绝大部分的人，则被石越所举的例子给绕晕了。石越在文章中举了一个很简单的例子：假设修路，朝廷给农夫十文钱，农夫吃饭、穿衣各用五文，则十文钱有二十文之效果；粮食店、裁缝店各得五文，其又要支付成本、制作、运输等等环节之支出，则十文钱的效果又会产生相应的倍增……如此，朝廷若将十文钱收在府库，则始终是十文钱，若将其花掉，便能使整个天下得利，产生远远超出十文的效果，这些效果又可以通过税收等手段为朝廷收回，从而创造更多的财富！

对于“货币乘数效应”，无法理解者斥之为诡辩——因为他们一时间也无法驳斥；而许多杰出之士，则感到眼前一亮，似乎发现了一片全新的天地。

3

吕惠卿府。

“石越真奇才也。”吕惠卿手里拿着一份《皇宋新义报》，向前来拜访的安惇感叹道，“我本以为他提出那样大的计划，只是进二退一之策。谁知背后竟有大文章。自古以来，都以节俭为尚，不料花钱也有这等妙处……王介甫见到这篇文章，必然赞叹。”

“在下却不以为然。”安惇的笑容中，带着几分不屑。

“哦？”

“石越所言，一则难以证明，二则会败坏风俗。这不是鼓励人君乱花钱吗？自古以来，穷奢极欲、大肆花钱的君王又岂在少数？若依石越之说，岂不是个个都要国富民强了？”吕惠卿微微一笑，却不答话。他自是知道古时暴君穷奢极欲，却是廉价役使百姓，百姓困于生死之间，与石越所说全然不同。但是既是批评石越，他却没有必要去为石越辩解。安惇见吕惠卿神态，却以为是默认他的话有道理，顿时大受鼓舞，又语带讥刺地说道："石越也是想学王介甫不加税而财赋足，只是画虎不成反类犬。皇上厚德，生性节俭，又岂会受他鼓惑？"

吕惠卿干笑道："处厚所说的确有道理，但是眼下皇上所关注的，只怕还是唐垌是如何知道那份奏折的。"

"唐垌与《谏闻报》的编辑都一口咬定消息来源是匿名。若非唐垌说的是真话，则提供消息者的背景一定非同寻常。"吕升卿插话道。

"知道此事的朝廷大臣，说多不多，说少不少。若是石越那里泄露，想来……"安惇意味深长地说道，一面望了吕惠卿一眼。他心中甚至在怀疑这件事是吕惠卿做的。

吕惠卿从容放下报纸，有意无意地"嗯"了一声，淡然道："石越搬起石头砸自己的脚，实在不可能。最多是门客亲友泄露……"

"只是唐垌与石越向来交恶，他不肯招供，情理上却又颇说不过去。"安惇皱眉道。

"越是如此，越是值得怀疑。"吕升卿高声道，"或许唐垌真不知情，倒是被人一起耍了。"

安惇心中暗骂吕升卿是个草包，唐垌又不似他吕升卿一样蠢，岂会随便发表一些匿名的东西？必是背后之人他惹不起，而又知道朝廷的处罚重得有限，所以才不肯招供。想到此处，他又怀疑地望了吕惠卿一眼，见他从容淡雅，一脸超然，但不知为何，安惇就觉得和吕惠卿有关……但当此之时，他要想青云直上，却是需要和吕惠卿互相利用，纵是怀疑，也不会说出口来。

"此事定然会水落石出的。"吕惠卿眯着眼睛笑道。奏折的泄露，让朝中大臣对石越的信任感大幅度的降低，对吕惠卿而言，总是一件好事，至少石越以后在尚书省，就不会得到那么多的支持了。

但吕惠卿没有料到，仅仅一天之后，石越又联合苏辙，向皇帝提出了新的计划。

赵顼仔细阅读着手中的奏折，新计划的内容做了十分巨大的调整，整个计划几乎完全不涉及民间，其修路的内容，大幅削减为沟通湖广、川峡诸路漕运的几条水陆要道，其构想中由广州通往汴京的交通路线，是由西江入漓水到桂州，走灵渠进湘水而入洞庭，再由长江入汉水，溯游而上，由白河进南阳，由唐河进唐州方城，再用陆路联结南阳、方城、叶县、襄城、颖昌府，由颖昌再转水道，进惠民河，直抵汴京。这条路线完全无须修筑新路，北面只需对南阳至颖昌的方城路加以改造，在原有官道上加铺石灰石与黄土以增加运能；南面则只需开浚灵渠，保证灵渠之畅通无阻。同时修葺由颍昌、信阳军至江夏的官道，以供军队与行人使用，节省交通时间。两条道路一旦开通，汴京至江夏之间即可畅通无阻，并可利用长江水运，其投入则相对较少——除了开浚灵渠需要厢军与民夫的配合，花费较多之外，颍昌至南阳与颍昌至信阳、江夏两条官道的修葺，皆可由厢军进行，且数百里之路，数月便可成功。朝廷要出的只是一些工本费罢了。至于屯田之计划，石越则暂时搁置了移民之主张，采用的是军屯先行的策略——从信阳开始，一路逶迤而南，直至永州，开辟六十个定居点安置三万名厢军，每个定居点约五百人。定居点之选择，则必须是已经存在的与日后可能要修建的交通干线附近，由朝廷遣工部屯田司官员往各路州县善择军屯地点。与传统的军屯不同，厢军在军屯地点因地制宜，生产蔗糖、药材甚至陶瓷等物，主要以手工业和加工农业为主……

赵顼看完，不由望了石越一眼，笑道："卿这个计划之中，伏笔甚多。"

"陛下英明。臣与苏参政商议此策，是所谓'进可攻、退可守'，若成功，将来朝廷财力宽裕，便可以沿厢军驻扎地点，修葺官道，进一步加强对南方的控制；同时，移民也可以沿官道南下，处于厢军保护之中。最重要的是，一旦军屯成功，朝廷大部分厢军，以及一少部分禁军，都可以采用军屯的模式，逐步以军养军，可以缓解冗兵之害。"石越说的让赵顼怦然心动。

苏辙窥见赵顼神色，又补充道："臣等之军屯与历代皆有不同。历代军屯以屯田为主，而臣等所议，则以手工业为主，屯田为辅。如此一则厢军不会占据过多的垦田，此法若能成功，则天下皆可效仿；再则以军养军，因地购粮，可以减少转运之费；三则厢军受朝廷供养日久，或有不乐耕田者，工业之利，远胜屯田，朝廷与军卒，皆可从中得利，则上下两洽。"

"那由颍昌至南阳、江夏两条官道，需要出动多少厢军？"赵顼已经心动。

"二万厢军足矣。"石越欠身答道，"路不甚远，半年可就，且不扰民。唯役使厢军，不能不厚给其廪，以免由怨生变。故臣等核算，所费在四五十万贯左右。至于灵渠，非有数年不可成功，不可急于求成。其所费也略多，然永州、桂州一带，物价低廉，故臣等以为，亦不当超过一百万贯，若以三年图之，则每岁最多四十万贯。"石越心中，自是从来没有强制役使百姓的想法。

赵顼又问道："厢军军屯所费几何？"

石越与苏辙对视一眼，二人皆是迟疑了一下。赵顼看在眼中，不由笑道："但说无妨，便是所费略多，朕亦当考量。"看过最初的计划，再来看这个计划，不管多少钱，赵顼都觉得是节省了。

不料却听石越笑道："臣等有一个异想天开的主意，竟是不想让朝廷出一文钱。"

"啊？"赵顼当真吃了一惊。三万人进驻南方，虽然必定是就近调动，但是军队的调动，平日的粮饷，还有初时军屯要投入的成本，这笔钱自然是不能少的。赵顼本来已想要咬咬牙出了这笔钱，不料石越竟说不要花一文钱，让他如何不惊？

“臣等商议出一个办法，却未知可行与否，还请陛下裁断。只是所议之策，历朝未有，或者骇人听闻，故不敢写在奏折之中。”石越这样一说，赵顼本是聪明之主，立时便知道石越与苏辙是多么希望这个新的计划能够通过，因此竟然连一点会遇到阻力的东西，都不愿意添加进去。他不由笑道：“朕登基以来，已不知做过多少历朝未有之事。”

“陛下，这笔钱不妨想法子让那些巨商富室来出。”石越谨慎地说道，“臣等以为，可由朝廷公开招募商人出资，供给三万军屯厢军之军费与军屯成本，且派人教导军屯厢军技术。而三万军屯厢军所生产之蔗糖、陶瓷等物，即归商人所有，十至十五年之内，朝廷、军屯厢军、出资商人，按一成五、一成五、七成的比例分成。军屯所生产之商品，由朝廷一次性征收百分之五的货物税，发给‘长引’，从此过关进场，不再征税。臣以为军屯货物，既可北供京师，又可南下广州运往海外，利润本就十分丰厚，且一路再无关场征税之繁扰，商人必然乐从。而朝廷则坐享其利。为保证公平，朝廷可监督商人与军屯厢军签订契约，在商人保证供给的前提下，军屯厢军每年必须交纳足额合格产品给商人，否则则由其赔偿损失；而朝廷亦要所有商人，提供资产保证，若其毁约，则没收其资产供给厢军。”

赵顼虽然心动，犹自半信半疑地说道：“朕颇疑商贾不乐出钱。”

“商人逐利是本性，以供养五百厢军计，每年不过一万五千贯左右。而这笔开支，也就是相当于市价而已，只要雇佣劳力，这笔钱总是要出的，商人的损失，不过是一次性雇佣得久一些。但好处却很多，对这些厢军，朝廷或给山林，或给土地，虽非熟田，然所赐总不低于数万亩，商人便相当于是租下了这大片土地，虽说在开垦之初需要再投入一笔钱，但这投入却是有利可图的，便是只用来种田，十年至十五年，亦足以有数倍之利，更何况工商之利，又倍于农田。且军屯地点南北交通畅通，其所产无论运至京师还是远卖海外，利润又可至数倍甚至数十倍。臣以为那些商人所疑惧者，只不过是朝廷是否会信守诺言而已。陛下若以为此策可行，可交由微臣执行，只要朝廷守诺，必能成功。”石越信心十足地说道，他知道单单省去一笔运输的成本，以及沿途无数关场的繁苛，便足以让无数的商人趋之若鹜了。更何况，所有的商人都明白，与官府合作，虽然有官府翻脸不认人的风险，却也有许多意想不到的好处。

苏辙也道：“臣亦以为商贾必然乐从，所虑者，或朝中大臣以逐利见责。且军屯附近百姓，必然受到影响，或亦有弃农之事，而致使地方守吏骇怪……”

“此未足虑。”从南方不痛不痒地割出些荒山野地，国库不仅可以省下三万厢军的军费，每年还坐享税收与分成之利，一进一出之间，国库每年便至少能多出数十万贯的收入。若能成功，推行全国，想想全国数十万厢军的军费全部省了下来……无论如何，都是值得一试的。“此事当交两府、学士院、诸部寺监共议。”

“陛下圣明。”石越又趁机说道，“军屯厢军既驻扎荆湖南北路，臣以为其兵器可以一律改用诸葛连发弩……”

“石卿，军屯厢军当是不教阅厢军，甚少配备军器。”赵顼以为石越不懂军中状况，笑着提醒道。

“既往南方，不得不配军器。其既在朝廷编制之内，紧急之时，朝廷还需依赖之。国朝兵器，诸葛连发弩传说得自诸葛亮遗法，弩上刻直槽，相承函十矢，其翼则取最柔木为之，另安机木，随手扳弦而上，发去一矢，槽中又落下一矢，则又扳木上弦而发。然机巧虽工，其力甚绵，所及不过二十余步而已，非军国之器。正好用来装备南方军屯厢军，其镇压藩人有余，若万一有不测之心，与禁军作战，则与徒手无异。故臣以为，军屯厢军，当配此弩箭。甚至可允许一些军屯厢军造诸葛连发弩市卖民间……”石越不惮其烦地向皇帝介绍诸葛弩，其用心无非还是要想办法引导民风重武。

赵顼迟疑道：“持弩之禁，只恐未可轻弛。”

“禁令空悬已久，百姓持弩者甚众，臣以为不如废之。一弩所值亦贵，非寻常百姓所能置，且诸葛弩非军国器，故于朝廷无害，民间防身则甚便，若使部分军屯厢军专营此物，亦是一利源。且民间习武，则全民皆兵，此不可战胜之法。”

赵顼思忖良久，方说道：“卿策虽善，但还须问韩绛、吕惠卿、文彦博，此事不可轻率。”

4

次日，兵器研究院。

石越与苏颂望着摆在沈括面前的机械，石越的眼中闪烁着惊奇的光芒——天才的设计！石越感到不可思议，在没有自己指引的情况，沈括能设计出这个机械来。摆在石越眼前的，是一个架子上面放置的齿轮，齿轮的中心用轴连着一根杆子，杆子上面有一个爪子似的东西。而在齿轮的下侧，架子固定着另一个爪子，正好合在齿轮之上。沈括让他的一个学生转动杆子，当杆子顺时针方向摆动时，杆子上面的爪子便插入齿轮的齿槽中，齿轮亦随之转过相应的角度。与此同时，下方的爪子则在齿背上滑动。苏颂望着这似乎平平无奇的东西，不知道其中有何奥妙，却见沈括微微一笑，向他的学生点点头。那个学生立时开始逆时针转动杆子，此时齿轮下方的爪子阻止齿轮逆时针转动，而杆子上方的爪子则从齿轮齿背上滑过，整个齿轮静止不动。那学生忽然加快速度，齿轮便一直作着单向的间歇运动——苏颂的嘴开始张开，人也不禁走近几步，赞道：“妙哉！”沈括却一直注意石越，见石越神色间似乎对这种机械很熟悉，不由奇道：“子明，你见过这个物什？”

“棘轮机构，我当然见过。”石越随口答道。

沈括与他的几个学生顿时都呆住了。石越这才发觉自己失言，一时尴尬无比。半晌，沈括怅然若失地叹道：“不料世间竟早有聪明之人制出此物，我还道自己已是极得妙思，唉……”

石越有心安慰他，可是这却是涉及自己来历的大事，只能不痛不痒地说道：“存中兄之才智，的确已是世所罕见。”

沈括摇头叹道：“子明无须安慰我。这个物什，是叫棘轮机构吗？”

石越却问道：“存中兄本来又是如何命名？”

沈括摇头不答，只默念道：“棘轮、棘轮，果然是个好名字。这些零件，想必亦各有名称？”

石越无可奈何地点点头，道：“正是。这个杆子，叫主动摆杆；齿轮便叫棘轮；主动摆杆上的爪子，叫驱动棘爪；下方这个爪子，叫止回棘爪。主动摆杆与刺轮相连的轴，叫从动轴；与驱动棘爪相连的轴，叫转动轴。”这种最简单的棘轮机构，石越曾经不止一次的见过，因此对于各部分名称，竟是记得十分清楚。

“果然是好名字。”沈括叹道。

“存中兄的发明意义重大，在许多地方都可以用到！”石越见沈括总免不了怅然若失，连忙岔开话题。

苏颂本来也是精通机械，宋朝最先进的天文仪器，他便有设计之功，自然是识货之人，也不禁赞道：“的确是工者之利器！”

“我料存中发明此物，不止是工者之利器如此简单。”石越望着沈括笑道。

沈括听到这里，神色一振，笑道：“正是如此。因子明说要改进弩的设计，除了以钢为弩臂、统一弩机规格、精确望山刻度之外，我以为还可以设法节省弩手的体力、缩短上弦时间，这棘轮一物，便由此而来——用棘轮传动，便是老妇稚童，亦可张弩！此物于单兵所持之弩上作用还不甚明显，毕竟工艺甚繁，造价太贵，然而若用到七种床子弩上，则意义巨大。似三弓弩，射程达三百步以上，一次可发数十箭，然须七十人操纵，消耗体力甚巨，若装上棘轮机构，则多不过十数人而已！且激战一日，亦不觉疲惫。”

苏颂顿时大喜，他知道床子弩威力巨大，是攻守必备之物，如果改进至此，自会大大增强宋军的战斗力。他思忖一会儿，道：“若能如此，则禁军组成战阵，三百步以外，用床子弩与神臂弓，床子弩先发，神臂弓次之，一百五十步以内，则用弓箭。若是守城或有营阵防护，床子弩之威力，实不可小视。不过……”

“不过什么？”石越见苏颂忽现迟疑之色，不由问道。

“钢臂弩的推广，甚是问题。虽钢、铁产量皆有增加，且以钢为臂，可以减少天气对弩的影响，增加射程与力量，但是全面采用配备钢弩机、棘轮的钢臂弩，价格不菲，亦是一大问题。”苏颂身为军器监，自然要考虑到兵器的价格成本问题。

石越笑道：“我担心的却是产量。”

“这倒不用担心，一年装备至少两至三个军不成问题。”苏颂对于产量反而不以为然。

“三个军？年产四万五千把钢臂弩？”石越不可思议地反问道。

苏颂淡淡地回道：“若让所有作坊全部开工，我能做到。”

“罢了。”石越笑着摇了摇头，道，“只需整编一军，装备一军，如此足矣。以前的淘汰军器，不妨卖给民间的武装船队，装备厢军，还有辽人内战，普通的弓弩，正好送给他们。至于成本，我会再想办法考虑……”

苏颂笑道：“若皇上最终能允许彻底开放民间持兵器之禁，允许卖诸葛弩，那么许多兵器都可以卖掉。民间用来打猎，却是最合适不过。”

石越叹道：“始终是国家大防，能否最终通过，我亦没有把握。”

“所有的报纸都支持彻底解除持兵之禁，白水潭学院的技艺大赛马上又将举行，民间清议，却是支持的……”沈括插口说道。

“且看文相公要如何说。”石越摇了摇头，文彦博的心思，委实难猜，偏偏潘照临又被派出去了。

让石越没有想到的是，他今时今日之身份地位，早已不比以前，即使在政治声望颇受影响的情况下，亦有人对他讨好献媚。仅仅数日之内，便有数十名官员接连上表，公开支持解除持兵之禁，其中淮南东路转运使更是重提当年石越钢铁奏折之旧事，甚至提出可以让部分兵器生产民营化！石越自是知道这些人支持自己，很多并不是因为政见相合，而不过是知道自己的地位日渐一日地巩固，希望凭借这种支持进行政治投机，为自己以后谋一个好职位。当年党附王安石的人，大抵便是此辈。石越自然不介意他们进行投机，但是“回报”这种东西，他暂时却没有准备给他们，他没有任何兴趣走上王安石的老路。不过这几份奏折的确上得恰到好处，又过了数日，苏颂便同时向皇帝和尚书省提出了改进手弩与床子弩，装备整编军队，处理过往军器等一系列问题的札子。是否允许民间制造、携带部分兵器，立时成为朝廷必须要讨论的一大问题。

“数日之内，皇上接连召见韩绛、吕惠卿、文彦博、王韶、冯京、吴充、司马光、王珪、陈绎、蔡确、韩维、张璪、元绛、曾孝宽、郭逵还有李宪共十六名大臣，询问对于修路与军屯、解除持兵之禁、允许部分兵器私营的看法。关于修路与军屯，似乎只有吕惠卿与文彦博说要从长计议，旁人倒没有反对……”司马梦求笑道，“而司马君实看起来似乎竟很支持这个提案。”

“那么纯父你的看法呢？”石越笑道。

司马梦求笑道：“我开始亦奇怪参政最初为何提出那样的计划，但想来有潜光先生参赞，参政又一向谨慎，其后必有深意。果然，朝野间才被这庞大的计划吓了一跳，立即又有新的计划提出来，相形之下，无不觉得这个计划实在可行——这可是进二退一之策？”

石越笑着摇了摇头，既没有承认，也没有否认。旋即笑道：“吕惠卿必然料不到我这么快抛出一个新计划。”

“但是我更奇怪的，还是司马君实的态度……”

石越淡淡一笑，司马光坚定地支持他的提案，原因可能有许多——石越纵然不是最好的选择，也是目前来说最不差的选择，彻底地打击石越对司马光来说完全没有好处，那只能让吕惠卿得利。而且，司马光也认为这个提案是值得一试的。但石越却知道，自己曾经向司马光许诺要力劝赵顼“永不加税役”——这才是司马光支持自己的关键。但是这些事情，他却没有必要告诉司马梦求，只是笑道：“君实之政见，无非是不扰民，不白耗钱财。修路之事，只要不白白役使百姓，而是发给工钱，多用厢军，且不在农忙之时进行，反是便民利民之事，与君实之政见便无根本之冲突。军屯之事，朝廷之利，众所周知，虽或损番民之利，然纯父若读《资治通鉴》，便知君实是将中国之利益置于夷狄之上的，并无‘德被天下’之类的想法。整个计划若有争议，亦只在于是否同意商人参与进来。文彦博之反对，若我所料不差，便为此事。”

司马梦求笑道：“原来如此。”

“但皇上虽然心动，亦不会轻易下定决心。毕竟牵涉甚大，因此，皇上的使者，一早就出发，分道前往西京与江宁，询问富弼与王安石的意见……”石越漫不经心地说道。

司马梦求一惊，笑道：“参政果真料事如神！我今日前来，其中一事，便为通知此事。”

石越端起茶杯，轻轻吹了吹泡沫，笑道：“但是最让皇上疑惑不决的，还是我向皇上主张彻底解除持兵禁令，或者说放宽百姓持兵器之种类。将大量的兵器卖给百姓，甚至开放部分兵器生产民营，皇上心中不能没有疑惑。太皇太后与太后心中，也会拿不准。”

“正是如此。”司马梦求点头说道，“皇上询问之大臣，反对解除持兵禁令者，有文彦博、吴充、王珪、陈绎、蔡确、曾孝宽五人，可怪者是吕惠卿支持此事。而反对兵器民营者，则有整整十二位，只有王韶、韩维、郭逵以及吕惠卿认为可行。”对于吕惠卿支持此事，司马梦求多少都感到不可思议。

“只要王安石与富弼皆支持，皇上与太皇太后、皇太后心中便不会执着。只是吕惠卿为何会支持，我却也一直没有想明白……”

“参政放心，此事我会想办法查清楚。吕惠卿如此行事，必有他觉得值得这样做的理由。”司马梦求笑道，“我此来另一件事是想告诉参政，学生已经成功地将几名细作，安插进了夏国，而且是进入了几名大将的幕府。”

“哦？”石越倒当真吃了一惊。

“这要多亏了活捉的瞎木征，还有董毡、包顺部……”司马梦求的声音，几乎细不可闻。

江宁城外，钟山。

一位葛衣老者静静地站在一抔新坟之前，凌厉的山风掀动老者的衣襟与发须，发出呼呼的声响，然而那个老者沧桑的身躯，却始终一动不动。数十步开外，一个三四十岁的中年人垂着眼帘望着老者的背影，似乎在等待老人的回头。几个素衣童子跪在墓前，默默地供奉着果品酒水。坟前所立之高大的石碑上，刻着几行遒劲的大字：“大宋故太子中允、天章阁待制、赐紫金鱼袋、赠天章阁直学士王君讳雱之墓”。

“阿弥陀佛！”一声洪量的佛号，从远处传来，但是王雱坟前的诸人，却似乎根本没有听见，竟没有一个人回头。驴蹄之声慢慢由远而近，一个中年僧人骑着一匹黑驴渐渐走近，他在坟前数十步远的地方下了驴，走到静立不语的中年人面前，又高宣佛号，双手合十，道：“阿弥陀佛！”

中年人斜着眼睛望了他一眼，嘴角竟露出一丝讽刺的笑容，微一欠身，淡声道：“这位想必便是智缘大师。”

智缘微微一笑，回道：“不敢，施主想必是潘潜光先生。”

“正是区区。”潘照临淡然回道，目光却始终不离葛衣老者，那个人，才是他千里迢迢来此的主要目标——前宰相王安石。

王安石却似乎没有意识到二人的存在，他的目光一动不动地停留在那块高大的墓碑之上，久久不愿移开。爱子王雱与弟弟王安国相继去世，特别是聪慧的王雱在三十二岁的年纪英年早逝，给王安石与王夫人的打击，是一种旁人无法体会的沉重。王安石的脑海中，不停地回放着王雱去世之前的一幕幕情景：

王雱的病情略有好转，却忽然接到皇帝从京师送来的东西，使者只让王雱一个人看这些东西……

当晚，使者走后，王雱的病情忽然转重。

但第二天一大早，王雱又似乎清明起来，还问了书童关于交趾的局势，朝中的情况。上午，王安石外出，王雱烧掉了皇帝御赐的物什。

晚上，王安石回家，得知此事，大为生气，训斥了王雱不知天高地厚的行为——这是大不敬之罪。不料王雱却一反常态，默不作声，只是脸上却有愤然与灰心，那种死灰的脸色，让王安石也感到一丝害怕。

但是事情似乎就此过去，平平安安地过了许多天。直到那天终于到来……

王雱半卧半躺地靠在枕头上，皱着眉头，四处顾视，似乎在寻找什么。王安石与王夫人连忙寻找，找了无数的东西，放到他眼前，王雱却总是看都不看一眼，半晌，方问道："妹妹呢？"王安石的心立时就颤抖起来，他知道儿子已经快不行了。王夫人忍住眼泪回道："在汴京。"王雱忽然咳了几声，道："在汴京好。只需防住石越，此人狡猾虚伪，万不可掉以轻心。"王夫人闻言，顿时泪流满面，泣不成声，王安石也哽咽得说不出话来。又听王雱皱眉咳道："我……我……"好像每个字都在喉咙里生了根，要艰难地拔出来一般，"我不会输给……给……石……"这句话终于没有说完，王雱头一歪，便断了气。

王雱死后，皇家追赠官爵，入祠先贤祠，备极哀荣。但是这一切，对于王安石夫妇来说，却没有任何意义。这个世界上，没有什么东西能够换回已经死去的儿子！

王安石常常不自禁地回忆起过往的种种，想起爱子王雱为自己出谋划策，那种种理想抱负——早知有今天这一日，又岂会有当日之事？偶尔，王安石也会想皇帝赐给王雱的，究竟是什么东西……但是每次想到这些，他都会晃晃头，把这个念头赶开，不愿意深想下去。

"相公，人死不能复生，还需节哀顺变。"智缘大步走近，在王安石身后低声说道。

王安石终于转过身来——潘照临这才发现，王安石比起在汴京之时，神态之间，老去不止十岁，但是那双咄咄逼人的眼睛中，此时却多了一种深深的寂寥与悲伤。他连忙深深揖礼，非常诚挚地说道："元泽文章逸发，才不世出，不料天不能容一士，良可伤也。唯望相公节哀顺变，保重身体，使死者有灵，亦足欣慰。"

王安石注视着潘照临，略显疲惫地说道："吾儿去世，子明亲自撰写祭文，遣使吊祭，吾闻入祀先贤祠，亦有子明建言之功，此德至深，未能面谢。潘先生甫来金陵，即先祭拜吾儿，亦必是子明之托，先生回京之日，还望替老夫转达谢意。"

"相公何出此言？无论生前有何误会，我家公子却常常与我辈提起，元泽良才美质，一心为国，有公无私，堪称贤士，国事之分歧不可引为私情之嫌怨。”潘照临态度诚恳谦和，与平时不可一世的神态，宛若两人。

“潘先生此来，想必是身怀使命。”王安石的神情，始终是淡淡的深远，连潘照临也难以知道他心中所想。

“相公料事如神。我家公子在这几日之内，将向皇上提出一系列之政策主张，因涉及朝廷理财之要，公子担心自己年轻少识，或有阙失，故特遣在下东来，向相公请教。这是我家公子给相公的书信。”潘照临一面说，一面从袖中取出一封信来，递给王安石。

王安石接过信来拆开，只见上面写道：“越顿首介甫相公阁下：某愚不量力，而欲有为于天下……”信中不过略表慰问谦逊请教之意。他一眼看过，又将信收起，道：“子明过谦了，《货币乘数效应》一文，我曾见过《西湖学刊》的转载，其想法实非常人所能及。《苏石奏折》之规划，虽过于骇人听闻，然于长远来看，却也是有利之事。非大有为之人，不敢及此。”

潘照临笑道：“然此次前来就教者，却是之后我家公子又提出的新计划。”他忽然走到马边，抽出一支箭来，在地上画了几个圈，在旁边标上“汴京”“广州”等字样，又画了几条水道陆道相连，便就在此地解说起石越的一系列政策来。王安石与智缘只是静静听他解说，始终不置一词。

这种态度，竟让潘照临心中亦惶惑起来。石越给他的指示，是要说服富弼、王安石支持自己的政策，特别是解除持兵禁令，以及后续的一系列政策：钢铁产业化，部分军器民营生产等——实则这不过是军器监改革的进一步而已。军器监的一些军资，已经开始向民间采购，而非采用过往的“进贡”，更不是物无轻重，皆由军器监属下作坊来亲自生产的格局了。但是眼下，王安石的这种态度，却让潘照临感到高深莫测。他并不知道王安石对于石越的真正观感如何；而这种观感是不是会最终影响王安石的政治判断，他也不能把握。他在王安石身上感觉的，是一种奇怪的气质……

“相公，依贫僧之见，这份计划，最终必然会通过。军屯之利，还有便利湖广四路以及川峡诸路漕运，这已是十分诱人。再加上这计划并不扰民，司马君实等人也不会反对。”智缘待潘照临说完，沉吟一会儿，便抢先开口说道，他本人十分认可这个计划。

王安石却只是沉吟不语。

潘照临试探着问道：“不知相公以为如何？我家公子说，任何计划，都不可能完美无缺，以他的才华见识，必然更有许多不尽如人意处……”

“子明之识，远在众人之上。”王安石打断了潘照临的话，沉声说道，“只是某虽无大病，然年弥高矣，衰亦滋极，稍似劳动，便不支持，朝中大事，实无精力关心。况且远在东南，亦不当于多论朝事。”

“士大夫当以天下兴亡为己任，岂可逃避自己的责任？”潘照临正色责备道。

“肉食者谋之可也。不在其位，不谋其政。老夫已经无意政治，只想退而著书，以老天年。西湖学院所译诸夷之书，虽多有晦涩不可解之处，然亦颇有真知灼见于其中。老夫老年丧子，功名之意已绝，只欲于学问中求一解脱。盼潘先生替老夫回复子明，望他能念同殿之情，吾尚有一子一女，便托他照顾。”王安石的回答，让潘照临与智缘都大吃一惊。

“相公之才，只怕天子不许隐居。”

“老夫已上表请求致仕，君臣相知一场，想来皇上会许我。”

“相公，此事亦非元泽之愿！”

“某一生抱负，已付东流，子明后起，政策谋略，远胜于吾，某又有何可坚执者？且吾儿既逝，某之抱负，更无后继者。曾子固、蔡持正之辈，虽则聪明多智，吏才敏捷，然恋于禄位，终难寄以大事者。唯一吕吉甫，或可期待，然此人之才智，亦无须他人帮助。”

“吕吉甫？”潘照临不觉摇了摇头，道，“真能继相公事业者，唯石公子一人而已。相公无非想要富国强兵，石公子必能让大宋国富兵强。”

王安石目光一闪，轻轻说道：“子明抱负，不止此尔！”

他这轻轻一句话，却如平地霹雳，将潘照临与智缘都吓了一跳。二人顿时脸色齐变，潘照临立时说道：“相公此言差矣，石公子忠心事国，岂有他志？”

王安石转过身去，摇头道：“我并非此意。老夫已知先生来意，若是有使者至此，询问老夫意见，老夫必然会凭心回答，绝不会欺瞒圣上。潘先生尽可放心，老夫对子明的政策非常赞赏。”

潘照临注视王安石良久，他虽然任务完成，却又凭空添上一桩心事，也不知是高兴还是烦恼，表面上却只是恭恭敬敬地欠身说道：“得相公一言之赞，石公子行事，便可放心。石公子曾言道，天下士大夫中，能为后世表率的，不过王相公与司马参政二人而已。二公心愿，皆是要使国富兵强，百姓安乐，公子也必当为此目标，竭心尽力，死而后已。”

王安石脸上却无半分激动之色，只是微微点头，转目注视智缘，叹道：“吾儿之死，让我明白许多道理。我今生唯欠皇上知遇之恩，粉身碎骨难报。其他再无别想。大师虽在空门，却有一身才智，不可轻弃。不若便从此投了石子明，也好不辜负胸中抱负。安石只有一语相告，望大师念着你我几十年之交，他日切不可有负赵家。”

智缘望了潘照临一眼，又注视王安石的目光，知他心意已决，但是他也不愿意这样自贬身价，轻易投靠石越。当下淡淡一笑，道："相公心意既决，贫僧依然便回大相国寺可也。"说罢合十一礼，便欲飘然离去。

潘照临却知道智缘此人，人脉深广，在河套一带番部更是颇有威信，石越若得此人襄助，自是难得的臂助，当下连忙大声说道："大师可知我家公子为何开始要提出一个那么庞大的计划？"

智缘不由一怔，这也是他所好奇之处，当下停住脚步，笑道："这不是进二退一之策？"

"世人只知其一，不知其二。"

"哦？"

"还有一个原因，却是我家公子五年之后，欲在西北用兵！故此，眼前一切计划，皆是五年为期，庞大的移民计划，欲用五年时间完成，便为此而来。"

智缘吃惊地问道："五年之后？夏国虽小，不可轻视。五年之期，似乎太急。"

"若大师知其中缘故，便知不是太急！"

智缘完全被吸引住了，他走近几步，问道："其中又有何缘故？"

潘照临却不再回答，只淡然一笑，道："十五日之后，京师之中，可由我家公子亲自向大师解惑！大师若想知道，望不负此期。"说罢竟向王安石、智缘深揖一礼，告辞而去。

5

开封府狱。

唐坰在这里已经坐了很久了，他比桑充国不幸，没有什么人去营救他；但他也比桑充国幸运，因为没有人对他用刑。牢房阴森森的，唐坰一直没有习惯这里。

"吱——"的一声，牢房的门又打开了。牢头领着一个人走了进来，唐坰见着来人，不由笑道："安处厚，真是难为你天天来看我。"

安惇嘻嘻抱拳一笑，道："唐兄，别来无恙。"

"这里头管吃管住，渐渐习惯，也谈不上有恙无恙，总比桑充国好，开封府还没有用刑。"唐坰嘲讽地笑道。

"那是，其实这原也不关我事。我一个御史，也没什么旨意管这件事。"安惇笑道，一面找了块干净点的地方，就在唐坰对面坐了下来。

"是吗？那就难得安公如此重情重义，我唐某入狱之前，与君毫无交情，不料住进了这开封府的大狱，倒高攀了安公这样的好朋友。"唐坰毫不留情地讥道。

“呵呵……在下不过是仰慕当年唐兄做谏官时的风骨而已，并无他意。唐兄的案子，结不结，怎么结，对我而言，实在没什么好处。唐兄不要误会。唐兄一口咬定奏折是有人匿名送到报馆，不惜在这种狱中坐下去，也不肯出卖朋友，在下十分钦佩。”安惇漫不经心地笑道。

唐坰翻了一下白眼，嘲笑道：“安公，御史台我也待过，这种套话的伎俩，我早就知道了。我们接到的奏折，的确是匿名送上的。安公若有心帮我，何不向皇上保我一本？如此唐某深感大德。”

安惇笑道：“唐兄，不瞒你说，保本我早就上了。”他一面说一面从袖子中抽了一份奏折的抄本，递给唐坰。

唐坰却懒得去接，袖起手来，笑道：“如此多谢安公厚德，待唐某出狱之后，再行报答。”

“唐兄莫非不信？”安惇的脾气好得出奇，无论唐坰如何冷嘲热讽，始终不生气。

“我有什么不信的？”唐坰经过几年的历练，早已油盐不进。其实《谏闻报》几年来一直能够很好地生存下来，委实也不是一件容易的事情。

“不管唐兄信还是不信，反正我的确是上本保了唐兄，唐兄出狱之后，自然便知道了。”安惇忽然正色说道，“不过唐兄这些年批评朝政，结怨甚多，这次又重重得罪了石越，出狱之后，是编管何处，委实难料。”

“安公以为我不懂《皇宋出版条例》吗？大宋刑律，我知之甚熟。”唐坰不屑地冷笑道。

“我当然知道唐兄懂。”安惇笑道，“不过唐兄若自己承担这个罪名，最终结案，自然是散播不实言论，诽谤朝廷大臣，用不实言论故意扰乱朝政这三条。说起来也是罚个倾家荡产，然后再加杖责而已。但是唐兄在御史台待过，想必知道栽赃嫁祸是怎么回事？皇上恨那泄密之人入骨，唐兄却揽过责任。兼之又得罪了石越，到时候若有人给你安点别的罪名，来迎合上意，讨好执政，去归义城屯田想来也未必不可能。”

唐坰眼皮一跳，神色却依然平静，懒懒地说道：“纵是如此，也是唐某的命不好。多谢安公关心了。”

安惇缓缓起身，拍了拍衣服，走到牢门口，忽然放重了语气，冷冷道：“唐兄，我劝你还是招了为好。纵然你不招，开封府也会破了这桩案子。实话和你说，开封府调查了奏折上呈那天起，一直到《谏闻报》泄密止，有关你唐兄的全部行踪，你接触过什么人，关于这个案卷资料就有十本之多。只要将这些人一一排查，你以为会找不到吗？”

唐坰蔑视地看了安惇一眼，笑道：“既是如此，安公又何必来找我？”

安惇黑着脸转过身来，狠狠地盯着唐坰，冷笑道：“唐兄，别敬酒不吃吃罚酒，说吧，是韩家的衙内，还是张安国？”

“什么韩家的衙内，什么张安国？”

“韩绛的三公子韩宗吾，尚书省左司员外郎张安国，你这些天接触的人中，只有这两个人有机会接触到奏折。你和韩宗吾是多年好友，满风楼喝花酒一个月至少三次；张安国与王元泽是好友，与足下也是至交……”安惇的声音，似冰刀一样划向唐坰的心。

“是我的朋友又如何？”唐坰并没有惊惶失措，反倒更加冷静了。

“你真不肯招？唐兄……”安惇弯下腰来，放低了声音，恶狠狠地说道，“你以为我不敢提审韩宗吾与张安国？告诉你，我没什么不敢惹的。这两人，一个不过是有个宰相爹，一个不过是受到前宰相的赏识，但我是御史，我不怕他们！你知道皇上有多重视这个案子吗？”

“按新官制，御史不能单独审案。”

“谁说我要单独审案，我是监察御史，监察御史主监察地方官吏，并稽核该府路刑名案件。正巧，开封府就是我当管！我不过是稽核该府路刑名案件而已。而且，我可以以监法御史的名义，来陪同治狱！”安惇桀桀冷笑道。

“那你还不快去做？”

“嫌麻烦，如此而已。你若肯和我合作，招出一切，则省去无数烦恼，你唐坰的罪名，也可以从轻。若你不招，我便冒冒风险，看看韩宗吾衙内与张安国官人，是否也与唐兄一样的硬气！你们满风楼喝酒说的话，我总能让那些妓女想起来！你以为这个世上，有破不掉的案子吗？”安惇的眼神，咄咄逼人。

唐坰沉默良久，他心中已然知道此事败露，不过是迟早的事情。但是他亦想得很清楚，为了他唐坰的前途，也为了《谏闻报》的前程，他绝对不能松口。否则《谏闻报》以后声名扫地，肯定得不到半点内幕消息，若他能紧咬牙关，纵然受罚重一点，日后却终有东山再起之日。明白此关键，唐坰脸色重新恢复了木然的神态，他面无表情地望着安惇，道：“安处厚，我奉劝你不要捅马蜂窝。株连无辜倒也罢了，株连到宰相公子和尚书省官员，你一个小小的从七品上御史……”

安惇的脸色已如铁一般黑，他盯着唐坰许久，恶声道：“你既然是铁了心不招，就别怪我翻脸无情！”

从开封府大牢中出来之后，安惇一只脚方跨上自己那辆崭新的四轮马车，一面已经向仆役沉声喝道：“去满风楼。”仆役答应了一声，便欲鸣锣开道，却见前面一群人高声嚷嚷而来，竟将去路阻住，不由有些怔住了。安惇已坐进车中，见马车未动，不由怒道：“怎的还不走？”

一个仆役忙走近来，恭声回道："官人，前面有人挡道。"

"谁这么大胆？"安惇"唰"地掀开车帘，怒声喝道。

"官人，好像是白水潭学院的技艺大赛，小的听说叫什么马……马拉什么树来着，就是一群人跑步，听说一共要绕过城中的许多街道，总共加起来有几十里哩，赛跑的与看热闹的人又实在太多……"

安惇立时便明白事情之缘由，暗道："我怎的忘了这事。"心中又不免暗怪："石子明堂堂一国参政，位列九卿，却生出来这些个怪花样，叫这么多学生举子一起赛跑，委实有失体统！"他当初听闻此事，本欲弹劾，但是白水潭学院学生众多，中进士为官的便有数十，加上此次大比，不免又有数十人要考上进士，且学院学生多有出自富室豪族的，安惇不免投鼠忌器，生怕犯了众怒。石越又说这"马拉松"源自泰西，本是为纪念一次卫国大胜而设，整个故事详情，便登在《汴京新闻》之上，安惇却也看过。年青学子都是好事之徒，又有这等名目，报名参赛者竟然数以千计，汴京百姓也将之当成不逊于大相国寺"万姓会"的一大热闹来看。于是皇帝亲自下旨，让开封府提供方便，昌王殿下还要亲自为获胜者颁奖……

他并非不知轻重之人，抬眼望去，眼见那什么"马拉松"的队伍离自己的马车越来越近，连忙喝道："蠢材，还不让开！"

仆役与车夫闻言，连忙手忙脚乱地将马车与仪仗让到一边。刚刚妥当，马拉松的队伍便从安惇等人身边拥过，还有一群看热闹的汴京市民，紧紧跟在参赛者旁边，大声加油，更有好事者竟一路敲锣打鼓，沸声喧天，热闹非凡。

安惇斜眼望去，正好看见自己仪仗中那几块写着"回避"和"肃静"的牌子，心中不由苦笑，自语道："到底是谁给谁回避？"正自感叹了一回，回过神来便听见几个仆役在悄悄商议着要买哪支蹴鞠队彩头，今次的射箭比赛，又会是何人夺魁？他仔细听时，竟然听见还有许多花样，买某人是一赔几，买某人又一赔几，各不相同……安惇不禁摇了摇头，暗道："此等事情，于淳化风俗何益？回去当好好写篇奏折，向皇上说说此事。"一面板下脸来，瞪了那几个仆役一眼，喝道："人已过了，快点整理一下动身！不可误了公务。"

几个仆役伸伸舌头，连忙抖擞精神，朝着空空如也的街道重新鸣起锣来。安惇在马车上坐好，闭目养神，一面考虑要怎么样从满风楼的妓女身上审出消息，一面又想着要如何对付韩宗吾——张安国倒也罢了，似韩宗吾这样的世家子弟，却最是让人头痛……

这次白水潭学院技艺大赛的盛况远胜三年之前——在熙宁七年，太学、嵩阳书院、应天府书院就都派了队伍来参加比赛，并且约好以后年年参加。今年除了这三家如约而来之外，横渠书院、西湖学院、岳麓书院等十余家书院，都特意趁此大比之年，派队伍来京，共襄盛举。再加上众多参加省试的举子，可以说这是一次规模空前的技艺大赛。石越因此还特意添加了马拉松长跑等几个项目，更是吸引了汴京城无数市民的注意，以至于出现了内城空巷的情形。白水潭学院的体育馆虽然依然是免费开放，但是为了有效限制入场人数，教授联席会议采用石越的建议，特意印刷了一种叫"门票"的小纸条，提前赠送给市民与学生。但让桑充国等人始料未及的是，一些没有领到门票的人，居然会出钱从有门票的人手中购买某些比赛的门票，最受欢迎的蹴鞠比赛门票，竟然能卖到五十文一张！若不是因为明知教授联席会议绝不会同意体育馆收费，且白水潭学院今时今日，不仅仅有学费收入，还有数千顷田产、钟表业分成、印刷出版业收入、报业收入、朝廷对一些研究项目的资助等，资金非常的宽裕，也不会在乎那笔"小小的"的门票收入。石越几乎想要劝说白水潭学院不妨发展一下竞技体育。在石越看来，竞技体育完全可以在当时并不丰富的娱乐生活中占据一席之地，而商业化也是完全可行的。

石越的这种想法，最终并没有在教授联席会议上提起，反倒是和西湖学院的几个学生当成笑谈说到，不料仅仅一年之后，在扬州、江宁、杭州、苏州，就相继盖起了大型体育馆，四个城市的一些商人，竟然率先组织起了蹴鞠、龙舟、射箭、相扑四种联赛。这种联赛与汴京白水潭学院的技艺大赛不同，完全与学生无关，而是各商行自己从民间募集训练，然后进行循环比赛，争夺桂魁。百姓观看比赛，自然也需要购买门票。扬州、江宁、杭州、苏州是当时江南最富庶的四座城市，特别是扬州与杭州，繁华仅次于汴京，四项联赛一经推出，立时大受欢迎——最让石越意外的，是此举居然还受到司马光的称赞。虽然司马光对于收费之举有点儿不以为然，但是他却认为这样的比赛，有助于民间习武，较之保甲法的强迫训练，要好上百倍！

但这些都是后话。当此之时，白水潭学院技艺大赛带来的最直接的后果是，当安惇一路畅通无阻地走到满风楼之时，偌大一座勾栏，竟然只有稀稀拉拉几个人。见安惇带了七八个仆役进来，龟公连忙迎了出来，点头哈腰地招呼道："这位官人……"

安惇不待他说完，沉着脸喝道："竹娘呢？叫她出来？"

"官人，您来得不巧，竹娘已经有客了。"龟公以为安惇来嫖妓，连忙谄笑着赔罪。

"大胆！"安惇"啪"的一个耳光扇去，将龟公打得直冒金星，连忙跪了下来，哭道："官人恕罪。"

"你只管去将竹娘叫出来，否则本官封了你这院子！"

眼见安惇生气，龟公虽然害怕，却也并不动身，只是一个介地叩头，道："官人恕罪、官人恕罪……”

“蠢材，还不去叫人？”安惇心中不耐烦，照着龟公，狠狠踢了一脚，骂道。

“小的不敢，小的不敢……”

“不敢？”安惇心中一动，冷笑道，“如何不敢？”

“韩相公的衙内与竹娘在喝酒，若是惹了韩衙内的雅兴，小的实在吃罪不起，还望官人恕罪。”

“韩宗吾吗？”安惇冷笑一声，心道：“本官正要会会他。”他背着手踱至龟公面前，忽然笑嘻嘻说道：“我与韩公子本是世交，见见又有何妨，你便领我去见他便是。”话音方落，便听有人大声问道：“谁又与我是世交？”只听玉佩丁当，一大群人前拥后簇中，一个身白色湖丝长袍，脸敷粉，唇点朱的青年公子哥已经从里间走了出来。他身旁还依偎着一个女子，赫然便是汴京名妓竹娘。韩家宗字辈的子弟中，安惇与韩宗师、韩宗道等人倒是认识，于这个韩宗吾却一点也不相熟，不过此时揣见模样，也知道便当是韩宗吾本人，当下淡淡一抬手，算是抱拳为礼，道：“韩世兄好雅兴。”

不料韩宗吾见安惇身着常服，平淡无奇，却态度高倨，心中已是十分不喜，连手都懒得抬，待下人搬来椅子坐好了，方跷着二郎腿，两眼望天，回道：“这位官人面生得很，我家世代交好的，似乎没有足下。世交二字，绝不敢当。”

安惇见韩宗吾神情高傲，看着自己脸上颇有轻蔑之色，显然没把自己放在眼中，心中更加恼怒，咬咬嘴唇，笑道：“本官又不是衙内钻，岂敢高攀相府子弟？只为了一桩公事而来，要提审满风楼歌妓竹娘。韩衙内想必不会阻挠。”

竹娘听到此言，竟不知安惇为何事而来，顿时慌了神，跪倒哀声告道：“奴婢一向安分守己，不知如何得罪官人……”

韩宗吾也不知竹娘犯了何事，此时见她肩膀微颤，模样楚楚可怜，不免生了几分怜香惜玉之心，又听安惇语含讥讽，更是大怒，竟向竹娘笑道：“有何了不得之事，本公子自会给你做主。”一面挑衅地看着安惇，道：“这位官人，不知道竹娘犯了何事？”

“此事不劳韩衙内过问。”安惇背着手，冷冷说道，随即又讥道，“难不成韩衙内还想要来阻拦本官吗？这倒也不难，不过下官却要先劝衙内回府好好读书，等中了进士，当了官，再来打抱不平，方为时不迟。”

韩宗吾屡试不中，只是靠恩荫受勋爵，向来都引为奇耻大辱，安惇如此当面讥讽，他又是做惯了威福的人，此时那里按捺得住？霍地站起身来，破口骂道：“你别口口声声本官本官的，当本公子没见过官吗？你若识相，便立时滚出此地，否则，休怪本公子不客气。”说罢一努嘴，一群家丁便已将安惇等人团团围住。

本来韩宗吾若是知道安惇是御史，自是不敢如此放肆，但是他如何会想到竹娘一个小小的歌妓，竟然会劳动御史亲至？因此他以为安惇只不过是开封府一个小官，那么以他韩家的声威，自然是不会放在眼中的。但安惇既然身为御史，有参劾之权，便是韩绛都要礼让三分，又如何会怕他的儿子？他眼睛高抬着，只略略打量了韩宗吾一眼，不屑地笑道："韩家有你这样的儿子，若不败亡，是无天理。"

韩宗吾哪里知道安惇是存了心要激怒他——韩家世代缨簪之家，终宋一代，都非同小可。他家中长辈兄弟，无不以诗书自持，做官不稀罕，考中进士，方是荣耀。韩宗吾学问不精，又不愿意去太学与白水潭学院读书，在家中兄弟面前，常常都是抬不起头来，因此才流连于声色犬马之中。偏偏安惇神态语气，每一桩都直中他的心病，早已惹得他恼羞成怒，一时也不及细想：眼前之人若当真只是一个开封府小官，又如何竟敢平白惹他宰相公子？只是涨红了脸，作色大骂道："你是什么东西，也如此无理？来人啊，给我撵了出去！"他那些家丁侍从，平时跟随主子为所欲为，怕过谁来？只听得韩宗吾一声吩咐，便气势汹汹冲了上来，不管三七二十一，鞭子棍子，纷如雨去，便向安惇等人打去。

安惇不料韩宗吾竟如此不知天高地厚，冷不防竟吃了几鞭，眼见对方人多势众，也不敢再留，连忙由仆役护着，狼狈逃出满风楼，口里兀自骂道："好你个韩宗吾，你与你老子便等着圣上降罪吧。"那些韩家家人见安惇手忙脚乱爬上马车跑去，一个个叉腰嘲笑，浑不当回事情。

安惇又羞又怒，催着车夫便要回御史台调兵，不料方出了一条街道，便见前面一队仪仗马车经过，他定睛去看旗牌，不由大喜，原来经过此处的，却是参知政事吏部尚书冯京与参知政事太府寺卿石越！当下安惇也顾不得许多，连忙提着衣襟跳下马车，飞奔过去，一面高声呼道："冯参政、石参政，下官安惇有事求见。"

石越与冯京本是刚刚从崇政殿议事回来。原来派往辽国南京的使者已经回来，说辽国新主耶律濬愿与大宋重订盟约，永结世好，并许诺以每岁马二万匹、牛二十万头的限额，与大宋进行互市。但是耶律濬需要的，不仅仅是宋朝的弓箭，还有大宋新近打造的上等钢刀、钢片盔甲、震天雷、霹雳投弹，以及粮食与食盐，再加上一份双方皇帝盖上印玺，向天下颁布的同盟诏书——耶律濬愿与赵顼结为兄弟，两国约为兄弟之邦，辽国兄事宋朝！

如此大事，赵顼自然要召集所有重臣商议。石越没料到耶律濬竟然如此聪明，针对宋朝明显的趁火打劫，不仅不动怒，反而放开手脚，不仅跳出不向宋朝卖马的成规，反而主动出价，要求得到宋朝更多的支持——一旦真的签订那样的盟约，宋朝若毁约，就无疑是赵顼向天下百姓宣布他背信弃义，在重视信义的宋代，难免会严重影响到士气民心。耶律濬摆明了是想用区区二万匹马的市易，解除自己的后顾之忧。至于震天雷、霹雳投弹等物，那不过是漫天要价的一部分，摆明了宋朝绝对不会卖的。

宋朝君臣商议了半天，一时难做决定。虽然自韩绛、吕惠卿、文彦博以降，大宋的重臣，都清楚地知道宋朝此时并无攻辽之实力，但眼见敌消我长，轻易签订盟约，作茧自缚，自然谁都不愿意。但若不答应，却又有不便明言之处——万一耶律濬能迅速平叛，到时候只怕便会招来报复，如此亦非众人所愿。

因此，退朝之后，石越便邀冯京一道去自己府上，想与他私下里交流一下意见，且商议一下官制改革的下一步计划。不料半途之中，竟被安惇拦住。

石越因楚云儿之事，与安惇本有素怨，此刻见安惇模样如此狼狈，心中竟有一种说不出的快意，当下坐在马车之上，略带嘲讽地问道："安御史，何事竟然急急似丧家之犬？"

安惇眉棱微微一抖，眼中不由闪过一丝恼怒之色，但他入仕愈久，心机愈深，只欠身道："参政说笑了，下官冒昧拦驾，却是想请冯参政、石参政替下官主持公道。"

冯京眉头微皱，却不应话，只是望着石越。他与石越毕竟私交颇深，不久前还在商议要把石起之女许配给冯京的孙子，两家约为婚姻。安惇与石越之间的恩怨，他岂有不知之理？自然是不愿意拂石越之意。只听石越冷笑道："安君身为御史，朝中谁不退避三分？怎么还要我们来主持公道？安御史的公道，只怕唯有皇上能主持。若无他事，我等便要告辞了。"

安惇见石越转身欲走，连忙高声呼道："参政，若是有人殴打朝廷命官，参政也要坐视不管吗？"

石越闻言不由一怔，若真发生这样的事情，于情于理，他没有不管的道理，否则只怕又要掀起轩然大波。当下沉着脸望着安惇，道："安御史，难道有人殴打你吗？若真有此事，我自然要管，不过是非曲直，我也要弄清的。若有人在外面胡作非为，我却不能官官相护！"

"那是自然。"安惇立时应道，一面便将自己如何发现泄密案的破绽，如何去满风楼寻找证据，如何被韩宗吾所阻，一一说了。只是瞒过了自己去见唐坰的情形。这泄密案本是皇帝关注的头等大案，石越直到此时，也没有完全洗刷嫌疑，本来安惇发现线索，于石越也是好事。但是他在大宋朝的最高层摸爬打滚了数年，面对与自己有怨的政敌，又岂敢掉以轻心？当下微睨了一下安惇，似笑非笑地说道："安御史，既要去传人，不穿官服，不带兵丁，未免过于不慎了。韩衙内又焉知你是不是大宋的官员？"

“下官微服私察，方能得其真。便下官不是官员，韩宗吾如此行事，亦是横行地方，仗强凌弱。何况他明知我是朝廷官员，分明是不将朝廷命官放在眼中。”安惇愤然道：“如何？参政是不愿意管这事吗？”

石越正要答话，便听冯京轻轻拉了一下自己的袖子，低声道：“子明，安惇是想害你我得罪韩相公。此事要三思而行，若是去了，此事坐实，只怕韩相公难安其位，得罪韩家不轻；若是不去，安惇必生事端，我等皆难免要受皇上斥责。”石越心中也早已明白此节，当下微微点头，目光霍地一闪，计上心来，笑道：“安御史微服去满风楼，是真办官事，还是争风吃醋？某等无从确知。此事某自然会知会有司查明，并上奏皇上——韩宗吾若果真如安御史所说无法无天，他是宰相之子，还能跑到哪里去？安御史似乎不必急于报仇。如此，安御史且先回御史台，某等差人将韩宗吾叫我府上，细细讯问。明日再向皇上分辩此事可也。来人……”石越不待安惇答应，便向侍剑唤道：“带我名帖，去满风楼，请韩衙内与竹娘请到府上。”

安惇本欲致石越于两难之地，借机挑起韩、石之间的矛盾，不料石越居然还有这一手，而且行事之间，根本不把自己放在眼中。但人家位列九卿，是皇帝倚重的参知政事，军国决策，无不参与，自己却不过一七品御史，权虽重，位却卑，若无道理在手，自然也无法与之抗颉。只得抱拳说道：“泄密案非同小可，盼参政能秉公行事，无愧士大夫的风骨，对得起天下的人望。”说罢又一欠身，道，“下官告辞了。”

“不送。”石越淡淡抬手，不待安惇走远，便吩咐道：“回府。”

冯京待车帘放下，微微一叹，轻声道：“又会是一件倾动朝野的大事。”

石越却似乎无动于衷，笑道：“冯相不必担心。这些阴谋，又能成什么气候？无非争权夺位而已。我本以为此事是针对我的，不料竟然不这么简单……”说罢轻轻一笑，道，“富韩公的奏折已经递了进去，韩国公支持修路与军屯之事，眼下就只看王介甫的意见了，料来此事通过已有九成。然军屯之事，究竟由工部屯田司负责，还是由枢府东南房负责，或者组成新的衙门来推行，依然有待商议。我特意想问问冯相的意见，不知如何更好？”

冯京微一沉吟，他自是知道由枢府负责，事情皆由文彦博，于石越而言，远不如由工部屯田司更好施加影响。大抵尚书省诸相，这一点上都与石越利益一致。不过如此一来，工部的职位，立时就炙手可热了。冯京不愿意轻易表态，笑道：“军屯之事，不可操之过急。朝廷方针一定，依我之见，可以让枢府职方馆、东南房，兵部职方司、驿传司，工部司、屯田司，以及将作监有司，各遣能员，秘密分遣各地，负责堪定修路之路线，军屯之地点，做好前期准备。”

“此议甚善。”石越微笑赞道，“其妙在‘秘密’二字，便是不许扰民。各官员司责须当明确，路线地图要测绘清楚，一切困难、预计开支，至于周边物产民情，皆要上报。待日后执行，若是一如所报，则记功奖赏；若有不实虚妄，则要追究其责任，加以严惩。每地各部司各派一人或数人，如此则不易欺瞒。此外，我欲禀告皇上，请皇上允许，派各学院博物系学生随行实习。争取年底之前，完成此事。明春就可以进行军屯，修路则选农闲时进行。”

“修路由工部司负责，一切自有成规，只要勤于督促，便可放心。”

“虽说如此，我却每每担心小吏舞弊，使朝廷良法，反成恶政。思来想去，唯完善制度，方能杜绝此弊。”

“制度虽善，亦需人来执行。若人存心不正，制度再好，亦流于形式。依我之见，与其多事完善制度，不如澄化风俗，肃清吏治为上。”

“非也。夜不闭户，道不拾遗，历代以来，非上贤不能为之。然上贤不常有，故平常人家，皆有门闩与铜锁。敢问冯相，门闩与铜锁，是用来防范何人？”

冯京不知石越葫芦里卖的什么药，笑道：“自然是防盗贼。”

“非也。此二者，防君子不防小人，防良民不防盗贼。”

“这……愿闻其详？”

“若真是盗贼，岂有门闩与铜锁能防范得住的道理？若能防住，世间便再无盗贼。门闩与铜锁，最多让盗贼稍稍麻烦一点而已。但是二物却能让君子与良民，见而止步，故曰，防君子与良民甚有用。”冯京一时没有明白石越之意，一头雾水，只觉石越强词夺理。石越知他不解，又笑道：“倘若某屋，大门洞开，堂中放着黄金千两，且无人看守，敢问冯相，世间不取此黄金者，能有几个？”

冯京笑道：“此万中难觅一人。”

“正是。”石越又问道，“若是这千两黄金，大门紧闭，铁箱铜锁，试问冯相，世间不取此黄金者，又将有几人？”

“大抵清白持家者，必不会取。若越墙破门而入，便是盗贼了。”

“正是如此。”石越笑道，“制度之设，便如门闩与铜锁，其目的是为保护大部分人的名节。制度愈是完善，则世间君子越多。故我以为，欲使民风官风澄朴如古，一则自然还要德化，以德治天下，若处道德沦丧之时，便有严刑峻法，亦不能止人为盗贼，好的制度并不能决定一切，同样的制度，在此处是良法，在彼处则是恶政，便是道德不同所致，此所谓徒法不足以自行。所以，即使是三代的制度，也不能照搬于今日。但另一方面，仅有德化，亦不足以自恃。譬如日日有黄金千两唾手可得为诱惑，便是每日在其耳边念上《论语》三百遍，亦难使其不做贼。故此我以为，道德教化与完善制度，二者不可偏废。”

“道理自是如此……”

“人情都是趋利避害。制度之设计，便是要使众人知道，做好人便是利，做坏人便是害。”

冯京苦笑道：“子明，种种情弊，想要杜绝，绝非易事。制度过于严密，也并非好事。做宰相的，要有包容之心。要知道阴阳为天地之道，宰相之道，在于调和阴阳，而并非执其一端。否则，徒然多事，让天下不安而已。”

石越知道冯京倒也并无恶意，只是一时难以完全理解自己的想法，当下笑道：“冯相放心，我绝不会做商鞅、李斯的。”

石越与冯京到达石府之后，二人方坐下来，便听侍剑来报，韩宗吾与竹娘已经请到。石越与冯京微微一笑，连忙吩咐侍剑将这位韩衙内与竹娘请进客厅。

韩宗吾虽然是宰相之子，但是身份比起石越来，却有天渊之别。他于石越，素来是高攀不上，此时忽然接到石越的帖子，心中不免惴惴不安。走进厅中，正要行礼，却又见冯京也在，更是吃了一惊，连忙拜道：“学生见过冯参政、石参政。”竹娘也盈盈跪了下来，欲要参拜。

石越却抬抬手，笑道：“韩世兄、竹娘姑娘，不必多礼。来人，看座——”

早有仆人过来，给二人上茶看座，韩宗吾见石越如此客气，稍稍放心，一面抱拳问道：“参政召学生前来，不知有何吩咐？”

石越笑道：“的确有事相询，不知韩世兄与竹娘姑娘，可否如实相告？”

“参政下问，焉敢不答？”

“如此便好。”石越站起身来，慢慢踱到二人面前，看着韩宗吾，笑道，“在下便是想问问二位，那份奏折，是不是韩世兄泄露给唐坰的？”

韩宗吾被石越吓了一跳，抬起头来，愕然道：“不是，不是。”

“韩世兄，此事你隐瞒无益。你若能坦白告诉我，或还有转圜的余地，也保住了这位竹娘姑娘一条小命。我坦白向你说罢，你可知道今日来满风楼的人是何人？此人朝中赫赫有名，乃是御史安惇。世兄今日得罪了他，只怕明日令尊都难免要受到牵连……你若再瞒上这等大事，到时候只恐真的要祸及家门，牵连不浅呀！”石越看着韩宗吾与竹娘，从容而恳切地劝说道。

冯京也温言说道：“我与石参政，与令尊，令叔皆是交好，今日之事，贤侄还是要实话实说，以免误了大事！”

韩宗吾万万料想不到自己打的竟然是当朝的御史，尤其安惇的名字，他也是听说过的，当下脸上青一阵白一阵，想起后果，不由得后怕，竟然瘫在椅子上浑身颤抖，半晌说不出话来。那竹娘被卷入这等大事中，早已目瞪口呆，只是垂头屏气，连喘息都不敢稍大一些儿。

石越静静地望着韩宗吾，柔声说道：“那份奏折，是令尊带了抄本回家，所以被你看到了吗？”

“不是，不是。”韩宗吾似乎还没从震惊中回复过来，听了石越的问话，条件反射似的一颤，便即慌忙否认。

“那你是如何得来的？”

“我……”韩宗吾望了石越与冯京一眼，一咬牙，道，“我是拣来的。”

“拣来的？”石越与冯京不可思议地望着韩宗吾，齐声反问道。

韩宗吾见二人似有不信之意，急道：“家父家规甚严，我等兄弟轻易不能入家父书房，我怎能偷看到？实是那日我约了唐垌去满风楼喝酒，在楼外的街上与人发生口角，那人伤了我两个家人，逃跑之时，不慎遗下这个包袱。学生想查知此人是谁，便打开了这个包袱，只见里面除了一些铜钱外，便是这封奏折。学生当时也不知是真是假，便和唐垌炫耀……”韩宗吾在此处，却是撒了小谎——他以为既是捡来的东西，无论真假，告诉唐垌也不会与他韩宗吾有关，这才没有顾忌。

石越见他神色惶急不似撒谎，不由得苦笑问道：“你看到这个包裹，也不觉得可疑吗？”

“学生以为那或是个盗贼……”

“没脑子！”石越一边在心中暗暗骂了一句，一边却在口里安慰道：“既是如此，奏折还在吗？当时必有家人为证。”

不料韩宗吾低垂着头，低声道：“那奏折，学生在唐垌入狱时烧掉了，但做证的家人倒是有。”

“草包！”石越再次在心中暗骂了一句，他望着韩宗吾，心中颇有些哭笑不得。当真是龙生九子，子子皆有不同，韩家也并非没有英杰之士，否则岂能在宋代盛极一时？但韩宗吾此人，却的的确确是既无心机又无胆色，十足的一个纨绔子弟。如今还亲手毁掉了物证，纵是韩绛只怕也要百口莫辩了。

“世兄现在即刻回府，快将此事原原本本告知令尊。以令尊之明，自然能猜到事情真相如何。只是事已至此，只怕也没什么更多的办法。单单只今日满风楼之事，便已足够令尊头疼了！”石越几乎是叹息着说道，想起以韩绛的厉害，竟然会有这么一个草包儿子，他的心中对韩绛，倒也有些同情。

“我若回去，会被家法活活打死的。”韩宗吾脸上露出极恐惧之色，一边哀求地看着石越与冯京，似乎想恳求些什么。

“事到如今，只怕令尊已经没有空来打你了。”石越又叹了口气，一边高声唤道：“石安，送韩衙内回府。”

待石安将韩宗吾与竹娘送走，石越与冯京相顾一叹，二人心中皆是雪亮：韩绛在尚书省政事堂的日子，只怕已经是屈指可数了！

果然，次日早朝，安惇便即弹劾尚书左仆射韩绛教子无方，纵子行凶，殴打朝廷命官，且事涉泄露朝廷军机。顿时令得满朝惊骇，韩绛自韩宗吾回家，便已知悉此事，早已准备了谢罪的表章递上，自请引咎辞职。安惇一个七品御史，仅凭一己之力，扳倒宰相，一日之内，便名噪天下。

接下来数日之内，赵顼接连降诏，罢韩绛相位，夺韩宗吾勋品，以安惇为殿中侍御史，韩绛这个尚书左仆射屁股还没有坐稳，短短几个月就被罢相，尚书省暂时便形成了以尚书右仆射吕惠卿为首的新格局。

而唐坰亦在交纳巨额罚金之后释放出狱，但是《谏闻报》在财政上受到重大打击，无力复刊，只得暂时停刊。唐坰出狱之后，因为一贫如洗，不得已远赴杭州，加盟《海事商报》。

但是这一切，对时局产生的影响，其实相当有限。韩绛本身是个没有特别坚定政治信念的相公，他在政事堂的作用，甚至连石越都认为几乎是可有可无——无非是用来盖印而已。而《谏闻报》也并非是有影响力的大报，虽然这可以看成是报业发展的一个小小的挫折，但是无论是石越，还是三大报的编辑们，都没有夸大这件事的负面影响的意图。

总之，大宋前进的车轮依然没有停止，并且一直停留在石越所希望的轨道上。

第二十三章

江头风怒

好一个公私两便，果真是两全其美。

——吕惠卿

1

熙宁八年十月立冬之后，天气渐渐转冷。因为汴京冬月无蔬菜供应，上至宫禁，下至民间，无论贵贱，都开始购买蔬菜收藏，以备过冬之用。这段时间，汴京四门大开，过冬物资车载马驰，充塞于诸官道。连接汴京与扬州的汴河，也是船来船往，一片繁华景象。自从石越任太府寺卿之后，杭州的海外贸易与鼓励商业政策，得到了大宋朝廷最高层的直接支持，以扬州、杭州、江宁、苏州、明州五大城市为中心，一个繁荣的江南商业圈初步形成。而这个地区与汴京的主要联系通道，便是汴河。无数的丝绸、瓷器，甚至是制造精美的钟表，以及普通人穿用的棉布、粮食、食盐、茶叶，海外进口的香料，还有晶莹剔透的玻璃杯，都要通过汴河，运往京师，或上贡给皇宫，或者在市场上出售。汴京这座庞大的城市，对于“扬杭商业圈”的依赖性，更加明显。

此时，在汴河之上，一艘商船正降下帆来，缓缓通过东水门进入汴京外城。懂行的人一眼就可以看出这艘商船是用栗木制成，载重三千石，与汴河上标准的运粮官船，是同一型号。不过一般运粮船的船舱装饰，远不及此商船精美。船头站立着一僧一商，二人正指点谈笑，让人诧异的是，僧人眉宇之间竟颇有慷慨之色，而商人亦有一种异于常人的雍容气度。

商船过了东水门后，一路缓行，直至内城角子门附近的相国寺桥之畔，方靠了码头。早有仆役童子先行上岸招呼，僧、商二人方才并肩上岸。却见岸上有一个十八九岁的少年，手挽白马，站在码头边的一棵柳树之下，见着二人，连忙笑吟吟走上前来，深揖一礼，道：“侍剑见过二叔、智缘大师。”原来这二人，便是唐甘南与智缘。潘照临那日辞了王安石与智缘之后，即拜会唐甘南，托他此事，叮嘱务必要将智缘引入石越幕府。唐甘南也听到京师意欲开发湖广的诸般政策，便欲上京见见石越，以了解详情。因此连忙托人访着智缘，殷勤相邀。智缘也不拒绝，二人竟相携来京。唐甘南早用急脚递五百里加急告知石越，石越本欲亲来迎接，但他以参政之尊，毕竟颇忌招摇，兼之公务繁忙，便只遣侍剑前来。这是示唐甘南以亲昵之意。

唐甘南也知道石府的仆人，与一般府中不同，侍剑在石府之中，亲信更甚于唐康，忙笑道：“许久不见，你又长高不少。府中一切安好？”

“参政与夫人甚安。这几日朝中事务太多，参政不能亲迎，多有怠慢，还请二叔与大师不要见怪。我已经备好车马，便请二叔与大师过府中叙话。”

“阿弥陀佛。”智缘轻宣佛号，笑道：“石参政实在太客气了。不过贫僧离京日久，还是想先回大相国寺一趟。”

“大师可是怪我家参政失礼吗？”侍剑笑道，“委实是参政此时尚在宫中未还。参政早晨进宫前，还吩咐府中备好斋饭，便盼大师佛驾光临。”

智缘望着侍剑与唐甘南，笑道：“贫僧岂敢做如是想？实在离寺日久，心中挂念。”说罢双手合十，欠身道：“贫僧便先告辞了。”

侍剑忙道：“大师且慢。既是大师想着回寺，便让小人送大师一程。改日我家参政必然亲来大相国寺，向大师讨教。”

唐甘南也笑道：“大师莫要再推迟，说起来在下也有许久没有去过大相国寺，正好一道送大师一程。”

智缘见难以推辞，当下笑道：“阿弥陀佛，如此恭敬不如从命。”

“那是小人的荣幸。”侍剑一面笑道，一面往远处打了个招呼，便见两辆华丽的四轮马车应声而至，旁边还有八个骑着骏马的家人。侍剑将唐甘南与智缘请上马车，自己也上了马，挥鞭笑道：“去大相国寺。”侍剑一马当先，上了相国寺桥，绕了几道弯，竟往保康门方向走去。那些家人一愣，旋即会意，不动声色地紧跟着侍剑驰去。

不料闹市之中，人来车往，车马不敢走快，走了三四十分钟，智缘在车中不耐，掀开车帘往外一看，见外面景物，赫然已是汴京内城，顿时一愣，立时便知道是上了侍剑的当。侍剑见车帘一动，已闪到车前，笑嘻嘻地赔罪道：“大师莫怪，是我家参政要小人务必将大师请到府中，以慰仰慕之情。小人不敢违了参政之令，这才出此下策，待到了府中，大师要打要罚，任凭大师处置。”

智缘又是好气，又是好笑，不料自己聪明一世，却被一个毛头小子所诳，眼见他笑嘻嘻的绝无恶意，竟是发作不得，又终不能从车上跳出去，大扫石越的面子，只好苦笑摇头，道：“岂有如此胆大妄为的书童。”

侍剑吐吐舌头，笑道：“我老早便听参政说，大师与王相公交好，于世俗礼法，尽不在意，是超凡脱俗之人。料来必不怪罪我不知上下的。”

智缘笑道：“贫僧不来怪你，自有佛祖怪你。骗人是要下割舌地狱的。”

“阿弥陀佛，大师你这不是骗我吗？前些日子，小人还去了汴京的十字僧庙，他们就吓我，说人一生下来就有罪呢。小人就寻思，我有什么罪孽可言？我家参政是个大好官，大忠臣，常和我们说要善待百姓，身居高位要有同情怜悯之心，小人年纪虽小，可从来没做过一件坏事，如何便说我有罪呢？我小小骗一下大师，佛祖慈悲，再也不会让小人下地狱。”侍剑口舌伶俐，素性倚小卖小。

智缘听到此言，双眉微垂，温声道：“善哉！石参政能持此心，是朝廷百姓之福。”

侍剑当下揽辔而行，一面和智缘说些京师里的笑话，时不时问些佛经要义，西北风俗，乃至医术药材。他是石越的书童，石府藏书已不少，白水潭学院又另有图书馆，甚至皇家藏书他都能借阅，交游见识，又尽是大儒俊彦，论起见识之博，较一般的书生，都要胜过一筹。此时要投其所好，便故意引智缘说些得意之事，竟是让智缘刮目相看。

大约同时，大内武库。

随行皇帝赵顼检阅武库的，有尚书右仆射吕惠卿、枢密使文彦博、副使王韶、兵部尚书吴充、卫尉寺卿章惇、军器监苏颂，宦官李宪、张若水、李向安，还有特旨随行的户部尚书司马光、太府寺卿石越与吏部侍郎韩维、兵部侍郎郭逵，以及兵科给事中郭申锡等人。狄詠全副戎装，率领着御龙直左班的五百名侍卫，紧张地戒备着。没有人想到赵顼会突然要率领大臣们巡视武库，也难怪众人如临大敌一般。

“朕自束发，即知为人君者要使臣民安居乐业，马放南山，铸兵为犁，方为太平盛世。然我大宋自建国起，实无一日之太平。灵武未复，燕云沦陷，旦夕有变，虏骑数日之间便达汴京城外。国家社稷，实有累卵之危。朕前日读报，闻泰西之地，有古巴比伦国，曾有所谓‘空中花园’者，我大宋之太平，便如此物，实是空中楼阁。兵法有云，先为不可胜，以待敌之可胜。今日之势，则是敌虏为不可胜，以待我之可胜。祖宗所以勤修武备，养兵百万者，非不知其劳民伤财，不得不然耳。故朕一即位，即讲求富国强兵之术，其意无他，欲致太平尔。卿等观武库甲兵，谓之‘凶器’，朕却以之为太平之器。”

“陛下。”司马光早听得不太顺耳，待皇帝说完，便即反驳道，“臣以为欲为不可胜，在德不在险。”

“臣却以为天时地利人和，德者人和，险者地利，二者不偏废。”吕惠卿对司马光的论点嗤之以鼻。

“天时不如地利，地利不如人和。故曰，在德不在险。若天子勤修德政，孰敢轻犯？”

“非也，形胜之地，兵家所必争。若谓在德不在险，此宋襄公所以败国亡身也。司马公精于史实，岂不知耶？历代王者，无不据有形胜之地。以本朝而论，仁宗皇帝便是仁君，而元昊扰边，关中震撼，百姓劳苦转运，死者万计，及至今日养兵百万，劳累百姓者，皆非我大宋无德所致，而是我大宋无险所致。故陛下所言实为至理。一劳永逸之策，还在收复故地。北控燕云，西据灵武，进取西域，此万世太平之基。纵边疆小警，亦不至动摇我中原根本。”

司马光冷笑道：“吕相公不知道历代亡国，多非由外族，而是由德政不修，导致百姓叛乱吗？”

“是吗？司马公不妨听听石子明如何说。”吕惠卿望了石越一眼，不动声色地说。

石越知道二人争论，并非仅仅因为过往不和，二人的确是生性不能相投。此时的争论，其根源依然是为了部分兵器民营化。司马光虽然不反对解除持兵禁令，但对于兵器民营化，却认为是走得太远了，反对的态度异常坚决。可吕惠卿对于部分兵器生产民营化，却一直是表示坚定的支持态度。若按司马光的观点，则国家败亡的主要威胁来自国内，固然一方面要敦促皇帝修德政，另一方面却也不可避免地要防范百姓。而吕惠卿的观点，则是直指主要威胁来自异族，那自然要进一步地武装百姓，方为上策。石越本来乐于见到吕惠卿出头争辩，不料几句话下来，吕惠卿却将球踢到了他的脚下。

石越连忙笑道：“臣的确曾向皇上言道：历代亡国之原因，非止是人君德政不修，亦是因为豪强数百年兼并土地，使得百姓贫者无立锥之地。若再加官府失德，则民不聊生，这才盗贼蜂起，致有亡国之祸。若使百姓有一线生机，断不至于反抗朝廷。本朝若要脱离治乱循环之道，须从根本处下手，朝廷要时刻给百姓找一条活路。本朝向来是不抑兼并，本也无可非议，实是兼并原本也抑制不了，但也不能无所作为，毕竟还要鼓励与帮助百姓开垦新田，亦应当鼓励工商业，让工商业能尽可能多地吸纳贫民。天下少一个饥民，便是少了一个叛贼。这才是治本之道。必要之时，还要组织无业之民开疆拓土，就地扎根，以缓解兼并之害。”

“治乱循环，实是气数。历朝概莫能免。何况鼓励工商，则务农者少，务农者少，则粮食不得增加，粮食不得增加，则百姓必然饥馁，石子明所言，前后矛盾，本末倒置。况且百姓重视乡土，不乐迁移，强行征发，必致大乱。”文彦博听得极不舒服，不由亢声反驳道。

“文相公所言差矣。凡太平日久，则人口必然增加，此势所必然。若初有人口一万，历二十年，则可至二万，再历二十年，则可以至四万，如此递增，百年太平，人口滋长，必然构成压力。何也？因垦田数之增加，无法比上人口数之增加。而且兼并一事又难以杜绝，便有更多的人来分更少的土地。土地所增有限，多数又归于兼并之家，贫者所占土地愈少；而人口增长却无穷尽，是百姓终有无法生存之一日。故每逢末世，百姓生子杀子，生女杀女，大伤天和，虽如此亦不得苟全。历朝历代，治乱循环，实由此来。所谓盛极而衰，亦是由此。历代最盛之时，亦是在籍人口最多之时，人口一旦再加增长，则土地便显不足，于是百姓谋生不暇，一切动荡，皆由此引发，国家亦不能不转衰。故要想长治久安，朝廷一定要为百姓谋生路。百姓不乐迁移，亦不必强行征发，可以鼓励之，诱使之，人情趋利避害，若迁移之利大于不迁，则未闻有不乐迁者。至于以为重工商而伤国本，此商鞅之鄙见，非圣人之义。商人使物资流通，使农夫能以物换物，能让最好的农具、种子传遍天下，非徒然害农而已。

何况朝廷还可征收商税，此处多得一文税，农夫则可少缴一文税。工商与农业，并非是一端繁荣必使一端受害，而是可彼此皆受益于对方者。是圣人方以士农工商并列，未尝偏废。臣在杭州时，鼓励商业，未闻杭州粮食减产，农夫之家，亦从中获利。臣以为，商鞅那点见识，实不足法。”

“巧言令色。”文彦博拂袖怒道，“陛下不可轻信此言，历朝未闻有不重农而国富强者，农为国本，不可动摇。治国之道，务在安静。”

石越笑道：“臣未曾言要国家不重农，臣亦以为农为国本，国家不可不重农。臣所言者乃重农之术。盖历朝偏见，以为重工商必然伤农，而臣以为未必然，兼重工商，有利于农。历朝皆以为固邦之术，在于抑兼并，而兼并却无法抑制，臣以为本朝既然祖宗以来，未尝抑兼并，则不妨另辟新径，解决之道，便在发展工商，鼓励移民垦田。朝廷治民之道，不当是为防范百姓，而当是依靠百姓，帮助百姓。朝廷若视百姓为亲友，则百姓必为朝廷之亲友；朝廷若视百姓为仇敌，则百姓必为朝廷之仇敌。视百姓为亲友，则朝廷有亿万之亲友之助，何愁社稷不稳固，何忧天下不太平？若视百姓为仇敌，则朝廷有亿万之仇敌，无论怎样防范，总是防不胜防！”

石越一番话说得赵顼频频点头，连司马光亦觉得颇有道理。文彦博虽然心中不忿，却又辩他不过，只得愤愤道：“强词夺理！”

“臣却以为石越言之有理。臣请陛下早下决心，废持兵之禁，将军衣等十余种军资向民间商人招标，以节省朝廷开支。同时向商人出售许可令，允许民间生产诸葛弩、刀、剑等十三种兵器。至于武库兵器，亦当清点，凡老旧陈腐者，可拍卖给商人出售，或者干脆卖给辽人。臣以为，武库的兵甲，一定要是最好的。”吕惠卿态度积极，让石越大惑不解。

“陛下，将军衣等物资承包给民间，只恐缓急难用。平素固然可以省下十几万贯的开支，且能让一些百姓多赚一点钱，但是万一开战，只怕误了大事。”文彦博对于这些改革，实在很不乐意，若非军器监隶于尚书省，他早就要断然否决。

“臣却以为文公过虑了。”石越笑道，“商人若有数倍之利，虽死亦不足使之惧。一旦开战，需求增多，只要朝廷许诺给钱，焉有不尽心尽力之理？何况朝廷亦当立法，与其签订契约之时，就当规定国家若有战事之时，一切与军队有关之作坊，都需按要求开工。而纵是平时，卫尉寺与军器监都要派人进驻作坊，加以监督。凡产品交验，必须手续清晰，责任至人。若三衙属下军队发现有问题，即可请求追究军器监之责任，而军器监与卫尉寺即要追究当事人之责任。若某作坊生产之物不合格超过一定之比例，则不仅可以要求退货，而且要追加处罚，禁止其以后参与投标。如此数部门不相统辖，互相监督，臣以为朝廷无官官相卫与欺上瞒下之忧，而民间所造军资，质量必胜于官营。何况这些军资，都是辅助性质，无非军衣鞋帽营帐之类而已，民间可以胜任的作坊数不胜数，朝廷可以分成份额，允许多家作坊投标，互相之间，各有竞争，优者存，劣者汰，一岁一投，则是流水不腐之道。”

其实当时军队干粮的等物，早便是由民间制作，官府购买。亦算是行之有效了。司马光听石越说得在理，虽然不表支持，却也退到一边，默然不语，不再反对。文彦博却吹着胡子，傲然道：“臣不信民营之物，胜于官家所制。”

“文相公不曾读过《盐铁论》？官物粗糙，汉时已然。”石越笑着反驳。吕惠卿却游目四顾，忽然上前欠身说道：“陛下，臣大胆，想做个试验。”

赵顼心里已偏向石越，但又觉得文彦博是三朝名臣，他的意见不能不重视，且他又是枢使，亦不能不说服他。当下便笑着点头应允。众人皆不知吕惠卿弄什么玄虚，也一个个凝目注视。吕惠卿随便叫了几个侍卫，便往武库中走去。众人等了一炷香的工夫，方见他从武库中出来，几个侍卫手中还捧着两件纸盔甲、几杆长枪。他吩咐侍卫将这些东西放在地上，这才走到皇帝跟前，欠身笑道：“陛下，臣刚才在武库中，挑了几件纸盔甲，几杆长枪。臣听说本朝的纸甲，钢刀不能入？”转身向苏颂问道：“苏大监，是吗？”

赵顼也凝视苏颂，苏颂见此情形，心中已明白八九分，额上不由浸汗，硬着头皮干笑道：“确是如此。”

吕惠卿又转目注视张若水，笑道：“请问张都知[1]，这些物什，是何时入库？”

张若水也是聪明伶俐之人，背上已是冷汗直冒，却不能不答，勉强走到纸盔甲与长枪边上，睹视片刻，方说道：“是熙宁三年之物，熙宁四年入库。”

“有劳张都知。”吕惠卿微微一笑，走到狄詠身旁，道：“借狄将军佩剑一用。”

狄詠却将目光移向赵顼，见赵顼点头允许，这才抽出佩剑，双手捧给吕惠卿。吕惠卿走到纸甲之前，让侍卫将两副纸甲叠在一起拉开，他提起剑来，随手捅过，便见那纸盔甲有如薄纸一般，一剑洞穿两层盔甲。吕惠卿随手捅了几下，那盔甲上便有几个大洞！

赵顼的脸色立时难看起来，张若水与苏颂“扑通”一声，跪倒在地。文彦博铁青着脸，默不作声。吕惠卿笑道：“陛下，文相公请看，这便是官营之物，军国之器。”说罢，一剑挥向一杆长枪，便听一声脆响，枪杆断为两截。他又提起一杆长枪，用手一扳，一个枪头竟被他拧了下来！“臣，书生尔！竟能手断长枪！”吕惠卿厉声说道，“武库之中保存此物，不知何用？此虽军器监设立之前之物，然臣曾判军器监，

[1]　入内内侍省都知，为入内内侍省长官，仅次于都都知，号称“参内宰”，熙宁中曾规定此职以四员为额。但宋朝限制宦官，号称“内臣极品”从不轻易授人的入内内侍省都都知，品秩亦不过从五品，都知则仅为正六品。

深知其中利弊，军器监设立之后，虽然力行责任明确，但不少军器之成本也因此提高。军衣帐篷，针线粗糙，制造鄙陋，众所周知。更有一弊，是生产之时不计成本，浪费甚多。今有官民两便之事，陛下当早下圣断。”

文彦博一时无语。司马光与吴充顾视一眼，一齐道：“臣等细想，亦以为可行。然此事犹有细节，招标究竟是由枢府还是军器监主持？如何防止作坊擅自生产军衣营帐卖给民间甚至敌国？如此等等，虽为小事，不可不虑。”

“此谋国之言。”石越赞道，“臣以为苏颂熟知军器生产情弊，章惇心思细缜，可着二人详定以闻。”

“至于部分兵器生产民营，臣依然有异议。万一有人借此屯集兵器谋反，后果不堪设想。”司马光于此坚决反对。

一直不曾说话的韩维忽然说道：“君实过虑了。民营之兵器，实则民间铁匠即可打造，若有人要行谋反之事，本就无法防止。而凡生产兵器之民营作坊，所造兵器皆有标号，卖给何人，亦要登记。而且要购买许可之令，生产多少，生产何种武器，皆有限制，由卫尉寺派人监督。若要由此来谋反，只怕更露痕迹。许可民间制造兵器，实是为鼓励民间习武，而且是在军器监诸作坊之外，多一些储备，平时朝廷不用花钱供养，反可从中收税，而缓急之时可用。凡民营兵器作坊，朝廷亦可鼓励其研制新式武器，包括火器，但是必须向朝廷申报，由枢密院最终决定是否可以研制。若研制成功，其有利军国者，即可以由军队购买装备，军器监下属设立兵器专利局，其研制之武器若能申请专利，十年内许其独家生产，别家若要生产，则要付购买专利之费。军队不要者，能否卖给民间，亦须由枢院批准。如此，使其研究能尽量为军队所用。如此，不仅可以节省朝廷研究费用，亦可集思广益，实是强国善策。”

“正是如此，兵器民营，并非随便许可。凡能得许可之令者，要家世清白，有足够之资产，而且其家眷必须迁居汴京，置于朝廷控制之下。这些人实是朝廷养在民间之鹰犬。”石越深感每进一小步之艰难，对敌国讲“在德不在险”，对本国百姓就不肯讲“在德不在险”了，这种态度，石越非常不以为然，但是司马光等人的顾虑，亦有其立场，而且有强烈的代表性，他不得不设法消除他们疑虑。

赵顼望了地下那断枪残甲一眼，凝视文彦博，问道：“文公以为如何？”

“臣终惧养虎为患，望陛下三思。”无论如何，文彦博都无法信任商人对国家的忠心。

“朕当再思之。明日朕先下诏，废持兵之禁令。苏卿、章卿可去筹划军衣等军资生产向民间招标之事。张若水、李向安会同苏颂，检视武库兵器，若下次朕再发现武库中还有这种不中用之物，小心你三人项上人头。诸葛弩等兵器民营化，再下廷议。”

“陛下圣明！”

当石越回府之时，已是夜幕低垂，万家灯火。石越刚刚踏进府中，石安便迎了出来，禀道："参政，二员外和智缘大师在客厅等候已久。"石越这才想起此事，也不及更衣，便直接往客厅走去。人未进门，瞅见唐甘南与智缘正在吃茶，而潘照临、陈良坐在下首相陪，侍剑则站立一旁侍候，石越高声笑道："二叔，大师，可想煞我了。"

众人这才知道石越回来了，一齐起身，唐甘南笑道："贤侄别来无恙。"智缘则高宣佛号，合十道："贫僧有礼。"

石越连忙还礼，一面笑道："快快请坐。大师、二叔，让你们久等，多有不敬，还望恕罪。"又向侍剑问道："斋宴可有备好？"

侍剑笑道："已然妥当，便等参政回府。"

"那便先开宴。"一面道："刚刚回府，未及更衣。我先进去更衣，恕罪。"又向唐甘南与智缘分别告了罪，方进里间更衣。到了内室，梓儿正在研墨，见石越回来，忙吩咐阿旺去取了衣裳，一面笑道："大哥可是忙煞，今儿个二叔已等了很久。"

石越轻轻摸了摸她的头发，笑道："朝中事情太多，一时半会竟是撕掳不清。几乎忘记此事。"

"十一月初一清河郡主下嫁狄将军，十一月初三包公子迎娶程家小姐，大哥可不许忘记了。这两处你一定要到的。"梓儿一面从阿旺手中取过衣服，替石越更衣，一面柔声提醒道。

"这等事情就要劳烦夫人提醒了。"石越俯首亲了梓儿一口，眼角却见几上摆着一件物什，不由吃了一惊，问道，"那是何物？"

梓儿瞄了一眼，笑道："那是琉璃杯。晶莹剔透，煞是可爱，以往只听说宫中才有此物，这次是二叔带来两只送给我。"一面向阿旺笑道："阿旺，取来给参政看看。"

石越却见那分明便是玻璃杯？他从阿旺手中接了过来，只见这玻璃杯的颜色并不纯净，中间夹有淡淡的绿纹，杯壁甚厚，除此之外，则与他所见过的玻璃杯并无二致，当下说道："这哪是琉璃，这是玻璃。"

梓儿奇道："什么是玻璃？"

"玻璃比琉璃要纯净透明。"石越简单地解释道，也不管自己的说法是不是正确。

梓儿看他神色，笑道："大哥是喜欢这个吗？二叔说，这种杯子用来喝葡萄酒甚好，不如便……"

"那过于奢侈了。"石越一面笑道，一面扣了玉带，道，"妹子，借你一只杯子一用，我且去陪二叔与智缘大师。"

他拿着杯子到了客厅，宴席已然就绪。一切既以家宴为名，石越便让智缘与唐甘南坐了上席，自己反在下首相陪。智缘得石越如此看重，心中也觉舒泰。然而石越席间所问，饮食起居之外，尽是些西北边事民情，番人风俗，智缘虽然随口回答，心中却总是存有一个大大的疑问，竟是食不知味。

唐甘南却不知石越为何竟将琉璃杯带了出来，因找了个机会问道："子明可是很喜欢这个杯子？"

石越笑道："方才见着，因见此物剔透可爱，便带了出来，想问问二叔，此物是从何而来，价值几何？"

"此是自大食胡人购得，一杯值五百贯。"

"五百贯？"石越暗暗心惊，五百贯可以在汴京以外的任何城市买一座大宅院。陈良亦不禁叹道："世间偏是无用之物最贵。"

潘照临却笑道："如此贵重，若能得其制法，其利不可估量。"

唐甘南苦笑道："这却要去何处觅来？听说琉璃是由琉璃石烧制而成，传闻之中，琉璃石产自西域。"

石越知道中国之琉璃业虽然独立发展，但进步缓慢，明代琉璃业之发展，郑和下西洋带来大量的琉璃工是其中一件大事，因笑道："此物是人工制成。其透明如此，可称玻璃，若一面镀银，可以为镜，胜铜镜百倍。若能得其制法，其利百倍。若二叔有意于此，何不设法去买回胡人中的琉璃工？"

唐甘南眼睛一亮，笑道："只怕轻易买不到。"

"我会写信给薛奕，托他留意。昔日赵飞燕时，所居之所，以琉璃为窗，光可照人，我大宋自己要厉行俭朴，但是不妨鼓励邻近诸国的君主奢侈一点。"石越半开玩笑地说道。

唐甘南也笑道："日本国的贵人，高丽的显宦，以至南方交趾等国，都不难被这些淫巧之物打动。但辽国新君却似乎不是个喜欢华服玩乐之人，比耶律乙辛强。至于西夏，却要问智缘大师了，若能令其主奢侈一点，我们百姓可赚钱，朝廷也可以坐享其利。"

潘照临也淡淡道："李元昊之所以能为乱，正是因为他学匈奴之故技，让百姓不着丝绸绫缎，不吃茶叶，以减少对于我大宋的依赖。辽国亦限制民间饮茶，正是为了避免受制于我。若能让其贵人耽于享乐，此勾践之所以兴而夫差之所以亡。"

智缘笑道："吐蕃贵族心服大宋，亦是缘于此。羌人喜爱茶叶与大宋的衣物器饰，其贵人更是喜爱丝绸瓷器，朝廷加以恩德，便容易笼络。然夏国则不同，秉常虽然亲信汉人，喜爱汉风汉俗，但他即位之时，不过七岁，现今亦不过十五岁，尚未成年，大权一直旁落，梁太后专擅国政，置秉常如同傀儡。她以妇人专政，便只能打出重视番俗的旗号，借元昊旧法，来笼络一些部族首领，欲以奢侈之物打动她，只怕难以奏效。”

“那梁乙埋呢？”石越不由问道。其时正是西夏大安元年，梁太后专权已久，以其弟梁乙埋为国相。梁乙埋与其子梁乙逋合谋，重用都罗尾、罔萌讹等人，权倾朝野。从熙宁二年起，便废汉仪，用番礼，袭元昊故智，屡屡侵犯宋、辽边境，以转移国内矛盾。至熙宁四年不得已才与宋朝议和，五年和议始定。但梁氏以外戚专权，不得不努力转移国内势力的不满，因此又屡屡觊觎辽国西京道。不过石越却听说梁乙埋父子都是喜好享乐之辈，他知智缘往来宋夏边境，深知西夏虚实，故有此问。

“梁乙埋固然爱享受，但是梁太后虽为妇人，却不可轻视。其杀伐果断，智谋深远，不下吕后、武则天。”智缘一再强调西夏梁太后之能，石越想起宋朝五路兵败之事，不由一时无语，过了良久，方道：“虽然如此，但夏国女主当权，幼主若昏暗，还可无事，若幼主聪明，一旦成年，必生事端。以汉献帝困于曹阿瞒，尚有衣带诏之事，何况秉常之于梁太后？”

智缘眸中精光一闪，凝视石越，问道：“参政高见。不知参政以为西夏母子，将在何日反目？”

“当在秉常行冠礼之后！若梁太后果如大师所言，她又岂会轻易归政？”

“参政既能洞见幽明，何不早图之？”智缘说起西夏之事，实是关系到平生的抱负所在，不由慨声道，“夏国不比辽国。辽国除幽蓟故地之外，本是胡夷所居，我大宋便能抚有，然若不能大量移民以镇之，则终究只能亲和胡狄，以夷制夷。得其地，除使边境安宁之外，便无尺寸之用。而夏国河南之地，凡华夏强盛之时，未尝为他人所有，河套之利，虽愚可知。若能进据灵凉二州，西则可开通丝路，北则可夹击辽国，精兵良马，其地所产，朝廷得之，可以征伐四方，而关内无烽烟，大宋无西顾之忧。且夏国自元昊后，国力衰落，正是天予弗取，反受其咎！”

“以夷制夷，未若化夷为汉。辽东非不能为我所有。”石越笑道，“然而我听说耶律濬才智过人，又信任贤臣，我大宋兵不练甲不精，一旦行军，处处掣肘，且于辽军有未战先怯之忧，真要打仗，胜算不多。故此我才力劝皇上不可轻举妄动。历来占形势而兵败，不知凡几，实不得不谨慎。至于夏国之事，若朝廷早做准备，一待有变，兵锋直指灵夏，当其内外疑惧之时，以迅雷不及掩耳之势，可一鼓而胜之。故我的不少主张，皆急欲在四五年之内克见事功。为的是万一西境有事，不致被国内之事困住手脚。”

智缘听到石越这番话，当真喜出望外。石越分明告诉他：他已然决意图谋光复灵武！智缘一身抱负，尽系于西事，王安石罢相，石越得势之后，他以为石越行事谨慎，志在国内，便是对外用兵，也当是一二十年后之事，因此满腔雄心，渐渐收起。

不料石越切切之意，竟然不逊于他。而之前急欲在五年内完成移民，想必也是由此而来。智缘心意已动，便试探道："参政若要谋划西事，不可不结纳吐蕃。"

其时吐蕃以青唐最盛，其酋长董毡本是唃厮罗第三子，尚契丹公主。嘉祐七年，契丹主思念公主，欲遣使迎还，触怒董毡，遂杀契丹使者，绝辽通宋，至此已有十三年。当年夏主谅祚在位，以为吐蕃与契丹有隙，即领兵而西，欲吞并吐蕃，并乱秦州。时张方平在秦州，严阵以待，谅祚无隙可乘，转攻青唐城，不料被唃厮罗击败。两家世仇，愈结愈深，唃厮罗虽曾两败于元昊，却三克谅祚。青唐吐蕃实是宋朝有力的盟友。

石越目光转向潘照临，潘照临微微颔首，笑道："青唐吐蕃自是我大宋臂助。王韶平定熙河之后，西番亦多归附。联番制夏之策，已然成形。然而董毡终是番人，他日有事，无非使其出古渭州，取西凉城，以为牵制。若要谋划西事，其根本还在中国。"

"善！"智缘本是试探石越之见识，此时听潘照临道吐蕃不可恃，不由大生知己之感，笑道，"本朝诸公，无一语能及此。王相公曾言，夏国一国户口，仅能当陕西之一路，以陕西四路攻夏国，倾全国之力供粮饷，不能成功，其罪在用人不当。又朝廷之中，凡议兵事者，尽以计苟安、弥边患为便，故种谔取绥州、城罗兀，无不干犯言路，众议纷纷，以为衅事。贫僧愿为参政言平夏形势：平夏之地，以绥、宥为首，灵州为腹，西凉为尾，有灵州则绥、宥之势张，得西凉则灵州之根固……"石越连忙吩咐道："取地图来。"顷时，便有家人将一幅地图取来，挂在客厅的屏风之上。石越起身走近，仔细观看地图，便见在陕西以北、河东路以西的河套地区，由东至西，盘亘着银、夏、绥、宥四州，往西则有灵州与静州，再往西则是凉州，也就是西夏的西凉府。这数州之地，便宛若一条长蛇，盘踞于宋朝的西北边境，护卫着西夏的都城兴庆府。石越知道银、夏、绥、宥、静五州，是李家的"祖宗基业"，而如今绥州总算落入宋朝手中，便如一根尖刺一般，插入银、夏、宥三州之中，时刻威胁着蛇首，特别是银州更是近在咫尺。而熙河地区，则与蛇腹灵州、蛇尾凉州，形成一个三角形，一朝有事，夺下兰州，不仅可以巩固西线，切断蛇腹与蛇尾的联系，还可以直接威胁灵州。更重要的是，掌握熙河，则宋朝与吐蕃便联成一线，可以互相支援——王韶毕竟是知兵之人。

"参政请看……"智缘走到地图之畔，手指银、夏二州，道，"绥州属银、夏之冲，得绥州，则银、夏不安。此处是横山，罗兀城是横山之要，若能两险并据，则夏国国势已危。种谔争之，岂为失策？然所惜者，其能守绥德，不能救抚宁，患得患失，临战而怯，致使诸堡分崩，朝廷震动，将已成之业，付诸东流！种谔固有罪，然朝廷弃之不争，亦是失策！"

石越默然无言。

智缘所说的，其实也就是几年前的事情而已，自宋朝赵顼即位，重用王安石，宋廷就一直积极谋划攻略西夏。宋廷对付西夏的策略，便如智缘所说的，就是兵分两路，分别从延绥地区与熙河地区下手，从外围削弱西夏，并构成对西夏的战略包抄态势。其中熙河地区以王韶、李宪为主，是王安石力主的重点，目的是切断西夏与吐蕃的联系，将青唐吐蕃等势力置于自己的控制之下，进而从侧面威胁西夏。而经略延绥地区则是由薛向献策、种谔负责，早在赵顼即位之初，王安石尚未进入中枢，便已经开始。并且，这个计划是由皇帝直接指挥，种谔受密旨行事，有一段时间，不但可以不受陕西帅臣之指挥，甚至连枢密院都只有枢密使文彦博知情。

但这两路计划，却命运迥异。王安石所主张的开熙河之策，总体来说还是进展顺利，但是经略延绥地区，进而谋取横山、平夏的战略，却有颇多不利。这个计划一开始就受到枢密使文彦博为首的旧党反对，文彦博甚至不惜违旨，将内情告诉时任权御史中丞的司马光，导致司马光上章反对，赵顼迫不得已将司马光改任回翰林学士。但便如智缘所分析，横山、平夏地区对西夏的重要性，远非熙河地区的西番可比。种谔虽然顺利夺取了绥州，并筑城以守，但种谔的行动立即就引来了西夏人的大举报复——夏军虽然未能夺回绥州，却一度将堡垒进筑到离绥德城仅四里的地方。种谔与郭逵因其兵锋太盛，都不敢与之争锋，直到夏军主力退去，郭逵才又出兵击破其堡垒。然而夏军并未因此而善罢甘休，又兴兵十余万，号三十万，大举进攻庆州，宋军虽然抵住了这波攻势，并且靠着坚壁清野，在河流下毒等手段，迫使夏军粮尽撤兵，但战死的高级将领却也不少，许多地区都被夏军劫掠。这直接引起陕西震动，当时的参知政事韩绛奉旨宣抚陕西。

韩绛到达陕西后，与属于旧党的宣抚判官吕大防一道定策，编整陕西军队，进取横山，报复西夏。种谔开始取得一系列的军事胜利，夺下了罗兀城，并筑抚宁诸堡，但他孤军一路，未得友军支援，结果很快引来夏军的重兵进攻。梁太后以重兵攻陷抚宁堡，切断罗兀城宋军与绥州宋军的联系。韩绛惊慌失措，急令庆州宋军驰援，没料到庆州宋军竟然在此关键时候发生兵变。两千庆州兵在陕西兵变，关陕骚然，这个时候的宋军，根本已经无力对付西夏，抚宁诸堡全部沦陷，除了绥德城外，从治平四年到熙宁三年所有的战果，全部付诸东流。韩绛、种谔等人，都因此受到严厉的处罚。

经略横山的失利，也是王安石及其亲信们心中的一道伤疤，虽然这个计划主要是由赵顼主持，但是王安石开始也是支持的，尤其是最后的失利与溃败是在“传法沙门”韩绛的领导下直接造成的，这也给了旧党批评的口实。此后王安石基本上放弃了攻略横山的计划，而是全力支持王韶在熙河的行动，也与这场惨败有关。

但是，在新党当中，如智缘这样对横山地区念念不忘的人，还是有很多的。由一场兵变导致的失利，是无论如何也不能让他们甘心的，更何况绥州这个战略支点还在宋朝手中，所以，他们也并不认为这个计划失败了……

这些几年前的旧事，石越也是最近才开始渐渐有所了解。很多事情也只有在他进入政事堂之后，才有可能知道。在熙宁三年、熙宁四年初的时候，他对于这些事情，可以说所知有限。庆州兵变很快被王广渊与林广以果断、残酷的手段平定，最终没有造成太大的破坏。消息传回汴京，也就是平平淡淡的几段文字，一切内情，都不是当时的石越所能知晓的。进取横山的计划虽然夭折了，但宋夏之间，反而形成了几年的微妙平衡……那时候的石越，目光根本顾及不到遥远的横山地区。

但在他进入中枢之后，他就不得不去认真思考宋朝对西夏的战略。不要说几年后那个几乎一定会出现的机会，哪怕仅仅只是为了避免五路伐夏的悲剧，他也必须未雨绸缪。更何况，解决掉宋朝两北的边患，本来也是他的目标。而且，石越还是比较了解赵顼的，赵顼变法的目标，其实也是为了用兵以解决两北边患。因此，想在中枢待得长久，想要获得皇帝的支持推行自己的变法，在这方面，就必须要有一个能让赵顼信服的方案。

而石越并不打算推翻王安石的一切，平地再造一座新的高楼。新党在经略西夏方面所取得的成绩，所留下的经验教训，在石越心里，都是宝贵的遗产。对于皇帝与王安石最初确定的战略，从根本上来说，石越也并不觉得是错误的。实际上，无论是皇帝、王安石，还是王韶、薛向，他们所设想的战略，早在宋仁宗时代，就有许多的名臣提出来过。这是文彦博等旧党反对的主要原因，纸面上的战略是一回事，实际上执行就是另一回事，这种事情，文彦博他们实在见得太多了。但这却也正是石越不打算完全抛弃新党的战略的原因——这么多精英不约而同所得出的共同见解，石越不认为自己聪明得可以完全另起炉灶制定出更可行的战略。

关键在于细节。

这也是石越如此重视智缘的原因。他知道智缘愿意倒向自己有很多原因，但那些都不要紧。最重要的是，智缘深知西北虚实。而石越听他的言语，已可以断定，智缘至今对于种谔的失利，还是不甘心不服气。他希望这个战略能够重新被朝廷采用，但是，王安石罢相了，韩绛这个左仆射也再度倒台了，种谔虽然已经复官，但他一介武官，根本不可能影响朝廷大事，以智缘的智慧，应该能够判断，现在中枢的宰执中，没有比自己更好的人选，除非他愿意去信任吕惠卿……

“参政可知夏国之兵乎？”智缘却不知道石越脑海中转过这许多念头，他手指地图上的横山，重重一划，带着几分遗憾的语气说道，“夏国虽在河外，然河外之兵怯懦少战，人马精强惯习战斗者，唯二百余里横山番部。此为天下精兵！夏国每入寇，横山兵必为前锋。嘉祐八年，横山部将轻泥怀侧苦于谅诈虐用，率所属归附，请兵延州，约中国会兵灵夏，此本是天赐良机。昔日吐蕃衰绝、回纥乱亡，无不由此，这本是夏国安危之机。然会逢仁宗不豫，朝廷未能回应，谅诈已然得讯，立时遣使安抚，我大宋竟然与良机失之交臂。实为可惜！”

这宗秘事却是石越以前从未听闻过的，一时间不由愕然。不过他倒是知道嘉祐八年正逢仁宗驾崩，英宗并非仁宗亲生，中外不安，宋朝自然不敢轻启边衅。纵有机会被白白浪费，也是在所难免。

却听智缘又说道：“夏国并非无隙可乘，其国内，上则权臣当道，女主临朝，幼主不安其位；下则各部心怀怨恨，常有异心，百姓亦苦于赋敛，且两国和市久绝，其国中必然匮乏，民不能无怨。光复河套之要，在于大宋能把握时机，善用将领。言臣纷纷，于防范权臣或有利，于军机大事则常误。行大事者，岂能顺庸人之意哉？”说到这些，智缘和尚依然是一脸的不平。

石越当然知道他话中的言臣、庸人是指谁，他凝视智缘，长揖道：“越不才，愿请教大师图夏之策。”

智缘坦然受了这一礼，口里却说道：“岂敢，岂敢。朝中王副枢使、郭侍郎，本朝名将，皆是熟知西事之人。参政何故问一老僧？”

石越笑道：“若机会已至，自当问策于王、郭等人。然我终不能坐等良机天赐，没有机会，便要设法制造机会！越所请教于大师者，是如何制造机会？”说罢，朝侍剑打了个眼色，侍剑立时斥退厅中所有家人。智缘听到这话，正是合意，但他性格沉稳，直待众人散尽，这才笑道：“参政之言甚是。要制造机会，首在用间……”

2

数日之后。大宋尚书省低调地成立了一个临时机构，其全称为“荆湖南北、广南东西四路军屯制置使司”，负责全面协调军屯地点勘测工作，由两府各派一人并同主持，于是工部尚书苏辙与枢密院都承旨曾孝宽一同担任“四路军屯制置使”。四路军屯制置使司向荆湖南北、广南东西路派出了一共十多个调查团，调查各路州县可以进行军屯的地点、规模与周边状况，画出地图，撰写报告，最后再由苏辙与曾孝宽选定方案，交由尚书省决策。四路军屯计划悄然拉开序幕。

与此同时，工部司的官员也开始了修路的准备工作。在石越的一再强调下，苏辙亦开始要求手下官员递交由石越亲自拟定格式的调查报告，苏辙简单明了地要求属下：如果报告中没有足够的数据或者发现多处数据错误，以不胜任论处。与石越愈行愈近，不仅仅让苏辙在政治上根基日固，石越的作风也在影响着苏辙，苏辙深知修路与军屯之成败关系重大。因此他竟然一改自己温和的习惯，严厉地与工部的官僚主义斗争，甚至主动请求《汴京新闻》与《西京评论》前往颖昌至南阳进行调查。

但是这些，当时一般的百姓是不可能知道的。他们所能知道的，最多是一些事实的碎片而已。熙宁八年十月下旬，最具轰动性的事情，是自从皇帝明诏天下废除持兵禁令，允许百姓持有二十七种兵器之后几天，尚书省便紧接着颁布了《若干军资恩许民间生产敕》，这份敕令宣布此后诸军所需军衣等物品，官府将向民间作坊采购六成以上，并且将于十一月十五日在汴京城单将军庙，向天下公开竞标。“凡大宋商民，只需家世清白，皆可投标！”——报道此事最为热诚的，自然是《海事商报》。敕令颁布之后仅仅七天，远在杭州的《海事商报》即已刊出，一时“杭州纸贵”，商人纷纷争抢。许多人不及细思，便决定先来汴京一探究竟。虽然不是每个人都知道大宋究竟有多少军队，但是人们都知道这个数目非常庞大，之前军器监向民间购置寒衣，就让许多作坊主发过一笔小财。所以历史上第一次，从江南到汴京的官道上，竟然有无数的马车不绝于道——大家都怕坐船耽误了时日，但连续不断的骑马赶路则不是这些腰缠万贯的商人们所能承受的。也是在这个时候，四轮马车格外突显了它的优点。从此以后，在陆路上，四轮马车几乎成为商人们出行的唯一选择。在江南到汴京的马车上颠簸的商人们，并没有意识到，他们最好的时代就要来临。虽然这个时代未必比得上战国之时能与国君抗礼，但是却也比战国时更安全。

不过不能责怪这些商人们看不到一个新时代的帷幕正在升起。因为十月下旬的时候，整件事的始作俑者，太府寺卿参知政事石越与皇帝陛下赵顼，正躲在琼林苑的行宫中一面喝酒，一面大失身份地算计着别人的钱袋。

“军资开放给民间竞标，固然会为朝廷节省更多的资金，但于那些商贾，也是极有利可图之事。”石越笑道，“因此臣已经规定，凡是参加竞标者，都必须交纳一百贯钱的入场费，以向朝廷证明他的实力。”

“一百贯？”赵顼吃了一惊，他并不是那种不知金钱为何物的君主，自然知道一百贯绝非是一个小数目。

“来竞标之人，自然都是家产殷实的，给朝廷贡献几万贯钱，权当替朝廷省下了组织竞标的开支，臣以为并不无妥。他们日后要赚的钱何止万贯？这样也免得有人进来看热闹，搞得乱哄哄的不好。”石越笑道，“此次成功之后，明年军屯之竞标，就会更有经验。”

“如此开源节流，明年虽有修路与军屯两项工程要做，军器监生产新式军器的投入也要加大，又少了许多免役钱、宽剩钱的收入；但若省下给辽国的岁赐，加上增加的商税与市舶务关税，撤并州县省下的费用，明年也许能净余五百万贯不止。”赵顼笑道。

以宋朝如此庞大的帝国，每年仅交到中央的税赋折成铜钱最低不低于六千万贯，省吃俭用能节余五百万贯，皇帝就已如此高兴，实在让石越哭笑不得。“陛下，待两三年后，财政好转，臣以为就应当减点税了，也让百姓稍得休息。”石越趁着皇帝高兴，进言道。

“减税？”赵顼心中不由一紧，若是司马光提出这个意见，他还会宽心一点，但既是石越提出，司马光更无反对之可能——他两个管财政的臣子只要难得齐心一次，他的军费储备就不免要大大减少。“这……”赵顼果然迟疑起来，但他毕竟知道“爱民如子”是一个杰出君主所应有的品德，石越打出“与民休息”这样的大义来，他也不太好反驳。

石越自是知道赵顼在想什么，因笑道：“当然这减税之议，还须待财政纾缓，臣想与陛下约定，若国库连续两年盈余达到一千万贯，或者连续三年盈余达到八百万贯，便请陛下允臣此议。”

赵顼轻轻抿了一口酒，笑道：“卿何不到时再议？”

“陛下，减税之恩，当自上出。今日陛下若与臣许诺，则自此之后，臣必无一言及此。陛下何必以此大恩归于大臣？”

赵顼恍然大悟，许久才叹道：“卿真忠臣也。朕便与卿立此约。”

“陛下圣明。”

赵顼点点头，喝了几口酒，见石越只是端坐，不由取笑道：“如何石子明也变得拘谨了？今日并无御史纠仪，你不必如此小心。”

石越不好意思地笑着端起酒杯，轻轻抿了一口，道：“臣这些日子，倒是心事太重了。”

“亦不必如此。满朝大臣中，唯有卿不懂享乐。”

“范仲淹言，先天下之忧而忧，后天下之乐而乐。臣以此句时时自勉。辽、夏之患不除，陛下之志便不得逞，臣得陛下知遇之恩，岂敢言‘享乐’二字？昔汉冠军侯言匈奴未灭何以家为，臣较之古人，已是惭愧。”

赵顼默然良久，叹道：“朕闻夏主年不过十五，未知贤愚。然辽主真英杰也，昨日军报，闻他超擢一小校于营中，授三千精骑，突入上京，斩敌三百，耀武而去。辽主亦已亲率大军北上。”

“陛下可知小校何名？辽主以何人留守？”

“以萧惟信守南京，萧素留守中京。小校之名，却不得而知。”

“此悍将也，不可不知其名。当责令司马梦求打探真切。”石越实在大吃一惊，从中京至上京有数百里，孤军深入而能全身而退，必是行动迅疾如风而胆色过人方能办到。

“辽主行事用人，皆可称英主。盟约之事，文彦博上策道，可遣使致辽主：昔有盟约，无须再订，以免示天下以隙。若要再定，则两国之君当亲约于宋辽边境，辽主必不能来，此议自罢；或者，竟许其盟约，然互市须增加为战马五万匹，民马十万匹。”

“辽国正在内战，绝无可能互市十五万匹马，更何况还有战马。这亦是拒绝盟约之意。以臣之见，此时不必自绝于耶律濬，他日若要寻一借口背盟，亦不是难事。臣以为与其如此咄咄逼人，不如一口答应辽主，双方可重缔盟约，约为兄弟之国，然而两国必须开放边境，许可官民全面通商，并约定关税。如此大宋之商品，可以直达辽国内地，而辽国所产之马、牛、羊等物，亦必然源源不断运来大宋。如此若耶律濬拒绝，则是辽国无诚意，而非我大宋无诚意；若其同意，则运来大宋之马匹，自也不会短少。异日他不断绝此商约，则辽国情弊，必然全落入我大宋掌握之中，其民衣我大宋之衣，用我大宋之物，以其之马，装备我大宋之精兵，长此以往，辽国必为我大宋之附庸；若其断此商约，内则得罪于本国百姓，外则失信于天下。大宋从中获利之民众，亦必然支持朝廷用兵惩罚，如此天下形势，尽利于我，岂不胜于断然拒绝？”

赵顼从未听说这种用通商的方法来影响一国的策略，不由将信将疑，道：“此计甚奇。然我大宋之情弊，却难免尽为契丹所知。”

“陛下所虑甚是，然敢问陛下，是大宋的商人多，还是辽国的商人多？再者当年耶律德光曾经攻破开封，真宗时辽军亦曾至澶州，河北道路，于辽国有何秘密可言？倒是燕云沦陷已久，辽国道路，我大宋惟一二使者曾至，反不知其虚实。若如此说来，臣以为还是我大宋得利多，辽人得利少。天下事，兴一利，必有一弊，唯其利害相权，孰轻孰重而已。”

赵顼听石越说起当年耶律德光之事，又提及澶州之盟，不由苦笑，自嘲道：“大河以北，辽国的确是轻车熟路。”

“陛下，宋辽之间实无秘密可言。苏轼的诗词在岳州写就，汴京与中京几乎同时传唱，辽国在大宋，焉能无细作？倒是大宋细作潜入辽国不易。故通商之利，于大宋而言远胜于弊。辽主眼下正在两难间。耶律洪基在位多年，百姓困苦，而耶律濬方一即位，便逢国中大乱。他既要安抚百姓，又要大举用兵，国内用兵，如何去就粮于敌？若与大宋通商，结好盟约，他眼下之利，一则无后顾之忧，二则可使百姓稍得纾缓，减少民怨。他若能料及长远，自知此事于辽国，实是一个巨大的陷阱，总有一日，要逼得他自毁盟约。但若以眼前来看，还是他得利多些。臣竟不信他有这等眼光。”石越知道辽国与宋朝全面通商，除非宋朝大量购买他们的牛马羊以及药材之类，而且辽人严格控制贵族购买奢侈品，否则辽宋之间的贸易逆差，必然越来越大，辽国主动毁约，几乎是板上钉钉的事。以当时的条件，辽国即使想转变成依附型经济，宋朝也未必有足够的对外购买欲望来配合，所以贸易逆差的结果，只能是辽国财政的恶化。除非出现理想状况：辽人养绵羊、学会剪羊毛，而大宋的纺织业则以羊毛为主；同时大宋百姓生活水平上涨，大量购买辽国的牲畜，以满足对肉食的需要等。但要使这种情况实现，除非石越同时身配宋辽两国相印。

在赵顼这儿而言，虽然这一两年来对于海外贸易表示了一个支持的态度，也享受了相当的好处，但是总的来说，一种思维惯性之下，他对于贸易能给国家带来的利益，也没有很深刻的认识，因此也谈不上什么热情可言。特别是以往与辽、夏、大理的互市，对于大宋来说，与其说是为了赚取利润，倒不如说是为了安抚四夷，换取边境的安宁。像石越这种极富侵略性的主动通商策略，若非是迫于军事、政治上的压力，兼之对于辽国的马匹还有一点兴趣，赵顼几乎不会认为有值得他思考的价值。但此时他却不得不循着石越的思维考虑下去，以权衡其中的利弊得失。他沉吟许久，才问道："卿谓长远来看于辽国是一个陷阱，朕未解其意。"

石越立时意识到许多在他看来是常识的东西，赵顼却未必知道。忙解释道："陛下，以宋辽两国通商的情况来看，陛下以为会是大宋商人挣辽人的钱多，还是辽人挣我大宋的钱多？"

"自是我大宋商人挣得多。"

"正是，两国通商规模越大，我大宋商人挣得就越多。若将从外国购买商品叫进口，卖出商品叫出口，出口多于进口叫顺差，进口多于出口叫逆差，那么两国通商规模越大，大宋的贸易顺差则越大，随着这个顺差慢慢扩大积累，辽国的财政必有一日要全面崩溃。"石越不厌其烦地向皇帝解释着一些贸易名词，"试想，一座普通摆钟卖到辽国，便可以换取十匹马。此外大宋的丝绸绫缎，甚至棉布衣服，还有瓷器，纸张，甚至染料，还有从海外进口来的香料，无一不深得辽人喜爱。果真全面通商，辽国对大宋的贸易逆差，迟早会积累到一个让耶律濬寝食难安的地步。但他若要轻率用兵，则内必招致民怨，外则失信天下。故此，臣说这于辽国，实是一个陷阱。"

赵顼又想了好一会儿，终于点点头，恍然大悟。既然想明白其中关键，不由笑道："朕不料通商竟然能有如此奇用。"

"若规模不大，其实也没甚用处。汉之匈奴，夏之元昊，皆深明此道。胡人凡欲大有为者，皆绝汉俗，用胡俗，其所惧者，便是通商。若非此非常之时，耶律濬断然也不会答应。现今却是有了一丝机会，毕竟眼下两国相好，互相通商，于他有眼前之利。"石越对于耶律濬是不是会答应，其实并无把握。

"无妨，若其拒绝，则是其无诚意。只是须善择使者。"

石越知皇帝已然采纳，笑道："使者不难，可令卫尉寺卿章惇为正使，黄庭坚为副使。章惇有胆色决断，黄庭坚知文章礼仪，必能不辱使命。"

“卫尉寺诸事草就，章惇或不可轻离。”

“陛下何不问章惇？此次出使，非比寻常。一旦决定盟约，则不可再公开支持耶律乙辛。窥探辽国三方内情，从中为朝廷谋取最大的利益，此事非章惇不能办。”

离开行宫之后，石越便叫了侍剑，上马回城。眼见清河郡主与狄詠大婚在即，清河郡主是宗室第一美女，而狄詠则是当时天下第一美男，号称“人样子”，这一对天作之合的婚配，让整个开封府都津津乐道。自苏颂在赵顼面前推荐狄氏兄弟之后，狄詠就一直负责皇帝的宿卫安全，亲贵无比，因此清河郡主大婚的礼物，虽有梓儿打理，石越却也不敢怠慢了，即使在百忙之中，还是要亲自过问礼物的准备。

主仆二人按辔徐行，刚出琼林苑，却见一骑人马从后面追来，还一面大呼小叫道：“石越，石越……”

当时天下除了皇帝之外，无人敢当面直呼石越之名，朝中大臣，便是吕惠卿、蔡确、安惇，在皇帝面前称“石越”则可，若当石越之面这么称呼，却也没有这个道理。因此石越与侍剑听到这呼唤，不用细想，心里便已在苦笑。二人停下马来等候，没多时那人便已赶上，果然便是柔嘉县主赵云鸾。

柔嘉虽未成年，但也快有十五岁，按宋代的规矩，再过两年，便可嫁人。虽然也不是没有晚婚的例子，却终究是应当讲讲忌讳嫌疑了。哪料得她纵性妄为的脾气不仅没改，反倒是变本加厉了。此时更是一身男装，头发用一条白色丝带束起，倒似个俊逸的美少年。

石越见她近了，苦笑道：“县主，不知有何吩咐？”

“我想去看看你夫人，可不可以？”柔嘉横了他一眼，撇着嘴说道。侍剑捂着嘴窃笑，不料柔嘉已是一鞭子抽下，啐道：“也就是石越惯出你这种书童来。”侍剑是经过名师指点的，哪里便能让她抽着，一拉缰绳，轻轻避开这一鞭，笑道：“请县主恕罪。”

柔嘉却不去理他，只看着石越，问道：“让不让？”

石越在马上微微欠身，道：“县主言重了。只是下官还有点儿事情，不会马上回府。”

“无妨，我反正没事可做，便陪你走走。”柔嘉顿时兴高采烈地笑道。

石越不由暗暗叫苦，他早已知道，只要被柔嘉缠上，便如狗皮膏药一般，难以揭下。但是若要带着她到处逛，万一被人看见，未免会朝野哗然。正在为难，却听侍剑笑道：“公子，朱仙镇离汴京亦不近，若不赶快，只恐到时已经天黑了。”他连忙应道：“我知道了。”一面向柔嘉笑道：“县主，我却要去朱仙镇，要明日方回。县主同行，不甚方便。”

柔嘉看了侍剑一眼，冷笑道："少闹这种玄虚。朱仙镇我不敢去吗？陈桥驿我也去了。"说罢夹了一下马腹，催马前行，一面高声道："走罢。你若敢跑了，我便将石府闹得鸡犬不宁。"

石越无可奈何，只好硬着头皮跟上。只是人马始终和柔嘉保持五十米的距离。

如此一路前行，进了万胜门，便见两旁商贾密集，把大道都占了不少，叫卖之声更是不绝于耳。因人来人往，熙熙攘攘，通行甚是不便。三人不得已下了马来，牵马徐行。柔嘉走到石越身边，皱眉道："皇兄下过几次诏书，不许这些商贾在御道做生意，竟是管不住。也不知道开封府做什么的？"

石越笑道："当年太宗皇帝想扩建皇宫，万事都已准备好了，只因皇宫附近的百姓不肯搬迁，十分反对，太宗皇帝便决定放弃扩建。我与皇上说了此事，皇上圣明，便决定不再管此事。这须怪不得开封府不尽心。朝廷须尽量体惜百姓，才是正道。"

"原来是你从中作祟。"柔嘉怒视石越，她却懒得去管那些大道理，直欲把今日通行不畅的罪责加在石越身上。

石越一见她神色，心中一惊，慌忙说道："非也，非也。昔日也曾下过诏书禁止，却屡禁不绝。这须怪不得我。"

柔嘉却不依不饶，依然怒目瞪视，道："我可不管。似这般走，要走到何年何月才成？总之便是你的错。谁让你去面君也不肯带仪仗，朝中大臣，谁像你这般不成体统？"

石越哪敢再讲大道理，只得苦笑道："回到府上，再给县主赔罪。只需走出这段，在前面拐个弯，便没这许多人了。"

柔嘉"哼"了一声，正欲说话，忽见四五骑人马从万胜门那边飞奔而来。马蹄过处，吓得行人纷纷躲避，许多人和担子、摊子都被冲倒，顿时街上乱成一团。柔嘉一怔之下，忘记躲闪，便见马上之人一鞭挥来，石越顿时被吓得脸色煞白。好在侍剑见机快，已闪身冲出，一把抓住鞭子，猛一用力，竟将马上之人给扯下马来。柔嘉回过神来，更是怒火中烧，也不管那人是谁，执起马鞭，便向那落马之人没头没脑狠抽过去。那人从狂奔的马上被拉下来摔到青石地板的地上，已将一只腿骨摔断，这时又被柔嘉一顿狠抽，顿时鬼哭狼嚎地大叫起来，声音却甚是奇怪。

另几个骑者见同伴落马，被人虐打，又惊又怒，一个个纵身下马，抽出佩刀，便围了上来。还有一个三十来岁的汉子，则在马上弯弓搭箭，瞄准石越。

侍剑见势不妙，连忙拔出佩剑，一把拉开柔嘉，用剑抵住落地之人的喉咙，怒声喝道："休得妄动！"

那些人投鼠忌器，连忙止住脚步，却仍然虎视眈眈。石越这时才看清那几个骑者，除了马上一人是汉人装扮外，其余几人，却都是夷人打扮。但却绝非辽、夏、吐蕃之人，看模样倒像是大理国的，又或是大宋境内的蛮夷部落。石越素知这些人不知律法，动辄杀人，这时才暗暗后悔没有带护卫。只是又奇怪这些人如何敢在汴京如此横行。

柔嘉却是不知道天高地厚，她见这些人竟如此无礼，不由厉声喝道：“你们是哪来的蛮子，敢如此大胆？”

她一开口，众人顿时便知她是个女子，眼中都有诧异之色。那马上之人冷冷地说道：“你们放开我的同伴，我便饶过你们。”

石越见此情形，便知余下众人，是以马上之人为首。他怕柔嘉多言，反激怒众人，连忙上前一步，抓住柔嘉的手，把她拉到自己身后，一面从容问道：“你们是何人？怎敢在御街上如此横行无忌？”柔嘉被他拉住，略一挣扎，忽然满脸通红，不再动弹。

“你管不着。只需放了我同伴，便井水不犯河水。”马上之人的语气，甚是高傲。

“我如何能相信你？现时你首领在我手上，你自然投鼠忌器。若我放了他，你若毁约，我悔之无及。”石越此时早已看清为侍剑所制之人，衣着锦缎，与余人不同，身份必然不同寻常。

马上之人眼中露过一丝诧异之色，道：“他不是我的首领。”

石越听出他话中之意，淡淡一笑，道：“便不是你的首领，亦是他们几人的首领。”

那人沉默一会儿，却不回答，反问道：“你欲如何方肯信我？”

“你放下弓箭，我等去开封府理论。”

那人脸上忽然露出一丝讥讽的笑容，道：“你的打扮，非富即贵，我等在汴京人生地不熟，开封府定然帮你，我岂能上此恶当？”

柔嘉忽然高声道：“那你们将兵器放下，马赶开，走到百步之外。”石越不料柔嘉亦有此急智，不由大感吃惊，回头诧异地望了她一眼。柔嘉望见石越眼神，竟慌忙将目光避开。

那马上之人微一沉吟，道：“如此不太公平。若你们毁约，我追之无及。我等可骑马至百步之外，你若敢毁约，我亦能取你等性命。”

石越见此人临机决断，毫无迟疑，神色之中，更是有一种凌驾于人之上的习惯，心中暗暗称奇。心道：“我竟不知京师中来了如此人物！难道是大理国的使者？”但他素知大理国的使者一向知礼守法，绝不可能纵马横行于街肆。此时见彼方步步退让，更是深知被擒之人身份于对方必然非同寻常，当下更不着急，凝目注视马上之人，从容说道：“你们究竟是何人物？若不肯说出来，我终难相信你。”

“那你们又是何人物？我又如何能相信你们？天下之大，我随口胡诌一个名字，你亦不知真假，何必相问？”

石越忽然笑道："我信足下不是说谎之人。"

那人略觉诧异，喉咙一动，却不答话。石越走到侍剑跟前，却见那被擒之人头发凌乱，脸上东一道西一道鞭痕，此时被侍剑用剑抵住喉咙，早已脸色苍白，惨无人色。又见他肤色甚黑，肌肉隆起，却不似养尊处优之人。这人见石越过来，虽不敢说话，眼中却露出怨毒之色。石越淡然一笑，温声问道："你是何人？敢于街中横行，却不敢说出自己的名字吗？"那人脸上更加愤懑，口里连珠似的说出一串话来，石越虽听出是西南口音，却是一句也听不懂。

马上之人冷笑一声，道："你又何必咄咄咄逼人，非要知我等来历？"

石越霍然转身，逼视对方，道："自是为了后会有期！"

"你还想寻事？"忽然间，马上之人似乎换了一个人一般，身上处处散发着一种傲然之气。他注视石越，淡淡说道："那便告诉你也无妨。被你擒住之人，是归来州知州个恕之子、番部巡检乞弟，乃是入京就读番学的。我是归来州何家堡堡主何畏之。你若想报仇，可来寻我。"

石越又打量了被擒之人一眼，终于恍然大悟。归来州是西南梓州路的羁縻州，大约在后世宜宾的古兰、叙永、兴文一带，是熊本平定泸夷时所置。石越兴番学，凡附宋之各部酋长都遣子入学，这些人平素在山乡夜郎自大惯了，又不懂礼法，触犯法禁更是常事。为此事，石越没少遭弹劾。朝廷为之屡申严令，这些人才渐渐收敛，这乞弟等人，想是来京不久，才敢如此横行。只是那个何畏之，却不似一个平常人物。不过山野间藏龙卧虎，亦是平常之事。当下问道："我在何处可寻到你？你与这个乞弟住一块？"

何畏之淡然一笑，道："只要你在开封，日后便会知我大名。"言外之狂傲，让石越都不由一怔。柔嘉早已按捺不住，冷笑道："好大的口气。我亦不要知道日后，只需知今日晚间你在何处便可。"

"告诉你亦无妨，今日晚间，我当在石子明参政府上。"何畏之傲然回道。他话一出口，石越三人面面相觑。柔嘉恶狠狠瞪着石越，石越连忙无辜地摇了摇头。

何畏之说了这许多话，已是不耐，又催道："放不放人？"

"放。"石越生怕柔嘉多嘴，连忙说道，"你们先下兵器牵马退后一百步。"

何畏之打了一个眼色，余下几人便将兵器丢到地上，何畏之却将弓收起，只是把箭全部丢到地上。一手牵马，缓缓后退。柔嘉走上前去，正要拾起众人兵器扔到一边，却听何畏之冷冷说道："箭上淬有剧毒，见血封喉。姑娘自重。"

柔嘉素是不知天高地厚之人，哪里肯信，反倒偏偏先要去拿箭了。石越却知何畏之这种高傲之人，定然不屑于撒谎，慌忙抢上一步，一把拉开柔嘉，低声说道："县主，你上马先行回府。"也不待柔嘉答应，便将她拉到马边。不料柔嘉死活不肯上马，却也不说理由，只是涨红了脸死死抓住马缰不作声。

石越万料不到柔嘉这时居然闹起别扭，顿时傻眼。他知道当时西南诸番，大多好斗，视杀人为常事。万一对方翻脸，使柔嘉有个什么三长两短，他可真是百死莫赎了。但这位姑奶奶不肯上马，他却也无可奈何。眼见何畏之等人就要退到百步开外，石越当真是心急如焚，低声说道："县主，算我求你了，你快上马吧。"

柔嘉脸色越来越红，却依然是无比坚定地摇头。

侍剑一直注视着何畏之等人，也不知石越与柔嘉在闹这个别扭，眼见半晌没有听见动静，不由催道："公子，你与县主先上马回府，我来交人。"

石越知道侍剑学过武艺，自己留下来反是累赘，当下应声说道："你多加小心，不必伤害人命。"一面踏蹬上马，也不顾嫌忌，伸手将柔嘉拉上马来，催马回府。

侍剑故意拖延了一会儿，待石越走远，这才一脚将乞弟踢开，跃身上马，狠狠抽了马一鞭，又高声笑道："何畏之，后会有期。"驱马绝尘而去。

何畏之目视侍剑的背影，心中忽然升起一种奇怪的感觉。他见几个属下已将乞弟抬起，亦上前将地上的箭捡起，放入箭筒，上马说道："先回去吧。"

不料众人却是怒目相视，并不动身。乞弟黑着脸说道："你为何不问他们姓名？"

何畏之轻蔑地看了乞弟一眼，淡淡地问道："你想报仇？"

"此仇不能不报！"那乞弟在归来州也是称王称霸之辈，何曾吃过这种大亏？

"我劝你不要报了。"何畏之的语气充满了戏弄。

"何畏之，你怕了吗？你要想想这些年是谁支持你们何家堡？"

何畏之脸色忽然冷冰，他催马走到乞弟旁边，居高临下地望了一眼，寒声说道："我要灭掉你个昶家，便如探囊取物。西南诸部，我何家在哪里都可以立足！"

乞弟听见这冰冷刺骨的话语，身子竟是不由一颤。

"你若想报仇，大可自己去寻。方才那个书童称那个女子为县主，大宋朝敢女扮男装出来逛街的县主，必然不多。"何畏之嘲讽地说道，"不过我劝你不要存报仇这个痴心妄想的念头，即使人家不是县主，就以那个书童的武艺，你们个昶家的人去，也是送死而已。"说罢竟是催马扬长而去，留下乞弟在那里瞪目结舌。

石越与柔嘉共骑而行，不料一路上柔嘉竟是很安静，倒让石越很感到奇怪。过了几条街道，因听不见后面有人追赶，石越便下了马来，牵马而行。柔嘉坐在马上，一反常态的默不作声，只是不停地把玩着手中的马鞭。不多时二人便到了石府。石安远远望见石越竟然给一个年轻男子牵马，不由大吃一惊，张大了口半晌合不上。一面迎了上来，看得实了，才知道是柔嘉县主，慌忙行礼。石越见他模样，亦不由好笑，骂道："还不快叫人领县主进去？"

石安连忙答应，一面问道："参政，侍剑没有回来吗？"

石越想自己和柔嘉是牵马走回，侍剑却是骑马，自是侍剑在前，不过京师道路交叉，不走一条道也十分正常，因此他只道侍剑早已回府，这时听石安问起，不由担心起来，反问道："侍剑还未回来？"

"小的今日一直在大门前，并未见着。他是与参政一道去面圣的……"

石越与柔嘉对望一眼，不由脱口说道："糟了！"他正欲叫人去开封府找人帮忙，便听石安笑道："回来了，回来了。"石越与柔嘉回头望去，不由愕然——学士巷两头，各有一骑缓缓而来，一头是侍剑骑马回府，另一头却是何畏之牵马进巷。侍剑与何畏之亦互相望见，侍剑倒还罢了，何畏之脸上不动声色，心里却是惊疑不定。他此次赴京，是在归来州熊本的酒宴上，听到石越的大名，又得十余年前结识的一个故友书信相邀，以护送乞弟上京为名，来访石越，谋干大事。谁知乞弟在归来州横行惯了，入京之后，震撼于汴京的繁荣，反而更加放肆，才惹出今日之事来。他欲谋大事，自是不愿意多生事端，否则石越早已毙命于他箭下。此时居然在石越府前见着石越三人，让他如何不惊？如何不疑？但他是久历沧桑之人，仍然一步一步缓缓向石府行来。

侍剑此时已回老巢，石府虽然不曾蓄养死士，却也有家丁护院，武艺是潘照临、司马梦求、田烈武亲自指点督训，区区一个何畏之，他自是不再担心。骑在马上，高声笑道："何畏之，不料在此相遇。"

何畏之却不去理他。径自到了府前，将马拴好，从怀中抽出一张名帖，顾视众人一眼，目光落在石安身上，彬彬有礼地说道："劳烦先生通报一声，道归来州布衣何畏之求见石参政，盼赐一见。"

石安双手接过名帖，却望着石越，不知其中是何玄虚。柔嘉却是越瞧越是好玩，忍不住笑道："石安，还不去通报？我也是来见石越的。"侍剑嘻嘻一笑，走到石越身边，却不说话。

石越见何畏之背手而立，竟是视众人为无物。心中又是感慨此人身份绝非一平常的边郡堡主；又是奇怪他为何来见自己。他知自己府上之人向来号令严肃，石安虽然自建府之日起便在府上，却也知道规矩，有自己在场，没有他的亲口命令，绝不敢听旁人号令，柔嘉虽是县主，却也差使不动石安。当下便朝石安使了个眼色，石安这才向何畏之说道："先生请入内奉茶，小人立时便去通告。"竟是径自引着何畏之入府。何畏之毕竟不知中原风俗，虽觉奇怪，却也不以为意，只道石府规矩如此，来人便可以引至客厅等候。他哪知道，有多少官员来拜会石越，都只能在门外干候着。

待石安领了何畏之入府，石越这才吩咐道："侍剑，你领县主去见夫人。我去会会何畏之，你再顺便叫上潘先生与陈先生。"

侍剑正要答应，柔嘉哪里肯依？道："我要和你去客厅会会这个何畏之。"

石越顿时头大，道："这如何能够？"

"为何不能？你若不答应，我便在此大喊大叫，让你不得安生。"柔嘉坐在马上，瞪大眼睛，双手叉着腰威胁道。

石越被她闹得哭笑不得，只得点头答应。一面让侍剑去叫潘照临与陈良，自己带了柔嘉去见何畏之。到了客厅，便见何畏之端坐在一张椅子上，正在品茶。厅中侍立之仆人见石越进来，连忙一齐欠身行礼，道："参政。"只是见着柔嘉一身男装，却都是一怔，不知要如何称呼才好。

石越摆摆手，向何畏之抱拳笑道："何先生，今日多有得罪了。"

何畏之这才清清楚楚地明白，今日所见之人，竟然便是自己想要求见的石越。但他当真沉得住气，脸上竟是从容如故，只起身温声道："在下有眼不识泰山，多有得罪，还望参政恕罪。"

石越一面又请何畏之坐了，自己坐了主位，柔嘉却站在他身后。石越无可奈何地望了柔嘉一眼，这才向何畏之笑道："先生非寻常之士，不知为何屈居归来州个恕部？"

"此虎困平阳之时，然何家堡于个恕家，亦非主仆，不过盟友而已。"何畏之淡淡说道。

石越笑道："原来如此。"柔嘉却轻轻"哼"了一声，显是不大相信。

何畏之傲然瞄了柔嘉一眼，目光转落到石越身上，问道："敢问参政府上可有一位叫潘潜光的先生？"

"潘先生便在府上，先生与潘先生是故识？"石越奇道。

"十二年前，曾有一面之缘。"何畏之淡淡的话中，似有无限苍凉之意。

石越微微点头，笑道："我已着人去请潘先生，稍候便至。何先生是汉人，只不知为何却在归来州蛮夷之地建堡？"

"我祖上确是汉人。不过我何家避居大理已逾四甲子。"

"先生是大理人？"石越愕然道，他拿起放在桌上的名帖，上面分明写道："归来州布衣何畏之字莲舫"。

"参政无须多疑，我的确是大理人，迁居归来州亦不过数年。十二年前，我与潜光先生，便是在大理相会，我的身份，他知之甚详。"他说话间，目光有意无意瞥向柔嘉。

这神态落入石越眼中，石越便知他为人精细，已猜出柔嘉身份不同寻常，却是有话不便当她之面说出。石越却也不能赶走柔嘉，露了痕迹。正觉为难，便听柔嘉笑道："是大理人不是大理人又何妨，若有本事，天下皆可去得。只恐是胡吹一气，料你西南偏野之处，又能有什么了不起的人物。"

何畏之心中一动，笑道："此话确然有理。在下本来亦无甚本事，平生只会酿酒配药，懂点杀人之术。却不知参政用不用得着？"

"未知先生有何杀人之术？"石越淡淡笑道。

何畏之嘴角现出一丝冷笑："参政也要杀人吗？"

"佛也要降魔。"

何畏之哈哈大笑，击掌赞道："好！好！我早知潘潜光不会看错人。"又笑道，"我之杀人之术，却有杀人见血与杀人不见血之别。"

"愿闻其详。"

"我曾于某次蒸取花露时，有人恶作剧，将花露换成了酒，结果蒸馏所得之酒露，入口极辣，却别有风味……"何畏之一面说，一面从包裹中取出一小瓶酒来，递给石越。宋代酒大抵用瓶装或者坛装，石越倒也不以为意，接了过来，拧开瓶塞，轻轻喝了一口，便觉得一股火辣辣的味道传来——虽然度数并不高，也就二三十度左右，但是在古代喝惯了十几度的低度酒，竟是有他乡遇故知的感觉，不由咂舌赞道："好酒！"

柔嘉与何畏之却各是一惊一喜，柔嘉不料石越如此轻信，万一其中有毒，后果不堪设想，只是阻止不及，心中一急，几乎要哭了；何畏之却不料石越如此相信自己，自是大起知己之感。此时见石越称赞，不由笑道："确是好酒。"

石越心中大奇，他素知蒸馏酒须要蒸馏器，但却不知蒸馏器早在汉代中国便已发明，不过却是用来蒸水银或者花露。他第一次听到还有蒸花露一说，忙问起详情，原来蒸花露一般是采用固态蒸馏，但是何畏之为了提取"花中之精"，却是对采集回来的花露尝试进行液态蒸馏，不料被人恶作剧换成了酒，偶然之中，发现此法。他随即进行种种试验，改液态蒸馏为固态蒸馏，亦获成功……石越这才恍然大悟。

何畏之又笑道："我既悟其中之道，便将这蒸锅加以改良，且又尝试将蒸出来的酒再行蒸煮，所得之酒露，其烈无比。较之方才参政所喝，更厉害数倍，见火即燃，须兑了泉水方能入喉。我想此等烈酒，大宋人或者喝不习惯，但是若给辽人，不怕其不爱之如甘露……辽人本就嗜酒，若得此物，便能让其朝廷上下，整日皆在醉酒之中。只是若私自酿酒出卖，干犯禁令……"

石越此时却是大喜过望，当时蒸馏酒的技术，至少在东方世界还是一个极大的秘密，若把蒸馏酒卖到大宋的各个邻国，其利润之巨，难以估量。而且他的军屯计划，便能更加顺利地推行了。"种甘蔗制糖、制造蒸馏酒，还有制药……"石越一念及此，立时想到早就听说过甘蔗制糖之蔗渣可以发酵制酒，还可以用来造纸——若能再将蔗渣制酒的技术发明，那么开拓的就不仅仅是国外市场了。毕竟用粮食酿酒，在粮食产量不是极丰富的时候，其规模还是需要控制的，但是用蔗渣来酿酒，却完全没有这方面的顾忌。转念又想到何畏之所献之技，足以令他富甲天下，他却毫不保留地告诉自己，分明是有更大的图谋，虽说此人自称是潘照临所荐，石越心中亦不能不惊疑。

柔嘉却不曾想这许多，见到石越无事，心中竟不由一阵轻松，笑道："这便是你的杀人不见血之术吗？可笑，可笑！一瓶酒也能杀人？却不知你那杀人见血之术，又是如何惊世骇俗法。"话中充满戏谑之味。

何畏之微微一笑，道："杀人见血之术，数不胜数，便要看参政如何用了。其实参政今日便已见过其中一术。"

石越一怔，不知何指。却听何畏之轻描淡写地说道："我那几枝毒箭，非比寻常。"

柔嘉冷笑道："你当大宋没有毒箭吗？"

"只怕比不得我的。自来毒箭并不耐久，若在风雨中作战，更是百无一用，我却有一个秘方。"何畏之语气虽然平静，但是说到此处，眉宇间却有一股阴戾之气，让人不寒而栗。

石越心中一凛，忙问道："是何秘方？"

"大宋广南东西路、梓州路附近，以及大理国，有一种树汁剧毒无比，见血封喉。若将此种树汁与砒石煅烧后一同投入烈酒之中，淘去渣滓，然后将澄清之毒酒在沸水上隔锅加热，酒蒸发之后，便只余下潮湿的褐色粉末，再行加热，便成药粉。又取蛇毒液浸泡后阴干。凡一十五斤药材，可得一两药粉。此药粉可随军携带，要使用时，加水冲兑，以箭镞沾水即可。一分药末加水一斤调开，可浸箭镞一千。十斤药末，可浸箭镞数百万。浸药之毒箭，一旦见血，十步封喉，料辽夏二国，没有这么许多兵马好杀。唯药材得来不易，我费尽心思，亦不过制出一两来。"何畏之娓娓说来，倒似乎他说的事情不过是在如何杀鸡宰牛。

石越心中却极为不忍，他站在文明之立场，自是奉宋朝为正朔，知唯有汉文明方是中华之主体，但是与契丹、党项却也没什么深仇大恨。此二族在石越的时代早已消亡，不少人更是融入汉族之中。若说要灭人之国，他的确是念念不忘，但说要屠人之族，他却丝毫没有此心。真要说来，焉知他石越身上，便无契丹、党项血脉？似何畏之之毒箭，虽然不知是否真有他说的那般厉害，却已经是"化学武器"了。好在石越知道这种毒药得来不易，而且他也从不将战争胜负寄托于这种奇门毒药之上，因只是淡淡笑道："先生真是有心之人。"

柔嘉却骂道："这法子真毒。"她却不知何畏之满腔怀抱，所谋者大，于此种种，自是处心积虑。

何畏之于柔嘉的指责，自是毫不在乎；但于石越的态度，却甚是留心，可从石越脸上却看不出一丝端详，不由暗叹石越城府之深。

石越初见此人之时，本有爱才之心，后来听他要来寻访自己，更有延揽之意，但是交谈愈多，便愈觉此人外表温和，内心高傲，胸中更有一股说不出来的怨毒之意。虽然不曾见诸言语之中，但是石越却能时时感觉分明。似乎此人曾经身居高位，或者至少是受过严格的贵族训练，所以才用外表的温和与高傲，来掩饰住那心中的怨恨。一时之间，石越对于是否能够控制此人，竟是没有了把握。

“此枭雄也。”石越暗暗警觉。这样的人物，若然没有机会，可能就一辈子老死于穷乡僻壤，默默无名，因为他们不愿意去受庸人的气；但是若然他们找到机会，却未必是普通人可以控制的——双刃之剑！

便在此时，听到客厅之外有数人的脚步之声，一个家人进来禀道：“参政，潘先生、陈先生来了。”

石越忙道：“快请。”何畏之却已起身等候。不多时，潘照临、陈良、侍剑便进了客厅，潘照临看见何畏之，长揖到地，又凝视何畏之半晌，方悠悠说道：“一别十二年，莲舫已非吴下阿蒙。”

“家破国危，欲为五陵少年不可得。恭喜潜光兄托得明主，可一展胸中抱负。”何畏之淡然的神色中，有几分苍凉。

石越听到“家破国危”四字，心中一动，已知何畏之在大理国，必然非寻常人物。果然，便听潘照临说道：“参政，当年大理国王段思平攻破下关，与滇东三十七部石城会盟，莲舫祖上，曾有力焉。”

石越这才知道原来何家是大理开国功臣之后，忙立身说道：“原来如此，失敬。”

“不敢，惭愧。”

潘照临又道：“当日曾听到传闻，道何家受到杨、高二权臣之陷害，举族焚屋出走，不知所踪，心常念念。后听梓州路上京官员说起归来州何家堡，又提及莲舫之名，虽恐是同名同姓之人，却不敢错失机会。便修书一封，托人带到。不料莲舫果真是信人。”

“有劳挂念。”何畏之自是知道潘照临信中招揽之意，但是他对于大宋，却谈不上什么感情，更无效忠之意。此来拜谒石越，全是为了自己一族之利益，以他之才，若是没有机会便罢了，只要有一丝机会，便不会甘心老死归来州。

潘照临亦知道何畏之一向骄傲，种种安慰的话语自然全都收起，以免被他当成讽刺。只是说道：“何兄既然来京，盼在府上少住，以叙别来之情。”石越亦笑道：“正是，还盼先生多留几日，在下好时时请教。”

何畏之微微扬首，他无意入石越幕府，但是许多事情，非一时半会能说，不得不耐下心来。当下便不推辞，道：“如此多有叨扰。”石越与潘照临见他答应，连忙一面吩咐人去安排住处，一面给何畏之引见府中诸人。

柔嘉本欲看个热闹，好对何畏之出口胸中恶气，不料此人反成了座上嘉宾，心中大是不忿，众人种种应酬，她更是毫无兴趣。因见侍剑站在旁边，便走到他面前，问道：“喂，你知道给十一娘准备的礼物在哪里吗？我要去看看。”她竟是理所当然地把石府当成自己家，毫不生分。

侍剑早知她的脾气，忙道：“在夫人那里，小人给您带路。便是一张古琴，几副字画。”

“啊？”柔嘉顿时回转身来，瞪视石越，怒道：“石越，你不用这般小气吧？礼物如此寒碜，害我都没有面子。”

石越顿时莫明其妙，不知道自己的礼物“寒碜”，和她的面子有什么关联？当下苦笑道：“我薪俸微薄……”

“你叫什么穷？你是参知政事、太府寺卿，当我不知道吗？一张古琴，几副字画值得几贯钱？怎的如此小气？”柔嘉一腔怨气，便全发在此事之上。

侍剑连忙赔着笑说道：“县主，这一张古琴，几副字画，可不是几贯钱能买到。这张古琴是东晋之物，字是卫夫人的真迹，画是大李将军的《春山图》……”

“还说不小气？卫夫人是谁？我都不认识，必是无名之辈。还大李将军？一个武人画的画，亏你也送得出手。你便是派人到岳州找苏轼写个字，也要体面些！”柔嘉更加气愤。

众人听到这话，几乎喷饭。“大李将军”李思训的《春山图》，是难得的稀世之珍，不料到了不学无术的柔嘉嘴里，竟然变成了“武人画的画”。便是何畏之也要忍俊不禁，不知道是哪来的活宝县主。侍剑想笑又不敢笑，连忙低下头，歪着嘴巴说道：“县主，卫夫人死了七百多年了，您自是不认识。她的书法，古人说如插花舞女，低昂善容；又如美女登台，仙娥弄影，红莲映水，碧沼浮霞。连王羲之也是她的徒弟。她老人家的墨宝，价值三千两白银。这个大李将军，也不是普通的武人，他是唐代宗室，战功卓著，做过武卫大将军，画风精丽严整，是唐代有名的画家。他的那幅《海天落照图》，此时正在宫中，连皇上都很喜爱的。这副《春山图》，是百方搜罗所得，苏使君若是知道，必然愿意用一百幅墨宝来换。”

柔嘉早已满脸通红，她哪里知道梓儿知清河郡主不是一般俗人，为了挑件好礼物，不知费了多少苦心。这三件礼物，无论赠上哪一件，都已经堪称厚礼。只因清河郡主是在太皇太后、皇太后、皇后面前都能说上句话的人物，这才不惜成本，三件无价之宝一齐送上。她不识货倒也罢了，却还嚷嚷出来，不料出了这个大丑。好在柔嘉是脸皮厚惯了，羞赧也只是一会儿，立时便鸡蛋里挑骨头，说道：“若是这样，那还不错，只是却不够周详。”

侍剑咂舌笑道：“县主，似这不够周详，便无法再周详了。”

"你一小小书童，懂得什么？"柔嘉得意扬扬地斥道，"这点东西，送给十一娘自是配得上，可是郡马呢？"

"狄将军亦通文墨音律的。"

"毕竟是个武人。"柔嘉刚才还对武人大为不屑，此时却已是津津乐道。

石越知道柔嘉必要找回这个场子，笑道："便是县主说得对，便劳县主去指点一下拙荆，挑几件礼物送给狄将军。"

柔嘉却是满脸奇怪地望着石越，道："你不是叫你夫人叫妹子的吗？如何便叫拙荆了？"此语一出，众人顿时捧腹，再也按捺不住。石越亦被她闹得哭笑不得，不知如何是好。

何畏之跟着众人笑了一会儿，因从包中取出一物，笑道："参政不必再去劳心，或者我这个东西，能入狄将军法眼。"

众人循声望去，顿觉宝光闪烁，原来何畏之手中，竟是拿着一柄镶满了红宝石的匕首。石越连忙谦谢道："不劳先生费心，此物过于珍贵，断不敢受。"

何畏之淡淡笑道："这种无用的石头，在蒲甘国到处都是，值不得几文钱。"

"蒲甘国？"石越一怔，不知道他说的是什么国度。

"便是缅国，唐朝所谓骠国。"

石越这才明白，原来竟是缅甸。他于缅甸历史并不熟悉，便问道："我读《大唐西域记》与唐史，知缅国素来分裂，小国数以十计，不知现在如何？"

"今时不同往日。三十一年前，蒲甘国阿奴律陀王即位，大约于十八年前国力始盛，开始征伐各部。蒲甘统一，已是指日可待。"何畏之亦不知道，便在熙宁八年，阿奴律陀王在即位三十一年之后，终于完成了统一大业。缅国已是中南半岛的一个大国。不过此节石越却也是在薛奕回国之后始知。

"原来如此。阿奴律陀王亦英主也。"

"确是英主。传闻中其子江喜陀，亦不下乃父。"何畏之憾声道，若非知道缅国有英主在位，他当初未必便一定要避居归来州。

柔嘉对这些却不关心，只饶有兴趣地问道："那个什么蒲甘的红宝石果真遍地都是吗？"

"其国盛产宝石，而大多数地方并未开化，不识此物之用，以数尺之布，便可换得若干块。不过彼国丛林凶险，便是大理国之人，轻易亦难以去得。久闻大宋有海船水军，若能去得，似这几块石头，实值得不几文钱。"何畏之轻描淡写的几句话，却让石越等人怦然心动。这红宝石在大宋，却不只是"几文钱"！

3

大宋历熙宁八年十月。高丽国，开京。

这一年，有一个叫金富轼的婴儿在开京出生，在另一个时空中，此人后来模仿司马迁的《史记》，撰写了一部《三国史记》，从而成为那个时代高丽唯一有资格被世界历史记住的人。但是这个婴儿的命运，同样会发生改变。石越带来的蝴蝶效应，早已刮到了这个世界东北部的半岛之上，并且，将更深更猛地刮下去，将高丽王国的历史命运彻底改变。

蔡京、唐康、秦观三人到高丽国已久，不料高丽国上上下下十分迷信阴阳鬼神之事，受上国诏旨，非要选定良月吉辰不可，此事在淳化年间，早已被宋廷责骂，但也就是当时好了一阵，过不多时便旧病复发，硬是让蔡京、唐康与秦观，在开京心急如焚地干等。好不容易受了诏旨，又要使者在馆中待足一个月，方能出馆。气得蔡京等人尽皆破口大骂。好在高丽国礼数恭敬，特意腾出一座离宫来做大宋使者的驿馆，又临时换了招牌，名之为“顺天馆”，据说是要像恭顺上天一样对待大宋。不过话是如此，能否做到，却无人知晓。

“高丽国王王徽诸子之中，当以次子国原公王运最贤，且好读诗书，亲近中国。至于王太子王勋，不过是个平庸之辈，无大过亦无大善，唯唯谨谨而已。”唐康在顺天馆内，与蔡京、秦观一起分析高丽国内各种势力。

“从之前收集的情报，以及至高丽后种种情状来看，可以确定高丽国内，有两党存在。”蔡京一面说，一面从桌上棋盒中取出几粒黑白子，“啪”的一声，将一粒黑子扣在桌上。“一党，是首鼠两端之辈。彼辈因中国远，契丹近，故此外表虽然不得不对中华示以恭敬，但实际还是以不敢得罪契丹为主。之前与契丹的战争，已将他们彻底打怕了。若非我大宋海船水军随时可以将上万精兵送至开京登陆，此辈势力当更盛。彼辈与中国交往，是贪图贸易朝贡之利，兼以制衡契丹。但眼下辽国大乱，而我中华渐盛，故除一些被契丹收买者之外，此党亦不敢公然得罪我大宋。”

秦观点头道：“我听说此前高丽使者来我大宋朝贡，甚至有契丹人混入其中。彼辈打探南方山川道路，图画虚实者，亦是为契丹所迫。”

“此亦人之常情，薛将军破交趾之前，高丽所惧者，契丹也。原因无他，契丹可置其于死地，而我大宋不能也。故辽主致我大宋国书中，常呼高丽为其‘家奴’。自薛将军破交趾后，高丽始知恐惧，若我宋朝军队一日自海路而来，可直抵开京城下，高丽如何不惧？”唐康一面指指所住宫殿，又笑道，“这‘顺天馆’三字，是海船水师与霹雳投弹之功。”

“康时所言甚是，王徽将我宋使之待遇高契丹一等，亦是因宋辽国力此长彼消之故。”秦观于这些亦看得十分清楚。

蔡京微微颔首，道：“此党之人，在高丽国中居多数。甚至连高丽国王王徽，亦是如此。彼于契丹，唯一个‘惧’字；于大宋，则是一个‘惧’字再加一个‘贪’字。”说罢，右手微抬，“啪”地将一粒白子扣在桌上，道：“另有一党，则是亲近中华，力图摆脱契丹控制者。此党于契丹，在‘惧’字之外，尚有一个‘恨’字和一个‘蔑’字，彼辈视契丹为蛮夷，深以受其控制为耻；于大宋，则又另有一种羡慕与喜爱之情。此辈人亦遍及高丽朝野，全是汉化较深且精通儒学、文辞之人。我等若要成事，便需借助此辈之力。”

“以元长兄之意，此党以谁为首？”唐康含笑问道。

蔡京微微一笑，道：“康时岂有不知之理？”

“此君亲近中华，非止为了喜爱中华文物，亦非止为了摆脱契丹的那点子野心。他有求于大宋！”唐康凝视蔡京，笑道，“若要他助我等，我等不能不助他。”

秦观沉吟道：“此事不可不慎。此司马昭之心，他亲自来顺天馆便来了五次，遣使者问起居，使亲信前来探望，在下算过，一共是四十八次。如此迫不及待结援大宋，所谋者大。万一犯王徽之忌，我辈身死事小，惹起两国纠纷，坏了参政大事事大。”

蔡京眼中凶光一闪，冷笑道：“昔日陈汤万里之外能斩郅支。如今海港之中，尚有五百军士等候，等赴日本国船队返航，军士水手，亦有数千之众。真到决裂之时，胜负未可知也。”

唐康亦笑道：“少游不必担心，欲立奇功，必冒奇险。唯此事须机密，不可贻人把柄。”

秦观见二人已经定策，便不再多言，握紧佩剑，慨声笑道：“既是如此，在下亦无异议。若能为国立此奇功，必当扬名万世。”

三人六目相顾，哈哈大笑。唐康笑道：“三日之后，便是王徽召见。在此之前，须与那人再见上一面。”

与蔡京商议停当之后，因蔡京是正使的身份，不便随意出行，招人疑忌，便只有唐康与秦观带了几个随从，一道去逛开京，兼以亲身探访开京形势。

开京号称“王京”，当时高丽共有四京，除“王京”开城外，西有西京平壤，东有东京庆州，离“王京”不远，则是南京“扬州”，亦即历史上的“汉阳”、后世的“汉城”，并称“小三京”。宋朝商人与高丽通商，或者东至南京“扬州”；或者自礼成江逆流而上，于碧澜亭登陆，走四十余里山路，进入被松岳山环抱的开京。因松岳山上松林茂密，因此开城亦被称为“松都”。

行走在异国都城的街道上，尽管身负重要的使命，唐康与秦观却都禁不住有几分好奇。开京气候偏冷，这一点让蜀人唐康和高邮人秦观都很不适应，哪怕身上穿着用狐皮制成的大衣，冰冷的空气也会时时钻进身子里，让人不由自主地打个寒战。不过对于第一次出使外国的唐康与秦观来说，高丽无疑是理想的去处，因为开京的大街小巷，凡是用到文字的地方，毫无疑问都是汉字——这是高丽国唯一通用的文字。与普通百姓虽然言语不通，但是稍有身份的人，却都能说汉语官话。而且随着两国贸易的经常化与平民化，开京与南京“扬州”两处会说汉话的普通百姓也与日俱增。

唐康与秦观一面向城门前行，一面打量两边的店铺：开京虽然远没有汴京的繁华，甚至还比不上杭州与扬州的富裕，但也是一个人口超过十万的大城市，各种各样的店铺，应有尽有。书店里整整齐齐地陈列着翻刻的宋朝图书，从儒家九经至石学七书，甚至有苏轼最新的诗文、西湖学院翻译的“西夷经书”以及早已过时的报纸。唐康随意拿起一本，却发现价格不菲，约是大宋的三到四倍，不由大吃一惊，这才知道书籍在高丽，穷人是无法问津的。须知即使是在大宋，书价虽然有石越百般设法降低，比如对书店免税，对定价过高的印书坊征高税，对定价低的印书坊减税，又设法促进改进印刷技术，使印刷字体变小等，但是对于大部分贫寒人家来说，买书依然是件奢侈的事情。唐康就曾见到一些乡下的读书人，走上几十里甚至上百里路，到白水潭图书馆以及新成立的汴京官立图书馆抄书回去读。这些人的生活极其贫苦，吃不起汴京的饭菜，就自带烧饼，一个烧饼要吃上一天甚至两天；笔墨也都是自制的。为了解决这个问题，大宋国子监正在推动一项政策：五年之内，要在每座人口超过十万的城市建立一座藏书不低于两万卷的官立图书馆。同时亦鼓励各书院建图书馆，向所有读书人开放。一向节俭的赵顼与司马光，在这件事情上，倒是说不出来的大方。大宋已是如此，开京虽然是高丽的王京，书价如此高昂，唐康自然可以想见普通人与文化的无缘。正在暗暗感叹之间，便见到一个衣衫褴褛的读书人被书店伙计赶出了店，抱头而走。

秦观出身贫寒，早岁向学，书大抵都是借来的，自是深知读书人的艰苦，不免同情地叹道：“历来寒士未达之时，皆难免受小人欺辱。”

唐康却是心中一动，问道：“少游，若是以大宋的名义，在开京建一图书馆，供贫寒之士读书上进之用，你说这些读书人会不会对大宋因此平添好感？”

“那是自然。此辈素读中华诗书，心中已有仰慕之意；高丽与大宋一样行科举，寒士求一进身之阶，无不由此。其未达之时，最朝思暮想的，还是可以读自己想读的书。建一图书馆，焉能不让其心存好感甚至感激？亦显我中华是礼仪上邦，不与小国同。”

“嗯。”唐康微微颔首，笑道，“让高丽建房出人，我大宋只管赠书，赠书两万卷，所费不足万贯，而可收一国贫士之心，这笔买卖，自是做得。”

秦观亦点头称是，不过心中始终有利义之辩，闷了一会儿，终于按捺不住，自嘲道："不过这却是市恩。"

唐康不以为然地笑道："正要市恩。我大宋的铜钱，终不能白白花在高丽。凡有付出，必欲思有所得。此必然之理也。"说罢，又打量两边，略带奇怪地问道："我曾听闻开京是高丽人参之产地，怎的却未曾见得有人参店？"

秦观一听，这才发现果真如此。两边街上，从书店到布店、陶器店等，什么都有，其中充斥着大量的宋朝产品，却唯独没有人参店。他细细想了一回，愕然笑道："人参当在药店卖。"

唐康亦不禁失笑，道："竟忘了此事。"连忙寻了一家药店问去，不料药店虽有人参，却也是最次的货物，唐康与秦观细加询问，这才知道为了满足对宋朝商品的需求，高丽国产的人参，十之八九，都被运出礼成江，至海港卖给宋朝商人了。不仅如此，其国所产的紫水晶、软玉、水银、麝香、松子、石决明、防风、茯苓、鱼干、鼠毛笔等物，也被大量贩卖至宋朝。饶是高丽国物产丰富，在贸易上亦受到了极大的压力，结果是交易量到达一定程度之后，始终无法上升。因此之故，无论是蔡京之前与薛奕私下里商量，还是请示石越所得，都一致同意贸易的未来在南洋。狄谘都督归义城，便受石越亲笔信，要鼓励交趾国种植水稻、棉花、甘蔗三种作物，却要严厉打击其发展棉纺业与制糖业、陶瓷业，保证其富余农产品用于与宋朝交易。但是这些细节，却非唐康与秦观所能知。

一路之上，唐康与秦观不厌其烦地询问各种产品的价格，便发现一个奇怪的现象：除了书籍、钟表等物之外，在高丽最受欢迎的棉布特别是染色布，以及各种陶瓷，价格相比杭州而言，只是略高二成左右，却铺天盖地地占据了大部分的店坊。若说是因为商品过多而便宜，可是同样是大受欢迎的茶叶与蔗糖，价格却非常高昂。唐康身为唐家的子孙，又跟随石越，常常参与机要，自然知道宋朝商人海外贸易之定价，大抵是由杭州市舶司与江南十八家大商号协商议定，高丽国棉布与陶瓷价格低廉，背后必有文章。他与秦观讨论半天，却终是不得要领。

如此缓缓而行，走了一两个时辰，方至开京城南门。二人知道身份特殊，不便过于靠近，便寻了一处酒家，找了个楼上靠窗的位置，一面吃喝，一面观察。看了约一炷香的时间，秦观便皱眉说道："康时，开京毕竟是高丽王京，戒备森严。"

唐康又看了一眼城门口装备精良的高丽兵士，绷着脸，点头说道："真要大战，以我等之能，至少要五万军队方能克此名城。此非交趾可比。"

"如今之计，只得用智。凭三寸之舌游说王徽。"秦观脑海中立时游想起苏秦、张仪的风采，不由双目生辉。

唐康摇了摇头，道："不能将希望全寄于此。若能用强，则一语不合，便可率军突袭，挟大国之威而立新君。既是不能用强，便要多辛苦少游了。”

“辛苦我？”秦观愕然道。

“正是。自明日起，我等便要分别设宴招待高丽国中所有名臣，如此就要靠少游展示才华，博得亲宋大臣的好感与尊敬。一旦少游的才华能震服高丽，我等便大造舆论，遍会高丽国士了，由元长与少游讲五经一日，再宣布将向高丽国王请求替高丽士子建图书馆、资助其佼佼者至白水潭学院等各大书院读书，趁机再许诺一些大臣将其爱子送至大宋游学，在大宋参加科举取得功名之后再回高丽做官。届时再贿赂各主要大臣，让高丽国朝野清议都一致亲宋，然后再善加诱导，不愁大事不成。”唐康压低了声音，笑道。

秦观听完，不由喟然长叹，赞道：“康时真妙策也。”

唐康哂笑道：“此非我之能。”

“是元长之能？”

“此是吾兄之策。我临来之时，吾兄言：欲说其国，先服其心。若能使高丽亲我重我信我，再诱之以厚利，则事无有不成者。”唐康抿了一口酒，又道，“吾兄说，天下事有刚者，有柔者，智者审时度势而用之，或刚，或柔，或刚柔并用。若有数万精兵屯于城下，我自然要用刚道；既然事有难成，便当改用柔道，缓缓图之。”

秦观正要点头称是，忽听楼下有数骑踏过，秦观眼尖，见着为首一人相貌，忙低声说道：“是那人。”

唐康心中一凛，忙向楼下望去，便听到城门有人高声呼喝，那一队人马早已停下，“那人”与守城将官不断地用高丽话高声说着什么，却是一个字也听不清——当然，也听不懂。只见二人神色，“那人”满脸怒容，不断训斥，守城将官虽然外貌谦逊，却是丝毫不肯相让。唐康与秦观四目相顾，二人心中皆是一动。唐康叫过一个随从，低声嘱咐数句，那随从连忙应声去了。

不多时，便见那个随从到了“那人”身边，低声在他耳边说了句什么。“那人”似是一怔，抬头往酒楼上看来，正好看见唐康，顿时面露喜色，又朝那个守城将官训斥了几句，便率人离去。

唐康见他离去，松了口气，缩回头来，让随从将附近几个雅座全部包了去喝酒，自己只和秦观对酌。约莫等了一炷香的工夫，先前遣出去的随从便领着两个人走了进来。唐康与秦观连忙起身，抱拳欠身说道：“国原公，下官有礼了。”原来“那人”便是王徽之次子国原公王运。

王运有求于人，何况唐康等人是上国使节，更是不敢怠慢，忙回了一礼，笑道：“多有怠慢。”

唐康二人忙称不敢，唐康一面吩咐随从退下，一面却望着王运身旁之人，只看了一眼，便将目光移向秦观，却见秦观也在看自己，目光中尽是尴尬。

王运早就看见二人神色，忙笑道：“这是在下密友金芷。”金芷向二人一揖，并不说话。

唐康咳了一声，请二人坐了。他约王运前来，本为趁机接触，谈论要事，所说之话，自是不足为外人道，因此连自己的随从都要遣开。不料王运反倒带了个人来，若真是“密友”倒也罢了，可这个“金芷”，明明就是个女的。她那肤若凝脂，柳眉凤眼的样子，纵是不开口说话，穿着男装，也瞒不过人去。王运如此行事，实在太出人之意料。因此唐康二人竟是大犯踌躇。

王运早知其意，笑道：“尊使不必担心，金芷是我腹心之人。早日拜会尊使，因顺天馆内，不便细谈，有些话只是不敢出口。不料今日如此有缘，亦是在下的福分。”

“国原公言重了。”

“在下知宋朝天子遣尊使前来敝国，自是为赐我父王医药，以及乐器诗书，但不知除此之外，尊使是否尚有他意？”王运一双眸子凝视唐康，一动不动。

唐康淡淡一笑，轻描淡写地说道：“便有些事情，亦是于贵国有利者。”

“未知尊使可否透露一二？”

“我朝约束甚严，还望国原公恕罪。倒是自来高丽，少见王太子殿下。”唐康喝了一口酒，似漫不经心地随口说道。

王运与金芷四目相交，旋即分开，冷笑道：“我王兄要于父王面前多尽孝道，因此不免怠慢尊使。”

“言重。为人子多尽孝道，亦是应该。”

“那是自然，只是……”

“只是什么？”唐康轻轻放下酒杯，问道。

“只是敝国风俗，颇有为大邦所笑者。”王运此言出口，金芷已是满脸通红。

“哦？”唐康与秦观诧异地对望了一眼。

“尊使初来敝国，有所不知。敝国贵族之女，并不许外嫁，反要尚自家兄弟。此等陋俗，实为上邦所笑。在下曾数次上书，道本邦既受礼义教化，宜效中华风俗，去此陋俗。不料父王不听，反屡次责罚于我。我那王兄自己娶了几个堂妹，不知羞耻，反道我欲乱风俗。因此在下于国中，欲尽孝道而有所不能。”王运说及此事，一脸愤然。

唐康与秦观相视一眼，心中恍然大悟。二人不知高丽竟有这等风俗，眼见那个金芷对王运情意绵绵，现于形色，二人素知金姓亦是高丽大族，便猜到王运想要废此陋俗，未必全是为了公义，只怕也有几分私心在内。然于此节，二人自是不便说破，唐康笑道："国原公何必心忧，若国原公能承绪王位，他日要如何除旧布新，都由得国原公。且在下见朝中大臣，都心知国原公之贤。"

王运喟然叹道："尊使有所不知，在下是次子，若要继位，亦是我王兄继位。虽则国中文臣大多属意于在下，然则上不能得父王欢心，下不能让掌兵之臣信服。他日能封于一大郡，于愿足矣。"

唐康与秦观都不料王运连这等话都敢说出来，不由吓了一跳。他不知王运早已打定主意，若不能成大事，便出家为僧，料王勋也不便赶尽杀绝。他自知眼下国中武臣与掌兵之臣，无一人支持自己，连出个城都千难万难。他的出路，要么便是潜心经营，反正王徽虽然常病，五六年内却不至于崩驾，他再经营五六年，未必不能多收拾一些人心；要么便是抓住眼前的机会，结好大邦，宋朝海船水军之威名，他早已知晓，兼之契丹内乱，眼见大宋就是天下最强之国，若能得到宋朝支持，加上国中亲信助力，那么大事必然可成。因此王运竟是绝无忌惮，一意要取信于宋使。

唐康沉吟一会儿，顺着王运的话笑道："国原公若要成大事，何不学唐太宗？"

"玄武门？"王运被唬了一跳。高丽国有唐史，自是知道玄武门之变，唐太宗杀兄夺位。

"非也，非也。"唐康摇头道，"那种事情，下官怎么会劝国原公行之？"他心中冷笑：我若劝你行玄武门之事，保不住谁杀谁。你王运死了，于我大宋有害无益。

王运显然心中也知道其中利害，吁了一口气，笑道："那尊使所说？"

"唐太宗能登大位，不在玄武门，在其晋阳首义、征伐四方之功。因此当时名将，大抵心服。"唐康说到此处，却不再多言。

王运也是聪明之人，沉思良久，叹道："契丹虽乱，又有欺压敝国之仇，然百足之虫，死而不僵。只恐难以说服朝议。除非大宋能先出兵，在下方能说服国中大臣，以一支偏师，呼应大宋。"

唐康笑道："高丽只与契丹有仇？与女直无仇？"

王运一愣，怔道："尊使之意？"

"我等来时，于海上擒得海盗，已知契丹内乱，女直各部便开始不服管束，许多部落契丹皆征不到兵丁，反意已现。女直与高丽，史上亦互有攻伐，不得谓无仇。国原公若要兴兵，自当言报女直之仇，替契丹讨叛，岂可直言要攻契丹，引火烧身？"唐康一面说，一面优雅地把玩着手中的酒杯，"辽主与魏王屯兵待战，高丽名义上亦是辽国属国，替辽主惩罚东京道不听差遣的小部落，难道辽主还能生气不成？"

"这……"

"届时若能由国原公亲自领兵，则自古以来，军功最重；若由王太子殿下领兵，则王京之内，岂非任国原公作为？国原公一向亲近中华文物，若是国原公领兵，下官保证大宋以七折价格卖一万套盔甲武器予贵国，国原公凭之与女直作战，用夺来的财物与马匹还债即可。若是令兄领兵，则大宋便当没有此事。只要令兄在东京道打几个败仗……”

秦观在一旁又说道：“此为进可攻，退可守之策。若辽主获胜，则贵国可一面向辽主献俘，一面主动退回高丽，辽主亦无话可说；若辽主与魏王僵持，则东京道正好任君作为；若魏王得胜，东京道可抚而有之。大宋所能许诺国原公者，是若辽主进攻高丽国本土，则大宋必然直取燕云。”

王运思忖良久，迟疑难决。唐康与秦观只是静静等他答复。

忽然，一直不作声的金芷清声问道：“如此大宋之利何在？”

唐康注视金芷，笑道：“大宋之利有二，一则高丽之军入东京道，辽主虽无力与战，却必然分兵监视，如此其与魏王之战，便更加持久。此大宋之利，亦高丽之利。二则大宋亦欲高丽有一个亲近中华的国君，吾等来高丽已久，知诸王子之中，唯国原公最贤。若国原公有尺寸之功，大宋皇帝之敕命必至，届时内外压力之下，不由国王不传位于国原公。”

“大宋不要付出分毫，却坐享大利。在下以为不甚公平……”

“享大利者，非大宋，乃是国原公。辽国内战久一点，于大宋虽有利，却也十分有限。其内战过后，恢复元气，最少要五六年，长则十年。大宋之利何在？”唐康知道讨价还价的时刻来了。

“便无大利，亦无大害。而高丽则有引火烧身之患，万一辽国内乱迅速平定，辽主以战胜之余威，兵压西境，则高丽危矣。高丽是举国相搏。”金芷说起话来，声音便如银铃一般，甚是清脆动听。

“足下不过危言耸听。不说此事绝无可能，纵然如此，只需高丽迅速撤兵，向辽主献俘，以辽主之明，自然会见好就收，绝不会穷兵黩武。且我大宋亦不会坐视不管。”

“口说无凭。”

“可订密约。若在下欺瞒国原公，国原公他日将密约陈于大宋皇帝御前，在下就是杀头之罪。”唐康为了成功，竟已将生死置之度外。听得秦观瞠目结舌，须知与外国私订密约，其罪非轻。

王运听到此处，亦已动摇，不由望了金芷一眼。金芷却微微摇头，注视唐康，笑道：“我亦读过史书，古来爽约者不知凡几。密约无用，若尊使能为两国约为婚姻，则大事可谐。”

“约为婚姻？”唐康不由愕然，道，“辽国欲尚公主尚不可得，此事无能为尔。”他再大的本事，也没有办法替皇帝许下个公主给高丽。

“尊使误会了。敝国尚有公主待字闺中，若能侍奉大宋皇帝，使天下咸知两国之好……”金芷轻轻说来。王运立时明白，忙点头笑道：“若能如此，实是敝国之幸。”他知道仓促之间陋习难改，倒不如将妹子嫁掉为妙。而且若能入大宋后宫，那便是高丽建国以来第一件大事。

但是唐康在高丽国可以颐指气使，和王子平起平坐，在宋朝却是品秩低微，岂能决定这种大事？顿时苦笑道：“国原公，此事绝非下官能做主，便是蔡正使，也不敢做主……”

“这在下自是知道。”金芷微微点头，又道，“但另有一事，尊使必是做得主的。我早听闻尊使是石参政之义弟，在下有一妹妹，粗识文墨，略解礼仪，唯不足以侍奉君子，然若能与尊使结秦晋之好，在下与国原公，都会欣慰。”

唐康不想刚刚说完皇帝的婚事，又当面给自己说起媒来，顿时满脸通红，道：“可是在下已有婚姻之约。”

“无妨。若尊使不弃，为妾亦可。”

唐康更加尴尬，一时答应也不是，拒绝也不是，只得托词道：“在下是朝廷命官，私自与外国婚姻，出使外国，私许婚约，其罪欺君。此事还须请旨……”

“此亦无妨。国原公可与尊使齐心协力，促成大事。然而这两桩婚约不定，敝国终不敢出兵。便是朝议已定，想来国原公亦有办法拖延之。”金芷浅浅一笑，无比妩媚地说道。

唐康想着这天上飞来的艳福，竟是哭笑不得。

回到顺天馆之后，唐康将遇到王运之事与蔡京说了，蔡京亦是愕然。只得分别给皇帝与石越写奏折和书信，说明情况。一面同时按计划开始进行公关，又是要收买掌权的大臣，又是要博取高丽国朝野的好感。

以秦观此时的才华，要在大宋出名，自然还有难度，但在高丽小国，却足以让人目眩了。他的诗赋以及长短句，加上蔡京的书法，连续几场宴会之后，立时轰动高丽朝野。所有达官贵人，无不以认识二人为荣，若能附庸风雅与秦观唱和一次，或者得蔡京赠一幅书法，便如得了至宝一样。因此在蔡京提出欲在顺天馆大会高丽士子，并讲经辩论一日之后，高丽国上上下下，都认为这是本国难得的盛事！王徽不仅自己御驾亲临，连同国中所有重臣，都一股脑儿地带了过去。

历史上称为“顺天馆会议”的事件，是高丽国史上相当重要的一页，亦是大宋外交史上非常重要的一页。宋朝外交官员，从此日起，开始有意识地利用本国文化上的巨大影响力，在传播文化的掩护下进行自己的政治活动。顺天馆会议原定一天，结果却开了整整三天，闻讯而来的士子充斥开京的大街小巷，比起科举考试都要热闹。

前来听讲辩论的高丽士子，第一日就有一千余人，至第三日更是达两千六百六十余人。在会议的最高潮，由蔡京征得王徽的同意，宣布大宋将免费向高丽国提供二万卷图书，协助高丽国子监在开京建“成均馆”与“成均图书馆”——“成均”二字取自《周礼》，董仲舒认为那是五帝之时大学之名，相传是中国历史上最早的大学，在高丽国王徽治下，原是高丽国子监的别名。在石越所来的时空，此名在中华反倒少人知晓，倒是韩国有成均馆大学，乃是韩国的著名学府。

宣布此事之后，蔡京又进一步向高丽朝野表达善意，表示成均图书馆之藏书，将向所有士子免费借阅；且大宋在接下来十年之内，每年向成均图书馆赠送五千卷藏书。而成均馆之学子，每年将选拔六名成绩优秀者，由大宋出资，按成绩分别送往白水潭、嵩阳、应天府、横渠、西湖、岳麓六大书院学习三年。其他成绩在前三十名者，将许可其自费前往大宋游学。此事一经宣布，立时轰动高丽全国，须知此六大书院，除岳麓书院名声稍逊之外，其余五大书院都声名远播于高丽，特别是白水潭学院与嵩阳书院、西湖书院，更是所有高丽士子都向往的所在。能有机会亲赴彼处求学，如何不喜出望外？便连王徽都觉得受宠若惊——诸国之中，高丽是头一个可以派人去大宋各大学院学习者。连向大宋臣服最为彻底的交趾，都不曾享受此等优待。当然王徽并不知道，在几个月后，也就是熙宁九年初，大宋国子监即向交趾宣布：该国五品以上官员子弟，可以自费至六大学院求学；同时大宋所协助交趾创办之学院，每年可以选派一名优秀者官费至六大学院学习，资金由交趾与大宋平摊。当然，给交趾的两项优待，实际上高丽更早享受——几天之后，蔡京便亲口向王徽与高丽国众大臣许诺，高丽国五品以上官员子弟，可以申请自费去六大学院学习，而宰臣、各部尚书之子弟，更可直接去白水潭学院求学，由大宋与高丽国平摊学费。

宋使在数日之内，如此前所未有地优待高丽，在两国贸易联系日趋紧密，而辽国内乱，宋朝国力上升的时候，无疑使得高丽国内一种“小中华”的自许之情更加膨胀。无论是读书人还是贩夫走卒，整个高丽都洋溢着一种亲宋的气氛。兼之大宋在新的贸易方式渐渐占据主导地位的同时，并没有断然放弃朝贡贸易体系，大宋朝廷对于高丽国进贡的赏赐更让高丽国王王徽心花怒放。

在此良好的气氛下，国原公王运指使亲信的大臣，向王徽上了一系列的奏折，正式提出“亲宋、和辽、报复女直”三策。力劝王徽乘此千载难逢之机会，征伐女直各部，将高丽国的势力范围向西推进到鸭渌江[1]、长白山一带，从而使高丽国日后具备觊觎辽东，括有渤海国故土的机会。而且，若能战胜女直各部，则通过掠夺、压榨各部，还可以增强高丽国力。同时王运又按唐康之建议，打出“替辽主伐女直”的旗

[1]　即鸭绿江。

号，一时机会主义在高丽国中大行其道。一向畏契丹如猛虎的高丽君臣们，开始打起了自己的小算盘，幻想一面不激怒辽主，一面扩充本国的实力。

蔡京则在与王徽的会面中，暗示这位年老多病的高丽国王，如果辽主敢侵犯高丽国土，大宋必然会抄其后路，以收两面夹击之效。又有意无意地指责女直各部纵容部属在海上为盗，抢掠宋商，若有人能征伐女直，为大宋惩罚盗贼，大宋必然给予支持。

高丽王宫望月台之内那盏奢华的座钟准时响起，和城中佛寺的撞钟之声相互应和着，王徽似乎被这钟声吓了一跳，老迈的双手微微颤抖了一下。去摸一只无暇他顾的老虎的屁股，而且远处还有一只狮子在承诺着安全，实在是非常刺激的事情……王徽是决心安于现状，还是决心勇于尝试，依然没有人知道。但是还有一件更致命的事情在被人遗忘——女直部落，自渤海国建国那一日起，数百年来，在它周围土地上兴起的所有政权，无不视之为巨大威胁。

那是一只容易被人遗忘的野狼。

4

汴京。熙宁八年十一月初一。

清河郡主与狄詠的婚事几乎成为汴京的一个节日，但让一些知情者奇怪的是，吕惠卿、文彦博、石越、韩维竟然缺席了，而皇帝也临时取消了亲临祝贺的计划……

所有这些人，此刻都聚集在崇政殿。

“据狄谘的奏折，薛奕船队预计在十一月十五日之前返回杭州……”赵顼一面说一面环视众人，神色似是高兴，又似有几分不安，“狄谘道薛奕此次远航，最远到达注辇国，并且从三佛齐手中用两座镀金座钟买回凌牙门岛，建凌牙门城……”赵顼说到此处，见吕惠卿等人一脸迷茫，知道这些饱学的臣子并不知道“凌牙门”是个什么地方，便停顿了一下，让李宪取出一张大海图，由几个内侍举好，笑着对石越说道：“石卿，你来解释一下。”

“臣遵旨。”石越的目光移到那幅并不十分精确的海图上，手指划在了中南半岛最南端的一个小岛上，朗声说道，“此处便是凌牙门。”他心里暗暗一笑：“新加坡，薛奕果然没有辜负我的期望。”又继续说道：“凌牙门是南海之出口，为香瓷之路[1]上

[1] 即“海上丝绸之路”。宋朝时，海上贸易进口以香料为主，出口以瓷器为主，故称之为“香瓷之路”。

最为关键之所在，平素亦有中国人居留，不过此处并不繁华，只是过往船只，偶有在此歇息贸易者。”

“正如石卿所言，薛奕认为此岛可成为我大宋海船水军以及海商的一个补给之所，遂半迫半买，从三佛齐手中购到此地。并留下了三百水军屯卫建城。”赵顼笑道，“如此从杭州、泉州、广州，海船可以直接抵达凌牙门，甚至不必去占城与真腊等国。”

文彦博审视地图良久，也点头道：“此处确是咽喉之地。难得薛奕有此见识。”

吕惠卿却笑道：“臣想，此处若能建成海港，必能成繁华巨港。想来薛奕定然也让狄谘转奏，请朝廷派官员驻屯。”

“吕卿所料不错。”赵顼的笑容却有点儿勉强，“不过这是小事，薛奕请狄谘所呈之奏章，却是请示一件大事。”

众人觑见皇帝神色，却不知道是什么样的大事。连石越也不知道狄谘转交的奏折的内容。但是皇帝如此神色，却肯定不会是一件轻松事。崇政殿中，立时寂静下来。

“众卿可还记得注辇国？”赵顼的目光投向吕惠卿。

吕惠卿略一思索，即欠身答道：“注辇国，其前身即是唐玄奘所谓的珠利耶，真宗大中祥符五年，其国王罗茶罗乍曾经遣使娑里三文自南海而来中华朝贡，娑里三文言历时三年方至广州，当年曾献珠六千六百两，香药三千三百斤。此后天禧四年、明道二年均曾遣使来华，因其国离中华有万里之遥，故此朝廷一向也赏赐甚厚。此国相传是三佛齐之属国。”他娓娓说来，不仅石越，连文彦博这等老臣，心里也不由不佩服他熟知本朝典故。

赵顼点了点头，又摇了摇头，叹道：“可笑本朝此前无人，那注辇国，本在西天南印度，是天竺眼下最强盛之国，三佛齐又有何本事能使其为属国？薛奕回报，道注辇国有战舰千艘，战象五万，为一时霸者。此国在大食与中华之间，掠夺小国，灭国无数，凡香瓷之路上所有贸易，注辇国必然要分一杯羹，控制海路近七十年。”

赵顼此时说来，殿中之人，无不吃惊。连石越也不知道在印度洋东岸有一个如此强盛的海上强国存在，更不用说他人。赵顼此时早已知道“香瓷之路”的巨大利润，本来大宋海船水军与贸易船队的最终目的地，应当是直达大食，甚至还要组织商队通过陆路前往大秦。但不料刚刚出了南海，横在面前的，便是一个称霸印度洋东海岸近七十年的强大王国。

“薛奕道注辇国不许海船水军通过，远航船队仅仅二十余艘战船，终不能与注辇国开战，兼之船上水手有二成得病，因此已遣使向注辇国国王问好，并招其使者来中华朝贡。唯是战是和，须朝廷决策。”赵顼有点儿无奈地说道。注辇国已经远得让他感到麻木，若非是因为控制“香瓷之路”是既定之策略，赵顼对于什么注辇国绝不会有丝毫兴趣。

“薛奕之意见如何？”文彦博略一沉吟，立时意识到这个所谓的注辇国，大宋朝廷完全不了解，一切都依赖于薛奕的报告。

“薛奕以为五年之内，不能与之争锋。注辇国水军是百战之余，而我朝海船水军是新创，水手未练，且数量又相差太远。兼之劳师远征，补给困难。薛奕请求朝廷允许，暂时放弃对注辇国以西的经营，唯遣民间船队前往贸易。同时与蒲甘等国交好，注辇国与蒲甘、三佛齐国不能谓无冲突。若我大宋能控制、影响蒲甘等国，组成联军，则可迫使注辇国订城下之盟。眼下之策，薛奕以为当与注辇国通商为上。”赵顼转述薛奕的意见，心里却十分矛盾。一方面，面对如此遥远的国家，他心中的确提不起太大的兴趣来，有一种多一事不如少一事的心理；另一方面，堂堂宋朝上国受阻于一个难得听说一次的夷国，赵顼的心中也有一种挫折感。至于说要花偌大的精力去经营中南半岛上的关系，于赵顼而言，他认为西面的夏国与北面的辽国更值得关注。

“陛下，不知狄谘的意见又是如何？”文彦博又谨慎地问道。

“狄谘道他于注辇国之事，几乎一无所知，因此不敢胡乱进言。”

文彦博沉吟半晌，欠身道：“陛下，注辇国虽然远在万里之外，却也谨修贡职，若随便兴兵，只恐让四夷笑我中华不讲信义。且注辇国既是强国，只恐不可轻侮，万一失败，为祸甚大。薛奕不轻启战端，是他知轻重、晓利害。臣以为万里之外，当以和为上。”

“吕卿之意如何？”赵顼目光转向吕惠卿。

“臣以为本朝海船水军初创，而经营海外亦不过是年内之事，仓促间寻衅于强国，是不智之举。今日之上策，是步步为营。以广州、归义城为据点，以凌牙门城为海上门户，将凌牙门城以北之海域及周边交趾、占城、丹流眉[1]、三佛齐等诸国，控制在我大宋海船水军之影响之中。一面加强与交趾之同盟，来影响中南半岛诸国，有朝一日，更可对大理形成两面夹击之势。待五至十年之后，南海诸国巩固，再议与注辇国之战和不迟。”

吕惠卿说出来这番话来，殿中诸人心中不免又各吃一惊。特别是石越，对于吕惠卿居然有这番见识，真的是完全出乎意料。他能够将环南海诸国看成“自家的院子”，其气魄与眼光真让人刮目相看。毕竟吕惠卿，说到底也不过是个宋朝人……

“石卿以为如何？”赵顼的目光移到了石越身上。

石越回过神来，欠身道：“陛下，注辇国虽然不准我海船水军通过，却没有禁止

[1] 在马来半岛，《宋史》称为丹眉流，是误记。此国是三佛齐最强之附庸国，又三佛齐在今苏门答腊岛。

民船通过。既是如此，臣以为短期之内，海船水军之任务，便是浚清南海海盗，保护航线安全。将南海纳入大宋控制之中。究竟要如何制定方略，不如等薛奕回朝再说不迟。臣以为与注辇国之间，若要作战，便要打一场必胜之战。”

“韩卿之意呢？”

“臣不晓海事，只知凡事谋定而后动，有益无害。香瓷之路，由大食商人控制大食至注辇国之一段，大宋则控制杭、泉、广三州至注辇国一段，虽然注辇国坐收中转之利，但亦无不可。大宋每岁从香瓷之路所得利润，亦数百万贯之巨，其中朝廷所得，商税与贸易相加，几乎占到三至四成。臣以为已经可以满意了，朝廷眼下之重点，还是在解决两北之百年边患。”韩维无意中说出了一句实话，大宋朝廷关心海事，完全是受利益驱动。

赵顼听完四人意见，思忖了一会儿，道：“既是如此，便暂不与注辇国开战，待薛奕回京，让他分别去两府叙职，之后朕还要接见他。到时候再讨论经营南海诸国之方略不迟。”

“陛下英明。”

赵顼摆了摆手，并没有如释重负的感觉，反倒苦笑着将一份奏章递给李宪，说道：“此外还有一事，李宪，你把这份奏折给诸公看看。这是蔡京的奏折，杭州张商英转达的。用的也是密急。”

李宪接过奏折，依次递给文彦博、吕惠卿、石越与韩维。四人传阅过后，脸上都露出奇怪的表情，良久，文彦博才说道：“陛下，迎娶属国王女之事，本朝从未有过，还要详议才是。”

吕惠卿也笑道：“陛下，高丽号称君子国，却毕竟是夷狄，如此不知礼义。且欲强为婚姻，若许诺之，只怕为天下臣民所笑。”

石越却笑道：“臣却不知此事有何不可？以汉唐之强盛，亦不免有和亲之策。今日不过纳其两女，却可得一国之助，臣以为无拒绝之理。”

韩维望了石越一眼，笑道：“此事自秦汉以来所未有。且天子与高丽为婚姻，必为辽国所笑。夷狄女子，安能侍奉君子？”

石越不料三人众口一词地反对，心中暗暗苦笑道：“高丽公主居然会嫁不出去。”忙又道：“若是拒绝婚姻，只怕高丽会恼羞成怒。况且一国王女……”其实这种事情，春秋战国时代倒是屡有发生的，但是那种事例举出来，只会弄巧成拙，因此石越也不敢提起。

文彦博冷笑道：“此事断然不可，万一皇后无子，其女为陛下生下皇子，难道让他来继承大统？此是为社稷留下绝大隐患。旁事皆可答应，唯此事答应不得。”

石越见他如此坚持，不由哭笑不得。赵顼笑道：“此事若然应允，必然为辽人所笑。不若寻一亲王，收为姬妾。”

“一国王女，岂肯为姬妾？高丽必以为我大宋轻视其国。此结怨之始，董毡背辽归宋，其缘由亦不过是为了一公主。辽夏相攻，亦不过为了一公主。史上事如此，陛下岂能为一女子而结怨一国？”

“这……”

“请陛下三思。目下是朝廷有求于高丽之时，以婚姻巩固盟约，可坚高丽之心。”

文彦博见皇帝又开始动摇，忙欠身道：“婚姻之事，是陛下的家事，陛下何不问太皇太后与皇太后？”

“此事的确应当询问太皇太后、皇太后。”韩维也附和道。

“朕知道了……此外唐康与金氏之婚姻、又蔡京所允诺高丽国王诸事，又当如何？”

“臣以为……”

从崇政殿出来之后，天色已然微黑。石越自从上次遇见何畏之遇险之后，每次出门，虽然并没有弄出全套仪仗，却也多带上了七八个骑马携弓的家丁，也算是开始前拥后簇了。这日因为讨论的事情都并不如意：远洋船队受阻注辇国，挑拨高丽之策反倒被己方一种小小的歧视所阻隔……他几乎有点儿怀疑文彦博是因为自己的孙女未正式过门就要先接受唐康收一个异国小妾而心情不佳，所以极力阻碍此事。因此，石越的心情也不是太好，上马之后，侍剑正欲开口询问，石越早已挥鞭喝道：“去张八家。”

不料他话音刚落，便听一人在身后笑道：“张八家的酒不正宗，子明若是有暇，何不上我府上喝一杯？最近我家人却酿出了一桶好酒。”

石越不用回头，便已知是何人，心中虽然不耐，却也不得不收拾心情，转身答道：“吕相公，今日如何有此雅兴？”

说话之间，吕惠卿已到近前，笑道：“近日不仅得了好酒，还买了几个绝色佳人，精擅歌舞，若无人共赏，却是扫兴了些。子明万万不能推辞。”

吕惠卿毕竟是当朝宰相，兼之最近以来他一直都非常支持石越的诸多政策，虽然石越心中一直怀疑韩绛罢相，根本是栽在吕惠卿的阴谋当中。但是既然查无实据，以后又有许多地方还盼着吕惠卿能够配合，自然不便拂他面子。因笑道：“如此敢不从命？”

吕惠卿哈哈大笑，招呼了从人，竟是与石越并辔而行。二人一路谈笑，说了许多闲话，吕惠卿忽然注视石越，似笑非笑地说道：“熙宁八年一年之内，黄河以北出售矿山、拯灾；扬杭之间发展商业与恢复农业生产；裁并州县、减少不必要的开支；

推行官制改革；建忠烈祠、先贤祠；兵器民营化，全面解除持兵禁令……子明几乎是于无声无迹之中，做了大宋百年来众多贤士所不敢想的事情。细细想来，实在让人不得不佩服。”

石越听吕惠卿如数家珍地说出自己的种种政绩，心中亦不由有点儿得意。特别是河北诸路拯灾，虽然出售矿山使得黄河以北许多商人地主几乎一夜暴富，趁机兼并的事情也并非没有，但是毕竟救灾的问题基本上得到了解决；而扬杭商业圈的发展却使得众多中小商家更加活跃，在海外贸易的刺激下，杭州等地胡人聚居的番坊不断扩大，伴随而来的，则是商业规模的扩大。前不久《海事商报》上就报道了一个故事，一个来自大食的商人，一次性向杭州市舶司出售大象牙四百株，大犀角五十株，此外还有珍宝无数，竟然使杭州市舶司无力购买！不得已之下，需要请民间商号帮忙消化。那个大食商人回程时，买了二十艘福船，装满货物而归。而市舶司在此一次交易中收取的税金，《海事商报》推测可能高达二十万贯。这样的大手笔，让一向号称富甲天下的汴京商人，也要望尘莫及。海外贸易所带来的利润与关税，在熙宁九年极有可能达到五百万贯，除去发展扩建海船水军、兴建港口，建筑归义城与凌牙门城等资金，应当还能够向朝廷交纳二百万贯至二百五十万贯左右的税收。换句话说，大宋经营海外势力，没有用过朝廷一文钱。若环南海贸易圈能够更加成熟，那更加不可估量……

想到这些，石越不由笑道：“这全是皇上英明。”

吕惠卿哈哈笑道：“贤主良辅，相得益彰。”

“若论良辅，相公才是良辅之材。”石越虚伪地客套道。

“岂敢。”吕惠卿微微一笑，神色间却没有半点“岂敢”的意思。又随口道：“十五日单将军庙公开竞标，乃兵器生产民营化至关重要的一步，皇上已让子明前往主持，想来子明应当早有章程。”

“在下自当尽力。”

“我以为，这军器一物，与子明在杭州竞标之物不同，不可纯粹以价低者得。”吕惠卿淡淡笑道，如叙家常。

石越脸上肌肉微微跳了一下，旋即笑道：“哦，还请相公赐教。”

“军器关系甚大，若以价低者得，难免没有商人不丧心病狂，为得利润，不择手段。因此凡竞标，须得考虑竞标者实际之生产实力，家世，甚至品德，再综合其投标之价格，决定是否中标。”

石越不知道吕惠卿打的什么主意，心中暗暗狐疑，口里却笑道：“相公所言有理，不过若是如此，则不若让众人去写标书。只不过眼下信誉未立，用标书的方式，可能会影响朝廷在商贾之中的信誉。”

“何谓标书？”吕惠卿笑问道。

“便是各家将投标之内容、价格，自家之实力，中标后要如何生产之类，先用文书写好，交给朝廷。朝廷再从中选出一部分较满意的，由其再次竞争。如此方式，则不纯粹是价低者得，但是却难免有情弊，有碍公正。”石越一面解说，一面悄悄观察吕惠卿的神色，但吕惠卿始终神色如常，让人难知他心中所想。

“这是良方。投标价格过低，未必是一件好事。”

“在下当斟酌。”

二人如此边走边谈，穿街过巷，终于到了吕府。宰相府的规模气度，远胜参政府，比起石府来，吕府要大出四至五倍。二人在府前下了马，吕惠卿挽着石越的手臂，无比亲热地将石越迎了进去，且不在客厅设宴，而是直赴花园的一座水榭之中。吕惠卿与石越分了宾主坐下，侍剑便站立在石越身旁侍候，吕惠卿身边却是侍立着两个美貌的婢女。

奉茶之后，吕惠卿朗声笑道：“子明是稀客，难得来一次。今日却是凑巧，要向子明介绍另外几个稀客。”说罢，轻轻击掌三声，便见三个人走了进来，向吕惠卿与石越长揖为礼。石越注目看时，却见三人之中，有一人却是熟悉的——原来竟是归来州个恕之子乞弟。

乞弟见石越认出他来，忙一瘸一拐地上前又深揖一礼，操着极其蹩脚的官话说道：“日前多有得罪，还望参政恕罪。”

石越傲然望了乞弟一眼，眼角又扫了吕惠卿一眼，心中雪亮，知道必是乞弟贿赂吕惠卿，托他向自己赔罪。他与吕惠卿虽然素来不和，却不愿意为这种小事去扫吕惠卿面子，当下淡淡一笑，端起茶杯，抿了一口茶，笑道：“不知者不罪。”

乞弟见石越不怪，立时面有喜色，向门外招了招手，立时便有一个仆人捧着一个檀木盒子走了进来，恭恭敬敬地跪倒在石越面前，将盒子举过头顶。

石越不动声色的一笑，道：“这是何意？”

“一点薄礼，不成敬意。此是下官向参政赔罪之意。”乞弟一面说，一面将檀木盒子揭开，便见盒中放着一件黄黑之物，边角上缀了许多珠宝，璀璨生辉，“蛮邦之人，没什么贵重之物，这件虎皮披风是当年我父亲与另一蛮部罗氏鬼主相攻时所得之物，今日献予参政，正是使物得其主。”

乞弟发音不准，石越怔了一下才明白他的意思。他正待说话，忽然见另两人中有一个人眼中似有愤怒之色，心中一动，向吕惠卿笑道：“相公，不知这两位又是何人？”

吕惠卿指着二人，笑道：“这一位是归来州罗氏鬼主之子罗牟平；这一位是我族侄吕颜山。”吕颜山见介绍到自己，连忙向石越行礼，甚是恭敬。

石越一面答礼，一面却不禁哑然失笑，他知道吕惠卿以一国宰相之尊，自然是十分轻视归来州的夷人，因此让两个世仇部族的继承人同聚一堂，偏偏乞弟所献之物，还是个恕部对罗氏鬼主部的战利品。也难怪罗牟平双眼几乎要冒出火来。只是不知道这两个世仇是通过什么门路找上吕惠卿的。他对乞弟没什么好感，当下心中转念，笑道："乞弟，你送此物，是有求于我，还是单为谢罪？"

他如此直截说出来，乞弟纵然是有求于他，也不便开口，只好讷讷笑道："自然是为了谢罪。"

"既是如此，那我便收了。"石越笑着朝侍剑打个眼色，侍剑连忙接过盒子。乞弟顿时喜动颜色，吕惠卿眼中却有惊讶之色。

却听石越又朝罗牟平说道："罗牟平，听说你父亲对朝廷一向忠心耿耿？"

罗牟平不料石越问到自己，怔一下了，忙欠身说道："罗家一向效忠朝廷，从不敢有二心。"他的官话比起乞弟来却要流畅许多。

"既是如此，我便要借花献佛，送件见面礼予你。"石越笑道，"这件虎皮披风既是你罗家之物，今日正好完璧归赵。"他话音刚落，侍剑已将盒子递到罗牟平身前。乞弟睁大眼，急道："这……这……"

石越冷冷看了他一眼，道："你既然送给本官，便是本官之物。是也不是？"

"这……"乞弟的官话本来就不灵光，此时着急，更加说不出话来。

"你若要收回，本官眼下也可以给你。"石越的脸顿时沉了下来。侍剑立时捧着盒子递到乞弟跟前，乞弟看了半天，却终是不伸手去接。

"你到底想不想收回？"石越不耐烦地问道。

"不、不收……"

"既是不收，那本官想送给谁，亦是本官之事。"石越脸色稍霁，向罗牟平笑道："这既是件宝物，便当还给你。"

罗牟平脸上却大有为难之色，这件虎皮披风，的确是其部中之宝，但是他托尽关系来求吕惠卿，是想要为父亲在归来州谋个好一点的官职，好让罗家压过个恕家一头。此时明知石越是在帮自己，按理是不应当收回，受石越这般大礼；但若不要，这件虎皮日后便再难有机会收回了，未免又有几分舍不得。他可不是什么心怀大志之辈，能让自己的部落在归来州的群山中称雄，已是他心中最大的志向。

石越这些年来，什么样的人没有见过，见他神态，早知其意，笑道："你尽管收下，这件披风，我却是用不着。"

罗牟平脸孔一红，单膝跪倒，双手接过木盒，朗声说道："参政此恩，罗家没齿难忘。日后若有用得着之处，但有一语带到，罗家绝不敢辞。"

石越与吕惠卿对望一眼，哈哈笑道："那我就先多谢了。"二人心中都不曾将此当回事，毕竟罗氏鬼主充其量不过是数万人之夷族，二人却是掌握数千万人口帝国的宰相与副相，又有什么地方能用得着数千里之外的夷族？

吕惠卿招呼众人坐了，便吩咐了歌舞酒宴。他的酒倒也罢了，虽然非常香醇，但终究比不上皇宫的御酒，便是曹太后家的家酒，也远胜于此。但是他买的这几个舞伎，却真的是非比寻常。石越见过众多显贵家的舞伎，无论相貌舞技，都无人能出其右。金石丝竹，罗绮珠翠之中，似乞弟与罗牟平，早已不知身在何方，连石越也忍不住赞道："亏得相公寻来这些女孩儿。"

吕惠卿笑道："这却不是我寻来的，是我这个族侄寻来的。他在泉州，亦颇有些身家。此次因为军资生产竞标，千里迢迢来京师，可难为他还能寻到这些女孩子。不过送给我却是送错人了。"

石越听到这话，心中立时明白，吕惠卿是有求于自己。当下笑道："以令侄之能，想来必有十足之把握。"

吕惠卿冷笑道："他想要竞标的东西太多，只怕未必有希望。"

"哦？"石越心中忽然有点儿好奇，很想知道吕惠卿会如何向自己说项。

"他这次想要投标二成的军衣生产，而且还想制造新式弩机标准配件。实在是有点儿不自量力。"吕惠卿喝了一口酒，眯着眼睛，漫不经心地说道。

"若令侄资金雄厚，有足够的作坊，又是相公族人，这倒并非不可能。"

吕颜山一直竖着耳朵倾听，听见石越此语，以为石越有许诺之意，不由笑道："参政所说有理。实在不是晚生贪心。据晚生所知，江南十八家商行此次联合竞标，竟然是想夺下全部标物的五成。晚生与他们比起来，实在是小巫见大巫。汴京的几家巨富之家，每家所想要竞到的份额，都在一成以上。"

石越笑道："若是作坊不足，也不可能随便竞标。万一完不成，罪责非轻。"

"此事不难。竞标成功之后，再根据竞标所得，收购作坊便是。似弩机一物，若未能中标，谁家又有这等能力？"

"原来如此。"石越不置可否的一笑。

"只是此次竞标，晚生多方打听，知道大多商行作坊，在一些项目上都并不指望挣钱。只要能够不亏便可。他们是想和军器监拉好关系，从下一年开始，军器监必然会优先选择与其合作，得到更多的项目。相信未来利润最大的，是弓、弩、刀、枪，以及许多攻城器械之生产，因此眼下竞争最激烈的，便是弩机等物了。毕竟军衣这等东西，只要有钱就行。而弩机等物，却需要实力。若能得到军器监认可……"

吕惠卿不待吕颜山说完，便笑着插话道："眼下真有能力制造弩机的，只有江南十八家商行，十八家商行联合之后，就一同创办技术学校，最要紧的是他们的作坊里有各种各样的工人。这是别人无法相比的，而且十八家商行一向联合行事，实力也是大宋首屈一指的。"

石越听吕惠卿开口，便知道他要说的是什么意思。所谓"江南十八家商行"，是这几年来扬杭商业圈中最赫赫有名的十八家大商行联合组成的一个准行会，其产业无所不有，也是海外贸易中的巨无霸组织，又创办了《海事商报》，更因此成为江南地区商业领袖组织。而这十八家中的一家，便是唐家，与石越的关系非比寻常，这些事可以说人所共知。

石越笑道："弩机此次的配额并不多，不过十万只。此事不瞒相公，军器监苏大监的意思，是希望至少分成五份，军器监的确是要从弩机的生产中，了解各个商行作坊的实力，这完全是为了以后打算。以江南十八家商行的实力，只要他们有意，必然会得到一份。"

吕颜山听到这话，已知这次如果不能中标成为弩机生产的五家之一，日后要介入军器生产的领域就肯定会失去先机，不由急道："万望参政能够周全，晚生感激不尽。"

石越却望着吕惠卿，笑道："最后是谁中标，要听枢密院与军器监的意见为主。我不过主持其事，谈不上决定之权。"

吕颜山正待再说，吕惠卿早已朗声笑道："正是如此。颜山，你既是我的侄子，就不可令石参政为难。须当公平竞争。"一面又向石越说道："今日崇政殿所言之事，我细加思索，又觉蔡京之策甚是可取……"

石越听他没头没脑说起此事，不由一怔。眼下乞弟、罗牟平、吕颜山都是不相干之人，竞标的事情还不妨事，但这等军机大事，自然是不方便谈论的。吕惠卿如此精明，突然说起此事，背后必有他意。石越微一沉吟，已知道这是吕惠卿在暗示于他，毕竟高丽事成，他石越有创议之功，而唐康更是为国建功……因语带双关地说道："皆是为国家朝廷而已，若能公私两便，自是两全其美。"

吕惠卿闻言，不由哈哈大笑，道："好一个公私两便，果真是两全其美。"

熙宁八年十一月上旬，充满了喜庆的味道。清河与狄詠的大婚过后，便是包绶迎娶程琉。到了十一月初十，出乎文彦博意料之外，太皇太后向皇帝赵顼表明态度：支持他迎娶高丽国王女，并可破格封为贤妃。而吕惠卿则不再反对此事。十五日，在祭奉单雄信的单将军庙，五百余家商行作坊主购买了军资生产竞标的入场券。江南十八家商号联合竞标，一举夺下了百分之四十的标物。此外比较引人注目的是，前宰相韩绛的族弟与妻弟，前宰相曾公亮的族侄、即枢密院都承旨曾孝宽的族弟，现任宰相吕惠卿的族侄，也参加了这次竞标，各夺到一万件弩机的标物——两天之后，这件事便成为《西京评论》的头版头条。《西京评论》谴责此事是"道德败坏，斯文沦丧”，而《汴京新闻》亦质疑其公正性 —— 但是五百当事人无人质疑，而且主持者又是石越，这种质疑未免显得无力。对于当事人而言，这些谴责更加不关痛痒，没有任何指责能够让他们面对如此巨大的利益而不动心。而朝中，甚至连皇帝都认为让他们分一杯羹是理所当然的。

在汴京的目光被单将军庙的这次竞拍牢牢吸引的时候，十一月十七日，薛奕的远航船队，载满了整船的货物，进入杭州湾。薛奕的水手们并没有能够全部回到大宋的国土，有数以百计的水手病死或因故身亡，另有数以百计的水手因为病重，留在了凌牙城休养。但是这一点完全没有妨碍到杭州市民的热情，在《海事商报》和西湖学院的煽动下，人们好像在迎接一个收复了燕云失地凯旋的将军，欢迎的人群从杭州湾的港口开始，长达十余里。

但是薛奕并没有在杭州多作停留，他必须赶赴汴京。在那里，大宋朝廷将听取他的意见，制订真正意义的海外战略规划。同时，作为一个武进士，他也非常希望能够赶上朱仙镇讲武学堂历史上第一次“演习”。

5

辽国。上京道。潢河。

潢河南岸，旌旗密布。辽主耶律濬自统十五万皮室军，从中京而来，想要渡潢河进逼上京临潢府，将耶律乙辛势力一战荡平。大将萧阿鲁带率左路军，统兵三万，从上游广义县渡河，汉人行宫副部署萧夺剌与给事北院知圣旨事萧迂鲁率右路军，统兵二万，从下游长宁附近渡河。而耶律濬亲率十万大军为中路军，从丰州渡河。大军一旦渡过潢河，距上京临潢府便只有区区二百一十里，大军两日可到。因此，在潢河北岸，耶律乙辛亲率十六万大军，据险而守，绝不容许耶律濬的大军渡过潢河一步。耶律乙辛深知，一旦耶律濬大军过了潢河，上京绝不可守，他的命运，便只能依托上京道那无比辽阔的疆域，与耶律濬捉迷藏；或者干脆孤注一掷，把命运寄托在杨遵勖与女直部落的反叛之上。

此时寒风猎猎，潢河之上已经结起了薄冰。耶律乙辛早已把潢河上的几座石桥全部拆毁，但是他却没有本事阻止天气寒冷后，河水结冰的自然现象。他只能祈祷，祈望自己的儿子能够说动一直狐疑不定的杨遵勖谋反，祈望带着重礼前往几个强大女直部落的使者能够不辱使命，祈望前往宋朝、西夏、高丽的密使，能够顺利到达，说动他们用兵。但是眼下，在这一切实现之前，他耶律乙辛必须依靠自己的力量，证明给天下人看看 —— 他耶律乙辛，有资格成为耶律濬的对手！

站在稍高一点的山坡上，就可以依稀望见南岸的皇帝金帐。耶律乙辛对此再熟悉不过了，那是用铁枪扎成的硬寨，以粗大的毛绳将帐篷连起来。每杆枪下都有一把黑毡伞，卫士们站在伞下躲避风雪。在枪旁就有小毡帐，每帐住五人。在金帐周围，还设有拒马、铃铛等物，防备敌人的偷袭与刺客。耶律乙辛自己的营寨与耶律濬的行头，是差不多的。营中的那个小皇帝，不过是个傀儡罢了。

耶律乙辛是见过大阵仗的人，对岸那身着厚厚的皮衣，在寒冷的冬天依然军纪严肃的军队，虽然也曾让他感到一阵心虚，但是如果以他的三千最精锐的卫队而论，则一定也不逊色于对方。甚至他部下的契丹军队，也称得上是精悍之军。但让他担心的，则是那些部族军的战斗力。而且他的部队士气始终不高的问题，也需要解决。

“耶鲁斡攻又不攻，退又不退，究竟打的什么主意？”说话的人是耶律乙辛军中大将耶律连达，这人是军中勇将，长得五大三粗，说话声音洪亮。他本不过是一个奴才，是耶律乙辛一手提拔起来的，因此对耶律乙辛甚为忠心。耶鲁斡是耶律濬的小名，耶律乙辛军中常直呼耶律濬小名，以示轻蔑之意。

“大王，耶鲁斡的确让人莫测高深，这小小的潢河边上，他已经停了将近一个月。数十万大军对峙于此，空耗粮饷，于他有什么好处？难道他的补给就那么充足？”说话的人细声细气，似乎有气无力的样子。此人是耶律乙辛府中幕僚，叫姚孝友，却是个辽国汉人。

耶律乙辛骑在马上，皱了皱眉，没有出声。耶律连达却已粗声说道：“我军军粮充足，怕他何来？”

“大王，将军。”姚孝友依然不紧不慢，细声细气地说道，“学生担心的，是耶鲁斡可能在等待什么。大军在外，利在速战，敌人一反常态，必有所图。”

“他在等什么？在等下雪，等潢河结冰。他没有那么多舟船来渡十几万军队。”耶律乙辛重重的“哼”了一声，脸色越发难看。所有的人顿时都不敢作声，大家都知道，潢河结冰，是迟早的事情了。数月之前，一个名不见经传的小校，竟然将上京搞了个天翻地覆。耶律濬用人不拘一格，帐下许多将领都是他一手简拔，从那个叫耶律信的表现来看，委实不可轻视。若人人都能如此勇悍果决，进退如风，那么己方的前途，便已经注定。历来叛逆者的下场之悲惨，想想都让人心寒。

耶律乙辛一方真正的依赖，是利用时间与险阻来拖垮耶律濬。只要时间一长，南方的宋朝、东方的高丽、西方的夏国，还有杨遵勖、女直部落，都会嗅到味道，一起来抢夺，到时候耶律濬就算是阿保机转世也无力回天；而耶律乙辛便有机可乘。这一点，不仅耶律乙辛心里明白，很多将领也明白。耶律濬本身一向有“英明”的贤名，毕竟又是天下公认的辽国太子，他的正统地位远远强过耶律乙辛拥戴的小皇帝。这一点给耶律乙辛一方造成极大的心理压力，众人口里不说，但是潜意识里，都已自居于叛逆者的角色。不过借着一个小皇帝的名号，来自欺欺人罢了。

“报……”黄尘之中，一个背上插着一面旗帜的士兵骑马疾驰而至，在山坡下翻身下马。耶律乙辛的几个亲兵立即上前，将他挡住。那人从怀中掏出一块腰牌，一面高声说道：“紧急军情。”

耶律乙辛早已听到，在山坡上喝道：“放他上来。”

几个亲兵验明腰牌无误，领着探子上了山坡。探子在距耶律乙辛四五步远的地方单膝跪下，高声说道：“小人拜见大王。紧急军情！在上游距此处三十里的麝香河口，出现大量叛军旗帜与烟尘，似乎有许多人马调动。还有四五百人马，在河上试探。”

“知道了。”耶律乙辛点了点，道，“你下去领赏、再探。”

探子谢恩退下。耶律连达向前走了一大步，粗声道：“大王，末将愿领三千人马前去监视敌军。叛军若敢渡河，叫他们在潢河里喂鱼。”

耶律乙辛阴着脸，冷笑道：“实则虚之，虚则实之。若真要主攻，如何会如此大张声势？分明是想分我之兵力。我军只要沿河遍布烽火，敌人在何处过河，便往何处攻之，后发制人，亦无不可。上京城能守住两日，就能让攻城之敌腹背受敌。历来分兵是大忌，决不可分兵。他若处处渡河，我便率大军直捣中京，杨遵勖一直心存观望，痴心妄想坐山观虎斗，不知道唇亡齿寒。但若中京落入我手，杨遵勖再无不反之理。”

“大王英明。否则沿河处处设防，兵力空虚，必为敌军各个击破。我军之计，只能是他打他的，我打我的。眼下已是冬天，取暖的干柴木炭，还有屯集的军资最为紧要。若让敌人知道所在，必将倾力来攻，大事危矣。唯须加紧守卫。”姚孝友细声说道。

“你放心，便让敌人知道，也轻易攻不破那所在。”耶律乙辛朗声笑道。

便在此时，又听到一声：“报……”来禀报之人，却是中军负责巡视将领伊撒。伊撒上了山坡，耶律乙辛微皱眉头，问道：“伊撒，你来此何事？”

“报大王，沿河巡察小队抓到三个奸细，自称是南京的商人。称有要事禀报大王。”

“南京的商人？”耶律乙辛的眼睛眯成了一条线，笑道，“本王便见见他们。带他们上来。”没多时，便有三个被捆绑的商人被带到耶律乙辛跟前。耶律乙辛细细打量三人，忽然笑道：“你们都是汉人？”

为首一个望了耶律乙辛一眼，笑道：“大王好眼力。”

“你们叫什么名字？”

“小人韩先国。这两个是我的伴当。”

“做何营生？”

“本在南京析津府做山货生意。”

“哦？”耶律乙辛冷笑道，“听说马林水当年就是和南京道的商人一起进入耶鲁斡幕府的。后来追随耶鲁斡谋反，不知为何，却又被萧忽古追杀。听说马林水后来竟成了本王的奸细，嘿嘿……”

“小人却不知道马林水是何人？”

“是吗？”耶律乙辛眯着眼睛死死盯着韩先国，韩先国只是一脸茫然。半晌，耶律乙辛哈哈笑道：“你太沉着了。”耶律乙辛忽然把脸一沉，厉声道：“事异于情便是伪。譬如本王现在质问你，你惊恐万状，自然是伪；但是过于沉着，不合乎你的身份，却也是伪。所以，你必然是在撒谎。”

“回大王，小人生性慢性子，不知天高地厚，却不敢欺瞒大王。”

“你已经在欺瞒。”耶律乙辛冷冷地说道，“不过你如果和马林水熟悉，必然不会是耶鲁斡的人。马林水为耶鲁斡立下大功，若在我手下，至少封他做枢密副使，不料反被追杀。想来是知道太多机密而又让耶鲁斡不放心所致。他最后惨死，不能不让人寒心。你说吧，来找本王何事？”

韩先国沉声道：“大王太看得起小人。小人确不知马林水是何人，小人冒着生命危险来此，是因小人在南京的家眷被太子爷派人妄杀，家产也被充没。因此才来和大王做一桩生意。”

耶律乙辛笑道：“因家人之死，便要向太子报仇，可称得上国士。为何却要和我做生意？”

“小人是个生意人，只会做生意。”

“你要和本王做何生意？”

“卖两个消息给大王，对大王来说，一好一坏。好消息一千两白银，坏消息两千两白银。”

“兵荒马乱，给你白银，你带得走吗？”

“所以要请大王折成等价的东珠。”

耶律乙辛哈哈大笑，道：“只要你的消息值，本王就给你。”

“好。”韩先国问道，“大王是想先听好消息，还是坏消息？”

“先说坏的。”

“小人得到可靠消息，一个姓章的和一个姓黄的宋使，已经到了大辽。眼下相信已经到了河对岸的军营中。小人和南朝的商人也有来往，听说辽宋准备重立盟约，大辽要和南朝全面通商。南朝会卖给大辽许多兵器与军资，甚至是粮食。”

“啊？”耶律乙辛诸人都倒吸了一口凉气。若宋朝与耶律濬盟好，必然会制约夏国、高丽，甚至是杨遵勖等国内反叛势力的蠢动。便是一般的部落与普通的官员，也会因此形成一种耶律濬统治非常稳固的印象。如此一来，耶律乙辛这一方的前途，就非常不乐观了。宋朝无论卖给耶律濬多少东西都不要紧，只要不是大张旗鼓地做。眼下看来，事情却是正朝着耶律乙辛最不愿意看到的方向发展。

耶律乙辛沉吟良久，忽然笑道："所谓重立盟约之事，暂时不足为惧。料来南朝不会如此大方，胜负未分，就急忙订约。眼下耶鲁斡尚未向天下诏告，可见即使此事是实，双方也还在讨价还价。"众将听到此言，稍稍放心。耶律乙辛又问道："那好消息是何事？"

"小人从南朝商人中得到消息，高丽国王太子和二王子国原公各统数万大军，打着代辽征蛮的旗号，开始向西攻击女直部落。听说他们会越过鸭渌江，进入东京道境内。"韩先国话音刚落，众人皆已喜动颜色。耶律乙辛笑骂道："这些高丽龟孙！终于忍不住趁火打劫了。本王在东京道境内布了许多眼线，怎的竟不如你消息灵通？"

"这也不足为奇。高丽国有任何动静，南朝的商人立即就会知道。小人恰巧之前认识一些南朝的商人。"

耶律乙辛摆摆手，笑道："本王知道了。"一面向伊撒说道："你给这位韩先生松绑，请他去帐中休息。晚上本王还有事要问韩先生。"说罢也不多留，挥鞭驱马而去。众人紧紧跟在他周围，一齐下坡。

姚孝友驱马紧随耶律乙辛，低声说道："大王，叛军既然可能和南朝盟好，又多了高丽在东边捣乱。局势更加复杂，我想他们会开始希望速战速决。"

耶律乙辛点点头，眼中不易觉察的闪过一丝忧色："南朝竟然和耶鲁斡盟好，难道石越竟然失势了？本王知道此人一向对我大辽虎视眈眈……偏生如今使道断绝，本王竟然无能为力。今天晚上……"

一轮明月高高地挂在天空，寒风刮过，树枝乱颤，发出凄凉的"飕飕"声。

辽主耶律濬金帐所在，灯火通明。耶律濬帐下将官谋臣，倒有一大半聚齐。耶律濬箭伤早已愈合，此时身着黄金镶龙铠，神采奕奕。

"朕今日白间，已与南朝使者达成盟约。自今日起，大辽与大宋，是为盟邦，两朝永不为敌。盟约之内容，佑丹，你向大家说一下。"

"是，陛下。"萧佑丹起来欠身一礼，环视众人，朗声道："辽宋盟约之内容主要有五。其一，扩大互市规模。南朝商人，向南京析津府提出申请后，发给路引，即可以进入中京道、南京道、东京道、西京道所有州县所在城镇互市，除了兵器、马匹须由官府批准之外，一切皆可以自由贸易。大辽从中抽收一成以下商税。大辽商人在南朝享受同等待遇。由大名府发放路引。其二，南朝人在大辽犯法，交由南京析津府按大辽律令审理，但审判时，须有大宋官员在场。大辽人在南朝犯法，依南朝律令在大名府审理。同样须有大辽官员在场。为此，辽宋将互相在南京析津府与大名府设立常驻使节。其三，双方在距边境二百里内超过五千人规模的驻军调动，应当提前通知。其四，大辽取消南朝的岁币，南朝向大辽每年提供十万贯缗钱的无偿‘援助’，大辽将此笔款项用于开办学堂、图书馆等事。其五，南朝向大辽卖包括震天雷在内的武器，大辽用南朝指定的物资包括马匹、铁矿进行等价交换。”

“震天雷？”

“震天雷！”

“不错，南朝决定，若我大辽需要，可以向大辽提供五百枚震天雷，条件是用五十匹公马和五十匹母马交换。”萧佑丹想起此事，都觉得不可思议。虽然他知道南朝已经研制成功一种叫霹雳投弹的武器，但是向自己的宿敌卖震天雷，萧佑丹本人认为极其不可思议。他不知道，在章惇出发的前一天，赵顼亲自召见，告诉他，可以给辽国震天雷。当然，这种震天雷的火药配方做了“适度”的修改，并且增加了一些可以在爆炸后发出刺激性气味的“作料”，而且亦非颗粒火药制成。并且，大宋朝廷最高层已经决定，在辽国拿到第一批震天雷后一个月，即向交趾和高丽出售这种武器，一枚震天雷，售价六贯。如果可能，宋朝愿意向全世界出售自己的这种武器。

“陛下，整个盟约，除了取消岁币之外，似乎过于公平了。久闻南朝皇帝与石越不是善予之辈。俗语有言：无事献殷勤，非奸即盗。南朝背后，必然大有阴谋。”说话的人，是北院林牙赵思茅。

“赵林牙以为南朝背后有何阴谋？”耶律濬反问道。赵思茅的怀疑，他不是没有。但是思前想后，实在看不出来有什么了不起的阴谋。连萧佑丹也深感奇怪。扩大互市固然是前所未有的事情，但在耶律濬看来，利弊难知。在目前的情况下，只怕还能纾缓财政紧张，让百姓多得一点好处。讨价还价之后，南朝竟然接受这样的盟约，让耶律濬大吃一惊。本来即使是明显不利的盟约，他也已经准备接受——等平定叛乱之后，再找个借口撕毁便是。

“这个，臣愚钝。但唯其如此，才显得背后的阴谋更加可怕。”赵思茅虽然是汉人，但是却忠于眼前这个将他从一县县令直接提拔到北院林牙的年轻皇帝。这等知遇之恩，粉身碎骨难报。

“陛下，臣以为，不管他有什么阴谋。只要我大辽骑兵一日称雄，南朝用尽心机，也是枉然。眼下如此有利的条约，焉能不答应？若他们捣鬼，待平叛之后，再教训他们不迟。”

“或者南朝志在买马。”

“南朝纵然有马，骑兵也非我契丹儿郎之敌。骑兵练成，非一朝一夕之功。更何况，即使我大辽不卖马，南朝也能经熙河买到一些马。杨遵勖若有震天雷交换，谁敢保证他不愿意卖马？高丽人和南朝通商，南朝也能想办法从女直人手里买到马。臣以为眼下之患，是耶律乙辛之叛贼。先除此大患，稳定后方，再图其余不迟。”

“此事不必再议。”耶律濬举起手来，打断了臣子们的对话，“朕意已决。若有阴谋，日后再图补救未迟。高丽人趁火打劫，委实可恶。但是他们虽然让朕要忧心东面，却也同时让朕不必再担心女直的叛乱。目前须得尽快平定耶律乙辛之乱，以免杨遵勖有异动。然后回师东京道，将女直与高丽人全部荡平，以绝后患。”

“陛下不必担心，数日之内，潢河必然冻结。我军便可直捣上京。”

“朕意不在上京！”耶律濬眼中露出一丝冷笑，“耶律信！”

“臣在！”金帐之末闪出一名三十来岁的汉子，身着黑甲，欠身应道。

“你去挑三千精兵，偃旗息鼓，马衔枚，至麝香河口偷渡过河，佯攻长乐县城。”

“遵旨！”耶律信接过将令，大步退出金帐。耶律濬环视众将，又厉声喝道：“传令萧阿鲁带，命他的左军，便在今夜渡河。敌人若有援军救援长乐县城，便是他阿鲁带的责任。”传令官应声退出。耶律濬又喝道：“中军今晚子时，摆出准备渡河强攻之阵势，让叛军一刻也不敢妄动。萧忽古，你领五千骑兵，带十日干粮，在阿鲁带之后渡河，一路不得交战，绕过长乐县城，直取保和馆。届时必有奇兵呼应。”

萧忽古闻言大吃一惊，保和馆在长乐县城以北五十里，黑河边上。这是让他孤军深入敌后，阻断耶律乙辛的退路。耶律濬如此调兵，分明是想把耶律乙辛的大军困死在黑河与潢河交汇的三角地带。他这支孤军，若能成功，则自然是立下不世之奇功。但是任何人都知道，这个任务，实是凶多吉少。但他是耶律濬心腹爱将，自然不敢置疑，只得高声应道：“臣得令！”恭身退步而出。

萧忽古走出营帐数十步，忽听到人唤道：“阿斯怜，请留步。”萧忽古回头望去，却是萧佑丹，连忙欠身道：“萧公，末将军令在身，不敢久留。不知有何指教？”

萧佑丹走了近来，拍拍萧忽古的肩膀，叹道：“阿斯怜，你是契丹第一勇士。故此皇上才将如此重任托付于你。但是此次前去，若只靠勇力，只怕你再也喝不到七金山土河的水。”

“萧公放心，阿斯怜的命，没有那么容易取去。我绝不会让耶律乙辛的马喝上黑河的水。”萧忽古边说边跃身上马，跑出几步，忽又掉转马头，在马上向萧佑丹抱拳道，“萧公，若阿斯怜果真战死沙场，便请先生好好辅佐陛下，一定让陛下成为大辽最英明的君主。告辞！”说罢，也不待萧佑丹答应，驱马绝尘而去。

萧佑丹望着萧忽古远去的背影，微微叹了口气。眼角之间，不由有点儿湿润。

长乐县城隶属延庆宫所辖饶州，是饶州州治所在。辽太祖将渤海国故民迁居于此，其县有四千户。其中有一千户从事采铁矿的工作，每年要向辽国朝廷纳铁为税。其城是潢河与黑河交汇处最为坚固高大的。耶律乙辛自己并没有驻跸城内，原因很简单，城中住不下太多的兵马。但是此城既当要冲，他便也在城中驻扎了一万军队。在城外还驻扎了梅古悉部的三千部族军，由梅古悉部节度使统领。

此时已是子时时分，长乐县城外梅古悉部部族军驻地以外五六里的树林里，树影幢幢。梅古悉部自节度使以下，对于这场战争都缺少兴趣。长时间的对峙，不仅仅让这个小部族的军队忘记了战争的目的，也让他们忘记了战争的现实。如此寒冷的天气里，除了例行公事地派了几个人在营外巡逻之外，所有的人都已经睡觉，在梦中诅咒着耶律乙辛为什么不让他们驻扎在相对暖和的长乐县城之内。即使那几个巡逻的营卒，也已经把武器丢到一边，好把手插进袖中取暖。若不是睡着更冷，他们只怕也早已睡着了。

忽然，一个营卒的嘴巴大张了开来，他使劲揉了揉眼睛，不敢相信眼前的现实——远处的树林向着自己飞快地移了过来！半晌，一个声嘶力竭的声音撕破夜空的宁静——“偷营！”便在这个声音落下的一瞬间，一支羽箭随着凛冽的寒风一起射进了营卒的喉咙……轰隆的马蹄声将整个营地震得发抖，四面八方，都是黑衣黑马的敌人，挡马的木栅被劈开，每个骑士都带着三匹用绳子拴在一起的马，如潮水一般冲进营寨，到处可见雪白的刀光与鲜血的喷溅，空中飞舞着如闪电一般的箭矢。梅古悉部节度使看见那个脸上带着冷酷笑容的契丹将领的第一眼，便已是最后一眼，他眼睛尚未闭上，甚至还没有来得及恐惧，头颅早已飞到离身体数丈远的地方。

远处，长乐县城之上，早已布满了火把。但是城门紧闭，一万守军眼睁睁看着城外的杀戮，看着梅古悉部营地上方的熊熊大火，听着清晰可闻的撕心裂肺的哭喊之声，却没有一个人敢出城相救——城外那面黑色的旗帜，那面没有绣任何花边与字迹的黑色将旗，耶律乙辛部下的每个士兵，都曾听过有关它的传闻！一个让他的敌人胆战心惊的名字——耶律信！

半个时辰之后，长乐县城外的杀场渐渐平静下来，但是平静没有持续多久。很快，约两千左右的梅古悉部族俘虏，整整齐齐向长乐县城走来。在他们身后，还紧紧跟着数千静穆的黑衣骑士。

“站住，全部站住，否则我射箭了。”长乐县城守将声嘶力竭地喊道。这一招契丹人并不陌生，不过今天轮到自己身上，虽然梅古悉部不过是个小部族，但是毕竟一刻之前，这些人还是自己的战友。

守将的呼喊似乎奏效，梅古悉部的俘虏们都停了一下，但是他们背后的黑衣骑士却并没有停止前进的步伐。俘虏们似乎感受到背后的压力，连忙又加快脚步，向长乐县城走来。

“站住！”守将无力地喊道。

但是被死神驱赶的人们，是绝不敢停住自己的脚步的。

俘虏们已经进入长乐县城的射程之内。

守将举起手来……

耶律乙辛中军大营。

耶律乙辛刚和韩先国谈妥，请韩先国带他的使者去高丽国与高丽王子联系，并且希望可以预先为自己安排一条退路，一旦战败，便想办法从海路逃往宋朝或者高丽、日本国，最差不失为富家翁——狡兔尚有三窟，耶律乙辛不能不预做谋划。

但是才送走韩先国，僵持的战局就发生了变化。对岸大张旗鼓，摆出要大举渡河的架势。这已经是耶律濬第九次摆出这种架势。虽然如此，但是耶律乙辛却一点也不敢放松。他虽然是放羊出身，却也知道小心驶得万年船，历史上不知道多少人就是因为一次不小心而栽了，结果身死名裂，为后世所笑。耶律濬要的就是想让他放松警惕，然后出其不意。不过，这一次似乎略有不同。但究竟是哪里不同，耶律乙辛却又说不上来。

没多久，长乐县城方向便燃起了报警的烽火。耶律乙辛竟然是松了一口气：耶律濬终于在长乐县城方向发起了攻击。眼见敌人大军未动，耶律乙辛的中军也不敢妄动，只派了耶律连达率两万大军前去救援。以长乐县城的守军与城墙，敌人绝不可能在一两天之内攻破。

耶律连达自接到命令的那一刻起，就很强烈地感觉到这次自己的对手，很可能是耶律信。想到此人，耶律连达浑身的血都沸腾起来——他竟然敢孤军深入上京临潢府城边，视二十万大军为无物！耶律连达发誓一定要杀了耶律信，剖开他的肚子，看看他的胆是用什么做的。两万骑兵的调动，纵然在夜间，也很难掩饰。耶律连达很担心耶律信闻风而逃。耶律信并非是一个莽夫那么简单，他也懂得害怕。为了争取时间，耶律连达下令采用纵队急行军。

离长乐县城还有十里左右的时候，天色已然微亮。

忽然之间，耶律连达的前军停止了前进。浓烈的杀气从前方传来，耶律连达心中一凛，连忙驱马上前，喝道：“斥候呢？”

“将军，斥候都失踪了。所以末将自作主张……”

耶律连达的瞳孔忽然缩小，他举起右手，厉声喝道：“全军换马列队，准备战斗！”

“换马列队，准备战斗！”

“换马列队，准备战斗！”

两万大军，迅速排成了雁行阵，如同一队南飞的大雁，缓缓向长乐县城开去，马蹄掀起的尘雾，几乎将整个天空都遮蔽了。

耶律连达的判断，很快得到证实，走出两里之地，远处便可以看到一条黑色的长线，静静地在天的彼端等候。数万人的军队，寂静得如同地狱中的鬼兵，没有发出一丝声音。耶律连达的前锋刚刚出现在视线之内，一面斗大的帅旗就从敌阵中升起，上面绣着一个巨大的“萧”字！只见帅旗向前方一倾，号角齐鸣，敌军的前锋向耶律连达的前军冲了过来。

耶律连达没有想到自己遇上的不是耶律信，而是萧阿鲁带的三万左路军。望着对方的旌旗，竟是一眼望不到边，至少有五六万人的规模，耶律连达不由倒吸一口凉气。

向耶律连达军冲击的骑军如同普通辽军一样，有三匹战马，战马都用绳子相连，以避免冲锋时跑散。但不同的是，所有的战马，都穿着皮甲！骑士身上也穿了一种奇怪的铠甲，这种铠甲只在几个要害处采用了铁片，大部分地方都是皮甲。骑兵们也并不像普通的辽国骑兵一样，以弓箭为主要武器，他们手中的武器，全是雪白的长刀！

大地在马蹄之下，沉闷地响起来。大队骑兵似洪流一样涌向耶律连达军。骑兵们发出震动天地的呼叫声。那支三千人的骑兵部队，在马上伏低了身子，举起盾牌，凭借薄薄的装具，在不到两里的距离，硬生生顶住正面飞来的箭雨，向耶律连达的阵脚冲来。他们的两翼，各有一大队普通的辽国骑兵，好像两条巨蟒一般爬向耶律连达军的两侧，密集的箭雨如同蝗虫一样，在空中飞舞。许多人在冲击的过程就倒了下来，但是他们的马匹却依然随着洪流涌向敌军的阵地。整个天地间，到处响彻着马匹践踏大地的声音，战士的呼喊声，空气中弥漫着臭不可闻的马汗味，死伤者鲜血的腥味……

耶律连达的军队从未见过这样的敌人，也从未见过这样的战法。他们习惯于远距离攻击，利用自己的机动性打击敌人，从来都只有他们冲击敌人步兵的阵脚。眼下的状况让耶律连达的前军很快陷入混战之中，他们不得不和一支装备比自己好的军队进行肉搏战。而在两翼，萧阿鲁带的军队一边发箭，一边保持距离，缓缓向后移动，待到耶律连达发现之时，他的两翼已经身不由己地远远脱离中军。耶律连达的阵形，在他还没有反应过来的时候，就已经七零八碎，便像是一群失散了的大雁。唯一没有乱的，只有耶律连达的中军。

“鸣金，撤兵！”双方的交战仅仅持续了半个小时，耶律连达就下达了有生以来最英明的命令。在中军的掩护之下，交战诸军很快退出了战场。耶律连达付出的代价，是两千人阵亡。萧阿鲁带似乎无意追击，他的军队，牢牢地钉在长乐县城东边七八里左右的地方，等待着任何来救援长乐县城的部队。

耶律连达心有不甘地向耶律乙辛发回战报：吾师被六万叛军阻于长乐县城外十里；长乐县城似未失陷。

在接到耶律连达战报的同时，耶律乙辛也接到了下游的报告。萧夺剌与萧迂鲁已经从下游渡过潢河，攻克上京道之松山州。大军现在已直奔于越王城而去。从旗帜与人马来判断，至少有四万大军。

耶律乙辛彻底糊涂了——必定有一处在虚报兵力。长乐县城不可不救，长乐县城失守，则保和馆危矣，自己的右翼与后方都将受到威胁。而于越王城紧紧挨着上京，若真被攻击，不救会使军心动摇。但眼下的问题是，如此寒冷的天气，四万人进攻于越王城，可能吗？粮草如何转运？即使他们在国境内打草谷，也无法满足四万大军的需要。而且，千里奔波去救于越王城，不如攻击分兵之后，兵力空虚的耶律濬！

耶律乙辛已经问过地方上的老人，相信两日之内，潢河必然结上厚厚的冰。是分兵救长乐县城，还是集中兵力，主动出击？耶律乙辛陷入犹豫当中。他心里非常明白，自己很可能陷入腹背受敌的困境当中。

长乐县城。

长乐县城的守将眼睁睁看着城外敌军的旌旗越插越多，最后终于漫山遍野，不知道敌人来了多少军队。他眼睁睁地看着一支支规模庞大的军队从城外经过，将长乐县城视为无物，却也只能忍下这口气。

因为在城外，插着一面无字黑色将旗。

耶律信始终没有攻城，梅古悉部的俘虏已经全数死在长乐县城守军的箭下，他的目的也已经达到——让城中原渤海国的居民对守军产生不信任感。射向梅古悉部俘虏的每一箭，都在动摇着敌人的军心与民心。耶律信可以轻易攻下长乐县城。长乐县城的守军，在耶律信眼中，已经等同于死人与俘虏。

他甚至懒得和长乐县城的守将对话。

长乐县城东郊，耶律连达的大军与萧阿鲁带的军队已经对峙了一天。萧阿鲁带没有任何进攻的意愿，而耶律连达却没有任何进攻的勇气。

“潢河之水马上就要结上厚冰了。”萧阿鲁带瞥了远处的河流一眼，悠悠说道。

“阿斯怜的军队，已经快到保和馆了吧？”说话之人的声音极其柔软。萧阿鲁带回过头，打量眼前之人：雪白的窄袖圆领齐膝外衣，领间绣着虎纹，头上戴着幞头，足下穿着长筒靴，骑在一匹雪白的骏马之上，腰间佩着一柄长刀。若非此人眉宇之间流露出一股慑人的杀气，凭他那清秀的脸庞，萧阿鲁带几乎要怀疑眼前之人是女扮男装。“真像个南朝人。”萧阿鲁带心中突然冒出一个想法。

“希望他到了。大战就在一两日之间了。耶律冲哥，听说你去过南朝？”萧阿鲁带忽然说起不相干的话来。

“南朝？”耶律冲哥微微一笑，露出一口雪白的牙齿。他的确是整个契丹族的异类，他出身贫寒，少小就被卖为奴隶，在南朝生活了十多年，后来又被卖回到契丹，成为耶律濬宫中的伶人。四五年后，又因为武艺出众，被选为侍卫。从此一路青云得意，两三年内，就成为能够统率数千军队的中级军官。也许是因为伶人的生涯，使得耶律冲哥三十多岁的年纪，却有着二十来岁青年的面貌。让许多显贵一眼就会生出许多绮念来。

“是啊。我从未去过南朝。”萧阿鲁带勒马向南，叹息道。

“那是一个温暖的地方。”耶律冲哥收起了笑容，淡淡地说道，“我有预感，大辽和南朝还会有许多故事发生。不过，在此之前……”他优雅地伸出修长的手指，指向东面耶律连达的大营：“我们需要解决他们。”

萧阿鲁带在空中虚击一鞭，笑道：“耶律连达，在我眼里，不过是一个死人。”一面掉转马头，向上京方向迈出数步，道，“我担心的，是耶律乙辛会跑掉。”

当晚。北风刮过大地，发出“呜呜”的声音。

潢河南岸，耶律濬的金帐灯火通明。远远望去，不断有士兵来回巡逻。马蹄声与口令声隐约传来，却在风中消逝，让人无法听清。

二更时分。潢河北岸。耶律乙辛一身戎装，一手搭在配刀之上，沉声说道：“诸位，是荣华富贵，还是阶下之囚，一切决定于今夜！攻破耶鲁斡之后，中京财富，全部用来犒赏将士。凡统军将官，封王封侯，唾手可得！”

他身前一排将领一齐在马上躬身答道：“愿效死命！”

“好！”耶律乙辛拔出配刀，厉声喝道，“渡河，进攻！”将领们立时驱马离开中军，一炷香之后，鼓声雷动，号角长鸣，耶律乙辛手下十几万大军，分成三路，踏过潢河，杀向对岸耶律濬的营地。

耶律乙辛军的前锋，如同狂风一般卷向南方，耶律濬营中巡逻之人，未及反抗，便死在弓箭弯刀之下。马蹄从他们的尸体上践过，耶律濬营外的栅栏被推倒。不断有人将手中的火把投入耶律濬军营之中，瞬间，整个耶律濬的军营，都燃起了熊熊大火。

但是片刻之后，耶律濬的营中，便出现了小规模的拼死抵抗，只不过稀疏的箭雨根本无法挡住数以万计的骑兵的冲锋。耶律乙辛的军队很快就冲入军营中，射砍着猝不及防的耶律濬军。

各路将领的目标，不约而同都是耶律濬的中军大帐。

耶律濬的军队似乎没料到防守的耶律乙辛会主动出击，营中的抵抗没能对耶律乙辛的军队形成有效的狙击。在如潮水般的冲击之下，只有节节败退，很快，所有的残兵败将都聚集到了金帐周围。但耶律乙辛部杀得性起，仿佛是如同一股巨大的洪流卷来，数以千骑的马匹冲向金帐——“轰”的一声巨响，整个金帐凭空陷了下去，冲锋中的马匹来不及停止，一匹匹摔入坑中。许多人从马上被摔了出去，当时就被摔得脑浆迸裂而死。

便在此刻，耶律濬大营的四周，“呜呜”的号角再次吹响，四面八方不知多少人马，在响彻天地的喊杀声中冲了过来。

“中计！”耶律乙辛顿时脸色惨白，一咬钢牙，高举佩刀，高声呼道：“孩儿们，我们拼了！”竟然亲自率着中军杀了过去。但他耶律乙辛愿意拼命，各部族的军队却不愿意拼命，不知道有谁发现潢河方向没有敌人，立时便带了自己部族的军队，向北方逃去。众多本来都心怀异心的部族军队，顿时纷纷效尤，反倒有不少军队和耶律乙辛的中军冲撞在一起，自相残杀起来。

逃跑的军队越来越多，起先是部族军，后来连契丹军队也开始逃跑，兵败如山倒，一队队军队如同丧家之犬，再次渡过潢河，一路北窜，各自向自己的老家跑去。契丹军队害怕处分，干脆各自向自己家里逃去。仅仅在瞬息之间，耶律乙辛的十几万大军，竟然作鸟兽散。

耶律乙辛眼见大势已去，无可挽回。决一死战的雄心也早已烟消云散，拨转马头，带着身边未散的几万人马，渡过潢河，也不再去管兀自在长乐县城边和萧阿鲁带对峙的耶律连达，径直向保和馆逃去。

大军渡过潢河之后，耶律濬安排了追击部队，向章惇笑道：“贵使相信朕能打赢这一仗，朕也没有让贵使失望。”大战之前，虽然为以防万一，辽人要宋使先行回国。章惇却坚持只让副使黄庭坚先行返国，自己一定要亲自领略耶律濬的用兵。对此，耶律濬倒是非常的欣赏。

“陛下指挥若定，料敌先机。臣十分佩服。”章惇微微欠身，恭维道。虽然此次大胜，主要还是因为耶律乙辛的部下各怀异心，军心不稳。但是耶律濬能算到耶律乙辛会来劫营，章惇的确不能不佩服。“接下来，就要祝陛下早日生擒叛逆，结束内乱了。”

耶律濬笑道：“虽然敌军瓦解，但耶律乙辛老谋深算，若不能一战成擒，总是心腹大患。他在燕王城屯集了大量军资，驻扎了万余精兵。自以为机密，旁人不知，朕却了如指掌。朕料他新败之后，必然不会再去上京，反而会奔燕王城。但无论他奔上京还是往燕王城，其间必经之道，就是保和馆。只要阿斯怜能阻住他，他便在劫难逃。”

章惇起身一拜，问道：“陛下之谋略实不可测。然有一事不明，若耶律乙辛不来偷营，又当如何？岂非致萧将军于死地？”

耶律濬大胜之后，不免微有得色，笑道：“耶律乙辛其人，多疑好赌，爱用智计。他自以为知兵，不愿犯分兵之错。但是在河水结冰之季尚临河扎营，是不过赵括之流。朕与谋臣商量，料他骑虎难下之时，必然铤而走险。但若他不来，朕就让耶律信攻下长乐县城，让阿斯怜攻下保和馆。切断燕王城与他的通路，断他粮道。待他分兵去攻长乐县城与保和馆，朕再引大军攻之。他再无不败之理。况且朕还有一着奇兵，阿斯怜断不至于陷于死地。只不过兵事贵在机密，却不可使旁人知晓。”

章惇知道耶律濬口中所谓“谋臣”，必然是指萧佑丹。想到此人将耶律乙辛算计于股掌之中，处处都先一步料到，心中不由凛然。对于大宋来说，自然辽国内乱越久越好，但是如果事情的发展不尽如人意，自然是先示好于强者更加划算。想到来辽之前，皇帝忽然召见，一改前态，不惜以出售震天雷为代价，一定要尽快达成盟约，此时想来，其中必然有许多旁人所不知道的内情。章惇暗中揣测，已知职方馆必然在中间起到了重要作用，至少是相对准确地报告了辽国双方的情况。一念及此，章惇才稍稍放心。一面笑道：“敢问陛下，不知那只奇兵，又是什么？”

“朕听说贵使也曾统兵打仗，何妨猜上一猜？”

章惇微一沉吟，脑中忽然灵光一闪，道：“莫非是右军？若由敝人来用兵，则右军攻下松山后，可以分成两支，一路大张旗鼓，直取于越王城；另一路，却偷偷向西渡过黑河，因为保和馆必然先被萧将军攻取，从保和馆附近渡河，可以非常安全。这一路奇兵，退可以替萧将军固守保和馆，进可以抄袭敌军。”说到此处，章惇已是十分确信，不由击掌赞道：“真是妙计。难怪右军陛下要派两位名臣统军。”

耶律濬哈哈笑道：“外人自是以为朕不信任萧夺剌，所以派萧迂鲁去监视。却不知用人不疑，疑人不用。朕将一路之军托于萧夺剌，焉有不信任之理？”

但事情并未完全如耶律濬预料地发展。熙宁八年冬十二月。在潢河之畔大破耶律乙辛之后，因为右路军的萧迂鲁没有及时赶到保和馆，耶律乙辛率领残军突破萧忽古的保和馆防线，成功抵达燕王城。保和馆之战，虽然惨烈，却没有任何悬念。因为人数上占据绝对优势，兼之又是耶律乙辛经营十数年的部队，萧忽古虽然勇猛，却也无力回天。他部下的五千骑兵战死三千余人，生还者人人带伤，却依然没有阻止住耶律乙辛。

而在潢河大捷之次日，长乐县城守将即向耶律信投降。耶律连达率军向燕王城逃窜，却撞上萧迁鲁迟来的援兵，在前有强敌，后有追兵的情况下，耶律连达不战而降。

由于天气过于寒冷，耶律濬渡过黑河，占据黑河城之后，被迫停止了对燕王城的进攻。耶律濬不得不放弃一鼓作气将耶律乙辛剿灭的想法，率大军返回中京，静静等待春天的到来。

第二十四章

社稷之臣

相见争如不见，多情何似无情。
——司马光《西江月·宝髻松松挽就》

1

朱仙镇讲武学堂。击鞠场。

击鞠与蹴鞠不同，击鞠又叫“打球”，是一种马球。乃是军中最重要的体育活动。分为大打和小打，大打就是打马球，骑马进行；而小打则是骑着小马或者驴骡打球，在民间流行较多，甚至有女子参加。讲武学堂的击鞠场场地平坦，是用石灰石与黄土整平的土地，占地一千步见方。东西方向，各有丈余高的球门；球门之后，各有一个虚架；球门两旁，各插旗十二面。在南北向，各有五面大鼓，十个鼓手以及一支乐队。

赵顼的滚金龙袍裁剪紧凑，显得非常精神。在击鞠场的北面，早已搭起一座高台，赵顼便端坐高台正中央的御椅之上，观看讲武学堂的击鞠比赛。站立在皇帝身旁的，除宦官李宪与李向安之外，有枢密使文彦博、枢密副使王韶、参知政事兼兵部尚书吴充、参知政事兼太府寺卿石越、吏部侍郎韩维与范纯仁、兵部侍郎郭逵。除此之外，还有一位身材挺拔、双目炯炯的年轻将官，格外引人注目。一位低级武官，能站在众多朝廷重臣的行列之末，陪同皇帝观赏比赛，实在不知道让多少人羡慕、嫉妒。站在高台之下的郡马狄詠，每次目光掠过这位年青武官的身上，都无法掩饰住自己目光中的欣羡；不仅是他，在球场南面观看比赛的讲武学堂的师生，目光只要掠过此人，心中的情绪都相当复杂——羡慕、嫉妒、佩服、不屑，没有人说得清楚那是一种什么样的情绪，但是所有人都知道，这个人的名字，叫薛奕！新近授武经阁侍讲、虎翼军第一军都指挥使。

击鞠比赛首先进场的，是一队手持哥舒棒的人员，这些人进入场中，即向皇帝所在的高台跪倒，山呼万岁。李宪虽然明知赵顼对击鞠比赛非常熟悉，仍然欠身说道：“陛下，这是负责维持球场秩序的球场卫队。”

赵顼微微颔首，道：“让他们平身，各归本位。”

“遵旨。”李宪应声答道，一面走到高台之前，高声喝道：“皇上有旨，球场卫队免礼平身，各归本位。”

“谢主隆恩。”球场卫队便带了哥舒棒，向球场四周跑去，站在球场周围。

紧接着，在悲壮雄浑的《凉州曲》中，两名手持红旗的裁判走入场中，着绯绣衣的左朋和着绿绣衣的右朋共三十二人也从球场东西两面骑着高大的骏马，穿着乌黑发亮的马皮靴，手执下端弯曲的鞠杖、戴着华插脚折上巾入场，他们所骑的骏马都已结尾。石越已不是第一次观赏击鞠比赛，自然知道这每朋十六人中，各有二名守门员，一名朋头（队长）。只见队员们在裁判的率领下，一齐下马向皇帝请安。赵顼向来酷爱马球，在宫中便经常和两个弟弟打球为乐，这时早已伸直身子，笑道："免礼平身。可令左朋守西门，右朋守东门。"

李宪微笑点头，转身面向球场，拖长了声音高声说道："皇上有旨，左朋守西门，右朋守东门。"

众人谢恩上马，便听鼓声擂动，裁判取出一只中空木制红色漆球，抛向空中，左右两朋队员立时驰逐上前，执杖击球。红色木球在空中飞驰，绯衣与绿衣交叉穿过，无论是北面的皇帝与众重臣还是南面的众军官，都立时被紧张刺激的比赛所吸引，不时发出一声声惊叫声。李宪在皇帝身边低声说道："左朋朋头叫田烈武，是忠臣之后，陛下亲点的武进士；右朋朋头叫李世衡，原本是禁军指挥使。"

赵顼哪里还记得田烈武是何许人也，随口"嗯"了一声，便见一个绯衣球员，手持鞠杖乘势奔跃，在空中运球，向前连击，让球始终运行在马的前方，一骑穿行于绿衣球员之间，矫若游龙。其他绯衣球员则紧紧护在他的周围，阻挡绿衣球员攻向他身旁。到了东门之前，他突然加速，鞠杖如闪电般在空中挥过，那个红色木球竟然旋转着在空中划过一道弧线，骗过来阻挡的两个守门员，从球门的角上射入。一个裁判立时举起红旗，高声说道："左朋胜一筹！"然后便听鼓声响起，乐队奏乐，欢声雷动，裁判跑到西门之后，拔出一面旗来，插入虚架之中。以示左朋得了一分。

赵顼见此人球技如此精湛，也不禁大为赞叹，向薛奕笑道："薛卿，听闻卿家也是击鞠高手，不知较此人如何？"

薛奕忙欠身答道："回陛下，此人球技，远在微臣之上。然而臣以为，左朋能得此一分，不全由此君球技高超，而主要是左朋配合有致。"

"哦？"赵顼不由来了兴趣，向前倾了倾身子。

"左朋之战术分工明确。臣刚才观察，发现左朋除守门者二人以外十人，有四人专责防守，有四人专责传球与保护，另有二人专责进攻。只要右朋有人得球，必有四人骑马上前争夺，其中二人负责吸引对方注意，二人负责夹击对手。以致右朋任何一人得球，都不能一直护球前进。而一旦左朋得球之后，则立即会传给进攻的二人，另有四人则紧紧守护在这进攻的二人身旁，挡住右朋的抢夺。虽然进球之人球技之精湛的确为臣所仅见，但是左朋队长居然自甘为人作嫁衣裳，甘当两名进攻者的守护者之一，臣非常佩服。这守护者极是吃力不讨好，鞠杖挥舞，烈马疾驰，身体难免受到攻击，轻则破皮流血，重者伤筋动骨。而众人能见到的，所赞叹的，则只有进攻者的荣耀。但以臣之见，这种采用双球门制的击鞠绝非一个人凭着了不起的球技可以取得胜利，重要的，还是全队的配合与牺牲精神。"

薛奕这一席话，说得众人频频点头。赵顼正要赞叹几句，忽听到南面发出一阵惊呼之声，只见击鞠场上裁判挥动红旗，原来左右朋各有一名队员在争夺红球时，用力过猛，球没有击到，两杆鞠杖却是重重地击在一起，竟都是脱手而飞，顺着这巨大的惯性，二人都被从马上带了来下，好在二人都算是武艺精湛，在空中顺势翻转，才没有把腿给摔断。这二人也甚是强悍，虽然鼻青脸肿，可从地上爬了起来，拣起鞠杖，便跃身上马，示意裁判还可再战。

赵顼与众重臣观赏过无数的击鞠比赛，都知道击鞠是充满危险的运动，有时候甚至导致头部都被击碎。正因为它的刺激与超强的对抗性，才广受欢迎，并且成为北宋军中最重要的体育活动之一。但是似眼前这种悍不畏死的行为，却是十分少见，因为一般受伤之后，自然是要换人再战的。赵顼不由叹道："此亡命徒也。"

文彦博微一欠身，淡淡回道："军中正需要亡命徒。这是章楶调教有功。"

赵顼一怔，立时觉得文彦博所说有理，不由注目石越，笑道："这也是石卿建议之功。若禁军军官人人都能敢死争先，我大宋的军队，便可无敌天下。"

石越忙欠身谦道："臣无尺寸之功。这全是郭侍郎与章祭酒之功，是讲武学堂众教官之功。"

李宪笑道："陛下，同样的白菜，在普通的妇人手中，不过寻常之物；而入大厨之手，则能化腐朽为神奇，其美味不可胜言。古人有云，治大国如烹小鲜。若以治国与烹饪相比，则治国者之能力高下，则能决定国家之强弱。石越之策虽然有奇效，然而非陛下谁又敢用之？因此微臣以为，这是陛下擢用贤能之效。"

赵顼虽明知是奉承之语，亦不由得摇头微笑。

文彦博却是有几分看不惯李宪，冷笑道："方才薛奕所说，一人进球，功在全队。凡事有成功，皆是众人齐心协力，兼之策略得当所致。臣望陛下不要以为天下事的成功，全是因为陛下一人之英明。陛下不英明固然不足以成事，然而事情之所以能成功，却也不仅仅是陛下英明之故。若非有章楶、王厚、林广等人，讲武学堂未必有今日之气象。陛下为万民之主，须要赏功罚过，赏罚分明，方能使国家兴盛。人主若与臣下争功，则是亡国之征。"

这般不客气的言辞，也只有文彦博敢说。赵顼肃容道："文卿所言有理。"心中却不免大觉扫兴，转目去看场中比赛。这时场中的争夺已经进入白热化。讲武学堂采用淘汰制教学，从七月中旬开学算起，半年为一期。眼下期末将至，有数百人将要惨遭淘汰，众军官都在明争暗斗，在任何事情上都不肯落人之后。何况这是皇帝亲自观赏的击鞠比赛！李世衡领衔之右朋，其教官是军中勇将林广；而田烈武所率之左朋，其教官则是王韶之子王厚。二人都是军中之佼佼者，自然更是多了一个心眼，虽然一个人训练骑军军官，一个人训练步军军官，但是平常也会互相较劲，二人所训练的军官，都称得上讲武学堂中最出众的学员。这时球队的输赢，更关系到二人的面子。在这种微妙关系的影响下，场上两朋队员的比赛，更是越发地激烈，每隔一会儿，就会出现两杖相交，脱手飞出的刺激场景。有一次左朋负责进攻的吴安国与右朋李世衡交马擦过，双杖齐挥，一齐击在木球之上，竟然将球击成碎片！弄得裁判不得不换了一只球继续比赛。好在讲武学堂纪律甚严，倒没有人敢故意伤人。

郭逵因为是讲武学堂的山长，眼见众学员如此凶猛，亦不觉得意，不由笑着低声向范纯仁夸耀道："尧夫之前可曾见过这样的击鞠比赛？此虎狼之师也。"

范纯仁正襟危坐，眼皮都不曾抬一下，淡淡回道："王者之国，当有仁义之师。"

郭逵被范纯仁抢白，不由当场呛住，作声不得。石越听到二人对话，却是心中一动，想起一件事来，但此时却不便多说。只是注意欣赏场中比赛——此时李世衡率领右朋已经扳回一分，左朋虚架上的旗帜又被拔掉……

左朋之中，田烈武与石越有宾主之谊；而吴安国因为其表兄康大同的关系，也有数面之缘，石越自然是比较倾向于支持左朋。但是以他的身份，却不便表露出过多的倾向性，因此只是随波逐流的鼓鼓掌，叫叫好，实在没什么乐趣可言。反倒是薛奕因为与田烈武、吴安国相熟，叫起好来比较肆无忌惮。

赵顼见薛奕如此偏爱左朋，因笑道："薛卿家以为这场比赛，谁会获胜？"

"臣相信是左朋。"薛奕直率地回道。

赵顼故意笑道："朕却以为会是右朋。卿可敢与朕赌上一局？"

薛奕哪里料到皇帝会找他打赌，他不知朝中规矩，因踌躇道："这个微臣实是不敢。"

"朕有一柄七宝剑，便以为此为赌注。卿若赢了，七宝剑归卿。卿若输了，须输点什么物件与朕？"

薛奕见皇帝兴致高昂，便不敢再推辞。当下欠身笑道："陛下，臣若赢了，不敢要七宝剑。只请陛下准了臣的《海船水军七事札子》。臣若输了，三年之内，臣保证将凌牙门附近大小岛屿，全部纳入陛下的疆域之内，让凌牙门成为陛下在海外的聚宝盆！"

薛奕所上《海船水军七事札子》，说的是薛奕向大宋朝廷提出的七条建议：

其一，重编海船水军编制，将"自成一军"的海船水军编制独立于普通军队之外，海船水军之规模将定为四大船队——杭州第一军、广州第二军并辖驻归义城海船水军、登州第三军、凌牙门第四军，用十年时间建成，共辖福船级战舰一千八百艘。

其二，降低海船水军维持军费，藏兵于民，以民养兵。在杭州、广州建海船水军学堂，培训海船水军武官；平时船队由水军武官为主要力量，只保留极少数规模之水手，以打击海盗，保护商路安全为主要任务。所有出海贸易之商船水手，每十年必须在海船水军学堂接受一次为期半年到一年的军事训练。两年之后，任何大宋出海船只上无海船水军学堂毕业证明之水手不得超过六成；四年之后，任何大宋出海船只不得雇用无海船水军学堂毕业证明之水手。

其三，鼓励民间武装船队建设，强行命令所有民间武装船队必须向朝廷雇用一定数量之水军武官。统一规定大宋海船水军与商船之不同旗帜，颁布诸国，悬大宋旗帜之船只，即为大宋之财产，有敢劫掠者，必报复之；

其四，杭州、泉州、广州夷商居住之番坊，可依旧保留，其中大宋居住十年以上，无犯法作奸，愿意归附为大宋子民者，可以视同汉商，其子孙可以参加科举做官，其商船许悬大宋商船旗帜；

其五，征募无赖子弟、贫寒农夫，以及乞丐、犯法者，移民凌牙门；

其六，鼓励大宋商人向凌牙门东南诸岛之夷人购买土地，在当地兴办各种行业。大宋海船水军将保证其合理利益不受损害。自凌牙门以东、以南，所有无人居住之岛屿与土地，皆为大宋皇帝陛下之私人财产。大宋子民可以向皇帝陛下支付一定之费用购买。大宋军民亦不得侵害所有愿意向大宋称臣之蛮夷领地。

其七，凡海外诸夷向大宋称臣纳贡者，其酋长继承由其部自行决定，但继承者必须在中土或者交趾接受过官学儒家教育，且必须由大宋颁布任命。接受王化者，大宋待以藩邦之礼。拒绝王化者，只需不攻击大宋军民，不危害大宋海外领地之安全，不与大宋之藩属发生冲突，大宋亦以宽大之心，许其自在于蛮荒之地。唯其领土范围，亦不受大宋之认可。

薛奕所呈之七事，显然其中也有石越之影子。范围并不限于海船水军之建设，而涉及宋廷对环南海地区的态度。这份著名的《海船水军七事札子》，甚至可以说饱含攻击性。一千八百艘福船级海船水军的规模，其背后的实质意义是，一旦总动员，就可以出动数十万人规模的庞大海军，这种规模庞大的构想，有史册记载以来，都无人敢想。在石越的建议下，薛奕提出了藏兵于民的构想。让日益蓬勃发展的海外贸易商人，来替宋廷供养规模庞大的军队。而对待遍布于环南海诸岛之部落，薛奕亦采取了两手策略，一方面对那些规模较大的部落进行拉拢，给予藩邦之礼，只求让大宋商人前往投资与通商即可；而对待小部落，愿意接受“王化”的，自然也予以承认，以拉拢为自己的盟友，打击那些不愿意接受“王化”的小部落——南海地区有无数的欠发达部落，在当时根本不知道“大宋”为何物，自然不会愿意来接受“王化”。与此同时，薛奕毫不客气地将所有无人荒岛赠予了赵顼。石越对于各种殖民史都不算陌生，但是他本人既无愿望也无可能去推行种族灭绝政策——如果他敢丧心病狂的那样做，必定会在国内变成过街老鼠，这种政治风险即使是吕惠卿、蔡京一流的人物，也会顾忌三分。因此石越对环南海地区的态度是：第一，尽可能地化夷为汉；第二，尽可能把土著居民变成大宋商人的佃农。石越的这种思想，与薛奕不谋而合，表现在

《七事札子》中，便是第六条与第七条。

这份札子在原则上并没有受到激烈的反对。讨论的重点是可行性，至少户部尚书司马光的态度相当明确，他绝对不愿意为这“没有必要”的海船水军扩军花一分钱。譬如司马光认为，杭州的第一军和登州的第三军，完全可以合并，以五百战舰的规模，绝对可以牢牢控制东海而不受任何挑战；而凌牙门第四军与广州第二军总数高达一千艘的水军规模亦过于浪费。司马光从交趾海战中得到经验，认为有一百艘战舰，足以控制南海。纵然要与注辇国争雄，总数在六百艘的规模，便已经绰绰有余。所以司马光坚持，一千八百艘战船，最起码可以削减到一千一百艘甚至是八百艘。

而文彦博则认为，第六条和第七条，表面客气，但实质却过于咄咄逼人。让海外诸岛为大宋创造财富，固执如文彦博也不会反对。但是他认为如果到处挑起纷争，并不是大宋的荣耀，而是大宋的耻辱。大宋处事应当有大国之风范，不当如同蛮族一般，以力服人。而且如果介入太多，会出现兵力不足的状况。而且文彦博非常怀疑，强迫水手受训的计划能不能得到真正的贯彻，他怀疑会因此重蹈保甲法的覆辙。只不过因为这损害的是南方商人的利益而非农民的利益，所以文彦博心里认为：即使是失败，也无所谓。

比较有利的是，兵科给事中已经表露出赞许的态度，似乎不会出现被封驳的情况。因此，赵顼的态度，便成了关键。薛奕才敢壮着胆子，向皇帝提出如此请求。

赵顼却只是不置可否的一笑，用手指着文彦博，笑道：“朕便同意，若枢使不同意，也是枉然。国家大事，不可草率。朕这个皇帝，不是什么事都可以做主的。”

薛奕忙说道：“那是因为陛下是英明之君主，善于纳谏。这是大宋之福。”

“卿既然知道此理，依然赌七宝剑便是。”

“七宝剑非人臣之物，臣不敢赌。臣斗胆，要请陛下恩许臣前往枢密会议与政事堂向执政说明主张。”薛奕毕竟年轻，耐不住中央政府决策的那份谨慎或者说拖沓。

赵顼顾视文彦博，哈哈大笑，道：“卿欲做说客？那朕便许卿。若左朋胜了此局，便让枢密院与政事堂会议，听卿陈述。”

薛奕闻言大喜，拜道：“谢主隆恩。”

赵顼笑道：“不忙着谢恩。卿以为左朋必胜吗？只恐未必然也。”

2

季冬。

田烈武理了理英雄帽，回头打量了一眼大门新贴的两尊门神：东侧是一尊头戴金盔，身披铠甲，全身戎装，一手持剑，一手托塔的天王；西侧的天王，则是右手执剑，左手舒掌当胸，足下踏着药叉。两个天王俱是虎目瞪圆，威风凛凛。

秦观见田烈武临行还回身打量门神，不由得好笑，便取笑道："门神有什么好看的？田兄听说过苏学士的那句话吗？"

田烈武愕然问道："什么话？"

"吾辈不肖，傍人门户，何暇争闲气耶？"秦观摇头晃脑念道，一边笑道，"这是苏学士取笑门神的话。"他这厢话方说完，一旁的文焕已经忍俊不禁，扑哧一声，笑了出来。

谁知田烈武只是一本正经地摇了摇手，看着秦观说道："神灵无分大小尊卑，俱是莫要得罪的好。"

秦观见他如此严肃正经的模样，便忍住了笑，也不再取笑于他，只抿嘴说道："快走罢。唐康时只怕也已经等得不耐烦了。"

文焕一边上马，一边笑道："难得有个假期，却要陪着你田烈武来家里看老婆孩子，真是不知道前世做了什么孽。我可等着唐康时给我找几个漂亮的女孩来……"

秦观笑道："文兄，你这就不对，你这是当着田兄的面说嫂子不好看？"

田烈武红着脸，叫道："莫要取笑，莫要取笑，咱们快走罢。"说罢挥了一下马鞭，便径出了巷子而去。秦观与文焕连忙紧紧跟了上去。

此时已是熙宁九年十二月八日。

就在昨日，朱婕妤顺利诞下皇六子，因为前面五位皇子都已夭折，因此，这个被赐名为赵佣的皇子，实际上就已经是皇长子。母凭子贵，朱婕妤稍后因此被晋封为朱贤妃，成为正一品的天子夫人。子嗣累累夭折的赵顼，在朱氏生下赵佣之后，立即下诏天下大贺三日。并且陪同太皇太后与皇太后、皇后，前往大相国寺祈福。

正是托了这位皇子的福，被编入骁胜军、担任骁胜军第三营第四指挥指挥使的田烈武与担任骁胜军第一营第三指挥指挥使文焕，才得以回汴京游玩数日。骁胜军是骑军教导军，其骨干力量都曾经在讲武学堂受训，经过残酷的训练淘汰而出。骁胜军五营都驻扎在京师黄河北部诸镇，第一营在陈桥镇、第二营在郭桥镇、第三营在潘镇、第四营在酸枣镇、第五营在蒲城。骁胜军的军部则设在潘镇附近的封丘城。

田烈武对于自己为何编入第三营，而并非王厚为都指挥使的第一营，记忆非常深刻。约将近一年之前，皇帝赵顼视察讲武学堂，在一场击鞠比赛之中，田烈武为朋头的左朋在付出两人骨折的代价之后，最终击败右朋。此后，讲武学堂又进行了一次演习，由林广统率步军协同神卫营，模拟对抗王厚统率的骑军——这样的"演习"在大宋历史上是第一次，虽然箭镞、枪头都已取去，但是神卫营那如雨点一般的石灰包，还有步军密集如蝗的箭矢，都让从未参加过实战的田烈武兴奋异常。

这场演习起先由于王厚轻敌，直接与严阵以待的林广军进行正面对决，结果导致队伍“死伤惨重”，那一次能发射数十支箭的床弩，还有只放烟不爆炸的演习用霹雳投弹，在进行阵地战时的威力，大出王厚的意料。在这次演习的第一轮冲锋中，田烈武就不幸“阵亡”，他身上有无数石灰印，证明如果那是真的战场，他早已变成刺猬。但是吃过苦头后的王厚，立刻变换作战方式，采用了辽国骑军常用的战法，凭借骑兵的机动优势，永远只与林广的军队保持距离。而文焕则率领着一支小队，只要林广部一休息，他立即就上前攻击，当对方起来反击，他立时便远远跑掉；吴安国则死死盯住林广部的“粮道”。林广虽然努力约束着部队不要分散，但是却在一个山头“粮草耗尽”，吃了三天野菜之后，被迫“投降”。在这次演习之后，王厚认为田烈武太富牺牲精神，结果在骁胜军成立之时，他推荐的指挥使名单中，便没有田烈武。但是薛奕的好友、第三营都指挥使金彦却看中了他，向骁胜军军部请求，把他调入了自己的麾下。

骁胜军第一营被视精锐中的精锐，从军中选拔基层武官由第一营先挑，军器监与兵器研究院为其量身打造武器，有着最优良的装备，每人的标准装备都是轻型装甲一套——田烈武见过文焕的这套盔甲，羡慕不已，那套盔甲与普通的鳞甲全然不同，只在要害部位提供了精钢防护，其他部位则用野猪皮或者牛皮制甲，对于在讲武学堂每日进行负重行军的他们来，非常轻便灵活，但防护能力却也同样出色，足以应付辽人与西夏常用的六斗、七斗弓的射击——除非被人家在近处一箭射穿，那就另当别论。这种盔甲的一个特色是对头部防护很严密，戴上头盔后，只露出了眼睛与嘴巴。田烈武听说这种盔甲，是从辽国人那里学来后，由兵器研究院特别为骑兵设计的，其设计的思想就是要轻巧与防护能力兼顾，其主要防备的是敌人在远处的弓箭攻击，而并非刀枪。除此之外，第一营配备的是从辽国买回来的最好的战马，达到了每人一马一骡或者一马一驴，须知其他几营现在往往是两人一马甚至三人一马，这一点就不知道让人多么羡慕。至于马刀、手弩、弓箭等物，虽然骁胜军诸营都有，但是大家心里都怀疑第一营的装备就是要特别一点，说不定自己手中的武器，也是第一营挑剩的。总之，骁胜军第一营在禁军将士们的眼中，几乎可以和诸班直相提并论，甚至还传说有不少班直武官也在第一营受训——当然，田烈武倒是非常肯定的知道这是谣言，因为班直武官绝对是在讲武学堂受训的。

和文焕在一起，田烈武就不由自主地想起这些旧事。却听身后秦观和文焕笑道：“怎么没见着吴镇卿？”

“吴镇卿？他前几日和小王将军顶撞，结果被打了三十大板，现在还躺在床上呢。他要有本事跑到京师来，我就把文字倒了写。”文焕略有点儿幸灾乐祸地说道。

田烈武笑道："他又因为何事惹着小王将军了？"

"我们实兵演习，他的第四指挥设了个陷阱，把小王将军亲率的第一指挥使给做掉了。本来胜负乃兵家常事，倒也没有什么，谁知事后总结之时，吴镇卿居然公开讥讽小王将军不会打仗，又笑小王将军所作的诗文也属狗屁不通。前几天他到陈桥镇喝了点酒，又在街上打抱不平，小王将军找到这个由头，还能不给他穿小鞋？一年之前，石参政就上表，要求禁军要整肃军纪，严禁与百姓发生争执。枢密院为此三令五申，他去打架，那还了得？"

秦观笑道："他不是打抱不平吗？怎么算是打架？"

"打抱不平也是打架。"文焕事不关己地笑道，"军中谁和你讲道理？军中只讲命令。何况吴镇卿这个第四指挥使，和我们第一营中大大小小的武官，竟没有关系好的。本来这等事情若是有人求情，上官也自然睁一只眼闭一只眼地罢了，大家天天苦练，偶尔脾气大一点也是人之常情。但是吴镇卿要受罚，却是谁也不肯为他求情，连我都不肯，我却是怕求情之后，还被他冷嘲热讽。"

秦观与田烈武想起吴镇卿的脾气，不由相顾苦笑，摇了摇头，又向文焕说道："你也忒不厚道。"

文焕满不在乎地笑道："有本事你们去求情好了。我倒是听说薛世显观看演习之后，夸过吴镇卿，说他进退严整。不如让他写封信给薛世显，调去海船水军好了。他只要不晕船，到了海船水军学堂，绝对是佼佼者。"

"罢了。谁知道薛世显还记不记得吴镇卿？枢密院莫名其妙就要调他到广州，转任虎翼军第二军都指挥使，还只准他从杭州带五艘船过去。虽然说让他节制归义城与凌牙门所有水军，并且允许第二军扩军到六百艘福船的规模，但是广州市舶务怎么可以和杭州相提并论，纵然许他扩军，一时间也没那么多钱。广州人情风俗与杭州不同，杭州经营已久，招募水手甚易，百姓均乐于做水手。在广州却要困难许多。就算有曾使君的全力支持，一年之内，又要办水军学堂，又要建船队，还要经营南海地区，薛世显还能有性命留着，已经是奇事了。"秦观说到此处，不由叹息一声，但在他的心中，却是还有许多话不便出口。他自从与蔡京出使高丽归来后，被皇帝召见，授了个正八品下的枢密院编修官，在枢密院编修《武经总要》等军事资料。这个官职对于他来说，算是可有可无，不过领份薪水，清闲得紧。但他却也因此知道了枢密院的许多事情——譬如薛奕被调任广州，杭州虎翼军第一军由荆昭担任军都指挥使，其中就有不足为外人道的内情：表面上这是正常轮换，但最关键的却是荆昭是宋初名将荆罕儒之后，而荆家与曹太后家世代通好。因此朝中大臣，包括石越在内，无不对这道任命三缄其口。

"这次调动，对薛世显实在不够公平。"文焕却也是听说过种种传闻，不由替薛奕抱不平。

秦观笑道："唐康时却不这么说，他说让薛世显去广州，对他个人不公平，对国家却有利。让荆昭在杭州守成，好过让他去广州把南海诸国局势扰乱。边将若是用错人，很容易激起大变。因此有薛奕在广州，朝廷便可安心……只是朝廷未免也太小气了一点，至少也应当让薛奕带二十艘战船过去。这样他在广州才容易打开局面。"

三人一面说着话，不觉已是到了御街之上。只见御街之上灯烛辉煌，人头攒动，一条大街上，尽是密密麻麻如同蚂蚁一般的人们，隐隐的丝竹之音混着嘈杂的人声、笑声，未入其中，便觉出行人的喜悦。只是瞧这等局面，骑马是走不得了。三人不得已下了马来，便听有人叫道："快去，快去，晚了就错过了。"呼声未落，便有许多人托儿挈女，如潮水般地都往一个方向涌去。

三人俱不知发生了什么事情，心中均感好奇，文焕于是一把拉住一人，问道："兄台，劳驾。敢问前面发生了什么事情？"

那人不料被人紧紧拉住，心中甚是焦急，又挣脱不得，只得急道："别拉，别拉。官人不知道在大相国寺前，要举办烟火大戏庆祝皇子出生吗？听说那些烟火是兵器研究院专门调集人手连夜制成，和往常大不相同。"

"有这等事情？"文焕笑着放了手，便见那人匆匆向前跑去，似乎要挽回被文焕耽误的那点时间。

"怎么办？去不去看热闹？"秦观笑道。

田烈武迟疑道："唐康时在等……"

"他同时娶了文家小姐和高丽佳人，必定在家多温存一会儿才出来的。别怕，从大相国寺过去，也不算得太远。"秦观笑道。

文焕也暧昧地笑了笑，道："正是。少游之言有理。难道你们竟不想看看兵器研究院做成了什么物什吗？"说话间，已经拉着田烈武，便跟着人群一齐向大相国寺走去。

待三人到大相国寺时，大相国寺外早已经是人山人海。太皇太后、皇太后、皇帝、皇后率领众亲王、宰执、翰林学士等大臣，在大相国寺内一座高楼上远远观赏。班直侍卫艰难地维持着秩序，让大相国寺门前空出一块大坪来。只是三人来得晚了，那里挤得过去？只听到人声喧哗，但坪中的场景却是丝毫也看不到，眼前唯有众人伸手指点的背影。

文焕灵机一动，眼见道边不远处有一株柳树，便将马拴了，捋起袖子、衣襟，抱着树干，竟然爬了上去。一面找了根树枝坐了，这才招呼二人。秦观是风流不羁之人，田烈武捕快出身，自然也不在乎此举是否有损形象，见他招呼，也跟着爬了上去。三人居高临下，这才看得清楚，此时在坪中摆了九十九面巨大的屏风，屏风上画着各种各样的图画，有大宋最英俊的神灵二郎神；有永远笑容可掬的寿星；有象征生男的罗睺罗，有百子嬉春图……一时也看不清许多，只听欢呼喝彩声中，有人燃起引线，立时，屏风之中，便放出五彩的烟火，笔直地冲上空中。随着耳中听到烟火被点燃的“哧”“砰”的声响，一个接一个的烟花腾空而起，在空中绽放出各形各样的绚丽烟花来。此时已近傍晚，满天的烟花绚烂无比，在暗黄的天空中尽情地挥洒着所有的喜庆与美丽，将天际重新映亮，夺去了夕阳的光彩。

无数斑斓的色彩构出的火树银花，在汴京的天空绽放，似乎要将人群的喜悦传达到九天云霄之上。人群中不时发出一声声赞美与惊叹的声音，尽皆看得目眩神迷……令得这偌大的地方顿时成为一片欢乐的海洋。

的确，人们是有理由快乐的。

田烈武便隐隐约约地听到树下有人正在兴致勃勃地议论着。

“今年的确值得庆祝。又是湖广屯军，又是官道改造，听说许多商家向钱庄借钱去开发湖广，现在许多钱庄里都没有钱了。唐家钱庄已经在各大报纸登出广告，明年起在钱庄存钱，不仅不要交钱，反而会给利息。存的时间越长，利息越高。”一个瘦高个子尖着嗓子叫道，神情间甚是兴奋，似乎他所说的这此事跟他大有相关。

旁边的矮胖子笑道：“湖广开发顺利，连带朝廷也省了不少钱。朝廷连续两年免征免役宽剩钱，今年夏天河北旱灾，虽然报纸上说朝廷拖缓了什么地方官制改革，可竟是没有流民——这可是少有的事。司农寺又成立了什么齐民馆，专门负责劝农教农，教百姓用好种子，好农具。齐民馆的人，有不少进士官人，还有不少老农长者呢。种田种得好，也能做官……啧啧！听说只有汉朝有过这等好事。”

“这事情秋天的时候还闹得很凶，有人说圣人不主张教农艺，有人说建了齐民馆也没什么作用，只是浪费官帑，为这事吵了个把月。还是皇上有主见，硬是定了下来。”

旁边有人插话道：“依我看那是放屁——圣人不种田他吃什么？听说那是司马相公进谏之功。”

“错了，那是石参政力主的功劳。《新义报》上那几篇评论，你没看见吗？署的是石参政的大名。”高个子似乎很以自己能读报为荣，口气中颇有几分不屑。

矮胖子用劲地点点头，道：“这我信。这些子事情，十有八九都是石参政的功劳，你说一个人怎么能那么有本事？南海小薛将军搞得风风火火，听说凌牙门城现在已经有万余人了。向大宋称臣纳表的小国有几百个，不知多少人去那里买地。在国内买地，朝廷要征‘宽地税’，到南海买地，又便宜，还不用交税，也不用怕强盗，小薛将军打仗厉害，六月份就灭了渤泥国，听说是分成三国，两个渤泥国贵人和南平王的一个弟弟各得一份。”

“为何有南平王的弟弟一份？”又有人不明白了。

“尊府就算养条狗，打了猎物也要给块骨头不？小薛将军让交趾国出兵出将，打赢了自然也分他交趾国一份。况且他弟弟到了渤泥国，就被封为渤泥侯，自成一国，也不受交趾国管辖，每年只要上交十几万贯税金，就是一方霸主，这种好事，谁不乐意？听说那渤泥侯年纪还小，不过是个娃娃，国中的事情，都要小薛将军替他拿主意。”

“那总是便宜了他们！”这时，有人听到他们的议论，忽转过头来，愤愤不平地补充了一句。

“交趾国为大宋也做了不少事。老兄你现在身上穿的衣服，说不定就有交趾国的功劳。”

“你什么意思？”

“归义城收购交趾国的棉花，在归义城加工后，其中有三成就运回了国内。你喝过甘蔗酒没有？说不定也有归义城酿的。归义城今年上缴朝廷的税金就有几十万贯，你以为是凭空来的吗？小薛将军带着几艘船，打出这么大声势，也托了归义城的功劳。狄相公的儿子，果然是有本事的。”矮胖子说完，吞了口唾液，压低了声音道：“听说没有？清河郡主生辰，狄都督从归义城送来的礼物，听说价值十万贯！石参政夫人三个月前怀了第二胎，狄都督不敢送钱，可是上个月送来的东西……”

“是什么？”立时有一堆人把头伸了过来打听。

矮胖子白了众人一眼，冷笑道：“不知道。总之是宝贝。”

田烈武心中暗暗好笑，石夫人怀孕的事情，他自然知道。他老婆也是时常上石府走动，还替石夫人求过神，送过一些用得着的小玩意儿。狄谘给清河郡主送礼没有，他不知道，但是送给石越的东西，他却清楚，那不过是十二坛咸菜。只是千里迢迢从交趾送来，却是礼轻情重的意思。昨晚上他老婆还笑话过狄谘太过寒碜，送的礼竟与他们小户人家一样。田烈武夫妇自然不知道，别说狄谘，许多石越一手提拔的官员，还有熙宁九年的进士——石越是省试主考官，只需知道石越脾气的，都不敢送什么贵重的礼物。他正想着狄谘送给石越的咸菜，忽然却被秦观拉了一把，只听秦观笑道：“快看，那是什么？”

他连忙抬头望去，便见几个纸制的人物，被扎成各路神灵的模样，被火药推向空中，借助火药的力量，在空中不停地旋转，火药燃烧发出的火光，在空中发出耀眼的光芒，倒似这些纸人踩着金光升空而去一般。引来市民的阵阵欢呼声。连树下谈话的都吸引了过去，除了惊叹赞美之声便不再有其他之声。田烈武是汴京土著，自是知道这物什的名目，当下笑道：“这是温家的药发傀儡，家传的手艺。”

正说话间，又见一座二尺多高的金色佛像，端坐金盘之中，被火药送上天空。最让人感到不可思议的是，那座金色佛像升空之后，竟在金盘中向四方缓缓转了一圈。引得不少虔诚的信众连忙双手合十拜倒。田烈武也是第一次见到这样的奇事，不由得张大了嘴合不拢来。

便在金色佛像升空之时，在大坪周围，忽然传来许多人的惊呼声，不少班直侍卫都吓得连连后退。田烈武等人居高临下望得清楚，却见是数百只小猫大小的老鼠，屁股上闪着火花，在大坪中满地乱窜，把围观的军民都吓了一跳。好一会儿，众人才看清楚，原来那些大老鼠，也是烟火玩具。这东西是兵器研究院的研究人员利用火药燃烧时产生气体向外喷射的反推力围绕一个轴心旋转的原理设计出来的，在当时却是一种新鲜玩意，自是没有人见过。而且那老鼠做得甚是逼真，突然之间冒将出来，自然唬人不浅。

田烈武看到此处，悔得连连拍打树枝，叫道："早知道如此，要把我儿子带出来的！"

这时候烟火表演已经到了最高潮。众人屏息静气，要看下面将要如何，却见一个老道士带了几个道童，走到大坪之前，指着一棵光秃秃的桃树，团团围了一圈。然后从怀中掏出一粒药来，埋在树根之下。几个道童便把桃树用一块青布遮了起来。过一会儿，道童将布掀开，只见那桃树已然长出翠叶来。道士又围着桃树走了一圈，闭目做法之后再次遮上。过一会儿，再掀开，桃树已经开花。于是再次罩上，不一会儿，再揭开了，却见是桃树已经结实。道士又命将桃树遮上，过了一枝香的功夫，拉开青布，只见见桃实如火，果实累累，竟是一树全熟！

道士从桃树上摘了一盘桃子，一边派人呈给两宫太后、皇帝、皇后。再次将青布罩上，掀开之时，桃树便又如最初之时光秃秃的了！

这种魔术表演，真称得上炫人心目。田烈武愕然叹道："这难道真是仙术？"

秦观摇摇头，道："这是幻术。"但是这幻术表演得逼真之极，又是他亲眼所见，所以心里明明知道这是什么，但一时之间，却也觉得有些恍惚，无法相信自己的眼睛。

"幻术？"田烈武不可思议地重复道。忽听到有人轻声叹道："唉！乐极只恐生悲，但愿我大宋的繁华，不要如同这烟花与幻术一般，到头来还是一场空。"他心中一凛，忙去寻那人说话之人，只是人海茫茫，那里竟能寻到发话之人？

大相国寺的表演只是整晚欢庆的一个开始。

田烈武、文焕、秦观赶到何家楼之时，天色早已全黑。何家楼是何畏之名下产业，何畏之自拜会石越之后，一直在石府住了约两个月的时间。在一次和石越彻夜交谈之后，就离开石府，自立门户。石越帮他取到了酿酒出卖的权利，他名下的产业就主要以制药、制酒为主，另外在汴京也开了几处酒楼。何家楼的伙计，都是头戴着方顶头巾，身穿紫衫，脚着丝鞋，彬彬有礼；而何家楼更是由几栋三层高、五层高的楼房组合而成，诸楼高低起伏，参差错落，楼宇间有飞桥相接，在整个汴京城，都非常有特色。而何家楼每一间雅间，都是单独的房间，房中有古朴发黄的史书，有崭新的经书与报纸，有琴，有剑，有香炉，有字画，还有漂亮的书童与美丽的女婢……格调之高雅，即使在汴京，也是数一数二。因此许多的达官贵人，文人雅士，都喜欢来何家楼吃酒。

唐康所选中的一间房子，名为“夹竹”。是在何家楼最高的一座楼的顶楼之上，打开窗户，可以看到大半个汴京城的夜景。三人走进屋时，唐康正与段子介在一起喝酒。秦观前脚刚刚踏入房中，就高声笑道：“段誉之，你怎的在此处？难道讲武学堂也放假？”段子介进入讲武学堂第三期，此时应当是最紧张的时候。

唐康喝了一口酒，笑道：“段誉之被章大卿看中了，章大卿又向讲武学堂要人。章大祭酒放他几天假，让他来京师见一次章大卿，好好考虑一下。”

段子介苦笑着摇了摇头，默然不语。文焕走上前去，也不客气，一屁股坐了，笑道：“做军法官也没甚不好。那是皇上的亲信，我们骁胜军的营都指挥使，对军法官都要客客气气的。”

“并非如此。”段子介叹了口气，道，“几位有所不知，只因司马先生在枢府主持职方馆——虽然外人不知道，但听说很是立了功劳；此外兵部职方司也非同小可，今年年中有几个厢军不服调遣，密谋叛乱，不知怎的就被职方司查到了，尚未起事就被抓了起来，远远发配到凌牙门。故此章大卿羡慕他们的功劳，便向皇上道卫尉寺本是皇上在军中的耳目，军人反叛，卫尉寺不知道，便是卫尉寺的失职。竟请求皇上让卫尉寺在京师设立一个卫尉寺分析局，专门处理各随军军法官报上来的信息，找出可疑点进行调查。章大卿是想让我进分析局……”

“什么？军法官顺便还要做探子？”文焕几乎要从凳子上跳了起来，叫完之后，想了一会儿，又似泄了气地说道，“这也无法可想。皇上答应了，是不是？要不章惇不会来找你。”

段子介点点头，喝了一杯闷酒。

文焕想了一会儿，又笑道：“枢府的职方馆到底立了什么功劳？听说司马先生一年之内，就已经升到正六品，这几年除了薛奕之外，再没有人升迁有他这般快法。”

唐康与秦观对望一眼，默默指了指东北方向。

文焕心中一凛，道，“你是说东北？高丽与女直打得不可开交，这应当是你们的功劳啊？”

唐康摇了摇头，道：“多的我不能说，也的确不知道。我只知道司马先生一年之内，把手伸进了辽国境内的各种势力之中。高丽和女直，辽主和耶律乙辛，还有杨遵勖。这中间都少不了司马先生的功劳。”

“辽主一年之内，已经稳稳控制中京道与南京道全部，上京道与东京道大部。上京半年之前，就已经被耶律信攻克。耶律乙辛龟缩于庆州，凭借天险顽抗了半年有余，只怕也撑不了太久了。耶律信与耶律冲哥迟早要攻克庆州的。我真看不出来职方馆做了什么事情。”文焕不以为然地笑道。

唐康冷笑道：“职方馆又不是神仙，你还要他们撒豆成兵不成？杨遵勖是个傻子，徒有野心，行事却犹豫不决，他从我大宋‘某些商人’手中偷偷买了不知多少兵器，可就是前怕狼后怕虎的。辽主解决掉耶律乙辛，迟早掉过头来对付他。你不知道如今有多少说客在大同府。高丽与女直打了一年多，女直开始时节节败退，后来竟越打越强。双方时不时都要骚扰一下辽军，辽主不得不分兵在东京道监视。若非如此，只怕耶律乙辛早就被灭掉了。”

“这辽主真是个又可敬又可畏的人物。”秦观也道，“他攻克上京之后，借口许多贵族参与叛乱，剥夺了他们的全部特权，把他们的家财赏赐给有战功的将领与有功大臣。然后又把许多头下军州收归国有。一面又整肃吏治，严禁官吏扰民；一面轻徭薄赋，还把许多不能打仗的士兵放回，把一些没收的土地分给有功劳的士兵。若不是他现在三面内乱……”

“他如此行事，却也有操之过急的地方。显见辽主毕竟年轻。若不是他如此急于向贵族开刀，耶律乙辛也不能支持到如今。许多人既然明知道在辽主治下自己会一无所有，自然铁了心跟随耶律乙辛顽抗。”唐康笑道，“咱们且不用去理会辽国如何，只要我大宋强盛，辽国终不足畏。若按这一年的情势发展，大宋会成为比大唐更强盛的国家。国家今年盈余八百余万贯。真是可喜可贺的事情！”

段子介听唐康说起此事，也笑道：“现在民间都说，司马参政与石参政二人理财，是天造地设之合。司马参政节流省事，石参政开源兴事。国家焉得不富？”

“今年商税收入增加了一成；市舶务关税增加了一倍。与辽国的互市、归义城的税收还是另算的。凌牙门城朝廷已经答应五年内不要上缴税金。但是薛奕逼南海各国每年上缴一定数额的税金以换取大宋的认可，虽然有些小国不过几百贯，但是积少成多，这笔收入也非常可观。”唐康笑道，“现在不论是报纸也好，老百姓谈论也好，朝中大臣议论也好，无不夸赞我大哥。”

说起这些振奋人心的事情，便连段子介也觉得精神大振。秦观走到窗边，望着窗外夜空中灿烂的礼花，笑道：“熙宁以来，纵然是上元佳节，也曾未有过这样繁华的盛况。今晚的烟花，至少放掉二万贯！若在以前，司马君实定然上书反对。但如今的大宋繁华，便如同这烟花一般灿烂——想来石参政升任仆射，应当是众望所归吧？”

田烈武听到他又用烟花来比喻大宋的繁荣，忽地想起刚刚在大相国寺时听到的话，不由说道：“但愿这前所未有的盛况不要像烟花一样短暂才好。”

他话一出口，立觉不对，果然，众人的脸色都立即沉了下来，一同默然望着田烈武。良久，唐康方勉强笑道：“不会的，我大宋就是如日中天的太阳。”忽然想到太阳也会有落山的时候，心中更觉扫兴。正要想些什么话来岔开，却见一个书童急急忙忙走了过来，在他耳边低声说了句什么。唐康脸色立时便沉了下去，望着田烈武，嘴唇微动，欲言又止。

秦观等他这模样，便知是出了什么事情。果然，那个书童附耳说完，就匆匆离去。唐康也起身抱拳说道：“小弟有点儿要事，要先告辞了。这里账已结过，哥哥们且慢慢喝茶——少游，你也随我一道去一下吧！”秦观忙点头答应，于是二人匆匆告辞而去。

出了何家楼，唐康便把秦观拉上马车，车帘一放下，唐康神情郑重，压低声音说道：“少游，出大事了。”

3

睿思殿。

李向安将吕惠卿、文彦博、石越等人拦在了殿外：“诸位相公，此时不宜打扰。”

吕惠卿与文彦博脸色立时黑了下来，对望一眼之后，文彦博寒声道：“李向安，你快让开，否则本府便斩了你！”

“文相公恕罪！”李向安虽不明所以，但见文彦博神色凛然，竟吓得跪了下来。

“皇上病重，拒两府于门外，是阻隔中外，使天下疑惧。这个罪名，你担当得起吗？”吕惠卿也厉声喝道，“你速速让开！”

“皇上不过偶染风寒。”李向安身后的一个内侍壮着胆子说道。

“臣子探视问安，也是理所当然！”文彦博微微有点儿跛脚，一摇一摆走到那个内侍前面，瞪圆双目，厉声问道，“你叫什么名字？”

“小人童贯。”

“好，来人啊，把童贯拖下去，杖责三十。”文彦博厉声喝道，立时便有几个随从上来架起童贯。

童贯却昂然不惧，冷笑道：“相公今日在睿思殿前责罚内臣，他日只怕也难逃跋扈之罪！”

“本府乃三朝老臣，为国不敢顾身。纵然有罪，也好过让大宋重蹈唐代覆辙。”文彦博铁青着脸，提高声音喝道，“拖下去，打。”

石越眼见文彦博就要惹出大事来，他对于童贯虽然没什么同情，但却不希望在此时多生事端，忙上前劝道：“文相，此时不宜与小人计较。惊扰了皇上也不好，咱们还是先去给皇上请安吧。”

冯京见状也道：“子明说的是正理。皇上在回宫途中突然病倒，传言十分厉害。眼下开封府已经准备撤掉接下来的庆典。我等要速见皇上，才好拿个主意。”

吕惠卿与文彦博、石越一齐大吃一惊，几乎齐声道：“撤掉庆典？糊涂！”文彦博转身对枢密都承旨曾孝宽说道：“你快去开封府，命令庆典照常进行。皇上得病之事，不许声张，敢传言者，斩！”

吕惠卿目送曾孝宽离开，不动声音地望了文彦博一眼，一把推开李向安，率领诸宰臣径直闯进睿思殿。留下李向安与童贯等人面面相觑，半晌才回过神来，立时追了上去。

到了殿门之外，吕惠卿与文彦博掀起衣襟，跪在门前，高声说道：“臣文彦博、吕惠卿率两府宰臣，给陛下请安。”说完之后，停了半晌，殿中却没有一点声音。二人又提高了声音，重复道：“臣文彦博、吕惠卿率两府宰臣，给陛下请安！”

半晌之后，殿门“吱”的一声，终于打开。从殿中走出两个人来。

吕惠卿与文彦博抬起头来，不由怔住了，原来这两人，一人是皇帝的嫡亲弟弟昌王赵颢，一人却是李宪。文彦博与吕惠卿狐疑地对望一眼，也顾不得失礼，文彦博便站起身来，须发皆张，厉声问道：“李宪，陛下呢？”李宪从未见过文彦博如此失态，目光凶猛，竟似要杀了自己一般，不由一怔，一时竟然忘了答话。

石越见着眼前形势，不能不惊心，当下不动声色地走到王韶身边，在他手心写道：“速调狄詠。”王韶心中一凛，趁众人不注意，立时便退了出去。

文彦博见李宪不说话，愈发惊疑不定。又厉声问道：“李宪，陛下呢？”

李宪这才回过神来，忙答道：“陛下已经安歇，明日方召见诸位相公。”

“陛下不见我们？”文彦博冷笑道，看了昌王赵颢一眼，一把甩开李宪，竟然直接闯进殿中。众大臣也紧紧跟着，闯了进去。李宪哪曾见过这样的场面，一时竟是不知所措。他望了赵颢一眼，见赵颢面上露出惊惶之色，瞬间已是满头大汗，心中灵机乍闪，猛然间明白，究竟为何文彦博等人会如此紧张！不由顿时暗骂自己糊涂，跺了跺脚，急忙跟着众人走了进去。赵颢却是站在那里，进退不得。

李宪到了赵顼寝宫之时，发现赵顼已然被闹醒了，由高丽来的王贤妃与两个宫女搀着，坐在床头。文彦博等人一起齐跪在床前，文彦博以头顿地，老泪纵横的泣道："陛下龙体欠安，岂可不知会两府，而拒两府于殿外，使中外疑惧？前唐之鉴，让人触目惊心。陛下岂得如此？昌王虽是兄弟，然当此非常之时，岂得不避嫌疑？李宪阉人，如何可以托以安危？王贤妃高丽人，安能于此时侍奉左右？臣请陛下，当请皇后前来侍奉；使诸亲王归藩邸；使两府旦夕问起居。如此方可安天下之心，防患于未然。"

赵顼在相国寺时便感不适，后来又吹了冷风，竟突然晕倒，此刻虽然醒转，但却依然是头晕眼花，浑身无力。虽吃了太医的一剂药，也不觉如何好转，正欲上床休息，哪里料得竟冲进一班大臣，个个面色凝重，似惹出了什么大事来。正自奇怪，听了文彦博的话，这才略略明白些究竟，有心想要怪他们小题大做，但见他如此情真惶急之态，终又忍住不说。

王贤妃与李宪听到文彦博直斥自己，丝毫不加掩饰，连忙也跪下来。李宪在宫中呆了三朝，王贤妃是在钩心斗角上丝毫不逊于任何一国的高丽王宫长大，自然一听，便知道文彦博话中之意。但文彦博既然是枢密使，又是三朝老臣，是当今天下仅次于富弼的人物，皇帝不语，他们又哪里敢去分辩？李宪倒也罢了，王贤妃却毕竟是个女孩子，她用心服侍赵顼，博他欢心，并无半点他心，哪里经得起如此怀疑？一腔眼泪立时便到眼眶中，转了几转，只是勉强忍住，不敢教掉了出来。

只听赵顼有气无力地说道："朕无事。昌王是朕的兄弟，王贤妃忠心耿耿，与大宋人无异，不必猜忌。李宪不过一忠奴，也不必放在心上。自明日起，两府旦夕入内问起居便好。"

文彦博此时见赵顼能说话，已经稍稍安心。又听吕惠卿说道："陛下所言固然有理，但非常之时，当有非常之举措。臣请陛下准许，自今日起，两府都要有宰臣轮流夜宿禁中，以充宿卫，以备非常。"

赵顼苦笑道："似不必如此大惊小怪吧？"

石越趋前一步，哽咽道："陛下负社稷之重，安能不慎重？若非如此，臣等不敢奉诏。请陛下念着皇子尚幼，准许臣等入禁中宿卫。"

众大臣一齐叩首道："请陛下恩准。"

"罢罢，那便如此。"赵顼无力地挥了挥手，与其说他同意了，不如说他实在没有力气与这些大臣们争执，"众卿退下吧，朕想休息了。"

众人连忙叩头谢恩，这才轻轻退了出来。刚刚走到殿门之前，便见王韶与狄詠带着一班侍卫走了过来。石越见文彦博眼中有怀疑之色，忙说道："刚与李宪争执，是下官请王副枢使去调侍卫。"

文彦博眼中闪过一丝赞赏之色，转身向吕惠卿说道："今日老夫与相公一起宿卫。睿思殿的侍卫，暂时全由狄詠统管。相公以为如何？”

“一切全凭文公吩咐。”吕惠卿淡淡地说道。

他话音刚落，便见皇后的鸾驾亦向睿思殿过来。众人又连忙跪倒迎驾。向皇后坐在鸾驾之中，在殿前落了驾，在宫女的簇拥下走了过来，见着文彦博等人，似是舒了一口气，仓皇的脸色稍见镇定。她走到文彦博跟前，柔声说道：“国家不幸，太皇太后与皇帝欠安，一切要劳烦诸位相公。文相公，你是三朝老臣，一切多有仰赖。”

众人听到“太皇太后与皇帝欠安”这句话，稍稍放心的心顿时又全部被提了起来，文彦博又惊又疑，反问道：“太皇太后也风体违和？”

向皇后红着眼眶点了点头，说道：“国家不幸。”一面走到石越身边，忽低声说道：“石参政，官家一直和我说卿家是忠臣。”

石越听到向皇后没头没尾的这句话，心中顿时一凛，沉声说道：“臣断不敢辜负陛下与圣人。”

向皇后微微点头，不再言语，缓缓走进睿思殿中。

太皇太后与皇帝的这场大病，非但来得突然，病势更是超出想象的沉重。自十二月初八起，太皇太后曹氏一直卧病在床，每日只能勉强吃一点东西；而皇帝的病，更是一日重过一日，开始时似是感染风寒的症状，低热一直不退，然后又添上了腹痛隐绵之症，一日间要腹泻四五次甚至七八次，便中夹赤白黏液，间或带血。六七日之后，已是面容憔悴，形体清癯，畏寒肢冷，口干唇红。太医们虽然开了各种方子，总是不见效用。到了十二月十七日，赵顼整个人，已经瘦得只剩下皮包骨头，几乎连话都说不出来了。

而宿卫睿思殿的宰执大臣们，脸色也一日比一日黑了下来。虽然禁止报纸报道皇帝的病情，但是邸报上却是要向天下官员通报的——在那些虚饰的美丽文辞之后所包含的真实意义，所有的官员都能猜出个七八分。每个人心中都无法回避一个念头：赵顼唯一的儿子赵佣，现在还没有满月！如果皇帝大行……

唐康与秦观在十二月初八就已经知道皇帝病重的消息。石越虽然如日中天，但他深深地明白，他的一切根基，都有赖于皇帝的信任，如果一旦皇帝大行，一朝天子一朝臣，立幼君的话必然是太后垂帘；立长君则多半是昌王绪位，无论是哪样，对石越的改革，都会平添难以预料的变数。因此，石越一系的官员，比起旁人来，都更加关心赵顼的病情。免不得要四处求神拜佛，寻访名医。唐康出使高丽回国后，被授予枢密院侍卫司检详官之职。这几日之内，他亲眼看到内廷当值侍卫的人数一班一班地增加，侍卫们保护的重点，不是太皇太后所在的庆寿宫，也不是皇帝住的睿思殿，而是朱贤妃与皇子赵佣所住的流杯殿。太皇太后在病中降了一道前所未有严厉的懿旨，命令御龙骨朵直两班侍卫，昼夜轮值，若有任何闪失，两班侍卫与流杯殿的宦官、宫女，将全部赐死。而皇后，却在十二月十八日，托人从宫中赐了把一把扇子给石越。

“昨日，太皇太后与皇太后各有赏赐；今日，皇后又赐了一把扇子给公子……”潘照临皱着眉道，“难道皇上真的要大行了吗？”

石越苦着脸，摇了摇头，道：“眼下的情势，无法判断。前天是我轮值，眼看着皇上的身体……”

“究竟是什么原因引起的？”

“太医只说是阴阳两亏，却各有各的意见。唯一共同的意见，是所有的太医都认为这个病只能慢慢调理。”石越对医术一窍不通，但每想起这些日子来太医们天天争论不休，却始终不得要领，皇帝每日汤药如流水似的服下，而皇帝的病却迟迟没有起色，不由得大感头痛。

“我曾经听到一点传言……”唐康神色间有点儿迟疑。

“什么传言？”

“有人说与王贤妃有关，说皇上亏了身子。眼下王贤妃也有了三个月的身孕，各种谣言，对王贤妃非常不利。”

潘照临瞳孔骤然缩紧，断然道：“项庄舞剑，意在沛公。攻击王贤妃的谣言，是为了对付公子的。”

“不错。王贤妃送进宫中，与蔡京和康时有关，便是和我有关。不过这种谣言时间久了不攻自破，暂时不用理会。皇后赐东西给我，言外之意甚是明确。”

“现在的事情，都难以下定论。”潘照临沉声道，“奇怪的是，太皇太后为何要下这道杀气腾腾的懿旨？以太皇太后的精明，若皇子无忧，是不会如此大张旗鼓的。她这是在做给一些人看……宫中一定出了什么事情。”

“如果有什么事情，必然是针对昌王的。”石越顿时后背发凉，如果皇帝真的大行，在这种立新君的政治斗争中，站错了队是不可以原谅的。虽然他所熟知的历史，赵顼绝不应该这么早死去，但是历史根本已经改变，出现什么意外又有什么奇怪？既然耶律洪基可以死，凭什么赵顼就不能死？

潘照临沉吟半晌，喃喃道：“昌王也是太后的亲生儿子，又一向很受太后喜爱，如今小皇子如此年幼，国家要立长君也不是没可能。昌王虽然反对新法，却与桑充国交好。而小皇子虽然不是皇后亲生，但毕竟是名义上的儿子，皇后自然是愿意立自己的儿子。若立幼君，则必然要由三位太后主政……眼下最重要的，是要知道两宫太后怎么想……皇上与皇后，自然是愿意要立自己的儿子的。”

“眼下说这些为时过早。”石越站起身来，沉声道，“不论如何，要尽一切办法让皇上康复。别的事情，等事情不可为再说不迟。后发制人吧。”

4

庆寿殿。

司马光垂手站立在殿中，眼前一道轻纱帘在微风中飘动，帘后曹太后斜靠在枕上。偌大的庆寿殿中，只有太皇太后曹氏与司马光两人，静得似乎能够让他们听到对方的呼吸之声。

不知沉默了多久，曹太皇太后才低声说道："君实相公，满朝文武，堪称社稷臣者，唯有韩琦与司马公。可惜如今韩琦已死，便只余了公一人。"

"臣……"一向端庄严肃的司马光，听着曹太后诚恳低沉的话语，不禁微微哽咽起来。

"皇帝病重，虽然帝王有上天护佑，但是诸事不得不防万一。偏偏我的身体也不争气，老太婆眼见也没几天好活了。可如今皇子尚未满月，诸事便不能不防。朱家你素是知道的，并没有什么势力，断不至于有外戚专权；朱妃也为人谨慎，皇后也最是贤淑，有些钩心斗角的事情，她们两个妇道人家，既不懂也不会去做。因此，有些事情，老太婆便不能不为她们预先安排了。"曹太后一气说了这么多话，已觉乏力，便停下来，歇息一会儿。

司马光是何等人物，早已知道曹太后分明是在托孤了，他知此刻寻常之话也不必多说，便只说道："臣万死也不敢辜负太皇太后和皇上的信任。若主上有个万一，臣定会竭力尽心，让幼主能顺利亲政。只盼太皇太后能保养凤体，皇上能保重龙体，太皇太后与皇上洪福齐天，必然无事。"

"生死之事，我其实看得甚淡。"曹太后摆了摆手，缓缓道，"我也早就应当去见仁宗了。只是大事未安排好，却没面目见仁宗于地下。不管怎的说，我都活不到皇子行冠礼的那一日了。所以有些事情，此时便不能忌讳。"

"请太皇太后放心。"

"司马公是天下闻名的君子，有些事情，司马公想不到。我却是放心不下，既担心我那曾孙子不能顺利亲政，也担心他甚至坐不了那个龙椅。"

电光火石之间，司马光只觉得心脏霍然揪紧。一个想也不敢想的念头顿时涌上心头，但数十年的宦海生涯，却让他惊而不乱，反而镇静下来，平静地说道："太皇太后担心有人想要篡位？"

"有人和老太婆扭扭捏捏地说'国有长君，社稷之福'之类的鬼话几次了。还有人托人给老太婆又是读史书，又是读经书。老太婆岂有听不懂的？不过兄终弟及，于国非祥。太祖皇帝错了一次，太宗皇帝就发誓不能再错，以后子孙们，也不可以再错。”

“太皇太后圣明。”

“所以，若有朝一日，老太婆也不在了，有人想要欺负孤儿寡母，老太婆便只能拜托司马公了。”太皇太后说着，忽从枕边取出一个盒子，颤巍巍地递了出来，说道，“司马公接了这个物什，将来事有非常，是用得着的。”

司马光此时也知此事无可推辞，当下也不避嫌，连忙趋前接过盒子，小心揣入怀中。

“可惜杨文广熙宁七年也死了，侍卫当中，能够信任的，也只有狄詠。只是狄詠究竟年轻，难保也不会有别的想法。事有非常，朝中诸公真有能相信的，便只有文彦博一人。只是文彦博太跋扈，我怕他做了霍光，对得起赵家，却害了文家。”

“石越与范纯仁，臣以为似乎也可信得过。”

曹太后沉吟不语，似乎颇有迟疑，过了好一会儿才说道：“范纯仁是方正君子，自然也信得过。可惜威望不高。但石越……总之，非常之时，公宁召王安石赴京，也不可太过相信石越。”

司马光不料曹太后如此疑忌石越，不禁霍然心惊，忙欠身道：“臣谨记在心。”

曹太后长长叹了口气，低声道：“我实是也挑不出石越有什么错，本也不当疑心他。但是他总让老太婆放心不下。若是皇帝好端端的在位，他自然是国之良臣，是信得过的。但是皇帝若一旦大行，石越实在太年轻，待到我那曾孙亲政，他还正当壮年，只怕难以善始善终。而且……”

司马光静静地听着下文，曹太后却迟迟不语，似乎心中正有事踌躇难定，又过了许久，才听她缓缓说道：“相见争如不见，多情何似无情。笙歌散后酒醒初，深院月明人静……这，是君实相公的词作罢？”

司马光做梦也料想不到此情此景，曹太后竟然会吟出自己当年的小词，这么一首情意绵绵的小词，突然在这样的时候被提及，他一时间不由大感窘迫，一张老脸都红透了。

曹太后似乎淡淡一笑，轻轻说道：“这首词是司马公年轻时所写吧？词间真情流露，哀家很久以前就曾听人提过，是以一直记得，甚至颇为感动。‘宝髻松松挽就，铅华淡淡妆成’，君实相公当年喜欢过的，定是一个美貌的女子吧？”

“那是臣年轻时喜欢过的一个道姑。”司马光虽然觉得有点儿不好意思，但对于那些年少轻狂的往事，他也并不想去否认。

“是啊，以司马公如此守礼之君子，年轻之时，尚且还会喜欢一个道姑。但是石越呢？他虽然也算是锦衣玉食，但却不爱财，清廉之名闻于天下；他少年得志，如今身居高位，可丝毫不见骄矜之态；他为人风流倜傥，却对夫人忠贞不贰，不仅没有纳妾，听说还有个女子为他而死，他也不曾将那女子纳入家中；他平生行事，似乎从不谋私，所作所为，全是为了朝廷社稷。他还懂得进退，知道不居功。听说他幕中有奇谋之士，竟然也不稀罕朝廷的爵赏。司马公，你熟知史书，你可知道历史上这样的人有过几个吗？”

司马光心中一震，可是声音依然是平静的：“臣愚昧。”

曹太后淡淡说道：“相公能做《资治通鉴》一书，哪里会是不知道？不过是不敢说、不愿说罢了。老太婆虽是女流，却也读过史书。这样的人物，历史上只有两个……”说到此处，太皇太后的声音顿了一顿，然后再轻轻地凝重地说道：“一个是制礼作乐的周公，一个篡位代汉的王莽。你说石越他是周公呢？还是王莽？”

“臣不知道。臣以为石越人才难得，不可以猜忌而不用。”

“你这话是正理。石越这样的人，兴许就是周公，但是就怕万一是王莽，就悔之无及。所以，我以为石越这样的人，是国之能臣，国之干才，却不是社稷臣。老太婆这么说，不是猜疑他，也是为了保全他，让他只有机会表现他的好，没有机会表现他的坏。”

“臣当铭记在心。”

“嗯。我信得过司马公。外间之事，司马公还要多加小心，若不得已，就派人去召王安石，王安石做了五年宰相，在朝中自有威信。只是那时候司马公却不可再拘泥于变法不变法的成见……”

高太后望了一眼匆匆离去的司马光的背影，眼中不由闪过一丝疑虑。在庆寿殿门前定了定神，这才走进殿中。

“娘娘。”高太后走到曹太后床前，挥手让宫女让开，替曹太后盖好被子，挨着床沿坐下，笑道，“娘娘，好点了吗？”

“老了，不中用了。我怕是熬不过这一关了。”曹太后叹了口气。

“娘娘福大命大，断然没事的。我已经请了一群道士，去流杯殿祈禳。相信很快娘娘与皇帝就会好起来。”

“去流杯殿祈禳？那是做什么？”曹太后心中一凛，望着自己的这个亲侄女。

“宫中有点儿流言，说是皇子命太大，所以一出生就克娘娘与皇帝。请几个道士作场法事，就会没事。所以我就让太清宫几个道士去作法……”

“荒唐！”曹太后立时作色，怒声骂道：“谁敢传这种无法无天的谣言？立即斩了——你平素是个明白人，怎的此刻这么糊涂，竟信这等不经之事？”

高太后不料自己这个好脾气姨妈如此发作，不由赔笑道：“这也不是大事，宁信其有，不信其无。”

曹太后冷笑道：“什么宁信其有，不信其无。将来佣儿是可能继承大统的，你这不是要坐实这种谣言吗？难道你想让佣儿不明不白地背上个不孝之名？还不快让人把那帮道士给我叫回来。”

“这……”高太后嚅嚅道，“已经去了良久了。”

曹太后瞅见高太后的神色，心中霍然一惊，又重新打量自己的亲侄女一眼，问道：“是谁给你出的这个主意？”

“是太清宫的一个老道士。”

“派人去，赐他一碗酒。”曹太后神色冷峻，冷冷地吩咐道。

“这……这时候赐死，似乎不太好。娘娘与皇帝身体违和，正要多积善德，求天庇佑。”

曹太后此时心中已是雪亮，只是冷笑道：“我老太婆生平不曾少做善事。罚恶就是行善，老天爷断能体谅我。去吧。”

“是。”高太后无可奈何，只得吩咐身边的内侍，道：“去赐清云一碗酒。”一面转身赔笑道：“娘娘，这也是我思虑未周详之故。娘娘万不可生气。这事只要不传出去便没事——方才司马公来过？”

曹太后淡淡说道：“你虽是思虑未周详，却只怕有人是处心积虑设这个圈套。我赐那个道士酒，已是不想生事。若扯出背后指使之人，不免失了皇家的体统。总之你以后不可再信这些东西，我知道你素是个清心寡欲的人，又是我的亲侄女，断不会为自己去图什么事情，况且你也福贵已极——因此我才不疑你。我召见司马光，便是为了托他大事。日后你也可以信任他——满朝文武，这是第一个可信之人。”

她话中不动声色的敲打，高太后焉能不知其意，忙赔着笑，道：“我知道了。娘娘只管安心养病，事情断不会到那一步。只说朝中可信之大臣，似乎石越比司马光要可信，他和皇帝，是亦君臣亦朋友的关系……听说圣人也派人赠了石越扇子。”

“这事我知道。”曹太后喝了一口宫女喂过的汤药，才继续说道，“皇后年纪轻，能有什么主见？我也不曾说石越不可信，只说他不及司马光可信。”正说话间，便见向皇后脸色惨白，匆匆走了进来，见着曹太后，便伏倒在床前，哭道：“求太皇太后、太后为臣妾做主。”

曹太后也不知道发生了什么事情，与高太后对望一眼，问道：“圣人，发生了什么事，你且慢慢说。”

尚皇后一面哭一面说道：“臣妾也不知道从哪里跑出一群道士，竟要去流杯殿作什么法事。被侍卫拦住了，他们还说是奉了太皇太后和皇太后的旨。恰好臣妾到了那里，见他们怎么也不肯走，只得命侍卫把他们强行赶走的。臣妾查问过，那些道士居然胡言乱语什么皇子出生克了太皇太后与官家——这种事情若传起来，日后要让朱妃母子何以自处？她母子二人，竟是没有活路了……”

曹太后瞪了高太后一眼，一面安慰向皇后道：“圣人不必担心，胡进谗言的道士，我已让人赐酒了。日后若有人敢胡言乱语，抓住一个杖杀一个。不用管他是哪宫的人，也不用顾什么忌讳。这种无父无君、丧心病狂的话也说出来了，和谋逆也没什么区别。流杯殿依旧吩咐御龙骨朵直好好守卫。这次御龙骨朵直的指挥使是谁？”

高太后脸上青一阵白一阵，不敢作声。向皇后本来不知道此事与曹太后有没有相干，这次哭诉，本也有试探之意，心中正自忐忑不安，这时候听到曹太后如此说话，心里便明白了八九分。当下便收了眼泪，道：“臣妾原不当在这时候打扰娘娘，只是一时乱了主意。那御龙骨朵直这一班的指挥使，是杨文广的孙子，叫杨士芳，忠臣之后。”

“嗯，是杨文广的孙子，就没什么话说。他爷爷在英宗的时候，英宗就很信任——婉儿，从我书架上，把《汉书》第六十八卷找出来，赐给杨士芳。”

次日，睿思殿。

柔嘉端着一只精制的小玉碗，一口一口地给赵顼喂药。骨销形瘦的赵顼望着渐渐变成美丽少女的柔嘉，强作笑容，细若柔丝地说道：“十九娘，朕怎也没想到你也会这么体贴。”

柔嘉望着赵顼的模样，想哭又不敢哭，低着头，含了眼泪不敢看赵顼。赵顼勉强笑道：“朕还没给你找个好婆家，不会有事的。不要这个样子，日后你出嫁了，朕还要按公主出降的规格嫁妹子。”

柔嘉哽咽着，断断续续地说道：“可是……可是……我听到娘娘和司马光说话……”

“娘娘和司马光说话？”赵顼心中疑云顿起，看了看左右无人，问道，“娘娘和司马光说了什么？”

“娘娘向司马光嘱托后事，说要司马光好好辅佐幼主，要他保着幼主登基，保着幼主亲政。还说……”柔嘉一面说，一面已是泣不成声。

赵顼微微叹了口气，道：“还是娘娘想事情周详，司马光的确是社稷臣。可是娘娘要司马光保着幼主登基，又是什么意思？十九娘，你把娘娘和司马光说的话，原原本本地和朕说一遍。”

柔嘉当下依言把曹太后和司马光的对答，向赵顼复述了一遍。说到石越之事时，柔嘉忍不住说道：“皇兄，石越是个忠臣，娘娘是误会他了。”

赵顼却似没有听见一般，只是在那里发怔。柔嘉等了良久，见赵顼依然不出声，想起自己私听这等机密之事，此刻说了出来，这个皇兄虽然一贯交好，但帝王家事，她也并非丝毫不知，不由也有些害怕，当下小心翼翼地唤道：“皇兄……皇兄……”

赵顼猛然一震，回过神来，道：“十九娘，这等机密的事情，你是如何知晓？还有谁知道？”

柔嘉涨红了脸，低声道：“昨儿一早我去看太皇太后，见她睡了，就没敢说话，我原是想等娘娘醒来的，然后向她问安，便等在帐后，那时殿中无人，我也便睡着了，谁知后来听到娘娘召见司马光，我想退也退不出去，便听见了他们说话。后来司马光走了，太后来了，我这才偷偷地溜了出来。昨晚上我就和十一娘说过这件事情，十一娘说，这件事情不能不告诉皇兄你……”

赵顼点点头，低声道：“你做得对，十一娘也很懂事体。不过这种事情，再不可外传。”

“我们理会得。只是……皇兄，石越他真的是个忠臣，娘娘定是误会他了。十一娘也这么说来着……”

赵顼奇道：“你为何要着急替石越开脱？”

柔嘉脸颊绯红，垂首说道：“我只是觉得石越确是个好人，对皇兄又很忠心……”

赵顼心中却愈发生疑，又问道：“那十一娘又如何要替石越说话？”

“我，我不知道。”柔嘉一时也不知道要如何去回答赵顼的这个问题，过了半晌，才结结巴巴的回道。

“连你和十一娘这种从来不关心朝政的人，也要替石越说话。看来石越和皇亲国戚们的关系，一定很好吧？”赵顼微怒道，脸色也变得更加苍白。

柔嘉没料到自己好心办了坏事，她本意是想替石越分辩几句，谁料反似激起赵顼的猜疑，心中顿觉委屈，“哇”的一声，竟哭出声来。赵顼一向宠爱这个妹子，见她着急，心中微觉不忍，但这个时候，却也只得硬起心肠来，不去理她。躺在床上闭目休息，诸般事体顿时涌上心头，哪里静得下来？太皇太后的眼光与判断，赵顼自然是非常同意的，的确，朝中的大臣，真正称得上是社稷臣的，唯有司马光和王安石两人。石越是个能臣不假，自己在世，自然可以用他。因为自己对石越有知遇之恩，石越也不见得有极大的野心，一切都不至于脱控。但是如果这时候托孤给他，只怕石越难免要做霍光，甚至做杨坚也说不定——一个人身居高位久了，到时候愿不愿意退下来，就很难说了。设想如果自己死了，儿子登基，到儿子亲政至少要十六年，十六年时间，以石越的能力，绝对可以把朝政牢牢控制在手中。即使石越到时候不篡位，他也可以活到自己的孙子继位——历来皇帝的寿命是很短的，这一点赵顼心里非常清楚。一个人柄三朝朝政，是多么可怕的事情，赵顼岂能不知？因此，若自己真的大行，而太皇太后也不幸去世，那么最可信任的人，无疑是司马光与王安石。

“但是此时召回王安石，会不会太过于惊骇物听？”赵顼虽然觉得自己的身体一日不如一日，却并没有油枯灯灭的感觉。这个念头尚未决定，忽然，另一个念头又浮上脑海：“太皇太后让司马光保着幼主登基，又是什么意思？”

望着渐渐止住哭泣的柔嘉，赵顼忽然有了一种非常疲惫的感觉。“好想休息一下啊。”赵顼又闭上了眼睛。

第二十五章

山雨欲来

生在帝王家的孩子，又有什么值得高兴的？

——金兰

1

熙宁九年腊月二十二日。

一场突如其来的罕见大雪令得汴京城顿时成为一个银装素裹的世界，玉树琼枝，分外妖娆。汴京城中一切平静如昔，唯有一些敏锐的人，却因着这场大雪分外清楚地感受到了严冬的气息。

两日之前，即是十二月十九日，据说染了微恙的皇帝在病中一日连下了几道诏令，措辞严厉地命令亲王宗室，谨守本分，严禁结交外官士人、僧道方士。又从常秩之请，令昌王赵颢代皇帝前往山东曲阜，以孟子与颜子并列，封邹国公；从礼部尚书王珪之请，令嘉王赵頵巡视天下宫观寺院，替皇帝祷告求福。

这几道突如其来的令旨，令官员们明显地感觉到了不寻常，更令他们无法忽视的不是皇帝突如其来的严厉的诫令，而是两个亲王对于这两道令旨完全相反的反应。令下之日，嘉王赵頵一早接到诏书，中午便匆匆离京，连太皇太后与太后都没有辞行，当晚竟是宿在陈桥驿。而昌王赵颢，却在这当口，极不巧地染上重病，竟然不起，一直延至二十二日，都没有离京。只是昌王府从接到诏令之日起，也便闭门谢绝一切客人。

这足以令一些了解内情的官员议论纷纷了，昌王的心里，究竟在想些什么？当然更令他们难以猜测的，却是太后的心里，是在想些什么？眼下暂时的平静，下面究竟掩伏着什么呢？但正如白雪包裹了汴京城一样，在白雪消融之前，人们谁也不能看清被包裹的下面是什么。

昌王赵颢的花园，素来扬名汴京，尤其后府的花园之中，遍植红梅，每逢大雪，疏奇的枝干被白雪所覆，却掩不住那鲜红的娇艳，那静静浮动在银白世界的暗香，直沁人心脾，令人恍觉此间并非寻常俗世。

梅林之畔，有叠石当屏，小桥堆雪。在结了一层薄冰的小溪之畔，尚有数间精舍。舍内窗明几净，陈设却极为简陋，一张床，一架书，一具琴，一柄剑，如此而已。此时，一个眉清目秀的青年男子，正手捧着一卷《史记》，在低声诵读。

一个青衣书童正引着一人穿过梅林，他的身上披着一件极宽大的斗篷，完全看不见容貌身形，他低着头，随着那青衣书童匆匆经过小桥，正往精舍走来。那书童与那男子到了精舍之前约十来步的地方，书童就向黑衣男子告了罪，上前轻轻叩门，唤道："主公，李仙长来了。"原来那个黑衣男子，竟是个俗家打扮的道士。

屋中诵读之声戛然而止。停了一会儿，就听到“吱呀”一声，门扉从里面打开了。青年男子走到门口，淡淡地笑道：“仙长远道而来，小王有失远迎，还望恕罪。”这个英俊的男子，赫然就是抱病在身的昌王赵颢。

被唤作“李仙长”的男子回手解下了身上的斗篷，露出里面的道袍，随手将斗篷递给那童子，然后才看着面前的昌王，淡淡地回了声：“无上天尊。”便不再说话。赵颢一边把他请入屋中，一边挥手令那僮儿退下。

那男子方入屋中，便觉一股暖气迎面而来，这屋中与外面竟似两个天地，一处冰天雪地，一处却似阳春三月。但举目望去，屋中陈设一目了然，竟是不能看出是从哪里供暖的。

亲手为客人奉茶之后，赵颢才笑道：“这可不是机缘凑巧吗？道长仙踪素来如天际神龙，这一别三年，都不知道长一点音讯，偏偏在这个节骨眼上，道长竟会到了汴京。”

那道士却是一脸的郑重，看着昌王，肃然道：“大王不知道自己有灭门之祸吗？”

赵颢不以为然地一笑，道：“我又有什么祸事？”

“大王为何不学嘉王，速速离京？此时留在京师，只会招惹皇上的疑忌。”李道士与赵颢的关系显然非同一般，是以并无一句客套，一上来就开门见山地谈论起如今最犯忌之事。

“道长还记得治平二年的事情吗？”赵颢微微一笑，道，“治平二年，也是一个大雪天，道长为小王看相……”

“大王对我，有救命之恩。所以有些事情，我不能不直言。治平元年到治平二年，我流年不利，为强盗所伤，身上又无分文，若非大王救治，我有死无活。因此在告辞之时，我破例为大王看了相。大王之相，贵不可言。但天下至道，变化无穷。小道虽自以为识人不差，却不敢以为世上之事，竟能仅以相术来定命运。”

赵颢心中略觉不快，但是他知道眼前之人，并非寻常傍倚大户豪门求取荣华的道士，所以并不敢怠慢了。笑道：“仙长所言，自是至理。小王素服仙长之能，还要请仙长能不吝赐教！小王并非是敢觊觎九鼎，若我皇兄好端端的，或者太子已经成人，小王自当安于这昌王之位，绝不敢有非分之想。实是因为皇子太小，主幼则国疑，许多事情不可预料。小王实在是不忍心太祖太宗皇帝的江山社稷，竟落入外姓之手。若我皇兄病情能够好转，自然万事皆休，小王也心甘情愿受罚；但万一皇兄大行，则小王绝不会允许朝中出现霍光、杨坚，令我大宋锦绣山河改名换姓。”

李道士沉吟半晌，才缓缓道：“大王素来恬淡，今日如何竟卷入这等旋涡当中？实非智者所为。我夜观天象，紫徽星虽然暗淡无光，但是算来算去……唉，凡人如何又可以料知天机？……罢罢，大王既然存了此心，我若不管，只怕更加坏事，那时反是我对不起大王。”

赵颢见李道士话中之意，已是应允，喜道：“多谢仙长眷顾。”

“所谓天时不如地利，地利不如人和。大王虽然素有贤名，但平素也不曾结交外官，并无缓急可用之人，真可依赖的，只是两宫太后而已。不知两宫太后此时心意如何？”

赵颢叹了口气，道：“我母后虽然聪慧，先帝在位之时，便多赖母后周旋于先帝与太皇太后之间。但是她的性格，却并不喜欢争权夺利。若依她的本心，固然是希望国家能立长君，但是奈何太皇太后坚持认为，今日若有危局，断不可以重蹈太祖皇帝覆辙。因此母后的心意，却也难定——若是以前，母后是绝不会同意让小王和四弟出京的。不过，宫中太医传来的消息，却是说太皇太后病情也渐渐加重了……到时候，母后自是可以说服的。当前可虑者——小王以为，是要看朝中可有大臣肯替小王进言。”

李道士哂然一笑，道：“大王以为，朝中大臣，有谁可倚赖？”

“今日朝中有威望之大臣，无非文吕石马诸人，此外王珪喏喏，冯京、吴充谨谨而已，余者更不足道。”

“然而这七人，皆非大王池中之物。文彦博忠直，其意如坚石；吕惠卿圆滑而恃才，今上在位，彼虽然称不上言听计从，但也已位极人臣，除非他料定今上必有不测，否则大王何以能动其心？石越受今上知遇之恩，我观其志，似不在小，此人更非大王所能羁使；司马光天下君子，这等大事，更不用多说。冯京、吴充，谨小慎微之人，可守成不可创业；王珪是墙头之草，不足以谋划大事。若为大王计，若无两宫太后为内援，政事堂诸相，更非大王所能倚靠者。”

赵颢不以为然地说道：“又非要兴兵动枪，不过是进一奏章。小王不信无待价而沽者。皇兄若无事，自是万事皆休。若有事，便请在朝堂上一争，而富贵唾手可得，岂有人不乐为者？”

李道士知道赵颢此时已经完全被权力的欲望迷住了双眼，不由暗暗摇了摇头，道：“若是如此，吕惠卿、王珪，大王可以加以笼络。此外，蔡确做了几年的御史中丞，居然能一直不动，可见其有过人之处，大王亦可留心。至于其他官员，无非是以壮声势而已。”

“吕惠卿，为何不是石越？”赵颢眉头微皱。

“石越……石越其人之怀抱城府，表面上望去，似乎是一个兵库，大门洞开，其中兵枪弓矢，一目了然。但是若细加思索，却实是深不可测。吕惠卿之怀抱城府，虽然是大门紧闭，但内有何物，智者不问可知，不过能骗骗无识之徒。因为对吕惠卿而言，一切都有一个价钱，而其价钱是什么，却是明码标价的；石越的价钱则不可问……”

“但是和吕惠卿相谋，难免不会被他出卖。”赵颢难以掩饰自己对吕惠卿的厌恶。

“诚然。只要他觉得合适，必然出卖大王。”

“无论如何，小王都不愿意结纳吕惠卿。”

“若是如此……”

便在同一天。宜春苑。

宜春苑与琼林苑、金明池、玉津园齐名，并称为“四园”，是汴京有名的皇家园林。四园之中，琼林苑是宴请进士之所，金明池教习水军，玉津园有种麦劝农之意，唯有宜春苑，大宋皇室却一直任其荒废，几十年来，从来没有一个皇帝曾经驾幸此园。为何并为四园之一，却如此备受冷落，其中的奥妙，在大宋，却也是尽人皆知：原来这宜春苑是因为旧址改成富国仓，于是迁到了秦悼王园，而这位秦悼王，便是宋太祖、宋太宗的弟弟赵廷美，因为“阴谋作乱”，曾被宋太宗赵光义贬为“涪陵县公”，忧郁而死。虽然死后赵廷美又恢复了王爵，并且从熙宁三年开始，他的孙子赵承亮、曾孙赵克愉相继继承秦国公的爵位，代代享受着祭祀；但是大宋普通的老百姓，却用通俗的语言表达了他们对这件事情的全部评价——汴京城的老百姓，都称宜春苑为“庶人园”。

石越曾经听人说起过这些典故，但身为大宋朝的参知政事兼太府寺卿，他自然不便对这些事情发表公开的评价。虽然他的确感到非常奇怪，为什么吕惠卿会一路带他来宜春苑赏雪——是巧合，还是想要暗示什么？他不由侧了侧头，打量了一眼正在专心温酒的吕惠卿。吕惠卿穿着一件茄色狐皮袍子，束着金丝腰带，披玉针蓑衣，头戴金藤笠，靴子是貂皮缝制的，此时一脸的从容恬淡，坐在一个石凳上——凳子上垫了一块虎皮坐垫，神情专注地在木炭炉上温着酒。石越又看了一眼园中，青松翠竹上覆盖着厚厚的白雪，二人带来的护卫随从，都稀稀散散地分布在园中，低头喝酒吃肉。

“子明，既来之，则安之。久闻你是最沉得住气的人，如何今日却似心事重重？”吕惠卿浑厚的声音极具磁性。石越转过身去，发现吕惠卿并没有抬头，依然低着头往炉中加木炭。

“我在担心皇上的病情与天下的局势。”石越注视吕惠卿，半真半假地说道。对于吕惠卿的盛情，石越始终有一份保留，“吉甫相公也知道，天下漕运，有赖于四条水道，眼下黄河漕运，眼见迟早就要彻底中断；虽然今年因着灾情，以工代赈，疏浚了广济河。但终究不是长久之道——广济河水浅易塞，迟早会废掉，最后可能还是要往陆路上想办法。开发湖广，惠民河的压力骤然增加，兼之汴河漕运也已经接近饱和……而要运的东西却越来越多，今年铁矿产量达到一千万斤，比去年的两倍还要多，铅矿产量也达到一千二百万斤，锡矿产量也翻了将近一倍，达到四百万斤。制造业与商业也更加繁荣，这一切都在给水运增加压力。朝廷必须早日想出来对策——无论是浚清水道，还是增加陆路的运输能力，总要有个决策。还有，商业日渐发达，但铜产量却迟迟上不去，今年铜产量不过一千四百五十余万斤，金产量不过一万多两，银产量不过二十多万两，迟早有一日，朝廷要受货币不足之累，这也需要皇上的决断……但是皇上的病情……”[1]

吕惠卿静静听着石越说着这些他也耳熟能详的数据，他知道石越说这些事情，其实不过是为了试探而已。

“这些真是子明此刻担心的吗？”吕惠卿依然没有抬头，却淡淡地反问道。石越微微一愣，却听吕惠卿又道：“这所有的一切，只怕比起皇上的病情来说，都算不了什么！”

领会到吕惠卿话中隐含之意，石越不由暗暗叹了一口气，可是他并不想这样直接地令眼前的这个人猜到他的心事，因平淡地说道：“吉甫相公所言固然不差，但是做臣子的，也不能等皇上病好之后，方发现朝廷处于完全混乱的状态。”

“朝廷并没有停止运转，一切庶务都处理正常。唯有些要紧的大事，尚书省不能独断，只能等待皇上的康复。也许我们的原因各不相同，但无论如何，我与子明一样，都希望皇上能尽快康复。”吕惠卿一面说着，一面将酒从火炉上取开，“来，子明，先喝杯酒暖暖身子。”

石越伸手接过酒杯，心里却在琢磨着吕惠卿刚才那句话的意思。他似乎是无意中说的，但石越却非常确定他是另有所指。

“我知道子明在四处寻访名医。”吕惠卿轻啜了一口酒，缓缓说道，“这一点上，我和子明是一样的，我们的前途，都与皇上紧密相关。除了当今皇上，没有别人会给子明更多的支持与信任；而我吕某人，也只能是当今皇上的臣子。一旦有变，子明将得不到你要的信任与支持，而我，则必然会外放地方，担任一州的知州。也许还会被贬到凌牙门城去吧？”说到最后一句，吕惠卿干笑了一声。

“相公说笑了。”

吕惠卿饶有深意地看了石越一眼，神情严肃地说道：“我并非说笑。子明是聪明人，这里并无外人，我们不必说假话，我们实际是在一条船上的。”

石越没有立刻接话，也没有反驳，他静静地听着，也浅浅喝了一口酒。这酒并非蒸馏酒——高度酒问世后，中原的士大夫大部分斥之为“臭酒”，反而是甘蔗酒更

[1] 以上皆是宋制，一宋斤约合633克，一宋两约合40克。

被精英阶层所普遍接受。高度蒸馏酒的消费群体远不如甘蔗酒来得普遍，主要限于出口北方诸国、卖给重体力劳动者与底层的武夫们；而甘蔗酒却出乎意料地迅速风靡大江南北，以及大东洋西岸诸国，出海的船只常把甘蔗酒当成淡水来存储，这一切导致中土对甘蔗的需求激增。为了避免过多的耕地去用来种植经济作物，影响到粮食的产量，各地方官员都采取不同程度的限制措施，这间接导致了薛奕《七事札子》的成功——大量的商人将目光投向了南海诸国，希望在当地种植甘蔗园以谋取巨大的利润。无论是蔗糖还是蔗酒，都是高利润产品，并且不用担心销量。此时石越喝的，便是归义城进贡的甘蔗酒。狄谘的头脑非常灵活，甘蔗酒技术被迅速传到归义城后，他就给它起了个非常吉利的名字——“归义甘露”，全部用桶装、坛装、瓶装，封口加盖归义城都督府茶酒曹的官印，以示正宗——经此一番手续，归义城官方作坊所产的甘蔗酒利润要高出同侪三成至五成，大宋国内，人人以喝到归义城的甘蔗酒为荣。

吕惠卿却明显是尝而不知其味，对于这些来自狄谘的礼物并不珍惜。

“政事堂的大臣们，唯有子明与我，是真正受皇上知遇之恩的。”吕惠卿似乎并不在意石越的沉默，又用一种几乎是叹息的声音说道。

石越细细品味着吕惠卿这些努力把自己与他并称为“我们”的话语背后的含义，只觉其意味与甘蔗酒的味道一样值得玩味。

“我听说皇太后曾经私下召见过子明。”

石越眼中霍地精光一闪，却依然没有看吕惠卿。高太后不久前的秘密召见，每一句话都还清晰地留在他的记忆之中。

保慈宫。

轻纱之后的高太后看不见容貌，但声音却显得非常的慈祥与温和。石越很清楚地知道这位高太后，在他所出生的时空之中，有“女中尧舜”之称，是中国历代女执政者中，享有儒家最高评价的女子。对于这个女人，石越有着应有的敬意。无上的权力唾手可得而不弄权，这件事情本身，就值得敬佩，但另一方面，他却对这个女人还不敢有丝毫的轻视。

但此刻的高太后，却如同一个普通的慈祥的老太太，与石越叙着家常。“鲁郡君是小产过的，她的身子虚弱，特别需要小心地调养。不孝有三，无后为大。石卿家已过而立之年，又是朝廷重臣，若无一儿半女，对石氏祖宗来说，就是不孝。这也会招人闲话……官家的子嗣就来得艰难了一点，幸好今年风水好。听说王安石的幼女也有了身孕？”

“多谢太后关心。桑夫人已有五个月的身孕。贱内第一胎流产，实在是下臣疏忽之过。”石越想起此事，便自耿耿。

“往者已矣，来者可追。现下注意也未为晚。鲁郡君最是知情识趣的人，为人又乖巧，我也甚是喜欢她。宫中有一些进贡的续断、紫苏，还有一点昌王、嘉王带来的阿胶，等会儿都让你给鲁郡君带过去。要用得着宫中太医之处，你也只管开口，总之是孩子要紧，不要有那么多忌讳。”

石越听到高太后突然提到昌王与嘉王，似乎另有言外之意，心中不由一颤。沉声说道：“太后恩德，臣感于五内。粉身碎骨无以为报。”

高太后淡淡一笑，道：“我要你报答什么？你的本事，好好辅佐官家，就是报答了。英宗是大业未成身先故，我怕的，是官家也与先帝一样的命。”

“太后放心，皇上吉人自有天相……”

“不用说这些。”高太后摆了摆手，道，“我见过三位皇帝，英宗难道不是吉人？年纪轻轻也就归天了。做皇帝，就是辛苦命。今日见你，无非是说些肺腑之言，那些虚文，不过是骗骗世人的。”石越越发疑惑起来，一时竟是不明白高太后见自己的目的。“石卿家的才干，天下人有目共睹。也亏了石卿，才扭转了新法的许多弊端。有了今日大宋前所未有的盛世气象，我也曾读过书，便是汉唐全盛日，中国也不曾有今日这么多属国吧？这是石卿的功劳。”

“臣不敢当此誉。这是皇上盛德所致。”

高太后见石越如此，不由笑道：“石卿真谨慎小心之君子。只是太皇太后一向欣赏谨慎君子，为何却看重司马光多一点？召司马光在庆寿殿谈了那许久。”石越一惊，用眼角悄悄看了高太后一眼，却见高太后神色如常，似乎是说着闲话一般。“不论如何，我却是信得石卿是个忠臣的。不过石卿毕竟年轻，行事有时候不够细致也是有的。虽然说君子坦荡荡，但最好也不要授人以柄。免得被人中伤。”

石越听到话中之意，似乎暗有所指。忙道：“臣对大宋的忠心，可表日月。请太后明鉴。”

高太后“嗯”了一声，微微点头，道：“我自是信得过卿家的。眼下官家病了，朝政就全赖卿家等大臣，又岂能谈得上一个疑字？自古以来，猜忌大臣，都是自取败亡之道。”

“太后圣明。”

“想来石卿也听说过，太皇太后赐《汉书》第六十八卷给杨士芳。”

“臣听闻过，这是杨家的荣耀。”

“杨士芳以一介武夫，太皇太后却赐以《霍光·金日磾传》，亦是因为太皇太后在病中，思虑未周所致。天下忠臣何止千万，霍光、金日磾也并非杨士芳可比。要赐，也应当赐给司马光、石卿这样的辅政大臣，而且也应当由官家来赐才是。”高太后委婉地说起太皇太后的不是，石越自然是绝不敢插嘴的，当下只是静静地听着。方说了几句，便见高太后自失的一笑，道："看我，人老了，总爱絮絮叨叨，竟和你说起这些话来了。你切不可放在心上，亦不便外传。"

"臣理会得。"

"官家卧病这段时间，外朝之事，便要有劳石卿家多多留神，切不可使朝政全都荒怠了。也要防着一些奸人趁机作奸犯科……"

这位"女中尧舜"在会见的整个过程中，不曾说过半句逾矩的话语，只是提到太皇太后对司马光的信任，勉励石越忠于职守，谨慎小心，"不要授人以柄"。高太后的态度，宛如春风一般和蔼，完全是以对待子侄辈的态度，来叮嘱着石越。但是考虑到这次召见的形式与时机，话语中若有若无的暗示，石越却不能不有更多的联想。让人感到讽刺的是，太皇太后密召司马光，结果高太后知道了，自己也知道了；而高太后密召自己，连吕惠卿都知道了……"那皇帝知不知道？"石越心中一凛，"如果向皇帝坦白，必然得罪太后；如果不说，那么皇帝又会如何想？"

吕惠卿并没有想到自己的话会令石越陷入两难之中。他想刺探一下石越，不料一颗石头扔出去，却犹如丢进了深不可测的大海之中，没有半点声响。心里也暗暗佩服石越沉得住气，因道："当前的局势，昌王受诏而不肯离京，太后接连召见子明、冯当世等七八名大臣……"

"相公耳目倒是很灵通。不知道这七八名大臣之中，有无相公？"石越悠悠瞥了吕惠卿一眼。

"我却没有这个福分。"吕惠卿的话中有几分酸意，两宫太后召见大臣，却没有他这个名义上的首相，即使明知道自己不被两宫太后喜欢，但是心里也不会怎么受用。

"但是眼下的局势，不少人都在想要立昌王还是立皇子吧？"石越忽然说道，他的嘴角，流露出一丝讽刺的笑容。

看到石越终于说出这句话，吕惠卿点了点头，也不再迟疑，单刀直入地问道："不知子明之意如何？"

"不知相公之意如何？"石越注视着吕惠卿的眸子，似笑非笑地反问道。

吕惠卿站起身来，在雪中踱了几步，踏出几个深深的脚印。停了一会儿，忽然斩钉截铁地说道："若皇上不幸大行，立皇子则必然是两宫太后垂帘，我吕某人自知如此，必被贬斥远方，但是皇上知遇之恩不能不报。纵然头碎玉阶，我也要死争保幼主登基。"

石越淡淡一笑，他知道吕惠卿这话无非是说得大方，因为眼下的形势，如果昌王登基，摆明了他的下场好不了，扶持幼主，等到两宫太后一死，皇子亲政，他这份功劳就大了。这根本是吕惠卿唯一的选择，偏他说得如此冠冕堂皇。他此刻心中明镜也似，面上却不带出丝毫，只说道：“相公真无亏大节者！”

吕惠卿听石越话中之意，已是赞同自己的立场，心中顿时大喜，道：“某愿与子明共勉之。”

石越此时已经知道，吕惠卿是担心有一日他自己势单力孤，在朝中孤掌难鸣，因此才选中自己合作，以应付目前的局势。政治之道，变幻不定，数日之前，也许自己还是吕惠卿争宠固权上的敌人，吕惠卿要时时防着自己将他取而代之；但到了今日，竟然要主动来寻求合作，实在不能不让他感叹。但是他也知道，吕惠卿有一点说得没错，眼下他二人最大的共同点，就是二人的“前途”，都依赖于赵顼。但石越对赵顼的依赖性，却并没有吕惠卿所想象得那么大。若赵顼真的大行，石越只要力保幼主登基。哪怕是其道不行，他亦可退居地方讲学，只须谨慎行事，等自己的门人弟子一步步能进入朝堂，到了幼主亲政的一日，首先想到的人，必然是石越，而绝不会是吕惠卿，哪怕仅仅从权术上讲，时间也是站在石越这一边的。一旦他石越退隐，赢得的，不仅仅是巨大的道德声望和政治资本，还会有天下人的同情。

“似乎王莽当年也这么做过……”盘算着自己未来的处境，石越忽然想道。

不过对于石越来说，此时在权位上的利益与他实现自己理想的利益，并不完全重合。从权位上考虑，暂时性的退隐能够收获更多的名望，日后复出，声势当更胜如今；但是考虑到他的目标，以及他想实现这个目标的热切心情，那么长时间的等待，也会是一种极难熬的忍耐。如非逼不得已，他并不愿意选择前者，也并没有在民间从容耕耘的打算。

熙宁九年腊月二十五日。赵顼在病中接受文彦博、吕惠卿与石越等人的建议，封皇子赵佣为均国公。

熙宁十年正旦。晋封均国公赵佣为延安郡王，尚书令。

至此时为止，太皇太后与皇帝已经病倒了二十二日。虽然报道太皇太后与皇帝的病情，依然还是一种禁忌，但是开封府已经明令取消官方正旦至元宵的庆祝活动，似乎已经在隐隐地预示着什么。而民间的活动，也开始自发地变成以向上天祈福为主。

正月初三晚上，禁中尚书省。

从熙宁九年腊月开始的两府宿卫的意思是：枢府副使在睿思殿与侍卫们住在一起，尚书省的宰相则守在禁中尚书省。每隔十分钟的时间，就有两个内侍穿梭于睿思殿与尚书省之间，报告平安。

石越坐在火炉边，翻看着各地的公文。他并不需要时时刻刻等待消息，自然有一帮人在外厅接收消息，只有在发生意外的时候，才需要他来主持大局。但是石越也不敢睡觉，于是便从一堆公文中顺手抽出一份下午刚刚送到的文书，打开阅读起来。不知不觉，一直读到六更时分，石越才觉得有点儿疲惫，站起来伸了伸懒腰。虽然有了座钟，但是更鼓并没有消失，而且禁中也一直保持着打六更的特殊习俗——此时，天边已泛起了鱼鳞白。

“一夕无事。”石越长长舒了口气，拿起案上的最后一本文书，看了起来。

几乎是同时，石越的表情便凝固了。

这是荆湖南路的一份折子，内容非常的简单，新化县驻屯厢军与梅山蛮发生冲突，新化县出兵平叛，斩逆蛮三十余人，遂平。这是军屯以来第一起流血冲突，新化县县令特别拜章自请处分，并请求为防止归附不过几年的梅山蛮再次叛乱，要求增派厢军前往新化县驻屯威慑之……

“喂！”

一个声音把石越从思索中拉回了现实。石越抬头望去，不由大吃一惊，诧异地问道：“县主，你如何可以来这里？”站在他面前的少年男子嘴角带笑，清新如朝露，浑身上下散发出淡淡的幽香，赫然竟是柔嘉。

柔嘉狡黠地一笑，问道：“你值完日了吗？我有事想和你说。”

石越愕然道：“有什么事？”

柔嘉的眸子灵活地转了一转，似乎是漫不经心地向左右看了看，才皱眉道：“此处不方便说话的。你值完日，到牛尾岗来找我。”说罢也不待石越回答，转身便走了。

石越素知柔嘉精灵古怪，但公然跑到尚书省来找自己，也实是令他吓出一身的冷汗。此时生怕她再来或是纠缠不休，哪里敢不赴约？待到交班，便带了侍剑与几个随从，匆匆往牛尾岗而去。

牛尾岗在汴京封丘门外以东一里左右的地方，因为百姓以为汴京城像一头卧牛，而这岗便如同卧牛之尾，便唤作牛尾岗。此时残雪未融，岗上的树木黑的愈显其黑，白的愈显其白，自有一种冬日的风景，让人心旷神怡。石越让随从在岗下等候，自己只带了侍剑，骑着白马上岗而来。他知道牛尾岗上有一座“抚翠亭”，柔嘉多半便在那里，便径直往抚翠亭走去。果然，到了离抚翠亭还有数十步远的地方，便听到悠扬的笛声传来。石越与侍剑下了马来，转过一道弯，就见抚翠亭中的亭柱之上，斜靠了一个红衣少女，手执白玉笛，一缕佳音散出，娓娓动听。

石越细听笛声，便知不过是新手所为。但是柔嘉居然会吹笛子，实在大出石越的意料之外。侍剑更是忍不住笑出声来。柔嘉听到笑声，才知道石越来了，转过脸来，两颊已然红了。她狠狠瞪了侍剑一眼，怒道："侍剑，你鬼头鬼脑地在笑什么？"

侍剑勉强忍住笑，恭恭敬敬地答道："县主，我不曾笑什么。"

"我明明听到你笑，都是石越纵坏了你。"柔嘉把笛子往腰间一闪，骂道。

侍剑望了石越一眼，笑道："公子，我且跑远一些，替你看着马去。"说罢已经接石越手中缰绳，牵马大步往岗下走去，一面高声笑道："县主别恼，小人下次再给县主赔罪。"

柔嘉涨红了脸，望着石越，怒道："没半点规矩，都是你纵惯坏的。"

石越淡淡一笑，却不去理她，只问道："县主要找我来，究竟所为何事？"

"我没事不能找你吗？"柔嘉眼波流转，忽然反问道。

石越一怔，赔着笑道："若是县主没事，那我便要告退了。"说罢转身便走。

柔嘉没料到他真是说走便走，又急又怒，跺脚叫道："喂，你这个石头，给我站住！"

石越暗暗叹气，停住脚步，又回过身来，无可奈何地问道："县主还有何吩咐？"

"我找你来，当然有事。没事冰天雪地的我跑这里来做什么？"柔嘉咬着樱唇，若是她此刻手中有鞭子，只怕也已经落在石越身上了，但终于，关心还是胜过了意气，带着恼意，柔嘉恨恨地说道："你有大麻烦了，你还不知道吗？"

"大麻烦？"石越不由一怔，抬头看着白雪大地上的娇艳的红衣少女，一时间竟有些恍惚。

2

白雪皑皑之中的牛尾岗抚翠亭，一个紫袍男子与一个红衣少女静静地对立着。

"你是说，太皇太后还给过司马君实相公一件东西？"石越的瞳孔骤然缩紧了。柔嘉细细地对他说了太皇太后召见司马光的全部过程，太皇太后对自己有如此强烈的猜忌，有点儿让石越始料未及。

"是啊。"虽然是在谈论惊心动魄的大事，但是柔嘉依然不敢对视石越的眼睛。"太皇太后对你有误会。总要想个办法哄她开心，去了她的心结，不要存了这误会才好。"

石越不料柔嘉如此天真，不由好笑，道："县主，有些误会，是解释不清的。你可知道你这样做，冒了多大的危险？"

柔嘉撇撇嘴，道："泄露禁中机密。我是宗室，最大的处罚，就是让我出家，或者替哪位祖先守一辈子陵。也没什么大不了的。”

石越见她嘴里虽然说得轻易，但是说到守陵之时，身子却是不自禁地颤了一下。知道那种孤独寂寞，对于柔嘉这样的女孩来说，实在比死了还要难受，又岂有不怕之理？他心中亦不觉感动，不由放低了声音，柔声道：“县主，此事千万不可再告诉任何人。就当是我们俩的秘密……”

“可是……”柔嘉抬起来头，迟疑了一下，终于说道，“我已经告诉了十一娘，也告诉了皇兄……”

“皇上？”石越顿时怔住了，声音都不觉提高了许多。

“是啊。”柔嘉被石越的样子吓了一跳，以为自己做错什么事情，回答的声音都变得细不可闻。

沉吟良久，石越才问道：“你是什么时候告诉皇上的？”

柔嘉歪着头想了想，道：“是去年腊月十九日。”

“腊月十九日，难怪皇上那么突然要让二王出京。”石越在心中思索着事情的前前后后，“嘉王一向爱好医术与道术，并无野心。但他接到旨意立即出京，却显然是听说了什么风声。昌王虽然不与朝中官员结交，但是却常常向皇帝谏言新法，几次把皇上惹得勃然大怒。平素所交游的布衣中，也多是儒生，待人接物，称得上礼贤下士……此时又迟迟不肯出京，难怪吕惠卿要和我联名请皇上封皇子为尚书令，而皇上居然也立即答应，司马光也不反对……”突然之间，许多隐隐约约的事情，立时变得清晰无比。

“喂！”柔嘉嗔怪地瞪了石越一眼，忽又想起一事，奇道，“太皇太后误会你，你不担心吗？”

石越苦笑道：“我担心也无用，这种事情，只能日久见人心。千万不能解释，也不能刻意去做什么，否则只能弄巧成拙。你懂吗？”

“你当我是小孩吗？我自是懂的。”不知为何，柔嘉心中忽然泛起一丝莫名的烦恼，停了一会儿，方说道，“但是我听十一娘说，有人去了郡马府，要了她大婚那日的礼单。十一娘还说要礼单的内侍还特意要了你送的东西，说是皇兄要看。她担心终会连累你……本来我想十一娘最得太皇太后宠爱的，而且那次送礼，也是我逼你的。我想让十一娘向太皇太后与太后求求情……我这几日想见皇兄解释一下，却总是被挡住了……”柔嘉越说越觉得内疚，说到后来，便如做错了事的孩子一般，声音几乎细不可闻。

石越却是越听越心惊。与宗室结交，这个罪名是非常微妙的。如果得意之时，自然无人管你；但是一旦失势，却是一条能让人丢官罢职的大罪。本来太皇太后对自己有点儿猜忌，石越并不在意。但是如果皇帝对自己也动了怀疑之心甚至厌恶之心，事情就会变得非常的棘手。但是无论如何，石越自是知道此事与柔嘉无关。他勉强把这些事情暂时从自己的脑中赶开，挤出笑容来，温声道："你放心，皇上是明君，不会错怪我的。现在皇上龙体欠安，你千万不可以再给皇上添麻烦了，否则才真是我的罪过。便是太皇太后，眼下也是凤体违和，不可以为了这点事情惊动。只待太皇太后与皇上身子大好了，我这点事情，也自然烟消云散了。不值得大惊小怪的。"

"真的？"柔嘉将信将疑地问道。

"真的。眼下最要紧的事情，就是要让太皇太后与皇上安心养病。别的事情，都没有什么大不了的。"石越非常笃定地答道。

柔嘉低了头，想了半晌，道："可我总觉得事情没这么简单。喂……"柔嘉突然提高了声音。

石越含笑望着柔嘉，道："县主还有什么吩咐？"

柔嘉瞪了石越一眼，高声道："石头，你要是再被贬到杭州去，可不能怪我，也不能不理我。最多我求十一娘，让她多求求太皇太后和太后，总想个办法让你回京便是。"

石越不禁莞尔，笑道："是，多谢县主关心，若是没事，下官便要告退了。"

"谁关心你呀？我是不愿意让你夫人怀着身子出远门。"柔嘉转过身去，从怀中掏出一个小玩意，含在嘴中一吹，便听一声哨响，一匹白马从山岗那边小跑过来。柔嘉回头得意地看了石越一眼，嫣然一笑，跳上马去，娇叱一声，纵马下山去了。

石越见她如此花样百出，不由摇头苦笑。正准备离开牛尾岗，忽听到岗下侍剑一声怪叫，接着便见侍剑的坐骑载着侍剑疯了似的向东边逃去，一望无际的雪地上只留下一串串风铃般的笑声。

尚书省。

位于皇城之内的这座院子，是大宋最心脏的地区。但是除了西边那间名为"政事堂"的不显眼的房子之外，整个尚书省的保密措施都非常的不到位。石越与司马光前后共有五次上书，请求加强尚书省的保密措施，在各房之外设立警戒线甚至是篱笆，但是却一直被认为是多此一举。最后堂堂的政事堂只是通过了一道小小的决议，在政事堂外，增加侍卫警戒。至于在尚书省其他任何房间内说的话，都与在公众场所的对答相差无几——尚书省内，永远不缺少听墙角的人，而这是作风强硬的前任宰相王安石也无法解决的问题。至于其原因，则相当的微妙，潘照临曾经半开玩笑地告诉石越："这是因为不仅仅汴京城的文官百官需要从听墙角的内侍与小吏那里购买内部消息，更重要的是皇上对内侍们的这种爱好，也很有兴趣。"

不过此时无论尚书省内的保密措施如何都已不再重要，因为发生争执的两位宰执的声音，几乎可以传到对面的枢密院了。

“嘉奖新化县令？绝对不行！此例一开，只怕各地地方官没事也要寻出事来，从此湖广四路无安宁之日！”很少真正动怒的司马光不知为何，一见到吕惠卿，心里就非常的别扭，声音也不由高出许多。

吕惠卿却也没有丝毫退让之意：“镇压叛乱，若不嘉奖，日后谁肯为朝廷尽心？”

“若不尽力，可以罢官，可以惩罚，唯独不可以赏功。一旦赏功，上有所好，下必甚焉。朝廷重边功，边将就爱挑衅。更何况这还是在大宋的内部，从此以后，必然引发无穷无尽的叛乱。”司马光绷着脸，厉声反驳。

“不错，上有所好，下必甚焉。但上有所恶呢？下亦必甚焉。今日有功不赏，日后再有叛乱，则士卒无积极进取之心，官吏则推诿过错，谁愿意冒险去平乱？司马参政不怕成为大宋的罪人，本相却是不敢受后世之讥。”

“只怕要成为大宋罪人的，不是我司马光，而是你吕相公！”司马光语带讥讽地说道。

吕惠卿冷笑道：“若是司马参政不同意，那么便召开政事堂会议好了。堂议之后，再请皇上定夺。”

“悉听尊便。”司马光满不在乎地答道。

按大宋新官制的精神，重大军国政事之决策，有几种方法，一是由仆射召开政事堂会议，通过之后，再请皇帝批准，然后交门下后省的给事中们审议，三者通过，则颁布天下；二是皇帝同意后，交朝议讨论，政事堂通过，再交门下后省的给事中们审议。任何七体诏敕（册书、制书、诰命、诏书、敕书、御札、敕榜），无皇帝之玉玺，无仆射之相印，无参知政事之签押，无都给事中与有司给事中之官印，都是非法的，下级官员有权不执行。而次一等的事务，则可由政事堂甚至是一个仆射与一个参知政事来决定，不必事事报呈皇帝，但是同样需要给事中之同意，但这种命令，就不能再称为诏敕，只能称为“堂令”“堂札”，其效力在七体诏敕之下。更次一等的，则是各部寺之部令、寺令，这等庶务决策，只需报政事堂与门下后省备案，却不必再有门下后省之印了，但其法律效力也自然更低一等。这种决策方式是对三省决策精神的继承与发扬，使其更加制度化与权责清晰。既可保证皇帝对六品以上的所有事务都有干涉权，也使得政事堂能有一定程度的独立性，不必再事事都要请示皇帝。

司马光知道吕惠卿利用其仆射之权力要求召开政事堂会议，并且还要报呈皇帝批准的用意——政事堂诸相之中，只有仆射可以单独要求召开政事堂会议，参知政事必须至少二分之一发起，才有此权力——吕惠卿是想刻意向皇帝表示他对皇帝的尊重，并且故意把这件事情提高到一个军国大事的地位来，吸引朝廷的关注。吕惠卿是项庄舞剑，意在沛公。自己根本就不是吕惠卿的目标——虽然表面上看来，是因为司马光的反对，他只能召开政事堂会议来决定。

司马光并不知道吕惠卿与石越曾经有一次密会，若是他知道他面前的这位“吕相公”一面与石越偷偷约盟，一面却又毫不客气地玩起了小动作，还不知道会有什么样的厌恶。不过，他现在就已经够厌恶这个“福建子”了。

差不多在同一时刻，庆寿殿。

“……古琴一架，卫夫人真迹一幅，《春山图》一幅……”一个年老的内侍站在太皇太后榻边，不带任何感情的念道。

“《春山图》？李思训的《春山图》？”曹太后打断了内侍。

“老奴不知道是不是李思训的……”

曹太后毫无血色的脸上泛起一丝笑意，道：“知道了。继续念……”

“是。还有宝刀一柄。没了。”

曹太后微觉一怔，道：“就没了？”

“是。”

“看来石越还真是煞费苦心啊。”曹太后的念头并没有说出来，歇了一会儿，才问道：“官家是怎么说的？”

“官家把四件东西看了一眼，没有说话，又让人送回去了。后来，官家对李宪说，这几件物什，石越也买得起，不过搜罗起来却要费点心思。李宪说，以清河郡主之炙手可热，石越费点心思，也是人之常情，他李宪也曾经送过几样礼物，虽然比石越的要差一点，但是花的钱却是差不多。官家说，你李宪是内臣，他石越是外臣，不可相提并论。”

曹太后不易觉察地皱了一下眉头，问道：“李宪服侍过三朝皇帝，连他也替石越开脱？”

“这都是老奴从别处听来的。不敢欺瞒娘娘，老奴等做内臣的，每年都会收到一些外官的礼物。石越每年冬至与端阳的礼物，便是他远在杭州之时，也是从来不曾少过的。虽然礼物都不重，不过是一点特产之类，但是内臣中，都感念他这么一点心意。”

曹太后瞥了他一眼，道：“张严，你也收过石越的礼物？”

“老奴的确收过。熙宁宰臣之中，不送礼的只有文彦博、唐介、王安石、司马光几个人。其实这也是惯例，连韩琦和富弼，在仁宗的时候，听说也送过的。不过老奴却没有资格收罢了。”张严自从仁宗朝宫中之乱起，就跟在曹氏身边，自然知道面前的太皇太后，是不可欺瞒之辈。

“唔。”曹太后沉吟了一下，问道，“那你为何不替石越说话？”

张严笑道："外臣们送礼，是前朝的书看多了，图个平安无事。却不知本朝祖宗家法，远胜于前朝。老奴收礼，只是贪了这个便宜，也是怕不收礼反惹人忌恨之意。并非是收了礼就要替他们讲话的。娘娘一向知道老奴，却是再没有那个胆子，敢去议论朝政，品评大臣。"

曹太后点了点头，道："你跟了我几十年，不要在老了的时候，把名声毁了，还把身家性命也搭上。不过若由此看来，结交内臣亲贵，倒也不止石越一人。只不过这一层上面，石越终是差了司马光与王安石一筹，也不及文彦博。"

"内臣们见了文相公，腿都有点儿打战，谁敢受他的礼？其实便是相公们的礼物，也没有人敢当真全受了，必是礼尚往来。不是都知、押班，也不会有份。内臣们也怕两府的相公，若真的犯了事，被一剑斩了，到时候只落了个白死。"

"你还算是个明白人。"曹太后躺下身子，道，"昌王的'病'，好了没有？"

"还没好呢。"

"有人去'探病'吗？"

"倒是没听到有什么动静。不过昌王府这么大，纵有个人进去，别人也未必知道了。"

"若没有别人去探病，过两天他病还不好，你就带我的旨意去探探病。"曹太后冷冰冰地说道，缓缓闭上眼睛，道，"我困乏了……"

"是。"张严却并没有告退，直直站立着，没有动。

曹太后半晌没听到动静，略觉奇怪，闭了眼睛问道："张严，还有什么事吗？"

"是有一件事情。"张严的语气略带迟疑，"只是老奴不知道当讲不当讲……"

"你说便是。"

"有人看见，有人看见柔嘉县主，在今日六更左右，去了尚书省……"张严尽量用平缓的语气说道，饶是如此，声音还是有点儿发颤。

"你说什么？"曹太后霍地睁开了眼睛，严厉的目光逼视着张严，道，"你再说一遍。"

"有人看见柔嘉县主，在今日六更左右，去了尚书省……"

"她去那里做什么？尚书省谁当值？"曹太后的语气越来越严厉。

"不知道县主去那里做什么，尚书省昨晚是石越当值……"

"胆大包天！"曹太后气得身子直发抖，好半晌才说道，"柔嘉是怎么进宫的？"

"她昨晚陪皇后下棋，宿在皇后宫中。一大早，皇后不见了她身影，就差人去找，结果有人说……"

"这事有多少人知道？"

"皇后已经让知情的人全部缄口。算上奴才，不过四五个人。"虽然知道太皇太后不至于杀自己灭口，但是说起这种宫闱之事，张严还是不禁打了个寒战。

“她在尚书省待了多久？”

“不到十分钟。很快就出来了。后来就出了宫。”

“去了哪里？”

“不知道。”

“此事关系到皇家的体统，不可外传。”曹太后毕竟是见过各种世面的人物，很快就冷静了下来。但是从她微微抖动的手臂，可以知道她的震怒并没有平息。

“老奴知道。且这件事，当是柔嘉县主一时好玩。”

“不管是什么原因，都不可外传。”曹太后严厉地瞪了张严一眼。

张严哆嗦了一下，道：“奴才明白。”

“你去把邺国公叫来。”

“是。”张严不敢再在庆寿殿多停，立时弓着身子，退了出去。

当天晚上。邺国公府后门。

柔嘉牵着白马，哼着小曲，轻轻叩了几下后门的门环。如往常一样，门“吱呀”一声，打开了。但是柔嘉却怔在了门口，因为站在面前的，不是柔嘉的丫鬟，而是一脸怒容的邺国公赵宗汉。

“爹爹。”柔嘉眼珠儿一转，灿然笑着，张开双臂，扑向赵宗汉。

赵宗汉万万料不到自己的宝贝女儿来这一手，又是恼怒，又是怜爱，心中顿时一软，几乎就要硬不下心去责罚了。但是庆寿殿太皇太后的严词切责，却让赵宗汉心中一凛，勉强硬起心肠来，一把拉开柔嘉，板着脸说道：“你随我来。”说罢转身向自己的书房走去。

柔嘉吐了吐舌头，像小猫似的紧紧跟在赵宗汉的身后，一只手还紧紧拉住赵宗汉的衣襟。

到了书房，赵宗汉吩咐一声，把所有的下人全部打发出去，只余下他与柔嘉二人，这才看了柔嘉一眼，道：“十九娘，你跪下。”声音虽然不大，却有着从所未有的严厉与冷淡。

柔嘉此时早已发觉情势不对，却不知道出了什么事情，因笑嘻嘻地跪下，道：“爹爹，不可打得太重，会很痛的。”

赵宗汉又是好气又是好笑。他本来就是最没有威严的一个人，竟是被柔嘉弄得无可奈何。好半晌才又硬起心肠来，冷冷道：“你最近都在胡闹什么？”

“女儿何曾胡闹？不过是去陪十一娘和圣人下下棋，有时候也去蜀国公主那里玩玩。”柔嘉对付自己的父亲，早就驾轻就熟。

“是吗？”赵宗汉冷笑了一声，道，“你就没去过尚书省下棋？”

“什么尚书省？”柔嘉心中暗叫糟糕，却揣着明白装糊涂，一脸天真地问道。

赵宗汉见她神色，若非知道太皇太后素来英明，几乎要被她骗过，以为她是被人冤枉了。他从不知道自己的女儿竟然已经无法无天到了这种地步，须知尚书省那个地方，没有诏令，连他也不敢随便去。他女儿倒好，六更时分居然大摇大摆去了尚书省。完全是把皇家的种种忌讳，朝廷的各种礼法都不放在眼里。想到自己在庆寿殿被太皇太后骂了个狗血淋头，又惧又怕，又惭又愧，赵宗汉不由怒气上涌，厉声喝道：“你还要抵赖吗？连太皇太后都知道了。”

柔嘉眼见父亲的脸色一阵红一阵白，早已知道此事难以抵赖了。但是却不料竟然惊动了太皇太后，不由大吃一惊，急道：“女儿只是去玩玩。”一面偷觑赵宗汉的脸色，一面低声问道，“不会连累别人吧？”

她不说这话还好，此话一出，却是把赵宗汉的火气全部激了出来。赵宗汉涨红了脸，粗着脖子瞪着柔嘉，冷笑道：“是啊，现在还担心会不会连累‘别人’呢！我的宝贝女儿真了不起，柔嘉县主，你就敢去尚书省玩？你怎么不去明堂玩？你怎么不去太庙玩？”

柔嘉见父亲如此模样，缩了缩脖子，不敢再作声。

“赵云鸾，你听好了。太皇太后旨意，从今日起，无诏不准你进宫，不准你离开郧国公府一步。我已经让人收拾了一间院子，你就去那里闭门思过，每天陪陪你母亲。”赵宗汉一口气说完，又道，“从明日起，你每日抄一百页的班昭《女诫》和长孙皇后《女则》，抄不完，就不要吃饭。”

柔嘉几曾见过自己父亲如此声色俱厉地对自己，眼睛一红，扁起嘴来，赌气道：“不让出门就不让出门。什么《女诫》《女则》，饿死我也不抄。”

“你……”赵宗汉不料柔嘉还敢顶嘴，气得话都说不出来。举起手来，作势欲打，可看着眼前这个明艳照人，天真可爱的女儿，泪汪汪地望着自己，却是实在下不了手。半晌，才软绵绵地把手放下来，叹了口气，几乎是哀求地说道：“十九娘，你是皇家的女子，比不得平常百姓。你总不能忍心因自己一人之不端，把全家几百口人都连累了吧？这次太皇太后没有收回你县主的封号，已经是格外开恩。若有下次，只怕……”

柔嘉县主被郧国公赵宗汉“严加管束”之后的第三天。

石越府邸。

“陆佃在《新义报》待不长久了。”潘照临一面看报纸，一面淡淡地评论道。

“潘先生何出此言？”陈良奇道，拿起一份《新义报》，念了起来：“当使天下咸知，诛异族，开疆域之功，大宋不吝厚赏，此王韶为枢使，薛奕拜侯爵也；至于镇压同族，平定叛乱，虽有功不可厚赏也。盖国内之叛乱，是朝廷之羞耻，社稷之非福，用兵平乱，不得已而为之。此事于朝廷不足为庆，于官员不足为赏……”

“这么大胆的评论，他也敢说。又是和吕惠卿唱反调……”潘照临笑道。陆佃自从王安石罢相后，虽然因为政事微妙的平衡，一直是《新义报》的主编，主管朝廷的喉舌，但其立场，却已经较为中立。既不倾向吕惠卿，也不倾向石越。但是支持变法，依然是《新义报》的主要倾向。

陈良叹道：“新化县叛乱朝廷知道不过四天，《汴京新闻》和《西京评论》却在昨天不约而同报道此事。实在是厉害。《新义报》居然敢大张旗鼓地讨论政事堂正在讨论的问题，陆佃写这则评论，究竟是什么意思？迎合司马光，和吕惠卿破脸？他不过是个小小的主编……”

“清流而已。”潘照临略带讽刺地说道，“眼下管不了他陆佃如何，屋漏偏逢连夜雨。早不来晚不来，初三，新化县叛乱；初四，岳州军屯侵占民田，百姓联名告状；初五，卢阳县军屯数十名士兵胁持军屯长哗变。虽都是些小事，但连在一起发生，就显得军屯政策弊端甚多了。现在我们只要等着有人拿这些事情来做文章便是。”顿了一会儿，潘照临又道：“新化县叛乱的事情本不足为惧，无论他们怎么样报道，远在湖南路穷乡僻壤的事情，对于汴京士林与汴京百姓来说，都只是遥不可及的谈资而已。朝廷也不可能因为这一点点小事而放弃利益甚大的军屯计划。只不过现在的问题，是时机非常的不凑巧。”

“是啊，现在汴京的上空，风云密布。”

“本来公子并不是风暴的中心……”

二人正在交谈着对时局的看法，门房进来禀道：“潘先生、陈先生，门外有个道士求见。”

“道士？”潘照临与陈良顾视一眼，见二人眼中都写满了疑惑。潘照临笑道：“问问他是找谁的，若不是找人，便让他离开。”

“他说是王昌先生派人前来，拜见参政。若参政不在，便要见见潘先生。”

“王昌？”潘照临心中一凛，望着陈良。见陈良点了点头，潘照临站起身来，说道：“你去告诉他，参政不在，不便在府上相迎。我今天晚上，在陈州酒楼相候。”

晚上。陈州酒楼。

很少有人知道，陈州酒楼从熙宁九年腊月开始，实际上已经是唐家的产业。在这里单独的院子中密会一些不方便在正式场合相见的人，潘照临认为是比较安全的。他不相信何畏之，同样也不相信何家楼。

“无上天尊。”在李道士的道号之中，潘照临开始打量眼前之人。很快，他的目光中露出惊讶之色。

“是你？”

“不错，是我。”李道士微微笑道。

“你投入了昌王门下？”

“滴水之恩，当涌泉相报。救命之恩，不能不报。”

“昌王非可为之人。”

“我岂不知。昌王虽然礼贤下士，但资质有限。彼若为君，不过中庸之主。或者是又一个仁宗。”

潘照临冷笑道：“就怕是又一个真宗。”

李道士沉默良久，道：“昌王似非怯懦之人。”

“其才华又岂能与今上相比？”潘照临冷笑道，“你既知我在石府，还想要游说公子投入昌王一边？”

“一个平庸的君主，可能更容易发挥臣子的才华。此诸葛亮之于刘禅是也。”

“你知道我家公子之志向？”

“不知道。我云游四方，少问政事。”

“可你偏偏却涉足了这个旋涡。”潘照临指了指面前的椅子，道，“请坐。”

“事有非常而已。”李道士从容坐下，缓缓说道，“我相信昌王将来不是昏君。”

“但也不会是一个明君。”潘照临淡淡地评价道，“何况，昌王不会有任何胜算。”

“若他有两宫太后的支持呢？”

“两宫？”潘照临反问道。

“太皇太后病重了，皇太后是昌王的生母。”

“别说皇帝未必大行，纵然大行，皇太后固然是昌王的生母，但他也是皇子之亲祖母。你以为皇太后会为了昌王而不择手段吗？昌王最多能让皇太后睁一只眼闭一只眼，承认既定之事实罢了。”潘照临言辞之中，充满了讽意。“李昌济，你知道我的身份。但是即使以我的身份，我也认为当今的皇帝，算是个有道的明君，宋朝建国以来的皇帝，除了宋太祖，当今皇帝要排在第二名。他实际上比赵光义要出色。”潘照临竟然毫无顾忌地口出悖逆之词。

李道士却是毫不惊讶，淡淡说道：“我现在是出世之人，不再叫李昌济。”

“你这个出世之人，却一只脚踩进了世俗间最多钩心斗角之所在，还谈什么出世？”潘照临动了下身子，换了一个更舒服的坐姿，笑道，“良臣择主而仕，你不若投奔石府罢。我可以告诉你，最低限度，我家公子能帮助当今皇帝成为历史上最著名的明君之一。”

李道士微微一笑，反问道："最低限度吗？"

"不错。"潘照临注视着李道士，不再说话。

"我见过薛奕。"李道士笑道，"石越的目光的确前所未有的广阔，华夏人从未把目光投入过南海诸边广大的领域，他是第一个。但是中国之患，历代以来，都在西北。不解决西北的问题，终是不行的。太祖皇帝之不及周世宗，就在于此，周世宗本欲倾国之力，先克契丹，再回师一鼓平定江南，先难后易；而太祖皇帝却是先易后难，结果国力已疲，英雄老去，契丹为大宋之患达百年之久。"

"你的见识始终有限。"潘照临毫不客气地批驳道，"你的目光始终局限在西北和燕云。你不知道今日之形势，大异于当年。大宋经营南海，没有伤到中国一分元气，反而解决了中国许多的问题。大宋只不过是顺便在经营南海而已。"

李道士哂然一笑，道："潜光，我是来游说你的。"

"但你也知道昌王不足以成事。"潘照临道，"你如何可以来说服我？更遑论我家公子。"

"我不必说服你什么。我只是给你与你家公子一个机会。若有朝一日，朝堂之上，要议立昌王，只要你家公子不反对，昌王许诺，尚书左仆射之位，便是你家公子的。你应当知道，如果立幼君的话，以现在的情势，辅政大臣，未必能轮到石越。这个机会，用或不用，我不多说。"

潘照临笑道："你不怕我去告密？"

"你方才说了如此多的悖逆之话，你不怕我去告密？"李道士反问道。

"谁会相信？"

"的确，谁会相信？"

潘照临端起酒杯，轻轻抿了一口酒，笑道："自古以来，以昌王开的条件最为大方。什么也不用做，就有宰相之位在那里摆着。"

"所以我认为你家公子没有理由拒绝。"

"但是谁也不知道昌王会不会反悔，对不对？"

"昌王倒是愿意立下字据，但是不知道石参政敢不敢？"

潘照临冷笑道："字据又有何用？你回去转告昌王，便说我家公子已经知道了。"

"那么他会如何做？"

"我不知道。"潘照临笑道，"我家公子并非我的傀儡。而且，虽然我家公子不用做什么，但昌王绝不可能对每个人都如此大方。想来自有人为昌王摇旗呐喊。让我想想……"潘照临侧着头，装模作样地想了一下，笑道："我若是你，首要之事，无非两件，一是把文彦博、司马光这些威望甚高，又死心眼的臣子赶出朝廷；另一件，就是找几个敢在朝堂上说话之人。"

李道士默不作声，把文彦博和司马光赶出朝廷，是一件非常困难的事情。本来这件事情上面，昌王和吕惠卿有利益交汇点，但是偏偏昌王绝不愿意和吕惠卿合作。

潘照临笑道："来来，这等大事，我也做不得什么主，不如来好好喝几杯，叙叙旧。"

"潜光，不论如何，我劝你转告石参政，让他考虑一下。他眼前就有莫大的麻烦，若是他同意大王的条件，那么大王就会力保他这次无事。否则，我不敢保证你家公子还能不能留在汴京……"

"我还记得当年我们在延州初见之事……"潘照临似乎完全没有听到李道士在说什么，滔滔不绝地说起了他与李道士的往事。

李道士暗暗叹了口气，他早知道有潘照临在石越的幕府，是绝对要不到一个肯定或者否定的答复的。"不同意，就是反对。"李道士不得不面对这个现实，"也许，真的要把石越赶出朝廷了。"若是有文彦博、司马光、石越三人在朝中公开反对，再加三人那无与伦比的影响力，就算是两宫太后想立长君，只怕也会无济于事。李道士可不希望到时候有数以万计的白水潭学生前往宣德门前上书。

3

无论是李道士，还是潘照临，此时都不知道。在睿思殿，每日靠盐水、稀汤、参汤等物维持生命的赵顼，此时正强打精神，看着一幅巨大的天下郡县图屏风。要强的赵顼，不愿意因为自己的这场病而影响改革，已经决心要在病中来推动延误已久的地方官制改革。

"汴京之外，以天下为十七路，为京东、京西、河北、陕西、河东、淮南东西、两浙、江南东西、荆湖南北、益州、黔州、福建、广南东西。其中河北东西路并为河北路，永兴军、鄜延、环庆、秦凤、泾原、熙河六路并为陕西路，成都府路、利州路、梓州路并为益州路，夔州路改名为黔州路。凡此十七路，以转运使为民政、财政长官，提刑使为司法长官，提督使为军事长官，学政使为教育、考试长官。四权并重，互不相统辖，互有监督之权责。诸路又各置监察御史二人，互不统属，监察四长官，稽核一路刑名案件，上报朝廷，有调查权而无处置权，三年一换，以防汉代十三部刺史之弊。如此，地方分权并立，则可无晚唐之患。而于陕西、河东、河北三路，可另设安抚使，以重臣填之，安抚使位在一路四使上，主管一路军民学政，唯提刑使不受其节制。转运使、提督使、学政使名为下属，亦有监督安抚使之权责。朝廷于安抚使衙中，遣卫尉寺军法官与御史台之监察御史驻节，加以监督。如此，既可防藩镇坐大之弊，又可使三路军民政事协调，应对夏国与契丹之威胁……”

赵顼脑海中，有关于地方官制改革的条陈无比清晰地浮了上来。赵顼心里非常的清楚，地方官制改革是整个官制改革中至关重要的一环。石越与韩维以及学士院的学士，是在建议他修正弱枝强干之国策。地方官制改革的核心之一，是在保留府州官员可直接受命于朝廷的前提下，将路这一级机构真正实权化。通过分权与制衡、监督与监察等手段，使地方保留更多的财政权力与军事力量，以方便地方政府有所作为。当然，有鉴于唐代藩镇割据的教训，对地方的防范也非常的严密，除了四权分立，由朝廷进行垂直领导之外，更是派遣了专门的监察御史。而最重要的是，提督使只能管辖境内的厢军、乡兵等武装力量，而无权管辖境内的禁军。禁军之调动，只服从来自枢密院的指令。

但赵顼也非常明白，话是如此说，但实际上大宋的知州都是兼领禁军的，尤其是西北边境。石越为他分析过这个现象，“唐代节度使之祸，是起源于李林甫阻塞了边将入相之路，使得边将长期驻守一地，且又多用胡人，才有了后来的祸乱。但唐太宗的制度是无可指责的。本朝边境的知州大多兼领兵权却从无祸乱，便是明证。”石越的话的确有道理，而且赵顼也从不曾猜忌边境的知州们——但是，如果是一路……这么庞大的力量，就不能不让赵顼心存疑惑了。特别是安抚使，兼领一路驻防禁军的安抚使！

大病折磨的身体，让赵顼眼眶深陷。他看着陕西路、河东路、河北路巨大的疆域，与海外归义城、凌牙门城的“无关痛痒”不同，这三路几乎包括了大宋黄河以北的全部领土，把它们交到三个实权完全不同于以往的安抚使手中——赵顼的脑海中各种各样的想法激烈地冲突着——“有严密的监督与分权，并且一旦燕云收复，平夏归宋，这些安抚使是可以撤掉的。这只是非常时期的非常制度……”终于，赵顼说服了自己。

他静静地把头靠在一张舒适的椅子上，闭上了眼睛。做出决定之后，应当好好休息一下了，明天再来考虑三路安抚使的人选吧……

熙宁十年正月初十。

群玉殿。

“臣妾拜见贤妃娘娘。”成安县君金兰的封号，是大宋少见的例外。因为她与唐康的婚姻，是宋朝建国以来从未有过的例外。而大宋关于官员妻母封号的另一个例外，也发生在石越家里，参知政事石越的夫人韩梓儿固辞鲁郡夫人的封号，最后还是太皇太后与皇太后叙封梓儿的母亲为郡太君才算了结此事。

“兰儿。这里没有外人，不要拘礼了。”远嫁到宋朝的王贤妃，除了身边的几个丫头外，在整个汴京城里，只有金兰一个故识。

金兰盈盈起身，注目着王贤妃，两眼已是珠泪满眶，低声用高丽语唤道："公主殿下。"

王贤妃心中一酸，却是用汉语回道："你还好吗？"

"还好。"金兰垂首答道，改用了汉语。

"汴京的春节，比起开京来，要热闹许多哩。"王贤妃幽幽说道，"可惜不能好好游玩一下汴京城。"

金兰沉默半晌，忽然又用高丽语说道："中国古代三国时，有位叫刘禅的国王，被敌国掳至京师后，曾经说，这里很快乐，我不再思念故国了。人之善忘，真是让人感叹啊。"

王贤妃嘴角流露出一丝苦笑，却依然用汉语回答："我只是个女人，皇帝对我很好，什么故国情思，对我来说，都过于奢侈了。"她一面摸了摸肚子，眼睛中似乎忽然有了动人的光彩，道，"我现在只想皇帝平平平安，我顺顺利利把孩子生下来。"

"生在帝王家的孩子，又有什么值得高兴的？"金兰冷笑道，"公主殿下真的已经忘记故国了吗？连你兄长的大军在鸭渌江的西边被蛮族击败都不放在心上吗？"

"你说什么？"王贤妃瞪大眼睛，惊道。

金兰脸上露出悲愤的神色："我前几天收到开京带来的密报，契丹皇帝派出了一名叫耶律信的将军，击败了国原公的大军。在回师的途中，又被女直人包围，如果不是耶律信将军又率军攻击女直人，国原公几乎成为女直人的俘虏。王太子殿下坐拥三万大军，却不肯救应，也不愿意听国原公的劝告率军回国，在国原公兵败之后，反而进攻契丹军队，又被耶律信将军击败。我高丽国五万大军西出鸭渌江，有命能够渡过鸭渌江回到故土的，已不足三万人！开京的正式使节已经在前来开封的路上……"

"契丹人渡过鸭渌江了吗？"王贤妃听到两个兄长都没有危险，已不似开始那么紧张。

"暂时没有。"金兰说到这里，神色也略微缓和，道，"听说耶律信将军的骑军，不足两万人。他现在应当在镇压叛乱的女直人。我们的失败，很可能是因为两位王子都没有料到契丹人会在这个天寒地冻的季节出现。而且……"金兰咬紧了嘴唇，说道："契丹人在攻城时，使用了震天雷！"

"震天雷？"王贤妃并不知道什么叫"震天雷"。

"听说是一种威力巨大的武器，只有大宋朝才有。国原公曾经几次请求蔡京准许大宋卖我们更多更便宜的震天雷。但是我们从来不知道契丹人也有这种武器！"

王贤妃一脸的迷惘，她对于这些，根本不懂丝毫："我听说大宋与契丹是有盟约的盟国，既然卖给高丽，为什么不能卖给契丹呢？"

金兰紧紧咬着嘴唇，道："的确，我们都以为大宋与契丹人的盟约，不过是面和心不和的东西，没有想到……但是现在说这些都迟了，国原公希望我们能够想办法，让大宋对契丹施加压力，防止契丹人反攻高丽。同时，希望有办法能让大宋卖给我国能装备两万军队的武器与盔甲以及一千枚震天雷，并且允许我们用五年时间来偿还这一债务。"

"我们能有什么办法？"王贤妃摇了摇头，道，"我们不过是女人。"

"殿下是贤妃，如果能够向皇帝进言……"

"不可能。何况皇帝的身体现在也不好。"王贤妃断然拒绝道，但是，她却躲开了金兰的视线。

"如果这时候没有大宋的支持，最初支持开战的国原公一定会被迫出家。国家也会面临契丹人的威胁，王太子殿下得志之后，很可能会抛弃亲附大宋政策。我们两人的命运，也会非常的悲惨。殿下，你以为大宋皇帝会喜欢一个敌国的公主吗？"

王贤妃身子一震，半晌，迟疑地说道："但是我们能做什么？我既不敢进言，也不能进言。皇帝是英明之主，绝对不会允许后宫说三道四的。"

"即使如此，但是殿下毕竟身在禁中。会有更多的消息与机会……此外，大宋朝廷中，最重视与高丽关系的人，可能就是石越。兰儿只希望公主殿下记住，帮助石越，就是帮助我们的故国。"

"石越？"王贤妃喃喃道。

"正是。这也是我嫁给唐康时的原因之一。"

"但是，我听说，我听说石越很可能要外放了……"王贤妃迟疑地道。

"什么？"金兰对于大宋朝廷最近一段的政治斗争，并不是很清楚，此时猛然听到这个消息，不由震惊得话都说不出来了，"这……这……"

"前天，我服侍皇上吃药的时候，看见一幅天下郡县图，皇上用朱笔在上面画了几个大圈，又让内侍在旁边的屏风上写了十几个人的名字，其中最上面的一个，就是石越。"王贤妃垂下头来，想了一会儿，道，"最近皇上见的人，最多的是文彦博与吕惠卿。我听内侍们说吕惠卿也是个爱钱相公，如果石越真的出外，就让使者去贿赂吕惠卿试试吧。"

金兰知道王贤妃的聪明才智，其实还在自己之上。她既然肯如此说，必然是有几分把握，当下点了点头，道："我会告诉使者的。但是我还是希望石越不要外放才好。难道是石越失宠了吗？"

"应当不是。"王贤妃道，"我可以感觉得出来，皇上对石越的感情，非同一般，与其他臣子都不相同。皇上以前也常常说，朝廷有今日之局面，十之七八功在石越。只是自皇上染病以来，宫中的情况一直很复杂。我现在除了给太皇太后、皇太后、皇后请安之外，便只敢去睿思殿。石越如果真的外放，我猜与此事有关。”

“无论如何，不论是站在高丽国的立场，还是为了我自己考虑，我都希望石越的仕途不要有任何意外。这件事情，也要拜托殿下了。”

金兰出宫之后，王贤妃便准备前往庆寿宫与保慈宫，给太皇太后与皇太后请安。

她是高丽女子，虽然外表举止，谈吐学识，与汉族女子一般无二，但在这汴京的禁宫之中，却始终是个外人。太皇太后与皇太后、皇后，对别的妃子甚至是宫女都和蔼可亲，但是对她却总是非常的冷淡。朱妃本来对她不错，但是随着她的宠幸日隆，兼之朱妃又为皇帝生下皇子，偏偏她又怀了身孕，朱妃对她也变得疏远起来。可以说整个皇城之中，这位高丽王女唯一亲近的人，便只有赵顼。而对于赵顼，王贤妃也是真心的喜欢：这个年青的皇帝，做事情总是非常地投入与执着，对人又非常的宽厚，有一点点性急，但是很多亲近的人都可以和他开玩笑，身为皇帝，他有时候即使是生气，也会故意不显露出来，因为担心会影响别人的心情——王贤妃从来不知道，这个世界上居然还有经常为别人着想的皇帝。至少她的父亲与兄弟们，可都没有这样的“妇人之仁”。

出群玉殿之前，王贤妃走到供奉观音的佛龛之前，双手合十，暗暗为赵顼祷告了一番。然后才带了宫女内侍，出了殿来。方出得殿门没多远，便见东边有一个内侍急匆匆走了过来。她闪眼看时，却是童贯。

童贯远远望见王贤妃的仪仗，连忙在路边候了。待王贤妃的仪仗近了，才躬身行礼。王贤妃因含笑问道：“官家这几日好些了吗？”

“前日太医们商量了个新药方子，吃了两日药，官家的气色似乎较之前要好许多。只是官家这几日太过费心，娘娘见着，还盼着劝一两句。”童贯却是知道王贤妃是皇帝面前得宠的妃子，并不敢怠慢了。

“阿弥陀佛。”一个多月来头一次听到赵顼的病有好转的迹象，王贤妃不由喜动颜色。只是又听到说赵顼又开始操劳国事，不免又平添担心，但是她素知赵顼的脾性，叹道：“这又岂是能劝得进的。官家现在在做什么？”

童贯迟疑了一下，这个问题，本是平常的问候，但是却让他为难了。因为皇帝的行踪，实在不便泄露，不过他为人甚是机敏，当下回答道：“眼下在做什么，奴才也不知道。或者是在召见大臣罢。”

王贤妃微微笑道：“想不到你倒是个机灵人。”说完吩咐起驾，依旧先往庆寿宫去。

童贯垂手侍立，望着王贤妃仪仗的背影，微微摇了摇头，背道而去，却是出宫而来。

4

这汴京从初一到十五，历来都是热闹非凡的。今年虽然添一些忧虑的气氛，但是普通百姓的兴致，却是一点不减，因此街上也是摩肩接踵。童贯绕了好大一个弯子，好不容易才到了陈州酒楼。

走进酒楼当中，游目四顾，便见大厅中已经坐满了各色客人，其中竟然还有一些定居汴京的大食胡人，也有一些又黑又矮的交趾商人。他知道自从薛奕通南海诸国之后，各国商人与遣宋学生日渐增多，倒也并不奇怪。见酒楼的人因客人太多，没有注意到自己，停了一下，抬腿便往后院走去。

这陈州酒楼除了主楼之外，又有占地数亩的一座后院。院中又有许许多多单独的庭院，各自分隔开来，主要是用来住宿与出租。他进了后院，顿觉清静无比，外面的嘈杂似乎与这里面毫无关系一般。他见一个店小二端了一盆水往外面走来，忙叫住了，问道："地字一号房今日有人在吗？"

店小二一怔，忙答道："有人。"也不敢多问，把水放了，引着童贯往地字一号房走去。不多时，便到了一座幽静的院子之外，店小二躬身道："官人，这便是了。"说罢便告了退。

童贯这却是第一次来此，见这座院子是仿农家模样，便门扉都是竹制的。门的旁边种着一丛竹子，上面犹有未化的白雪。他轻轻咳了一声，叩了叩门。便听门"吱"的一声，应声而开。一个三十来岁的劲装汉子站在门那边，望着童贯，眼中似有惊诧之色，问道："请问这位官人找谁？"

"是内头有人吩咐我，送点东西给此间的主人。"

那个劲装汉子连忙欠身为礼，道："失礼了，请进。"把童贯引进客厅中坐了，让童子上了茶，才说道："请容小人前去通报一声。"童贯笑道："你去便是。"劲装汉子又告了罪，这才退出。

童贯也不懂屋中的字画，便也不装模作样的品评，只是跷起二郎腿，坐在那里喝茶。没多久，便见一人从里间走了出来。童贯闪眼望去，原来却是认识的——枢密院职方馆知事司马梦求。忙起身道："见过司马知事。"

司马梦求见着童贯，忙抱拳笑道："原来是童内侍。"

童贯知道司马梦求是石越的亲信，心中自无怀疑，他以采办东西的名义出宫，也不能久留，当下开门见山地说道："李大官让我传个口信给陈州酒楼地字第一号房的主人，二爷可能有大举动，请贤主人多多当心。"

司马梦求一怔，问道："不知是什么大举动？"

“这个小的却不知道。又有一事，却是小人的观察，也请司马知事转告贤主人，官家的身子，已有好转的趋势。此事外间都不知道……”

“当真？”司马梦求激动得站了起来。

童贯低声把赵顼这几日服药与进食、说话的情况，都略略说了一遍，道：“小人妄自揣测，也不知道准不准。”

司马梦求此时对童贯已是另眼相待，笑道：“多谢童内侍。我家主人必定记得童内侍的这份心意。”

童贯笑道：“一家人不说两家话。”一面起身说道，“官家前几日看天下郡县图，让李大官在屏风上写了石参政、蔡中丞、曾布、孙永、刘庠、苏轼、范纯礼、吕大忠、梅尧俞、刘挚等十几位大臣的姓名，小人在旁觑了一眼，只记得这十位，虽然不解何意，但亦请司马知事转告，或者贤主人可知上意亦未可知。小人在外不便久留，就此告辞了。”

司马梦求也不挽留，亲自把童贯送出院子。便吩咐人备了马，往石府赶去。

出陈州酒楼不久，便刮起风来。不多时，风越来越大，方走到一半，竟是又下起雪来。司马梦求也没有带蓑衣斗笠，只得任凭那雪如乱舞梨花一般地落到自己身上、马上。不过也亏了这场雪，让路上行人纷纷躲避，道路也顺畅了许多。

到了石府，正好石安在门上招呼，见着司马梦求雪人一样的下了马，忙迎了上来，一面帮司马梦求掸雪，一面笑道：“这么大雪，怎么先生就来了？”

司马梦求一面往府里走，一面笑道：“却是半路赶上的——参政在府中吗？”

“在。才回来不多久，正和潘先生在商议事情。”

二人一面说话，石安一面就把司马梦求往石越的书房引去。离书房尚有一二十步的时候，司马梦求见石安忽然停住脚步，一怔之下，旋即会意，笑道：“管家，你先去通报一声。”

不料石安却摇了摇头，笑道：“不用了。参政特意吩咐了，司马先生若来，便请直接去书房。是小人要告退了。”

司马梦求心中一暖，目送石安转身离去，才快步向书房走去，不过却终是故意放重了脚步。到了门口，他正要敲门，便听到房中石越朗声笑道：“是纯父吧。”门已自里面打开。便见书房之中，石越、潘照临、陈良、唐康、侍剑都在。石越含笑注视司马梦求，侍剑忙过来请他坐了。司马梦求坐下之后，不待石越相问，便先把童贯所说之话，一五一十转述了一遍。

潘照临笑道：“不知道昌王的大举动，又会是什么？我倒是很想看看李昌济的真实本领。”

“昌王如何，先不关我们的事情。”石越沉声道，“这几日皇上每日都要接见一到两个宰执大臣，说的全是同一件事情——地方官制改革。此事至关重要，我绝不允许它有任何变数。”

“我担心的，却是参政可能面临的危险。”司马梦求关切地说道，“据我所知，御史台已经下令荆湖北路与荆湖南路的两个监察御史回京叙职，眼下荆湖南北路接连出事，我听说政事堂已经议决，将派遣官员前往新化县等处调查，御史台也蠢蠢欲动。一旦有什么风吹草动，矛头必然指向参政。而且眼下的局势，似乎皇上有意让参政出外。”

石越摇了摇头，道：“你放心。三件事情都会平息下去。柴景中已经写信告诉我，说新化县之军屯，是吕惠卿家族的产业；苏子瞻证实岳州军屯，背后牵涉韩、吕两大家族的利益，是韩绛与吕公著的族人在那里经营；卢阳县哗变，原因尚不得而知，但是当地军屯的投资者，是太皇太后曹家的远房亲戚。拔出萝卜带着泥，最后大事化小，小事化了的可能性居大。即将派到新化县调查的是蒲宗孟，一向亲附吕惠卿，这中间的玄虚一眼即明。至于御史台，蔡确必然要出外就职。他的御史中丞做得太久了，早就应当轮换了。”

“虽然如此，但我认为皇上还是有可能让参政出外。眼下总要想个应对之策才行。”

石越淡淡一笑，道：“应对之策我已经想好，就是顺其自然。”

“为何不能退为进？自请出外？”

“皇上并无一语疑及公子，公子若自请出外，太露痕迹。不若就交由皇上决定的好。”潘照临解释道。

“但是如果参政出外，许多改革必然停滞。而另有许多改革，就无法进行。”

“有许多事情，是迫不得已的。”石越叹道。自从柔嘉被禁足以后，随着局势的发展，石越对于可能外放地方已有一定的思想准备。但是说他心里会全然甘心，却是骗人的假话：“万一出外，我只希望有个好地方。”

“这要看皇上的心意。若是贬斥，则可以派往四京安置，或者做知州。若只是故意让公子离开这个是非之地，那么多半便是一路转运使，甚至是安抚使。去的地方，以两浙路与荆湖北路、荆湖南路可能性居大。”

“潜光兄所言有理，去两浙路，是让参政经营江南与海外；去荆湖南北，则是极可能兼管移民军屯。都显示圣眷未衰。”

石越听潘照临与司马梦求你一句我一句，心中更觉得惆怅。他知道这些话语，不过都是乐观的分析而已。哪怕是权力最重的河东路与河北路安抚使又如何？一路安抚使，又如何比得上参知政事兼太府寺卿之位高权重？一旦离开政事堂之后，虽然已经进行的改革，相信会由苏辙、韩维、郭逵、苏颂等人坚持下去，但是政事堂中，又有谁能够与吕惠卿的受宠、司马光的威望相提并论？政事堂依然会是“平衡”的，但是却不会再是“润滑”的。吕惠卿与司马光的火花是在预料之中，而其他参知政事们对树立自己政绩的渴望，又有谁能压得住？

而最让石越难以释怀的，是这件事情，自己根本没有做错半点，完全是因为皇室的猜疑之心，导致了自己所处的尴尬处境。

皇帝的信任，真的是如此的脆弱吗？

两天之后。

睿思殿。

“昌王还是没有离京吗？”赵顼靠在一张藤椅上，精神较前几日，略有起色。

“是。太皇太后派人去探过病，回来都说昌王病得很严重。官家看有没有必要让臣去昌王府走一遭？”李宪笑着回道。

“不必了。”赵顼道，“有些事情，心知肚明就行了。纵然揭穿了，朕也不能落个不友爱的骂名，让天下人骂朕不仁不义。终究也是不能把他怎么样的，无非是下旨严责而已。许他不仁，朕却不能不义。”

“官家的仁德，古今少见。”

“昌王朕可以不管，以免伤慈母之心。但那些亲附昌王的大臣，朕却不能不管。否则，卧榻之侧，有这等小人存在，朕未免睡不安枕。”赵顼的声音依然低弱，语气却严厉起来。

“但是无凭无据，何况投鼠岂器，也不好乱了人心。”

赵顼“唔”了一声，若有所思地望着李宪，叹道：“想不到卿也有这等见识。”

“臣只知道多一事不如少一事。官家仁德，史官们自会为陛下传诵。”

“若不敲打敲打，终是不行。日后只恐更加猖獗。”

李宪沉吟半晌，压低了声音，说道：“既是如此，就请官家下旨，禁止禁中泄露官家的病情。然后……”李宪的声音越来越低，逐渐细不可闻。

李宪离开睿思殿后，吕惠卿与司马光便一先一后到了睿思殿。

赵顼的脸色依然憔悴。

“地方官制改革之事，政事堂议得如何了？”赵顼的声音，细若游丝。

“回陛下，政事堂一致同意。”吕惠卿躬身答道，眼中流露出一丝关切的目光。

赵顼歇息了一会儿，略显艰难地说道：“朕听说外间关于湖广四路军屯之事颇有非议。”

“陛下，世上之事，不能无弊。癣疥之疥，陛下不足为之忧心。”

"陛下，民变兵变，不为小事，陛下本当关心。只是现在陛下龙体欠安，不如静待调查官员之回报。"司马光不满地望了吕惠卿一眼。

赵顼却摇了摇头，道："此事无论如何，石越总是脱不了干系。石越入政事堂后，日渐骄满，德行有亏，赠宗室厚礼，有失大臣之体，深失朕望。"

吕惠卿与司马光都不料皇帝忽然说出这等重话来，不由都大吃一惊。司马光忙道："陛下，就事论事，军屯之事，石越功大于过。至于赠宗室厚礼，亦不过是官场积弊，实不足深怪。"

吕惠卿却道："大臣与宗室结交，确有不妥。"

赵顼望了司马光与吕惠卿一眼，带着几分怒容说道："朝廷三令五申，大臣不得与宗室结交。石越身为朝廷重臣，朕所倚重，却不顾禁令，不能不严惩。朕欲让他出外，挫挫他的骄气。"

"陛下，人才难得。"司马光已经跪了下去。

"正是人才难得，朕又念其为国谋划之功，亦为他留一条悔过之路。朕欲让石越去做荆湖南路转运使，或者是两浙路转运使。不知二卿之意如何？"

"陛下三思。"

"朕意已决。"赵顼的语气中，再无半点转圜余地。

"石越以参知政事兼太府寺卿之正三品重臣，黜为一正四品上之转运使，只恐使天下以为陛下之意动，而之前一切改革，付诸流水。"出乎司马光的意料，吕惠卿居然替石越求起情来。

司马光这时也顾不得自己和吕惠卿的成见，亦说道："臣以为罚俸切责，足以使其知过。"

"不然。"吕惠卿却又反对起来，"臣之意见，是不如委之以一路安抚使之重任。"

"安抚使？"赵顼与司马光同时一怔。司马光马上说道："若如此，臣以为石越在辽国声名素著，若以之为河东路或者河北路安抚使，朝廷可无北顾之忧。"他觉得正三品的安抚使，还是可以接受的。

赵顼心中却在犹豫，三个安抚使的位置，他现在都没有想好留给哪三个人。

"臣以为，河东路与河北路安抚使之位，尚不能一展石越之才，不若委之以陕西路安抚使。"吕惠卿从容说道。

"陕西路安抚使？"司马光怔住了。他终于明白了吕惠卿的用意，无论是两浙路、荆湖南路、还是河东路、河北路，都是石越大有可能建立功勋的地方。在两浙路，石越声望甚高，而且可以拓展海外贸易，这是石越的拿手好戏；在荆湖南路，石越若兼理军屯诸路，几年之后，政绩必然可观；而在河北、河东路，石越还不知道能对内部不安宁的辽国玩出多少花样，兼之二路离汴京又近了些；但在陕西路，宋夏之间，除了边境的战争外，就是内部百姓的沉重负担。石越一个文臣，难道还怕他在打仗上也建功立业不成？弄不好就是韩绛第二。吕惠卿看似大方的推荐，其实没有安一点儿好心。

但是吕惠卿却依然是一副正直无私的模样，侃侃说道："陕西一路，役法为祸最甚，而民兵最多，自仁宗以来，几乎成为大宋最沉重的包袱。臣以为，若以石越为陕西安抚使，或者他能给大宋一个奇迹也未可知。其对役法有更多的了解，也便于日后进一步改革役法。臣以为，陕西路安抚使，非石越不可。"

赵顼点了点头，似乎下定什么决心一般，道："便以石越为端明殿学士、陕西路安抚使。"

"陛下，若以石越为陕西路安抚使，臣以为，陕西路四司，皆须是得意之人选。臣举荐刘庠为陕西路转运使、孙永为提刑使、陶弼为提督使、范纯粹为学政使。"司马光一口气向赵顼举荐了四位名臣。这四人之中，刘庠素有才智，曾经做过权知开封府；孙永是赵顼藩邸旧臣，素以贤能著称；陶弼虽然是丁谓的女婿，却素知战阵，参加过侬智高的战争；范纯粹是范仲淹之子，才华天下咸知。

吕惠卿不料司马光来这一手，亦是措手不及。反是赵顼道："孙永是朕定下来的转运使，不能给了石越。换成吕大忠为提刑使。"

吕惠卿欲待反对，忽然想起吕大忠的二弟吕大防是尚书右丞，暂时不便得罪，当下硬生生忍了下来。

次日。以石越为端明殿学士兼陕西路安抚使、以韩维权兼太府寺卿的诏书，加盖了皇帝的玉玺、尚书省右仆射吕惠卿与参知政事司马光的大印之后，发到了门下后省。

但是，这道诏书，却在门下后省被新辟的吏科给事中吕大临封回了。

这位吕大临，便是吕大忠与吕大防的弟弟，与谢良佐、游酢、杨时并称"程门四子"，是程颐门下，曾经也是白水潭学院的高才生。

而与此同时，有关皇帝病情加重的消息，也从宫中悄悄地传了出来。

5

尚书省。

"与叔，你知道我召见你的用意吧？"司马光问道。

吕大临略略抬起下颚，用他们吕氏兄弟特有的浑厚嗓门答道："定是为了封回诏书之事。”

“嗯。”

“是下官的理由写得不够清晰吗？”

“是你的理解略有错误。”

“愿闻其详。”

“与叔封回诏书的理由，是石越无罪遭黜，且国家大举改革之时，不可使能臣不用。是吧？”

吕大临点了点头，道：“正是如此。下官以为……”

司马光摆了摆手，打断了吕大临的话，道：“石越并非是被黜，参知政事是正三品，安抚使也是正三品。国家委以西北方面之重任，一身牵涉国之安危，不能说是‘不用’。所以，你的理由并不成立。”

吕大临注视司马光，忽然问道：“诏书上有相公画押，相公也支持这道任命？”

“不错。”司马光没有回避吕大临的目光，坦然答道。

“下官认为相公的解释，是诡辞。由参知政事至安抚使，不能说不是贬。”吕大临的脖子变红了。

“与叔。”司马光的语气严厉起来，“若按你的说法，难道参知政事没有犯错，就只能做参知政事或者升为左右仆射？做参知政事是为国效力，做安抚使也是为国效力。不过一在朝廷一在地方，怎么就做不得？”吕大临被司马光质问得说不出话来，但是心里却依然不服气，一张白脸涨得通红。“希望你好好考虑一下。这道诏书，无论如何，都要通过的。若是你的理由被认可，那么以后的参知政事就连正常的调动都会成为一个问题。”司马光站起身来，拍了拍吕大临的肩膀，又放缓语气说道，“皇上很赞赏你这点风骨，希望你能好自为之。”

吕大临默然良久，脸上红晕渐渐退去，优雅的向司马光欠身行了一礼，淡淡回道：“下官做官，不是为了阿容悦世。不论皇帝怎么看，相公怎么看，下官认为是对的，下官便要说出来；若下官认为是不对的，下官也会坚持反对。如果能够被世人认可，那么下官自然不惜殚心竭智，好好做一番事业；若不被认可，下官也不会苟且。我可以回白水潭去教书，去《汴京新闻》……”

“与叔……”

吕大临抱了抱拳，道：“请相公容下官说完——这道诏书，从道理上来讲，下官的确说不过相公。而且我知道即使三封之后，朝议多半也会迎合皇上的意思。那时候，不过是徒劳的给朝廷引出许多事情来，对事情却没有帮助。但下官也不愿意这道诏书上，有下官的画押。因为下官心里认为，这实际上是一种贬黜，而这个任命也是不正常的。既然我进不能坚持己见，让朝廷改变主意；退又不能委曲求全，接受这道诏令，那下官只能选择辞官。下官自会向杨给事提出辞呈——只希望相公能认定自己的判断，真的是正确的。”他一口气说完这么多话，略带歉意地望了一眼尚书省内自己的二哥吕大防的阁房，又向司马光行了一礼，便径自退出了尚书省。

司马光望着吕大临离去背影，似乎依稀看见自己当年的影子，竟是呆住了。

自从石越罢参知政事兼太府寺卿，授端明殿学士、陕西路安抚使的诏令公布之后，便如同风雨欲来的池塘里落下了第一滴雨水，整个局势陡然之间就变得紧张起来。百姓与民间的报纸为石越鸣不平，为正在进行的种种改革的命运担忧；而朝廷官员们嗅到的，却是另一种味道——石越竟然未能面圣陛辞，反被命令尽快出京。而此后，尚书省自吕惠卿以降，几乎所有的官员都先后因为某些原因受到皇帝的训斥甚至责罚，唯有文彦博与司马光则各有嘉奖，负责流杯殿警卫的杨士芳也被升职奖励。除此之外，则有可靠消息证明，诸班直侍卫前往讲武学堂培训的计划被推迟了……

所有的人都相信，朝廷一定出什么事了！

汴京城西。

乌云蔽日。

近百骑乘者拥簇着七八辆四轮马车，缓缓而行。许多骑者的目光不断地投向其中一辆马车的车轮，似乎恨不得那轮儿生出四个角来。

“大哥……”梓儿望着强作笑容的石越，终于禁不住低声哭了起来。

石越轻轻理了理梓儿的秀发，有几分笨拙地安慰道：“妹子，别哭。等到孩子生下来，我便派人来接你。一两年后，我们还会回汴京的。”

“我知道。”梓儿抬起头来，却是止不住眼泪。

石越用袖子擦了擦她的眼角，笑道：“乖，回去后，把岳母请到府上来，好有个照应。每半个月记得写封家书给我，好让我放心。万事都要多多小心，那几样安胎药，要记得吃。每十天要请大夫来诊一次脉。”石越一面说，一面自己也有几分恻然起来，他不想让梓儿担心，便俯过头去，轻轻吻了梓儿的耳尖一下，柔声说道，“若是生了男孩，便起名叫石定朔，若是女孩，便叫石蕤。”

“嗯。”梓儿点了点头，靠在石越的怀中，睁大了眼睛望着石越。她心中虽有千般不舍，万种柔情，却终是不愿意说出来，她毕竟不希望自己的丈夫有太多的牵绊。

自出城之后，马车就渐渐颠簸起来。石越预定的行程，是自汴河、洛水取水道至西京洛阳，然后从洛阳起，便改行陆路，经新安、渑池，进陕西路境内，从司马光的老家陕州开始，经虢州，过潼关，取道华州、渭南，到达京兆府，陕西安抚使石越，便要在长安建牙。此次石越入陕，情势不同往昔，众官员在城门外各怀心事草草饯行之后，石越便婉拒了要送行的诸人，只让桑充国与唐棣送他至渡口。梓儿因为已有几个月的身孕，石越本来不愿意让她出门，奈何不让梓儿随行前往长安，已经是迫不得已，对于流过一次产的梓儿，石越是十万分的小心翼翼，哪敢让她受这种颠沛之苦？但是二人自结婚以来，少有分离，若不让梓儿送至渡口，梓儿却是死也不肯答应的。

尽管是缓缓而行，但是从城门到渡口的路程，却似乎格外的短。一阵马嘶蹄扬之声后，马车终于停住了。

梓儿收住泪，认真地替石越整了整衣服，心中有千言万语要说，到了嘴边，却变成了最简单的一句话："大哥，多多保重。"

"我理会得的。"石越温柔地笑了笑，弯着腰走出马车。桑充国与唐棣等人早已勒马在一边等候。见石越出来，桑充国温声说道："子明，多多珍重。"

石越含笑点头，道："长卿，你也请保重。"转身面向一直默默不语的唐棣，笑道："湖广屯田之事，毅夫要多多操心。此事功在社稷。"

唐棣朗声笑道："子明放心，我不会效小儿女状。你此去陕西，正好让夏国的龟孙子们知道我大宋有人。"

"定不会让君失望。"石越眺望西北，慨然答道。又向一边的唐康与秦观说道："虽然已经做官，却还要多读书，多知民情风俗。"

"是。"唐康与秦观一齐欠身抱拳答道。

石越微微颔首，众人又一一向潘照临、陈良等人道别。侍剑在石越身边低声说道："沈存中先生与司马先生不便前来送行，已托人致意。"石越点了点头——忽然，便见东边尘土飞声，一阵马蹄之声传来。众人尽皆愕然，一齐转目注视，瞬息之后，便见有数骑飞驰而来。侍剑眼尖，看得清楚了，不由诧道："前面的二人是章惇与司马康。"

石越与潘照临对望一眼，二人心中都觉诧异——这两个人怎生走到一起了？

正在疑惑之间，二人已到近前。章惇与司马康下了马来，章惇朗声笑道："子明，老章给你送行来了。"司马康却是躬身抱拳道："晚辈见过石参政。"他年纪与石越相差无几，因为父亲的关系，却不能不执晚辈礼。

"子厚、公休，你们怎么来了？"

章惇望了司马康一眼，笑道："途中偶遇司马公休，便结伴前来。某来此，一是特意给子明你送行；二是向子明介绍一下即将上任的驻陕西安抚使司监察虞候，本朝飞将军向宝之子，致果校尉向安北；还有他的副使，宣节副尉段子介。"他话音刚落，两个戎装武官已走到石越跟前，欠身抱拳道："未将参见大帅。"[1]

石越伸手扶起，不动声色地看了段子介一眼，向章惇笑道："子厚真有眼光。"

"向安北与段子介，是我费尽千辛万苦，威逼利诱，方从讲武学堂挖来，不料卫尉寺未待几天，就要派去陕西，真正可惜。"章惇笑嘻嘻地说道，"子明日后，需当多多关照他们。"

各路监察虞候身负监视一路掌军官员的重任，官位虽然低微，不过正七品武官，而且只有调查权没有审判权，但实际上却是皇帝在各路的耳目，身为安抚使的石越又岂能不知？这套制度还是他自己设计的。因此说要石越照顾二人，却是章惇的客气话。以章惇的精明，自然知道段子介的来历，他把段子介这个人安插到陕西安抚使司衙门，摆明了是向石越示好。而又特意来向石越介绍向安北与段子介，倒不如说实际上是向向安北介绍石越——这位安抚使，和你的顶头上司，关系非比寻常。章惇在这个时候，如此示好于石越，摆明了便是在进行政治投机。但是他如此明目张胆，当着司马康的面玩这种把戏，却不能不让一向谨慎小心的石越佩服他的肆无忌惮。

"不敢。"石越淡淡地回了一句。便听司马康笑道："章大卿真是顾虑周详——石参政，这是家父的一封亲笔信，特意让晚辈送到石参政手上。家父说，请石参政上船之后，再拆阅不迟。"

"谨遵台命。"石越恭恭敬敬地接过司马康递过来的书信，放入怀中。

章惇望了望天色，悠悠说道："汴京城风雨欲来，子明还是快快上船吧。"

"如此，在下就告辞了。"

在石越的船只离开渡口半个时辰之后，汴京城就下起了倾盆大雨。

渡口旁边，一个美丽的少女咬着嘴唇，呆呆地望着汴河那斩之不断的河水，不断地从远处流来，稍不停息，便向东方奔去。

"好不容易才从家里逃了出来……好不容易才从家里逃了出来……"一瞬间，再也忍耐不住，柔嘉的眼泪夺眶而出。她冲到大雨当中，抽出腰间的鞭子，拼命地抽打着渡口的木桩。雨水打湿了她的头发、脸庞、衣服，但是此时此刻，什么都不再重要……

（第三卷完）

[1]　宋以安抚使为"帅臣"，安抚使司为"帅司"，尊称安抚使为"某帅"或者"某大帅"。

inn earth®
地球旅馆
出品

捧读文化
触及身心的阅读
全国总经销

出品人 张进步
策划监制 程碧

特约编辑 朱莹 孟令堃
封面设计 林雨 | QQ 450611716
内文设计 八月松子 August pine nut

新浪微博

微信公众号

发行 肖遥 谭婧
法律顾问 天津益清（北京）律师事务所 王彦玲
出版投稿、合作交流，请发邮件至：innearth@foxmail.com
了解新书，图书邮购、团购、采购等，请联系发行电话：010-65772362

inn earth®
地球旅馆

新宋 4

·大结局珍藏版·

关于宋朝的大百科全书式小说

阿越 著

河北人民出版社
石家庄

图书在版编目（CIP）数据

新宋．4 / 阿越著．-- 石家庄 ： 河北人民出版社，2019.7

（新宋·大结局 ： 珍藏版）

ISBN 978-7-202-13945-5

Ⅰ．①新… Ⅱ．①阿… Ⅲ．①长篇历史小说－中国－当代 Ⅳ．① I247.5

中国版本图书馆 CIP 数据核字（2019）第 102497 号

本卷目录

第二十六章 安抚陕西 995
第二十七章 叛番突袭 1020
第二十八章 风雨前夕 1048
第二十九章 石门烽烟 1076
第三十章 春秋之义 1105
第三十一章 哲夫成城 1144
第三十二章 海水群飞 1187
第三十三章 意气丹心 1240
第三十四章 环州之战 1271
第三十五章 绥德逆袭 1304

第二十六章

安抚陕西

知者善谋，不如当时。

——《管子·霸言》

1

西京河南府，洛阳。

因为遭遇了暴风雨，端明殿学士、陕西路安抚使石越的座船行了整整两日，才到达西京洛阳。石越到达洛阳的那一天，晴空万里。

“公子，顺这条道前去不远，便是洛阳城了。”在一个岔路前，潘照临挥鞭指着正西的道路笑道，“富韩公已经知道公子这两日之内会经过洛阳。到洛阳后，应当先去拜会一下他。”

“本当如此。”石越揽辔应道，一面观察四周的山川形胜，叹道，“洛阳居华夏之中，河山拱戴，难怪太祖皇帝欲迁都于此。”

“洛阳东有虎牢关可扼守，西有潼关为屏障，南有嵩山与伊阙为门户，北有太行与黄河为天险，兼之风景华美，山川明秀，自然是远胜于汴京。然而汴京四通八达之地，本朝立都于汴京，原亦是利其漕运方便。久而久之，根深蒂固，而迁都之议，已近空谈。”

众人听石越与潘照临说起此事，都不由感慨。一行人谈笑正欢，忽见前方尘土高扬，马蹄轰鸣，众人不由相顾骇然。一干家丁与护卫官兵，都取出了手中的弩机。众人久闻洛阳地界有一大盗横行，官兵屡剿不灭，因此不爱讲排场的石越，这次破天荒地带了近百人同行。难道当真怕什么来什么，真在这洛阳城外，碰上了大盗？侍剑此时早已驱马上前，取弓在手，挡在石越马前。一时间，空气仿佛凝固。

几分钟后，那大队骑者终于出现在众人的视线当中，侍剑目不转睛地望着那数百骑兵奔驰而来，手心中冷汗直冒。石越表面上虽然冷静，但是汗衫却全湿了。

唯有潘照临轻轻松了口气，笑道：“他们有旗帜，不会是盗贼。”

石越眺目望去，果然见队伍当中有四面旗帜高高举起，迎风飘扬，只是看不清楚写的什么字样。那些人越来越近，可以依稀看出是官兵装束。石越不由松了口气，说道：“是禁军。”

众人也早已看清，一齐松了口气。正欲收起兵器，石越忽的心中一动，举起手来，厉声说道：“暂莫松懈，待看实了再说。”众人心中一凛，原已放下的弩机，又抬了起来。潘照临意味深长地看了石越一眼，若有所思地点了点头。

须臾，那数百骑兵勒马停在离石越一行人约五六百米的地方，为首一人纵马出列，大声问道：“前面可是陕西路安抚使石学士？”

侍剑驱马上前几步，厉声回道：“正是石学士官驾在此，尔等又是何人？”

那人顿时喜笑颜开，翻身下马，小跑过来，行了一个军礼，朗声说道：“下官骁骑军第一营第三指挥指挥使史洪，奉令率部前来恭迎石学士大驾。甲胄在身，不能全礼，还望恕罪。”

潘照临见石越脸上有不解之色，忙低声说道：“骁骑军第一营至第三营驻扎西京附近，第四营第五营驻扎在京师与西京之间。他们是最早整编完毕的禁军之一。”

石越点点头，驱马上前几步，高声问道：“你既是禁军将领，如何敢擅离职守？我不过路过洛阳，本朝无此远迎之礼。”

“回学士话，最近西京地面不太平，我们第一营各指挥奉命分遣各路巡逻，靖绥地方。下官所部并不曾离开防区半步，学士所行路线，正好是我们第一营第三指挥的防区。这是下官的福气。”

“福气？”便是连潘照临，都有点儿摸不着头脑了。

“请学士前行，下官与儿郎们为学士护道。”

潘照临见石越犹疑，笑道：“客随主便，只要不曾乱了规矩便行。御史们若要弹劾，姑且由他们一回。”

石越知道洛阳官员借口盗贼横行，摆出偌大排场来迎接自己，必定有富弼的授意——须知道河南府的现任长官，大部分是石越特意安排的富弼的故吏与亲戚。大宋任何人的面子他都可以不卖，但是富弼的面子，他却不能不卖。当下微微颔首，朝史洪说道：“如此有劳诸位了。”

“不敢。”史洪立时退回阵中，眨眼的工夫，他属下的三百骑兵便分成三路，一都在前，一都在后，一都在两旁巡逻，把石越一行人拥簇在中间，浩浩荡荡地向洛阳城的东门走去。

“啊！那是什么？”走了约二三十分钟，当洛阳城高大的城墙出现在众人的视线当中时，一向沉稳的侍剑忽地发出惊呼之声。石越与潘照临、陈良，以及随行的家丁护卫都被眼前所见惊呆了。

整整几万人，拥簇在洛阳城的东门前，翘首望着石越一行的到来。这是石越从未想象过的壮观场面，他忍不住小声地问道：“他们在做什么？”

“似乎是在欢迎公子。”潘照临微笑道。

“我不过是路过洛阳……”

“也许正因为这样才让他们如此热情。”

“会不会太张扬了一点儿？”石越想起了自己目前的处境。

“这似乎不是公子所能控制得了的。”

仿佛是为了印证潘照临的话，忽然，石越一行人便听到史洪用他那特有的大嗓门高声喊道："石学士来了！"

顿时，平静的现场沸腾起来。城楼上鞭炮声响起，人们争先恐后地踮起双脚，努力看着骑着一匹白马进城的石越，一面还大声地议论着自己的观感。不知是谁最先拿起绣球抛向石越，顿时便有无数的手帕、香囊抛向石越。猝不及防的石越被这些东西弄得好不尴尬，却还不好躲避，只能一直保持笑容，硬生生地忍受着这些飞来的"暗器"。好在史洪的骑兵很快发现了这个状况，立即排成密集的队形挡在了石越的两旁。

"子明。"

"韩国公！"

当看见竟然连富弼也出现在这场合之时，连潘照临都不由肃然动容。须知富弼自从退隐西京后，别人若想见他一面，都是千难万难，不料他竟然会亲自到东门迎接石越。

"子明光临洛邑，竟让西京出现前所未有的盛况，真让老夫大开眼界。昔日王相公过洛，虽然洛阳也是万人空巷，但是他亦不曾受过这许多绣球与手帕。"富弼亲热地挽着石越的手，迎他入城，一面不忘调侃着石越。

石越赧然笑道："劳动韩国公大驾，越心中难安。本当是在下往府上请安。"

"你远来是客——来，子明，这位是……"富弼给石越介绍着洛阳的主要官员与名流，包括嵩阳书院的山长、《西京评论》的社长等。

入到城中，只见城中街道早已清道，但是两旁观看的民众却一点儿也不曾减少。还有不少商家，主动在门口焚起了香案，以示欢迎……石越知道自从王安石变法以来，西京洛阳聚集了一大批郁郁不得志的旧党大臣。因此，西京洛阳，在某种意义上，是旧党的老巢。自己和旧党关系一向良好，和富弼更有特殊的交情，而且以自己在百姓心目中的形象，受到百姓的欢迎也并不奇怪。但是如此大张旗鼓地欢迎，让自知受到皇家疑忌的石越有点儿忐忑不安起来——这不是更增添了皇家猜忌自己的理由吗？他看了一眼和自己显得亲密无间的富弼，却见富弼满脸笑容，不停地在马上向百姓点头致意，似乎全然没有想到过这一点。石越心中不由奇怪起来——富弼难道会不知道自己出任陕西路安抚使的真正原因？

2

当天晚上，韩国公府。

小客厅中只有石越、富弼、潘照临三人。

石越注视那幅旌鹤降庭图良久，终于忍不住开口问道："富公，今日之事，会不会太过于张扬？在下现在身处嫌疑之地……"

富弼似乎早已知道石越必有此问，不待他说完，已经笑着摆了摆手，转目注视潘照临，笑道："先生可知道老夫何以如此大加张扬，唯恐天下人不知道子明深得百姓之爱戴，元老之器重？"

潘照临略略欠身，回道："在下亦觉疑惑，富公如此安排，必有道理……"

富弼得意地捋了捋胡须，笑道："朝廷之事，老夫大体已是知道。皇上让子明安抚陕西，为的是三个字——不放心。"

石越黯然点头，叹了口气。

"但子明也要看到，皇上确实是一片成全之心。"

"在下已经知道，司马君实在在下离京之时，写了一封书信给我，已点明此意。"

"朝中暗潮涌动，有人妄想身居九五，若子明在朝中，则子明是必争之人。皇上是聪明之君，既怕子明你立场不坚定，又怕你立场过于坚定，因此迫不得已，才把子明你放到陕西来。"

"这……"石越与潘照临面面相觑，皇帝怕他立场不坚定倒也罢了，怕他立场过于坚定，却未免有点儿匪夷所思。

"依老夫的猜测，宫中必有人向皇上进言，猜忌子明你。大抵之言，无非你过于自爱，矫情近伪；又或者万一有不测，主少国疑，而子明又过于年轻之类。子明平素谨慎，于内侍宗室，皆不敢得罪。若皇上知道此事，必然会怀疑这些猜忌之语，终会传到子明你的耳中。因此，即使皇上本来无疑你之意，此时却也不得不疑你。皇上担心的，是怕你听到有人进言，因此立场不稳，铸成大错。但这些话，皇上却不能向你明言。古往今来，有多少人本无贰心，因为被猜忌，反生出贰心。老夫料来，这才是皇上所不放心你的原因。"

石越与潘照临听到富弼的这番分析，不由暗自叹服。

"因此，若子明你处处小心谨慎，提防这儿，提防那儿，你越怕惹疑忌，皇上就越是要疑你。因为皇上就是在怀疑你认为皇上在疑你。自古以来，君臣之间，最难善始善终。因为每个皇帝有不同的才华与性格，你若以为韬晦便能让皇上信任你，那你便是大错了。大丈夫要审时度势，对不同的情况，采取不同的对策。所以，老夫才不惮御史弹劾，大张旗鼓迎你入城。一来让朝廷知道你的声望，二来释皇上之疑。至于那些猜忌你子明太年轻太能干的人，不管他是谁，子明你都管不了，也不用管。这种猜忌你怎么样都躲不掉的。你只要让皇上放心你就行了，只要皇上在一日，皇上就不会怕你能干，不会怕你年轻，皇上就怕你不能干不年轻！"富弼若有所感地叹道，"这个道理，老夫用了近十年时间才明白过来。"

石越站起身来，恭恭敬敬地向富弼行了一礼，谢道："石越谨受教。"

富弼微笑受了这一礼，又道："但所谓过犹不及。子明你亦不必刻意张扬。老夫替你张扬，与你无关，你受了便是。若是你自己，谨慎惯了的，如今要反其道而行之，也不可以太过了。凡事皆需适度。这个就要看你自己去把握。”

“是，在下理会的。”石越自从到宋朝以来，还从未对人如此恭敬过。连潘照临都正襟危坐，认认真真地聆听富弼的建议。

“方才我又说皇上又怕你立场过于坚定，子明可知道是为什么？”

“还请富公赐教。”

“原因亦很简单，皇上怕你步王介甫的后尘。”

“这从何说起？”

“子明你若立场过于坚定，两宫太后，子明你敢保证你不会至少得罪一位？”富弼含笑问道。

“这……”石越与潘照临已经明白了八九分了。

“皇上日后还要倚重你改革图强，王介甫为两宫太后所不喜，于是反对者更加坚定。前车之鉴，皇上岂可不防？这种争权夺位的旋涡，但凡沾上了，要不树强敌，除非是强敌全死了。但是偏偏皇上要做仁爱之君，这些人没那么容易死绝。若子明立场过于坚定，到时就会招人忌恨，于改革图强之大业，颇有妨碍。改革是皇上一生志向所寄，皇上一定要保全你。”

“听君一席话，胜读十年书。在下可谓茅塞顿开。”

“老夫宦海沉浮几十年，做过三朝皇帝的臣子，至今也不是很懂帝王的心思。不过此次身在局外，反倒看得格外清晰。子明与潜光先生皆是不世出之人杰，切不可当局者迷。朝中之事，子明不妨暂且丢到一边，看看皇上怎么样运筹帷幄。子明不如好好想想，怎么样在陕西路做出政绩来，让关中这个天府之国，重现汉唐风采。到京兆府后，子明就会知道，陕西路安抚使虽然位高权重，但是本朝最难治理的也就是陕西路了。内政不修，边患频频，以范文正公之英才，成绩亦非常有限。老夫希望子明能给大宋带来一个惊喜……”

3

同一天，汴京昌王府。

王府中一片忙乱，自王妃以下，没有人想到，皇太后竟然会亲自前来“探病”。

“你们不必乱了，我不过看看自己的儿子而已。”高太后望着一脸惊慌地跪在自己面前的昌王妃，淡淡地吩咐道：“你带我去。”

“这怎么敢？臣妾已经让人去唤大王了。”昌王妃胆怯地垂下头来，不敢直视高太后。

“怎么？你连我的话也不听了吗？”

“臣妾不敢。”

“那你前面带路。”

“是。”昌王妃心惊胆战地领着高太后，向赵颢的“病房”走去。高太后一向宠爱赵颢，而且对于立长君似乎也抱着一种默许的态度，甚至还会不经意地放任赵颢去做一些事情。但这次赵颢装病，却是高太后所“不知道”的。而且高太后突然来“探病”，究竟打的什么主意，也让人大费思量。昌王妃故意领着高太后在昌王府内多绕了几道弯，才到了赵颢所住的精舍。赵颢早已由两个仆人搀扶着，跪在门口等候。高太后见赵颢虽然脸色苍白，眼窝深陷，神情憔悴，但是一双眸子却依然炯炯有神，心中暗暗叹了口气。她径自进屋，在一张椅子上坐了，柔声说道：“让昌王进来，我要和他说几句话。”

“是。”不多时，赵颢被扶了进来，病怏怏地说道：“母后。”

高太后点点头，向内侍、宫女与王府下人说道：“你们都出去吧。”

“是。”瞬间，所有的人都退出了精舍。

高太后打量着跪在自己面前的赵颢，温声道：“你的病可以好了。”

赵颢心中一震，不过他却并不害怕被自己的母亲识穿。他膝行至高太后的膝头，泣道：“母后，孩儿是迫不得已。”

“唉！”高太后长叹了口气，没有说话。

“并非孩儿敢有非分之想，实是此时孩儿不宜离京。自古以来，主少臣强，社稷多危。孩儿是不忍坐视太祖太宗皇帝的江山社稷，落入他人之手。”

“你当真是如此想？”高太后的目光中，说不清是怀疑还是信任。

“孩儿若有半句虚言，天地不容。”赵颢仰面望着高太后，赌咒发誓道，“孩儿亦盼着皇兄大好，也好少操这份心。若为此事，让母子相疑，兄弟生隙，孩儿纵是死了，也戴着罪过。”

“你能如此想，那还有可恕之处。”高太后幽幽说道，“我最担心的，是你们兄弟阋墙，骨肉相残，为后世所讥，为天地不容。”

“孩儿若有此心，叫天诛地灭。”

“若说你与佣儿，一样是与我骨血相连的，一个是儿子，一个孙子，我又岂敢厚此薄彼。我这几日，半夜常常惊醒，担心你侄儿将来会如德昭[1]一般，难得善终。”

[1] 赵德昭，宋太祖赵匡胤次子。因长兄早夭，本当继位。但因宋初宫廷斗争，宋太祖死后，其弟宋太宗继位，他被定为仅次于宋太宗之弟齐王赵廷美的帝位第二顺位继承人，但在宋太宗太平兴国四年，赵德昭被迫自杀，从此帝位归于太宗一系。至南宋，帝位才重归于太祖一系，南宋理宗是赵德昭的后代。

高太后的语气黯然。德昭是宋太祖的儿子，宋太宗即位后，本说要传位给他，最后却被逼死了。此事是大宋皇室的一大忌讳。

“孩儿绝不敢做这种事。天幸皇兄无恙，自然更好。若有万一，孩儿亦不过为了江山社稷，替侄儿守几年江山，待他成年，定然把皇位归还给他。若有负此言，让孩儿死后不能归宗庙！”

他这番话说得冠冕堂皇，但是高太后又如何相信？赵颢胸中的热切，她又岂能不知？高太后摇了摇头，道：“最好是你皇兄没事，都是我的儿子……若有万一，我知道也阻止不了你的心，但你能做到哪个地步，全看你的造化。群臣拥戴你，我亦不阻你；只是若你要逼宫夺位，我也不能容你。只是万一你事成，我也不为孙儿求什么皇位——那是害了他。只让他有皇家的尊荣，便是你的仁爱了。”

赵颢一把鼻涕一把泪地哭道：“若孩儿敢加害佣哥儿，便让我死后入阿鼻地狱，永世不得翻身。”

“罢、罢。”高太后心烦意乱地站起身来，道，“命里有时终须有，命里无时莫强求。你好自为之吧。”说罢，也不再听赵颢多说什么，便出门回宫了。

某府。

“仙长可知富弼给皇上献了药方。”

“那是数日之前的事情了，我见从太医那里抄来的药方，无非是阿胶、当归、黄连、防风、毛姜之类，未必见效。否则禁中早有消息传出来。”

“唔……”

“皇上已经到了大渐之期，连续处分朝廷重臣，摆明了是给新皇留人用了，把石越外放陕西路，更是做了等新皇亲政后再大用的打算。这明明是防止石越在新皇亲政前，官做得太大。奖赏司马光、文彦博、杨士芳，这几人是给新皇登基保驾的。禁中也开始封锁，防止皇上的病情外泄，班直往讲武学堂的培训计划也暂停。今天早上，还得到消息，八百里加急前往各地，召富弼、王安石等七八位元老重臣入京，事情已经一目了然……”

“嗯……”

“大丈夫生不能五鼎食，死亦当五鼎烹！此成王败寇之时，明公当速下决断。皇上摆明是支撑不下去了。但是若不能在富弼与王安石等人进京之前早定大局，待这一班元老重臣入京护卫幼主，一切都晚了。外有富弼、王安石、文彦博、司马光等人在朝堂上护主，内有狄詠、杨士芳统率侍卫，满朝大臣，谁敢有异议？就算是两宫太后，也抵不了这一干人的声望。明公可还记得英宗时，韩琦一人就敢逼太皇太后撤帘之事？”

“但是我总觉得其中有什么地方不对……”

“明公，此时已经没有反悔的地步了。自古以来，行大事者，最忌的就是犹豫不决。明公即使现在去告密，前途也已经毁了！你与我家大王，是在一条船上了。”

“仙长说哪里话来，我只是欲谨慎……”

“箭在弦上，不能不发。纵然明知不够周详，也不能等到富弼、王安石等人进京。何况，明公也不需要很明显地支持我家大王，只需要明公一封奏章，请求皇上为社稷计，早立储君。由此在朝中掀起讨论立储的话题。到时候，自然有人与明公呼应。”

“这倒是，若是一直风平浪静，又如何会有机会？”

次日。石越离开西京洛阳，走陆路前往京兆府长安。亦自这一天起，赵顼陆续接到数十封奏章，请他早立储君，以安天下之心！

4

这一天是熙宁十年正月二十二日。从上午起，开封府的天空就阴霾不散，到了中午，彤云更密，天空仿佛压在人们的头顶上一般。傍晚时分，竟是飘起了雪片，满空中白茫茫的，伴着凛冽的寒风，银浪翻搅。李向安捂着双手，在睿思殿外面四处走动着，检查各处值勤的内侍与侍卫有没有因为寒冷的天气而偷懒。虽说外间都传言皇帝就要不行了，禁中也是一片紧张，但是在承平的年代里，普通的内侍和侍卫们的警觉性，始终有限。若不勤加督促，保不定就会出什么乱子。他转了一圈回来，跺跺脚，抖了抖身上的雪片，忽见大雪之中，有几个人举着琉璃灯笼向睿思殿走来。李向安心中一愣，暗自奇怪，不由抬头看了看天色，这个天气，这个时分，宫门早闭，来人又会是谁？须知内宫若来，必然早有内侍前来通知的。

他朝一个内侍努嘴，道：“去看看是谁来了。”那内侍应了，虽然不情不愿，却不敢拖延，戴上斗笠，提了一盏宫灯，迎了上去。李向安远远望见那个内侍走近那群人，却是跪了下去，又引着那群人向睿思殿走来，心中顿时一松。不多时，果见那群人走近，李向安定睛望去，竟是怔住了。这些人来头都不小，有宰相吕惠卿、枢密使文彦博、参知政事兼户部尚书司马光、太府寺卿韩维，还有一个人物，竟然是已经致仕、退居洛阳“养病”的韩国公富弼。

李向安慌忙迎上前去，便听吕惠卿用少见的严肃声调问道：“官家歇息了吗？”

“回相公话，官家还在读奏章哩……”

“那烦劳押班通报一声。富弼、吕惠卿、文彦博、司马光、韩维诸臣求见。”

“请相公稍候。”李向安不敢怠慢，叫了小黄门引了五人去偏殿等候，自己忙往睿思殿内走去，到了外间，见狄詠腰间别了一把小斧，正端坐在那里读《汉书》。他知道狄詠以宗戚而统领内宫侍卫，御前带械，可以说是贵幸无比。虽然他有权直接入内通报，但还是停下脚步来，笑道：“郡马爷，官家歇息了吗？”

狄詠叹了口气，道：“还在看奏章，我也劝了几次，却说是耽误的国事太多，不敢荒废国事。我也不敢再劝了……只是这大病未愈，这却要如何是好？”

李向安点点头，却不去接话，只笑道：“既是未睡，我便要进去通传一声。”一面抱拳道，“恕罪。”说罢便进了寝宫。狄詠抱抱拳，目送李向安进去，又开始读他的《汉书》，过不多时，就见李向安匆匆出去，又过了一会儿，便见李向安引了吕惠卿等人进来。狄詠见着众人，连忙起身，欠身行礼。吕惠卿与文彦博、司马光、韩维看都没看他一眼，便径直往里间走去，唯有富弼的目光在他身上稍稍停留一会儿，方走进里间。

狄詠暗暗叹了口气，目送众人的背影，却再也没有心思看书了。他知道自己虽为贵幸，但凭仗的却是父亲的遗泽、爱妻的身份；虽然是皇帝最亲幸的侍卫，身为一班之指挥使，但在吕惠卿、文彦博这类位极人臣的使相眼中，却不过是一鹰犬而已，其区别也不过忠心不忠心而已，自然不值得这些与皇帝“共治天下”的士大夫们多看一眼。不知道为什么，狄詠忽然感到一阵不自在，他很向往父亲的功绩——那位大宋士兵心目中的武神，虽然被士大夫们疑忌，但却是所有士大夫都必须正视的人物。他们对他既敬畏，又害怕；既同情，又疑忌……那是一位不属于士大夫阵营的英雄。

狄詠使劲摇了摇头，赶走自己脑海中的胡思乱想。里面传来细微的谈话声，他连忙起身，带上英雄帽，往外间走去。

“富公，现在石越到了何处？”赵顼注目富弼，含笑问道。他的气色，看起来已经好了许多，声音也开始有了一点儿中气。

富弼没有料到皇帝见到自己第一句话，问的就是石越，忙回道：“因函谷道太险要，马不能并骑，车不能方轨，兼之关塞废弃已久，石越是取道潼关入陕。自洛阳经虢州入潼关，计五百六十十里路程，臣估计石越此时大约已到潼关。”

“朕听说公在洛阳，大张旗鼓迎接石越，又彻夜深谈？”

“确有此事。石越是石介之后，石介与臣是患难之交，子侄辈在大富大贵之后，忽遇挫折，臣有责任勉励他。”

众人自然都知道富弼所谓“患难之交”是什么意思，当年夏竦陷害范仲淹一派，就是从富弼入手，命其婢女伪造石介为富弼撰写废立诏书，诬蔑富弼欲行“尹霍之事”。

赵顼淡淡一笑，道：“公可谓用心良苦者。”

“不敢，臣是为国家爱才。”

赵顼点点头，又问道：“高丽使者求救，富公可知此事？”

富弼欠身道："臣傍晚方到汴京，便由万胜门悄悄入城，此事却是不知。"

文彦博见皇帝目视他，忙说道："高丽二王子在辽东为耶律信所败，遣使来华，请大宋相救。使者提出三个要求：其一，请大宋出兵燕云或者对辽国施加压力，防止契丹人在开春后反攻高丽；其二，请大宋停止向契丹卖武器，特别是震天雷，同时以更优惠的价格卖给高丽可装备两万军队的武器、盔甲及震天雷，并允许高丽国用五年时间来偿还这笔债务；其三，请求大宋海船水军派军驻扎江华岛等高丽港口……"

"且慢。"富弼几乎以为自己听错了，问道，"高丽请大宋驻军？江华岛在何处？可有高丽地图？"

"江华岛之位置，大约在高丽的开京与扬州之间，与礼成江隔海相望，是开京出入东海之门户。"

"这……"富弼愕然道，"文相公的意思，是说高丽国请大宋在其咽喉之地驻军？"

文彦博点了点头，道："正是如此。"

不仅仅富弼，就连吕惠卿、司马光、韩维也都觉得匪夷所思。高丽国王莫非是老糊涂了？

"为何？"

"我问过唐康与秦观。二人以为这是高丽国国原公王运因为辽东失利，在国内陷入危机，希望可以借大宋之驻军以自固。若大军在江华岛附近驻军，则必然可以威慑其国内的反宋势力，而只要高丽国持亲宋之国策，则王运之位置就会巩固。本来当先问薛奕、张商英与蔡京之意见，但是此事只怕不能久拖，久拖恐高丽国倒向辽国，反坏大事……"

"朕亦问过王贤妃，所言亦大抵如此。朕揣测高丽国之意，无非有二，一是借此向辽国宣示其与大宋之关系；一是王运要借大宋之军威自固。"

文彦博道："陛下所言甚是。此事于大宋有利无弊。大宋海船水军在杭州与高丽之间巡逻，原就急需在高丽有一个海港休养。唐康与秦观又道于高丽之东，与日本国之间，有一大岛，若海船水军能扼据此岛，太平无事，可以据此补给；一朝有事，东可进攻日本国，西可割断高丽与日本国之联系，抄掠高丽之后方。此时高丽有求于我，不妨借机向高丽索要此岛，只说维护高丽与日本国之间航路安全所必须便是。"

"富公以为如何？"赵顼将目光转向富弼。

富弼思忖了一会儿，欠身道："臣以为两国之交，以利害为先，信义次之。高丽与大宋，无论从利害信义，都不能弃之不顾。高丽若亲宋，则辽国有腹背之患，此国之大利。今其有求于我，不便断然拒绝，恐其绝宋亲辽也。但出兵燕云自是不可，不过，遣一使者往辽，请辽国息兵，则亦无妨。至于武器，可以卖武器，不可以卖盔甲，东夷非信义之邦，日后他要背信弃义，是养虎成患。若其定要买，可以卖纸甲与皮甲，铁甲我大宋自用尚且不够，哪有多余卖给他们？其请求驻军，则不妨许诺。东方海岛，我大国不好乘人之危，强要他的，不如便用一千枚震天雷买下他的岛，亦不使大宋背上趁火打劫的恶名。”

赵顼却有几分心疼，道：“区区一海外荒岛，似值不得这许多。朕以为八百枚震天雷便够了。停止出售给辽国震天雷却是断然不行的。若不卖给辽国震天雷，辽国焉能卖给大宋马匹？”

“陛下英明。”富弼此时侃侃而谈，早就把当年奉劝皇帝“二十年不谈兵事”的立场抛到了九霄云外，“辽国亦虎狼之邦，难言信义。臣在洛阳，亦耳闻辽人战绩，辽主亦可称英主。将震天雷卖给辽人，一要防他仿制，二要防他有朝一日，用来对付我大宋。”

吕惠卿笑道：“韩国公不必担心，此事朝廷早已防到。只是辽人若不知道火药配方，要仿制也是千难万难。”

赵顼也笑道：“苏颂与沈括前几日上表，道兵器研究院将于二月初一再次试验新武器，威力巨大，远胜震天雷与霹雳投弹。若试验成功，则开封城墙就需要改建了。朕打算到时候扩建开封城，把白水潭一带，括入城墙的保护当中。不过眼下，还有一件事情需要先解决了。”

他此言一出，众人皆知终于谈到正题，尽皆肃然，屏声静气地听皇帝说话。

“数日以来，朝廷中请立储君的呼声不断，而其中颇有可玩味者。”赵顼淡淡地说道，一面指了指旁边一个堆满奏章的案子，“不到十天时间，朕这里请立储君的奏折共计有八十二份。压力不可谓不大。”

吕惠卿见皇帝的目光移到自己身上，忙接过话来，道：“这八十二份奏折中，分别有两种用词，一种是请皇上早立太子，一种是请皇上早立国储。”众人虽然早知道要谈的内容，听到这里，心中还是尽皆凛然。“太子”与“国储”，含义并不相同，太子自然是国储，但国储却未必是太子，故凡请皇帝立太子的，十之八九，必然是不明真相的朝臣，不过为了国家社稷考虑，进此忠言；而请立“国储”的，其用心就很难说了。又听吕惠卿说道：“臣这几日无论在尚书省或是在府中，百官来见臣，请求臣督促皇上立储君的，不下百人。臣正言相告，道皇子已为尚书令，上意已明。闻此言而退者，约有一半，另有一半，或谓名不正而言不顺者有之，更有一些人，却是出言放肆，说些什么国有长君、社稷之福等混话……”

除了富弼之外，其余三人都遇到过类似的事情，但是三人都与吕惠卿不和，所以没有人应和他的话。文彦博看都不看吕惠卿，只向富弼说道：“朝中有些别有用心之人，与一些不明真相的官员，搞了个联名上书，连两府官员中，亦有附和者。”

富弼脸上肌肉一动，问道：“联名上书的臣子，官衔最大的是谁？”

“联名上书的都不足道，倒是朝中另有一人，虽未联名上书，却是言辞恳切，持论甚坚，屡次上书让朕早立储君，政事堂移书相问，谓皇子已为尚书令，何必再兴事端，他却道中外疑惧，一尚书令不足以安人心。”赵顼脸上带有一丝讽刺的笑容，语气几乎有点儿刻薄了。

富弼欠身问道：“敢问陛下，此人是谁？”

“便是朕的御史中丞蔡确蔡司宪。”

一直不曾说话的司马光忽然欠身说道：“陛下，臣以为此时不宜下定论。蔡确的奏折，臣亦读过，彼虽然首倡立储之说，但是却恪守御史中丞的本分，并未与百官联名上书，也不曾言及不立皇子。不过是劝皇上早安人心而已……”

赵顼望着司马光，诧道：“卿向来不喜蔡确，为何反为他说话？”

司马光朗声回道：“臣不喜蔡确是实，若以臣之本心，以为蔡确非正人，宜当窜之远方，不可置于朝廷当中。但是臣亦不愿蔡确非其罪而受责，此有伤陛下之明。”

赵顼冷笑道：“卿言虽善，然狡黠者正赖此得脱。”

“陛下。”司马光掀起衣襟，跪了下来，恳切地说道，“昨日范纯仁见臣，言及刑法。范纯仁谓：圣人之法，宁使恶人得脱，不使善人枉死。又谓治天下之道亦如是。臣一夜未眠，翻读经史，又读石越诸书，竟于石越书中发现，此理石越早在书中言及。可知天下才智之士，所见略有相同。陛下若仅以臆测而罪大臣，蔡确一人之荣辱何足道哉？只恐有伤陛下之明，更使朝中大臣疑惧。”

吕惠卿冷眼旁观，心中暗骂一声“迂腐”，拱手说道：“陛下，臣以为若依司马光所言，未免姑息小人。此等事情，若真要事迹明晰，则有失朝廷之体面，而当事者除自尽之外，更无颜立于天地之间。于陛下之仁德有碍。”

赵顼点点头，道：“朕不过杀鸡骇猴，无意大兴事端。蔡确虽然言辞闪烁，但其心已不可问。只需将其窜之远方，便足以使朝廷安静下来。”

“臣只恐有朝一日，陛下若发现蔡确无辜，心中难免后悔。”司马光徒劳地反对着。

富弼与文彦博顾视一眼，目光稍触即分。二人都知道皇帝的心意早决，认定了蔡确是昌王收买的人；而吕惠卿急欲将蔡确定罪，无论蔡确是不是无辜，这个并不怎么得人心的御史中丞，已是难逃被贬黜的命运。富弼与文彦博却不似司马光那么“迂腐”，二人绝对没有兴趣替蔡确辩护，反而对蔡确终于站错一次队而暗暗有些幸灾乐祸，只不过，二人也不愿去多此一举，落井下石，便干脆缄口不语。

果然，便听赵顼断然说道：“卿不必多言。明日朕即降诏，让蔡确去凌牙门做都督，以邓润甫代之为御史中丞，以许将为翰林学士兼开封府尹。”

在场之人，富弼是致仕的老臣，皇帝不问，则不便发表意见；而韩维则无可无不可。吕惠卿、文彦博、司马光是宰执，对于负责监督自己的御史中丞的任命，更是不便反对。但是这三个人心中都不免要暗暗苦笑，许将这个状元郎倒也罢了，邓润甫这个御史中丞，却是王安石当年一手提拔的人物，与御史台的许多御史关系密切，比起蔡确来，只怕是毫不逊色。此时众人却顾不及这许多，便听吕惠卿说道："既然此事已解决，那么前去召各老臣入京的使者，是否也可以追回？以免惹人猜测。"

赵顼点了点头，道："如此亦好，免得他们劳累。"他当初如此大张旗鼓，一是为了制造假象，同时也是不知道昌王究竟有多大能量，最重要的是借元老重臣的威望，来对抗可能来自宫中的压力。此时见跳起来的人物，原来不过如此，而宫中也十分平静，自然不愿意搞得惊天动地。富弼与文彦博却又是愣了一回，本来这句话是文彦博要说的，没料到吕惠卿倒抢先说了。富弼与文彦博都不愿意这件事久拖不决，二人担心万一王安石入京，皇帝忽然有了别的想法，那就比起一个昌王来要糟糕多了。这也是二人支持吕惠卿早些拿蔡确做替罪羊来敲山震虎的原因。不过二人没有想到的是，吕惠卿竟然比他们更加积极主动。

5

九百八十里之外，潼关。

站在潼关之外，仰望这天下雄关，石越不由想起张养浩的《山坡羊》。他下了马车来，慨然吟道："峰峦如聚，波涛如怒，山河表里潼关路。望西都，意踌躇，伤心秦汉经行处，宫阙万间都做了土。兴，百姓苦。亡，百姓苦。"

"好一句'兴，百姓苦。亡，百姓苦'！"一个三十来岁的灰衣汉子骑着一匹河套马从潼关方向缓缓而来，一面呛声吟道，"伤心秦汉经行处，宫阙万间都做了土。兴，百姓苦。亡，百姓苦。"正是石越刚刚所吟之曲。

石越心中大感骇异，须知道这张养浩是元朝人，这曲《山坡羊》石越以前并未写出来过，当时之人，自然不可能知道。那么此人必是刚刚从自己口听到的，但是那人眼下距自己的距离，少说也有二百步，他吟词的声音远不及对方之洪亮，对方却能听得清清楚楚，显然是听力过人。只见那人到了石越车驾之前五十步左右，便勒马停住，抱拳问道："不知是哪位官人车驾在此？"

石越定睛打量此人，见他身材魁梧，剑眉入鬓，星目生辉，举手投足之间，自有一种说不出来的洒脱，不由暗暗赞了一声，高声回道："在下石越。请问足下尊姓大名？"

那人听到石越之名，不由吃了一惊，诧道："可是新任陕西安抚使石学士？"

石越微微一笑，回道："正是石某。"

"草民史十三，不料今日得见石学士。"史十三早已跃身下马，大礼参拜。

石越却并不上前相扶，只是远远抱拳还了一礼，道："足下亦非常人，不必多礼。"

史十三起身凝视石越，笑道："久仰学士的大名，刚才一词，牌调新鲜，想是学士所作新曲。那一句‘兴，百姓苦。亡，百姓苦’，实有佛子之大慈悲心。”

石越叹道：“自古以来，治乱循环，朝代更替。大凡一代之亡与一朝之兴，帝王将相或有得意者，有失意者，而百姓只有一个‘苦’字。所以说，宁为太平犬，不为乱世人。以万骨枯而换一将成，用千万百姓的生命与鲜血来换取一姓之权力或是某种志向，表面上说起来，人人都是为往圣继绝学，为万世开太平，究其实，本质上又能有什么区别？天下凡可置百姓生命安宁于不顾者，又岂能指望他得势之后真能为百姓着想？”

史十三双目炯炯，赞道：“学士高见，非贤者不能及此。”

石越苦笑摇头，指着不远处的潼关城池，道：“这一座城池，不知见证过多少中国人的鲜血。”

“在下虽山野鄙民，亦曾读过学士《三代之治》诸书，以学士之才智，想来有办法让天下不再流血。”

“我亦不过一平常人。若能以一己之力，让大宋脱此治乱循环之怪圈，使中国少流血，多太平，于愿已足。”石越说到这里，不由触动怀抱，慨然长叹。其实说起来，要实现他的理想，百姓同样会有巨大的牺牲，只不过石越与旁人的不同，是他绝不会认为这些牺牲是理所当然。

史十三盯着石越良久，忽然叹道：“久闻石学士之名，不料竟有此慈悲之心。三秦传闻，学士知杭州，兵锋及海外；学士抚陕西，烽烟起西北。自元昊以来，陕西父老，苦于西事久矣……”

潘照临此时已到石越身边，听到史十三的话，不由冷笑道：“欲罢西事，当先灭西夏。若李氏不亡，陕西百姓欲求安宁而不可得。”

史十三的目光扫过潘照临，却依然停留在石越脸上，问道：“此亦学士之意？”

石越却不愿意和一个萍水相逢之人谈及军国大事，只淡淡回道：“军国大事，非一地方守臣所能决断。自有朝廷决之。”

“原来如此，原来如此。”史十三喃喃说道，忽然纵声笑道，“西夏闻学士来陕，坐立不安，竟密遣刺客数十购学士首级，我本以为此辈杯弓蛇影，草木皆兵。不料竟是冤枉了他们！”

他此言一出，石越倒还罢了，潘照临却是脸色一变，厉声问道：“足下何由得知？”侍剑早已摘弓搭箭，瞄准史十三。众护卫亦纷纷取弓在手，围了上来。石越见史十三脸色从容如常，毫无惧意，忙举手止住众护卫，道：“他并无恶意。”

史十三笑道：“学士不可过于轻信生人。学士的首级，值三千两黄金，来刺杀学士的人不绝于道。在下本来也是个刺客，不过见到学士之后，却改变了主意。望学士能善自珍重。”

石越没想到史十三自己承认是西夏的刺客，一怔之下，竟生了好奇之心，问道：

“足下是宋人还是夏人？”

“自然是宋人。”史十三笑道，“那来刺杀学士的刺客，只怕十之八九，都是宋人，都只是为了三千两黄金罢了。不过学士亦大可放心，只要严加防范，擒杀几个刺客，枭首于辕门之外，那别的刺客，自然也就退了。黄金自然招人喜爱，但是性命却更加要紧，我等既不忠于大宋，更不会忠于西夏。”

潘照临悠悠道：“端的是好计谋。那在下倒有个不情之请。”

史十三笑道：“既是不情之请，就不用说了。你无非是想借我的首级一用，来震骇刺客。但我却非常爱惜自己的性命，这是断然不肯的。”

侍剑冷笑道：“这只怕由不得足下。”

“不得放肆。”石越喝道，一面向史十三抱拳道：“大好男儿，不能为国家效力，实是可惜了。但是足下报警之高义，在下亦不至于恩当仇报。请！”

史十三脚尖一点，跃上马背，稳稳坐了，笑道：“多谢学士，后会有期。”说罢双腿一夹，一阵黄尘往洛阳方向去了。

“此人亦是豪杰也。”石越望着史十三远去的背影，叹道。

“公子不当放了他。”潘照临不以为然地说道，“我看他身手非凡，若能取他首级，后面的刺客必然知难而退。”

“我岂能为不义之人？”石越不悦地说道，“先入关吧。今晚便在潼关歇息。”

自从邂逅史十三之后，石越一行便加强了戒备，并且路上也不再耽搁，从潼关到长安，不过三百里路程，全是平整的官道，数日便至。

出洛阳至长安，石越印象最深刻的，便是一路所见大山，十之八九，都是光秃秃的。北魏孝文帝迁都，为营建洛邑，几乎伐尽阴山之木；隋唐为修筑长安与洛阳二城，已使得关洛一带无巨木；宋人也意识不到砍伐原始森林对环境的破坏，并没有丝毫纠正——泛黄河流域的原始森林，已经被破坏得差不多了。开封附近无大山，历来开封所用木材，自宋朝建国之初起，大都是从秦陇一带砍伐，到了熙宁年间，秦陇一带已是良木奇缺，所以之后开封府与河北修筑堡垒城池的用木，大抵都依赖于太行山。这种情况，石越以前并非不知，但是石越以往做官，不过只是到过江南，对此何曾有半点直观的印象？且相比工业社会来说，当时的环境亦不啻人间仙境，对于环境保护，石越更加没有迫切感。所以，石越此时亲眼所见环境被破坏的景象，内心的震撼，绝非潘照临、陈良等人所能理解。

到了京兆府，石越更觉关中的残破。此时的长安城，规模不过相当于唐代长安的皇城而已，而人口更是远不及开封府。因为地方官制改革初兴，陕西安抚使还没有衙门，石越便暂时住在原来的永兴军知军府衙。此时陕西路转运使刘庠等人尚未上任，石越会见了陕西大小官员之后，便开始筹建陕西路安抚使衙门：择址开府建衙，在吏部安排的幕职官员到齐之前，要由潘照临与陈良二人，负责起处理全部公文的重任，以尽快让安抚使衙门运作起来，更快地度过地方官制开始的一段混乱期。因森林被砍伐而感到痛心疾首的石越，亲自召集工匠们，设计了砖石结构为主的安抚使衙门后，便带着侍剑与一群护卫，巡视各州县去了。

6

熙宁十年二月。陕西路，同州，沙苑监。

沙苑监知监，亦是同州通判赵知节，小心翼翼地陪同着面前的新任安抚使石越，视察着这个占地一万五千余顷、监马六千匹的庞大牧场。沙苑监地处渭水与洛水之间，是王安石推行保马法后唯一一直保留的牧马监，也是眼下大宋最大的牧场之一。宋朝诸牧马监一直效率不高，从熙宁二年至熙宁五年，黄河南北十二牧马监，每年出马不过一千六百四十匹，可供骑兵使用的战马，竟然只有区区二百六十四匹！而十二牧马监占了良田九万余顷，每年要花费将近五十四万贯的成本，所得到的马匹的价值，却只有区区三万余贯，还不到成本的零头，一年净亏损五十万贯！

难怪王安石铁了心要搞保马法。

置办牧马监既无效率，又浪费国帑，即使是供给骑兵使用的马匹，上了战场，往往也不经战阵；但若采用保马法却扰民不便，一不小心就害得百姓家破人亡。完全依赖贸易市马，更加不是长久之道。唐代最盛之时，监马有七十多万匹，开元时也有四十五万匹，即使是乾封至景元间，也有二十四万匹，而现在的大宋，在与辽国互市马匹之前，军中之马与监马全部加起来，都不过十五万多匹。与熙河、辽国市马之后，情况略有改观，但是至熙宁十年为止，军马加监马，总数也不过二十二万余匹。而国家马政则处于混乱之中，基本上是牧监与民户养马并存，因为许多牧监废置之后，田地已租给百姓，一时无法收回，只好让保马法继续存在。

石越未到陕西，便知西北第一要务是西夏军务，而马政是军务中极重要者，因此沙苑监在他的行程中便成了很重要的一站。

赵知节早就听说石越的大名，这时候见他仔细观察沙苑监的凉棚、泉井、马厩，忙在旁边介绍道：“牧马之法，春夏出牧，秋冬入厩。此时方及二月，所以马都在厩中，监兵小心照料，就是盼着这些监马能生马驹。凡生一驹，便可赏绢一匹。”

石越点点头，信步走近一匹黑色的牡马前，从马槽中抓了一把饲料在手里，细细拨弄了一下，脸色立时沉了下去：“怎么全是小麦秸？”

没有人想到“书生”出身的石越居然还懂这些，赵知节心里一紧，忙赔笑说道：“不敢欺瞒石帅，沙苑监经费吃紧，不得每日都喂黑豆与豆饼。”

“经费吃紧？”石越回头睨视赵知节一眼，冷笑道，“朝廷是按马与监兵给钱给粮，焉有经费吃紧之理？”

“这……”赵知节一时口结，额头上已浸出汗珠来，低声忙不迭地说道，“石帅明见，下官当立即追查，看下人……”

石越转过头，不待他说完，便又冷冷问道：“赵通判，这沙苑监每岁生驹多少匹？”

赵知节愣了一下，连忙回道：“回石帅，本监每岁生驹六百匹。”

“六百匹？”石越轻轻“哼”了一声，又问道，“全监有牝马[1]几何，牡马[2]几何？”

“牝马三千匹，牡马六百匹。”听到石越问得如此详细，赵知节竟是越来越紧张了。但石越却丝毫没有停止的意思。

“四岁以上的牡马与牝马又分别有多少？”

“四岁上的牡马有四百匹，牝马两千匹。”

“那么赵通判，你告诉本帅，两千匹四岁以上的牝马，为何每岁仅产马驹六百匹？”

“这……这……朝廷……朝廷定额如此。”赵知节不得不硬着头皮解释道。他这时已经知道石越实不同于一般的官员，不好糊弄。

“定额如此？”石越再次转过身来，望着赵知节，上下打量了他一眼，忽然莫测高深地一笑，道，“赵通判，十年寒窗不易呀！”

“下官不明白石帅……”

“罢了。”石越笑着摇了摇头，也不再多说，只是一面检视一面细心询问。赵知节更是打起十二分精神，小心应付着。

如此好不容易熬过两个时辰，石越一行才打道回同州。赵知节正如蒙大赦般松了口气，方送着石越一行出了牧场，便听到“嗖”的一声，从牧场之外的一片树林中，一支弩箭破空而来，射向石越。“有刺客！”赵知节张口欲喊，却忽然间失声，竟是喊不出声音来。待他稍稍定神，便见石越已经跌下马去。赵知节顿时吓得双腿一软，竟瘫倒在地。

石越一开始没有意识到自己被刺杀了。他方骑在马上，便见侍剑忽然扑来，抱着他一道滚下马去。待到他回过神来，才知道竟然有人真的要刺杀自己，若非侍剑应变神速，他只怕已经中箭了。

此时众护卫早已冲上前来，用身体挡住石越与侍剑，一面高声呼喊，一面射箭还击。石越此时脸白唇青，头脑一片空白，也不知道要如何处置，听由着侍剑将自己搀

[1] 牝马，即是母马。
[2] 牡马，即是公马。

扶起来，便听侍剑一面叫来几个护卫将石越团团护住，一面指挥着护卫们包抄刺客，厉声喝道："别放跑了刺客。"

那刺客显然箭术极好，不过一击不中，已无机会。他在树林之中跳跃还击，且战且退，但是二十余箭之后，箭袋早空，只得横下心来，骑了马从林子后面冲了出去。刺客刚刚冲出树林，包抄过来的护卫也正好赶到。一个亲兵挥动套马索，长长的绳子如同一条长蛇一般飞向刺客的坐骑。那刺客身手也实在了得，眼见套马索飞近，身子暴然伸长，空中刀光掠过，竟将绳子砍断了！那亲兵骂了一句粗话，正觉沮丧，忽听到刺客的坐骑发出一声悲鸣，随即便轰然倒地。原来另外一个亲兵趁机用弩机射死了刺客的坐骑。

众人顿时发出一阵欢叫，数十亲兵护卫把刺客团团围住。这时候，众人才看清楚这个刺客的长相，却是一个五短身材、貌不惊人的中年汉子。他被众亲兵围住，犹自握紧刀柄，横眉怒目与众人周旋。

侍剑见刺客已被围住，石越再无危险，竟取了兵器弓弩，亲自上阵。他心中甚是恼怒，见着刺客还想负隅顽抗，因怒声喝道："你好大胆子，还敢拒捕！"

那刺客"哼"了一声，冷笑道："束手就擒，也难逃一死。有种就上吧！"

"你倒是颇有自知之明。"侍剑出言讥道，"不过世间有求死不得之时。"说罢，脸色一沉，厉声喝道："生擒了他。"

这时除了保护石越的亲兵，其余的护卫早已全部围了上来。几十个人用弓箭、弩机瞄准刺客，防他逃脱，另有几个亲兵则取出套索，围着刺客绕起圈来。僵持几分钟后，一个亲兵见刺客有一瞬间背向自己，按捺不住，大喝一声，手中套索飞了出去。那刺客的确是武艺出众，纵身一跃，竟避开了飞来的套索，但他尚未站稳身形，便觉得左手传来一阵剧痛，一支弩箭正中他臂膊。他听到侍剑说要"生擒"，便把全部注意力用在防范使用套索的亲兵身上，哪料到正是侍剑，在他露出破绽之际，给他来了一箭。

他游目四顾，见侍剑手中端着一把钢臂弩机，正在朝他冷笑，当真是气不可耐，暴喝一声，右手的弯刀脱手而出，掷向侍剑。这一刀掷来，力道颇劲，侍剑也不敢逞强硬接，侧身一让，那刀便擦着侍剑飞过，切入他身后二十步的一棵大树的树干中。几个善射的亲兵看准机会，数箭齐发，刺客左臂中箭，身形已不似之前那么灵活，躲闪不及，右臂和左腿又各中一箭，一时忍痛不住，"扑腾"一声，竟是跪倒在地上。几个亲兵立时跳下马来，把刺客捆了个严严实实，众人恼他之前用箭伤了几个弟兄，动手之间，便毫不客气，有人装作不小心，把他左臂之箭又狠狠往内推了一把，刺客惨叫一声，竟是痛晕了过去。

侍剑大吃一惊，忙道："千万别弄死了他。石帅还要审问。"

一个亲兵笑道："这厮胆子太大，兄弟们一百来人在，他也敢行刺。"

"差点便让他得手。"侍剑冷冷地说道，"日后石帅出行，不单前后要有人，两旁也要多加人手护卫。幸好今日活捉了他，若让他跑了，以后传扬出去，我们便全成饭桶了。”

7

同州，冯翊城。州衙公堂。

石越一身紫袍，坐在公案之后。肃然站立在公堂两旁的，是石越带来的安抚使衙门的亲兵。同州的官兵与衙役，则三步一岗、五步一哨，在州衙之外警戒。同州知州王世安与通判赵知节叉手站在石越下首，大气都不敢出一口。王世安不时抹着额上的冷汗，在自己地面上出了如此严重的问题，青天白日，居然有刺客行刺堂堂的端明殿学士、陕西路安抚使，他的罪责绝不会太小。他偷眼觑视石越，却发现石越如同一尊石像一般，脸上不带丝毫表情，不免越发不安起来。

石越看了王世安一眼，见他如此紧张，不由好笑。他早看过地方官员的考绩，王世安与赵知节都算是不错的官员。同州从熙宁八年开始，到熙宁九年底，两年之内，由地方士绅与富商捐建的小学校达到十三所。虽然这是因为朝廷法令倡导，出资建学校者可以抵税，这才让民间办学之风兴盛起来——将税交给官府也是交，办学校还能在地方上博个好名声，这种好事，一般士绅富商，都乐意为之。但是也因为如此，各地或多或少都出现了一些不好的现象：比如之前石越在经过耀州巡视之时，就发现耀州名义上办小学校十八所，实际上只有八所是真正符合国子监要求的。其余十所，都是用族里的传统义学来滥竽充数，各族里的豪强却借此机会少交税。但是在同州，这十三所小学校却都是相当正规。同州城里最大的一所小学校，有十间校舍，三百人的规模，教材都是从京兆府特意买回来的。其中还有白水潭学院最新的成果——由桑充国与程颢主编的专门针对各级学校学生的字典《九经字汇》。这部字典中，收罗了九经中所有的汉字，逐一注音注释。石越翻阅之后，还整整一夜未眠，写了封长信给桑充国，把一整套汉语拼音体系做了详细的介绍，希望他们在下次修订之时，有所裨益。虽然汉语拼音无法照搬，但略做修改之后，亦可以是传统注音符号体系以外的另一种选择。当然石越并不知道，这《九经字汇》只是桑充国与程颢雄心勃勃的《熙宁大字典》编撰工程的一小部分，而其最初的倡议，不过是王昉的灵光一现。而最为难得的是，同州的小学校甚至还都开了箭术课。

除了在学政方面的成绩比较突出之外，同州在其他诸方面也算中规中矩。由此可见，王世安与赵知节，还是有一定吏才的。这次在同州出现刺客，自然也怪不得他们两个。但显然，他在沙苑监的态度吓坏了这二人。正想着这些，却见侍剑大步走了进来，禀道：“石帅，刺客醒过来了。”

“立即审问。”

“是。”侍剑答应着，欠身退下，过了没一会儿，便把刺客押了上来。

此时那刺客身上的伤口已经被简单地包扎了一下，他被几个亲兵枷了枷锁，粗暴地推上公堂，竟然没有表露出什么惧意，只是抬头打量着石越。“放肆！”侍剑朝着刺客的伤口狠狠地一按，把他的身子按了下去。那刺客伤口再次破裂，却咬住了嘴唇，哼都不哼一声，只是狠狠地盯了侍剑一眼。

石越见他眼中凶光毕露，已知此人必是亡命之徒，当下朝侍剑使了个眼色，侍剑连忙放开刺客。石越也不拍惊堂木，径直问道：“你叫什么名字？”

那刺客似乎未见过如此审讯之法——既无人喝“威武”，也无惊堂木，连石越问话都平平淡淡的。公堂之上，只有寂静和肃穆带来的压力。

他突然有点儿被激怒的感觉，回道：“我无名无姓。”

石越并没有追问，似乎这是再正常不过的事情，只继续问道：“你受何人指使？为何行刺本帅？”

刺客一阵沉默。

“我劝你还是说了的好。”石越的声音似乎是在和一个死人说话，“你既然做了这种亡命之事，想来也知道后果如何。本帅也不骗你，你必死无疑。但是死之前，你若从实招供，还可少受一点儿皮肉之苦。行刑前，本帅让你大吃一顿，不为饿死之鬼。”

刺客依然沉默。

石越竟是笑了起来，道：“你是西夏国相梁乙埋派来的，是吧？”

那刺客似是吃了一惊，诧道：“你，你如何知道？”他这么反问，却是承认了。王世安顿时脸色大变，说道：“岂有此理？你果真是西夏的刺客？”西夏派遣刺客行刺大宋重臣，已是赤裸裸的挑衅。

“即使他承认，梁乙埋也不会承认的。”石越又向刺客说道：“其实你区区一个刺客，也没什么好审问的。本帅不过例行公事，结个案好存档。然后便借你人头一用，是谁派你来的，本帅自然会将你的人头用石灰制好，再用匣子盛了，送到西夏边境守将那里，托他转赠。所以你最好把主使者说清楚了，免得本帅送错人。”

那刺客虽然早已知道必死无疑，此时被石越如此轻描淡写地说出来，心中还是不由一阵绝望，那一点点儿强横，早已飞到九霄云外：“我，我……”

“把他带下去，将人头用本帅的关防封了，送到西夏去。”石越挥了挥手，正要退堂。忽然一个亲兵走了进来，跪禀道：“大帅，衙门之外有人求见，自称是大帅故识，知道刺客来历。”

“故识？”石越不禁愕然，问道，“有名帖吗？”

“他说仓促间没带名帖，只说叫何畏之。”

“何畏之？”石越腾地站了起来，说道，“请到后堂相见。”

“参见学士。”何畏之此时的打扮，俨然一行商。

“不必多礼。”石越笑道，“先生如何到了同州？”说着，一面请何畏之落了座。

何畏之道：“在下是来同州买马，不想学士也到了同州。因听到有人行刺学士，方才又在街上见到刺客的模样，原来却是曾经见过的。故此敢来知会学士。不知学士是否已审出真情？”

“哦？先生认得刺客？”

“曾见过数面，此人叫贾祥，原是在凉州一带走私马匹的，听说也曾做过山贼。”

“原来如此。”石越淡淡一笑，道，“多谢先生指教。”

何畏之见石越神色间似乎并不以为意，知道石越必然是审出了贾祥的来历，因说道：“不料西夏人如此胆大妄为，竟然敢收买刺客行刺学士。”

石越微睨何畏之一眼，笑道：“先生如何说是西夏人指使？”

“眼下天下视学士为肉中之刺，必除之而后快者，除西夏亦无他人。”何畏之因问道，“只是不知学士欲如何处置贾祥？”

“置其头于匣中，谁人指使，便送还予谁。”

“此非上策。”

“何为上策？”

“今日之刺客，与古时不同。古时刺客为义轻生，今日无非为钱而已。学士何不将之收归己用？每个刺客都有进入西夏的法子，能轻易潜入西夏都城。将其先关押起来，到将来有用的时候，许以重金，令其潜入西夏都城，大肆暗杀破坏，可收奇效。一刀杀掉，实在可惜。”

石越沉吟许久，终于还是摇了摇头，笑道：“先生之策虽善，然此辈实在不可信任，万一反噬，后果不堪设想。且眼下亦需要有一个办法，来威慑刺客。”

何畏之奇道：“威慑刺客？难道还有其他刺客不成？”

石越便把潼关遇史十三的事情说了一回。何畏之因笑道：“史十三在下倒也曾听说过，他本是汉人，好任侠，身上有十几桩命案。官兵追剿急了，才逃入西夏，至今有十余年了。不料竟成了刺客……学士若有机会收为己用，将来有事于西境，必为良助。至少，若有其护卫，刺客必不敢上门。”

石越默然一笑，忽想起一事，因问道：“先生说是来同州买马？”

“正是。今年边境互市之好马，都被朝廷收罗，民间难以买到。在下听说同州有好马卖，所以来此求购。”

“好马？”石越霍然一惊，“敢问先生，可知是在何处买卖？”

熙宁九年与熙宁十年，大宋市面上一切良马，都优先供应军队，以装备整编的骑兵部队，民间能买到的，都是做不了战马的马，怎么可能同州还有好马买？

“听说是在延祥镇。”

“延祥镇？”

“不错，便在沙苑监附近。”

“先生，在下有一事相求……”石越霍地站起身来，注视何畏之，说道。

“学士但请吩咐。”

“我明日就要回长安，此间尚有一事……”石越的声音低了下来。

8

熙宁十年二月，即西夏大安三年二月。这是西夏国王李秉常“亲政”的第二年，这一年，他十七岁。

西夏都城，兴庆府。

“国相，在讲宗岭建一座城寨，果真如此重要？”李秉常一身党项服饰，骑了一匹黑色骏马，笑着问梁乙埋。

“讲宗岭紧逼东朝的环庆路，位置险要。我西朝想要谋取熙河，此处不能没有城寨为据点。”梁乙埋沉声道。

自从熙宁以来，王韶经营熙河，梁乙埋每次出兵，都被王韶戏弄，甚至和别的宋将交手，他也没有占到过便宜：有一次他亲率一万精骑去诱宋将刘昌祚二千人出击，刘昌祚中计，二千人马穷追不舍，被一万精骑包围。不料刘昌祚勇敢过人，且战且退，一万精骑硬是吞不下他的二千人。一个酋长冲得太向前，被刘昌祚一箭毙命，全军士气大落，只好眼睁睁地看着刘昌祚突围而去。此事被梁乙埋引为奇耻大辱，立誓要与宋军再决高下。但这几年来，宋朝国力日长，而熙宁七年的大旱，也殃及西夏——草木枯死，牛羊没有草料，死了不少。在边境之上，西夏也只能扰扰边而已。但长期的平静是不符合梁氏的利益的，一来熙河地区虽比不上横山、平夏重要，但此地控制在宋朝的手中，亦如同腹部被人时刻用一把小刀顶着一般，寝食难安，只要腾出手来，便也是西夏的必争之地；二来梁氏以女主专国，外戚当政，若无战争来转移矛盾，国内就难免会有冲突；三来以河西之地与宋朝这样的庞然大物一直和平共处的结果，只能是刀子钝了以后被宋朝吞并，这一点，奉行军国政策的西夏君臣，都有着清醒的认识。因此，自从李秉常亲政之后，梁乙埋便开始日夜不停地鼓动小皇帝，请他亲率大军，到银州与夏州地区去向大宋耀武扬威一次，并且开始着手准备谋取熙河。而在讲宗岭建讲宗城，就是梁乙埋谋取熙河计划的重要组成部分。

“但母后说，东朝皇帝重用石越、司马光，整军经武，暂时还是莫要惹他们才好。”

“陛下！”在西夏国内部，臣子都用皇帝礼称呼着自己的君主，“东朝皇帝整军经武，为的是什么？就是想兼并我大夏国。难道我大夏要等他们一切准备好了，来攻击我们的时候才动手吗？赵顼小儿把石越派到陕西路来做安抚使，位权之重，东朝开国以来未曾有，其意甚明，就是针对我大夏。我大夏岂可坐以待毙？”

“国相言之有理。”李秉常忽然转过马头，向身边一个将军问道：“李清，你以前是宋将，我听说东朝有所谓震天雷，威力巨大，果真如此吗？”

李清在马上微微欠身，说道：“陛下，臣归夏已久，震天雷听说是石越发明，臣却不曾见过。”

“陛下。”梁乙埋道，“臣派人去北朝打探过消息，震天雷虽然厉害，但也不是有了就可以天下无敌。凭着东朝愿意把震天雷卖给北朝这一点，就知道其实没有传闻中那么吓人。臣贿赂北朝将领，得了三颗震天雷，正在吩咐工匠仿制。若是成功，我西朝也有震天雷！”

李清望了梁乙埋一眼，梁氏位高权重，在国内一手遮天，他区区一个降将，自然不敢当面惹他。但是所谓“仿制震天雷”，却不过是自欺欺人。辽主何等英明，国内最出色的工匠夜以继日地工作，试图仿制出震天雷来，但是火药配方一直无法解决，威力远不如宋朝，而且运输更是麻烦。西夏又有什么办法解决辽国也解决不了的难题？宋朝图谋兼并西夏，已是公开的秘密，李清早听说最近在横山地区，有十几个宋朝和尚在那里活动，边境守将明知道这些人不怀好意，却是奈何不得——横山人就是信佛！没有十足的证据，谁敢去逼反他们？要知道这些和尚在那里，专门替百姓念经超度，治病救人，声望极高。除此之外，不断有奸细向西夏渗透——这些人利用西夏招揽宋朝沿边熟户入境耕种的机会，随着投奔西夏的各族农民们一起潜入。从前几天灵州城抓获奸细的情况来分析，宋朝的奸细已经很深地潜入到西夏国境。对于这些情况，身为降将的李清，感觉非常复杂。这么多年以来，虽然也算身居高位，且没有被疑忌，但他依然不喜欢西夏，特别是讨厌党项人那丑陋的发型与服饰。

“既然如此，国相，你便好好把讲宗城给我建起来，过几月，我要带大军去银州打猎！”李秉常嚣张的声音打断了李清的思绪，他把目光投向梁乙埋，正好梁乙埋也在用余光看他，二人的目光电光石火地一碰，便立即分开了。

“李清，你再给我讲讲东朝的事情，那开封府究竟是怎样的？”

“是。”李清又开始讲起那已向李秉常讲过多次的繁华的开封城，虽然他也只去过一次那座城市，而且是自己都不记得了的哪一年，但是自他口里说出来，却是那么熟悉。梁乙埋讥讽地看了李秉常与李清一眼：“讲吧，慢慢讲吧。让小娃娃向往东朝的繁华，也不是坏事。”他的目光，却投向了天空，一只大鹰从那里飞过：“那才是我梁乙埋的志向！”梁乙埋在心中悠悠叹道，他早已经不记得，若从血统上来说，他其实是个汉人。

李清回到府上时，天色已经全黑。兴庆府永远比不上开封府，这里虽然是都城，但是夜生活只有贵族们才有得享受，而且又是那么单调。

“将军。”熟悉的长安口音使李清的内心闪过一丝温柔，但也只是那么一瞬间，他冷冰冰地回道，“你在这里做什么？”

“我今天在集市买到一点儿长安产的青茶……”一双雪白的小手捧着一小袋茶叶，怯生生地递到了李清面前。

李清注视着这袋青茶，目光终于慢慢地温柔起来，他叹了口气，道：“多谢你。”

“那奴家告辞了。”

望着远去的纤细的背影，李清微微摇了摇头。他走进“书房”，取了供在架子上的一柄宝剑，找了块布，坐下来，开始擦拭。这是他每天必做的事情。

“夫君。”

李清没有抬头看他的妻子，他在西夏有一妻两妾，妻子是党项人，一个部族首领的女儿，姓卫慕，没有名字。生有二子一女，最大的儿子都已经十二岁。真是可怕的年龄。

“那个女人不是普通人。”卫慕氏似乎习惯了丈夫的神态。

“我知道。她是史十三写信让我暂时收留的。”

“那个马贼？”

“对，那个马贼。”

“所以她时常鬼鬼祟祟的，你也容着她？”卫慕氏的话虽然是指责，却说得非常温柔，温柔得几乎不像是党项女人。

“既然是史十三寄托的人，纵然是奸细，我也得容着她。”李清面无表情地说道，把手中的剑插入鞘中，小心放好，一面说道，“我可能要去一次讲宗岭，然后皇上可能还要去银州，我也要随驾，回来之时，也许要六月份了，家中之事，拜托你了。那个女人，便随她做什么好了。总之不要招惹，不要得罪。”

“是。”卫慕氏应道，并没有多问。

“儿子和女儿，单日习武，双日习文。和汉文先生说，若是不用功，便往死里打。李家的后代，不可娇惯。”

“是。”

“你也要多多保重。”

“是。”卫慕氏的眼中，忽然一阵晶莹。

第二十七章

叛番突袭

树欲静而风不止。

——汉·韩婴《韩诗外传》

1

大宋京兆府。陕西路安抚使临时驻节衙门。

“整编完毕的振武军第一军，以及神锐军第一军、第二军，将在下个月授予军旗，正式采用新的禁军旗号，神卫营第三营、第五营将入驻延州与绥德，这两支部队还携带了一种新式火器。最成问题的是侍卫马军所辖骑军迟迟不能整编成军。因为整编速度太慢，如今沿边各军的建制与番号也很混乱。”安抚使司参议丰稷非常有条理地向石越报告着陕西路的兵力，让人很难想到石越到任尚不及二十天。

“侍卫马军整编速度这么慢？枢府不是优先完成对沿边西军的整编吗？”石越有点儿奇怪，再怎么一个慢法，一年半的时间，不可能连一个军都整编不出来。

丰稷笑着纠正道：“枢府是优先完成殿前司马军的整编，其次是对西北，再次是河北，最后是东南各路。殿前司禁军号称最为精锐，担负着拱卫京师之重任，枢府绝不会等闲视之。战马之供给，据下官所知，除了殿前司四骑军之外，还要先配置给侍卫步军司所辖的神锐军。枢府认为在军队整编之前，边防应当以防守为主，而且我们西军还有番骑可用，所以纯骑兵军的急迫性低于马步混编军。一年半的时间，整编出马步军十三个军来，已经是很快了。”

“那神卫营呢？为何才给西军两个营？”

丰稷下意识地看了四周一眼，厅中除了石越、侍剑与潘照临、陈良这两位幕僚之外，并无他人，他自失地一笑，道：“石帅一定早已知道，二月初一，听说兵器研究院试验成功了一种威力巨大的火器，下官揣测枢府是打算将其他的六个神卫营全部装备这种火器。下官也听到传闻，说枢府打算扩编神卫营，将八个营的计划增加到十八个营。”

石越不由微微一笑，他早已知道兵器研究院终于试制成功了火炮。只不过这种火炮暂时来说成本较高——那是熟铜铸造的炮管。兵器研究院正在夜以继日地试验采用铸铁或者钢管制造炮身的技术，以求大幅度降低成本。火炮威力惊人，在试验中一炮轰穿了一堵砖墙，但是赵顼并没有大肆声张，反而下令保密。因此即使是可以接触到大量军机的安抚使司参议丰稷，也不知道这种新式火器的名称。石越自然也不敢随便泄露军机，只是不置可否地点点头，又问道：“那第三营与第五营携带的新式火器，又是什么？”

“只知其中有一种名为‘万人敌’，是沈存中设计的。其余的详情便不得而知。”

石越微微颔首，笑道：“看来禁军的情况暂时就是如此了。昨日接到消息，环州附近的讲宗岭，有许多西夏人出现，似乎在屯积木材。估计西夏人是想在那里建座城寨。梁乙埋是存心不给我安稳日子过。”

丰稷早已知道西夏国相梁乙埋派刺客行刺石越之事，到此时为止，石越陆续“赠送”给梁乙埋的人头，已有三个之多。但让人奇怪的是，虽然安抚使衙门守卫森严，石越出入被保护得几乎滴水不漏 ，但是为了“区区”三千两黄金，却一直有许多的刺客前赴后继。丰稷皱眉道：“梁乙埋脸皮之厚，古今少有。送了三个人头给他，他还一直喊冤，一面却变本加厉地派遣刺客。如今又算计起讲宗岭，若是任其施为，日后环庆无宁日；若是派兵去阻止，却是轻开边衅，只怕朝廷不肯。”

“讲宗城绝不能让梁乙埋筑起来。”潘照临忽然插道，“此处对环庆是极大的威胁，卧榻之侧，岂能容人酣睡？边境冲突是小事，几十年来宋夏边境有过几日安宁？”

丰稷却忧道：“听说李秉常生性冲动，怕就怕他大举入侵，一旦损失大了，御史台肯定不会放过这些。到时候两府便会叫我们背黑锅。”

“不给梁乙埋一点儿厉害，他会没完没了的。搞不好哪一天他就跑到我大宋境内来筑城了。眼下让他修，修到一半，一把火烧了他的。”石越对梁乙埋算是恨得牙痒痒，“我们也不必管两府，有黑锅我也背了。”

“便是想拔了讲宗岭，兵少了只怕不行。”

“七天之内，刘昌祚与王厚都会到任，王厚归李宪管，李宪暂时还在京师回不来，不好越级调他的兵。刘昌祚归高遵裕管，讲宗城，便让刘昌祚去拔了。再派人去京师，问问兵部职方司，到底要何时才能在陕西设分司，帮我来清理这些刺客。”石越显然是在心里筹划已久了。

潘照临摇了摇头，道：“职方司是指望不上了，求人不如求己。眼下还得靠自己。”停了一会儿，又道，“高遵裕是烈武王高琼之孙，当今太后之从父[1]，亲贵无比，非等闲之人。如今为羌部总管，在羌人之中，威信仅次于王韶。如此重大决策，公子不与他商量，仅以一纸传文，说不定会别生事端。”

丰稷与陈良也一起点头称是，道：“潘先生所言有理。”

石越笑道：“那便先听听他的意见，正好我也应当去沿边诸州看看，趁此机会，亲自去一次渭州。”

“这……还请石帅三思，沙苑监之事未远，石帅不可掉以轻心。下官以为请高遵裕来一次京兆府便可。又或者公文往返，问其意见，也已是尊重。”

石越笑道：“如此怎能表示我的诚意？更何况朝廷令我帅陕西，我总不能因为有几个刺客，就连渭州都不敢去，打起仗来可怎么办？”

“石帅真儒者也！”丰稷对石越的胆气十分佩服，忍不住拍了马屁。

[1] “从祖父”的简称，指祖父的亲兄弟的儿子，即堂伯或堂叔。后文的从叔，即为堂叔。

石越不由莞尔，笑道："差远了，先贤临死从容正冠，我在沙苑监却可称狼狈。这胆子，委实是被梁乙埋练出来的。"

丰稷笑了笑，心里自是不肯相信的，却听石越又说道："相之，你这次却不必跟我前去，此间事务还要麻烦你与子柔。我与潜光先生去渭州便可。"

"是。"丰稷与陈良忙欠身答应着。

石越又转向陈良，道："子柔，若何莲舫来此，你便请他多等几日。"

"何畏之？"陈良不觉愕然。

"正是。我托他办点事情。"石越笑道，"晚上刘希道遍请京兆府官绅，今日便先议到这里，刘希道的面子，我不敢不给。"

丰稷笑道："却是有人敢不给刘希道的面子，下官听说监察御史景安世与朱时都拒绝了。监察虞候向安北与副使段子介也不肯出席。"

"他们是监察官。"石越淡淡道。

丰稷却摇头道："我看没这么简单，景安世是吕相公的门生，朱时也算是王介甫的门生，又与邓绾家是世交，二人纵然不是监察御史，也是不肯赴刘希道的宴。"石越霍然一惊，与潘照临相视一眼，二人脸上都露出一丝苦笑。石越再也想不到，陕西路的监察御史，竟然有这样的背景！丰稷似乎没有看见二人的表情，尚兀自说道："向安北与段子介却是两个忙人，这二人到陕西的第一天开始，就四处调阅卷宗，听说要给陕西的所有武官各建一份档案。汉将倒也罢了，那番将的档案，还真不知道他们打算怎么个建法……"

他滔滔不绝地说了好一会儿，才忽然醒悟自己话太多，笑着赔了几句罪，这才告退离去。潘照临待丰稷走了后，便也告退。石越见陈良神色间颇有迟疑之色，似乎有什么话想和自己说，因笑问道："子柔可是有话想说？"

陈良抿了抿嘴，欠身道："学生是有事想请教石帅。"

石越已觉得有点儿疲惫，本想去泡个澡然后养足精神参加刘庠的晚宴，但他刚想委婉对陈良说有什么事明日再谈，抬眼间却忽然看到陈良眼中闪过一丝不自信的神色。他心中一动，连忙把话咽了回去，笑道："子柔但说无妨。"

在石越的所谓"幕府"中，陈良虽与潘照临并为石越的两大幕僚，但后者一切机密无所不预，但有所言，石越言听计从，信任有加，在礼仪上，石越以师礼待之，而潘照临无论石越官做得多大，也一贯只称"公子"而已。而陈良却一向只是处理一些琐碎的事务，间或给石越提供一些典故礼仪法令方面的意见，不要说潘照临，便是比起以前的司马梦求，也几乎称得上是黯淡无光。石越虽然敬重，但也不过以门客之礼待之。便是外间之人，知道潘照临的居多，但陈良却少有人知，甚至是想拍石越马屁的人，也是拼命地讨好潘照临，而不太在意陈良。

而陈良也自认才华不及潘与司马，因此甘居人下，只是尽心尽力做好自己分内的事情。但如此时日一久，便连石越有什么事情，也越来越多征询潘照临的意见，而不知不觉有点儿忽略陈良了。而在陈良本人，则觉得潘照临有帝师之才，无论哪方面都远胜于自己，因此主动向石越提供建议的情况，也越来越罕见了。

这种不知不觉间形成的惯性，当事人是很难觉察到的。便是石越，此时也并非是意识到了这些，而只是出于一种习惯性的尊重。在石越看来，当自己的地位越高，敢和自己说真话的人就会越来越少，他语气稍重，甚至是一个脸色的难看，就会令人噤若寒蝉。因此，鼓励别人在自己面前发表意见，便是一件很重要的事情了。事实上，石越也并不是时时刻刻能记住提防这样的事情发生，一个人的位置越高，听到的赞美便远远要多过批评，甚至根本听不到不同的声音，于是自信心便会不知不觉地开始膨胀，这是石越也无法避免的事情。

这一次，他不过是偶然记起了这个道理而已，却让陈良大受鼓舞。

“石帅来陕西后，已经察访了陕西内地的许多州县。这陕西一路之政，无非是西事、民政。石帅至陕西，不先去延州、庆州、渭州诸边郡，而先巡视内地州县，显然原本是以民政为先的。陕西一路百姓，困于弊政久矣，闻石帅来陕，莫不翘首以盼，如久旱盼甘露，莫不冀望石帅能解此一路之倒悬。但石帅自沙苑监归来后，却无一纸之令下，而每日与僚属商议者，皆是西夏情弊、西军整编、兵力部署、将校才德，今日会议之后，又要亲自前往渭州……学生不明白的是，石帅是于陕西民政，已有成竹在胸，还是要锐意进取，以西事为先？”

陈良一口气问完，脸色已是激动得有点儿泛红。

石越却是没有想到陈良会问出如此尖锐的问题。他颇觉尴尬，沉默良久，才不无回避地说道：“子柔质问得极是，但是陕西一路，无论西事、民政，都极为棘手。我虽想以民政为先，但朝廷推行新的地方官制，须得给地方留一个缓冲期，而西夏梁乙埋咄咄逼人，所谓‘树欲静而风不止’，不除西患，难言治陕啊！”

但这样的回答显然不能让陈良满意：“姑且不论是‘不除西患难言治陕’，还是‘不能治陕难除西患’，学生敢问石帅，如今可已经有了治陕之成策？石帅可已经找到了治理陕西之关键了吗？”

石越这时终于坐不住了，红着脸站起身来，朝着陈良长揖一礼，道：“还要请子柔赐教。”

“不敢。”陈良连忙避开石越这一礼，起身抱拳道，“学生这一路随石帅察访诸州县，深感陕西百姓之苦，过于他路数倍，因此殚精竭虑，想要为这陕西百姓做点事情。但恨学生才疏智浅，虽略有愚者之得，看出陕西之病根，却奈何找不到药方。”

“子柔且说说这病根是什么？”

“学生以为，陕西民政，其实只有三件事——水利、淤河、役法。而归根结底，只有役法一件事。”

“愿闻其详。”石越这时也不觉得疲惫了，一面请陈良坐下，一面吩咐下人换了茶，竟准备长谈起来。

“陕西一路几乎无河害，却常受旱灾与山洪之困。因此兴水利，开通诸渠，使其能灌溉关中，便至关重要。秦国富强，是因为郑国渠；汉唐关中号称‘天府之国’，靠的也是水利。倘若能重修水利，恢复汉唐旧观，关中可再为天府之国，陕北亦不失于富裕。这淤河其实也是水利的一部分。淤河为田，既可减少河害，巩固堤防，又可得良田万顷。天下之利，莫大于此。然而，此二者，前人并非不知道，实是不能为。为何？症结所在，便在役法！”

“役法？”

“正是。”陈良双目炯炯放光，侃侃言道，“学生以为，国朝最大的病症，就在役法。大宋采用的，名义上是唐德宗时杨炎制定的两税法，讲究的是‘量出以制入’，朝廷根据财政支出定总税额，分摊到州县；又按丁壮与财产定户等，依户等纳钱，依田亩纳米粟。夏秋两季征税，租庸调、杂徭、各种杂税一律取消。大宋之所以不抑兼并，也与两税法有关。因为国家税收之主要来源不需要抑制兼并。这也是大宋立国与唐初立国之异。

“然而，两税法中，百姓在交纳两税之后，是不需要再服任何徭役的。但国朝承五代之弊，两税之外，又有什么丁口之赋与杂变之赋，要随同两税输纳。丁口之赋不论主户、客户，一体交纳，等于是两税之外，再征了一次人头税。百姓之负担，较之两税法，已经变重。特别无地的百姓更深受其害。但最为不堪者，却是交了两税与丁口之赋、杂变之赋以外，还要服差役。

“本朝差役，五花八门。有主管运送官物或看管府库粮仓的衙前，有掌管督催赋税的里正、户长、乡书手，有供州县衙门随时驱使的承符、人力、手力、散从官，有逐捕盗贼的耆长、弓手、壮丁等。衙前丢失损害官物，要自己赔偿，经常赔得倾家荡产；里正、户长催不来拖欠的户税，也要自己垫付，往往垫得卖妻卖女；至于什么承符、人力，什么弓手、壮丁，则常常要在农忙之时替官府做事，搞得田地荒芜，丰年都会歉收。王介甫看到了差役法之害，想推行免役法，却要收什么免役钱。在学生看来，王介甫是没弄明白，租庸调变成两税法后，本来就是不应当有差役的。他不去纠正五代以来的弊政，反而承认这些弊政。于是，两税等于租，杂变等于调，他的免税钱则等于租庸调之庸——租庸调制是以均田制为基础的，因为均田制破坏了，杨炎才不得不改成两税法；可本朝不抑兼并，根本没什么均田制可言，这王介甫的‘租庸调’制，又怎么可能行得通？更可恨的是交了免役钱后，差役往往并不能免除。于是役法之祸更烈！本朝若真的想宽政为民，依学生之意，却应当尽废丁口之赋与杂变之赋，让百姓一体免役，使两税之外无役税，这才是为百姓着想。但是本朝立都汴京，冗兵冗官，国库空虚，想要轻徭薄赋，毕竟也只能是空想。

“而陕西一路，百姓所受刻剥，更是国朝之最。尤其是役法，因为与西夏历年交兵，百姓被征发转运粮草，组织乡兵弓手，别处的百姓还可轮息，陕西百姓却几乎无一日可能息肩。兴水利，淤河为田，全是大工程，单靠官府出钱雇人，根本不可能做到。而若要征发百姓，百姓已经疲于奔命，实不堪再被驱使。为民谋利反而变成了害民。故此陕西路最难者，是无钱可用，无人可使。”

这无疑是很有见识的看法，石越原也不是毫无所见，只不过没有陈良想得这么清晰，这时听他说来，沉吟了一会儿，因试探性地问道：“子柔以为解散一部分乡兵弓手如何？”

陈良摇了摇头，苦笑道：“那要朝廷的敕令，事关军国边防。”

“沿边或者还需要弓手协助守卫，与西夏不接壤诸州县，要弓手何为？”

“怕的是万一。而且此事亦非石帅可以决定。”

厅中顿时陷入沉默当中。石越苦思良久，依然是没有半点儿法子。须知兴水利、淤河为田，充足的财力之外，更需要组织大量的人力。但是陕西一路，早就变成了一个边防组织，百姓们在承担了沉重的赋税之外，还要被征发来替军队转运粮草军需，修筑城池要寨，还要组织民兵，来保卫自己的家园。在这样的地区，要办大工程，只有两个办法：一是不顾百姓死活，强行征发，以蛮横的作风，为了“百姓的利益”反而去置百姓于水深火热当中；或者，从边防机器中来抽调人手搞建设，但是这种可能危及国家安全的行为，会遇到多大的阻力可想而知。

“不管怎么样，知道了症结在哪里，便总能想到办法。”石越忽然笑道，“今晚我去见刘希望、范德孺，便可以好好和他们谈谈这件事。先把陕西路需要兴建、修复的水利设施与淤河计划按轻重缓急列一个清单出来，大的工程不能做，也可以先做一些小的积累经验。就是没钱没人嘛，给我一年时间，我定能想到办法。”

“石帅……”石越的这个表态，让陈良又惊又喜。

“不过，陕西要大治，到底还是西北平静才行。西事才是真正的病根。”石越低声道，“西夏不仅仅是陕西的病根，也是我大宋最大的病根之一……”

2

渭州城。王韶回京后，原熙河地区的军事归李宪总管，而秦凤以至环庆一带诸州军的军队，则由渭州经略使高遵裕节制。按照新官制，渭州经略使并不是正式的官职，而只是临时的差遣。此时，定远将军、武经阁侍讲、渭州经略使兼渭州知州高遵裕一身戎装，正站在城楼之上，翘首东顾。

“高帅，始终不见石帅的仪仗。”说话的是高遵裕的部将，翊麾校尉顾灵甫。

“昨日的报告，石帅到了何处？”

“昨日上午石帅便离开了泾州。”顾灵甫言语之中不无担心。石越贵为陕西路安抚使，是他们的顶头上司，若在自己辖区出事，大家都没有好果子吃。

高遵裕皱起眉头：“再叫两队人马去接应。”

“是。”顾灵甫高声应道，大步走下城楼。城楼之下，两个穿着低级军官服饰的中年大汉眉开眼笑地走上来，顾灵甫远远望见二人，立时大声喝道：“于宗可、李十五。”那两人被吓了一跳，见到顾灵甫，慌忙行了个军礼，高声应道：“属下在。”

“你二人速点本部人马，往泾州方向，去迎接石帅。”

“是。”于宗可壮着胆子问道，“顾将军，不是已经派了几拨人马去了吗？”

顾灵甫瞪了他一眼，喝道：“啰唆什么？还不快去。”

于宗可慌得一缩头，忙道：“是。”回头却见李十五早已先默然下城而去，连忙快步赶了上去。二人一道点齐本部兵马两都共二百一十人，自渭州东门出城。于宗可笑道：“十五郎，我们兵分两路去迎接好了。渭州驻扎大军，平素并没听说有什么山贼，石帅自然不会有事。不过若能先迎到，必有奖赏，却不能落这个后去。”

李十五脸色却很沉重，道：“派了八拨人马去迎接都没有回信，其中还有马军。于兄还是要小心为妙。”

“瞎，乱操心。石帅贵为安抚使，除非西贼入寇，能有什么事？渭州离西夏远着呢，总不能镇戎军这么多守军连西贼入寇都传不出一个讯吧？”于宗可大大咧咧地晃着头，满不在意地说道。李十五一怔，竟是说不出反驳的话来，但是不知道为何，他心中却始终有一种不祥的预感。于宗可见他脸色有异，奇道：“十五郎，你怎么了？难道石帅是你救命恩人？你这么关心做什么？”

“什么救命恩人，胡说八道。”李十五不由笑骂，一面转身向部下招呼道：“走，我们走小路往潘原去。”

于宗可望着李十五远去的背影，不由摇了摇头，骂道：“古怪。”一面笑着向兵士们喊道：“弟兄们，我们走大道去潘原。”顿时，他属下的百多人一齐发出欢呼之声。

一路之上，李十五始终紧绷着脸，眉头深皱，心事重重。他与于宗可都不过是从九品小官陪戎副尉，一都的小头目，以前叫“都头”，现在改了名号，称“都兵使”，名字倒是好听了，但其实是换汤不换药，官阶大小没变，管的兵没变，甚至下面的士兵，也照样叫“都头”。他的地位，就算比顾灵甫，也差了整整九级，若用磨勘[1]之法，纵使不犯错误，也要整整二十七年才能做到翊麾校尉！若要和几年之内由八品武官直窜为正六品上昭武校尉、拜侯爵的薛奕相比，简直有天壤之别。但是，仅仅在几年之前，他李十五的前途，别说顾灵甫无法相提并论，便是薛奕，亦远远不如。自己的命运曾经因为石越有过一次巨大的转折，这一点李十五并没有过自觉。但他却非常明白，薛奕能有今天的成就，完全是因为石越。因此，对于石越任陕西安抚使，李十五内心其实有着巨大的期盼。而且，他对石越还有着特殊的感情。

那毕竟曾是他人生永难忘记的事件。

“都头。”

“嗯？”李十五回过神来，望着叫他的士兵。

“我觉得我们不应当这样径直去迎石帅，这样能迎到，早有消息送回。我们不过是白白走到潘原罢了。”

“也对。”李十五想了想，拍了拍那个士兵的肩膀，笑道，“你说的有道理。回头赏你一壶酒——弟兄们，我们从原州边界那边绕到潘原去！”

傍晚。残阳。

经过长途的行军之后，李十五的一都士兵早已疲惫不堪。在副都兵使与两个什将的催促下，勉强行进。但想在太阳落山之前到达潘原城，已经不可能。幸好这是整编过的部队，李十五在心里感叹道。一都之中，什长以上，都曾经在宣武军第一军接受过训练，李十五这样的九品武官，还进过讲武学堂。被称为“西军”的陕西边防军，素来都是大宋军队中最能打仗的军队，李十五的这些部下，有不少也是经过战阵的老兵，那讲武学堂与宣武一军，在战斗技巧与战法上，能教的其实不多。但是，经过讲武学堂与宣武一军熏陶的校官节级，对于纪律的服从，却是所有未整编禁军都无法相提并论的。因此，虽然李十五执意要绕一个大远路，手下兵士却不敢有半句质疑。

“头儿，让弟兄们歇一会儿吧？”说话的是都中的军法官将虞候邱布。虞候在军中，原来是负责侦察，担任前锋等特别作战任务的将校，但是军制改革后，却摇身一变，成为军法官，而人员也进行了大换血。原来勇猛善战的将校，现在大多变成了冷酷无情的小白脸。这也令得这个阶层，在军中不是特别受欢迎。

李十五抬头看了一下天色，摇了摇头：“明日日落之前，无论能不能迎到石帅，都要回去缴令。否则难逃军法。今晚必须赶到潘原城再休息。”邱布嘴唇动了一下，

[1] 宋代官员考绩升迁制度。通常文官每三年进行一次政绩考核，武官每五年一次，根据成绩，对官员升迁或者降级，称为磨勘。小说中官制改革之后，武官磨勘也改为三年一次，故二十七年可升九级。

不敢再说。若都兵使临阵退却，军法官有权先斩后奏；但在平时，军法官亦是部属。

“那是什么？”忽然，副都兵使马康叫了起来。

李十五顺着他的喊声望去，立时怔住了。但只是一瞬间，他就反应过来，跑了过去——一具马尸！绝不可能有马尸被这样弃在路上的。死马也是一笔财富，至少可以好好地吃一顿。而且无故宰杀马匹，是犯律令的。李十五跑近几步，脸上肌肉抽搐起来——马是被弩箭射死的，旁边还有一具死尸，也是被弩箭射死的。

“戒备！”李十五嘶哑的吼声，划破了似血的天空。一百余名宋军禁军，取出自己的弩机上弦，布成了一个圆阵。

“血还热。”邱布捞了一把马血，皱眉道，“死者是番兵，还有弓箭和刀。”

李十五已经站起身来，声音如冰一般冷酷：“是番部叛乱，弩箭上刻有‘石府’二字，是石帅的护卫射的箭。”

“啊？”邱布与马康望着李十五手中连血带肉的弩箭，都惊呆了。

番兵叛乱！

“是哪一族的野狗？”马康的肌肉横了起来。

李十五注视前方，咬着牙说道：“这里放烟火也看不见，安排四个人回去报讯，一个去潘原，一个去渭州，一个去铁原寨，一个去新城镇。其余的人，随我去搜索！弟兄们，立功的时候来了！”李十五心中竟感到一阵兴奋。

“是。”马康答应着布置，不多时，便有四人分道而去。

李十五大步回到阵前，瞪着他余下的整整一百名部下，厉声喝道：“弟兄们，有番狗作乱，谋害石帅。我们立功的时候到了！救出石帅，必有重赏！出发！”

从发现马尸处开始，李十五率众循迹向原州方向前进着。一路之上，死尸越来越多。除了番兵之外，还发现了宋军的尸体，从打扮来看，无疑是帅府亲兵。而他们的腰牌与刀上刻字，更是证明了这就是陕西路安抚使司的亲兵。但是番兵的尸体就比较奇怪，不像是秦凤一带的羌人。一路往西，越往西走，李十五与邱布的脸色便越是难看。开始还能找到许多安抚使司的弩箭，后来就越来越少，而死尸中，番兵越来越少，宋兵越来越多，并且出现了被刀砍死的宋兵尸体。

石越亲兵们的箭，已经不多了！

“都头。”忽然，走在前面一个什长跑了回来，禀道，“找到石帅了！”疲惫的脸上，有着一丝兴奋。李十五与马康、邱布对视一眼，三人跟着那个什长快步走到前面的山坡上——就在山坡的下面，有五百左右的骑兵正在仰攻另一个山坡。山坡之上，有一百来人依托着大石头与死马，在结阵抵抗——很明显，他们的马也死得差不多了，否则不会停留在此处与强敌对抗。

李十五一只手紧紧抓住佩刀的刀柄，微微颤抖着，不是因为害怕，而是因为兴奋，但他强迫自己冷静下来。很难知道石越的亲兵们在此处坚守多久了，但是从种种迹象来分析，石越被叛番袭击，很可能持续了整整一天。这数百叛番的衣着打扮，绝非李十五所知的秦凤附近的部落，他们深入渭州来袭击石越，一定是早有谋划，数百人马深入渭州而宋军竟然完全不知情，可以说是丢人丢到家了。也亏得石府的亲兵们能支撑许久，但是眼下最糟的是，自己只有一百名疲惫不堪的步兵，如何打得过五倍于己的骑兵？哪怕加上石越的亲兵，敌人也是己方的两倍多！而且，自己带来的是步军，而石越的亲兵，现在也几乎变成步兵了。但沿边诸番骑的战斗力是出了名的。进退维谷的李十五转过头，猛地看见邱布有点儿不怀好意地盯着自己，他心中一凛，目光移到邱布身后，发现两个大什的军法官押官不知什么时候到了邱布的身后。他顿时明白，邱布是对自己生疑了。若自己胆敢临阵脱逃，看邱布的样子，必然先斩自己于此，然后命马康代替自己去救援石越。

山坡下方传来呐喊怪叫之声，番兵们开始了又一次冲锋。

3

侍剑下意识摸了摸箭袋。

空的。

尽管尽量节省用箭，但箭还是很快用光了，于是不得不把箭全部集中交给几个箭术好的亲兵护卫，但侍剑的箭还是用光了。他游目四顾，别人的箭也不多了。好在激战许久，敌人的箭似乎也不多了。

石越铁青着脸，到现在为止，他还不知道这只叛番军队是哪里来的。没有人能够突围出去送信，本来希望可以逃到原州，但是现在活着的马匹不到二十匹，尽皆疲惫不堪。撇下部属逃命，石越不仅不愿，而且也不可能。“我绝不会死在此处的！”不知为什么，面临绝境，他竟然没有想象中的慌张。此时，侍剑的左臂中了一箭，用一块袍子随便扎着，不过是止血而已。他的亲兵们，起码有一半是带伤作战。

“公子放心，这么久了，高经略一定能知道不对的，救兵很快就能到……”侍剑给石越打着气，但他话音刚落，一百余番兵便骑着马冲了上来。敌人为了节省马力，采用的是轮番冲击的战术。

侍剑红了眼睛，跃上一匹战马，手举马刀，大吼着迎了上去。十几名亲兵纷纷上马，紧紧跟在侍剑身后，如同一群被激怒了的野牛，冲了出去。另外几十名失去战马的亲兵也拔刀出鞘，随在骑兵后面，大吼着冲向敌军。余下的亲兵则排成一个大圈，保护着中间的石越。

侍剑的长刀挥动、落下，挥动、落下……每一次劈砍，都伴随着血肉横飞，敌人的鲜血沾满了他的衣裳。杀红了眼的一群人，只觉一切在眼前起伏闪动，人类身体的残肢在四旁飞落，战马接连栽倒，发出悲鸣之声……但是叛番却如同饿疯了的野狼，疯狂地撕咬着宋军。马刀在空中相斫，宋兵一个接着一个战死，侍剑身边活着的战友，越来越少……

“我要死在这里了吗？”侍剑心里终于冒出他一直不敢想的念头。但在此时，“呜——”号角之声终于从另一侧的山坡上传来。

在那么一瞬间，所有人都怔了一下。

“援兵！”石越精神霍然一振，一面红色三角军旗之下，结成圆阵的宋军开始缓缓向山坡下移动。即使是隔得那么远，石越等人也可以清晰地看见，来的是大宋禁军。石越的亲兵们欢呼起来。

援军终于来了！

李十五勒束着部众，缓缓地向山坡下移动。这是他从未有过的冒险。以劣势之兵挑战强势之敌，而且是以步对骑，却并无半点屏障。此时再感叹未带盾牌已经迟了，士兵们的勇敢程度，决定着这个阵形的成败。但是他别无选择。好在敌人的箭，似乎不多了。他已经尽可能虚张声势，若能吓跑敌人，自然更好；若不能，也希望尽可能把敌人引到自己这一面来。

叛番们似乎没有想到援兵来得这么“快”。进攻石越的骑兵被撤了回来，叛番们把骑兵聚集在一起，观察着李十五的前进。他们也在判断：这是不是一支大部队的前锋？

凭着叛番首领对宋军的了解，实在无法想象宋军会具有如此勇气。

“未得命令，不可放箭。”李十五再次重申着命令。临敌不过三发，若是敌人未入射程便放箭，面对强敌，将是灾难性的错误。

圆阵一步一步地向前移动着。

夕阳映射在宋军平端着的弩机上面，似鲜血流动。两个山坡之间，一片死一般的寂寥。

忽然，怪叫声再次响起。一队叛番高举马刀、骨朵，吼叫着冲向李十五的圆阵。

李十五瞪圆了双眼，心里估算着距离：七百步……六百五十步……六百步……

“嗖！”弩箭划过空气的声音传来，李十五心里顿时一沉——有几个新兵因为紧张，没有等待命令，就扣动了弩机。紧跟着，老兵们也下意识地也扣动了弩机。数十支箭无力地摔落在离敌人二三百步远的地方，叛番们哈哈大笑，策动胯下的战马，加速冲锋起来。

没有时间训斥了，李十五的念头一闪而过，高举佩刀，厉声吼道：“停！”圆阵整齐地停了下来。新兵们又是紧张，又是羞愧，有点儿不知所措。但老兵们却若无其事，迅速地收起弩机，取出弓箭来。三个军法官的脸绷得如铁板一样，死死地盯着每一个战士的后背。

“第二队！”李十五的吼声再次响起。

第二大什士兵与第一大什士兵整齐地换位，这次没有出差错。

“发射！”

数十支弩箭如一小群飞蝗，飞向冲入射程中的叛番。便见十多个叛番应声落马，凄厉的惨叫声此起彼落……但是冲击并没有停止。虽然只有百余骑的冲锋，李十五也可以清晰地感觉到大地的震动。他没有时间去惧怕，他的瞳孔缩得极小，手上的青筋几乎要爆裂。

“弓箭手！”

第二大什的弩箭射出之后，所有的士兵都整齐地蹲了下来，后面第一大什的士兵们，换上了双曲复合弓，用射速更快的弓箭来打击敌人。拉弓！放！拉弓！放……羽箭在残阳下漫天飞舞，不断有敌人中箭落马，但这些番骑却极为勇猛，悍不畏死地前赴后继，很快，叛番冲到了阵前。李十五已经可以清晰地看见髡顶披发的敌人。但这绝对不是契丹人，也不是党项人。这些叛番都是身经百战的战士。他们懂得如何伏在马上躲避射来的弓箭；他们冲击时相互之间的距离恰到好处……没有蒺藜，没有霍锥，没有杵棒，也没有狼牙棒，甚至连长枪都没有！只能用朴刀来对抗敌人的骑兵。幸好叛番的武器与装甲，远远比不上整编禁军。

“杀！”李十五将手中的弓箭狠狠地丢到地上，拔出了佩刀，大吼着冲向一个叛番——“杀！”仿佛被他的勇气所鼓舞，他的身后，士兵们纷纷抛下弓箭，勇敢地迎上骑在战马上的敌人。这个时候，阵形已经没有任何意义了。

叛番乱七八糟的武器与宋军的朴刀在空中互斫，发出刺耳的声音。战士们的吼叫声与惨叫声交相混织，李十五的部下们如同树林一般，被纷纷斫倒。此时每一个宋军战士，都已经变成了为生存而战。

望着对面山坡上急转直下的战况，石越的亲兵们很快便由兴奋转为失望。

虽然来的援兵替他们减轻了一会儿压力，但毕竟普通的禁军无法与精挑细选的安抚使亲兵卫队相提并论。而且人数也太少……唯一让众人安慰的，是既然来了援军，那么被袭击的消息，必然会传了出去。只要支撑到大队人马的到来，就一定可以得救。

但是很显然，叛番们也明白这个道理。

山下的番军又开始聚集，这一次是余下三百人左右的全军聚集。

这也许是最后的一战了。

己方绝无胜算。哪怕石越再不懂兵，也知道余下不到百人的亲兵队，绝对打不过三百骑兵。幸好出发之前潘照临一念心动，临时将亲兵卫队增加到二百人，否则都不可能支持到现在。但即使等到了援军，一切也依然没有改变。

石越并没有闭上眼睛，他希望睁着眼睛等待最后的结果。难道大志未酬，居然死在渭州这不知名的山坡之上？老天爷把我带到这个时代，却这样让我死掉，死在一群连名字都不知道的番人手中？石越没有感觉害怕，却有几分不甘心。

他奇怪自己竟没有什么特别的想法，望着渐晚的苍穹，背立双手。

叛番们肆无忌惮地弹起了一种不知名的二弦乐器。在胡琴声中，号角“呜呜”吹响，三百番骑向石越的亲兵卫队，发起了最后的冲击。

对面的山坡上，李十五部已经只余下四十来人，两个什将都已阵亡，都兵使李十五与副都兵使马康都受了伤；连将虞候邱布也亲自操刀上阵。

石越的亲兵们紧紧握住手中的武器，瞪视着逼近的叛番。他们靠成一个紧密的圆圈，将石越护在中央。侍剑则紧紧地贴在石越身边。

4

约此前三个时辰。

原州知州府衙之内。知州李德泽把玩着手中的腰牌，这是一面虎头青铜腰牌，上面用隶书刻着“枢密院职方馆”六个大字。站在李德泽对面的中年男子神色猥琐，只是眸子中不时流露出精明的光芒。

“请使君速速发兵！”

李德泽依旧沉吟，略带狐疑地问道：“你的告身呢？”

“李使君，职方馆的差人不可能把告身带在身上。”那个中年男子有点儿急了，又道，“这是十万火急之事！石帅性命危在旦夕！请使君速速出兵相救。”

“慕家一向忠于朝廷，其族酋长有两任死于王事。你说慕家投降西夏，实让人难以置信。而且本官之责，是守卫原州，发兵入渭州境内，若高帅怪罪起来，我却担当不起。”

“李使君若见死不救，只怕皇上也容不得你！”中年男子见李德泽推三阻四，说话便不客气起来。

李德泽脸色一沉，喝道：“这是什么地方，容得你如此无礼！”

“李使君！在下一时情急，还望使君恕罪，但这确是十分火急……”

“那本官让人护送你去渭州求救，如何？”李德泽虽然尚在恼怒来人无礼，但毕竟事关重大，也只得稍敛怒气。

“使君！慕家潜入渭州最起码也有三日了。他们是经过你的原州去的渭州。一旦事发，使君绝不可能置身事外。以石帅的声望，恕在下直言，无论使君有多大的后台，也难逃一死！”那中年男子一面说，一面不动声色地欺身近了几步。

李德泽却始终无法信任中年男子，道：“若是调虎离山之计……”

“不要兵多，只要几百骑兵便够了。”

“这……”

中年男子情急之下，不由怒从心起，厉声道：“李使君！你如此支支吾吾，难道你与慕家串通好了？”

李德泽何曾见过这样的细作，顿时大怒，沉着脸喝道：“你一个细作，怎敢如此无礼？”

“李使君，我受上官派遣来此传讯，已冒大险。且我代表的是枢密院职方馆，使君却百般推迟，放任石帅被叛番袭击而不肯相救。究竟是使君无礼还是在下无礼？”

李德泽被一个细作如此针锋相对，早已恼羞成怒：“本官自有决断！不用你来啰唆！”

中年男子瞪眼怒视李德泽良久，忽然垂下头来，微微叹了口气。李德泽奇怪地望着他，却见中年男子竟然好整以暇地整了整衣服，再次开口，语气已很平静：“李使君可能不知道，在下为了将这个消息带到大宋，有两个同伴在青岗峡殉国。在下直隶职方馆陕西房，环庆二州没有人知道在下的身份，一路昼夜兼程，赶到原州，来求救兵。李使君可知道在下是为了什么？”不待李德泽回答，中年男子又继续似自言自语地说道，“在下与死去的同伴，都不认识石帅。但很多人都知道，石学士是大宋中兴之望。没有人希望陕西没完没了地被西夏人劫掠，百姓们疲于奔命……皇上与学士，让我们看到了希望。”男子停顿了一下，方说道：“所以，在下也望使君能明白在下的苦衷！”他的话音刚落，李德泽便只见白光一闪，一把明晃晃的匕首便抵在了他的喉结之下。

“你……你要做什么？”变起突然，李德泽几乎是呆若木鸡，完全只是下意识地质问道。

“威胁朝廷命官，其罪不小。在下只请使君给在下虎符令牌，送在下前往新城镇便可！”

“去新城镇有何用？”李德泽被他一向所轻视的细作脸上的决然所震撼了，他从来没有见过这样的细作。边境守臣，无不有自己的细作，但是大部分细作，贪图的都是厚赏高爵。

“在下听说新城镇驻扎一指挥骑兵。附近还有一指挥番军。若能调动，向渭州境内搜索，便有机会找到慕家叛军。”

李德泽注视着自己喉结下的匕首，头动都不敢动一下，只是苦笑道：“新城镇并无骑兵，所有马军都在原州城。新城镇是打出旗号故意虚张声势的。”

中年男子吃了一惊，虽不知李德泽所说是真是假，但是此时却已冒不得半点险了。

这种用武器威胁朝廷命官的事情做出来后，不论结果如何，自己必受重惩，甚至连陕西房知事都可能受牵连。若被人利用，也许连职方馆都会被指责。但事在紧急，却不得不出此下策。担着如此大的风险，若不能救出石越，不仅对不起死去的同伴，自己更加会成为职方馆的罪人。他略一思忖，便说道：“那便也请使君下令，调原州之兵！”

李德泽道：“那你须放下匕首来，本官才好下令。”

中年男子手腕一抖，匕首从李德泽的喉结缓缓划至他的背心。一面说道：“便请使君下令救援，在下与使君便在此处等候消息。若石帅得救，在下当任凭使君处置；若石帅有万一，在下与使君，便正好给石帅殉葬。”

李德泽刚刚略松了口气，听到此语，竟是连冷汗都冒了出来。

李十五的刀已经出现了几个钝口。

他的背上在流血，但是很奇怪，并没有疼的感觉。副都兵使马康的尸体就躺在离自己不到十步的地方，他的佩刀旁边，还有一条马腿。马康是在劈断一条马腿时，被叛番从背后砍了一刀，然后就倒下了。将虞候邱布还没有死，李十五从来不知道邱布的武功这么好。邱布的刀法用得行云流水，李十五亲眼看到他砍死了三个番兵。他无法想象一个人的身法怎么会如此灵活——邱布经常从马肚下面如鱼一样钻过，然后就是战马的悲鸣……但是一两个人勇猛的作用非常有限。

所有的战士都很勇敢，没有人投降，也没有人逃跑。李十五见过许多次宋军打仗，这样的事情并不常见，他完全可以为自己的部下感到骄傲——虽然李十五心里明白，这些叛番不会留下任何活口，更不会接纳投降，但是普通的士兵们却是不会明白的。所以，这份勇敢让李十五感到意外。

所有的人都在死战，包括两个大什押官，都已经战死。还有七个人活着。

敌人，也许还有四五十个吧……

李十五的眼睛已经看不见对面的山坡。他脑海中，不时闪过的画面，却是大宋汴京皇城的宣德门……

张淳现在应当在杭州吧？

这是李十五最后一个念头，他倒下去之前，忽然感觉到大地震动的声音……

所有的人都感觉到了大地的震动，灰尘在东方的天空中扬起。

叛番中响起了清脆的哨声，片刻之中，所有的叛番都放弃了攻击，迅速聚集，开始有组织地向西北方向撤退。

邱布与几个士兵愕然相顾，怔了一会儿，才明白过来，竟然是从原州来了援军！

打量着对面的山坡，劫后余生的数十名亲兵依然紧紧握着手中的武器，似乎是有点儿不敢相信自己居然能逃过一劫……叛番的首领决策如此果断，若再攻击十余分钟，己方必被全歼。最起码，石越也难逃被俘的命运。但是对方竟然毫不犹豫放弃了！如此巨大的诱惑，叛番首领竟然没有丝毫的迟疑。虽然明知道多停十分钟，叛番极可能被援军追上而歼灭，但是邱布扪心自问，换上自己，绝不会撤退。

那个人，是愚蠢还是聪明？

“都头！”一个什长的呼唤声，打断了邱布的思索。他的目光循着喊声移去，发现了倒在血泊中的李十五。

与此同时，在对面的山坡上。“咣当”一声，侍剑的刀掉到了地上。紧接着，便是“咚”的一声，侍剑整个人，都倒到了地上。

5

第二日。大胡河之畔，原州城，州衙。

“你叫什么名字？”石越打量着胁迫李德泽派兵的中年男子，温声问道。

“禀石帅，下官陪戎校尉慕义，隶枢密院职方馆陕西房。”

“慕义？”石越下意识反问了一句。怎的与此事有关的人，全部姓慕？

慕义脸上泛过一丝苦笑，低声说道：“下官也是环州慕家的人。”

“啊？”石越当真是吃了一惊。

“敝族一向效忠朝廷，然而自从两位酋长死后，族中大乱，各派纷立。因此便有不忠不义之徒，受惑于梁乙埋，竟然背叛朝廷，使祖先之灵，不安于地下。”

石越点了点头，道：“难得你能深明大义。”

“下官世受朝廷之恩，亦曾读过诗书，略明礼义，不敢为不忠不义之事。”

“君不以贰心对朝廷，朝廷亦不以君为外人。本帅会禀明朝廷，因君之故，当宽待慕家在番学之子弟，不必连坐。”

“多谢石帅大恩。”慕义不禁单膝跪倒，认认真真行了一礼。

石越起身上前，亲手将慕义扶起，又问道：“你是如何得知叛党要袭击本帅的？”

“因下官是番人，言语熟悉，一向专责来往于西夏静塞军司与环州、保安军之间，与潜入梁乙埋帐下的同伴联系，传递讯息。数日前，忽接到叛党要谋袭石帅一事，事在紧急，无法依常法与环州上官联系，且因同伴在青岗峡殉难，下官亦不敢在环庆停留，恐被人侦知，因此兼程来到原州。所幸不曾误了大事。”

“原来如此。”石越叹息道，“此事说起来，本帅要多谢你。”

“岂敢。”慕义又跪了下来，说道，“下官持刃威胁朝廷命官，罪在不赦。”

石越轻轻摇了摇头，正容道：“本帅问过李使君，不曾听说有人威胁他。李使君还很夸赞你忠于朝廷，义勇双全。”慕义不禁愕然望着石越，却听石越又说道：“职方馆的成员，都是忠于朝廷，恪守王法的。本帅非常信任君等，君亦当自勉之，不可自弃。”

“是。”慕义大声应道，隐约明白了石越话中的意思。

二人正在说话，忽听到门外传来喧哗之声。石越的脸色顿时沉了下来，高声喝道：“石梁，为何喧哗？”

门外的声音静了下来，过了一会儿，便听石梁大声回道：“禀石帅，是一个将虞候硬要求见石帅。”

“嗯？”石越的脸色更难看了，却听门外有人大声道：“下官邱布，是昨日与叛番苦战那一都的将虞候，有事求见石帅！”石越听到是昨日浴血苦战的幸存者，脸色稍霁，道：“让他进来吧。”

“是。”“谢石帅。”须臾，便见一个二三十岁的军官大步走进厅中，见到石越，以军礼拜道：“下官邱布，拜见石帅。”

“不必多礼。”石越一面打量着邱布，一面问道，“你要见本帅，可是有事？”

邱布抬头注目石越，脸色微红，大声道：“请石帅恕罪，下官冒昧求见，是想请石帅前去探望一下李都头。”

“李都头？”虽然邱布提出的要求在当时的人们看来非常无礼，但是石越却并没有在意，只是一时没有明白谁是“李都头”。

“是下官的长官都兵使李十五，昨日与叛番之战，身受重伤，现在生命垂危之中。”邱布的眼睛有点儿湿润了，“李都头在昏迷中一直念着‘石学士’，下官大胆，敢请石帅能去看一眼李都头。”

慕义一直凝神听着，此时亦不由动容，忍不住说道：“石帅……”

石越看了他一眼，微微点头，向邱布说道：“邱君果然义气深重。李都头是为我受伤，我理当前往探视。”一面又向慕义道：“你也与本帅一道去看看大宋的勇士吧。”

“是。”慕义连忙欠身应道。

与叛番的战斗中受伤的亲兵与禁军，除了一直处在昏迷状态的侍剑是在州衙养伤之外，其余的都安置在州衙附近的一座庙中养伤。当日一战，只有二十余人最终还能行动如常，其余活着的人都受了不同程度的创伤，包括从死人堆中找出来的生还者，一共有五十余人。石越把护卫们都留在了庙外，只带着邱布、慕义以及石梁等几个亲卫走进庙中。他并没有直接去李十五那里，而是挨个察看伤兵们的伤势。照看伤员的军医和僧人，似乎没有料到石越会来这里，一个个措手不及，全都呆呆地望着石越一行人。石越望着这些为了自己而受伤、残疾、生命垂危的士兵，一时间竟也说不出话来。他沉着脸，只有在正视伤员之时，才会勉强挤出一丝笑容。

“这些人一定要全力医治，若是落了残疾，让二叔想想办法安置起来。”走出一间厢房的时候，石越忽然低声说道。慕义与邱布面面相觑，石梁却知道这是石越在吩咐侍剑，忙低声道：“学士，侍剑他……”石越猛地醒悟，身形似乎停顿了一下，旋即继续向另一间厢房走去，却没有再说话。慕义与邱布等人连忙紧紧跟上。

到了厢房门口，邱布低声道：“李都头便在此处养伤。”见着石越对待伤员的态度之后，邱布对石越已经有了一定的好感，神色之间也流露出了尊重。

石越微微点头，却没有说话。只是伸手推开房门，走了进去。他此时内心其实十分激动，本人自生死关头转了一圈不提，侍剑数年来与他形影不离，名为主仆，实为亲人，此刻却伤重昏迷，生死未卜；他因久处庙堂之高，心思越发深沉，虽有大悲大怒，也常能不形于色，只是压抑于心中。但这时看到众人之惨状，又触动心思，想起生命垂危的侍剑，便有一种说不出来的怨恨、痛惜与愤怒，在不断地冲击着内心。虽然自外表看来，不过是更加沉默，但是此时若让他说出一句话来，只怕立时就有理智被愤怒淹没之虞。

厢房的布置十分简陋，李十五躺在一张简陋的床上面，此时犹在昏迷。石越默默走到近前，看清了李十五的面貌，依稀之间，竟有似曾相识的感觉，却又想不起来在哪里曾经见过。邱布低声说道：“军中兄弟，只有李都头识字最多，以他的学问，当个书记甚至幕僚，亦绰绰有余。却偏要来军中挣这个功名……”

“你是说李都头通文墨？”石越略有些吃惊。毕竟当时军中，识字的人都不多。

“石帅请看——”邱布从房中的桌子上，翻出一本书来，双手递给石越。

石越扫了一眼书名，更加吃惊，道：“《白水潭学刊》？”

“是。这样高深的书，军中也只有李都头爱看……”

忽然，石越脑海中灵光一闪，一个人名浮了出来，他再仔细看了李十五一眼，几乎就要脱口而出：“李旭！”眼前之人，分明就是当年宣德门叩阙事件的主角之一，太学的学生领袖李旭！石越生生把这个名字吞在肚中。若非亲眼所见，他完全无法想象，李旭这样的太学生，居然会心甘情愿投身军中，来做一个小小的都头！

然而，眼前之人，断然是李旭无疑。石越不仅仅在宣德门叩阙时见过他，在之前，李旭也曾经来白水潭听石越讲课，是一个热情的提问者。

当年的太学生，昨日之禁军军官，今日在鬼门关前徘徊的伤者……

与石越一样，邱布也在凝视着昏迷不醒的李旭：“早晚须给那帮龟孙子一点儿颜色瞧瞧！石帅，绝不能放过那些贼人。”

“想从原州潜回环州，没有那么容易。”石越淡淡地说道，“但是环州慕家族众甚多，支派不一，若断然处置，反滋事端。况且此事真正的主谋，还是西夏国相梁乙埋。”

“梁乙埋？”慕义忽然想起一事，道，“静塞军司都在传说梁乙埋亲至讲宗岭监修讲宗城。”

石越霍然转身，瞳孔缩小，问道：“你是说梁乙埋现在正在讲宗岭吗？”

“下官的确曾听到这样的传闻。”慕义忙欠身说道。

“我不要传闻！”石越厉声道。

慕义怔了一怔，立时应道：“遵命！”

石越目光在慕义身上停留一会儿，转过头来，又对邱布说道：“回头你便将李都头移至州衙来养伤。”

“是。”

6

自庙中探视李旭出来之后，已是傍晚。石越刚刚回到州衙，李德泽正好出门相迎，便听到马蹄踏踏之声，数十百骑人马拥簇着一人往州衙方向走来。石越定睛细看仪仗，赫然是定远将军、武经阁侍讲、渭州经略使兼渭州知州高遵裕。

那高遵裕远远便已看见石越的卫队，虽然是以原州守军暂充，但是他知道区区原州知州，绝不敢逾礼越制，动用数百人作为随身卫队，那卫队的主人必是石越无疑。堂堂安抚使，三品大员，在自己的辖区被袭，几乎丧命，真若弹劾起来，即使他是太后的从父，只怕也难逃贬官安置之罪。而且石越年纪虽轻，毕竟也是自己的顶头上司，因此他听到石越被袭的消息，便兼程赶至原州，心中却是忐忑不安的。毕竟石越要拿他来出气，他高遵裕也无法可想。所以，此时见着石越的卫队，高遵裕便忙翻身下马，快步走了近来，拜倒参见，道：“渭州经略使高遵裕参见石帅。”

高遵裕勋贵之后，高太后从叔，以外戚典兵，实际是替皇帝监督着陕西沿边掌兵之武将。他既有这样的身份，石越虽然是他的上司，却也不便过于怠慢，忙上前搀起，笑道：“高帅不必多礼。”

高遵裕却不肯就起，只是说道：“遵裕失察，使石帅受惊，几乎铸成大错。特来请罪。”

石越却不去回答高遵裕，反倒是瞥了李德泽一眼，李德泽正好偷偷打量石越，四目相交，吓得李德泽一个哆嗦——他迟迟不肯发兵相救，心里一直有好大的疙瘩，生怕石越找自己算账。他虽然不是全无后台，可是他的后台比起高遵裕来，可就差远了，若真要找个替死鬼，他李德泽可以说是最佳人选。此时见石越看他，如何不惊？石越的目光却没有李德泽身上停留，一顾之后，又移到高遵裕身上，再次将他搀起，温声道：“高帅不必自责。虽然有叛番作逆，但是幸好李使君接到职方馆之密报之后，不拘成法，派兵救援，总算是有惊无险。”

他此语一出，慕义与李德泽同时愣住了，却见高遵裕打量了李德泽一眼，赞道：“若非李使君果断出兵，悔之无及。”

李德泽脸略略一红，应道：“不敢。”

石越却已朗声说道：“本帅得脱此险，全赖职方馆与李使君之功，本帅自当替职方馆陕西房与李使君向朝廷请功。”

高遵裕见石越言语之中，并无追究责任之意，不由大喜，连忙顺着石越的话头说道：“理当如此。恭喜李使君立此大功！”

李德泽嚅嚅应道：“不敢，不敢。”一时间竟然还不明白为何石越竟然要替自己开脱，自己不但未被怪罪，反而莫名其妙立下大功。反倒是慕义想起石越早前与自己说过的话，心中依稀明白了石越的用意：石越是用这样的方法来堵住李德泽的嘴巴，从而保全职方馆的清名，连带着他慕义，也可以因此有功无过。

石越与高遵裕又交谈数句，正欲邀高遵裕入州衙，忽见高遵裕身后一人，身高不过五尺，满脸虬髯，头裹四带巾，穿一件鱼鳞甲，彩绣捍腰，长鞠靴，腰佩剑与弓箭，神态虽然恭谨，眉宇间却隐约可见凶悍之气。石越不由指着此人问道：“高帅，此君是何人？”

高遵裕微微一笑，拱手道：“这便是皇上赐姓名的包顺。包顺，还不快参见石帅。”

包顺跨前一步，躬身抱拳道：“末将包顺，参见石帅。”却是声如洪钟。

石越伸手虚扶，温言道：“不必多礼。包头领真猛将也。”

包顺大声回道：“叛番为逆，末将正要请令，替石帅与高帅剿灭环州慕氏！”

石越笑道：“环州慕氏，大都是忠于朝廷的。一二不肖之人作乱，未足为患。杀鸡焉用宰牛刀？此事不必劳动包头领。来，请入府中说话。”

说罢，便将高遵裕等引入州衙之中坐定，却将闲杂人等，一律赶走。

高遵裕见厅中之人，不过自己与石越、李德泽等区区数人而已，知道石越必有重要事情要谈，他一意要慰石越之心，便先说道：“此次石帅遇袭，下官以为环州慕氏当非主谋，背后必有唆使之人。否则慕家叛逆若要降夏，举族西迁便可，何必甘冒奇险，潜入渭州来行此不义之事。”

“那高帅以为主使之人又是谁？”石越故意问道。

“下官以为，必是梁乙埋无疑。”

“何以见得？”

“西夏君臣，最切切不忘与我大宋为敌的，便是此人。下官亦曾探知，梁氏曾私立赏格，不利于石帅。以此种种看来，必是此人无疑。”

石越“喔”了一声，沉吟良久，才缓缓问道：“如此，高帅以为当如何应对？”

高遵裕微一咬牙，道：“来而不往，非礼也。”

石越不由微微一笑，他知道自古以来，边将莫不喜欢生事。那全是因为军功最重，将领们要想升官发财，边境就不可以太安宁。高遵裕表面是为自己着想，内心却不无私心。但是石越前往渭州，本意就是想要拔掉讲宗城，不论高遵裕本意如何，眼下他表态支持报复西夏，对于石越来说，便是一桩好事。而且石越对于梁乙埋也有着报复之心。但他脸上却不肯表露，便不正面回答高遵裕，只说道："梁氏于讲宗岭筑城，高帅可知？"

高遵裕回道："下官早已知之，久欲拔之，然无石帅之令，不敢轻动。"

石越点点头，轻描淡写地说道："姑容之。"

高遵裕觑见石越神态，竟似无半点报复之心，不由略觉失望，道："讲宗岭地势扼要，势不能容。"

石越笑道："多行不义必自毙。"一面换过话题，道，"眼下之急务，是追捕叛番，安抚慕氏。追捕叛番，为的是不使叛番在境内流窜，甚至占山为王，成为心腹之忧；安抚慕氏，为的是消慕氏忠诚者之疑心，以免其心中惊骇，不自安而反。"

"石帅所虑极是。"高遵裕心中虽不以为然，口里却是迎合着石越，道，"叛番必循山道而行，若要剿灭此贼，出大兵搜掠，劳民伤财，又恐为西夏所乘。只能在紧要关口，加强戒备，采守株待兔之策。至于安抚慕氏，可使环州知州派人前往慕氏诸部，表明朝廷优待之意。但若全然不加处罚，彼辈反而生疑，因此还须切责诸酋长，令其交出叛逆，彼辈知道交出叛逆便可脱罪，自然会全力追捕逆党，心中也会安心。"

高遵裕所说的一节，却是石越所想不到的。毕竟高氏久在边境，更知道投靠大宋的少数民族的心理。石越笑道："还是高帅想得周详。只是追捕叛番之事，其要不在一定要剿灭他们，只要使他们不在境内作乱，纵然放其逃跑回环州，甚至是入夏，都不要紧。"

高遵裕听到这话，心中顿时大起鄙夷。只觉石越此人，毕竟是个怕事的书生，连被人如此攻击，都不生怒。他久为一镇之雄，既然对石越不再心服，便没兴趣听石越的命令，表面虽然唯唯，但是私下里的命令，却是绝不会放过那些叛番。

7

次日一大早，高遵裕便想请石越移驾渭州，但是石越却不放心侍剑的伤势，便找了个借口拖了几日。虽然有医生医治调理，但是侍剑却一直处在高烧中。在此时刻，石越自然不愿意弃侍剑而去。在石越遇袭后的第四天清晨，石越起床探视完侍剑与李旭，正在院中打拳健身，便听到匆促的脚步之声，向自己走来。他心中奇怪是谁居然可以不通传而直入院中，便收了拳，抬头望去，原来却是潘照临来了。潘照临本是要与石越一道至渭州，中途石越与之商议，让他先去环州，了解环州与讲宗岭的情况。

此时见他匆匆赶来，身上长袍沾满露水，便知道必然是听到自己被袭击的讯息，而匆匆赶回来的。

潘照临见着石越，仔细打量半晌，长叹了一口气，道："所幸公子平安无事。"他游目四顾，却见隐隐立于院中的护卫中，并无侍剑，竟是不由失色，急道："侍剑他……"

石越从未见潘照临如此表露过关心，心里亦有几分感动，但想起侍剑的伤势，却又黯然，道："侍剑失血过多，一直高热不退，不过今日情况似乎略有好转。"

潘照临略松了口气，道："那也是不幸中的万幸。我在环州听说是西夏骑兵与叛番一起潜入渭州，袭击公子。果真有西夏人吗？"

"西夏人？"石越愕然失笑，道，"西夏军队若能潜入渭州，未免也过于视我大宋为无人了。"

"原来是讹传。"潘照临摇了摇头，苦笑道，"环州众口一词，让我大吃一惊。来的路上，又听说叛番已经渡过蒲川河，进入了环州？"

"叛番首领打仗一般，但很会潜行。我军侦骑四出，竟是找不到他半点影子。我也是才接到报告，说在咸河附近发现叛番踪迹，却是已经潜回环州无疑了。"石越此时却不知道，他们都中了叛番首领之计。数百骑的部队，虽然不是很好找，但一旦出现在大道与市镇、渡口附近，就很难不被人发现。叛番首领率大部隐藏于原州境内，却派一二十人的小队分散了渡过蒲川河，然后再集合，在咸河附近虚张声势，造成他们已经回到环州的假象。待到原州这边略微放松警惕，叛番便出现在蒲川河之畔，强夺渡口过河，末了还一把火烧掉了那个渡口所有的船只，狠狠地羞辱了石越与高遵裕一把。

"原来如此。"潘照临并没有把一个番部的叛乱太放在心上，虽然这支叛番曾经攻击石越，但既然石越无事，那么在他看来，身居高位者就不能把精力放在处理这些小事之上。他立时向石越禀报起他认为重要的事情来："公子，我这次在环州，邂逅了智缘大师。"

"哦？大师近况如何？"石越走到院中的一座亭子当中，坐了下来。此处是院中开阔之所，不惧人窃听。

潘照临跟过来，在石越对面坐了，笑道："横山信众日滋，他自然过得不错。此次他提及一件事情，要我转告公子。"

"哦？"

"他在西夏静塞军司遇见一个叫李清的西夏将军。"

"李清？"石越脸色变了变。

潘照临打量石越神色，奇道："公子，你知道李清吗？"

石越摇摇头，道："不知道。"他在撒谎。

潘照临奇怪地看了石越一眼，又道：“李清本是汉人，现在为西夏将军，深受夏主宠信。智缘说，言谈之中，可以感觉李清有故土之思。”

石越点头道：“我早先就曾经告诉司马纯父，对于西夏国内的汉人官员，可以多下点心思。特别是两代之内降夏的，有思乡之绪的。”

潘照临不料石越早已想及这个地方，道：“智缘之意，是建议公子设法笼络李清。此人或可为大宋所用。”

石越一口答应，笑道：“还是要找司马纯父。”

“是。”潘照临忽想起一事，问道，“公子可知职方馆陕西房知事是谁？”

石越也被潘照临问得一怔，道：“似乎在京兆府处理事务的，是一个同知。我也不知道知事是谁？”

潘照临想了一会儿，笑道：“看来陕西房知事不简单。陕西房与河北房是职方馆最要紧的两房，不可能不设知事。如此神秘，连安抚使都不知姓名，我真有点儿好奇了。”

石越被潘照临一点，果然也觉得确是如此。

二人正在交谈，忽见石梁走了近来，禀道：“学士，高遵裕、李德泽求见。”

石越与潘照临对望一眼，转身说道：“请他们请来吧。”

高遵裕与李德泽走进院中，二人只道只有石越一人在院中，不料见他身旁突然冒出来一个陌生人，都不由愣了一下。二人和石越见礼完毕，高遵裕便问道：“敢问石帅，不知这位先生是……”

“潘照临，潜光先生。”石越不免又替他们互相介绍了一下。

高遵裕久闻石越府中有一个叫潘照临的谋主[1]，知道不可小觑，连忙抱拳笑道：“原来是潘先生，遵裕久仰了。”

“久仰高帅威名。”潘照临回了一礼，又与李德泽见过礼。高遵裕亦不客气，便径直说道：“石帅，下官今日来，是再请石帅移驾渭州的。下官守土有责，实不便久驻原州太久，还请石帅见谅。”

石越点头笑道：“高帅说的也有理，如此，高帅不妨先回渭州，某欲在原州再驻五日，略略了解民情，再往渭州，尚有要事与高帅商议。”

石越毕竟是高遵裕的顶头上司，虽然不知道石越为何要在原州一再耽搁，但既然石越已经说出口来了，他却不便再催促，因道：“只是石帅的亲兵大都殉国，下官却不甚放心。”

潘照临笑道：“不知高帅带了多少兵马过来？”

[1] 谋主，出谋划策的主要人物。

高遵裕一怔，回道：“一营马军，外加两指挥番骑。”

“还有番军？可是包顺部？”

“正是。”

潘照临笑道：“高帅不妨先回渭州，只要借一指挥马军与一指挥番军在此便可。”

高遵裕想了想，两个指挥的马军也有六百多人，的确是可行之策，当下笑道：“这样我便放心了。”又向石越笑道：“便请石帅多多保重，早来渭州。下官就此告辞。”

石越忙笑道：“亦请高帅保重，本帅送高帅出城。”

高遵裕连忙谦谢，石越却终是不肯失了礼数，亲自送他出原州城。

待到目送高遵裕远去，潘照临便向石越说道：“公子可立刻张贴告示，三日后，在原州城举行比武大会，原州之民，不论番汉，有能赢得禁军者，即赏钱一千，募为禁军。”

石越奇道：“这是为何？”

“借此机会招募亲兵。”潘照临低声说道，“高遵裕表面虽然和公子客气，但是我看其颜色，知他必不肯将旗下的精兵强将让给公子。陕西因处边境，民风尚武，且又质朴。而百姓贫困，若有机会加入禁军，必然趋之若鹜。不若就在此地招募家世清白的百姓为亲兵，只要抚之有术，必能供公子驱使。”

石越也知道边境将领，或多或少，都要养一些亲兵卫队，只不过人数不敢太多，否则难免会招致朝廷疑忌。因此亲兵卫队往往都是精锐敢死之士。他经历过被追杀的风波之后，更知道亲卫队之重要，当下便也点头同意。

8

西夏。讲宗岭。

一天之内，这座山岭上竟然同时聚集了西夏国三个炙手可热的人物：国相梁乙埋、翊卫司马军都指挥嵬名荣、翊卫司马军副都指挥兼御围内六班直副都统李清。负责修筑讲宗城的野利济站在这几个人面前，连腿都有点儿哆嗦。

“李将军，环庆路的风景，较之东京如何？”梁乙埋看了正在讲宗岭上眺望东南山川形势的李清一眼，忽然走到他身后笑问道。

李清笑了笑，他知道梁乙埋口里的“东京”，绝对不是指汴京，而是指兴庆府。西夏受宋朝影响，习惯上也称兴庆府为东京，西平府灵州为西京，虽然明明是兴庆府在西，灵州在东。但这种地理上东西不分，比起兴庆府居然还有“开封府”这个机构来，就不值得一提了。李清自然也明白，梁乙埋口中的“东京”，也并不止字面上的含义那么简单。

“相比而言，在下更加喜欢静州。”李清巧妙地回避开梁乙埋的问题。静州位于兴庆府与灵州之间。

梁乙埋笑道：“难怪李将军在静州购置了许多的庄园。但是本相却很喜欢环庆的风光。”

李清眉毛微微一动，不带感情地说道：“我还以为国相最喜欢东京呢。”

“河套虽然富饶，哪里比得上关中是天府之国？”梁乙埋指着山下的河流田野，傲然道，“若能将这片土地归于大夏的管治之下，那么我们大夏也可以不必与东朝去战争。我们有牧民养马放牧、打仗，有农民来生产粮食与棉布、丝绸、茶叶，上缴丰厚的赋税，我们又何必再去抢掠？”

李清望着梁乙埋的神态，忽然心中竟有一种荒谬的感觉。他正要说话，忽见一身戎装的嵬名荣走了过来，肃然道：“当年景宗皇帝的志向，远大于国相。但是宋夏打了一百年的仗，却始终分不出胜负。宋人吞并不了我大夏，我大夏也无力去挑战庞大的东朝。最后的结果，是两国的国力都被消耗。眼下东朝国力蒸蒸日上，我大夏应当主动与东朝修好，勤修朝贡，加强与北朝的联系，让东朝找不到开战的借口，也要借北朝之力，制衡东朝。但如今我们东向不断挑衅日渐强大的东朝，北面却不主动和辽主结好，反而与杨遵勖私下来往，这是自取败亡之道。国相辅助君王，秉持朝政，理当于此有所警惕才好。”

他这番话说出来，梁乙埋顿觉十分刺耳。但是嵬名荣是五十多岁的老将，又是皇族，自幼就随夏景宗李元昊征战，颇具威望，兼之又得到梁太后的信任，却也不便太给他难堪。梁乙埋当下只在心里骂一声“迂腐”，口中却说道：“老将军所言虽有理，但树欲静而风不止，自从东朝熙宁皇帝即位以来，东朝便一直咄咄逼人，先是取我绥州，又是让王韶经营熙河。他们现在整军经武，四处部署，司马昭之心，路人皆知。所谓先发制人，后发制于人。若不先下手为强，使宋人有所忌惮，只怕祸不旋踵。”

“中国素来标榜礼义，若卑辞修贡，中国亦不能无罪伐我。”

“老将军可知南唐为何而灭？卧榻之侧，岂容他人酣睡？李后主若用林氏之策，未必亡国。殷鉴未久，我大夏较之南唐，更为东朝之眼中钉、肉中刺。”梁乙埋亦不是全无才智之人，也有他的一套道理。

嵬名荣一时语塞，顿了顿，不甘心地道：“若是如此，也当结好辽国，以备万一。”

“我大夏一直向辽国称臣。”

“私结杨遵勖，得罪辽主之甚矣。”

“此事本相却不曾听说过。”梁乙埋竟然一口否定。

“封杨为王之册书犹在。怎么能说不曾听说过？”

梁乙埋支吾道：“这只是使者私下里说的。况且与杨遵勖打交道，也有好处。辽国与宋一样，也有亡我之心，不过力有未逮。以杨分辽势，又能从中得到一些东朝的火器设法仿制……在表面上，我国还是尊辽的。”

“今年正旦，我使者被辽主责问，几乎无言以对。辽主三度下诏，质问皇上，之所以未点杨遵勖的名，不过是因为辽主不欲逼杨氏速叛矣。请国相三思，辽主诏书之中，颇留余地，实则是辽主英睿，其国力削弱之同时，亦欲结我大夏为援，共抗东朝。此等时机，正当修好。”

梁乙埋哪里料到嵬名荣竟然不依不饶地进起谏言来，他心里自负能玩弄宋、辽、杨，甚至是耶律乙辛于股掌之中，更何况尚有权位私心，哪里又会把这些忠言放在心上。但是嵬名荣的身份，他终不能直接呵斥，当下只得敷衍道：“老将军之言，本相必会考虑。容我三思。”

李清静静地听着二人的对话，并不说话。他始终是汉将，再受夏主的宠信，心中始终有一个意识：自己是外人。所以无论说话或者做事，他都比旁人要加倍小心。这种身份的意识，对于许多汉将来说，都或多或少存在，不过有些人较为敏感，而有些人则较会自我开解罢了。对于嵬名荣的话，李清心里其实是赞同的，他早听说前朝名臣嵬名浪遇在三年前逝世，遗表上就劝谏夏主秉常要“擢用忠良，勿犯中国”，但是遗表被梁乙埋截住了，至今秉常都不知道嵬名浪遇死前还有遗表，而这件事情，李清因为没有证据，也不敢在秉常面前提起。嵬名荣的主张，其实是与嵬名浪遇这样的元老一脉相承的。这些人都经历过元昊时对宋的战争，也看到宋朝现在的局势——无论从哪个角度来说，和宋朝作战，对西夏来说，都不是明智之举。但是嵬名浪遇私下里也曾经说过，现在西夏之所以还占据着一定的优势，主要原因是地形，西夏可以在天都山一带聚集粮草人马，驱使横山蛮，以居高临下之势，袭击宋朝。一旦宋朝觉悟过来，大举出兵，哪怕只要夺了兰州、天都山、横山一带，那么两国的态势，就变成了隔沙漠相望。西夏在地形上优势失去之后，想要攻击宋朝，大军就要跨越沙漠来作战，其中的风险，即使是最愚蠢的人也知道有多大。所以梁乙埋想要夺取陇东、渭中，来改善西夏的危险处境，也有其道理。只不过，梁乙埋看不到西夏与宋朝的实力对比根本支撑不了他的野心。如果没有足够的实力为后盾，再好的战略想法，也只是一个笑柄。“也许梁乙埋与嵬名浪遇这样的名宿之差距，就在于后者清晰地知道如何根据自己的实力来制定最有利的战略。”李清在心里暗暗想道。

“李将军。”梁乙埋打断了李清的思绪，李清连忙回过神来，听梁乙埋说道，“你可知道新任陕西安抚使石越在数日之前遇袭之事？”

李清知道这是梁乙埋故意拉开话题，当下也不说破，回道：“据说是环州慕氏作乱。”

“环州慕氏有一支部族受我感化，归附大夏。其首领率轻骑潜入渭州，袭击石越。但袭击未果，徒然打草惊蛇，本相以为，石越必生报复之意。昨日静塞军司已接到东朝陕西路安抚使司文书，责问我们为何在讲宗岭筑城，用词严厉，要求我朝立即停止修筑讲宗城。”梁乙埋轻松的口气中，竟带有几丝嘲弄之意。

嵬名荣与李清的脸色却立时严峻起来，李清正色说道：“国相，若不找个能让东朝无言以对的借口，只怕此事未必能轻易善了。”

嵬名荣却略带牢骚地说道：“虽则辽主多次提及石越对宋之重要，但是国相如此蛮干，却并非良策。与其派人行刺、袭击，不若用计杀之。”

梁乙埋听嵬名荣的话中，已近指责，顿时脸色沉了下来，冷冰冰地讥刺道：“老将军素称辽主英睿、萧佑丹多智，辽国君臣不能以计除之，莫非老将军又有何良策不成？大丈夫行事，岂能畏畏缩缩，只要东朝抓不到证据，其奈我何？他若要侵我大夏，难道还怕找不到借口不成？”

嵬名荣这时才发觉自己所说之话，的确有点儿过于孟浪。虽被梁乙埋讥刺，脸上有点儿挂不住，但毕竟此事关系到宋夏大局，他却不敢意气用事，当下讷讷正要说话，却一时无法措词，正在为难，却听李清道：“过去的事情，做都做了，是对是错都不重要。但是眼下之事，国相却切不可等闲视之。石越并非等闲辈。”

“一书生济得甚事！”梁乙埋犹在恼怒当中，“本相所惧他的，是他能替宋帝整理朝政，担心他把陕西路变成杭州第二，那我大夏亡无日矣。若他弃长取短，要在马上与我大夏较一短长，我大夏可高枕无忧矣。”

“国相！”嵬名荣见梁乙埋如此，已是忧形于色，“石越不必如王韶那样亲自领兵打仗，自古为贤君贤臣者，不在于一己之聪明，而在于知贤善用。若石越选贤用能，我大夏岂可轻视之？请国相好言回报，必使其无话可说。便不能，亦当嘱咐守将，加强戒备。国相亦道石越必生报复之心，其若报复，首选之地，便在讲宗城！”

李清也道：“老将军所言甚是。讲宗城地势险要，不容有失。现今守军不足两千，请国相在讲宗城附近增加驻军斥候，以备非常。”

梁乙埋却不答话，转过身去望着野利济，板着脸问道：“野利将军，你要多少人马才能守住讲宗城？”

野利济正要说“至少五千”，抬起头来，忽然看到梁乙埋眼中慑人的寒光，心中一凛，连忙改口，硬着头皮说道：“有两千正军足矣。”

梁乙埋满意地笑了，道：“那便给你两千正军！”说罢，示威性地望了嵬名荣一眼。

嵬名荣叹了口气，转过目光去看李清，不料李清也在看他，二人四目相交，相对苦笑，却说不出半句话来。

当天晚上，李清便借口有事，连夜离开了讲宗岭，跑到天都山去了。

第二十八章

风雨前夕

千里马常有，而伯乐不常有。

——唐·韩愈《杂说四·马说》

1

滑州位于丝绸之路西出陇右的咽喉地带，居泾渭上游，前秦时所谓“平凉郡”便是。此地自古便是中华文明的中心城市。境内气候宜人，山川交错，河流纵横，物产丰富，虽然在大宋时成为对西夏战争的前线，其经济受到损害，但是自元昊之后，宋夏虽然冲突不断，但是总体来说，是二十余年无大战，因此滑州城内，亦颇见繁华。

此时，在滑州北郊柳湖，百泉阁。柳叶新裁。

“柳湖是蔡副枢密使为滑州太守时所开，引暖泉为湖，于湖畔遍植柳树，建此百泉阁，特为避暑胜地矣。”高遵裕笑容可掬地为石越介绍着柳湖的来历。

石越眉头不易觉察地一皱，却没有说话。虽然蔡挺这种行为他并不赞同，但是蔡挺是本朝名臣，镇守边境，颇受皇帝赞誉，石越不便批评。然而坐在下首相陪的包绶却是初生牛犊不怕虎，出言讥道：“蔡枢使道春风不度玉门关，今日一见，才知道不过是词人之语，这柳湖之上，真不知春风几度矣。”包绶新授崇信县丞，此时却是来拜谒长官滑州知州高遵裕，适逢其会。

高遵裕与蔡挺并无深交，听到包绶言谈之中颇有不敬之意，心下大是不乐，但是他敬包绶是名臣之后，且包公之名，震于羌中，当下便只淡淡说道：“包赞府在滑州待久一点，便当知道滑州与中原之别。”他口中的“赞府”却是当时对县丞的别称。

包绶亦淡淡笑道：“下官在崇信若有半句怨苦之言，便是愧对朝廷所托。”

潘照临笑道：“前日到滑州，便听到一则故事。道包赞府上任日，孔目官来问家讳，包赞府厉声道：某无家讳，所讳者唯贪污虐民！孔目官悚然而退。一时崇信传为美谈，连滑州都在传颂。包赞府真是大有祖风。”

包绶微微欠身，笑道：“包家代有祖训。所谓‘官讳’‘私讳’，甚是无谓。来滑州之前，京师《汴京新闻》便正在讨论此事，桑长卿撰文道，当年胡瑗为仁宗皇帝讲《乾卦》，不曾讳‘贞’字，仁宗为之动色，胡瑗道‘临文不讳’；程颐亦道，仁宗时宫嫔为避讳，称正月为初月，蒸饼为炊饼，天下以为非。嫌名、旧名实不必讳。汉宣帝旧名病已便不曾讳；汉平帝旧名亦不曾讳。欧阳发亦言家讳之非，本朝富弼之父名言，富弼一样任右正言；韩绛之祖父名为韩保枢，韩家两代为枢密。故下官以为，避讳一事，并无必要。若你为官清正，为人正直，便不讳，人亦敬你；若你为人不正，为官贪鄙，纵不许百姓点灯，百姓心中，又何曾于你有半分敬意？”

他这番话，说得席间诸人，尽皆动容。石越对于避讳一事，本来就不以为然。当年吕惠卿还曾在这上面做文章，刁难白水潭学院。因此石越更加深恶痛绝。只是他无暇来向这个弊端开战，只是私下里曾经告诉过程颢。不料事隔多年，《汴京新闻》却突然发难，还搜集了宋朝反对避讳的名人事实，来支持自己的论据，更是公然提出要皇帝不要避讳历代皇帝的嫌名与旧名，可以说是胆大包天。包绶是白水潭的学生，当年包公亦反对避家讳，自然是身体力行。以《汴京新闻》与白水潭学院今时今日之影响力，石越虽然不在汴京，也可以想见京师士林受震撼的情形。他此时听在耳里，不免又是痛快，又是担心。但是对于包绶的话，他却是十分赞同，当下便赞道："慎文所言甚是。若要人敬服，不在这讳不讳上面。"

高遵裕却听得瞠目结舌，摇着头道："家讳倒也罢了，这御讳如何犯得？我虽是个武臣，亦知道主尊臣卑，天经地义。"

包绶眉毛一挑，正要说话，却见一人走至阁外，高声禀道："禀石帅、高帅，有神锐军第二军第一营都指挥使致果校尉刘昌祚、指挥使御武校尉吴安国、第五忠、高伦，神锐军第一军宣节副尉文焕求见。"

石越与高遵裕都吃了一惊。神锐军第一军与第二军整编完毕不久，是四步一骑混编军。刘昌祚的第一营是骑兵营，建制完整，堪称渭州最精锐的部队，他营下五个指挥使，除吴安国与第五忠之外，都是在西线经历过实战的勇将；而吴安国与第五忠，前者因为几次在演习中表现出色，甚至屡屡击败其长官王厚，在骁胜军中颇为出名，因为其桀骜不驯，让王厚又气又爱，刘昌祚想尽办法，才把他调入旗下；第五忠则号称是讲武学堂第三期的"飞将军"，听说本是河北弓箭社的一个头目，后来征募入禁军，累立功劳，这次远调西线，传说是得罪了人，但是他在讲武学堂打下的声名，连高遵裕都听说过。这刘昌祚带着三个指挥使跑到柳湖来求见，已经很不寻常。而更不寻常的，则是第一军的宣节副尉文焕，居然会出现在渭州。第一军是李宪的部队，文焕早在骁胜军之时，便已经是王厚的爱将。这个武状元亲自跑到渭州来，却不知是为了何事。

石越正要开口，准备换间房间接见刘昌祚等人，却见石梁急匆匆走了进来，禀道："禀学士，何畏之先生求见。并有帅府递来的公文。"

见此情形，在场如包绶等人，连忙纷纷起身告辞。不多时，阁中便只留下石越、高遵裕等数人而已。高遵裕吩咐撤了宴席，石越又让潘照临至另间相陪何畏之，方将刘昌祚等人与送公文的军官召了进来。

顷时，众人进入阁中，行礼已毕。送公文的军官便从怀中取出一个封漆木匣与一封密封书信，双手捧起，道："禀石帅，下官奉命，送达枢密院文书与章祭酒书信。幸不辱命。乞石帅赐回单，以备缴令。"

石越点点头，道："辛苦你。"早有人接过木匣与书信，递给石越，石越验过火漆与封印，方写了回单，道："你可去领了驿券，回帅府再领赏。"

"谢石帅。"那军官双手接过回单，收入怀中，又道，"京兆府风闻石帅遇袭，一城震骇，虽然已经辟谣，但是丰参议曾嘱下官，要请石帅早日回府，以安士民之心。"

"我知道了。"石越应了一声，却并不回复何时回京兆府。那军官也不敢追问，只记下石越的回答，便告辞道："下官告退。"众人目送他退出阁中，高遵裕看了放在石越旁边桌子上的匣信一眼，问道："石帅，要不要先看文书？"

石越瞄了一眼木匣，笑道："并非紧急文书，不必急在一时。先听听刘将军有何事吧。"

"是。"一个洪亮的声音在阁中响起，几乎吓了石越一跳，却见刘昌祚跨前一步，朗声说道："禀石帅、高帅，下官来此，是来请战的。"

"请战？"石越不觉愕然，问道，"请什么战？"

刘昌祚直视石越，高声道："下官听说袭击石越的叛番是西夏人主使，西贼敢在我渭州兴风作乱，岂非欺人太甚？实是欺我大宋无人。下官请石帅、高帅许下官率本部兵马，奇袭天都寨，给西贼一点儿厉害看看。也为石帅报仇，为高帅雪耻。"

石越与高遵裕大吃一惊，高遵裕站起身来怒道："刘昌祚，你莫非疯了？岂敢如此自大？"

石越亦道："刘将军，天都山有党项重兵把守，你那点骑兵去攻击，只怕见不到天都山。"

刘昌祚回头看了吴安国一眼，吴安国立时上前一步，向石越与高遵裕抱拳为礼，眼睛却是望着天上，冷冷道："禀石帅、高帅，下官与御武校尉第五忠、高伦已去过一次天都山了。"

高遵裕瞪大双眼，厉声喝道："天都山是西夏重地，防范何等严密，你胆敢欺骗本帅？"

吴安国冷笑道："亦不过尔尔。"

高遵裕见他说话如此无礼，顿时作色，怒道："你敢黄口白牙？是谁给你将令，让你去天都山的？你又知天都山在什么地方？是什么样子？"

"为将者，不可不知地理。下官既然驻扎渭州，天都山之敌是渭州最大威胁，若不敢去亲自察看地理，枉为大宋武人。以下官之见，天都山若在元昊之时，或有所称道者。至于现在，若是高帅能给第一营配备四千枚霹雳投弹，再让包顺部在威德关方向佯攻诱敌，下官敢立军令状，定将天都山烧为平地！"吴安国说话之间，下巴微抬，神态不可一世。

高遵裕听他大言无忌，不由冷笑，道："等你有朝一日为渭州太守，再来行此妙计不迟。"

刘昌祚素知吴安国脾气不待人见，却不料他在石越与高遵裕面前也敢如此无礼。他哪里知道吴安国见石越是文官、高遵裕是外戚，心中十分不屑，此情见于颜色，自然说话就不会客气。这时他见高遵裕动气，忙欠身道："高帅息怒，吴安国与第五忠、高伦的确曾经去过天都山，并且绘制了地图。下官等在营中推演，思得一策，下官以为，虽然冒险，却是可能成功，请石帅、高帅能听下官说完。"

高遵裕早不耐烦，正要呵斥赶出，却听石越已先说道："刘将军请说。"高遵裕无可奈何，心中暗怪石越不懂军事却还要瞎掺和，却也只能耐着性子来听刘昌祚的作战计划。

刘昌祚见石越许诺，顿时大喜，他知道石越是文官，未必熟悉渭州一带的地理。便向第五忠与高伦使了眼色，二人立时会意，取出一幅地图来，在厅中张开了。刘昌祚指着地图讲解道："天都山实为夏人侵宋根本之地。其山有夏主行宫，每次夏人入寇，必先至天都山点兵，然后议定攻击方向，整个陕右，皆受其威胁。而本朝自熙宁以来，朝廷已巩固德顺军、镇戎军防线。骑兵自德顺军沿界出发，至天都山下，快则一日，慢则一昼夜。其间虽然有逻卒城寨，但是以吴安国三人之亲身考察，不足二千人的骑兵，完全可以避开敌人的寨子，直扑天都山。天都山驻军有一万人左右，我军可在镇戎军大张旗鼓，摆出沿葫芦河川进攻的架势，下官以为，西贼绝想不到我军会攻击天都山，必分兵去救。若能使驻军减至六千左右，虽然是以一敌三，但有霹雳投弹之威，且是出其不意，攻下天都山，焚夏主行宫，易如反掌。得手之后，我军亦不停留，立时撤走，全身而退，亦非难事。"

刘昌祚刚刚说完这个充满了冒险精神的作战计划，石越正在思索，高遵裕已是不住冷笑，问道："若是西夏人不分兵，又如何？"

"若不分兵，只得伺机而动，若其有备则退兵。但是下官以为，夏人断无不分兵之理。本朝数十年来，不曾兵临天都山下，彼辈岂能料到我军会如神兵天降？"

"神兵天降！哼！近两千人的骑兵，自德顺军出发至天都山，指望不被西夏人发现，真是白日做梦。"高遵裕觉得这个计划只能用"疯狂"二字来形容。

"石帅、高帅。"刘昌祚没有理会高遵裕话中的嘲讽，不卑不亢地说道，"这是奇计。奇计能成功，需要熟知敌我心理，需要保守秘密，也需要一定的胆量与运气。此计若能成功，则是我军对西夏几十年来未有之大捷，必能打击敌人锐气，提升士气。若是败露，骑兵突围回境，虽然会有所损失，但绝不会是完败。除非敌人能料到我军之进攻，预先设伏，但是下官以为除非诸葛武侯再生，否则绝无可能。"

高遵裕正欲断然否决，忽然看见正在沉思的石越，心中一动，把到了嘴边的话收了回去，反不怀好意地问道："石帅的意见如何？"

石越闻言，抬头看了高遵裕一眼，微微一笑，转头向刘昌祚说道："刘将军，本帅是文臣，若道临阵决断，攻坡拔寨，非本帅所能。子曰：知之为知之，不知为不知。故将军之策是否可行，本帅暂时不能决断。"众人不料他坦陈"不能"，不由都是一愣。吴安国更是嘴角微扬，不屑之情溢于言表。却听石越又继续说道："但是为大臣者，可以不知战阵，却不可不知战略。为将者，临阵杀敌，所向披靡，攻必取，战必克，此只得谓通战术，是为大将之才，而不可谓名将之才。名将者，必知兵者国之大事，上兵伐谋之道。”

“迂腐酸词。”在场几个人的心中，都不由同时冒出这个词来。

石越却突然问道：“刘将军可知道什么是战争？”

“什么是战争？”刘昌祚不觉愕然，答道，“战争不过就是杀敌而已。”

“非也。刘将军目下不能为名将，是不知战争之道。战争的手段是杀敌，但其目的并非杀敌。战争是要达成一定的目的。目的有大有小，但是任何小的战争目的，都要服从于整个国家大的战略目的。一切战斗，都只是达成这个目的的手段，所以古今以来，有虽败犹胜者，有虽胜犹败者。能促成战略目的的实现，即使是败了，也可谓之胜；若影响了战略目的的实现，即使是胜了，也是败了。名将的素质，不仅是要能攻必克，战必胜，而且还要懂得从整个国家的大局来权衡每一场战斗的意义，而不是追求一场战斗的胜利来谋求爵赏。”

石越这番话说出来，高遵裕似懂非懂，第五忠与高伦不知所云，但在刘昌祚与吴安国以及站在一旁的文焕的耳中，却犹如一记惊雷，直接击开了他们以前未曾想过的领域。刘昌祚恭谨地向石越行了一个礼，道：“下官谨受教。”吴安国的脸色，也变得恭顺许多。文焕却笑道：“怪不得古之名将，出则将，入则相。其实本朝亦有一二之人，懂得石帅所说的道理，只不过从未能说得如此透彻明白。”

“哦？”

文焕又笑道：“这就是学生受命来见山长的原因。只是不料竟与枢府公文、章祭酒的书信同时到达。请山长先拆阅枢府公文与章祭酒书信，学生再叙来意，最后再来议这天都山当取不当取不迟。”

文焕与石府来往已非一两年，石越自然是知道这个武状元性子中颇有轻佻处，却是不以为意，笑着吩咐一声，石梁连忙从阁外进来，递上小刀，然后又退了出去。石越用小刀先把枢密院的匣子打开了，取出放在里面的公文，细细阅读起来。

2

这枢府的公文，其实却只是转发了章粢的一份《强兵三策札子》。章粢在这份札子中，提出了完善武官节级制度、建立完整的将校节级培养体系、制定马步器水四军操典等三项建议。枢密院将这份札子转发给各地的率臣与高级将领，显然是为了征求意见。

章楶在札子中提出的建议是相当详细的，在节级制度方面，他将现有的节级改名为毅士、效士、弘士、锐士、忠士五等十级，又按兵种不同，分为禁军马军节级、禁军步军节级、海船水军节级、教阅厢军节级、不教阅厢军节级五种。重新拟定不同的薪俸待遇，建立磨勘制度，规定士兵入伍第一年为守阙毅士，按年升迁。没有功劳的至效士止，不再升迁。守阙弘士及以下，服役期为十年。守阙弘士以上，有功则升迁，无功无过就二年一升迁，服役期为十五年。当升迁至忠士，若有功劳，则升为武官。

在薪俸方面，以往宋军的禁军是按士兵入伍时的素质——主要是身高与臂力，分成上军、中军、下军，并以此来区别薪俸待遇，这种制度的不合理性是显而易见的。现在章楶则建议改为统一按节级高低来区别薪俸待遇，并建议给番军以教阅厢军的待遇，正式将其纳入宋朝的军事体系当中。

这一项建议的目的，无疑是为了重建宋军中的激励机制。

而建立完整的将校节级培养体系，则是着眼于长远，其目的是保证宋军低级武官的素质。章楶建议在全国各路创建振武学堂培养马、步、器械军节级，创建伏波学堂培养水军节级，以讲武学堂与大宋水师学校培训指挥使以下武官。完善原有的武学体系。他甚至还提出，在各州军设立全免费的九年制军事小学校，招募六岁至十五岁儿童入学，这些学生毕业后，就可以升入振武学堂或伏波学堂。成绩较差的，也可以应征入伍。

除此之外，章楶还建议由朝廷出资，扶持各大学院与军事相关之科目，为其提供资金与奖学金，支持兵器研究院之发展。

而章楶的最后一项建议，却是要将训练、演习、校阅法令化、制度化、条文化。这种眼光，已经是相当超前了。

章楶的“强兵三策”，可以说是对石越军事改革的一个极为有力的补充。石越一口气细细读完，心中已是大为叹服，又拆开章楶的书信，先是大略浏览了一遍，读完之后，又从头到尾细细地读一遍，方将书信揣入怀中，然后抬起头来，向文焕问道：“你是受章祭酒所托前来？”

“是。”文焕笑道，“章祭酒是想让学生和山长分析强兵三策，若得山长支持，皇上与枢府必不会反对。不过，学生刚刚听了山长一席话，便知道此事已不必我多聒噪了。”

在座众人除了石越，都听得一头雾水。高遵裕听文焕开口“山长”，闭口“山长”，心中已极是不喜，因说道：“这甚么强兵三策，与天都山有关吗？”

“没关系。”文焕笑道，“不过，章祭酒信中和石帅提到的一桩事情，却与天都山有关。石帅不看章祭酒的信，我却没办法说这些事，而要看章祭酒的信，那不看枢府的强兵三策，却也会糊里糊涂……”

他这么绕口令般，高遵裕又是好气又是好笑，正要呵斥他，石越却已先开口了：“你当在大相国寺前面说书吗？你又敢乱猜枢府的公文写的什么事？说正题吧。”

“是。”文焕连忙答应了，却只看着石越和高遵裕，不肯说话。

石越已知他的意思，不由一笑，与高遵裕对视一眼，说道：“刘将军以外诸人，便先退了吧。”

第五忠与高伦连忙领命退出阁中。吴安国却是大为不满地看了文焕一眼，方才不情不愿地答应着退出了阁中。

待到阁中只余下石越、高遵裕、刘昌祚、文焕四人，文焕这才说道：“兵贵机密，不得不如此，还请石帅、高帅见谅。”

石越点点头，端起茶杯，却不就喝，只是轻轻地吹气。高遵裕却已有不耐之色。

文焕从怀中取出一地图，双手捧起，送到石越的案前，道：“请石帅再看此图。”

石越接了过来，只见在镇戎军熙宁砦以北，石门峡江口好水河之阴，用朱笔画了两个醒目的红圈，两个红圈南北相距之距离，有朱笔标注“十二里”字样。石越看完之后，递给高遵裕，高遵裕只看了一眼，脸色微变，又递还给石越。

石越这才握着地图问道：“这是何意？”

“这是章祭酒所献之策——若在石门峡江口好水河阴筑此二城，互为犄角，渭州防线可向北推进数十里，此二城可遥遥威胁天都山之夏军，且制威德关之喉，堪称兵家必争之地。”

石越到底不太熟悉这些具体军情，因转头看高遵裕，却见高遵裕苦笑道：“那里的确是兵家必争之地，但是，正因为如此，一旦我军在那里筑城，西夏必然大举来攻。只怕最终难以筑成。”

石越微微颔首，把地图递给刘昌祚，问道：“此策与奇袭天都山，孰优孰劣？”

刘昌祚双手接过地图，睹视良久，忽然长长叹了口气，道：“末将自认不如。”

石越不由问道：“何以见得？”

“奇袭天都山，其策虽奇，但是除了挫败西夏士气之外，并无大用。万一不成，我大宋精兵难免葬身天都山下。而章质夫此策，同样可以向西夏示威，但效用更大。二城不能筑成，大军可从容退回镇戎军，无孤军深入之危；一旦成功，天都山之敌当睡不安寝。”

文焕笑道：“章祭酒之虑，非止于此。大宋与西夏，虽然边境烽烟不断，但名义上西夏依然臣服于大宋。若是无故兴兵相攻，则是公然挑衅，其曲在我。且必然导致西夏举兵报复，我大宋禁军整编未成，兵士操练未熟，军队粮草未聚，此时之上策，不宜与西夏决战，而应当维持边境之大体上的平静，不动声色地完成战略上的初期布置。若能建成二城，则渭州再增屏障，我大宋之纵深增加，西夏之纵深减少，一旦朝廷决定对西夏开战，大军则可以二城为据点攻击天都山与威德关。且大宋在好水河阴筑城，若西夏来攻，我击退之，秉常纵然上书，朝廷亦有辞拒之。”

石越点头赞道：“此真顾虑周详者。”

高遵裕却有犹疑之色，道：“章质夫之策虽善，但石门峡江口好水河阴是不是真的能筑城，如何去筑城而不被西夏人破坏，却是难事。”

石越点了点头，望着刘昌祚，肃容道：“刘将军，你与文焕一道，去实地勘探章祭酒所画筑城地点，拿一个筑城方案来报上。”

“遵命！”

“此事除你与文焕之外，不得让旁人知晓。”石越又命令道，他越过高遵裕，直接指挥他的下属，高遵裕的脸色已是十分难看，石越却浑然不觉。

“遵命！”刘昌祚也似乎完全忘记了高遵裕的存在，躬身一礼，与文焕一道领令退出。

二人出了百泉阁，便见吴安国与第五忠、高伦迎了上来，刘昌祚不待三人相问，已先命令道：“立即回营，挑选一百名精锐的儿郎，有大事要做。”说罢也不停步，径直往柳湖之外走去。

3

在百泉阁某房间的窗边，何畏之的目光久久停留在刘昌祚等人的背影之上，一直目送他们出了柳湖。

“潘先生、何先生！”忽然，一个亲兵出现在房门外，高声说道，“石帅有请。”

何畏之几乎被吓了一跳，连忙回过神来，见潘照临正在含笑注视自己，忙略整了整衣服，与潘照临一道跟着那个亲兵往百泉阁正厅走去。不多时，二人便到了正厅之前。这时候何畏之才发现百泉阁内，其实戒备森严，而负责守卫的，从衣着上，都可以看出是安抚使司的亲兵卫队。只不过在正厅前面守卫的首领，却不是侍剑，而是石梁。石梁见二人过来，连忙欠身行礼，道一声“请”，放过潘照临入内，却伸手挡住了何畏之。

何畏之一怔，正在愕然间，便听石梁朗声道：“请何先生解下佩剑。”

何畏之微有愠色，却见潘照临已回过头，含笑道：“莲舫，请勿介意。非常之时，不得不草木皆兵，非止兄一人，凡欲见我家公子者，都不许携兵入见。”

何畏之凝视潘照临，踌躇了一会儿，终于解下佩剑，不发一词，与潘照临一道走入正厅。二人入了正厅，才发现厅中只余石越一人，连高遵裕都已不在。石越望见二人进来，连忙起身降阶相迎，笑道："让先生久等了。不料竟然要劳烦先生亲来渭州。"

何畏之欠身道："不敢。因为听说两个月后，广州市舶司就要出售渤泥国附近十余万顷的土地，在下不能久候学士……"

"渤泥国？"石越不由愕然，一面请何畏之与潘照临坐下，却听潘照临笑道："公子最近事务过于繁忙，故此不知。几大报纸都已有报道，薛奕与渤泥三侯签下协议，向大宋、高丽、交趾三国臣民以及在大宋有产业的番商出售渤泥国附近十八万六千顷土地，由广州市舶务与杭州市舶务代售。其所得之四成归于广州市舶务建立海船水军；三成归渤泥三侯，二成上缴朝廷，一成归杭州市舶司充海船水军军费。"

石越奇道："真有人会去渤泥国那种地方买土地？"

"自然有人想买。海外之地，地价甚贱，一亩地仅卖五百文，高亦不过二贯，每岁每亩之税，仅为定额五十文，若雇佣当地番人为佃户，种植甘蔗，一年便可挣回地价，且有极大的利润。想发财的商人，在国内走投无路的浪荡子，无地可耕的贫民，都想去博一博运气。好几家钱庄便专门放贷给那些一无所有的贫民，借钱给他们去买地，以从中获利。放高利贷者更不知有多少。《海事商报》报道，此次广州市舶务除出售这十余万顷土地之外，还得到皇上圣旨，出售交趾国、渤泥国附近三百余个无人的海岛，所得充作海船水军军费。虽说是边远荒蛮之地，但是价格便宜，总有人想投机的。"

石越看了何畏之一眼，笑道："原来如此。"出售环南海诸岛的土地，本来就是大宋经营环南海地区的既定之策，石越岂能不知？但他没有想到的是，薛奕竟然会与渤泥三侯联手。他端起茶杯，轻轻啜了一口，放下茶杯，不再说此事，转过话题，问道："先生在延祥镇，可探得什么消息？"

"延祥镇的情况非常复杂。"何畏之道，"延祥镇果然有好马卖，但是在下曾经仔细观察打听，外地进入延祥镇的马匹并不多。因此在下颇疑延祥镇的好马是从沙苑监流出来的。"

"果然不出我所料。"石越"哼"了一声，又问道，"莲舫可还有什么别的证据吗？"

"延祥镇最大的家族，姓蓝。"何畏之忽然不着边际地说道。

"姓蓝？"

"不错。蓝家势力极大，听说蓝家的小娘子，是吕升卿的外甥妇；其家在仁宗朝也曾出过一个进士，传闻京师得宠的内侍蓝震元，亦曾与之联宗。同州通判赵知节，也是蓝家的外甥女婿。"何畏之平平淡淡地说着，石越与潘照临却越听越是心惊。"除此之外，蓝家亦曾经得过仁爱功臣勋章；还有一个小娘子，听说是许给了陕西路监察御史景安世的侄子。"

"难怪。"石越心里已是一清二楚了。

"只怕难以查出物证。且蓝家在当地威望极高，兴建义仓，捐建学校，又常常赈贫济灾，声名极好。”

石越却不料蓝家竟然不是通常意义上的“劣绅”，不由大觉为难，沉吟了一会儿，方道：“既是如此，此事便暂且搁置一阵。我会另着人去调查。”马政虽然要紧，但毕竟不是急务，他也只能暂时先搁一搁了。说罢，又对何畏之笑道：“本帅明日要去巡视滑州各地的弓箭社、忠义社，不知先生是否愿意同行？”

何畏之乍然抬头，注视石越，他既不知道石越以朝廷钦命三品大员的身份，为何会去巡视向来不被重视甚至被猜忌的弓箭社与忠义社这样的民间社团；亦不明白石越为何会向自己提出这样的请求。何畏之毕竟不是甘愿为富家翁之人，他对西北沿边的弓箭社与忠义社早有耳闻，此时不免闻猎心喜，当下亦不迟疑，笑道：“固所愿也，不敢请尔。”

4

熙宁十年三月初二日晚。汴京，睿思殿。

几只龙涎香烛将睿思殿照耀得灯火通明，一股让人陶醉的香味弥漫在整个睿思殿中。虽然海外贸易日渐发达，香料价格在大宋国境内略有下降，但上品泛水龙涎香的价格却并没有落下来，每两泛水龙涎香的价格高达一百贯。这样骇人的价格，连皇宫都不敢轻易使用，而是用龙涎香贯于宫烛之中，再以红罗缠烛炷，使得宫烛照明的同时，兼有香味。饶是如此，这样每支宫烛的价格，也要高达数贯。赵顼虽然节俭，但是这种皇家“必要的”开支，他既意识不到有多么昂贵，也无可奈何。章惇偷偷地用眼角观察着皇帝，赵顼坐在宽大的御床之上，脸色依然苍白，但是身体看起来已经好了许多。他不由暗暗松了一口气。七天之前，昌王赵颢终于“病愈”，奉诏出京，前往洙泗；而太皇太后的病情，也日见稳定；王安石等众元老重臣，也被中道挡回，没有全部齐集京师……暗潮汹涌的政局，至少暂时又平静下来了。似乎整个事件真正的受害者，只有蔡确与石越二人而已。但是章惇心中却一直怀疑，前御史中丞蔡确，很可能是冤枉的，真正支持昌王赵颢的大臣，又偷偷地把头给缩了回去。但是这种怀疑，他是不会对任何人说出来的。反正去做凌牙门都督，除了要远涉海外，离别中土之外，其实是个大大的肥差，比起油水有限的御史中丞，想来蔡确不会太介意吧？章惇经常这样不无恶意地想。

“章卿深夜求见，有何要事？”赵顼这几天来，为了河东路与河北路的安抚使人选，已经是绞尽脑汁，好不容易想要睡觉，不料卫尉寺卿章惇竟然深夜求见，想到章惇的职务，赵顼就不由心惊肉跳，难道是哪里发生了兵变？

“陛下，臣接到紧急文书，陕西安抚使司监察虞候向安北上书，环州番人慕氏中的一支叛逆，投奔西夏。其首领叫慕泽，曾受朝廷飞骑尉之勋爵。慕泽所部，在叛逆之前，曾潜入渭州，邀击陕西路安抚使石越，石越几乎不免。臣身为卫尉寺卿，将校叛变而事先不知，特向陛下请罪，臣甘愿受罚。”章惇一面说，一面跪了下去。

“啊！”赵顼腾地站了起来，急道，“石越怎么样？为何他没有奏章递上？职方馆和职方司为何没有报告？”

“陛下，此事事发突然。向安北本来正在清查陕西路将校，给所有将校分别立档案，以便加强监视有不稳迹象的将校。事发之时，向安北刚好清查环州路慕家番将，所以才能立即查出叛逆者是慕泽。职方馆与职方司可能不会知道得这么快。”虽然是后知之明，但是章惇还是有几分得意，但是他把心中的得意，谨慎地掩藏在话语之中。职方馆陕西房负责对西夏与吐蕃的间谍活动；而兵部职方司陕西房建立过程缓慢无比，当然不可能迅速查清叛逆之番将。但是章惇可没有兴趣替他们向皇帝详加辩解。

但是赵顼关心的却不是这个，他又重复问了一句：“石越有没有事？”

“暂无消息传来，但臣相信石越不会有事。否则高遵裕的奏折必会早于向安北送抵京师。”

“言之有理。”赵顼自我安慰地说道，顿了一下，又道，“但还是要先查清石越的安危；给向安北加派人手，这样的事不能有第二次。”

“遵旨！”

赵顼又问道：“那个叛番为何要袭击石越？”

“这……”章惇却并不知道梁乙埋要刺杀石越。

“李向安，去宣司马梦求即刻入宫觐见。”

“领旨。”李向安忙答应着，退出了睿思殿。这时赵顼有点儿心不在焉，赐了章惇一些点心，令他去偏殿中等候，约半个小时之后，待李向安领着司马梦求进宫，这才又重新召见。

赵顼见着司马梦求，便问道：“环州番将慕泽叛降西夏，潜入渭州袭击石越，职方馆知道吗？”

“啊！”司马梦求几乎被吓了一跳，“臣早前已接到陕西房的报告，道西夏国相梁乙埋已派遣刺客刺杀石越，陕西房已将此事知会石越……”

“梁乙埋？”赵顼与章惇都吃了一惊，赵顼一掌拍在御案之中，怒道：“岂有此理！岂有此理！”

“陛下息怒。”司马梦求忙劝道，“西夏梁氏专政，梁乙埋之心，路人皆知，陛下不必为这等小人动气。只要石越严加防范，便不当有事。以陛下之英明，朝廷总有一日要收复灵夏，何愁不能报今日之恨？”

“司马梦求所言甚是。请陛下息怒。”章惇也连忙劝道。

赵顼紧紧咬着嘴唇，脸色铁青，过了许久，方说道：“司马梦求，职方馆陕西房知事是谁？”

“陛下！”司马梦求低下头去，道，“陕西房知事身份特殊，若陛下单独询问，臣自当禀报。请陛下恕罪。”

章惇脸色一变，愠道：“陛下，臣请先行告退。”

赵顼摆了摆手，向司马梦求说道：“章惇可信任，卿但说无妨。”

“陛下！恕臣不能遵旨。”司马梦求态度坚决，“朝堂之上，无人不可信任。然职方馆重要成员，天下唯陛下、枢密使、臣三人能知。便是尚书省左右仆射、各路安抚使，非有必要，亦不得与闻。臣并非是针对章大卿，若章大卿有必要知道，臣自然会告知。但是眼下之事，臣以为并无必要让章大卿知道。”

赵顼不料司马梦求如此坚持，不由摇头道：“罢，罢。不说便不说。卿去命令陕西房知事，以其人之道，还治其人之身。朕要梁乙埋的首级！”

“请陛下三思！”司马梦求沉声道，“梁乙埋志大才疏，杀了此人，于大宋有害无利。数日之前，陕西房知事曾至京师，文枢使与臣已经令其将陕西房之重点，放在搜集西夏重臣之性格习惯好恶、侦知西夏储粮驻军地点、策反西夏文臣武将之上。若改变方略，将陕西房的重点放在刺杀梁乙埋之上，臣以为非智者所为。”

“这也不行，那也不行！”赵顼怒不可遏，随手抓起一件玉如意，砸在御案上，“砰”的一声，玉片四溅，玉如意竟被赵顼砸成几段。

司马梦求的身子却一动不动，待赵顼稍稍平静一点儿，方从容说道：“陛下若是担心石学士安危，可以派几个侍卫去陕西，保护石学士安全。下令兵部职方司加紧陕西的防范。不必为一点儿小事，改变既定之策略。职方馆几年内的责任，是为收复灵夏作准备，臣以为不可朝令夕改。”

“朕知道了。”赵顼没好气地说道，“狄詠已经和朕说过好几次想去陕西了，就让狄詠挑几个班直侍卫去陕西吧。明日朕会问问吴充，兵部职方司，到底有没有在做事情！”

“陛下英明！”

5

从睿思殿出来之后，司马梦求辞了章惇，骑了马便往大相国寺走去。其时虽然已是午夜，但是汴京却是不夜之城，沿御街走去，一路之上皆是灯火通明，店铺照常营业，行人熙熙，不少酒楼之中，犹自可以听到歌妓们隐约的欢声笑语。到了大相国寺前约二百米左右，司马梦求便勒马停下，看看左右无人，忽地闪进一条小巷中，如此般又穿过几道巷子，终于在一座宅第前停下。司马梦求方轻叩了一下大门，大门便“吱”的一声开了一条缝。一个目光警觉的黑衣小厮从门缝里伸出头探望，看到司马梦求，才忙开了门，将司马梦求连人带马，迎了进去。

进了宅中，司马梦求便将马递给小厮，一边低声问道：“你家主人已休息了吗？”

“还没有。”小厮垂着头，道，“主人已吩咐，若是先生来此，便请径直往书房相见。”

司马梦求微微颔首，也不说话，信步便向书房走去。显然，他对这座宅第十分熟悉，一路直走无丝毫迟疑，遇到的黑衣小厮尽皆向他躬身行礼，却都并不多问。穿过一条花径之后，便到了书房，茜纱窗[1]上，透出房中通明如昼的灯火。

司马梦求方在门口刚刚站定，便听里间有人笑道：“纯父，请进吧！”

司马梦求闻言，却也并不惊诧，而只微微一笑，轻轻推开了门，甫入房中，便见一个锦衣男子，背朝房门，坐在一张黑木案前，一手捧刀，一手握了丝巾，正自极轻柔又极认真地擦拭着那把刀；一个黑衣童子叉手侍立一旁，眉目低垂，腰间却斜插着一支碧玉箫，虽在灯下，也有剔透温润之感，见到司马梦求进来，不过略看了一眼，神色漠然，也并不行礼。司马梦求似乎与锦衣男子甚是熟悉，径直找了个位置坐了，一边笑道：“哥哥这是又得了什么好物什？”

锦衣男子头也不回，依然慢条斯理地擦拭着手中的刀，一面却悠悠答道：“正要考考纯父，可识得这是什么刀？”

司马梦求闻言，便向那刀望去，却见锦衣男子手中之刀，刀身赤如血，心中便是一惊，脱口问道：“此物哥哥却是从何处得来？”

“是我这个童儿过洛阳时，偶然所得。怎么，纯父认得出这柄刀的来历吗？”锦衣男子伸指拂拭刀身，大是爱不释手，但声音却显得极为爽朗。

司马梦求凝视那刀片刻，却道：“哥哥却将那刀与愚弟一观！”

那锦衣男子爽朗一笑，却不回头，只是信手将刀递给那黑衣童子，黑衣童子双手躬身接过，上前几步递与司马梦求。

司马梦求方一接过，便觉这刀之沉大出意外，手指轻抚刀身，便觉出一种难以形容的冰凉之意沁入肌肤，再看刀身所镌之字，不由大为惊讶，微一沉吟，才缓缓道：“若愚弟不曾看错，这柄刀只怕是蜀汉时名将黄忠之物。”他的声音微微一顿，又道，“哥哥可曾听说，黄忠随汉先主定南郡时曾得一刀，其赤如血，黄忠以之于汉中击夏侯军，一日之中，竟手刃百余人。”他一边说着，一边便将刀递还给那黑衣童子。

“哦？”那个锦衣男子似乎没有料到此物竟有如此来头，也感惊讶，接过刀来又

[1]　红纱窗。茜，指茜草，根为红色。

拂拭刀身，把玩良久，方叹道："我本以为此物不过是一寻常古物，不料竟有如此来历。只是纯父如何这般确定？"

司马梦求微微一笑，随手一指刀身，笑道："哥哥没留意这刀身所镌之字？"

那锦衣男子又仔细看了看，不由哈哈大笑，道："我光认得这个'汉'字，却不认得后面那个字，竟也没甚留意了……"

司马梦求微笑道："哥哥是当世豪杰，自然不留意这些，这两个篆字，便是上汉下升！"

"汉升，汉升……"那锦衣男子轻轻重复了两遍，不由叹道，"原来竟是'汉升'，果然是黄忠的宝刀，这'汉升'两字不正是黄忠的表字吗？纯父真是博古通今。却不知这柄刀较之纯父的'昆吾'，又是如何？"

司马梦求也不直接回答，只是淡淡道："名刀宝剑，甚难相较。知遇之恩，却非比寻常！"

"石子明能有纯父这样的人才，真是他的福气。"

"愚弟之才，比起石学士来，不过是萤虫比日月而已。哥哥已见过学士，自然也知道学士之与众不同。"

锦衣男子不置可否地笑了笑，只道："纯父深夜来找我，想必是有事。"

"不错。"司马梦求点头应道，"方才皇上深夜召见，原来是环州番部一个叫慕泽的叛逆降夏，率众千余潜入渭州，袭击学士。"

锦衣男子摇了摇头，笑道："这事我已经知道了。"

"啊？"司马梦求又惊又疑，盯着锦衣男子的背影，问道，"哥哥是何时得知？"

"不到一个时辰，是我这个童子送来的信。隶属本房的一个叫慕义的兄弟，最先得到消息，为了把这个消息传递给石学士，还牺牲了两名兄弟。石学士与高遵裕的表章已经在路上，慕义说，学士很维护我们职方馆。"

"原来如此。"司马梦求放下心来，道，"皇上已经知道是梁乙埋暗中主使，十分震怒。想来朝廷会加紧对西夏的战争准备，陕西房不可没有哥哥主持大局，愚弟此来，便是请哥哥速回西夏，主持大局，若能策反李清，便是大功一件。"

锦衣男子的肩膀微微耸动了一下，道："我明晨便动身。纯父，如何攻下西夏是一件事，攻下西夏后，如何治理西夏，是另一件事。希望纯父能将这个意思转达给皇帝与石学士。若不懂得治理西夏之术，贸然攻打西夏，纵然功成，也只会引来无穷无尽的麻烦。"

"愚弟理会的。"司马梦求道，"明晨我会着人送来文枢使与我给李清的亲笔信，外加一封告身，李清若有归宋之心，朝廷将赏黄金五千两、地五百顷、封侯爵，拜五品武官，荫其祖宗三代。"

“李清如何会为这些东西而叛夏？”锦衣男子嘿然说道，声音中颇有不屑之意。

“这些东西，不过是朝廷的诚意。”

“我会竭力而为。”锦衣男子顿了顿，似乎是犹豫了一阵，终于低声说道，“纯父，哥哥想要你答应一件事。”

“请说。”

但那锦衣男子却沉默了很久，良久才道：“我不知道能否说服李清归宋。他这个人，注定是要轰轰烈烈的，富贵也罢，死于非命也罢，皆是天数，不必多说。但李清尚有妻子儿女，我既然把他往这个旋涡里推了一把，却是我不义在先，就盼纯父能答应我，如若我将来有什么意外，无论如何，要保住他的血脉。”锦衣男子的声音，已有几分悲怆。

司马梦求低头沉默了一会儿，抬起头来，凝视锦衣男子的后背，慨声道：“好，我答应！”

“拜托了。”

似乎不习惯空气中那淡淡的悲凉，黑衣童子走出了书房。不多时，书房之外的走廊中，便传来呜咽的箫声。司马梦求侧耳倾听，辨出正是一曲《渔家傲》。伴着那几分沉郁悲壮的箫声，司马梦求听到锦衣男子在轻声歌道：“……浊酒一杯家万里，燕然未勒归无计……”

6

一直到三月初四，石越在滑州被叛番袭击的事情，在汴京依然只有少数人知道。甚至连鲁郡君韩梓儿，都不知道这件事情。此时，她正在清河郡主的花园中，听自己的嫂子王昉高谈阔论着“墨经”。

“当年蔡君谟评墨，以李廷珪为第一，他弟弟李廷宽、承宴父子次之，张遇又次之，陈朗又次之。这各家不仅造作之法不同，连松烟也不相同。李家之墨，如今已十分罕见，熙宁四年，我在家父那见到一方陈朗墨，家父便已视为至宝。想不到今日竟能见到李承宴所制之墨。”王昉挺着肚子，犹把玩着手中的一方双脊龙墨，欣羡不已。

清河见她这神态，不由笑道：“你这墨痴儿，石府中便藏有李廷珪所制之墨，你们姑嫂之间竟然不知道吗？”

“真的吗？”王昉不由睁大了眼睛，望着梓儿，问道。

梓儿微笑着点了点头，道：“不过如今已经没了。去年苏颂同修国史，官家赐承晏、张遇墨和澄心堂纸，因与外子说起各家之墨，外子已将家中所藏的廷珪墨进贡宫中。”

“啊！听说廷珪墨误坠沟中数月不坏，虽历数十年，研磨时尚有龙脑气。一丸墨现今能卖至数万钱，往往也是可遇而不可求，只有禁中方有少量珍藏。所谓‘黄金可得，李廷珪墨不可得’……”王昉的语气中，竟是颇以为憾事。

梓儿笑道：“这等身外之物，嫂嫂亦不必过于在意。外子常说，墨的用途，是用来书写，流芳百世的，是我们写的内容，而不是用的墨。”

王昉撇了撇嘴，略带嘲讽地笑道：“这话若非是石子明所说，便真要叫人以为是煮鹤焚琴之语。名墨佳文，岂不相得益彰？”

梓儿早知王昉的脾气，当下也不争辩，只是好脾气地笑笑。

王昉素来自负，一生所服的女子，也不过程琉一人而已。眼下程琉已随包绶前往渭州，因此言语上，王昉自然是再不肯让人的，当下不免又滔滔不绝地说些名墨佳文的佳话。

清河心中微觉好笑，她本来就想把这方双脊龙墨赠予王昉，此时见她说得兴起，倒不好打断，想道：“这样送她，倒也合她心意！”正想间，忽然见园外飘进一朵红云，定睛望时，却是柔嘉风风火火地冲了进来。

清河大吃了一惊，奇道：“十九娘，你怎的来了？”

“自是翻墙出来的。”柔嘉吐了吐舌头，笑吟吟地说道，“姐姐，我可是专程来给你道喜的。”

“道什么喜？”清河莫名其妙地问道。

“我听到消息，狄郡马要派去陕西，圣旨已下，郡马已经接旨。姐姐终于可以离开京师，去外面透透气了。”柔嘉兴奋地说道，简直像是自己也能一同前往一般，浑然没注意到清河的脸色瞬间已经惨白。

“你是从哪里听来的消息？”

“我……”柔嘉目光一转，吐了吐舌头，“是偷偷听到的。很多人都在议论，说皇上竟然派郡马去给石越作护卫，是本朝未有之殊恩，还说奇怪为何两府都没有反对呢！”柔嘉说起关于石越之事，便自兴致高昂，不知道这一句话已经让梓儿也紧张起来。梓儿也是心思剔透的人，此时听到皇帝居然把自己的侍卫长官，派去给石越当护卫，若非有大事，何至于此，她如何能不惊？因颤声问道：“是陕西出了什么事吗？”

“你家石头断不会有事的。”柔嘉笑盈盈地说道，“也许是要打仗了吧，郡马可是名将之后……”

“打仗？”王昉摇了摇头，道，“不可能。朝廷整军经武尚未完成，朝廷还在讨论章楶的《强兵三策札子》……”

“准备打仗而已，又不是马上开打。”柔嘉也没听她说完，便不以为然地说道，“石越贵为陕西路安抚使，身边没护卫吗？还要郡马保护什么？”她转过身去，也不理王昉，便抱着清河，软语央求道："好姐姐，我的好姐姐，你偷偷带我去陕西好不好？"

清河听说狄詠要去陕西，已然担心，忽然听到柔嘉竟然来向自己要求这等荒唐的事情，一时间真是哭笑不得，道："你？你要去陕西做什么？"

柔嘉此时满心的热切，正要说心中的话，忽然间望见梓儿紧张的目光正落在自己身上，不自觉晕红了双颊，便咽回到了已到口边的话，吞吐道："我……我没去过外面，想看看打仗的情形，在京师天天被关在府中，闷也闷死了！"

"你！真是胡闹！"清河不知她心事，听了她这样孩子气的话，不由又是好气又好笑，正待再说，却见柔嘉的眼圈立时间便红了，泪水盈上眼眶，楚楚可怜地望着自己凄然道："十一娘！我们打小就不曾分离，我可舍不得你一个人去那里。"

清河心中一软，她全然不知柔嘉的心事，还只道她真是舍不得自己，竟生出这样荒唐的念头，不由感动，几乎便要忍不住答允下来。但她终是知道这种事情实在过于匪夷所思，自己纵然答应，那也是万万做不得数的，便柔声劝道："十九娘，我自然也舍不得你。可即使是我去了，我还会回来的。你若跟了我去陕西，别说于礼不合，娘娘与太后、皇后都会生气的。还有，你爹爹又如何舍得你？"

"我……我回来凭她们处罚便是了。十一娘，你……你舍得我吗？"柔嘉的眼泪似要流将下来，一边将手紧紧抓了清河的手，似嗔似怨地说道，"我不怕，你怕吗？我要跟你在一起！我也要去陕西！我万万不能教你一个人去！"

清河没料到她竟如此痴缠，一时间目瞪口呆，手足无措。她与柔嘉自幼一同长大，待她比亲妹子还亲，此时见她一心不肯离开自己，自己的心中，又何尝没有不舍，当下哪里能够拒绝？只是心中终有一丝理智，不禁望望柔嘉，又望望梓儿、王昉，一时之间，竟然不知道要如何是好。

7

几乎是与此同时。

汴京的皇宫中，偌大的崇政殿之内，只有赵顼与狄詠君臣二人。

赵顼的目光凝视着狄詠，温声问道："卿家可知崇政殿在太祖皇帝时，叫什么名字吗？"

狄詠不知赵顼的用意，但还是恭声答道："臣幼时，便曾听父亲说过，这崇政殿本名简贤讲武殿。"

"不错。"赵顼赞赏地点了点头，然后便静默着抬起头，远眺着殿外的天空，目光中流露出无限的热切与憧憬，"此殿本名简贤讲武殿。只为若要混一四海，就不能不简贤讲武！”狄詠静静地站在殿中，低垂着的目光却不经意地落在赵顼的腰间——皇帝今天罕见的佩了一柄佩剑！

“卿可知道，朕为何让卿去陕西？”不知过了多久，狄詠觉得赵顼的目光忽紧紧地盯住了自己，他不敢动弹，也不抬头，只是依旧保持静立倾听的姿势。听到赵顼忽然慢条斯理地问自己这么一句话，狄詠略想了一想，答道：“陛下是让臣去保护石越的安全。”

“卿是朕的侍卫首领，朕为何要让卿去保护一个臣子的安全？”赵顼的声音似乎突然间严厉起来。

“臣——愚昧！”狄詠一边说着，一边已经单膝跪了下来。

“卿常常读史书，朕一直很欣赏。读史可以鉴今。”皇帝的声音顿了一顿，忽又变得凝重起来，“朕今日正要告诉卿一个大秘密！”

狄詠忍不住抬了一下头，迎面见到赵顼热切而信赖的目光：“臣……臣何德何能……”

赵顼摆了摆手，打断了狄詠的话，道：“狄家世代都是忠臣，卿又是朕的堂妹夫，为人又忠直。所以朕信任卿。朕今日就是要告诉卿，朝廷最迟在八年之内，必然将对西夏大举用兵。朕将会不动声色的，逐步把精锐的部队调入陕西，并准备好军储物资，修葺好道路城寨，待一切准备就绪，就是灵夏光复之日。”

“臣愿为先锋！”狄詠胸中的热血顿时沸腾起来，奋声说道。

“朕不会让你去做先锋。朕很疼清河这个妹子，不想让她守寡——朕要对你说的是，在这八年之内，陕西路安抚使将会掌握越来越多的禁军。虽然目前禁军依然受枢密院节制，虽然有卫尉寺、监察御史，虽然还有种种的防范措施……但是唐代藩镇之乱，实在让朕难以放心。”狄詠一边皇帝讲着这些，心中不由微感迷惑，但听到最后这一句，他便猛然惊醒。果然，只听赵顼继续说道：“若是让宦官去监军，不仅有唐代的殷鉴，还会有朝廷内外的阻力。这是下策，朕不取它。朕要让朕最信任的人，去做安抚使的护卫首领。”

“臣……”

赵顼走近他，伸手轻轻拍了拍狄詠的肩膀，轻声道：“朕信任卿，能替朕办好这个差使。不仅要保护忠于朝廷的安抚使不被西夏人刺杀，同时，也要保证这个安抚使，绝对忠于朝廷！”

“臣绝不敢辜负陛下的重托！”狄詠沉声应道。但他心中刚刚沸腾起来的热血，却因赵顼这后来的几句话，而渐渐冷却下来。他不由得在心底苦笑了一下，原来，他去陕西，不是如他希望的，去与西夏人作战；而是作为皇帝的耳目，来防范陕西路安抚使石越。

目送狄詠离开崇政殿后，赵顼静静地坐在宽大的御椅上，想着心事。李向安率领一干内侍轻轻进入殿中，见到皇帝这副模样，不由都呆住了，只得屏声静气地侍候着，不敢惊扰。如此过了许久，赵顼才回过神来，向李向安说道："摆驾，朕要去一次枢密院。"

"官家。"李向安小心翼翼地说道，"文相公今日去了讲武学堂，王枢副已病了四五天了。"

"朕知道。"赵顼淡淡说道，"只管摆驾便是。"

"遵旨。"李向安忍住心中的疑惑，尖着嗓子答应了。

从崇政殿至枢密院，原不用多长时间。只是皇帝一般不会亲临枢府，因此赵顼突然前往枢府，虽然有人事先通知，也让群龙无首的枢密院官员慌得手忙脚乱。好在枢密院都承旨曾孝宽是做老了事的人，忙引着众官吏列队参拜。待一干礼节过了，赵顼便吩咐众官吏各归本房，只让曾孝宽领着他径直往侍卫司走去。到了侍卫司，侍卫司知事慌忙领了本司同知事、检详官、计议官等大小官吏前来拜见。赵顼打量诸人，随口问了几句侍卫司的事情，忽然回头向曾孝宽问道："石越的义弟唐康不是在侍卫司差遣吗？"

曾孝宽一愣，不知道皇帝为何问起唐康，一时间也猜不出他的用意，只好老实答道："唐康已经调至沿海制置使司，权任同知事。"赵顼微微一愣，他没有料到唐康居然升官了。但是六品以下官员的任命，他自然不可能知道。文彦博要提拔他的孙女婿，只要给事中与御史们没意见，那便容易得很。曾孝宽偷眼觑着皇帝神态，他虽然与文彦博关系一般，但是与唐康关系却不错，忙又解释道："唐康曾出使高丽，通晓海事，因海船水军最近事务繁多，兼之唐康与高丽使者谈判江华岛、瑞宋岛有功，所以才将其调至沿海制置使司，权任同知事，暂时负责调配江华岛、瑞宋岛驻军、筑城之事。"所谓的"瑞宋岛"，便是由赵顼亲笔赐名，位于高丽国与日本国之间的大岛，唐康与高丽使者谈判后，宋朝用八百枚震天雷换来，成为大宋极东之领土。

赵顼脸色稍霁，笑道："唐康现在在哪里？"

"回陛下，唐康随文相公去了讲武学堂，去与章楶讨论创建大宋水师学校与伏波学堂的利弊，以备陛下咨询。"

枢密院希望抛开兵部，将海船水军这个新兴的兵种完全置于自己的影响之下，已经是公开的秘密。文彦博几次向赵顼提出，如果通过章楶的建议，那么大宋水师学校与伏波学堂，就应当隶属于枢密院。因此赵顼对于曾孝宽的解释，倒并不吃惊，只笑道："原来如此。听说枢密院还有个官员，也曾出使过高丽，在高丽还讲过学，且曲子词作得极好，是个才子。他却在哪个房？"

“禀陛下，此人姓秦名观，字少游。现在编修所任编修官。”

“秦观……”赵顼轻轻重复了一遍这个名字，笑道，“确是这个名字，传他过来，朕想见见他。”

“遵旨。”

不须多时，秦观便被引至赵顼面前。

“臣枢密院编修官秦观，叩见皇上。”秦观见到皇帝，忙拜倒行礼。赵顼微一打量秦观，见他人物出众，倜傥不凡，不由先暗暗喝了一声彩，待他行礼完毕，便和颜微笑道：“免礼平身。”其实赵顼曾经召见过一次秦观，但是此时却早已忘记了。

“谢皇上。”秦观站起身来，目光飞快地掠过脸色犹自苍白的皇帝一眼，才恭敬地叉手侍立。

赵顼微笑道：“无端天与娉婷，夜月一帘幽梦，春风十里柔情。怎奈向、欢娱渐随流水，素弦声断，翠绡香减，那堪片片飞花弄晚，蒙蒙残雨笼晴。正销凝。黄鹂又啼数声。这是卿家的词吧？”

他念的，正是秦观写的一首《八六子》的下半阕。在汴京流传已有数年，早便传入宫中，正是王贤妃最爱唱的一首词。秦观不料皇帝居然记得自己的词，颇有些受宠若惊，口中却谦逊道：“劣作实实有辱皇上清听。”

赵顼却来了兴致，便笑道：“这‘夜月一帘幽梦，春风十里柔情’，不禁让人想起杜牧‘春风十里扬州路，卷上珠帘总不如’，想来这曲子，只怕是秦卿与一位姑娘分别之作吧？”

“是。”秦观没料到皇帝竟会同自己说起这些，竟然有些讷讷起来。

赵顼哈哈大笑，又道：“朕以为卿家这首小词，一个‘弄’字，一个‘笼’字，用的是极妙的。不过卿家的词，悲伤、悔恨、烦恼过多，却也是一病。”

“皇上指教得甚是！”秦观诚恳地应道，一边似乎心有所感地叹道，“其实‘文章憎命达’，古人诚不我欺。现下若让臣再写《八六子》这样的词，却是怎么也写不出来了。”

“这些是小道，经邦济世才是大道。”赵顼不以为然地说道，“朕此次召见卿家，可不会是因为卿家的词写得好，而是因为卿家曾经名重于高丽。”

“全赖皇上之威德。”秦观虽是大才子，但此时也不知道该说什么为好，便只好给皇帝加了顶大帽子。

谁知赵顼却摇摇头，道：“朕不爱听这些场面话。卿在枢府已久，朕是想听听卿对高丽局势的看法。”

“是。”秦观万万想不到皇帝亲自来询问自己如此军国大事，这比起皇帝记得自己的一首小词来，无疑更让秦观激动，略微理了理思绪，便朗声说道，“自从高丽使者来京乞援，朝廷虽已派使者前往辽国，劝说辽主息兵。但高丽国每年都有大批儒生来大宋求学，朝廷帮助高丽兴建学校与图书馆，赠送儒释道经书与医书；朝廷又驻军江华、瑞宋二岛，同意帮助高丽国武装军队，稳固王运地位，可以说高丽绝辽亲宋之势已成。而辽主为防日后腹背受敌，绝对不会容忍高丽亲宋。所以，臣以为辽国用武力逼迫高丽，只是一个时间问题。也许辽主会在彻底解决耶律乙辛与杨遵勖、女直之后，再来对付高丽，所以会暂时送我大宋一个顺水人情；但臣却以为，辽主未必会允许王运站稳脚跟。”

“嗯。”赵顼不置可否地笑笑，道，“卿以为，只要解决辽国的威胁，高丽就一定会亲附我大宋？”

“皇上，臣以为，这要时间，要慢慢经营。但眼下来看，对大宋有利。”

“几天之前，朕接到张商英与蔡京的表章，道高丽国已经仿照大宋，正式成立市舶司。同时，高丽国将自己的一部分水军，改编成隶属于市舶司的商船队，主动前往日本国、杭州、泉州贸易。并且希望朕能允许他们的商船队，前往南海地区贸易。”赵顼淡淡地说道：“卿以为，朕是应当答应他们，还是拒绝他们？”

秦观吃了一惊，想了一会儿，方答道：“臣以为，既不应当答应他们，也不应当拒绝他们。”

“此话怎讲？”

“海外贸易之中，大宋利润较大的，是丝绸、瓷器、钟表、棉布、蔗糖等物，这些物品，高丽人做不出来，因此，即使高丽国主动想加入海外贸易，也不会影响到我大宋的利益。孟子说，无敌国外患者，国恒亡。多一个高丽，可以时刻警醒我们。但是让高丽海船水军积累过多的经验，会影响大宋海船水军对东海地区的控制。因此，臣以为，应当告诉高丽，大宋欢迎他们进行海外贸易，但是做事不能太急，要一步一步来，大宋允许其水军武装航行于高丽与日本国之间，并且许其在瑞宋岛进行补给；但是前来杭州与泉州的船队，其安全由大宋海船水军负责，航线、港口由杭州市舶司指定；至于南海地区，风浪太大，高丽的船只难以应付，不如先积累几年的远航经验再说不迟。若是民船想要远航南海，大宋会一视同仁对待，但是整个南海，都属于大宋皇帝陛下，因此，大宋会适当征收关税。”

赵顼听到秦观的对策，不由哈哈大笑，赞道：“甚善！”他端视了秦观一阵，忽然问道，“蔡京上表，言道为加强对高丽的影响，有必要向开城派一个常驻使节，同时允许高丽国派使者常驻汴京与杭州，卿以为如何？”

“臣以为这是急务。在开京常驻使节，可方便掌握高丽国情，以备朝廷决策。”

赵顼又是微微一笑，忽冷不防地说道：“若朕有意让卿常驻高丽，卿意如何？”

此言一出，不仅是秦观，便是连曾孝宽都不由吃了一惊。但此时秦观无任何犹豫，急忙拜倒，朗声道："若能为国效力，臣不敢辞。"

赵顼本来是想让唐康去常驻高丽，顺便给唐康升一下官，算是对石越的某种补偿，不料到了枢密院，才意识到唐康也是文彦博的孙女婿，且在枢密院颇受重视，因召见秦观，见他对答如意，想到秦观在高丽也是颇有名气，倒也是常驻高丽使节的合适人选。因此便让秦观得了这份差使。赵顼见秦观一口答应，便点头笑道："卿可等候吏部的任命。"正要再勉慰几句，忽见一个内侍在外面探头探脑，正在奇怪，便见李向安走到身边，低声说道："官家，娘娘凤体欠安。"

赵顼闻言心头一惊，曹太皇太后的病情虽未痊愈，但近来已略有好转，这时忽然匆匆来报"凤体欠安"，那定然是出现了大的反复。赵顼对曹太后向来敬爱，这时候也顾不得多说，匆忙起身，道："快，去庆寿宫。"

8

赵顼赶到庆寿宫时，高太后、向皇后、朱妃、王贤妃等众妃都已到了。赵顼瞥了众人一眼，见众人眼角都有泪痕，心中更是惊疑不定，当下只是简单地向高太后行了一礼，便问道："母后，娘娘怎么样了？"

高太后低声道："太医正在把脉，张严说，今天晨起时娘娘便吐了血痰。"

"啊？"赵顼只觉胸中一时气闷，几乎喘不过气来，他定了定神，缓过气来，低声道，"朕进去看看。"说罢也不顾不管，径直往曹太后的寝宫走去。高太后素知自己这个儿子的脾气，也不阻挡，只是双手合十，默念祷告。

赵顼才走近寝宫，尚未进门，便见几个太医刚刚把完脉出来，不提防皇帝忽走了过来，慌得连忙跪倒，正要参拜。赵顼已是不耐烦地摇了摇头，道："这些礼节先省了，娘娘的病要不要紧？"

众太医你看看我，我看看你，都不敢说话。赵顼看到这光景，心里也知道曹太后的病情严重了，他怕曹太后听到，也不再追问，只冷冷喝道："发什么愣？还不快去开方子进汤药。"

"是！"众太医如蒙大赦，忙不迭地退了出来。

赵顼这才轻轻掀开珠帘，走进寝宫之中。他刚刚进去，便听到曹太后低声说道："是官家来了吗？"

赵顼已知是自己在外面说话被曹太后听到了，忙应道："娘娘，是朕来给娘娘请安。"

"难为官家了。"曹太后轻咳了几声，又说道，"官家，走近来点，我想与官家说几句话。"一面又吩咐道："张严，你率着众人都退出去吧，这里先不用你们侍候。"

“是。”张严一边答应了，一边便指挥着一干宫嫔内侍，静静地退了出去。

赵顼此时已走到曹太后的床边，见曹太后斜斜倚在床上，头上并没有戴凤冠，只将满头花白的头发如普通妇人一般盘起，仅插了一根白玉钗，更衬得她老态龙钟、形容枯槁。她的脸上因久病而缺少血红，显得极为苍白，唯余一双眸子，依然炯炯有神。赵顼忽然间一阵心酸，垂下头竟是不敢再看。

却听曹太后道：“官家，你坐下来，听我说话。”

“是。”赵顼一边答应道，一边挨着床沿坐了，脸上打起笑容，道，“娘娘身体不适，眼下还不宜劳神，听说琼林苑牡丹快开了，娘娘且安心静养，过些日子，朕陪娘娘一道去赏花。”

曹太后淡淡一笑，道：“官家不用安慰我。我这病，只怕是好不了了。不过是拖罢了，能拖到几时便算几时，都算是从阎王那里挣回来的。这生死之事，我一向都看得甚淡。”

赵顼强笑着宽慰道：“娘娘吉人自有天相……”

曹太后摇了摇头，道：“官家不必说这些话。天下妇人中，以我最贵，但再贵的人，也逃不过天命。死不死不打紧，唯有几件事情，却是我放心不下的，却要先和官家交代了。说完了这些话，那时才再无牵挂……不论什么时候走了，也不怕见仁宗皇帝。”

“娘娘说哪里话……”

“官家！”曹太后却温柔地打断了赵顼的话，她慈爱地看着赵顼，微笑道，“官家虽然不是我的亲孙子，但是我一生无子，在我的心里，却是将官家当成亲孙儿一般。即使当年与你父皇英宗有过濮议之争，但我心中想的，也只是大宋皇家的体统。并……并不曾有过半点私心……”

“孙儿明白。”赵顼低声说道，在他心里，的确是相信曹太后是位没有权力欲的女人。

“官家是个好皇帝。”曹太后淡淡的笑容中，包含着赞许与期待，“祖宗的基业交到官家手中，我相信一定会更加光大。现在朝廷的财政已经渐渐变好，虽然朝廷也重商言利，但是官家能重视教化之功，几年之内，学校之多，为大宋建国百余年来所未曾有；兵威耀于海外，而百姓无劳役之困……这些，都是前人所不曾有的成就。”

赵顼极少听到曹太后如此赞扬，心中不由颇觉得意，当下笑道：“朕亦颇觉欣慰。”

“我还听说，兵器研究院造出了一种叫火炮的火器，能发出雷鸣般的巨响，将很远的砖墙轰得粉碎……”

“确有此事。”提到火炮，赵顼便不由得两眼发光，精神大振，笑道，“朕打算在大宋每座重要的城池关塞，都装备这种火炮。若能改造开封城墙，装备上几十门这样的火炮，再在北面筑几座装备火炮的堡垒，京师附近驻防禁军，十二万都是绰绰有余。”

“嗯。”曹太后不置可否地应道，“大宋建都汴京，号称四战之地，无险可守。

祖宗不得已方驻重兵于此，是以重兵为险。若那火炮当真有用，京师少驻一个兵，百姓就少一分转运之累。”

“朕亦如是想。东南百姓最受累的，就是要把大量的物资千里转运，送往京师。因此也浪费大量的国力……”兴致勃勃说着的赵顼忽停了下来，因为他惊讶地发现曹太后的眼中，其实并没有喜悦与轻松，反倒有一种说不出的忧虑。“娘娘？你在担心什么？”

“我的确在担心。”曹太后轻轻地叹了口气，“大宋眼前的国势，按理说我应当欣慰，应当高兴。但是想到这一切，我都明明感觉到，这一切都与石越有关。”

“石越？”

“是啊，一个让活了几十年的老太婆也看不懂的年轻人。”曹太后慢声说道，“这几日里，我老是做梦，梦到太祖、太宗皇帝托梦给石越……还梦到……”

“娘娘还梦到什么？”

曹太后犹豫了一阵，终于说道：“还梦到昌王……以及王贤妃肚子里的那孩子……”

赵顼的身子恍如被什么击中，竟是彻底愣住了。

“官家正当春秋鼎盛，有些话我本来不当说。但是自官家病了那场之后，我就总在担心，担心官家的身子。官家太过于劳累国事了……”曹太后摇了摇头，“不怕一万，就怕万一，我担心……”

“娘娘只管直说。祖孙之间，不必有顾忌。”赵顼差不多已经知道曹太后想要说什么，可是他还想听曹太后亲口说出，因为这些事，天下间只怕除了曹太后，再无一人会和他提起，会跟他推心置腹，为他考虑，就连他的母亲，只怕都不能。

“官家真是个好皇帝。”曹太后的声音充满了关切，“若是官家能平安无事，待到官家的儿子成人。那么一切都是老太婆在杞人忧天。但若是有什么万一……那石越，在官家手下，是个千年难遇的能臣、贤臣，但在官家未成年的儿子朝中，就必然是个权臣；昌王，官家在，自然是贤王，但在官家未成年的儿子朝中，就难保不是个吴王、淮南王；再加上王贤妃肚子里的，还不知是个皇子还是公主，若真是一个小皇子……唉，若佣儿平平安安长大，或者皇后能生个嫡子，倒也罢了，否则，王贤妃之子，就是皇长子……”

赵顼默然无语，石越与赵颢，他自信已经安排好了对策，但是王贤妃之子，却是他没有想过的——毕竟，那也是自己的儿子！但是曹太后的担忧，却无疑在他心中增添了块阴云。当时婴儿养大不易，纵然是皇家，也在所难免，何况宫闱之内……他有些不敢再想下去，却又不能不想。最坏的情况自然是，万一赵佣夭折，而他除了王贤妃之子以外再无子嗣，那么支持赵颢的大臣，赵顼不用想也知道会占绝大多数。而且，平心而论，虽然赵顼很喜欢王贤妃，但是他现在并没有半点要传位给王贤妃肚子里的孩子的意思——虽然那也是他的儿子。

“这些事情，我毕竟是女流，不能代官家筹策，只是事先给官家提个醒。如今国家虽然欣欣向荣，却也是危机四伏。社稷之重，在于官家一身之安危。官家一定要好好爱惜自己；若是缓急之时，莫忘记司马光、范纯仁、王安石……”

“朕当谨记娘娘教诲。”赵顼眼眶微热，感激地看着曹太后。

“那就好。”说了许多的话，曹太后已经略感疲倦，“官家能做个好皇帝，让国家富强，百姓富足，替祖宗守住这份基业，我纵是死了，也无遗憾。我有点儿困了，官家出去告诉你母后她们，不必进来请安了。”

“是。”赵顼轻轻起身，亲手替曹太后整了整被子，蹑手蹑脚地退出了寝宫。

9

五日之后。万里晴空。

这一天，是狄詠远赴陕西的日子。作为宗室的清河郡主，也被皇帝特许随夫前往陕西。狄詠的官职在外人眼中看来，十分奇怪：昭武校尉、武经阁侍读、兵部职方司员外郎兼陕西房知事、兼权陕西安抚使司护卫都指挥使。而同往陕西的人，除了狄詠一家之外，还有狄詠挑选的几十个班直侍卫，在他们光鲜的胄甲外面，都套着一件丝罗绯色背心，背心上绣着一只振翅张爪的恶雕。这件背心的图案，清楚地告诉每一个人，背心的主人，是大宋皇帝的班直侍卫。

狄詠一行刚刚出了内城的郑门，正浩浩荡荡欲从新郑门出门。不料才走了数十步，便见到一个庞大的乐队迎面而来。只见这个乐队约有一二百人左右，中间有十六人抬了一面大鼓，一个大汉站在鼓架上击鼓；以大鼓为中心，有数十名乐手各持乐器环绕，纵情鼓吹，烘托出一派喜气洋洋的气氛。最外围则是许多妖冶妩媚的妓女，在前面的，戴冠子穿花衫，是最普通的妓女；中间的，戴珠翠朵玉头冠，穿销金衫裙，或拿花斗鼓，或捧龙阮琴瑟，这是有名的青楼女子；最后的十多名妓女，骑着富丽堂皇的马匹，配着银鞍与珠宝勒带，马前还有一些身着锦衣的浪荡公子牵马，马旁有手持青绢白扇的膏粱子弟扶持。而最显眼的，则是大队伍最前面五个壮汉打着的一面高达三丈的白色布牌——狄詠仰首望去，只见布牌上写着：“江南十八家商号联号酒坊，由高手酒匠，酿造一色上等甘蔗酒露，呈中钦赐名号‘甘露酒’！”

狄詠在汴京已久，却是从未见过这等稀罕事。看情形，分明是江南十八家商号联号，在宣传他们的“甘露酒”。他定睛瞅去，却见旁边还有一队皂衣青年，还担着好几担样酒，沿街向围观的路人赠酒尝新，还有一队青衣青年，则在赠送点心。

狄詠停下来观望，坐在马车内的清河只听到外间音乐四起，欢声笑语不断，却不知道发生了何事，更不知马车为何停了下来，当下忍不住掀开一角车帘，偷偷打量外面。她不能看到全貌，却已经对眼前之景感到非常好奇，正待叫了一个婆子过来悄悄询问，那乐队中的人已经看到了狄詠一行，居然也不回避，反倒欢天喜地地迎了上来。一个锦衣少年走到狄詠马前，将右手举起，叫了声："停！"那些乐手们立时便停止了鼓吹，与街上的行人们一起，一齐静静地注视着他与狄詠。

锦衣少年显然认得眼中之人便是名闻天下的"人样子"，向狄詠作了一揖，笑吟吟地说道："今日是大宋三十六家大酒坊在开封府斗酒，不知是小人们几世修来的福气，竟然能碰上狄郡马与清河郡主出行，小人斗胆，请郡马爷与郡主赏脸，尝尝小号的甘露酒——郡马爷作证，小号纵有千个胆子，也不敢犯上吹嘘，小号之酒，实实是天子御笔赐名！若郡马爷尝了满意，只要爷赞一个'好'字，小号即将美酒送至郡马府，请郡马细细品评；若爷以为不好，亦只要爷说一个'劣'字，小号立时掩了旗，息了鼓，不敢再在这汴京城里张扬！"

狄詠听这个锦衣少年的话，自信中带着央求与狡黠，他先说了是皇帝亲口称赞并赐名的美酒，便是量定了狄詠不会说"劣"，又用美酒公然"贿赂"，只要他狄詠喝了这酒，赞了一个"好"字，不免又会成为他们宣传的口实，想起要在一面三丈白布牌上写上"狄郡马亲口品尝赞誉"这样的字迹，狄詠几乎不由得打了个寒战。但是人家笑脸软语相求，他又不便拒绝，当下只得勉为其难，接过一杯酒来，放到嘴边抿了一口，只觉入口香甜，不觉一口饮完，正要称赞，便听到一阵丝竹之声从右边的街道传来，然后便有一个妇人大声呼道："郡马爷且慢开口！"

狄詠转眼望去，却见一个半老徐娘，穿红着绿，手持团扇，一步三摇地走了过来。她身后的队伍，大抵也如这江南十八家商号联号酒坊的规模，不过却没有中年汉子，也没有大鼓，是清一色怀抱琵琶的女子与锦衣小厮。那队伍前面，却是一面三丈高的绿布牌，写着"烈武王府祖传秘技，酿造一色上等浓辣无比高酒，呈中第一"。

这个牌子却是非同小可，狄詠不由得心神一震。烈武王，便是高太后、高遵裕的先祖！宋代造酒卖酒，向来是官府垄断，大部分是由官办的酒库酿酒出售给有许可证的商家，只有少数商家被许可自己酿酒出卖，但都要受到严格的检查；直到开发湖广，经营海外，甘蔗酒等蒸馏酒发明，酒禁稍弛，商人们可以购买许可证大规模酿酒，这才引起了官私酒坊在酒类市场的竞争。但是开放的一块，却主要是甘蔗酒与果子酒，传统酒业，对于私人酿酒，纵得许可，官府也依然有严格的配额限制。似高家这样的大世家，虽然府中莫不是自己酿酒，有些名酒还天下知名，但是却是不可以乱卖的。何况，若是旁人家倒也罢了，最要紧的，却是狄詠知道，高太后一向对家人要求十分严厉，绝不许高家子弟经商、干政，更不许高家子弟目无法纪。似这么样张扬显摆，岂是高家的作风？

正在沉吟间，那妇人却已走近，朝着狄詠敛身一礼，笑道：“所谓货比三家。还请郡马爷也来尝尝当今太后娘家的好酒，再品评是哪家的酒更好，哪家的酒较劣不迟！”她说完，一面捧上一杯美酒递给狄詠，一面还不忘丢个白眼给江南十八家商号的锦衣少年，显然，话语中的咄咄逼人，是对他而发。

狄詠接过酒来，不由暗暗苦笑。眼下之事，表面上虽然只是两家酒坊的竞争，但是若被人往深里追究，却可以挖出无穷无尽的话柄来。这高太后家自然不能得罪，但是这江南十八家商号，又是好轻易得罪的吗？别说唐家背后的石越，单单他们能把酒贡上宫廷，并且求得皇帝御笔赐名，这份能量，就不能小瞧了。更何况，这十八家商号，与自己的兄弟狄谘，只怕也有说不清道不明的联系……狄詠摇了摇头，心中打定主意，决意两边均不得罪。当下捧起酒杯，仰脖喝下，方一入口，便觉奇辣无比，他没喝惯这种酒，猝不及防，竟连咳数声，几乎把一杯酒尽数呛咳了出来。高家之酒名不虚传，果然“浓辣无比”，只是未免令人难以消受。他这一呛不打紧，几乎同时便听到十八家商号那边鼓乐齐鸣，人人欢欣鼓舞，那锦衣少年得意扬扬地高声呼道：“呈中第一，不过如此。”

那妇人做梦也料想不到竟会有此变故，脸上不由青一阵白一阵，好不容易缓过神来，强作笑颜，挥着手中团扇向众人高声喊道：“烈武王府美酒，果然浓辣无比！”

但是狄詠将酒呛出，却是这御街上人所共见，谁又相信是狄詠这个名将之后会被一杯酒给辣住，都只道是这酒喝不得，“呈中第一”不过是沾了高太后的面子，因此连这高家的乐队免费派酒，都有人摇头拒绝，众人都争先恐后去品尝江南十八商号的“甘露酒”去了……

狄詠暗暗叫苦不迭，这真是哑巴吃黄连，有苦说不出。知道的说他是无意，不知道的却定要疑他是故意。他回头望了清河郡主的马车一眼，便见那掀开的一角车帘中露出的眼睛中，也写满了无奈之意。

第二十九章

石门烽烟

国之兴亡在事，事之成否在人。

——佚名

1

西边的夕阳已隐入山中，晚霞渐渐消退，乳白色的炊烟却依然飘荡在天际。小虫子们已经开始聚集成团在空中嗡嗡飞旋。黄昏里的熙宁寨看来美丽而安详。

在崎岖不平的山路之上，正有一行三百余人的骑客燃起了火把，高高举起照亮着前行的道路，马蹄踏踏。旗帜在风中猎猎飘舞，在火光中，依稀可以辨出那上面的写有“陕西”“安抚”等字样。

行在队伍中间的石越，正骑着一匹黑色的河套马，被数十个护卫紧紧拥簇着，离他最近的，是他最亲近的幕僚潘照临。

“离熙宁寨还有多远？”石越微微皱着眉，有些疲倦地问道，在这崎岖的山路上行走，尤其是骑在马上，这么整整走了一天，就算是他的精力充沛，此时也觉得腰部酸痛，而大腿内侧的皮似乎也已经磨破了，每行一步就隐隐作痛。虽然知道还有更舒适的方法——坐轿，但这却是石越绝对不愿意开启的先例。在这一点上，他十分同意王安石的观点：纵然是古代最暴虐的君主，也不曾把人当成牲畜来使用。

“还有六七里左右。”潘照临含笑看了石越一眼，但顿了一顿，似乎是无意地又补充了一句，“侍剑他们昨日已经先到了熙宁寨。”

“这是我巡视的最后一站了。”石越点了点头，淡淡说道。不知不觉，他现在已经过了而立之年，这些年来的钩心斗角，早令他习惯了掩饰自己的心情，因此，虽然心中很期待与侍剑重逢，虽然对潘照临没有任何怀疑，但内心的情绪还是被习惯性地压抑在心底，而绝不会表露在脸上。

潘照临赞许地点点头，道：“公子的决定，我很赞同。看来石门水阴的狼烟，很快就要燃起……”

石越摇了摇头，脸上不由泛起一丝苦笑，声音低得像是自言自语：“只要不被人以为我在推卸责任，已算不错了。”

“公子何必在乎别人的议论？”潘照临淡淡地说，声音中有种说不出的高傲，“其实公子在此间，于战事并无帮助。若是不做决策，则身份尴尬；若是点将派兵呢，则众将肯不肯听命还是未知数，稍有失误，更是自取其辱，败坏国事。还不如放手将事情交给高遵裕与种谊的好。”

“我明白。”石越点了点头，他自己也很清楚，自己经学之术虽然闻名天下，人人皆知，但是对于他军事上的才能，只怕人人都会抱有怀疑的态度，尤其那些久历战阵的将领，更难保不会心生轻视。

“其实，我更担心的倒是讲宗岭的情形……”

石越勒住马头，望了潘照临一眼，却沉声道：“用人不疑，疑人不用。”

潘照临沉默了良久，才点了点头。石越见他赞同，不由微微一笑，拍了拍马，继续向前走去。潘照临连忙夹马跟上，又问道：“公子真的要准备上那道奏章？”

“自然要上。”

“乡兵之制，自五代以来有之，只恐如今轻易难改。”

“仁宗以来，陕西一路，三丁选一，募为乡兵。其后更是不断增刺。但又何尝得过乡兵之用？渭州乡兵，虽然素称骁勇，但你我亲身巡视所得，又当如何？真正能够打仗的乡兵，不过少数弓箭手而已。朝廷的大臣们，贪图的只是征募乡兵，可以节省军费；同时又有什么兵农合一的古意，却不知道这些乡兵被征募而来，其作用不过是供边境的官吏将帅们差使，甚至是用来走私！”

“走私？”潘照临不由一愣，他学问再高明，也是听不懂这个词的。

“就是回易。”意识到自己用词不当，石越忙又解释道，“边境将领私役乡兵甚至禁军，常私自与边番进行茶马等贸易，中饱私囊，在仁宗时已经下令禁止，但却屡禁不止，反倒是愈演愈烈。”

潘照临对“回易”的意思倒是十分明白，因道：“军队进行回易，利润丰厚，嘉祐年间，贾逵令军士回易，五十天内得息四倍；庆历年间范文正守边，用军饷为本钱，用军队进行回易，得利息二万余贯。虽然此二人所得之钱，都是为了劳军之用，但由此可以看出回易的利润之高。”

“用军饷为本钱，用军队供差使，却不必上缴一文钱的关税！”石越冷冷一笑，轻声道，“难怪高遵裕发了大财——这件事情我暂时不和他计较，但是朝廷在陕西征募数以十万计的乡兵，却是为了什么？朝廷没有得到一点儿好处，乡兵却白白成了地方守吏的仆役！表面上乡兵只是农闲时训练，可实际上却无时无刻不受差役！陕西路为什么穷？那是因为陕西路的男丁永远都在服役。”

“但是，公子若请求解散陕西路的乡兵，只怕会触犯许多人的利益。乡兵是遍布全国的，陕西路开了头，就意味着全国的乡兵都难以再持久下去。朝中许多人都会竭力反对。破坏防秋，这个罪名只怕还没有人担当得起。”虽然知道石越的话正中乡兵之制的弊处，但一想到如今朝堂上的形势，潘照临就不得不出言提醒此举可能引致的后果。

“不得罪人是做不成事的！”石越提高声音说道，透过火光，可以看到他的嘴角紧紧抿着，似乎也透露了他的决心之大。

“但是得罪了太多的人，也一样做不成事！”

“我意已决。我会请求皇上除沿边弓箭手与沿边州军屯田乡兵之外，解散陕西路所有乡兵。沿边弓箭手的人数与训练时间，都须交兵部严格限制。十余万沿边州军屯田乡兵，待到西夏之事了后，也放还为民，土地赐予其本人。为了弥补解散乡兵可能出现的问题，一并奏请朝廷允许沿边州军乡里自发组织忠义社，受各地巡检节制，协助防秋。”石越的目光，有潘照临想象不到的固执或者说坚定。

“那边境至少会少掉十几万人的乡兵。而陕西全路少掉的乡兵就会有几十万！这些乡兵对于朝廷的确没有一点儿用处。但是十几万人，仅仅这个数字，就会让不明真相的人凭空产生多少不安？利益受到损害的人，一定会利用这种不安。所以，公子，我敢肯定，这份奏章绝对不会通过。”

石越猛地勒马，注视着潘照临，几乎是咬着牙说道：“它必须通过。陕西路要恢复，大量的成年男丁就不能被无用的兵役困住。我只有先把陕西的百姓从各种各样的差役中解脱出来，他们才能回家好好种田，一切农田水利之建设，才有前提。”

“请公子三思。若能直接征用这些乡兵去修水利，也是一个办法。”潘照临对于自己提出的办法，其实并没有自信。但他却不能眼看着石越在这个时候去挑战一个庞大的利益既得阶层。

“劳民伤财。兴修水利的劳力，要从水利设施的附近征募。”石越忽然扬鞭狠狠地抽了一下坐骑，坐骑负痛便加快了速度，慌得一干护卫连忙紧紧跟上。

2

天都山。

“镇戎军的宋军有增兵迹象？”

“渭州知州高遵裕到了镇戎军？”

“德顺军的宋军也在向北调动？”

李清在几日之内，连续接到关于宋军调动的密报，多达数十次，但是没有一次，有今日这么严重。镇戎军知军是渭州经略副使夏元畿，李清非常了解他，此人有两大爱好：回易、向士兵放高利贷。但抛开这两点，平心而论，夏元畿虽然有很多毛病，也称不上大将之才，但在军事方面，也并非全无能力之辈。

“是什么原因让高遵裕要亲自到镇戎军？”李清一身戎装，坐在大帐之中，苦苦思索着。毫无疑问，宋军将要有一次军事行动，而且必将是一次重要的军事行动。但是他们的目的究竟在哪里？“是天都山吗？”想到这里，李清不由哑然失笑。

“熙河一带的宋军，有没有动静？”李清忽然想起一事，不由问道。

“没有报告。”

“让探子继续盯紧了。”李清放下心来，如果宋军的目的是天都山，那么熙河一带的宋军，不可能不来夹攻。“取地图来。”“是。”有人取来一幅绘制粗陋的地图，铺在帅案上。李清紧锁着眉毛，目光在地图上上下移动。

“将军！”说话的人是左侍禁野乌玛，素以骁勇闻名军中。

“嗯？”李清只应了一声，目光却依然死死地盯着地图。

“末将以为，不必管宋人想做什么，要么就先发制人，现在就点兵去打熙宁寨；要么就后发制人，宋军到哪里，我们就打哪里。”

“我军现有多少人马？”李清微抬起眼，看了一眼野乌玛，淡淡地问道，然后再次将注意力转到地图之上。

“天都山驻军与各寨人马加起来，计一万马军，八千步军。”

“那你可知宋军有多少人马？”

“这……”野乌玛讷讷地答不出来。

“速速派人通知国相，请他来天都山点兵。”李清终于再次抬起头来，并顺手卷起地图，冷冷道，“宋军此次聚兵，其志非小。”

“是！”野乌玛等人虽然心中不信，却是丝毫不敢怠慢了李清的军令。

李清的军法之严，但凡在他帐中的将领军士，无一不知，也绝无人敢加以怠慢。是以立时就有人星夜下山，向梁乙埋报告去了。

然而一切似乎都有点儿晚了。

熙宁十年四月一日。也就是石越离开熙宁寨两天之后，大宋侍卫步军司下辖的振武军第一军、神锐军第二军近三万禁军，外加渭州、镇戎军的番军、未受整编的禁军约两万人，以及八千弓箭手，五万厢军、乡兵，三万役夫工匠，共计约十四万人马突然大举出寨，以迅雷不及掩耳之势拔掉了沿途西夏的几个小寨。顿时，西夏石门峡、没烟峡守军都燃起了狼烟，报急的信使紧急出动，向天都山驰去。

然而，在距石门峡以东、没烟峡以南各约十八里的石门水南岸，蔚茹河以西，距镇戎军约八十里的所在，宋军却突然停了下来。没等到石门峡与没烟峡的西夏守军松一口气，探子的报告，让他们又开始如坐针毡。

宋军竟然在那里开始扎寨筑城！

此城一旦建成，就与西夏控制的两大关隘石门峡、没烟峡正好构成一个等腰三角形，区区十八里的距离，意味着宋军可以随时来问候两关的西夏守军，而西夏军想要进入渭州的土地，就断不能视此城于不顾，否则不仅会后院起火，而且连回家的路都会被人掐断！

石门峡与没烟峡的西夏守将，哪怕用脚趾想，也知道这个地方筑城，是己方绝对不能允许的。但是两关现在仅有区区各三千的守军，宋军不来攻击自己，已经是谢天谢地，若要他们主动出击，这必败的一阵也是他们绝不敢承担的。所以，西夏守军只能眼睁睁地隔着石门水远远望着宋军在那个要害之地，迅速地立起几座大营寨，并开始挖河筑墙。

很快，两天时间便过去了。

3

每天，高遵裕都要巡视几遍营地。甲仗鲜明、军容整肃的部队，互为犄角的东西两大战营，会让他稍稍觉得安慰，但是匆匆忙忙用柴营法扎就的营寨，却又让他放心不下。幸好，与西夏军队中间还隔了一条河！修筑这座被石越称为“平夏城”的城堡，其实并非高遵裕所愿意。但是石越既然以安抚使之身份做了决定，就容不得他反对。他只能暗中上书枢密院，委婉地说明情况，并且托人告诉高太后，以备将来自己不被当成替罪羊；但表面上却不能不配合着石越，亲自率兵来此。因为他是渭州经略使，是唯一有资格来统领这十几万大军的人。高遵裕也相信，与其让石越这个文官来统兵，败坏国事，还不如自己来比较好。就算有事，也断不至于全军覆没。毕竟，如果让石越升帐，绝大部分的将领可能根本就不会去理会他。这几日，他都断然拒绝了刘昌祚进攻石门、没烟二峡的建议，他很明白，自己统率的十四万人马中，有八万是用来筑城的，真正能打仗的，只有五万八千人。而他们迟早都必将面临西夏人疯狂的反扑。因此，高遵裕亲率本部神锐军第二军等部队驻守西大营；而昭武校尉、振武军第一军都指挥使种谊则统领振武军第一军、未整编禁军与八千弓箭手驻扎在两三里外的东大营。他不允许任何无谓的牺牲。谨慎的高遵裕把斥候放得远远的，几乎直达石门、没烟二峡的关寨之外。然而让他疑惑的是：无论是石门峡还是没烟峡，西夏的守军们除了明显的加强戒备之外，并没有别的动静。

“他们怎么可能反应这么慢？”高遵裕虽然觉得西夏人的反应不寻常，但是他却不愿把这种疑惑表露出来扰乱军心。

“高帅！”翊麾校尉顾灵甫身着一件青黑色的瘊子甲，略显笨拙地走了过来。他的甲上套了一件深绿色背心，背心绣着长箭射日图——这个图案代表着神锐军。顾灵甫身着的瘊子甲，原本是羌人所造，这种甲用冷锻法加工而成，柔薄坚韧，光亮见发，五十步以外，强弩不能透甲。因为甲片冷锻到原来厚度的三分之一后，在末端会留下筷子大小的一块不锻，隐约如皮肤上的瘊子，故称“瘊子甲”。兵器研究院仿制成功之后，振武军什将以上，都装备了这种铠甲；而神锐军因为是轻装步兵，则只有陪戎副尉以上的军官，才会配备瘊子甲。

“何事？”看到来人是顾灵甫，高遵裕的脸色便已经微微沉了下来。顾灵甫身为神锐军第二军第三营的副都指挥使，负责西大营东门的防卫，在这样的时刻，怎么会跑到西门来？

顾灵甫却是面有喜色，禀道：“禀高帅，神卫营第四营即将到熙宁寨……”

高遵裕不待他说完，便不耐烦地喝道：“到熙宁寨又如何？用得着你亲来大呼小叫？”

“是。”顾灵甫被高遵裕没来由地一喝，顿时不敢说话，犹豫了好半晌，才放低声音，小心翼翼道，“熙宁寨寨主李贵派人禀报，说是神四营带来的各种火器与器械，数以千计。负责保护的军队却不过两个指挥，要请高帅发兵接应。”

“夏元畿没兵吗？”高遵裕怒道，“他既知事关重大，怎么又不发兵护送？”

顾灵甫低着头不敢应声，石越在的时候，夏元畿自然积极配合，但是石越一走，夏元畿就开始“兵力不足”了。只是这样的事，不仅他心里清楚，高遵裕也清楚，但以他的身份。如何敢直说出来？

“你叫人去告诉夏元畿，他的补给若有半点差池，就让他等着听参！”高遵裕厉声道。

顾灵甫不敢作声，只是求助似地望着高遵裕身后的一个道士。顾灵甫跟随高遵裕多年，知道这个叫“月明真人”的道士虽然只是偶尔出现，但是在高遵裕面前说话却颇有分量。但月明却看都没有看一眼顾灵甫，只是向高遵裕淡淡说道：“高帅，将帅不和，是兵家之忌。火器威力无比，是攻守利器，万一有失，则大事去矣。眼下还是让包顺去接应一下为好。”

高遵裕听到月明的话，果然火气略平，问道：“是谁护送神四营？”

“李贵的报告说，是郡马狄詠亲自护送。”

“狄詠？”高遵裕身子微微震动了一下，他没注意到，月明的脸色也略略变了一下，“他不是在汴京做御前侍卫吗？”

“末将亦不知端详。”

“难道皇上想提拔他，让他来挣边功？”高遵裕在心里沉吟着，须臾便做了决定：“包顺何在？”

“末将在。”仅着半身甲的包顺从高遵裕身后闪出，欠身应道。

“你速点三千番骑，前去接应神卫军第四营。若有差池，带你的人头回来见本帅！”

“是。”不多时，宋军西大营东门大开，三千番骑，向着熙宁寨方向驰去。

便在包顺的番骑离开不到两刻钟的时候，宋军西大营的西面与南面，探马们同时拼命挥舞着红、白两面大幡，高喊着：“贼军来袭！”驱马飞快地向营寨驰来。按大宋的军令，探马手中的红幡代表着骑军，白幡代表着步军，大声喊叫，则代表着敌人的数量超过一百人。同时挥动两面大幡且大声喊叫，意味着西夏人马步军大举来袭。立时，营寨中央的高台上，一面白色牙旗与一面红色牙旗高高举起，鼓角齐鸣。负责修筑的兵士与役夫工匠们立刻停止工作，避入后营之中，厢军与乡兵操起诸葛弩与弓箭，以防万一。而东西战营的士兵们，则紧闭寨门，枪盾居前，弓弩在后，进入战备状态。白色牙旗与红色牙旗的升起，是告诉全营将士，敌人来自北方与南方！

战争，终于开始了。

4

高遵裕亲自登上营中最高的箭楼，眺望西面与南面的敌情。此时，偌大的西大营中，除了绞动弩车的声音外，显得无比肃静。敌军尚在数里以外，远处的小山遮住了敌军的身影，只有高高扬起的灰尘，证实着西夏人确实大举来袭。

“高帅！”

高遵裕甚至不用回头，便知道说话的人，肯定是刘昌祚。“嗯？”他用鼻孔回应了一下。

“高帅！末将以为，西兵不足畏。何必结寨自保，徒示人以弱？”

“你又知道敌人的虚实？”

“高帅请看，南面之敌，尘高而锐，必是以马军为主；西面之敌，尘卑而广，必是以步军为主。高帅若能许末将出战，以第一营骑军为前锋，以番骑为策应，用迅雷不及掩耳之势冲击西面之敌，必可使西人胆裂！”

高遵裕冷冷地看了刘昌祚一眼，道：“刘将军听说过西夏人纯以步兵应战的吗？”

“纵是马军，亦不足惧。”刘昌祚与西夏人交过几次手，都是大占便宜，因此对西夏军队颇有轻视之意。

“不必多言！本帅自有计较。”高遵裕别过脸去，不再搭理刘昌祚。

“是。”刘昌祚不甘心地闭上了嘴巴，目光却紧紧盯着远处的西方。

没过多久，南方的西夏军率先出现在众人的视线之中，果然是骑军！但是让所有人大吃一惊的是，这支骑军的前列三千余骑，个个身披重甲，杀气腾腾，赫然是西夏最精锐的铁林军——俗称“平夏铁鹞子”！

气氛顿时紧张起来。刘昌祚不屑地“哼”了一声，却发现箭楼上许多将领的呼吸都急促起来。

平夏铁鹞子们在距离石门水约一千步左右的地方就停了下来，紧随着铁鹞子的“负担”们下了骆驼，协助铁鹞子们下马，倚马肃立。西夏军也在观察宋军。

“我军若不出击，铁鹞子纵然强悍，也不敢进攻我军大营！彼辈若敢渡河，我军当半渡而击之。”高遵裕不以为然地笑道。

刘昌祚心里暗暗叹气：“若不能赶跑西兵，我军又如何筑城？这么一条小水沟，如何拦得住西夏人？”但这番话，他却是无论如何，不敢说出口的。

仅仅过了一刻钟左右，西面没烟峡方面的敌军也终于出现在众人面前。高遵裕有意无意地看了刘昌祚一眼，刘昌祚顿时一阵脸红——西边的夏军，多达数万，虽然表面上看来是马步混编，但是刘昌祚却不可能不知道，来的实际上还是马军。因为西夏军的兵制，普通的一名马军，要配备两名步行的“负担”和一匹骆驼。

西大营中。神锐军第二军第一营驻地。

“来了多少西贼？”文焕一出现在众人面前，第五忠立时凑上去问道。

文焕笑嘻嘻地摇了摇头，道：“来多少杀多少，管那么多做什么？高帅已经答应，让我和你们一道打仗。这次要能挑上铁鹞子，就算是不虚此行了。”

“铁鹞子出动了？”听到“铁鹞子”三个字，连一直在整理弓箭的高伦也凑了上来，吴安国更是不动声色地扬了扬眉毛。

“是啊。”文焕笑道，“在讲武学堂与骁胜军的时候，老是听说正在整编的捧日军，是比铁鹞子更强悍的骑军，说得好像很厉害的样子。我早就想领教领教了。”

“我们第一营不到两千人马，那些番军虽然弓马娴熟，但是又不太守纪律，不知道配合作战会怎么样？”高伦可没有文焕那么乐观，他瞥了吴安国一眼，笑道：“镇卿，你说高帅会不会让我们出动？”

“不会。”吴安国冷冰冰地应了一句。

第五忠打了响指，看了一眼周围，见部下们或者在轻轻抚弄马匹，或者在再次检查装备，这才压低声音说道：“若是由我来指挥，我会让振武军为中阵，与西兵相抗，将马军配在两翼。到时候管他什么铁鹞子还是铁勾栏，若敢蛮来，都得玩完。”

文焕笑着摇了摇头，第五忠的主意并不是什么新鲜主意，种谊就向高遵裕提过几次，让振武军与番骑驻西大营，以神锐军为援。这样西夏军来攻，振武军的重装步兵就可以正面抵抗骑军的冲锋，而以番骑夹击扰乱敌军阵形，如果西夏军胆敢全面进攻，那么神锐军就可以从东方杀到，两面夹攻之下，西夏有败无胜。但种谊虽然是高遵裕的老部下，然种家将的威名太重，连高遵裕也有忌惮，他不仅不放心把一向由自己支配的番军调给种谊指挥，更不愿意种谊建下大功，因此竟然将振武军丢到东大营，自己亲率神锐军居西大营。这样一来，变成了一旦西大营受到全面攻击，种谊就要率领笨重的重装步兵，前来救援……但是这些内情，文焕自然不敢乱说。他本来就不是高遵裕的部下，不过适逢其会，能观摩一场战争，也是很不错的经历。若是多嘴多舌，到时候被人算计了，只怕都不知道是怎么死的。

所以，文焕只是微微一笑，拍了拍第五忠的肩膀，笑道：“第五兄忘记了讲武学堂的校训了吗？”

第五忠的脑海中立时浮现起朱仙镇讲武学堂校训的第一条：“武人之职，首在服从！”他不由苦笑了一下，道，“岂敢或忘。”

文焕正要说话，忽远远望见刘昌祚一脸肃然地走了过来，身后还跟着第一营副都指挥使薛文臣、第一营都虞候王傥，以及几名行军参军。文焕连忙闭嘴，与众人一道肃立迎接。只听刘昌祚刚一走近，就厉声喝道：“全营准备打仗！”

“是！”吴安国、第五忠、高伦等人连忙高声应道，立时回队指挥自己的部下。文焕牵了马走到薛文臣旁边，用眼神询问着。薛文臣压低了声音，附在文焕耳边说道：“东大营遇袭！受命增援。”

“啊？”文焕顿时惊愕得说不出话来。

5

刘昌祚的骑军从东门出去的时候，文焕又回头望了望营中的五彩牙旗，果然，一面更大的碧色牙旗已经举起。他略一凝神，似乎便可以隐约听见东大营传来的鼓声与杀伐之声。他下意识地看了北岸一眼，西夏的军队已经合兵一处，一支黑黝黝的骑军孤独地站立在西夏军的阵前，似乎与同侪全不相容，不知道是不是幻觉，文焕感觉到连西夏的其他部队，都与他们有意隔了一段距离。

“那就是铁鹞子吧？”文焕在心里感叹着。这是一只让大宋军人痛恨的军队，也是大宋军人最常提起的军队。在讲武学堂的时候，大祭酒章楶就经常向学员们提到这支部队，不过，在章质夫的口中，铁鹞子并不值得畏惧，真正的虎狼之师，应当是辽朝耶律信的骑军。因为如果一群恶狼由一只猪来统率，哪怕是只野猪，也不过如此。而耶律信的骑军，却是由老虎统率的狼群！“也许真的不过如此。但是……那种气势！真的是百战之师啊。”

“第一次打仗吧？”薛文臣误会了文焕的失神，友好地问道。

文焕冲薛文臣笑了一下，正要说话，便见到营都虞候王傥冷冰冰的眼神扫了过来，文焕连忙缩了缩脖子，不再说话。

第一营的队伍始终匀速前进着，保持阵形不乱。吴安国的第三指挥是前锋，第五忠的第二指挥是策前锋，刘昌祚的直属亲兵与一个指挥为中军，高伦与另一个指挥使分为左右翼，文焕就与营部待在一起。神锐军第二军第一营的士兵，绝大部分都是西军老兵，因此都显得很沉稳。吴安国似乎天生就会打仗，兼之生性冷冰冰的，反倒比久经战阵的人更加适应战争；只有文焕，手心兴奋得出汗，只好悄悄在弓上摩擦，心里面患得患失，恨不能立时飞到战场之上。

好在这种煎熬并不久。

很快，东大营的杀声与鼓角声，越来越清晰。眼见战场就要到了，突然，在一片不大的树林之前，前锋停了下来。

“怎么回事？”刘昌祚皱起了眉毛。

他的话音刚落，吴安国的副指挥使陈喜便策马到了他的面前，翻身下马，禀道：“禀将军，吴校尉请求暂停前进。”

“什么意思？”刘昌祚的脸立时沉了下来，恶狠狠地瞪着陈喜问道。薛文臣与文焕等人面面相觑，这是可以处斩的行为。

陈喜被刘昌祚瞪得腿一软，几乎跪倒，好不容易稳住心神，方讷讷禀道：“吴校尉请将军去前方看一眼便知。”

“好！我便去看一眼。”刘昌祚的话中，已经有了几分杀气。他策马正要向前，薛文臣慌忙拦住，道：“将军，让末将先去看一下。”

“不必了。”刘昌祚理都不理薛文臣，冷笑道，“我还怕吴镇卿造反不成？你守着中军便是。”

“是。”薛文臣无奈退开。王倪却带着一什执法队，紧紧跟了上去。陈喜连忙上马跟上，文焕略一迟疑，终究是好奇心切，也拍马追了上去。

众人进了树林，便见吴安国的第三指挥早已全体下马，正在倚马休息。吴安国与他的行军参军正目不转睛地注视着前方。刘昌祚策马过去，吴安国便已听到声响，转过身来，面无表情地行了一礼，指了指树林之外，低声道：“将军请看。”

刘昌祚等人闻言望去，便见树林以外约千步的地方，便是东大营所在。而此时，在东大营的前面，密密麻麻聚集了至少三万以上的西夏骑军。有数千人的前锋部队，在数百木牛的掩护下，冒着如蝗般的矢石，冲向东大营。营前遍地的残弓断矢和死尸，显示着这样的进攻，绝不是第一次了。“此时若乘机冲杀，攻城之敌必然溃散。”文焕心里暗暗计较着，但是他自然不会说出来，这会置吴安国于死地。

“将军请看营中。”仿佛料到众人所想，吴安国指着东大营说道，唯独声音依然冷漠。众人循声望去，却见东大营内的情况看得并不真切，只能看见猎猎牙旗飞扬，身着青黑色盔甲，几乎武装到牙齿的振武军士兵们，如同波浪般起伏，用一次射出几十支弩箭的床弩与抛石器，一波一波地齐射着，打击着来犯之敌。

“那些箭楼……”吴安国用冷漠嘲笑着众人的观察力。众人这才看到东大营的几座箭楼上，都配备了威力强大的床弩，然而这些，并没有什么特别的。文焕突然看到刘昌祚脸上露出了一丝不易觉察的微笑，不等众人看实，刘昌祚已经下令：“全体下马休息，不得发声，等待命令再进攻。”令旗立时卷起，命令一道接一道地传了下去。但是包括文焕在内的众人，都没有看出东大营的箭楼之内，究竟有何玄机。

西夏人的进攻，再次被击退了。

但是无论西夏人败退得多么狼狈，种谊的大军，始终龟缩在营中，绝不出营一步。

文焕看看东大营的战场，又看看眯着眼睛的刘昌祚，一脸冷漠的吴安国，突然之间有点儿沮丧：自己的才华，终究是比不上吴安国。他把目光又投向西夏的军队，忽然发现，那迎风飘扬的军旗之上，赫然写着一个大大的“李”字！

“李？”文焕摇了摇头，“从未听说西夏有姓李的将军。难道是汉将？”

没有太多细想的机会，只听到西夏军中号角齐鸣，一队骑兵再次发起了进攻，然而与前一次不同是，这次进攻的骑兵，并没有携带攻城的器械，而他们的身后，却紧紧跟着一队骆驼兵。

“泼喜军！”文焕心中一震，偷眼看刘昌祚与吴安国时，便见刘昌祚的脸色更加绷紧，而吴安国虽然一如既往的冷漠，却可以看到他握着刀柄的手背上，青筋暴起。

泼喜军是一只颇有特色的军队。在夏景宗元昊的时代，人数不过二百，最近几年梁乙埋把这支部队扩充到了四百，每个泼喜军正兵，照样配备两到三名负担，其作用是运送辎重、保护、协助正兵作战。泼喜军在骆驼鞍上立旋风炮，发射拳头大小的石头打击敌军。一向是西夏最主要的攻城部队。宋军对这支部队并不陌生，兵器研究院更是成功造出了宋朝的旋风炮，但是主要用于海船水军发射震天雷。虽然西夏没有震天雷，而且旋风炮的威力也远远不及宋军的许多攻城利器，但是旋风炮发射速度快、射程远、机动灵活的特点，使得泼喜军成为颇具威胁力的部队。宋军之所以不成立类似泼喜军的部队，不是因为它不好，而是因为宋军的马与骆驼，是比较紧俏的资源。哪怕是在宋辽之间贸易额逐年增加之时，也是如此。

东大营的宋军显然注意到了泼喜军的出现，种谊立即做出了反应——站在文焕的位置上，可以清楚地看见东大营中央的帅旗先向左挥，再向右摆，振武军开始变阵了！在令旗的指挥下，振武军中阵如同被劈开的潮水一般，整齐地让开了一条通道，十队士兵推着十辆各平放着一个奇怪的前大后小的大木桶的小车出了营门，在营门之前一字列阵，在他们通过的一刹那，后面的振武军立时涌了上来，将阵势合拢了。与此同时，便听见一声鼓响，箭楼上发出吱吱呀呀的声音。

望着整齐、迅速地完成这一系列换阵与准备的振武军，不仅仅是文焕，连吴安国的眼神中，都难得地流露出一丝钦佩之意；刘昌祚的眼神中，更是有难以言喻的意味。种谊不愧是本朝武人中少有的几个将才，把一支部队带到这个地步，虽然说少不了讲武学堂与教导军的功劳，但是最重要的，还是为将者个人的能力。这不是规章制度可以解决的问题！难怪说国家之兴亡在事，而事之成否在人。

文焕的思绪很快被眼前的战争所打断——

出人意料的，在敌军距东大营还有四五百步的时候，第二声战鼓敲响了！文焕不由得睁圆了眼睛，他不知道那些载着木桶的小车是什么武器，但是按宋军的条例，敌至一百六十步可以发弩，敌至五十步可以发箭，如果有士兵未得命令，敢提前发射，阵前立斩！以刚才换阵时振武军所表现的纯熟来看，文焕绝对不认为种谊会犯这种低级错误。况且，西夏骑军这次并没有冲锋。那么，可能的原因就只有一个，这些载着木桶的小车，有着恐怖的远程攻击能力！根据以往的战例，泼喜军想要对宋军形成有效打击，至少要到三百五十步甚至三百步以内。如果这些未知名的武器射程能够超过三百步……

文焕在心里飞快地计算着，眼睛却瞪紧了战场，不敢放过战场上的一丝一毫——第二声战鼓响过之后，便见小车后面的士兵，取出了火种，点燃了木桶后面的一根火绳。

十条火花闪烁着，跳跃着，使战场的形势变得非常诡异。一面是战马与骆驼们踏着几乎可以称为“整齐”的步伐向东大营加速逼近，一种无形的压迫感甚至让远在千步以外旁观的文焕也觉得呼吸紧张；一面却是寂寞无声的宋军军阵前，十条跳动的火绳发出如同毒蛇吐信一样的“咝咝”声……以及几座箭楼上，带着死亡气息的巨大弩机。

文焕下意识地调整了一下自己的呼吸……

四百步！

三百九十步！

三百八十步！

……

三百五十步！

突然，一辆小车上“砰”的一声，发出耀眼的火花，数百支箭矢划过空气，射向敌军！这一瞬间，文焕完全呆住了。他绝对没有想到，弓箭还有这种发射方法！在白水潭听讲时学到的知识让他立刻明白：这是利用火药推动！恐怖的射程！这是一次发射数百支的神臂弓！

但是真正的震撼还在后面！

因为没有冲锋，西夏骑兵们都是直立着身子骑在马上，但就在宋军那辆小车发射的同一瞬间，所有的骑兵们都下意识地齐齐俯下了身子，举着旁牌的左手几乎同时挥起，遮住自己的要害部位。但是，这种火药发射出来的箭显示了它惊人的穿透力，几个首当其冲的西夏骑兵的旁牌上，在如同冰雹击打过的响声之后，他们手中的旁牌上竟如同刺猬一般插满了箭矢！强大的惯性让它们在旁牌上不停地摇摆，近距离观看，可以看到这些箭较一般的箭矢短了许多，而在箭翎处都加了一个小铁锤。

所幸这一次仅仅是一辆小车发射，数百支箭形成的面杀伤并不大，只有少数几匹战马被射中伤亡，发出悲惨的嘶鸣声。但是看着那几个如同刺猬一般的骑兵盾牌，强悍的西夏骑军心中都不由泛出丝丝惧意：如果被直接射中……

紧接着，只听到“砰砰”的声音，余下九辆小车上面的木桶，都一一发射，这九辆小车虽然不是同时发射，但是相隔时间却非常接近，数千支箭如同黄蜂一样射向西夏的骑军，顿时西夏军队一顿人仰马翻，数十名骑兵被当场射下马来，原本整齐的队形一阵慌乱。便在此时，宋军东大营内，传出三声急促的鼓响，鼓声未歇，箭楼上的弩机已经发射，十余支巨箭发出凌厉的声音，射向西夏阵中。

文焕几乎忍不住惊呼起来，但是立时反应过来，连忙用手死死地捂住自己的嘴巴——那十余支巨箭粗大的箭体上，都绑着一枚黑黝黝的东西，而箭身上还可以看到一道火引在飞快地燃烧。

“震天雷居然可以这样使用！”

几乎是同时，观战的神锐军军官们的眼中，都流露出一丝不可思议。

“轰！”

震耳欲聋的声音，爆炸后留下的烟雾，西夏军鸣金的声音，战场上人马的嘶喊，血肉的飞溅，一切一切混杂在一起，真正留在人脑海中的，只有不断响起的一声声巨响！

6

“将军！”西夏中军阵中，野乌玛瞪圆了眼睛，额上青筋狰狞，“宋人的弩机发射刚完，此时是进攻的好时候！”

“你看不见宋人的中军未动吗？根据细作的消息，振武军有一个神臂弓营。”李清皱眉呵斥道，“所幸这次泼喜军损失不大，不必再做无谓的进攻。”

野乌玛的目光求助似的投向一旁的监兵使嵬名利，嵬名利尴尬地避开野乌玛的目光，向李清说道：“李将军，国相的命令是攻克宋军东大营……”

“让士兵们白白送死？种谊刚才用兵的能力你没看到吗？”李清冷冰冰地看了嵬名利一眼，道，“要攻克东大营，若要采用强攻的话，给我步兵就好了。骑兵的优势不是去攻坚！”

“这样只怕无法交差。”

“种谊想龟缩在营中不出来，我们就诱他出来！”

“这……”嵬名利迟疑起来，“将军，可不可以围困他们？”

“围困？”李清倒是愣了一下，“我们带的粮草只怕比宋军还少。我们要攻敌所必救！”

“宋军西大营？”嵬名利看着李清的眼睛，以为自己看见的是一个疯子，“我们会腹背受敌！”

“打不过我们就撤，那些重装步兵能追得上我们？”李清紧紧地握了一下手中的佩刀，脸上露出意味深长的笑容。

“这……”

“大张旗鼓向西进攻，攻击西大营。种谊若不来救，日后高遵裕必然饶不了他。而且我们也可以保护大军渡河，围攻宋军西大营。到时候他还是不得不出营来救。只要他出营，我就有法子来让他进退失据！”

泼喜军甚至无法发动一次攻击就被迫放弃。这样的结果，让文焕等人都大吃一惊。但是宋军的缺点却是显而易见，因为没有强大的骑兵，一支单纯由重装步兵为精锐力量的部队，即使依赖技术的先进与训练的出色而取得战场上的优势，也无法将优势转化成胜利。到目前为止，从数量上来说，西夏军的损失并不大，而且最关键的是，西夏军始终把握着战场的主动权。而所谓的“主动权”，通俗来讲，就是“要打也由他们，要走也由他们”。所以，无论振武军的种谊与神锐军的刘昌祚等人做何种想法，当他们看到西夏军队的中军大旗突然向西挥舞之时，两个在不同地点的人的脸色，都立刻变得紧张起来。其中，最哭笑不得的，却是刘昌祚。

李清千算万算，也算不到在战场西边的树林中，还埋伏着一支两千人的骑兵。而刘昌祚也绝对没有想到，自己原本想趁西夏军队进攻东大营筋疲力尽之后，来个突然袭击，狠狠地打击西夏军队的如意算盘，突然之间，这算盘竟拨不响了——刘昌祚眼睁睁地看着他那不到两千的骑兵，必然要与转进西方的西夏军的右翼相遇。

刘昌祚再豪气百倍，也不敢拿不到两千人的部队，去拼敌人几万的骑军！但是……

不需要别人解释，神锐军第二军第一营的将士们，立时都明白了自己面临的处境！后退避战，纵然王侁与他的执法队同意，战争结束后，刘昌祚也是绝对的死罪，其余的军官，最轻的处罚也是去做苦役；正面抵抗，军法条例会放过他们，但是西夏军却绝对不会放过他们……

“尽忠的时候到了！至少死了还可以进忠烈祠，享受不绝的祭祀。”文焕闭上眼睛默默想道，一边握紧了手中的佩刀。

“至少还可以进忠烈祠！”——与文焕同样想法的人不少，每个人都抿紧了嘴唇，望着刘昌祚。

西夏的大军开始转进，滚滚尘土如同一条土龙，摆过它巨大的尾巴，土龙之下，无数的旌旗在飘扬着，伴随着战马的嘶吼声。在那一刻间，刘昌祚心中就做出了决定，手按刀柄，沉声说道：“派人向东西大营报告，全营准备迎战！”“是！”没有任何多余的话，所有的人默默行了一个军礼，便回到自己的位置上，上马迎敌。

此时此刻，每个人的心中都知道，下一次相会的地点，很有可能是在忠烈祠。

西夏军的前军在距刘昌祚部以南约二千步左右的地方穿过了树林。没多久，策前锋与左右中三军也开始接近这片小树林，刘昌祚赫然发现，西夏军竟然猖狂得连后军也转进了！他们只留了象征性的人马监视东大营！显然，西夏军的主将认为，即使振武军跟来，他也可以从容地掉头攻击。一种受到轻视的怒气在刘昌祚的心中燃烧，哪怕敌人看不起的并不是他的神锐军，他也觉得受到了极大的污辱。“西贼！”在心里恨恨地骂了一声，刘昌祚摘下了弓箭，屈大指，以头指压勾控弦，弯弓搭箭，瞄准前方。这是骑兵控弦的方法，从胡人那里学来。若是步兵控弦，则是用无名指叠小指压大指，头指当弦直立，那是中原世代相传的方法了，这种方法力大，但是却不适合在马上使用。

神锐军第二军第一营的骑兵们，都悄悄地张开了箭。

过了一会儿，毫无防备的西夏军右军的侧面，暴露在刘昌祚部面前。双方相距八十步的时候，一个西夏士兵无意向北面看了一眼，却猛然发现了身着长箭射日深绿背心的宋军埋伏在那里！他张口欲喊，一支鸣镝带着死亡的呼啸飞来，准确地射中了他的喉咙，他抓住箭杆挣扎了一阵，便“砰”地摔下马去。

小树林中突然间角鼓齐鸣，旌旗四起，不知多少宋军从林中冲了出来，用弓箭射杀着毫无防备的西夏右军。许多人根本来不及做出任何反应，便中箭倒下，眼中还流露出难以置信的神色。整个右军的右侧，立时一阵慌乱。因为不知道宋军究竟有多少人马，许多人拨马便往后跑，顿时把阵形冲得更乱。

西夏右军的军官与大小首领们，根本无暇顾及宋军的情况，竭力整顿着队形，右军统军官野利荣名亲手斩杀十几名后退的小首领，好不容易才让队伍渐渐稳定下来。但就在这短短的时间内，刘昌祚部已经放下弓箭，高举着战刀，冲进右军阵中。稍稍整齐的阵列，立即被冲得七零八散。夏军只得各自应战，拔出武器来，与宋军对斫。

出乎意料的是，这种战法反而大收奇效。在这种混战之中，宋军也无法保持阵形，反而陷入了缠斗当中。野利荣名顿时大喜过望，凭借着三倍于宋军的优势，必然能全歼这支宋军禁军精锐。

刘昌祚显然也意识到了这种状况对己方不利，立时敲响了钲声，战斗之中的宋军士兵立时开始互相掩护着撤退。野利荣名发现，在五面旗帜的指引下，宋军居然分成五路撤退。

“想跑进东大营吗？”野利荣名暗暗冷笑，“若能拦住你们，不怕种谊不出来相救。

老天送一件大功到我手上！”他心念一定，一面派人通报中军，一面分兵五路，引兵来追。

追得一阵，眼见五路夏军各自隔开了，忽然，逃跑的宋军又吹响了角声，五路宋军迅速合成一部，向其中一路追赶的夏军冲杀过去。几乎是瞬间就取得绝对优势兵力的宋军，顿时将完全没有防备的夏军冲得七零八落，伤亡惨重。但宋军虽得了便宜，却也并不恋战，待到尾随而至的夏军赶到，宋军早已又散成五路，分散逃走。

吃了大亏的西夏人哪里肯善罢甘休，也不多想，又分兵去追，不料转眼之间，又被宋军瞧得便宜，这回夏军虽然有了防备，但也经不起宋军绝对优势兵力的冲击，一阵人仰马翻下，又是损失惨重。

宋军的这种“无赖”打法，将夏军的大小首领激得暴跳如雷。但连吃两次亏后，野利荣名却学了乖，他虽然仗着总兵力占优，依旧分成五路追击，却特别派出传令兵叮嘱各路将领，保持距离。

不料千小心，万小心，还是着了一次道，一路追兵的大首领追得兴起，被引得远了一点，又被宋军突然聚拢起来，冲杀了一阵。

连吃三次亏的野利荣名白白损失了数百人马，又气又急，却束手无策。看着宋军又要重施故技，他再也不敢分兵，干脆领着六千右军，只盯着一路举着“神锐军第二军第一营第三指挥”旗帜的宋军，穷追不舍。这野利荣名颇有一股狠劲，如蛆附骨般追着这一路宋军，这一指挥的宋军，竟被他追得没有半点脾气，跑了半天，野利荣名始终离他们只有一箭之遥，怎么甩也甩不脱。野利荣名看到便宜，便准备分兵包抄这一路宋军。被追赶的宋军仿佛也已经知道自己在劫难逃了，便在野利荣名准备下令的一刻，就听几声号响，宋军忽然停了下来，后队变前队，大吼着向夏军冲杀过来。

“杀！”野利荣名简直是大喜过望，不曾多想，举起手中的长刀，夹马迎上前去。夏军纷纷收起弓箭，取出各自的长兵器，冲向来送死的宋军。

不料在此刻，夏军的后阵忽然响起了奇怪的号角声，便听身后喊杀之声震天响起，宋军其他四路人马不知什么时候，又合成了一路，从夏军的后方掩杀过来。被宋军前后夹击的野利荣名部顿时一阵大乱，夏军腹背受敌，阵形大乱，兵将们惶恐不安，早无半点儿战意，只知争相逃命，自相践踏。野利荣名也是久经沙场的老将，被劣势的宋军如此戏弄，以三倍于敌的优势没占到一点儿便宜，反而折了上千人马，端的是又羞又愤，又气又急，一张黑脸涨得通红。但此时兵败如山倒，他纵是心有不甘，也无力回天，只得拼命聚拢败兵，向西南败走。

但他肯认输，如今主客易势，刘昌祚却不肯让他去和中军会合，引兵在后面紧随不舍地追杀。

两只马军一前一后，跑了里许。野利荣名眼见宋军越追越近，他虽有心回头厮杀，但看部下却都只顾逃命，早没有半点儿士气，只得打消此想。他以三倍兵力出战，自然也不敢指望中军还会来接应自己，正催马狂奔，忽见前方尘土高扬，旌旗飞舞，眼见是一支大军向自己迎来。败逃的夏兵这时早已忘记严酷的军法，顿时发出一阵欢呼，野利荣名也是又惊又喜，又羞又愧，正待遣人前向询问是哪支友军前来救援，不料变起突然，便见从前面的大军中，一阵铺天盖地的箭雨打来——为野利荣名掌旗的军官，猝不及防，身中数箭，“扑通”一声连人带将旗，摔于马下。早成惊弓之鸟的夏兵万万想不到这里还有宋军的伏兵，又见中军旗倒，以为是主将中箭死了，顿时“哗啦”一声，四散逃命，只余下千余人马，紧紧护住野利荣名，不敢逃窜——失了主将与旗鼓，逃亡也是死罪。

到这个时候，野利荣名才看清楚，狙击自己的竟然是宋军的乡兵组织——沿边弓箭手！原来却是种谊看到便宜，悄悄把四千名沿边弓箭手派了出来，接应刘昌祚。

后有追兵，前有强敌。这是野利荣名生平未有的大惨败。他聚拢仅余的残兵，忽然掉转马头，一把扯散头发，怒声低吼。

“左右都是死，孩儿们，拼了！”

野利荣名大吼一声，举起长刀，红着眼睛率领残兵向刘昌祚部冲去。就算是死，也要看看这支戏弄自己的宋军骑兵，究竟有几斤几两！

“杀！”刘昌祚望着困兽犹斗的野利荣名，“唰”的一声，也拔出马刀，高喊着迎了上去。

两支骑兵终于正面狠狠地碰撞到一起。

铁盔、吼叫、白刃、马鸣……所有的一切在一起交织着，不断有染红了战袍的士兵从马上摔下来，沾满了鲜血的武器飞上天空……一面是士气高昂，一面是垂死挣扎，战斗出人意料地惨烈，连初次参战的文焕都杀红了眼睛，身上、脸上，早已溅满不知是何人的鲜血。

但是，双方的缠斗并没有持续太久。

沉浸在厮杀中的文焕，忽然听到了清脆的钲声——待他愕然抬头，与身边的袍泽互相张望时，才发现，不知道在什么时候，战场的周围，突然间冒出了无数密密麻麻的西夏军队！

“被包围了！”

双方都默契地停止了战斗，此时还活着西夏残兵已不过百余人，但尚能战斗的神锐军士兵，也不过是一千多点。刘昌祚集拢了部下，沿边弓箭手们也开始自觉地退聚到神锐军骑兵的身后。

这真是个糟糕的阵形！

但是众人已无暇感叹。一面斗大的“李”字旗就在前面，几万人弯弓搭箭瞄准着宋军，围了个密不透风，也许只要一次冲锋，宋军就将全军覆没。

一场大胜，转眼之间，就要变成大败。

“投降吧！”夏军帅旗移近，在众多亲兵的拥簇下，李清开始劝降，他的嘴角还挂着一丝嘲讽。他并没有大喊，却中气十足，足够让每个宋军都听到是他在说话。

“大宋有战死的神锐军，没有投降的神锐军！”刘昌祚厉声吼道。这个姓李的夏将，把所有人都耍了。刘昌祚不相信他可以料敌先机到这种地步，他可以肯定，这个夏将是将整个右军当成了诱饵。否则，他的援军早就应当派出来。幸好种谊没有大举出兵来助战——他真正想钓的鱼，还是种谊的振武军。

“将军之善战，令人钦佩，若投降大夏，不失封侯之位。”果然，他早就看到了一切。

“呸！”刘昌祚冷笑着啐了一口，大声回道，“华夏贵胄，岂能委身于夷种！”

李清脸上竟是红了一下，旋即笑道：“既不肯投降，便成全尔辈尽忠吧！”

“哼！”刘昌祚斜举起雪白的战刀。

满脸都是血的都虞候王傥从擎旗手中接过军旗，一手高高举起，厉声喝道：“弟兄们！忠烈祠相见！”

所有神锐军的将士一齐拔出战刀，齐声喊道：“忠烈祠相见！”雪白的刀刃在阳光的照耀下，发出夺目的光芒；神锐军将士决然的神态，让沿边弓箭手也深受感染，一齐喊道：“忠烈祠相见！”

李清微微叹息，一咬牙，缓缓地举起了右手！

立时，号角“呜呜”地吹响……

7

东大营。

“将军！”一名致果校尉单膝跪了下来，“请发兵吧！”

“种将军！不能见死不救啊！”又一名致果校尉跪了下来。

种谊轻轻地放下了手中的酒杯，微微叹道：“李清是很会打仗的人。他分明是想诱我出营……”

“但总不能眼睁睁看着几千兄弟战死在营前吧？”

“是啊！”种谊长叹了一声，“但是出去的话，会不会将几万名将士置于险地呢？”

“将军，请让末将去吧！纵然战死，末将也无怨言。”

“将军，让我去吧！”

“将军，让我去吧！”

顿时，请战的声音响成一片。

种谊的目光扫过众人，落在了军都虞候的脸上，见他欲言又止的样子，种谊不禁摇了摇头，道：“看来我别无选择。”

众将立即安静下来，等待种谊最后的决断。一道道期盼的目光，让种谊不自禁地苦笑。李清就是想让自己出营，这样他才好充分发挥骑兵的机动力，打击自己笨重的重步兵。至少种谊绝对不会相信李清会和自己精锐的重步兵正面对决。

历史上，当宋军布下战阵与敌军堂堂皇皇对决之时，是很少有败绩的。但是，敌人从来没有义务陪着宋军以堂堂之师，对皇皇之阵。兵法的要义，就是以强击弱，以石击卵，以长击短。在种谊看来，所谓的“名将”，就是指在对战的那一刻，他的部队永远占着优势的那种人。

刚刚那一阵，刘昌祚的神锐军，就将这一点发挥得淋漓尽致。

但是，难道现在轮到李清来发挥了吗？

种谊苦笑着，终于，他站起身来，缓缓环视众人，说道：“诸将听令！……”

李清一直没有看被围攻的宋军一眼，他的目光始终盯着宋军的东大营。并非他不了解包围圈中的战况——抱着决死之心的宋军是可畏的。几轮射击后，那些乡兵们折断了自己的弓箭，用佩刀与自己的骑兵战斗……疯狂地冲入马腹下，用一条条生命的代价来砍断马腿，然后几个人一拥而上，将摔下马的骑兵砍死。那些神锐军的骑兵更是可怖，身上带着三四支箭，却依然挥舞着长刀，用近乎疯狂的斗志与自己的骑兵同归于尽。

宋军什么时候变成这样了？李清忍不住暗暗感叹。不过他知道，宋人的心中，并没有那种疯狂的因子，只不过大多数人很容易会被上位者的英雄行为所感染罢了。幸好如此，否则的话……少数人的悍不畏死可以称为英勇，如果全部都是如此，只怕只能称为疯狂了。但是，李清脑海中突然闪过对方主将眼中的骄傲、那位举着军旗的将领眼中的毅然决然……一种说不清道不明的情绪泛了上来。

李清不由摇了摇头：“两军对战的时候，自己居然还在想这些无谓的事情！”然而一瞬间，一句话又从他脑中掠过：“华夏贵胄，岂能委身于夷种！”李清不觉有点儿愕然，用细不可闻的声音说道：“知遇之恩，自当肝脑相报。”

“呜——”北方传来的号角之声，终于让李清的精神集中起来。

他定睛望去，宋军东大营终于营门大开，振武军的旗帜与“种”字将旗在风中飘扬，数以万计的宋军列着整齐的阵形，向己方走来。

“催鼓！”李清淡淡地命令道。顿时，战鼓急擂。

听到西夏人的鼓声，幸存的宋军都已有了死亡的觉悟。文焕的马匹早已战死，他与一个袍泽背对背靠着，笑道："兄弟，杀了多少西贼？"

背面的人淡淡地答道："一个大首领，四个小首领。"

文焕听到这个声音，几乎呆住了，惊道："镇卿！"

"嗯。"吴安国依然懒得多说什么。

"真是至死不改的脾气！"文焕笑骂道，言语中却充满了喜悦，能和自己认识的人死在一块，有时候便已经是难得的奢侈。

"暂时还死不了。"吴安国冷冷说完，手中白光一动，一刀砍向一个西夏骑兵，趁那个骑兵接招，左手疾伸，竟是将那人拉下马来，右手之刀不可思议地划过，那个西夏骑兵哼都来不及哼一声，就已去了鬼门关。

"好身手。"文焕赞了一声，忽然想起一事，问道，"西贼催鼓，怎么却没有加大兵力进攻？"

"那鼓声是给种谊听的。"吴安国言简意赅地答道，跃身上了西夏骑兵的马，朝一个西夏将领冲杀过去。

"给种谊听的？"文焕却是怔住了，一不留神，一柄长刀向他的后脑勺砍来，他就地一滚，险险避开这一刀，那柄长刀又如附骨之疽般砍到，文焕双手挥刀，堪堪接住这一招，那战马冲锋带来的巨大冲力，却带着他连退数步，一不留神竟被身后的尸体绊倒，仰天摔了下去，一头撞在一颗石头上面……

李清望着不断靠近的振武军，赞道："种谊果然名不虚传。"振武军前进的速度，始终是匀速。走一段路，就停下来，整一下阵形，再继续前进。西夏军的战鼓催得再急，种谊始终都不为所动。

"野乌玛！"

"末将在！"

"你领三千马军，去骚扰来援的宋军。不准恋战，且战且退，将他们引过来与被困的宋军残部会合。"

野乌玛怔了一下，道："这……"

"这有何难？"李清冷冷地扫了他一眼，道，"你只管进攻，感觉打不过就跑。就这么简单。我想知道来的部队，是不是真的振武军！"

野乌玛更加莫名其妙，却不敢再多嘴，忙接了令箭，道："得令！"便领了兵马，去"拦截"来援的宋军。

8

很快，野乌玛就知道自己接了一个苦差事。

宋军推进固然缓慢，但组成战阵的宋军真不是好惹的。野乌玛的三千骑兵刚刚靠近，宋军便停了下来，便见阵中弩箭、弓箭，如同蝗虫一般飞来，野乌玛尚不知道怎么回事，就折了数十人。他不敢硬冲，只得远远射箭。宋军便高举着盾牌，如同一个铁桶一般，缓缓推进，野乌玛被硬生生逼得步步后退。

虽然他的本意就是要诱敌深入，但是诱敌过来，和被敌人逼得后退，那两种感觉却是完全不一样。野乌玛气得两眼冒火，但是手中兵少，却是一点儿办法也没有。

眼见着宋军就这样一步步地逼近，终于，苦难的日子到头了，宋军终于靠近了己方的大阵。但是野乌玛却看到不可思议的一幕。

在中军旗帜的指挥下，西夏军竟然自动让开了包围的一个缺口！

难道宋军还会从这个缺口走进包围圈不成？野乌玛呆呆地想到，却突然看到中军的令旗命令自己向后包抄。

野乌玛顿时觉得自己明白了李清的用意，忙率领部下绕过宋军大阵，向后包抄过去。果然，不断有友军开始向宋军后方包抄。

与此同时，对包围圈中宋军的真正进攻也开始了。那残存的数百宋军，根本无法抵挡夏军的攻势，开始向宋军大阵败退。来援的宋军用弓弩还击着，掩护着残兵退入阵中，立刻开始后退——几乎就在同时，夏军的大包围也完成了。

但野乌玛几乎认为这是自己的错觉，因为他发现被包围的宋军并没有半点儿慌乱，依旧有条不紊地后退着，虽然每一步的移动都非常缓慢。而最让野乌玛奇怪的是，己方围攻宋军大阵的人马，似乎有点儿不对劲。

骑兵们围着宋军奔驰，不断地射击，试探宋军军阵的薄弱之处。而宋军用盾牌与长枪为外围，以弓弩居中，严密防范着可能的进攻。时不时有人会丢出几颗霹雳投弹，让围攻的夏军胆战心惊一下。

用几支部队进行牵制，用一到两支骑兵进行强攻，甚至是让泼喜军发石弹，那么这个阵形，也不难攻破。但是奇怪的是，李清似乎没有强攻宋军的想法。野乌玛接到的命令，只是困住宋军，不让他们回营，也不让他们逃跑。

等待他们箭尽力疲之时吗？野乌玛似乎又明白了李清的想法。若能阻住宋军援军的话，这的确是个好办法。

于是啼笑皆非的事情出现了，夏军居然开始在路上安置铁蒺藜与路障。

宋军终于停止了他们缓慢的撤退。

时间已经是下午，东大营前，庞大的宋军与西夏军在此僵持。奇怪的是，宋军的营寨中，竟然没有人出来接应。

9

与此同时，宋军东大营东门。

远处灰尘高高扬起，隐约传来马蹄践踏大地的声音与战马的嘶鸣声，这一切的一切，无不显示着，有一支骑军，正向此地接近。

守营的宋军警惕起来，瞪大了眼睛，望着远方。

“西贼！”

“敌袭！”

突然，东门箭楼上负责瞭望的士兵大声喊了起来。

“来了！”某处传来酒杯被捏碎的声音。

一万五千精锐的西夏骑兵急驰而来的声音，让大地都为之发抖，随着西夏人的接近，东大营的营帐都能感觉到震动的余波。这支骑兵急趋至东大营东门外四百步左右的地方才停了下来，凛然打量着守备空虚的宋军东大营东门。而勒马于中阵之前的，赫然是西夏大将李清！

“将军真是神机妙算，引振武军出营，将他们拖在营外，再来端了他们的老巢！”

“哈哈……看来是种谊要成仁的时候了。难怪皇上这么重视将军！”

李清却没有时间理会这些或是衷心，或是谄谀的话语，只是仔细地观察着东门上方飘扬的旗帜。

“果然是未整编禁军。”李清不觉微微松了一口气，一面厉声问道：“准备好火种没有？”

“禀将军，一切就绪。”一个偏将欠身应道。

“好！一旦攻入宋营，便四处纵火，烧掉这座营寨。”

“是！”

李清心中暗暗遗憾自己没有火箭，否则的话，此时就可以派上大用场。但是当时整个大陆的硫黄产量非常少，一向重视火器的宋军这些年变本加厉发展火器，因军事与民间的双重需求，大宋每年从日本国进口的硫黄要用十万宋斤为单位来计算，并专门颁布严酷的法令：任何人向外国私卖硫黄达到十斤，都是死罪；并且还特别禁止了向西夏卖鞭炮等含硫黄的产品。因此西夏连走私都得不到多少硫黄，整个西夏的硫黄，连民间放鞭炮都嫌不够，要配备足够的火箭，就实在勉为其难了，毕竟从原料到工匠，西夏都很紧缺。

不过此时李清没有怨天尤人的立场，“唰”的一声，李清拔出刀来，高高举起，大声喊道：“前锋阵进攻！”

战鼓擂动，号角吹响！

前锋阵三千精锐骑兵，怪吼着冲向孱弱的东大营东门，宋营东门的守军，几乎能感觉到营寨的颤抖。好一阵慌乱之后，宋军营寨中，射出了稀稀落落的箭矢，根本无力阻挡西夏人的冲锋。这种微弱的反抗，让夏军顿觉放心，一切迹象，无不显示着，宋军的东大营，此时已经精锐尽出了。而东门的守卫，更加空虚。

“策前锋阵！出击！”李清再次举起了战刀，发出如猛虎一般的吼声。

巨大的令旗向前方挥舞，战鼓更急，号角的响声吹破天际，充斥整个天地之间。策前锋阵的三千骑兵一齐发出一声呐喊，直接拔出战刀，踩着前锋阵的足迹，催马冲向前方的宋军大营，似乎是想要将整个宋军东大营踏碎于他们的铁蹄之下！

李清的脸上，终于不易觉察地露出一丝满意的笑容。“种谊，你的大营没了！”

然而，李清甚至还没来得及让人察觉到他的笑容，他脸上的表情，就被惊愕、不解所代替。突然，他竟然似乎闻到了一丝危险的气息。

宋营的东门，自己打开了！

李清的眼睛眯了起来。前锋阵、策前锋阵与他们冲击时扬起的灰尘，挡住了李清的视线，让他看不清楚前面究竟发生了什么。但是前锋阵的冲锋并没有停滞的现象，李清稍稍心安了一点儿，却不自觉地握紧了手中的战刀。

但这只是一瞬间。

前锋阵的骑兵突然一个接一个地从奔驰的马背上摔了下去，密如蝗群的箭雨撕裂空气，发出凌厉刺耳的声音，突然降落在得意忘形的西夏骑兵头上，甚至有不少箭支更是穿过冲击的部队，一直飞到李清的阵前，方才心不甘情不愿地摔在地上。

“怎么回事？”

“将军，前锋部遇到宋军的抵抗，从旗号上看，是宋军的未整编禁军。”李清的话音刚落，就有一个小首领前来禀报。

“未整编禁军？”李清脸上肌肉抽搐了一下，趋前一步，厉声问道，“刚才的齐射，训练有素，分明是神臂弓！”

“神臂弓？细作不是说只有振武军有神臂弓部队吗？”李清的部将们迷惑起来。

“宋营里的是振武军！”李清咬着钢牙，吐出了这几个字。

“怎么可能，南门前出击的，明明是振武军的旗号！”

“换旗计！”李清已经没有时间和部将们解释，他自出击起心里就一直感觉有个地方不对劲，现在才明白过来——原来是因为出击的“振武军”，没有使用神臂弓！种谊既然用换旗号的伎俩来欺骗自己，就表明他已经识破了自己的计谋——李清从来没有想过要和种谊的大军来一次堂堂正正的正面对决，只有白痴才会拿骑兵和重步兵去做这事情，李清的计划是引诱或迫使种谊军主力出击，再利用部分军队缠住这只主力，利用骑兵的机动力亲率精锐袭取宋军大营。一旦大营失陷，宋军就会进退失据，丧失斗志，再前后夹攻出击的宋军主力……但是现在的情势，已经完全不同。

李清的处境并不是太糟糕，他依然随时可以撤走——虽然这意味着整次进攻的失败。因为一旦东大营的攻势受挫，西大营前面的大军就没有存在的意义，凭借那些兵力，即使攻下西大营，也是损失惨重。西夏与大宋的实力对比悬殊，西夏没有本钱和宋朝打消耗战，哪怕用一个夏军换两个宋军，西夏也损失不起。所以一旦这次进攻失败，西夏军就只有暂时撤退，伺机再来……

除此以外，李清还可以选择强攻。

哪怕面前是振武军，两强相遇，鹿死谁手尚未可知！

所有的念头在李清的脑海中飞快闪过，几乎只在一瞬间，李清就下达了命令：“左军、右军交替掩护殿后！鸣金收兵！”

“是！”

立时，夏军的中军敲响了清脆的钲声，在令旗的指挥下，左右军开始向前，交替掩护。而似乎与此对应，宋军的营寨中，也响起了进攻的号角。

西夏骑兵强行拨转马头，向后撤退，跟在他们身后的，是一支黑压压的部队，长枪与盾牌在最前面排着整齐的方阵掩护大宋精锐的神臂弓部队，追击着坠入计算中的敌人。

神臂弓超长的射程，的确是所有骑兵的噩梦！每一轮齐射，必有夏军受伤、毙命。夏军的前锋阵已经折了近一半的人马，策前锋阵在密如飞蝗的弩箭面前，也丧失了进攻的勇气——敌人能攻击到自己，而自己无论如何，也射不到敌人……面对这样的部队，最有效的方式，只有逃到他们的射程之外。

但尽管如此，李清的部队也没有因为撤退的命令而崩溃。他们撤退的时候，没有忘记观察令旗的指引。

虽然惊慌，却没有失措。

左军与右军的接应很快就上来了。两支三千人的部队一左一右攻击追击的宋军，忽而左军在前，忽而右军在前，接近宋军后一阵箭雨，就立时后退。这种策略很快就奏效，追击的宋军部队放缓了脚步，谨慎地注意着阵形，生怕给敌人可乘之机。

眼睁睁看着陷入计算中的西夏人从容退走，种谊麾下的军官们，无不跺脚。在箭楼上指挥的种谊对这种结果也并非没有惋惜之意，但这是宋军天然的劣势，种谊不想为不可能的事情而叹息，他只是平静地命令道："收兵。"说罢便把目光转向了南方的战场。"天很快就要黑了，西夏人支撑不了多久了。就算他们的人不会累，马也会累，该去接应他们回营了。"种谊还有一句话没有说出来：如果等到李清回去拿那支部队出气，那就会弄巧成拙了。

"是。"

默默地望着南方犹自纠缠的战场，种谊在心里微微叹了口气："这场战争不会这么快结束。"不过身为大将的种谊，表面上却绝不会表露半点儿这样的情绪，只是一瞬间，种谊就恢复平时的从容与威严，移目至身边的一个人身上，沉声说道："孙参军。"

"下官在。"

"你随我来。"种谊淡淡地说完，随即起身，向箭楼下走去。

孙参军连忙应了，紧紧跟着种谊下楼而去。二人一直走到种谊的中军大帐，种谊见左右再无旁人，这才坐了下来，道："你设法潜入西夏，命令我们的细作去散布流言。便道这次战斗，我们之所以能击退夏军，是因为李清心怀故土，故意未尽全力，所以一直不肯和我们硬拼。若他能和我们打一场硬仗，东大营早就成为平地了。"

"是。"

"此外，我这里有我的几封亲笔信，你让几个可靠的人去带给李清，不要告诉他们真相。只是在通关的时候，要故意被夏军查获了。"

那个孙参军听到这种毒计，竟是不由打了个寒战，忙低头应道："是。"

"嗯。"种谊脸上终于露出了满意的笑容，他双手踞案，笑道，"李清用兵多智，兼之杀伐果断，临机决断，毫不迟疑。此人实是大宋之劲敌。然而他有生来的弱点——他是汉人，不合与西夏卖力。须知非我族类，其心必异。战场上除不掉的敌手，便须在战场外除去！"

孙参军凛然答道："下官必不辱命！"

摆脱了追兵的李清率领着败兵再次绕向南面的战场——既然振武军主力未出，那动作迅速的话，至少可以从南面战场挽回一点儿面子。虽然那注定无关大局，但无论如何，哪怕是名义上的"胜仗"，对于主将来说，也是必要的。

李清没有想到，他的霉运并没有到此为止。连种谊也想象不到的事情，在前面等着他。就在他的骑兵毫无警惕地绕过一个山岗时，突然，从地底传来数十声巨响，仿佛大地被炸裂了一般，巨大的尘土与石块在前方掀了起来……李清只来得及看见走在前方的骑兵与战马的肢体在尘土中飞裂，便下意识地趴了下来，紧紧贴在马上。但是受到惊吓的战马却不听控制，疯了似的乱跑起来。

李清完全不知道前面发生了什么，他抬起头来时，只看到一副名副其实的“兵荒马乱”的场景。到处都是血肉横飞，战马、骆驼乱成了一团，像没头苍蝇般到处乱窜，有些马发起狂来，前蹄高扬，疯狂地想把背上的骑兵摔下来，最要命的是，这种慌乱，还把本来没有受到攻击的后队也给冲散了。

“怎么回事？”

“怎么回事！”

但没有人能回答出来究竟发生了什么。

李清顾不得弄清楚真相，他迅速地找到了自己的亲卫队，手持战刀，亲自勒束着乱成一团的部属，若是此时被人偷袭，大事去矣！

然而真是怕什么便来什么，李清刚刚略略控制住局面，眼见着东南方便扬起灰尘，大地传来震动之波。

李清的心顿时沉了下去。

“约有三千骑左右，从侧翼而来！”一个小首领在地上贴耳听了，面带惊疑地禀道。

“左右军准备迎敌！余部尽快勒束好队伍！”李清焦急地命令着，他此时已没有工夫去追究这只骑兵是从哪里来的。

他话音刚落，那三千骑人马就出现在视线之中。看清来敌的旗号，李清不由倒吸了一口凉气，“东朝番军？”

“狄！”

“包！”

“哪有番部姓狄？”

“包顺？”

夏军众将也是个个惊疑不定。

“全部闭嘴！”李清恶狠狠地大吼一声，厉声道，“左右军冲锋迎战！杀敌一人，赏酒十斤！后退一步者斩！”

“将军有令！杀敌一人，赏酒十斤！后退一步者斩！”

“将军有令！杀敌一人，赏酒十斤！后退一步者斩！”

重赏酷罚之下，左右军立时士气大振，便听中军号鼓三声，夏军再次发出兴奋的怪吼声，冲向包顺的番骑。

互射、对斫……

一场中规中矩的骑兵对决。

夏军数量占优，却是久战之师，兼又屡屡受折，一番猛攻后，猛然发觉眼前的宋军番骑数量虽少，装备虽差，但战斗力却非同小可，便立生怯战之意，渐渐露出不支之象。

而狄詠、包顺与神卫营第四营都指挥使石行友，第一次在实战中使用了“炸炮”这种新式武器，却没有料到遇上的对手居然这般沉着冷静——在炸炮的威力之下，居然还能迅速地重整阵形，组织起反击。

这“炸炮”本是兵器研究院研制出来的新式火器之一，实是一种踏发式地雷，用生铁铸造，有如碗大，内装火药与铁砂，上留一指粗的小口，以小竹管穿线于内。专用来挖坑埋设于敌人必经之地，将几十个炸炮都连接在一个叫“钢轮发火机[1]”的火槽上，以土掩盖。一旦敌人踏动钢轮机，立时发火爆炸，威力无比。这种武器是沈括与赵岩的得意之作，一经试制成功，文彦博立时便意识到这种武器的巨大作用，枢密院很快决定在西线试用，观察实战效果。因此不惜提前向西线派遣了神四营携此利器前来，兵器研究院还派了专门的研究人员随同前来，收集资料。

狄詠与包顺、石行友远远就发现了东大营的战斗，本来他们的任务只是保护神卫营第四营，但是狄詠与石行友皆是初生牛犊，包顺又是番人，素来把纪律看得甚轻，三人一拍即合，竟然擅作主张，悄悄在西夏人的行军线路上埋设“炸炮”。但是又怕万一不效，折了神四营，且怕炸声惊了马匹，竟是把大军远远藏了起来，只留几个斥候在此查看，若然炸炮奏效方才进攻；若是无效，自然不敢去捋西夏人之虎须。只是却不知战场之上，时机须臾即逝，如此作为，虽然谨慎，却也错失了良机。

狄詠与包顺引兵来此，与西夏军交手几合，便知西夏人已有准备，二人竟也再无恋战之意。如此双方都是且战且退，各自送了几十条人命，竟是愈打愈远，一个南辕，一个北辙，一场战斗，就这么草草收场。

李清莫名其妙地接了这一仗，更是无心停留，回到南面战场之时，见宋军大阵已经退到东大营弩箭的射程之内，又见己方军队，从自己的中军以下，都是人疲马惫，士气低落，南战场的夏军听到巨响之声，已是惊疑不定，此时见到中军同袍不少人都是满头满脸的尘土，形容狼狈，兼又死伤惨重，军心更加动摇。李清知道这种情势，难以再战，当下便着人收拾了战死者的尸体，引兵退回石门峡。

东大营的战斗既然结束，在西大营僵持的夏军一收到传讯，也退回了没烟峡。

这一日恶战，夏军屡次受挫，损兵折将。李清回到石门峡后点兵，发现大小首领战死受伤者数以十计，死亡失踪的士兵高达六千余众，受伤的更是多达八九千余人，堪称西夏近年以来少有的大败。一念及此，李清不由心情郁郁。只是他却不知道，宋军在此战役之中，付出的代价，也堪称惨重！

[1]　在木匣内装钢轮与燧石，用绳卷在钢轮的铁轴上，从匣内引出，横拴于道路上。当人马绊绳或拉绳，牵动钢轮摩擦燧石发生火花，使引信燃烧。

刘昌祚的神锐军第二军第一营，战斗结束后，只有三百余人存活，还是人人带伤，此外更损失了全部两千余匹战马，营副都指挥使薛文臣殉国！营都虞候王傥身中十余箭殉国！此外包括指挥使高伦以内，指挥使、副指挥使一级的军官，有半数以上战死，武状元文焕更是失踪了。更让人无法接受的是，第一营的军旗因为掣旗战死，竟被西夏人缴获了！先不论丢失军旗要领受多大的罪责，按照大宋新修订的军法，丢失军旗，便意味着神锐军第二军，将永远不会有第一营这个编制存在！神锐军第二军第一营，只打了一仗，就不再存在于大宋禁军侍卫步军司的编制之中！这对于心高气傲的刘昌祚、吴安国等人来说，实在是无法忍受的耻辱。

除此之外，种谊派出去的四千沿边弓箭手，只有不到七百人生还，其余悉数战死。加上其他的战死者、受伤者，宋军的伤亡人数，其实也只是比西夏军略少而已。

当然，这不会是战报的写法。虽然军法官们有自己的报告渠道，使得虚报战功更加困难，但是这并不妨碍书记文书们在战报上玩弄文字游戏，毕竟上司也不会当真为这种“小事”来斥责他们。但是不论他们的战报如何写法，也不论双方在平夏城的首次交锋谁胜谁败，战争，不过是刚刚拉开序幕而已。

第三十章

春秋之义

夷狄之有君，不如诸夏之亡也。

——孔子

1

京兆府长安。新建的陕西路安抚使衙门。

“公子，丰参议求见。”伤愈的侍剑，神态间更多了几分沉稳。

“喔。请他进来吧。”石越轻轻吹了吹墨迹，搁下手中的毛笔，又看了一眼自己所写的奏折。这是他第三份请罢乡兵的折子了。未多时，丰稷便大步走了进来。

“石帅大喜！”丰稷刚刚进门，便连忙作揖贺喜。

石越笑道：“何喜之有？”

“高遵裕大败夏军！”丰稷一面说，一面从袖中抽出一份战报，双手递给石越。石越亦不由大喜，忙接过战报，细细读来。战报所述，无非是在高遵裕的指挥下，平夏城宋军如何力挫强敌，杀伤敌人数万。随战报附上的，更有一串长长的有功人员的名单，与阵亡将领名单。石越读完之后，将战报放在案上，沉吟道：“相之，阵亡战士的名单呢？”

“已经递枢府，请求抚恤并奉入忠烈祠受祀。”

“有多少人战死？”

“一共是五千另二十三人。其中军阶最高者，是翊麾校尉薛文臣、王傥。”

“战死五千余人，受伤的只怕更多。刘昌祚的第一营更是撤销编制……”石越不由站了起来，背着双手，踱步思考。

“神锐军第二军军都虞候根据刘昌祚部幸存的军法官的报告，弹劾刘昌祚失落军旗金鼓，指挥使吴安国骄横跋扈，二人都已经被暂时监禁起来，准备押送回京兆府审讯。”丰稷小心翼翼地说道，“刘昌祚姑且不论，吴安国的表兄康大同最近刚刚增补入侍卫班直……”丰稷一面说，一面悄悄觑探石越的脸色，却见石越始终如同万年之花岗岩一般，没有任何表示，他心中不知为何，突然一惊，竟是不敢再说。

“吴安国这个人，本帅是知道的，料来少不了要得罪不少人。但这是卫尉寺的事情，我等最好不要多管。”石越在心里笑了笑，让吴安国受点挫折，并不是坏事，但是他的脸上，却依然是一脸的“刚毅木讷”。

“刘昌祚失落旗鼓，按军法要如何处置？”

“论法当斩。”

“哦？”

“但是刘昌祚此番颇立功勋，以功折过，下官猜测，应当是降职的处分。至于究竟降到哪一级，非止是卫尉寺的事情，与兵部也有关系。”

“如此，待他受处分之后，不必再回神锐军，调到龙卫军去吧。”

丰稷震惊地望了石越一眼，不知道刘昌祚与石越是什么关系。龙卫军隶属侍卫马军司，是一支装备精良的纯骑兵部队，此时龙卫军的军官、节级基本上都已经从讲武学堂、骁胜军返回陕西路，并且早已完成了士卒的挑选工作，在庆州整编训练已有几个月，再有半年，就可以整编完毕。把刘昌祚从神锐军调入龙卫军，根本就是有意栽培。丰稷也不敢多问，忙答道：“是。”一面又说道，“按朝廷的章程，渭州经略使有权直接向枢密院报告战果。安抚使司的战报，不过是存档而已。这次高遵裕刻意将战报先递送帅司，再转递枢府。下官想来，这是高遵裕故意向大帅示好。刘昌祚本是高遵裕之部属，届时若要调动，下官以为，须得向高遵裕打个招呼才好。”

“相之言之有理。此事便交你去办妥。”石越赞赏地点点头。

“平夏城有此捷报，朝中便有反对之人，气势也自然会小了下去。然平夏之役，不过特为国家建藩篱，以战止战，使陕西略得休息，而非为挑衅敌国。下官却担心朝廷有人得意忘形……此事还请石帅三思，是否要和文相公、吕相公、吴武部说明一下？”

石越听到此言，心中不由一动。他与文彦博始终是若即若离，不好不坏。纵然是石越倾心结纳，文彦博却始终是爱理不理，对石越并没有太多好感，反倒是对唐康这个孙女婿青眼有加。而吕惠卿更是口蜜腹剑之李林甫，更不必言。唯独吴充，二人很早就在朝堂之上，互相声援，平时也颇有交往。石越更是听说，吴充曾经有意将一个孙女许给石起之长子，只不过宋人招婿，首重进士，吴夫人疼爱此孙女，不欲太早许人，非要择一榜进士不可，方才作罢。此时自己远离京师，朝中无得力之人，万事不便，不若将此人情，专卖给吴充，既让吴充有机会在皇帝面表露一把，又是去一隐忧，岂非公私两便？他主意既定，便即笑道：“此事本帅自有计较。”当下又与丰稷商议，如何奏功，如何抚恤，如何补给……却是浑然不知，高遵裕的战报之中，已是将种谊之功夺为己功。

二人商议完毕后，丰稷无意间向书案瞥了一眼，却看见“乡兵”二字，不由笑道：“大帅又在为乡兵之事操劳？”

石越点点头，喟然叹道：“乡兵一日不罢，陕西一日不能恢复。”

“朝廷诸公不能及此。”丰稷笑道，“但大帅也操之过急了。”

“救民于水火，焉能不急？”

“欲速则不达。大帅为政，虽然不惮革新，却向以持重著称，岂能不明是理？本朝之制，虽宰相不能专权。一令之下，政事堂、枢密院、诸部寺台、给事中，行文移牒，反复辩议，旬月不决，亦是常事。陕西乡兵，数以十万计，一朝罢之，朝廷焉能不疑惑？石帅奏章到达汴京，圣意难测不说，两府诸公亦必各执己见。诸公真正支持石帅者，以下官之陋见，实不过司马君实、冯当世二参政而已。恕下官直言，石帅便是写再多的奏折，只恐亦无济于事。”

石越苦笑数声，道：“潘先生也是这般说道。然义所当为……唉！”

“大帅何不折中缓缓图之？”

“苦无良策！”

丰稷笑道：“大帅欲罢废乡兵，何不从役法上着手？”

“从役法着手？”石越反问一句，霍然眼睛一亮，腾地起身，拊掌笑道，“相之所言甚是！”他在房中反复踱了数步，苦苦思索，究竟要从何处寻一个借口，来改革这个弊政。丰稷站在那里，望着石越，突然想起一事，忙说道：“免役法不可以再行。”说罢又觉得自己不免杞人忧天，当下不由自失地一笑。石越闻听此言，却是猛然一惊，只觉眼前豁然开朗，不由哈哈大笑，伸手指着丰稷，笑道：“相之！相之！”

丰稷被石越一阵大笑，顿觉莫名其妙，又觉尴尬，只得随着石越干笑了几声。

却听石越笑道：“相之知否？古今以来，役未有不扰民者，若欲役不扰民，除非免役！”

“大帅，万万不可！”

“相之莫急。”石越缓缓笑道，“王介甫之免役法，本帅必不再效颦！”

丰稷不好意思地一笑，欠身拱手道：“免役法未必不佳，只是若贸然再提，只恐朝廷从此多事。朝中有人欲复此政久矣，唯不得一借口。毕竟新法诸政，只是‘暂罢’而已。”

石越摆摆手，笑道：“我岂是孟浪之人。相之，可知役法之弊，最烈者为何事？”

“本朝役法之弊，最烈者为衙前，次为弓手，次为里正、户长。”

石越点点头，道：“本帅巡视地方，询问乡老，颇得其情。衙前原是藩镇割据之遗制，‘衙’者，‘牙’也。本为守护官物府库，押送纲运而设。自本朝立国，太祖皇帝罢藩镇，选诸道精兵为禁军，州郡所存厢军非老即弱，数额亦锐减。于是地方守牧，点百姓为里正衙前、乡户衙前，而以厢军为长名衙前。逮至今日，长名衙前久习于公门，熟知情弊，上下交通，竟有因此致富者。而国家有酬奖衙前之法，也多为长名衙前所独占，里正衙前与乡户衙前，难分一杯羹。真困百姓者其实是里正衙前与乡户衙前！”

“诚如石帅所言。”丰稷愤慨地说道，“朝廷之法，家产值二百贯可充衙前。于是百姓家中鸡、犬、箕、帚、锄，只需值得一文钱，便计算入内，又虚报浮增，只待算满家产达到二百贯，便定差为衙前。入衙门后，上下欺压，各种费用，就要花去百贯。最苦的是押送纲运，雇佣脚力、关津捐纳所动用之钱物，一次至少三五百贯，大都要衙前自己掏钱垫付。万一失落，更要赔偿。又或者一人为衙前，本已充作场务，官府又要他去押纲运，只得让家人来权管场务，自己去押送，于是一人为衙前，全家要服役，本家之农务，反倒荒废。而且若以家人管场务，未免生疏，若有失落官物，又须赔偿……如此全家破败，弃卖田业，父子离散，沦为乞丐者，比比皆是。现今京兆府内的乞丐，十之八九，谁不曾做过衙前？”

石越倒料不到丰稷颇知民间疾苦，他却不知道，百姓这般惨状，此前宋之大臣，多有奏折论及，宋朝凡是关心时务之官员，大多读过。反倒是石越自己没有时间去细读宋朝历代大臣的奏章。丰稷越说越是愤懑，又道：“大帅可知弓手之苦乎？”他不待石越回答，便即说道，“弓手之苦，在于役期过久，甚至是漫无时限。一朝为弓手，终身为弓手，竟有四五十年为弓手者！此害亦不逊于衙前。衙前、弓手、里正，只有里正催赋税，略有微利，然若地方有豪强拒不纳租，则不免又有赔垫之苦！本朝百姓受困于役法者，或者寄田于豪门虚报逃亡，以避役法；或者故意浪费不敢勤劳增产；或者为减低户等，亲族分居；更为甚者，有为成为单丁，而宁可孀母改嫁，或者父亲自缢以救儿子者！”

石越默然无语，为了逃避役法之害，父亲自杀而救儿子，这件事他却听说过，这是韩绛的奏折上所举的事例，本是新党为推行免役法而攻击差役法的口实。宋朝之富裕，石越固然是亲眼所见，亲身体会；然而宋朝之贫穷，也是不可否认之事实。宋朝固然有前所未有的富裕的市民阶层和缙绅阶层，但是宋朝一样有生活困苦不堪的农民！即使不谈良知，仅仅从纯粹的功利主义出发，石越也不认为以宋朝如此庞大的国度，农民不富裕而国家可以真正地强盛。无论表面上有多好看，那都只是用沙子堆成的城堡。

“里中一老妇，行行啼路隅。自悼未亡人，暮年从二夫。寡时十八九，嫁时六十余。昔日遗腹儿，今兹垂白须。子岂不欲养？母定不怀居？徭役及下户，财产无所输。异籍幸可免，嫁母乃良图。牵连送出门，急若盗贼驱。儿孙孙有妇，大小攀且呼。回头与永诀，欲死无刑诛！”丰稷背手诵读此诗，言辞凄恻，石越在一旁听来，只觉句句血泪，不忍卒听。侍立一旁的侍剑，早已是泪流满面。

“这是？”

丰稷略觉奇怪地望了石越一眼，叹道：“这是盱江先生李觏的《哀老妇诗》。”

“原来是李泰伯[1]。”

原来这李觏是建昌军南城盱江书院的创始人，也是庆历新政的著名学者，曾为太学直讲。李觏去世已久，不过他的学术观点最近却经常被各大学院、《学刊》所引用、阐发。他的《原文》《富国策》诸文被一再重印。因为李觏早在十几年前，就明确提出“人非利不生”“治国之实，必本于财用”，不仅受到王安石的赞誉，也被“石学”

[1] 李觏，字泰伯，号盱江先生。

一派的读书人所重视。石越本来不曾听说此人，因此自是没有听过这首在当时非常著名的《哀老妇诗》，但是却从《西湖学刊》上，看到过此人的生平。

丰稷虽然略觉奇怪石越不曾听过此诗，但是他也听说过石越的生平，便也不以为异，只是向石越拱手为礼，道："大帅若果能解民之倒悬，则天下幸甚，百姓幸甚！"

石越沉吟半晌，忽然抓起案上写到一半的奏章，揉成一团，一把丢进纸篓当中，慨然道："罢乡兵、改役法，本帅必不敢辞！天下之事，当自陕西始！"

2

长安城，驿馆。

一个灰袍男子背手站立栏边，默默地看着驿馆的人员替一匹黑色的骏马换马蹄铁，夕阳的金光洒在他乌黑的长发上、肩膀上，仅从背面看去，就已知此人俊逸不群。

"镇卿！"

灰袍男子转过身去，赫然竟是吴安国。看清唤他之人后，他的脸上不禁闪过一丝讶异之色，道："田兄！"站在他面前的，竟然是田烈武！

"你如何会在此处？现在到处在传言，道是平夏城大捷，你不是在高遵裕部下吗？"田烈武看起来似乎比他还要惊讶。

吴安国默默摇了摇头，略带讽刺地说道："是驻陕西路安抚使司监察虞候、致果校尉向安北要召见我。"

"向安北？"田烈武大吃一惊，问道，"你犯了军法？"

"骄横跋扈，目无长官，有违军中阶级之法。"吴安国嘴角微翘，讥讽之情见于言表。

"战争方起，便是有过，也应当军中处罚，以便效用，如何还要递交帅司处置？"田烈武大摇其头，却不去问吴安国是不是真的"目无长官"。

吴安国脸色却渐渐黯淡了下去，叹道："部下都死光了，待在平夏城，又有何益？"

"啊？不是大捷吗？"

"什么大捷！"吴安国冷笑道，"双方死伤差不多，不过是击退了西贼的进攻而已。两个翊麾校尉殉国……"说到这里，吴安国突然想起薛文臣平素对自己的关照，王傥战死前说的话。"忠烈祠相会！"他不禁轻声念了出来。

"什么？"田烈武显然是没有听清。

吴安国猛地一惊，回过神，目光又移到那匹黑色的骏马身上，淡淡说道："没什么。"沉默了一会儿，终于想起田烈武本来应当在京师，便又问道："田兄如何也到了京兆府？”

提起此事，田烈武不由笑道：“我是调至龙卫军任权军行军参军，准备先至帅司报到。”

“军部行军参军？”吴安国不觉愕然，军部参军，最低也需要正八品上的宣节校尉才可以担任，而自己与田烈武在军中资历相俦，却不过是从八品上的御武校尉，文焕以武状元从军，也不过是正八品下的宣节副尉，这田烈武如何却是官运亨通至此！

“只是暂任而已。”田烈武不好意思地笑了笑，道，“还有个‘权’字，我只是宣节副尉，资历不足。因金将军竭力推荐，才有这次机会。”

“恭喜。”吴安国淡淡地抬了抬手，他对田烈武的官运倒并不嫉妒。军部参军的确是升官之途，按大宋禁军转迁之制，一般来说，指挥使不能直接升为营副都挥使，而须先至军一级担任参军，然后方得升迁。田烈武一朝至此，升迁自然是指日可待。不过他却不知道，田烈武之所以能调任龙卫军行军参军，很大的原因是因为田烈武深得其长官金彦的欣赏，兼之又有薛奕的推荐信。

田烈武没在意吴安国的神态，挠了挠头，笑道：“论打仗的本事，我远不及你，若是镇卿你也能来龙卫军就好了。”

此时正值吴安国倒霉之际，若是换作别人口出此言，他必然要以为是讥讽之言，立刻便要变色。但这话由田烈武来说，吴安国却知是出于至诚，当下只是微微一笑，道：“世有伯乐，然后有千里马！”

“什么伯乐？千里马？”田烈武哪里又读过韩愈的文章，一时丈二和尚——摸不着头脑，想了一会儿，方笑道，“若说马，听说龙卫军的马倒全是好马。镇卿，你看这匹马怎样？”他手指的，正是不远处的那匹黑马。

“此马头高而颊瘦，耳小而向上有力，眼大而鼓，嘴鼻宽大，马鬃不厚，腰肢不长不短，马肚亦不大，后腿微曲，马蹄不大不小，毛色纯黑而亮，额头更有白斑，真是好马！”吴安国一向少言寡语，此时却是一口气赞来，显然对这匹马已是观察良久，又甚是喜爱。

田烈武听了个目瞪口呆，半晌方笑道：“镇卿真是知马。我虽知道这是匹好马，但却说不出这许多好处来。可惜这匹马不是我的坐骑，否则当送给镇卿。”

“这是谁的马？”

“是种谔将军的马，皇上这次任命种将军为龙卫军都指挥使。”

“种谔吗？”吴安国点点头，道，“不知比其幼弟种谊如何？”

“这……”田烈武别说是不知二人高下，纵然是知道，也不敢乱说。

吴安国却毫无顾忌：“种谊将军治军严整，临阵对决，料敌先机，实是国之良将。只是用兵太过保守，有点儿不思进取。此国朝名将之通弊。种谔几年前曾败于西夏，因此关中传言，种子正虽与其兄种古、弟种诊并称‘三种’，然只怕皆不及其幼弟种谊，更不及乃父种团练多矣……”

“镇卿不可造次胡言……军中严阶级之法，非议长官，其罪非小。”

“大丈夫何必畏畏缩缩！”吴安国“哼”了一声，讥道，“种家久在西军，天下皆道‘种家将’，久闻种子正之志，是想占据横山。然我料定其今虽为龙卫军都指挥使，亦无能为也！”他话音刚落，就听到背后有冷冷地说道：“是吗？”

吴安国与田烈武不料有人偷听，不由吃了一惊，忙回头望去，却见是一个身着布衣的中年汉子，挽了衣袖，露出了结实的小臂。一张国字脸上，剑眉入鬓，双目炯炯，颇见豪气。他虽然粗衣布服，但站在那里，不知怎的，竟有一股领袖群雄的风范，倒似是统率过千军万马一般的人物。只是打量吴安国的眼神，却颇为不善。二人皆不认得这是何人，吴安国便冷笑道：“足下有何指教？”

中年汉子冷哼了一声，道：“我刚才听你说种家将名不副实，又说种子正不能成其志，便想问个端的。”

“我为何要对你说？”

“莫不成足下是个只会背后嚼舌根的小人？”中年汉子淡淡说道，神色之中便隐隐流露出一股不屑之意。

吴安国自然知道对方是激将之计，但他性情本就桀骜不驯，此刻又被这人以言语挤对，竟傲然说道：“我若能说出来个道理来，又当如何？”

那中年汉子淡淡一笑，指着那匹黑马，道：“若能说出道理，我将此马赠予你。”

吴安国不由哈哈大笑，讥道：“你这汉子，打的好大诳语！”

中年汉子冷冷道：“你如何说我是打诳语？”

吴安国指着黑马，冷冷说道：“这马分明是种子正将军所有，你欺我不认得种子正吗？我却是见过的。”

“不错，我也认得。”田烈武也说道。

“一个时辰之前，这马已归了我。眼下便是我的了！”中年汉子淡淡说道，也不知怎的，他口中所说全是不可思议之事，但他那种淡定从容的神色，却给吴安国与田烈武一种强烈感觉：这个人绝不是说谎之人。因此虽然不免将信将疑，却没有出口质疑。中年汉子顿了一下，笑道：“如何？足下且说个道理出来。”

“说又何妨！”吴安国一拂袖，背手昂然说道，“故种仲平将军，威名卓著，除用兵治军之外，最可贵者是能识人用人，又兼爱兵如子。王光信本是僧人，英勇善战，熟知番部道路，故种将军能用之为乡导；慕恩戏其侍姬，故种将军反以姬赐之，故得慕恩死力。凡此种种，遂能知敌之情伪，而屡克胡种。至于种子正，却志大才疏，虽然临敌出奇，颇精战阵，然而徒以残忍为能事，左右有犯令者立斩，竟至于先刳肝肺，幕中有谋士，不能待以信义，反以诡诈御之，如此之人，为一将可矣，焉能成其大功？况且抚御横山，不能徒以强暴。横山之众，苦于西夏久矣。若以暴易暴，彼宁能叛西贼而事朝廷？欲得横山，必恩威并施，方得奏效。石帅虽只文士，却胜种子正多矣。故横山终必为大宋所有，然断非种子正所能全其功！”

吴安国一番议论，让那人目不转睛地呆立良久，过了好半晌，方听他拊掌赞道：“妙哉！善哉！”说罢，指着黑马笑道，“此马自此时起，便归君所有。”

“这……”吴安国不知他是真是伪，一时竟是踌躇起来。

那中年汉子上上下下打量吴安国，笑道：“你有这种见识，亦非庸才可比。不过人过刚则易折，木秀于林，风必摧之。你若不知韬晦，亦成不了事业。”

吴安国脸色立时一沉，冷冷说道：“此事却不劳足下操心。”

中年汉子也不以为意，反而笑道：“方才隐约听到你要去见向安北。既是高帅部属，必是犯了什么军法，那却是怎么一回事？”他说话语气，竟似是上司对部属命令的口吻，但也不知为何，自他嘴中说出，却并不让人觉得失礼，反而觉得理所应当。

吴安国不愿向外人谈论自己的事情，“哼”了一声，却不去搭理。田烈武粗中有细，却瞧出几分奇怪，心意微动，向吴安国笑道：“我也在奇怪此事。镇卿何不说说？”

“我已说过，是骄横跋扈，目无长官，有违军中阶级之法。”吴安国不耐烦地说道，语气中对这个罪名，却依然是十足的不屑。

“目无长官？怎样的目无长官法？”中年汉子却是不依不饶。

吴安国却只是冷笑，不肯回答。

“大丈夫做得出来，却不敢说吗？”

“我既做出，自领其罪便是，关足下何事？”

“自领其罪又有什么了不起？违抗军中阶级之法，可轻可重。轻则鞭笞，重则斩首。你若这个脾气去见向安北，向安北未必不敢斩了你，再送你人头至平夏城，震慑三军。区区一个御武校尉，军中车载斗量，不可胜数。杀之亦不足惜！”

吴安国轻蔑地一哂，道：“我吴安国怕死吗？”

“七尺男儿，当死于敌人之手。死于军法之下，不羞耻吗？”中年汉子厉声斥责道，“你若与我说了，我或能救你性命，日后未必无虎入山林、光宗耀祖之日！好过今日之死，让宗族蒙羞。”

田烈武在一旁听了，不由大觉惊异。吴安国犯军法，开始他的确不以为意，但是这中年汉子说后，田烈武才猛然想起，大宋军中，自太祖皇帝以来，三令五申，最重阶级之法。下级要无条件服从上级，违令者处罚极其严厉，纵然处死，亦是常事。以吴安国的脾气，若真的被向安北用来立威，也未必不可能。因此他不免暗暗担心起来。但是此时听到这个中年汉子说能救吴安国，他不免更觉吃惊。须知卫尉寺的人，不是那么好相与的。田烈武早已听说，向安北连石越的号令，也不必听从。这中年汉子是何等人物，竟敢出此狂言！

此事田烈武想到了，吴安国自然也想得到，他打量中年汉子几眼，问道："你究竟是何人？"

"我是何人，有何紧要？"中年汉子微微笑道，"若是你与我说明事情经过，我便告知你我的身份，如何？"

"好。"田烈武不待吴安国应允，已抢先答应。

中年汉子却不理会他，只注目吴安国。吴安国微一迟疑，说道："平夏城首役，我随刘昌祚将军策援种谊将军之东大营，我率前锋部至东大营附近，便擅自停止前进，只请刘将军前来观察敌情。刘将军来时，看出其中玄机……"

"且慢！"中年汉子突然打断吴安国，问道，"你说是刘昌祚自己看出了其中的原因，而你没有禀报？"

"不错。"

"刘昌祚竟没有当场斩了你？"中年汉子冷冷地说道，"若我部下若有这种行为，纵有天大功勋，我必斩于阵前！"他说此话时，竟然显露出一种杀伐之威，让吴安国与田烈武都是心中一凛。

吴安国因见对方是在批评自己，便闭了嘴，默然不语。

"想是刘昌祚惜才，但是军法官却如实报告了上去？"

"正是如此。"吴安国淡淡应道。其实此事内情，还并非如此，而是他曾经嘲讽过神锐军第二军的都虞候手下的一个军法官，留下旧怨，因此被报复，但他自己却并不知道有此事。

"恃才傲物！"中年汉子骂了一句，道，"你是发现了什么事情？"

"其时西贼攻东大营虽急，然地上无火器爆炸之痕迹，东大营守御有度，而箭楼之上，我发现种谊将军正在怡然饮酒……"

中年汉子听到此处，不由笑了起来，嗔骂道："这小子！"又向吴安国笑道："你继续说。"

吴安国见他脸上，竟似有一种父兄似的关爱神情，不由大觉奇怪，只不急细想，继续说道："骑兵真正的用处，是撕裂敌军的阵形，破坏敌军之组织。要达到这一目的，最好是用步军在正面牵制敌人的主力，而以骑军从敌人侧面进攻，方可收到神效。或者于敌军精疲力竭之际，出其不意地杀出，冲锋而不缠斗，将敌军阵形彻底打乱。如此，方能取得大胜。至于正面与敌人大军决斗，实是愚夫所为。骑兵要做的，不是以硬碰硬，而是以高速的行军，寻找敌人的弱点进行攻击，敌东虚则攻东，西虚则击西，从而调动敌人，迫使敌人混乱。兵法之精义，始终是以石击卵，以强击弱……所以，我见西贼人马未疲，而东大营守有余力。以区区一营之骑兵，于是时投入战场，不过倚城为战，无战局无大补。当时西贼大军屯于西大营外，高帅恐为西贼所乘，势不敢再分兵相救。故这一营之骑兵，当于最关键的时刻用，方能收得最大的效用。若是西贼一直强攻东大营，于精疲力竭之际，突然有一营骑兵杀出，与东大营两相夹击，李清虽然智勇双全，亦难保全首级。只可惜战场之势，瞬息万变……”

中年汉子与田烈武听吴安国细细述说战争的经过，方知当日之战，有许多曲折。听到种谊用兵之妙，那中年汉子不禁眉开眼笑，田烈武则拊掌赞好；闻到王倪诸人之死，二人皆是惋惜感慨不已。如此一直说了小半个时辰，待天色都已全黑了，吴安国方才说完。这实在是他平生以来，第一次说了这许多的话。

中年汉子忽走近两步，拍了拍吴安国的肩膀，赞赏地说道：“君真奇才也！那骑兵分合攻击之法，是君所创，还是刘昌祚所创？”

“是我所创。刘将军以为有效，遂常于全营演练，只是这种战法，须得善用地形。”吴安国心中，并无“谦虚”二字存在。

“奇才！”中年汉子含笑赞道，“使用骑兵之妙，我竟不如你。后生可畏！然而你的性格，难居人下，当独领一军，方能尽其才用。”他摸了摸下巴，沉吟一会儿，笑道：“此事过后，可愿至云翼军？”

“云翼军？”吴安国与田烈武再次吃了一惊。云翼军隶属于侍卫马军司，也是一支纯骑兵部队，驻扎在陕西境内，但是此时尚在整编之中。

“足下究竟是何人？”

“我便是‘三种’之中的种古——你看不起的种家将中的老大。”种古笑道，“现为游骑将军、绥德军知军，兼云翼军都指挥使。”[1]

“啊？”吴安国与田烈武当真是大惊失色，二人做梦也想不到，堂堂的游骑将军，居然会穿这样的粗布衣服，打扮得像是驿馆的小厮。但二人哪里知道，种古自幼豪迈，不拘小节，行事与几个弟弟，都大不相同。

“你就是‘小隐君’？”田烈武虽然一直在京师，但毕竟是在衙门中任职，也曾听过“小隐君”种古的威名。

“正是。”种古哈哈大笑，道，“你叫田烈武，我也听说过你。薛奕与金彦都很是夸奖你。不过我却不好意思抢我家二郎的参军，只好放你去龙卫军。这个吴安国，却须得我来调教，才管得住他。”他也不管吴安国答不答应，立时就板了脸说道：“这次向安北无论如何，都会给你处分。你御武校尉是肯定保不住了，来云翼军也要按朝

[1]　历史上，种古此时当在镇戎军、原州一带，但小说中已改变，种古调至绥德军。知军一职，文官为正六品下，按宋代惯例，武官自然须要从五品，故以种古为从五品上之游骑将军；高遵裕为定远将军，亦类此。

廷的规矩办事，指挥使你是没指望了，营行军参军我也不会让你做。你若是敢来，我便去调你。”

吴安国胆大包天地注视种古，昂然道：“我如何不敢来？愿受种帅节制！”

种古含笑点头，一面高兴自己收了一员良将，一面却也在担心起另一件事来。从吴安国口中，可知这次胜利，实是自己的幼弟种谊之功。然而种古一天前已经见过战报，上面却没有种谊半点儿功劳！摊上一个喜欢争功诿过的主帅，对自己的弟弟来说，可不是好事。种古一瞬间，竟是想起了他的父亲种世衡被庞籍打压的事情……他略一失神，立时就惊觉，正待邀吴安国与田烈武一齐去喝酒，却见一个幕僚走了过来，拜身低声说道：“种帅，陶提督的宴会时间快到了，听说石帅也会来，不便怠慢。”

“嗯。”种古点点头，又向吴安国与田烈武看了一眼，抱拳笑道：“我今晚有事，先行一步。后会有期！”

“后会有期！”吴安国与田烈武慌忙欠身送别。

目送种古远去之后，田烈武不禁赞道：“种家将，果真气度不凡！”

吴安国微抬下颌，傲然道：“假以时日，你我成就，未必会在他之下！”

田烈武早知吴安国脾性，吐吐舌头，笑道：“我可没有这般志向。镇卿，想不想去逛逛京兆府的夜市？”

吴安国摇了摇头，道：“我戴罪之身，若出驿馆，随行都有人‘陪同’。”

“这有何难？”田烈武笑道，“公门手段，正是我本行。只需叫上那几个军法官一道去喝酒，便可无事。”

“不必了。”吴安国淡淡说道，“我回去看看书便好。”说罢也不待田烈武多说，抱抱拳，便即转身离去。

田烈武望着他的背影，笑着摇了摇头，信步出了驿馆，向长安灯火最盛之处行去。

3

长安的夜晚远远及不上开封府的灯火通明，在汴京有长达数十里的马行街，辉映如昼，为当时全球所仅有。但是长安毕竟也是大唐故都，曾经的最繁丽城市，因此亦自有一番气象。田烈武在长安城中信步游玩，只见街上店铺，大多没有歇业，歌台舞榭，自不必论，便是药铺、茶坊、果店，也都开门揖客，热闹非凡。他并无目的，只是信步闲走，也不知走了多久，突然望见一处所在，几间临街店铺之内，摆满了各式各样的兵器，门口竖了一面大幡，上书“长安剑铺”四个大字。更有一群人在周围指指点点。田烈武本是习武之人，见猎心喜，立时便快步走了过去。走到近时，才发现原来一个青年公子哥儿，在与剑铺掌柜讨价还价，因此吸引了一大群人围观。

从背影来看，那个公子哥儿长得甚是瘦小，乌发用白色湖丝绸布束起，但一身宽大的淡绿锦袍，腰间斜插了一条软鞭，镶金裹银，显见价值不菲，田烈武虽然不是识货之人，也知道此人非富即贵。只见他手中捧了一把倭刀，正在细细观摩。那剑铺掌柜则在一旁细心地解释："这位官人，这把倭刀，实是宝物，非一千贯，小人绝不敢卖！"

田烈武听到这把倭刀竟值一千贯，不由吃了一惊，连忙挤了过来，好奇地打量那刀。

那绿袍少年冷笑一笑，说道："你这掌柜好不晓事，如何却用大言来诳我？莫非是欺生不成？"他声音甚是清脆悦耳，显是年纪不大，尚未变音。田烈武心中好奇，当下侧眼向他看去，只见他容貌极是清秀，一张小嘴樱桃也似，不由多看了两眼，心中忽然隐隐觉得，这少年的容貌与说话语气似乎曾经见到过，但细想时，却想不起来了。那绿袍少年见他不住打量自己，便向他狠狠瞪了一眼。

"不敢。不敢。"剑铺掌柜连声说着不敢，一边赔笑道，"小店虽然开张未久，但是却是官府许可，正经生意。小店中每一件兵器，从哪里进货，都是记账分明。这倭刀得来不易，是小店从杭州千方百计觅得，是为镇店之宝。这把倭刀，确是值一千贯。又岂敢诳官人？"

"岂有此理！区区一把刀，怎会值一千贯？我来问你，你这里的诸葛弩，值多少钱一把？"

"一把诸葛连发弩，小店现今售价是一千三百文。"

"那这把刀，须卖多少文？"那绿袍少年嘴角噙着冷笑，目光一扫，忽又指着店中一把刀，问道。

"小店只卖一千六百文。"

"那为何偏偏这把倭刀，就要一千贯？难道一个人手执倭刀，就能打过一千个手执诸葛弩、提刀的人不成？"那绿袍少年瞪着眼，振振有词地质问道。

剑铺掌柜顿时瞠目结舌，讷讷道："官人，这……这只恐不能这么比……"

"那要如何比法？你欺我没见过好刀吗？我活了这么大，就不曾听说过有一柄刀竟要卖至千贯的！"

"官人此言差矣，倭刀值一千贯，却是有诗为证。"那剑铺掌柜听了他这句话，忍不住分辩道。

绿袍少年先是一怔，旋即笑道："越说越离谱了，有诗为证？你且说说是什么诗！若是无名小辈的歪诗，那就不必念出来了。"

那剑铺掌柜叫了个撞天屈，道："是欧阳文忠公生前曾经有诗，哪里会是什么无名小辈的歪诗？"

那绿袍少年又是一怔，道："欧阳文忠公的诗？什么诗？"

那剑铺掌柜摇头晃脑，吟道："鱼皮装贴香木鞘，黄白闲杂鍮与铜。百金传之好事手，佩服可以禳妖凶。既说是百金，大宋仁宗皇帝以来金价，都是一金值一万文，即是百金，自然是千贯。"

绿袍少年显然是没料到欧阳修还写了这么一首诗，不禁脸色一变，低低骂了一句。旁人没有听到，倒也罢了，田烈武却是耳力甚聪，听得清清楚楚，他骂的却是："死老头，没事写什么诗！如今却来害我。"当下不禁莞尔，更觉有趣。却见那少年早已神色如常，嬉笑道："欧阳文忠公的诗，现在岂作得准？石学士通商海外，海外之物，价格已降了不少。这倭刀岂有不降价的？"

他此言一出，旁观之人，便都连连点头称是。那剑铺掌柜顿时觉得难作起来——须知当时倭刀在宋朝十分名贵，一把好倭刀，的的确确是要卖到一千贯这样离谱的天价。但是这种物什，也只有那些名门高第的子弟们，才佩带得起。像京兆府这样相对落后的城市，普通百姓根本无法理解一千贯买把刀这样的事情，长安城中，一户人家总资产达到一千贯，已是小康之家！那剑铺掌柜从杭州海商手中购得此刀，回来是为做镇店之宝，以提高声誉。但他做的生意，毕竟是以普通民众为主，若给市民一种"这个店的东西价格偏高"的印象，却非他所愿了。他本想请这个少年入室奉茶说话，但是少年坚执不愿，如今却使自己陷入两难之中。为难良久，剑铺掌柜咬了咬牙，试探着问道："那官人以为，多少钱比较合适？"

那少年侧着头，微微一笑，伸出一指葱葱如玉的手指，含笑道："一百贯！"

"不行！"剑铺掌柜大大吓了一跳，一把抢过少年手中之刀，就要往店中走去。

那少年连忙唤住，道："且慢走！焉有这般做生意法？我又不曾强抢你的。"

剑铺掌柜停住脚步，回头苦笑道："非是我不肯做这生意，实是官人出价太低。"

"那两百贯如何？"

剑铺掌柜依然拨浪鼓似的摇头。

"三百贯！"

"不行……"

"五百贯！"

"不行！"

"那你说要多少？"那少年的声音似乎怒了起来，但田烈武却瞧出他的眼中颇有笑意，似乎这样与掌柜讨价还价，令他大感有趣一般。

"九百五十贯，少一文钱也不卖。"

"太贵了，八百贯，如何？"

"九百五十贯。"

那少年叫了起来："你怎可如此固执？八百五十贯！不可以再加啦。"

“官人恕罪，小人实在不敢卖。”

少年摇摇头，假意嗔怒道：“九百五十贯，果真不肯再少一点儿？”

“实实不能再少。”

“那好吧！”少年似乎是不情不愿地答应了，一手却已经伸入袖中，取出几张交子，正要递出，却听一人叫道：“且慢！”

众人循声望去，却见是一个二十来岁的男子，身着蜀锦轻袍，头带纱帽，牵了一匹白马，在几个仆人的拥簇下，从人群中挤了进来。他那马鞍都是用金银打造，众人见了，都不禁暗暗咂舌。那人进来后，先望了绿袍少年一眼，不屑地一笑，向剑铺掌柜说道：“这柄倭刀，我出一千贯，卖给我吧。”

那剑铺掌柜顿觉为难，道：“官人却来得迟了。这柄倭刀，已经被这位官人先买了的。”

“你们尚未成交，自是价高者得。倭刀每年进口不过数十柄，上好的更是难求，又何必贱卖给不识货者？这样，我出一千二百贯。”那男子言辞显得彬彬有礼，语气却极是趾高气扬。

“喂！”绿袍少年横目怒道，“你说谁不识货？钱多了不起吗？”

“自是价高者得，如何？倭刀名贵，你既想省钱，我不如替你多省一点儿。”

那少年怒极反笑道：“你知道我是谁吗？”

“我管你是谁！这把倭刀，我是要定了。”那男子看都懒得看那少年一眼，显然是根本不将他放在心上。

那绿袍少年平生没受过这样的轻视，一时间气得双腮鼓起，脸色微红，怒道：“好，好！要看谁钱多是吧？”一面已将手伸入袖中，准备掏钱，谁知一摸竟是空的，不由怔住了。原来他袖中带钱不够。须知当时一千贯已不是小数目，他随身携带如此巨款，已经是有生以来第一遭，哪里还会有更多？

那男子身边的一个仆人见他窘态，已知端倪，不免嘲笑道：“拿啊？小哥。拿得出来，舍得出价，便是你的了。”

少年又气又窘，恼羞成怒，从腰间抽出软鞭，只见空中金光一闪，“啪”的一声，那条软鞭便结结实实打到那个仆人脸上，立时一道血痕就浮了上来。这下变故猝不及防，众人不由都惊住了，半晌，才听到那仆人“哇”的一声，杀猪似的叫了起来。

那男子脸色一沉，喝道：“你敢行凶？”一丢眼色，其他的仆人捋起袖子，便就围了上来。只是忌惮少年软鞭厉害，而且见他衣饰华贵，显然非富则贵，也不敢如何放肆。

那绿袍少年却是轻轻一笑，说道：“奴才无礼，我不过是替你管教下人罢了。你看我这软鞭如何？若当在剑铺，可以抵押多少钱？”

那男子不料他来这一招，顿时狠也不是，不狠也不是。便随意向少年手中软鞭打量了一眼，不料一看之下，立时呆住了。原来这条软鞭，制作十分精细，鞭柄用金银打制，正中之处，还镶了眼大的一颗红宝石，此外更有数颗较小的绿宝石，一望之下，便是端的是名贵非常。

“三千贯？值不值？”

不待那男子开口，剑铺老板已说道：“岂止值三千贯？”

“便算三千贯好了。反正是当一下，回头便来取。我若卖给你，我敢卖，你也不敢买！掌柜的，我出一千五百贯好了！”少年满不在乎地说道，目光却挑衅似的望着那男子。

那男子若是精细之人，听到“我敢卖，你也不敢买”这句话，便当知道这少年必有背景。但他目光全被那条软鞭所吸引，却根本没有听见。何况他也是自恃家世，眼高于顶惯了的，就算是听懂话中之意，也未必会放在心上。何况此时众目睽睽，他是这城中出名的人物，哪里丢得起这个脸？因此见他抬价，更是志在必得。

“一千八百贯！”

少年听到男子跟着抬价，眼珠一转，先是沉吟了片刻，田烈武却见他的眼中闪过过一丝狡黠的光芒，然后才慢条斯理说道：“我出两千贯！”

田烈武听到这个价格，几乎要叹起气来！两千贯！他要挣多少年？可以买多少亩良田！

那男子微微犹豫了一下，却见那少年眼中的挑衅之意，哪里肯失了面子？想了一会儿，咬牙道：“两千二百贯！”

那剑铺老板早已经惊得呆了，根本忘了开口，只听着这两个人你一言我一语将这柄倭刀抬到了一个他之前根本无法想象的高价之上。

“两千三百贯！”那少年从容地提高价格。

“两千三百五十贯。”那男子却已经有些犹豫，但还是跟着抬高了价。

那少年的价却越给越高，“两千五百五十贯！”

“两千七百五十贯！”那男子只得咬牙追上。

“两千八百贯！”

此时整条大街早都轰动，连茶馆的老板都不愿意做生意，关了门来看这个热闹。听到那少年眼皮都不眨一下，就叫到两千八百贯这个天价，所有的人都不禁沸腾起来。所有的目光都集中那个男子身上。那男子见价格越抬越高，不由略略有些局促不安地扭动了下身子，两千八百贯，用这样的天价来买一把刀，哪怕这把刀再昂贵——他自己都觉得有点儿像是笑话，但是那绿袍少年却一本正经，似乎已经跟他较上了劲，决不肯相让。

“三千贯……”男子终是丢不起这个人，咬咬牙，狠狠心，叫出了一个连自己都觉得离谱得近乎可笑的价格——这样的高价，居然仅仅是为了争一口闲气！被那个可恶的绿袍少年逼到这个份儿上，他自己都觉得懊恼，心里不禁隐隐地希望，这个绿袍少年不要再加价了，免得他还要提高价格，进退两难，但若是那个少年不加价呢？三千贯……他几乎都能感觉到长安夜色的寒意了。

“三千贯？”那绿袍少年似乎没发现他矛盾的心理，而是轻声地重复了一遍这个价格，然后他抬起幽黑的眼睛，一眨不眨地看着他，眼珠忽然骨碌碌转了几下，笑吟吟地说道，“且慢，不知足下带够钱了吗？”

那男子闻言，顿时一怔——饶是豪富之家的子弟，挥金如土，但是寻常出来逛街，谁竟会随身携带三千贯的巨款？不过他家本是长安城中有名的人家，虽然所携不足，却也不以为意，一怔之后随即笑道：“掌柜的，可听说过城西卫家？”

那剑铺掌柜听到“城西卫家”四个字，身子便不由得哆嗦了一下，忙应道：“知道，知道，京兆府中，只需不是聋子，谁不知道城西卫员外家？那是咱们京兆府有名的人家！”说完，又拿着眼偷偷看了男子一眼，颇有些忐忑不安地道，“莫非官人就是……”

“这便是卫员外家的小官人！”那男子旁边的仆人忍耐已久，听到相问，立时便已趾高气扬地叫了起来，一边叫一边还用得意扬扬的目光扫过众人，但目光落在那绿袍少年脸上时，却见他竟是一副漫不经心的神气，似乎根本没有听过这个名字。

旁边围观的有些知情之人，也跟着叫了起来：“正是卫员外家的小官人，我们是见过的，不错的！”

此言一出，那些围观之人，顿时“轰”的一声，纷纷悄悄议论起来。

原来卫家确是京兆府中有名的人家，祖上曾追随太祖、太宗皇帝征战四方，立下过汗马功劳，后来解甲，回京兆府老家广置田产，做了富家翁。真宗朝、仁宗朝时，族中又出了两位进士，待到熙宁年间，卫家的田产已有数万顷，庄园则不可细数，仅仅在长安城中，众人数得着的宅院，就不下二十处。而卫家最让人不可轻视的，是整个家族势力的盘根错节，深植于大宋官僚系统的姻亲关系。仅广为人知的，就有当今皇太后的从叔高遵裕，是卫家如今的族长卫洧的表妹夫；而昌王赵颢的王妃，是卫洧的侄女。除此以外，卫家还与曹太后家、韩绛家都有亲戚关系。这还只是天下有名的世家，除此之外，那些在朝为官的官员，与卫家有关系的，更不知凡几。

卫洧有兄弟四人，却只有一个亲生儿子，唤做卫棠，字悦之。卫家祖上虽是武人，却早已弃武学文，一向以仕途为念——卫洧兄弟虽曾入仕，但不曾中过进士，以宋朝尊崇文人的传统，虽然家世非同小可，却常常被同僚所轻视；升迁起来，更是倍感艰难，远远比不上进士的风光。因此对于子侄辈，便多寄期望，卫洧更是督促甚严——卫棠兄弟，或在太学，或在白水潭就读。只不料这卫棠去了白水潭学院后，一年之后，竟偷偷改入格物院，学起物理、化学来，学了两年，将要卒业，却被赵颢知道，说与王妃，辗转传到卫洧耳中，卫洧气儿子不争气，只恨鞭长莫及，急忙遣人将卫棠从白水潭给带了回来，又送到横渠书院。谁知道白水潭格物一科开设后，各大书院都引为时兴，横渠书院竟也开设有格物院。卫洧又生怕儿子“玩物丧志”“故态复萌”，在横渠书院待了一年后，只得又把他带回了京兆府身边。但让卫洧最无可奈何的是，卫棠回来之后，便连京兆府官办的京兆学院，也开始要学物理一科。他此时再无能为力，终不能永远不让儿子不去与人交游，恼怒之下，竟撰文给《西京评论》攻击格物之学。谁知道《西京评论》竟推三阻四不肯发表。卫洧又气又急，干脆在京兆府申请自己开印报纸，不料报纸也并非人人可以办的——他虽然有钱，但长安毕竟地小，别说天下济济人才没汇聚在此，便是当地百姓也多服膺京师大报，办报环境根本无法与汴京、洛阳、杭州等处相比，方草草办了三期，便落个惨淡收场的命运，以至于大多数人根本不知道：西北的长安城中，也曾经出现过一家报馆。

卫淯的报馆才关门不久，石越守三秦的消息便即传来，卫洧虽然固执守旧，却并非迂腐木讷之人。他不敢得罪石越这样的新贵，却又无法接受石越的某些政策，便索性装病，闭门谢客，连卫棠的事情都懒得管了。于是倒便宜了卫棠，每日里除了去京兆学院上课之外，便在长安街头闲游乱逛。他毕竟是在汴京城生活过几年的，见识便要高出长安人不少，在汴京之时，因见不少勋贵子弟佩过倭刀，只是往往一刀难求，只得作罢。此时见着，不免动了念想——他家在京兆府既是地头蛇，便生了夺爱之心，这才与那少年竞价，谁知那少年竟也狡黠顽固如此，竟将一把倭刀竞到如此高价上来！

剑铺掌柜里巷闲谈时，也曾经听过卫家这位公子的事迹，这时见这光景，当下便信了八九分，焉敢得罪？正要说话，却听那少年在一旁悠悠说道：“卫家公子，额头上又没写字，谁知道是真是假？我还要说我是石越的兄弟呢……掌柜的，这买卖还是真金白银要来得可靠，他若无钱，这刀还得归我。否则——他也需抵押一件物什在此。”

卫棠听到那少年直呼石越之名，心中微觉奇怪，却以为这少年是知道自己父亲与石越的恩怨，而故意言出轻视，不免暗暗生气，冷着脸道：“我能找到人证，你能找到否？”

“人证？”少年皱了皱如玉一般白嫩的鼻子，不屑地笑道，“买个人证，三十文钱便够！”

卫棠被他如此一说，一时之间，竟是无力反驳，正在讷讷，却听少年扬着眉，又悠悠地嘲笑起来：“若是没钱，如何倒学人家来竞价？”

“谁又没钱？”卫棠涨红了脸，大声怒道。

少年嘴角一撇，讥笑道："既是有钱，拿啊？小哥。拿得出来，舍得出价，便是你的了。——黄金白银交子，只需是真的，样样都使得！"

他这话，却是当初卫棠的仆人讥笑他的原话，又加了更加刻薄的几句语言。这时候自他口中说出来，卫棠不由又羞又怒，一张脸涨得通红，半晌，方咬牙说道："我便将这马与鞍抵押于此！"

"那又能值得几文钱？"少年竟看都不看一眼。

"便算五百贯好了！"

少年这才将目光投向那匹白马，漫不经心地看一眼，笑道："还配金鞍！勉勉强强便算你五百贯好了！"说着忽向剑铺掌柜嫣然一笑，道："掌柜的，恭喜你发财！"一手便将软鞭往腰中一插，然后从怀中掏出一个物什，放到唇边，便听一声尖锐的响声发出，只见两个青衣小厮牵了一匹黑马从街道拐角处小跑过来。少年接过马来，跃身上马，一边高声笑道："姓卫的，恭喜你用三千贯买了把倭刀！"说罢，双腿一夹，扬长而去。

卫棠这才知道竟是被那少年给耍了。望着满街人惊奇的目光，勉强忍笑的表情，一时间竟恨不得找个地洞钻了下去。

田烈武看了这出热闹，暗地里也自快要将肚皮笑破，但他从旁人的议论中已知道卫棠的家世，心中知道那少年此番是结下了一个仇家。卫棠眼高于顶，盛气凌人，尚只是公子哥儿的脾气，但是卫家却在京兆府兴盛百年，必有其独擅之处，否则大宋开国功勋何止千万，名载史籍，功附宗庙者不可胜数，但大抵几十年后，都免不了没落。这样的故事，田烈武在汴京城不知道听过多少。一个不怎么出名的卫家能够有今天这种气象，绝非侥幸。得罪这样的家族，绝对没有什么好果子吃。田烈武心中隐隐觉得那少年极是眼熟，不免便有几分亲切之意，因此竟是没来由地暗暗为少年担心。不过他出来逛街，并未骑马，那少年早已不知去向，却也无法当面提醒。当下也只得按下心事，离了剑铺，信步而行。然而心中终是有所牵挂，脚下所走的方向，便是少年驰马离去的方向。

不知道走了多久，田烈武远远望见一座酒楼下面，有个说书人在读报纸，他在汴京养成习惯，便快步走了过去，侧耳倾听，读的却是《皇宋新义报》。田烈武听了一会儿，却是索然无味，原来这一期的报纸，不是哪里开仓救灾，就是某处官员覆新，又或是某处表彰了某位节妇……熬了好一会儿，说书人才开始读报纸上最吸引普通市民的一部分——评书连载。《新义报》连载的，是一个叫"汴阳居士"的落第举子撰写的《前汉开国功臣评传》，此时正说到韩信事迹。田烈武最爱听这些打仗的故事，因此听得津津有味。

那说书的虽是读报，却也是唾沫横飞：“……那淮阴侯如此用兵，端的是国士无双，只可惜却死在长乐宫中妇人之手，正是兔死狗烹，鸟尽弓藏。后世有汴阳居士作《水龙吟》一曲以悼之：陈仓故道夕阳，牧童遥指伏兵处。将军昔日，牛刀小试，三军暗渡。铁马金戈，平魏破赵，强齐割据。正英雄得意，气吞万里，风流显、功名著。鸟尽良弓应弃。悔当初，奇谋难悟。项王垓下，韩侯云梦，总由自误。成败萧何，未央擒虎，使君何苦？算年年只有深秋雁飞，赤松归去！”

一首歪词读完，田烈武兀自似懂非懂，却听身旁有人冷笑道，“这个汴阳居士，好大胆子！”田烈武闻声望去，却见身边，不知何时站了一个二十来岁的年轻人，此时正横眉冷笑。

“这位兄台请了！”一人走了过来，向那个年轻人深施一礼，笑道，“在下所闻，这汴阳居士不过论史而已，不知兄台何出此言？”田烈武认得此人，却是石越府中的幕僚陈良。他一见认出，急忙抱拳唤道：“陈先生，在下有礼了。”

“原来是田校尉。”陈良认出是他，也忙还了一礼。

那年轻人冷笑道：“好个论史而已！足下可曾听那《水龙吟》的下半阕？悔当初，奇谋难悟？是何奇谋？蒯通之谋罢了。那汴阳居士将项王垓下被围与韩信云梦被擒并论，不是在说项羽死了，就轮到韩信了吗？他说‘总由自误’，项羽之误，是不用范增之谋；韩信之误，那汴阳居士，说的只怕不是韩信不当造反，而是不当不用蒯通之谋，没有背汉自立吧？”

陈良一怔，道：“这……”

“这汴阳居士公然让臣子背主，以臣子不背主为憾事！他的胆子，是不是太大了？《新义报》居然刊登这样的文章，真是无君无父！”

田烈武哪里知道一首歪词里面，竟然还会扯出这样的“大逆不道”？不由目瞪口呆。陈良却是打了个寒战，这首《水龙吟》，上半阕自然是咏韩信功业，下半阕却不过是对韩信寄同情之意，刺他不能学张良保全自己。谁知道居然能被人解成“无君无父”！

陈良也不由摇了摇头，他不愿意与那人交往，又怕田烈武沾惹是非，忙拉起田烈武，匆匆告辞。

4

二人离开了那人，便找了座酒楼，寻了个幽静的位置坐了，互叙别后之情。

田烈武因怀着心事，说了几句，便笑道：“陈先生可知道城西卫家？”

陈良不知道田烈武为何突然提起，笑道：“自然是知道的。卫家在京兆府，是数得着的人家。我来京兆府之日，凡陕西一路，有名的豪强，都要问个清楚的。田校尉为何突然问起？”

田烈武便将方才所遇之事，向陈良说了一遍。陈良细细听完，脸色不由紧张起来，皱眉问道：“你说那少年曾说是石帅的弟弟？”

田烈武点点头，笑道：“我料他亦只是顽话。”

陈良又问道：“他那鞭子，你可瞧仔细了？果真是镶金裹银，还嵌有宝石？”

“正是。怎么了？”

陈良摇了摇头，苦笑道：“我只怕已知道此人是谁！这卫家牵涉到皇太后家、昌王——那个少年的来头也不小，田兄也不须为他担心。只是，石帅却是断不敢做她兄长的。两家真要结仇，只怕还是势均力敌。不过……”陈良终是没敢说出来，他担心的是石越难以将此事撕掳干净。他一听田烈武的形容，便知道那少年必是柔嘉县主无疑——只是柔嘉如何来到陕西他却想不明白，这姑且按下不提，若柔嘉有事，石越断难以置身事外，却是眼下便可肯定的。

田烈武却不知道这些端详，只问道：“那少年究竟是何人？”

陈良叹了口气，伸出手指摇了摇，说道：“还是不要知道的好。”说完，陈良沉默了一会儿，又说道：“你好好在军中挣功勋，这些事情，且不要去沾惹，石帅很称赞你，常说你必成大器，莫让他失望。石帅眼下正在准备大举革除弊政，也没有精力牵扯到这上面来。”

“我理会的。”

“仗一时半会是打不完了。”陈良叹了口气，道，“朝廷的意见并不统一，若前线能不断取得胜利，那就能得到更多的支持。倘遇到挫折，结果就很难说了。”

以田烈武的身份来说，陈良的话也只能说到这里了。石越既然已经挑起了战火，那么失败就是不可以容忍的。如果遭遇大败，石越的命运，不会比当年大败的韩绛要好，甚至还会更糟。这一点，很多人都明白。

与此同时。

陕西路安抚使司衙门东辕门外的一座酒楼上。

柔嘉找了个临窗的位置坐了下来，居高临下地眺望安抚使司，静静地发着呆。两个小厮站在旁边，面面相觑，简直无法想象柔嘉县主这样的人物，也有发呆的时候。

那日清河郡主与狄詠离京，她便一路尾随，出城时遇到斗酒的，趁着混乱之际，柔嘉便溜进清河的马车之中，泪眼汪汪地央求，清河拗她不过，又被她哭得心软，只得硬着头皮答应下来。这姐妹二人合谋，竟连狄詠也瞒了过去，竟教柔嘉一路无声无息地跟到了陕西。众人才到长安，便赶上神卫营要前往平夏城，缺少得力之人护送，狄詠头脑发热，竟然主动请缨，石越便顺水推舟送他上了前线，又替清河在安抚使司附近觅了座宅院住下来。从此以后，柔嘉无所顾忌，越发无法无天起来。只不过清河郡主毕竟还知道深浅，每天只是拘束着柔嘉，和她形影不离，不许她出府。

京师之中，邺国公赵宗汉的宝贝女儿忽然失踪，急得如同热锅上的蚂蚁，却还不敢声张叫宫中知晓，只是偷偷找人寻找，哪里会料得到，柔嘉胆大包天，竟然会私跑到千里之外的长安？

这一日，禁不住柔嘉百般央求，清河终于松口，让柔嘉带了两个靠得住的家人，出来逛一次街。哪料得到柔嘉天性便要生事，这却是无可奈何的事，便只逛一次街，自也能生出许多事来！这时柔嘉捉弄完卫棠，心满意足，便决定去看看石越。不料到了安抚使司衙门之前，却又情怯起来，一时患得患失，思前顾后，踌躇半晌，方又转到这酒楼之上，发起呆来。

两个小厮只见柔嘉托腮远眺，脸上神色一会儿娇羞不可胜色，一会儿又秀眉微蹙，忽而微笑，忽而叹气。二人目目相觑，竟是看呆了。

店小二却更是纳闷，见这三人上了楼内，找了个好位置，忙跟上来侍候了，不料哈着腰站了半晌，却见这三人也不肯点菜要茶，只是顾着发呆，也不知道这唱的是哪一出？过了一盏茶的工夫，店小二终于忍不住，吆喝道：“这位官人要点啥？小店有……”

柔嘉正满脑子的绮思，不料被店小二打断，心下着恼，瞪了店小二一眼，也不待他唱菜名，便开口说道：“我要一碟煎卧鸟、一碟燕鱼、一碟酒醋蹄酥片生豆腐、一碟酒炊淮白鱼，再来一壶甘露酒，各色果子点心。”

那店小二顿时愣住了，那甘露酒与各色果子点心倒也罢了，但那煎卧鸟、燕鱼、酒醋蹄酥片生豆腐、酒炊淮白鱼，这些菜号他连名字都不曾听过，如何做得出来？他哪里知道柔嘉是故意为难，要的菜根本就是皇家的菜单里面的，即使是在汴京城，能立马做出来的酒楼，也是屈指可数。店小二当下只好赔着笑说道：“这位官人，这些菜太稀罕，实非小店所能办……”

柔嘉白了他一眼，冷笑道：“既然办不了，你还敢在此吆喝？”

“是，是！”店小二赔着笑脸，却不肯走。

柔嘉却也无心捣乱，略出了口气，便喝道：“看着你店里干净好看的，无论什么，各点了上来便是。”

“好咧！”店小二这才答应着，兴高采烈地去了。

柔嘉别转头来，再次把目光投入安抚使司衙门，望着那进进出出的官员、来来往往的马车——那些人凭什么可以自由地出进这里？想到此处，不禁微微叹了口气，心中竟升起一股说不出的羡慕之意。

5

长安城西，卫家。

“多出两千贯钱倒没什么关系。”卫洧轻轻喝了一口茶，淡淡说道，“但，你没听错，那个小子果真敢直呼石越的名讳？”

“是，我听得清清楚楚。”卫棠本心实不愿教父亲知道这事，以免责骂，但是三千贯的巨款，而且自己是连马都抵押了出去，这种事，无论如何，也是隐瞒不住。只得一回家，便老老实实地说了出来。

“那么此人和石越渊源不浅。”卫洧轻轻说了句，“守德，你去查查这个小子的来历。这么招摇，不怕会查不到。”他后半句，却是对一旁叉手站立的管家说的。

“是。”管家答得简短，显然不认为这是一桩难事。

“且不必轻举妄动，先弄清楚再说。”

“是。”管家依然答得简短，答完一躬身，便退了出去。

“棠儿，你也出去吧。”

“是。”卫棠正巴不得离开，一听父亲发话，如蒙大赦，立时便匆匆退了出去。

卫洧目送卫棠离去，不禁摇了摇头，叹道：“有儿如此，只怕非卫家之福。”

“大哥何必太苛求，棠儿素来聪明……”卫洧的弟弟卫濮笑着安慰道。他的女儿，便是赵颢的王妃。

“唉！”卫洧叹了口气，道，“老三，你知道目下的形势吗？大宋一百余年，为什么无数的世家破败，我们卫家反而越来越兴盛？”

“因为我们卫家，从来没有处在风口浪尖。子孙也懂得谨守家业。”

“不错，但其中却也有另一层缘故——那便是因为我们卫家在此之前，根本就没有资格处在风口浪尖之上，想要明哲保身并不难。”卫洧吹了吹茶花，端起来想喝，却又放下，继续说道，“可是这创业难，守业更难。子孙不肖，本是世家子弟常有之事。纵然治家严谨，子孙孝悌本分，却也还有许多的风浪。树大招风，业大招忌，稍有不慎，便易结仇。如果位置太高，便易卷入争权夺利的旋涡当中。赢了自然得意，一旦败了，便要将百年家业，尽皆毁于一旦。”

卫濮静静地听着，默不作声。长兄如父，他眼下的爵位虽然高于卫洧，更有女儿贵为王妃，但是卫洧却是嫡长子，一族之长，因此在家中的地位与权威，完全是无可置疑的。

“而眼下，我们卫家，却已经是身不由己了。”卫洧的声音中似有叹息之意，轻轻说道，“而且想要不卷入其中，也已不可得。这是一场豪赌，赢了的话，我们卫家就会出一个母仪天下的皇后，而若是事败输了——卫家也算是彻底完了。因此，咱们每一步都要谨慎。唉，要可以不卷入，我一定不会卷入。但是李道士来我家的那天起，我们就身不由己了，因此，我也不敢求赢，只求不要输得太惨。”

“为什么？”卫濮却没明白为何大哥一次说这许多话，竟有些不解地问道。

“三弟你想，咱们若是赢了，其实得的也不过是个虚名。本朝的外戚，有几个是能出头的？而眼下，我们家资，还不够富吗？因此便是赢了，也不过在富后面再加个‘贵’字罢了。教外人看了艳羡，不过是个虚名儿。可若是输了，那可就是族灭之罪！”卫洧的手指一边轻轻叩着桌子，一边苦笑道，“但是我们家与昌王，已经是一荣俱荣，一辱俱辱了。昌王真要有事，随便一个县令，就能让我们家败事。更不用说那个姓李的道士此时还牢牢握着我们的把柄，如果他捅出去，说我们家与高遵裕一道私贩禁物给吐蕃、西夏，再运私盐入境，你我只怕也免不了充军到凌牙门去。”

卫濮静默了一会儿，叹息道：“在这个当口，若是棠儿能帮得上忙，也要好许多。大哥，依我看来，李道士让我们做的事，也并不算太难。”

卫洧冷笑道：“不算太难？石越是那么好对付的人吗？我已经听到风声，说他正在悄悄地查蓝家——以咱们与蓝家的关系，蓝家当真事发，自免不了要攀扯上咱们家。本来我们若老老实实韬光养晦，或许还能避过他的注意。但如今，却是让我们来大出风头，明摆着……”卫洧摇了摇头，没再说下去，过了一会儿，才又道，“我想了几天，觉得眼下之计，还是无论如何，我们都先要去假意和石越站在一边。但是你是外戚，我却是人人都知道反对石越的，眼下竟是你我二人都无法出头……老二和老四又在外地做官，一时间竟是没有合适的人选。”

卫濮轻轻地道：“大哥所言甚是，但正如大哥所说，以咱们与蓝家的关系，蓝家事泄，咱们纵然韬晦，只怕也躲不过去。事已至此，依李道士所言也不失为良策。至于人选……”他沉吟良久，又道，“大哥，依我之见，此事要行，终究还是离不了棠儿。”

“他？”

“休说别人咱们信不过。而棠儿呢，又终究是在白水潭书院读过书的……”

卫洧苦笑：“话虽是如此，但是这件事如果告诉他，只怕我们卫家离灭门也就不远了。”知子莫若父，他对自己的儿子自然是非常了解。

卫濮微微一笑：“大哥，此事倒也未必要全告诉他……”

西夏，石门峡。

“你叫文焕？”李清锐利的目光上下打量着被俘的文焕，脸上却带着笑容，声音温和地问道，“武状元？”

文焕却一言不发，只是冷冷地望着李清——他的铠甲早已被卸掉，此时仅穿着一件粗布衣裳，脸上的伤口犹在隐隐作痛。

“我一向爱才，东朝的武状元如若降了大夏，我保你尚公主，封侯爵！”李清又道。

“呸！”文焕闻言，朝李清的脸上吐了一口浓痰，大声骂道，“我堂堂华夏贵胄，岂会降夷狄，使祖宗蒙羞？事至此，有死而已。”

“是吗？”李清掏出一块手帕，擦去痰迹，笑容不改，道，“好男儿！可赵宋官家却不值得你如此卖命。昔日狄武襄时，部下犯法，韩琦欲斩之，狄公前去求情，说道是：‘此好男儿，不可杀’。韩琦却谓：‘东华门外戴花游街的文状元，才是好男儿。几个武夫，算什么好男儿！’你虽然是武状元，在东朝，只怕也称不得好男儿。”

“哼！”文焕不语，只鄙夷地冷笑。

“难道我说错了？”李清淡淡地反问道。

“此一时，彼一时！谁还敢说忠烈祠供奉的，不是大宋的好男儿？”文焕傲然道，“我只求速死，何必多言？”

“一个死掉的武状元有何用处？”李清笑道，“人死之后，形神俱灭，哪有什么忠烈祠可入？人生如朝露，及时享受还来不及，焉能顾及死后？你年纪轻轻，一旦死去，世间一切都享受不到，妻儿老母，更是顿失依傍。若能降我，定要设法接你妻儿老母来大夏团聚，共享天伦富贵！”

“何必狡言？天地之间，岂无神灵？你叛祖背宗，死后自无所依。我岂能与你相同？大丈夫行事，又多啰唆什么？”文焕看李清的眼中，充满了不屑，倒似乎是他俘虏了李清一般。

李清微微摇头，叹息道：“真是固执。既不肯降，来人！便将他推出去斩了！”

“是！”几个武士一拥而上，押着文焕，便往帐外走去。

大帐之外，牙旗猎猎飞扬，手执刀枪的西夏士卒，表情肃然有如万年之岩石，阳光从刀枪上反射出寒冷的光芒。一片肃杀之气。

刀斧手将文焕绑在一根木桩之上，高高举起了大刀。

在那一瞬间，文焕突然感觉到有点儿恐惧，他不由自主地颤抖了一下，却立即感觉到羞耻，随即便咬紧了牙关，闭上眼睛，等待着死亡的到来。

一道冰凉的刀锋从脖子上划过，文焕用极大的毅力克制住自己缩头与呼叫的欲望。

要像个英雄那样死去！

然而，几分钟过去了。

但那冰冷的刀锋终没有落在他的脖子上，文焕感觉到自己的意识依然存在，那想象中的痛楚始终没有到来，他于是试探着睁开眼睛，却见李清笑吟吟地站在自己面前，手里端了一碗酒。

“我忘记了一件事。”李清把酒递到文焕口边，看着文焕一口喝了，这才慢条斯理地说道，“我忘记我曾经派细作前往东朝，散布谣言，说你文焕已经降夏了。”

“你！”文焕眼里几乎要喷出火来。

李清的声音却依然不紧不慢，悠悠地说道：“所以，如果我杀了你，你只怕也进不了忠烈祠。”

“卑鄙！”

“兵者，诡道也。”

平夏城的战争，并没有停止。

在李清的坚持下，西夏人停止了大规模的攻坚战，转而采取骚扰作战的方针，一方面，西夏的轻装骑兵与少得可怜的“水军”，每天监视着平夏城，只要宋军开始筑城，便开始进行攻击，宋军对此似乎显得束手无策，工程的进度开始大为减缓；而另一方面，西夏人派出一支骑兵，在镇戎军与平夏城之间进行穿插，袭击宋军的补给。

李清的策略很快见效，宋军不得不派出重兵护卫补给线，双方经常在镇戎军与平夏城之间作战，宋军一次战斗的消耗，有时候比运送的补给还多。但还算幸运的是，夏军对于宋军那种可以在地底下突然爆炸的神秘武器一直摸不着头脑，更不用说找到对付它的办法，因此对攻击宋军的营寨，显得十分谨慎。

但即使是如此，宋军也已经非常头痛。十几万大军久驻于外，每日白白消耗掉的国家的粮食与财富，对于国家的财政来说，绝对算得上是一个噩梦！

相对这种窘境来说，区区一个武状元降敌的谣言，就显得无足轻重了。

更何况，谣言并非只在大宋流传。

在西夏境内，同样也有一个谣言开始在流传，起先只是在民间坊间，但渐渐的，却有越来越多的人将信将疑，并不自觉地加入到散播谣言的行列之中。

7

萧关。

一座民宅之内。

悬挂在窗户上的苇帘上，忽然发出急剧的“咕咕”声，与此相伴的，是鸟翅膀的拍击声。一个黑衣童子走到窗前，轻轻抓起鸽子，解下绑在鸽子脚上的小竹筒，走进房中。

“怎么？”

“李清造成的压力太大了。”黑衣童子将小竹筒递给职方馆陕西房知事，笑道，“我敢打赌，这信里又是在说李清。”

“李清的战法很高明。他永远不正面接战，除非神锐军列着整齐的方阵来保护补给，否则他总有得手的时候，因为战斗的地点与战斗的时间，都是由夏军来决定。高遵裕和种谊头痛，自然也在情理之中。”陕西房知事打开竹筒，取出一张小纸来，看完之后，便取出火折点燃。

“但是李清也有压力，不是吗？”黑衣童子笑道，“不知道是哪里传来的谣言，说李清心怀故土，私通宋军，故意留情。西夏人几万大军，眼睁睁看着宋军在要害地带筑城，却不去拼命进攻，在西夏，也不是没有人怀疑的。”

“梁乙埋首先便会怀疑。”

“他昨天亲临萧关督战，李清也许离调回去不远了。”

“该让他回去了。”陕西房知事搓了搓指尖，淡淡地说道，“明天，找个富商，带一座座钟去贿赂梁乙埋的儿子，再送点东西给梁乙埋的爱妾。想办法，把李清调离前线。”

“我会安排妥当的。”

“一定要让李清明白，西夏人在猜忌他！”

“我理会的。”黑衣童子笑道，“只不过李清走后，无论是梁乙埋还是梁乙逋领兵，都不过是白白成全了高遵裕那厮的威名，咳，我还真是不甘心。”

“你从何时变得如此恶毒了？”略带嘲讽的笑声，在房间之内响起。

夜，西风从蔚茹河两岸的平原上掠过，辽阔的田野在静静地沉睡，即使是青蛙不知疲倦的叫声，也无法将它从睡梦中闹醒。此刻，某条潺潺流动的小河畔，烧起了一堆燃烧跳跃的篝火，在篝火旁边，有几个人影围坐在一起。

“给！”篝火映出一张铮亮的脸孔，竟是曾经想要行刺石越的史十三，他拿着一串烤鱼，递到身着白袍的李清面前。

“想不到你行刺石越未曾得手，居然还能活着回来。”李清接过烤鱼，轻轻咬了一口，似漫不经心地说道。

“你希望我死吗？”史十三的眼睛深邃不可测，他哈哈一笑，朗声说道，“我并没有行刺石越。”

“哦？”李清的语气并没有多意外，只是细心地吃着烤鱼，仿佛这是天下最难得的美味一般。

“你不意外？”史十三抓起酒囊，喝了一口酒，递到李清面前，笑道，“尝尝。”

李清接过来，轻轻抿了一口，只觉这酒入口香浓，而后味道极辣，竟是生平从未喝过的酒。他目光中不由露出惊讶之意。

史十三微微一笑，道：“这是宋朝新出的酒，唤作酒露，为中原特产。西夏地处边远，只怕现在还没得见。此次去宋朝，没有别的收获，独独弄回来了一车好酒，种类之多，让人惊讶。不过这种酒露，在宋朝似乎没有甘蔗酒流行。”

“果然是好酒。”李清淡淡地笑了笑，又轻轻抿了一口，温声道，“这种劲道，更适合西北男儿喝。”

“中原变化极大。”史十三吃起东西来，却比李清要豪迈许多，咬了一大口鱼肉，伴了一大口酒灌下，几口便吞下肚中。“你若有机会回去看看，必然大吃一惊。现在汴京城中，流行一种四个轮子的马车；宋人在马蹄上钉上铁掌，不再削马蹄；若在汴京转上一圈，就会发现多了许多学校，这些学校很多是王安石的幼婿桑充国所办，竟是免费上学，不仅教读书识字，还教刀马弓箭，街上到处有人读报纸，又有什么‘图书馆’与‘体育馆’，图书馆给人免费看书，体育馆就专供人比赛，比弓箭，比武艺，比谁跑得快，跳得远，或是比蹴鞠……”

“是吗？东朝在改变他们的国策吗？”李清望着史十三，若有所思。

“我不知道。”史十三笑道，“这次来去匆匆，能看到的也有限，甚至连白水潭学院都没有去过。不过我感觉得出，宋朝现在好比太阳初升之时。在汴京，你会产生这样的感觉——那如同是一匹充满精力的小马驹！”

“这鱼的味道不错。”李清没有接史十三的话，顾左右而言他，笑道，“听说熙河地方的羌人，本不吃鱼。还是王韶教他们结网捕鱼的。王韶现在如何？他也是读书人出身，不至于走狄武襄的老路吧？”

“王韶现在还是枢密副使，只不过常常称病。”史十三将手中的烤鱼拿到火上翻转，微热了一下，一面说道，“王韶在宋朝是没有背景的官员，王安石下台后，他虽然功勋极大，但是到了朝中说话，不仅比不上文彦博、吴充这样的元老重臣，门生故吏甚多；甚至也比不上郭逵，时时有人声援。”

“郭逵？”李清笑道，“东朝整军经武，兵部之事，有赖于郭逵。听说他与石越走得甚近，那么将来还有高升之日。”

“不错。”史十三也笑了笑，道，“不过王韶也并非不理事，方才你说起熙河地区的羌人，可知道熙河羌人，十之八九，原是汉人？不过与中土隔绝久了，染上夷俗，竟然也以夷人自居了……”史十三说到此处，微睨李清，见李清的脸色已经变了，他却不以为意，只从容说道，“因此，自王安石起，宋朝便已曾议论，要让熙河羌化之汉人，化羌复汉。不过王安石罢相后，此议便罢，眼下却是王韶在力主此议……”

李清冷冷地看了史十三一眼，目光中竟似散发着寒意，冷笑道：“若以为教会羌人吃鱼便是可复羌为汉，却也只能是痴心妄想。”

李清虽然感于夏主知遇之恩宠，在西夏参与军机，深受重视，平素里也似乎并不在乎是党项人还是汉人，但是表面上越是显得不在意，内心深处，华夷之防却越是根深蒂固。他以一汉人，能得夏主之青睐，成为西夏的重要人物，心机城府，不可能不深，若是旁人话带讥刺，他脸上绝不会有一丝一毫显露出来。但是他既与史十三交同莫逆，话中哪怕是带上这一丝半点的讽喻之意，也足以让李清变色。

史十三却似乎只顾着吃鱼喝酒，一面笑道：“我不曾如你读过那么多书，但是也听人说过史书，也曾装模作样读过几天《春秋》，自有华夏以来，胡夷变成汉人的也有过，汉人变成胡人的也有过——若是汉人不曾变为胡人，孔夫子又何必说什么‘夷狄入中国则中国之，中国入夷狄则夷狄之’呢？可见东周之时，已经有中国入夷狄的人了。”李清的脸色越来越难看，史十三却只是指着脚下的土地又说道，“不过天下之事，有时候也说不清楚。你看这块地方，原本是中国的，现在却入了夷狄。这究竟是夷狄入中国，还是中国入夷狄呢？”

李清心中的怒火，听到这几句话，不免稍稍平息了一点儿。他疑惑地望着史十三，不知道他究竟打的什么主意。一时间无缘无故用话语来撩拨自己，一时间又似乎只是无心之语。倒让李清有点儿弄不明白了。但李清毕竟也算是博闻多识之人，立时说道：“故辽主耶律洪基曾让人读《论语》，读到‘夷狄之有君，不如诸夏之亡也’这一句，便没有人敢读。反是耶律洪基说，古时夷狄不知衣冠礼法，故称之为‘‘夷’，现在大辽修文物彬彬，不异中华，所以也不必以这些话语为嫌。契丹虽是夷狄，却也常常以中国自居的。”

史十三听李清说完，猛喝了一口酒，赞道：“若如此看来，现在的辽主英睿有为，颇重儒教，凡宋朝之一切典章制度，无不留心，择善而改，我等倒应当待之以中国之礼，而不便以夷狄视之？”

“理当如此。”

“你心中果真是如此以为？”史十三的语气中颇有不信之意。

李清微微颔首，淡淡说道：“这等事情，又何必欺骗于你。”

史十三笑道：“我并非是疑你骗我，而是不敢相信。须知在宋朝，也有一个人与你有一样的观点。”

“哦？”李清嘴角微翘，露出讥讽的笑容，道，“宋朝人也会将别国人当成中国来看待吗？”

史十三注视李清，含笑道：“我也知你绝难相信，不过这人不是旁人，正是石越！”

“石越？”李清微觉吃惊。

“正是。我在宋朝时听人议论过，说石越曾经撰文，言道若夷狄用中国之礼法，学中国之文物，则与中国无异，中国便不当歧视他们……”史十三将石越这番言论说出来，若是别人听到，最多不过以为石越故作高论，甚至鄙为书生之见，但是这话入到李清耳中，却有伯牙遇钟子期之效。李清入夏日久，虽然心中念念难忘的，是自己是汉人这一事实，但是他在西夏娶妻生子，身居高位，又得夏主信赖，而他在宋朝，不过默默无闻之辈。可以说他人生的辉煌，与西夏是分不开的。所以一方面李清最忌讳人家骂他是夷狄，一方面他心里却会隐隐意识到，自己现在的确是夷狄了！但是这却是李清最难接受的事情。

李清平素读书，最爱读的便是《汉书》的《李陵传》。他心中未尝没有以李陵自期之意，但是毕竟夏主秉常对他信任有加，人之一物，不能无情，让李清为了一个自己又看不起又内心充满羡慕与怀念的宋朝，而去背叛秉常，对于李清来说，并不是一个完美的选择。所以，李清从《春秋》中找到了精神的依托，他希望能说服夏主秉常，在西夏国推行汉礼汉化，以此来赢得宋朝“中国之礼”的待遇，这也是对自己流落“夷狄”的一种补偿，同时也可以作为一个政治口号，来与反对汉礼汉化的梁太后一党斗争，帮助秉常独柄大权，报答秉常的知遇之恩。

这也是李清所能找到的三全其美的办法。

但是身为汉人的李清也知道，即使是西夏真正汉化了，但是在宋朝人的眼中，甚至在李清自己的心中，西夏依然只是夷狄。

华夏的正朔，在千年之后，也许并不在重要；但在熙宁十年的时代，无论是自觉还是不自觉地，对当时的人们来说，都是重要的。

而这个正朔，此刻正在汴京城。

大辽国、高丽国、大理国、西夏国，甚至交趾那种小国，以及极远的日本国，都喜欢自称为“中华”，因为“中华”是文明之象征，是优秀之代名词，是合法之基础，但是无论表面文章如何，所有人都知道，正朔在哪里。

那种言辞之上的自负，不过是深藏于内心的自卑。对于这些，李清虽然经常在心中回避，但是他却是明白的。

所以，虽然李清也会经常劝说夏主秉常，告诉他中原的富庶与文明，希望他能在西夏推行汉礼汉仪，但是李清的心中，时常也会有一种无奈，一种感觉自己所做的事情，只是徒劳的无奈。

但是他还是在做。因为无论如何，聪明如李清、骄傲如李清，他的内心深处，是永远无法接受自己是夷狄这一事实的。

而此刻，从史十三口中，李清突然听说，在宋朝被视为学术宗师的石越，竟然说，如果夷狄能中国化，那就是中国的一部分，应当给予等同于“中国”的礼遇！

李清在这一瞬间，竟是完全怔住了。

“石越真的如此说吗？”

史十三不置可否地笑了笑，放下手中的烤鱼，从身边的包裹中翻出一本揉得皱巴巴的小书，递给李清，笑道：“我知道你不信，所以特意带来了，这是宋朝的《国子监学刊》，石越的文章便在这里面。”

李清疑惑地看了史十三一眼，一把抢过那本杂志，快速翻阅起来。史十三只是含笑望着李清一页页翻过那本皱巴巴的小册子，默不作声。以石越的身份地位，给《国子监学刊》撰文，自然是排在前面，因此李清没翻几页，便停了下来，目光定格在某页之上，不再移动。

史十三这时候才悠悠说道：“我之所以不再行刺石越，这便是原因之一，整个宋朝，能有这样胸襟气度的人，也许只有石越一个。但是我相信，以石越的身份地位，他既然对《春秋》经做出解释，那么此后就一定会有更多的人有这样的看法。另有一个原因，却是我在潼关时，曾经无巧不巧地邂逅石越……”

“啊？”李清听到这句话，立时抬起头来，凝视史十三，问道，“你见过石越？”

“不错。”史十三微微点头，便说起在潼关路上，遇到石越“作词”的事情来。

李清默默听完，沉吟良久，不由抬头叹道：“兴，百姓苦；亡，百姓苦！”

“兴，百姓苦！亡，百姓苦！”史十三也喟然叹息了一声，抓起酒囊又灌了一口酒，说道，“这样的人，哪怕他是伪君子，我也想给他一个机会。我想看看他能做出什么样的事业，我想看看他有没有办法，让百姓不再苦！”

李清没有说话，只是抬头远望闪烁的星空，那墨色的天鹅绒一直延伸至大地与苍穹衔接的远方，黑暗中，有无数星星正在散发着亮光，闪着磷色的光辉……李清没有立场来评价史十三是对还是错，但是如果换成是他，他也会愿意给石越一个机会，看看石越究竟能做成什么样的事业，能不能走出历史的怪圈……

与史十三谈论着石越的李清，并不知道，就在这天晚上，在某处金碧辉煌的府宅中，也有人在谈论他。

“爹爹！”梁乙逋戴了一顶尖锥形毡帽，身着蜀锦裁成的右衽交领长袍，袖口较小，用金线绣着花纹，捍腰则用丝绸制成，一双乌黑的长靿靴，鞋尖上弯，如同弯弓一般。这是当时西夏贵族典型的穿戴，与宋人不同的地方，主要是宋人戴的帽子一般是平顶，而衣袖也更为宽松。西夏在元昊时推行胡制，禁止穿宋朝的丝锦制品，但是这样的制度，很快就名存实亡，贵族们对丝绸锦缎的喜爱，似乎是与生俱来的，即便是大力鼓吹推行胡制的梁氏家族，若让他们改穿皮制衣服，只怕也不可能。

梁乙埋只是看了梁乙逋一眼，用鼻子“嗯”了一声，算是答应。他此刻，正全神贯注地盯着一幅宋夏边境地图屏风。

“儿子觉得，把李清放在前线，不是好事。”梁乙逋走近几步，开门见山地说。

梁乙埋没有理会，手指从地图上的绥州开始，往西南移动。

“若是让李清建功，则他威名日甚，日后必然成为我家的威胁；若是他无能，让宋人建成城寨，那么爹爹的大计就……那座城池，能让我大夏睡不安，坐不稳。”

“继续说。”梁乙埋的手指在萧关停了下来，他抬头盯着梁乙逋，严厉地说道。

梁乙逋几乎吓了一跳，忙继续说道：“何况现在到处流传谣言，说李清身在曹营心在汉。那些宋人常说：非我族类，其心必异。”梁乙逋说这句话的时候，完全忘记了，自己与李清，其实是同一个“族类”。

“太后也派人来问了。”梁乙埋平静地说道，“但是临阵换帅，是兵家大忌。当时也是没有办法，如果不用李清为帅，就要用嵬名荣，两害相权，只得取其轻。”

“爹爹何不亲自统兵？”梁乙逋建议道，“若爹爹亲至没烟峡，那么就可以很自然地夺了李清的兵权。以爹爹之精通兵法，我大夏将士之勇武，宋军可一举击溃！到那时，朝中还有谁敢对我梁家说三道四？”

梁乙埋心中一动，目光在地图上不停地移动，突然，讲宗岭跃入梁乙埋的眼帘，不由为难地说道：“我若走了，讲宗岭只恐有失。”

梁乙逋笑道：“爹爹可曾听说宋军在讲宗岭一带有异常的调动？”

“这倒没有。只不过……”

“只不过什么？”

“细作探知，说是石越任命了一个叫何畏之的人，在环庆一带教练乡兵义勇，那何畏之从环庆一带民间的弓箭社、忠义社中，简拔了近千名勇武者，终日操练，道是日后可以回乡教练，协助宋军守土。但是我却总觉得有点儿奇怪……”梁乙埋皱眉沉吟，半晌方说道：“我总怀疑，石越对讲宗岭不会善罢甘休。”

“这个简单。”梁乙逋略一思索，即笑道，“那个投奔过来的慕泽，十分善战，让他去协助守卫讲宗岭，可保无忧。”

“我看那个慕泽，也不是善类，未必是野利济所能驱使得动的。”

“爹爹多虑了，那慕泽得罪了宋朝，再无回头之日。他怎敢不乖乖听我大夏驱使？野利济再怎么说，也是大夏的将领，慕泽岂敢不听命？”梁乙逋显是不以为然。

梁乙埋沉吟甚久，难以决断。

“爹爹要想想，究竟是李清这边重要，还是讲宗岭重要？”梁乙逋放上了最后一根稻草。

“也罢！”梁乙埋终于下定了决心，“明日我便去天都山督战！”

8

西夏大安三年五月。

宋夏双方在平夏城僵持了整整一个月之久，虽然宋军依然牢牢地驻扎在军营之中，但是在夏军的不断骚扰下，平夏城却才修了三分之一多一点儿。

双方的心态都变得焦躁起来。

石门峡西夏军大营。

从辕门到中军，手执刀枪矛戟的卫兵们站立在甬道和台阶两侧，如同一尊尊生铁铸成的雕像，虽然天气已渐渐变热，但是这里的空气，却透着森严与冰冷，亦显示着李清治军的威严整肃。

李清一身戎装，将国相梁乙埋迎进了自己的中军大帐。

“大军在外，已近一月！”梁乙埋的屁股尚未在中军大帐的虎皮帅椅上坐稳，就沉下脸来，说了这么一句话。顿时，整个大帐鸦雀无声，所有人都抿紧了嘴唇，来听梁乙埋训斥。“朝廷是派你们来看着宋人修筑所谓的平夏城的吗？按大夏军法，畏战避战者，该当何罪？”

“国相！”梁乙埋话说到这个份儿上，完全是直斥李清，李清已无法沉默，“宋军非吴下阿蒙，兼有奇怪火器助阵，可以在地底突然爆炸，让人防不胜防。我军尚未弄清楚那种火器是如何爆炸的，便也找不到克敌之道。若是此时强攻，损失必大。故末将兵分两路，一路骚扰其筑城，一路袭击其粮道。末将以为，宋军想要筑城成功，至少还须两个月，但即使宋军能坚持下来，宋朝朝廷未必能坚持下来，十几万大军久驻于外，宋军耗费之巨，远胜我军。何况我日日骚扰，若他稍有不慎，我一朝得手，便能让他数月之功，毁于一旦……”

“那处如此紧要，宋朝如何肯放弃？宋朝朝中又岂无一二明达之士？若他们坚持下来，我们便要坐等他们在我大夏之咽喉要地筑城成功？荒谬之论！”梁乙埋铁青着脸，厉声斥道。

“国相，若是再坚持十五天，依然没有破绽，则末将将率大军袭击宋朝熙宁寨……”

“兵家大忌！李将军老于用兵，就不怕被宋军前后夹击？”梁乙埋不待李清说完，便出言打断，又讥道，“李将军宁可冒此大忌，也不愿意正面强攻平夏城之敌，看来真是畏敌如蛇鼠！”

“国相！”军中说人怯懦，最是大忌，何况还是直斥主帅，李清听到这话，不由怒气上涌，厉声质问道，“我李清百战之余，几曾有怯敌之时？”

“不是怯敌？为何不敢进攻？”

“国相明鉴！让士兵白白送死，并非将领的英勇！”

“未战焉知胜负？”梁乙埋冷笑不已，道，“本相前来，便为督战。李将军若非怯懦之人，明日便请进兵，灭此朝食！”

“这是痴人说梦！”李清的言语，也不客气起来，“某身为大将，不敢听从乱命！若是轻率进兵，则是陷万千士卒生命于不顾。万一失败，败阵之罪，由谁当之？某请国相三思，平夏城之宋军，实是劲敌！”

“高遵裕又是什么劲敌！他若是劲敌，王韶岂非是神人？”梁乙埋冷笑道，“分明是你怯战，反说敌人厉害。明日若不肯出战，李将军休怪本相夺你帅印！”

李清万万料不到梁乙埋竟会如此相逼，一时几欲翻脸，但他知道梁氏位高权重，轻易不能得罪，终于紧咬钢牙，强吞怒气，上前一步，欠身抱拳道：“某请国相三思之！大夏精锐之士，若葬送于此，非国家之福。”

“哼！”梁乙埋拂袖大怒，道，“李将军以为只有你为大夏考虑吗？你看看这是什么？”说罢，丢出几封书信，扔到李清面前。

李清弯腰捡起，拆开看时，立时脸色大变，原来，这些书信，却是种谊写给李清的！

“国相，这是种谊的反间之计！我李清对大夏忠心耿耿，可鉴日月。国相一向英明，岂能中此小儿之计？”

“是不是反间之计，本相难辨真伪。但这几封信，却是边关守将在宋朝细作身上搜出来的。李将军既然不肯进攻，那么便回国都去向主上亲口分辩好了！”

李清此时心中怒极，反倒平静下来，他默默地看了那几封信一眼，放入怀中，沉默了一会儿，方从容说道：“既是如此，还请国相给末将一纸敕书，将来好有个凭证。”

梁乙埋拍了拍手，立时有人送上文房四宝，梁乙埋当场写了一份文书，盖上相印，让人递给李清，他心意已谐，便假意说道：“将军回京，此事不难分辩清楚，无须太担心。”

“多谢国相！”李清微一欠身，朗声说道，“不过李某担心的，不是我个人的安危，而是这数万将士的性命！万望相国，能再三思之！”

“不劳将军操心。”

李清凝视梁乙埋，待要再劝谏几句，话到嘴边，却知道终是没用，终于硬生生吞下肚中，叹了口气，抱拳向帐中诸将说了声“珍重”，便即退出帐中。

离开中军大帐之后，李清不愿意再停留此处，便率领自己的亲兵离开了石门峡，返回兴庆府。在离开之时，李清犹疑了一下，顺便去了一下俘虏营，带走了文焕，不知道为什么，李清有一种感觉，他不希望文焕死于乱军之中。

9

同一个月，熙宁十年五月。

石越也开始面临朝廷的质疑与责问，战争是一种惊人的浪费行为，一个月来空耗国帑而不见成效，政事堂中很快就出现一片质疑之声。若非枢密院的文彦博、王韶，以及兵部的郭逵等人坚持认为不可以半途而废，整个行动早已夭折，石越也难逃罪责。但即使如此，朝廷中的质疑之声也越来越大，石越几乎能感觉到自己面临的压力，如同一排看不见的大浪，随时要冲垮那座脆弱的海堤，将海堤之后的自己淹没。

事情是如此吊诡。汴京朝廷一方面对石越废除乡兵的建议争议不休，一方面又对石越修筑平夏城的举动缺少耐心。反对废除乡兵的原因是害怕影响国防，所以愿意付出这巨大的代价；而对修筑平夏城缺少耐心的原因，却是因为耗费了巨大的军费。

“难道没有人知道废除乡兵可以节省更多的费用与劳力；修筑平夏城可以带来更大的国防安全吗？”石越忍不住牢骚满腹。时间已到五月，按照正常的产期，梓儿应当在六月临盆，也就是说，再有一个月，石越就要当父亲了。自己的妻子要生产，而自己却不能待在她的身边，这件事情多少已经影响到石越的情绪。而石越与众官员、幕僚策划良久的一项新政——作为改革役法的第一步而推行，此时也受到战争的拖累，不得不暂缓上报朝廷。

政治是需要讲技巧的。在这个敏感的时候，石越任何一次大举措，都可能成为压力的发泄口。石越与潘照临都非常清楚地知道，朝中有许多人都在嫉妒石越将要立下的大功，这时候提出这项政策，无异于在他们嫉妒的火焰上加油。

“公子！”潘照临没有理会石越的牢骚，将一份公文递到石越的手中，说道，“这是陕西禁军四月份的军饷报告，需要公子盖印。”

石越接过来，看了一眼，取出大印来盖了，忍不住又说道：“要不要催促一下高遵裕！一个月，实在太久了，若是章质夫，最多二十天就建好了。”

“公子怎么知道章质夫只要二十天？”潘照临带着讥讽的口气说道，“若是高遵裕故意怠慢军机，自然要催促，但是眼下西夏人采用的策略，让补给无法顺利运抵平夏城，又用骚扰战术干扰施工，高遵裕能够保证两大营一个月不失，已经是尽力了。此时若是催促他，不过是乱命而已。”

“唉！”石越长叹了口气，身子一仰，靠在椅背上，道，“若这样打下去，需要三个月才能建成平夏城。不待平夏城建成，朝廷攻击我的奏章，已足以将我淹死。”

“只能耐心等待。”

“公子，何不用一两个大胜，来安抚一下皇上与朝廷。”站在一旁的侍剑忽然说道。

石越猛地坐直了身子，睁大了眼睛望着侍剑，潘照临也一脸惊诧望着侍剑。侍剑以为自己说错了话，顿时满脸通红。却听石越说道：“继续说下去，怎么样用一两个大胜，来安抚一下朝廷？”

侍剑几乎以为自己听错，小心地看了石越一眼，却见石越甚是郑重，又偷眼看了潘照临一眼，见潘照临眼中颇有赞许之色，方才放下心来，说道：“真正打仗取得大胜不太可能，但是打几场精彩的小仗，取得胜利，上报枢府。再让文章写得好的人，写成评书，登在报纸上，那么朝廷反对的人，一定会减少许多……”

“小瞧了你！”石越忍不住敲了一下侍剑的脑袋，笑吟吟地望着潘照临，笑道，“这却是妙策。”

潘照临微微点头，笑道：“这的确是可行之法。公子可曾听说，长安城内正好出了个陕西桑充国？”

“陕西桑充国？”石越不禁愕然，他忙于军务政务，哪里知道这些事情。

“正是。”潘照临的语气中，充满了戏谑与讥讽之意，“此人身世非比寻常，是昌王妃的堂弟，虽然连取解试都不曾中过，连个举子也不是，但毕竟也曾在白水潭学院、横渠书院读书，听说曾经参与过座钟、弩机的设计……”

石越却没有心思听潘照临刻薄的介绍，只是反问了一句：“昌王妃的堂弟？卫家的人？”

“正是卫家的嫡系公子，叫卫棠。”潘照临笑道，“卫棠正在申请，请求开设报馆，并且要在京兆府办二十所义学，资助扩建京兆学院，建图书馆、体育场……此事早已不胫而走，传遍长安，人人都说这位卫公子是陕西桑充国。不过他的雄心，却远比桑充国要大……”

“哦？”石越双手抱胸，饶有兴趣地听潘照临说起来。

“除此之外，这位陕西桑充国，还要在长安办技术学校，并且要与江南十八家商号联手，在陕西种棉花，办棉纺；植葡萄，酿葡萄酒；还要在陕西造座钟，更有意涉足陕西的木材生意……”

石越听到目瞪口呆，问道：“卫家虽是豪强，但是要同时做成这许多事情，需要的财产绝对不容小视。他们家真有这么多钱？”

“那是自然。”潘照临冷笑道，“卫家田地庄园，以万顷计算。熙宁七年之旱灾，卫家出粮买下三座铁矿山，虽然所采之铁，大部分只能卖给官府，却也赚了不少。这点钱卫家岂能出不起？须知七年前的桑唐两家，加起来也未必有今日卫家之财力。更不必说卫家还有亲朋好友。”

石越笑道：“他们肯出钱来做这些事情，却是好事。”

“只怕醉翁之意不在酒。卫洧以前对公子颇有不满，如今卫家突然一百八十度大转弯……”

“这却不必理会。”石越笑道，“他卫家是出于什么原因来做这些事情并不重要。重要的是他们有没有做好这些事情。”

“公子以为不重要，我却不能以为不重要。”潘照临毫不客气地反驳道，“卫家这样做的原因，我想来想去，只有几个：一是替卫棠博取名望，二是示好于公子，三是挣钱。其中最重要的，我认为就是向公子示好。”

“他们为何要向我示好？难道……”石越百思不得其解，卫家怎么说也是大有背景的家族，似乎用不着这样费尽心机来讨好自己。

“要么是害怕公子报复——但这显然不是，以卫家的背景，似乎不用太担心这一点；那么只有另一个可能，就是卫家所谋者大！”潘照临微眯的眼神中，突然发出冰冷的光芒。

“所谋者大！所谋者大！”石越喃喃说道。

“皇上康复，蔡确被重贬到凌牙门，表面上看来昌王似乎没有威胁了。但是请公子想一想，昌王为什么会有威胁？”

“这……”石越沉吟了一会儿，道，“因为他是皇上一母同胞的弟弟。”

“正是。”潘照临颔首道，“昌王之所以对朝政会有影响，便是因为他是当今皇上一母同胞的亲弟弟。如果皇上能够活到皇子成年之后，而皇子又无失德，那么昌王始终只能是昌王。但是如果皇上不能至少再活十五六年，那么昌王就有机会。因为昌王始终有贤王之称！”

“皇上还年轻，再活十几年并非难事。”石越淡淡说道。

“诚如所言。昌王不过是在进行一场赌博罢了，只要他足够谨慎，他就不会输掉多少东西，输的只会是跟随他的人而已，皇上的优容，反倒被他利用了，他已经知道皇上想在历史上留个好名声，所以他不会有什么事……但他赢来的却是大宋的江山。”潘照临嘿嘿一笑，道，“这样的赌博，谁不肯博？”

石越笑了笑，潘照临的分析，未必没有可能，但是一个阴谋论者，始终将任何人做的任何事都看成阴谋，也是经常发生的事情。

“即使如此，卫家示好于我，又有何用？”

“此正是让人费解者。”潘照临难得地皱起了眉毛，“是想笼络公子，还是假意接近，收集公子的把柄，要挟公子？或者是两者都有可能？还是有别的企图？”

“无论如何，不论是卫家还是昌王，把我逼成敌人，都不是明智之举，对吧？”石越放松了身体，悠悠说道。

潘照临怔了一下，自失地一笑，道：“是如此。”

“那君复何忧？既然那个卫棠想做陕西桑充国，我便成全他！如若他的报馆办得起来，这些前线的报道，我便让他的报纸来写！”石越笑吟吟地说道。

潘照临正要说话，忽听门外传来脚步之声，有人高声禀道：“禀石帅，丰参议求见，有前线军情。”

“快请！”石越连忙坐正了身子，整好衣冠，等待丰稷的到来。

“石帅！”丰稷脚步匆匆地走进厅中，抱拳一礼，便即说道，“平夏城军情，一个好消息，一个坏消息。”

“相之先坐下说话。”石越用笑容安抚丰稷。

丰稷谢过石越，找了张椅子坐下，侍剑早已端茶上来。丰稷接过喝了一口，润了润嗓子，方继续说道：“高遵裕飞马来报，道是西夏换了主帅！”

“啊？”端起茶碗刚刚送到嘴边的石越，猛一听到这个消息，手不由一抖，竟将茶水泼了出来，他却无暇擦拭，只忙追问道，“换了谁？嵬名荣还是梁乙逋？”

“都不是。是梁乙埋亲自为帅。”

“梁乙埋！”石越与潘照临对视了一眼，目光中都又是惊愕，又是高兴。

“正是。临阵换帅，换上的又是自诩会用兵、刚愎自用的梁乙埋，平夏城无忧矣！”丰稷也难掩自己的激动。

“西夏并非没有可用之将，但是身居上位者却喜欢越俎代庖，若不致败，是无天理！”石越感叹道。他一向主张治国之道，在于上下各安其位；宋朝之所以武功不显，绝非兵甲不精、士卒不练，也绝非没有将帅之才，更不是因为“将不知兵、兵不知将”，导致大宋武功不显真正的原因，是大宋王朝那个“将从中御”的传统，皇帝与中枢太喜欢对前线将领指手画脚，而偏偏自宋朝建国以来，只有宋太祖一个人懂得军事，连宋太宗也不过是个庸才而已。这个传统一直到熙宁十年也没有消失，所以石越才会力主在枢密院成立枢密会议，就是希望在皇帝不可能放弃“将从中御”的传统这种情况下，给皇帝一个懂得军事决策的参谋机构。如果“将从中御”不可以避免，那么枢密会议的决策，总比皇帝闭门造车想出来的决策要好得多。但是平心而论，石越也能理解皇帝为什么喜欢指手画脚，石越就是用了极大的意志力，才克制住自己想对高遵裕指手画脚的欲望，这中间，还有潘照临不断地提醒。否则，石越很难想象自己会那么毫无保留地信任高遵裕。

事情有时候就是如此，你不信任他，但你却必须信任他。如果你选择了信任，你可能会付出代价；但是如果选择不信任，你有更大的可能付出更惨重的代价。不是每一个人都知道如何选择的，特别是需要自己去选择的时候。因为人们总是习惯于把不稳定的因子控制在自己手中，却常常忘记，这是绝不可能做到的。

“但也不可以高兴得太早。”潘照临即刻冷静下来，向二人泼了盆冷水，“梁乙埋既然亲自统兵，就会调集更多的兵马，向平夏城发动猛攻。高遵裕与种谊是不是坚持得下来，还很难说。战场上随时可能发生意外。”

“总之是件喜事！”石越早已习惯于潘照临的乌鸦嘴，这丝毫不会影响他的愉悦。

“既然梁乙埋已经离开讲宗岭，那么讲宗城那边，是不是可以准备动手了？”丰稷心里，实则比石越更高兴。如果平夏城能克捷，那这个胜利，在军事上可以与王韶开拓熙河、种谔复绥州相提并论，甚至更有过之。如果在讲宗岭再来大胜一场，那就意味着大宋的军事力量，在西线取得全线胜利！丰稷敏锐地注意到，双方的战略态势正在发生微妙的改变。这正是大宋有识有为之士，所孜孜以求的。

当然，这一切都需要胜利来完成。

“暂时不必慌忙。”石越笑道，这时候他才记得把茶碗放回桌上，“再给西夏行文，用词更严厉一些，指责他们修筑讲宗城是对大宋的挑衅。”

“我们在筑平夏城，却说人家修讲宗城是挑衅……”丰稷充满恶意地想道，“还真是不讲理啊！”

但是石越似乎没打算和西夏人讲理：“同时，让环庆诸州加强防御，收缩对西夏的渗透活动，要给西夏人造成一种假象，我们的精力正放在平夏城，无暇再起战端，不过是在讲宗岭问题时要虚声恫吓，要显得色厉内荏。”

“是。”丰稷答应下来，似乎是在调整情绪，沉默了一会儿，方用凝重的语气说道，“还有一个坏消息。职方馆陕西房的密报，熙宁六年癸丑科的武状元文焕，很可能降敌了。”

第三十一章

哲夫成城

知而不行，只是未知。

——明·王阳明《传习录》

1

“文焕降敌？”

“不错。据说李清将文焕带回了兴庆府。陕西房已经向枢院报告此事，并且已请示枢府要不要刺杀文焕，以惩戒来者。”丰稷的脸色非常难看，毕竟武状元降敌，实在是让大宋大丢颜面的事情。在平夏城战局僵持，饱受压力的情况下，出现这种事情，来自政事堂的压力只怕会进一步升级。丰稷在心里，已将文焕这个“逆臣”骂了不知多少遍。

不料石越却是一脸愕然，问道：“为何要刺杀文焕？”

“文焕一家世代食朝廷俸禄，文焕本人是皇上钦点武状元，无论是文家还是文焕本人，皆深受国恩，事至危难，不能以死报国，已是可耻。居然还投降西贼，岂非死有余辜？下官以为，当令陕西房立诛文焕，以惩戒天下的叛臣逆党，使人人知忠勇之士，死后能入忠烈祠，受国家祭祀，享万世芳名；而不忠之徒，纵一时求生，亦会死无葬身之地，身败名裂！”丰稷一脸激愤。

“不对！”石越听到一向儒雅理智的丰稷，口出极端之言，不由摇头道，“纵然文焕投降西夏，也并非是他的过错。更不可因此处他死刑！”

“怎么可能不是他的过错？难道身为人臣，可以投降敌国吗？”丰稷愕然道。

“当然不是他的过错！”石越细心解释道，“我读过战报，文焕是力战而竭，方才被俘。他已经为朝廷，为国家尽了自己最大的努力，被俘不是他的过错。他不投降，是他对国家的忠贞；即使他投降，对于曾经为国家奋勇战斗的人，我们也不可以随意处死。”

“不对！”丰稷显然无法接受石越的观点，不由高声争辩起来，“忠臣死于王事！文焕不能死节，已是不忠。投降敌国，便是附逆，附逆就是逆臣，人人得而诛之！石帅熟于经典，人称明达，岂可有此妇人之仁？大丈夫岂能无操守气节？我丰稷虽然不才，若异地而处，有死而已！”

“并非只有死节的人才是忠臣。”石越无可奈何地望着丰稷。他能理解丰稷的思想，但是在他心中的确认为，即使文焕投降，也无可指摘。但是他很快知道，连潘照临与侍剑，也是站在丰稷一边的。从二人的眼神中，分明可以感觉出来。

石越的这种思想，与宋朝范仲淹、欧阳修以来尚气节的风尚，是背道而驰的。

“若不能死节，怎么可以称为忠臣义士？忠臣义士，未必会为国家朝廷牺牲生命，但是那只是没有遇到时机罢了！若必须舍生取义，杀身成仁，忠臣义士，又岂会退缩？

下官不敏，却以为所谓忠臣者，文死谏、武战死！六字而已。”丰稷满脸通红，声音高亢，显然心情十分激动，“若文焕只是一寻常士卒，我尚能勉强接受他被俘甚至降敌，但这也已经是使宗族蒙羞之事。不过朝廷当有仁爱之心，不必苛求。但文焕却是食君禄、受国恩者，如今苟且偷生，投降敌国，若不除之，日后大宋志士，皆要羞提‘武状元’三字！”

石越不料丰稷越说越是上纲上线，似乎文焕不死，天理不容，而潘照临与侍剑神色之间，都有赞赏之意，不由大感头疼。明智的办法，是不必再为文焕辩护，这样的话，就不必要与一种强大的价值观念斗争——这种价值观，石越自己也曾经推波助澜。但他心里，却极反对将任何一种价值观推向极端。

投降的确是一件不名誉的事情，但其实在中国的传统价值观中，亦并非是不能被宽容对待的。普通的军民自然不必说，即便是文武官员与士大夫，即便就在宋朝，被俘后投降敌国的，也不是没有。这些人如果有机会重返故国，也大都会被原谅。若是在非常之时，出于对人才的重视，甚至还会不惜于重用反复无常的将领。只是，宽容地对待投降这种事，人们也许会默认这种行为，却绝不能容许有人来宣扬这种行为。

这是一种可以理解的虚伪。

而且，这个时候，正好是士林最尚气节的时候。石越也曾经有意无意地宣扬过气节，虽然他认为所谓的“气节”应当出于自愿而不是强迫，但是总会有道德洁癖的人，欲将此强加于人。

他并不怀疑丰稷在危难之时有杀身成仁的勇气，亦同意士大夫应当具有气节。但石越始终认为，所谓的道德，最好应当只是一种自我要求。尤其是过高的道德标准，更不宜强行加之于他人身上。他也认为，个人对国家、民族的义务是有限的。一个人愿意为国家与民族而牺牲，自然值得尊重。但是，却不应当用任何手段，强迫个人去牺牲。

但石越也明白，人类往往能以平常心对待一直是自己敌人的人，能够接受甚至是赞赏前半段是敌人而后半段不再是敌人的人；却往往无法原谅前半段是友军，后半段却是敌人的人。人类从来都不是有理智的生物，一个四十年不断地杀害自己的亲人朋友族人的人，比起一个曾经在二十年内竭力保护过自己的亲人朋友族人，而后二十年却变成敌人的人，似乎前者更容易被原谅与接受。

人类的本性如此，而“气节”则是一种容易蛊惑人心的东西。用它来要求自己固然很难，但它却能轻易地让人站在道德的制高点上，热血沸腾，忘乎所以，要求他人。

如果自己附和一下丰稷的议论，也许会加深人们对自己的好感。普通百姓也会看个热闹，感叹于“善有善报，恶有恶报”，而士大夫阶层则一定有人会欣赏自己的爱憎分明……这是毫无道德风险的事情，在政治上，亦是最佳选择。

但是这样做，却使一条生命陷入绝境。

而且这个人，是自己认识的，欣赏的年轻人。

从陕西房提出诛杀文焕的建议开始，大宋唯一能救文焕的，也许就只有石越一个人了。

除了石越，没有人会同情他。

他会身败名裂，会被石越一手主导创建的职方馆追杀至死。

但是这个人，却是曾经为了这个国家奋勇力战的战士！

石越沉默了，一时之间，他不知道要如何去选择……为文焕辩护肯定是“不智”之举，他将要为此承担巨大道德风险与政治风险，而且极可能是徒劳。他没有信心说服任何人。但是任其自然吗？于心何安？

石越并不是一个可以做到为了政治利益而漠视他人生命的人。

这一刻，石越忘记了自己的形象，他就坐在椅子上，低头托腮，皱眉沉思起来。丰稷与潘照临、侍剑面面相觑，三人只见石越的手指有节奏地不断敲打着桌面，咚、咚、咚、咚……

但是，这一次，即使三人心中对石越都有着程度不同的尊重，可他们若扪心自问，也无法接受石越的观点。

叛臣贼子，人人得而诛之！

投降敌国之人，自然就是叛臣！这些，在三人心中，是不证自明的。

所以，他们甚至不知道石越为什么要为文焕辩护……

汴京城。

“咚！”一只制作精美的太原铜制茶具被摔到了地上，崇政殿旁的一座偏殿内，赵顼的脸色紫青，双眼几乎要冒火，诚惶诚恐站在大殿中的是枢密使文彦博、都承旨曾孝宽、卫尉寺卿章惇，还有一个被特旨召来的职方馆知事司马梦求。所有人都低下了头颅，生怕皇帝把自己当成出气筒。“朕钦点的武状元，居然投降西夏！大宋第一个降敌的武状元！”赵顼咆哮如雷，紫金龙袍无风抖动，“诸卿，诸卿说说，要朕以后用何面目去主持武举？”

殿内一片死寂般的沉默。

“这还不算！看看石越的奏章！他鬼迷心窍不成？居然敢说文焕无罪！”赵顼抓起一本奏折，一把摔到地上，恶狠狠地说道，“降敌无罪，何为有罪？他连《汉书》都没读过吗？”

“陛下息怒。”司马梦求虽然品秩卑微，但此时却不得不壮着胆子说话。

赵顼霍然停了下来，凝视司马梦求，良久，伸出手来，指着司马梦求，厉声道：

"卿若为朕提来文焕人头，朕便可息怒！"

"陛下！"司马梦求跪倒在地，朗声说道，"臣不敢不为陛下分忧，但臣有下情禀报，请陛下容臣说完。"

赵顼逼视司马梦求，停了一会儿，方缓缓说道："卿有何事？"

"臣尝读《太史公书》，读至《李陵传》，每每都折腕而叹息。若当时汉武帝不族李陵全家，焉知李陵不能为汉朝立下不世之奇功？"

"卿欲效司马迁为李陵说情之事？"赵顼怒声道，这话语之中，已带威胁。

"臣不敢！"司马梦求再拜叩首，泣声道，"臣只是为陛下忧惧！"

"朕有何忧？朕有何惧！"

司马梦求抬起头，大胆迎视赵顼，朗声道："万一陕西房的报告有误，文焕并非降夏，或者文焕降夏，另有隐情，而陛下错杀忠臣，有朝一日，真相大白，陛下宁不悔乎？"

"陕西房是卿之属下，是否有误，卿反而不知？"

"陛下明鉴，细作不能保证他所有的报告都是准确的。文焕世受国恩，陛下钦点为武进士及第第一名，臣以为此事，不可不谨慎查证。陕西房知事此时正筹划大事，同知事经验不足，若有误判，累及陛下知人之明，臣等死不足惜，却连累陛下，受后世之讥。此事关系甚大，臣不敢不言于陛下！"

"那你速令陕西房去查明！文焕果有苦衷，朕岂不能容他？然若他贪生畏死，辜负国恩，降于敌国。职方馆不能诛之，朕亦当向秉常索回文焕，明正典刑！"赵顼恨恨说道，"石越尤为不识大体，若是降敌，岂可谓之无罪？令石越罚俸一年，以为惩戒。身为朝廷大臣，岂能如此妄言？"

"陛下圣明！"章惇待皇帝话音一落，立时沉声应道，又道，"司马梦求虽然言之成理，然而除恶不可太慢，慢则祸大而不易除之。臣以为当立下期限，从速查明此事。卫尉寺也可以判罪定刑，昭示天下，使叛逆者知惧。"

司马梦求忙欠身说道："陛下，兹事重大，兼之陕西房事务日繁，臣敢请旨，许臣暂离汴京，去一趟兴庆府。若文焕果真降敌，臣当取其首级；若文焕果有苦衷，亦请陛下许其报效国家。"

"准奏！"

"谢陛下！"

司马梦求此时已是迫不得已，职方馆事务之烦，一日重过一日，本来他也无暇离京，但是这件事情，要真想查明文焕是不是别有隐衷，又岂是旁人可以查清的？文焕如若是假意降敌，若非司马梦求亲至，他又岂会信任旁人？

本来区区一个文焕，哪怕他是武状元，司马梦求也没多放在心上，大宋的八品武官多的是，哪值得他来操心。但石越却非常不明智地插了进来，虽然石越的观点司马梦求无法苟同，但是事已至此，若能证明文焕不是真心降敌，那石越至少还可以消除此事的负面影响，甚至得到一个“知人之明”的美誉，并且在大宋的武官心中留下一个不错的印象——易地而处，司马梦求却是知道，大部分武官是并不想战死的，那些慷慨死节者，有一部分固然是为了道德理想而心甘情愿就死，但另一部分，却是被道德所逼，相比起投降、被俘要受到的污辱与歧视，甚至累及家族的声誉，自然还不如战死的好。毕竟，在当时来说，大部分人都很重视自己的家族。这次文焕被传降敌，事情尚未得到证实，整个文家都已经抬不起头来，许多的亲朋好友，以前以有一个武状元的亲友而骄傲，现在却是羞于提起。

但是从另一个方面来说，这种社会力量是如此强大，深入人心，石越却公开上奏章表示质疑，请求朝廷宽容对待那些力战被俘后降敌的将士，却是触犯了整个社会的忌讳。这件事若是在五代十国时期，也许是平常之事，但这是整个社会的精英阶层大谈气节、大讲华夷之防的时代，也是一个统一国家建国一百年以后的时代，一个深受国恩的武状元，向夷狄投降，大宋只怕难以宽容地对待他！

而且司马梦求也是从心底里认为：这样的人，只是贪生怕死的败类而已！

司马梦求跟随石越几年，素知石越行事，一向谨慎而目光长远，这时候忽然知道石越为文焕辩护，立时就想到石越必然另有极深的政治意味，虽然自己并不认同石越的这一观点，但是他与石越，不仅有知遇之恩，更是休戚与共，石越亦是自己实现抱负的寄托者，所以，他也只有站在石越一边的立场，来替石越灭火。

但这一次，他却没料到，石越只不过是在坚持自己的价值观而已。

因为石越认为，政治虽然主要看成败，但是政治也需要讲是非的。哪怕某些坚持在政治上会显得幼稚，也必须坚持。

癸丑科武状元文焕降夏的流言早就以不可思议的速度传遍了汴京，而石越的奏章虽然没有明发邸报，但因这是一份普通的奏章，并没有刻意保密，竟也不知怎么便流传了出来。

顿时，初入夏季的汴京城，一片哗然。

这份奏章似乎从一个侧面，证实了武状元文焕降夏的谣言，而《皇宋新义报》刊登了对石越罚俸一年的处分，又从侧面证实了这份奏章的真实性……

引起争议的，不是文焕的投降——尽管这件事情未经证实，各大报纸的编撰们本着谨慎的态度，没有进行正面的攻击，但字里行间，已是显露出极度的轻蔑与谴责。这一点上，除了《海事商报》尚未得到消息外，《新义报》《汴京新闻》《西京评论》的态度，都是出奇地一致。真正有争议的，是石越的奏章！

整个汴京城，上至禁中政事堂，中至士绅学子，下至酒楼街头，都在议论石越这篇惊世骇俗的奏折——后世称为《论宣节副尉文焕无罪札子》。

没有人想到石越会为区区一个宣节副尉辩护，更没有人想到石越会提出如此“不可思议”的主张——“若力战而竭，被俘亦可谓之英勇；苟无所害于社稷，困于穷途，不得已降敌，亦不必视为叛臣！此辈虽少节义，然已无负于国家。”

难以接受！

这是整个汴京的第一反应。

但是上这篇奏折的，却是石越！几乎已取代王安石，被称为“孔孟之后第一贤人”的石越。是学贯古今又能推陈出新，言人不能言，道人所不及道的石越；是在大宋士林中举足轻重的石越！

你可以不同意他的观点，但是你无法不重视他的观点。

这就是石越在熙宁十年，在大宋思想界真正的地位。

2

“子明这是什么意思！”桑府后园中，桑充国百思不得其解。王昉挺着大肚子，由几个婢女扶持着，站在一旁，听丈夫大发牢骚。她在这五月份，便要临盆。

“真是不通之极！投降敌国，还能是无害于社稷？忠君报国，是大丈夫的本分，若然不幸被俘，自当死节，又有什么不得已而降敌的？分明便是贪生畏死！子明这时候说这样的话，不怕打击军中士气吗？谁还会愿意奋勇杀敌啊？而且这明明就是在授人以柄！朝中的政敌，正愁找不到机会攻击他呢……”桑充国一肚子的怨气，连珠炮地发泄出来，“建忠烈祠的是他，鼓吹气节，明华夷之防的是他，说降敌无罪的也是他！朝野之中，有多少人对他嫉妒、不满、怨恨，以前是找不到半点儿机会来攻击他，如今倒好，自己把机会送上门去，这两日，报馆收到的指责子明的文章，堆积如山！你说要我怎么办？”

王昉静静地望着桑充国，眼睛眨动，柔声道：“桑郎以前从不犹疑，如今为何却迟疑起来？”

“夫人有所不知，你看《新义报》，三个状元郎各有高升，陆佃也被排挤，眼下主笔的，全是吕惠卿的门生，此番已然是夹枪带棒，不过因为《新义报》是朝廷所办，言辞多少有所顾忌；《西京评论》完全无法接受子明的观点，但是富弼与子明的关系，实在是非比寻常，因此虽然批评，却也是极尽委婉之能事。我们报馆内部，却已分成两派，一派主张和《西京评论》一样，委婉批评；另一派，却是不满大家的态度，主张直言无忌的批评……”

“这一派占到多数？”王昉立时就想到了问题的症结所在。

“正是。”桑充国皱紧了眉毛，“你知道我妹子下个月就要临盆，她一向读报纸的，眼下这个情势，定然已让她十分担心，若是我们《汴京新闻》火上加油，她的性子，却不免抑郁成病，若有个意外，我要如何是好？而且我听说子明最近的情况并不好，平夏城战局僵持不下，朝中大臣、言官也已经开始上书指责子明，皇上下诏斥责，各大报纸纷纷批评……这个时候，这个时候……”桑充国不断地重复着，心中为难之极。

“关键是时机，对吧？”王昉沉吟了一下，淡淡一笑，娓娓说道，“妾不知道石子明为何要发出这种谬论，但是妾相信他显然没有料到这样的后果——几乎整个天下都不同意他的观点，相信即使是契丹人与党项人，也不会同意他说的。他居然会出这样的昏招来自掘坟墓，还真是让人失望……但是桑郎你不可以在这个时候火上加油。”

“但是报馆内部的压力……”

“批评的语气是轻是重，不涉及是非问题。只要你和程先生、欧阳公子善加引导、解释，便可以解决。必要时不妨强制，毕竟报馆最终决策，由你和程先生来定。”王昉眉毛一挑，断然道，“桑郎，你要知道，此时朝中政敌正在攻击石越，万一石越果真被罢官，无论是吕惠卿还是司马光柄政，第一个要拔的刺便是《汴京新闻》，眼下他们不敢动手，无非是投鼠忌器而已。《汴京新闻》不能帮石越也就罢了，若还要火上加油，岂不也是在自掘坟墓？《汴京新闻》虽然极有声望，但是平素议论朝政，真要罗织罪名，又岂是难事？吕惠卿擅于弄权，司马光刚愎自用，单单是士林清议的声援，却难以对付这二人。就算勉强保住了，最终也会元气大伤，再无今日之规模气象。”

“这……”

王昉把手轻轻搭在桑充国的肩膀上，凝视桑充国：“其实，这篇奏折虽然会对石子明的声望造成影响，但是眼下石子明真正的问题，不是他的这篇奏折，而是平夏城的战争——只要平夏城大捷，天大的问题，皇上都会原谅他！而若平夏城失败，这篇奏折，便一定会成为罪状之一。本来朝廷一直在向石子明施压，一直在讨论平夏城的僵局，但是现在的争议，却让朝廷暂时忘记了平夏城的僵局。石越一向狡猾多智，焉知这不是他的诡计？桑郎你又何必掺和进去？这等权术伎俩，桑郎你是谦谦君子，自然所知不多，但是似石越与吕惠卿，却是用得炉火纯青。依我说，这些事情，咱们还是能避开就避开——自然，若是大是大非，咱们也要有担当，不怕得罪人，但是这等小事，又何必在意？石子明固然写了那篇奏章，可是大宋又有谁会认为他对？这又有何争辩的意义？还不是因为他是石子明，若是旁人说了，便当成疯言疯语，谁也不会当真。”

桑充国默默想了一会儿，终于缓缓点头，舒眉道：“确是如此。”

王昉见桑充国想通，嫣然一笑，道："既是如此，不妨再卖石越一个人情。石越不是说力战之后，困于穷途，不得已而降敌吗？桑郎岂不知《太史公书》有《李陵传》？《汴京新闻》不如就从《李陵传》入手，辟出专门版面来，来讨论李陵该不该降匈奴。这件事情，既与石越的奏折有关，又不点名道姓声讨石越，比起干巴巴的引经据典，也要有意思得多，最要紧的，是可以给石越缓解一些压力——千载之后，不知多少人同情李陵的遭遇，若从这里看来，石越说的，未尝就没有一丝半点道理。只需先把水搅浑了，哪怕最后得出结论，石越的观点全然错了，也不要紧——如若把水搅浑一两个月，石越还不能摆脱困境，那便是他命该如此，我们也不必管了。"

桑充国听到此策，不禁拊掌赞叹，笑道："夫人真是女中诸葛。"

"桑郎谬赞了。"王昉笑道。她此时的心中，想的却是更深远的事情。她几乎是出于一种直觉，便意识到石越此时还没有达到他的顶点，在这个时候，桑充国向石越提供一些方便，日后能收到的回报，必然十倍百倍于此。这种有百利而无一害的事情，王昉是不能不为桑充国考虑到的。至于一个人在力战后是不是可以投降，这件事情与她王昉又有什么关系？也许她也会看不起那些贪生怕死的人，她会欣赏文死谏、武战死，但是这些东西，绝对称不上是她王昉的"大是大非"。

桑充国不知道，王昉心中，此时的"大是大非"，便是他桑充国与王昉腹中即将出世的孩子。

如是而已。

石越丝毫不知道自己的奏折在汴京城掀起了怎样的轩然大波。他还在考虑应当怎么样让人们接受不得已的投降并不是犯罪。但是他真有无限的茫然，找不到任何支撑点。他翻查了《唐律疏议》与宋朝的法令，一遍一遍去读《论语》《春秋》《孟子》，试图寻找理论上的支撑点，但是却一无所获。

生命的价值，在"仁义"这样的道德准则之后。

华夏诸族人民，自有史记载以来，一直到大宋熙宁十年，都普遍相信，世间有高于生命的意义存在。对于家族、对于君主、对于国家、对于种族、对于文明的忠诚，毫无疑问，都在自己的生命之上。

平心而论，石越并不排斥这种说法。

他从心里就厌恶那些背叛自己的民族，背叛自己的国家的人。他对于君主可以缺少忠诚，但是石越对民族与国家，却有着极深的忠诚观念。"汉人学得胡儿语，反向城头咒汉人"，这世间还有比这更卑劣的人吗？一个人若肯为自己的国家、族类、文明而牺牲，石越会从心里尊重他，并且也认为这样的人，理所当然要受到全种族的尊重。

但关键是，石越认为这种牺牲，应当出于个人的自由选择。

选择牺牲的人是君子，不选择牺牲的人就是小人吗？

选择牺牲的人值得尊重，不选择牺牲的人就罪该万死吗？

只要没有反过来去危害自己的国家与族类，那么选择保全自己的性命，难道不可以理解吗？如果他还是曾经为国家与族类奋勇战斗过，只不过迫不得已而降敌，难道就不值得同情吗？

但是身边没有人支持石越的看法。

每个人，包括受石越影响最深的侍剑，石越相信唐康也会一样，他们会认为，五代十国时期那种朝秦暮楚的臣子，是小人；他们笃定的相信，身为社会的精英——包括士大夫以及一切食朝廷俸禄者，有义务在关键的时候，为社稷而死。能不能做到是一回事，但是应不应该去做，在他们看来，却是毫无疑问的。

这可以说是宋朝古文运动的巨大成就。

也可以说是中国传统的巨大力量。

讽刺一点儿说，也可以说是石越的巨大成就。

石越心里也知道这些宋朝人是玩真的，虽然宋朝出过中国历史上最臭名昭著的汉奸，但是宋朝灭亡时，也是中国历史上士大夫死节者最多的朝代。石越从不嘲笑他们，一个能够为了自己忠诚的对象去死的人，无论他的能力是多么微不足道，石越都是尊重的。宋朝的灭亡，那些死节的士大夫有错，但是主要的过错不在他们，那不过是历史的悲剧。

石越也知道，就是在熙宁年间，就是在这个时代，宋朝的中高级军官，在与西夏的战争中，也极少有被俘的，一旦失败，大多数人都挥剑自刎了。

在这样的时代，无论多数人在实际上能不能做到宁死不降敌寇，在道德上，要说服天下人，说如文焕这样的情况，即使是投降也是可以原谅的，石越完全可以理解，没有几个人会同意自己。

在大宋的臣民看来，以文焕的身份，甚至没有被俘的权利！如果被俘，他就应当自杀。

武状元，不仅仅是荣誉，也是一种责任。

但是石越同情文焕。

正如石越同情历史上的李陵一样。

“我原本可以袖手不理，但是如果我明明认为他并不是汉奸叛臣，我真的可能坐视不理吗？如果我尝试了，失败了我对得起自己的良心；成功了，我救的就不只是文焕一人。”石越这样说服自己。

“但是我真的是对的吗？”石越也有自己的疑惑。

也许他身上本来就有这样的矛盾，他既欣赏中国传统的重义轻生，却又受到西方的影响，认为人之是否重义轻生，完全应当取决于自己的选择。

石越知道，如果仅仅是理论上的辩论，石越绝对不会冒天下之大不韪，来做这种逆向而行的事情。但是涉及具体的一条人命，还是一个自己看好的有才华的年轻人，石越有时候就无法把握自己理智与情感的天平。

因为这条人命，很可能就取决于石越心中的天平，向哪边倾斜一点点儿。

想了良久，石越忽然喟然叹了一口气，虽然这花园闹中取静，十分清幽，然而，从几年前开始，石越就已经很难找到一个让自己心境安静下来的地方了。他看了摆在自己面前的古琴一眼，双手不自觉地在古琴上乱划起来，陕西路安抚使司衙门的后花园，响起了一阵紊乱急促的琴声。

3

匆匆忙忙走到后花园门口的潘照临与陈良听到这阵琴声，不由相顾一愣，停住了脚步。潘照临的嘴角带着一丝微笑，让人分不清是理解还是嘲弄，或者那只是一种无意义的笑容。而陈良的脸上，却只有困惑。

石越自从到陕西后，也许是因为许多事情都可以自己做主决定，而且权力也更大，也许只是因为长期身居高位而养成了一种习性，陈良越来越明显地感觉到石越身上发生了一种不易觉察的变化。他很难说清楚这种变化，只是他发现，石越虽然一如既往地全面听取下属与幕僚们的意见，但是在决策之时，却越来越少顾忌。

比如这次的奏折，石越就没有听取潘照临与陈良的意见，而是坚持要上书，并且用的是最快的急递。

这种变化，究竟是好是坏，陈良一时也说不清楚。

正在他出神的时候，忽听潘照临“咳”了一声，琴声戛然而止。一袭白袍的石越回过头，望着二人，淡淡说道：“潜光兄、子柔，你们来了。”

“公子。”

“石帅。”

潘照临与陈良向石越行了一礼，走到石越三步开外的地方站立了。

“事情查得如何了？”石越含笑问道，但是可以看出，笑容不过是勉强装出来的。

潘照临脸上难得露出一丝苦笑，道：“职方馆陕西房的答复是，陕西路安抚使司无权对他们下达任何命令，也无权过问情报来源，他们只服从枢府职方馆。他们与安抚使司的关系，只是向帅司提供情报与情报分析，如若情报有误，相关人员自然会受到惩罚。他们建议我们向枢府汇报……”

这个结果早在石越的意料之中，他点点头，不禁自嘲地笑道：“全是公事公办的口气。看来司马纯父干得不错。”

“不过听说向安北与段子介也开始介入调查此事，文焕降敌的事情，现在传遍了陕西，平夏城军中也出现流言，希望不会打击士气。”陈良忧形于色，武状元降敌，对士气不产生影响，是绝不可能的。

石越沉吟了一会儿，抬头转向潘照临，道：“潜光兄，你以为该如何应付？”

“卫尉寺的调查是没有用的，他们无法去兴庆府取证。要紧的是士气军心。”潘照临略一思索，便即说道，“要鼓舞士气，最有效的是胜利。此外，公子也可拟写奏折，请朝廷大张旗鼓迎接平夏城殉国的将士入忠烈祠，表彰有功将士，用四百里急脚递送往京师；安抚使司与学政使司可先准备典仪，前往平夏城迎灵，石帅当亲撰祭文，派遣在陕西德高望重的官员前往吊祭，声明朝廷必有赏赐。如此这般，何忧士气不振？”

“朝廷没有批准就做，会不会有专擅之嫌？”陈良有些担心地问道。

“事急从权。”石越果断地说道，“若等朝廷做出决断再来做，早误了时机。何况殉国将士入忠烈祠，这是当然之理。请朝廷批准、备礼，也不过是衙门间的程序。我向皇上说明这一层意思，皇上必不会责怪。”

潘照临也道：“正是如此。正好让范纯粹去做这件事情……”

“只怕范公不肯去。”说到范纯粹，陈良一脸的佩服，原来范纯粹上任之后，便在陕西大查虚报学校之弊，几个月内一连弹劾了八个县令、十个通判，处罚豪右三十余家，声威震动三秦，连皇帝赵顼也为之动容。朝廷有人弹劾他苛刻扰民，他却丝毫不为所动，并且还在官员聚会时，公开立下誓言，定要让陕西一路，没有一所虚报的学校。

“这也是好事，他应当会去的。”石越道，“眼下陕西一路的官员，再无第二人有范德孺威望高了。前几日有来京兆府的地方官员向我诉苦，说各地方官员听说范德孺到了，吓得双腿发抖。又有一个举子对我说，老百姓都称范德孺为‘小范相公’……兼之范文正公在陕西军中威望甚高，范德孺又是学政使，遣他去迎烈士英灵，该是众望所归。”

陈良迟疑了一下，道：“这会让那些贪官污吏得到喘息之机，他们就有时间来补漏洞了。”

石越睹视陈良一会儿，笑着摇了摇头，没有说话。潘照临在一旁笑道：“正是要给他们一点儿时间。水至清则无鱼，如今朝廷中已不无微词，说范纯粹只因为一些许小事，就要弹劾官员，重罚士绅……范纯粹做事公正不畏权贵，敢作敢当，但是嫉恶过甚了。这样下去，将那些贪官劣绅逼得太急，狗急跳墙，谁知道会发生什么？你道陕西就没有可以通天的人物吗？”

“但是皇上是支持范学政的。”

“皇上现在支持，但未必会一直支持。朝中说话的人多了，三人成虎，我等在陕西也解释不清。”

“子柔，此事便如此办吧。”石越打断了二人的话，淡淡说道，“吏治这篇文章固然要做，但此时还不是时机。我们只要支持范德孺清查陕西一路的学校就可以，没必要把所有的官员都清洗干净了，到时候只怕反惹朝廷疑忌……”

石越把话说到这个份儿上，陈良心中顿时一凛，忙道了声：“是。”

石越点点头，若有所思地呆了一会儿，又问道：“驿政的事情，方案拟好了吗？只待平夏城一有捷报，便要随捷报一道上呈，切不可耽误了。”

“石帅放心，已然拟好。只是为了万全，还要再核实一遍各地的实际情况，再讨论一次。这是华夏千载以来所未有之事，不可不慎。”说到驿政，陈良就双眼发光，“按石帅的设想，我们以京兆府、河中府为中心，以延州、凤翔府、秦州、渭州等八城为节点，将陕西全路大小州县军监依托原有的官路驿馆马铺，全部连成了一张大网。各县每五日发一趟驿政马车，至相邻最近的县城，快则一两日，最迟五日亦可一往返；然后各县皆聚于延州等八城，每两日发一驿政马车，往京师者，则径去河中府；否则则聚于京兆府。如此施行驿政，可节省之人力物力，不可胜计！此实是一大创举，亦是一大德政！”

石越却笑道：“不过天下诸事，但凡新兴，都会有许多意想不到的困难，却不可轻易了。否则画虎不成反类犬，好心却办了坏事，也是有的。”

“断然不会！”陈良信心满满地说道，“学生岂能不知道轻重，此事如若推行成功，不知多少百姓，可以减轻役法之害。便凭这一点，学生一定会慎之又慎，力求周密。”

“那就好。”石越并不怀疑陈良的能力，但这所谓的“驿政”，本是石越苦心设想出来的改革宋代役法的第一招，自然不容有失。

石越和陈良等幕僚反复讨论宋朝役法，发现许多百姓替官府服役，一项主要的工作，就是押送物品或者递送文书。这些物品文书，或者是发往他县，或者是发往州府，又或者是发往京师，每每有一次这样的任务，就要专门派人去押送，如果路中丢失，百姓就要负赔偿之责。而且有时路途遥远，百姓盘缠不足，官府又不先发银钱，或发放时被小吏贪污克扣，百姓只能自筹，这一切给百姓造成了沉重的负担。所以，在役法之害中，这是最常见的，而且，对人力资源的浪费极大。因为每往一个地方，都要专门派人前往。而一般来说，除非军务与紧急重要公文，这是毫无必要的。

石越与众幕僚知道役法之弊，宋代无数有识之士都认识到了，但就是解决不了。王安石的免役法又沦为敛财之术。他既知不能正面解决，就只好设法迂回解决，先想出来一个办法，来更有效率的解决物品、文书的传递问题。一旦这个问题得到有效解决，官府需要服役的人员就可以大幅减少，从而实际上减轻了百姓服役之苦。他们绞尽脑汁想出的办法，就是陈良所说的“驿政”。宋代驿馆邮传制度，已经十分发达，官道通畅，官道之上，有驿馆与马铺，为沿途行者提供补给。石越就决定利用这些原本成熟的系统，在各个城市来设立邮局，定期发出马车或者是牛车，前往附近的城市，再从那个城市转车，到另外的城市，最后集中到八个较大的城市。这八个较大的城市，再将物品运往京兆府或者河中府。之所以要有河中府，是因为河中府离汴京较近，有些是送往京师的物品，直接去河中府，可以节省时间与费用。

采用这样的办法，虽然没有专人押送那么快捷，但是多花费的时间有限，而节省下来的人力和物力，就非常可观。除了军事上的通信以及极其重要的公文与非常大宗的运输不能使用这个系统之外，大部分的传输任务，都可以用这个系统来解决。

邮局的人员，可以从厢军中抽调，再雇用若干文书，就可以完全不扰民。而且邮局不仅可以运送官府的物品与文书，也可以运送民间的物品与书信，还可以载人，并且收取一定的费用。虽然当时物流来往还是有限，但是那笔收入用以支持邮局人员的薪水并且维持运营，至少是不无小补的。

石越自然知道邮政网络一旦建成，必然还会有更大的发展，而且必将铺展至全国，也会促进地方之间的交流。但是在当时开始这样的工作，却还有一定的风险。所以石越在构思时，十分谨慎，他知道但凡办一件事情，目的越单纯，越容易完成。所以他始终抱持这样的心态：他在陕西创建邮路网络的目的，就是解决役法中的一些问题，如果有其他的收获，那都是“意外的”副产品。对于参与策划这件事的幕僚与官员，石越也是如此强调，缄口不提邮政网络建成后能产生的巨大作用。

但是这样一个前所未有的系统，别说参与策划的陈良等人，连旁观的潘照临，也能隐隐感觉出来，它的意义非比寻常。

陈良等人对石越预期用两年时间来在陕西完成这样一个网络，甚至还颇有不同意见——他们认为有一年的时间，已经完全足够在陕西完成这项工程。同时，陈良更是充满着期待，因为石越说，这只是解决役法问题的第一步而已！

只要一想起当初石越向刘庠与范纯粹等陕西路官员提出此策时众人惊叹的神情，陈良就会觉得，这样一个如此利国利民的绝妙构想，自己若不能将它完美地做好，反而砸在自己手上，他简直就会成为上愧对国家朝廷、下无颜对百姓万民的千古罪人。

因此陈良与陕西路安抚使司、转运使司的一大批官吏们，尽可能详细统计了陕西各州县军监每年押送物品、递送文书所要花费的人力与财力，又调查了各州县军监之间的官路与沿途驿馆马铺等设施，再根据路途远近、人口多少、居民财富以及估算的物流大小，来设计了八个较大的中转城市，务求使每一个城市的物品，能通过最短的路途，到达京兆府与河中府。陈良有相当的自信：自己主持的这项工作，在准备阶段，绝对已经是做到了最好。现在要等待的，只是找一个适当时机，向朝廷提出这个计划。一旦通过，便可以在陕西全路推行！

至于这个时机，石越出于政治考量，认为是平夏城的捷报传来之时。

但是陈良却几乎有点儿迫不及待了。他正想和石越说说能不能提前在陕西路实际准备大兴驿政的事，但听石越却已换了话题：“卫家那边，可有何动静？”却是向潘照临问的。

潘照临笑道：“还是大张旗鼓地筹划那些事情。”

石越“嗯”了一声，右手轻轻抚弄琴身，忽然说道：“替我安排一下，我想见见那个卫棠。”

“这是为何？”潘照临不禁愕然，不明白石越为什么会对卫棠有兴趣。

石越不由笑道：“偶尔我想见一个年轻人，难道就一定需要特别的理由吗？”

潘照临摇了摇头，讥道：“公子若是有这空暇，不如记得给清河郡主多送点礼物——她是有孕在身的人。这也是笼络狄詠的一个办法。”清河郡主已有几个月的身孕，据说是在离京前便已怀上，谁也料不到，这位美丽动人、冰雪聪明的郡主，竟然会在这样的大事上如此迷糊，不但在毫不知情的情况下陪同狄詠千里奔波前来陕西，甚至直到狄詠前往平夏城时，她都还懵然无知。所幸的是，目前为止，她一切安好。只不过，狄郡马既然跑到平夏城前线去了，纵然知道娇妻怀孕，却也没办法让他马上赶回来。那么郡主府的一切，石越便免不了要安排人手替他操心。

想到这些，石越亦不禁苦笑道：“难道郡主府的丫鬟婆子不是我让人帮忙请的吗？”

陈良听他们提起清河郡主，忽然想起一事，忙说道：“似乎柔嘉县主也来了京兆府……”

“啊！”陈良的这话，委实是石破天惊，休说石越，连潘照临都吓了一跳。石越不敢相信地望了陈良一眼，惊道：“她如何能来长安？”

“这我却是不知道了。”当下陈良将那日遇上田烈武的事说了一遍，又道，“我因忙于驿政之事，竟是忘了。若非刚才提到清河郡主，竟是再也想不起来。说起来柔嘉县主与卫棠结怨不小。”

潘照临却只是冷眼望了石越一眼，道：“现在的问题是柔嘉县主是怎么来的京兆府，又为什么来的？她不比寻常的县主，郧国公家里少了个人，宫中会不会有乱子？这些事情如若追究起来，十之八九，又会牵扯到公子头上。”

石越无辜地苦笑道：“潜光兄以为……”

“在卫家没有发现她的身份之前，赶紧想办法不动声色地将她送回京师。现在汴京没传来消息，就是说郧国公也在瞒着，只要送回去，神不知鬼不觉，也没有人敢说。

当然也不能用公子的名义送，以免授人以柄。”

陈良大是摇头，道：“柔嘉县主的脾气，这尊神没这么容易送。”

“那也要试试。实在不行，公子就上本弹劾邺国公家教不严！让朝廷强行把柔嘉县主请回去。否则公子会有洗不脱的嫌疑。”潘照临对于柔嘉这个“麻烦制造者”实在是深恶痛绝。

不过他这一招虽然有效，却未免太过于不近情理，石越皱眉摇头，叹道：“若非迫不得已，还是不要行此下策。好生劝她回去吧。”

潘照临用鼻子“哼”了一声，道：“但愿能如意。”

他的话音刚落，就听到守在花园门口的亲兵莫五忽然用一种惊奇的语调大声地问道：“侍剑，你这是要做什么？这……这又是什么人？”花园中的众人只听见侍剑用支支吾吾的语气低声地回了些什么，却谁也没有听清楚其中的一句。

莫五显然也已经不耐烦了，提高声音道：“侍剑！”

侍剑终于也提高了声音：“我……我来见石帅！”

“那么这个人呢？”莫五声音怀疑地问，这也令园中众人都好奇起来——侍剑似乎带来了某个奇特的客人。

这一次，还没等到侍剑回答，众人就听到一个久违的声音清脆地叫了起来：“你管得着吗？”众人方呆了一呆，立时便见一身白袍男装的柔嘉县主，此刻正一只手拎着侍剑的耳朵，大摇大摆地闯了进来。侍剑的身材高她甚多，被她这么拎着耳朵，却不敢反抗，不得不佝偻着身子，进到园中，立时便一脸无辜地望向石越，脸上的神情，似乎是想笑又笑不出来，又似乎是在勉强忍住了笑。追进花园的莫五显然不知柔嘉是何方神圣，而眼前的情形也让他不知所措，所以他只是呆呆地望望柔嘉与侍剑，又望望石越。

潘照临与陈良压根儿料想不到陕西地方之邪，一说曹操，曹操即到，但此人既来，二人立刻相顾一眼，随即心里有了共同的决定。潘照临一本正经地向石越说道：“公子，我还有事，先行告退了。”陈良拼命忍住笑，也马上道：“石帅，学生也先行告退，再去整理一下驿政的计划。”二人也不管石越答不答应，便忙着抱拳一礼，立时便疾步走出花园，过了一会儿，外面似乎隐隐传来陈良忍俊不禁的笑声。

石越先也目瞪口呆，但随即苦笑着朝莫五挥了挥手，道：“没你的事了，先出去吧。”

“是！”莫五忙躬身行了一礼，退出花园，临走时，还不忘莫名其妙地看了柔嘉一眼。

石越干咳了一声，想要说些什么，却又不知道该说些什么，只是看着柔嘉擒着侍剑的手，再次干咳了一声，然后苦笑着说道：“县……”

他的话还没有说出来，柔嘉已经放开侍剑的耳朵，随即望了石越一眼，还未张嘴说话，眼圈却瞬间红了。

侍剑本是要出府办事，孰料才出府门，便被躲在旁边的柔嘉给逮个正着，于是便一路这样被拎着耳朵进了安抚使衙门，可谓颜面尽失——侍剑在石府虽只是书童，但宰相门前七品官，何况他与石越，亦主亦仆，亦师亦徒，亦父亦子，亦兄亦弟，谁都知道他在安抚使衙门中的特殊地位，虽只是书童，却是谁都不敢轻看的。岂料此时会被柔嘉逮住？如此不留情面地带将进来，侍剑哪敢挣脱反抗这个姑奶奶？只好自认倒霉，任她摆布。那安抚使司内的人见到侍剑如此模样，哪里还敢询问？柔嘉就这么着闯进了后花园。她这些天一直念着要见石越，可惜无计，好容易今天逮到独自出外的侍剑，进来之时本已经盘算好，开口定要先声夺人地痛骂石越一顿，谁知这时果真见着，却觉气短，话未出口，先自己就觉出一阵委屈，竟有些想要哭出来。

侍剑本来一面揉搓耳朵，一面还想向石越分辩几句，证明他“卖主求荣”实是情非得已，此时一见气氛不对，便不敢再多说话，偷偷看一眼两人，便蹑手蹑脚地出了花园，一面还顺便撤下花园里的亲兵。

4

花园中已只剩下石越与柔嘉二人。

石越本来也想先声夺人责备柔嘉怎能如此胆大妄为，然后再苦口婆心地劝她回去。但话未出口，便看见柔嘉泫然欲泣的表情，到口的话立刻便咽了回去，再也不敢说出。石越眼看着此时只剩自己与柔嘉两人，不禁暗暗叫苦——这事，不论是以何种形式张扬出去，都是一个极大的笑话，尤其若叫别人知道了柔嘉的身份……

石越平生也缺少与女子单独相处的经验，梓儿未嫁之前虽然也多有促狭之举，但毕竟本性温柔解人，不似柔嘉的胆大妄为，梓儿嫁人之后，夫妻感情既好，做姑娘时的活泼性情便也大为收敛，一味地蜜意柔情，变得事事以夫君为先，事事未等他想到，便已经先行为他考虑到了，因此两人之间的相处，也因亲密而随意，因随意而自若，只觉无论如何行事说话都是再自然不过的事，哪里要去想相处之道与说话的艺术？而楚云儿，却是一位善解人性的知交好友，说话之前，自己便早已经想好了，决不会让他有半分的为难之处。因此他哪里会懂得怎么去哄女孩子？更何况柔嘉的身份何等特殊？此时见她这副神气，一时间竟也是手足无措，不知道说什么好，不免呆呆地望着柔嘉，心念百转，却没一个主意是管用的。

二人就这么对视着。一个是少女情怀，心思百转，压着千言万语，硬是说不出口，恨不能立时扑到他怀里痛哭一场，但这自然也是不能的，所以便又多了一分哭不出来的辛苦；而另一个根本是在纯粹地乱转念头，因始终不知应变之策而茫然无措。

过了好半晌，等石越终于意识到必须尽快结束这样的对视，正打算说点什么的时候，柔嘉的心情也渐平复，随即便觉不好意思。柔嘉当下微微垂首，正好看见了几上的古琴，便故作镇定地问他："你会奏琴？"

石越巴不得做桩什么事来移开她的注意力，以结束此时的尴尬气氛，当下连连点头，忙着便俯下身调弦，然后问道："我试奏给县主听？"

柔嘉大模大样地找了块石头坐下来，说道："我且听听你琴艺如何！"她是一时也没想到要同石越说些什么，便索性借此机会再好好想一想。石越却是盼着奏首曲子将她哄高兴了再说劝她回去之事。

当时宋人，尤其是士大夫们，极为重视琴声之外传递出来的人心琴德，并认为"琴者，禁邪归正，以和人心，是故圣人之制将以治身，育其情性，和矣"。因此自帝王始，均将操琴一事都看极重。石越入乡随俗，要在士大夫群中立足，除了道德文章要好，琴之一技也不可少，因此也于此道浸淫甚久。他的琴技，先后得过楚云儿、梓儿、阿旺传授指点，三人之中，除梓儿稍差外，楚云儿与阿旺却都是有名的琴师，名师出高徒，这话倒也并非虚传，因此石越的琴技，虽然已经学得晚了，但要操几曲平日练得熟悉了的曲子，倒也似模似样，即使是在以风雅闻名的汴京士大夫群中，也勉强可以不算是献丑。

他这时为了讨好柔嘉，以便趁她心情好时再劝说，这次操琴，却的确算得平生最为卖力的演出。但他却似乎忽略了，或者说高估了柔嘉对于琴声的悟性——柔嘉虽然常与清河待在一起，但实在是不同类型的女子。

柔嘉一开始还认真地听了一会儿，但随即便忘记了琴声，只是痴痴地望着这个正在对着她专心致志抚琴的男子，望着他微微上翘的嘴角，略有些落寂悲悯的眼神，还有眉宇间的坚毅……虽然她似乎是在用心地听着，但她的心事，早飞进了这琴声编织出的一个幻梦之中。只是这个幻梦，与石越的，根本不同。

在这一瞬间，她觉得似乎听懂了这个男子在琴声中不自觉流露出来的心事，那似乎是期待，还有希望？

她竟然感觉到有一点儿心痛。

不知过了多久，琴声停了。柔嘉听见自己喃喃说道："你……你是想要追求些什么吗？"

一霎间，倒是石越怔住了，他抬起头，怔怔地望着柔嘉，几乎有点儿不确认眼前这个女孩就是柔嘉县主。在这一瞬间，石越突然有种冲动，他想说点什么……但是只是一刹那间，石越就冷静了下来，然后淡淡地一笑，柔声说道："县主，你不应当来这里。你还是回汴京吧！"

柔嘉凝视石越良久，忽然坐直了身子，用满不在乎的口气，轻松地说道：“反正来都来了，惩罚总是逃不掉的了。回去后就算娘娘不罚我，我爹爹也不会轻饶我了。所以我倒还不如留下来好好地玩玩，能玩多久算多久！”

石越不由苦笑了一下，他实在不知道，柔嘉这样的行为究竟是莽撞还是勇气，或者只是不懂事的任性。

“你带我去看打仗吧？好不好？”柔嘉突然伸长脖子，有些兴奋的恳求道。

“不行。”石越立刻摇头，但看着柔嘉瞬间就变得极度失望的表情，忽然间又有些不忍，便又补充了一句，“我是文官，不能上战场。”他的话刚刚出口，便已自觉实在是画蛇添足，不由又苦笑了下。

柔嘉失望地叹了口气，道：“早知道就随郡马去了。说起来这京兆府除了你和打仗，也没什么好玩的，远远比不上汴京。”

“打仗其实不好玩。”石越叹了口气，也实在不知道怎么样跟这个娇生惯养中长大的小女孩说这些，只得又说道，“县主，你还是回汴京吧。”

“回去后我真的会被关起来的，这次一定会的！”柔嘉加强了“真的”两字的语气，拨浪鼓似地摇头，“我想好了，反正是要被关的。那索性不加理会，我要等十一娘生了宝宝后再回去。”才说完，她才意识自己说错话了——竟然在一个男子面前说着女子之间的亲密话题，脸上立时一阵绯红。

石越呆住了，或者说是被吓住了——那岂不是说柔嘉还准备在京兆府待上半年？

平心而论，若是有这样一个小妹妹，石越倒是很乐意让她在京兆府，甚至是在帅府住上半年。但是坐在他对面的，却是金枝玉叶的柔嘉县主。一个平常的县主倒也罢了，但是柔嘉却是邺国公赵宗汉的女儿，当今天子视若亲妹的县主。若是她在京兆府待上半年，只需传出一星半点的流言蜚语，石越的政治生命，就有毁于一旦之虞。

石越现在就已经很担心了，柔嘉这样大摇大摆闯进帅府，拎着侍剑耳朵进门的神气人物，焉能不引起众人的窃窃私语？若还让她待上半年，她又经常来帅府串门……这简直就是自己给政敌送上的致命的把柄！而且石越并没有婚外恋的打算，他的孩子马上就要出世了，他一直在期待着，心里还指望着等梓儿生下孩子、身体无恙，便要尽快将她们母子接来团聚。

“你若在外面待得太久，若是被太后和皇上知道，便是邺国公也会受罚的。而且连郡马与清河郡主也脱不了干系……”石越在绝望之中向柔嘉剖析着利害，正准备苦口婆心地晓之以理然后动之以情，却听到花园门口有人干咳了一声，便见侍剑站在那里，唤道：“石帅！”

“何事？”

“城西卫家的卫棠求见。不知见还是不见？”

石越本来就想见见卫棠，不料卫棠竟然主动前来求见，正要点头答应，不料柔嘉听到“城西卫家”四个字，便已想起当日之事，早就说道：“我也要去随你一同见客。”

石越大惊失色，几乎是叫道：“不行，县主，这怎么可以？”

柔嘉奇道：“为什么不可以？”

“他来拜会我，也算是公事。县主你自然不能去。”石越抬出大道理来。

“这……”柔嘉自知理亏，眼珠一转，立时放低了声音，柔声央道，“我扮你书童好不好？我保证不说话。”

“下官可不敢。”石越断然拒绝，他可不想给卫棠抓住自己把柄的机会。须知卫棠既然见过柔嘉，哪怕是再见一次，也难保会不出事。

“石头！”柔嘉见央求无效，立时柳眉一横，怒道，“你若不让我去，我便回宫和太后说，是你带我来陕西的！”

石越与侍剑不料柔嘉来这一手，顿时目瞪口呆。石越答应也不好，不答应也不好，不由为难起来。若是不答应她，虽说柔嘉话中玩笑居多，而且太后也未必会全信于她，但这实在不可冒险，真惹了她，谁知道她会不会不顾轻重利害地造起谣来？可若是答应了她，休说卫棠那里担着的干系甚大，单是柔嘉这里，此次让她尝着了甜头，日后这个小魔头若不再得寸进尺，那才是奇怪之极的事。

踌躇了许久，石越终于决定两害相权取其轻，向柔嘉点了点头，道：“仅此一次，下不为例。”

卫棠在客厅一面喝茶，一面欣赏厅中的陈设。帅府的客厅非常的朴素，主位是一张平常的木椅子与一张茶几，背后是一面屏风，上面画着一幅陕西全路地图。在屏风的右边，供着一柄长剑，左边角落摆着一座座钟。阶下左右各站着一个表情严肃的亲兵，一动不动。厅的两边，对称的摆着几张椅案，左边的墙上，挂了一幅草书，卫棠认出那是《论语》中的一句话：“子绝四：毋意，毋必，毋固，毋我。”字写得极好，卫棠亦久闻石越书法难登大雅之堂，自然知道这不会是石越的墨宝。但是这幅草书没有落款，卫棠亦看不出来是何人所书。

从厅中那座座钟的时针走动来看，卫棠已经等候了足足半个时辰。他早已将厅中一切看了无数遍，甚至连那两个亲兵中有一个衣服上有点儿污迹，卫棠都看了出来，但是石越还是没有出现。

不过卫棠倒也沉得住气，只是耐心等候。

这是很正常的事情。

能够进入这间客厅等候，已经是石越待之以礼了。

终于，一个白袍中年男子从门外走了进来，身后还跟着两个相貌清秀的随从。卫棠赶忙站了起来，他在白水潭学院时，曾经见过石越，这时连忙揖礼道："学生卫棠，见过石帅。"那客厅中的亲兵，也一齐行礼请安。

石越笑容满面地走了进来，双手扶起卫棠，笑道："卫公子不必多礼。请坐。"一面自己走到主位坐了，柔嘉与侍剑便分别站立在他左右。

卫棠谢了座，抬起头来，正要说话，猛然发现站在一旁的柔嘉，正是与自己买剑竞价的少年，这时竟是霍然一惊，几乎张口说出"是你"二字。他并非无能之人，立时便想到当日柔嘉之豪富贵气，便是此时，举止神情之间，也绝不像是为人厮仆者，心中不禁暗暗生疑。但是不论如何，他都已知道此人与石越之关系，果然非比寻常，想起当时得罪于"他"，不觉心中暗暗叫起苦来。他口中迟疑，心中便在不停地转着念头，要想出一条计策来。

柔嘉也已认出卫棠，这时连忙俯身到石越耳边，悄悄说了。她却不知道石越早已知道此事。

卫棠觑见柔嘉如此形态，心中更是叫苦不迭，暗悔当时不该一时冲动，不料却得罪了石越。他越想越急，几乎流出汗来。突然，卫棠脑中灵光一闪，竟被他想出来一条妙计，忙欠身向石越说道："石帅曾为白水潭山长，学生不才，亦曾学于山长门下，是一日为师，终身为父。今山长替皇上牧守三秦，学生受山长教诲，每每思欲有所报，因于数日之前，觅得一口宝剑……"原来这卫棠买到倭刀后，爱不释手，每日都要佩服出门，以为炫耀。这时进石府，却不能佩剑进府，就让下人拿了，在外面等候。这时候他急中生智，竟想出一条献刀之计来。

石越是何等人物，岂会信他这番鬼话，但是他也觉得不必揭穿，便笑道："悦之的心意，本帅心领了。但是礼物却断不敢受。凡白水潭学生，若想有所报答师长，只需勤学不倦，入仕廉节便可。"

"是。"卫棠讷讷应道。

石越一向为官廉洁，从不受贿，大宋可谓人人皆知。若换成一个久历世情的人物，那么石越无论是受刀还是不受，都无关紧要——倘若石越受了，自然是求之不得；即使不受，也并无关系，只需以献刀为引，借机来向石越解释当日之事便可。但是卫棠毕竟不过一贵公子，哪里知道这些世故伎俩，他心中既然定下了"妙计"，便当真以为只有将那柄倭刀送予石越，才能够解除当日的"误会"；竟是再也不知道半点转圜，一门心思，定要想法子将倭刀送出。当下又搜肠刮肚，设词说道："不过学生却是一片诚心，若山长果真不受——倒不如当日直接将此刀让予这位仁兄的好。"他一面说一面指着柔嘉，强笑道，"学生原不知这位仁兄的身份来历，实在是造次了。但无论如何，还请山长破例一次，体谅学生这番孝心。否则，学生心中难安……"

石越笑道："小孩子争气，悦之不必放在心上。你知本帅的规矩，这个例却是不能破的。”

卫棠顿时大急，正要说话，不料柔嘉听卫棠的话，明明是他来横刀夺爱，反说得是自己无理一般，只是他不曾“让”得自己，因此心中早就大是不服。这时候听石越说“小孩子”，心中更加大是不喜，又以为是石越听信卫棠的话，才如此断语，哪里还按捺得住？这时候不说话的约定，她也已抛到九霄云外，双手一叉，往前一站，气鼓鼓瞪着卫棠，怒道：“你这人怎生这般颠倒黑白，当日明明是你来抢我宝刀的！”

她这么一怒，俏脸带红，竟是格外透着一种动人。卫棠只觉心神一荡，竟是怔住了，不过他立时又清醒过来，眼前这个人，不过是个长相清秀的少年而已，他自觉自己竟有那种荒唐的想法，不免暗暗惭愧，又因当面被人指责自己撒谎，卫棠虽然骄气袭人，但却也是个脸皮薄的，顿时间满脸通红，讷讷说不出话来。

石越见惯了官场中的玲珑八面、厚颜无耻的人，本来卫棠若是一意玩弄聪明，石越反而能一眼看破，心中更不会有什么好感。这时候见他被柔嘉一句指责，就羞愧得说不出话来，虽然知道这个卫棠谈不上什么君子，但是至少倒也是还有羞耻感的人，因此反而恶感渐消。他做事从来不为已甚，也不想让卫棠下不了台，当下笑道：“区区小事而已。年轻人争强好胜，不过寻常之事。”一面说一面向柔嘉使眼色。

但是柔嘉这样的人物，哪里又看得见石越的眼色？何况就算是看见，也不一定懂。她只觉得石越处处偏帮那个卫棠，更是生气，一腔子怒火，竟然转到石越身上来了。她转过身来，望着石越，高声质问道：“你为何要帮他说话？”

石越顿时尴尬不已，无言以对。卫棠更是羞愧难当，一时竟没有注意到柔嘉对石越，话语中竟没有半分恭敬之态。

卫棠自从得到家族的支持，决意成为“陕西桑充国”后，称得上是豪情万丈，摩拳擦掌，立志要干一番大事业。他不知道家族背后的复杂用心，虽然知道父亲对石越曾经的态度，但是眼下其父的态度一百八十度大转弯，卫棠则想当然地认为卫家与石越之间便不应当再有恩怨。他对石越本来亦十分尊敬，自然而然，就想得到石越的支持。因此此番来安抚使司求见石越，却是抱着一种天真的想法，来弥补家族与石越的关系，并且希望即将创刊的报纸，能由石越亲自起名。他不曾想，在安抚使司，居然会遇见当日买倭刀的少年，当日之事本是卫棠理亏，虽然最后吃亏的也是卫棠，但却是哑巴吃黄连，有苦说不出。此时见那少年不依不饶，卫棠真的是无地自容。虽然石越有意揭过，可与那少年的态度合在一起，但似是在唱双簧一般，更让人如坐针毡。

卫棠扭捏不安地坐了一会儿，终于觉得没有脸面再待下去，再也顾不上失礼，起身朝石越长揖谢道：“山长，学生实是惭愧。今日寒舍还有点儿急事，权且先行告退。容学生改日再来向山长赔罪。”

石越也只能苦笑颔首，温声说道：“悦之既有事，便请先回。些许小事，幸毋介怀。”

“多谢山长宽厚。”卫棠又恭恭敬敬向石越行了一礼，红着脸偷看柔嘉一眼，匆匆退了出去。

他刚出了安抚使司衙门，等候已久的家人连忙牵了马迎上来，卫棠垂头丧气，看到家人手中的倭刀，更觉沮丧。他没精打采地上了马，往城西行去。一路之上，只是思前虑后，总觉得自己倒霉透顶。须知石越在当时年轻儒生的心目当中，地位当真是有如日月星辰一般，卫棠既然喜爱格物之学，平时最喜欢摆弄仪器试验，又是白水潭学院的嫡传弟子，在石越面前出了丑，焉能不耿耿于怀？

他长吁短叹地走了两条街道，越想越不是味道，心中忽发奇想：“我何不回去等那少年出府，当面向他道歉？”他心中想起柔嘉的神色，立时又闪过一丝异样的情愫，竟似有几分期待一般。

主意打定，卫棠立时一勒马辔，转过马头，抽鞭催马，便向安抚使司衙门狂奔过去。那几个家人也不知道发生了什么事，慌忙大呼小叫地跟了上来。

不多时，卫棠又折回了安抚使司衙门的东辕门之外。这等重地，他虽是贵家子弟，也不敢轻率，只是悄悄下马了，约束住追上来的家人，躲在一条小巷子中等候。他一切才刚刚停当，便见几辆崭新的四轮马车吱吱呀呀驶了过来，在安抚使司衙门之前停了下来。一个帅司亲兵迎了上前，马车夫顺手递过一张红色的名帖，亲兵只看略略看了一眼，便即脸色一变，连忙恭谨地行了一礼，快步跑了进去。

卫棠暗暗称奇，不知车上是何等人物。虽然那马车上明明刻有名讳，但是此时隔得远了，却看不真切，只得静观事情的发展。

亲兵进去后，约过了一刻钟左右，便见从帅司偏门，走出来几个人，卫棠看得清晰，石越与那个清秀少年，赫然在列。卫棠更觉奇怪，以石越的身份，需要亲自出迎，却不开中门，反从偏门迎接，这来人的身份，实在是透着几分诡异。倒似此人身份虽然高贵，但是从官场上的礼仪来讲，却不够资格让位居三品的安抚使石越开中门相迎一般。卫棠心中顿时一惊，难道是京师来了个什么王子不成？他一想之下，便觉自己想法荒唐，大宋的宗室，凡亲近的宗属，是不可以随便走动的，若是要来这千里以外的长安，必然早早就传得长安城全城知闻；若是疏枝远脉的宗戚，根本就没有资格劳动石越出迎……卫棠这样的贵公子，别无所长，然而对于本路本府的官员贵戚，却是再熟悉不过了。但他在心中默数长安城中值得石越迎至辕门外的人物，却是一个也找不出来——石越纵然待之以礼，以长安城中的人物，他能降至中门迎客，已经是了不起的殊荣！

卫棠不免更加好奇，愈发屏气凝神地观察起来。

只见石越迎出来后，双手抱拳，欠身一礼，朝马车说了句什么。而石越身后的清秀少年，却是像做错了事的孩子一样，低着头把玩着衣角，看都不敢看那马车一眼。

而更奇怪的是，那马车只是微微掀起一角帘子，车上之人，竟然在石越面前，端坐马车，不肯下来。卫棠看到这一幕，当真是惊得目瞪口呆：“难道是皇上亲临，又或是宰相阁下来陕？便是昌王在石子明面前，也不敢如此倨傲无礼！但是若是皇上与宰相微服，石子明亦断不敢不开中门，不行叩拜之礼！”卫棠只觉得今日所遇之事，委实过于不可思议，竟几乎呆住了。

只见石越口唇不停地张合，似乎是与马车中人交谈了几句。然后那个清秀少年便不情不愿地走上前几步，低着头说了几句什么。又隐隐似听到马车中有训斥之声，那少年终于恋恋不舍地望了石越几眼，上了马车。石越又向着马车说了几句，那马车的帘子便放了下来。车夫一声吆喝，催着马缓缓离开帅司府衙门。

卫棠见到这样怪异的事情，如何能按捺住心中的好奇，连忙悄悄绕过一条小巷，跟上了那几辆马车。只觉得那马车跑得甚慢，似乎是车中之人不耐颠簸一般。卫棠一生并无所长，唯有耐心极好，他怕家人太多，惹人注意，便干脆将家人撵走，独身一人，骑马缓缓跟随。只见那马车绕过几条街道，最后在一座宅门之前停了下来。卫棠打量这座宅院，原来竟是在安抚使司衙门以西，与帅司几乎比邻而居。那几辆马车只停了一下，便见宅院的正门之旁，开了一个小门，马车也不停留，径直驶了进去。然后便听那门“吱”的一声，紧紧合上。

卫棠这才打马来到宅院之前，抬头往门匾望去，只见上书“郡马府”三个大字，再看两旁的风灯，分明写着斗大的“狄”字。卫棠顿时恍然大悟，之前一切不明白的事情，此时豁然开朗。但他也只明白了一瞬，立时又疑惑起来——那去见石越的，自然是清河郡主的无疑。以她的身份之尊贵，石越自然要亲自出迎。她是女子，听说又是已有身孕，不下车自然也是情有可原。但是那少年又是何人？他又如何可以与清河郡主共乘一车？

站在郡马府之外，卫棠心中的疑团，只觉越结越复杂，越结越不易解释清楚。

的确，卫棠又哪里想象得到，大宋竟然会有柔嘉这样胆大妄为的县主存在？

5

平夏城。

宋军西大营。

种谊四更三刻就起了床。漱洗一毕，出了营帐，在帐前的一块空地上舞了一阵剑。种家本是世代将族，家传武艺颇有独到之处，他自幼习剑，一把剑舞起来，寒芒吞吐，剑气森森，剑光点点如星。此时正值明月待落未落，晨曦将现未现，月光与剑光相互辉映，他身着白袍裹在剑影之中，宛如一条矫健的白龙，与宝剑为戏。正舞到兴时，忽听到有人大声赞道："种帅好剑法！"

种谊剑势不滞，目光望去，却见狄詠一身银袍，手持一杆红缨枪，英姿卓然，不知何时已至一旁观剑。种谊不由得兴起，叫道："郡马，久闻威名，何不让种某开开眼界？"

"好！"狄詠大叫一声，挺枪耍了个枪花，便向种谊刺来。

"来得好！"种谊赞了一声，执剑封住来枪。

二人剑来枪往，一个如龙，一个似虎，竟是在西大营中过起招来。种谊的宝剑自不待言，狄詠的枪法，却也是浸淫已久，一杆枪使将起来，虎虎生风，神出鬼没，竟是将自负武艺的种谊杀了个汗流浃背。二人战了数十回合，种谊已自知难是狄詠敌手，此时暗暗叫苦，自悔不当孟浪相邀。种谊虽非无肚量之辈，然既为一营之统帅，若败于人手，在军中实是颇损威名之事。此时狄詠一杆长枪使来，犹如蛟龙出水，虎啸丛林，自己左支右绌，险象环生，真是欲罢不能。

而狄詠亦觉种谊的武艺，实是自己出汴京以来所遇第一。他自从护送神四营入平夏城，就赶上大战。尔后高遵裕与种谊都苦于补给被扰之苦，夏元畿对于协助高、种立功，殊无热情，护送补给，每每不利。高遵裕与种谊协商之后，便决定向石越请求，留下狄詠，借他威名来牵制夏元畿，保护补给线。石越立时顺水推舟地答应，狄詠亦是如鱼得水，更不推辞。他作战勇猛，臂力惊人，身上常常携带两枚霹雳投弹，若遇敌军，便先点燃霹雳投弹，掷入敌人军中，趁敌人混乱，立时引弓，专门射杀敌军将校酋长。一旦随身携带六十支箭射完，便手执长枪身先士卒冲入敌阵中，当真是逢者即伤，当者便死。他至平夏城不久，便杀出好大的威名，西夏军中见到"狄"字将旗，便已未战先胆寒，更有人将炸炮之威力，附会至狄詠身上，一时间狄詠更是传成天神下凡一般。故此但凡他护送的补给车队，李清派来的骚扰部队倘若碰上，往往竟会绕道而行，不敢缨其锋芒。而高遵裕与种谊，由此亦颇多倚重。这样一来，宋军东西大营的将领，未免都颇有不服气者，军中武将，除极少数老成持重者外，谁又管他的身份地位，总是不断有人来寻他比试，但无论是比箭还是比枪，每每都被狄詠杀败。便在日前，狄詠还刚刚将番将包顺杀了个丢盔弃甲、心服口服，狄詠"平夏军中第一勇将"的名声，也因此不胫而走。所以，种谊找狄詠比试，狄詠初时还以为是种谊对他这个称号不甚服气，他下起手来，自然也不会容情。毕竟种谊虽然是名义上的统帅，但是狄詠在平夏城宋军当中，是一个客将的身份，狄詠若不想卖种谊面子，便可以不卖。

不过此时，双方酣战良久，狄詠却起了惺惺相惜之意，他不欲坠了种谊的威名，寻个破绽，虚晃一枪，跳出战团，收枪笑道："种家将武艺，果然名不虚传。"

种谊自然知道对方相让，当真是如蒙大赦，也收剑入鞘，用袖子擦了擦额上的汗，方抱拳笑道："惭愧，承让了。今日方知郡马武艺出群。"

"不敢。"狄詠连忙谦让。

种谊抬头望了望天色，见天尚未亮，离观操的时间还早。若依平时之作息，此时是他灯下读书的时间。但今日自然另当别论，当下向狄詠笑道："郡马若无他事，何不入帐一叙？"

"固所愿也。"狄詠笑了笑，他为示尊重，便将手中之枪，往营帐外边的武器架一插，方随着种谊弯腰入了帐中。

种谊的营帐，是在中军大帐之旁的一座小帐。狄詠进去之后，发现帐中布置极是简陋，只有一张竹床，一个书案，一个盔甲架与武器架而已，比起自己的营帐，都要简陋上十倍。而他去过高遵裕之大帐，与种谊帐中的情形，更简直是天渊之别，不由惊叹道："种帅，何须清苦如此？"

种谊淡淡一笑，道："为大将者，屯兵于外，不能早日克敌全功，虚耗国家钱帑粮草，心中已是不安。这前线粒谷，皆由后方运至，补给之艰难，郡马所深知。能省则省罢。"

狄詠心中敬佩，叹道："若大宋武官人人皆如种帅，何忧天下不平？"

"每人习性不同，亦不必苛求一致。"种谊半开玩笑半认真地说道，"我若回到后方，美酒美女，无一日可或缺。今日郡马受眼前之象所迷惑，他日来责我骄奢淫逸，岂不冤哉？"说罢，与狄詠相顾大笑。

狄詠又问道："种帅既说大军久屯于外，非国家之利。为何西夏梁乙埋阵前换将，倾大军来攻我军，高帅与种帅却只是坚壁不出？梁乙埋之名，在下久闻之，不过一棺中腐尸矣，又何必惧他？"

种谊微微摇头，笑道："常言道：杀敌一万，自损八千。前日之战，虽然击退李清，然而我军亦损失惨重，刘昌祚部更是全军覆没。梁乙埋虽为无能之帅，但是西夏之兵却非无能之兵。若只是苦战，便是得胜，我军亦会损失甚巨；若有万一，被人一把火烧了平夏城，你我死不足惜，却未免深负皇上的重托，有愧于国家朝廷。"

"莫非种帅有妙策？"狄詠的双眼霎时亮了起来。

种谊缓缓摇了摇头，道："我又有何妙计？以我之才，守此营则有余，进取却颇有不足。但是我曾问过高帅此事，高帅道早有妙策，但待天时。"

"天时？"狄詠迷惑起来。

"正是天时！"种谊淡淡说道，"我也不解其中之意。但是高帅身边有一谋主，似非无能之辈。高帅既是主帅，我等又无妙策，自当信之。若是自己家里互相疑忌，下面的将领竟然怀疑起主帅的才能来，这仗还未打，倒是已经先输了一半。"

"这倒是。"狄詠连连点头，旋又说道，"多谢种帅指教。"他知道种谊话中，也有劝诫之意。此前神锐军一个叫吴安国的指挥使，恃才傲然，不敬官长，结果虽然颇立大功，作战英勇，但是战后依然被军法官追究，不仅连贬数级，而且被杖责四十军棍，罚充苦役三个月。处罚结果传至平夏城诸军，一军为之肃然。狄詠虽然不比吴安国，但是他作战之时，也是经常自行其是，只不过他身份特殊，纵然是军法官，也奈何他不得罢了。种谊借此机会，加以点拨，自也是一番好意。

种谊见他明白，当下微微笑了笑，又道："大战迟早会来，眼下依高帅的说法，我们现在是示敌以弱。因此两大营都只是依赖营寨与火器守城，以梁乙埋与夏军的本事，攻是攻不下的。特别是神四营的炸炮，当真是神鬼莫测，可惜数量太少……高帅故意逐日减少炸炮的使用，让梁乙埋以为我军炸炮即将用尽；又不断派出小股部队与西夏军交战，每每一战即溃，以助长梁乙埋的骄气。用兵手法如此纯熟，真不愧是经年老将。"种谊说到此处，略微顿了一下，狄詠不知究竟，自是不知其中之意。原来种谊却是深知高遵裕之能，总觉他如此用兵，实在超出他能力之外，他早就料到多半是高遵裕身边那个道士的本事，不过，这番话，他却不便与狄詠明说。因只笑了笑，又继续说道："不过，我想与郡马商议的，却是另外一件事。谋略者，是统军大将的事情，但是军队打仗的能力，却是我们要操心的……"

"种帅但有所命，狄詠焉敢不从？"狄詠慨然说道。

种谊笑道："却不是它事。不过是我听闻过郡马作战之时，常以霹雳投弹掷入敌军中，使敌混乱，然后再交战，每每便能战而胜之。但是此技旁人亦曾用过，却总是不及郡马纯熟，或者点火掷弹过早，或者便是过晚，因此总起不到应有的效果，甚至误伤己军。我想这中间郡马必有独到之秘，若能宣之军中，教成一支马军，战前以霹雳投弹扔入敌军阵中，何阵不可顷刻破之？不知郡马可否不吝赐教？"

狄詠笑道："这又有何可以藏私的？只不过我的确没有甚秘技。不过是点火掷弹的时机与力度，都拿捏得好罢了。这个若要纯熟，只能是熟能生巧。用之于马军，若不操练纯熟，难免炸了己军。"

"这又要如何训练法？霹雳投弹，可没有那么多拿来白扔。"种谊不禁有点儿失望。

"这却不难。军器监所制霹雳投弹，其重量都有一定之规，而从点火至爆炸之时间长短，取决于火引之长短。只需事先计算好时间，训练士兵在规定时间内点火，根据敌军之远近判断火引之长短，点火之时间，再用模具模拟投弹。如此勤加练习，必能成功。"

"妙哉！"种谊细思之下，不由拊掌赞叹，一面又笑道，"可惜如此大费周章之事，眼下可能来不及，高帅也未必能采用。然我当写信给我兄长，他必然不会让郡马失望。"

"只需是大宋军所用，谁用都是一样。"狄詠笑了笑，他也知道眼下大战在即，新补充进来的神锐军骑军营，只怕难堪大用，高遵裕手下真正能依赖的骑兵，不过是包顺一支。高遵裕自然是不太可能特别抽调骑军来训练新战法。更何况，若真让番军的骑兵来掌握火器，军法官非弹劾高遵裕不可。

种谊也心照不宣地一笑，又道："霹弹投弹真正大举用于军中，时间并不长。而且每次使用，数量亦不是太多。我想这种武器的设计，本来就是给步军用的。我振武军中，也配备了投弹。若真能准确地做到一次向一定的范围内投掷数百枚霹雳投弹，其威力同样惊人——从此以后，天下再无人敢与我大宋步军结阵相抗！可惜的是，霹雳投弹始终太重，普通士兵不能掷远，不能伤敌，反害自己。但我若在步军中挑选出少数臂力出众者，独成一军，加以训练，岂非可以与神臂弓营相媲？"

"若能如此，自是大妙。"狄詠心中亦不禁暗服种谊能举一反三。

"只恨眼下无法着手此事。"种谊扼腕叹道，"除此之外，还有一事，是种某想要劳烦郡马者。"

"种帅但请吩咐无妨。"

"我大宋军中，首重弓弩，次则长枪……"

"可是想让我权充教头？"

"我亦知是委屈了郡马。"种谊颇有点儿不好意思。

狄詠笑道："先父即起于行伍之间，终身不愿去黥字。这等事，有什么委屈不委屈的！"

种谊凝视狄詠，半晌，哈哈大笑，赞道："果真不愧是狄武襄之后！来来，今日便请郡马与我一起观操！"

种谊的话音方落，便听营中出操的号角，呜呜吹响……

6

自从进入五月以后，平夏城一带的天气，便一日热过一日。

夏军自梁乙埋掌军之后，基本上放弃了对补给线的骚扰，狄詠的精力，便大部分转移到对振武军的教习上来。他在京师时，便曾经亲自训练诸班直侍卫，此时率一干侍卫重操旧业，倒也是熟门熟路。不过种谊的振武军第一军的训练，与对禁中侍卫的训练，却也颇有不同之处。军中格斗技巧，讲究简单实用，无论是枪法还是刀法，套路都非常简单。除此之外，最注重的是大小阵形的转换，以阵战为上；若然迫不得已要散兵交战，种谊也非常注重部下兵士的配合，要求尽可能以伍为单位，协同作战，以三打一，形成局部优势，严禁单打独斗。狄詠亲自介入这些训练之后，才发现种谊的确有过人之才。他知道大宋枢府正在编撰马步水器四军操典，不免常常感叹，若步军操典中纳入振武军第一军的经验，必能大大提升大宋步军的战斗力。只不过狄詠亦深知，以自己的身份，却不太方便向枢府建言。他受命至陕西，肩负何等使命，他并非不知。然而他此时却沉迷于军中，不能自拔，心中也常常隐隐感觉不安。只不过狄詠此时如同一只离水已久的龙，一入大海，虽然明知多有不妥，却再也舍不得上岸，只是抱着侥幸的心理，在海中纵情施展，得过且过。

这一日早晨，狄詠观操回到营帐，因觉天气转热，便卸了盔甲，换上一身白袍，坐在营中读起书来。才翻了几页史书，便见有传令官闯进帐中，欠身禀道："狄将军，奉高帅之令，召将军至西大营中军大帐议事。巳正不到，军法从事。"

狄詠忙起身应道："我知道了。"

待那传令官退去之后，狄詠连忙又换回盔甲，带上几个亲兵，牵马出营。出了东大营之后，方敢上马，往西大营驰去。

到了东大营，狄詠将马交给亲兵，便往中军大帐走去。

此时平夏城已建成四成左右，难得这日梁乙埋不曾来攻营，虽然日头高照，空气燥热，兵民们也不敢片刻停歇，只是加紧筑城。而瞭望的士兵，更是不敢稍有松懈，在敌楼上不断巡视，警惕地观察着四周的动静。

狄詠从营门直往中军大帐，只见甬道两旁，剑戟森严，不断有阶级较高的武官，脚步匆匆地赶来，有些人还一边赶路一边端正头盔，气氛颇不同以前。狄詠不由得心中一凛，猛然间似乎从这紧张的空气中嗅出了些什么，双手不自觉握成拳，手心中竟兴奋地浸出汗来，脚步也加快了。

进了中军大帐，狄詠抬头便看见种谊在左侧最上首的位置坐了。二人用目光微微致意，狄詠正要寻自己的位置，忽听一人沉声说道："狄将军，请坐这里来。"说话的却是端坐在正中虎皮帅椅上的高遵裕，他凝视狄詠，一手指着右手边的一张椅子。

狄詠吓了一跳，忙欠身说道："高帅，末将不敢僭越。"

"但坐无妨。"高遵裕的口气不容置疑，却也未曾多加解释。

狄詠不敢推辞，忙又欠身谢了，迎着帐中许多火辣辣的目光，上前坐了。

高遵裕见他坐下，便不再说话，只是绷紧了脸，望着中军大帐中的一座座钟。时针一点一点地向巳正时分偏移，帐中的将领越来越多。终于，在离巳正还有十分钟的时候，满帐将领，皆已到齐。

中军官即刻入帐拜道："禀高帅，众将已集。请高帅升帐！"

"升帐！"高遵裕虎视帐中，高声喝道。

"升帐！"中军官紧跟着高声唱道，一面退至帐下侍候。

众将一齐起身，向高遵裕欠身说道："参见高帅！"

高遵裕微一点头，脸上露出一丝不易觉察的笑容，沉声说道："众将归列。"

"谢高帅。"众人这才退至各自的位置，或坐或站，静候高遵裕开口。所有的人都知道，高遵裕这个时候突然大集将领，其意义不言自明——大战在即。

“梁乙埋那老狗耀武扬威已经有些日子了，这些天来，本帅一直勒令诸军，坚壁不出，又按天减少炸炮的用量，更经常派小部队佯败于西贼，诸位心中，想必颇有不满！”高遵裕环视帐中，忽厉声说道：“然本帅之所以示敌以弱，骄敌之气，全是为今日之事！”

“便请高帅下令，末将愿率本部兵马，踏平西贼！”包顺大步出列，高声说道。

高遵裕赞赏地点点头，高声道：“包将军有此豪气，堪为诸将表率！本帅今日召集众将，便为破贼之议。五日之后，便是破贼之期！”

帐中众将，自种谊以降，听到这话，顿时都惊愕得说不出话来。梁乙埋率十万之众来攻，一直以来，都是西夏攻宋军守，一夜之间，便听高遵裕说“五日后破贼”，岂非如同痴人说梦一般？一时之间，大帐之中，竟是鸦雀无声。

高遵裕却是视若无睹，继续说道：“这几日来，西贼屡次强攻我西大营，却不曾匹马渡河。我欲与西贼于五日后决战于营前，目下还缺一位智勇双全之人，前往西贼军中，向梁乙埋下战书，约定五日后午时，为决战之期。若梁乙埋敢来攻我，本帅便敢放他渡河！”

众人听到高遵裕这番话，若不是恪于军律，早就要议论起来。但大部分人心里面都是大不以为然。河流本是天然之屏障，夏军最害怕宋军半渡而击，西大营能安然无恙，大半有赖于此。此时将地利拱手让出，搞什么约期决战，未免过于迂腐。兵凶战危，世事难料，万一失手，难保不被人一把火烧了平夏城，到时候岂不悔之晚矣？

有人揣度高遵裕的心思，自作聪明地问道：“高帅莫非是想诱梁乙埋渡河，半渡而击之？只恐梁乙埋不肯轻易上当。”

“本帅并无此意。”高遵裕断然否定，“这种雕虫小技，焉能瞒过梁乙埋？本帅当告诉梁乙埋，只要他有种过河进攻，本帅就敢撤掉河边所有斥候，他渡河完毕之前，我大宋军队不出营一步！”

“这！”众将再也按捺不住，种谊亦忍不住欠身说道：“高帅，此事似乎太险！西贼劳师远来，拿我军毫无办法。末将以为，西贼此时已是心浮气躁，只求速战。若是拖延下去，我军迟早筑城成功，而西贼迟早会孤注一掷，到时候再战，可得全功。某以为似乎不必现在冒险。毕竟西贼此时锋锐尚未完全磨去……”

“种将军不必多言。”高遵裕摆了摆手，语气中竟无半点儿商量的余地，“西贼久拖不利，我大军久驻于外，亦非好事。种帅岂能不知？早日决战，一分高下，固梁乙埋之愿，亦我军之愿。”

种谊默默点头，高遵裕这一点，却是说得非常在理的。梁乙埋久攻而无功，仗打得越久，士气就会越加低落，而且国内难免也会遇到问题，自然迫切希望有机会能早日决战；何况西夏军队不善攻城，双方拉出部队来打一场野战，于梁乙埋来说，的确是有百利而无一害。但是宋军这边，却也有不得不战的理由——若是拖久了，军事上虽然问题不大，但是政治上与财政上的压力，却是不可以轻视的。十几万军队在外面待上几个月，花掉的，是朝廷一年甚至几年的积蓄。财政刚刚略有好转的大宋，如何能够经得起这般折腾？而且从军事来说，拖得越久，士兵们的警惕感就越低，厌战情绪就越高，这也是客观的事实。万一有变，结果谁也预料不到……

但问题是，有什么样的理由，值得高遵裕要如此迫不及待地与梁乙埋决战？以至于他心甘情愿放弃许多的有利条件，来引诱梁乙埋决战？

种谊相信高遵裕不是什么出色的名将之才，但是他也绝不是笨蛋。

高遵裕却没有去在乎种谊在想什么，他凌厉的目光，从帐中众将的脸上一一扫过，似乎要穿透每个人的内心。

“本帅想知道，我大宋军中，有没有一位英雄好汉，敢去西贼军中，送下战书！”高遵裕的声音，冰冷地穿过帐中略显闷热的空气，刺激着每一个人的耳膜。

每个人都在迟疑着。

送战书这种事情，功劳不显，但是风险极大。

天知道梁乙埋会不会借你人头来祭旗？

“众将，有谁愿往？”高遵裕的声音再次响起。

“末将愿往！”一个声音朗声答道。

帐中众人的目光“唰唰”地集中到主动请缨的狄詠身上，每个人的表情都各不相同。有些人把震惊与不可思议写在脸上，有些人却深藏于心中，不形于色。

“狄将军！”种谊忍不住略带责怪地唤道，“以将军的身份，不适合去做这种事情。”

高遵裕也眯着眼睛，不住地打量着狄詠。

狄詠是正六品上的昭武校尉，这个官阶，按大宋的新官制的规定，是可以担任军都指挥使这样的要职的高级指挥官的——虽然到目前为止，大宋整编各军的军都指挥使，大都由五品武官兼任，但这只是迫于形势的需要，因为这些人大都还兼管一个防区的防务。何况，大宋有五品以上的资历，又能带兵的武官，并不是很多。所以，即使是在平夏宋营之中，昭武校尉也有几个，资历比狄詠高的也不是没有，但是狄詠亦毫无疑问，是此帐中少数的阶级很高的军官之一。

更何况，狄詠还有特殊的身份。

郡马的身份并没有什么了不起的，“武经阁侍读”虽然荣耀，但也可以置之不理，但是“兵部职方司员外郎兼陕西房知事兼权陕西安抚使司护卫都指挥使”的职衔，其分量却是不思自明的！

狄詠身负如此重要的职务，不待在京兆府，却冲到了平夏城这样的前线；而石越竟然也毫不挽留——这件事本身就显得十分地吊诡。

高遵裕常常会有莫名其妙的担心：皇帝会不会把狄詠不能待在京兆府的账，算到自己头上？

而此时，这位狄郡马，竟然还要请缨去送战书！

高遵裕不是很能理解狄詠在想什么，但是他知道，这种事情，他有义务制止。

“狄将军。”高遵裕缓慢而又坚定地举起了右手，做了一个果断的手势，沉声道，“杀鸡焉用宰牛刀？若让将军去送战书，岂非是让梁乙埋笑我大宋无人？”

“不错！”一个武官大步出列，高声道，“高帅，送战书这种小事，交给末将便可，何必劳动狄将军虎驾？”

高遵裕见又有人请缨，不由大喜，循声望去，认得这个武官是翊麾副尉韩处。他赞许地点了一下头，问道：“韩将军果然愿往？”

“军中岂有虚言？”韩处慨然应道。

“好！”高遵裕一拍虎案，抓起一支令箭，正要下令，却听狄詠欠身说道：“高帅请慢下令！”

高遵裕斜睨狄詠，问道：“狄将军还有何事？”

狄詠站起身来，大步走到大帐中间，朝高遵裕与种谊抱拳一礼，方转过身来，指着大帐之外一百五十步远的一棵枣树，向韩处问道：“韩将军能射此树之枝吗？”

韩处度量了一下，道：“愿勉力一试。”

高遵裕与种谊对视一眼，笑道：“弓箭侍候！”

中军官忙取了一张弓与一筒箭，送入帐中。

韩处接过弓来，大步走到大帐门口，踩了个箭步，张弓搭箭，瞄准枣树之枝，“嗖”地射出一箭，只见树枝一阵晃动，那支箭却不知去向了。韩处知道这是箭擦枝而过，功亏一篑，不由红了脸，摇摇头。

狄詠走到韩处身边，微微一笑，接过韩处手中弓箭，搭箭上弦，拉弓如月，亦不怎么瞄准，“嗖嗖”三箭连发，只听帐外士兵齐声喝彩，便见那三支箭，排成整齐的一列，正好钉在那枣树的枝条之上！

韩处呆呆地望着那枣树上面的三支羽箭，半晌，方叹了口气，道：“将军神射，末将不如也！”

狄詠朝韩处笑了笑，转身走入帐中，向高遵裕抱拳道：“高帅！两军交战，互递战书，送战书之人武艺如何，关系两军士气。末将非是敢争功，亦并非是不知自重。而是相信若由末将前往，必可激怒西贼，挫其士气，亦能全身而退！”

高遵裕听狄詠说得在理，不由犹豫了一下。

狄詠又道：“末将知梁乙埋虽然昏庸无能，但是却多疑。若不能当其三军之面激怒之、折辱之，他未必肯来应战。若非如此，高帅又何必要遣武将前往？送书之事，一小兵或一文吏足矣！既是事关重大，苟为国家社稷，末将又岂敢以身份避嫌？”

高遵裕自然也知道能不能促使梁乙埋准时决战，事关重大。虽然有许多因素，使梁乙埋也会急于决战，但是世事多变，人心难测，谁又敢说他一定会来？这种事情，自然是多一些把握更好。若狄詠不是身份特殊，自然是最好的人选。但是……

他沉吟了一会儿，脑中突然灵光一闪，便下了决断，道：“便以翊麾副尉韩处率十名摰旗前往西夏军前下战书！狄将军可乔装成韩处之副，一同前往！”

“遵命！”狄詠与韩处连忙欠身，高声接令。

次日。

西夏没烟峡之前奔驰着一队骑兵。这些骑兵全都身着深绿色的背心，背心上绣着长箭射日图，从背心所不能遮蔽的地方，可以看出这些骑兵们在里面都披了黑色的轻铠，有些铠甲上面，还透着血色的黑光，显示着这些人，都是身经百战的勇士。他们所骑的马，都是清一色的黑马，一时间加鞭飞奔，一时间缓驰，马蹄声落在没烟峡前的山道上，宛如一阵冰雹经过。

这队骑兵中，奔驰在最前面的，便是大宋的侍卫步军司所辖神锐军第二军的翊麾副尉韩处，紧随其后的，是一个剑眉星目的美男子，那便是宋朝的郡马狄詠。他们身后的十名骑士，都是军中的“摰旗”，这些人不仅仅全是军中的骁勇之士，而且都是陕西本地人，对当地的地形非常熟悉。这一行十二人，此时正受命前往西夏人控制的没烟峡，向西夏军统帅梁乙埋下战书，约期决战。

“狄将军、韩将军！”在一条羊肠小路的拐角处，一名锐士高声喊道，“再有五里路左右，就到没烟峡了。”

“停止前进！”狄詠与韩处都勒马停了下来。后面的骑兵不知道发生了什么事情，但听到上官命令，也连忙勒马停住。

狄詠与韩处下了马，方向众骑兵说道：“都下马休息，让马歇息一会儿。”

众骑兵这才知道是为了要宽养马力，连忙纷纷下马，倚马歇息。

狄詠与韩处却没有闲着，二人牵马到高处，瞭望四周形势，却见四处只有荒凉的群山，并无半点儿人烟，甚至看不见西夏军斥候的踪迹。

“韩将军，你看……”狄詠执鞭指了指四周，笑道，“梁乙埋真是自大狂妄，我们一路前来，至没烟峡仅有五里，居然没有发现一个斥候，他真的不怕我军偷袭吗？”

韩处笑道：“梁乙埋自恃有没烟峡天险，又料定我军不敢出战，平时自然不会派斥候警戒。但是五里之内，我料他胆子再大，亦不可能不派斥候。所以待会儿，我们便要以迅雷不及掩耳之势，直冲至没烟峡前。不给他们斥候报信的时间。这样，在气势上，我们便压倒了西贼一筹。”

“正是。”狄詠深以为然，道，“这样的话，我们全身而退的机会，也就大了许多。我们至没烟峡越是突然，梁乙埋就越少机会派出人马来断我们回去的道路。”

韩处点了点头，不再说话。二人都知道此行危险重重，梁乙埋并非大度之人，二人还肩负使命，要对西夏人进行挑衅，真想要安全回到宋营，绝非容易之事。但是对于韩处而言，倒是非常想得开：狄詠这样的皇亲贵戚尚且悍不畏死，他韩处黥刺出身，又有何惧？

众人休息了小半个时辰，韩处算算时间，向狄詠移目示意。狄詠点点头，笑道：“是时候了。”二人纵身上马，韩处高声说道：“儿郎们！从此处前往没烟峡，马不许停蹄，一路之上，若遇西贼，听我号令，不可莽撞了！”

“我等理会的！”众骑兵早已上马，一齐应道。

“好！”韩处纵声大笑，高声道，“今日便看尔等扬威没烟峡，叫西贼胆寒！”

狄詠与韩处率领的这队骑兵，如同一道深绿色的闪电，穿行在没烟峡前的山道上，“嘚嘚”的蹄声，飞扬的灰尘，惊破了没烟峡的宁静。很快就有西夏的斥候发现了这只骑兵的存在。但是他们往往还没来得及看清楚，就被飞来的羽箭刺穿了身体。只有少数的斥候，才得及点燃狼烟。

没烟峡的西夏军队几乎是刚刚看到南方升起的狼烟，手忙脚乱地的关上没烟峡的寨门。狄詠与韩处率领的骑兵小队便已到了寨前。

西夏的将士们惊疑不定地望着穆然肃立在寨前的十二名宋军骑兵。

宋军在玩什么花样？所有的人心里都同时转过这个念头，不自觉地把目光投向更远方。

远方的天空，蔚蓝澄静。

十二人来攻寨？

没有人会相信，即使是用“送死”也不能形容这种行为的荒谬。

宋军一定有什么阴谋……

双方默默对峙着，一时间，西夏没烟寨前，竟然是出奇的寂静。

“大宋翊麾副尉韩处，奉大宋定远将军、武经阁侍讲、渭州经略使高遵裕大帅之令，前来下书，请夏国梁相国答话！”韩处洪亮的声音中，透着几分无礼。

“区区一翊麾副尉，岂能见梁相国？尔既是下书，何不进寨？”没烟峡守将没藏阿庞站在城墙上，高声回话。听到韩处是来下书的，他总算是心神稍定。但是这些人强行穿过沿途的巡逻部队与斥候组成的警戒圈，直抵寨前，如此下书，已是充满了挑衅的味道。而且自古以来，兵不厌诈，谁知道他们是真下书，还是假下书？

“尔是何人？敢来答话。”韩处轻蔑地问道。

“本将乃没烟峡守将没藏阿庞！韩处，你休要无礼，既要下书，书信何在？”没藏阿庞朝属下悄悄打了个手势，开始准备调兵，不管宋军有没有阴谋，若是让十几个人吓得闭关不出，夏军颜面何存？

“原来是没藏阿庞！”在整个没烟峡中皆清晰可闻的，是韩处声音中的轻蔑与不屑，“人人皆说，梁相国畏我大宋西军如鼠见猫，果然如此。我率十人来没烟峡，梁相国却无胆一见！尔即要书，书信便在此处！”

韩处的话音刚落，狄詠便已纵马驱前，弯弓搭箭，一箭射出。没藏阿庞眼见一支羽箭朝自己飞来，顿时大惊失色，正要射避，便听到“啪”的一声，那支羽箭已经钉入自己身边的一根木柱之上，箭身之上，还绑着一封书信。

没藏阿庞根本没有勇气去取那支羽箭，他只是估算着自己与狄詠之间的距离，几乎不敢相信自己的眼睛——那个骑兵手中明明拿的是弓而不是弩，但是他居然能射出超过三百步的距离！而且劲道如此霸道！射地如此准确！

一股寒气，从脚底直冒上背心。

如果他是想射自己？

没藏阿庞还在后怕当中，便听韩处笑道：“阿庞，你可去禀报梁乙埋，我们高帅约他在四日后决战，他若有胆，届时便可以率军前来。我大宋军让尔等渡河再战！他若无胆，不如早日回去靠裙带做个太平宰相。不要像只鼠辈一样，只会骚扰，不敢打仗！”

没藏阿庞听到这等侮辱之词，正要设词相讥，却见之前射箭的那个宋军骑士回转马头，高声笑道：“告诉梁乙埋，没本事不要学好男儿出来打仗！回家攀好裙带要紧！”说罢，一弯腰，手一抬，便见一支羽箭如同闪电一般，飞了过来。

没藏阿庞几乎是下意识地缩了一下脖子，却见那只羽箭不是朝自己飞来，立时偷偷松了一口气。但这也只是一瞬间，只听见寨前宋军骑兵齐齐喝彩，没藏阿庞立时朝羽箭飞去的方向望去，脸立时就白了——一面绣有斗大“梁”字的将旗，正好被那只羽箭射断了绳子，摔下了城墙。

那个宋军骑士哈哈大笑，勒了马头，加鞭驱马，扬长而去。韩处与其他的宋军骑兵，也纷纷驱马跟上。

没藏阿庞呆呆地望着宋军骑兵扬起的灰尘越来越远，半晌，方才如梦初醒，大声喝道：“快，追！”

“蠢物！”梁乙埋手里紧紧捏着高遵裕写给他的战书，终于按捺不住，破口大骂起来。没藏阿庞耷着脑袋，不敢出声。“居然让十几个人出入没烟峡，如入无人之境！阿庞，你这个守将，是怎么当的？”

“末将该死！”阿庞“扑通”一声，慌忙跪了下来。但是回想起追赶那十几个宋军的情形，阿庞却宁愿在这里挨梁乙埋训斥。宋军前来的十几个人，个个都是精挑细选，自己派了数百骑一路追杀，结果敌人没追着，反折损了几十人。特别是那个“神射手”，实在是太枭悍了，当真是箭无虚发，阿庞根本无法想象，宋军中也有如此箭术惊人者，左射、右射、回射，弓弦响过，夏军必有一人落马，阿庞无论如何，也不愿意再去面对这样的敌人。不过，阿庞在隐隐的恐惧中，也略略觉得奇怪：宋军中有这样的人物，如何会不知名，反而位在一个籍籍无名的韩处之下？

“你该死又有何用？”梁乙埋恨恨地瞪了阿庞一眼，真恨不能杀了他泄愤。但是他知道这个没藏阿庞是不可以随便处死的。没藏氏在西夏的实力人所共知，夏景宗元昊的宠妃、夏毅宗谅祚的生母没藏氏曾经专擅国政，他的姐姐，当今梁太后便曾经是谅祚的母舅没藏讹庞的媳妇。虽然梁氏因与谅祚私通，诬告没藏讹庞谋反，助谅祚铲平没藏氏的势力，方才得立为后，可以说梁氏的荣耀与权力，是用没藏氏的尸体累就，但是西夏国氏族势力毕竟根深蒂固，没藏氏依然是西夏大部族，梁乙埋也并不愿意轻易激怒他们。在西夏国内，自从秉常年岁渐长，与梁氏一族关系向来不洽、分领右厢兵马的仁多族便想方设法靠近秉常，此外众多部族首领都不满于梁氏的专权，不过惮于梁太后一贯的威严与长久以来养成的上下阶级之间的习俗尊严，不得已而屈从。所以梁乙埋非常重视对军队的掌握、控制。但是西夏的军队，大部分也是归于部族所有的。如果梁乙埋擅杀没藏阿庞，只怕这没烟峡中，对梁氏向来不平的没藏氏的军队立时就会哗变。

想到这些，梁乙埋只能强忍住怒气，呵斥道：“还不快滚出去！”

“是。”没藏阿庞倒也不敢放肆，他对于梁氏虽无效忠之心，却也没有替没藏讹庞这种八竿子打不着的同族报仇之意，见梁乙埋不再责怪，连忙如蒙大赦一般，退出梁府。

梁乙埋望着没藏阿庞的背影，又恨恨骂了一声：“废物！”

“爹爹！”梁乙逋却是一点儿也没有在乎没藏阿庞是不是废物，只是皱眉道，“高遵裕为何突然胆子大起来了？难道宋军来了援军？”

“大军调动，我们不可能不知道。”梁乙埋断然否定。

“宋军因为整编军队，调动频繁，被他们瞒过，也不奇怪。”梁乙逋还有话没说出来：当初宋军纠集大军直扑平夏城，夏军还不是后知后觉？

“总有消息的。”梁乙埋不以为意，又道，“纵有援军，亦不足为惧。”

“高遵裕想诱我军渡河，半渡而击之？”

梁乙埋沉吟了一会儿，道：“这也有可能。但是高遵裕声明事先不许一兵一将出寨，料他也骗不过我。”

“那高遵裕为何要如此相让，迫不及待地想来决战？他没有必胜之把握，反而让出如此多的有利条件？”梁乙逋心中总是隐隐感觉不安，“高遵裕并非狂妄之辈。”

“许是宋廷内斗使然。”梁乙埋冷笑道，“高遵裕迫于无奈，只得出战。他以为两军结阵相抗，未必输于我军，又或许，其中另有手段……但是这些并不重要，他高遵裕既然敢开出如此条件，我岂能不敢应战？他纵有千条妙计，我便不能将计就计？”

“这倒是。”梁乙逋口里虽然如此说，可到底还是不能放心，然而却又无法说出个所以然来。而且梁乙埋今日被宋人如此侮辱，若龟缩不出，到时候梁乙埋只怕会被军中所轻。更何况，梁乙埋也知道，西夏之利，也在速战速决。若是那什么“平夏城”真的建成，再想攻下，只怕就是千难万难了。

“来！”梁乙埋却没有注意梁乙逋的担心，他只觉不论高遵裕玩什么花样，自己都可以将计就计，大败宋军，最起码也可以全身而退……如此想去，竟是越想越兴奋，笑逐颜开地拍了拍梁乙逋的肩膀，向一面地图屏风走去，一面还心情愉悦地笑道：“且来看看四天后如何破宋！”

四日后。辰时。

太阳刚刚从东山露出脸不久，强烈的金光洒满了石门水的两岸。蔚蓝色的天空中，不见一丝云彩。一个静谧的早晨。

平夏城的宋军，一大早就起床起锅做饭，士兵们难得饱餐了一顿羊肉，然后披挂整齐，在营寨中安静地等待着战争的到来。特别是西大营中，早已聚集了平夏城宋军最精锐的部队。人人都翘首向北，等待着西夏人的出现。大战之前的平静，最让人心焦。

出乎所有人的意料，高遵裕竟然真如所约，撤走了石门水南所有的部队。只有少量的斥候在西大营与没烟峡之中巡逡着。

“梁乙埋究竟会不会来？”站在箭楼上观望的高遵裕，心中不断地翻滚着同样的念头，但每次他把目光投向站在身后的“月明真人”时，对方那笃定的眼神，总是轻易地把他将要到口的疑问压在嘴唇之内。

“只有相信他了。”高遵裕在心里无可奈何地对自己说道。无论如何，即使梁乙埋不来，他也不会损失什么。高遵裕又抬头望了望天空，患得患失地在心中感叹：“若是梁乙埋不来，真可惜了今天这样的好天气。”

但是，放出了如此诱人的诱饵，梁乙埋连看都不来看一下，未免太不可思议了吧？高遵裕无意识地绞动着手指，继续胡思乱想着。

等待是最折磨人的事情。

时间一点一点过去，石门水以北的原野上，依然毫无动静。

7

石门水北岸十余里。旌旗密布。

“怎么样？宋军可有动静？”一身金丝锦袍的梁乙埋骑在一匹高大的白马上，向探子问询道。

“禀相公，宋军西营聚集了众多的兵马，但是自大营至石门水岸，原有的人马已经被全部撤走。东营侦骑四出，难以靠近，不知虚实如何。”

探子的回报，让梁乙埋十分满意。他拈着长须，点了点头，笑道：“不料高遵裕真是信人。难道他想学宋襄公不成？还是自信过头了？”

“相国何必管他许多，只要能过河，让他们背城结阵又如何，量宋人也当不起铁鹞子的一阵冲锋！”梁乙埋身边的将领忙凑趣说道。

梁乙埋沉吟着点了点头，举起手来，高声命令道：“传令！全军前进至石门水北岸结阵！”

“得令！”

已经没有必要再隐藏大军的动向，西夏的近十万军队，一齐吹起了震彻长天的号角，在数以千计的旌旗的指引下，战马与骆驼掀起了漫天的灰尘，远远望去，便如同一片黄尘的海洋，排山倒海般移向石门水，与此同时，还伴随着一阵阵如雷鸣般的声音。

“终于来了！”根本无须任何斥候的禀报，大宋平夏城西大营的将士们，都能感觉到战争的临近。高遵裕兴奋地握紧了拳头，高兴地望了“月明真人”一眼。“我高遵裕名垂青史的时刻来了！”高遵裕感觉到自己的手心，已经全是汗水。他抿紧嘴唇，眺望远方天空中的灰尘海洋。那黄色的海洋越来越近，慢慢地，地平线上露出了黑压压的人马，还有迎风飞扬的五色战旗，以一种不可思议的速度，漫涌向石门水的北岸。

“高帅！”站立在一旁的顾灵甫已经有点儿迫不及待了，“要不要准备一下？待西贼半渡之时，一举击溃之。”

“半渡而击之？”高遵裕笑了笑，摇摇头，道，“梁乙埋不会上当。”

“由不得他不上当，他的人马渡过一半，未成阵列之时，要战要守，权在大帅。”顾灵甫说的并非没有道理。

“我料他必然搭好浮桥，从容渡河。”高遵裕抿着嘴说道，目光有意无意地看了“月明真人”一眼。

顾灵甫正要继续劝说，忽听到一个行军参军高喊道：“快看，西贼果然开始搭浮桥了。”他抬头眺望，果然，有数千西夏士兵，开始泅过石门水，准备搭设浮桥了。

顾灵甫心里一惊，微睨高遵裕一眼，却见高遵裕伸手抹了一把脸上的汗，笑道：“今天的天气，还真是热啊。”

顾灵甫这才感觉，太阳越升越高，阳光渐渐炎热，空气中一丝风都没有，自己的铠甲之下，也已经被汗水浸湿了。

西夏人的渡河，一直有条不紊地进行着。梁乙埋每渡过一支部队，便命令先行结阵，盯紧宋军西大营的动静。而最先渡河的，照例是铁鹞子，一直等到这支骑兵结阵完成，西夏的其他部队，才敢依次渡河。

但是整个宋营，却一直是岿然不动，没有半点儿风吹草动。高遵裕身边劝他准备出击的将领谋士越来越多，但是高遵裕竟是毫不理会，最后竟然好整以暇地喝起茶来。还命令给所有的士兵准备了一泡茶水。

谁也不知道高遵裕葫芦里卖的什么药。只有那个“月明真人”似乎知道其中的缘由，虽然天气越来越热，但是他的表情却显得越来越轻松。

夏军渡河的越来越多，石门水两岸尽是马嘶人喊之声，数以万计的部队，从数百座浮桥上通过，到达南岸，背水列阵——这却是迫不得已，石门水至平夏城西大营之间的距离，只能够让西夏人如此布阵。

但是梁乙埋显然并不以为意。

的确，如果你确信自己的军队能占到上风，又何必害怕背水列阵？

不知道时间过了多久，顾灵甫只感觉自己因为心情过分的紧张或者说激动，全身几乎是泡在了汗水当中。他大口喝了一碗茶，继续瞪大眼睛注视着越来越多的西夏兵，时不时又回头望望高遵裕。

高遵裕的表情也越来越放松。

终于，整支西夏部队，都渡过了石门水，在石门水南岸，结成了森严的阵容。只有少量部队，留在北岸，保护浮桥。

“该出战了吧？”宋营中，几乎所有的将士，都冒出这样的念头来。

但是主帅高遵裕似乎忘记了有战争这回事。

宋军依然紧闭寨门，张弩待发，并不出战。

“高遵裕玩的什么花样？既然约我们来决战，放我军渡河，他却一直闭寨不出……”西夏的将领也迷惑起来。

梁乙埋眯着眼睛沉吟了一会儿，笑道：“令各军顾惜点马力，再让人去叫战！”

“得令！”

不多久，数百名西夏骑兵纵马到了西大营前，高声呼骂起来：“高遵裕，尔约我家相公前来决战，今我家相公已如期前来，尔为何畏缩不出？莫非尔是想学王八不成？”

“高遵裕听着，尔若是有种，便即出战。若是无种，让出大营，我家相公说了，放你一条生路！”

“高遵裕鼠辈……”

但是任凭这些人在营前骂了将近半个时辰，宋军西大营却始终紧闭寨门，若是这些骑兵进入射程之内，便用弓弩一顿乱射了事。

西夏军中军之中，梁乙埋眯着眼睛，微笑注视着这一切。本来高遵裕如此爽快地放他过河，他心中还有疑惧，但是此时，一切都已不言自明！他取出一块丝绢，抹了一下额上的汗水。这时候，梁乙埋相信自己已知道了高遵裕的计策——疲兵之计！拖延不出，用炎热的天气来消耗西夏军人马的体力，然后再以逸待劳，一举击溃已成疲兵的西夏军！

“嘿嘿，高遵裕，你打你的如意算盘，本相却没有这么容易上当！”梁乙埋在心里不住冷笑。他看了一眼自己的军队，为节省马力，骑兵大多下马，战马在悠闲地吃着地上的青草，梁乙埋心里一宽——虽然战士们热得汗流浃背，但要紧的还是马不能疲了。他举起手来，命令道：“传令！各军轮流休息。”

“是！”中军官领令后，迟疑了一下，舔了舔发干的嘴唇，说道，“相公，天气太热，是不是可以让人马轮流去河边饮水？”

梁乙埋看了一眼麾下，摇了摇头，道：“恐乱了阵脚，且迟一会儿。”

“是。”中军官略带失望地退了下去。

时间在等待中流逝。太阳越来越高，终于到达了它的顶点。正午的阳光，烧烤着空气与大地。石门水南岸，骂阵的西夏士兵换了一拨又一拨，每一拨都骂得口干舌燥，声嘶力竭，却毫无作用。高遵裕只是派人给梁乙埋射来一封书信，书信中写了四行大字：“国相之来，何其太早？午后决战，不为失信！”

然后，宋军竟然当着西夏军的面，轮流换哨，吃起午餐来。梁乙埋哪里料得到高遵裕耍这种无赖的招数？强攻硬寨，自然是得不偿失，而且折腾了一上午，整个西夏军中，也有点儿人乏马困了。饥尚可忍，各人带了干粮，但是渴不能耐，人人都眼巴巴地盯着身后那条石门水，恨不得立时扑过去，把那条河的水都喝干了才解渴。

“国相，是不是该让人马去喝点水了？”终于，连梁乙埋身边的将领，都有点儿忍耐不住了。这该死的太阳！

梁乙埋看了看手中高遵裕的书信，又看了看身边的将士，终于点了点头，但立即又叮嘱道：“各军人马，轮流饮水，切不可乱了阵脚！”

他的话音刚落，以军纪严整而闻名的夏军中，都忍不住发出一阵欢呼之声。

立时，石门水畔，再次传来人马嘶鸣的声音。一拨拨的人马，离开本阵，前往河边饮水。铁鹞子虽然没有前往河边，却也有负担从河边取来清水，给士兵和战马解渴。石门水的清水，果然清凉解渴，在这炎然的天气中，对于西夏将士来说，实是人间至美的甘露。但是梁乙埋却看不到，此时此刻，便在对面的宋军西大营中，高遵裕与月明真人，脸上都露出了微笑。

耐心地等待着西夏军人马吃饱喝足，一直在喝茶的高遵裕，抬头看了看天色，“砰”的一声，将手中定窑所产的精美瓷杯摔在地上，腾地站起身来，厉声喝道：“传令三军，准备出战！”

被西夏人的骂阵憋了一肚子气的宋军将士，在摩拳擦掌许久之后，终于有了一个解气的机会。随着高遵裕的命令一层层传下，宋营之中，号角长鸣，战鼓擂动，旌旗举起，西大营的营门，终于打开！数以万计的精锐禁军，如潮水一般从营门中涌出，长枪在前，弓弩在后，步兵居中，骑兵在两翼，背靠大营，结成了一个巨大的方阵。

大战终于开始。

这是宋夏之间有史以来，规模最大的战斗。

双方数以万计的军队，在一片狭长的地带布阵决战，若从远方的高处眺望，会感觉这块地方，密密麻麻布满了全副武装的人类。

横行西北的铁鹞子们望着如同小山一样移来的宋军步兵方阵，眼睛开始充血，他们“唰”地拔出了战刀，高高举起。“杀！”伴随着刺耳的号角声，仿佛天地都忽然黯淡下来，大地突然开始剧烈地晃动，黑黝黝的洪流，在震天的吼叫声中，冲向宋军的方阵。

即使是久经战阵的西军老兵，亦不禁为之色变。

这是无坚不摧的冲锋军。

“停！”宋军的方阵，忽然停了下来。

“神臂弓！”大旗挥动，弓手们拉开了手中的神臂弓。

“击鼓！”似乎是为了盖过铁鹞子冲锋的气势，宋军大营中，鼓声震天擂起。“嗷！”“嗷！”“嗷！”宋军大声吼叫着，数以千计的飞箭，遮天蔽日地飞向铁鹞子们。

战马悲鸣的声音传来，冲在最前面的铁鹞子晃了几晃，一头栽下马去。但是黑色的洪流却疾不可挡，掉下马的战士，转瞬间，被自己的战友踏成了肉泥。

“引弓！”

“放！”

“引弓！”

“放！”

弓箭在平夏城前漫天飞舞，紧随在铁鹞子后面的西夏骑兵们，也在马上拉弓，向宋军回射着。两军都不断有人倒下，而铁鹞子越来越近，终于，这股黑色洪流撞上了宋军的方阵，盾牌横飞，长枪斫断，方阵之前，裂开了巨大的缺口。短兵相接的鏖战，便在这一瞬间展开。宋军两翼的骑兵正欲夹击正面之敌，却被迎面而来的西夏骑兵缠住。平夏城前，顷刻间变成混乱的血战。

“直娘贼的！”高遵裕拔刀格开一支飞来的羽箭，恶狠狠地骂道。战斗出人意料地变成了混战，指挥在此时几乎没有多少意义，决定胜负的，是双方将士的武勇与士气。西夏铁鹞子名不虚传，神锐军厚实的步军方阵，竟被冲得七零八落——这个时候，高遵裕才不由后悔，为什么不是用振武军结阵！

但是，梁乙埋所期盼的一击即溃的局面，也没有出现。宋军的抵抗，意外地顽强，铁鹞子虽然冲乱了宋军的阵形，自己却也仿佛陷入泥潭之中，在宋军的重重围困中，变成了一小块一小块的，各自为战。

局势变成了僵持。双方不断地拉锯苦战着。

夏军虽然有人数的优势，但毕竟抵不过宋军以逸待劳，兼有粗具规模的平夏城之助。两军混战了近两个时辰，留下了无数具尸体，却依然看不出胜负的迹象。

但梁乙埋却知道，胜利迟早是他的。在中军的拥簇下，他好整以暇地观察着战局，他还有两万人马没有动用，再坚持一会儿，这支生力军一出，宋军的溃败，便不会有任何悬念。

但便在此时，战场形势忽然间逆转。

只听到战马一声声地悲鸣，仿佛不堪重负一般，一匹匹战马轰然瘫倒，身披重甲的铁鹞子们，如同一个个铁砣，重重地从马上摔了下来。

梁乙埋被眼前的变故惊呆了！

然而，噩梦才刚刚开始。

继铁鹞子之后，不断地传来战马的悲鸣声，一匹匹战斗中的战马与骆驼，就这么突然倒下；一个个的战士，突然发现自己手脚发软，四肢无力，摇摇晃晃地摔到地上。开始还只是战斗中的西夏将士，然后，连中军的将士，也纷纷从马上栽倒……

“中计了！”每个人的心中，都闪过同样的念头。

在这一瞬间，梁乙埋只觉得脑海中一阵空白。他尚未弄清楚到底发生了什么事，只听见宋军中传来震耳欲聋的欢呼声，宋军的箭雨，便已经到了眼前。

“快撤！”梁乙埋在一阵慌乱之后，立即大声吼道。

但是逃跑有时候亦并非一件容易的事情。

宋军的骑兵，抛开面前的敌人，向着梁乙埋的中军疾驰而来，将他的中军冲得一阵大乱。与此同时，在石门水对岸，又有一支宋军部队不知从何处冒出，开始攻击守卫浮桥的后卫部队。高举将旗上，赫然绣着一个斗大“狄”字！

“水！河水！”在回望北岸的一瞬间，梁乙埋突然明白过来——高遵裕拖住自己的目的，不是为了疲兵，而是想让自己的人马，去喝石门水的水。而毫无疑问，此时在石门水的上游，一定有一只宋军部队，在那里不断地往水中投毒！还有这河边的草，一定也早就埋了毒。仿佛是为了印证梁乙埋的猜测，梁乙埋果然发现，尚能一战的部队，正好是没有来得及喝水的那几支部队！而与此同时，从石门水的上游，又漂下来几只烈焰冲天的火船，引燃了浮桥。

梁乙埋下意识地闭上眼睛，却听到一阵“轰隆隆”的巨响，一股刺鼻的硝烟味在战场上弥漫开来。他知道，这是宋军使用了霹雳投弹。他回头望去，便见自己的士兵，一部分拥挤着渡河，一部分干脆开始四散逃跑。战场上传来宋军震耳欲聋的喊叫声：“活捉梁乙埋！”“莫叫梁乙埋跑了！”

“大势去矣！”梁乙埋在心里哀叹了一声，“唰”的一声，拔出宝剑，横在了自己的脖子上……

第三十二章

海水群飞

下民之孽，匪降自天。

——《诗经·小雅·十月之交》

1

《熙宁年间诸事纪事本末》卷第五十四：

先是，章楶议筑平夏城……高遵裕遂使狄詠、韩处下书，约梁乙埋决战，阴使种谊埋病羊于河畔，毒石门水上游，使水草皆毒。是日，高遵裕撤沿河之防，示敌以诚，使狄詠、包顺绕道渡河，伏兵北岸。梁乙埋率军渡河，成列。遵裕闭营不出，且使人遗书梁乙埋，曰："午后决战，不为失信。"西夏军远来，久不得战，天燥热，人马皆困渴，梁氏遂使诸军分饮石门河水。遵裕觇知，遂出营击之，苦战两时辰，西夏军饮毒水，马不能负重，人不能张弓，大溃。诸军争相渡河，践踏而死者不可胜计。种谊沿河放火船而下，焚浮桥；狄詠、包顺起伏兵袭其后……石门之水塞……梁乙埋夺李清兵权而大败于遵裕，奔逃无门，羞愧欲自刎，为部将所阻，仓皇夺桥渡河……会梁乙逋引援军至，狄詠、包顺不能敌，梁乙埋方得脱困。

是役，西夏死者万余，被俘者四万余人，得免者不足四万，所失马匹、骆驼、辎重，不可胜计。三千铁鹞子尽为所擒；泼喜军皆死于乱军之中。西夏自元昊以来，未尝有此败绩。河西震动……

遵裕遂筑平夏、灵平寨二城，自此渭州无胡马。

"混账！"夏主李秉常气得发狂，拔出佩刀，朝着面前的一张书案狂砍，直到将书案砍成块块碎木，犹自眼睛充血，面目狰狞！

"这是国耻！这是我白上国的奇耻大辱！"李秉常的咆哮声，响彻了兴庆府简陋的宫室。

一旁侍立的臣子，都战战兢兢地低着头，生怕将李秉常的怒火，引到自己身上来。

"李清！"

"臣在。"

"朕要亲征那什么平夏城！"李秉常的眼睛里，都快冒出火苗来。

"这……"李清心中知道这时候再去攻平夏城，不过是在平夏城的城墙下，多增加几具尸体罢了，但是面对冲动的小国王，他一时间也不知道要如何设词回答。

"若不铲平平夏城，便是从此以后，我大夏军队，不能再入渭州！"李秉常说的的确是事实，但正因为是事实，才越发地让人无法接受。

李清不得不谨慎地措词："自战报传至兴庆府，已有十余日。再点兵出征，最起码也是一月以后的事情。那时候宋城早已筑成，坚城难克，只恐劳师无功。且眼下新败，士气不振，更难以成功。臣以为，眼下之事，迫不得已，只有静候良机，再缓图之……”

“良机？”李秉常勃然大怒，吼道，“何时才是良机？”

“宋军不可能十几万人常驻于此，其城筑成后，必然退兵，最多留下万余人驻扎。臣以为，待几个月后，宋军放松警惕，再突然出兵，将宋军困于城中，断其补给。则二城未必不可克。”李清从容答道。

李清的话的确很有说服力，李秉常沉吟半晌，虽心里仍有不甘，却终于冷静下来。“也罢，几个月，便等几个月！”

他刚刚说完，便见一个内侍脚步匆匆走至殿前，用颤抖的声音说道：“陛下，讲宗岭军情急报！”

李秉常心中一凛，快步下殿，抓住内侍的衣领，恶狠狠地问道：“讲宗岭怎么了？”

“陛、陛下！”内侍几乎被李秉常凶恶的表情吓昏过去，“讲、讲宗城，被、被宋人烧了！”

“啊！”李秉常手一松，浑然没有在意瘫倒在地上的内侍，只是转身望着李清，呆呆地说道，“讲宗城也被烧了！”

李清也完全没有料到真的会“祸不单行”，一时间，竟也说不出话来。

“平夏城惨败、讲宗城被烧……石越的这两手，还真是漂亮啊。”说话的人，是一个风韵犹存的中年女子，西夏国命运的真正主宰者，当时地球上最有权威的女人——梁太后。她说话的时候，不疾不徐，神色从容，似乎是在说一件与她完全无关的事情。

“太后！”谦恭地站在下首侍立的，是西夏老将翊卫司马军都指挥嵬名荣，“现在大夏的形势，实在不容乐观。”

“我知道你要说什么。”梁太后微微一笑，眼角竟然还带着一丝妩媚，但是话语中却极度的从容与平和，“绥州被夺，横山不稳，讲宗城被烧，平夏城大败，熙河归汉，董毡亲宋……东朝对我大夏是全线进攻，咄咄逼人啊！”

“正是如此。”嵬名荣忧心忡忡，“平夏城之败，不仅仅是失去了进出滑州的门户，而且熙河与平夏城，如同一对张开了的钳子，威胁着天都山一带；而一旦横山有事，与绥州相连，整个银夏地区都会受到威胁。董毡又时时刻刻觑视我凉州……太后，到时候，我大夏所能倚赖的，便只有沙漠了！”

“嵬名荣！”梁太后悠悠说道，“纵然你说的全是事实，又能如何？已经发生的事情，担忧会有用吗？想不出对策的事情，烦恼会有用吗？”

“这……但也不能坐以待毙吧？”

“你还记得建国初年的事吗？”

“建国初年？”

“不错，当年可是连灵州都在东朝的掌握中啊，但是祖宗还不是一样复国成功、奠定下今日的百年基业？”梁太后笑道，“什么地理形胜，都不是绝对的东西。我大夏国的立国之本，只有一样。”

“臣愚昧。”

“那便是——我们是胡人！”梁太后说这句话的时候，声音突然沉稳下来，一个字一个字地说着，似乎每个字都是从牙缝中挤出来的。“大夏是在马背上建立的，只要各部落不离心，只要每个党项人都不忘记自己是胡人，不贪恋汉人的衣裳美食，绥州又如何？平夏城又如何？熙河又如何？宋朝能得意一时，焉能得意一世？只要根本尚在，那些地方，今天让东朝人占了不要紧，迟早我们能夺回来！”梁太后的声音越来越高亢，“你以为东朝能永远长治久安？”

这一番话，说得嵬名荣心悦诚服，拜服道：“太后圣明！臣所不及。”

“所以，我最担心的，不是边境的胜败得失，而是兴庆府的大夏王宫的主人，在穿什么样的衣服，吃什么样的食物，行什么样的礼仪！这才是我们大夏的根本所在！”梁太后的言辞，让嵬名荣几乎打了一个寒战。

“太后！主上英武，颇有先帝之风……”

梁太后摆了摆手，笑道：“你不必说什么。接连两次大败之后，必然有些人会对国相公开质疑，说不定会有人认为宋朝打败了我们，我们就应当向宋朝学习，废除胡礼，改用汉仪。有些人会借口给主上更多的权力，来谋求他们的私利……总之，要烦的事情还很多呢。”

嵬名荣听见了梁太后笑嘻嘻的话中隐隐的杀气，连忙闭上了嘴巴。

梁太后起身走下殿来，向前行了几步。嵬名荣连忙紧紧跟上，只听梁太后淡淡地问道：“你和我说说，讲宗城究竟是怎么回事？我听说是被一群乡兵烧掉的？”

“是。”

“东朝的乡兵，有这么厉害吗？”

“讲宗城居然被一群乡兵给烧掉了？”几个时辰之后，天色已然全黑，李清的将军府上，史十三睁大了眼睛，不可思议地望着李清，递到嘴边的筷子都不由自主地停了下来。

“不错。”李清苦笑着回答，非常简短。

“怎么可能？宋军谁是主将？种家还是姚家？”

李清摇了摇头，望着满桌的佳肴，却无半点儿食欲。他站起身来，走到窗前，背着手望着天空中的明月，答非所问地说道：“野利济的人头，现在大约挂到了宋朝京兆府石越的辕门之外，讲宗岭究竟发生了什么事情，要等慕泽来到兴庆府，才可能知道。”

“慕泽？”史十三笑道，“就是那个袭击石越的番人？”

“正是他。他受命协助野利济守城。”李清淡淡说道，“此人不可小视，只是贪图功名富贵……”

“世间有几人能不贪图功名富贵？”史十三笑道，“这算不得什么缺点。”

李清转过身来，逼视史十三，突然笑道：“你果真觉得这不算是缺点？”

史十三默然一会儿，笑道：“你以为这是缺点吗？”

“一个人如果欲望太多，就会短视。”李清悠悠说道，“若是慕泽不短视，他又岂会受梁乙埋诱惑，降夏叛宋，伏击石越？”

史十三饶有兴趣地看着李清，笑道：“这怎么就称得上是短视？”

“我听说过慕泽的事情，以他的才干，若是不被梁乙埋所诱，等石越熟悉了陕西形势，他必得大用！将来功名利禄，还不是唾手可得？可惜如今，却再无回头之路。”李清的声音中，居然有几分惋惜之意。

“宋朝的功名富贵，与夏国的功名富贵，又有什么区别？”

李清听到这话，定定看了史十三一会儿，默然良久，方悠悠叹了口气，说道：“只怕还是有区别的！”他心里头，忽然想起了那个宁死不肯投降的宋朝武状元。宋朝发生了什么事情，李清暂时还不知情，但是他费尽了心机手段，威逼利诱，文焕就是不肯投降，唯求速死，李清却是知道的。“至少，在那个文焕心里，宋朝的功名富贵与夏国的功名富贵，还是有区别的吧！”李清在心里说道。

史十三若有所思地望着李清，咀嚼着李清话中的含义——“只怕还是有区别的！”他根本没有料到，李清此时想到的竟然是文焕。

“过几天我兴许要去一趟宋朝的环州。”沉默一会儿，史十三换了话题说道，“嘉君还要托你照顾。”

李清走到桌前，端起酒杯来，喝了一口酒，半开玩笑地说道：“你若是有空，何不顺道去看看讲宗岭。”说罢，自己笑了笑，用眼角瞥了史十三一眼，又似漫无边际地说道：“我离开兴庆府没多久，回来之后，突然发现兴庆府竟是出了许多怪事，让人觉得蹊跷。最可怪的，是我听说有个叫明空的和尚，自称是从西天归来，许下宏愿，要在兴庆府建一座大佛寺，竟是派出了许多和尚，前往各部落化缘，又有一般徒众，与他一道出入宫中，结交权贵……”

“这有何可怪？大夏贵人信佛者众，连梁太后也信佛……”史十三的眉毛不易察觉地跳了一下，立时便满不在乎地笑着说道。

“和尚出入宫中、结交权贵，也是平常事。帝王信佛者，古今更是多不胜数。

但是让人奇怪的，是这个明空哪里便来这许多的弟子？”李清锐利的目光逼视着史十三，似乎认为史十三一定知道答案一般。

“我又如何知道？”史十三莫名其妙地答道，“这些秃驴的事情，我可没有兴趣。”

李清注视史十三良久，目光渐渐缓和下来，淡淡说道：“可是我怀疑这些和尚，根本是宋朝的奸细。若我所料属实，他们假化缘行医传经之名，深入各部落，目的是为了探知大夏虚实。一旦他们把消息全部传回宋朝，大夏国对宋朝而言，便再无半点儿秘密可言了。”

“既然知道，何不全部抓起来，几个秃驴而已！”史十三不以为然地说道。

李清凝视史十三，叹道：“没有证据，如何敢抓人？满城的贵人，都是他们的后台。何况百姓中信佛者更多……那个明空和尚，我也会过了，似乎的确是去过西天的，居然还懂梵文，又明于佛理，我请了几个和尚讲经，都斗不过他，反为他添了不少名声。”

“何不问他去西天一路之见闻？”

“也曾问过，他说得头头是道，也没有人知道是真是假。”

史十三沉吟一会儿，问道：“明空没有破绽，他身边的小和尚们，岂能没有破绽？”

李清有几分疑惑地望了史十三一眼，惊讶一会儿，顿觉脸红。不知为何，可以说是没有任何理由的，李清心中一直隐隐怀疑史十三的身份，但是史十三与自己相交甚久，非比寻常，自是不便如对明空一般明目张胆地质问，因此只是出言试探。这时候见史十三毫无顾忌地为自己出谋划策，心中不免觉得惭愧。只是不知道为什么，李清始终觉得史十三的身份，极为神秘。

“那些和尚，有些是明空的弟子，跟了他许多年了，有些是新剃度的，真要找破绽，却是难找。”李清无可奈何地笑了笑，道，“其实无端怀疑他们，我亦觉得有点儿不妥。但是不知为何，我总觉得这些人凭空冒出来，实在可疑。偏偏那些部落首领，十之八九，对他们还崇信有加……”

史十三冷笑道：“既是如此，他们便是上了当，也是活该。”

李清只是不住地苦笑。

史十三微睨他一眼，用讥笑的口吻说道：“你又不是党项人，你操的又是什么心？”

李清先是怔了一怔，随即脸色铁青，咬着嘴唇，定定地望着史十三的眼睛，目光灼灼，似乎想要从史十三的眼中，看出他内心的所思所想。

史十三却似乎是浑然不觉，又或是根本不在乎李清的想法，只是自斟自饮起来。

待送走史十三之后，李清的脑海中，不停地回响着史十三的那句如刀子一般尖锐的话：“你又不是党项人，你操的又是什么心？”的确，李清不是党项人，这一点，李清与梁乙埋不同，他始终认为自己是汉人，是个不折不扣的汉人！但是，夏国王李秉常的知遇之恩，却是同样让李清感于五内的，他心里也希望能辅佐李秉常建立一番轰轰烈烈的事业！

然而，无论如何，李清逃不脱那个魔咒：“你又不是党项人，你操的又是什么心？”

朴素的种族感情、出生于文明中心的人类与生俱来的文化骄傲感、千百年来的风俗习惯留下的印记，让李清始终无法从心里否认自己是一个汉人，他也不愿意否认这一点，甚至在潜意识中，还为此感到骄傲和自豪。

但是，在一个民族意识尚未完全觉醒的时代，一个“天下观”尚未被“重华夷之防”的民族观完全代替的时代，李清的心中，还有一种情愫：那就是诸夏文明中，一种“士”的情结。

什么是“士”？

士为知己者死！

在宋朝时，李清不过是一个不受重视的低级武官，因为一次战争而被俘降夏，自负一身才华的他不肯轻易就死，却也无法回归宋朝，只得期期以李陵自许；但是，在西夏的李清，却受到意想不到的重用，直至有一天，终于成为小国王李秉常的亲信！

人非草木，孰能无情？在李清而言，又岂能不想报答这位年轻君主的知遇之恩？

月华清冷，长廊九曲。

月光将李清的身形拖曳出长长的阴影，在长廊下，他整个人都像笼罩在阴影之中。紧蹙双眉的中年男子，抬头仰望月空，终于只能发出喟然的长叹声。

“夫君。”不知何时，卫慕氏已经站到了李清的身后，“是朝中又有什么难解之事吗？”

李清默默摇了摇头，却没有转过身去。他感觉到有一双温暖的小手攀上自己的肩膀。

卫慕氏帮李清轻轻地系上白色披风，柔声道：“无论什么事情，都会解决的。”

“是啊，无论什么事情，都会解决的。”李清轻轻重复了一句，忽然一笑，将卫慕氏搂入怀中，道：“给我备马，我要去看看宋朝的那个武状元。”

2

文焕是被单独囚禁在隶属于翊卫司的一间小院子里，地点十分隐秘，西夏人派出了二三十名士兵专门看守他。

李清已经记不清这是第几次见文焕了。曾经意气风发的武状元消瘦了许多，下颌的胡子凌乱地生长着，脸上也多了几分沧桑之色。在短短两三个月的时间里，文焕变得成熟起来。李清十分清楚地知道文焕经历过什么，西夏人曾经用战马拖着他跑了十几里地，也曾经六七天不给他任何水和食物，当然，也曾经让他享受过美女佳肴……但是无论如何，这个表面上看起来甚至让人感觉到有点儿轻佻的武状元，却始终没有屈服，虽然他也不曾自杀。

当西夏人招待他美女佳肴时，文焕当仁不让地享受着，对说客们的喋喋不休充耳不闻；在西夏人失去耐心，用酷刑与饥渴来威逼之时，文焕虽然几乎被折磨得奄奄一息，但却始终不肯背叛大宋。

但是即使如此，李清也知道，还是有许多的西夏人看不起他，因为他们认为文焕没有勇气自杀。正如许多西夏人也同样看不起他李清一样。而文焕所要承受的压力要远大于当年的李清，因为他是武状元！深受皇恩的武状元，在许多人看来，在这种情况下，是没有生存的立场的！

如果他能绝食自杀，也许会赢来更多的尊重。

但是文焕毕竟是个年轻人，他的理想还没有开始。

也许他还指望能活着回到大宋。

许多人在嘲笑这个只欠一死的武状元，但是李清对文焕，却有一种奇妙的感情。他不认为期望活着回到故土，是一件多么见不得人的事情。虽然李清也知道，即使文焕回去，面临的，也将是遍布天下的怀疑的目光。

“李郎君。”文焕的脸上，竟然泛出了一丝笑容，“你气色不是太好。”“李郎君”是一些西夏人对李清的称呼。

李清随意找了张凳子坐在文焕对面，淡淡问道：“可还习惯？”

文焕讥讽地望了李清一眼，话中带刺地说道：“我不似你，习惯不了。”

“是啊，你不似我。”李清定定望了文焕一会儿，突然叹了口气，举起手来，拍了拍手。两个亲兵立即端上一壶好酒、几盘小菜。李清指指酒菜，说道：“今日与君同饮。”

文焕心里一怔，以为是自己死期将至，当下端起酒壶，斟了一杯，一口喝了，又斟了一杯，却不管李清，又是一口喝干，笑道：“这酒不错，可惜有酒无友，好酒也没个味道。”

李清知道文焕心里甚是鄙薄自己，他早已习惯，也不介意，自己给自己斟了酒，也是一口喝掉，只觉得明明一壶史十三从汴京私带过来的烈酒，入得口中，竟是一点儿味道也没有，倒似白开水一般。他一口气连喝数杯，方悠悠说道：“我知道状元郎看不起我，但状元郎可知道我是何人？”

文焕冷笑道：“你不过是背祖忘宗的汉贼罢了。”

李清却不去理他，自顾自地说道：“你可知道大宋嘉祐二年麟州之战？我本是宋朝府州守军一军中小校，当年没藏讹庞大举出兵，击败郭恩，我便在此役中为夏人所擒。嘉祐三年夏人出兵攻吐蕃青唐城，虽然大败而归，但是我却因立下功勋，受到惠宗赏识。从此跟随惠宗左右，屡次与吐蕃、宋朝作战，颇立功勋，封为将军，妻以贵人之女。惠宗驾崩前，将我送至太子帐中——也就是当今夏主的帐中，托以护卫之重……自我入夏至今，已有整整二十年，我的长子，也有十二岁了！”

“好好的汉人，做了二十年的贼，又有何值得夸耀的！”文焕毫不客气地嘲讽道。

“你又知道什么？”李清淡漠地扫了文焕一眼，道，“你可知焦用是谁？”

文焕听到这个名字，似觉耳熟，一时却想不起来是谁，再看李清神态，不觉狐疑，当下默然不语，只是看着李清。

李清淡淡笑了笑，仿佛知道文焕必然不知，继续说道：“焦用本是狄武襄公旧部——我亦曾与你说过他——便是因为他触犯军法，韩琦欲诛杀之，狄武襄公亲为求情，说焦用是好男儿，韩琦却道：东华门外状元唱出者才是好男儿。竟诛杀焦用。当年我在宋朝，与焦用之族侄同居一营，此事是我亲耳听闻得来，当真让人寒心。”

这件事情，文焕本也听说过——不说在宋朝的耳闻，就是当初李清劝降他，也的确曾经提及此事，不料李清于此事耿耿于怀，还另有一层原因，至此时方知——文焕虽一时记不起焦用之名，但此时却也明白李清所说并非谎言，只是说道：“往者不可追，今日之大宋，有石学士建忠烈祠，早已不同以往。”

“当日你也这般说。”李清冷笑道，“但我却终是难以相信。宋朝一向重文臣，张元殿试不第，遂降西夏，引景宗攻宋。自此以后，宋朝殿试不敢黜人。若由此观之，宋廷君臣，唯有打痛了他们，他们才能刻骨铭心。若有一降将能将宋朝打得不得安宁，或许宋廷从此能略重武臣，亦未可知。若说一个石越，便能让宋廷从此不重文轻武，谁能信之？”

文焕“哼”了一声，扭过头去，不肯说话。

李清顿了顿，继续说道：“你是武状元，你说宋朝不重文轻武，那你这个武状元，真比得上文状元？为何宋朝真正边关名将，除少数几人外，都是文进士出身？”

“百年之风，非一朝一夕所能完全扭转，但是今日之大宋，无论王相公还是石学士，都道重文不必轻武，早年矫五代之枉过正，现在已有改变。”

“重文抑武，是宋朝赵官家的祖训，又如何能凭王安石与石越的一张嘴便改变？”李清又给自己倒了杯酒，一口喝了，高声道，“我在宋朝之时，有功不能赏，拼死战斗，亦难以升迁，功勋再高，亦不免受气于腐儒；到了夏国，虽是汉人，但有功必赏，勇猛必奖，男儿提三尺宝剑，便可受君王恩宠，建功立业，封妻荫子！我问你，凭什么便要为那个不重视你、看不起你的朝廷卖命？”

文焕凝视李清良久，忽然脸上竟是露出同情的表情，他淡淡说道：“你生不逢时，没能遇上石学士，有些道理，你自然是不知道。”

“石越又有甚高明之见？”

文焕又看了李清一眼，缓缓说道："凡王者之国，其国家，则不必先问臣民为国家做过什么，当先问国家为臣民做过什么？其臣民，则不必先问国家为臣民做了什么，当先问自己为国家做了什么！——这是石学士在白水潭学院讲过的一段话。"说罢，顿了顿，又义正词严地说道，"我文焕既身为大宋之臣子，无论大宋是好是坏，是不是对得起我，我都只能忠于大宋。你以为朝廷重文抑武，使你受了委屈，便可以成为你背叛祖宗的理由吗？难道你在西夏，便不曾受西夏羌人的歧视吗？为何你可以背祖弃宗忍受西夏羌人的猜忌与歧视，却受不了父母之邦的一点儿委屈？"

这番话说出来，李清却是闻所未闻，一时间竟是百感交集，怔在当场。

文焕打量着面前的这个中年男子，心中也是波潮澎湃。在文焕看来，李清的行为是可耻的，身为大宋人，却甘为夷狄，这是文焕无法认可的事情；但是李清又未必不是可怜甚至是可惜的，文焕也知道，哪怕李清没有被俘，以李清的才华，在西夏能受到赏识，但是在大宋，却可能被生生埋没，士为知己者死，李清对夏主的感激，文焕自然能够理解——但可惜的是，李清的知己者，是一个错误的对象，而这一切，又并非李清本人所能掌握……在这个时刻，文焕甚至暂时忘记了自己的处境，只是带着复杂的感情，来观察着李清。文焕几乎忘记，他自己的命运，也不比李清好多少。

文焕不甘心就这样死去，他的才华还没有得到充分的展现，他还没有来得及建立下可以彪炳青史的功勋。

文焕也不愿意投降西夏。他是大宋皇帝钦点的武状元，他们文家可以说深受国恩，他从小就知道什么是忠臣烈士。

文焕知道，如果投降，他就会身败名裂，成为家族的耻辱，被后人唾骂。但是他也知道，如果不降，西夏人迟早会用自己的人头，来当作鼓舞士气的工具。

二选一的难题，文焕亦不知道如何选择。

坐在翊卫司某间隐秘的小房子里面的两个男人，也许会有着极其相似的命运。

大宋，陕西路，京兆府，陕西路安抚使司。

陕西帅司衙门里里外外都张灯结彩，如同节日一般，进进出出的人们，脸上都洋溢着抑制不住的笑容，每个人的脚步，似乎都变得轻快许多。

似乎一切都是如此顺利，喜事多得让人不可思议。

在平夏城，高遵裕击溃了梁乙埋的部队，并且俘虏了四万余人。大宋的皇帝陛下，在紫辰殿接受了百官的祝贺，然后命令高遵裕挑选三千名俘虏押解至汴京，举行隆重的献俘仪式。封赏的命令虽然没有下达，但是一次大规模的赏赐，已经不可省去。在普通的百姓与一般士林的舆论看来，朝廷对于帅司石越、主帅高遵裕、副帅种谊、郡马狄詠等人的褒赏，将非常值得期待。战争的胜利还不止来自一处，在讲宗岭，一个叫何畏之的名不见经传的布衣，率领一群乡村弓箭社的准乡兵组织，偷袭讲宗岭，火烧讲宗城，将西夏讲宗城守将野利济的人头送至京兆府，更加让人感觉到不可思议！在此之前，陕西刺募十万义勇，西夏人也不过是当成黔之驴观之。而如今，不足一千名连乡兵都称不上的陕西儿郎，竟然将数倍于己的兵力把守的讲宗城给烧了，还砍下了西夏守将的人头！

对于整个战斗的过程，民间的说书人各凭自己不知何处听来的细节，添油加醋，传得神乎其神，倒似是天兵天将下凡与西夏人打仗一般，连何畏之，在说书人的口中，也凭空多出来两头四臂。陕西民众普遍相信，作为星宿下凡的石越，用自己的某种异术，招来了一群天兵天将，方取得如此战果。而对于讲宗岭之战的渲染，也连累到平夏城之战，在相当长的时间内，许多人都坚信在那场战争中，远在京兆府的石越使用了他神秘的法术——否则不会有西夏俘虏明明事后一切正常，但在战斗中却坚信自己全身乏力，无法作战。

但这两场战争的胜利，还并非是陕西帅司张灯结彩的理由。石越之所以允许如此张扬的庆祝，是因为从汴京用快马接力送来的一封家书——在数日之前，石越已经成为一个名为“石蘡”的女孩的父亲。这对于石越来说，绝对是一件不亚于平夏城与讲宗岭之战的大喜事。

所以，这几日的石越，虽然表面上依然平静沉稳，但是步履却不自觉地变得又轻又快，在没有看见的时候，竟然还会莫名其妙地偷笑。

这种喜悦的情绪，甚至于让石越几乎忽略了另一件重要的事情。这件事情从某种意义来说，应当也是大宋的喜事，只不过大部分的宋朝君臣，都不予以承认罢了——在六月初六，一个男婴在汴京平安出生，他的父亲，是当今皇帝赵顼，母亲，是来自高丽的王贤妃。一向子嗣艰难的赵顼又多了一个皇子，按理是应当让大宋的臣子们松一口气的，但是这个皇子的出生，却让汴京城中几乎所有的重臣，都吸了一口凉气！所有人都相信，这位皇子的出生，对于大宋的皇位继承问题，不仅仅毫无帮助，反而增添了无数不确定因素。

七月的汴京，热得让人恨不得把身上的皮都剥下来，汴京城的码头、城门却依然有无数的船只、车队以及百姓进出来往，为生计奔波忙碌着。这座人口繁多的巨大城池，是当时全球毫无疑问的消费中心，无论是奢侈品还是生活必需品，汴京城的需求，都非常惊人。而这一切，全部有赖于发达的水陆运输业与相关的劳动者。

而在熙宁十年，与整个帝国水陆运输业相关的工程以及参与的民众，都达到了大宋历史上一个前所未来的高度。

自从石越提出的官道修葺计划进来以来，大宋的君臣士民，认识到交通的发达对帝国的繁荣至关重要的越来越多。在官道修葺计划进行顺利，以及以杭州为中心的两浙路良好的交通道路网的刺激下，帝国一部分青壮派的低级官僚再也不甘寂寞，这些官员或者是所谓“学院党”出身，或者受到王安石、石越的双重影响，或者只是为了迎合上意，又或者竟是为了捞取私利，总而言之，熙宁十年宋朝官场最流行的话题之一，便是“修葺官路、浚清河道”。于是，整个帝国在熙宁十年的上半年内，除了少数名臣统领的路州之外，大至一路、小至州县军监，数以百计的工程开始进行，远远超过了石越与苏辙最初的计划。而这些修路与沟通水道的工程，绝大部分是毫无必要的，某些州县甚至沟通了一些根本不可能通航的河道，以作为地方官的“政绩”上报！至于这些工程所需要的费用，毫无疑问，财政并不宽裕的朝廷不可能给予实际上的支持，为了迎合上司的口味，这些官员们不得不将工程所需要的款项尽量报低，以显示自己的能力。至于实际需要的银钱，温和一点儿的就向商家富室强行借债，严苛一点儿的则擅自变相加税。至于强征百姓劳役，更加成为不可避免的手段——所谓的区别，不过是手段的温和与否，比如某些风评较好的官员，会采用地方分段承包的方式，将费用与劳役分摊到各村各族，以各村各族各管一段的方式来进行工程，建成之后，再立一个石碑，纪念表彰有功之人。这样的方法，本质上也是不付任何费用来役使民众，不过却较容易得到百姓的接受或者说不反感，较之简单粗暴的强征，相对来说自然要好许多。

虽然《汴京新闻》与《西京评论》对这些行为都有所揭露，朝廷中也有一些谏官与御史进行攻击，但是皇帝自从压制住宗室与朝中的蠢蠢欲动之后，就将大部分注意力转向了石越在陕西挑起的战争以及帝国正在稳步进行的军制改革；更何况大宋朝廷的大部分官员，根本无法有效地分辨出地方官员上报的工程哪些是必需哪些是多余。虽然三令五申禁止地方官吏强征劳役，但是一方面朝廷对地方官员修葺道路、浚清河道所取得的“政绩”大加嘉奖，一方面却根本没有实际的手段来调查、处罚强征劳役的官吏，那么无论是皇帝的诏令还是政事堂的命令，毫无疑问也就并没有值得期望的必要。

各地的百姓所能盼望的，也不过是希望本地的官员，不要在农忙的季节来多事就好了。

然而在这个炎热的七月，整个大宋朝廷，包括帝国的尚书省右仆射吕惠卿在内的文武官员，大部分人对各地百姓的这种最低期望却并无兴趣。平夏战与讲宗岭大捷之后，皇帝要如何封赏有功之臣？朝廷的权力格局在此之后会出现怎样的改变？第一大功臣高遵裕会不会调入枢密院成为炙手可热的人物？石越还会不会继续留在陕西？

有无数类似的问题，需要得到解答。

从某种意义上而言，边境的大胜与大败，本质上是一样的——都会对朝廷既有的权力格局产生一定的冲击。

汴京城喜气洋洋、热闹非凡的表面之下，还掩藏着许许多多的东西。

3

群玉殿。在炎炎夏日中，这里却清凉得有点儿阴冷。

王贤妃斜躺在一张凉椅上，清秀的脸上有着淡淡的忧容。站在她下首的，是成安县君金兰，这是王贤妃生产之后，金兰第一次被允许来看望她。因为按当时的习俗，女性生产之后，一个月内是不能下床的，外人自然也是不便来探望。

“信国公一切可好？”必要的礼节过后，金兰直接询问起她最关心的问题。

王贤妃的脸上，露出了带着母爱的温柔笑容，柔声说道：“俟儿很活泼。”但是这种笑容只是一瞬即逝，转由担忧与无奈取代，“皇后已经决定，满周岁之后，延安郡王与俟儿，由皇后亲自抚养。”

“这是可遇不可求的好事啊！”金兰惊喜地说道。

“也许吧。”王贤妃淡淡地说道，语气中带着不甘心。自己的儿子交给别的女人抚养，哪怕那个人贵为皇后，也并非一件开心的事情。她自然知道金兰为什么高兴，虽然向皇后决定亲自抚养两个皇子自有她的考虑，但是无论如何，因为向皇后无子，由她抚养长大的皇子，自然而然对皇位就更有继承权。虽然皇六子延安郡王赵佣已被封为尚书令，是实际上的储君，但是如果赵俟能与赵佣一起长大，即使无法身登大宝，但是其身份地位，也会与一般的皇子截然不同。

在金兰而言，为了日后的前程，再大的风险，也是值得冒的。但对王贤妃而言，这个却是自己的儿子。做父母的，并不是人人都期盼自己的儿子取得多大的成就，至少王贤妃就只希望自己的孩子，能够平平安安长大就好。一向聪慧的她，又岂能不知道自己的儿子一出生就被多少人所讨厌？

“娘娘不必担忧。”金兰听王贤妃的语气，便已明白她的心思，她心思略转，便笑着安慰道，“依臣妾之见，信国公由皇后抚养，较之由娘娘抚养，会更加平安。”

“何以见得？”

“向皇后的性格，娘娘亦是知道，并非善妒心狠，工于心计，反倒是与世无争，为人平和，颇具淑德。”金兰说到此处，转目四顾，见周围并无旁人，方压低了声音继续说道，“因此臣妾以为，向皇后至少不会故意对信国公不利。”

王贤妃点了点头，她的确承认向皇后是好人，但是说向皇后会来主动保护她的儿子，她却不认为向皇后好到这个地步。此时放眼汴京城中，她能够说说心事的，也只有金兰一人，这时候既然说到她最关心的事情，她便把心中担心已久的心事说了出来：“但是皇后为何要收养傒儿？”

金兰脸上露出嘲讽之色，冷笑道：“依臣妾之见，向皇后收养信国公，正是出于保全之心。她不过是希望有着高丽王室血统的信国公，尽量少受娘娘的影响，从而疏远高丽。这样的信国公，也更容易被朝臣所接受吧。”

“原来是这样。”王贤妃虽然知道金兰所说的，未必是向皇后的本心，但是人在担心的时候，往往不过是需要一个能说得过去的理由来安慰自己而已。

“前几天听皇后提起，你嫂子鲁郡君生了个女儿？”

“是。”金兰笑道，“是个很漂亮的女孩子，眉毛眼睛像极了鲁郡君。石府这次真是双喜临门，只不知道石学士会不会调回京师。”

王贤妃摇摇头，道：“只怕很难，但这次的封赏，却不会太薄。”停了一会儿，又柔声说道，“待会儿你替我带几件礼物给鲁郡君。”

“是。”金兰忙敛身行礼，眼角却是若有所思的瞄了王贤妃一眼。

王贤妃似是明白金兰所想，微微颔首，道：“大宋有不成文的惯例，上至皇帝，下至宗室，正妻都是娶名门之女，为的是名门闺秀，家教谨严，晓礼仪，懂进退，知分寸。皇上经常和我说，希望与石越约为婚姻。我想若能替傒儿定下这桩婚事，亦是一桩美事，我也可以放心。”

“娘娘所言，甚有道理。”金兰自然是知王贤妃的心意，她沉吟一会儿，方笑道：“但是臣妾却以为，信国公的婚事，终不能由娘娘做主，此时石学士远在陕西，娘娘即使与皇上说妥，若是石学士不愿意，一来一返，惊动太大。到时候只怕另有人作梗。若依臣妾之见，不如静待，先试探石学士的意思，如若石学士愿意，到时候皇上一提，石府许婚，纵有人反对，也来不及了。好过现在打草惊蛇。”

“但是……”王贤妃皱着眉毛，想了一会儿，觉得金兰说得有理，但是她心中却另有担心，犹豫半晌，终于讷讷说道，“但是我怕她人捷足先登，到时候悔之晚矣。”

“娘娘是说……”

王贤妃抿抿嘴唇，低声说道：“延安郡王。”

“延安郡王？”金兰愕然反问道。

“不错。天下人都知道延安郡王是储君……”

金兰注视王贤妃半晌，忽然掩嘴笑道：“娘娘真是糊涂了。”

“我如何糊涂了？”王贤妃不由有几分不悦。

金兰忙收拾起笑容，说道：“正因为延安郡王是储君，才不会娶石学士的女儿。大宋不是高丽国，也不是汉朝，女儿为皇后，父亲为宰相，那是霍光、曹操，外戚专权……娘娘别看太皇太后与皇太后都是勋臣之后，但是那都是祖辈的事情。”

王贤妃不比金兰，她居于深宫之中，这些事情，她何曾知道？将信将疑地问道："果真不行？那俟儿若娶了石越的女儿，石越不也是外戚吗？"

金兰笑道："娘娘于宋朝的一些规矩，毕竟还不太熟悉。若是延安郡王，那是万万不成的。但是信国公却另当别论……"

"为何？"王贤妃越发糊涂起来。

"因为无论宫中朝中，人人都有一个想法，就是信国公绝不可能继位。既然是绝不可能继位的皇子，那么即使娶一个朝廷重臣的女儿，也就不会太犯忌讳。但饶是如此，也必然面临极大的阻力，这也是臣妾担心石学士会拒绝的原因。他的女儿与信国公成婚，皇上在位，这件事并不重要。但有朝一日，延安郡王嗣位，他的重臣居然是他皇弟的岳父，此事却不能不犯忌讳。皇上或有爱子之心，然从长远计，不提石学士态度如何，宫中太皇太后与皇太后，就断难许可。"

"这……"

"可惜石起、桑充国无女，否则……"王贤妃却是充耳不闻，垂首思忖良久，宋朝的政治传统对她的影响，毕竟还是要小过高丽国的政治斗争带给她的印记，她轻咬下唇，决然地说道，"无论如何，还是想办法替俟儿定下石家的婚事才好。"

金兰不易觉察地笑了一下，虽然她在某些方面，可能比王贤妃懂得更多，但是对于宋朝所谓的"祖宗家法"，在高丽长大的她，同样缺少应有的敬畏。没有先例的事情就一定不能做吗？金兰的心中可从来没有这样迂腐的想法，在她看来，所谓的"成例"，就是用来打破的；而所谓的"先例"，就是用来创建的。因此，如果王贤妃一定要替信国公赵俟娶石越的女儿，金兰绝对会支持她。她所要考虑的，不过是如何才能达成这个目标而已。

没有人知道，在成安县君金兰的心中，还有更大的野心：如果信国公真的能够成为石越的女婿，那么宋朝皇帝的龙椅，也未必会专属于某一个人吧？

至少在高丽国的政治斗争中，这条法则是成立的。

同一天，同一座皇宫之内，庆寿殿。

与群玉殿不同，庆寿殿十分热闹。太皇太后曹氏的身体，康复了许多。而正在这个时候，宋朝又取得了边关少有的大胜，其主帅，又正好是高太后的从父。

"我听说，百官又在给官家上尊号了？"人逢喜事，曹太后的精神的确好了许多。

"是。"赵顼笑道，"朕拒绝了，朕不需要尊号。"

"嗯。"曹太后点点头，又问道，"国家用兵平夏城，想来花费不少钱吧？"

"整编军队、修葺官道、赈济灾民、用兵平夏，都是花钱的事情，眼见国库又有点儿拮据了。很快黄河汛期又要到来，这方面的钱粮是不能省的。各地还有一些天灾人祸，也需要赈济。按理说大胜之后，要尽量奖赏有功的将士与臣子，但是因为要花的钱太多，所以奖赏的数额一直议而不定，迟迟没有公布。”

“这件事不能拖，当年太宗败给契丹人，就是因为太原之赏没有兑现，影响了士气。”曹太后提醒道。

“朕理会的。”赵顼道，“但是国库吃紧，一时也没有办法。朕已下诏，先迎战死的将士入忠烈祠，发放抚恤钱，这是第一要紧的。将士们见战死的同袍都有了抚恤，就知道朝廷必然会发放赏钱，那就不会太急了。只待夏税收完，朝廷就有钱赏功了。”

曹太后不曾料到国库竟然紧张得到这个份儿上，沉吟一会儿，说道：“国家事事要钱，宫中自我以下，再裁减些用度。”

赵顼连忙笑道：“娘娘说哪里话来，便是再没钱，亦不能从这里省。娘娘不用担心，夏税很快收上，拖不了多久。”

曹太后摇摇头，道：“我这也只是一点儿心意。西夏人吃了这两个大亏，如何丢得起这个脸面？何况两处都是紧要之地。我料他们必然起兵来报复，朝廷若是有功不赏，士气不振，难保不会有万一，到时候悔之何及？”

“朕当想个万全之策。”赵顼心知曹太后所言有理，但是他即使是皇帝，也无法凭空变钱。若真是只顾赏功，导致防汛与赈灾无钱，结果只怕也好不到哪里去。他不想在这个话题上再谈下去，徒增烦恼，便换过话题，向高太后说道：“朕还要向母后贺喜，高遵裕立此大功，两府议功，决定晋高遵裕三阶，为正四品壮武将军，封定西侯，并荫其两子。”

高太后笑道：“这是祖宗庇佑，非遵裕之功。”

“亦是他指挥得当，不堕父祖之名。”曹太后端起茶杯来，轻轻啜了一口，漫不经意地问道，“石越、种谊，又是如何叙功？”

“石越名位已高，其奏折又一力推功于下，因此仅晋封新化县开国侯，许荫其兄子，晋其妻韩氏为郡夫人。种谊晋一阶，为游击将军，封开国男。”赵顼淡淡回道，停了一会儿，又说道：“石越素来不贪名爵，此番几封奏折，除了说平夏城、讲宗岭二役有功之臣外，连篇累牍，说的都是另外两件事情。”

曹太后、高太后、向皇后心中虽然好奇，但这毕竟是朝中大事，若赵顼不说，她们也不便相问，当下曹太后只是微微点头，却是不冷不热地问道：“那么郡马狄詠，又当如何封赏？听说他在平夏城，颇立大功。”

曹太后一提起狄詠，赵顼的脸色，“唰”的一下便沉了下来，冷冷说道：“朕不知道要如何封赏他！”

众人在宫中日久，都知道狄詠这次是擅离职守，犯了皇帝的大忌，当下全都默然不语。向皇后有心替狄詠说几句好话，但是话到嘴边，看见赵顼的脸色，嗫嚅一会儿，却终于不敢出声。唯有曹太后却似没看见赵顼的脸色一般，只是淡淡地问道："是石越、高遵裕的奏折中不曾表述其功吗？"

赵顼板着脸道："石越、高遵裕皆赞其功。但是狄詠之职责，不在平夏城。无论他立下多大功劳，朕也不能赏他。朕昨日已经下诏训责他。"

"狄詠确是不知轻重。"曹太后轻轻说道，"但是用人之道，是要恩威并施。他毕竟是忠良之后，年轻人贪功好胜，不是大过失。官家既已骂过他，还是要赏他。责骂是骂他的过错，赏却是赏他的功劳，这样臣子们才会心悦诚服。"

"是。"赵顼心中十分恼怒狄詠，但却不便说出，当下只是心不甘情不愿地应了。至于赏狄詠之功，赵顼却没有半点儿这样的想法。他不重重处罚狄詠，已经是顾及清河郡主的感受了。曹太后岂能不知赵顼心中的想法，但是她毕竟不能强迫赵顼做什么事情，只是在心里叹了口气。

向皇后见赵顼不太高兴，忙出来打圆场，笑道："官家，因刚提到平夏城大捷，臣妾倒想起一事，想和官家打听点事情。"

"圣人但说无妨。"

众人都不知道向皇后要向赵顼打听什么，一个个都把耳朵侧过来，却听向皇后笑道："本来外间的事情，臣妾不合打听。但是现在连宫中的宫女内侍，都在传说一个叫何畏之的人，带着一千义勇，就烧掉了数千人驻守的讲宗城。说起此人之勇，倒似连马援都比不上了。因此臣妾斗胆，想请官家给臣妾说说，究竟这何畏之是何等人物，又是如何烧了那个讲宗城？难不成此人真有三头六臂，能腾云驾雾不成？"她话音方落，众人都笑了起来。赵顼知道她是故意如此，好让气氛喜庆一点儿。他体谅着她的苦心，便不拒绝，笑着挪了挪身子，笑道："说起这个何畏之，却的确勇气可嘉。他本是大理国人，听说酒露便是他的发明。因为避家难，迁居京师，不知如何，被石越访得，知他文武双全，是可用之人，便留他在陕西。因与石越巡视各州乡兵，暗中挑选精勇武敢之士千余名，在环庆操练……"当下赵顼便和两宫太后、向皇后等人滔滔不绝地说起石越奏折中关于火烧讲宗岭的事迹来。

原来当日石越巡视各地乡兵与忠义社等民间自卫组织时，便已将何畏之带上。当时他的想法，便是要从中间挑选勇武之士，组成一支精锐部队，偷袭讲宗岭，给梁乙埋一点儿颜色看看。他素知何畏之武艺高强，能御众，懂兵法，因请他主持此事。何畏之身负国恨家仇，若以一介商人，毕竟无以成大事，何况他还托庇于石越羽翼之下，此时有机会典兵，并且还是由自己一手缔造，自然是一拍即合。于是何畏之便随石越至各地，名义上替石越选亲兵，实际上却也同时挑选武艺出众的百姓，集中至环庆一带训练。与此同时，石越又秘密下了两条命令，一是下令沿边各州军选送本州武艺出众者二至十人至环庆训练；一是下令从禁军中挑选出百余名低级武官，分派各地，指导、监督民间武社——不过石越为了避嫌，这百余名军官后来很快就脱离禁军，被纳入兵部职方司陕西房。而集中在环庆的千余人，就使用了一个平平无奇的乡兵旗号：陕西路环州义勇。

这所谓的“环州义勇”，主要是由各地的无赖、流氓、亡命之众组成——因为武艺高强而又老实本分的，都成了石越的亲兵，剩下来的自然不是什么品行端正之辈。幸好任凭怎么样的无赖与流氓，毕竟狠不过何畏之的铁腕。石越虽然奇怪何畏之的择才标准，但他也知道历史上多的是无赖少年从军反而焕发出惊人战斗力的事例，指望地方上武艺出众之辈不去欺压良善，那是武侠小说中毒的表现。因此石越倒也颇能听之任之。不仅仅如此，出于对何畏之的信任，石越还给了这支所谓的“环州义勇”堪比禁军精锐的装备——表面上的乡兵组织“环州义勇”，每个人标准配备的是“黑白甲”一副，这是一种轻型皮铠，除了要害部位用钢板之外，大部分地方采用皮甲，是大宋兵器研究院的新设计；采用了棘轮机构的新型钢臂弩一副，弩箭四十支；弓一副，箭六十支；霹雳投弹三枚；朴刀一把，战马或骡子一匹。

“环州义勇”从一开始组建，目的就相当明确——夜间作战与山地战。训练的重点，就是在漆黑的夜晚，如何在山林之中，不用照明就能无声无息地行军，分辨敌我，射杀敌人，实施纵火、破坏的任务。如果梁乙埋能看到他们的训练，他用脚趾也能想象得出来这支部队是用来做什么的。

因此讲宗城之战，实际上只是一次“平平无奇”的战斗。

野利济与慕泽不和，将慕泽赶到了讲宗城外十余里的地方扎营，而自己则龟守讲宗城，美其名曰“互为犄角”。何畏之侦知这种情况，在天色的掩护之下，在野利济与慕泽两军的必经之道上，挖了三道陷阱，以及数道假陷阱，留下二百人狙击慕泽。然后在三更时分，亲率部众，分成四队，夜袭尚未完工的讲宗城。何畏之的这些部众，若组成大阵决战，或许不过如此，但让他们分成小队，四处纵火、射杀、投掷霹雳投弹，却是得心应手，八百人的部队，四面杀将起来，黑暗之中，只听见到处是火光与霹雳投弹的爆炸声。西夏守军根本不知道来了多少敌人，只觉得四面八方全是喊杀声，好不容易披挂起来迎战的，却发现自己的敌人脸上用油墨画上了各种各样骇人的图案，晚上乍一看见，竟不知是人是鬼，无不吓得魂飞魄散，一时间竟全无斗志。而守将野利济又被何畏之潜入营中射杀，群龙无首，无法组织起抵抗，只得各自逃窜，辛辛苦苦建了几个月的讲宗城，一个晚上，就被大火烧成灰烬。

慕泽听到讲宗城的喊杀声，匆匆赶来，却不料踩中何畏之事先挖好的陷阱，损兵折将。他只得一路小心翼翼行来，只见遍地都是陷阱，黑夜中真假难辨，行军速度不得不大幅减缓。好不容易走出“陷阱之路”，又被伏兵一阵没头没脑地猛攻，慕泽眼见着讲宗城已经火势滔天，再不可救，又不知道到底来了多少宋兵，心慌意乱，也无心接战，干脆远远躲避。一直等到天色全亮，何畏之早已率部从容撤离讲宗岭，他才小心翼翼赶到讲宗城。

此时，摆在他面前的，不过是一堆灰烬以及何畏之留下的一幅大幡，高达三丈的大幡嚣张地插在讲宗城以外二里处，上面龙飞凤舞地写着一行大字：“何畏之率千人破贼于此！”大幡的木杆顶端，赫然挑着野利济的头盔！

直至此时，西夏人才知道，来袭击自己的部队，不过千人而已。

这其中种种情由，有些是赵顼知道的，有些却是他不知道的。但是他讲述起来，却也是绘声绘色，听得众人心驰神往，仿佛亲眼见到何畏之率领一群扮成鬼怪的勇士夜袭讲宗岭，火烧讲宗城一般。

向皇后听完，笑道：“这个何畏之真是飞将军一般的人物，似他立下这般大功，官家却要如何封赏？”

“环州义勇，朕御笔亲题军旗，其部众领禁军步兵军饷，朝廷视同侍卫步军司禁军，暂归种古节制。至于何畏之，可破格封为御武校尉。”赵顼笑道，“似这环州义勇，缓急之时，可为奇兵之用。因此朕用石越之言，不打乱其编制。”

“由一介布衣而为御武校尉，亦是少有之殊荣。”向皇后笑道，“官家临朝愿治，便有许许多多的人物出来为朝廷效力，可见天子自有天佑。”向皇后的话，自然是拍赵顼的马屁，但是这些话听到耳中，却也实在舒畅。此时的赵顼，已经暂时忘记了那个惹他不快的郡马狄詠，也暂时忘记了他的朝廷，还有迫在眉睫的财政困难。

4

皇帝可以忘记，但是身为政事堂的宰相，却不可以忘记这些事情。

“石越、高遵裕的功劳，代价便是朝廷的财政状况急剧恶化。”连司马光都忍不住要发起牢骚来，“单单是前线的将士与民夫，按平均每人一千五百文的赏额来算，就需要二十余万贯的赏金！还有未直接参战的将士也需要犒赏。各地大小官员，也伸长了脖子等着朝廷的赏赐……还有战死将士的抚恤金……”

“光是修筑平夏城的费用，以及十几万大军在外作战的军费，就已经将国库掏得差不多了。”吕惠卿冷冰冰地说道，他不似司马光那么情绪化，虽然整个政事堂中，以吕惠卿最为嫉恨石越的成功，“禁军整编更换兵甲，需要的费用也不是小数目，此外防洪、赈灾都是必不可少。”

“朝廷在短时期内经不起再一次战争了。”司马光的语气中不由有点儿恼火，以至于他短暂地忘记了对吕惠卿的讨厌，“朝廷与百姓，都需要休养生息。”

“只怕不可能。”兵部尚书吴充就事论事地说道，“接连两次大败，尤其是平夏城对西夏事关重大，若说西夏不举兵报复，绝不可能。”

“吴公所言有理。”冯京紧接着说道，“既然烽火已经点燃，就没有那么容易熄掉了。”

“但是朝廷无力再打一次大仗！”司马光高声辩道。

吕惠卿不屑地瞟了司马光一眼，冷冷道：“这事不由我们做主，除非我们把平夏城拱手相让。”

司马光瞪视吕惠卿，高声问道：“那么相公以为无粮无饷，亦可以作战吗？”

“司马公何不写信去问石子明？”吕惠卿讥讽道，“枢密会议已经给皇上上了一封奏折，以为西夏人在半年之内，必然会有一次全面的报复。司马公是不是准备告诉石子明，他开启的边衅，由他去平息？”

“仅仅是防御的话，军费的耗费要少很多。”吴充也很讨厌吕惠卿，但是他也无意站在司马光或石越的一边，他只不过是就事论事。

被特别要求来参加这次会议的太府寺卿韩维却是坚定地站在石越一边的，他忽然插话道：“钱的问题，并非没有办法解决。”

“愿闻其详。”吕惠卿与司马光几乎同时说道。不过二人的语气，一个带着讽刺，另一个，却带着诚恳。政事堂会议的其他成员的目光，也都聚集到了韩维身上。

“石子明最近的奏折，提到两件事情。”韩维环顾众人一眼，方缓缓说道，“一件事是陕西路推行新驿政，另一件事，就是要在陕西路发行交钞五十万贯。”他说的事情毫不稀奇，在座众人便只是静待他的下文。“以往在陕西也发行过交子，一般的方法，本金为五万至六万，则可以发行十万。石子明提出发行交钞之法，颇有新意，他是要借朝廷封桩钱四十万贯为本金，便存在汴京，而在陕西路发行面额为一贯至一百贯的交钞五十万贯——他亦已说服几大钱庄接受交钞与铜钱的兑换业务，钱庄可收取一定手续费。而钱庄若要兑换铜钱，则需至京城来兑换，朝廷不收任何费用。这种方法，钱庄有利可图，而百姓则可以信任交钞，而陕西路，凭空就可以变出来五十万贯钱，用来兴修水利，朝廷的封桩钱存着也是存着，并没有任何损失，毕竟只要交钞可以用来交税，那么挤兑铜钱的情况，几乎是不可能出现的。”

他说这些事情，石越在奏折里写得更清楚。而在座的每一位，都曾经读过副本。平心而论，众人都认为是个好办法，交子在当时，已经是一种相对成熟的事物，当时的大臣，都已经懂得发行交子需要本金为储备，每位大臣的家中，也都或多或少有一些交子的存在。而石越所做的事情，最大的不同，就是利用了朝廷一向视为“定心丸”

的封桩钱来作本金。便听韩维继续说道："所以，在下以为，朝廷实在缺钱，不如便借鉴石越的计划，发行交钞！为了谨慎起见，可以划定几路为试行区，这次犒赏所需要的全部缗钱，试行区官员、兵丁的薪俸，可以全部采用交钞支付。只要朝廷再用几十万贯封桩钱——甚至用夏税的收入为本金，那么眼前的危机也可以解决。即使这几路在交夏税时都用交钞交纳也不要紧，这不过是相当于朝廷提前收取了几路的夏税！"

大宋的政事堂，顿时一片沉静！

这里坐着的，都是大宋的重臣，每个人都明白，表面上看来，韩维的计划，只是比石越提出来的计划推进一步，但是实际上，人人都能知道，韩维的计划，相对石越的计划而言，已经发生质的变化！这不再是在一路之内发行交子，而是在一片区域之内，发行交子。一旦成功，必然会向全国推广，换言之，如果韩维提出来的计划此次能够成功，那么，在全国范围内，发行交钞的日子，就不再远了。

再迟钝的人也能感知到这会是多少巨大的变化！

"有欠谨慎！"司马光的额头上，几乎就差直接刻上这四个大字了。

"若是发行，日后想要多少钱就可以印多少钱……"吕惠卿心中的想法，也不经意地从嘴角的笑容中流露出来。

而余下的宰辅们，有几位被这前所未有的大胆计划所震撼，脑海中短暂性出现空白的现象；其他尚属清醒的大臣，则在心中反复衡量着利弊，包括对大宋的利弊，也包括对自己利益可能产生的影响，一时之间，竟然难以下出判断。

韩维提出来的计划，真的是充满了诱惑力。

但是抛开派系之间的立场不提，政事堂中许多大臣，还是从这种诱惑当中感受到了危险，虽然他们并不清楚究竟会有何危险。

"旁门左道！"司马光心中十分地排斥发行交钞这种危险的想法。他始终相信，真正理财的王道，就是朝廷的君臣厉行节俭，轻徭薄赋，使百姓们种好地，生产出足够的粮食，这样国家自然会上下富足。其他所有的理财方法，在本质上，都是属于歪门邪道——天下的钱财有限，不在官便在民，官多自然民少！虽然司马光并不懂得什么叫作"零和游戏"，然而他却固执地保持着这样的信念：其他所谓的"理财之术"，都不过是"零和游戏"而已。

而吕惠卿犹疑的，则是提出这个计划的人——韩维是众所周知的"石党"。他的计划便是脱胎于石越的构想，他有必要替风头正健的石越再添新功吗？石越与高遵裕在陕西取得胜利让朝野为之振奋，一时间誉声如潮，但是真正要为补给、财政操心的，却是他吕惠卿！

吕惠卿心中颇觉愤愤不平。他自动忽略了司马光等人的工作。

吕惠卿望了各怀心事的政事堂宰辅们一眼，似乎感觉过于长久的沉默并非解决问题的办法，轻轻咳了一下，道："诸公以为如何？"

"某以为不妥！"司马光丝毫不留情面地说道，"无论金、银、铜、钞，皆为无用之物。于世间有用之物，乃是粮食与绢布。天下农夫每岁所耕之地不变，则所产之粮不增多；天下农妇所种之桑麻棉不变，则所织之布不增多。而朝廷却要发行所谓'交钞'，此是以此无用之物，夺天下农夫农妇所产之粮布，与加税又有何异？"

户部尚书所说的，是一种朴素的经济道理，立时赢得在座大部分人的认同。但是太府寺卿显然也有他的理由，韩维立时欠身说道："非也！某以为，司马公所言，只见其一，不见其二。"

"愿闻其详。"说话的是尚书右仆射吕惠卿。虽然韩维与石越本质上都是他的政敌，但相比而言，他更愿意见到有人让司马光难堪。

自从司马光入朝之后，吕惠卿与司马光之间在皇帝面前公开的互相攻讦，就超过三十次；至于在政事堂的互相批评，更是家常便饭。然而奇怪的是，虽然吕惠卿曾经数次用计，试图激怒司马光，逼性情刚强的司马光主动请辞，但是司马光却一改常态，绝不辞职。吕惠卿自然不知道司马光有多重的原因，不敢轻易言退——一方面，因为受到太皇太后的重托，让忠君观念极强的司马光有了一种肩负重任的感觉；另一方面，却是因为当年王安石虽然与司马光政见不合，但是司马光潜意识中，对王安石还有一种信任，怀着一种侥幸认为王安石也未必不能成功，但是对吕惠卿，司马光却是认定了他不过是一个奸佞小人。司马光自认为如果自己离开朝廷，将会成为国家的罪人，因此虽然屈居吕惠卿之下、哪怕与吕惠卿争得怒发冲冠，司马光始终不敢放弃自己的责任。但是这些却是吕惠卿所不能理解的。所以吕惠卿始终希望借用一切机会，来拔掉政事堂的这根眼中钉。

韩维并不知道自己此时已经成为吕惠卿打击司马光的工具，他注视司马光，朗声道："司马公当知庆历间事，庆历之时，江淮之地便有钱荒，其因便是朝廷需调集铜钱应付西夏元昊之边患。直至熙宁以来，东南钱荒，依然如故。熙宁二年吕相公便曾建议坐仓收购军兵饷粮，而令东南漕运粮改纳现钱，当年司马公曾上章论之，以为如此则会加剧东南钱荒……"他这句话说出来，政事堂中吕惠卿与司马光都表情尴尬，冯京、吴充等人却面露笑容。韩维没有觉察到自己失言，兀自继续说道："此后朝臣论东南钱荒者甚众，直至熙宁九年夏，张方平相公亦曾言东南六路钱荒，道'公私上下，并苦乏钱，百货不通，万商束手'。且言'人情日急'。是故石越为杭州守牧，便曾上章论之，请朝廷于秋收之时，许农夫纳米不纳钱，以免使农人同时卖米，加剧米贱钱贵，重伤农夫。后其入朝，又数论之，天子恩德，于熙宁九年秋颁诏许之，天下称颂之声，今日尤不绝于道。然则东南钱荒，却并未完全解除。"

韩维说到此处，连司马光都暗暗点起头来，因为韩维提及的，实是宋朝经济领域面临的一个死结。大宋君臣，对此都束手无策。果然，便听韩维继续说道："一面是东南钱荒，致使米贱伤农，百货不通，万商束手；一面却是铜贵钱贱，铜禁未开之时，天下销钱铸铜器者已不可胜数，自王介甫开铜禁后，更是风行天下。销镕十钱，得精铜一两，造作器物，即可获利五倍甚至十倍，天下谁不愿为？遂使钱荒愈重。石越论及此事，以为以铜铸钱与以铜铸器，利润相差如此，是铜钱之值贱也！若依常理，则既有钱荒，则当钱贵，钱贵则铸钱监当有重利，而今日之事实，却是各地铸钱监，因铜价贵于钱价，若能不亏，已是万幸。"

韩维说的，的确是当时的怪现象，一方面东南钱荒，流通市场缺少铜钱，导致钱贵米贱，伤害农业；另一方面，却是铜钱的市场价值低于它的实际价值，导致官府铸铜钱不能获利甚至是亏本，而同时，却有大量的铜钱被铸成铜器，甚至流出海外——因为宋钱在海外的购买力，数倍于它在本国的购买力！由此更加剧了钱荒的现象。

这是宋朝人难以解释的现象，他们无法理解为什么会陷入这样的恶性循环当中。他们铸造的铜钱，既是贵的，又是便宜的！哪怕就在缺少铜钱的东南诸路，也是如此，那里的铜钱一方面缺少，一方面却除了伤害到米价之外，并没有导致物价暴跌，甚至是米价，也处于一个相当的水准，所以使得铜钱不断地外流——曾经有来自日本国的商船，一夜之间将一座城市的铜钱全部买走！也有非法的海商，载着满船满船的铜钱出海，去海外购买超过这些铜钱在大宋境内的价格一百倍的货物！这也许可以解释成宋朝政府在平准物价方面做得多么出色——哪怕是亏本，也在不断地铸造铜钱，使得东南地区虽然看起来永远都在缺钱，但是至少不是一直缺钱，流入量抵销流出量，从而维持了一种相对的平衡；也可以解释成因为宋朝的经济水准远高于她的邻国，所以宋朝的物价哪怕在缺少铜钱的状况下，依然远高于她的邻国。

但无论如何，对于宋朝来说，这始终是个难题。连石越都无法解释清楚这种现象，更不用说设法解决了。虽然这只是一种局部现象，但是对大宋东南地区的工商业，却有十分大的影响。因为钱荒，导致东南地区的市场被限制在一定的规模之内，无法扩大；又因为钱在大宋境内价贱，从事海外贸易的商人唯有以物易物，才能得到最大的利润——从海外运回铜钱，那是傻子才做的事情，因为哪怕是将铜钱运回来铸成铜器，在算上运输费用之后，其利润相比海外贸易的利润，也是微不足道的，所以每个商人，都务求将手里的每一文铜钱都换成货物运回大宋。但是东南诸路的市场规模，却无法吸纳这过多的货物，大部分的货物，只能运往汴京。一旦汴京也吸纳不了时，与其降价卖到其他地区，商人们更愿意削减贸易的规模来保证利润。

于是大宋东南地区的发展，就这样被限制了。整件事情虽然引起了宋朝精英的普遍关注，但是在当时的人们而言，是很难从更深的层次来理解这个问题的。但尽管如此，韩维还是凭借着自己粗浅的理解，以及在太府寺卿任上所得到经验，提出了一个解决方法。虽然他的认识并不深刻，考虑的问题也并不周全，但实际上却很可能是有效的。

所谓的“瞎猫撞上死耗子”这种事，有时候也是存在的。

这位太府寺卿在政事堂上继续慷慨陈词：“所以，某以为，目前便有一剂良方，可以解决东南钱荒与铸钱亏损的问题！”

他说到此时，众人都已渐渐明白他的理由。

“某以为，在东南诸路发行二百万贯的交钞，便可以有效地解决东南钱荒，交钞不惧外流，不惧销铸，只要将最新出现的彩色套印技术收归官有，控制住几家最好的造纸坊，那么盗印的问题，也可以抑制。相比铜钱而言，交钞携带也更为方便。此外，朝廷还可以在川陕发行一百万贯的交钞，一面是为陕西路兴修水利提供资金；另一方面，则可以在川陕地区，逐步回收铁钱，停止铁钱监铸铁钱导致的亏损。川陕停用铁钱，还可以使墨吏在收税之时，少了用铁钱与铜钱之间的兑率来剥刻百姓的机会，无疑亦是一大德政。因此，某以为，川陕的交钞，甚至可以发行更小面额的！”

冯京听到韩维兴致勃勃地说完，不由试探着问道：“一旦东南六路与川陕诸路发行成功，交钞是否要推行天下？”他问出了所有人的心声。

“自然要推行天下！”韩维毫不迟疑地说道，“交钞相比铜钱与铁钱，方便而不费。铜矿产量始终有限，诸君皆知日后朝廷尚有一个地方需要大量用铜，若是找不到取代之物，只恐钱荒越来越严重！”众人都知道他说的是火炮，当下尽皆默然。

只有司马光依然摇头，道：“以纸为钱，与布为钱，又有何区别？只恐重蹈王莽覆辙。”

“司马公此言差矣！”韩维听到司马光拿他与王莽相比，脸色不由沉了下来，高声辩道，“交钞只需有铜钱为本，可以用来交税，且能抑制盗印，百姓自然信任乐用。岂能言与王莽同？”

“只恐公用意虽佳，终败国事！”无论韩维说得交钞如何有百利而无一弊，司马光始终相信天下没有这般轻易的事情。只不过，他心中虽然有强烈的不安，但是却怎么也想不出来究竟是为什么，只是隐隐感觉这后面，存在着一个巨大的隐患。

“司马公若以为不妥，当说出道理，在座皆是朝中大臣，非三岁小儿，岂可危言耸听？”吕惠卿在一旁用讥讽的口气说道。

司马光霍然起身，瞪视吕惠卿、韩维。韩维心中终不愿与司马光为敌，便将目光避开；吕惠卿却是若无其事地迎视司马光，眼中尽是嘲谑之意。司马光强按心中怒火，指着吕惠卿、韩维，骂道：“他日坏国事者，必尔二人也！”

他的这句话，却未免太过分了。韩维腾地站起，正要反唇相讥，却见冯京向自己使了个眼色，他心中立时想起以前石越和自己说过的话来：“司马君实性格刚直、疾恶如仇，日后在朝中若有冲突，持国当相忍为国！”他暗暗吸了一口气，强按捺住心中的怒火，向冯京点点头，慢慢坐回位置上。

政事堂终于没能就发行交钞的问题达成一致。不仅仅是司马光坚决反对，连冯京、吴充、王珪等人都顾虑良多，虽然韩维说得头头是道，但是毕竟这是一次前所未有的尝试，没有人愿意承担失败的责任，也没有人承担得起失败的责任。

然而大宋的财政困难并不会因为政事堂达不成一致而稍有迟缓。即使是吕惠卿，都感觉到了府库的捉襟见肘。若是再想不出来好的办法，便只余下设法加税一条路了。政事堂在七天之内，就大宋的财政困难与发行交钞的问题讨论了四次。韩维对交钞的发行方案进行一次又一次的完善，发行的数量也由东南诸路的二百万贯修改为一百二十万贯，川陕的一百万贯降为八十万贯，但是政事堂诸相却始终无法达成一致。

政事堂中唯一流露出支持意向的，出乎韩维的意料，竟然是吕惠卿！

时间就这样不知不觉地从政事堂的大门外溜走。

5

半个月后，陕西路安抚使司。

“陕西一路，自仁宗朝以来，百姓赋税实际三倍于他路！”陕西路转运使刘庠向石越发着牢骚，“各地缴纳两税，都在本州本县，唯有陕西一路，朝廷为了节省官府运输开支，命令百姓支移，结果陕西各地的百姓居然要千里迢迢去延州、保安军等处交纳两税，否则便要交纳‘道里脚钱’！什么‘道里脚钱’！简直是毫无‘道理’！”

“运使所言皆是实情。”接着刘庠的话的，是安抚使司参议丰稷，“自六月一日开征夏税以来，百姓便开始转运于道，辛苦不堪，见者无不为之叹息。”

“朝廷久久不批准本路实行驿政改革，我亦无可奈何。我昨日已经上表，请求朝廷准许，陕西路支移，上等户不超过三百里，中等户不超过二百里，下等户不超过一百里。希望政事堂诸公能够体察民情……”石越只能苦笑摇头，宋朝夏税自六月一日起征，分为三限，每限一个月，至八月底结束。而陕西路百姓最为困苦，相比在本州本县交纳两税，他们的实际交税额，是翻了整整五倍。如果能顺利推行驿政马车制度，再加石越的折中措施，那么陕西百姓的赋税负担，至少可以降低三成！即使是石越的请求不被批准，只要驿政马车制度完善，百姓们省下的运输费用，也会相当可观。

“与其空等政事堂诸公决策，不若吾辈先行动手！”刘庠眼见面前有一个好办法可以减轻百姓的困苦，却因为必须等待汴京的批准而不能施行，心中早就十分不耐。

“刘运使所言甚是。”另一位心痒难耐的人——石越的幕僚陈良也忍不住附和道，

“何不先试行开通一些地方的驿政马车？于百姓之困苦，能减轻一分，便是一分。”

“下官亦以为可。”丰稷也用期盼的眼神望着石越。

石越亦心动，不觉将目光移向潘照临，问道：“潜光兄以为如何？”

潘照临垂首思忖半晌，忽然凝视刘庠，笑道：“刘公为朝廷陕西路转运使……”说到此处，突然停了下来，只是望着刘庠微笑。

刘庠莫名其妙地望着潘照临，不知他葫芦里卖的什么药。

“敢问刘公，转运使是管何事？”潘照临见刘庠不解，又问了一句。

“一路之民政、财政，以及转运之事。”

“原来如此！”潘照临做出恍然大悟的样子。

刘庠一怔，脑中突然灵光一闪，猛地明白过来，原来潘照临是说他是转运使，实可以在“转运”的名义下，开始驿政马车制度的建设，根本不必请示石越。他立时眉开眼笑，向石越说道：“子明，可否将府中的陈先生，借我一用？”

石越却是知道潘照临分明是拿刘庠当枪使，只不过刘庠却也是心甘情愿当枪——他当年连王安石都不放在眼中，哪里会理会一个吕惠卿？当下便笑着向陈良说道：“又要劳烦子柔。”

陈良也已会意，立时笑道：“在下却是求之不得。”

刘庠见陈良答应，便急匆匆地站了起来，拉着陈良便要告辞。石越不料他如此性急，不觉好笑，笑道：“希道兄，倒也不必如此性急。”

刘庠抱拳笑了笑，道：“夏税快要交完，能做的事情也有限。但是若能早做一天，眼见十月一日又要交秋税，百姓受惠便可多一分。”说罢一甩宽袖，拉着陈良，便告辞而去。石越不想他说走便走，赶忙起身相送。

不料刘庠与陈良尚未离开大厅，便见一人抱着一堆文书急匆匆走了过来，陈良定睛望去，识得是安使司府中的户曹判司文书程思安。程思安见着刘庠与陈良，忙略行了一礼，便走向石越，躬身行礼，禀道：“石帅，有尚书省加急文书。”

“是何事？”石越一面问道，一面从程思安手中接过公文。安抚使下设判司文书六人，分掌六曹档案与机要文书，品秩虽低，职权却重。

“尚书省已经批准驿政改革，唯发行交钞一事久议不决，皇上已下旨朝议，尚书省行文各路守吏，咨询意见。”程思安叉着双手，简要地汇报道。

刘庠与陈良听到他的话，立时停了下来，脸上都不约而同地露出喜色。虽然已经决定抛开尚书省自行其是，但是到底名正言顺可以少了许多麻烦，办事更加方便。

石越却只是不动声色的“嗯”了一声，顺手便翻开文书，读了起来，他心中颇觉奇怪，不知道为什么朝廷对他交行交钞的建议争议如此之大。不料才看了两页，石越的脸色突然之间就变了，木着脸呆呆地立在那里，半晌，嘴角才流露出一丝无可奈何的苦笑。

刘庠心中暗暗奇怪，不免折转身来，向石越问道：“子明，如何？”

“希道兄，你看吧。”石越摇摇头，将手中的文书递给刘庠。

刘庠狐疑地翻开来，只见跃入眼帘的，是一份抄录的奏折——《请于川陕及东南诸路发行交钞札子》，写奏折的人，赫然便是与石越关系密切的太府寺卿韩维！他目不转睛地看了下去，一页一页翻过，一口气读完之后，竟是倒吸了一口凉气。

“希道兄，请书房叙话！”此时的石越，早已镇定如常。

“韩持国建议朝廷于川陕及东南诸路发行交钞共二百万贯，实在是过于大胆之设想。”石越苦笑着说道。

刘庠的目光无意识地落到了石越书房里的一只青色瓷瓶上面：“我只担心一件事，若有奸人主政，胡乱发行交钞，后果将不堪设想。历代官府无钱之时，往往都要铸大钱，铅多铜少，借以谋利，结果却都是饮鸩止渴，毒害百姓；如今若开此交钞之例，印行交钞，较之在铜钱中加铅，更是一本万利……”

“不要说奸人当政，便是有贤臣在朝，一旦遇到财政困难，只恐亦不能抑制印行交钞之欲望。”石越摇着头叹道。

其实以他的历史经验来说，两宋在发行纸币时出现的问题，虽然也不可避免地出现过，但总体来说，评价应当是正面的。因为两宋的朝廷从来没有对经济不负责任的想法，发行纸币所出现的问题，不过是因为他们做的是历史上前所未有的事情，缺少历史经验所致。只有元朝，才是一开始就抱着不负责任的心态来发行纸币，但那是因为“大元朝”的所谓经济政策，其本质就是掠夺而非建设。

所以石越真正担心的，倒并非是刘庠担心的问题，虽然他也佩服刘庠见识的敏锐。但事实上，如果只是担心政府滥发纸币而干脆拒绝纸币的话，根本就是一种因噎废食的思想。何况从历史来看，即使没有纸币，政府照样会铸造铅多铜少的大钱来破坏货币体制——这和滥发纸币不过是五十步与百步的关系而已。可即使是这样，中国人对货币性质的了解，依然在不断进步，并没有被几次货币体制的崩溃而彻底击败。

石越相信历史如人，总是在失败中不断总结经验，学会进步的。当然也存在着因为失败要付出惨重的代价甚至被彻底打倒的例子，但是石越始终认为，不可以因此而回避挑战，害怕失败。敢于尝试并非是坏事。

一个输不起的民族是没有前途的民族。

所以石越真正在意的，其实是韩维的计划，很可能会打乱自己现有的布局。而最重要的，则是韩维是因为国家财政出现困难而发行区域性的交钞，这样会留下一种很不好的印象——如果他成功了，那么以后一旦遇见财政困难，难免就不会有人来效仿这种“成功的经验”！

在石越出生的时代，有位伟人就曾说：“榜样的力量是无穷的！”这句话，若从反面来理解，也同样成立。

这是一个危险的先例！

“子明，你我当上表反对此事……”

石越低着头沉思，浑没听见刘庠在说什么。

“子明？”刘庠提高了声音。

“呃！”石越霍然一惊，回过神来，摇头说道，“希道兄说的虽然有理，但是会被人指斥为因噎废食。”

“那当如何是好？”

“朝廷财政紧张，连一笔犒赏钱也是至今未能发放。夏税各地还要一个月才能收完，再转运至汴京，少说也要一个月。即使是夏税收上来解了燃眉之急，但很快就是冬至，朝廷的开销没完没了，也无人知道西夏人会何时出兵报复……”

“但是即使此时能通过交钞印发的方案，从筹备至印刷，也不会早于夏税吧？”

“希道兄难道忘了？印行交子，朝廷早有经验，一切人手材料齐全，彩色套印技术，刚一发明，在下便秘嘱持国，让太府寺出钱购进，此时持国是万事俱备，只欠东风！”石越说到这里，不由苦笑起来，“这才是作茧自缚！”他怎么样也没料到韩维会不和自己商量，便提出这样的主张。想来韩维只怕还以为自己会十分赞赏他的主意呢。

“如此说来，朝廷一定会在夏税收完以前发行交钞，以解燃眉之急？”

“我料定如此。皇上不过是暂时有点儿犹豫，只要朝中有一部分大臣支持，在现有情势的压力之下，皇上必然会决定发行交钞。不过第一次印行的交钞，也许不会太多，这二百万贯，当是分几次发行……”石越对赵顼的性格，实在是太了解了。

“难道……”

“明知其不可而为之吧。”石越叹道，“我是始作俑者，是我最先请求发行交钞的，这时候虽然反对，但是旁人一定说我是想独占其功，所以才提出在陕西路发行，却又阻碍在东南诸路与蜀中发行……我早已料定有人会骂我小人……”

石越此时的感觉，是自己做了一个套，然后把自己的头放进去。

刘庠同情地看了石越一眼，默然无语。

“无论如何，我会上表反对，请朝廷慎重。至少也要提醒朝廷，发行交钞，要有最基本的原则——足够的本金。”石越断然说道。

刘庠似是自嘲，又似是讥讽地笑了笑，道：“只恐这所谓的‘足够’，却并非由子明来说了算，而是由政事堂诸公说了算。”

6

熙宁十年八月。

一切皆如石越所料，当皇帝表露出对韩维的提议感兴趣的意思之后，尚书右仆射吕惠卿立即表明了立场，成为交钞发行的积极推动者。吕惠卿的态度之积极，以至于一向以新闻客观、准确而闻名的《汴京新闻》，竟然误认为吕惠卿才是发行交钞的倡议者。

就在当月，各地方官员的意见尚未反馈至汴京，大宋政事堂就已经拟定了《川陕及东南诸路交钞法》，亦称《熙宁交钞法》，并在太府寺下增设了交钞局，知局事是吕惠卿之弟吕和卿。《熙宁交钞法》采用了石越提出来的大部分主张，比如允许百姓用交钞纳税，命令各地钱庄兑换交钞并可从中收取千分之五的手续费；而钱庄向本路官府兑换交钞时，官府只收取千分之一的损耗钱；至京师兑换交钞，则按次收取一贯钱的费用等。

在同一个月，交钞局即印发熙宁交钞共五十万贯，其中六成运往川陕及东南诸路，用以支付官吏、军士的薪俸等，四成运至陕西，按钱一钞二的配比，来犒赏平夏城与讲宗岭之役的将士。

讽刺的是，当石越的奏折到达京师的那一天，正好是交钞印好，准备运往陕西路的那一天。于是，石越的奏折被束之高阁，而运往陕西路的交钞，则缓解了大宋朝廷的一时之急。

此后，熙宁交钞便以每月二十万贯的速度，在汴京印刷，陆续运往各地。

很快，在各路都出现类似的现象：收到交钞的士兵甚至是低层官吏，因为心怀疑虑，用交钞向当地的百姓购买物品，或者向钱庄兑换铜钱；然后这些将信将疑的百姓与钱庄，便拿着交钞去交纳夏税与营业税，结果官府在朝廷的严令之下，果然没有拒收。

于是，熙宁交钞的信用，出乎石越的意料，十分迅速地建立起来。如果说陕西与四川的使用者，贪图的还只是交钞的方便携带；在东南诸路，熙宁交钞却是受到了商人阶层的广泛欢迎。而大宋朝廷，不仅仅减少铸铜钱的亏损，而且变魔术一般缓解了财政危机。

当年的《海事商报》，称赞熙宁交钞“天下便之，朝野称赞！”连带吕惠卿亦被赞为“治国有方”“管鲍之亚”！

石越更加料想不到的是，因为熙宁交钞的成功，两个月之后，赵顼拜吕惠卿为尚书左仆射，加韩维参知政事。

在这样的时候，连司马光都缄口不语，若是还有人说《交钞法》的坏话，便未免是过于不识时务了。

但是交钞法推行得越是顺利，石越心中莫名其妙的不安感就越来越重。虽然他知道，区区二百万贯，相对于宋朝庞大的经济规模而言，简直如同将一颗石子丢入太湖当中，绝不可能掀起什么风浪来。但不知道为何，汴京城里每一张彩色的熙宁交钞印出，似乎都会牵动着石越的某根神经末梢。

一切顺利得让人心中不安。

正当身在陕西的石越在为熙宁交钞而感到忧心忡忡的时候，汴京城中，卫尉寺卿章惇亦在心神不宁地把玩着一张面额为一贯的熙宁交钞。这张熙宁交钞采用红黄蓝三色套印，普通书页大小，正面繁复的花纹边框中，印着一幅市场交易图，从图中可以清晰地看出，一个白衣童子与一个葛衣老人正在向一个中年摊主买一块炊饼，画中三人的神态都栩栩如生；图的右上角，印着一排竖字："熙宁交钞值铜钱一千文整"；而在边框的上方，则印有"熙宁十年八月太府寺交钞局奉旨印制"的字样，边框的下方却是一串长长的大食数字，据说每张交钞的这个数字都不相同，是用套印技术印上的。翻过交钞的背面，依然是一个同样的方框，不过方框中间，却是密密麻麻地印着几行小字，都是《熙宁交钞法》中的条文，无非是私造伪钞者处死、不得拒收交钞之类。

毫无疑问，熙宁交钞堪称印刷精美，技术先进，无怪乎太府寺卿韩维会夸口说这是无人可以仿制的交钞。但是从卫尉寺卿章惇的眼光来看，当交钞采用彩色套印技术之后，迟早有一天，彩色套印技术会被那些利欲熏心的人所掌握。

只不过章惇此时心中真正关心的，却并非是熙宁交钞。他只不过是无意识地把玩一件东西而已。

在十天前，卫尉寺卿章惇收到了来自陕西下属的一份绝密报告。

这份报告才是章惇心神不宁的原因。

驻陕西路安抚使司监察虞候、致果校尉向安北与他的副使宣节副尉段子介提交的这份报告，毫无疑问堪称一颗震天雷。若按照正常的情况，向安北与段子介因为这份报告的内容，至少可以升一级。

但是这颗震天雷来得太不是时候，而且这颗震天雷要炸的人，也实在过于非比寻常。

章惇弹了一下手中的熙宁交钞，将它收入袖中，然后再次打开书案上的报告，仔细阅读起来。

十大罪状！

每一条都详细列举罪状的内容，拥有的物证与人证，从报告的内容来看，的确是无懈可击。想来要调查、弹劾如此重量级的人物，向安北与段子介，一定是小心谨慎，费了无数的心血。报告绝对不会有问题了。

章惇“啪”的一声合上报告，把身子靠在椅背上，眯着眼睛思索起来。

“是拿这份报告去弹劾他，还是替他掩盖下来？”一向胆大包天的章惇，这次也变得犹豫起来，“若是打蛇不死，反被蛇咬，必为天下所笑！但是若隐而不报，却是错失了扬名天下的机会……”

章惇的手放在了那份厚厚的报告之间，有节奏地敲击着报告的页面。

“任何一件事情，都有利害得失。”他在心里反复地计算着，“世上唯有智者能权衡轻重，两害相权则其轻，两利相权则取其重……”

章惇的眼睛睁开，目光投向公厅之外的一棵李子树：“即使能扳倒他，但是他身后，却还有一个我永远也扳不倒的人；若是扳不倒他，我会不会步蔡确的后尘？”

“若是卖一个人情给他又当如何？这样的一个大把柄，若是白白浪费，未免太可惜了……”

7

“私命军士回易，每年获利数万贯尽入私囊；虚报军费，坐吃空饷六千余人；夺种谊等部属之功为己功；强占民田建花园私邸；借故擅杀异己之部属；杀良冒功……”京兆府卫尉寺陕西司的公厅内，段子介一身戎装，望着满案的卷宗，咬牙切齿地说道：“不料高遵裕其人，竟是朝廷之蠹虫！不信这一次会扳不倒他！”

“他新立大功……”身为陕西路监察虞候，向安北要冷静许多，“若是扳不倒，也是寻常。”

“朝廷难道无将可用！”段子介愤愤说道，“我却是不信邪！立了大功又如何？此非高遵裕之功，换上种谊为帅，一样能成其事。他不过恰逢其会而已！”

“但是他始终是高家的人。”向安北毕竟是世家子弟出身，他摇摇头，叹道，“不过我辈受朝廷之命，监察一路之将兵，可谓身负重任，不论结果如何，也只能据实直报，方对得起皇上的信任！”

段子介见向安北语气之中，始终不怎么自信甚至是有一点儿担忧，不由放缓语气安慰道：“向兄放心，我相信太后、皇上也不会徇情，边境将领守臣，谋私者甚众，但是实难查出证据。此次事出偶然，才让我等发现把柄，若能严惩高遵裕，必能使天下肃然！日后卫尉寺声名大振，就可以更加顺利地监督军将。此中之利，以太后之贤德、皇上之英明，必然能明晓……”

“但若是太后、皇上根本不知道呢？”向安北反问道。

“你说什么？”段子介愣住了，笑道，“太后、皇上怎么可能不知道？除非……”说到此处，段子介也呆住了。

向安北望着段子介，苦笑道：“但愿我的担忧是杞人忧天，否则，你我俱无退路矣！高遵裕又岂肯善罢甘休！”

段子介怔了怔，正要说话，忽听到有人在厅外禀道：“向致果，段宣节，京师公文！”

向安北用目光向段子介微微示意，也不让那人进厅，竟大步走了出去，交接了公文，回来之时，便见段子介已将满案卷宗收拾妥当。他走到案前，用小刀刮去盛放公文的木匣外面的火漆，取出一本文书，翻开看了起来。段子介有点儿紧张地望着向安北，只见向安北的眉头紧蹙，脸上竟是现出怒气，心中只觉得一阵冰凉。

待到向安北合上公文，段子介方故作镇定地问道：“是什么事情？”

“你自己看吧。”向安北说罢，便紧抿嘴唇，将盖着卫尉寺关防的公文递到段子介手中，显然他是强忍着怒火。

段子介忐忑不安地接过来，打开看了数行，不由得怒气上升，一把将公文摔到地上，怒声喝道：“岂有此理！简直是岂有此理！”

“查无实据，不可诬蔑国家重臣！”向安北的嘴角微微抽搐，冷笑道，“果然让我料中，章大卿虽然号称胆大包天，但是却还没有到不顾名爵的地步！”

“道什么查无实据！”段子介怒气冲冲地骂道，“幸好他不是御史！便是宰相又如何？竟然连一个边将也不敢弹劾！卫尉寺设来又有何用？”

“谏官御史，是用来制衡宰相权臣的；而卫尉寺，则是用来制衡守臣边将的！”向安北沉声说道，“无论是宰相权臣还是守臣边将，十之八九，都必然是有后台有权势的。若是我等爱惜名爵，不问豺狼，只诛狐狸，则卫尉寺之设，的确毫无用处！”说到此处，向安北停了一下，忽冷笑道：“章大卿名爵太高，所以胆子便小了。不比我等位卑官小，无所顾忌！”

“不错，章大卿害怕高遵裕背后有个太后，害怕高遵裕声名正盛，我等却不必怕！”段子介听懂了向安北的言外之意。

向安北点点头，转过身来，正视段子介，凝视半晌，忽郑重说道：“誉之，敢不敢拼着不做官，把高遵裕拉下马来！”

段子介看了向安北一眼，仰天大笑，慨声道：“我官职尚不及那些谏官御史高，他们不怕丢官，弹劾不避宰相，我又岂惧一高遵裕？休道是罢官，便是被贬至凌牙门，亦无所惧！”

“好！果然不愧是敢向邓绾拔刀之段子介！”向安北举起掌来，与段子介连击三掌，笑道，“大丈夫有所为有所不为，今日正是有所为之时！”

二人计议既定，当下段子介便说道：“以愚弟之计，既然章大卿存心要压下此事，此事要上达天听，只得你我私自上京，诣尚书、枢府诸相公，非如此不足以扳倒高遵裕！”

向安北沉吟半晌，道：“你我私自入京，若能见着文相公，休说是高遵裕，连章惇也能一并扳倒。然此策却是打草惊蛇，只怕不能如意，若被知晓，必被人诛于半道，反诬我等过错，死无对证，到时岂不冤哉？便是托亲信家人上京，事关重大，亦难以放心！此事除非迫不得已，绝不可行。”

段子介思忖半晌，只觉果然如向安北所言，二人若是私离陕西一路，便是形同逃兵，即使被人半道诛杀，也是自己的过错；便是到了汴京，只要章惇知晓，亦可以随时将二人抓捕。而以他二人身份，离开陕西路绝难做到神鬼不觉。若果然用此策，只恐二人没有机会见着文彦博。他想了想，也知道若非万不得已，不能行此策，便又说道：“那么请其他官员帮忙如何？依我之见，石帅必能主持正道。”

向安北背着双手，踱了数步，摇摇头，道：“君不见狄詠乎？”

段子介顿时默然。狄詠立大功而不见赏，反而被严旨斥责，二人岂能不知？以二人身份，分明是朝廷派来监视石越的，这点二人都是心知肚明，若反托石越来办事，只怕朝廷不但不信，反而凭空增加猜忌。

“其他官员如何？”

“除非是御史！否则终不可行。你我既在卫尉寺，结交地方官员，便是一项大罪。况且此事牵涉到高遵裕，别人岂肯搅这浑水。”

“这也不成，那也不成！”段子介愤怒地一拳砸在案上，厉声说道，“若要放过高遵裕，我绝不甘心！”

向安北沉默不语，他想来想去，只觉得他二人若要避开章惇让皇帝知道此事，除非是拜诣文彦博，否则难免都会加上一条罪名，但是要见文彦博，却不免惊动太大，毕竟堂堂朝廷枢使，并非说见就见，而二人身为监察虞候，一离开这京兆府，立时就会被人知道。所以亲自去汴京，毕竟是风险太大。但用别的方法，加一条罪名倒也罢了，但是一般的官员，却也不会愿意来趟这浑水，毕竟高遵裕风头正劲，背后又有一个高太后——纵然太后贤明，但是普通官员，谁敢冒这个险？须知即使弹劾成功，不仅会得罪勋贵，还会留下一条口实，让别人来怀疑自己结交军队的武官——这个罪名，只怕越是官大，就越是承担不起。如此思前顾后，向安北只觉得一阵绝望，竟然感觉虽然二人有心不顾自己的得失来报国，却是无门可入！他不由得有点儿羡慕那些御史谏官，无论如何，这些人每个人都可以把自己的奏折，直接递到皇帝的面前。

但是说要他就此放弃，向安北与段子介一样，也难以甘心。

毕竟为了查证高遵裕的罪名，二人几乎是费尽了心思。当时一口气憋着，只想着能扳倒高遵裕这样的重臣，从此名扬天下，让天下都知道卫尉寺的威名、向安北与段子介的风骨。此时明明是证据确凿，却被一句“查无实证”轻飘飘地挡回，叫二人如何忍得下这口恶气！日后又如何向下属交代？

“有办法了！”向安北正在苦恼之际，却见段子介猛地站直了身子，大声说道，“有办法了！”

“有何良策？”

“报纸！”段子介面露得色，笑道，“拼着罢官，我等只需派亲信之人向《汴京新闻》《西京评论》《秦报》投书，管叫它轰动天下，那时看还有谁能只手遮天！”

“《秦报》？”向安北怔了一下，他听说过《汴京新闻》与《西京评论》，却没有听说过什么《秦报》。

段子介笑道：“《秦报》是京兆府新出的报纸，近在京兆府，谁能挡得住你我。只要《秦报》报道了，谁还能遮住此事？”

“是谁办的？”向安北一向公务繁忙，很少有时间看报纸，对这些事情，也并不是太关注。

段子介想了想，笑道：“似乎是个姓卫的，是白水潭的学生。”他虽然保留了读报的习惯，但是自到陕西以后，除了《汴京新闻》与《皇宋新义报》之外，却也同样极少有时间来读别的报纸。这《秦报》才出不久，他见到是白水潭学院的学生，心中便徒增好感，但是却没有留意办报之人的背景。在段子介看来，只要是白水潭学院的学生，便是信得过的。

向安北听说是白水潭学院的学生，心中警戒之心不免放下一大半，他思忖了一会儿，说道：“那便不必千里迢迢去京师，先让人暗中泄露给《秦报》，若它登了，诸报自然会转载。若是不登，再派人去东京与西京不迟。”

“断无不登之理。”段子介笑道，“《秦报》方创办未久，有此良机，岂会不把握？《汴京新闻》当日若无军器监案，又岂能有今日偌大声名？”

“誉之言之有理。”向安北略想了一下，也点点头，把心中的石头放了下来。

二人却不知道，只不过因为这一时的有失谨慎，竟然就酿成了追悔终身的大错。京兆府的《秦报》，正是赫赫有名的卫家所办，其主编卫棠，固然是白水潭学院的学生，但是同时，也是高遵裕的表侄。向安北与段子介的目光，能看到汴京的危险，却因为一时大意，忽略了身边的危险。

当卫棠在《秦报》的报馆看完那份匿名材料之后，心中立时想起一个传说——其实也不是传说，而是发生在本朝的一件真实的事情。

桑充国在军器监案时的作为，曾经通过不同人的口，传入卫棠的耳中。

卫棠无数次地想过，若是自己处在那样的境界，会怎么做。

但是想象是没有答案的。

有些事情，除非你亲自碰到，否则你永远也不会知道自己会如何处理。

不知是幸还是不幸，卫棠也有幸碰上了。

“历史往往惊人地相似！”卫棠心中不由想起了石越说过的这句名言。的确，与军器监案太相似了，这次是他的表姑爷，当今皇太后的从叔，在平夏城取得大宋五十年以来少有的大捷的“名将”。

卫棠心中非常明白，虽然报道军器监案让桑充国充满争议，但也正是这件事情，树立了《汴京新闻》在大宋民众心中的地位。对桑充国的争议会随着时间的推移而渐渐消失，但是《汴京新闻》在大宋臣民心中的印象，却只会被时间加固。

手中的这份材料，无论是真是假——其实卫棠一眼就可以看出来，有八成的可能性是真实的——只要《秦报》敢于刊登，从此《秦报》就不会只是一份发行量不足两千份、每隔十日才发行一刊的小报，而会变成大宋西北地区声名赫赫的大报，虽然暂时还不足以与《汴京新闻》一较短长，却有极大的可能性，压倒《西京评论》。

而他卫棠，也毫无疑问的，会因此名扬天下，成为真正的“陕西桑充国”！

想到这些，卫棠的呼吸变得重浊，手也不由自主地微微颤抖起来。

只要瞒过家里！先斩后奏！

卫棠的瞳孔开始缩小，目光聚焦在手中这份材料之上。他已经无暇去想这份材料究竟是谁送来的，他闭上眼睛，想象起自己与桑充国平起平坐，受到士林尊重的情形来。

陶醉在想象中的卫棠忽然感觉数道冰凉的目光从自己的后脑勺上扫过，他霍然惊醒，猛地跳了起来，转身向后望去，身后却空荡荡的，一无所有。

卫棠镇定下来，开始想象那道目光是谁的。

父亲卫洧？还是表姑爷高遵裕？还是那个经常出入自己家中的神秘道士？

卫棠只觉得一阵胆怯，他拼命挥了挥手，似乎要把这些人从自己的脑海中赶出去。

只是这么一瞬间，卫棠望着这份可以让他名扬天下，却注定要被家族唾弃的材料，心中一片混乱。

一时间是如同桑充国一样名扬天下的得意；一时间又是父亲严厉的目光；一时间竟然是郡马府上的那个让自己莫名其妙心动的少年；一时间这个少年的面孔又转换成京兆的名妓；一时间又换成了万马奔腾的场景……

卫棠眼神呆滞地望着可以让自己名扬天下，也可以让自己众叛亲离的材料，第一次感觉到桑充国并不是那么容易做的。

8

向安北与段子介在派人向《秦报》匿名投递材料后，发现过了两期，《秦报》依然没有登出这些材料。心感奇怪的向安北随便找人打听了一下《秦报》主编的情况，心中立刻一片冰凉。千方百计想要避开打草惊蛇，结果反而直接捅了高遵裕的老巢！

此时时间已经过去了二十多天。

向安北急急忙忙派人叫来段子介，两人刚刚商议好立刻派得力家人携材料前往洛阳与汴京，忽然听到前厅中传来一阵急促的脚步声。向安北与段子介正觉奇怪，须知卫尉寺陕西司衙门向来不是由得人放肆的地方，便见一个亲兵神色匆匆走了近来，禀道："汴京卫尉寺来了几位上差，道是有重要事情，要见致果与宣节。"

"说本官不在。"向安北心中一沉，立时吩咐道。

他话音刚落，便听有人高声笑道："向校尉、段校尉！这岂是待客之道？"随着这声音，只见有两名武官率十余名兵士径直走了进来。

向安北与段子介相顾一眼，立时把脸一沉，喝道："你等是何人，敢擅闯朝廷府衙！来人——"

"本官是卫尉寺宣节校尉武释之！"说话的军官，正是刚才高声笑语之人，"因二君无能，致使番将慕泽叛国而不知，陷朝廷重臣于险地，几逢不测。故本官奉令前来京兆府，着向安北迁至归义城为监察虞候，段子介迁至凌牙门为监察虞候，令二位即日起程，戴罪立功。"说罢，武释之将两封文书扔到向安北与段子介面前，厉声道："此是卫尉寺公文，二位可验真伪。"

段子介却懒得去看，只是扫了一眼那公文，便冷笑道："大宋朝廷无此章程。纵然左迁我等至海外，亦须等待新任前来交接。我等只需于交接后三个月内到任便可，若无皇上圣旨，谁能让我等即日起程？"

武释之见段子介话中有抗令之意，不由脸色一沉，寒声道："段校尉难道想抗令？你是武人，并非文臣，又无家眷在此，何故拖延？且你是戴罪之身，若敢抗令不遵，便请恕本官无礼。本官早已接到命令，道段校尉向来不驯，若敢抗令，便押至汴京，卫尉寺自会按律定罪。"

向安北听到此话，心更是沉了下去，他向段子介使了个眼色，段子介毕竟不是当年只会逞匹夫之勇的模样，早已会意，便缄口不再说话。向安北这才抱拳向武释之说道："若无交接，只怕多有不妥。"

"在下便是新任陕西路安抚使司监察虞候致果校尉王则。"武释之旁边的武官态度就要温和许多，他向向安北抱拳还礼，温声说道，"在下的副使要三日后方到任，因向兄与段兄失察之事，上官十分恼怒……”

向安北与段子介见这个王则显然是不明真相，心中不由暗暗苦笑，一时竟也没有心情听他说些什么。二人只觉得如此作为，显然是章惇与高遵裕勾结在一起，要将自己二人赶到海外，从此再也掀不起什么波浪来。毕竟只要他们远离中土，章惇将陕西司的证据毁掉，高遵裕再做点手脚，二人没有证据，说什么也是白搭。想到此时章惇准备如此充分，向安北与段子介心中都不免暗暗叫苦。

向安北心中转了数转，终觉只能用缓兵之计，忙笑着应酬王则道：“既是如此，敢不遵令？只是陕西司是紧要之地，事出突然，并无准备，要交接的事情甚多，今日是无论如何也做不完，还请王兄能允许以明日为交接完毕之期。”

王则也觉得武释之的说法太过于不近人情，当下点点头，向武释之说道：“武兄，还请宽限一日方好。”

实则武释之也并不知道内情，以章惇之精明，岂会把事情告诉他，留下日后把柄？他想了想，也觉得一天之内，毫无准备就想交接完毕，的确不太可能，便点头应允道：“非是我不讲情面，实是上头交代得厉害。陕西房最近所办大案之卷宗、物证，也有令要一并带回京师，正好劳烦王兄交接之时，将这些交予在下……”

“多谢王兄！武兄！”向安北心中不由大喜，连连道谢。

当晚，向安北便摆出一副要讨好的模样，要请武释之与王则到陕西路最大的酒楼接风洗尘，不料武释之断然拒绝。他只得退而求其次，在府衙中置宴，又招了几个官妓相陪，这次武释之似觉不好意思，却是没有拒绝。只是宴会之中，目光始终不离向安北与段子介左右。向安北与段子介却都摆出一副浑然不在意的样子，由向安北陪武释之，段子介陪王则，只是一个劲地豪饮，武释之心中本以为二人是想灌醉自己再弄什么玄虚，谁料这向、段二人，却是三杯两盏，将自己给先后灌倒了。

武释之又觉好气又觉好笑，不过心中警惕之心，也放下了一大半。只是命人送二人回房，又吩咐了几个亲兵去监视。他自己却与王则由几个陕西司的低级武官作陪，继续喝酒听歌。

不料卫尉寺陕西司衙门内那口大钟的秒钟才走了几十圈，武释之与王则更在酒酣之际，便听到府外传来一阵打斗之声，打斗之声只持续了一小会儿，随着几个重物落地的声音便停止了，然后便听到两匹马蹄声由近渐远。

武释之在卫尉寺内本也是精明强干之人，此时虽然半醉之中，亦只是怔了一下，立时便清醒过来，连忙带着兵士往向安北与段子介的卧房去查看。到了卧房之时，便见随来的四个兵士，全部被打晕在地，向安北与段子介，早已不知去向。他正在那里恨得咬牙切齿，便见王则脚步匆匆来报，道是孔目房内档案卷宗被翻得乱七八糟，显然向、段二人，不是空手而走。

武释之心中一阵发冷，来之前章惇的严厉吩咐，他一时也不敢忘记："朝廷怀疑向、段二人因与文焕有旧，或有降夏叛国之意，不得不未雨绸缪，远调二人至海外。尔去陕西，须时刻谨防，不可使二人逃脱，若是万一彼二人降夏，二人皆身居机要，其害烈于文焕百倍。切记！切记！"

武释之使劲捶了自己一拳，立时发现现在并非后悔之时，忙打起精神，站直身躯，厉声喝道："向安北、段子介叛国潜逃，立时追拿，若敢拒捕，格杀勿论！"说罢，向王则说道，"王兄，请你立即去通知京兆府，向、段二人身上都有出关文书，莫让他们赚开城门逃走。"

王则肃然点头，他阶级虽然较武释之要高，本来武释之如此施为，已是有点儿过分，他完全可以给他难堪。但是王则听说武释之说向、段二人叛国，早已将向安北与段子介恨入骨中，当下也不多话，便以新任陕西路监察虞候的身份，将府中兵丁，交与武释之，自己上马，径直往京兆府而去。

武释之当下分派兵卒追赶向、段二人，他此刻也不敢完全信任向、段之旧部，只得分成两队，由自己带来的亲兵混入其中，出府追捕。

没过多久，从卫尉寺陕西司的衙门当中，两队全副武装的士兵高举着火把，向京兆府的大街小巷跑去。

此时，在京兆府的一条小街之中，向安北与段子介，正在相顾大笑。

"接下来怎么办？"段子介此时，反倒显得精神抖擞起来。

"普天下之下，能救你我二人的，只有三个人！"向安北想也不想，张口即答，显是心中早有成竹，"石帅、文相公、富韩公。"

段子介点点头，道："文相公远在汴京，富韩公深居西京，二人都是轻易见不着的。最近的，唯有石帅了。"

"正是。"向安北也苦笑道，"虽然找石帅有诸多弊端，但是迫不得已，也只此一途。唉，早知今日，何必当初？"

段子介笑道："世上无后悔药。好在现在主动权还在你我手中，只要找到石帅，何惧章惇与高遵裕，只怕连那个卫家，也不会有好果子吃！"

向安北勉强笑笑，他知道段子介不懂政治，当下也不多说，只是笑道："便去帅司。"

一心一意以为向安北与段子介要叛国步文焕后尘的武释之，绝对想不到两个"叛将"的目的地，竟然是陕西路安抚使司衙门。向安北与段子介这一路之上，却是没碰到半个追兵，只不过听到京兆府中动静的安抚使司，虽然不知道究竟发生了事情，却也早已警戒起来。一队队卫兵，全副武装地把守了帅司衙门附近的所有街道。

因此向安北与段子介尚未靠近陕西帅司，便已经被一队卫队挡住。

“尔等是何人？”

向安北与段子介见到石越的卫队，都不由松了一口气。向安北连忙打马上前，抱拳说道：“在下是陕西路安抚使司监察虞候向安北，这位是我的副使段子介，有要事求见石帅，烦请通传。”

卫队长打量了一下向安北与段子介，却是认得的，当下笑道：“二位将军不知吗？石帅今日午后，便已经出京兆府，去各府州巡视了。”

“啊！”向安北与段子介都吃了一惊，不由暗暗叫苦。向安北连忙问道：“那府中现在谁在主持？丰参议在否？”

那卫队长笑道：“因此次石帅出去数日便要回来，而且听说是涉及水利与驿政的大事，府中现在除了几个判司文书，便只有石夫人。若二位将军是私事，在下或可替二位通报。”

“不必了，岂敢劳烦夫人。请问这位兄弟，不知现在石帅在何处？”

“往咸阳去，必不会有错。”

“多谢！”向安北与段子介只能在心中暗道倒霉。二人辞了卫队长，绕过两条街道，向安北勒马说道：“如今之计，只能你我分道而行。好在当初为了投报纸，备有两份卷宗，你带着一份卷宗与证据，去咸阳找石帅；我则带着一份卷宗，上汴京找文相公。”

段子介自是知道去汴京风险大得许多，忙摇头道：“还是我去汴京的好。”

“这时节有何好争的！”向安北沉声说道，“你与石帅有旧，容易见着石帅；而文相公或不喜你的为人。我官职高于你，且毕竟是忠良之后，见文相公便要容易许多。便是如此说定，贤弟路上小心。”说罢，便将一个包裹递给段子介，也不多言，打马往东门奔去。

段子介接过包裹，目送向安北远去，心中暗暗祷道：“向安北与在下，皆是为国不顾身家，上天有灵，必能佑护。”祷告完毕，掉转马头，往西门驰去。

京兆府长安城，本是盛唐国都，逮及天水之朝，亦是西北重镇，防范西夏入侵，向来都以长安城为中心，辐射向西，形成一个扇形防御区。自熙宁革新以来，陕西路安抚使司更驻跸长安，因此在长安城内，也驻扎有一个营的禁军与近万教阅厢军，这些部队，名义上皆受陕西路京兆府知府节制。但是其中又颇有区别，那近万教阅厢军素来由京兆府知府兼统自不待言，而一个营的禁军，名义上虽然也受京兆府知府节制，但是实际上却只有陕西路帅司石越与提督使陶弼才能指挥得动。因此，实际上平素负责守城的，却是教阅厢军。

向安北与段子介分别之后，便见到城内火把闪动，又听到各种人喊马叫之声，他向来反应机敏，立时知道必须抢在追捕令到达东门之前，离开京兆府。当下快马加鞭，往东门赶去。

他方到东门，发现这边厢的守军也早被城中的动静弄醒，一个个如临大敌的样子。守城的校尉却是认得他，早已催马近前，笑着问道："向致果，城里发生什么事了？"

向安北听他如此相问，顿时放下心来，忙打马上前，肃然道："出了点大事，跑了两个人。某正要离城，星夜入京通报情况。"

那校尉听向安北说得如此厉害，不由咋舌道："这般厉害，竟要向致果亲自去汴京。"

"还请速开城门。"

校尉点点头，却只是望着向安北，赔笑道："致果莫怪，职责所在，虽是相熟的，但也要看令牌。"

向安北点点头，从怀中取出令牌，给守城校尉验了。那校尉也只是例行公事，须知向安北的职责，素来是管着他们这些地方大大小小的军官，他亦是敬畏惯了，何曾有半点儿怀疑。当下随便看了，便高声喝道："开城门！"

守城兵士闻言，忙将城门打开，放下吊桥。向安北心中暗喜，冲那校尉抱抱拳，拍马便出城而去。

出城之后，向安北催马狂奔，跑出一两里之外，方才放缓马速，好使坐骑稍得休息。他也趁机回头打量那高耸在夜色中的长安城，不料这一回头，竟是让他惊出一身冷汗：远远望见，一条"火龙"从长安城中冲了出来！

追兵！

向安北暗暗叫苦，好在他毕竟是将门之后，马术还算娴熟，连忙催马急奔。但是那些追兵显然已经发现了他的行踪，一路紧紧追来，一面还不停地呼喊着："站住！""叛贼，站住！"声音之中，隐约还可以听出王则的嗓音。

向安北哪里肯甘心束手就擒。此时之事，要么成为大宋的大英雄，要么便是身败名裂、百口莫辩，他又岂能不明白其中利害。当下毫不理会背后呼喊之声，只是一个劲加鞭狂奔。

但是黑夜之中，慌不择路，兼之向安北又有许久困于案牍之中，此时临此困境，终不免有些力不从心，只觉得喊声越来越近，渐渐地，竟然可以听到身后弓箭划过空气的呼啸之声。

正在这困路穷途之际，更加让向安北绝望的事情出现了！不知不觉，他竟然跑到了浐水西岸！而纵目四望，不仅无桥，亦无渡口船只！

纵然他骑的是的卢马，只怕也跃不过这浐水河的滔滔河水。

向安北望了望身后的追兵，又望了望眼前的河水，咬咬牙，跳下马来，牵着马便想要泅过这浐水河。他刚刚牵马走到河边，忽然感觉一阵风声，然后背上冰凉，似乎有什么东西流出来，紧接着便是剧烈的疼痛。“扑通”一声，向安北便摔倒在河边。

“中箭了！”大宋致果校尉向安北最后的遗言，是如此简单。

浐水边上，另一位致果校尉王则一手拿着弓箭，默然望着那混合着向安北鲜血的河水，心中突然感觉到一阵莫名其妙的心虚。

部下早已将向安北的尸体放上马背，准备回城。而王则心中的疑团却越来越大：“如若向安北是叛国降夏，他为何要渡浐水河向东？”

一念及此，王则只觉心中有如冰一样彻骨的寒冷。他接过部下递过来的沾满了向安北鲜血的弓箭，一向孔武有力的双手，竟然一阵颤抖！

9

几乎是与此同时。

长安城西门。

段子介莫名其妙地打了一个寒战。

为了躲过城中搜索的兵士，他来到西门的时间，显得太晚了一点儿。站在离城门有几里的一个街道拐角，远远可以望见武释之在城门之前徘徊。

段子介叫了一声苦，知道离开京兆府已经不可能。他正要寻思一个地方藏身，忽听到有人大声喝问道：“何人在此？”

段子介大吃一惊，慌忙跃身上马，夺路而逃。

顿时，整个西门全部被惊动，数以百计的兵士，从四面八方向段子介追来。此时的段子介，根本已经顾不得方向与目的，只是凭着意识，没有终点地逃跑着。从一条街到另一条街，从一条巷子绕到另一条巷子。虽然明明知道逃脱不了，但是段子介总是不甘心在没有尽完全力之前，就被抓住。

半个时辰之后，游戏仿佛要到了尽头，武释之亲自率领兵士，将段子介围在了一座坊区，然后开始一条街一条街地搜索。

然而，段子介仿佛是从空气中凭空消失了。

他不在任何一条街道中。

“挨家挨户搜！”武释之咬着牙，恨恨地下达了命令，“我不信他能插上翅膀飞上天去！”

然而，没有一个士兵敢动手去敲门。

“怎么不搜？你们傻了？”

“武宣节！”一个本地的士兵小心翼翼地说道，“这一片坊区，搜不得。”

“为何搜不得？”武释之对长安的人文地理，缺乏常识。

“这厢紧挨着帅司衙门，每个宅院里住的人，都是非富即贵，若去搜家，只怕会被打出来。”

“岂有此理！”武释之厉声喝道，“本官断不肯信这个邪！给我搜！天子脚下，也无人敢包藏逆贼，何况区区一个京兆府！”

“那从何处搜起？”久在京兆府的士兵与低级军官，对于武释之要自讨晦气，并没有什么意见。但是他们自己却绝不敢乱来便是。

“便是那条街！”武释之随手指了一条街说道。

所有知道底细的军官与士兵，头立时都大了起来，每个人心中都转过一个念头：这位武校尉的晦气，还真不是一般大！

郡马巷！郡马府！

武释之指向的那条街道，总共只住了四户人家。头一户是郡马府，住的是清河郡主与狄詠；他家的对面，则住着陕西路转运使刘庠；狄詠的邻居，则是才搬来不久的监察御史朱时；而与刘庠比邻而居的，也是一户官宦世家，祖上曾经做到过天章阁待制，在京兆府，也是有名有姓的人物。

军士们拥簇着身着戎装、脚踏黑革靴的武释之向郡马府走去。构造雄丽的郡马府即使是夜色之中，也依然可以看出它的凌人气势。屋檐下挑出来的长长黑漆木杆上，挂着一串串红色的灯笼，每个上面均写着“钦赐”“郡马”“狄府”几个大字，显示出主人的身份尊贵非凡。

武释之沉着脸，一直走到郡马府的正门之前，这才停了下来，睁眼打量着眼前的建筑。众军士也连忙跟着停下，个个都定定拿眼睛瞅见武释之，却没有一人敢轻举妄动。

天下但凡做官之人，有谁会不知道狄詠？

在这一瞬间，盛气凌人的武释之，心中也不免起了一丝犹豫之心。

那道紧闭的朱漆大门内，传出隐隐约约的丝竹之声，仿佛正在轻蔑地嘲笑着武释之的不自量力。

武释之转头看了看两边的军士，见那些由本地调派来的军士眼中隐隐都露出看热闹的神气。他不由在心里冷笑了一下，咬着牙，恶声喝道：“敲门！”

“是！”两个从京师跟来的亲兵大声应道，快步走到台阶，抓起门上的铁环，使劲敲了起来，一面还大声喝道：“开门！”“开门！”

“吱——”过了好一会儿，郡马府旁边的偏门，才打开了一条缝。一个身着葛衣的家人从门缝中伸出头来，眯着眼睛不耐烦地骂道："是哪来的野人，这等的放肆？"

"卫尉寺搜捕要犯！"武释之厉声喝道，"尔休得放肆，速速开门。"

那家人不禁被武释之凶恶的神态吓了一跳，连忙擦擦眼睛，看清了武释之等人的装束，这才从门缝中走出来，勉为其难地向武释之作了一揖，指着府前的门匾，语气不逊地问道："这位官人，卫尉寺搜捕要犯，干郡马府何事？此处是致果校尉、郡马爷狄爷的府邸，官人可曾看实了？若是惊扰了清河郡主，并非小事。"

"休要啰唆！"武释之瞪了那家人一眼，沉声喝道，"你去通报狄郡马，便说卫尉寺正在搜捕要犯，要请他行个方便。"

"我家郡马不在府上。"那家人此时已经渐渐镇定下来，因此语言之中，不免就略带了些气恼无礼的味道，他打量了武释之一眼，才翻了翻眼皮，嘲笑道，"这位官人是哪里的官？难道没听说石帅巡察州府之事吗？我家郡马爷怎么可能还府中？"

卫尉寺军法官都是章惇一手栽培，十之八九，都沾上了章惇天不怕地不怕的脾气，又岂能受这等闲气。武释之勃然大怒，一抬手，"啪"的一声，抽了那家人一个清脆的耳光，厉声呵斥道："叫你这狗才饶舌！还不速去通报！"

那家人吃了这个眼前亏，望了望武释之，见他一脸煞气，当下再不敢多嘴，一溜烟地跑进门内，将门关了，一路小跑，便往后寝走去。

那家人未到前堂，便见柔嘉兴冲冲地走了出来，他连忙在穿廊边叉手站了让道，却见柔嘉径直走到他跟前，问道："狄五，是何人在外头喧哗？"

狄五素知柔嘉的脾气，也不敢隐瞒，忙欠身禀道："是什么卫尉寺搜捕要犯。"

"卫尉寺搜捕要犯，到我姐姐府上来做甚？"柔嘉皱了眉毛问道。

狄五低着头回道："这却不知，见他们那模样，倒似要搜府一般。"

"搜府？"柔嘉的秀眉一扬，几乎兴奋得跳了起来，竟似碰上的是什么好玩的事情一般，眉开眼笑地问道，"胆子还真不小哩。"

"是。"

"噫？"这时，柔嘉才突然看见狄五脸上五道清晰的指痕，不由愕然问道，"这是谁打的？你去外面惹是生非了？小心被郡马爷责罚，你不知道府上的规矩吗？"

"不敢。"狄五忙低声说道，"这是被外头的官儿抽的。"

"啊？"柔嘉的脸立时就涨红了，冷笑道，"那是多大的官？是御史还是宰相，就敢来这里抽人？不知道打狗欺主吗！"

狄五虽然也自压了一肚子气，但是他却是深知柔嘉是个惹是生非的主儿，怎么还敢去挑唆她？当下连忙说道："实是小的一时间得意忘形的错。"

"你做错了事，自有郡马的家法来惩办你。若是犯了国法，就有朝廷的律条来治你。我姐姐家的人，用得着别人来教训吗！”柔嘉根本懒得听他说什么经过缘由，而大觉自己这番话颇占理处，因此只是气呼呼地说道，“这是欺人欺上门来了。来人啊！”

她正要叫人一同出去找回场子，不料话音方落，便听见东边传来一阵嘈杂之声，便见几个护院拿着刀棍弓箭，绑着一个三十多岁的武官正欲向后院走去。柔嘉心中一动，连忙高声呼道：“站住。全都给我过来。”

那帮人听到柔嘉的叫声，连忙答应了，推着那个武官，便往这边走来。不待柔嘉发问，便有人禀道：“县主，在东边墙下抓住这人。竟是翻墙进来的，正欲先关起来，请郡主示下，是明天送官，还是如何……看这打扮，却是个官。只是这般鬼鬼祟祟，却不知是不是生了什么歹心。”

那个武官听到那些护院如此禀报，重重“哼”了一声，却也并不申辩。

柔嘉望了那个武官一眼，又望了狄五一眼，心中立时明白过来。她走到那武官面前，却见这人身材极是高大，比自己足足高了一个肩膀有多。柔嘉指着那武官，笑吟吟地问道：“卫尉寺要抓的要犯，就是你吧？”

那人正是段子介，他听到这些人说什么“县主”“郡主”，知道自己竟是到了一家贵人府上，却不知道就在狄詠府上——因为狄詠家里，可不曾有什么“县主”。因此心中不勉暗暗思量：究竟京兆府哪一家又有郡主，又有县主？此时见柔嘉如此相问，不由脸色一变，却不说话。

柔嘉笑道：“你若不说话，便将你交给外面那般人好了。”

段子介心一沉，忙说道：“我并非什么要犯，亦不是奸细。你们要送我见官不妨，却要将我送至安抚使司衙门，若是不成，送至转运使司亦可，却万万不可送给卫尉寺。”

众人都听得一怔，狄五凑到柔嘉身边，低声说道：“县主，这中间有文章。”

柔嘉点点头，却向段子介问道：“为何？卫尉寺不是官吗？”

段子介早已不敢轻信任何人，此时若非亲自面见石越或者刘庠，否则在这陕西一路，他是绝不敢和任何人提及自己掌握的秘密。当下只得含糊说道：“此事关系重大。在下只敢相信石帅与刘运使。”

柔嘉听说有大事要交给石越，不免变心中暗喜——至于还可以交给刘庠，她自是对此充耳不闻。不过此时脸上却要装出一副为难的模样，皱眉道：“这却是难办，外头可有卫尉寺要人。你先告诉我，你究竟是何人？”

“县主此刻不必问我是何人，只需见到石帅，一切自然清楚。”段子介竟是咬紧牙关，什么都不肯透露。

那狄五先前不明不白地受了武释之一巴掌，不免怀恨在心，而此时见到眼前之事，摆明其中必有缘故。这人既然要见石越、刘庠，只怕还是受了什么冤屈——而外面的卫尉寺军官，却如此盛气凌人，自然是做了什么见不得人的事情……怀着这个念头，他心里竟觉得不应该将此人交给武释之，当下向柔嘉低声说道：“县主，小的有一言……请一边说话。”

柔嘉心中其实也早已料到狄五要说什么，她此刻只觉平生所遇之事，再无一桩比眼前更好玩的事情，当下也便装模作样地与狄五走到一边，问道：“有什么话要这般鬼鬼祟祟？”

狄五低声道：“回县主，那断显是有难言之隐。只怕是受了冤屈……若是真交到卫尉寺，日后查出来，岂不坏了郡马的名声？不若便先将他藏起来，明日一大早，便送到安抚使司的大牢中先关起来，等石帅回来再处置，岂不稳当得多？依小的看，外面那卫尉寺的，不像是好人……”

他这一说，却是深合了柔嘉的心意，想到从此之后便可以名正言顺地去见石越，早已经心花怒放，表面上却装模作样地沉吟一会儿，方点头应道：“此言有理，这人只怕真是受了冤屈，来求郡马庇护，咱们只能送给石帅处置。”她自己也不觉这番话里其实大有问题，为何受了冤屈要求郡马庇护，最后处置权却要交给石越，好在狄五也不会明白她这些弯弯绕绕的心事。

“嗯，便是这个主意。狄五，你且带人将这个家伙藏起来，千万要看牢了。我去打发外面的。”柔嘉说罢，也不待狄五答应，便点了几个平素喜欢惹祸的家丁护院，向外面走了出去。

待狄五回过神来，忽才想起柔嘉是不能出去见人的。但此时柔嘉早已走远，追之莫及，不由得暗暗叫苦，一面着人押了段子介躲藏，一面却忙自己赶去禀报清河郡主。

武释之此时早已等得不耐烦，正要让人再去唤门，却见偏门“吱”的一声，竟全部打开，八个家丁分两排鱼贯而出，在台阶上站住了。

“来了。”武释之在心里叫了一声。

果然，便见一个红衣少女从门里缓缓走出，牢牢站定门口。

“下官宣节校尉武释之，参见郡主！胄甲在身，不能全礼，伏乞郡主恕罪。”武释之见来人的风姿，显然与传说中的清河郡主并不相同，脸上并无半分温柔贤淑，反而神态中大有盛气凌人之势；但是既由家人这般恭敬地协护出来，气度又如此非凡，那不是郡主是谁？而且从火光照耀中，武释之也可以看出眼前的少女，虽然微带稚气，却当真是个美人，与传说之中约略相似，因此也不及细想如何郡主会这般轻易出来，便先在心中认定了，眼前的必是清河郡主，连忙拜倒行礼。

柔嘉不料一出门便被人误会成清河，不由得暗觉好笑，她和清河的性格相差如此之大，年岁又是相差不小，知道之人，自然从来也没有认错过，不知道之人，只需三言两语便也能猜出，谁料这个武官，也不问个清楚，便一厢情愿地将自己当成了清河。

她也不愿意说破，当下忍住笑意，板着脸先声夺人地质问道：“不知我府中的家人犯了何等过错，竟要劳烦武校尉亲自教训？”

武释之不由一怔，想起那掴的一掌，知道自己处置失当，连忙说道：“不敢。下官改日必来专程请罪。只是卫尉寺走脱一奸细，下官恐他潜入郡主府中，惊扰了郡主，担罪不起。故斗胆要请郡主开恩，许下官查看一下。”

“武校尉先是替我教训家人，现在又要搜府？”柔嘉冷笑道，“不知道武校尉手中是有圣旨呢？还是有枢密院、尚书省的令牌？又或是武校尉文武双全，不仅仅是卫尉寺的武官，还是御史台的御史？”

“这……”

“好叫武校尉得知，这郡马府虽然小了一点儿，但是若要搜查，这陕西一路，若是没有圣旨，便是连御史也不敢放肆。武校尉还是请回吧！我府上若发现奸细，自然会送官，不劳武校尉操心。”柔嘉说罢，也不管武释之，转身便走进府去。她进府后，快步紧走，一直走到外面听不到自己的声音的地方，这才停下来，捧着肚子哈哈大笑起来。

而在狄府外面，那八个家丁则依照她吩咐，瞪大眼睛，摆出嚣张的姿态站立在台阶的两旁，直视武释之等人如无物。

武释之瞪了郡马府一眼，重重地“哼”了一声，却终不敢硬来，只得心不甘情不愿地率着兵士们离开狄府。

“将这一片紧紧围住！我看他是要从天上飞出去，还是从地底钻出去！”走出很远以后，还能听到武释之怒气难遏的声音。

但是无论如何，这只能是武释之无奈之中的唯一办法，这个地区的每一座府邸，实在都不是他区区一个宣节校尉可以进去的。

10

武释之离开后半个时辰，郡马府，后厅。

“郡主。”狄五恭恭敬敬地向珠帘后的清河郡主行了一礼，说道，“那个武官带来了。”

“请他进来吧。”珠帘之后，传出如珍珠撒落玉盘一样清脆悦耳的声音。

“是。”狄五恭身答应了。须臾，五花大绑的段子介便在几个家丁的押送下，带至后厅当中。

珠帘后面的清河微微皱了一下眉头，柔声向段子介说道：“下人无知，如此对待朝廷命官，实在是失礼了。还请将军恕罪。还不松绑——”

“郡主！”狄五连忙说道，“这位官人十分厉害，且如今善恶未分，若是松绑，便怕有个万一。”

段子介一夜之间，由大宋的军法官转为逃犯，哪里会在意这些待遇，当下笑道：“郡主不必介意，绑便绑了，无妨。”

“将军大度。”

段子介平生从来没有见过如此温文知礼的宗族女子——当然，他压根儿便没见过任何一个宗族女子；也从来没有听到过如此悦耳动听的声音，只是觉得，对面珠帘后的女子，与自己本是初见，自己夜闯她府中，究竟善恶如何，她自也难知。但她说的每一句话，却都依然这般谦和有礼，竟似自己是她邀请的客人。一时间，段子介只觉得虽然是被绑着与面前的人交谈，却也有着如沐春风的感觉。

“不敢。下官只求郡主能将下官解送至安抚使司衙门，真相自必水落石出，此时却无法向郡主解释。冒昧之处，伏乞恕罪。”

“将军如此忍辱负重，所谋者必大。”清河停了一会儿，方说道，“然则将军不知道石帅已去巡视地方了吗？”

“但是京兆府虽大，于在下而言，唯一的安全之处，却只有帅司衙门。”不知道为什么，虽然看不清珠帘后面的人的长相，也不知道这究竟是什么地方，段子介却直觉地认为，这个女子不会出卖自己。只不过，到了这个时节，段子介已经不敢相信任何人，除了石越和桑充国。

“卫尉寺欲得将军而心甘，而将军则非见石帅不可。”清河娓娓说道，“这其中，或许确如将军所言，只有帅司衙门，才能护得住将军。敝府虽然可以拒卫尉寺于一时，但是若是卫尉寺的武将军能请来一个监察御史，那么只怕妾身也保不住将军。因此，妾身请将军前来，是想与将军商量一个对策……”

“想必郡主早已经成竹在胸，还请赐教。”段子介一向是个磊落之人，他知道对方这样的勋贵，若是没有办法，并不会和他说这样的话，当下快言快语地说了出来。

珠帘后的清河不由脸红了一下，她却是不太习惯这样直率的谈话。停了好一会儿，方才说道：“妾身是想，是否能连夜将将军送到帅司衙门。虽然石帅不在，但或者鲁郡夫人能庇护将军安全。”

清河郡主实是蕙质兰心的人物，她听柔嘉与狄五等人讲述事情的经过后，便隐隐约约已猜到段子介这个人物干系必然重大，她虽不知具体缘由，但他既然敢坦然面见石越，自非寻常之人，只怕是掌握了什么重大秘密，而卫尉寺又必欲得之而甘心，焉知会不会找一个御史来协助，若到时候被查出此人在郡马府，那段子介保不住不说，她也要担上一个罪名——更何况，郡马府中，还有一个不可以让人知道的柔嘉县主的存在！

这些内情，段子介自然不可能知道，但是对他来说，这样的处置，毫无疑问是最好的。当下忙答应道：“如此，实在有劳郡主。只大恩不敢言谢，日后必教郡主得知此中缘由。”

“如此。狄五，速去备车！”

“狄五？”段子介心中一凛，暗暗看了周围一眼，心中暗忖道，“这里难道便是狄詠的府上？能连夜进帅司衙门的，似乎的确只有清河郡主。但是那个县主……”

“姐姐，你让我送他去吧，我也想见见石夫人了，自她们来陕西，我还没有见过石越的女儿呢……”珠帘后面，传来那个红衣少女的软语央求声。

段子介不由更加迷惑起来：“陕西居然还有一户人家，竟有一个郡主一个县主，仆人姓狄，而那个县主竟敢直呼石山长名讳……”

四更。

两辆马车从郡马府的后门悄悄驶出，往帅司衙门的所在地跑去。

此时，郡马巷外面隔着两条街的地方，武释之率领着一队军士，再次往郡马府赶来，与他并辔而行的，是陕西路监察御史景安世。

“马车！”一个亲兵忽然大声叫起来。

果然，马车奔跑的声音，从前面的一条巷子中传来。

“追！”武释之完全是直觉地做出了反应，策马往马车的方向追去。景安世也抽了一下马，跟了上去。不过他毕竟是个文官，很快，骑马的景安世，被武释之甩在了后面，只能与跑步的步兵们一起为伍。

很快就可以隐约看清楚是两辆马车了，驾马车的人显然感觉到了后面的追兵，明显加快了速度。

武释之心中愈发肯定了马车之上有鬼，便挥鞭疾追上去。

拉车的马毕竟比不上武释之胯下的战马，双方的距离越来越近，马车车轮发出来的声音，武释之已经可以听得清清楚楚。

眼见就可以赶上！

便在这时，后面那辆马车突然不顾危险地掉转过来，如同疯了一般，冲向武释之与他的几个亲兵。

这一瞬间，武释之几乎吓呆了。他下意识地勒住了奔马，掉转马头，冲向最近的一条岔道，避开如同战车一般冲过来的马车。双方几乎是擦肩而过，与之同时，武释之清晰地听到马车内少女清脆得意的笑声。

这是清河郡主的声音！

但这是清河郡主？

武释之此时也无暇思索究竟是不是被传言所误，还是刚才过去的根本不是清河郡主。他只是更加坚定地证实，那马车有鬼，但他也没有余暇去思考，为何“清河郡主”要帮助一个叛将。只待马车冲过，他立时从巷子中冲出，继续追赶起前面的马车，他没有时间与“清河郡主”纠缠。

然而这样一折腾，他与前面的马车又拉开了距离。而“清河郡主”的马车，也不依不饶地掉头跟了上来。

“我非追上这厮不可！”武释之拼命地抽打着战马，他与马车之间的距离，终于慢慢拉近了。

突然，马车转了个弯，驶进了一条大道。

追上去的武释之怔住了！

大宋陕西路安抚使司！

前头的那辆马车，驶向的地方，竟然是陕西路帅司衙门！

“是叛将？还是调虎离山？”一瞬间，武释之的脑海中，充斥着各种各样的念头。

安抚使司衙门的卫队截住了那辆马车，一个熟悉的身影从马车中走了下来——段子介！不管心中有多少不解，武释之还是策马上前，既然段子介自投罗网，那么他从安抚使司的卫队手中接收这个“叛将”，自然也是理所当然的事情。

“来者何人？”安抚使司的卫队也发现了靠近的武释之，有两个护卫迎了上来，大声喝问。

“卫尉寺宣节校尉武释之。”武释之亮出了自己的腰牌。

验过武释之的腰牌，那两个护卫客气很多：“武校尉来此何事？”

“下官追捕叛将至此。”

“叛将？”

“正是。段子介便是叛将。”

“啊？”那两个护卫都吃了一惊，其中一个小心翼翼地问道，“段校尉是卫尉寺驻安抚使司监察虞候副使……”

“不错。不过二位有所不知，段子介与其上司致果校尉向安北叛国，据报向安北已经逃出东门，新任监察虞候王则校尉已经出城追拿；某奉命来追捕段子介。”武释之的声音大得满街都能听见。

正在与段子介说话的卫队长闻言也怔住了，怀疑地望着兀自被绑着段子介。

“我并非叛贼，一切待石帅回来，自然可见分晓。”段子介急切地辩白道，“在下只求待在帅司衙门的大牢中，等待石帅回京兆府，却千万不可将我交给卫尉寺。”

虽然不明白为什么段子介这么害怕被移交到卫尉寺——也许是石越更加宽容而章惇要严酷许多——但是武释之认为自己的要求并不过分：“军中武臣犯法，当由枢府或卫尉寺审理。段子介身为军法官，理所当然要由卫尉寺处置。即使石帅回来，亦是一样，还请诸位能够体谅在下。”

“我辛辛苦苦将他送来此处，可不是为了交给卫尉寺的。”一个动听的声音从武释之脑后传来，不过此时对武释之而言，这个声音可一点儿也不动听。

“清河郡主！”武释之的声音严厉起来，“国家章程，并非儿戏！”

“清河郡主？”

“清河郡主！”

安抚使司衙门前的大街上，无数的人忍俊不禁。很多人虽然不认识柔嘉县主，但是却有不少人曾经见过清河郡主的。

“武校尉认错人了。”一个护卫好意地提醒道。

“认错人了？”武释之愕然回头，却见柔嘉笑意盈盈地望着自己，竟是无丝毫害怕之意。不由怒道：“你是何人？怎的敢冒充宗室？”

“她本来就是宗室！”从更远的地方传来景安世气喘吁吁的声音，虽然武释之无法理解为何他骑马赶来也会喘气，但显然这些事情如今已经并不重要。只见景安世策马到柔嘉跟前，下了马来，凝视柔嘉半晌，忽然厉声问道：“柔嘉县主，你如何会出现在京兆府？”

“你管得着吗？”柔嘉却是胆大包天，压根儿不知大祸已将临头。

景安世又看了柔嘉两眼，冷笑两声，冷冷说道：“本官管不着，自有人管得着。本官只奉劝县主，莫要恃宠而骄，祸及父母！”

说罢，双手正了正獬豸冠[1]，向段子介走去。

柔嘉从未见过有人对自己说话如此无礼，愣了一下，却权当是危言耸听，只抢先几步走到那卫队长跟前，说道：“先莫把这人交给他们，待我去见见夫人，自有分晓。”说罢，也不管卫队长答不答应，大摇大摆地往安抚使司衙门闯了进去。

景安世望着柔嘉的背影，却只不停冷笑。

“景察院？”武释之见景安世并不说话，忙低声呼道。

景安世摆摆手，淡淡说道：“不要急，她要见鲁郡夫人，便让她见。便是石子明亲来，若是与朝廷章程不合，亦不敢放肆。本官现在只想见识一下鲁郡夫人的见识！”

“我只是朝廷的命妇，岂能干涉外事？”京兆府中喧哗了半夜，来京兆府未久的梓儿直到现在才知道原来是出了两个“叛将”，而出人意料出现在这里的柔嘉竟然还

[1] 又称法冠、铁冠，古代执法官吏戴的帽子。獬豸（读音为“xiè zhì”）是古代神话中的神兽，能辨是非曲直，识忠奸善恶，在古代被视为法律的象征。

要她出面来保护其中一个“叛将”。

“眼下京兆府中，说得上话的大都出去了。若是你也不管，便没有人管了。你去看看那个御史和那个什么武释之的嚣张样……”柔嘉心里其实也清楚清河是将一个烫手山芋交到梓儿手中。但是眼下的情势，的确也只有安抚使司衙门有这个能力保住那个什么段子介，而只有段子介保住了，她之前所做的一切，才是有意义的。否则的话，清河想不受连累都不可能。而眼下显然只有梓儿有能力影响安抚使司衙门的卫队。

“你方才说，那两个叛将叫什么名字？”梓儿沉吟了一会儿，突然问道。她老觉得其中有个名字似曾相识。

“一个叫向什么，一个叫段子介。”

“段子介？”梓儿转过头，向阿旺问道，“阿旺，你可听说过这个名字？”

阿旺也怔住了：“似是有点儿相熟。”

柔嘉却不明白梓儿为何在这当儿，想起这些莫名其妙的事情，但又拿她无可奈何。

“是不是被开封府抓过的那个段子介？”梓儿突然间灵光一闪，想了起来。

“对。”阿旺虽然没有经历过，但也常听人提及。

“他被开封府抓过？”柔嘉却愣住了，“难道他真是叛将？”

“他绝不可能是叛将。”梓儿淡淡地说道，语气却十分坚定，“其中定有蹊跷！”

柔嘉一时没有弄明白为何被开封府抓过反而不会是叛将，但是梓儿能认可自己的判断，无论如何是一件好事，当下笑道：“那夫人你快去救他。”

“我不能出面。”梓儿温和地笑了笑，虽然出身不高，但是她却是非常懂得轻重的。要知道，甚至连相州韩家那样的世家大族的姑嫂们，都挑不出她的毛病来。

“那怎么办？”

梓儿垂首想了一会儿，突然想起一个人来，却是前不久因为侍剑的推荐，被调到安抚使司来的李旭，此时名唤“李十五”。梓儿听石越说过他的底细，当下又细细想了想，道：“阿旺，你去将李十五叫来。”

“是。”

景安世与武释之在外面等了约小半个时辰，才见有一队卫兵从安抚使衙门中举着火把走了出来。

外面的卫队长见到为首的是个年轻人，却不见梓儿，也不见柔嘉露面，不由奇道：“十五郎，如何是你？”

李旭走到卫队长跟前，低声说了两句什么，便见那卫队长点头应了，他于是径直走到段子介跟前，上下打量了一下，眼中忍不住露出一丝笑意；段子介望着李旭，也是一怔，嘴唇微微动了动，却是忍住了没有出声。

李旭径直走到景安世前面，欠身说道："景察院，鲁郡夫人言道：妇人不当干预外事，这边厢的事情，夫人不便参与。"

景安世见他如此回答，不禁微觉失望，但是口里却赞道："鲁郡夫人果然是明晓事理。"

"不过……"李旭的话却没有说完，"鲁郡夫人说，这个段子介本是朝廷任命的驻安抚使司监察御史副使，虽说他是叛将，可他此时硬要来帅司衙门，宁在这儿坐牢亦不愿意去卫尉寺。似乎……嗯，只怕其中多有蹊跷之处。若真是另有苦衷，他来到帅司门前，还被人截走，日后张扬出来，难保不成笑话，这个罪过却也不好担当……"

景安世与武释之听到这话，脸色不免都变得有些难看，这话中之意却是明明白白地表示了对他们的怀疑。

李旭却没有去看他们的脸色，只在心中暗暗佩服梓儿的聪慧："因此鲁郡夫人说，或可以有个两全其美的方法，想来卫尉寺定是人手不足，否则也不至于让他们跑了，石帅与章卫尉同殿称臣，都是在为朝廷办事，所以不妨由帅司衙门派一队护卫，协助卫尉寺的武校尉押送这位段校尉去京师。到了汴京后，我等便齐将这位段校尉送至枢密院，卫尉寺若要人，直管问枢府要便是。如此一来，大家都不用伤了和气，卫尉寺的事也办好了，我帅司衙门亦不担干系——这位段校尉若真有什么苦衷，文相公自是不会冤枉他。不知景察院与武校尉意下如何？"

他如此一说，景安世与武释之不由都怔住了；段子介却不免喜出望外。

但是不管怎么样，梓儿提出来的这个方案，绝对是让人无话可说的。的确，安抚使司若要强留卫尉寺的犯人，自然是说不过去的，但是它怀疑其中有疑点，要送到枢府去，却也是理所当然的。若是景安世与武释之还要说什么，倒显得他们真的是居心不良了。

不过真正让景安世佩服的是，这位石夫人口中谦逊着说不干涉外事，实际却把外事全部干涉光了，还让人无话可说，女流之中，也算得厉害之人。

"如此，也甚好。不过帅司衙门要派谁去？"武释之讶然之后，便也觉得这个提议不错，既可不直接得罪石越，也不能算违命。

"便是在下与这八位兄弟。"李旭笑着指了指身后的八人。那八人向前一步，朝武释之欠身一礼，便走到段子介身边，所站的位置，竟是将他团团护住。因为他们接到的命令是：从此时开始，到将段子介交到文彦博手中为止，必须与他寸步不离，必须绝对保证他的安全！

喧嚣了一个晚上的长安城终于平静下来，启明星也已经开始出现在天空之中。

而此时此刻，心情沉重的王则却带着向安北的尸体在卫尉寺陕西司的衙门里等着天亮。他用颤抖的手指，翻动着那份沾满了鲜血的报告，心中情不自禁地充满了洗刷不尽的罪恶感——这份报告，本来他也应当直接交给武释之，让他带回京师的，但……

而陕西路安抚使司衙门前面的街道上，一什轻甲卫士则押送着一个被五花大绑的军官，跟在一个沉着脸的武官后面，缓缓而行。而被绑的军官，脸上反而不时漾出笑容，似乎这样被绑着倒是如何开心的一件事。

而在西北方向的一条小巷上，正骑在马上的监察御史景安世，嘴角亦不时露出得意的笑容。他此时的心里，正在构思着最新的奏章——这必然是一份能掀起惊涛骇浪的奏章。在这份奏章中，将涉及一个与皇帝有着近系血亲的公爵、一个极受宠爱的郡主、一个无法无天的县主、一个似乎正在失宠的郡马、还有一个如今炙手可热的安抚使……无论如何，他的老师吕相公，一定会非常喜欢这份奏折的。

没有人知道，在这天亮前的短暂平静之后，将会有怎样的风浪！

第三十三章

意气丹心

济水自清河自浊。

——唐·李颀《杂兴》

1

“七月，黄河溢卫州王供及汲县上下埽、怀州黄沁、滑州韩村埽。十七日，黄河大决于曹村上埽，二十六日澶州上报，北流断绝，黄河南徙，汇于梁山泊、张泽泊，分为二支，南支合南靖河入淮，北支合北清河入于海。此次大灾，四十五个州县被淹，三十万余顷田受灾，数万房屋荡然无存，受灾人数达数十万户！”

“八月，黄河又决于郑州荥泽。与此同时，河北大雨，地方守吏上报，水深至二丈！河阳水涨成灾，沧卫河涨成灾……至此，豆华水[1]以来，黄河中下游地区受灾人数超过七十万户，受灾人口达到三百余万！死亡人数现时虽然不能统计，但是以微臣估算，至少有数万！”

工部尚书苏辙语气沉痛地向皇帝报告着七、八月份全国的灾情。崇政殿内，上至皇帝赵顼，下至尚书左仆射吕惠卿、枢密使文彦博，以及各参知政事、枢密副使、各寺卿、翰林学士都脸色凝重，默然无语。

这还是赵顼登基以来，黄河最大的灾害。

“陛下！”文彦博手执朝笏，沉声唤道。

年轻的皇帝脸色苍白，嘴唇微微颤抖，幽深的眸子中满是忧虑，这并非突如其来的消息，但这样的大灾……

“文卿但说无妨。”

文彦博微抬起头，却半晌沉默不语，过了良久，才缓缓抬头环顾了殿中大臣一眼，目光最后停留在赵顼的黄袍之下，然后厉声说道：“陛下，黄河决于曹村，臣以为是人祸而非天灾！”

一时之间，大殿之内的气氛顿时变得紧张而凝重起来。所有人的目光都聚集到了文彦博一人身上。

“卿说什么！”赵顼的声音严厉起来，殿中众人都不由自主地打了个寒战，皇帝倏然间变得尖锐的声音中，带着冰冷的杀气。

“臣死罪！”文彦博拜了下去，但是话语中却没有半点退缩之意，“臣以为，黄河决于曹村，是人祸，非天灾！”

“何谓人祸？”赵顼的目光狠狠地盯着文彦博，咬着牙一个字一个字地吐出四个字。

“据臣所知，此次黄河决口，完全是因为地方官吏防修不力所致！”文彦博的

[1] 宋时称黄河七月的水汛为豆华水。

声音并不甚大，但是满殿大臣听在耳中，却觉得无比的刺耳。“今年豆华水、荻苗水[1]，虽然略大于往年，但并非前所未有，之所以决堤，俱是因为当地官吏平素就殆于职守，不修堤防；大水来时准备不足，这才是导致黄河最终……”

赵顼根本没有听完文彦博的话，就将怒气冲冲的目光转投向吏部尚书冯京：“卿速将曹村一带的地方守吏的名字与官职都报上来。”

“是。”冯京小心翼翼地应着，全然不敢多说半句话。

“陛下，当务之急，是要准备救灾。眼见便要入冬，而灾民们衣食居住都无着落……”苏辙却是没法回避具体的问题，因此虽然眼看皇帝震怒，但还是不得不继续这场危险的谈话。黄河决口，河灾水灾不断，工部尚书与都水监都难辞其咎，他此时也已经递上了辞呈及请罪的折子，等待着处分。虽然他在任上，做了许许多多的实事，但是此时都已不必提起，未竟的事业自有人来接替。此时此刻，重要的是如何补救。

但是文彦博却断然打断了苏辙的话：“陛下，救灾的事情的确要讨论，但是犯下的错误，亦须立刻纠正，否则，九月还有登高水，难保不会雪上加霜……”

“卿说吧。”

“自从熙宁七年以来，虽然王安石新法已逐渐罢除，但是朝廷上下，却并没有停止好大喜功的习惯。开发湖广之后，军屯所省费用与所花费用，虽然略有剩余，但是却因为开垦土地，不断激起与山中未化夷人之间的冲突，虽则朝廷屡次下旨申诫，然自熙宁九年冬以来，湖广无一月无战事。虽是归化蛮夷数万户，但所用军费，正好抵销。朝廷目前为止，实际未从军屯中得一分好处。”

这番话说出来，众人渐渐品出，文彦博的指责竟然是针对石越提出来的新政，因此别说冯京、吴充惊诧不已，便是苏辙、韩维也相顾愕然，甚至连吕惠卿与司马光都大觉出乎意料。

“开发湖广尚可说有子孙之利，但是如今各地纷纷修葺道路、浚清河道，却是得虚名而招实祸！”文彦博锐利的目光，有意无意地扫过苏辙与韩维，声音也越来越严厉，越来越缺少顾忌，“楚王好细腰，城中多饿死。上有所好，下必甚焉。天下官吏皆知朝廷好大喜功，于是无不纷纷趋骛，朝廷一岁所入赋税有限，一旦全部用来修路浚河，那水利堤防，又如何能顾及？如此轻重倒置，朝廷却不能觉察，今日之祸，其实是早已种下！”

苏辙与韩维面如死灰，文彦博指责的话中虽不无偏颇之处，却也不无道理。并且他们也没有丝毫推卸的理由，只是没想到文彦博话锋一转，竟有将今日之祸隐隐归于石越之意，甚至直言朝廷好大喜功。这种鲜明的态度，令两人做梦也料想不到。

[1] 宋时称黄河八月之水汛为荻苗水。

“臣以为文枢使所言有理。”吕惠卿脸色沉重，用悔之不及的语气说道，“其实今日之祸，不唯是地方守吏揣测上意，导致胡乱花钱，亦是由于西事。朝廷财政本有节余，六月时，政事堂曾经商议要增拨款项用于防汛，奈何战事一起，捉襟见肘……”

听到吕惠卿的话，赵顼的脸色愈发的沉了下来。崇政殿中，各人抱着各人的心思，每个人所思所想，都不尽相同。众人一方面感觉文彦博与吕惠卿的话有道理，但另一方面，在心里也不免觉得这样推论，对石越并不公平。司马光本来对修路、用兵等事是心存不满的，但此时不知道为何，竟为石越委屈起来，因此噤口不语。他自然能听出来，文彦博的批评还可以说是就事论事，以批评政策为主；但吕惠卿的话，却是借着文彦博的话锋，完全将矛头彻底转为针对石越本人了。

朝中地位最高，而且明显平素互相不和的两位大臣批评的矛头竟一致指向石越，因此就连苏辙与韩维，都忍不住背上直冒冷汗。

“陛下！”一个中气十足的声音突然从苏、韩的后面传出，令殿中众人均吃了一惊，“微臣以为吕、文二位相公之言，有失偏颇！”

敢在皇帝面前，如此大声说话、肆无忌惮地直斥宰相之非的人物，只有卫尉寺卿章惇。“河防之事，臣亦略知一二。大河之所以有今日之祸，确如文相公所言，是人祸，非天灾。然人祸者，却非二位相公所谓者，其由来有自。国朝河政，向来儒臣不屑为，仁宗时遣顾临治河，士君子以为是贬低他；陛下曾遣司马相公修河防，吕公著亦说非所以褒崇近职，待遇儒臣。是天下自居清高者不愿为此，河防焉得有成效？又国朝河政，事权分散又相互牵掣，监埽使臣与都水监修官以及本州知州、通判同掌治河，一小事须四人意见相同，再上报工部、都水监，稍大之事，便须宰相首肯，皇上明旨，其中只需有一人意见不同，则无法施行，如此焉能成事？且各埽人工物料各自为政，无人统一调度，颇多浪费。臣以为，以此治河，大河有必决之势，今岁不决，明岁亦必决。岂可以此必决之河，归咎于石越？”章惇洪亮的声音，在崇政殿中显得分外响亮放肆，他似乎完全没有将吕惠卿眼中的怨毒放在心上，也没有在意文彦博铁青的脸色，只自顾自地接道，“以此次曹村之决而言，事发之后，微臣即翻阅卷宗，发现卫尉寺有一案件，便涉及曹村决埽！”

“是何案件？卿速禀来。”

“遵旨。”章惇大声禀道，“自熙宁十年四月始，卫尉寺便开始调查全国禁军、厢军、乡兵实际在役人数，以协同枢密院、兵部之兵制改革，且杜绝坐吃空饷之弊。”说到此处，章惇停了一下，突然想起陕西的向安北与段子介，若非二人调查吃空饷之事，也绝不会顺藤摸瓜查出高遵裕那许多事情来。他不易觉察地叹了口气，继续说道：“卫尉寺在调查之中，发现曹村治河在役兵丁，仅仅十余人！臣已于六月廿五日，已将调查结果，转交枢府与兵部。”

他此言一出，文彦博与兵部尚书吴充不由大感尴尬。以二人的身份，自然不可能知道区区一个曹村在役河兵有多少人这样的小事，但此时，皇帝自然不会理会他二人应不应当知道。果然，赵顼冰冷的目光不带任何感情地扫过文彦博与吴充脸上，恶狠狠地重复了两遍：“十余人！十余人！”

“曹村河兵，按理应当有厢军一个指挥的编制。”章惇却无视众人的目光，更无视此时殿中的情形，又火上加油地补充了一句。

“啪！”

巨大声音从龙椅上传来，赵顼瞪大了眼睛，满脸怒容地站起身来，厉声反问道：“一个指挥的编制！”

“曹村关系重大……”

“一个指挥的编制，竟仅有十余人在役！”赵顼咬着牙，顾视殿中众臣，厉声喝道，“曹村不决堤，是无天理！”

“臣万死！”所有的大臣都一齐跪了下去。

“明日众卿将救灾善后的折子递上来，后日廷议！”赵顼怒气冲冲地丢下一句话，转身离去。在转过身的一瞬间，他心中涌起一种无力的感觉，他隐隐约约地感觉到：无论他怎么样努力，但若指望着这一班大臣，就永远也不可能达成他的目标。

“退朝——”赵顼身后隐约传来唱礼的声音，他突然有一种冲动，想转身回去，命令内侍不喊“退朝”，让那些大臣们一直跪在那里……

但这毕竟只能是他心中永远不能宣之于众的任性。

从崇政殿退出来的大臣们，脸上都看不出任何的表情。

文彦博没有和任何人打招呼，一瘸一拐地向枢府走去。他急着回枢密院调阅章惇所说的档案。一个指挥的建制，竟然只有十余人在役河兵存在，这只怕不仅仅是河政的腐败。

文彦博刚刚在枢密院坐好，正要吩咐文吏，便见有人过来禀道：“陕西安抚使司押解一名犯官，一定要面见相公……”

“一名犯官？不见。”文彦博不耐烦地拒绝道，以他的身份，不可能处理所有的琐事。

“是。”

“且慢……”突然，文彦博突然想起什么，召回来人，问道，“你说是陕西安抚使司？”

“是。负责押解的有陕西路安抚使司的护卫，还有卫尉寺的军法官，道是见过相公后，还要提解至卫尉寺……”

“嗯？”文彦博奇怪地望了门外一眼，心知这般不合常理之事，其中必有蹊跷，当下说道，“便见他们一下。”

“是。”

当天下午。

卫尉寺。

“什么？”卫尉寺卿章惇听到向安北身死、段子介被送至枢密院的消息，腾地一下站了起来，他的心里不禁感到一股巨大的寒意，早朝之时在崇政殿的无畏与风光此时早已丢到九霄云外。

武释之垂首不语，静待章惇的训斥。不料等了许久，却没有听到一丝声音，他小心翼翼地抬头窥望，却见章惇怔怔地站在那里，脸上竟是一片死灰。

晚上。

尚书左仆射吕府。

灯光下，吕惠卿拆开一封书信，细细读着。很快，他的脸上，露出满意的笑容。

“邺国公、柔嘉县主、清河郡主、狄詠、石越……”卫尉寺发生了什么事情，吕惠卿自然也很感兴趣，不过今天章惇在朝堂上不惜得罪宰相与枢使为石越辩护，石越却在陕西与章惇作对，这件事情，一定很有趣便是了……吕惠卿不觉轻声笑了起来：“宫闱之事，皇上也罢，太后也罢，自然都想隐瞒。不过此时皇上正在气头上，若是有个御史上书，搞得天下皆知……”

大宋的尚书左仆射，开始在心中拨弄起如意算盘来。

工部尚书苏府。

“想不到今日竟然是章惇出来仗义执言……”韩维对此很有几分感叹。

苏辙却摇了摇头，道：“他其实也是有自己的算盘罢了。我辈不可沦入党争之中，计较这些个人的得失利害。当务之急，还是如何救灾善后。”

“公有何良策？”

“某已估算过，要使曹村决口重新堵上，需要三至四个月的时间，征集十万兵匠、三万役夫，材料约在一千万石至一千五百万石之间，米约要二十万石，钱约要十万贯。”苏辙的心情非常抑郁，尤其说到这些庞大的数字，声音都几乎轻得听不清了。

“所费如此之巨？”韩维不禁目瞪口呆。

“不错。这仅仅是曹村一处。”苏辙沉声说道，“还有数以百万计的灾民要赈济，许多百姓的收成也毁于一旦，朝廷理所应当减免赋税，还要帮助百姓重建庐舍。全部的损失，也许最终会达到上千万贯……”

“那即使是印刷交钞也解决不了啊……”韩维瞠目说道。

苏辙凝视韩维，诧道：“难道公想加印加钞？”

“若不如此，朝廷哪来那么多钱？”韩维苦笑道。

“只怕是饮鸩止渴。”

“便是毒酒，亦只得喝了。早则今秋，迟则明春，西夏必定入寇，不早为之备，到时后悔无及。”

“这……”苏辙沉吟起来。

“所幸国家财赋粮米所产之地，未曾受灾。根本未动，还伤不了元气。”时至此刻，韩维也只能自我安慰似的说道。

“提前吧……”苏辙突然抬起头来说道。

“什么？”

“提前移民湖广。反正救灾也要花钱，设法将一部分灾民转入湖广地区安置。给他们锄头与犁，再招募一部分厢军，保护他们去湖广四路开山围湖垦田。”苏辙的眼中，闪动着一种叫勇气的东西。

“灾民需要的是安抚……况且朝廷准备不足。”韩维却无法想象如此大规模的工程这样仓促地开展。

“已经有前期的准备，也有一定有经验。”苏辙沉声说道，“明春可以从淮浙运种粮，还可以从占城、交趾购买种子，种子可以解决。农具由朝廷提供，垦田十年内不要纳税，所垦之田归本人所有，朝廷只要提供路费与过冬的衣服粮食……”

“这……”韩维被说得也有几分心动了。

“这也是个机会，否则朝廷多因循守旧之人，移民之事，百年难成。某听说已经有南方的商人至灾民中招募人手，远赴南洋诸岛开垦，盖因当地土人殆于劳作，虽重金不能招致，故有人便从灾民中招人前往，而亦有不少灾民迫于生计愿往。湖广四路，再偏僻亦是中华之内，为生计故重洋之外尚有人愿往，何况是湖广？朝廷亦不需勉强，只说明凡愿往湖广垦荒者，便发放粮食冬衣，否则只供给一半衣食，百姓必然乐从。”

“罢、罢！”韩维一拍桌案，朗声道，“某愿与公一同上书陛下。”

2

次日。

庆寿殿的气氛十分紧张，所有的内侍宫女都小心翼翼，连大气也不敢喘一口。两宫太后与皇帝、皇后谈论的事情，按理说内侍宫女是应当回避的，但是现在明显是没有回避的必要了。

刚刚从旱灾中恢复元气的大宋，马上又遭遇到特大水灾。而这个水灾之所以发生，却是因为人祸——这实在不能不让赵顼心头冒火，若非顾及历史上的令名以及知道朝中大臣必然反对，赵顼真想大开杀戒，将曹村的大小官员全部赐死，发泄心中的怒气，而不是“仅仅”流放至凌牙门充军。

因此在这个当儿，宫中所有的内侍与宫女，都是小心翼翼的，生怕触怒了皇帝，遭受池鱼之灾。毕竟本朝有不杀士大夫的习惯，但却没有不杀内侍与宫女的习惯，而不论是鞭挞还是杖击都不是容易忍受的。

可偏偏在这个时候，居然还真的有人敢来添乱！

枢密使文彦博禀报，陕西路监察虞候向安北、副使段子介调查高遵裕十大罪状，上报卫尉寺；卫尉寺卿章惇隐匿不报，反污向安北、段子介通敌，左迁凌牙门、归义城，向安北与段子介欲上京面圣，结果向安北被王则射杀。

致果校尉并非小官，竟然被无辜射杀，这件事本身就是了不起的大事了。何况向安北还是忠臣之后。更何况，这件事情的本身看来，极其恶劣！

从文彦博所说的复杂案情来看，赵顼已经知道此事必然要成为轰动天下的大案。

然而事情还不止于此，与此同时，陕西路监察御史景安世也上表弹劾郧国公赵宗汉闺门不肃、郡马狄詠无大体、石越行止失大臣体统。

还有，柔嘉县主赵云鸾居然出现在京兆府！

这叫宗室脸面何存？

赵顼还只以为柔嘉是和清河玩惯了，所以大胆妄为，因此他心里怪罪的还只是狄詠全不知礼节为何物，所以还在奇怪为何说石越“行止失大臣体统”。而两宫太后与皇后却是隐隐已知道柔嘉为何会去京兆府了，但这种事情，无论如何是不能公开说出来的。

这一连串的事叠加起来，赵顼几乎气恼得完全说不出话来，皇后却顾及高遵裕是高太后的从叔，默默地不敢言语。曹太后与高太后则脸色铁青，却是不知道该做何说。庆寿殿中的气氛真似凝滞了一般。

“官家！”高太后终于出言打破沉寂，“官家可知道为何要把皇帝称为‘官家’吗？”

“请母后赐教。”赵顼不觉愕然，不知道为何高太后会问这不相干的事情。不过他的确也不知道为什么皇帝被称为“官家”，只是因循习惯，人家这么叫，他便这样听，所以亦不禁有几分好奇。

高太后淡淡说道：“所谓‘三皇官天下，五帝家天下’，因为皇帝要至公无私，所以才称为‘官家’！一个贤明的皇帝，没有自己的私爱、私财，皇帝是代表上天来治理天下，天下的子民对于皇帝来说，都应当一视同仁！”

“儿臣谨受教。”赵顼肃然拱手答道。

“既然皇帝是‘官家’，那么，高遵裕是官家叔公这件事情，可以不提。他若犯法，自有国法绳之。我高家世代忠良，祖宗有灵，亦不容子孙沾污家门。”高太后从容说道。

曹太后赞赏地点了点头，也说道：“古来若有外戚为祸，全是宫中纵容，官家当戒之。”

向皇后看了曹太后、高太后一眼，却低声说道：“臣妾本不当多嘴，但是高遵裕甫立大功，便非外戚，按理亦当优容之。若观其罪状，太祖时开国功臣，大多有过之而无不及，太祖亦不曾加罪。且向安北之死，只恐是章惇自为亦不可知，高遵裕却未必知情……”

“章惇与高遵裕有何交情，要这么维护他？竟不惜杀死朝廷之致果校尉！”高太后严厉地看了向皇后一眼，厉声喝问。

“外臣不知太后公正，不愿得罪，亦是有的。”赵顼连忙说道。他心中虽然怪高遵裕不争气，但是这毕竟不是什么谋反的大罪，高遵裕在西北地区的存在，是有特殊意义的。不过，眼下事情闹得这样大，赵顼不能不感到头痛。

“这是外事，由官家处置便是。”曹太后摆摆手，制止了还想说话的高太后，她也知道高遵裕在西北领兵的意思，“只是十九娘的事情……”

“她是越来越胆大包天了！”赵顼此时便将怒气发泄到了柔嘉头上，一边恨恨地道，“狄詠与十一娘也太不知道轻重。”他想起了狄詠的抗令，心中怒气愈发难以抑制，“此事关系到皇家的颜面，不能不严惩，否则必被天下人议论。”

“官家的意思是？”向皇后低声问道。

“赵宗汉教女无术，削公爵，徙往西京，交宗正寺议罪；削清河郡主封号，黜为县主，狄詠削勋号，官秩贬三级！令石越上表自辩，再定其罪。至于柔嘉……”赵顼说到这里，停了一下，方咬咬牙说道，“贬为庶民，给她择个人家嫁掉。”

“官家！”向皇后不料赵顼处置如此之重，忙求情道，“以十九娘的性格，若是逼她嫁人，只怕她不会活下来……”

“不如此，不足以封天下人之口！”赵顼狠狠心，转过身去，道，“现国家多事之秋，朕没有多余的精力来应付这些事情，须得快刀斩乱麻。”

“但请官家念在手足之情。”向皇后是深知柔嘉性情的，更知赵顼其实一贯疼爱这个妹子，而且从小看着她长大，手足之情极为深厚，因此生怕皇帝此时在大怒之下竟铸成大恨，日后追悔莫及，因此“扑通”一声，竟是跪了下来，求道，“贬为庶人，已足以警诫了。此时嫁人，官宦之家，谁愿意娶一个得罪皇帝、削去封号的女子？若所嫁非偶，日后不幸，官家他日悔之何及？况且以十九娘的性格，必是宁死不从的。

官家要逼死她吗？”

赵顼背朝着向皇后，沉默良久，终于低声说道：“娘娘是后宫之主，柔嘉就请娘娘发落吧。”

曹太后看了赵顼一眼，又看了向皇后一眼，暗暗叹了口气，低声说道：“削去柔嘉的封号，让她到宫里来侍候我吧。”

“谢娘娘恩典。”

“便依娘娘吧。”赵顼在心里叹了口气，忽然间想起小时候抱着柔嘉看戏的事情，心中忽然柔软，眼睛竟是一片湿润。但也只是一瞬，他便猛地警觉，见没人看见，赶忙小心地擦干眼睛。

熙宁十年十月。

枢密院受皇帝诏书，着高遵裕在渭州养疾，暂停高遵裕除渭州知州以外的一切职务，由种谊代统其军；紧接着，卫尉寺卿章惇亦染疾，卫尉寺事务由卫尉寺丞暂时代理；而到任仅约一月的陕西路监察虞候王则，亦接到命令入京述职。之后，御史中丞邓润甫，受诏亲自调查高遵裕案与向安北案。

与此同时，各地的邸报，也提及了皇帝对郕国公赵宗汉、清河郡主、柔嘉县主、郡马狄詠的严惩——但这两件事情，以涉及军机与皇室为由，包括《皇宋新义报》的各家报纸都被明令禁止在五年内予以报道。

因此，虽然在朝廷之中，官员们一片哗然，但是有过经验的大宋朝廷，用果断的手段，总算避免了天下舆论带来的铺天盖地的压力。

不过这次皇帝其实是多虑了，因为天下百姓真正关心的，还是黄河决堤后引发的大水灾。无论是《汴京新闻》还是《西京评论》，几乎整版都是在报道着各地的灾情，以及朝廷的救灾措施——包括曹村堵住决口的工程；朝廷为救灾增发一百万贯交钞；苏辙以戴罪的身份主持工部事务；充满争议的湖广移民计划提前进行；蔡京在杭州举行了前所未有的捐款活动——对此，《西京评论》评论道：蔡公之捐款活动，虽然其心可嘉，然实为史上最杰出之敛财之法！后世必有效之者……

而此时身在洛水之畔的鄜州的石越，才刚刚接到让他“上表自辩”的诏书。

3

时间回溯，西夏。

一叠整整齐齐的报纸递到文焕面前。

文焕诧异地抬头，看见李清的眼中竟有同情——不，是怜悯之色。

文焕心中“咯噔”了一下，接过了那叠报纸。

这的确是大宋的报纸，从《皇宋新义报》到《汴京新闻》《西京评论》《海事商报》，应有尽有，从日期来看，都是过期了的，而且时间也不连续，显然是特意挑选出来要给自己看的。文焕却不知道，这些报纸对于李清来说，其实也是“最新的”。因为将这些东西带出大宋国境，远比想象中要困难得多。

“此木何不幸，羞作汉奸门”一行刺目的大字猛然跃入文焕的眼帘，十个大字宛如十把尖刀同时刺向他，文焕的手顿时哆嗦起来。

“宋朝人以为你降夏了。”李清早已将这一切都看在眼里，见他惨然变色，便淡淡地说道，“如今朝野舆论，皆欲杀你而后快。那些人不用自己亲上战场，所以说起大话来，自是一个比一个容易。据说还有些读书人写了这副对联，贴在你家门上，极尽羞辱之能事。若根据这些报纸所说，宋朝虽然没有学汉武帝，诛你全族，但只怕现在你家的情况也好不到哪里去——令尊已经被这副对联活活气死了；令堂与你的兄弟姐妹们出门都不敢抬头见人！他们什么都不知道，却都以你为耻！”

文焕心中激烈震动，只觉得眼前的一切，似乎全不真实，但眼前却只觉得天昏地暗，铺天盖地地压向自己，几乎是一瞬间，他便顿时失去了所有的力量，只剩下一双手还麻木固执地翻动着手中的报纸。

“你已经身败名裂，还辱及祖宗！”李清轻轻冷笑着，这笑声显得格外尖锐刺耳，“你们族里已经公议，你父母因为生了你这个汉奸儿子，死后都不得入葬祖坟！”

“你说什么？”文焕不知哪里来的力气，竟腾地站起来，眼中似有火焰燃烧待要喷射出来，一双手青筋暴露，早已将报纸捏成一团，紧紧攥着。

李清却直视着文焕眼中的怒火，目光毫不退缩：“我可没有一个字说谎，所有的一切，都来自这些宋朝的报纸。你忠心的宋朝，已经抛弃了你！他们根本一无所知，只是仅仅因为听信了你投降的谣言！”

“这定是你的诡计！”文焕大吼一声，然后猛地一拳，挥向李清。

李清挥手架住，厉声喝道：“你该醒醒了！这些报纸，夏国可仿制不出来！你仔细看看这一篇文章，这些细节，夏国有这个能力伪造吗？夏国谁又能知道你老家在哪里？谁又知道你家里这许多的详情？”

文焕紧紧咬住嘴唇，一言不发，鲜血一丝丝地从他的嘴角渗出。

他本来是这个家族的骄傲，但如今却变成了害死父亲、累及家人的罪人。这是何等巨大的转变？他此时还没有流下眼泪，只不过是因为眼前站立的，是他的敌人。

“休说你不曾降夏，便是降了夏国，又如何？你家人又何辜？你曾经为宋朝皇帝卖过命，拼死战斗，有什么理由你非要为那个宋朝把命都丢掉不可？是谁说你只要不为了那个宋朝把命都赔掉，便是付出过再多，也是个罪人？”李清的话如尖刀一样划过文焕的心，“他既不仁，你何必义？他既诬你降敌，便真降给他看看又如何！”

“我和你不一样。”文焕咬着牙，一字字地说道。

“你和我的确不一样。”李清冷笑道，“但是在宋朝人眼里，现在都已一样。汉奸，逆臣，降将！我比你幸运的是，我没有父亲可供他们来气死！”

文焕恶狠狠地瞪了李清一眼：“我只恨我没有早自杀，结果累及父母，如今悔之无及！”

“你现在自杀，却已经来不及了！”李清讥讽地说道，“你若是死了，便是真相传到宋朝，也别以为那些曾经嘲讽过你，逼死令尊的人会有一丝后悔与内疚。他们一定会对自己说，虽然他们误会了你，但这是因为你不肯自杀而导致的，或者说这是职方司的错误误导了他们，他们并没有错！他们永远不会错。哪怕他们气死了你父亲，但是罪魁祸首，可以是除他们之外的任何人，却绝对不会是有气节的他们！哪怕找不到人来当替罪羊，他们也会将一切归之于天，让老天来当替罪羊！”

文焕的指甲掐进了肉中，鲜血冒了出来。

“我若是你，我便不会死。伍子胥当年若自杀，不过是多一个冤案罢了。大丈夫当快意恩仇，鞭尸还怨！”

“快意恩仇？”文焕望着李清，突然笑了起来，笑容之中，竟有浓浓的讥讽之意。李清想过文焕种种反应，唯独没有想到他竟然会笑起来，不禁吃了一惊，当下倒退一步，端详起文焕来，却听文焕淡淡地说道：“我不曾想过要快意恩仇。”

李清正要说话，只听文焕又说道：“我文家世代簪缨，我自束发，即知要忠君爱国。虽不能以死报国，不过是图此身有大用尔。”文焕闭上眼睛，想起少时读史书时读到南霁云之死，折腕叹息情形，叹了口气，接着说道，“不料今日竟悔不能效南八之死，以致累及父母。唯恨大宋竟无一人知文某者！”

李清听到这里，也暗暗叹了口气，暗道：“未必无人知你。只是一人之知你，又如何能与天下之恨你相抗？”

又听文焕继续说道：“我文焕此心，于大宋无所负。天人可鉴，是大宋负我，非我负大宋！”说到此处，他顿了一下，方怆然道，“今日，文焕降矣！”

李清虽知逢今日之事，不降者十无一二，但文焕亲口说出来，却亦不禁喜形于色。他急欲招降文焕，是想引为臂助，协助秉常掌权，以实行汉化改革，须知以文焕“宋朝武状元”的身份，在人才缺少的西夏，必然受到重用。

当下李清忙上前，握着文焕的手，朗声笑道：“贤弟能想通此节，兄必不敢负于贤弟。贤弟在西夏，必得大用，他日成就，在我之上。”一面转过身去，向屋外高声呼道：“来人，快给文将军洗漱更衣，好去见主公！”

文焕绝望的眼睛静静地望着李清的背影，眼中却忽地流露出一抹一闪而过的嘲弄之色。

4

西夏大安三年八月。

兴庆府承天寺。

“阿弥陀佛！”一个五十来岁的僧人身着一袭灰布袈裟，高宣佛号，信步走向高达一十三级的承天寺塔之下。恰逢一阵微风吹过，承天寺塔上各层檐角所挂铁铃一齐丁当作响，一个正在瞻仰这座西夏国内著名佛塔的白衣男子便在这铃声中转过身来，朝僧人微微一笑。若是知道的人见着这副场景，必然大吃一惊。原来这白衣男子竟是大宋枢密院职方馆知事司马梦求！而那走过来的僧人，赫然便是如今在兴庆府颇享盛名的明空大师！在司马梦求的身旁，还一左一右伴立着两个童子。

“大师别来无恙！”眼见明空走近，司马梦求双手合十，垂首朗声问候。

“司马公子一路辛苦。”明空在司马梦求五步之外站住，合十答礼。

“谈不上辛苦，陕西的兄弟们一路护送，十分周到。”司马梦求微笑着注视明空，说道，“在下此来，顺便带了一点儿礼物，算是在下的布施。”说罢，朝身边一个童子微微点头，那个童子连忙从怀中抽出一张红色纸帖，双手递给明空。

明空接过来，略看了一眼，便揣入怀中，道：“多谢司马公子。”

司马梦求微微点头，看了一眼四周，见佛塔之外，古柏青松之间有不少人影忽隐忽现，又问道：“不知此间说话方便否？”

明空笑了笑，移目四顾，缓缓答道：“此间再无外人。”

“那便好。”司马梦求沉吟了一下，说道，“大师在兴庆府做得甚好，皇上已经许诺，只要收复河西，便封大师为圣明持国法师，为河西佛寺众僧之首。大师在俗家之子弟，可荫二人为官。”

明空眼中闪过一丝喜色，向北垂首弯腰，双手合十谢道：“臣谢皇上隆恩。”

“石帅早曾与智缘大师有言，凡大宋威德所至，必同是儒、释、道三教昌隆之所在。佛家欲普度众生，便当先助大宋成功，大宋成功，佛教亦当昌盛！”司马梦求的语气非常平淡，但在明空的心中，却如同有一团炽烈的火焰在燃烧。

虽然朝廷中充满争议，但是宋朝鼓励佛、道二教在环南海地区传教，已是众所周知的事实。整个政策虽然被很大一部分不信佛道的士大夫与儒生戏称为“祸水南引”，但是却毋庸置疑地被推行着，并且得到许多士大夫别怀他意地支持。

自熙宁九年起，宋朝朝廷就已经下达公文，凡是持祠部许可文书至海外传法的僧尼，由市舶司支付单程船费；而自熙宁十年起，宋朝所有僧道，皆须在海外传法五年以上，剃度或收受弟子三十人以上，方可升为方丈、住持、观主。与道士们的心不甘情不愿不同，大批的宋朝僧人在普度众生的信念的支持下，远渡至环南海诸岛，传播已经中华化的佛教，当然，顺便也会教授汉文——并非每个宋朝和尚都懂梵文的。为了管理海外的宋朝僧道，或者说主要是为了替太皇太后与宋朝皇帝陛下祈福，宋朝的皇太后，还私人捐资在宋朝领土的最南端凌牙门修建了一座南海护国寺与一座上清观。

这些还仅仅是公开的措施，在暗地里，在石越的推动下，枢密院职方馆在智缘等许多高僧的帮助下，与辽国、西夏、大理以至于高丽、日本国的一部分僧人，都建立了程度不同的良好关系。明空本人就是其中之一。才智出群，曾经远至天竺取经的明空，其实却是个因为家贫半路出家的和尚——甚至他的度碟钱都是智缘替他出的。不过这丝毫不妨碍明空这个并不怎么纯粹的僧人，拥有自己的野心。所以他才在智缘的引荐下，接受大宋枢府职方馆的“布施”。

“蛮夷之国，便是信奉佛祖，亦终不能如大宋一般护法，贫僧听说如今西域一带，已有异教传入，信奉佛祖之民渐少，而信异教之民渐多，若大宋不能早日收复河西，非只是大宋之不幸，亦是释家之不幸。”

“大师放心。”司马梦求看了一眼高耸入云的佛塔，笑道，“用不着大师等许多年，此地终当复归中土。”

“如此甚幸。”

司马梦求又说道：“在下来怀远郡，尚另有一事。”他口中的“怀远郡”，是兴庆府在唐代的称呼。

明空微微一笑，双手合十，高宣佛号，问道：“可是为武状元降夏一事？”

“正是。”司马梦求脸色沉了下来，咬牙说道，“一直以来，陕西房都查不到文焕那厮的下落，不料便在十余天前，此贼竟已被夏主封为汉字院学士兼御围内六班直副都统，妻以仁多族之女，出入随扈，夏主又为他营造府第，极尽亲宠！此贼世代官宦，为大宋武状元，其没于西夏，石帅又上折为之辩护，不料竟然真已降敌，真是忘恩负义、无父无君之徒。”

明空淡淡听司马梦求说完，问道：“司马公子之意，是欲设法为大宋诛之？”

“正是！”司马梦求傲然道，“他在大宋时，亦曾往来石学士府上，与某有旧。然如今既做贼，某自当持其首级回见皇上！”

“文某之事，贫僧亦曾听闻一二。”明空沉吟道，“他与汉将李清，皆是夏主之亲信，二人日夜常伴夏主左右，皆见信于夏主。夏主以文某本是大宋武状元，待之尤厚。只是闻听文某出入常有护卫亲兵相伴，若要行刺，并非易事。”

“正为此事，欲与大师谋之。”

明空面色凝重，垂眉沉吟半晌，方说道：“此是西夏国腹心之地，公子能平安来此，已是异数……除非公子有空空儿、薛红线那般本事，否则能否行刺成功尚未成可知，不能全身而退却是必定之数，此匹夫之勇，所得不足偿所失也。公子为朝廷干城，不可为一区区降将，轻行专诸之事。”

“话虽如此，但文焕亦不能不除。”司马梦求岂能不知其中的风险，但是陕西房知事身负重任，不可轻易暴露身份，而旁人却难寄此任——若想完成这个任务，不仅要有过人的本领，还需有必死之决心。

职方馆自创建以来，不过几年时间，这个机构的主要任务只是替宋朝军方搜集情报、策反官员。在西夏这个地方发展的细作，绝大部分是依靠金钱与官爵收买；只有极少数骨干，才是出于对大宋的忠诚以及一些信念上的原因，为职方馆效力。毕竟对于身居西夏的人们来说，哪怕是血统纯正的汉人，从职方馆所了解的情况来看，也并没有如同国内一些秀才们所想当然的那样，对于恢复汉族的统治抱以热烈的期望并且愿意为之牺牲，恰恰相反，越是深入到西夏的腹心之地，当地的居民越是可能为了西夏国而拿起武器来与宋朝战斗——哪怕是汉人，亦不例外。从职方馆搜集的情报分析，西夏国内大部分居民，无论番汉，亦无论贵贱，他们更关心的，恐怕还是自己的利益是否受到侵犯——只有这件事情可以最终决定他们的倾向性，而并非那虚无缥缈的“夷夏之防”与“君臣之义”。这样的情况同样适应于被契丹人占据的燕云地区，职方馆对燕云地区更为详尽的情报分析，曾经直接击碎了宋朝从皇帝至大臣们心中普遍存在的一种幻想——以为只要大宋军队北上，当地的汉族居民就会箪食壶浆以迎王师。职方馆甚至认为，如果将来王师果真北上收复燕云，一定会有相当的汉族官员为辽朝皇帝尽忠，而对于普通居民的期待，最多也只能寄托在中立这样的范围之内；真正能为宋朝所用的，也许只有僧道与商人。

而西夏的情况显然更糟，因为在梁太后与梁乙埋的统治下，西夏与宋朝的关系不断交恶，冲突不断，商旅断绝。职方馆甚至只能依赖于辽国商人来收集西夏的情报——不过这显然不属于陕西房管辖。

因此，当司马梦求决定要刺杀文焕之时，突然发现，要么他就要暴露陕西房知事的身份，要么他就只能亲自动手——司马梦求还不至于愚蠢到敢在西夏的腹心之地募集刺客。

不过无论如何，司马梦求同样也没有想过要拿自己的生命去与文焕同归于尽。这并非是司马梦求吝惜自己的生命，而是他认为文焕的生命还不值得他牺牲自己。所以他才来找明空谋划。但明空的回答，显然不会让他满意。

“无论如何，要请大师代为谋划，只要能探听出文某有何喜好习惯，便不难设法接近。”

明空不知道司马梦求为何一定要杀文焕才心甘，但是毕竟司马梦求是宋朝枢府职方馆知事，他既然如此说了，亦不好拒绝。他沉吟许久，方勉强说道：“文某之喜好习惯，兴庆府想必知之者少，且听闻他除与夏主及李清见面之外，便常常闭门不出，亦不接客……不过，贫僧勉力打听便是。”

“多谢大师。”

5

兴庆府外的围场，内着铁甲、外裹锦袍的文焕捡着一只身中羽箭的大鹰，策马向夏主秉常马前跑来。脸上尚带着稚气的秉常笑吟吟地望了文焕一眼，挥鞭指着文焕，向身边的李清笑道：“不料宋朝亦有文将军这样的善射之士。”

李清微微欠身，一脸郑重地答道：“宋军重射术，善射之士不在少数。若据文将军所言，宋朝现已在编修《步军典范》，其中似有规定士卒之射术，不仅须能及远，亦须能中的。此事不可等闲视之。陛下试想，若是宋朝神臂弓部射中之能提升三成，我军当以何应敌？”

秉常的笑容凝固在脸上，半晌说不出话来。

“宋军近年来屡战屡捷，又不惜耗费国帑，将军队全部整编，装备昂贵之新式武器，其志不在小。”李清继续说道，“反观诸国，辽国虽新君立足渐稳，然而杨遵勖割据之势已成，耶律乙辛负隅顽抗，其困兽之勇，固出人意料，然于辽主却非福音，如此以久，辽国国力必然削弱。大理国内争权夺利，权臣秉政，于宋朝本不足为患，如今更是慑于宋朝之威，一岁竟至三遣贡使！此为宋朝开国以来未有之事。而我大夏屡败于宋，兼之陛下即位未久，威信未立……”李清说到此处，见秉常的脸色已渐渐严肃，他顿了一下，凝视秉常一眼，欠身说道：“恕臣万死，臣以为今日之事，大夏国有亡国之忧！”

“你是忠臣。”秉常勉强挤出笑容，回头看了文焕一眼，见文焕离自己已不足五十步，他向文焕招了招手，示意他过来，又转身对李清说道：“说话无需顾虑太多。”

李清抬头看了四周一眼，见除自己和文焕之外，四周卫士皆是秉常心腹，暗暗点头，又向秉常说道：“陛下可否屏退左右说话？”

秉常看了李清一眼，又环视四周卫士，半晌，方点点头，挥手高声说道：“尔等退至百步以外！”

“遵命！”众卫士一齐躬身应道，一齐退了下去。文焕愣了一下，正要随着众人退下，却听李清喊道："文将军，你过来。"

文焕顿时愣住了，他看看李清，又看看秉常，眼睛霍然一亮，一丝炽热的光芒从眼中一闪而过，握弓的手背，青筋根根暴露。

却听秉常转过脸来，向他笑道："文将军不必回避，可过来说话。"

"是。"文焕点头答应，正要策马过来，却见李清皱眉望了他一眼，指着他手中的弓与腰间佩刀，示意他摘下了。

文焕心中一凛，连忙将弓与佩刀取下，丢在草地上，策马走过来，向秉常欠身行礼。

"不必多礼。"秉常回首顾视李清，说道，"现在再无外人。"

"陛下！"李清喊了一声，从马上翻身而下，拜倒在地，沉声说道，"臣有一言，敢冒死献于陛下座前，陛下若得见信，是陛下之幸，若不见信，臣愿一死报陛下知遇之恩，唯请陛下能善待臣的家人。"

秉常见李清说出如此严重的话，不由一怔，道："你我君臣相知，自古罕见，有事直言，必不加罪。"

"谢陛下。"李清向秉常郑重叩首，方说道，"陛下可知今日之国势否？"

"请将军明言。"

"当今大夏，有必亡之势！臣不敢不言于陛下面前。"

秉常挤出笑容，说道："虽有平夏城、讲宗岭之败，似亦不足以言亡国吧？母后常言，大夏今日国势，胜太祖太宗开国之时百倍，当时犹不亡，今日更无亡国之理。"

"哪朝哪代亡国之前的形势，不比开国之时好上百倍？"李清无礼地反驳道。

秉常听到这话，却也是一怔。他喜好汉文，也曾经读过华夏史书，细细思来，却的确如李清所说。

"臣敢问陛下，太祖太宗开国之时，可有女后当权，可有外戚专政？臣敢问陛下，太祖太宗开国之时，宋朝可有今日之繁华？如今大夏内则有女后外戚，专擅兵威；外则有宋朝君臣协力强国变法，步步进逼。百姓们困于赋役之重，朝不保夕；贵族们却耽于享乐，宁可将钱交给佛寺，也不愿意让给百姓！诸番落苦于刻剥，怀贰心久矣。兼之与宋交恶，贸易不通，商旅渐绝，朝野物用匮乏——长此以往，国无不亡之理！何况陛下当三思之，今日之大夏，究竟是姓嵬名氏？还是姓梁氏？"

李清一番质问，问得秉常默然不语。

"梁乙埋本不会用兵，其秉兵权，无非是为一己之私利。但是大夏国，却是经不起梁乙埋的几番折腾了。若是他将精兵丧尽，陛下要用什么来统治国家？"

"太后只道用番礼胡俗，便可以保全国家。然而陛下可知否，连辽主那等英主，都大力推行汉化，俨然更以中国自居。陛下为一方天子，岂能自甘与蛮夷为伍？何况若用胡俗，便当逐水草而居。一旦筑城池宫室，垦田耕种，尚欲久存胡俗，以陛下之明，以为可得乎？陛下又以为这兴庆城中的贵人，有几人能真正少得了宋朝的丝绸瓷器？连素恶汉物的太后宫中，还摆着一座宋朝制造的珍珠座钟呢！”

“那将军以为……”秉常抿紧嘴唇问道。

“陛下要想不亡国，保全宗庙，以臣之愚见，唯有一法：与宋朝修好，恢复市易。同时在国内改革，推行汉制，削减一部分贵族特权，减轻百姓赋税，善抚诸部之心。只要两国有一段时间不交战，战士们便可以放归部落，牲畜就会繁衍，土地就有人耕种，百姓们就会拥护陛下。纵使宋朝进攻，其国内必有反对战争之压力，其外则要背负恶名，而我大夏却同仇敌忾，且有沙漠为险，彼劳师远来，与我全国为敌，无天时地利人和，岂有不败之理？”

秉常沉吟半晌，道：“然太后必不肯同意此策。”

“故此当务之急，是陛下要掌握兵权，名副其实地亲政！而要掌握兵权，便是要设法除掉梁乙埋，孤立太后！”李清毫不犹豫说道。

“不错。”在一旁一直侧耳倾听的文焕突然插话道，“自古以来，未有阴盛阳衰而国家兴盛者。梁乙埋专权日久，未必没有取而代之之心，陛下不可不防。”他说到这里，见秉常将目光移过来注视自己，连忙垂下头去，继续说道：“陛下可知，臣在宋朝之时，宋人皆只知大夏有梁乙埋、梁太后，不知大夏有陛下！”

秉常听到这话，顿时怒气上涌，厉声道：“岂有此理！”

“陛下息怒。”李清连忙劝道，一双眼睛紧紧盯着秉常那匹不停地刨着地面的坐骑的马蹄。

“要掌握兵权，并非易事。”秉常抿着嘴唇，半晌，方说道，“我大夏之制度，各部落之兵权实在各部贵人手中，既欲削其特权，如何能得其支持？”

“凡事皆要一步一步来。”李清见秉常已有动心之意，顿时大喜，说道，“陛下在亲政之前，不必让诸部落贵人知道要削其特权。首先要掌握兵权。十二监军司实权皆在各部头领手中，此辈既不足为恃，亦不足为惧。无论如何，十二监军司的部队，只会听从掌握兴庆府的人之调动。因此，所谓兵权，实际上便是对兴庆府附近二万五千人的卫戍军的控制权。”

当时西夏真正最精锐的部队，并非是名震西北的“平夏铁鹞子”，亦非是“步跋子”，而是常驻兴庆府及其附近城市关塞的卫戍军与“御围内六班直”。这两支部队，是自夏景宗元昊以来，西夏最根本的军事力量，其成员都是从各部落中挑选出来的最勇猛的战士。其中卫戍军人数正军在五千至二万五之间，副兵多达七万余人，装备为西夏诸军最精良。而“御围内六班直”，则是由西夏国主亲自掌握的一支精锐部队，人数在五千左右——其组成成员全部是西夏各部落头领的亲属以及夏主的心腹部将，在某种意义上，这只侍卫军，也同时是“质子军”。

卫戍军与“御围内六班直”之所以声名不显，是因为这两支部队毕竟不是经常冲杀在第一线的军队。他们永远是和西夏国的最高统治者待在一起。反过来说，谁真正掌握了这两支部队，其就是真正意义上的西夏国的最高统治者——这句话也同样成立。

这些浅显的道理，秉常与李清都是明白的。而文焕，这段时间以来，也渐渐明白了。

“但是卫戍军的统军将领，一向都是母后的亲信……”

“不错。”李清猛地抬起头，一双眼睛炯炯注视着秉常，从容不迫地说道，“但是陛下别忘了，国玺在陛下手中！陛下才是天命所归的西夏国君！”

秉常在心里苦笑：“这也需要那些卫戍军的统军将领相信才行。”这点自知之明，他还是有的。

却听李清继续说道：“所以，陛下夺回对卫戍军的控制权并不难。”

秉常的眼睛霍地一亮。

“臣有上下两策，请陛下决断。其上策，陛下可不动声色地完成控制御围内六班直，然后趁正旦，或者陛下生日之时，用御围内六班直幽禁太后，再学刘邦夺韩信兵权故事，轻骑入卫戍军，以迅雷不及掩耳之势夺其兵权。然后颁一道诏旨，召回梁乙埋或者就地赐死，其不敢不遵。如此只要行事机密果决，陛下便可大权在握。”

“下策又如何？”

“梁乙埋一直鼓动陛下亲征，陛下可将计就计，允其亲征。于天都山点兵之时，赐梁乙埋死，然后举军向西，以外兵制内兵，则大事可定。此为下策。然此策若是太后随行，则不易施行。且梁乙埋老奸巨猾，未必有机可乘，一旦被其发觉，只恐陛下反受其害。”

秉常垂首思忖良久，目光移向文焕，问道：“文将军以为如何？”

“末将以为，当机立断，便为上策，拖延不决，即是下策！”文焕的眸子，说不出来的深邃。

秉常执鞭思忖良久，摇头道：“兹事体大，容朕三思。”

李清与文焕迅速交换了一下眼神，不约而同地微微叹了口气。

十余日之后。

兴庆府西不足百里，贺兰山腹部。

西夏十二监军司，其中以驻扎在贺兰山区的克夷门的右厢朝顺军司离都城最近。但是因为西夏在西向并没有值得一提的国防压力可言；而且，贺兰山以西，便是如同大海般无垠的腾格里沙漠，因此，右厢朝顺军司的军事力量，至少在此时，实际上是一支拱卫都城的军事力量。它一方面可以快速救援都城，另一方面，在万不得已的情况下，可以保护西夏国的君主与贵族躲入沙漠深处，为党项族保留元气，以图再起。

自从宋仁宗天圣六年，还不是太子的元昊率军消灭一直与宋朝夹击西夏的甘州回鹘，又成功夺取凉州之后，在天圣八年，亦即元昊即位的前两年，瓜州回鹘与沙州回鹘相继降夏。从这时候算起，兴庆府已有四十七年没有受到过任何形式的军事威胁了。所以，现在的贺兰山区，与其说是军事天险，不如说是佛教圣地更为贴切。在贺兰山区，到处都凿开了大大小小的石窟，用来供养佛像——这已经成为西夏有钱人的一种习惯。

司马梦求是第一次如此深入西夏人的腹地，不过此时的他，却是剃光了头顶，穿耳戴环，戴着毡帽，穿着“羽服”——实际是一种皮衣，着皮靴；腰间束带，上面挂满了小刀、小火石等物件，胯下还骑着一匹挂满了铃铛的骆驼。若是从形貌来看，已经完全是普通西夏人的样子了——只不过对于要执行元昊所下达的秃发令，司马梦求显得十分无奈。汉人讲究的是身体发肤，受之父母，不可损伤。像这样剃发，如果放在宋朝，绝对是一种不亚于鞭刑的严惩，好在还有一顶毡帽正好遮住了被剃光的那一块头顶，只从外表看来，司马梦求倒并非秃头——西夏人的秃发令，仅仅只是需要剃光头顶正中圈的那一部分头发。

其实，即使是在西夏国内，秃发令的执行与否，也与阶级地位有关。自从元昊死后，此令早已渐渐松弛，贵族是否剃发，完全取决于个人的爱好。但是以司马梦求的身份，如果不想引人注目，这样做是最明智的选择。

与司马梦求一道的，还有他随行的两个童子，以及两个陕西房派来的向导。他们的目的地，是位居贺兰山腹部的一处石窟。

一路之上，司马梦求一行人并未遇到任何查询，显然因为这里是西夏人的腹地，人们的警惕性反而不高。

然而司马梦求却始终不敢掉以轻心。根据明空的情报，文焕在两日前受夏主的命令带着一支百人的小分队前往贺兰山某石窟迎接一位高僧的舍利至承天寺供奉。虽然一百人的御围内六班直侍卫绝非是可以轻视的，但是在司马梦求看来，这已经是绝佳的机会。至少贺兰山区的佛寺中，文焕身边的警戒，就不会如同在兴庆府这般森严，而且在贺兰山区，得手之后，也更容易逃脱。一面在心里盘算着如何对付文焕，一面小心观察着周围的一切，很快，司马梦求等人便进入了贺兰山区。

贺兰山区的某座小寺之内。

文焕正在灯下仔细地翻阅着一本佛经。这本佛经是用西夏文字书写的，难得的是，在西夏文字之外，还有汉字对译。他既身为“汉字院学士”，其工作便是替夏主将西夏文字的相关文书，译成汉字，因此，需要精通番汉二语，却也是形势所迫。不过，对于文焕来说，精通番语，还有更重要的目的。因此，他学习西夏文字倒是非常积极。

西夏文字本是夏景宗元昊出政治目的而创建，其文字与汉字虽然一样是方块字结构，但是字形比起汉字来，更加繁复难学，而西夏文字亦被西夏统治者出于人为的目的而拾高，在另一个时空的历史上，一直到十余年后，秉常的儿子崇宗乾顺登基，建立“国学”[1]，彻底纠正专重夏字、夏学而轻视汉文明的偏向之后，西夏文治方面才开始取得让人瞩目的成果。而西夏文字实际上也是乾顺以后，才开始取得真正的生命力，并且依托西夏上百年的政权，在民间扎下根来，一直延续至明朝方才消失。在此之前，西夏文字不过是一种政治上的文字而已，它最初创造的目的，甚至不是为了学习汉族的优点，以文字来提高党项人的低水平文化。其存在的意义，不过是元昊为了在外交关系上突显其独立性，将文化心理上的自卑以一种自负的形式展现出来而已。

文焕自然是不可能了解这一切的。不过这丝毫不会妨碍西夏文字的繁复难学对文焕带来困扰。“是如我闻……”轻轻地用西夏语读出这个四字来，文焕一时间竟是愣住了，“是如我闻？这是何意？”他合上佛经思忖了一会儿，终究不得其解，又随手翻开一页，又认出几个字来：“皆是言唱？”

“这是什么狗屁东西？”文焕愤怒地将佛经摔到桌上，不觉骂了出来。

“你也知道这是狗屁东西！”突然，窗外传来低沉的声音，声音竟让文焕感觉有一点儿熟悉。

“什么人？”文焕霍地一惊，抓起放在桌上腰刀，推门走了出去。

门外唯有明月清风。

他小心查看了四周一遍，见并无任何痕迹，心中不觉疑惑：“难道是我的幻觉？这些日子太过于紧张了……”几个负责巡夜的侍卫早已听到声音跑了过来，见到文焕，忙问道：“文将军，出什么事了？”

“能出什么事？这里是贺兰山。”文焕勉强笑笑，挥手让他们去了。

的确，这里是贺兰山，又能出什么事？夏主让他们来迎接舍利，并非是为了保护舍利的安全，而是为了显示隆重。一面暗暗宽慰自己，一面潜意识中却抱着一种自暴自弃的心态，文焕走回了自己的房间。

就在他踏入房间的那一瞬，文焕猛地感觉到背上涌起一股寒意。他正要缓缓转身，便听身后有人低声说道：“不要喊叫！不要动！将刀放下，把门关上了。”那人的声音从容不迫，却又充满毋庸置疑的威迫感。

文焕缓缓将刀放在地上，起身将门关上。低声问道：“你是何人？”

“你可以转过身来了。”那人没有回答他的话。

文焕依言缓缓转过身来，注视来人，顿时大吃一惊，几乎叫了出来，猛地才发觉一把弩机正对准自己的身体，连忙控制住自己的情绪，低声说道：“司马先生！”

[1] 李乾顺所创立的高等学府，专门传授“汉学”，与“番学”相对，称为“国学”。

“状元公！”手里端着一把钢臂弩瞄准文焕的司马梦求充满讽刺说道，“难为你还认得我！”

“你怎么会来到这里？”文焕一时间，突然竟有如释重负之感。

“特意为君而来。”司马梦求的眼中，尽是嘲讽之意。

“是来杀我？”文焕了然地笑了笑，低声道，“我果然已是人人欲诛之而后快的逆臣贼子了！”语气之中，竟是有一种索然之感。

“难道你不是吗？”司马梦求冷笑道，“不过我来杀你，并非是因为你是逆臣。我是为石帅来取你人头的！”

“石帅也想杀我？”文焕叹了口气，道，“那杀了便是。事已至此，又何必多言？”

“本来我便不当和你多言。”司马梦求沉声道，“但是我来西夏，便是想让你看一些东西，在杀你之前，这些东西也定要先给你看看。”说罢，司马梦求用目光向桌子上示意。

文焕转过身去，见那佛经之上，不知何时，已放了一叠报纸。

早已将死亡得甚淡的文焕根本不理会司马梦求的弩机，转身缓缓走到桌边，拨了一下灯芯，认真地读起那些报纸来。

这些报纸上刊登的，是石越为之辩护的奏章以及由此引起的争论！

文焕的手渐渐颤抖起来，眼角不觉湿润，半晌，文焕轻轻放下报纸，低声说道：“你将我人头带回，替我向石帅带句话——相知之恩，来世必报！”

司马梦求的手指扣动了扳机，然而，他的心却迟疑起来。

文焕自始至终的神态，绝非是怕死。他既不怕死，为何要降夏？

“你是为何降夏？”

“不得已而降之。”文焕幽幽说道。

“不得已？除死无大事，有何不得已？”司马梦求的眼神冷酷起来。

“若是你连累父母，辱及先人，天下人皆不见信，当此身败名裂之日，又当如何？”文焕尖锐地反驳道，“世上有比死更艰难的事情，若这时候死了，那便是要背上万世污名，再难洗清！张巡骂南霁云，南八便可以笑而就义，那是因为南八还不曾身败名裂！”他的眼角，在烛光中闪着晶莹的光芒。

司马梦求的神色缓和下来，低声说道：“你是想效南霁云之事？”

“我若不立下大功，何以洗刷污名？此时纵死，亦已无面目见祖宗于九泉之下！”文焕咬着牙，牙龈竟是渗出血来。

身后沉默了许久。

“你欲如何立大功？”司马梦求在此时此刻，已经决定相信文焕一次，无论是为了文焕，还是为了石越。

“我在西夏虽不久，然被李清引为同党，又渐得夏主信任，深知西夏内情，若能加剧夏主与后党的内斗，不难引发西夏内乱。到时候，我大宋便有机可乘……”文焕的声音，充满了怨恨，“李清那厮，一心想辅佐秉常，使西夏成为小华夏。但是他党羽不多，西夏兵权又全梁家掌握之中，梁后向来反对汉化，李清要想达成心愿，就必须先要帮助秉常登基亲政，除去梁氏。我只要从中下手……”文焕压低了声音，向司马梦求讲述自己的计划。

司马梦求冷静地分析着文焕的话。他知道此时就是一场赌博，赌的是自己的判断力与直觉。如果输了，那么自己的性命就会丢在西夏；如果赢了，西夏国就会陷入一场规模庞大的内乱之中！也许，这比说降李清，更加值得尝试。

“我给你这个机会。”

文焕身子一震，缓缓转过身来，直视司马梦求，一字一字地问道：“你相信我？”

“我看你不是心甘情愿做汉奸之人。”司马梦求放下了弩机，但是手指却没有离开扳机。这个细小的动作没有逃过文焕的眼睛，但是文焕却没有说什么。只是停了一会儿，文焕便向司马梦求说道：“你相不相信我，并不重要。我知道有石帅为我辩护过，并没什么遗憾了。有件事，你要尽快通报给石帅——夏主已经决定，十月中旬以后，大举入寇！兵力至少在二十五万以上，据李清所说，此次入寇分三路，明攻平夏城，暗袭绥州！请石帅早做准备。”

6

大宋延州。

延州知州刘航与通判赵挺之率领数百骑军，勒马立于延州城外，远眺西南。

此时，距离延州约三十里外的官道上，近千人马拥簇着一辆马车，正时缓时疾地向延州城前进。这支部队衣甲铿明，旗帜鲜艳，看起来威风凛凛，但是若在久经战阵的人眼中，却是一眼即可看出这只不过某位高官的侍卫队而已。但是没有人知道，坐在马车中的这位高官，竟然是刚刚被皇帝严旨训斥的新化县开国侯、陕西路安抚使石越。

“延州知州刘航，进士出身，颇具吏才，曾经出使西夏，册立夏主秉常，回朝后上《御戎书》，以为朝廷不可轻开边衅。因反对新法被贬，司马君实入政事堂后，调至延州为知州……”马车内，潘照临面无表情地向石越介绍着延州官员的情况，说完，又补充道，“他的儿子刘安世，中进士第而未做官，在白水潭游学一载，后拜入司马君实门下，亦是《西京评论》之中坚人物。”

石越听到刘安世的名字，眼睛霍地一亮，嘴角不由流露出了然的笑容，轻声嘟哝了一句："原来是'殿上虎'的父亲。"

潘照临却没有听见石越的话，又继续说道："通判赵挺之是进士及第，做过学官，以清廉能干著称，调至延州做通判不过一年。"

"这二人都是文官啊。"石越不由低声说了一句。

"虽然知州与通判是属于文官，但是边境的州府，却一向是由武官转文职的官员来担任知州的。"潘照临也摇了摇头，"司马君实将刘航调至延州，是为了边境的安宁。但是现在的情况……幸好这二人都不算无能之辈。"

石越见潘照临神色，微微笑了笑，说道："倒也不必过于担心。延州有振武军第三军、神卫营第三营，驻守在绥德城的云翼军、神卫营第五营，还有万余厢军，防守应当绰绰有余了。"

"防守的兵力怎么样都不够。"潘照临皱眉道，"西夏人这次在天都山点兵，来势汹汹，非比寻常。从天都山出兵，可有五条路线：向西由会州、兰州攻熙河；向东经萧关北入韦州可攻环州；或者直接攻击保安军，威胁延州；西南由得胜寨、静边寨可攻秦州；东南可经通远寨、没烟前后峡攻平夏城。而最让人难以放心的是，似乎银夏一带也有西夏军在集结，这样一来，连绥德城与延州，都难以安稳。"

"他们集结兵力，可以在六个方向发起进攻，而我们却要处处设防。"石越自然知道其中的利害。西夏人向天都山集结的消息传到之后，石越便立即取消了巡视的计划，直接前往最近的延州，同时下令沿边州府进入战备状态。但是这种被动的防御，防守的一方日子并不好过。

"六个方向中，熙河地区是最不可能遭到进攻的，亦是最不怕遭到进攻的。"潘照临冷静地分析着当前的形势，"熙河地区有李宪、王厚在，当地的驻军无论是整编完的神锐军还是未整编禁军，或是乡兵番兵，都是经历过战阵的，将领又多是王韶旧部，如若西夏人进攻熙河，必定讨不了好去。况且当地地广人稀，即使西夏入寇，于我损失不大——我相信西夏这次只是报复性的入寇，而并非是战略性的进攻。"

颠簸的马车中，石越的头微微动了一下，不知道是表示同意还是身体的自然反应。

"其次是秦州。"

"秦州？"石越吃了一惊，他并不是很懂军事，因此在他看来，秦州一直是防守的软肋。

"不错。是秦州。"潘照临肯定地点点头，说出了自己的理由，"虽然秦州的禁军未曾整编，防守力量较弱。但是西夏人如果贸然进攻秦州，却是犯了兵家大忌。只要平夏城一日在我大宋手中，西夏人便没有胆量无所顾忌地进攻秦州。梁乙埋再不知兵，也会明白在后路有敌人的坚城重兵时，是可能导致全军覆没的。"

石越点了点头："原来如此。"

“但是其余的几个地方，却是很难说西夏人会进攻哪里了。”潘照临说到这里，眉头又皱了起来，“平夏城是西夏人的心头大患，此次天都山点兵，说不定就是为了拔掉这肉中刺。眼下平夏城与新建的灵平寨只有种谊的振武军与一些厢军防守。若西夏纠集大军围攻，能否不失，实在难说。而环庆路的主力是种谔的龙卫军，虽然号称精锐，而且种谔亦称名将，但是能不能防住西夏人，实在难言乐观。至于绥德城，主力是种古的云翼军与神卫营第三营，兵力也并不雄厚。”

“延州振武军第三军都指挥使是谁？”

“是与‘三种’齐名的‘关中二姚’的姚大郎姚兕。”

石越稍稍放心，他知道姚兕勇武善战之名，名震西陲，是西军中数得着的名将之一，赵顼曾经亲自接见，并且钦赐银枪、袍带。有他在延州，至少比起两个文官来，要让人安心得多。

“若是能知道西夏人的进犯路线就好了。”石越在心里暗暗叹了口气。像这样处处设防，分散兵力，实在是不得已的办法。其实包括石越在内的大宋文武官员都知道，只要西夏人真正集结大军进攻，无论是攻哪一路，宋军都会处于劣势，只能依靠城墙坚守待援。也许唯一值得庆幸的，是西夏人缺乏持久作战的能力。正在心中感慨的石越忽然听到潘照临也微微叹了口气，用很细微的声音说道：“若是能下场雪就好了。”

石越一愣，苦笑着掀开车帘，看了一眼车外的天空，不觉摇了摇头。现在下雪，实在是不太可能。他的目光移向车内，在潘照临身上流连了一会儿，忽然想到，连潘照临都希望得到老天的帮助，看来是很难指望大宋的官员百姓们对这场战争抱乐观的期望了。

马车外传来了一阵急促的马蹄声，紧接着便是人马嘶鸣嘈杂的声音，石越不易觉察地皱了下眉，正要询问，便听到侍剑在外面禀道：“公子，有紧急军情。”

“停车！”石越连忙吩咐，不待马车完全停稳，便掀开帘子弯着腰将半个身子伸出了马车。

只见一个士兵早已屈膝跪在车前，见到石越出来，忙高声说道：“叩见石帅。小人奉庆州种将军之令，向石帅报告紧急军情。”说罢双手将一个封上了关防大印的木盒递上。

侍剑连忙接过来，递给石越。

“辛苦了。起来吧。”石越接过木盒，便即缩回车内，车夫挥了一鞭子，队伍便继续开动起来。只有那个传令兵兀自在那里发愣——他一时间难以接受石越的作风，更是被“辛苦了”三个字给震呆了。石越的亲兵早就习惯了这种事情，也懒得取笑他的少见多怪，只是拉了他一把，让他跟着队伍继续前进。

马车内，看完报告的石越淡淡说了句：“已经可以肯定，是夏主亲征。”

潘照临微微点了点头，夏主亲征，并非是太意外的事情。但是石越接下来的话，却让潘照临的表情变了，“司马纯父已经回来了。他走的是灵州道，几天前便到了环州。此时已往延州赶来，算时间，或者今天能在延州见面。”

“灵州道？公子是说，司马纯父潜入西夏了？”

“到过兴庆府。”石越亦掩饰不住自己的兴奋，“他会有重要的情报面呈。”

三日之后。

延州振武军第三军军部大营。现在这里暂时成了陕西路安抚使司的行辕。安抚使司的亲兵们三步一岗、五步一哨，将这座不大的院子四周，戒备得连只老鼠都钻不进去。有经验的人从亲兵们如临大敌的表情中便可以猜到，此时行辕中，正在进行着重要的军事会议。

石越的目光从每个人的脸上扫过。三天前到达延州后，司马梦求果然已经到了延州。面见石越之后，司马梦求向石越报告了文焕的情况，以及从文焕那里带回来的情报。

如果文焕果真是诈降，那么司马梦求带回来的情报，价值不可估量。一旦掌握了西夏军的真正意图，那就不仅仅是便于防守那么简单了。石越从来都认为，消极的防守是没有出路的。

但是如果文焕的情报有误，一旦轻信，后果亦将不堪设想。

一向信奉“小心驶得万年船”的石越，这次却不得不做一次赌博性的抉择。

振武军第三军军部的大营内，触目可见的都是“仇雠未报”四个大字。石越知道这都是姚兕的手笔。姚兕的父亲姚宝在姚兕幼年时，便战死在定川。由寡母养成的姚兕是军中有名的孝子，同时亦是对西夏人有着刻骨仇恨的将领。他念念不忘的，便是灭亡西夏，替父报仇，为了提醒自己不要忘记父仇未报，姚兕在自己活动的地方的一切器物上，都刻上了“仇雠未报”四个字。石越早就听说，每次与西夏人交战，姚兕也都是奋不顾身，勇悍异常，然而自从他调至延州后，与西夏人的冲突机会减少，姚兕一直是郁结于胸，结果导致疯狂地训练部队，许多士兵最害怕的事情，便是调到振武军第三军。

石越的目光落到姚兕身上，身着重甲的姚兕身材略显矮小，但是却很壮实，浑身肤色黝黑，一双眸子中，掩饰不住一种危险的兴奋之情。

看到石越注意自己，姚兕连忙微微掩饰了一下自己的兴奋，但是他骨子中的桀骜，却让这种掩饰更加欲盖弥彰。

石越不易觉察地笑了一下，目光移到另外三人身上。

延州知州刘航、云翼军都指挥使种古、庆州知州种谔，以及振威副尉刘舜卿，一个与姚兕经历相似的西军名将。与姚兕不同的是，刘舜卿是父兄都战死在好水川之役，而刘舜卿本人，比姚兕也多了一点儿儒将的气质。刘舜卿现在的身份，是振武军第三军的副都指挥使。

“职方馆带来的情报，诸位将军都已经听到。”石越含笑看了一眼坐在营中司马梦求，后者连忙谦恭地欠了欠身，石越的目光却早已移到了营中一个巨大的沙盘之上，“本帅想听听诸位将军有何看法？”

“石帅！”一个洪亮的声音在营中响起，众人的耳膜都感觉到一震，不由一齐将目光聚集到了说话的姚兕身上，“末将以为，既然知道西贼想进攻绥德城，我们便可以在绥德城集结重兵，严阵以待，给李秉常一点儿苦头吃。”姚兕说话之时，眼中凶光毕露，倒似是将石越当成了秉常，要将他生吞活剥一般，饶是石越识人无数，也被他看得头皮发麻，连忙不动声色地将目光移到种古身上。

种古并无姚兕的好战，得知自己的防区将要成为西夏人进攻的主方向，对于这个关中大汉来说，并非是一件令人开心的事情。他见石越注视着自己，连忙欠身说道：“敢问石帅，职方馆的情报是从何得来？是否准确？”目光却是瞄向司马梦求。

司马梦求正欲回答，却听石越早已先说道：“超过六成的可能是可靠的。”

“将领之最亲最重者，莫过于间。”种古朗声说道，“石帅却言只有六成可靠，莫非是反间？”

“若是情报失误，职方馆愿负全责。”司马梦求没有想过要逃脱责任。

“这个责任，职方馆负不起的。”种谔毫不客气说道。

石越的脸沉了下来，寒着脸说道：“三衙与职方馆各有职责，将军不必逾越。”

“是。”种谔不甘心地欠欠身。

“依末将之见，此次西贼于天都山点兵，较之寻常颇有不同。银夏宥诸州人马，皆未有调动的迹象，若是大举入侵，不至于如此。西贼向来喜欢集结重兵攻击一点，以求一战成功；一战不能得手，立即退兵。此次既然是夏主亲征，却有大军迟迟不动。这些迹象来看，末将以为职方馆的情报，是可信的。西贼之意，便是分三路入寇，其余两路，多半只是虚张声势，牵制我军。其攻击之重点，却是绥州！”说话的人是刘舜卿。

“仅仅这一点，并不足证明西贼的主攻方向是绥州。”种谔不屑地瞥了刘舜卿一眼，态度傲人。他是多年的老将，不怎么看得起刘舜卿这样的年轻将领。虽然刘舜卿的履历相当傲人，他是烈士之后，以战功累迁，入讲武学堂优等，是大宋军中少见的能够自己写奏折的将领。不过种谔最看不惯的，却正是可以自己写奏折的武将。

“还有一点亦可以证明。”刘舜卿不卑不亢地回道，“在银夏的探子，从十天前便断绝了联系。目前为止，无人知道银夏究竟发生了什么……所以，末将几乎可以肯定，银夏二州，西贼正在聚集重兵。一面是大张旗鼓，一面却是故意偃旗息鼓，西贼之意可明。”

“岂不闻虚则实之，实则虚之？”种谔反驳道。

“末将也相信刘将军的判断。”种古打断了种谔的话，看都没看自己的弟弟一眼，只是向石越微微欠身，朗声道，“末将派出的探子，亦全部失去了音讯。”

“嗯。”石越点了点头，他心中忽然有点儿兴奋，亲自主持如此重要的军事会议，对他来说，本是难以想象的事情。看见几个名震西陲的大将对自己恭恭敬敬，自己的一句话，可以调动上万的兵马，关系到数以万计的百姓的存亡，石越在这一瞬间，感到的竟然不是责任，而是一种满足感。

不错，正是满足感！

石越猛地一惊，突然间意识到自己的心态极其危险，连忙收敛了心神，沉声问道：“那么诸位将军以为当如何应敌？”

种古站起身来，他魁梧的身躯让众人竟感觉到一种威压，姚兕下意识地向后让了让，暗暗握紧了拳头，却见种古的手指向沙盘，朗声说道：“末将以为，既然西贼想攻击绥德城，我们便可以遂其心愿，在绥德城以坚城待之。同时将龙卫军与一部分振武军密调至吐延水……”

“什么？”种谔吃惊地看了种古一眼，这时节也顾不得种古是他大哥，高声反对道，“我身为庆州知州，守土有责。未有枢府调令，怎敢在这个时节率大军离境？”

“各军互相策应，理所当然。何必要枢密调令，你是来救援，并非来驻扎。”种古冷冷地顶了回去。

“我环庆离绥德城也太远了一些。而且如若龙卫军离境，环庆无异于空城。”种谔心中并不服气，种古虽然是他大哥，但是他却有他的私心。“当西夏人集结大军攻击绥德城的时候，我若率军主动出击，抄掠其韦州又如何？”只不过这种如意算盘，却是不可能公开说出来的。

“不是还有何畏之的环州义勇与数千厢军吗？”

“他们能顶何用？”

“末将倒有一计。”刘舜卿站起身来，没看种谔，只是欠身向石越说道，“既然要集中兵力对付西贼，而西贼又想明攻平夏城牵制我军，那么末将以为，可以将计就计，派遣数千人马，盛备旌旗，不停地穿行于延州、长安至平夏城之间。去平夏城时，则大张旗鼓；回来时则偃旗息鼓。如此造成一种大举向平夏城增兵的假象。环庆位于延州至平夏城之间，既然有大军穿行，那么西贼必不敢轻举妄动。同时石帅可请定西侯高遵裕暂时节制渭州军事，调动大军，不张旗鼓，做出向环庆集结的假象，实则是居中策应。如此一来，西贼必然疑惑。与此同时，保安军、延州、绥德城尽皆坚壁清野，摆出闭城死守之势。只要西贼以为我大军尽皆集结在平夏城，则自会坚定信心，举大军来夺我绥州。”

“此为妙计。”种古听完，不由开口赞道。

刘舜卿却凝视石越，迟疑道：“不过……”

“刘将军请说……”

“恕末将大胆，为坚西贼之心，最好是……”刘舜卿的建议，让众人目瞪口呆。

7

西夏。

银州。

夏主秉常的舆驾之旁，国相梁乙埋与嵬名荣、李清、文焕等一干将领紧紧跟随着，在他们的周围，还有十六万步骑。

“宋人有没有发现我军的行踪？”秉常远眺东南，意气风发。在他看来，有这十六万步骑，足以将绥州踏平。

梁乙埋扬扬得意地笑道：“此次兵分三路，梁乙逋在天都山点兵，纠集六万之众，佯攻平夏城；仁多与慕泽统四万人马，威慑环庆，伺机而动。石越果然上当，以为我大夏是想夺回平夏城，报讲宗岭之仇。据探子回报，宋军已经主动将全部向平夏城集结，连石越都亲自到了庆州督战。”

“石越去了庆州？”秉常有点儿失望地问道。

“不错。说起来东朝的文官中，石越算有胆色的。探子在庆州看到他的行辕与亲兵卫队，而且有人清清楚楚在环州看到狄詠。”梁乙埋摇着头，志得意满地说道，“如今我大军围攻绥州，宋军即使想回军来救，亦是鞭长莫及。”他丝毫没有注意身后的文焕眼中，流露出奇怪的神色。

“既然如此，那便兵发绥州！”

梁乙埋正要答应，却听有人高声说道：“且慢！”

梁乙埋循声望去，说话的人却是嵬名荣。

“陛下。”嵬名荣策马至秉常面前，朗声道，“臣以为石越、刘航虽是文臣，然种古、姚兕却非无能之辈。若是其在环庆、平夏城的布置不过是疑兵之计，而在绥德城以坚城伏兵待之，陛下此去，只恐凶多吉少……”

“嵬名荣，你怎敢胡言乱语，乱我军心！”梁乙埋不待嵬名荣说完，早已大声呵斥。

嵬名荣转身面对梁乙埋，厉声喝道：“本朝成制，凡出大军，必先占卜。此次卜卦，卦象不明，岂可不小心谨慎？”

梁乙埋大怒，正要发作，却听秉常说道：“国相且听老将军说完。”梁乙埋只得恨恨咽下这口气，听嵬名荣道：“请陛下让臣领一万骑兵，去米脂砦为前锋，探知宋军虚实。”

“陛下，这是老成之言。”李清亦在旁说道。不知为何，他总是感觉有点儿不对劲，但是却说不上来是为什么。

“也罢，老将军便领一万骑兵，去米脂砦，试探绥德城的宋军。”

绥德城。

这座城池是西北地区少见的城池，因为它新修葺的部分，采用了水泥，因而显得更加坚固。

云翼军的大鹏展翅军旗与“种”字帅旗夹杂在一起，插满了绥德城的城墙，不知情的人还以为守城的部队是云翼军。

内穿铁甲、外着红袍的种古紧抿着嘴唇站在城墙上，望着远处正在渡河而来的西夏军，眼中不易觉察地流露出一丝冷笑。

“将军，难道情报有误？”说话的是种古的副都指挥使，他看到渡河而来的西夏军竟然全部是些老弱残兵，吃惊得眼珠都瞪出来了。

“若真是佯攻，西贼便不会派这些人来送死。”种古冷冷地丢下一句，“叫吴安国来。”

“是。”

不多时，已经被降为从九品上的陪戎校尉吴安国大步来到种古跟前，他向种古行了个军礼，高声参见：“参见将军。”

“看看城外。”种古没有用正眼看吴安国一眼，眼睛一直盯着城外。

在苦役营受过教训的吴安国已经老实许多，但是骨子里的傲气却丝毫没有收敛。他瞥了西夏军一眼，冷冷说道：“不过送死之徒耳。”

“给你个机会。”种古淡淡说道，“去第一营做掣旗，将他们赶下河去。”

“是。”吴安国的声音，没有夹带任何感情。

嵬名荣一面在心里在咒骂梁乙埋，一面苦笑着看着手中的“先锋”部队。梁乙埋毫不客气地将一万老弱残兵拨给了嵬名荣。凭这支部队来和“小隐君”交手？嵬名荣可真是不抱任何指望。但是自己请缨的事情，不做是不行的。

西夏军渡河刚刚渡到一半，已经是人仰马翻，乱成一团，嵬名荣正暗暗叫苦，便听到三声炮响，绥德城城门大开，宋军数千骑兵从城中涌了出来，为首一人高举着大鹏展翅军旗，向着已渡河的部队冲杀过来。

“呜呜——”嵬名荣立即下令吹号，但是渡河的部队却根本没有理会统帅的指挥，而是各自上马，搭弓射箭，各自为战地抵抗起来。

西夏军的弓箭虽然娴熟，但是老弱残兵们的臂力却稍嫌不够，弓箭飞向宋军的骑兵，却不能穿透厚实的铠甲，无力地跌落。更多的则是太早开弓，以至于弓箭在离宋军尚远的地方就无力地跌了下来。慌忙再次搭弓的西夏战士，立即发现他们的错误足以致命——宋军骑兵没有给他们再次从容发射的机会，抬手、射击，数以千计的弩箭如同蝗虫一般铺天盖地打来，站在前排的夏军纷纷中箭落马。

几乎是在一瞬间，宋军的骑兵便已临近。如同一把锋利的尖刀划开一匹布帛，高举的马刀毫不留情地将毫无阵形的西夏人分成了两半，在高高举起的大鹏展翅旗的指引下，两千余宋军骑兵带着轰隆的响声，在夏军的阵形中肆无忌惮地穿插着，每一次挥刀都会伴随着鲜血的溅射。

嵬名荣闭上了眼睛，不敢再看河对岸的惨剧。

前锋受挫的消息很快传到了夏主秉常的耳中。

暴怒的秉常再也按捺不住，十六万西夏军队，如同巨大的潮水一般，冲向如同海中孤礁的绥德城。

这次的前锋统领，换成了李清。

不过老天也没有特别垂青于李清。虽然嵬名荣在渡无定河时并没有任何意外，但是不代表李清率军渡河时，也同样如此。

负责泅水渡河搭浮桥的一个百人队在游到河中间时，不知道碰到了什么东西，只听到“轰”的数声巨响，几十个西夏士兵便死于非命。有几个人的身体被炸成数断，残肢断体竟被抛到了岸上。幸存的士兵疯了似的往回游，再也不肯下水。

西夏没有人知道“水雷”是什么东西。

溃沙急流、深浅不定的无定河，在西夏人眼中，立刻变得更加神秘莫测起来。

幸好宋军的水雷不足以将整条河流都布满，在大刀的逼迫下，西夏人又付出了几百人的性命和差不多一天的时间，才终于找到了安全的河段。

依河筑城的绥德城是不可能被没有强大水军的西夏人包围的，但是十几万大军屯于城下，一眼望不到边的旌旗与刀枪，却也足以让身经百战的战士都心生怯意。

如果此时站在绥德城城墙上的，不是振武军第三军的将士的话，连种古也不知道究竟会发生什么。

西夏人每一次“万岁”的呼吼，都可以将绥德城内的房屋震下几块瓦片来。站在城墙上，看着漫山遍野的西夏人，种古咂了咂嘴，骂了句：“奶奶的！”

绥德城之战，在大宋熙宁十年十月二十一日，开始了。

第三十四章

环州之战

一个时辰后，开城门投降！

——狄詠

1

西夏国主秉常与国相梁乙埋亲率十六万大军兵临绥德城下的同时，梁乙逋率领六万大军，再出没烟峡，向平夏城也发起了进攻。

宋军事先没有料到的是，虽然西夏军的主攻方向的确不是平夏城，但是梁乙逋在平夏城的进攻，却绝非是佯攻！

这是真正的进攻。

梁乙逋在这场战争中，使用了包括云车、投石机在内的武器，让宋军大吃一惊。虽然数量少，但是宋军根本无法想象西夏人是如何掌握了这些技术，特别是投石机。事后很久人们才知道这些技术是从辽国传出去的。

这些攻城器械的使用，给平夏城的防守增加了极大的压力。好在种谊的振武军有战斗经验，而且又有神卫营的协助，虽然处于劣势，但是平夏城却并没有易手的迹象。战争的双方只不过是在平夏城的内外增加着战死者的人数。

最平静的，是环庆一路。

静塞军司的都统仁多澣与降番慕泽之间，发生了意见冲突。身为仁多族的族长，仁多澣一向支持国主秉常，对梁乙埋甚至是梁太后，都心怀不满。静塞军司扼守灵州道的门户，与宋朝环州紧紧相邻，以仁多族的利益而言，仁多澣一向认为与宋朝的和平更加有利。因此，私下里，仁多族也是大量参与了对宋朝的走私。而仁多澣本人与宋朝边境的守将、知州们，都有着良好的私人关系。所以，仁多澣不愿意让自己的族人充当炮灰是完全可以理解的。身为西夏的贵族，他心里十分清楚对宋朝的战争，不过是梁氏家族转移内部矛盾的手段罢了。梁乙埋不过是想利用战争来加强对军队的控制。仁多澣没有为自己的政敌充当炮灰的义务。

更何况，他还有一个非常好的借口。

石越就在庆州！

他不过区区四万人马，大宋陕西路安抚使所在的地方，少说也有十万人马吧？他的任务只是牵制，并非送死。所以，仁多澣每天命令部下出青岗峡耀武扬威一番，就算是完成了自己的任务。此外的时间，自然是在大营中饮酒作乐，享受美女。

不过慕泽却与仁多澣不同，他不仅仅想洗刷讲宗岭之耻，更希望建功立业。身为降番，在注重军功的西夏，唯有立下大功，他才能真正出人头地。仁多澣的逗留不进，让慕泽气火攻心。

“将军若能给末将一万人马，末将便能替将军扫平环庆！”仁多瀚对慕泽每天必讲的话，几乎是耳朵都听出茧来了，“只要我大军进攻环州，末将便可以说降沿边诸番，一万人马，一夜之间可增五倍，再挟诸番之势，直扫庆州，不世之功，反手可成。”

“种谔是白痴吗？庆州本就易守难攻，石越既在庆州，岂可轻易？我可不想让我的一万人马去送死。”仁多瀚对慕泽丝毫不假颜色。

“以末将看来，宋军不过是虚张声势罢了。况种谔不过一轻易小人，何足为惧？”

“虚张声势？”仁多瀚的语气，与其说是在询问，不如说是在嘲笑。

“石越不过一文官，其所在之地，掩饰还来不及，哪有大张旗鼓的道理？这不是告诉我们宋军的主力在哪里吗？此事不合常理，其中必然有诈！”

“岂不闻虚则实之，实则虚之？况且石越声明在庆州，自可以鼓舞士气。他在庆州，既可策应延州，又可以策应平夏城，岂非当然之理？”仁多瀚虽然心里觉得慕泽说得有理，但是他既不愿意被慕泽说下去，亦无兴趣去捉石越。便是虚又如何？石越身边至少也有一万人马吧？庆州是出了名的险要，据城而守，我损失必重。这死的人，可都是我仁多族的男子！

“将军！”慕泽一时被仁多瀚说得说不出话来，但是却不肯死心，又道，“我等坐拥大军，总要打一场仗才行吧？”

“慕将军！”仁多瀚的脸“唰”的一下沉了下来，他铁青着脸，怒道，“你是何意思？我大军每日出青岗峡，不是作战，难道是玩耍吗？”

“不是玩耍是什么？”慕泽在心里说道，但是却不敢说出来，只得说道：“本将并无此意。”

“你退下吧。不必多言，本将自有主张。”仁多瀚打起了官腔。

“是。”慕泽忍着一肚子气，退出大帐。他前脚刚刚出帐，便听到仁多瀚大声喊道：“来人，上酒，歌舞伺候！”

慕泽的身形顿了一下，心中咒骂一声，拔脚离开了大营。

“奶奶的，若非老子曾经袭击石越，非反出西夏不可！”一肚子怒气的慕泽刚刚走出大营，便见一个亲兵小跑过来，在他耳边低声说了数句。

“当真？”慕泽顿时喜形于色。

“千真万确。”

“好！好！”慕泽转身闯进大营，大步走到中军帐前，掀开帐帘，便闯了进去。

“又有何事？”被慕泽打断歌舞的仁多瀚满脸不快。

慕泽微微欠身，抱拳朗声禀道：“末将得到消息，环州现在的守军不过两千人！”

“哪来的消息？”

“是末将的族人带来的。绝对可信！”

狄詠例行公事般走到环州城墙上面，无聊地找何畏之说话。环州城墙上，插满了各色旗帜，以及穿着衣服的草人，远远望去，几乎让人以为有数万大军屯结于此。但是实际上，在环州城内，不过只有暂由狄詠统率的一千厢军与何畏之率领的一千环州义勇。可笑的是，西夏人居然被吓得果真不敢进攻，每天清晨，便可以远远望见西夏人从青岗峡出来，在距离环州数十里的地方晒马，然后在落日之前回去。

这也叫入寇？

狄詠对西夏人的蔑视之意，日渐一日地增强。

好不容易在一个地方找到何畏之，狄詠从后面走过去，拍了拍何畏之的肩膀，唤道："何兄。"

何畏之却没有回头，反而指着远处，说道："你看那是什么？"

狄詠顺着他的手指望去，只见一片灰尘从地面升起。他的心一下子兴奋起来："是敌袭！"

"敌袭？"何畏之的脸"唰"地白了。

狄詠从未见过何畏之如此，不由奇道："怎么了？"

何畏之苦笑道："若真是敌袭，那至少有数万人！我们只有两千人！"

狄詠顿时想起己军的处境，也愣住了。

但是很快，二人就不得不面对残酷的现实，如同一座小山在移动一般，轰隆的声音由远及近，黑压压的一片人群也出现在二人视线之内。

"关城门！"

"敌袭！"

瞭望的士兵的叫声，无情地在二人耳边响起。

整个环州城似乎都愣了一下，然后，所有人都反应过来，环州城陷入一片忙乱之中。

狄詠听到何畏之在离开之前的一句话是："快派人去请援！"

哪里会有援兵？

狄詠此时才发现，没有仗打有时候并非一件坏事。

求援的士兵从城门冲出去不过一刻钟，狄詠与何畏之刚刚来得及收起吊桥，关上城门，数以万计的西夏人就如同海浪一般涌了上来，将小小的环州城围了个水泄不通。

狄詠与何畏之相顾苦笑。

"至少有三万人马。"何畏之看了一眼西夏军的旌旗。

"是四万。"狄詠平静地纠正了何畏之的错误。

"坚持到援军到来要几天？"何畏之看了一眼四周，许多厢军的双腿已经在不由自主地颤抖。让他欣慰的是，他训练出来的环州义勇，至少从表面上看来，还是镇定如常。

狄詠看了看四周，见没有人在侧，压低声音说道：“最近的援军，在高遵裕那里。”

何畏之顿时愕然：“渭州？”

狄詠无言地点了点头。

何畏之的心沉了下去。二人此时还不知道，平夏城方面的战况也非常惨烈。

“难道石帅身边没有人马？”

狄詠没有说话。身在庆州的石越，连厢军与乡兵，一共不足一万人。陕西路的主要兵力，自然是全部向延州与绥德城集结，如果高遵裕的部队不能来救援，便只能等待长安城的两万人马——这是陕西路最后的预备队。不过无论等待哪路人马的救援，环州城都不太可能坚守到那一天——狄詠此时并不知道西夏人的战斗意志如何。

“我们不能突围。”狄詠望着何畏之，平静地说道，“至少要留出足够的时间，让石帅撤退。环州便是你我殉国的地方。”

何畏之苦笑了一下，无言地点了点头。虽然心里有几分不甘，而且也无意为大宋牺牲，但是投降他更不愿意。

“如今的当务之急，是稳定军心。”

狄詠丢下何畏之，笑嘻嘻地走到一个守城的士兵身边，拍了一下那个士兵的肩膀。精神过度紧张的士兵猛地一惊，几乎瘫倒在地上。

“别怕。”狄詠提了一口气，朗声笑声，“西贼不过是来送死。”他的声音清晰地传到西城墙上的每一个角落，士兵们不由自主地将头转向狄詠，看见主将如此轻松，大家突然间感觉有了点依靠。“孩儿们，且看某的手段。”狄詠高声喝道，众人便见他张弓搭箭，一把硬弓拉成满月之状，“嗖”的一声，羽箭飞向城外。便听到城外西夏军一齐惊叫，城楼之上，顿时一片欢呼——原来狄詠这一箭，竟然射断了西夏军的一面军旗！

这一箭之威，令站在一旁的何畏之都不由得暗暗惊心。

西夏人似乎感觉到一丝惧意，如同大潮碰上坚固的海岸，又缓缓退后了几十步。

“西贼残暴，犯我疆土，若不死守，有死无生！石帅就在庆州，援军很快便到。儿郎们打起精神来，让天下人看看我们杀贼的手段！”狄詠高声呼道，声音几乎全城听闻。

环州士兵见到狄詠这般神勇，又听说石越就在庆州，援军不过数日可到，顿时一片欢呼，一齐发出震天的吼叫声。

城外，仁多瀚望着城墙上密密麻麻的“守军”，又听到如此巨大的吼声，再看看那断成半截跌落地上的军旗，不由心生惧意。他看了一眼慕泽，嘴唇微微翕动，忍不住说道：“环州果真只有两千宋军吗？”

慕泽也不想狄詠如此神勇，暗吸了一口凉气。但是此时已无退路，只得硬着头皮说道：“必无虚假！”

“那好。”仁多瀚挥鞭指着慕泽，说道，“慕将军，本将调三千精兵予你，合你本部人马，共是五千余众，可为前锋，为本将攻下环州城！”

慕泽不料仁多瀚只肯派这么点人马给他，不由心中暗骂，却怕仁多瀚翻脸，只得忍下气来，咬着牙，高声应道：“得令！”说罢头也不回，策马便向本阵跑去。

一刻钟之后，便听到西夏军阵中号角四起，慕泽率领五千余人马，如狼群一样，杀气腾腾地扑向环州孤城。

被载入史册的环州之战，拉开了帷幕。

2

环州城中，不过三千余户，六千余口，番汉杂居。其中真正可以持械作战的壮年男丁，不过四千余人。大敌当前，这些男子亦全部披挂上阵，站上了环州城头。好在环州本就是宋朝所谓的“军事州”，城池虽小，但甚为坚固。而且因为紧连西夏，所以民风好武，大部分男丁都会拉弓射箭，不用如何加以训练，便可以拉上城墙作战。

狄詠披挂重甲，在血迹斑斑的城墙上巡视。几个健壮的妇女正将一个战死乡兵的尸体拖下城墙，另一些民妇与儿童，则提着饭菜给守城的士兵们送饭。士兵们无力地躺在城垛之后，见到狄詠到来，连忙纷纷起立。

西夏人已经围攻了整整两天。环州城外，遍地可以见的是凝固的鲜血，半截的断旗，震天雷与霹雳投弹爆炸后留下的黑块，还有残缺不全的尸体。西夏人的每次进攻如同疯狗一般悍不畏死，但让狄詠奇怪的是，西夏人真正投入进攻的兵力并不多。否则他很怀疑自己能坚守两天。

不过现在西夏人的将领即使是白痴，也已经知环州城内的守军不多了。也许接下来，就是总攻了吧？

狄詠微笑着安抚站起行礼的士兵们，细心查看伤兵的伤口，不时亲自替他们上药包扎——狄家自有家训，爱兵如子，绝不以地位骄人。这位“前郡马”的这种作风，很快也帮助他赢得了环州城的军心与民心。

求援的士兵应当已经到了庆州。狄詠虽然知道其实不会有所谓的“援军”，但是心中却总忍不住有一丝侥幸。这两天的战斗，环州守城的士兵战死了一千余人，西夏人也付出了双倍的代价，但是双方的绝对数量相差实在太远了。

幸好还有何畏之的那一千环州义勇！

环州城现在便如同万里海域中的一座孤岛，在雷电风暴中飘摇着，似乎随时可能被海水淹没，但是依然倔强地面对这一切。

庆州。陕西安抚使司行辕。

上演空城计的石越知道这次已经是弄巧成拙了。实际上石越并不会有危险，他驻守的庆州与环州直线距离并不远，但是山路难行，只要环州有警，他完全可以安全地撤回京兆府。否则的话，潘照临绝不会同意这次冒险。不过他却没有料到，石越居然没有遇险即走的打算。刘舜卿的计划不过是巧妙利用西夏人对宋军文臣统帅一贯作风的了解，以及仁多瀓的心理，以求集中兵力，赢得这场战争。但不知道为什么中间却出了差错，仁多瀓居然大举进攻了——这根本不需要环州求援的士兵来告知，两天前环州上空点燃的烽火，便已经可以说明一切。

“石帅！”丰稷从两天前开始，已经记不清是第几次来劝说石越了，“千金之子，坐不垂堂，请石帅即刻返回长安主持大局！”

“回长安主持大局？”石越淡淡地反问了一句，嘴角流露出少见的嘲讽之意，“我不需要回长安，我便在庆州。统帅临阵脱逃，这种事情，即使有再冠冕堂皇的理由，我也做不出来。”

丰稷承认石越是大宋少有的文臣，但是无论如何，他认为石越始终是个文臣。

“公之责任，非在庆州！”

“士兵与百姓们，不会和你讲这些道理。”石越的语气虽然平淡，却十分坚决。

“平夏城吃紧，定西侯的援军不一定能及时赶来，若稍有迟误，只恐已铸成大错。而长安兵两天前已经在驰援绥德城的路中，余下的守军是绝不能再动，再无援军会来环庆。公为朝廷重臣，岂能效匹夫之勇，为此不智之举？”丰稷不敢放弃，“庆州由下官在此拒守便可。”

“我再无地方可去！”石越断然拒绝，“庆州如若失守，长安门户大开，渭州亦受夹击，是将战火引至我陕西腹地。我不会离开此地。再派人去渭州，催高遵裕的援军。”

“是。”丰稷终于知道石越是铁了心不走。他心中一时间不知道是忧是喜。石越身在庆州，不仅仅是庆州的士气民心都会受到鼓舞，连各地战斗的将士，也会感觉有依靠。一旦他离开，便容易重蹈韩绛覆辙，动摇军心士气，导致大溃败。但是身为主帅如此轻身犯险，却不能不让丰稷担忧。

“立即在庆州募集义勇，设法救援环州。”石越又吩咐道，“传令宁、邠、坊诸州，调集厢军、乡兵，增援庆州。”

“是。”丰稷答应着，正要出去执行，方走出数步，又被石越叫住了。

“令宁、邠、坊各州不许再强征农夫。”

丰稷不由一怔。

“那样只会骚扰百姓。各州居内地，农夫不经训练，难以大用。聚集起来亦不过是乌合之众。”石越解释道，“而且，渭州的援军最多十日可至，庆州不会有危险。”

丰稷点点头。的确如石越所说，此时强征农夫并无作用，而且如果高遵裕能及时派出援军的话，庆州不会有丝毫危险。只需有一万禁军在此，再有厢军、乡兵、义勇协助，庆州城就不是区区四万西夏军所能撼动的。

望着丰稷大步离开的背影，石越闭上眼睛，微微叹了口气。

他并非是无意义的冒险，而是知道自己在庆州的存在对于军心民心的重要，同时也算定只要高遵裕能及时派出来援军，庆州城破的危险就小得几乎可以忽略。但是，无论如何，他在决策时，抛弃了狄詠与何畏之。

“对不起。”石越喃喃说道，“但是我不能派兵。”

实际上，他也是无兵可派。环州的守军，除了少数精锐的力量，勉强只能守城，绝无野战之能。石越不可能把手中唯一的精锐力量都派出去，去救援一座几乎注定要陷落的孤城。

3

环州围城第五天。如血残阳。

狄詠的左臂插着一支羽箭，他瞪大眼睛，望着从城下退潮一般撤走的夏军，松了一口气，顿时身体一软，他心中一惊，连忙狠狠地咬了一口嘴唇，巨大的疼痛让他终于聚起精神，挺着身子站了起来，没有在士兵们面前倒下。

又打退了一波进攻。

这已经是西夏人第二次攻上城墙了。

“你还没死呢？”狄詠转过头，见何畏之正笑着向自己打招呼。他的目光落到何畏之的右臂上——那里用一块布随便包扎了一下，鲜血已经将布浸透。

“你也中招了？”狄詠笑着指指何畏之的右臂。

“从背后被砍了一刀。”何畏之的目光也注意到了狄詠左臂上的羽箭，笑道：“你是怎么受伤的？”

“慕泽那狗贼射的。”狄詠瞅了一眼羽箭上的“慕”字，漫不经心地说道。

“看来真要进忠烈祠了。”

狄詠看了一眼城墙上稀稀拉拉的士兵。“能拉弓的不足两千人，火器全部用光了。”何畏之低声说道。

狄詠抬头仰望夕阳，忽然转头问道：“还能突围吗？”

“围得如铁桶似的。”

“那便死守吧。”狄詠咬着嘴唇，忽然叹了口气，脸上露出不忍之色。

“怎么了？”

狄詠指着城中，沉声道：“我担心西贼破城后屠城。”

历史上，大凡血战过后的城市，都没有好下场。

何畏之也沉默了。

“再守一天。如果明天之后，城池不破，援军不至，何兄你便提我人头去降西夏，换回这满城百姓的性命。”狄詠淡淡说道，“只不过难为你了。”

何畏之望着大步走下城墙的狄詠，久久没有说话。

环州围城第六天。

西夏大营。

“攻了五天，折损近五千人马，一座小小的环州城都拿不下，饭桶！”仁多瀚指着慕泽的鼻子破口大骂，“事先还说什么环州只有两千人，起码有五千人以上！”

慕泽有苦难言，如果仁多瀚一次给他两万人马，狄詠与何畏之再勇猛，他最多两天也能夺下环州城。但是仁多瀚偏偏采用了最愚蠢的战术，每次给他的人马，都不超过一万。而且全是静塞军司最不管用的兵，或者是强征来的小部族的人马。慕泽不知道这些小部族大多是与梁乙埋关系不错的部族，仁多瀚每次派的兵，也都是亲梁乙埋的将领的部队。仁多瀚根本是故意将这些人派去送死，但是慕泽却以为是他短视无知。

但无论如何，他都不敢顶撞仁多瀚。

毕竟仁多瀚是连梁乙埋都要忌惮三分的大部族的族长。

“今日之内，末将必拿下环州城！”

“那好，再给你一次机会，你率五千兵去，拿狄詠的人头回来给我。”仁多瀚不耐烦地挥挥手。死掉的五千人，他其实一点儿都不心疼。这四万大军中，他本族与附属小族的人马占到三万左右，现在几乎都没有损失。

慕泽听到“五千人马”，心中暗暗咒骂着，但是面子上亦能恭顺地应道：“遵令！”

好在环州城的守军这次真的是最多不会超过两千了。慕泽在心里自我安慰道。

然而，在他刚刚点齐兵马，准备出营攻城的时候，忽然听到东边传来一阵喊杀之声，一彪人马，奇迹般从庆州方向杀来。猝不及防的东大营顿时一片人仰马翻。

“慕将军，要不要去救援？”身边的副将探身询问。

“不必。”慕泽眼中露出冷若冰霜的光芒，“城中宋军必然出去接应，我等趁机强攻西城，环州城必将易手。”

“将军英明。”

但是慕泽的如意算盘并未打响，他刚刚准备向西城开拔，便见中军官手执令箭飞奔而来，向慕泽喊道：“慕将军，仁多统领命你立即救援东大营，若有延误，军法从事！”

慕泽顿时一阵气苦，撒气似的抽了一下马背，高声吼道："救援东大营。"

一彪人马，拨首向东，浩浩荡荡地杀去。

此时，环州城墙上人人都露出欣喜之色。

狄詠满脸的不可思议。

庆州从哪里变出这么些援兵？

"挑三百精兵，出城接应！"他一面走下城墙，一面吩咐。

很快，三百人马集合完毕，几乎全是何畏之训练出来的环州义勇，这亦是硕果仅存的环州义勇。

狄詠抬头望了一眼在城墙上守城的何畏之，举起银枪，高声喝道："出城！"

三百精兵在高举的"狄"字将旗与当今皇帝御笔亲题的环州义勇军旗的指引下，从环州东城杀了出去，直插入西夏军东营。被两面夹击的西夏军东营顿时乱成一团，西夏军本来就甚为畏惧狄詠的威名，环州义勇也是被传得神乎其神的部队，此时见狄詠率军如狼似虎地杀来，更是气为之夺，竟是无人敢缨其锋。很快，里外两支宋军便会合在一起，突破东大营的防线，向环州城中杀去。

率军赶来的慕泽眼见着"狄"字旗与"环州义勇"旗，眼睛立时就红了。连被仁多瀚打破如意算盘的不快都立时被抛到九霄云外，大吼一声："杀！"也不管步兵跟不跟得上，便带着骑军，恶狠狠地向狄詠扑了过来。

"环州义勇断后，援军进城！"狄詠在马上看见扑来的慕泽，立时跃马大吼，率领三百义勇，掉转马头，杀向慕泽部。

狭路相逢，弓箭几成无用之物，高举着各式各样的马用兵器，口中发出慑人的怪叫，两支骑兵硬碰在一起。

环州城屏住了呼吸。

城墙上。

率援军而来的，竟然只是个年纪轻轻的陪戎校尉！何畏之不由皱起眉毛。

"下官李敢当，奉石帅之令，率庆州义勇两千，增援环州城。"

何畏之原本喜悦的心，立时沉下去大半。果然只是义勇。虽然他不知道这批人至少是半自愿前来，并非单纯的义勇，其中还夹杂了一些禁军与厢军官兵。

"带霹雳投弹没有？"何畏之心存侥幸地问道，无论如何，有霹雳投弹的话，于守城还是颇有好处的。

"带了。"

何畏之喜上眉梢："带了多少？"

“一百枚。”

才浮起来的笑容瞬间变成苦笑。何畏之看了一眼城外与慕泽正杀得难解难分的狄詠部，沉声说道：“鸣金！”

援军来了，自然没有理由投降了。环州义勇就只剩这么一点儿家当了，不能再让狄詠全部挥霍光了。如果环州城还有希望的话，希望就在这几百人身上了。何畏之没有指望那装备参差不齐的两千庆州义勇。

已经是第六天了，如果能坚持到高遵裕的援军赶到，环州还是可能守住的。何畏之的目光，已经是第三次投向东南了。

援军应当早就在路上了吧？

渭州。

“我手中没有可以支援环庆的人马。”定西侯高遵裕的表情如同千年花岗岩，“援军自然会派出，但不是现在。”

月明真人在后面凝视着高遵裕的目光深沉，嘴角却不禁露出讽刺的了然之笑。

“如果石越出事，只怕朝廷不会善罢甘休。”

“从来官场都是人走茶凉。”高遵裕冷笑了一下，没有多说。石越若是活着，或者他还有麻烦；石越若是死了，他再挥师收复环庆，他高遵裕便是力挽狂澜的英雄，谁敢追究他的责任？

何况，平夏城战况惨烈自是事实，他有充足的理由，不发救兵。

他高遵裕可没有要求石越在庆州充当英雄。

“听说狄詠在环州……”

月明真人的话，换来的是高遵裕残酷的冷笑。狄詠？若不是他与石越，他高遵裕怎会突然间几乎身败名裂？若非西夏人这次入寇来得这么及时，在这么短的时间内，石越与朝廷都不得不依赖更熟悉渭州军中事务的自己，他几乎不能翻身……一个“前郡马”还不如一条狗来得值钱！何况这个“前郡马”还重重地得罪了皇帝。熟悉宫廷斗争的高遵裕非常明白，此时的皇家，根本不会在乎狄詠的生死。

“如若石越真的或死或败，高遵裕能趁此机会控制局势，掌握陕西的兵权也是不错的局面。”月明的心中闪过一个念头。他立即放弃了劝说，“既然高帅已经拿定主意，那么，贫道以为，环庆那边，不做点样子，日后朝廷那里只怕不好交差。”

“真人对朝廷的了解，还是略嫌不够。”高遵裕突然转过身来，好心情地解释道，“朝廷在乎的，永远都只是结果。如果石越兵败，而我能挡住西夏人，甚至不用挡住，只要我能守住渭州不失——朝廷便不会责罚我，相反，朝廷一定会嘉奖我，笼络我。何况，我的官位现在渭州知州，我对朝廷的责任，亦不过是守住渭州的疆土。”

月明只感觉一股冷气从脚底冒了上来。

因为他知道，高遵裕说的是事实。

“本帅自然会集结人马，准备救援环庆！”高遵裕抚摸着手中的琉璃酒杯，笑容可掬，“但是平夏城关系重大，本帅已将大部分兵力派出增援。西贼犯我环庆，兵力雄厚，本帅自需要一些时间来集结军队……”

月明不由自主地打了个冷战。

“着人回报石帅，援军不日出发，望坚守待援。”

“哗”的一声，一只名贵的琉璃酒杯摔到地上，一片片的碎片上，似乎都映出了高遵裕狰狞的笑容。

环州围城第十天。

城墙上战死士兵的尸体，已经来不及清理。西北城墙的一角已经塌了一大块。

但这一切，都已不再重要。

环州城中，能拉动弓箭的士兵，已经不足千人。

狄詠的战袍早已染红，身上有着近十处的箭伤、刀伤。援军至少应当到了庆州吧？狄詠心中惨然，但也有一丝欣慰。可惜自己等不到援军到来了。

“李敢当！”

“在！”

一个浑身上下都被鲜血浸透的人站在狄詠的跟前。

“投降的时候，你率领还能骑马的弟兄，开东门，想办法逃回庆州报讯。”狄詠平静地吩咐道。

“投降？”李敢当瞪大了眼睛，难以置信地望着狄詠，断然拒绝，“下官绝不会投降！若等不到援军，下官与将军忠烈祠相见便可！万不可效法文焕那厮，身败名裂，累及祖宗！”

“你想看到满城百姓被屠吗？”狄詠厉声喝道。

李敢当怔了一下，迟疑起来。但仅仅是一瞬，李敢当拔出佩刀，往地下狠狠一斫，佩刀竟然切入城墙的砖中。他单膝跪倒在狄詠面前，高声说道：“下官来之前，已向石帅发誓，城在我在；城破我亡！恕下官不能从命。”

狄詠无可奈何地看了李敢当一眼，叹了口气，转向何畏之，说道：“既是如此，由何兄率队突围吧。”

何畏之默默点头。

“李敢当，那便由你将我的人头送至西夏，向西夏人乞降。”狄詠淡淡地下达着命令，声音异常平静。

“将军！”李敢当哽咽了。

“我已经写好了奏折与遗书，若何将军能够突围，你便不至于被误会。”

李敢当默默看了何畏之一眼，心中想道：无论他能不能突围成功，我都不会被误会。

“一个时辰后，开城门投降！”

狄詠语气平静地下达了他人生中最后一个命令。他的目光遥遥地注视着远方，很久很久也没有转移过，李敢当与何畏之则一直默默地注视着他，带着敬重，也带着苍凉。虽然他们的心里，都有些奇怪，为什么狄詠此时的表情，既不像是愤怒，也不像是悲伤，而是——温柔。

此时的狄詠，心里究竟在想些什么？是想起了长安城中的娇妻，还是未出世的孩子？还是什么也没有想，只是最后留恋地看看这个世界？这都已经没有人知道。

不知过了多久，一柄匕首反手插进狄詠的心脏，狄詠的手似乎扶了一下城墙，却迅速滑倒在地，何畏之缓缓地走近他，狄詠的眼睛依然大大地睁着，似乎在最后的一刻，他也并没有放弃对这个世界的留恋，不知为什么，他这样的表情看起来竟然特别纯净，并不像是一个勇猛的将军。

何畏之轻轻地帮他合上双眼，他的目光落在狄詠的胸膛上，匕首已经完全刺入了他的胸膛，只露出镶嵌着腥红宝石的柄身，何畏之忽然认出，这柄匕首正是他当年送给石越的，石越又将之送给了狄詠，最后由它终结了狄詠的生命。他的心里，不知为何，忽然想起了那场盛大的婚礼，鲜花铺落了汴京的街道……

一刻钟后，环州城满城大哭。

仁多澣与慕泽奇怪地望着环州城，不明白那哭声因何而发。

这座城池的陷落已经是迟早的事情，但是十天的惨烈抵抗，无论是身在前线战斗的慕泽，还是不断算计着异己部队的仁多澣，都对环州城又恨又敬。

这座小小的环州城，西夏军付出十天时间，以及超过一万余人死伤的代价。

慕泽已经准备好城破之后，要让满城人都为这种抵抗付出代价，也需要借此安抚死战的士兵。

最多只需要一次进攻了。

然而，出乎二人意料的是，一个时辰之后，环州城墙上，升起了白旗！

“投降了？”仁多澣与慕泽面面相觑，所有的西夏军将士都几乎不敢相信自己的眼睛。

环州投降了！

环州城门全部打开。

从西城门出来一位身着素袍的宋军军官，缓缓向仁多澣与慕泽走来，他手中还捧着两个盒子。

西夏士兵们屏气凝神地望着这个军官一步步向仁多瀚走近。

“让他过来。”随着仁多瀚的命令，西夏士兵自动向两边退开，给这位宋军军官让出了一条道路。

“下官大宋环州陪戎校尉李敢当，向仁多统领乞降！”李敢当的喉咙中，无比艰难地吐出这句话。

仁多瀚与慕泽对望一眼：“狄詠呢？他如何不来？”

“狄将军人头在此。将军遗言，请仁多统领念在上天有好生之德，放满城百姓一条生路。此为环州户籍册！”

仁多瀚大吃一惊：“狄詠死了？”一个亲兵接过李敢当手中的木匣，打开来看，赫然正是狄詠的人头！

“狄将军希望能够用自己的人头，换取仁多统领的仁慈。”

仁多瀚没有回答李敢当，他执鞭远眺残破的环州城，心中竟不知是什么滋味。他自然知道狄詠的身份，是绝不可能成为俘虏的，而且两国交兵……但是，不知为什么，仁多瀚竟然没有征服的快感。

“收下他的户籍册。我答应你，进城之后，绝不纵兵侵犯百姓。”仁多瀚沉声说道。

“多谢仁多统领！”李敢当向仁多瀚拜了一拜，突然也倒在了地上。

几个亲兵冲上去，翻过李敢当的身体，发现他的胸口，也插着一把匕首。

“厚葬此人。”仁多瀚叹息道。

他的目光移过装着狄詠首级的木匣，高声命令道：“准备进城！”

便在此时，便听到东城方向传来一阵嘈杂之声，未多久，一个士兵策马跑来，高声禀道：“有宋军突围。”

“截住他们！”仁多瀚身后的慕泽，不顾身份地发出了命令，表情无比狰狞。

4

庆州。

“高遵裕的援军，爬也应当爬到庆州了！”石越站在庆州城楼上，远眺渭州方向，冷冷地丢下了这句话。

环州城的五缕烽烟已经熄灭一天了。根据事先的约定，如果各城遇袭，只要城池未陷，五缕烽烟便永不熄灭。狄詠与何畏之在一座小小的环州城，力拒超过十倍于己的兵力十天之久，结局出乎所有人的意料。

如果高遵裕能及时派出援军，环州城甚至不会沦陷。

石越的嘴角，渗出一丝血迹。

以狄詠的身份，环州陷落，他的命运便已经注定。只不过石越并不知道狄詠是为了满城百姓的生命，放弃了战死沙场的荣耀，而选择了另一种死法。

“现在撤退还来得及。”连潘照临都忍不住劝说起来。

“然后被西夏人一路追杀至长安城下吗？”石越沉着脸反问道，“庆州城的得失，可能牵涉到整个战局。我身为主帅，没有逃跑的道理。便是死，也死在这里了。”

潘照临闭上了嘴。暗暗想道：究竟仁多瀞发什么神经，居然胆敢来进犯环庆？

谁也想不到，这不过是因为一个降番建功立业的野心。

“今庆州之将，先生以为何人可用？”石越转身离开城楼，走到潘照临身边时，身形顿了顿，沉声问道。

“贾岩、张蕴、王恩三人而已。”

“正合我意。”石越点了点头。

紧紧跟在石越身后的丰稷脑海中立时浮过三人的简历。贾岩、张蕴、王恩都是开封人，但是经历却各不相同。贾岩是在禁军大阅时，由皇帝亲自选定，后又入讲武学堂优等毕业；张蕴是将门之后，本在刘昌祚军中，刘昌祚调至龙卫军，他亦随之而至环庆，此次龙卫军出征，是刘昌祚向石越推荐张蕴协助留守；王恩却是羽林卫士出身，因才武出众，才补放外任。丰稷所不知道的是，在另一个时空中，这三人皆名列史册，号称名将。但是在熙宁十年之时，贾、张、王三人，虽然各有骄人的资历，却依然只是名不见经传的小人物而已。否则他们也不会有机会与石越一起待在庆州，并且被石越与他的幕僚看中。

“学生数日来，观察诸将练兵，唯贾、张、王三人旗鼓严整，虽驱使乡兵，亦能进退有度，法度严明。学生又与三人论军事，其谈吐见识，不与他将同。”潘照临深知石越秉性，他既然下定决心坚守，那么与其作徒劳的劝解，还不如积极想办法来面对将要出现的困难。率军作战，无论是他还是丰稷，皆无此能，而石越就更不用说，军中名将，又几乎倾巢而出，前往绥德城，此时在中下级军官简拔人才，便是重中之重。

石越沉吟了一会儿，转头向丰稷说道：“以贾岩为正将，张蕴、王恩为副将，节制庆州城内所有部队，负责庆州城防。”

“是。”

在环州城的烽烟熄灭两天之后，庆州城城墙上的士兵，终于看到了西夏人的军旗，以及一眼望不到尾的西夏军队。西夏人如同巨大的狼群，黑压压的一片，伴随着巨大的轰隆声，高高扬起的灰尘，向着庆州城席卷而来。

庆州城的号角在夕阳中吹响，发出悲怆的呜呜声。站在城墙上的宋军士兵，都绷紧了每一根神经，略带紧张地望着西夏军队肆无忌惮地涌向自己的城池。士兵们不由自主地偷偷回头觑望——在他们的身后，庆州城的城楼上，高高竖立着一面斗大的方旗，上面用浓墨写了一个巨大的“石”字。

尽管人人都知道新化县开国侯、陕西路安抚使石越不过是个文臣，但是这面帅旗的存在，却给了庆州城的军民们莫大的安慰，以及战斗的决心。

西夏士兵的面容越来越清晰，马蹄声也越来越近。

站在城楼上观战的石越是第一次如此近距离感受古代战争的震撼，不知为何，心中竟然没有害怕，反而有一丝隐隐的兴奋。不过，美中不足的是，他自己是处于被攻击的一方。

最早靠近庆州城的西夏士兵停下了脚步，面无表情地仰视着面前这座盘桓于两座山脉之间的城池。

慕泽挥鞭指着庆州城楼上的“石”字帅旗，高声笑道：“石越果然在这里！”

仁多瀚重重地“哼”了一声，板着脸说道：“宋人多诈，用兵当以谨慎为先。”

“是。”慕泽假装恭敬地答应着，一面高声命令道：“挑起狄詠的人头！”

“遵命。”

在狄詠的首级被一根旗杆挑起的那一瞬，庆州城如死一般寂静。城楼之上，石越的脸庞开始充血，牙齿咬得轻轻作响。

狄詠的首级在庆州城外已经悬挂了整整三天。慕泽每天的例行公事，便是率领五百兵士前往庆州城外骂战，指着狄詠的首级羞辱庆州的宋军。但是这三天时间里，庆州城内的宋军，却并没有半点儿反应。犹如一只饿狗，眼见着一大块肥肉却无法咬动，慕泽的双眼都充满了血丝，每次望着庆州城墙都表情狰狞，恨不能一口将庆州城吞下去，但是他却无能为力。

仁多瀚不愿意折损本部人马的心思，这几天几乎是赤裸裸地表露了出来，西夏军在攻破环州后，慕泽遣人威逼利诱，招降了几个番部，西夏军的总数又达到了四万余人，但是仁多瀚不愿意拿本部人马当炮灰，而临时招降的番部更不可能去当攻城主力，慕泽便几乎是无兵可用。而且庆州城也不比环州城，如果说环州不过是边境小城，距离环州二百里的庆州城却是西北重镇，虽然远远比不上延州五城的险固，亦不及绥德城之高深，但是庆州城正当白马岭两川交汇处，阻山负水，人口数万，城长九里，且西夏军只能从西面进攻，与其说是城市，倒不如说是关隘，实在不是轻易可以撼动的。所以慕泽的行为，在仁多瀚的眼中，不仅仅是一只饿狗，而是一只疯狗！

若非从俘虏口中知道庆州城内能战之兵不过数千，其余多是战斗力低下的部队，仁多澣压根儿就不打算来攻击庆州。他和石越没仇，自然犯不着拼命。纵然此时抱着侥幸的心理来到庆州城下，仁多澣也断然拒绝了采用蚁附攻城的方法——也许用这样的方法，未必攻不下庆州，但是死伤必然惨重，环州之战死伤虽然不是本部兵马，但猛攻那么些时日，士气总有影响。而偏偏庆州城又是无法围城的，所以仁多澣只是顿兵坚城之下，没日没夜地派兵马四处掠夺，借着制造攻城器械为名，与石越干耗着。反正他从未想要攻下庆州城，有了环州的战绩，亦足以交差了。石越绝非易与之辈，仁多澣打定主意，不求有功，但求无过。

远远望着在庆州城下高声骂战的慕泽，仁多澣眼中不易觉察地闪过一丝蔑视的光芒。

在庆州城下骂得口干舌燥的慕泽，望着城墙上毫无反应的宋军，不由得感觉一阵沮丧。

“石越真是沉得住气。”慕泽舔了一下干裂的嘴唇，无奈地想道。慕泽对石越有着清醒的认识，至少他知道石越并非是胆怯惧战。这三天来，他不断地观察庆州的宋军，虽然各方面的情报显示庆州城大部分是战斗力不强的厢军、义勇甚至是称得上毫无用处的乡兵，但是却不知道石越任命谁做了守将，竟是将这等乌合之众规束得部伍严整，凛然难犯。

“此人才华，远在狄詠之上。”慕泽出神地望着庆州城，心中不由竟冒出这样的念头。他现在已经隐约明白仁多澣的心思，是想保存实力。对西夏高层政治斗争茫然无知的慕泽，亦只能心中愤愤不平而已。己方既然不想付出代价，又有什么办法能撼动这座西北名城？

一种无力的感觉涌上慕泽的身躯，想尽了各种侮辱的词语来骂阵，宋军却偏偏沉得住气；建议仁多澣佯攻关中，或诱或逼宋军出城，却被不肯冒险的仁多澣一口否决……

也许，必须想出更好的计策才行了。慕泽掉转马头，面向庆州城，狠狠地吐了一唾沫，恶狠狠地吼道：“骂！给老子大声骂！”

顿时，五百西夏兵的污言秽语，又开始响亮起来。

5

庆州城内。陕西路安抚使司行辕。

宋军诸将正在激烈地争吵着。

“狄将军的首级在城外已经悬了三天！”王恩涨红了脸，向着贾岩、张蕴嘶声吼道，“难道我等就这样龟守不出吗？自古守城，若只是困守城中，十之八九，都没甚好下场！”说完，他转身正视石越，抱拳道：“请石帅给末将五百精兵，好让末将夺回狄将军首级！若是失败，愿领军法！”

石越知道王恩与狄詠同是侍卫出身，有香火之情，当下只是默默将头转向贾岩。他的心情十分矛盾，一方面他也十分希望有一个勇将能夺回狄詠的首级；但是另一方面，他需要克制自己，尽量不参与自己不懂的事务，尊重贾岩对防务的主导权。这三天来，每天晚上石越做梦都会梦到狄詠血淋淋的首级，似乎一会儿在朝他微笑，一会儿则是愤怒地瞪着他，这种噩梦不停地折磨着石越，以至于他的睡眠越来越少，苍白的脸上也渐渐显出疲倦之态。

石越常常会不自觉地想起狄詠在自己身边的日子。虽然明知道这个人是皇帝派来监视自己的，但是石越对狄詠，由一开始的提防、算计，慢慢变成了欣赏与尊敬。这个相貌英俊的年轻人，有着勇敢、忠诚、热血诸多的美好品质，还有着在当时代的人身上十分难得的品质——尊重阶级较自己低的人。狄詠对待每一个士兵都非常关心，对普通的百姓，亦没有世家子弟的轻视，在一起巡视地方的日子里，石越能感觉得出来，他对士兵与百姓的关心，并不是那种居高临下的怜悯，而是一种罕见的自居于平等地位的关心。

这样的品质，在一个出身世家、结交尽是官宦贵族的青年贵族身上出现，无论如何，石越都认为是一个异数。即使是桑充国，对待普通的百姓，虽然一样的同情与关心，但是在他的心中，却是隐隐有着一种自居于精英的感觉。在一投手一举足之间，便会不经意地流露出高人一等的微妙态度。其实，即使是石越自己，在长期身居高位之后，竟也会不经意地流露出这种姿态来。只不过这一点，石越自己是感觉不到的。

这种连石越与桑充国都没有的品质，竟然出现在狄詠的身上，这让石越对狄詠的感觉，已不仅仅是欣赏，更多了一份惊讶与尊敬。

但是现在，这个英俊的年轻人的首级，却正被悬挂在庆州城外！

石越一直不敢将狄詠战死的消息送回长安，他无法想象清河的表情，那双乌黑的眸子中，会有怎样的心碎与绝望？还有那个未出生就失去了父亲的孩子……有几次石越试图设想如何向清河交代这件事情，但是刚刚想了个开头，就逃避似的放弃了。

一个才二十多岁的女子，才受到两宫太后与皇帝的责罚不久，又紧接着失去自己挚爱的丈夫，自己未出生的孩子同时亦永远地失去父亲。似锦的繁华，竟是在瞬间就烟消云散，留下的只是无尽的伤痛……

石越无法想象清河是不是能承受得起这些。如果稍有不妥，害的又是两条人命！

初为人父的石越，此时对孩子的感觉，已经到了一个敏感的地步。回到古代这么多年来，从来不曾害怕死亡的石越，在看到小石蘷的那一刻，竟不由自主地生起了对人生的眷恋。看到狄詠的首级，想到清河与她的遗腹子，石越总会想起在长安的妻子与女儿……战争与死亡，对于心有挂念的人来说，永远都是一件值得憎恶的事情。

然而，在理智上，石越却知道，要实现自己的理想，战争不可避免。此时也不是反省自己做法的时机——战争已经开始，不打胜的话，说什么都没有意义！

石越的理智告诉自己，现在需要的，是坚定自己的信念。

但是每次他走上城墙，都不敢正视那颗首级。

他每次都会刻意地将目光偏离狄詠的首级。

当初将狄詠放在环州，是要借助他在西夏军中的威名，来威慑敌人。石越在理智上，并不认为刘舜卿的计划有什么不妥。但在感情上，死掉的是陌生人与死掉的是熟悉的人，却是完全不同的感觉。

尤其是你所欣赏、尊敬的人，曾经与你朝夕相处的人，这个人的首级此时还被敌人悬挂在城外的时候，更是如此。

石越只感觉到古代战争的野蛮。他甚至忘记宋军其实比西夏军更重视首级之功这一事实，只是在心中一点点儿地加深对西夏的嫌恶。

与此同时，一种羞辱的感觉，也在与日俱增。

事实上，石越几度几乎控制不住自己的情绪，准备开口赞成王恩的建议。

身着玄甲的贾岩笔直地站立在下方，一只手按在佩刀的刀柄上，脸上如同古井一般，不见任何神色。唯有一袭黑色披风，被钻进厅中的西风掀动衣角，微微拂动。

石越的目光又移到贾岩身后低垂着头的张蕴身上，稍稍停留一会儿，方将目光移回贾岩身上，朗声问道："贾将军以为如何？"他的声音中，竟是带着几分希冀。

"末将以为不妥。"贾岩的声音十分冷酷，"三日来，末将观察西贼形势，已知西贼无必战之意。我军只需坚守庆州，保护关中，稳定战局即可，一旦延绥战局抵定，平夏城与庆州之敌，绝难持久。"

被泼了一盆冷水的石越无奈地闭上了嘴，却带着几分希望将目光移向王恩。

"坚守，坚守！"王恩冷笑着高声反驳道，"如此以往，军士必然以为将领怯战惧战，士气下降，人无效死之心，只恐一旦西贼发难，士兵们都会畏敌如虎！"

"但是出城作战，岂非正中西贼圈套？"张蕴抬起头，正视王恩，反驳道。

"未战焉知胜负？"王恩慨声道，"给末将五百精兵便可！胜则可挫敌锐气，败亦无关大局。"

"我军兵力有限，能战之兵尤少，岂会无关大局？"

"但龟守不出，坐受污辱，又岂是为将之道？"王恩的声音，几乎要将屋顶上的瓦片都掀了下来，石越却丝毫不以为意。站在石越身后的潘照临微微皱了皱眉，目光移向门口，却见门口的帅府亲兵依然一动不动，仿佛厅中什么事情都不曾发生一般，潘照临的脸上不禁露出一丝满意的笑容。王恩却根本不曾注意潘照临这些微小的表情，他瞪圆了眼睛，仿佛是见到不共戴天的仇人一般，狠狠地望着贾岩与张蕴，说道："当年张巡守城，贼兵之盛，远过今日。张巡犹敢率数百精兵出城破敌！二位岂能如此怯战？这般又如何对得起狄将军的英灵？"

张蕴的脸立时红了，他的嘴唇动了动，似要说什么，望了望石越，却又忍住，将目光向移向贾岩。

贾岩平静地望了王恩一眼，问道："王兄自以为能比张巡、南霁云？"

"愿立军令状！"

"不许。"

王恩气愤地望了贾岩、张蕴一眼，大声"哼"了一声，竟是连礼都懒得行，转身便拂袖而去。石越目视远去的王恩，心中竟是有几分同情，还有几分羡慕——王恩可以尽情地说出自己想做的事情，发泄自己的情绪，但是想做一个明智的上司的石越，却没有这个权利。却听贾岩沉声说道："王恩轻慢主帅，违军法，当重惩。"

石越摇了摇头，道："虽是如此，但情有可原，本帅亦不罪他。按律处罚便可。"

"是。"

石越微微颔首，他怕多生事端，忙转过话题，问道："贾将军果真以为仁多瀚无攻城之意？"

"仁多瀚若强攻庆州，不过是双方消耗士兵的性命而已。本城军民，守卫家土，皆抱死战之心，庆州非仁多所能克。仁多之计，是想诱我军出城野战，庆州之兵，并非精锐之士，而仁多瀚是善战之将。若与西贼野战，除非韩信再世，否则我军绝无胜理。以短击长，智者不为，故末将以为，不如固守，仁多远来，必难久持。"

"若仁多瀚绕过庆州，又如何？本帅却不可能坐视关中遭难而不救。"

"仁多不会行此策。"贾岩自信地说道，他大步走到厅中一侧摆置的沙盘之前，指着白马岭说道，"原州、渭州，延州、保安军不论，庆州不克，而西贼欲攻此四处，是腹背受敌，自蹈死地。至于西贼欲入宁州，庆州是必经之地，现今天已转冷，随时可能降雪。彼孤军深入，只需一场大雪，西贼便将尽数困死。纵不下雪，彼不仅归路被扼，复有腹背受敌之忧。我素来听闻仁多用兵谨慎，岂会冒此奇险？若其行此策，必是诱我出城之计。"

"若是仁多果真去抄掠宁州呢？"潘照临追问道。

"若是如此，若渭州援军能至，则可生擒仁多；若援军不能至，则只能以宁州全境百姓之身家性命，延滞仁多行军，将其歼灭在宁州境内。但无论如何，仁多都不可能生还西夏。"

石越听到这话，不由得打了个寒战。在所谓的"善用兵"的人眼中，老百姓的性命亦不过是夺取胜利的工具而已。虽然这种事情，古今中外概莫能免，但是石越对此，却是始终难以认同。但是，如果真的走到那一步……石越在心里叹了口气，他永远不知道自己届时会做出什么反应。也许不能保持那种冷血，也许比自己想象的更冷酷？石越不由出了神。

贾岩并没有注意到石越的反应，他微微叹了口气，稍稍放低了声音说道："此等事皆不足为惧，末将唯一担心的，是西贼引河灌城。"

听到"引河灌城"四字，石越身子不由一震，他与潘照临讨论，也是觉得此事最可忧惧，这时却被贾岩说了出来，他正待询问对策，却见一个武官急匆匆跑来，一面高声呼道："不好了！不好了！"

石越脸上露出不悦之色，高声喝道："何事如此惊慌？"

那个武官一愣，连忙安静下来，快步入厅，上前参拜道："启禀石帅，王将军刚刚率几百人强出西门了！"

众人听到这个消息，不由都怔住了。

石越站起身来，便大步向门外走去，一面说道："走，上城楼。"侍剑连忙取了石越的披风，紧紧跟上。潘照临与贾岩、张蕴也忙快步跟了上去，反倒是报信的军官呆呆地怔在了厅中。

石越等人走上城楼之后，便发现城墙上的士兵都目不转睛地望着城外，一面还不停地呐喊助威；众人将目光移至城外，只见王恩披挂齐整，率了三百余精壮步兵，手执斩马刀，正与西夏兵厮杀在一起，战场之上，到处都是身上插着弓箭的死尸、无主的马匹、散落的兵器。

石越用目光寻找王恩，依稀便可以看见他满脸血迹，面目狰狞，手执长斧，率着一队士兵大声吼叫着冲向悬挂狄詠首级的旗杆。一个西夏小首领模样的人斜里冲出来阻挡，被王恩斜劈一斧，便是连兵器带人砍为两半！鲜血如喷泉一般洒在王恩身上，宋军士兵都一齐发出"哦哦"的大吼声。

石越见着这个情景，竟觉血脉贲张，一时早已忘记了自己不应干涉将领指挥权的诫语，厉声喊道："擂鼓，助威！"

贾岩与张蕴相顾苦笑，却毕竟不敢违了石越的军令，且二人心中亦抱着一份侥幸，连忙吩咐下去，顿时，城楼之上，鼓声雷动，随着这鼓声，憋足了三天鸟气的宋军，一齐发出响彻云霄的呐喊助威之声。石越一身戎装，站在城楼之上，只觉得脚底的楼板都在随着战鼓声与呐喊声不停地颤抖，心脏更被鼓声所引诱，随之而有节奏地跳动。一旁的侍剑和几个亲兵，虽然有意无意地斜站在石越的身旁，以求应付随时而至的危险，却也都是满脸通红，握刀的手背，青筋暴露，恨不能自己也冲出城外，与敌人厮杀一番。

与城楼上的战鼓声相和，战场之上，王恩与他的士兵们一齐发出似乎是从心肺中吼出来的杀伐之声，如同猛虎出山之前必有的大吼，这支宋军焕发出来的斗志与威势，竟让远远观战的仁多瀚都为之一惊。

“士别三日，当刮目相看。东朝已非昨日之东朝！”仁多瀚在心里发出一声叹息，目光却久久凝视着那个站在庆州城楼之上的、身形长大的三十多岁的男子。

站在前阵督战的慕泽却无暇发出任何的感叹，他只看见那个宋军军官，每击杀一个敌人，都会用鲜血淋淋的手在脸上抹一把，现在他的脸和地狱的鬼怪都没什么区别了，每次西夏兵冲到他跟前，都会被他凶神恶煞的模样吓得一怔，但只是这一怔，便足以致命。

“十二个！”慕泽磨着牙，恶狠狠地数着——被王恩劈成两半的西夏军，已经有十二个，其中还有四个小首领。慕泽拔出了佩刀，正欲亲自冲上去，结果王恩的性命，仁多瀚的中军官正好策马而至，低声在他耳边吩咐了一句。

慕泽一怔，旋即大喜。他策马上前，亲自举起将旗，向西方挥舞。很快，围攻宋军的西夏军都注意到慕泽的旗号，开始且战且退。身陷战局的王恩部却兀自不觉，只是紧紧跟着西夏军前进，因为感觉到自己距离狄詠的首级越来越近，士气也愈发高涨。

庆州城楼之上，贾岩与张蕴却是脸色微变。贾岩悄悄走到石越身边，低声说道：“石帅，这是西夏军诱兵之计！”

“啊？”正兴高采烈注视战局，以为西夏人是被王恩杀退的石越，心中一惊，忙说道，“如此，赶快鸣金！”

“没用的。”贾岩在心中无息地叹了口气，却依言传令下去：“鸣金！”

清越的钲声传至王恩耳中，王恩心中一个激灵，他停了下来，看着旗鼓未乱的西夏军，心中立时恍然大悟。但是他这么一停，刚刚正在退却的西夏军，却又如潮水般围了上来。

王恩望了一眼近在眼前的悬挂狄詠首级的旗杆，又望了一眼远远抛在身后的庆州城。

“没办法退兵了！”王恩舔了一下嘴边的鲜血，露出一个狰狞的笑容，“第一莫做，第二莫休！”他高举起长斧，大声吼道：“孩儿们，杀！”

“杀！”数百人的呼声在王恩身后响起。无视城中的命令，王恩部再次冲向西夏军。

接下来便是残酷的厮杀，在快要接近悬挂狄詠首级的旗杆之时，西夏人停止了后退，再次包围了王恩部。

一次一次地冲击。

身体的残肢与断裂的兵器一起飞上天空，摔落沙场。

鲜血与汗水相融，浸透征袍。

撕裂心肺的吼声与痛苦的惨叫声交相混织，响彻天地。

但是如同洪水遇上坚固的堤防，宋军再有力的冲击，亦无法冲破西夏人的军阵。

每一次冲击，都是无意义的消耗生命。

庆州城上的众人，竟感觉到一种战场沉默的错觉。

“不能见死不救！”张蕴都忍不住了。望着己军徒劳的努力，却在自己的眼皮底下一点一点地被敌人消灭，任何人都不能不生出一种悲壮的感觉。

“不能再出兵。”贾岩也许是城楼上除潘照临外，唯一还能冷静的人。无视众人愤怒的目光，贾岩冷冷地向自己的亲兵下达了命令：“尔等亲自去把守城门，有任何人敢出城门者，立斩！”

“是。”

贾岩这才转向石越，平静地解释道：“西贼势大，本可早歼王恩部于阵前，诱其至中军之前，不过是想借机诱我军出城相救，然后一举歼灭。王恩违背军令出城，纵其返城，亦当斩于军前。此时陷吾军于险境，岂可为救一匹夫而置庆州于险地！”

石越无言地点了点头，他看出贾岩的眼中，还含有责怪之意。若非自己擅作主张擂鼓，也许事情还有挽回的一线希望。

但是现在一切都晚了。

石越站在城楼上，眺望着被淹没在万军之中的王恩部，看着王恩一次次发出吼叫，率领越来越少的士兵徒劳地一次次向悬挂狄詠首级的旗杆冲锋，心中竟有说不出来的味道。冷洌的北风如刀一般刮过石越的脸，将他的披风高高扬起，但是石越却兀然不觉。

城外。

仁多瀚远远望着一次次徒劳冲锋的王恩，脸上的神色，早已由轻蔑变成尊敬。

石越不肯出兵相救，早已在他意料之中，他不过是借此陷石越于两难，来打击庆州的士气而已。任何军队的士兵，眼睁睁望着同袍被戮而不救，心中所受的挫伤，都是难以言喻的。但是如果石越出兵相救，他却正好一举击溃之。

但是那个宋军军官，在仁多瀚的眼中，却由匹夫之勇上升为真正的勇士。

王恩的身上至少应当有二十余处伤口，此时身后，只跟着不足十个士兵。他们的目标，依然只有一个——悬挂狄詠首级的旗杆！

几乎将王恩部淹没的西夏士兵，都带着几分尊重地望着自己的敌人。双方无言地对峙着。连慕泽都没有了那份猫捉老鼠的戏弄。

一名中军官策马冲至阵前，高声喊道：“仁多统领询问宋将之名，若能归顺，立拜将军之位！”

“去你姥姥的！”王恩大吼一声，“爷爷是大宋宣节副尉王恩！世上岂有投降的宋将！孩儿们，杀啊！”

“杀啊！”

慕泽无言地摇了摇头，拉开了手中的大弓。

庆州城楼上，石越闭上了眼睛。

一刻钟后，在悬挂狄詠首级的旗杆旁边，又竖起了另一根旗杆，上面挂着另一颗首级。与狄詠闭目的安详、眷恋不同，王恩的首级，却是瞪大了双眼，至死犹能看出愤怒与不甘。

6

第二天下午，落日残照之时。

庆州城内。安抚使司行辕的后面，有一个一亩大小的水池，被称为碧池。此时碧池之中，飘满了落叶。一个满脸倦容的中年男子坐在水池旁边的水榭之上，轻轻抚摸着一把古琴，手指却没有触碰过一次琴弦，只是拿眼睛不时地瞥着水池中的落叶，露出若有所思的神色。一个二十岁左右的青年则佩剑站立在他身后，警惕地凝视四周，目光每次滑过中年男子身上时，都会不由自主地闪过一丝钦慕与敬爱之色。

若是有认识的人经过，必然大为惊讶，因为这两个男子，正是陕西路安抚使石越与他的书童侍剑。

庆州城经历了昨天王恩的战死，城中士气低落，军心沮丧，石越与贾岩、张蕴竭尽全力稳定着军心与民心，又立下厚赏重罚之规，才让士气稍稍鼓舞，但是城中却始终沉浸在一种莫名的不安气氛当中。

与这种不安的气氛相对应的，是于昨天晚上传至石越帅府的坏消息——有数千西夏军在白马川的上游活动！虽然细作不能接近，无法确切知道西夏军的行动，但是西夏军在白马川上游究竟是做什么，简直不问可知。

只可能是一件事——引水灌城！

“西夏人还真是不值得依赖的对象啊。”在听到这个消息后，一向严肃的石越，竟然说了一句让众人都莫名其妙的冷笑话。

但是不管石越与贾岩他们有何想法，这个消息，暂时却不可以透露出去。

军心与民心的稳固，是当前最重要的事情。

所以在今天早上，石越亲自去安抚了在庆州居住的几个战死者的家属，又上城楼宣布，庆州守城成功之后，奖赏三倍于平夏城大捷！而与此同时，贾岩则在刑场上，亲自监督执行了对两个散布动摇军心言论的士兵的死刑。

在金钱的诱惑与死刑的威迫之下，总算将庆州之兵稳固了下来。这无疑让石越长长松了一口气——庆州可是有兵变前科的地方。熙宁四年的那次兵变，直接导致了宋朝经略横山战略的失败，参知政事韩绛与大将种谔都因此而丢官罢职，石越此时身在庆州，焉敢不小心谨慎？他可不想步韩绛的后尘。

不过这样一天下来，石越的身心已经极度疲惫。

然而，碧池之畔短暂的宁静很快被一个人的脚步声打乱。石越不用抬头也知道来人是谁。

“潜光兄？”

“公子。”潘照临在石越五步之外停下了脚步，轻声说道，“高遵裕派人送来急信，道是因为平夏城战事突然吃紧，他唯恐平夏城有失，已先将部队调往平夏城支援。同时他已经向李宪、王厚求援，环庆方向要等待援军，只能等熙帅李宪的部队了。”

“知道了。”石越淡淡地应了一句，语气中甚至没有失望。显然他对高遵裕早就不抱希望了。

“熙河方面的援军要赶到，最快也要二十天。而且李宪有诏命在身，实际上可以不受帅司节制，只恐不足为恃。”潘照临无奈地说道。为了防止地方坐大，重蹈唐代节度使割据覆辙，陕西各州地方长官一方面受安抚使节制，另一方面却同时有权向朝廷直接汇报，并且人事权亦牢牢掌握在中央手中。除此之外，更有相当的部队，只是名义上受到安抚使的节制，实际上却可以自行其是。而禁军的调动权，更是以枢密院的命令为绝对优先，安抚使的每一次调动禁军的命令，都必须同时向枢密院报告。这种煞费苦心设计出来的制度，绝对不是一种适宜于征战的制度。但是潘照临也无法说什么，因为不适宜征战的制度，却并非是不合理的制度。况且这种制度，根本也包含了石越的思想。

“那便不用指望了。”石越似乎没有想潘照临那么多，“绥德城的情况如何？”

“现在传到的消息，是十几天前发生的事情。”

“靠天天塌，靠海海枯，还是靠自己比较可靠。”石越淡淡地说道，“如何守城御敌，我不会再参与。贾岩治军严整铁腕，张蕴则对待兵士和蔼，二人互补，应当足以应付目前的形势。”

潘照临知道石越这几句平淡的话中，包含着血的教训。他默然良久，却终是忍不住，说道：“要防西贼引水灌城，只能出奇兵击之。”

“由贾岩与张蕴决定便可。”石越低声说道，语气却是十分坚定。他心中其实并不喜欢贾岩的为人，甚至认为贾岩太过于冷血与残酷，但是他却决心毫不动摇地支持贾岩。因为在理智上，石越明白，现在能帮助他闯过这一关的，只有这个年轻的武官。

王恩的悲剧，不能再重演。

“是。”潘照临聪明地闭上了嘴巴，他也知道自己的才干与长处在哪里。只不过如他这样的聪明人一向不喜欢将自己的命运完全交到别人手上，甚至包括石越。一时间，潘照临有点儿惭愧，他知道，在这一点上，他的气度不如石越。

石越也不再说话。

碧池之畔，再度陷入寂静之中。

然而，似乎是老天无意让石越享受过多的宁静。隐藏在暗处的亲兵的高声厉喝，将石越、潘照临、侍剑都吓了一跳。

“奴家是碧月坊的私妓李清清，冒昧求见石学士，盼这位大哥能代为通报一声。”一个柔美的声音清晰地传来。

“私妓？求见石大帅？”石越带在身边的亲兵，都是朴实的乡野农夫出身，不似京城石府的仆人见过世面，此时的反应，竟似听到什么海外奇谈一般。不过在他们眼中，一个私妓的身份，与一个朝廷三品安抚使的身份，也确有天渊之距。

“正是。”李清清带着浓重秦音的官话中，透着十足的坚定。只听声音，石越就已经感觉这个女子一定是非常有主意的人。

“石帅没空见你，快走吧。”石越亲兵的态度虽然不是十分凶恶，却也已经带着不耐烦与轻蔑。

声音停了一小会儿，正当石越等人以为李清清已经被赶走了的时候，忽然听到她大声唤道：“久闻石学士是当今名士，为何拒见奴家一小女子？”

“别嚷嚷了！”——亲兵的吼声突然中止，侍剑走出水榭，望了那个自称李清清的私妓一眼，见她一身素衫，容貌并非十分出众，却也颇为清丽，唯一双眸子中闪着倔强的光芒，侍剑只觉得这眼神似曾相识，不由怔了一下，方说道：“别赶她。你求见石帅何事？”

李清清见着侍剑，微微一敛衽[1]，笑道：“奴家有退敌之策，要献予石帅。”

旁边的亲兵顿时笑了起来，被侍剑一瞪眼，吓得连忙收住笑容，正襟站立。却见侍剑彬彬有礼一抱拳，朗声说道：“如此有请。”

李清清从容还了一礼，微笑着走入水榭之中。

7

石越第一眼见着李清清，便愣住了。这个女子的眼神，让他不由自主地想起一个故人，那个被埋葬在他最初出现在这个世界的那个小村庄的女子。

[1] 即敛衽礼，指收拢衣袖行礼。后成为女子的一种礼节，拉起衣服下摆的角衽行礼。

“李姑娘不必多礼。”石越很快压抑住想走近几步的冲动，彬彬有礼地说道。他很想表现得更亲切一点儿，但客气的语言后面，却是一种习惯性的居高临下，语气更不由自主地变得有些僵硬。

但是李清清好像完全没有注意到这些，她笑吟吟地起身，望着石越，笑道：“奴家虽在边陲偏僻之地，亦早闻石学士之盛名，数年以来，每日只恨无福相见。今日冒昧求见，实是死罪。”虽然口称死罪，但也没有一点儿害怕的意思。

当时歌妓地位甚低，较之奴婢亦远远不如。石越心伤楚云儿之死，在朝廷时，曾经数度建议皇帝提高歌妓的法律地位，却一直未被采纳。此事天下人甚少知闻，而歌妓地位也一直没有得到过任何改善。这时候见着李清清如此大胆，石越与潘照临、侍剑都不由暗暗称奇，石越更是依稀感觉到几分楚云儿的风采。不过李、楚二人却并不相同，楚云儿外柔内刚，眼前这个女子，却是一口秦腔，显得非常豪迈。

石越的手指下意识地在古琴上轻轻抚摸着，口中却问道：“李姑娘适才可是说有退兵之策？”

“有一雕虫小技，或可退兵。”李清清含笑说道。

“愿闻其详。”石越心中其实未免将信将疑。

“这几日西贼在城外骂阵，奴家亦略有耳闻。”李清清抿嘴笑道，却不继续说，只是用一双妙目，大胆地凝视石越。

石越顿觉尴尬，两军对垒时骂出来的话自然甚是难听。这其中不少话题，都是涉及石越的隐私，比如骂石越是石介的私生子，骂石越与楚云儿有旧情却坐视其死，又骂石越与清河有私情而故意陷狄詠于死境——这等等事情，石越自然不会因此而勃然大怒，中慕泽之计，但是若当面被人提起，却会觉得有几分恼怒。须知这种闺闱之事，最易被谣传，而流传出去，实是颇损令名。

李清清见石越如此，心中更觉有趣。她早闻石越之名，因此故意试探，须知这样的话题，若是别的官员被一个妓女提起，难免不会恼羞成怒，说不定就要受皮肉之苦，她也是担着风险说出来的。但是石越虽露出尴尬之色，却毫无迁怒之意，久历世情的李清清，不禁也觉得这个石学士确实与众不同，忙笑道：“有道是他做初一，我做十五。他西贼能造谣辱骂，难道我大宋便找不出他们的污秽事吗？奴家十三岁入勾栏，环庆与夏国交壤，往来客人说起西夏的阴事，却也不少。”

听她这么一说，石越与潘照临都笑了起来，连侍剑亦不禁莞尔。只觉得这个女子十分有趣，却也过于天真。

“难道骂几句隐私，便能令西贼退兵？”

李清清也知石越不信，笑道：“学士可知西贼的统帅是何人？将领又是何人？”

“统帅是仁多澣，将领是慕泽。这又有何相干？”

“学士可知这仁多瀚实是仁多族的族长，一向亲附夏主，颇为梁乙埋所忌？而慕泽不过是一降将，在夏国立足未稳。”

“那又如何？”话说到这里，石越不由心中一动，转目去看潘照临，却见潘照临的目光亦正好投向自己。

“夏国如今实是女后当权，梁太后淫荡不堪，有许多丑事，都难以宣之于口。若是将这些丑事一一骂将出来，学士以为仁多瀚与慕泽当如何？”李清清笑道，“这些事情，在大宋流传，自然无关紧要；在西夏私下流传，亦是无关紧要。让旁人听见，亦可能是无关紧要，唯独是让仁多瀚与慕泽听见，却足以让他们如坐针毡。”

玩弄这等阴谋权术，人性心理，潘照临最是得心应手，此时听李清清提起，潘照临已不禁拊掌赞道：“正是如此。不管梁太后会如何想，仁多瀚与慕泽都不能不惧。这是数万人亲耳所闻，亲眼所见，都知道仁多瀚与慕泽知道了梁太后的阴事。虽然除去此二人亦不过是欲盖弥彰，但是总好过放任此二人逍遥自在，成为眼中钉、肉中刺。仁多瀚纵然是仁多族的族长，亦不能不疑惧；而慕泽为降将，更不待言。”

“正如这位先生所言，梁太后虽然未必因为此事便要杀仁多瀚与慕泽泄愤，但以仁多瀚与慕泽所处之地位，却不能不怕。”李清清脸上露出得意的笑容，“奴家相信，经过此事，仁多瀚绝不敢再一个人去兴庆府。”

“只可惜这等毒计用多了便不灵。”潘照临充满恶趣味地感叹道。

这一刻，石越竟然开始替仁多瀚担心起来。不过，对于真实的效果如何，石越依然将信将疑——但是这件事情，不管怎么样，于自己这一方是不会有什么损害的。

“侍剑，速请丰参议与贾、张二位将军前来商议。”石越当即向侍剑吩咐道，一面站起身来，向李清清恭恭敬敬地作了一揖，谦声道：“无论能否退兵，石某都要替庆州百姓向姑娘道谢。”

李清清不料石越竟会如此，慌忙避开这一拜，敛衽还礼：“不敢。学士说过，天下兴亡，匹夫有责！奴家一介女流，能有报国的机会，是奴家之幸。”

8

一天之后。庆州城外。

西夏中军帐中，仁多瀚眯着眼睛，踞坐帅椅，听一个书记小心翼翼地念着一封书信：“……将军向怀忠义，而今夏国牝鸡司晨，权臣当道，此越窃为将军所忧者。使将军不建寸功，固必遭奸佞之害；便立功于外，亦不免招致梁氏之忌！将军处此两难之地，虽忠臣义士，不暇谋身，然则将军欲置夏主为何地？使夏无将军，兴庆易主，指日可待矣。中国与夏，本为君臣……”

“好了，不必念了。”仁多瀚轻轻挥了挥手，书记忙将书信合上，垂首退立一旁，却听仁多瀚笑道，“这是石越在劝我退兵哩。”此时站立在中军帐中的寥寥数人，尽皆是仁多瀚的心腹，他说话也并无顾忌。仁多瀚右手轻轻摩挲着刀柄，一面环视众人，问道：“尔等以为如何？”

“若要攻克庆州，眼下来说，也并非没有办法。”说话的人是清远军守将鬼名讹兀，与梁氏一向不合，“只不过……”

“只不过什么？”

鬼名讹兀迟疑了一下，说道：“石越亲自坐镇庆州，而宋军兵力却如此之少，那么宋军主力在何处？”

“自然是在绥州。”众将对鬼名讹兀提出如此常识性的问题，显得非常不屑。须知平夏城距此不远，战报还可以互相通报——虽然只是许多天以前的战况，但是也可以断定，平夏城的兵力也并非是宋军主力。

鬼名讹兀眯着眼睛笑了笑，望着仁多瀚，说道：“不错，正是在绥州。但这意味着什么，统领可曾想过？若末将猜得不错，宋军早已知道我军三路进攻的方向，并且知道我军主力将会进攻绥州！”

听到这句话，连仁多瀚都不由一震，一双眼睛瞬时睁开，露出迫人的光芒。

“有奸细？”

“这个末将不敢妄言。”鬼名讹兀缓缓摇头，道，“不过这无关紧要。”他话中的语气，摆明了是说有没有宋军的奸细都不关他屁事：“要紧的是，平夏城梁乙逋占不到便宜，绥州只怕要吃大亏，换句话说，三路大军，唯我们这一路能胜！”

“那不正好立下大功？”另外几个将领都兴奋起来。

但是仁多瀚的表情却变得严肃起来。

“两路皆败，唯独统领得胜！”鬼名讹兀“嘿嘿”笑道，“这可并非好事。况且万一宋军狗急跳墙，我军也免不了损失惨重。眼下的天气，也是说变就变的，不可预料的事情太多。一旦我军损失稍大，这场胜利，只怕会成为催命符。”

他话说到这里，仁多瀚已经是了然于胸。如果出现两路受挫一路独胜的情况，如果他的力量不能超过梁乙埋，就只会激化双方的矛盾，梁乙埋一定会急于将他除掉，以防止军中出现威信很高的敌人。石越的书信，虽然是说辞，但是这说辞之所以能游说人，却正是因为它有道理。兼之就在昨天，他收到同是拥护秉常的另一重要人物禹藏花麻的书信——那还是在环州之战前写成的，禹藏花麻在信中的话，与石越说得几乎是一般无二。

仁多瀚唯一不知道的是，身为清远军守将的鬼名讹兀，这两年来收受的大宋职方馆的金钱与物品贿赂，总价值至少超过八千贯！仁多瀚再度眯起眼睛思索起来。攻不攻庆州城，在他看来并不重要，重要的是，现在退兵，可没有一个说得过去的借口！况且军中还有一个让人生厌的降番慕泽……他刚刚想到这里，便听一个将领说道："但是现在退兵也不成，更会落人口实。况且还有慕泽那个野人在那里堵河……"

"一个降番而已。"嵬名讹兀阴恻恻地冷笑道，话语中冒出一股杀气。

仁多澣思忖了一会儿，沉声说道："将慕泽召回来，明天见机行事。"退不退兵，仁多瀚还在迟疑之中，但是慕泽这样的人物，对仁多瀚来说，始终是一个麻烦。如果是打了败仗，他倒是一个替罪羊；但是没必要在打胜仗的时候留着他来争功，更没必要在做某些上不得台面的事情之时，留着这眼中钉。"是时候该解决麻烦了！"仁多瀚在心里发出一声冷笑。这样想的时候，他身上并没有一丝杀气，因为慕泽这样的麻烦，对他而言，实在提不到"杀"的层面，正如人们更喜欢说"捏死一条虫子"，而不习惯说"杀死一条虫子"。

次日。

慕泽踌躇满志地踏进中军大帐，他这两天都是不眠不休地亲自率军堵河，想到数天之后，庆州城就会成为泽国，而自己将要立下"生擒石越"这等大功，慕泽连走路都觉得有点儿飘。尽管此时庆州城兀自巍然屹立，石越也还好端端地待在城中。

但是很快，慕泽就感觉到气氛有点儿不对劲。

仁多瀚高倨帅椅，正用一种奇怪的目光注视着他。而帐中诸将看他的眼神，都非常古怪，好像是在看一只待宰的羔羊——慕泽心中突然冒出这样的想法，顿时惊出一身冷汗。他下意识地去摸佩刀，不料却摸了个空。这时候他才想起进帐之前，武器都全部解下了。

"末将慕泽，参见统领。"感觉到危险气息的慕泽一面抱拳行礼，一面警戒地注意着帐中的反应。这时再后悔没有让部族的人马保持戒备也来不及了。

然而，出乎慕泽的意料，仁多瀚的笑容十分温暖："慕将军辛苦。"

"不敢。不知……"

仁多瀚笑着打断了慕泽的话："昨日军中截获一个奸细，从他身上搜了一个蜡丸，其中有十分有趣的军情，所以召将军回来一道商议。"他说完，朝中军官努努嘴，中军官忙从帅案上取过一张纸来，双手递到慕泽面前。

慕泽疑惑地接过纸来，只瞄了一眼，顿时冷汗直冒。他虽然只是粗识汉字，但是这张纸条写的东西，他却看得懂。这是一封"他本人"写给石越的密信，说以前自己为奸人所误，现在悔悟，愿改投宋朝，约宋军于某日劫营，他将率本部人马于军中接应云云。

慕泽自然知道这封信是伪造的，但无论这个陷害之计多么容易识破，都没什么意义——因为他知道仁多瀚压根儿就不愿意"识破"。慕泽不明白，自己究竟是哪里得罪了仁多瀚，竟导致他要致自己于死地。

“我只想死个明白。”慕泽将那封伪造的书信很郑重地交还到中军官的手中，抬起头来注视仁多瀚，语气平静地说道。

仁多瀚在这一瞬间，倒真有点儿欣赏慕泽了。因为在这种情况下，慕泽居然没有撕毁那封书信——否则的话，慕泽的罪名就会坐实得死死的。不过这显然都不重要。

“本帅也正想问慕将军要个明白！”仁多瀚的脸沉了下来，如同乌云蔽日，整个帐中的温度都似乎下降了许多。

“这是有人陷害末将……”

慕泽的话再次被人打断，但这次却是来自帐外——“报！”

“何事禀报？”中军官快步出帐，厉声问道。

来禀报军情的小校却顿时结舌，想了半晌，方艰难地咽了一口唾沫，禀道：“宋军骂阵！”

“这也要大惊小怪，拖出去，军棍伺候！”中军官说罢便要转身，却听那小校大声喊道：“冤枉！实是宋军骂得厉害……”

“蠢货！”中军官抬起了脚准备回帐。

“报——”又一个小校跑了回来，脸上神色十分古怪。

“何事？”

“宋军骂阵。”这个小校要伶俐许多，不过他的要求却十分无礼，“十分厉害，请将军亲自去听一下……”

“浑球！”中军官厉声喝骂道，却听帐中传来仁多瀚的声音：“是何事禀报？”

中军官连忙快步入帐，禀道：“是宋军骂阵。”

“这等小事，要两人来禀报？”仁多瀚顿觉奇怪，他的话音刚落，突然听到外面有鼓噪之声，似乎宋军骂阵的声音，突然大了起来，便在中军帐中，也可以清晰地听见一些污言秽语。有几句话清晰入耳，骂的却是梁太后如何与臣子偷情。

帐中众人顿时面面相觑。

仁多瀚也是意想不到，站起身来，道：“随我去阵前看看。先将慕泽绑起来！”

西夏众将到了阵前，仁多瀚才知道自己不该来这里。

只见庆州城楼上，一个女子云髻高耸，身着素衫，裹了一件淡墨色披风，正在那里清晰地骂着梁太后的一件件阴私之事，有许多事情，连时间、地点、人物都说得清清楚楚。她每说一句，身后便有几十个妇人跟着大声喊出来。庆州城上的宋军，一时间笑声震天，不时还有几个宋军大声附和着加几句点缀之言。

而西夏阵前士兵，却是一个个捂紧耳朵，面面相觑，不知如何反应。

眼前之情景，绝对是仁多瀚做梦都想不到的。两军交战变成泼妇骂街，固然十分可笑，但是仁多瀚却怎么也笑不出来。

他只愣了一会儿，立时便做出反应："弓箭手，射那个女子！"

很快，一阵箭雨射了出去，但是距离太远，弓箭飞到空中，便变成名副其实的"箭雨"，无奈地跌落下来，根本伤不到那个女子分毫。

反而，那女子仿佛被这阵箭雨激起斗志，骂得更加起劲了。

"罢了！"仁多瀚挥手制止住正要再射的士兵，这种浪费箭支的事情，不做也罢。

但是这个局面却是尴尬得紧。仁多瀚一时之间，竟然想不出对策良方。他却不知道被绑的慕泽在心里冷笑——这等计策，实在容易化解，只要将战鼓搬到阵前，擂动战鼓、吹响号角，便可将那女子的声音淹没，不过慕泽此时却没什么兴趣帮助仁多瀚脱困。

"统领！"嵬名讹兀策马走到仁多瀚身后，低声说道，"僵持下去，有利无害。此事断难掩饰，趁现在诸将都害怕被太后迁怒灭口，不如就此下令退兵。"

仁多瀚心中一动，这的确是退兵的良机，此时撤退，军中没有一个人会反对。

但是，仁多瀚却还有一点儿顾虑，他担心这样退兵，日后难免成为笑柄。

正在犹豫之际，最后一根稻草被轻轻放了上去。

庆州城以东的天空中，突然出现了漫天飞扬的尘土。

这奇异的变化很快被西夏的将领们所注意到，紧接着，庆州城中，出现了震天彻地的欢呼声。

援军？

仁多瀚与嵬名讹兀等人的脸上，都露出了惊疑不定的神色。

"难道绥州这么快就败了？还是渭州的援军到了？或者只是疑兵之计？"一瞬间，仁多瀚的脑海中同时涌上好几个念头。

"拔寨、撤兵！"终于，仁多瀚掉转了马头。

庆州城上。

望着渐渐远去的夏军，石越长长地吁出了一口气，转身问站在身后的贾岩道："要不要追击一下？"

"待西贼撤得远一点儿，再虚张声势地追击一下，把戏演得逼真一些。"贾岩沉声说道。

石越点点头，道："待仁多瀚撤回清远军，便派人与他交涉。赎回狄将军与王将军的首级，凡是被掠入西夏的汉户与交好的番户，用四匹绢布、四匹棉布一个人的价格赎回。现在首要的是看看环州城还有没有幸存者。"

“是。”

石越没有注意到，他说这些话的时候，远远站立在下首的李清清的眼中，流露出了一丝敬意。在战争胜利之后，首先想到的是战死者与被掠的百姓，这样的上位者，并不是经常能见到的。

第三十五章

绥德逆袭

肉食者鄙，未能远谋。

——《左传·庄公十年》

1

绥德城。

它的城东，有一条夹杂着滚滚泥沙由北向南急流的无定河；城之西，则有由西北入东注入无定河的大理河。而在城之西南，巍然屹立着一座险峻的嵯峨山。

自春秋以来，这里便是西北边陲要地。绥州控扼高深，形势雄胜，是鄜、延之门户。后汉的虞诩曾称赞“安定、北地、上郡山川险隘，沃野千里，土宜畜牧”，说的便是绥州一带。而自隋唐以来，更为藩卫之重地。宋朝自李继迁叛乱建立西夏以后，一直到熙宁二年，才由种谔夜渡大理河，收复绥州。从此改名为绥德城，隶属延州，并打算以此为基地，控制横山，图谋平夏。但是因为抚宁砦之败，却导致绥德城前线的几乎所有要塞关隘，都控制在西夏手中，从地缘上控制横山的战略，因此亦遭到失败。但饶是如此，自从绥德城收复之后，原鄜延路所受的西夏方面的军事压力，也小了许多。

可以说，绥德城的重要性，还在平夏城之上。

而宋朝在绥德城的建设上，也投入了足够的血本。

这座唐代贞观初年不过城周四里多的要塞，现在分为内城与外城，外城高五丈、阔二丈，周长已经达到九里有奇，城墙外三十步的地方被一道护城壕沟所环护着。外城开有四门，每扇城门都为三重，最里面的一重门比普通城门加厚了数寸；第二重门采用铁叶钉裹；最外的一重门，则以木为栅。

每座城门之外，都筑有半圆形的瓮城，瓮城上设有敌楼，可以遮隔箭丛，两侧设门。而在壕沟与城墙之间，距离城墙十步的地方，又筑有高达一丈的羊马城，它的城门与瓮城的城门错开，上有五尺高的女墙[1]。

在城门之上，则有门楼两层，在门楼的上层，装备了床子弩等重型器械。外城城墙上，亦有女墙，城上每十步设有一个敌楼。四面又设有面积为宽一丈六尺、长三步的弩台，都安置着大型的弩机。

除此之外，绥德城最为显眼之处，还在于它西北面的城墙，除了用传统筑城法之外，更在城墙之外，用碎石夹水泥掺杂着锋利的竹刺、铁刺，涂了厚厚的一层。在冬日阳光的照耀下，闪着慑人的寒光。

[1]　指建在城墙顶部内外沿上的薄形挡墙。因为其与大城相比，极为卑小，故称女墙。建在城顶内沿的女墙可称宇墙，建在城顶外沿的女墙可称垛墙。女墙用于城顶防护和御敌屏障，是古代城墙必备的传统防御建筑。

不知道从何时开始，绥德城在大宋将士的心目中，便已经成为“难以攻克”的代名词。许多人都相信，只要有足够的兵力与粮草、军械，绥德城将永远在大宋的控制之中。

他们似乎都已经忘记，绥德城的上一次陷落，距今还不足十年。

负责绥德城防务的云翼军都指挥使“小隐君”种古，是大宋西军中的名将。但是此时，“小隐君”却锁紧了眉头，凝视着摆放在公厅当中的巨大沙盘，久久不发一言。站在他下首，同样紧锁着眉头的，是振武军第三军副都指挥使刘舜卿，他率领振武军第三军第二、第三、第五共三个营计九千禁军前来协助防守。他也正是这次宋军防御战略的策划者。

两个人的眼睛中，都充满了血丝。

“士兵都需要休息。”云翼军都虞候赵泉说的话也许不合时宜，却是当前最实际的问题。

夏军这次果然是有备而来。

第一天攻城时，出乎所有人的意料，西夏人竟然排出了十架抛石机与车行炮，猝不及防的宋军准备不足，结果吃了大亏。在漫天飞舞的箭雨与十架抛石机的远程打击的掩护下，西夏士兵以十人为一组抬着一座座壕车、云梯蜂拥而至，如同蚂蚁一样爬上城墙；另有数以百计的西夏士兵则在覆着牛皮与泥土的小车的保护下，冲向城门与城角。

绥德城几乎被西夏人一举攻克。

当日的惨烈，众人时至今日，都恍如昨日历历在目。

种古拔刀砍倒了第一个攻上城墙的西夏人，刘舜卿射光了箭壶中的所有箭支，连都虞候赵泉都中了一支流箭。将军们的身先士卒激励了士兵们的决心，最终才勉强稳住城墙上的战局。

但当天最大的功臣，却是吴安国。

因为云翼军是对宋朝来说十分珍贵的骑兵，自然没有参加城墙上的防守。在战局危急之时，吴安国故态复萌，率几个亲信士兵“说服”了云翼军副都指挥使，取得兵符令牌，假传命令，带出三个营近六千骑兵，从南门出城，无声无息地绕到夏军侧翼，突然发动进攻。

投入攻城战的夏军因为没有足够的拒马枪[1]保护进攻的部队，几乎被这一记侧击

[1] 是一种古兵器，又称拒马，是把多支长枪插在原木上，用以阻挡敌骑兵冲锋的一种障碍物。

击溃。若非李清率援军及时赶到，整个战局很可能就会发生戏剧性的变化。但这便已经足够让城中宋军彻底稳住阵脚了。种古当机立断，亲自率领城中余下的两营骑兵杀出东门，绕至与吴安国混战的李清部后，试图夹击李清，不过却被另一支夏军挡住。

二人这才且战且退，撤回城中。

但这次吴安国也几乎被处斩，因为众人求情，才逃过一死，只是被杖罚。

这样，第一天的守城战，虽然最终挫败了西夏人的进攻，但宋军也损失惨重，有一千五百多名步兵在这一天阵亡或者失去战斗力，骑兵也有近七百人的伤亡。对于全部兵力不过二万七千余人[1]的绥德城守军来说，这实在是不堪承受之重创。

种古与刘舜卿对于自己的战略目标非常清楚——绥德城守军的任务，就是尽可能拖垮夏军，利用绥德坚城，消耗夏军战斗部队的体力与士气。并且，对于骑兵有限的宋军来说，云翼军不仅要作为一支机动力量协助守城，同时还要担负着援军到来后，夹击夏军，延滞其撤军速度的任务。

当然，哪怕没有达到目标，绥德城也是不允许丢的。

如果种古与刘舜卿认为快守不住了，那么就应当至少提前三天，在晚上燃放约定的烟火。

虽然计划十分周详，但是绥德城差点儿在第一天就被攻破。这让种古与刘舜卿想起来就感到无地自容。

不过万幸的是，最坏的结果并没有出现。

2

战争并没有随着太阳的落山而结束。

西夏人想一鼓作气攻下绥德城，他们甚至不想掩饰自己的这种企图。夏军中并非缺少知兵之人，他们也知道如果长时间屯兵于坚城之下，不仅会面临着补给与天气诸般不利因素，随着伤亡的增大与进攻的受挫，士气也会下降。

没有给宋军多少休息的时间，在当天晚上，借着黑夜的掩护，夏军又如同白蚁一般，涌向绥德城。

但这次神卫营却洗刷了白天的耻辱——以器械先进见长的宋军，居然会遭到西夏人区区十架抛石机的压制，这是神卫营第三营跳进无定河也洗不清的奇耻大辱。正摩

[1]　包括振武军第三军三个营九千余人、云翼军九千余人、未整编禁军八千人与神卫营第三营一千余人。

拳擦掌着等待报仇机会的神卫营，在这个晚上让西夏人见识了什么才是技术！

门楼与弩台上，射程可达三百步的三弓弩，随着一声声的大喝，一次发射出数百支的弩箭；几部改良过的抛石机则将震天雷准确地抛掷到八十步以外，每一次抛杆挥动，伴随着划过天际的黑色抛物线，只听到城外一阵阵“砰”“砰”的巨响，爆炸的烟火在夜空中此起彼伏地闪起，绥德城外，顿时沦为血肉横飞的修罗场。

好不容易冲到城下的夏军，刚一抬头，就发现从城墙上扔下来一个个巨大的东西。不待夏军嘲笑宋军如此惊慌失措，这么早就开始浪费滚石檑木，便见这些东西摔到城下后，突然发出火光，然后在地面四处乱窜，目瞪口呆的夏军还来不及琢磨清楚这是什么物什，这种名为“万人敌”的新式火器在窜入攻城者中间时，突然就开始爆炸，只听到巨响之后，铁弹横飞，血肉四溅。

当晚的进攻，西夏人付出了极其惨重的代价，宋军却没有多大的伤亡。

但这样的挫败远不足以打击夏主亲征鼓舞的夏军士气。

李秉常虽然亲眼见识到宋军各种武器的先进与战斗力的强悍，却并没有半点儿退缩的意思。梁乙埋更是丢不起这个人。在大将梁永能的建议下，夏军调整了进攻的策略。

梁永能将部队分成十部分，其中两部负责抄掠地方，保护牲口，实际就是护粮之兵；两部负责阻击宋军的援军，一部保护夏主的安危，其余五部昼夜不停，轮流进攻，纵使不进攻，也要擂响大鼓，不使绥德城有一刻休息。

这五部人马，当一部进攻时，有三部则负责秘密挖地道，垒土山，只叫一部休息。只待地道挖到城墙之下，烧塌地基，再坚固的城墙，也会倒塌。这是攻城的常用之法。为了在宋军凶猛的远程打击下掩护进攻的部队，梁永能又命令五百士兵，在骑兵保护下，准备易燃的干草或薪束一万束，携带傍牌，至绥德城的上风处，以干草为中心点燃，而在干草周围放置湿草，使其发出浓烟，借着风力吹至绥德中，熏逐宋军。

这样的手段果然见效。

只要有风的日子，绥德城宋军都要在浓烟的熏逐下作战，实是苦不堪言。不仅仅打击的准确度下降，而且浓烟也让城墙上的守军无法忍受。虽然点燃浓烟的地方在弩炮的打击范围之内，但是西夏士兵都带有傍牌，弩炮手在浓烟中逆风打击，很难形成有效的杀伤。种古组织了几次出城攻击，只有一次成功。到了第二天，西夏军又照样卷土重来。

梁永能这种更为灵活的战术，让绥德守军几乎每天不眠不休地作战，不仅时时刻刻要应付着西夏人的进攻，还要白天受浓烟之熏逐，晚上被如雷鸣一般的战鼓声所骚扰——这同时还影响了专门负责监听敌人是否有挖地道的士兵们的听觉。在这种情况下，宋军一日甚过一日疲劳，在坚持了十几天后，让夏军再一次攻上了城墙。

幸好刘舜卿守御得法，才将西夏人赶下城去。

但这种状况，无论如何，都不可能再持续下去。否则，绥德城只怕坚持不了几天了。

“有些士兵在守城时，竟然站着睡着了。”赵泉没有理会自己的话中不中听，他对种古与刘舜卿的自尊心毫不介意，他关心的是，绥德城绝不能破，“到了该召唤援军的时候了！”终于，从赵泉口中，说出了种古与刘舜卿觉得最刺耳的一句话。

“太早了。”刘舜卿不甘心地反对着，“西贼远未至师老兵疲的时候。”

赵泉抿紧了嘴唇，他的目光扫过刘舜卿，停留在种古的脸上。

种古回视赵泉，缓缓说道：“的确太早。”

赵泉叹息了一声，移开视线，不再说话。

“至少还要坚守十天。”种古的脸显出坚毅之色，“只要能再守上十天，西夏人便是用车轮战术，同样也会感觉到疲劳——最重要的是，久攻不下，无论是参战或是未参战的部队，都会有挫折、松懈的情绪。到时候被我军重重一击，秉常可以成擒。”

“但如若只是这样一味地防守，我军绝不可能再坚持十日。”刘舜卿虽然绝对同意种古的观点，但是却也无法回避客观的现实。

“让部队轮流休息。”种古一掌击在案上，“明日某亲率云翼军出城作战，挫挫西贼锋芒！”

刘舜卿与赵泉对视一眼，无言地将目光移开。二人都知道这是唯一的办法，只有这样，才能让守城的部队，有一点儿喘息的时间。

离开行辕，种古跨上一匹骏马，只带了两个亲兵，便直奔向云翼军第一营的驻地。

云翼军第一营的营地在冬天里没有一点儿暖意的阳光的照耀下，连门口几棵光秃秃的杨树都显出几分肃杀之气。肃立营中的卫兵，手执枪戟如标杆一般站立，脸上绷得紧紧的。他们的枪尖都擦得锃亮，在阳光下闪着寒光。营房中间，不时还有巡逻的小队踏着整齐的步伐经过。远处，则有一些士兵在悉心地照料着战马。

种古脸上露出一丝满意的微笑，但随即收敛。他跳下马来，将战马丢给亲兵，大步向营门走去。营门的卫士见着种古走来，立刻整齐地行了一个军礼，一面高声喝道：“种帅到！”

通报声一层一层传了进去，很快，营中便走出来一群武将。

“末将云翼军第一营副都指挥使卢靖率营中将校，参见种帅！”领头的一将，身材壮实，其貌不扬。

“不必多礼。”种古虚扶了一下卢靖，在众将的拥簇下向营中走去。

第一营都指挥使与三个分掌情报、作战、训练的行军参军连同第一营几乎半数的战士，在西夏人攻城的第一天全部不幸战死，魂归忠烈祠。副都指挥使卢靖是个一步一步积功升迁至翊麾校尉的老部伍，为人忠厚，作战勇敢，但是能力平庸，做到营副都指挥使，已经是他的极限，种古与云翼军军部的行军参军们，都深知他绝对支撑不了这个局面。在不得已的情况下，种古将刚刚受惩罚的吴安国发配到第一营，让他戴罪立功，暂时代理行军参军的职务，协助卢靖管理第一营，吴安国果然不负所托，让种古十分满意。

“吴安国呢？”种古环视四周，不见吴安国身影，不由皱眉问道。

“回种帅，吴镇卿去了城墙上。”卢靖连忙回道。这个将近四十岁的汉子，十分质朴。

“嗯？”种古的声音中，带上了几分严厉。

卢靖生怕种古怪罪，忙解释道：“每日这个时辰，都是西贼两班攻城人马轮换之时，吴镇卿是去城墙上观察敌情。”

“他操心的事还真不少。”种古虽然还是不假辞色，但口气已经缓和许多。

“吴镇卿不枉是文武双科进士，带兵的能耐，远在俺之上。”卢靖由衷地称赞道。不知道是哪个好事之徒，将吴安国的履历，在云翼军中传得众人皆知。别的事情倒也罢了，他曾经中过文进士的消息，对于识字率低得可怜的武人来说，的确是非常震撼。兼之吴安国到了种古手下后，脾气略有收敛，和几个性情忠厚老实的中级武官又十分合得来，武艺又足以让兵士服气，因此在云翼军中，口碑竟然不是太差。

种古之前为了激励将士向上之心，也曾经宣扬吴安国弃文从武的事迹，这时候听到卢靖夸赞吴安国，虽然不想让吴安国太得意，以免他旧病复发，却也不便反驳，只是重重地“哼”了一声，转过话题，问道：“一营还堪一战否？”

卢靖听到种古如此相问，与众将校顾视一眼，不由喜笑颜开，连忙答道：“俺们第一营还有近千将士，种帅要用时，俺们便替种帅将梁乙埋的头给拧下来当夜壶。”

“好。”种古终于赞许地点了点头，笑道，“叫孩儿们好好准备，把刀磨快了。今晚饱餐一顿，好好睡一宿，明天该是大虫出山的时候了！”

卢靖与众将校早就被憋疯了，云翼军的士兵，大多数是同乡同里，可谓情谊深厚。他们每个人都想替第一天为守城而死去的袍泽报仇，但是宋朝骑兵宝贵，自然不可能直接让他们去守城。这些日子窝在城中不能打仗，眼睁睁地看着城墙上杀声震天，一具具死尸抬下来，自己却用不上力，别提有多难受。此时听到种古这话，真无异于天堂之音，卢靖嘴都乐歪了，几乎忘记回话，直到听见种古又问：“听见没有？”卢靖这才高声应道：“得令！”

在第一营的营地巡视了一圈，种古便离开第一营，准备前往第二营巡察。这是他多年的习惯，在大战之前，一定要亲身了解一下部下的状态，顺便做一点儿动员。

他刚刚踏出第一营的营门，从亲兵手中接过马缰，便听到一阵马蹄踏踏之声，远远便望见一骑急驰而来。

送出营门的卢靖眼尖，早已瞅实，忙向种古笑道："是吴镇卿回来了。"

种古微微点头，便不上马，只驻立营门前等候，未多时，果见是吴安国骑马而来。吴安国在马上远远就望见种古与卢靖，连忙高叫了一声"吁"，勒住奔马，一个漂亮的翻身，跃下马来，大步走到种古跟前，参拜道："末将吴安国拜见种帅。"

种古望了他一眼，冷笑道："棒伤就好了？"

吴安国脸一红，他在种古麾下，名为部下，其实算得上是种古一手调教的弟子，这时不敢不回，只得尴尬地回道："已是差不多好了。"

"难怪晓得卖弄了。"

吴安国答也不是，不答也不是，只得满脸通红站在那里，不敢作声。

"回去好好准备一下，有本事明天向西贼卖弄去。"

吴安国怔了一下，马上就反应过来，他劲眉一扬，沉声说道："种帅，末将有军情禀报。"

"嗯？"种古微微颔首，道，"随我来。"

对于吴安国在军事上的才华，种古是从来不怀疑的。带着吴安国回到帅府中厅，种古连披风都没有取，便指着巨大的沙盘说道："说吧。"

吴安国快步走到沙盘之前，指着城西北夏军攻城的方向，沉声说道："这五天来，每次西贼易军而战之时，末将都在城墙上观察。"他的手指指向标志着西夏大营的标志，"每次攻击的西贼，都是从营地出来的。但是……"吴安国的手指突然向南方划过，皱紧了眉毛说道："每次西贼撤退，都是向此处撤退！"

种古凑近了沙盘，凝视着吴安国所指的方向，陷入思忖当中。

"此处恰好有一个小坡，挡住了我军的视线。"吴安国的声音十分冷静，"这五天的时间，末将观察西贼的旗号，已知西贼是分成五队轮流攻城。当一队攻城之时，约有一队人马在筑土山。余下三队，至少有一队是在休息，但是还有两队呢？若是没有别的图谋，为何西贼筑土山的部队，仅仅只有一队？易地而处，末将至少会用两队人马来筑土山！"

"攻城之法，不止土山一途。"种古的话中，带着丝丝寒意。

吴安国点点头，转头凝视种古，缓缓说道："末将亦是作如是想。攻城之法，还有一条最常用的方法，西贼却一直没有用！"

"地道……"

“正是。”吴安国的神色，仿佛只是在陈述一件最平常不过的事情，“西贼晚上擂鼓，固然有疲兵之意，但是百战之兵，不会受此之累。只要塞上耳朵，强令轮流休息便可。其疲兵之术，靠的还是轮流攻城，使我军疲于应付。擂鼓，不过是让我们不知道他们在挖地道而已！”

种古的脸上，突然露出古怪的笑容：“既是如此，某便当还给梁乙埋一个惊喜！”他转头看了吴安国一眼，用漫不经心的语气说道：“今晚各营都指挥使副会议，你也来参加吧。”

“遵命。”吴安国欠身应道，虽然尽量想让自己的语气显得不太在乎，但是他的嘴角，还是不自觉地流露出一丝难得的笑意。

3

次日。

天色微明。

太阳尚未升起，空气中弥漫着破晓时的寒气。

大宋绥德城内，一支约八千人马的骑兵部队，在一个校场上集合，将士们一个个神色肃然。远处的城墙上，还在传来清晰入耳的厮杀声。时不时传出几声震天雷爆炸时的巨大轰隆声，使得远在城中的人们，似乎也能从空气中闻到一丝硝烟的味道。

不过，此时八千云翼军将士的眼中，却只有一个人的存在。

那便是缓缓走上将台的云翼军都指挥使、“小隐君”种古。

一件灰袍裹着瘊子甲，黑色的披风在拂晓的微风中微微飘动，种古站在将台上，环视校场上的将士，突然拔出腰刀，一刀挥向自己左手的小拇指！

一截断指跌落将台，鲜血喷涌而出。

一瞬间，全军肃然！

所有的将士，都无比惊愕地望着他们的主帅。

种古手执腰刀，厉声喝道：“今日之事，有敢畏缩不前者，有如此指！杀！”

霎时，热血在每个人的体内沸腾。

“杀！杀！杀！”即使是九重天上的雷声，亦不能比拟此刻从八千将士心中发出来的呐喊。巨大的吼声，连大地都为之震动。

在大鹏展翅旗与“种”字帅旗的指引下，绥德城的西门打开了。

吊桥放下的一瞬，一股黑色洪流带着漫天的烟尘与地动山摇的喊杀声、马蹄声，从绥德城中涌了出来，冲向正在攻城的西夏军队。

在某一瞬间，西夏人似乎被惊呆了。

人人都能感觉到从正面冲出来的这种宋军，带着多么强烈的斗志。西夏人从这黑色洪流中，甚至能感觉到一种凛冽刺骨的杀气。

云翼军铁蹄所踏之处，便有西夏人的鲜血在空中飞溅。

“杀！”

“杀！”

“杀！”

绥德城前，带着血腥味的呐喊声响彻云霄。一切抵抗似乎都无法阻止这黑色的洪流奔腾。

夏军的攻击阵形，很快就彻底被击溃了。他们现在需要做的，是如何来阻止云翼军那肆无忌惮的进攻。

西夏御帐。

年轻的西夏国王李秉常骑着一匹白色的骏马，在国相梁乙埋、驸马禹藏花麻、李清、文焕以及诸梁氏子弟、宗室、大族酋长等群臣的簇拥下，站在一个山坡上，远眺绥德城外惨烈的战况。

作为一种特殊的恩宠，文焕与禹藏花麻被特别叫到了秉常的身边，在仅次于梁乙埋的位置陪侍。

很快了解了西夏高层政治斗争内幕的文焕，对于与自己一同站在秉常右边的禹藏花麻，充满了兴趣。禹藏花麻本是熙河地区的西番首领，因为被大宋的“飞将军”向宝打得无法立足，不得已投降夏毅宗谅祚，谅祚妻以宗族之女，封为驸马都尉，一直以来，都在替西夏镇守边关。禹藏花麻本是吐蕃族的首领，对于西夏的忠诚非常有限，而他与梁乙埋私人关系的恶劣，更是导致了禹藏花麻有限的忠诚心，全部倾注到了秉常的身上。因此这个禹藏花麻，实际是李清非常重要的政治盟友。

“李清是降将，禹藏花麻是降将，我也是降将……”文焕抿着嘴，充满恶意地想着，“夏朝的局势，竟然是一批降将在这里搅和。”想到这里，文焕几乎要笑出声来。不过考虑到此时西夏人的表情，文焕还是克制住了自己的情绪。他紧锁着眉毛，装出一副忧心忡忡的模样，观察着远处的战场。

尽管此时此刻，他其实是最快乐的人之一。

“‘小隐君’，真不愧名将之名！”秉常发出的感叹，对于西夏诸臣来说，自然是十分刺耳，但文焕却是十分认同。

今天的战斗场面，在公元11世纪末叶的宋夏边境，是十分罕见的。

一向缺少马匹的宋军，竟然出现了八千精锐骑兵集中使用，正面冲击西夏人的壮观景象！

这是包括文焕在内的宋军将士多少年来梦寐以求的事情。

以往缺少马匹的宋军，用步兵对抗骑兵时，为了应付骑兵的机动性，不得不结成方阵，四面防御。像今天这种八千铁骑在战场上横冲直撞的情形，大宋至少有七八十年不曾见过了。

而且，云翼军这次表现出来的一往无前的勇决，连文焕都感到吃惊。

那是一种夺人魂魄的气势，仿佛他们的马蹄，能够踏平一切挡在他们前面的事物。

很难想象这样的气势会在大宋的骑兵身上展现出来。

但这却成为事实。

若非夏军也是训练有素，且有名将节制，是以前军虽败，后军却能严整不乱，只怕这场战争在此刻就已经结束。

这场战斗也讽刺地证明，夏军只要不交到国相梁乙埋手中，依然是一支具有顽强战斗力的部队。

虽然数只先后赶到战场的策应部队都被云翼军击破，宋军骑兵的连发弩无情地带走了一个个西夏士兵的生命，手执红缨枪冲锋的云翼军几乎是挡者即死碰者即伤，但是夏军策应部队的顽强抵抗，让溃散的部队稳住了阵脚，也给后面的部队赢得了时间——梁永能迅速调集了两万骑兵，兵分两队，杀向云翼军。

大地在这数以万计的战马蹄下摇动起来。站在秉常所在的山坡上，只能看到漫天的尘土中，有不同的旗帜在交叉穿过，不时会有一些旗帜突然倒下，每一瞬间，都可以看到有无数的黑影跌落战马……

但是，那面绣着“种”字的帅旗，却一直高举飘扬，异常清晰、刺目。

“东朝如何有这许多战马？东朝军队，何时如此装备精良、训练有素？”秉常的疑问没有说出来，但是久久在心中盘桓。善于揣测“皇帝”心意的西夏群臣，这一刻，分明从年轻的夏主脸上，看到了震撼之色。

此刻，绥德城西南。

一个土坡后面。

这里距离绥德城的西南角外的护城壕不过一里有奇。因为地势在这里正好起坡，可以挡住宋军的视线，可以说是十分理想的挖掘地道的所在。

与人们想象的不同，中国古代攻城时挖掘地道，并非仅仅是为了让部队能通过地道进城。攻城方挖地道之时，往往都是一边挖地道，一边在地道的上下左右四方都铺上木板，这些木板在施工时，可以防止塌方，但是它的另外一大用处，却是在地道挖至城墙角下之时，可以成为燃烧的材料。而攻城方挖地道的主要目的，便是烧塌城墙的地基！地基一塌，城墙就会倒塌，造成巨大的缺口，这远比通过地道入城攻击风险要小，效果也更好。实际上，很多时候挖地道，都是为了这个目的。

其实对于挖掘地道，并通过地道攻城，宋朝有专门的器械——头车。这种一车可以容纳三十人，兼具挖掘地道、防御、进攻、运泥四大功能的车辆，是技术发达的结晶，石越在军器监时，曾经上表请求将这种头车简化改装后，用于矿冶生产并且得到了允许。但是尽管头车在宋朝已经用于民用，但是因为其结构过于复杂，对于西夏人来说，那依然是一种谜一样的工具，无法掌握。

不过，虽然手法十分原始，但是夏军的进度却不慢，因为人力充足，兼之土地松软，这条长长的地道，已经通过那条早已被西夏人用尸体与草灰填平的护城壕，快要接近西南角的城墙下方了。不过，为了防止被宋兵发觉，越是靠近城墙，动作就越要小心翼翼，进度自然放慢了许多。

但是无论如何，在负责挖地道的夏军看来，绥德城的倒塌，已经指日可待。

他们不知道，此时有一支宋军，如同猎豹在打量自己的猎物一般，正在远处观察着他们的一举一动。

4

吴安国率领的部队非常少，只有一个指挥约三百人的骑兵，以及两百人的神卫营部队。

随着大部队出城后，吴安国便带着这支部队神不知鬼不觉地离开了战场，绕道至西南方向。没有人注意到这么一小队人马的动向。

发现西夏人后，吴安国便找了个灌木林潜伏起来，整支部队都是人衔枚、马裹蹄[1]。

他在静静等待机会。

他接到的命令是：便宜行事。

远处西夏人的营地清晰可见，在营地里面，可以看见有几个巨大的洞穴，洞边各

[1] 古代行军时保持队伍安静的方式。士兵嘴里横衔着一种像筷子的器具“枚”，防止说话；包裹马蹄，防止马蹄声被敌人发现。

有一台绞车。

因为这里离主战场实际距离较远，而且较为隐蔽，又或是自恃能够及时得到中军的接应，西夏人并没有停止作业，只是守卫的士兵们看起来加强了戒备。绞车将泥土从洞中带出，这些泥土又被人运去土山的方向。

营门是半开的，以便随时可以关上。

在泥土从地道中运出、送出大营的同时，还有一些西夏士兵一起扛着伐下的树木运进营中。在营中，到处垒着厚厚的木板，不时有人从另外的洞中，将木板用绞车递进洞中。

整个大营，宛如一个热闹的工地。

吴安国仔细地观察着一切，在心里暗暗估算着地道的规模与伐木、运输的人数，又仔细清点了负责守卫的人马。

“守卫的人马当在两千到三千左右。”很快，吴安国得出了大概的结论。地道的规模很大，仅仅从外面来看，不可能知道地底的构造，自然无从知道西夏人的用意是通过地道进城还是烧塌城墙，但是无论是哪一种，吴安国都相信，在地底作业的西夏士兵，至少有近千人！

潜伏了约一时辰之后，因为绥德城外激战而警戒起来的夏军看起来似乎稍稍有所放松。为了方便运输，营门终于又被全部打开。

吴安国沉吟了一会儿，轻轻走到指挥使山裕跟前，低声耳语了数句。

山裕想了一会儿，点头答应。亲自领了五十骑，悄悄离开灌木林。

一刻钟后。

在西夏人运送木材回营的路上，一小队宋军骑兵吆喝而至，他们穿着大鹏展翅的背心，手执弩机，肆无忌惮地射杀着运输木材的夏兵。

完全没料到宋军会出现在这个地方，夏军纷纷丢下木材，抱头鼠窜。

西夏大营很快做出了反应，五百骑兵冲出大营，试图将这些“流窜”而来宋军杀掉。但是这些骑兵刚刚出营，那些宋军立刻就跑了个不知所踪。

夏军不敢追赶，只得悻悻回营。不料他们刚刚进营下马，这队宋军又出现在途中。待夏军再次出营追赶，他们又马上逃窜开去。

如是一而再，再而三，西夏人早已十分不耐。眼见着伐下的木材无法运至营中，而这边看起来又没有什么异常，夏军终于按捺不住。因为不知道宋军的具体人数，西夏大营派出了八百骑兵，兵分两队，向那只捣乱的宋军包抄过去。

那队宋军故伎重施，但是这次，西夏人却没有放弃，而是开始穷追不舍。

望着渐渐远去，直至消失在视线中的西夏骑兵。吴安国的脸上，流过一丝诡秘的笑意。不过这笑意稍纵即逝，他沉下脸来，跃身上马，摘起长枪，厉声喝道："杀！"

"杀！"

猎豹终于向它的猎物发出致命的一扑。

"关营门！"

"神卫营！"

声嘶力竭的吼声几乎同时响起。

吴安国终于没有给西夏人关上营门的机会，紧随而来的神卫营将数十枚霹雳投弹准确地投掷到营门周围，数声轰隆巨响，门边的夏兵立时血肉横飞。紧接着，硝烟尚未散尽，宋军的弩箭，便已经射进西夏营中。

吴安国平端着长枪，率先冲入西夏大营。在二百余铁骑的践踏之下，西夏营中立时一片人仰马翻之声。数不清的士兵根本来不及做出任何反应，便成了箭下鬼、枪下魂。

紧随其后的神卫营也不甘落后，他们四处扔掷霹雳投弹，到处纵火，那堆积如山的木材正好成为神卫营的材料，一时间，西夏营中火光冲天，炸声隆隆，再伴随着营中人的惨叫、战马的悲鸣，整个大营都快被掀翻了。

夏军人数虽然远多于宋军，却苦于没有集合在一起，只能各自为战，抵挡闯入营中的宋军。但这根本无法阻挡宋军的前进。

吴安国几乎是毫无阻碍地冲至第一个地道井口，一枪挑了两个守在井口旁边的夏兵后，拔出腰刀，将绞索斩为两段，不做任何停留，又策马冲向第二个井口。

察觉到宋军意图的夏军疯了似的冲上来，奈何人数太少，根本无济于事，只能与宋军纠缠在一起。

而紧紧跟在骑兵后面的神卫营却趁着这个空当，将一个个装满了石油的葫芦不要本钱般地扔进井中。然后轻轻往井丢下一个火折——"噗"的一声，大火在一个个井口点燃，顺着铺满地道的木材，向深处燃烧进去。

在地下作业的夏兵突然遭此横祸，当真是上天无路，入地无门。地底之下，已是惨不忍睹。

而神卫营似乎还不放心，又将数十颗霹雳投弹同时丢进井口，数声巨响过后，只觉地面一阵摇动，所有井口全部塌方，将地道口堵得死死的！

近千名夏兵，就此全部或被烧死，或被熏死，或被闷死，无一人逃出。

眼见目的达成，吴安国便即下令撤退。

但眼睁睁看着近千袍泽惨死的夏军，又如何肯放过这群宋军？

夏军中被编在一个部队的将士，大都是同族，血脉相连，这时候全都红了眼睛，不顾一切地追了出来，恨不能将这些宋军生食。为了阻止宋军撤退，许多夏兵不惜与宋军同归于尽，他们用身体扑，用拳打，用牙咬。看到西夏人扭曲的面孔，连吴安国都感觉到一阵心寒。

神卫营创立以来最惨重的损失，不可避免地出现了。

一百余名神卫营士兵最终没能够回到绥德城，许多神卫营战士根本是被西夏人活活咬死的。神卫营的骡马也损失了大半，虽然器械因为携带较少，没有损失，却有超过三十枚未及施放的霹雳投弹以及两枚“炸炮”被西夏人缴获。在付出了惨重的代价后，西夏人终于知道为什么地底下会突然发生爆炸了。这次偷袭战，吴安国能够率领余下的一百多云翼军与九十余名神卫营士兵生还，也是因为他事先设下炸炮阵，这才挡住夏军的追杀。

5

这一天的战斗，史称“绥德逆袭”，战争持续时间超过三个时辰，是在下午结束的。

战斗的结果，是夏军的伤亡超过两万人，梁永能通过地道攻城的计划化为泡影，将领、大小头领战死者超过三十人，其中还不包括因为被吴安国偷袭成功、事后被秉常斩首的五名将领。而宋军方面，云翼军第三营与第五营从宋军的编制中消失了，宋军伤亡达到五千余人。战斗过后，云翼军能够继续作战的人，实际上只有一个整营的编制了。而且正七品以下武官，伤亡率超过百分之八十。连“小隐君”种古，也是身中三箭。

这次战斗无论从哪方面来说，胜利者都是宋军。云翼军的骁悍让西夏人刻骨铭心。夏军的士气受到严重挫折，悲观的情绪在军中弥漫，虽然没有解围，但是西夏人之后连续三天都没有再攻城。

而接下来双方的攻守，实际上也变得毫无意义。

西夏人实际丧失了攻克绥德城的信心，只不过为了面子、侥幸心理等莫名其妙的原因，一直没有退兵。当然，最重要的原因是，宋军玩了一个预定的小动作——西夏人的打援部队挡住了两支看起来似乎是想增援绥德的宋军。所以，直到此时，西夏人依然相信，战争的主动权，在自己手里。绥德城他们想打就打，想撤就撤。

而绥德城的宋军，此时也无力进行任何反击。

战争进入僵持阶段。

当然，这也正是种古与刘舜卿所盼望的。

时间又过去了十天。

西夏御帐。

“陛下，我们该撤军了。”当着梁乙埋的面，李清提出了令众人觉得脸上无光的建议。

“国相以为如何？”秉常侧过脸去，询问梁乙埋的意见。

梁乙埋尴尬地咳了一下，道：“陛下，臣以为不若再给梁将军一次机会。”

秉常的目光移到梁永能身上，梁永能顿时坐立不安起来，他知道再攻下去已无意义，但是当面和梁乙埋做对，对他来说，更不可能。

“臣以为，再攻三日，若是无功，不若明春再来。”梁永能谨慎地说道。这实际上是一个折中的办法，所谓的“明春再来”，自然是一句面子上的话。

禹藏花麻却在一旁冷笑道：“天气渐渐寒冷，多留一日，便多一日危险。陛下，臣亦以为当速速退兵。”

梁乙埋“哼”了一声，道：“有何危险可言？宋军尚有何能？”

“万一下雪，只恐你我皆为所擒。”禹藏花麻并不怕梁乙埋。自谅祚以来，吐蕃与西夏虽然冲突不断，而且吐蕃也倾向于宋朝，但饶是如此，吐蕃依然是西夏要竭力拉拢的对象。他既是投降西夏的吐蕃首领，又是驸马，自然没必要讨好梁乙埋。

“本相倒要看南人有何本事擒我！”梁乙埋冷冷地说道，站起身来，向秉常说道：“陛下，臣愿亲自督战，再攻绥州！”

秉常见梁乙埋如此豪气，不由拊掌赞道：“好！朕便看看国相领兵的风采！”

李清与禹藏花麻对视一眼，嘴角都不约而同地流露出嘲讽之意。

此时，西夏御帐之外。

一身白袍的文焕面对绥德城，负手而立。

昨天晚上绥德城中燃放的烟火，很多人都看到了。但是只有文焕知道，那些烟火的意思，与宋军大肆张扬说是庆祝种古康复不同，其中有着更深的含义。

许多西夏士兵都目瞪口呆地拍手观赏绥德上空那花样百出的烟花——这是他们中间许多人一辈子都难得见上一次的。但这些西夏人不知道，对他们来说，这些烟花，足以致命。

文焕收回目光，环视身边的西夏士兵，突然感觉到一丝怜悯之意。

6

《天下郡县书·陕西路》（熙宁九年刊，桑氏书局）

……绥德以南曰淮宁河，沿河距绥德四十里，有怀宁寨，又四十里，有新筑绥平寨；淮宁河以南曰吐延水，番人谓之“濯筋水”，过延川县北入黄河。有支流名清涧水。

清涧水入吐延水处，有青涧城，至怀宁寨七十里，至绥德城一百一十里。此皆边防要寨，延州之险扼处。

……延川县城北九十里，井出石油，亦名脂水、石液，遇火辄燃。或谓六月取之，涂疮疾即愈……

《西夏纪事本末长编·绥德之战》

……初，用刘舜卿谋，伏军于吐延水以北，淮宁河之南。使张守约节制八千长安兵及番兵四千，出怀宁寨，张声势。而以姚兕领振武军、沿边弓箭手、未整编禁军及教阅厢军计三万五千众，偃旗息鼓，伏于守约之后。又命种谔领龙卫军九千与番骑三千，皆马军，伏于绥平寨以南，吐延水之北。

梁永能闻守约来，以嵬名大王领马军两万，步军一万五千余人，击之。每与战，大宋兵皆不利，少却。然守约典兵日久，威名甚著，其兵部伍严整，虽退不乱，西夏诸将皆惮其威名，又虑怀宁寨与之犄角，亦不敢迫。两军僵持有日。

及是夜，种古燃烟花以召援军。守约丑正造饭，寅正即举兵大出，简八百精锐敢死之士于阵前，皆执强弩，而使番兵护两翼，守约挺身阵前，自节金鼓，与夏军战。

嵬名大王亦西夏名将，善知兵，为将谨慎，遂自领步军以当守约，张马军为两翼，夹击守约。守约素得番人敬畏，又遗以强弩硬弓，抚之如汉兵，沿边番部皆骁勇，至是，莫不死战。夏军竟不能克。

两军激战，自寅至午。大宋兵以寡敌众，弓矢皆尽，守约亲冒矢石，左臂中箭，断箭怒吼，奋战不已。众皆感奋，莫不效死，将士死者二三，伤者四五。夏军虽得势，然自寅正出战，未暇得食，苦战半日，既饥且渴，人困马疲，唯惧于军法，犹不敢稍退。

至午正，守约度形势，遂举大旗，姚兕尽起伏兵，皆执振武军旗，出守约军后。夏军莫不惊惧徘徊，嵬名大王亲斩两酋长，悬头于阵前。其知不能免，乃亲率五千众断后，令其子嵬名多磨领余众退至绥德。

然其弩末之兵，不能当一鼓之击。姚兕兵至，夏军稍触即溃，自相蹈籍，姚兕纵兵击之，杀伤无算。嵬名大王知大势已去，三呼“亡矣！”，自刎于阵前。

姚兕遂合张守约兵，穷追嵬名大王余部，会遇大风，风沙迷眼，方止。

姚兕、守约遂整兵北行，一日便至绥德。其军容鼎盛，秉常以下，尽皆惊怖。

……

熙宁十一年，正月。

汴京城里，张灯结彩，喜气洋洋，一派节日的气氛。自熙宁十年十一月以来，帝国的北方地区，连续下了几场大雪，至正月初二，汴京又是普降大雪，自今尚未消融，残雪挂在树枝上，竟显得十分娇憨可爱。

在汴京城最热闹最繁华的大相国寺前，此时聚集了密密麻麻的人群。其左墙边临河第三棵柳树下面，有人在那里搭了个小小的茶棚，摆了几张桌椅，煮上一壶茶，俨然便成了一个简陋的茶馆。许多的市民游玩累了，便会到这里来，掏上几文钱，买一杯茶坐下歇脚，一面听一个五十多岁的李秀才，口沫横飞地说着一本署名为“卫辉张氏”的《上古神仙评话》的新话本。

不过这一天，李秀才拿起惊堂木重重一拍，却没有如往常一样开讲他的神仙故事。

“众位看官，今日要说的是，却是本朝前不久发生的一桩大事……”

这一句话，顿时将茶客们的注意力全部吸引过来。

“话说去年十月，西夏国秉常兴无名之兵，来犯我大宋边境。想那秉常不过是天狗星干犯天条转世，又如何能敌得过我大宋有左辅星君石学士坐镇……”

其时西夏三路入侵的危机早已化解，捷报传至京师非止一日，但是具体的详情、战况，民间却无人知晓。之前两军激战正酣之时，因为情报传送滞后，连皇帝与枢密院都是一夕三惊，京师曾经谣传了十余日，道是石越已被西夏人俘虏，绝食殉国，西夏兵锋直抵长安。皇帝赵顼坐立不安，一夜之间，三次召文彦博入宫。好在文彦博毕竟是三朝老臣，知道皇帝的心思，竟是安卧家中酣睡，对皇帝的诏书，只是让人轻轻回了声“断无此事”便不再理会。最后还是皇帝亲自去文府，见到文彦博果然正在呼呼大睡，这才安下心来，放心回宫。皇帝尚且如此，民间虽然新闻管制，但是却阻止不了谣言的传播，京师之中，莫不人心惶惶，有人甚至打点行装，准备去杭州避难。直到文彦博拒赴皇帝诏的消息传出，人心这才渐渐安定下来。果然，几天之后，便传来庆州兵退的消息。再后来，宋军大捷的消息，也被送至京师。在京师中等待祝贺正旦的各国使节，纷纷上表拜贺；皇帝下诏京师放花灯十五日，普天同庆。老百姓到这时，才铁了心相信宋军的的确确是打了大胜仗。于是对石越这个文臣的怀疑，立时转变成一种神秘主义的信任。

这个时候，坊间自然也流传出关于宋军大胜的无数版本。而老百姓们无论信不与信，都同样津津有味地听着每一种流言。

“……那姚、张二将军破了嵬名大王，便兵合一处，计有大军二十万，直驱绥德城。见着西夏人，也不喊话，挥兵便杀将过去，‘小隐君’见援军到来，也从城中杀出。那西夏人攻了几十日的城，人马疲惫，士气低落，哪里能挡住我大宋精兵，一个个以一当百，如虎入羊群，竟将西夏兵杀得落花流水，哭爹喊娘。幸得还有数十万大军护着夏主，狼狈而逃，列位想想，那姚、张二将军都是步兵，如何又赶得上，眼见着夏主就要逃脱，便在这时……”

说到此处，李秀才便戛然止住，注视众人，微笑不语。

众人正听到紧要处，见李秀才猛然停住，不由不停地催促道：“便在这时，又如何了？可曾捉住了夏主？”

“是啊，你快说啊，可曾捉住了夏主？”

那老板见众人如此，忙走将过来，笑道：“众位可知为何这李秀才如何知道这般清楚？”

众人见老板如此相问，都是一愣，不由大笑，现在谣言纷纷，其实众人心中，也都是将信将疑而已，却听那老板说道：“这次回京捷报的，有一个兵汉恰好是李秀才的亲戚，李秀才下了本钱，买到一瓶甘露酒，方才探得这点真情。我说众位，亦不能白听这一回，有钱的捧个钱场，没钱的捧个人场，这才是正理。”

众人这才明白，有几人便掏出几文钱来，放到李秀才桌前一个盆子里。李秀才眯着眼睛，偷偷拿眼瞅那盆中，见钱已差不多，这才拱拱手，做了一个团圆揖，继续说道：“便在此时，便听一声炮响，种谔将军率十万马军杀到，原来石学士早就伏下这一路人马。便听夏主大叫一声‘我命休矣！’眼见着便要在劫难逃。”

“难道竟将那秉常给活捉了？”座中有人诧异地问道。

“唉！可恨便可恨在此处，那夏军中杀出三名降将，竟生生将大宋兵挡住了，护得那夏主逃出。”李秀才长叹一声，咬牙切齿地说道。

“哎哟！”在场众人尽皆折腕，有人恨声问道：“不知却是哪些降将？”

“一个番将禹藏花麻，一个汉将李清，还有一个，便是文焕那狗贼！”李秀才又抓起惊堂木，仿佛将那案子当成了文焕本人，狠狠地拍下，骂道，“这三个降将救出夏主，大宋兵轻骑直进，兀自穷追不舍，整整追了两日，那夏主本是天狗星转世，还会点儿妖术，便在晚上祭起妖法，次日便下起大雪。种将军无奈，只得退兵。”

“啊？”众人尽皆听呆了，有人问道：“那夏主会妖术，这又当如何是好？”

“这不用怕。”李秀才摇手安慰道，“魔高一尺，道高一丈，他夏主会妖术，我大宋皇帝却是紫徽星君下凡，石学士更是左辅星转世，若是当时石学士在绥德，那秉常便逃脱不了。众位想想——那西夏人倾国而来，何以石学士便知道要伏兵绥德呢？可见他确是能掐会算无疑……”

李秀才滔滔不绝地说着种种传说，众茶客也被他哄得一愣一愣的。众人丝毫没有注意，在这个简陋茶棚的角落中，有两个俊雅的男子正在低头喝茶，只是时不时拿眼睛扫上这边一眼，全不似一般人那么兴致盎然。

“大宋这次真的大胜了吗？桑郎。”如果有人听到“他”的声音，一定会惊讶到跳起来，原来竟是一个女子的声音。不过她的声音极低，茶棚中众人谁也没有留意。

被她称为“桑郎”的男子，却只是神不守舍地“唔”了一声。若有认识的人见着他的样子，必然大吃一惊，原来他竟然是白水潭学院的山长桑充国。叫他“桑郎”的人，无疑是他的夫人王昉。

王昉似乎有点儿恼怒，嗔道：“桑郎？”

“嗯？”桑充国猛地一惊，这才回过神来，道，“我方才想事情去了。”

“在想什么？”

“我在想，这次无论胜与不胜，其实于大宋都不是好事。真正有好处的，可能只有子明而已。” 桑充国口中说出来的话，让王昉大吃一惊。

“若能大胜，怎么于大宋不是好事？这是我爹爹梦寐以求的事情。若是我大哥未死，纵然他与石越有隙，心里也会高兴。”王昉不解中带着几分嗔怪。

桑充国皱了皱眉，他的表情突然严肃起来，端正了一下身子，沉声说道：“这些日子以来，我一直在想一个问题。朝廷——天子与百官，按照经书所说，天子是奉行上天的旨意，来治理天下的，而百官，则是协助天子牧守万民的。而天意，其实便是民意。唯有民意能直达上天……”

“是啊？这有何不对吗？”王昉疑惑地眨着眼睛，习惯性地托腮问道。

“而子明却曾经说过，天子不是受命于天，而是受命于民。两位程先生与岳父大人也说，天下非天子之私产，天下是祖宗之天下，是天下人之天下。”

“这自是正理。”王昉笑道，“本朝立国以来，士大夫莫不奉行。纵是天子亦不敢以天下为私产。这些道理，其实不待石子明来说明。石子明不过是集前贤之大成而已。”她说的却是事实，宋朝本是中国历史上民本思想最浓厚的时代，唯后人无知，将宋朝中央集权的加强等同于所谓“封建专制”的加强，将一个明明是中国历史上宰相与外朝之权最重的时代，硬生生地说成是皇权加强的时代。

却听桑充国问道：“既是如此，那么，究竟什么样的朝廷才是一个好朝廷呢？无论天子是受命于天还是受命于民，归根结底，天子都应当顺应民意。那么，是不是说唯有顺应民意的朝廷，才是好的朝廷呢？”

“那是自然。但是庶民有无知之时。”王昉沉吟了一下，说道，“所以，应当如圣人所言，施行仁政的朝廷才是好的朝廷。”此时二人早已忘记身处的环境，更是将说书人与众听客抛之脑后，全心全意地讨论起来。

桑充国怔了一下，笑问道：“那娘子以为，何为仁政？”

“大抵轻徭薄赋，简刑宽政，可称仁政。”

“我以为不然。”

“啊？”王昉听到夫君这样的回答，几乎是惊呆了，不可思议地望着桑充国，却见桑充国的眼中，闪烁着思想的光芒。

“我反复翻阅石子明的著述，又与二程先生、邵先生几经讨论，方才得出这样的结论——”桑充国虽然压低着声音，却掩饰不住情绪的激动，“所谓的仁政，应当是一个好的朝廷应负的责任。一个好的朝廷，其责任，不止于轻徭薄赋，简刑宽政。后人评价诸葛孔明说，为政之要，在于宽猛相济，一律简刑宽政，并非好事。至于轻徭薄赋，自古皆被人所称赞，但是我却以为，重要的并不是是否轻徭薄赋，而是朝廷征收的税收，用到什么地方？”

王昉出神地听着。

桑充国略有几分得意，道：“此事我曾与岳父大人写信请教，岳父大人亦以为然。”

王昉点点头，她自然可以想见，自己的父亲并不会反对这样的观点。实际上，王安石一向便持有这样的观点，只不过没有明确地陈述出来罢了。

“百姓交税服役，供养天子及百官，此为理所当然。然则，这交上去的税，所服的役，却必须所用得当。否则，是使天下奉一人，而非使一人治天下。凡天下财富，出自百姓，亦当用于百姓，方为天下之大道所在。一国之内，有天子，有百官，有军队，此皆坐食俸禄者。百姓之所以供养天子、百官、军队，是为天子与百官能牧守天下，使天下无盗贼；军队能够抵制外侮，使边疆无烽火。然后方能使百姓安居乐业。以此观之，则朝廷之责，是能使百姓安居乐业。换言之，则可说能使百姓安居乐业之政事，方是仁政；不能使百姓安居乐业之政事，皆是恶政。何为仁政？由此可知。仁政者，非止轻徭薄赋，简刑宽政。但凡训练军队、兴修水利、赈济灾民、鼓励生产、办学校、建药局，凡民之所急者，民之所需者，皆为仁政。而最要紧处，则是仁政并非是朝廷之施舍，而应当是朝廷理所应当要做的事情！若其不为，便是失职。”

桑充国的观点，表面上看来平平无奇，但是细一思之，却是振聋发聩。

王昉忍不住喃喃说道：“理所应当要做的事情？”她委实是震惊了，开始桑充国反对以简单清静少为思想作为“仁政”的标准，这一点身为王安石的女儿，她并不觉得如何新鲜，但是当桑充国说出原来“仁政”竟然是朝廷必须要做的事情之时，她却是震惊了！

原来百姓们完全可以不必为朝廷的“仁政”而感恩戴德，那其实只不过是朝廷的职责所在而已。

“两位程先生如何说？”

“大程先生与小程先生皆以为是。”桑充国的语气中，显得非常自信。他的观点，是连石越也不曾提及的。他并不知道，甚至连石越本人也没有意识到，因为石越是带着“救世主”的心态去进行他的著述，哪怕石越本人身上有再多的平等意识，再诚惶诚恐，但是他在心态上，却不可避免地居高临下了——于是他虽然在书中告诉士大夫们，治理国家应当如何如何，但是却表现得循循善诱，他不敢大胆地指责统治者——这是你们应当做的！他只是告诉他们，上古的圣王是这样做的，然后暗示他们，这样做就符合圣人的标准，会有好的结果，在历史得到好的评价。

这是石越的局限。不能说石越不知道这些东西，但是不管是出于谨慎也好，还是出于别的什么原因也好，总之，最初喊出这一声“这是你们理所应当要做的事情！”的人，是桑充国。所以，他的确有理由感到骄傲的。

不过桑充国没有意识到的是，在熙宁三年说出这些话，与在熙宁十一年说出这些话，还是很不相同的。在石越的著作经过八年的传播之后，他喊出这些话来，才显得那么理所当然。

王昉凝视桑充国一会儿，心中也为他感到骄傲。同时却又一点儿不满，她在心里微微嗔怪为何桑充国之前没有和她讨论这些事情。显然，桑充国有这样的想法，已经很久了。她忽又想起桑充国最先所说的话，不由奇道：“那方才桑郎说，无论胜与不胜，其实于大宋都不是好事。有好处的只有石子明。与此事又有何相干？打败西夏，使边疆无烽火，不正是桑郎所说的‘朝廷的职责’吗？”

“可我现在却认为，这并非是当今的急务。”沉吟了许久，桑充国方说道，“打一场大战，败了不必说它，便是胜了，也是累得无数的百姓转运于道，不得安宁。而花费的钱粮，更是不可胜计——若肯将这些钱财用来办小学校，便是让天下的童子都读书亦不是难事。朝廷养着成千上万的冗兵冗官有钱，打仗有钱，唯独要来建小学校时，却立刻没钱，只是骗得老百姓出钱办义学！”桑充国提及此事，不由愤愤不平。

“肉食者鄙，古来如此。不能很快见利之事，朝中也难以通过。”

“除此以外，去岁灾民，以十万计，皆在等待朝廷赈济。去年有几名学生分赴各路统计，发现各州弃婴，有增无减，而慈幼局却往往力有不逮，数以千百计的婴儿因此夭亡。各地又有许多村夫愚妇，有病不治，反信巫术，若朝廷能多开医药局，岂非能多活许多人？朝廷官员，若误判一死刑，其罪不小，可这些人死去，难道便不是朝廷之过，为何却可以熟视无睹？军队虽是国家所必需，抵御敌寇也是理所当然，但是我观子明所为，却似有开疆拓土之志。此次若能擒着秉常，一举灭了西夏，倒也罢了。现在听各处传闻，只怕秉常有惊无险。朝中诸公闻此大捷，必有人鼓惑圣听，盼着今年一举灭夏。大兵一兴，成败未知，而劳动百姓，耗空国帑，却是不可避免……此于国家，是喜是患？此于百姓，是福是祸？”

王昉一时默然。从小她就读过许多征战别离的诗歌，自是知道普通百姓而言，并不乐见轻开战端。但是收复西夏故地，却是她父兄的理想之一，她自幼秉承庭训，耳濡目染，岂能不受影响？故此一时之间，竟是不知道谁对谁错。若说桑充国对，似乎又嫌迂腐；若说他不对，但那百姓的困苦，却是实实在在摆在眼前的。桑充国所说之话，一句也难批驳得。

“兴，百姓苦！亡，百姓苦！”桑充国低声长叹道，“子明作的好词。只恐自己却忘记了……大败西夏，他自然是声名日盛，炙手可热，但是奈百姓何？如今只愿趁着这次大捷，息兵数年，使国家百姓，皆稍得休息。”

“只恐难以如意。”

二人说到此处，再无谈兴，不约而同都将目光移向那些还在兴高采烈听李秀才说书的茶客。桑充国见那些人脸上一个个都洋溢着兴奋之色，猛然间又想到，这些人似乎是乐见军队开疆拓土的，这些人的心意，应当也是民意，那么，究竟应当先考虑哪个民意呢？为什么某些人的民意，就可以重过另一些人的民意呢？想到此处，桑充国只觉得原本清晰的脑中如同一团乱麻，纠缠不清，竟是完全呆住了。

桑充国不知道，他没有猜中石越的情况，也没能猜中石越的想法，但是却猜中了朝中诸臣的心态。

7

庆寿殿。

太皇太后曹氏的居所，这一天显得十分热闹。殿外虽然依旧银妆素裹，殿中却是炉火通明。曹太后微微斜靠在一张椅子上，含笑望着殿中众人：自高太后以降，向皇后、朱妃、王贤妃，后宫所有封号在“妃”以上，以及生有子女的嫔妃，全部到齐了，皇帝也自然亲临。除此之外，昌王赵颢、嘉王赵頵与他们的王妃、王子、县主，也被恩诏入庆寿殿请安。

此时由皇帝赵顼与高太后、向皇后陪侍曹太后左右，余人依序而坐，将庆寿殿坐得满满的，众人皆笑容满面，不时低声私语欢笑，俨然是一副四代同堂共享天伦的景象。

坐了一会儿，赵顼看见赵颢含笑与赵頵交首接耳，赵頵频频点头，不由笑问道：“二弟与四弟却在说甚事？”

赵颢含笑不语，赵頵红了一会儿脸，又看了赵颢一眼，方说道：“臣弟与二哥方才在说，今年这般景象，实是欢喜，只可惜却少了两个人……”他说到此处，抬眼看赵顼，却见赵顼原本满面笑容的脸，已是如蒙上乌云一般黑了下来，心中打了个突，竟是不敢再说。但他这话声音甚大，满殿皆闻，原本欢声笑语的庆寿殿，在一瞬间，便已安静得连根针落地的声音都听得见，连小孩子都吓得不敢出声。

赵颢知道自己这个四弟，一向醉心于医学与仙术、文学，素来不闻外务，对大哥赵顼是既敬且惧，这时被吓得不敢说话，倒也并不意外，当下缓缓起身，接过赵頵的话，从容说道：“此事原是臣弟听说狄詠战死环州，可怜十一娘孤儿寡母在长安，因想向太皇太后、太后、皇兄、皇后求个情，复了十一娘的封号，把她接到京师，也好有个照应。”他说到此处，动了真情，眼睛竟是红了，又低声道，“十一娘与十九娘，都是与臣弟一起长大的，骨肉相连，如今她们触犯天威，本是不该，唯盼太皇太后、太后、皇兄、皇后恩泽……”说罢，捋起衣袂，扑通跪了下来。

赵頵原是个本分老实之人，见着赵颢这么一跪，便想起从小到大的情谊，也是站不住了，紧跟着跪了下来。二王一跪，两个王妃自也不敢再站着，拉着身边的孩子，也一并跪了。

赵顼的脸上阴晴不定。

他此时并不知道狄詠是怎么死的，整个宋朝，都还没有人知道狄詠是怎么死的。大战过后，石越要处理的事情非常多，环州城中活着的人口，仁多澣虽然履约没有杀他们，但却全部掳入西夏。赵顼已经诏令石越，无论如何要将这些人赎回来——实际上，石越早就在做这件事情了，但是到现在为止，似乎还没有进展。

不过，无论狄詠是怎样死的，他战死是事实。赵顼对狄詠的怒气，随着他的战死，早已烟消云散。清河恢复封号，其实只是迟早的事情。虽然赵顼早已决定要恢复清河的封号，但是他心中却希望这件事情是由他亲自提出来，而不是其他人，更不应当是赵颢！可赵颢偏偏就提出来了。虽然赵颢假意让赵頵先说，以显示自己并不是想借为清河求情之名，来博取天下军民的好感，但是赵顼又岂能看不出来这等伎俩？赵顼心中恼怒，却又不便发作。他无法拒绝这个请求，总不能让天下臣民以为自己是无情无义的君主吧？忠臣的遗孀、怀着遗腹子的寡妇、与皇帝亲若兄妹的郡主……如果拒绝了，那就是狠心的皇帝拒绝贤王的请求？也许自己并不惧怕流言蜚语，但是赵顼却明白，这只会让赵颢“贤王”的形象更加深入人心。

赵顼努力控制住自己的情绪，终于冷静下来，他嘴角挤出一丝微笑，笑道：“朕岂不心疼这个妹子？前番惩戒，不过是顾惜天家的面子，不得不如此。既有二弟与四弟求情，朕明日便下诏，复清河郡主封号。至于柔嘉，她父母皆在西京，她若愿意在西京多留些时日，便由她留几日吧。”

“皇兄圣明。”

“官家圣明。”

赵顼露出了笑颜，顿时殿中响起一片颂扬之声。死寂的庆寿殿，又变得热闹起来。

赵顼又陪着曹太后说笑几句，赵颢又凑上前讲了几个笑话，引得曹太后哈哈大笑。一直在逗着自己儿子信国公赵俟的王贤妃悄悄瞅了一下殿中座钟，又见曹太后已露出疲色，虽然她与儿子难得见面，颇有几分恋恋不舍，却终是忍痛将儿子交还给向皇后的宫女，轻轻走到向皇后身边，耳语数句。

向皇后微微点头，忙放下正在自己怀中闹腾的淑寿公主，起身请求散了宴席。

众人免不得一一告退，赵顼眼见赵颢夫妇也起身告退，心中一动，忙唤了声：“二弟稍候。”

赵颢听到皇帝吩咐，忙站在一旁等候。待到众人散去，赵顼先将曹太后送至寝宫，又送走高太后，这才走到赵颢身边，拉着他的手笑道："今日自家兄弟且叙叙家常。"一面便出了庆寿殿，径往御花园走去。一干内侍，急忙紧紧跟随，只见赵顼与赵颢笑语晏晏，倒似是兄慈弟悌、友爱非常。

赵顼与赵颢聊了几句，忽然笑道："二弟的四女，是熙宁九年五月丙辰出生的吧？"

赵颢见皇帝忽然问起此事，心中不由一惊，忙笑道："皇兄朝政繁忙，竟还记得这等小事。臣弟……"竟是哽咽得说不出话来。

赵顼微微一笑，不去理会，只是屈指算了一下，笑道："那现在是一岁七个月了。不过天家体制，向来是十七岁出嫁，二弟现在就替她寻婆家，实是太早。"

赵颢不料自己这个皇兄，竟然连这点事情都盯得清清楚楚，当真是吓出一身冷汗。忙小心解释道："虽是年齿尚幼，然则为人父母者，莫不盼着子女能安享富贵。祖宗立下法制，宗室不得结交外臣。朝中品官之家，臣弟自是不敢结交。只是终不甘心将自己女儿，似那不成器的宗室一般，许入那商贾之家。若是如此，天家也没有体面。因此臣弟与卫氏商量，只盼着能许个读书人家，不求显达，于愿已足。皇兄在九重之内，或不知当今之风气，但凡嫁女，都愿嫁进士。连朝中公卿，凡家中有女者，每到进士揭榜之日，莫不驱车于榜前，若见着未娶的进士，便强行拉回家，结以婚姻，可见择个乘龙快婿，实是一大难事。臣弟这心思，实与那公卿无二，不过臣弟不敢违祖宗家法，故此只盼着早找个读书人家约下婚姻……"

赵顼似笑非笑地望着赵颢，淡淡笑道："朕竟不知如今进士如此稀奇。不过想那桑充国家的儿子，王介甫的外甥，石越的侄子，如此名门之后，自然是他日注定的进士。二弟的算盘打得真不错……"

赵颢听皇帝如此说，干脆装糊涂，苦笑道："虽是如此，却毕竟是被桑充国婉拒了。"

"哦？"赵顼奇道，"桑充国连县主媳妇都不稀罕吗？难道还指望着朕许个公主给他家不成？"他语气神情，倒似是他从来不知道此事一般。

"此事非臣所能知。"赵颢虽然被桑充国拒绝，可是却看不出什么恼怒之色。

赵顼斜睨赵颢一眼，笑道："其实二弟不必为儿女如此操心，朕这个侄女到了十七岁，朕给她许婚便是。包你是个好人家。"

"多谢皇兄。"赵颢连忙欠身答应，同时不由在心里暗暗叹了口气。不过他毕竟是拿得起放得下的人，马上说道："有件事，臣弟还要冒死恳请皇兄恩准。"

"二弟但说。"

"臣弟长子孝骞，现在宗学就读。臣弟想请皇兄恩准，让他去白水潭就读。"

"这是为何？"

"君子之泽，五世而斩。臣弟希望臣这一支太宗血脉，能够早立规矩，知道平民之生活，待到他日爵位渐削，亦不至束手无策，坐困穷途。只是深惧谗言……”

赵顼却是知道这是赵颢在向自己表明姿态，说明自己无问鼎之意，所以子孙们迟早会变成平民。只不过宗室与士子一同读书，却也颇可疑惧，他亦不能不防微杜渐，当下笑道：“不必如此。若是觉白水潭教得好，朕让有司议之，着宗学仿白水潭开科便是。”

“是。”赵颢不敢再说，忙躬身应道。

8

与赵颢说过话后，赵顼没有前往崇政殿，也没有回睿思殿，竟是又折回了庆寿殿。

他阻止了内侍宫女们的通报，轻轻走进曹太后寝宫，在榻前找了张椅子坐了，静静地等待曹太后醒来。

这个时刻，赵顼恍惚感觉回到了自己的少年时代，那还是仁宗皇帝在位的时候，他也曾经这样在曹后的床边坐着，吃着桌上的贡橘。想着往事，赵顼不觉将手伸向桌上，却摸了个空。

他自觉好笑，见内侍宫女都在帘外，便很没有威严地捏了捏鼻子。

虽然已经过了三十岁，早已不是继位之初的年轻皇帝，但是他却依然保留了一些看起来幼稚的小习惯。比如在没人看见的时候，稍稍破坏一下自己身为天子的威严的形象。

自从西夏入寇的消息传到京师之后，赵顼的压力就非常大。他经常半夜惊醒，一会儿梦见西夏那个年轻的国王率着骑兵杀入汴京，拿剑逼着自己禅位；一会儿梦见因为军费不足，士兵哗兵，宋军大败，自己跪在太庙之前，被烈日暴晒；一会儿又梦见灾民作乱，不可收拾，赵颢指着自己的鼻子大声数落……他承受着难以想象的精神压力。为了缓解这种情绪，赵顼不得不经常通宵处理朝政，迫使自己不去想那些事情。

那日赵顼夜访文府，见到文彦博酣睡，他就非常羡慕文彦博的从容。

“真有古人遗风啊。”赵顼常常不自觉地这样想着，但是他自己却始终无法做到那份从容。哪怕是在夜里批阅奏章，他都反复在明明知道没有军情的奏折中，一遍遍寻找，生怕有遗落的军情奏折没有看到。这种强迫症折磨得赵顼几乎崩溃，但是在臣子们面前，他依然还要装成胸有成竹的皇帝。

整个禁中，没有人能给他安宁的感觉。

他是皇帝，富有四海，却找不到一个可以在心慌意乱之时躲避的地方。

曹太后是可以信任的，但自从他十六岁受封颍王以后，那如同亲祖母般的慈祥后面，却始终保持着一份礼貌的距离。

王安石他原本也认为是可以信任的，但是王安石却辜负了他的信任。虽然他对王安石，依然存着一种类似于师生的情谊，但是在熙宁二年、熙宁三年之时的信任早已不再。

石越曾经也是可以信任的，这或者是世界上唯一曾经让他有朋友之谊感觉的臣子，但是时间也使这种关系变质——石越变成了他能干的大臣，因为太能干，便不能不被猜忌。

除此以外，如韩维、文彦博，都可以信任，但那只是君王对忠臣的信任而已！

只有赵顼自己知道，贵为天子的他，在身心疲惫之时，却找不到一个真正可以倾诉的对象，找不到一个靠背的地方。

想到这些，赵顼不由有点儿黯然。

好在一切都已经过去，石越在陕西毕竟是打了大胜仗。

不过，打赢了战争，并不意味着一切问题迎刃而解。实际上，战争的时候，许多事情，他可以暂时搁置，不去理会，但是战争结束之后，这些问题却都必须一一面对。

现在，赵顼便搁了一肚子的问题，等待曹太后醒来。

让赵顼担心的是，曹太后的身体越来越差，绝非是寿年还长的景象。

"官家？"曹太后略带惊讶的呼唤，打断了赵顼的思绪。赵顼忙转过头去，却见曹太后已经醒来，正吃惊地望着自己。

"娘娘。"赵顼注视曹太后，微笑着唤道。

外间的女官早已听到动静，早已进来几个人，扶着曹太后坐起。曹太后斜靠在凤床上，挥手让女官宫女们出去，端详了赵顼一会儿，笑道："官家如何还在此处？"

赵顼踌躇了一下，从袖中抽出一本奏章，递到曹太后面前，说道："朕想请娘娘拿个主意。"

曹太后淡淡一笑，接过奏章，斜躺着翻阅起来。赵顼仔细观察着曹太后的神色，只见她开始时还从容平静，脸上看不出波澜，愈到后面，眉宇之间便锁得愈紧，最后双眉间竟是皱成一个"川"字了。耐心地等待曹太后读完奏折，赵顼沉声说道："眼下西夏兵刚退，便有边帅互相攻讦，实非国家之福。况且朝中还有几件大事，亦不能不办，许多事情如同乱麻一般交杂，朕实是深以为忧。"

曹太后微微颔头，又问道："这只是石越弹劾高遵裕的折子，高遵裕自己不曾有折子进呈吗？卫尉寺又有何说法？"

"高遵裕前后递进来两封奏章，一封是奏闻战况，并弹劾石越处置失当，置失陷名城，使狄詠殉国、何畏之等诸将或死或失踪，上万百姓沦于敌手。另一封却是自辩的折子。遵裕言西夏攻平夏城甚急，他手中可调之兵尽数派往平夏城协助种谊，接到石越求援之令后立即征调兵马救援，只不过是拖延了些时日。遵裕且说，缘边州军，向来各有辖区。各州军分驻兵马，互为犄角，虽不能大胜，亦不致有失。渭州兵马首先当防渭州之寇，而环庆自有种谔之兵。石越以文臣典军，不晓军事，冒险用兵，尽起环庆之兵往延州，又调环州知州张守约领长安兵，使环庆无名将，方有环州之败。此番大胜，不过是一时侥幸。设使夏主不往绥德，改攻环庆，长安以西，非大宋所有。石越轻率行事，是拿陕西军民、朝廷土地博一己之功名云云。”

曹太后只是静静聆听，没有插话，脸上亦无异样之色。

却听赵顼又说道：“石越的奏折，娘娘已经见着。战前他已画好方略，熙河之兵仓促间难以调动，石越令其牵制西夏西南之敌，使其不敢妄动——这点朕是深以然为的，兵法说，千里趋利，必蹶上将军。便使征调熙河兵，亦是疲惫不能用，且熙河素有重兵，又为西夏所瞩目，其地归化未久，番部尚未完全归心，一旦调动，更易泄露军机，此所得不足以偿所失者——而以种谊守平夏，以高遵裕宿将重臣，居中策应平夏与环庆。石越与诸将事先已侦得环庆是仁多瀚领兵，知其与梁氏有隙，故盛设疑兵，使其不敢攻环庆。而倾环庆之兵往延绥。不料仁多瀚不知何故，又起兵入寇，按事先之约，则遵裕当起渭州之兵往援，则环庆不至有失。又言狄詠守城十日，若遵裕之兵早至，环州不当失陷，狄詠不必死国。是以石越劾其轻慢军机之罪。”

虽然是名将之后，但是曹太后毕竟是女子，并不懂军事，但是对于处理纠纷，平衡各种关系，稳固权力，却有自己的见解。实际上作为一个最高统治者，只要知道这些就足够了。她不动声色地听赵顼说完，沉吟了一会儿，又问道：“其余诸将又是何说法？”

“大抵渭州将帅、军法官，皆言平夏城战事甚急，而遵裕之兵，除去渭州守备，皆派往平夏。种谊亦言敌攻平夏城日急，确是事实。由是观之，遵裕非是故意轻慢。卫尉寺呈渭州神锐军都虞候之报告，亦道渭州实无兵可派，而遵裕是临时征集。朕想遵裕本是戚里，为人素来忠朴，为国守边有年，颇得番汉将士之心，是国家重臣名将，非不知轻重之人。且其方处疑忌之地，是戴罪之身，石越用之，是使遵裕有戴罪立功之机会。遵裕与越，素无怨隙，论之则是越于遵裕有恩，何以遵裕竟要陷石越于死？此事不合常理。或其确有苦衷，亦不可知。”

“官家可问过枢府？”

赵顼脸上泛出苦笑之色：“文彦博以为，高遵裕不能调兵或有苦衷，此事尚需查证。至于其指责石越不会用兵，以陕西为赌注，则不过是攻讦之词，当严词切责。缘边州军，旧制确是各自防守，互相救援，故此于各紧要处分驻大军。然这是不得已而为之，是不知道夏人将从何处入寇，而朝廷有守土护民之责，不可轻易委之予敌。现今既已事先得知夏人进犯方向，不集中兵力严阵以待之，而依旧使各州军分兵自守，虽为稳妥，却是误国之臣。此中智以上不为，何况石越。”

“文彦博是公允之论。”

“但王韶却以为，当斩遵裕以号令三军。”

曹太后略觉惊讶，诧道：“为何？”她惊讶的并非王韶主张要斩高遵裕，而是王韶素与石越不投契，此番却为石越说辞。不过赵顼却不免会错意，解释道：“王韶以为朝廷置安抚使，本意便是要节制沿边诸帅，以御外寇。诸州府军监郡守及缘边边帅，虽有直达两府之权，但每至战时，则不得违背帅臣节制，否则安抚司之设，再无用处。王韶又以为高遵裕之词，皆是诡辩，环庆危在旦夕，高遵裕典兵日久，岂有临时征集军队之理？况临时征集之守军，不过不能战之厢军、乡兵，又有何用？他若无兵可派，便当径直回报石越无兵可派，不得以诡辞欺瞒主帅。是以王韶以为，凭此一状，便当斩高遵裕以明军令。”

“王韶之论，虽不无道理。然他之见识，毕竟不如文彦博。”曹太后听完，淡淡地评价了一句。

赵顼微微端正身子，认真地听着。

曹太后又继续说道：“祖宗惩于唐藩镇之祸，于边帅之置，实有深意。此次西夏来势汹汹，但依祖宗旧制，虽然不能有此大胜，但是只需边臣守御得法，亦不当有倾覆之危。只是缘边百姓，难免要受些灾难。”她见赵顼的嘴唇轻轻动了一下，似有话要说，不由微笑道，“官家且莫急，先听我说完。”

“是。”

“我并非是说石越不是。但凡天下之理，有一利必有一弊。旧法御敌，虽无大弊，却不能有大利。虽能阻住西夏之兵，却不免今岁去了，明年复来，边患终是无穷无尽。况且天子为万民父母，使百姓沦入夷狄之手，为人父母者岂能泰然？此不得已之法。”

“娘娘说得甚是。”

“石越此番御敌，几乎有机会毕其功于一役，若非天降大雪，使西夏人侥幸逃脱，西北之局势，几乎一战而定。我虽一妇人，亦知此实为百年难遇之机，机不可失，时不再来。若比起环庆那一点儿风险来，其利远大于弊，便如文彦博之言，中智以上，可知取舍。只是其事亦需杀伐果断方敢施行，若是碌碌之辈，虽知良机难遇，亦只能坐视。石越以一文臣，能行此事，是其能也。且他又能亲自坐镇庆州，胆色不逊于古之名臣，以一文臣能此，尤是难能可贵。此等事不可处处求全责备，我虽是女流，不懂兵事，但却知世间之理不变。试想若石越既能在绥德伏兵破敌，又能使其余各处不冒一点儿风险，本朝百年来岂无名将？陕西一路若有此实力，西夏早已为大宋一郡，何必待石越来做？况且夏人并非愚蠢，若陕西有此实力，其又岂敢犯我边境？是其知我大宋力不能为此，方敢狂妄干犯天威。”

赵顼细听曹太后分析，心中不由甚是钦佩。他知道曹太后既不知兵事，又不懂陕西的实力究竟如何，但是她一一条析，却是毫厘无差，与文彦博的话大多契合。“果然天下才智之士，所见略同。”赵顼不由在心里暗暗感叹。

曹太后一口气说了许多话，气力不免有点儿接继不上，停了好久，方继续说道：“若我所见不错，那石越是有功无过，遵裕之词，多是攻讦。”

“朕理会的……但……”赵顼考虑着如何置词。

曹太后微笑望着赵顼，笑道：“我知道官家所忧者何事。高遵裕是否不听石越军令真假不知，但是他攻讦石越，却是事实。若按理而言，则高遵裕须严惩，再派枢府与卫尉寺，前往查验。他前罪未了，又添新过，虽然不可能如王韶所言，起码也要落个某州安置之罪。但是，我却以为，此番高遵裕却不便重惩。”

赵顼听曹太后说中自己的心事，当下忙说道：“娘娘说得甚是。只是石越弹章言辞激烈，眼下朝中有一帮大臣御史，亦颇觉不平。若不处置，却怕内则不能安朝野议论，外则难服石越边将之心。”

曹太后略停了一会儿，说道：“石越立下这般大功，声名大盛，若是遵裕以戚里之亲，宿将重臣之名，犹以不服号令之名得罪，是日后边将再无人敢轻慢石越之令。如此则是朝廷假石越威仪过甚，于石越本人，亦非好事。古来善始者不必善终，官家当慎之。若是恐谏官御史不愿善了，我倒有一策。”

“还请娘娘赐教。”

“官家还记得章惇的案子可曾结了？”

赵顼一愣，望着曹太后，心中忽然一动，拍手笑道：“朕已知道了。果然是妙策。”

曹太后含笑点头，悠悠说道：“只是官家须给你母后家留几分体面。”

“朕理会的。”赵顼连忙笑着答应。他这几日来，最为难的便是不知如何处置高遵裕之事。高遵裕是不是故意不发援兵，赵顼根本不可能凭着几封奏章分辨清楚。几个宰臣或为高遵裕辩护，或为石越说话，也是公说公有理，婆说婆有理。若依王韶所言，高遵裕的辩词是勉强了一点儿，却也并非完全说不通。何况，就算是王韶，也说不出高遵裕有何理由要置石越于死地。不过这些都不是最重要的，站在赵顼的角度来看，若是打了败仗，那还有必要找一个替死鬼来向天下做一个解释，但现在既然是打了胜仗，这点“小小的”纠纷，根本不是重点。真正要紧的，还是如何在石越与高遵裕之间寻一个平衡点。

对于高遵裕，如果处罚重了的话，既怕使石越威仪过甚，又毕竟念在是自己舅舅家，不好太过狠辣；但若是不处置或处置轻了，休说石越不答应，朝中的御史谏官，还有一些如王韶这样的大臣，都不会善罢甘休，他素知这些臣子的脾气，可不是皇帝一道诏书能打发的。因此，他为难了许久，总算这次找到了法门，心里不由感觉大大松了口气。

赵顼打扰曹太后已久，事情既了，便准备告辞离开，便在他起身的那一瞬，便见曹太后身子一晃，仰身便往后倒去。赵顼心中一惊，连忙伸手去扶，却见曹太后早已倒在床上，昏了过去。

“娘娘！娘娘！太医！来人，快宣太医！”

在赵顼慌乱的高呼声中，庆寿殿很快就乱了套，慌了神的女官宫女们到处跑动喊叫，内侍们穿进穿出。很快，曹太后忽然昏倒的消息，便传遍了个整个禁中。皇太后、皇后及四妃以下，所有的嫔妃带着尚未离开府的皇子皇女，很快都来到庆寿殿外请安。但除了二后四妃之外，所有人都被挡在殿外。没有诏旨，却没有人敢走。庆寿殿外顿时聚集了黑压压的人群，一些嫔妃低声地抽泣着，还有一些人则口中喃喃有词地念起佛来。

不久，宰相吕惠卿、枢密使文彦博也率领文臣百官，写好请安折子递了进来。在吕卿惠的安排下，有司开始准备祈祷祭祀，到了下午，开封府内的宫观就自觉开始为太皇太后祈福……

但所有的这一切，都改变不了一个事实——经历过四代皇帝，曾经垂帘听政，在臣民心中享有极高声望的太皇太后曹氏，正处在病危当中。

对于普通的百姓而言，曹太后的病危，自然不会有太大的影响。但是对大宋朝廷中的大臣而言，这却是了不得的大事！

（第四卷完）